W0316310

1001 Nacht
– Band 1 –

1001 Nacht 1

VOLLSTÄNDIGE AUSGABE
MIT ÜBER 700 ILLUSTRATIONEN

Übersetzt von Gustav Weil

NIKOL
VERLAG

Der vorliegende Text folgt der Originalausgabe
Tausend und eine Nacht – Arabische Erzählungen,
übersetzt von Gustav Weil 1865.
Eindeutige Druck- und Satzfehler wurden korrigiert.

6. Auflage 2021

© 2013 Nikol Verlagsgesellschaft mbH & Co. KG, Hamburg

Alle Rechte, auch das der fotomechanischen Wiedergabe
(einschließlich Fotokopie) oder der Speicherung auf
elektronischen Systemen, vorbehalten.
All rights reserved.

Titelabbildung: Virginia Frances Sterrett
Umschlaggestaltung: Timon Schlichenmaier, Hamburg
Satz: Röser MEDIA GmbH & Co. KG, Karlsruhe
Druck: CPI Moravia Books s.r.o.
Printed in the Czech Republic

ISBN: 978-3-86820-213-7

Besuchen Sie uns im Internet:
www.nikol-verlag.de

Inhalt

Vorwort des Übersetzers 10
Einleitung 12

Erstes Buch
Eingang 21
Geschichte des Kaufmanns mit dem Geiste 31
Geschichte des ersten Greises mit der Gazelle 36
Geschichte des zweiten Greises mit den beiden Hunden 40
Geschichte des dritten Greises mit dem Maultiere 43
Geschichte des Fischers mit dem Geiste 45
Geschichte des griechischen Königs und des Arztes Duban 50
Geschichte des persischen Königs mit seinem Falken 53
Geschichte des Ehemanns und des Papageien 54
Geschichte Mahmuds 56
Fortsetzung der Geschichte des Fischers mit dem Geiste 61
Geschichte des versteinerten Prinzen 67
Geschichte der drei Kalender 74
Geschichte des ersten Kalenders 88
Geschichte des zweiten Kalenders 92
Geschichte des dritten Kalenders 111
Geschichte des ersten Mädchens 129
Geschichte des zweiten Mädchens 136
Geschichte der drei Äpfel 143
Geschichte Nuruddins und seines Sohnes
und Schemsuddins und seiner Tochter 150
Geschichte des Buckligen 188
Geschichte des Christen 194
Geschichte des Küchenaufsehers 204
Geschichte des jüdischen Arztes 211
Geschichte des Schneiders 220
Geschichte des Barbiers 232
Geschichte des ersten Bruders des Barbiers 234
Geschichte des zweiten Bruders des Barbiers 238
Geschichte des dritten Bruders des Barbiers 241
Geschichte des vierten Bruders des Barbiers 244
Geschichte des fünften Bruders des Barbiers 247
Geschichte des sechsten Bruders des Barbiers 253
Geschichte Alis, Sohn Bekars und der Schems Annahar 259
Geschichte Nureddins mit Enis Aldjelis 300
Geschichte des Prinzen Kamr essaman mit Bedur 338
Geschichte vom Zauberpferde 398
Geschichte Sindbads, des Seefahrers 413

Erste Reise Sindbads 417
Zweite Reise Sindbads 422
Dritte Reise Sindbads 426
Vierte Reise Sindbads 432
Fünfte Reise Sindbads 439
Sechste Reise Sindbads 444
Siebente Reise Sindbads 448
Erzählung vom Schlafenden und Wachenden 453

Zweites Buch

Geschichte des Prinzen Seif Almuluk und der Tochter des Geisterkönigs 475
Der arme Fischer und der Beherrscher der Gläubigen 522
Geschichte Ghanems und der Geliebten des Beherrschers der Gläubigen ... 538
Geschichte der Tochter des Veziers und des Prinzen Uns Alwudjud 560
Geschichte des Abul Hasan 579
Geschichte der Hajat Alnufus mit Ardschir 591
Geschichte des Hasan aus Baßrah und der Prinzessinnen
von den Inseln Wak-Wak 635
Die Sklavin Harun Arraschids 717
Geschichte der Dichter mit Omar, Sohn des Abd Alafis 718
Geschichte der zehn Veziere 720
Geschichte des vom Schicksal verfolgten Kaufmanns 725
Geschichte des Kaufmanns und seines Sohnes 729
Geschichte des Gutsbesitzers Abu Saber 733
Geschichte des Prinzen Bahsad 738
Geschichte des Königs Dadbin 740
Geschichte Bacht Samans 744
Geschichte Ilan Schahs und Abu Tamams 750
Geschichte des Königs Ibrahim und seines Sohnes 755
Geschichte des Schah Suleiman, seiner Söhne
und Nichte und ihrer Kinder 760
Geschichte des Gefangenen, den Gott befreite 772
Geschichte der messingnen Stadt 774
Geschichte Niamahs und Nuams 792
Geschichte Ala Eddin Abu Schamats 804
Geschichte Hatims aus dem Stamme Tai 839
Geschichte Maans 840
Geschichte Hischams, Sohn des Abd Almelik 842
Geschichte Ibrahims, des Sohnes Mahdis 844
Geschichte Schaddads und der Stadt Irem, der pfeilerreichen 848
Geschichte des Ishak Al Moßuli 849
Geschichte des falschen Kalifen 852
Geschichte Haruns mit dem Kadhi Abu Jusuf 862
Geschichte Chalids, des Emirs von Baßrah 864

Geschichte des trägen Abu Muhamed 867
Geschichte des Barmekiden Djafar 875
Notiz über die Barmekiden 877
Geschichte Ali Schirs 878
Geschichte Ibn Manßurs und der Frau Bedur 895
Geschichte der sechs Mädchen 904
Geschichte Djaudars 906
Parabeln 931

Drittes Buch

Geschichte des Prinzen Bedr von Persien
und der Prinzessin Giauhare von Samandal 957
Geschichte des Prinzen Zeyn Alasnam und des Königs der Geister 986
Geschichte Chodadads und seiner Brüder 1003
Geschichte der Prinzessin von Deryabar 1010
Geschichte Aladdins und der Wunderlampe 1029
Die Abenteuer des Kalifen Harun Arraschid 1133
Geschichte des blinden Baba Abdallah 1137
Geschichte des Sidi Numan 1147
Geschichte des Chogia Hasan Alhabbal 1161
Geschichte des Ali Baba und der vierzig Räuber,
die durch eine Sklavin ums Leben kamen 1186
Geschichte des Ali Chodjah, Kaufmanns von Bagdad 1219
Geschichte des Prinzen Ahmed und der Fee Pari Banu 1230
Geschichte der zwei neidischen Schwestern 1283
Wunderbare Geschichte Omar Alnumans und seiner beiden Söhne
Scharkan und Dhul Makan 1327
Geschichte der Vergiftung des Königs Omar durch die alte Dsat Dawahi 1375
Geschichte der zwei Liebenden 1401

Viertes Buch

Geschichte des Königs Kalad und seines Veziers Schimas 1456
Geschichte der Katze mit der Maus 1458
Geschichte des Einsiedlers mit dem Schmalz 1460
Geschichte des Fisches im Wasserteich 1463
Geschichte des Raben und der Schlange 1464
Geschichte des wilden Esels mit dem Fuchs 1465
Geschichte des Königs und des Wanderers 1466
Geschichte des Falken und der Raben 1468
Geschichte des Schlangenbeschwörers und seiner Frau und Kinder 1469
Geschichte der Spinne mit dem Wind 1471
Geschichte des Mannes mit dem Fisch 1482
Geschichte des Jungen mit den Dieben 1484
Geschichte des Gärtners mit seiner Frau 1486

Geschichte des Kaufmanns und der Diebe 1487
Geschichte vom Fuchs, Wolf und Löwen 1489
Geschichte des Hirten und der Diebe 1491
Geschichte des Rebhuhns mit den Schildkröten 1494
Geschichte der unglücklichen Frau mit dem Bettler 1501
Geschichte des edlen Gebers 1502
Wunderbare Erfüllung eines Traumes 1504
Tod eines Liebenden aus dem Stamm Uzra 1504
Geschichte des Dichters Mutalammes 1505
Sonderbares Gebet eines Pilgers 1506
Geschichte des Arabers mit den Bohnen 1510
Der wunderbare Reisesack 1511
Der freigebige Hund 1513
Der gewandte Dieb 1515
Die drei Polizeipräfekten 1516
Der zweimal bestohlene Geldwechsler 1519
Der fromme Israelit 1520
Abul Hasan und der Kalif Mamun 1521
Mutawakkel und Mahbubah 1523
Die Frau mit dem Bären 1525
Das Liebespaar in der Schule 1528
Der Eseltreiber und der Dieb 1528
Hakem und der reiche Kaufmann 1529
Nuschirwan und das vorsichtige Mädchen 1530
Die tugendhafte Frau 1531
Das wunderbare Augenheilmittel 1532
Die Pyramiden 1533
Der kühne Diebstahl 1534
Ibn Alpharebi und Masrur 1535
Der fromme Sohn Harun Arraschids 1536
Der trauernde Schullehrer 1540
Der bekehrte König 1541
Der Todesengel vor zwei Königen und einem Frommen 1546
Alexander und ein gottesfürchtiger König 1548
Nuschirwan erforscht den Zustand seines Landes 1549
Die tugendhafte Frau eines israelitischen Richters 1550
Die gerettete Frau in Mekka 1553
Der von Gott geliebte Schwarze 1555
Das tugendhafte israelitische Ehepaar 1557
Der Schmied und das tugendhafte Mädchen 1559
Der Wolkenmann und der König 1561
Die bekehrte Christin 1564
Die himmlische Vergeltung 1567
Lohn des auf Gott Vertrauenden 1567

Ikirma und Chuseima 1570
Geschichte Alis, des Ägypters 1643
Abukir und Abusir 1651
Zeitmond und Morgenstern 1661
Die Abenteuer Alis und Zahers aus Damaskus..................................... 1676
Die Abenteuer des Fischers Djaudar aus Kahirah
und sein Zusammentreffen mit dem
Abendländer Mahmud und dem Sultan Beibars 1744
Die listige Dalilah.. 1813
Streiche des Ägypters Ali 1827
Ein Bagdadenser und seine Sklavin... 1847
Das Märchen von Maruf... 1852

Vorwort des Übersetzers

Als ich im Jahr 1836 aus dem Orient zurückkehrte, wurde ich vom »Verlag der Klassiker« in Stuttgart aufgefordert, die »Tausend und eine Nacht« aus dem Urtexte zu übersetzen, und ich unternahm gern diese Arbeit, weil ich durch meinen längeren Aufenthalt in Ägypten dazu vorbereitet war und es für zweckmäßig hielt, daß einmal eine unmittelbar aus dem Arabischen fließende Verdeutschung an die Stelle der vielen Afterübersetzungen trete*. Unglücklicherweise ist mein Streben in der ersten Auflage nur teilweise gelungen. Der Verleger wollte eine illustrierte Ausgabe veranstalten und mußte, um keinen Schaden zu haben, auf großen Absatz rechnen können. Ein damals viel gefeierter Schriftsteller wurde als Herausgeber gewonnen und, gleichsam als Patron des jungen unbekannten Orientalisten, beauftragt, eine »Vorrede« zu schreiben, und meiner sich dem Urtexte gewissenhaft anschließenden Übersetzung eine gefällige Form zu geben. Schon dieser Umstand mußte meiner Arbeit, hinsichtlich der philologischen Treue, nachteilig sein. Noch mehr wurde sie aber deshalb teils verunstaltet, teils gänzlich beseitigt, weil die Holzschnitte nach den französischen Übersetzungen gemodelt wurden und häufig zur meinigen gar nicht paßten. Ich war daher auch genötigt, um meinen Ruf als Orientalist zu decken, öffentlich zu erklären, daß die unter meinem Namen kursierende Übersetzung der 1001 Nacht nur teilweise als solche betrachtet werden dürfen. Die Verleger konnten indessen die Sache nicht mehr ändern und veranstalteten auch, gegen meinen Willen, eine zweite Auflage in 12 Bänden. Inzwischen ist der Verlag in andere Hände übergegangen und auch die zweite Auflage, oder eigentlich der zweite Abdruck der ersten vergriffen, worden. Obgleich nun der jetzige Verleger, unserm alten Vertrage gemäß, das Recht hatte, auch ohne meine Erlaubnis einen neuen Abdruck zu veranstalten, hielt er es doch für zweckmäßig, die Fehler seiner Vorgänger zu verbessern, indem er bei mir anfragte, ob ich mich nicht einer Revision, respektive Umarbeitung der 1001 Nacht unterziehen wollte, und da mir selbst viel daran liegen mußte, daß ein meinen Namen führendes Buch nicht für alle Zukunft verunstaltet bleibe, so war meine Antwort eine bejahende. Ich habe nun die ganze Übersetzung nochmals

* Siehe die Einleitung

mit der Urschrift verglichen und wo sie mit derselben nicht übereinstimmte, geändert, und hatte bei meiner Umarbeitung jetzt den Vorteil, zwei inzwischen gedruckte Texte, den Breslauer von *Habicht* und *Fleischer* und den Ägyptischen von *Abd Errahman Assasati* herausgegeben, benutzen zu können. In einem Punkte nur mußte ich mich den Wünschen des Verlegers fügen, indem ich gestattete, daß zwölf Erzählungen des dritten Bandes (von der Geschichte des Prinzen Zeyn Alasnam bis zu der der zwei neidischen Schwestern), obgleich ich wenig daran ändern konnte, weil sie in keinem der vorhandenen Texte sich finden, dennoch, der Vollständigkeit willen, wieder abgedruckt würden. Ich durfte mich um so weniger widersetzen, als diese Märchen mit zu den schönsten gehören und sich wahrscheinlich in dem nach *Gallands* Tod verloren gegangenen Bande der Pariser Handschrift befanden. Andere, nicht zur 1001 Nacht gehörende Erzählungen wurden beseitigt, alle übrigen aber teils umgearbeitet, teils neu übersetzt, und so mag denn der Leser dieses arabische Meisterwerk mit der festen Überzeugung hinnehmen, daß er sich an einer rein orientalischen Kost laben kann, wie sie im Morgenlande selbst von den öffentlichen Erzählern den sich um sie drängende Kreisen geboten wird.

Einleitung

Als vor etwa anderthalb Jahrhunderten *Anton Galland* einen Teil der Märchen, welche unter dem Namen »Tausend und eine Nacht« bekannt sind, in französischer Sprache veröffentlichte, wollten nur wenige dieses Werk für eine Übersetzung aus dem Arabischen halten, weil es mit dem, was man damals von der arabischen Literatur kannte und von Sitten, Gebräuchen und geselligem Verkehr der Araber wußte, gar wenig in Einklang stand, weil Galland selbst in seiner Vorrede über den Ursprung des von ihm übersetzten Werkes gar nichts zu sagen wußte, auch über die benutzten Handschriften ungenügende Auskunft gab. Was nun ersteren Punkt betrifft, so ist jeder Zweifel längst geschwunden, indem inzwischen viele Texte der 1001 Nacht nach Europa gebracht worden sind und nunmehr sogar mehrere gedruckt vor uns liegen. Das Befremdende in Bezug auf Sitten und Gebräuche rührte teils von der Übersetzung Gallands her, welcher den Stoff seinen an fremde Kost nicht gewöhnten Franzosen mundgerecht machen wollte, teils von der geringen Bekanntschaft mit dem Leben der späteren Araber, welches von dem der älteren, das man im 18. Jahrhundert allein näher kannte, sehr verschieden ist.

Von längerer Dauer als die Zweifel an Gallands Ehrlichkeit war die Ungewißheit über den Ursprung und die Zeit der Abfassung der 1001 Nacht. *H. v. Hammer* hat darüber zuerst Aufschluß gegeben. Er hat eine Stelle aus den »Goldenen Wiesen« von *Masudi*, einem Historiker aus dem zehnten christlichen Jahrhundert, aufgefunden, in welcher von verschiedenen wunderbaren Erzählungen die Rede ist und wo es heißt: »Manche betrachten diese Erzählungen als eine Fiktion, gleich dem Buche ›1000 Märchen‹, welches gewöhnlich ›1000 Nächte‹ (in einigen Handschriften 1001 N.) genannt wird; es ist die Geschichte des Königs, des Veziers und seiner Tochter und ihrer Amme (oder nach anderen Handschriften, Schwester), welche Schirsad und Dunjasad (oder Dinarsad) hießen.« Später entdeckte derselbe Gelehrte eine Stelle im Buch »Fihrist«, einer arabischen Literaturgeschichte aus derselben Zeit, in welcher der Verfasser zuerst berichtet, daß die alten Perser die ersten Werke verfaßten, welche Märchen und wunderbare Erzählungen enthielten, sodann, daß die Araber solche Werke in ihre Sprache übersetzten, sie später noch weiter ausschmückten und andere ähnliche dichteten. Der Verfasser fährt dann fort: »Das erste Buch dieser Art war das ›Hesar Afsan‹, d. h. ›tausend Märchen‹. Folgendes war die Veranlassung zu diesem Werke: Einer dieser Könige pflegte, sooft er ein Mädchen heiratete, es am Morgen nach der Hochzeit töten zu lassen. Er heiratete auch unter anderen eine gebildete und geistreiche Prinzessin, welche Schehersad hieß. Diese erzählte ihm Märchen und richtete es so ein, daß, wenn der Morgen heranbrach, der König begierig war, das Ende der Geschichte zu hören und sie darum noch verschonte. So vergingen 1000 Nächte, während derer sie seine Gattin blieb und ihm ein Kind gebar, das sie ihm endlich zeigte. Zugleich gestand sie ihm, daß sie, um ihr Leben zu fristen, ihn durch ihre Erzählungen zu fesseln gesucht habe. Er bewunderte ihre Klugheit, gewann sie lieb und schenkte ihr das Leben. Der König hatte auch eine Schloßverwalterin, Dinarasad genannt, welche die Prinzessin in ihrem Unternehmen unterstützte. Man behauptet, dieses Buch sei der Königin Humai, der Tochter Bahmans gewidmet worden. Es enthält 1000 Nächte, aber weniger als 200 Erzählungen, denn eine Erzählung füllt häufig mehrere Nächte aus. Ich habe mehrere vollständige Exemplare davon gesehen, es ist in Wahrheit ein schlechtes Buch, voll alberner Geschichten.«

Der gelehrte *Silvestre de Sacy* hat (in den »Memoires de l'Institut«) eine vortreffliche Abhandlung über den Ursprung der 1001 Nacht geschrieben und aus dem Inhalt derselben nachgewiesen, daß sie nicht nur aus der islamitischen Zeit herrühren, sondern sogar erst im 15. Jahrhundert geschrieben wurden. Da ihm nur die zuerst angeführte Stelle aus dem Werke Masudis bekannt war, so behauptete er, entweder die Worte, »welche gewöhnlich 1000 Nächte genannt werden«, seien eine Interpolation, oder das Werk, von welchem Masudi spricht, sei ein ganz anderes als das, welches wir jetzt unter dem Namen 1001 Nacht kennen. Erstere Vermutung hat sich durch das Buch »Fihrist« als unrichtig erwiesen, letztere aber ist nicht nur nicht widerlegt worden, sondern der gelehrte Engländer *Lane*, einer der besten Kenner der neueren arabischen Literatur sowohl als des Lebens, der Religion, der Sitten und Gebräuche der Araber, dem nicht nur die Stelle aus dem Fihrist bekannt war, sondern der auch später von einer anderen in *Makkaris* Geschichte von Spanien Kenntnis erhielt, aus welcher hervorgeht, daß in Ägypten ein Werk unter dem Titel »1001 Nacht« im 13. Jahrhundert bekannt war, pflichtet doch *de Sacy* darin bei, daß *unsere* 1001 Nacht ein Erzeugnis des 15. bis 16. Jahrhunderts sei. Manche von diesem Gelehrten angeführte Beweisgründe sind zwar nicht stichhaltig*, andere aber von ihm sowohl als von *de Sacy* geltend gemachte, lassen keinen Zweifel übrig, daß von der alten persischen Sammlung nur ganz wenige Märchen und der Rahmen übrig geblieben sind, der bei weitem größere Teil aber echt arabisch und zwar ziemlich neu ist. Daß dies von allen den Märchen gilt, in welchen Harun Arraschid und noch viel spätere

* So glaubt er z.B. aus einer Stelle in der Geschichte des Königs der schwarzen Inseln, wo es heißt, die christlichen Bewohner der Stadt seien in blaue und die jüdischen in gelbe Fische verwandelt worden, beweisen zu können, dieses Märchen sei erst im achten Jahrhundert der Hidirah geschrieben worden, in welchem der Sultan Kilawun die Christen nötigte, blaue und die Juden gelbe Turbane zu tragen. Aber solche Vorschriften bestanden schon mehrere Jahrhunderte früher und Kilawun hat sie nur wieder aufs Neue eingeschärft.

Fürsten vorkommen, versteht sich von selbst, aber auch wo dies nicht der Fall ist, tragen manche unverkennbare Zeichen einer späteren islamitischen Zeit an sich. So ist in mehreren von moslimischen Sultanen in Ägypten die Rede, was doch vor dem sechsten Jahrhundert der Flucht nicht vorgekommen ist. In der Geschichte des Buckligen wird Kahirah *Mißr* genannt, ein Name, der in den ersten Jahrhunderten der Flucht nur für Fostat gebraucht wurde; auch kommt ein Quartier *Habbanieh* darin vor, das im 14. Jahrhundert noch nicht existierte. In der Erzählung von *Djaudar* ist von einem *Scheich el Islam* die Rede, ein Titel, der erst unter Mohammed 11. vorkommt, auch von Münzen, die erst unter den späteren Mamelucken den ihnen beigelegten Wert hatten. In der Erzählung von *Abußir* und *Abukir* ist sogar von Tabak die Rede, der bekanntlich erst gegen Ende des 16. Jahrhunderts im Osten geraucht wurde; doch mochte dieses Märchen, da in keinem anderen von Tabak, auch nur einmal von Kaffee, der früher Eingang fand, die Rede ist, erst später hinzugefügt worden sein. Aber auch die allerersten Märchen, welche die meisten Handschriften gemein haben und von denen man zunächst annehmen sollte, sie bildeten den Grundstock des aus dem Persischen übersetzten Werks, an dem sich dann allmählich neuere Dichtungen anreihten, welche ältere verdrängten, tragen ein entschiedenes moslimisches Gepräge.

Gleich in der Erzählung des Kaufmanns mit dem Geiste werden Koranleser erwähnt. In der des ersten Greises mit der Gazelle ist vom großen Beiramfeste die Rede, an welchem er seine in eine Kuh verzauberte Gattin schlachtet. In der Geschichte des Fischers mit dem Geiste sagt dieser, er sei einer von den Geistern, welche Salomon ihrer Widerspenstigkeit willen in kupferne Flaschen einzusperren pflegte, ganz wie sie die moslimische Tradition nach jüdischen Sagen kennt. Der Arzt Duban, der den König von Persien oder von Griechenland heilen sollte, hat seine Kenntnisse unter anderm aus arabischen und türkischen Büchern geschöpft. Der Geist führt den Fischer an den See, in dem er weiße, blaue, rote und gelbe Fische fängt; die Farben der Juden, Christen, Feueranbeter und Mohammedaner, welche wie in der Folge erzählt wird, die Bewohner der Stadt bildeten, die in Fische verwandelt worden sind. An die Geschichte vom Fischer reiht sich die vom Lastträger in Bagdad und die der drei Kalender, in welcher Harun Arraschid eine Rolle spielt, so daß an ihrem späteren Ursprung ebensowenig ein Zweifel sein kann, als an dem der darauffolgenden Geschichte des Veziers Ali aus Kahirah und Bedreddin Hasans aus Baßrah. In der Geschichte des Buckligen ruft der Jude: O Eleazar! O Moses! O Aron! O Josua, Sohn Nuns! Namen, die wohl einem Moslem, aber schwerlich einem alten Perser oder Indier bekannt waren. Die Wache sagt zum christlichen Schreiber: »Bei Gott, das ist schön: ein Christ bringt einen Muselmann um!« Der Christ beginnt seine Erzählung damit, daß er von seinem früheren Aufenthalte in *Kahirah* spricht, und der Jüngling mit der abgeschnittenen Hand wohnte daselbst im *Chan Masrur*, führte Waren aus Bagdad mit sich und stahl den Beutel eines Soldaten am Tore *Suweila*, Lokalitäten, die einer späteren Zeit angehören. Bald darauf tritt dann eine Sklavin Subeidas, der Gattin Harun Arraschids, auf. In der Geschichte des Jünglings mit dem Barbier liebt jener die Tochter des Kadhi von Bagdad und will sie während des Freitagsgebets besuchen. Der Barbier sagt im Beginn seiner Geschichte, er sei einmal zur Zeit des Kalifen Mustanßir (im 13. Jahrhundert) in Bagdad gewesen u.s.w. In der Geschichte von *Ali Ibn Bekar* tritt wieder Harun Arraschid auf, ebenso in der von Nureddin und der schönen Perserin. Die Geschichte des Kamr essaman, dessen Vater König der Chalidaninseln an der persischen Küste war, ist ebensogut arabischen Ursprungs als die, deren Schauplatz Kahirah oder Bagdad ist. Der alte König hat moslimische Untertanen, die Mutter des jungen Prinzen heißt Fatimeh, KamrEssaman, dessen Name auch arabisch ist, rezitiert im Gefängnisse den Koran, die Genien, welche hier vorkommen, gehören auch zu denen Salomons, und es wird überhaupt, wie *de Sacy* richtig bemerkt, in der ganzen Erzählung von den Feueranbetern in einer Weise gesprochen, wie es nur ein Moslim konnte. Es unterliegt daher nicht dem geringsten Zweifel, daß die Erzählungen der *uns* bekannten 1001 Nacht, mit ganz wenigen Ausnahmen, arabischen Ursprungs und ganz verschieden von denen sind, welche in den ersten Jahrhunderten muhammedanischer Zeitrechnung aus dem Persischen übersetzt worden sind, und wenn auch unser Verfasser häufig seine Helden nach Persien, Indien oder China versetzt; so tut er dies, nur um desto freieren Spielraum für seine Dichtung zu haben und auch das Unglaubliche wahrscheinlich machen zu können. Wir dürfen um so eher annehmen, daß nicht nur das von Masudi und dem Fihrist, sondern auch das von Makari erwähnte Buch der 1001 Nacht ein anderes als das uns hier beschäftigende ist, als selbst unter den neueren Werken, welche diesen Titel führen, wenig Übereinstimmung herrscht, einzelne sogar nicht nur andere Märchen als in den bekannteren Handschriften, sondern auch eine von denselben abweichende Einleitung enthalten. In *unserer* 1001 Nacht findet man sowohl die Sprache als die Kostüme, Sitten und Lokalitäten Ägyptens, zur Zeit der späteren Mameluckensultane, in den meisten Erzählungen treu gezeichnet, selbst da, wo andere Länder des Ostens als Schauplatz der Handlung gewählt werden. So wenig also auch mehr geleugnet werden kann, daß die alten persischen 1000 Märchen der späteren 1001 Nacht als Muster gedient haben, so steht doch auch fest, daß diese, mit wenigen Ausnahmen, als eine arabische Schöpfung selbst in den Märchen angesehen werden können, deren Stoff aus dem Persischen oder Indischen entliehen wurde. Letztere sind größtenteils daran leicht zu erkennen, daß übernatürliche Ereignisse eine Hauptrolle darin spielen, während in den arabischen Dichtungen bald das romantische, bald das komische Element vorherrscht, und durchweg ein frischer Humor dem Gemälde einen unwiderstehlichen Reiz verleiht. Auf eine spätere Komposition oder wenigstens freiere Umgestaltung der 1001 Nacht deutet ganz besonders auch der moderne, an das Vulgärarabische streifende Dialekt, in welchem sie geschrieben sind, und in den sie unmöglich in älterer Zeit übertragen werden konnten. Diesen Dialekt finden wir auch in *den* Märchen, die wahrscheinlich älteren Ursprungs sind, wie z.B. in dem vom Zauberpferde; und mit Recht bemerkt H. Lane, es sei nicht anzunehmen, der ältere klassischarabische Text sei nach und nach verdorben worden, indem dies ohne Beispiel in der arabischen Literatur wäre, welche nur gut geschriebene oder ursprünglich im Volksdialekt verfaßte Werke ausweist, auch müßte sich doch wenigstens ein Exemplar der älteren Übersetzung erhalten haben, wovon aber bis jetzt nichts bekannt ist. Nimmt man hingegen an, daß die wirklich aus dem Persischen übersetzten Märchen ganz verschieden von denen in unserem Buche waren, so läßt sich ihr Verlust leicht dadurch erklären, daß eben ihr Stoff den Arabern nicht zusagte, wie schon aus der angeführten Stelle des Fihrist ersichtlich, und daß sie deshalb gänzlich vernachlässigt wurden. Wir müssen jedoch bemerken, daß der Stil in den verschiedenen Erzählungen keineswegs so gleichmäßig ist, daß sich daraus schließen ließe, sie rühren sämtlich von einem Verfasser oder Überarbeiter her, außerdem weichen auch hierin die verschiedenen Handschriften von einander ab. Das Wahrscheinlichste dürfte also sein, daß im 15. Jahrhundert ein Ägypter nach altem Vorbilde Erzählungen für 1001 Nächte teils erdichtete, teils nach mündlichen Sagen, oder frühern schriftlichen Aufzeichnungen, bearbeitete, daß er aber entweder sein Werk nicht vollendete, oder daß ein Teil desselben verloren ging, so daß das Fehlende von anderen bis ins 16. Jahrhundert hinein durch neue Erzählungen ergänzt wurde.

Über die verschiedenen Übersetzungen der 1001 Nacht, von Galland bis auf die neueste Zeit, können wir uns kurz fassen, da der Leser, der sich dafür interessiert, sich in jeder Literaturgeschichte oder in jedem Konversationslexikon darüber belehren kann. Wir bemerken nur, daß zwar Galland in seiner Vorrede berichtet, »er habe Sorge dafür getragen, die Eigentümlichkeiten der Araber zu erhalten und nichts von ihren Gedanken und Ausdrücken zu verwischen, und er sei nur dann von dem Urtexte abgewichen, wenn es der Anstand erforderte«, daß er aber in der Tat auch allerlei Zusätze und Änderungen vorgenommen hat, welche häufig den Text entstellen. Ich erinnere nur an die ersten Zeilen der ersten Erzählung »Der Kaufmann und der Geist.« Da heißt es im Texte: »er nahm einen *Quersack* mit auf die Reise, den er mit Lebensmitteln gefüllt hatte«, und dann einige Zeilen weiter: »er nahm Datteln aus dem Quersack, aß und warf die *Kerne* rechts und links.« Bei Galland aber »ritt er mit einem *Felleisen* (valise) hinter sich« und in der neuesten deutschen Übersetzung liest man vielleicht nach einer älteren Ausgabe Gallands, in der mir vorliegenden (Paris 1786) heißt es richtig »*noyaux*« und nicht »*écorces*«, »indem er die Datteln aß, warf er die *Schalen* rechts und links.« Wer hat aber je einen Araber mit einem Felleisen hinter sich gesehen? Und welcher Araber, der *trockene* Datteln als Vorrat auf die Reise mitnimmt, schält sie oder kann sie schälen? So unbedeutend auch diese Änderungen erscheinen, so sind sie doch nicht nur eine Untreue gegen den Text, sondern auch eine Entstellung der Tatsachen. In der Geschichte des ersten Greises gibt er das *Messer* dem Pächter, um die Kuh zu schlachten, bei Galland aber dem *Schläger* (maillet), wer weiß aber nicht, daß Moslime ihre Tiere nur mit einem Messer schlachten dürfen. Überhaupt gibt Gallands Übersetzung dem europäischen Leser kein treues Gemälde von der Denk- und Redeweise der Araber, denn er hat mehr danach gestrebt, seine Franzosen zu unterhalten, als zu belehren und darum den Stoff ganz nach damaliger französischer Mode zugestutzt. Seine Nachfolger, die Franzosen *Caussin de Perceval* und *Gautier*, der Engländer *Scott* und die Deutschen *Habicht* und *v. Hammer* haben aus anderen Handschriften neue Märchen zu den von Galland übersetzten hinzugefügt, keiner hat sich aber bis zum Jahre 1837 die Mühe gegeben, die von Galland schon übersetzten aufs Neue aus dem Urtext zu übertragen, und so wurde denn auch bis zu dieser Zeit die Gallandsche Übersetzung, trotz ihrer großen Mängel, nicht nur immer wieder abgedruckt, sondern auch zu allen weiteren Übertragungen in andere Sprachen benützt, und erst als ein Teil der vorliegenden neuen Verdeutschung erschienen war, ist (im Jahr 1839) auch in London und Kalkutta der arabische Text nach ägyptischen und indischen Handschriften von *Lane* und *Torrens* neu ins Englische übersetzt worden.

Der Übersetzer.

Erstes Buch

Eingang

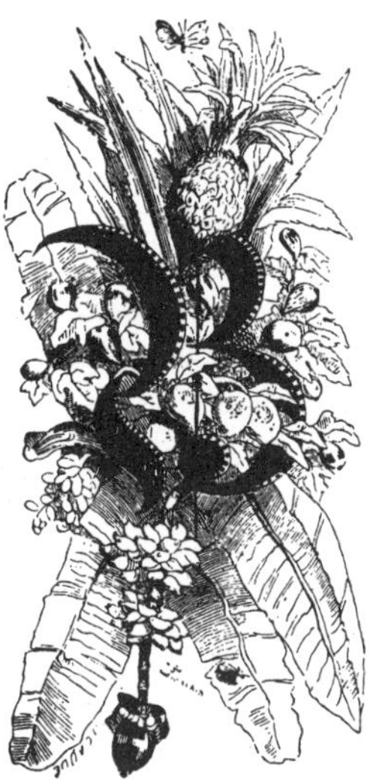

Bei dem Namen Gottes, des Gnädigen und Barmherzigen, Friede und Heil über unsern Herrn Mohammed, den Obersten der Gesandten Gottes, auch über seine Familie und Gefährten insgesamt; Friede und Heil immer fortdauernd bis zum Tage des Gerichts. Amen, o Herr der Welten! Das Leben der Früheren ist eine Lehre für die Späteren, dazu daß der Mensch die Lehren, welche anderen zuteil geworden sind, schaue und sich daran belehre, und die Geschichte der älteren Völker lese und sich daraus unterrichte. Gelobt sei Gott, der die Begebenheiten der Früheren als Unterricht für Spätere aufgestellt hat. Zu dieser Art von Belehrung gehören nun auch die Erzählungen: »Tausend und eine Nacht« genannt. Es wird nämlich von dem, was bei früheren Völkern geschehen, berichtet (Gott weiß das Verborgene; er ist allweise und barmherzig und edel!):

Es regierte einst in den ältesten Zeiten und verflossenen Äonen ein König von den Sassaniden* auf den Inseln Indiens und Chinas, der viele Truppen und Verbündete, Diener und zahlreiches Gefolge besaß. Auch hatte er zwei wackere, tapfere Söhne, von denen jedoch der ältere noch tapferer war als der jüngere; er herrschte über viele Länder und war so gerecht gegen seine Untertanen, daß ihn alle sehr liebten. Sein Name war Scheherban, sein jüngerer Bruder hieß

* Man sieht hieraus, wie wenig historische und geographische Kenntnisse unser Erzähler haben mußte, da er einen persischen Regenten über Indien und China herrschen läßt.

Schahseman, und war König von Samarkand in Persien. Beide hatten ihre Heimat nicht verlassen und jeder regierte höchst glücklich 20 Jahre lang in seinem Reiche. Da sehnte sich der ältere König nach seinem jüngeren Bruder, und befahl seinem Vezier, zu jenem hinzureisen und ihn zu ihm zu bringen. Der jüngere Bruder gehorchte alsbald und machte Anstalten zur Reise, und ließ Zelte, Kamele, Maultiere, Diener und Gefolge herbeikommen. Die Regierung war indes dem Vezier übertragen und der König reiste ab nach dem Lande seines Bruders. Um Mitternacht erinnerte er sich, etwas im Schlosse vergessen zu haben; als er dahin zurückkam, fand er seine Frau in vertrautem Umgang mit einem schwarzen Sklaven; bei diesem Anblick ward die ganze Welt schwarz in seinen Augen; er dachte, wenn dies schon vorfällt, ehe ich kaum die Stadt verlassen, was wird diese Verruchte tun, wenn ich einmal weit entfernt bin? Er zog sein Schwert und erstach beide; dann ließ er sogleich wieder aufbrechen und reiste immer fort, bis er in die Nähe der Hauptstadt seines Bruders kam. Dort ließ er seinem Bruder durch Boten seine Ankunft melden. Dieser erschien sehr erfreut, um ihn zu begrüßen, ließ er die Stadt beleuchten, setzte sich zu ihm und unterhielt sich aufs Angenehmste mit ihm. Aber der König Schahseman dachte an die Begebenheit mit seiner Gemahlin, und dieses kränkte ihn so tief, daß er bleich wurde und sein Körper an Kraft abnahm. Als sein Bruder ihn in diesem Zustande sah, dachte er, dies ist gewiß, weil er von seinem Lande und Königreiche entfernt lebt; er ließ ihn deshalb in Ruhe und fragte nach nichts. Doch eines Tages sagte er zu ihm: »O mein Bruder! Ich sehe, dein Körper wird immer schwächer und deine Farbe bleicher.« Jener antwortete ihm: »Ich habe eine innere Krankheit«; aber er sagte ihm nicht, was er von seiner Frau gesehen. Hierauf versetzte der ältere: »Ich möchte, daß du mit mir auf die Jagd gingest, vielleicht wird dich dies zerstreuen«; da jener sich aber weigerte, ging er allein fort. Nun waren im Schlosse des jüngeren Königs, d. h. das der jüngere Bruder bewohnte, Fenster, die auf den Garten seines Bruders gingen. Hier sah er auf einmal die Türe des Schlosses sich öffnen, und zwanzig Sklavinnen und zwanzig Sklaven herauskommen; in ihrer Mitte ging die Frau seines Bruders, ausgezeichnet schön und von bewundernswertem Wuchse. Als sie, d. h. die Sklavinnen, zu einem Teiche gelangt waren, entkleideten sie sich und setzten sich zu den Sklaven. Da rief die Königin: »Masud!« und es kam ein schwarzer Sklave und umarmte sie und sie umarmte ihn. Die übrigen Sklaven taten dasselbe mit den Sklavinnen, und so brachten sie den ganzen Tag zu mit Küssen und Umarmungen. Als der Bruder des Königs dies sah, dachte er bei sich: ›Bei Gott! mein Unglück ist geringer als dieses; dies ist mehr als mir geschehen!‹ Kummer und Gram fühlte er nun plötzlich weichen und er konnte wieder essen und trinken.

Als hierauf sein Bruder von der Reise zurückkam und sie einander begrüßten, da sah der König Scheherban, daß sein Bruder Schahseman sein voriges Aussehen erlangt hatte und mit Appetit aß, während er früher nur wenig gegessen, und er sagte zu ihm: »O mein Bruder, ich sah dich ganz gelb und nun siehst du wieder gut aus, sage mir doch, wie dieses zugeht?« Worauf ihm jener antwortete: »Ich will dir zuerst sagen, warum ich übel aussah, und dann, wie ich wieder mei-

ne vorige Farbe bekam. Wisse, mein Bruder, als du deinen Vezier schicktest, um mich zu dir zu holen, machte ich mich reisefertig und ging zur Stadt hinaus; da erinnerte ich mich, daß ich etwas im Schlosse vergessen; ich kehrte allein zurück und fand einen schwarzen Sklaven bei meiner Frau; ich erschlug sie beide und kam zu dir her und dachte immer an diesen Vorfall. Dies ist die Ursache, warum sich meine Farbe verändert und ich so schwach geworden. Was aber das wiedererlangte gute Aussehen betrifft, so erlasse mir, es zu erwähnen!« Als sein Bruder dies hörte, sprach er: »Ich beschwöre dich bei Gott, sage mir alles.« Da erzählte jener ihm alles, was er gesehen. Und als hierauf Scheherban seinen Bruder Schahseman sagte: »Ich will mich mit meinen eigenen Augen überzeugen«, entgegnete ihm dieser: »Sprich, du wollest auf die Jagd gehen, und verbirg dich bei mir, dann wirst du sogleich zur Überzeugung gelangen.«

Der König ließ bekannt machen, er wolle eine Reise machen; es zogen Truppen mit Zelten zur Stadt hinaus. Der König begab sich auch ins Lager und

sagte seinen Pagen: »Lasset niemand zu mir hereinkommen!« Er verkleidete sich dann und ging heimlich in seines Bruders Schloß, setzte sich dort ans Fenster, das den Garten beherrschte, und nach einer Weile kamen die Sklavinnen mit ihrer Gebieterin und den Sklaven in den Garten, und taten wieder alles, so wie es der Bruder erzählt hatte, so lange bis das Nachmittagsgebet ausgerufen wurde. Als Scheherban dies gesehen, verließ ihn die Besinnung, und er sprach zu seinem Bruder Schahseman: »Komm, wir wollen unseres Weges gehen; wir wollen nichts mit der Regierung zu schaffen haben, bis wir jemand finden, dem es ebenso geht, wie uns; ist dieses nicht der Fall, so sei uns Tod besser als Leben.« Sie gingen hierauf zu einer verborgenen Türe des Schlosses hinaus und reisten Tag und Nacht, bis sie in eine liebliche Ebene kamen, wo neben dem Meere eine süße Wasserquelle sprudelte. Sie tranken von dieser Quelle und ruhten aus; nach einer Weile fing das Meer an zu toben, es stieg eine schwarze Säule zum Himmel empor, die ihre Richtung gegen die Ebene nahm. Als sie dies sahen, fürchteten sie sich sehr und stiegen auf einen Baum, erwartend, was es wohl geben möchte?

Da kam ein Geist, von denen unseres Herrn Salomo (Friede sei mit ihm!), von langer Statur, großem Kopfe und breiter Brust; er hatte einen gläsernen Kasten auf dem Kopfe, an dem vier Schlösser von Stahl waren. Er setzte sich unter den Baum, auf welchen die Brüder gestiegen, legte den Kasten ab, nahm vier Schlüssel aus dem Schoß, öffnete die Schlösser und zog ein Mädchen heraus, vollkommen gewachsen, mit gewölbtem Busen, süßem Munde und mit einem Gesichte wie der Vollmond. Der Geist sah sie liebevoll an und sprach: »O Herrin aller freien Frauen! O du, die ich entführt, ehe sie jemand außer mir gekannt! O Geliebte meines Herzens! Laß mich ein wenig in deinem Schoße schlafen.« Hierauf legte er den Kopf auf ihre Knie und schlief und schnarchte wie der Donner. Als das Mädchen nun aber den Kopf in die Höhe hob und Scheherban und seinen Bruder erblickte, legte sie langsam den Kopf des Geistes auf den Boden, und bat sie, sie möchten doch herunter kommen. Jene antworteten: »Bei deinem Leben, o Herrin! Entschuldige uns, wenn wir nicht kommen!« Da erwiderte sie: »Wenn ihr nicht kommt, so rufe ich den Geist, meinen Gemahl, daß er euch auffresse.« Sie winkte ihnen dann noch einmal freundlich zu, und sie stiegen zu ihr herunter. Jetzt verlangte sie, daß sie ihr beide zu Willen sein sollten. Sie antworteten aber: »Bei Gott, Herrin! Verschone uns damit, wir fürchten uns zu sehr vor diesem Geist.« Sie sprach jedoch: »Ihr müßt mir gewähren, oder ich schwöre bei dem, der die Himmel gewölbt hat, wenn ihr meinen Wunsch nicht erfüllt, so wecke ich den Geist, daß er euch töte. Ihr dürft mir nicht widerstehen!« Da taten beide Brüder, was sie verlangte. Jetzt zog sie einen Beutel aus ihren Gewändern hervor und zählte 98 Siegelringe und sprach: »Wißt ihr wohl, was dies für Ringe sind? Sie kommen von 98 Männern, die sich mir gefällig zeigten. Gebt mir also auch die eurigen, so sind es hundert Männer, die mir dazu verhalfen, diesen häßlichen, abscheulichen Geist zu hintergehen, der mich in diesen Kasten eingesperrt und in diesem tobenden Meere wohnen läßt und so strenge bewacht, damit ich tugendhaft bleibe und niemanden außer ihm zuteil werde. Dieses Scheusal weiß nicht, daß die Bestimmung sich nicht ändern läßt und daß das Wollen der Frauen sich von niemanden abhängig macht.«

Als die beiden Könige dies hörten, wunderten sie sich sehr und sagten: »Gott! Gott! Es gibt keinen Schutz und keine Macht, außer beim erhabenen Gott! Wir wollen deshalb bei Gott gegen die List der Frauen Hilfe suchen, denn sie ist wahrlich zu groß.« Hierauf sprach sie zu ihnen: »Geht nun eures Weges!« Und als sie hierauf weggegangen waren, sprach Scheherban zu seinem Bruder: »Mein Bruder! Sieh, dies Abenteuer ist noch bedeutungsvoller als das unsrige. Hier ist ein Geist, der sein Mädchen in der Hochzeitsnacht raubte und es in einen gläsernen Kasten gesperrt hat, der mit vier Schlössern geschlossen ist. Er hat ihr das Meer zur Wohnung gegeben, weil er glaubte, sie so der Bestimmung und dem Schicksal zu entreißen, sie aber hat doch, wie wir gesehen, hundertfache Untreue geübt. Laß uns also jetzt getrost in unser Königreich zurückkehren, und den Beschluß fassen, nie mehr zu heiraten: ich will dir schon sagen, wie ich es machen will.« Sie kehrten also wieder um und gingen bis es Nacht ward; und am dritten Tage kamen sie wieder in ihre Heimat, traten unter die Zelte, setzten sich auf den königlichen Thron, und es kamen die Intendanten, Adjutanten, Fürsten, Großen und andre Leute. Sogleich wurde befohlen, in die Stadt zu ziehen. Der König begab sich in das Schloß, ließ den Vezier kommen und befahl ihm, sogleich seine Gemahlin zu töten. Der Vezier brachte sie um. Alsdann ging der König zu den Sklavinnen, zog sein Schwert, erschlug sie alle, ließ dann andere kommen und schwur, daß er jede Nacht eine andere sich erwählen wolle, die er dann des Morgens hinrichten lassen werde, denn es gäbe auf der ganzen Erde kein tugendhaftes Weib. Schahseman machte sich auch sogleich auf, um abzureisen, nachdem ihm sein Bruder das Nötige zur Reise gegeben hatte, und so kehrte er in sein Land zurück. Sultan Scheherban befahl indessen seinem Vezier, ihm die Sklavin für die Nacht zu bringen. Dieser führte ihm eine der Fürstentöchter zu. Der König verfügte sich zu ihr, aber am Morgen befahl er dem Vezier, ihr den Kopf abzuschneiden. Dieser mußte den Befehlen des Sultans gehorchen und sie umbringen. Dann schaffte er ihm eine andere Tochter der Großen des Landes, die auch wieder am Morgen umgebracht wurde. Und so ging es lange fort; jede Nacht erhielt er ein Mädchen und des Morgens ließ er sie dann hinrichten, bis es zuletzt kein Mädchen mehr gab und die Mütter und Väter weinten und seufzten und dem König den Tod wünschten und dem Schöpfer der Himmel klagten und den Erhörer der Gebete zu Hilfe riefen. Nun hatte der oberste Vezier, dem er stets den Befehl gegeben, die Frauen umzubringen, zwei Töchter. Die ältere hieß Schehersad und die jüngere Dinarsad. Jene hatte viele Bücher gelesen, unter anderen auch philosophische und medizinische Werke; sie hatte Gedichte auswendig gelernt und kannte Geschichten, Volkstraditionen und Reden der Weisen und der Könige; sie war sehr gelehrt und gebildet. Einst sprach nun Schehersad zu ihrem Vater: »Mein Vater! Ich will dir mein Geheimnis anvertrauen; ich wünsche, daß du mich mit dem Sultan Scheherban verheiratest; denn ich will entweder die Welt von diesen Mordtaten befreien oder selbst sterben, wie die andern.« Als ihr Vater, der Vezier, dies hörte, sagte er: »Du Törin, weißt du nicht, daß der König geschworen hat, jeden Morgen sein Mädchen töten zu lassen? Wenn ich dich also zu ihm führe, so wird er mit dir dasselbe tun.« Sie antwortete: »Ich will zu ihm geführt werden, mag er mich auch umbringen.« Da erwiderte der Vater: »Was fällt dir ein, daß du dich selbst so in Gefahr bringen willst?« Sie antwortete: »Gleichviel, aber führe mich nur zu ihm!« Der Vezier sagte hierauf zornig: »Wer nicht mit Klugheit zu Werke geht, stürzt sich ins Verderben, und wer nicht die Folgen einer Sache berechnet, hat keinen Freund in der Welt; wie man sprichwörtlich sagt: ich saß in Wohlbehagen, da ließ mir mein Übermut keine Ruhe. Ich fürchte sehr, es möchte dir gehen, wie dem Ochsen und dem Esel mit dem Bauer.« Da sagte sie: »Was ist das für eine Geschichte?«, und der Vezier erzählte:

»Wisse! Es war einmal ein reicher Kaufmann, der viele Güter, Diener, Kamele und anderes Vieh besaß; er hatte Frau und Kinder, wohnte auf dem Lande und beschäftigte sich mit Ackerbau; er kannte die Sprache aller Tiere und es war über ihn verhängt, daß, sobald er dies Geheimnis einem mitteilen würde, er sogleich sterben müsse. Obschon er nun die Sprache der Tiere und Vögel verstand, so durfte er doch niemanden etwas davon erzählen, aus Furcht vor dem Tode. Er hatte in seinem Hause einen Ochsen und einen Esel an einer Krippe nahe aneinander festgebunden. Eines Tages setzte sich der Kaufmann in ihre Nähe mit seiner Frau und seinen Kindern, die vor ihm spielten. Da hörte er, wie der Stier dem Esel sagte: »Ich wünsche dir Glück zu deiner Ruhe, zu der Bedienung, die du hast, indem man unter dir kehrt und spritzt, und dir gesiebte Gerste und klares Wasser bringt, während man mich Armen von Mitternacht an fortführt und mich ackern läßt; man legt auf meine Hals etwas, das man Joch und Pflug nennt, und so arbeite ich den ganzen Tag, durchfurche die Erde, werde unausstehlich müde, werde noch von den Bauern geschlagen, meine Seiten werden zerschunden, an meinem Halse wird die Haut abgerieben, man läßt mich von einer Nacht zur anderen arbeiten, dann bringt man mich in den Rindstall, wirft mir Bohnen mit Unrat vermischt und Spreu vor; ich liege im Kot, wie in einer Pfütze, die ganze Nacht, während du dich in einem gekehrten, bespritzten und abgeputzten Stalle befindest; deine Krippe ist rein und mit Stroh gefüllt; du ruhst immer aus; nur selten kommt unserm Kaufmann ein Geschäft vor, zu dem er auf dir reitet, und auch dann kehrt er bald wieder nach Hause zurück. Du ruhest, während ich mich abmühe, du schläfst, während ich wache, ich hungre, wenn du satt bist.« Als der Stier ausgeredet hatte, wendete sich der Esel zu ihm und sagte: »O Dummkopf! Wer dich den Vater der Verblüfften genannt, hat nicht gelogen; du hast weder Verstand noch Schlauheit, du weiß dir nicht zu raten und bringst dich allmählich durch deinen inneren Groll ums Leben; hast du noch nie das Sprichwort gehört: wer keine Leitung annimmt, verfehlt den rechten Weg? Höre mich drum, Stier! Wenn der Landmann dich anbindet, so stampfe mit den Füßen, stoße mit den Hörnern, und schreie immer fort, bis man dir Bohnen hinwirft. Dann friß nichts davon, rieche nur so daran herum und schiebe sie zurück und koste sie nicht, begnüge dich mit dem Stroh und der Spreu. Tust du dies, so wirst du sehen, daß es dir gut bekommt und deiner Ruhe zuträglich wird.« Als der Stier dies hörte und sah, daß der Esel ihm diesen Rat gegeben, dankte er ihm in seiner Sprache, wünschte ihm viel Gutes zum Lohne, hielt seinen Rat für gut, und sprach zu ihm: »Mögest du vor allem Übel bewahrt sein, o Vater der Gescheiten!« Dies alles, meine Tochter, geschah, während der Kaufmann es hörte und verstand.

Als nun am folgenden Tag der Bauer kam, um den Ochsen herauszuführen, und ihn an den Pflug zu spannen, damit er arbeite, da fand er den Ochsen nachlässig in seiner Arbeit, denn er befolgte den Rat des Esels; als der Bauer aber anfing ihn zu schlagen, fiel der Ochs aus List auf den Boden, so wie es ihn der Esel gelehrt, bis es Nacht geworden war. Da ging der Bauer mit ihm nach Hause und band ihn an die Krippe; aber der Ochs fing an mit den Füßen zu stampfen und laut zu brüllen und suchte sich von der Krippe loszureißen. Der Bauer wunderte sich darüber, und brachte ihm Bohnen und Futter; der Ochse roch daran herum, ging zurück, legte sich weit davon nieder, und kaute an dem Stroh und der Spreu bis zum Morgen. Als der Bauer kam und die Krippe voll mit Bohnen und Stroh fand, und nichts daran fehlte, und den Ochsen mit aufgeblasenem Leibe, ausgestreckten Füßen und fast ohne Atem erblickte, ward er sehr betrübt und sprach: »Bei Gott, der Ochs muß heute krank sein, darum konnte er auch gestern nicht arbeiten.« Er ging nun zum Kaufmann und sagte ihm: »Herr! Der Ochs ist krank, er hat diese Nacht nichts von seinem Futter gefressen.« Da aber der Kaufmann die Sache wohl wußte, so sprach er zum Bauer: »Geh, nimm den listigen Esel, spanne ihn an den Pflug, und zwinge ihn zur Arbeit, bis er des Ochsen Stelle versieht.« Der Bauer spannte den Esel ein, führte ihn aufs Feld, schlug ihn und quälte ihn, bis er pflügte; er schlug in so lange, bis er fast die Rippen zerbrochen und die Haut vom Halse abgeschunden hatte; als er ihn des Abends wieder nach

Hause führte, konnte der Esel keinen Fuß mehr rühren und trug seine Ohren niederhängend. Der Ochs hingegen hatte den ganzen Tag ausgeruht, die ganze Krippe geleert, und für den Esel gebetet und seinen Rat gelobt. Als abends der Esel zu ihm kam, stand er vor ihm auf und sprach: »Guten Abend, o Vater der Gescheiten: du hast mir bei Gott eine unbeschreibliche Wohltat erwiesen, mögest du stets geleitet und zum Ziele geführt werden; Gott belohne dich dafür statt meiner, o Vater der Aufgeweckten!«

Aber vor Zorn antwortete ihm der Esel nichts; denn er dachte: dies alles ist mir wegen meines unseligen Rats widerfahren; es war mir ganz wohl, da ließ mir mein Übermut keine Ruhe, bringe ich ihn nicht durch irgend eine List in seinen früheren Stand zurück, so gehe ich dabei zugrunde. Er schlich hierauf müde zur Krippe. Der Ochs aber streckte sich und kaute wieder und wünschte ihm immer viel Gutes.

Ebenso, meine Tochter, wirst du verderben durch deinen schlimmen Entschluß; bleibe also ruhig und stürze dich nicht selbst in das Verderben; ich rate dir aus Mitleid für dich.« Sie aber erwiderte: »Ich will zum Sultan gehen, um ihn zu heiraten.« Der Vater sagte noch einmal: »Tu dies nicht!«, aber sie erwiderte: »Es muß geschehen.« Da der Vater sprach: »Wenn du nicht ruhig bleibst, so werde ich mit dir verfahren, wie der Kaufmann mit seiner Frau.« »Was tat der Kaufmann mit ihr?« fragte die Tochter und der Vezier antwortete: »Wisse, nachdem dies zwischen dem Ochsen und dem Esel vorgefallen, ging der Kaufmann einmal in der Nacht beim Mondschein in den Stall; da hörte er, wie der Esel dem Ochsen sagte: »O Vater der Ochsen! Was wirst du wohl morgen tun, wenn dir der Bauer das Futter bringt?« Jener antwortete: »Was anders, als du mich gelehrt? Das werde ich stets tun, ich werde mich krank stellen, auf den Boden werfen und meinen Leib aufblasen.« Da schüttelte der Esel seinen Kopf und sagte: »Tu dies nicht, o Vater der Ochsen! Weißt du, was ich von unserm Herrn, dem Kaufmann, gehört habe, und was er dem Bauer gesagt?« »Nun, was hat er gesagt?« fragte der Ochs. »Er sagte«, antwortete der Esel, »wenn heute der Ochs nicht aufsteht, und sein Futter nicht frißt, so laß ich ihn gleich beim Metzger schlachten; laß ihm die Haut abziehen, und ich verteile dann sein Fleisch unter die Armen. Folge mir daher, ich fürchte für dich, und einen guten Rat erteilen ist eine Gewissenssache; wenn man dir das Futter bringt, so friß alles rein auf, damit man dich nicht schlachte.« Der Ochs fing an zu schreien und zu blasen, und der Kaufmann machte sich auf und lachte laut über diesen Vorfall. Da fragte ihn seine Frau: »Warum lachst du? Spottest du meiner?« Er sagte: »Nein.« »So sage mir, warum du lachest?« »Ich kann dir's nicht sagen, denn ich habe ein Unglück zu befürchten, wenn ich ausplaudre, was die Tiere in ihrer Sprache reden.« Sie fragte hierauf noch einmal: »Wer hindert dich, mir es zu sagen?« »Ich weiß, daß ich sterben muß.« »Bei Gott, du lügst! Das ist nur eine Ausrede, und bei dem Herrn des Himmels, wenn du mir's nicht sagst, bleibe ich keinen Augenblick mehr bei dir, du mußt es mir sagen.«

Sie ging dann ins Haus und weinte bis zum anderen Morgen. Der Kaufmann fragte sie: »Was meinst du also? Fürchte Gott! Geh in dich! Nimm deine Frage zurück und laß mich in Ruhe!« »Ich lasse davon nicht ab, du mußt es mir sagen.« »Wie? Du bestehst darauf, wenn ich dir gleich sage, daß ich sterben muß?« »Du mußt mir's sagen und solltest du auch sterben.« »So will ich vorerst deine Familie und Verwandte rufen.« Er ging nun und holte ihren Vater, ihre Verwandten und noch einige Nachbarn.

Der Kaufmann sagte ihnen, sein Tod wäre nahe, sie weinten alle, so wie auch die Kinder und der Bauer: es war eine große Trauer um ihn. Jetzt ließ er die Zeugen und Gerichtsleute kommen, gab seiner Frau, was ihr gebührte, machte ein Testament für seine Kinder, schenkte seinen Sklavinnen die Freiheit und nahm von den Seinigen Abschied. Nun weinten sogar die Zeugen; die Kinder liefen zur Frau und sprachen: »Laß doch ab von deinem Willen! Denn wüßte dein Mann nicht ganz gewiß, daß er sterben muß; wenn er sein Geheimnis offenbart, so würde er alles dies nicht tun«; da sie sich aber nicht zurückbringen ließ, so weinten und trauerten alle.

Nun aber, meine Tochter Schehersad, waren in diesem Hause fünfzig Hühner und ein Hahn; der Kaufmann saß betrübt über seine Trennung von der Welt, von seiner Familie und seinen Kindern. Während er so nachdachte und schon das Geheimnis entdecken wollte, da hörte er, wie sein Hund in seiner Sprache zum Hahn sagte, der eben die Flügel übereinander schlug und auf ein Huhn sprang, dann sogleich wieder auf ein anderes: »O Hahn! Schämst du dich nicht vor deinem Herrn, dich heute so zu betragen?« »Was gibt's denn heute?« fragte der Hahn; da antwortete der Hund: »Weißt du nicht, daß unser Herr heute in Trauer ist, weil seine Frau durchaus sein Geheimnis wissen will,

worauf er sogleich sterben muß? Es handelt sich nämlich darum, daß er ihr die Sprache der Tiere erkläre, weshalb er sehr betrübt ist, und du schlägst mit deinen Flügeln und springst umher mit Freuden, schämst du dich nicht?« Da hörte der Kaufmann, wie der Hahn antwortete: »O der einfältige, närrische Mann! Wie doch unser Herr so wenig Verstand hat! Ich habe fünfzig Hühner und stelle sie alle zufrieden, und mein Herr hat nur eine Frau und glaubt noch Verstand zu haben. Weiß er sich nicht mit ihr zu helfen.« Da sagte der Hund: »Aber was sollte er mit ihr beginnen?« Und der Hahn antwortete: »Er sollte einen Eichenstock nehmen, mit ihr in sein Zimmer gehen, die Türe schließen, über sie herfallen und sie solange prügeln, bis er ihr Hände und Füße zerschlagen; sie würde dann bald schreien: »Ich will keine Worte und keine Erklärung.« Er solle sie aber dann so lange schlagen, bis sie von ihrer Verrücktheit abläßt, und er soll nicht aufhören, bis sie ihm in nichts mehr widerspricht. Tut er dies, so hat er Ruhe, bleibt leben und macht der Trauer ein Ende.«

Als der Kaufmann die Rede des Hahnes mit dem Hunde hörte, stand er schnell auf, nahm einen Stock von Eichenholz, führte seine Frau auf sein Zimmer, riegelte die Türe zu, angeblich um ihr die Erklärung zu geben, und fiel dann über ihre Rippen und Schultern mit Schlägen her; er prügelte sie in einem fort; sie schrie um Hilfe und sagte: »Ich will dich nach nichts mehr fragen.« Zuletzt, als er müde war vom Schlagen, öffnete er die Tür, die Frau ging hinaus, den Vorfall bereuend, und durch den guten Rat des Hahns ward die Trauer in Freude verwandelt. Nun, meine Tochter, werde ich mit dir auch so verfahren, wenn du nicht abläßt.« Aber sie antwortete: »Ich werde nie zurücktreten, auch wird diese Geschichte meinen Entschluß nicht ändern, und führst du mich nicht zum Sultan, so werde ich allein zu ihm gehen und gegen dich klagen, daß du einem Mann seines Standes mich verweigerst, und ein Mädchen wie mich deinem Herrn entziehst.« Der Vater fragte wieder: »Es muß also sein?« »Ja«, antwortete sie. Nun, sagt der Erzähler, als er sich lange mit ihr abgemüht und geplagt hatte, ging er zum König Scheherban und wünschte ihm Glück, küßte die Erde vor ihm, und sagte ihm, daß er ihm in der nächsten Nacht seine Tochter bringen werde. Der Sultan fragte ganz erstaunt: »Was ist dies? Da ich doch bei dem, der die Himmel gewölbt, bis morgen befehlen werde, sie umzubringen? Und tust du es nicht, so werde ich ohne weiteres dich umbringen lassen.« Er antwortete: »O König der Zeit! Sie hat es gewünscht, ich habe ihr alles gesagt, sie wollte nichts hören, sondern diese Nacht bei dir sein.« Der König sprach: »Gut, geh, mache Vorbereitungen zu ihrer Ankunft und bring sie diese Nacht zu mir!« Der Vezier ging, brachte die Botschaft seiner Tochter und sagte: »Gott gebe mir keine Sehnsucht nach dir!« Schehersad freute sich sehr, machte alle ihre Sachen zurecht, ging zu ihrer jüngeren Schwester Dinarsad und sprach zu ihr: »Höre, meine Schwester, was ich dir anempfehle: wenn ich bei dem Sultan bin, werde ich nach dir schicken; wenn du dann kommst und siehst, daß der Sultan sich nicht mehr mit mir beschäftigt, so sage zu mir: o Schwester! wenn du nicht schläfst, so erzähle uns von deinen schönen Geschichten, damit wir die Nacht dabei durchwachen! Dies wird meine und der Welt Rettung von diesem Unheil verursachen und den König von seiner unseligen Gewohnheit abbringen.« Jene sagte zu, und als es Nacht war, begab sich Schehersad zu dem König. Dieser empfing sie in zärtlicher Weise und begann mit ihr zu scherzen, sie aber weinte. Als er sie fragte, warum sie weine, antwortete sie: »O König der Zeit! Ich habe eine Schwester, von der ich diese Nacht noch Abschied nehmen möchte.« Der König schickte nach Dinarsad. Diese wartete, bis der Sultan sich an ihrer Schwester ergötzt und etwas geschlafen hatte, dann seufzte sie und sagte: »O meine Schwester! Wenn du nicht schläfst, so erzähle uns von deinen schönen Geschichten, daß wir die Nacht dabei durchwachen, vor Tagesanbruch will ich dir dann Lebewohl sagen, denn ich weiß ja nicht, wie es morgen mit dir enden wird.« Schehersad fragte den Sultan um Erlaubnis, und als er diese erteilte, ward sie hocherfreut und begann:

Geschichte des Kaufmanns mit dem Geiste

Man behauptet, o glückseliger, einsichtsvoller König, es sei einmal ein reicher, wohlhabender Mann gewesen, der viele Güter, Sklaven, Bediente, Weiber und Kinder besaß, und in allen Ländern Waren und Schulden ausstehen hatte. Dieser bestieg einst sein Tier, nachdem er einen Quersack mit Lebensmitteln, aus Zwieback und mekkanischen Datteln bestehend, gefüllt, und reiste nach Gottes Willen viele Tage und Nächte. Gott hatte ihm eine glückliche Reise bestimmt, und er erreichte das erwünschte Land, machte seine Geschäfte dort ab, und trat die Rückreise nach seiner Heimat und zu seiner Familie an. Als er am dritten, vierten Tage auf der Reise war, ward ihm sehr heiß, und als die Hitze immer heftiger ward, sah er einen Garten vor sich, in welchem er Schatten zu finden hoffte. Er stellte sich unter einen Nußbaum, neben welchem eine Wasserquelle rann, setzte sich neben denselben, band sein Tier fest, nahm einige Zwiebacke und Datteln aus dem Quersacke, aß und warf die Dattelkerne rechts und links, bis er satt war, dann stand er auf, wusch sich und betete. Nachdem er dieses vollendet hatte, kam auf einmal ein alter Geist auf ihn zu. Seine Füße waren auf der Erde und sein Kopf in den Wolken; er hatte ein gezogenes Schwert in der Hand, ging auf den Kaufmann los, blieb dann vor ihm stehen und schrie ihm zu: »Steh auf, daß ich dich mit diesem Schwerte umbringe, wie du mein Kind umgebracht.« Als der Kaufmann die Worte des Geistes hörte, und ihn ansah, erschrak er und fürchtete sich sehr vor ihm: »Mein Herr! Für welches Vergehen willst du mich umbringen?« Der Geist antwortete: »Ich will dich umbringen, wie du meinen Sohn umgebracht.« Der Kaufmann fragte: »Wer hat denn dieses getan?« Und der Geist antwortete: »Du.«; Da sprach der Kaufmann: »Ich habe ihn bei Gott nicht umgebracht, wo, wann und wie soll ich ihn denn getötet haben?«

Da entgegnete der Geist: »Bist du nicht hier gesessen und hast Datteln aus deinem Sack genommen, die Datteln gegessen und die Kerne rechts und links geworfen?« »Es ist wahr, dieses habe ich getan«, antwortete der Kaufmann. »Nun«, versetzte der Geist, »auf diese Weise hast du meinen Sohn getötet; denn während du aßest und die Kerne wegwarfst, ging mein Sohn vorüber, es traf ihn ein Kern und tötete ihn. Und spricht nicht das Gesetz: wer tötet, soll wieder getötet werden?« Der Kaufmann sagte: »Ich gehöre Gott und wende mich zu ihm, es gibt keine Macht und keinen Schutz, außer beim erhabenen Gott; wenn ich wirklich dein Kind getötet habe, so habe ich es ungern getan, du solltest mir also wohl verzeihen.« Aber der Geist antwortete: »Keineswegs, du mußt umgebracht werden!« Hierauf ergriff er ihn, streckte ihn auf den Boden hin, und hob das Schwert auf, ihn zu töten; da weinte der Kaufmann und schrie nach seiner Familie, seiner Frau und seinen Kindern, er glaubte schon zu sterben und vergoß so viele Tränen, daß seine Kleider davon naß wurden, und sagte: »Es gibt nur bei dem erhabenen Gott Macht und Schutz!« Hierauf sprach er folgende Verse:

»Die Zeit besteht aus zwei Tagen, der eine gewährt Sicherheit, der andere droht Gefahren; das Leben besteht aus zwei Teilen, der eine ist klar, der andere trübe; siehst du nicht, wenn Sturmwinde toben, wie sie nur die Gipfel der Bäume erschüttern? Wie manches Grüne und Dürre ist auf der Erde und doch wird nur das, was Früchte hat, mit Steinen geworfen. Im Himmel sind zahllose Sterne, und nur Sonne und Mond verlieren zuweilen ihr Licht. Du hast eine gute Meinung von den Tagen, wenn sie schön sind, und berechnest nicht, was das Schicksal noch bringt. Die Nächte haben dich in Ruhe gelassen, und du ließest dich durch sie täuschen; während die Nacht am klarsten scheint, kommt aber das Unglück herbei.«

Als der Kaufmann diese Verse gesprochen und sich satt geweint hatte, sagte der Geist abermals: »Jetzt muß ich dich umbringen.« Da flehte der Kaufmann:

»Kann es nicht anders sein?« »So muß es geschehen«, antwortete der Geist, und hob wieder das Schwert auf, um ihn zu töten.

Hier bemerkte Schehersad den Tagesanbruch und erzählte nicht weiter; das Innere des Königs Scheherban glühte aber vor Verlangen nach der Fortsetzung der Erzählung. Als die Morgenröte schon angebrochen war, sagte Dinarsad ihrer Schwester Schehersad. »Bei Gott, wie schön, wie angenehm und wie wunderbar ist deine Erzählung!« Da antwortete sie: »Was ist dies alles im Vergleich zu dem, was ich in der nächsten Nacht erzählen werde, wenn mich mein Herr, der König leben läßt; es wird noch wunderbarer und überraschender sein.« Da sagte der Sultan: »Bei Gott, ich werde dich nicht umbringen lassen, bis ich das übrige der Erzählung gehört; erst nach der nächsten Nacht sollst du sterben!« Wie es nun ganz hell war und die Sonne zu leuchten anfing, stand der König auf und beschäftigte sich mit seinen Regierungsangelegenheiten.

Der Vezier, Schehersads Vater, war sehr erstaunt, als der König bis abends die Regierungsgeschäfte besorgte. Der König ging dann nach Hause, bestieg sein Lager, und Schehersad mußte sich zu ihm verfügen. Nachdem dies geschehen, ruhten beide ein wenig, dann sagte Dinarsad ihrer Schwester Schehersad: »Ich beschwöre dich bei Gott, meine Schwester, wenn du nicht schläfst, so teile uns wieder etwas von deinen schönen Erzählungen mit, daß wir die Zeit, in der wir doch nicht schlafen, angenehm zubringen.« Da sagte der Sultan: »Doch zuerst den Beschluß der Erzählung des Kaufmanns mit dem Geiste, denn sie gefällt mir«; und Schehersad sprach: »Es gereicht mir zum Vergnügen und zur Ehre, o glückseliger König« und fuhr also fort:

Man behauptet, o glückseliger und wohldenkender König, daß, als der Geist seine Hand mit dem Schwerte in die Höhe hob, der Kaufmann zu ihm sagte: »Nun, stolzer Geist, willst du mich denn durchaus töten?« »Gewiß«, erwiderte der Geist. Da sagte der Kaufmann: »Willst du mir nicht Zeit lassen, bis ich von meiner Familie, von meiner Frau und meinen Kindern Abschied genommen, bis ich mein Erbe unter ihnen verteilt und meinen letzten Willen ihnen bekannt gemacht habe? Wenn alles dies geschehen, will ich zu dir zurückkehren, und dann kannst du mich töten.« Der Geist antwortete hierauf: »Ich fürchte, wenn ich dich loslasse, daß du nicht mehr wiederkehren wirst.« Da sagte der Kaufmann: »Ich schwöre dir einen Eid und nehme den Herrn des Himmels und der Erde zum Zeugen, daß ich wieder zu dir kommen werde.« Nun sagte der Geist: »Wie lange Frist begehrst du?« »Ich fordere ein Jahr«, erwiderte der Kaufmann, »bis ich von meinen Kindern und meiner Familie Abschied genommen und mich von dem mir anvertrauten Gute befreit habe; zu Anfang des nächsten Jahres komme ich dann wieder.« Da fragte der Geist noch einmal: »Bürgt mir Gott für deine Wiederkehr?« »Gott bürgt dir für meine Worte«, antwortete der Kaufmann.

Als er nun so geschworen und ihn der Geist losgelassen, bestieg er sein Tier wieder, machte sich mit traurigem Herzen auf den Weg, und reiste in einem fort, bis er nach seiner Heimat kam. Als er seine Kinder und seine Frau sah, fing er an viele Tränen zu vergießen und höchst betrübt und niedergeschlagen zu werden. Seine Leute wunderten sich über ihn, und seine Frau fragte ihn, was ihm fehle

und warum er so weine und so niedergeschlagen wäre, während sie sich doch alle über seine Ankunft freuten. »Wie soll ich nicht jammern«, antwortete er, »da ich nur noch ein Jahr und nicht mehr zu leben habe.« Hierauf erzählte er ihnen, was ihm auf der Reise mit dem Geiste widerfahren und wie er ihm geschworen, daß er nach einem Jahr wiederkehren werde, um sich von ihm töten zu lassen. Als sie dies vernahmen, weinten sie alle. Die Frau schlug sich ins Gesicht und riß sich die Haare aus, die Töchter stießen Jammergeschrei aus, und die Söhne groß und klein schrien laut. Alles trauerte, die Kinder weinten den ganzen Tag um ihren Vater herum, und sie nahmen gegenseitig Abschied voneinander. Am folgenden Tage fing er an sein Erbteil unter ihnen zu verteilen und sein Testament zu machen; er machte sich auch von den Leuten frei, denen er etwas schuldig war, gab große Geschenke und Almosen, und nahm Leute an, die den Koran für ihn lesen mußten. Dann ließ er Zeugen und Gerichtsschreiber kommen, schenkte seinen Sklaven und Sklavinnen die Freiheit, gab den erwachsenen Kindern ihren Teil von seinem Vermögen, machte ein Testament für den Teil der Kleinen, gab seiner Frau, was ihr verschrieben war, und so war er beschäftigt, bis das Jahr abgelaufen und nur noch so viel davon übrig blieb, als er zur Reise brauchte. Nun schickte er sich zur Reise an, wusch sich, betete, nahm sein Totengewand und sagte seiner Frau und seinen Kindern Lebewohl. Diese schrien und weinten alle zusammen, und auch er vergoß viele Tränen und sprach zu ihnen: »Bei meinem Haupt und bei meinen Augen, dies ist ein Beschluß Gottes, es ist sein Urteil und seine Bestimmung, der Mensch ist eben nur zum Tode geschaffen.« Jetzt nahm er zum letztenmale Abschied, bestieg sein Tier, reiste Tag und Nacht, bis er zu dem

Garten gelangte. Es war gerade ein Jahr verstrichen. Er setzte sich an den Ort, wo er die Datteln gegessen, und erwartete mit traurigem Herzen und weinenden Augen den Geist. Während er so dasaß, kam ein alter Mann mit einer Gazelle an einer Kette auf ihn zu und grüßte ihn. Der Kaufmann erwiderte seinen Gruß und der Alte fragte ihn, was er hier tue an diesem Orte der Geister und Teufelskinder; denn dieser Garten ist von Dämonen bewohnt und es geht keinem gut, der darin verweilt. Der Kaufmann erzählte ihm seine ganze Geschichte mit dem Geiste von Anfang bis zu Ende. Der Alte wunderte sich sehr, wie er hörte, daß er hier seinen Tod erwarte, und sagte: »Du mußt ein Mann von großer Redlichkeit sein.« Hierauf setzte er sich neben ihn und sprach: »Ich werde nicht von hier weichen, bis ich sehe, wie es dir mit dem Geiste gehen wird.« Sie blieben nun beisammen sitzen und unterhielten sich miteinander.

Hier bemerkte Schehersad, daß der Tag nahe sei, und sie hörte auf zu erzählen. Ihre Schwester Dinarsad sagte zu ihr: »Wie schön und wunderbar ist deine Erzählung.« Aber Schehersad erwiderte: »Ich werde auch die nächste Nacht noch viel Schöneres und Wunderbareres erzählen, wenn mein Herr, der König, mich leben läßt.«

In der folgenden Nacht sprach Dinarsad zu ihrer Schwester: »Ich beschwöre dich bei Gott, meine Schwester! Wenn du nicht schläfst, so erzähle uns wieder eine von deinen schönen Erzählungen, daß wir die Nacht dabei durchwachen«, und der König setzte hinzu: »Vollende die Geschichte des Kaufmanns!« - »Es gereicht mir zum Vergnügen und zur Ehre«, erwiderte Schehersad und fuhr also fort:

Ich hörte, o glückseliger König, daß, während der Kaufmann mit dem Alten der Gazelle sich unterhielt, noch ein alter Mann mit zwei schwarzen wolfartigen Hündinnen dazu kam; er grüßte sie und die beiden erwiderten seinen Gruß; dann sagte er, was sie hier täten, und der Alte mit der Gazelle erzählte jenem die Geschichte des Kaufmanns mit dem Geiste, dem er geschworen, wieder zu kommen, und den er nun erwarte, um von ihm getötet zu werden. »Ich kam nur zufällig hierher«, setzte er hinzu, »aber ich schwor, nicht von hier zu weichen, bis ich sehe, was zwischen ihm und dem Geiste sich ereignen wird.« Als der Mann mit den Hündinnen dies hörte, wunderte er sich besonders darüber, daß der Kaufmann seinen Eid so treu gehalten, und sagte: »Auch ich kann diesen Ort nicht verlassen, bis ich weiß, was sich zwischen dem Kaufmann und dem Geiste zutragen wird.« Während sie so im Gespräch waren, kam noch ein alter Mann mit einem schlechten mageren Maultiere; nach gegenseitigem Gruße fragte dieser: »Was tut ihr hier und warum ist der Kaufmann so traurig und niedergeschlagen?« Die beiden Alten erzählten ihm nun die Geschichte und sagten ihm auch, daß sie hier warten wollten, um zu sehen, wie es ihm mit dem Geist ergehen werde. Als der Alte dies hörte, sagte er: »Auch ich, bei Gott, will nicht von hinnen weichen, bis ich sehe, was sich mit diesem Mann und dem Geiste ereignen wird; er setzte sich hierauf zu ihnen, und sie unterhielten sich eine kleine Weile. Da kam auf einmal ein großer Staub aus der Wüste hergezogen und der Geist erschien mit einem bloßen Schwerte von Stahl in der Hand und ging auf sie zu, ohne sie zu grüßen. Als er bei ihnen war, zog er den Kaufmann an der linken Hand in die

Höhe und sprach: »Steh auf, daß ich dich töte!« Der Kaufmann weinte, und die drei Alten weinten auch und jammerten laut.

Hier bemerkte Schehersad den Tagesanbruch und schwieg. Dinarsad sprach zu ihr: »O wie schön und wundervoll ist deine Erzählung, meine Schwester.« Schehersad erwiderte: »Was ist dies im Vergleich zu dem, was ich euch in der folgenden Nacht erzählen werde, wenn mein Herr, der König, mich leben läßt; es wird noch weit wunderbarer, angenehmer und entzückender sein.« Das Herz des Königs entbrannte vor Verlangen, die weitere Erzählung zu hören, und beschloß bei sich: Bei Gott, ich lasse sie nicht umbringen, bis ich das Ende der Geschichte vernommen, und gehört habe, was aus dem Kaufmann geworden, dann erst will ich sie, nach meiner Gewohnheit, gleich den übrigen Frauen töten lassen. Er ging hierauf seinen Regierungsgeschäften nach und traf ihren Vater, den Vezier, der darüber sehr erstaunt war. Bis zur Nacht blieb er im Divan*, ging dann wieder in seinen Palast zurück, begab sich zu Bette, und nachdem er mit Schehersad eine Weile geschlafen, sprach Dinarsad: »Ich beschwöre dich bei Gott, meine Schwester! Wenn du nicht schläfst, so erzähle uns eine deiner schönen Erzählungen, damit wir den übrigen Teil der Nacht dabei durchwachen.« Jene sagte: »Es macht mir Vergnügen und Ehre«, und erzählte:

Man behauptet, o glückseliger König, daß, als der Geist den Kaufmann töten wollte, der erste Alte mit der Gazelle auf jenen zuging und ihm Hände und Füße küßte, und also sprach: »O du Krone der Könige der Geister, wenn ich dir erzähle, was mir mit dieser Gazelle widerfahren, und du meine Erzählung noch wunderbarer findest, als das, was dir mit dem Kaufmann begegnet, wirst du mir zuliebe ihm ein Drittel seiner Schuld verzeihen?« »Recht gern«, entgegnete der Geist. Und der Alte erzählte:

Geschichte des ersten Greises mit der Gazelle

Wisse, o Geist, daß diese Gazelle die Tochter meines Oheims ist; sie ist mein Blut und von Kindheit an meine Frau, denn sie war erst zehn Jahre alt, als ich sie heiratete, und ist folglich erst bei mir mannbar geworden. Ich lebte 30 Jahre mit ihr, ohne mit einem Kinde beglückt zu werden; doch hatte ich während dieser ganzen Zeit ihr immer viel Gutes erzeigt und sie geehrt. Aber ich kaufte noch eine Sklavin, die mir einen Knaben gebar, schön wie der Mond. Jetzt wurde meine erste Frau eifersüchtig. Als mein Sohn zwölf Jahre alt war, mußte ich eine Reise unternehmen; ich empfahl ihn meiner Frau aufs Angelegentlichste,

* Divan bedeutet hier Staatsrat, wird aber auch sonst für jede Versammlung, wo Staatsgeschäfte besorgt werden, gebraucht; das Wort heißt eigentlich Rat, wird aber auch bekanntlich von einer Sammlung Gedichte und von einem Sofa gebraucht.

ihn und seine Mutter. Ein Jahr blieb ich aus. Während meiner Abwesenheit hatte meine Frau die Zauberkunst gelernt; sie nahm meinen Sohn und verzauberte ihn in ein Kalb, ließ meinen Hirten kommen und übergab ihm das Kalb und sagte: »Laß dieses Kalb mit den Stieren weiden.« Dann verzauberte sie die Mutter in eine Kuh und übergab sie ebenfalls den Hirten. Als ich nun bei der Rückkehr meine Frau nach dem Sohn und seiner Mutter fragte, sagte sie mir, die Mutter sei gestorben und der Sohn vor zwei Monaten davongelaufen; sie aber habe seither nichts mehr von ihm gehört.

Als ich diese Worte vernahm, entbrannte mein Herz über meinen Sohn und bekümmerte sich um die Mutter. Ich stellte ein ganzes Jahr Nachforschungen nach meinem Sohn an. Nun kam das große Fest Gottes*, ich schickte zum Hirten hin und ließ ihm sagen, er möge mir eine fette Kuh bringen, damit ich das Fest feiern könne. Er brachte mir meine verzauberte Frau. Als ich sie nun binden ließ und sie schlachten wollte, weinte und seufzte sie: »Mbu! Mbu!«, und die Tränen liefen ihr über die Wangen herunter: ich war darüber erstaunt, blieb gerührt vor ihr stehen und sagte dem Hirten: »Bringe mir eine andere.« Da sagte meines Oheims Tochter: »Schlachte nur diese, denn er hat keine bessere und keine fettere, wir wollen sie daher am Festtage verzehren.« Ich ging wieder auf sie zu, um sie zu schlachten, aber sie schrie wieder: »Mbu! Mbu!« Ich blieb vor ihr stehen und sagte hierauf zum Hirten: »Schlachte du sie, statt meiner.« Er schlachtete sie und zog ihr die Haut ab, aber er da fand er weder Fleisch noch Fett, es war nichts an ihr als Haut und Knochen. Ich bereute es, sie geschlachtet zu haben, und sagte zu dem Hirten: »Nimm du sie, oder gib sie wem du willst, und suche mir ein fettes Kalb heraus.« Er nahm die Kuh und ging fort; ich weiß nicht, was er mit

* Das große Beiramfest wird am zehnten Tage des Monats (Eilhudjah (der Wallfahrt)) gefeiert, es wird dabei in allen reichen Familien ein Lamm geschlachtet.

ihr getan; dann kam er wieder und brachte mir meinen Sohn, die Seele meines Herzens, in des Gestalt eines fetten Kalbes. Als mein Sohn mich sah, zerriß er das Seil, das an seinem Kopf befestigt war, sprang auf mich zu und legte seinen Kopf auf meine Füße. Ich wunderte mich darüber, war gerührt und bemitleidete durch eine geheime göttliche Kraft mein eigenes Blut. Mein Innerstes kam in Bewegung, als ich die Tränen des Kalbes, meines Sohnes sah, wie sie über seine Wangen herabflossen und wie es dabei mit seinen Vorderfüßen die Erde scharrte; ich ließ es nun los und sprach zu dem Hirten: »Laß dieses Kalb bei der Herde und verpflege es gut und bring mir ein anderes!« Da schrie meines Oheims Tochter, diese Gazelle hier: »Schlachte kein anderes als dieses Kalb!« Ich erzürnte mich und sagte: »Ich habe dir schon gehorcht, als ich die Kuh schlachtete, und es hat nichts genützt, nun werde ich dir aber bei diesem Kalb kein Gehör geben und es nicht schlachten.« Sie drang aber in mich und sprach: »Dieses Kalb muß geschlachtet werden«; sie nahm dann ein Messer und ließ das Kalb binden.

Schehersad bemerkte nun den Tagesanbruch, und hörte auf zu erzählen. Dinarsad sprach zu ihr: »O meine Schwester, wie schön und wunderbar ist deine Erzählung.« Schehersad erwiderte: »Was ist dies im Vergleich zu dem, was ich euch in der nächsten Nacht erzählen werde, wenn mein Herr, der König, mich leben läßt; es wird noch viel wunderbarer, angenehmer und entzückender sein.« Das Herz des Königs brannte vor Verlangen, die weitere Erzählung zu hören, und er beschloß bei sich: bei Gott, ich lasse sie nicht umbringen, bis ich das Ende der Geschichte vernommen und gehört habe, was aus dem Kaufmann geworden; dann erst will ich sie nach meiner Gewohnheit, gleich den übrigen Frauen töten lassen. Er ging hierauf seinen Regierungsgeschäften nach und traf ihren Vater, den Vezier, der darüber sehr erstaunt war. Bis zur Nacht blieb er im Divan, und dann ging er wieder in seinen Palast zurück, begab sich zu Bette, und nachdem er mit Schehersad eine Weile geschlafen, sprach Dinarsad: »Ich beschwör dich bei Gott, meine Schwester, wenn du nicht schläfst, so unterhalte mich mit einer deiner schönen Erzählungen, damit wir den übrigen Teil der Nacht dabei durchwachen.« Jene sagte: »Es macht mir Vergnügen und Ehre.« Da erwiderte Dinarsad: »Tu dies aber nicht, ehe dir unser König, Gott erhalte ihn lange, die Erlaubnis dazu gibt.« Als hierauf der König sagte: »Erzähle!« da sprach Schehersad:

Ich habe vernommen, o glückseliger König, daß der Alte mit der Gazelle zu dem Geiste sagte: »Ich nahm ihr das Messer aus der Hand und wollte selbst mein Kind schlachten, da schluchzte und weinte es, legte seinen Kopf auf meine Füße, streckte die Zunge heraus, gleichsam um mir ein Zeichen zu geben. Ich aber wandte mich von ihm ab und ließ es los, denn mein Herz war zu gerührt. Hierauf sprach ich zu meiner Gemahlin: »Ich empfehle dir dieses Kalb, das ich eben losgelassen.« Sie gab sich zufrieden, als ich ihr versprach, es zum nächsten Feste zu schlachten, und sie willigte ein, jetzt ein anderes zu töten.« So verging diese Nacht. Am folgenden Morgen, als es hell geworden, kam der Hirte zu mir, ohne daß meine Frau etwas merkte, und sagte: »Mein Herr, ich habe dir eine gute Nachricht zu bringen, wirst du mir deshalb wohl ein Geschenk machen?« »Du sollst eines haben«, erwiderte ich, »erzähle nur!« Da sagte er wieder: »Ich habe

eine Tochter, die zaubern kann und Beschwörungen gelernt hat; als ich gestern mit dem Kalbe, das du freigelassen, nach Hause kam, um es mit den anderen jungen Stieren weiden zu lassen, betrachtete meine Tochter dasselbe und weinte und lachte. Ich fragte sie: ›Warum weinst und lachst du so?‹ Und sie antwortete mir: ›Dieses Kalb ist der Sohn unseres Herrn, des Eigentümers dieses Viehes; er ist von der Gemahlin seines Vaters verzaubert worden, darum lache ich. Weinen muß ich über seine Mutter, die sein Vater geschlachtet hat.‹ Ich konnte kaum die Morgenröte erwarten, um dir diese gute Nachricht vom Leben deines Kindes zu bringen.« Als ich, o Geist, dies hörte, schrie ich laut auf und fiel in Ohnmacht. Nachdem ich wieder zu mir gekommen war, ging ich mit dem Hirten in sein Haus, lief zu meinem Sohne, warf mich über ihn her, umarmte ihn und weinte. Er wandte seinen Kopf nach mir, aus seinen Augen flossen Tränen und er streckte seine Zunge heraus, gleichsam um mich auf seinen Zustand aufmerksam zu machen. Ich wendete mich hierauf zur Tochter des Hirten und sagte zu ihr: »Wenn du ihn wieder vom Zauber befreien kannst, so schenke ich dir mein Vieh und alles, was ich sonst besitze.« Sie beteuerte mir, daß sie weder nach meinem Vieh, noch nach meinem anderen Besitztum gelüste. »Nur unter zwei Bedingungen«, sprach sie, »will ich deinen Sohn befreien: erstens mußt du mich mit ihm verheiraten und zweitens mußt du mir erlauben, die zu verzaubern, die ihn in diesen Zustand versetzt hat, denn sonst werde ich immer ihre Bosheit und ihre Ränke gegen ihn zu befürchten haben.« Ich erwiderte: »Ganz gut, ich gebe dir und meinem Sohne noch mein Vermögen obendrein; ebenso gebe ich dir volle Macht über die Tochter meines Oheims, die so gegen meinen Sohn gehandelt und mich überredet hat, seine Mutter zu schlachten; ich will sie dir bringen, du magst mit ihr verfahren, wie du willst.« Sie antwortete: »Ich will ihr nur das zu kosten geben, womit sie andere speiste.« Hierauf füllte sie eine Schüssel mit Wasser, sprach den Zauber darüber, beugte sich dann zu meinem Sohne und sagte: »O du Kalb, bist du ein Geschöpf des Allgewaltigen, Allmächtigen, so bleibe unverändert! Bist du aber treulos verzaubert, so verlasse diese Gestalt und nimm mit Erlaubnis des Schöpfers der Welt wieder eine menschliche an!« Sie bespritzte ihn dann mit dem Wasser aus der Schüssel, und er ward wieder ein Mensch wie früher; es dauerte aber nicht lange, da fiel ich ohnmächtig auf ihn hin. Als ich wieder zu mir gekommen war, erzählte er, was die Tochter meines Oheims, diese Gazelle hier, ihm und seiner Mutter getan. Ich sagte ihm: »Nun, mein Sohn hat uns ein Wesen gesandt, das für dich, deine Mutter und mich an ihr Rache nehmen wird.« Hierauf verheiratete ich meinen Sohn mit der Tochter des Hirten, die schön war wie der Vollmond, dabei sehr geschickt, gelehrt und kenntnisreich, viele Dichter gelesen und Zauber und Schwarzkunst gelernt hatte. Sie verzauberte die Tochter meines Oheims hier in die Gestalt einer Gazelle und sagte: »Dir zu Liebe habe ich sie in eine schöne Gestalt verzaubert, damit ihr Anblick dir nicht zum Abscheu werde.« Und sie blieb Jahre und Monate bei uns; dann starb die Frau meines Sohnes, die Tochter des Hirten, und mein Sohn reiste in das Land des jungen Mannes, mit dem dir dieses Abenteuer begegnet ist. Ich ging nun, meinen Sohn zu besuchen, und nahm die Tochter meines Oheims, diese Gazelle hier, mit mir, und so kam ich hierher zu euch. Dies ist meine Geschichte; ist sie nicht sonderbar und wundervoll?«

»Nun«, antwortete der Geist, »ich schenke dir den dritten Teil seiner Schuld.« Hierauf, o erhabener König, kam der zweite Alte, der mit den beiden schwarzen Hunden und sprach: auch ich will dir erzählen, was mir mit meinen Brüdern*, diesen beiden schwarzen Hunden, widerfahren ist; du wirst sehen, daß meine Erzählung noch wunderbarer und unglaublicher als die dieses Mannes ist. Wirst du, wenn ich dir sie erzähle, mir auch einen Dritteil seiner Schuld schenken?« »Jawohl«, antwortete der Geist.

Geschichte des zweiten Greises mit den beiden Hunden

Hierauf sprach der zweite Alte mit den beiden Hunden also: Folgendes ist meine Geschichte, o Geist: diese zwei Hunde sind meine zwei Brüder; wir waren, als unser Vater starb, drei Brüder; er hinterließ uns 3000 Dinare; ich eröffnete einen Laden und kaufte und verkaufte, ebenso meine Geschwister. Es dauerte nicht lange, da verkaufte mein ältester Bruder, einer dieser Hunde,

* Es heißt zwar an dieser Stelle im Text Kinder, man sieht aber wohl in der Folge, daß es Brüder heißen muß, daher denn auch hier das Letztere gewählt wurde.

alles, was er im Laden hatte, für 1000 Dinare*, kaufte verschiedene Waren mit diesem Gelde ein und reiste weg; er blieb ein volles Jahr aus. Eines Tages, als ich in meinem Laden saß, stand er bettelnd vor mir; ich sagte: »Gott helfe dir!« Da sprach er weinend: »Kennst du mich nicht mehr?« Ich betrachtete ihn näher und sah, daß es mein Bruder war; ich hieß ihn willkommen, trat mit ihm in den Laden, fragte ihn, wie es ihm ginge, und er antwortete mir: »Frage mich nicht, denn es ist mir schlecht ergangen; alles Geld ist dahin.« Ich brachte ihn dann ins Bad, gab ihm eines meiner Kleider anzuziehen und nahm ihn zu mir. Als ich nun meine Rechnungen über mein Geschäft in Ordnung brachte und fand, daß mein Kapital von 1000 Dinaren sich verdoppelt hatte, so teilte ich es mit meinem Bruder und sagte ihm: »Nun denke dir, du seiest gar nicht abgereist gewesen.« Er nahm das Geld voller Freude und eröffnete wieder einen Laden. Ich lebte so viele Tage und Nächte; da ging mein zweiter Bruder, der andere Hund hier, verkaufte auch, was er hatte, sammelte sein Vermögen ein und wollte ebenfalls eine Reise machen. Wir rieten ihm ab; er bestand aber darauf, reiste mit einer Karawane fort und blieb ein volles Jahr aus; dann kam er in demselben Zustand wieder zu mir, wie sein älterer Bruder. Ich sagte ihm: »Wie, mein Bruder, habe ich dir nicht von deiner Reise abgeraten?« Er erwiderte weinend: »O mein Bruder, es war so meine Bestimmung; nun bin ich arm, ich besitze keinen Dirham**, ich bin nackt und habe kein Hemd.« Ich nahm ihn dann, o Geist, mit mir ins Bad, gab ihm eins von meinen neuen Kleidern anzuziehen, ging mit ihm in meinen Laden, wo wir aßen und tranken. Hierauf sprach ich zu ihm: »Ich will nun, wie alljährlich, die Rechnungen schließen, und was ich gewonnen, will ich mit dir teilen.« Hierauf, o Geist, machte ich die Rechnung von meinem Geschäft und fand 2000 Dinare. Ich dankte dem erhabenen Schöpfer, gab 1000 Dinare meinem Bruder und behielt 1000 für mich, und mein Bruder eröffnete aufs Neue einen Laden. So lebten wir einige Zeit, da kamen meine Brüder zu mir und wollten, daß ich mit ihnen reise; ich weigerte mich und sprach zu ihnen: »Was habt ihr bei euren Reisen gewonnen, so daß auch ich einen Gewinn erwarten könnte?« Ich gab ihnen kein Gehör, und wir blieben wieder in unseren Läden und handelten. Sie aber schlugen mir alle Jahre von neuem vor, mit ihnen zu reisen; ich wollte nie einwilligen, bis zum sechsten Jahre, da sagte ich zu ihnen: »Seht, meine Brüder, ich will wohl mit euch reisen, doch will ich zuerst sehen, was ihr an Vermögen habt.« Als ich suchte, fand ich nichts bei ihnen, denn sie hatten durch Essen, Trinken und allerlei Gelüste alles verschwendet. Ich sagte ihnen kein Wort, machte die Rechnung von dem, was ich an Geld und Waren im Laden hatte, und fand 6000 Dinare. Dies freute mich, und nachdem ich zwei Teile daraus gemacht, sagte ich zu beiden. »Hier sind 3000 Dinare für euch und für mich, daß wir damit handeln.« Ich vergrub dann die übrigen 3000 Dinare für den Fall, daß es mir ginge, wie es meinen Brüdern ergangen, damit ich wieder 3000 Dinare fände, um einen Laden eröffnen zu können. Es waren beide damit

* Der Dinar hat ungefähr einen Wert von 10 Mark.
** Es gehen 20 bis 25 Dirham auf ein Dinar.

zufrieden; ich gab jedem 1000 Dinare und behielt 1000 für mich; wir kauften die nötigen Waren ein, bereiteten uns zur Reise vor, mieteten ein Schiff und reisten, auf Gott vertrauend, Tag und Nacht und Nacht und Tag.

Ich reiste nun einen Monat lang auf dem Meere mit meinen Brüdern, diesen beiden Hunden, da kamen wir vor eine große Stadt; wir gingen hinein, verkauften unsere Waren so gut, daß wir an einem Dinar zehn gewannen. Damit kauften wir andere Waren ein und wollten abreisen; da fand ich am Ufer des Meeres ein Mädchen mit zerrissenen Kleidern. Es küßte meine Hand und sagte: »Mein Herr, tu mir einen Gefallen, du wirst dafür belohnt werden, der Schöpfer wird mir wohl die Mittel verschaffen, dir deine Wohltat zu vergelten.« Ich sagte ihr: »Gut, ich will dir einen Gefallen erweisen, ohne daß du mich dafür zu belohnen brauchst.« Sie sprach hierauf: »Heirate mich und schenke mir Kleider und nimm mich mit als deine Frau; schon besitzest du mein Herz, sei daher wohltätig gegen mich, ich werde dich dafür belohnen, laß dich nur von meinem armseligen Zustand nicht abschrecken.« Als ich das hörte, bekam ich nach Gottes Eingebung Mitleid mit ihr, ich nahm sie mit aufs Schiff, machte ihr ein Lager zurecht und näherte mich ihr. Wir reisten Tag und Nacht; ich liebte sie immer mehr, denn sie war schön wie der Vollmond am Himmel; ich war stets um sie und vergaß durch sie meine beiden Brüder; diese Hunde, ganz. Sie aber waren neidisch und gönnten mir mein Glück nicht, auch waren sie nach meinem Vermögen und Wohlstand lüstern, daher sprachen sie davon, mich umzubringen, denn der Teufel hatte ihnen diese Tat schön vorgemalt. Als ich nun in einer Nacht mit meiner Frau fest schlief, nahmen sie uns beide und warfen uns ins Meer. Aber meine Frau verwandelte sich sofort in einen Geist und trug mich auf eine Insel. Als Gott Tag werden ließ, sprach sie zu mir: »Nun, mein Gatte, habe ich dich belohnt, indem ich dich vom Tode befreite. Wisse, daß ich zu den guten

Genien gehöre, die alles im Namen Gottes tun. Als ich dich am Ufer des Meeres gesehen, liebte ich dich sogleich und ging zu dir in dem Zustande, wie du mich sahst, erklärte dir meine Liebe, und du nahmst mich auf; jetzt aber muß ich deine Brüder umbringen.« Als sie so zu mir sprach, war ich über ihre Handlungsweise sehr erstaunt. Ich dankte ihr und bat, sie solle meine Brüder nicht umbringen, sonst würde auch ich sterben. Ich erzählte ihr hierauf alles was mir schon mit ihnen widerfahren war. Als sie meine Erzählung angehört, erzürnte sie sich heftig gegen sie und sagte: »Sogleich soll ihr Schiff untergehen, damit sie umkommen.« Ich bat sie bei Gott, daß sie dies nicht tun möge. »Es gibt einen Spruch«, sagte ich: »Vergelte Böses mit Gutem! Es sind ja doch meine Brüder!« Hierauf drang ich in sie und mäßigte ihren Zorn; sie hob mich in die Luft und flog mit mir so hoch, daß man uns nicht mehr sehen konnte; dann ließ sie mich auf das Dach meines Hauses nieder. Ich ging ins Haus hinunter, grub die 3000 Dinare aus der Erde und öffnete meinen Laden wieder. Als ich abends, nachdem mich alle Leute vom Markte gegrüßt, in mein Haus zurückkehrte, fand ich diese beiden Hunde dort angebunden. Als sie mich sahen, seufzten sie mir zu, hingen sich an mich und vergossen Tränen; ich erschrak darüber und wußte nicht, was vorgefallen; da kam meine Frau und sprach: »Mein Herr, hier sind deine Brüder.« Ich fragte sie, wer so mit ihnen verfahren. Sie antwortete: »Ich habe es über sie verhängt, und erst in zehn Jahren werden sie frei werden.« Hierauf verließ sie mich, nachdem sie mir ihren Wohnort angegeben. Nun sind die zehn Jahre verstrichen, und ich machte mich mit ihnen auf den Weg, damit sie erlöst werden. Hier fand ich nun diesen Mann und diesen Greis mit der Gazelle; ich erkundigte mich nach dem Zustande des jungen Mannes, er erzählte mir, was ihm mit dir widerfahren, und ich beschloß, nicht von hinnen zu weichen, bis ich sehe, was unser Herr, der Geist, dem Manne tun wird. Dies ist meine Erzählung, ist sie nicht wunderbar?

Da sprach der Geist: »Ich schenke dir das Dritteil seiner Schuld.«

Der dritte Greis trat nun hervor und sprach also: »O du Geist, mein Herr, du wirst mich wohl nicht betrüben und mir auch ein Dritteil seiner Schuld schenken, wenn ich dir meine Geschichte mit diesem Maultier erzählt haben werde, die noch wunderbarer und befremdender als die Geschichte dieser beiden ist.« »Erzähle«, versetzte der Geist und der Greis hub an:

Geschichte des dritten Greises mit dem Maultiere

Höre, o Geist, diese Mauleselin war meine Gemahlin. Ich machte einst eine Reise und war ein volles Jahr von ihr weggeblieben. Nach vollendeten Geschäften kam ich in der Nacht wieder nach Hause zurück. Als ich ins Zimmer trat, fand ich einen schwarzen Sklaven bei ihr; sie unterhielten sich miteinander,

warfen sich verliebte Blicke zu, scherzten und küßten und neckten einander. Als sie mich sah, kam sie mir mit einem Becher voll Wasser entgegen, sprach einige Worte darüber, besprengte mich damit und sagte: »Verlasse deine Gestalt und nimm die eines Hundes an.« Sogleich ward ich zum Hunde und sie jagte mich aus dem Hause. Ich lief in einem fort bis zu dem Laden eines Metzgers; dort fraß ich die Knochen, die unter seinem Tische lagen. Als der Metzger mich sah, nahm er mich zu sich, und als seine Tochter mich betrachtete, bedeckte sie ihr Gesicht vor mir und sagte zu ihrem Vater: »Was bringst du einen fremden Mann zu uns herein?« Ihr Vater antwortete: »Wo ist ein Mann?« »Diesen Hund«, antwortete sie, »hat seine Frau verzaubert; doch, ich kann ihn befreien.« Als ihr Vater dies hörte, sprach er zu ihr: »Bei Gott, meine Tochter! Befreie ihn, du wirst damit eine gute Tat ausüben.« Die Tochter des Metzgers stand nun auf, nahm einen Becher voll Wasser, murmelte etwas vor sich hin, bespritzte mich mit dem Wasser ein wenig und sagte dann zu mir: »Kehre wieder in deine frühere Gestalt zurück mit der Erlaubnis des erhabenen Gottes.« Als ich nun meine frühere Gestalt angenommen, küßte ich ihre Hände und sprach: »Ich beschwöre dich bei Gott, verzaubere meine Frau, so wie sie mich verzaubert hat.« Hierauf gab sie mir ein wenig von jenem Wasser und sagte: »Wenn sie schläft, so bespritze sie damit und sprich sie dann mit einem Namen an, welcher dir gefällt, sie wird die Gestalt annehmen, die du gewählt.« Ich nahm das Wasser, ging zu meiner Frau, fand sie tief schlafend, bespritzte sie mit dem Wasser und sagte dann: »Verlasse deine Gestalt und nimm die einer Mauleselin an!« Sogleich ward sie eine Mauleselin; und sie ist's, die du hier mit eigenen Augen siehst, o Sultan und Oberhaupt der Könige der Geister!«

Der Greis fragte sie noch, ob dies nicht alles wahr sei. Sie nickte mit dem Kopfe und winkte ja. Dies ist die Erzählung von dem, was mir widerfahren.

Der Geist verwunderte sich darüber, schüttelte sich vor Freude und sagte: »Nun Greis, ich schenke dir das noch übrige Dritteil der Schuld dieses Mannes und lasse ihn völlig frei.«

Der Kaufmann ging hierauf zu den drei Greisen, dankte ihnen für ihre Güte, und sie wünschten ihm Glück zu seiner Rettung, nahmen Abschied von ihm und trennten sich. Jeder ging seines Weges; der Kaufmann kehrte in sein Land zurück, und seine Frau und Kinder freuten sich sehr, als sie ihn kommen sahen, und er lebte glücklich mit ihnen, bis ihn der Tod erreichte.

»Diese Erzählung«, sagte Schehersad, »ist jedoch nicht schöner und wunderbarer, als die des Fischers.« »Ich beschwöre dich bei Gott, meine Schwester!« sprach Dinarsad, »was ist dies für eine Erzählung?« Da begann jene:

Geschichte des Fischers mit dem Geiste

Man erzählte mir, daß es einmal einen Fischer gegeben habe, der schon hoch bejahrt war. Er hatte eine Frau und drei Töchter, war arm und besaß nicht einmal seine tägliche Nahrung. Er war gewohnt, sein Netz nur viermal im Tage auszuwerfen. Einst ging er bei Mondesschein zum Dorfe hinaus an das Ufer des Stroms, er legte seinen Korb ab, schürzte sein Hemd auf, watete bis zur Mitte des Körpers ins Wasser, warf das Netz aus und wartete, bis es untersank; dann zog er es an sich und wollte es langsam zusammenlegen, aber er fand es durch etwas zurückgehalten und zog daher mit größerer Gewalt daran. Da er es dennoch nicht von der Stelle brachte, so ging er ans Land, befestigte das Ende des Seils, an dem das Netz war, entkleidete sich, tauchte in der Nähe des Netzes unter und arbeitete sich so lange ab, bis er es endlich ans Ufer gezogen; hier fand er einen toten Esel darin, der das Netz ganz zerrissen hatte. Als der Fischer dies sah, war er sehr betrübt und niedergeschlagen und sprach: »Es gibt nur Schutz und Kraft beim erhabenen Gott. Mit dem Lebensunterhalte geht es wunderbar zu.« Hierauf sagte er folgende Worte:

»O du, der du untertauchest in das Dunkel der Nacht und der Gefahr, bemühe dich nicht so sehr, denn der Lebensunterhalt kommt nicht durch die Anstrengung; siehst du das Meer mit dem Fischer, der darin steht, um seinen Lebensunterhalt zu suchen, während die Sterne der Nacht sich verbergen? Er taucht unter bis zur Mitte des Körpers und läßt sich von den Wellen schlagen: sein Auge hört nicht auf, das Netz zu beobachten. Und wenn endlich die tödliche Angel einem Fische die Kiemen spaltet, dann ist er mit seiner Nacht zufrieden. Den Fisch aber kauft ihm keiner ab, der die Macht im schönsten Wohlbehagen, nicht in der Kälte zugebracht. Gelobt sei mein Herr, er gibt dem einen und versagt dem andern; der eine fängt Fische und der andere ißt sie.«

Als der Fischer seine Verse vollendet und den Esel aus seinem Netze befreit hatte, setzte er sich auf die Erde und besserte jenes wieder aus. Als er damit fertig war, drückte er es tüchtig aus, ging wieder ins Wasser, rief den Namen Gottes an, warf es aus und wartete, bis es untertauchte. Jetzt zog er die Schnur langsam an sich, fand sie aber wieder anhängend und zwar noch fester als zuvor. Er glaubte, es sei ein Fisch, und freute sich darüber, zog seine Kleider aus und tauchte unter, um es los zu machen. Langsam zog er es an Land und fand nun einen großen irdenen Topf voll Sand und Kot darin. Als er dies sah, weinte er und war sehr betrübt und sprach: »Dies ist ein wunderbarer Tag; ich gehöre Gott und vertraue auf ihn.« Hierauf sagte er folgende Verse:

»O quälendes Schicksal, höre auf! Glaubst du mich noch nicht gehörig verfolgt zu haben? Verschone mich doch aus Gnade! Ich ging aus, meinen Lebensunterhalt zu suchen, und jetzt weiß ich's: er ist für mich dahin. Ich werde weder vom Glücke begünstigt, noch nützt mir meiner Hände Arbeit. Wie mancher Unwissende ist bei den Sternen, und mancher Gelehrte bleibt im Staube verborgen.«

Er warf dann den Topf weg, drückte das Wasser aus dem Netze, breitete es aus, bat Gott um Verzeihung, ging wieder ans Meer, warf dann das Netz zum dritten Male aus und wartete, bis es untertauchte. Jetzt zog er es wieder an sich und fand es voll Scherben, Steine, Knochen und anderem Unrat. Der Fischer weinte vor vieler Müdigkeit, Anstrengung und wegen seines Mißgeschicks; er gedachte auch seiner Frau und Kinder, die zu Hause ohne Nahrung waren, schlug sich ins Gesicht und sprach folgende Verse:

»Der Lebensunterhalt ist so, daß du ihn weder lösen, noch aber binden kannst; weder Bildung noch Kunst können dir ihn verschaffen. Glück und Unterhalt sind nur Bestimmung; so herrscht Fruchtbarkeit in einem Lande und Mangel in einem andern. Die Wechsel des Schicksals erniedrigen jenen edlen Menschen und erheben den, der keinen Wert hat. Hole mich daher heim, o Tod, denn das Leben ist abscheulich, wenn Falken erniedrigt und Enten erhöht werden. Es ist kein Wunder, wenn du einen Tugendhaften arm siehst und einen Lasterhaften mit reichen Gütern. Unser Lebensunterhalt ist uns vorausbestimmt, und im Schicksalsbuche sind wir wie Vögel, die bald hier, bald dort etwas aufzulesen finden. Ein Vogel umfliegt die Erde nach Osten und Westen, und ein anderer erhält das Wertvolle, ohne die Flügel zu bewegen.«

Der Fischer erhob dann sein Auge zum Himmel, die Morgenröte war schon angebrochen und der Tag fing an zu leuchten; da sprach er: »O Gott, du weißt, daß ich mein Netz an einem Tage nur viermal auswerfe; schon habe ich es dreimal getan, mir bleibt also nur noch einmal es zu tun übrig. Tue mir ein Wunder, o Herr, wie du es Moses im Meere getan!« Hierauf flickte er das Netz wieder, warf es ins Meer, wartete bis es untersank und hängen blieb, um es dann an sich zu ziehen; allein er konnte es nicht, denn es war ganz zerzaust und auf dem Grunde verwickelt. »Es gibt keinen Schutz und keine Macht, außer bei dem erhabenen Gott!« rief er aus, dann entkleidete er sich, tauchte unter und gab sich viele Mühe, es los zu machen. Als er damit an Land gegangen, fand er etwas Schweres darin, und als er es nach vieler Mühe entwirrte, fand er eine gefüllte messingne Flasche, oben mit Blei geschlossen und unseres Herrn Salomos* Siegel darauf eingegraben. Als der Fischer dies sah, freute er sich und dachte: Dies verkaufe ich dem Kupferschmied, es ist gewiß zwei Malter Weizen wert. Er schüttelte nun die Flasche und bemerkte, daß sie mit etwas angefüllt war. Da dachte er: Ich will doch einmal sehen, was in dieser Flasche ist; ich will sie erst öffnen und dann verkaufen. Er zog ein Messer aus der Tasche, durchstach damit das Blei und arbeitete so lange, bis er die Flasche geöffnet; hierauf nahm er sie, setzte sie an den Mund und schüttelte sie, aber es kam nichts heraus. Der Fischer war darüber sehr erstaunt. Doch nach einer Weile stieg Rauch aus der Flasche empor, der sich über die Erde verbreitete und immer zunahm, bis er das ganze Meer bedeckte, dann stieg er gegen die Wolken des Himmels. Der Fischer wunderte sich, als er dies sah. Als dann aller Rauch aus der Flasche war, verdichtete und vereinigte er sich und ward zu einem Geiste, dessen Füße auf der Erde waren und dessen Haupt bis in die Wolken ging. Er hatte einen Kopf wie ein Brunnenloch, Vorderzähne wie eiserne Hacken, einen Mund wie eine Höhle, Zähne wie Felsensteine, Nasenlöcher wie Trompeten, Ohren wie Tartschen, einen Schlund wie eine Gasse, Augen wie Laternen; mit einem Worte, er war abscheulich häßlich. Friede sei mit uns**! Als der Fischer ihn sah, zitterte er am ganzen Körper, seine Zähne klapperten und sein Hals wurde trocken. Da sagte der Geist: »O Salomo, Prophet Gottes! Verzeihe, verzeihe! Ich will dir nie mehr ungehorsam sein und deinen Befehlen nimmer zuwider handeln.«

Als der Geist dies gesagt, erwiderte ihm der Fischer: »O Geist, was sagst du von unserm Herrn Salomo, dem Propheten Gottes, der vor achtzehnhundert und einigen Jahren gestorben ist, und wir leben jetzt in einer viel späteren Zeit? Was ist dir widerfahren? Wie bist du in diese Flasche hineingeraten?« Als der Geist dies hörte, sagte er: »Vernimm eine gute Nachricht!« Da dachte der Fischer bei sich: O Tag der Glückseligkeit! Der Geist aber fuhr fort: »Ich bringe dir die Nachricht, daß du sogleich umgebracht werden sollst.« Hierauf sprach der Fischer: »Du verdienst für die Botschaft, daß dir der Schutz und die Gnade Gottes entzogen werde; warum willst du mich umbringen, da ich dich doch befreit, aus der Tiefe des Meeres herausgezogen und auf die Erde versetzt habe?« Der Geist aber antwortete: »Bitte dir etwas aus von mir.« Der Fischer sagte freudig: »Was sollte ich mir von dir ausbitten?« Und der Geist antwortete: »Bitte dir eine Todesart aus, an der du sterben willst, damit ich dich nach deiner Wahl töte.« »Was habe ich verbrochen«, wiederholte der Fischer, »ist das mein Lohn, daß ich dich befreit habe?«

Darauf sprach der Geist: »Höre meine Geschichte!« »So erzähle!« erwiderte der Fischer, »doch mach's kurz, denn ich gehöre zu den Heiligen.« Und der Geist sprach: »Wisse, ich gehöre zu den widerspenstigen und abtrünnigen Geistern,

---

* Nach den Traditionen der Mohammedaner war Salomon Herr der ganzen Erde mit allen ihren irdischen und geistigen Wesen.

** Heißt soviel als: Gott bewahre uns vor so etwas!

ich war mit dem Geiste Sacher Salomo, dem Propheten Gottes, ungehorsam. Er sandte mir Asas*, Sohn des Berachja, welcher gegen meinen Willen zu mir kam und das Urteil über mich aussprach und vollzog. Er fesselte mich auf eine demütigende Weise mit Gewalt und brachte mich zu Salomo, dem Propheten Gottes. Als dieser mich sah, nahm er zu Gott seine Zuflucht, sich vor mir und meiner Gestalt fürchtend. Er sagte mir, ich solle ihm gehorsam werden; aber als ich mich dessen weigerte, ließ er diese messingne Flasche bringen, sperrte mich hinein, schloß sie mit Blei, drückte den Namen des erhabenen Gottes darauf und befahl dann einem Geiste, mich wegzutragen und in die Mitte des Meeres zu versenken. Nachdem ich 200 Jahre darin geblieben war, beschloß ich, den reich zu machen, der in den ersten 200 Jahren mich befreien würde. Die 200 Jahre verflossen aber, ohne daß mich jemand befreite. Es vergingen dann wieder 200 Jahre, und ich beschloß nunmehr, dem, der mich befreien würde, alle Schätze der Erde zu öffnen; es vergingen aber 400 Jahre und niemand befreite mich. In den folgenden 200 Jahren beschloß ich, meinen Befreier zum Sultan zu machen, selbst sein Diener zu werden und ihm täglich drei Wünsche zu gewähren. Aber auch in diesen 200 Jahren befreite mich niemand. Nun ward ich böse, stampfte, tobte, schnarchte und beschloß, den zu töten, der von nun an mich befreien würde, ihn entweder den schrecklichsten Tod sterben, oder ihn selbst wählen zu lassen, wie er sterben wolle. Kurz, nach diesem Beschlusse kamst du, mich zu befreien. Sage mir jetzt also, auf welche Weise ich dich umbringen soll.«

Als der Fischer diese Worte des Geistes gehört, sprach er: »Ich gehöre Gott an und kehre zu ihm zurück: mußte ich gerade in diesen unglücklichen Jahren

* Asas ist der berühmte Minister Salomons, der bei den Orientalen als Symbol der Weisheit gilt, so daß noch jetzt die Minister mit diesem Namen betitelt werden.

dich befreien, so ist mein Schicksal verflucht; doch verzeihe mir. Gott wird auch dir verzeihen, töte mich nicht, sonst wird Gott jemandem die Kraft verleihen, auch dich zu töten.« »Es hilft alles nichts«, erwiderte hierauf der Geist, »sage mir nur, wie du sterben willst.« Als der Fischer sah, daß er wirklich umgebracht werden sollte, war er sehr betrübt und rief weinend aus »O meine Kinder! Gott lasse mir nicht das Herz weich um euch werden!« Hierauf wandte er sich wieder zum Geiste und sagte: »Bei Gott, verzeihe mir zum Lohne, daß ich dich aus dieser messingnen Flasche befreit habe.« Da antwortete der Geist: »Gerade weil du mich gerettet hast, will ich dich umbringen.« »Wie«, sagte der Fischer, »ich habe dir eine Wohltat erzeigt, und du willst mir dafür Böses tun? Wahrlich, das Sprichwort lügt nicht, welches sagt:

›Wir haben ihm Gutes erwiesen, man hat mit Bösem uns vergolten‹; so, bei meinem Leben, handeln alle ruchlosen Menschen. Wer Gutes tut, dem der es nicht verdient, dem wird es gehen wie einem, der einer Hyäne Obdach gibt.«

Der Geist versetzte nun: »Zaudere nicht lange, du wirst umgebracht, wie ich dir gesagt habe.« Da dachte der Fischer bei sich selbst: Dieser ist ein Geist und ich bin ein Mensch, Gott hat mich durch Verstand über ihn erhoben, ich will mit meinem Verstande ihn überlisten. Er überlegte eine Weile und sprach dann zu dem Geiste: »Willst du mich denn durchaus töten?« Und als der Geist diese Frage bejahte, sprach er weiter: »Bei der Wahrheit des höchsten Namens der auf Salomos, Sohn Davids, Siegel gestochen war, wirst du mir die Wahrheit sagen, wenn ich dich um etwas befrage?« Der Geist zitterte und bebte, als er den erhabenen Namen erwähnen hörte und antwortete: »Frage immerhin, doch mach's kurz!«

Da sagte der Fischer zu dem Geiste: »Bei dem Namen des erhabenen Gottes frage ich dich, warst du in dieser Flasche eingesperrt?« »Ich war darin eingesperrt, beim erhabenen Gotte«, antwortete der Geist. »Du lügst«, versetzte der Fischer, »diese Flasche kann nicht einmal deine Hand fassen und würde schon durch deine Füße zersprengt werden, wie soll sie dich ganz fassen können?« Da sagte der Geist wieder: »Bei Gott, ich war darin; willst du es nicht glauben?« »Nein«, antwortete der Fischer. Da löste sich der Geist nach und nach auf, ward ganz Rauch, der in die Höhe stieg und sich über das Meer und das Land ausbreitete. Er zog sich dann wieder zusammen und nach und nach in die Flasche, bis er endlich ganz darin war, da schrie er aus der Flasche heraus: »Siehst du nun, Fischer, wie ich in der Flasche bin? Glaubst du mir jetzt?« Aber der Fischer nahm sogleich das Blei, mit dem die Flasche geschlossen war, und drückte es wieder auf dieselbe. Dann rief er: »O Geist! Wähle du nun, wie du sterben willst und wie ich dich wieder ins Meer werfen soll; dann werde ich hier ein Haus bauen lassen und alle Fischer warnen, die hier fischen wollen, und ihnen sagen: Hier liegt ein Geist, der den umbringt, der ihn heraufzieht und befreit, und ihn nur wählen läßt, welchen Tod er sterben wolle.« Als der Geist dies hörte und sich eingesperrt sah und heraus wollte und nicht konnte, weil Salomos, des Sohnes Davids Siegel ihn zurückhielt, so merkte er wohl, daß der Fischer ihn überlistet hatte, und er sprach zu ihm: »Guter Fischer, tue doch das nicht, ich habe nur meinen Scherz mit dir gehabt.« »Du lügst«, sagte der Fischer, »du schändlichster und niedrigster aller Geister!« Der Fischer rollte dann die Flasche gegen das Meer, während der Geist schrie: »Nicht doch, nicht doch!« Aber der Fischer sagte: »Ja doch, ja doch!« Jetzt ward der Geist sehr demütig und sprach in bittendem Tone: »Was willst du tun, guter Fischer?« »Dich ins Meer werfen«, antwortete dieser, »und hast du zum ersten Male 800 Jahre im Meer bleiben müssen, so werde ich dich diesmal bis zur letzten Stunde darin lassen. Habe ich dir nicht gesagt: Laß mich leben, Gott wird dich erhalten, du wolltest aber durchaus treulos gegen mich werden und mich umbringen. Nun werde ich eben so gegen dich verfahren.« Da sprach der Geist: »Öffne, o Fischer! Ich will dich reich machen und dir viel Gutes erweisen.« »Du lügst«, sagte der Fischer, »wir beide gleichen dem Könige der Griechen und dem Arzte Duban.« »Wieso?« fragte der Geist.

Geschichte des griechischen Königs und des Arztes Duban

»Wisse«, antwortete der Fischer, »es war in einer Stadt Persiens, im Lande Suman, ein König, der auch die Griechen beherrschte. Dieser war so aussätzig, daß kein Arzt ihn heilen konnte: er hatte allerlei Medikamente getrunken, allein alles war vergebens. Nun kam einmal ein griechischer Arzt, Namens Duban, in diese Stadt, dieser hatte griechische, persische, türkische, arabische, lateinische, syrische und hebräische Bücher gelesen und alle in diesen Sprachen vorhandenen Wissenschaften studiert; er wußte die Grundsätze ihrer Arzneikunst, kannte alle Pflanzen, die nützlichen und schädlichen Kräuter, auch verstand er die Philosophie und hatte alle Wissenschaften umfaßt. Als er in die Stadt des Königs der Griechen kam und nach einem Aufenthalte von einigen Tagen hörte, daß der König schon lange aussätzig sei und kein Arzt ihn heilen könne, so zog er gleich am folgenden Morgen, sobald Gott den Morgenstern leuchten ließ, sein schönstes Kleid an, ging zum König, sagte ihm, wer er sei, und sprach hierauf: »O König, ich habe von dem Aussatz gehört, der deinen Körper behaftet und den kein Arzt zu vertreiben weiß; ich will dich nun heilen, ohne dir eine Arznei zu trinken oder etwas Fettes zum Einreiben zu geben.« Als der König dies hörte, sagte er zu ihm: »Wenn du dies kannst, so will ich dich und deine Enkel reich machen, dir viel Gutes erweisen und du sollst mein Haus- und Tischgenosse werden.« Er schenkte ihm sogleich ein Ehrenkleid und andere Gegenstände und fügte hinzu: »Wirst du mich wirklich von meinem Aussatz heilen, ohne daß ich Arzneien trinken muß?« Und als jener dies bejahte, überraschte es den König sehr, und er fing an, große Freundschaft für ihn zu fühlen. Hierauf sprach er: »Sage mir voraus, bis wann du mich heilen wirst.« »Morgen, so der erhabene Gott will«, antwortete der Arzt. Er ging hierauf wieder in die Stadt, mietete sich ein Haus, holte seine Wurzeln und

Medikamente herbei, verfertigte einen hohlen Kolben mit einem hohlen Griffe und goß die nur ihm bekannten Medikamente hinein; er befestigte darauf den Kolben mit vieler Kunst und Geschicklichkeit, machte auch nach seinem besten Wissen Bälle dazu; und als alles vollendet war, ging er damit am anderen Tage zum König, küßte die Erde vor ihm und wünschte ihm viel Ruhm und Glück.

Als der Arzt zum König kam, befahl dieser ihm, sich niederzusetzen: es waren die Fürsten, Adjutanten, Veziere, Staatsräte und alle Vornehmen des Königreichs versammelt. Der Arzt reichte dann, in Gegenwart des ganzen Divans, dem König den Kolben und sagte ihm: »O erhabener König! Nimm diesen Kolben und gehe mit den Fürsten und Staatsmännern auf die Rennbahn und werfe Bälle damit, bis deine Hand schwitzt, die dann durch den hohlen Griff die Arznei in sich ziehen wird; von hier wird sie in den Arm gehen und sich dann über den ganzen Körper verbreiten. Hast du bemerkt, daß auf diese Weise die Arznei dich durchdrungen hat und in deinen Körper übergegangen ist, so kehre gleich in den Palast zurück, geh ins Bad, wasche dich rein, schlafe, und dann wirst du mit der Gnade Gottes gesund werden, Friede sei mit uns!«

Der König der Griechen nahm den Kolben und befahl, daß man nach der Rennbahn ziehe; man schleuderte die Bälle, der König fing sie auf, warf sie zurück und spielte so fort, immer auf seinem Pferde sitzend, bis seine Hand in Schweiß kam und die Arznei sich über seinen ganzen Körper verbreitet hatte. Als der Arzt Duban dies merkte, riet er dem König, jetzt in den Palast zurückzukehren.

Der König nahm dann ein Bad, wusch sich und begab sich dann wieder in den Palast. Der Arzt Duban brachte die Nacht in seinem Hause zu. Morgens stand er früh auf, verfügte sich nach dem königlichen Palast und bat um die Erlaubnis einzutreten. Als ihm dieses gestattet worden war, küßte er die Erde vor dem König und sprach folgende Verse:

»Die Tugenden haben eine hohe Stufe erreicht, als du ihr Vater genannt wardst; und ist je ein anderer ihr Vater genannt worden, so lehnte er es ab. Du, dessen Angesicht mit seinem Glanz die dunkelste Nacht des Schicksals verwischt, dessen Angesicht immer leuchtend strahlte, wenn auch das Antlitz der Zeit immerfort drohend aussieht, deine Güte hat uns so reich beschenkt, daß du uns geworden, was die Wolken dem trockenen Lande, du hast deine Güter durch Geschenke so lange verschleudert, bis du deinen Zweck, den höchsten Ruhm, erreichest!«

Als der Arzt Duban mit diesen Versen zu Ende war, erhob sich der König, um ihn zu umarmen und neben sich sitzen zu lassen. Dann unterhielt er sich mit ihm und machte ihm kostbare Geschenke; denn als der König früh ins Bad gegangen war, fühlte er sich schon ganz geheilt und sein Körper war wie reines Silber geworden. Hocherfreut ging er daher in den Staatsrat, wohin auch der Arzt Duban kam, dem er viel Ehren erwies und den er zu seinem Tisch- und Hausgenossen machte, denn er sagte ihm: »Ein Mann wie du, der Arzt aller Ärzte und ihr Lehrer, verdient, daß er Königen diene und in ihrer Gesellschaft lebe.«

Nachdem der König der Griechen den Arzt so reich belohnt und sich über seine Kunst und Geschicklichkeit höchst verwundert hatte, sprach er: »Dieser Mann verdient alle Ehrenbezeugungen, er soll stets in meiner Umgebung sein, denn er hat ohne Medizin mich geheilt, nachdem alle Ärzte mit allen ihren Medikamenten mich aufgegeben; er soll nun mein vertrauter Freund werden.« Hierauf brachte der König die ganze Nacht sehr heiter zu und hörte nicht auf, den Arzt zu loben. Des Morgens bestieg er den königlichen Thron und als die Veziere und Großen des Reichs versammelt waren, ließ der König den Arzt rufen, behielt ihn bei sich bis Nacht und ließ ihm wieder 1000 Dinare geben; der Arzt ging nach Hause zu seiner Frau und lobte den König der Griechen.

Am folgenden Morgen bestieg der König wieder den Thron, und es kamen wie gewöhnlich die Veziere und Großen und wünschten ihm Glück und Heil. Nun hatte aber der König einen ebenso schmutzigen, als geizigen und neidischen Vezier; als dieser sah, wie gut der Arzt mit dem König stand und wie sehr er beschenkt und geehrt wurde, befürchtete er, daß der König ihn absetzen möchte, um dem Arzt seine Stelle zu geben; er beneidete ihn daher und hegte böse Gedanken gegen ihn. Als nun dieser Vezier vor den König trat und ihm Ruhm und Glück wünschte, fügte er die Worte hinzu: »O, erhabener König, tugendhafter Fürst, ich bin durch deine Wohltaten und deinen Segen groß geworden, darum muß ich dir einen wichtigen Rat geben, denn wenn ich ihn dir verschwiege, so müßte ich ein Bastard sein, der Gutes mit Bösem vergilt; wenn du es befiehlst, so werde ich dir ihn offenbaren.« Der König erwiderte: »Sprich, was hast du mir für einen Rat zu geben?« Und der Vezier antwortete: »O König! Wer nicht die

Folgen einer Sache voraussieht, der findet am Schicksal keinen Freund; ich habe bemerkt, daß der König nicht auf dem guten Pfade geht, denn er hat seinem Feinde Gutes getan, der den Untergang seiner Regierung wünscht und seine Wohltaten mißbraucht. Ja, du hast dich ihm so sehr genähert, daß ich für dich deshalb sehr besorgt bin.« »Wen meinst du?« sagte der König. »Wenn du schläfst, so erwache!« antwortete hierauf der Vezier, »denn ich meine den Arzt Duban, der vom Lande Suman kam.« Da fragte der König: »Und der wäre mein Feind? Der ist ja mein aufrichtigster Freund, ich achte ihn mehr, als alle Menschen, denn er hat mich geheilt, nachdem alle Ärzte an meiner Krankheit verzweifelten. Man findet in unserer Zeit seinesgleichen nicht wieder, weder im Orient, noch im Occident, nicht in der Nähe und nicht in der Ferne, und du wagst es, so etwas von ihm zu sagen? Ich werde ihm von heute an ein Monatsgehalt von 1000 Dinaren mit allen seinem Range gebührenden Ehren festsetzen, und wenn ich sogar meine Schätze und mein Königreich mit ihm teilte, so wäre es nur wenig im Verhältnis zu seinen Verdiensten; ich glaube, du sagst dies nur aus Neid, und ich fürchte, ich könnte, wenn ich deinen Rat befolge, es bereuen, wie der König Sindbad es bereute, seinen Falken getötet zu haben.«

»Um Verzeihung, o König der Zeit«, sprach der Vezier, »was ist das für eine Geschichte?« »Folgende«, erwiderte hierauf der König.

Geschichte des persischen Königs mit seinem Falken

Ein persischer König, welcher ein großer Jagdliebhaber war, hatte einen Falken, der ihm so teuer war, daß er ihn bei Tag und Nacht in seiner Nähe hatte und sogar auf der Hand herumtrug. So oft er auf die Jagd ging, nahm er ihn mit sich und gab ihm aus einer goldenen Schale zu trinken, die er ihm um den Hals hing. Eines Tages trat der Oberstjägermeister zu ihm herein und meldete ihm, es sei alles zur Jagd bereit. Der König machte sich auf, nahm den Falken in die Hand und zog mit seinen Leuten in ein gewisses Tal, wo die Jäger einen Kreis bildeten. Da zeigte sich eine Gazelle innerhalb des Kreises und der König sagte: ich töte denjenigen, an dessen Seite die Gazelle entwischt. Der Kreis zog sich hierauf enger zusammen und siehe da, die Gazelle trat auf den König zu, stellte sich auf die Hinterfüße und legte die Vorderfüße auf die Brust, als wollte sie vor dem König die Erde küssen. Der König neigte sich zur Gazelle hin, diese machte aber einen Sprung über seinen Kopf, und befand sich im Freien. Als der König sich hierauf seinen Leuten zuwandte, bemerkte er, wie sie sich mit ihren Augen Zeichen gaben und nach ihm hinsahen. Er fragte seinen Vezier, was dies bedeute? Dieser antwortete: »Sie geben einander zu verstehen, wie du den mit

Todesstrafe bedroht hast, der die Gazelle entwischen läßt, und nun doch selbst an ihrer Flucht schuld bist.« Da schwur der König bei seinem Haupte, er werde sie verfolgen, bis er sie fange. Alsbald setzte er ihr mit dem Falken nach, der ihr die Augen auspickte und sie blendete. Dann nahm er eine Keule, schlug sie zu Boden, zog ihr die Haut ab und befestigte sie an seinem Sattelknopf. Dies geschah an einem heißen Tage, in einer wasserlosen Wüste, so daß der König und sein Roß an Durst litten. Da erblickte er einen Baum, an welchem eine fette Flüssigkeit wie Wasser herablief. Er sammelte sie in einen Schlauch, den er mit sich führte, und füllte die Schale damit, die der Falke am Hals trug, und stellte sie vor sich hin; da stieß der Falke mit dem Schnabel daran und stürzte sie um. Der König füllte die Schale zum zweitenmal, und stellte sie vor den Falken, weil er glaubte, er sei durstig und habe trinken wollen, aber auch diesmal stieß er mit dem Schnabel daran und stürzte sie um. Der König war aufgebracht gegen den Falken, füllte die Schale zum drittenmal und reichte sie dem Pferd hin, aber der Falke stieß sie mit seinen Flügeln um. Da sprach der König: Gott beschäme dich, du verdammter Vogel, du hast mich, dich selbst und das Pferd vom Trinken abgehalten, und hieb ihm mit dem Schwerte die Flügel ab. Der Falke hob seinen Kopf in die Höhe und deutete nach dem Baum hin, unter welchem der König saß. Dieser blickte hinauf und sah eine Schlange und überzeugte sich, daß die Flüssigkeit das von ihr ausströmende Gift war. Jetzt bereute er es, dem Falken die Flügel abgehauen zu haben, und kehrte wieder auf seinem Pferde mit der Gazelle nach der Stelle zurück, wo er sein Gefolge gelassen hatte, gab die Gazelle dem Koch, setzte sich dann auf den Thron, mit dem Falken auf der Hand, der aber alsbald, einen schmerzlichen Ton von sich gebend, tot zur Erde fiel. Der König ergoß sich in Klagen darüber, daß er den Falken getötet, der ihm das Leben gerettet. Dies ist die Geschichte des persischen Königs. Eine andere Geschichte, die des Ehemanns mit dem Papagei, dient mir auch zur Warnung vor Übereilung. Der Vezier bat den König, ihm auch diese Geschichte zu erzählen, und jener begann:

Geschichte des Ehemanns und des Papageien

Ich habe gehört, daß es einmal einen sehr eifersüchtigen Mann gegeben, der eine schöne, liebenswürdige und tugendhafte Frau hatte. Obschon er dieser Frau wegen sich nie auf Reisen begeben, so mußte er doch einmal eine notwendige Reise unternehmen. Da ging er auf den Geflügelmarkt, kaufte dort einen Vogel und brachte ihn nach Hause, damit er in seiner Abwesenheit als Wache dienen möchte und ihm, was in seinem Hause vorgegangen, erzähle. Dieser Papagei war sehr schlau und listig. Wie nun der Mann nach vollendeten Geschäften von seiner Reise zurückgekehrt war und den Papagei holen ließ, um ihn zu fragen, was seine

Frau während seiner Abwesenheit getan, erzählte ihm derselbe, was sie jeden Tag mit ihrem Geliebten getrieben. Als der Mann dies hörte, ging er zu seiner Frau, überhäufte sie mit Schlägen und geriet in den heftigsten Zorn. Die Frau glaubte, irgend eine ihrer Sklavinnen habe sie bei ihrem Mann verraten; sie ließ daher ihre Sklavinnen eine nach der anderen kommen, aber alle schworen, daß sie zugehört, wie der Papagei ihren Mann von allem benachrichtigt habe. Als dies nun die Frau hörte, befahl sie einer Sklavin, eine Mühle zu nehmen und unter dem Käfig zu mahlen, einer anderen befahl sie, über den Käfig Wasser herunter zu gießen, und einer dritten, die ganze Nacht mit einem Metallspiegel hin und her zu laufen. Ihr Gemahl war wieder abwesend in jener Nacht. Als er nun des Morgens den Papagei holen ließ und ihn fragte, was diese Nacht in seiner Abwesenheit sich ereignet, sagte dieser aus: »O mein Herr! Entschuldige mich, ich konnte nichts hören und nichts sehen vor lauter Dunkelheit und Regen und Donner und Blitz die ganze Nacht durch bis zum Morgen.« Dies war aber in der Sommerjahreszeit im Monat Tamus*. Der Mann erwiderte ihm hierauf: »Wehe dir! Jetzt ist doch keine Regenzeit.« »So ist es«, antwortete jener, »bei Gott, ich habe gesehen, was ich dir erzählte.« Nun dachte der Mann, daß der Papagei auch damals gelogen habe, als er ihm von der Untreue seiner Frau erzählt. Hierüber geriet er in Zorn, streckte die Hand nach dem Vogel aus, zog ihn aus dem Käfig, schleuderte ihn gegen den Boden und brachte ihn um. Nachdem der Papagei tot war, erfuhr der Mann erst von seinen Nachbarn, daß der Papagei wahr gesprochen von seiner Frau, so wie auch die List, die diese gegen ihn angewandt; er bereute dann, ihn umgebracht zu haben, aber seine Reue half nichts mehr. Wie mancher ist schon unschuldig zu schwerer Strafe verurteilt worden, fuhr der König fort, wie uns auch die Geschichte des Malers Mahmud lehrt. Er erzählte dann dem Vezier folgende Geschichte:

* Der Monat Tamus entspricht ungefähr dem Juli.

Geschichte Mahmuds

Ein Maler sah eines Tages bei einem seiner Freunde das Bild einer Frau, in welche er sich leidenschaftlich verliebte; er ruhte nicht eher, als bis er erfuhr, wo diejenige wohne, welche als Urbild des Bildnisses gedient hatte. Man sagte ihm, es seien die Züge einer berühmten Sängerin des Großveziers, des Beherrschers von Indien. Alsbald begann Mahmud, so hieß der Maler, seine Reise nach Indien und gönnte sich weder Rast noch Ruhe, bevor er dort angekommen war. Er nahm seine Wohnung bei einem Salbenhändler und zog von ihm Erkundigungen ein; dieser erzählte seinem Gast, daß das Reich sehr durch die Verfolgungen beunruhigt würde, welche der Sultan gegen die Zauberer anstellte. Zu gleicher Zeit entdeckte Mahmud, daß seine Geliebte eine der Sklavinnen des Veziers sei, und baute darauf seinen Plan.

Mit allen einem Räuber nötigen Werkzeuge versehen, schlich er sich in einer Nacht zum Palast des Veziers, zu welchem er mittels seines Seiles sehr leicht Eingang fand. Über das flache Dach fand er bald den Weg in einen Hof, von welchem aus er ein hell erleuchtetes Gemach erblickte. Er wandte sich dahin und trat in ein Zimmer; hier sah er ein Mädchen, schön wie die aufgehende Sonne, schlafend auf einem elfenbeinernen, mit Gold und Edelsteinen reich verzierten Ruhebett. Um das Bett her standen Lampen, welche nach allen Seiten hin das glänzendste Licht verbreiteten. Indem er sich ihr näherte, erkannte er sogleich, daß es seine Geliebte sei.

Darauf zog er einen Dolch aus seinem Gürtel und machte ihr an der Hand eine leichte Wunde, so daß sie erwachte. Das Mädchen war ganz außer sich vor Furcht, als sie einen Fremden mit gezücktem Dolch erblickte. Sie hielt ihn für einen Räuber, bat ihn dringend, ihr das Leben zu lassen, und bot ihm ihr Schmuckkästchen, das neben ihr stand, mit allem was darin war, an. Mahmud nahm das Kästchen und verließ eiligst den Palast des Veziers. Am folgenden Morgen verkleidete er sich als Sofi, verbarg das geraubte Kästchen unter seinem Gewande und trat vor den Kaiser von Indien. »Mächtigster Herrscher der Erde«, redete er zu ihm, »ich bin ein Geistlicher aus Chorasan; der Ruf deiner hohen Tugenden ist bis zu mir gedrungen, und ich habe mich aufgemacht nach deiner herrlichen Hauptstadt, um unter dem Zepter eines so gerechten Fürsten zu leben. Als ich ans Tor kam, fand ich es verschlossen, und war so gezwungen, die Nacht vor der Stadt zuzubringen. Ich legte mich auf den Boden zum Schlafen nieder, aber bald sah ich vier Weiber, die eine von ihnen ritt auf einer Hyäne, die zweite auf einem Widder, die dritte auf einer schwarzen Hündin und die vierte auf einem Leoparden. Ich sah gar bald, daß es Zauberinnen seien; eine von ihnen nahte sich mir und trat mich mit Füßen und schlug mich mit einem Fuchsschwanz, dessen Streiche furchtbar schmerzten. Ich rief laut mehrere Male den Namen des höchsten Gottes und mit einem Messer verwundete ich sie an der Hand, worauf sie mich losließ; doch fliehend ließ sie diese kostbare Schatulle in meinen Händen, für mich hat sie freilich keinen Wert, weil ich auf alle Freuden der Welt verzichtet habe.« Nach diesen Worten übergab Mahmud dem Kaiser von Indien das Kästchen und ging hinweg. Der Kaiser erkannte es alsbald, denn er hatte erst vor wenigen Tagen seinem Großvezier ein Geschenk damit gemacht, dieser es aber wiederum seiner Lieblingssklavin gegeben.

Sie wurde nach dem Palast geholt, und als man an ihrer Hand die Wunde entdeckte, von der der Sofi gesprochen hatte, zweifelte man nicht an der Wahrheit seiner Aussage. Hierauf ward sie als Zauberin verurteilt, in einer Grube, deren steile Wände ihre Flucht unmöglich machten, zu verhungern. Kaum hatte Mahmud den glücklichen Erfolg seiner List vernommen, so eilte er nach der Grube, in welcher seine Geliebte gefangen saß, und durch Bestechung und Überredung der Wächter, welchen er sein merkwürdiges Abenteuer erzählte, gelang es ihm, sie zu befreien; doch nahmen sie ihm vorher das Versprechen ab, auf der Stelle mit ihr aus dem Lande zu fliehen. Das tat er und erfreute sich so des Besitzes seiner Geliebten.

Als der Vezier diese Geschichten angehört hatte, sprach er: »O König, was hat mir denn der Arzt Böses getan, daß ich ihn zu töten Lust haben sollte? Ich gebe dir den Rat nur aus Liebe zu dir, aus Besorgnis für dich; wenn ich nicht die Wahrheit sage, so möge es mir gehen, wie jenem Vezier, der gegen einen König einmal eine arge List gebrauchen wollte.« »Wie war dies?« fragte der König der Griechen. Da begann der Vezier zu erzählen:

O glückseliger König, es war einst ein König, der einen Sohn hatte, welcher ein leidenschaftlicher Jäger war, deswegen der König einem Vezier befohlen hatte, seinen Sohn überall zu begleiten, wohin er auch gehen möge. Eines Tages war der Vezier mit dem Prinzen auf der Jagd. Als sie in der Wüste waren, sah der Vezier ein wildes Tier und befahl dem Prinzen, ihm nachzujagen: der Prinz jagte ihm so lange nach, bis er die Spuren seines Weges verlor, er irrte eine Weile in der Wüste umher, ohne zu wissen, wohin er sich wenden sollte. Da sah er mit einem Male ein weinendes Mädchen, ging auf sie zu und fragte sie, woher sie komme. Das Mädchen antwortete: »Ich bin die Tochter eines Königs von Indien und reiste mit einer zahlreichen Gesellschaft. Auf einmal schlief ich ein, meine Gesellschaft ließ mich allein; ich kannte den Ort nicht, wo ich war, irrte in diesem abgelegenen Lande umher und wußte nicht, wohin ich mich wenden sollte. Als der Jüngling dies hörte, bemitleidete er sie, ließ sie hinter sich auf sein Pferd steigen und ritt mit ihr, bis er zu einer Ruine kam. Da sagte das Mädchen: »Ich habe hier ein Geschäft.« Er ließ sie absteigen, sie trat in die Ruine und blieb eine Weile darin; der Prinz ging ihr nach, und siehe da, es war auf einmal ein Werwolf*, der zu seinen Jungen sagte: »Ich habe euch einen schönen fetten Jüngling gebracht«; und sie antworteten darauf: »Bring ihn uns herein, o Mutter, daß wir uns an seinem Fleisch weiden.«

Es sagt der Erzähler: Als nun der Prinz dies hörte, fürchtete er sich sehr, seine Achseln bebten, er war für sein Leben besorgt und verließ schnell den Ort; aber der Werwolf ging ihm nach und fragte ihn: »Was fürchtest du?« Der Prinz sagte: »Ich habe mich verirrt, und fürchte mich vor einem Feind.« Da versetzte der Werwolf: »Wenn du doch, wie du mir gesagt hast, ein Prinz bist, warum suchst du ihn nicht durch Geld zu versöhnen?« »Er will kein Geld«, antwortete der Prinz, »er trachtet mir nach dem Leben, obgleich ich ihm kein Unrecht getan.« Jener antwortete ihm: »Fasse nur Mut, fürchte nichts!« Der Jüngling erhob dann seine Augen zum Himmel und sagte: »O Gott! Hilf mir gegen meinen Feind, du bist ja allmächtig.« Als der Werwolf dies Gebet hörte, lief er davon, und der Prinz konnte unbeschädigt zu seinem Vater zurückkehren; auch erzählte er diesem alles, was ihm widerfahren, und daß der Vezier ihn geheißen, dem Wild nachzujagen und dann zurückgeblieben sei, so daß ihm dann das Abenteuer mit dem Werwolf begegnet. Der König ließ sogleich den Vezier rufen und hinrichten. Ebenso du, o König! Sobald der Arzt hierher gekommen war, hattest du ihm viel Gutes erzeigt und dich ihm genähert, jetzt geht er damit um, dich zu töten; denn wisse, o König, er ist ein Spion, der von einem entfernten Lande zu deinem Untergang hierher gekommen ist. Hast du nicht erfahren, wie er deinen Körper durch etwas, das er dir in die Hand gegeben, geheilt hat?« »Das ist wahr, o Vezier«, sagte der König zornig. »Nun«, versetzte der Vezier, »es wäre leicht möglich, daß er dir etwas in die Hand gäbe, wovon du sterben müßtest.« Der König antwortete wieder zornig: »Du hast ganz recht, o Vezier, es ist so, wie du sagst! Er ist gekommen, mich zu töten, denn wer mich durch etwas heilen konnte, das ich in die Hand nahm, kann mich auch leicht durch irgend ein Gift auf solche Weise töten. Aber«, fügte er noch hinzu: »o du ratgebender Vezier, was soll ich nun mit ihm anfangen?« »Schicke zu ihm«, antwortete der Vezier, »laß ihn herkommen, und wenn er erscheint, so laß ihm den Kopf abschlagen, dann bist du am Ziel deiner Wünsche und hast deinen Zweck erreicht.« »Dies wird wohl das Beste sein«, sagte der König, »so kann's nicht fehlen.« Er schickte sogleich zum Arzt Duban, welcher ganz freudig erschien, weil ihm der König so viele Gnade erwiesen und so viele Geschenke gemacht, und sprach beim Hereintreten folgende Verse:

»Wenn ich nicht jeden Tag deine Verdienste lobte, so sage mir, wem würde ich wohl meine Verse und meine Prosa weihen? Noch ehe ich um etwas bat, kamst du, fern von allen Ausreden und Entschuldigungen, mir mit deiner Gnade zuvor. Warum sollte ich dich nicht, wie du es verdienst, loben, und deine Huld,

* Die Araber glauben, dieses dämonische Tier (arabisch ghula genannt) könne, um die Menschen irrezuführen, jede Gestalt annehmen.

so wie ich sie im Herzen fühle, öffentlich verkünden? Ich will die Wohltaten, die du an mir ausgeübt, preisen, sie sind meiner Zunge leicht, wenn sie auch meinen Rücken beschweren*.«

»Weißt du, o Arzt, warum ich dich hierher rufen ließ?« »Nein, o König«, antwortete der Arzt. »Nun«, sagte der König, »ich ließ dich rufen, um dich zu töten.« Der Arzt fragte ganz erstaunt: »Warum? Was habe ich verbrochen?« »Ich habe gehört«, sagte der König, »du seiest ein Spion und hierher gekommen, um mich zu töten, darum will ich dir zuvorkommen, ehe deine List gegen mich gelingt.« Hierauf schrie er sogleich dem Scharfrichter zu: »Schlage diesem Arzt den Kopf ab, und schaffe uns Ruhe vor den bösen Folgen, die er für uns haben könnte.« Es sagt nun weiter der Erzähler: Als der Arzt dies hörte, wußte er, daß er schon wegen der Gunst des Königs beneidet worden, daß man sich gegen ihn verschworen und ihn verleumdet habe, um durch seinen Tod sich vor ihm Ruhe zu schaffen; er sah auch, daß der König wenig Verstand und Geist habe, er bekam Reue, als ihm nichts mehr helfen wollte, und er sprach: »Es gibt keinen Schutz und keine Macht, außer bei dem erhabenen Gott! Ich habe etwas Gutes getan und es wird mit Bösem vergolten!« Während er dies dachte, sagte der König noch einmal: »Schlage ihm sogleich den Kopf ab!« Da sprach der Arzt: »Laß mich leben, Gott wird auch dich erhalten, bring mich nicht um, sonst wird Gott auch dich töten!«

Er wiederholte dann dasselbe, wie ich es bei dir tat, o Geist! Und du weigertest dich doch und wolltest mich umbringen.

Der König sagte hierauf zum Arzt Duban: »Ich muß dich umbringen lassen, denn da du mich durch ein bloßes Anfassen geheilt, so kannst du mich auch leicht auf solche Art noch töten.« Da sprach der Arzt: »Ist das mein Lohn, o König, willst du das Gute mit Bösem vergelten?« »Nur nicht lange gezaudert, du mußt heute noch ohne Aufschub umgebracht werden.« Als der Arzt sah, daß es Ernst wurde, war er sehr betrübt, seufzte und weinte und machte sich Vorwürfe, Leuten, die es nicht verdienten, Gutes erzeigt und auf einen schlechten Boden Samen gestreut zu haben. Da kam der Scharfrichter herbei, verband ihm die Augen, fesselte ihm die Hände und zog sein Schwert. Der Arzt jammerte immerfort und sagte: »Bei Gott, o König, laß mich nicht umbringen, sonst wird Gott auch dich töten! Laß mich leben und Gott wird auch dich erhalten.« Dann sprach er folgende Verse:

»Ich habe guten Rat erteilt und dafür Undank geerntet. Mein Rat hat mich in die Wohnung der Verachtung gebracht, während Treulose belohnt werden. Bleibe ich leben, so will ich nie mehr einen Rat erteilen, sterbe ich, so möge jedem Ratgeber von allen Menschen geflucht werden.«

Dann sagte er noch: »Ist das mein Lohn? Du belohnst mich wie das Krokodil.« Der König sagte: »Was ist das für eine Geschichte mit dem Krokodil?« »Ich kann dir sie jetzt nicht erzählen«, erwiderte der Arzt, »doch läßt du mich leben, so wird Gott auch dich erhalten; tötest du mich, so wird Gott dich auch

---

* Durch die Last der erhaltenen Geschenke nämlich.

töten.« Der Arzt weinte sehr; einige Vertraute des Königs standen auf und sprachen: »Verzeihe ihm, uns zuliebe, sein Verbrechen, wenn er ein solches begangen! Wir haben übrigens nichts von ihm gesehen, das eine solche Strafe verdiente.« Aber der König antwortete ihnen: »Ihr wißt nicht, warum ich ihn umbringen lasse. Ich sage euch, daß, wenn ich ihn verschone, ich gewiß selbst untergehe; wer mich durch ein äußeres Anfassen von einem Übel heilte, an dem alle Ärzte verzweifelten, kann mich auch etwas anfassen lassen, wovon ich sterbe, ich muß ihn also töten lassen, um sicher vor ihm zu sein.« Der Arzt flehte noch einmal: »Ich beschwöre dich bei Gott, laß mich leben.« Aber der König blieb dabei, ihn töten zu lassen.

Als der Arzt nun seinen Tod mit Gewißheit sah, sagte er. »O König, verschiebe nur meinen Tod, bis ich nach Hause gegangen, um anzuordnen, wie man mich beerdigen solle, Almosen verteile, Geschenke mache, unter meinen Kindern ihr Erbe verteile, meiner Frau ihr Bestimmtes gebe und meine Bücher Leuten schenke, die sie verdienen. Auch habe ich ein höchst ausgezeichnetes Buch, das ich dir schenken will, verwahre es wohl in deinem Schatze!« »Und worin besteht der Wert dieses Buches?« fragte der König. »Es enthält unzählbare Geheimnisse. Das erste ist: wenn du mich hast umbringen lassen und das sechste Blatt öffnest und drei Zeilen von der rechten Seite liesest und mich ansprichst, so wird mein Kopf auf alle deine Fragen antworten können.« Der König war sehr erstaunt und sagte: »Das ist höchst sonderbar, dein Kopf wird mit mir reden, wenn ich das Buch öffne und drei Zeilen darin lese?« Er gab ihm dann sogleich Erlaubnis nach Hause zu gehen. Der Arzt tat dieses, verrichtete sein Geschäft bis zum anderen Tag, dann kam er wieder in den Palast, wo die Fürsten, Veziere, Adjutanten und sonstigen Großen des Reichs alle versammelt waren. Der Arzt Duban kam mit einem alten Buche und einem Schächtelchen mit Pulver, er setzte sich und forderte eine Schüssel. Als man sie ihm gebracht, streute er das Pulver hinein und sprach: »O König, nimm dieses Buch, öffne es aber nicht, bis mir der Kopf abgeschlagen ist. Wenn dies geschehen, so lasse ihn in die Schüssel auf das Pulver setzen; das Blut wird dann sogleich gestillt werden; öffne hierauf das Buch und frage meinen Kopf, er wird dir sicher antworten. Es gibt keinen Schutz und keine Kraft, außer bei dem erhabenen Gott: doch lässest du mich leben, so wird auch Gott dich erhalten.« Aber der König sagte: »Ich werde dich um so gewisser töten lassen, damit ich sehe, wie dein Kopf mit mir sprechen wird.« Der König ließ ihm hierauf den Kopf abschlagen und nahm ihm das Buch ab. Als der Scharfrichter damit fertig war, ward der Kopf in die Schüssel auf das Pulver gedrückt, und das Blut hörte sogleich auf zu fließen. Der Arzt Duban öffnete dann die Augen und sagte: »Nun kannst du das Buch öffnen, o König!«

Der König tat es und schlug ein Blatt nach dem anderen um; da die Blätter aber aneinander klebten, legte er den Finger an die Lippen und benetzte ihn; so wendete er bis zum siebenten Blatte herum, fand aber nichts darin geschrieben. Darauf sagte er: »O Arzt, ich finde ja nichts in diesem Buch.« Der Kopf des Arztes antwortete: »Schlage nur weiter um!« Der König schlug immer weiter um und benetzte den Finger dabei, bis er die Arznei, mit der das Buch vergiftet war, abgerieben hatte. Auf einmal fing der König an zu wanken und Schwindel zu fühlen.

Als der Kopf des Arztes sah, daß der König der Griechen nicht mehr aufrecht stehen konnte, dachte er sich, daß er das Gift eingesogen, und sprach folgende Verse:

»Sie haben ein strenges Gericht gehalten, und noch ein wenig, so war es, als hätten sie kein Urteil gefällt. Wären sie gerecht gewesen, so wäre auch ihnen Gerechtigkeit widerfahren, ihre Gewalttat wurde ihnen aber vom Schicksal mit Elend und Tod vergolten, und nachher sagte ihnen eine bildliche Sprache: dies ist dafür und man kann dem Schicksal keine Vorwürfe machen.«

Als der Kopf des Arztes so gesprochen, fiel der König tot hin, und auch der Kopf des Arztes blieb leblos.

Fortsetzung der Geschichte des Fischers mit dem Geiste

Der Fischer sagte hierauf zu dem Geiste: »Hätte der König den Arzt leben lassen, so hätte Gott auch ihn erhalten, weil er ihn aber umbringen ließ, hat Gott auch ihn getötet; ebenso du, o Geist, weil du mich durchaus töten wolltest, werde ich dich wieder in diese Flasche sperren und in den Abgrund des Meeres werfen.« Der Geist schrie: »O Fischer, tu dies nicht! Befreie mich und bestrafe mich nicht. Der Menschen Handlungen müssen immer edler sein, als die eines Geistes, habe ich auch schlecht gehandelt, so tu du doch Gutes! Denn das Sprichwort sagt:

Vergelte Böses mit Gutem, verfahre nicht wie Imama mit Ateka verfuhr.« »Was haben Imama und Ateka getan?« »Jetzt«, sagte der Geist, »ist nicht Zeit, davon zu reden, so lang ich in diesem engen Gefängnis bin; wenn du mich frei gelassen, will ich dir's erzählen.« Aber der Fischer antwortete: »Ich lasse dich nicht heraus, ich werfe dich ins Meer, denn ich habe dich lange gebeten und doch wolltest du mich schuldlos umbringen, obschon ich dich aus deinem Gefängnis befreite. Da du dies getan, weiß ich, daß du von schlechter Natur bist und von gemeinem Stoffe, du vergiltst Gutes mit Bösem; ich werde daher, wenn ich dich ins Meer geworfen habe, hier ein Haus bauen und darauf schreiben: Hier haust ein Geist; wer ihn heraufzieht, wird von ihm getötet; dann kannst du lange unten bleiben, du verächtlichster aller Geister!«

Da sprach der Geist: »Laß mich diesmal wieder frei; ich verspreche, dir gar nichts zuleid zu tun, vielmehr dir nützlich zu sein. Du sollst reich werden.« Als er darauf einen Eid geleistet und bei jenem erhabenen Namen geschworen, der auf Salomos Siegel stand, da öffnete der Fischer die Flasche, aus der wieder Rauch in die Höhe stieg, und es bildete sich ein Geist daraus; er zertrat hierauf die Flasche mit den Füßen und flog gegen das Meer hin. Als der Fischer dies sah, fürchtete er etwas Schlimmes; er verunreinigte seine Kleider und sah den Tod schon nahe, denn er hielt dieses Zertreten für ein böses Zeichen. Dann faßte er aber wieder Mut und sprach: »O Geist! Du hast einen Eid geschworen, darfst also nicht treulos gegen mich werden, sonst wird es Gott auch gegen dich. Ich wiederhole dir, was der Arzt Duban sagte: Laß mich leben, Gott wird dich auch erhalten.« Der Geist lachte und sagte: »Folge mir, Fischer!« Dieser folgte ihm nun erschrocken, denn er glaubte, nicht mit dem Leben davonzukommen. Sie gingen durch die Wüste bis zu einem Berge; dort fanden sie mitten in einer großen Einöde vier kleine Hügel und zwischen diesen einen See. Der Geist blieb hier stehen und sagte dem Fischer, er solle nun sein Netz auswerfen. Dieser sah im See rote, weiße, blaue und gelbe Fische und war sehr erstaunt darüber. Dann warf er sein Netz aus, und als er es an sich zog, brachte er vier Fische heraus: einen roten, einen weißen, einen blauen und einen gelben; als er dies sah, freute er sich sehr. Der Geist sagte ihm dann: »Gehe damit hin zu deinem Sultan, er wird dich reich machen; aber fische nicht mehr als einmal am Tage. Entschuldige mich, wenn ich dich jetzt verlasse, ich weiß, nachdem ich so lang in der Tiefe des Meeres gelebt habe, mir auf der Oberfläche der Erde nicht mehr zu raten. Allah stehe dir bei!«

Hierauf stampfte der Geist mit den Füßen; die Erde öffnete sich und verschlang ihn, und der Fischer ging freudig in die Stadt zurück, verwundert über das, was ihm mit dem Geist widerfahren und über die farbigen Fische. Er verfügte sich in den Palast des Sultans und brachte sie ihm.

Als der Sultan die Fische sah, wunderte er sich sehr darüber und sagte seinem Vezier: »Bringe sie der Köchin, die uns der König der Neugriechen geschenkt.« Der Vezier brachte sie diesem Mädchen und sagte: »Backe sie recht gut, denn es hat sie jemand dem König zum Geschenk gemacht.« Auch ließ der Sultan dem Fischer 400 Dinare geben; dieser lief damit nach Hause und fiel und stand auf und stolperte und glaubte, es sei nur ein Traum. Er kaufte dann seiner Familie, was sie bedurfte.

Dies ist's, was den Fischer angeht. Was aber die Köchin betrifft, so nahm sie die Fische und spaltete sie und salzte sie, setzte die Pfanne aufs Feuer, goß Öl hinein und wartete, bis es heiß war, warf dann die Fische hinein, ließ sie darin, bis sie auf der rechten Seite gebacken waren und drehte sie um. Da spaltete sich auf einmal die Mauer und es kam aus der Öffnung ein schönes Mädchen heraus, von hübschem Wuchse, oval gebildeten Wangen, ohne Tadel, die Augen mit Kohle bemalt; sie hatte ein Oberkleid von blauem Atlas an mit Kreisen aus ägyptischen Blumen, kostbare Ringe an den Ohren und am Arm, und in der Hand trug sie ein indisches Rohr. Sie steckte das Rohr in die Pfanne und sagte mit wohltönender Stimme: »O Fisch, hältst du dein Versprechen?«

Es sagt der Erzähler: Als die Köchin dies sah und hörte, fiel sie in Ohnmacht. Das Mädchen wiederholte noch einmal seine Frage, und die Fische hoben ihre Köpfe auf und sagten ebenfalls in klarer Sprache: »Jawohl, jawohl, wenn du wiederkehrst, so kehren auch wir wieder, bist du treu, so sind auch wir treu, fliehst du uns, so haben wir doch das unsrige getan.« Sie stürzte dann die Pfanne um und ging weg, wie sie gekommen war, und die Wand schloß sich wieder. Als die Köchin wieder zur Besinnung gelangt war und die Fische ganz verbrannt und in Kohlen verwandelt fand, war sie sehr betrübt und fürchtete sich vor dem König und sagte: »Dem König ist bei seinem ersten Kriegszug der Lanzenschaft zerbrochen*.« Als sie nun in diesem Zustande war, kam der Vezier und forderte die Fische und sagte ihr, der Sultan warte darauf. Die Köchin fing an zu weinen und erzählte dem Vezier, was ihr mit den Fischen geschehen. Er war sehr erstaunt, ließ sogleich den Fischer holen und sagte zu ihm: »Du mußt uns sogleich andere Fische, die den ersten gleichen, bringen, denn sie gefallen uns sehr.« Der Fischer nahm seine Gerätschaften, ging zu den vier Hügeln an den See, warf sein Netz aus und zog vier ähnliche Fische heraus; er kehrte dann heim und brachte sie dem Vezier. Dieser gab sie der Köchin und sagte ihr: »Backe sie nun in meiner Gegenwart, ich will die Geschichte mit ansehen.« Die Köchin reinigte die Fische, stellte die Pfanne auf und warf sie hinein. Als sie gebacken waren, öffnete sich die Wand wieder, das Mädchen kam wieder in derselben Kleidung, mit einem Rohr in der Hand, steckte es in die Pfanne und sagte: »O Fisch, hältst du dein Versprechen?« Die Fische streckten dann ihre Köpfe in die Höhe und sagten: »Wohl, wohl, kehrst du wieder, kehren auch wir wieder, bist du treu, so sind auch wir es, fliehst du uns, so haben wir doch das unsrige getan.«

Als die Fische so gesprochen, stürzte das Mädchen die Pfanne um und verschwand durch die Spalte der Wand und diese schloß sich hierauf wieder. Da sagte der Vezier: »So etwas kann man dem König nicht verbergen.« Er ging daher zu ihm und erzählte ihm, was sich mit den Fischen zugetragen. Der Sultan rief voller Verwunderung: »Ich muß das mit meinen Augen sehen«, und schickte sogleich nach dem Fischer, zu dem er sagte: »Hole mir gleich noch vier Fische,

---

* Ein arabisches Sprichwort von einem, dem gleich der Anfang seines Unternehmens mißlingt.

wie die ersten, eile aber damit.« Der Fischer ging, nahm seine Gerätschaften mit an den See, fischte vier Fische von verschiedener Farbe, wie die ersten, und brachte sie dem Sultan. Dieser gab ihm wieder 400 Dinare, zugleich ließ er ihn streng bewachen, und sprach zum Vezier: »Geh und backe du selbst diese Fische in meiner Gegenwart!« Jener setzte nun die Pfanne aufs Feuer, nachdem er die Fische zurecht gelegt, goß Öl hinein und warf die Fische darauf, als es heiß geworden war. Sobald aber die Fische gebacken waren, spaltete sich wieder die Wand der Küche, und es kam ein schwarzer Sklave heraus, gerade als wäre es ein Berg oder ein Überbleibsel vom Stamme Aad[*]. Der König und der Vezier fürchteten sich vor ihm, denn er war sehr lang und breit und hatte einen grünen Ast in der Hand. Er sagte in deutlicher Sprache: »O Fische, bleibt ihr beim Versprechen?« Sie hoben ihre Köpfe auf und riefen: Wohl, wohl, kehrst du wieder, kehren auch wir wieder, bist du treu, so sind auch wir es, fliehst du uns, so haben wir doch das unsrige getan.« Hierauf stürzte der Sklave die Pfanne um, die Fische verbrannten und wurden zu Kohlen. Dann verschwand der Sklave durch die Wand, die sich sogleich wieder zusammenfügte. Der Sultan erschrak über diesen Vorfall und sagte: »Ich kann mich unmöglich mehr niederlegen, bis ich auf den Grund dieser Sache gekommen, es ist gewiß ein besonderes Verhältnis mit diesen Fischen.« Er ließ schnell den Fischer holen, und als dieser kam, sprach er zu ihm: »Wo hast du diese Fische her?« »Aus einem

* Aad ist ein Stamm, den Gott ausgerottet hat, als er dem Propheten Hud kein Gehör geben wollte, der ihn zum wahren Gottesdienst zurückzuführen sich bemühte. Alle Leute dieses Stammes waren von riesenhafter Gestalt.

See«, antwortete der Fischer, »außerhalb der Stadt zwischen vier Bergen.« Der Sultan fragte dann den Vezier: »Kennst du diesen See?« Er antwortete: »Ich gehe schon dreißig Jahre lang auf die Jagd, durchstreiche die Ebenen und Gebirge und habe nie diesen See gefunden.« Da fragte der Sultan den Fischer: »Wie weit ist's nach diesem See?« »Zwei Stunden«, antwortete der Fischer. Der Sultan befahl hierauf einigen Soldaten, mit ihm zu reiten, auch den Vezier nahm er mit und der Fischer mußte vorangehen. Der fluchte dem Geist. Sie gingen bis zum Berge hin und sahen den See mit Fischen von allen Farben. Der Sultan war sehr erstaunt darüber und sagte: Ist's möglich, daß noch niemand diesen Ort gesehen hat, da dieser See doch so nahe an der Stadt liegt?« Er fragte die Soldaten, ob einer von ihnen diesen Ort gekannt; aber alle antworteten, sie sähen ihn jetzt zum ersten Mal. Da schwur der Sultan: »Beim erhabenen Gott: ich gehe nicht in die Stadt zurück, bis ich weiß, was das für ein See und für bunte Fische sind.« Er befahl dann, abzusteigen und die Zelte aufzuschlagen, dann stieg er selbst ab und blieb bis zur Nacht. Jetzt rief er seinen Vezier, der ein sehr erfahrener und vielwissender Mann war; er ging nämlich heimlich zu ihm, ohne daß die Soldaten es merkten, und sprach: »Ich will etwas tun, das ich dir mitteilen will; ich will mich nämlich von den übrigen absondern, um zu sehen, was dies für Fische sind. Ich gehe nun fort. Morgen sagst du den Truppen und hohen Beamten, ich sei krank und es könne niemand vorgelassen werden; du wohnst indes in meinem Zelt, und ich bleibe drei Tage lang weg, nicht länger.« Der Vezier sagte: »Es soll alles so besorgt werden.« Dann umgürtete sich der Sultan mit seinem Schwerte, ging fort und schlug den Weg jenseits des Berges ein, bis der Morgen zu leuchten anfing. Als die Sonne aufging, sah er in der Ferne etwas Schwarzes, er freute sich und dachte, vielleicht finde ich jemanden, der mir Auskunft geben kann. Er ging darauf zu und siehe da, es war ein Schloß, aus schwarzen Steinen gehauen und mit eisernen Platten belegt, das unter einem glücklichen Gestirne gebaut war.

Das Schloß hatte ein Tor, von welchem ein Flügel durch den anderen Flügel geschlossen war. Der König freute sich und klopfte leise, hörte aber keine Antwort; er klopfte noch einmal etwas stärker, hörte wieder nichts und erblickte auch niemanden. Da dachte er, ohne Zweifel ist dieses Schloß unbewohnt; er machte sich dann Mut, ging in einen Gang und schrie: »O Bewohner des Schlosses! Hier ist ein fremder, bittender und hungriger Reisender; habt ihr wohl etwas Lebensmittel? Der Herr aller Sklaven wird euch reichlich dafür belohnen.« Er wiederholte dies zum zweiten- und drittenmale, hörte aber keine Antwort. Dann faßte er stärkeren Mut, schritt durch den Gang ins Innere des Schlosses, drehte sich rechts und links um und sah niemand, bemerkte aber, daß das Schloß mit seidenen Teppichen, worauf goldene Sterne gestickt, bedeckt war, er sah auch schöne Vorhänge und Polster und Sofas. Mitten im Saale war ein großer Raum, rings herum Divans und Nischen und Nebenzimmer; auch war ein Springbrunnen da mit vier goldenen Löwen, die aus dem Rachen Wasser spieen, das so klar wie Perlen und Edelsteine war. Es flogen allerlei Vögel im Saale herum, die ein goldnes Netz nicht entwischen ließ. Der König war sehr erstaunt, niemand hier

zu finden, den er ausfragen konnte; er setzte sich auf die Seite des Saals und hörte dann eine seufzende Stimme aus traurigem Herzen, welche sang:

»O Schicksal, du schonst mich nicht und hast kein Erbarmen; mein Leben schwebt ja zwischen Qualen und Gefahr. Habt ihr nicht Mitleid mit einem Großen seines Volks, der im Bunde der Liebe erniedrigt wurde, mit dem Reichsten unter seinem Volke, der verarmte? Ich war eifersüchtig auf die Luft, die euch anwehte, aber wo das Schicksal niederfällt, da verdunkelt sich das Gesicht. Was nützt die Kunst des Schützen, wenn er dem Feinde begegnet, die Sehne aber in dem Augenblick zerreißt, da er den Pfeil schleudern will? Wenn dann ganze Scharen sich um den Tapfern häufen, wie sollte er dem Schicksal entfliehen?«

Als der König diese Verse und ein lautes Weinen gehört, ging er der Stimme nach und fand einen Vorhang an der Tür eines Zimmers hängen, hob ihn auf und sah darin einen Jüngling, auf einem eine Elle hohen Thron sitzend. Er war ein hübscher Jüngling von regelmäßigem Wuchs, klarer Sprache, leuchtender Stirne, frischen Haarlocken, roten Wangen, darauf hatte er ein Fleckchen wie Ambra, gleichwie der Dichter sagte:

»Er war hübsch gewachsen, durch seine Haare und seine Stirne wandelte die Welt zugleich in Licht und Dunkelheit. Verleugnet nicht das braune Fleckchen auf seiner Wange, denn auch die Anemone hat ein solches.«

Der König freute sich und grüßte den Jüngling, der einen seidenen Mantel mit goldnen ägyptischen Stickereien anhatte; auf seinem Haupte trug er eine ägyptische Krone. Man merkte ihm aber an, daß er traurig war und geweint hatte; er erwiderte freundlich des Königs Gruß und sagte: »Du verdienst mehr, als daß ich vor dir aufstehe, drum entschuldige mich.« »Ich entschuldige dich, o Jüngling!« sprach der Sultan »Ich bin hier dein Gast und komme in einer wichtigen Angelegenheit zu dir. Du sollst mir nämlich über den See und die farbigen Fische Auskunft geben, über dieses Schloß, das du allein bewohnst, ohne daß dir jemand Gesellschaft leistet, sowie auch über die Ursache deines Weinens.« Als der Jüngling dies hörte, flossen seine Tränen auf seine Wangen und seine Brust, er sprach dann folgende Verse:

»Sagt denen, die vom Schicksal mißhandelt worden, wie viele Unglücksfälle hat es schon verbreitet! Wenn du auch schläfst, so schläft das Auge Gottes nicht; wem waren wohl die Zeiten immer günstig? Wem dauerte die Welt ewig?«

Er weinte dann wieder heftig, und der König wunderte sich darüber und fragte nochmals. »O Jüngling, warum weinst du?« Da antwortete er: »Wie soll ich nicht über meine Lage weinen?« Er hob den Saum des Kleides auf und der König sah, wie er halb Mensch und halb ein schwarzer Stein war.

Der König war sehr betrübt und niedergeschlagen über diesen Anblick und sagte: »O Jüngling, du hast meinen eigenen Kummer noch vermehrt, ich wünschte über die Fische Nachricht zu bekommen, nun muß ich auch noch nach deiner Geschichte mich erkundigen, es gibt keinen Schutz und keine Macht außer bei Gott. O Jüngling, erzähle mir schnell.« Nun sagte der Jüngling: »Leihe mir dein Gesicht und dein Gehör, denn es hat sich eine wunderbare Geschichte mit mir und diesen Fischen zugetragen; wenn sie mit einer Nadel in den Augenwinkel gestochen wäre, so würde sie eine Belehrung für jeden abgeben, der sich belehren möchte.

Geschichte des versteinerten Prinzen

Wisse, o Herr! Mein Vater war König dieser Stadt, sein Name war Sultan Mahmud, er regierte ungefähr 70 Jahre lang über die Inseln dieser Berge. Als er starb, regierte ich an seiner Stelle und heiratete meine Muhme, die mich so sehr liebte, daß, wenn ich nur einen Tag von ihr abwesend war, sie weder aß und trank, bis ich wieder bei ihr war; sie lebte auf diese Weise fünf Jahre mit mir. Eines Tags ging sie ins Bad, ordnete ein Nachtessen an, dann kam ich in dieses Schloß und schlief hier, an dem Orte, wo du jetzt dich befindest; ich ließ zwei Sklavinnen zu mir kommen, mich zu beräuchern. Eine saß mir zu Häupten und die andere zu Füßen. Es war mir nicht recht wohl, ich konnte nicht schlafen, obschon meine Augen geschlossen waren, ich atmete schwer. Da hörte ich, wie die eine Sklavin zur anderen sagte: »O Masuda! Sieh unseren armen Herrn! Schade für seine Jugend, die er mit unserer verfluchten Herrin zubringen muß.« »Schweige!« sagte die andere, »Gott verdamme die Verräterinnen und Buhlerinnen. Es paßt wirklich ein junger Mann, wie unser König, nicht zu dieser Metze, die keine Nacht zu Hause schläft.« Aber unser Herr ist sehr dumm«, versetzte die erstere wieder, »er sollte es doch merken, wenn er nachts erwacht und sie nicht neben sich findet.« »Weh dir«, sagte die zweite, »Gott verdamme die Metze, unsere

Gebieterin, die gibt ihm einen Schlaftrank, daß er wie ein Toter schläft, dann geht sie aus, bleibt bis zum Morgen weg, wo sie erst ihren Mann aufweckt mit Räucherwerk, das sie ihm vor seine Nase hält. Schade um ihn!« Als ich, sagte der Jüngling, dies Gespräch der beiden Sklavinnen hörte, ward ich sehr aufgebracht. Wie nun meine Frau aus dem Bade kam, konnte ich die Nacht nicht erwarten, wir ließen den Tisch bereiten, aßen ein wenig, gingen dann zu Bett, sie reichte mir wieder einen Schlaftrank, ich tat, als wenn ich tränke, goß ihn aber aus, dann stellte ich mich, als wenn ich schliefe und streckte mich auf dem Lager aus. Da sprach sie: »Schlafe! O möchtest du nie mehr erwachen! Bei Gott, deine Gestalt ist mir zum Ekel, ich bin deiner satt.« Sie stand dann auf, kleidete sich an, beräucherte sich, umgürtete mein Schwert, öffnete die Türe und ging hinaus; ich stand auf und folgte ihr durch die ganze Stadt nach bis ans Tor, ohne daß sie mich bemerkte, sie sagte am Tor etwas, das ich nicht verstand, die Riegel fielen und das Tor öffnete sich von selbst, sie ging zum Tor hinaus, ich folgte ihr, bis sie zwischen einigen Schutthaufen an eine kleine Hütte aus Ziegelsteinen kam, ich stellte mich auf das Dach der Hütte und belauschte sie, und siehe da, meine Frau stand vor einem alten schwarzen Sklaven, der auf einem Bündel Rohr saß, ganz in Lumpen gekleidet. Sie küßte die Erde vor ihm. Der Sklave hob seinen Kopf zu ihr auf und sagte: »Wehe dir, wo bleibst du so lange? Soeben waren unsere schwarzen Vettern da, und haben sich jeder mit seinem Liebchen vergnügt, und haben getrunken, ich wollte nichts trinken, weil du abwesend warst.« Da sagte meine Frau: »O mein Herz! Geliebter meines Herzens! Weißt du nicht, daß ich mit meinem Vetter verheiratet bin? Daß ich die Welt hasse, weil ich ihn sehen muß; wenn ich nichts für dich fürchtete, so ließe ich die Sonne nicht aufgehen, ehe ich seine Stadt verwüstet hätte, daß Nachteulen und Raben darin herumschrieen und Füchse und Wölfe darin wohnten; ich würde ihre Steine hinter den Berg Kaf* werfen.« »Du lügst«, sagte der Schwarze, »du Verdammte! Ich schwöre dir bei der Ehre der Schwarzen, daß wir von dieser Nacht an nicht mehr mit unseren Vettern zusammenkommen, ich werde gar nicht mehr dein Freund sein und dich nicht mehr berühren. Du Verdammte spielst nur so mit uns; sind wir denn nur für deine Lust da, du Übelriechende!« Als ich hörte, wie er mit ihr umging, ward die Welt ganz schwarz vor mir, ich wußte nicht mehr, wo ich war. Meine Frau fing an zu weinen und sagte zu dem Schwarzen: »O Geliebter meines Herzens! Was bleibt mir, wenn du mir zürnst? Wer nimmt mich auf, wenn du mich verjagst? O mein Geliebter, mein Herz, mein Augenlicht!« Sie hörte nicht auf, vor ihm zu weinen und zu flehen, bis er wieder gut war; da freute sie sich, legte einige Kleider ab und sagte: »Mein Herr! Hast du nichts zu essen für deine Sklavin?« Er antwortete: »Decke dieses Becken auf!« Sie deckte es auf und fand darin ein Stück von einer Maus; dieses aß sie, dann sagte er ihr: »In diesem Topf ist noch Bier, trinke es!« Sie trank, wusch ihre Hand, setzte sich dann zu ihm auf das Bündel Rohr mitten unter den Lumpen. Ich stieg vom Dache herunter, nahm das Schwert, mit dem meine Frau gekommen, und schwang es, um beide

* Der Berg Kaf ist nach orientalischen Begriffen das Ende der Welt.

zu töten; ich schlug zuerst den Schwarzen auf den Hals und glaubte schon mit ihm fertig zu sein, aber ich durchschlug nur die Haut, das Fleisch und die Kehle, es waren jedoch die Halsadern nicht durchschnitten. Ich glaubte indessen doch, ihn getötet zu haben, er schrie laut auf und meine Frau fiel seitwärts so, daß sie hinter mir war; ich legte dann das Schwert nieder an seine Stelle, kehrte zur Stadt zurück, ging ins Schloß, begab mich in mein Bett und blieb bis zum Morgen liegen. Als meine Frau zurückkam, sah ich, daß sie ihre Haare abgeschnitten und Trauerkleider angezogen hatte; sie sagte mir: »O mein Vetter, wirst du dich wohl dem, was ich tue widersetzen wollen? Wisse, ich habe Nachricht erhalten, daß meine Mutter gestorben ist, daß mein Vater im heiligen Kriege umgekommen, daß einer meiner Brüder durch einen Schlangenbiß und ein anderer durch einen Sturz das Leben verloren; ich muß daher weinen und trauern.« Als ich dies hörte, ließ ich sie gehen und sagte ihr: »Tu was du willst, ich werde dich nicht hindern.« Sie verharrte nun ein volles Jahr in Weinen und Trauern.« Nach einem Jahr sprach sie zu mir: »Ich möchte, daß du mir im Hause eine Grabstätte mit einem Zimmer bauen ließest, damit ich darin allein trauern könnte, ich würde es das Trauergebäude nennen.« Ich sagte ihr wieder: »Tu, was dir gut dünkt!« Jetzt erteilte sie sogleich Befehl, ließ sich das Trauerhaus bauen, und in dessen Mitte eine Kuppel errichten. Den Sklaven aber brachte sie in die Grabeshöhle. Diesem war nicht mehr zu helfen. Er lebte zwar, denn seine Zeit war nicht abgelaufen, auch konnte er noch trinken, aber vom Tage an, wo ich ihn verwundet hatte, nicht mehr sprechen. Meine Frau besuchte ihn nun morgens und abends, und weinte und brachte ihm Wein und Fleischsuppen. So verging ein ganzes Jahr, in welchem ich alles dieses mit Geduld ertrug. Nach diesem Jahre ging ich ihr einmal nach, ohne daß sie es merkte: Ich hörte, wie sie weinte und sagte: »O mein Geliebter! O mein Herz! Warum muß ich das von deiner Liebe erfahren? Warum sieht dich mein Auge nicht immer und warum in einem solchen Zustand? Warum sprichst du nicht mit mir, o sage mir doch etwas!« dann fügte sie noch folgende Verse hinzu: »Ein Tag der Wunscherfüllung ist der, an welchem ich eure Nähe gewonnen, ein Tag des Unheils der, an welchem ihr euch von mir trennt. Wenn ich in der größten Angst und Furcht übernachte, so ist mir eure Nähe doch süßer als die gewisseste Sicherheit.«

»Lebte ich im schönsten Wohlbehagen und besäße ich die ganze Welt, das Reich der Chosroen, so würde ich es doch nicht so hoch als den Flügel einer Mücke anschlagen, wenn mein Auge dich nicht sähe.«

Als sie dies vollendet hatte, sagte ich zu ihr: »Muhme, höre doch einmal auf zu trauern! Du hast genug vergebens geweint.« Sie antwortete mir: »Widersetze dich meinem Willen nicht, sonst bringe ich mich um.« Ich schwieg und überließ sie ihrem Zustand; sie aber fuhr wieder ein Jahr fort zu trauern und zu weinen. Nach dem dritten Jahr, an einem Tage, wo ich gerade eines unangenehmen Ereignisses willen im Zorne war, ging ich ihr wieder nach, denn nun dauerte mir diese Qual doch zu lange; ich fand sie bei der Grabeshöhle unter der Kuppel und hörte, wie sie sagte: »Werde ich denn, o mein Herr, kein einziges Wort mehr von dir vernehmen? nun gibst du mir schon drei Jahre keine Antwort.« Dann vernahm ich folgende Verse von ihr:

»O Grab! O Grab! Haben seine Reize aufgehört zu sein? Ist seine blühende Gestalt von dir gewichen? O Grab, du bist ja doch kein Himmel und kein Lustgarten, wie kann Sonne und Mond sich in dir vereinigen?«

Mein Zorn nahm überhand, als ich dies hörte, und ich rief: »Wehe! Wie lange wird noch dieser Schmerz dauern.« Dann aber sprach ich folgende Verse:

»O Grab! O Grab! Haben seine Unvollkommenheiten noch nicht aufgehört? Hat sein abscheulicher Blick sich von dir gewandt? O Grab! Du bist ja doch kein Teich und kein Topf, wie kann Schmutz und Ruß sich in dir vereinigen?«

Als sie meine Verse hörte, stand sie auf und sagte: »Wehe dir! Du Hund! Du hast mir dies getan, du hast den Geliebten meines Herzens verwundet und hast mich um seine Jugend durch seinen Tod gebracht. Nun ist er schon drei Jahre weder tot noch lebendig.« Ich antwortete: »O du abscheulichste, du schmutzigste Dirne unter allen, die Schwarze lieben! Freilich habe ich dies getan.« Jetzt entblößte ich mein Schwert und ging auf sie zu, um sie umzubringen; als sie dies sah, rief sie lachend: »Ziehe dich zurück, wie ein Hund! Was vorüber ist, kehrt nicht mehr wieder, bis die Toten wieder belebt werden. Gott hat mir Macht gegeben über den, der mir etwas getan, worüber in meinem Herzen ein unauslöschliches Feuer entbrannte.« Sie stellte sich dann aufrecht auf die Füße, sprach etwas, das ich nicht verstand und rief: »Werde durch meine Kraft und meinen Zauber halb Stein und halb Mensch!« Ich ward nun sogleich, wie du mich jetzt siehst, o Herr! Betrübt und niedergeschlagen, kann ich weder stehen, noch sitzen, noch schlafen, ich bin nicht tot bei den Toten und lebe nicht mit den Lebendigen.

»Als ich so war, wie du mich jetzt siehst«, erzählte der verzauberte Mann ferner, »erhob sich meine Frau und verzauberte die Stadt mit allen Gärten und Marktplätzen, und dies ist der Ort, wo jetzt deine Zelte mit den Truppen sind. Die Bewohner der Stadt waren Muselmänner, Christen, Juden und Feueranbeter. Sie verzauberte nun die Muselmänner in weiße Fische, die Feueranbeter in rote, die Christen in blaue und die Juden in gelbe, ebenso verwandelte sie die Inseln in vier Berge, die sie mit einem See umgab. Aber dies genügte ihr noch nicht. Nun kommt sie noch jeden Tag, entkleidet mich, gibt mir hundert Streiche, bis mein Blut fließt und meine Schultern wund sind; dann umkleidet sie meinen Oberleib mit einem härenen Stoffe und hüllt darüber dieses Ehrenkleid.« Der junge Mann weinte hierauf und sprach folgende Verse:

»Ich trage standhaft deinen Beschluß und dein Urteil, o Gott! Ich habe Geduld, wenn du an diesem Zustande Wohlgefallen hast; man hat mir Unrecht und Gewalt angetan, doch wird vielleicht das Paradies mir meinen Verlust ersetzen. Gewiß, mein Herr, entgeht deinem Auge kein Übeltäter, ich bete daher zu dir, schütze mich gegen das Unrecht meiner Quäler.«

Der Sultan sprach zu dem verzauberten Manne: »Du hast zwar meine Wißbegierde gestillt, doch meinen Kummer nur noch vermehrt: wo, junger Mann, ist sie und wo ist der Sklave?«

»Mein Herr«, antwortete hierauf der junge Mann, »der Sklave liegt in der Grabstätte unter der Kuppel, und sie ist in dem Saale, dieser Tür gegenüber; sie besucht den Sklaven täglich bei Sonnenaufgang, und wenn sie dann zurückkommt, gibt sie mir die hundert Prügel; ich schreie und weine, kann mich aber nicht bewegen, um sie zu bändigen, ich habe keine Kraft, mich zu verteidigen, weil die eine Hälfte meines Körpers aus Stein und nur die andere Hälfte aus Fleisch und Blut ist. Nach meiner Züchtigung geht sie dann wieder zum Sklaven, gibt ihm Wein und Fleischbrühe zu trinken, und am Morgen früh kehrt sie erst wieder zurück.« Da sprach der König: »Bei Gott! Junger Mann, ich werde hier etwas tun, was lange nach mir allenthalben erzählt werden wird.« Er setzte sich hierauf nieder und unterhielt sich mit dem jungen Manne bis zur Nacht. Sie schliefen dann bis an den Morgen, da machte sich der König auf, legte einen Teil seiner Kleider ab, zog sein Schwert aus der Scheide und ging zur Grabstätte. Hier erblickte er viele Wachskerzen und Lampen, Weihrauch, wohlriechende Öle und andere Aromen: er schritt auf den Sklaven zu, tötete ihn und warf ihn in einen Brunnen, der im Schlosse war. Dann zog er des Sklaven Kleider an, legte sich tief in die Grabeshöhle, behielt aber immer sein bloßes Schwert unter den Kleidern. Nach einer Weile kam die verruchte Zauberin, und das erste, was sie tat, war, ihren Vetter zu entkleiden und ihn tüchtig durchzuprügeln. Ihr Vetter schrie: »O wehe, Muhme, habe Mitleid mit mir, ich habe genug gelitten, der Zustand, in dem ich mich befinde, genüge dir!« Sie aber antwortete: »Hast du wohl mit meinem Geliebten Mitleid gehabt?«

Als die Zauberin ihren Vetter geschlagen, bis sie müde war und das Blut von seinen Seiten herabfloß, kleidete sie ihn in ein härenes Kleid, legte ein linnenes darüber und ging dann zum Sklaven. Sie nahm, wie gewöhnlich, Wein und Fleischbrühe mit, und als sie unter die Kuppel trat, fing sie an zu weinen und zu

schreien: »O Geliebter, es war doch sonst deine Gewohnheit nicht, mir deine Nähe zu versagen; o stoße mich nicht länger zurück! Besuche mich wieder, denn dein Besuch gibt mir Leben. O nahe dich mir! Die Trennung ist doch nicht in deiner Gewohnheit: bleibe nicht fern von mir, denn unsere Feinde frohlocken über uns! O mein Herr, sprich mit mir!« Sie fügte diesen Klagen noch folgende Verse hinzu:

»Wie lange noch diese Zurückhaltung? Diese Pein? Habe ich noch nicht genug Tränen vergossen?«

»O mein Geliebter! Sprich doch mit mir! Sage mir doch etwas! O meine Seele, antworte mir doch!« Da sprach der König mit schwerer Zunge und tiefer Stimme, so wie die Schwarzen reden: »Ach! ach! ach! Es gibt keinen Schutz und keine Macht, außer bei dem erhabenen Gott.« Als sie ihn sprechen hörte, freute sie sich so sehr, daß sie in Ohnmacht fiel; als sie wieder zu sich gekommen, sprach sie: »O mein Herr! Hast du wirklich mit mir gesprochen? Ist es wahr, daß du mich angeredet?« Da erwiderte der König: »Du Verfluchte! Verdienst du wohl, daß jemand dich anrede?« Sie fragte: »Warum dies?« und er antwortete: »Du quälst deinen Gemahl den ganzen Tag, er schreit immer um Hilfe, so daß ich gar nicht schlafen kann, er weint und klagt von abends bis morgens und flucht dir und mir. Nun ist mir dies schon längst zum Überdruß und höchst lästig; und wäre dies nicht, ich wäre längst wieder genesen; das ist die Ursache, warum ich dir so lange nicht geantwortet und nichts mit dir gesprochen habe.« Sie antwortete hierauf: »Mit deiner Erlaubnis, mein Herr, will ich ihn befreien«; und da er zu ihr sagte: »So befreie ihn denn, daß wir einmal Ruhe vor ihm bekommen«, so ging sie hinaus, nahm eine Schüssel voll Wasser, sprach etwas darüber, bis es zu kochen und aufzuwallen anfing, wie ein Topf am Feuer; sie bespritzte hierauf ihren Gemahl damit und sprach: »Bei der Wahrheit dessen, was ich eben gesehen und gesprochen, hat dich Gott so geschaffen oder aus Zorn dir diese Gestalt gegeben, so verändere dich nicht, bist du aber durch meine Zauberkunst so geworden, so nimm durch die Kraft des Schöpfers der Welt deine frühere Gestalt wieder an!«

Sogleich erhob sich der junge Mann ganz aufrecht, freute sich seiner Befreiung und daß er lebte, und rief: »Gott sei gelobt!« Die Frau aber sagte ihm: »Geh von mir hinweg und komme nie wieder hierher: sobald ich dich wieder sehe, töte ich dich.« Als er weggegangen war, kehrte sie zur Kuppel zurück, trat in die Grabeshöhle hinunter und sagte: »O mein Herr, komme doch heraus, damit ich deine schöne Gestalt wiedersehe.« Der König antwortete wieder in einer Sprache, die der eines Schwarzen glich: »Wohl hast du jetzt mir vor einem Zweige Ruhe verschafft, nun aber schaffe mir auch Ruhe vor dem Stamme!« Sie antwortete: »O mein Herr! Was ist denn der Stamm?« »Wehe dir!« versetzte er, »du Verruchte, es sind die Bewohner der Stadt der vier Inseln! Denn jede Nacht um Mitternacht strecken die Fische ihre Köpfe in die Höhe, schreien um Hilfe und fluchen mir; darum kann ich nicht gesund werden. Gehe also schnell hin und befreie sie, kehre dann wieder zurück; gib mir die Hand und hilf mir aufstehen, denn schon sehr nahe bin ich wieder der Genesung.« Als sie dies hörte, freute sie sich mit der guten Botschaft und sprach: »Recht gern, mein Herr! Im Namen Gottes, mein Herz!« Sie machte sich dann auf, ging zum See und nahm ein wenig Wasser daraus und sprach einiges über das Wasser, da fingen die Fische an zu tanzen, ihr Zauber löste sich und die Stadtbewohner standen wieder da, kauften und verkauften, gaben und nahmen. Sie kehrte jetzt wieder zur Kuppel und sprach: »O mein Herr! Gib mir deine edle Hand und steh auf!« Da sagte der König mit tiefer Stimme: »Komm näher!« Sie trat näher zu ihm hin. »Komm noch näher!« rief er wieder. Als sie nun hierauf ganz nahe zu ihm hinging, bis sie ihn berührte, sprang der König auf, spaltete sie mit dem Schwerte in zwei Teile und warf sie so geteilt auf den Boden, dann ging er hinaus und fand den entzauberten Mann, der ihn erwartete und den er zu seiner Rettung beglückwünschte. Der junge Mann küßte die Hand des Sultans, dankte ihm und wünschte ihm viel Gutes. Der König fragte ihn: »Willst du in deiner Stadt bleiben oder willst du mit mir in meine Stadt kommen?« Da erwiderte der junge Mann: »O Herr der Zeit und Meister deines Jahrhunderts, weißt du wohl, wie weit von meiner Stadt zu der deinigen ist?« »Eine halbe Tagesreise«, antwortete der König. Aber der junge Mann sagte ihm: »Erwache doch! Man braucht ein volles Jahr von deiner Stadt zur meinigen; nur als du hierher kamst, war die Stadt verzaubert und der Weg dahin so nahe. Jetzt kann ich dich keinen Augenblick verlassen.« Da sagte der König: »Gelobt sei Gott, der dich mir beschert, du sollst nun mein Sohn werden, da ich noch in meinem Leben mit keinem Sohne beschenkt worden bin.« Sie umarmten sich, küßten sich, dankten einander und freuten sich. Als sie miteinander ins Schloß kamen, sagte der entzauberte König den Großen und Ausgezeichneten seines Reichs, daß er nun eine Reise machen wolle; er packte dann ein, was er für die Reise brauchte. Die Fürsten und Kaufleute der Stadt brachten ihm alles, was er bedurfte, und er machte zehn Tage lang seine Vorbereitungen zur Reise. Dann reiste er ab mit dem Sultan, dessen Herz sich nach seiner Residenz sehnte, von der er so lange abwesend war. Er nahm fünfzig Sklaven mit und hundert Ladungen an Geschenken, Vorräten und Gütern. Die Sklaven mußten sie auf der Reise bedienen, die sie ein ganzes Jahr lang, Tag und Nacht, fortsetzten.

Gott hatte ihnen eine glückliche Reise bestimmt. Sie langten in der Stadt an und ließen sogleich dem Vezier sagen, daß der Sultan glücklich angekommen sei. Der Vezier, alle Truppen und die größte Zahl der Einwohner zogen höchst erfreut dem Sultan entgegen, denn schon hatten sie alle Hoffnung verloren, ihn jemals wiederzufinden. Sie schmückten die Häuser der Stadt und breiteten seidene Teppiche auf den Boden aus. Nachdem die Truppen alle vorübermarschiert waren, blieb der Vezier beim Sultan, es verbeugten sich aber alle vor dem Sultan und brachten ihm ihre Glückwünsche dar. Der König setzte sich auf den Thron und sagte seinem Vezier alles, was dem jungen Manne widerfahren, er erzählte ihm auch, was er selbst dessen Muhme getan, und wie er dadurch jenen und die ganze Stadt befreit habe, weshalb er ein ganzes Jahr abwesend geblieben. Der Vezier wandte sich hierauf zum jungen Manne und wünschte ihm Glück zu seiner Rettung. Der König bestätigte dann die Verweser und Adjutanten, einen jeden in seinem Range, verteilte Ehrenkleider und machte viele Geschenke; er schickte auch nach dem Fischer, der die Ursache der Befreiung des jungen Mannes und der Einwohner gewesen war. Als jener erschien, beschenkte er ihn und fragte ihn, ob er Kinder habe. Nachdem dieser geantwortet, er habe einen Sohn und zwei Töchter, mußte er sie gleich holen, der König heiratete die eine und der junge Mann die andere. Hierauf machte der König den Fischer zu seinem Schatzmeister. Dem Vezier verlieh er eine Ehrenkette und schickte ihn als Sultan in die Stadt der schwarzen Inseln, nachdem er ihn hatte schwören lassen, daß er ihn besuchen wolle. Die fünfzig Sklaven, die er mitgebracht hatte, gab er ihm mit und viel Volk, und die übrigen Großen und Statthalter wurden reichlich beschenkt. Der Vezier verabschiedete sich dann, küßte dem König die Hand und reiste ab; der Sultan und der junge Mann blieben in der Stadt, und der Fischer ward einer der reichsten Leute jener Zeit und seine Töchter waren alle mit Königen verheiratet.

Geschichte der drei Kalender

Einst stand in Bagdad ein lediger Lastträger auf dem Markte auf seinen Korb gelehnt, da kam eine über jede Beschreibung erhabene schöne Frau im glänzendsten Aufzuge auf ihn zu, lüftete ihren seidenen Schleier, zeigte ihm ein paar schwarze, freundlich blickende Augen von langen Augenwimpern beschattet und sagte zu ihm mit zarter Stimme und holdem Ausdruck: »Nimm deinen Korb, Lastträger, und folge mir!« Der Lastträger hatte kaum die Worte der Frau vernommen, so nahm er seinen Korb und rief: »O Tag des Glücks, o Tag der Freu-

de!« und folgte ihr, bis sie vor einem Hause still stand und an dessen Tür klopfte.

Kaum war dies geschehen, so trat ein alter Christ zu ihr herunter, welche ihr eine geklärte, ölige Substanz (Wein) reichte, die sie in den Korb des Lastträgers tat, nachdem sie dem Christen einen Dinar gegeben. Sie ging dann mit dem Lastträger weiter bis zu dem Laden eines Früchte- und Blumenhändlers; hier kaufte die Frau die besten Sorten Äpfel, Quitten, Pfirsiche, Gurken, Limonen, Orangen, Myrten, Basiliken, Kamillen, Lilien, Veilchen, Nelken, Rosen und andere wohlriechende Blumen, tat alles in den Korb, ging von da zu einem Metzger und ließ sich zehn Pfund Schaffleisch abwiegen, und nachdem sie dieses bezahlt, kaufte sie auch etwas Kohlen und ließ alles von ihrem immer mehr erstaunenden Lastträger sich nachtragen; dieser folgte ihr auch mit dem oft wiederholten Ausruf: »O Tag des Glücks! O Tag der Freude!« Sie ging dann in einen anderen Laden und kaufte verschiedene Sorten Oliven, Käse und allerlei eingemachte Kräuter; dann wieder in einen anderen und ließ sich große Nüsse, Haselnüsse, Zuckerrohr, Zibeben, Pistazien und andere trockene Früchte geben und legte es gleichfalls zum übrigen in den Korb des Trägers; sie ging dann noch zum Zuckerbäcker, bei dem sie das beste und feinste Backwerk und verzuckerte Früchte kaufte. Als sie auch dies noch dem Träger gab, sagte er: »Hätte ich gewußt, daß du so viele Einkäufe zu machen hast, so hätte ich ein Kamel oder ein Lastpferd mitgenommen.« Sie lächelte und ging dann noch zu einem Gewürzhändler, kaufte bei ihm Moschus, Rosenöl, Weihrauch, Ambra und viele andere Gewürze. Nachdem der Träger auch dieses noch aufgeladen, folgte er der Dame, bis sie vor einem großen Hause mit einer prächtigen Halle von hohen Pfeilern getragen, hielt. Hier klopfte sie ganz leise an eine elfenbeinerne mit Gold beschlagene Türe.

Der Träger, der schon von der Schönheit und Liebenswürdigkeit der Einkäuferin ganz entzückt war, verlor nun vollends seinen Verstand und ließ beinahe seinen Korb fallen, als eine Frau die Türe öffnete, welche die erste noch an Schönheit übertraf. Ihr Wuchs war schlank, der Busen rund geformt, die Stirne leuchtend wie der Mond; sie hatte Augen wie ein Reh, Wangen wie Rosen, Lippen wie Korallen, Zähne wie Perlen und einen Hals wie der einer Gazelle, einen Mund wie Salomos Siegelring*. Der Träger war ganz in Verwirrung, bis die Pförtnerin zur Wirtschafterin sagte: »Was wartet ihr so lange vor der Tür, kommt herein, wir wollen dem armen Manne seinen Korb abnehmen.« Jetzt traten sie in einen prächtigen Saal mit vielen Teppichen belegt, von Schränken und kleinen Kabinetten umgeben, deren Türen schöne Vorhänge verbargen. Mitten im Saale war ein großer Wasserbehälter mit einem kleinen Nachen. Ein Thron von Ambra, getragen von vier Säulen aus Cypressenholz, befand sich am Ende des Saales. Er war mit rotem Atlas überzogen und mit Perlen, so groß wie Haselnüsse, und mit Edelsteinen geschmückt. Auf diesem Thron saß ein Weib mit verzaubernden Augen, von rundgewölbten Augenbrauen eingefaßt, ihr Atem füllte den ganzen Saal mit Ambraduft, süß wie Zucker war ihr Lächeln, ihre Stirne glich der leuchtenden Sonne, wie ein Dichter sagt:

»Man glaubte, ihr Lächeln enthülle schön gereihte Perlen, Hagelkörner oder Ukanth, die Haare, die ihre Stime umflattern, gleichen der Nacht, die Stirne aber beschämt den Glanz des Sonnenaufgangs.«

Als sie den Träger nebst der Pförtnerin und Wirtschafterin erblickte, erhob sie sich vom Thron und ging ihnen langsamen Schrittes entgegen; die drei Frauen halfen nun dem Träger seinen Korb abnehmen, leerten ihn und ordneten alles, was darin war, legten die Blumen und wohlriechenden Wasser auf die eine, die Früchte und übrigen Speisen auf die andere Seite und gaben hierauf dem Träger seinen Lohn.

Als der Träger das Geld genommen, blieb er eine Weile stehen und bewunderte die drei Frauen, bei denen er keinen Mann erblickte und die doch so einen großen Einkauf an Wein, Fleisch, Früchten, Süßigkeiten, Blumen und Wachslichtern gemacht. Da nun eine der Frauen bemerkte, daß er noch nicht weggegangen, sagte sie zu ihm: »Was tust du noch hier? Findest du etwa deinen Lohn zu gering, so soll meine Schwester dir noch einen Dinar geben.« Da erwiderte der Träger: »Gott bewahre, daß ich mehr Lohn wünschen sollte, ich war nur über euch in Gedanken vertieft, denn ich konnte nicht begreifen, wie ihr Frauen ohne Männer

* Die Muselmänner fabeln viel von Salomons Ring, dem er viele Wunder zu verdanken hatte, und der ihm einmal, als er ein Bad genommen, von einer höllischen Furie geraubt ward, die ihn ins Meer warf. Salomon war ganz trostlos und bestieg so lange den Thron nicht, bis er den Ring in einem Fische, den man auf seine Tafel gebracht, wieder gefunden hatte.

so leben möget; ihr wißt doch, daß ein fröhliches Mahl aus vier Tischgenossen bestehen muß, ihr seid aber nur drei, und so wie eine Gesellschaft von Männern ohne Frauen nicht angenehm ist, so wenig kann es eine Frauengesellschaft ohne Männer sein. Zu einer guten Musik gehören vier Instrumente: eine Harfe, eine Laute, eine Flöte und eine Zither; zu einem schönen Strauß viererlei Blumen: Rosen, Myrten, Levkojen und Lilien; zu einem fröhlichen Leben: Wein, Gesundheit, Geld und ein geliebter Gegenstand; da ihr also nur drei seid, so bedürft ihr eines vierten und dieser muß ein Mann sein.« Den Frauen gefiel des Trägers Rede, doch antworteten sie: »Wir müssen als Mädchen ganz zurückgezogen leben, wir wollen nichts mit Männern zu tun haben, denn wir fürchten, verraten zu werden. Weißt du, wie ein Dichter sagte: ›Vertraue niemanden ein Geheimnis an, denn hast du einmal etwas einem anderen anvertraut, so hast du dein Geheimnis verloren.‹ hat deine Brust nicht Raum genug, um ein Geheimnis zu bewahren, so ist gewiß die eines Vertrauten auch zu eng dafür.« Als der Träger dies hörte, sagte er: »Ihr habt einen erfahrenen, vernünftigen und gebildeten Mann vor euch, ich weiß das Schöne zu offenbaren und das Unanständige zu verheimlichen, ich habe sowohl Prosaisten als Dichter gelesen und gleiche dem, welcher sagte: ›Nur edle Menschen wissen ein Geheimnis zu bewahren‹, bei diesen aber bleibt es auch wohl verborgen; bei mir hat ein Geheimnis ein eigenes Häuschen mit einem Schlosse,

die Tür ist fest zu und der Schlüssel verloren.« Als die Mädchen dieses hörten, sprachen sie: »Du weißt, daß wir diesen Abend vielen Aufwand gemacht, kannst du nun wohl für deinen Teil uns einigermaßen entschädigen und auch etwas beitragen, so darfst du unser Gast sein. Eine Bekanntschaft, die nichts nützt, ist kein Brosämchen wert«, setzte hierauf die Hausherrin hinzu; »hast du etwas, so bist du selbst auch etwas, hast du nichts, so gehe auch mit nichts fort.« Da sagte aber die Wirtschafterin zu ihren Schwestern: »Ich will gern seinen Teil bezahlen, laßt ihn bei uns bleiben, denn er hat mich sehr gut bedient, kein anderer hätte mich so befriedigen können.« Der Lastträger freute sich darüber, küßte die Erde vor dem wohlwollenden Mädchen, dankte ihr vielmal und gestand, daß er nichts besitze, als den eben erhaltenen Lohn, den er gern wieder zurückgeben wolle, nicht um als Gast, sondern nur um als Diener bei ihnen bleiben zu dürfen.

Während die beiden Schwestern nun in ihn drangen, sich zu setzen, schürzte sich die Wirtschafterin, um freier arbeiten zu können, bereitete die Speisen und Getränke, reinigte allerlei Gold- und Silbergefäße, Tassen, Becher und Gläser, läuterte den Wein und wusch die Gemüse am Ufer des Stroms. Nachdem alles dies geordnet war, brachte sie den Wein und schenkte ihren Schwestern und dem Träger, der zu träumen glaubte, ein. Es trank eine Schwester nach der anderen, der Träger aber sprach folgende Verse, ehe er trank:

»Trinke nur mit rechtschaffenen Leuten, von reiner Abkunft. Der Wein gleicht dem Winde, der gut wird, wenn er vor wohlriechenden Pflanzen vorüberweht, und übel riecht, wenn er über Leichen streift.«

Als er hierauf den Becher geleert, reichte ihm die Pförtnerin einen anderen und wünschte, daß er ihm recht wohl bekommen möge; denn auch dieser gefiel er sehr. Er weigerte sich anfangs und wollte nicht zuerst trinken, doch das Mädchen drang so lang in ihn, bis er den Becher leerte, dann füllte er ihn wieder und reichte ihn dem Mädchen mit folgender Anrede: »Sieh, ich überreiche dir, was deinen Wangen an Annehmlichkeit gleicht, beide verbreiten einen lichten Glanz, wie Feuerbrand.« Sie küßte den Becher lachend und sagte: »Wie willst du mir meine eigenen Wangen reichen?« »Trinke nur«, erwiderte er, »die Farbe des Weins gleicht meinen blutigen Tränen, und meine glühenden Seufzer haben ihm seine Wärme verliehen.« Nun versetzte das Mädchen: »Wenn du aus Liebe zu mir blutige Tränen weinst, so gib mir den Becher.« So blieben sie lange fröhlich beisammen, aßen, tranken, sangen, kosten und umarmten sich, und alle drei Mädchen waren nur mit dem Träger beschäftigt; die eine steckte ihm einen süßen Bissen in den Mund, die andere warf ihn mit Blumen, die dritte streichelte ihm die Wangen, bis sie alle so berauscht waren, daß sie jede Grenze des Anstands und der Sittlichkeit überschritten. Nachdem der Wein ihnen ihre Besinnung geraubt hatte, entkleidete sich die Pförtnerin, um in dem hinter ihrem Hause vorbeifließenden Strom ein Bad zu nehmen; sie blieb lange im Wasser, um alle Teile ihres Körpers rein zu waschen, kam dann wieder zu ihren Schwestern herauf, setzte sich zu dem Träger und war ganz ausgelassen; doch so oft der Träger sich eines unanständigen Ausdrucks bediente, schlugen alle drei Schwestern nach ihm. Nach einer Weile entkleideten sich auch die beiden anderen Schwestern, nahmen ebenfalls ein Bad, und fielen dann mit dem größten Mutwillen über den Träger her. Er durfte alles tun, was er wollte, nur in seinen Worten mußte er bescheiden bleiben. Nun entkleidete sich auch der Träger, um ebenfalls ein Bad zu nehmen. Nachdem auch dieser sich ganz rein gewaschen, kam er wieder zu den drei Schwestern zurück, setzte sich auf der einen Schoß, umarmte die andere, umschlang die dritte und scherzte mit ihnen auf alle mögliche Weise, bis es anfing dunkel zu werden. Da sagten die Mädchen zum Träger »Jetzt ist es Zeit, daß du uns wieder verlässest.« Der arme Träger erwiderte ganz verzweifelnd: »Lieber will ich sterben, als euch verlassen; übrigens ist es schon so spät, daß ich gar nicht wüßte, wohin ich gehen sollte; laßt mich diese Nacht noch bei euch bleiben, morgen früh will ich dann meines Weges ziehen.« Wie früher bat die Wirtschafterin wieder die übrigen, ihn noch diese Nacht bei ihnen zu lassen. »Gott weiß«, sagte sie, »wann wir wieder so angenehme Gesellschaft haben, er ist ja so unterhaltend und witzig, daß wir uns gewiß noch länger mit ihm vertragen werden.« »Wir willigen unter der Bedingung ein«, sagten die Schwestern zu dem Träger, »daß du dich um nichts kümmerst, was sich auch vor dir begeben mag; magst du auch hören und sehen, was du willst, so darfst du, wenn es dir auch noch so auffallend scheint, nicht nach der Ursache fragen.« »Ich werde sein«, erwiderte der Träger, »als hätte ich weder Augen noch Ohren.« Sie führten ihn dann zu einer Tür, über welcher mit goldenen Buchstaben geschrieben war:

»Wer von den Dingen spricht, die ihn nichts angehen, muß Dinge hören, die ihm nicht angenehm sind.«

Nachdem der Träger dies gelesen und noch einmal beteuert hatte, er wolle sich um nichts bekümmern, was ihn nichts angehe, wurden Wachskerzen und Lampen angezündet und mit Ambra und Aloe bestreut, welches den ganzen Saal mit Wohlgerüchen erfüllte, dann wurde zu Nacht gegessen, man fing wieder an zu trinken, zu spielen und Verse herzusagen.

Plötzlich klopfte es an die Türe; die Pförtnerin stand auf, ging hinunter, um nachzusehen, kam nach einer Weile wieder und sagte ihren Schwestern: »Wenn ihr mir gehorchen wollt, so werden wir eine höchst lustige Nacht zubringen; an unserer Tür stehen drei halbblinde Kalender*, ohne Haare am Bart, am Haupt und an den Augenbrauen. Man sieht ihnen an, daß sie soeben von einer Reise kommen, sie waren noch nie in Bagdad**, klopften daher zufällig an unsere Tür, denn sie wissen

* Die Kalender sind ein bei den Mohammedanern sehr verrufener Derwischorden; sie sind besonders ihrer übermäßigen Genüsse wegen verachtet. Saadi sagte von ihnen: »Sie verlassen keinen Tisch, solange noch etwas zu essen darauf geblieben und sie noch atmen können.« An einer anderen Stelle sagte er: »Ein reicher Erbe, der in die Hände der Kalender gefallen, hat ebenso viel Grund besorgt zu sein, als ein Kaufmann, dem ein Schiff mit Waren untergegangen.«

** Bagdad ist die von Manßur, zweiten Kalifen vom Geschlecht der Abasiden, am Ufer des Tigris erbaute

nicht, wo sie übernachten können, und wollen sich, weil sie die Nacht hier überfallen, mit dem Stalle oder irgend einem schlechten Zimmer begnügen. Stimmt ihr also mit ein, da sie doch niemanden hier kennen, und schon ihr äußerer Aufzug uns lachen machen wird, so bewirten wir sie diese Nacht und morgen können sie dann ihres Weges gehen.« Sie bat ihre Schwestern so lange, bis diese endlich ihr erlaubten, die Kalender zu rufen, doch unter derselben Bedingung, die dem Träger auch gemacht wurde. Voller Freude verließ sie den Saal und kam bald mit den drei halbblinden Gästen wieder. Als diese in das Zimmer traten, kamen ihnen die Mädchen freundlich entgegen, hießen sie bestens willkommen und wünschten ihnen Glück zu ihrer Ankunft in Bagdad. »Wie schön ist es hier, bei Gott!« riefen die Kalender einstimmig aus, als sie den schönen Saal, den mit den besten Speisen und Getränken beladenen Tisch und die liebenswürdigen Mädchen sahen. Als sie dann auch den vom vielen Trinken und den tollen Scherzen ganz bewußtlos daliegenden Träger bemerkten, fragten sie: »Ist dies auch ein fremder Kalender, wie wir, oder ist er ein hergelaufener Araber?« Als der Träger dies hörte, erwiderte er: »Setzt euch ohne ferneres Gerede; habt ihr nicht an der Türe gelesen: »Wer von Dingen spricht, die ihn nichts angehen, muß Dinge hören, die ihm nicht angenehm sind! Wie mögt ihr gleich beim Eintreten eure Zunge so gegen mich loslassen?« Die Kalender baten um Entschuldigung und die Mädchen stellten gleich wieder den

Stadt. Ihre Gründung fällt in das Jahr 145 der Hidjrah; sie blieb lange der Sitz des Kalifats.

Frieden zwischen ihren Gästen her. Die Kalender setzten sich dann zum Essen, die Pförtnerin schenkte ihnen Wein ein und der Träger forderte sie auf, sie möchten doch irgend etwas zum Besten geben.

Die Kalender, die schon den Wein spürten, forderten Musikinstrumente; sogleich brachte ihnen die Pförtnerin ein Tamburin, eine Laute und eine persische Harfe; sie teilten diese Instrumente unter sich, stimmten sie und fingen an zu spielen und zu singen, aber die Mädchen sangen mit so hellen, wohlklingenden Stimmen, daß sie die übrigen weit übertönten. Sie sangen so eine Weile miteinander, da wurde wieder an die Türe geklopft. Die Pförtnerin ging hinunter, um zu öffnen; es war der Kalif Harun Arraschid* und sein Vezier Djafar. Diese hatten nämlich die Gewohnheit, oft in der Nacht allein die Stadt zu durchwandeln; als

* Harun Arraschid, oder der Gerechte, ist der fünfte Kalif der Abasiden; er bestieg den Thron im Jahr 170 der Hidjrah. Sein Vezier Djafar, Sohn Jahias, war lang in großer Gunst bei ihm. Es scheint aber die Familie der Barmesiden, aus der Djafar abstammte, durch ihre zahlreichen Anhänger und großes Ansehen den Neid und das Mißtrauen des Kalifen erregt zu haben, der sie dann gänzlich auszurotten beschloß.

sie nun vor diesem Haus vorübergingen und die rauschende Musik, die lauten Stimmen der Mädchen und das fröhliche Getümmel vernahmen, sagte der Kalif zu seinem Vezier: »Ich hätte wohl Lust, ein wenig bei diesen lustigen Leuten einzutreten.« Djafar stellte ihm vergebens vor, daß diese betrunken seien, und da sie ihn nicht kennten, ihm leicht unhöflich begegnen könnten. Doch der Kalif bestand darauf und befahl sogar seinem Vezier, ihm durch irgend eine List den Zutritt zu verschaffen. Als nun die Pförtnerin geöffnet hatte, verbeugte sich Djafar vor ihr und fragte: »O Herrin, wir sind Kaufleute aus Mosul*, leben schon seit zehn Tagen in einem Chan, wo wir ein Magazin für unsere Waren haben. Heute wurden wir von einem hiesigen Kaufmann eingeladen. Als uns nun die Speisen und der gute Wein recht aufgemuntert hatten, schickten wir nach Sängerinnen und Tänzerinnen und ließen auch noch einige andere Freunde rufen. Wir waren sehr vergnügt beim Gesange der Mädchen, von Harfen und Lauten begleitet, da wurden wir auf einmal von der Polizei überfallen. Wir mußten schnell entfliehen und über die Mauer springen, wobei sich einige beschädigten und gefangen wurden, wir aber mit noch wenigen anderen kamen glücklich davon. Nun können wir aber den Weg nicht nach Hause finden, denn unsere Wohnung ist sehr weit von hier, wir möchten leicht einen falschen Weg nehmen und der Polizei wieder in die Hände fallen, die uns, weil wir etwas betrunken sind, leicht wieder erkennen würde. Wenn wir auch glücklich die Tür unseres Hauses erreichten, würde man uns doch nicht öffnen, denn es ist in diesen Herbergen vor Tagesanbruch niemanden zu öffnen gestattet. Erlaubt uns daher, bei euch einzukehren, wir wollen gern sogleich unsern Teil bezahlen und mit euch vergnügt sein; ist euch aber unsere Gesellschaft nicht angenehm, so laßt uns die Nacht im Hausgang zubringen, wir wollen gewiß nicht von der Tür weichen, und auch diesen Platz sollt ihr uns nicht umsonst geben.« Als die Pförtnerin dies gehört und ihnen wohl ansah, daß sie vornehme Leute seien, berichtete sie ihren Schwestern, was sie gesehen und gehört; diese bemitleideten die Fremden, ließen sie hereinkommen, und alle, die Mädchen, der Träger und die Kalender, gingen ihnen freundlich entgegen.

Nachdem jeder wieder seinen Platz eingenommen und die Mädchen die neu angekommenen Gäste vielmal bewillkommt hatten, sagten sie ihnen: »Wir können euch nur unter der Bedingung als unsere Gäste aufnehmen, daß ihr wie Menschen mit Augen ohne Zunge sein wollt, ihr dürft nach nichts fragen, was ihr auch sehen möget, von nichts sprechen, was euch nichts angeht, sonst möchtet ihr hören, was euch mißfällt.« Die vornehmen Gäste nahmen diese Bedingung an und versprachen, kein unnötiges Wort zu reden; sie mußten dann am Mahle teilnehmen und wie die Übrigen mitzechen. Mit Erstaunen betrachtete der Kalif zuerst die drei halbblinden Kalender, dann bewunderte er die Schönheit, die Liebenswürdigkeit und Grazie dieser Mädchen nicht minder, als ihre Anmut, ihre Beredsamkeit und Freigebigkeit; der Saal, in welchem sie waren, erregte seine gleiche Bewunderung, doch wagte er es nicht, sich näher nach den Mädchen zu

* Name einer Stadt am Tigris in der Nähe des alten Ninive

erkundigen. Er unterhielt sich mit den übrigen: das Gespräch wurde immer lebhafter, die Kalender spielten lustige Weisen und der Becher ging von einem zum andern. Nach einer Weile sagte die Hausherrin zu ihren Schwestern: »Erhebet euch jetzt, wir dürfen die uns auferlegte Arbeit nicht versäumen.« Die Pförtnerin stand rasch auf, reinigte den Saal und besprengte ihn mit frischen Wohlgerüchen; sie hieß die Kalender an einer Seite des Saals auf einem Sofa Platz nehmen, den Kalifen mit seinen Begleitern bat sie, auf die andere Seite, jenen gegenüber, sich zu setzen, dem Träger aber rief sie zu: »Auf, du träger Mensch! Gehörst du nicht zum Haus? Hilf uns bei unserer Arbeit!«

»Was soll ich tun?« erwiderte der Träger. Da öffnete die Wirtschafterin ein Nebenzimmer und sagte zu ihm: »Komm, hilf mir!« Er mußte hierauf eine Bank mitten ins Zimmer stellen und zwei schwarze, ganz wund geschlagene Hündinnen herausführen, deren Hals von einer Kette umschlungen war. Als er mit ihnen mitten im Zimmer war, nahm die schöne Hausherrin eine geflochtene Peitsche, entblößte ihren blendend weißen Arm und ließ sich vom Träger eine der Hündinnen vorführen. Die Hündin fing an zu heulen und den Kopf zu schütteln, so daß der Träger sie mit Gewalt zu seiner Herrin hinschleppen mußte. Nun begann diese die arme Hündin so lange zu peitschen, bis ihr Arm ermüdet herabsank; dann warf sie die Peitsche weit von sich und nahm die Kette aus der Hand des Trägers, drückte die Hündin an ihren Busen, bedeckte sie mit Küssen, weinte mit ihr, wischte dann ihre Tränen mit einem Tuch ab und ließ hierauf den Träger sie wieder auf ihren Platz zurückführen und die andere hereinbringen. Der Träger tat, was ihm befohlen war, und auch diese Hündin wurde auf die nämliche Art gepeitscht, geküßt und wieder weggeführt. Die Anwesenden waren über diese Handlungsweise des Mädchens im höchsten Grade erstaunt und fingen an, unter sich zu lispeln, denn die konnten nicht begreifen, warum diese Hündinnen zuerst geprügelt und dann geküßt wurden. Djafar bemerkte, daß besonders der Kalif vor Neugierde nicht mehr lange werde schweigen können, und erinnerte ihn durch Winke, daß hier nicht Überflüssiges gesprochen werden dürfe. Als die Szene mit den Hündinnen vorüber war, sagte die Pförtnerin: »Nun will ich auch meine Pflicht erfüllen.« Die Hausherrin setzte sich wieder auf ihr Sofa, wo sie den Kalifen, Djafar und Masrur* zu ihrer Rechten und die Kalender mit dem Träger zur Linken hatte. So hell auch die Kerzen brannten, so würzig auch die Spezereien in die Höhe stiegen, so war doch die Ruhe aus dem Herzen der Anwesenden gewichen.

Als alles ruhig geworden war, setzte sich die Pförtnerin auf einen Stuhl und sagte zur Wirtschafterin: »Stehe auf, du weißt schon, was ich von dir verlange.« Das Mädchen stand nun auf, ging in ein Nebenzimmer, kam nach einer Weile wieder mit einem Futteral von gelbem Atlas, das mit grünen seidenen Quasten und mit allerlei Goldstickerei verziert war, und reichte es der Pförtnerin. Diese öffnete das Futteral, nahm eine Laute heraus, legte sie auf ihren Schoß, und nachdem sie das Instrument gehörig gestimmt hatte, sang sie folgendes Lied:

»O mein Geliebter, du mein einziges Verlangen, meine einzige Sehnsucht,

* Masrur ist der Diener des Kalifen; der Erzähler hat wahrscheinlich vergessen, seiner oben zu erwähnen.

in deiner Nähe nur ist ewige Seligkeit, fern von dir ist die brennende Hölle. Alle meine Gedanken und Gefühle sind dir zugewandt. Es ist gewiß kein Verbrechen, dich zu lieben; der Gram hat mit dem Gewande der Abzehrung mich umhüllt, darum ist auch meine Schuld kein Geheimnis geblieben, Mein Herz hat dich vor allen auserkoren, und nun fließen Tränen über meine Wangen, und diese verräterischen Tränen haben mein Geheimnis enthüllt. O heile doch meine gefährliche Krankheit, du bist zugleich Gift und Gegengift. Wie lange muß der leiden, der von dir seine Genesung erwartet! Das Licht deiner Augen hat mich aufgezehrt, durch die Rosen deiner Wangen bin ich gebleicht. Die Nacht deiner Haare hat mein Leben verdüstert, meine Pein macht mich zum Märtyrer*. Nun gibt's kein Ende mehr für meinen Gram, mir bleibt nichts mehr zu wählen übrig; ich suche gar keinen Trost mehr, denn der Liebe will ich mein ganzes Leben opfern.«

Nach vollendetem Gesang bat sie die Wirtschafterin, an ihrer Stelle fortzufahren; diese nahm die Laute und sang folgendes Lied:

»Wie lange noch dies Weigern und Versagen? Habe ich noch nicht genug Tränen vergossen? Wie lange wird noch unsere Trennung dauern? Selbst mein Feind muß schon seine Schadenfreunde an mir gestillt haben. Habe Mitleid mit mir, schon hat die Liebesqual mich tief gebeugt. O, mein Geliebter, wann wirst du dich mir wieder liebreich zuwenden? Wer will den armen Gefesselten rächen, der mit dem Schlafe nicht mehr befreundet ist, weil seine Hoffnung gänzlich erloschen? Erlaubt es das Gesetz der Liebe, daß ich allein sei, wenn mein Geliebter durch seine Nähe andere selig macht? Doch mag mein Geliebter hart sein gegen mich oder mild, wie viele Mühe und Beschwerde muß ich tragen!«

Als die Pförtnerin dieses Lied gehört, drückte sie ihren Beifall darüber aus, dann faßte sie ihr Kleid, zerriß es und fiel in Ohnmacht; dabei entblößte sich ihr Busen und die Anwesenden bemerkten nun, daß er ganz mit Beulen und Narben bedeckt war. Die Kalender wurden hierüber so bestürzt, daß einer zum anderen sagte: »Wären wir doch nie in dieses Haus gekommen, wir hätten besser auf der Erde geschlafen, als solche herzzerreißende Dinge anzusehen.« Der Kalif gesellte sich auch zu ihnen und fragte sie, was dies bedeute; sie sagten ihm aber, daß sie nicht zu diesem Haus gehörten, daß sie ebenfalls diese Nacht zum erstenmal hierher gekommen und folglich weder von den zwei schwarzen Hündinnen, noch von diesem gegeißelten Mädchen etwas wüßten. Nun dachte der Kalif, so kann uns doch vielleicht der Träger einige Auskunft geben, er winkte ihn zu sich, um bei ihm über diese Mädchen Erkundigungen einzuziehen. Der Träger schwor aber bei Gott, daß, obschon er ein Bewohner Bagdads sei, er doch in seinem Leben nie in dieses Haus gekommen wäre; »ich wunderte mich bei meinem Eintritt«, setzte er hinzu, »daß sie so allein ohne Männer lebten.«

Ehe er noch ausgeredet hatte, unterbrach ihn der Kalif mit den Worten: »Genug, ich glaubte, du gehörst zu den Mädchen, nun sehe ich, daß du nicht mehr weißt, als wir alle. Indessen sind wir hier ja sieben Männer, sie sind nur drei Frauen, ich werde sie nun fragen, wer sie sind, und antworten sie nicht gutwillig,

* Wer vor Liebe stirbt, gilt bei den Orientalen als Märtyrer.

so können wir sie schon dazu zwingen.« Alle waren damit einverstanden, Gewalt anzuwenden außer Djafar, der ihnen vorstellte, daß sie hier als Gäste seien und nur unter der Bedingung aufgenommen wurden, daß sie zu allem schweigen wollten, was sie auch sehen möchten. Er sagte leise zu dem Kalifen: »Die Nacht ist ja bald vorüber, dann trennen wir uns, jeder geht seines Weges; morgen früh bringe ich die Mädchen vor dich und du kannst dann von ihnen verlangen, daß sie dir über alles, was hier vorgegangen, die Wahrheit berichten.« Der Kalif war aber so ungeduldig, daß er Djafar ganz zornig anfuhr und darauf bestand, die Mädchen müßten ihnen schon jetzt über alles Aufschluß geben. Es wurde dann viel hin und her gestritten, bis endlich beschlossen war, der Lastträger müsse sie im Namen aller Anwesenden befragen. Als die Mädchen merkten, daß ihre Gäste in heftigem Wortwechsel waren, fragte sie: »Was gibt's, daß ihr so laut untereinander streitet?« Da antwortete der Lastträger: »Diese Leute wünschen, daß du ihnen erzählst, was mit diesen beiden Hündinnen vorgegangen, die du zuerst gepeitscht und mit denen du dann geweint hast; ebenso, warum deine Schwester so erbärmlich gegeißelt ist. Dies ist alles, was sie von dir verlangen.« »Ist dies wahr?« fragte die Hausherrin, zu den Leuten gewendet. Alle bejahten, außer Djafar, der kein Wort sprach. Als die Wirtin dies hörte, sagte sie zu ihnen: »Könnt ihr Gäste wohl so unbillig gegen mich sein? Haben wir euch nicht im voraus gesagt: Wer von Dingen spricht, die ihn nichts angehen, muß Dinge hören, die ihm nicht angenehm sind? Wir haben euch in unser Haus aufgenommen und unser Mahl mit euch geteilt, nun wollt ihr uns Gewalt antun? Glaubt ihr, euch alles erlauben zu dürfen, weil wir so närrisch waren, euch unsere Türe zu öffnen?« Hierauf schob sie ihr Kleid zurück, trat dreimal den Boden und rief: »Eilet herbei!« Sogleich kamen aus einem Kabinette, dessen Tür sich schnell öffnete, sieben Sklaven heraus, jeder hatte ein bloßes Schwert in der Hand, fiel über einen der Gäste her, warf ihn zur Erde und in einem Augenblicke waren alle gefesselt, aneinander gebunden und in einer Reihe auf den Boden mitten im Zimmer hingestreckt. Neben dem Haupte eines jeden blieb ein Sklave mit gezogenem Schwerte stehen und sagte zur Hausherrin: »O erhabene Gebieterin und mächtige Herrin, du darfst nur ein Zeichen geben und ihre Köpfe fallen.« »Wartet noch«, erwiderte diese, »ich will zuerst sie fragen, wer sie sind.« Da schluchzte der Träger und rief: »O meine erhabene Gebieterin, laß mich nicht die Schuld anderer büßen, alle haben unrecht gehandelt, nur ich nicht! Wie schön war unser Tag, ehe diese Kalender gekommen, die, sobald sie in eine Stadt eingezogen, so viel Unheil stiften, bis sie verwüstet ist.« Dann setzte er auch noch weinend folgende Verse hinzu:

»Wie hoch ziert den Mächtigen die Nachsicht, besonders, wenn sein Feind hilflos ist; bei der heiligen Freundschaft, die zwischen uns bestand, laßt den Ersten nicht um des Letzten willen sterben*«.

Die Wirtin mußte, so aufgebracht sie war, doch lachen und wandte sich dann zu den übrigen Gästen und sprach: »Saget mir, wer ihr seid, ihr habt nur noch kurze Zeit zu leben, wenn ihr nicht dartut, daß ihr vornehmen Standes,

* D. h. den Lastträger, wegen des Ungestüms des zuletzt gekommenen Kalifen.

hohe Richter oder Häupter eures Volkes seid, sonst habt ihr wahrlich zu viel gegen uns gewagt.« Als der Kalif dies hörte, sagte er. »Djafar, entdecke ihr eilig, wer wir sind, sie möchte uns sonst aus Unkenntnis umbringen lassen.« Djafar erwiderte hierauf: »Du hättest dies wohl zum Teile verdient.« Der Kalif sagte ihm zornig: »Es ist jetzt keine Zeit, dich über mich lustig zu machen.« Indessen fragte die Wirtin die Kalender, ob sie Brüder seien. Diese antworteten: »Nein, wir sind weder Brüder noch arme Derwische.« »Bist du halbblind geboren?« fragte sie den einen. »Nein bei Gott«, erwiderte er, »in meinem Leben haben sich so außerordentliche Begebenheiten ereignet, daß, wenn sie mit einer Nadel in das hohle Auge gestochen wären, sich ein jeder daraus belehren könnte; erst später verlor ich ein Auge, dann ließ ich meinen Bart abschneiden und wurde Kalender.« Nachdem die Wirtin, welche einen jeden der Kalender dasselbe gefragt, von jedem dieselbe Antwort erhielt und der letzte noch hinzusetze, jeder von ihnen sei aus einer anderen Stadt, Sohn eines Königs und selbst Regent, da sagte die Wirtin den Sklaven: »Verschonet den, der mir seine Lebensgeschichte und den Grund, warum er hierhergekommen, erzählt, und bringet denjenigen um, der dies zu tun sich weigert.«

Die Reihe kam zuerst an den Träger, der die Wirtin auf folgende Weise anredete: »Du weißt wohl, meine Gebieterin, daß ich ein Lastträger bin, deine Wirtschafterin hieß mich ihr folgen. Ich ging mit ihr zum Weinhändler, dann zum Metzger, dann zum Obsthändler, von diesem zu einem, der trockene Früchte verkauft, endlich zum Zuckerbäcker und Spezereihändler, dann kam ich hierher und somit wäre meine ganze Geschichte zu Ende.« Die Wirtin lachte und sagte ihm: »Dein Leben sei dir geschenkt, du kannst gehen«; er aber wünschte, noch da zu bleiben, um die Erzählungen der übrigen Gäste zu hören.

Geschichte des ersten Kalenders

Nun nahm der erste Kalender das Wort und sprach: Wisse, o meine Gebieterin, folgendes ist der Grund, warum ich ein Auge und meinen Bart verloren: Mein Vater und mein Oheim waren beide Könige: letzterer hatte einen Sohn und eine Tochter. Als ich groß geworden, besuchte ich zuweilen meinen Oheim und brachte oft bei ihm mehrere Monate zu, denn es bestand das freundschaftlichste Verhältnis zwischen mir und meinem Vetter. Bei einem dieser Besuche erfuhr ich von meinem Vetter die allergrößten Ehrenbezeugungen; er lud mich zu Gast, ließ Schafe schlachten und klaren Wein dazu bringen. Nachdem wir ziemlich viel getrunken hatten, sagte er zu mir: »Ich arbeite schon ein ganzes Jahr an etwas, womit ich dich nun bekannt machen will, du darfst aber nicht weiter davon mit mir sprechen; willst du dies beschwören?« Als ich geschworen hatte, verließ er mich einige Augenblicke, erschien dann wieder mit einer Frau in reicher Kleidung, mit herrlichem Kopfputz und die feinsten Wohlgerüche verbreitend, so daß ihr Anblick uns noch mehr als der genossene Wein berauschte. Nachdem wir eine Weile noch zusammen getrunken hatten, bat er mich, mit dieser Frau nach einem mir wohlbekannten Denkmal, das er mir genau beschrieb, zu gehen. Ich mußte, meinem Eid gemäß, tun, wie er gesagt, und durfte nicht einmal fragen, was daraus werden sollte. Wir hatten kaum das Grab mit der Kuppel erreicht und uns daselbst niedergelassen, da kam mein Vetter mit einem Töpfchen Wasser, mit einem Säckchen Gips und mit einer eisernen Hacke. Er öffnete das Grab mit der eisernen Hacke, legte die weggebrochenen Steine auf die Seite der über dem Grab sich erhebenden Kuppel, grub dann mit der Hacke den Boden des Grabes auf, bis er auf eine äußere Platte stieß, so breit und so lang, wie die Tür des Grabes. Diese hob er weg und man sah darunter eine Treppe; er winkte dann der Frau und sagte ihr: »Komm hierher, hier findest du, was du wünschst.« Die Frau ging hinunter und verschwand vor meinen Augen. Er wandte sich dann zu mir und sagte: »Nun erzeige mir den letzten Gefallen und schließe das Grab hinter uns.«

Als ich, fuhr der erste Kalender fort, immer noch berauscht, so wie mein Freund befohlen, das Grab bedeckt hatte, ging ich nach meines Oheims Hause, der damals auf der Jagd war, zurück und schlief bald ein. Des anderen Morgens überdachte ich alles, was am vorhergehenden Tage sich zugetragen, fand es aber so außerordentlich, daß ich glaubte, geträumt zu haben. Da aber, als ich nach meinem Vetter fragte, niemand mir zu sagen wußte, was aus ihm geworden, ging ich nach dem Begräbnisort und suchte die Kuppel, konnte sie aber nicht finden, obwohl ich ein Grab nach dem anderen durchwanderte, bis mich endlich die

Nacht überfiel. Nun wurde ich immer mehr um meinen Vetter besorgt, denn ich wußte ja nicht, wohin die Treppe unter dem Grab führte; immer glaubte ich noch, das ganze sei nur ein Traum gewesen. Ich ging wieder nach Hause, aß ein wenig, denn ich hatte den ganzen Tag weder an Essen noch Trinken gedacht, und legte mich zur Ruhe. Ich brachte die folgenden vier Tage auf dieselbe Weise zu und suchte beständig jene mir bekannte Kuppel und konnte sie nicht finden. Ich wurde so melancholisch und trüb gestimmt, daß ich wohl wahnsinnig geworden wäre, wenn ich nicht den Entschluß gefaßt hätte, nach meiner Heimat zu meinem Vater zurückzukehren. Ich hatte aber kaum die Stadttore meines Wohnorts erreicht, da fiel man mit Knüppeln über mich her, legte mich in Ketten und schleppte mich hinweg. Als ich mich nach der Ursache dieser grausamen Behandlung erkundigte, sagte man mir, der Vezier habe gegen meinen Vater sich empört und die ganze Armee gewonnen, meinen Vater ermordet, selbst den Thron bestiegen und sogleich Befehle erteilt, mir aufzulauern und mich festzunehmen. Wie ich dies hörte, fiel ich bewußtlos nieder, und als ich wieder zu mir kam, stand ich vor dem Vezier, der schon längst mein Feind war; denn da ich von Kindheit an ein großer Freund vom Bogenschießen war und einst von der Terrasse meines Schlosses einen Vogel, der sich auf dem Dach niedergelassen, schießen wollte, kam er zufällig dazwischen, und der Pfeil, statt den Vogel zu töten, verletzte ihm ein Auge. Ich war ihm daher kaum gegenübergestellt, da riß er mir ein Auge mit seinen eigenen Händen aus, so daß es über meine Wangen herunter auslief, und seitdem bin ich halbblind. Nachdem dieses geschehen war, ließ er mich binden und in eine Kiste sperren; dann sagte er dem Henker meines Vaters: »Gürte dein Schwert um, besteige dein Pferd, nimm diesen Menschen mit in die Wüste, daß wilde Tiere und Raubvögel sein Fleisch verzehren.« Der Henker tat, wie ihm befohlen worden; er ritt mit mir fort, und als wir mitten in der Wüste waren, stieg er vom Pferde ab, zog mich aus der Kiste heraus und wollte mich töten; da fing ich an heftig zu weinen und folgendes Klagelied zu singen:

»Ich nahm euch als Harnisch und Schild, damit ihr meiner Feinde Pfeile von mir abhalten solltet, aber ihr wurdet selbst zu deren Spitzen. Ich hoffte, daß ihr jedes Unheil von mir entfernen werdet, nun bin ich zufrieden, wenn ihr nicht selbst mich ins Verderben stürzt.«

Als der Henker meine Klagen hörte und meine Tränen sah, ward er gerührt und entschloß sich, mich leben zu lassen. »Rette dich so schnell du kannst«, sagte er mir, »komme nie mehr in dieses Land, sonst kostet es mein und dein Leben, erinnere dich der Verse eines Dichters:

»Fürchtest du eine Gewalttat, so suche dein Leben zu retten; lasse dein Haus das Schicksal seines Erbauers verkünden! Denn leicht kannst du ein Land mit dem anderen vertauschen, für dein Leben gibt's aber kein zweites.«

Ich küßte vor Freude dem Henker die Hand, denn ich hatte alle Hoffnung zu meiner Rettung verloren; nun, da mir das Leben geschenkt wurde, verschmerzte ich leicht das verlorene Auge. Ich machte mich sodann auf den Weg und reiste wieder zu meinem Oheim. Als ich ihm meine und meines Vaters Geschichte erzählt hatte, erwiderte er: »Auch ich habe der Leiden genug, denn mein Sohn ist verschwunden, niemand kann mir sagen, was aus ihm geworden ist.« Dabei weinte er so heftig, daß ich ihm nicht länger verschweigen konnte, was ich von seinem Sohne wußte. Er freute sich außerordentlich über meine Nachricht, und obschon ich ihm sagte, daß ich, nachdem sein Sohn verschwunden, lange die Kuppel gesucht, ohne sie wieder finden zu können, wollte er doch sogleich mit mir auf den Begräbnisplatz gehen. Ohne jemandem etwas davon zu sagen, gingen wir nun nach den Gräbern. Ungemein war meine Freude, als ich endlich jene Kuppel wiederfand und nunmehr hoffen konnte, zu erfahren, wo mein Vetter hingekommen. Wir gingen sogleich hinein, öffneten das Grab, bis wir die eiserne Platte fanden, und stiegen dann die ungefähr fünfzig Stufen lange Treppe hinunter. Als wir die letzte Stufe erreicht hatten, kam uns ein so starker Rauch entgegen, daß wir gar nicht mehr sahen, und mein Oheim schrie ganz erschrocken: »Nur der erhabene, mächtige Gott kann uns schützen!« Wir folgten dem Gange, der an die Treppe stieß, bis wir in eine Art Zimmer kamen, das auf Säulen ruhte und durch kleine Türmchen das Licht von oben empfing, wir fanden in diesem Zimmer eine Zisterne, Wasserkrüge, Früchte, Mehl und ähnlichen Mundvorrat. Mitten im Zimmer war ein Bett mit einem Vorhange; als mein Oheim den Vorhang vor diesem Bette aufhob, fand er darin seinen Sohn und die Frau, die ich mit ihm hinuntersteigen gesehen; sie hielten sich umarmt, waren ganz schwarz, als wären sie so lange am Feuer gelegen, bis sie zu Kohlen geworden. Mein Oheim jubelte, als er dies sah, er spie seinem Sohne ins

Gesicht, indem er sagte: »Soviel hattest du hier zu leiden, nun kommen noch die Qualen jenes Lebens.« Hierauf zog er seine Pantoffel aus und schlug seinem Sohne damit ins Gesicht.

Als mein Oheim, fuhr der Kalender fort, seinen verbrannten Sohn so geschlagen, fragte ich ihn, ganz außer mir: »Warum schlägst du deinen Sohn noch, der schon so viel gelitten, daß mein Herz ganz betrübt darüber ist?« »Wisse, mein Neffe«, erwiderte er hierauf, »daß mein Sohn von seiner Kindheit an seine Schwester sehr leidenschaftlich geliebt; ich suchte diese Liebe zu vertilgen, doch dachte ich, sie sind ja beide nur noch Kinder. Als sie aber groß geworden und ich hörte, daß sie sich unwürdig betrugen, da ergriff ich meinen Sohn und prügelte ihn so durch, daß ich nicht wußte, wie er es aushalten konnte. Dann warnte ich ihn vor weiteren Fehltritten und sagte ihm:

»Hüte dich wohl, deiner Schwester zu nahe zu treten, denn Gott hat eine solche Liebe als strafbar erklärt. So etwas würde mich unter allen Regenten auf ewig brandmarken, bis in die entferntesten Länder würde diese Geschichte gebracht werden.« Dann trennte ich seine Schwester von ihm, aber auch ihrer hatte sich der Teufel schon bemächtigt, denn sie erwiderte seine Liebe. Nachdem daher mein Sohn sich von seiner Geliebten getrennt sah, ließ er diese unterirdische Wohnung bauen, einen Brunnen graben und verschiedenen Mundvorrat hierher bringen. Er benutzte den Tag wo ich auf der Jagd war, um mit deiner Hilfe seine Schwester hierher zu bringen. Er glaubte wahrscheinlich sie hier lange besitzen zu können, aber Gott war wachsam.« Als mein Oheim diese Erzählung vollendet und lange mit mir geweint hatte, sagte er mir endlich: »Nun wirst du an meines Sohnes Stelle treten.« Dann sprachen wir noch vieles über den Tod meines Vaters und über mein ausgerissenes Auge, sowie überhaupt über die verschiedenen Zufälle des menschlichen Lebens; erst nach vielen vergossenen Tränen stiegen wir wieder die Treppe hinauf, legten die eiserne Platte an ihre Stelle und gingen, ohne daß jemand uns bemerkt hatte, wieder ins Schloß zurück. Wir hatten uns aber kaum dort niedergelassen, als wir einen großen Lärm von Trompeten, Pauken und Trommeln vernahmen, Männertritte, Pferdegewieher, Schellengeklingel und Kampfgeschrei. Schon konnte man vor vielem Staub von der großen Menge Fußvolks und Reiter nichts mehr sehen, wir wurden ganz toll davon. Ich fragte, was es gäbe, und hörte, das derselbe Vezier, der meines Vaters Königreich an sich gerissen, so viel Soldaten zusammengebracht, daß man sie ebensowenig als die Sandkörner der Erde zählen könne, und daß er mit dieser unwiderstehlichen Armee auf einmal auch dieses Land überfallen, ja sich sogar die Hauptstadt ihm schon ergeben habe. Gleich darauf hörte ich, daß mein Oheim ermordet worden, und da ich wußte, daß, wenn ich in die Hände des Veziers fiele, weder ich, noch der Henker meines Vaters dem Tode entgehen würden, ergriff ich die Flucht; da ich aber in diesem Lande so bekannt als die Sonne war, und fürchtete, daß jemand durch meinen Tod sich beim Vezier beliebt zu machen wünschen könnte, blieb mir, nach vielen Tränen, in meiner Verzweiflung nichts anderes übrig, als meinen Bart und meine Augenbrauen abzuscheren und meine prächtigen Kleider mit denen eines Kalenders zu vertauschen. So reiste ich unerkannt als Derwisch hierher, in der Hoffnung, daß vielleicht mein gutes Glück mich mit einem Manne bekannt machen werde, der mich dem Fürsten der Gläubigen, dem Stellvertreter Gottes, vorstelle, damit ich ihn von allem, was mir widerfahren, in Kenntnis setze. Ich kam diese Nacht hier an, wußte aber nicht, wohin ich mich wenden sollte, da begegnete ich dem neben mir sitzenden Kalender, dem ich's gleich anmerkte, daß er auch von der Reise komme; ich grüßte ihn also und fragte ihn, ob er auch ein Fremder wäre, was er auch bejahte. Während wir so miteinander sprachen, kam, als wir am Stadttore waren, dieser dritte Kalender, er grüßte uns und sagte, er sei ein Fremder; »auch wir sind hier fremd«, erwiderten wir ihm. So gingen wir dann miteinander in der Stadt herum, ohne zu wissen, wohin, denn es war schon lange Nacht. Nun hat aber ein günstiges Geschick uns hierher gebracht, ihr habt euch so freundlich und wohltätig gegen uns benommen, daß ich mein verlorenes Auge und haarlosen Bart ganz vergessen. Dies aber ist meine Geschichte.

Die Wirtin schenkte auch ihm das Leben und hieß ihn gehen; aber auch er wollte noch gerne da bleiben, um die Erzählungen seiner Gefährten zu hören.

Alle Anwesenden waren höchst erstaunt über die Erzählung des Kalenders; auch der Kalif sagte zu Djafar, er habe in seinem Leben nichts Merkwürdigeres als diese Geschichte gehört.

Hierauf begann der zweite Kalender seine Geschichte:

Geschichte des zweiten Kalenders

Auch ich bin, bei Gott, nicht halbblind geboren, mein Vater war auch ein König, er ließ mich in der Schreibkunst und im heiligen Koran* unterrichten; ich lernte bald dieses erhabene Buch nach allen sieben Lesearten auswendig, ward mit den Lehrern der verschiedenen Sekten bekannt, las theologische Werke mit gelehrten Kommentatoren; dann beschäftigte ich mich auch mit der Grammatik und arabischer Philologie; ich schrieb mit solcher Fertigkeit, daß ich alle meine Zeitgenossen übertraf, ich ward so gelehrt und beredt, daß man in allen Ländern und Weltteilen von mir sprach; alle Könige der Erde lasen meine Schriften. Mein Ruhm war so groß, daß einst der Sultan von Indien meinem Vater einen Boten mit königlichen Geschenken schickte und ihn bitten ließ, mir zu erlauben, daß ich einige Zeit bei ihm zubringen möchte. Mein Vater überschickte mich ihm mit einem Kurier und gab mir sehr kostbare Gegengeschenke mit. Ich reiste mit meinem Begleiter ungefähr einen Monat lang, da sahen wir auf einmal einen furchtbaren Staub vor uns, der uns immer näher kam, bis endlich fünfzig ungeheure Reiter mit furchtbaren Waffen vor uns standen.

* Der Koran ist das vom Engel Gabriel dem Mohammed geoffenbarte Buch. Diese Offenbarung fand aber stückweise statt, und erst unter Abunekr wurden die zerstreuten Bruchstücke gesammelt und unter Othman berichtigt und bekannt gemacht.

Als wir diese Reiter sahen, fuhr der Kalender fort, wollten wir entfliehen, sie waren aber Straßenräuber, die, als sie unsere zehn mit Geschenken beladenen Kamele sahen, welche ihnen eine reiche Beute versprachen, mit gezogenen Schwertern und ausgestreckten Lanzen auf uns zueilten. Vergebens zeigten wir ihnen an, daß wir Gesandte des mächtigen Sultans von Indien seien; sie sagten: »Wir sind nicht auf seinem Gebiete und stehen nicht unter seiner Botmäßigkeit.« Dann töteten sie alle unsere Leute, und nur ich allein entfloh, während sie sich mit der Ladung der Kamele beschäftigten. Nun wußte ich aber gar nicht, wohin mich wenden, noch welchen Weg einschlagen, und so wurde ich auf einmal arm und verlassen, nachdem ich so reich und so vornehm gewesen war.

Nachdem ich den ganzen Tag, ohne zu wissen wohin, herumgeirrt war, erzählte der Kalender weiter, bestieg ich gegen Abend einen Berg und brachte die Nacht in einer Höhle zu. So lebte ich einen ganzen Monat hindurch, bis ich endlich in eine sehr schöne, wohlbefestigte, volkreiche Stadt kam, deren Straßen von Menschen wimmelten. Es war zur Zeit, als der kalte Winter zu Ende gegangen und der Frühling mit seinen Rosen wiedergekehrt; freundlich öffneten sich die Blüten, sanft murmelten die Bäche und lieblich sangen die Vögel; es paßten auf diese Stadt recht gut die Verse eines Dichters:

»Es ist eine Stadt, deren Bewohner den Schrecken gar nicht kennen, denn die Sicherheit ist ihr Gefährte, sie gleicht einem reichgeschmückten Paradiese, das seinen Bewohnern Wunderschätze öffnet.«

Ich freute mich, einen solchen Wohnsitz erreicht zu haben, doch ward ich über meinen erbärmlichen Zustand sehr betrübt, ich war so müde, daß ich

kaum mehr gehen konnte, mein ganzer Körper, Gesicht und Hände waren von der Sonne verbrannt, und ich war vor vielem Kummer und Sorgen ganz entstellt. So wandelte ich traurig durch die Stadt, ohne zu wissen wohin. Endlich kam ich vor einem Schneiderladen vorüber; ich grüßte den Schneider, der mich bewillkommte, und Spuren früheren Wohlstandes an mir entdeckte. Er hieß mich sitzen, und da ihm meine Unterhaltung gefiel, erkundigte er sich nach meinen Verhältnissen, und als ich ihm alles, was mir widerfahren war, erzählte, machte es den schmerzlichsten Eindruck auf ihn. Dann sagte er mir: »Hüte dich, junger Mann, irgend jemandem zu sagen, wer du bist, denn der König dieser Länder ist ein großer Feind deines Vaters.« Dann brachte er mir etwas zu essen, und wir blieben bei Tische bis tief in die Nacht. Als es spät ward, schaffte er Bett und Decken herbei und wies mir neben sich einen Raum zum Schlafen an. Nachdem ich drei Tage bei ihm zugebracht, fragte er mich, ob ich denn kein Handwerk erlernt, mit dem ich mich ernähren könne. Ich antwortete ihm, ich sei ein Gelehrter, Theologe, auch zugleich Belletrist, Grammatiker, Dichter und Schönschreiber. »Alles dies wird hierzulande nicht gesucht«, versetzte er. Nun sage ich: »Ich verstehe wahrscheinlich nichts anderes, als was ich dir eben genannt.« »So fasse Mut«, erwiderte mir der Schneider, »nimm eine Axt und einen Strick, geh in den Wald und haue Holz ab, so findest du doch zu leben; hüte dich aber sehr, dich jemandem zu erkennen zu geben, Gott wird dir weiter helfen.« Als ich seinen Rat zu befolgen versprach, kaufte er mir selbst eine Axt und einen Strick und empfahl mich einigen anderen Holzbauern. Mit diesen ging ich und haute den ganzen Tag Holz, trug es dann auf meinem Kopfe abends in die Stadt, verkaufte es um einen halben Dinar und brachte das Geld dem Schneider. So lebte ich ein ganzes Jahr fort. Eines Tages, als ich von meinen Gefährten mich getrennt hatte, entdeckte ich einen Garten mit Bäumen bepflanzt und von Bächen durchströmt. Als ich in dem Garten umherging, erblickte ich den Stamm eines sehr dicken Baumes, und als ich mit meiner Axt die Erde weggrub, stieß ich auf einen Ring, der an einer hölzernen Tafel befestigt war. Ich hob diese Tafel

(mit Hilfe des Ringes) auf und gewahrte nun eine Treppe, die ich hinabstieg. Jetzt kam ich an ein Schloß, so schön und massiv gebaut, wie ich noch nie in meinem Leben ein ähnliches gesehen hatte. Als ich in diesem Schlosse mich eine Weile umgesehen, bemerkte ich ein Mädchen, so herrlich wie die reinste Perle, oder wie die helleuchtende Sonne. Als es zu reden anfing, verscheuchten seine Worte jeden Kummer, sie waren so süß, daß sie selbst des verständigsten Mannes Herz bezaubern mußten. Es hatte eine schlanken Wuchs, einen schön gerundeten Busen, hübsche Wangen, eine zarte Gesichtsfarbe und ein vornehmes Aussehen, hell strahlte ihre Stirn unter den dunklen Locken hervor.

Das erste, was sie mich fragte, als sie mich erblickte, war, ob ich ein Mensch oder ein Geist wäre, und als ich ihr darauf erwiderte, daß ich ein Mensch sei, fragte sie mich, was ich denn wollte, da sie doch schon 25 Jahre hier verweile, ohne je von einem Menschen besucht worden zu sein. Ihre Worte waren so süß und so wohllautend, daß sie sogleich mein Herz gewannen, und ich antwortete ihr daher geradezu, wie ich gekommen sei, um mein Elend in Glück zu verwandeln, vielleicht auch, um ihren Kummer zu verscheuchen und sie glücklich zu machen. Ich erzählte ihr dann, was mir in meinem Leben zugestoßen, sie war sehr bestürzt darüber; dann sagte sie: »Nun sollst du auch meine Lebensgeschichte hören«; und begann folgendes zu erzählen: »Wisse, daß ich die Tochter des Königs Jstimerus bin, des Gebieters über die Insel Ebenus. Mein Vater verheiratete mich mit meinem Vetter; in der Hochzeitsnacht aber, als ich im schönsten Brautschmucke meinem Gemahl zugeführt werden sollte, raubte mich ein Geist, flog eine Weile mit mir herum, brachte mich dann hierher und versorgte mich mit köstlichem Mundvorrat und den übrigen Lebensbedürfnissen. Da aber seine Leute nichts von unseren Verhältnisse wissen dürfen, so bringt er nur alle zehn Tage eine Nacht bei mir zu; brauche ich aber etwas, es sei Tag oder Nacht, so berühre ich nur die zwei an dieses Gewölbe gemalten Zeilen, und bevor ich noch meine Hand davon wegziehe, ist der Geist schon bei mir. Nun aber ist er schon vier Tage von hier abwesend und wird also noch sechs Tage ausbleiben; willst du«, fragte sie mich hierauf, »fünf Tage jetzt bei mir bleiben und den Tag, ehe er wieder kommt, mich verlassen?« Ich nahm mit Vergnügen ihr Anbieten an, und sogleich faßte sie mich bei der Hand, führte mich durch eine gewölbte Tür ins Bad und legte mir frische Kleider vor, die ich nach dem Bade anzog. Sie hieß mich, als ich aus dem Bade kam, neben sich auf einem hohen Sofa sitzen, reichte mir einen Becher Wein und, nachdem wir uns eine Weile miteinander unterhalten, setzte sie mir auch verschiedene Speisen vor. Als ich gegessen hatte, bot sie mir ein Polster, um ein wenig zu schlafen. Ich entschlief bald und erst nach einigen Stunden erwachte ich wieder mit neuen Kräften und hatte alle meine früheren Leiden vergessen. Ich dankte ihr für ihre Pflege und ward immer munterer. Sie fragte mich, ob ich etwas trinken wolle, und auf meine bejahende Antwort holte sie aus einem Schranke vom besten alten Wein, auch Speisen, und sprach folgende Verse:

»Hätte ich deine Ankunft voraus gewußt, ich würde das Innerste meines Herzens oder das Schwarze meines Auges vor dir niedergelegt haben. Ich hätte meine Wangen wie einen Teppich auf die Erde gebreitet, damit du über meine Augenlider hergehen könntest.«

Ich vermochte nicht, ihr genug für ihre Freundlichkeit zu danken, ihre Liebe durchströmte alle meine Glieder, der Wein, den wir den Tag über zusammen genossen hatten, verscheuchte alle meine Sorgen, und die Nacht, die diesem Tage folgte, war die seligste meines ganzes Lebens. Da wir aber auch am anderen Morgen wieder, wie am verflossenen Tage, nur dem Vergnügen lebten, da sagte ich ihr, nachdem ich vom vielen Weine ganz besinnungslos geworden war und kaum mehr aufrecht stehen konnte: »Komm, Holde, verlasse diesen Kerker, steige mit mir zur Erde hinauf!« Sie aber sprach: »Bleibe doch ruhig, mein Herr, genügt es dir nicht, von zehn Tagen neun bei mir zuzubringen?« Ich aber antwortete ihr in meinem Rausche: »Ich werde sogleich auf den Talisman schlagen und, wenn der Geist erscheint, ihn umbringen. Ich habe deren schon zu Dutzenden totgeschlagen.« Als das Mädchen dies hörte, ward es blaß, beschwor mich bei Allah, dies nicht zu tun, und sprach folgende Verse:

»O du, der du selbst die Trennung herbeirufst, übereile dich nicht. Du kennst ja die Treulosigkeit des Schicksals, das jeder Vereinigung mit Trennung droht.«

Ich war so trunken, daß, trotz ihrer Bitten, ich doch mit dem Fuße auf den Talisman trat. Ich hatte dies kaum getan, fuhr der Kalender fort, da ward es auf

einmal finstre Nacht; es blitzte und donnerte und die Erde fing heftig zu beben an. Jetzt erwachte ich aus meinem Rausche und fragte die Schöne, was dies bedeute? »Der Geist erscheint«, erwiderte sie, »rette dich, so schnell du kannst, wieder zur Oberfläche der Erde.« Ich eilte, aus Furcht, ertappt zu werden, so sehr ihren Befehl zu vollziehen, daß ich meine Axt und meine Sandalen vergaß. Ich hatte noch nicht ganz die Treppe erstiegen, da spaltete sich der Palast, der Geist trat herein und fragte das Mädchen: »Warum hast du mich durch dein ungestümes Rufen so erschreckt? Was ist dir widerfahren?« »Mein Herr!« antwortete sie ihm, »als mir heute nicht recht wohl zumute war, trank ich, um mich aufzumuntern, ein wenig Wein, dieser stieg mir in den Kopf und ich fiel auf den Talisman.« Da der Geist aber meine Sandalen und meine Axt erblickte, rief er: »Du lügst, elendes Weib, wie kommen Sandalen und Axt hierher?« »Ich bemerke sie erst in diesem Augenblick«, erwiderte das Mädchen; »gewiß sind sie an euch irgendwo hängen geblieben und mit hereingeschleppt worden.« »Bei mir hilft deine List nichts«, versetzte hierauf der Geist, der sogleich durch Folterqualen sie zu einem Geständnisse bringen wollte. Ich konnte ihr Weinen nicht anhören, auch fürchtete ich für mich selbst; ich schob mich daher zur hölzernen Tafel hinaus, legte diese wieder an ihren Platz und bedeckte sie mit Erde, wie ich sie früher gefunden hatte. Ich nahm eine Tracht Holz auf meinen Rücken und wanderte betrübt zur Stadt zurück. Als ich alle Gefahr überstanden zu haben glaubte, fing ich nun an, über das Vorgefallene nachzudenken. Zuerst gedachte ich des schönen Weibes, daß so wohltätig gegen mich gewesen und nun durch mich, nach 25 ruhigen Jahren, in eine so bedauernswerte Lage versetzt worden war; dies machte mich so traurig, daß mir dann auch wieder mein Vater und mein Königreich einfiel. Ich bemerkte mit Schaudern, daß nach kurzer Heiterkeit sich mein Leben wieder so getrübt habe, daß mir nichts übrig blieb, als wieder Holzhauer zu werden. Ich machte mir die bittersten Vorwürfe, weinte heftig und sprach folgende Verse:

»Hartnäckiges Schicksal, das mich wie seinen Feind verfolgt, warum bringst du mir jeden Tag neues Unglück? Kaum bist du mir im Leben einmal günstig, so stürzest du mich sogleich wieder in mein früheres Elend zurück.«

Nach vielem Weinen kam ich wieder zu meinem Freunde, dem Schneider, zurück, der sich sehr darüber freute und mir sagte, daß er besorgt gewesen sei, als er mich gestern Nacht nicht nach Hause kommen gesehen. »Nun, Gott sei gelobt, daß du wieder gesund und wohl bei mir bist«, setzte er dann hinzu. Ich dankte ihm für seine Teilnahme und zog mich nach einer Weile in mein Kämmerchen zurück, immer über mein Abenteuer nachdenkend und über meinen Übermut, der mich auf den Talisman zu treten verleitet hatte. Ich zürnte auf mich selbst, da kam auf einmal der Schneider zu mir herein und sprach: »Draußen steht ein alter Mann mit deiner Axt und deinen Sandalen; er erzählte mir, er habe sie im Walde gefunden, und von den Holzhauern, bei denen er sich nach ihrem Eigentümer erkundigt, erfahren, daß sie dir gehören.« Als ich dies vernahm, ward ich ganz blaß, und noch ehe ich dem Schneider geantwortet, spaltete sich das Zimmer und der fremde Alte, welcher der Geist selbst war, trat herein. Da er, nämlich der Geist, trotz der Folter von der Dame nicht erfahren hatte, wer bei ihr gewesen, nahm er die Axt und die Sandalen und sagte: »Bin ich nicht ein Geist, Enkel des Iblis*? Es muß mir wohl ein leichtes sein herauszubringen, wem diese Axt und die Sandalen gehören«; hierauf nahm er die Gestalt eines fremden Greisen an und fragte alle Holzhauer, bis er mich aufgefunden.

Der Geist war kaum erschienen, erzählte der Kalender weiter, so ergriff er mich ohne weitere Umstände, flog mit mir eine Strecke in die Höhe, und ließ sich dann zur Erde hinunter, die sich sogleich vor ihm spaltete, als er sie mit dem Fuße berührte. Hier verging mir das Bewußtsein, und als ich wieder zu mir kam, befand ich mich mitten im Palaste, in dem ich eine so schöne Nacht zugebracht hatte; ich sah das Mädchen entkleidet vor mir auf den Boden hingestreckt, das Blut strömte von allen Seiten ihres Körpers herab und ich mußte über einen solchen Anblick heftig weinen. »Hier hast du deinen Liebhaber«, sagte der Geist sogleich zu ihr. Diese warf einen Blick auf mich und antwortete: »Ich kenne diesen Menschen nicht, ich sehe ihn zum ersten Male.« »Wehe dir!« rief ihr dann der Geist zu, »bist du noch nicht genug gepeinigt worden? Willst du deine Schuld noch nicht gestehen?« Das Mädchen aber wiederholte immer, sie kenne mich nicht und wolle nicht durch eine Lüge Ursache meiner Tötung werden. »Nun gut«, sagte der Geist, »wenn du ihn nicht kennst, so nimm dieses Schwert und schlage ihm den Kopf damit herunter.« Das Mädchen ergriff hierauf das Schwert und ging auf mich zu; als sie vor mir stand, suchte ich sie durch einen Mitleid

* Jblis ist der Luzifer der Araber, der aus dem Himmel vertrieben wurde, weil er sich weigerte, vor Adam hinzuknien, wie es die übrigen Engel auf Gottes Befehl getan.

erregenden Blick zu erweichen; aber auch sie gab mir durch einen Blick zu verstehen, daß ich selbst an meinem Tode schuld sei; wir verstanden uns gegenseitig so gut, daß wohl folgende Verse auf uns passend erscheinen:

»Statt meiner Zunge spricht mein Auge zu dir und gesteht dir die Liebe, die ich verbergen wollte. Tränen flossen, als wir uns begegneten, ich schwieg, doch die Augen hatten alles gesagt. Du winkst mir zu, und ich verstehe dich schon; ich verändere nur meinen Blick, und schon weißt du, was ich will. Unsere Augenlider vermitteln unsre Anliegen, wir schweigen, aber die Liebe spricht.«

Nach und nach ließ sie sich doch von meinen Blicken erweichen, warf das Schwert weg und sagte dem Geiste: »Wie soll ich einen Mann töten, den ich nicht kenne? Wie soll ich sein unschuldiges Blut vergießen?« »Gewiß«, sagte der Geist, »kannst du ihn deswegen nicht umbringen, weil du ihn liebst und eine Nacht mit ihm hier zugebracht hast, darum läßt du dich lieber noch so hart bestrafen, als daß du etwas gegen ihn aussagest; übrigens weiß ich ja wohl, daß alle Geschöpfe nur ihre Gattung lieben und du daher natürlich mir einen Menschen vorziehst.« Er wandte sich dann zu mir und fragte mich, ob ich diese Frau kenne, und als ich beteuerte, sie nie gesehen zu haben, gab er mir das Schwert und sagte: »Bringe sie denn um, damit du wieder frei wirst, so nur glaube ich, daß du sie wirklich nicht kennst.« Ich nahm hierauf das Schwert und ging auf das Mädchen zu.

Als ich, fuhr der zweite Kalender in seiner Erzählung fort, mich mit dem Schwerte in der Hand ihr genähert, warf sie mir einen Blick zu, welcher deutlich sagte: »Belohnst du auf diese Weise meine Großmut?« Ich erwiderte ihren Blick mit einem andern, welcher sagen sollte: »Fürchte nichts! Gern gebe ich mein Leben für das deinige hin.« Sehr gut finde ich unsere Lage in folgenden Versen beschrieben:

»Wie mancher Liebende spricht zu seiner Geliebten mit den Augenlidern von dem, was sein Herz verbirgt. Mit einem Blicke zeigte sie dann an, daß sie ihn wohl verstanden. Wie schön steht dem Gesichte ein bedeutungsvoller Blick, wie reizend ist ein Auge, das jeden Wink versteht. Es ist, als lese der eine mit den Augen, was der andere mit den Augenlidern geschrieben.«

Ich warf nunmehr das Schwert weg und sprach zu dem Geiste: »O du mächtiger Geist, wenn ein Weib von schwächlicher Natur, leichtfertigem Verstande und übereilter Zunge einen unbekannten Menschen nicht unschuldigerweise erschlagen wollte, wie soll ich überlegender Mann so etwas tun? Lieber will ich den Todesbecher leeren, als ein solches Verbrechen begehen.« Der Geist erwiderte darauf: »Ihr sollt nun gleich erfahren, daß ihr mir nicht ungestraft trotzen dürfet.«

Dann ergriff er das Schwert und hieb der Schönen zuerst die rechte und dann die linke Hand ab; sie fiel sterbend hin und winkte mir ein ewiges Lebewohl zu. Auch ich fiel in Ohnmacht und wünschte nur recht bald durch den Tod von meinen Qualen befreit zu werden. Als ich wieder zu mir kam, sagte der Geist: »Du hast gesehen, wie Untreue bestraft wird. Bei uns Geistern ist es Sitte, daß, sobald ein Weib uns untreu geworden, wir sie nicht mehr berühren bedürfen, und es bleibt uns nicht übrig, als sie umzubringen. Was nun aber dich betrifft, da ich doch von deiner Schuld nicht überzeugt bin, so kannst du wählen, in welche Gestalt von folgenden Tieren du verwandelt werden willst. Du kannst unter einem Hunde, einem Esel, einem Löwen oder irgend einem anderen wilden Tiere, oder auch einem Vogel, wählen.« Da ich nunmehr beim Geiste schon einige Spuren der Milde wahrgenommen, sagte ich zu ihm: »O erhabener Geist! Wie großmütig wärest du, wenn du mir gänzlich verzeihen wollest, wie jener Beneidete dem Neider verziehen.« Als der Geist fragte, was das für eine Geschichte wäre, erzählte ich ihm folgendes:

Es wohnten einst zwei Männer hart neben einander in der Stadt. Einer derselben beneidete den anderen und gab sich alle mögliche Mühe, seinen Nachbar zu kränken und ihm allerlei Unannehmlichkeiten in den Weg zu legen. Der Neid plagte ihn so sehr, daß er zuletzt, vor Erbitterung über den immer zunehmenden Wohlstand seines Nachbars, weder essen, trinken noch schlafen konnte. Als der Nachbar dieses bemerkte, beschloß er, die Nähe eines so bösen Menschen zu meiden und nicht nur sein Haus, sondern auch die Stadt zu verlassen, um an einem fremden Orte sich niederzulassen. Er kaufte daher ein Stück Land in der Nähe einer anderen Stadt, das er mittelst einer alten Zisterne wässern und fruchtbar machen konnte. Er lebte hier still, zurückgezogen, in frommer Andacht. Er

war aber so wohltätig gegen Arme, die ihn von allen Seiten her besuchten, daß man doch bald in der nahen Stadt viel von ihm redete und die vornehmsten Leute ihn zuweilen in seiner Einsamkeit besuchten. Als nun dem neidischen Nachbar dies zu Ohren kam, begab er sich auf das Gut seines ehemaligen Nachbars, sprach zum Beneideten, ich habe etwas Wichtiges mit dir allein zu sprechen, lasse die Armen sich zurückziehen, die dich umgeben. Nachdem diese, auf Geheiß des Gutsbesitzers, sich entfernt hatten und die beiden ehemaligen Nachbarn, im Gespräche vertieft, immer weiter gingen, bis sie in die Nähe der Zisterne gekommen waren, ergriff der Neider den Beneideten plötzlich und warf ihn hinein; hierauf ging der Neider wieder nach Hause, in der Gewißheit, den Beneideten glücklich getötet zu haben.

Da aber dieser Brunnen von Geistern bewohnt war, fuhr der zweite Kalender in seiner Erzählung fort, fingen diese den Beneideten auf und brachten ihn wieder aufs Trockene, dann erzählte einer der Geister den übrigen, wer dieser Halbertrunkene sei und wie er durch die Bosheit seines Nachbars ohne ihre Hilfe hätte sterben müssen. Dann berichtete ein andrer, wie der Sultan so viel von der Frömmigkeit und dem heiligen Leben dieses Mannes gehört, daß er sich entschlossen habe, ihn zu bitten, seine Tochter heilen zu wollen, die von bösen Geistern besessen sei, vom Geiste Maimun, Sohn des Dimdim, nämlich, der sich in sie verliebt habe. Da fragte ein Geist: Womit könnte aber die Tochter des Sultans geheilt werden? Der fromme Mann müßte, erwiderte der erste Geist, aus dem weißen Fleckchen am Schwanze seiner schwarzen Katze, das so groß ist wie eine Silbermünze, sieben Haare ausreißen und die Prinzessin damit beräuchern, dann muß der böse Geist sogleich aus ihrem Kopfe fahren und nie mehr zurückkehren. Da der Beneidete dieses ganze Gespräch der Geister mit angehört hatte, so nahm er, sobald der Tag angebrochen, sieben Haare aus dem weißen Fleckchen des Schwanzes seiner schwarzen Katze, und kaum war er wieder mit seinen Freunden, die ihn am Brunnen abholten, ins Haus zurückgekehrt, so trat auch schon der Sultan mit einem zahlreichen Gefolge herein, während eine Abteilung Soldaten vor der Türe stehen blieb. Der Beneidete sagte dem Sultan, nachdem er ihn willkommen geheißen: »Ich weiß schon, warum du mich heute besuchst; du wünschest, daß ich dir ein Mittel für deine besessene Tochter angebe.« »Es ist wahr, frommer Mann!« erwiderte der Sultan. »Nun«, versetzte der Beneidete, »laß sie nur hierher bringen, ich hoffe, so Gott will, sie im Augenblick zu heilen.« Der Sultan schickte sogleich jemanden, um seine Tochter zu holen. Als sie gebunden und gefesselt erschien, beräucherte sie der Beneidete mit den sieben Haaren und der Geist verließ sie alsbald mit einem gräßlichen Geschrei. Die Prinzessin, die jetzt auf einmal ihren Verstand wieder gewann, bedeckte vor Scham ihr Gesicht und fragte, wie sie hierher gekommen sei? Als der Sultan bemerkte, daß seine Tochter wieder genesen, küßte er vor Freude dem Beneideten die Hände. Dann fragte er seine Umgebung: »Was verdient wohl ein Mann, der mir einen solchen Dienst erwiesen?« Alle erwiderten: »Er verdient, daß du ihm deine Tochter zur Gemahlin gibst.« Der Sultan schenkte ihrer Antwort Beifall und vermählte seine Tochter mit dem Beneideten. Bald nach der Hochzeit starb der Vezier und der

Sultan erteilte, in Übereinstimmung mit seinen Großen, diese Würde seinem Tochtermann. Bald nachher starb dann der Sultan selbst und der Vezier ward einstimmig zum Sultan erhoben.

Eines Tages, fuhr der zweite Kalender zu erzählen fort, ging der Neider vor seinem Beneideten vorüber, der von den Vezieren, Fürsten und Großen des Reichs umgeben war. Als dieser den Neider erblickte, wandte er sich zu einem seiner Veziere und sagte ihm: »Bringe mir diesen Mann herbei, doch erschrecke ihn nicht!« Der Vezier ging fort, um den Neider, seinen ehemaligen Nachbar, zu bringen; da sagte der Sultan: »Gebt ihm 1000 Pfund aus meiner Schatzkammer, packt ihm 20 Ladungen Waren zusammen und gebt ihm eine Wache, die ihn in seine Heimat zurückführe.« Dann entließ er ihn und jener entfernte sich, ohne daß der Sultan ihn für das, was er getan, bestraft hätte. Sieh also, o Geist, wie der Beneidete seinem Neider verziehen, der ihn zuerst beneidet, dann ihm Gewalt angetan, dann ihm nachgereist, bis er ihn eingeholt, dann in der Absicht, ihn zu töten, ihn in den Brunnen geworfen hatte: er hat ihn für all dieses Unrecht nicht bestraft, sondern ihm verziehen. Hierauf weinte ich heftig vor dem Geiste und sprach folgende Verse:

»Schenke mir meine Schuld, die Verständigen begnadigen ja selbst Verbrecher, und sollte ich auch alle Verbrechen verübt haben, so übe du die schöne Großmut nach allen Seiten. Wer Verzeihung wünscht von dem, der über ihm steht, der erlasse die Schuld dem, der unter ihm steht.«

Da antwortete der Geist: »Nun, ich will dich nicht umbringen, doch verdienst du auch nicht, ganz unbestraft von mir entlassen zu werden; nun schenke ich dir zwar das Leben, aber ich will dich verzaubern.« Hierauf ergriff er mich und flog mit mir so hoch, daß mir die ganze Welt wie ein weißes Gewölk vorkam; er ließ mich dann auf einen Berg nieder, nahm ein wenig Erde, murmelte Beschwörungsformeln darüber und warf mich mit dieser Erde, indem er sagte:

»Verwandle deine Gestalt in die eines Affen!« worauf ich sogleich ein Affe wurde. Er aber verschwand. Ich weinte nun über meine Verwandlung und klagte das Schicksal an, das keinen Menschen in Ruhe läßt; ich stieg dann den Berg hinunter und fand eine große Wüste, die zu durchziehen ich einen Monat brauchte. Ich kam hierauf zum Ufer des Meeres und sah mich nun um, ob ich nicht ein Schiff entdecken würde; endlich bemerkte ich eines mitten im Meere, das mit gutem Wind dahinsegelte; ich brach einen Baumzweig ab, winkte damit dem Schiffe zu und lief immer hin und her nach der Richtung des Schiffes; dabei brach es mir das Herz, daß ich mich nicht mit der Sprache auszudrücken vermochte. Auf einmal lenkte jedoch das Schiff gegen das Ufer hin, bis es bei mir war und siehe da, es war ein großes Schiff, mit Kaufleuten und vielen Waren und Spezereien beladen. Als die Kaufleute mich erblickten, sagten sie zu dem Schiffskapitän: »Du bist eines Affen willen mit uns hergefahren, der, wo er ist, den Segen vermindert.« Einer sprach: »Ich will ihn umbringen«; ein anderer: »Ich will einen Pfeil nach ihm schleudern«; ein dritter: »Wir wollen ihn ersäufen.« Als ich dies hörte, sprang ich auf, lief zum Kapitän, ergriff den Saum seines Kleides wie ein um Schutz Flehender und weinte dabei so sehr, daß mir die Tränen über das Gesicht liefen. Den Kapitän und alle Übrigen befremdete dies sehr und einige fingen schon an mich zu bemitleiden, als der Kapitän sprach: »Ihr Kaufleute, dieser Affe hat sich unter meinen Schutz begeben, den ich ihm auch zu gewähren schuldig bin, wer von euch ihn nur mit einem Dorn sticht, wird mich zum Feinde haben.« Auf solche Weise war der Kapitän sehr gütig gegen mich; ich verstand alles, was er sagte, nur konnte ich meiner Zunge nicht gebieten, ihm zu antworten. Wir reisten nun 50 Tage lang mit günstigem Winde, dann kamen wir in eine unermeßlich große und volkreiche Stadt. Als unser Schiff in den Hafen eingelaufen war, kamen uns Boten, von seiten des Königs, entgegen, sie stiegen auf unser Schiff und sagten: »Gemeinde von Kaufleuten! Unser Sultan grüßt euch und schickt euch ein Blatt Papier, auf das jeder eine Zeile schreiben soll; denn der König hatte einen gelehrten, sehr schön schreibenden Vezier, der nun tot ist, daher hat der Sultan den höchsten Eid geschworen, daß er niemanden zum Vezier ernennen wird, der nicht so schön schreibt, als der Verstorbene.«

Sie überreichten dann den Kaufleuten ein Blatt Papier, fuhr der Kalender fort, das zehn Ellen lang und eine Elle breit war, es schrieb jeder, der schreiben konnte, eine Zeile darauf. Da stand ich auch auf und nahm ihnen das Papier aus der Hand; aber sie schrien mir zu und packten mich, denn sie fürchteten, ich werde es ins Meer werfen oder zerreißen. Als ich daher ihre Besorgnis bemerkte, gab ich ihnen durch Zeichen zu verstehen, daß ich auch schreiben wollte, sie wunderten sich sehr darüber und sprachen: »In unserem Leben haben wir noch keinen Affen gesehen, der schreiben konnte.« Der Kapitän aber sagte: »Laßt ihn schreiben, was er will, schmiert er nur etwas hin, so jage ich ihn fort oder töte ihn, schreibt er aber gut, so nehme ich ihn an Kindesstatt an; denn ich habe noch niemanden so verständig und so gebildet als diesen Affen gefunden. Ich wollte, mein Sohn besäße diesen Verstand und diese Bildung.« Nun nahm ich das Schreibrohr, tauchte es ein und schrieb diese zwei Verse mit großen Schriftzügen:

»Wenn die Zeit die Vorzüge der edlen Menschen aufgezeichnet hätte, so würden jetzt die Deinigen alles Geschriebene auslöschen. Möchte Gott die Welt nicht durch deinen Tod verwaisen, denn du bist der Tugend Vater und Mutter.«

Ich schrieb dann in einer anderen Schrift noch folgende Verse:

»Aus seiner Feder entsprießt allen Ländern Heil und er verteilt mehr Geschenke als der ganz Ägypten befruchtende Nil*.«

In einer anderen Schrift schrieb ich hierauf folgende Verse darunter:

»Ich beschwöre bei dem Einzigen und Mächtigen jeden, der sich meiner bedient, nie seine Feder jemanden einzutauchen, um seinen Lebensunterhalt abzuschneiden.«

In einer anderen Schrift schrieb ich noch folgende Verse:

»Niemand schreibt, der nicht vergeht, doch bewahrt die Zeit, was seine Hände geschrieben; schreibe daher nichts, was du am Auferstehungstage nicht gerne wiedersiehest.«

Ich schrieb dann wieder in einer anderen Schrift folgende Verse:

»Als wir benachrichtigt wurden, daß die Wechsel des Schicksals uns mit Trennung heimgesucht hatten, wendeten wir uns zu dem Munde der Tintengläser und klagten unsere bittere Trennung mit den Zungen der Federn.«

Zuletzt schrieb ich noch folgende Verse in einer anderen Schrift:

»Öffnest du dein Tintenfaß der Macht und des Glücks, so laß deine Tinte von Güte und Edelmut fließen, schreibe nur Gutes, so oft du es kannst, es wird dann die Spitze des Schwertes und der Feder deine Tugend preisen.«

Nachdem ich dies alles geschrieben hatte, überreichte ich das Papier, das sie mit größtem Erstaunen sahen. Die Schiffleute nahmen das Papier und brachten es dem Sultan, der die Schriften sehr schön fand und also sprach: »Geht, nehmet dieses Maultier und dieses Ehrenkleid und bringt es dem, der diese sieben Schriften geschrieben hat.« Die Leute lachten laut auf, doch als sie sahen, daß der Sultan darüber in Zorn geriet, sagten sie: »O König der Zeit und Meister des Jahrhunderts! Ein Affe hat diese Zeilen geschrieben.« »Ist dies wahr?« sagte der König. »Bei deiner Huld, der Schreiber dieser Zeilen ist ein Affe«, antworteten die

---

* Hier sind einige Wortspiele, die man nicht wiedergeben kann. Ebensowenig lassen sich für die verschiedenen arabischen Schriften entsprechende Namen finden.

Leute. Da schickte der König Boten ab und sagte ihnen: »Nehmet mein Maultier und dieses Ehrenkleid, zieht es dem Affen an und laßt ihn dann auf dem Maultier zu mir her reiten.« Als wir nun, ohne an etwas zu denken, auf dem Schiffe waren, kamen auf einmal die Boten des Königs, nahmen den Kapitän bei Seite, zogen mir dann ein Ehrenkleid an, setzten mich auf das Maultier und gingen als meine Diener neben mir her. Die ganze Stadt war meinetwillen auf den Beinen, alle Leute liefen herzu, um mich zu sehen, es entstand ein großes Gedränge, denn niemand blieb zu Hause. Kaum war ich beim König, so hieß es schon überall, der König hat einen Affen zum Vezier ernannt. Ich aber fiel vor ihm nieder und machte drei Verbeugungen, dann verneigte ich mich vor den hohen Beamten und Verwaltern und kniete vor ihnen hin; alle Anwesenden wunderten sich über meine Artigkeit, am meisten aber war der König erstaunt. Er entließ dann alle Großen, blieb allein mit einem Diener und einem kleinen Sklaven, ließ einen Tisch bringen und winkte mir, ich sollte mit ihm essen; ich stand auf, küßte die Erde vor ihm und wusch meine Hände siebenmal; dann kniete ich nieder und aß ein wenig mit Anstand, nahm das Tintenfaß und die Feder und schrieb auf die Schüssel einige Verse, in welchen ich mein Erstaunen über die zahlreichen und so wohlbereiteten Speisen ausdrückte. Als der König meine Verse gelesen, dachte er eine Weile darüber nach, dann füllte er einen Becher mit dem besten Weine und nachdem er davon getrunken, reichte er mir das Glas; ich küßte die Erde, trank und schrieb darauf:

»Man verbrannte mich im Feuer, um mich sprechen zu lassen, man fand aber, daß ich jede Qual ertragen kann, deshalb ward ich nachher auf den Händen getragen und habe den Mund der Schönen berührt.«

Als der König dies gelesen hatte, sagte er: »Schade, daß diese Bildung nicht in einem Menschen sich findet, er würde alle Leute seines Jahrhunderts übertreffen.« Dann ließ der König ein Schachspiel bringen und winkte mir zu, ob ich spielen wolle. Ich küßte die Erde und machte einen bejahenden Wink, stellte die Figuren in Ordnung und verlor hierauf die erste Partie, die zweite und dritte gewann ich aber, so daß der König nicht wußte, was er von mir denken sollte, ich aber nahm wieder Tinte und Rohr und schrieb:

»Zwei Armeen kämpfen den ganzen Tag miteinander und ihr Kampf wird immer heftiger, bis sie Dunkelheit umhüllt, dann schlafen beide auf einem Lager.«

Als der König diese Verse gelesen, erstaunte er immer mehr und ward ganz entzückt von mir; er sagte dann einem Diener: »Geh zu deiner Gebieterin Situlhasan, sprich, sie solle herkommen und diese wunderbaren Dinge mit ansehen.« Der Verschnittene blieb eine Weile weg und kam dann wieder mit der Prinzessin. Als diese hereintrat und mich sah, bedeckte sie ihr Gesicht vor mir und sprach: »O Vater! Hat deine Eifersucht so sehr abgenommen, daß du mich zu Männern hereinkommen läßt?« Der König erstaunte und sagte: »Meine Tochter! Es ist niemand hier, außer dem kleinen Sklaven, diesem Verschnittenen, der dich erzogen, und ich, dein Vater; vor wem bedeckst du also dein Gesicht?« »Vor diesem junge Manne«, antwortete die Prinzessin, »dem Sohne des Königs Aftimerus, des Beherrschers der Ebenholzinseln; ein Geist, Sohn der Tochter des Iblis, hat ihn in einen Affen verzaubert, nachdem er seine Gemahlin, die Tochter des Königs getötet, und der, den du hier als Affe siehst, ist ein gelehrter, verständiger, gebildeter und tugendhafter Mann.« Der König sah mich an und fragte, ob es wahr sei; ich nickte mit dem Kopfe ja. Er wandte sich jetzt zu seiner Tochter mit den Worten: »Ich beschwöre dich bei Gott, sage mir, woher weißt du, daß er verzaubert worden?« Da antwortete sie. »O mein Vater! Als ich noch klein war, ist eine alte, falsche, verräterische Zauberin bei mir gewesen, die mich die Zauberkunst lehrte. Ich beschäftigte mich damit, lernte 70 Kapitel davon auswendig, so daß ich mit dem geringsten Kapitel jeden Stein aus deiner Stadt im Augenblick hinter den Berg Kaf und den Ozean versetzen könnte.« Der König war sehr erstaunt darüber und sprach: »Gottes Name sei mit dir! Wie, du besitztest diese hohe Kunst, ohne daß ich etwas davon weiß? Ich beschwöre dich bei meinem Leben, befreie diesen Affen, daß ich ihn zum Vezier ernenne und mit dir verheirate.« »Recht gerne«, antwortete die Prinzessin und nahm ein Messer. Das Messer war von Eisen und der Name Gottes mit hebräischen Buchstaben darauf eingegraben. Die Prinzessin zog mit einem Zirkel einen Kreis mitten im Schlosse und zeichnete Figuren in kusischer Schrift hinein. Dann fing sie an, Beschwörungen und Zaubersprüche herzusagen; da ward es auf einmal dunkel und so schwarz und alles Licht verschwand vor unsern Augen, daß wir glaubten, die Welt verschließe sich vor uns. Als wir in diesem Zustande waren, erschien uns auf einmal der Geist in Gestalt eines Löwen, so groß wie ein Kalb. Wir fürchteten uns und erschraken vor ihm. Da rief ihm die Prinzessin zu: »Zurück, du Hund!« Der Löwe antwortete: »O Verräterin! Brichst du so deinen Eid? Haben wir nicht geschworen, daß wir uns einander nicht widersetzen wollen?« Sie antwortete: »Habe ich dir etwas geschworen, du Verruchter?« Da antwortete der Geist: »Du sollst haben, was du verdienst!« und öffnete seinen Rachen und stürzte auf die Prinzessin los; diese nahm aber schnell ein Haar von ihrem Kopfe, bewegte es hin und her mit der Hand und murmelte etwas dazu mit ihren Lippen; das Haar ward sogleich zu einem schneidenden Schwerte, sie schlug den Geist damit und spaltete ihn in zwei Teile. Nun ward aber der Kopf zu einem Skorpion; die Prinzessin hingegen verwandelte sich in eine große Schlange, die lange mit ihm sehr heftig kämpfte; der Geist verwandelte sich dann wieder in einen Adler und flog aus dem Schlosse weg, und die Schlange nahm die Gestalt eines Falken an und folgte dem Adler; es blieben beide eine Weile aus, zuletzt spaltete sich die Erde, es kam eine gefleckte Katze heraus, die brummte, miaute und schnarchte, bald nachher kam ein schwarzer Wolf. Auch diese kämpften lange miteinander, bis zuletzt der Wolf Sieger blieb. Da schrie die Katze und verwandelte sich in einen Wurm und kroch in einen Granatapfel, der neben einem Springbrunnen lag; der Granatapfel schwoll bis zur Größe einer Wassermelone an; da ward der Wolf zu einem weißen Hahn, der hob den Granatapfel bis zur Höhe der Türe hinauf, ließ ihn dann auf den marmornen Boden fallen, daß die Körner sich weit und breit zerstreuten, der Hahn fiel darüber her und fraß eines nach dem andern, bis nur noch ein Körnchen übrig blieb, das neben dem Springbrunnen verborgen war; der Hahn fing an zu krähen, die Flügel zu schütteln und den Schnabel zu öffnen, als wollte er fragen: ob nicht noch ein Körnchen übrig geblieben? Wir verstanden ihn aber nicht; er krähte hierauf so stark, daß wir glaubten, das Schloß würde mit uns zusammenstürzen; endlich entdeckte der Hahn das Körnchen neben dem Springbrunnen und sprang darauf los, um es aufzupicken.

Der Hahn freute sich schon und glaubte das letzte Körnchen des Granatapfels aufpicken zu können, aber es verwandelte sich in einen Fisch und tauchte in dem Springbrunnen unter; der Hahn nahm hierauf die Gestalt eines Walfisches an und tauchte dem Fische nach; sie durchbohrten nun beide den Boden und verschwanden wieder vor unsern Augen. Nach einer Weile erschreckte uns ein gräßliches Geschrei, und auf einmal erschien der Geist von neuem als eine Feuerflamme und die Prinzessin ward ebenfalls zu einer Feuerflamme. Der Geist blies feurige Funken aus Mund, Augen und Nase. Die beiden Flammen kämpften nun miteinander, aber es verbreitete sich plötzlich ein starker Rauch im Schlosse, daß wir beinahe erstickten, nun sahen wir erst unser Unglück und glaubten uns dem Tode nahe. Indes nahm die Flamme immer zu, der Brand ward größer, ich sagte: es gibt keinen Schutz und keine Macht außer beim erhabenen Gott. Auf einmal schrie der Geist wieder und ging aus dem Feuer als eine einzelne Flamme hervor, schwang sich zu uns in den Saal und blies uns ins Gesicht; die Prinzessin jedoch holte ihn wieder ein und schrie in heftig an. Aber schon war durch das Blasen des Geistes ein Funke auf mein rechtes Auge gefallen und versengte es, als ich noch Affe war; ein anderer Funke traf den König, verbrannte ihm die Hälfte seines Gesichtes, seinen Bart mit dem Halse und schlug ihm seine ganze Zahnreihe aus, ein dritter Funke fiel auf die Brust des Dieners, der vollständig verbrannte und starb. Wir verzweifelten schon an unserm Leben, da hörten wir eine Stimme, welche rief: »Gott ist groß! Gott ist groß! Er hat den Unglauben besiegt und zermalmt!« Und wirklich hatte die Prinzessin den Geist überwunden, der zu einem Haufen Asche geworden war. Die Prinzessin kam dann zu uns und sprach: »Bringt mir eine Schüssel Wasser!« und setzte hinzu: »du sollst bei dem Namen Gottes und den heiligsten Schwüren frei sein!« worauf ich folglich wieder zu einem Menschen wurde. Hierauf schrie die Prinzessin: »Ach, das Feuer! Das Feuer! O mein Vater, es tut mir leid um dich, ich kann nicht mehr leben; denn es hat mich ein durchdringender Feuerpfeil getroffen; ich bin zwar nicht gewohnt, mit Geistern zu kämpfen, doch habe ich nur einmal zu lange gesäumt; denn als ich der Hahn war und den Granatapfel spaltete, da hatte ich das Körnchen, welches die Seele des Geistes war, nicht gesehen, hätte ich es aufgelesen, so hätte ich ihn längst vernichten können, darum habe ich dann unter der Erde und zwischen dem Himmel noch mit ihm Krieg führen müssen; freilich habe ich, so oft er auch eine neue Art Zauber benutzte, sogleich durch eine höhere Art seine Absicht vereitelt, bis ich zu der des Feuers meine Zuflucht genommen, was selten jemand tut, ohne dabei sein Leben einzubüßen; doch war ich geschickter als er und habe ihn getötet, die Bestimmung war mir dazu behilflich, nun mag Gott, statt meiner, euch beistehen!« Dann schrie sie wieder: »O das Feuer! Das Feuer!«

Als die Prinzessin so schrie, fuhr der Kalender fort, sprach ihr Vater: »Mein Kind! Auch wenn ich am Leben bliebe, wäre es ein Wunder, da doch dieser Diener gleich starb, und dieser junge Mann sein Auge verloren hat«; er fing dann an zu weinen und ich mußte mit ihm weinen. Nach einer Weile schrie die Prinzessin wieder: »Das Feuer! Das Feuer!« Und siehe da, ein Funken blieb an ihrem Kleide hängen zwischen ihren Füßen, dann zog er sich zwischen ihre Lenden, sie schrie dabei immerfort: »Das Feuer! Das Feuer!« Nun ergriff es ihre Brust und sie schrie dabei immerfort, bis sie ganz verbrannte und zu einem Haufen Asche geworden war. Und bei Gott, meine Gebieterin! Ich wurde sehr betrübt darüber und

wünschte, lieber ein Hund oder ein Affe geblieben, oder gar gestorben zu sein, um nur nicht die Prinzessin nach so vielen Kämpfen sterben zu sehen.

Als der Vater sie tot sah, schlug er sich ins Gesicht, ich tat dasselbe und rief die Diener herbei, die sehr erstaunt waren, den Sultan in einem bewußtlosen Zustande neben zwei Haufen Asche zu sehen. Sie umgaben den König, bis er wieder zu sich kam, und er erzählte ihnen, was seiner Tochter widerfahren war. Ihr Jammer war sehr groß; sie hielten sieben Trauertage, bauten ein Grabmal über die Asche der Prinzessin, die Asche des Geistes streuten sie aber in die Luft. Der Sultan war einen Monat krank, dann näherte er sich der Genesung, sein Bart wuchs wieder und Gott schrieb ihn unter die Geretteten ein. Er ließ mich dann rufen und sagte mir: »Höre, junger Mann, was ich dir sage, gehorche mir aber, sonst bist du des Todes!« Als ich ihm versprach, zu tun, was er befehlen würde, fuhr er fort: »Höre! Wir brachten unsre Zeit im angenehmsten Leben zu und waren sicher vor allen Launen des Schicksals, bis deine unselige Gegenwart uns Unglück brachte; da verlor ich meine Tochter um deinetwillen, auch mein Diener wurde getötet, nur ich entging allein dem Tode. Durch dich ist all dies geschehen! Seitdem wir dich gesehen, ist aller Segen verschwunden. O, wäre es doch nie geschehen! Nun wünschte ich, da du doch nur unsrem Untergang deine Rettung zu verdanken hast, daß du in Frieden unser Land verlassest; denn sollte ich dich einst wieder schauen, so brächte ich dich um!«

Da er mir dies in einem heftigen Tone sagte, ging ich weinend aus der Stadt. Ich war halb blind, sah und hörte nichts, wußte nicht, wohin ich mich wenden sollte. Ich rief alles, was mir widerfahren, in mein Gedächtnis zurück: wie ich als Affe in die Stadt gezogen war und nun als Mensch in einem solchen

Zustande sie verließ; dies alles machte mich sehr traurig. Aber ehe ich aus der Stadt heraus war, ging ich noch in ein Bad, ließ mir meinen Bart und meine Augenbrauen abscheren, hing dann einen schwarzen Sack um und ging planlos vor mich hin, Noch, o Gebieterin! Denke ich jeden Tag an den unglücklichen Tod der Prinzessin und an den Verlust meines Auges, dann weine ich heftig und spreche folgende Verse:

»Ich verlor die Besinnung; das Unglück kam ganz unerwartet, doch kennt gewiß der Barmherzige meine Lage; ich habe daher Geduld, bis Gott anders über mich verfügen wird, so bitter auch mein Schicksal sein mag.«

Ich durchreiste nun viele Länder, um nach Bagdad zu kommen, wo ich hoffte, jemanden zu finden, der mich dem Fürsten der Gläubigen vorstellen werde, damit ich ihm meine Geschichte erzählen könnte. Ich kam nun diese Nacht an, fand meinen Bruder hier stehen, grüßte und fragte ihn, ob er auch ein Fremder sei? Nach einer Weile kam dieser Dritte, der uns ebenfalls so anredete; so gingen wir miteinander, bis uns die Nacht überfiel. Das Schicksal trieb uns dann zu euch. Dies ist die Ursache des Verlustes meines Auges und des Abscherens meines Bartes.« Da sagten die Frauen: »Rette dein Leben und gehe!« Er aber erwiderte: »Bei Gott! Ich weiche nicht, bis ich höre, was den übrigen geschehen.« Man entfesselte ihn hierauf und er stellte sich neben den ersten.

Geschichte des dritten Kalenders

Der dritte Kalender sprach hierauf: Gebieterin! Meine Geschichte ist nicht wie die der andern, sondern viel wunderbarer und befremdender; aber sie enthält auch die Ursache meines ausgestochenen Auges und abgeschorenen Bartes. Denn während meine Freunde vom Schicksal und der Bestimmung überfallen wurden, habe ich mir selbst ein trauriges Geschick bereitet. Mein Vater war nämlich ein mächtiger, angesehener König, und nach seinem Tode erbte ich sein Reich. Unsere Stadt war sehr groß, das Meer dehnte sich neben ihr aus und es waren in der Nähe mitten im Meere viele große Inseln. Mein Name war König Adjib*, Sohn des Königs Haßib**. Ich hatte für meinen Handel 50 Schiffe auf dem Meere, 50 kleinere zur Belustigung und dabei noch 50 Kriegsschiffe. Als ich einmal eine Spazierfahrt nach den Inseln machen wollte, nahm ich auf einen Monat Lebensmittel mit, begab mich auf die Reise, belustigte mich einen Monat lang und kehrte dann wieder in mein Land zurück. Hierauf bekam ich Lust zu einer zweiten Reise, und diesmal nahm ich Proviant auf zwei Monate mit, und so gewöhnte ich mich an Seereisen, bis ich einst mit zehn Schiffen auslief und 40 Tage lang immer fort segelte; da kamen aber in der 41. Nacht heftige Gegen-

* D. h. der Wunderbare

** D. h. der Vielbesitzende, Reiche

winde, das Meer trieb uns mächtige Wogen entgegen, und schon verzweifelten wir an unserem Leben, denn es war ganz finster um uns. Da dachte ich: wer sich in Gefahr begibt, verdient kein Lob, wenn er auch glücklich durchkommt. Wir flehten und beteten zu Gott; der Wind blies bald von dieser, bald von jener Seite und die Wellen schlugen immerfort gegen unser Schiff, bis der Morgen heranbrach, da legte sich endlich der Wind und das Meer ward wieder klar. Nach einer Weile schien die Sonne und das Meer lag ruhig, wie das Blatt eines Buches, vor uns; wir näherten uns dann einer Insel und bestiegen das Land, kochten, aßen, tranken und verweilten zwei Tage dort, dann reisten wir wieder zehn Tage lang; das Meer dehnte sich jeden Tag weiter vor uns aus und wir entfernten uns immer mehr vom Lande, so daß der Lenker des Schiffes zuletzt die Küste gar nicht mehr kannte. Er sprach nunmehr zu dem Späher: »Steige auf den Mastkorb und sieh dich einmal um!« Der Späher ging hinauf, blieb eine Weile oben und sah sich um, kam dann wieder herunter und sagte: »O Hauptmann! Ich habe zu meiner Rechten nichts als den Himmel über dem Wasser gesehen, und zu meiner Linken sah ich vor mir etwas Schwarzes leuchten, sonst aber nichts.« Als der Hauptmann dies hörte, warf er seinen Turban vom Kopfe, riß sich den Bart aus, schlug sich

ins Gesicht und sagte weinend: »O König, wir sind alle verloren, es gibt keinen Schutz und keine Macht, außer beim erhabenen Gott.« Er weinte dann lange und wir weinten mit ihm; hierauf sagten wir: »O Hauptmann, erkläre uns doch die Sache ein wenig!« Da sprach er: »Mein Herr, von dem Tage an, wo der Sturm so heftig war, sind wir vom rechten Wege abgeirrt und nun können wir nicht mehr zurückkehren; morgen gegen Mittag werden wir an einen schwarzen Berg kommen, der aus einem Mineral besteht, das Magnet heißt. Das Wasser wird uns mit Gewalt an diesen Berg hintreiben, das Schiff wird zerschellen und jeder Nagel wird sich am Berge befestigen, denn der erhabene Gott hat dem Magnetsteine die Kraft verliehen, das Eisen anzuziehen; am Berg ist viel Eisen, denn mit der Zeit ist der größte Teil desselben durch die vielen Schiffe, die vorüberfuhren, damit bedeckt worden. Auf dem Gipfel des Berges ist eine Kuppel aus andalusischem Messing, die von zehn messingenen Säulen getragen wird; auf der Kuppel ist ein messingenes Pferd und ein messingener Reiter, auf der Brust des Reiters ist eine bleierne Tafel, auf der viele Eidesformeln gemalt sind.« Der Hauptmann setzte dann noch hinzu: »Dieser Reiter ist's, der alles tötet, sobald der fällt, werden die Menschen Ruhe haben.« Er weinte dann wieder heftig und wir sahen unsern Untergang mit Gewißheit vor uns und bangten um unser Leben. Einer nahm vom anderen Abschied, jeder von uns übergab dem anderen sein Testament für den Fall, daß einer gerettet würde; wir schliefen die ganze Nacht nicht. Gegen Morgen waren wir dem Magnetberge sehr nahe und gegen Mittag schon am Fuße des Berges. Da trieb uns das Wasser mit Gewalt hin, und sogleich zerschellten die Schiffe, die Nägel fuhren heraus und flogen gegen den Berg und befestigten sich darin, manche von uns ertranken, andere kamen davon, doch unter diesen Letztern wußte einer vom anderen nichts. So, ihr Frauen, hat auch mich Gott zu meiner Qual und meinem Elend gerettet! Ich bestieg nämlich ein Brett vom

Schiffe, der Wind trieb es gegen den Berg, ich fand einen Pfad, der, wie eine Treppe mit ausgehauenen Stufen, auf die Höhe des Berges führte.

Als ich diesen Pfad erblickte, nannte ich den Namen Gottes und stieg langsam den Berg hinan. Der erhabene Gott half mir ihn ersteigen, ich kam glücklich auf den Gipfel, freute mich sehr über meine Rettung und trat in die Kuppel, wusch mich hier, betete und dankte Gott, der Gefahr entronnen zu sein. Als ich unter der Kuppel einschlief, hörte ich eine Stimme zu mir sagen: »O Adjib! Wenn du von deinem Schlafe erwachst, grabe unter deinen Füßen, dort wirst du einen kupfernen Bogen und drei bleierne Pfeile finden, auf denen mancherlei Talismane gemalt sind. Nimm den Bogen und die Pfeile, stürze damit den Reiter von seinem Pferd ins Meer; wenn dann das Pferd neben dir hinfällt, so begrabe es an dem Orte, wo der Bogen gelegen. Auf solche Weise wirst du die Welt von diesem großen Unheil befreien. Wenn du dies getan hast, so wird das Meer so hoch steigen, bis es die Kuppel erreicht; ist das Wasser bis zum Berge hinauf gestiegen, so wird ein Nachen auf dich zukommen, in welchem ein kupferner Mann sitzen wird, aber nicht der, den du vom Pferde geworfen; er hat zwei Ruder in den Händen; besteige seinen Nachen, nenne aber den Namen Gottes nicht; er wird ungefähr zehn Tage lang mit dir fortrudern, bis er dich in das Land des Friedens bringen wird, dort findest du jemanden, der dich in deine Heimat zurückführen kann. Dies alles wird so enden, wenn du den Namen

Gottes nicht nennst.« Als ich erwachte, stand ich freudig auf und tat, was mir die Stimme gesagt; ich warf den Reiter vom Pferd und er fiel ins Meer, aber das Pferd stürzte neben mir hin; hierauf beerdigte ich es an dem Orte, wo der Bogen gelegen; das Meer ward nun emporgehoben und stieg bis zu mir herauf; nach kurzer Zeit bemerkte ich den Nachen im Meere, der auf mich lossteuerte, und als ich ihn sah, dankte und lobte ich Gott, denn er ruderte immer fort, bis er bei mir war. Es saß ein kupferner Mann darin mit einer bleiernen Tafel auf der Brust, auf der mannigfaltige Namen und Talismane geschrieben waren; ich bestieg den Nachen, ohne ein Wort zu sprechen, und der Mann ruderte bis zum neunten Tage mit mir fort, da freute ich mich sehr, denn schon sah ich Inseln und Berge, die mir als ein Zeichen der Rettung galten. Meine Freude hierüber war so groß, daß ich den erhabenen Gott lobte und groß nannte. Kaum aber hatte ich dies getan, so stürzte der Nachen mit mir um und sank unter. Ich mußte den ganzen Tag bis zum Abend schwimmen. Als aber die Nacht herankam, meine Arme schon ermüdet, meine Schultern kraftlos waren und ich immer noch nicht wußte, wo ich war, und mich schon darauf gefaßt machte, zu ertrinken, erhob sich plötzlich ein heftiger Sturm, das Meer fing an zu toben, es kam eine Welle, so hoch wie ein Berg, auf mich zu und stieß mich ans Land hin, weil Gott auf diese Weise mich retten wollte. Als ich nun im Trocknen war, preßte ich meine Kleider aus, breitete sie auf den Boden hin und brachte hier eine lange Nacht zu. Des Morgens kleidete ich mich wieder an, um zu sehen, in welchem Land ich mich befand. Ich sah mich in einer fruchtbaren, mit Bäumen bepflanzten Gegend, und als ich darin umherging, bemerkte ich, daß ich auf einer kleinen Insel mitten im Meere war. Ich sagte: »Es gibt keinen Schutz und keine Macht, außer bei dem erhabenen Gott.« Während ich nun so über meine Lage nachdachte und schon den Tod herbeiwünschte, gewahrte ich in der Ferne ein Schiff mit Menschen, das auf die Insel zukam. Ich stieg auf einen Baum, verbarg mich im Laub und sah, als das Schiff anlandete, zehn Sklaven heraussteigen mit Schaufeln und Körben. Als sie mitten auf der Insel waren, gruben sie die Erde auf, bis sie auf eine Platte stießen. Sie kehrten dann zum Schiffe zurück, brachten Brot und andere Lebensmittel, Mehl, einen Wasserschlauch, Öl, Honig, mehrere Schafe, Früchte, auch allerlei Hausgerätschaften, Schüsseln, Betten, Teppiche, Matten und was man sonst in einer Wohnung braucht, wie Spiegel und ähnliche Dinge. Die Sklaven gingen stets hin und her, vom Schiffe in die Höhle, bis sie alles herbeigebracht hatten. Zuletzt kamen sie wieder mit einem ganz alten Manne, den das Schicksal so hart mitgenommen, daß wenig mehr von ihm übrig geblieben war; er glich einem Gegenstand in einen blauen Lumpen gehüllt, den der Wind hin und her bläst, wie ein Dichter sagte:

»Ich zittere heftig von dem Schicksale, denn es ist mächtig und furchtbar; früher konnte ich gehen, ohne zu ermüden, jetzt bin ich müde, auch wenn ich mich gar nicht bewege.«

Der alte Mann führte einen hübschen Jüngling an der Hand, der nach der schönsten Form gebildet war: er glich einem grünen Baumzweige, bezauberte jedes Herz durch seine Anmut und war eben so gebildet, als schön, so daß er alle Leute an Reizen und Tugenden übertraf, wie ein Dichter sagte:

»Er kam, sich mit der Schönheit selbst zu messen, und sie beugte beschämt ihr Haupt. Man fragte dann: O Schönheit! Hast du je so etwas gesehen? Und sie antwortete: Nein, so etwas niemals.«

Es gingen nun alle zusammen in die Höhle und blieben mehr als zwei Stunden darin; dann kam der Alte mit den Sklaven wieder herauf, der Jüngling aber war nicht mit ihnen; sie schaufelten die Erde wieder eben, wie sie gewesen war, gingen aufs Schiff, und ich sah sie nicht mehr. Als sie weg waren, stieg ich vom Baume, ging auf die Höhle zu, grub mit großer Geduld die Erde weg, bis ich an die Platte kam; als ich diese wegschob, fand ich eine Treppe, und als ich diese hinuntergestiegen war, kam ich in ein reinliches Zimmer mit verschiedenen Betten, Teppichen und Seidenstoffen bedeckt; ich sah den Jüngling auf einem hohen Polster sitzen mit einem Fächer in der Hand. Um ihn herum lagen Früchte, Gemüse und wohlriechende Kräuter. Da er allein in diesem Zimmer war, ward er ganz blaß, als er mich erblickte. Ich grüßte ihn und sprach: »Erschrick nicht, mein Herr! Es geschieht dir nichts, ich bin ein Mensch wie du, auch Sohn eines Königs, wie du; das Schicksal hat mich hierhergetrieben, um dir in deiner Einsamkeit Gesellschaft zu leisten; nun erzähle mir, warum du hier so allein unter der Erde wohnst.«

Als ich den Jüngling nach seiner Geschichte fragte, fuhr der Kalender fort, und er sich überzeugte, daß ich seinesgleichen war, freute er sich und sein Gesicht färbte sich wieder; er hieß mich näher treten und sagte: »O, mein Bruder! Meine Geschichte ist wunderbar. Wisse, mein Vater ist Juwelenhändler und besitzt viele Güter und Sklaven. Auch hat er Kaufleute, die für ihn mit Schiffen umherreisen; er macht Geschäfte mit Königen, er ward aber nie mit einem Sohne beschenkt. Einmal aber träumte er, daß er einen Sohn bekommen werde, der aber nicht lange leben könne. Mein Vater stand sehr traurig auf, und in derselben Nacht ward meine Mutter mit mir schwanger und als ihre Zeit zu Ende war, gebar sich mich zur großen Freude meines Vaters. Als die Sterndeuter meine Geburt aufzeichneten, sagten sie meinem Vater: »Dein Sohn wird 15 Jahre leben, er wird dann in Gefahr kommen, und wenn er ihr entgeht, so ist er eines langen Lebens sicher.« Als Beweis fügten sie noch hinzu: es sei im Ozean ein Berg, den man den Magnetberg nenne, auf dem ein kupfernes Pferd und ein kupferner Reiter sei, mit einer bleiernen Tafel am Hals, und sein Sohn werde 50 Tage nachher, nachdem der Reiter vom Pferde gefallen, sterben, und zwar wird der, der den Reiter vom Pferde geworfen und Adjib, Sohn des Königs Haßib, heißt, ihn umbringen. Mein Vater ward hierüber sehr betrübt; er gab mir aber dennoch die sorgfältigste Erziehung, bis ich 15 Jahre alt war. Vor zehn Tagen erhielt mein Vater Nachricht, daß der kupferne Reiter von Adjib, Sohn des Königs Haßib, gestürzt worden sei. Als er dies hörte, weinte er heftig, aus Furcht, mich zu verlieren und wurde wie ein Rasender. Er ließ mir dieses Haus unter der Erde bauen, nahm dann ein Schiff und brachte hinein, was ich für viele Tage brauchte. Nun sind von den 50 Tagen schon zehn vorüber, es bleiben mir noch 40 gefährliche Tage, dann wird mein Vater mich wieder holen, denn alles geschah nur aus Furcht vor dem König Adjib, Sohn des Königs Haßib, damit er mich nicht umbringe. Dies ist die Geschichte meiner Absonderung und Einsamkeit.« Als ich, o meine Gebieterin! Diese Geschichte hörte, dachte ich bei mir: Ich habe ja den Reiter gestürzt und heiße Adjib, Sohn des Königs Haßib; aber, bei Gott, ich werde diesen hier niemals umbringen. Ich sagte ihm dann: »Mein Herr! Du wirst nicht sterben und vor jedem Übel bewahrt sein, es wird alles zum Besten enden, fürchte nur nichts und mache dir keine Sorgen; ich werde diese 40 Tage bei dir bleiben, dich bedienen und unterhalten, dann mit dir in dein Land gehen, von welchem du mich in das meinige führen lassen wirst, und du wirst dir dadurch Gottes Lohn verdienen.« Der Jüngling freute sich über meine Rede. Ich setzte mich zu ihm und unterhielt mich mit ihm; dann zündete ich eine Wachskerze an und machte drei Laternen zurecht, reichte ihm eine Schachtel mit Süßigkeiten, und so aßen und unterhielten wir uns den größten Teil der Nacht; dann schlief er ein, ich deckte ihn zu und legte mich hierauf auch schlafen. Des Morgens wärmte ich ihm ein wenig Wasser; weckte ihn leise, und als er erwachte, brachte ich ihm das warme Wasser; er wusch sein Gesicht, dankte mir und sprach: »Bei Gott, wenn ich Adjib, dem Sohne des Königs Haßib, glücklich entkomme und Gott mich aus seiner Hand befreit, so wird mein Vater dich durch alle möglichen Wohltaten belohnen.« »O, möchte Gott ein Unglück, das dir begegnen sollte, mir einen Tag früher zuschicken!« sagte ich. Ich holte dann etwas zu essen, und wir aßen miteinander, dann durchräucherte ich das Zimmer und reinigte es, wie spielten und scherzten und belustigten uns und aßen und tranken, bis es Nacht ward; da stand ich endlich auf, zündete die Wachskerzen an, reichte ihm süße Speisen und so aßen und unterhielten wir uns wieder, bis wir zu Bette gingen. So lebten wir Tag und Nacht; ich gewöhnte mich so sehr an ihn, daß ich meinen Kummer und alles, was mir begegnet war, vergaß: die Liebe zu ihm bemächtigte sich meines ganzen Herzens. Ich dachte, gewiß haben die Sterndeuter gelogen, als sie seinem Vater sagten: Dein Sohn wird von Adjib, Sohn des Königs Haßib, umgebracht werden; denn, bei Gott, ich sehe nicht ein, wie ich diesen Jüngling umbringen sollte, den ich schon seit 39 Tagen bediene und so gut unterhalte. Als der 40. Tag herbeikam, freute sich der Jüngling über seine Rettung und sprach: »O, mein Bruder! Nun sind 40 Tage vorüber, gelobt sei Gott, der mich vom Tode befreit, dies verdanke ich deiner gesegneten Ankunft bei mir: aber bei Gott, mein Vater soll dir die Wohltaten verdoppeln, die du mir erzeigt, und dich reich und unversehrt in dein Land zurückbringen lassen. Nun aber bitte ich dich noch, mir Wasser zu wärmen, damit ich mich wasche und meine Kleider wechsle.« Ich antwortete ihm: »Recht gern!« machte Wasser warm, ging dann mit dem Jüngling in sein Gemach, wusch ihn sauber, zog ihm andere Kleider an, machte ihm ein hohes Lager zurecht und breitete einen Himmel darüber. Der Jüngling kam und legte sich aufs Bett, denn das Bad hatte ihn schläfrig gemacht. Er sprach: »Mein Bruder, zerschneide doch eine Wassermelone und streue ein wenig Zucker darauf.« Ich holte eine schöne, große Melone herbei, legte sie auf eine Schüssel und sagte: »Mein Herr, wo ist das Messer?« Er antwortete mir: »Es ist vielleicht auf dem Gesimse über meinem

Kopfe.« Ich machte schnell einen Schritt über ihn und nahm das Messer aus der Scheide, aber als ich wieder zurückschreiten wollte, glitt mein Fuß aus und ich fiel auf den Jüngling mit dem Messer in der Hand, das gerade ihm ins Herz fuhr, so daß er augenblicklich den Geist aufgab. Als ich sah, daß er tot war und ich selbst ihn getötet hatte, fing ich an, heftig zu schreien, schlug mir ins Gesicht, zerriß meine Kleider und sagte: »O, ihr Geschöpfe Gottes! Es blieb von den 40 Tagen nur noch dieser einzige übrig, und ich mußte ihn noch mit eigener Hand töten! Gott verzeihe mir! O wäre ich doch vor ihm gestorben! Nichts, als Unglück und Jammer! Mag Gott, was geschehen soll, vollziehen!

Als ich mich von seinem Tod überzeugt hatte, fuhr der Kalender fort, und wohl sah, daß es längst so aufgeschrieben und bestimmt war, ging ich die Treppe hinauf, legte die Platte an ihren Ort und bedeckte sie wieder mit Erde. Ich wandte dann meine Augen gegen das Meer und sah das Schiff zurück zur Insel kommen; ich dachte, nun werden sie hier wieder ans Land steigen, und wenn sie den Jüngling ermordet finden und mich bemerken, werden sie mich, als seinen Mörder, gewiß auch umbringen; daher suchte ich wieder einen Baum aus und verbarg mich in seinem Laube. Kaum war ich oben, so landete schon das Schiff, die Sklaven mit dem Alten, dem Vater des Jünglings, stiegen heraus, gingen zur Höhle, gruben die Erde weg und waren erstaunt, als sie sie so locker fanden. Sie stiegen dann hinunter und fanden den Jüngling schlafend, sein Angesicht glänzte noch vom Bad, er hatte hübsche Kleider an, im Herzen aber steckte das Messer und er war tot. Sie schrien alle, schlugen sich ins Gesicht, weinten, jammerten, wehklagten und stießen die gräßlichsten Reden aus; der Vater lag lange in Ohnmacht, so daß die Sklaven glaubten, er sei auch gestorben. Endlich kam er wieder zu sich, ging mit den Sklaven hinauf, die den Jüngling in seinen Kleidern eingewickelt, nebst allem, was sonst noch in der Höhle war, mitnahmen und aufs Schiff brachten. Als der Alte hier seinen Sohn auf dem Boden ausgestreckt sah, streute er Erde auf sein Haupt und fiel nochmals in Ohnmacht. Da nahm ein Sklave ein seidenes Kissen, legte den Alten darauf hin und setzte sich ihm zu Häupten. Dies geschah unter dem Baum, auf welchem ich verborgen war, ich sah daher alles, was sie taten. Mein Herz ward vor meinen Haaren grau, wegen meines großen Kummers und Unglücks. Der Alte aber, o Gebieterin, konnte bis Sonnenuntergang nicht aus seiner Ohnmacht erwachen.

Ich lebte nun einen Monat lang, fuhr der Kalender fort, auf dieser Insel, streifte bei Tag umher und ging abends in das Gemach. Als ich mich einst so auf der Insel umsah, bemerkte ich, wie gegen Sonnenuntergang das Wasser immer austrocknete und abnahm, und es dauerte kaum einen Monat, da war das Wasser ganz ausgetrocknet; ich freute mich sehr, als ich mich gerettet sah, ich schaffte dann dem Wasser, das noch übrig blieb, einen Ablauf und ging aufs feste Land. Hier sah ich nichts als Sand, so weit mein Auge reichte; ich faßte aber Mut, durchwanderte den Sand und bemerkte endlich in der Ferne ein großes, brennendes Feuer. Ich ging darauf zu, denn ich dachte, gewiß hat doch jemand dieses Feuer angezündet, vielleicht finde ich hier einigen Trost. Dabei sprach ich folgende Verse:

»Vielleicht wird das Schicksal nun seine Zügel anders lenken und mir Gutes bringen, denn die Zeit ist veränderlich; vielleicht wird es meine Hoffnungen begünstigen und meine Wünsche erfüllen. Es werden gewiß nach diesen Umständen andere eintreten.«

Als ich aber dem vermeinten Feuer nahe kam, sah ich, daß es ein mit rotem Kupfer beschlagenes Schloß war, das durch den Glanz der Sonne in der Ferne wie Feuer aussah. Ich war sehr froh darüber und setzte mich. Kaum hatte ich aber Platz genommen, so traten mir zehn reinlich gekleidete Jünglinge entgegen mit einem sehr alten Manne. Allen Jünglingen war ihr rechtes Auge ausgestochen, und ich wunderte mich, so viele Einäugige beisammen zu sehen. Als sie mich erblickten, grüßten sie mich freudig und fragten mich nach meiner Geschichte; ich erzählte ihnen alle Unglücksfälle, die mir widerfahren, und sie waren sehr erstaunt darüber. Sie führten mich dann ins Schloß; dort fand ich zehn Sofas und auf jedem derselben ein blaues Polster mit einer blauen Decke; zwischen diesen größeren Sofas war noch ein ganz kleines, an dem ebenfalls alles blau war. Als wir in diesen Saal traten, setzte sich jeder Jüngling auf ein solches Sofa und der Alte ließ sich auf das kleinere, das in der Mitte stand, nieder. Sie sprachen zu mir: »Junger Mann, setze dich auf den Boden und frage nicht nach unserm halbgeblendeten Gesicht.« Der Alte stand dann auf, reichte jedem besonders sein Essen, sowohl ihnen als mir, und wir aßen davon, dann reichte er auch mir und ihnen Wein, ebenfalls jedem besonders, und wir tranken. Sie fingen dann an, sich zu unterhalten und mich über mein Schicksal auszufragen, und über alle wunderbaren Dinge, die mir begegnet waren. Ich erzählte ihnen vieles davon, bis der größte Teil der Nacht verstrichen war; dann sagten die Jünglinge zu dem Alten: »O Alter! Es ist nun Zeit, daß du uns bringst, was unsre Pflicht erfordert, denn es ist schon die Stunde zum Schlafen.« Der Alte ging in ein Nebenzimmer und brachte zehn Schüsseln heraus, jede mit einer blauen Decke zugedeckt; er reichte jedem Jüngling eine; dann zündete er zehn Wachskerzen an und steckte eine auf jede Schüssel; hierauf nahm er den Deckel weg, und siehe da! es war in der Schüssel: Asche, Kohlenstaub und Pfannenruß; sie beschmierten sich die Gesichter damit, zerrissen ihre Kleider, schlugen sich ins Gesicht und auf die Brust und sagten weinend: »Es war uns so wohl, da ließ uns der Übermut keine Ruhe.« So fuhren sie bis gegen Morgen fort. Dann machte ihnen der Alte warmes Wasser; die Jünglinge wuschen sich und zogen andere Kleider an. Als ich sah, o Gebieterin, wie sie ihr Gesicht besudelten, verlor ich beinahe meine Fassung, mein Innerstes ward aufgeregt, ich vergaß alles, was mir begegnet war, und konnte nicht länger schweigen: ich fragte sie daher, was dies bedeute, nachdem wir uns angenehm miteinander unterhalten hatten. Ich sagte zu ihnen: »Ihr seid doch, Dank sei Gott, ganz verständige Leute, aber nur Wahnsinnige tun, was ihr eben getan; ich bitte daher bei allem, was euch teuer ist, sagt mir, was mit euch geschehen, und warum eure Augen ausgestochen wurden und ihr euer Gesicht so mit Asche und Ruß schwärzt.« Sie antworteten: »Junger Mann! Laß dich von deiner Jugend nicht verleiten und höre auf, uns auszufragen.« Sie erhoben sich dann und brachten etwas zu essen; wir aßen zwar, aber in meinem

Herzen brannte ein unlöschbares Feuer, so sehr war mein Innerstes mit ihrem Benehmen beschäftigt. Nun unterhielten wir uns wieder bis abends, worauf der Alte Wein brachte, den wir bis Mitternacht tranken; dann sagten die Jünglinge zu dem Alten: »Bring uns das, was wir zur Erfüllung unserer Pflicht brauchen!« Er ging nun, und kam nach einer Weile wieder mit den gewöhnlichen Schüsseln, und sie taten dasselbe wie in der vorigen Nacht; nicht anders, weder mehr noch weniger. Kurz, meine Gebieterin, ich blieb einen Monat bei ihnen; sie taten jede Nacht dasselbe und des Morgens wuschen sie sich wieder. Ich erstaunte stets von neuem, und war zuletzt so mißmutig und ungeduldig, daß ich nicht mehr essen und trinken mochte. Ich sagte ihnen dann: »O ihr Jünglinge! Wollt ihr meinen Kummer nicht verscheuchen und mir nicht sagen, warum ihr euer Gesicht so beschmiert und dabei sagt: wir waren so glücklich, da ließ uns der Übermut keine Ruhe! So laßt mich von euch wegziehen und zu meiner Familie zurückkehren, damit ich einmal vor diesem so außerordentlichen Anblick Ruhe bekomme; das Sprichwort sagt: Was das Auge nicht sieht, betrübt das Herz nicht; drum ist's besser, ich entferne mich von euch.«

Als sie dies hörten, sprachen sie: »O Jüngling! Nur aus Mitleid mit dir haben wir dir bisher dies verborgen, denn es möchte dir auch gehen, wie uns.« Als ich aber darauf bestand, alles zu wissen, sagten sie noch einmal: »Folge unserm Rate, frage nicht mehr nach unserm Zustande, sonst wirst du einäugig werden wie wir.« Da ich aber nicht nachgab, sagten sie: »Wenn es dir so geht, wie wir voraussehen, so werden wir dich nicht mehr beherbergen, du darfst dann nicht mehr bei uns wohnen.« Sie gingen hierauf, schlachteten ein Lamm, zogen ihm die Haut ab und sagten mir: »Nimm dieses Messer und lege dich in diese Haut; wir werden dich darein nähen, dann weggehen und dich liegen lassen. Es wird ein Vogel kommen, der Roch heißt, dich zwischen seine Füße nehmen und mit dir gen Himmel fliegen. Nach einer Weile wirst du fühlen, daß er dich auf einen Berg niederlegt, du schlitzest dann die Haut mit diesem Messer und schlüpfst heraus. Der Vogel wird davon fliegen, sobald er dich sieht. Mache dich dann gleich auf und gehe einen halben Tag lang, bis du ein hohes Schloß finden wirst, das in der Luft steht, mit rotem Gold beschlagen und mit Smaragd und vielen Edelsteinen verziert ist; es ist von keinem anderen Holz als Sandelholz und Aloe gebaut. Geh in dies Schloß hinein, und du hast, was du begehrt; denn unser Eingang ins Schloß ist die Ursache des Beschmierens unseres Angesichts und des Ausstechens unserer Augen. Wollten wir dir das Nähere erzählen, so würde unsere Geschichte zu lange dauern, denn jedem von uns ist sein Auge auf eine andere Weise ausgestochen worden.«

Die Jünglinge nähten also die Lammshaut um mich, fuhr der Kalender fort, und gingen ins Schloß. Nach einer Weile kam der Vogel, nahm mich zwischen die Füße, flog mit mir davon und legte mich auf den Berg nieder. Ich zerschlitzte die Haut und schlüpfte heraus; als der Vogel dies sah, flog er davon und ich begab mich sogleich nach dem Schloß, das ich so fand, wie es mir beschrieben worden war. Da ich die Türe offen sah, trat ich hinein und fand es schön und geräumig, wie eine Rennbahn; rings herum waren 100 Schatzkammern mit Türen von Sandelholz und Aloe, mit rotgoldenen Platten belegt und mit silbernen Ringen. Mitten im Schloß sah ich 40 Mädchen, wie der Mond; man konnte sie nicht genug ansehen. Sie hatten die kostbarsten Kleider und den reichsten Schmuck an. Als sie mich sahen, sagten alle auf einmal: »Willkommen! Wir freuen uns, Euch zu sehen, unsern Herrn. Wir erwarten schon seit Monaten einen Jüngling wie du. Gelobt sei Gott, der uns jemanden brachte, der unsrer eben so würdig ist, als wir seiner.« Hierauf liefen sie mir entgegen, ließen mich auf ein hohes Polster sitzen und sprachen: »Du bist nun unser Herr und Richter, wir sind deine ergebenen Sklavinnen, du kannst befehlen, was du willst.« Ich war sehr erstaunt über diese Anrede; und im Augenblick reichten mir einige unter ihnen zu essen, andere wärmten Wasser und wuschen mir die Hände und Füße, andere brachten mir frische Kleider, wieder andere schenkten mir Wein ein, und man sah ihnen an, wie sehr sie sich über meine Ankunft freuten; dann setzen sie sich und erkundigten sich nach meinem Zustand, bis die Nacht heranbrach.

Als es Nacht war, o Gebieterin, fuhr der Kalender fort, versammelten sie sich wieder um mich her; fünf von ihnen legten eine Matte auf den Boden und rings umher frische und trockene Früchte und wohlriechende Kräuter; auch ein Krug Wein ward bereit gestellt. Wir setzten uns, tranken und die Mädchen versammelten sich um mich. Einige sangen, andere spielten Zither und Laute und auch andere Instrumente; die Becher und die Schalen gingen im Kreise herum, und ich war so vergnügt, daß ich allen Kummer der Welt vergaß. Ich dachte: das ist das wahre Leben, wäre es nur nicht so vergänglich! Wir blieben so beisammen, bis der größte Teil der Nacht vorüber war und wir alle betrunken wurden. Nun begann ein fröhlicher Ball, die Mädchen tanzten miteinander, je zwei und zwei, mit unübertrefflicher Grazie. Als auch diese Lust zu Ende war, da sprachen sie: »Unser Herr! Wähle dir eine unter uns, welche die Nacht mit dir zubringe; dann darf sie aber 40 Nächte lang nicht mehr bei dir sein.« Ich wählte eine mit hübschem Gesicht, die Augen wie Kohle, schwarze Haare, Zähne wie Eis und dichte Augenbrauen, wie der Zweig von Basilikum. Sie ergötzte das Auge und entzückte das Herz, so wie ein Dichter sagte:

»Sie ist schmiegsam, wie die Zweige des Ban, den der Zephyr bewegt; wie reizend und anziehend ist sie, wenn sie geht! Bei ihrem Lächeln glänzen ihre Zähne, so daß wir sie für einen Blitzstrahl halten können, der neben Sternen leuchtet. Von ihren kohlenschwarzen Haaren hängen Locken herunter, die den hellen Mittag in die Wolken der Nacht hüllen; zeigt sie aber ihr Angesicht in der Finsternis, so beleuchtet sie alles von Osten bis Westen. Aus Irrtum vergleicht man ihren Wuchs mit dem schönsten Zweig und mit Unrecht ihre Reize mit denen einer Gazelle. Wo sollte eine Gazelle ihren schönen Ausdruck hernehmen? Ihre liebenswürdige Gesellschaft ist einzig. Ihre weiten Augen, die in der Liebe so gefährlich sind, fesseln plötzlich den von ihr Verwundeten; ich fühlte eine heidnische Liebe zu ihr; kann man aber über einen kranken Liebenden sich wundern, der seinen Glauben vergißt?«

Ich legte mich dann nieder und nie habe ich eine schönere Nacht gehabt.

Als ich des Morgens aufstand, so erzählte der Kalender weiter, führten mich die Mädchen in ein Bad, das im Schlosse war; und als ich gewaschen war, kleideten sie mich in kostbare Kleider, dann brachten sie zu essen. Wir aßen und tranken auch den Wein, den sie holten; die Becher kreisten bis zur Nacht, hierauf sagten sie: »Wähle eine von uns, die diese Nacht bei dir bleiben soll, wir stehen dir alle zu Diensten.« Ich wählte hierauf ein sanftes Wesen mit zarten Hüften, wie ein Dichter sagte:

»Ich erblickte an ihrem Busen zwei festgeschlossene Knospen, die der Liebende nicht umfassen darf; sie bewacht sie mit den Pfeilen ihrer Blicke, die sie dem entgegenschleudert, der Gewalt gebraucht.«

Ich brachte abermals eine herrliche Nacht zu; des Morgens ging ich wieder ins Bad und zog frische Kleider an. Kurz, meine Gebieterin, ich verlebte die schönste Zeit bei ihnen, wählte jede Nacht eine andere von den 40 Mädchen, und so verging mit Essen, Trinken und Belustigungen ein ganzes Jahr. Aber am Anfang des folgenden Jahres fingen die Mädchen an zu wehklagen, sich an mich zu hängen und weinend Abschied zu nehmen. Ich fragte ganz erstaunt, was denn vorgefallen sei, daß sie mir so das Herz betrübten. Sie antworteten: »O hätten wir dich nie gekannt! Wir haben schon viele kennen gelernt, doch noch niemand, der so angenehm gewesen, als du; noch nie sahen wir einen so feinen Mann.« Dann weinten sie wieder und ich fragte sie noch einmal: »Warum weinet ihr? Mein Herz zerspringt um euretwillen.« Jetzt antworteten sie alle auf einmal. »Du allein kannst Ursache unsrer Trennung werden; gehorchst du uns, so werden wir uns nie trennen, bist du aber ungehorsam, so müssen wir von einander scheiden. Unser Herz sagt uns aber, daß du uns nicht gehorchen wirst, und darum weinen wir.« Ich bat sie, mir zu sagen, um was es sich eigentlich handle, und sie sprachen: »Wisse, o Herr und Gebieter! Wir alle sind Königstöchter und leben hier schon viele Jahre beisammen. Jedes Jahr müssen wir 40 Tage von hier abwesend sein, dann kehren wir wieder und bleiben das ganze Jahr hier, essen, trinken und belustigen uns. Was nun deinen Ungehorsam gegen uns betrifft, so hat es damit folgende Bewandtnis. Wir werden dir während unsrer 40-tägigen Abwesenheit alle Schlüssel des Schlosses überlassen; du findest darin 100 Schatzkammern, öffne sie, zerstreue dich damit, esse und trinke. Jede Türe, die du öffnest, wird dir auf einen Tag Unterhaltung gewähren; nur eine einzige Schatzkammer darfst du nicht öffnen, dich ihr nicht einmal nähern, sonst sind wir auf immer geschieden; hier allein könntest du uns ungehorsam werden. Doch hast du über 99 Schatzkammern zu gebieten; du kannst alle öffnen und dich darin ergehen, öffnest du aber diese hundertste Schatzkammer, die mit der Türe von rotem Golde, so müssen wir getrennt bleiben.«

Die 40 Mädchen ermahnten und warnten mich lange, fuhr der Kalender fort, beschwuren mich bei Gott und ihrem Leben, doch ja nicht unsere Trennung zu verursachen, sie baten mich, die 40 Tage hindurch Geduld zu haben, bis sie wiederkehren würden; hierauf überlieferten sie mir die Schlüssel und wiederholten noch einmal: »Hüte dich wohl, die eine Schatzkammer zu öffnen!« Es umarmte mich dann eines der Mädchen und sprach folgende Verse:

»Als sie zur Trennung sich nahte, war ihr Herz zwischen Liebe und Verzweiflung geteilt; sie weinte frische Perlen und aus meinem Auge flossen blutige Tränen wie Karneol, sie bildeten zusammen eine Schnur auf ihrem Halse.«

Ich nahm Abschied von ihr und sagte: »Bei Gott! Ich werde jene Türe niemals öffnen!« Sie gingen dann fort und machten noch warnende Zeichen mit der Hand. Ich blieb allein im Schloß und beschloß bei mir, diese Türe nicht zu öffnen, um niemals von ihnen getrennt zu werden. Ich ging jetzt und öffnete die erste Schatzkammer; als ich hineinkam, fand ich einen Garten wie ein Paradies. Es waren mannigfaltige Früchte darin, dicht ineinander verflochtene Zweige, singende Vögel, murmelnde Gewässer. Mein Herz erweiterte sich bei diesem Anblick. Ich lief zwischen den Bäumen umher, atmete den Wohlgeruch der

Blumen, hörte das Gespräch der Vögel, die den einzigen mächtigen Gott priesen! wie ein Dichter von Äpfeln sagte:

»Mancher Apfel vereinigt zwei Farben, die der aneinanderliegenden Wangen eines Liebespaares, welches auf einem Polster sich umarmt und erschreckt wird. Sie errötet vor Scham und er erblaßt vor Furcht*.«

Ich sah dann Birnen, die besser als Julep und Zucker schmeckten und angenehmer als Moschus und Ambra rochen, so wie ein Dichter sagte:

»Quitten vereinigen alle Annehmlichkeiten der Welt und sind als die vorzüglichsten Früchte bekannt; sie schmecken wie Wein, haben den Wohlgeruch des Moschus, ihre Farbe ist golden und ihre Form wie die des Mondes**.«

Ich bemerkte auch Aprikosen, die dem Auge so wohl gefallen wie Rubin, ging dann aus diesem Garten und verschloß die Türe. Am folgenden Morgen öffnete ich eine andere Türe; hier sah ich einen großen Platz, in dessen Mitte ein Bach einen Kreis bildete, und rings umher waren allerlei wohlriechende Blumen gepflanzt: Rosen, Jasmin, weise Rosen, Narzissen, Veilchen, Levkojen, Anemonen und Lilien; es wehte gerade ein leiser Wind über diese Blumen, so daß der ganze Raum mit Wohlgerüchen angefüllt war; ich unterhielt mich hier und fing an,

---

* So im Texte, d. h.: Ich sah auch Äpfel, auf welche folgende Verse passen.

** Hier fehlen wahrscheinlich die auf die Birnen bezüglichen Verse, sowie die Worte: »dann sah ich eine Quitte, auf welche folgende Verse passen.«

meinen Kummer zu vergessen. Als ich fortging, schloß ich auch diese Türe und öffnete eine dritte. Hier fand ich einen großen Saal mit verschiedenem Marmor und anderen kostbaren Steinen durchschnitten. Es waren Käfige von Sandel- und Aloeholz darin mit singenden Vögeln, Nachtigallen, Ringeltauben, Turteltauben und noch vielen anderen Tieren. Hier ward mir ganz wohl und mein Kummer verließ mich. Ich ging schlafen und am folgenden Morgen öffnete ich die vierte Türe. Hier stand ein großes Haus mit 40 Schatzkammern rings herum, alle mit offenen Türen. Ich ging hinein und sah Perlen, Smaragd, Rubin, Karfunkel und ganze Haufen von Silber und Gold; mir schwindelte der Kopf, als ich so viele Reichtümer sah und dachte, solche Schätze können nur großen Königen gehören, und ich glaube, daß wenn alle Könige der Erde sich vereinigten, sie nicht einmal so viele zusammenbringen könnten. Ich ward ganz heiter und dachte: Jetzt bin ich der König meiner Zeit, der Herr so mannigfaltiger Dinge, Reichtümer und Mädchen, die niemand außer mir hat. So, meine Gebieterin, brachte ich meine Tage und meine Nächte zu, bis 39 Nächte vorüber waren, es blieb also nur noch ein Tag übrig; schon hatte ich alle 99 Türen geöffnet, und es war die 100. allein, die man mir eben verboten hatte. Diese verschlossene Türe beunruhigte und quälte mich, der Teufel bemächtigte sich meiner und ich hatte nicht Kraft genug, zu widerstehen. Zwar blieb nur noch eine Nacht übrig, dann wären die Mädchen zurückgekehrt, um wieder ein ganzes Jahr bei mir zu bleiben.

Aber der Teufel überwältigte mich, ich öffnete die mit rotem Golde beschlagene Tür; als ich hineintrat, umfing mich ein so feiner und zugleich starker Geruch, daß ich zu Boden stürzte. Ich machte mir aber wieder Mut und ging vollends in diese Schatzkammer hinein, deren Boden mit Safran bestreut war; ich fand wohlriechende Wachskerzen und silberne und goldene Lampen, in denen die feinsten Öle brannten; die Wachskerzen waren mit Ambra und Aloeholz besteckt; dann sah ich zwei große Rauchfässer, wie ein Waschbecken, mit Kohlen und Weihrauch, aus denen der Dampf des Moschus und Safran in die Höhe stieg. Ich bemerkte dann auch ein Pferd, so schwarz und schwärzer noch als die Nacht; vor ihm war eine Krippe von weißem Kristall, auf der einen Seite lag geschälter Sesam und auf der anderen stand Rosenwasser. Das Pferd hatte einen Zaum an und war mit einem goldenen Sattel bedeckt. Dies Pferd erregte bei mir das größte Staunen, ich dachte, es müsse eine hohe Bedeutung haben. Der Teufel trieb mich dann wieder an, und ich führte das Pferd ins Freie und bestieg es; es wich aber nicht von der Stelle; ich spornte es und es bewegte sich nicht, darüber geriet ich in Zorn und schlug es mit der Peitsche; als es den Hieb fühlte, da wieherte es wie der Donner, schlug zwei Flügel auf und flog dann mit mir vom Schlosse weg in die Luft, bis man es nicht mehr sehen konnte. Es ließ sich dann mit mir auf dem Dach eines Schlosses nieder, schüttelte mich von seinem Rücken ab, schlug mir heftig mit dem Schweife ins Gesicht, so daß mein Auge auf meine Wange auslief und ich halbblind war. Ich sagte: »Es gibt keinen Schutz und keine Macht, außer beim erhabenen Gott!« So hatte ich nicht geruht, bis ich wie die übrigen jungen Leute geworden. Als ich vom Dache herunter ins Schloß stieg, fand ich die zehn blau überzogenen Sofas; und siehe da, es war das Schloß der zehn halbblinden

Jünglinge, deren Rat ich nicht befolgt. Ich hatte mich kaum auf einem dieser Sofas niedergelassen, da kamen auch schon die Jünglinge mit dem Alten herbei.

Als sie mich sahen, sagten sie weder Willkomm noch Gruß dem Gaste, sondern die Worte: »Bei Gott, wir beherbergen dich nicht mehr, denn auch du bist nicht der Gefahr entronnen.« Ich erwiderte ihnen: »Es geschah so, weil ich nicht ruhte, bis ich euch nach der Ursache eurer beschmierten Gesichter gefragt hatte.« Sie aber sagten: »Es ging einem jeden von uns wie dir: auch wir hatten das schönste und angenehmste Leben und konnten uns nicht 40 Tage gedulden, um dann wieder ein Jahr zu essen, zu trinken und uns zu belustigen, auf seidenen Stoffen zu schlafen, den Wein aus kristallnen Gefäßen zu schlürfen und an einem schönen Busen auszuruhen, wir begnügten uns nicht in unserem Übermute, bis unsere Augen ausgeschlagen waren, und nun weinen wir über das, was vorüber ist.« Ich sagte ihnen dann: »Nehmt mir nicht übel, da ich doch nun Euresgleichen bin, so reicht mir die rußigen Schüsseln, daß ich auch mein Gesicht schwärze«, wobei ich heftig weinte. Sie sprachen aber: »Bei Gott, wir beherbergen dich nicht, du kannst nicht bei uns bleiben, ziehe fort nach Bagdad, dort findest du vielleicht Hilfe gegen dein Mißgeschick.«

Nun war mir sehr bang, als mich diese fortjagten, ich überdachte alles Unglück, das mir widerfahren, wie ich den jungen Mann getötet und meinen sonstigen Gram und Kummer und sagte: »Es ist wahr, es war mir wohl, da ließ mir mein Übermut keine Ruhe.« Nun ward ich so verzweifelt, daß ich meinen Bart nebst meinen Augenbrauen abscheren ließ, der Welt entsagte und als halbblinder Kalender ins Land Gottes wallfahrtete. Gott ließ mich nun glücklich diesen Abend nach Bagdad gelangen, wo ich diese beiden fand, die nicht wußten, wohin sie wollten; ich grüßte sie und sagte ihnen, daß ich fremd wäre; sie sagten, auch sie wären Fremde; so trafen wir drei Halbblinde am rechten Auge zu unserm größten Erstaunen zusammen. Dies, o meine Gebieterin, ist die Ursache, warum ich mein Auge verloren und meinen Bart abgeschoren habe.

Da sprach das Mädchen: »Dein Leben ist dir geschenkt, ziehe fort mit deinen Kameraden und dem Träger«; aber alle riefen: »Bei Gott! Wir weichen nicht von hier, bis wir die Geschichte unserer Gefährten hier vernommen.« Das Mädchen wandte sich jetzt zum Kalifen, zu Diafar und Masrur, und sagte zu ihnen: »Erzählt mir eure Geschichte!« Da entgegnete Diafar: »Wir sind aus Mosul und kamen mit Waren hierher; als wir in eurem Land einkauften und verkauften, lud uns diese Nacht einer eurer Kaufleute zu einer Mahlzeit, zugleich aber auch von unserer Gesellschaft alle, die in demselben Wirtshause wohnten. Wir gingen zu ihm und brachten eine schöne Zeit bei ihm zu; der Wein war klar, der Saal hübsch, nicht minder die Sängerinnen. Man hatte von verschiedenem gesprochen, da kam es zu einem lauten Wortwechsel zwischen den Gästen; der Polizeibeamte erschien, nahm einige von uns fest, während andere die Flucht ergriffen. Zu letzteren gehörten auch wir; fanden aber das Haus geschlossen, das erst des Morgens wieder geöffnet wird. Nun waren wir in Verlegenheit und wußten nicht, wohin wir uns wenden sollten, auch fürchteten wir, von der Polizei eingeholt und festgenommen zu werden, was unserm Rufe hätte schaden können. Nun leitete uns das Geschick zu euch; wir hörten schönen Gesang und fröhliches Gespräch und dachten, daß hier ein großes Fest gehalten würde, wo viele Leute beisammen sind, und entschlossen uns, einzutreten, um euch unsere Dienste anzubieten und die Nacht bei euch angenehm zu vollenden. Ihr glaubtet uns, waret so gütig, uns einzulassen, und seid sehr gefällig und achtungsvoll gegen uns. Jetzt wißt ihr, warum wir hierher gekommen.« Da riefen die Kalender: »Wir wünschen sehr, o Gebieterin, daß du uns diese drei Leute schenktest, damit wir alle gut von hier entlassen werden.« Das Mädchen wandte sich sogleich zu der ganzen Gesellschaft und sprach: »Es sei so!« und alle gingen nun fort aus dem Hause.

Der Kalif fragte dann die Kalender, wo sie hin wollten, da doch die Morgenröte noch nicht angebrochen sei. Jene antworteten: »Bei Gott, wir wissen es nicht.« Da versetzte er: »Kommt, schlaft bei uns.« Der Kalif sagte dann heimlich zu Djafar: »Diese Leute werden bei dir übernachten, morgen aber bringe sie zu mir, damit wir eines jeden Geschichte und Abenteuer aufzeichnen.« Djafar befolgte den Befehl des Kalifen. Dieser ging in sein Schloß, konnte aber vor vielem Nachdenken über die Geschichte der Kalender nicht schlafen, die Königssöhne waren, und sich nun in einem solchen Zustande befanden. Auch war er sehr mit der Geschichte der Frau mit den schwarzen Hündinnen, so wie der andern, mit der Peitsche geschlagenen, beschäftigt. Er konnte nicht schlafen und den Morgen kaum erwarten, wo er sich dann auf den Thron setzte und dem Vezier Djafar, der zu ihm hereintrat und die Erde vor ihm küßte, sagte: »Es ist keine Zeit zu verlieren, hole mir schnell jene Frauen, damit ich die Geschichte der zwei schwarzen Hunde höre, bring auch die Kalender mit, eile aber schnell!« Als der Kalif dies sehr heftig ausrief, eilte Djafar fort, und nach einer Weile kam er mit den drei Mädchen und den drei Kalendern wieder; er stellte die ersteren vor den Kalifen und die letzteren hinter einen Vorhang. Dann sprach Djafar: »Wir sind gnädig gegen euch, denn ihr seid uns mit Güte und Gastfreundschaft entgegen gekommen. Ihr wißt wohl nicht, vor wem ihr hier steht; ich will euch aber damit bekannt machen. Ihr seid hier in Gegenwart des Siebenten der Abbasiden, ihr steht vor Raschid, Sohn des Mahdi, Sohn des Hadi, Sohn des Saffah*, Sohn des Manßur. Seid also beredter Zunge und sichern Blicks und sagt nur die Wahrheit; seid aufrichtig, meidet die Lüge, sollte auch die Wahrheit euch wie das Feuer der Hölle brennen. Sage du nun, sprach er zur ältesten, dem Kalifen zuerst, warum du die zwei Hunde so mißhandeltest und nachher mit ihnen weintest.«

Als die Dame hörte, daß Djafar so im Namen des Kalifen mit ihr sprach, sagte sie:

Geschichte des ersten Mädchens

Mir ist eine wunderbare Geschichte widerfahren; wenn man sie mit der Nadel in die Tiefe des Auges schreiben wollte, so wäre es eine Warnung und Lehre für einen jeden; denn diese zwei schwarzen Hündinnen sind meine Schwestern. Wir waren drei Schwestern von einem Vater, aber diese beiden Mädchen, von denen die eine Spuren der Schläge an sich trägt, und die andere die Wirtschafterin ist, sind von einer anderen Mutter. Als unser Vater starb, gingen diese beiden Schwestern zu ihrer Mutter, sobald des Vaters Erbe verteilt war; so vergingen viele Tage, bis unsere Mutter starb, die uns 3000 Dinare hinterließ, jede von uns erhielt 1000 Dinare als Anteil. Ich war die jüngste von ihnen. Meine beiden Schwestern statteten sich aus und heirateten. Der Gemahl der ältesten nahm sein und ihr Vermögen, packte Waren ein und reiste damit fort; er blieb fünf Jahre aus, verzehrte das ganze Vermögen, kam dann wieder zurück, aber behielt seine Frau nicht bei sich, sondern ließ sie im fremden Lande. Sie reiste in der Welt herum, und ich wußte nichts von ihr. Nach fünf Jahren kam sie zu mir als eine Bettlerin, mit zerlumpten Kleidern und in einem alten schmutzigen Aufzuge; sie war im erbärmlichsten Zustande. Als ich sie sah, erschrak ich und sagte zu

* Sowohl die Zahl sieben, als die Reihenfolge der Ahnen Raschids ist falsch im Text angegeben. Harun Arraschid war Bruder des Hady (Musa), Sohn des Mahdi, Sohn des Manßur, Bruder des Saffah.

ihr: »Was bedeutet dieser Zustand?« Sie antwortete mir: »Diese Worte helfen nichts, die Feder hat das göttliche Urteil aufgezeichnet*.« Hierauf, o Fürst der Gläubigen, führte ich sie ins Bad und zog ihr die schönsten Kleider an, kochte ihr auch Suppe, gab ihr Wein zu trinken und bediente sie einen Monat lang; dann sagte ich zu ihr: »O meine Schwester! Du bist unsere älteste und an unsrer Mutter Statt, hier ist mein Vermögen, das Gott gesegnet hat, indem ich Seide spann und reinigte; mein Vermögen ist rein, nimm es hin, wir wollen gleich sein.« Ich erzeigte ihr die größten Wohltaten, sie blieb ein ganzes Jahr bei mir. Wir waren besorgt über das Los unserer anderen Schwester, als diese endlich in einem noch elenderen Aufzuge, als die ältere, ankam. Ich tat noch mehr für sie, als für jene. Einst sagten sie mir: »Wir wollen nicht ledig bleiben, sondern wieder heiraten.« Ich antwortete ihnen: »Ihr habt kein Glück in der Ehe; es gibt wenig gute Männer, bleibt lieber bei mir, wir werden einander gegenseitig trösten; ihr habt ja schon die Ehe gekostet und sie hat euch nichts Gutes gebracht.« Sie hörten aber nicht auf meine Rede und heirateten ohne meine Erlaubnis; ich mußte sie ein zweites Mal von dem meinigen ausstatten.

Es dauerte aber nicht lange, da nahmen ihre Männer alles, was sie hatten, reisten damit fort und verließen meine Schwestern. Diese kamen jetzt wieder zu mir und entschuldigten sich. Sie sagten: »O Schwester! Du bist jünger als wir an Jahren, aber älter an Verstand. Nun sei dies das erste und letzte Mal, daß wir mit unserer Zunge eines Gatten erwähnen. Nimm uns als Sklavinnen zu dir, damit wir nur zu leben haben.« Ich sagte ihnen: »O meine Schwestern! Es ist mir niemand so teuer als ihr.« Ich wendete mich ihnen wieder in Liebe zu und verehrte sie noch mehr als früher. Wir lebten so drei Jahre lang; ich sah jeden Tag mein Vermögen zunehmen und meine Verhältnisse sich bessern.

Da wollte ich einmal, o Fürst der Gläubigen, Waren nach Baßrah verschicken; ich verschaffte mir ein großes Schiff und lud die Waren und viele Gerätschaften, deren ich bedurfte, darauf. Der Wind war uns günstig, aber wir fuhren doch 20 Tage lang fort, Tag und Nacht, bis wir endlich bemerkten, daß wir verirrt waren. Am 20. Tage stieg der Späher aufs Schiff, um sich umzuschauen und rief: »Gute Nachricht!« und stieg freudig herunter. Dann sagte er: »Ich habe in der Ferne etwas wie eine Stadt gesehen.« Wir freuten uns alle und kaum verging eine Stunde, so hatte das Schiff auch schon diese Stadt erreicht; ich stieg aus, um mich darin umzusehen, da erblickte ich Menschen am Tore mit Stäben in der Hand; ich näherte mich ihnen und sah, daß sie versteinert waren. Als ich ins Innere der Stadt kam, fand ich ebenfalls in den Bazars alles versteinert. Keiner besuchte den andern, niemand blies Feuer an; ich sah in der Stadt nichts als versteinerte Menschen, wie Bildsäulen. Da erblickte ich eine Türe mit rotem Gold beschlagen, mit einem seidenen Vorhang und einer Lampe darüber; ich dachte, das ist bei Gott sonderbar, hier muß doch wohl ein Mensch sein! Ich trat zur Türe hinein und fand einen leeren Saal, in dem ich mich ganz allein befand; ich ging von diesem Saale noch in viele andere, bis ich endlich ins Frauengemach kam, das auf den höchsten Wohlstand deutet. Alle Wände waren mit goldbestickten

---

* D. h.: es ging mir, wie es von Gott bestimmt war.

Vorhängen verziert; hier sah ich die Königin schlafen, mit Perlen geschmückt, so groß wie Haselnüsse, auf ihrem Haupte eine Krone mit Edelsteinen besetzt.

Das Schloß, fuhr das Mädchen dem Kalifen zu erzählen fort, war mit seidenen, goldgeblümten Teppichen bedeckt. Mitten im Saale stand ein Himmelbett von Elfenbein, mit Gold belegt und zwei grünen Smaragden, es hing ein Vorhang, mit Perlen gestickt, darüber hinunter, hinter dem Vorhange sah ich ein Licht hervorleuchten; ich bestieg dieses Himmelbett, steckte meinen Kopf durch den Vorhang hinein, und da fand ich, o Fürst der Gläubigen, einen Edelstein, so groß wie ein Straußen-Ei, auf einem kleinen Postamente liegend, so stark glänzend, daß man fast geblendet wurde; es war ferner dort ein Bett gemacht und eine seidene Decke lag darüber. Neben dem Kopfkissen brannten zwei Wachskerzen. Niemand aber war zu sehen. Ich war sehr erstaunt und dachte: »Es kann doch nur ein Mensch diese Wachskerzen angezündet haben«, und ich wandte mich weg. Da kam ich in eine Küche, dann in königliche Vorratskammern, und so ging ich immerfort von einem Gemach ins andere, bis ich mich selbst vergaß über alles Wunderbare, das mir in dieser Stadt begegnet. Endlich ward es Nacht, ich ging eine Weile im Dunklen herum und wußte nicht, wohin mich wenden, als ich wieder den Thron und den Vorhang bemerkte, hinter welchem das Licht war; ich legte mich aufs Bett, deckte mich mit der Decke zu, konnte aber nicht einschlafen. Um Mitternacht hörte ich eine zarte Stimme etwas lesen. Ich freute mich, stand auf und folgte der Stimme, bis ich an ein Zimmer kam, dessen Türe geschlossen war: ich schaute durch die Spalten der Türe und sah eine Art Kapelle, mit einer Kanzel, mit hängenden Lampen und einem Lesepult mit Wachskerzen. Auch war ein kleiner Teppich auf dem Boden ausgebreitet, auf welchem ein hübscher Jüngling saß, er hatte einen Koran in Heften vor sich liegen und las. Ich konnte nicht begreifen, wie dieser Jüngling allein davon gekommen sein sollte, während alle übrigen Einwohner versteinert worden, und dachte mir irgend einen wunderbaren Grund. Ich öffnete hierauf die Türe, trat in die Kapelle, grüßte den Jüngling und sprach: »Gelobt sei Gott, der mich dir zugeführt, damit du uns und unser Schiff rettest, und wir nach Hause zurückkehren können. O Herr! Ich beschwöre dich bei der Wahrheit dessen, was du eben gelesen, antworte mir!« Der Jüngling sah mich lächelnd an und sagte: »O Mädchen! Erzähle mir erst, wie du hierher gekommen, nachher will ich dir auch meine Geschichte und die von der versteinerten Stadt erzählen, so wie die Ursache meiner Rettung.« Ich erzählte ihm, wie unser Schiff 20 Tage umher geirrt, fragte ihn dann, warum die Leute dieser Stadt versteinert worden; da sagte er: »Warte ein wenig, ich will dir's gleich erzählen«; er legte dann sein Buch weg.

Als er das Buch auf die Seite, wohin man sich zum Beten wendet, gelegt hatte, fuhr das Mädchen zu erzählen fort, hieß er mich neben sich sitzen, und ich sah ein Gesicht so schön wie der Vollmond, er besaß alle Reize, Gott hatte ihn mit dem Gewande der Vollkommenheit umhüllt und es mit seinen Wangen schön geschmückt, wie ein Dichter sagte:

»Ich schwöre bei der Trunkenheit seiner Augen, bei seinem Blicke, bei den Pfeilen, die seine Reize versenden, bei seiner weißen Stirne und seinen schwarzen Haaren, bei den Augenbrauen, die mir den Schlaf geraubt und mich unterjocht haben, bei der Gefahr, die seine Haarlocken verbreiten, die den Liebenden durch seine Trennung mit Tod bedrohen, bei den Rosen seiner Wangen und den Myrten seiner Schläfe, bei dem Karneol seines Mundes und den Perlen seiner Zähne, bei dem Wohlgeruch seines Atems und dem süßen Wasser seines Speichels, wo Honig mit klarem Weine gepaart, bei seinem Halse und schönem Bau der Granatäpfel auf seiner Brust, bei der Feinheit seiner Hüften, bei der Seide seiner Haut und der Zartheit seines Geistes und bei allem, was er von Schönheit umschließt, bei seiner freigebigen Hand und aufrichtigen Zunge, bei seinem edlen Stamm und erhabenen Range. Der Moschusgeruch ist nichts anderes als seine Ausdünstung, und der Ambraduft ist von ihm entnommen. Auch die leuchtende Sonne stehet so tief unter ihm wie einer seiner abgeschnittenen Nägel.«

Der erste Blick, den ich auf ihn warf, brachte mir schon Gefahr; mein Herz ward durch Liebe an ihn gebunden. Ich sagte ihm: »O mein Herr! Geliebter meines Herzens! Erzähle mir die Geschichte deiner Stadt«, und er erwiderte: »Wisse, o Magd Gottes, diese Stadt gehörte meinem Vater, er ist der schwarze Stein innerhalb des Schlosses, den du bei der Königin, meiner Mutter, im Schlafkabinette gesehen. Die Einwohner dieser Stadt waren Magier, die das Feuer anbeteten und bei ihm schworen, nicht beim allmächtigen König. Mein Vater hatte mich durch göttliche Gnade in hohem Alter erhalten. Als ich heranwuchs, lehrte mich eine alte Frau, die bei uns im Hause war, den Koran, auch sagte sie mir, bete nur den erhabenen Gott an. Ich lernte den Koran bei ihr, ohne daß mein Vater

und meine Leute etwas davon wußten. Eines Tages hörten wir eine furchtbare Stimme, welche rief: Ihr Bewohner dieser Stadt! Hört auf, das Feuer anzubeten! Betet zu Gott, dem Barmherzigen! Sie bekehrten sich aber nicht. Diese Stimme kam drei Jahre nacheinander dreimal wieder, und nach dem letzten Jahre war auf einmal die Stadt wie du sie jetzt siehst. Ich kam allein davon und bringe meine Zeit hin, Gott zu dienen. Schon verlor ich aber die Geduld in meiner Einsamkeit, weil ich niemanden habe, der mich unterhalte und tröste.« Ich sagte hierauf zu ihm, denn schon war er Herr meines Geistes und meines Herzens geworden: »Willst du mit mir nach Bagdad kommen? Die Sklavin, die du hier vor dir siehst, ist Herrin unter ihrem Volke; sie gebietet über Männer und Sklaven, ich besitze viele Güter und Waren und nur ein Teil derselben füllt das ganze Schiff aus, das an der Stadt vor Anker liegt, das so lange herumgeirrt, bis es Gott hierher geworfen, damit ich mit deiner Jugend mich vereinige.« Ich fuhr fort ihn zu liebkosen und ihm zuzureden, bis er einwilligte; ich schlief jene Nacht zu seinen Füßen und konnte nicht den Morgen erwarten, bis wir aufstanden und von den Schätzen seines Vaters, was am kostbarsten und am leichtesten zu tragen war, mitnahmen.

Als wir vom Schlosse in die Stadt kamen, fand ich meine Schwestern, den Hauptmann des Schiffs und die Diener, die mich suchten; sie freuten sich, als sie mich sahen; ich erzählte ihnen die Geschichte des Jünglings und der Stadt. Sie

wunderten sich darüber. Aber, o Fürst der Gläubigen! Sobald meine Schwestern den Jüngling sahen, beneideten sie mich und beschlossen Böses gegen mich; wir gingen alle aufs Schiff, heiter vor Freude über den Gewinn. Ich aber freute mich noch mehr mit dem Jüngling. Wir warteten dann bis guter Wind kam, um abzusegeln. Als der Wind gut ward, fuhr das Mädchen fort, reisten wir ab, setzten uns und plauderten mit einander; da sagten meine Schwestern: »O Schwester, was willst du mit diesem Jüngling anfangen?« Ich antwortete: »Ihn zum Mann nehmen.« Hierauf ging ich gleich zu ihm und sprach: »Mein Herr! Ich hoffe, du wirst mir meinen Wunsch gewähren, und wenn ich mich dir bei unserer Ankunft in Bagdad als untertäniges Weib vorstelle, mein Mann werden.« »Recht gern«, antwortete der Jüngling, »werde ich dir gehorchen und dich dazu noch als meine Herrin und Gebieterin ansehen.« Ich wandte mich dann wieder zu meinen Schwestern und sagte ihnen: »Dies ist mein Gewinn, euch bleibe hingegen alles, was ihr aus der Stadt mitgenommen.« Aber sie verheimlichten böse Gedanken gegen mich, sie wurden blaß aus Neid wegen des Jünglings. Wir hatten guten Wind, bis wir in den Strom der Sicherheit kamen. Als wir schon in der Nähe von Baßrah waren und nachts schliefen, da benutzten meine Schwestern den Schlaf, hoben mich mit meinen Bette auf und warfen mich in den Strom; dann taten sie das gleiche mit dem Jüngling. Dieser ertrank, ich hätte mit ihm ertrinken mögen, aber Gott hat meine Rettung beschlossen, ich fiel auf eine kleine aber hohe Insel. Als ich erwachte, und mich mitten im Wasser befand, dachte ich wohl, daß meine Schwestern mich verraten hatten; ich dankte Gott für meine Rettung. Da indessen ihr Schiff wie ein Blitz vorübereilte, blieb ich die ganze Nacht auf dem Inselchen stehen.

Als der Tag heranbrach, sah ich am Ende der Insel, auf welcher ich war, ein trocknes Stück; ich ging dahin, preßte meine Kleider aus und hing sie zum Trocken, aß von den Früchten der Insel, trank von dem Wasser, ging ein wenig umher, dann ruhte ich mich wieder aus. Ich war nur noch zwei Stunden entfernt von der Stadt; da kam eine lange Schlange, so dick wie ein Dattelbaum. Sie schlich langsam herbei, bald rechts bald links, bis sie bei mir war, ich sah wie sie die Zunge eine Spanne weit herausstreckte und die Erde aufwühlte; hinter ihr gewahrte ich einen dünnen Basilisk, nicht dicker als eine Lanze, aber so lang wie zwei Lanzen; er hatte schon den Schwanz der Schlange erreicht, die vor ihm floh und mit weinenden Augen sich links und rechts umsah. Da bekam ich Mitleid mit der Schlange, o Fürst der Gläubigen, nahm einen großen Stein, rief Gott zu Hilfe und schlug den Basilisk damit, bis er tot war. Sogleich schlug die Schlange zwei Flügel auf und flog davon, bis ich sie nicht mehr sah. Ich setzte mich, um auszuruhen, und schlief ein. Als ich erwachte, sah ich eine schwarze Sklavin mit zwei schwarzen Hündinnen, die mich an den Füßen berührte; ich stand auf, setzte mich und sagte: »Wer bist du, meine Schwester?« Sie antwortete mir: »Du hast mich schnell vergessen; ich bin's, der du so viel Gutes erwiesen, ich bin die Schlange, die eben hier war, und deren Feind du mit Gottes Hilfe erschlagen; um dich zu belohnen, holte ich das Schiff ein und befahl einem meiner Gehilfen, es untergehen zu lassen. Zuvor aber hatte ich alles, was darin war, in dein Haus gebracht, denn ich wußte wohl, wie deine Schwestern gegen dich verfahren, denen du immer so viel Gutes erwiesen, und die dich doch wegen des Jünglings beneidet; sie sind nun diese zwei schwarzen Hündinnen. Und ich schwöre bei dem, der Himmel und Erde geschaffen, daß wenn du dem, was ich dir sage, nicht gehorchst, ich dich unter der Erde einsperren werde.« Die Sklavin verschwand hierauf, ward ein Vogel, flog mit mir und meinen Schwestern davon und setzte uns auf mein Haus hin. Hier fand ich alles, was auf dem Schiffe gewesen war, wieder. Sie sagte mir dann noch: »Ich schwöre zum zweiten Mal bei dem, der die beiden Meere vereinigte – und wenn du mir nicht gehorchst, werde ich dich, auch wie sie, zur Hündin machen – du mußt jeder von ihnen jede Nacht 300 Prügel geben, um sie für ihre Schandtat zu bestrafen.« Als ich zu gehorchen versprach, verließ sie mich. Und von der Zeit an, als sie so geschworen hatte, strafe ich sie jede Nacht, bis das Blut fließt. Es tut mir zwar im Herzen weh, aber ich habe keine Wahl; darum peinige ich sie und weine dann mit ihnen. Sie wissen wohl, daß ich sie nicht gerne so mißhandle, und entschuldigen mich deshalb. Dies ist meine Geschichte.

Es sagt der Erzähler: Als der Kalif dies hörte, war er höchst erstaunt und befahl Djafar, das andere Mädchen zu fragen, warum sie selbst so ihre Brust und Seiten zerschlage, und sie erzählte:

Geschichte des zweiten Mädchens

Als mein Vater starb, hinterließ er mir ein großes Vermögen; ich verheiratete mich mit einem der vornehmsten Männer in Bagdad und lebte ein Jahr lang höchst angenehm mit ihm. Nach einem Jahre starb er und hinterließ mir 90000 Dinare; ich lebte im größten Wohlstande, ließ mir viele Kleider machen und sie mit Stickereien und Randbesatz verzieren, so daß man überall von mir redete. Ich hatte zehn verschiedene Kleidungen, jede für 1000 Dinare. Als ich einst zu Hause saß, kam eine steinalte Frau mit runzeligem Gesicht, kahlen Augenbrauen, hohlen, triefenden Augen, abgebrochenen Zähnen, weißen Haaren, aussätzigem Körper, gebücktem Rücken, gespenstischer Farbe und fließender Nase, wie ein Dichter sagte:

»Sie hat sieben Fehler im Gesichte; einer davon ist schon ekelhaft und häßlich! In ihrem Gesicht ist ein Überfluß an Flüssigkeit, ihre ganze Gestalt ist morsch und ihre Haare fallen ihr von einer Kopfkrankheit aus.«

Sie grüßte mich, küßte die Erde vor mir und sprach: »Wisse, o Gebieterin, ich habe eine Tochter, die Waise ist; heute Nacht ist ihre Hochzeit und ihre Ausschmückung; wir sind fremd in dieser Stadt, kennen keinen ihrer Bewohner, dies tut unsern Herzen weh; du wirst dir aber ein großes Verdienst erwerben, wenn du zu uns kommst, damit die Frauen dieser Stadt es hören und auch kommen; du wirst, wenn du mit deiner Gegenwart uns beehrst, meiner Tochter Herz stärken.« Sie setzte dann noch folgende Verse hinzu:

»Eure Gegenwart macht uns Ehre und wir erkennen dies an; bleibt ihr aber weg, so kann euch niemand ersetzen.«

Sie weinte dann und bat so lange, bis ich sie bemitleidete, ihre Bitte gewährte und zu ihr also sprach: »So Gott will, werde ich deiner Tochter dies zu Gefallen tun und sie dazu noch mit meinem Schmucke zieren.« Die Alte fiel vor Freude mir zu Füßen und küßte sie und sagte: »Gott wird dich dafür belohnen und dein Herz eben so stärken, wie du das meinige gestärkt. Aber, meine Gebieterin, du brauchst deine Bedienung nicht sogleich zu bemühen; du kannst dich bis zum Abend vorbereiten, dann werde ich kommen, um dich abzuholen.« Als sie weggegangen war, fing ich an, die Perlen zu ordnen, die goldgestickten Kleider und den übrigen Schmuck zurecht zu legen, ohne zu wissen, was das dunkle Schicksal verborgen hielt. Als es Nacht war, kam die Alte freudig mit lachenden Zähnen und sagte: »O Gebieterin, schon sind die meisten Frauen der Stadt versammelt, die dich erwarten.« Ich stand auf, kleidete mich an, verschleierte mich, ging hinter der Alten her, und einige Sklavinnen folgten mir. Wir kamen in eine hübsche, reingekehrte und bespritzte Straße. Ein schwarzer Vorhang bedeckte eine Türe, auf derselben war eine goldene, durchlöcherte Lampe und folgende Verse angeschrieben:

»Ich bin die Wohnung der Freuden, bei mir ist ewiges Vergnügen; hierinnen ist ein Springbrunnen, wo süße Ruhe fließt; auch findest du hier allerlei Wohlgerüche, Rosen, Kamillen und Myrte.«

Die Alte klopfte an; es ward sogleich geöffnet. Als wir in die Wohnung traten, sahen wir brennende Wachskerzen in zwei Reihen von der Türe bis oben zum Saal aufgestellt. Auf dem Boden lag ein seidener Teppich; wir gewahrten einen Thron von Elfenbein, mit Edelsteinen besetzt, mit einem atlasnen, mit Perlen bestickten Vorhange. Auf einmal kam ein Mädchen hinter diesem hervor, o Fürst der Gläubigen, schöner als der Vollmond; ihre Stirn leuchtete wie der heranbrechende Morgen, wie ein Dichter sagte:

»Sie ist zart gebaut, sanft und schmachtend sind ihre Blicke. Alles Schöne und Liebliche ist in ihr vereint, die Locken auf ihrer Stirne gleichen der Nacht der Sorgen, die über den Tag der Freuden sich verbreitet.«

Das Mädchen sprach, als es hinter dem Vorhange hervortrat: »Sei tausendmal willkommen, teure Schwester!« Auch fügte sie noch folgende Verse hinzu:

»Kennte das Haus den, der es besucht, es würde sich freuen und die Stelle deiner Füße küssen; es würde dann mit der Zunge des Geistes sagen: seid mir willkommen, ihr edlen, vornehmen Gäste!«

Sie kam mir dann entgegen und fügte hinzu: »O meine Dame! Ich habe einen Bruder, schöner als ich; er hat dich auf einem Feste gesehen, und dein Anblick hat schlimme Folgen für ihn gehabt, weil sowohl dein Rang, als deine Schönheit und Liebenswürdigkeit vollkommen sind. Da er gehört hat, daß du eine der Vornehmsten unter dem Volke bist, und er ebenfalls ein großer Herr unter den Seinigen, so will er mit dir einen Bund schließen und dein Mann werden.« Ich antwortete: »Wohl, ich sehe kein Hindernis, seinen Willen zu erfüllen.« Ich hatte dies kaum gesagt, o Fürst der Gläubigen, da klatschte sie in die Hände; es öffnete sich ein Kabinett, und ein Mann in frischer Jugend, von hübscher Gestalt und schönem Wuchse trat heraus, sauber gekleidet, mit Augenbrauen wie ein Bogen und herzbezaubernden Augen, wie ein gewisser Dichter sagte:

»Sein Gesicht gleicht dem Monde und trägt Spuren der Glückseligkeit wie einen Perlenschmuck.«

Sobald ich ihn sah, liebte ich ihn schon; er setzte sich neben mich, wir unterhielten uns miteinander. Dann klatschte das Mädchen wieder. Da öffnete sich noch einmal ein Kabinett; es kam der Kadi mit vier Zeugen heraus, sie setzten sich, um den Ehekontrakt zu schreiben; der Jüngling machte zur Bedingung, daß ich niemanden außer ihm anblicken sollte; ich mußte sogar einen hohen Eid deshalb schwören. Ich freute mich sehr und konnte kaum die Nacht erwarten, um allein mit ihm zu sein. Ich brachte auch wirklich bei ihm die schönste Nacht meines Lebens zu. Des Morgens stand er auf und behandelte mich mit Ehrerbietung, wir liebten einander und lebten einen ganzen Monat in höchster Seligkeit. Da ich dann eines Tages meinen Mann um Erlaubnis bat, einen besonders schönen Stoff zu kaufen, und er mir es erlaubt hatte, ging ich auf den Markt mit einer alten Frau und zwei Sklavinnen. Als ich in das Haus, wo Seidenstoffe verkauft werden, kam, sagte mir die Alte: »Hier wohnt ein junger Kaufmann, der ein großes Lager hat, und bei dem du alles findest, was du nur verlangst. Niemand hat schönere Waren, als er; komm, wir wollen uns zu ihm setzen, um bei ihm einzukaufen.« Wir setzten uns zum Kaufmann, der ein junger, hübscher, geschmeidiger Jüngling war, wie ein Dichter von einem solchen sagte:

»Er ist leicht gebaut, durch seine Haare und sein Gesicht wandelt die Welt zugleich in Finsternis und Licht; verkennt auch nicht das braune Fleckchen auf seinen Wangen, denn ihr findet dasselbe an jeder Anemone.«

Ich sagte zur Alten: der Kaufmann möge uns seine Waren zeigen; sie fragte mich, warum ich's nicht selbst sagen wollte, und ich antwortete: »Weißt du nicht, daß ich geschworen habe, mit keinem fremden Manne zu sprechen?« Die Alte sagte es dem Kaufmanne, und dieser holte seine Waren herbei, von denen mir manches gefiel. Ich sprach zur Alten wieder: »Frage ihn, wie teuer dies ist?« Als sie ihn fragte, antwortete er: »Dies verkaufe ich nicht für Silber und nicht für Gold, nur für einen Kuß auf ihre Wangen geb ich's her.« Ich rief: »Bewahre mich Gott davor!« Da sagte die Alte: »O meine Gebieterin, du brauchst ihn ja ebensowenig zu sprechen, als er dich, du neigst nur dein Gesicht zu ihm hin, und er gibt einen Kuß und weiter nichts; folge mir nur!« Ich dachte: Dabei ist nichts Böses, und neigte ihm meine Wangen hin, da biß er mich mit seinen Zähnen, bis ihre Spuren auf der Wange stehen blieben; ich fiel in Ohnmacht, und als ich erwachte, fand ich den Laden geschlossen; der Kaufmann war fort, das Blut lief mir über das Gesicht hernieder, und die Alte war höchst bestürzt.

Das andere Mädchen fuhr zu erzählen fort: Die Alte sprach nunmehr: »Gott bewahre uns vor größerem Übel! Steh nur auf, meine Gebieterin! Fasse Mut, mache keinen Lärm, geh nach Hause, stell dich krank, decke dich zu, und ich werde Pulver und Pflaster bringen, dir deine Wange in drei Tagen zu heilen.«

Wir machten uns auf und gingen langsam nach Hause. Hier fiel ich um vor heftigen Schmerzen, schlüpfte unter die Decke und trank Wein. Als des Nacht war, kam mein Mann zu mir und fragte: »O meine Treue! Was hast du?« Ich sagte: »Kopfschmerzen.« Er zündete eine Wachskerze an, trat näher, sah mir ins Gesicht und bemerkte die Wunde an meiner Wange. Da fragte er: »Wer hat dir dies getan?« Ich antwortete: »Ich ging heute auf den Bazar, um mir verschiedene Stoffe abschneiden zu lassen; da drängte sich ein Kamel mit einer Ladung Holz an einem engen Platze des Bazars an mich hin, ein Stück Holz zerriß meinen Schleier und verwundete mich.« Da sagte er: »Ich werde morgen den Stadtaufseher bitten, alle Kameltreiber aufzuhängen.« Ich erwiderte ihm: »O mein Herr! Das geht nicht, die Leute so zu hängen und ihr Blut zu vergießen; ich würde mich an ihnen versündigen, denn ich ritt auf einem Mietesel, der Eseltreiber trieb ihn zu stark, er stolperte mit mir, ich fiel auf dem Gesicht auf die Erde, wo zufällig ein Stück Glas lag, das meine Wange ritzte.« Da sagte er: »Bei Gott! Ehe die Sonne aufgeht, laß ich durch Djafar alle Eseltreiber und alle Straßenkehrer hängen.« Ich sagte: »O mein Herr! Meinetwegen sollst du niemanden hängen lassen.« Er sagte dann wieder: »Nun, woher kommt denn die Wunde auf deiner Wange?« Ich sagte: »Gottes Urteil und Bestimmung hat sie getroffen.« Ich suchte ihm auszuweichen, aber er drang so lange in mich, bis ich in meinen Reden mich verwirrte, und er zuletzt die Wahrheit erfuhr. Da schrie er mich an: »Du hast deinen Eid gebrochen!« Auf diesen Ruf kamen aus einem Kabinette drei schwarze Sklaven herbei; er befahl ihnen, mich aus dem Bette zu schleppen und auf den Rücken mitten im Zimmer hinzuwerfen; der eine setzte sich über meinen Kopf, der andere zu Füßen, der dritte entblößte sein Schwert, und mein Mann sagte ihm: »Spalte sie in zwei Teile und werfe sie in den Tigris, daß die Fische sie fressen; es ist der Lohn für ihren Meineid«. Er rief dann im heftigsten Zorne noch folgende Verse aus:

»Nimmt noch jemand teil an dem Gegenstande meiner Liebe, so verschmäht mein Herz eine solche Liebe, und müßte ich auch vor Gram sterben! Ich rufe meiner Seele zu: stirb unerniedrigt! Nichts Gutes ist bei einer Liebe, die man teilen muß.«

Als er dem Sklaven noch einmal befahl, mich zu töten, setzte dieser sich über mich her und sprach: »Hast du noch was auf dem Herzen vor dem Tode? Denn dies ist deine letzte Stunde auf dieser Welt.« Ich sagte: »Steht ein wenig von mir auf, daß ich meinem Manne etwas sage.« Ich hob meinen Kopf auf, und sah, in welchem Zustande der Erniedrigung ich nach einem solchen Glanze mich befand, wie nun der Tod meinem Leben ein Ende machen solle. Ich mußte heftig weinen; mein Mann sah mich zornig an und sprach folgende Verse:

»Sage dem, der, unserer Vereinigung überdrüssig, uns Unrecht getan und an einem anderen Geliebten Wohlgefallen gefunden: wir sind deiner satt, ehe du unserer ganz überdrüssig wirst; wir haben genug mit dem, was zwischen uns vorgefallen.«

Als ich dies hörte, sah ich ihn weinend an und sprach folgende Verse:

»Ihr habt Liebe in mir erregt, und seid dabei ruhig geblieben; ihr habt mein wundes Auge geweckt, und habt selbst geschlafen; euer Platz ist zwischen meinem Herzen und meinem Blick; wie kann mein Herz euch vergessen, wie können meine Tränen sich verbergen? Ihr habt mir die dauerndste Treue versprochen, und sobald ihr im Besitze meines Herzens waret, seid ihr mir untreu geworden. Ich liebte euch als Kind, ehe ich noch die Liebe kannte; noch bin ich eine Schülerin, schonet meiner!«

Ich sah ihn dann an und setzte noch folgende Verse hinzu:

»Du hast den höchsten Gram mir aufgebürdet, während ich zu schwach bin, nur mein Hemd zu tragen; ich wundere mich nicht, wenn ich den Geist aufgebe, nur darüber wundere ich mich, wie man, nachdem du dich von mir trenntest, meinen Körper noch kennt.«

Als er dies hörte, schimpfte und schmähte er mich und sprach:

»Ihr habt durch eine andere Liebschaft euch von uns gewandt und Scheidung herbeigeführt; sind wir euch zuwider, so ziehen wir von euch weg und gedulden uns fern von euch, wie ihr von uns. Wir nehmen dann eine andere Geliebte statt eurer, und werfen unsere Trennung auf euch, nicht auf uns.«

Er schrie dann noch einmal dem Sklaven zu: »Zerspalte sie, und schaffe uns Ruhe vor ihr, denn ihr Leben ist doch nichts mehr wert!« Nun, o Fürst der Gläubigen! Während wir so miteinander in Versen sprachen und ich schon am Leben verzweifelte, kam die Alte, warf sich meinem Manne zu Füßen und sagte weinend: »Bei der Erziehung, die ich dir gab, bei dem Busen, den ich dir entblößte, um dich zu säugen, und bei den Diensten, die ich dir sonst geleistet, schenke mir ihre Schuld! Du bist jung und würdest eine große Schuld auf dich laden. Auch sagt man: Wer jemanden tötet, wird wieder getötet. Was ist diese Unwürdige! Laß sie aus deinem Kopfe und deinem Herzen!« Sie weinte so lange, bis er beruhigt ward; doch sprach er: »Ich will ihr ein bleibendes Zeichen geben, das nie vergeht.« Er ließ mich dann durch die Sklaven entkleiden und auf den

Boden hinstrecken. Die Sklaven setzten sich auf mich, und mein Mann nahm einen Stock von Quittenbaumholz und ließ mich so lange schlagen, bis ich das Bewußtsein verlor und am Leben verzweifelte. Er sagte dann den Sklaven, sie sollten mich abends in das Haus bringen, das ihnen die Alte zeigen würde. Sie befolgten den Befehl ihres Herrn, warfen mich ins Haus und ließen mich allein. Meine Ohnmacht dauerte die ganze Nacht. Des Morgens pflegte ich mich und gebrauchte Pflaster und Arzneien. Mein Körper war von den Schlägen ganz aufgeschwollen und meine Seiten waren wie von einer Peitsche zerschlagen; ich blieb vier Monate krank im Bette liegen. Als ich genas und wieder in das Haus (meines Gatten) kam, war es eine Ruine; auch die ganze Straße war verwüstet. Ich ging dann zu meiner Schwester, welche die beiden Hündinnen hat; sie grüßte mich, und ich erzählte ihr meine Geschichte. Sie sagte: »Wer bleibt denn von den Unfällen der Welt und den Schlägen des Schicksals befreit!« und sprach den Vers:

»Die Welt ist nicht anders; drum habe Geduld, du magst mit Verlust an Gütern oder mit Trennung vom Geliebten heimgesucht werden.«

Sie erzählte mir auch ihre Geschichte, o Fürst der Gläubigen! Und das, was mit ihren Schwestern vorgefallen. Wir blieben dann beisammen und erwähnten der Männer nicht mehr. Diese junge Wirtschafterin leistet uns Gesellschaft; sie geht jeden Tag auf den Markt, um für uns einzukaufen. Da sie nun heute wie gewöhnlich ausging, kam sie mit einem Träger zurück; wir lachten die ganze Nacht über ihn. Kaum war ein Viertel der Nacht vorüber, da kamen diese drei Kalender, die wir gut aufnahmen und mit denen wir uns unterhielten. Es war kaum ein Drittel der Nacht vorüber, da kamen drei vornehme Kaufleute von Mossul und erzählten uns ihre Geschichte. Wir legten ihnen Bedingungen auf, die sie nicht hielten, und zur Strafe mußten sie uns ihre Geschichte erzählen; dann verziehen wir ihnen und sie gingen fort. Heute wurden wir nun auf einmal zu dir hergerufen. Dies ist unsere Geschichte. Der Kalif war höchst verwundert darüber.

Nach langem Staunen sagte der Kalif zur ersten Frau: »Erzähle mir die Geschichte der Schlange, die deine Schwestern bezaubert und in Hunde verwandelt hat. Weißt du, wo sie sich aufhält? Oder hat sie dir eine Zeit bestimmt, wann sie wieder zu dir kommen wird?« Da erwiderte diese: »Sie hat mir ein Büschel Haare gegeben und mir gesagt: ›Wenn du nach mir verlangst, so verbrenne zwei Haare, und ich erscheine dir sogleich, und wäre ich auch hinter dem Berge Kaf.‹« Da fragte der Kalif weiter: »Wo sind diese Haare?« und sie überreichte sie ihm. Der Kalif nahm die Haare und verbrannte sie; da erbebte das ganze Schloß, die Schlange kam hervor und rief: »Friede sei mit euch! O Fürst der Gläubigen! Wisse, daß diese Frau mir eine Wohltat erzeigte, für die ich sie nicht genug belohnen kann; sie hat meinen Feind getötet und mir das Leben gerettet. Ich wußte, was ihre Schwestern ihr getan, und es war mir nichts erwünschter, als sie dafür zu bestrafen; ich wollte sie töten, fürchtete aber, es möchte ihrer Schwester zu wehe tun, darum verzauberte ich sie in Hündinnen. Nun aber, wenn du es wünschst, o Fürst der Gläubigen! So befreie ich sie gern; du hast nur zu befehlen.« Da antwortete der Kalif: »Befreie sie, o Geist! Laß uns auch ihrem Gram ein Ende machen; es bleibt dann nur noch diese geschlagene Frau hier die einzig Leidende, vielleicht wird der erhabene Gott mir helfen, sie von dem Schmerze über das erlittene Unrecht zu befreien, ihr Genugtuung zu verschaffen und mich von ihrer Wahrhaftigkeit zu überzeugen.« Da sprach wieder der Geist: »O Fürst der Gläubigen! Ich befreie diese hier und zeige dir auch den, der diese Frau so mißhandelt hat; er ist dir sehr nahe verwandt.«

Die Schlange nahm dann eine Schale, sagte etwas, das niemand verstand, bespritzte die zwei Schwestern mit Wasser, und sie waren frei und nahmen ihre frühere Gestalt wieder an. Dann sprach der Geist: »Dein Sohn Amin ist's, der sie so geschlagen, der Bruder des Mamun; er hatte von ihrer Schönheit und

Liebenswürdigkeit gehört, und List gegen sie angewandt, doch hat er sie gesetzmäßig geheiratet; auch hat er sie nicht mit Unrecht geschlagen, denn er hat sie einen hohen Eid schwören lassen, daß sie keine Untreue begehen wolle; sie hat den Eid gebrochen, er wollte sie mit dem Tode bestrafen, fürchtete aber Gott, züchtigte sie lieber auf diese Weise und ließ sie dann in ihr Haus führen. Dies ist die Geschichte der zweiten, Gott aber ist allweise.«

Als der Kalif diese Worte des Geistes hörte, verwunderte er sich sehr und sprach: »Gelobt sei der erhabene Gott, der mich dazu bestimmt hat, die zwei Mädchen von ihrem Zauber und ihrer Pein zu befreien, und auch die Geschichte dieser Frau zu vernehmen; bei Gott, ich will so handeln, daß man es nach mir aufzeichnen wird!«

Er ließ dann seinen Sohn Amin kommen und fragte ihn nach allem, wie es in der Wahrheit vorgefallen; er ließ dann den Kadi, die Zeugen, die drei Kalender, das geschlagene Mädchen und die Wirtschafterin kommen; als alle zugegen waren, verheiratete er die drei Schwestern, die zwei verzauberten und die andere, mit den drei Kalendern, den Prinzen, und machte sie zu hohen Beamten an seinem Hofe, bestimmte ihnen Gehalte, schenkte ihnen Pferde und Schlösser in Bagdad und was sie sonst bedurften, und machte sie zu seiner ausgewählten Gesellschaft. Er verheiratete dann das geschlagene Mädchen wieder mit seinem Sohne Amin, erneuerte den Ehekontrakt, schenkte ihr viele Güter und ließ ihr Haus wieder schöner aufbauen, als es war; dann nahm er die dritte Frau, die Wirtschafterin, und heiratete sie selbst. Alle Leute bewunderten den Edelmut und die Freigebigkeit des Kalifen; hierauf ließ er alle drei Geschichten aufzeichnen.

In der folgenden Nacht sprach Dinarsad zu ihrer Schwester Schehersad: »O Schwester, bei Gott! Diese Geschichte war lieb und schön, man kann nie eine schönere hören; doch erzähle mir noch eine andere, daß wir uns noch den übrigen Teil der Nacht damit vertreiben.« Und Schehersad erwiderte: »Recht gern, wenn es der König erlaubt.« Als der König sagte: »Erzähle schnell deine Geschichte!«; da sprach Schehersad:

Geschichte der drei Äpfel

Man behauptet, o König der Zeit und Herr deines Jahrhunderts, der Kalif Harun Arraschid habe in der Nacht einmal seinen Vezier rufen lassen und ihm gesagt: »Wir wollen miteinander in die Stadt gehen und hören, was es in der Welt Neues gibt; wir wollen die Leute über die Urteile der Richter ausfragen, und den absetzen, über welchen man sich beklagt, und den belohnen, den man lobt.« Da es Djafar angenehm war, gingen sie miteinander durch die Straßen und Bazars, der Kalif, Djafar und der Diener Masrur. Da sahen sie am Ende einer Straße einen alten Mann mit einem Netze, einem Korbe und einem Stock auf dem Kopfe. Der Kalif sprach zu Djafar: »Dies ist gewiß ein armer, bedürftiger

Mann.« Er fragte dann den Alten, wer er sei, und dieser antwortete: »Mein Herr! Ich bin ein Fischer, habe Familie, bin heute mittag vom Hause weggegangen, und bis jetzt habe ich nichts fangen können; ich habe nichts, das ich verpfänden könnte, um meiner Familie ein Nachtessen dafür zu bringen, ich kam daher in Verzweiflung, haßte das Leben und wünschte mir den Tod.« Da entgegnete der Kalif: »Willst du wohl, o Fischer, mit uns zum Tigris zurückkehren und das Netz auf mein Glück auswerfen? Ich gebe dir 100 Dinare für deinen Fang.« Der Alte sagte freudig: »Recht gern, mein Herr!« Sie gingen hierauf zusammen an den Tigris, der Fischer warf sein Netz aus, zog dann die Schnur zusammen und brachte eine geschlossene, schwere Kiste herauf. Der Kalif gab den Fischer 200 Dinare, und Masrur trug die Kiste ins Schloß. Als sie dieselbe öffneten, fanden sie einen Korb von Palmblättern, mit roter Wolle zugemacht. Als sie den Korb öffneten, sahen sie ein Stück von einem Teppich darin, und als sie diesen aufhoben, erblickten sie einen Mantel, viermal zusammengelegt, und unter diesem ein junges Mädchen, rein wie Silber, aber in Stücke zerhauen.

Als der Kalif das Mädchen in 19 Stücke zerschnitten sah, ward er sehr bestürzt, er vergoß Tränen, wandte sich zornig zu Djafar und sagte: »Du Hund unter den Vezieren, man bringt die Leute in meiner Stadt um, und wirft sie in

den Strom, die dann bis zum Auferstehungstag auf meiner Verantwortlichkeit lasten. Bei Gott! Ich will dieses Mädchen an ihrem Mörder rächen, und ihn auf die härteste Weise hinrichten lassen. Kannst du den Mörder nicht auffinden, so werde ich dich und 40 deiner Vettern hängen lassen.« Der Kalif ward immer grimmiger und schrie Djafar fürchterlich an; dieser bat um drei Tage Frist, und als der Kalif sie ihm gewährte, ging er betrübt und zornig in die Stadt und wußte nicht, was er tun sollte; denn er dachte: wie soll ich den Mörder dieser jungen Frau entdecken und dem Kalifen bringen? Ich weiß mir keinen Rat; es gibt keinen Schutz und keine Macht, außer bei dem erhabenen Gott. Er ging nach Hause und blieb bis zum dritten Tage gegen Mittag dort; da schickte der Kalif nach ihm und fragte ihn: »Wo ist der Mörder der jungen Frau?« Djafar antwortete: »Bin ich der Untersuchungsrichter über die Ermordeten, o Fürst der Gläubigen?« Aber der Kalif schrie ihn zornig an und befahl, daß man ihn unten am Schlosse aufhänge und in ganz Bagdad ausrufe: »Wer den Vezier Djafar und 40 seiner Vetter von den Barmakiden hängen sehen will, soll unten ans Schloß kommen!« Es kam dann der Stadtaufseher, einige Offiziere und der Vater Djafars; man stellte sie unter den Galgen und wartete nur noch, bis vom Fenster das Signal gegeben werde; das Volk weinte über ihr Schicksal. Da kam auf einmal ein junger Mann, hübsch gekleidet, mit einem Mondgesichte, weiten Augen, glänzender Stirne, roten Wangen, hellen Locken und einem Fleckchen wie ein Ambrakügelchen; er drängte sich durch das Volk, bis er vor Djafar stand; da küßte er ihm die Hand und sagte: »Heil! Ich befreie dich von dieser Strafe; steh auf, o Herr der Veziere,

Zuflucht der Armen, Oberster der Fürsten; hänge mich statt der Erschlagenen und räche sie an mir, denn ich bin ihr Mörder.« Als Djafar dies hörte, freute er sich über seine Rettung, war aber betrübt über den Jüngling.

Während er so mit ihm sprach, kam ein alter, sehr bejahrter Mann, drängte sich durch die Leute bis er vor Djafar war, und rief: »O großer Herr und Vezier, glaube nicht, was dieser junge Mann sagt; nicht er hat die junge Frau getötet, sondern ich; räche sie also an mir, oder ich werde einst vor dem erhabenen Gott von dir Rechenschaft fordern.« Der junge Mann sagte darauf: »Kein anderer als ich hat die junge Frau getötet.« Da sprach der Alte: »O mein Sohn, ich bin alt und lebenssatt, du bist jung, ich will mein Leben für das deinige hingeben; ich habe die junge Frau getötet, drum hänge mich schnell, denn ich mag doch nicht leben, seitdem sie von mir weg ist.« Als Djafar diesen Streit hörte, erstaunte er sehr darüber, und führte den Alten und den Jüngling zum Kalifen; er küßte die Erde siebenmal und fragte: »Wir bringen hier zwei Männer, von denen jeder behauptet, die junge Frau getötet zu haben.« Nachdem der Kalif beide betrachtet, fragte er: »Wer von euch hat die junge Frau erschlagen und in den Strom geworfen?« Da antwortete der Alte: »Kein anderer, als ich«; und der Junge sagte dasselbe. Da sagte der Kalif zu Djafar: »Geh und laß sie beide hängen!« Djafar aber erwiderte: »O Fürst der Gläubigen! Wenn sie doch nur einer getötet, so würde der andere ungerechterweise gehängt.« Da sagte der junge Mann: »Bei dem, der den Himmel gewölbt, ich habe sie getötet, in einen Korb von Palmblättern gelegt, mit einem Mantel zugedeckt, dann ein Stück Teppich drum gelegt und mit roter Wolle zugenäht; räche also ihren Tod an mir!« Der Kalif fragte erstaunt: »Warum hast du sie unschuldigerweise getötet und dich selbst in eine solche Lage gebracht?« Da antwortete der Jüngling: »O Fürst der Gläubigen! Es ist mir mit ihr etwas widerfahren, wenn man es mit der Nadel auf das Tiefe des Auges stechen wollte, könnte jeder sich daran belehren.« Der Kalif sagte: »Erzähle mir deine Geschichte!« und der junge Mann antwortete: »Gott und dem Fürsten der Gläubigen ziemt Gehorsam«, und begann hierauf:

Wisse, o Fürst der Gläubigen! Die erschlagene Frau war mein Weib, Mutter meiner Kinder und meine Muhme. Dieser Alte ist mein Oheim und ihr Vater, er verheiratete sie mit mir, als sie noch Jungfrau war; ich lebte elf Jahre mit ihr als mit einer gesegneten Gattin, sie gebar mir drei Söhne, führte einen reinen Lebenswandel und bediente mich so gut, als nur möglich; aber auch ich liebte sie sehr heftig und als sie einmal in diesen Monaten sehr krank wurde, bediente ich sie aufs Sorgfältigste. Nach Verlauf eines Monats ward sie nach und nach wieder besser. Da sagte sie mir eines Tages, ehe sie ins Bad ging: »O mein Vetter, ich möchte, daß du mir einen Wunsch gewährtest.« »Ich werde ganz gehorsam sein«, antwortete ich, »und hättest du auch tausend Wünsche«. Da sagte sie: »Ich gelüste nach einem Apfel, um daran zu riechen und einen Bissen davon zu essen; nachher möchte ich allenfalls sterben.« Ich sagte zu ihr: »Gott gebe deine Genesung!« Ich suchte dann in ganz Bagdad und konnte keinen Apfel finden, denn hätte ich einen auch mit meinen Augen bezahlen müssen, so hätte ich ihn gekauft. Es tat mir sehr weh, den Gegenstand ihres Wunsches nicht finden zu können.

Ich ging nach Hause und sagte ihr: »Liebe Muhme, ich habe bei Gott! keinen Apfel finden können.« Ihre Krankheit nahm in jener Nacht wieder sehr zu; ich stand daher am anderen Morgen auf und suchte in allen Gärten herum und konnte noch immer nichts finden. Da sprach zu mir ein alter Gärtner: »Mein Sohn, du wirst nirgends Äpfel finden, außer im Garten des Fürsten der Gläubigen zu Baßrah, von denen sich bei seinem Verwalter ein Vorrat findet.« Ich ging nach Hause, und von meiner Liebe und Treue zu ihr bewogen, machte ich Anstalten zur Reise und reiste einen halben Monat lang Tag und Nacht nach Baßrah und zurück, und brachte drei Äpfel, die ich vom Verwalter für drei Goldstücke gekauft, mit mir und überreichte sie meiner Frau. Sie dachte aber gar nicht mehr daran und warf sie neben sich hin, und ward noch zehn Tage lang immer schwächer und kränker. Einst saß ich in meinen Laden und handelte mit Waren, da kam auf einmal ein großer, starker, häßlicher Sklave auf den Markt, mit einem der drei Äpfel in der Hand, wegen welcher ich einen halben Monat lang auf der Reise gewesen war. Ich rief dem Sklaven zu und sagte ihm: »O guter Sklave, woher hast du diesen Apfel?« Da antwortete er: »Ich habe ihn von meiner Geliebten; als ich sie heute besuchte, denn sie ist krank, fand ich drei Äpfel bei ihr, und sie sagte mir, daß ihr Mann eine Reise von einem halben Monat gemacht, um sie ihr zu bringen; ich aß und trank mit ihr und nahm einen der drei Äpfel, mit dem du mich hierherkommen gesehen.« Nun, o Fürst der Gläubigen, ward mir die Welt ganz schwarz, als ich dies hörte; ich schloß sogleich den Laden, ging nach Hause und war außer mir vor Zorn und Wut; ich sah nach den Äpfeln und

fand wirklich nur zwei; ich fragte meine Muhme, wo denn der dritte Apfel sei? Sie hob den Kopf auf und sagte: »Bei Gott, mein Vetter, ich weiß es nicht.« Nun war ich von der Wahrheit der Erzählung des Sklaven überzeugt; ich nahm ein scharfes Messer, trat von hinten zu ihr, sagte ihr kein Wort, bis ich auf ihr saß, und schnitt ihr den Kopf ab, legte sie dann schnell in einen Korb, nähte einen Mantel um sie und drüber noch ein Stück Teppich, legte sie in eine Kiste, nahm sie auf den Kopf und warf sie in den Tigris. Nun, bei Gott, o Fürst der Gläubigen! Räche sie an mir; laß mich schnell hängen, sonst werde ich einst vor Gott Rache für sie von dir fordern; denn als ich nach Hause kam, sah ich, wie mein ältester Sohn schrie, und als ich ihn fragte, was er wolle, sagte er mir: »Mein Vater, ich habe diesen Morgen meiner Mutter einen der drei Äpfel gestohlen, die du ihr gebracht, und bin damit auf die Straße gegangen, da kam ein langer, schwarzer Sklave und nahm ihn mir weg; ich rief ihm zu: »O guter Sklave, dieser Apfel gehört meiner Mutter; mein Vater hat eine Reise von einem halben Monat nach Baßrah gemacht, um meiner kranken Mutter drei Äpfel von dort zu holen, bringe mich daher nicht in Verlegenheit«; er gab mir aber kein Gehör. Als ich ihm dann dasselbe zwei bis dreimal wiederholte, schlug er mich und lief fort; aus Furcht vor der Mutter blieb ich mit meinen Brüdern den ganzen Tag vor den Toren der Stadt; nun wird es aber Nacht und, bei Gott! ich fürchte mich sehr vor ihr; o mein Vater, sage ihr nichts, sie möchte sonst noch kränker werden.« Als ich die Worte meines Sohnes hörte und seine Furcht und sein Weinen sah, wußte ich, daß ich die junge Frau unschuldig ermordet, und daß der verruchte Sklave gelogen, da er die Geschichte der Äpfel nur von meinem Sohne vernommen; als ich dies einsah, weinte und schluchzte ich mit meinen Kindern; da kam dieser alte Mann, ihr Vater, mein Oheim, dazu; ich erzählte ihm alles, was vorgefallen; wir weinten miteinander bis Mitternacht und trauerten drei volle Tage über den Tod der Unschuldigen. An allem diesem war aber der Sklave Schuld. Dies ist meine Geschichte mit der Ermordeten. Nun, bei deinen Ahnen, laß mich hinrichten, denn ich mag nicht mehr leben; räche das Unrecht, das ich getan!« Als der Kalif dies hörte, war er sehr erstaunt darüber und sagte: »Ich werde niemanden als den verruchten Sklaven hängen lassen; ich will tun, was den nach Genugtuung Verlangenden befriedigen und dem erhabenen König gefallen muß.« Djafar ging weinend weg und sagte: »Nun ist mein Tod nahe, der Krug geht zum Brunnen, bis er bricht; doch hat mich der Geist des Allmächtigen zum ersten Male gerettet, so wird er es vielleicht auch dieses Mal wieder tun; und, bei Gott, ich werde wieder drei Tage nicht aus dem Hause gehen; möge Gott, was geschehen soll, vollziehen!« Er blieb so bis zum dritten Tage gegen Mittag und verzweifelte halb an seinem Leben; schon ließ er Richter und Zeugen kommen, schrieb sein Testament und nahm weinend von seinen Töchtern Abschied. Da kam ein Bote vom Kalifen und meldete ihm: »Der Kalif ist in höchster Wut und hat geschworen, der Tag werde nicht vorübergehen, ehe du gekreuzigt worden.« Djafar, seine Sklaven und alle, die im Hause waren, weinten; als Djafar von seinen Töchtern und allen Hausleuten Abschied genommen hatte, kam die jüngste Tochter zu ihm; sie hatte ein leuchtendes Gesicht, und er liebte sie am meisten von allen; er drückte sie an seine Brust, küßte sie und weinte wegen der Trennung von seinen Kindern und seiner Frau. Als er sie aus Liebe recht fest an sich drückte, fühlte er etwas Hartes. Er fragte: »Was hast du in der Tasche, meine Tochter, das ich spüre?« Da sagte die Kleine: »Einen Apfel, auf dem der Name unseres Herrn, des Kalifen, geschrieben steht; unser Sklave Rihan hat ihn gebracht, wollte mir ihn aber nur für zwei goldene Dinare geben.« Als Djafar vom Apfel und dem Sklaven hörte, schrie er auf und griff in die Tasche seiner Tochter, zog den Apfel heraus, erkannte ihn und sagte: »O die Rettung ist nahe!« Er ließ sogleich den Sklaven rufen, und als er erschien, sagte er: »Wehe dir Rihan, wo hast du diesen Apfel her?« Da sagte der Sklave: »Bei Gott, mein Herr! Wenn Lüge etwas hilft, so hilft doch die Wahrheit noch einmal so viel. Ich habe diesen Apfel nicht in deinem Schlosse, nicht im Schlosse und nicht im Garten des Kalifen gestohlen, sondern als ich vor vier Tagen in den Straßen der Stadt umherging, sah ich Kinder spielen, und ein kleiner Knabe ließ diesen Apfel fallen; ich schlug den Kleinen und nahm ihm den Apfel weg; er sagte weinend: »O Mann! Dieser Apfel gehört meiner kranken Mutter, die so sehr danach gelüstet, daß mein Vater ihr drei von einer Reise bringen mußte; ich habe einen davon genommen, gib mir ihn also wieder zurück.« Ich wollte ihn aber nicht zurückgeben, sondern brachte ihn hierher und verkaufte ihn meiner kleinen Gebieterin für zwei Dinare. Dies ist meine Erzählung.« Als Djafar dies hörte, wunderte er sich sehr, wie alles Unglück von seinem Sklaven entsprungen; er stand freudig auf, ergriff die Hand des Sklaven, führte ihn zum Kalifen und erzählte ihm die Geschichte von Anfang bis zum Ende. Der Kalif war höchst erstaunt und lachte heftig; dann sagte er: »Dein Sklave ist also der Urheber alles Unglücks?« »Freilich!« antwortete Djafar; »doch wundere dich nicht so sehr über die Geschichte, sie ist nicht befremdender, als die des Vezier Ali aus Kahirah und Bedruddin Hasan aus Baßrah; doch erzähle ich sie nur unter einer Bedingung.« Der Kalif, der sehr wünschte, sie zu hören, sagte dann: »Nun, wenn sie schöner und wunderbarer ist, als diese, so schenke ich dir das Leben deines Sklaven, wenn nicht, so lasse ich ihn umbringen. Erzähle also, o Vezier, deine Geschichte.«

Geschichte Nuruddins und seines Sohnes und Schemsuddins und seiner Tochter

Djafar erzählte nun dem Kalifen Harun Arraschid folgendes: Beherrscher der Gläubigen! Einst lebte in Ägypten ein gerechter, beschützender, wohltätiger und freigebiger Sultan, der ein Freund der Armen und ein Gönner der Schriftgelehrten war, zugleich ein wackerer Krieger, dem niemand den Gehorsam versagte. Er hatte einen alten und verständigen Vezier, der im Schreiben und Rechnen große Fertigkeit besaß und auch in manchen anderen Wissenschaften bewandert war. Dieser hatte zwei Söhne von hübschem Wuchse und vollkommener Schönheit, so daß sie dem Monde oder einer Gazelle verglichen werden konnten. Der ältere hieß Schemsuddin Mohammed und der jüngere Nuruddin Ali; dieser war besser als sein Bruder, er war das edelste Geschöpf Gottes zu jener Zeit. Als nach dem gewöhnlichen Laufe der Dinge ihr Vater, der Vezier, starb, war der Sultan sehr betrübt darüber, er ließ daher, aus Liebe zum Vezier, dessen beide Söhne zu sich rufen, beschenkte sie mit dem Ehrenkleide ihres Vater und sagte zu ihnen: »Ihr sollt nun an eures Vaters Stelle treten und gemeinschaftlich das Amt eines Veziers von Ägypten versehen.« Die jungen Waisen verbeugten sich vor dem Sultan und gingen, um ihres Vaters Leichenbegängnis zu besorgen. Kaum war ein Monat nach dem Tode ihres Vaters verflossen, so versahen sie auch schon das Amt eines Veziers, eine Woche um die andere sich im Dienste ablösend. Eben so begleiteten sie auch den Sultan abwechselnd auf seinen Reisen. Beide Brüder bewohnten ein Haus und beide hatten nur einen Willen und einen Wunsch. Nun begab es sich, daß die Reihe der Begleitung des Sultans auf einer Reise den älteren Bruder traf. Die Nacht vor seiner Abreise, als beide Brüder vertraulich beisammen saßen und plauderten, sagte der ältere: »Willst du wohl, mein Bruder, daß wir zwei Schwestern heiraten, den Ehekontrakt an demselben Tage unterzeichnen und in einer und derselben Nacht unsere Ehe vollziehen?« Nuruddin antwortete: »Tue was dir gut dünkt, mein Bruder, denn all dein Vorhaben führt zu einem guten Ende;

sobald du also von deiner Reise zurückkehrst, wollen wir um zwei Schwestern werben, und Gott wird uns dazu seinen Segen verleihen.« Hierauf fuhr der ältere weiter fort: »Wenn wir nun an einem Tage uns verloben und verheiraten, und unser Frauen zur nämlichen Zeit guter Hoffnung werden und an einem Tage niederkommen, dann deine Frau einen Knaben und meine Frau ein Mädchen gebärt, wirst du nicht deinen Sohn mit meiner Tochter vermählen?« »Gewiß recht gern, mein Bruder«, erwiderte Nuruddin; »aber wieviel Mitgift müßte mein Sohn deiner Tochter zubringen?« »Weniger würde ich nicht nehmen«, erwiderte der ältere, »als 3000 Dinare, drei Gärten und drei Sklaven, außer dem, was gewöhnlich einer Frau verschrieben wird.« Hierauf versetzte Nuruddin: »Wozu die ungerechte Forderung einer solchen Mitgift? Sind wir nicht Brüder und beide Vezier? Jeder von uns kennt schon seine Pflicht. Du hättest wohl deine Tochter meinem Sohne ohne Mitgift zur Frau geben können, der Mann ist doch edler als das Weib; du verfährst mit mir wie jener, von dem man einen Dienst verlangte, und der darauf erwiderte: morgen, so Gott will, dann folgenden Vers rezitierte:

»Verweist man dich in einer Angelegenheit auf morgen, so kannst du wenn du verständig bist, daraus schließen, daß man deiner los sein will.«

Schemsuddin ward sehr aufgebracht darüber und sprach: »Wehe dir! Schäme dich, zu sagen, dein Sohn sei edler als meine Tochter; wie wagst du es nur, ihn mit ihr zu vergleichen? Bei Gott, du hast weder Verstand noch Erfahrung. Auch sagst du, wir seien beide Veziere, während ich dich eigentlich nur als Gehilfen neben mir dulde, um dich nicht zu tief zu kränken. Nun aber schwöre ich bei dem Allmächtigen: meine Tochter soll deinen Sohn nicht heiraten, wenn du mir auch noch soviel Gold geben willst, als sie wiegt; nie werde ich deinen Sohn als Eidam annehmen, sollte ich auch deshalb den Todeskelch leeren müssen!« Nuruddin geriet über diese Worte seines Bruders gleichfalls in heftigen Zorn und fragte noch einmal: »Wie, mein Bruder, du würdest deine Tochter meinem Sohne verweigern?« »Nie«, erwiderte der ältere, »werde ich zu einer solchen Ehe meine Einwilligung geben; nicht einen abgeschnittenen Nagel von ihr soll er erhalten. Müßte ich nicht morgen abreisen, so würde ich dich gleich wegen deines Übermutes zur Strafe ziehen; sobald ich aber von meiner Reise zurückkehre, werde ich dir zeigen, was meine Ehre erfordert.« Nuruddins Zorn ward immer heftiger, doch wußte er ihn zu verbergen, und erst, als er bewußtlos hinstürzte, hörte sein Bruder auf zu drohen. So brachte jeder von ihnen die Nacht in einem besondern Winkel zu, und der eine blieb gegen den anderen gleich aufgebracht. Als des Morgens Schemsuddin, weil es seine Reihe war, den Sultan nach den Pyramiden begleitete, ging der von seinem Bruder so tief gekränkte Nuruddin in die Schatzkammer, füllte einen kleinen Sack mit Gold und rezitierte folgende Verse:

»Reise, du findest leicht andere Leute für die, welche du verlässest; sei tätig, dann erlangst du des Lebens Reiz! Nur in der Fremde, nicht zu Hause sammelt man Ruhm oder Erfahrung, drum verlasse die Heimat und wandre umher; leicht verdirbt ein stehendes Wasser, nur wenn es in Bewegung kommt, bleibt es frisch. Bliebe die Sonne immer am Firmamente fest stehen, so würden alle Menschen, Araber und andere, ihrer bald überdrüssig werden; und könnte man nicht aus den Veränderungen des Mondes wahrsagen, so würde kein Beobachter stets zu ihm hinaufsehen. Der Löwe fände keine Beute, wenn er den Wald nicht verließe, und der Pfeil würde nichts treffen, wenn er am Bogen bliebe. Gold liegt wie Staub im Schachte, und Aloe ist nicht mehr als anderes Holz da, wo es wächst; jenes wird gesucht, wenn es der Erde entrissen, und dieses wird zu Gold in fremdem Lande.«

Nachdem er diese Verse gesprochen, befahl er einem seiner Diener, seiner Mauleselin den mit Silber verzierten Sattel aufzulegen. Diese war eine der besten und vortrefflichsten, mit Ohren wie geschnittene Rohrfedern, und Füßen wie eine aufgebaute Säule; er ließ ihr das schönste Geschirr anlegen, einen seidenen Teppich über den Sattel ausbreiten und den Quersack darauf packen. Dann sagte er seinen Sklaven und Dienern: »Ich will mich auf dem Lande zerstreuen, ich will die Gegend von Kaliub* und andere noch bereisen; ich werde daher einige Tage ausbleiben, es braucht mir aber niemand von euch zu folgen.« Hierauf bestieg er seine Mauleselin, nachdem er sich mit Lebensmitteln versehen hatte, ritt von Kahirah weg und nach dem Weg zur Wüste. Gegen Mittag kam er in eine Stadt, Bilbeis** genannt; er ruhte daselbst ein wenig aus, aß zu Mittag und versah sich wieder mit frischen Lebensmitteln für sich und seine Eselin. Alsdann machte er sich wieder auf den Weg und kam gegen Abend, nachdem er seine Eselin nicht geschont hatte, nach Saidije. Durch mehrere Straßen dieser Stadt von seiner Eselin getragen, hielt er an der Post, fütterte sein Tier, aß selbst etwas, legte seinen Quersack unter den Kopf, ein Kissen auf den Boden und breitete einen Teppich darüber aus. Je mehr er über das Betragen seines Bruders nachdachte, desto heftiger ward sein Zorn, und er schwor, nicht zurückzukehren, und sollte

* Name einer Provinz, nordwestlich von Kahirah
** Eine kleine Stadt am Rande der Wüste auf der Straße von Kahirah nach El-Arisch

er auch bis Bagdad reisen. Als er des Morgens wieder seine Reise fortsetzte, traf er einen Kurier; er trieb seine Mauleselin und ritt gleichen Schrittes mit diesem, und Gott ließ ihn glücklich nach Baßrah kommen. Nuruddin ging einst vor den Toren der Stadt spazieren und traf zufällig den Statthalter von Baßrah* daselbst. Als dieser den jungen Mann erblickte und an seinem feinen, vornehmen Wesen bemerkte, daß er von edler Geburt sein müsse, ging er auf ihn zu, grüßte ihn und erkundigte sich nach seinen Umständen. Nuruddin erzählte ihm alles; dann auch, wie er geschworen habe, nicht nach Hause zurückzukehren, bis er die ganze Welt gesehen, und lieber sterben wolle als unbefriedigt die Heimat wieder zu betreten. Als der Vezier dies hörte, sprach er zu ihm: »Tue dies nicht mein Sohn! Denn viele Länder sind unsicher; es könnte dir leicht ein Unglück begegnen.« Er nahm ihn dann mit nach Hause, erwies ihm viele Ehre, da er ihn bald sehr lieb gewonnen hatte. Eines Tages sagte er zu ihm: »Du weißt, mein Sohn, daß ich schon sehr alt bin und keine männlichen Nachkommen, sondern nur eine einzige Tochter habe, die dir an Schönheit gleicht; schon habe ich große und reiche Freier abgewiesen, doch fühle ich so große Zuneigung zu dir, daß ich dich frage: ob du wohl meine Tochter als Sklavin annehmen willst, so daß sie deine Frau werde und du ihr Mann? Ich werde dich dann als meinen Sohn anerkennen, dich als solchen dem Sultan vorstellen und ihn bitten, daß er dich an meiner Stelle zum Vezier mache. Ich selbst will mich in mein Haus zurückziehen; denn, bei Gott, sieh' mein Sohn, ich bin schwach und alt, und du wirst daher wie mein Kind mein Vermögen verwalten, und dem Vezier-Amte der Provinz Baßrah vorstehen.« Als der Vezier ausgeredet hatte, blickte Nuruddin eine Weile zur Erde nieder, dann antwortete er, daß er bereit sei, alles zu tun, was der Vezier befehle. Dieser freute sich sehr über seine Antwort und befahl seinen Dienern, allerlei Speisen und Süßigkeiten zu bereiten und den großen Saal auszuschmücken, der zu solchen Festlichkeiten bestimmt war. Nachdem diese Befehle vollzogen waren, ließ der Vezier seine Freunde und die Großen des Reichs versammeln, sowie alle Vornehmen der Stadt Baßrah einladen, die auch sogleich eintrafen. Er sprach dann zu ihnen: »Wisset,

* Baßrah, auch Bassora oder Balsora genannt, ist eine Stadt am Tigris, auf Befehl des Kalifen Omar im Jahre 636 nach Chr. gegründet.

daß ich einen Bruder in Ägypten hatte, der daselbst Vezier war und dem Gott einen Sohn geschenkt hat; mir, wie ihr wohl wißt, ist nur eine Tochter beschert worden. Da nun mein Neffe ebenso wie meine Tochter heiratsfähig ist, so hat mein Bruder seinen Sohn, den ihr vor euch seht, zu mir geschickt, um ihn mit meiner Tochter zu vermählen. Es soll nun die Hochzeit hier bei mir gefeiert werden; dann werde ich ihn mit allem Nötigen zur Rückreise ausstatten und ihn mit meiner Tochter nach Hause zurückkehren lassen.« Alle antworteten: »Du hat einen glücklichen Gedanken und ein lobenswertes Vorhaben, Gott wird deine Hoheit mit seiner Gnade krönen und den Weg segnen, den du eingeschlagen.«

Nach einer Weile kamen die Gerichtszeugen, die Diener deckten den Tisch, es wurde aufgetragen, und als man satt war, wurden noch verschiedene Speisen gereicht, dann wurde der Ehekontrakt geschlossen und der Saal mit dem feinsten Räucherwerk durchduftet. Nach und nach zogen sich die Gäste zurück, und der Vezier befahl seinen Dienern, Nuruddin ins Bad zu führen. Während er im Bade war, schickte ihm der Vezier einen vollständigen Anzug, der eines Königs würdig gewesen wäre; auch Tücher zum Abtrocknen, Weihrauch und anderes, dessen er bedurfte, wurden nicht vergessen. Als er aus dem Bade kam, glich er dem Vollmonde oder dem heranleuchtenden Morgen, wie ein Dichter sagte:

»Der Atem ist Moschus, die Wangen Rosen, die Zähne Perlen, der Speichel Wein, der Wuchs der Zweig eines Baumes, die Haare sind die Nacht und das Gesicht der Vollmond.«

Er ging dann zu seinem Schwiegervater und küßte ihm die Hand. Dieser erhob sich vor ihm, ließ ihn neben sich sitzen und sagte dann zu ihm: »Erzähle mir nun, warum du dein Vaterland verlassen und wie deine Leute dir erlaubten, dich von ihnen zu trennen; sprich wahr und verhehle mir nichts, merke dir die Worte des Dichters:

»Bleibe immer bei der Wahrheit, sollte sie auch mit dem Feuer der Hölle dich brennen, suche nur den Beifall des Herrn, denn wehe dem, der, um Sklaven zu gefallen, den Herrn erzürnt.«

»Übrigens weißt du ja, daß ich dich an meine Stelle erheben und dich deshalb dem Sultan vorstellen will.« Nuruddin erzählte ihm, was zwischen ihm und seinem Bruder vorgefallen, und wie er heimlich seine Leute verlassen, zufällig nach Baßrah gekommen, wo er endlich durch des Veziers Wohltaten so glücklich geworden war, dessen Tochter zur Gemahlin zu erhalten. Der Vezier wunderte sich über diese Erzählung und lachte darüber. »Wie«, sagte er, »ihr habt schon Streit gehabt, ehe ihr geheiratet und Kinder gezeugt hattet? Doch lassen wir das beiseite, gehe jetzt zu deiner Gemahlin; morgen werde ich dich dein Sultan vorstellen, um ihm deine Geschichte zu erzählen, und ich hoffe, Gott wird dir seinen Segen nicht entziehen.« Nuruddin begab sich hierauf zu seiner Gemahlin, wie ihm sein Schwiegervater befohlen.

Schemsuddin aber, der, wie früher erwähnt worden ist, sich mit dem Sultan von Ägypten auf die Reise begeben hatte, und erst nach einem Monat zurückkam, wollte gleich nach seiner Rückkehr Nuruddin zu sich rufen lassen, als man ihm sagte, daß man ihn seit seiner Abreise vermisse und daß er wohl in fremden Ländern herumreise; er habe zwar gesagt, er werde nur wenige Nächte ausbleiben, man habe aber seither gar nichts mehr von ihm vernommen. Als Schemsuddin dies hörte, war er sehr betrübt und konnte sich diese lange Abwesenheit gar nicht erklären. Gewiß, dachte er, ist ihm ein Unglück widerfahren. Er beschloß daher, ihn bis in die entferntesten Länder aufsuchen und überall Boten ausschicken zu lassen, um Nachricht von ihm zu erhalten. Es kamen Boten nach Haleb*, konnten aber, da Nuruddin schon in Baßrah war, daselbst nichts von ihm erfahren; sie kehrten daher bestürzt nach Kahirah zurück. Schemsuddin verlor bald die Hoffnung, seinen Bruder wiederzufinden. Gott, der allein Mächtige, stehe mir bei, dachte er, ich habe meinem Bruder zu viel getan, als wir von unserer Vermählung sprachen. Nach einiger Zeit vermählte sich Schemsuddin mit der Tochter eines vornehmen Mannes aus Kahirah und der Zufall wollte, daß er seine Gemahlin in derselben Nacht heimführte, wie sein Bruder in Baßrah die seinige, und Gott, um den Menschen seine Weisheit zu offenbaren, fügte es, daß Schemsuddins Frau eine Tochter und Nuruddins Frau einen Sohn gebar. Nuruddins Sohn war so schön, daß er Mond und Sonne beschämte; leuchtend war seine Stirne, rot seine Wangen, marmorn sein Hals, und auf seiner rechten Wange war ein braunes Fleckchen, wie ein Ambrabogen, wie ein Dichter ihn beschrieben:

»Schlank ist sein Wuchs, sein schönes Gesicht und seine schwarzen Haare verbreiten abwechselnd Licht und Finsternis in der Welt; verkennt auch nicht das Fleckchen auf seinen Wangen, denn auch bei der Rose findet ihr ein solches wieder.«

Kurz, der Kleine war so hübsch und wohl gewachsen, daß seine Anmut alle Herzen bezauberte, sowohl seine Gestalt, als sein ganzes Wesen gewannen ihm die Liebe aller. Nichts fehlte an seiner Schönheit, ein Reh mußte sogar ihn um seinen Hals und seinen Blick beneiden; wohl bezeichnet wird er noch durch folgende Verse:

»Bringt man die Schönheit selbst, um sie mit ihm zu vergleichen, wird sie aus Scham ihr Gesicht niederschlagen; fragt man sie aber: hast du je etwas Ähnliches gesehen? So antwortet sie: nein, niemals!«

Nuruddin nannte diesen Knaben Bedruddin Hasan; sein Großvater, der Vezier von Baßrah, freute sich unendlich mit ihm; es war eine große Mahlzeit gegeben, und der Vezier machte seinem Schwiegersohne Geschenke, die eines Königs würdig waren; er ging dann mit ihm zum Sultan, der ein schöner, wohltätiger und verständiger Mann war, verbeugte sich vor ihm und sprach folgende Verse:

»Dein Leben und dein Ruhm mögen so lange dauern, als Morgen und Abend miteinander wechseln! Möchtest du, so lange es eine Nacht gibt, in ununterbrochenem Glücke fortleben!«

Nachdem der Sultan ihm für seinen Wunsch gedankt, fragte er ihn, wer der junge Mann sei, den er mitgebracht; der Vezier erzählte ihm Nuruddins ganze Lebensgeschichte und setzte dann hinzu: »Lasse, o König! diesen Mann an meiner

* Haleb, auch Aleppo, besser aber Haleb, ist eine Stadt im nördlichen Syrien; wahrscheinlich das alte Berrhaea.

Stelle Vezier werden, denn er besitzt eine ausgezeichnete Beredsamkeit; ich, dein Sklave, bin schon sehr alt. Mein Geist hat abgenommen, mein Gedächtnis ist schwach geworden, darum wünsche ich von der Gnade des Sultans, daß mein Schwiegersohn nun meinen Platz einnehme; ich glaube wohl, daß er dessen durch meine treuen Dienste würdig geworden.« Er küßte dann den Boden vor dem Sultan, der Nuruddin sogleich liebgewonnen, sobald er ihn nur angesehen hatte; er ließ daher ein Ehrenkleid herbeibringen und bekleidete Nuruddin selbst damit, auch schenkte er ihm eine von seinen besten Mauleselinnen, und setzte ihm sogleich ein Jahrgeld fest, wie es seinem Range gebührte. Der alte Vezier kehrte sodann wieder mit seinem Schwiegersohne nach Hause zurück, und im Übermaße ihrer Freude sagten sie zueinander: »Dies Glück bringt uns allein das neugeborene Kind!« Am folgenden Tag ging Nuruddin wieder zum Sultan, trat sein neues Amt an und versah alle Geschäfte eines Veziers; nichts war ihm zu schwer, als hätte er schon darin eine lange Übung gehabt. Der Sultan liebte ihn immer mehr, und Nuruddin kehrte höchst beglückt über die Huld des Sultans, der ihn reich beschenkte, nach Hause zurück, wo seine Freude mit seinem Sohne, dem er die sorgfältigste Erziehung gab, nicht minder groß war. So vergingen Tage und Nächte, und Bedruddin war immer größer und hübscher. Als er aber das vierte Jahr erreicht hatte, war sein Großvater krank, er vermachte ihm sein ganzes Vermögen und starb. Man bereitete die Trauermahlzeit und verrichtete die üblichen Leichen-Zeremonien und Trauerfeierlichkeiten einen ganzen Monat lang. Als Bedruddin sieben Jahre alt war, führte ihn sein Vater in die Schule und empfahl ihn angelegentlich dem Lehrer: »Gib wohl acht auf dieses Kind«, sagte er zu ihm, »und vernachlässige weder seinen Unterricht, noch seine moralische Bildung.«

So war der Kleine immer klüger, verständiger, gebildeter und beredter, der Lehrer freute sich sehr über ihn, und nach zwei Jahren hatte er schon recht viel gelernt.

Im Alter von zwölf Jahren, so fuhr Djafar in seiner Erzählung vor dem Kalifen fort, hatte der Kleine Schönschreiben, Theologie, Grammatik, arabische Literatur, Arithmetik und den Koran gelernt. Auch ließ ihn Gott immer schöner und liebenswürdiger werden, so daß folgende Verse ihn recht gut bezeichnen:

»Sein schlanker Wuchs gleicht einem kräftigen Baumstamme, der Mond scheint von seiner leuchtenden Stirne aufzugehen, die Sonne geht in den Rosen seiner Wangen unter; er ist der König der Schönheit, und die Schönheit alles Geschaffenen ist von ihm entlehnt.«

Als ihn zum ersten Male sein Vater hübsch kleidete und sich mit ihm auf den Weg machte, um zum Sultan zu reisen, drängten sich alle Leute um den Vezier, damit sie diesen schönen Knaben besser sehen konnten. Sie überhäuften den Vater und seinen Sohn mit Glückwünschen; alle waren über des Knaben Schönheit entzückt und konnten ihn nicht genug bewundern, so oft sie ihn sahen, denn er war wirklich wie ein Dichter sagte:

»Gepriesen sei der, der ihn so schön geschaffen! Er ist der König aller Schönheit, alle Menschen sind ihm ergeben, sein Speichel ist fließender Honig,

seine Zähne sind eingereihte Perlen. Er allein vereinigt alles Schöne in sich, und alle Menschen verirren sich in seiner Anmut. Die Schönheit hat auf seine Stirne geschrieben: »Ich bezeuge, daß nur er wahrhaft schön ist.«

Er war die Verführung aller Liebenden, der Lustgarten, nach dem jeder sich sehnte, süß waren seine Worte, freundlich sein Lächeln, er beschämte den Vollmond und war schmiegsamer als die Zweige des Ban*, seine Wangen konnten alle Rosen ersetzen. Als er 20 Jahre zählte, ward sein Vater krank. Er ließ seinen Sohn zu sich rufen und sprach zu ihm: »Wisse, daß diese Welt ein vergänglicher Aufenthaltsort ist, daß jenes Leben aber ewig dauert; ich will dir daher fünf Dinge empfehlen, über die ich viel nachgedacht habe.« Er erinnerte sich dann auch an seine Heimat und an seinen Bruder Schemsuddin, und er mußte weinen bei dem Gedanken, nun fern von seinem Vaterlande sterben und von allen Freunden sich trennen zu müssen; er seufzte schwer und sprach folgende Verse:

»Was sollen wir sagen bei der Entfernung von der Heimat, was tun, wenn heftige Sehnsucht uns überfällt? Kein Bote kann von unserer Liebe Nachricht bringen. Wie sollen wir uns trösten, wenn wir von vielen Freunden keinen einzigen mehr finden? Nun bleiben uns nur Klagen und Seufzer und Tränen, die über unsere Wangen herabrollen. O ihr, die ihr von meinem Augen fern, doch meinem Herzen so nahe seid, wißt ihr wohl, daß trotz der langen Trennung meine

* Ein Baum, mit dessen schmiegsamen Zweigen sich leicht bewegende Jünglinge und Mädchen oft verglichen werden.

Freundschaft doch standhaft blieb? Habt ihr in der Entfernung einen Freund vergessen, der so oft eure Tränen getrocknet? Schwere Vorwürfe werde ich euch zu machen haben, wenn uns dort wieder ein neues Leben vereint.«

Als er diese Verse gesprochen und heftig geweint hatte, sagte er zu seinem Sohne: »Bevor ich dir meinen letzten Willen offenbare, wisse, daß du einen Oheim hast, der Vezier in Kahirah ist, von dem ich mich gegen seinen Willen getrennt habe.« Er nahm hierauf ein Papier und schrieb alles, was zwischen ihm und seinem Bruder vorgefallen, nieder; ferner alles, was ihm in Baßrah widerfahren war, den Tag seiner Hochzeit und sein Alter, legte dann dieses Papier zusammen, versiegelte es und gab es seinem Sohne, indem er ihm befahl, es wohl aufzubewahren.

Hasan nahm das Papier und nähte es in seine Kappe unter der Binde ein, während er viele Tränen über den Verlust seines Vaters vergoß, der im Todeskampfe dalag. Als dieser sich wieder ein wenig erholt hatte, sprach er:

»Daß *Erste*, was ich dir anempfehle, daß du nicht mit jedem Verbindungen anknüpfest; nur so entgehst du vielem Übel; wer ruhig leben will, muß Zurückgezogenheit lieben, wie ein Dichter sagte:

›Es gibt niemand in deiner Zeit, von dem du wahre Freundschaft erwarten kannst; kein Freund bleibt dir treu, wenn das Glück dich verläßt, lebe einsam und baue auf niemanden, dies ist mein Rat, es bedarf keines weitern.‹

Zweitens: Mein Sohn, tue niemandem Unrecht, es möchte sonst das Schicksal auch dir Unrecht tun; denn das Schicksal ist heute für dich, einen anderen Tag gegen dich; die Welt ist ein geliehenes Gut, das man wieder zurückgeben muß. Schon hat ein Dichter gesagt:

›Besinne dich und folge nicht zu rasch deiner Leidenschaft, sei barmherzig gegen Menschen, sie werden dich den Milden nennen. Gottes Hand ist über jede Hand erhaben; niemand übt eine Gewalttat aus, dem sie nicht wieder vergolten wird.‹

Drittens: Gewöhne dich zu schweigen und vergiß anderer Leute Fehler bei deinen eigenen; es ist ein allgemeines Sprichwort: wer schweigen kann, entgeht vieler Gefahr. Du weißt auch, wie es bei einem Dichter heißt:

›Schweigen ist eine Zierde, stille sein ist Heil; sei nicht voreilig im Sprechen, denn kannst du auch einmal es bereuen, geschwiegen zu haben, so wird es dich gar oft reuen, zu viel gesprochen zu haben.‹

Viertens: Hüte dich vor dem Weintrinken, denn der Wein ist die Veranlassung großen Unheils, weil er den Verstand raubt; nimm dich wohl in acht, keinen Wein zu trinken und erinnere dich der Worte des Dichters:

›Ich meide den Wein und die, die ihn trinken, auch führen mich die, welche ihn tadeln, zum Muster an, dieses Getränk verwirrt den Pfad des Rechts und öffnet die Pforte zu allem Bösen.‹

Fünftens: Mein Sohn, bewahre dein Vermögen, es wird dich vor vielem Übel bewahren; verschwende nicht was du hast, sonst wirst du noch bei schlechten Menschen Hilfe suchen müssen. Hüte wohl dein Geld, denn es ist ein sicheres Heilmittel; ich weiß, wie ein Dichter sprach:

›Ist mein Vermögen gering, so will niemand mein Freund sein, ist es groß, so nennen sich alle Leute meine Freunde; wie mancher Freund leistete mir Gesellschaft, wenn es galt, mein Geld zu verschwenden, und wie viele ließen mich allein, als ich mein Vermögen verloren!‹«

Er empfahl ihm dann noch andere Tugenden, bis er in seines Sohnes Armen verschied.

Nach dem Tode seines Vaters trauerte Bedruddin zwei Monate lang; er ritt nie aus, und versäumte sogar sein Amt beim Sultan vor übermäßiger Betrübnis. Der Sultan war so sehr darüber erzürnt, daß er einen seiner Schloßhüter zum Vezier ernannte, und befahl ihm, mit Gefolge ins Haus des verstorbenen Veziers zu gehen, alles, was er hinterlassen, aufzunehmen und zu versiegeln, und keinen Heller zurückzulassen. Der neue Vezier ging sogleich mit einem Gefolge von Kämmerern und Schreibern, und fragte nach dem Hause des Veziers Nuruddin Ali. Unter den Leuten, die er fragte, war ein Sklave Nuruddins, der, als er hörte, was vorgefallen, sogleich zu Bedruddin eilte, der in dem Hofe seines Palastes mit gesenktem Haupte und mit zerknirschtem Herzen saß. Der Sklave warf sich vor ihm nieder, küßte ihm die Hand und sprach: »O mein Herr und Sohn meines Herrn, eile, eile, ehe es nicht mehr Zeit ist!« Hasan fragte erschrocken, was es gebe? »Der Sultan«, erwiderte der Sklave, »ist gegen dich aufgebracht und hat befohlen, dich in Verhaft zu nehmen; schon kommen seine Leute hinter mir her, rette dich daher schnell, damit du nicht in ihre Hände fällst, denn sie werden nicht schonend mit dir umgehen.« Hasan erglühte vor Zorn, dann folgte die Blässe auf seinem Angesichte, und er fragte den Sklaven: »Habe ich nicht so viel Zeit noch, ins Haus zu gehen?« »Nein!« erwiderte der Sklave; »verlasse dein Haus und mache dich sogleich auf den Weg.« Hierbei rezitierte er folgende Verse:

»Rette nur dein Leben schnell, wenn du Gewalt befürchtest, und lasse das Haus den Verlust seines Erbauers ausrufen; leicht findest du ein anderes Land für das deinige, aber für dein Leben findest du kein anderes zum Ersatz.«

Der junge Mann schlüpfte schnell in seine Pantoffeln und schlug die Schleppe seines Kleides um sein Gesicht, aus Furcht, erkannt zu werden, und da er nicht wußte, wohin er sich wenden sollte, ging er auf das Grab seines Vaters zu, ließ dann sein Oberkleid wieder herunter, an welchem goldgestickte Knöpfchen waren, auf denen geschrieben stand:

»O du mit leuchtendem Gesichte wie Sterne oder Tau, ewig daure dein Ruhm und deine Ehre.«

Als er so in Gedanken fortwanderte, begegnete er einem Juden, der eben zur Stadt zurückkehren wollte; es war ein Geldwechsler und er trug einen Korb in der Hand.

Als der Jude Bedruddin sah, grüßte er ihn und küßte ihm die Hand; dann fragte er ihn, wohin er so spät wolle und warum er so verstört aussehe? Hasan antwortete ihm: »Ich habe ein wenig geschlafen, da erschien mir mein Vater im Traume; als ich nun erwachte, wollte ich noch vor Nacht schnell sein Grab besuchen.« Hierauf sagte ihm der Jude: »Ich weiß, daß dein Vater, unser Herr, vor seinem Tode Waren auf dem Meere hatte; es müssen nun bald mehrere Schiffe mit seinen Ladungen ankommen, und ich bitte dich, sie keinem andern, als mir zu verkaufen; ich gebe dir sogleich 1000 Dinare, wenn du die Ladung des Schiffes, das zuerst einlaufen wird, mir verkaufen willst.« Als Bedruddin einwilligte, nahm er einen versiegelten Sack aus dem Korbe, öffnete ihn und wog Bedruddin 1000 Dinare vor, und bat ihn, ihm ein paar Worte über diesen Kauf aufzuschreiben. Hasan nahm ein Stückchen Papier und schrieb darauf: »Hiermit verkauft Bedruddin Hasan dem Juden Ishak die Ladung des ersten einlaufenden Schiffes um 1000 Dinare, die er schon bar erhalten hat.« Dann bat ihn der Jude, das Papier in den Sack zu werfen, den er hierauf wieder zuband, versiegelte und sich umhing. Bedruddin verließ nun den Juden, um die Gräber zu durchstreichen, bis er zu dem seines Vaters gekommen war; er ließ sich auf demselben nieder, weinte und sprach folgende Verse:

»Seitdem ihr von Hause fern, ist kein Bewohner mehr darin. Wir haben keine Nachbarn mehr, seitdem ihr abwesend seid. Der Freund, mit dem ich mich dort unterhielt, ist nicht mehr mein Freund, und meine Spielgenossen scheinen mir nicht mehr meine Spielgenossen. Ihr seid fern, darum ist's der ganzen Welt unheimlich, die weitesten Länder und Gegenden sind von Dunkelheit umgeben. O hätte doch der Rabe, der unsere Trennung verkündigte, niemals Federn gehabt, hätte nie ein Nest ihn geduldet! Meine Geduld hat abgenommen, mein Körper ist abgezehrt; wie manchen Schleier hat der Trennungstag schon durchbrochen! Bald wirst du vergangene Nächte wiederkehren sehen, denn bald wird eine Wohnung (das Grab) uns wieder umschließen.«

Bedruddin weinte noch lange auf dem Grabe seines Vaters und verzweifelte über seine Lage, denn er wußte gar nicht, was beginnen und wohin sich wenden; endlich legte er sein Haupt auf das Grab, und schlief (gepriesen sei der, der nie schläft), bis tiefe Nacht die Erde bedeckt. Im Schlaf glitt sein Haupt vom Grabe herunter, und er lag auf dem Rücken mit ausgestreckten Händen und Füßen. Nun bewohnte diese Begräbnisstätte ein Geist, der Tag und Nacht auf diesen Gräbern von einem zum anderen schwebte; als dieser Geist nun eben aus einem Grabe hervorkam und umherfliegen wollte, sah er einen angekleideten Menschen auf dem Rücken liegen, über dessen Schönheit er, bei näherer Betrachtung, in die höchste Bewunderung ausbrach.

Bei diesem Anblick dachte der Geist, dies ist gewiß eine Huri, ein göttliches Geschöpf, um die Welt zu verführen. Er betrachtete ihn noch eine Weile, flog davon und erhob sich hoch in die Luft bis er in der Mitte zwischen Himmel und Erde schwebte. Hier stieß er an die Flügel eines anderen Geistes; er fragte: »Wer ist da?« »Eine Fee!« ward ihm zur Antwort. »Willst du, o Fee!« erwiderte hierauf der Geist, »mit mir auf meine Gräber kommen? Du wirst sehen, was für einen Menschen der erhabene Gott geschaffen.« Als sie einwilligte, ließen sie sich miteinander auf das Grab nieder; da sprach der Geist zur Fee: »Hast du wohl in deinem ganzen Leben einen schönern Jüngling gesehen?« Als sie ihn näher betrachtete, sprach sie: »Gelobt sei der, dem nichts ähnlich ist; bei Gott, mein Bruder, erlaube mir, dir eine wunderbare Begebenheit zu erzählen, bei welcher ich diese Nacht in Ägypten zugegen war.« Als der Geist sie zu erzählen bat, fing sie wie folgt an: Wisse, daß der König von Kahirah einen Vezier hat, der Schemsuddin Mohammed heißt; dieser hat eine Tochter, die nun bald 20 Jahre alt wird und die größte Ähnlichkeit mit diesem Jüngling hat; vollkommen schön ist ihr Gesicht und ihr Wuchs ausgezeichnet. Als der Sultan von Kahirah von diesem schon erwachsenen Mädchen sprechen hörte, ließ er den Vezier rufen und sagte zu ihm: »Ich habe vernommen, du habest eine schöne Tochter; ich begehre sie von dir zur Gattin.« Der Vezier antwortete: »Entschuldige, mein König, daß ich deinem hohen Willen nicht willfahren kann; du wirst mich nicht tadeln, gewiß wird deine Milde mir beistehen, wenn ich dir meine Gründe angebe. Du weißt, ich habe einen Bruder, der Nuruddin heißt und neben mir in deinen Diensten Vezier war. Einst saßen wir beisammen und plauderten über die Ehe und über unsere zukünftigen Kinder, da gerieten wir in so heftigen Streit, daß mein Bruder

den folgenden Tag entfloh. Nachdem ich seit 20 Jahren keine Nachricht von ihm gehabt habe, hörte ich vor kurzem, daß er in Baßrah als Vezier gestorben und einen Sohn hinterlassen habe. Nun hatte ich aber von dem Tage an, wo meine Frau eine Tochter gebar, diese meinem Neffen bestimmt; mein Herr, der Sultan, kann ja unter vielen anderen Frauen und Mädchen wählen.«

Als der Sultan diese abschlägige Antwort hörte, ward er sehr zornig. »Wehe dir!« schrie er seinem Vezier zu, »ein Mann wie ich will deine Tochter heiraten, und du weisest ihn mit nichtigen Reden ab? Ich schwöre, daß sie den letzten meiner Sklaven heiraten soll!« Der Sultan sah jetzt zufällig einen jungen Stallknecht, der vorn und hinten bucklig war, im Hofe, und ließ ihn herbeirufen, sogleich wurden Zeugen bestellt, und der Vezier war gezwungen, den Ehekontrakt zwischen dem Buckligen und seiner Tochter auf der Stelle zu unterschreiben. Der Sultan schwur hierauf, daß der Bucklige sie noch diese Nacht umarmen müsse, nachdem er mit seiner Braut den Hochzeitszug in der Stadt gehalten haben würde. Es wurden nun alsbald Mamelucken mit Wachskerzen abgeschickt, die an der Türe des Bades den Buckligen erwarten sollten, um vor ihm herzugehen, der Tochter des Veziers wurden Kammerzofen gesandt, um sie anzukleiden und zu schmücken, und ihr Vater wurde streng bewacht, bis der Bucklige zu seiner Tochter kommen sollte. »Ich sah des Veziers Tochter«, fuhr die Fee fort, »und nie hatte mein Auge etwas Schöneres erblickt.« »Du lügst!« erwiderte hierauf der Geist; »dieser Jüngling ist schöner als sie.« - »Beim Herrn des Himmels«, versetzte hierauf die Fee, »nur dieser Jüngling ist ihrer würdig, und es wäre schade, wenn sie in die Hände jenes Buckligen fiele.« Hierauf erwiderte der Geist: »Willst du, so vereinen wir die beiden jungen Leute, und tragen diesen Jüngling zu des Buckligen Braut.« »Recht gern«, antwortete die Fee. »Wohlan«, sprach der Geist, »ich will ihn hintragen, du bringst ihn dann wieder zurück«; und sogleich umfaßte er Bedruddin und flog mit ihm in Begleitung der Fee in die Höhe, dann ließ er sich mit ihm an dem Tore der Stadt Kahirah nieder und setzte ihn auf eine Bank. Als ihn der Geist aufweckte, wollte er fragen, wo er wäre, weil er gleich sah, daß er in einer ihm ganz unbekannten Stadt sich befand; aber der Geist ließ ihm dazu keine Zeit, sondern überreichte ihm sogleich eine dicke Wachskerze mit den Worten: »Gehe in dieses Bad und mische dich unter die Besucher und ihre Sklaven, und folge ihnen bis ins Hochzeitsgemach, dann gehst du mit deiner Wachskerze wie ein Fackelträger voraus, zur Rechten des buckligen Bräutigams, und so oft dir Zofen und Sängerinnen begegnen, so greife in deine Tasche und werfe ihnen eine Hand voll Gold zu; sei nicht erstaunt über meinen Rat, denn er kommt von Gott, der zeigen will, wie er das, was seine Weisheit beschlossen, unter den Menschen ausführt.« Hasan tat alles, was ihm der Geist befohlen.

Als er so dem Hochzeitszug voranging und Hände voll Gold ausstreute, ja sogar den Tamburin der Sängerinnen damit überschüttete, wußten die Leute nicht, was sie von ihm denken sollten, denn sie waren über seine Schönheit beinahe so sehr entzückt, als über seine Freigebigkeit. Als sie nun vor das Haus des Veziers, seines Oheims, kamen und die Türsteher denen, die nicht zur Hochzeit gehörten, den Eingang versperrten, weigerten sich die Sängerinnen, das Haus zu betreten, wenn dieser fremde junge Mann, der schönste und freigebigste, den sie je gesehen, nicht auch hineingelassen würde und schworen, die Braut dürfe sich nicht zeigen, wenn er, der sie so mit Gold überschüttete, nicht zugegen wäre. Als die Türsteher dies vernahmen, ließen sie Bedruddin in das Haus der Lust eintreten und setzten ihn auf die Bühne, die der Bucklige einnahm, und zwar zu seiner Rechten in dem Saal, wo die verschleierten Frauen der Fürsten, der Veziere, der Kammerbeamten und der übrigen Großen vom Fuße der Bühne bis zum Brautgemach zwei Reihen bildeten. Jede Frau trug eine große Wachskerze, und alle bewunderten den schönen Hasan, dessen Angesicht wie der Vollmond leuchtete und der schmiegsam wie die Zweige des Ban war; als sie mit den Kerzen ihn näher beleuchteten, waren sie noch mehr von seinem schönen Ansehen, als von dem gespendeten Golde entzückt. Sie winkten ihm freundlich zu, und wurden so bezaubert, daß jede von ihnen sich an seine Seite wünschte; dann aber sagten alle: »Kein anderes Weib, als unsere Braut, ist dieses jungen Mannes würdig, wie schade, daß sie diesem elenden Buckligen preisgegeben werden soll. Gottes Fluch erreiche den, der daran schuld war!« und alle verwünschten laut den Sultan; dann verspotteten die Frauen den Buckligen, der dasaß, mit dem Kopf tief in den Schultern. Nach einer Weile kamen die Sängerinnen mit Tamburinen und anderen Musikinstrumenten und führten die Braut in den Saal.

Während nun Bedruddin neben dem Buckligen auf einer Tribüne saß, kamen die Zofen mit seiner Base, die sie schon mit wohlriechenden Wassern gewaschen und die von Wohlgerüchen duftete. Schon hatte sie ihre Haare mit Moschusstaub bestreut und ihre Kleider mit dem feinsten Aloe und Ambra beräuchert. Es kamen dann Mädchen, um ihre Haare zu flechten und sie mit einem Schmucke zu zieren, der einer Kaiserin würdig gewesen wäre; sie trug ein goldgesticktes Kleid, mit allen möglichen Blumen, Vögeln und wilden Tieren gestickt, wobei die Augen und Schnäbel der Vögel aus Edelsteinen und ihre Füße aus rotem Rubin und grünem Smaragd waren; sie hingen ihr dann eine so prächtige Halskette um, aus großen Juwelen, daß das Auge ihren Glanz nicht ertragen und der Geist ihren hohen Wert nicht fassen konnte; die Braut war schöner als der Mond, wenn er in der 14. Nacht des Monats scheint. Die Kammermädchen zündeten dann vor ihr weiße mit Kampfer besteckte Wachskerzen an, doch überstrahlte ihr Antlitz das Licht der Kerzen, ihre Augen waren schärfer als ein gezogenes Schwert, ihre dicht herabhängenden Augenbrauen bezauberten alle Herzen, rosig waren ihre Wangen, sanft schmiegten sich ihre Hüften, über den liebevollen Ausdruck ihrer Augen konnte man von Sinnen kommen; so zog sie, von vielen Mädchen mit verschiedenen Musik-Instrumenten umgeben, sich stolz wiegend daher, während die Frauen einen Kreis um Hasan bildeten, dessen vollkommene Schönheit aller Bewunderung anzog. Er war wie der Mond unter Sternen, mit glänzender Stirne, rosigen Wangen, marmornem Halse, strahlendem Gesichte, mit einem Ambramal auf den Wangen. Als der Bucklige seine Braut küssen wollte, kehrte sie ihm den Rücken und warf sich vor ihrem Vetter Hasan nieder; als darüber alle Anwesenden laut aufschrien, griff Hasan wieder in seine Tasche und warf Hände voll Gold unter sie, so daß sie ihn alle segneten und ihm durch Winke zu verstehen gaben, daß sie herzlich wünschten, er möge diese schöne Braut heimführen; alle Frauen freuten sich mit ihm und ließen den Buckligen allein sitzen, als wäre er ein Affe. Als Hasan die Braut näher betrachtete fiel ihm die Schönheit auf, mit der sie Gott vor allen anderen Geschöpfen ausgezeichnet; während die Diener neues Gold unter den Anwesenden auswarfen, worüber sich alle nicht wenig ergötzten.

Hasan war vor Freude ganz außer sich, als er die Braut sah, die ein strahlendes Licht verbreitete; sie hatte ein rotes Atlaskleid an, daß sie so gut kleidete, daß sie nicht nur Männern, sondern auch Frauen den Kopf verwirrte. Man nahm ihr aber nach einer Weile dieses Kleid ab und legte ein blaues Kleid an; wie der Mond strahlten dann ihre Wangen, freundlich lächelte ihr Mund, schwarze Haare schmückten ihr Haupt, fest eingeschnürt war ihr Busen und Arm und Hüfte waren schön geformt. In diesem Kleide konnte man folgende Verse auf sie anwenden:

»Sie erschien in einem blauen Gewande, azurfarbig wie der Himmel, aus ihrem Kleide erblickte ich einen Sommermond mitten aus einer Winternacht hervorleuchten.«

Als sie ihr nun ein drittes Kleid anzogen, ließen sie ihre langen, schwarzen Haarflechten über ihren Hals und einen Teil ihres Gesichtes herunterhängen; sie

durchbohrte jedes Herz mit den Pfeilen ihrer Augäpfel; in diesem Aufzuge konnte man von ihr folgende Verse sagen:

»Als sie erschien und die Haare ihr Gesicht bedeckten, fragte ich: Hat sie wohl den Morgen mit der Nacht bedeckt? Man antwortete mir: Nein, sondern es verhüllen dunkle Wolken den Vollmond.«

Als sie das vierte Kleid anzog, glich sie der aufgehenden Sonne, sie warf sich hin und her wie ein Reh, und gefiel so, daß ihre Augenlider wie Pfeile das Herz der Anwesenden durchbohrten; wahr ist sie in folgenden Versen beschrieben:

»Die Sonne ihrer Schönheit umstrahlt so lieblich die Welt, daß, wenn sie mit lächelndem Gesichte sich zeigt, die helle Tagessonne sich wie eine Wolke verbirgt.«

Im fünften Kleid glich sie einem Zweige des Baumes Ban oder einer schmachtenden Gazelle, sie wußte durch ihre Bewegungen ihre stillsten Reize hervorzuheben; trefflich ist sie in folgenden Versen geschildert:

»Sie erscheint wie der Vollmond in einer freundlichen Nacht, mit zarten Hüften und schlankem Wuchse, ihr Auge fesselt die Menschen durch ihre Schönheit, die Röte ihrer Wangen gleicht dem Rubin, schwarze Haare hängen ihr bis zu den Füßen herunter; hüte dich wohl vor diesem dichten Haar! Schmiegsam sind ihre Seiten, doch ihr Herz ist härter als Felsen. Aus ihren Augenbrauen schleudert sie Pfeile, die immer richtig treffen und nie fehlen, so fern sie auch sein mögen.«

Der sechste Anzug, den sie nun anlegte, war grün, und so war sie schöner als der leuchtende Vollmond; die Sonne schämte sich vor ihren Wangen, sie war biegsamer als eine Lanze und bezauberte jedes Herz durch ihre Anmut.

So oft die Braut in einem neuen Anzuge erschien und des Buckligen ansichtig wurde, kehrte sie ihm den Rücken zu und trat vor Hasan hin, der dann die Sänger mit Gold überschüttete. Als man ihr nun das siebente Kleid angezogen, verabschiedeten sich alle Gäste, nur der Bucklige, Hasan und einige Hausbewohner blieben zurück; die letzteren gingen mit der Braut in ein Nebenzimmer, entkleideten sie und lösten ihre schönen Haare von dem glänzenden Schmucke ab. Da sagte der Bucklige zu Hasan: »Du hast durch deine angenehme Gesellschaft uns unterhalten, nun aber bitte ich, dich zu entfernen.« Hasan verließ das Gemach mit den Ausrufe: »In Gottes Namen!« Kaum betrat er den Hausgang, so traten die Geister zu ihm und fragten: »Wohin willst du? Sogleich wird ein Bedürfnis den Buckligen aus dem Kabinet entfernen, benutzte diesen Augenblick und erscheine im Gemache; wenn die Braut dich erblickt und dich anspricht, so sage, du seist ihr Mann, und der Sultan habe nur mit dem Buckligen seinen Scherz getrieben, dem man für seine Mühe schon eine Schüssel voll Speisen und zehn Silberstücke gegeben; begib dich dann zu ihr und genieße dein Glück, denn diese Geschichte ärgert uns, weil wir wohl wissen, daß nur du ihrer würdig bist.« Während sie dieses sagten, trat der Bucklige zur Türe heraus. Als er sich nach einiger Zeit wieder dem Saale nähern wollte, trat der Geist, in der Gestalt einer schwarzen Katze, aus einem Becken hervor und fing an zu miauen;

als der Bucklige sie verscheuchen wollte, ward sie immer aufgeblasener, so daß sie bald die Größe eines jungen Esels erreichte. Der Bucklige erschrak und schrie um Hilfe; die Katze aber ward bald so groß wie ein Büffel, und sprach dann mit einer Menschenstimme: »Wehe dir, du Buckliger!« Der Bucklige, der aus Furcht seine Kleider verunreinigte, sagte: »Was willst du von mir, König der Büffel?« »Wehe dir!« erwiderte der Geist, »du scheußlicher Buckel, die Welt möge dir zu eng werden! Wie wagst du es, meine Geliebte zu heiraten?« »Was kann ich dafür, mein Herr Büffel?« erwiderte der Bucklige; »ich bin ja gezwungen worden, sie zu heiraten, auch wußte ich nicht, daß sie schon einen Büffel zum Geliebten habe; übrigens befehle nur, was ich tun soll.« »Nun«, antwortete der Geist, »du sollst bis zu Sonnenaufgang diesen Ort nicht verlassen, aber ich schwöre dir, daß ich dich erwürge, wenn du von hier weichest; nach Sonnenaufgang kannst du deines Weges gehen, komme aber nie mehr in dieses Haus zurück, sonst werde ich dir bald ein schnelles Ende bereiten.« Er nahm hierauf den Buckligen, stellte ihn auf den Kopf, mit den Beinen in die Höhe, und sagte: »Ich werde hier bei dir Wache halten, rührst du dich vor Sonnenaufgang, so nehme ich dich an den Beinen und schlage dich in die Wand, als wärst du ein Nagel.« Während dieses Vorgangs zwischen dem Geiste und dem Buckligen versteckte sich Hasan, der den Augenblick der Entfernung des Buckligen schnell benutzte, hinter dem Fliegenvorhange des Bettes; nicht lange hernach trat die Braut mit einer alten Frau aus dem Nebengemache; die Alte blieb vor dem Vorhange stehen und sagte: »Hier hast du die, welche dir Gott geschenkt, du schmutziger Krüppel!« und verließ

das Gemach. Als die Braut, die Sittulhasan hieß, Bedruddin erblickte, sagte sie zu ihm: »O mein Geliebter! Bist du noch da? Bei Gott! Ich wünschte, daß du mein Gatte wärest, oder wenigstens, daß du es gemeinschaftlich mit dem Buckligen sein könntest.« »Wie«, erwiderte Bedruddin, »dieser Verdammte soll neben mir dein Gatte sein?« »Ja, ist er denn nicht mein Mann?« fragte Sittulhasan. »Keineswegs«, versetzte Bedruddin, »wir haben nur gescherzt; hast du nicht bemerkt, wie die Kammerzofen und Sängerinnen dich immer nur mir vorstellten, als sie dich schmückten, und den Buckel verspotteten? Dein Vater weiß, daß wir diesen Buckligen um zehn Silbermünzen und eine Schüssel voll Speisen gemietet, und nun, da wir ihm seinen Lohn gegeben, bereits entfernt haben.« Als Sittulhasan dies hörte, lächelte sie und sagte: »Ich freue mich darüber unaussprechlich; du hast mit diesen Worten ein höllisches Feuer in mir ausgelöscht. Komm und rücke mich an deine Brust.« Bedruddin wickelte den Geldbeutel des Juden vorsichtig in seine Kleider und legte diese unter die Kissen, den Turban legte er auf den Stuhl zu dem übrigen und behielt nur ein baumwollenes Käppchen auf dem Kopfe. Sittulhasan streckte dann ihren Arm aus und sagte: »Komm, mein Teurer! Und beglücke mich mit deiner Nähe.« Dann sprach sie folgende Verse:

»Komm in meine Arme, dann bin ich mit dein Schicksale zufrieden, wiederhole mir deine süßen Worte, denn meine Ohren lieben dein Gespräch, wie ich dich selbst liebe; so möchte nur meine Rechte dich immerfort umarmen!«

Bedruddin und Sittulhasan hielten sich fest umschlungen in seligem Entzücken, so daß wohl folgende Verse auf sie anzuwenden sind:

»Geh' zu deiner Geliebten und frage nichts nach dem Gerede mißgünstiger Leute, die nie der Liebe Hilfe gewähren. Keinen schöneren Anblick hat der Barmherzige geschaffen, als den zweier Liebenden, die sich fest umschlungen halten. Hat einmal ein Herz der Liebe sich geweiht, so vermögen die Leute eben so wenig gegen dasselbe, als gegen kaltes Eisen. Schenkt dir das Schicksal einen schönen Tag, so kannst du zufrieden sein; doch wo ist dieser Tag? O ihr, die ihr die Liebenden tadelt, könnt ihr denn so leicht ein verdorbenes Herz bessern?«

Als das Paar einige Stunden geschlafen, sagte der Geist zur Fee: »Geh, nimm Bedruddin und trage ihn vor Anbruch des Tages wieder an den Ort, wo er gestern war.« Die Fee ergriff ihn und flog mit ihm davon, so wie er war, in einem kostbaren Hemde mit goldenen Borten und in einem blauen Käppchen, und der Geist flog auf der anderen Seite. Als der erhabene Gott die Morgenröte heranbrechen ließ und die Gebetrufer die Minarette bestiegen, um des Allmächtigen Einheit zu verkünden, da schleuderten die Engel einen feurigen Stern gegen die Geister: der männliche Geist verbrannte, die Fee aber ließ Bedruddin schnell auf den Boden nieder und flog davon. Nun wollte das Schicksal, daß, als die Fee sich herunter ließ, sie gerade über einem Tore von Damaskus war; Bedruddin ward also hier niedergelegt. Als nach Tagesanbruch die Tore der Stadt geöffnet wurden und viele Leute herauskamen, sahen sie Bedruddin liegen, der, von den ausgestandenen Abenteuern des vorigen Tages ermüdet, noch fest schlief. Sie versammelten sich um ihn und sagten: »Das ist schön, die Geliebte dieses Jünglings hat ihm nicht einmal Zeit gelassen, sich anzukleiden.« Einer der Leute sagte: »Diese vornehmen jungen Herrn sind zu bedauern; gewiß war er betrunken und von einem Bedürfnisse getrieben, ist er auf die Straße gegangen und hat die Haustüre nicht mehr finden können.« So vermutete jeder etwas anderes; endlich erhob sich ein sanfter Wind, der Bedruddins leichte Kleidung aufwehte und den Leuten seinen schönen Körper zeigte; sie schrien alle: »Ach wie schön!« Und dieses Geschrei weckte Hasan auf. Als er die Augen aufschlug und bemerkte, daß er auf der Straße lag, von vielen Leuten umringt, fragte er die Umstehenden: »Wo bin ich? Und was wollt ihr von mir?« Einige antworteten: »Als wir bei Tagesanbruch hierher kamen, fanden wir dich hier liegen, weiter wissen wir nichts von dir; sage du selbst, wo du diese Nacht geschlafen hast.« »Bei Gott! ich habe in Kahirah geschlafen«, antwortete er. »Bist du närrisch?« versetzten die Leute; »du willst die Nacht in Kahirah zugebracht haben und bist morgens darauf in Damaskus?« »Wahrhaftig«, erwiderte er, »ich war gestern den ganzen Tag in Baßrah, vergangene Nacht in Kahirah und nun bin ich hier.« Die Leute lachten ihn aus und behaupteten, er sei von Sinnen; dann bedauerten sie ihn, weil er so jung und so schön war und sagten ihm: »Nimm doch dein bißchen Verstand zusammen; gibt es denn einen Sterblichen auf der Welt, der des Tages in Baßrah, abends in Kahirah und den anderen Morgen in Damaskus sein kann?« »Freilich!« antwortete Hasan; »gestern war mein Hochzeittag in Kahirah.« »Du wirst dies geträumt haben«, sagten seine Zuhörer. Er dachte eine Weile: soll ich denn wirklich geträumt haben, daß ich nach Kahirah gekommen und daß man die Braut vor mir geschmückt hat? »Nein, bei Gott!« rief er dann, »es war kein Traum: Wo ist denn der Beutel mit Gold gefüllt? wo ist mein Turban, mein Oberkleid und mein Sacktuch?« Er kam dann vor Verwirrung ganz außer sich.

Da die Leute abermals schrien: »Der Mensch ist besessen!« lief ihnen Hasan davon in die Stadt, durchzog viele Straßen, immer von einer Menge Volks gedrängt, bis er in den Laden eines Kochs sich flüchtete, der ehemals ein gefürchteter Räuber und noch jetzt allen Bewohnern von Damaskus ein Gegenstand des Schreckens war; da zerstreuten sich die Leute, die Hasan verfolgten. Auf die Frage des Kochs: wer er sei, erzählte Hasan seine ganze Geschichte, die wir nicht zu wiederholen brauchen. »Deine Erzählung ist wunderbar«, sagte ihm der Koch, »doch verheimliche sie, bis dir Gott seinen Beistand verleihen wird, und bleibe indessen bei mir hier im Laden; ich habe ohnehin kein Kind und will dich daher an Kindes Stelle annehmen.« Als Hasan darein willigte, kaufte der Koch sogleich Kleider für ihn und erklärte vor Zeugen, daß er ihn als seinen Sohn anerkenne; so galt er denn in der ganzen Stadt für den Sohn des Kochs. So weit, was Hasan betrifft; nun kehren wir zu seiner schönen Base Sittulhasan zurück. Als diese bei Tagesanbruch erwachte und Hasan nicht an ihrer Seite fand, dachte sie, er sei hinauszugehen gezwungen worden. Sie saß eine Weile aufrecht im Bette, ihn erwartend; da kam ihr Vater Schemsuddin, der noch über den gestrigen Vorfall beim Sultan und über die darauf erfolgte gezwungene Ehe seiner Tochter mit einem gemeinen buckligen Sklaven bestürzt war. Er blieb an der Türe des Kabinets stehen und rief: »Sittulhasan!« Sie antwortete: »Hier bin ich zu deinen Diensten!« sprang vom Bette auf, lief ihm entgegen und küßte ihm die Hand. Ihr Gesicht hatte durch die Umarmungen der schönen Gazelle* noch an Schönheit und Glanz zugenommen. Als ihr Vater sie so munter sah, rief er aus: »Verdammtes Weib, wie kannst du mit diesem verfluchten Buckligen dich so freuen?«

Als Sittulhasan dies hörte, lächelte sie und sagte: »O mein Vater, laß es endlich bei dem gestrigen Scherze bewenden; die Frauen haben mich genug bemitleidet, und ich habe hinreichende Furcht ausgestanden, den Buckligen heiraten zu müssen, der nicht mehr wert war, daß er meinem Gemahle die Schuhe oder Pantoffel reiche, ich schwöre bei Gott, daß ich in meinem Leben keine schönere Nacht, als die gestrige, zugebracht habe; laß nun deinen Scherz und erwähne des Buckligen nicht mehr, der gemietet war, um von der jungen Schönheit meines Gemahls das böse Auge abzuwenden.« Bei diesen Worten konnte ihr Vater kaum vor Erstaunen fragen: »Was plauderst du da? Hat nicht der Bucklige bei dir die Nacht zugebracht?« Sittulhasan wiederholte noch einmal: »Gott verdamme den Buckligen! Lasse mir nur einmal Ruhe mit ihm; ich habe in den Armen des geistreichen Gatten mit schwarzen Augen und Augenbrauen geruht.« »Bist du toll, Weib?« fragte der Vezier noch einmal. »Bei dem Allmächtigen, Vater! Du zerreißest mir das Herz mit deinen Reden, lasse ab davon; der schöne Jüngling ist mein Gemahl, mit ihm habe ich die Nacht zugebracht, und seine Abwesenheit kann nur von kurzer Dauer sein.« Der Vezier ging hinaus, um ihn zu suchen, fand aber an seiner Stelle den Buckligen, mit dem Kopfe auf dem Boden und die Füße in die Höhe gestreckt. Ganz erstaunt fragte er ihn: »Was soll diese Stellung

* Ihres Gemahls Hasan

heißen? Wer hat dies getan?« »Warum auch«, erwiderte betrübt der Bucklige, »habt ihr mich mit der Geliebten der Büffel und Geister vermählt?«

Nun sagte der Vezier: »Komm doch einmal heraus, was bleibst du in diesem engen Raume?« »Ich darf diesen Ort nicht verlassen«, erwiderte der Bucklige, »bis nach Sonnenaufgang; denn als ich gestern hier ein Bedürfnis verrichten wollte, kam mir auf einmal eine schwarze Katze miauend in den Weg, sie ward immer höher, bis sie die Größe eines Büffels erreichte, dann sagte sie mir etwas in die Ohren; doch lasse mich jetzt und gehe deines Weges, Gott wird meine Unschuld belohnen und meine junge Frau verdammen.« Der Vezier führte ihn jedoch heraus und der Bucklige ging sogleich zum Sultan, um ihm von allem, was vorgefallen, Bericht zu erstatten. Der Vezier hingegen kehrte betroffen zu seiner Tochter zurück, nicht wissend, was er von dieser ganzen Geschichte denken solle. Er fragte dann noch einmal seine Tochter, was denn in der letzten Nacht mit ihr vorgegangen. »Ich weiß von nichts anderem, mein Vater«, erwiderte sie, »als daß ich bei dem geschlafen, in dessen Gegenwart ich aufgeputzt worden bin; auch liegt hier auf dem Stuhl sein Turban, sein Kaftan und ein Sacktuch, und unter der Matratze liegen seine Beinkleider, in denen etwas eingewickelt ist, ich weiß nicht was.« Als der Vezier den Turban seines Neffen Hasan betrachtete und ihn umkehrte, sagte er: »Wahrhaftig, dies ist der Turban eines Veziers nach der Tracht der Mossulaner.« Er bemerkte dann auch, was in der Kappe eingenäht war und er für ein Amulett hielt, dann fand er in den Beinkleidern den Beutel, worin 1000 Dinare waren; er öffnete das Papierchen, das darin war und las: »Hiermit verkauft Hasan aus Baßrah dem Juden Ishak die Ladung des ersten Schiffes für 1000 Dinare, die er schon erhalten.« Als er dies gelesen, fiel er ohnmächtig zu Boden.

Als der Vezier wieder zu sich kam, fuhr Djafar in seiner Erzählung vor dem Kalifen fort, und das von seines Bruders Hand geschriebene, eingenähte Papier auch noch entdeckte, war sein Erstaunen grenzenlos; er wendete sich dann zu seiner Tochter und sprach: »Weißt du, wer dich diese Nacht umarmte? Es war,

bei Gott, dein Vetter, und hier sind 1000 Dinare als deine Morgengabe; gelobt sei der Allmächtige, der alles so geleitet, wie es vor meinem Streite mit meinem Bruder Nuruddin geschehen sollte: nun möchte ich nur wissen, wie es eigentlich mit dieser ganzen Geschichte sich verhält.« Er warf dann noch einen Blick auf seines Bruders Papier, küßte es mehrere Male, dann weinte er laut über seinen Bruder und sprach folgende Verse:

»Ich sehe Spuren von ihnen und vergehe vor Sehnsucht, und vergieße Tränen an der Stelle, wo sie verweilt; dann bitte ich den, der mich mit ihrer Trennung heimgesucht, daß er mich wieder mit ihnen vereine.«

Er durchlas dann die Schrift seines Bruders und fand darin, wie er nach Baßrah gekommen, sich verlobt und geheiratet und wie seine Frau einen Sohn geboren hatte. Als er mit vielem Erstaunen die Begebenheiten seines Bruders mit den seinigen verglich, fand er, daß, wie er es vorher beschlossen, er und sein Bruder an demselben Tage heirateten und an demselben Tage Väter geworden, und daß nun sein Neffe seiner Tochter Gemahl ward. Er ging sodann mit dem Papier und dem Beutel zum Sultan und erzählte ihm alles, was vorgefallen. Der Sultan war höchst erstaunt darüber und befahl, daß alles dieses in die Chronik aufgeschrieben werde. Der Vezier ging dann nach Hause, um seinen Neffen zu erwarten, der aber nicht kam; er erwartete ihn sieben Tage lang und konnte nichts von ihm hören. Hierauf beschloß er, etwas zu tun, was noch niemand vor ihm getan hatte. Er nahm Tinte und Papier und schrieb darauf ein Verzeichnis von allem, was im Zimmer war, und von dem Platze, wo jedes Stück sich befand, ließ es dann hinwegräumen und nahm auch den Turban, den Beutel und die Beinkleider in Verwahrung.

Nach neun Monaten gebar die Tochter des Veziers von Kahirah einen Sohn mit einem Vollmondsgesichte wie der leuchtende Morgen; man färbte seine Augenbrauen mit Kohel, gab ihm eine Amme und nannte ihn Adjib. Als Adjib sieben Jahre alt war, schickte ihn sein Großvater in die Schule und

empfahl dem Lehrer, über seine Erziehung und Ausbildung mit der größten Sorgfalt zu wachen. Als Adjib einige Jahre die Schule besuchte, fing er an, die übrigen Schulkinder durch Schlagen und Schimpfen zu plagen. Die Kinder klagten dies ihrem Lehrer und dieser sagte ihnen: »Ich will euch ein Mittel angeben, womit ihr gewiß Adjib von euch entfernt halten könnt. Wenn er morgen wieder zur Schule kommt, so setzt euch um ihn herum, schlagt ein Spiel vor und sagt dann zueinander, es dürfe niemand mitspielen, der nicht den Namen seines Vaters und seiner Mutter wüßte; wer den Namen seiner Eltern nicht kenne, sei ein Bastard.« Als am folgenden Tage Adjib, der Sohn Hasans, in die Schule kam, taten die Kinder, wie ihnen der Lehrer geraten; sie sagten: »Wir wollen etwas spielen, und wer es weiß, wie sein Vater und seine Mutter heißt, darf mitspielen.« Die Kinder sagten dann eines nach dem anderen: »Ich heiße so, mein Vater heißt so und meine Mutter so.« Als die Reihe an Adjib kam, sagte er: »Ich heiße Adjib, meine Mutter Sittulhasan und mein Vater Schemsuddin.« Da schrieen die Kinder: »Wo denkst du hin? Der ist wahrhaftig nicht dein Vater.« »Wehe euch!« versetzte hierauf Adjib; »der Vezier Schemsuddin soll nicht mein Vater sein?« Die Kleinen lachten ihn aus und schlugen die Hände zusammen und sagten: »Gott bewahre uns vor der Gesellschaft eines Jungen, der seinen Vater nicht kennt; der darf nicht mit uns spielen und nicht neben uns sitzen.« Als Adjib sah, wie alle Kinder von ihm wegrückten, fing er an, heftig zu weinen. Da sagte ihm der Lehrer: »Weißt du nicht, daß der Vezier Schemsuddin nicht dein Vater, sondern dein Großvater, Vater deiner Mutter Sittulhasan, ist? Deinen Vater aber kennt niemand, denn als der Sultan deine Mutter mit einem Buckligen verheiratete, kam ein Geist und schlief bei ihr; da also dein Vater unbekannt ist, so kannst du, gleichsam als Bastard, nicht mit den übrigen Kindern gleichen Rang ansprechen, denn auch der Sohn des Kaufmanns und des Gemüsehändlers kennt seinen Vater – von dir weiß man nur, daß der Vezier dein Großvater ist, niemand aber kennt deinen Vater.«

Als Adjib dies hörte, verließ er die Schule und lief weinend zu seiner Mutter. Diese sagte ihn: »Warum weinst du, mein Sohn? Gott lasse nie deine Augen Tränen vergießen!« Er erzählte ihr, was in der Schule vorgefallen, und fragte sie, wer sein Vater sei? »Der Vezier von Kahirah«, antwortete Sittulhasan. »Du lügst«, erwiderte Adjib, »der Vezier ist dein Vater und mein Großvater; wer aber ist mein Vater?« Sittulhasan ward hierdurch wieder schmerzlich an ihren Gatten, den Vater des Kindes, gemahnt. Sie erinnerte sich der Nacht, die sie bei ihm zugebracht, fing an heftig zu weinen und rezitierte folgende Verse:

»Sie haben mein Herz mit der Liebe bekannt gemacht und sind dann weggegangen, und nun steht die Wohnung leer, ohne meinen Geliebten. Entfernt hat er sich von Haus und seinen Bewohnern, er besucht uns nicht, und es ist, als besuche uns niemand mehr. Seitdem die Freunde sich entfernt, ist auch meine Geduld, mein Trost und meine Erwartung dahin. Mit ihm ist auch meine Freude verschwunden; als er mich verließ, fand ich auch keine Ruhe mehr. Die Trennung macht das Blut meiner Augen fließen; viele Tränen vergoß ich bei ihrer Entfernung, wenn einen Tag nur meine Sehnsucht nach ihnen unbefriedigt blieb, so seufzte ich in meiner Erwartung. Im Innersten meines Herzens ist ihr Bild, leidenschaftliche Liebe und Erinnerung. O ihr, deren Andenken Oberkleid ist, so wie eure Liebe mein Unterkleid, gibt es kein Lösegeld für den Gefangenen eurer Liebe? Gibt es keinen Verband für den von euerer Liebe Zerknirschten? Gibt es kein Heilmittel für den, der nach eurer Nähe schmachtet? Gibt es keine Ansicht für den, den eure Trennung tötet? O Freunde, wie lange wird dies noch dauern, wie lange werdet ihr mich noch fliehen?«

Als sie diese Verse gesprochen und mit ihrem Sohne weinte, trat ihr Vater ins Zimmer und fragte sie um die Ursache ihrer Tränen. Sittulhasan erzählte ihm, was ihrem Sohne in der Schule widerfahren, und er mußte auch weinen, als er an seinen Bruder und Neffen dachte, dessen Geschichte ihm ein Geheimnis war. Er ging hierauf zum Sultan, teilte ihm die ganze Geschichte mit, küßte die Erde vor ihm und beschwor ihn, ihm zu erlauben, nach dem Orient bis Baßrah zu reisen, um seinem Neffen nachzuforschen und ihm überall hin Empfehlungsschreiben mitzugeben, damit er ihn leichter auffinden und mitbringen könne. Der Sultan gab seinen Bitten nach; der Vezier nahm die Empfehlungsschreiben mit größter

Freude, dankte dem Sultan, verabschiedete sich bei ihm, machte die Vorbereitungen zur Reise und verließ dann Kahirah mit seiner Tochter und ihrem Sohne Adjib.

Nach einer Reise von 20 Tagen kam der Vezier von Kahirah mit seiner Tochter und seinem Enkel nach Damaskus: er fand dort Flüsse und Vögel, wie ein Dichter sagte:

»Ich brachte in Damaskus einen Tag und eine Nacht zu, da schwor das Geschick, ähnliches nie mehr zu gewähren; wir schliefen unbewacht unter dem Fittige der Nacht*, bis ein Teil des Morgens sie schon erleuchtete. Der Tau auf jenen Bäumen gleicht Perlen, die der Zephyr durch einen Händedruck herunterschüttelt. Die Vögel schienen zu lesen, der Teich war wie ein Blatt, auf dem der Wind schrieb, während die Wolken die Punkte hinzusetzten.«

Der Vezier hielt auf einem großen Platze vor dem Tore, schlug dort sein Zelt auf und sagte zu seinen Freunden, die ihn begleiteten: »Wir wollen hier einige Tage ausruhen.« Einige Diener gingen dann in die Stadt, um ihre Geschäfte zu besorgen; der eine verkaufte, der andere kaufte ein, der dritte besuchte das Bad. Auch Adjib ging mit einem Sklaven in die Stadt, um sich ein wenig zu zerstreuen; der Diener ging hinter ihm her mit einem roten Stocke von Haselholz; er war so dick, daß, wenn man ein Kamel damit geschlagen hätte, es bis nach dem Lande Jemen** geflohen wäre. Als die Bewohner von Damaskus den schönen jungen Adjib sahen, den folgendes Gedicht so gut beschreibt: »Sein Atem ist Moschus, seine Zähne sind Perlen, seine Wangen Rosen, sein Speichel Wein, sein Wuchs ein Zweig, sein Gesäß ein Sandhügel, seine Haare sind die Nacht und sein Gesicht der Vollmond.«; liefen sie vor und hinter ihm her und stellten sich ihm in den Weg, um ihn beim Vorübergehen zu sehen, bis nach Gottes Ratschluß und Bestimmung sein Diener am Laden seines Vaters stehen blieb. Adjib war damals zwölf Jahre alt, sein Bart fing schon an zu wachsen, auch hatte er schon recht viel Verstand. Der Koch, der seinen Vater an Kindesstelle angenommen, war längst tot und hatte seinem Adoptivsohne den Laden und sein ganzes Vermögen hinterlassen.

Als Adjib mit seinem Diener vor den Laden seines Vaters Hasan aus Baßrah kam, setzte diesen die Schönheit seines Sohnes in großes Erstaunen; sein Herz fing an zu klopfen, sein Blut kam in Wallung, sein Innerstes ward gerührt und er fühlte sich durch eine geheime Macht des Herrn mächtig zu ihm hingezogen. Gelobt sei er, dem alles möglich ist! Er hatte an diesem Tage gerade Granatäpfelbeeren mit Zucker bereitet und wandte sich daher mit Tränen in den Augen zu seinem Sohne Adjib, indem er sagte: »O du, mein Herr, der du mein Herz unterjocht und meinen Geist besiegt hast, willst du nicht ein wenig zu mir treten und meine Speise kosten?« Er erinnerte sich an seinen früheren Rang als Vezier und sprach folgende Verse:

»O meine Freunde! Es fließen meine Tränen heftig wegen eines traurigen Liebesverhältnisses; ich sehe euch und ziehe mich von euch zurück, obgleich

---

* Wörtlich: »Und die Fittige der Nacht war in ihrer Nachlässigkeit.« D. h. die Nacht war der Liebe günstig, weil sie nicht, wie der Tag, die Liebenden verrät.

** Das glückliche Arabien heißt arabisch: Jemen.

ein Teil meiner Sehnsucht nach euch schon mich töten könnte; ich trenne mich nicht aus Haß oder aus Lust, euch zu vergessen, nur die Vernunft gebietet mir, meine Liebe zu verbergen.«

Als Adjib diese Verse hörte, bemitleidete er den Koch; er sagte seinem Eunuchen: »Dieser Mann hat mein Herz gerührt und Mitleid bei mir rege gemacht; es scheint, als habe er einen Sohn oder einen Bruder verloren, laß uns daher bei ihm einkehren, sein Herz stärken und seine Einladung annehmen, vielleicht wird Gott durch diese gute Tat auch mich wieder mit meinem Vater vereinen.« Der Sklave antwortete hierauf ganz zornig: »Bei Gott! Das wäre schön, wenn der Sohn des Veziers im Laden eines öffentlichen Kochs speisen wollte; während ich mit meinem Stocke die Leute verhindere, daß sie Euch nicht zu nahe treten, soll ich mich mit Euch in einen öffentlichen Laden setzen!« Als Hasan dies hörte, sagte er seinem Sohne folgende Verse:

»Ich wundere mich, daß man durch einen Diener dich von den Leuten absonderte, und nicht wußte, daß du es schon durch deine Schönheit bist? Deine Haarlocken sind Basilik, deine Wangen Rubin, das braune Flecken darauf Ambra und deine Zähne Edelsteine.«

Dann wandte sich Hasan zum Diener und sagte ihm: »Willst du, mein Herr, nicht mein Herz ein wenig trösten? Du Rußiger mit weißem Herzen, du, den man so und so gelobt hat.« Da lachte der Eunuche und fragte: wie denn? Hasan rezitierte hierauf folgende Verse:

»Ohne seine Bildung und Zuverlässigkeit würde in festlichen Wohnungen keine Zucht herrschen. Und was für ein Diener ist er, wenn es gilt den Harem zu bewahren! Engel vom Himmel bedienen ihn seiner Schönheit willen. Seine schwarze Farbe ist lieblich und seine weißen Werke erzeugen Fröhlichkeit.«

Dies gefiel dem Eunuchen, er lachte und trat in den Laden. Der Koch setzte dann Adjib und dem Eunuchen eine Schüssel voll Granatäpfel und andere süße Speisen vor. Adjib sprach aber zu seinem Vater: »Setze dich und iß mit uns, vielleicht wird uns Gott wieder mit denen, die wir lieben, vereinen.« Hasan fragte ihn hierauf: »Wie, mein Sohn, auch du bist in deiner Jugend schon mit Trennung von deinen Freunden heimgesucht worden?« »Freilich«, antwortete Adjib, »bin auch ich schon mit diesen Schmerzen vertraut geworden, und eben bin ich mit meinem Großvater auf der Reise, um die Verlorenen wieder aufzusuchen.« Er fing dann an zu weinen, und Hasan weinte mit ihm, denn er ward wieder an seine Frau und an sein Vaterland erinnert, und rezitierte folgende Verse:

»Kommen wir nach dieser Trennung wieder einmal allein zusammen, so haben wir uns lange Vorwürfe zu machen; bei Gott, kein Bote kann Liebesklagen bestellen, noch ein krankes Herz heilen.«

Diese Verse rührten den Diener, der noch eine Weile aß und dann mit Adjib seinen Weg weiter fortsetzte; dem Koch war es aber, als verließe ihn sein Lebensgeist; er schloß daher seinen Laden und ging ihnen nach, ohne zu wissen, daß Adjib sein Sohn war, bis er ihn endlich am Tore von Damaskus einholte. Als der Verschnittene ihn hinter sich bemerkte, fragte er ihn, was er wolle. »Seitdem ihr mein Haus verlassen«, antwortete Hasan, »ist es mir, als sei mein Lebensgeist

mit euch gegangen; ich habe übrigens vor dem Tore etwas zu tun, das will ich jetzt versehen und dann wieder nach Hause zurückkehren.« Der Verschnittene sagte hierauf zornig zu Adjib: »Das ist deine Schuld, ich habe wohl im voraus etwas von diesem Manne befürchtet, dadurch, daß wir bei ihm einen schlechten Bissen gegessen, glaubt er das Recht zu haben, uns überall zu verfolgen und anzubetteln.« Als auch Adjib ihn bemerkte, ward er ebenfalls aufgebracht, und sein Gesicht ward vor Zorn ganz rot; er sagte dann dem Eunuchen: »Laß ihn, wie alle Muselmänner, seines Weges gehen, erst wenn wir vor dem Tore an unserem Zelte ihn noch hinter uns sehen, dann wissen wir, daß er uns nachläuft.« Sie gingen bis zum großen Platze, wo ihr Zelt war; als nun Adjib sich umwandte und immer noch den Koch hinter sich sah, ward er bald rot, bald blaß, denn er fürchtete, sein Großvater möchte erfahren, daß er in den Laden eines Kochs gegangen, und darüber böse werden. Sein Auge begegnete dann dem Hasans, der wie ein Körper ohne Geist aussah; er hielt ihn für einen Spitzbuben oder einen unzüchtigen Menschen, und sein Zorn ward so heftig, daß er in seiner Wut einen halbpfündigen Stein von der Erde aufhob und ihn Hasan an den Kopf warf, so daß die Stirne von einem Auge zum anderen gespalten ward, das Blut über sein Gesicht herabströmte und er ohnmächtig zu Boden stürzte. Adjib ließ ihn liegen und ging mit seinem Diener ins Zelt. Als Hasan nach einer Weile wieder zu sich kam, wusch er das Blut ab und verband die Wunde mit der Binde seines Turbans; er machte sich dann selbst Vorwürfe darüber, sich so benommen zu haben, daß der junge Mann ihn für einen Spitzbuben halten mußte. Er kehrte jetzt in seinen Laden zurück und sehnte sich immerwährend nach seiner Mutter in Baßrah und sprach folgende Verse:

»Fordere vom Schicksal keine Gerechtigkeit, du würdest ihm Unrecht tun; klage es nicht an, wenn es unwillig ist, denn es gibt keine Billigkeit auf der

Welt; ergreife vom Leben was du kannst, und laß die Sorgen beiseite: das Leben muß bald trüb, bald heiter sein.«

Während Hasan aus Baßrah wieder, wie früher, gekochte Speisen in seinem Laden verkaufte, war sein Oheim, der Vezier aus Kahirah, nach drei Tagen von Damaskus nach Hims gereist. Da er auch hier seinem Neffen vergeblich nachgespürt, reiste er nach Hamah, übernachtete hier, um Erkundigungen einzuziehen, und rastete dann nicht mehr, bis in Aleppo, wo er sich zwei Tage aufhielt; so setzte er über Maridin, Mossul, Sindjar und Dijarbekr seine Reise bis Baßrah fort. Hier ging er sogleich zum Sultan, der ihn gut aufnahm und nach der Ursache seiner Reise fragte. Der Vezier erzählte ihm seine Geschichte und verschwieg ihm nicht, daß er der Bruder seines ehemaligen Veziers Nuruddin aus Kahirah sei. Der Sultan rief aus: Gott sei ihm gnädig! Und sagte ihm, daß dieser vor ungefähr 15 Jahren gestorben sei und einen Sohn hinterlassen habe, von dem man aber seit einem Monat nach des Vaters Tod nichts mehr gehört habe. »Seine Mutter«, fuhr der Sultan fort, »ist noch hier bei uns; sie ist die Tochter des Großveziers.« Als Schemsuddin dies hörte, bat er um die Erlaubnis zu ihr zu gehen, die ihm auch sogleich gegeben ward. Er begab sich hierauf in die Wohnung seines Bruders Nuruddin, küßte vor Freude die Hausschwelle, und als ihm wieder sein Bruder, der in der Fremde gestorben, einfiel, sprach er folgende Verse:

»Ich möchte Tag und Nacht bei diesem Hause zubringen und diese und jene Mauer küssen; doch nicht Liebe zum Hause füllt mein Herz, sondern zu denen, die es bewohnen.«

Als er zur großen Pforte hineintrat, kam er in eine geräumige gewölbte Halle von verschiedenartigem Marmor mit kostbaren Blumenmalereien verziert; als er sich im Inneren des Hauses umsah, fand er an den Wänden den Namen seines Bruders mit Goldbuchstaben und Azurfarbe geschrieben; er küßte ihn, erinnerte sich wieder an die Trennung, weinte und sprach folgende Verse:

»Ich frage die Sonne nach euch, so oft sie aufgeht, und den Blitz, so oft er leuchtet. Ich bringe die Nächte in den Armen der Sehnsucht zu und klage ihr meinen Schmerz nicht. O meine Freunde! Dehnt sich eure Entfernung noch in die Länge, so wird sie mich ganz zermalmen. Doch wolltet ihr meinen Augen noch einmal vergönnen, euch zu sehen, so werdet ihr dadurch die schönste Vereinigung bewirken. Glaubt nicht, daß ich mich mit anderen abgebe, mein Herz hat nicht mehr Raum für Liebe zu anderen. Bemitleidet einen Liebenden, den die Liebesschmerzen drücken, dessen Innerstes durch eure Trennung zerknirscht worden. O wenn mein Schicksal mir noch einmal vergönnte, euch zu erblicken, wie dankbar würde ich ihm für dieses Wiedersehen sein! Möge Gott dem Verleumder seinen Schutz entziehen, der unsere Trennung wünscht, und der Fuß unbrauchbar werden, der, um unsere Trennung zu verlängern, sich bewegt!«

Er ging dann zur Türe des Saals, in welchem seine Schwägerin, die Mutter Hasans, war. Diese Frau hatte immerfort geweint und geklagt, seitdem ihr Sohn Hasan verschwunden war. Nachdem sie so viele Tage und Nächte durchweint hatte, ließ sie ihrem Sohne mitten im Zimmer ein Grabmal errichten und weinte darauf Tag und Nacht. Als nun der Vezier die Türe öffnete, fand er seine Schwägerin, deren Haare über dem Grabe herabhingen, laut weinend über ihren Sohn Hasan und folgende Verse rezitierend:

»O Grab, o Grab! Haben seine Tugenden aufgehört zu sein? Sollte die Freude aller, die ihn gesehen, erloschen sein? O Grab! Du bist doch kein Himmel und kein Garten, wie vereint sich in dir Sonne und Mond?«

Er begrüßte sie, sagte ihr, daß er ihr Schwager sei, und erzählte ihr seine ganze Geschichte. Im Laufe seiner Erzählung sagte er ihr auch, daß Hasan aus Baßrah vor ungefähr zehn Jahren eine Nacht bei ihm zugebracht und des Morgens auf einmal verschwand; daß seine Tochter von ihm guter Hoffnung ward und nach neun Monaten einen Sohn gebar, den er bei sich habe. Als die Mutter Hasans hörte, daß ihr Sohn noch lebe und einen Sohn habe, richtete sie sich auf und sprach weinend folgende Verse:

»Gott hat den Boten gesegnet, der mir ihre Ankunft verkündet, denn er bringt mir die schönste Nachricht; wenn er wollte, so gäbe ich ihm statt eines Ehrenkleides ein Herz, das die Trennung zerrissen hat.«

Sie umarmte dann Adjib, drückte ihn an ihren Busen und küßte ihn, und dieser erwiderte es; als sie dann wieder zu weinen anfing, sagte ihr der Vezier: »Jetzt ist keine Zeit zum Weinen; mache dich reisefertig und komme mit mir nach Ägypten, vielleicht finden wir meinen Neffen, deinen Sohn; dies gibt eine merkwürdige Geschichte, die wohl verdient aufgezeichnet zu werden.« Sie machte sogleich ihre Vorbereitungen zur Reise; unterdessen ging der Vezier, sich beim Sultan zu beurlauben, der ihm alles gab, was er zur Reise bedurfte, auch Geschenke für den Sultan von Kahirah. Schemsuddin reiste nun wieder ununterbrochen bis Aleppo, wo er drei Tage blieb; dann begab er sich nach Damaskus, schlug wieder außerhalb der Stadt sein Zelt auf und sagte zu seinen Leuten: »Wir werden hier einige Tage verweilen, um Geschenke für den Sultan einzukaufen.« Als er nun in die Stadt gegangen, um seine Geschäfte zu besorgen, fragte Adjib den Verschnittenen: »Wollen wir nicht ein wenig nach Damaskus spazieren und sehen, was der Koch macht, dessen Speisen wir verzehrt, und den wir dann zum Lohne für seine Wohltat mißhandelt haben?« »In Gottes Namen!« antwortete der Verschnittene. Sie verließen das Zelt, und schon wallte das Blut Adjibs seinem Vater entgegen. Sie gingen in die Stadt durch das Paradiestor, durchkreuzten viele Straßen und den großen Marktplatz, und sahen sich dann in der Moschee der Omejaden um, bis gegen die Stunde des Nachmittagsgebets. Dann gingen sie zum Laden Hasans, und fanden wieder bei ihm höchst einladende Granatäpfel, mit Julep und Rosenwasser gekocht. Adjib hatte Mitleid mit ihm, als er das blaue Mal sah, das der Stein, mit dem er ihn geworfen, auf seiner Stirne zurückgelassen, und sagte zu ihm: »Friede sei mit dir! Mein Herz ist bei dir.« Als Hasan Adjib sah, kam wieder sein Innerstes in Bewegung, sein Herz klopfte und sein Blut kam in Wallung, er wollte den Gruß erwidern, konnte aber seine Zunge nicht bewegen; er beugte sich dann ganz demütig vor Adjib und sprach folgende Verse:

»Ich sehnte mich nach dem, den ich liebe, und als ich ihn fand, verstummte ich und war nicht mehr Herr meiner Zunge und meiner Augen; aus Ehrfurcht schlug ich die Augen vor ihm nieder, und suchte, was ich empfand,

ihm zu verbergen; doch es blieb ihm nicht verborgen; viele Worte hatte ich in meinem Herzen, und als ich beim Geliebten war, brachte ich kein Wort heraus.«

Er sagte ihm dann: »Vielleicht mein Herr, wirst du den Kummer, den du mir verursacht, wieder verscheuchen; komm mit deinem Begleiter zu mir herein und koste meine Speisen; bei Gott! Sobald ich dich gesehen, klopfte mir das Herz, und nur aus Unüberlegtheit bin ich dir nachgefolgt.«

Adjib erwiderte hierauf: »Freilich liebst du uns; und weil wir bei dir gegessen, bist du uns auf dem Fuße gefolgt und hast uns dadurch der Schande ausgesetzt; nun werden wir nichts bei dir genießen, wenn du nicht schwörst, daß du uns nie mehr nachlaufen willst; glaube aber nicht, daß wir nicht wiederkehren, wir bleiben eine ganze Woche hier, bis mein Großvater für den König von Ägypten Geschenke eingekauft hat.« Hasan sagte: »In Gottes Namen! Ich schwöre es euch.« Sie gingen dann in seinen Laden, er stellte ihnen eine Schüssel voll Speisen vor, Adjib hieß ihn mitessen; er setzte sich zu seinem Sohne und sah immer ganz starr auf ihn hin. Adjib sagte ihm: »Du bist ein lästiger Liebhaber, was gaffest du mich so an?« Hasan ward verlegen und sprach folgende Verse:

»Für dich hat jedes Herz einen geheimen Gedanken und einen verborgenen Sinn, den niemand ausspricht. O du, der du den leuchtenden Mond durch deine Schönheit zu schanden machst, dessen Reize dem anbrechenden Morgen gleichen, das Licht deines Angesichts kann man nie und nirgends entbehren, man wird mit immer neuer Sehnsucht wieder hingezogen. Ich zerschmelze vor Liebesglut, und doch ist dein Gesicht mein grünes Paradies; ich sterbe vor Durst, und doch ist dein Speichel wie der Fluß Kauthar*.«

* Name eines Flusses im Paradies

Sie aßen dann zusammen; Hasan gab bald Adjib, bald dem Verschnittenen einen Bissen, bis sie satt waren; dann standen sie auf und Hasan goß ihnen Wasser über die Hände, nahm die Serviette, die er um den Leib hatte, und trocknete sie damit ab, bespritzte sie mit Rosenwasser, lief dann schnell zum Laden hinaus und kam wieder mit zwei Portionen eines kühlen Getränkes, mit Schnee und Zucker und Rosenwasser bereitet, und stellte es ihnen vor, indem er sagte: »Vollendet eure Güte!« Adjib nahm, trank davon und reichte es dann dem Diener zum Trinken hin; sie wurden so gesättigt, wie sie es nie waren, dankten Hasan vielmal, eilten fort bis zum östlichen Tore hinaus und hielten sich nicht mehr auf, bis sie ihr Zelt erreichten. Adjib ging hierauf zu seiner Großmutter, der Mutter Hasans; diese küßte ihn, dachte an ihren Sohn Hasan, fing an zu weinen und sprach folgende Verse:

»Wäre nicht meine Hoffnung, euch einst wiederzusehen, ich würde gewiß nach der Trennung keine Lust mehr am Leben haben; ich schwöre, daß nur Liebe zu euch mein Herz erfüllt; Gott mein Herr, kennt wohl mein Inneres.«

Sie fragte dann Adjib, wo er gewesen war, und stellte ihm zu essen vor; aber das Schicksal wollte, daß auch sie gerade Granatäpfel gekocht hatte, die jedoch nicht so süß waren; sie hieß auch den Verschnittenen mitessen; dieser dachte bei sich selbst: Bei Gott! Wir sind so satt, daß wir kein Brot riechen können; doch setzte er sich zu Adjib.

Adjib fing an, ein wenig zu essen, da er aber auch, wie der Diener, sehr satt war und die Speise nicht süß genug fand, sagte er: »Pfui, was ist das für eine schlechte Speise.« Die Alte war ganz erstaunt und sagte: »Mein Sohn, du verschmähst meine Küche? Ich selbst habe diese Speise zubereitet und niemand, außer meinem Sohne Hasan aus Baßrah, kommt mir gleich in der Kochkunst.« Adjib erwiderte hierauf: »Deine Speise ist schlecht; wir haben eben dieselbe bei

einem Koche in der Stadt gegessen, die tut dem Herzen wohl, sie war so köstlich zubereitet, daß die deinige mit ihr nicht verglichen werden kann.« Als die Frau dies hörte, geriet sie in Zorn und sagte dem Diener: »Du verdirbst mir meinen Sohn, läufst mit ihm in der Stadt herum und besuchst mit ihm die öffentlichen Wirtshäuser.« Der Diener sagte aus Furcht: »Wir waren in keinem Speisehause, sondern sind nur bei einem umherziehenden Koche vorübergegangen, haben aber nichts gegessen.« Adjib schwor aber, sie seien in den Laden des Kochs gegangen und hätten bei ihm dieses, wie das vorige Mal, Granatäpfel gegessen, viel besser, als die ihrigen. Die Frau kam in die höchste Wut und berichtete alles ihrem Schwager; dieser rief dem Diener aufgebracht zu: »Wehe dir! Gestehe mir, wo du mit dem Kleinen warst.« Der Diener, aus Furcht, umgebracht zu werden, wollte nicht die Wahrheit sagen; Adjib aber zwang ihn, alles zu gestehen. »Wahrhaftig, Großvater«, sagte er, »wir haben in einem Laden bei einem Koche gegessen, bis wir so satt waren, daß uns die Speise zur Nase herausging, er brachte uns dann noch zwei Portionen Schnee und Zucker.« Der Vezier ward immer aufgebrachter. »Wie, du verfluchter Sklave, du leugnest noch, mit meinem Sohne in einem Wirtshause gewesen zu sein, während er selbst sagt, daß ihr euch ganz vollgegessen? Wenn du die Wahrheit gesagt, so iß diese Schüssel voll.« Der Diener aß einen Bissen, konnte aber schon den zweiten nicht mehr herunterbringen; er entschuldigte sich bei seinem Herrn, indem er sagte, er sei noch vom vorigen Tage satt. Der Vezier ließ sich aber nicht länger anlügen und befahl einem anderen Diener, dem Eunuchen die Bastonnade zu geben, was sogleich geschah. Als der Diener vor Schmerzen um Hilfe schrie und ganz wütend wurde, sagte er: »Wohl, mein Gebieter, es ist wahr, daß wir in dem Laden eines Kochs gewesen und dort bessere Granatäpfel gegessen haben, als diese hier sind.« Die Mutter Hasans geriet hierüber aufs Neue in Wut und sagte: »Bei Gott, den ich anflehe, mich wieder mit meinem Sohne zu vereinen, du mußt uns von deinem Koche eine Schüssel voll Granatäpfel bringen; dein Herr muß sie kosten und dann urteilen welche besser gekocht sind.« Sie gab dem Diener sogleich eine Schüssel und einen halben Dinar; er lief in die Stadt zum Koche und sagte ihm: »O bester Koch, wir haben im Hause unseres Herrn über deine Speise gewettet, gib mir daher für einen halben Dinar Granatäpfelbeeren; nimm dich aber wohl in acht, daß wir nicht noch einmal wegen dieser Speise geprügelt werden, nachdem wir schon mißhandelt wurden, weil wir in deinem Laden gewesen sind.« Hasan erwiderte lachend: »Bei Gott! Niemand kann diese Speise so gut zubereiten, wie ich und meine Mutter, die jetzt weit von hier ist.« Er füllte ihm dann seine Schüssel und goß Butter darüber, und der Diener lief damit ins Zelt zurück. Die Mutter Hasans kostete sogleich davon und als sie sie sehr gut fand, erkannte sie den, der sie zubereitet; sie schrie laut und fiel in Ohnmacht. Der Vezier war erstaunt darüber und bespritzte sie mit Wasser; als sie wieder zu sich kam, rief sie: »Wenn mein Sohn noch am Leben ist, so hat kein anderer, als er, diese Speise gekocht; niemand außer ihm kennt diese Zubereitung!«

Als der Vezier dies hörte, sagte er voll Freude: »Gott wird uns gewiß wieder mit meinem Neffen vereinen!« Er rief sogleich alle seine Leute zusammen,

Sklaven, Kammerdiener und Stallknechte, an die fünfzig Mann, und sagte ihnen: »Geht in den Laden des Kochs, nehmt Stöcke, Prügel und ähnliches mit euch, zerschlagt alles Geschirr, was ihr bei ihm findet, verwüstet den Laden völlig, bindet den Koch dann mit feinem Turban und fraget ihn, ob er die schlechten Granatäpfelbeeren zubereitet. Ich gehe indessen in den Palast der Seligkeit* und komme dann wieder zu euch; keiner von euch soll ihn aber schlagen, noch sonst mißhandeln; bindet ihn nur und bringt ihn mit Gewalt hierher.« Die Leute freuten sich dieses Auftrags und der Vezier bestieg sogleich sein Pferd, ritt in den königlichen Palast, traf dort den Gouverneur von Damaskus, zeigte ihm seine Empfehlungsschreiben; dieser küßte sie und fragte dann nach dem Lesen derselben: »Wer ist der Schuldige?« »Ein Koch«, erwiderte der Vezier. Hierauf schickte der Gouverneur sogleich seinen Adjutanten mit vier anderen Offizieren, vier Janitscharen und sechs Polizeisoldaten ab. Als sie aber in den Laden des Kochs kamen, war schon alles zertrümmert und verwüstet, denn während der Vezier im königlichen Palaste war, liefen seine Leute, der eine mit einem Stocke, der andere mit einem Pfosten eines Zeltes, der dritte mit einem Spieße, der vierte mit einem Schwerte bewaffnet, in den Laden Hasans, zerbrachen, ohne ihm ein Wort zu sagen, alle seine Schüsseln, Teller, Töpfe und Kessel. »Was bedeutet dies, ihr Gemeinde der Frommen?« fragte Hasan. »Bist du es nicht«, erwiderten sie ihm, »der die Granatäpfel zubereitet, die eben ein Diener hier kaufte?« »Freilich bin ich's!« antwortete Hasan; »niemand kann sie so gut, wie ich, zubereiten.« Sie schrien ihn an, schimpften ihn, zerschlugen alles, was noch ganz war; eine Menge Leute sammelte sich um den Laden und alle sagten: »Hier geht etwas Großes vor.« Hasan schrie immerfort: »O ihr Muselmänner, warum habe ich mir denn durch meine Speise eine solche Behandlung zugezogen? Warum zerbrecht ihr alle meine Geschirre und verwüstet meinen ganzen Laden?« Man antwortete ihm wieder: »Bist du es nicht, der Granatäpfel zubereitet?« - »Freilich«, erwiderte er, »doch was ist daran Böses?« Die Leute schrieen wieder auf ihn ein und schmähten ihn, umgaben ihn von allen Seiten, nahmen die Binde von seinem Turban, banden ihn damit fest und schleppten ihn mit Gewalt zum Laden hinaus.

Hasan geriet in den heftigsten Zorn; er schrie laut weinend: »Was war denn mit diesen Granatäpfeln, daß ihr mich deshalb so mißhandelt?« Die Leute gaben ihm wieder dieselbe Antwort. Als sie mit ihm in die Nähe des Zeltes kamen, holte sie der Adjutant des Sultans mit seinen Schergen ein; er trieb die Leute weg, die sich um Hasan versammelt hatten, schlug ihn mit dem Stocke auf die Schultern und fragte ihn auch wieder: »Hast du nicht die Granatäpfel zubereitet?« Hasan taten die Schläge so weh, daß er weinend fragte: »Was ist denn mit diesen Granatäpfeln?« Der Adjutant stieß und schimpfte ihn und sagte seinen Leuten: »Schleppt diesen Hund nur immer fort!« So wurde Hasan unter Toben, Schimpfen und Schlägen in das Zelt geschleppt. Man wartete dort, bis der Vezier vom Statthalter von Syrien, bei dem er sich verabschiedet hatte, zurückkam, und stellte ihm dann Hasan vor. Als Hasan seinen Oheim Schemsuddin sah, weinte er

* D. h. der Sitz der Regierung

und fragte wieder, was er verschuldet? »Hast du nicht die Granatäpfel zubereitet?« erwiderte ihm der Vezier, ihn dabei so heftig anschreiend, daß ihm fast der Atem ausging. »Jawohl!« antwortete Hasan; »doch sagt mir endlich, was ich dabei für ein Verbrechen begangen; soll ich etwa deshalb hingerichtet werden?« »Du sollst es bald erfahren«, antwortete der Vezier. Er rief dann seine Leute und gab ihnen Befehl, aufzubrechen. Sie legten sogleich die Zelte zusammen, ließen die Kamele und Dromedare niederknien und sperrten Hasan in eine Kiste, schlossen sie zu und luden sie auf ein Dromedar; die Reise ging immerfort bis sie nach Ägypten kamen. Vor der Stadt Kahirah ließ der Vezier die Kamele niederknien, und Hasan aus der Kiste herauskriechen. Er ließ dann Holz herbeischaffen, berief einen Schreiner zu sich und sagte zu diesem: »Mache mir einen hölzernen Galgen.« Hasan fragte: »Mein Herr, was willst du mit diesem Galgen?« »Dich hängen, daran nageln und dich dann so in der Stadt herumführen lassen«, erwiderte der Vezier, »weil du so schlechte Granatäpfel gekocht, und zu wenig Pfeffer dazu genommen hast.«

»Wie«, sagte Hasan, »weil an den Granatäpfeln zu wenig Pfeffer war, habt ihr meinen Laden verwüstet und mein Geschirr zerbrochen? O ihr Muselmänner, um ein bißchen Pfeffers willen habt ihr mich also gebunden und in diese Kiste gesperrt, in der ich Tag und Nacht geplagt wurde, indem ich selbst das wenige Essen, das ihr mir hineingereicht, darin verzehren mußte. Darum habt ihr mich gefesselt und wollt mich nun hängen lassen? O ihr Muselmänner, und dies alles, weil die Granatäpfel nicht genug gepfeffert waren; verdient denn ein solches Vergehen eine so grausame Strafe? Nie«, setzte Hasan laut weinend hinzu, »ist einem Menschen etwas ähnliches begegnet. Man schlägt mich, verwüstet meinen Laden, plündert mich aus und will mich noch dazu hängen, weil ich die Granatäpfel nicht genug gepfeffert habe! Gott verdamme die Granatäpfel, wäre ich doch gestorben, ehe ich sie gekocht!« Immer heftiger flossen seine Tränen, als er schon die Nägel womit er angenagelt zu werden fürchtete, vor seinen Augen liegen sah; als aber die Nacht heranbrach, ließ der Vezier Hasan wieder in die Kiste sperren, schloß sie zu und sagte ihm: »Wir haben jetzt doch nicht mehr Zeit, dich festzunageln, du kannst also diese Nacht noch in der Kiste bleiben.« Hasan hörte nicht auf zu weinen, und tröstete sich endlich damit, daß er sagte: »Es bleibt mir keine andere Zuflucht als die himmlische Macht übrig. Ich soll angenagelt werden, und habe weder gemordet, noch gelästert, noch Gott verleugnet, nur zu wenig Pfeffer an die Granatäpfel getan!« Während Hasan so jammerte, ließ der Vezier die Kiste wieder auf ein Dromedar laden und in die Stadt tragen, nachdem schon alle Bazare geschlossen waren; er ließ dann vor seinem Hause still halten, wo auch die übrigen Kamele niederknieten. Während nun alles abgeladen ward, sagte der Vezier zu seiner Tochter Sittulhasan: »Meine Tochter, gelobt sei Gott, der dich wieder mit deinem Gatten und Vetter vereint; laß im Hause sogleich alles in Ordnung bringen und so wieder einrichten, wie vor zwölf Jahren an deiner Hochzeitsnacht.« Es wurden dann Wachskerzen und Lampen angezündet, der Vezier nahm das Papier, worauf geschrieben war, wie alles in der Hochzeitsnacht geordnet gewesen, zur Hand, und las es den Dienern vor und es ward alles an den nämlichen Ort gestellt, wie vor zwölf Jahren; auch der Turban Hasans wurde auf den Stuhl gelegt, wie er es selbst in jener Nacht getan; die Beinkleider und der Beutel mit 1000 Dinaren wurden ebenso unter die Matratze gelegt. Der Vezier sagte hierauf zu seiner Tochter: »Gehe in das Nebenzimmer, ziehe dich gerade so an, wie in der Nacht, wo dein Gatte bei dir ruhte, sage ihm dann: ›Du bist wohl lange ausgeblieben, mein Herr.‹ Bitte ihn auch, daß er sich wieder niederlege, unterhalte dich mit ihm bis morgen früh, dann erst wollen wir ihm die ganze Geschichte entdecken.«

Der Vezier, fuhr Djafar in seiner Erzählung vor dem Kalifen fort, ging dann zu Hasan, entfesselte ihn und zog ihm seine Kleider bis auf das Hemd aus. Dieser ging langsam vorwärts, bis er an die Türe des Zimmers kam, in welchem man vor zwölf Jahren die Braut vor ihm geschmückt hatte; als er den Kopf ins Zimmer steckte, erkannte er den Vorhang, das Bett und den Stuhl; er war sehr erstaunt, trat dann mit dem einen Fuße ins Zimmer, und war ganz verwirrt im Kopf. »Gelobt sei der erhabene Gott!« rief er dann aus, »wache oder träume ich?« Er rieb sich die Augen, Sittulhasan hob aber den Vorhang ein wenig in die Höhe und sagte: »O mein Herr! Wie lange bist du ausgeblieben, lege dich doch wieder ins Bett!« Wie Hasan ihre Stimme hörte und ihr Gesicht sah, wunderte er sich sehr und sagte lachend: »Bei Gott! Das ist gut. Ich bin wirklich lange weggeblieben.« Er trat sodann ins Zimmer, und alles, was ihm seit zwölf Jahren widerfahren, drehte sich ihm im Kopfe herum, er konnte mit der Geschichte nicht ins Klare kommen. Als er nun gar den Stuhl mit seinem Turban, Oberkleid und Tuch erblickte, und unter der Matratze seine Beinkleider und den Beutel

wiederfand, lachte er wieder und sagte: »Bei Gott! Das ist gut.« Sittulhasan aber fragte ihn: »Was lachst du so, mein Herr, und worüber bist du so verwundert?« Er lachte wieder, als er dies hörte, und fragte: »Wie lange bin ich wohl ausgeblieben?« Sittulhasan aber rief: »Hast du die Besinnung verloren? Es ist kaum eine kleine Weile, daß du dich von meiner Seite rissest, und ins Nebengemach gingst.« Er lachte wieder und sagte: »Bei Gott! Du hast Recht, meine Gattin, es ist mir aber doch, als wäre ich von dir fort gewesen; ich habe wohl in meiner Abwesenheit die Besinnung verloren, dann geschlafen, und mir ist's, als hätte ich geträumt, daß ich in Damaskus gewesen und dort zehn Jahre als Koch gelebt habe; es kam dann ein Knabe mit einem Sklaven« Hasan griff hier mit der Hand an seine Stirne und fand die Narbe, die ihm Adjib gemacht und sagte: »Es ist doch wahr, bei Gott! Er hat mich mit einem Steine getroffen und meine Stirne geritzt; ich muß also doch gewacht haben.« Er setzte hinzu: »Beim Allmächtigen, mir ist's, nachdem ich an deiner Seite geruht, als wenn ich geträumt habe, ich sei nackt nach Damaskus gegangen und sei dann dort Koch geworden; ferner habe ich geträumt, daß ich Granatäpfel gekocht, die nicht genug gepfeffert waren; wahrhaftig, ich habe sehr lange geträumt.« »Was hast du denn noch im Traume gesehen?« fragte Sittulhasan; »erzähle mir alles.« »O meine Gebieterin«, fuhr er fort, »wenn ich nicht schnell erwacht wäre, so hätten sie mich an den Galgen genagelt.« »Und weshalb?« fragte Sittulhasan. »Weil ich die Granatäpfel nicht genug gepfeffert habe«, antwortete er; »sie haben auch deshalb meinen Laden verwüstet und mein Geschirr zerbrochen, auch haben sie mich gefesselt, in eine Kiste gesperrt, bei einem Schreiner einen Galgen bestellt, um mich daran zu nageln, weil an den

Granatäpfeln nicht genug Pfeffer gewesen war. Nun gottlob! Daß mir alles dies nur im Traume widerfahren und nicht in der Wirklichkeit.« Sittulhasan lachte und drückte ihn an ihr Herz. Dann sagte er wieder: »Ich habe doch alles dies wachend erlebt, und kann aus dieser Geschichte nicht klug werden; es gibt keine Zuflucht und keine Macht, außer bei Gott.«

So brachte Hasan diese Nacht zu; bald sagte er, ich habe geträumt, dann wieder, ich habe gewacht; er betrachtete eine Weile das Zimmer, die ganze Einrichtung und die Braut und sagte: »Bei Gott! Ich habe nicht einmal eine ganze Nacht hier geschlafen.« So war er in Verwirrung bis zum Morgen, da kam sein Oheim und wünschte ihm einen guten Tag. Als Hasan ihn betrachtete und ihn für den Vezier von gestern erkannte, schrie er erschrocken: »O weh! O weh! Hast du nicht befohlen, daß man mich schlage, mißhandle, fessle und annagle, weil meine Granatäpfel nicht genug gepfeffert waren?« Der Vezier antwortete ihm: »Nun ist alles klar und die ganze Wahrheit bekannt; du bist mein echter Neffe, und alles, was ich getan, war nur, um die Wahrheit zu ergründen, du hast meine Tochter in jener Nacht umarmt, du kennst deinen Turban und deine Beinkleider, den Brief, den dein Vater, mein Bruder, geschrieben, und den du in dem Käppchen aufbewahrt, es ist kein Zweifel, mehr, daß du es bist, denn ein anderer hätte von all dem nichts gewußt.« Er sprach dann folgenden Vers:

»Das Schicksal bleibt sich nicht immer gleich, es geht nicht anders: bald kommt Trauer bald Freude.«

Er führte dann auch seine Mutter zu ihm; als sie ihn sah, fiel sie über ihn her, weinte und sprach folgende Verse:

»Bei unserem Wiedersehen klagten wir einander, was wir gelitten. Nicht durch die Zunge eines Boten lassen sich Klagen gut mitteilen. Die Trauer einer gemieteten Klagefrau gleicht nicht der eines wirklich betrübten Herzens, und nicht mein Bote mir selbst.«

Sie erzählte ihm dann, was sie ausgestanden, seitdem er von ihr sich entfernt, er verkündete ihr, was er gelitten; sie lobten Gott über ihre Wiedervereinigung. Den folgenden Tag berichtete der Vezier alles dem Sultan; er wunderte sich so sehr über diese Geschichte, daß er sie aufschreiben und aufbewahren ließ. Der Vezier mit seiner Tochter und seinem Neffen lebte noch lange Jahre in den besten und angenehmsten Verhältnissen, sie aßen und tranken und belustigten sich, bis sie den Todeskelch leeren mußten. Dies, Beherrscher der Gläubigen, ist die Geschichte des Veziers aus Kahirah und des Veziers aus Baßrah. Der Kalif sagte: »O Djafar, diese Geschichte ist höchst wunderbar.« Auch ließ er sie sogleich aufschreiben und aufbewahren und schenkte dem Sklaven die Freiheit und dem jungen Manne eine seiner schönsten Sklavinnen, und gab ihm so viel, als er zu leben brauchte; er blieb in der Umgebung des Kalifen, bis der Tod sie trennte.

Geschichte des Buckligen

Es lebte einst in den Städten Baßrah und Kaschgar* ein Schneider, der eine schöne und ganz für ihn passende Frau hatte. Eines Tages, als er in seinem Laden saß, kam ein buckliger Mann, setzte sich neben seinen Laden, fing an zu singen und dabei auf eine Trommel, die er bei sich hatte, zu schlagen. Der Schneider dachte: Wie wäre es, wenn ich diesen Buckligen mit mir nähme, um mich und meine Leute diese Nacht mit ihm zu belustigen? Er ging dann sogleich auf den Buckligen zu und sagte ihm: »Willst du wohl mit mir nach Hause gehen und diese Nacht mein Gast sein?« »Recht gern«, erwiderte der Bucklige, »es verwirklichen sich dadurch meine schönsten Träume.« Der Schneider nahm ihn mit nach Hause und gab ihm etwas Fische zu essen, die er gerade im Hause hatte. »Während des Essens nahm ich«, so erzählt der Schneider, »ein Stück Fisch und stopfte es dem Buckligen in den Schlund; es blieb ihm aber im Halse stecken und er starb daran augenblicklich. Da ich mich sehr fürchtete, ging ich mit meiner Frau zu einem jüdischen Arzte, der in unsrer Nähe wohnte; ich klopfte an seine Türe, es kam eine Sklavin herunter und machte uns auf; ich sagte ihr: »Geh, sage deinem Herrn, es sei hier ein Mann mit seiner Frau und einem kranken Menschen, den er untersuchen möge.« Ich gab der Sklavin für ihren Herrn auch sogleich einen halben Dinar. Während nun die Sklavin sich entfernte, trug ich den Buckligen die Treppe hinauf, ließ ihn an der Treppe liegen und machte mich mit meiner Frau aus dem Staube. Die Sklavin war indessen zu ihrem Herrn gegangen und

* Wahrscheinlich lebte er zuerst in Baßrah und zog später nach Kaschgar, in anderen Ausgaben liest man entweder nur »Baßrah« oder nur »in einer chinesischen Stadt«.

hatte ihm gesagt, »Mein Herr, man hat unten einen kranken Mann vor das Haus gebracht, und hier schickt man dir einen halben Dinar, damit du nach ihm sehen und ihm verschreiben mögest, was ihm gut ist.« Als der Jude sah, daß man ihm einen halben Dinar gab, bloß um die Treppe hinabzusteigen, freute er sich so sehr, daß er schnell im Dunkeln aufstand; er gebot der Sklavin, ein Licht anzuzünden, ging einstweilen ohne Licht schnell hinunter, aber bei seinem ersten Tritt stolperte er an den Buckligen hin, so daß er die ganze Treppe hinunterrollte. Der Jude rief erschrocken der Sklavin, sie solle doch geschwind ein Licht bringen. Als die Sklavin Licht brachte und der Jude den Buckligen unten an der Treppe tot fand, schrie er: »O Esra! O Moses! O Aron! O Josua, Sohn Nuns! Ich bin an diesen kranken Menschen gerannt, so daß er die ganze Treppe hinuntergefallen und getötet ist: Wie kann ich nun den Erschlagenen aus meinem Hause bringen? O Esel Esra's*!« Er brachte dann den Toten hinauf ins Zimmer und erzählte die ganze Geschichte seiner Frau; diese sagte ihm: »Was zauderst du so lange? Es ist bald Tag, und ist dann der Tote noch bei uns, so ist's um uns geschehen? Du bist ein unbeholfener Mensch und weißt dir nicht zu raten.« Sie sprach dann folgende Verse:

»Du hast eine gute Meinung von der Zeit, wenn du einen schönen Tag siehest, und fürchtest sogleich kein Unglück mehr vom Schicksale. Du läßt dich durch einige ruhige Tage leicht täuschen, doch trifft das Unglück auf einmal in den heitersten Nächten ein.«

* D. h. könnte er doch wie Esras Esel wieder zum Leben zurückkehren! Vergleiche darüber Koran II. 261.

Dann sagte die Frau zu ihrem Manne: »Besinne dich nicht lange; komm, wir wollen sogleich den Toten auf das Dach tragen und ihn in das Haus unseres Nachbarn, des ledigen Muselmanns, werfen.« Der Nachbar des Juden war Aufseher über die Küche des Sultans; er brachte oft viele Fettigkeiten nach Hause, weshalb er sehr von Katzen und Mäusen geplagt wurde, die fressen kamen, was er nach Hause gebracht und manches fortschleppten. Der Jude und seine Frau trugen also den Buckligen aufs Dach, gingen langsam damit bis ans Zimmer des Aufsehers und ließen ihn ganz gerade hinunter, bis er mit den Füßen auf den Boden kam; sie lehnten ihn dann an die Wand und gingen davon. Aber kaum waren sie wieder in ihrem Hause zurück, als der Aufseher von einer Mahlzeit*, der er mit einigen Freunden beigewohnt, zurückkehrte; es war Mitternacht und er hatte eine brennende Kerze in der Hand. Als er in sein Zimmer kam und einen Menschen in der Ecke an der Mauer unter dem Luftloche stehen sah, sagte er: »Bei Gott, das ist gut; nun sehe ich, daß ein Mensch und nicht Katzen und Mäuse mir mein Schmalz, mein Fleisch und mein Schwanzfett stehlen, nun habe ich ungerechterweise Katzen und Hunde gemordet, während du durch das Luftloch und das Dach herunter zu mir ins Zimmer kommst, um mich zu bestehlen. Aber bei Gott! Ich will mit meiner eigenen Hand mich an dir rächen.« Er nahm dann einen Hammer, sprang auf den Buckligen zu, schlug ihn auf die Brust, so daß er umfiel, und dann schlug er ihn noch auf den Rücken. Als er ihm aber hierauf ins Gesicht sah und ihn tot fand, da schrie er laut und sagte: »Wehe mir! Ich habe ihn erschlagen, nur beim erhabenen Gott gibt es nun Schutz und Kraft.« Er ward ganz blaß vor Furcht und sagte: »Gott verdamme das Fett und das Schwanzstück! Ich vertraue nur noch auf Gott und überlasse mich seiner Bestimmung.«

Als der Aufseher dann auch bemerkte, daß der Erschlagene ein Buckliger war, sagte er: »O was fange ich an? O Beschützer, hilf mir!« Er nahm dann den Buckligen auf die Schultern und ging aus seinem Hause fort – es war gegen Ende der Nacht – als er an den Anfang des Bazars mit ihm kam, stellte er ihn an die Seite eines Ladens hin, welcher in einer dunklen Straße war, und ging davon. Nach einigen Augenblicken kam ein großer christlicher Schreiber**, er war ein verständiger Mann und der erste Makler des Sultans; er hatte sich zu Hause betrunken und wollte nun ins Bad gehen, weil er im Rausch doch wußte, daß die Zeit des Morgengebets nahe sei; so ging er denn, hin und her schwankend, bis zum Buckligen hin, wo er stehen blieb, um ein Bedürfnis zu verrichten. Als er nun einen Blick auf den Mann warf, glaubte er, es sei ein Dieb, der ihm seinen Turban stehlen wolle, wie es schon einer beim Heranbrechen der Nacht getan hatte. Er schlug daher mit der Faust den Buckligen auf den Rücken, warf ihn zu Boden, rief die Wache zu Hilfe und schlug indessen immer auf den Buckligen los und würgte ihn. Als die Wache mit einer Laterne kam und einen Christen sah, der auf einem Muselmann kniete und ihn schlug, fragte sie: »Was hat er getan?« Der Christ antwortete: »Er hat meinen Turban rauben wollen.« Die Wache sagte:

* Eigentlich eine Schlußmahlzeit, d. h. ein Essen, das bei Gelegenheit der Vollendung des Korans oder auch irgend eines heiligen Buchs gegeben wird.

** Muallem heißt zwar gewöhnlich Lehrer, wird aber in Ägypten auf koptische Schreiber angewendet.

»Steh von ihm auf.« Als er aufstand und die Wache sich dem Buckligen näherte und ihn tot fand, sagte sie: »Bei Gott! Das ist schön; ein Christ bringt einen Muselmann um.« Sie ergriff sogleich den Christen, den Makler, legte ihn in Fesseln und brachte ihn noch in der Nacht in das Haus des Verwalters der Polizei. Der Christ war sehr erschreckt, doch konnte er nicht begreifen, wie er durch einige Schläge diesen Mann so schnell umgebracht habe; sein Rausch verließ ihn und er fing an, ernstlich über die Sache nachzudenken. Er blieb dann mit dem Buckligen bis morgens im Hause des Beamten. Kaum war dieser erwacht, so ging er ins Schloß und sagte dem König von China, daß sein Schreiber, der Christ, einen Muselmann umgebracht; der König befahl, man solle ihn hängen. Der Beamte verließ das Schloß und befahl dem Scharfrichter, dies bekannt zu machen und dann für den Christen einen Galgen zu errichten, um ihn daran zu hängen. Der Scharfrichter warf dem Christen einen Strick um den Hals und wollte ihn schon in die Höhe heben, da trennte der Küchenaufseher auf einmal die Volksmasse und sagte zu dem Scharfrichter: »Tu dies nicht! Dieser hat ihn nicht umgebracht, sondern ich habe ihn erschlagen!« Und er erzählte hierauf seine ganze Geschichte, wie er ihn mit dem Hammer geschlagen und ihn dann weggetragen und an den Bazar hingestellt. »Es ist genug, daß ich einen Muselmann ums Leben gebracht, es soll nicht auch ein Christ für meine Schuld an dem Galgen sterben.«

Als der Beamte die Rede des Aufsehers hörte, sagte er zu dem Henker: »Laß den Christen los und hänge diesen nach seinem eigenen Geständnis.« Der Henker nahm den Aufseher, stellte ihn unter den Galgen, warf ihm den Strick um den Hals und wollte ihn aufhängen, da kam der jüdische Arzt, drängte sich durch die Menschenmasse, und sagte: »Hängt ihn nicht, er hat niemanden getötet, sondern ich habe diesen Buckligen ums Leben gebracht. Nachdem nämlich

diese Nacht schon alle Bazare geschlossen waren und ich zu Hause saß, kam ein Mann mit seiner Frau und klopften an die Türe; meine Sklavin ging hinunter und öffnete ihnen; die Leute hatten diesen kranken Mann gebracht und der Sklavin einen halben Dinar gegeben. Die Sklavin kam wieder herauf und sagte mir dies. Während sie nun zu mir heraufgegangen war, hatten aber die Leute, ohne mich zu erwarten, den Kranken oben an die Treppe hingelegt; als ich daher hinunter wollte, stolperte ich an ihn hin und rollte mit ihm die Treppe herab und er starb sogleich; folglich bin ich die Ursache seines Todes. Ich und meine Frau, wir nahmen ihn dann und trugen ihn aufs Dach; die Wohnung des Aufsehers stößt an die meinige, wir ließen also den Buckligen durch das Luftloch in sein Haus, und obschon er tot war, stand er doch aufrecht in einer Ecke gelehnt; daher glaubte der Aufseher, als er nach Hause kam, es sei ein Dieb, und schlug ihn mit einem Hammer, so daß er auf den Boden fiel. Und darum behauptet er auch, er habe ihn erschlagen, während doch ich ihn getötet habe. Es ist genug, daß ich unschuldigerweise einen Muselmann umgebracht, es soll aber nicht mit meinem Wissen noch ein anderer für meine Schuld sterben. Hängt ihn also nicht, denn ich bin der Mörder dieses Buckligen.«

Als der Beamte die Worte des Juden hörte, sagte er zu dem Henker: »Laß den Aufseher los und hänge den Juden!« Der Henker warf das Seil um den Hals des Juden; da drang der Schneider durch die Leute und sprach zu dem Henker: »Tue dies nicht, denn nicht der Jude, sondern ich habe den Buckligen getötet.« Er wandte sich dann zu dem Polizeiobersten und sprach: »Kein anderer als ich hat diesen Buckligen umgebracht. Ich ging nämlich gestern spazieren*,

* Der Widerspruch mit dem Anfang der Erzählung lastet nicht auf dem Übersetzer.

und als ich zum Nachtessen nach Hause wollte, traf ich diesen Buckligen betrunken, mit einer Trommel in der Hand und laut singend; ich ging auf ihn zu, nahm ihn mit nach Hause und ging dann, gebackene Fische zu kaufen. Als ich sie nach Hause brachte, aßen wir; ich nahm davon ein Stück und stopfte es ihm in den Mund, es blieb ihm im Halse stecken und er starb davon. Da ich mich nun fürchtete, gingen ich und meine Frau mit ihm zum jüdischen Arzte; wir klopften an die Türe, die Sklavin kam herunter und öffnete uns. Ich sagte ihr: gehe zu deinem Herrn und sage ihm, daß ein Mann und eine Frau einen kranken Menschen hergebracht, den er ansehen soll; ich gab auch der Sklavin einen halben Dinar für ihren Herrn. Während sie nun hinaufging, trug ich den Buckligen die Treppe hinauf, lehnte ihn an und ging hierauf mit meiner Frau wieder fort. Der Jude stolperte über ihn beim Heruntergehen und glaubte, er habe ihn so umgebracht.« Der Schneider fragte den Juden: »Ist es nicht so wahr?« »Es ist wahr«, antwortete der Jude. Der Schneider wandte sich dann zum Polizeiobersten und sagte zu ihm: »Laß den Juden frei und hänge mich, denn ich habe den Buckligen getötet.« Als der Beamte die Rede des Schneiders hörte, wunderte er sich über diese Begebenheiten und sprach: »Dies alles muß einen wunderbaren Grund haben und verdient wohl, daß man es mit goldener Tinte aufschreibe.« Er sagte dann zu dem Henker: »Laß den Juden los und hänge den Schneider.« Der Henker ließ den Juden los, stellte den Schneider unter den Galgen, warf ihm einen Strick um den Hals und sprach: »Ich bin nun bald müde vom auf- und zubinden.« Er wollte schon das Ende des Seils durch den Ring ziehen, um den Schneider zu hängen. Nun war aber der Bucklige der Spaßvogel und Hausfreund des Sultans von China, von dem er sich keinen Augenblick trennen konnte. Da aber der Bucklige in jener Nacht betrunken gewesen war, so hatte er nicht vor dem Sultan erscheinen können, und als dieser auch am folgenden Tagen den Buckligen vergebens bis Mittag erwartete, fragte er nach ihm bei dem Hausgesinde. Da erzählte einer, wie der Statthalter eben mit einem toten Buckligen und seinem Mörder beschäftigt sei, wie er diesen habe hängen wollen, aber immer andere gekommen seien, die behaupteten, sie haben ihn umgebracht, und jeder dann seine Geschichte dem Statthalter erzählt habe. Als der König von China dies hörte, sagte er zu einem seiner Türwächter: »Lauf geschwind zum Polizeiobersten und bringt ihn mir her nebst dem Erschlagenen und den Mördern.« Der Pförtner eilte und traf gerade den Henker, als er dem Schneider das Seil um den Hals geworfen hatte und ihn aufhängen wollte; er schrie: »Hänge ihn nicht!« wandte sich zum Beamten und teilte ihm des Königs Befehle mit. Jener machte sich sogleich auf und ging mit dem Buckligen, dem Schneider, dem Juden, dem Aufseher und dem Christen zum König, stellte sie ihm alle vor, küßte die Erde vor ihm und wiederholte die ganze Geschichte des Buckligen von Anfang bis zu Ende. Als der König von China dies hörte, war er sehr verwundert und erstaunt; er befahl, alles aufzuschreiben und sagte nun zu den Umstehenden: »Habt ihr je eine wunderbarere Geschichte, als diese, gehört?« Der Christ trat nun hervor, küßte die Erde und sprach: »O König der Zeit, wenn du es erlaubst, will ich dir eine Geschichte erzählen, die mir selbst widerfahren und worüber selbst Steine weinen müssen.« Der König von China sagte: »Erzähle«. Der Christ begann:

Geschichte des Christen

Wisse, daß, ehe ich in dieses Land gekommen – denn meine Heimat ist weit von hier – ich bin mit Waren hierher gezogen und erst in den letzten Jahren habe ich mich durch die Fügung des Schicksals hier ansässig gemacht, lebte ich in Ägypten und gehörte zu den Kopten; mein Vater war ein großer Makler, und nach seinem Tode setzte ich sein Geschäft zwei Jahre lang fort. Nun hört, was mir wunderbares widerfahren. Ich saß in Kahirah auf dem Getreidemarkt, da kam ein schöner junger Mann, herrlich gekleidet, auf einem Esel reitend und grüßte mich; ich stand vor ihm auf, er zeigte mir ein Tuch voll Sesam und fragte mich, was das Malter davon wert sei?

Ich sagte ihm, fuhr der Christ in seiner Erzählung vor dem König von China fort: »Der Ardeb* von diesem Sesam ist 100 Drachmen wert.« »Nun«, sprach er, »geh, hole die Träger und die Messer, komme ans Siegestor in den Chan Aldjawali, du wirst mich dort finden. Er verließ mich dann und setzte seinen Weg fort. Ich machte mich auf die Beine, nahm die Probe und besuchte die Getreidehändler und die Magazine der anderen Kaufleute, die Sesam aufkauften. Man bot mir 110 Drachmen für das Malter. Ich nahm dann vier Träger und ging mit ihnen nach der Herberge Aldjawali, wo mich der junge Mann erwartete. Als er mich sah, stand er auf, ging vor mir ins Magazin und sagte mir: »Laß die Messer hereinkommen und messen, und die Träger die Esel beladen.« Die Träger gingen so hinaus und herein, bis das Magazin leer war; es enthielt 50 Malter für 5000 Drachmen. Der junge Mann sagte mir dann: »Es kommen dir 10 Drachmen vom Malter als Maklergeld zu, bewahre mir also 4500 Drachmen auf; wenn ich mit dem Verkaufe aller meiner Magazine fertig sein werde, will ich zu dir kommen und sie bei dir abholen.« Ich sprach: »Es soll geschehen, wie Ihr befehlt«, küßte ihm die Hand und er verließ mich. Ich bewunderte seine Freigebigkeit und erwartete ihn einen ganzen Monat lang, bis er endlich kam und mich fragte: »Wo ist das Geld?« Ich hieß ihn willkommen und bat ihn, ein wenig bei mir einzukehren und etwas zu genießen; er wollte aber nicht und sagte: »Geh, bereite das Geld, während ich fortgehe, ich komme bald wieder zu dir um es zu holen.« Er kehrte dann mit seinem Esel um; ich stand auf, brachte das Geld herbei und wartete; als er wieder einen Monat ausblieb, dachte ich, sonderbar, daß dieser edelmütige Jüngling nicht kommt, seine 4500 Drachmen bei mir zu holen. Er blieb nun drei Monate aus, kam dann wieder auf einem Esel geritten, mit schönen Kleidern angetan; er sah aus, als käme er aus dem Bade.

* Ungefähr ein Malter

Als ich ihn erblickte, ging ich aus meinem Laden auf ihn zu und sagte ihm: »Mein Herr, kommst du nicht, dein Geld zu nehmen?« Er antwortete: »Was habe ich zu eilen? Wenn ich alle meine Geschäfte beendigt haben werde, so komme ich diese Woche noch, es zu holen«, und entfernte sich wieder. Ich dachte, wenn er wiederkommt, werde ich ihn zu mir einladen. Er blieb aber ein ganzes Jahr weg; ich handelte mit seinem Gelde und gewann ein großes Vermögen damit. Am Ende des Jahrs kam der junge Mann wieder schön gekleidet. Als ich ihn sah, ging ich ihm entgegen und beschwor ihn beim Evangelium, er möge doch mein Gast sein und bei mir essen. Er sagte: »Gut, aber mit der Bedingung, daß die Kosten von meinem Gelde gehen.« Ich war zufrieden, ging mit ihm ins Zimmer und ließ Teppiche vor ihm ausbreiten. Als er Platz genommen, lief ich auf den Markt, kaufte allerlei Getränke, gefüllte Hühner und süße Speisen und legte sie ihm vor; er näherte sich dem Tische; als ich »im Namen Gottes*« sagte, streckte er seine linke Hand aus und aß mit mir. Ich wunderte mich sehr über ihn und dachte: Nur Gott ist vollkommen, dieser junge Mann ist so freigebig und so schön, doch so hochmütig, daß er vor Stolz sich nicht der rechten Hand zum Essen bedient; ich aß aber doch mit ihm.

Als wir gegessen hatten, fuhr der Christ fort, goß ich Wasser über seine Hand und reichte ihm ein Tuch zum Abtrocknen; nachdem ich ihm auch einige

* Sowohl vor Tisch, als beim Anfang und oft auch bei Vollendung irgendeiner Handlung sagen die Muselmänner: Im Namen Gottes, d. h. geschehe dies.

süße Speisen angeboten und wir uns zu unterhalten anfingen, sagte ich zu ihm: »Mein Herr! Zerstreue meinen Kummer, sage mir, warum du mit der linken Hand gegessen; hast du vielleicht irgend ein Übel an der rechten Hand?« Als der Jüngling dies hörte, zog er weinend den rechten Arm aus seinem Ärmel hervor und zeigte ihn mir, und siehe da: er war verstümmelt, es war ein Arm ohne Hand; als er meine Verwunderung darüber bemerkte, sagte er: »Wundere dich nicht, denke aber nicht, daß ich aus Hochmut mit der linken Hand gegessen habe, und höre die wunderbare Geschichte, wie ich meine Hand verlor.« Als ich mein Verlangen danach äußerte, erzählte er unter Seufzen und Weinen folgendes: »Wisse, daß ich in Bagdad geboren hin, mein Vater gehörte zu den Vornehmsten der Stadt. Als ich das Mannesalter erreicht hatte und oft viele Leute und Reisende Wunderdinge von Ägypten erzählen hörte, blieben mir diese Gedanken immer im Herzen, bis mein Vater starb und ich ihn erbte; dann packte ich eine Partie Bagdader und Mossuler Waren zusammen, nahm auch 1000 Stück Seidenstoffe und andere Stoffe mit und reiste damit von Bagdad weg nach Kahirah. In Kahirah ließ ich mich mit meinen Waren im Chan Masrur nieder; ich packte meine Ladung aus und ging damit in die Magazine, gab meinem Diener Geld, um etwas Essen zuzubereiten und ruhte mich aus, während meine Jungen aßen. Dann ging ich ein wenig zwischen den Palästen spazieren und legte mich hierauf schlafen. Nachdem ich völlig ausgeruht hatte, öffnete ich mehrere Ballen Waren und beschloß, einige bekannte Bazare zu besuchen, um mich nach dem Preise zu erkundigen. Ich nahm einige Proben, bepackte damit einen meiner Jungen, zog mein schönstes Kleid an und ging bis auf den Markt des Djeherkaß. Als ich hineintrat, kamen mir die Makler, die von meiner Ankunft schon wußten, entgegen, nahmen die Muster meiner Waren und riefen sie aus, aber niemand bot dafür, was sie mich kosteten; ich war sehr verstimmt darüber und sagte: »Ich werde ja mein eigenes Kapital auf diese Art nicht herausbringen.« Die Makler antworteten: »Wir wissen dir einen Rat, wodurch du nicht nur nichts verlieren, sondern auch noch gewinnen wirst.«

»Du mußt nämlich«, sagten die Makler, »wie andere Kaufleute deine Waren in kleinen Partien, nach bestimmten Terminen verkaufen, und dir einen Zeugen, einen Schreiber und einen Wechsler nehmen; du kannst dann jeden Montag und Donnerstag dein Geld bei den Leuten holen und die übrigen Tage dich in Kahirah unterhalten oder am Nil dich ergötzen.« Ich gab diesem Rate meinen Beifall, führte die Makler in meinen Chan und gab die Ware heraus. Sie trugen sie mit mir auf den Markt, ich verkaufte sie einzeln, ließ mir Handschriften, von Zeugen unterschrieben, von den Käufern geben, und übergab sie den Geldwechslern zum einkassieren; ich kehrte dann wieder in den Chan zurück, blieb einige Tage dort, frühstückte jeden Tag einen Becher voll Wein, Hammelfleisch, Tauben und süße Speisen, und lebte so einen ganzen Monat hindurch. Nun kam der zweite Monat, an welchem ich mein Geld einzufordern hatte; ich ging jeden Montag und Donnerstag auf den Markt, setzte mich zu einem Kaufmanne, bis der Geldwechsler mit dem Schreiber mir das Geld von den Käufern brachte. So blieb ich bis nach dem Nachmittagsgebet, dann rechnete

ich das Geld zusammen, versiegelte es und ging wieder in den Chan. Nachdem ich eine Zeitlang so gelebt, ging ich einmal an einem Montage früh ins Bad; als ich herauskam, zog ich herrliche Kleider an, begab mich auf mein Zimmer im Chan, frühstückte mit Wein, schlief, aß dann ein gekochtes Huhn, salbte und beräucherte mich mit wohlriechenden Essenzen und ging auf den Markt, wo ich mich neben einen Kaufmann setzte, den man Bedruddin den Gärtner nannte. Als ich mich eine Weile mit ihm unterhielt, kam eine reichgekleidete Frau mit zahlreichem Gefolge, deren Übertuch und Taschentuch die Luft mit Wohlgerüchen um sich her erfüllte. Als sie ihr Tuch abnahm und ich zwei große schwarze Augen bemerkte, ward mein Herz zu ihr hingerissen. Sie grüßte Bedruddin, auch er hieß sie freundlich willkommen und unterhielt sich mit ihr; als ich ihre Stimme hörte, ward meine Liebe zu ihr immer heftiger, ich war ganz entzückt und fühlte schon meine Liebe unvertilgbar. Sie fragte Bedruddin: »Hast du wohl einen Stoff mit wilden Jagdzeichnungen?« Bedruddin zeigte ihr ein solches Stück, das er von mir für 1200 Dinare in Kommission hatte. Sie sagte dem Kaufmann: »Mit deiner Erlaubnis will ich dieses Stück mit mir nehmen; ich gehe nur in den nächsten Bazar und schicke dir sogleich das Geld dafür.« Der Kaufmann sagte ihr aber: »Das kann nicht sein, meine Gebieterin, denn hier ist der Eigentümer dieser Waren, dem ich heute noch eine bedeutende Summe Geld bezahlen muß.« »Pfui!« antwortete sie; »Komm ich nicht gewöhnlich zu dir und nehme ein ganzes Stück Ware mit mir, zahle dir dafür, was du verlangst, und schicke dir das Geld, sobald ich die Ware genommen?« »Es ist wahr«, sagte Bedruddin, »aber ich muß eben heute noch das Geld für diesen Stoff haben.« Wie sie dies hörte, warf sie das Stück Ware mitten in den Laden, geriet in heftigen Zorn und sagte: »Gott züchtige eure Sippschaft: Ihr wißt niemanden zu schätzen.« Sie stand dann auf und wollte gehen.

Als die Frau fortgehen wollte, erzählte der junge Mann weiter, war mir, als wenn ein Teil meines Herzens ihr nachfolgen müßte; ich sagte ihr also: »Bei Gott, meine Gebieterin, tu mir die Freundschaft und komme mit mir.« Sie drehte sich um, lächelte und erwiderte: »Deinetwegen kehre ich zurück.« Sie setze sich mir gegenüber in den Laden; ich aber sprach zu Bedruddin: »Wie teuer habe ich dir dieses Stück gelassen?« »Um 1200 Dinare«, antwortete er. »Nun«, sagte ich ihm, »ich zahle dir 100 Dinare Profit; gib Papier her, ich gebe dir's sogleich schriftlich.« Er gab mir Papier und ich schrieb den Handel darauf, nahm dann das Stück Ware, überreichte es der Dame und sagte ihr: »Hier, meine Gebieterin; wenn du willst, so bringst du mir das Geld auf den nächsten Markt, wo nicht, so nimm es als Geschenk von mir an.« Sie antwortete: »Gott belohne dich dafür, beschere dir alles, was ich habe, und laß dich meinen Gatten werden!« Die Tore des Himmels waren gerade geöffnet und ihre Worte fanden Eingang. Ich sagte ihr hierauf: »O, meine Gebieterin, nimm doch dieses Stück Ware, und so Gott will, sollst du noch viele andere erhalten; aber laß mich dein Gesicht sehen!« Sie wandte mir ihr Gesicht zu, nahm ihren Schleier herunter und warf mir einen Blick zu, der böse Folgen hatte, denn ich verlor meinen Verstand. Sie umhüllte sich dann wieder mit ihrem Tuche, nahm die Waren und sprach. »Mein Herr! Es wird mir unheimlich werden, wenn ich weg von dir bin«; hierauf verschwand sie. Ich blieb bis nach dem Nachmittagsgebet auf dem Markte, war aber schon in einer ganz anderen Welt. Ich fragte den Kaufmann nach der Dame, und er sagte mir: »Sie besitzt ein großes Vermögen und ist die Tochter eines Fürsten, von dem sie viel geerbt hat.« Ich verließ dann den Kaufmann und ging in den Chan zurück. Man brachte mir das Abendessen, ich dachte aber nur an sie und konnte nichts essen; ich wollte schlafen, konnte aber nicht, ich wachte bis zum Morgen; dann kleidete ich mich an, frühstückte etwas und ging wieder in den Laden Bedruddins.

Als ich eine Weile im Laden Bedruddins gesessen, kam die Dame wieder, in einem noch schöneren Aufzuge, als der gestrige, von einer Sklavin begleitet; sie grüßte mich freundlicher, als ich es verdiente, und sagte dann: »Mein Herr! Schicke jemanden, um dein Geld zu holen.« Ich erwiderte ihr: »Was hat es denn für eine Eile?« Sie antwortete: »O mein Geliebter, möchtest du uns doch nie entzogen werden!« Sie überreichte mir dann mein Geld, setzte sich, und ich unterhielt mich mit ihr in doppelsinnigen Reden, aus denen sie entnehmen konnte, wie sehr ich sie zu besitzen wünschte. Sie stand dann plötzlich auf und ging fort, mein Herz hing fest an dem ihrigen. Ich ging auf die Straße, als plötzlich eine schwarze Sklavin zu mir trat und mir sagte: »Mein Herr! meine Gebieterin will dich sprechen.« Ich war sehr erstaunt und entgegnete: »Es kennt mich ja niemand.« »O mein Herr!« antwortete sie, »wie schnell habt ihr Meine Gebieterin vergessen, die heute bei euch im Laden des Kaufmanns saß.« Ich ging mit ihr bis zu dem Hause eines Bankiers. Als ihre Herrin mich sah, winkte sie mir, an ihre Seite zu kommen, und sprach: »O, mein Teurer! Du hast mein Herz so sehr eingenommen, daß von dem Tage an, wo ich dich gesehen, mich kein Essen und kein Trinken mehr erlabte.« »Mir geht es ebenso«, erwiderte ich; »und der Zustand, in dem ich mich befinde, überhebt mich weiterer Liebesklagen.« Sie fragte dann: »Mein Geliebter, sollen wir bei dir oder bei mir zusammenkommen?« Ich antwortete ihr: »Ich bin hier fremd, habe keinen anderen Wohnort, als einen Chan, glaube mir also, es ist besser, wenn wir bei dir zusammenkommen.«

»Gut«, sagte die Frau; »doch heute ist die Nacht des Donnerstags, da kann nichts geschehen, aber morgen nach dem Gebet besteige einen Esel und frage nach der Straße Habbanijeh, dann nach der Wohnung Berkuts, des Fürsten Abu Schama; laß dich aber nicht lange erwarten!« Ich sprach: »In Gottes Namen!« schied von ihr und konnte kaum den Anbruch des folgenden Morgens erwarten. Ich stand dann auf, nahm ein Bad und rieb mich mit wohlriechenden Ölen, auch legte ich 50 Dinare in ein Tuch und ging dann vom Chan Masrur nach dem Tore Suweila; hier bestieg ich einen Esel und sagte dem Treiber, er solle mich in das Quartier Habbanijeh führen. Als wir da ankamen und er vor der Straße Takwa stehenblieb, sagte ich ihm, er möchte sich nach der Wohnung des Fürsten Abu Schama erkundigen; er blieb eine Weile aus, kam dann wieder und sagte: »In Gottes Namen!« Ich stieg vom Esel und hieß den Treiber mir bis zur Wohnung vorangehen; er tat dies; ich gab ihm einen Viertel Dinar und sagte ihm, er solle morgen früh wiederkommen, mich nach dem Chan Masrur abzuholen, worauf er mich verließ. Ich klopfte an die Türe, es kamen zwei weiße junge Sklavinnen heraus; sie sagten: »Komm in Gottes Namen! Unsere Gebieterin hat vor Sehnsucht nach dir die ganze Nacht nicht geschlafen.« Ich trat in den Vorhof und sah eine sieben Stufen hoch von der Erde gebaute Wohnung, rings herum von vergitterten Fenstern umgeben, welche auf einen Garten gingen, in dem köstliche Früchte und eine Menge von Vögeln waren, auch durchströmten ihn viele Bäche; es war eine Lust ihn anzusehen. Mitten im Garten war ein Springbrunnen, an dessen vier Ecken vier aus Gold gegossene Schlangen waren, welche aus dem Rachen so klares Wasser spien, als wären es Perlen oder Edelsteine.

Ich ging in die Wohnung und setzte mich; da kam die Dame mit dem kostbarsten Schmucke behangen und mit den schönsten Farben geziert*. Als sie mich sah, lächelte sie mir ins Gesicht und flog dann in meine Arme. Dann sagte sie: »Bist du wirklich bei mir, mein Herz?« »Ja, dein Sklave ist bei dir«, antwortete ich. Sie sagte dann: »Bei Gott! Von dem Tage an, wo ich dich sah, erquickte mich keine Speise und kein Schlaf mehr.« »Mir ging es ebenso«, erwiderte ich. Ich saß kaum eine Weile mit gebeugtem Haupte bei ihr, so brachte man eine Schüssel voll mit den trefflichsten Speisen: Fleisch mit saurer Sauce, gebackene Fische, Honigseim, Hühner mit Zucker und Pistazien gefüllt; wir aßen, bis wir satt waren. Man nahm dann den Tisch weg, wir wuschen unsere Hände und ließen uns mit Rosenwasser bespritzen, das mit Moschus vermischt war. Die Dame

* Selbst schöne junge Frauen färben sich im Orient Füße und Hände mit Henneh und die Augenbrauen mit Kohel.

setzte sich dann wieder zu mir und unterhielt sich mit mir. Schon war meine Liebe zu ihr festgewurzelt, und alles, was ich besaß, schien mir nichts neben ihr. Wir spielten dann miteinander bis zur Nacht, da brachte man uns Wein und ein vollständiges Mahl, Wir tranken miteinander bis Mitternacht und ich brachte die schönste Nacht in meinem Leben bei ihr zu. Des Morgens warf ich das Tuch mit den 50 Dinaren unter ihr Bett und nahm weinend Abschied von ihr. Sie fragte mich, als ich gehen wollte: »Wann sehe ich dich wieder?« Ich antwortete: »Heute Abend werde ich wieder bei dir sein.« Sie begleitete mich bis zur Türe und sagte dann: »Mein Herr! Bringe heute Abend das Nachtessen mit dir.« Als ich auf die Straße kam, ging ich zum Eseltreiber, mit dem ich den vorigen Tag hierherkam, und der schon auf mich wartete. Ich bestieg den Esel und ließ ihn nach dem Chan treiben; hier entließ ich den Eseltreiber ohne Bezahlung, mit dem Auftrage, bei Sonnenuntergang wiederzukommen. Er ging zufrieden fort. Nachdem ich etwas weniges gefrühstückt hatte, ging ich, um Geld für meine Waren einzufordern, ließ dann ein Schaf braten, einige Gemüse zubereiten und süße Speisen kaufen, legte alles in den Korb eines Trägers und schickte es der Dame. Ich ging dann so lange meinen Geschäften nach, bis der Eseltreiber mich abzuholen kam. Ich legte wieder 50 Dinare in ein Tuch und einen halben Dinar besonders für den Eseltreiber und ritt zur Wohnung der Dame; hier bezahlte ich den Eseltreiber und ging ins Haus, das ich noch schöner als am vorhergehenden Tage aufgeputzt fand. Als die Dame mich sah, küßte sie mich und sagte: »Ich habe mich heute sehr nach dir gesehnt.« Sie ließ dann den Tisch decken, wir aßen, bis wir genug hatten, man brachte dann Wein, wir tranken bis Mitternacht und schliefen bis zum Morgen. Ich stand auf, reichte ihr das Tuch mit den 50 Dinaren, ritt wieder in den Chan, ließ ein

Paar Enten braten, mit Pilaw gefüllt, und Colocasia backen und Honigseim bereiten, auch ließ ich Wachskerzen, grüne und trockene Früchte und Blumen kaufen; ich schickte sie wieder der Dame und folgte am Abend selbst nach, und alles ging wie an dem vorigen Tage.

So lebte ich fort, gab ihr jeden Abend 50 Dinare und schickte Wein und Speisen, bis ich keinen Dinar mehr im Vermögen hatte; ich ging dann aus, wußte nicht woher Geld nehmen und sagte: »Es gibt keine Macht und keinen Schutz, außer bei Gott, dem Erhabenen: alles, was ich getan, war teuflisch.« Ich ging dann zwischen den Palästen spazieren; als ich aber an das Tor Suweila kam, war ein großes Gedränge, so daß man nicht durch das Tor kommen konnte. Nun wollte das Schicksal, daß ich gegen einen Soldaten gedrückt wurde, so daß meine Hand auf seinen Gürtel kam. Ich fühlte einen Beutel unter meiner Hand, sah hin und bemerkte, daß eine grüne Schnur zum Gürtel heraushing, und dachte, daß sie an dem Beutel befestigt sein müsse; ich sah mich um und fand das Gedränge immer größer; ich bemerkte auch, wie auf der anderen Seite des Soldaten eine Ladung Holz ihn drückte, so daß er für seine Kleider fürchtete; er wandte sich daher auf die andere Seite, um das Holz von seinen Kleidern abzulenken. In diesem Augenblick überschwatzte mich der Teufel: ich zog an der Schnur, die zum Gürtel hinaushing, und siehe da, es kam ein feiner blauseidener Beutel nach mit etwas Klingendem darin. Als ich ihn genommen, wendete sich der Soldat um, griff in den Gürtel und fand nichts mehr darin: er kehrte sich zu mir und schlug mich mit seiner Keule auf den Kopf. Ich fiel zu Boden, alle Leute umringten mich, ergriffen den Zaum des Soldaten und sagten ihm: »Weil hier so ein großes Gedränge ist, schlägst du diesen jungen Mann?« Der Soldat aber schalt über sie und sagte: »Er ist ein Dieb.«

Ich hatte mich indessen wieder aufgerichtet, die Leute sahen mich an und sagten: »Bei Gott! Dies ist ein vornehmer Jüngling, der hat nichts gestohlen.« So ward eben viel hin und her gestritten. Der eine glaubte, der andere widersprach; das Volk wollte mich zuletzt vom Soldaten befreien, als der Befehlshaber der

Polizei mit einem Offizier und seinem Gefolge zum Tor hereinkamen. Da sie so viele Leute um mich und den Soldaten versammelt sahen, fragten sie die Umstehenden, was es gebe? Und als sie den Gegenstand des Streits erfuhren, fragte der Polizeioberste den Soldaten: »War noch jemand mit dem Jüngling?« und als der Soldat dies verneinte, befahl er dem Offizier, mich ergreifen zu lassen und nackt auszuziehen. Dies geschah; man fand bald den Beutel in meinen Kleidern; und ich fiel in Ohnmacht.

Als der Aufseher der Polizei den Beutel sah, nahm er das Geld heraus, und als er es zählte, fand er 20 Dinare. Er winkte den Offizieren, sie führten mich zu ihm hin, und er sagte: »Was, junger Mann, hat dich in ein solches Vergehen gestürzt? Sage mir die Wahrheit, du hast doch wohl diesen Beutel gestohlen?« Ich beugte meinen Kopf zur Erde und dachte: Soll ich leugnen? Man hat ja den Beutel aus meinen Kleidern hervorgezogen; gestehe ich, so werde ich bestraft; ich nickte zuletzt den Kopf und sagte: »Ja, ich habe ihn gestohlen.« Als der Aufseher der Polizei dies hörte, rief er Leute herbei, die mein Geständnis bezeugten; dies alles geschah am Tore Suweila. Dann befahl er dem Henker, mir die rechte Hand abzuhauen. Alle Leute sagten, mich bemitleidend: »Der arme junge Mann!« Auch das Herz des Soldaten erweichte sich; als mir daher auf Befehl des Richters auch der Fuß abgehauen werden sollte*, flehte ich den Soldaten an; er bat für mich; der Aufseher der Polizei ließ mich los und ging fort. Das Volk blieb um mich und gab mir einen Becher voll Wein zu trinken, und der Soldat schenkte mir den Beutel, indem er sagte: »Du bist ein vornehmer Jüngling, hast nicht notwendig zu stehlen.« Dann ging auch er fort. Ich wickelte meine Hand in ein Tuch, steckte sie in meinen Busen, ging zur Wohnung der Frau und warf mich sogleich aufs Bett. Als sie mich sehr blaß fand, weil ich viel Blut verloren, fragte sie: »Wo fehlt's dir, mein Geliebter?« »Ich habe Kopfschmerzen«, antwortete ich. Sie ward sehr betrübt darüber und sagte: »Setze dich und erzähle mir, was dir heute widerfahren; denn dein Gesicht drückt viele Worte aus.« Als ich weinte, sagte sie: »Bist du etwa meiner schon überdrüssig? Bei Gott! sage mir, was hast du?« Ich schwieg und erwiderte gar nichts auf alles, was sie mir sagte. Als es Nacht war und man das Nachtessen brachte, aß ich nichts, denn ich fürchtete, sie möchte bemerken, daß ich mit der linken Hand esse; ich sagte daher: »Ich habe keinen Appetit.« Sie sprach noch einmal: »Erzähle mir doch, was heute mit dir vorgegangen und warum du so verstimmt bist.« »Nun«, sagte ich, »es bleibt mir keine andere Wahl, ich will dir alles erzählen.« Sie brachte mir dann Wein und sprach: »Trinke, dein Kummer wird dann verschwinden.« Ich antwortete: »Wenn es durchaus sein muß, so gib mir zu trinken.« Sie reichte mir den Becher, ich nahm ihn mit der linken Hand und weinte dabei heftig.

Da fragte die Dame: »Warum weinst du, mein Geliebter, und warum nimmst du den Becher mit der linken Hand?« Ich erwiderte ihr: »Ich habe an der rechten Hand ein Geschwür.« Sie sagte: »Nimm die Hand heraus, ich will

* Man begreift nicht, warum auch der Fuß abgehauen werden sollte, da diese Strafe doch nach dem mohammedanischen Gesetze nicht bei einem ersten Diebstahl angewandt wird.

es aufstechen.« Ich antwortete: »Es ist noch nicht reif.« Ich tat mir dann Gewalt an und trank; ich ward berauscht, und als ich einschlief, stand die Dame auf und sah nach meiner Hand, fand aber nur einen Arm ohne Hand; als sie mich untersuchte, fand sie auch den Beutel und meine Hand in ein Tuch gebunden; sie war die ganze Nacht höchst bestürzt. Als ich erwachte, hatte sie mir schon eine Suppe mit fünf Hühnern gekocht, sie reichte mir auch Wein dazu, ich trank, legte den Beutel ab und wollte wieder gehen. Da sagte sie: »Wohin? Sitze noch! Ich sehe, daß deine Liebe zu mir so stark geworden, daß du meinetwillen alles, was du besessen, ausgegeben und zuletzt noch deine Hand dazu verloren hast; ich rufe hiermit Gott als Zeugen an, daß ich nicht anders als unter deinen Füßen sterben will und du sollst einst sehen, daß ich wahr geredet!« Sie ließ sogleich Zeugen rufen und den Ehekontrakt schreiben. Dann sagte sie dem Schreiber: »Schreibet auch, daß alles, was ich besitze, diesem Manne gehören soll.« Sie gab dann den Zeugen ihren Lohn, stand auf, faßte mich bei der Hand, stellte mich vor eine Kiste und sagte: »Siehst du hier diese Tücher, in denen du mir dein ganzes Vermögen gebracht? Nimm es hin, du bist ein lieber, teurer Mann, ich kann dich nicht genug belohnen.« Sie schloß hierauf die Kiste, die mein Geld enthielt, zu; ich freute mich und mein Kummer verschwand. Als ich ihr dankte, sprach sie: »Bei Gott! Wenn ich dir mein Leben schenkte, wäre es auch noch zu wenig.« Wir blieben dann nicht ganz einen Monat beisammen, da ward sie krank; ihre Krankheit nahm immer zu und sie betrübte sich um meinetwillen sehr; nach nicht ganz 50 Tagen starb sie. Ich war ihr Erbe und fand unschätzbare Reichtümer, worunter auch die Sesam-Magazine, die ich dir verkauft, du Christ.

»Da ich nun mit vielen anderen Dingen zu tun hatte«, fuhr der junge Mann fort, »blieb mir keine Zeit, bei dir mein Geld zu holen; jetzt bin ich fertig mit allem, was meine Frau mir hinterlassen. Nun aber, bei Gott! du Christ, widersetze dich nicht dem, was ich tun will. Da ich doch einmal in dein Haus gekommen und deine Speisen gegessen, so nimm das Geld für den Sesam als ein Geschenk von mir an; es gehört zu dem vielen, das mir Gott beschert hat. Nun weißt du, warum ich mit der linken Hand gegessen.« Dann sagte er: »O Christ! Willst du wohl eine Reise nach fremden Ländern mit mir machen? Schon habe ich Waren eingepackt.« Ich willigte ein und versprach ihm, in einem Monat mitzureisen. Auch ich kaufte dann Waren ein und reiste in euer Land mit dem jungen Manne, der hier wieder andere Waren einkaufte und damit nach Ägypten ging; bei mir aber wollte das Schicksal, daß ich hier blieb. Dies ist meine wunderbare Geschichte, ist sie, o König, nicht wunderbarer, als die des Buckligen?« »Nein«, sagte der König, »sie ist nicht wunderbarer, als die des Buckligen.« Nun trat der Küchenaufseher hervor und sagte dem König von China: »O glückseliger König! Wenn ich dir eine Geschichte erzähle, die mir gestern Abend begegnete, ehe ich diesen Buckligen gefunden, und sie dir besser gefällt, als die des Buckligen, wirst du uns dann freilassen und uns das Leben schenken?« »Wohl«, antwortete der König, »wenn ich sie wunderbarer als die Geschichte des Buckligen finde, so schenke ich euch allen vieren das Leben.«

Der Aufseher erzählte nun:

Geschichte des Küchenaufsehers

»O König der Zeit! Ich war gestern Nacht bei Leuten, die ein Buch ausgelesen und daher die Theologen und viele andere Leute aus der Stadt bei sich versammelt hatten. Nachdem man mit dem Lesen geendet hatte, war der Tisch gedeckt und mehrere Speisen aufgetragen, unter anderen auch Sirbadj*. Als einer der Gäste diese Speise sah, zog er sich zurück und wollte nichts davon essen; wir beschworen ihn, doch mitzuessen, er schwor aber, er werde nicht essen; wir drangen in ihn, er aber sagte: »Zwingt mich nicht, es hat mich schon genug gekostet, Sirbadj gegessen zu haben.«

Wir sagten ihm: »Erzähle uns doch, warum du kein Sirbadj essen willst?« Der Hauswirt aber sagte ihm: »Ich schwöre bei diesem und jenem, du mußt Sirbadj essen.« Er erwiderte dann: »Es gibt keinen Schutz und keine Macht, außer bei Gott dem Erhabenen; wenn es sein muß, so will ich meine Hand 40-mal mit Wasser, 40-mal mit Seife und 40-mal mit Salzen, im ganzen 120-mal waschen.«

Der Hauswirt, erzählte der Aufseher dem König von China weiter, befahl seinen Jungen, Wasser zu bringen und was er sonst verlangte, um seine Hände zu waschen; er wusch sich nach oben erwähnter Weise, kam dann ganz unwillig zu uns, setzte sich, streckte seine Hand furchtsam aus, tunkte einen Bissen in den Sirbadj ein und aß wider Willen, er zitterte dabei mit der Hand und am ganzen Leibe; wir erstaunten sehr über hin. Auch sahen wir, daß der Daumen seiner Hand abgeschnitten war, so daß er sehr mühselig mit vier Fingern essen mußte und ihm die Speisen zwischen den Fingern herunterfielen. Wir fragten ihn, ob ihn Gott so ohne Daumen geschaffen, oder ob er durch irgend einen Unfall ihn verloren? »Bei Gott!« sagte er, »nicht der Daumen dieser Hand allein fehlt mir, sondern auch an der anderen Hand und an beiden Füßen habe ich weder Daumen noch große Zehen; ihr könnt es gleich sehen.« Er zeigte uns dann seine andere Hand und beide Füße, und sie waren, wie er gesagt, ohne Daumen und große Zehen. Wir fragten ihn dann, wie das gekommen und warum er seine Hände 120-mal gewaschen? Er sprach hierauf: Wisset, daß mein Vater einer der größten Kaufleute in Bagdad, war zu den Zeiten des Kalifen Harun Arraschid, er trank aber so gern Wein und hörte so gern Musik, daß er mir nichts bei seinem Tode hinterließ; ich veranstaltete eine Trauermahlzeit, ließ für ihn den Koran und andere heilige Bücher lesen und trauerte lange um ihn. Nach einiger Zeit öffnete ich den Laden, in dem ich noch wenige Waren fand, auf welchen sogar Schulden lasteten. Ich bat die Gläubiger, Geduld zu haben; ich kaufte und verkaufte von einer Woche zur andern, und bezahlte nach und nach alle Schulden, zuletzt nahm auch mein eigenes Vermögen täglich zu. Als ich einst des Morgens früh zu Hause

* Erklärt meninski durch species cibi jusculenti; es ist gewiß nicht Knoblauch, welcher Tum heißt. Ich ließ deshalb das arabische Wort stehen.

saß, kam ein hübsches Mädchen, wie ich nie ein ähnliches gesehen, sie war mit vielem Schmuck beladen und ritt auf einem Maultier; vor ihr her ging ein Sklave und hinter ihr ein anderer; am Tore des Marktes hielt sie und stieg ab. Als sie eben in den Bazar gehen wollte, kam ein ehrwürdiger Diener hinter ihr her und sprach: »Geh voran, doch gib dich niemanden zu erkennen, sonst sammelst du feurige Kohlen auf mein Haupt.« Er umhüllte sie dann sorgfältig und sie sah sich um, fand aber noch alle Läden, außer dem meinigen, geschlossen; sie trat daher mit dem Diener in meinen Laden, setzte sich und grüßte mich.

Als sie ihr Gesicht enthüllte, fuhr der Jüngling fort, warf ich einen Blick auf sie, der für mich böse Folgen hatte. Sie fragte mich: »Hast du Zeug zu Kleidern?« Ich antwortete: »Dein Sklave ist arm, warte bis andere Kaufleute ihren Laden öffnen, ich will dir dann holen, was du nur wünschest.« Wir unterhielten uns hierauf eine Weile, und ich vertiefte mich immer mehr in ihrem Anblick. Als die Kaufleute öffneten, ging ich und holte ihr, was sie verlangte; es betrug 5000 Drachmen. Ich überreichte es ihr, der Diener nahm alles und ging nun mit der Frau zu den Sklaven hinaus, die ihr das Maultier vorführten, und sie ritt fort, ohne mir zu sagen, woher sie sei. Sie war so schön, daß ich mich schämte, ihr etwas darüber zu sagen, obschon ich bei den Kaufleuten für den Wert verantwortlich war, und mir daher eine Schuld von 5000 Drachmen aufgeladen hatte. Ich ging nach Hause und war so liebestrunken, daß ich eine ganze Woche lang weder essen, noch trinken, noch schlafen konnte.

Nach einer Woche, erzählte der Kaufmann weiter, forderten die Kaufleute das Geld für ihre Waren von mir; ich hieß sie Geduld haben. Während der folgenden Woche kam das Mädchen plötzlich wieder auf einem Maultier reitend, wie früher von einem Diener und zwei Sklaven begleitet; sie grüßte mich, setzte sich in den Laden und sagte: »Wir haben mit dem Gelde für die Waren etwas gesäumt; bringe den Geldwechsler und nimm dein Geld.« Ich holte einen Geldwechsler

und der Verschnittene gab ihm das Geld; er nahm es und ich unterhielt mich mit ihr, bis der Bazar geöffnet wurde, dann bezahlte ich jedem, was ihm gebührte. Hierauf sagte sie mir: »Mein Herr! Kaufe mir dieses und jenes.« Ich ging wieder zu den Kaufleuten und holte, was sie begehrte. Sie ging dann wieder fort, ohne etwas von dem Preise zu sprechen! Ich bereute es nachher, denn sie hatte für 1000 Dinare Waren genommen und ich dachte: Wie geht's mit dieser Bekanntschaft, sie gibt mir 5000 Drachmen und nimmt gleich wieder für 1000 Dinare Waren; die Kaufleute kennen nur mich; es gibt keinen Schutz und keine Macht, außer bei Gott, dem Erhabenen; gewiß ist diese Frau eine listige Betrügerin, die mich betrügen will, und ich habe nicht einmal nach ihrer Wohnung mich erkundigt. Sie blieb hierauf länger als einen Monat aus; die Kaufleute forderten ihr Geld von mir, und da ich keine Hoffnung mehr hatte, das Mädchen wiederzusehen, wollte ich meine Güter versteigern lassen. Als ich in der größten Verzweiflung war, kam sie wieder ganz unerwartet, stieg bei mir ab und sprach: »Bringe eine Waage und nimm dein Geld!« Als ich das Geld genommen, unterhielt ich mich wieder mit ihr und sie hatte an meinen Reden Wohlgefallen; ich hätte, als ich dies bemerkte, vor Freuden fliegen mögen. Sie fragte mich dann: »Bist du verheiratet?« Ich sagte: »Ich bin es nicht und war es nie«, und fing an zu weinen. Sie fragte: »Warum weinst du?« Ich sagte: »Es hat nichts zu bedeuten«, nahm einige Goldstücke und gab sie ihrem Bedienten, indem ich ihn bat, den Vermittler zwischen mir und seiner Gebieterin zu machen. Der Diener lachte und sagte: »Bei Gott! Sie liebt dich noch mehr, als du sie liebst; auch braucht sie die Waren gar nicht, die sie bei dir geholt, und nur aus Liebe zu dir hat sie dies getan; rede sie nur selbst an von allem, was du willst.« Da sie gesehen hatte, daß ich dem Diener Geld gegeben, sagte ich ihr: »Erlaubst du deinem Sklaven, daß er dir mitteile, was er im Herzen trägt?« Dann fügte ich hinzu, was ich für sie fühlte, und sie erwiderte meine Worte, indem sie sagte: »Ich werde dir meinen Diener schicken, tue, was er dir sagt.« Sie ging hierauf fort, ich bezahlte den Kaufleuten ihr Geld und konnte die ganze Nacht nicht schlafen.

Nach wenigen Tagen kam endlich der Diener zu mir, ich erzeigte ihm viele Ehre und fragte ihn nach seiner Herrin. »Sie ist krank aus Liebe zu dir«, antwortete er mir. Ich fragte ihn, wer sie sei? Er antwortete: »Es ist ein Mädchen, das die Herrscherin Zubeida, Gemahlin des Kalifen, erzogen; sie ist ihr Liebling, sie geht für sie aus und besorgt ihr alle Geschäfte; und bei Gott, sie hat schon Zubeida das Abenteuer mit dir erzählt und um Erlaubnis gebeten, dich zu heiraten. Zubeida hat ihr geantwortet, sie wolle dich selbst sehen; wenn du ihr gefällst und sie dir, so werde sie dich mit ihr verheiraten. Ich werde dich in das Schloß bringen; kommst du glücklich hinein, so wirst du deine Geliebte heiraten, wirst du aber entdeckt, so verlierst du den Hals. Was sagst du dazu?« Ich antwortete, ich wolle es auf diese Weise wagen. Der Diener sagte mir dann: »Geh heute Nacht in die Moschee, die Zubeida am Ufer des Tigris hat bauen lassen!« Ich sagte: »Gut!« und ging abends in die Moschee, wie er mir gesagt; ich betete das Nachtgebet und blieb daselbst. Als der Morgen kaum anbrach, kamen Diener in einem Nachen, die leere Kisten bei sich hatten, sie ließen diese in der Moschee und gingen fort. Einer von ihnen blieb aber zurück; als ich ihn näher betrachtete, war es der bekannte Diener. Eine Weile nachher kam auch meine Freundin, das Mädchen, zu uns herein; ich stand vor ihr auf, dann setzten wir uns zusammen und plauderten; sie weinte, hieß mich in eine dieser Kisten sitzen und schloß sie zu. Die Diener kamen dann mit vielen Gegenständen, die sie in die anderen Kisten einpackten; als alles vollendet war, schlossen sie die Deckel, trugen die Kisten wieder in den Nachen und fuhren mit uns nach dem Hause Zubeidas. Ich bereute meine Tat und dachte: Bei Gott! Ich bin verloren. Ich fing hierauf an zu weinen, Gott anzurufen und um Rettung zu flehen. Die Diener fuhren immer fort, bis sie mit den Kisten vor der Pforte des Kalifen vorübergingen, sie trugen meine Kiste mit den übrigen; schon waren sie vor den Dienern, denen der Harem anvertraut war, als sie endlich zu einem kamen, der aussah, als wäre er das Oberhaupt der übrigen; er erwachte vom Schlaf und schrie den Leuten zu: »Geht nicht weiter, diese Kisten müssen geöffnet werden.« Nun war die Kiste, in der ich mich befand, gerade die erste; als man mich zu ihm hintrug, verlor ich die Besinnung; aber das Mädchen trat hervor und sprach: »O Wächter! Du verdirbst mich, die Kaufleute und Zubeidas Waren; denn in dieser Kiste sind gefärbte Kleider und eine Flasche Semsemwasser*, wenn sie umstürzt und über die Kleider, die in der Kiste sind, ausläuft, so verwischt ihre Farbe.« Er antwor-

* Semsem ist der Name eines heiligen Brunnens zu Mekka.

tete: »Nun so nimm die Kiste und gehe.« Man trug mich schnell fort und die übrigen Kisten kamen nach. Da hörte ich auf einmal rufen: »Wehe, wehe! Der Kalif!« Als ich dies hörte, starb ich fast in meiner Haut. Ich hörte dann, wie der Kalif fragte: »Was ist in diesen Kisten?« »Kleider für meine Gebieterin Zubeida«, antwortete das Mädchen. Da sagte der Kalif: »Öffne sie einmal, daß ich sie sehe.« Als ich dies hörte, war ich schon vollkommen gestorben. Ich hörte dann wieder, wie das Mädchen antwortete: »O Fürst der Gläubigen! In diesen Kisten sind Kleider und andere Sachen für die Herrscherin Zubeida, sie hat nicht gern, daß sie jemand sehe.« Der Kalif aber befahl: »Die Kisten müssen nun einmal geöffnet werden, ich will sehen, was darin ist; bringt sie nur näher!« Wie er diese Worte sagte; vergingen mir die Sinne. Man brachte dann eine Kiste nach der anderen vor den Kalifen; er sah die Stoffe, die darin waren, es wurde eine nach der anderen geöffnet. Nun blieb nur noch meine Kiste, man trug sie endlich auch vor ihn hin; ich nahm vom Leben Abschied, denn ich zweifelte nicht mehr, daß man mir den Hals abschlagen werde. Der Kalif sagte: »Öffnet, damit ich auch noch sehe, was in dieser Kiste ist!« Die Diener eilten schon auf die Kiste zu.

Da kam das Mädchen herbei und rief: »Du kannst in Gegenwart Zubeidas sehen, was in dieser Kiste ist, denn sie enthält etwas besonderes; nicht gewöhnliche Waren, wie die übrigen.« Als der Kalif dies hörte, sprach er zu den Dienern: »Tragt denn diese Kiste hinein!« Die Diener taten es, und ich glaubte schon an keine Rettung mehr. Als aber meine Kiste im Zimmer des Mädchens, meiner Freundin, war, da eilte sie schnell herbei, öffnete den Deckel und sagte: »Eile schnell die Treppe hinauf!« Ich erhob mich, ging hinauf und hatte kaum den Fuß aus der Kiste, da schloß das Mädchen sie wieder zu. Nun kamen auch die Diener mit den übrigen Kisten und der Kalif. Er setzte sich auf die Kiste, in der ich gewesen war; es wurden auch alle übrigen Kisten noch einmal geöffnet, er stand dann auf und ging in seinen Harem. Ich erholte mich indessen wieder;

das Mädchen kam auch bald zu mir herauf und sprach: »Nun, mein Herr! Hast du nichts mehr zu befürchten, atme nur frei und bleibe hier, bis Zubeida dich sieht, vielleicht machst du dein Glück bei uns.« Ich ging dann hinunter und setzte mich in einen kleinen Saal; da kamen zehn Sklavinnen, schön wie der Mond und stellten sich in die Reihe; dann kamen 20 jüngere Jungfrauen und in ihrer Mitte ging Zubeida, die vor vielem Schmucke kaum zu gehen vermochte; man brachte ihr einen Stuhl, sie setzte sich darauf, die Sklavinnen fingen an zu singen. Ich näherte mich dann Zubeida und küßte die Erde vor ihr, sie unterhielt sich mit mir und fragte mich nach meiner Familie; ich antwortete ihr auf alles, was sie mich fragte, sie freute sich darüber und sagte: Bei Gott! Er ist unseres Zöglings nicht unwürdig; nun sei das Mädchen, das wir wie ein eigenes Kind betrachten, als ein göttliches Unterpfand bei dir!« Hierauf befahl sie mir sogleich, zehn Tage bei ihr zuzubringen.

Nachdem ich zehn Tage und Nächte bei ihnen zugebracht, ohne das Mädchen zu sehen, bat Zubeida den Kalifen um Erlaubnis, das Mädchen zu verheiraten; er erlaubte es und bestimmte ihr 10000 Dinare. Zubeida ließ dann die Schreiber holen; man schrieb unseren Ehekontrakt, feierte die Verlobung und bereitete eine herrliche Mahlzeit und allerlei Süßigkeiten zu; dies dauerte wieder zehn Tage lang. Nach den 20 Tagen ging das Mädchen ins Bad, mir brachte man in jeder Nacht unter anderen Speisen auch eine Schüssel voll Sirbadj, mit geschälten Pistazien, Julep und Zucker vermischt; ich machte mich ohne Säumen darüber her, aß, bis ich genug hatte, und trocknete meine Hand ab. Nun ließ mich aber der erhabene Gott vergessen, sie zu waschen. Ich blieb sitzen, bis es dunkel ward; da zündete man die Wachskerzen an, es kamen die Sängerinnen vom Schlosse mit ihren Tamburinen, sie sangen und schlugen das Tamburin; indessen schmückte man die Braut und bedeckte sie mit Seidenstoffen und Gold. Als sie den Umgang um das Schloß gemacht und in den kleinen Saal kam, wo ich mich befand, entkleidete man sie und ließ sie allein bei mir; kaum aber wollte ich sie jetzt umarmen, da roch sie an meiner Hand Sirbadj und schrie so laut, daß die Sklavinnen von allen Seiten herbeigelaufen kamen und sie umringten. Ich erschrak, fing an zu beben und zu zittern; denn ich wußte nicht, warum sie so schrie. Die Sklavinnen fragten sie: »Was hast du, o Schwester?« Sie antwortete: »Führt mir diesen Besessenen hinaus!« Ich stand ganz erschrocken auf; denn ich erriet nicht die Ursache ihres Zornes; ich fragte daher: »O Gebieterin! Was habe ich denn Verrücktes begangen?« Sie antwortete: »Warum hast du Sirbadj gegessen, ohne deine Hand zu waschen? Bei Gott! Ich werde dich dafür bestrafen, daß du dich einer Dame meines Standes näherst, während deine Hand nach Sirbadj riecht!« Sie rief hierauf ihren Sklavinnen zu: »Werft ihn auf den Boden!« Als diese es getan, nahm sie eine geflochtene Peitsche und fiel über meinen Rücken mit tüchtigen Schlägen her, bis ihr Arm ermüdete. Dann sagte sie den Sklavinnen: »Laßt ihn aufstehen und schickt ihn zum Polizeiobersten, daß er ihm die Hand abhaue, mit der er Sirbadj gegessen, ohne sie nachher zu waschen.« Als ich so hart geschlagen wurde und dabei noch diese Worte hörte, dachte ich: Bei Gott dem Erhabenen nur gibt es Schutz und Macht! Was für ein großes Unglück hat mich getroffen: schmerzliche Schläge erdulden und dann noch die Hand verlieren, weil ich Sirbadj gegessen und vergaß, meine Hand zu waschen! Gott verdamme den Sirbadj und die Stunde, in der ich ihn gegessen!

Nun kamen die Sklavinnen und sagten der jungen Frau: »Dieser Mann kannte deinen Rang nicht; verzeih ihm unsertwillen, wir bitten für ihn.« Aber sie antwortete: »Es ist umsonst, ich muß ihn an seinen Extremitäten bestrafen, damit er ein anderes Mal nicht mehr Sirbadj esse, ohne sich die Hände zu waschen.« Die Sklavinnen drangen dann sehr in sie, und küßten ihre Hände und sprachen: »Bei Gott! Du darfst ihm eine solche Vergessenheit nicht übel nehmen.« Sie aber schimpfte und schmähte mich und entfernte sich mit den Sklavinnen. Ich bekam sie zehn Tage lang nicht zu sehen. Man brachte mir indessen jeden Tag gute Speisen und Wein, und sagte mir, daß meine Frau krank sei, weil ich Sirbadj gegessen und meine Hand nicht gewaschen. Ich war höchst erstaunt darüber und dachte: Was sind das für verwünschte Sitten! Vor Zorn zersprang mir fast die Galle. Ich dachte stets: Es gibt nur beim erhabenen Gott Schutz und Macht. Als man nach zehn Tagen mir das Essen brachte, sagte man mir, daß die Dame ins Bad gehen und morgen bei mir sein würde, und daß ich mich auf ihren Zorn gefaßt machen solle. Als sie wirklich zu mir kam, ging sie auf mich los und sprach: »Gott schwärze dein Angesicht, ich hatte keinen Augenblick Geduld, doch ehe ich mich mit dir versöhne, will ich dich bestrafen, weil du Sirbadj gegessen und deine Hände nicht gewaschen.« Sie rief ihre Sklavinnen, diese umringten und banden mich; sie stand dann auf, nahm ein scharfes Rasiermesser, kam auf mich zu und schnitt mir die Daumen und die großen Zehen ab, wie ihr hier seht, ihr Leute. Ich fiel in Ohnmacht; sie streute dann verschiedene Pulver und strich Pflaster auf die Wunden, um das Blut zu stillen. Als dies erfolgt war und meine Augen sich wieder öffneten, gaben mir die Sklavinnen Wein zu trinken, und ich sagte: »Nun nehme ich dich zum Zeugen, daß ich nie mehr Sirbadj essen will, ohne nachher meine Hand 120-mal zu waschen.« Die Dame sprach: »Du tust ganz wohl daran.« Sie nahm mir hierauf dies Versprechen mit einem Eid ab. Darum bin ich vorhin so blaß geworden, als ihr mir eine Speise mit Sirbadj vorgestellt, weil ich dachte: Das war die Ursache, daß man mir meine Daumen und großen

Zehen abgeschnitten; und als ihr mich gezwungen habt, davon zu essen, habe ich getan, was ich tun mußte, um meinen Eid nicht zu brechen.«

Die Gesellschaft fragte ihn dann: »Wie ist es dir nachher mit ihr gegangen?« und er antwortete: »Als ich wieder wohl und meine Wunde ganz zugeheilt war, kam sie zu mir, ich schlief bei ihr und blieb noch den ganzen Monat bei ihr im Palaste; da ward mir ganz eng zumute. Sie sagte mir dann: »Im Palaste des Kalifen ist doch nicht Raum für uns, die Frau Zubeida hat mir 50000 Dinare gegeben; nimm sie und kaufe uns ein schönes Haus.« Sie gab mir sogleich 10000 Dinare, ich kaufte ein schön gebautes Haus, das sie mit mir bewohnte und wir lebten mehrere Jahre so glücklich wie ein Kalif miteinander, bis sie starb. Nun wißt ihr, warum meine Daumen abgeschnitten sind.« Wir aßen nun miteinander, fuhr der Aufseher fort. Jeder ging nach Hause und es begegnete mir die Geschichte mit dem Buckligen. Dies ist die Erzählung dessen, was ich gestern gesehen.« Der König von China antwortete hierauf: »Bei Gott! Auch diese Geschichte ist nicht wunderbarer, als die des Buckligen.« Nun stand der jüdische Arzt auf, küßte die Erde und sagte: »Ich will eine Geschichte erzählen, wunderbarer als diese.« »Erzähle!« sagte der König von China.

Der Jude sprach:

Geschichte des jüdischen Arztes

O König der Zeit! Das Wunderbarste, was mir widerfahren, ist: Als ich in Damaskus war und dort Medizin studierte, kam eines Tages ein Sklave vom Statthalter von Damaskus; ich ging zu ihm und als ich ins Haus kam, sah ich oben im Saal einen Thron, es lag ein schwächlicher junger Mann darauf; doch

hatte ich einen so schönen Jüngling noch nie gesehen, ich setzte mich ihm zu Häupten und grüßte ihn. Er winkte mir mit dem Auge. Ich sagte ihm: »Mein Herr, reiche mir deine Hand zu deiner Genesung!« Er streckte mir die linke Hand heraus, worüber ich erstaunte. Ich dachte: Bei Gott! Schon dieses große Haus zeigt, daß dies ein vornehmer junger Herr ist; sollte es ihm so an Erziehung fehlen? Ich fühlte seinen Puls, verschrieb ihm ein Rezept und besuchte ihn zehn Tage lang, bis er wieder gesund war, ging dann mit ihm ins Bad, und als ich herauskam, schenkte er mir ein Ehrenkleid und ernannte mich zum Aufseher des Spitals. Als ich mit ihm allein im Bad war und die Pförtnerin und die Diener seine Kleider nahmen und er ganz nackt dastand, sah ich, daß seine rechte Hand ganz vor kurzem erst abgeschnitten worden, und daß dies die Ursache seiner Krankheit war. Ich wunderte mich sehr und bedauerte seine Jugend, und ward ganz niedergeschlagen darüber. Als ich ihn näher betrachtete, sah ich an seinem Körper Spuren von Schlägen; er hatte schon Öle, Salben und Kräuter gebraucht, doch blieb noch ein Mal an der Stirne; dies betrübte mich so sehr, daß er mirs anmerkte und sagte: »O Arzt! Wundere dich nicht über mich; ich werde dir seiner Zeit eine wunderbare Geschichte erzählen.« Wir wuschen uns dann, gingen nach Hause zurück, aßen Suppe und ruhten uns aus. Da sagte der Jüngling: »Hast du Lust, in den Gärten spazieren zu gehen?« und als ich ja sagte, befahl er den Sklaven, einiges nötige mitzunehmen, auch ein gebratenes Lamm und Früchte. Wir gingen in einen Garten, spazierten eine Weile umher, dann setzten wir uns und aßen. Als wir vollendet hatten, brachte man uns einige Süßigkeiten, die wir auch verzehrten; ich wollte dann ein Gespräch mit ihm anknüpfen; er kam mir aber zuvor und sagte: »Wisse, o Arzt, ich bin aus Mossul; als mein Großvater starb, hinterließ er zehn Söhne, worunter mein Vater der älteste war; alle zehne

wuchsen heran und heirateten, auch mein Vater nahm eine Frau, und Gott bescherte ihm mich, während die übrigen neun Brüder keine Kinder zeugten, und so wuchs ich bei meinen Oheimen auf.

Als ich groß ward und das Mannesalter erreicht hatte, ging ich an einem Freitag in die Moschee zu Mossul mit meinem Vater, und betete das Freitagsgebet. Als das Gebet zu Ende war, blieb ich noch mit meinem Vater und meinen Oheimen in einem Kreise von Leuten; wir saßen beisammen und man sprach von den Wundern der Länder und den Seltenheiten der Städte. Es ward eine Stadt nach der anderen erwähnt, bis auch die Rede auf Kahirah und den Nil kam. Da sagten einige meiner Oheime: »Man behauptet, es gibt auf der Erde kein schöneres Land als Ägypten.« Dies machte mir Lust, Ägypten zu sehen. Andere sagten: »Bagdad ist die Stadt des Friedens und die Mutter der Welt.« Da sagte mein Vater, der Älteste unter ihnen: »Wer die Stadt Kahirah nicht gesehen, hat die Welt nicht gesehen. Ihre Erde ist Gold, ihre Weiber sind ein Zauber und der Nil ist ein Wunder; das Wasser ist so leicht und so süß und der Grund so weich, wie ein Dichter sagte:

›Ein Fremder kommt, euch heute Glück zu wünschen zur treuen Rückkehr eures Nils. Der Nil ist nichts anderes, als meine Tränen, die ich wegen der Trennung von euch vergieße, ihr lebt in Wonne, ich allein bin der Ausgeschlossene.‹

Wenn eure Augen dieses Land gesehen hätten, wie es mit Blüten prangt und mit allerlei Blumen geschmückt ist, und wenn ihr die Insel des Nils seht, wo man eine so reiche Aussicht hat und wenn ihr dann eure Blicke nach dem Teich Habasch* richtet, so würden eure Augen vor Verwunderung und Entzücken krank

* Es darf nicht an Äthiopien gedacht werden, sondern an einen Teich, der in der Gegend von Kahirah diesen Namen hatte.

werden, und ihr könnt einen so schönen Anblick nicht einmal ganz genießen; die Nilkanäle mit dem Grünen, das sie umarmen, gleichen dem Smaragd, mit silbernem Ranfte eingefaßt. Gott segne den, der diese Verse darüber gedichtet:

›Göttlich war mein Tag am Teiche Habasch, als wir zwischen Licht und Dunkel saßen. Das Wasser zwischen den Pflanzen glich einem Schwerte vor den Augen eines Zitternden.‹«

Mein Vater fing dann an, Kahirah zu beschreiben, und als er den Nil und den Habaschteich beschrieben, sagte er: »Was ist gegen diese Wonne die, seiner Geliebten entgegenzusehen; wer dies gesehen, gesteht, daß es für das Auge keinen höheren Genuß gibt; und denkt jemand an die Nacht, wo der Nil die gewünschte Höhe erreicht, so gibt er den Weinbecher dem, der ihn überreicht, wieder zurück, und läßt das Wasser wieder zur Quelle fließen (d. h. er mag nichts anderes mehr); und siehst du die Insel Rodah mit ihren schattigen Bäumen, so wirst du in ein freudiges Entzücken versetzt; und stehst du bei Kahirah am Nil, wenn er bei Sonnenuntergang mit dem Gewande der Sonne, wie mit einem Panzer sich umhüllt, so wirst du von einem sanften Zephyr, der die schattigen Ufer umweht, ganz neu belebt.« Als ich diese Schilderung von Ägypten hörte, machte es Eindruck auf mich, ich schlief die ganze Nacht nicht. Sobald daher meine Oheime eine Ladung Waren nach Ägypten bringen wollten, ging ich zu meinem Vater und weinte, bis er auch mir Waren zusammenlegte und mich mit meinen Oheimen schickte; er sagte ihnen aber: »Laßt ihn nicht nach Ägypten gehen, sondern verkauft seine Waren schon in Damaskus.« So reisten wir, als alles bereit war, von Mossul fort, und hielten uns nirgends auf, bis wir nach Haleb kamen; auch da bleiben wir nur einige Tage, und reisten dann nach Damaskus, einer recht schönen, gesegneten und festen Stadt mit Flüssen, Bäumen und Vögeln, wie ein grüner Garten mit allerlei Früchten. Wir kehrten in einem Chan ein. Meine Oheime verkauften meine Waren so gut, daß ich für einen Dinar fünf erhielt. Ich freute mich über den Gewinn, und meine Oheime ließen mich hier und reisten nach Ägypten. Als sie fort waren, mietete ich mir einen großen marmornen Saal mit einem Springbrunnen und Nebenzimmern für zwei Goldstücke monatlich; er war unter dem Namen der Wohnung des Abd Urrhaman bekannt. Ich aß, trank und ging spazieren, legte Hand an mein Geld, bis ich fast alles verschwendet hatte. Als ich eines Tages an der Türe meiner Wohnung saß, kam ein reichgekleidetes hübsches Mädchen in die Nähe; ich hatte nie ein schöneres Mädchen gesehen. Ich winkte ihr mit dem Auge, und ehe ich mich versah, war sie im Zimmer.

Als sie im Zimmer war, fuhr der junge Mann fort, schloß ich die Türe, sie setzte sich, legte ihren Schleier und ihren Mantel ab; ich fand sie schön wie den Mond und sah auch, daß ihre Gestalt vollkommen war, und die Liebe zu ihr bemächtigte sich meiner. Ich stand dann auf und holte Sorbet mit Früchten und anderen Speisen und wir aßen miteinander. Als es Nacht ward, zündeten wir Wachskerzen an, holten die Weingefäße herbei und tranken einen Becher nach dem andern, bis wir berauscht waren; ich brachte dann bei ihr die schönste Nacht zu. Des Morgens legte ich ihr zehn Dinare hin; sie machte aber ein ernstes Gesicht und sagte: »Pfui, ihr Mossulaner! Bin ich für Geld bei dir?« Sie nahm dann

sogleich zehn Dinare aus ihrer Tasche und schwor, wenn ich sie nicht nehme, daß sie nie wiederkehren werde. Dann sagte sie. »O mein Teurer! Erwarte mich in drei Tagen zwischen dem Abend- und Nachtgebete, nimm hier noch zehn Dinare und treffe wieder alle Vorbereitungen hier.« Dann nahm sie Abschied, ging fort und mein Herz folgte ihr. Ich erwartete mit Ungeduld den dritten Tag. Da kam sie nach Sonnenuntergang herrlich geputzt und parfümiert; ich hatte schon nach Lust alles in der Wohnung vorbereitet; wir aßen und tranken, spielten und lachten bis zur Nacht, dann zündeten wir Wachskerzen an und tranken bis wir berauscht waren; wir schliefen dann beisammen bis morgens; da stand sie auf, nahm wieder zehn Dinare heraus und sagte: »Es bleibt beim alten!« Nach drei Tagen kehrte sie wieder und wir lebten wieder auf dieselbe Weise. Als wir am Trinken waren, sagte sie: »Ich beschwöre dich bei Gott, mein Herr, bin ich nicht schön?« Ich antwortete ihr: »Ja, bei Gott!« Da sagte sie: »Erlaubst du nicht, daß ich ein Mädchen mitbringe, schöner und jünger als ich? Du kannst mit ihr spielen, lachen und sie erheitern. Sie ist schon lange betrübt und hat mich schon einige Male gebeten, daß ich sie mitnehme und bei mir übernachten lasse.« Ich antwortete: »Recht gerne, bei Gott!« Des Morgens gab sie mir 15 Dinare; dann sagte sie: »Ich bringe noch jemanden mit, du hast also mehr Ausgaben; die Zusammenkunft bleibt aber wie gewöhnlich.« Sie ging, und am dritten Tage traf ich alle Anstalten in meinem Hause.

Gegen Sonnenuntergang kam sie mit noch einem Mädchen, wie sie gesagt hatte; ich stand auf, zündete Lichter an und ging ihnen freudig entgegen. Das neue Mädchen entschleierte sich und gepriesen sei Gott, der beste Schöpfer*. Wir setzten uns und aßen, ich gab dem noch unbekannten Mädchen zu essen; sie sah mich an und lachte. Als wir gegessen hatten, brachte ich Getränke und Früchte,

* D. h. die war so schön, daß man den Schöpfer preisen mußte.

und meine alte Freundin merkte, daß ich ein Auge auf das neue Mädchen geworfen und ebenso sie auf mich; sie scherzte und sagte lachend: »Sage, mein Teurer! Ist das Mädchen, das ich gebracht, nicht schöner und liebenswürdiger, als ich?« Ich sagte: »Ja, bei Gott!« Sie fragte dann: »Willst du bei ihr schlafen?« Ich sagte: »Ja, bei Gott!« Sie sagte: »Bei meinem Leben, so bleibe sie diese Nacht als unser Gast bei uns hier.« Sie stand auf, umgürtete sich und legte das Bett zurecht, ich umarmte das junge Mädchen und schlief die ganze Nacht bei ihr. Als ich des Morgens erwachte, fühlte ich mich ganz naß; ich glaubte, es wäre Schweiß, als ich aber das Mädchen an den Schultern schüttelte, um es aufzuwecken, da rollte ihr Kopf herunter, und ich sah, daß der Hals abgeschnitten war; ich verlor die Besinnung, schrie: »O schöner Beschützer!« (Gott) und stand schnell auf; die Welt war ganz schwarz in meinen Augen, ich suchte meine Freundin, fand sie aber nicht; so dachte ich wohl, daß sie aus Eifersucht dem Mädchen den Hals abgeschnitten; ich sagte: »Es gibt keinen Schutz und keine Macht, außer bei Gott, dem Erhabenen! Was ist nun zu tun? Ich dachte eine Weile nach, denn zog ich meine Kleider aus, denn ich dachte: gewiß wird die Freundin die Verwandten der Erschlagenen gegen mich aufhetzen; denn wer ist gegen Frauenlist sicher? Und grub dann mitten im Saal ein Loch, nahm das Mädchen mit ihrem Schmuck und legte es hinein, bedeckte es dann wieder mit Erde und Marmorplatten, wie es war. Ich zog reine Kleider an, legte alles, was ich hatte, in die Kiste, ging aus meiner Wohnung, schloß sie und suchte mir Mut einzureden. Ich gab dem Eigentümer die Miete für ein Jahr und sagte ihm, ich werde zu meinen Oheimen nach Ägypten reisen. Ich mietete Kamele aus dem Chan Sultan und ging fort.

Da mir Gott eine glückliche Reise bestimmt hatte, fuhr der junge Mann fort, kam ich zu meinen Verwandten nach Kahirah und sah, daß sie ihre Waren auf bestimmte Termine verkauft hatten; sie waren erstaunt mich zu sehen, und freuten sich mit mir; ich sagte ihnen, daß ich Verlangen nach ihnen hatte, weil so lange keine Nachricht kam, sagte ihnen aber nicht, daß ich mein Vermögen mitgenommen. Ich blieb bei ihnen, vergnügte mich in Kahirah, aß und trank und verschleuderte mein übriges Geld. Als meine Oheime abreisen wollten, verbarg ich mich; sie suchten mich, fanden mich aber nicht. Da dachten sie, er wird wieder nach Damaskus zurückgekehrt sein, und reisten ab. Ich blieb nach ihnen noch drei Jahre in Kahirah, bis ich gar nichts mehr übrig hatte. Ich hatte jedes Jahr mein Mietgeld nach Damaskus geschickt, nun aber konnte ich dies nicht, denn es blieb mir nur noch das Nötige zur Reise. Ich mietete Kamele, reiste ab, und Gott ließ mich glücklich nach Damaskus kommen; ich ging in meine Wohnung; der Hausherr, ein Juwelenhändler, freute sich mit mir; als ich das Zimmer öffnete und die Siegel aufriß, auskehrte und abstaubte, da fand ich unter den Gegenständen, auf welchen ich mit dem Mädchen geschlafen, eine goldene Kette mit einem Schlosse aus zehn Edelsteinen von solcher Pracht, um den Verstand zu verlieren; als ich es sah, nahm ich es, und bewahrte es auf und weinte eine Weile. Ich reinigte dann das Zimmer und richtete es wieder so her, wie es früher war. Nach zwei oder drei Tagen ging ich ins Bad und ruhte aus, wechselte meine Kleider, aber es blieb mir gar nichts mehr zu leben übrig. Als ich dann auf den Bazar kam, reizte mich der Teufel und das Schicksal und die Bestimmung, bis ich den Halsschmuck mit den Edelsteinen nachher in ein Tuch wickelte, wieder auf den Bazar ging und ihn dem Makler gab. Als er ihn sah, küßte er mir die Hand und sagte: »Guten Morgen! Der ist, bei Gott, schön! Das ist ein guter, gesegneter Anfang!« Er ließ mich dann in dem Laden des Eigentümers meiner Wohnung sitzen und hieß mich Geduld haben, bis die Versteigerung begonnen. Dann nahm der Makler den Schmuck und rief ihn ganz heimlich im Verborgenen aus; ich wußte nicht, was er machte. Der Schmuck war sehr kostbar, und es ward 2000 Dinare darauf geboten. Aber der Makler kam zu mir und sagte: »Mein Herr,

wollt ihr ihn für 50 Dinare geben? Wir glaubten, es sei gutes Gold, nun ist es aber falsch.« Ich sagte: »Nimm 50 Dinare dafür, ich wußte, daß es Kupfer war.« Als der Makler dies hörte, merkte er wohl, daß hier etwas ungerechtes vorgefallen mit dem Schmuck; er ging mit mir fort; besprach sich mit dem Obersten des Bazars, ging zum Polizeiobersten der Stadt und erzählte ihm, der Schmuck sei ihm gestohlen worden, er habe den Dieb als Kaufmann verkleidet gefunden. Als ich zu Hause saß und an nichts dachte, kamen auf einmal die Polizeidiener und führten mich zum Polizeiobersten. Dieser fragte mich nach dem Schmuck; ich sagte, was ich dem Makler gesagt; er lachte und schloß daraus, daß ich ihn gestohlen. Ich ward sogleich entkleidet und geprügelt. Ich mußte dann vor Schmerzen lügen und sagen: »Ich habe ihn gestohlen.« Da schrieb man mein Geständnis auf und hieb mir die Hand ab; ich lag einen halben Tag in Ohnmacht; man gab mir dann Wein zu trinken. Mein Hausherr trug mich fort und sagte: »Mein Sohn! Du bist ein vornehmer junger Mann, hast eigenes Vermögen, was brauchst du zu stehlen und dir dadurch die Liebe aller Leute zu entfremden? Nun bist du ein verdächtiger Mensch; verlaß mich also, suche dir eine andere Wohnung und ziehe in Frieden!« Mein Herz brach, ich bat ihn, mir noch drei Tage Frist zu gönnen, und er willigte ein und ging fort; ich blieb in traurigem Nachdenken versunken und dachte: nie werde ich mit abgeschnittener Hand nach Hause zurückkehren können; ich weinte sehr heftig.

Ich war zwei Tage krank, sagte der junge Mann dem jüdischen Arzte; am dritten Tage kam auf einmal mein Hausherr mit Polizeidienern nebst dem Kaufmanne, der den Schmuck von mir gekauft und gesagt hatte, er sei ihm gestohlen worden; auch er wurde von fünf Mann Soldaten bewacht. Sie blieben an der Türe meiner Wohnung stehen. Ich fragte, was sie wollten, und sie säumten keinen Augenblick, legten mich in Ketten, fesselten mich und sagten: »Der Schmuck, den du hattest, gehört dem Statthalter von Damaskus, welcher erklärt hat, dieser Schmuck fehle ihm schon drei Jahre und seine Tochter dazu.« Als ich dies hörte, ward ich ganz betroffen; ich ging sogleich mit abgeschnittener Hand mit ihnen, bedeckte mein Gesicht und beschloß, dem Befehlshaber die Wahrheit zu erzählen; wird er verzeihen, gut; wo nicht, so mag er mich umbringen lassen. Als wir zum Befehlshaber gelangten und er mich sah, sagte er den Kaufleuten: »Laßt ihn los! Ist er es, der meinen Schmuck verkaufte?« Sie sagten: »Ja!« Da versetzte der Statthalter: »Der hat ihn nicht gestohlen, warum habt ihr dem armen Manne die Hand ungerechter Weise abgeschnitten?« Dies gab mir Mut, und ich sagte dann auch: »Mein Herr, ich ihn nicht gestohlen; sie haben sich gegen mich verschworen; und dieser Kaufmann hier hat gesagt, ich habe ihn ihm gestohlen, er gehöre ihm; und nur weil der Polizeioberst mich so arg prügeln ließ, entschloß ich mich, um der Prügel los zu werden, gegen mich selbst zu lügen.« Er sagte: »Es soll nicht zu deinem Schaden gereichen«; und winkte sogleich dem Kaufmann, der den Schmuck mir weggenommen, und sagte: »Du mußt ihn für die abgehauene Hand entschädigen, oder ich lasse dich prügeln, bis keine Haut mehr an dir bleibt!« Er rief den Leuten, die vor ihm standen, zu, und sie ergriffen den Kaufmann und gingen mit ihm fort. Als ich nun allein beim Befehlshaber geblieben, sagte er: »Mein Sohn! Sag mir die Wahrheit! Erzähle mir, wie es mit diesem Schmuck gegangen, lüge aber nicht! Nur die Wahrheit kann dich retten.« Ich antwortete ihm: »Bei Gott, es war gleich meine Absicht, dir alles zu erzählen.« Hierauf erzählte ich ihm die ganze Geschichte des Mädchens; wie sie mir noch ein Mädchen mit diesem Schmuck gebracht, wie sie dann eifersüchtig geworden und sie in der Nacht getötet habe und davongegangen sei, und ich nicht wisse, wer sie war. Ich sagte ihm die reine Wahrheit. Als er dies hörte, schüttelte er den Kopf, fing an zu weinen und schlug die Hände übereinander und sagte: »Ich gehöre Gott an, und nehme zu ihm meine Zuflucht.« Dann wandte er sich zu mir und sagte: »Mein Sohn, ich will dir die ganze Sache klar machen.«

»Wisse, daß das Mädchen, das dich zuerst besucht hat, meine ältere Tochter ist. Ich hatte sie sehr streng bewachen lassen. Sie heiratete dann einen Vetter in Ägypten, der aber bald starb, und sie kam zurück, nachdem sie in Ägypten ganz verdorben war. Sie ging nun drei-, viermal zu dir, und brachte dir zuletzt auch meine mittlere Tochter, ihre Schwester. Diese beiden waren von einer Mutter, und liebten einander so sehr, daß sie keinen Augenblick voneinander getrennt bleiben konnten. Als sie nun dies Abenteuer mit dir hatte, offenbarte sie es ihrer Schwester, welche sie zu begleiten wünschte, und da du es ihr erlaubtest, nahm sie sie mit; dann ward sie eifersüchtig und schlachtete sie, und kam wieder nach Hause, ohne daß ich von etwas wußte. Erst als man an jenem Tage zu Tische ging, vermißte ich meine Tochter, und als ich nach ihr fragte, fand ich meine ältere Tochter weinend und voll Verzweiflung; sie sagte mir: »Mein Vater, ich weiß nur, daß, als man zum Gebete rief, sie ganz angekleidet mit Mantel und Kette und sonstigem Schmuck ausging.« Ich verließ sie, wartete geduldig, sagte niemandem etwas, um kein Aufsehen zu erregen; und so vergingen Tage und Nächte; der älteren Schwester trockneten die Tränen nicht mehr von jenem Tage an, sie aß und trank nicht mehr, so daß auch sie uns das Leben betrübte und verleidete. Sie sagte: »Bei Gott! Ich werde immer weinen, bis ich den Todeskelch leere.« Sie peinigte sich lange und ward immer trauriger. Dies ist nun vorüber. Du siehst, was Menschen, wie mir und dir widerfahren kann; ich sehe, wie diese Welt nur eine Täuschung ist und wie der Mensch in ihr nur ein Bild ist. Nun, mein Sohn! möchte ich, daß du mir sogleich gehorchst: da doch das Schicksal dich deiner Hand beraubte. So nimm mein Haus an und heirate meine jüngste Tochter, die von einer anderen Mutter ist; ich will dir viele Güter und Waren als Mitgift geben und auch ein gutes Einkommen bestimmen! Du sollst die Stelle eines Sohnes bei mir einnehmen.« Ich sagte: »Mein Herr, wodurch verdiene ich dies? Ich willige gerne ein.« Er ging dann sogleich mit mir in sein Haus, ließ Zeugen rufen und den Ehekontrakt mit seiner Tochter schreiben und ich ward ihr Gatte; er nahm dann von jenem Kaufmann viele Güter und schenkte sie mir und ich war in der schönsten Lage bei ihm; am Anfang des Jahres hörte ich, daß mein Vater gestorben; ich sagte es ihm, und er schickte einen Diener nach Ägypten, um vom Sultan Firmane zu holen, die er dann mit einem Boten nach Mossul schickte, um mir das ganze Vermögen meines Vaters zu holen. Nun lebte ich sehr vergnügt; und dies ist die Ursache, warum ich meinen rechten Arm an der Brust liegen ließ, du wirst mich also wohl entschuldigen, o Arzt!« Ich wunderte mich sehr über diese Geschichte, blieb noch einige Tage bei ihm, bis er zum zweiten Mal ins Bad ging, dann schenkte er mir eine bedeutende Summe, gab mir Lebensmittel mit und sagte mir Lebewohl. Ich reiste von da gegen Osten, kam nach Bagdad, durchzog das persische Irak, bis ich zu euch hierher kam und hier recht glücklich lebte; da widerfuhr mir diese Nacht die Geschichte mit dem Buckligen. Nun, ist meine Geschichte nicht wunderbarer, als die des Buckligen?«

Als der König von China die Geschichte des jüdischen Arztes gehört, schüttelte er den Kopf und sagte: »Nein, bei Gott! Diese Geschichte ist nicht wunderbarer, als die des Buckligen; ich werde also euch alle Vier umbringen lassen, weil ihr gemeinschaftlich den Buckligen umgebracht, und Geschichten erzählt habt, die nicht befremdender sind, als die seinige. Nun bleibt nichts übrig, als daß du, Schneider, als Urheber alles Unglücks noch eine recht wunderbare, entzückende Geschichte erzählst, schöner als die des Buckligen, sonst laß' ich euch alle hinrichten.«

Geschichte des Schneiders

Da sagte der Schneider: Gut, o König der Zeit! Das Wunderbarste, was mir widerfahren, war gestern, ehe ich diesen Buckligen traf; da war ich vormittags bei einer Mahlzeit, der viele Leute beiwohnten; als wir gegen 20 Leute aus dieser Stadt beim Essen waren, da kam der Hausherr mit einem schönen, hinkenden Jüngling. Wir standen aus Ehrerbietung vor dem Wirte auf. Als der Jüngling sich setzen wollte, bemerkte er unter den Gästen einen Barbier und wollte sich nicht mehr setzen, sondern wieder fortgehen. Da hielt ihn der Gastgeber fest und beschwor ihn, zu sagen: warum er gekommen und nun wieder so schnell gehen wolle? Da sagte der Jüngling: »Mein Herr! Sei nicht böse. Dieser alte, verdammte Barbier ist schuld daran; dieser mit dem schwarzen Gesichte, mit schlechtem Lebenswandel, mit unfreundlichen Bewegungen, der so wenig Segen bringt.« Als der Gastgeber diese Beschreibung des Barbiers hörte, und auch wir es hörten, saßen wir auch nicht gerne bei ihm.

Wir sagten alle bei der Schilderung des Barbiers: »Niemand von uns will essen und sich belustigen, wenn du uns nicht die Lebensart dieses Barbiers erzählst.« Da sprach der Jüngling: »Wisset, ihr Leute, es ist mir in meiner Stadt, in Bagdad, mit diesem Barbier etwas widerfahren, das die Ursache meines Hinkens ward. Da schwor ich, nicht an einem Orte mit ihm zu sitzen und nicht in einer Stadt zu wohnen, wo er ist. Ich habe seinetwillen Bagdad verlassen und werde nun diese Nacht noch von hier weggehen, weil ich ihn hier bei euch sehe.« Wir baten ihn dringend, sich zu setzen und uns zu erzählen, was ihm in Bagdad mit dem Barbier widerfahren; der Barbier wurde ganz blaß und schlug die Augen zur Erde nieder, und der Jüngling sprach: »Wisset, ihr Leute, mein Vater war einer der

ersten Aufseher in Bagdad und hatte kein anderes Kind außer mir; als ich groß war und schon Verstand hatte, ging er durch den Tod zur göttlichen Barmherzigkeit ein und hinterließ mir ein großes Vermögen. Ich kleidete mich vornehm und lebte höchst vergnügt, doch nichts war mir verhaßter, als das weibliche Geschlecht. Eines Tages, als ich in den Straßen Bagdads umherging, begegnete mir auf dem Wege eine Gesellschaft Frauen; ich entfloh vor ihnen und flüchtete mich in eine Straße, die keinen Durchgang hat. Ich saß hier kaum eine Weile, da ward ein Fenster geöffnet, und es blickte ein Mädchen heraus wie die leuchtende Sonne; mein Auge hatte nie ein schöneres gesehen. Sie hatte Pflanzen am Fenster stehen. Als sie mich sah, lächelte sie; sie zündete eine Flamme in meinem Herzen an und mein Weiberhaß ward in Liebe verwandelt. Ich blieb wie verrückt bis gegen Sonnenuntergang sitzen; da kam der Kadhi der Stadt auf einem Maultier geritten und stieg vor dem Hause ab, wo das Mädchen war, woraus ich schloß, daß es ihr Vater sein müsse; ich ging betrübt nach Hause und warf mich fieberkrank auf dem Bett umher. Meine Verwandten kamen zu mir und wußten nicht, was mir fehlte, und ich antwortete niemanden. Ich blieb einige Tage in diesem Zustande, und meine Familie weinte meinetwillen. Da kam einst eine alte Frau zu mir, der mein Zustand kein Geheimnis mehr blieb; sie setzte sich mir zu Häupten, gab mir sanfte Worte und sagte: »Mein Sohn, sei guten Muts! Vertraue mir dein Anliegen! Ich werde dich mit der Geliebten vereinigen.« Ihre Worte drangen mir ins Herz, ich unterhielt mich eine Weile mit ihr.

Dann sagte sie nochmals: »Erzähle mir deine Geschichte, mein Sohn!« Als ich sie ihr erzählt hatte, sagte sie: »Mein Sohn, sie ist die Tochter des Kadhi von Bagdad und wird sehr streng bewacht. Der Ort, wo du sie gesehen, ist ihre Wohnung, ihr Vater bewohnt den unteren großen Saal; sie ist ganz allein im

oberen Stock; doch werde ich diese Sache schon richten, und nur durch mich wirst du zur Vereinigung mit ihr gelangen. Fasse nur Mut!« Als ich dies hörte, ward ich wieder gestärkt und beschloß zu essen und zu trinken. Die Alte verließ mich an jenem Tag, kam aber am folgenden Morgen wieder zu mir mit entstelltem Gesichte. Sie sagte: »Mein Sohn! Frage mich nicht, was mir das Mädchen getan, als ich von dir sprach; sie sagte mir: wenn du nicht schweigst, du verdammtes altes Weib, und nur noch ein Wort sprichst, werde ich dich behandeln, wie du's verdienst; ich werde dich auf die peinlichste Weise umbringen lassen, wenn du noch einmal wiederkehrst, um von so etwas zu reden. Doch, mein Sohn! Ich werde bei Gott noch einmal zu ihr zurückkehren, es mag mir geschehen, was da wolle.« Als ich dies hörte, ward ich noch kränker als zuvor, und die Alte machte mir jeden Tag neue Versprechungen. Meine Krankheit ward so heftig, daß alle Ärzte an mir verzweifelten. Eines Tages kam die Alte, setzte sich mir zu Kopfe und sagte mir leise, daß es meine Leute nicht hörten: »Du mußt mir etwas für die gute Botschaft geben, die ich dir bringe.« Als ich dies hörte, setzte ich mich aufrecht und sagte ihr: »Du sollst einen guten Lohn für deine Nachricht haben.« Sie sagte dann: »Mein Herr, ich bin zu dem Mädchen gegangen, und sie hat gesehen, wie meine Augen weinten und wie mein Herz zerknirscht war, und mich gefragt: »Wie geht's dir, Muhme? Warum atmest du so schwer?« Ich sagte ihr weinend. »O meine Gebieterin! Ich komme soeben von einem kranken Jüngling, an dessen Leben schon seine Familie verzweifelt; er liegt bald in Ohnmacht, bald kommt er wieder zu sich; aber er wird gewiß deinetwillen sterben.« Da ihr Herz gerührt ward, fragte sie mich: »Nun, was geht das dich an?« Ich antwortete ihr: »Er ist mein Sohn; seitdem er dich am Fenster gesehen, als du die Pflanzen tränktest, liebt er dich und weint immerfort; er ist's, der folgende Verse gedichtet:

»Bei deinem lebendigen Angesichte beschwöre ich dich, töte nicht durch deine Abneigung den, der dich liebt. Liebeskrankheit hat meinen Körper geschwächt, und mein Herz ist vom Becher deiner Liebe berauscht. Dein Wuchs gleicht einer geraden, doch biegsamen Lanze, vor deinem Munde errötet die glänzende Perle (vor Scham). Aus dem Bogen deiner Augenbrauen schleuderst du Pfeile, die nie mehr von meinem Herzen weichen und die ich dir nie wieder entgegenschleudere. Dein schlanker Wuchs gleicht einem zarten Baumzweige. Wer hilft nun dem vor Liebe Rasenden, dem Verzweifelten? Bei dem bezaubernden Fleckchen auf deinen Wangen, erbarme dich dessen, den du getötet! Deine Lippen sind Wein, Honig und Perlen in Korallen gefaßt. Deine Füße vertreiben den Tod und die Pein. Gott gebe den schönsten Trost dem Liebenden!«

Nachdem ich diese Verse rezitiert hatte, fuhr ich fort: »Ich habe dir schon zum ersten Male dies gesagt; da verfuhrst du gegen mich, wie du wohl weißt, und als ich ihm erzählte, wie du mich behandelt hast, da ward er so krank, daß er das Bett nicht mehr verlassen kann, und nun muß er gewiß sterben.« Da sagte sie erblassend: »Und dies alles um meinetwillen?« Ich antwortete ihr: »Ja, bei Gott, meine Herrin! Nun, was beschließest du jetzt über ihn?« Hierauf sagte sie: »Bring mir ihn hierher, Freitag vor dem Mittagsgebet, ich werde ihm die Türe öffnen und ihn zu mir in diesen oberen Stock lassen, ihn sitzen heißen und eine Weile bei ihm bleiben; nur muß er sich entfernen, ehe mein Vater zurückkehrt.« Als ich, o ihr Leute, die Worte der Alten hörte, waren alle meine Schmerzen vorüber; sie setzte sich dann zu mir und sagte: »Bereite dich vor auf Freitag, so Gott will.« Ich schenkte ihr alle meine Kleider, die ich hatte, sie ging fort und alle meine Leiden waren verschwunden. Meine Leute freuten sich über meine Genesung. Ich freute mich immer mehr auf Freitag; da kam die Alte zu mir und erkundigte sich nach meinem Befinden; ich sagte ihr, daß ich ganz wohl wäre; ich stand dann auf, kleidete mich an, beräucherte und parfümierte mich; sie fragte mich dann: »Warum gehst du nicht ins Bad und wäschst dich von den Spuren der Krankheit rein?« Ich antwortete ihr: »Ich habe keine Lust, ins Bad zu gehen, und habe mich schon zu Hause gewaschen. Aber«, sagte ich ihr, »ich brauche einen Barbier, um mich zu rasieren.« Ich wandte mich sogleich zu einem Diener und sagte ihm: »Bringe mir einen verständigen Barbier, der nicht zu viel schwatzt, daß er mir mit seinen vielen Reden nicht den Kopf toll mache.« Er ging und brachte mir diesen schlechten Alten da. Er grüßte mich beim Hereinkommen, und nachdem ich seinen Gruß erwiderte, sagte er: »Mein Herr! Du siehst sehr mager aus.« Ich antwortete ihm: »Ich war krank.« Er sagte: »Gott wende jedes Übel von dir ab und sei dir gnädig!« Ich antwortete: »Gott erhöre dich!« Er sagte: »Sei froh, schon ist die Genesung gekommen.« Er fragte dann: »Soll ich dir die Haare schneiden oder dich schröpfen?« Ich antwortete: »Rasiere mir nur den Kopf und laß das Plaudern, denn ich bin noch schwach von meiner Krankheit.«

Als ich dies gesagt, fuhr der junge Mann in seiner Erzählung fort, streckte er die Hand in seinen Beutel und zog ein aus sieben Platten zusammengesetztes,

mit Silber beschlagenes Astrolabium heraus, ging damit mitten ins Haus in die Sonne, sah hinein und sagte: »Wisse, mein Herr, daß heute Freitag der 18. Saffar, 653 der Hidjrah, 7320 der Ära Alexanders ist*. Nach der Berechnung der Astronomen findet Konjunktion des Mars mit Merkur statt, ein aufsteigender Stier der Konjunktion acht Grad und sechs Minuten, bedeutet, daß das Rasieren Glück bringt, zugleich aber auch, daß du irgend eine Zusammenkunft vorhast, woraus Unglück entsteht.« Ich sagte ihm: »O du! Du machst mir bange und quälst mich durch deine schlechte Weissagung. Ich habe dich nicht zur Sterndeutung, sondern um meine Haare zu schneiden, rufen lassen. Tu also das, wozu du gerufen bist; wo nicht, so geh und laß uns einen anderen Barbier rufen.« Er antwortete: »Bei Gott, mein Herr! Hättest du es mit Milch** gekocht, hätte es nicht besser kommen können. Du hast nur einen Barbier verlangt, und nun schickt dir Gott einen Barbier, der auch zugleich Sterndeuter ist, der Astronomie und Chemie, Grammatik, Sprache, Logik, Rhetorik, Algebra, Mathematik, Chronologie, Tradition des Muslem*** und Buchari versteht. Ich habe viele Bücher gelesen und viele Erfahrung gesammelt. Ich bin tief in die Wissenschaft eingedrungen und habe sie auswendig gelernt; ich kenne viele Künste und habe mit allem mich beschäftigt. Du solltest Gott loben und danken, daß er mich dir zugeführt. Ich rate dir nun, heute zu tun, was ich dir nach meiner astrologischen Berechnung sagen werde. Ich verlange keinen Lohn von dir; denn was ich dir tu, ist wenig für deinen Rang und für den Platz, den du in meinem Herzen einnimmst; dein Vater liebte mich sehr, weil ich nicht viel unnötiges schwatze, darum ist es meine

* Da Haran Arraschid als Zeitgenosse dieser Erzählung auftritt, so sind selbstverständlich diese Daten unpassend.
** Sprichwörtliche Redensart: nach allem Bemühen
*** Die zwei berühmtesten Traditionssammler der Mohammedaner

Schuldigkeit, dich zu bedienen.« Als ich dies hörte, sagte ich ihm: »Du bringst mich gewiß heute noch um.«

Hierauf sagte der Barbier: »Mein Herr! Nennen mich die Leute nicht den Schweigenden, weil ich so wenig rede? Weniger als meine sieben Brüder: der älteste heißt Bakbuk, der zweite Hadar, der dritte Bakaibak, der vierte Kus, der fünfte Naschar, der sechste Schakaik, und mich nannte man, weil ich wenig rede, Sammat«*. Nun, ihr Leute, als der Barbier immer so fortfuhr, zersprang mir die Galle fast. Ich ward so aufgebracht, daß ich meinem Jungen sagte: »Gib ihm vier Dinare und laß ihn in Gottes Namen gehen; ich will mich heute nicht rasieren lassen.« Als der Barbier dies hörte, sagte er: »Was sagst du da? Der muselmännische Glaube verbietet mir, Lohn zu nehmen, ohne dich zu bedienen, ich muß dich bedienen, meine Arbeit verrichten und dich aufputzen; es ist mir gleich, ob du mir Lohn gibst oder nicht. Und weißt du auch mich nicht zu schätzen, mein Herr, so weiß ich doch, was ich deines Vaters willen dir schuldig bin.« Er sprach dann folgende Verse:

»Ich kam zum Herrn, um Blut zu schröpfen, fand aber den Augenblick nicht günstig für seine Gesundheit. Ich setzte mich zu ihm und unterhielt ihn von wunderbaren Dingen, und kramte vor ihm meine Kenntnisse und meinen Verstand aus. Er hörte mir gerne zu und sagte mir: O Mine der Wissenschaft, du bist mehr als verständig. Ich sagte ihm: Hättest du, o Herr der Menschen, nicht so vielen Verstand verbreitet, so hätte ich gar keinen. Du bist Herr der Tugend und der Freigiebigkeit, du bist der Schatz der Menschen an Wissenschaft, Verstand und Sanftmut.«

Da freute sich dein Vater und sagte dem Jungen: Gib ihm 100 und drei Dinare und ein schönes Kleid; er gab mir dies alles, ich nahm dann das Horoskop, das sehr gut stand, schröpfte ihn, und dann konnte ich nicht umhin, deinen

* Der Schweigende

Vater zu fragen: »Warum heißest du den Jungen mir 103 Dinare geben?« und er antwortete mir: »Ein Dinar für die Weissagung, ein Dinar für das Erzählen und ein Dinar für das Schröpfen, und 100 Dinare und das Ehrenkleid für dein Lob.« Er fuhr immer fort zu sprechen. Ich ward so zornig, daß ich sagte: »Gott habe kein Mitleid mit meinem Vater, der Leute deinesgleichen gekannt hat.«

Ich sagte noch einmal dem Barbier: »Laß doch, bei Gott, das viele Reden, meine Zeit geht vorüber.« Da lachte mich der Barbier aus und sagte: »O mein Herr! Es gibt keinen Gott außer Gott. Gelobt sei der, der unverändert bleibt. Ich glaube, dich hat die Krankheit ganz verändert; dein Verstand hat sehr abgenommen, während sonst die Leute, wenn sie älter werden, auch mehr Verstand bekommen; ich hörte, wie einst ein Dichter sagte:

»Sei mild gegen Arme, wenn das Schicksal dir günstig ist, du wirst dafür einen reichen Lohn einst ernten. Armut ist eine Krankheit, für die es kein Heilmittel gibt. Reichtümer sind eine Zierde für das Auge, wenn sie zu einem schönen Charakter sich gesellen. Verbreite Grüße unter den Leuten, an denen du vorübergehst; bestrebe dich, deine Eltern mit reiner Liebe zu behandeln! Ihre Augen haben aus Angst um dich manche Nacht durchwacht und Gottes Auge schläft nie.«

»Indessen entschuldige ich dich ebenfalls, doch flößt mir dein Zustand manchen Zweifel ein. Du weißt, daß dein Vater und Großvater nie etwas unternahmen, ohne mich um Rat zu fragen; und gewiß, wer andere beratet, geht nicht irre. Auch sagt man sprichwörtlich: Wer keinen Größeren über sich anerkennt, ist selbst nicht groß. Auch sagte ein Dichter:

›Willst du ein Geschäft unternehmen, so befrage einen Erfahrenen und erzürne ihn nicht.‹

Du kannst keinen erfahreneren Menschen finden, als ich bin; ich stehe nun ganz willig vor dir, um dich zu bedienen, du hast gar keinen Grund, dich über mich zu ärgern.« Ich sagte ihm: »Du hast nun lang genug geschwatzt; fertige mich nun ab!« Er antwortete: »Ich sehe, daß mein Herr wieder unwillig wird, doch ich nehme es nicht übel.« Ich antwortete ihm: »Die Stunde, die ich erwarte, ist schon nahe, tu also deine Arbeit, und mache, daß du in Gottes Namen fortkommst.« Ich riß dann meine Kleider auf, und als er dies sah, nahm er sein Schermesser, schärfte es und rasierte mir einige Haare vom Kopf ab. Er hob dann die Hand auf und sagte: »Mein Herr! Allzugroße Eile ist Sache des Teufels, es heißt bei einem Dichter:

›Gehe langsam zu Werke und übereile dich nicht in deinen Arbeiten, habe Mitleid mit den Menschen, du findest dann auch einen Barmherzigen (Gott). Es gibt keine Hand, die nicht unter Gottes Hand steht, keinen Übeltäter, der nicht durch einen anderen bestraft wird.‹

Ich glaube, du weißt mich nicht zu würdigen und verkennst mich, meinen hohen Rang, meine Kenntnisse und meine Wissenschaften.« Ich sagte ihm. »Laß, was dich nicht angeht, du hast mir meine Brust schon genug beengt.« Er sagte: »Ich glaube, du hast Eile, mein Herr!« Ich antwortete: »Freilich! Gewiß! Jawohl!« Er versetzte: »Übereile dich nicht, die Eile ist eine Teufelssache und hat oft Reue im Gefolge. Dein Zustand kommt mir verdächtig vor. Ich möchte wissen, was du vorhast. Ich fürchte, du hast was Unzweckmäßiges im Sinn; es bleiben ja doch drei Stunden zum Gebet. Doch möchte ich nicht gern hierüber im Zweifel bleiben; ich muß die Zeit ganz genau wissen; denn es ist eine Schande, zweifelhafte Worte zu sprechen, besonders für einen Mann, wie ich, dessen Wert allen Menschen bekannt ist; ich will daher nicht Ungewisses sagen wie die Masse der Astrologen.« Er warf dann sein Schermesser weg und nahm das Astrolabium wieder, fing wieder an mit den Fingern zu rechnen und sagte: »Es bleiben gerade drei Stunden bis zum Gebet, nicht mehr und nicht weniger, ganz genau gerechnet nach der Wissenschaft der gelehrtesten Astronomen.« Ich sagte ihm: »Schweige doch einmal, du hast schon, bei Gott, mein Innerstes empört.« Da kam der Verdammte wieder, nahm das Messer und rasierte wieder zwei Haare ab und sagte: »Bei Gott, du läßt mich allerlei Dinge vermuten; wenn du mir sagen wolltest, was du vorhast, so würde es gewiß zu deinem Besten werden. Auch dein Vater und Großvater, Gott erbarme sich ihrer, haben nichts ohne meinen Rat getan.« Als ich nun sah, daß ich ihn gar nicht los werden konnte, und bei mir dachte, nun wird die Mittagsstunde kommen, und ich muß doch gehen, ehe die Leute vom Gebete zurückkehren, und wenn ich die Stunde versäume, werde ich keine Gelegenheit mehr finden, zu ihr zu kommen, sagte ich ihm wieder: »Laß doch das viele Reden! Mache dich fertig, denn ich muß zu einer Mahlzeit eines meiner Freunde.« Als er aber etwas von Mahlzeit hörte, sagte er: »Dieser Tag bei dir bringt mir Segen, du erinnerst mich, daß ich gestern eine Gesellschaft zum Essen eingeladen, die ich ganz vergessen: soeben erinnere ich mich, daß ich gar keine Anstalten getroffen und zuschanden werde.« Ich sagte ihm: »Mache dir keinen Kummer deshalb! Da ich heute eingeladen bin, so kannst du alle Speisen und Getränke nehmen, die ich im Hause habe. Mach' nur schnell und rasiere mich!« Er antwortete: »Gott belohne dich dafür. Doch sage mir, was du mir geben willst, daß ich wisse, was ich meinen Gästen anbieten kann.« Ich sagte ihm: »Ich habe fünferlei Gerichte und zehn gebackene Hühner und ein gebratenes Lamm.« Er sagte: »Laß es herbringen, damit ich's sehe!« Ich befahl einem meiner Jungen, alles herbeizuschaffen oder zu kaufen und schnell herzubringen. Als er die Speisen brachte und der Barbier sie sah, sagte er: »Nun wären die Speisen da, wo sind aber die Getränke?« Ich sagte ihm: »Ich habe einen oder zwei Krüge Wein.« Er sagte: »Laß sie herbringen!« Ich hieß den Jungen den Wein zu bringen. Als er ihn brachte, sagte der Barbier: »Gott segne dich! Wie freigebig bist du! Wie edel deine Abstammung! Nun wären Speisen und Getränke da, es fehlen nur noch Früchte und Süßigkeiten.« Ich befahl dem Diener, eine Büchse zu bringen, worin für fünf Dinare Moschus, Ambra und Aloe war, und da mich die Zeit drängte, sagte ich dem Barbier: »Nimm alles und fertige mich nur endlich ab!« Er sagte: »Bei Gott! Ich nehme es nicht, bis ich eins nach dem anderen durchsehe.« Ich sagte dem Diener, er solle die Büchse aufdecken; als er dies tat, warf der Barbier das Astrolabium aus der Hand, noch waren die meisten Haare ungeschoren; er setzte sich hin und wühlte die Spezereien und Parfümerien durcheinander, bis mir fast der Atem ausging; er nahm dann das Schermesser wieder, rasierte einige Härchen ab und sprach folgenden Vers:

»So wie die Bäume nach ihrem Stamme wachsen, so ist auch der Sohn dem Vater ähnlich.«

Er sagte dann: »Bei Gott, mein Herr! Ich weiß nicht, ob ich dich oder deinen Vater loben soll; meine ganze Mahlzeit werde ich deiner Güte verdanken, möge dich Gott lang erhalten! Ich habe, bei Gott, keinen einzigen Gast, der so etwas verdient; doch besuchen mich nur ehrwürdige Leute, wie Santut, der Badwirt (der ein Bad hält); Sali, der Küchenerbsen verkauft; Salut, der Bohnenhändler; Akrascha, der Kräuterhändler; Suweid, der Kameltreiber; Hamid, der Gassenkehrer; Abu Makurisch, der Milchhändler; Subad, der Lohnbediente; Kasim, der Nachtwächter; Kerim, der Stallknecht. Es sind lauter Leute, die weder roh, noch boshaft sind; jeder von ihnen tanzt einen eigenen Tanz und singt eigene Verse dazu. Ihre schönste Eigenschaft ist, daß sie alle, wie dein Diener, nicht gern viel reden. Der Badwirt, der spielt etwas Bezauberndes auf dem Tamburin, tanzt dabei und singt: O Mutter! Mein Kopf! Fülle meinen Krug!«

»Der Küchenerbsenhändler aber bringt noch mehr Kenntnisse mit, als die andern, der tanzt und singt: O Herrin! O Seufzende! Was säumst du so lange? Da muß jedermann lachen. Der Gassenkehrer dann, wenn der singt, so bleiben die Vögel stehen; er sagt: weiß mein Weib eine Neuigkeit, so bleibt sie in keiner Kiste verschlossen. Der ist ein kluger, gebildeter, starker, erhabener Mann von hohem Range; ich habe über seine Schönheit folgenden Vers gedichtet:

›Ich möchte mein Leben hingeben für den geliebten Gassenkehrer: er besitzt süße Tugenden und ist so schweigsam, wie der Zweig eines Baumes; das Schicksal war mir eine Nacht günstig, und ich sagte ihm, während ich die immer wachsende Liebe an ihm stillte: du hast in meinem Herzen ein großes Feuer angezündet; und er antwortete: Es schadet nichts, wenn ein Gassenkehrer auch Feueranzünder wird.‹

Es besitzt jeder von ihnen so viele Eigenschaften, daß man vor vielem Lachen über ihre Späße fast toll wird. Mein Herr kann nun wählen, ob ich sie heute zu mir kommen lasse, oder ob du zu deinen Freunden gehen willst, zu denen du bestellt bist. Du könntest, kaum erst genesen, zu Schwätzern kommen, die von vielen Dingen reden, die sie nichts angehen, und da du noch schwach von deiner Krankheit bist, so könnte es dir schaden.« Ich sagte ihm, und mußte trotz meines Zornes lachen: »Du hast mir nun genug getan; doch dies kann vielleicht an einem anderen Tage stattfinden, so Gott will; mache nun, daß du fertig wirst, und gehe unter Gottes Schutz; laß dir wohl sein mit deinen Freunden, die dich erwarten!« Er sagte: »O mein Herr, ich möchte dich gar gerne mit diesen klugen Leuten bekannt machen, unter denen kein Schwätzer ist; denn seitdem ich groß bin, kann ich die Gesellschaft keines Menschen ertragen, der nach Dingen fragt, die ihn nichts angehen, oder der nicht, wie ich, wenig spricht. Hättest du einmal in Gesellschaft dieser Leute gelebt, du würdest dich von allen deinen übrigen Bekannten lossagen.« Ich sagte ihm: »Gott lasse deine Freude an ihnen vollkommen sein; ich werde gewiß einmal mit ihnen zusammenkommen, und mich bei dir in Gesellschaft dieser Leute unterhalten.« Er sagte hierauf: »Es wäre mir lieb, wenn du heute mit mir zu meinen Freunden gingest; ich würde dann mit dem, was du mir schenkst, vorangehen. Kannst du aber heute durchaus deine Freunde nicht verlassen, so bringe ich nur meinen Freunden zu essen und zu trinken, komme dann wieder hierher und gehe mit dir zu deinen Freunden: denn zwischen mir und meinen Freunden herrscht gar keine Ziererei, die mich abhielte, wieder zu dir zu kommen.« Ich sagte: »Es gibt keinen Schutz und keine Macht, außer bei Gott, dem Erhabenen! Geh' du zu deinen Freunden und laß dir bei ihnen wohl sein, und laß mich heute zu meinen Freunden geben, die mich erwarten.« Der Barbier aber antwortete: »Bewahre Gott, daß ich mich von dir trenne und dich allein gehen lasse!« Ich sagte: »Der Ort, wohin ich gehe, ist eng und hat keinen Raum für dich.« Er versetzte: »Ich glaube, du hast eine Zusammenkunft mit einer Dame: denn gingest du zu einer Mahlzeit, du würdest mich mitnehmen; denn ein Mann, wie ich, ist bei Mahlzeiten, Festlichkeiten und Belustigungen ganz an seinem Platz. Kommst du aber mit jemanden zusammen, wo du gern allein bist, so kann ich dir dazu behilflich sein. Ich werde dafür sorgen, daß dich niemand ins Haus des Mädchens gehen sehe, was dir Verderben bringen würde; denn in dieser Stadt, und besonders an einem solchen Tage, kann niemand etwas derartiges tun, weil der Polizeioberste von Bagdad streng, von harter Natur und unerbittlich in seiner Macht ist.« Ich sagte ihm: »Wehe dir! Du schlimmer Alter, belohnst du mich so?« Er sagte mir: »O Einfältiger, schämst du dich nicht! Gestehe mir alles; ich weiß es ja doch und möchte dir gerne behilflich sein.« Da ich nun fürchtete, daß dieser Barbier mir durch sein Geschwätz bei meinen Leuten und Nachbarn einen bösen Namen mache, schwieg ich. Als nun aber die Mittagsstunde herannahte und schon zweimal zum Gebet gerufen worden*, und nun auch mein Haupt rasiert war, sagte ich ihm: »Geh' jetzt, bringe diese Speisen und Getränke in dein Haus für deine Freunde; ich will hier warten, bis du wiederkehrst und dich alsdann mit mir nehmen.« Ich sagte ihm dann noch manches Süße und Schmeichelhafte, in der Hoffnung, ihn los zu werden. Er sagte aber: »Mir ist, als wolltest du mich hintergehen und ohne mich weggehen, und dich in eine Gefahr stürzen, aus der es keine Rettung gibt. Bei Gott! Bei Gott! Geh' nicht weg, bis ich wiederkehre und dich begleite, daß ich weiß, was aus dir wird, und daß man keine List gegen dich gebrauche.« Ich sagte: »Gut! Säume nur nicht!« Nun nahm der Verdammte alle Speisen und Getränke, den Braten und die Aromen, die ich ihm geschenkt, ging fort, um sie mit einem Träger nach Hause zu bringen; und als ihn eine Straße vor mir verbarg, machte ich mich alsbald auf, denn schon war das Gebet zum drittenmal ausgerufen, kleidete mich an und ging schnell in die Straße, wo das Mädchen wohnte. Ich blieb vor dem Hause stehen und schon erwartete mich die Alte; ich ging mit dieser in den obern Stock, wo das Mädchen war. Ich war nicht lange im Hause, so kehrte der Hausherr schon wieder vom Gebete zurück und ging ins Haus und riegelte die Türe zu, und als ich zum Fenster hinaus sah, stand der Barbier, den Gott verdamme, vor der Türe. Ich dachte, woher weiß der Teufel das? Nun traf

* Am Freitag wird immer dreimal auf dem Minarett zum Gebet gerufen; um halb zwölf, dreiviertel und zwölf Uhr. Zu den übrigen Gebeten nur einmal.

sich gerade nach Gottes Beschluß, um mich zu beschämen, daß der Hausherr eine Sklavin, die etwas Unrechtes getan, schlug; sie schrie, und ein Sklave kam ihr zu Hilfe. Da aber der Hausherr auch diesen schlug, schrie auch er. Da glaubte der verdammte Barbier, ich sei geschlagen worden. Er fing an zu schreien, zerriß seine Kleider, streute Erde auf seinen Kopf und rief um Hilfe; eine Menge Volk sammelte sich um ihn, während er immer schrie: »Mein Herr wird im Hause des Kadhi totgeschlagen.« Er ging dann in mein Haus, schrie immerfort und benachrichtigte meine Familie und meine Diener von dem Vorfall. Auf einmal kamen sie alle mit zerrissenen Kleidern, die Haare in Unordnung herabhängend, und schrien: O unser Herr! Der Barbier ging ihnen im häßlichsten Aufzuge voran, zerriß immer seine Kleider und schrie unaufhörlich.

Durch das Geschrei meiner Leute versammelte sich vieles Volk um sie, und alle schrien: »O der Ermordete!« Als der Hausherr diesen Lärm vor seiner Türe hörte, sagte er einem seiner Diener: »Sieh' einmal, was es gibt!« Der Diener ging, und als er wiederkehrte, sagte er: »O mein Herr, es stehen mehr als 10000 Menschen, Männer und Weiber, vor der Türe und schreien: O der Erschlagene! Und deuten auf unser Haus hin.« Als der Kadhi dies hörte, kam es ihm sonderbar vor; er ward zornig, öffnete die Türe und erschrak, als er die vielen Leute sah. Er sagte: »O ihr Leute, was wollt ihr?« Sie antworteten: »Du Verdammter! Du Schwein! Was mißhandelst du unsern Herrn?« Er versetzte: »Was hat mir denn euer Herr getan, daß ich ihn mißhandeln sollte? Hier steht mein Haus vor euch offen.« Da sagte der Barbier: »Du hast ihn eben mit der Peitsche geschlagen, ich habe gehört, wie er geschrien hat.« Der Hausherr fragte: »Was hat denn euer Herr getan, daß ich ihn schlagen sollte? Und was hat euren Herrn zu mir geführt?« Da sagte der Barbier: »Sei mir kein so niederträchtiger, verdammter Alter! Ich weiß alles. Deine Tochter liebt ihn, und er liebt sie wieder, und weil du dies erfahren, hast du deinen Dienern befohlen, ihn zu schlagen. Bei Gott! Der Sultan soll zwischen uns entscheiden; gib ihn sogleich seinen Leuten heraus, oder ich gehe ins Haus und bringe ihn heraus; das wird dir aber keine Ehre machen.« Da sagte

der Kadhi, den diese Worte empörten, und der vor den Leuten sich schämte: »Wenn du wahr redest, so komm und bringe ihn heraus!« Der Barbier lief ins Haus; als ich dies sah, suchte ich eine Ausflucht oder einen Ort, wo ich mich verbergen könnte. Ich fand nichts, als eine große Kiste im Zimmer; ich sprang hinein, machte den Deckel zu und hielt den Atem zurück. Als der Barbier in den obern Stock kam, wo ich war, und sich rechts und links umdrehte und nichts als die Kiste fand, in der ich lag, nahm er sie auf den Kopf und ging schnell damit fort; ich hatte schon meine Besinnung verloren. Als ich sah, daß er mich nicht lassen würde, öffnete ich die Kiste, sprang auf die Erde und verrenkte ein Bein. Nun war die Haustür geöffnet. Ich sah eine große Volksmenge; da ich aber viel Gold bei mir hatte, das ich für einen solchen Tag zu mir gesteckt, streute ich es unter den Leuten aus, so daß sie beschäftigt waren, das Gold und Silber aufzuheben, während ich durch die Straßen Bagdads lief, bald rechts, bald links, der verdammte Barbier stets hinter mir her; er folgte mir auf dem Fuß, und ich konnte mich nicht von ihm los machen, er schrie in einem fort. »O mein Herr, sie haben dich plötzlich mir entreißen wollen, sie haben den umbringen wollen, der mir, meiner Familie und meinen Freunden so viel Gutes erwiesen! Gelobt sei Gott, der mir gegen sie beigestanden, und mit dessen Hilfe ich meinen Herrn aus ihrer Gewalt befreit.« Er sagte mir dann: »Wo willst du jetzt hin, mein Herr? Hätte mich Gott nicht dir zu Hilfe geschickt, so wärest du ihnen nicht entgangen; sie hätten dich gewiß in ein großes Unglück gestürzt, aus dem dich niemand hätte retten können. Wie sehr wünschte ich für dich zu leben; du hast mich beinahe umgebracht durch deinen albernen Gedanken, allein gehen zu wollen; doch ich verzeihe es deiner Unwissenheit, du hast wenig Verstand und handelst zu unbesonnen.« »Nun«, fuhr der Jüngling fort, »hatte ich noch nicht genug durch ihn gelitten, er verfolgte mich durch alle Straßen Bagdads und schrie mir nach, so daß mir vor Ärger fast die Seele ausging. Im heftigsten Zorne ging ich dann in einen Chan mitten im Bazar, und bat den Eigentümer, ihm den Eingang zu versperren; ich setzte mich hier in ein Magazin und dachte: Gehe ich wieder nach Hause, so kann ich diesen verdammten Barbier nicht los werden, er wird Tag und Nacht bei mir bleiben; ich aber kann ihn nicht mehr vor Augen sehen. Ich schickte daher sogleich nach Zeugen, traf die nötigen Anordnungen für meine Familie, teilte den größten Teil meines Vermögens aus, bestellte einen Verwalter für die Meinigen, und befahl ihm, mein Haus und meine Güter zu verkaufen, gab ihm meine Aufträge für Groß und Klein, nahm einen Teil meines Vermögens mit mir, und verließ noch an demselben Tage den Chan und reiste hierher, um diesen Kuppler los zu werden, und wohne nun schon eine Weile hier. Als ich auf eure Einladung euch besuchte und diesen Mann unter den Gästen bei euch fand, diesen verdammten Barbier da, wie konnte es mir hier in seiner Gesellschaft behagen, nach dem, was mir durch ihn widerfahren; ich habe seinetwegen mein Bein verrenkt, mein Vaterland und meine Familie verlassen, und nun finde ich ihn wieder hier.« Der junge Mann beharrte darauf, sich nicht zu setzen. Als wir mit Staunen diese Geschichte gehört und darüber betrübt waren, fragten wir den Barbier: »Ist das, was der junge Mann von dir sagt, wahr? Und warum hast du dies getan?« Da erhob sich der Barbier und sagte: »O ihr Leute! Was ich ihm getan, geschah mit Absicht und Vorbedacht; ohne mich wäre er zugrunde gegangen; mir hat er seine Rettung zu verdanken, und besser ist ihm etwas am Fuße, als am Leben zugestoßen. Ich habe dies auf Gefahr meines Lebens getan; doch ich habe Gutes ausgestreut an Leute, die es nicht verdienen. Bei Gott! Ich war kein Schwätzer, ich rede am wenigsten von meinen sechs Brüdern, und bin der Klügste unter ihnen; ich will euch etwas erzählen, was mir wiederfahren, damit ihr mir glaubet, daß ich wenig rede.«

Geschichte des Barbiers

Ich war einmal in Bagdad zur Zeit des Kalifen Mustanßir, Sohn des Mustadi*, der Kalif residierte damals in Bagdad, er liebte die Armen und die Gelehrten und die Rechtschaffenen. Es traf sich nun, daß er über zehn Leute zu richten hatte und dem Polizeiobersten von Bagdad befahl, sie am Feiertage vor ihn zu bringen.

Diese zehn Männer waren Straßenräuber, welche die Wege unsicher machten; der Befehlshaber schiffte sie zusammen auf einem kleinen Nachen ein; als ich sie sah, dachte ich: »Bei Gott, die sind gewiß zusammen irgendwo eingeladen, oder bringen den Tag beisammen, essend und trinkend, in diesem Nachen zu;

* Mustanßir war nicht Sohn, sondern Urenkel des Mustadi; er trat 1226 n. Chr. die Regierung an.

es soll niemand außer mir sie unterhalten.« Mit großer Entschlossenheit und Männlichkeit machte ich mich auf und ging zu ihnen ins Schiffchen. Als sie am Ufer bei Bagdad landeten, kamen ihnen sogleich Polizeidiener entgegen und legten sie in Fesseln, auch um meinen Hals warf man eine Kette, alles wegen meiner Festigkeit und weil ich wenig rede. Ich schwieg also immerfort und sagte kein Wort. Man führte uns miteinander in Ketten vor den Emir der Gläubigen, weicher befahl, daß man alle zehn köpfe. Der Scharfrichter fing an, einen nach dem anderen zu köpfen, bis er zehn Köpfe abgeschlagen und nur ich noch übrig war; da sah der Kalif den Scharfrichter an und sagte ihm: »Warum hast du nur neun geköpft?« Er antwortete: »Bewahre mich Gotte, o Fürst der Gläubigen, daß ich nur neun Köpfe abschlage, wenn du mir befiehlst, zehn Menschen zu köpfen!« Der Kalif versetzte: »Hier ist ja noch der zehnte vor dir.« Aber der Scharfrichter antwortete: »Bei Gott und deiner Gnade, ich habe zehn geköpft.« Sie zählten dann die Köpfe und fanden deren zehn. Da sah mich der Kalif an und sagte mir: »Wehe dir! Warum schweigst du in einem solchen Falle? Und wie kommst du zu diesen blutigen Menschen? Du bist doch ein alter Mann, warum hast du so wenig Verstand?« Als ich dies vom Kalifen gehört, richtete ich mich auf und sagte: »O Fürst der Gläubigen! Ich bin der Schweigende, obschon ich so viel Tugend, Weisheit, Gelehrsamkeit, Philosophie, süße Beredsamkeit und Fertigkeit im Antworten, als andere Leute, besitze. Unerreichbar und unbeschreiblich aber ist die Fertigkeit meines Verstandes, die Kürze meiner Worte, die Vortrefflichkeit meiner Fassungskraft und meiner geistigen Fähigkeiten. Als ich gestern diese zehn Leute in den Nachen steigen sah, so dachte ich, sie seien irgendwo eingeladen, und gesellte mich zu ihnen; sie setzten aber bloß über den Strom, stiegen sogleich wieder ans Land, und es widerfuhr ihnen, was du wohl weißt. So geht's mir immer in meinem Leben: Ich erzeige den Menschen Gutes, und sie vergelten es mir mit Schlechtem.« Als der Kalif meine Rede gehört, lachte er so heftig, daß er auf den Rücken fiel; er merkte wohl, daß ich sehr ernst bin, wenig rede und nichts Überflüssiges sage, wie dieser junge Mann es da glaubt, den ich von den Todesschrecken befreit, und der es mir so schlecht belohnt. Der Kalif sagte mir dann: »Sind deine sechs Brüder auch so, wie du?« Ich ant-

wortete: »Ihr ganzes Leben und alle ihre Taten gleichen den meinigen nicht; ebensowenig ihre äußere Gestalt. Du beleidigst mich durch diese Frage. Jeder von ihnen hat einen Leibesfehler: der eine ist halb blind, der andere zahnlückig, der dritte bucklig, der vierte blind, der fünfte hat abgeschnittene Ohren und der sechste abgeschnittene Lippen. Glaube nicht, daß ich gerne viel rede; ich möchte im Gegenteil zeigen, daß ich ernster bin, als sie alle, und wenig rede. Jedem von ihnen ist ein Abenteuer begegnet, wodurch er verstümmelt wurde.«

Geschichte des ersten Bruders des Barbiers

Der Älteste war ein Schneider in Bagdad; er arbeitete oben in einem Laden, den er gemietet, und unten war eine Mühle und ihm gegenüber wohnte ein reicher Mann. Als nun eines Tages mein buckliger Bruder in seinem Laden nähte und den Kopf in die Höhe streckte, sah er am Fenster eine Frau, schön wie der aufgehende Mond. Sobald er sie erblickte, entbrannte ein Feuer in seinem Herzen; er hob den ganzen Tag den Kopf in die Höhe nach dem Fenster zu; erst gegen Abend ließ er davon ab und ging traurig in seine Wohnung. Als er den

anderen Morgen wieder in den Laden kam, setzte er sich auf den nämlichen Platz, um zu ihr hinauf zu sehen, und nach einer Weile kam sie nach ihrer Gewohnheit ans Fenster. Er erblickte sie, fiel ihn Ohnmacht, und als er wieder zu sich kam, ging er im traurigsten Zustande nach Hause. Als er am dritten Tage wieder auf demselben Platze saß, die Frau bemerkte und immer zu ihr hinübersah, lachte sie ihm zu und er erwiderte ihr Lachen; sie verschwand dann und schickte ihm ihre Sklavin mit einem Tuche, worin Stoff zu einem Kleide war. Diese sagte: »Meine Herrin grüßt dich und beschwört dich bei ihrem Leben, ihr aus diesem Tuche ein Kleid zu schneidern und zu nähen.« Mein Bruder sagte: »Ich stehe zu Diensten!« Schnitt sogleich das Kleid und nähte es noch an demselben Tage. Am anderen Morgen früh kam die Sklavin wieder und sagte: »Meine Herrin grüßt dich und läßt dich fragen, wie du die Nacht zugebracht; ihr Herz ist so sehr mit dir beschäftigt, daß sie keinen Schlaf kosten konnte. Sie läßt dir nun auch sagen, du mögest ihr Beinkleider schneiden und nähen, daß sie sie zu ihrem Kleid anziehen könne.« Er sagte: »Ich werde ihrem Befehle gehorchen.« Er schnitt sie sogleich und befleißigte sich sehr, sie bald zu nähen. Nach einer Weile zeigte sich die Dame wieder am Fenster und grüßte ihn, und ließ ihm keine Ruhe, bis er die Beinkleider genäht und sie ihr geschickt hatte. Er ging dann sehr verlegen nach Hause, denn er hatte nichts zu essen. Er ließ sich etwas von einem seiner

Nachbarn leihen und kaufte sich zu essen dafür. Als er des Morgens wieder in den Laden kam, so war die Sklavin sogleich wieder da und sagte ihm: »Mein Herr bittet dich, zu ihm zu kommen.« Als er ihren Herrn erwähnen hörte, fürchtete er sich sehr und dachte, er habe schon alles von ihm erfahren; aber die Sklavin sagte ihm: »Fürchte dich nicht, du wirst bei ihm nur Gutes finden, denn meine Gebieterin hat ihn schon mit dir bekannt gemacht.« Er machte sich dann freudig auf, grüßte den Mann und dieser erwiderte den Gruß; dann holte er eine Menge ägyptischer Leinwand und sagte: »Schneide mir Hemden daraus.«

Mein Bruder schnitt 20 Hemden und eben so viele Beinkleider aus der Leinwand, und arbeitete in einem fort bis abends, ohne etwas zu genießen; der Mann fragte dann meinen Bruder: »Was begehrst du als deinen Lohn?« Er antwortete: »20 Dirham Silber.« Der Mann rief sogleich der Sklavin, die Waage zu bringen; da kam aber die Dame, gleichsam zornig gegen meinen Bruder, daß er das Geld nehme. Als mein Bruder dies merkte, sagte er: »Bei Gott, ich nehme jetzt nichts!« Er nahm dann seine Arbeit und ging fort, ohne einen roten Heller zu haben. Er lebte drei Tage mit zwei Laibchen Brot und starb fast vor Hunger; dann kam die Sklavin wieder und frage ihn, was er gemacht habe? Er antwortete: »Es ist alles fertig!« und ging mit ihr zum Gemahl der jungen Dame. Dieser wollte meinem Bruder seinen Lohn geben; aber aus Furcht vor der Dame wollte er nichts annehmen; er ging wieder nach Hause, und konnte vor Hunger die ganze Nacht nicht schlafen. Als er des Morgens wieder in den Laden ging, kam das Mädchen abermals und sagte ihm: »Mein Herr will dich sprechen.« Er ging zu ihm und ward beauftragt, fünf Oberkleider zu machen; mein Bruder nahm den Stoff und ging, im traurigsten Zustand, von Hunger und Schulden geplagt, in den Laden und arbeitete an den Oberkleidern. Dann ging er damit zu dem Mann, der sie gut genäht fand. Als er aber in den Geldbeutel langte und seine Hand nach dem Bruder ausstreckte, gab diesem die Dame hinter ihrem Manne durch Winke zu verstehen, er solle nichts nehmen. Er sagte daher ihrem Manne: »Es hat keine Eile, die Zeit wird mich schon bezahlen«, und ging wieder fort, nach Geld und nach der Dame sich sehnend. Es vereinigten sich fünf Dinge gegen ihn: Liebe, Geldnot, Hunger, Mangel an Kleidern und Müdigkeit; doch verlor mein Bruder den Mut nicht, denn er wußte nicht, daß die Frau ihrem Manne gesagt, er liebe sie, und daß sie sich verabredet hatten, ihn umsonst arbeiten zu lassen. Auch nachdem er alle ihre Arbeit vollendet hatte, paßte sie noch auf, und wenn jemand ihm Lohn geben wollte, hielt sie ihn ab, solchen anzunehmen. Dann verschworen sie sich gegen ihn und verheirateten ihn an eine Sklavin. In der Nacht, da das Beilager stattfinden sollte, sagten sie ihm: »Schlafe diese Nacht in der Mühle, morgen soll die Hochzeit sein.« Er blieb allein in der Mühle, und der Gemahl seiner Geliebten schickte dann den Müller hinter ihn. Dieser kam um Mitternacht zu meinem Bruder und sagte: »Was gibt's mit diesem faulen Maultiere, daß es schon wieder stehen bleibt und die Mühle sich nicht dreht, da wir doch so viele Frucht zu mahlen haben?« Er füllte dann den Kasten mit Weizen, ging auf meinen Bruder, mit der Peitsche in der Hand, los, und spannte ihn am Nacken an.

Nachdem mein Bruder angespannt war, schlug der Müller ihn an die Beine, bis er herumlief und das Mehl mahlte; er tat, als wüßte er nichts von meinem Bruder, und so oft er ruhen wollte, schlug ihn der Müller wieder und sagte: »Mir ist, als hättest du zu viel gefressen, du faules Tier!« Als die Morgenröte heranbrach, ging der Müller nach Hause und ließ meinen Bruder gleich einem Toten zurück. Des Morgens kam die Sklavin und sagte zu ihm: »Es tut mir und meiner Herrin leid, daß dir so etwas widerfahren, wir tragen deinen Kummer mit dir.« Er hatte keine Sprache, ihr zu antworten, wegen der vielen Prügel und der Müdigkeit. Als mein Bruder dann nach Hause ging, da kam der Schreiber, der den Ehekontrakt geschrieben, grüßte ihn und sagte: »Gott grüße dich! Dies ist ein Aussehen des Vergnügens, der Liebesfreuden und der Umarmung.« Mein Bruder antwortete: »Gott segne keinen Lügner! Bei Gott, ich habe diese Nacht nichts anderes getan, als statt des Maultiers die Mühle gedreht!« Und erzählte ihm hierauf seine Geschichte. Der Schreiber antwortete: »Dein Stern trifft nicht mit dem ihrigen zusammen.« Mein Bruder ging sodann wieder in seinen Laden und wartete, bis jemand ihm Arbeit bringe, um etwas zu verdienen. Da kam die Sklavin und sagte: »Mein Gebieterin will dich sprechen.« Er antwortete: »Ich habe nichts mehr mit euch zu tun.« Die Sklavin berichtete dies ihrer Herrin. Auf einmal sah diese mein Bruder am Fenster weinend; sie sagte ihm: »O Freude meiner Augen! Was ist dir widerfahren?« Er antwortete nicht. Da fing sie an zu schwören, daß sie an seinem Unglück nicht schuld sei. Als mein Bruder sie wieder so schön und liebenswürdig fand, vergaß er alles, nahm ihre Entschuldigung an und freute sich, sie wieder zu sehen. Nach einigen Tagen kam die Sklavin zu ihm und sagte: »Meine Gebieterin grüßt dich und läßt dir sagen, ihr Mann habe sich vorgenommen, diese Nacht bei einem seiner Freunde zuzubringen; du mögest also kommen, sobald er weggegangen, um bei meiner Herrin zu ruhen.« Ihr Mann hatte sie nämlich gefragt, ob der Schneider nun von ihr gelassen, worauf sie ihm geantwortet: »Ich will ihm noch einen Streich spielen, wodurch er in der ganzen Stadt bekannt werden soll.« Mein Bruder wußte davon nichts. Des Abends kam die Sklavin zu ihm und führte ihn in ihrer Herrin Haus. Als die Dame meinen Bruder sah, hieß sie ihn willkommen und sagte: »Mein Herr! Gott weiß, wie sehr ich dich liebe.«

Mein Bruder sagte ihr: »O meine Dame, gib mir schnell einen Kuß!« Aber ehe er dies gesagt, kam ihr Gemahl aus einem Zimmer heraus und sagte zu ihm: »So weit treibst du's? Bei Gott! Ich lasse dich nicht gehen, ich führe dich zum Polizeiobersten der Stadt.« Mein Bruder bat ihn lange, aber er gab nicht nach, sondern führte ihn zum Polizeiobersten. Dieser ließ ihm hundert Prügel geben, auf einem Kamel in der Stadt herumführen und vor ihm ausrufen: »Das ist der Lohn und noch der geringste Lohn für den, der einen fremden Harem betritt!« und zuletzt aus der Stadt verweisen. Mein Bruder ging fort und wußte nicht wohin; ich lief ihm nach und brachte ihn wieder zurück.

Der Kalif mußte über meine Erzählung lachen. Er sagte: »O Schweigender! O Wenigredender! Du hast schön gehandelt und nichts vernachlässigt.« Er ließ mir dann ein Geschenk geben und entließ mich. Ich sagte aber: »Bei Gott! O Fürst der Gläubigen! Ich nehme nichts an, ehe ich dir die Abenteuer meiner übrigen Brüder erzählt habe.«

Geschichte des zweiten Bruders des Barbiers

Was meinen zweiten Bruder, der Bakbak hieß und zahnlückig war, betrifft: Der ging einst eines Geschäfts wegen aus, da kam ihm eine alte Frau entgegen und sagte: »Halt ein wenig, mein Freund, ich habe dir einen Vorschlag zu machen; behagt es dir, so erflehe Gottes Segen dazu! Hast du etwas dagegen, wenn ich dich an einen schönen Ort bringe? Du darfst aber nicht viel reden!« Dann fuhr sie fort: »Was sagst du wohl zu einem schönen Hause, zu einem Garten mit Wasser und Früchten und klarem Wein und einem Gesichte, hübsch wie der Mond, das du küssen darfst?« Als mein Bruder dies hörte, fragte er: »Und dies alles ist auf der Welt?« Sie antwortete: »Ja, und zwar für dich, wenn du klug bist, nichts Überflüssiges redest und hübsch schweigst.« Mein Bruder sagte: »Ganz gut!« und folgte der Alten, sehr begierig nach dem, wovon sie ihm gesagt. Die Alte sagte dann meinem Bruder: »Die Dame, zu der ich gehe, liebt den Gehorsam und verabscheut jeden Widerspruch, handelst du nach ihrem Willen, so wirst du Herr ihres ganzen Besitzes.« Da sagte mein Bruder: »Ich werde ihr in nichts widersprechen.« Er folgte dann der Alten, und sie brachte ihn in ein großes Haus,

wo viele Diener waren. Als diese ihn sahen, fragten sie ihn: »Was tust du hier?« Die Alte sagte ihnen: »Laßt ihn hinein, er ist ein Künstler, und wir brauchen ihn.« Sie führte dann meinen Bruder in einen großen Hof, in dessen Mitte ein Garten war, so schön, als er nie einen gesehen und ließ ihn auf eine schöne Bank sitzen. Es dauerte aber nicht lange, da hörte er einen großen Lärm, und siehe da, es kamen Sklavinnen, und in ihrer Mitte war ein Mädchen wie der Vollmond. Als diese näher kam, und mein Bruder sie sah, stand er auf und stellte sich zu ihren Diensten; sie hieß ihn willkommen und sich setzen; er setzte sich und sie ging auf ihn zu und sagte: »Gott erhebe dich! Ist was Gutes an dir?« Mein Bruder antwortete: »Meine Gebieterin! In mir ist alles Gute.« Sie ließ dann zu essen bringen; man trug treffliche Speisen auf. Indessen hörte das Mädchen nicht auf zu lachen, und wenn mein Bruder es bemerkte, ging sie unter die Sklavinnen, als wenn sie ihretwegen lachte. Sie zeigte meinem Bruder die größte Freundlichkeit, hatte aber nur ihren Spaß mit ihm. Meinen Bruder hingegen überwältigte heftige Liebe zu ihr, und er zweifelte nicht, daß die Dame auch ihn liebe und seine Wünsche erfüllen werde. Als sie gegessen hatten, brachte man Wein; dann kamen zehn Sklavinnen wie der Mond, jede hatte eine Laute in der Hand und sie fingen an mit lauter Stimme zu singen. Mein Bruder war entzückt darüber. Als dann die Dame einen Becher voll getrunken, reichte sie auch meinem Bruder einen Becher.

Als mein Bruder aufstand und trank, kam die Dame auf ihn zu und schlug ihn auf den Nacken; meinem Bruder mißfiel dies, und es empörte ihn; aber die Alte winkte ihm, und mein Bruder ließ nichts merken. Die Dame hieß ihn dann sich setzen und schlug ihn wieder; dies war nicht genug, sie befahl auch ihren Sklavinnen, ihn zu schlagen. Sie sagte zur Alten: »Ich habe nie etwas Schöneres als dies gesehen«; und die Alte antwortete: »Gewiß, meine Gebieterin!« Sie befahl dann den Sklavinnen, meinen Bruder zu beräuchern und mit Rosenwasser zu bespritzen. Dann sagte sie: »Gott erhebe dich! Da du in mein Haus gekommen, so hast du gewiß in die Bedingungen eingewilligt, mir in allem zu gehorchen; denn wer sich widersetzt, wird fortgejagt, wer aber ausharrt, erlangt sein Ziel.«

Mein Bruder antwortete: »O meine Gebieterin! Ich bin dein Sklave.« Sie befahl dann anderen Sklavinnen, ihm etwas vorzusingen und sie taten es. Sie rief hierauf eine Sklavin und sagte ihr: »Nimm hier die Freude meiner Augen wohl in acht, tu ihm, wie ich dir befohlen, und bring mir ihn dann sogleich wieder.« Mein Bruder entfernte sich mit ihr, ohne zu wissen, was mit ihm geschehen solle. Da fragte mein Bruder die Alte, die vor ihm stand, was diese Sklavin mit ihm tun wolle? Die Alte antwortete: »Nichts Böses. Sie will deine Augenbrauen färben und deinen Schnurrbart abschneiden.« Mein Bruder sagte: »Was das Färben der Augenbrauen betrifft, die kann man wieder waschen, aber den Schnurrbart abschneiden, das bleibt häßlich.« Die Alte antwortete: »Hüte dich wohl, der Dame zu widersprechen, denn schon ist sie in dich verliebt.« Mein Bruder ließ sich also die Augenbrauen färben und den Schnurrbart abschneiden. Die Sklavin ging dann zur Herrin, welche sagte: »Nun bleibt nur noch eine Arbeit, ihm nämlich seinen Bart abzurasieren, daß er ganz glatt wird.« Die Sklavin kam dann wieder und rasierte ihm den Bart ab. Hierauf sagte die Alte: »Freue dich, denn sie hat dies alles nur aus heftiger Liebe zu dir getan. Hab noch ein wenig Geduld, so erreichst du dein Ziel.« Mein Bruder ertrug alles und ging dann wieder mit der Sklavin, die ihm den Bart abrasiert, zur Herrin; diese freute sich mit ihm und lachte, bis sie sich auf dem Boden wälzte. Sie sagte: »O mein Herr! Du hast durch deine schönen Tugenden mein Herz besiegt.« Sie beschwor ihn dann bei ihrem Leben, er möge doch ein wenig tanzen; er stand auf und tanzte. Indessen nahmen sie und die Sklavinnen alles, was im Zimmer war, und schlugen ihn damit, bis er in Ohnmacht fiel. Als er wieder zu sich kam, sagte die Alte: »Nun wirst du deinen Wunsch gleich erfüllt sehen. Wisse, es bleibt nur noch eine Sache zu tun übrig. Es ist nämlich meiner Gebieterin Gewohnheit, daß, wenn sie berauscht ist, sie sich nur nach langem Sträuben der Umarmung des Geliebten überläßt*.« Mein Bruder glaubte dies, und als er sie von einem Zimmer nach dem anderen entfliehen sah, lief er ihr immer nach. Seine Leidenschaft entflammte sich mehr und mehr. Die Dame zog sich nach einem dunklen Orte zurück; er folgte ihr auch dahin, aber plötzlich trat er auf einen schwachen, dünnen Boden, fiel durch und befand sich auf einmal mitten auf dem Ledermarkt, wo man Häute ausrief, kaufte und verkaufte.

Als die Leute ihn in diesem Zustande sahen, entblößt, mit geschornem Barte und gefärbten Augenbrauen, schrieen sie ihm nach, schlugen ihn mit den Händen und mit dem Leder, bis er in Ohnmacht fiel, dann luden sie ihn auf einen Esel. Am Stadttor begegneten sie dem Polizeiobersten, welcher fragte, was das wäre? Man sagte ihm: »Dieser Mann ist so in diesem Zustande aus dem Hause des Veziers gefallen.«

Der Polizeioberste ließ meinem Bruder 100 Prügel geben und ihn aus Bagdad verweisen; aber ich ging ihm nach, o Fürst der Gläubigen, brachte ihn wieder heimlich in die Stadt und gab ihm ein Bestimmtes, wovon er leben konnte. Ohne meine Männlichkeit wäre er gestorben.

---

* Hier erforderte der Anstand einiges auszulassen.

Geschichte des dritten Bruders des Barbiers

Mein dritter Bruder aber, o Fürst der Gläubigen, fuhr der Barbier fort, der war blind, und das Schicksal trieb ihn an ein großes Haus; er klopfte an der Türe, um den Hausherrn um etwas zu bitten. Der Hausherr fragte: »Wer ist an der Türe?« Mein Bruder antwortete nicht. Er klopfte wieder und ward wieder gefragt: »Wer ist an der Türe?« und gab abermals keine Antwort. Er hörte dann zum drittenmale ganz laut schreien: »Wer da?« Er gab aber keinen Laut von sich; endlich hörte er jemanden gehen, sich der Türe nähern, öffnen und fragen: »Was willst du?« Mein Bruder antwortete: »Ich möchte etwas für Gott*.« Er sagte ihm: »O Unglücklicher, reiche mir deine Hand.« Mein Bruder reichte ihm die Hand und glaubte, er wolle ihm etwas geben. Der Hausherr führte ihn ins Haus und stieg mit ihm eine Treppe nach der anderen hinauf, bis er oben am Dache war. Mein Bruder dachte, er wolle ihm etwas zu essen geben. Als sie sich nun setzten, sagte der Hausherr zu meinem Bruder: »Was willst du, Unglücklicher?« Er ant-

* D. h. ein Almosen, wodurch du eine gottgefällige Tat ausübst. Die muselmännischen Bettler sagen nie: schenke mir etwas, sondern: schenke es Gott.

wortete: »Ich will etwas für den erhabenen Gott.« Jener sagte: »Gott helfe dir!« Da versetzte mein Bruder: »O du, warum hast du mir dies nicht gleich unten gesagt?« »Du Nichtswürdiger!« schrie er ihn an, »warum hast du mir nicht gleich geantwortet?« Da sagte mein Bruder: »Nun, was willst du mir jetzt tun?« »Ich habe dir nichts zu geben«, wiederholte der Mann. »So führe mich doch wieder diese Treppen hinunter!« rief mein Bruder. Er antwortete: »Der Weg liegt frei vor dir.« Mein Bruder stand auf und fing an hinunter zu gehen. Als er aber noch etwa 20 Stufen von der Tür entfernt war, strauchelte er, er fiel gegen die Türe und verwundete sich den Kopf. Er ging aus dem Hause weg, ohne zu wissen, wo er sich befand. Da begegnete ihm einer seiner Freunde und fragte ihn, was ihm geschehen; er antwortete: »Du kommst mir eben recht«; und erzählte ihm sein Abenteuer und fügte hinzu: »Ich will etwas von dem Gelde nehmen, das wir zusammen haben, und davon leben.« Der Hausherr hatte dies gehört, ohne daß mein Bruder es bemerkte, und als dieser nach Hause ging, folgte ihm der Hausherr. Mein Bruder setzte sich, um seine Freunde zu erwarten. Als sie kamen, sagte er zu ihnen: »Schließt das Haus, untersucht aber zuerst, ob kein Fremder hier ist.« Als der Mann dies hörte, hielt er sich an einem Stricke, der an der Terrasse befestigt war (Wahrscheinlich schwebte er in der Luft, um nicht von den umhertastenden Blinden gefunden zu werden.).

Nun ging einer von meines Bruders Freunden im ganzen Hause herum und fand niemanden. Sie fragten dann alle meinen Bruder, wie es ihm gehe, und

er sagte ihnen, er brauche seinen Anteil von dem, was sie erworben. Jeder von ihnen brachte etwas Geld aus einer Ecke hervor, und als mein Bruder alles vor sich hatte und es wog, waren es 10000 Dirham; mein Bruder nahm davon, was er brauchte, und sie steckten das Übrige wieder unter die Erde. Sie legten dann etwas zu essen vor. Da hörte mein Bruder neben sich einen Fremden kauen; er sagte seinen Kameraden: »Bei Gott! Es ist ein Fremder unter uns«; streckte dann die Hand aus und begegnete der Hand des Fremden. Nun schlugen sie sich eine Weile und mein Bruder hielt ihn fest; zuletzt schrien sie: »O Muselmänner! Es ist ein Dieb zu uns gekommen, der unser Geld stehlen will.« Es versammelten sich viele Leute um sie herum. Aber der Fremde schloß sich an sie an und behauptete dasselbe von ihnen, was sie von ihm angaben, er stellte sich blind, wie die andern, und niemand zweifelte an seiner Aussage. Er schrie auch: »O Muselmänner! Bei Gott und beim Sultan! « Während sie so durcheinander schrien, kamen Polizeidiener und führten sie alle mit meinem Bruder vor den Polizeiobersten. Da sagte der Nichtblinde: »Gott gebe dem Sultan Ruhm! Du wirst hier Dinge entdecken, doch nur durch Foltern auf die Wahrheit kommen. Du magst mit mir beginnen, dann aber mit diesem, der mich hierher gebracht« und deutete dabei auf meinen Bruder. Nun, o Fürst der Gläubigen, ward der Nichtblinde hingestreckt und man gab ihm 400 Prügel.

Als er 400 Prügel auf den Rücken bekommen, schmerzte es ihn so sehr, daß er ein Auge öffnete, und als man noch immer fortfuhr, ihn zu prügeln, öffnete er auch das andere. Da sagte ihm der Oberste: »Was ist das, du Verdammter?« Der Nichtblinde antwortete: »Gib mir deinen Siegelring als Zeichen der Sicherheit, wenn ich dir sage, was du zu tun hast.« Er gab ihm seinen Ring als Pfand der Sicherheit, und der Nichtblinde sagte: »Mein Herr, wir sind vier gut sehende Männer und stellen uns nur vor den Leuten blind, um in ihre Häuser zu kommen, um ihre Frauen zu sehen und zu verführen. Wir haben schon 10000 Dirham auf diese Weise zusammengebracht. Nun hatte ich meinen Kameraden gesagt, sie sollten mir meinen Teil, nämlich 2500, geben, da schlugen und mißhandelten sie mich und nahmen all mein Vermögen, und nun flüchte ich mich zu Gott und zu dir, du wirst mir wohl das Meinige wieder zu verschaffen wissen. Willst du dich überzeugen, daß ich die Wahrheit gesprochen, so laß jeden von ihnen noch einmal soviel prügeln als mich, und sie werden dann auch ihre Augen öffnen.« Der Oberste befahl sogleich, daß man sie züchtige. Man fing mit meinem Bruder an und band ihn an eine Treppe fest. Der Oberste sagte ihnen: »Ihr verworfenen Leute! Verleugnet ihr so die Wohltaten Gottes und stellt euch blind?« Mein Bruder entgegnete: »Bei Gott, mein Sultan! Keiner von uns sieht etwas.« Aber man prügelte ihn doch, bis er in Ohnmacht fiel. Da sagte der Oberste: »Laß ihn, bis er wieder zu sich kommt, dann prügelt ihn wieder, denn der kann's besser aushalten, als wir.« Indessen ließ er auch den anderen beiden jedem mehr als 300 Prügel geben; und der Nichtblinde sagte immer: »Öffnet eure Augen, sonst werdet ihr dreimal geprügelt.« Dann sagte er zum Obersten: »Schicke jemanden mit mir, der das Geld hierherbringe, da diese Leute doch ihre Augen nicht öffnen werden, denn sie fürchten, sich vor den Leuten so zu beschimpfen.« Der Oberste ließ das Geld holen, gab dem Nichtblinden 2500 Dirham, weil er dies für seinen Teil hielt, nahm das übrige für sich und verwies die drei Blinden aus der Stadt. Nun, o Fürst der Gläubigen, ging ich meinem Bruder nach, fragte ihn wie es ihm gehe, und als er mir das, was ich dir eben erzählt, berichtet, brachte ich ihn heimlich wieder in die Stadt und gab ihm seinen bestimmten Lebensunterhalt, so daß er im verborgenen essen und trinken kann.

Der Kalif lachte über meine Erzählung und sagte: »Gebt ihm ein Geschenk und laßt ihn gehen!« Ich sagte jedoch: »Bei Gott, o Fürst der Gläubigen, ich rede ja nicht viel, ich nehme nichts an, bis ich auch die Geschichte meiner übrigen Brüder erzählt habe.« Als der Kalif dies gestattete, fuhr er fort:

Geschichte des vierten Bruders des Barbiers

Mein vierter Bruder war halb blind. Er war ein Metzger, verkaufte Fleisch in Bagdad und mästete Hammel; die vornehmsten und reichsten Leute kamen zu ihm und kauften Fleisch bei ihm; er erwarb sich ein großes Vermögen und kaufte sich Häuser und Güter. Nachdem er lange so gelebt und einst in seinem Laden war, kam ein Mann mit großem Barte zu ihm und gab ihm Geld und sagte: »Gib mir Fleisch dafür!« Er schnitt ihm ab, soviel ihm zukam, und der Alte ging wieder. Da betrachtete mein Bruder das Geld und sah, daß es ganz glänzend weiß war. Er legte es beiseite und der Alte kam fünf Monate lang zu meinem Bruder, der sein Geld besonders in eine Kiste legte. Als er einst das Geld nehmen wollte, um Schafe dafür zu kaufen, und die Kiste öffnete, fand er nichts als rundes versilbertes Papier darin; er schlug sich vor den Kopf und schrie. Es versammelten sich viele Leute um ihn; er erzählte ihnen, was ihm begegnet, wendete sich dann wieder zu seinen Geschäften, schlachtete ein Lamm und hing es in seinen Laden. Sodann nahm er zerschnittenes Fleisch, hing es außerhalb des Ladens und sagte dabei: »O Herr! Wenn doch nur der verruchte Alte käme!« Nach einer Weile kam er wirklich wieder mit seinem Gelde in der Hand. Mein Bruder hielt ihn fest und schrie: »O Muselmänner, kommt her und hört, was mir mit diesem Ruchlosen widerfahren!« Als der Alte dies hörte, sagte er: »Du tust wohl gut, mich gehen zu lassen, sonst mache ich dich vor allen Leuten zuschanden.« »Und womit?« fragte mein Bruder. »Damit«, antwortete er, »daß du Menschenfleisch für Schaffleisch verkaufst.« Mein Bruder sagte: »Du lügst, Verdammter!« Er antwortete: »Der Lügner* hat einen Menschen im Laden hängen!« Mein Bruder sagte: »Wenn es so ist, wie du behauptest, so sei mein Leben und alles, was ich besitze, preisgegeben.« Der Alte rief hierauf: »O ihr versammelten Leute, wollt ihr euch von der

* D. h. der ist ein Lügner, der u.s.w.

Wahrheit meiner Rede überzeugen, so geht in seinen Laden.« Sogleich stürmten die Leute auf meines Bruders Laden los, und wirklich hatte sich das geschlachtete Lamm in einen aufgehängten Menschen verwandelt. Als sie dies sahen, umgaben sie meinen Bruder und schrien ihn an: »Du Gottesleugner! Du Bösewicht!« und jeder machte sich ein Verdienst daraus, ihn zu schlagen und ihm zu sagen: »Wie, du gibst uns Menschenfleisch zu essen?« Der Alte schlug ihm ein Auge aus, die Leute trugen den Geschlachteten zum Polizeiobersten, und der Alte sagte: »O Fürst! Dieser Mann schlachtet Menschen und verkauft ihr Fleisch für Schaffleisch; wir bringen dir ihn her, damit du Gottes Recht an ihm ausübst.« Mein Bruder erzählte, was ihm mit diesem Alten widerfahren, und wie er ihm Geld gegeben, das zu Papier geworden; aber man hörte nicht auf seine Worte, sondern gab ihm mehr als 500 derbe Prügel, dann nahm man all sein Geld, seine Schafe und seinen Laden, und verwies ihn aus der Stadt. Und hätte er nicht so viel Vermögen besessen, so wäre er umgebracht worden; nur dadurch, daß er die Polizei mit seinem Gelde bestach, kam er mit dem Leben davon, nachdem man ihn drei Tage öffentlich in der Stadt ausgestellt hatte.

Nun beschloß mein Bruder, jene Stadt zu verlassen und nach einem Orte zu gehen, wo ihn niemand kannte; er lebte dort eine Weile in günstigen Umständen, dann ward er wieder arm und kam in große Verlegenheit. Als er einst spazieren ging, hörte er hinter sich das Geräusch vieler Pferde; er dachte, nun ist Gottes Befehl* gekommen. Er suchte dann einen Ort, um sich zu verbergen, fand nichts, als eine verschlossene Türe; er gab ihr einen Stoß und sie fiel ein. Er

* D. h. nun werde ich verfolgt.

sah einen langen Gang; als er hineinging, hielten ihn auf einmal zwei Männer an und sagten: »Gott sei gelobt, daß er dich, du Feind Gottes, uns einmal in unsere Gewalt gebracht! Schon drei Nächte läßt du uns nicht schlafen und nicht ruhen und läßt uns Todesangst ausstehen.« Mein Bruder sagte: »Was habt ihr, Leute?« Sie antworteten: »Du ersinnst allerlei List und Bosheit gegen uns, und willst unserem Hausherrn den Hals abschneiden. Genügt es dir nicht, daß du und deine Freunde ihn in die Armut gestürzt habt? Gib jetzt das Messer heraus, mit dem du uns jede Nacht drohst.« Sie durchsuchten meinen Bruder und als sie ein Messer bei ihm fanden, sagte er: »O ihr Leute, fürchtet Gott! Mir ist eine wunderbare Geschichte begegnet.« Aber es sagte einer von ihnen: »Er will nur erzählen, weil er glaubt, daß wir ihn dadurch gehen lassen.« Sie hörten dann meinen Bruder nicht an, sondern schlugen ihn und zerrissen seine Kleider. Als sie dadurch die Spuren der früheren Prügel bemerkten, sagte sie zu ihm: »Du Verfluchter! Hier sind Spuren von Prügeln«, und führten ihn vor den Polizeiobersten. Mein Bruder dachte, nun bin ich wieder in eine Schuld verfallen, wo nur der erhabene Gott mich retten kann. Der Polizeioberste fuhr ihn an: »Du Ruchloser! Was hat dich bewogen, in das Haus dieser Leute zu gehen und sie mit dem Tode zu bedrohen?« Mein Bruder sagte: »Ich bitte dich bei Gott, höre mir zu! Übereile dich nicht! Laß mich hier dir meine Geschichte erzählen.« Aber die Leute sagten ihm: »Willst du die Worte eines Diebes hören, der die Leute arm macht und auf dessen Rücken man noch Spuren von Prügeln bemerkt?« Als der Oberste die Spuren an seinen Seiten sah, ließ er meinem Bruder hundert Peitschenhiebe geben, dann ward er auf ein Kamel gesetzt und man rief hinter ihm her: »Das ist der Lohn dessen, der in fremde Wohnungen eindringt!« Auch ward mein Bruder aus der Stadt verwiesen. Als ich dies hörte, ging ich zu ihm hinaus, erkundigte mich nach ihm, und er erzählte mir seine Geschichte; ich nahm ihn heimlich wieder mit in die Stadt und gab ihm zu leben. Alles, was ich meinen Brüdern tu, ist Folge meiner männlichen Entschlossenheit.« Der Kalif Harun Arraschid lachte, bis er auf den Rücken fiel; dann befahl er, daß man mir etwas schenke, aber ich sagte: »Bei

Gott, mein Herr! Ich rede nicht viel, doch muß ich dir vollends die Abenteuer meiner übrigen Brüder erzählen, damit sie unser Herr, der Kalif, genau kenne, sie im Herzen habe und in seiner Schatzkammer geschrieben aufbewahre, und wisse, daß ich nicht viel rede.«

Geschichte des fünften Bruders des Barbiers

Mein fünfter Bruder, fuhr der Barbier fort, der abgeschnittene Ohren hatte, war ein armer Mann, der in der Nacht bettelte und bei Tage von den Almosen lebte. Sein Vater war ein alter bejahrter Mann, der krank ward und starb, und uns 700 Dirham hinterließ, so daß jeden von uns 100 Dirham trafen. Als der fünfte Bruder seine 100 Dirham nahm, war er in Verlegenheit und wußte nicht, was er damit anfangen sollte. Als er eine Weile nachdachte, fiel ihm ein, er wolle Glaswerk dafür kaufen; er legte es in einen großen Korb und stellte sich an einen Ort, um es zu verkaufen. Neben ihm war eine Mauer, er lehnte sich daran und dachte: Wisse, o du meine Seele! Nun besteht mein Kapital aus diesem Glaswerke, das 100 Dirham wert ist; ich werde es für 200 Dirham verkaufen, dann kaufe ich für 200 Dirham Glaswerk und verkaufe es für 400, dann handle ich immer fort, bis ich 4000 Dirham gewonnen, ich kaufe dann Waren und bringe sie da und dorthin und verkaufe sie für 8000 Dirham; wenn ich nun immerfort handle, bis ich 10000 Dirham habe, so kaufe ich allerlei Juwelen und Parfümerien, die mir einen ungeheuren Gewinn verschaffen. Unterdessen schaffe ich mir auch ein schönes Haus an, sowie Sklaven, Diener und Pferde, esse, trinke und belustige mich und lasse keinen Sänger und keine Sängerin in der Stadt verweilen, ohne sie zu mir zu laden, und bald werde ich, so Gott will, ein Kapital von 100000 Dirham zusammenbringen. So weit rechnete er in seiner Phantasie, während der Korb mit Glaswerk für 100 Dirham vor ihm stand. Er rechnete dann noch weiter und dachte: Ich werde dann den Makler beauftragen, für mich um die Tochter des Veziers zu werben, denn ich habe schon vernommen, daß sie alle guten Eigenschaften besitzt, ausgezeichnet schön ist und ein feines Benehmen hat, ich werde 1000 Dinare als Morgengabe bieten. Willigen sie ein, gut; wo nicht, so entführe ich sie ihrem Vater zum Trotze mit Gewalt; und ist sie einmal bei mir im Hause, so kaufe ich zehn junge Knaben als Diener, schaffe mir königliche Kleider an und laß mir einen goldenen Sattel, mit kostbaren Edelsteinen besetzt, verfertigen, ich laß Mamelucken vor und hinter mir her reiten und reite so in der Stadt herum, wo alle Leute mich grüßen und mir Glück wünschen. Wenn ich nun zum Vezier komme mit Mamelucken zur Rechten und zur Linken, so steht er vor mir auf und läßt mich an seinen Platz sitzen, und setzt sich unter mir, weil ich sein Schwiegersohn* bin. Ich habe dann zwei Diener bei mir, die zwei Beutel mit 2000 Dinaren, die ich für die Hochzeitsnacht bestimmt, tragen; ich nehme nämlich 1000 Dinare mehr, als ich versprochen, damit sie daran meine Männlichkeit und meinen Stolz erkennen, und sehen, wie klein die Welt in meinen Augen ist. Sodann gehe ich wieder nach Hause, und kommt jemand mit einem Auftrage von meiner Frau zu mir, so gebe ich ihm schöne Kleider und mache ihm allerlei Geschenk; kommt aber jemand mit einem Geschenke, so geb ich's ihm zurück und nehm es nicht an, weil ich in allem den höchsten Platz einnehmen will. Ich lasse mich dann von meinen Dienern ankleiden, meine Braut in der Stadt herumführen und mein Haus recht schön aufputzen. Und wenn die Zeit kommt, wo ich bei meiner Frau allein bleiben soll, so ziehe ich mein kostbares Kleid an und setze mich auf einen seidenen Divan, lehne mich an und blicke weder rechts noch links, um recht vornehm, ernst und schweigend auszusehen; und wenn meine Frau, schön wie der Mond, mit ihrem Schmuck vor mir steht, werde ich sie vor Hochmut, Selbstgefallen und Geringschätzung gar nicht ansehen, bis alle Anwesenden sagen: »O unser Herr! Wende dich doch deiner Frau und Sklavin zu, die vor dir steht, und schenke ihr doch einen gnädigen Blick. Es schadet ihr, wenn sie so lange steht.« Wenn sie dann dazu noch die Erde einige Male vor mir küssen, so richte ich den Kopf ein wenig auf und werfe nur einen einzigen Blick auf meine Frau, beuge aber den Kopf sogleich wieder; während nun die Leute mit der Braut ins Schlafzimmer gehen, wechsle ich auch meine Kleider und ziehe noch schönere an; und wenn die Frau im zweiten Anzug kommt, sehe ich sie wieder nicht eher an, bis man mich einige Male darum gebeten hat; da werfe ich einen flüchtigen Blick auf sie, sehe dann wieder zur Erde, und so immer fort, bis ihr ganzer Putz** vorüber ist.

Mein Bruder ging immer weiter in seinen Gedanken, wie er während des ganzen Putzes so stolz gegen seine Frau sein wolle; dann, dachte er, befehle ich einem meiner Diener, 500 Dinare in einem Beutel zu bringen, die ich unter ihre Dienerinnen verteile, und gebiete, daß man mich mit meiner Frau allein lasse. Geht man nun mit ihr ins Schlafgemach, so sehe ich sie an, lege mich neben sie, spreche aber aus Geringschätzung gegen sie kein Wort mit ihr, bis man mich für einen stolzen Mann erklärt; da kommt ihre Mutter, küßt mir die Hand und sagt: »O mein Herr, blicke doch auf deine Sklavin herab! Sie sehnt sich nach deiner Nähe, stärke doch ihr Herz!« Ich gebe ihr aber keine Antwort, und wenn sie dies bemerkt, steht sie auf, küßt mir einige Male die Füße und sagt: »O mein Herr! Meine Tochter ist jung und hat nie einen Mann erschaut, und sieht sie dich so zurückhaltend, so bricht ihr das Herz. Wende dich ihr doch zu! Sprich sie an und mache ihr guten Mut!« Ihre Mutter reicht ihr dann einen Becher Wein und sagt: »Geh, gib deinem Gemahl zu trinken!« Wenn sie nun zu mir kommt, laß ich sie vor mir stehen, während ich auf meinem goldgestickten Sofa angelehnt sitzen bleibe; ich sehe sie aus Hochmut gar nicht an, bis sie sagt, ich sei ein vornehmer

---

* Es sollte umgekehrt sein, doch verzeiht man dies dem phantasierenden Araber.

** Bekanntlich wird die Braut in der Hochzeitsnacht bei reichen Leuten siebenmal anders gekleidet und dem Bräutigam vorgeführt.

Mann von edler Seele. Ich laß sie immer stehen, bis sie sich erniedrigt fühlt und merkt, daß ich Herr bin. Sie sagt dann: »Mein Herr! Ich beschwöre dich bei Gott, weise mich nicht mit dem Becher zurück! Ich bin ja deine Sklavin.« Ich gebe keine Antwort, wenn sie dann in mich dringt und sagt: »Du mußt trinken«, und mir den Becher an den Mund hinreicht, da fahre ich ihr mit der Hand ins Gesicht und trete sie mit den Füßen und mache so – er stampfte dabei mit den Füßen und kam mit einem Fuß an den Korb, der auf einem erhöhten Platze stand, so daß er von oben herunter auf den Boden fiel und alles Glaswerk zerbrach. Da schrie der Schneider: »Dies alles kommt von deinem Stolze, du schändlichster aller Kuppler! Bei Gott! Hätte ich über dich zu gebieten, ich ließe dir 100 Prügel geben und noch deine Geschichte in der ganzen Stadt bekannt machen. Indessen, fuhr der Barbier fort, schlug sich mein Bruder ins Gesicht und zerriß seine Kleider und weinte; die Leute, die gerade zum Freitagsgebet gingen, sahen ihn an, und die einen bemitleideten ihn, die anderen kehrten sich nicht daran. So weinte mein Bruder eine Weile über den plötzlichen Verlust seines Kapitals und seines Gewinns; da kam eine schöne Frau, von vielen Dienern begleitet und auf einem Maulesel reitend, der einen goldenen Sattel hatte; als sie sich näherte, verbreitete sie Moschusgeruch. Wie sie meinen Bruder über sein Unglück weinen sah, bemitleidete sie ihn und fragte, was ihm widerfahren? Man erzählte ihr, daß er einen Korb mit Glaswerk gehabt, von dem er sich habe ernähren wollen, und daß nun alles zerbrochen sei, wie sie sehe. Sie rief einen ihrer Diener und sagte ihm: »Gib, was du bei dir hast!« Er gab ihm einen Beutel, in welchem 500 Dinare waren. Als mein Bruder den Beutel empfing, starb er fast vor Freude, wünschte ihr viel Segen und ging reich nach Hause, wo er wieder nachdachte. Da ward an der Türe geklopft. Mein Bruder fragte: »Wer ist an der Türe?« Man antwortete: »Mein Freund, ich habe dir ein Wort zu sagen.« Als mein Bruder aufstand und die Tür öffnete, stand eine alte Frau da, die er nicht kannte. Sie sagte ihm: »Du weißt, mein Sohn, daß die Gebetzeit nahe ist; da ich mich nun noch nicht gewaschen habe, so möchte ich mich gerne in deinem Hause waschen.« Mein Bruder erwiderte: »Recht gerne!« hieß sie ins Haus kommen und gab ihr ein Waschbecken. Mein Bruder, der indessen ganz entzückt war über dem vielen Gelde, band es in einen Beutel ein, und als er dies getan und die Frau da, wo er saß, gebetet hatte, wünschte sie ihm viel Glück und dankte ihm.

Als sie meinem Bruder dankte, erzählte der Barbier weiter, nahm er zwei Dinare von dem Gelde und wollte es ihr als Almosen geben; sie sagte aber: »Gelobt sei Gott! Siehst du mich für eine Bettlerin an? Behalte dein Geld, ich brauche es nicht, wende es für dich an! Doch ich habe in dieser Stadt eine reiche, schöne und liebenswürdige Freundin ...« Mein Bruder unterbrach sie: »Und wie soll ich zu ihr gelangen?« Die Alte fuhr fort: »Nimm all dein Geld und folge mir, und bist du bei ihr, so sei nur recht artig und liebenswürdig gegen sie. Du wirst dann von ihrer Schönheit und ihrem Reichtum alles erlangen.« Mein Bruder, vor Freude außer sich, nahm all sein Geld und ging mit ihr, bis sie an eine große Türe kamen, wo sie anklopfte; da kam eine griechische Sklavin und öffnete die Türe. Die Alte trat hinein und hieß meinen Bruder mitkommen. Er kam in ein großes Haus und in einen geräumigen, mit Teppichen und Vorhängen verzierten Saal. Mein Bruder setzte sich, legte das Geld vor sich hin, zog den Turban ab und legte ihn auf seinen Schoß. Auf einmal kam das schönste Mädchen, das er je gesehen, höchst vornehm gekleidet; er stand auf und als sie in sah, lachte sie ihm freudig entgegen. Sie schloß dann die Türe, trat auf meinen Bruder zu, nahm ihn an der Hand und ging mit ihm in ein abgelegenes Gemach, setzte sich neben ihn und scherzte eine Weile mit ihm. Sodann sagte sie: »Bleibe hier, bis ich wiederkehre.« Als das Mädchen weggegangen war, kam ein schwarzer Sklave mit einem Schwerte und sagte: »Wehe dir! Was tust du hier?« Als mein Bruder ihn sah, ward seine Zunge gefesselt, so daß er nicht antworten konnte. Der Sklave entkleidete ihn, und schlug so lang mit dem Schwert auf ihn zu, bis er in Ohnmacht sank und der verruchte Sklave ihn für tot hielt. Er hörte dann, wie der Sklave fragte: »Wo ist die Salzschüssel?« Alsbald kam eine Sklavin mit einer großen Schüssel voll Salz, womit sie die Wunden meines Bruders bedeckten, bis er die Besinnung verlor. Er hatte sich übrigens nicht gerührt, aus Furcht, der Sklave möchte merken, daß er noch lebe und ihn umbringen. Die Sklavin ging dann fort und fragte: »Wo ist die Kellermeisterin?« Da kam die Alte, schleppte meinen Bruder an den Füßen fort, öffnete den Keller und warf ihn zu vielen anderen Erschlagenen. Er blieb dann zwei Tage in Ohnmacht liegen, ohne sich zu bewegen; aber der erhabene Gott hatte durch dieses Salz, welches das Blut stillte, ihn beim Leben erhalten, er kam wieder zu sich und konnte sich bewegen. Ganz furchtsam und leise trat er aus dem Keller heraus und ging im Dunkeln

fort, bis er in den Gang kam; hier wartete mein Bruder, bis die verfluchte Alte des Morgens wieder auf eine frische Jagd ausging, alsdann folgte er ihr nach, ohne daß sie es bemerkte. Er blieb einen Monat lang zu Hause und pflegte sich, bis er wieder genesen war; indessen beobachtete er die Alte immer, und bemerkte, wie sie einen nach dem anderen auffing und in jenes Haus führte. Mein Bruder sagte kein Wort. Als er wieder ganz gesund war, nahm er von seinen Lumpen, machte einen Sack daraus und füllte ihn mit Glas, gürtete ihn um, und verstellte sich so, daß man ihn nicht erkannte; er verkleidete sich als Fremder, nahm ein Schwert und das Kleid, und als er die Alte sah, sagte er ihr in einem fremden Dialekt. »Ich bin fremd hier, hast du vielleicht eine Goldwaage im Hause, wo ich 500 Dinare wiegen könnte?« Die Alte antwortete: »O mein Fremder! Ich habe einen Sohn, der Geldwechsler ist und vielerlei Waagen hat; komm geschwind mit mir, ehe er in seinen Laden geht, er wird dir dein Gold wiegen.« Mein Bruder sagte ihr: »Geh mir voran!« Sie ging mit meinem Bruder, bis sie wieder an jene Türe kamen, wo sie anklopfte, es kam wieder dasselbe Mädchen heraus. Die Alte lachte ihr entgegen und sagte: »Heut bringe ich dir fettes Fleisch.« Das Mädchen faßte dann meinen Bruder an der Hand und brachte ihn in die Wohnung, in der er schon einmal war, setzte sich eine Weile zu ihm und sagte dann: »Geh nicht von hier, bis ich wiederkehre!« Als sie weggegangen war, kam sogleich der verfluchte Schwarze wieder, mit einem bloßen Schwert in der Hand, er sagte zu meinem Bruder: »Steh auf, du Verfluchter!« Mein Bruder stand hinter ihm auf, griff nach dem Schwert, das er unter dem Kleid hatte, und schlug den Schwarzen so, daß sein Kopf vom Rumpfe fiel; sodann schleppte er ihn an den Füßen nach dem Keller. Hierauf kam die Sklavin mit einer Schüssel voll Salz; als sie meinen Bruder mit dem Schwert in der Hand sah, nahm sie die Flucht, er aber holte sie ein und hieb ihr den Kopf ab. Sodann kam die Alte, und als mein Bruder sie sah, sagte er ihr: »Kennst du mich, du Alte des Unheils?« Sie entgegnete: »Nein, mein Herr!« Da sagte mein Bruder: »Ich bin der Herr des Hauses, in dem du gebetet hast, und den du alsdann hierher gebracht.« Sie flehte: »O übereile dich nicht!« Er gab ihr aber kein Gehör und zerhieb sie in vier Teile. Mein Bruder ging nun hinaus, um das Mädchen aufzusuchen; als sie ihn sah, verlor sie den Verstand; sie erbat sich ihr Leben von ihm, und er versprach ihr, sie leben zu lassen. Er fragte sie: »Wie bist du wohl zu diesem Schwarzen gekommen?« Das Mädchen antwortete: »Ich war Sklavin bei einem Kaufmann, und die Alte besuchte mich oft, daß ich ganz vertraut mit ihr ward. Eines Tages sagte sie: ›Wir haben heut eine Hochzeit, dergleichen niemand je gesehen, und es wäre mir lieb, wenn du sie sehen wolltest.‹ Ich sagte: Recht gerne! Machte mich auf, kleidete mich an, nahm meinen Schmuck und einen Beutel voll Geld und ging mit ihr. Sie führte mich zu diesem Hause und hieß mich mit ihr hineingehen. Kaum war ich im Hause, als mich der Schwarze ergriff; und so mußte ich durch die List der Alten, die Gott verdammen möge, drei Jahre bei ihm bleiben.« Mein Bruder fragte sie sodann, ob der Schwarze wohl Geld oder sonst etwas in diesem Hause hätte? Und sie antwortete. »Sehr viel, und danke Gott, wenn du alles von hier wegschaffen kannst.« Als er nun mit ihr ging, öffnete sie mehrere Kisten, in welchen viele Beutel waren. Mein Bruder war höchst erstaunt darüber. Da sagte ihm das Mädchen: »Ich will hier bleiben, gehe du und hole jemanden, der das Geld von hier wegbringt.« Er ging auch sogleich und mietete zehn Leute. Als er aber – erzählte mir mein Bruder weiter – an die Türe klopfen wollte, fand er sie geöffnet; er ging hinein und fand zu seinem Erstaunen kein Mädchen und keine Geldbeutel mehr, nur Kleinigkeiten waren zurückgeblieben. Nun merkte er wohl, daß ihn das Mädchen betrogen; indessen nahm er, was sie zurückgelassen. Er öffnete die Magazine, nahm alle Kleider und ähnliche Effekten, ließ gar nichts im Hause zurück, und durchlebte eine fröhliche Nacht. Als er aber des Morgens aufstand, fand er 20 Hatschiere an seiner Türe, die ihn festnahmen und ihm sagten, der Polizeioberste lasse ihn holen. Mein Bruder bat sie, ihn doch erst nach Hause gehen zu lassen, und versprach ihnen Geld; aber sie hörten ihn nicht an, banden ihn fest, legten ihn in Ketten und führten ihn fort. Als sie auf dem Wege waren, begegnete ihm einer seiner Freunde; er ergriff den Saum seines Kleides, bat ihn, ein wenig bei ihm stehen zu bleiben und ihn aus der Hand dieser Hatschiere zu befreien. Sein Freund blieb stehen, bat die Soldaten, ihn frei zu lassen, und fragte sie, was er denn verbrochen? Sie antworteten: Der Polizeioberste habe ihnen befohlen, ihn zu ihm zu bringen, weshalb sie ihn aufgegriffen hätten, um ihn nach diesem Befehle zu verhaften. Hierauf sagte der Freund meines Bruders: »O ihr guten Leute! Ich will euch die Mühe eures Wegs so gut bezahlen, als ihr wollt, laßt ihn nur frei und geht so wieder zum Polizeiobersten zurück.« Aber sie wollten ihn nicht loslassen.

Als der Polizeioberste meinen Bruder sah – fuhr der Barbier fort – fragte er ihn, woher er auf einmal so viele Sachen besitze? Er antwortete: »Mein Herr!

Versprich mir vorher, mir nichts zuleid zu tun.« Nachdem jener es ihm versprochen, erzählte ihm mein Bruder die ganze Geschichte der Alten, von Anfang bis zu Ende, und daß zuletzt das Mädchen entflohen. Sodann sagte er: »Mein Herr! Alles, was ich dort genommen, ist in meinem Hause. Nimm du davon, was du willst, und laß mir nur etwas zu leben übrig.« Der Polizeioberste ließ nun seine Untergebenen mit meinem Bruder gehen, und ihm alle Effekten und alles Gold nehmen; da er aber doch fürchtete, der Sultan möchte diese Geschichte erfahren, ließ er meinen Bruder zu sich kommen und sagte: »Ich wünsche, daß du diese Stadt verläßt: tust du's nicht, so laß ich dich umbringen.« Mein Bruder entgegnete: »Ich bin bereit zu gehorchen«; und wanderte nach einem fremden Lande. Da überfielen ihn Räuber und zogen ihn ganz aus. Als ich dies hörte, brachte ich ihm Kleider; er zog sie an und ging heimlich mit mir in die Stadt zurück, wo ich ihn zu seinen Brüdern gesellte.

Geschichte des sechsten Bruders des Barbiers

Mein sechster Bruder aber, der mit der gespaltenen Lippe, war früher reich, verarmte jedoch später. Als er einst ausging, um sich etwas zu neuer Lebenskraft zu verschaffen, sah er ein schönes Haus mit einem großen Eingang und einer hohen Türe, an der viele Diener standen, welchen allerlei Befehle erteilt wurden. Er fragte einen der dort Stehenden, wem dieses Haus gehöre; man antwortete, es gehöre einem Nachkommen der Barmekiden. Mein Bruder ging hierauf zu den Pförtnern und forderte ein Almosen. Sie sagten: »Komm zur Türe herein, der Hausherr wird dir geben, was du verlangst.« Er ging also in den Hausflur und als er eine Weile gegangen, kam er an eine schöne Wohnung mit einem Garten in der Mitte, desgleichen kein Auge je gesehen; der Boden war mit Teppichen bedeckt, und die Wände mit Vorhängen verziert. Mein Bruder wußte vor Verwunderung nicht, wo er hingehen sollte. Endlich kam er an die Tür eines Saals; er ging hinein und sah oben im Saal einen Mann von schönem Gesicht und Bart; indem er auf denselben zuging, sah jener meinen Bruder, hieß ihn willkommen und erkundigte sich nach seinem Zustande. Mein Bruder sagte ihm, daß er der Hilfe bedürfe. Als jener dies hörte, zeigte er einen großen Kummer, streckte die Hand nach seinen Kleidern, zerriß sie und sagte: »Soll ich in einem Lande wohnen, und du darin hungern? Dazu habe ich keine Kraft.« Er versprach meinem Bruder alles Gute, und sagte sodann: »Du mußt mich ein wenig unterhalten.« Dieser antwortete: »Mein Herr! Ich bin so hungrig, daß ich dazu keine Kraft habe.« Alsbald schrie der andere: »Diener, bring den Krug und das Waschbecken, daß wir unsere Hände waschen!« aber mein Bruder sah weder Krug und Waschbecken, noch sonst etwas. Der Hausherr sagte sodann: »Komm, mein Bruder, und wasche dich!« und machte dabei eine Bewegung, als wenn er sich die Hände wüsche. Hierauf schrie er: »Bringt den Tisch!« und deutete mit der Hand, wo man decken sollte; aber mein Bruder sah nichts. Dann sagte er: »Mein Gast, bei meinem Leben, iß und schäme dich nicht!« machte abermals Bewegungen mit der Hand, als wenn er äße, und wiederholte dabei: »Bei meinem Leben, iß nur nicht zu wenig; ich weiß ja, wie hungrig du gerade bist.« Mein Bruder machte nun ebenfalls Bewegungen, als wenn er äße. Wieder sagte der Hausherr: »Sieh einmal dieses Brot, wie weiß es ist«; aber jener sah nichts, dachte, dieser Mann scherze gern mit den Leuten, und erwiderte: »Mein Herr, ich habe in meinem Leben kein weißeres und schmackhafteres Brot gesehen!« Der Hausherr sagte hierauf: »Dies Brot hat ein Mädchen gebacken, das mich 500 Dinare gekostet.«

Alsdann rief der Hausherr: »Diener, bring zuerst geschältes Korn, schmälze er aber gut!« und sagte dann zu meinem Bruder: »Hast du wohl je besseres Korn gegessen? Iß nur, bei meinem Leben, und tue dir keinen Zwang an!« Hierauf befahl er dem Diener eine saure Speise, nebst einer in Fett gebratenen Ente zu bringen, und sagte wieder zu meinem Bruder: »Iß nur, ich weiß doch, daß du hungrig bist.« Mein Bruder kaute und schmatzte, als wenn er äße, und der Hausherr bestellte ein Gericht nach dem andern, hieß ihn essen, ohne daß etwas gebracht wurde, befahl dann dem Bedienten, die fetten Hähne aufzutragen, und sagte wieder: »Bei deinem Leben, mein Gast! Diese fetten Hähne sind mit Pistazien gemästet worden. Iß mehr, als du je von dieser Speise gegessen.« Mein Bruder entgegnete: »Bei Gott! Dies alles ist sehr gut!« worauf der Hausherr mit der Hand nach seinem Munde fuhr, als gäbe er ihm etwas zu essen, und ihm dabei die verschiedensten Gerichte beschrieb, während mein Bruder so hungrig war, daß ihm nach einem Stück Gerstenbrot gelüstete. Endlich sagte dieser: »Ich habe nun genug gegessen!« Da rief der Hausherr. »Tragt die Speisen ab und bringt die Süßigkeiten!« und sagte dann zu meinem Bruder: Iß von diesen eingemachten Datteln und Trauben, denn sie sind sehr gut. Siehst du, wie der Julep aus meiner Hand davon heruntertropft.« Mein Bruder entgegnete: »O könnte ich doch immer bei dir sein!« und fragte ihn, warum so viel Moschus bei diesem Eingemachten sei? Er antwortete: »Es ist meine Gewohnheit, die Trauben auf diese Weise einzumachen.« Mein Bruder spielte immer mit seinen Lippen und setzte seinen Mund in Bewegung; sodann rief der Hausherr: »Genug davon, bringt jetzt Mandelkuchen!« und hieß wieder meinen Bruder essen und sich nicht schämen. Dieser antwortete, er habe genug und könne nichts mehr essen. Da sagte der Hausherr: »Mein Gast, willst du etwas trinken und dabei munter werden, da du doch nicht mehr hungrig bist?« Mein Bruder sagte: »Ja!« und beschloß dabei, es solle den Mann reuen, ihn so zum besten zu haben. Der Hausherr rief nun: »Bringt den Wein«; und tat, als wenn er meinem Bruder einen Becher reichte, indem er sagte: »Koste einmal diesen Wein und sage mir, wie er dir behagt.« Mein Bruder entgegnete: »Er hat einen angenehmen Geschmack, doch bin ich anderen gewöhnt.« Dann sagte der Hausherr: »Bringt andern, der mehr berauscht!« wünschte meinem Bruder, daß er ihm wohl bekomme, und tat dabei, als trinke er. Mein Bruder stellte sich, als wäre er betrunken, und sagte: »Mein Herr, o ich kann nicht mehr!« drang auf ihn ein, ohne daß er es bemerkte, hob die Hand so hoch auf, bis man das Weiße unter seiner Achsel sehen konnte, und schlug ihm eins auf den Nacken, das das ganze Zimmer davon widerhallte. Er hob schon die Hand zum zweiten Male auf, da sagte der Hausherr: »Was ist das, du Niederträchtiger?« Mein Bruder antwortete: »Mein Herr! Du hast deinen Sklaven in deine Wohnung gebracht und ihm so viel zu essen und zu trinken gegeben, daß er berauscht worden und nichts mehr von sich weiß; du mußt nun wohl seine Grobheit ertragen und sein Vergehen entschuldigen.« Als der Hausherr dies hörte, lachte er laut und sagte: »Ich treibe schon lange solchen Scherz mit den Leuten, habe aber außer dir noch keinen gefunden, der so klug in meinen Spaß einging. Gern verzeih ich dir.«

»Nun aber sei wirklich mein Gast«, fuhr der Barmekide zu meinem Bruder fort, »und bleibe bei mir.« Alsbald ließ er in der Tat eine Anzahl Diener kommen und wirklich einen Tisch bereiten, worauf alle Gerichte standen, die früher erwähnt worden. Sie aßen miteinander, bis sie satt waren, dann gingen sie in den Trinksaal; da waren Mädchen wie der Mond, welche allerlei Melodien sangen und auf allerlei Instrumenten spielten, und sie tranken, bis sie berauscht waren. Der Mann ward mit meinem Bruder so vertraut, als wäre er sein Bruder; er liebte ihn sehr und schenkte ihm Ehrenkleider. Am folgenden Morgen begannen beide wieder von neuem zu essen und zu trinken, und so zehn Tage lang. Dann übertrug der Mann meinem Bruder die Verwaltung aller seiner Güter, und so blieb er 20 Jahre bei ihm, bis jener starb. Gelobt sei der Immerlebende, der nie stirbt! Der Sultan ließ nach dem Tode des Mannes alles, was er hinterlassen, sowie was mein Bruder hatte, wegnehmen, so daß dieser ganz arm ward und auswandern mußte. Mitten auf dem Wege kamen Beduinen auf ihn los, nahmen ihn gefangen und zogen mit ihm zu ihrem Stamme. Der, welcher ihn gefangen genommen, fing an, ihn zu schlagen, indem er sagte: »Kaufe dich mit Geld von mir los!« Mein Bruder entgegnete weinend: »Ich besitze gar nichts, ich bin dein Gefangener. Tu mit mir, was du willst!« Da nahm der Beduine ein Messer heraus, durchschnitt meines Bruders Lippe und forderte immer heftiger Geld von ihm. Dieser Beduine hatte eine schöne Frau, die, so oft ihr Mann ausging, meinen Bruder zu überreden suchte; aber er wies sie stets zurück. Als er einmal ihr nachgab und mit ihr spielte, und sie ihn liebkoste, kam der Mann nach Hause, und als er

meinen Bruder bei seiner Frau sah, sagte er zu ihm: »Wehe dir! Willst du meine Frau verführen?« Er nahm dann ein Messer und brachte meinem Bruder eine empfindliche Wunde bei, lud ihn auf ein Kamel und legte ihn am Fuße eines Berges nieder. Da kamen Reisende vorüber, die ihn kannten; sie gaben ihm zu essen und zu trinken, und sagten mir, was ihm widerfahren. Ich ging dann zu ihm, brachte ihn in die Stadt und gab ihm seinen bestimmten Lebensunterhalt. Nun bin ich zu dir gekommen, o Fürst der Gläubigen, und habe dir, um mir keine Nachlässigkeit zu schulden kommen zu lassen, die Geschichte meiner sechs Brüder erzählt, für die ich sorgen muß.

Als der Kalif meine ganze Erzählung gehört, lachte er sehr und sagte: »Du hast recht, O Schweigender! Du sprichst wenig und liebst das Überflüssige nicht; doch verlasse jetzt diese Stadt und bewohne eine andere.« Er erteilte dann einen Befehl, mich aus der Stadt zu verweisen, so daß ich in der Welt herumreiste, bis ich hörte, daß er gestorben und ein anderer Kalif geworden; da kehrte ich wieder in die Stadt zurück. Alle meine Brüder waren schon tot. Da traf ich diesen jungen Mann, behandelte ihn so schön, und er belohnte mich so schlecht; doch wäre er ohne mich gewiß zugrunde gegangen. Der Jüngling ging dann von mir fort, und auch ich unternahm neue Reisen, bis ich ihn hier wieder fand; nun macht er mich auf eine neue Weise verdächtig, wie ich es gar nicht verdiene, indem er mich für einen Schwätzer erklärt.

Der Schneider fuhr dann fort: O König, nachdem wir die Geschichte des Barbiers vernommen und ihn eingesperrt hatten, setzten wir uns, aßen und vollendeten die Mahlzeit, die bis zwei Stunden vor Sonnenuntergang währte;

dann ging ich nach Hause. Da machte meine Frau ein mürrisches Gesicht und sagte: »Du lebst in Saus und Braus, und ich muß betrübt zu Hause sein; wenn du nicht, so lange es noch Tag ist, mit mir ausgehst, so werde ich mich von dir scheiden lassen.« Ich ging nun bis abends mit ihr spazieren. Auf unserem Heimweg begegneten wir dem buckligen Lügner, der berauscht umherschwankte. Ich lud ihn ein, kaufte Fische, und nachdem wir miteinander gegessen, blieb ein Stück übrig, in dem eine Gräte war, ich stopfte es dem Buckligen durch die Zähne und hielt ihm den Mund zu; auf einmal hörte er auf zu atmen; er würgte daran und seine Augen verdrehten sich. Ich schlug ihn zwischen die Schultern und griff ihm in den Hals, aber er war tot. Da trug ich ihn weg; ich besann mich lange, wohin ich ihn bringen sollte, und schaffte ihn endlich in das Haus dieses jüdischen Arztes, der dann auch nachdachte, wie er ihn los würde, bis er ihn zu dem Aufseher hinwarf; dieser war aber listig und brachte ihn zum christlichen Makler. Dies ist die Geschichte dessen, was mir gestern widerfahren ist; ist sie nicht wunderbarer, als die des buckligen Lügners?

Als der König von China die Worte des Schneiders hörte, schüttelte er den Kopf vor Entzücken, zeigte ein großes Erstaunen und sagte: »Die Geschichte zwischen dem jungen Mann und dem geschwätzigen Barbier ist schöner und angenehmer als die des Buckligen.« Der König befahl dann einem seiner Offiziere, mit dem Schneider zu gehen und den Barbier aus dem Gefängnis zu holen, und sagte: »Ich möchte diesen schweigenden Barbier sehen und ihn sprechen hören, da er doch die Ursache eurer Rettung geworden; dann wollen wir den Buckligen begraben, der seit gestern schon tot daliegt, und ihm ein Grabmal errichten.«

Der Offizier und der Schneider kamen so schnell als möglich mit dem Barbier zurück. Der König von China sah ihn an und merkte, daß er schon mehr als 90 Jahre alt war, er hatte einen weißen Bart und weiße Augenbrauen, herunterhängende Ohren, eine lange Nase; es lag in seinen Gesichtszügen etwas einfältiges. Der König lachte, als er den Barbier sah, und sagte: »Du Schweigender, erzähle mit eine deiner Geschichten!« Der Barbier sagte: »Was ist, o König der Zeit, mit diesem Christen, dem Juden, dem Muselmann und dem Buckligen vorgefallen? Wer vereint sie hier?« Da sagte der König von China lachend: »Was hast du nach ihnen zu fragen?« Er antwortete: »Um zu zeigen, daß ich kein Schwätzer und unschuldig bin an dem, was man mir vorwirft, weshalb ich der Schweigende heiße.«

Der König von China befahl nun seinen Leuten, dem Barbier die Geschichte des Buckligen von Anfang bis zu Ende zu erzählen. Der Barbier schüttelte ungläubig den Kopf und sagte: »Das ist höchst sonderbar, deckt einmal den Buckligen auf!« Als seinem Wunsche nachgekommen war, setzte er sich an die Seite des Buckligen, nahm seinen Kopf auf den Schoß, betrachtete sein Gesicht und wollte sich vor Lachen ausschütten. Er sagte dann: »Sonderbar, wie jeder Tod seine Ursache hat! Die Geschichte des Buckligen verdient wohl, mit Goldschrift aufgezeichnet zu werden.« Die Leute des Königs erschraken über das Benehmen des Barbiers, und der König von China fragte ihn, was er habe? Der Barbier antwortete: »Bei deiner Huld! Es ist noch Leben in diesem Buckligen.« Er zog dann einen Beutel hervor, öffnete ihn und nahm eine Büchse heraus, in der eine Salbe war, womit er dem Buckligen den Hals und die Adern einrieb, dann nahm er ein langes Eisen, fuhr damit in den Hals des Buckligen und zog das Stück Fisch mit der Gräte, das ganz mit Blut beklebt war, heraus. Kaum war der Bucklige von diesem Unrate befreit, so fing er an zu nießen, aufzuspringen und sich das Gesicht vor Freude zu reiben. Der König und seine Umgebung waren sehr erstaunt darüber, wie der Bucklige einen Tag und eine Nacht leblos daliegen konnte; auch waren sie überzeugt, daß er gewiß bald gestorben wäre, hätte ihm Gott nicht den Barbier zu Hilfe geschickt.

Der König von China befahl sodann, daß man die Geschichte des Barbiers und des Buckligen aufzeichne; auch ließ er dem Aufseher, dem Schneider, dem Christen und dem Juden reiche Geschenke reichen und entließ sie alle. Den Barbier aber behielt er bei sich und sorgte für seinen Lebensunterhalt königlich; er blieb dann auch unter seinen Tischgenossen, bis der Tod, der Zerstörer aller Freuden, sie überraschte.

Als Schehersad diese Geschichte vollendet hatte, sagte sie: »Noch entzückender ist die Geschichte des Spezereihändlers Abul Hasan und Alis und seiner Erlebnisse mit Schems Annahar.« Am folgenden Morgen erzählte sie dann:

Geschichte Alis, Sohn Bekars und der Schems Annahar

Es gab einst in der Stadt Bagdad einen Spezereihändler, mit Namen Abul Hasan, Sohn Tahers, der sehr reich und vornehm war; dabei führte er einen reinen Lebenswandel, war ein aufrichtiger und guter Gesellschafter, und deshalb überall gut aufgenommen, wo er sich zeigte. Er ging oft in das Schloß des Kalifen, und die meisten Frauen und Sklavinnen des Kalifen Harun Arraschid ließen sich von ihm ihre Geschäfte besorgen, wie sie es eben nötig hatten. Auch saßen oft die Söhne der Fürsten und der Großen bei ihm. Unter diesen war auch ein junger, persischer Prinz, mit Namen Ali, Sohn des Bekar. In der Person dieses Prinzen hatte Gott alle trefflichen Eigenschaften vereint; er war ausgezeichnet schön und anmutig, seine Beredsamkeit war bezaubernd, sein Verstand, sein Mut, seine Freigebigkeit, seine Keuschheit, sein Ernst und seine Tapferkeit unübertroffen! Dieser lebte oft in Gesellschaft Abul Hasans; er konnte sich zuletzt keinen Augenblick mehr von ihm trennen. Als einst der junge Prinz bei ihm saß, sahen sie zehn junge Sklavinnen, schön wie der Mond, vom Markt herkommend; aus ihrer Mitte strahlte ein Mädchen, das den Vollmond beschämte. Diese ritt auf einem grauen Maultier, sie trug einen roten, seidenen, mit Perlen und Edelsteinen besetzten Gürtel. Ihre Schönheit überstrahlte, wie schon gesagt, die der übrigen zehn Mädchen, die bei ihr waren; sie war, wie ein Dichter sagt:

»Sie ist ein vollkommenes Muster der Schönheit, daß man sie nicht anders geschaffen wünschen könnte; sie hat weder zu viel, noch zu wenig, es ist, als wäre sie von Perlenwasser gebildet; ein Mond leuchtet aus allen ihren Gliedern hervor; ihre Stirne ist der Vollmond, ihr Wuchs der Zweig eines Baumes, ihr Atem ist Moschus: kein Mensch gleicht ihr.«

Ihre schönen Augen und die übrigen Reize fesselten alle, die sie sahen. Als sie an den Laden des Abul Hasan kam, stand dieser vor ihr auf, küßte die Erde und ließ sie auf ein seidenes, mit Gold gesticktes Kissen sitzen; er blieb, um sie zu bedienen, vor ihr stehen. Sie befahl ihm, sich zu ihr zu setzen, und als er gehorchte, verlangte sie von ihm, was sie bedurfte. Inzwischen hatte der junge Ali schon seinen Verstand verloren; er war außer sich, war bald rot, bald blaß, und wollte vor Liebe vergehen. Er wollte aus Ehrfurcht vor ihr aufstehen, aber sie winkte mit ihren Narzissenaugen und Zuckerlippen, und sagte: »Mein Herr! Wir sind zu dir gekommen und du willst, weil wir dir nicht gefallen, vor uns entfliehen?« Ali küßte die Erde und entgegnete: »O meine Gebieterin! Sobald ich dich gesehen, habe ich meinen Verstand verloren, ich weiß nichts anderes zu sagen, als was schon ein Dichter gesagt:

›Sie ist die Sonne, ihre Wohnung ist im Himmel; tröste dein Herz mit dem schönsten Trost, denn du kannst nicht zu ihr hinauf und sie nicht zu dir herunter steigen.‹«

Sie lächelte, und heller als ein Blitz leuchteten ihre Zähne, dann sagte sie: »O Abul Hasan! Woher kennst du diesen Jüngling, und welches ist sein Rang?« Abul Hasan antwortete: »Er heißt Ali, Sohn Bekars, und ist ein Prinz von Persien.« Sie sagte ihm dann, wenn meine Sklavin zu dir kommt, so bemühe dich mit ihm zu uns, daß wir ihn in unserem Hause bewirten, damit er sich nicht über uns beklagen und sagen kann: unter den Bewohnern Bagdads herrscht keine Gastfreundschaft; denn der Geiz ist das schlechteste Gewand eines Menschen. Hörtest du, was ich dir gesagt? Wenn du nicht gehorchst, so trifft dich mein Zorn, und ich werde dich nie mehr grüßen.« Abul Hasan antwortete: »Gott bewahre, o Königin aller Sklaven! Gott bewahre mich vor deinem Zorn!« Sie verließ hierauf den Laden und ritt davon, nachdem sie sich schon aller Herzen bemeistert und jeden Verstand geraubt hatte. Ali blieb sitzen, er wußte nicht, ob er auf der Erde oder im Himmel wandle. Doch ehe noch der Tag verflossen war, kam eine Sklavin zu Abul Hasan und sagte: »Mein Herr Abul Hasan! Im Namen Gottes komme du mit deinem Freund Ali zu meiner Gebieterin Schems Annahar, der Freundin des Fürsten der Gläubigen, Harun Arraschid.« Abul Hasan stand auf und sagte zu Ali: »Im Namen Gottes, mein Herr!« Sie folgten dann der Sklavin, die weit voranging und welche sie in den Palast des Kalifen führte. Hier zeigte sie ihnen die Wohnung Schems Annahars. Der Jüngling sah eine Wohnung, als wäre sie von Genien gewohnt; er fand darin die mannigfaltigsten Teppiche, Kissen und Divans, wie er solche noch nie in seinem Leben gesehen hatte. Als er und Abul Hasan daselbst Platz genommen, brachte man ihnen einen Tisch mit den köstlichsten Speisen, und eine schwarze Sklavin blieb zu ihrer Bedienung vor ihnen stehen. Es wurde aufgetragen, was nur laufen und fliegen konnte: von säugenden Schafen, gestopften Hähnen, Tauben und Wachteln, nebst anderen süßen und sauren Speisen. Der junge Mann aß und war vor Erstaunen ganz außer sich; sie verzehrten die besten Speisen und tranken die köstlichsten Weine. Als sie satt waren, brachte man ihnen zwei goldene Waschbecken, sie wuschen ihre Hände; dann brachte man Weihrauch, sie beräucherten sich; dann brachte man ihnen in Goldgefäßen kristallene Becher, welche mit Edelsteinen besetzt waren, und gefüllt mit Ambra, Moschus und Rosenwasser; sie parfümierten sich damit und setzten sich nieder. In einer kurzen Weile hieß sie die Sklavin aufstehen und führte sie in einen anderen Saal, dessen Kuppel von 100 Säulen getragen wurde; die Füße der Säulen waren mit vergoldeten Tieren und Vögeln verziert, der Boden war mit seidenen Teppichen belegt. Als die beiden sich setzten und den Saal näher betrachteten, fanden sie, daß der ganze Grund von Gold war, auf welchem weiße und rote Rosen gestickt waren; aus demselben Stoff war die Decke der Kuppel. Auch waren allerlei Gemälde und chinesische Gefäße aus Gold und Kristall mit prachtvollen Edelsteinen besetzt, im Saale. Am oberen Ende desselben waren viele Fenster, und vor einem jeden stand ein Divan mit der feinsten Stickerei überzogen und jeder von einer anderen Farbe; diese Fenster gingen in einen Garten, dessen Boden dem Grund der Teppiche glich. Rings umher floß Wasser aus einem großen Teich in einen kleineren; die Ufer des Teichs waren mit Narzissen, Basiliken und anderen seltenen Pflanzen, in goldenen, mit Edelsteinen verzierten Vasen besetzt.

Die Bäume in diesem Garten waren dicht ineinander geschlungen, die Früchte auf ihnen waren so reif, daß sie bei jedem Säuseln des Windes auf die Oberfläche des Wassers fielen. Eine Menge Vögel ließ sich auf dem Garten nieder, sie schlugen ihre Flügel zusammen und unterhielten sich miteinander durch ihr Gezwitscher, das in allen möglichen Tönen erschallte. An beiden Seiten des Teiches waren Stühle von Ebenholz, mit Silber ausgelegt, aufgestellt; auf jedem Stuhl saß ein Mädchen, das glänzender war als die Sonne, kostbar gekleidet, mit einer Laute oder einem anderen Instrument vor sich; es vereinte sich so der Gesang der Mädchen mit dem der Vögel und das Säuseln des Windes mit dem Plätschern des Wassers. Bald blies der Wind eine Rose auf, bald warf er eine Frucht herunter.

Während Ali und Abul Hasan ihre Augen und ihre Gedanken an dieser Pracht und Schönheit weideten und sie halb nach dem Saal und auf den Tisch richteten, ja ganz hingerissen von der Anmut und Lieblichkeit, wie von der großartigen Zusammenstellung aller dieser Gegenstände, in das höchste Erstaunen versetzt waren, wendete sich Ali, Sohn des Bekar, zu Abul Hasan und sagte zu ihm: »Wisse, mein Freund, der größte Weise und der Verständigste, der nur gesunde Sinne hat, muß alles dies auch schön finden und davon entzückt und hingerissen werden; wieviel mehr ein Mensch in meiner Lage, dessen Herz von Liebe überfließen will; doch beraubt mich alles, was ich gesehen nicht des Wortes, und noch bleibt mir Kraft zu fragen übrig: Wie hoch muß wohl der Rang dessen sein, der ein so herrliches Gut und so große Macht besitzt?«

Als Abul Hasan dies aus dem Munde Alis hörte, antwortete er ihm: »Wisse, daß auch mir die ganze Sache ein Geheimnis ist; doch werden wir bald die Wahrheit entdecken. Es wird nicht lange dauern, so sind wir am Ziel und das Geheimnis wird sich dir lösen.« Während sie so das Schönste und Üppigste sahen und besprachen, erschien eine Sklavin und befahl den Mädchen, welche auf den Stühlen saßen, zu singen; eine von ihnen stimmte ihre Laute und sang:

»Ehe ich noch die Liebe kannte, ward ich unversehens an ihn gefesselt, und das Feuer der Trennung glühte mir in meiner Brust und in meinem Herzen; auch gegen meinen Willen enthüllten meine Tränen jedermann mein Geheimnis.«

Ali rief aus: »Sehr schön!« Die Sklavin sang weiter:

»Mit der entferntesten Hoffnung neige ich mich liebend zu dir. Doch was helfen den Liebenden Sehnsuchtsseufzer, deren kältester ein Feuerbrand ist?«

Der Jüngling seufzte tief und sagte: »O Mädchen, du hast ausgezeichnet wahr und schön gesungen!« Er wiederholte dann die Verse und bat sie, weiter zu singen. Da sprach sie:

»O du, zu dem meine Liebe immer wächst, bemächtige dich meines Herzens, wie du willst; lösche durch deine Nähe die Flamme eines Herzens, das Entfernung und Trennung zerfließen machte. Nimm, was du willst, an Schuld und Lohn. Mir bleibt doch kein anderer Lohn, als der Märtyrertod.«

Ali weinte aufs Neue und wiederholte die Verse. Auf einmal erhoben sich alle Mädchen, stimmten ihre Instrumente und sangen im Chor folgende Verse:

»Gott ist groß! Nun ist der Vollmond aufgegangen und vereint ist die Geliebte mit dem sie so innig Liebenden. Wer hat je die Sonne und den leuchtenden Vollmond im Garten der Ewigkeit oder in der Welt beisammen gesehen?«

Ali und Abul Hasan blickten überrascht auf die Mädchen, doch vergrößerte sich ihre Überraschung, als sie die Sklavin, die bei Abul Hasan im Laden war, und sie hierher gebracht hatte, an dem Ende des Gartens erblickten; ihr folgten zehn Sklavinnen, welche einen großen, aus gediegenem Silber gegossenen Thron trugen, diesen stellten sie zwischen die Bäume und sich selbst hinter ihn. Nach ihnen kamen 20 Mädchen wie der Vollmond, mit mancherlei Instrumenten in den Händen, und in Kleidern, die von Juwelen und Perlen strahlten; sie sangen alle zusammen, als hätten sie nur eine Stimme, bis sie den Thron erreichten; hier stellten sie sich zu beiden Seiten auf, ohne das Spiel zu unterbrechen.

Sie waren so ausgezeichnet in ihrer Kunst, daß es Ali und Abul Hasan vorkam, als wenn sich der ganze Palast mit ihnen bewege. Es kamen dann noch andere zehn Mädchen, deren Schönheit unmöglich zu beschreiben ist; ihre Kleider und Juwelen wetteiferten mit ihrer Schönheit. Diese blieben an der Tür stehen, dann kamen noch zehn, die den vorigen ganz ähnlich waren, und in ihrer Mitte Schems Annahar.

Diese strahlte unter anderen Mädchen wie die Sonne unter den Wolken hervor. Sie trug lange Locken und hatte einen blauen, goldgestickten Mantel umgeworfen, der wohl erraten ließ, welche kostbaren Kleider und Juwelen darunter verborgen sein müßten; sie ging langsamen Schrittes majestätisch einher, bis sie den Thron erreichte, auf den sie sich setzte.

Ali konnte sie nun näher betrachten, sah dann den Spezereihändler an, biß sich auf die Finger, daß sie beinahe vom Gelenk fielen, und sagte: »Nachdem man so etwas gesehen, hilft alles Erzählen nichts mehr, und wenn man Überzeugung hat, schwindet der Zweifel!« Er sprach dann folgende Verse:

»Hier ist der Anfang meines Elends, hier beginnt mein langdauernder Gram und mein Liebesschmerz. Nach diesem Anblick kann mein Herz keinen

Augenblick mehr seine frühere Ruhe behaupten. O Seele, beim allmächtigen Gott! Sage diesem durch Liebespein geschwächten Körper Lebewohl und verlasse mich in Frieden!«

Er sagte dann zu dem Spezereihändler: »Du hast mir keine Wohltat erzeigt. Hättest du mir vorher etwas von diesen Herrlichkeiten gesagt, ich würde mein Herz darauf vorbereitet und gestärkt haben, daß es die Geduld nicht verliere.« Er fing dann an zu weinen; seine Augen füllten sich mit Tränen wie ein See, und er blieb wie ein Wahnsinniger vor ihm stehen. Da sagte der Spezereihändler zu ihm: »Ich habe nur Gutes mit dir beabsichtigt; ich fürchtete, dir die Wahrheit zu sagen, weil du sonst vor allzu großer Liebe und Sehnsucht verhindert werden konntest, dich mit ihr zu vereinigen und sie zu sehen, Sei aber standhaft, mache dir Mut, sei frohen Herzens und nicht verzagt, sie wird dir bald entgegenkommen.« Ali fragte dann: »Nun, wer ist sie denn?« Der Spezereihändler antwortete: »Es ist Schems Annahar, die Sklavin des Raschid, und der Ort, in dem du dich aufhältst, ist sein neuer Palast, der unter dem Namen »Palast der ewigen Freuden« bekannt ist. Ich habe viel List anwenden müssen, bis ich euch hier vereinigte. Nun möge

Gott ein gutes Ende herbeiführen!« Ali blieb ganz betroffen, dann sagte er zu Abul Hasan: »Wisse, daß die Vorsicht vor allem gebietet, sein Leben zu schonen und die Erhaltung desselben im Auge zu haben. Du hast mir nun mein Leben geraubt, sei es durch eine gewaltsame Liebe oder durch die Hand des mächtigen Sultans.« Er schwieg dann, das Mädchen aber blickte zu ihm nach dem Fenster der Kuppel hinauf, und in ihren Blicken lag Liebe und Schmerz; auch er drückte mit seinen Augen und Mienen seine Liebe aus, und so sprach die Zunge der Liebe zwischen ihnen, obschon sie beide schwiegen, und enthüllte ihnen gegenseitig das Innerste ihres Herzens. Nachdem sie so einander eine Weile betrachtet hatten, befahl Schems Annahar der ersten Mädchenreihe, welche die Laute spielte, sich auf ihre Stühle zu setzen. Sie ließ dann durch Sklavinnen Stühle unter die Fenster der Kuppel, an denen Ali und der Spezereihändler sich befanden, bringen und befahl den Mädchen, die mit ihr herauskamen, sich auf diese Stühle zu setzen. Als sie saßen, winkte sie einer derselben und befahl ihr zu singen; diese stimmte ihre Laute und sang folgende Verse:

»Der Geliebte neigte sich zur Geliebten hin, und die Liebe machte aus beiden Herzen ein Einziges.«

»Sie stehen am Meer der Liebe, es ist ein süßes Meer, darum mache reichen Vorrat. Als sie da standen und Tränen über ihre Wangen flossen, sagten sie: die Schuld liegt nicht am Geschick, sondern an dem, der an diesem Meer vorübergeht.«

Sie sangen dabei auf eine Weise, daß er Gefühlvolle entzückt und der Kranke geheilt werden mußte. Ali war tief gerührt, wandte sich zu einem der Mädchen und bat sie, folgende Verse zu singen:

»Wegen der großen Entfernung, o Geliebte, haben meine Augen nur Tränen geerbt. O Freude und Glück meiner Augen! O du Ziel meiner Wünsche und meines Glaubens! Habe Mitleid mit dem Betrübten und Verzweifelten, dessen Augen in seinen Tränen untergehen, dessen Liebe sein Innerstes füllt, so lang es Sehnsucht und Seufzer gibt.«

Als das Mädchen nach Alis Wunsche diese Verse in einem zärtlichen Ton gesungen, wandte sich Schems Annahar zu einer anderen und hieß diese folgende Verse singen:

»Ich seufze nach dem, der gewiß auch seufzen würde, wenn er, wie ich, liebeskrank wäre; nach dem, den ein Teil meiner Sehnsucht schon seines Verstandes berauben würde. Dem barmherzigen Gott will ich klagen und keinem andern, daß mein Herz nicht besitzen kann, was es allein wünscht. Kein Mensch und kein Engel würde meine Leiden ertragen können.«

Das Mädchen sang diese Verse sehr schön mit einer zarten Stimme. Der junge Mann bat dann wieder eine andere, folgende Verse zu singen:

»Er sah deine beiden Augen und seufzte; es drückte ihn die schöne Geduld, er schmachtete und wurde liebeskrank; unter allen Menschen verlangt er nur nach dir.«

Als das Mädchen diese Verse mit vieler Kunst gesungen, seufzte Schems Annahar und sagte dem ihr am nächsten sitzenden Mädchen, folgende Verse zu singen:

»Wenn du meine Seufzer nicht hörst, so weißt du nicht, was Mitleid ist. Bei deiner Liebe, bald ist meine Geduld zu Ende, und wie lang werde ich wohl noch Geduld haben müssen.«

Das Mädchen sang, und die beiden Liebenden schwammen in Entzücken und bewiesen sich gegenseitig die heißeste Liebe. Ali bat zuletzt noch einmal ein Mädchen, das in seiner Nähe saß, folgende Verse zu singen:

»Die Zeit der Vereinigung wird zu eng nach dieser Verstellung, Verheimlichung der Liebe in der Tat. Ihr seid ja so schön, und Schönheiten pflegen doch nicht, sich lange entfernt zu halten.«

Während das Mädchen dies sang, vergoß er viele Tränen und seufzte ununterbrochen. Als Schems Annahar diese Verse hörte und seine Tränen sah, konnte sie sich nicht mehr länger zurückhalten; sie stand auf, um nach dem Saal zu gehen. Ali ging ihr bis zur Tür entgegen und streckte seine Arme nach ihr aus. Sie umarmten sich an der Tür: wer noch niemals sah, wie die Sonne den Mond umarmte, sah nie zwei schönere Menschen beisammen, als diese beiden! Ihre Kraft verließ sie endlich, sie fingen an zu wanken; alle Mädchen umgaben sie und legten sie auf die Polster im Saal, sie brachten Rosenwasser und Moschuspulver und bespritzten sie damit, bis sie wieder zu sich kamen und so schön und blühend waren, wie zuvor. Schems Annahar wandte sich dann zur Rechten und zur Linken, und suchte den Spezereihändler, der sich hinter den Mädchen verborgen hatte. Als sie nach ihm fragte und er hervortrat, grüßte sie ihn und hieß ihn willkommen und dankte vielmal und sagte ihm: »Deine Güte gegen mich hat den höchsten Gipfel erreicht, ich weiß nicht, wie ich dich belohnen soll; du stehst niemand nach, wenn es sich darum handelt, als Mann eine schöne Tat zu vollbringen.« Er ward so schamrot, daß er den Kopf zur Erde neigte. Sie sagte dann zu Ali: »Mein Herr, wenn auch deine Liebe den höchsten Gipfel erreicht hat, so ist doch gewiß die meinige nicht geringer! Es bleibt nichts übrig, als auf Gottes Ratschlüsse zu vertrauen und bei seinen Versuchungen standhaft zu bleiben.« Ali antwortete: »O meine Gebieterin! Meine Vereinigung mit dir und dein Anblick können das Feuer der Sehnsucht in mir nicht löschen und das, was ich empfinde, nicht vertreiben; ich wiederhole, was ich schon gesagt habe; daß ich nur mit dem Tode aufhören werde, dich zu lieben; nur wenn mein Herz vergeht, wird auch meine Liebe vergehen.« So weinten dann beide und es flossen die Tränen wie zerstreute Perlen über ihre Wangen, die dadurch einer mit Regentropfen behängten Rose glichen. Abul Hasan sagte dann: »Eure Lage ist zart und euer Zustand wunderbar; wenn ihr in der Nähe schon so seid, was wollt ihr in der Entfernung beginnen? Seid munter und verscheucht den Kummer! Liebende müssen ihre Zeit, wie eine Beute, schnell benützen.« Sie hörten auf zu weinen, und Schems Annahar machte der ersten Sklavin ein Zeichen. Diese ging schnell weg und kam mit zwei Sklavinnen wieder, die ein silbernes Tischchen trugen, das sie vor Ali und den Spezereihändler setzten. Schems Annahar ging auf sie zu und sagte: »Nach einer solchen Unterredung darf man wohl durch fröhlichen Scherz sich erheitern.« Sie setzten sich dann zu Tische, und Schems Annahar fing an zu

essen und dem Ali Speisen vorzulegen, während er ihr manchen Bissen in den Mund schob. Als sie genug gegessen hatten, ward der Tisch weggetragen; man brachte dann ein silbernes Waschbecken mit einer goldenen Kanne, sie wuschen ihre Hände und gingen wieder auf ihren Platz. Schems Annahar winkte wieder einer Sklavin; diese blieb eine Weile weg, kam dann mit drei Sklaven zurück, welche drei goldene Platten brachten; auf jeder derselben war ein Trinkgefäß aus Kristall, mit Gold verziert und mit köstlichem Wein gefüllt. Es war jedem eine Platte vorgestellt. Hierauf befahl Schems Annahar zehn Sklavinnen, sich an unsere Seite zu stellen, auch ließ sie zehn Sängerinnen kommen; alle übrigen mußten sich entfernen. Sie nahm dann einen Becher, füllte ihn und ließ ein Mädchen folgende Verse singen:

»Ich gebe mein Leben hin für den, der meinen Gruß lachend erwidert, und nach der Verzweiflung mir wieder Luft zur Vereinigung gegeben. Sobald er erscheint, entdeckt die Sehnsucht meine Geheimnisse, und zeigt denen, die mich tadeln, was ich im Herzen trage; die Tränen meiner Augen bilden eine Scheidewand zwischen mir und dem Geliebten, als wenn die Tränen ihn eben so liebten, wie ich!«

Sie trank den Becher aus, füllte einen anderen mit Wein und reichte ihn ihrem geliebten Ali. Er nahm ihn und bat eine Sklavin, folgende Verse zu singen:

»Wie dieser Wein, fließen auch meine Tränen; was meine Augen vergießen, blutige Tränen, gleicht dem, was der Kelch enthält. Ich weiß wirklich nicht, ob meine Augen Wein vergießen, oder ob ich meine Tränen getrunken.«

Der junge Mann trank, und Schems Annahar füllte einen dritten Becher und reichte ihn Abul Hasan; dieser nahm ihn an, und sie ergriff eine Laute von einem der Mädchen und sagte: »Ich werde zu diesem Becher singen; es ist das wenigste, was ich für dich tun kann.« Sie sang dann folgende Verse:

»Die wunderbaren Tränen zittern auf seinen Wangen und das Feuer der Liebe brennt in seiner Brust. Wenn die Freunde nahe sind, weint er aus Furcht vor ihrer Entfernung, so daß Tränen fließen, sie mögen nahe oder ferne sein.«

Die zwei Liebenden schwebten in Entzücken. Sie sang mit so vieler Kunst und mit solch himmlischer Stimme, daß Ali einem Vogel glich, dem man seine Flügel geraubt, so schön harmonierte ihr Gesang mit ihrem Spiele. Als sie so eine Weile beisammen waren, kam eine Sklavin gleich einer Biene herbeigeflogen, zitterte dabei wie die Spitze eines Dattelbaums und rief: »O meine Gebieterin! Die Diener des Fürsten der Gläubigen sind an der Tür mit Masrur, Afif und Wasif.« Alle sanken fast in den Boden vor Schrecken und vor Furcht; der Mond ihrer Freuden verdüsterte sich und die Sterne ihrer Wonne gingen unter; sie fürchteten, es möchte schon alles entdeckt sein.

Schems Annahar lachte über die Furcht Alis und Hasans, und sagte zu ihrer Sklavin: »Halte sie ein wenig zurück, daß sie nichts merken!« Wiewohl ungern stand sie auf, ließ die Kuppel und den Saal schließen und die Vorhänge an den Fenstern herunterrollen, ging hinunter in den Garten, und die beiden, Ali und der Spezereihändler, blieben, wo sie bisher waren. Schems Annahar ließ die Stühle wegbringen, setzte sich auf ihren Stuhl und ließ sich durch eine Sklavin ihre Füße kneifen und gab endlich die Erlaubnis, die Angemeldeten näherkommen zu lassen. Diese erschienen, von 20 Dienern begleitet, im schönsten Aufzug, die Schwerter an einem goldenen Gürtel an ihrer Seite, sie brachten ihr den schuldigen Gruß, sie erwiderte ihn und kam ihnen freundlich und ehrerbietig entgegen. Sie fragte dann Masrur, was er neues bringe, und dieser antwortete: »Der Fürst der Gläubigen grüßt dich, läßt sich nach deinem Wohl erkundigen und dir seine Sehnsucht anzeigen. Er wird heute einen fröhlichen Tag zubringen und wünscht ihn diese Nacht mit dir zu beschließen; bereite dich daher zu seiner Ankunft vor und laß deinen Palast ausschmücken.« Sie antwortete: »Ich gehorche Gott und dem Fürsten der Gläubigen!« Sie ließ dann durch ein Mädchen ihre Haussklavinnen rufen, und als diese kamen, verteilte sie solche in den Garten und den Palast, um den Leuten zu zeigen, daß sie, wie ihr befohlen, Vorkehrungen treffen lasse. Im Palast fehlte nichts an Teppichen und an anderen Ausschmückungen. Sie sagte dann den Dienern: »Geht nun mit Gottes Schutz und Vertrauen! Berichtet dem Fürsten der Gläubigen, was ihr gesehen, und sagt ihm, er solle nur ein wenig verziehen, bis sein Zimmer und sein Lager in Ordnung gebracht seien.« Die Diener gingen fort, Schems Annahar aber kehrte zu ihrem Geliebten und seinem Freunde zurück, die wie Vögelchen vor Angst zitterten. Sie drückte Ali fest an sich, weinte dabei heftig und sagte: »O mein Herr, dieser Abschied

wird meinen Tod herbeiführen! Gott gebe mir Geduld, bis ich dich wiedersehe, oder er nehme mir das Leben nach deiner Entfernung!« Sie setzte hinzu: »Was dich betrifft, so wirst du unversehrt und ungesehen von hier wegkommen; du kannst leicht deinen Liebesgram verbergen, so daß dich niemand durchschaut! Aber ich gehe meinem Unheil und meinem bösen Geschick entgegen. Der Kalif wird wohl merken, daß ich, aus Gram über deine Trennung, nicht wie sonst gegen ihn bin. Mit welcher Stimme soll ich vor ihm singen, mit welchem Herzen bei ihm sein, mit welcher Kraft ihn bedienen, mit welchem Witze ihn und die, welche er mitbringt, unterhalten und zufriedenstellen?« Abul Hasan sagte ihr:

»Ich beschwöre dich, dich in Geduld zu fassen und dir diese Nacht so viel Mut als möglich zu machen, Gott wird in seiner Güte euch wieder vereinen.« Während sie so sprachen, kam eine Sklavin und fragte: »O meine Gebieterin, die Diener sind schon wieder zurück und du bist noch hier?« Sie sagte: »Wehe dir! Eile und bringe diese beiden schnell in das Sommerhaus, das in den Garten geht, und wenn es dunkel wird, so sorge dafür, daß sie wegkommen!« Die Sklavin sprach: »Ich werde pünktlich gehorchen.« Schems Annahar sagte ihnen dann Lebewohl und verließ sie in Verzweiflung. Die Sklavin nahm hierauf die beiden, brachte sie in das Sommerhaus, das von der einen Seite in den Garten und von der anderen nach dem Tigris hinausgeht, ließ sie dort niedersitzen, schloß die Tür und ging fort.

Schehersad erzählte weiter: Als die Sklavin sie in das Sommerhaus gebracht, ging sie weg. Abul Hasan und Ali blieben allein; es ward schon Nacht und sie wußten nicht, was aus ihnen werden sollte und wie sie gerettet werden

könnten. Als sie nach dem Garten hinabblickten, sahen sie mehr als 100 Diener, wie Hochzeiter in den schönsten Farben gekleidet, jeden mit einem goldenen Gürtel, an dem ein Schwert hing. Ihnen folgten mehr als 100 Sklaven, mit weißen Wachskerzen in der Hand. In ihrer Mitte war der Kalif Raschid zwischen Masrur und Wafif, vor Trunkenheit hin und her schwankend. Hinter ihm kamen 20 Sklavinnen mit Wachskerzen, kostbar gekleidet; Juwelen glänzten an ihrem Hals und bedeckten ihren Kopfputz. Andere auf ihren Lauten spielende Sklavinnen, an deren Spitze Schems Annahar ging, kamen diesen zwischen den Bäumen entgegen. Schems Annahar küßte die Erde vor dem Kalifen Raschid, und dieser hieß sie willkommen, indem er ihr ein angenehmes Leben und ein freudiges Herz wünschte; er stützte sich auf ihren Arm und ging bis zum silbernen Thron, auf den er sich setzte. Schems Annahar ließ dann die Stühle an der Seite des Teichs aufstellen, und der Kalif befahl den Sklavinnen, welche mit ihm gekommen waren, sich darauf zu setzen. Als alle Platz genommen, setzte sich Schems Annahar ihm gegenüber. Er sah sich eine Weile im Garten um und ließ dann die Fenster der Kuppel öffnen. Er war zur Rechten und zur Linken von so vielen Lichtern umgeben, daß die Nacht zum Tag und die Finsternis in Glanz verwandelt ward. Die Diener holten dann die Trinkgefäße herbei. Ich erblickte hier eine Pracht von Edelsteinen, erzählt uns Abul Hasan, der Spezereihändler, was mir nie die glühendste Phantasie gezeigt hatte. Mir war's, als wenn ich träumte. Ali war ganz verwirrt von dem Glanz, den er sah. Seine Bewegungen waren matt, er schaute mit gebrochenen Augen umher, sein Herz war krank und zerrissen. Abul Hasan sagte zu ihm: »Siehst du den König?« Er antwortete: »Ja, und damit unser

Unglück! Uns rettet nichts mehr vom Untergang. Doch mich töten vor allem die Liebe, die sich meiner bemächtigt, die Trennung nach der Vereinigung, die Furcht, die Gefahr unseres Aufenthalts, die Schwierigkeit der Rettung. Gott allein muß ich um Hilfe anflehen in meinem Zustand.« Abul Hasan antwortete: »Nur Geduld kann helfen, bis Gott deinen Kummer mildert.« Er sah dann wieder nach dem Kalifen hin, wie dieser sich eben zu einer der Sklavinnen von seinem Gefolge wandte und ihr zu singen befahl. Diese spielte auf ihrer Laute und sang dabei folgende Verse:

»Hätte man je Wangen gesehen, die von den herunterrieselnden Tränen grünten, so würden die meinigen Grünes hervorbringen. Obschon ich nur Tränen weine, ist es mir doch, als ob mit ihnen alle meine Lebensgeister schwänden! Und weil ich nirgends mehr Ruhe finden kann, rief ich schon dem Tode: sei mir willkommen.«

Die beiden im Sommerhaus sahen auf Schems Annahar, die bei diesen Versen zu zittern begann und auf ihrem Stuhl im Ohnmacht fiel. Die Sklavinnen sprangen ihr bei und trugen sie weg. Ali wandte kein Auge von ihr ab. Als der Spezereihändler ihn ansah, lag auch er in Ohnmacht auf seinem Gesicht, mit starren Gliedern. Abul Hasan sagte dann: »Das Schicksal hat gut gegen diese beiden gehandelt, indem es sie gleichgestellt hat.« Es überfiel ihn aber bald darauf eine große Angst; auch kam jetzt eine Sklavin und rief: »Steht auf, die Welt wird uns zu eng; ich fürchte, die heutige Nacht wird unsere Auferstehungsnacht werden!« Der Spezereihändler erwiderte ihr: »Wie kann man mit dem jungen Manne in diesem Zustand aufstehen?« Sie begoß Ali hierauf mit Rosenwasser und rieb ihm seine Hände, bis er zu sich kam. Sein Freund, der Spezereihändler, sagte zu ihm: »Erwache schnell, ehe du untergehst, und auch uns mit ins Verderben stürzest!« Sie trugen ihn dann vom Sommerhäuschen weg; die Sklavin öffnete eine kleine eiserne Tür, die auf einen Kanal führte, dann klatschte sie in die Hände, und es kam ein Boot mit einem Ruderer herbei; dieses bestiegen Ali und der Spezereihändler nebst der Sklavin. Der liebende Jüngling streckte die eine Hand nach dem Schlosse aus, legte die andere auf sein Herz und sprach mit schwacher Stimme folgende Verse:

»Ich strecke zum Abschied eine schwache Hand aus, und legte die andere auf die Glut, die in meinem Herzen brennt. Möge doch diese Zusammenkunft mit euch nicht die letzte sein, und dieser Genuß eurer Reize nicht der einzige bleiben!«

Der Schiffer ruderte mit den Dreien rasch davon.

Als sie über den Strom gesetzt und ans Land gestiegen waren, sagte die Sklavin zu den anderen: »Ich kann nicht länger mit euch gehen und muß euch jetzt verlassen.« Ali war also Hasan allein überlassen, jener war noch so schwach, daß er sich kaum bewegen konnte. Dieser wiederholte immer: »Wir werden verderben, wir sind hier nicht sicher vor den Vorüberwandelnden, welche uns bemerken werden.« Er peinigte mit solchen Vorwürfen noch lange den Jüngling; endlich ermannte er sich, doch gelang es ihm kaum, weiter zu schreiten. Der Spezereihändler hatte aber in jener Gegend mehrere Freunde; zu einem von die-

sen, dem er vertrauen konnte und bei dem er sich sicher fühlte, lenkte er seine Schritte. Er klopfte an einer Türe, der Herr des Hauses erschien sogleich und freute sich, wie er Abul Hasan erkannte. Er brachte die beiden in seine Wohnung, und als sie auf den Polstern ruhten, fragte er sie, woher sie in so später Stunde kämen. Der Spezereihändler antwortete: »Ich hatte mit jemanden ein Geschäft, von dem ich gehört hatte, daß er nach meinem Vermögen lüstern wäre. Da ich in der Nacht zu ihm gehen mußte, nahm ich diesen Herren – er deutete dabei auf Ali – mit mir, aus Furcht vor Überlistung. Da wurde diesem Herren unwohl, und ich wußte im Augenblick nicht wohin mit ihm. Wir nahmen daher unsern Weg zu dir, um uns bei dir zu erholen.« Der Mann erzeigte ihnen hierauf alle Ehre und ließ sie trefflich bedienen. Sie blieben die ganze Nacht bei ihm. Als der Morgen anbrach, verließen sie das gastliche Haus und gingen an den Fluß; sie mieteten ein Boot, um über den Strom zu setzen und sich nach Hause zu begeben. Ali folgte dem Spezereihändler in sein Haus; hier warf ihn Liebe, Verdruß und Mattigkeit darnieder. Nach einer guten Weile erwachte er; inzwischen ließ jener das Haus in Ordnung bringen, um Ali zu ergötzen und aufzuheitern; denn er sagte zu sich: Ich weiß ja alles, was mit ihm und seiner Geliebten vorgeht, und wie sehr diese Trennung ihn schmerzt! Dann lobte er Gott für seine Rettung aus der Gefahr, in der er geschwebt hatte, und gab Almosen für diese Huld. Zu dem erwachten Ali sagte er aber: »Sei guten Muts!« Ali antwortete: »Tu, was du für gut findest, ich widersetze mich dir nicht.« Der Spezereihändler ließ dann seine Knaben und Freunde kommen, auch bestellte er Sängerinnen; so kam der Abend heran, da wurden Wachskerzen angezündet und man lebte lustig und guter Dinge. Als aber die Sängerinnen Verse sangen, fiel Ali aufs Neue in Ohnmacht, bis die Morgenröte heranbrach; da kam er wieder zu sich, nachdem alle die Hoffnung verloren hatten, ihn wieder am Leben zu sehen. Ali wünschte dann nach Hause zu gehen, und der Spezereihändler wollte seinen Wünschen nicht widersprechen, aus Furcht von den unglücklichen Folgen. Seine Knaben brachten ihm sein Maultier, das er bestieg, und sein Freund folgte ihm. Als dieser ihn ruhig in seinem Hause sah, lobte er den erhabenen Gott und pries seinen Namen! Er fuhr dann fort, Ali zu trösten, aber dieser war seiner selbst nicht mehr Herr. Er wandte ihm weder Herz noch Ohren zu. Dann nahm Abul Hasan Abschied von ihm.

Als er weggehen wollte, sagte Ali zu ihm: »O mein Freund! Hast du keine Nachricht von meiner Geliebten? Du hast gesehen, in welchem Zustand sie war, als wir den Garten verließen, wir müssen uns doch nach ihr erkundigen.« Abul Hasan antwortete: »Ihre Sklavin wird gewiß zu uns kommen und Nachricht von ihr bringen.« Er verließ endlich Ali und ging in seinen Laden, wo er auf eine Botschaft wartete; aber die Sklavin kam nicht. Er brachte die Nacht zu Hause zu. Nach der Morgenabwaschung ging er in die Wohnung Alis, den er in seinem Bette fand; viele Leute besuchten diesen und umringten sein Lager; auch Ärzte waren darunter, von denen jeder ein anderes Mittel zur Heilung anordnete. Als Ali Abul Hasan sah, neigte er sich zu ihm, hieß ihn willkommen und lächelte ein wenig. Abul Hasan näherte sich ihm ehrerbietig und erkundigte sich nach seinem Befinden, fragte ihn, wie er die Nacht zugebracht, und setzte sich zu ihm, bis die vielen Leute sich entfernt hatten. Da frug er ihn, was dieser Zustand bedeute? Ali antwortete: »Meine Diener haben ausgesagt, ich wäre krank und kraftlos; da ich, wie du wohl siehst, zu Hause blieb, kamen die Leute, mich zu besuchen, und ich konnte sie doch nicht fortschaffen. Jetzt sage mir, hast du die Sklavin gesehen?« Abul Hasan verneinte, doch machte er ihm Hoffnung, im Laufe des Tages sie noch zu sehen. Ali fing heftig zu weinen an, und sprach folgende Verse:

»Ich habe meine Liebe verborgen, bis sie zur höchsten Flamme entglüht; nun haben meine Tränen offenbart, was ich sorgfältig verheimlicht. Als ich aber sah, wie meine Tränen meine Liebe laut verkündet haben, gab auch ich jede Scham auf, denn Offenheit ist noch das Beste. Nun enthülle ich vollends, was meine Tränen verborgen ließen, und doch ist das, was ich gar nicht aussprechen kann, das Größte und Höchste.«

Er sagte dann: »Mein Schicksal hat mich in ein Unglück gestürzt, das ich wohl hätte umgehen können; ich sehe nicht, wie ich dem Tode entrinnen kann; ich finde keine Ruhe mehr, um die Todesschmerzen zu mildern, keine Freude mehr, meinen Kummer zu lindern.« Abul Hasan sagte ihm: »Vertraue Gott, er wird dich heilen! Du bist nicht der Erste noch der Einzige, dem so etwas widerfährt.« So unterhielten sie sich noch eine Weile, dann verließ ihn Abul Hasan, um auf den Bazar zu gehen und seinen Laden zu öffnen; ehe er noch recht fertig damit war, kam die Sklavin und grüßte ihn; aber ihre Schönheit war verschwunden und ihr Herz gebrochen. Er fragte sie nach ihrer Herrin, nachdem er sie bei sich willkommen geheißen und ihr erzählt hatte, wie es ihm und seinem Freunde bis jetzt gegangen. Die Sklavin hörte ihn mit Erstaunen an und sagte: »Meine Herrin befindet sich auch in dem schrecklichsten Zustand. Sobald ihr weggegangen wart, und ich mit pochendem Herzen an eurer Rettung zweifelte, kehrte ich wieder in die Kuppel zurück, wo ich meine Herrin auf dem Boden liegend fand, ohne daß sie jemand erkannte, noch auf das hörte, was man zu ihr sprach. Der Fürst der Gläubigen saß ihr zu Häupten, doch konnte niemand Nachricht von dem geben, was sie so peinigte; und so wußte er nicht, was er daraus machen sollte. Sie blieb bis Mitternacht in diesem Zustand. Die Diener umgaben sie von allen Seiten; die einen freuten sich, die anderen weinten über sie. Endlich erwachte sie und stand auf. Arraschid fragte sie, was ihr fehle, als sie seine Stimme vernahm, küßte sie seine Füße und sagte: ›O Fürst der Gläubigen! Gott nehme mein Leben für das deinige hin! Mir ist infolge einer Indigestion unwohl geworden, und mir war, als brenne ein Feuer in meinem Körper; ich fiel vor Schmerzen in Ohnmacht und wußte nicht mehr, wo ich war.‹ Der Kalif fragte sie dann: ›Was hast du den Tag über getan?‹ Sie erzählte ihm gerade das Gegenteil von dem, was sie getan, stellte sich wieder krank, forderte Wein und trank ihn; dann bat sie den Fürsten der Gläubigen, daß die unterbrochenen Lustbarkeiten wieder beginnen sollten. Als er wieder seinen Platz eingenommen und ihr befohlen hatte, sich in der Kuppel niederzulassen und keine Unruhe mehr zeigte, ging ich zu ihr hinein; sie fragte mich nach euch, und ich erzählte ihr, was aus euch geworden, und wiederholte ihr die Verse Alis; sie weinte, und eine Sklavin mit Namen Lihazuluschak* sang folgende Verse:

›Bei meinem Leben! Nach der Trennung von euch ist das Leben mir nicht mehr süß. O wüßte ich doch, wie ihr nach mir leben werdet! Es ziemt mir wohl, nach eurem Verlust Blut zu weinen, wenn ihr meinetwillen Tränen geweint.‹

Sie verfiel dann wieder in ihren früheren Zustand; vergebens rüttelte ich sie hin und her. Ich zog sie an den Füßen und spritzte Rosenwasser auf ihr Gesicht, bis sie erwachte. Ich sagte ihr: ›Du wirst dich diese Nacht in das Verderben stürzen, samt allen, die in deinem Hause sind. Bei dem Leben deines Geliebten! Sei mutig und fasse Geduld, und stündest du auch auf den Kohlen des Ghadha**.‹ Sie antwortete: ›Kann ich dabei mehr als sterben? Nur im Tode finde ich bei diesem Zustand Ruhe.‹« Während wir so sprachen, sang ein anderes Mädchen, mit Namen Falakulmahdjur*** folgende Verse:

»Man sagt, vielleicht bringt Geduld zuletzt Ruhe; aber ich erwidere: wie ist nach der Trennung von ihm Geduld möglich? Er hat bei der letzten Umarmung ein festes Bündnis mit mir geschlossen, die Bande der Geduld zu zerreißen.«

Sie fiel wieder in Ohnmacht. Der Fürst der Gläubigen lief erschrocken auf sie zu; als er sie sah, bemerkte er, daß ihre Seele sich von ihr trennen wolle; er ließ den Wein wegtragen und befahl den Mädchen, in ihren Harem zurückzukehren, er aber blieb die ganze Nacht bei ihr. Am Morgen kam sie erst wieder zu sich; da ließ der Fürst der Gläubigen Ärzte rufen und befahl ihnen, sie zu pflegen, und merkte nicht, daß sie liebeskrank ist. Er blieb bei ihr, bis er sie wieder für gestärkter hielt, und kehrte dann mit beunruhigtem Herzen wegen ihrer Krankheit in seinen Palast zurück, ließ aber viele Diener bei ihr. Sie war jedoch kaum allein, so befahl sie mir zu dir zu gehen, um mich nach meinem Herrn Ali, Sohn des Bekar, zu erkundigen.

Als Abul Hasan die Rede der Sklavin hörte, sagte er ihr: »Ich habe dir schon erzählt, wie es ihm geht; grüße sie also, bemühe dich, sie zu überreden,

---

* Das bedeutet »der Blick der Liebenden«
** Ein Holz, das am längsten glüht
*** die Morgenröte des Getrennten

ihren Zustand zu verbergen; ich aber werde Ali von allem, was du mir gesagt, benachrichtigen.« Sie dankte Abul Hasan, sagte ihm Lebewohl und ging. Abul Hasan verbrachte den Rest des Tages mit Kaufen und Verkaufen, ging dann zu Ali und fand ihn noch ebenso, wie er ihn verlassen hatte; er starrte ihn an, hieß ihn willkommen und sagte: »Mein Herr! Ich habe nichts getan zu deiner Erleichterung, und doch habe ich dir eine so schwere Last aufgebürdet, daß mein ganzes Leben bis zu meiner letzten Stunde dir dafür verpfändet bleibt.« Er antwortete ihm: »Genug davon; könnte ich mein Leben für das deinige hingeben, ich würde es gerne tun, und wäre es mir möglich, dich mit meinem Auge zu retten, ich würde es nicht schonen.« Abul Hasan erzählte ihm dann, daß das Mädchen gekommen, und was sie ihm alles berichtet. Dies tat Ali sehr weh; er jammerte, klagte und weinte, und sagte: »Was läßt sich da tun bei einer so wichtigen Angelegenheit?« Er bat dann Abul Hasan, bei ihm zu übernachten, was dieser auch annahm; er schlief aber sehr wenig, und als die Morgenröte leuchtete, verließ er Ali und ging wieder nach seinem Laden. Er wollte ihn eben öffnen, als er die Sklavin davor stehen sah; er ging auf sie zu, und sie winkte und grüßte ihn ehrerbietig. Sie war von ihrer Herrin gesandt, um sich nach dem Wohle Alis zu erkundigen. Abul Hasan tat eine gleiche Frage nach dem Wohl ihrer Herrin. Das Mädchen sagte: »Sie ist noch immer in dem gleichen Zustand, ja in noch schlimmerem. Ich habe hier einen Brief, den sie an Ali geschrieben; sie hat mir empfohlen, eine Antwort zurückzubringen, und überhaupt zu tun, was du mir befehlen würdest.« Abul Hasan führte sie nun nach Alis Haus, trat aber zuerst allein ein und ließ die Sklavin außen stehen. Als Ali ihn sah, fragte er, was es Neues gebe? Abul Hasan antwortete: »Gutes. Die Sklavin deines Freundes ist draußen; ihr Herr hat sie mit einem Briefchen zu dir geschickt, worin er seine Sehnsucht nach dir ausdrückt und sich entschuldigt, daß er dich noch nicht besucht habe; wenn du es ihr erlaubst, so wird sie vor dir erscheinen.« Er winkte ihm dabei mit dem Auge, und Ali sagte: »Gut, sie komme!« Als er das Mädchen sah, erkannte er sie, sein Herz pochte und freute sich, als sie zu ihm trat. Er fragte sie dann, ihr zunickend: »Wie befindet sich dein Herr? Gott schenkt ihm Gesundheit!« Sie nahm ihr Briefchen heraus und gab es ihm; er küßte es, ehe er es las, reichte es dann Abul Hasan, den seine Hand war so schwach, daß er sie kaum ausstrecken konnte. Abul Hasan öffnete dann das Briefchen und las darin folgende Verse:

»Was ich meinem Boten gesagt, wird dir meinen Zustand beschreiben. Begnüge dich mit dem, was er dir hinterbringt, statt mich zu sehen. Du hast ein Herz verlassen, das vor Sehnsucht und Liebesqual vergeht, und ein Auge, das nur mit Wachen vertraut ist. Sei geduldig im Unglück; niemand kann die Fügungen des Schicksals von sich abwehren. Sei frohen Mutes, denn bist du auch meinem Auge fern, wirst du doch nie aus meinem Herzen weichen, pflege deinen hinsiechenden Körper und nimm meine Spur als Leitung.«

Dann in Prosa folgendes: »Mein Herr! Wenn ich dir mit den Fingern schreibe, und mit der Zunge rede und meine Gedanken ausspreche, so muß ich dir sagen, daß ich von einem Herzen, von einem Geist und einem Körper spreche, welche nicht mehr wären, wenn ich nicht wünschte, dir zu zeigen, in welchen Zustand sie durch dich gekommen, denn mein Körper könnte dieses Ziel nicht erreichen, wäre nicht die Lust, dir die Sehnsucht zu beschreiben, die seit deiner Trennung mich peinigt. Wer mich sieht, bedarf meiner Schilderung nicht; doch, in kurzem, mein Zustand ist folgender: Ich habe ein Auge, das immer wacht; ein Herz, das immer nachdenkt; eine Brust, von der die Wehmut nicht scheidet; eine Seele, die immer phantasiert; Gedanken, die nur einen kranken Körper zur Wohnung haben und an einem seufzenden Herzen vorübergehen. Mir ist, als hätte ich nie Gesundheit gekannt und wäre immer krank gewesen, als hätte ich nie frisch ausgesehen und nie ein vergnügtes Leben genossen! O möchte ich doch nicht vergessen sein, und nur einem Klagenden klagen und nur gegen einen Weinenden weinen!

»Möge Gott uns doch durch Wiedervereinigung erfreuen, er möge allen helfen, die wehklagen! Und nun, mein Herr und Gebieter! Beglücke mich mit

einer edlen Antwort; sie wird als mein Freund mir Gesellschaft leisten und als Vertrauter mich trösten. Sei nur fein geduldig, bis uns Gott Mittel zur Wiedervereinigung gibt. Grüße auch Abul Hasan.«

Diese Worte, die selbst ein leeres Herz mit Wehmut erfüllen konnten, wie vielmehr ein volles, rührten Abul Hasan so, daß, wenn er sich nicht gescheut, er alles entdeckt hätte; so aber mußte er die Wahrheit verbergen. Er sagte nur zu Ali: »Der Mann hat sehr schön und zierlich geschrieben, beeile dich also zu antworten.« Da sagte Ali mit schwacher Stimme. »Mit welcher Zunge soll ich sprechen und mit welcher Hand schreiben; meine Schwäche und mein Jammer nehmen immer zu.« Doch setzte er sich endlich und legte Papier vor sich und sagte zu seinem Freund: »Lege ihren Brief vor mich hin!« Er öffnete ihn dann, sah eine Weile hinein und schrieb wieder bis er fertig war; dann gab er das, was er geschrieben hatte, Abul Hasan und sagte: »Sieh es einmal durch und gib es dann der Sklavin.« Abul Hasan nahm es und las folgendes:

»Am Namen Gottes, des Barmherzigen! Ich erhielt einen Liebesbrief vom Monde, der sein Licht in meine Augen goß. Dieser Brief wird immer schöner, je länger mein Auge auf ihm ruht, als wären seine Worte von Blumen zusammengestellt. Er hat einen Teil meiner Leiden erleichtert, die durch deinen Verlust so schwer auf mir lasten. Meine unbeschreibliche Liebe ist dir nicht verborgen, und mein ungeheuerer Kummer entgeht dir nicht. Mein Herz und mein Auge, jenes weint vor Liebesflammen und dieses zerfließt vor ewigem Wachen. Meine Tränen hören nicht auf zu fließen, und die Flamme meiner Sehnsucht erlischt nie. Bei meiner Liebe und meiner Hoffnung, ich habe nicht zu viel gesagt: Nach unserer Trennung habe ich meine Liebe nie mehr einem anderen Gegenstand zugewendet.«

»Dein Briefchen, o meine Gebieterin, ist mir zugekommen und hat meiner Seele Ruhe gebracht, die Gram und Liebesschmerz ermüdet haben; es hat ein Herz geheilt, das Sehnsucht und Liebe krank gemacht; es hat eine Zunge wieder zum Reden gebracht, die lange geschwiegen; es hat das düstere Nachdenken wieder in Fröhlichkeit verwandelt und wie ein grüner Garten das Auge erfreut. Als ich dessen Inhalt verstanden und seine Worte und seinen Sinn erwogen hatte, ward ich, je mehr ich darin las, desto inniger erfreut. Dann wiederholte ich oft dessen Sinn, der mir wieder entschlüpfte, und fand immer neue Gedanken darin. Dann ward mir die Trennung wieder schmerzlicher, meine Krankheit nahm wieder zu, meine Sehnsucht verdoppelte sich, meine Pein ward heftiger, die Liebe größer, bedrängter das Herz, die Sorgen mehrten sich, das Auge ward wachend, der Körper ermattet, die Hoffnung abgeschnitten, die Entfernung gewiß, die Brust umstrickt und der Verstand geraubt. Kurz, meine Lage ist so, daß meine Leiden noch alle meine Klagen übertreffen.

Meine Klagen ertönen nicht, den Schmerz zu löschen, sondern nur um von einer übermäßigen Sehnsucht zu überzeugen. Mein Herz bleibt durch die Trennung vernichtet, bis die Wiedervereinigung seinen Brand löschen und ihm volle Genesung bringen wird. Friede sei mit dir!«

Diese Worte drangen Abul Hasan ins Herz und ihr Sinn kostete ihm viele

Tränen; erst als er zu müde war, hörte er auf zu weinen. Sein Herz ward gerührt und aufgeregt, und nur nach vieler Anstrengung beruhigte er sich wieder. Er gab den Brief der Sklavin; als sie ihn nahm, sagte ihr Ali: »Komm zu mir her!« Sie ging zu ihm, und er sagte ihr: »Sage deinem Herrn, daß ich wohl bin, daß ich aber liebeskrank, und daß die Sehnsucht mir Mark und Bein aufzehrt. Sage ihm, daß ich ein unglücklicher Mensch bin, den das Schicksal mit seinen Unfällen heimgesucht.« Seinen Worten folgten viele Tränen; Abul Hasan und die Sklavin weinten auch; dann nahm die Sklavin Abschied, ging gerührt und weinend fort. Abul Hasan begleitete sie eine Strecke Wegs und sagte ihr dann Lebewohl, weil er in seinen Laden ging. Als Abul Hasan wieder in seinem Laden saß, war sein Herz so aufgeregt, daß er anfing über das Schicksal der beiden Liebenden nachzudenken; er starb fast vor Kummer ihretwillen, denn er wußte nicht, ob es mit ihnen ein gutes Ende nehmen würde. Er blieb in diesem Zustand bis zum folgenden Tag, wo er wieder zu Ali ging. Da er, wie gewöhnlich, viele Leute bei ihm fand, wartete er, bis diese weggegangen. Er erkundigte sich dann nach seinem Befinden, und Ali fing zu klagen an. Abul Hasan sagte ihm: »Ich habe nie eine Liebe wie die deinige gesehen, noch von einer solchen gehört. Ein solcher Liebesschmerz und leidender Zustand finden sich gewöhnlich nur bei unerwiderter Liebe; da du aber von der, die du liebst, wieder geliebt wirst, was würdest du tun, wenn du ein Mädchen liebtest, die dir nicht hold wäre, oder an jemand dein Herz schenktest, das dich hinterginge? Wahrlich, wenn du in einem solchen Zustand verharrst, wird der Mond deines Geheimnisses sich verdüstern, und deine Liebe jedermann bekannt werden! Zerstreue dich doch! Steh auf, besuche Gesellschaften, reite spazieren! Trage diese Sache mit Ergebung, und überlege sie mit Ernst!« Abul Hasans Rede machte Eindruck auf ihn; er dankte ihm dafür, und als Abul Hasan dies sah, verließ er ihn und ging wieder in seinen Laden. Nun aber hatte Abul Hasan einen Freund, der alle seine Angelegenheiten kannte, und dem selbst nicht das verborgen geblieben, was zwischen ihm und Ali vorgefallen war. Dieser kam nun zu Abul Hasan in den Laden und fragte ihn nach dem Mädchen; er täuschte ihn und sagte, sie sei krank, und weiter wüßte er nichts von ihr, das übrige wisse nur Gott. Er fuhr dann fort: »Ich habe gestern an mich selbst gedacht und will dir heute alles mitteilen. Du weißt, daß ich ein angesehener Mann bin, der mit den ersten Männern und Frauen viele Geschäfte macht. Da ich nun nicht sicher bin, das Verhältnis dieser beiden jungen Leute entdeckt zu sehen, was den Verlust meines Lebens und meines Vermögens nach sich ziehen würde, ja das Unglück meiner Kinder und meiner ganzen Familie ausmachte, da ich mich ferner jetzt nicht mehr von ihnen zurückziehen kann, nachdem ich einmal so weit gegangen, so habe ich mich entschlossen, meine Geschäfte hier zu ordnen, nach Baßrah zu gehen, dort zu bleiben und abzuwarten, wie es ihnen hier gehen wird, und was Gott über sie bestimmt. Schon ist die Liebe so heftig zwischen diesen beiden jungen Leuten, daß sie, ohne dadurch zugrunde zu gehen, nicht mehr voneinander getrennt werden können. Als Vertraute haben sie eine Sklavin, die alle ihre Geheimnisse weiß. Wie leicht aber könnte diese einen Groll oder Überdruß gegen sie fassen, ihr Geheimnis aufdecken und sie ins Verderben stürzen; darum ist es gut, wenn ich schnell ausführe, was ich beschlossen, ehe ich mit untergehe; ich würde sonst vor Gott und vor den Menschen einst keine Entschuldigung finden.« Der Freund erwiderte: »Du hast mir da eine wichtige Sache entdeckt. Vor dergleichen Dingen fürchtet sich der Kluge, und es scheut sich der Verständige; ich sehe die Sache nicht anders an, wie du. Gott stehe dir bei gegen das, was du befürchtest, und verleihe einen guten Ausgang, auch bleibe der Gegenstand unsres Gesprächs ein Geheimnis.«

Nach diesem Gespräch zwischen dem Spezereihändler und seinem Freund, dem Juwelier, ging dieser wieder seinem Geschäft nach, während Abul Hasan mit Eifer seine Angelegenheiten ordnete und abreiste. Als der Juwelier nach vier Tagen wieder in Abul Hasans Laden gehen wollte, fand er ihn geschlossen; er suchte dann die Wohnung Alis auf und sagte zu einem von dessen Dienern: »Melde mich bei deinem Herrn!« Ali ließ ihn vor sich, und der Juwelier fand ihn auf einem Kissen liegend; als er ihn sah, sprang er auf und kam ihm freundlich entgegen. Der Juwelier entschuldigte sich, ihn nicht früher besucht zu haben; Ali dankte ihm herzlich und fragte ihn dann, ob ihm vielleicht etwas Wichtiges zugestoßen? Da sagte der Juwelier: »Wisse, zwischen mir und Abul Hasan herrscht seit langer Zeit nicht nur die engste Geschäftsverbindung, sondern auch die innigste Freundschaft. Ich liebte ihn sehr, vertraute ihm alle meine Geheimnisse, und wußte, daß es mir nicht nachteilig sein würde; ebenso waren seine Geheimnisse bei mir sicher. Nun hatte ich einige Tage viel mit meinen Gesellschaftern zu verkehren, so daß ich Abul Hasan nicht sehen konnte. Als ich meiner Gewohnheit nach ihn wieder besuchen wollte, fand ich seinen Laden geschlossen, und einer seiner Nachbarn sagte mir, er sei in Geschäften nach Baßrah gereist, die er persönlich besorgen müsse; ich konnte aber mit dieser Antwort nicht zufrieden sein. Da ich weiß, daß es keine vertrauteren Freunde gibt, als euch beide, so dachte ich, daß ich bei dir, seinem Freunde, genau und ausführlich die Wahrheit vernehmen werde; ich komme also zu dir, mich vielmals entschuldigend, um mich nach Abul Hasan zu erkundigen.« Als Ali die Worte des Juweliers hörte, wurde er ganz blaß, zitterte an Leib und Seele, und sagte: »Ich habe von dem allem nichts gewußt, ehe du mir dies sagtest, ja nicht ein Wort davon gehört. Und ist es so, wie du sagst, so erschreckt mich dies sehr, es macht mich krank und schwächt alle meine Glieder.« Die Tränen erstickten seine Stimme, mit der er folgende Verse sprach:

»Schon habe ich über mein Elend geweint, als meine Freunde noch nahe waren. Da ich nun auch von ihnen getrennt bin, muß ich ewig über sie weinen. Was soll ein Mann tun, dessen Tränen zwischen Lebendigen und Toten geteilt sind?«

Er neigte dann seinen Kopf eine Weile, erhob ihn hierauf gegen einen seiner Diener und befahl diesem: »Geh in Abul Hasans Wohnung und erkundige dich, ob er zu Hause oder abgereist ist, wie dieser Mann erzählte. Alsdann frage, wohin er gegangen und weshalb er abgereist ist.« Der Diener entfernte sich, der Juwelier aber unterhielt sich mit Ali, der bald seiner Rede zuhörte, bald sich abwandte, bald ihn etwas fragte. Endlich kam der Diener zurück und berichtete: »Mein Herr! Ich habe nach Abul Hasan gefragt und seine Leute haben mir gesagt, er sei vor zwei Tagen nach Baßrah gegangen; auch sah ich eine Sklavin an der Tür seines Hauses stehen, die nach ihm fragte; als sie mich sah, erkannte sie mich, obwohl ich sie nicht kenne. Sie fragte mich: ›Bist du nicht der Diener des Ali, Sohn Bekars?‹ Ich bejahte dies; übrigens glaube ich, daß sie von vornehmen Leuten einen Brief an dich hat; sie steht vor der Tür.« Ali befahl, sie hereinzuführen. Es erschien ein über jede Beschreibung erhabenes schönes Mädchen. Der Juwelier erkannte sie sogleich nach der Beschreibung Abul Hasans. Das Mädchen näherte sich Ali, grüßte ihn und sagte ihm etwas insgeheim; nur im Verlauf des Gespräches hörte der Juwelier, wie Ali dem Mädchen schwor, daß er nichts davon gewußt; dann nahm die Sklavin Abschied von ihm und ging. Ali war ganz verwirrt, es war, als brenne ein Feuer in ihm. Der Juwelier dachte: hier ist Gelegenheit, ein Gespräch mit Ali anzuknüpfen und sagte: »Ohne Zweifel wird aus dem Hause des Kalifen etwas von dir begehrt, oder du hast Geschäfte mit dem Hause des Kalifen?« Ali antwortete: »Woher weißt du dies?« Der Juwelier sagte: »Ich kenne diese Sklavin.« Jener fragte: »Wem gehört sie denn?« Dieser antwortete: »Sie gehört Schems Annahar, der Sklavin des Raschid, welche die Vornehmste, die Verständigste und Schönste unter allen ist; ich habe einmal einen ihrer Briefe gesehen.« Der Juwelier beschrieb dann Ali, wie sie so schön in Versen und in Prosa schreiben könne; dieser war darüber so betrübt, daß der Juwelier fürchtete, er möchte sterben. Als Ali wieder zu sich kam, sagte er zu dem Juwelier: »Ich beschwöre dich bei Gott, sage mir die Wahrheit, woher weißt du das alles? Ich lasse dich nicht, bis du mir die Wahrheit gestanden.« Der Juwelier antwortete ihm: »Damit du an mir nicht zweifelst und mich nicht ungehorsam findest, auch keinen Verdacht gegen mich schöpfst, der dir Kummer bereiten könnte; damit du dich nicht schämst, und dir überhaupt nichts verborgen bleibe: so schwöre ich dir hier bei Gott, daß ich dich nicht verraten und dir nie einen guten Rat vorenthalten werde«. Er erzählte ihm darauf, was er wußte, und sagte ihm, daß er nur zu seinem Besten zu ihm gekommen, aus Liebe zu ihm und aus Besorgnis für sein Wohl; er versicherte ihm wiederholt, daß er Leben und Vermögen für ihn aufzuopfern bereit wäre, und daß er nach der Abreise Abul Hasans ihm Gesellschaft leisten wolle, auch sein Geheimnis treu bewahren und sein Herz erleichtern werde. Er sagte ihm noch weiter: »Sei nur guten Muts und fröhlich!« Ali dankte dem Juwelier und sagte: »Ich weiß nicht, was ich dir sagen soll; ich lasse dich mit Gott und deiner Männlichkeit.« Er sprach dann folgende Verse:

»Wenn ich auch sagen wollte, daß ich nach seiner Trennung mich noch zu fassen wüßte, so würden meine Tränen und meine ungeheuere Magerkeit mich Lügen strafen. O ich möchte nur wissen, ob meine Tränen gleich Regengüssen fließen, wegen der Entfernung des Freundes oder der Geliebten! Immer fließen meine Tränen wegen der Trennung des Freundes und der Geliebten!«

Er schwieg hierauf eine Weile, dann sagte er: »Weißt du, was die Sklavin gesagt?« Der Juwelier verneinte. Da sagte Ali: »Sie glaubt, ich habe Abul Hasan veranlaßt wegzureisen, und sei mit ihm darüber einverstanden; in dieser Meinung ging sie fort, denn sie wollte mich nicht anhören und nicht an meine Unwissenheit glauben. Ich weiß nun nicht, was ich tun soll, denn sie war schon gewöhnt, Abul Hasan anzuhören und seiner Rede zu folgen.« Der Juwelier sagte: »Ich

habe dies bemerkt, doch werde ich dir beistehen.« Ali erwiderte: »Wie ist dies zu hoffen bei ihrer großen Schüchternheit?« Der Juwelier antwortete: »Ich werde mich bemühen, dir zu helfen und mit Gottes Beistand, mit seiner großen Huld und Weisheit es so einzurichten suchen, daß das Geheimnis nicht entdeckt wird und kein Unglück daraus entstehe. Mache dir nur das Herz nicht schwer; bei Gott! Ich lasse nichts Mögliches unversucht, um die Erfüllung deiner Wünsche herbeizuführen.« Dann bat der Juwelier, entlassen zu werden. Ali sagte: »Du hast einen schönen Anfang gemacht; wisse, daß ich deine Gefühle teile, die Vereinigung mit der Geliebten von deiner Freundschaft, das Verschweigen meines Geheimnisses von deiner Männlichkeit erwarte, und den Trost ihrer Nähe als ein Geschenk deiner Gewandtheit ansehe.« Er umarmte den Juwelier, küßte ihn, und der Juwelier verließ ihn.

Als er von Ali Abschied genommen hatte und weggegangen war, wußte er nicht, wohin sich wenden, was beschließen und was unternehmen, und dem Mädchen zu wissen zu tun, daß er mit ihrem Verhältnis vertraut sei; er ging in Nachdenken versunken weiter, als er einen offenen Brief auf dem Weg fand; er nahm ihn und las darin: »Im Namen Gottes, des Barmherzigen und Allmilden!

Der Bote kam mit froher, erquickender Nachricht, doch ich glaubte immer, es sei nur ein Wahn. Ich konnte mich nicht freuen, ward nur noch trauriger, weil ich wußte, daß meine Leute dich nicht verstanden.

Ich habe gehört, mein Herr! – den Gott erhalten möge! – wie die Bande des Vertrauens sich gelöst und unser brieflicher Verkehr unterbrochen worden ist. Hast du ein Unrecht begangen, so bewahre ich dir doch meine Treue, und hast du mein Vertrauen getäuscht, so werde ich das deinige mit Geduld und Nachsicht bewahren; und ist dein Freund auf deinen Befehl weggegangen, so hast du doch jemand, der dasselbe treu bewahrt und dir ein wahrer Freund ist. Er ist nicht der erste Gegenstand meiner Zuneigung, den mir das Schicksal entreißt. Gott möge deinem Herzen baldige Aufheiterung und schnelles Heil senden! Friede sei mir dir!«

Während der Juwelier dieses Briefchen las und darüber nachdachte, wer es wohl verloren habe, kam eine Sklavin, ganz außer sich vor Schrecken, sah sich auf allen Seiten um, bückte sich dann zur Erde; da sie aber sah, daß der Juwelier den Brief in der Hand hielt, ging sie auf ihn zu und sagte: »Mein Herr! Ich habe diesen Brief fallen lassen, sei so gut und gib ihn zurück.« Der Juwelier antwortete ihr nicht und ging seines Weges fort; sie folgte ihm, bis er an sein Haus kam, da trat sie mit ihm hinein und sagte: »O Herr! Ich weiß nicht, was dieser Brief dir nützen kann. Du weißt nicht, von wem er kommt, noch an wen er gelangen soll; warum nimmst du diesen Brief?« Der Juwelier hieß das Mädchen sich setzen und sagte: »Schweige, sei ruhig und höre mich an! Ist dies nicht die Schrift deiner Herrin Schems Annahar, die an Ali schreibt?« Das Mädchen ward ganz blaß, zitterte und sagte: »Er hat uns und sich selbst geschändet. Die Heftigkeit der Liebe hat ihn in das Meer des Unsinns geworfen, so daß er seine Leiden seinen Freunden geklagt, ohne an die Folgen zu denken!« Sie wollte dann weggehen; der Juwelier aber fürchtete, daß, wenn sie in diesem Zustande weglaufe, es auf Ali ein schlechtes Licht werfen und seine ganze Sache verderben könnte; er sagte ihr also: »O du! Die menschlichen Herzen stehen sich gegenseitig als Zeugen gegenüber. Es ist möglich, alles zu verheimlichen, was verborgen bleiben soll, nur die Liebe nicht, die kann nicht verborgen bleiben; da gibt es zu viele Beweise, die sie verraten, und zu viele Zeugen, die von ihr sprechen, da gibt es kein anderes Mittel, als guten Rat anzuhören um nicht zu verderben. Du hast Abul Hasan

im Verdacht, während er ganz unschuldig ist, und hast etwas von ihm vermutet, das weit von ihm entfernt ist. Was Ali betrifft, der hat keines eurer Geheimnisse offenbart, der hat nichts entdeckt, und du hast ihm in deiner Rede Unrecht getan. Ich werde dir etwas sagen, was dich erfreuen und deine Brust erweitern wird. Dein Mißtrauen wird verschwinden, seine Unschuld aber klar werden; doch mußt du mir versprechen, mir nichts von eurem Zustande zu verbergen; denn ich weiß Geheimnisse zu bewahren, bei Gefahren standhaft zu bleiben, für den Freund tätig zu sein, in allem aber als ein wackerer Mann zu handeln.« Sie war durch die Rede des Juweliers erfreut und sagte. »Ein Geheimnis, das du bewahrst, ist nicht verloren; ich werde dir einen Schatz anvertrauen, den man nur dem, der es verdient, zeigen kann; sage nur alles ganz klar heraus, Gott und seine Engel sind mir dann Zeugen, daß ich dir alles mitteilen werde.«

Als der Juwelier dem Mädchen dasselbe erzählt hatte, was er Ali erzählt, und ihr sagte, daß er soeben Ali besucht habe, setzte er noch hinzu: »Das gefundene Briefchen beweist, daß ich's gut meine in dieser Sache und daß ich nicht im Sinne habe, als Störer in ihrer Liebe aufzutreten.« Die Sklavin hörte ihm mit Staunen zu und ließ ihn nochmals schwören, daß er ihr Geheimnis treu bewahren wolle. Der Juwelier ließ sie auch schwören, daß sie ihm nichts verheimlichen wolle, nahm den Brief und versiegelte ihn; die Sklavin sprach: »Ich werde Ali sagen, meine Herrin habe mir einen versiegelten Brief gegeben und wünsche eine Antwort darauf, die ich dann auch mit deinem Siegel versiegeln werde; nun gehe ich zu ihm und komme wieder zu dir, ehe ich ihr seine Antwort bringe.« Sie nahm jetzt Abschied vom Juwelier und ließ seinem Herzen ein brennendes Feuer zurück. Sie ließ nicht lange auf sich warten und kam mit einem versiegelten Brief in der Hand zurück, in dem geschrieben war: »Im Namen Gottes, des Barmherzigen und Gnädigen!

Der Bote, bei dem unsere Geheimnisse verborgen waren, hat sie aus Mißmut enthüllt; nun schenkt mir einen anderen Vertrauten, der Aufrichtigkeit und nicht Lügen für gut findet.

Ich war nicht treulos, ich habe nichts Anvertrautes verraten, ich habe kein Versprechen gebrochen und keinen Liebesbund entzwei gerissen; ich habe nicht aufgehört zu trauern und habe nach der Trennung von dir nichts als Jammer gefunden; ich habe von dem, den ihr erwähnt, nichts gehört und keine Spur von ihm gesehen. Nun möchte ich wieder einmal in eurer Nähe sein; doch fern ist der Gegenstand meiner Sehnsucht! Ich wünsche Wiedervereinigung, doch wo ist der Gegenstand meiner Wünsche? Wenn ihr mich sehen würdet, so würde mein Anblick schon genug sagen. Friede sei mit euch!«

Dieser Brief entlockte dem Juwelier Tränen; auch die Sklavin mußte mit ihm weinen. Sie sagte dann: »Geh nicht aus dem Haus zu Ali, bis ich morgen wiederkehre; ich habe ihn in Verdacht gehabt, doch er ist unschuldig; auch hat er mich, ohne daß ich's verdiente, in Verdacht gehabt. Ich will nun alles anwenden, um dich mit meiner Herrin zusammenzubringen, die ich unruhig verließ und die mit Ungeduld Nachricht erwartet von dem, der ihr Geheimnis weiß.« Die Sklavin verließ den Juwelier; am folgenden Morgen aber kam sie sehr freudig wieder zu ihm. Er fragte sie, was sie habe? Sie antwortete: »Ich war bei meiner Gebieterin, habe ihr seinen Brief gegeben; als sie in Nachdenken versunken und ängstlich ward, sagte ich ihr: ›Fürchte nichts und sei nicht traurig, denke auch nicht, daß Abul Hasans Abwesenheit eurer Sache schade, denn schon haben wir jemand gefunden, der ihn ersetzt.‹ Ich erzählte ihr dann deine Unterhaltung mit Ali, und wie du zu ihm gekommen; dann von dem Brief, den ich verloren, und von deinen Versicherungen, das Geheimnis bewahren zu wollen. Sie wunderte sich darüber und sagte: ›Ich möchte diesen Mann selbst sprechen und mit ihm bekannt werden, damit ich mich ein wenig aufheitere, und durch seine Güte mich in meinem Vorsatz noch mehr befestige. Komm also mit Gottes Segen und seiner schönen Genehmigung!‹« Als der Juwelier dies hörte, dachte er, dies sei eine ernste Sache, mit der man nichts zu tun haben sollte. Er sagte daher der Sklavin: »Ich gehöre zum Mittelstand und kann nicht, wie Abul Hasan, durch meine Geschäfte Eingang in die Wohnung des Kalifen finden; Abul Hasan hat mir eine Geschichte erzählt, und ich zittere noch, wenn ich daran denke. Wünscht also deine Herrin mich zu sprechen, so geschehe dies nicht im Haus des Fürsten der Gläubigen. Mein Herz sagt mir, ich soll dir nicht gehorchen.« Als er sich weigerte, mit ihr zu gehen, sprach sie ihm Mut ein und verbürgte ihm, daß er unbeschädigt davonkommen und daß alles verborgen bleiben werde. So oft er ihr aber nachgeben wollte, versagten ihm seine Füße und fingen seine Hände an zu zittern. Endlich sagte sie: »Mache dir's bequem, sie wird zu dir kommen; weiche nicht von hier!« Sie lief schnell fort, kam bald wieder zurück und sagte: »Nimm dich wohl in acht, daß niemand im Hause sei, der uns verrate.« Der Juwelier versicherte, daß niemand hier sei und wie er alle mögliche Vorsicht anwenden werde. Die Sklavin ging wieder, kehrte alsbald mit einem anderen Mädchen zurück, dem zwei Sklavinnen folgten. Das Mädchen, das mit ihr kam, war so schön, daß das ganze Haus von ihrer Erscheinung widerstrahlte. Der Juwelier reichte dieser dann ein Kissen, auf das sie sich niederließ; und als sie ein wenig geruht hatte, entschleierte sie ihr Gesicht, das wie die Sonne oder wie der Mond strahlte; doch zeugten ihre Bewegungen von bedeutender Schwäche. Sie wandte sich zu dem Mädchen, das sie hergebracht hatte und fragte sie: »Ist es dieser?« Jene bejahte es, und der Juwelier grüßte sie ehrfurchtsvoll, was sie höflich erwiderte. Dann sagte sie: »Mein Vertrauen zu dir hat mich bewogen, dein Haus zu besuchen, dir unser Geheimnis anzuvertrauen und darauf zu bauen, daß du es wohl verbergen wirst. Ich gebe mich dir ganz hin und denke nur Gutes von Dir, weil ich dich für einen verständigen und rechtschaffenen Mann halte.«

Sie erkundigte sich hierauf nach der Lage des Juweliers, nach seiner Familie und seinen Bekanntschaften. Er gab ihr über alles, was ihn betraf, die genaueste Auskunft. Dann ließ sie sich die Geschichte seiner Bekanntschaft mit Abul Hasan erzählen. Als der Juwelier damit zu Ende war, erschrak sie und bedauerte den Verlust dieses guten Mannes sehr. Sie sagte dann: »Wisse, daß alle Menschen in Leidenschaften versunken sind, so verschieden auch ihr Zustand voneinander ist. Ihre Wünsche sind so ziemlich dieselben, so sehr auch ihre Handlungen voneinander abweichen mögen. Doch wird keine Tat gelingen, über die man

nicht vorher sich verständigt hat; man erreicht kein Ziel ohne Mühe, und findet keine Ruhe, ohne vorhergegangene Arbeit.

Ohne Vertrauen gewonnen zu haben, entdeckt man niemand ein Geheimnis, man verläßt sich auf niemand, von dessen Tüchtigkeit man nicht überzeugt ist; man erwartet Hilfe nur von einem wackeren Manne, so wie man nur nach einer Menge von guten Handlungen und aufrichtigen Gesinnungen Dank erwarten kann. Nun ist dir alles klar, der Schleier ist aufgehoben vor deinem Angesicht, mehr braucht es nicht bei deinen männlichen und milden Gesinnungen. Mir aber bleibt nichts übrig, als der Tod und dieses Mädchen; dir ist bekannt, welchen schönen Weg diese wandelt und wie hoch sie bei mir in Gunst steht. Sie bewahrt mein Geheimnis, sie leitet meine Angelegenheiten; traue ihr in allem, was sie sagt und wozu sie dich bereden will; du kannst ruhig und furchtlos sein, sie wird dich nirgends hinführen, ohne vorher alles gesichert zu haben. Sie wird dir Nachricht von mir bringen und unsere Vermittlerin sein.« Schems Annahar erhob sich dann, obwohl sie vor Schwäche kaum stehen konnte. Der Juwelier begleitete sie bis an die Haustür; hier blieb er, ganz entzückt von ihrer Schönheit, wie von ihrer vortrefflichen Rede und Gesinnung, stehen. Dann machte er sich auf, wechselte seine Kleider, ging aus dem Haus und begab sich zu Ali. Kaum zeigte er sich hier, als die Knaben Alis von allen Seiten herbeisprangen, um ihn zu Ali zu führen. Der Juwelier fand diesen auf seinen Polstern ausgestreckt; als Ali jedoch jenen bemerkte, hieß er ihn willkommen und sagte: »Du hast lange gesäumt und noch mehr Kummer zu dem meinigen gehäuft; ich habe, seitdem du mich verlassen, kein Auge geschlossen. Gestern kam das Mädchen mit einem versiegelten Briefchen«, und er erzählte dem Juwelier, was wir schon wissen. Dann sage er: »Ich weiß mir nun keinen Rat mehr, meine Geduld ist zu Ende; ich finde keine Kraft und keine Überlegung mehr, die mich auf den Weg der Freude brächten. Jener Mann, Abul Hasan, war mir ein Trost und ich hoffte durch ihn ans Ziel zu gelangen, weil meine Geliebte ihn gut kannte und ihre Freude an ihm hatte.« Als er dies hörte, lachte der Juwelier. Ali fragte: »Lachst du, weil ich weine, nachdem ich dir mein Elend geklagt?« Darauf sprach er folgende Verse:

»Er lacht, wenn er mich weinen sieht; er würde mit mir weinen, wenn ihm widerfahren wäre, was mir widerfahren. Nur ein Mann, der selbst viel gelitten, nimmt Anteil an den Leiden eines Unglücklichen.«

Als der Juwelier diese Verse hörte, erzählte er Ali, was zwischen ihm und Schems Annahar vorgefallen, seit er ihn nicht mehr gesehen. Als er geendet hatte, fing Ali heftig zu weinen an und sagte: »Ich gehe gewiß zugrunde und sinke ins Verderben; o möchte doch Gott meinen fernen Tod beschleunigen, denn schon hat mich die Geduld verlassen und jede Überlegung ist von mir gewichen. Ohne dich wäre ich schon vor Kummer und vor Schmerz gestorben. Nur du stehst mir noch bei, dafür sei Gott gepriesen und gelobt! Hier liege ich nun als dein Gefangener vor dir; ich werde dir in nichts widersprechen, noch deinem Willen mich widersetzen.« Der Juwelier aber erwiderte: »Mein Herr! Ein solches Feuer kann nur durch Vereinigung gelöscht werden, jedoch an einem Ort, wo keine Gefahr, kein Schaden und kein Unglück zu befürchten ist. Ich habe einen sicheren Ort ausgewählt. Mein Wunsch ist, euch zu vereinigen. Ihr sollt euch sprechen, euren Liebesbund gegenseitig erneuern und euch einander euern Schmerz und eure Freude klagen.« Ali erwiderte: »Tu in dieser Sache, was du für gut findest!« Der Juwelier blieb dann jene Nacht bei Ali.

Am folgenden Morgen ging er nach Hause. Kaum daselbst angelangt, erschien das Mädchen wieder bei ihm; er erzählte ihr, was zwischen ihm und Ali vorgefallen war und sie antwortete: »Sorge für einen guten und sicheren Ort zu ihrer Zusammenkunft.« Er schlug ihr dann seine andere Wohnung vor und sie sagte: »Wie du es anordnest, so ist es gut; es kommt jetzt nur noch auf Schems Annahars Einwilligung an, die ich von eurem Vorschlag benachrichtigen werde.« Sie ging, kam aber sehr geschwind wieder, und sagte: »Treffe alle Anstalten an dem Orte, den du angegeben, und bereite alles vor, wie es sich für solche Gäste ziemt.« Sie nahm dann einen gefüllten Beutel aus der Tasche, überreichte ihn dem Juwelier und sprach: »Damit schaffst du wohlschmeckende Speisen und süße Getränke herbei«. Dieser beteuerte aber, daß er damit keine Auslagen machen werde. Das Mädchen nahm den Beutel wieder und ging weg. Hierauf begab er sich mit beklommenem Herzen in sein anderes Haus, wo die Liebenden zusammenkommen sollten. Er richtete alle Gerätschaften her und ließ keinen Freund, von dem er sich nicht ein Geschenk erbat. Er verschaffte sich goldenes und silbernes Geschirr, Tapeten, reiche Kissen und andere Hausgeräte zur Ausschmückung des Hauses. Als das Mädchen wiederkam und alles sah, gefiel es ihr außerordentlich. Der Juwelier sagte ihr dann: »Geh und bringe Ali hierher, ohne Aufsehen zu machen. «Sie ging und kehrte bald wieder mit Ali zurück. Er hatte ein prächtiges Kleid an, in dem er höchst reizend und liebenswürdig aussah. Der Juwelier nahm ihn mit Ehrerbietung auf, ließ ihn auf einen Divan sitzen, legte ihm das Beste von allem vor und unterhielt ihn bis zur Ankunft Schems Annahars.

Diese kam gleich nach dem Sonnenuntergang-Gebet, begleitet von ihrer Vertrauten und zwei anderen Sklavinnen. Als Ali und Schems Annahar sich wiedersahen, war ihr Liebesschmerz so heftig, daß keines sich dem anderen nähern konnte. Es war eine herzergreifende Szene; der Juwelier mußte Ali schnell beistehen, und das Mädchen mußte Schems Annahar unterstützen, bis beide wieder zu sich kamen und neue Kraft sie belebte. Sie unterhielten sich dann mit matter Stimme eine Weile. Der Juwelier brachte ihnen hierauf Wein, den sie tranken; dann brachte er zu essen. Sie brachen beide in Danksagungen gegen ihn aus. Er fragte sie hierauf, ob sie noch mehr Wein wollten? Als sie seine Frage bejahten, führte er sie in einen anderen Saal, wo sie sich behaglich fühlten, aus freier Brust atmeten und von ihren Leiden sich erholten. Sie waren erstaunt über das, was der Juwelier für sie getan, fanden es sehr gütig und fingen an zu trinken. Dann fragte Schems Annahar den Juwelier: »Hast du eine Laute oder sonst ein musikalisches Instrument?« Dieser bejahte es und brache ihr eine Laute; sie nahm dieselbe, stimmte sie und sang mit lauter, süßer Stimme folgende Verse:

»Bist du ein treuer Bote, so laß alle Ausschmückungen; sage nichts anderes, als dir aufgetragen, und heile mit Wahrheit den Liebeskranken. Ist dein Auftrag eine Weigerung, so wird dadurch eine lobenswerte Standhaftigkeit bewiesen, die, wenn sie lange dauert, schöne Früchte tragen wird.«

Dieser Gesang war so bezaubernd, wie menschliche Ohren ihn nie gehört. Auf einmal erhob sich aber ein schrecklicher Lärm und ein großes Geschrei. Plötzlich trat einer von des Juweliers Dienern herein, der innerhalb der Tür Wache gestanden, und sagte: »Man hat unsere Türen eingebrochen und wir wissen nicht, wer in der Nacht daherkommt!« Während er dies sagte, schrie ein Mädchen, das auf der Terrasse stand, und es drangen zehn vermummte Männer, mit Dolchen und Schwertern bewaffnet, in den Saal; ihnen folgten wieder zehn andere, gerade so bewaffnet wie die ersten. Als der aufgeschreckte Juwelier das sah, entsprang er zur Tür hinaus und flüchtete sich zu einem Nachbarn; dann er war fest überzeugt, daß dieser jähe Überfall nur auf Befehl des Kalifen, dem ohne Zweifel die Zusammenkunft seiner Favoritin mit Ali verraten war, gemacht worden sein könne. Als der Herr der Hauses um Mitternacht herunterkam und jemand in seinem Hausgang verborgen fand, den er nicht kannte, kehrte er erschrocken zurück, kam mit einem Säbel bewaffnet wieder und sage: »Wer bist du?« Der Juwelier antwortete: »Ich bin dein Freund und Nachbar.« Als der Hauseigentümer dies hörte, steckte er sein Schwert in die Scheide und sagte: »Mir tut dieser Vorfall sehr leid. Gott wird dir in seiner Güte alles wieder ersetzen.« Er fuhr dann fort: »Ich möchte wohl wissen, wer die bewaffneten Leute sind, die dich so unversehens überfallen haben, aber ich halte sie für Räuber, die bei dir plünderten und mordeten, weil sie gestern gesehen, daß du viele kostbare Gerätschaften in dein Haus gebracht hast, ich fürchte sehr, sie haben deine Gäste fortgeschleppt oder getötet.« Der Juwelier ging dann mit seinem Nachbarn in das Haus und siehe

da, es war rein ausgeplündert und leer, die Fenster waren aufgerissen, die Türen eingebrochen. Sie hatten hier einen gräßlichen Anblick, der das Herz zerschnitt. Der Juwelier fing an, über sein Unglück nachzudenken; er wußte nicht, was er anfangen, wie er sich bei den Leuten entschuldigen sollte, von denen er die silbernen und goldenen Gefäße entlehnt hatte. Er dachte auch an Schems Annahar und an Ali; und fürchtete, der Kalif möchte etwas durch einen Diener über sie erfahren haben; sein Mut und seine Kraft verließen ihn. Er sagte dann zu seinem Nachbarn: »Was soll ich tun? Wer ratet mir?« Jener erwiderte: »Habe Geduld und vertraue auf Gott. Die Leute, die in dein Haus gedrungen sind und dich beraubt haben, haben auch angesehene Männer aus dem Palast des Kalifen gemordet, sowie aus dem Hause des Polizeiobersten. Die Leibwachen spüren ihnen nach, vielleicht erwischen sie sie, und du gelangst zum Ziel deiner Wünsche ohne dein Hinzutun.« Der Juwelier nahm seine Zuflucht zu Gott und kehrte nach seinem Wohnhaus zurück, dann sagte er: »Abul Hasan hat das Unglück, in das ich mich blindlings stürzte, vorausgesehen.«

Mit Tagesanbruch verbreitete sich auch das Gerücht von der Plünderung mit großer Schnelligkeit in der Stadt und zog eine Menge Leute von allen Orten herbei; die einen kamen aus Neugierde, die anderen waren schadenfroh, wieder andere bedauerten ihn, und ein großer Teil bestürmte ihn mit Forderungen. Er dankte den einen für ihre Teilnahme, klagte den anderen und wies die Fordernden ab.

Sie brachte er den ganzen Tag zu, ohne etwas zu genießen. Als er voller Reue so dasaß, kam einer seiner Knaben herein und sagte, daß ein unbekannter Mann, den sie bis jetzt noch nie gesehen hatten, vor der Haustür nach ihm frage und ihn erwarte. Der Juwelier stand auf und ging hinaus; da begrüßte ihn ein Fremder und sagte: »Ich habe in einer wichtigen Sache mit dir zu reden.« Der Juwelier hieß ihn ins Haus treten. Dieser wollte aber nicht, sondern forderte ihn auf, mit ihm in sein anderes Haus zu gehen. »Weißt du«, versetzte der Juwelier, »daß ich noch ein anderes Haus, als dieses hier, besitze?« Jener erwiderte: »Ich weiß es, ich weiß alles und bringe dir Trost.« Als der Juwelier dies hörte, sagte er: »Nun, ich folge dir überall hin.« Als sie miteinander an sein anderes Haus kamen und der Fremde die zerbrochene Tür sah, sagte er: »Das hat ja keine Türen, hier können wir uns nicht aufhalten. Folge mir, ich will dich an einen anderen Ort führen.« So gingen sie von einer Straße in die andere, von einem Hause zum andern, ohne in eines zu treten, den ganzen übrigen Tag ohne Aufenthalt, bis es Nacht ward. Der Juwelier erschrak und hatte nicht den Mut zu fragen. Endlich führte ihn der Fremde ins Freie an die Ufer des Flusses und sagte: »Folge mir nur!« Der Juwelier faßte Mut und lief hinter ihm her, bis sie an eine Stelle kamen, an der sich ein Nachen befand. Sie bestiegen denselben und ließen sich an das jenseitige Ufer übersetzen. Der Fremde ergriff die Hand des Juweliers und führte ihn in ein langes Quartier der Stadt, das er noch nie betreten hatte, und er wußte bald nicht mehr, in welchem Teil von Bagdad er sich befand. Er blieb endlich vor der Tür eines Hauses stehen, und als diese sich öffnete, hieß er den Juwelier eintreten, worauf er die Tür mit einem starken Riegel hinter sich zuschloß. Der Fremde führte ihn in ein Zimmer, in dem sich zehn Bucklige befanden, die sich alle ganz gleich sahen.

Die Männer begrüßten ihn und hießen ihn sich niedersetzen, was er alsbald tat, denn er war fast tot vor Müdigkeit und Furcht. Man brachte frisches Wasser, womit er sich Gesicht und Hände wusch. Hierauf brachte man Wein und endlich auch zu essen, und alle ließen sich's schmecken. Da dachte der Juwelier, wenn ich etwas zu befürchten hätte, würden sie nicht mit mir essen. Als die Mahlzeit und die Abwaschung vorüber war, begab sich jeder wieder an seinen Platz. Der Juwelier setzte sich zu ihnen, worauf sie ihn fragten: »Kennst du uns?« Er antwortete: »Nein, ich kenne weder euch, noch den Fremden, der mich hergeführt hat, selbst nicht das Stadtviertel und den Ort, wo ich mich befinde.«

»Erzähle uns dein Abenteuer«, forderten sie ihn auf, »verschweige uns aber nichts.« Der Juwelier antwortete: »Meine Geschichte ist wunderbar, ist euch davon etwas bekannt?« »Ja wohl«, versetzten sie, »wir haben gestern den jungen Mann und die Sängerin, die bei dir waren, festgenommen und dein Haus ausgeplündert.«

»Ich bitte euch, bei Gottes Schutz!« rief der Juwelier aus, »sagt mir, wo der junge Mann und die junge Frau sich befinden!« Sie antworteten, mit der Hand nach zwei Zimmern, die ihnen gegenüber lagen, zeigend: »Jedes von ihnen ist in

einem dieser Zimmer. Sie behaupten, daß außer dir niemand Kunde von ihren Angelegenheiten habe. Aus Rücksicht gegen sie drangen wir nicht länger mit Fragen in sie und haben sie, da wir sie so kostbar bekleidet fanden, woraus wir auf ihren vornehmen Stand schlossen, auch am Leben gelassen. Enthülle uns nun die Wahrheit über ihre Verhältnisse, denn nur unter dieser Bedingung wird dir dein und ihr Leben zugesichert.«

Der Juwelier sagte: »Ich sehe, daß, seit männliche Tugend verloren gegangen, sie nur bei euch wieder gefunden werden kann, und daß nur Menschen eurer Art imstande sind, ein anvertrautes Geheimnis, dessen Verbreitung man fürchtet, in der Brust zu vergraben; hat man ein gefährliches Unternehmen, so darf man nur euch damit beauftragen und überzeugt sein, daß eure Fähigkeiten und Entschlossenheit es glücklich ausführen.« In diesem Sinne sprach der Juwelier noch lange zu den Räubern, bei sich erwägend, daß es in solchen Umständen besser sei, die Wahrheit zu sagen, als sie zu verbergen, da doch am Ende alles an den Tag kommt. Er erzählte ihnen daher umständlich die ganze Liebesgeschichte Alis und Schems Annahars von Anfang bis zu Ende.

Da riefen die Räuber: »Ist der junge Mann Ali, Sohn Bekars, und die junge Frau Schems Annahar?« Der Juwelier beteuerte, ihnen nichts verborgen zu haben. Als dies die Räuber hörten, erschraken sie sehr und gingen zu Ali und Schems Annahar, und baten sie um Verzeihung.

Alsdann kamen sie wieder zum Juwelier und sagten zu ihm: »Vieles von dem, was in deinem Hause geraubt worden, ist noch da, einiges aber fehlt; hier nimm, was noch da ist«, worauf sie ihm den größten Teil der goldenen und silbernen Gerätschaften zurückgaben. Dann sagten sie: »Es ist unsere Pflicht, alles wieder in deine andere Wohnung zu bringen.« Sie teilten sich hierauf in zwei Teile, die einen blieben bei dem Juwelier und die anderen bei dem Liebespaar, und so verließen alle das Haus. Ali und Schems Annahar vermochten sich kaum aufrecht zu erhalten; nur die Furcht und die Lust, wieder befreit zu werden, gab ihnen Kraft dazu.

Unterwegs nahte sich der Juwelier der Schems Annahar und erkundigte sich nach der Vertrauten und den beiden Sklavinnen. »Ich weiß nichts von ihnen«, antwortete sie. Die Räuber geleiteten alle drei bis an das Ufer des Flusses, ließen sie einen Nachen besteigen und ruderten mit ihnen nach dem entgegengesetzten Ufer.

Als Ali, Schems Annahar und der Juwelier an das Land stiegen, hörte man Geräusche von der Wache zu Pferde, die Räuber sprangen wie Adler in den Nachen und ruderten mit aller Macht davon. Ali, Schems Annahar und der Juwelier, als sie sich von den Reitern umringt sahen, blieben bewegungslos stehen. Die Reiter fragten Ali und den Juwelier, wer sie seien. Durch diese Frage aus der Fassung gebracht, schwiegen sie still, bis endlich der Juwelier antwortete. »Diese dort, die ihr über den Fluß setzen seht, sind Räuber, wir aber sind rechtliche Leute aus der Stadt. Sie haben uns in der letzten Nacht aufgegriffen und wir mußten die Nacht bei ihnen zubringen. Sie waren ohne Mitleid gegen uns und nur durch sanfte Worte und List konnten wir wieder unsere Freiheit erlangen, was aus ihnen geworden, habt ihr selbst gesehen.« Die Reiter betrachteten alle drei und sagten zum Juwelier: »Du bist nicht aufrichtig, wer seid ihr und in welchem Stadtviertel wohnt ihr?« Sie gerieten durch diese Frage in neue Verlegenheit und wußten nicht, was sie antworten sollten. Schems Annahar nahm den Anführer beiseite und hatte nicht sobald mit ihm gesprochen, als er vom Pferde stieg und Schems Annahar aufsteigen ließ und selbst das Pferd am Zaume führte, und auch für Ali und den Juwelier wurden Pferde herbeigeholt. Sie ritten dann bis an einen gewissen Platz, wo er einem Mann Befehl gab, zwei Boote herbeizuschaffen.

Er ließ hierauf Schems Annahar, Ali und den Juwelier in ein Boot steigen, und seine Leute in ein anderes. Das Boot steuerte nach dem Palast des Kalifen zu, was sie in nicht geringe Angst versetzte. Der Befehlshaber ließ hierauf zum großen Schrecken der beiden vor dem Palaste des Kalifen anlegen. Auf seinen Wink wurden aber Ali und der Juwelier an ein anderes Ufer gebracht, von wo aus sie, in Begleitung von zwei Wachen, sich in die Wohnung Alis begaben. Sie waren so müde und angegriffen, daß sie sich ganz regungslos niederlegten und bis gegen Abend schliefen. Als der Juwelier erwachte, standen viele Leute laut jammernd umher und waren bemüht, Ali wieder ins Leben zu rufen, und als sie bemerkten, daß jener ausgeschlafen hatte, umringten ihn Alis Leute und drangen in ihn, zu erzählen, was diesem begegnet sei, indem sie ihm zuriefen: »Du bist unseres Herren Untergang und Verderben!«

Der Juwelier antwortete: »O ihr Leute! Sachen von solcher Wichtigkeit lassen sich vor so vielen Zeugen nicht erzählen«; er beschwor sie, nicht weiter in ihn zu dringen und ihren Herren nicht üblen Nachreden preiszugeben. In diesem Augenblick erholte sich Ali und fing an, sich zu bewegen, worauf ein

Teil der Leute voller Freude über sein Erwachen zurücktraten, doch ließen sie den Juwelier nicht fortgehen, um seine eigenen Angelegenheiten zu besorgen. Man rieb Ali mit Rosenwasser und Moschuspulver ein, er blieb aber doch noch so schwach, daß er nicht antworten konnte. Auf alle an ihn gerichteten Fragen gab er nur Winke mit der Hand als Antwort. So winkte er auch seinen Leuten, den Juwelier ziehen zu lassen.

Als die Leute des Juweliers ihn von zwei Männern getragen ankommen sahen, schlugen sie sich ins Gesicht und schrien laut zusammen. Er gebot ihnen Schweigen und sie gehorchten. Die zwei Träger, welche ihn getragen hatten, setzten ihn ab und verließen ihn. Er legte sich nieder und blieb bewußtlos die ganze Nacht hindurch. Am anderen Morgen, als er erwachte, standen seine Frau, sein Kind und seine Freunde um ihn herum und bestürmten ihn mit Fragen über das, was ihm widerfahren. Er ließ sich Wasser bringen, wusch sein Gesicht, dann trank er etwas Wein und dankte den Anwesenden für ihre Teilnahme. Hierauf sagte er, daß er zu viel getrunken habe und dadurch in den Zustand geraten sei, in welchem sie ihn getroffen hätten, worauf die Leute endlich fortgingen und er bei seiner Gattin sich entschuldigte und versprach, den Leuten das Verlorene zu ersetzen. Man sagte ihm aber, daß dasselbe von einem Manne, der alsbald wieder verschwand, in den Gang des Hauses geworfen worden sei, worauf er sich beruhigte. Er verlangte dann Wasser, wusch sich Gesicht und Hände und trank auch den ihm gereichten Wein. Er fühlte sich aber so entkräftet, daß er zu seiner Erholung zwei Tage zu Hause bleiben mußte. Am dritten Tage, als er sich wieder gestärkt fühlte, begab er sich ins Bad.

Im Herzen fühlte der Juwelier eine brennende Begierde, das Schicksal Schems Annahars und Alis zu erfahren, und doch wagte er aus Furcht nicht, sich Alis Wohnung zu nähern. In diesem Zustande wandte er sich zu Gott, gelobte, seinen früheren Lebenswandel wieder einzuschlagen, gab Almosen und suchte sich über seinen erlittenen Verlust zu trösten. Sein erster Gang war auf den

Leinwandmarkt zu einem seiner Freunde, einem reichen Kaufmanne, mit dem er sich lange unterhielt. Als er sich entfernen wollte, erblickte er eine Frau, die ihm zuwinkte, und in welcher er sogleich die Vertraute Schems Annahars erkannte. Die Welt verfinsterte sich vor seinen Augen und er entfernte sich schleunigst. Sie folgte ihm, so oft er aber stehen bleiben wollte, überfiel ihn eine ungeheure Angst. Er beflügelte daher seine Schritte so sehr, daß sie ihm kaum mehr folgen konnte, obgleich sie ihm von Zeit zu Zeit zurief, doch stehen zu bleiben und ihr Gehör zu geben. So lief er fort, bis er eine Moschee erreichte, die er unbesucht wußte. Das Mädchen folgte ihm auch dahin und erkundigte sich nach seinem Befinden. Als er ihr nun alles, was sich mit Ali und ihm zugetragen, erzählt hatte, sagte er: »Nun bitte ich dich, mir auch deine und deiner Herrin Geschichte mitzuteilen.«

»Sobald ich die Räuber kommen sah«, fing nun die Vertraute zu erzählen an, »die ich anfänglich für Soldaten von der Leibwache der Kalifen hielt, flüchtete ich mich, weil ich fürchtete, sie möchten mich und meine Herrin festnehmen, mit den beiden Sklavinnen über die Dächer und wir kamen endlich zu dem Hause braver Leute, die Mitleiden mit uns fühlten und uns gut aufnahmen. Am nächsten Morgen in der Frühe begaben wir uns nach Schems Annahars Palast zurück. Mir befanden uns in schlechtem Aufzug, doch gelang es uns, alles geheim zu halten.

Indessen brachte ich den Tag in der größten Unruhe zu; aber als es Nacht wurde, öffnete ich die kleine Türe, die zum Flusse führte, rief einen Schiffer herbei und bat ihn, den Fluß nach allen Seiten zu befahren und genau acht zu geben, ob er nicht eine Nachen erblicke, worin sich meine Gebieterin befände.

Bis gegen Mitternacht wartete ich voller Ungeduld, als sich endlich ein Nachen, in welchem sich zwei Männer und eine Frau befanden, der Türe näherte. Der eine ruderte, der andere stand in demselben und die Frau lag im Hinterraume. Als der Nachen an der Türe angelegt hatte, stieg die Frau aus, und siehe da, ich erkannte in ihr meine Gebieterin, und kam beinahe ganz außer mir vor unaussprechlicher Freude über ihre Rettung.

Ich reichte ihr die Hand, sie befahl mir, ihrem Begleiter 1000 Dinare zu geben. Ich gab ihm denselben Beutel, den ich dir geben wollte, den du aber nicht annahmst, und dankte ihm, worauf er wegging. Hierauf schloß ich die Türe wieder zu und trug sie mit Hilfe der beiden Sklavinnen auf ihr Bett, wo sie in einem todähnlichen Zustande die ganze übrige Nacht und den folgenden Tag blieb. Ich wich diese ganze Zeit über nicht von ihrem Lager und ließ kein Mädchen ihr nahe kommen. Endlich erwachte sie, als wäre sie vom Grabe auferstanden, ich bespritzte sie mit Rosenwasser und Moschus, gab ihr Wein zu trinken, und drang so lange in sie, bis sie auch etwas aß. Als sie der Genesung nahe war, ermahnte ich sie und stellte ihr vor, daß sie ihrem Verderben nahe war und wohl genug erlebt haben werde, um nun von ihrer Liebe abzulassen.« Sie erwiderte: »Der Tod wäre mir leichter gewesen als was mir widerfahren, ich glaubte nicht, mit dem Leben davonzukommen. Als nämlich die Räuber mich aus dem Hause wegführten, und mich fragten, wer ich sei, gab ich mich für eine Sängerin aus, während Ali auf dieselbe Frage an ihn zur Antwort gab, er sei ein Mann aus dem Volke. In ihrer Wohnung angelangt, ergriff uns neue Angst und Furcht. Beim Anblicke meiner Kleinodien erkannten sie, daß ich ihnen meinen wahren Stand verheimlicht; eine Sängerin besitzt keine solche Edelsteine, riefen sie aus. Bekenne uns die Wahrheit! Aber ich schwieg.

Hierauf bestürmten sie Ali mit denselben Fragen, indem sie ihm sagten: Wir sehen wohl an deinem Anzuge, daß du keiner aus dem gemeinen Volke bist. Aber er, wie ich, verbargen ihnen standhaft unsern Stand und Herkunft. Nun wollten sie wissen, wie der Eigentümer des Hauses, in dem sie uns gefunden, heiße, worauf wir ihnen seinen Namen nannten. Ich kenne diesen Juwelier und weiß, wo er wohnt, sprach sogleich einer von ihnen. Wenn das Schicksal mir günstig ist, will ich ihn sogleich herbringen. Sie beschlossen jedoch, uns nicht beisammen zu lassen, und trennten uns, indem sie Ali in ein besonderes, und mich in ein anderes Gemach sperrten. Ruhet aus, sagten sie, bis wir erfahren, wer ihr seid, seid aber ohne Furcht, euer Leben ist in Sicherheit. Als der Juwelier gebracht wurde und dieser Mann ihnen unser ganzes Geheimnis offenbarte, da entschuldigten sie sich bei uns, führten uns nach dem Ufer des Flusses, ließen uns ein Boot besteigen und schifften uns auf die andere Seite über. Aber kaum hatten wir das Land betreten, als eine Schar von der Nachtwache zu Pferd uns umzingelte. Ich gab hierauf dem Anführer ein Zeichen und winkte ihn beiseite, gab mich ihm zu erkennen und sagte ihm, ich sei am verflossenen Abend, auf dem Heimwege vom Besuch einer Freundin, bei welcher ich zuviel getrunken hatte, von jenen Leuten, die eben wieder über den Fluß setzten, angehalten und nach ihrer Wohnung gebracht worden, wo ich auch diese beiden anderen Personen traf, mit denen sie uns hierher gebracht, und bat ihn auch, auf meine Erkenntlichkeit zu zählen. Da stieg er sogleich von seinem Pferde und ließ mich es besteigen und zwei seiner Leute taten das gleiche mit Ali und dem Juwelier, und wir gelangten, wie du gesehen hast, wieder hierher. Was aus Ali und dem Juwelier geworden ist, weiß ich nicht. In meinem Herzen brennt ein heftiges Feuer ihretwillen, hauptsächlich wegen Alis Freund, der so vieles verloren hat. Nimm daher einiges Geld, gehe zu ihm, grüße ihn und erkundige dich nach Ali bei ihm.«

Ich machte ihr Vorwürfe und stellte ihr die Gefahr vor, in die sie sich stürze. Fürchte Gott, sagte ich ihr: »Opfere dein Leben nicht diesem Liebeshandel, und wandle den Weg der Entsagung!« Sie fuhr mich aber zornig an wegen meiner Ermahnungen. Ich ging daher nach deinem Hause, um dich aufzusuchen, wo ich dich aber nicht antraf. Zu Ali wagte ich nicht zu gehen, ich blieb daher außen stehen, um dich zu erwarten. Nun bitte ich dich und nimm das Geld an, welches meine Herrin dir schickt, du hast dir keinen Vorwurf deshalb zu machen, da du doch den Leuten das Verlorene ersetzen mußt. Der Juwelier machte sich auf und ging mit ihr bis in die Nähe seiner Wohnung, da sagte sie: »Warte hier, ich komme gleich wieder«, und verließ ihn.

Als das Mädchen wieder zu dem Juwelier kam, brachte sie einen schweren, mit Gold gefüllten Beutel mit, welchen sie ihm übergab und sagte: »Geh mit Gottes Schutz! Wo treffen wir uns wieder?« Der Juwelier erwiderte: »Komm nur in meine Wohnung, ich werde mich sogleich bemühen, Ali zu treffen und Mittel finden, dich zu ihm zu bringen; dieses Geld macht mir leicht, was mir früher schwer schien.« Das Mädchen verabschiedete sich, der Juwelier aber trug das Geld nach Hause. Er fand in dem Beutel 2000 Dinare, worüber er sich sehr freute, denn es blieb ihm, nachdem er allen Schadenersatz geleistet hatte, eine Summe für seine Familie und die Wiederherstellung seines anderen Hauses übrig. Er begab sich sogleich mit seinen Dienern in dasselbe, ließ Arbeiter kommen und neue Türen und Fenster einsetzen, die viel schöner ausfielen, als die früheren. Um das Haus zu hüten, ließ er auch einige Mädchen daselbst.

Die Freude, sich wieder in solchen Umständen zu sehen, ließ ihn schnell alles ihm widerfahrene Ungemach vergessen, und frohen Mutes und leichten Sinnes ging er zu Ali. Dessen Diener kam ihm sogleich freudig entgegen, ihn bewillkommend und ihn sogleich zu Ali führend, der auf seinem Lager ausgestreckt lag und kaum ein Wort reden konnte. Der Juwelier setzte sich neben ihn und ergriff seine Hand, worauf Ali seine Augen öffnete und ihn begrüßte. Er richtete sich mit großer Anstrengung und Hilfe des Juweliers auf, dankte Gott für dieses Wiedersehen, ließ sich Wein und Speise bringen, genoß reichlich von beidem, erhob sich dann von seinem Lager, wechselte die Kleider und versuchte ihm zuliebe einige Schritte im Zimmer zu gehen. Der Juwelier erzählte, was er von der Vertrauten Schems Annahars erfahren hatte, ohne daß jemand außer ihm ihn hörte, dann sagte er zu ihm: »Fasse Mut, ich kenne dein Inneres.« Ali lächelte und der Juwelier fuhrt fort: »Du wirst Hilfe und Erleichterung finden.« Ali gab dann den Dienern ein Zeichen, daß sie sich entfernten, dann sagte er: »Hast du gesehen, was uns zugestoßen ist?« Er entschuldigte sich hierauf bei dem Juwelier und fragte ihn weiter aus und ließ sich nochmals alles seit ihrer Trennung Vorgefallene erzählen. Dann lobte er Gott und pries den Mut und die Standhaftigkeit Schems Annahars. Hierauf rief er seinen Schatzmeister, ließ Betten, verschiedenes anderes Hausgerät und an goldenen und silbernen Gefäßen weit mehr, als der Juwelier verloren hatte, zusammenpacken, und übergab sie dem Juwelier. Der Juwelier, beschämt durch eine so edle Freigebigkeit, dankte und sagte: »Das Bewußtsein meines Bestrebens, euch zu gefallen, ist mir mehr wert, als was ich empfangen; aus Liebe zu euch werde ich mich vor keiner Gefahr scheuen!« Er blieb hierauf noch den ganzen Tag und die folgende Nacht bei Ali, welcher noch immer schwach und mutlos war, und viel seufzte und weinte.

Als der Morgen anbrach, sprach Ali zum Juwelier: »O höre mich! Jede Sache hat ihr Ende. Das Ende der Liebe ist der Tod oder eine dauernde Vereinigung; ich bin dem Tode näher, er paßt besser zu meiner Lage und bringt mir mehr Ruhe. O wäre ich doch tot und vergessen, oder könnte ich mich trösten, ruhig werden und anderen Ruhe gönnen! Nun kam ich schon zweimal mit ihr zusammen, und jedesmal ging es so, wie du wohl weißt; wie kann ich nun einer dritten Zusammenkunft mit Ruhe entgegensehen? Wie kann ich, nach diesen Warnungen, mich noch vor den Leuten entschuldigen? Ohne Gottes Huld wären wir ja schon lange verrufen. Ich weiß nun nicht mehr, wo ich mein Heil suchen soll. Wenn ich nicht Gott fürchtete, so würde ich meinem Tod vorgreifen; aber wir sterben ja doch, ich und sie, nur hat unser Tod eine bestimmte Zeit.« Er weinte dann heftig und sprach folgende Verse:

»Kann der Betrübte etwas anderes tun, wie weinen? Wie groß muß meine Liebe sein, da ich euch mein Geheimnis anvertraut. Mir ist, als wenn die Nacht zu den Sternen gesagt hätte: Bleibet und weichet nicht, wenn der Morgen ruft.«

Der Juwelier sprach Ali Mut ein und sagte: »Mein Herr, sei ein Mann! Sei in der Trauer wie in der Freude ruhig!« Ali sah ihn an und sprach folgende Verse:

»Ist der Tränenstrom mit dem, der ihn vergießt, verwachsen, oder kann er durch schöne Standhaftigkeit zurückgewiesen werden? Mancher hat schon sein Geheimnis zusammengedrängt und versiegelt: da hat sein Auge aufgerissen, was er verschlossen, und so oft er die Tränen zurückhalten wollte, kam der Liebesschmerz dazwischen und hinderte ihn.«

Der Juwelier sagte, er vermute, die Vertraute werde zu ihm kommen, um Nachrichten von Schems Annahar zu überbringen, er wolle daher nach Hause gehen. Als er hierauf Abschied nahm, sagte Ali zu ihm: »Ich lasse dich gehen; aber eile, daß du bald wieder kommst, denn du siehst, in welchem Zustande ich mich befinde.«

Kaum zu Hause angekommen, erschien auch wirklich Schems Annahars Vertraute bei dem Juwelier, aber mit verstörter, ängstlicher Miene und tränendem Blicke. Beunruhigt hierüber, fragte er sie, was vorgefallen wäre. Sie antwortete: »Was wir befürchtet, ist eingetroffen! Als ich dich gestern verließ und zu Schems Annahar in den Palast zurückkehrte, traf ich sie, wie sie eben Befehl erteilte, eine der beiden Sklavinnen, die bei jenem Abenteuer bei uns waren, eines Vergehens wegen zu züchtigen. Diese aber entfloh durch eine offene Türe des Palastes und begab sich zu einem der Türwächter, der wegen einer Sklavin uns beaufsichtigte. Dieser verbarg die Sklavin und wußte ihr durch Schmeichelei, Zureden und Versprechungen den Vorgang in jenen beiden Nächten zu entlocken. Er ging hierauf sogleich mit ihr zum Fürsten der Gläubigen. Dieser zwang sie, alles zu gestehen, was sie auch tat. Schems Annahar wurde nun in die Wohnung des Kalifen gebracht, ohne daß ich mir einen anderen Grund, als den eben angeführten, denken kann, und er läßt sie von 20 Dienern bewachen. Ich suchte mich

ungesehen wegzustehlen und eilte hierher, da ich nicht weiß, was wohl in solch einer Lage anzufangen sein dürfte. Ich bin, wie dir nicht unbekannt, ihre teuerste Freundin und bewahre alle ihre Geheimnisse. Geh nun zu Ali und fordere ihn auf, alle Vorsicht zu gebrauchen, sich und seine Güte zu retten.«

Die Vertraute verließ ihn hierauf plötzlich und der Juwelier, den diese Nachricht so darniederschlug, daß er kaum stehen konnte, raffte sich zusammen, eilte zu Ali und sagte ihm: »Umhülle dich mit Geduld und umgürte dich mit Standhaftigkeit, entferne von dir jede Schwäche und Mutlosigkeit und wandle den Weg der Tapferkeit. Es ist etwas vorgefallen, wobei dein Leben und all dein Gut verloren gehen kann.«

Ali antwortete: »O mein Bruder, du hast mir den Tod gegeben; sage mir klar heraus, was geschehen!« Der Juwelier erzählte ihm das, was er von der Vertrauten vernommen hatte, und fügte hinzu: »Du wirst gewiß dabei umkommen.« Ali starrte eine Weile vor sich hin und gab nahezu den Geist auf, dann erholte er sich und fragte: »Was ist zu tun?« Der Juwelier antwortete: »Packe deine kostbarsten Sachen zusammen, wähle die treuesten unter deinen Dienern aus und bereite dich vor, mit mir vor Abend die Stadt zu verlassen. Wir gehen zusammen nach Anbar*.« Ali sprang auf und taumelte umher, bald machte er einige Schritte, bald stürzte er wieder hin, ordnete seine Geschäfte, so gut er konnte, nahm Abschied von seiner Familie, sich bei ihr entschuldigend, traf alle nötigen Anordnungen und verließ mit dem Juwelier Bagdad.

Sie schlugen den Weg nach Anbar ein, reisten den ganzen Tag und die ganze Nacht, ohne sich aufzuhalten, und erst vor Tagesanbruch machten sie Halt.

* Anbar ist eine alte feste Stadt am Euphrat.

Sie luden ihr Gepäck ab, banden ihre Tiere fest und legten sich arglos nieder, um zu schlafen. Kaum war einer und der andere eingeschlafen, als sie aus ihrer Ruhe aufgeschreckt wurden und sich von einer Menge Männer umzingelt sahen. Ihre Leute wurden alle getötet, und die Räuber nahmen ihnen Pferde, Lasttiere samt Gepäck und allen Kostbarkeiten weg, und zogen auch diese beiden ganz aus, entfernten sich dann und ließen sie in schlimmster Lage zurück.

Nachdem die Räuber sich entfernt hatten, sagte Ali zu dem Juwelier: »Was sollen wir jetzt anfangen?«

»Nur Gott kann hier helfen«, erwiderte der Juwelier, »sein Wille geschehe!« Sie gingen dann in der Nacht fort, bis sie gegen Morgen eine offene Moschee erblickten, in welche sie eintraten, und sie brachten den Rest der Nacht ungestört in einer Ecke zu. Am folgenden Morgen kam endlich ein Mann herein, um sein Gebet zu verrichten. Als er geendigt hatte und um sich blickte, bemerkte er Ali und den Juwelier.

Dieser Mann näherte sich ihnen und redete sie folgendermaßen an: »O ihr von der Gemeinde Gottes! Ihr seid wohl Fremdlinge?« Sie antworteten: »Ja, wir sind heute Nacht auf dem Wege von Bagdad von Räubern angefallen und all des Unsrigen beraubt worden und kennen niemanden hier, an den wir uns in unserer Not wenden könnten.« Der Unbekannte versetzte: »Wollt ihr mit mir in mein Haus kommen?« Der Juwelier sagte leise zu Ali: »Da leicht andere kommen könnten, denen wir nicht unbekannt sein dürften, so wird also das Klügste sein, wir folgen der Einladung, ohnedies sind wir hier fremd und gänzlich obdachlos.« Ali erwiderte: »Tu, was du willst«, worauf der Juwelier antwortete: »Wir sind bereit, dir zu folgen.« Der Unbekannte zog dann einen Teil seiner Kleider aus und gab sie ihnen. Dann sagte er zu ihnen: »Steht nun auf aus dieser Dunkelheit und

folgt mir.« Sie machten sich alsbald auf den Weg, und als sie an seiner Wohnung angekommen waren, klopfte der Mann an der Türe, worauf ein kleiner Diener diese öffnete. Der Mann hieß sie hierauf eintreten und führte sie in ein Zimmer, wo er alsbald einen Bündel mit Kleidern und Turbanen herbeibringen ließ. Er schenkte jedem zwei Anzüge und zwei Turbane und als sie sich umgekleidet hatten, trug eine Sklavin verschiedene Speisen auf, worauf der Herr des Hauses zu ihnen sagte: »Esset, der Segen Gottes sei mit euch!« Sie aßen aber nur wenig, dann wurde der Tisch wieder weggetragen, und sie blieben bei ihm sitzen, bis die Nacht hereinbrach. Ali war sehr niedergeschlagen, er seufzte schwer auf und befand sich in einem trostlosen Zustande. Auch sagte er zu dem Juwelier: »Wisse, daß ich bald sterben werde; ich will daher meine letzten Anordnungen treffen, um deren genaue Befolgung ich dich bitte. Geh zu meiner Mutter, wenn ich sterbe, und bitte sie, hierherzukommen und für meine Waschung und Bestattung zu sorgen, und unsre Trennung mit Geduld zu ertragen.«

Nachdem Ali geendet hatte, fiel er in Ohnmacht, und als er wieder erwachte, hörte er von einer weiblichen Stimme folgende Verse:

»Schnell überfiel uns die Trennung, nach kurzer Liebe, Vereinigung und Zusammenleben. Wie bitter ist Trennung nach Vereinigung! Möchte sie doch nie mehr über einen Liebenden verhängt werden! Die Todespein währt nur eine kleine Weile, dann ist's vorüber. Aber die Trennung der Freunde nagt immer am Herzen. Gott vereinige alle Liebenden und beginne mit mir, denn ich sehne mich nach ihm.«

Hier schwieg die Stimme, und kaum waren die letzten Töne verhallt, so verschied Ali. Der Juwelier blieb noch zwei Tage bei dem Leichnam, hüllte ihn in ein Totengewand, übergab ihn der Verwahrung ihres Wirtes und schloß sich dann einer eben nach Bagdad zurückkehrenden Karawane an. Bei seiner Ankunft daselbst ging er zuerst in sein Haus. Hierauf begab er sich sogleich in die Wohnung Alis. Die Diener kamen ihm entgegen und grüßten ihn, Er ließ sich alsbald bei Alis Mutter melden, und als er die Erlaubnis erhielt, vor ihr zu erscheinen, trat er zu ihr, grüßte sie, und nachdem er sich ein wenig gesammelt hatte, sprach er zu ihr. »Höre mich an, Gott erhalte dich und sei dir gnädig! Der erhabene Gott leitet die Menschen nach seinem Willen; niemand kann seinem Urteil und seiner Bestimmung entgehen.«

Die Mutter rief, heftig weinend: »Du verkündest mir den Tod meines Sohnes!« »Bei Gott, er ist tot!«

Der Juwelier konnte vor herbem Schmerz und hervorbrechenden Tränen nicht antworten. Die Mutter war nahe daran, in Ohnmacht zu fallen, da eilten ihre Frauen herbei, sie zu unterstützen. Nachdem sie sich wieder erholt hatte, bat sie den Juwelier, ihr alles mitzuteilen. Der Juwelier erzählte ihr alles umständlich, wie es sich zugetragen, und beteuerte, daß er selbst von Trauer erfüllt sei, da er ihm ein sehr teurer Freund gewesen. Die Mutter fragte ihn hierauf: »Da er dir alle seine Geheimnisse anvertraut, so hat er dir wohl vor seinem Tode noch einen Auftrag an mich gegeben?« Der Juwelier bejahte dies und machte sie aufs Pünktlichste mit Alis letztem Willen bekannt. Die Mutter brach wieder in lauten Jammer aus, den ihre Frauen noch vermehrten. Der Juwelier verließ sie hierauf, wie ein Blinder umhertappend, um nach Hause zu gehen. Voll tiefer Bekümmernis dachte er über das traurige Schicksal eines so jungen Mannes nach, bei dem er so oft ein- und ausgegangen.

Plötzlich bemerkte er, daß ihn jemand bei der Hand ergriff. Als er die Augen öffnete, sah er eine Frau im Trauergewande mit einem von Gram abgehärmten Gesichte vor sich stehen, in der er sogleich die Vertraute Schems Annahars erkannte. Dieser Anblick und ihre Tränen, die sie fortwährend vergoß, riefen auch bei ihm neuen Kummer und neue Tränen hervor. Er ging ohne Aufenthalt mit ihr fort bis in seine Wohnung.

Der Juwelier fragte die Vertraute, ob sie schon wisse, wie es Ali ergangen. Sie verneinte dies.

Der Juwelier fragte sie dann, was den Tod Schems Annahars herbeigeführt. Sie erwiderte: »Wie ich dir schon erzählt habe, hatte der Fürst der Gläubigen Schems Annahar zu sich nach seinem Palaste bringen lassen. Aber ohne ihr den mindesten Vorwurf zu machen, empfing er sie; liebe- und mitleidsvoll und mit freundlichem Entgegenkommen sprach er zu ihr: »Schems Annahar, du weißt, mit welcher Inbrunst ich dich liebe, wie du mir vor allen übrigen Menschen teuer bist, ich werde dich vor jedem Übel bewahren, trotz aller Verleumdungen, die mir von deinen Feinden zu Ohren gekommen.« Hierauf führte er sie in eines seiner Prunkgemächer. Alles dieses wirkte mit furchtbarer Gewalt auf das Gemüt Schems Annahars. Als der Tag zu Ende war, ließ der Kalif, nachdem er nach seiner Gewohnheit beim Weine gesessen war, die Mädchen zu sich kommen und Schems Annahar, um zu zeigen, wie hoch sie noch in seiner Gunst stehe und welchen Platz sie in seinem Herzen einnehme, an seine Seite sitzen. Ihr Geist war abwesend, ihre Fassung war dahin, und ihr Zustand ward immer schlimmer. Als aber eine Sängerin folgende Verse sang:

»Die Liebe hat Tränen in mir hervorgerufen, sie fließen nun reichlich über meine Wangen herunter.«

Meine Augenwimpern ermüden und können nicht tragen, was darin ist; sie offenbaren, was ich verheimlichen möchte, und verbergen, was ich offenbare.

Wie kann ich meine Liebe zu verbergen wünschen, da meine mächtige Pein deinetwillen alles entdeckt!

Nach der Trennung von meinem Geliebten wäre mein Tod eine Wohltat. Nur möchte ich wissen, ob es ihm nach mir wohl wird.« konnte sie die Fassung nicht länger behaupten: Die Tränen stürzten hervor und sie sank bewußtlos nieder. Der Kalif warf den Becher aus der Hand und zog sie zu sich hin. Aber sie war tot. Der Kalif befahl, alle Instrumente zu zerbrechen, und ließ dann ihren Leichnam in sein Gemach tragen, wo er die ganze Nacht bei demselben durchwachte. Des Morgens ließ er ihn waschen, in ein Leichengewand hüllen und beerdigen, ohne sich weiter nach ihren Angelegenheiten zu erkundigen.

»Nun«, fuhr sie fort, »bitte ich dich bei dem allmächtigen Gott, mir zu sagen, wann die Überreste Alis hierher gelangen und beigesetzt werden, damit ich der Beerdigung beiwohne.« Der Juwelier antwortete: »Dies kann nicht geschehen.« Die Vertraute entgegnete: »Du hältst dies für unmöglich; wisse aber, daß dem nichts im Wege steht, da der Kalif allen Frauen Schems Annahars die Freiheit geschenkt und mir die Aufsicht über das Grab seiner Favoritin übertragen hat.« Der Juwelier begleitete sie hierauf an den Begräbnisplatz und verließ sie wieder.

Am vierten Tage, als der Leichnam Alis aus Anbar anlangte, drängte sich eine zahllose Volksmenge hinzu, der Juwelier mischte sich unter die Menge, von welcher viele Männer und Frauen dem Leichenzuge eine Strecke weit entgegen gingen; man hatte nie in Bagdad eine solche Menschenmasse beisammen gesehen. Die Vertraute schloß sich auch dem Zuge an und machte sich durch ihre tiefe Trauer und ihr herzzerreißendes Jammergeschrei vor allen anderen bemerklich, bis man zum Begräbnisplatz kam, wo er beerdigt wurde und den der Juwelier, so lang er lebte, von Zeit zu Zeit besuchte.

Das ist die Geschichte Alis und Schems Annahars. Sie ist aber nicht wunderbarer als die Nureddins und der Enis Aldjelis.

Geschichte Nureddins mit Enis Aldjelis

Es herrschte zu Baßrah ein König, der hieß Mohammed Suleiman. Er war ein Vater der Armen und Bedürftigen; mit Weisheit und Milde regierte er seine Untertanen. Seine Hände waren so freigebig wie das Meer; seine Sklaven lebten wie freie Leute. Nacht und Tag dienten ihm, seines Lebens Freude bestand darin, seine Sklaven und seine Truppen zu beschenken. Ein Dichter beschrieb ihn folgendermaßen:

»Es war ein König, der, wenn feindliche Scharen auf ihn einstürmten, sie mit schneidenden Waffen befriedigte*.«

Wenn er am Schlachttage auf die feindlichen Reiter einhieb, schien er mit Schwert und Lanze und Pfeil zu schreiben, indem er den feindlichen Linien Vokale und Punkte beifügte; die Vokale schrieb er mit Säbelhieben, die Punkte mit Lanze und Pfeil.

Die Reiterei schwamm wie in einem Meere, dessen Wellen unzählige Scharen und dessen Quelle das aus den Wunden der Feinde strömende Blut.

Dieses Meer schien mit einem Wald von Schiffen bedeckt; die Lanzen waren die Mastbäume, die Fahnen die Segel.

Die Zeit hatte geschworen, einen ihm Ähnlichen wieder hervorzubringen; aber, o Zeit! Du warst meineidig, denn du wirst deinen Schwur nicht halten können; bereue daher und tu Buße!«

Suleiman hatte zwei Veziere, der eine hieß Muin, Sohn Sawis, und der andere Vadhleddin, Sohn Chakans.

Vadhleddin war einer der freigebigsten Männer seiner Zeit. Er war gutmütig und von reinem Lebenswandel, und wußte sich überall Freunde zu erwerben; sogar die Frauen beteten in ihren Häusern für sein langes Leben, denn er war der Beförderer alles Guten und der Schutz gegen alles Böse, wie ein Dichter ihn beschreibt:

»Er ist ein Mann, dessen Charakter aus Gottesfurcht und Hoheit besteht, so daß die Zeit sich mit ihm freut und stolz auf ihn ist.

Nie nahte sich ihm vertrauensvoll ein Unglücklicher, der nicht an seinen Türen Trost fand.«

Muin aber war geizig, schmutzig, verschmitzt, boshaft und dumm zugleich. Er suchte nur Böses zu tun, nie ging ihm ein schönes Wort aus dem Munde. Er war listiger als ein Fuchs und raubgieriger als ein Hund. Ein Dichter sagt von ihm:

»Er ist ein Auswürfling; er ist ein schlechter Sohn des Schattens.

Ein Vagabund, der seinen Ursprung Hin- und Herreisenden verdankt.

Kein Haar an seinem Leibe wächst, das nicht das Gepräge der Abstammung trüge.«

So sehr Vadhleddin geliebt wurde, ebenso sehr haßte man Muin. Als einst der König Mohammed auf seinem Throne saß und von seinen beiden Vezieren und den Großen des Reichs umgeben war, sagte er zu Vadhleddin: »Ich möchte ein Mädchen besitzen, das an Schönheit des Körpers sowie auch an Verstand und Tugend alle anderen übertreffe.« Da sagten die Großen des Reichs und die Staatsräte: »Ein Mädchen von solch ausgezeichneten Eigenschaften wird sich wohl schwerlich für weniger als 10000 Dinare finden lassen.« Der König rief hierauf sogleich seinem Schatzmeister und befahl ihm: »Gib Vadhleddin aus meinem Schatze 10000 Dinare.« Dieser holte das Geld und Vadhleddin nahm es in Empfang.

---

* So viel als »bekämpfte«.

Vadhleddin, um dem Befehle seines Herrn zu gehorchen, begab sich jeden Tag auf den Markt und beauftragte alle Makler, die schönste und gebildetste Sklavin für ihn auszusuchen und keine verkaufen zu lassen, wenn sie 10000 Dinare oder mehr koste, bevor sie ihm vorgestellt worden sei.

Kein Makler verkaufte eine Sklavin, ohne sie vorher dem Vezier vorzustellen, aber immer hatte er etwas an derselben auszusetzen. Einst, als er gerade auf dem Wege zum Palaste war, begegnete ihm ein Makler, der zu ihm trat, den Steigbügel erfaßte und ihn anredete:

»O Vezier, der du das vermoderte Reich wieder belebt hast und der du immer siegreich bleiben mögest, du hast alles Edle wieder vom Tode erweckt und das Reich vor Verfall bewahrt.«

Dann fuhr er fort: »O Vezier! Was wir längst nach deinem hohen Befehle für dich gesucht, hat sich nun gefunden.« Der Vezier antwortete: »Bringe sie her!« Der Makler entfernte sich und kam nach einer Weile wieder mit einer Sklavin an seiner Seite, welche von schlankem Wuchse, feingeformtem Busen, glühend schwarzen Augen, feiner Taille, frischem Aussehen, süßem Atem, wohlgeformten Füßen und zarter Stimme war. Ein Dichter sagt von ihr:

»Sie ist wunderbar; die Schönheit ihres Gesichts gleicht Mond und Sternen; sie ist die Erste und Vornehmste aus ihrem Stamme und verdunkelt alle, so mit ihr aufgewachsen.

Gott, der erhabene Besitzer des Himmelsthrons, hat ihr die schönsten Güter des Lebens geschenkt: Hoheit, Anmut und schönen Wuchs.

An dem Himmel ihres Angesichts prangen sieben Sterne gleich den Wächtern ihrer Wangen.

Wenn ihr jemand durch begehrendes Anschauen Blicke entlocken will, so versengt sie ihn durch die Glut eines ihrer Sterne wie einen bösen Geist*.«

Als der Vezier die Sklavin sah, bewunderte er sie sehr. Er wendete sich daher zu dem Makler und fragte ihn, welchen Preis der Kaufmann auf sie gesetzt habe. Der Makler antwortete: »Herr! Er verlangt 10000 Dinare und hat geschworen, daß sie allein für so viel junge Hähne gegessen und Wein getrunken habe, und daß diese Summe nicht einmal die Geschenke bezahle, die ihren Lehrern gemacht worden seien. Sie hat schön schreiben und zierlich reden gelernt; die arabische Sprache und ihre Regeln, die Erklärung des Korans, die Heilkunde, die Grundlehren der Theologie sind ihr bekannt; dazu spielt sie mancherlei Instrument.« Der Vezier ließ den Kaufmann rufen.

Da kam ein Perser, der schon manches Jährlein hinter sich hatte; die Zeit schien ihn hart mitgenommen und sein Glücksstern ihm nicht viel übrig gelassen zu haben; er glich einem alten Adler oder einer dem Einsturz nahen Mauer, und auf ihn paßten die Worte des Dichters:

»Wie heftig hat mich die Zeit erschüttert, die gewaltige, ernste Zeit! Einst konnte ich laufen, ohne zu ermüden; jetzt bin ich müde, ohne mich von der Stelle gerührt zu haben.«

---

* Dem Koran zufolge werden böse Geister, die an den Toren des Himmels lauschen, durch Sterne verjagt.

Der Vezier sagte zu ihm: »Willst du diese Sklavin dem Sultan Suleimann für 10000 Dinare verkaufen?« Der Perser antwortete: »Wenn sie für den Sultan bestimmt ist, so wäre es meine Pflicht, sie ihm ohne Geld als ein Geschenk zu überlassen.« Der Vezier ließ aber sogleich das Geld holen und dem Perser 10000 Dinare vorwiegen.

Nachdem der Kaufmann mit seinem Gelde weggegangen war, wendete sich der Makler zum Vezier und sagte: »Ist es mir vergönnt, vor den Ohren unseres großen Veziers ein Wort zu reden?« Vadhleddin forderte ihn auf, zu sagen, was er habe, und der Makler fuhr fort: »Herr! Da, wie ich vernommen habe, die Sklavin für den König bestimmt ist, so bin ich der Meinung, daß du sie ihm heute noch nicht vorführst; denn sie kommt eben angegriffen von der Reise, auf welcher sie ungünstigen Wind gehabt hat, und man sieht ihr die Ermüdung an. Laß sie daher lieber 14 Tage in deinem Palaste, bis ihre Reize wieder aufgefrischt sind; alsdann lässest du sie ins Bad führen, legst ihr die schönsten Kleider an und gehst mit ihr zum König. Dann wirst du große Ehre bei ihm einlegen.«

Der Vezier überlegte die Worte des Maklers und fand sie gut. Er ließ daher die schöne Perserin in seinen Palast bringen, wies ihr mitten in demselben ein besonderes Zimmer an. Er sorgte dafür, daß sie Tag für Tag Wein, junge Hähne und verschiedene schöne Kleider erhielt, und so verging einige Zeit.

Der Vezier hatte aber einen Sohn, der dem Rund des Mondes glich, mit leuchtendem Gesichte, roten Wangen, einem Mal darauf und jugendlichem Flaum wie Ambra, er entsprach dem Bilde, das ein Dichter von ihm entwarf:

»Er entzückt wie der Mond mit seinen Blicken; er ist schmiegsam wie ein Baumzweig, verführerisch, wenn er sich hin und her schaukelt.

Er glänzt wie Gold; nur seine Haare sind schwarz.

Süß ist sein ganzes Wesen; sein Wuchs gleicht einer Lanze.

So hart sein Herz ist, so zart ist die Bewegung seiner Glieder. O warum wechselt ihr nicht miteinander?

Wäre die Zartheit der Bewegung in seinem Herzen, er würde niemals eine Liebende grausam behandelt haben.

O du, der mich tadelt, weil ich ihn liebe, entschuldige mich doch; schon hat die Liebe einen zu festen Wohnsitz in meinem Herzen.

Niemand ist schuldig, als mein Blick und mein Herz; doch, wen klage ich an? bin ich es nicht selbst?«

Der Jüngling wußte nichts davon, wozu die Sklavin bestimmt war. Zu dieser aber hatte sein Vater gesagt: »Wisse, ich habe dich für den König Mohammed gekauft, aber ich habe einen Sohn, der ein wahrer Satan ist und jedes Mädchen in unserm Stadtviertel zu verführen sucht. Nimm dich also wohl in acht vor ihm, hüte dich, ihm dein Gesicht zu zeigen oder ihn deine Stimme hören zu lassen, und bedenke, wofür du bestimmt bist.«

Die Sklavin versicherte ihn ihres Gehorsams und er verließ sie wieder. Nun wollte aber das Schicksal, daß die Sklavin eines Tages ins Bad ging, welches im Hause war, eine Sklavin begleitete sie dahin, um sie zu bedienen. Das Bad goß das Gewand der Anmut über sie und erhöhte den Glanz ihrer Schönheit. Als sie herauskam reichte man ihr ein Kleid, welches einer jungen Schönheit würdig war. Sobald der Anzug vollendet war, beeilte sich die schöne Perserin, sich ihrer Herrin vorzustellen. Diese begrüßte sie mit den Worten: »Das Bad bekomme dir wohl, o Enis Aldjelis*!« worauf ihr die Sklavin die Hand küßte und erwiderte: »Gott vermehre deine Freude und dein Glück, o Herrin!« Als die Frau des Veziers hierauf fragte, ob ein Bad jetzt angenehm wäre, antwortete die Sklavin: »Das Wasser ist ganz herrlich und sehnt sich nach deiner Jugend.« Da wendete sich die Frau zu ihren Mädchen und sagte: »Laßt uns auch baden, wir

* Freundliche Gesellschafterin

haben schon mehrere Wochen kein Bad genommen.« Die Mädchen erwiderten: »Du bist uns zuvorgekommen, wir haben schon daran gedacht.« »Nun«, rief sie: »laßt uns im Namen Gottes gehen!« Bevor sich jedoch die Gemahlin des Veziers entfernte, gebot sie zwei kleinen Sklavinnen, vor der Türe des Zimmers von Enis Aldjelis Wache zu halten, und sagte zu ihnen: »Gebet wohl acht, daß niemand sich nähere und hineingehe!«

Während nun die Gemahlin Vadhleddins im Bade war und Enis Aldjelis in ihrem Zimmer, vom Bade verschönert, ausruhte, erschien Nureddin Ali, der Sohn des Veziers, in den Gemächern seiner Mutter. Als er diese hier nicht fand, ging er rasch auf das Zimmer der schönen Perserin zu, vor dessen Türe er die zwei zurückgelassenen Sklavinnen traf. Er fragte sie, wo seine Mutter und die Sklavinnen seien.

Die beiden Sklavinnen antworteten Nureddin auf seine Frage, sie seien alle im Bad. Als Enis Aldjelis die Stimme Nureddins hörte, sagte sie bei sich selber: »Ich möchte doch wissen, wie der junge Mann aussieht, der da draußen spricht; ob es vielleicht der ist, vor dem man mich gewarnt hat.« Mit diesen Worten erhob sie sich von dem Polster, auf welches sie sich niedergelassen hatte, trat unter den Eingang des Zimmers und erblickte Nureddin. Er erschien ihr wie der Vollmond, und ein einziger Blick war hinreichend, sie ganz für den schönen Jüngling einzunehmen, und als sein Blick auf die Sklavin fiel, war auch sein Schicksal entschieden. Das Herz eines jeden von ihnen fiel in das Liebesnetz des andern. Nureddin wendete sich hierauf zu den beiden Sklavinnen und schrie sie an, daß sie aus Furcht zurücktraten und in der Ferne stehen blieben, um zu sehen, was er tun werde. Er trat hierauf in das Gemach der Enis Aldjelis und sagte zu ihr: »Bist du die Sklavin, die mein Vater für mich gekauft hat?« Die Sklavin rief: »Bei Gott, mein Herr, ich bin's!« Da stürzte er wonnetrunken auf sie zu und sie schlang sich fest um seinen Hals und kam ihm mit glühenden Küssen entgegen.

Als die beiden Sklavinnen dies sahen, erhoben sie ein großes Geschrei, während Nureddin, die schlimmen Folgen seiner Tat fürchtend, davonlief. Seine Mutter, zu welcher das Jammergeschrei der Sklavinnen drang, verließ plötzlich das Bad, um zu sehen, was vorgefallen. Als sie den Sklavinnen nahe kam, rief sie: »Wehe euch! Was gibt es?« Sie antworteten, Nureddin sei, trotz ihnen, in das Zimmer der schönen Perserin gedrungen und habe sie mit Gewalt von dem Eingang vertrieben, das Mädchen in seine Arme geschlossen; was weiter geschehen, wüßten sie nicht, sie haben nur gesehen, wie er davon gelaufen sei. Die Frau eilte sogleich in das Gemach der Enis Aldjelis und fragte sie, was vorgefallen? Enis Aldjelis antwortete: »Meine Herrin! Ich saß hier, ohne an etwas Schlimmes zu denken. Plötzlich kam ein schöner Jüngling auf mich zu und fragte mich: Bist du wohl das Mädchen, das mein Vater mir gekauft? Und, bei Gott, Herrin, ich glaubte, er rede wahr, und sagte zu ihm: Ich bin's. Da stürzte er auf mich zu und umarmte mich.« »Sonst hat er nichts von dir gewollt?« forschte die Gemahlin des Veziers weiter. Als die Sklavin betroffen schwieg, fuhr sie fort: »Wehe dir, möge es nicht dein Unglück sein!«

Nach diesen Worten fing die Gemahlin des Veziers an, bitterlich zu weinen und ihre Sklavinnen weinten sämtlich mit und zerschlugen sich Brust und Angesicht; denn sie fürchteten sich sehr vor dem Zorne des Veziers, der gewiß seinem Sohne den Kopf abschlagen lassen werde.

Während sie so jammerten, kam Vadhleddin nach Hause und fragte: »Wehe euch! Was hat sich zugetragen?« Niemand wagte ihm das Vorgefallene zu erzählen. Als er keine Antwort erhielt, trat er vor seine Frau und sagte zu ihr: »Ich verlange durchaus, daß du mir die Wahrheit sagest.«

Die Frau erwiderte: »Ich werde dir nichts erzählen, du habest mir denn geschworen, alles, was ich dir sagen werde, ruhig anzuhören.« Als er dies getan, erzählte sie ihm, wie Nureddin, während sie im Bade war, in das Gemach der Sklavin getreten sei und sie verführt habe. Als der Vezier dies hörte, schlug er sich auf die Wangen, daß ihm das Blut aus der Nase floß, dann faßte er seinen Bart und riß so viele Haare aus, daß ein ganzer Büschel in seinen Fingern blieb. Da sagte ihm seine Gemahlin: »Mein Herr, willst du dich selbst umbringen? Ich will dir von meinem Gelde 10000 Dinare geben, so viel sie dich gekostet hat.«

Vadhleddin hob sein Antlitz gegen sie auf und erwiderte: »Meinst du denn, daß ich mich über den Verlust von 10000 Dinaren so betrüben könnte? Was liegt mir an dem Werte der Sklavin? Es ist hier die Rede von dem Verluste meines Lebens und aller meiner Güter.« »Wieso?« fragte die Frau. Der Vezier antwortete: »Weißt du nicht, daß dieser Muin unser Todfeind ist? Er wird, sobald er diesen Handel erfährt, hingehen und dem König sagen: ›Du sprichst immer nur von der Ergebenheit und der Liebe Vadhleddins. Hat er nicht 10000 Dinare empfangen, um dir eine Sklavin zu kaufen? Er hat auch wirklich eine gekauft und noch niemals hat man eine Schönere gesehen; aber als sie ihm so wohl gefiel, hat er es für geeigneter gehalten, seinem Sohn ein Geschenk damit zu machen. Mein Sohn, hat er zu ihm gesagt, nimm diese Sklavin, sie ist dein, du verdienst sie mehr, als der König. Sein Sohn, wird er fortfahren, hat sie genommen und ergötzt sich nun mit ihr.‹ Der Sultan wird zwar solche Reden nicht glauben, aber Muin wird dann sagen: ›Wenn du es erlaubst, mein Herr, werde ich die Sklavin herbringen.‹ Der Sultan wird ihm den Befehl dazu erteilen, man wird mit Gewalt in mein Haus dringen und die Sklavin wegführen. Der König wird sie ausfragen und sie wird nichts leugnen können. Muin aber wird zum König sagen: ›Siehst du nun, Herr! Daß ich es gut mit dir meine und dir langes Leben wünsche? Aber ich habe kein Glück und alle Leute sind eifersüchtig auf mich.‹ Der König wird hierauf mein Vermögen konfiszieren und mir das Leben nehmen lassen.«

Als die Gemahlin des Veziers ihn so reden hörte, sagte sie: »Kennst du nicht Gottes verborgene Huld? Überlaß ihm deine Sache, er wird sie zu deinem Besten lenken. Ich hoffe, der ganze Vorfall mit der Sklavin wird geheim bleiben. Derjenige, dem nichts verborgen ist, wird dies Geheimnis nach seinem Willen leiten.« Bei diesen Worten beruhigte sich der Vezier. Man reichte ihm einen Becher Wein und er trank ihn.

Nureddin blieb aus Furcht vor den schlimmen Folgen seiner Tat bei seinen Freunden und belustigte sich mit ihnen den ganzen Tag. Erst sehr spät am Abend kam er heim und klopfte an die Türe des Hauses, welche ihm von den Frauen seiner Mutter geöffnet wurde. Er legte sich schlafen und vor dem Morgengebet ging er wieder aus. Zwei Monate lang lebte er so fort, ohne seinem Vater zu begegnen. Die Gemahlin des Veziers sagte dann zu ihrem Gatten: »Willst du die Sklavin und deinen Sohn verderben? Wenn das so fortdauert, wird er bald das Weite suchen.« Der Vezier erwiderte: »Was ist hier zu tun?« Da sagte die Frau: »Warte heute Abend auf ihn, bis er um Mitternacht kommt; ergreif ihn und tue, als ob du ihn töten wollest. Ich eile dann herbei und reiße ihn von dir los und du söhnst dich mit ihm aus und gibst ihm die Sklavin, denn er liebt sie und sie liebt ihn, und ich bezahle dir, was sie gekostet hat.«

Vadhleddin befolgte diesen Rat. Als demnach die Zeit herankam, wo Nureddin nach Hause kam, verbarg er sich an einem dunklen Orte. Bald darauf klopfte es an der Türe; eine Sklavin öffnete geräuschlos nach gewohnter Weise und sowie der Jüngling eintrat, ward er auf einmal ergriffen und zu Boden geworfen. Nureddin drehte den Kopf herum, um zu sehen, wer ihm dies getan. Da erkannte er in dem unerwarteten Gegner seinen eigenen Vater.

Vadhleddin setzte seinem Sohne Nureddin, nachdem er ihn unter seine Füße geworfen, ein Knie auf die Brust, zog einen Dolch aus seinem Gürtel und hielt ihn seinem Sohne an die Kehle. In diesem Augenblicke kam Nureddins Mutter dazu und rief aus: »Was willst du tun?« Der Vezier antwortete: »Ich will ihn töten.«

Nureddin rief: »Mein Vater, wird es dir so leicht, mich zu töten?« Da gewahrte er, daß Vadhleddins Augen in Tränen schwammen und die höhere Macht des Gefühls und des Mitleids in ihm rege ward. Darauf erwiderte der

Vezier: »War es dir so leicht, mein Leben und mein Gut aufs Spiel zu setzen?« Nureddin versetzte:

»Erlaß mir meine Schuld; denn die Verständigen vergeben immer den Schuldigen ihr Vergehen.

Wenn ich auch alle Arten von Untugend in mir vereinige, so verbinde doch du alle Tugenden mit der Schönsten derselben, der Großmut!

Bedenke, daß, wer Verzeihung hofft von dem, der über ihm ist, auch denjenigen ihre Schuld vergeben muß, die unter ihm sind.«

Da stand der Vezier von der Brust seines Sohnes auf, denn er hatte Erbarmen mit ihm und Nureddin küßte ihm Hände und Füße. Der Vezier warf ihm einen freundlichen Blick zu und sagte: »Ich würde dir die schöne Perserin geben, wenn ich wüßte, daß du sie gut behandeln wollest.« »In welcher Weise?« fragte Nureddin.

»Du darfst«, fuhr Vadhleddin fort, »sie niemals verkaufen oder kränken, noch auch eine andere neben ihr heiraten.« Er erwiderte: »Ich will dies beschwören« und leistete alsbald den verlangten Schwur und brachte ein ganzes Jahr in vollkommenstem Glück mit ihr zu, denn Gott hatte den Sultan die ganze Geschichte mit der Sklavin vergessen lassen.

Muin hatte zwar erfahren, was vorgegangen war; da er aber sah, daß Vadhleddin in hoher Gunst beim König stand, so wagte er nicht, demselben etwas davon zu sagen.

Nach Verfluß von einem Jahre geschah es, daß der Vezier ins Bad ging, ganz erhitzt heraustrat, und die kalte Luft ihm auf die Brust schlug und ein heftiges Fieber verursachte, das ihn zwang, sich zu Bette zu legen; nachdem er manche schlaflose Nacht zugebracht hatte und immer schwächer wurde, ließ er seinen Sohn Nureddin rufen und sprach folgendermaßen zu ihm:

»Der Lebensunterhalt ist vom Schicksal bestimmt und des Lebens Ende von Gott beschlossen. Jedermann muß den Todeskelch leeren.

Ich fühle meinen Tod; erhaben ist nur der, der nie stirbt; ich aber kann dem Tode nicht entgehen.

Wahrlich, in der Hand des Todes hört ein König auf, König zu sein; ein König aller Könige ist nur der, der nie stirbt.

Ich weiß dir nichts weiter ans Herz zu legen, als Gott zu fürchten, die Folgen deiner Handlungen im Voraus zu erwägen und deinen Schwur in betreff der Perserin zu halten, ich hoffe von Gott, daß er mich gnädig aufnehmen wird.« Hierauf verschied er. Sein Palast war mit dem Jammergeschrei der Frauen erfüllt und die Kunde von seinem Tode verbreitete sich bald in der ganzen Stadt bis zum Sultan. Die kleinen Kinder weinten in ihren Schulen, die Männer in den Bethäusern und die Frauen in ihren Harems. Nureddin bereitete alles zu seiner glänzenden Bestattung vor und wich nicht von der Leiche seines Vaters, bis die Erde sie bedeckte.

Als der Leichnam mit Erde bedeckt war, sprach einer der Anwesenden folgende Verse:

»Am Donnerstage nahm ich von meinen Freunden Abschied, und man wusch mich auf dem Waschgerüste.

Man zog mir die Kleider aus, mit denen ich bedeckt war, und legte mir ein Gewand an, welches nicht das meinige war.

Auf vier Schultern trug man mich nach dem Betorte, und einige beteten für mich ein Gebet, wobei kein Niederfallen ist. Gott sei euch gnädig, ihr alle, die ihr meine Freunde waret!

Endlich brachte man mich in ein gewölbtes Gemäuer, an welchem die Zeit vorübergeht, ohne daß dessen Türe geöffnet wird.«

Als die Begleitung sich entfernt hatte, und Nureddin, von Schmerz zerknirscht, wieder nach Hause ging, paßten folgende Verse auf seinen Zustand:

»Am Donnerstag abends ist er geschieden, und wir haben einander auf immer Lebewohl gesagt.

Auch seine Seele folgte ihm, und als sie entfloh, rief ich ihr nach: ›Kehre in ihn zurück, o teure Seele!‹

›Wie soll ich‹, war ihre Antwort, ›in meinen Leib zurückkehren, dem es an Fleisch und Blut gebricht, an dem sich nichts als trockene Gebeine finden?‹

Dessen Augen häufige Tränen blind gemacht haben, und dessen nunmehr taube Ohren einst so viel Tadel hören mußten?«

Nureddin gab sich längere Zeit der Trauer über den Verlust seines Vaters hin. Eines Tages als er im Hause seines Vaters saß, klopfte jemand an der Türe. Nureddin erhob sich und öffnete. Es war einer seiner alten Freunde und Zeitgenossen, der, nachdem er ihm die Hand geküßt hatte, sagte: »Wer einen Sohn hinterläßt, wie du bist, der stirbt nicht, drum erheitere dein Herz, lasse jetzt das Trauern und sei fröhlich!«

Nureddin ließ die Wohnung, wo er sonst mit seinen Bekannten zusammenzukommen pflegte, wieder mit allem erforderlichen versehen, und bildete sich allmählich eine Gesellschaft von zehn Freunden, sämtlich Kaufleuten. Mit diesen verlebte er die Zeit in steten Festen und Lustbarkeiten, auch wurde jeder derselben noch außerdem mit einem reichen Geschenke von Nureddin entlassen, manchmal ließ er auch die Perserin vor ihnen erscheinen.

Einst kam der Verwalter zu ihm und sagte: »Kennst du nicht das Sprichwort, welches sagt: Wer immer ausgibt, ohne zu rechnen was, kommt zuletzt an den Bettelstab, ohne zu wissen wie. Deine Schätze können solche Ausgaben und solche Geschenke nicht aushalten, und wären sie auch so groß wie Berge.«

»Geh«, sagte ihm Nureddin, »von all dem, was du mir eben gesagt, will ich kein Wort mehr hören. Weißt du nicht, wie der Dichter sagt:

›Wenn ich Reichtümer besitze und damit nicht freigebig bin, so möge meine Hand sich nie öffnen, und mein Fuß nie aufrecht stehen!

Zeige mir einen Geizigen, der mit seinem Geize Ruhm erworben hätte, oder einen Freigebigen, der in Verachtung gestorben wäre.‹

Alles, was ich von dir fordere, ist: So lange du noch hast zum Frühstück, so mache dir keine Sorgen um das Abendessen.« Auf die Frage des Verwalters, ob dies seines Gebieters bestimmter Wille sei, antwortete Nureddin mit einem Ja, und der Verwalter ging seines Weges.

Nureddin fuhr fort, sich's wohl sein zu lassen, und so oft einer seiner Freunde ihm sagte: o mein Herr! du hast da einen schönen Garten, schenkte er ihm denselben in unwiderruflicher Weise, indem er auf Verlangen des Freundes alsbald eine schriftliche Schenkungsurkunde ausstellte. Wenn andere ihm ein Haus oder ein Bad priesen, so machte er es ihnen auch zum Geschenke. Zugleich bewirtete er sie des Morgens, des Mittags und des Abends, jedesmal an einem anderen Orte. Dies ging so ein ganzes Jahr fort.

Eines Tages sang ihm Enis Aldjelis folgende Verse vor:

»Wenn deine Tage schön sind, so bist du fröhlichen Mutes und fürchtest nicht das Böse, womit das Geschick mich bedroht.

Wenn deine Nächte ruhig sind, so lässest du dich täuschen; aber bedenke, daß in der heitersten Nacht oft plötzlich Finsternis entsteht!«

Als sie so gesungen hatte, klopfte es auf einmal an der Türe. Einer von Nureddins Freunden, der das Klopfen gehört hatte, machte ihn aufmerksam darauf; Nureddin ging zu öffnen und einer der Gäste folgte ihm, ohne daß er es bemerkte. Als Nureddin hinaustrat, erblickte er seinen Verwalter. Er fragte ihn: »Was ist vorgefallen?« Jener erwiderte: »Mein Herr und Gebieter, was ich seit langer Zeit voraussah, ist eingetroffen.« »Wie soll ich deine Worte verstehen?« fragte Nureddin. »Herr!« fuhr der Verwalter fort, »es ist nicht ein Dirham mehr von allen den Summen, die du übergeben hast, übrig. Hier ist die Bescheinigung meines Herrn über alles, was ich zu verwalten hatte.« Als Nureddin dies hörte, ließ er sein Haupt sinken und rief: »Gottes Wille geschehe! Es gibt keine Macht und keinen Schutz außer bei Gott.« Indessen trat der Freund, welcher die Unterhaltung zwischen Nureddin und seinem Verwalter belauscht hatte, sogleich wieder herein und sagte ihnen: »Nureddin ist ein Bettler, überlegt nun, was ihr tun wollt.« Da erwiderten sie: »Wenn dem so ist, so bleiben wir nicht länger bei ihm.«

In diesem Augenblicke kehrte Nureddin mit betrübtem Gesichte wieder zur Gesellschaft zurück. Er hatte sich kaum wieder auf seinen Platz gesetzt, als einer der Freunde aufstand und zu ihm sagte: »Herr, ich bitte dich, nicht übel nehmen zu wollen, wenn ich mich entferne.« »Was ist es, das dich nötigt, uns zu verlassen?« fragte Nureddin. »Herr«, antwortete jener, »meine Frau ist ihrer Entbindung nahe; du weißt wohl, daß in solchen Fällen der Mann nicht zu lange von zu Hause wegbleiben darf.«

Kaum hatte ihm Nureddin die Erlaubnis erteilt sich zu entfernen, da stand ein Zweiter auf und beurlaubte sich unter einem anderen Vorwande. Die übrigen taten desgleichen, einer nach dem andern, bis kein einziger von den zehn Freunden mehr übrig blieb. Als Nureddin allein war, rief er Enis Aldjelis zu sich und sagte ihr: »Siehst du, was mir zugestoßen?« und erzählte ihr, was ihm der Verwalter gesagt. Sie versetzte: »Deine Freunde und deine Familie haben dir oft Vorwürfe gemacht und du hast ihnen kein Gehör geschenkt. Auch ich wollte längst dir Vorstellungen machen, aber ich schwieg wieder, als ich folgende Verse von dir hörte:

›Wenn das Glück dich begünstigt, so teile von seinen Geschenken aller Welt mit, bevor es entflieht.

Freigebigkeit wird es nicht erschöpfen, wenn es dir wohl will, und Geiz wird dich nicht schützen, wenn es sich wegwendet.‹«

Nureddin sagte hierauf: »Weißt du nicht, daß ich mein Gut für meine zehn Freunde verschwendet habe? Ich glaube nicht, daß sie mich hilflos lassen werden.« »Herr!« entgegnete Enis Aldjelis, »sie werden dir, bei Gott, nichts nützen.« Nureddin sagte: »Ich will sie sogleich alle besuchen, vielleicht erlange ich doch so viel von ihnen, daß ich ein Handlungsgeschäft gründen kann, denn ich werde nicht mehr Zerstreuungen nachgehen.«

Nureddin machte sich sogleich auf den Weg, um das Quartier der Stadt aufzusuchen, in welchem alle seine zehn Freunde wohnten. Als er an der Türe des ersten anklopfte, erschien eine Sklavin und fragte, wer er sei, der Einlaß begehre. »Sage deinem Herren«, antwortete Nureddin, »Nureddin Ali, der Sohn des verstorbenen Veziers Vadhleddin, läßt ihm seinen Gruß vermelden und küßt ihm die Hand.«

Die Sklavin meldete Nureddin. Ihr Herr schrie sie an: »Geh, sag ihm, ich sei nicht zu Hause.« Die Sklavin kam zurück und sagte Nureddin, ihr Herr wäre nicht zu Hause. Nureddin murmelte vor sich hin: Ha, der schändliche Mensch läßt sich vor mir verleugnen! Sie werden nicht alle sein wie dieser Verworfene. Er ging weiter und klopfte an die Türe eines anderen Freundes. Abermals kam eine Sklavin heraus und fragte ihn um seinen Namen. Nachdem sie ihn erfahren hatte, ging sie hinein, ihn zu melden. Bald darauf kam sie wieder zurück, und abermals mußte er hören: »Mein Herr ist nicht zu Hause.«

Ali fand die Sache lächerlich und sagte: »Nun, unter den acht übrigen wird doch gewiß einer sein, bei dem ich Hilfe finde.« Aber auch an der dritten Türe wurde er mit denselben Worten abgewiesen.

Jetzt erst ging Nureddin in sich und erkannte seine Torheit, laut jammernd und mit Tränen in den Augen sprach er folgende Verse:

»Der Mensch zur Zeit seines Glücks gleicht einem Baume; so lange er Früchte hat, sammeln sich die Leute um ihn.

Sind aber diese abgenommen, so gehen sie davon und überlassen ihn den Stürmen und dem Staube.

Pfui über die Menschen dieser Zeit! Sie sind alle gemein und schlecht; unter zehn ist nicht einer gut.«

Als Nureddin mit verdoppeltem Schmerze bei der schönen Perserin eintrat, sagte sie. »Nun Herr! Bist du jetzt von der Wahrheit dessen überzeugt, was ich dir vorausgesagt habe?« »Ach«, rief er aus: »nicht einer hat mich erkennen, mich sprechen wollen!« »Nun«, sagte die Sklavin, »verkaufe von den Gerätschaften des Hauses, bis Gott der Erhabene uns anderes beschert.« Nureddin begann nun allerlei Mobilien und Hausgerätschaften zu verkaufen, bis ihm endlich nichts mehr übrig blieb. Er ging dann zu seiner Sklavin und sagte ihr: »Was bleibt uns jetzt noch zu verkaufen übrig?« »Mein Herr!« erwiderte die Sklavin. »Ich rate dir, sogleich auf den Bazar zu gehen und mich zu verkaufen. Du weißt ja, daß dein seliger Vater mich für 10000 Dinare gekauft hat, vielleicht wirst du mit Gottes Hilfe eine annähernde Summe für mich lösen und will die göttliche Bestimmung, daß wir uns wieder vereinigen, so wird es auch geschehen.« »O Enis Aldjelis!« rief Nureddin, »bei Gott, mir fällt es schon schwer, nur eine Stunde getrennt von dir zu leben.« »Mir geht es nicht anders«, versetzte die Sklavin, »aber die Not hat ihre bestimmten Gesetze, wie ein Dichter gesagt:

›Die Not treibt den Menschen oft auf Wege, die sonst dem feinen Leben nicht ziemen.

Wer sich zu etwas Gewalt antut, tut es nur, wenn ein überwiegender Grund dazu vorhanden ist.‹«

Er machte sich dann auf, nahm Enis Aldjelis an die Hand, Tränen rollten über seine Wangen wie Regentropfen, dann sprach er folgende auf seinen Zustand passende Verse:

»Noch einmal, ehe du dich trennst, beglücke mich mit einem Blick von dir, um mein Herz zu stärken, welches die Trennung von dir dem Tode nahe bringt.

Doch sollte dies zu sehr dich schmerzen, so unterlaß es. Gern will ich sterben vor Liebesgram, kann ich dadurch dir diesen Schmerz ersparen.«

Als er nach dem Bazar kam, wandte er sich an einen Ausrufer, Namens Hadschi Hasan, und sprach zu ihm: »Hadschi Hasan, hier ist eine Sklavin, die ich verkaufen will; sieh zu, wie du sie ausbieten kannst.« Hadschi Hasan sprach: »Ich werde deine edle Abstammung nicht vergessen.« Dann fuhr er fort: »Wie? Ist dies nicht die Sklavin, welche der selige Vezier, dein Vater für 10000 Dinare gekauft hat?« Nureddin versicherte, daß es dieselbe sei. Er ging hierauf herum, die Kaufleute aufzusuchen; da sie aber da und dort zerstreut waren, wartete er noch, bis die Bazare mit Kaufleuten angefüllt waren und allerlei Sklavinnen: Nubierinnen, Europäerinnen, Griechinnen, Türkinnen, Tartarinnen, Cirkassierinnen und Georgierinnen verkauft wurden, dann trat er mitten unter sie und sprach zu den Kaufleuten: »Ihr Männer von großen Reichtümern! Nicht alles, was rund, ist drum eine Nuß, noch alles, was länglich ist eine Banane; alles, was rot, ist noch kein Fleisch. O ihr Kaufleute! Meine Sklavin ist die Perle von allen Sklavinnen der Welt! Ihr selber sollt mir bestimmen, zu welchem Preise ich sie zuerst ausrufen soll.«

Da sage ein Kaufmann: »Rufe sie zuerst für 4000 Dinare aus!« Als sie so ausgerufen ward, kam der Vezier Muin vorüber und dachte, als er Nureddin auf dem Marktplatze erblickte: »Was, hat wohl der Sohn Vadhleddins auf dem Markte zu tun?« Er wendete hierauf seinen Blick nach dem Ausrufer, der mitten auf dem Bazar stand, von vielen Kaufleuten umringt und sagte zu sich selber: wenn meine Vermutung richtig ist, so ist er zum Bettler geworden und will nun seine Sklavin verkaufen. Wie wohl tut dies meinem Herzen! Er rief hierauf den Ausrufer herbei, der alsbald kam und die Erde vor ihm küßte, und sagte ihm: »Zeige mir die Sklavin, die du zum Verkauf ausrufst.« Der Ausrufer, der diesem Befehl nicht zuwiderhandeln konnte, stellte die Sklavin dem Vezier vor. Dieser fand die Sklavin sehr schön und fragte den Ausrufer, wie teuer sie wäre. Jener erwiderte: »Das erste Angebot ist 4000 Dinare.« Muin sagte sogleich: »Ich nehme sie für diese Summe.« Als die Kaufleute dies hörten, wagte es niemand, mehr zu bieten, denn sie kannten die Gewalttätigkeit und Hinterlist des Veziers.

Nun war es nicht Gebrauch, sobald die Kaufleute eine Sklavin gesehen hatten und darum handelten, sie sonst jemand sehen zu lassen. Aber die Kaufleute hatten nicht den Mut, ihr Recht gegen das Ansehen des Veziers geltend zu machen. Und was sollte Hadschi Hasan anders tun, als gehorchen? Während er noch unschlüssig dastand, warf ihm plötzlich Muin einen grimmigen Blick zu und schnaubte ihn an: »Wehe dir! Was besinnst du dich? Geh zu dem Verkäufer und schließe den Handel mit ihm ab.« Der Ausrufer ging zu Nureddin und sagte ihm: »O mein Herr! Deine Sklavin wird dir umsonst entrissen.« »Wieso?« fragte Nureddin. Da sagte der Ausrufer: »Wir haben deine Sklavin zuerst um 4000 Dinare ausgerufen, da kam der gewalttätige Muin, der Sohn Sawis vorüber, und

da ihm das Mädchen gefiel, sagte er mir, geh zu ihrem Herrn und sage ihm, ich nehme sie für 4000 Dinare. Ich glaube, er weiß, daß sie dir gehört und es wäre doch so übel nicht, wenn er dir die 4000 Dinare bar bezahlte, aber ich schließe aus seinen früheren Gewalttaten, daß er dir nur eine Anweisung auf irgend einen seiner Verwalter geben und ihm sagen wird: »Zieh Nureddin hinaus, so lange es dir möglich ist, und hüte dich wohl, ihm seine Forderung zu bezahlen!« So oft du dann kommst, dein Geld zu holen, wird es heißen: heute kann ich nicht bezahlen, komm morgen! So wird man dich von einem Tag zum anderen herumziehen, bis du über ein solches Verfahren empört und zuletzt vor Zorn und Ärger die Anweisung zerreißest. Dann ist dein Geld verloren.«

Nureddin fragte, was er tun könne, um dieses zu verhindern. »Herr«, erwiderte Hadschi Hasan, »ich will dir einen Rat geben, wenn du ihn befolgest, so kann alles noch gut gehen. Stelle dich, als hättest du im Zorn auf deine Sklavin geschworen, sie auf den Markt zu führen, aber nicht die Absicht gehabt, sie wirklich zu verkaufen, sondern dies nur getan, um deines Eides quitt zu werden. Das wird aller Welt genügen und Muin wird nichts dagegen einwenden können. Komm denn; und in dem Augenblick, wo ich sie Muin zuführe, als wenn es mit deiner Einwilligung geschähe, und der Handel geschlossen wäre, reiße sie zurück, indem du ihr einige Streiche gibst, und führe sie wieder nach Hause.« »Dein Rat scheint mir gut zu sein«, sagte hierauf Nureddin. Hadschi Hasan verließ Nureddin, stellte sich in die Mitte des Bazars, faßte die Sklavin an der Hand, blickte nach dem Vezier Muin hin und sagte: »Hier kommt der Besitzer der Sklavin.«

Hadschi Hasan hatte diese Worte noch nicht ausgesprochen, als Nureddin hervortrat, die schöne Perserin ergriff und ihr einen Backenstreich gab.

»Hierher, du Unverschämte!« sprach Nureddin zu der Sklavin, »gehe nach Hause, ich habe dich nur auf den Markt geführt, um meinem Eid zu genügen, und sei fortan nicht wieder ungehorsam. Wehe dir, ich brauche das Geld nicht, das man mir für dich bietet, ich könnte Gerätschaften verkaufen, die viel mehr wert sind als du.« Der Vezier Muin trat zu Nureddin vor und sagte: »Wehe dir! Willst du mir einbilden, daß dir noch etwas anderes zu verkaufen übrig bleibt, als deine Sklavin?« Muin wollte hierauf Nureddin am Kragen fassen. Dieser warf einen Blick auf die umstehenden Kaufleute, Ausrufer und Käufer, welche insgesamt ihm zugetan waren und sagte: »Bei Gott! Wenn ihr nicht wäret, ich würde ihn auf der Stelle töten.« Die Anwesenden gaben ihm aber durch Zeichen zu verstehen, er könne sich rächen, wie es ihm beliebe, es werde ihm niemand in den Weg treten. Nureddin, der ein junger, kräftiger Mann und durch den Beifall der Umstehenden ermutigt war, packte den Vezier, zog ihn vom Sattel herunter, warf ihn in die Gosse, die voll Kot war, und prügelte ihn tüchtig durch. Dann gab er ihm noch einen tüchtigen Faustschlag auf den Mund, daß das Blut herausfloß. Zehn Mameluken, welche Muin begleiteten, wollten mit gezogenem Säbel über Nureddin herfallen, als sie ihren Herrn in diesem Zustande sahen; aber die Kaufleute traten dazwischen und verhinderten sie daran. »Was wollt ihr tun?« sagten sie zu ihnen. »Sehet ihr nicht, daß, wenn der eine Vezier, der andere Sohn eines Veziers ist? Vielleicht vertragen sie sich nach einigen Tagen wieder, und wenn ihr Hand angelegt hättet, würdet ihr gehaßt bleiben, auch könntet ihr Nureddin umbringen und das würde für euch selbst die schlimmsten Folgen haben, darum mischet euch nicht in ihre Händel!«

Nureddin war endlich müde, auf den Vezier loszuschlagen; er nahm die schöne Perserin und kehrte mit ihr nach seinem Hause zurück. Muin erhob sich mit vieler Mühe und sein weißer Anzug war von Kot und Blut besudelt. Als er sich in diesem Zustande sah, nahm er eine Matte um den Nacken und zwei Bündel Gras in die Hand und ging gerade nach dem Königlichen Palast und rief: »O König seines Jahrhunderts! Mir ist Gewalt geschehen!«

Der König gab Befehl, den Mann heraufzuführen, der da unten schreie, und als man denselben vor ihn brachte, erkannte er seinen Vezier und fragte: »Wer hat dich so zugerichtet?« Da stürzten dem Vezier die Tränen in die Augen, während er seine Klage mit folgenden Versen anhob:

»Soll mir Unrecht geschehen in der Zeit, wo du lebst? Sollen mich Wölfe fressen, da du doch ein Löwe bist?

Soll ich, während an den Quellen deiner Wohltaten jeder Durstige Erholung schöpft, allein unter deinem Schutze verschmachten, da du doch einem erquickenden Regen gleichest?

Herr!« fuhr dann Muin fort, »man darf nur zeigen, daß einem deine und des Reiches Wohlfahrt am Herzen liegt, um auf so unwürdige Weise behandelt zu werden, wie du siehst, daß man mich soeben behandelt hat.« Der König sagte: »Du darfst versichert sein, daß mir deine Ehre nicht minder teuer ist, als meine eigene; sage mir daher nur ohne Umschweife, wie sich die Sache verhält und wer der Schuldige ist.«

Muin erzählte: »Herr, ich verließ mein Haus und ritt auf den Sklavenmarkt, um mir eine Köchin zu kaufen; als ich dahin kam, hörte ich eine Sklavin für 4000 Dinare ausrufen. Ich ließ mir die Sklavin vorführen, und siehe, es war die schönste, die man je gesehen hat und noch sehen kann. Nachdem ich sie hinlänglich betrachtet hatte, fragte ich, wem sie gehöre. Da nannte man mir den Verkäufer Nureddin, den Sohn des verstorbenen Veziers Vadhleddin. Du weißt, mein Herr und König! Daß du diesem Vezier 10000 Dinare auszahlen ließest, mit dem Auftrage, dir für diese Summe eine Sklavin zu kaufen. Er hat auch wirklich eine dafür gekauft; anstatt sie aber dir zuzuführen, achtete er dich derselben nicht würdig, sondern machte seinem Sohn ein Geschenk damit. Seit dem Tode des Vaters hat nun der Sohn alles verkauft, und es blieb ihm zuletzt nichts mehr übrig, als diese Sklavin, welche er sich endlich auch zu verkaufen entschlossen hatte, und die man wirklich in seinem Namen verkaufte. Ich sagte ihm daher, überlaß mir die Sklavin für die 4000 Dinare; ich will sie kaufen, um dem König, unserm Herrn und Meister, ein Geschenk damit zu machen, dem sie eher gebührt und der schon einmal 10000 Dinare für sie ausgegeben. Nureddin sah mir frech ins Gesicht und sprach zu mir: Nichtswürdiger Alter! Lieber wollte ich meine Sklavin an einen Juden oder Christen, als an dich verkaufen! Aber, Nureddin, fuhr ich fort, lohnst du es so dem Sultan, durch dessen Huld dein Vater und ich selbst groß geworden ist? Diese Vorstellung reizte ihn nur noch mehr; er stürzte sogleich auf mich los und, ohne Rücksicht für mein Alter, riß mich von meinem Pferde herunter, schlug mich mit Hand und Faust und versetzte mich in den Zustand, worin du mich hier siehst. Dies alles ist mir zugestoßen, weil ich dir eine Freude machen wollte.« Mit diesen Worten warf sich der Vezier auf den Boden, weinte und zitterte und gebärdete sich, wie wenn er die Besinnung verlöre und ohnmächtig würde.

Als der König Muin in diesem Zustande sah und seine Worte hörte, da schwoll die Ader des Zorns zwischen seinen Augen. Er wandte sich zu den Großen des Reichs, die ihn umgaben, und siehe, da standen 40 Bewaffnete von seiner Leibwache vor ihm. Diesen befahl er, sich in die Wohnung Nureddin Alis zu begeben, alles auszuplündern, ihn selbst aber samt seiner Sklavin zu ergreifen und sie gebunden vor sein Augenlicht zu schleppen.

Die Soldaten schickten sich an, den Befehl des Königs zu vollziehen, als ein Türhüter, welcher alles mit angehört hatte, ihnen zuvoreilte. Dieser hieß Alam Eddin Sandjar und war vormals Sklave des Veziers Vadhleddin gewesen, der ihn

mit in den Palast des Königs gebracht hatte, wo er allmählich so emporgestiegen war. Als er jetzt sah, wie die Feinde seines früheren Herren sich anschickten, dessen Sohn zu töten, fiel es ihm schwer aufs Herz; er entfernte sich daher, bestieg ein Pferd und trieb es mit aller Kraft nach der Wohnung Nureddins, klopfte stark an die Türe, daß Nureddin ungesäumt selber kam und öffnete. Als er den ehemaligen Diener seines Vaters erblickte, grüßte er ihn. Sandjar sagte: »Es ist jetzt keine Zeit zur Begrüßung, noch zu anderen vielen Worten, es ist eine Zeit, auf welche die Verse eines Dichters passen:

›Fürchtest du eine Gewalttat, so suche dein Leben zu retten, und lasse die Wohnung den Verlust ihres Erbauers verkünden.

Denn leicht kannst du ein Land mit dem anderen vertauschen; für dein Leben gibt's aber kein zweites.

Sende keinen Boten in einer ernsten Angelegenheit: wo es das Leben gilt, kann keiner den anderen vertreten.

Nur daher kommt es, daß des Löwen Nacken so stark ist, weil er selbst abschüttelt, was ihn drückt.‹«

Als Nureddin hierauf fragte, was denn vorgefallen wäre, sagte Sandjar: »Mache dich auf, mein Herr, und rette dich mit deiner Sklavin, denn Muin hat dir eine Falle gestellt, in die du stürzest, wenn du säumst. Der Sultan hat 40 Bewaffneten den Befehl erteilt, dein Haus auszuplündern und dich und die Sklavin gebunden vor ihn zu bringen, ich rate dir daher, sogleich mit der Sklavin die Flucht zu ergreifen, ehe die Soldaten kommen.« Er griff hierauf in seinen Gurt, zog 40 Dinare heraus und reichte sie Nureddin mit den Worten: »Da nimm diese 40 Dinare; gern würde ich dir mehr geben, wenn ich es vermöchte; aber jetzt ist keine Zeit zu weiteren Erklärungen.«

Nureddin eilte zu Enis Aldjelis und setzte sie von allem in Kenntnis, und sie war sehr bestürzt darüber. Beide verließen alsbald die Stadt unter Gottes Schutz und als sie das Ufer des Flusses erreichten, fanden sie ein Fahrzeug, welches eben im Begriff war, die Anker zu lichten. Denn gerade, als sie anlangten, stand der Schiffshauptmann mitten unter den Reisenden und rief mit lauter

Stimme: »Hat noch jemand einen Einkauf zu machen, Abschied zu nehmen oder sonst etwas am Lande vergessen? Er beeile sich, denn wir reisen bald ab.« Als er die einstimmige Antwort erhielt, sie haben nichts mehr zu besorgen, rief er seinen Matrosen zu: »Das Seil ab und die Anker auf!« Nureddin fragte den Hauptmann, wohin die Reise gehe. »Nach Bagdad, der Wohnung des Friedens!« war die Antwort.

Er stieg mit Enis Aldjelis ein, hierauf wurde das Schiff flott gemacht, die Segel wurden gespannt, und das Schiff bewegte sich wie ein Vogel mit seinen Flügeln, wie ein Dichter sich ausdrückt.

»Sieh dieses Schiff und erstaune über den wunderbaren Anblick, es kommt in seinem Laufe dem Winde zuvor.

Es gleichet einem Vogel, der seine Flügel ausbreitet und plötzlich aus der Luft über das Wasser dahinstreicht.«

Ein frischer Wind begünstigte die Fahrt. In Baßrah ging aber folgendes vor: die bewaffnete Wache kam in Nureddins Haus und pochte an die Türe. Da niemand öffnete, schlug man die Türe ein und alsbald drangen die Soldaten hinein; sie durchzogen alle Gemächer, fanden aber weder Nureddin noch seine Sklavin. Da zertrümmerten sie das Haus und kehrten zum Sultan zurück und setzten ihn von allem in Kenntnis. »Man suche sie überall, wo sie sich versteckt haben könnten«, sagte der König. Die Bewaffneten gingen auf neue Nachforschungen aus und der König entließ den Vezier Muin, nachdem er ihn beruhigt und mit einem Ehrenkaftan beschenkt hatte. »Geh«, sagte er zu ihm, »sei unbesorgt wegen Nureddins Bestrafung.« Muin wünschte ihm ein langes Leben und entfernte sich.

Der König ließ durch die öffentlichen Ausrufer in der ganzen Stadt bekannt machen: Derjenige sollte ein Ehrenkleid und 1000 Dinare erhalten, der ihm Nureddin brächte, derjenige aber sein Leben und sein Vermögen verlieren, der ihn etwa verborgen hielte. Allein, welche Sorgfalt er auch anwenden ließ, es war nicht möglich, irgend eine Kunde von ihm zu erhalten.

Nureddin und die schöne Perserin vollendeten unterdessen mit Gottes Hilfe ihre Fahrt. Sie erreichten glücklich Bagdad; der Schiffshauptmann rief den Reisenden zu: »Hier ist Bagdad, die Stadt des Friedens und der Sicherheit. Der Winter mit seiner Kälte hat ihr den Rücken gewendet und der Frühling ist mit seinen Boten eingekehrt. Die Bäume stehen in Blüte und die Bäche rieseln.« Nureddin zahlte dem Hauptmann fünf Dinare für seine Überfahrt und verließ das Schiff mit Enis Aldjelis. Sie schlenderten eine Weile aufs Geratewohl miteinander umher und das Schicksal führte sie zwischen die Gärten. Bald kamen sie an einen Platz, der gut begossen und reinlich ausgekehrt war, mit langen Ruhebänken und hängenden Töpfen mit Wasser gefällt, darüber wölbte sich ein Gitterwerk aus Rohr, das sich längs einem Gang hinzog und nach der Türe des Gartens hinführte, die aber verschlossen war. »Bei Gott«, sagte Nureddin zu Enis Aldjelis, »das ist ein schöner und lieblicher Ort!« Die Perserin entgegnete: »Hier sind ja Ruhebänke, komm, laß uns ein wenig ausruhen.« Sie stiegen auf die Bänke, wuschen sich Hände und Gesicht, der Wind wehte ihnen sanfte Kühlung zu und so entschlummerten sie. Gepriesen sei der, dessen Auge nie schläft.

Der Garten gehörte dem Kalifen Harun Arraschid und hieß der Garten der Belustigung. Mitten in demselben stand ein Schloß, welches der Palast der Zerstreuung und der Bilder genannt wurde. Dieses Schloß hatte 80 Fenster, mit einer Lampe an jedem und in der Mitte stand ein großer goldener Kronleuchter. Harun Arraschid besuchte dieses Schloß, wenn ihn irgend ein Gram drückte. Da ließ er seinen Gesellschafter Abu Ishak und mehrere Sklavinnen singen, bis sein Herz fröhlich ward und Sorge und Kummer aus demselben wich.

Es wohnte in diesem Garten niemand als ein alter Aufseher, Namens Scheich Ibrahim. Wenn dieser ausgegangen war, um in der Stadt etwas zu besorgen, so fand er häufig bei seiner Zurückkunft Leute, welche in der Nähe des Gartens sich mit verdächtigen Frauen belustigten und die Ruhe des Ortes störten. Dies verdroß den alten Mann und er machte endlich dem Kalifen die Anzeige davon. Harun Arraschid gab ihm die Erlaubnis, mit jedem, den er vor der Türe des Gartens träfe, zu verfahren, wie es ihm gutdünke.

An diesem Tage nun hatte ein Geschäft den Aufseher auch wieder genötigt, auszugehen, und als er zurückkehrte, sah er die beiden Personen, die unter einem Tuche schliefen. »Gut«, sagte Scheich Ibrahim bei sich selber, »da sind Leute, die nicht wissen, daß mir Vollmacht gegeben, jeden zu töten, den ich hier treffe, ich will ihr Leben schonen, aber durchprügeln will ich sie dergestalt, daß es so bald niemand mehr einfallen wird, sich der Gartentüre zu nähern.«

Hierauf ging er in den Garten. Einen Augenblick danach kam er wieder mit einem grünen Palmenstock in der Hand, den er im Gebüsch geschnitten hatte. Er erhob seine Hand mit dem Stock und holte so gewaltig aus, um auf sie loszuschlagen, daß man das Weiße seiner Achselgrube sehen konnte; plötzlich aber hielt er inne und überlegte bei sich: was willst du tun, Ibrahim? Wie magst du diese Leute schlagen, ohne zu wissen, ob es nicht Fremdlinge sind, oder Reisende, welche das Schicksal hierher geworfen hat; es wird doch besser sein, ihr Gesicht aufzudecken, um zu sehen, wer sie sind. Als er das Tuch, mit dem sie verhüllt waren, aufhob und einen so wohlgebildeten Jüngling und ein so schönes Mädchen erblickte, rief er: »Bei Gott, das sind zwei hübsche Personen!« und deckte ihr Gesicht wieder zu. Dann rieb er den jungen Mann an den Füßen, um ihn aufzuwecken. Nureddin öffnete die Augen und als er einen ehrwürdigen Greis an seinen Füßen erblickte, richtete er sich, die Füße aneinander schließend, verschämt empor, faßte die Hand des Greises und küßte sie. »Mein Sohn«, sagte Scheich Ibrahim, »wer seid ihr? wo kommt ihr her?« »Wir sind Fremde«, antwortete Nureddin, und Tränen schossen ihm in die Augen. »Wisse«, versetzte Scheich Ibrahim, »daß der Prophet, Gottes Friede sei mit ihm, geboten hat, Fremden Achtung und Ehre zu erweisen. Wollt ihr nicht ein wenig im Garten lustwandeln und euch an dem Anblick desselben ergötzen?« »Und wem gehört dieser Garten?« fragte Nureddin. »Mir gehört er«, antwortete Ibrahim, um sie nicht zu beunruhigen und dadurch vom Eintritt abzuhalten, daß er die Wahrheit sagte; »es ist ein Erbteil meiner Väter.«

Nureddin dankte ihm und machte sich mit der Sklavin auf, um dem Scheich Ibrahim in den Garten zu folgen, und was war das für ein Garten! Den

Eingang bildete ein Gewölbe, über und über mit Reben bedeckt, welche rote und schwarze Trauben trugen, die Roten glichen Rubinen und die Schwarzen dem Ebenholz; hierauf traten sie in eine Laube, in welcher Früchte in Gruppen und einzeln sich befanden. Die Vögel sangen ihre verschiedenen Lieder auf den Zweigen, die Nachtigallen stimmten süße Melodien an und die Turteltauben füllten den Garten mit ihrem Gegurre, der Gesang der Amsel glich einer Menschenstimme und der der Ringeltaube einem im Genusse des Weines Jauchzenden. Die Bäume waren mit reifen Früchten beladen und fanden sich paarweise von jeder Sorte. Von Aprikosen waren drei Arten da: Kampfer-, Mandel- und Chorasan-Aprikosen. Die Pflaumen glichen den Schönen, die Kirschen erheiterten jeden Menschen, weiße Feigen wechselten mit roten ab. Die Blumen dieses Gartens waren wie Perlen und Korallen, die Röte der Rosen beschämte die Wangen der Schönen, die Veilchen glichen dem an das Feuer gebrachten Schwefel, die Myrte und die Nelke und der Lavendel standen zwischen Anemonen, die Blätter waren von den Tränen der Wolken geschmückt, die Kamille öffnete lächelnd den Mund, die Narzisse blickte mit ihren schwarzen Augen nach der Rose hin, die Orangen glichen runden Bechern und die Zitronen silbernen Kugeln, der Boden war mit allerlei Blumen bedeckt, Frühlingspracht schmückte den ganzen Garten, der Bach murmelte, die Vögel zwitscherten und der Zephir seufzte bei milder Temperatur. Scheich Ibrahim führte sie in einen auf Säulen ruhenden Saal und als Nureddin ihn mit seinen vielen Lichtern an den Fenstern bewunderte, fielen ihm seine frühern Gesellschaften ein und er rief: »Bei Gott, das ist ein schöner Ort!« Er ließ sich dann mit der Sklavin nieder und Ibrahim brachte ihnen etwas zu essen. Als sie gegessen und ihre Hände gewaschen hatten, trat Nureddin an ein Fenster, rief auch die Sklavin herbei und ergötzte sich an den mit Früchten beladenen Bäumen, dann fragte er Ibrahim, ob er nicht etwas zu trinken habe, da man doch nach dem Essen auch zu trinken pflege. Ibrahim brachte frisches süßes Wasser. Da sagte Nureddin: »Ein solches Getränke meinte ich nicht.« »Verlangst du etwa Wein?« fragte Ibrahim. »Allerdings«, versetzte Nureddin. Da rief Ibrahim: »Gott stehe mir bei! Ich habe seit 13 Jahren nichts damit zu tun, denn der Prophet, dem Allah gnädig sei, hat den verflucht, der Wein trinkt, keltert oder herbeiträgt.«

»Willst du zwei Worte von mir hören?« fragte Nureddin. »Sprich«, antwortete Ibrahim. Da sagte jener: »Wenn ein Esel verflucht wird, glaubst du wohl, daß dich von seinem Fluch etwas treffen werde?« »Ich denke nicht«, antwortete Ibrahim. - »Nun«, sprach Nureddin weiter, »hier sind zwei Dinare. Nimm einen Esel und reite darauf zu der ersten besten Schenke, ohne dich ihr weiter zu nähern, als dir beliebt; gib dann einem Vorübergehenden zwei Dirham und bitte ihn, dort für zwei Dinare Wein zu kaufen und auf den Esel zu laden. Auf diese Weise hast du den Wein weder gekeltert, noch gekauft, noch getragen, kurz, nichts getan, was dir Unglück bringen könnte.« Scheich Ibrahim sagte lächelnd zu Nureddin: »Mein Sohn! Bei Gott, ich habe noch keinen feinern und beredtern Mann als dich gesehen«, und er verließ sie, um seinen Auftrag auszurichten.

Als er zurückkam, sagte ihm Nureddin: »Wir übernehmen jede Verantwortlichkeit, du hast nur unsere Wünsche zu erfüllen, gib uns nun auch, was wir zum Trinken brauchen. »Mein Sohn«, sagte Ibrahim, »hier ist meine Speisekammer, es war das Vorratszimmer des Fürsten der Gläubigen.« Nureddin trat in das Vorratszimmer und fand darin eine Menge Gefäße von Gold, Silber und Kristall, mit allen möglichen Edelsteinen besetzt; er wählte einige, goß den Wein in Krüge und Flaschen. Mittlerweile war auch Scheich Ibrahim wieder gekommen und stellte seinen Gästen allerlei Arten wohlschmeckender Früchte und wohlriechender Blumen vor, dann ließ er sich in einiger Entfernung nieder, während die beiden tranken und sich vergnüglich miteinander unterhielten. Der Wein blieb nicht ohne Wirkung, er rötete ihre Wangen; sie blickten liebevoll eines in des anderen Auge und ihre Haare fielen ihnen über die Schulter herab. Da dachte Ibrahim: warum sitze ich so weit von ihnen weg? Warum nähere ich mich ihnen nicht? Wann werde ich wieder ein solches junges Paar, das dem Monde gleicht, bei mir sehen? Er machte sich dann auf und setzte sich an das äußerste Ende des erhöhten Teils des Saals. Nureddin beschwor ihn bei seinem Leben, doch näher zu kommen. Als er näher kam, füllte Nureddin einen Becher und sagte zu

Ibrahim, ihn anblickend: »Trinke, nur um zu sehen, wie Wein schmeckt.« Ibrahim wiederholte, daß er seit 13 Jahren keine solche Sünde begangen. Nureddin beschäftigte sich nicht weiter mit ihm, sondern trank den Becher aus, warf sich zur Erde und stellte sich betrunken. Da sagte Enis Aldjelis zu Ibrahim: »Sieh einmal, wie dieser hier gegen mich verfährt, stets trinkt er, bis ihn der Schlaf überwältigt und läßt mich allein ohne Gesellschaft beim Becher.« Ibrahim, dessen Mitleid und Zuneigung zu ihr durch diese Worte rege ward, versetzte: »Bei Gott, das ist nicht recht.« Das Mädchen füllte dann den Becher wieder, blickte Ibrahim an und sagte: »Ich beschwöre dich bei meinem Leben, nimm und trinke und stärke mein Herz.« Ibrahim ergriff den Becher und trank ihn aus. Das Mädchen füllte hierauf den Becher wieder, hielt ihn an das Licht und sagte. »Nun, mein Herr, bleibt dir noch dieser.« Er versetzte: »Bei Gott, ich habe genug, ich kann nicht mehr trinken.« Sie drang aber in ihn, bis er auch den zweiten Becher entnahm und leerte. Hierauf reichte sie ihm einen dritten Becher, als er aber trinken wollte, erhob sich Nureddin und sagte: »O Scheich Ibrahim! Habe ich dich nicht vor kurzem beschworen zu trinken und du hast dich geweigert und gesagt, du habest seit 13 Jahren diese Sünde nicht mehr begangen?« Ibrahim antwortete beschämt: »Mich trifft keine Schuld, diese hier hat mich überredet.« Nureddin lachte, und sie fuhren wieder fort zu zechen. Die Sklavin sagte dann leise zu ihrem Herrn: »Trink du und nötige Ibrahim nicht weiter zu trinken, du wirst deinen Spaß an ihm haben.« Sie füllte dann einen Becher und reichte ihn ihrem Herrn, und als er getrunken hatte, füllte er einen Becher und reichte ihn ihr. Als sie dies mehrmals wiederholt hatten, sagte Scheich Ibrahim: »Was ist das für eine Art zu zechen? Gott verdamme ein solches Verfahren in unserm Hause! Warum gibst du mir nicht zu trinken? Was ist das für ein Zustand, o Gesegneter?« Als er so zu Nureddin sprach, lachten beide, bis sie beinahe bewußtlos hinsanken; dann begannen sie wieder zu trinken und schenkten auch dem Scheich Ibrahim ein. Nachdem sie so, bis ein Drittteil der Nacht vorüber war, miteinander gezecht hatten, sagte die Sklavin zu Ibrahim: »Mit deiner Erlaubnis zünde ich eine der Wachskerzen an, die hier aufgestellt sind.« Ibrahim erwiderte: »Geh und zünde eine an, aber nicht mehr!« Die Sklavin zündete aber alle der Reihe nach an, so daß 80 Lichter brannten, dann setzte sie sich wieder zu den beiden. Hierauf sagte Nureddin: »Was gelte ich wohl bei dir? Wirst du nun auch mir erlauben, eine der Lampen anzuzünden?« »Geh und zünde eine an«, antwortete Ibrahim, »damit du nicht verdrießlich werdest.« Er erhob sich, zündete eine Lampe nach der anderen an, bis alle 80 brannten, so daß der ganze Saal zu tanzen schien. Ibrahim, den der Wein immer mehr betäubte, sagte: »Ihr seid kecker als ich.« Er öffnete dann alle Fenster, setzte sich wieder und fuhr fort, mit den beiden zu trinken und Verse zu rezitieren, und der ganze Platz schien an ihrer Fröhlichkeit teilzunehmen.

Nun hatte der allmächtige Gott, der jedem Ereignis einen Grund bestimmt, gewollt, daß sich der Kalif Harun Arraschid um diese Zeit an einem Fenster seines Palastes, der an den Tigris stieß, befand, um den klaren Mondschein zu genießen. Als er nach der Richtung des Stromes sah, bemerkte er den Widerschein der Lichter, der Wachskerzen und Lampen, und als er hierauf einen Blick nach dem Schlosse im Garten warf und bemerkte, wie es im Glanze vieler Lichter strahlte, ließ er den Barmekiden Djafar rufen, und sobald er vor ihm erschien, schrie er ihn an: »Du Hund unter den Vezieren! Man nimmt mir Bagdad weg und du gibst mir keine Kunde davon?« Djafar fragte nach dem Sinne dieser Worte, und der Kalif fuhr fort: »Wäre nicht Bagdad in fremder Hand, so wäre der Bilderpalast nicht mit Lampen und Lichtern beleuchtet und die Fenster wären nicht geöffnet; wehe dir! Wer könnte so etwas wagen, wenn mir nicht das Kalifat entrissen wäre!« Da erwiderte Djafar, dessen Muskeln vor Furcht zitterten: »Wer sagt dir, daß der Bilderpalast beleuchtet und daß seine Fenster geöffnet sind?« Der Kalif versetzte: »Komm her und sieh selbst!« Djafar näherte sich dem Kalifen und blickte nach der Richtung des Gartens und der Palast erschien ihm wie eine große Feuerflamme in dunkler Nacht. Djafar wollte Ibrahim entschuldigen, denn er sah wohl, daß Fremde bei ihm eingekehrt waren, und sagte daher zum Kalifen: »O Fürst der Gläubigen! Ibrahim ist in der vergangenen Woche zu mir gekommen und hat mir gesagt, er wünsche, bei dem Leben des Fürsten der Gläubigen und bei meinem Leben, seinen Kindern eine Freude zu machen und ersuche mich daher, ihm vom Kalifen die Erlaubnis zu erwirken, das Beschneidungsfest im Bilderpalast zu feiern. Ich sagte ihm: Geh und halte dein Fest, wenn ich vor den Kalifen komme, will ich es ihm melden; nun, o Fürst der Gläubigen, habe ich aber, da er mich alsbald wieder verließ, vergessen, dich von seinem Anliegen in Kenntnis zu setzen.« - »Djafar«, erwiderte der Kalif, »zuerst glaubte ich dich nur *eines* Fehlers schuldig, nach dem aber, was du mir soeben gesagt, hast du *zwei* Fehler begangen. Erstens, daß du mir nichts gesagt hast; dein zweiter Fehler aber ist, daß du nicht den Wunsch Ibrahims erfüllt hast; denn ich bin überzeugt, daß er keine andere Absicht gehabt hat, als zu sehen, ob er nicht ein Gnadengeschenk als Beisteuer zu den Kosten dieses Festes erlangen könnte und du hast ihm nichts gegeben.« »Auch daran habe ich nicht gedacht«, erwiderte Djafar. Da schwor der Kalif bei dem Grabe seiner edlen Väter und Ahnen, den Rest der Nacht in Gesellschaft Ibrahims zuzubringen, »er hat ohne Zweifel die Scheichs und die Derwische zu sich geladen für diese Nacht, vielleicht wird das Gebet eines derselben uns Glück in dieser und jener Welt bringen, für sie wird auch meine Anwesenheit gute Folge haben und Scheich Ibrahim wird sehr vergnügt sein.« Der Vezier Djafar stellte ihm vor, daß es schon spät sei und die Gesellschaft auseinander gegangen sein würde, bevor sie hinkämen. Der Kalif erwiderte ihm aber: »Es bleibt dabei. Ich will es so haben!« Djafar geriet in die höchste Verzweiflung über diesen Entschluß; er schwieg und wußte nicht, was er tun sollte.

Der Kalif Harun Arraschid verließ also, im Gewande eines Kaufmanns, mit dem Großvezier Djafar und Masrur seinen Palast und ging durch die Straßen der Stadt nach dem Garten. Als sie dahin gekommen waren, ging der Kalif voran und fand die Gartentür offen. Der Kalif erstaunte darüber und sagte zu dem Großvezier: »Djafar, was sagst du, daß das Tor so spät offen steht? Das ist doch nicht Scheich Ibrahims Gewohnheit.« Der Kalif trat in den Garten und ging auf den Saal zu. Als sie davor standen, sagte der Kalif zu dem Vezier: »Djafar, ich höre weder das Geräusch von einer großen Gesellschaft, noch vernehme ich einen Fakir, der Gott priese. Ehe ich hinaufgehe, will ich doch zuvor verborgen lauschen, was sie treiben.« Damit blickte er um sich her und gewahrte einen hohen Nußbaum in der Nähe. Nachdem er ihn genauer betrachtet hatte, sprach er zu Djafar: »Ich habe Lust, auf diesen Baum zu steigen, dessen Äste gerade nahe genug bis an die Fenster des Saales reichen, um sehen zu können, was im Inneren desselben vorgeht.«

Er stieg hierauf auf den Baum und kletterte so lange fort, bis er auf einen Ast kam, welcher einem Fenster gegenüber war. Er setzte sich darauf nieder und erblickte durch das Fenster ein Mädchen von unvergleichlicher Schönheit neben einem noch schöneren jungen Manne; sie glichen dem Vollmonde. Gepriesen sei der, welcher sie geschaffen und so wohlgebildet!

Scheich Ibrahim hielt eben die Schale in der Hand und sagte zu der schönen Perserin: »Meine schöne Herrin, wenn nicht fröhliche Stimmen das Trinken begleiten, so ist es nicht schön. Ich habe einmal einen Dichter sagen hören:

›Reichet ihn herum in großen und kleinen Gefäßen, und nehmet ihn aus der Hand eines Schenken, der wie der leuchtende Mond strahlt.

Doch trinke nicht ohne Gesang, denn auch das Pferd wiehert, wenn es sich mit einem Trunk erquickt.‹«

Als der Kalif dies von Ibrahim sah, schwoll die Ader des Zornes zwischen seinen Augen an. Er stieg wieder von seinem Baume herab und sagte zu Djafar: »Noch nie habe ich gottesfürchtige Leute in einem solchen Zustande gesehen. Steige auf den Baum, Djafar, und sieh dich um, damit dir der Segen dieser Frommen nicht entgehe!«

Djafar geriet über diese Worte ganz in Verwirrung, er stieg auf den Baum, sah Nureddin, seine Sklavin und Ibrahim, welcher einen Kelch in der Hand hielt. Dieser Anblick versetzte ihn in Todesangst. Als er wieder herabgestiegen war, sprach Harun Arraschid: »Gelobt sei Gott, der uns zu diesen Frommen kommen ließ!« Djafar konnte vor Scham und Verlegenheit kein Wort hervorbringen. »Wer hat diese Leute«, fuhr der Kalif fort, »in meinen Garten und in meinen Palast gebracht? Doch habe ich nie ein schöneres junges Paar gesehen.«

Djafar, der den Zorn des Kalifen abzulenken hoffte, erwiderte: »Du hast recht, großer Sultan!« »Komm«, sagte Harun Arraschid, »wir wollen noch einmal miteinander auf den Zweig steigen, um zu sehen, was sie machen.« Sie stiegen hinauf und hörten beide, wie Scheich Ibrahim zu der schönen Perserin sagte: »Nun, meine Herrin, läßt dieser Ort noch etwas zu wünschen übrig?« »Bei Gott!« erwiderte Enis Aldjelis, »wenn wir noch ein Musikinstrument hätten, das ich spielen könnte, so wäre unser Vergnügen vollkommen.« Scheich Ibrahim stand auf und entfernte sich, als er dies hörte.

»Was wird er wohl jetzt beginnen?« fragte der Kalif den Großvezier. »Das weiß ich nicht«, antwortete Djafar.

Nachdem Scheich Ibrahim eine Weile weg gewesen war, kam er wieder und hatte eine Laute in der Hand. Der Kalif sah aufmerksam hin und erkannte, daß es die Laute seines Gesellschafters Abu Ishak war, und sagte zu jenem: »Djafar, das Mädchen wird auf der Laute spielen und singen: Spielt und singt sie schlecht, so lass› ich euch alle zusammen hängen; macht sie ihre Sache gut, so will ich verzeihen, dich aber lass ich aufknüpfen.« »Beherrscher der Gläubigen!« erwiderte der Großvezier, »wenn dem so ist, so bitte ich Gott, daß sie schlecht singen möge.« -»Warum das?« sagte der Kalif. »Je mehr wir sind«, entgegnete der Großvezier, »desto leichter werden wir uns trösten können, in guter Gesellschaft zu sterben.« Der Kalif lachte über diese Antwort. Hierauf nahm das Mädchen die Laute, stimmte die Saiten und brachte Töne hervor, welche aller Herzen zu ihr hinzog; der Inhalt des Liedes war aber folgender:

»O ihr, die ihr armen Unglücklichen Hilfe und Beistand gewährt, wir sind des Guten nicht unwürdig, das ihr uns erweist.

Wir haben uns in euern Schutz begeben; darum handelt nicht schlecht gegen uns.

Es brächte euch wirklich keinen Ruhm, wenn ihr diejenigen ermorden wollet, welche unter euer Dach sich geflüchtet haben; darum werdet nicht schadenfroh über uns.«

»Das ist bei Gott schön«, rief der Kalif aus. »Zeit meines Lebens habe ich keine schönere Stimme gehört.« »Also ist dein Zorn vorüber?« fragte Djafar. »Mein Zorn ist vorüber«, antwortete der Kalif. Er stieg hierauf mit Djafar vom Baume herunter, dann sagte er, zu diesem gewendet: »Ich will in den Saal hinaufgehen, um das Mädchen in der Nähe singen zu hören.«

»Beherrscher der Gläubigen!« erwiderte der Großvezier, »wenn du hinaufgehst, wirst du sie stören. Scheich Ibrahim wird vor Schrecken des Todes sein.« Der Kalif versetzte: »Nun, es soll deine Aufgabe sein, eine List zu ersinnen, welche mir die Erreichung meiner Absicht möglich macht.«

Djafar entfernte sich gegen den Tigris hin und sah einen Fischer unter den Fenstern des Palastes. Der Kalif hatte zwar schon früher, als er das Geräusch der

Fischer vor dem Palaste vernahm, Ibrahim den Befehl erteilt, nicht zu gestatten, daß vor dem Palaste gefischt werde. Als nun in eben dieser Nacht der Fischer Kerim das Gartentor offen sah, so dachte er: »Heute wird niemand auf mich achten. Ich will die Zeit nützen, und einen guten Fang tun.« Er warf sein Netz aus, während er folgende Strophen rezitierte:

»O du, der du in der Dunkelheit mit Gefahr das Meer befährst, gib dir nicht so viele Mühe; denn der Lebensunterhalt kommt nicht durch Treiben und Jagen.

Siehst du nicht das Meer und den Fischer, der die ganze Nacht aufrecht steht, während die Sterne verhüllt sind?

Er dehnt weiter den Strick, und die Wellen benetzen seine Füße; aber sein Auge wendet sich nicht von der Mitte des Netzes.

Dann nur ist er froh und vergnügt, wenn der Tod ein lüsternes Fischlein hineinlockt.

Derjenige aber kauft seinen Fisch, der die Nacht in schönster Behaglichkeit, vor Kälte bewahrt, zugebracht hat.

Gelobt sei Gott, der dem einen gibt, dem anderen versagt: der eine fängt die Fische und der andere ißt sie.«

Eben hatte der Fischer seine Verse vollendet, als Djafar und der Kalif vor ihm standen. Dieser rief ihn bei seinem Namen. Als er sich beim Namen rufen hörte und den Fürsten der Gläubigen erblickte, zitterten seine Muskeln und er sagte: »Bei Gott, o Beherrscher der Gläubigen, nicht aus Geringschätzung gegen deinen Befehl habe ich hier gefischt; meine Kinder und die bitterste Armut hat mich dazu bewogen.«

Da sprach der Kalif: »Kerim! Fische einmal auf mein Glück!« Der Fischer warf freudig sein Netz aus und wartete, bis es lang genug im Wasser war und am

Grund fest blieb, dann zog er es an sich und fand mehrere Sorten Fische darin. Der Kalif freute sich sehr darüber. Hierauf sagte er zu dem Fischer: »Kerim, zieh deine Kleider aus!« Der Fischer gehorchte augenblicklich und zog seinen Rock aus, welcher mehr als 100 grobe wollene Flecke hatte, auf welchen abscheuliches Ungeziefer hauste. Dann nahm er von seinem Haupte eine Binde, die in drei Jahren nicht aufgemacht worden war, und auf die er jeden Fetzen, den er in dieser Zeit gefunden, aufgebunden hatte. Nachdem er dies getan, zog der Kalif seidene Kleider von alexandrinischer und baalbekischer Arbeit und zwei Unterkleider aus, und sagte zu dem Fischer: »Nimm diese Kleider und ziehe sie an!« Der Kalif aber legte das Kleid und die Binde des Fischers an und sagte zu dem Fischer: »Geh jetzt deiner Arbeit nach.«

Der Fischer küßte dem Kalifen die Füße und dankte ihm mit folgenden Strophen:

»Du hast mir eine Gnade erzeigt, die würdig ist, aller Welt gelobt zu werden: du hast mich auf einmal mit allem versehen.

Ich werde dir danken, so lange ich lebe, und nach meinem Tode werden meine Gebeine im Grabe dich preisen.«

Der Fischer hatte noch nicht ausgesprochen, als der Kalif wegen des Ungeziefers mit beiden Händen nach seinem Nacken fuhr. »Wehe dir, Fischer!« rief er aus; »dein Kleid ist reich an Ungeziefer!« »Mein Herr!« antwortete der Kerim, »das fühlst du nur jetzt; ehe eine Woche vergeht, wirst du nichts mehr fühlen und nicht mehr daran denken.« Der Kalif versetzte lächelnd: »Meinst du, ich werde deinen Rock so lange auf dem Leibe behalten?« Da sprach der Fischer: »Ist es mir vergönnt, Herr, dir ein Wort zu sagen?« Nachdem ihn der Kalif reden geheißen, fuhr er fort: »Mich dünkt, Beherrscher der Gläubigen, daß du das Fischen lernen willst, um ein nützliches Handwerk zu verstehen, darum möchte dich dieser Rock vortrefflich kleiden.« Der Kalif lachte über die Rede des Fischers. Nachdem Kerim weggegangen war, nahm der Kalif den Fischerkorb, und legte etwas Grünes oben drauf. Dann kehrte er zu Djafar zurück und blieb vor ihm stehen. Dieser hielt ihn für den Fischer Kerim und sagte zu ihm: »Geh deines Weges, Kerim, und mache, daß du mit dem Leben davonkommst!« Als der Kalif diese Worte Djafars hörte, fing er an zu lachen. Djafars ging auf ihn zu und sagte: »Bist du etwa der Beherrscher der Gläubigen?« »Ich bin es«, antwortete der Kalif, »und du bist mein Vezier und hast mich doch nicht erkannt, als ich auf dich zukam. Wie soll der betrunkene Scheich Ibrahim mich erkennen? Bleibe also hier bis ich zurückkomme.«

Der Kalif ging nun bis an das Tor des Palastes und klopfte leise. Nureddin sagte: »Scheich Ibrahim, man klopft an der Türe des Saales.« Scheich Ibrahim stand auf und fragte, wer draußen sei. »Ich bin's, mein Herr Scheich Ibrahim«, antwortete Harun Arraschid. Scheich Ibrahim rief: »Wer bist du?« »Ich bin der Fischer Kerim«, antwortete der Kalif. »Da ich vernommen, daß du Gäste bewirtest, und jetzt eben einige schöne Fische gefangen habe, so komme ich, sie dir zu bringen.«

Nureddin und die schöne Perserin freuten sich, als sie von Fischen reden hörten, und erstere sagte sogleich: »Scheich Ibrahim, ich bitte dich, öffne die Türe

und laß ihn mit den Fischen hereinkommen.« Scheich Ibrahim öffnete und der Kalif trat grüßend in den Saal. Scheich Ibrahim rief ihm zu: »Willkommen, du Dieb, du Gauner, komm her und zeig einmal, was du hast.« Der Kalif trat herzu und ließ seine Fische sehen, welche noch lebendig waren und sich bewegten. »Das sind sehr schöne Fische«, sagte Enis Aldjelis; »wenn sie nur gebacken wären.« »Meine Herrin hat recht«, sprach Scheich Ibrahim; was sollen wir mit deinen Fischen, wenn sie nicht gebacken sind? Geh, richte sie selber zu und bringe sie uns dann wieder.« Der Kalif entgegnete: »Das soll sogleich geschehen sein, ich will sie selbst backen.« »Mache nur hurtig«, rief man ihm nach.

Der Kalif entfernte sich und rief dem Großvezier. »Was gibt's Gutes, Beherrscher der Gläubigen?« fragte Djafar. Der Kalif antwortete: »Sie verlangen die Fische gebacken.« »Gib her«, sagte Djafar, »ich will sie zurichten.« »Bei dem Grabe meines Vaters und meiner edlen Vorfahren!« entgegnete der Kalif, »ich will sie mit eigener Hand backen.« Mit diesen Worten nahm er den Weg nach der Hütte des Gartenaufsehers, und er fand alles darin, was er zum Kochen brauchte, bis auf das Salz und den Safran. Der Kalif näherte sich dem Herde, stellte die Pfanne auf und buk die Fische. Als sie fertig waren, legte er sie auf ein Bananenblatt, nahm im Garten Limonen, ging mit diesen und den Fischen wieder zu den dreien hinauf und stellte alles vor sie hin. Sie aßen mit großer Lust, und als sie fertig waren, wuschen sie ihre Hände. Nureddin sagte dann: »Bei Gott, Fischer, du hast uns diese Nacht eine große Wohltat erwiesen.« Dann griff er in den Busen und nahm von dem Gelde, das ihm Sandjar, der Türhüter des Königs von Baßrah, vor seiner Abreise gegeben hatte, drei Dinare heraus. »Nimm«, sagte er, »und entschuldige, daß ich dir nicht mehr gebe! Hätte ich dich früher gekannt, als ich noch in besseren Umständen war, so würde ich die Bitterkeit der Armut aus deinem Herzen gerissen haben; nimm indes dies Wenige, womit mich Gott gesegnet hat.« Mit diesen Worten warf er dem Kalifen die drei Dinare hin. Dieser nahm sie, küßte und steckte sie ein. Da aber seine Absicht war, das Mädchen singen zu hören, sagte er zu Nureddin: »Herr! Ich kann dir nicht genug danken für deine Freigebigkeit. So reichlich du mich aber beschenkt hast, so habe ich doch noch eine Bitte an dich, die nämlich, daß mir gestattet werde, dieses Mädchen singen zu hören.«

»Enis Aldjelis!« sagte sogleich Nureddin, indem er sich zu ihr wandte, »ich beschwöre dich bei meinem Leben, singe etwas diesem Fischer zulieb, der dich hören möchte.« Als Enis Aldjelis die Worte ihres Herrn vernahm, ergriff sie die Laute, und nachdem sie dieselbe gestimmt hatte, sang sie folgende Strophen:

»Sie ergreift die Laute, ihre Finger gleiten durch die Saiten hin, und jeder Ton reißt die Seele mit sich fort.

Sie singt, und ihre Stimme heilt die Tauben; und selbst die Stumme ruft ihr zu: du hast es gut gemacht.«

Nach einem wundervollen entzückenden Zwischenspiele fuhr die Sängerin fort:

»Wir werden geehrt, wenn ihr in unserem Land euch niederlasset; sein Duft wird Ambra, und strahlend wird die dunkle Nacht.

Betretet ihr meine Wohnung, so ziemt sich's, daß ich mit Moschus, Rosenöl und Kampfer sie beräuchere.«

Als die Sklavin geendet hatte, rief der Kalif vor Liebe und Entzücken außer sich: »Bei Gott, schön, bei Gott, schön!« Nureddin fragte: »Gefällt sie dir, Fischer?« »Ja wohl, bei Gott«, rief der Kalif aus. Nureddin fuhr alsbald fort: »Sie ist dein; ich mache dir ein Geschenk damit, ein Geschenk eines Edlen, der seine Gabe nicht zurücknimmt.« Zu gleicher Zeit stand er auf, nahm sein Kleid, das er abgelegt hatte und warf es dem Kalifen, den er immer nur für einen Fischer hielt, zu und sagte ihm, er möge sich nur mit der Sklavin auf den Weg machen; Enis Aldjelis sagte zu ihm, indem sie ihn anblickte: »Herr, willst du ohne Abschied von mir gehen? Wenn ich durchaus dich verlassen muß, so gestatte mir wenigstens, dir Lebewohl zu sagen.« Sie sang hierauf folgende Verse:

»Bist du auch fern von mir, so ist doch dein Platz in meinem Herzen, das ganz von dir erfüllt ist.

Ich hoffe zu dem Vater der Barmherzigkeit, daß er uns wieder vereinigen wird. Dies erflehe ich als eine Gnade von Gott, der sie gewähren kann, wenn er will.«

Als sie damit zu Ende war, antwortete ihr Nureddin mit folgenden Strophen:

»Am Trennungstage hat sie mit weinenden Augen von mir Abschied genommen und mich gefragt, was ich nach ihrer Entfernung tun werde?

Da hab' ich geantwortet: Frage dies den, der noch am Leben bleibt!«

Der Kalif, von Mitleid gegen die beiden ergriffen, wendete sich zu Nureddin und sagte zu ihm: »Herr, fürchtest du dich vor jemanden, oder hat jemand eine Forderung an dich?« »Bei Gott, o Fischer!« erwiderte Nureddin, »mir und diesem Mädchen sind wunderbare Dinge begegnet. Es wäre wohl der Mühe wert, sie jedem zur Warnung und Belehrung mit der Nadel in die Tiefe des Auges zu stechen.« »O Herr«, versetzte der Kalif, »erzähle mir deine Geschichte, vielleicht wird dir Gott dadurch Erleichterung verschaffen, denn Gottes Hilfe ist überall nahe.«

Nureddin fragte den Kalifen, ob er die Erzählung in ungebundener Rede oder in Versen hören wolle. Der Kalif antwortete: »Prosa ist nur einfaches Gerede, Poesie aber eine Perlenschnur.« Nureddin sprach hierauf folgende Verse:

»Mein Teurer! Mich flieht der Schlaf, und mein Gram nimmt mit jedem Tage zu, weil ich von der Heimat ferne bin.

Ich hatte einen Vater, dessen Liebling ich war; da schied er von mir und nahm das dunkle Grab zur Wohnung.

Seitdem ist mir Vieles widerfahren, das mein Herz verwundet und mein Inneres zerrissen hat.

Er hatte das feinste Mädchen mir gekauft, dessen Wuchs den schlanksten Baumzweig beschämte.

Da verlor ich alles, was ich geerbt hatte; denn ich war freigebig gegen wackere Menschen.

Als die Not zu groß ward, führte ich die Sklavin mit widerstrebendem Herzen auf den Markt.

Ein Ausrufer bot sie aus, und ein nichtswürdiger Alter steigerte sie. Da entbrannte mein Zorn, und ich riß das Mädchen zurück.

Der Schurke geriet in Wut, und sein Gesicht zeigte Lust, Gewalt zu gebrauchen.

Aber ich verteidigte meine Ehre durch Schläge mit beiden Händen, bis ich meinem Herzen Luft gemacht hatte.

Voll Besorgnis wegen der Folgen dieser Tat kam ich in mein Haus zurück und fürchtete die Bosheit des Feindes.

Da befahl der König des Landes, mich zu greifen; aber ein ehrlicher Türsteher gab mir einen Wink und hieß mich in die Ferne ziehen, weit weg, um die bösen Menschen zu ärgern.

So flohen wir unter dem Flügel der Nacht von der Heimat, um uns nach Bagdad zu begeben.

Ich habe nichts mehr, als was ich dir, o Fischer, gegeben. Dir schenkte ich die Geliebte meines Herzens, und es ist, als schenkte ich dir mein Herz.«

Als Nureddin geendigt hatte, bezeigte der Kalif sein Verlangen, auch die näheren Umstände von dem zu erfahren, was er soeben in der Kürze gehört hatte. Nureddin willfahrte ihm, und verschwieg nichts von allem, was ihm begegnet war von Anfang bis zu Ende.

Als der Kalif von seiner Lage unterrichtet war, fragte er Nureddin: »Und wohin willst du jetzt gehen?« Er antwortete: »Gottes Erde ist breit und weit.« »Ich will dir«, fuhr der Kalif fort, »ein paar Zeilen an den König Muhammed, Suleimans Sohn, mitgeben; sobald er sie gelesen hat, wird er dir nichts zuleid tun und in keiner Weise dir entgegentreten.« Nureddin entgegnete: »Wo hat man je gehört, daß ein Fischer, wie du, mit einem König in Briefwechsel steht?« Der Kalif erwiderte: »Wir sind zusammen bei demselben Lehrmeister in die Schule gegangen und ich war sein Unterlehrer, das Glück hat ihn dann zum König und mich zum Fischer gemacht; aber ich habe ihm noch nie in irgend einer Angelegenheit geschrieben, ohne daß er mir willfahren wäre.« Als Nureddin dies hörte, sagte er: »Gut, so schreibe, ich will einmal sehen.« Der Kalif nahm Tinte und Feder und schrieb nach der gewöhnlichen Formel: »Im Namen des allbarmherzigen Gottes, Harun Arraschid, Mahdis Sohn, sendet diesen Brief an Muhammed, Suleimans Sohn, der durch meine Huld zum Herrn über einen Teil meines Reichs gesetzt ist. Sobald Nureddin Ali, des Veziers Sohn, dies mein eigenhändiges Schreiben dir übergeben und du es gelesen hast, lege auf der Stelle die königliche Würde ab, und räume ihm deine Stelle ein. Ich versehe mich deines Gehorsams gegen diesen meinen Befehl. Gott befohlen.« Der Kalif übergab Nureddin den Brief. Nureddin nahm den Brief, steckte ihn in seinen Turban und machte sich auf den Weg. Das ist's was Nureddin angeht, folgendes ereignete sich dann zwischen dem Kalifen und Scheich Ibrahim. Dieser sah den Kalifen an und sagte zu ihm: »Höre, du elendester aller Fischer, du bist hergekommen und hast uns etliche Fische gebracht, die höchstens 20 halbe Dirham wert sind, und hast dafür drei Dinare zum Geschenk bekommen. Denkst du nun auch noch, die Sklavin für dich zu behalten?«

Als der Kalif diese Worte hörte, schrie er ihn an und gab Masrur einen Wink, dieser trat alsbald heran und drang auf Scheich Ibrahim ein. Djafar hatte inzwischen einen Gartendiener zu dem Pförtner des Palastes geschickt, um einen Anzug für den Fürsten der Gläubigen zu holen. Der Diener kam und brachte den Anzug und küßte dem Kalifen die Hand. Der Kalif kleidete sich um und schenkte dem Diener seine abgelegten Kleider und setzte sich auf einen Stuhl. Scheich Ibrahim stand vor ihm und sah dem allem zu, er ward ganz verblüfft, biß sich in die Finger und dachte: Schlafe ich oder wache ich? Der Kalif warf ihm dann einen Blick zu und sagte: »Scheich Ibrahim! In welchem Zustande befindest du dich?« Jetzt erwachte Scheich Ibrahim aus seinem Rausche, warf sich nieder und rezitierte folgende Verse:

»Vergib mir den Fehltritt, den mein Fuß getan; oft fordern ja Untertanen Nachsicht von ihrem Herrn.

Ich habe eine Schuld auf mich geladen, der ich geständig bin; doch was vermag nicht Gnade und Großmut?«

Der Kalif verzieh ihm. Dann ließ er die Sklavin in seinen Palast bringen, wo ihr ein eigenes Gemach und die erforderliche Bedienung angewiesen ward. Er sagte ihr auch, daß er Nureddin als Sultan nach Baßrah geschickt habe und daß er mit Gottes Willen ihm ein Ehrenkleid und sie selbst wieder schenken werde.

Nureddin setzte inzwischen seine Rückkehr nach Baßrah fort und ging gerade nach dem königlichen Palaste, und schrie so laut, daß der Sultan ihn hörte und vortreten ließ. Als er in den Audienzsaal gelangte, warf er sich nieder, zog dann seinen Brief hervor und überreichte denselben. Als der König die Überschrift von der Hand des Kalifen sah, erhob er sich und küßte das Schreiben dreimal und sagte: »Ich gehorche Gott und dem Beherrscher der Gläubigen. Man rufe die vier Kadi der Hauptstadt, auch alle Fürsten und Großen des Reichs, damit ich der Regierung entsage.« Als unter anderen auch der Vezier Muin er-

schien, überreichte ihm der Sultan das Schreiben. Als er es gelesen hatte, zerriß er es in Fetzen, steckte diese in den Mund, kaute sie und spie sie wieder aus. Als der König dies sah, rief er ihm voll Zorn zu: »Was ist das, Muin? Wie kommst du dazu, so etwas zu tun?« »Mein Herr und König!« antwortete Muin, »Nureddin ist niemals mit dem Beherrscher der Gläubigen, nicht einmal mit einem seiner Veziere zusammengekommen; er ist ein listiger Betrüger, ein junger Teufel. Vielleicht hat er irgend etwas vom Kalifen Geschriebenes gefunden und sich unterstanden, seine Handschrift nachzuahmen. Er hat keinen Chat Scherif, keinen Firman. Wie kannst du glauben, daß der Kalif ihn schickt, um dir die Regierung abzunehmen? Wäre dem so, er hätte ihm gewiß einen Kammerherrn oder einen seiner Veziere mitgegeben, während er ganz allein gekommen ist.«

Der Sultan fragte hierauf, was zu tun sei? Muin antwortete: »Ich will ihn mit einem Kammerherrn nach Bagdad senden. Ist seine Behauptung wahr, so wird er mit einem Firman und einem Investiturdiplom vom Kalifen zurückkommen, wo nicht, so will ich die Strafe über ihn verhängen, welche sein Vergehen gegen mich verdient hat.« Der König übergab Nureddin der Willkür des Veziers, der ihn in sein Haus führte. Dort angelangt, rief er seine Diener herbei, ließ ihn knebeln und so lange schlagen, bis er für tot dalag, Dann ließ er ihn mit einer schweren Kette fesseln und schickte ihn ins Gefängnis, dann schickte er nach dem Gefängniswärter, welcher Katit hieß, und befahl demselben, Nureddin in eines seiner unterirdischen Gefängnisse zu werfen. Dabei schärfte er ihm ein, ihn bei Tag und bei Nacht zu peinigen. Der Gefängniswärter versprach zu gehorchen. Er sperrte Nureddin ein und riegelte die Türe hinter ihm zu, aber er ließ eine Bank hinter der Türe sauber abkehren, bereitete ihm ein gutes Lager von Teppichen und Polstern, nahm ihm die Fesseln ab und war äußerst liebreich gegen ihn, obschon der Vezier täglich zu ihm schickte und ihm befahl, seinem Gefangenen jeden Tag die Bastonnade geben zu lassen.

So vergingen 40 Tage. Am 41. kam ein Geschenk vom Kalifen, das dem Sultan wohl gefiel. Er beriet sich mit seinen Vezieren darüber und einer derselben sagte: »Es ist vielleicht ein Geschenk an den neuen Sultan.« Da sagte Muin: »Das beste wäre gewesen, ihn gleich bei seiner Ankunft zu töten.« Der Sultan erwiderte hierauf:« Bei Gott, du erinnerst mich wieder an ihn, geh' bring ihn her, ich will ihn enthaupten.« Der Vezier antwortete: »Ich gehorche, auch will ich in der Stadt ausrufen lassen, wer die Enthauptung Nureddins, des Sohnes Chakans, sehen will, der komme in das Schloß, so wird alle Welt herbei laufen und ich finde Gelegenheit, meine Rachgier zu stillen und meine Feinde zu beschämen.« Der Sultan versetzte: »Tu, was du willst!«

Voll Schadenfreude begab sich Muin alsbald zu dem obersten Polizeibeamten und befahl demselben zu tun, was er soeben dem König vorgeschlagen hatte. Die Verkündigung des Ausrufers erfüllte die ganze Stadt mit Trauer über Nureddin.

Alles strömte herbei, um die besten Plätze einzunehmen. Viele hatten sich vor dem Gefängnisse aufgestellt, um ihn zum Richtplatz zu begleiten. Endlich erschien der Vezier mit zehn Mameluken und forderte von dem Gefängniswärter die Herausgabe des gefangenen Verbrechers. »Mein Herr!« antwortete dieser, »ich habe ihn so geschlagen, daß er sich im erbärmlichsten Zustande befindet.« Als der Vezier sich hierauf dem Kerker näherte, hörte er Nureddin folgende Strophen hersagen:

»Wer hilft mir in meinem Elend? Wie meine Krankheit wächst, so schwindet die Möglichkeit meiner Heilung.

Die Trennung von ihr hat mein Herz gebrochen, und die Zeit meine Freunde in Feinde verwandelt.

O mein Volk, ist keiner unter dir, der sich meines Zustandes erbarmt und meinen Klagen antwortet?

Der Tod ist mir willkommen mit allen seinen Schrecken; denn meine Hoffnung ist von des Lebens Glück abgeschnitten.

O Herr, ich beschwöre dich bei dem Auserkorenen, dem Verkündiger, dem Führer zum Heil, dem Inbegriff aller Wissenschaften und dem Ausbund der Beredten!

Erlöse mich, hebe mich empor aus meiner Erniedrigung und wende von mir alle Pein und Qual!«

Inzwischen zog ihm der Gefängniswärter seine reinlichen Kleider aus und legte ihm schmutzige an und führte ihn vor den Vezier.

Als Nureddin sich seinem Feinde gegenüber sah, der nach seinem Tode trachtete, weinte er und sagte zu ihm: »Bist du sicher gegen das Schicksal? Hast du nicht gehört, was ein Dichter sagt:

›Sie richteten ungerecht; aber nicht lange dauerte ihr Richteramt, bald war es, als hätten sie nie die Gewalt in Händen gehabt.‹«

Dann fuhr er fort: »Bedenke, daß der erhabene Gott tun kann, was ihm gefällt.«

Muin erwiderte: »Willst du mir vielleicht mit deiner Rede Furcht einjagen? Mag geschehen, was da will, wenn ich dir nur ganz Baßrah zum Trotze den Kopf habe abhauen lassen. Ein anderer Dichter hat gesagt:

›Wer seinen Feind auch nur einen Tag überlebt, hat seinen höchsten Wunsch erreicht.‹«

Hierauf befahl er seinen Dienern, ihn auf dem Rücken eines Maultiers vor ihm herzuführen. Die Diener, denen dies wehe tat, sagten zu Nureddin: »Erlaube uns, ihn mit Steinen tot zu werfen und in Stücke zu zerhauen, wenn es auch unser Leben kostet.« Nureddin sagte aber: »Tut dies nicht, ein Dichter hat gesagt:

›Mir ist eine Zeit bestimmt, die ich gewiß erreiche, und diese Bestimmung ist längst beschlossen und gesiegelt.

Ist diese Zeit vorüber, so muß ich sterben.

Wollten mich auch Löwen in ihren Wald schleppen, so könnten sie die mir bestimmte Lebensdauer nicht abkürzen.‹«

Man rief dann vor Nureddin aus: »Das ist die Strafe und zwar die geringste Strafe für jeden, der es wagt, dem König gegenüber Briefe zu fälschen.« Ganz Baßrah folgte ihm, bis er endlich unter den Fenstern des Palastes auf die Blutmatte hingeworfen wurde. Der Scharfrichter näherte sich ihm und sprach: »Herr, ich bin nur ein Sklave und kann mich der Ausübung meiner Pflicht nicht entziehen; wenn du noch etwas begehrest, so will ich dir es besorgen, denn du hast nicht mehr Zeit übrig, als der König braucht, um aufzustehen und sein Gesicht am offenen Fenster zu zeigen.«

Da sprach Nureddin, indem er das Haupt zur Rechten und zur Linken, nach vorne und hinten drehte:

»Schon seh ich den Henker, das Schwert und die Matte bereit und rufe Wehe über meine Schmach, über die Größe meines Elends!

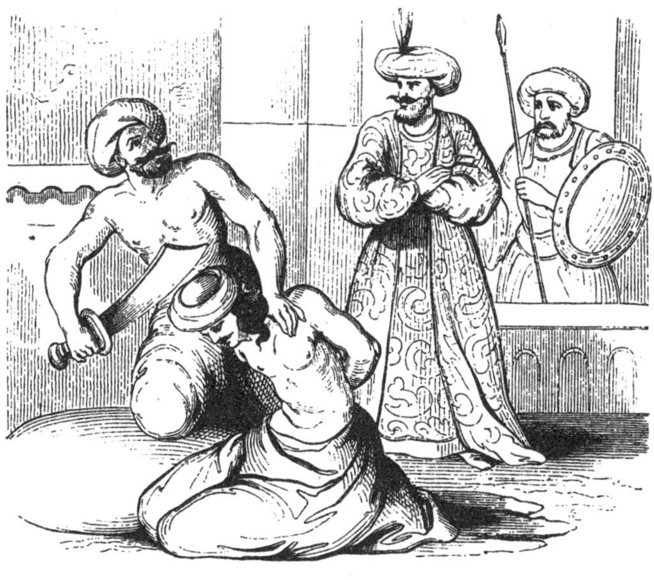

Ist einer unter euch, der Mitleid mit mir fühlt, o so zeige er mir's und antworte auf meinen Jammerruf!

Mein Leben schwindet dahin, mein Schicksal naht heran.

Erbarmt sich jemand meiner, um Gottes Lohn zu verdienen, will jemand meinen Zustand betrachten und meine Qual mit einem Trunke Wassers erleichtern?«

Alle Leute weinten und der Scharfrichter brachte sogleich ein Gefäß mit Wasser und reichte es Nureddin. Allein Muin erhob sich von seinem Platze, zerschlug das Gefäß und rief dem Scharfrichter zu: »Hau' zu!«

Nureddin wurden jetzt die Augen verbunden. Während dies geschah, ertönte der ganze Platz von lauten Verwünschungen gegen den Vezier. Es entstand ein großes Geschrei und es wurde viel hin und her gefragt. Auf einmal erhob sich in der Entfernung eine große Staubwolke, und als der König von seinem Palast aus dieselbe erblickte, befahl er, mit der Hinrichtung zu warten und nachzusehen, was dies bedeute. Muin, der wohl ahnte, was es sein könnte, drang in den König, dem Scharfrichter das Zeichen zu geben. »Nein«, erwiderte der König, »zuvor will ich wissen, was es Neues gibt.« Unterdessen hatte sich die Staubwolke genähert. Es war der Großvezier Djafar mit seinem Gefolge.

Die Ursache seiner Ankunft war folgendes: Der Kalif hatte nämlich 30 Tage lang nicht mehr an Nureddin gedacht und niemand hatte ihn an denselben erinnert, bis er endlich eines Abends vor das Gemach der Enis Aldjelis kam; da vernahm er folgende Verse:

»Bist du nah oder fern, so schwebt dein Bild vor meiner Seele, und dein Andenken wird nie von meiner Zunge weichen.«

Die Sängerin weinte nach Beendigung ihres Gesanges so heftig, daß Harun Arraschid sich nicht enthalten konnte, die Türe zu öffnen und hineinzutreten. Als sie ihn erblickte, warf sie sich vor ihm zur Erde, küßte sie dreimal und sprach:

»O du, von reinem Stamm und edler Geburt, blühender Sprößling des erhabensten Hauses, ich erinnere dich an das huldreiche Versprechen deines Edelmuts, ferne sei von dir, es zu vergessen!«

Der Kalif fragte sie, wer sie sei. Sie antwortete: »Ich bin die Sklavin, welche dir Nureddin Ali, Vadhleddins Sohn, zum Geschenke gemacht hat und wünsche, daß du das mir gegebene Versprechen haltest, mich mit den Ehrengeschenken Nureddin nachzusenden. Denn seit 30 Tagen hat der Schlaf meine Augen geflohen.« Der Kalif ließ unverzüglich seinen Vezier zu sich rufen. Als Djafar kam, sprach der Kalif zu ihm: »30 Tage sind vorüber, ohne daß ich etwas von Nureddin gehört habe. Ich fürchte sehr, er ist hingerichtet worden; aber bei meinem Haupte und bei dem Grabe meiner Väter, wenn ihm ein Leid widerfahren, so vernichte ich den Schuldigen und sollte er mir noch so teuer sein! Reise daher sogleich nach Baßrah, wenn du länger verweilst, als man braucht, um den Weg zu machen, so laß ich dir den Kopf abschlagen. Du erzählst meinem Vetter, dem König, wie ich mit Nureddins Geschichte bekannt geworden, daß ich ihn mit einem Brief an ihn abgesandt habe. Findest du, daß er meinen Befehlen zuwider gehandelt hat, so führe ihn her zu

mir, samt dem Vezier, wie du sie findest und bleibe ja nicht länger aus, als zur Reise nötig ist.« Djafar machte sich sogleich reisefertig und legte den Weg nach Baßrah ohne Aufenthalt zurück. Der König war schon von seiner Reise im voraus unterrichtet. Als Djafar bei seiner Ankunft die hin- und herwogende, aufgeregte Volksmenge sah, fragte er, was es denn gebe. Man erzählte ihm, was mit Nureddin geschehen sollte. Da beeilte er sich, zum König zu gelangen. Er grüßte ihn und eröffnete ihm die Ursache seiner Ankunft und die Befehle des Kalifen. Der Sultan ließ alsbald Muin festnehmen und Nureddin losbinden. Dieser bat Djafar, ihn vor den Fürsten der Gläubigen zu führen. Hierauf bedeutete Djafar dem König, er möchte sich bis am folgenden Morgen nach dem Morgengebete bereit halten, die Reise nach Bagdad anzutreten. Nach dem Morgengebet brach Djafar auf und führte den jetzt reuigen Muin, den König von Baßrah und Nureddin mit sich.

In Bagdad angekommen, stellte er sie dem Kalifen vor und nachdem er den Zustand, in welchem er Nureddin gefunden, ausführlich geschildert hatte, ging der Kalif auf Nureddin zu und sagte zu ihm: »Nimm dieses Schwert und schlage damit deinem Feinde den Kopf ab!« Nureddin nahm das Schwert und trat auf Muin zu. Muin aber sah ihn mit einem durchdringenden Blick an und sagte: »Wie ich an dir gehandelt habe, lag in meiner Natur; handle du jetzt nach der deinigen!« Auf diese Worte warf Nureddin das Schwert weg, wendete sich

gegen den Kalifen und sagte: »Beherrscher der Gläubigen! Er hat mich mit diesen Worten überlistet.« Er rezitierte dann folgenden Vers:

»Gebrauche List gegen ihn, wenn er naht, der Edle ist leicht durch ein gutes Wort zu hintergehen.«

Der Kalif sagte zu Nureddin: »Lasse du es sein.« Er rief aber Masrur herbei und befahl ihm, das Urteil an Muin augenblicklich zu vollstrecken. Der Kalif forderte dann Nureddin auf, seine Wünsche zu äußern. Er versetzte: »Ich sehne mich nach dem Fürstentum Baßrah, ich wünsche in deiner nähern Umgebung zu bleiben und deiner Person meine Dienste zu widmen.« Der Kalif willigte gern in dieses Begehren und nahm ihn in die Zahl seiner vertrautesten Gesellschafter auf. Dann ließ er die schöne Perserin holen, und wies dem reichlich beschenkten Paar einen prächtigen Palast in Bagdad zur Wohnung an. Nureddin führte das angenehmste Leben in der Nähe des Kalifen, bis ihn der Tod erreichte, der jeder Freude und jeder Vereinigung ein Ende macht.

Das ist die Geschichte Nureddins, schloß Schehersad, sie ist aber nicht wunderbarer, als die von dem Prinzen Kamr essaman, wie er Bedur, die Tochter des Königs Ghaiur, liebte und zu ihr reiste und sie heiratete, und welche Abenteuer sie und ihre Söhne Asad und Amadjad zu bestehen hatten.

In der folgenden Nacht begann Schehersad also zu erzählen:

Geschichte des Prinzen Kamr essaman mit Bedur

Einst herrschte im grauen Altertum vor vielen Jahrhunderten ein König, Namens Schah Seman, welcher Herr vieler Städte und Länder und großer tapferer Heere war. Er hatte vier Gemahlinnen, sämtlich Königstöchter, und 60

Beischläferinnen, und residierte auf einer nicht weit von Persien liegenden Insel, welche Chalidan hieß.

Schah Seman war kinderlos. Er ließ daher eines Tages seinen Vezier vor sich kommen und klagte ihm sein Unglück, keine Kinder zu haben. »Großmächtigster König!« antwortete der Vezier, »in dergleichen Anliegen kann man allein zu dem erhabenen Gott, gepriesen sei er, seine Zuflucht nehmen; darum rate ich dir, eine große Mahlzeit bereiten zu lassen, Fakire und Arme dazu einzuladen, daß sie nach Lust essen, und dann zu Gott beten, daß er dir ein Kind schenke. Vielleicht findet sich unter ihnen eine reine Seele, deren Gebet vor Gott angenehm ist, so daß dein Wunsch erfüllt wird, und du einen Sohn bekommst, welcher dir in der Regierung folgt, dein Geschlecht fortpflanzt und dein Gedächtnis nach deinem Tode erhält.«

Schah Seman befolgte diesen Rat des Veziers, der ihm vortrefflich dünkte. Er ließ sogleich reiche Almosen austeilen, lud Fakire zu einer gemeinschaftlichen Mahlzeit ein und eröffnete ihnen seine Absicht, daß sie für die Erhörung seines Wunsches zu Gott beten möchten.

Wirklich erlangte Schah Seman durch die Gnade des Himmels, was er begehrte. Eine seiner Frauen fühlte sich nach einiger Zeit gesegneten Leibes. Der König war außer sich vor Freude und gab aufs Neue viele Almosen und erwies sich wohltätig gegen Witwen und Waisen, bis endlich ihre Tage und ihre Nächte um waren und sie mit Gottes Hilfe einen Sohn gebar, ein Geschöpf dessen, dem alles sein Dasein verdankt. Man veranstaltete Freudenfeste, Trommeln und Jubelgeschrei ertönten und die Stadt wurde sieben Tage lang geschmückt. Man färbte dann die Augenlider des Knaben mit Kohel, kleidete ihn in Gold und Seide und brachte ihn seinem Vater, der ihn zwischen die Augen küßte und so schön fand, daß er ihm den Namen Kamr essaman, Mond der Zeit, gab. Dann bestellte man ihm Ammen und Diener, und das Kind wuchs kräftig heran, bis es 18 Monate alt war. Jetzt wurde der Knabe entwöhnt, und nachdem er das vierte Jahr zurückgelegt hatte, war er das vollkommenste Bild von Schönheit und Anmut, seine Worte bezauberten jedes Herz und jedermann sah mit Wohlgefallen nach ihm, wie nach einem blühenden Garten, so daß ein Dichter folgende Verse auf ihn dichtete:

»Wo er erscheint, spricht man: Gepriesen sei Gott, der ihn geschaffen und gebildet!

Er ist der Fürst unter den Schönsten der Schönen, und alle müssen bekennen: Wir sind deine Untertanen.«

Der Prinz Kamr essaman wurde immer größer und kräftiger. Als er das siebente Jahr erreicht hatte, schickte ihn sein Vater in die Schule und es dauerte nicht lange, so hatte derselbe den ganzen Koran gelernt und war in der arabischen Sprachwissenschaft, in Theologie und anderen Wissenschaften so bewandert, daß er eine Ausnahme unter den Ausnahmen machte.

Als der Prinz 14 Jahre zählte, hatte sich seine Schönheit im höchsten Grad entwickelt; ein frischer Flaum verbreitete sich über seine roten Wangen, deren

Glanz durch ein braunes Fleckchen wie ein Ambrakügelchen gehoben wurde, so daß folgende Verse auch von ihm galten:

»Schlank ist sein Wuchs; seine Haare sind so schwarz und seine Stirn so glänzend weiß, daß die Welt dadurch zugleich in Dunkelheit gehüllt wird und in hellem Lichte strahlt.

Mißbilliget aber nicht das Mal auf seiner Wange; hat doch auch die Anemone schwarze Pünktchen.«

Der Sultan, der ihn so zärtlich liebte, daß er es keine Stunde ohne ihn aushalten konnte, sagte eines Tages zu seinem Vezier: »Wackerer Vezier! Ich fürchte, es könnte meinen Sohn ein Mißgeschick treffen, darum möchte ich, um vor meinem Tode mich noch an ihm zu erfreuen, mich von der Regierung zurückziehen und ihm meinen Thron einräumen.« Der Vezier erwiderte: »Tapferer Fürst und mächtiger Löwe! Meine Ansicht ist, daß du ihn zuvor vermählest, ehe du ihn auf den Thron erhebest, denn die Ehe hält den Mann in Schranken.«

Die Ansicht des Veziers gefiel Schah Seman, und er beschloß, sich mit seinem Sohne darüber zu besprechen, und ließ ihn alsbald zu sich rufen. Kamr essaman erschien, grüßte seinen Vater, küßte ihm die Hand und neigte bescheiden, wie ein wohlgebildeter Jüngling, den Kopf zur Erde. Der König sagte zu ihm: »Weißt du, mein Sohn, warum ich dich habe rufen lassen?« »Herr!« antwortete der Prinz, »Gott allein kennt das Verborgene; ich weiß nicht, was du mir zu sagen hast.« »Es geschieht«, fuhr der Sultan fort, »um dir zu sagen, daß es mein Wunsch ist, dich vermählt zu sehen und mich daran zu freuen. Was hältst du davon?«

Als Kamr essaman die Worte seines Vaters hörte, stieg ihm die Röte der Scham ins Gesicht; er schlug voll Verwirrung die Augen nieder, und Schweißtropfen standen auf seiner Stirne. Endlich antwortete er: »Mein Vater! Ich habe keine Lust, mich zu vermählen und mein Herz fühlt keine Neigung zu den Frauen, wie sollte es auch, da doch ein Dichter gesagt hat:

»›Fragt ihr mich über die Weiber, so weiß ich euch Bescheid zu geben; ich kenne ihre Fehler.

Wenn des Mannes Haupt weiß wird, oder sein Reichtum abnimmt, so hat ihre Liebe keinen Bestand.

Ich kann deinen Wunsch unmöglich erfüllen, sollte mir auch aus meiner Weigerung Tod und Verderben erwachsen.‹«

Der König war über den Widerwillen des Prinzen sehr betrübt. Seine Liebe zu ihm war aber so groß, daß er ihm nichts weiter sagte, sondern ein ganzes Jahr ruhig abwartete. Nach Verfluß eines Jahres ließ er ihn wieder zu sich rufen und sagte zu ihm: »Nun, mein Sohn, wirst du mir noch nicht gehorchen und mir gestatten, dir eine Gattin zu geben, damit ich vor meinem Tode mich an dir freue?«

Der Prinz ließ den Kopf ein wenig sinken, dachte eine Weile nach, erhob ihn dann wieder und antwortete: »Mein Vater! Mein Entschluß, unverheiratet zu bleiben, steht fest, so lange ich lebe. Denn ich habe in Geschichtsbüchern und anderen Werken gelesen, wie viel Jammer und Unglück die Arglist der Weiber zu aller Zeit in der Welt verursacht hat. Wenn du es verlangst, so will ich dich mit

ihrem Tun und Treiben bekannt machen. Sie sind voll List und Trug und treulos in Wort und Tat. Ein Dichter hat sie mit den Worten bezeichnet:

»›Ihre Fingerspitzen sind gefärbt, ihre Haare geflochten, ihr Turban hängt auf die Seite und viel Kummer geben sie zu schlucken.

Kannst du den Blitz in einem Netze fangen oder Wasser in einem Siebe schöpfen?‹«

Damit verließ Kamr essaman seinen Vater und ging seines Weges. Der König Schah Seman ließ seinen Vezier rufen und setzte ihn in Kenntnis von allem, was zwischen ihm und seinem Sohne sich zugetragen hatte. Dann sagte er zu ihm: »Da du mir doch den Rat erteilt hast, ihn zu vermählen, sage mir, was ich jetzt, da er sich so ungehorsam zeigt, mit ihm anfangen soll!« »Mein König!« antwortete der Vezier, »gib dem Prinzen noch ein Jahr Frist. Nach Verfluß des Jahres läßt du ihn wieder vor dem ganzen Divan zu dir rufen und sprichst wieder von seiner Vermählung. Er wird sich gewiß schämen und es nicht wagen, dir zu widersprechen.« Der König nahm diesen Rat an und wartete wieder ein Jahr. Dann versammelte er den Divan und ließ seinen Sohn rufen. Als er erschien, küßte er die Erde vor seinem Vater und blieb stehen. Sein Vater sagte zu ihm: »Mein Sohn! Ich habe dich zu dieser Stunde vor dieser großen Versammlung hierher rufen lassen, um wegen deiner Vermählung mit dir zu sprechen, denn ich möchte, daß du heiratest und ich vor meinem Tode noch an deiner Familie meine Freude habe. Vielleicht schenkt dir Gott einen Knaben, wodurch unser Andenken erhalten und unser Reich bei unserem Geschlechte bleibt. Ich habe schon zweimal deshalb mit dir gesprochen und du hast das Gespräch abgebrochen, deshalb habe ich dich jetzt hierher beschieden und ich verlange von dir eine Antwort.«

Als Kamr essaman dies hörte, geriet er vor Ärger ganz außer sich, er neigte den Kopf eine Weile zur Erde, dann antwortete er, indem er schnell den Kopf in die Höhe warf, mit jugendlicher Tollkühnheit: »Ich habe schon 1000-mal erklärt, daß ich nicht heiraten wolle. Du bist eben jetzt bejahrt und altersschwach, dein Verstand hat abgenommen, darum schwatzest du Unsinn und bist kaum mehr imstande, eine Herde Schafe zu hüten.« Der Sultan fühlte sich tief verletzt durch diese Worte vor den Anwesenden. Mit königlichem Stolze schrie er jetzt seinen Sohn an, daß er vor Schrecken bebte. Hierauf ließ er ihn durch seine Waffenträger und Mameluken festnehmen und befahl ihnen, ihn in Ketten zu legen. Als sie ihn gebunden vor seinen Vater brachten, ließ er sein Haupt sinken, und seine Stirne war mit Schweiß bedeckt. Der König schmähte ihn und sagte: »Wehe dir! Kann deinesgleichen mir eine solche Antwort geben? Doch hat dich bis jetzt noch niemand gezüchtigt.« Er befahl dann den Mameluken, ihm die Bande abzunehmen und ihn einzusperren. Sie führten ihn in ein altes Gemach eines uralten Turms, in dessen Mitte eine römische Zisterne war. Alsbald kamen die Kammerdiener herbei, reinigten das Zimmer, brachten ein Ruhebett, eine Matratze, ein Kissen und eine Laterne und ließen dann den Prinzen allein, nur ein Diener blieb vor der Türe stehen. Kamr essaman stand auf, wusch sich, verrichtete sein Abendgebet, und nachdem er noch einige Kapitel des Koran gelesen hatte, legte er sich nieder. Die Laterne stand zu seinen Füßen und eine Wachskerze brannte über seinem Haupte. Er schlief bis ein Dritteil der Nacht vorüber war, ohne zu ahnen, was das geheime Geschick ihm bereitete.

Sowohl das Gemach als der Turm waren nämlich seit Jahren nicht bewohnt und die römische Zisterne diente einer Fee zum Aufenthalte, einer von den Nachkömmlingen des verfluchten Iblis. Sie hieß Maimuna und war die Tochter Damerjads, eines Königs der Genien. Es war um Mitternacht, als Maimuna sich nach ihrer Gewohnheit aus dem Brunnen emporschwang. Sie war sehr verwundert, in dem Turm, in welchem sich seit vielen Jahren niemand aufgehalten hatte, Licht zu erblicken; und da das Licht von dem Gemache herkam, schwebte sie hinein. Sie fand zu ihrem Erstaunen einen schlafenden Diener, und ein Ruhebett, auf welchem ein junger Mann schlief. Da senkte sie ihre Flügel, näherte sich ihm und hob die Decke ein wenig auf und erblickte einen Jüngling, dessen Antlitz heller strahlte, als die Flamme des Lichts neben seinem Bette. Sie war ganz betroffen über diese Fülle von Schönheit, Anmut und reizender Körperbildung und sprach zu sich selber, nachdem sie im stillen den Schöpfer gepriesen: Bei Gott, ich will ihm nichts zuleide tun! Ein solches Gesicht verdient vor jedem Unheil bewahrt zu werden. Allein ich begreife nicht, welchen Anlaß er gegeben haben kann, daß er von seinen Leuten nach diesem verlassenen Orte gebracht worden ist. Nachdem sie sich dann zu ihm niedergebeugt und ihn auf die Wangen, auf den Mund und zwischen die Augen geküßt hatte, legte sie die Decke wieder, wie sie zuvor gewesen war, und schwang sich gen Himmel empor. Als sie eine Weile so geflogen war, vernahm sie einen Flügelschlag, was sie bestimmte, ihren Flug in derselben Richtung zu nehmen. Bald gelang es ihr, dem Geräusche nahe zu kommen, und sie erkannte, daß es von einem ungläubigen Geiste herrührte, welcher Dahnesch hieß und ein Sohn des Schamhurasch war. Als Dahnesch die gegen ihn herfahrende Maimuna erkannte, zitterte er vor Angst und Schrecken und sagte mit bittendem Tone zu ihr: »Ich beschwöre dich bei dem hohen, verehrten, unaussprechlichen Namen, sei gnädig gegen mich und tu mir nichts zuleid; ich war ja nie dein Feind und bin dir nicht ebenbürtig.« »Verfluchter Geist!« erwiderte Maimuna, »du hast mich bei dem Heiligsten beschworen, doch sage mir zunächst, woher du kommst, und was du diese Nacht gesehen und getan hast?«

Dahnesch antwortete: »Ich will dir etwas Wunderbares erzählen, was ich diese Nacht gesehen habe. Wisse, Herrin! Ich komme diese Nacht von dem äußersten China, von den innersten Inseln. Aber, du versprichst mir doch, mir zu verzeihen und mich in Freiheit zu lassen, wenn ich deine Neugier befriedigt habe?« »Fahre fort, fahre fort, Verruchter!« erwiderte Maimuna, »und fürchte nichts. Hüte dich nur, mir etwas zu sagen, was nicht wahr ist; sonst reiße ich dir die Federn aus deinen Flügeln und schinde dir die Haut vom Leibe.« Dahnesch erwiderte: »Gut, meine Herrin, so wisse denn, daß ich von den innersten Inseln komme, über welche Ghajur, der Herr des Meeres und der Inseln herrscht. Er hat eine einzige Tochter, von solcher Schönheit, wie man noch keine auf Erden gesehen hat. O ich kann mit meinen Lippen und meiner Zunge nicht einmal einen Teil ihrer Reize schildern. Doch will ich versuchen, sie zu beschreiben. Sie hat Haare so lang wie ein Roßschweif und in solcher Fülle, daß, wenn sie frei herunterwallen, sie ineinander verschlungenen Trauben gleichen. Unter diesen Haaren wölbt sich eine Stirn, glatt wie ein hellgeschliffener Spiegel und leuchtend wie die Strahlen der Sonne. Augen hat sie wie Narzissen, doch kann sie der wackerste Jäger nicht fesseln, das Weiße davon gleicht der Luft in der Morgendämmerung und das Schwarze der finstern Nacht; die Nase, fein und scharf wie eine geschliffene Schwertklinge, ist weder zu lang, noch zu kurz. An diese schließen zwei Purpurwangen, deren Färbung von der Röte der Kirsche in die Weiße des Marmors verschwimmt. Ihr Mund ist klein und rot wie die aufbrechende Knospe der Granatblüte; ihre Zähne gleichen einer Perlenschnur; wenn sie die Zunge zum Sprechen bewegt, so ertönt eine süße und anmutige Stimme, und was sie sagt, bekundet die Schärfe ihres Verstandes und die Lebhaftigkeit ihres Geistes. Ihre Lippen sind wie Korallen von Honig angefeuchtet. Ihr Kopf wiegt sich auf einem Nacken, der einer silbernen Waschkanne über einem marmornen Halse gleicht. Sie hat eine starke Brust, die zum Genusse reizt. An diese schließen sich ein Paar Oberarme, so rein und rund wie Perlen und Margarite. Die Vorderarme sind wie Silber mit Gold gepaart. Ihre Brüste gleichen Granatäpfeln, ihre Taille ist so zart, daß man glaubt, sie wollte fliegen und die runden glatten Schenkel und Beine werden von zierlichen Füßchen getragen, die Gott, so klein sie sind, doch stark genug gemacht hat, um alles, was darüber ist, in schwebender Bewegung zu halten. Der Vater dieser Prinzessin ist ein rauher Krieger und gewalttätig, unerschrockener Herrscher, er besitzt große Heere und regiert über viele Länder, Städte und Inseln. Dieser König liebt seine Tochter so sehr, daß er ihr sieben Paläste hat bauen lassen. Der erste Palast ist von Bergkristall, der zweite von Erz, der dritte von feinem Stahl, der vierte von Blei, der fünfte von schwarzem Stein, der sechste von Silber und der siebente von gediegenem Gold. Alle sind mit unerhörter Pracht ausgeschmückt, mit den kostbarsten seidenen Teppichen und mit Gerätschaften und Gefäßen von Gold und Silber versehen. Man sprach bald in allen Ländern von der Schönheit und Anmut dieser Prinzessin und Könige schickten Gesandte und ließen um sie werben. Wenn aber ihr Vater sich deshalb mit ihr besprach, sagte sie: »Ich habe keine Lust mich zu vermählen, ich bin Herrin und will mich nicht unter die Herrschaft eines anderen beugen.« Der König ließ sie geraume Zeit in Ruhe, bis einst ein gewisser Fürst um sie werben ließ und große Reichtümer als Morgengabe sandte. Da wiederholte der König seinen Wunsch, sie zu vermählen. Sie zeigte sich aber ungehorsam, schrie ihren Vater an und nannte ihn einen Schwachkopf. Schließlich sagte sie zu ihm: »Wenn du mit mir noch einmal von meiner Vermählung sprichst, so mache ich meinem Leben ein Ende und du hast eine Tochter meinesgleichen verloren.« Der König geriet in Zorn darüber und sagte: »Wenn dies dein fester Entschluß ist, so mußt du auch ein einsames, zurückgezogenes Leben führen.« Er ließ sie daher in ein einzelnes Gemach in einem seiner Paläste einsperren, woselbst er ihr nur zehn alte Weiber zur Gesellschaft gab, und gestattete ihr nicht mehr, nach ihren Palästen zu gehen, und zeigte ihr, daß er sehr aufgebracht gegen sie sei. Zugleich ließ er durch seine Gesandten den fürstlichen Bewerbern sagen, seine Tochter sei geisteskrank geworden, er werde alles anwenden, um sie zu heilen und sie dann dem zur Frau geben, den das Glück begünstigt. »Nun, Maimuna«, fuhr Dahnesch fort, »verfehle ich nicht, jede Nacht mich bei ihr einzufinden, ihre Schönheit und Anmut zu bewundern und sie zwischen die Augen zu küssen; denn ich liebe sie so sehr, daß ich ihr nicht das geringste Leid zufügen kann. Ich beschwöre dich, meine Herrin, komm und sieh wie schön sie ist, um dich mit eigenen Augen zu überzeugen, daß ich wahr gesprochen.« Maimuna brach in ein lautes Gelächter aus, spuckte gegen Dahnesch aus und sagte zu ihm. »Wehe deinem Gesichte! Ich erwartete Wunder, was du mir erzählen würdest, und du unterhältst mich von einer Nichtswürdigen! Pfui, schäme dich! Was würdest du, Verruchter, erst sagen, wenn du meinen Geliebten gesehen hättest, bei welchem ich diese Nacht war? Fürwahr, du würdest närrisch darüber werden und zerplatzen.« »Herrin«, erwiderte Dahnesch, »wer ist der Geliebte, von dem du

sprichst?« »Wisse«, antwortete ihm Maimuna, »daß es ihm ebenso ergangen ist, wie der Prinzessin, von welcher du mich hier unterhalten hast. Der König, sein Vater, wollte ihn mit aller Gewalt vermählen; er weigerte sich, und sein Vater ließ ihn in einen alten Turm sperren, der mir zum Aufenthalt dient und wo ich ihn diese Nacht erblickt habe.« Dahnesch versetzte: »Meine Herrin, du wirst mir doch gestatten, deinen Prinzen zu sehen, um ihn mit meiner Geliebten zu vergleichen, damit ich erkenne, wer am schönsten ist, denn ich behaupte, daß meine Geliebte an Schönheit ihresgleichen in der Welt nicht findet.« »Du lügst, Verruchter!« entgegnete Maimuna. »Ich will nicht den Eigensinnigen gegen dich spielen. Komm mit mir«, versetzte Dahnesch, »um meine Prinzessin zu sehen, und dann zeigst du mir deinen Prinzen.« Maimuna entschloß sich, dieser Aufforderung zu folgen, aber nur unter der Bedingung, daß Dahnesch eine Wette einging: Wenn ihr Prinz schöner wäre, sollte Dahnesch verloren, würde aber die Prinzessin schöner gefunden, so sollte er gewonnen haben. Nachdem Dahnesch seine Zustimmung hierzu gegeben, sagte Maimuna: »So folge mir denn!« Dahnesch erwiderte aber: »Komm du zuerst mit mir, da wir doch der Prinzessin näher sind.« Sie begaben sich hierauf zusammen in das Gemach der Prinzessin und Maimuna fand sie so schön, daß sie zu Dahnesch sagte: »Ich beschwöre dich bei der Inschrift, die auf dem Siegelringe Salomos, des Sohnes Davids eingegraben ist, nimm sogleich die Prinzessin und lege sie neben den Prinzen.« Sie flogen dann beide wieder fort und trugen die Prinzessin mit sich und legten sie an die Seite Kamr essamans auf das Ruhebett, dann deckten sie ihr Gesicht auf und sie glichen zwei leuchtenden Vollmonden, wie der Dichter sagt:

»Mit meinen Augen sah ich zwei Schlafende auf der Erde, wohl wünschte ich, ich könnte ihnen meine Augenlider zum Bett anweisen.

Sie sind wie zwei Halbmonde am Himmel, wie zwei Sonnen in der Mittagsstunde, wie zwei herrliche Gazellen, wie zwei blühende Zweige, in welche sich die Schönheit geteilt hat.«

Als der Prinz und die Prinzessin also neben einander lagen, erhob sich zwischen dem Geist und der Fee ein Zwist über den Vorzug ihrer Schönheit. Dahnesch sagte zu Maimuna: »Nun siehst du, daß meine Prinzessin schöner ist als dein Prinz.« Maimuna erwiderte: »Du mußt blind sein, wenn du nicht siehst, daß mein Prinz deine Prinzessin weit übertrifft, betrachte seine Schönheit, seine Anmut, seinen Wuchs und das Ebenmaß seiner Glieder, doch höre, wie ich ihn näher beschreibe.« Dann neigte sie sich über Kamr essaman hin, küßte ihn zwischen die Augen und sprach folgende Verse:

»Was liegt daran, wenn mir auch deinetwegen die Freunde zürnen? Wo fände Trost, wer deine biegsame Gestalt gesehen?

Das schwerste Mißgeschick kann mich nicht verderben, wenn der Wein deiner Lippen mich erquickt.

Dein Auge verschönert sich, so oft man es ansieht; die treueste Geliebte kann sich nicht mehr von ihm abwenden.

O du, der du meiner Sehnsucht dich entwindest, darf man so dem Versprechen der Liebe zuwiderhandeln?

Die schwerste Liebespein bürdest du mir auf, während ich zu schwach und unmächtig bin, mein Gewand zu tragen.

Du lässest mich so lange weinen, bis man fragt: Fließen ihr nicht blutige Tränen aus der Nase?

Wäre mein Herz so hart wie das deine, so wäre mein Körper nicht so geschwunden, daß er jetzt deiner Taille gleicht.

Weh' über den Anblick eines Mondes, dessen Schönheit und Anmut von allen Menschen gepriesen wird.

Weh' über dein hartes Herz! Lernte es doch Biegsamkeit von deinem Wuchse, so würd' es sich zärtlich mir zuneigen.

O mein Gebieter! Du hast über deine Schönheit einen Aufseher, der mir Unrecht tut, und einen Wächter, der grausam gegen mich ist*.

Wer da sagte, die Schönheit sei in Joseph vereint, der hat nicht wahr gesprochen; wie manchen Joseph enthält deine Schönheit.

Schwarz ist das Haar, leuchtend die Stirne, das Auge ist das einer Huri, und schlank ist der Wuchs.«

Als Maimuna schwieg, schüttelte Dahnesch lachend den Kopf und sagte: »Bei Gott, Herrin, deine Beschreibung ist schön! Darauf verstehe ich mich nicht

* Im Text ist hier ein unübersehbares Wortspiel, in dem das Wort Aufseher zugleich Blick und das Wort Wächter auch Augenbrauen bedeuten.

so gut wie du. Doch will ich versuchen, was in meinen Kräften steht.« Damit stellte er sich vor das Mädchen und sprach:

»Sie tadeln mich, weil ich die Schönheit liebe; aber wie ungerecht ist ihr Urteil!

Ihr Wuchs ist schlank wie der Zweig des Baumes Irak und biegsam wie der des Ban.

Erfreue deinen Geliebten durch deine Nähe; denn hältst du ihn noch lange fern von dir, so wird er vor Sehnsucht vergehen.«

Maimuna erteilte den Versen Dahneschs das gebührende Lob, wollte aber nun wissen, welcher von den beiden Personen der Preis der Schönheit zukommen solle. Dahnesch behauptete, die Prinzessin sei schöner, während Maimuna dem Prinzen den Vorzug gab. Nach langem Streit sagte Dahnesch: »Ich glaube, o Herrin, daß es dir schwer fällt, die Wahrheit einzugestehen, darum wollen wir einen Dritten entscheiden lassen und seinen Spruch anerkennen.« Maimuna willigte ein und stampfte mit dem Fuß auf den Boden. Sogleich tat sich die Erde auf, und daraus hervor stieg ein scheußlicher Geist, er war bucklig und halbblind. Seine Augen waren der Länge nach gespalten; er hatte sechs Hörner am Kopfe, und vier Haarbüschel hingen ihm bis zu den Füßen hinunter. Seine Hände waren wie die eines Kutrub* und seine Füße wie die eines Werwolfs, mit Nägeln, gleich den Klauen des Löwen. Sobald er herauf war und Maimuna

* Ein fabelhaftes Wesen mit langen Vorderbeinen

erblickte, so warf er sich ihr zu Füßen, küßte den Boden, legte die Hände hinter den Rücken und fragte, was seine Gebieterin zu befehlen habe. »Kaschkasch« (so hieß der Geist), sagte sie zu ihm, »ich rief dich, um einen Streit zu entscheiden, den ich mit diesem verfluchten Dahnesch habe. Wirf deinen Blick auf das Bett und sage uns, wer dir schöner dünkt, der Jüngling oder die Jungfrau?« Kaschkasch betrachtete den Prinzen und die Prinzessin, wie sie, in Schlaf versunken, nebeneinander lagen, unbewußt sich umarmend und an Schönheit und Liebreiz gleich, wie der Dichter sagt:

»Halte fest an dem Gegenstand deiner Liebe und laß dich durch das Gerede des Neides nicht irren; die Tadler führen zu nichts in der Liebe.

Gott hat nichts Schöneres geschaffen, als ein liebendes Paar auf einem Lager, das, eins durch das andre beglückt, mit dem Ausdruck innigster Zufriedenheit im Antlitz sich fest umarmt hält.

Ist einmal ein Herz mit der Liebe vertraut, so mag lange die Welt auf kaltes Eisen schlagen.

O du, der du Liebende der Liebe wegen tadelst, bist du wohl imstande, ein krankes Herz zu heilen?

Und begegnet dir in deinem Leben ein heiterer Tag, so sei zufrieden und lebe von diesem einen!«

Nachdem der Geist beide eine Weile betrachtet hatte, sagte er zu Maimuna: »Herrin! Keiner von beiden verdient den Vorzug, es ist einer schöner als der andre, aber es gibt ein Mittel, sich darüber aufzuklären. Das ist, sie nacheinander aufzuwecken und sich dahin zu vereinigen, daß, welches für das Andere durch seine Glut und Heftigkeit mehr Liebe bezeigt, gewissermaßen auch weniger Schönheit habe.« Der Rat gefiel Maimuna und Dahnesch, und Kaschkasch fragte die Erstere, ob er ihren Liebling aufwecken solle. Auf ihre Bejahung verwandelte er sich in einen Floh und sprang auf Kamr essamans Hals. Er stach ihn so heftig, daß er aufwachte und mit der Hand nach der Stelle fuhr; aber er fing nichts. Seine Hand fiel auf eine andere Hand, die zarter und weicher anzufühlen war als frische Butter. Er schlug die Augen auf und war höchst erstaunt, etwas der Länge nach neben sich liegen zu sehen. Er setzte sich aufrecht. Da lag vor ihm ein Mädchen, schön wie der Mond oder die Sonne, wie eine aufgeputzte Braut oder eine kostbare Perle, von schlankem Wuchs, blitzenden Augen und schön gewölbten Augenbrauen, wie der Dichter sagt:

»Vier Dinge haben sich vereint, um mein Herz zu verwunden und mir den Tod zu geben. Das Licht der Stirne, die Nacht der Haare, die Rose der Wangen und die Perlen des lächelnden Mundes.«

Wie er sie so da liegen sah, in dem feinen Hemde, das die Reize ihrer Gestalt nur halb verhüllte, die bloßen Anne mit kostbaren Spangen, die Hände mit Ringen und Hals und Busen mit goldner Kette geschmückt, die mit kostbaren Edelsteinen ausgestattet war, bemächtigte sich die Liebe auf die lebhafteste Weise seines Herzens, und er konnte sich nicht enthalten auszurufen: »Welche Schönheit! Welche Reize! Mein Herz! Meine Seele!« Und indem er dies sagte, neigte er sich zu ihr hin, küßte sie auf die Wangen und sog an ihren Lippen mit

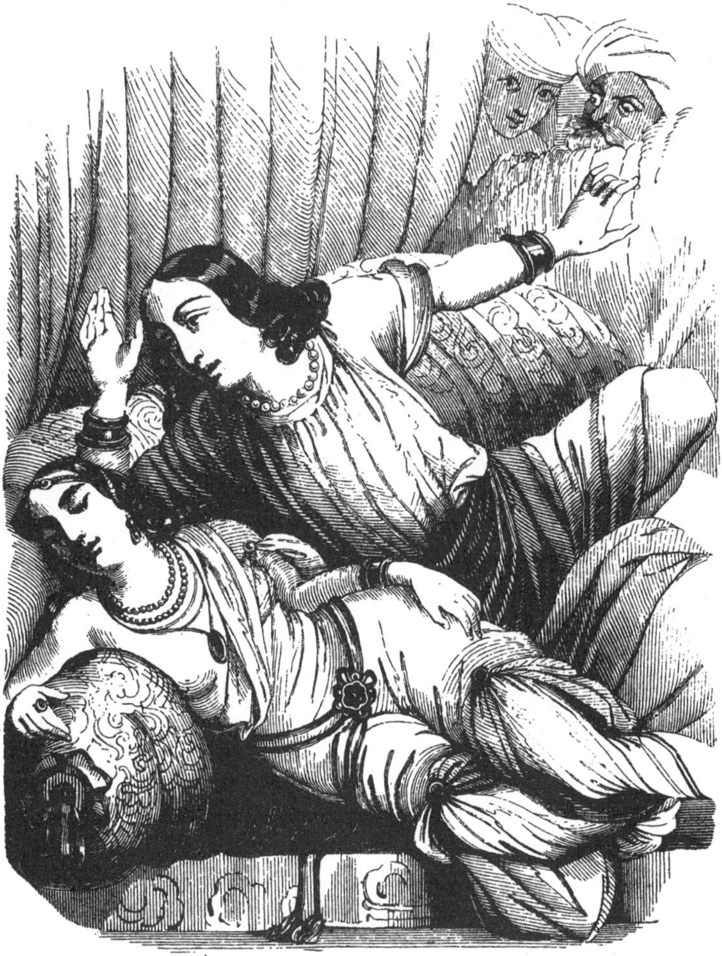

immer steigender Leidenschaftlichkeit; er wollte sie aufwecken, aber durch Dahneschs Bezauberung schlief sie sehr fest. Er schüttelte sie, während er zu sprechen fortfuhr: »Mein Herz! Meine Seele! Erwache doch, ich bin der Prinz Kamr essaman.« Aber sie wachte immer nicht auf, und Kamr essaman wurde verlegen und nachdenklich. »Wenn mich meine Vermutung nicht täuscht«, sagte er bei sich selber, »so ist dies das Mädchen, welches der Sultan, mein Vater, mir zur Gattin geben wollte. Gleich in aller Frühe will ich hingehen und ihn bitten, mir sie zur Frau zu geben, und ehe der Abend vergeht, wird sie mir als Gattin vorgeführt und ich kann mich ihrer Schönheit und Anmut freuen.« Er neigte sich abermals über die Schöne, um sie zu küssen. Da fuhr ihm ein anderer Gedanke durch den Kopf, und indem er sich selbst bezwang, sprach er: »Vielleicht hat mein Vater dieses Mädchen abgeschickt und ihr befohlen, sich nicht wecken zu lassen und ihm zu berichten, was geschehen wird. Oder wer weiß, ob er sich nicht irgendwo versteckt hat, wo er alles sieht. Wenn ich mich nun von der Leidenschaft hinreißen lasse, wird er mir morgen Vorwürfe machen und mich beschämen. Er wird sagen: ›Hast du nicht behauptet, du habest keine Lust zu heiraten, warum hast du denn dieses Mädchen geküßt und umarmt?‹ Bei Gott, ich will sie nicht berühren oder lieber gar nicht mehr ansehen; auf jeden Fall aber will ich mir ein Andenken von ihr nehmen.« Er ergriff dann ihre Hand und sah an ihrem Finger einen goldnen Siegelring mit einem Rubin aus Balchaschan, auf welchem folgende Verse eingegraben standen:

»Glaube nicht, daß ich vergessen habe, was du mir geschworen.
Seitdem du mich verlassen, ist mein Herz auf glühenden Kohlen.«

Diesen Ring zog er der Prinzessin vom Finger und steckte ihr den seinigen dafür an. Hierauf kehrte er ihr den Rücken zu, und es währte nicht lange, so schlief er wieder ein. Sobald er eingeschlafen war, sagte Maimuna zu Dahnesch: »Hast du gesehen, verfluchter Geist, wie wenig sich mein Prinz aus deiner Prinzessin macht? Er hat sie nicht umarmt, er hat ihr den Rücken zugekehrt und ist wieder eingeschlafen.« Dahnesch erwiderte: »Ich habe alles gesehen«, und verwandelte sich in einen Floh, sprang hin und stach die Prinzessin. Sie wachte auf und richtete sich empor, und als sie die Augen öffnete, war sie sehr erstaunt, sich neben einem Mann liegen zu sehen, mit Augen und Augenbrauen, wie sie kein Mädchen hatte, mit einem kleinen Munde und zarten Lippen, die Farbe der Wangen gleich einem Apfel. Kurz, seine Zunge vermochte seine Reize zu schildern, und es ließen sich die Worte des Dichters auf ihn anwenden:

»Man brachte die Schönheit selbst, daß sie sich mit ihm messe, und sie beugte beschämt ihr Haupt vor ihm.«

Man fragte sie: hast du je so etwas gesehen? Und sie antwortete: Nein, ein solcher Anblick ist mir noch nie zuteil geworden.«

Als sie diese Reize eine Weile bewundert hatte, schrie sie: »Wehe! Wehe! Welche Schande, so neben einem Jüngling zu liegen! Hätte ich gewußt, daß du bei meinem Vater um mich geworben, ich hätte dich nicht abgewiesen. Wach auf, wach auf, mein Geliebter! Und ergötze dich an meinen Reizen!« Indem sie dieses sprach, faßte sie den Prinzen Kamr essaman und schüttelte ihn, aber er erwachte nicht, denn die Fee Maimuna hatte ihn durch ihre Bezauberung in einen tiefen Schlaf versenkt. Die Prinzessin schüttelte ihn auf diese Weise zu wiederholten Malen, und als sie sah, daß er nicht aufwachte, fuhr sie fort: »Mein Geliebter! Ich beschwöre dich bei meinem Leben, erwache doch, daß wir uns freuen! Öffne deine Augen und sieh meine Narzissen! Fühle meinen zarten Körper! Sollte ein auf unser Glück neidischer Nebenbuhler dich behext und in diesen unüberwindlichen Schlaf versenkt haben? Oder ist es vielleicht Veranstaltung von meinem unglückseligen Vater, daß du dich nicht mit mir unterhalten willst?« Aber der Jüngling erwachte nicht, und ihre Leidenschaft ward immer heftiger. Sie verschlang ihn mit Blicken, welche tausendfachen Schmerz in ihrem Busen zurückließen. Endlich küßte sie seine Hand und bemerkte ihren Ring an seinem Finger. Da seufzte sie tief auf und sagte: »Wehe dir, was verstellst du dich so? Gewiß hast du gewacht, während ich schlief, und hast mich geküßt, und, o

Gott! Ja, diesen Ring nehme ich nicht zurück.« Sie küßte ihn dann zwischen die Augen, auf die Wangen und auf den Mund, öffnete seinen Hemdkragen und suchte nach etwas, das sie als Andenken nehmen könnte, fand aber nichts; zuletzt streckte sie sich neben ihn hin, legte eine Hand unter, die andere über ihn, und in dieser Umarmung schlief sie wieder ein. Als sie fest schlief, sagte Maimuna zu Dahnesch: »Nun, du Verfluchter! Hast du's gesehen? Bist du nun überzeugt, daß deine Prinzessin nicht so schön ist als mein Prinz? Doch ich verzeihe dir.« Und indem sie sich zu Kaschkasch wandte, fügte sie hinzu: »Geh mit Dahnesch und hilf ihm die Prinzessin an ihren Platz zurücktragen, denn die Nacht ist vorüber und ich kann mein Ziel nicht weiter verfolgen.« Kaschkasch gehorchte, und die beiden Geister flogen mit dem Mädchen nach ihrer Heimat, wo dann jeder seines Weges ging, und Maimuna entfernte sich gleichfalls.

Als der Prinz Kamr essaman am folgenden Morgen erwachte, blickte er um sich, fand aber das Mädchen nicht mehr. Da sagte er bei sich selber: »Ich hatte mir es doch gleich gedacht, daß mich mein Vater nur necken will.« Er rief dann dem Sklaven und sagte zu ihm: »Wehe dir, du nichtswürdiger Hund! Wie lange willst du noch schlafen? Steh einmal auf!« Der Diener stand ganz betäubt auf und brachte ihm Waschbecken und Wasser. Kamr essaman erhob sich von seinem Lager, wusch sich, und nachdem er sein Gebet verrichtet hatte, nahm er den Koran und las eine Zeitlang. Dann ging er wieder zum Sklaven und sprach zu ihm: »Wehe dir, wenn du mich belügst! Komm her und sage mir die Wahrheit. Wo ist das Mädchen hingekommen, das heute Nacht an meiner Seite geschlafen hat?« »Mein Herr!« versetzte der Sklave, »ich schwöre dir, daß ich nichts davon weiß. Wie sollte denn ein Mädchen hereingekommen sein, da ich doch an der Türe schlafe?« »Du lügst, verdammter Sklave!« erwiderte der Prinz. »Du bist auch mit ihnen im Einverständnis.« Der Verschnittene wich erschrocken vor ihm zurück und wiederholte: »Bei Gott, mein Herr, ich habe nichts gesehen!« Aber Kamr essaman hieß ihn näher treten, faßte ihn an der Kehle, warf ihn zu Boden, kniete auf ihn und trat ihn mit Füßen; dann schleppte er den Ohnmächtigen zum Brunnen hin, band ihm das Seil unter die Arme, ließ ihn daran hinab und tauchte ihn mehrmals mit dem Kopf unters Wasser. »Ich lasse dich nicht herauf«, rief er ihm zu, als er nach Hilfe schrie, »wenn du mir nicht sagst, wer das Mädchen ist, und wie es zu mir hereinkommen ist.« Der Sklave dachte, ohne Zweifel hat der Prinz, mein Herr, den Verstand verloren, und ich kann nur durch eine Lüge mich retten. »Mein Herr!« sagte er hierauf, »ziehe mich herauf, ich verspreche dir, alles zu sagen.«

Der Prinz zog nun den vor Furcht zitternden Sklaven wieder herauf. Dieser sagte aber: »Mein Herr, vergönne mir, meine Kleider zu wechseln, dann will ich dir über das Mädchen Auskunft geben.« »Ich gewähre es dir«, erwiderte Kamr essaman; »aber mach geschwind, du elender Sklave, hättest du nicht den Tod vor Augen gesehen, so würdest du mir nicht die Wahrheit eingestehen.« Der Sklave ging hinaus und lief, wie er war, in den Palast. Der König unterhielt sich eben mit seinem Großvezier über Kamr essaman. Er hatte eine lange schlaflose Nacht gehabt und an die Worte des Dichters gedacht:

»Mir wird die Nacht so lange, während die Verleumder ruhig schlafen; ist es nicht genug an einem Herzen, das unter Gram und Kummer erliegt?

Während die Nacht noch immer nicht weichen will, rufe ich dem Tageslichte zu: Willst du gar nicht mehr erscheinen?«

Er konnte kaum den Morgen erwarten, bis er mit dem Vezier allein war. Dieser sagte: »Gott verfluche diese Welt! Aber, lasse den Prinzen eine Weile eingesperrt, bis die jugendliche Hitze verraucht, dann wird er deinem Wunsche, sich zu vermählen, willfahren.«

Der Vezier endigte soeben diese Rede, als der Sklave in seinen durchnäßten Kleidern vor den König Schah Seman trat. »Herr!« sagte er zu ihm, »dein Sohn spricht von einem Mädchen, welches vergangene Nacht bei ihm geschlafen habe, er ist rasend geworden und hat mich in den Zustand versetzt, in welchem du mich hier siehst.« Nachdem der König den Sklaven angehört hatte, warf er einen vorwurfsvollen Blick auf den Vezier und rief: »O mein Sohn, mein armer Sohn!« Hierauf befahl er dem Vezier, selbst hinzugehen und zu erforschen, was sich zugetragen. Der Vezier gehorchte auf der Stelle. Beim Eintritt in das Zimmer fand er den Prinzen lesend. Er grüßte ihn, und Kamr essaman erwiderte den Gruß. Nachdem er sich hierauf neben ihm niedergelassen, sprach er zu ihm: »Gott verdamme deinen Sklaven, der dem König etwas eingeflüstert, das ihn in solchen Schrecken gesetzt hat!« »Wieso?« erwiderte der Prinz, »ich glaube doch eher, daß er mir was vorgeschwatzt hat.« »Prinz!« versetzte der Vezier, »verhüte Gott, daß dasjenige, was er von dir berichtet hat, wahr sei! Es wäre jammerschade um deine Jugend und Schönheit.« »Nun«, erwiderte der Prinz, »da ihr doch meinen Sklaven über seine Rede tadelt, so sage du mir, du bist doch ein verständiger Mann, wo das Mädchen ist, welches diese Nacht bei mir geschlafen hat.« Bei dieser Frage rief der Vezier: »Gott schütze dich, mein Sohn! Wie wäre es möglich, daß ein Mensch bei Nacht hier eingedrungen sein sollte, da doch die Türe verriegelt ist und ein Sklave vor derselben schläft? Nimm deinen Verstand zusammen!« Der Prinz geriet in heftigen Zorn und rief: »Wehe dir! Sage mir, wo das Mädchen hingekommen ist, das ich nur aus Furcht und Scheu vor meinem Vater unberührt gelassen?« Der Vezier war sehr erstaunt über diese Worte und rief: »Es gibt keinen Schutz und keine Macht außer bei dem erhabenen Gott! Sage mir, mein Herr! Hast du das Mädchen mit deinen eigenen Augen gesehen?« »Ja, ja!« antwortete der Prinz, »ich habe sie gesehen und wohl gemerkt, daß sie eurer Weisung zufolge kein Wort mit mir sprach, doch habe ich an ihrer Seite geschlafen und des Morgens sah ich sie nicht mehr.« Der Vezier versetzte: »Mein Herr! Du hast vielleicht das Mädchen nur im Traume gesehen.« »Du kommst also auch nur, um deinen Spott mit mir zu treiben«, erwiderte zornig der Prinz, »und um mir zu sagen, daß dasjenige, was ich dir erzähle, ein Traum sei. Der Diener wird aber sogleich kommen und mir die Wahrheit berichten.« Mit diesen Worten griff Kamr essaman dem Vezier in den Bart, schlang denselben um seine Hand und bearbeitete den Unglücklichen so lange mit Schlägen, bis er das Bewußtsein verlor. Sobald er sich erholt hatte, dachte er bei sich selber: Hat sich doch der Diener aus der Gefahr zu ziehen gewußt, warum sollte ich nicht auch mein Leben

retten. Er rief daher dem Prinzen zu, er möchte aufhören ihn zu schlagen, und als er einhielt, sagte er: »Entschuldige mich, mein Sohn! Ich bin nur dem Befehl deines Vaters gefolgt, dem ich mich nicht widersetzen konnte, warte nur, ich will dir alles erzählen.« »So steh auf«, versetzte der Prinz, »und erzähle!« »Mein Herr!« sprach der Vezier, »du willst über das schöne Mädchen Auskunft haben?« »Ja«, antwortete der Prinz, »sage mir, wer sie hergebracht hat und wo sie jetzt ist, damit ich sie heirate, sage dies meinem Vater und bitte ihn herzukommen, und mir sie zur Frau zu geben. Mache geschwind!« Der Vezier hörte kaum die Worte, als er sich auf den Weg machte, und zwar so schnell, daß er über die Schleppe seines Kaftan stolperte. Er glaubte sich nicht eher in Sicherheit, als bis er aus dem Turme war. Als er vor dem König erschien, fragte dieser: »Was bringst du?« »Herr«, antwortete der Vezier, »dein Sohn ist wahnsinnig.« Schah Seman sagte zu dem Vezier: »Daran ist der Rat schuldig, den du mir gegeben hast! Bei Gott, wenn meinem Sohn etwas widerfahren ist, so lasse ich dir den Kopf abschlagen und alles wegnehmen, was du besitzest!« Hierauf erhob er sich und machte sich auf den Weg nach dem Turme. Der Vezier begleitete ihn.

Als Kamr essaman seinen Vater eintreten sah, stand er auf, küßte ihm die Hand, trat dann ehrerbietig wieder einige Schritte zurück und neigte sein Haupt, während ihm Tränen aus den Augen stürzten. Der König setzte sich auf den Divan, rief den Prinzen an seine Seite und wendete sich mit zornigem Blicke zuerst an den Vezier: »Wie kommst du dazu, von meinem Sohne zu sagen, er sei wahnsinnig? du Hund von einem Vezier.« Dann fragte er ihn: »Welchen Tag haben wir heute?« Er antwortete: »Freitag«, und zählte dann die Tage in ihrer Reihenfolge her bis Donnerstag, ebenso die zwölf Monate des Jahres. Voll Freude darüber rief der König aus: »Gelobt sei Gott für dein Wohl, mein Sohn! Du Hund von einem Vezier! Da siehst du, daß er den Verstand nicht verloren hat; wohl aber wird es bei dir nicht ganz richtig sein.« Der Vezier schüttelte den Kopf und dachte: warte nur ein wenig, du wirst's schon noch erfahren.

Endlich sagte der König zu dem Prinzen: »Mein Sohn, sage mir doch, was für eine Bewandtnis es mit dem Mädchen hat, welches diese Nacht bei dir geschlafen haben soll.« »Mein Vater«, antwortete Kamr essaman, »ich beschwöre dich bei Gott, meinen Verdruß über diesen Gegenstand nicht noch zu vermehren; beeile dich, sie mir zur Gattin zu geben.«

Der König Schah Seman versetzte: »Besinne dich doch, und der Name Gottes schütze dich und bewahre deinen Verstand und deine Jugend! Bei dem erhabenen Gott, ich weiß nicht das geringste von dem Mädchen, von welchem du redest. Gewiß warst du gestern Abend in einem aufgeregten Zustand und hast im Traum ein Mädchen gesehen, drum nimm deine Zuflucht zu Gott vor dem Satan!« »Mein Herr und Vater«, versetzte der Prinz, »lasse solche Reden! Ich will dir beweisen, daß das, was ich sage, kein Traum, sondern wirklich und wahrhaftig ist. Hat je in seinem Leben einer geträumt, er sei im Gefecht und kämpfe, und hat beim Erwachen ein bluttriefendes Schwert gefunden?« »Nein, mein Sohn«, antwortete der König, »das ist nie der Fall gewesen.« »Nun«, fuhr Kamr essaman fort, »ich träumte gestern gegen Mitternacht, ich sei wach, und fand ein Mädchen an meiner Seite, helleuchtend wie der Mond und mir gleich an Jugend und Gestalt. Ich wollte sie küssen, fürchtete aber, du möchtest dich irgendwo versteckt haben, um uns zu belauschen. Ich hielt daher an mich, nahm aber doch ein Andenken von ihr.« Auf die Frage seines Vaters, worin dieses Andenken bestehe, zog er den Ring vom Finger und überreichte denselben seinem Vater.

Der König rief in höchstem Erstaunen aus: »Ich stehe in Gottes Hand und wende mich zu ihm. Ich begreife nicht, wie hier Jemand hat eindringen können.« Da sagte Kamr essaman: »Bei Gott, mein Vater, wenn du mir nicht bald dieses Mädchen bringst, sterbe ich vor Verzweiflung.« Darauf sprach er folgende Verse:

»Wollt ihr euer Versprechen, mich zu besuchen, nicht in Wirklichkeit halten, so erscheint mir wenigstens im Traume, denn ihr habt am Trennungstage in meinem Herzen eine brennende Flamme zurückgelassen. Doch hat ein Traumbild je einen Menschen besucht, den der Schlaf flieht? Meine Neider werden sich an meinem Zustande freuen, und während ich früher ein Beneideter war, bin ich jetzt ein Verschmähter.«

Dann fuhr er fort: »Mein Vater, meine Leidenschaft ist schon so heftig, daß ich mich nicht stark genug fühle, ihr zu widerstehen.« Der König schlug die Hände übereinander und rief aus: »Es gibt keinen Schutz und keine Macht, außer bei dem erhabenen Gott! Ich weiß kein Mittel, deinen Wunsch zu erfüllen.« Indem er dies sprach, faßte er den Prinzen bei der Hand und führte ihn wieder in den Palast, wo derselbe liebeskrank wurde und sich zu Bette legte. Der König setzte sich ihm zu Häupten und trauerte mehrere Tage mit ihm, ohne weder bei Tag oder bei Nacht von seiner Seite zu weichen, bis endlich der Vezier eines Morgens kam und ihm vorstellte, daß sein ganzes Heer und sein Volk über seine Zurückgezogenheit zu murren anfange. »Meine Meinung ist daher«, fuhr er fort, »den Prinzen nach dem inneren Schlosse mit Aussicht auf das Meer zu bringen

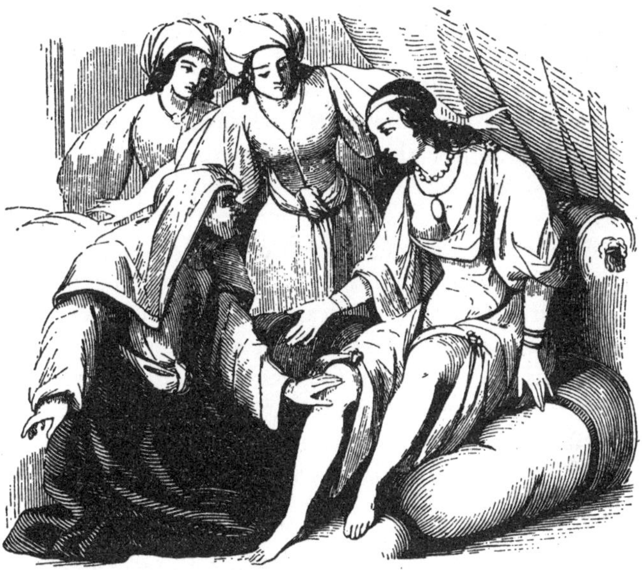

und zwei Tage in der Woche den Regierungsangelegenheiten zu widmen. Die übrigen Tage bringst du dann bei deinem Sohne zu, bis Gott helfen wird.« Der König Schah Seman billigte diesen Rat, begab sich zu dem Prinzen in das innere Schloß, das mitten im Meere lag, zu welchem ein 500 Ellen langer Damm führte. Das Schloß hatte 40 Fenster nach dem Meere hin, der Boden war mit farbigem Marmor gepflastert, in die Wände waren die kostbarsten Steine eingelegt, die Decke war mit den verschiedenartigsten Malereien geschmückt, Es war mit seidenen Teppichen, Ruhebetten, Vorhängen und Polstern versehen. Der König verließ den Prinzen nur an den beiden Tagen, welche für die Besorgung der Staatsgeschäfte bestimmt waren. Die übrige Zeit brachte er an dem Bette Kamr essamans zu, der wenig aß und schlief und bald sehr mager und blaß wurde.

So viel, was Kamr essaman angeht. Was die Prinzessin Bedur betrifft, so hatten die Genien sie wieder in ihren Palast zurückgebracht und aufs Bett gelegt. Am Morgen beim Erwachen setzte sich die Prinzessin aufrecht und blickte rechts und links; als sie aber ihren Geliebten nicht fand, geriet sie in die äußerste Unruhe und rief ihren Sklavinnen mit so lauter Stimme, daß diese schleunig herbeiliefen und ihr Bett umgaben. Die älteste von ihnen näherte sich und fragte:

»Meine Gebieterin, was ist dir geschehen?« »Sage mir«, sprach die Prinzessin, »wo ist der Jüngling hingekommen, den ich von ganzem Herzen liebe, mit schwarzen Augen und zusammenlaufenden Augenbrauen?« »Gebieterin!« antwortete die Alte in höchstem Erstaunen, »was soll diese Rede bedeuten?« »Wisset«, fuhr die Prinzessin fort, »ein schöner Jüngling hat diese Nacht bei mir geschlafen, und ich habe ihn vom Abend bis zum Morgen in meinen Armen gehalten.« »Bei Gott! meine Herrin«, versetzte die Sklavin, »du willst uns sicherlich nur zum Besten haben. Aber spaße nicht; denn nach Mutwillen und Scherz kommt der Tod. Ich bin ein altes Weib und stehe am Rande des Grabes; soll ich noch vor der Zeit sterben?« »Du verdammte Alte«, erwiderte Bedur; »du willst meiner spotten.«

Die Prinzessin fiel hierauf über die Alte her, warf sie zu Boden und schlug sie, bis sie in Ohnmacht fiel. Als sie wieder zu sich kam, begab sie sich zu der Mutter der Prinzessin und erzählte ihr, was sich zwischen ihr und der Prinzessin zugetragen. Dann fuhr sie fort: »Eile zu deiner Tochter, denn sie ist von Sinnen.« Die Königin eilte zur Prinzessin. Nachdem sie sich gegenseitig begrüßt hatten, ließ sich die Königin neben ihrer Tochter auf den Divan nieder und erkundigte sich nach ihrem Befinden und nach dem Sinne ihrer an die Sklavin gerichteten Worte. »O meine Mutter«, antwortete die Prinzessin, »du willst mich auch verspotten; aber ich erkläre, daß ich eher keine Ruhe haben werde, als bis der liebenswürdige Jüngling, der die verflossene Nacht bei mir geschlafen hat, mein Gemahl ist.« Zugleich sprach sie folgende Verse eines Dichters:

»Ach, wie wunderbar war seine Schönheit! und doch ist seine Schönheit nur ein geringer Teil seiner Eigenschaften. In allen seinen Bewegungen liegt ein Zauber.

Wenn jemand zu dem Monde sagte: Rühme dich! So würde er sprechen: Ich verdanke meinen Glanz den Tulpen seiner Wangen.

Wie der Punkt im Buchstaben, so entsage ich ihm doch nicht, möge ihm Gott auch diese als Tugenden anrechnen.

Ich hörte nicht auf, von der Zeit zu fordern, daß sie mich mit ihm vereinige, und er in meine Nähe komme; allein sich fern zu halten, scheint ihm eigen zu sein.

Ich verzieh dem Schicksal all seine Ungerechtigkeit, als es ihn zu mir führte, und warf einen Schleier über all seine Unbilden.

In fester Umarmung haben wir die Nacht zugebracht: trunken war er von meinen Liebkosungen und ich von dem Becher seines Mundes.

Ich drückte ihn fest an mich, wie ein Geiziger seinen Reichtum hält, aus Furcht, es möchte mir eine von seinen Schönheiten geraubt werden.

Ich hielt ihn in meinen Armen, als wäre er eine Gazelle, von der ich besorgte, sie möchte mir entfliehen.«

»Wehe dir, meine Tochter!« erwiderte die Königin, »was sollen diese Reden bedeuten?« Die Prinzessin rief: »Verruchte Alte! Der König, mein Vater, sucht schon lange mich zur Vermählung zu bewegen, als ich keine Lust dazu hatte. Jetzt ist mir diese Lust gekommen, und ich will durchaus den Jüngling, der vergangene Nacht bei mir war, zum Gatten haben, oder ich bringe mich um.«

Die Königin sprach: »Es ist kein Mann zu dir hereingekommen.« Die Prinzessin aber fiel über sie her, schnitt ihr die Haare ab und schlug sie, wobei sie immer wiederholte: »Du lügst, du weißt es, sage mir, wo mein Geliebter ist!« Die Königin rief: »Es gibt keinen Schutz und keine Macht, außer bei dem erhabenen Gott!« machte sich mit Hilfe der Sklavinnen von Bedur los und eilte fort zum König. Dieser war eben vom Bett aufgestanden, als die Königin eintrat und ihm zurief: »Stehe auf, geh zu deiner Tochter, denn sie ist wahnsinnig geworden.«

Der König machte sich auf und begab sich zu der Prinzessin. Er grüßte sie, und Bedur erwiderte seinen Gruß und küßte ihm die Hand. Hierauf fragte der König: »Meine Tochter, welche Reden habe ich von deiner Mutter hören müssen?«

Bedur antwortete: »Mein Vater, reden wir nicht davon; gib mir nur schnell den Jüngling zum Gatten, der diese Nacht bei nur geschlafen hat.« »Was, meine Tochter«, versetzte der König, »hat jemand diese Nacht bei dir geschlafen?« »Mein Vater«, erwiderte die Prinzessin, »es war ein schöner Jüngling mit schmachtenden Augen, und er lag in meinen Armen bis zum Morgen.« Als der König dies hörte, hielt er sie für besessen, kniete auf sie und ließ sie in ein Gemach bringen und verließ sie höchst traurig, nachdem er einige alte Frauen und Eunuchen vor die Türe gestellt hatte. Er berief dann den Vezier und die Großen seines Reichs und setzte sie in Kenntnis von dem, was seiner Tochter widerfahren war. Er sagte ihnen, daß er an ihrem Finger einen wertvollen Ring gesehen habe, und fügte hinzu: »Wenn jemand so geschickt ist, ihre Heilung zu unternehmen und zu bewirken, so will ich sie ihm zur Frau geben und ihm die Hälfte meines Reiches schenken; wer aber ihre Heilung unternimmt und sie nicht zu bewirken imstande ist, dem schwöre ich zu, daß ihm der Kopf abgeschlagen wird und keine Fürbitte was nützt.«

Als die Anwesenden die Worte des Königs vernahmen, wünschten sie ihm alle, daß Gott die Prinzessin heilen möchte. Unter den Anwesenden war auch ein Emir, welcher der Beschwörungskunst kundig war, er sagte dem König: »Ich will sie heilen.« Der König hielt ihm nochmals die Bedingungen vor, unter denen er es wagen müßte; jener bestand darauf, die Heilung zu versuchen. Er ließ sich von dem König zu Bedur begleiten und nahm allerlei Beschwörungen mit ihr vor. Als die Prinzessin den Mann sah, sagte sie zu ihrem Vater: »Wozu bringst du diesen Mann her? Schämst du dich nicht, einen fremden Mann herzuführen?« »Meine Tochter«, erwiderte der König, »ich habe ihn nur hierher gebracht, damit er den bösen Geist austreibe, der von deiner Seele Besitz genommen hat.« »Von meiner Seele«, versetzte die Prinzessin, »hat niemand anders Besitz genommen, als der schöne Jüngling, den ich von ganzem Herzen liebe.« Der Emir erkannte wohl, daß ihr Wahnsinn nichts anderes als eine heftige Liebe sei. Er wagte es nicht, dies dem König zu erklären, sondern küßte die Erde vor ihm und sagte: »Mein König! Ich weiß kein Mittel gegen ihr Übel.« Der König ließ ihn sogleich festnehmen und hinrichten.

So blieb nun die Sache eine Zeitlang, und dem König schmeckte weder Speise noch Trank. Er ließ in seiner Hauptstadt, auf den anderen Inseln, in den Festungen am Meere und in allen Ortschaften des platten Landes ausrufen, jeder Sterndeuter möchte zum König kommen. Da kam einer, den jemand im Spital getroffen hatte, und erbot sich, die Prinzessin zu heilen und willigte ein, sein Leben zu verwirken, wenn es ihm nicht gelingen sollte. Der König ließ ihn durch einen Diener zur Prinzessin führen. Als der Sterndeuter in Bedurs Zimmer trat und die Ketten an ihrem Hals erblickte, glaubte er nicht anders, als daß sie in der Tat wahnsinnig sei. Er zog aus seinem Sack kupferne Federn, Blei und Papier, zündete Feuer an, streute Weihrauch darauf, spielte die Mandoline

und machte alle möglichen Beschwörungen. Die Prinzessin fragte, was alle diese Anstalten bedeuten. Der Sterndeuter antwortete: »Ich bin ein Sterndeuter und will den bösen Geist beschwören, von welchem du besessen bist. Ich will ihn in eine von diesen kupfernen Büchsen sperren, sie mit Blei verschließen und in das Meer werfen, wo es am tiefsten ist.« »Verfluchter, schweig!« rief die Prinzessin aus; »ein schöner, anmutiger Jüngling, der bis zum Morgen bei mir geschlafen, hat sich meines Herzens bemächtigt, kannst du mir den wieder herbringen und mich mit ihm vereinen?« Bei diesen Worten fing die Prinzessin an zu weinen, und der Sterndeuter sagte zu ihr: »Wenn es sich so verhält, Gebieterin, dann wende dich an deinen Vater; der und nicht ich kann dir verschaffen, was du begehrst.« Hierauf packte er seine Gerätschaften wieder zusammen und entfernte sich, höchst verdrießlich.

Als er vor den König kam, sagte er: »Habt ihr mich zu einer Wahnsinnigen oder zu einer Verliebten gebracht?« Der König ergrimmte über diese Worte und ließ ihm den Kopf abschlagen. So kam noch ein Dritter und Vierter, welche dasselbe Los hatten, wie die beiden ersten. Der König ließ ihre Köpfe auf der Zinne seines Palastes aufstecken; aber es kamen noch viele, bis endlich 150 Köpfe auf der Zinne des Schlosses hingen, zu deren Betrachtung täglich eine große Schar aus der Stadt herbeiströmte. Nun hatte die Amme der Prinzessin einen Sohn, Namens Marsawan, der mit Bedur erzogen und gesäugt worden, folglich ihr Milchbruder war und erst im Jünglingsalter von ihr getrennt worden war. Marsawan hatte Astronomie und Astrologie, Sympathie und Magie studiert und er war darin sehr geschickt geworden. Auch hatte er sich auf Reisen begeben, und zehn Jahre lang unter Ärzten und Wahrsagern gelebt.

Als Marsawan endlich in die Hauptstadt zurückkam, sah er die auf der Zinne des Palastes aufgesteckten Köpfe, und er erkundigte sich nach der Prinzessin, seiner Milchschwester, und man erzählte ihm ihre Geschichte. Hierauf begab er sich zu seiner Mutter, die ihn alsbald fragte, ob er schon wisse, was seiner Milchschwester zugestoßen, und erzählte ihm alles ausführlich. Er erwiderte, er habe schon davon gehört und fragte, ob sie ihm nicht dazu verhelfen könnte, die Prinzessin Bedur heimlich zu sehen, ohne daß der König, ihr Vater, etwas davon erfahre.

Als Marsawans Mutter dies hörte, senkte sie den Kopf; nach einer Weile erhob sie ihn wieder und sagte zu ihm: »Mein Sohn! Warte bis morgen früh, dann werde ich ein Mittel ausfindig machen.« Sie wandte sich an den Diener, der die Wache an der Türe hatte, und sagte zu ihm: »Ich habe eine Tochter, die ich mit der Prinzessin gesäugt, und vor einiger Zeit verheiratet habe; sie denkt viel an die Prinzessin, wegen des Unglücks, das ihr widerfahren, ich wünschte daher, sie zu ihr zu bringen, daß sie nach ihr sehe, und sie dann wieder verlasse, ohne daß jemand etwas davon erfahre.« Der Verschnittene sagte zu ihr: »Komm in Gottes Namen diese Nacht mit deiner Tochter, nachdem sich der König entfernt hat.« Die Amme küßte dem Diener die Hand und entfernte sich.

Sobald die Nacht anbrach, ging sie zu ihrem Sohne Marsawan, zog ihm Frauenkleider an, verschleierte ihn und führte ihn nach dem Palaste. Der Verschnittene ließ sie eintreten. Marsawan setzte sich, nachdem er das Obertuch abgenommen und Bücher und Amulette und Beschwörungssprüche aus seiner Tasche gezogen hatte. Die Prinzessin begrüßte ihn und beklagte sich über seine lange Abwesenheit, während derer sie nichts von ihm gehört. Er erwiderte: »O meine Schwester, ich bin aus der Fremde zurückgekommen, als ich Dinge über dich gehört, die meinem Herzen heißen Schmerz bereiteten, in der Hoffnung, dich retten zu können.« Diese aber rief aus: »Wie, mein Bruder! Auch du glaubst, ich sei wahnsinnig geworden?« Und sie sprach folgende Verse:

»Sie sagen, Liebe habe meinen Verstand verrückt; ich aber antworte ihnen: Ist das nicht die wahre Wonne des Lebens, wenn Liebe so heftig ist, daß sie den Verstand raubt?

Es ist wahr, ich bin verrückt, bringt mir den, um dessen willen ich wahnsinnig bin, und wenn er meinen Wahnsinn heilt, so tadelt mich nicht.«

Aus diesen Reden erkannte Marsawan, daß sie verliebt war und bat sie, ihm alles zu erzählen, was ihr widerfahren sei. Bedur tat es und verschwieg ihm auch nicht den geringsten Umstand.

Als die Prinzessin geendigt hatte, stand Marsawan eine Zeitlang nachdenkend mit niedergeschlagenen Augen. Endlich erhob er den Kopf und sprach: »Meine Schwester, ich kann nicht daran zweifeln, daß sich alles so verhält, wie du gesagt hast. Ich bitte dich nur, den Mut nicht sinken zu lassen und noch eine Weile Geduld zu tragen, ich will alle Länder durchreisen, vielleicht bringe ich dir Trost.«

Nach diesen Worten nahm Marsawan Abschied von der Prinzessin, und bei seinem Weggehen hörte er sie noch folgende Verse sagen:

»Die Sehnsucht malt dein Bild in meinem Herzen, obgleich es schon lange ist, daß wir uns besuchten.

Die Hoffnung bringt dich mir nahe, gleich einem Blitz, der in die Augen dringt und verschwindet.«

O, zögere nicht länger! Du bist das Licht meiner Augen; so lange du dich entfernt hältst, bleibt alles dunkel um mich her.

Freut dich die Trennung von mir, so freue ich mich mit deiner Freude.

Sei stille, mein Herz, und enthalte dich, ihm Vorwürfe zu machen; denn an dem Tage, wo wir uns finden, müßtest du dich selbst darüber anklagen.

Klagt er ja doch mich auch nicht an, und doch verstehen sich unsere Herzen.«

Die Liebesklagen, welche Marsawan beim Weggehen von ihr noch gehört hatte, gingen ihm zu Herzen und trieben ihn zu solcher Eile, daß er sich sogleich reisefertig machte und am folgenden Morgen die Stadt verließ. Er zog von Ort zu Ort, von Land zu Land und von Insel zu Insel und überall, wo er hinkam, hörte er nur von der Prinzessin Bedur und von ihrer Geschichte.

Nach Verfluß von vier Monaten gelangte er nach Tarf, wo er nicht mehr von der Prinzessin Bedur, sondern von dem Prinzen Kamr essaman und seiner Krankheit sprechen hörte, und von dem bösen Geiste, der ihm den Verstand getrübt. Er erkundigte sich, in welcher Stadt dieser Prinz lebe, und erfuhr, daß er zu Lande sechs Monate, zu Wasser aber nur einen Monat brauche, um sie zu erreichen. Marsawan bestieg einen eben reisefertigen Kauffahrer, auf welchem er nach Verlauf eines Monats die Hauptstadt von Schah Semans Königreich erblickte, denn das Schiff war nur noch eine Tagesreise weit vom Ufer entfernt. Da stieß das Schiff auf einen Felsen. Die Bretter flogen auseinander und das Schiff versank mit allem, was darauf war. Marsawan wurde aber von der Strömung dem Ufer zugetrieben. So gelangte er bis in die Nähe des Schlosses, in welchem Kamr essaman sich aufhielt. Zufälligerweise war es an einem Tage, an welchem die Emire dem König ihre Aufwartung machten. Der König saß auf dem Ruhebette und hatte den Kopf seines kranken Sohnes auf dem Schoße liegen, während ein Diener die Fliegen von ihm verscheuchte. Der Prinz rief in einem fort: »O ihr Wuchs! O ihre Wangen!« Endlich schlief er ein, und der Vezier, der ihm zu Füßen saß, blickte nach dem Meere hin und sah, wie Marsawan dem Ertrinken nahe war. Voll Mitleid mit ihm, benachrichtigte er den König davon und sagte: »Wenn du es erlaubst, so will ich hingehen und ihn vom Tode retten. Wer weiß, ob nicht Gott auch deinen Sohn von seinem Übel befreit.«

Der König willfuhr der Bitte, und der Vezier öffnete die Türe, die nach dem Meere führte und ging den Damm entlang und kam gerade am Ufer an, als Marsawan noch einmal aus den Wellen auftauchte. Er reichte ihm die Hand und half ihm heraus und wartete eine Weile, bis er wieder zu sich gekommen war, dann zog er ihm seine Kleider aus und gab ihm andere. Dann sagte er ihm: »Mein Sohn! Ich bin das Werkzeug deiner Rettung, und so kann vielleicht durch dich auch anderen geholfen werden.«

Marsawan bat, ihm zu erzählen, wem geholfen werden sollte und der Vezier sagte ihm alles, was sich mit Kamr essaman zugetragen hatte, von Anfang bis zu Ende.

Die Erzählung des Veziers traf genau mit demjenigen zusammen, was Marsawan schon anderwärts gehört hatte, er konnte jetzt nicht mehr zweifeln, daß der Prinz Kamr essaman derjenige sei, für den die Prinzessin von China in Liebe entbrannte, und er sah sich am Ziel seiner Wünsche. Er folgte dann dein Vezier ins Schloß. Dieser setzte sich zu den Füßen des Prinzen, während Marsawan vor letztern hintrat. Als er ihn erblickte, rief er: »Gepriesen sei der Schöpfer!« Sein Wuchs, seine Farbe, seine Wangen sind wie die der Prinzessin. Als der Prinz die Augen aufschlug und mit seinen Ohren aufhorchte, sprach Marsawan, nach dem Gebete über Mohammed, folgende Verse:

»Ich sehe dich kummervoll und vernehme dein Seufzen. Deine Gedanken schwärmen bis zu den äußersten Wolken des Himmels.

Hat Liebe sich deiner bemächtigt, oder bist du von Pfeilen getroffen? Denn alles, was ich an dir sehe, ist Zeichen eines verwundeten Herzens.

Hüte dich, an nächtliche Besuche mich zu erinnern; denn schon der Mund, der von ihr spricht, erregt meine Eifersucht.

Ich beneide ihre Kleider, weil sie ihren zarten Körper umgeben, und den Becher mit Getränk, weil er ihre Lippen berührt.

Tödlich bin ich verwundet, doch nicht von der Schneide des Schwerts, sondern von Blicken, die gleich Pfeilen in mich drangen.

Als wir uns begegneten, fand ich ihre Fingerspitzen rot, als wären sie mit dem Safte des Drachenblutes gefärbt.

Ach, sagte ich zu ihr, wie kannst du deine Hände noch färben, wenn ich ferne von dir bin? Ist das der Lohn für Liebespein und Trennungsschmerz?

Bei deinem Leben, antwortete sie mir, und ihre Rede schleuderte einen unauslöschlichen Liebesbrand in mein Herz, und kam aus einem Herzen, das aus seiner Liebe kein Geheimnis macht. Das ist nicht Farbe, womit ich meine Finger gefärbt habe! Laß dich durch diesen Schein nicht trügen und vermehre nicht deinen Kummer durch solche Vermutung.

Wisse, als ich dich ferne von mir sah, der du mein Ober- und Unterarm warst, entquoll Blut meinen Augen: davon sind meine Finger so rot.

Leicht hätte ich mich trösten können, wenn ich zuerst geweint hätte; aber sie weinte vor mir, und ihre Tränen brachten auch mich zum Weinen und der Vorzug gebührte dem Vorangehenden*.

O scheltet mich nicht, daß ich sie liebe. Denn bei meiner Liebe, es ist schon Leid genug bei der Liebe!

Schönheit sondergleichen hat ihr Antlitz geschmückt, und in keinem Lande hat mein Aug' etwas Ähnliches gesehen.

Schmachtend sind ihre Augen, fein ihr Wuchs; Rosen sind ihre Wangen, und Wohlgeruch ist ihr Mund. Sie hat die Weisheit Lokmans und die Schönheit Josephs, die Stimme Davids und die Keuschheit Marias.

Aber ich empfinde den Schmerz Jakobs und die Angst des Jonas, die Qualen Hiobs und die Reue Adams.

Schont ihres Lebens, wenn ihr auch Macht habt, sie zu töten; fragt sie nur, wie sie mein unschuldiges Blut vergießen mochte.«

Der Prinz Kamr essaman fühlte bei diesen Worten Marsawans eine süße Erquickung in seinem Herzen, seine Zunge bewegte sich in seinem Munde und er gab seinem Vater durch Winke zu verstehen, er möchte erlauben, daß der Fremdling sich neben ihn setze. Der König, außer sich vor Freude, stand auf und setzte Marsawan zu Häupten seines Sohnes. Er fragte ihn dann, wer er sei und woher er komme, und nachdem Marsawan ihm geantwortet hatte, er sei ein Untertan des mächtigen Königs von China und komme aus dessen Staaten, sagte er: »Wollte Gott, daß du meinen Sohn von seiner Krankheit heilen könntest.« »So Gott will, wird es geschehen«, erwiderte Marsawan. Er näherte sich hierauf dem Ohre des Prinzen und sprach zu ihm: »Mein Herr, fasse Mut und höre auf, dich so zu betrüben! Frage nicht nach der, um welcher willen du leidest, noch nach ihrem Zustande. Du hast dein Geheimnis in deine Brust verschlossen und

* Dieser Vers kommt bei älteren Dichtern vor, es fehlt aber das Vorhergehende, in welchem von einer klagenden Taube die Rede ist.

bist dadurch krank geworden; sie aber hat alles geoffenbart und leidet noch mehr; ihr Zustand grenzt an Wahnsinn, und sie trägt deshalb Ketten an Händen und Füßen.«

Marsawans Worte brachten auf den Zustand Kamr essamans eine so mächtige Wirkung hervor, daß dieser seinen Vater herbeiwinkte, um ihn im Bette aufrecht zu setzen. Der König und der Vezier richteten ihn empor und unterstützten ihn mit zwei Polstern. Die Emire waren hoch erfreut und der König ließ die Pauken schlagen und sagte zu Marsawan: »Das verheißt uns eine glückliche Zukunft.« Dann ließ er Speisen und Getränke bringen. Kamr essaman trank und aß, der Sultan war beglückt durch die Genesung seines Sohnes, der sich den ganzen Abend von Marsawan erzählen ließ, was er von der Prinzessin Bedur wußte. Zuletzt sagte Marsawan: »Mein Herr! Was dir mit deinem Vater widerfahren ist, hat sich auch bei ihr mit ihrem Vater ereignet, doch fasse Mut und stärke dein Herz, ich werde dich zu ihr bringen und euch vereinen.« So unterhielt er den Prinzen, bis er gegessen und getrunken und sich wieder gestärkt hatte.

Der König ließ die Stadt sieben Tage hintereinander festlich schmücken, Geschenke unter die Truppen austeilen, alle Gefängnisse öffnen, jede Gewalttat aufhören und die Zölle abschaffen. Als der Prinz mit Marsawan allein war, sagte er zu ihm: »Wie wird es mir mit der Reise gehen? Mein Vater liebt mich so sehr, daß er sich nicht eine Stunde von mir trennen kann; sage mir, wie ich es angreifen soll: Ich werde deinem verständigen Rat pünktlich gehorchen und mich in allem deinen Befehlen fügen.« Bei diesen Worten konnte der Prinz seine Tränen nicht zurückhalten. »Mein Herr«, antwortete Marsawan, »der Zweck meiner Reise hierher war kein anderer, als meinem Herrn, dem König Ghejjur, seine Tochter geheilt wieder zu geben, ich rate dir nun: Bitte den König, deinen Vater, er möchte dir vergönnen, morgen mit mir auf die Jagd zu gehen. Willigt er ein, so besteigst du ein gutes Pferd und führst ein zweites neben dir her, ich tue desgleichen, und wir nehmen auch einen Sack Geld mit auf die Reise und flehen Gott um seinen Schutz an.

Am folgenden Morgen ging der Prinz Kamr essaman zu seinem Vater und bezeigte ihm seinen Wunsch, mit Marsawan auf die Jagd zu reiten. »Ich erlaube es gern«, antwortete der König, »jedoch nur unter der Bedingung, daß du nicht mehr als eine Nacht ausbleibest. Du weißt, daß ich fern von dir am Leben keine Freude habe und eine längere Abwesenheit würde mir Sorge machen; denn ich befinde mich in dem Zustande, welchen der Dichter beschreibt:

»›Lebte ich im schönsten Wohlbehagen und besäße das Reich der Chosroen, ja die ganze Welt, so würde das alles in meinen Augen nicht den Wert der Flügel einer Mücke haben, wenn mein Auge dich nicht sähe.‹«

Der König ließ alles zu dem Ausfluge vorbereiten, vier Pferde satteln und einen Dromedar mit Wasser und Lebensmitteln bepacken. Hierauf nahm er von seinem Sohne Abschied, schloß ihn in seine Arme, küßte ihn und war voller Angst und Sorge. Er wollte ihm einen Diener mitgeben, aber Kamr essaman schlug es aus und ritt mit Marsawan hinweg.

Sie beschleunigten ihre Reise und ritten den ganzen Tag. Abends stiegen sie ab, stärkten sich mit Speise und Trank und ritten dann wieder die ganze Nacht durch bis zum Morgen.

Beim Anbruche des Tages befanden sie sich auf einem Kreuzwege. Marsawan tötete eines von den Pferden, zog ihm die Haut ab und begrub dieselbe samt den Knochen; das Fleisch aber nahm er und schnitt es in Stücke. Hierauf nahm er Kamr essamans Mantel, Oberkleid und Hemd, zerriß sie, färbte sie mit Blut und wickelte einige Stücke von dem Pferdefleisch hinein. Auf gleiche Weise machte er es mit seinem eigenen Oberkleid und warf die Fetzen hierhin und dorthin rechts und links auf den Kreuzweg. Kamr essaman fragte Marsawan, was er damit beabsichtige. »Mein Herr«, antwortete Marsawan, »nur dadurch kann unsere Sache gelingen, denn sobald der König, dein Vater, sehen wird, daß wir länger als eine Nacht ausbleiben, wird er uns nachreiten und uns einholen, oder Postboten nachschicken und uns aufsuchen lassen. Kommen sie nun bis hierher und finden diese zerrissenen Kleider und die Spuren von Fleisch und Blut, so werden sie nicht zweifeln, daß uns entweder Straßenräuber ermordet oder wilde Tiere gefressen haben. Der König wird die Hoffnung aufgeben, dich lebend wieder zu finden, und wir können indessen gemächlich unsere Reise fortsetzen.« »Du hast wohl getan«, erwiderte Kamr essaman. Sie setzten hierauf ihre Reise ohne ferneren Aufenthalt fort, bis ihnen endlich nach Verfluß geraumer Zeit die Inseln des Königs Ghejjur entgegenleuchteten. Dieser Anblick erfüllte sie mit großer Freude. Sie wünschten sich gegenseitig Glück, und Kamr essaman dankte dem Marsawan für das, was er getan.

In der Stadt angekommen, stieg Marsawan mit dem Prinzen vor einem Chan ab, woselbst sie drei Tage blieben. Am vierten Tage gingen sie zusammen ins Bad und als sie herauskamen, zog Marsawan dem Prinzen das Gewand eines Kaufmanns an, dann ließ er ihm eine goldene geomantische Tafel machen, welche mit Edelsteinen besetzt war, nebst anderen Instrumenten, wie sie Sterndeuter haben und sagte ihm: »Gehe jetzt, stelle dich unter das Tor des Königlichen Palastes und rufe, du seist ein Sterndeuter. Der König wird dich sogleich kommen lassen und zu deiner Geliebten führen. Sobald diese dich sieht, wird sie geheilt sein, und der König, voll Freude, wird dich mit ihr vermählen und dir Anteil an seiner Regierung geben.« Kamr essaman merkte wohl auf alles, was Marsawan ihm angab, verließ den Chan in obigem Aufzug mit seinem Apparat, ging nach dem Königlichen Palast und rief hier mit lauter Stimme: »Ein Sterndeuter, ein Sterndeuter.«

Die Neuigkeit verbreitete sich schnell in der ganzen Stadt und versammelte eine unzählige Volksmenge um den Prinzen Kamr essaman. Denn es war schon lange Zeit vergangen, daß sich ein Sterndeuter gemeldet hatte. »Wo denkst du hin, Herr?« sagten die Leute zu ihm, »setze dein Leben nicht einem gewissen Tode aus, um eine Prinzessin zur Frau zu bekommen; haben dich die Köpfe, die du dort siehst, nicht abgeschreckt? Um Gottes Willen, tu dies nicht!«

Aber der Prinz Kamr essaman wiederholte seinen Ausruf. »Du bist ein Eigensinniger«, riefen sie, »bei Gott, erbarme dich deiner Jugend!« Kamr essaman rief zum dritten mal: »Ein Sterndeuter, ein Sterndeuter!« und jetzt endlich kam der Großvezier des Königs und führte ihn hinein. Sobald der Prinz den König erblickte, warf er sich nieder und küßte den Boden vor ihm. Der König ließ ihn näher treten und sich neben ihn setzen. »Mein Sohn«, sagte er zu ihm, »nenne dich nicht einen Sterndeuter und unterwirf dich meiner Bedingung nicht, denn ich habe beschlossen, den hinrichten zu lassen, der zu meiner Tochter geht, ohne sie zu heilen und sie nur dem zur Frau geben, der sie heilt. Laß dich von ihrer Schönheit und Anmut nicht verleiten, denn bei dem erhabenen Gott, ich lasse dir den Kopf abschlagen, wenn du sie nicht heilst.« Kamr essaman erwiderte: »Ich unterwerfe mich deinen Bedingungen bereitwillig.«

Der König ließ ihn dies vor Zeugen erklären und befahl nun einem Diener, Kamr essaman zu der Prinzessin Bedur zu führen. Der Diener ergriff seine Hand und führte ihn durch den Gang. Kamr essaman eilte so schnell vorwärts, daß er strauchelte. Der Diener rief ihm zu: »Wo läufst du denn so schnell hin? Nicht einer von so vielen Sterndeutern, die ich hier gesehen, hat eine solche Eile bezeigt.« Kamr essaman sah den Diener an, und sprach folgende Verse:

»Ich kenne alle Vorzüge deiner Schönheit; sie haben mich ganz verwirrt, ich bin wie besinnungslos und weiß nicht, was ich sagen soll.

Nenne ich dich Vollmond*, so spreche ich unrichtig: denn der Vollmond ist dem Abnehmen unterworfen; deine Schönheit aber bleibt stets unvermindert.

* Übersetzung des arabischen Namens Bedur

Sage ich Sonne zu dir, so weiß ich, daß deine Schönheit sich nie vor meinen Augen verdunkelt, während die Sonne sich oft meinen Blicken entzieht.

Vollkommen, ohne Mangel sind deine Reize; sie zu beschreiben ist der Beredsamste unfähig und der Verständigste zu schwach.«

Der Diener ließ dann den Prinzen hinter einem Vorhang vor dem Zimmer der Prinzessin stehen. Kamr essaman sagte zu dem Diener: »Was willst du lieber, soll ich mit dir zu deiner Gebieterin hineingehen, oder soll ich sie von hier aus heilen?« Der Diener war höchst erstaunt über diese Frage und erwiderte: »Es ist besser, wenn du die Heilung von hier aus vollbringst.«

Kamr essaman setzte sich hinter den Vorhang, zog Tinte und Kalam heraus und schrieb folgenden Brief: »Gegenwärtiges ist der Brief eines Menschen, den Unglück verfolgt, den Liebespein verzehrt, den Schmerz und Kummer vor Sehnsucht vernichtet. Für ihn ist jede Lebenshoffnung dahin, er sieht dem gewissen Tod entgegen. Nichts kann sein trauerndes Herz vom Gram befreien, und niemand vermag seinem von Kummer stets wachenden Auge beizustehen. Sein Tag vergeht ihm in Flammen und seine Nacht in Qualen. In der Schwäche seines Zustands wiederholt er folgende Verse:

»›Ich schreibe dir mit einem Herzen, welches von deinem Andenken glüht, und mit Augen, welche die Sehnsucht entzündet hat, so daß sie Tränen vergießen.

Brennende Liebespein umhüllt meinen Leib mit dem Gewande der Magerkeit und erniedrigt ihn.

Ich klage die Liebe an um deswillen, was sie mir geschadet: denn nimmer länger bin ich im Stande, ihre Schläge zu ertragen.

O sei doch milde und huldreich gegen mich, erbarme dich mein und neige dich mir zu; nimm in deinen Schutz einen Jüngling, dessen Innerstes schon ganz zerrissen ist.‹«

Unter diesen Brief schrieb er noch folgendes: »Heilung der Herzen ist nur bei Wiedervereinigung der Geliebten, und ihre schrecklichste Qual ist die Trennung. Wer seinen Geliebten hintergeht, den wird Gott zur Verantwortung ziehen, und wer von uns beiden dem anderen treulos wird, dem möge keiner seiner Wünsche erfüllt werden. Du erhältst diesen Brief von dem, der sich nicht zu nennen braucht, um erkannt zu werden; an das schönste und lieblichste der Mädchen, vom treuen Liebenden an die grausame Geliebte, vom Verzweifelnden, Umherirrenden an die schmachtende Gazelle, an die vollkommene Jungfrau, die Perle ihres Geschlechts. Die Nächte bring' ich schlaflos zu, die Tage in düsterem Sinnen; zunehmend ist meine Magerkeit und Entstellung, gering meine Erholung und Ruhe. Ich habe keinen Freund und niemand teilt meinen Kummer. In meiner Brust brennt eine Flamme, die nicht zu ersticken ist; mein Inneres verzehrt eine Glut, die stets sich nur wilder anfacht. Heil wünsch' ich und Segen aus den unerschöpflichen Quellen der Gnade Gottes dir, bei der mein Herz und meine Seele ist! Der Friede des Himmels sei mit dir, so lange das Siebengestirn über dein holdes Angesicht aufgeht! Im Übermaß meines Hinsiechens schreibe ich dir:

Voll Sehnsucht und Verwirrung schreibe ich dies aus schmerzbeengter Brust an den Halbmond, an die Sonne, an die Gazelle, an den Myrtenzweig.‹«

Und auf die Rückseite setzte er den Schluß:

»Forsche in meinem Brief und in meinen Schriftzügen nach. Sie werden dir von meinem peinlichen Zustande Kunde geben.

Während meine Hand schrieb, rannen Tränen aus meinen Augen, und der Kalam klagte meinen Schmerz dem Papier. Meine Tränen flossen unaufhaltsam auf das Papier, und als sie versiegten, folgte ihnen mein Blut.

Sei mir also huldreich, gewogen und günstig! Ich sende dir hiermit deinen Ring, sende du mir auch den meinigen.«

Als der Prinz Kamr essaman den Brief vollendet hatte, tat er den Ring der Prinzessin hinein und legte ihn zusammen. Hierauf gab er beides dem Diener und sagte zu ihm: »Geh und bring dies deiner Gebieterin und öffne das Schreiben vor ihr.« Der Diener trat in das Zimmer der Prinzessin und öffnete das Schreiben vor ihr. Sobald sie es gelesen hatte, tat sie einen lauten Schrei, stemmte sich mit den Füßen gegen die Wand, zerriß die Kette, mit welcher sie angeschlossen war, lief nach der Türe und öffnete den Vorhang. Sie erkannte den Prinzen, der Prinz erkannte sie, und beide stürzten aufeinander zu und umarmten sich zärtlich und waren voll Verwunderung, wie sie sich nun nach ihrer ersten Zusammenkunft in jener Nacht wieder sahen. Der Diener staunte sie eine Weile an, dann entfernte er sich, um den König von China von dem Vorgang zu benachrichtigen. »Mein Herr«, sagte er zu ihm, »dieser Sterndeuter, der wackerste von allen, hat die Prinzessin geheilt, während er hinter dem Vorhang war.« Nachdem er nun dem König das Vorgefallene berichtet, machte Letzterer sich freudig auf, und begab sich zu seiner Tochter, die er auf dem Divan sitzend fand. Als sie ihren Vater erblickte, stand sie ehrerbietig auf, ging ihm entgegen und küßte ihm die Hand. Der König küßte sie auf dem Haupte und zwischen die Augen; desgleichen den Prinzen und dankte ihm und fragte ihn nach seinen Verhältnissen. Der Prinz sagte zu ihm: »Ich bin ein Prinz, Sohn eines Königs, mein Name ist Kamr essaman, mein Vater heißt Schah Seman und beherrscht die Kanarieninseln.« Hierauf erzählte er ihm seine Geschichte, wobei er die Zusammenkunft mit der Prinzessin in jener Nacht heraushob, in welcher er den Ring von ihrem Finger genommen. Als der Prinz Kamr essaman geendigt hatte, rief der König erstaunt aus: »Bei Gott, diese Geschichte ist so außerordentlich, daß sie verdient, urkundlich aufgezeichnet und der Nachwelt überliefert zu werden.« Die Vermählung wurde noch an demselben Tag gefeiert. Die beiden Liebenden sahen sich am Ziel ihrer Wünsche und erfreuten sich der Seligkeit ihrer Vereinigung.

Nach einiger Zeit dachte Kamr essaman an seine Eltern und sein Leben trübte sich. Eines Nachts hatte er einen Traum, in welchem er seinen Vater zu sehen glaubte, wie er ihm Vorwürfe machte und zu ihm sagte: »Mein Sohn, ist es auch recht, daß du so gegen deinen Vater handelst, der dir das Leben gegeben? Wie schnell hast du mich vergessen! Bei Gott! Du mußt wiederkehren, daß ich meine Sehnsucht nach dir stille, ehe ich sterbe!« Dieser Traum machte den Prinzen sehr traurig, und er teilte ihn seiner Gemahlin mit. Bedur ging zu ihrem Vater, küßte ihm die Hand und bat ihn um die Erlaubnis, mit Kamr essaman zu ihrem Schwiegervater reisen zu dürfen, da sie es keine Stunde ohne ihn aushalten könne. Der König von China gewährte seiner Tochter die Bitte und gestattete ihr, ein Jahr am Hofe des Königs Schah Seman zu bleiben; nach Verfluß desselben sollte sie zurückkehren und ihn jedes Jahr besuchen. Die Prinzessin versprach es, und der König gab Befehl zu den Anstalten der Reise; er machte Kamr essaman viele wertvolle Geschenke, empfahl ihm seine Tochter, ließ die Pferde und Kamele vorführen und reiste mit bis an die Grenzen seines Reichs. Dann nahm er von ihnen Abschied und kehrte nach seiner Hauptstadt zurück.

Ungefähr nach Verlauf eines Monats kam das neuvermählte Paar auf seiner Reise in eine große, grüne, fruchtbare Ebene, und da die Hitze außerordentlich drückend war, so beschloß Kamr essaman, hier zu lagern und sich und den Pferden Ruhe zu gönnen, und sie stiegen ab. Die Zelte wurden aufgeschlagen. Die Prinzessin Bedur schlief bald ein. Als Kamr essaman in ihr Zelt trat, fand er sie auf dem Rücken schlafend, nur von einem leichten Hemde und einer Kopfbinde bedeckt, und er ergötzte sich an ihrem Anblick. Dann bemerkte er einen Knoten am Bande ihrer Beinkleider, und als er ihn löste, fand er einen dunkelroten Stein, auf welchem zwei Zeilen ihm unbekannter Namen eingegraben waren. »Dieser Stein«, sagte er leise vor sich hin, »muß meiner Gemahlin sehr wert sein, sonst würde sie ihn nicht so sorgfältig bei sich tragen.« Um ihn besser betrachten zu können, trat er aus dem Zelte. Indem er ihn nun auf der Hand hielt, schoß plötzlich ein Vogel aus der Luft nieder, ergriff ihn und flog damit weg; doch erhob er sich nicht weit vom Boden.

Kamr essaman, sehr bestürzt darüber, lief auf den Vogel zu, wie er aber herankam, flog der Vogel auf. Der Prinz verfolgte ihn so von Tal zu Tal und von Hügel zu Hügel bis zum Abend, da schwang sich der Vogel auf den Gipfel eines hohen Baumes und ließ sich darauf nieder. Kamr essaman blieb erschrocken stehen. Er wollte umkehren, wußte aber nicht, von welcher Seite er gekommen war, bald ward es vollständig Nacht und er rief: »Wir sind Gottes und zu ihm kehren wir zurück«, legte sich dann unter den Baum und schlief. Am folgenden Morgen verließ der Vogel den Baum, und Kamr essaman lief ihm wieder den ganzen Tag nach, indem er sich von Kräutern nährte und aus Bächen trank, denn der Vogel flog nur langsam vor ihm her. Wunderbar, rief der Prinz aus, der Vogel lockt mich entweder in eine Einöde, in der ich umkomme, oder in ein bewohntes Land, wo ich Rettung finde. Die Nacht brachte der Vogel wieder auf einem Baume und der Prinz unter demselben zu. So trieb er es bis zum zehnten Tage. Endlich am elften Tage gelangte Kamr essaman mit dem Vogel in die Nähe einer großen Stadt. Hier verschwand der Vogel in einem Nu seinen Blicken. Kamr essaman näherte sich den Toren der Stadt, setzte sich vor denselben nieder, wusch Hände, Füße und Gesicht, ruhte ein wenig aus und dachte über sein unglückliches Schicksal nach. Dann ging er in die Stadt hinein, welche, wie er jetzt bemerkte, am Ufer des Meeres lag. Er schlenderte längs des Ufers hin, und nachdem er an verschiedenen Baumgruppen vorübergewandelt war, blieb er endlich vor der Türe eines Gartens stehen. Der Gärtner kam zu ihm heraus, hieß ihn willkommen und sagte: »Gelobt sei Gott, daß du den Bewohnern dieser Stadt glücklich entronnen bist; tritt herein!« Kamr essaman gehorchte und fragte den Alten: »Was ist es denn mit den Leuten dieser Stadt?« »Wisse, mein Sohn, diese Stadt ist von lauter Götzendienern bewohnt, doch was führt dich hierher?« Da erzählte ihm Kamr essaman, was ihm widerfahren. Der Alte erstaunte sehr darüber und sagte: »Mein Sohn! Man braucht zur See vier Monate, um auf islamitisches Gebiet zu gelangen, zu Land aber ein volles Jahr!« Dann sagte er ihm: »Jedes Jahr geht ein Schiff nach der Ebenholzinsel ab, von wo aus du nach den Kanarieninseln gelangen kannst.« Nach einigem Bedenken hielt es Kamr essaman für das beste, bis zur Abfahrt des Schiffes nach der Ebenholzinsel in diesem Garten zu verweilen. Er blieb also da und half dem Gärtner in seinen Gartenarbeiten; die Nacht aber brachte er bei der Erinnerung an seinen Vater und an seine Geliebte mit Seufzen, Klagen und Weinen hin. So viel von Kamr essaman.

Was die Prinzessin Bedur betrifft, so war dieselbe sehr verwundert, als sie beim Erwachen den Prinzen Kamr essaman nicht fand und bemerkte, daß der Knoten an den Beinkleidern gelöst und der Stein nicht mehr darin war. Sie sagte: »Bei Gott, ich glaube, Kamr essaman hat ihn genommen, und er kennt dessen Geheimnis nicht, es muß ihm was zugestoßen sein, sonst würde er nicht fern von mir weilen. Gott verdamme den Stein«, rief sie aus, »und die Stunde, in welcher er solches Unheil herbeigeführt.«

Die Prinzessin Bedur dachte dann über ihren Zustand nach und sagte zu sich selbst: »Wenn ich hinausgehe und dem Gefolge sage, daß ich meinen Gatten vermisse, so wird es lüstern nach mir werden, und ich bin doch nur ein Weib.« Sie stand daher schnell auf, zog Kamr essamans Kleider an, setzte seine Kopfbedeckung auf, legte seine Sandalen an, ergriff seine Keule und warf ein Tuch um ihr Gesicht. Dann befahl sie einer ihrer Sklavinnen, den Kamelsattel einzunehmen, auf welchem sie die Reise bis hierher gemacht hatte, bestieg ein Pferd, das sie den Dienern ihr vorzuführen befahl, ließ die Kamele bepacken und reiste weiter, ohne daß jemand von der Veränderung etwas bemerkte; denn ihre Person hatte große Ähnlichkeit mit der des Prinzen Kamr essaman.

Die Reise ging nun fort, bis man an eine Stadt am Ufer des Meeres gelangte. Die Prinzessin stieg vor den Toren ab, ließ ihr Lager aufschlagen, erkundigte sich nach dem Namen der Stadt und ihres Beherrschers und erfuhr, daß sie vor der Hauptstadt des Reichs der Ebenholzinseln angekommen sei, deren König Armanus heiße und der eine Tochter mit Namen Hajat Alnusus habe. Als der König Armanus von der Ankunft der Fremden hörte, schickte er einen Boten, um zu hören, wer die Ankömmlinge seien und was sie hierher geführt habe. Der Bote brachte die Nachricht, es sei der Sohn des Königs Schah Seman, welcher auf der Rückkehr in seine Heimat sich verirrt habe und seinen Weg nach den Kanarieninseln fortzusetzen wünsche. Der König Armanus ging sogleich, von seinen Großen umgeben, Bedur entgegen, und nach gegenseitiger Begrüßung führte er sie in die Stadt und bot ihr seinen Palast zur Wohnung an. Er ließ ihr Lager abbrechen und ihre Dienerschaft nebst allem, was sie mit sich führte, in seinem Palast unterbringen. Er bewirtete sie drei Tage hindurch, und als die drei Tage verflossen waren, kam der König Armanus zu ihr. Sie war eben aus dem Bade gestiegen, hatte ihr Gesicht unverhüllt und trug einen seidenen Kaftan, der mit

Gold durchwirkt war. Der König sprach zu ihr: »Mein Sohn, wisse, daß ich ein bejahrter Greis bin ohne männliche Nachkommen, aber ich habe eine Tochter, welche dir, gelobt sei Gott, an Schönheit und Anmut nahe kommt. Da ich nun zu schwach bin, um noch länger zu regieren, so könntest du wohl in meinem Lande dich niederlassen, meine Tochter heiraten, ich übergebe dir die Regierung und begebe mich in den Ruhestand.«

Die Prinzessin Bedur senkte ihren Kopf zur Erde, um die Schamröte zu verbergen, welche ihr Schweißtropfen auf die Stirne trieb. Was soll ich tun? dachte sie; ich bin ja selber ein Weib. Weigere ich mich, so bin ich meines Lebens nicht sicher, der König wird mir nachstellen lassen, mich in seine Gewalt bringen und mein Geheimnis entdecken, und ich weiß ja nicht, was aus meinem Geliebten geworden ist. Es bleibt mir also nichts übrig, als hier zu bleiben und zu erwarten, wie der Himmel weiter hilft.

Sie erhob daher ihr Haupt wieder und gab ihre Zustimmung zu erkennen. Der König war sehr erfreut darüber und ließ das freudige Ereignis in seinem ganzen Reiche bekannt machen und sowohl in seiner Hauptstadt als auf den umliegenden Inseln Feste veranstalten. Auch versammelte er seinen Rat, entsagte in Gegenwart desselben der Regierung zugunsten seines Eidams, der in königlichem Ornat erschien, und die Großen seines Reiches, die obersten Staatsbeamten und die Truppenbefehlshaber huldigten der Prinzessin Bedur, welche alle für einen Prinzen hielten. Hierauf ordnete der König die Ausstattung und die Hochzeitsfeierlichkeiten an, und am Abend wurde Prinzessin Hajat al Rufus ihrem vermeintlichen Bräutigam zugeführt, und sie glichen zwei Monden. Als hierauf Bedur sich in das Brautgemach begab, fiel ihr die lange Trennung von ihrem geliebten Kamr essaman schwer aufs Herz. Sie seufzte und setzte sich schweigend neben Hajat al Rufus und küßte sie; dann stand sie auf, wusch ihre Hände und betete so lange, bis Hajat al Rufus die Augen schloß. Dann legte sie sich neben ihr nieder, kehrte ihr den Rücken zu und erwartete den Anbruch des Morgens.

Da begab sich der König Armanus und seine Gemahlin in das Gemach ihrer Tochter und erkundigten sich, wie es ihr in der verflossenen Nacht ergangen sei und sie erzählte ihnen, was sich zugetragen hatte. Da sprach der König Armanus zu ihr: »Meine Tochter, das muß dir keinen Kummer machen. Der Prinz Kamr essaman dachte wahrscheinlich an seinen Vater und seine Familie und gab sich deshalb nicht der Liebe hin, in der kommenden Nacht wird es anders werden.« Die Prinzessin Bedur beschäftigte sich den Tag hindurch mit Annahme der Glückwünsche ihrer Veziere, Emire und Truppen, denen sie freundlich zulächelte. Sie verteilte Ehrenkleider und andere Geschenke und vermehrte die Lehengüter der Emire, gab Befehle und erließ Verbote, erwarb sich den Beifall und die Liebe aller.

Es war schon Abend, als sie den Divan entließ und sich wieder in den Palast der Königin Hajat al Nufus begab. Beim Eintritte fand sie dieselbe auf einem Divan sitzend, neben welchem eine Wachskerze brannte. Bedur setzte sich neben sie und küßte sie auf die Wangen, dann fiel ihr wieder ihr Geliebter ein, sie erhob sich, begann ihr Gebet zu verrichten, machte es aber wieder so lange,

daß Hajat al Nufus darüber einschlief. Jetzt legte sie sich neben sie und schlief auch. Am folgenden Morgen stand sie auf, legte den königlichen Schmuck an und begab sich wieder in die Versammlung des Staatsrates. Der König Armanus ermangelte auch diesen Morgen nicht, seine Tochter zu besuchen, und fragte sie nach ihrem Zustande und sie erzählte ihm wieder, was sich ereignet hatte. Da sagte er zu ihr: »Meine Tochter, habe noch Geduld bis zur nächsten Nacht! Benimmt er sich nochmals so, so will ich ihn wieder absetzen und aus meinem Lande verbannen.«

Es war schon Nacht, als Bedur wieder zu Hajat al Nufus kam, welche wieder dasaß bei einer brennenden Wachskerze und wie der Vollmond aussah. Sie betrachtete sie, dachte dabei an ihren Geliebten, wusch sich, betete und wollte aufstehen; aber Hajat al Nufus sagte zu ihr: »Schämst du dich nicht vor meinem

Vater und denkst du nicht an das Gute, das er dir erwiesen?« Bedur setzte sich wieder und sagte: »Was sagst du da?« »Was ich sage«, versetzte Hajat al Nufus, »hat man je einen von seiner Schönheit so eingenommenen Menschen wie dich gesehen? Sind etwa alle hübschen Männer so eingebildet? Doch bei Gott, ich sage das nicht aus Verlangen nach dir, sondern aus Liebe und Mitleid. Wisse, der König, mein Vater, wartet nur noch den folgenden Tag ab. Er hat sich vorgenommen, wenn er von mir nicht erfährt, was er sich wünscht, dich morgen der Regierung zu entsetzen und davonzujagen, er könnte dich, wenn seine Entrüstung zu heftig wird, sogar ums Leben bringen. Ich habe dir jetzt meinen Rat erteilt: tue nun, was du willst.« Diese Rede setzte die Prinzessin Bedur in Verlegenheit. Sie senkte ihr Haupt und überlegte: widersetze ich mich, so bin ich verloren. Nun bin ich aber doch Königin der Ebenholzinseln. Mein Gemahl, der Prinz Kamr essaman muß auf dem Wege nach dem Reiche seines Vaters notwendig hierher kommen.

Nachdem Bedur auf diese Weise überlegt hatte, sagte sie mit ihrer natürlichen Frauenstimme: »Geliebte Prinzessin, was ich getan habe, ist nicht freiwillig, sondern gezwungen geschehen.« Sie vertraute ihr dann ihre Lage an, erzählte ihr ihre ganze Geschichte. Zu gleicher Zeit entblößte sie ihren Busen und fuhr fort: »Du siehst, ich bin ein Weib wie du«, und bat sie, ihr Geheimnis zu bewahren, bis der Prinz Kamr essaman ankommen wird. Hajat al Nufus fühlte das innigste Mitleid mit der Prinzessin. Sie versicherte dieselbe, daß sie keinen sehnlicheren

Wunsch habe, als sie möchte mit ihrem Gemahl bald wieder vereinigt werden. Hierauf umarmten die beiden Prinzessin einander zärtlich, scherzten und lachten bis sie einschliefen. Kurz vor dem Morgengebete stand Hajat al Nufus auf und traf alle Anstalten, um die Ihrigen über das Vorgefallene zu täuschen und Jubelgeschrei ertönte aus dem Munde der Sklavinnen. Die Prinzessin Bedur begab sich nach wie vor in die Versammlung des Divans, und fuhr fort zu regieren. So verging eine geraume Zeit, während welcher Bedur ihre Tage mit Staatsangelegenheiten und ihre Abende in freundlichen und vertraulichen Gesprächen mit der Prinzessin Hajat al Nufus zubrachte.

Während diese Dinge auf der Ebenholzinsel vorgingen, war der Prinz Kamr essaman noch immer in der Stadt der Götzendiener bei dem Gärtner, der ihn aufgenommen hatte. Sein Vater aber, der König Schah Seman, war äußerst niedergeschlagen, als er ihn die ersten Nächte nicht von der Jagd zurückkommen sah. Mit der größten Ungeduld erwartete er den dritten Morgen. Sogleich mit Tagesanbruch bestieg er ein Pferd, nahm eine große Zahl Soldaten mit sich und verteilte sie nach verschiedenen Seiten und bestimmte ihnen den Kreuzweg zum Sammelplatz. Auf diese Weise streiften sie mehrere Tage umher. Am dritten Mittag endlich kamen sie bei dem Scheidewege zusammen. Da erblickten sie die zerrissenen Kleider und die Spuren von Fleisch und Blut. Als er dies sah, stürzte er mit dem Ausruf: »Wehe, mein Sohn!« ohnmächtig zu Boden. Nachdem er durch seine Leute, welche ihm Wasser ins Gesicht spritzten, wieder zu sich gebracht worden war, schlug er mit geballten Fäusten gegen sein Haupt, zerriß seine Kleider und glaubte fest, daß er seinen Sohn auf immer verloren habe. Die Leute des Königs stimmten in die Klagen des Vaters mit ein, zerrissen gleichfalls ihre Kleider, streuten Erde auf ihr Haupt und schrien und weinten, bis die Nacht hereinbrach. Verzweiflung im Herzen und dem Tode nahe, kehrte der König in seine Hauptstadt zurück und ließ auf allen Inseln seiner Herrschaft ausrufen, daß man wegen des Todes seines Sohnes Trauerkleider anlege, er ließ auch ein Gebäude aufführen, das er das Haus der Trauer nannte, und brachte außer den zwei Wochentagen, an welchen er die Regierungsangelegenheiten besorgte, alle seine Zeit weinend und Trauergedichte rezitierend, daselbst zu.

Indessen hatte der Prinz Kamr essaman den Gärtner, bei welchem er sich aufhielt, in seiner Arbeit unterstützt. Eines Morgens, als er wieder in seine Geschäfte gehen wollte, hielt ihn der Gärtner davon ab. »Die Götzendiener«, sagte er zu ihm, »haben heute ein großes Fest, deshalb magst du auch feiern. Ich lasse dich hier, und da die Zeit herannaht, daß das Schiff, von welchem ich dir gesagt habe, nach der Ebenholzinsel unter Segel gehen wird, so will ich mich nach dem Tage seiner Abfahrt erkundigen, und zugleich dafür sorgen, daß du mitfahren kannst.« Als der Prinz Kamr essaman allein war, tauchte die Erinnerung an sein Schicksal wieder in ihm auf; er wandelte im Garten umher, bis er auf einem Baume zwei Vögel erblickte, die miteinander in Streit waren. Einer derselben hackte dem anderen mit dem Schnabel den Hals ab, so daß er tot vom Baume herabfiel, worauf jener sich wieder in die Luft schwang und verschwand. Sogleich kamen von einer anderen Seite zwei große Vögel, setzten sich, der eine zu dem Haupte, der andere zu den Füßen des Toten, betrachteten ihn eine Weile kopfschüttelnd, kratzten ihm dann mit ihren Klauen ein Grab und legten ihn hinein. Sobald die beiden Vögel das Grab zugescharrt hatten, flogen sie weg, kamen aber nach kurzer Zeit wieder und hielten mit ihren Schnäbeln den Vogel, der den ersten getötet hatte. Sie schleppten ihn auf das Grab des Ermordeten, knieten auf ihn und hackten so lange auf ihn los, bis er tot war. Zuletzt rissen sie ihm den Bauch auf, zogen die Eingeweide heraus, und ließen die zerstreuten Stücke des Leichnams liegen. Kamr essaman hatte mit großer Verwunderung zugesehen. Er näherte sich dem Platze, auf welchem der Kampf stattgefunden hatte, und indem er die Augen auf die zerstreuten Eingeweide warf, sah er aus dem Magen des getöteten Vogels etwas Rotes hervorragen, das wie Feuer glitzerte. Er hob den Magen auf, trocknete ihn ab und fand, daß der Stein darin war, der seine Trennung von seiner Geliebten verursachte. Außer sich vor Freude, warf er sich zur Erde nieder und rief: »Bei Gott, das ist ein gutes Zeichen! Ich nehme es als Vorbedeutung, daß der Himmel beschlossen hat, mich wieder mit meiner Geliebten zu vereinigen.« Nach diesen Worten küßte er den Edelstein, drückte ihn an sich und legte sich schlafen. Am folgenden Morgen umgürtete sich Kamr essaman, nahm eine Hacke und einen Korb und durchstreifte den Garten, bis er an einen Johannisbrotbaum gelangte. Als er nun einen Ast der Wurzel durchhieb, traf er auf etwas, das einen hellen Klang gab. Er räumte die Erde weg und entdeckte eine große eherne Platte, unter welcher er, nachdem er sie rings herum frei gemacht und aufgehoben hatte, eine ausgehauene Treppe von zehn Stufen fand. Er stieg hinab und kam in ein Gewölbe in Form eines großen Saals, in welchem er 50 große eherne Gefäße, wie Urnen gestaltet, rings herum stehen sah. Er nahm eine Hand voll davon und siehe da, sie waren voll mit Goldstaub, so fein wie Mehl. Da dachte er: das Unglück ist verschwunden, und das Glück ist wieder bei mir eingekehrt, stieg aus dem Gewölbe herauf, deckte die Platte wieder auf die Treppe und ging nach Hause.

Als der Gärtner nach Hause kam, rief er: »Gute Nachricht, mein Sohn! Das Schiff ist ausgerüstet und wird in drei Tagen absegeln. Ich werde dir einen Platz belegen.« Kamr essaman erwiderte: »Ich kann dir auch eine Neuigkeit mitteilen, welche dir Vergnügen machen wird.« Er erzählte ihm hierauf von der Platte und den Urnen. Der Alte freute sich und sagte: »Ich bin schon 80 Jahre hier – denn ich wohnte schon zu meines Vaters Lebzeit hier – ohne etwas Ähnliches zu entdecken; du bist noch nicht ganz ein Jahr hier. Das ist ein Beweis, daß dir Gott diesen Schatz beschert, um dein Unglück zu enden, und dich zu den Deinigen zurückkehren zu lassen.«

Der Prinz beteuerte aber, daß er durchaus nichts davon nehmen würde, wofern nicht der Gärtner die Hälfte für seinen Teil behielte, und so gingen sie miteinander hin und teilten sich jeder 25 Gefäße zu. Nach geschehener Teilung sagte der Gärtner zu Kamr essaman: »Mein Sohn, du mußt auch eine Anzahl große Töpfe mit Oliven aus unserm Garten mitnehmen, denn die hiesigen sind so gut, daß sie nach allen Ländern versendet werden. Fülle die Töpfe zur Hälfte mit Goldstaub und lege die Oliven oben darauf; und lasse sie auf das Schiff bringen.« Kamr essaman befolgte diesen Rat und verpackte 50 Töpfe und stellte sie unter

die Mauer des Gartens, nachdem der Gärtner einen Platz für ihn auf dem Schiffe bestellt hatte, auf welchem noch andere Kaufleute sich befanden. Er unterhielt sich hierauf mit dem Gärtner, dachte dann an seine Geliebte und sagte zu sich selbst: Wird sie wohl in ihre Heimat zurückgekehrt sein, oder ihre Reise nach der meinigen fortgesetzt haben, oder ist ihr gar ein Unglück widerfahren? Wehe! Wehe! O meine Geliebte! Er wünschte, daß die Zeit bis zur Abfahrt schon zu Ende ging und erzählte dem Gärtner die Geschichte von den Vögeln und dem Edelsteine, worüber dieser sehr erstaunte. In der folgenden Nacht wurde der Gärtner krank; die Krankheit nahm am zweiten Tage überhand, und am dritten Morgen befand er sich noch schlechter. Kamr essaman war sehr betrübt darüber. Da kamen Leute zu dem Gärtner und sagten: »Das Schiff ist zur Abfahrt bereit; wo ist der Reisende, den wir nach den Ebenholzinseln mitnehmen sollen?« »Ich bin es selber«, antwortete Kamr essaman. »Der Gärtner liegt krank und bewußtlos, traget diese Töpfe inzwischen auf das Schiff.« Die Matrosen trugen die Töpfe fort und stellten sie beiseite und sagten zu Kamr essaman: »Verfehle nicht, unverzüglich nachzukommen; der Wind ist günstig.«

Er ließ dann all sein Gepäck und seinen Proviant auf das Schiff bringen und ging wieder zu dem Gärtner hinein, um ihm Lebewohl zu sagen, aber er fand ihn in den letzten Zügen, und kaum hatte er ihn noch sein Glaubensbekenntnis hersagen lassen, so sah er ihn verscheiden. Kamr essaman drückte ihm die Augen zu, wusch den Leichnam, kleidete ihn in das Totengewand und beerdigte ihn. Als er damit fertig war, neigte sich der Tag bereits zu seinem Ende. Mit brennendem

Herzen lief er nun nach dem Hafen, um sich einzuschiffen; aber als er ankam, fand er das Schiff nicht; es hatte längst die Segel gespannt und war bereits außer Sicht. Die Kaufleute hatten bereits drei Stunden auf ihn gewartet, waren aber dann, da der Wind günstig war, ohne ihn abgereist.

Kamr essaman geriet ganz außer sich, streute Erde auf sein Haupt und schlug sich auf die Brust und ins Gesicht. Er kehrte dann nach dem Garten zurück und mietete denselben von dem Eigentümer. Er nahm einen Arbeiter in Dienst, welchen er lehrte, wie er die Pflanzen begießen sollte, dann begab er sich in das unterirdische Gewölbe und tat den Goldstaub in 50 andere Krüge, die er oben mit Oliven füllte und gab die Hoffnung auf, vor Ablauf eines Jahres abreisen zu können, denn man sagte ihm, daß kein zweites Schiff in diesem Jahre mehr abgehen würde. Er war außer sich vor Schmerz und weinte Tag und Nacht, denn auch den Edelstein hatte er mit dem Golde verpackt, das auf das Schiff gebracht worden war. Mittlerweile setzte das Schiff seine Fahrt mit sehr günstigem Winde fort und langte glücklich in der Hauptstadt der Ebenholzinsel an. Das Schicksal wollte, das die Königin Bedur gerade am Fenster stand und zusah, wie das Schiff vor Anker ging. Da pochte ihr Herz und ihr Innerstes geriet in die größte Aufregung. Sie ließ alsbald Pferde vorführen und ritt in Begleitung mehrerer Emire und Kammerherrn nach dem Hafen und kam gerade dort an, als die Waren ausgeschifft und von den Kaufleuten in ihre Magazine gebracht worden. Sie ließ den Schiffshauptmann vor sich kommen und fragte ihn, was er mitgebracht habe. Dieser nannte ihr unter anderen Waren kostbare Stoffe, Spezereien und Wohlgerüche, Moschus, Ambra, Kampfer, Oliven u.s.w. Als die Prinzessin Bedur von Oliven hörte, welche sie leidenschaftlich liebte, so sagte sie, um die wahre Absicht, welche sie herbeigeführt hatte, durch längeren Aufenthalt nicht zu verraten: »Bei Gott! Nach Oliven sehne ich mich schon lange; wieviel hast du an Bord?« »Es sind fünfzig sehr große Krüge«, antwortete der Schiffshauptmann, »aber der Eigentümer ist nicht mitgekommen. Doch mag der König, den Gott bewahre, davon so viel nehmen, als ihm beliebte.« »Bringet sie her!« sagte Bedur.

Der Hauptmann schickte seine Leute nach dem Schiff und ließ die Oliven holen. Die Prinzessin erklärte ihren Wunsch, alle 50 Krüge zu kaufen und fragte nach dem Preise. »Mein Herr«, antwortete der Schiffshauptmann, »in dem Lande, aus dem sie kommen, sind sie gar nichts wert; dort kosten 50 Krüge 100 Dirham und ihr Eigentümer ist nur ein armer Mann.« »Und was sind sie hier wert?« fragte Bedur. »1000 Dirham«, antwortete der Schiffshauptmann. »Wohl«, sagte Bedur, »ich nehme sie für 1000 Dirham«, und nachdem sie in ihrer Gegenwart die Krüge wegtragen lassen, kehrte sie nach dem Palaste zurück und begab sich zu Hajat al Nufus, und sie ließ die 50 Olivenkrüge bringen. Sie öffnete einen und leerte den Inhalt des Gefäßes in eine große Schüssel. Ihr Erstaunen konnte nicht größer sein, als sie die Oliven mit Goldstaub vermischt sah. »Was ist das?« rief sie aus, stand auf und leerte auch die anderen Krüge aus, und, siehe da, alle waren mit Goldstaub gefüllt und nur einige Oliven darauf gelegt. Als sie das Gold näher untersucht, fand sie zuletzt auch noch ihren Edelstein und erkannte ihn. Bei diesem unerwarteten Anblick war ihre Überraschung so groß, daß sie ohnmächtig auf den Divan zurücksank.

Sobald Bedur ihrer Sinne wieder mächtig war, sprach sie zu Hajat al Nufus: »Dieser Stein ist die Ursache der Trennung von meinem Geliebten gewesen. Er wird nun auch, so Gott will, unsere baldige Wiedervereinigung herbeiführen.«

Die Prinzessin Bedur konnte den Morgen kaum erwarten, und schickte, sobald es Tag war, hin, und ließ den Schiffshauptmann holen. Als er gekommen war, sagte sie zu ihm: »Wehe dir! Wo hast du den Eigentümer der Oliven gelassen?« Der Schiffshauptmann antwortete: »Der Eigentümer der Oliven ist ein Gärtner in der Stadt der Götzendiener.« »Bei dem erhabenen Gott«, sagte die Prinzessin Bedur, »wenn du nicht sogleich zurückkehrst und mir ihn herbringst, so wirst du sehen, was dir und den Kaufleuten, welche mit deinem Schiff angekommen sind, widerfährt!« Sie ließ dann die Magazine der Kaufleute versiegeln und die Vornehmsten unter ihnen bewachen und sagte: »Der Eigentümer dieser Oliven hat eine Schuld gegen mich abzutragen, wenn ihr ihn nicht herbringt, so lasse ich euch alle hinrichten und bemächtige mich eurer Güter.« Die Kaufleute baten den Schiffshauptmann, mit dem Schiffe sogleich wieder umzukehren, und sie von diesem König zu befreien, Gottes Lohn werde ihm nicht ausbleiben.

Der Kapitän ging sogleich auf sein Schiff, rief seine Matrosen herbei und ließ Lebensmittel an Bord schaffen, so viel er zur Reise nötig hatte, und ging unter Segel. Gott ließ ihn in Frieden ziehen, und nach einer glücklichen Fahrt kam er vor der Stadt der Götzendiener an und begab sich alsbald nach Kamr essamans Garten.

Kamr essaman hing seinem Schmerze über die Trennung von seiner Gattin nach, und weinte und stöhnte, als er an die Gartentüre pochen hörte. Er eilte hin, um zu öffnen, kaum aber hatte er dies getan, als der Kapitän und die Matrosen, ohne ein Wort zu reden, über ihn herfielen und ihn auf das Schiff brachten, welches dann unverzüglich wieder nach der Ebenholzinsel segelte.

Kamr essaman fragte jetzt den Kapitän, was ihn veranlasse, ihn so gewaltsam zu entführen. »Bist du nicht der Schuldner des Königs der Ebenholzinsel?« fragte ihn dagegen der Kapitän. Kamr essaman erwiderte: »Ich habe nie sein Königreich betreten.« Sie fuhren dann immerfort, bis sie wieder zur Hauptstadt kamen. Ob es gleich schon Nacht war, als sie in dem Hafen ankerten, so stieg der Kapitän dennoch ans Land und führte den Prinzen Kamr essaman zum König.

Sobald Bedur den Prinzen erblickte, erkannte sie ihn sogleich. Doch tat sie sich Zwang an und sagte: »Laßt ihn bei meinen Dienern.« Darauf gab sie den Kaufleuten ihre Waren frei und machte dem Kapitän des Schiffs reiche Geschenke, ging zu Bette und erzählte alles Hajat al Nufus und sagte zu ihr: »Halte ja alles verborgen, bis ich meinen Zweck erreicht habe.« Am anderen Morgen ließ sie Kamr essaman ins Bad führen und anständig kleiden, ernannte ihn darauf zum ersten Emir, und schenkte ihm Mamelucken, Diener, Pferde und Schätze und alles, was sonst ein Emir bedarf. Kamr essaman kam aus dem Bade wie der Zweig eines Ban; er ging ins Schloß und küßte die Erde vor der Prinzessin. Als Bedur ihn sah, mußte sie sich wieder viel Gewalt antun, um ruhig zu erscheinen; sie nahm ihm die Emirstelle ab, machte ihn zum Schatzkämmerer und näherte sich ihm so viel wie möglich; sie machte allen Großen seinen Rang bekannt, und alle liebten und verehrten ihn, und machten ihm viel Geschenke. Bedur brachte ihn sich immer näher, überhäufte ihn mit Geschenken und Kamr essaman war nicht wenig erstaunt darüber und konnte es sich gar nicht erklären. Auch machte er viele Geschenke, teilte Geld aus und diente dem König Armanus, und näherte sich ihm mehr und mehr, bis er ihn heftig liebte; auch alle Großen und alle Stadtbewohner liebten ihn sehr und schworen bei seinem Leben. Als die Königin Bedur sah, daß er alle Herzen gewonnen, sagte sie zu ihm: »Kamr essaman, du mußt diese Nacht bei mir zubringen; ich habe etwas mit dir zu beraten.« Er sagte: »Ich werde gehorchen.« Als es Nacht war und alle Leute weggingen, blieb Bedur allein mit ihm und stellte den Obersten der Verschnittenen an die Türe; sie setzte sich auf ein Sofa und lehnte sich an ein Kissen und streckte ihre Füße aus. Kamr essaman blieb unten stehen mit gefalteten Händen; er war sehr verlegen und dachte, warum will wohl der König mit mir allein bleiben; doch es geschehe, was Gott will! Bedur sagte ihm: »Komm herauf zu mir!« Kamr essaman aber antwortete: »Mein Platz hier ist gut.« Sie sagte: »Willst du nicht gehorchen, wenn ich dir etwas zu sagen habe?« Er wiederholte: »Ich stehe hier ganz gut.« Da sagte sie: »Wehe dir! Darfst du wohl mir widerspenstig sein? Komm zu mir her, daß ich dich um Rat frage.« Kamr essaman trat ängstlich zu ihr hin und fürchtete, der König möchte Ungebührliches von ihm verlangen. Nachdem er sich aber eine Weile geängstigt hatte, gab sich ihm Bedur zu erkennen; worauf sie sich umarmten und sich gegenseitig erzählten, was ihnen seit ihrer Trennung widerfahren. Kamr essaman machte dann seiner Gattin Vorwürfe, daß sie ihre Verstellung so lange fortgesetzt, sie bat ihn um Entschuldigung, indem sie ihm sagte; daß durch diesen Scherz, den sie sich erlaubt, sei die Freude nachher um so größer geworden.

Am folgenden Morgen ließ Bedur den König Armanus zu sich rufen und teilte ihm ihre ganze Geschichte und ihr Verhältnis zu Kamr essaman mit. Er war sehr erstaunt, als er erfuhr, daß er seine Tochter mit einer Frau vermählt, und daß Kamr essaman der Sohn eines Sultans. Er wendete sich dann zu diesem und sagte ihm: »Da du König und Sohn eines Königs bist, so wünsche ich, daß du meine Tochter Hajat al Nufus zur Gattin nehmest.« Kamr essaman willigte ein und alsbald wurde der Heiratsvertrag geschrieben und die Ehe vollzogen.

Am folgenden Morgen teilte Kamr essaman unter den Truppen Geschenke aus und leitete alle Regierungsgeschäfte mit Unparteilichkeit, so daß der Ruf seiner Gerechtigkeit sich über alle Länder verbreitete. Die Nächte brachte er abwechselnd bei Bedur und bei Hajat al Nufus zu und vergaß ganz seinen Vater und seine Mutter. Er bekam zwei Söhne, einen von Bedur und einen von Hajat al Nufus, und nannte den einen Asad (der Glückselige), den anderen Amdjad (der Glorreiche). Als sie groß wurden, lernten sie Philosophie, schöne Wissenschaften und Kalligraphie, bis sie das männliche Alter von 20 Jahren erreicht hatten. Sie liebten einander sehr, schliefen in einem Bett, und alle Leute beneideten sie wegen ihrer Schönheit und Eintracht. Sooft Kamr essaman auf die Jagd ging, setzte er einen seiner Söhne, jeden Tag einen andern, auf den Thron. Die beiden Königinnen hatten eine unglaubliche Zärtlichkeit für sie, und wenn die Prinzen nach Hause kamen, sah jede der beiden Frauen den Sohn der anderen mit Liebe an. Bedur war ganz für Amdjad, und Hajat al Nufus für Asad eingenommen, und sie scherzten und liebkosten mit ihnen; denn der Teufel hatte ihnen ihr Betragen als schön vorgemalt, so daß jede von ihnen den Sohn der anderen an ihre Busen drückte und ihn küßte. Dadurch nahm ihre Leidenschaft immer mehr zu, und die liebenden Frauen konnten weder essen, noch trinken, noch schlafen. Eines Tages ging Kamr essaman auf die Jagd, und Amdjad saß auf dem Thron als Richter. Da schrieb ihm Bedur, die Mutter Asads, einen Brief, in dem sie ihm offen ihre Liebe erklärte. Sie schickte den Brief durch einen Diener nach der Wohnung der Königin Hajat al Nufus; aber der Diener fand ihn nicht dort, denn er hielt Sitzung bis nach zwei oder drei Uhr mittags; dann erst gab er das Zeichen zum Aufbruch und schickte sich an, wegzugehen. Er war gerade auf den Treppen des Schlosses, da übergab ihm der Verschnittene den Brief. Amdjad öffnete ihn und las, daß die Frau seines Vaters ihm untreu werden wolle. Mit einem zornigen Ausrufe: »Gott verdamme die Weiber!« zog er das Schwert, ging auf den Diener los und sagte ihm: »Wehe dir, nichtswürdiger Diener! An dir ist nichts Gutes, du machst den Briefträger der Frau deines Herrn!« Er schlug ihm dann den Kopf herunter, ging zu seiner Mutter, erzählte ihr, was vorgefallen, schmähte sie und sagte: »Ihr seid alle eine schlimmer als die andere. Bei dem erhabenen Gott! Fürchtete ich nicht

Allah, ich würde ihr den Hals abschneiden.« Der Prinz ging dann zornig von ihr weg, seine Mutter aber ward ihm böse und dachte auf eine List gegen ihn.

Am folgenden Tage saß Asad auf dem Thron; da schrieb ihm Hajat al Nufus auch einen Brief, in dem sie ihn bat, zu ihr zu kommen, und sandte den Brief durch eine Alte. Diese wartete, bis die Sitzung zu Ende war, dann gab sie ihm den Brief. Als er ihn las, ward er sehr aufgebracht, zog sein Schwert und hieb die Alte mitten auseinander. Darauf ging er zu seiner Mutter, gab ihr den Brief hin und machte ihr Vorwürfe; aber sie schimpfte ihn und ward ihm feind, und sann darauf, ihn zu verderben. Asad erzählte dann die Geschichte seinem Bruder, und dieser sagte ihm auch, was ihm widerfahren. Die beiden Frauen aber kamen zusammen, hielten Rat, und beschlossen, ihre Kinder zu verderben. Sie legten sich ins Bett und stellten sich krank. Am folgenden Tage kehrte Kamr essaman von der Jagd zurück und brachte den Tag mit Regierungsangelegenheiten zu. Als der Divan aufgehoben war, kam er nach Hause und fand die beiden Frauen im Bette. Da er glaubte, sie seien krank, fragte er sie, wo es ihnen fehle? Bedur sagte: »Dein Sohn Amdjad ist zu mir mit entblößtem Schwert gekommen und hat mich zur Treulosigkeit zwingen wollen; davon erschrak ich so sehr, daß ich krank geworden bin.« Hajat al Nufus erzählte dasselbe von Asad. Kamr essaman war sehr aufgebracht gegen seine Söhne, und wollte sie umbringen. Der König Armanus aber bat für sie und sagte: »Mein Sohn, schicke sie lieber mit einem Mamelucken ins Freie, der soll sie umbringen, damit du ihren Tod nicht vor Augen siehst.« Der König übergab sie einem seiner Mamelucken, der Emir Djandar hieß, und befahl ihm, sie zu töten. Dieser ging mit ihnen bis zur Zeit des Nachmittagsgebets in eine öde Wüste; dann stieg er von seinem Pferde ab, um sie zu töten und dem erhaltenen Befehle gemäß ihre Kleider dem Könige zu bringen. Als er aber abgestiegen war, auf sie losging, um ihr Blut zu vergießen, und sie ansah, übermannte ihn die Rührung und er mußte weinen. Er sagte: »Prinzen, es tut mir sehr weh, euch etwas zuleide zu tun; doch euer Vater hat mir befohlen, euch umzubringen.« Sie antworteten: »Tu, was dir befohlen worden, du bist an unserm Blute nicht schuldig.« Sie umarmten sich dann und weinten. Asad sagte: »Mein Freund, laß mich nicht meines Bruders Amdjad Tod sehen, bring mich lieber zuerst um!« Sie weinten dann beide, und Emir Djandar mußte mit weinen. Asad sagte: »Das ist eine ruchlose Tat; doch es gibt keinen Schutz und keine Macht, außer bei dem erhabenen Gott!« Sie sagten dann dem Emir Djandar: »Binde uns mit einem Strick fest zusammen, ziehe dein Schwert, haue kräftig zu, so daß wir zusammen sterben.« Er antwortete: »Ich will euch gehorchen«, nahm dann weinend ein breiten Riemen, schlang ihn um die beiden, zog sein Schwert und sagte: »Nun, meine Herren, habt ihr noch etwas zu bestellen?« »Ja«, erwiderten sie, »wenn du zu unserm Vater kommst, grüße ihn und sage ihm: ›Deine Söhne haben dich von ihrem Blute freigesprochen; denn du bist im Irrtum über ihr Vergehen.‹« Djandar hob dann die Hand mit dem Schwerte auf, um sie zu töten. Durch die Bewegung seines Armes erschrak sein Pferd, zerriß den Zaum, sprang fort und floh ins Weite. Dieses Pferd war 500 Dinare wert, und hatte einen goldenen Sattel mit einem ägyptischen Sattelknopf und Verzierungen von großem Wert. Als der

Emir sein Pferd entfliehen sah, warf er das Schwert aus der Hand, denn er war ganz außer sich, und lief dem Pferde in einen Wald nach, stets weiter hinein. Das Pferd schlug auf den harten Grund mit seinen Hufen und wieherte; das hörte ein alter, häßlicher Löwe, der in diesem Walde hauste, er kam aus seiner Höhle, um zu sehen, was es gäbe. Als der Emir sah, daß er auf ihn loskam, erschrak er sehr; er wollte entfliehen, wußte aber nicht, wohin; auch hatte er sein Schwert nicht bei sich, denn er hatte es weggeworfen, als er dem Pferde nachlief, er sagte zu sich: »Das ist mir gewiß wegen Asad und Amdjad widerfahren.« Diesen ward indessen sehr heiß und sie wurden so durstig, daß sie Gott um Hilfe baten. Amdjad sagte: »Siehst du, mein Bruder, wie wir nun verdursten müssen, weil der Emir das Schwert weggeworfen hat und dem Pferde nachgelaufen ist. Nun sind wir hier gebunden, und wenn ein wildes Tier kommt, zerreißt es uns; besser, wir wären durch das Schwert umgekommen, als von einem wilden Tiere aufgefressen zu werden.« »Habe Geduld, mein Bruder«, erwiderte Asad, »das Pferd ist gewiß nur entronnen, damit wir das Leben behalten; nur plagt uns der Durst sehr.« Er schüttelte und dehnte sich dann rechts und links, zersprengte seine Bande und befreite auch seinen Bruder, dann gingen sie an eine Quelle und stillten ihren Durst. Hierauf ergriff Amdjad Djandars Schwert, und sie gingen zusammen in den Wald, den Spuren des Pferdes folgend. Amdjad sagte: »Laß uns beisammen bleiben, es möchte ein Löwe hier sein.« Sie gingen dann miteinander und trafen gerade den Löwen, wie er über Djandar herfiel, mit der Tatze nach ihm langte und ihn zu Boden warf, während Djandar nach dem Himmel blickte. Amdjad sprang auf ihn zu und sagte: »Du bist gerettet, Emir Djandar!« und versetzte dem Löwen, der jetzt auf ihn lossprang, einen so gewaltigen Schlag, daß er tot niederfiel. Als Djandar aufstand, sah er, daß er den Söhnen seines Herrn, die er hatte töten wollen, seine Rettung verdanke. Er warf sich ihnen zu Füßen und sagte: »Meine Herren! Ihr verdient nicht, daß euch Gewalt angetan werde. Bei Gott! Das soll nie geschehen.« Sie aber sagten: »Nein, Emir Djandar, tu, was dir befohlen worden.« Sie fingen dann sein Pferd, gingen zum Walde hinaus an ihren frühern Platz und sagten dann wieder. »Tu, was unser Vater dir befohlen.« Djandar aber sagte: »Das verhüte Gott! Alles, um was ich euch bitte, ist, daß ihr nur euere Kleider auszieht und die meinigen dafür nehmt; ich gehe dann zum König zurück und sage, ich habe euch umgebracht, und ihr reist indessen von Land zu Land; denn Gottes Erde ist weit.« Sie taten, wie er ihnen geraten. Er wechselte dann mit ihnen die Kleider, gab ihnen, wovon sie leben konnten und nahm Abschied von ihnen. Darauf besudelte er die Kleider der Prinzen mit dem Blute des erschlagenen Löwen, und brachte sie dem König Kamr essaman. Dieser fragte: »Hast du sie umgebracht?« Djandar antwortete: »Ja, hier sind ihre blutigen Kleider.« Kamr essaman fragte weiter: »Wie haben sie ihren Tod ertragen?« Er antwortete: »Ich habe sie standhaft im Tode gefunden, und sie haben gesagt: ›Gottes Wille geschehe, wir sterben unschuldig, aber unser Vater ist an unserm Tode nicht schuld, denn er kannte die Wahrheit nicht.‹«

Kamr essaman ward sehr betrübt darüber, nahm die Kleider seiner Kinder, durchsuchte sie und fand in Amdjads Rock einen Brief. Er öffnete ihn und erkannte die Handschrift seiner Frau Bedur und fand auch Haare von ihr dabei. Er las den Brief und sah daraus, daß sie Liebe von ihm forderte, und er seinem Sohn Unrecht getan. Er durchsuchte dann auch die Kleider Asads, und fand auch darin den Brief, den seine Frau Hajat al Rufus geschrieben, und in dem sie ihn zu verführen suchte. Er schrie laut auf und fiel in Ohnmacht, denn er erkannte, daß er seine Söhne unschuldig verurteilt hatte. Er ward sehr traurig und betrübt darüber, und er sah daraus die List der Frauen, trennte sich von ihnen und besuchte sie nicht wieder.

Asad und Amdjad durchwanderten indessen die Wüste, aßen die Pflanzen des Bodens und tranken Regenwasser. Während der Nacht schlief der eine, und der andere wachte bis Mitternacht; dann schlief der zweite und der erste hielt Wache. So lebten sie einen ganzen Monat lang, bis sie endlich an einen schwarzen, felsigen Berg kamen, von dem man gar kein Ende sah. Sie fanden wohl einen Weg, der hinauf führte, aber sie scheuten sich, ihn einzuschlagen, weil sie auf dem Berge Mangel an Wasser und Pflanzen fürchteten. So gingen sie vier bis fünf Tage am Fuße des Berges umher, fanden aber gar keinen Ausweg und kamen endlich sehr müde wieder an ihren ersten Ort zurück. Da entschlossen sie sich, den Weg einzuschlagen, der auf den Berg führte. Sie stiegen den ganzen Tag immer aufwärts, je höher sie aber hinauf kamen, um so höher schien sich auch der Berg über sie zu erheben. Als die Nacht über sie hereinbrach, sagten sie: »Wir gehen zugrunde.« Asad sagte: »Mein Bruder! Ich bin so müde, daß ich's nimmer aushalte, ich gebe den Geist auf.« Amdjad antwortete: »Mach dir Mut, mein Bruder! Vielleicht wird Gott uns helfen.« Asad aber war so müde, daß er sich setzen mußte, und so brachten sie die Nacht zu; bald gingen sie ein wenig, bald ruhten sie wieder. Des Morgens endlich erreichten sie den Gipfel des Berges und fanden dort eine sprudelnde Wasserquelle und einen Granatapfelbaum. Sie konnten kaum den Augenblick erwarten, wo sie über die Quelle herstürzen und sich satt trinken konnten. Dann ruhten sie, bis die Sonne aufging, wuschen hierauf ihre Hände und Füße und aßen Granatäpfel. Sie waren noch so müde, daß sie den ganzen Tag hier sitzen blieben und auch die Nacht durch hier schliefen.

Am folgenden Morgen wollten sie wieder weiter; aber Asad klagte und wollte noch bleiben; sie ruhten daher noch einen Tag, am dritten Tage setzten sie ihren Weg auf dem Berge fort. Nach fünftägiger Reise leuchtete ihnen aus der Ferne eine Stadt entgegen, was ihnen große Freude machte. Amdjad sagte zu Asad: »Laß mich nun in die Stadt gehen, um zu sehen, was es für eine Stadt ist und von wem sie beherrscht wird; ich will auch Speisen daraus mitbringen und mich erkundigen, in welchem Lande wir sind.« Asad entgegnete: »Bei Gott! Mein Bruder, ich will in die Stadt gehen, und gerne gebe ich mein Leben für deine Rettung hin. Wenn du in die Stadt gingest und nicht mehr wiederkehrtest, würde ich mir 1000 Vorwürfe machen.« Er beschwor dann seinen Bruder Amdjad und sagte: »Halte mich nicht länger auf, ich will in die Stadt gehen.« Er nahm Geld und stieg den Berg hinunter, Amdjad aber wartete hier seiner. Als Asad in die Straßen der Stadt kam, begegnete ihm ein alter Mann, dessen grauer Bart in zwei Teilen über seine Brust fiel; er trug einen Stock in der Hand, war sehr vornehm gekleidet und hatte einen roten Turban auf dem Kopfe. Asad sah ihn mit Verwunderung an, grüßte ihn und sagte: »Herr! Führt dieser Weg auf den Markt?« Der Alte sah in lächelnd an und sagte: »Du scheinst hier fremd zu sein, mein Sohn!« Asad antwortete: »Ja, Herr, ich bin ein Fremdling.« Der Alte hieß ihn vielmals willkommen und sagte: »Du hast mit deiner Gegenwart unser Land beglückt; sage mir, was willst du auf dem Markte?« Asad antwortete: »Ich und mein Bruder, wir kommen von einem fernen Lande, und sind schon drei Monate auf der Reise. Während dieser Zeit sind wir ohne Unterbrechung

fortgereist, und heute erst haben wir uns dieser Stadt genähert; ich habe meinen älteren Bruder auf dem Berge gelassen, weil er sehr müde ist von der weiten Reise, und bin herunter gekommen, um Nahrungsmittel zu kaufen, dann will ich wieder zu ihm zurückkehren.« »Mein Sohn«, erwiderte der Alte, »erwarte nur alles Gute. Ich habe heute eine große Mahlzeit für viele Gäste zugerichtet und viele Tiere geschlachtet und unter sie verteilt. Noch ist aber das Beste von den Gerichten übrig geblieben, und wenn du mit mir nach Hause gehen willst, so gebe ich dir Brot und andere Speisen, bis du genug hast für dich und deinen Bruder. Ich werde dir auch während der Mahlzeit Auskunft über unsere Stadt geben. Gelobt sei Gott, daß du keinem anderen in die Hände gefallen bist, als mir!« Asad sagte: »Verfahre mit mir, wie es dir geziemt!«

Der Alte ergriff Asad bei der Hand, ging mit ihm in eine enge Gasse und sagte lachend: »Gelobt sei der, der von den Leuten dieser Stadt dich befreit hat.« Als er an sein Haus kam, führte er ihn in einen großen Saal, in dem 40 steinalte Männer einen Kreis um ein Feuer bildeten, das sie als ihren Gott anbeteten. Asad erschrak sehr, als er dies sah, und wußte gar nicht, was es bedeute. Der Alte rief dann: »O ihr Alten, Diener des Feuers, wie gesegnet ist dieser Tag!« Dann rief er: »Ghadban! Komm her!« Auf diese Worte erschien ein schwarzer Sklave, stürzte auf Asad zu, schlug ihn ins Gesicht, warf ihn zu Boden und fesselte ihn. Als er fertig war, sagte der Alte: »Trage ihn ins unterirdische Zimmer, rufe schnell meine Tochter Bestan und meine Sklavin und sage ihnen, daß sie ihn Tag und Nacht schlagen und peinigen, und ihm nur ein Laibchen Brot des Tags und eins jede Nacht geben, bis die Zeit zur Reise nach dem blauen Meere und dem Feuerberge kommt. Dann wollen wir ihn auf dem Berge als ein Opfer schlachten.«

Sobald der Greis diesen Befehl gegeben hatte, ergriff der schwarze Sklave den Prinzen Asad, schleppte ihn zur Türe des Saales hinaus, zu einer anderen Türe hinein, hob eine Platte auf, ging eine Treppe von 20 Stufen mit ihm hinunter in ein großes Gemach, und legte ihm eine schwere Kette an die Füße. Als er dies getan, stieg er wieder hinauf und gab seinem Herrn davon Nachricht. Der Alte brachte diesen Tag mit seinen Feueranbetern zu, dann ging er zu seiner Tochter und Sklavin und sagte: »Steigt hinunter zu dem Muselmann, den ich heute gefangen habe, peiniget ihn und habet kein Mitleid mit ihm.« Die Sklavin sagte: »Wohl, mein Herr!« Sie ging dann zu ihm hinunter, entkleidete ihn und prügelte ihn, bis das Blut von seinen Seiten herunterlief und er ohnmächtig niedersank. Nach dieser Mißhandlung stellte sie einen Wasserkrug mit einem Laibchen trockenen Brotes neben ihn und ging wieder hinauf. Asad erwachte erst um Mitternacht aus seiner Ohnmacht und weinte so, daß die Tränen ihm über die Wangen herunterströmten; er dachte an seinen Bruder und an seinen frühern glücklichen Zustand als Prinz.

Als Amdjad indessen den ganzen Tag hindurch bis Mitternacht seinen Bruder vergebens erwartet hatte, ward er immer trauriger; sein Herz klopfte und er fürchtete, schon von ihm getrennt zu sein. Am folgenden Tage ging er den Berg hinunter, und Tränen strömten über seine Wangen. Er ging in die Stadt und fragte nach ihrem Namen; man sagte ihm, es sei die Stadt der Magier, und die meisten Einwohner beteten das Feuer an. Er erkundigte sich auch, wie weit es von hier nach den Ebenholzinseln sei, und man sagte ihm, zu Land brauche man ein Jahr und zu Wasser vier Monate, um dahin zu kommen, und dort regiere Kamr essaman, der Gemahl der Hajat al Rufus. Als er den Namen seines Vaterlandes und seines Vaters hörte, erwachte sein Schmerz aufs Neue, und er ging traurig in der Stadt umher, um seinen Bruder aufzusuchen. Indem er nun so die Stadt durchstreife, kam er zu einem Schneider, der ein Muselmann war. Er grüßte ihn, setzte sich zu ihm in seinen Laden und teilte ihm seine Geschichte mit. Als er mit seiner Erzählung zu Ende war, sagte ihm der Schneider: »Mein Sohn, wenn dein Bruder in die Hand eines Magiers gefallen ist, so wirst du ihn nie mehr wieder sehen. Willst du nun bei mir bleiben?« Amdjad nahm das Anerbieten an. Er blieb dann etwa einen Monat bei demselben, der ihn wegen seines Bruders tröstete, ihm Geduld einflößte und ihn das Schneiderhandwerk lehrte.

Eines Tages ging Amdjad nach dem Meere hin und wusch seine Kleider, er badete sich auch, zog reine Kleider an und nahm wieder den Weg nach dem Laden des Schneiders; da begegnete ihm eine schöne, anmutige Frau; als sie ihn sah, hob sie den Schleier ein wenig in die Höhe und sagte: »Wohin gehst du, Herr?« und lächelte dabei so reizend, daß er seinen Verstand verlor. Er sagte: »Ich gehe nach Hause oder zu dir, wie du es wünschest.« Sie antwortete: »Gott strafe die Weiber! Sie haben keine andere Gelegenheit, als bei den Männern.« Amdjad beugte den Kopf gegen die Erde, denn er schämte sich, mit ihr zum Schneider zu gehen. In dieser Verlegenheit ging er immer vorwärts, und das Mädchen folgte ihm von einer Straße zur anderen und von einem Platz zum andern. Endlich fragte sie ihn: »Wo wohnst du denn?« Er sagte: »Meine Herrin, wir werden bald an mein Haus kommen.«

In seiner großen Verwirrung geriet er endlich in eine Straße, die keinen Ausgang hatte, und sagte: »Es gibt keinen Schutz und keine Macht, außer bei Gott.« Am Ende der Straße sah er ein großes, geschlossenes Tor, und auf jeder Seite desselben war eine Bank. Amdjad ging dahin und setzte sich auf eine Bank, und das Mädchen auf die andere. Sie sagte dann: »Worauf wartest du?« - »Ich habe den Schlüssel nicht«, antwortete er, »ich habe ihn einem Mamelucken gegeben, dem ich befohlen, Getränke und Speisen einzukaufen und alles herzurichten, während ich ins Bad ging. Nun ist er aber noch nicht zurückgekommen und wird wohl noch lange ausbleiben; es ist sonst niemand da, was soll ich tun?« Amdjad hoffte durch diese Worte sie zu vertreiben und von ihr befreit zu werden. Als das Mädchen dies hörte, sagte sie: »Ist es nicht eine Schande, hier zu sitzen, weil der Sklave zu lang ausbleibt?« Sie stand dann auf, nahm einen Stein, schlug das Schloß auf und die Türe öffnete sich. Amdjad kam ganz von Sinnen, er sagte: »Was fällt dir ein, das Schloß herunter zu reißen?« Sie antwortete: »Nun, mein Herr, ist dies nicht dein Haus? Was tut das?« »Es tut weiter nichts«, erwiderte er, »als daß eben das Schloß verdorben ist.« Er seufzte dann und jammerte; aber das Mädchen ging voran ins Haus. Amdjad blieb an der Türe, mit einem Fuße drinnen und dem anderen außen, in großer Verwirrung stehen. Das Mädchen sah sich nach ihm um und sagte: »Warum gehst du nicht in deine Wohnung? Er neigte den Kopf zur Erde und sagte: »Wohl, aber der Sklave bleibt gar zu lange aus; ich habe ihm gesagt, er solle kochen, das Zimmer aufräumen und den Marmor abputzen, und ich weiß nicht, ob er etwas von dem, was ich ihm befohlen, getan hat oder nicht.« Endlich ging er hinein. Er fand einen schönen, geräumigen Saal mit vier einander gegenüberliegenden Erhöhungen, mit Speisegemächern und anderen kleinen Kabinetten. Der Boden war mit seidenen Teppichen und Kissen bedeckt, und mitten im Saal war ein kostbarer Springbrunnen, daneben standen Tische und Schüsseln voll Speisen, Früchten und Wohlgerüchen, Flaschen von Wein und ein Leuchter mit festlichen Wachskerzen und Gefäße mit klarem und wohlriechendem Wasser gefüllt. In dem Saal sah man überall kostbare Waren und verschlossene Kästen. Auf den Erhöhungen standen zwei Reihen Stühle, und auf jedem derselben lag ein Bündel Kleider und ein Beutel mit Gold. Als Amdjad das alles sah, erschrak er, legte den Finger an den Mund und dachte: Amdjad, es ist aus mit dir! Du kommst von Gott und kehrst wieder zu ihm zurück. Das Mädchen hingegen freute sich, als sie dies sah, und sagte: »Mein Herr, dein Sklave hat nichts vernachlässigt; er hat den Marmor gereinigt, das Fleisch gekocht und alles hergerichtet. Was stehst du so nachdenkend da? Hast du allenfalls eine andere hierher bestellt, so will ich mich umgürten und dich und sie bedienen.« Amdjad mußte ungeachtet seines Kummers über diese Worte lachen und dachte, schwer atmend: welchen schlimmen Tod werde ich erdulden müssen. Das Mädchen setzte sich neben ihn, scherzte und lachte. Amdjad war ernst und traurig und machte sich 1000 Gedanken; er dachte: Alles wird damit enden, daß der Hausherr kommt, und was wird der dazu sagen? Gewiß geht's um meine Seele. Das Mädchen schürzte sich auf, nahm die Schüssel mit Speisen, deckte den Tisch und aß. Dann sprach sie zu Amdjad: »Wirst du mir nicht die Freude gönnen, zwei Bissen mit mir zu essen, denn dein Sklave bleibt gar zu lange.« Amdjad setzte sich endlich zu ihr, um zu essen, aber es schmeckte ihm nicht, er sah immer nach der Türe hin, bis das Mädchen gegessen hatte und satt war; dann tat sie die Schüssel weg, bracht die Platte mit Früchten und aß davon. Darauf öffnete sie den Weinkrug, füllte einen Becher und trank; dann füllte sie ihn wieder und reichte ihn Amdjad. Er nahm ihn und dachte: wehe, wenn der Hausherr uns sieht. Er blickte immer ängstlich nach dem Gang, und auf einmal kam der Hausherr. Derselbe war Oberster aller Mamelucken des Königs der Magier und ihr Anführer; in dieser einsamen Wohnung ließ er sich oft wohl sein in Gesellschaft derjenigen, deren Umgang er liebte.

An diesem Tage nun hatte er gerade hierher geschickt, um alles herzurichten. Sein Name war Bahdar und er ein Mann, der ..., Gott bewahre jeden guten und ehrlichen Menschen vor seinesgleichen. Als er an den Saal kam und die Türe offen fand, schlich er ganz leise näher, streckte den Kopf hinein und sah hier Amdjad mit dem Mädchen an seiner Seite, und vor ihnen stand eine Platte mit Früchten und Weingefäßen. In diesem Augenblicke nahm gerade Amdjad den Becher in die Hand, sah nach der Türe und begegnete dem Auge des Hausherrn. Bei diesem Anblicke ward er ganz blaß und zitterte an allen Gliedern. Bahdar gab ihm dadurch, daß er den Finger auf den Mund legte, zu verstehen, er möge nur schweigen; dann gebot er ihm durch einen Wink mit der Hand, zu ihm zu kommen. Amdjad stand auf, setzte den Becher weg und sagte dem Mädchen, das ihn fragte, wo er hin wolle, er müsse sich einen Augenblick entfernen. Amdjad ging dann barfuß in den Gang. Als Bahdar ihn sah, ging er schnell auf ihn zu und sagte: »Wie kommst du hierher?« Amdjad küßte ihm die Hände und erwiderte: »Ich beschwöre dich bei Gott, Herr! Höre mich an, ehe du mich zum Polizeimeister der Stadt führst.« Er erzählte ihm dann seine ganze Geschichte von Anfang bis zum Ende; wie er nicht gerne in das Haus haben gehen wollen; wie das Mädchen das Schloß aufgeschlagen und an allem schuld sei, und entdeckte ihm seine Herkunft. Als Bahdar die Rede Amdjads hörte und seine Abenteuer, und daß er ein König, Sohn eines Königs sei, bekam er Mitleiden mit ihm und erbarmte sich seiner. »Höre, Amdjad«, sprach er, »ich schwöre bei dem erhabenen, barmherzigen Gott, daß, sobald du dich meinem Willen in etwas widersetzest, ich dich umbringen lasse.« Amdjad sagte: »Du kannst befehlen, Herr, ich werde dir nie ungehorsam sein; bin ich doch von deinem Schwerte befreit und habe nichts von dir zu befürchten.« Da sage der Hausherr: »Gehe jetzt gleich wieder in den Saal und bleibe ruhig sitzen. Ich heiße Bahdar und werde später kommen. Wenn ich dann eintrete, so schimpfe, schmähe und schlage mich, und nimm gar keine Entschuldigung an; sage immer: wo bist du heute so lange geblieben, nichtswürdigster aller Sklaven? Und behandle mich ohne alle Rücksichten. Jetzt geh, iß und trinke und mache dir Vergnügen; laß dir wohl sein die ganze Nacht

durch, und morgen gehst du dann wieder deines Wegs. Ich will dich als Fremder auf diese Weise ehren, denn ich bin ein Freund der Fremden.« Amdjad küßte ihm darauf die Hand und ging wieder in den Saal zurück; seine Wangen hatten ihre Blässe verloren und waren wieder rot. Ehe er noch ganz im Saale war, sprach er zu dem Mädchen: »Meine Gebieterin! Du hast diesem Orte viel Anmut verliehen.« Sie freute sich dieser Worte und sagte: »Ich wundere mich, dich endlich heiter zu sehen.« Er antwortete: »Bei Gott! Herrin, ich glaubte, mein Sklave habe mir einige Schnüre Edelsteine gestohlen, von denen jede 10000 Dinare wert ist, doch habe ich sie wieder gefunden, aber sein langes Ausbleiben soll er schon büßen.« Dann setzten sie sich zu Tische und scherzten miteinander und aßen und tranken bis gegen Sonnenuntergang.

Bahdar wechselte seine Kleider, zog einen Schurz und grobe Schuhe an, und trat dann in den Saal zu Amdjad und dem Mädchen. Er grüßte sie, küßte die Erde vor Amdjad, kreuzte die Arme und neigte den Kopf zur Erde. Amdjad aber sah ihn zornig an und sagte: »Wehe dir, du verfluchtester aller Sklaven! Wo bist du gewesen? Warum bleibst du so lange aus?« »Mein Herr!« antwortete Bahdar, »ich habe meine Arbeit getan und darauf meine Kleider gewaschen, ich wußte nicht, daß du schon hier bist, denn ich war erst zur Zeit des Nachtgebets bestellt.« Amdjad schrie ihn an und sagte: »Du lügst, du verruchter Sklave! Ich bringe dich um!« Und damit stand er auf, streckte Bahdar auf den Boden hin, nahm einen Stock und gab ihm damit einige nicht starke Schläge. Das Mädchen aber riß Amdjad den Stock aus der Hand und fiel über Bahdar mit so derben Schlägen

her, daß ihm die Tränen über das Gesicht herabflossen, er um Hilfe schrie und die Zähne zusammenbiß. Amdjad rief ihr zu, bat sie, aufzuhören; sie aber sagte: »Laß mich nur meinem Herzen Luft machen, damit er dir ein andermal nicht mehr so lange ausbleibe.« Und so fuhr sie fort, aus allen Kräften auf ihn loszuschlagen, bis Amdjad aufstand, ihr den Stock aus den Händen wand und sie zurückstieß. Bahdar hatten die Schläge sehr weh getan; er trocknete seine Tränen, bediente sie und schenkte ihnen ein. Dann schürzte er sich auf und reinigte den Saal, ging darauf hinaus, die Lampen anzuzünden, kam wieder und bereitete alles, was sie brauchten. So oft er aber in den Saal kam, verfehlte das Mädchen nie, ihn mit Schimpf- und Schmähreden und Drohungen zu überschütten. So blieben sie bis Mitternacht, aßen und tranken, und Bahdar bediente sie. Um Mitternacht bereitete er ihnen auf dem Sofa ein Bett, verließ den Saal und ging hinaus, um sich zum Schlafen niederzulegen, denn er war sehr müde von seiner Arbeit und den vielen Schlägen; dann schlief er auch bald ein und schnarchte. Nach einer Weile erwachte das Mädchen und mußte hinausgehen; sie fand Bahdar schlafend und schnarchend, und sprach beim Eintreten zu Amdjad: »Herr, ich beschwöre dich bei meinem Leben, steh auf, nimm das Schwert und schlage deinem Diener den Kopf ab; tust du es nicht, werde ich dich ins Verderben stürzen.« Amdjad sagte: »Was fällt dir ein, daß du ihn umbringen willst?« Das Mädchen versetzte aber: »Ich will es nun einmal so haben, und wenn er nicht durch deine Hand stirbt, so soll er durch meine eigene sterben.« Amdjad erwiderte: »Bei Gott! Tu das nicht und laß mich damit in Ruhe.« Sie aber sagte: »Es bleibt dabei, er muß umgebracht werden.« Und mit diesen Worten ergriff sie das Schwert und zog es aus der Scheide. Amdjad eilte dem Mädchen nach, als er sah, daß sie ihn durchaus umbringen wolle und sagte: »Gib mir das Schwert; wenn es durchaus geschehen soll, ziemt es mir eher, einen Sklaven umzubringen, als dir.« Er nahm ihr dann das Schwert aus der Hand, schwang es und schlug ihr den Kopf vom Rumpfe, so daß er auf den Hausherrn fiel. Dieser richtete sich auf, öffnete seine Augen und sah Amdjad mit einem blutigen Schwerte in der Hand und neben ihm das getötete Mädchen. Er fragte, was geschehen sei, und Amdjad erzählte ihm alles. Bahdar stand auf, küßte Amdjad und sagte: »Nun müssen wir sie vor Tag aus dem Hause schaffen«, umgürtete sich hierauf, nahm das Mädchen auf die Schulter und sagte Amdjad: »Unbekannt, wie du bist, in dieser Stadt, bleibe ruhig hier und erwarte mich bis Sonnenaufgang. Kehre ich bis dahin nicht zurück, so ist dies ein Zeichen, daß mein Urteil gefällt ist. Für diesen Fall schenke ich dir mein Haus mit allem Geräte darin und, Friede sei mit dir, du kannst dann ohne weiteres davon Besitz nehmen.« Nachdem Bahdar so gesprochen, verließ er das Haus und ging von Straße zu Straße dem Meere zu.

Er war schon nahe an dem Ufer des Meeres, da kam ihm der Polizeioberste mit einigen Polizeibeamten entgegen. Die Diener des Richters umringten ihn, nahmen ihm den Korb ab, öffneten denselben und fanden das erschlagene Mädchen darin. Der Richter, welcher den Obersten Bahdar erkannte, ließ ihn festnehmen und führte ihn am anderen Morgen zu dem König. Der König ward sehr zornig, als ihm der Richter das Verbrechen des Obersten berichtete und sprach: »Wehe dir! Bringst du immer die Leute um und wirfst sie ins Meer, um zu nehmen, was sie besitzen? Wieviel hast du schon erschlagen?« Bahdar neigte den Kopf zur Erde und sprach kein Wort. Der König befahl nun, daß man ihn hinrichte. Man brachte ihn weg, und ließ durch den Ausrufer seine Hinrichtung verkünden.

Als Amdjad aber bei Tagesanbruch dies ausrufen hörte, weinte er und sprach bei sich: »Das ist Unrecht und Gewalt, ich bin ja der Mörder, bei Gott, dies darf nicht geschehen!« Er ging dann aus dem Saale, schloß ihn zu und lief nach dem Hinrichtungsplatze. Hier sah er den Polizeiobersten: er trat zu ihm und sagte: »Herr! Tu Bahdar nichts, er ist, bei Gott, unschuldig; ich war's, der das Mädchen erschlagen hat.« Der Richter nahm beide, Bahdar und Amdjad, und führte sie vor den König, dem er den Vorfall berichtete.

Der König sah Amdjad an und sprach: »Du hast also das Mädchen ermordet?« Dieser antwortete: »Ja!« und erzählte ihm alles, wie es sich ereignet hatte von Anfang bis zu Ende.

Der König verwunderte sich sehr darüber und sagte hierauf: »Ich verzeihe dir und Bahdar.« Der König schenkte dann beiden Ehrenkleider und ernannte Amdjad zum Vezier. Dieser verwaltete sein Amt, indem er Gerechtigkeit übte.

Er ließ auch durch einen öffentlichen Ausrufer zur Auffindung seines Bruders auffordern, konnte aber nichts von ihm erfahren.

Asad wurde indessen fortwährend gepeinigt, bis endlich das Fest der Feueranbeter herannahte. Da machte Bahram, so hieß der Magier, bei dem Asad war, Vorbereitungen zur Reise, rüstete ein Handelsschiff aus und ließ alles, was er nötig hatte, an Bord schaffen. Als alles in Ordnung war, nahm er den Prinzen Asad, legte ihn in eine Kiste und deckte ihn mit allerlei Waren zu.

Als der Prinz Amdjad Bahrams Diener mit den Waren kommen sah, schlug ihm das Herz in der Brust; er befahl sogleich seinen Dienern, ihm ein Pferd vorzuführen, begab sich mit seinen Mamelucken auf das Schiff und ließ es durch seine Leute untersuchen. Da er aber nichts darin sah als Waren, so kehrte er traurig und mit bewegtem Herzen in seinen Palast zurück.

Als aber der Hund Bahram auf hoher See war, ließ er Asad aus der Kiste hervorholen, legte ihm eine Kette an und steuerte nach dem Feuerberge, da erhob sich ein harter Sturm und trieb sie mitten ins Meer. Schon waren sie dem Untergange sehr nahe, da ward ihnen Gott gnädig und leitete sie. Sie sagten dann dem Schiffsmann: »Steig einmal auf den Mastbaum und sieh wo wir sind.« Er stieg ganz hinauf, sah sich um und sagte: »Wir sind an der Insel der Königin Murdjane, die eine rechtgläubige Muselmännin ist; wenn sie erfährt, daß wir Feueranbeter sind, nimmt sie unser Schiff und läßt uns bis auf den letzten Mann umbringen.« Bahram sagte: »Ich meine, daß wir den Muselmann, welchen wir mit uns führen, heraufbringen und ihm Sklavenkleider anziehen.«

Alle Schiffleute stimmten Bahram bei und sagten: »Das ist ein guter Gedanke.« Kaum war er mit diesen Worten zu Ende, als das Schiff in den Hafen einlief, wo er Anker werfen ließ. Sobald die Königin Murdjane das Schiff vor Anker

liegen sah, verließ sie den Palast, Bahram landete sogleich mit dem Prinzen Asad, den er als Mamelucken kleidete und dem er vorher befohlen hatte, auf Befragen zu bestätigen, daß er sein Sklave sei. Als er vor die Königin kam, warf er sich vor ihr nieder und küßte die Erde zu ihren Füßen und gab ihr Auskunft über die Verhältnisse. Asad hatte von dem Augenblicke an, als ihn die Königin Murdjane sah, ihr Herz gewonnen. Sie fragte ihn: »Wie heißest du?« Er antwortete: »Dein Sklave«, und seine Augen schwammen dabei in Tränen. Gerührt darüber fragte sie ihn nochmals: »Wie heißest du, Jüngling?« und er sagte: »Willst du wissen, wie ich jetzt heiße oder wie ich früher hieß?« »Wie?« versetzte die Königin, »Hast du denn zwei Namen?« »Ach, leider ist es so!« sagte Asad: »Ehemals hieß ich Asad, Glückseliger, jetzt aber heiße ich Mutarr (Unglückseliger).« Murdjane fragte: »Kannst du lesen und schön schreiben?« Er antwortete: »Ja.« Da überreichte sie ihm Papier und sagte: »Schreibe etwas darauf!« Er schrieb folgende Verse:

»Oft weicht der Blinde einer Grube aus, in die der Sehende stürzt. Der Unwissende hütet sich oft vor einem Worte, das den Gelehrtesten ins Verderben stürzt. Der Rechtgläubige hat oft wenig Lebensunterhalt, während der Ruchlose und Ungläubige im Überfluß schwelgt. Was nützt dem Klügsten Geist? Alles dies hat der Allmächtige vorherbestimmt.«

Als er das Blatt vollgeschrieben hatte, überreichte er es der Königin, welche den Inhalt las und zum tiefsten Mitgefühle bewegt ward. Sie wandte sich zu Bahram und sagte: »Verkaufe mir diesen Sklaven.« »Ich kann ihn nicht verkaufen«, entgegnete dieser; »denn er ist der einzige den ich noch besitze.« »Du mußt ihn mir aber verkaufen«, sprach sie, »oder mir ihn schenken.« Bahram aber sagte: »Ich kann ihn weder verschenken, noch verkaufen.« Hierüber ward die Königin Murdjane sehr aufgebracht, schrie Bahram an, ergriff Asad beim Arme, und ging mit ihm auf die Zitadelle. Bahram aber ließ sie durch einen Boten sagen: »Verlasse sogleich unsere Stadt, oder ich nehme alles, was du besitzt, und lasse dein Schiff zertrümmern.« Als ihm diese Botschaft zukam, ward er sehr betrübt und sagte: »Das ist keine glückliche Reise.« Er machte dann seine Vorbereitungen bis Nacht und sprach zu seinen Leuten: »Packt eure Effekten zusammen und füllt eure Schläuche, denn bei Anbruch der Nacht wollen wir absegeln.« Soviel, was diese angeht. Die Königin Murdjane aber ging mit Asad ins Schloß und ließ die Fenster öffnen, die aufs Meer gingen; dann befahl sie ihren Sklavinnen, das Essen zu bereiten, und hieß Asad neben sich sitzen. Dann ließ sie Wein auftragen und trank mit ihm und Gott flößte ihr immer mehr Liebe zu ihm ein. Sie sprach ihm so viel zu, bis er mehr getrunken hatte, als er ertragen konnte. Nachdem die Tafel aufgehoben war, wollte Asad sich ein wenig in der frischen Luft erquicken. Er ging zum Saal hinaus und kam in eine Halle, und als er dort eine offene Türe fand, ging er hinein und kam in einen großen Garten, in dem Bäume mit den verschiedenartigsten Früchten standen. Er setzte sich unter einen Baum, ruhte eine Weile aus, stand wieder auf und wandelte im Garten umher. So kam er an den Springbrunnen, der mitten im Garten war, und wusch darin seine Hände und sein Gesicht. Eben wollte er wieder weggehen, da erhob sich eine so angenehme frische Luft, daß er sich wieder auf den Rasen niederlegte

und nach einer Weile einschlief. So brach die Nacht an und Bahram rief seinen Leuten zu: »Machet euch fertig, daß wir absegeln!« Sie erwiderten: »Wir wollen nur noch unsere Schläuche füllen.« Sie gingen dann um die Zitadelle herum und überstiegen die Gartenmauer. Dann gingen sie einem Wassergraben nach, bis sie an den Springbrunnen kamen, wo sie Asad im tiefsten Schlafe, gleich einem Toten, liegen fanden. Sie erkannten ihn sogleich und füllten die Schläuche und schleppten Asad mit sich fort, stiegen mit ihm über die Mauer, und brachten ihn Bahram in aller Eile und schrien: »Kapitän, dein Tamburin schlägt und deine Flöte bläst (d.h. du hast viel Glück). Hier ist dein Gefangener, den die Königin Murdjane dir entrissen hat«, und warfen ihn vor ihn hin. Da hüpfte ihm das Herz in die Brust, und er kam fast von Sinnen vor Freude, und er ließ alle Segel aufspannen und steuerte wieder dem Feuerberge zu.

Die Königin war indessen, als sie eine Weile vergebens die Rückkehr Asads erwartet hatte, aufgestanden, um nach ihm zu sehen und als sie keine Spur von ihm fand, fing sie an, unruhig zu werden. Sie befahl ihren Frauen, ihn mit Lichtern zu suchen. Dann machte sie sich selbst auf, und da sie die Türe des Gartens offen stehen sah, trat sie hinein. Als sie an dem Springbrunnen vorüberging, sah sie einen Pantoffel liegen. Von Asad fanden sie aber keine Spur, obgleich sie die ganze Nacht ihn aufsuchten. Sie fragte nach dem Schiffe Bahrams und erfuhr, daß er im ersten Dritteil der Nacht wieder abgesegelt und sie zweifelte nicht mehr daran, daß er Asad wieder mitgenommen. Dies tat ihr wehe und brachte sie sehr auf. Sie ließ alsbald zehn große Schiffe segelfertig machen und schiffte sich selbst mit ihren bewaffneten Mamelucken und Sklavinnen ein, und sagte dem Kommandanten: »Wenn ihr das Schiff des Magiers einholet, so habt ihr ein schönes Ehrengeschenk und viel Geld zu erwarten; holt ihrs aber nicht ein, so lass ich euch alle ohne Ausnahme hinrichten.« Die Schiffleute schrien nun einander Mut zu, und verfolgten das Schiff des Magiers den ganzen Tag, die Nacht und den zweiten ganzen Tag, ohne es zu erblicken. Am dritten Morgen aber sahen sie das Schiff in weiter Ferne, und so gut segelten die Schiffe der Königin, daß sie noch vor Mittag Bahrams Schiff umringt hatten. Bahram hatte eben Asad aufs Verdeck bringen lassen, und ihn so derb geschlagen, daß er vor Schmerzen um Hilfe schrie. Als aber die Schiffe herankamen und das Fahrzeug Bahrams umzingelten, sah dieser seinen Tod vor Augen. Er schrie Asad an: »Wehe dir, du bist schuld an allem meinem Unglück!« Mit diesen Worten faßte er ihn an der Hand und befahl seinen Leuten, ihn ins Meer zu stürzen. Asad aber tauchte unter, kam wieder in die Höhe und arbeitete mit Händen und Füßen, bis eine Welle ihn ans Land trieb, denn der erhabene Gott hatte beschlossen, ihn zu retten. Er stieg ans Land und konnte kaum an seine Rettung glauben. Dann zog er seine Kleider aus, drückte und breitete sie auf einem Felsen aus, setzte sich nackt hin und weinte über die vielen Unglücksfälle, die ihm zugestoßen. Er brachte zehn Tage in einem öden Lande zu und aß von den Kräutern der Erde und trank vom Wasser der Bäche. Endlich kam er an eine Stadt, die er für die Stadt der Magier erkannte, in welcher sein Bruder Amdjad Vezier war. Er freute sich sehr darüber; aber die Nacht überfiel ihn, und die Tore der Stadt waren schon geschlossen. Das Schicksal wollte es, daß Asad wieder umkehren mußte; er ging nach den Gräbern, um dort zu schlafen, fand ein Grabmal ohne Türe, ging hinein und schlief dort bis Mitternacht. Dies geschah mit Asad; was aber Bahram angeht, so fragte ihn die Königin Murdjane, als ihr Schiff das seinige eingeholt hatte, nach Asad, und er schwor ihr, daß er sich nicht bei ihm befinde, auch gar nichts von ihm wisse. Murdjane ließ nun das Schiff durchsuchen, aber man fand ihn nicht. Sie ließ ihn ergreifen und wieder nach der Zitadelle bringen und wollte ihn, um Asad zu rächen, töten; er kaufte sich aber durch seine ganze Habe los, und er wurde mit seinen Sklaven freigelassen. Bahram und seine Leute wanderten zehn Tage, bis sie wieder nach Hause in die Stadt der Magier kamen. Weil das Tor schon geschlossen war, denn es war schon Nacht, sahen sie sich auch genötigt, auf dem Begräbnisplatz ein Grabmal aufzusuchen. Bahram sah auch das Grabmal, das keine Türe hatte, trat ein und fand einen schlafenden Mann, welcher laut schnarchte, und den Kopf auf der Brust liegen hatte. Bahram ging auf ihn zu, hob seinen Kopf in die Höhe und rief, ihn erkennend: »Ha! Ha! Du bist's, wegen dessen ich mein Schiff und all mein Gut verloren habe.« Ohne ein weiteres Wort band er ihn und verstopfte ihm den Mund. Als der Morgenstern sich zeigte, und die Tore der Stadt geöffnet wurden, ließ er ihn durch seine Sklaven in sein Haus tragen. Seine Tochter Bostane und seine Sklavin kamen ihm alsbald entgegen, und er erzählte ihnen, was er wegen dieses Gefangenen gelitten und verloren habe, und wie er ihn auf einem Grabmal wieder gefunden und nun hergebracht. Er befahl dann seiner

Tochter, ihn wieder in das unterirdische Gemach bringen zu lassen, und ihn zu schlagen und zu peinigen, noch ein Jahr lang, bis zum nächsten, wo er bei dem Besuche des Feuerberges geopfert werden solle. Man trug Asad hinunter, und als er erwachte, fand er sich wieder an demselben Orte, wo er früher gewesen war. Bostane ging auf ihn zu, entkleidete ihn, und schlug ihn. Sein Jammern und seine Tränen machten aber solchen Eindruck auf Bostane, daß sie sich des Mitleids nicht länger erwehren konnte. Ihr Herz wurde erweicht und sie fragte ihn: »Wie heißest du?« Er sagte: »Fragst du mich nach meinem frühem oder nach meinem jetzigen Namen?« Sie versetze: »Hast du denn zwei Namen?« »Ja«, antwortete er, »einst hieß ich Asad, und jetzt heiße ich Akasch, der Gefallene.« Tränen rollten über seine Wangen. Bostane weinte mit ihm und sagte: »Bei Gott! Mein Herz hat Erbarmen mit dir. Halte mich nicht länger für eine Ungläubige, meine Erzieherin hat mich heimlich, ohne Wissen meines Vaters, zum Islamismus bekehrt. Zwar muß ich meinen Glauben noch verbergen, ich bete aber zu Gott, daß er mir alle die schweren Mißhandlungen, die ich dir zugefügt habe, vergebe. So Gott will, werde ich ein Mittel finden, dich aus deinem Gefängnisse zu retten.«

Diese Rede Bostanens gereichte dem Prinzen Asad zu nicht geringem Troste und er dankte dem allmächtigen Gott. Bostane verließ ihn dann und holte einen Becher Wein und gab ihm zu trinken und kochte ihm eine Hühnersuppe und stellte sie ihm vor. So kam sie jeden Tag zu dem Prinzen Asad und brachte ihm Wein, Suppen und Hühner und betete mit ihm.

Eines Tages stand Bostane an der Haustüre, als sie einen öffentlichen Ausrufer etwas verkündigen hörte, und siehe da! Sie erblickte hinter dem Ausrufer den Vezier Amdjad, von vielen Mamelucken umgeben. Der Ausrufer verkündete folgende Bekanntmachung: »Ihr Bewohner dieser Häuser! Der Großvezier, der in eigener Person hier gegenwärtig ist, befiehlt, wenn jemand seinen Bruder, der so und so aussieht, bei sich hat, und ihm Anzeige davon macht, so erhalte er ein Ehrenkleid und viele Reichtümer, wer aber seinen Aufenthaltsort verheimlicht, dem wird, wenn es herauskommt, sein Haus geplündert, sein Harem geraubt und sein Blut preisgegeben, wer vorher droht, den trifft nachher keine Schuld, und wer warnt, handelt gerecht.« Als Bostane diese Worte hörte, eilte sie zu Asad und benachrichtigte ihn von dem, was sie gehört. Er erwiderte. »Das ist mein Bruder Amdjad.« Er stieg dann mit dem Mädchen hinauf, ging zur Türe hinaus und sah seinen Bruder Amdjad zu Pferd, und warf sich über ihn. Amdjad, der ihn auch wieder erkannte, drückte ihn an sich, ließ ihn dann ein Pferd besteigen und führte ihn, umgeben von einer Menge Mamelucken und Dienern, in den Palast, wo er ihn dem König vorstellte.

Als er dem König seine Erlebnisse erzählt hatte, befahl dieser, daß man Bahrams Haus ausplündere, ihn selbst aber vor den König bringe. Dieser Befehl wurde vollzogen, Bostane aber mit Ehrerbietung behandelt. Bahram wurde zum Tode verurteilt. Da rief er: »Mächtiger König, kann mich nichts vom Tode retten?« Der König erwiderte: »Es gibt keine Gnade für euch, wenn ihr euch nicht zu der muselmännischen Religion bekehrt.« Bahram neigte den Kopf zur Erde, hob ihn dann wieder in die Höhe und sprach das Glaubensbekenntnis aus und ward ein guter Muselmann. Als Bahram die Geschichte Amdjads und Asads erzählen hörte, ging er zu ihnen und sagte: »Ich will mir ein Schiff ausrüsten und euch zum König Kamr essaman, eurem Vater, zurückführen.« Am folgenden Morgen gingen die Prinzen zu dem König, um Abschied zu nehmen. Da erhob sich plötzlich in der ganzen Stadt ein großer Lärm; zu gleicher Zeit eilte ein Offizier herbei und rief: »Wisse, König der Zeit, es ist eine starke Armee mit entblößten Waffen vor die Stadt gedrungen, und niemand weiß, was sie beabsichtigt.« Amdjad sagte: »Ich will nachsehen, wer dieser Feind ist.« Er eilte fort. Bald erblickte er die Armee, die ihm sehr mächtig erschien. Als man Amdjad erblickte, den man für einen Gesandten hielt, führte man ihn vor den König. Als Amdjad vor ihm stand, erkannte er in ihm eine verschleierte Frau. Er beugte sich vor ihr zur Erde und sagte: »Königin! Was bedeutet dein Zug, ist er friedlich oder feindlich?« Die Prinzessin erwiderte: »Gesandter! Ich habe kein Verlangen nach eurer Stadt, der Grund meines Kommens ist mein Sklave, Namens Asad, der, wie ich gehört habe, sich hier aufhält, es soll euch gar nichts zuleid geschehen.« Sie erzählte dann ihre ganze Geschichte mit Asad, wie sie ihn Bahram entrissen hatte, und was sich von Anfang bis zu Ende ereignet hatte. Endlich sagte sie auch: »Ich bin die Königin Murdjane.« »Herrin!« versetzte hierauf der Prinz Amdjad, »die Freude ist nahe, denn ich bin der Bruder dieses Sklaven.« Er erzählte ihr dann seine ganze Geschichte und sie war sehr erstaunt darüber und freute sich, Asad wieder gefunden zu haben, und erteilte Befehl, ihre Zelte aufzuschlagen. Amdjad begab sich dann zum König und erstattete ihm Bericht von den Worten Murdjanes. Der König und Asad bestiegen Pferde, um die Königin zu begrüßen, da erhob sich auf einmal ein mächtiges Lärmen und ein Staub, der die ganze Luft erfüllte. Als er sich legte, erblickte man ein Heer, das sich wie ein Meer über das ganze Land ergoß; es umgab die Stadt, wie das Weiße das Schwarze vom Auge, und der König sagte zu Amdjad: »Was will diese zweite Armee? Das sind gewiß Feinde, die uns überfallen.«

Amdjad eilte fort, stieg zu Pferde, und nachdem er das Heer der Königin Murdjane unter Waffen gerufen, ritt er als Gesandter dem Heere entgegen, trat vor den König, warf sich mit dem Gesicht zu Boden, und fragte, warum er gekommen? Der König erwiderte: »Ich bin der König Ghejjur, Herr der Inseln und Meere. Ich wandere umher, meine Tochter Bedur zu suchen, die ich mit dem Prinzen Kamr essaman, Sohn des Schah Gema, Königs der Kanarieninsel, vermählt habe. Sie hat mich verlassen und ich habe nichts mehr von ihr gehört.« Als Amdjad diese Rede des Königs hörte, beugte er den Kopf gegen die Erde, und als er erkannte, daß er der Vater seiner Mutter, fiel er über ihn her und küßte ihm die Hand und sagte ihm: »Ich bin ein Sohn Kam essamans und der Königin Bedur.«

Als der König dies hörte, drückte er ihn ans Herz, und beide weinten. Amdjad erzählte ihm dann seine und seines Bruders Asad Geschichte von Anfang bis zu Ende. Als er geendet hatte, sprach der König von China: »Gelobt sei Gott für eure Rettung! Ich werde dich und deinen Bruder mit eurem Vater versöhnen.«

Amdjad eilte zu seinem Bruder und erzählte ihm, wie er seinen Großvater getroffen, und erstattete auch dem König von allem Bericht und der König erteilte die nötigen Befehle zur Bewirtung des Fürsten Ghejjur. Da erhob sich auf einmal wieder eine Staubwolke, die die ganze Luft verfinsterte. Der König sagte: »Dies ist gewiß ein segensreicher Tag; geht und seht, was diese frischen Truppen wollen.« Asad und Amdjad gingen hinaus, nachdem sie die zwei ersten Armeen gemustert hatten. Als sie die neuen Truppen sahen, erkannten sie dieselben sogleich für die der Ebenholzinseln, mit ihrem Vater, dem König Kamr essaman, an der Spitze. Sie warfen sich über ihren Vater und küßten ihm die Hände und er umarmte seine beiden Söhne, indem er viele Tränen vergoß, und entschuldigte sich bei ihnen über sein Verfahren gegen sie, und teilte ihnen mit, was er nach ihrer Trennung gelitten. Die Prinzen sagten ihm dann, daß der König von China, sein Schwiegervater, angekommen sei, um seine Tochter zu suchen. Kamr essaman machte sich mit einem kleinen Gefolge auf, ihn in seinem Lager zu besuchen und zu begrüßen. Asad und Amdjad ritten voran zu ihrem Großvater und meldeten ihm die Ankunft ihres Vaters. Er bestieg auch ein Pferd, sprengte ihm entgegen und schloß ihn fest in seine Arme. Kamr essaman erzählte ihm alles, von Anfang bis zum Ende. Während sie so beisammen waren, und der König vor freudigem Erstaunen sich kaum fassen konnte, sah man wieder eine Staubwolke, größer noch, als alle vorhergehenden; sie kam von der Seite Persiens her. Der König sprach: »Das ist ein wundervoller Tag; gehet und seht, was es gibt!« Asad und Amdjad ritten durch die drei Armeen und erkannten persische Truppen. Sie ließen sich vor dem König führen, grüßten ihn und fragten nach der Ursache seiner Ankunft. Der Vezier sprach: »Der König, vor dem ihr steht, ist Schah Geman, der König der Kanarieninseln. Er hat seinen Sohn Kamr essaman verloren und sucht ihn nun in allen Ländern.«

Die Prinzen kehrten zu Kamr essaman zurück, um ihm zu melden, wer angekommen. Als Kamr essaman dies hörte, stieß er einen lauten Schrei aus und fiel in Ohnmacht. Als er wieder zu sich kam, weinte er sehr heftig, bestieg sogleich ein Pferd und eilte zu seinem Vater. Als er ihn erblickte, stieg er ab und küßte ihm die Hand. Nach gegenseitiger Begrüßung erzählten sie einander, was sie durch die Trennung erlitten und Schah Geman sagte: »Gelobt sei Gott, der ein so gutes Ende herbeigeführt. Alles, was geschehen, war vom erhabenen Gott beschlossen.«

Die drei Könige und die Königin Murdjane blieben drei Tage am Hofe des Königs der Magier, der große Mahlzeiten und Festlichkeiten veranstaltete. In diesen drei Tagen wurde auch die Hochzeit Asads mit der Königin Murdjane und die Amdjads mit Bostane gefeiert. Jener ward Sultan der Ebenholzinseln und dieser Sultan des Landes der Magier. Die Magier wurden aufgefordert, sich zum Islamismus zu bekehren, wer ihn annahm, ward geschont, wer sich weigerte, verlor das Leben. Dann bereitete sich Kamr essaman zur Abreise mit seinem Vater Schah Geman vor und nahm Abschied von seinen Kindern; der König Ghejjur aber verließ sie mit seiner Tochter Bedur. Kamr essaman, dessen Vater und der König Ghejjur wurden bei ungetrübter Heiterkeit alt, und besuchten einander von Zeit zu Zeit, bis sie der Zerstörer aller Freuden und der Trenner aller Vereinigungen, der Tod, überfiel. Sie starben als gute Muselmänner. Gelobt sei Gott, der Herr aller Welten!

Die Sultanin Schehersad fuhr fort, den Sultan mit ihren schönen Geschichten zu unterhalten und begann nun die

Geschichte vom Zauberpferde

Herr! Man erzählt: Es herrschte einmal vor undenklichen Zeiten ein König in Persien, Namens Sabur, der war der größte und mächtigste unter allen Herrschern seiner Zeit und besaß unermeßliche Länder und Reichtümer, die von einer zahllosen Armee verteidigt wurden. Er war aber ebenso berühmt wegen seiner schönen Tugenden, als wegen seiner furchtbaren Macht und Größe, denn er war nicht allein ein Mann von ausgebreiteten Kenntnissen, gewandt und voll Unternehmungsgeist, sondern sein Herz war auch ebenso weich und teilnahmsvoll, als sein Verstand scharf und durchdringend; seine Hand war ebenso mildtätig und freigebig gegen die Armen, als für den Bösen furchtbar und strafend. Er war ein Trost für den Unglücklichen und Beladenen, und der Verstoßene und Verfolgte fand stets eine Freistätte bei ihm. Seine Verwandten liebte er zärtlich, gegen die Fremden war er milde, und nie wurde ein Fall bekannt, daß ein Unterdrückter ihn vergebens um Recht gegen die Gewalt angefleht hätte. Er war Vater von drei Mädchen und einem Sohne. Dieser König feierte jährlich zwei Feste, Niradj und Mihrdjan. An diesem Festtage pflegte er alle seine Paläste zu öffnen, Geschenke zu machen, Amnestien zu veröffentlichen, Pförtner und andre Aufseher zu entfernen, so daß alle seine Untertanen freien Zutritt zu ihm hatten, um ihn zu begrüßen, zu beglückwünschen und Geschenke darzubringen. Dieser König war ein großer Liebhaber von Philosophie und Geometrie. Nun traf es sich an einem dieser Festtage, daß drei äußerst gelehrte und erstaunlich weise Männer mit kostbaren bewunderungswerten Geschenken in seine Stadt kamen. Sie waren alle drei aus verschiedenen Ländern und sprachen auch verschiedene Sprachen. Der eine war ein Inder, der andere ein Grieche und der dritte ein Perser. Der Inder ging zuerst zum König, warf sich vor ihm nieder und übergab ihm, indem er zum Feste Glück wünschte, ein höchst bewunderungswürdiges Geschenk. Es war eine mit kostbaren Edelsteinen verzierte goldene Bildsäule, die ein goldenes Horn in der Hand hielt. Nachdem der König dasselbe von allen Seiten genau betrachtet hatte, sagte er zu dem Inder: »Weiser Mann, zu welchem Zweck soll dies dienen?« »Herr«, erwiderte der Inder, »dies Bildnis hat die Eigenschaft, daß, wenn ein Spion in die Stadt kommt, es sogleich in das goldene Horn stößt. Der Spion wird sogleich zu zittern anfangen und tot niederfallen.« Der König, im höchsten Grade überrascht von den Worten des Indiers, sagte zu ihm: »O Weiser! Bei Gott! Wenn du wahr sprichst, so werde ich all deine Wünsche erfüllen.« Hierauf trat der griechische Weise vor, warf sich dem König zu Füßen und überreichte ihm ein silbernes Becken, in dessen Mitte ein goldener Pfau saß, rund herum umgeben von 24 Jungen. Nachdem der König es betrachtet hatte, fragte er den Weisen, was der Zweck dieses Werkes sei. »Herr!« erwiderte der Grieche, »dieser Pfau hier wird nach Verfluß jeder Stunde eines seiner Jungen picken und so die Tageszeit anzeigen. Nach einem Monat aber wird er jedesmal den Schnabel öffnen, und darinnen wird der Mond erscheinen.« Als der König das hörte, sagte er: »O Weiser, sprichst du wahr, so soll jeder deiner Wünsche erfüllt werden.« Sodann trat der persische Weise hervor, beugte sich zur Erde und überreichte dem König ein Pferd aus Ebenholz, mit Gold und Edelsteinen beschlagen, vollkommen ausgerüstet, mit prächtigem königlichem Sattel, Zaum und Steigbügeln, und dem nur die Sprache fehlte. Der König war sehr erstaunt beim Anblick dieses kunstreich gebildeten Pferdes und fragte, wozu dieses leblose Pferd diene. »Mein Gebieter!« antwortete der Weise, »dieses Pferd legt mit seinem Reiter in einem Tag eine Strecke von einem Jahre zurück, denn es fliegt durch die Luft.« Der König war im höchsten Grade erstaunt über das Zusammentreffen dieser drei Wunder an einem Tage und sagte zu dem Perser: »Bei dem erhabenen Gott, dem Schöpfer und Erhalter der Menschen durch Getränke und Nahrung, wenn du die Wahrheit gesprochen hast und deine Rede sich bewährt, so gewähre ich dir im voraus jede Bitte, die du an mich stellen magst.« Er bewirtete dann die Weisen drei Tage lang, um ihre Gaben zu prüfen. Jeder brachte sein Werk mit und machte den König mit dessen Bewegungen bekannt. Das Bildnis stieß alsbald ins Horn, der Pfau pickte die Jungen und der Weise schwang sich aufs Pferd, stieg in die Höhe und ließ sich wieder herunter. Der König geriet beinahe außer sich vor Freude und sagte zu den Weisen: »Ihr habt eure Versprechen erfüllt und die Wahrheit eurer Worte durch die Tat bewiesen; nun ist es an mir, auch mein Versprechen in Erfüllung gehen zu lassen. Fordere jeder von mir, was er will, er soll es auf der Stelle haben.« Die Weisen hatten aber schon von den drei Prinzessinnen gehört, sie sagten daher: »Wenn der König unser Herr, mit uns zufrieden ist, unsere Geschenke annimmt und uns erlaubt, etwas zu erbitten, so möchten wir, daß der König, der doch gewiß sein Wort nicht brechen wird, uns seine drei Töchter gebe und uns zu seinen Schwiegersöhnen annehme.« Der König sagte: »Ich werde eurer Bitte willfahren«, und er ließ sogleich beim Kadi die Ehekontrakte abfassen.

Die Prinzessinnen hatten aber hinter einem Vorhange dem Schauspiele zugesehen, und als die jüngste ihren künftigen Gemahl, den Perser, betrachtete, entdeckte sie, daß er ein 100-jähriger Greis war, mit einer Stirne voll Runzeln und Falten, mit borstigem Haupthaare, während die Haare der Augenbrauen und des Bartes ausgefallen waren. Seine Augen waren rot und triefend, und seine Wangen so abscheulich gelb und eingefallen, daß man jeden Knochen seines Gesichts sehen konnte. Er hatte eine Nase wie Bedindjan*; seine paar Zähne waren teils ausgefallen, teils locker; seine Lippen blau und lappig, wie Kamelnieren, und seine ganze Haut eingeschrumpft und lederfarben. In der Tat, er war ein Wunder von Häßlichkeit und von einer ganz unbekannten Rasse; der abscheulichste unter allen Menschen, glich er ganz und gar einem Teufel, so daß selbst die Vögel vor

* Ein Gemüse in der Form von Gurken

ihm in ihr Nest flohen. Das Mädchen aber war das schönste und liebenswürdigste ihrer Zeit; niedlicher als eine Gazelle, zarter als ein Zephyr, übertraf sie den Mond an Glanz und milder Schönheit; sie beschämte alle Baumzweige, wenn sie sich sanft wiegte, und keine Gazelle kam ihr gleich in der Geschwindigkeit und Kühnheit der Wendungen. Sie war schöner und anmutiger als ihre Schwestern.

Als diese Prinzessin nun ihren Bräutigam sah, eilte sie in ihr Gemach, streute Erde auf ihr Haupt, zerriß ihre Kleider und fing an unter lautem Weinen und Wehklagen sich Gesicht und Brust zu zerschlagen. Ihr Bruder, der sie weit mehr als seine anderen Schwestern liebte, kam eben von der Reise zurück. Wie er nun ihr Geschrei und Weinen hörte, eilte er zu ihr hinein, schlug sich an die Brust und fragte sie, was ihr denn zugestoßen sei, sie solle ihm die Wahrheit sagen und nichts verhehlen. Sie brach in die Worte aus: »Mein teurer Bruder! Gewiß, wenn deinem Vater durch mich das Schloß zu eng geworden, will ich es gerne verlassen. Hat er an mir etwas seiner Tochter Unwürdiges gesehen, will ich mich von ihm entfernen oder will er nicht länger mehr für mich sorgen, so gibt es für mich ja einen Gott, der mich führen und nicht verlassen wird.« Ihr Bruder, der den Sinn dieser Reden nicht recht begreifen konnte, bat sie, ihm das alles deutlicher zu sagen, denn noch wisse er den Grund nicht, warum sie so bewegt und betrübt sei. Sie antwortete: »Wisse, teurer Bruder! Mein Vater hat mich mit einem Zauberer verlobt, der ihm ein schwarzes hölzernes Pferd geschenkt und ihn mit seiner Zauberkunst überlistet hat. Ich aber mag diesen Alten nicht, ich will nicht seinetwillen auf die Welt gekommen sein.« Ihr Bruder sprach ihr Trost und Mut ein, verließ sie dann und eilte zu seinem Vater, den er fragte: »Wer ist der Zauberer, mit welchem du meine jüngste Schwester verlobt hast, und was hat er dir für ein Geschenk gemacht, daß du seinetwillen deine Tochter vor Gram sterben lassen willst? Das soll nicht sein!« Der Weise, der diese Rede mit anhörte, ergrimmte in seinem Herzen über den Prinzen. Der König aber sprach zu seinem Sohne: »Wenn du das Pferd und seine Kunst gesehen haben wirst, so wirst du vor Erstaunen fast den Verstand verlieren. Er befahl dann den Dienern, es herbeizuführen, und als der Prinz es sah, gefiel es ihm, und da er ein guter Reiter war, schwang er sich sogleich in den Sattel und stieß ihm die Steigbügel in den Leib*. Als sich aber das Pferd nicht von der Stelle bewegte, sprach der König zu dem Weisen: »Geh und zeige ihm, wie man es in Bewegung setzt, dann wird er sich wohl deinem Wunsche nicht mehr widersetzen.« Der Weise, der schon einen tödlichen Haß auf den Prinzen geworfen hatte, ging zu ihm hin, und zeigte ihm einen Wirbel an der rechten Seite des Pferdes, welcher dazu diente, das Pferd steigen zu machen, und verließ ihn. Der Prinz rieb den Wirbel und nun stieg das Pferd mit ihm in die Höhe und flog mit so reißender Schnelligkeit dahin, daß er bald gar nicht mehr gesehen wurde. Der König ward besorgt um seinen Sohn und fragte den Weisen: »Wie kann er nun aber das Pferd wieder zur Erde lenken?« »Herr«, versetzte der Weise, »diese Kunst besitze ich nicht, auch ist's seine und nicht meine Schuld, wenn du ihn bis zum Auferstehungstag

* Bekanntlich dienen im Orient die spitzigen Steigbügel als Sporen.

nicht mehr wieder siehst. Aus Dünkel und Hochmut verschmähte er, mich zu fragen, auf welche Weise das Pferd dahin gebracht wird, wieder niederwärts zu fliegen, und ich selbst dachte im Augenblick nicht daran, es ihm zu sagen.« Der König geriet über diese Worte in so heftigen Zorn, daß er den Weisen schlagen und einsperren ließ. Er selbst riß die Krone von seinem Haupte, schlug sich ins Gesicht und auf die Brust, jammerte und weinte. Die Tore des Palastes wurden geschlossen und alle Festlichkeiten eingestellt; nicht allein der König, seine Gemahlin und Töchter waren von diesem großen Unglück so schmerzlich berührt, sondern auch alle Stadtbewohner teilten ihren Kummer über den Verlust des Prinzen. So war auf einmal Lust in Trauer, und Glück in Unglück verwandelt, und aus einem Freudentage ein Trauertag geworden.

Der Prinz ward indessen von dem Pferde bis in die Nähe der Sonne emporgetragen, er war dem Tode nahe und war darauf gefaßt, zwischen den Himmelskörpern umzukommen. Da dachte er: »Wenn ich doch sterben muß, so will ich wenigstens sehen, ob der, welcher den Wirbel zum Aufsteigen gemacht, nicht auch einen gemacht hat, durch welchen das Pferd dazu gebracht wird, daß es sich wieder herablasse.« Der Prinz war nämlich ein kluger, scharfsinniger und entschlossener Mann. Er streckte daher seine Hand nach der linken Seite des Pferdes aus und fand einen zweiten Wirbel, den er sogleich rieb. Augenblicklich bemerkte er auch, daß das Pferd sich niedersenkte. Und als er wieder rieb, erblickte er bald die Erde und so näherte er sich der Erdoberfläche immer mehr und er war außer sich vor Freude und dankte Gott für seine Rettung. Dann rieb er wieder den rechten Wirbel ein wenig und flog in geringer Höhe weiter. Als es Abend war, erblickte er ein hohes Schloß, mitten in einer blühenden Ebene, durch die murmelnde silberklare Bäche flossen, wo herrliche Blumen standen und muntere Gazellen umhersprangen. Gleich darauf sah er eine große Stadt, mit einer festen Zitadelle, Türmen und hohen Mauern, und auf der anderen Seite der Stadt war ein sehr hohes und festes Schloß, um welches er 40 bepanzerte Sklaven mit Schwertern Bogen und Lanzen bewaffnet, umhergehen sah. Er dachte bei sich selbst: »O wüßte ich doch nur, in welchem Lande ich mich befinde.« Nach einigem Nachdenken aber entschloß er sich, die Nacht auf der Terrasse des Schlosses zuzubringen und sich nach und nach mit den Bewohnern desselben zu befreunden. Sogleich bemühte er sich nun, das Pferd nach dem Schlosse hinzulenken und es auf die Terrasse niederzulassen. Die Nacht war schon hereingebrochen, als ihm dies gelang und er, äußerst hungrig und durstig, abstieg. Er untersuchte die Terrasse von allen Seiten, bis er endlich eine Treppe fand, die in das Innere des Schlosses hinabführte. Er stieg die Treppe hinunter, und kam auf einen Platz vor der Türe des Schlosses, dessen Boden mit weißem Marmor gepflastert, vom Monde beleuchtet war; hier sah er sich überall um und bemerkte ein Licht, das aus dem Inneren des Schlosses schimmerte. Als er darauf zuging, kam er an eine Türe, vor welcher ein Sklave schlief, gleich einem von Solimans Geistern, lang wie ein Baum, und breit wie eine steinerne Bank. Zu seiner Seite brannte ein Licht und lag ein Schwert, das wie eine Feuerflamme funkelte; nebenan aber stand ein Tischchen mit steinernen Pfeilern. Der Prinz zauderte einige Augenblicke, bald aber faßte er sich und sprach: »Ich rufe Gott um Hilfe an! Du, o Gott, der du mich soeben vom Untergang befreit hast, gib mir nun auch die Kraft, mir über dieses Schloß Auskunft zu verschaffen.« Mit diesen Worten streckte er die Hand nach dem Tischchen aus, ergriff es und ging damit auf die Seite, hob die Decke weg und fand herrliche Speisen, und aß und trank, bis er satt war. Dann ruhte er ein wenig aus, trug das Tischchen wieder an seinen vorigen Platz, nahte sich auf den Zehen dem Schlafenden und zog ihm das Schwert aus der Scheide. Damit ging er vorwärts, ohne zu wissen, was die Bestimmung über ihn verhängen werde; bald erblickte er wieder eine Türe, welche mit einem Vorhang bedeckt war. Er ging darauf zu, hob den Vorhang auf und trat in das Zimmer, wo ein Thron aus weißem Elfenbein stand, mit Perlen, Rubinen und anderen Edelsteinen besetzt, und an dem Fuße desselben lagen vier schlafende Sklavinnen; er näherte sich dem Throne, um zu sehen, wer auf ihm liege, und fand ein schlafendes Mädchen, schön wie der leuchtende Mond, von ihren langen Haaren umwallt. Er bewunderte ihre Schönheit und Anmut, ihren Wuchs und ihr Ebenmaß. Ihre Stirne leuchtete wie der Mond, ihre Wangen, von einem zarten Male angehaucht, glichen Anemonen. Als der Prinz sie sah, kümmerte er sich nicht mehr um Gefahr und Tod. Er nähert sich ihr zitternd und bebend und küßte sie auf ihre rechte Wange. Sie erwachte sogleich und öffnete ihre Augen und blicke den Prinzen an, der ihr zu Häupten stand und sagte zu ihm: »Wer bist du, Jüngling, und wo kommst du her?« Er antwortete: »Ich bin dein Sklave und dein Geliebter.« »Wer aber hat dich hierher gebracht?« sagte die Prinzessin weiter. »Mein Gott und mein Schicksal«, erwiderte der Prinz.

Die Prinzessin, welche ihr Vater mit einem der vornehmsten Männer der Stadt verlobt hatte, glaubte, der Prinz sei ihr Verlobter. Sie betrachtete ihn näher und da er schön wie der leuchtende Mond war, breitete sich über ihr Herz das

Netz der Liebe wie ein flammendes Feuer aus und sie begann sich mit ihm traulich zu unterhalten. Plötzlich erwachten die Sklavinnen und als sie den Prinzen neben ihrer Herrin sitzen sahen, riefen sie: »O Herrin! Wer ist denn der junge Mann, der bei dir ist?« »Ich weiß es nicht«, antwortete die Prinzessin, »ich habe ihn so bei mir gefunden, als ich erwachte. Ohne Zweifel ist es mein Verlobter.« Die Sklavinnen aber sagten: »O Herrin, beim erhabenen Gott! Dein Verlobter kann nicht einmal dieses Mannes Diener sein.« Und mit diesen Worten gingen sie zu dem noch immer schlafenden Sklaven, weckten ihn auf und riefen ihm zu: »So bewachst du das Schloß, daß Leute hereinkommen, während wir schlafen?« Als der Sklave dies hörte, sprang er erschrocken auf und wollte nach seinem Schwert greifen, da er es aber nimmer fand, ging er voll Angst und Betäubung zu seiner Herrin. Sowie er den Prinzen neben der Prinzessin sitzen sah, rief er ihm entgegen: »Wer hat dich hierher gebracht, du Betrüger! Du Dieb! Du niedrig Geborener!« Bei diesen Schimpfreden sprang der Prinz mit dem Schwerte in der Faust wie ein Löwe auf; aber der Sklave entfloh und eilte zitternd und bebend in die Gemächer des Königs und erzählte ihm, was vorgefallen. Der König erschrak, machte sich auf, ergriff sein Schwert und sagte zu dem Sklaven: »Wehe dir! Du Hund, was ist das für eine schlimme Nachricht?« »Herr«, erwiderte der Sklave, »der Schlaf hat uns überwältigt und als wir erwachten, sahen wir auf einmal einen Mann von vornehmem Aussehen und schöner Gestalt neben meiner Gebieterin sitzen; weder ich noch eine der Sklavinnen konnten begreifen, wie er hereingekommen, ob er von oben oder von unten gekommen ist.« Der König eilte selbst mit dem Schwerte in der Hand in die Gemächer der Prinzessin, um diesen Vorfall zu untersuchen. Als er in ihr Zimmer trat und den Prinzen neben seiner Tochter sitzen sah, geriet er In eine unglaubliche Wut; er zog sein Schwert, drang auf ihn ein und wollte ihm den Kopf spalten. Der Prinz aber hob sich von dem Throne, streckte ihm sein Schwert entgegen und sagte: »Beim erhabenen Gott! Wäre mir dies Haus nicht durch meinen Eintritt heilig, so würde ich dich denen, die in deiner Väter Gruft liegen, nachsenden.«

Der König sagte: »Wer bist du, Betrüger? Und wer ist dein Vater, daß du es wagen darfst, in solchem Tone mit mir zu reden und meine Tochter in ihrem Schlosse zu überfallen? Weißt du nicht, daß ich der größte König der Erde bin? Bei dem erhabenen Gott, ich will dich der Welt zum Beispiel und Schrecken den martervollsten Tod sterben lassen, du Dieb! Du niedrig Geborener!« Der Prinz lächelte und sagte: »Herr! Du setzt mich in Erstaunen durch deinen schwachen Verstand und dein grobes Benehmen! Könntest du dich auch meiner bemächtigen und mich umbringen lassen, was würde es dir nützen? Würden da die Leute nicht sagen, der König hat einen jungen Mann bei seiner Tochter gefunden und ihn töten lassen. So würde Spott und Schande über dich kommen, und kein Mensch mehr Ehrfurcht vor dir haben. Übrigens sind wir auch Könige und Söhne von Königen, und wenn wir wollten, wäre es uns ein leichtes, dich vom Throne ins Verderben zu stürzen! Doch Gott sei davor, daß je etwas Böses von mir bekannt werde. Kannst du übrigens deiner Tochter einen besseren Mann wünschen? Und wenn sie Prinzessin ist, so bin ich ein Sohn des Königs von Persien!« Der König

fragte ihn: »Warum aber bist du nicht, wie es Sitte ist, zu mir gekommen und hast um sie angehalten?« Der Prinz erwiderte: »Was geschehen ist, ist geschehen. Doch will ich dir einen Vorschlag machen. Laß von deinen Truppen versammeln, so viel du willst, und ich will ganz allein gegen sie kämpfen; werde ich besiegt, so geschieht es, weil ich eine Schuld begangen, schlage ich sie aber in die Flucht, so wird man mich wohl nicht mehr mit Geringschätzung behandeln. Menschen kann man nicht wie Korn abmähen und messen.« Der König war sehr zufrieden mit dem Vorschlag, der ihn aus der Verlegenheit riß, wie er den Prinzen töten lassen solle, ohne sich und seine Tochter in Schande zu bringen. »Es sei so!« sprach er, versammelte, sobald der Tag anbrach, seine Truppen und stellte sie in Schlachtordnung, und befahl, den Prinzen herbeizuführen und ihm ein Pferd und Waffen zu bringen. Der Prinz aber sagte: »Ich will mein eigenes Pferd besteigen; befehle nur, daß man es von der Terrasse, wo es angebunden ist, herabhole.« Als das Pferd herbeigeführt wurde, bewunderte der König die Schönheit und künstliche Arbeit desselben. Der Prinz bestieg es, und die Truppen umringten ihn von allen Seiten, um ihn zu erschlagen. Der Prinz drehte den Wirbel an der rechten Seite des Pferdes, und augenblicklich erhob es sich in die Luft wie ein Vogel. Der König rief immer: »Ergreift ihn.« Die Soldaten aber sagten: »O König, wen sollen wir ergreifen? Bei dem erhabenen Gotte! Der ist ein Teufel, ein abtrünniger Geist! Gelobt sei Gott, der dich von ihm befreit hat!« Der König und seine Truppen kehrten verwirrt und betäubt ins Schloß zurück. Der König ging in die

Gemächer der Prinzessin und erzählte ihr das Vorgefallene, dann schimpfte er über den Prinzen und sagte: »Gott verdamme diesen schlechten, betrügerischen Zauberer!« Der König glaubte nämlich, durch solche Reden seine Tochter trösten zu müssen und ahnte nicht, daß ihr Herz für den Prinzen in Liebe entbrannt war. Als er aber die Tränen sah, die ihren Augen entquollen, suchte er sie zu beruhigen und verließ sie. Die Prinzessin aber brach nun in lautes Weinen und Jammern aus und konnte weder essen noch trinken noch schlafen.

Der Prinz Kamr al Akmar, Mond der Monde, so hieß er, durchflog indessen die Luft, bis er in das Land seines Vaters kam. Er ließ sich auf der Terrasse seines väterlichen Schlosses nieder und stieg vom Pferde; wie er die Treppe in das Schloß hinunterging, fand er Asche auf die Pfosten des Schlosses gestreut, so daß er glauben mußte, es sei jemand von seinen Verwandten gestorben; er eilte in die inneren Gemächer nach seiner Gewohnheit, und hier fand er seinen Vater, seine Mutter und Schwestern in Trauerkleider gehüllt, mit bleichen, schmerzentstellten Gesichtern. Sein Vater sah ihn zuerst; er stieß einen lauten Schrei aus und fiel in Ohnmacht; und als er nach einer Weile wieder zu sich kam, drückte er seinen Sohn an seine Brust. Die Königin und die Prinzessinnen, welche dies vernahmen, stürzten auf ihn zu, umarmten und küßten ihn und fragten ihn unter Tränen, wie es ihm ergangen sei. Er erzählte ihnen alles, was ihm begegnet war, von Anfang an bis zum Ende. Als er seine Erzählung geschlossen hatte, sagte sein Vater: »Gelobt sei Gott, der Erhabene, für deine Rettung, du Freude meines Auges und Leben meines Herzens!« Die Nachricht durchflog schnell die Stadt und verbreitete überall Jubel und Freude; man schlug Trommeln und Pauken und verwechselte die Trauerkleider mit Freudenkleidern; die Stadt wurde festlich geschmückt, und die Leute drängten sich herbei, um dem König Glück zu wünschen. Dieser ordnete große Festlichkeiten an, erließ alle Strafen, ließ alle Gefangenen frei und gab sieben Tage und sieben Nächte lang Mahlzeiten, bei denen jedermann essen und trinken und sich ergötzen konnte. Dann ritt der König mit seinem Sohne durch die Straßen, damit alle Leute ihn sehen und sich seiner erfreuen konnten. Als die öffentlichen Festlichkeiten zu Ende waren, gingen die Stadtbewohner wieder nach Hause, der König aber begab sich mit seinem Sohne ins Schloß. Da sie nun so bei Tische saßen und aßen und tranken und sich belustigten, ergriff eine schöne Sklavin, die Meisterin im Lautenspiele war, die Laute, schlug die Saiten und sang folgende auf die Trennung bezügliche Verse:

»Glaube nicht, daß ich in der Ferne deiner vergesse; denn was könnte ich noch denken, wenn ich dich vergäße? Die Zeit vergeht, aber meine Liebe zu dir ist ewig. Mit ihr werde ich sterben, und mit ihr werde ich wieder auferstehen!«

Als der Prinz diese Verse hörte, ward sein Herz ganz entzündet von der Flamme der Sehnsucht; Schmerz und Trauer überwältigten seine Seele, und er verließ seinen Vater heimlich, bestieg das Pferd aus Ebenholz und flog auf ihm in einem fort, bis er das Schloß der Prinzessin erblickte. Er ließ sich wieder auf der Terrasse nieder und stieg dieselbe Treppe wie früher hinab, wo er auch den Sklaven, wie das erste Mal, schlafend fand; leise ging er an ihm vorbei auf den Vorhang zu, der die Türe des Schlafgemachs der Prinzessin bedeckte; er blieb ruhig hinter dem Vorhange stehen und lauschte. Diese fand er laut weinend und jammernd und Verse rezitierend. Die Mädchen wurden durch das laute Schluchzen und Weinen der Prinzessin aus dem Schlafe aufgeweckt und sagten zu ihr: »O Gebieterin, warum doch grämst du dich so über einen, der deinen Gram nicht mit dir teilt?« Die Prinzessin aber sagte: »O ihr unverständigen Mädchen, ist das ein Mann, den man wieder vergessen kann?« Und nun brach sie wieder von neuem in Jammern und Weinen aus, bis sie endlich einschlief. Der Prinz hörte und sah das alles von der Türe aus mit an, und sein Herz pochte so heftig, und seine Brust war beklommen. Er trat in das Zimmer und ging zu dem Throne, wo die Prinzessin lag und zog sie an der Hand. Die Prinzessin erwachte sogleich bei dieser Berührung, und wie sie die Augen aufschlug, sah sie den Prinzen vor ihr stehen. Der Prinz sagte zu ihr: »Warum weinst du und bist so traurig?« Als sie ihn erkannte, sprang sie auf, fiel ihm um den Hals, küßte ihn und sagte: »Deinetwegen, weil ich von dir getrennt bin.« Der Prinz sagte: »Laß das Geschehene, ich bin jetzt sehr hungrig und durstig.« Sie ließ sogleich Speisen und Getränke auftragen und unterhielt sich dann mit ihm bis tief in die Nacht hinein. Als der Morgen anbrach, stand er auf, um Abschied von ihr zu nehmen, ehe der Sklave erwachte. Schems ulnahar, so hieß sie, fragte ihn: »Wohin gehst du?« »Zu meinem Vater«, sagte er, »doch verspreche ich dir, jede Woche einmal zu dir zu kommen.« Sie aber sagte: »Ich beschwöre dich bei dem erhabenen Gott, nimm mich mit dir, wohin du auch gehen magst, und laß mich nicht ein zweites Mal die Bitterkeit der Trennung kosten.« Der Prinz sagte: »Willst du mit mir ziehen?« Und als sie mit einem Ja antwortete, sagte er: »So erhebe dich, daß wir abreisen.« Schems ulnahar eilte sogleich nach einer Kiste und zog die kostbarsten, mit Gold und Juwelen besetzten Gewänder an. Dann gingen sie leise, ohne daß die Mädchen etwas merkten, hinaus und kamen so auf die Terrasse und stiegen beide auf das Ebenholzpferd. Der Prinz rieb dann den Wirbel, worauf das Pferd wie ein Vogel durch die Lüfte flog, bis sie sich über der Hauptstadt des Königs von Persien befanden. Der Prinz ließ das Pferd in einem Garten außerhalb der Stadt langsam nieder, hob die Prinzessin herab und führte sie in ein Lusthaus und sagte: »Bleibe du einstweilen hier, ich will zu meinen Eltern gehen und sie von deiner Ankunft benachrichtigen. Die Veziere und die ganze Armee sollen dir entgegeneilen und mit Pracht und Glanz vor dir herziehen.« Hierauf eilte er zu seinem Vater und erzählte ihm sein ganzes Abenteuer. Der König und die Königin freuten sich sehr, und er gab sogleich Befehl, alles zusammenzurufen, und alle Leute strömten hinaus nach dem Garten.

Der persische Weise, den der König bei der ersten Rückkehr des Prinzen wieder in Freiheit gesetzt hatte, hielt sich gewöhnlich beim Gärtner auf und ging oft in dem Garten ein und aus. So traf es sich denn, daß er an dem Tage, wo der Prinz mit der Prinzessin ankam, sie sah und den Prinzen erkannte. Er näherte sich dem Lusthause und fand ein Mädchen, schöner als die leuchtende Sonne, und neben ihr stand das Pferd von Ebenholz. Da dachte er: »Bei dem erhabenen Gott, dieser junge Mann hat mein Herz in Flammen gesetzt wegen seiner Schwester, ich will ihm jetzt Gleiches mit Gleichem vergelten und dieses Mädchen mit seinem

Pferde zugleich entführen.« Er klopfte dann an die Türe des Gemaches, und als die Prinzessin fragte, wer da sei, antwortete er: »Dein Sklave und dein Diener. Dein Herr schickt mich zu dir und läßt dich bitten, mir zu folgen; ich soll dich auf dem Pferde der Stadt näher bringen, weil meine Herrin, die Königin, nicht so weit gehen kann und sich doch so sehr darauf freut, dich zu sehen und zu begrüßen, daß sie sich niemand zuvorkommen lassen will.« Die Prinzessin zweifelte nicht im mindesten an der Wahrheit dieser Botschaft und öffnete die Türe, wie sie aber seine häßliche Gestalt, seine abscheuliche Gesichtsfarbe und Züge sah, sagte sie: »Hat meine Herrin keinen feineren Diener als dich, um mich zu ihr zu bringen?« Der Perser antwortete: »Meines Herrn Sklaven sind alle einer schöner als der andere, aber aus Eifersucht wählte er mich aus den Sklaven, den du hier vor dir siehst, denn ich bin einer seiner ältesten Diener.« Die Prinzessin fand dies alles wahrscheinlich. Sie schwang sich aufs Pferd, und der Perser saß hinter ihr auf, rieb den Wirbel, so daß sich das Pferd in die Lüfte schwang und die Richtung nach China nahm.

Zu gleicher Zeit, wo der Weise die Prinzessin entführte, brach der Zug zu ihrem Empfang von dem Palaste auf. Unter dem Schall von Trommeln, Pauken und Trompeten zog der Prinz mit seinem Vater, seiner Mutter, den Vezieren an der Spitze der Truppen in den Garten ein. Der Prinz trat zuerst in das Lusthaus, um seine geliebte Prinzessin zu holen, als er aber das Gemach leer fand, warf er seinen Turban auf die Erde und schlug sich ins Gesicht und auf die Brust. Als er den Gärtner bemerkte, schrie er ihn an: »Du Betrüger, wo ist die Prinzessin, was hast du mit ihr begonnen? Sage mir die Wahrheit oder ich schlage dir den Kopf vom Rumpfe!« Der Gärtner, der in der größten Verlegenheit war, sagte: »Mein Herr! Du sprichst da von etwas, wovon ich gar nichts weiß. Bei meinem Leben und dem geehrten Barte deines Vaters! Ich weiß nicht, was du meinst und habe nichts gesehen von dem, weshalb du mich in Verdacht hast.« Er fragte dann den Gärtner, wer heute in den Garten gekommen sei. Dieser antwortete: »Niemand als der persische Weise.« Der Prinz wußte, als er dies hörte, daß der persische

Weise die Prinzessin entführt, er geriet ganz außer sich und schämte sich auch vor den Leuten. Nach einigem Nachdenken sagte er zu seinem Vater: »Gehe du mit den Truppen in die Stadt zurück, ich weiche nicht von hinnen, bis ich im klaren über diese Sache bin.« Sein Vater schlug sich weinend auf die Brust und sagte: »Mein Sohn! Fasse dich und tröste dein Herz, und wähle dir eine Prinzessin zur Gattin von allen Prinzessinnen der Erde.« Der Prinz aber antwortete nicht hierauf, sondern ließ ihn allein in die Stadt zurückkehren. Und so ward die Freude wieder in Trauer verwandelt.

Um aber wieder auf den persischen Weisen zurückzukommen, so lenkte dieser das Zauberpferd in China zur Erde und stieg mit der Prinzessin in einer grünen Ebene unter einem Baum an einer Quelle ab. Als sie sich hier niedergelassen hatten, fragte die Prinzessin: »Wo ist dein Herr, und wo ist sein Vater und seine Mutter?« Er antwortete: »Gott verdamme sie alle; jetzt bin ich dein Herr. Dies Pferd hier gehört mir, ich habe es gemacht. Glaube nur nicht, daß du den Prinzen je wiedersehen wirst, ich bin besser als er und werde jeden deiner Wünsche befriedigen und dich kleiden, wie du es verlangst; ich bin ein reicher Mann und besitze nicht nur viele Sklaven und Sklavinnen, sondern auch viele Güter, und mein Einkommen ist unermeßlich.« Er scherzte dann mit ihr und suchte sich bei ihr einzuschmeicheln, aber sie stieß ihn 500 Meilen weit von sich weg und fing an zu seufzen und zu weinen. Der Weise lag zu Boden und schlief ein. Möge Gott ihn nie wieder aufrichten! Durch die Bestimmung des erhabenen Gottes traf es sich nun, daß der König von China gerade in jener Gegend jagte, und da ihn große Hitze sehr durstig machte, suchte er diese Quelle unter dem Baume auf, um seinen Durst zu löschen und auszuruhen. Als er hier ein weinendes Mädchen sah mit einem Pferde an der Seite, während der Weise auf einer anderen Seite hingestreckt lag, bewunderte er ihre Schönheit und ward ganz entzückt von ihr. Als er sie eine Weile betrachtet hatte, stieß er den Weisen mit dem Fuße, bis er sich erhob, dann fragte er ihn, wer das Mädchen sei, das er mit sich führe. Er antwortete: »Sie ist meine Frau.« Die Prinzessin sprang bei diesen Worten auf, küßte die Steigbügel des Königs und sagte: »Er lügt, o Herr! Und ist ein listiger Zauberer, der mich durch List und Verrat gestohlen hat.« Der König von China sagte: »Gebt diesem Alten sogleich die Bastonnade und führt ihn gefesselt ins Gefängnis.« Die Diener des Königs vollstreckten diesen Befehl. Der König kehrte dann an ihrer Seite nach der Stadt zurück. Unterwegs fragte er sie, was denn das für ein Pferd sei. Die Prinzessin antwortete: »O Herr! Auf dem hölzernen Pferde ritt er vor den Leuten und machte allerlei Kunststücke darauf.« Wie der König das hörte, befahl er seinen Dienern, das Pferd in die Schatzkammer zu führen. Er gab die Jagd auf und sagte: »Wir sind ausgegangen, wilde Tiere zu jagen und haben dafür eine menschliche Gazelle gefangen.« Er war sehr heiter und vergnügt; als er in seinen Palast kam, ließ er der Prinzessin sein Gemach anweisen, und noch am selben Abend ging er zu ihr, um ihr seine Hand anzubieten. Die Prinzessin stellte sich aber wahnsinnig. Sie schlug die Hände zusammen, stampfte mit den Füßen und zerriß unter wilden Schreien ihre Kleider; der Sultan verließ höchst verwirrt und betrübt über diesen Krankheitsanfall ihr Gemach, stellte Frauen zu

ihrer Bedienung auf, und verschwendete viel Geld an Ärzte und Astrologen, die die Prinzessin von ihrer Verstandsverwirrung heilen sollten.

Während das mit der Prinzessin vorfiel, wanderte der Prinz von einem Land zum andern, und durchstreifte alle Städte, bis ihn das Allwissende und Allhörende wie durch einen Zufall nach China führte. Er kam in die Hauptstadt und als er die Bazare und öffentlichen Plätze besuchte, um zu hören, womit die Leute sich unterhalten, hörte er mehrere Leute auf dem Bazar von dem König und einem Mädchen sprechen, das man allgemein bedauerte. Er näherte sich den Leuten und ersuchte sie, ihm diese Begebenheit auch mitzuteilen. »Wisse«, sagte der eine von ihnen, »unser König ging vor einiger Zeit auf die Jagd, da sah er ein schönes Mädchen mit einem alten Manne und neben ihnen stand ein Pferd von schwarzem Holze. Als der König den Alten nach dem Mädchen fragte, sagte dieser: »Sie ist meine Frau.« Das Mädchen aber schrie: »Bewahre Gott, er lügt und ist ein Zauberer, der mich listigerweise aus meines Vaters Hause entfernt hat.« Der König ließ den Alten ins Gefängnis werfen; das hölzerne Pferd befahl er in seine Schatzkammer zu führen; das Mädchen aber nahm er mit sich ins Schloß und wollte sie heiraten. Da ward das Mädchen plötzlich verrückt und besessen. Seit einem Jahre wendet der König alles für Ärzte und Astrologen auf, aber noch hat sich keiner gefunden, der ihr hätte helfen können.« Als der Prinz diese Erzählung hörte, war er außer sich vor Freude und rief: »Gott sei gelobt und gepriesen! Es bringt dir jemand Neuigkeiten, die du nicht gesucht hast.« Der Prinz kleidete sich als Astrologe, machte sich weite herabhängende Ärmel, setzte einen großen Turban auf, färbte seine Augenbrauen und kämmte seinen Bart. Dann nahm er eine Schachtel mit einer Hand voll Sand und ein altes Buch von feinem Pergament unter den Arm; in die eine Hand nahm er einen Stock, in die andere einen Rosenkranz und ging, wie die Astrologen pflegen, die Perlen des Rosenkranzes abzählend, langsam einher und schrie: »Glück unserm Quartier und dem eurigen!« So kam er an das Tor des Palastes, wo er zu dem Pförtner sagte: »Ich möchte, daß du dem König sagest: Ein weiser Sterndeuter ist aus Persien gekommen, hat die Geschichte deiner Sklavin gehört und will sie heilen.« Der Pförtner eilte schnell ans Tor, führte den Prinzen zum König. Dieser benahm sich ganz wie ein echter Sterndeuter, sprach vieles Vernünftige und Verständliche, und murmelte eine Menge Worte unter einander her, die keiner der Anwesenden verstehen konnte, er grüßte dann den König und neigte den Kopf zur Erde. Der König sagte zu ihm: »O Weiser, ich habe ein Mädchen, das seit einem Jahre mit den Händen schlägt und mit den Füßen stampft, wenn du sie heilst, so gebe ich dir, was du begehrst.« Der Prinz sagte: »Laß mich zu ihr führen, daß ich die Ursache ihrer Krankheit erforsche und sehen kann, zu welcher Klasse von Geistern der gehört, der in ihr haust.« Der König befahl sogleich dem Oberstkämmerer, den verkleideten Prinzen in die Gemächer der Prinzessin zu führen, damit er ihren Zustand untersuche. Als der Prinz vor die Türe ihres Zimmers kam, hörte er, wie sie unter vielen Tränen Verse rezitierte. Sein Herz entbrannte um ihretwillen und er trat schnell in das Zimmer, in welchem sie mit geschlossenen Augen ganz entstellt von brennender Liebe lag und sagte: »Gott möge dich aus diesem Zustande retten, Schems ulnahar! Mit der Hilfe des Allmächtigen ist die Erlösung da! Ich bin Kamr al Akmar!« Als sie seine Stimme hörte und ihn erkannte, erhob sie sich, schlang ihre Arme um seinen Nacken und küßte ihn, dann fragte sie den Prinzen, wie er denn zu ihr habe kommen können. Er aber antwortete ihr: »Es ist jetzt keine Zeit zu langen Gesprächen, denn der Oberstkämmerer steht im Vorgemache, und noch weiß ich nicht, auf welche Weise ich dich befreien soll. Indessen will ich einen Versuch machen, ob es nicht durch List geschehen kann; ist das nicht möglich, so eile ich zu meinem Vater zurück und werde dann an der Spitze aller Truppen nach China kommen und Krieg mit ihm führen, Gott wird dann nach seinem Willen beschließen.« Er verließ sie dann, ging zu dem König zurück und sagte: »Herr! Ich will dir ein Wunder zeigen!« Der König erhob sich sogleich und ging mit Kamr al Akmar zu der Prinzessin. Diese fing sogleich an zu schreien und zu schäumen, stampfte mit den Füßen und schlug mit den Händen. Hierauf ging der Prinz auf sie zu, murmelte seine Beschwörungen her und schäumte und blies ihr ins Gesicht, biß sie ins Ohr und flüsterte ihr zu: »Stehe jetzt mit Würde auf, gehe zum König hin, küsse ihm die Hand und zeige dich ihm gefällig.« Als der verkleidete Prinz das Ohr der Prinzessin losließ, sank sie wie ohnmächtig nieder und blieb einige Augenblicke so liegen, dann stand sie auf wie eine vom Schlaf erwachte, und näherte sich dem König, küßte voll Ehrerbietung seine Hand und sagte: »Willkommen, mein Herr und König! Ich bin erstaunt darüber, daß du deine Sklavin heute besuchst.« Der König war außer sich vor Freude, als er diese Worte hörte, welche mit einer süßen Stimme gesprochen wurden. Er wendete sich dann zu dem Prinzen und sagte: »Wünsche dir etwas, ich gewähre dir deine Bitte im voraus.« Der Prinz entgeg-

nete: »Herr! Die Zeit der Wohltat ist noch nicht da, denn ich fürchte sehr, daß die Krankheit des Mädchens wieder ausbreche. Ich wünschte«, fuhr der Prinz fort, »daß sie von zehn Sklavinnen ins Bad getragen werde; sie darf aber nicht mit dem Fuß den Boden berühren. Dann laß ihr den kostbarsten Schmuck von Edelsteinen umhängen, damit ihr Herz seinen Kummer vergesse und ihr Gemüt sich erfreue. Ist das alles geschehen, so laß sie außerhalb der Stadt an den Ort bringen, wo du sie gefunden hast; denn dort ist der böse Geist in sie gefahren.« Als der König diese Worte des Prinzen hörte, sagte er ihm: »Gott grüße dich, o Künstler, o Philosoph, ich habe noch keinen so geschickten Arzt gefunden, wie mochtest du nur wissen, daß ich das Mädchen außerhalb der Stadt gefunden.« Er ließ sogleich die Befehle des Prinzen vollziehen und kleidete sie mit Schmuck, der eine ganze Schatzkammer wert war, dann trug man sie unter den Baum, wohin sich auch der König mit den Vezieren und seinen Truppen sowie mit dem Prinzen begab. Dieser murmelte Beschwörungen her, blickte bald gen Himmel, bald zur Erde, und ließ Räucherwerke bereiten. Nach einer Weile hob er den Kopf in die Höhe, trat zu dem König und sagte: »Herr! Mir ist klar geworden, daß der Teufel, der in dieses Mädchen gefahren, seinen eigentlichen Sitz im Leibe eines Tieres aus schwarzem Ebenholze hat. Wird nun dieses Tier nicht gefunden, daß ich dem bösen Geiste auflauern kann, so wird das Mädchen jeden Monat von ihm befallen werden.« Bei diesen Worten des Prinzen sagte der König: »Du bist ein göttlicher Mann und Meister aller Weisen und Philosophen! Du hast bei Gott recht, denn ich sah mit eigenen Augen, wie neben dem Mädchen und dem alten Räuber ein Pferd von schwarzem Ebenholze stand, das vielleicht das Tier ist, von dem du sprichst.« Der König gab sogleich die nötigen Befehle, und nach kurzer Zeit ward das Pferd herbeigeführt, Der Prinz untersuchte es aufs Genaueste, um sich zu überzeugen, daß es unbeschädigt sei, dann befahl er das Räucherwerk anzuzünden. Hierauf zog er eine Handvoll zerschnittenes Papier aus seinem Turban und sagte: »Sobald ich auf dem Pferde sitze, so setzet das Mädchen hinter mich und werfet dies Papier in die Flammen. Wenn dem Pferde dieser Geruch in die Nase kommt, wird es das Maul und die Nüstern aufsperren, um ihn einzusaugen, und dann wird der Teufel aus seinem Leibe fahren, sobald ich diesen Wirbel drehe.« Man befolgte genau seine Befehle und sobald das Mädchen hinter ihm saß, drehte er den Wirbel, und das Pferd erhob sich mit ihm und der Prinzessin wie ein Vogel. Der König rief seinen Leuten: »Haltet sie an! haltet sie an!« Als sie ihn aber davonfliegen sahen, sagten sie: »O Herr! Was ist da zu tun, das ist ein Teufel oder ein böser Geist!« Der König aber, der noch in die Luft starrte, als schon längst jede Spur von dem Pferde verschwunden war, schrie plötzlich laut auf und fiel in Ohnmacht. Als er wieder zu sich kam, sagte er: »Es gibt keine Macht und keinen Schutz, außer bei Gott, dem Erhabenen! Hat jemals einer einen Menschen fliegen sehen? Bei Gott, das ist höchst wunderbar!« Dann kehrte er mit seinen vor Erstaunen ganz erstarrten Vezieren und Truppen in die Stadt zurück, ließ den weisen Perser aus dem Gefängnisse holen und schrie ihn an: »Elender Betrüger! Warum hast du mir die wunderbare Eigenschaft dieses hölzernen Pferdes nicht gesagt, so daß es einem nichtswürdigen Landstreicher gelungen ist, mir dieses Mädchen zu entführen, das noch einen ganzen Schatz an ihrem Körper hängen hat?« Als der Weise diese Worte hörte, schrie und weinte er laut und schlug sich in das Gesicht und sagte: »O Herr! Wisse, ich habe dieses kunstreiche Pferd gemacht und es Sabur, dem König von Persien gebracht, der mir dafür die Hand seiner jüngsten Tochter versprach. Sein Sohn aber ist der Räuber des Mädchens und des Pferdes, und es sieht so und so aus.« Hierauf erzählte er ihm seine ganze Geschichte von Anfang bis zu Ende, und der König geriet darüber in solchen Grimm, daß er dem Bersten nahe war, und er betrauerte sein ganzes Leben hindurch den Verlust des Mädchens und des Pferdes. Der Prinz aber durchflog die Luft, bis er der Residenz seines Vaters nahe war, dann ließ er sich im Schlosse seines Vaters nieder; denn das Sprichwort sagt: »Durch häufiges Fallen lernt man gehen«, und wäre er gleich anfangs vorsichtig gewesen, so wären ihm alle diese Unglücksfälle nicht zugestoßen. Seine Eltern waren über seine Ankunft mit dem Mädchen und dem Pferde nicht wenig erfreut. Diese glückliche Nachricht durchflog schnell die ganze Stadt, und alle, die es hörten, lobten und dankten Gott dem Allmächtigen. Das ganze Volk, die Veziere und die Truppen versammelten sich, um dem König Glück zu wünschen. Auch dem großen König, dem Vater der Prinzessin, schickte man Boten mit Briefen und dieser sandte die herrlichsten Geschenke an seine Tochter und an seinen Schwiegersohn. Nun ließ der König die Stadt festlich schmücken; sieben Tage und sieben Nächte dauerten die Festlichkeiten, und eine Menge Geldes ward unter die Armen ausgeteilt. Das Zauberpferd ward in die Schatzkammer gestellt, und ihr ganzes Leben war nur eine fortlaufende Kette der süßesten Annehmlichkeiten, bis auch sie der Zerstörer aller Freuden und der Trenner aller Bündnisse, der Tod, überfiel.

Schehersad begann hierauf folgende Erzählung:

Geschichte Sindbads, des Seefahrers

Man behauptet, o glückseliger und verständiger König, daß unter der Regierung des Kalifen Harun Arraschid, Gott erbarme sich seiner, in Bagdad zwei Männer lebten: der eine hieß Sindbad der Seemann und der andere Sindbad der Lastträger. Sindbad der Lastträger war ein sehr armer Mann, der eine große Familie und einen kleinen Verdienst hatte; Sindbad der Seemann hingegen war ein äußerst angesehener und weiser Kaufmann, der einen so ausgebreiteten Handel trieb, daß er am Ende gar nicht mehr wußte, wo er das viele gewonnene Gold und Silber und die mancherlei Waren aufbewahren sollte. Er kaufte Sklaven und Sklavinnen und besaß einen Palast, der einem Sultan zur Wohnung hätte dienen können. Die Wände waren mit den reizendsten Malereien und Zierraten bedeckt, und glänzten von Gold und Edelsteinen; alle Zimmer wurden mit Ambra und mit Aloe vermischtem Rosenwasser besprengt, köstliche Räucherwerke vermengten sich mit dem Dufte der Blumen, welche in den ans Haus grenzenden Gärten wuchsen, die alles enthielten, was sich das Herz nur wünschen kann. Viele Sklaven waren zur Bedienung aufgestellt, und fortwährend erscholl Gesang und Musik von Cymbeln, Harfen und anderen Instrumenten. Während der Seemann dies alles besaß, war der andere ein armer Teufel, der um Lohn den Leuten ihre Lasten da und dorthin trug. Eines Tages nun kam ein Mann auf ihn zu und sagte: »Willst du mir diese Last da und dahin tragen?« Sindbad erklärte sich bereit dazu und nachdem ihm der Fremde den geringen Lohn gegeben und gesagt hatte, wo er den Pack hintragen soll, ging er fort. Sindbad lud sich die Bürde auf und verfolgte den ihm angegebenen Weg. Dieser führte an dem Haus Sindbad des Seefahrers vorüber, und da der Träger sehr ermüdet war, so legte er seinen Pack nieder, um ein wenig zu ruhen. Vor dem Hause war sauber gekehrt und bespritzt, der Ort war kühl und von Wohlgerüchen geschwängert, welche das Herz erquicken und die Müdigkeit verscheuchen.

Wie er nun so dasaß und den süßen Duft einatmete und sich abkühlte und ausruhte, hörte er aus dem Inneren des Hauses muntere Vogelstimmen von Tauben und Nachtigallen, Töne der Laute und Harfe, und entzückenden Gesang von Mädchen. Er sah in das Haus hinein und erblickte viele Diener und Sklaven und die feinsten Speisen und allerlei Gewürz, wie man es gewöhnlich nur bei Königen und Sultanen findet. Da hob er sein Auge zum Himmel empor und sagte: »O Schöpfer! O Erhalter! O allmächtiger Gott! Verzeihe mir meine Sünden, ich kehre von allen meinen Beirrungen zu dir zurück! O Herr! Niemand ist unter den Sterblichen, der etwas einwenden könnte gegen das, was du tust. Niemand darf sich fragen, warum du so handelst und nicht anders! Du weißt alle Geheimnisse und deine Macht kennt keine Grenze! Sei gelobt und gepriesen, o Herr! Wie groß und erhaben ist deine Herrschaft, du verteilst Armut und Reichtum, Glück und Unglück, wie es dir gefällt! Wie groß, o Herr! Wie erhaben ist deine Macht! Du hast diese Diener und diese Jungen und den Herrn dieses Ortes glücklich gemacht; sie leben Tag und Nacht in jeglicher Lust und Freude, dein Befehl wird an allen deinen Geschöpfen vollzogen, die einen führen ein ruhiges Leben, die andern, wie ich, ein mühevolles, von allen Freuden beraubtes.« Dann sprach er folgende Verse:

»Wie viele Qual ohne Ruhe! Während andere den Schatten des Glückes genießen. Ich lebe in täglichen Beschwerden und Sorgen, und übergroß ist meine Last. Andere sind selig ohne Leid, und nie gibt ihnen das Schicksal eine Last, wie mir, zu tragen. Sie sind immer vergnügt im Leben, haben Reichtum und Ansehen, Essen und Trinken. Und doch entstehen alle Geschöpfe aus einem Tropfen, und doch gleichen die anderen mir, und ich bin wie sie. Aber unser Leben und Schicksal ist sehr verschieden, ihre Bürde gleicht der meinigen nicht! Ich erfinde nichts, meine Worte gehen zu dir, o gerechter Richter, dein Spruch ist doch Gerechtigkeit!«

Kaum hatte Sindbad diese Verse geendigt, so sah er einen sehr hübschen, reichgekleideten Jungen von feinem, schönem Ansehen zur Türe herauskommen und auf sich zugehen. Der Junge ergriff ihn an der Hand und sagte: »Mein Gebieter, der Eigentümer dieses Hauses schickt mich zu dir, er will dich sprechen.« Der Träger sträubte sich anfangs einzutreten, doch fand er keinen Grund, sich zu weigern, so hob er denn seine Last auf, legte sie in die Vorhalle des Hauses zum Pförtner, und folgte dem Jungen ins Haus, das sehr geräumig und solid gebaut war, bis sie in einen großen Saal kamen. An seinen vier Seiten waren Erhöhungen mit kostbaren Divanen angebracht, in der Mitte sprang ein Springbrunnen, die

Fenster gingen auf einen schönen Garten, ein erfrischender Zephyr führte den Duft der Blumen, den Gesang der Vögel und das Murmeln der Bäche durch die Fenster zu den Ohren der ehrwürdigen Versammlung, welche in weitem Kreise um den Hausherrn herumsaß. Dieser nahm den Ehrenplatz auf einer Erhöhung ein und war ein ehrwürdiger Greis. Als der Lastträger eintrat, grüßte er und küßte die Erde vor den Gästen und dem Hausherrn und dachte, nur im Paradiese gibt es einen solchen Ort. Dann blieb er wie ein wohlgebildeter, anständiger Mann ruhig stehen. Alle erwiderten seinen Gruß und hießen ihn willkommen. Der Hausherr aber grüßte und empfing ihn noch besonders, lud in ein, sich neben ihm niederzulassen und fragte ihn, wie er heiße, wo er her sei und was für ein Geschäft er treibe? Der Lastträger antwortete ihm: »Wisse, mein Herr! Ich heiße Sindbad der Landmann oder Lastträger, denn meine Beschäftigung besteht darin, den Leuten um Lohn ihre Lasten zu tragen. Dies ist mein einziges Geschäft, das mich ernährt. Ich bin ein sehr armer Mann und weiß nichts anderes zu treiben, um mich vor dem Hungertod zu schützen.« Der Hausherr sagte zu ihm: »Sei nochmals willkommen, du Lastträger! Wisse, auch ich heiße Sindbad wie du, ich bin Sindbad der Seemann, und du Sindbad der Landmann. Ich heiße dich daher als meinen Bruder willkommen.« Er ließ ihm dann kostbare Speisen vorsetzen, und da er hungrig war, aß er, bis er satt war, worauf dann die Sklaven den Tisch wegtrugen. Der Hausherr hieß ihn dann nochmals willkommen und versicherte ihn, daß ihm seine Gesellschaft sehr angenehm sei. Dann fuhr er fort: »Ich möchte nun, daß du die Verse wiederholtest, welche ich dich vorhin sprechen hörte, da ich zufällig am Fenster stand:« Bei diesen Worten senkte Sindbad, der sich schämte, voll Verlegenheit das Haupt und sagte: »Bei Gott, Herr! Nimm mir diese Worte nicht übel! Die große Müdigkeit und die Qual der Armut führt oft den Menschen zu törichten und unanständigen Reden!« »Glaube ja nicht«, erwiderte der Hausherr, »daß ich dir darum zürne! Ich betrachte dich nun als meinen Bruder und du hast nichts von mir zu befürchten. Ich bitte dich daher, sage mir jene Verse noch einmal her.« Der Träger trug nun noch einmal die Verse vor, und sie gefielen dem Hausherrn ungemein. Nachdem er ihm seinen Beifall und Dank ausgedruckt hatte, sagte er zu ihm: »Wisse, o Bruder, man nennt mich Sindbad den Seemann, ich will dir alles erzählen, was mir widerfahren ist, ehe ich zu diesem Hause und zu einer solchen Gesellschaft gelangte, denn erst nach schweren Verlusten, großen Mühseligkeiten und unendlichen Qualen habe ich solchen Wohlstand erreicht. Was habe ich nicht in früherer Zeit leiden müssen! Ich habe sieben Reisen gemacht, und jede bildet eine wunderbare Erzählung, die mit Gold geschrieben werden sollte, um jedermann zum Beispiel zu dienen!« Hierauf begann er folgendermaßen: »Wisset, ihr geehrten Herren! Mein Vater, der ein sehr reicher Kaufmann war, starb, als ich noch ein kleiner Junge war, und hinterließ mir ein ungeheures Vermögen an liegenden Gütern, Geld und kostbaren Waren. Ich ließ mir wohl sein und verbrachte meine Zeit mit guten Speisen und Getränken und Gesellschaften, die ich meinen guten Freunden gab, und glaubte, das würde mir von Nutzen sein, oder ewig so fortgehen. Jahrelang hatte ich so gelebt, bis ich zur Vernunft zurückkehrte und aus meinem Leichtsinn erwachte, da fand ich mein Vermögen geschwunden und meine Lage verändert. Ich war ganz betäubt und zerknirscht, als all mein Geld dahin war und ich einsah, daß ich dem Schicksal nicht entfliehen könnte. Da fielen mir die Worte ein, die ich als Kind oft von meinem Vater als einen Spruch von dem Herrn Suleimann, Friede sei mit ihm, sagen hörte: »›Drei Dinge sind drei anderen vorzuziehen! Der Sterbetag dem Geburtstag, ein lebendiger Hund einem toten Löwen, und ein Grab dem festesten Palaste!‹« Dann ging ich mit mir zu Rate, was ich tun sollte. Nach einiger Überlegung verkaufte ich, was ich an Kleidungsstücken, Gerätschaften und liegenden Gütern noch besaß. Ungefähr 3000 Dirham war der Erlös davon; mich trieb es, nun zu reisen, fremde Länder und Städte zu sehen, und ich gedachte der Verse eines Dichters, welcher sagt:

»›Eine hohe Stufe wird nach dem Maße der Anstrengungen erreicht. Wer hoch steigen will, muß manche Nacht durchmachen. Wer Perlen wünscht, muß in die Tiefe des Meeres tauchen, dann erst kann er Ansehen und. Reichtum erwerben. Wer aber Hoheit und Ansehen wünscht, ohne mit Kraft danach zu streben, der verliert sein Leben in unerfüllbaren Wünschen.‹«

Erste Reise Sindbads

Ich machte mich also auf, erzählte Sindbad, und kaufte allerlei Waren ein. Da ich aber besondere Lust zu einer Seereise hatte, ließ ich alles auf ein Schiff laden, das nach Baßrah ging. Das Schiff war sehr groß und es waren viele Kaufleute darauf; wir reisten nun von einer Insel zur andern, von einem Meer ins andere, von einem Ufer ans andere. Überall, wo wir ankerten, verkauften oder vertauschten wir unsere Waren. So ging es lange gut fort auf dem Meer, bis wir an eine schöne Insel kamen mit Bäumen, auf welchen viele Vögel herumflogen und die Einheit Gottes verkündigten. Diese Insel war herrlich grün und schien ein Lustgarten des Paradieses zu sein. Der Kapitän des Schiffes rief seinen Leuten zu, die Segel einzuziehen und vor dieser Insel Anker zu werfen. Nun verließ alles das Schiff und lief auf die Insel; es wurden Fische bereitet, Herde aufgerichtet und Pfannen darüber gehängt und Feuer angezündet. Der eine wusch seine Kleider, der andere kochte, der dritte ging auf der Insel spazieren, um Gottes Schöpfung zu bewundern. Alle waren munter, aßen und tranken auf der Insel. Während wir so in der größten Freude waren, schrie auf einmal der Kapitän ganz laut vom Schiffe aus uns zu: »Wehe, ihr Reisenden! Kommt schnell auf das Schiff, laßt alle eure Gerätschaften im Stiche und rettet nur schnell euer Leben vor dem Untergange, denn die Insel, auf der ihr seid, ist nichts als ein großer Fisch, der nun zu wenig Wasser hat und nicht auf dem Lande leben kann. Auch hat der Wind den Sand von ihm weggeblasen, und da er jetzt das Feuer auf seinem Rücken spürt, fängt er an, sich zu bewegen und wird nun mit euch ins Meer tauchen; kommt daher schnell aufs Schiff und rettet euer Leben.« Aber noch ehe der Kapitän ausgeredet hatte, fing die Insel an sich zu bewegen und mitten ins stürmende Meer unterzutauchen, so daß alle, die darauf waren, untergingen. Auch ich sank in die schäumenden Wellen, aber Gott half mir durch ein großes Brett, auf dem die Reisenden gewaschen hatten. Mit leichtem Herzen bestieg ich es, und der Wind spielte mit mir mitten im Meere. Der Kapitän, der die Leute, die auf der Insel waren, untergehen sah, spannte die Segel auf und fuhr mit der Mannschaft, die bei ihm auf dem Schiffe geblieben, davon. Ich sah das Schiff von ferne, konnte es aber nicht mehr einholen. Der Tag war schon vorüber, die Nacht brach herein mit ihrer Dunkelheit, und das Schiff entschwand nun ganz meinen Blicken. So blieb ich auf dem Brett die ganze Nacht hindurch. Am anderen Morgen warf mich eine große Woge glücklicherweise auf eine Insel. Die Ufer aber waren so abschüssig, daß man nirgends hinaufsteigen konnte, und ich wäre angesichts derselben untergegangen, wenn nicht einer der Bäume, welche längs der Küste standen, seine Äste so weit erstreckt hätte, daß ich sie ergreifen konnte. Ich hing mich mit aller Kraft und Anstrengung daran fest, kletterte auf den Baum hinauf und von da herunter auf die Insel. Als ich meine Füße betrachtete, sah ich, daß die Fische das Innere meiner Zehen abgefressen hatten, ohne daß ich es vor vieler Anstrengung bemerkt hatte. Ich warf mich nun auf den

Boden nieder, denn ich war von meinen vielen Leiden bewußtlos wie ein Toter. So blieb ich vom ersten Nachmittag bis zum folgenden Morgen liegen, und erwachte erst, als die Sonne sich schon über die Erde verbreitet und die Insel beschienen hatte. Ich richtete mich auf und versuchte zu gehen, was mir aber bei dem Zustande meiner Füße, die in der Nacht noch angeschwollen waren, sehr schwer wurde; dessen ungeachtet schleppte ich mich weiter, blieb dann wieder stehen und dachte über meine Lage nach, dann machte ich einige Schritte auf den Fersen, aß von Früchten dieser Insel und trank aus den Bächen. Mitten in der Insel fand ich eine frische süße Wasserquelle, und blieb hier einen Tag und eine Nacht, und der Schlaf und die Ruhe, die ich hier fand, gaben mir meine Kräfte wieder und ich konnte mich leichter bewegen; ich ging unter den Bäumen spazieren und schnitt mir einen Stock, um mich darauf zu stützen. Auf einmal leuchtete etwas von der Seite des Meeres her wie ein hoher Hügel; ich ging darauf los, mich immer an den Ästen festhaltend, und erblickte ein Pferd, welches an einen Baum gebunden war. Als es mich sah, wieherte und tobte es so heftig, daß ich erschrak. Dann rief auf einmal eine männliche Stimme und sagte: »Wie kommst du hierher, und woher kommst du? Aus welchem Lande bist du?« Ich sagte: »Wisse, Fragender! Ich bin ein fremder Mann, der auf einem Schiffe Schiffbruch erlitt und sich auf diese Insel rettete; nun weiß ich nicht, wohin ich mich wenden soll.« Als der Fremde, ein kräftiger, starker Mann, mich angehört hatte, kam er zum Vorschein, ergriff meine Hand und stieg mit mir in eine Höhle hinab, in welcher sich ein schönes, großes Zimmer befand, das mit Teppichen bedeckt war. Er ließ mich an der obern Seite dieses Zimmers niedersetzen und brachte mir einige Speisen, von denen ich aß, bis ich ganz satt war. Mein Geist erholte sich und mein Schrecken ließ nach, Als er sah, daß ich meinen Hunger gestillt und ausgeruht hatte, erkundigte er sich nach meinem Zustand und nach meinen Abenteuern. Ich erzählte ihm meine ganze Geschichte von der frühesten Zeit bis jetzt. Er hörte mit vielem Erstaunen zu, und ich sagte zu ihm: »Nimm mir nicht übel, mein Herr, da ich dir nun alles, was mich betrifft, erzählt habe, willst du mich wohl auch über deine Lage aufklären und mir sagen, wer du bist und warum du hier so abgeschlossen lebst?« Da antwortete er: »Wisse, ich bin der Oberstallmeister des Königs Mihrdjan, und habe die Aufsicht über seine Stallknechte und andere Diener; wir erziehen ihm echte Rassepferde. Zu dieser Zeit nämlich bringen wir eine Stute von echter Rasse hierher, binden sie an den Ort, den du gesehen hast, und verbergen uns dann in dieser Höhle. Sobald es nun still ist, kommt ein Meerhengst und bespringt die angebundene Stute, welche er dann mit sich ins Meer nehmen will, weil sie aber angebunden ist und ihm nicht folgen kann, zu zerreißen sucht; sobald er aber mit dem Maul nach ihr greift, um sie umzubringen, stürzen wir bewaffnet aus der Höhle hervor, so daß er sich fürchtet, entflieht und ins Meer zurückkehrt. Die Stute trägt dann von diesem Hengste, und die Jungen werden so gute Pferde, wie man sie nur bei den Sultanen der Inseln und des Meeres trifft. Wir warten eben, daß der Hengst komme, und sind wir mit unserer Arbeit fertig, so gehen wir nach Haus und nehmen dich mit. Es ist ein Glück für dich, daß du uns hier getroffen hast; sonst

hättest du niemand gefunden, der dir einen Weg gezeigt hätte, und du wärest nie mehr in ein bewohntes Land gekommen, denn du bist weit davon entfernt. Du wärest hier in Trauer gestorben, und niemand hätte etwas von deinem Tode gewußt.« Während wir so sprachen, stieg ein Pferd aus den Meereswogen hervor wie ein reißender Löwe; es war höher und breiter als gewöhnliche Pferde und hatte stärkere Füße. Es ging auf die Stute los, belegte sie und wollte sie mitnehmen, da schrie es aber der Mann mit seinem Gefolge an, und sie stürzten mit Lanzen aus der Höhle hervor, so daß es entfloh und wie ein wütendes Kamel ins Meer zurückkehrte. Der Mann band darauf die Stute los und ließ sie eine Weile auf der Insel springen. Es kamen dann noch viele andere dazu, die auch mit Stuten auf der anderen Seite der Insel waren. Als nun alle versammelt waren, nahmen sie die Polster aus der Höhle und ließen, was noch von Lebensmitteln übrig war, zurück. Wir gingen dann immer fort, bis wir zur Stadt des Königs Mihrdjan kamen, der sich sehr freute, als er die Pferde ankommen sah. Man erzählte ihm mein Abenteuer und stellte mich ihm vor; er hieß mich willkommen, erkundigte sich nach meinem Wohle und ich erzählte ihm alles, was mich betraf. Der König war sehr erstaunt und sprach: »Bei Gott, du betrittst nun ein neues Leben; gelobt sei Gott, der dich gerettet hat!« Er schenkte mir Kleider, zog mich in seine Nähe und sein Großmut ging so weit, daß er mich zum Aufseher über die Küsten des Meeres machte. Lange genoß ich seine Freigebigkeit, wofür ich ihm seine Geschäfte besorgte, bei denen ich auch meinen eigenen Vorteil fand. Sooft Kaufleute oder andere Reisende uns besuchten, erkundigte ich mich nach Bagdad, denn ich hoffte immer, jemand zu finden, der dahin reisen würde; aber niemand war je dort gewesen, niemand wußte was von Bagdad. Mir ward nun bald unheimlich in der Fremde, nach einer so langen Entfernung vom Vaterlande und von meinen Leuten. Einst kam ich zum König und grüßte ihn, da fand ich indische Kaufleute bei ihm; wir grüßten uns gegenseitig, sie fragten mich nach meinem Lande und erzählten mir dafür von Indien und wie seine Einwohner in verschiedene Stämme eingeteilt wären. Unter diesen seien die Schakirijeh die vornehmsten, weil sie nie ein Unrecht begehen, noch jemand beneiden, denn das Völkchen der Brahmanen, das nie Wein trinkt, aber doch immer munter und heiter in Scherz und Freude lebt. In ihrem Lande gibt es Pferde, Kamele und Rindvieh. Sie sagten mir auch, daß die Indier sich in 42 Sekten teilen. In dem Lande des Königs Mihrdjan sah ich eine Insel, Kasel genannt, in der man Tag und Nacht Tamburin und andere Instrumente spielen hört; die Seeleute sagten mir, die Einwohner seien recht wackere und verständige Leute. Auch sah ich in jenem Meere zwei Fische, einen 200 Ellen lang, und einen andern, 100 Ellen lang, deren Kopf dem einer Nachteule glich. Überhaupt begegnete mir auf dieser Reise so viel Wunderbares, daß ich gar nicht alles beschreiben kann. Nachdem ich einige Zeit in diesem Königreiche zugebracht hatte, ging ich einst nach meiner Gewohnheit ans Meeresufer; da landete ein Schiff, sehr reich beladen. Ich blieb stehen, bis die ganze Ladung ausgeschifft war, um sie aufzunehmen. Da kam der Kapitän des Schiffes zu mir und sagte: »Herr! Wir haben noch Waren auf dem Schiff, deren Eigentümer wir auf einer Insel verloren haben, wir wissen nicht, ob er noch am Leben, oder ob er umgekommen ist!« Ich fragte ihn nach dessen Namen und er sagte: »Sein Name steht auf seiner Ladung, er heißt Sindbad der Seemann, und war von Bagdad aus auf unser Schiff gekommen.« Der Kapitän erzählte mir dann alles, was vorgefallen, »und«, setzte er hinzu, »wir haben ihn nicht mehr gesehen. Wir wollen daher seine Ladung verkaufen, ihren Wert aufnehmen und das Geld seiner Familie bringen.« Nun erhob ich meine Stimme und sagte dem Kapitän: »Ich bin Sindbad der Seemann, den du aus deinem Schiff auf jene Insel ausgeschifft, und dieser und jener war mit uns; als der Fisch sich zu bewegen anfing, riefst du den Reisenden zu, sich zu retten; einige stiegen schnell aufs Schiff, andere blieben zurück, zu diesen gehörte auch ich«, und so erzählte ich ihm alles, was mir widerfahren, von Anfang bis zu Ende. Er sagte: »Gelobt sei Gott für deine Rettung.«

Der Kapitän neigte jedoch nachdenkend seinen Kopf und schwieg, dann sagte er: »Es gibt keinen Schutz und keine Macht, außer bei Gott, dem Erhabenen. Es ist keine Redlichkeit und kein Glauben mehr unter den Menschen.« Ich fragte ihn, warum er dies sage? Und er antwortete: »Weil du mich den Namen

Sindbads nennen hörtest, und ich dir schon seine ganze Geschichte erzählt habe, gibst du dich für ihn aus, um dich dieser Ladung zu bemächtigen. Bei Gott! Das ist eine Sünde; denn ich und alle, die mit auf dem Schiff waren, sahen ihn mit eigenen Augen ertrinken.« Ich sagte ihm: »O Kapitän! Höre meine Erzählung und merke wohl auf! Denn Lüge ist nur Sache der Heuchler, ich habe dir ja schon alles erzählt, wie es mir gegangen und wie ich gerettet worden bin.« Ich erinnerte ihn dann noch an das, was zwischen mir und ihm auf dem Schiffe vorgefallen war, ehe wir zur Insel kamen, und an verschiedene Zeichen zwischen uns, von dem Tage an, wo wir von Baßrah abreisten. Als er von mir diese Zeichen vernahm und meine Sache ihm klar ward und er sich unsrer Gespräche erinnerte, überzeugte er sich, daß ich wirklich Sindbad sei, und benachrichtigte davon alle, die auf dem Schiffe waren; sie versammelten sich um mich, grüßten mich, erkannten mich und glaubten mir, so daß nun auch der Kapitän von meiner Aufrichtigkeit überzeugt ward. Ich erzählte den Kaufleuten alles, was ich gelitten und gesehen, und wie ich gerettet worden, und sie waren sehr erstaunt darüber. Der Kapitän übergab mir dann alles, was mir gehörte. Ich öffnete sogleich einen Ballen, nahm einiges Kostbare heraus, schenkte es dem König Mihrdjan und sagte ihm, daß dieser Kapitän der Herr des Schiffes sei, auf dem ich war, und daß meine sämtlichen Waren angelangt seien, worauf er mich sehr ehrte und mir viele Geschenke machte. Ich verkaufte dann meine Ladung und gewann sehr viel daran; dann kaufte ich andere Waren von dieser Stadt, packte sie ein und brachte sie aufs Schiff. Nachdem ich vom König Mihrdjan, der mir noch viele Geschenke machte, Abschied genommen hatte, reisten wir mit Erlaubnis des erhabenen Gottes ab. Die Bestimmung begünstigte uns mit einem guten Wind, und wir reisten glücklich Tag und Nacht, von Insel zu Insel und von Meer zu Meer, bis wir in Baßrah ankamen. Freudig über unser Wohl gingen wir in die Stadt, und nach einem kurzen Aufenthalt daselbst reisten wir nach Bagdad. Ich begab mich mit den vielen Waren, die ich mitgebracht, in mein Stadtviertel, grüßte meine Nachbarn und Freunde, kaufte mein Haus wieder und bewohnte es mit allen meinen Verwandten, die sich sehr über mein Glück freuten. Dann kaufte ich viele Sklavinnen und Sklaven, Häuser und Güter, schöner als die früheren waren, die ich hatte verkaufen müssen. Ich schaffte mir alles wieder neu an, was ich früher vergeudet. Alle meine Leiden vergaß ich in kurzer Zeit, und lebte wieder ganz in der schönsten Freude, in angenehmer Gesellschaft, bei gutem Essen und Trinken. Das ist's, was meine erste Reise betrifft.

»Doch die Nacht umgibt uns schon; du hast uns durch deinen Besuch viel Freude gemacht. Bleibe daher noch bei uns zum Nachtessen. Komme dann morgen wieder, damit ich dir mit Gottes Segen erzählen kann, was mir auf der zweiten Reise begegnet ist.« Als das Nachtessen vorüber war, ließ Sindbad dem Lastträger 100 Dinare auszahlen. Derselbe nahm sie an und ging mit seiner Last seines Weges, ganz erstaunt über das, was er gehört hatte; ebenso alle anwesenden Freunde Sindbads.

Der Lastträger konnte kaum den Tag erwarten, als er aufstand, sich wusch, sein Morgengebet verrichtete und zu Sindbad dem Seefahrer ging. Er wünschte ihm guten Morgen, küßte die Erde zu seinen Füßen und dankte ihm für seine Wohltaten. Drauf, da die übrigen Freunde auch schon da waren, bildeten sie einen Kreis um ihn, wie am ersten Tage. Sindbad der Seefahrer bewillkommte den Lastträger und sagte zu ihm: »Deine Gesellschaft ist uns sehr angenehm.« Hierauf hieß er sie sich zum Tische, der mit den köstlichsten Speisen bedeckt war, setzen, und sie ließen sich es wohl schmecken; dann wurde der Weintisch gebracht, auf welchem es an auserlesenen frischen und trockenen Früchten, Leckerbissen, Wohlgerüchen von Blumen und allerlei Sorbetten, nicht fehlte. Als sie sich satt gegessen und getrunken hatten, sprach der Seefahrer zu dem Lastträger: »Höre mir, Bruder, aufmerksam zu, was ich von den Abenteuern meiner zweiten Reise erzählen werde. Sie sind weit merkwürdiger als die der ersten und ich habe noch Härteres auf derselben gelitten.« Er begann hierauf wie folgt:

Zweite Reise Sindbads

Nach meiner ersten Reise war ich, wie ich gestern erzählt habe, wieder zu meinem frühern Wohlleben in Gesellschaft von Freunden zurückgekehrt. Diese Lebensweise dauerte eine Weile. Eines Tages, als ich sehr vergnügt war, ergriff mich die Lust zu reisen und zu handeln wieder. Ich kaufte Waren, die sich zu einer Seereise eigneten, und schiffte mich auf einem guten Schiffe mit anderen Handelsleuten ein. Nachdem wir uns den Segen Gottes erfleht hatten, lichteten wir die Anker und gingen unter Segel.

Wir fuhren von Insel zu Insel, von Land zu Land, von Stadt zu Stadt, sahen uns alles an und machten vorteilhafte Tauschgeschäfte. Eines Tages warf uns das Geschick, nach Gottes Willen, auf eine Insel, die reich an verschiedenen Fruchtgattungen, Blumen und Vögeln, aber so verlassen war, daß wir weder eine Wohnung, noch überhaupt ein menschliches Wesen entdecken konnten. Der Kapitän ankerte vor dieser Insel, die Reisenden stiegen aus und ergötzten sich an diesen Bäumen, Bächen und Vögeln, und bewunderten die Schöpfung Gottes. Auch ich verließ das Schiff, setzte mich an einer sprudelnden Quelle nieder und ließ mir von einem Sklaven kostbare Speisen auftragen. Nachdem ich gegessen und getrunken hatte, schickte ich den Diener wieder mit dem Tische aufs Schiff zurück, ich aber erquickte mich an der klaren Luft, die mich umwehte, und schlief ein. Als ich erwachte, sah ich das Schiff nicht mehr, und fand mich ganz allein, das Schiff war abgesegelt und niemand hatte an mich gedacht. Da überfiel mich so großer Kummer und Ärger, daß mir fast die Galle zersprang, denn ich hatte keinerlei Lebensmittel, noch sonst was bei mir, war innerlich und äußerlich erschöpft und verzweifelte am Leben. Ich gab mich allerlei Gedanken hin, seufzte und jammerte, schalt mich selbst, daß ich eine zweite Reise unternommen, da ich doch zu Hause mit meiner Familie bei größtem Überflusse an Speisen, Getränken und Kleidung, in Ruhe hätte leben können. Ich bereute es, Bagdad verlassen und

mich nochmals auf die See begeben zu haben, nachdem ich das erstemal schon so viel gelitten, und sogar ohne Gottes besondere Gnade umgekommen wäre. Ich geriet fast von Sinnen.

Zuletzt ergab ich mich in den Willen Gottes, ging eine Weile gedankenlos umher, dann stieg ich auf einen hohen Baum, um von da aus nach allen Seiten zu spähen, ob ich einen Menschen entdecke. Meine Blicke schweiften über die Meeresfläche hin, konnten jedoch nichts als Himmel und Wasser entdecken.

Endlich erblickte ich auf der Insel etwas Weißes. Ich stieg vom Baume und wendete mich nach der Seite, wo ich den Gegenstand meiner Aufmerksamkeit wahrgenommen hatte.

Schon in einiger Entfernung bemerkte ich, daß es eine außerordentlich große weiße Kugel war. Näher gekommen, berührte ich sie und fand, daß sie zarter als Seide war. Ich ging um dieselbe herum, um nach einer Öffnung zu sehen, ohne daß ich jedoch eine entdecken konnte; ich hielt es auch für unmöglich, hinaufzusteigen, da sie sehr glatt war. Sie konnte 50 Schritte im Umfange haben. Als die Sonne sich zum Untergang neigte, verfinsterte sich auf einmal die Luft, wie wenn sie von einer dunklen Wolke bedeckt gewesen wäre. Großes Erstaunen über diese Erscheinung befiel mich, denn wir waren im Sommer, ich entdeckte aber, daß sie von einem Vogel von außerordentlicher Größe herrührte. Es fiel mir bei, daß mir die Matrosen oft von einem Vogel, den sie Rock nannten, erzählt hatten, und daß die große Kugel, die mich in ein solches Erstaunen versetzt hatte, ein Ei dieses Vogels sein müsse. In der Tat, er schlug sein Gefieder auseinander und ließ sich darauf nieder, gleichsam um es auszubrüten.

Als der Vogel auf dem Ei saß und seine Füße ausstreckte, erhob ich mich, band mich daran fest mit der Binde meines Turbans, denn ich dachte bei mir: »Morgen wird der Vogel seinen Flug fortsetzen und könnte dich auf diese Weise von dieser verlassenen Insel auf bewohntes Land bringen, dann machst du die

Binde wieder los, brachst nicht mehr auf Inseln umherzuziehen und bist vor wilden Tieren sicher.« So brachte ich die Nacht wachend zu. Am folgenden Morgen flog er, sobald der Tag anbrach, davon und trug mich tief in die Wolken hinein, daß ich nichts mehr unter mir sah; er schien das Gewicht, das an einem seiner Füße hing, durchaus nicht mehr zu spüren, als wenn eine Feder an seinen Krallen hinge; darauf stieg er aus der schreckhaften Höhe wieder herab mit einer Schnelligkeit, die mir die Besinnung raubte. Als er wieder mit mir Boden gefaßt hatte, band ich schnell die Binde los, die mich an ihn gefesselt hatte. Kaum war mir dies jedoch gelungen, als er mit dem Schnabel eine Schlange von unerhörter Größe erfaßte und mit ihr davonflog. Hierüber war ich sehr erstaunt und verlor meinen Mut. Nachdem ich mich wieder etwas gefaßt hatte, stellte ich Betrachtungen über meine Lage an. Der Ort, wo ich mich befand, war ein großer Hügel, unter mir war ein großes, weites Tal, von allen Seiten mit Bergen umgeben, deren Spitzen sich in den Wolken verloren, so daß kein Auge sie sehen konnte, noch jemand imstande war, sie zu ersteigen. Ich machte mir Vorwürfe über das, was ich getan und sagte: »Es gibt keinen Schutz und keine Macht, außer bei Gott, dem Erhabenen! Sowie ich einer Gefahr entgehe, gerate ich in eine andere.«

Während ich im Tale umherging, entdeckte ich, daß dessen Boden aus Diamant bestand. Es ist ein sehr harter, fester Stein, den man weder mit Eisen, noch mit Stahl brechen kann, und der zum Zerschneiden von Porzellan und Perlen und Mineralien gekauft wird. In dem Tale gibt es auch eine große Anzahl Schlangen, so lang und dick, wie ein großer Dattelbaum, so daß jede von ihnen einen Elefanten hätte verschlingen können. Während des Tages zogen sie sich in ihre Höhlen, aus Furcht vor dem Vogel Rock, zurück und kamen erst des Nachts zum Vorschein.

Ich ging im Tale umher, bis ich eine große Höhle erblickte, ich ging auf sie zu und trat hinein. Den Eingang, der nieder und eng war, verstopfte ich mit einem großen Stein. Als ich mich aber in der Höhle umsah, entdeckte ich eine große Schlange, welche auf Eiern von der Größe eines Elefanten lag. Ich konnte die ganze Nacht vor Furcht nicht schlafen, denn ich erblickte bald noch andere von gleicher Art. Doch nahm ich mich zusammen und hielt mich wach, bis der Tag anbrach und einen Schein in die Höhle warf, da schob ich den Stein von der Höhle weg, ging heraus, und wandelte, vom langen Wachen und von Furcht wie eine Leiche aussehend, im Tale umher. Auf einmal fiel ein geschlachtetes Tier vom Berge herab. Als ich dies sah, fiel mir ein, was mir früher ein Kaufmann erzählt hatte: Es gibt einen Berg von Diamantstein, der aber so hoch ist, daß ihn niemand besteigen kann, die Kaufleute gebrauchen aber eine List, um sich Diamantsteine zu verschaffen. Sie schlachten ein Lamm, ziehen ihm die Haut ab und werfen das Fleisch in das Tal, so daß Steine an dem frischen Fleisch hängen bleiben. Wenn dann die Adler dieses Fleisch nehmen und damit auf die Höhe fliegen, so gehen die Landsleute auf die Adler los und zwingen sie durch starkes Geschrei, davonzufliegen und das Fleisch im Stich zu lassen, worauf die Kaufleute die Diamanten von den Fleischstücken lösen und mitnehmen, und das Fleisch den Raubtieren überlassen. Sie bedienen sich dieser List, weil es kein anderes Mittel gibt, um Diamanten und Magnetsteine zu gewinnen.

Ich fing an, viele Diamanten zu sammeln und einzustecken. Ich nahm also das Stück Fleisch und band es mit dem Tuche meines Turbans an meine Brust fest. Bald kam ein Adler und faßte mit seinen Krallen dasjenige Stück, in das ich mich hineingebunden hatte, und trug es auf den Gipfel des Berges und wollte es verzehren, aber die Handelsleute, die in der Nähe waren, schrien laut und machten großen Lärm mit Brettern, um den Adler von seiner Beute zu verscheuchen, was ihnen auch gelang. Ich aber machte mich, sobald der Adler das Lamm verlassen hatte, los und blieb daneben stehen. Einer derselben näherte sich hierauf und suchte nach Steinen an dem Tiere, und als ein keine fand, schrie er: »Wehe! Wehe! Alle meine Mühe war vergebens, meine Reise bringt mir keinen Vorteil.« Als er dann seinen Blick auf mich warf, erschrak er. Ich sagte: »Fürchte nichts, mein Bruder, ich bin ein Mensch wie du, ich bin auf wunderbare Weise hierher gekommen. Auch sollst du keinen Schaden haben, ich besitze viele Diamantsteine und gebe dir mehr, als du an diesem Tiere gefunden hättest, dem ich meine Rettung verdanke, da ich mit demselben auf diesen Berg gekommen bin, sei nur ohne Sorge!« Ich hatte nicht sobald geendigt, als die anderen Handelsleute, die mich bemerkt hatten, sich um mich versammelten und ihr Erstaunen, mich zu sehen, ausdrückten, das ich noch durch Erzählung meiner Geschichte vermehrte. Sie sagten mir, daß ein jeder von ihnen ein solches geschlachtetes Tier ins Tal werfe, und zeigten mir die Diamanten, die jeder gewonnen hatte. Da zog ich eine Handvoll aus meiner Tasche und gab sie dem Kaufmann, mit dessen Lamm ich auf den Berg gekommen war, und da es mehr war, als er gefunden hätte, freute er sich sehr und dankte mir. Die übrigen Diamanten verkaufte ich den Kaufleuten, und ließ mir einen Beutel geben und legte das übrige Geld in einen Gurt, den ich bei mir trug. Ich reiste dann mit ihnen von Land zu Land und von Stadt zu Stadt, machte überall Geschäfte, bis wir glücklich in Baßrah anlangten.

Unter vielen Inseln, die wir durchwanderten, war auch eine, auf welcher der Kampferbaum wächst, der so dick und laubig ist, daß 100 Menschen in seinem Schatten Platz haben. Die Flüssigkeit, die den Kampfer gibt, fließt aus einer Öffnung, die man mit einer langen Lanze oben am Baume macht. Dieselbe sieht wie Milch aus, verdichtet sich wie Gummi und bildet den Saft des Baumes; nachdem die Flüssigkeit ausgelassen, dörrt der Baum und stirbt ab.

Auf der nämlichen Insel gibt es Rhinozeros, Tiere, größer und stärker als der Elefant, sie weiden wie Büffel, deren es viele Sorten auf dieser Insel gibt, und wie Stiere bei uns frei umher; sie tragen ein zehn Ellen langes starkes Horn, so dick wie ein Dattelbaum. Man sieht darauf Umrisse, die einen Menschen vorstellen. Das Rhinozeros schlägt sich, wie mir ein Reisender erzählt hat, mit dem Elefanten, durchbohrt ihm den Leib mit seinem Horn und trägt ihn auf seinem Kopfe, ohne eine Last zu spüren, umher, bis er tot ist; bald jedoch fließt im Sommer bei der Hitze das Fett des Elefanten über seine Augen und macht sie blind. Darauf kommt der Vogel Rock, umfaßt sie beide mit seinen Krallen, um sie in sein Nest zu tragen und seine Jungen damit zu füttern. Ich habe auf jener Insel noch andere Merkwürdigkeiten und Wunderdinge gesehen. Als wir nach Baßrah kamen, hielten wir uns einige Tage auf, dann reisten wir nach Bagdad. Meine Familie freute sich über meine glückliche Ankunft und meine Freunde beglückwünschten mich und ich machte ihnen sowohl als meinen Nachbarn viele Geschenke, setzte wieder mein Handelsgeschäft fort mit allerlei Waren und Edelsteinen, derer ich mehr als früher besaß, schaffte mir schöne Diener an und ließ es wohl sein bei gutem Essen, Trinken und allerlei Zerstreuungen. Ich ward wegen meiner Abenteuer bewundert und von jedem, der eine große Reise unternehmen wollte, zu Rat gezogen.

Hiermit schloß Sindbad die Erzählung seiner zweiten Reise. Er gab noch 100 Dinare dem Lastträger und lud ihn auf den folgenden Tag ein, die Erzählung der dritten Reise zu hören.

Der Lastträger ging nach Hause und kam den darauffolgenden Tag wieder. Man setzte sich zu Tische. Sindbad fuhr, nach genommener Mahlzeit, folgendermaßen fort:

Dritte Reise Sindbads

Wisset, meine Freunde! Nachdem ich, wie ich euch gestern erzählt habe, einige Zeit in Bagdad mich dem Wohlleben hingegeben hatte, kam mir wieder die Lust zu Reisen und zu Erwerb, denn der Mensch sehnt sich immer nach etwas, ich packte daher viele Waren für eine Seereise zusammen, vergaß meine frühern Leiden, reiste nach Baßrah, und ging am Ufer des Meeres umher. Da sah ich ein großes Schiff, auf welchem angesehene, rechtschaffene und fromme Kaufleute sich befanden, ich ließ meine sämtlichen Waren auf das Schiff bringen und die Kaufleute freuten sich mit meiner Gesellschaft. Wir reisten mit Gottes Segen ohne Unfall und machten großen Gewinn. Eines Tages, als wir ganz vergnügt auf wogendem Meere waren, stieß der Kapitän ein Jammergeschrei aus, schlug

sich ins Gesicht, riß sich die Haare vom Barte aus und zerriß seine Kleider. Dann rief er laut: »O ihr Kaufleute! Wir sind alle verloren.« Als wir fragten, was es gebe, sagte er: »Wisset, daß die heftigen Stürme uns vom Wege abgeführt haben und unser Mißgeschick hat uns an die Affeninsel gebracht, auf welcher Affen wie Heuschrecken umherspringen. Noch ist kein Mensch auf diese Insel gekommen, der nicht seinen Tod gefunden hätte.« Der Kapitän warf die Anker aus und ließ die Segel einziehen, aber alsbald kamen die Affen von der Insel her auf uns zu, stiegen von allen Seiten her auf das Schiff in so großer Zahl, daß wir sie weder töten noch fortjagen konnten. Bald bissen sie auch mit ihren Zähnen das Ankertau und die Segelstricke durch, zogen das Schiff ans Land, ließen uns aussteigen und verschwanden mit dem Schiffe samt allem, was darauf war. Diese Affen hatten gelbe Augen, schwarze Gesichter und klebrige Haare. Wir gingen, ohne zu wissen, was aus uns werden sollte, auf der Insel umher und nährten uns von Pflanzen. Da leuchtete uns eine Wohnung mitten in der Insel entgegen und als wir uns näherten, bemerkten wir ein großes, wohlgebautes, hohes Schloß, mit einem großen Tore und zwei Flügeln von Ebenholz. Wir traten hinein und befanden uns in einem großen Hofe, in welchem viele Gebeine umherlagen und viel grünes und trockenes Holz aufgespeichert war. Wir wunderten uns sehr darüber, blieben jedoch, da wir sehr müde und niedergeschlagen waren, im Schlosse, in welchem wir keinen Menschen sahen.

Während wir in diesem Zustande der Verzweiflung waren, bebte auf einmal die Erde mit uns und mit einem Geräusch, ähnlich dem Brausen des Sturmwindes, trat eine schwarze Menschengestalt, groß wie ein Palmbaum, zu uns heran. Sie hatte rote Augen, ein schwarzes Gesicht, weite Nasenlöcher und einen großen Mund. Sie setzte sich auf eine Bank und ruhte ein wenig aus, dann heftete sie ihre Augen auf uns und trat uns näher. Beim Anblick dieses Riesen bebten und zitterten wir vor Angst. Er faßte mich dann, setzte mich auf seine Hand wie einen Sperling, drehte mich herum und befühlte mich, wie es ein Metzger mit einem Schlachttiere tut und stellte mich dann auf die Seite, fern von meinen Reisegefährten. Er verfuhr dann mit diesen in gleicher Weise, bis er an den Kapitän kam, welcher der Fetteste von uns war. Diesen packte er am Nacken, warf ihn aufs Gesicht, setzte seinen Fuß auf das Genick und zerbrach es. Hierauf holte er viel Holz herbei und zündete ein Feuer an, und als das Holz zu Kohlen ward, nahm er einen großen Bratspieß, durchbohrte damit den Kapitän, hob ihn über die Kohlen, drehte ihn rechts und links über denselben, bis er gebraten war, legte den Leichnam vor sich hin, bis er kalt war, darauf riß er mit den Nägeln von ihm herunter, aß davon, bis er satt war und warf die abgenagten Beine auf die Seite. Dann kehrte er nach seinem Platz zurück, legte sich auf die Bank und schnarchte wie ein Tier, das man schlachtet. Wir aber blieben voneinander getrennt stehen und wagten es nicht, aus Furcht, uns wieder zu vereinigen, bis Gott den Morgen leuchten ließ und der Riese seines Weges ging, ohne daß wir wußten wohin, dann traten wir wieder zusammen und bedauerten den Kapitän und dachten, morgen wird es einem anderen von uns ebenso ergehen, und wir werden alle hinsterben, ohne daß jemand etwas von uns wisse. Wir beschlossen, auf der Insel ein Versteck zu suchen, oder zu entfliehen. Wir fanden aber keinen sicheren Ort, wir kehrten daher, nachdem wir einige Pflanzen als Nahrung zu uns genommen, wieder in das Schloß zurück und setzten uns auf unsern frühern Platz. Kaum saßen wir, so erbebte die Erde, der Riese erschien, trat auf uns zu, nachdem er ein wenig auf der Bank ausgeruht hatte, drehte uns einen nach dem anderen herum, ergriff dann einen von uns und verfuhr mit ihm wie mit dem ersten. Nachdem er ihn gebraten und verzehrt hatte, legte er sich wieder auf die Bank und schnarchte, wie wenn ein Sturmwind brauste, die ganze Nacht durch, wir aber konnten vor Furcht nicht schlafen. Als

der Tag leuchtete, verließ er uns, wir traten dann zusammen, klagten über unsere Lage und dachten: bei Gott, besser ertrinken als gebraten werden. Da sagte einer von uns: »Meine Freunde, laßt uns eine List ersinnen, diesen Verruchten zu töten und uns und allen Gläubigen Ruhe zu schaffen.« Die übrigen Kaufleute stimmten mit diesem Vorschlag überein, ich aber sagte: »Guter Rat ist noch besser als Totschlagen, wollt ihr durchaus töten, so lasset uns vorher von diesem Holz ein Floß bauen, das wir am Ufer bereithalten. Gelingt es uns, den Riesen zu töten, so mag daraus werden, was Gott will, wenn nicht, so steigen wir auf das Floß und rudern in die hohe See und vertrauen auf Gott. Werden wir gerettet, nun gut, ertrinken wir, so sterben wir als Märtyrer und werden doch nicht getötet und verbrannt.« Mein Rat wurde gutgeheißen, wir trugen alsbald Holz nach dem Ufer, nahmen Stricke, die um das Schloß herum lagen und allerlei Fetzen, die wir zusammenflochten und banden damit das Floß fest, das wir am Ufer befestigten. Hierauf kehrten wir in das Schloß zurück und kaum hatten wir unsern frühern Platz wieder eingenommen, so bebte die Erde und jenes Ungeheuer kam wieder mit einem Getöse wie ein Sturmwind, faßte einen von uns und verfuhr mit ihm wie mit dem ersten. Als er ihn gebraten und verzehrt hatte, schlief er wie gewöhnlich wieder ein. Da nahmen wir den eisernen Spieß, an dem er die Menschen gebraten hatte, legten ihn auf die Kohlen, trugen noch mehr Holz hinzu und legten einen zweiten Spieß daneben. Als sie rot wie feurige Kohlen waren, gingen wir damit auf den verruchten Schwarzen zu, der wie der Donner schnarchte und bohrten die Spieße in seine Augen. Er stieß einen fürchterlichen Schrei aus, erhob sich von der Bank und ging im Hofe umher, nach uns greifend, wir verbargen uns aber, doch überfiel uns große Angst und wir sahen schon den Tod vor Augen. Indessen hatte er das Gesicht verloren und er ging unter gräßlichem Geheul und Gestampf zur Türe hinaus, so daß die Erde unter uns bebte. Wir verließen das Schloß und begaben uns an das Ufer der Insel, wo wir unsere Flöße stehen hatten und wir sagten zu einander: Wenn der Verruchte bis nach Sonnenuntergang ausbleibt, so dürfen wir annehmen, daß er umgekommen ist; kehrt er aber wieder ins Schloß, so müssen wir uns auf die Flöße begeben und fortrudern und uns in den Willen Gottes ergeben. Während wir uns so besprachen, kam der Schwarze mit zwei andern, die noch stärker und greulicher waren als er und wie Werwölfe aussahen, mit Augen wie glühende Kohlen. Als wir ihn so, auf die Schultern seiner beiden Gefährten gestützt, dem Schlosse zugehen sahen, begaben wir uns auf unsere Flöße, die wir so schnell als möglich vom Ufer wegzurudern suchten. Die Riesen bemerkten dies zeitig, bewaffneten sich mit großen Steinen, liefen auf das Ufer zu und warfen uns die Steine nach, von denen uns viele trafen

und töteten, während andere ins Meer fielen. Da ich und meine Kameraden mit allen Kräften ruderten, so befanden wir uns bald auf der hohen See und wurden ein Spiel der Winde und Wellen, die uns hin und her warfen, wir waren nur noch unsrer drei, die übrigen waren umgekommen und wurden, wie sie tot waren, von uns ins Meer geworfen. Trotz aller Hungerqual hörten wir doch nicht auf, mit aller Kraft zu rudern und uns gegenseitig zu ermutigen, bis wir vom Winde gegen eine Insel getrieben wurden, auf welcher wir Bäche, Bäume und Vögel fanden. Da wir vor Ermüdung, Hunger und Furcht wie Leichen waren, freuten wir uns über unsere Rettung und stärkten uns an den Früchten dieser Insel. Als der Abend nahte, legten wir uns nieder und schliefen ein. Auf einmal wurden wir von einem Geräusch, ähnlich dem eines Sturmwindes, geweckt und groß war unsere Furcht, als wir uns von einer mächtigen großen Schlange umzingelt sahen. Sie fuhr auf einen meiner Kameraden los und würgte ihn hinunter; man sah nur noch seine Schultern und seinen Kopf aus ihrem Rachen hervorstehen; er schrie laut und die Schlange machte eine schnelle Bewegung, indem sie sich zusammen und gleich darauf wieder auseinander rollte. Wir hörten seine Gebeine krachen und verschlungen war der ganze Mann! Darauf ging die Schlange wieder ihres Weges. Wir beiden übrigen fürchteten, die Schlange möchte auch bald in ähnlicher Weise mit uns verfahren und wir sagten: »Es gibt keinen Schutz und keine Macht außer bei Gott, dem Erhabenen. Schon fühlten wir uns glücklich, der Grausamkeit der Riesen und der Wut der Wellen entgangen zu sein; und jetzt befinden wir uns in Lagen, die noch schrecklicher sind.«

Wir gingen auf der Insel umher, um eine Zuflucht zu suchen, fanden aber keine, wir aßen von den Früchten, die darauf wuchsen, mit der schrecklichen Vermutung, daß einer von uns von der Schlange noch diesen Abend aufgefressen werde. Endlich bemerkten wir einen hohen Baum, auf den wir stiegen, um uns die Nacht über in Sicherheit zu bringen. Gleich darauf nahte sich die Schlange dem Baume, auf dem wir waren. Sie legte sich an dessen Stamm und erreichte meinen Kameraden und würgte ihn hinunter, ich stieg auf die obersten Zweige und dachte, wenn ich herunterstürze und umkomme, so habe ich doch Ruhe vor dieser Angst vor dem Hunger und den Strapazen in der Fremde. Indessen ging die Schlange, nachdem sie meinen Gefährten am Baume zermalmt hatte, wieder ihres Weges, und ich brachte die Nacht allein auf dem Baume zu, erschüttert von dem, was ich gesehen, und entschlossen, mich vom Baume herunterzustürzen, falls die Schlange wiederkehren sollte, denn ich dachte lieber so sterben, als von der Schlange verschlungen zu werden. Am folgenden Morgen wollte ich mich ins Meer werfen, aber mein Innerstes sträubte sich dagegen, denn der Mensch hängt doch am Leben. Ich machte mich daher auf, suchte verschiedenes Holz und trockenes Gesträuch zusammen, aus dem ich Stricke flocht, ich umgab mich dann von allen Seiten mit festgebundenen Brettern und Scheitern, so daß ich wie in einer Kiste lag und die Schlange mich nicht erreichen konnte. Die Schlange kam des Abends und schlich um mich herum. Sie konnte meiner jedoch nicht habhaft werden wegen des Walls, der mir zum Schutze diente, und trieb es so bis zum Tage, indem sie unter fortwährendem Gezische sich bald näherte, bald wieder entfernte; ich sah alles und war dem Tode nahe vor Furcht. Als der Tag nahte, zog sie sich zurück; ich machte mich alsbald von dem Holze los, lief auf der Insel umher, aß einige Früchte und gelangte auf einen Hügel, von welchem ich ein Schiff mitten in den Meereswellen erblickte. Ich rief aus voller Kehle demselben entgegen, winkte mit dem Zweige eines Baumes und ward sogleich von der Schiffsmannschaft gesehen.

Das Schiff näherte sich dem Ufer und die Leute fragten mich, wer ich sei. Ich antwortete: »Ich bin ein Mensch, nehmet mich auf, ich will euch erzählen, wie ich hierhergekommen.« Sie nahmen mich auf, brachten mir einigen Proviant und als ich mich gestärkt hatte, erzählte ich ihnen meine ganze Leidensgeschichte von meiner Abreise aus der Heimat an bis zum Augenblick, wo ich aufs Schiff kam, und sie waren sehr erstaunt über meine Abenteuer! Sie zogen mir dann meine zerfetzten und übelriechenden Kleider aus, warfen sie in das Meer, brachten mir andere, reine Kleider, sowie auch verschiedene Lebensmittel und frisches Wasser. So ward ich wieder neu belebt, nachdem ich schon der Verzweiflung preisgegeben war, und ich wähnte mich im Traume, als ich, nach so schweren Leiden, mich wieder in solchem Wohlbehagen sah.

Wir hielten eine Zeitlang das Meer bei günstigem Winde und landeten endlich bei Kalaset, woher man das Sandelholz bezieht und gingen im Hafen dieser Insel vor Anker. Meine Reisegefährten und sämtliche Handelsleute fingen an, ihre Waren ausschiffen zu lassen, um sie zu verkaufen, oder um Tauschhandel zu treiben. Unterdessen rief mir der Schiffskapitän und sprach zu mir: »Höre, mein Herr! Du bist fremd und arm, und hast uns erzählt, was du gelitten, darum will ich dir Gutes zuwenden und um Gottes Willen Nutzen verschaffen.« Als ich hierauf antwortete, ich sei allerdings in größter Dürftigkeit, er möge tun, was ihm gut dünke, fuhr er fort: »Wisse! Auf dem Schiffe befinden sich Waren, die einem Handelsmanne von Bagdad gehörten, der mehrere Jahre mit uns gereist ist, und den wir dann verloren haben. Wir wollen seine Waren verkaufen, das Geld dafür nehmen und es nach Rückkunft seinen Erben zustellen, sowie sie sich als solche ausweisen werden. Du aber sollst sie verkaufen und einen entsprechenden Lohn dafür in Empfang nehmen, wovon du auf der Reise leben kannst.« Ich dankte Gott, sprach kein Wort, und nahm mich zusammen bis alle Waren ausgeladen waren, und die Kaufleute sich miteinander unterhielten; da wendete ich mich zum Kapitän und bat ihn, mir näheres über den Eigentümer dieser Waren zu berichten, und als er erzählte, wie sie ihn auf einer Insel zurückgelassen, weil sie ihn ganz vergessen hatten und dabei auch meinen Namen nannte, war meine Freude grenzenlos und ich rief laut: »O Kapitän, o ihr Kaufleute! Bei Gott, ich bin Sindbad der Seefahrer, die Waren gehören mir, alle Kaufleute werden es bezeugen.« Da sagte der Kapitän: »Wie magst du dies behaupten?« und er wollte nichts von allem glauben. Bald versammelten sich die übrigen um uns; die einen glaubten mir, während mich die anderen für einen Lügner hielten. Da trat auf einmal ein Handelsmann aus ihrer Mitte hervor, grüßte mich und sprach: »Du hast wahr gesprochen, Sindbad der Seemann; dieses Geld und diese Waren gehören dir.« Doch höre, so erzählte Sindbad, wie dies zuging. Dieser Kaufmann sagte: »Ich erzählte euch vor kurzem das Wunderbarste, was mir jemals auf Reisen begegnet, als ich nämlich einst Diamanten sammelte und vom Diamantberge herab Fleischstücke auswarf, wie einst ein Mensch daran festgebunden war. Dies war Sindbad, der mir dann viele Diamanten schenkte, von denen er die Taschen voll hatte. Wir reisten dann zusammen nach Baßrah, von wo er sich nach Bagdad begab, ich weiß nicht, was ihm inzwischen zugestoßen, danke aber Gott, daß er wieder bei uns ist, um euch zu überzeugen, daß ich euch die Wahrheit berichtet, und daß ihn der Herr wieder zu seinen Waren geführt.« Nachdem dieser Kaufmann so gesprochen, gab ich dem Kapitän noch andere Zeichen, so daß er keinen Zweifel mehr hatte und mich aufs Neue willkommen hieß und umarmte und sagte: »Gott sei für deine Rettung gepriesen.« Nachdem ich dann meine ganze Geschichte erzählt und noch andere Beweise angeführt hatte, wurden mir meine Waren ausgeliefert, ich handelte damit und machte ungewöhnlich großen Gewinn.

Von der Insel Kalaset segelten wir nach Indien, wo ich Gewürznelken, Ingwer und andere Spezereien einkaufte. Von hier segelten wir nach Sind, wo wir auch Handel trieben und uns das Land ansahen. Auf dieser Reise sah ich unzählbare Merkwürdigkeiten, unter anderem Fische wie Stiere und Esel, auch Vögel, die aus einer Seemuschel hervorgehen und auf dem Wasser Eier legen und ausbrüten und nie das trockene Land betreten. Endlich kam ich, nach einer lange Reise von Insel zu Insel, in Baßrah an und erreichte schließlich wieder Bagdad mit mehr Geld und Waren, als ich selbst wußte. Ich machte meinen Freunden und Bekannten viele Geschenke, kleidete Weisen und Witwen, schaffte mir wieder Sklaven und Sklavinnen an, und lebte in süßer Behaglichkeit an guten Speisen und Getränken, an Musik, Gesang und schönen Mädchen mich ergötzend, froh und heiter und gedachte nicht mehr der ausgestandenen Leiden. Das ist der Schluß meiner dritten Reise.

Sindbad ließ dann Speisen auftragen, gab dem Lastträger wieder 100 Goldstücke und sprach: »Komme morgen wieder, du sollst dann hören, was mir noch Merkwürdigeres auf der vierten Reise begegnet ist.« Der Lastenträger versprach es und ging nach Hause, verwundert über das, was er von Sindbad gehört hatte: des anderen Tages ging er wieder zu ihm. Als sie alle beisammen waren, schmausten sie wie den vorhergehenden Tag; später begann Sindbad:

Vierte Reise Sindbads

Ich lebte einige Zeit allen Lebensgenüssen hingegeben, und vergaß alle früheren Strapazen im Übermaße meines Glücks und meiner blühenden Geschäfte. Eines Tages besuchten mich vornehme Kaufleute, die durch ihr Gespräch über Handel und Reisen auch meine Wanderlust wieder weckten, so daß ich beschloß, mit ihnen zu reisen, um neue Länder zu sehen. Ich kaufte kostbare Waren für den Seehandel ein und begab mich mit meinen Freunden auf ein großes Schiff. Wir

waren längere Zeit unterwegs, als wir eines Tages bei einer bisher außerordentlich günstigen Fahrt von einem Windstoß getroffen wurden, der den Kapitän zwang, die Segel einzuziehen und die Anker auszuwerfen. Der Sturm kam aber dann von vorne, zerriß unsere Segel sowie das Ankertau und schlug den Mastbaum um, so daß das Schiff unterging und eine große Anzahl Handelsleute ertranken und die Ladung zugrunde ging.

Ich und einige andere Handelsleute hatten das Glück, uns an einem Brette festhalten zu können, auf dem wir einige Zeit bei stillem Winde mit Händen und Füßen fortruderten. Dann erhob sich der Sturm wieder und die Wellen trieben uns, nach Gottes Bestimmung, gegen eine große Insel. Wir stiegen ans Land, außer uns vor Erschöpfung, Hunger, Durst und Kälte, und nährten uns von einigen Pflanzen. Die Nacht aber ruhten wir am Ufer aus. Den darauffolgenden Tag entfernten wir uns mit dem ersten Strahl der Sonne vom Ufer, drangen auf der Insel vor und bemerkten Wohnungen, denen wir uns näherten. Sogleich kam ein Schwarzer aus den Hütten uns entgegen. Ohne uns zu grüßen, ergriff er uns und führte uns zu ihrem Oberhaupte. Man stellte uns eine Speise vor, die wir nicht kannten, noch je gesehen hatten. Meine Kameraden, an denen Hunger gezehrt hatte, aßen davon. Ich aber hatte einen Ekel davor und wollte trotz meinem Hunger nicht einmal davon kosten; dies war mein von Gott beschiedene Glück, denn kurz darauf bemerkte ich, daß meine Kameraden den Verstand verloren hatten, und wie Rasende weiter aßen. Man reichte uns darauf Kokosnußöl; meine Kameraden, die schon von Sinnen waren, aßen auch hiervon und rieben sich damit ein. Ich erstaunte darüber und sah dann, daß es Magier waren, die jeden Fremden, der zu ihnen kam, mästeten und ihrem König, der ein Werwolf war, gebraten zu essen gaben. Dies geschah meinen Kameraden, die durch diese Speisen ihren Verstand verloren hatten, ich aber blieb zwei Tage bei ihnen und enthielt mich aus Furcht und Angst jeder Speise und jeden Getränks. Ich zehrte sichtbar ab und meine Haut dorrte aus. Die Schwarzen bemerkten meinen krankhaften Zustand und ließen mich leben und kümmerten sich gar nicht um mich.

Auf diese Weise konnte ich mich eines Tags von den Wohnungen der Schwarzen entfernen und, mich von den Pflanzen der Insel nährend, verstohlen weiter gehen. Da bemerkte ich in der Ferne einen Greis und ging auf ihn zu, um zu sehen, wer er sei. Er war der Hirt, der die Menschen auf die Weide führte, welche vom König verzehrt werden sollten. Er mußte sie, nachdem sie von der genannten Speise gegessen hatten, ins Freie führen, wo sie von den Früchten der Insel gemästet wurden, bis sie recht fett wurden. Als ich dies wahrnahm, fürchtete ich mich und wollte umkehren; der Greis, welcher merkte, daß ich verständiger als die anderen war, gab mir durch ein Zeichen zu verstehen, daß ich den Weg nach rechts einschlagen sollte, um zu meinem Ziele zu gelangen. Ich folgte dieser Weisung, schlug den bezeichneten Weg rechts ein, fürchtete immer, verfolgt zu werden, lief bald, ging dann wieder langsam und ruhte aus, und endlich als die Nacht hereinbrach und ich weit entfernt vom Greis war, legte ich mich nieder, konnte aber vor Angst und Müdigkeit nicht schlafen. Ich stand wieder auf, ging die ganze Nacht durch, des Morgens ruhte ich wieder aus und stärkte mich an einigen Pflanzen und Früchten und setzte so meinen Marsch sieben Tage lang fort.

Am achten Tage bemerkte ich in der Ferne einen Greis, ich ging auf ihn zu und erreichte ihn erst beim Sonnenuntergang. Da fand ich bei ihm weiße Menschen, die beschäftigt waren, Pfeffer zu sammeln, sie kamen mir sogleich, als sie meiner ansichtig wurden, entgegen und fragten mich, wer ich sei und woher ich komme. Ich erzählte ihnen, wie ich Schiffbruch gelitten, auf diese Insel gekommen und in die Hände der Schwarzen gefallen sei. Sie unterbrachen mich mit der Frage, durch welche Wunder ich den Schwarzen habe entkommen können, welche diese Insel beherrschen. Ich erzählte ihnen alles von Anfang bis zu Ende, was hier zu wiederholen überflüssig wäre, und sie waren höchlich verwundert darüber.

Sie brachten mir dann etwas zu essen, und als ich gegessen und ausgeruht hatte, schiffte ich mich mit ihnen ein, und wir begaben uns auf die Insel, woher sie gekommen waren. Sie brachten mich zu ihrem König, der mich begrüßte und begierig, meine Geschichte zu hören, sich dieselbe genau erzählen ließ.

Nachdem ich alles erzählt hatte, beglückwünschte er mich, hieß mich sitzen und ließ mir zu essen geben; ich pries Gott, dankte ihm für seine Güte und blieb in seiner Hauptstadt, welche sehr bevölkert war und großen Handel trieb. Dieser reizende Aufenthalt tröstete mich mächtig über mein Unglück, und die Güte, die der König für mich hatte, machte mich vollends zufrieden, und ich befreundete mich bald mit den Bewohnern der Stadt.

Ich bemerkte in diesem Lande etwas, das mir sehr ungewöhnlich schien. Jedermann ritt auf den besten Pferden ohne Steigbügel und ohne Sattel. Ich fragte eines Tages den König, warum er sich keines Sattels bediene. Seine Antwort war, ich spreche ihm von Dingen, deren Anwendung er nicht kenne. Ich bat um die Erlaubnis, einen Sattel zu verfertigen und ging sogleich zu einem Schreiner und lehrte ihn, einen Sattel nach einer Zeichnung bauen, die ich ihm gab. Als derselbe fertig war, fütterte ich ihn mit Wolle aus und besetzte ihn mit Leder. Drauf ging ich zum Schmied, der mir eine Gebißstange und Steigbügel, wie ich ihm zeigte, machte.

Als alles dies aufs beste fertig war, ging ich hin zum König, suchte eines seiner besten Pferde aus, legte ihm Sattel und Zaum an und bat ihn, das Pferd zu besteigen. Der König bestieg dasselbe und hatte an der Erfindung solches Gefallen, daß er mir seine Freude durch die glänzendsten Geschenke bezeigte. Drauf machte ich verschiedene Sättel für die übrigen Großen des Reichs, die mir alle Dinge schenkten, die mich binnen kurzem zum reichen Mann machten. Auch bei den übrigen Einwohnern kam ich in großen Ruf und war allgemein geschätzt und geachtet, weil ich den Schreiner gelehrt hatte, das Gerippe zum Sattel zu verfertigen und den Schmied, Zaum und Steigbügel zu schmieden. Eines Tages sagte mir der König: »Sindbad! Ich habe dich gern und weiß auch, daß alle meine Untertanen dasselbe tun. Ich habe eine Bitte an dich; du mußt mir versprechen, sie zu erfüllen, dann wirst du alles Gute erlangen.« »König!« war meine Antwort, »was verlangst du von mir?« Der König erwiderte: »Mein Wunsch ist, du nehmest eine der vornehmsten Töchter meiner Stadt zur Frau, damit dich dieselbe fessele und du einer der Unsrigen werdest, ich will dir Einkünfte verschaffen, die dir gestatten, im Überfluß zu leben.« Da ich nicht wagte, dem Befehl des Königs zuwider zu handeln, so erwiderte ich: »Du hast zu gebieten, o König der Zeit!« Er ließ alsbald den Kadi und die Gerichtszeugen rufen und verheiratete mich mit einer vornehmen, adeligen, sehr schönen Frau, die viel Geld und Güter besaß. Er wies mir dann eine Wohnung an, schenkte mir Sklaven und gab mir Diener und bestimmte mir ein Gehalt und Rationen. Ich freute mich damit und dachte: »Ich gebe mich der Fügung Gottes hin, will er mich einst wieder in meine Heimat zurückführen, so kann es niemand hindern, und es bleibt mir dann die Wahl, ob ich die Frau mitnehme oder entlasse.« Indessen liebte ich bald meine Frau und ward auch von ihr geliebt, so daß wir eine geraume Zeit sehr glücklich lebten. Eines Tages hörte ich ein Jammergeschrei aus dem Hause meines Nachbarn, mit dem ich befreundet war. Ich fragte nach der Ursache dieses Jammers und vernahm, seine Gattin sei gestorben. Ich hielt es für meine Pflicht ihn zu besuchen. Ich ging zu ihm, um ihn zu trösten und fand ihn tief bekümmert. »Gott stärke dich, vermehre deinen Lohn, erbarme sich der Verstorbenen und verleihe dir ein langes Leben!« war meine Anrede. »Ach!« rief er aus, »was können mir deine Wünsche nützen? Ich habe bloß noch eine Stunde zu leben! Ich sehe dich und alle meine Freunde nicht wieder bis zum Auferstehungstage.« Ich fragte: »Wieso dies?« »Wisse«, erwiderte er, »man wird alsbald meine Frau waschen und in ein Totengewand hüllen und beerdigen und mich mit ihr begraben. Dies ist der Gebrauch unseres Volks: Der lebende Mann wird mit seiner gestorbenen Frau und die lebende Frau mit ihrem gestorbenen Mann begraben, damit sie auch nach dem Tode vereinigt bleiben.« Ich sagte: »Bei Gott, das ist eine abscheuliche Sitte, der sich niemand gern unterwirft.« Während wir uns so unterhielten, kamen die meisten Stadtbewohner herbei, um die Trauernden zu trösten. Man legte dann die Frau in einen Sarg und ging damit ans Ende der Insel bis zu einem großen Stein, der eine große Zisterne bedeckte. Der Stein wurde aufgehoben, und der Leichnam sowohl als der lebendige Mann wurden an einem Strick hinabgelassen. Der Mann, dem man einen Krug Wasser und sieben Brötchen mitgab, löste den Strick ab, der wieder heraufgezogen wurde, worauf dann die Öffnung wieder mit dem Stein geschlossen wurde und jeder seines Weges ging. Als ich hierauf wieder zum König kam, sagte ich ihm: »O mein Herr! Wie mögt ihr Menschen lebendig begraben?« Er antwortete: »So ist es Sitte bei uns: Stirbt ein Mann, so wird seine Gattin mit ihm begraben, stirbt eine Frau, so folgt ihr der Gatte ins Grab. So war es Sitte bei unsern Vätern und Ahnen und den Königen vor uns.« Ich sagte: » Das ist eine schlimme Sitte«, dann fragte ich: »Gilt dieses Gesetz auch für Fremdlinge?« »Allerdings«, erwiderte er mir, »sind sie nicht davon ausgenommen.« Die Furcht, daß meine Frau vor mir sterben könne und daß ich dann lebend mit ihr begraben würde, flößte mir sehr trübe Gedanken ein. Ich befand mich wie in einem Gefängnis durch diese Worte des Königs und verabscheute meinen Aufenthalt in einer solchen Stadt. Am Ende beruhigte ich mich wieder und dachte: »Vielleicht sterbe ich vor meiner Frau, oder wird mir Gott helfen, daß ich vor ihrem Tode in meine Heimat zurückkehre.« Aber nach einiger Zeit erkrankte sie, hütete das Bett und starb.

Mein Schmerz war groß, denn ich konnte nicht mehr entfliehen. Viele Leute kamen, um mich und die Verwandten der Frau zu trösten, und der König selbst erschien auch, um mir sein Beileid zu bezeugen. Man stattete alsbald meine Frau aus und trug sie in einem Sarge nach jenem Berge, hob den Stein von der Zisterne, dann sprach man mir Trost zu und verabschiedete sich von mir. Ich schrie: »Ist es erlaubt von Gott, einen Fremden lebendig zu begraben? Ich bin nicht von den Eurigen, kannte eure Sitte nicht, hätte ich sie gekannt, so würde ich keine eurer Frauen geheiratet haben.« Sie hörten mich aber nicht an und hatten kein Mitleid mit mir. Sie banden mich fest, ließen mich in die Zisterne hinab und riefen mir zu: »Mache den Strick los!« Als ich dies nicht tat und fortwährend schrie, warfen sie den Strick auf mich herab und deckten die Öffnung wie gewöhnlich zu. Da sie gewohnt waren, den Verstorbenen die schönsten Kleider und den kostbarsten Schmuck anzuziehen, so geschah dies auch bei meiner Frau, welche wertvolle Edelsteine an ihrem Schmuck hatte. Als die Leute fort waren, sah ich mich in der Zisterne um, welche von einem abscheulichen Gestank angefüllt war, und vernahm ein leises Stöhnen, das meine Angst noch vermehrte. Es kam von einem Manne, der wenige Tage vor mir hinabgelassen worden war. Ich wurde fast rasend vor Verzweiflung und dachte: »Es gibt keinen Schutz und keine Macht außer bei Gott. Gottes Wille geschehe! Warum mußte ich mich in dieser Stadt verheiraten, ich war doch früher so vergnügt.« Ich erinnerte mich an mein früheres glückliches Leben und dachte: »Wäre ich doch wenigstens einen schönen Tod gestorben und gewaschen und beerdigt worden! Bei Gott, so wie ich einem Unheil entkomme, stürze ich in ein anderes, und am Ende soll ich so jämmerlich umkommen und lebendig begraben werden. Gott verdamme das Gelüste nach weltlichen Dingen, nur meine Gier hat mich in so verzweifelte Lage gebracht.« Ich fuhr dann fort, mir selbst Vorwürfe zu machen und mir zu sagen, daß ich dies und noch mehr von Gott verdient habe, da ich ein freies, ruhiges Leben geführt hatte und nicht geruht, bis ich in eine dunkle Zisterne zu Leichen geworfen wurde. Ich wünschte mir den Tod, wendete mich dann vom Satan ab und flehte Gottes Schutz an. Ich hatte jedoch eine schlimme Nacht, war hungrig und durstig, und befand mich in solcher Dunkelheit, daß ich den Tag nicht von der Nacht unterscheiden konnte. Ich streckte die Hand nach dem Brot aus und aß etwa die Hälfte eines Brötchens, nahm auch ein wenig Wasser aus dem Krug, denn ich dachte: »Ich will wenig essen, vielleicht rettet mich Gott noch.« Dann ging ich an den Seiten der Zisterne umher und sah, daß es eine große Höhle war, in welcher viele Leichen und Knochen umherlagen. Plötzlich ging die Öffnung der Zisterne wieder auf, es kam Licht von oben, und ich dachte: »Es wird vielleicht wieder jemand begraben.« Ich blickte hinauf ohne gesehen zu werden, und bald ließ man einen toten Mann und eine hübsche lebendige Frau zu mir herab, der man, wie gewöhnlich, einen Krug Wasser und sieben Brötchen mitgab. Sobald die Leute von der Öffnung fern waren, machte ich mich auf und gab ihr schnell mit einem der Knochen, die umher lagen, zwei Schläge auf den Kopf, wovon sie die Besinnung und das Leben verlor. Ich nahm dann ihr Brot und ihr Wasser und was sie an Schmuck und Edelsteinen an sich hatte und nährte mich von diesem Brot, nahm aber nie zu viel zu mir, damit der Vorrat lang währte, denn ich hoffte immer noch auf Gottes Hilfe. So lebte ich längere Zeit, indem ich immer die Leute, die man lebendig herabließ, erschlug und mich ihres Vorrats bemächtigte. Eines Tages, als ich so da saß, hörte ich ein Rasseln an den Knochen, die an der Seite der Zisterne lagen. Ich stand auf, um zu sehen, was dies bedeute, denn ich fürchtete mich, da bemerkte ich, wie etwas vor mir herging, ich ergriff einen Knochen und verfolgte den Gegenstand, er lief aber vor mir weg. Ich verfolgte ihn so lange, bis ich ein Licht entdeckte, das in der Ferne einem Sterne glich. Ich ging diesem Lichte immer näher und dachte, vielleicht hat die Zisterne eine zweite Öffnung und entdeckte zuletzt, daß es von einer Öffnung des Felsens kam, die nach dem Meere ging und durch welche Tiere kamen, um die toten Gebeine zu fressen. Als ich dessen gewiß war, beruhigte ich mich und sah wieder neues Leben vor mir, nachdem ich mich dem Tode verfallen geglaubt hatte, und mir war, als träumte ich. Ich gab mir Mühe, um durch die Öffnung zu gelangen und befand mich am Ufer des Meeres, durch einen hohen Berg von der Stadt getrennt, nach welcher gar kein Weg führte.

Ich dankte Gott für meine Rettung. Drauf ging ich in die Höhle zurück, um das Brot und Wasser zu suchen, das ich noch darin hatte, dann kehrte ich wieder zurück und nahm alle Diamanten, Perlen, Rubinen, goldene Armspangen mit den übrigen Goldstoffen, die sich in den Bahren befanden, weg, um sie ans Meeresufer zu tragen. Ich machte mehrere Packen daraus und hüllte sie in Totengewänder ein. Ich ging dann jeden Tag wieder in die Höhle, erschlug die Leute, die man lebendig herabgelassen und nahm ihr Brot und ihr Wasser. Nach einiger Zeit, als ich so am Ufer des Meeres saß, bemerkte ich ein Schiff, das vorüber segelte. Ich rief aus vollem Halse, damit man mich höre und winkte mit einem Fetzen von einem Totengewande, das neben mir lag. Man bemerkte mich, und die Schaluppe ward abgesandt, um mich an Bord zu führen. Auf die Frage der Matrosen, wer ich sei und wie ich mich an diesem Ort befinde, wo sie vor mir noch keinen Menschen gesehen, antwortete ich, ich sei ein Kaufmann und habe mich auf einem Schiffe befunden, das untergegangen ist und mit großer Anstrengung mich hierher mit einigen Effekten und etwas Schmuck gerettet. Ich sagte ihnen aber nichts von dem, was mir in der Stadt und in der Höhle widerfahren, weil ich fürchtete, es möchte jemand aus der Stadt auf dem Schiffe sein.

Sie nahmen mich mit meinen Effekten auf, und als ich auf das Schiff kam, sammelte sich alles um mich herum, und als der Kapitän mich ausfragte, wiederholte ich, was ich den Matrosen erzählt hatte und bemerkte, daß ich meine ganze Ladung verloren, kein Geld besitze und nur einigen Schmuck aus dem Schiffbruch gerettet habe. Ich bot ihm dann einiges davon an, da er mich doch aufgenommen, er nahm aber nichts an, indem er sagte, daß er Gott zu Ehren jeden, der Schiffbruch gelitten oder auf einer Insel verlassen ist, aufnehme und mit Proviant versorge, und daß er sich freue, mich außer aller Gefahr auf seinem Schiffe zu sehen. In der Tat versorgte mich der Kapitän unentgeldlich, bis wir glücklich nach Baßrah kamen, von wo ich, nach kurzem Aufenthalt, mich nach Bagdad begab. Ich teilte meine Schätze mit meiner Familie und mit meinen Freunden, beschenkte die Armen und Waisen und lebte wieder einige Zeit in Lust und Wonne mit meinen Freunden. Das sind die Abenteuer meiner vierten Reise, komme aber morgen wieder, sagte er hierauf zu Sindbad, dem Landmanne, um die Geschichte meiner fünften Reise zu vernehmen, die noch wunderbarer als die der früheren ist. Er ließ ihm dann wieder 100 Dinare geben, und am folgenden Morgen, als er wiederkehrte und man gegessen und getrunken hatte, begann der Seefahrer folgende Erzählung:

Fünfte Reise Sindbads

Die Genüsse übten solche Gewalt auf mich aus, daß ich schnell die ausgestandenen Leiden und Strapazen vergaß. Aufs Neue reizte mich der Trieb, fremde Länder zu sehen; ich kaufte daher Waren, ließ sie einpacken und reiste damit nach Baßrah. Als ich an das Ufer des Meeres kam, sah ich ein großes Schiff, auf dem viele Kaufleute waren. Ich kaufte es, nahm einen Kapitän und Matrosen in Sold und bestieg es mit einem Sklaven und Dienern. Wir lasen die erste Sureh des Korans und reisten mit Gottes Hilfe Tag und Nacht, von Stadt zu Stadt und von Land zu Land, bis uns das Geschick auf eine verlassene Insel trieb, wo wir ein Ei des Vogels Rock fanden, das in der Ferne einer Kuppel gleich sah. Das Junge war gerade im Begriff herauszuschlüpfen, und dessen Schnabel war schon sichtbar.

Die Handelsleute, die sich mit mir eingeschifft hatten und auch mit mir ans Land gestiegen waren, schlugen mit Steinen auf das Ei los, brachten darin eine Öffnung an, aus der sie das Junge des Vogels Rock herausnahmen. Sie schlachteten es und nahmen viel Fleisch davon. Ich schlief neben dem Schiffe; als ich erwachte, rief ich ihnen zu, das Ei nicht zu berühren, da sonst der Vogel unser Schiff zertrümmern würde, aber sie hörten nicht auf meine Worte, so sehr ich sie auch deshalb anschrie. Während wir so sprachen, verfinsterte sich die Atmosphäre, und die Sonne verhüllte sich, obgleich es zur Mittagszeit war. Die Sonne ward wie von einer schwarzen Wolke überzogen, und als wir gen Himmel sahen, bemerkten wir, daß die vermeintliche Wolke die Flügel des Vogels Rock waren, der in der Luft über seinem Ei umherkreiste. Der Kapitän rief uns zu, so schnell als möglich das Schiff zu besteigen, um nicht vom Rock getötet zu werden. Wir eilten auf das Schiff und entfernten uns eilig vom Ufer. Inzwischen sah sich der Vogel nach seinem Ei um und stieß ein furchtbares Geheul aus, als er es zerbrochen fand. Er verfolgte uns dann mit seinem Weibchen, und trotz aller Anstrengung, das Schiff so schnell als möglich in Bewegung zu setzen, fanden sie sich doch bald über unserm Schiffe, und wir bemerkten, daß jeder zwischen seinen Krallen ein Felsenstück von ungeheurer Größe hielt. Der Rock ließ hierauf das Felsenstück, das er hielt, über uns herfallen; der Steuermann konnte jedoch noch schnell genug dem Schiffe eine andere Wendung geben, wodurch jenes ins Meer fiel und dasselbe bis auf den Grund aufwühlte, so daß das Schiff in die Höhe gehoben und dann wieder niedergeworfen ward und nahezu unterging. Kaum waren wir durch Gottes Hilfe dieser Gefahr entronnen, so ließ das Weibchen die noch größere Felsenmasse mitten auf unser Schiff fallen, so daß es zerschmettert ward. Die Matrosen und Reisenden ertranken; ich selbst kam unter Wasser, glücklicherweise konnte ich mich an einem Stücke der Schiffstrümmer halten. Indem ich mich so drei Tage mit der Hand hielt und mit den Füßen ruderte, wurde ich endlich mit günstigem Winde gegen eine Insel getrieben.

Ich war wie eine Leiche vor Hunger, Müdigkeit und Ärger, und ich machte mir wieder Vorwürfe, daß ich mein glückliches Leben aufgegeben und aus Übermut mich neuen Gefahren ausgesetzt hatte. Als ich indessen eine Weile geschlafen und mich gestärkt hatte, ging ich auf der Insel umher und fand sie reich an Vögeln, Bächen und Baumfrüchten. Ich aß und trank, bis ich gesättigt war und legte mich des Abends nieder in großer Furcht, weil ich keine Spur von einem menschlichen Wesen entdeckt hatte.

Als ich ein wenig auf der Insel zwischen Bäumen und Bächen vordrang, bemerkte ich einen Mann, der bei einem tätigen Wasserrade saß. Er war ganz nackt, hatte nur eine Schürze aus Palmfasern und einen Gürtel aus geflochtenen Blättern an. Ich dachte, er ist vielleicht fremd wie ich und näherte mich, ihn grüßend. Er erwiderte meinen Gruß mit Anstand und Freundlichkeit und hieß mich willkommen. Ich fragte ihn, wer er sei, woher er komme und auf welchem Orte ich mich befände. Er gab mir durch Zeichen zu verstehen, daß ich ihn zu dem Brunnen des Wasserrads tragen sollte.

Anfangs dachte ich mir, daß sein Zustand wirklich diese Hilfe nötig mache; ich nahm ihm daher auf meinen Rücken und trug ihn bis an den bezeichneten Ort, dann hieß ich ihn absteigen und wollte ihn niedersetzen, ich konnte ihn aber nicht von den Schultern herunterbringen, denn er hatte mir die Beine um den Hals geschlungen, deren Haut der eines Büffels glich und die so schwer wie ein Berg waren. Als ich sah, in welch neues Unglück ich mich gestürzt, rief ich: »Es gibt keinen Schutz und keine Macht, außer bei Gott, dem Erhabenen. Sooft ich von einem Übel frei bin, stürze ich in ein anderes.« Mein Herz ward von Schrecken erfüllt, die Welt schwarz vor meinen Augen, und ich fiel wie eine Leiche zur Erde nieder. Er hob seine Beine ein wenig auf, und ich ruhte und sah, daß seine

Beine meinen Hals noch ärger zerschunden hatten, als wenn er mit einer Peitsche geschlagen worden wäre. Ich erhob mich und wollte davonlaufen, aber er rief mich zurück und befahl mir, ihn unter den Bäumen umherzutragen, und als ich mich nicht beeilte, sprang er wieder auf meine Schultern und stieß mich mit seinen Füßen, daß ich glaubte, er habe mir Brust und Rippen zerbrochen. So trug ich ihn dann mitten in die Insel, denn so oft ich stehen blieb, schlug er mich, ich war wie sein Gefangener, so daß ich am Leben verzweifelte. Er aber aß von den Früchten der Bäume und verunreinigte mich und stieg weder bei Tag noch bei Nacht von meinem Nacken herunter, selbst wenn er schlief hatte er seine Beine fest um meinen Hals geschlungen, so daß ich mich nicht losmachen konnte, und wenn ich nicht alsbald nach seinem Wunsche aufstand oder weiter ging, so schlug er mich auf die Seiten und auf die Brust, und seine Schläge waren ärger als Peitschenhiebe, so daß ich aus Furcht vor ihm ganz gehorsam sein mußte. Ich wünschte den Tod herbei und machte mir Vorwürfe, daß ich mich von meiner Leidenschaft aus der Ruhe in solche Qualen habe stürzen lassen, auch nahm ich mir vor, in Zukunft mich keinem Menschen mehr zu nähern, der mich um Hilfe angeht.

Eines Tages fand ich auf meinem Wege mehrere trockene Kürbisse; ich nahm einen ausgetrockneten, höhlte ihn schön aus und drückte den Saft mehrerer Trauben hinein. Als ich den Kürbis angefüllt hatte, schloß ich die Öffnung wieder, die ich am oberen Teile angebracht hatte, und legte ihn einige Tage in die Sonne, bis der Traubensaft sich in starken Wein verwandelt hatte. Dann trank ich jeden Tag davon, und er gab mir Kraft und berauschte mich, daß ich keine Müdigkeit mehr fühlte. Eines Tages ward ich vom Weine so munter, daß ich anfing zu singen, Verse zu rezitieren, die Hände zusammenzuschlagen und mit dem Greis hin und her zu hüpfen.

Als der Greis die Wirkung merkte, die das Getränk auf mich gemacht hatte, gab er mir zu verstehen, daß er auch davon trinken wolle; ich reichte ihm daher den Kürbis hin, den er ergriff und bis auf den letzten Tropfen leerte. Er wurde alsbald sehr heiter, klatschte mit den Händen, hüpfte auf meinen Schultern, seine Beine fingen an sich zu lockern, er zitterte an allen Gliedern und wurde ganz betäubt, da löste ich ihm seine Beine von meinen Schultern, setzte ihn auf die Erde und freute mich sehr, als ich ihn noch immer ganz bewußtlos sah. Ich holte dann einen großen Stein zwischen den Bäumen hervor, warf ihn mit aller Kraft auf seinen Kopf, so daß ich ihm den Hirnschädel zerschmetterte und sein Blut sich mit seinem Fleische mischte. Gott eilte mit seiner Seele in die Hölle. Möge er kein Erbarmen mit ihm haben!

Ich ging dann wieder an das Ufer an die Stelle zurück, an der ich mich früher befand, und nährte mich von den Früchten der Insel und sah immer nach dem Meere hin. Groß war meine Freude, als eines Tages ein Schiff heransegelte und an dieser Insel ankerte. Ich ging auf die Mannschaft zu, grüßte sie, man erwiderte meinen Gruß und bald sammelten sich alle Leute vom Schiffe um mich, um zu hören, wie ich hierher gekommen. Nachdem ich nun meine ganze Geschichte erzählt hatte, sagte der Kapitän: »Der Alte, den du erschlagen hast, wird der Scheich des Meeres genannt, niemand ist ihm noch lebendig entkommen, und wer unter ihm umgekommen ist, den hat er gefressen.« Man wünschte mir Glück zu meiner Rettung, schenkte mir Lebensmittel und Kleidungsstücke und nahm mich mit auf das Schiff, das nach wenigen Tagen gegen eine große Stadt getrieben wurde, die am Ufer des Meeres lag, mit einem großen, festen Schlosse, welches Mauern mit einem eisenbeschlagenen Tore umgaben. Durch dieses Tor begeben sich die Bewohner der Stadt des Abends an das Ufer und besteigen ihre

Nachen, auf denen sie mitten im Meere die Nacht zubringen, aus Furcht vor den Affen. Ich dachte mit Bewunderung darüber nach und erinnerte mich an meine früheren Abenteuer mit den Affen und gedachte auch meiner Freunde. Während ich aber so, in Gedanken vertieft, in der Stadt umherging, segelte das Schiff weiter, und ich bereute es, mich davon entfernt zu haben, aber meine Reue konnte mir nichts mehr nützen. Als ein Mann aus dieser Stadt mich so nachdenkend sah, sagte er zu mir: »Du scheinst hier fremd zu sein.« Ich antwortete: »Allerdings, ich befand mich auf dem Schiffe, das hier geankert hatte, und während ich mich in der Stadt umsah, segelte es weiter und ließ mich zurück, ich bin nun allein, ganz unbekannt mit der Stadt und ihren Bewohnern.« Der Mann erwiderte: »Sei ohne Furcht, geh mit mir auf meinen Nachen, denn wenn du die Nacht in der Stadt bleibst, kommst du um.« Ich folgte ihm und stieg in seinen Nachen, der sich ungefähr eine Meile weit von der Küste entfernte und erst des Morgens wieder nach der Stadt zurückgebracht wurde, welche an der Grenze des Landes der Schwarzen lag, denn wer die Nacht über in der Stadt blieb, wurde von den Affen aufgefressen. Den Tag über ging jeder seinem Geschäfte nach. Mich aber fragte der Mann, der mich aufgenommen hatte: »Verstehst du kein Handwerk?« Ich antwortete: »Bei Gott, ich bin kein Handwerker, ich war ein reicher Kaufmann, trieb Handel, habe aber durch Schiffbruch alles verloren.« Ich erzählte ihm dann meine ganze Leidensgeschichte, und als er sie mit großem Erstaunen angehört hatte, sagte er, indem er mir einen baumwollenen Beutel mit Steinen gefüllt überreichte: »Nimm diesen Beutel und folge mir!« Er führte mich dann zu einer Gesellschaft und sagte: »Hier ist ein fremder Mann, der Schiffbruch gelitten und nichts mehr besitzt und kein Handwerk versteht, nehmet ihn mit, lehrt ihn euer Geschäft, vielleicht erwirbt er so viel, daß er damit in seine Heimat zurückkehren kann.« Die Leute, denen er mich so empfohlen hatte, hießen mich willkommen und sagten: »Bei unserem Haupte und unsern Augen.« Hierauf sagte der Mann: »Tu nun, was sie tun, und wenn du zurückkehrst, so komme wieder zu mir.« Er verließ mich dann, nachdem er mir noch einige Lebensmittel gegeben hatte. Ich dankte ihm und schloß mich den übrigen an, bis sie zu hohen, glatten Bäumen gelangten, auf die kein Mensch hinaufklettern konnte, und unter welchen viele Affen lagen. Als die Affen uns sahen, stiegen sie auf die Bäume. Die Leute warfen ihnen Steine aus ihren Taschen nach, worauf die Affen Früchte pflückten und herabwarfen. Als ich sie näher betrachtete, waren es Kokosnüsse, und die Bäume waren Kokosnußbäume, deren Früchte nur auf diese Weise gewonnen werden konnten.

Ich nahm dann auch Steine aus meinem Beutel und schleuderte sie gegen die Affen, die mich wieder mit Nüssen bewarfen, die ich in großer Zahl sammelte. So brachten wir den ganzen Tag zu, und des Abends kehrten wir in die Stadt zurück, und ich übergab dem Manne, der mich aufgenommen, was ich gesammelt hatte. Er freute sich und sagte: »Geh jeden Tag mit den Leuten und bringe, was dir Gott beschert, vielleicht bringst du so viel zusammen, daß, wenn du sie verkaufst, du mit dem Erlös in deine Heimat zurückkehren kannst.« Ich dankte ihm und wünschte ihm viel Gutes für das, was er mich gelehrt und fuhr fort,

Nüsse zu sammeln und zu verkaufen und das Geld um mich herum zu binden. Eines Tages ankerte ein Schiff vor dieser Stadt, auf welchem viele Kaufleute waren, die mit ihren Waren Tauschhandel trieben. Ich ging zu meinem Wirte und sagte ihm, daß ich die Absicht habe, mit dem angekommenen Schiffe abzureisen. Er ging zum Kapitän, mietete mir einen Platz, gab mir noch einige Lebensmittel und nahm Abschied von mir. Ich begab mich auf das Schiff mit vielen Kokosnüssen, denn ich hatte nur einen Teil derselben verkauft, auch schenkten mir meine Gefährten noch viele Nüsse, und wir reisten von Insel zu Insel, bis wir an eine große Stadt kamen. Ich vertauschte meine Nüsse gegen Gewürznelken und Pfeffer und sah mir den Pfefferbaum an, von dem man mir sagte, er trage große Büschel, und neben jedem Büschel wachse ein großes Blatt, das ihn beschatte und gegen Regen schütze, und wenn er aufhört, sich wieder nach unten wende. Wir kamen auch auf andere Inseln, auf welchen verschiedenes Aloeholz wächst, deren Bäume im Meer wurzeln. Die Bewohner derselben sind dem Weine und der Unsittlichkeit ergeben und wissen nichts vom Gebete. Dann kamen wir auf die Insel der Perlensammler, ich gab Tauchern viele Kokosnüsse und ließ sie für mich untertauchen und vertraute dabei auf Gott. Sie brachten viele kostbare Perlen herauf, und ich wurde reicher, als ich es je war. So reisten wir immer weiter bis nach Baßrah. Hier hielt ich mich einige Tage auf, um auszuruhen, dann mietete ich ein Schiff und reiste mit allen meinen Waren nach Bagdad zu meiner Familie und zu meinen Freunden, von denen ich geglaubt hatte, ich würde sie nie mehr wieder sehen. Nun lebte ich wieder wie früher in Lust und Wonne und vergaß bald alle meine Leiden. Das sind meine Abenteuer der fünften Reise, so schloß Sindbad seine Erzählung, ließ dann Sindbad, dem Landmann, wieder 100 Dinare geben und lud ihn ein, am folgenden Morgen wiederzukehren, um die Ereignisse der sechsten Reise zu hören.

Sechste Reise Sindbads

Am folgenden Morgen erzählte Sindbad der Seefahrer: Nachdem ich längere Zeit im höchsten Glück gelebt hatte und immer reicher wurde, kamen reisende Kaufleute zu mir und sprachen von ihren Reisen und von ihrem großen Gewinn, da überkam mich auch wieder die Lust zu reisen und fremde Länder zu besuchen. Ich kaufte kostbare Waren für eine Seereise, schaffte mir Proviant an und mietete ein Schiff nach Baßrah. Hier fand ich ein großes Schiff, mit vielen angesehenen Kaufleuten, ich reiste mit ihnen, nach dem Willen Gottes, von Meer zu Meer, von Insel zu Insel und von Stadt zu Stadt, machte überall Geschäfte und lebte sehr vergnügt, bis eines Tages der Kapitän plötzlich seine Matrosen anschrie, sich wie ein Weib ins Gesicht schlug, den Turban vom Haupt warf und sich den Bart ausraufte und rief: »Wehe! Mein Haus ist verödet! Meine Kinder sind Waisen!« Als wir ihn in solchem Zustand sahen, wurde das Licht zu Fin-

sternis in unsern Augen. Wir gingen auf ihn zu und fragten ihn, was vorgefallen? Er antwortete: »Wir können diesem Berg nicht entrinnen, es ist ein hoher Berg und darunter ein sehr harter, wir haben den Weg verfehlt und das Schicksal hat uns an einen Ort getrieben, von welchem noch niemand entkommen ist, doch seid fest im Glauben und betet zu Gott, vielleicht ist eine reine Seele unter euch, deren Gebet Gott erhört, daß wir gerettet werden.« Wir fingen an zu beten und der Kapitän stieg auf den Mastbaum, um zu sehen, wo wir uns hinwenden könnten, er fand aber kein Mittel, das Schiff abzulenken, er stieg daher wieder herunter und fiel vor Gram ohnmächtig auf das Schiff. Bald darauf wehte uns ein Wind vom Berg entgegen, das Schiff drehte sich dreimal im Kreise herum, stieß dann zweimal gegen den Berg und wurde zerschmettert, und was darauf war ging unter. Manche Reisende, worunter auch ich, klammerten sich an der Seite des Berges an und es gelang ihnen, ihn zu erklimmen, andere ertranken. Als wir auf dem Berg waren, sahen wir eine Insel mit großen Bäumen und am Ufer lagen viele Gebeine und Hirnschalen von Menschen und viele Waren und wertvolle Gegenstände von zertrümmerten Schiffen, welche der Wind und die Wellen dahin getrieben hatten. Ich ging, über meine Lage nachdenkend und mir Vorwürfe machend, daß ich mich neuen Gefahren ausgesetzt, mit den anderen Geretteten auf der Insel umher, bis wir an eine frische Quelle kamen, die aus dem Berg entsprang. Wir tranken und gingen weiter und waren erstaunt über die Masse kostbarer Güter, die am Ufer herumlagen und von gescheiterten Schiffen herrührten. Auch fanden wir allerlei Edelsteine auf dem Berg sowohl als auf dem

Grund der Quelle, von welcher wir tranken, desgleichen sahen wir verschiedene Sorten edle Aloebäume. Auch fließt Ambra an der Seite eines Bächleins wie Wachs, das die Seetiere verschlingen, dann aber im Meere wieder ausspeien, worauf es Farbe und Beschaffenheit ändert. Alles dies findet sich auf dieser Insel, die aber wegen des Berges, an welchem die Schiffe scheitern, unzugänglich ist. Wir gingen nun ratlos umher, ohne zu wissen wohin, und wurden immer schwächer, denn wir mußten uns von Pflanzen nähren. Sooft einer von uns starb, wuschen wir ihn, hüllten ihn in seine Kleider und beerdigten ihn am Ufer der Insel. Unsere Zahl ward immer geringer, sie schmolz bald auf drei zusammen und schließlich blieb ich allein noch am Leben. Ich machte mir Vorwürfe und dachte: »Wäre ich doch vor meinen Gefährten gestorben, sie hätten mich doch gewaschen, eingehüllt und beerdigt, während jetzt niemand dies tun kann.« Ich grub mir dann ein tiefes Grab und dachte, wenn ich meine Lebenskraft gesunken fühle, so lege ich mich hinein und sterbe darin.

Während ich damit beschäftigt war, konnte ich mich nicht enthalten, mir Vorstellungen darüber zu machen, daß ich schuld an meinem eigenen Unglück sei, und meine Reue zu gestehen, daß ich abermals ohne Not mich auf die Reise begeben habe.

Gott, der Allmächtige, flößte mir dann den Gedanken ein: Dieser Bach, der unter die Erde fließt, müsse notwendig an irgend einer Stelle wieder hervortreten. Wenn ich ein Floß baue und mich damit dem Laufe des Wassers anvertraue, so werde ich entweder mit Gottes Hilfe gerettet, oder zugrunde gehen; ist letzteres der Fall, so ist es doch besser auf dem Bache als hier umzukommen.

Ich fing sogleich an, das Floß zu bauen. Ich machte es aus Schiffstrümmern und dicken Seilen, die von den gescheiterten Schiffen am Ufer umherlagen, und band sie so stark zusammen, daß ein Fahrzeug daraus entstand, wie ein Fischerkahn, so fest wie mit Nägeln beschlagen und ungefähr so breit wie der Bach. Als es fertig war, belud ich es mit einigen Packen Perlen, Edelsteinen, grauem Bernstein und Aloeholz. Ich packte alles mit einigen Pflanzen zur Nahrung fest zusammen und schiffte mich auf meinem Floße mit zwei kleinen Rudern ein, und überließ mich dem Laufe des Stroms, indem ich mich dem Segen des Allmächtigen empfahl.

Sowie ich mich in der Höhle befand, sah ich keine Tageshelle mehr, und der Lauf des Flusses riß mich fort, ohne daß ich bemerken konnte, wohin. Ich fuhr während einiger Tage in dieser Dunkelheit, ohne daß ich einen Lichtstrahl entdecken konnte. Ich fand zuweilen die Wölbung der Höhle so nieder, daß ich nahe daran war, mir den Kopf zu verletzen, auch war an manchen Stellen der Bach so eingeengt, daß ich die Ruder auf den Kahn legen mußte. Ich bereute, was ich getan, und vor Todesangst vergaß ich Hunger und Durst. So ging das fort, bald schlief ich ein, bald erwachte ich wieder, bald wurde der Bach eingeengt, bald war er wieder breit und die Strömung trieb den Kahn immer vorwärts. Endlich fiel ich vor Schwäche und Hunger in einen festen Schlaf, und als ich aufwachte, sah ich mich auf einem freien Felde, am Ufer eines Flusses, woselbst mein Floß angebunden war, und mitten unter einer großen Zahl Indianer und Schwarzer.

Sie redeten mich an; ich verstand jedoch ihre Sprache nicht. In diesem Augenblick war ich so von Freude ergriffen, daß ich nicht wußte, ob ich wachte oder träumte, und rief mir die Worte des Dichters zu:

»Lasse dem Schicksal seinen Lauf und schlafe ohne Sorgen, im Augenblick, wo du darüber erschrickst, hat Gott schon alles anders gefügt.«

Einer der Schwarzen, welcher sah, daß ich nicht antworten konnte, sagte in arabischer Sprache: »Der Friede Gottes sei mit dir!« Ich antwortete: »Mit dir sei Gottes Friede und Segen!« Drauf erzählte er mir: »Wir bewohnen das Feld, das du siehst, und sind gekommen, dasselbe aus dem Flusse zu bewässern. Wir bemerkten deinen Kahn, in welchem du schliefst. Wir haben ihn festgebunden und gewartet, bis du aufwachtest. Erzähle uns, wer du bist und wo du herkommst.« Ich antwortete ihnen, daß sie mir vorher etwas zu essen geben sollten, da ich sonst verhungere, und daß ich dann ihre Neugier befriedigen würde.

Sie brachten mir alsdann mehrere Speisen, womit ich meinen Hunger stillte. Als ich mich gestärkt und beruhigt hatte, erzählte ich ihnen ganz getreu alles, was mir zugestoßen war, und sie bezeugten mir ihre Verwunderung darüber. Sobald ich geendigt hatte, sagten sie untereinander: »Wir müssen unserem König Nachricht geben von diesem Fremden und ihn zu ihm führen.« Dann sagten sie mir: »Wir wollen dich zu unserem König führen.« Ich erwiderte, ich sei bereit, ihnen zu folgen. Sie nahmen mich alsbald in ihre Mitte und zogen auch den Kahn mit, in welchem alle meine Edelsteine, Perlen und Ambra waren. Als ich vor dem König stand, bewillkommte er mich, hieß mich zu ihm sitzen und erkundigte sich nach meinen Verhältnissen. Ich erzählte alles und der Mann, der mich angeredet hatte, verdolmetschte es ihm. Er war sehr erstaunt über mein Abenteuer und erwies mir viele Ehre, worauf ich ihm einige Perlen und Edelsteine zum Geschenk machte; er nahm das Geschenk an, ließ Speisen und Getränke auftragen und mir eine Wohnung im Schlosse einräumen. So lebte ich eine geraume Zeit bei ihm hochgeehrt und erzählte ihm von meiner Heimat und von der Regierung Harun Arraschids, wodurch mein Ansehen noch größer ward,

Eines Tages, als ich so dasaß, hörte ich, daß Kaufleute nach Baßrah reisen wollten; da ich sie kannte, beschloß ich, mich ihnen anzuschließen und dachte, der König wird mich ihnen empfehlen. Ich begab mich alsbald zu ihm, küßte die Erde vor ihm und teilte ihm meinen Entschluß mit. Er schickte alsbald zu den Kaufleuten, empfahl mich ihnen, machte mir viele Geschenke und stattete mich mit allen Reisebedürfnissen aus. So reisten wir denn im Vertrauen auf Gott, von Meer zu Meer und von Insel zu Insel, bis wir, nach Gottes Willen, in Baßrah anlangten, von wo ich nach wenigen Tagen mich nach Bagdad begab. Meine Familie hatte mich schon tot geglaubt und freute sich daher sehr über meine Ankunft. Ich teilte wieder viele Geschenke an meine Freunde, sowie an die Armen aus. Der Kalif hörte von meiner Rückkehr und ließ mich rufen. Ich küßte die Erde vor ihm und überreichte ihm seiner würdige Edelsteine und Perlen, sowie auch etwas Ambra und Aloeholz, und erzählte ihm auf sein Verlangen, was mir auf der ganzen Reise widerfahren, vom Tage an, als ich Bagdad verlassen hatte. Er nahm mein Geschenk an, hörte mir mit Erstaunen zu, erwies mir große Ehre und befahl seinen Sekretären, die ganze Geschichte niederzuschreiben und zur Belehrung für jeden, der sie hört, in der Schatzkammer aufzubewahren. Ich lebte nun wieder in Bagdad, allen Genüssen des Lebens hingegeben und vergaß bald, was ich gelitten hatte. Das sind meine Abenteuer von der sechsten Reise. Morgen komme wieder, sagte er zu Sindbad dem Landmann, um die meiner siebenten Reise zu vernehmen, die noch wunderbarer und entzückender sind. Er ließ ihm wieder 100 Dinare geben, und als er am folgenden Tag wiederkehrte und die übrigen Freunde beisammen waren und gegessen und getrunken hatten, begann Sindbad der Seefahrer also:

Siebente Reise Sindbads

Nachdem ich einige Zeit höchst angenehm in Bagdad gelebt hatte, überwältigte mich wieder die Reiselust. Ich kaufte allerlei Waren, packte sie in Ballen zu einer Seereise und begab mich, blindlings der Leitung Gottes vertrauend, nach Baßrah. Hier fand ich ein großes Schiff mit vornehmen Kaufleuten, mit denen ich mich befreundete und einschiffte.

Als wir eine Strecke weit gefahren waren, erhob sich ein starker Sturm, und es regnete so stark, daß wir unsere Ladungen mit allerlei Kleidungsstücken und Tüchern zudeckten, und zu Gott beteten, daß er die Gefahr von uns abwende; der Schiffskapitän aber umgürtete sich, nahm seine Zuflucht zu Gott vor Satan, stieg auf den Mastbaum und sah sich nach allen Seiten um; darauf schrie er die Leute, die auf dem Schiffe waren, an, schlug sich am Kopf und ins Gesicht, warf seinen Turban ab und raufte sich mit folgenden Worten seinen Bart: »Fleht Gott um Rettung an! Weint um euer Leben und sagt einander Lebewohl!« Wir fragten ihn, was geschehen sei? Er antwortete: »Wir sind von unserm Wege abgekommen und der Wind wird uns bald ans äußerste Ende der Welt gebracht haben.« Er stieg dann vom Mastkorb herunter, öffnete eine Kiste und nahm einen blauen baumwollenen Beutel mit Erde gefüllt heraus. Darauf holte er eine Tasse Wasser, mischte die Erde unter dasselbe und roch daran, um davon zu kosten; darauf brachte er ein Buch herbei, las darin und brach in Jammer aus, indem er sprach: »Wisset, dieses Buch sagt etwas Wunderbares, das darauf deutet, daß, wer auf dieses Meer gerate, untergehe. Es heißt das Meer des königlichen Landes. Hier ist das Grab des Propheten Salomo, Sohn Davids, Friede sei mit ihm! Kein Schiff, das auf dieses Meer kommt, bleibt unbeschädigt.« Wir waren sehr erstaunt über die Worte des Kapitäns. Kaum kamen wir jedoch wieder zu uns selbst, so krachte das Schiff nach einem heftigen Windstoß, von dem es getroffen worden war. Wir sagten einander Lebewohl, weinten und beteten das Totengebet und ergaben uns in den Willen Gottes. Da schwammen drei ungeheuere Fische, groß wie Berge, auf uns zu und umgaben unser Schiff und der größte unter ihnen öffnete seinen Rachen, um das ganze Schiff zu verschlingen, denn er war so weit wie ein Stadt-

tor, oder wie ein breites Tal. Wir flehten Gottes Hilfe an und kurz drauf hob ein starker Sturmwind das Schiff in die Höhe und schmetterte es im Herunterfallen gegen den Kopf eines Fisches, so daß es in Stücke ging und wir alle ins Meer sanken. Aber der erhabene Gott ließ uns ein großes Brett ergreifen, woran wir uns klammerten und ich ruderte wieder mit den Füßen, wie bei früheren Schiffbrüchen, Wind und Welle warfen uns damit an das Ufer einer Insel. Todeskrank von Hunger, Kälte, Durst, Müdigkeit und Wachen kamen wir daselbst wie elende Küchlein an. Ich machte mir Vorwürfe über das, was ich getan, und sagte zu mir: »Meine früheren Reisen haben mich nicht bekehrt; so oft ich in großer Gefahr war, habe ich mir vergebens vorgenommen, nicht mehr zu reisen, darum verdiene ich, bei Gott, was mir widerfährt, denn ich lebte in größtem Wohlstand und Gottes Huld hatte mir geschenkt, was ich nur wünschen konnte.« Ich weinte lange, flehte Gottes Gnade an und rief ihn als Zeugen auf, daß ich, wenn ich diesmal gerettet werde, nie mehr meine Heimat verlassen und nie mehr von einer Reise sprechen würde, ging mit zerknirschtem Gemüt am Meeresufer umher, indem ich mir die Verse des Dichters ins Gedächtnis zurückrief:

»Wenn die Dinge sich verwickeln und einen Knoten bilden, so kommt eine Bestimmung vom Himmel und entwirrt sie. Habe Geduld; was dunkel war, wird hell werden, und der den Knoten geknüpft hat, wird ihn vielleicht auch wieder lösen.«

So irrte ich lange am Meeresufer umher, aß von den Pflanzen der Erde und trank das Wasser der Quellen. Als ich so längere Zeit in Jammer und vielfacher Not gelebt und mir den Tod gewünscht hatte, fiel es mir ein, wieder einen kleinen Nachen zu bauen und darauf, wie früher einmal, das Meer zu befahren. Ich dachte: »Werde ich gerettet, so ist es eine Fügung Gottes, gehe ich unter, so ist meine Qual zu Ende.«

Ich sammelte mir dann Holz und Bretter von den gestrandeten Schiffen, zerriß mein Kleid und flocht einen Strick daraus, womit ich die Bretter und das Holz fest zusammenband, dann ließ ich den Nachen ins Meer und ruderte darauf drei Tage lang, ohne zu essen oder zu trinken, auch ließ mich die Furcht nicht schlafen. Am vierten Tage kam ich an einen hohen Berg, aus welchem Wasser in die Erde floß. Ich hielt hier an und sagte zu mir: »Es gibt keinen Schutz und keine Macht, außer bei Gott, dem Erhabenen! Wärest du doch an deinem Platze geblieben und hättest Datteln und andere Pflanzen gegessen. Hier jedoch mußt du umkommen!« Eine Rückkehr war jedoch nicht möglich, denn ich konnte den Kahn in seinem Laufe nicht aufhalten, den der Fluß unter den Berg, wie unter eine Brücke, durchtrieb. Ich legte mich in den Nachen, doch war dessen Raum so eng, daß ich oft Seiten und Rücken an den Bergwänden aufstieß. Nach einiger Zeit kam ich mit Gottes Hilfe wieder unter dem Berge hervor in ein weites Tal, in das hinab sich das Wasser mit einem donnerähnlichen Geräusch ergoß. Ich hielt mich mit der Hand an dem Nachen fest, mit dem die Wellen rechts und links spielten. Ich fürchtete mich sehr, ins Wasser zu fallen, und vergaß darüber Essen und Trinken. Indessen schwamm der Nachen, von der Strömung und dem Winde pfeilschnell getrieben, bis mich die Bestimmung nach einer volkreichen Stadt von großem Umfang brachte. Da ich außerstande war, den Nachen anzuhalten, so warfen mir die Leute der Stadt, als sie mich sahen, Stricke zu, die ich jedoch nicht fassen konnte, bis sie zuletzt ein großes Netz über den ganzen Nachen zogen und mich damit ans Land brachten. Ich war nackt und abgehärmt wie ein Toter, vor Hunger und Durst, Wachen und Anstrengung. Da kam ein Mann auf mich zu, warf ein hübsches Kleid um mich, und nahm mich mit sich nach Hause, wo er mich in ein Bad führte. Alle seine Leute bewillkommten mich freudig, hießen mich sitzen und brachten mir zu essen. Ich aß, bis ich satt war, denn ich war sehr hungrig. Dann brachten mir Knaben und Sklavinnen warmes Wasser, womit ich mir die Hände wusch. Hierauf dankte ich Gott, der mich gerettet. Auch wurde mir ein besonderer Ort an der Seite des Hauses angewiesen, woselbst ich von Sklaven und Sklavinnen bedient wurde. So blieb ich drei Tage lang, am vierten Tage kam der Alte und sagte: »Herr, du bist uns willkommen, und das Jahr ist durch deine glückliche Ankunft gesegnet.« Meine Antwort war: »Gott erhalte dich und belohne dich für das, was du an mir tust!« Er jedoch sagte zu mir: »Wisse, mein Sohn! Während du hier als Gast weilest, habe ich durch meine Diener deine Waren ans Land bringen und inzwischen trocknen lassen. Willst du nun mit mir auf den Markt gehen und sehen, wie sie verkauft werden?« Ich wußte nicht, was ich antworten sollte, da ich keine Waren mitgebracht hatte. Ich sagte ihm dann: »Mein Vater! Du weißt das besser.« Er versetzte: »Das ist deine Sache, laß uns gehen, um deine Waren zu verkaufen und andere einzutauschen, und um auch selbst mit den Kaufleuten bekannt zu werden.« Ich gehorchte und folgte ihm.

Auf dem Markte grüßten und bewillkommten mich alle anwesenden Handelsleute und wünschten mir Glück zu meiner Rettung. Zugleich fand ich, daß unter den Waren, wovon der Alte gesprochen hatte, die Balken und Bretter verstanden waren, die ich auf der Insel gesammelt hatte. Als der Makler das Holz ausrief, überboten sich die Kaufleute bis zu 10000 Dinaren. Dann bot niemand mehr. Der Alte sagte zu mir: »Mein Sohn! Das ist der jetzige Wert deiner Ware, die im Augenblick nicht gesucht ist, wenn du willst, kannst du sie verkaufen, wenn du sie aber noch liegen lassen willst, so kannst du einen höheren Preis erzielen.« Ich sagte: »Ich überlasse es deinem Gutdünken.« Darauf erwiderte er: »Nun, ich will dir noch weitere hundert Dinare geben, wenn du mir dein Holz verkaufen willst.« Ich schloß den Handel ab, worauf er das Holz in sein Magazin bringen ließ und mit mir in das Haus ging, das er mir angewiesen hatte und er schickte mir 10100 Dinare und eine Kiste mit einem Schlosse und sagte mir, ich soll das Geld verschließen und den Schlüssel bei mir tragen, da ich nichts davon auszugeben brauche, so lange ich bei ihm bleibe.

Nach Verlauf einiger Zeit nahte er sich eines Tags mir mit den Worten: »Ich will dir einen Vorschlag machen, willst du ihn annehmen?« »Laß hören«, war meine Antwort. »Wisse«, fuhr er fort, »ich bin ein alter, reicher Mann, habe keinen Sohn, wohl aber eine junge Tochter von schönem Gesichte und hübschem Wuchse. Ich wünsche, daß du sie heiratest, bei mir bleibest und mein Sohn werdest; ich übergebe dir mein ganzes Vermögen.« Ich schwieg, denn so viele Güte beschämte mich. Er aber fuhr fort: »Tue, wie du willst, du kannst meine Tochter heiraten, oder auch so hier bleiben, ohne an etwas Mangel zu leiden, oder mit Waren in deine Heimat zurückkehren. Unser Land«, fügte er hinzu, »ist die Grenze des bewohnten Landes, hinter uns beginnt der vierte Weltteil, der unbewohnt ist.« Auf alles dies konnte ich bloß erwidern: »Tue, Herr, mit deinem Knechte, wie du willst, du bist ja wie ein Vater gegen mich, ich bin hier fremd und habe auch infolge meiner vielen Leiden und Strapazen jede Einsicht verloren.« Er ließ hierauf den Kadi und Zeugen rufen und verheiratete mich mit seiner Tochter, indem er ein großes Fest veranstaltete und mich ihr zuführte. Ich fand sie, wie er gesagt hatte, wunderschön, liebenswürdig und hübsch gewachsen. Sie hatte einen reichen Schmuck an Ketten, Juwelen und goldenen Ringen, die waren wohl tausend Dinare wert. Den Wert ihrer Kleider aber konnte niemand schätzen. Ich lebte eine Zeitlang mit ihr; ihr Vater hatte mich zum Herrn aller seiner Güter gemacht, und ich war wie ein Eingeborner der Stadt und trieb großen Handel. Ich entdeckte, wie bei jedem Neumonde den Leuten Flügel wuchsen und ihre ganze Gestalt sich veränderte und die der Vögel annahm; sie flogen gen Himmel, und nur die Kinder blieben zu Hause. Als nun wieder einmal Neumond war und die Leute ihre Gestalten veränderten, hing ich mich an einen fest und sagte: »Bei Gott, du mußt mich mitnehmen.« Er drehte sich herum und sagte mir: »Dies ist unmöglich.« Mit vieler Mühe brachte ich es endlich dahin, daß er mich auf den Rücken nahm, mit mir so hoch in die Luft flog, daß ich hören konnte, wie die Engel Gott preisen. Darauf rief ich: »Gelobt und gepriesen sei Gott!« Aber kaum hatte ich diese Worte gesagt, da fiel ein starkes Feuer vom Himmel auf sie, daß sie fast verbrannten, sie entflohen sämtlich, und derjenige, der mich trug, warf mich auf den Gipfel eines hohen Berges. Sie waren alle ganz mutlos, schalten auf mich, gingen fort und ließen mich allein. Ich bereute, was ich mir selbst getan und sagte: »Es gibt keinen Schutz und keine Macht, außer bei Gott, dem Erhabenen! So oft mir Gott gnädig ist und mich aus einer schlimmen Lage befreit, stürze ich mich in eine andere.« Ich machte mir Vorwürfe, etwas unternommen zu haben, das über meine Kräfte war. Ich ging an den Seiten des Berges herum, ohne zu wissen, wohin? Da begegneten mir zwei Jünglinge, welche wie der Mond aussahen, jeder von ihnen hatte einen goldenen Stock in der Hand; ich ging auf sie zu, grüßte sie und sie bewillkommten mich. Dann sagte ich ihnen: »Ich beschwöre euch bei Gott, wer seid ihr?« Sie antworteten: »Wir sind Einsiedler, die auf diesem Berge wohnen und Gott anbeten«; sie gaben mir auch einen Stock, wie sie einen hatten, gingen ihres Weges und ließen mich allein. Da kam auf einmal eine große Schlange unter dem Berge hervor und trug im Rachen einen Mann, der nur noch mit dem Kopfe heraussah. Der Mann schrie: »Wer von dieser Schlange mich befreit, den wird Gott vor jedem Unheil bewahren.« Ich schlug die Schlange mit dem goldenen Stocke, den mir die Jünglinge gegeben hatten, und sie spie den Mann aus; ich schlug sie dann noch einmal und sie entfloh. Da kam der Mann und sagte mir: »Weil du mich so tapfer gerettet hast, so will ich dein Gefährte werden und dir beistehen.« Ich hieß ihn willkommen und ging eine Weile mit ihm auf dem Berge umher. Da nahte sich uns eine Menge Menschen, und siehe da, der Mann, der mich auf dem Nacken getragen hatte, war unter ihnen. Ich grüßte ihn und sagte: »Ist es so, daß Brüder gegeneinander verfahren?« Der Mann antwortete: »Freund! Du hättest uns beinahe ins Verderben gestürzt, dadurch daß du den Namen Gottes erwähntest.« Ich bat ihn um Verzeihung und er ließ sich bewegen, mich auf seinen Rücken zu nehmen, jedoch mußte ich die Bedingung eingehen, den Namen Gottes nicht mehr auszusprechen. Ich gab hierauf den goldenen Stock dem Mann, den ich von der Schlange befreit hatte, und nahm Abschied von ihm. Ich kam kurz darauf auf dem Rücken meines neuen Landmanns zu Hause an, meine Frau, der ich von meiner Reise nichts gesagt hatte, und jetzt erst erzählte, wie es mir gegangen, wünschte mir Glück zu meiner Rettung und riet mir, nie mehr mit den Leuten dieser Stadt umzugehen, da sie ungläubige Genien seien, die den Namen Gottes nicht kennen und ihn nicht anbeten. Sie fuhr dann fort: »Da mein Vater tot ist und wir hier niemanden mehr haben, so wollen wir unsere Güter verkaufen und in deine Heimat ziehen.« Ich gab meine Einwilligung dazu und wartete, bis jemand aus der Stadt auch abreisen wollte; um mich ihm anzuschließen. Eines Tages hörte ich, daß eine Anzahl Fremder, die sich in der Stadt aufhielten, abreisen wollten und daß sie ein großes Schiff gebaut hatten. Ich begab mich zu ihnen, mietete einen Platz, schiffte mich mit meiner Frau und aller meiner beweglichen Habe ein, und ließ die liegenden Güter zurück, und wir reisten von Insel zu Insel und von Meer zu Meer, bis wir glücklich in Baßrah anlangten. In Baßrah hielt ich mich nicht auf, sondern ging schnell nach Bagdad, der Friedensstadt. Gelobt sei Gott! Der mich mit meinen Freunden, worunter auch du, Sindbad der Lastträger, gehörst, wieder vereinigt hat. Das ist der Schluß der Erzählung Sindbads.

Als Schehersad dieselbe geendigt hatte, sprach ihre Schwester Dinarsad: »Schwester! Wie angenehm und entzückend ist deine Erzählung!« Da antwortete sie: »Was ist dies alles gegen die Erzählung von den Schlafenden und Wachenden?

Die ist noch weit wunderbarere.« Der Sultan war begierig, sie zu hören, und sie begann:

Erzählung vom Schlafenden und Wachenden

Ich habe vernommen, König der Zeit, daß unter dem Kalifen Harun Arraschid ein Handelsmann lebte, der einen Sohn, mit Namen Abul Hasan Alchali hatte. Derselbe erhielt bei seines Vaters Tode ein ungeheures Vermögen, das er in zwei Teile teilte; die eine Hälfte sollte unangegriffen bleiben, von der anderen lebte er. Seine gewöhnliche Gesellschaft waren Krieger und Handelsleute, die ihm den einen Teil seines Vermögens bald durchbringen halfen. Dann ging er zu seinen Freunden und Gesellschaftern, stellte ihnen seine Lage vor und sagte ihnen, wie wenig ihm geblieben sei; aber niemand kehrte sich an ihn. Mit zerknirschtem Herzen über diese Unbill ging er zu seiner Mutter und erzählte ihr, was ihm widerfahren sei. Sie aber sprach: »O Abul Hasan! Dies sind die Kinder des Jahrhunderts; hast du Vermögen, so nähern sie sich dir; hast du nichts mehr, so entfernen sie sich von dir.« Sie betrübte sich um seinetwillen und er seufzte und sprach unter Tränen folgende Verse:

»Ist mein Vermögen gering, so kümmert sich niemand um mich; ist es aber groß, so befreunden sich alle Leute mit mir. Mancher ist nur wegen meines Besitzes mein Freund geworden, und hat sich in einen Feind verwandelt als ich mein Gut verlor.«

Abul Hasan ging dann nach dem Orte, wo er die andere Hälfte seines Vermögens aufbewahrt hatte, und lebte davon. Er schwor, mit keinem seiner früheren Freunde mehr zusammen zu kommen, sondern sich jede Nacht eine andere Gesellschaft zu wählen und sie des Morgens wieder zu verlassen. Er setzte sich deshalb jeden Abend auf die Brücke, sprach jeden Fremden an, den er vorübergehen sah, führte ihn in sein Haus und brachte die Nacht in dessen Gesellschaft zu; des Morgens ließ er ihn gehen, ohne sich weiter nach ihm umzusehen oder ihn nur zu grüßen. So trieb er es ein ganzes Jahr hindurch. Als er eines Abends nach seiner Gewohnheit wieder auf der Brücke saß, kamen der Kalif und Masrur, das Schwert seiner Rache, vorüber, verkleidet, wie sie häufig zu tun pflegten. Als Abul Hasan sie sah, ging er auf sie zu, ohne sie zu kennen, und sprach, wie folgt zu ihnen:

»Wollt ihr wohl mit mir in meine Wohnung gehen und essen und trinken, was dieselbe bietet, nämlich doppeltes übereinander gebackenes Brot, gekochtes Fleisch und klaren Wein?« Der Kalif wollte nicht einwilligen, aber Abul Hasan beschwor ihn bei Gott, er möge doch sein Gast sein und seine Hoffnung nicht täuschen, und drang so lange in ihn, bis er einwilligte und ihm diese Gnade erwies. Abul Hasan freute sich sehr, ging dem Kalifen voran und unterhielt ihn, bis sie in seine Wohnung kamen. Der Kalif ließ seinen Diener vor der Türe und trat ein, und Abul Hasan ließ, sobald er sich niedergelassen hatte, eine Mahlzeit vorsetzen, wovon er selbst aß, damit es seinem Gaste besser schmecke. Abul Hasan brachte auch, nachdem sie ihre Hände gewaschen hatten, Weingefäße, setzte sich wieder neben den Kalifen, trank selbst und schenkte ihm ein und unterhielt ihn. Der Kalif bewunderte diese Gastfreundschaft und Wohltätigkeit und sagte: »Laß mich wissen, wer du bist, damit ich dich für deine Wohltaten belohne.« Abul Hasan antwortete lächelnd: »Herr! Fern sei von mir die Rückkehr zur Vergangenheit, ich will kein zweites Mal mit dir zusammentreffen.« Der Kalif fragte verwundert: »Warum?« Abul Hasan antwortete: »Meine Geschichte ist sonderbar und mein Benehmen hat seinen Grund.« »Welchen Grund?« fragte der Kalif. Abul Hasan antwortete: »Die Ursache hat einen Schweif.« Als der Kalif darüber lachte, sagte jener: »Ich will dir meine Worte durch die Geschichte von dem Feinschmecker und dem Koch klar machen. Wisse, mein Herr!

Ein Feinschmecker stand eines Morgens auf und hatte kein Geld mehr. Die Welt ward ihm eng, er verlor allen Mut und legte sich wieder schlafen bis die Sonne am höchsten stand und ihn die Hitze nicht mehr ruhen ließ und ihm

Schaum vor den Mund stieg. Ohne einen Dirham zu besitzen, ging er am Laden eines Kochs vorüber, der eben einen Topf über dem Feuer stehen hatte, worin reines Fett war und woraus die köstlichsten Gewürze dufteten. Der Koch stand hinter den Töpfen, putzte die Waage ab, wusch die Schüsseln rein, kehrte den Laden aus und bespritzte ihn mit Wasser; da kam der Feinschmecker, grüßte ihn, ging in den Laden und sagte zu dem Koch: »Wiege mir für einen halben Dirham Fleisch, für einen viertel Dirham Gemüse und für einen viertel Dirham Brot.« Der Koch wog ihm alles vor, was er begehrte; er aß alles auf und leckte noch die Schüssel aus, wußte aber nicht, wie er seine Zeche bezahlen sollte. Er sah sich im ganzen Laden um, endlich fiel sein Blick auf ein umgestürztes Becken; er hob es auf und fand einen frischen Pferdschweif darunter, von dem noch das Blut tropfte, und er merkte wohl, daß der Koch Pferdefleisch verkaufe. Als er diese Schandtat entdeckte, freute er sich, wusch seine Hände, schüttelte den Kopf und ging fort. Als dies der Koch bemerkte, schrie er ihm nach: »Haltet den Dieb, den Betrüger!« Der Feinschmecker blieb stehen und sagte: »Dummkopf! Was schreist du mir so nach.« Der Koch geriet in Zorn, stieg vom Laden herunter und sagte: »Was redest du noch, du Fleisch-, Gemüse- und Brotesser! Du, der, nachdem alles aufgegessen ist, weggeht, ohne die Zeche dafür zu zahlen.« Der Feinschmecker sagte: »Du lügst, du Viehsohn!« Da packte ihn der Koch am Hals und schrie: »Herbei, ihr Muselmänner! Das ist das Erste, was ich heute verkaufte; dieser Mann kommt, verzehrt meine Speisen und bezahlt mir nichts dafür!« Die Leute versammelten sich um sie, schalten den Feinschmecker und sagten: »Bezahle ihm, was du gegessen hast!« Er sagte: »Ich habe ihm einen Dirham gegeben, ehe ich in seinen Laden trat.« Der Koch aber beteuerte bei allem, was heilig ist, daß er hiervon nichts wisse. Der Feinschmecker hingegen beschwor die Wahrheit seiner Behauptung, schimpfte und schlug ihm endlich ins Gesicht. Zuletzt packten sie einander an und würgten sich. Als die Leute dies sahen, fragten sie: »Was bedeutet dieser Streit und warum schlagt ihr euch?« Da sagte der Feinschmecker: »Ein Verbrechen, dsanb*, ist die Ursache unseres Streits.« Der Koch, der dies hörte, sagte: »Bei Gott, du hast recht, es war ein Dirham, den du mir gegeben, und du hast nicht für einen ganzen Dirham verzehrt, laß dir daher, was dir noch gehört, zurückgeben.« Der Koch hatte wohl gemerkt, was der Feinschmecker mit dem Worte »dsanb« sagen wolle.

»Nun, mein Freund! Auch meine Geschichte hat ihren Grund.« Der Kalif lachte und sprach: »Laß ihn hören!«

Abul Hasan sprach: »Mit Vergnügen; wisse, ich heiße Abul Hasan Alchali; als mein Vater starb, hinterließ er mir ein großes Vermögen, das ich in zwei Teile teilte, den einen zum Aufbewahren, den andern, um damit in Gesellschaft meiner Freunde und Genossen zu leben. Niemand war mir bekannt, der nicht auch zu meinen Tafelfreuden geladen ward. Durch diese Ausschweifungen schwand bald mein noch so großes Vermögen zur Hälfte. Ich ging daher zu meinen bisherigen Freunden, die mir so wacker geholfen hatten, dasselbe durchzubringen, und verlangte Beistand und Hilfe von ihnen, die sie mir jedoch alle verweigerten. Kein einziger wollte einen Laib Brot mit mir teilen. Dies schmerzte mich; ich ging daher zu meiner Mutter, klagte ihr mein Leid, sie aber sagte zu mir: »So sind die Freunde, besitzt du Güter, so essen sie dich arm, und hast du nichts, so verlassen sie dich!« Hierauf nahm ich die zweite Hälfte meines Vermögens wieder heraus und schwor, niemand mehr länger als eine Nacht zu meinem Tischgenossen zu machen, und ihn dann nicht mehr zu grüßen, noch sonst mit ihm zu verkehren. Daher waren auch vorhin meine Worte zu dir: »Ferne sei von mir, daß Vergangenes wiederkehre; denn ich werde nur diese Nacht mit dir zusammen sein.« Als der Kalif dies hörte, lachte er heftig und sagte: »Bei Gott, mein Freund! Du bist hinlänglich entschuldigt, da ich nun die Ursache kenne und weiß, daß sie ein Verbrechen deiner Freunde ist; doch aber werde ich, so Gott will, nicht ganz von dir scheiden.« Da sagte Abul Hasan: »Habe ich dir nicht gesagt, ferne sei von mir, daß Vergangenes wiederkehre?«

Es ward dann eine gebratene Gans und feines Brot aufgetragen, die Abul Hasan zerschnitt und dem Kalifen vorlegte; sie aßen miteinander, bis die satt waren; dann brachte man ihnen Wasserbecken, Kanne und Potasch, und sie wuschen ihre Hände. Darauf ließ Abul Hasan drei Wachskerzen und drei Lampen anzünden und den Weintisch bringen, und setzte alten, klaren, gewürzten Wein darauf, der wie Moschus duftete; er füllte damit den ersten Becher an und sagte: »Gast! Laß uns ohne Zwang fröhlich und heiter sein! Wenn du willst, so betrachte mich als deinen Diener! Möchte ich nie mit deinem Verluste heimgesucht werden!« Er trank dann aus, füllte den zweiten Becher und reichte ihn dem Kalifen, dem Abul Hasan in Worten und Tun so wohlgefiel, daß er sich vornahm, ihn zu belohnen. Als Abul Hasan ihm den Becher überreichte, nachdem er ihn geküßt hatte, sagte er folgende Verse:

* Dsanb heißt Verbrechen und zugleich auch Schweif.

»Hätten wir eure Ankunft vorher gewußt, wir würden euch das Innerste unseres Herzens oder das Schwarze des Auges gereicht haben. Wir hätten unsere Brust als Teppich zu eurem Empfang ausgebreitet und wäret ihr selbst über unsere Augenlider einhergeschritten.«

Als der Kalif diese Worte hörte, nahm er ihm den Becher ab, küßte ihn und trank ihn aus; darauf gab er ihn wieder zurück. Abul Hasan nahm den Becher, füllte ihn wieder, trank ihn aus, füllte ihn nochmals, küßte ihn dreimal und reichte ihn dem Kalifen mit den Worten:

»Eure Ankunft bringt mir Ehre, das bekenne ich, seid ihr ferne, so kann euch niemand ersetzen.«

Er sagte dann zum Kalifen: »Trinke zu deinem Wohl, zu deinem Heil und zur Entfernung alles Übels.« So tranken sie fort bis Mitternacht und waren guter Dinge. Drauf sagte der Kalif zu Abul Hasan: »Hast du irgend einen Wunsch, den du erfüllt, oder irgendein Übel, das du beseitigt wünschest?« Er antwortete: »Bei Gott! Ich habe kein anderes Verlangen, als daß ich einmal herrschen, befehlen und verbieten könnte, ohne jemand darüber Rechenschaft zu geben.« Der Kalif erwiderte: »Sage mir, Freund! Wozu das?« Abul Hasan antwortete: »Ich wünsche von Gott, mich an meinen Nachbarn rächen zu können. In meiner Nachbarschaft befindet sich eine Moschee, darin sind vier Scheiche, die sich immer ärgern, wenn ein Gast zu mir kommt; sie schimpfen und schmähen mich dafür, und drohen mir, mich beim Fürsten der Gläubigen zu verklagen; sie haben mich schon so geplagt, daß ich beim erhabenen Gott wünsche, nur einen Tag herrschen zu dürfen, um einem jeden von ihnen 400 Peitschenhiebe geben lassen zu können, und zwar vor der Moschee, dann würde ich sie in der Stadt herumführen und vor ihnen ausrufen lassen: ›Das ist der Lohn und noch der geringste Lohn für den, der gegen andere Leute gehässig ist und ihre Freude stört!‹ Dies ist mein einziger Wunsch.« Der Kalif sprach: »Gott erfülle denselben! Laß uns nun austrinken; denn diese Nacht bleibe ich bei dir und vor Tag gehen wir zusammen fort!« Abul Hasan sagte: »Fern von mir!« Da füllte der Kalif einen Becher, warf ein Stückchen Bendi eine häufig zum Schlaftrank gebrauchte Pflanze, von der Insel Kreta, hinein, reichte ihn dem Abul Hasan und sprach: »Ich beschwöre dich bei meinem Leben, Freund! Trinke aus diesem Becher!« Abul Hasan sagte: »Nun, bei deinem Leben; ich nehme ihn aus deiner Hand!« Kaum hatte er daraus getrunken, so fiel er wie ein Toter auf sein Gesicht zur Erde. Der Kalif ging weg und sagte seinem Diener Masrur, der außen stand: »Geh hinein zu dem Mann, der schlafend daliegt, trage ihn in meinen Palast und schließe die Türe dieses Hauses zu.« Dann ging er fort. Masrur nahm Abul Hasan auf die Schulter, schloß dessen Türe und folgte seinem Herrn.

Der Tag war angebrochen und schon hatte der Hahn gekräht. Er ging mit Abul Hasan auf den Schultern in den Palast und legte ihn zu den Füßen des Beherrschers der Gläubigen. Dieser lachte und schickte zu Djafar, dem Barmakiden, und sagte zu ihm, als er erschien: »Merke dir diesen Mann! Und wenn du ihn morgen an meiner Stelle auf dem Throne der Kalifen in meinem Gewande siehst, so bleibe in seinen Diensten und befehle allen Fürsten, Großen und Hohen des Reichs, seinen Befehlen Folge zu leisten; auch du selbst tue, was er befiehlt, und widersetzte dich während des Tags keinem seiner Befehle.« Djafar vernahm gehorsam die Befehle des Kalifen und entfernte sich. Der Kalif ging dann zu den Sklavinnen, die im Schloß waren und sagte ihnen: »Wenn dieser Mann, der hier schläft, morgen erwacht, so küßt die Erde vor ihm, bekleidet ihn mit dem Ehrenkleid und bedient ihn in allem, wie mich selbst. Darauf sprechet zu ihm: ›Du bist der Kalif!‹« Er trug ihnen dann noch mehr auf, was sie ihm sagen und tun sollten, verbarg sich dann hinter einem Vorhang und schlief. So viel, was den Kalifen angeht. Abul Hasan aber schlief in einem fort, bis die Sonne schon hoch stand. Da nahte sich ihm eine Sklavin und sprach: »Herr! Es ist Zeit, das Morgengebet zu verrichten.« Als Abul Hasan die Worte der Sklavin hörte, lachte er und sah sich verwundert um, bald nach den azurnen und vergoldeten Wänden, bald nach der Decke, die ganz golden war; er sah viele Zimmer rings umher, deren Türen mit seidenen, goldgestickten Vorhängen behangen waren; allerlei goldene, porzellanene und kristallene Gefäße, schöne Betten und Teppiche auf den Böden ausgebreitet, brennende Lampen, und eine Menge von Sklavinnen, Dienern, Mamelucken und hübschen Knaben, die ihn umringten. Abul Hasan ward ganz verwirrt und sagte: »Entweder ich träume, oder dies ist das Paradies und die Wohnung des Friedens.« Er drückte dann die Augen wieder zu und legte sich nieder. Da sagte ihm ein Diener: »Herr! Fürst der Gläubigen! Es ist doch sonst nicht deine Gewohnheit!« Es nahten sich darauf alle Sklavinnen des Schlosses und richteten in sanft auf. Er befand sich auf einem hohen Bette, das ganz mit Seide gefüllt war, und sie hielten ihn mit einem Kissen in die Höhe. Wie er nun die Größe des Schlosses und alle diese Sklavinnen und Diener zu seinem Dienste bereit sah, lachte er über sich selbst und sagte: »Bei Gott! Ich weiß nicht, ob ich schlafe oder wache.« Bald stand er auf, bald setzte er sich wieder. Die Mädchen lachten heimlich über ihn. Er ward ganz verwirrt in seinem Kopfe und biß sich auf die Finger, bis es ihn schmerzte; dann schrie er und wurde böse. Der Kalif sah ihm zu, ohne von ihm bemerkt zu werden, und lachte. Abul Hasan wandte sich zu einer Sklavin und rief ihr zu; als sie kam, sagte er: »Beim erhabenen Gott! Bin ich Fürst der Gläubigen?« Sie sagte: »Ja, Herr! Beim allmächtigen Gott! Du bist jetzt Fürst der Gläubigen.« Er sagte: »Du lügst, Dirne!« Er wandte sich dann zu dem großen Diener und rief ihm zu; als er kam und die Erde vor ihm küßte, fragte er: »Wer ist der Fürst der Gläubigen?« Der Diener antwortete: »Du, Herr!« Da sagte er: »Du lügst, Schurke!« Er wandte sich dann zu einem anderen Verschnittenen und sagte: »Sprich, Alter! Bin ich Fürst der Gläubigen?« Der antwortete: »Bei Gott, Herr! Du bist jetzt Fürst der Gläubigen und Stellvertreter des Herrn der Welten.« Abul Hasan lachte über sich selbst, indem er sich in Vermutungen über die Veränderung erschöpfte, die mit ihm vorgegangen war, und sagte: »Wie soll ich nun in einer Nacht Fürst der Gläubigen geworden sein, da ich doch gestern noch Abul Hasan war?« Da trat ein alter Diener hervor und sagte: »Der Name Gottes sei mit dir! Du bist der Fürst der Gläubigen und Stellvertreter des Herrn der Welten.« Abermals schlossen alle Sklaven und Sklavinnen einen Kreis um ihn, und ein Mameluck reichte ihm ein paar seidene mit Gold gestickte Schuhe; Abul

Hasan nahm sie und wollte sie in den Ärmel stecken. Da sagte der Mameluck: »Herr! Das ist ja für deine Füße, damit du leicht gehest!« Abul Hasan schämte sich, warf sie aus dem Ärmel heraus und zog sie an die Füße; der Kalif starb fast vor Lachen. Als er ganz angekleidet war, brachten ihm Sklavinnen ein goldenes Waschbecken mit einer silbernen Kanne, gossen ihm Wasser über die Hände, und er wusch sich; dann breiteten sie einen Teppich unter ihm aus, damit er bete; er wußte aber nicht, wie er beten sollte, und er kniete 20-mal nieder und fiel zur Erde und dachte immer bei sich selbst: »Bei Gott! Bin ich wirklich Fürst der Gläubigen? Wäre es ein Traum, wie könnte alles so in Ordnung aufeinander folgen?« Und so redete er sich nach und nach ein, er sei wirklich der Kalif. Als er das Gebet vollendet hatte, umgaben ihn Mamelucken und Sklavinnen mit seidenem Weißzeug; dann kleideten sie ihm das Ehrenkleid des Kalifen an und gaben ihm ein langes Schwert in die Hand; ein großer Sklave ging voraus und kleine Mamelucken folgten ihm nach, bis sie zum Audienzsaal kamen, da hoben sie den Vorhang auf und er setzte sich auf den Thron des Richters und Beherrschers der Gläubigen. Hier sah er die vielen Vorhänge, die 40 Türen, die berühmten Männer, wie Alidjli, Arrakaschi, Abadan, Djedim und den Gesellschafter Abu Ischak; um ihn blinkten Schwerter, vergoldete Klingen, scharftreffende Pfeile nebst Bogen; er sah Perser, Araber, Türken, Deilamiten und eine Menge Prinzen, Veziere, Truppen und Volk, sowie die Vornehmen des Reichs und die Herren der Gewalt; die Macht der Abassiden und das Ehrfurcht gebietende Ansehen des Propheten erschienen ihm in voller Pracht. Er setzte sich auf den Thron des Kalifen und legte das Schwert auf seinen Schoß. Da kamen alle Leute, küßten die Erde vor ihm und wünschten ihm ein langes Leben. Drauf trat Djafar, der Barmakide, hervor, küßte die Erde und sprach: »Mögen deine Füße den Boden Gottes betreten, das Paradies deine Wohnung sein, und die Hölle die deiner Feinde! Niemand tue dir was zuleide und das Feuer der Hölle glimme nicht für dich, großmächtiger Kalif und Beherrscher der Länder!« Abul Hasan schrie ihn an: »Hund der Söhne Barmaks! Geh sogleich du und der Polizeioberste der Stadt nach dem Ort so und so in das Stadtviertel so und so, gib der Mutter Abul Hasans 100 Dinare und grüße sie von mir; dann nimm die vier Scheiche und den Imam der Moschee des Viertels, lasse jedem von ihnen 400 Prügel geben und sie auf den Kamelen rückwärts sitzend in der Stadt herumführen. Der Ausrufer gehe vor ihnen mit den Worten her: ›Das ist der Lohn und der geringste Lohn für den, der durch Schmähen und Übelreden seine Nachbarn stört, und dadurch ihnen Vergnügen, Essen und Trinken verbittert.‹ Drauf verbanne sie aus der Stadt.«

Djafar sagte: »Dein Wille ist mir Gebot!« verließ Abul Hasan, ging in die Stadt und tat, wie ihm befohlen worden. Abul Hasan fuhr fort, als Kalif zu handeln; er gab und nahm, erteilte Befehle und Verbote, und alles, was er befahl, wurde vollzogen, bis der Tage zu Ende war. Dann erlaubte er den Leuten zu gehen, und die Fürsten und Großen des Reiches gingen ihren Geschäften nach. Da erschienen die Diener und wünschten ihm langes Leben und handelten in seinem Dienste; sie hoben den Vorhang auf und er trat in den Saal des Harems. Er fand dort Wachskerzen und Lampen in buntem Schimmer brennen, und Sängerinnen,

die auf Instrumenten spielten. Er ward ganz verwirrt in seinem Kopfe und sage: »Bei Gott! Ich bin doch der Fürst der Gläubigen.« Als er in den Saal kam, traten ihm Sklavinnen entgegen, führten ihn auf den erhöhten Raum im Saal*, Iwan, und brachten ihm einen herrlichen Tisch mit den köstlichsten Speisen; er aß, so lange es ihm schmeckte, bis er satt war. Er rief dann einer Sklavin zu: »Wie heißt du?« Sie antwortete: »Tarka.« Er fragte eine andere: »Wie ist dein Name?« und sie antwortete: »Tochfa.« So fragte er alle Mädchen nach ihrem Namen; dann ging er in den Trinksaal; er fand alles vollständig besetzt. Es waren zehn große Schüsseln mit allerlei Früchten, Backwerk und Süßigkeiten darauf; er setzte sich und aß davon, bis er genug hatte. Er fand dann drei Gruppen Sängerinnen, und kam ganz außer sich. Die Sängerinnen setzten sich und es standen viele Diener, Mamelucken, Sklavinnen, Jünglinge und Mädchen um ihn herum; ein Teil setzte sich und der andere blieb stehen. Die Mädchen sangen und machten auf verschiedenen Instrumenten Musik, wovon der Saal harmonisch wiedertönte. Abul Hasan glaubte in diesem Augenblick, er wäre im Paradies; es wurde ihm wohl im Herzen und er war höchst vergnügt. Er machte den Mädchen viele Geschenke; bald rief er diese zu sich, bald küßte er jene; dann spielte er wieder mit einer andern, gab der einen zu trinken und der anderen zu essen, bis die Nacht völlig angebrochen war. Dann befahl der Kalif, der diesem allen zugesehen und daran seine größte Freude hatte, einer dieser Sklavinnen, ein Stück Bendj in den Becher zu werfen und es Abul Hasan zu trinken zu geben. Das Mädchen tat, wie ihr der Kalif befohlen und kaum hatte Abul Hasan den Becher geleert, so sank ihm

* Die Säle im Orient sind in zwei Teile geteilt; der Türe gegenüber ist ein niederer Raum, dann auf beiden Seiten ein erhöhter, zu welchem eine oder mehrere Stufen hinaufführen.

sein Kopf vor Schlaf auf seine Schultern. Der Kalif trat dann lachend hinter dem Vorhang hervor und rief dem Diener, der Abul Hasan hierher gebracht hatte, und sagte zu ihm: »Bringe diesen wieder in sein Haus zurück!« Der Jüngling trug ihn in seine Wohnung, legte ihn dort nieder, ging fort, schloß die Tür hinter sich zu, und kehrte dann wieder zum Kalifen zurück, der bis zum Morgen schlief.

Auch Abul Hasan schlief, bis Gott den Morgen hell leuchten ließ; als er erwachte, schrie er:» O Tafacha! O Racha! O Muska! O Tochfa!« Er schrie so lange, bis ihn seine Mutter hörte, wie er fremden Mädchen zurief. Sie stand auf, ging zu ihm und sagte: »Der Name Gottes sei mit dir! Steh auf mein Sohn! O Abul Hasan, du träumst!« Als er seine Augen öffnete und eine alte Frau bei sich sah, hob er die Augen auf und sagte: »Wer bist du?« Sie aber fragte: »Erkennst du deine Mutter nicht?« Er sagte: »Du lügst, ich bin Fürst der Gläubigen, der Kalif Gottes!« Seine Mutter schrie: »Gott erhalte dir deinen Verstand, mein Sohn! Schweig, sonst ist es um unser Leben und dein Vermögen geschehen, wenn jemand dies hört und es dem Kalifen hinterbringt.« Bei diesen Worten erwachte er ganz, erkannte seine Mutter und seine Wohnung; strengte seinen Verstand an und sprach: »Bei Gott! Mutter! Ich sah mich im Traume im Palast des Kalifen, von Sklavinnen und Mamelucken umgeben, habe regiert und Befehle ausgeteilt.« Und kurz darauf sagte er: »Beim allmächtigen Gott! Es war doch kein Traum!« Dann besann er sich wieder und sagte: »Es ist doch wahr, ich bin Abul Hasan Alchali, und habe nur im Traum den Kalifen gespielt und Befehle und Verbote erlassen.« Dann dachte er wieder nach und sagte mit voller Bestimmtheit: »Es war doch kein Traum, ich bin der Kalif, ich habe ja Ehrenkleider und andere Geschenke ausgeteilt.« Seine Mutter aber sprach: »Mein Sohn, du spielst mit deinem Verstand, du wirst ins Irrenhaus kommen und stadtkundig werden; denn was du gesehen hast, kommt

vom Teufel; es sind teuflische Täuschungen des Traumes; so spiegelt oft der Teufel das Verschiedenartigste dem menschlichen Verstand vor. Sage mir, mein Sohn! War gestern Abend jemand bei dir?« Abul Hasan dachte nach und sagte: »Ja, es schlief jemand bei mir, dem ich meine Geschichte erzählte, und ohne Zweifel gehörte der zu den Teufeln; denn du hast doch recht, meine Mutter, ich bin Abul Hasan.« Da sagte seine Mutter: »Höre, was ich dir angenehmes zu erzählen habe! Gestern kam der Vezier Djafar, der Barmakide, und ließ den Scheichen der Moschee und dem Imam jedem 400 Prügel geben, dann wurden sie aus der Stadt verbannt, und es wurde vor ihnen ausgerufen: ›Das ist der Lohn und der geringste Lohn für diejenigen, die ihre Nachbarn kränken und ihnen ihr Leben verbittern!‹ Und mir hat er 100 Dinare geschickt und mich grüßen lassen.« Da schrie Abul Hasan: »Du verdammte Alte! Wie willst du mir weismachen, ich sei nicht Kalif, ich habe doch Djafar befohlen, die Scheiche zu prügeln und sie öffentlicher Schande preiszugeben; auch bin ich es, der dir 100 Dinare mit einem Gruße gesendet. Ich bin wirklich der Fürst der Gläubigen, du verdammte Alte! Und du bist eine Lügnerin und willst mich verwirren.« Er stand dann auf und schlug seine Mutter mit einem Mandelbaumstock, bis sie um Hilfe schrie.

Die Nachbarn kamen zu Hilfe und hörten, wie Abul Hasan zu ihr sagte: »Du verfluchte Alte hast mich verzaubert, bin ich nicht der Fürst der Gläubigen?«

Die Leute sprachen unter sich: »Kein Zweifel, der ist gewiß rasend geworden.« Deswegen ergriffen sie ihn, banden ihn und führten ihn ins Irrenhaus; der Aufseher fragte: »Was ist diesem Jüngling?« Da antworteten sie: »Er ist rasend!« Abul Hasan aber rief in einem fort: »Bei Gott, sie lügen! Ich bin nicht rasend, ich bin der Fürst der Gläubigen!« Der Aufseher sagte: »Du lügst, du Verruchter aller Wahnsinnigen!« Er zog ihm dann seine Kleider aus, legte ihm eine schwere Kette um den Hals, band ihn an ein hohes Gitter und schlug ihn zweimal des

Tages und zweimal in der Nacht. Nach zehn Tagen kam seine Mutter zu ihm und sagte: »Mein Sohn Abul Hasan! Werde wieder verständig; das ist das Werk der Teufel.« Abul Hasan erwiderte: »Du hast recht, Mutter! Ich will von jetzt an bloß Abul Hasan sein und nicht mehr rasen; lasse mich nur freimachen, denn ich gehe fast zugrunde!« Seine Mutter ging zum Aufseher, machte ihn frei und kehrte mit ihm in seine Wohnung zurück.

Als der Monat zu Ende ging und ein neuer begann, wünschte Abul Hasan wieder einmal Wein zu trinken; er ließ nach seiner Gewohnheit wieder seine Wohnung mit Teppichen ausschmücken, auch Speisen und Wein bereithalten und ging auf die Brücke, um jemand zu erwarten und ihn nach seiner Gewohnheit einzuladen. Da ging der Kalif an ihm vorüber. Abul Hasan grüßte ihn aber nicht und sagte: »Keinen Gruß, keinen Willkomm den Verrätern! Ihr seid ein Teufel!« Der Kalif ging auf ihn zu und sprach: »Mein Freund! Habe ich dir nicht vorher gesagt, daß ich wieder zu dir komme!« Abul Hasan sagte: »Ich will nichts mit dir gemein haben, denn das Sprichwort sagt:

›Es ist besser und angenehmer, von einem Freunde fern zu sein; denn wenn das Auge nichts sieht, betrübt sich auch das Herz nicht.‹

Und in Wahrheit, Freund! In der Nacht, die wir zusammen zechend zubrachten, war es, als wenn der Teufel mich besessen hätte.« Der Kalif sagte: »Und wer war der Teufel?« Abul Hasan antwortete: »Du!« Der Kalif lächelte, setzte sich zu ihm, gab ihm süße Worte und sprach: »Freund, als ich von dir wegging, ließ ich die Türe offen, vielleicht ist dann der Teufel zu dir gekommen.« Abul Hasan sagte: »Frage nicht nach dem, was mir widerfahren; warum hast du die Tür offengelassen, daß der böse Geist mir nahen konnte.« Hierauf erzählte Abul Hasan von Anfang bis zu Ende alles, was ihm widerfahren. Der Kalif lachte, ohne es jedoch Abul Hasan merken zu lassen; dann sprach er zu ihm: »Gelobt sei Gott, daß er das Übel von dir abgewendet hat, und ich dich wieder wohl sehe!« Abul Hasan entgegnete: »Ich werde dich dennoch nicht zum zweitenmal zu meinem Gesellschafter und Tischgenossen nehmen; denn das Sprichwort sagt: ›Wer an einem Steine stolpert und sich ihm wieder nähert, verdient Tadel.‹ Ich werde also nicht mehr mit dir zusammen zechen, weil ich keinen guten Ausgang davon sehe.« Der Kalif schmeichelte dem Abul Hasan und bestürmte ihn so lange mit Bitten, ihn doch als seinen Gast mitzunehmen, bis Abul Hasan nochmals einwilligte, ihm Speisen vorstellte und ihn mit Worten freundlich unterhielt. Er erzählte dann noch einmal dem Kalifen alles, was ihm widerfahren, und der Kalif lachte heimlich. Die Speisen wurden abgetragen und der Weintisch gebracht. Abul Hasan füllte den Becher, küßte ihn dreimal, dann gab er ihn dem Kalifen und sagte: »Ich bin der Diener meines Gastes! Laß es dich nicht reuen; sei munter und verlaß mich nicht!« Dann sprach er folgende Verse:

»Höre die Worte des Ratgebers! Das Leben hat keinen Reiz ohne Wein! Ich trinke immerfort, in die tiefste Nacht hinein, bis zuletzt der Schlaf meinen Kopf auf den Becher stürzt. Meine Freude ist der Wein, der wie die Sonne strahlt und dessen Feuer die Sorgen verscheucht!«

Als der Kalif diese Verse hörte, wurde er ganz entzückt; er nahm den Becher und trank ihn aus; so zechten sie die ganze Nacht durch, bis ihnen der Wein in den Kopf stieg. Da sagte Abul Hasan zum Kalifen: »O mein Gast! Ich weiß nicht, wie mir geworden ist. Mir ist, als wäre ich Fürst der Gläubigen gewesen und habe Befehle gegeben und Geschenke verteilt: es war wirklich kein Traum.« Der Kalif sagte: »Es sind Täuschungen des Traumes!« Dann warf er ein Stückchen Bendj in den Becher und sprach: Bei meinem Leben! Trinke diesen Becher leer!« Abul Hasan nahm ihn und trank.

Der Kalif hatte großes Wohlgefallen an dem ganzen Wesen Abul Hasans und sagte zu sich: »In Wahrheit, ich will ihn zu meinem Tischgenossen und Gesellschafter machen.« Sobald Abul Hasan indessen den Becher ausgetrunken hatte, fiel er um. Der Kalif stand sogleich auf und sagte zu seinem Diener: »Bringe ihn in das Schloß und lege ihn auf mein Bett nieder.« Ins Schloß zurückgekehrt, befahl er dann seinen Sklavinnen und Mamelucken, ihn wieder zu umgeben, und verbarg sich an einem Ort, wo ihn Abul Hasan nicht sehen konnte. Er befahl ferner einer Sklavin, die Laute vor ihm zu spielen, und den übrigen Sklavinnen, sie auf anderen Instrumenten zu begleiten. Gegen Morgen erwachte Abul Hasan vom Lärm der Lauten, Tamburinen, Flöten und des Gesangs.

Als er sich wieder im Schlosse von Sklavinnen und Dienern umgeben sah, sagte er: »Es gibt keinen Schutz und keine Macht, außer bei Gott, dem Erhabenen! Der Teufel ist gewiß wieder, wie das erste Mal, in mich gefahren. O Gott, beschäme den Teufel! Ich fürchte mich vor dem Irrenhaus und vor dem, was ich daselbst gelitten habe.« Er drückte die Augen zu, legte den Kopf in seinen Schoß, lachte ein wenig, hob dann den Kopf wieder auf, als er mit einem Male das Schloß beleuchtet sah, den Gesang der Sklavinnen hörte. Ein Diener ließ sich dann ihm zur Seite nieder und sprach: »Setze dich, o Fürst der Gläubigen! Und betrachte einmal dein Schloß und deine Sklavinnen!« Abul Hasan sagte: »Beim Schutze Gottes! Bin ich wirklich der Fürst der Gläubigen? Lügt ihr nicht? Ich bin gestern nicht ausgegangen und habe nicht Recht gesprochen, sondern getrunken und geschlafen, bis dieser Diener mich aufweckte.« Indessen richtete Abul Hasan sich auf und setzte sich aufrecht. Er erinnerte sich an alles, was ihm mit seiner Mutter begegnet, wie er sie geschlagen, wie er dann ins Irrenhaus gekommen war, ja, er sah noch die Spuren der Prügel, die ihm der Aufseher gegeben. Er wurde ganz irre an sich selbst, dachte nach und fragte: »Bei Gott! Ich weiß nicht, wie mir ist, noch wie mir geschehen.«

Abul Hasan wandte sich dann zu einer von den Sklavinnen und sagte sie: »Wer bin ich?« Sie antwortete: »Der Fürst der Gläubigen!« Er sagte: »Du lügst, Dirne! Wenn ich wirklich der Fürst der Gläubigen bin, so beiße mich in den Finger!« Sie biß ihn heftig in den Finger, bis er sagte: »Es ist genug.« Er fragte dann einen alten Diener: »Wer bin ich?« Der antwortete: »Du bist der Fürst der Gläubigen!« Abul Hasan ließ ihn gehen; er wurde ganz verwirrt und sann lange nach; dann wendete er sich zu einem kleinen Mamelucken und sagte zu ihm: »Beiße mich ins Ohr!« und er neigte sein Ohr nach dessen Munde hin. Der Mameluck war noch sehr jung, hatte noch wenig Verstand und biß das Ohr beinahe entzwei. Auch verstand der Mameluck nicht Arabisch, und so oft Abul Hasan ihm sagte: »Genug!« verstand dieser: »Immer zu!« und biß nur immer heftiger. Die Sklavinnen achteten nicht auf Abul Hasan, der nun um Hilfe schrie; der Kalif aber wurde vor Lachen fast ohnmächtig. Endlich schlug Abul Hasan den Mamelucken, bis er sein Ohr losließ; dann warf er sein Kleid ab und tanzte unter den Mädchen herum, die ihm aber die Hände banden und sich fast tot lachten. Der Kalif fiel in Ohnmacht vor vielem Lachen. Als er wieder zu sich kam, trat er zu ihm heraus und sagte: »Wehe dir, Abul Hasan! Du bringst mich um vor vielem Lachen.« Abul Hasan wendete sich zu ihm, erkannte ihn und sagte: »Bei Gott! Du bringst mich, meine Mutter, die Scheiche und den Imam der Moschee um.« Der Kalif rief ihn dann in seine Nähe, nahm ihn zu sich aufs Schloß, gab ihm eine Frau und machte ihn zum ersten seiner vertrautesten Gesellschafter, welche waren: Idjli, Rakaschi, Abdan, Hasan, Farrasdak, Lus, Sukr, Omar Attartis, Abu Nawas, Abu Ishak und Abul Hasan; man erzählte von jedem eine Geschichte, die in einem anderen Buch erwähnt werden.

Abul Hasan stand dem Kalifen so nahe und wurde so sehr vor allen anderen vorgezogen, daß er neben ihm und seiner Gattin Subeida, Kasems Tochter, zu sitzen pflegte, und ihre Schatzmeisterin heiratete, welche Nushat Alfuad,

Herzenslust, hieß. Mit dieser führte er ein so üppiges und freudenreiches Leben, bis alles, was sie besaßen, verschwelgt war. Als sie nichts mehr hatten, sagte Abul Hasan zu seiner Gattin Nushat Alfuad: »Ich möchte gerne gegen den Kalifen eine List gebrauchen, und wünsche, daß du ein gleiches mit der Frau Subeida tust, um 200 Dinare und zwei Stücke Seidenzeug von ihnen zu bekommen.« Seine Frau sagte: »Tue, was du willst!«

Nushat Alfuad fragte dann Abul Hasan: »Was willst du denn tun?« Da antwortete er: »Wir wollen uns tot stellen; wenn ich mich wie ein Toter ausstrecke, so breite ein seidenes Tuch über mich aus, löse meinen Turban auf, binde die Zehen meiner Füße zusammen, lege ein Messer und ein wenig Salz auf mein Herz, dann laß deine Haare flattern und geh zu deiner Herrin Subeida, zerreiße dein Kleid, schlage dir ins Gesicht und schreie. Sie wird dich dann fragen, was dir widerfahren? Du antwortest ihr: ›Mögest du lange leben! Abul Hasan ist tot!‹ Sie wird dann über mich trauern und weinen und ihrer Schatzmeisterin befehlen, dir 100 Dinare und ein Stück Seidenzeug zu geben, zu dir aber sagen: ›Gehe und besorge das Nötige zu seiner Beerdigung, und laß ihn fortbringen.‹ Du nimmst die 100 Dinare und das Stück Seidenstoff und kommst wieder zu mir. Ich stehe dann auf und du legst dich an meinen Platz; darauf gehe ich zum Kalifen und sage ihm: ›Mögest du leben für Rushat Alfuad!‹ Ich zerreiße meine Kleider und zerraufe meinen Bart. Er wird dann über dich trauern, seinem Schatzmeister befehlen, mir 100 Dinare und ein Stück Seidenstoff zu geben, und mir sagen: ›Geh, mache die Anstalten zu ihrer Beerdigung und laß sie fortbringen!‹ Und alsbald komme ich wieder zu dir.« Rushat Alfuad freute sich über den Vorschlag und sagte: »Es ist wahr, diese List ist vortrefflich.« Sie drückte ihm dann die Augen zu, band ihm die Füße zusammen, bedeckte ihn mit einem Tuch, und tat, wie ihr Herr ihr gesagt hatte. Sie zerriß ihr Kleid, entblößte ihr Haupt, ließ die Haare aufgelöst flattern und ging zur Frau Subeida, wo sie schrie und weinte. Als die Frau Subeida sie in diesem Zustand sah, fragte sie: »Was bedeutet dein Weinen? Was ist dir geschehen?« Sie antwortete weinend und klagend: »Mögest du lange für Abul Hasan leben, Herrin; denn er ist tot.« Die Frau Subeida war sehr betrübt darüber und sagte: »Der arme Abul Hasan!« und weinte ihm eine Träne. Dann befahl sie ihrer Schatzmeisterin, an Rushat Alfuad 100 Dinare auszuzahlen und ihr ein Stück Seidenstoff zu geben; und sagte zu Rushat Alfuad: »Geh, statte ihn aus und laß ihn beerdigen!« Rushat Alfuad nahm die 100 Dinare und das Stück Seidenzeug und ging freudig nach Hause zu Abul Hasan, um ihm zu erzählen, wie es ihr ergangen. Er stand ebenso freudig auf, umgürtete sich und tanzte; die 100 Dinare und das Stück Seidenzeug aber bewahrte er auf.

Abul Hasan streckte dann Rushat Alfuad auf dem Boden aus und tat mit ihr, wie sie vorhin mit ihm getan hatte; dann zerriß er sein Kleid, raufte sich seinen Bart aus, löste sich seinen Turban auf und lief zum Kalifen, der im Richtersaale saß und schlug sich auf die Brust vor ihm. Der Kalif fragte ihn: »Was ist dir, Abul Hasan?« Der weinte und sprach. »O wäre doch dein Gesellschafter nie gewesen und seine Stunde nie gekommen.« Der Kalif fragte: »So spreche doch!« Abul Hasan sagte endlich: »Mögest du leben, Herr, für Rushat Alfuad; sie ist

tot!« Der Kalif rief aus: »Es gibt keinen Gott außer Gott!« und schlug die Hände übereinander. Er tröstete dann Abul Hasan und sagte zu ihm: »Sei nicht betrübt, du sollst eine andere Frau haben!« Dann befahl er dem Schatzmeister, er solle Abul Hasan ein Stück Seidenzeug und 100 Dinare geben. Dieser gab ihm, was der Kalif befohlen; dann sagte der Kalif: »Geh, statte sie aus und laß sie auf eine anständige Weise beerdigen!« Abul Hasan nahm, was ihm geschenkt worden, ging freudig nach Hause zu Rushat Alfuad und sagte ihr: »Steh auf! Denn schon haben wir unsere Absicht erreicht.« Sie stand auf; er übergab ihr die 100 Dinare und das Stück Seidenzeug, worüber sie sich freute. Sie legten das Gold zu dem Gold, und das Seidenzeug zu dem, das sie schon hatten, setzten sich nieder und waren fröhlicher Dinge.

Sobald Abul Hasan vom Kalifen weggegangen war, um Rushat Alfuad auszustatten, hob der Kalif in seiner Bestürzung den Divan auf und ging, gestützt auf Masrur, den Scharfrichter der Rache, um die Frau Subeida wegen ihrer Sklavin zu trösten; da fand er sie weinend und die Ankunft des Kalifen erwartend, um ihn wegen Abul Hasan zu trösten. Der Kalif sagte: »Mögest du lange leben für deine Sklavin Rushat Alfuad.« Sie antwortete: »Herr! Gott erhalte meine Sklavin! Und mögest du leben für deinen Gesellschafter Abul Hasan, denn er ist tot.« Der Kalif lächelte und sagte zu seinem Diener: »O Masrur! Wahrlich, die Frauen haben wenig Vernunft; ich beschwöre dich bei Gott, war nicht eben Abul Hasan bei mir?« Da sagte die Frau Subeida und lachte mitten im Schmerze: »Laß doch deinen Scherz! Ist es nicht genug, daß Abul Hasan tot ist, soll auch noch meine Sklavin tot sein? So daß jedes von uns etwas verliere; und du sagst noch, ich habe wenig Vernunft?« Der Kalif erwiderte: »Gewiß, Rushat Alfuad ist tot!« Aber die Frau Subeida sagte: »Abul Hasan war gewiß nicht bei dir und du hast ihn nicht gesehen. Hingegen war Rushat Alfuad eben bei mir, traurig, weinend,

mit zerrissenen Kleidern; ich habe sie getröstet und ihr 100 Dinare und ein Stück Seidenzeug reichen lassen, und ich erwartete dich, um dich wegen deines Gesellschafters Abul Hasan zu trösten; ich wollte eben nach dir schicken.« Der Kalif lachte und sagte: »Es ist niemand anders als Rushat Alfuad gestorben.« Aber die Frau Subeida sagte: »Es ist niemand anders als Abul Hasan gestorben.« Der Kalif wurde so zornig, daß ihm die Haschimitische* Ader zwischen den Augen anschwoll. Er sagte zu Masrur: »Geh in das Haus Abul Hasans und sieh, wer dort gestorben ist!« Masrur lief fort, und der Kalif sagte zur Frau Subeida: »Willst du wetten?« Sie sagte. »Ja, ich wette, daß Abul Hasan tot ist!« und der Kalif: »Und ich wette, daß Rushat Alfuad tot ist! Ich setze den Lustgarten zum Preis gegen dein Schloß und den Bildersaal.« Sie blieben nun beisammen, um die Rückkehr Masrurs zu erwarten, der eilig fortgelaufen war, bis er in Abul Hasans Quartier kam.

Abul Hasan saß an ein Fenster gelehnt und bemerkte, wie Masrur gegen seine Wohnung kam; da sprach er zu Rushat Alfuad: »Mir ist, als hätte der Kalif, nachdem ich ihn verlassen, den Divan aufgehoben und wäre zu Frau Subeida gegangen, um sie über deinen Verlust zu trösten, während sie ein gleiches mit ihm tun wollte, und zu ihm sagte: ›Gott vermehre deinen Lohn für den Tod Abul Hasans!‹ Und als habe der Kalif ihr dann geantwortet: ›Niemand anders, als Rushat Alfuad ist gestorben, möge dich Gott für sie leben lassen!‹ Sie wird dann wieder erwidert haben: ›Nein, dein Gesellschafter Abul Hasan ist gestorben.‹ Und er wird behauptet haben: ›Nein, Rushat Alfuad ist tot!‹ Sie werden dann so lange gestritten haben, bis der Kalif zornig wurde und sie miteinander wetteten und Masrur abschickten, um zu sehen, wer der Gestorbene ist. Das Beste ist nun, du legst dich hin, damit Masrur dich tot sieht, es dem Kalifen berichtet und meine

* Haschim war der Stammvater der Kalifen von Bagdad.

Worte bestätigt.« Rushat Alfuad streckte sich hin und Abul Hasan deckte sie mit ihrem Tuche zu, und setzte sich ihr zur Seite und weinte. Da kam Masrur ins Zimmer und grüßte Abul Hasan; er sah Rushat Alfuad ausgestreckt, deckte ihr Gesicht auf und sagte: »Es gibt keinen Gott, außer Gott! Unsere Schwester Alfuad ist tot; wie schnell raffte sie die Bestimmung weg! Gott erbarme sich deiner und befreie dich von jeder Schuld!« Er kehrte dann zurück und erzählte dem Kalifen und der Frau Subeida, was vorgefallen, und lachte dabei. Der Kalif sagte. »Das ist keine Zeit zum Lachen, du Verruchter! Erzähle uns, wer gestorben.« Masrur sagte dem Kalifen: »Bei Gott, Herr! Abul Hasan ist wohl, und nur Rushat Alfuad ist tot.« Der Kalif sagte zu Subeida: »Du hast dein Schloß bei der Wette verloren«, und lachte sie aus und sagte: »Masrur! Erzähle was du gesehen!« Der sagte: »In Wahrheit, meine Gebieterin! Ich bin in einem fort gelaufen, bis ich in Abul Hasans Wohnung kam, da sah ich Rushat Alfuad tot ausgestreckt, und Abul Hasan saß ihr zur Seite und weinte; ich grüßte, tröstete ihn und setzte mich neben ihn; drauf entblößte ich Rushat Alfuads Gesicht und sah, daß sie tot war; denn ihr Gesicht war aufgedunsen. Ich sagte dann zu Abul Hasan: ›Laß sie bald beerdigen, damit wir für sie beten.‹ Und er sagte: ›Wohl!‹ So verließ ich ihn, damit er alle Anstalten zur Beerdigung treffe, und kam hierher, um es euch zu berichten.« Der Kalif lachte und sprach: »Wiederhole alles dies deiner Herrin, die so wenig Vernunft hat.« Als die Frau Subeida die Worte Masrurs hörte, geriet sie in Zorn und sagte: »Nur der hat wenig Vernunft, der einem Sklaven etwas glaubt!« und sie schimpfte über Masrur, während der Kalif lachte.

Masrur war böse und sagte dem Kalifen: »Wer gesagt hat, die Weiber haben wenig Vernunft und Glauben, hat die Wahrheit gesagt.« Da sagte die Frau Subeida: »Du scherzest mit mir und dieser Sklave spottet meiner, um dir zu gefallen; ich selbst will jemand schicken, um zu sehen, wer gestorben ist.« Sie rief dann ihrer alten Erzieherin und sagte ihr: »Geh schnell in das Haus Rushat Alfuads und sieh, wer von den beiden gestorben ist; säume aber nicht!« Der Kalif und Masrur lachten, und die Alte lief in einem fort bis in die Straße Abul Hasans. Als dieser sie sah und erkannte, sagte er zu Rushat Alfuad: »Mir ist, als hätte die Frau Subeida nach uns geschickt, um zu sehen, wer gestorben ist; denn sie wird Masrur, der gesagt hat, du seist tot, nicht glauben, und hat darum ihre alte Erzieherin geschickt, um Nachricht zu erhalten. Nun ist's besser, ich stelle mich tot, damit du vor der Frau Subeida nicht als Lügnerin erscheinst.« Abul Hasan streckte sich dann hin und Rushat Alfuad bedeckte ihn, und band ihm seine Augen und seine Füße zu, setzte sich ihm zur Seite und weinte. Als die Alte hereintrat, sah sie, wie Rushat Alfuad dasaß und weinte und bei ihrem Eintritt laut aufschrie, auch sagte sie zu ihr: »Sieh einmal, was mir geschehen! Abul Hasan ist tot und hat mich alleingelassen!« Sie jammerte dann fort, zerriß ihre Kleider und fügte hinzu: »O wie gut er war!« Die Alte sagte. »Es ist wahr, du hast ein Recht zu jammern, da ihr aneinander gewöhnt wart.« Da die Alte wußte, was Masrur dem Kalifen und der Frau Subeida berichtet, sagte sie zu Rushat Alfuad, Masrur habe zwischen dem Kalifen und der Frau Subeida Uneinigkeit gestiftet. Rushat Alfuad fragte: »Welche Uneinigkeit, meine Mutter?« Die Alte antwortete:

»O meine Tochter! Masrur ist zum Kalifen und der Frau Subeida gekommen und hat ihnen gesagt, du seist gestorben, Abul Hasan aber sei wohl auf.« Rushat Alfuad sagte: »O meine Tante! Ich war ja eben bei meiner Gebieterin und sie hat mir 100 Dinare und ein Stück Seidenzeug gegeben. Sieh nun, in welchem Zustand ich bin, wie einsam und verlassen! Ich weiß nicht, was ich anfangen soll; o wäre ich doch gestorben und lebte dafür er noch!« Sie weinte dann und die Alte weinte mit ihr. Dann trat die Alte näher und deckte Abul Hasans Gesicht auf. Sie sah seine Augen verbunden und davon sein Gesicht aufgedunsen; sie deckte ihn wieder zu und sagte: »In der Tat, du hast Abul Hasans Tod zu betrauern!« Sie tröstete sie noch und ging wieder zur Frau Subeida und erzählte ihr, was sie gesehen. Die Frau Subeida sagte ihr lächelnd: »Erzähle es dem Kalifen, der behauptet, ich habe wenig Vernunft und Glauben, und der diesen verruchten, lügnerischen Sklaven über mich erhoben hat.«

Masrur sagte: »Diese Alte lügt! Ich habe Abul Hasan gesund gesehen, und Rushat Alfuad lag tot.« Die Alte sagte: »Du lügst! Und willst zwischen dem Kalifen und der Frau Subeida Zwist stiften.« Masrur erwiderte: »Niemand anders als du lügt, verruchte Alte! Und deine Gebieterin läßt sich von dir betören und glaubt dir.« Die Frau Subeida schrie ihn an, denn sie wurde von seiner Rede beleidigt und brach in Tränen aus. Da sagte der Kalif: »Ich und du und mein Diener und die Alte, wir alle lügen! Das Beste ist wohl, wir vier gehen zusammen und sehen, wer von uns die Wahrheit gesagt hat.« Masrur sagte: »Laßt uns gehen, damit ich diese verruchte Alte einmal wegen ihrer Lügen durch eine Portion Prügel zurechtweise.« Die Alte erwiderte: »Du Verrückter! Gleicht denn dein Verstand dem meinigen? Du hast nicht mehr Verstand, als ein Huhn!« Masrur wurde böse über diese Worte und wollte über sie herfallen. Aber die Frau Subeida hielt ihn

zurück und sagte: »Wir werden gleich sehen, wer von euch beiden gelogen hat.« Sie machten sich nun alle vier auf, wetteten miteinander und gingen gerade vom Schlosse in das Quartier Abul Hasans. Als dieser sie sah, sagte er zu seiner Frau: »Wahrlich, nicht jeder Dreck ist ein Kuchen, und nicht immer kommt der Krug ganz davon. Mir ahnt, die Alte hat ihrer Gebieterin erzählt, wie sie uns getroffen hat, und ist mit Masrur in Streit geraten; sie haben nun auf unsern Tod gewettet und sind selbst gekommen, der Kalif, die Frau Subeida, der Diener und die Alte.« Rushat Alfuad erhob sich von ihrem Lager und sprach: »Was ist nun zu tun?« Abul Hasan erwiderte: »Wir müssen uns nun beide tot stellen; wir wollen uns ausstrecken und den Atem zurückhalten.« Rushat Alfuad befolgte seinen Rat, und sie streckten sich beide hin, banden ihre Füße zusammen, drückten ihre Augen zu, hielten den Atem zurück und bedeckten sich der Länge nach mit einem Tuch.

Als der Kalif, die Frau Subeida, Masrur und die Alte in Abul Hasans Haus kamen und diesen neben seiner Frau tot ausgestreckt sahen, da weinte die Frau Subeida und sagte: »Sie haben solange Böses von meiner Sklavin gesagt, bis sie wirklich gestorben ist. Doch glaube ich, daß der Tod Abul Hasans sie so geschmerzt hat, daß sie auch starb.« Der Kalif sagte: »Komme mir nicht mit deinen Worten zuvor, sie ist vor Abul Hasan gestorben, denn Abul Hasan ist mit zerrissenen Kleidern und ausgerauftem Bart, mit Ziegelsteinen seine Brust zerschlagend, zu mir gekommen, und ich habe ihm 100 Dinare und ein Stück Seidenzeug geben lassen und ihm gesagt: ›Geh, laß sie beerdigen! Ich will dir noch eine bessere Sklavin geben, die sie dir leicht ersetzt.‹ Es scheint daher, daß er das nicht verschmerzen konnte und nach ihr gestorben ist. Ich habe also die Wette gewonnen.« Die Frau Subeida aber widersprach lange dem Kalifen, und sie stritten so heftig, daß zuletzt der Kalif, der den beiden Toten zur Seite saß, sagte: »Bei dem Grabe des Gesandten Gottes, Gott sei ihm gnädig und bewahre ihn, und bei dem Grabe meiner Väter und Vorväter! Wenn jemand mir sagt, wer von ihnen beiden zuerst gestorben ist, will ich ihm 1000 Dinare geben!« Als Abul Hasan dies hörte, sprang er schnell auf und sagte: »Ich war es der zuerst starb, Fürst der Gläubigen, halte nun deinen Eid und gib die 1000 Dinare her!« Dann stand auch Rushat Alfuad auf und trat zum Kalifen und zu der Frau Subeida vor, die sich sehr freuten, beide wohl zu sehen; sie wünschten ihnen Glück zu ihrer Genesung und merkten wohl, daß ihr Tod nur eine List war, um Geld zu bekommen. Aber die Frau Subeida machte Rushat Alfuad Vorwürfe und sagte ihr: »Du hättest ja auf eine andere Weise von mir fordern können, was du brauchtest, ohne mein Herz so zu betrüben.« Rushat Alfuad antwortete: »Ich schämte mich, meine Gebieterin!« Der Kalif fiel aber vor Lachen fast in Ohnmacht und sagte: »Abul Hasan! Du bist einer der Ausgelassenen und machst immer tolles Zeug!« Abul Hasan antwortete: »Fürst der Gläubigen! Ich habe nach dieser List gegriffen, weil alles Geld, das du mir gegeben, dahin war; denn ich schämte mich, wieder von dir zu fordern; schon wie ich allein war, sparte ich kein Geld; nun, da du mir diese Sklavin zur Frau gegeben, würde ich dein ganzes Vermögen durchbringen, wenn ich es besäße. Ich habe daher, als alles aufgezehrt war, diese List gebraucht, um 100 Dinare und ein Stück Seidenzeug zu erlangen; alles als Mildtätigkeit unseres Herrn, des Kalifen! Nun aber halte schnell deinen Eid und gib mir 1000 Dinare!« Der Kalif und die Frau Subeida lachten und kehrten wieder ins Schloß zurück; der Kalif gab dem Abul Hasan die 1000 Dinare und setzte hinzu: »Nimm sie als Geschenk deiner Wiederauferstehung vom Tode!« Dann ließ der Kalif die Einkünfte und Besoldung von Abul Hasan erhöhen, und sie lebten in Lust und Freuden fort, bis der Zerstörer alles Vergnügens, der Trenner aller Vereinigung, der Verwüster aller Schlösser, und der, der die Gräber bevölkert, sie überfiel.

Hier endigte Schehersad ihre Erzählung, und in der folgenden Nacht begann sie von neuem.

Zweites Buch

Geschichte des Prinzen Seif Almuluk und der Tochter des Geisterkönigs

Man erzählt, o glückseliger und einsichtsvoller König!, wie einmal in der Hauptstadt Ägyptens ein König war, welcher Assem, der Sohn Safwans, hieß; er war gerecht, edel und Ehrfurcht gebietend, besaß viele Länder und Schlösser, viele Festungen und Truppen. Sein Vezier hieß Fares, Sohn Salechs; sie kannten jedoch nicht den erhabenen Gott, sondern beteten die Sonne an. Dieser König lebte 180 Jahre, wurde daher in seinem hohen Alter sehr schwach und kränklich, und hatte kein Kind, weder einen Sohn noch eine Tochter; dies betrübte ihn Tag und Nacht. Nun wird erzählt, daß er einst auf seinem Thron saß, wie gewöhnlich von aufwartenden Vezieren und Großen des Reichs und Mamelucken umgeben. So oft jemand mit Kindern hereintrat, die neben ihrem Vater Platz nahmen, war er traurig, denn er dachte dabei: »Ein jeder ist glücklich und vergnügt mit seinen Kindern, und ich habe keines. Wenn ich sterbe, so werde ich mein Reich, meinen Thron, meine Pferde, meine Diener und meine Schätze Fremden hinterlassen müssen, und niemand wird mehr meiner mit Liebe erwähnen, ja, man wird gar meines Namens nicht mehr gedenken.« Diese betrübenden Gedanken beschlichen das Gemüt des Königs, sobald Leute mit ihren Kindern an ihm vorübergingen. Er mußte weinen, stieg vom Thron herab, setzte sich auf die Erde und jammerte. Als der Vezier und die übrigen Anwesenden dies sahen, fürchteten sie für ihr Leben. Sodann riefen die Großen des Reichs und die Djausch*: »Geht alle nach Hause und bleibt ruhig, bis der König von seinem jetzigen Zustand sich ermannen wird.« Alle entfernten sich, nur der Vezier blieb beim König zurück.

Als der König wieder zu sich kam, küßte der Vezier die Erde vor ihm und sagte: »O König der Zeit! Was bedeutet dieses Weinen und dieses Seufzen? Sage mir, welcher König der Erde hat dir Unrecht getan? Oder welcher Herr von Vesten und Schlössern? Oder welcher Große des Reichs? Sage mir, wer hat sich deinen Befehlen widersetzt, daß wir uns gegen ihn aufmachen und ihm das Herz aus seinem Leib reißen?« Der König antwortete nicht, und hob auch seinen Kopf nicht in die Höhe. Der Vezier küßte dann die Erde wieder und sagte: »O Herr! Ich bin doch wie dein Sohn und dein Sklave, ich habe dich auf meinen Armen getragen; wenn ich deinen Zustand, deinen Gram und deinen Schmerz

* Das sind bewaffnete Bediente, die auch gegen Fremde eine gewisse Autorität haben, aber nur einem Herrn folgen.

nicht kennen darf, wer soll ihn dann kennen? Wer kann meine Stelle bei dir vertreten? Sage mir, warum du weinst und so traurig bist?« Aber der König sprach kein Wort, öffnete seinen Mund nicht und hob den Kopf nicht in die Höhe, sondern weinte immer fort; der Vezier sah ihm eine Weile zu, dann sprach er: »O König! Wenn du mir nicht sagst, was dir geschehen, so bringe ich mich um und stoße mir lieber dies Schwert ins Herz, als daß ich dich länger so betrübt sehe.« Der König hob dann seinen Kopf in die Höhe, trocknete seine Tränen und sagte: »O verständiger und wohlratender Vezier! Überlasse mich meinem Gram und meinem Schmerz! Ich habe wohl genug an dem, was mich getroffen.« Der Vezier versetzte: »Sag mir, warum du weinst, vielleicht kann durch mich geholfen werden.« Da sprach der König: »O Vezier! Ich weine nicht um Geld, noch um ein Königreich, oder etwas dem Ähnliches. Aber ich bin nun ein alter Mann geworden, schon 100 Jahre sind an mir vorübergegangen und ich habe weder Sohn noch Tochter! Und wenn ich sterbe, wird mein Name mit mir begraben werden und jede Spur von mir verschwinden! Fremde werden meinen Thron und mein Reich nehmen, und niemand wird meiner mehr gedenken.« Da sagte der Vezier Fares: »O Herr! Ich bin 100 Jahre älter als du; auch ich habe kein Kind und lebe deswegen Tag und Nacht in Gram dahin; doch was können wir beide tun?« Der König antwortete: »O Vezier! Weißt du dafür gar kein Mittel und keine Aushilfe?« Er versetzte: »Wisse, ich habe gehört, im Lande Saba sei ein König, der Salomo, Sohn Davids, heiße, von dem behauptet wird, er sei ein Prophet; er ist ein sehr mächtiger König, der den Himmel, die Menschen, die Vögel, die Tiere, die Luft und die Geister beherrscht; denn er versteht die Sprache der Vögel wie die der Völker; er fordert alle auf zum Glauben an seinen Herrn, wir wollen ihm daher in deinem Namen, großmächtiger König!› einen Gesandten schicken und von ihm fordern, was du wünschest. Ist sein Glaube der wahre, so wird sein Gott mächtig genug sein, um dir und mir einen Sohn oder eine Tochter zu bescheren; wir werden uns dann zu seinem Glauben bekehren und seinen Gott anbeten, wo nicht, so müssen wir eben Geduld haben und auf andere Mittel denken.«

Der König sprach: »Dein Rat ist der beste und deine Rede tut meinem Herzen wohl; doch wo findet sich ein Bote für eine so wichtige Angelegenheit? Denn das ist kein geringer König; es ist eine ernste Sache, vor ihm zu erscheinen, und ich möchte nicht, daß ein anderer als du zu ihm ginge, denn du bist alt und erfahren; ich wünsche daher, daß du diese Mühe übernähmest, da du doch in derselben Not bist, wie ich. Reise du zu ihm und suche Hilfe, vielleicht wird sie uns durch dich.« Der Vezier sagte: »Dein Wille ist mir Gebot! Doch jetzt erhebe dich! Besteige deinen Thron und versammle die Fürsten, die Großen des Reichs, die Truppen und dein Volk, wie gewöhnlich, vor dir; denn sie sind alle mit unruhigem Herzen von dir gegangen; ich will aber dann nicht länger zögern, zu dem fremden König zu reisen.« Der König erhob sich sogleich, setzte sich auf den Thron und der Vezier befahl dem obersten Kammerherrn: »Sage den Leuten, sie könnten, wie gewöhnlich, ihre Aufwartung machen.« Da kamen nun die Offiziere der Truppen und die Großen des Reichs; es wurden Tische für sie gedeckt, sie aßen und tranken und verließen, als dies vorüber war, den König

wieder. Der Vezier entfernte sich dann auch; er ging in sein Haus und machte seine Vorbereitungen zur Reise; dann kehrte er wieder zum König zurück, der ihm seine Schatzkammer öffnen und die kostbarsten Stoffe und andere unschätzbare Gegenstände, die weder ein Vezier, noch ein Fürst zu umfassen imstande ist, übergeben ließ. Er empfahl ihm dann noch, vor Salomo mit Würde zu erscheinen, ihn ja zuerst zu grüßen und in seiner Gegenwart nicht zu viel zu sprechen. Dann sagte er: »Trag ihm deine Angelegenheit vor, und sagt er dir seine Hilfe zu, so ist's schon gut, kehre dann schnell zurück, denn ich erwarte dich!« Der Vezier küßte noch die Hand des Königs und reiste fort mit den Geschenken Tag und Nacht, bis er nach dem Lande Saba kam und nur noch 14 Tagesreisen von der Hauptstadt entfernt war. Da offenbarte Gott dem Salomo, Sohn Davids, Friede sei mit ihm!: »Der König von Ägypten schickt dir seinen Vezier mit vielen Geschenken, er befindet sich an dem und dem Ort; sende du nun deinen Vezier Asaf, den Sohn Barachjas, ihm entgegen, und wenn der Gesandte nun vor dir erscheint, so frage ihn, hat dich nicht dein König in der und der Angelegenheit hergesandt? Dann lade sie ein, den wahren Glauben anzunehmen.« Salomo, Friede sei mit ihm!, befahl sogleich seinem Vezier Asaf, Sohn Barachjas, einige von seiner Umgebung, mit reichem Proviant beladen, mitzunehmen und dem Vezier aus Ägypten entgegenzueilen. Asaf macht sich reisefertig und ging dem Vezier entgegen; er grüßte ihn, nahm ihn gut auf, ließ große Mahlzeiten für ihn herrichten und sprach: »Willkommen und erfreulich sind mir solche Gäste, wie ihr! Lasset euch nur wohl sein, und wisset, daß eurem Anliegen willfahrt werden wird.« Da sagte der Vezier Fares: »Wer hat euch das gesagt?« Asaf antwortete: »Unser Prophet Salomo, Friede sei mit ihm!« Da fragte Fares: »Und wer hat es eurem Herrn Salomo gesagt?« »Der Herr des Himmels und der Erde!«

antwortete Asaf. Da sagte der Vezier Fares: »Wahrlich, das muß ein mächtiger Gott sein!«

Asaf fragte nun: »Und was für einen Gott betet ihr denn an?« Der Vezier Fares antwortete: »Wir beten die Sonne vor allen anderen Gestirnen an; doch kann sie gewiß nicht Gott sein, denn sie geht ja unter, während Gott über alles wacht.« Sie reisten dann langsam fort, bis sie nach der Residenz kamen. Da befahl Salomo allen wilden Tieren, sich nach ihren verschiedenen Gattungen in Reihen aufzustellen; dann erschienen noch mehrere Abteilungen Geister in den verschiedensten und furchtbarsten Gestalten, und stellten sich gleichfalls in Reihen; so noch die Vögel, welche in den mannigfaltigsten Sprachen und Dialekten redeten. Als die Ägypter dahin kamen, fürchteten sie sich und wagten es nicht, weiter zu gehen. Asaf aber sprach zu ihnen: »Geht nur vorwärts und fürchtet euch nicht! Denn alle diese sind Diener Salomos, des Sohnes Davids, Friede sei mit ihm!; und es wird euch niemand etwas zuleide tun.« Asaf mit seinem ganzen Gefolge ging voraus und die anderen folgten dann furchtsam zwischen ihnen durch die Stadt, wo sie in ein für fremde Gäste bestimmtes Haus geführt wurden; man erwies ihnen drei Tage lang viele Ehre; Festlichkeiten und Mahlzeiten wurden ihretwegen veranstaltet. Nach drei Tagen stellte sie Asaf dem König Salomo, Friede sei mit ihm!, vor. Als sie in den Saal traten, wollten sie die Erde vor ihm küssen, aber Salomo ließ das nicht zu und sagte: »Nur vor dem erhabenen Gott, dem Schöpfer des Himmels und der Erde, ziemt es sich, daß man sich verbeuge; denn«, fuhr er fort, »die Erde gehört Gott, und wir alle sind seine Sklaven. Wer

von euch sich setzen will, der setze sich; wer stehen bleiben will, der bleibe stehen! Aber niemand setze sich zu meiner Bedienung.« Der Vezier Fares setzte sich dann mit einigen seiner Vertrauten, und einige jüngere Diener blieben zu seiner Bedienung stehen. Kaum saßen sie, so wurde der Tisch gedeckt und jedermann aß; dann sprach Salomo, Friede sei mit ihm!, zu dem Vezier von Ägypten, er möge ihm nur die Angelegenheit, wegen der er diese beschwerliche Reise unternommen habe, ohne Furcht vortragen, damit sie ins reine gebracht werde; »doch«, fuhr er fort, »ich will sie dir selbst sagen, Vezier! Der König Assem ist schon sehr alt und Gott hat ihm kein Kind beschert, was ihn Tag und Nacht bekümmert und grämt. So saß er auch einst auf seinem Thron, da kamen die Veziere, die Fürsten und die Großen seines Reiches, und jeder hatte ein Kind oder auch mehrere bei sich, die dem König ihre Aufwartung machten. Nun dachte der König im Übermaße der Trauer: ›Wer wird wohl nach meinem Tod über mein Reich und meine Untertanen herrschen? Gewiß nur ein Fremder, und ich werde vergessen sein, als wäre ich nie gewesen.‹ Er blieb in solchen Gedanken versunken, bis seine Augen Ströme von Tränen vergossen; da bedeckte er sein Gesicht mit einem Tuch und weinte heftig, stieg vom Thron herab auf den Boden und schrie laut, und nur der erhabene Gott wußte, was er im Herzen hatte. Dann hießen seine Kammerherrn und die Djausch die Leute weggehen, indem sie ihnen sagten: Geht eures Weges, denn der Sultan ist krank; hierauf gingen alle fort, du allein bliebst beim König, küßtest die Erde vor ihm und fragtest ihn, warum er so weine? Aber er antwortete nicht.« Und so erzählte ihm dann unser Herr Salomo, Friede sei mit ihm!, alles, was zwischen dem König und ihm vorgefallen, das zu wiederholen überflüssig wäre.

Nachdem der König Salomo geendet hatte, sprach der Vezier Fares: »O Prophet Gottes! Das ist alles wirklich wahr; als ich aber mit dem König von dieser Sache sprach, war niemand anwesend; wer kann dir wohl das alles berichtet haben?« Salomo antwortete: »Der Herr, der da weiß, was offenbar und verborgen ist.« Da sagte der Vezier: »O Prophet Gottes! Das muß ein großer, mächtiger Herr sein«; und hierauf wurden der Vezier und alle Leute, die mit ihm waren, Muselmänner*. Da sagte Salomo, Sohn Davids: »Hast du nicht die und die Geschenke bei dir?« Der Vezier antwortete: »Ja!« Da sagte Salomo: »Ich nehme alles an und schenke es dir.« Dann fuhr er fort: »Geh jetzt, Vezier! Ruhe dich diese Nacht recht aus, denn du bist noch müde von der Reise. Morgen, so Gott will, wird alles gut gehen und deine Angelegenheit wird bestens besorgt werden nach dem Willen des Herrn des Himmels und dessen, der das Licht nach der Dunkelheit schuf.« Der Vezier ging dann in seine Wohnung und dachte die ganze Nacht über unsern Herrn Salomo nach. Als der Morgen anbrach, stand er auf und ging zu Salomo, der so zu ihm sprach: »Wenn du zum König Assem kommst und ihr beide zusammen seid, so nehmet Bogen, Pfeil und Schwert und geht nach dem Ort so und so, dort findet ihr einen Baum, den besteiget, ihr werdet dann zwei

* Man muß hier Muselmann nicht mit Mohammedaner verwechseln; die Araber glauben, daß alle früheren Propheten Muselmänner waren, d. h. Gott ergebene Leute, von Islam (sich ergeben).

Schlangen unter dem Baum hervorkriechen sehen, die eine wird einen Kopf haben, so groß wie eine Kuh, und die andere den Kopf eines Geistes, beide aber werden goldene Ketten um den Hals tragen; sobald ihr diese Schlangen seht, werft die Pfeile nach ihnen und tötet sie; dann schneidet Fleisch von der Länge einer Spanne aus ihren Köpfen, und ebensoviel von ihren Schwänzen; aus dem übrigen Fleisch lasset Gebackenes machen und gebt es euren Weibern zu essen; dann schlaft jene Nacht bei ihnen, und sie werden mit Erlaubnis des erhabenen Gottes mit zwei Söhnen schwanger werden.« Der Prophet Salomo, Friede sei mit ihm!, ließ hierauf einen Siegelring, ein Schwert und eine Schachtel, in welcher zwei mit Gold verzierte Kleider lagen, herbeibringen und sprach: »Vezier! Wenn die Kinder groß sind, so gebt jedem eines davon!« Er fügte hinzu: »Nun, Vezier! Gott wird euren Wünschen willfahren, du hast nicht nötig, länger hier zu bleiben, reise mit dem Segen Gottes, denn der König Assem erwartet deine Ankunft Tag und Nacht, und seine Augen sind stets nach dem Weg gerichtet, den du kommen sollst.« Der Vezier Fares nahm jetzt von Salomo Abschied und reiste vergnügt ab, weil er seine Angelegenheiten so gut besorgt hatte. Er reiste Tag und Nacht, bis er in die Nähe der Hauptstadt seines Königs kam; da schickte er einige seiner Diener voraus, um dem König seine Ankunft zu melden. Als der König diese Nachricht empfing, freute er sich mit den Vornehmsten seines Reiches sehr darüber und zog dem Vezier entgegen. Als sie einander begegneten, stieg der Vezier vom Pferd, küßte Hand und Fuß des Königs und benachrichtigte ihn sogleich, daß sein Wunsch auf die beste Weise in Erfüllung gehen werde; dann schlug er ihm den wahren Glauben vor, den auch der König Assem mit allen Großen seines Reichs und sämtlichen Bewohnern seines Landes annahm, nebst allen Fremden, die sich darin aufhielten. Der König Assem war sehr erfreut und sagte dem Vezier: »Geh jetzt nach Hause, nehme ein Bad und ruhe dich eine Woche aus; dann komm wieder zu mir, damit ich dir meine Befehle erteilen kann.«

Der Vezier küßte die Erde, ging mit seinem Gefolge und seinen Dienern nach Hause und ruhte dort acht volle Tage von den Beschwerden der Reise aus; nach Verlauf dieser Zeit trat er wieder seinen Dienst an und erzählte dem König alles, was zwischen ihm und dem Herrn Salomo, Friede sei mit ihm!, sich zugetragen. Er sagte dann zu dem König: »Komm jetzt allein mit mir und laß uns zusammen gehen!« Sie nahmen dann Bogen und Pfeil und bestiegen den Baum, den Salomo bezeichnet hatte; sie blieben da ruhig bis Mittag; da krochen zwei Schlangen unter dem Baum hervor. Als der König sie sah, gefielen sie ihm sehr und er sagte: »O Vezier! Diese Schlangen haben goldene Ketten, das ist bei Gott wunderbar! Wir wollen sie fangen, in einen Käfig sperren und uns an ihnen ergötzen.« Aber der Vezier antwortete: »Gott hat sie zu einem anderen Zweck geschaffen; wirf du deinen Pfeil nach der einen, ich werde ein gleiches mit der anderen tun.« Sie stiegen jetzt vom Baume herunter und töteten die Schlangen; sie schnitten eine Spanne groß vom Kopf und ebensoviel vom Schwanz, nahmen das übrige Fleisch und gingen damit in den Palast des Königs; hier ließen sie den Koch kommen und sagten ihm: »Laß dieses Fleisch gut backen und bringe sogleich zwei Schüsseln davon her, zögere nicht!« Der Koch nahm das Fleisch und röstete es in Fett und allerlei Gewürzen und stellte es in zwei Schüsseln vor dem König auf. Der König nahm eine Schüssel davon und gab daraus seiner Frau zu essen, und der Vezier nahm die andere und gab sie der seinigen. Beide wohnten mit dem Willen und der Macht Gottes in jener Nacht ihren Frauen bei. Der König brachte nun drei Monate lang in größter Spannung und Unruhe zu und dachte bei sich: »Wird es wohl wahr werden oder nicht?« Seine Frau aber, welche eines Tages ruhig dasaß, fühlte plötzlich, wie sich das Kind in ihrem Leibe bewegte; sie ließ einen ihrer ältesten Diener kommen und sagte ihm: »Lauf schnell zum König und sage ihm, wo er auch sein mag: ›Herr! Meine Herrin ist wirklich gesegneten Leibes, denn schon bewegt sich das Kind darin.‹« Der Diener lief freudig zum König, der allein und betrübt saß, das Gesicht auf die Hand gestützt und nachsinnend, ob wohl die Speise auf seine Frau die gehoffte Wirkung haben werde oder nicht. Der Diener küßte die Erde vor ihm und sagte: »Ich bringe dir gute Nachricht, Herr! Meine Gebieterin ist gesegneten Leibes, das Kind bewegt sich darin, sie hat schon Schmerzen und sieht blaß aus.« Als der König dies hörte, sprang er vor Freude auf, küßte die Hand des Dieners und seinen Kopf und machte ihm ein Geschenk. Er sagte dann zu den Großen seines Reiches, die dazukamen: »Wenn ihr mich liebt, so erweist ihm Gutes und schenkt ihm Geld, Edelsteine und Rubine, Maulesel und Pferde, Güter und Gärten.« Sie schenkten dem Diener Unzählbares. Zur nämlichen Zeit trat der Vezier herein und sagte: »O Herr! Ich saß allein zu Hause und dachte über die Wirkung der Speise nach, die ich meiner Frau vorgesetzt hatte, da kam ein Diener zu mir und kündigte mir an, meine Frau spüre nun, daß sie gesegneten Leibes sei, denn das Kind habe sich schon darin bewegt, sie fühle Schmerzen und sehe blaß aus. Vor

Freude schenkte ich ihm alle Kleider, die ich an mir hatte, dazu noch 1000 Dinare und ernannte ihn zum ersten aller meiner Diener.«

Der König sprach dann zu dem Vezier: »Da der erhabene Gott, gepriesen sei er, uns so gnädig war, und aus der Finsternis zum Licht geführt hat, so will ich auch allen Leuten eine Freude machen.« Der Vezier sagte: »Befehle nur, was du tun willst!« Da sprach der König: »Geh und laß alle Verbrecher aus dem Gefängnis los, befreie auch die, auf denen Schulden lasten; wer aber von nun an noch ein Verbrechen begeht, dem lasse ich den Kopf abschlagen und ihn bestrafen, wie er es verdient. Auch will ich dem Volke die Abgaben auf drei Jahre erlassen. Sodann laß rings um die Stadt Herde mit Töpfen aufrichten, auf denen die Köche Tag und Nacht kochen sollen, und alle Leute aus der Stadt und Umgegend sollen essen und trinken und es sich wohl sein lassen. Sodann soll die Stadt festlich geschmückt werden und die Läden sollen bei Nacht wie bei Tag offen bleiben. Geh nun, Vezier! Tue, was ich befohlen, sonst lasse ich dir den Kopf abschlagen!« Der Vezier ging und vollzog die Befehle des Königs. Alle Schlösser und Festungen des Landes wurden prachtvoll verziert. Jeder zog seine kostbarsten Kleider an, und das Volk aß und trank und spielte, und ließ es sich wohl sein. Als nun die Zeit der Niederkunft herannahte, da ließ der König Assem alle Gelehrten und Sterndeuter, die Häupter des Volks, die Schreiber usw. kommen, und sie warteten nun, bis eine Perle in eine Tasse geworfen wurde, denn das hatten die Sterndeuter als Zeichen der Niederkunft mit den Hebammen und den Dienern verabredet. Als die Zeit herannahte, wurde dasselbe gegeben; der Knabe aber, der zur Welt kam, glich dem aufgehenden Monde. Da fingen nun alle an, ihre Berechnungen zu machen über die Zeit der Schwangerschaft und die Geburt und trugen es in die Chronik ein. Dann standen sie auf, küßten die Erde und sagten dem König Assem: »Der Stern dieses Kindes ist ein glücklicher, und die Zeit seiner Geburt ist eine gesegnete, doch wird ihm in seiner Jugend manches zustoßen, das wir dem König nicht gerne mitteilen.« Der König sprach: »Redet und fürchtet euch nicht!« Sie fuhren dann fort: »O Herr! Er wird dieses Land verlassen und in die Fremde reisen, wird Schiffbruch leiden und in Gefangenschaft geraten, und viele Not und Gefahr auszustehen haben; doch wird er zuletzt alles überwinden und am Ziele anlangen. Die Tage seines übrigen Lebens werden angenehm sein, er wird seinen Feinden Trotz bieten und über Länder und Völker herrschen.« Als der König die Worte der Sterndeuter hörte, sprach er: »Ihr weissagt so schlimmes nicht; denn was der erhabene Gott über den Menschen bestimmt, das muß geschehen, und der Mensch kann nichts daran ändern. Der Allmächtige sei gepriesen!; denn er wird uns, bis mein Sohn seine Prüfungszeit der Leiden antritt, 1000 Freuden an ihm erleben lassen.« Er dachte weiter nicht mehr an das, was sie gesagt, beschenkte sie reichlich und sie verließen den Hof. Da kam der Vezier Fares voller Freude zum König und sagte, nachdem er die Erde vor ihm geküßt: »Herr! Soeben ist meine Frau mit einem Sohne, leuchtend wie der Mond, niedergekommen.« Der König erwiderte: »O Vezier! Bringe deine Frau und deinen Sohn hierher, damit er mit dem meinigen im Schloß erzogen werde.«

Der Vezier brachte seine Frau und seinen Sohn ins Schloß; die Ammen trugen die Kinder sieben Tage lang herum; dann legten sie sie auf ein Polster, brachten sie vor den König und fragten ihn, welche Namen er ihnen geben wolle. Er aber sprach: »Gebt ihr einen Namen!« Sie versetzten: »Niemand anders als der König darf bestimmen, wie die Kinder heißen sollen.« Der sagte aber: »Nennt meinen Sohn Seif Almuluk, Schwert der Könige, wie mein Großvater hieß, und den Sohn des Veziers Said, der Glückliche!« Er beschenkte dann die Ammen und sagte ihnen: »Gebt wohl auf die Kinder acht und wartet ihrer sorgfältig.« Die Ammen warteten der Kinder, bis sie fünf Jahre alt waren, dann übergaben sie sie einem Gelehrten, der sie im Schreiben und im Koran unterrichtete, bis sie zehn Jahre alt wurden; dann lehrte man sie Reiten, Schießen, Fechten, Ball spielen und alle Ritterkünste, bis sie 15 Jahre alt waren und alle anderen ihres Alters an ritterlicher Gewandtheit und Geschicklichkeit übertrafen. Jeder von ihnen konnte allein gegen 1000 Reiter kämpfen und ihnen widerstehen. Der König Assem sah ihnen oft zu und freute sich ihrer, bis sie 25 Jahre alt wurden. Da ließ der König den Vezier Fares allein zu sich kommen und sagte zu ihm: »O Vezier! Mir ist etwas eingefallen, worüber ich dich zu Rate ziehen möchte.« Der Vezier antwortete: »Tue, was dir dein Herz sagt! Denn der Segen kommt aus deinem Munde.« Da versetzte der König: »Da ich nun ein ganz alter Mann bin, möchte ich die Last meiner Regierung ablegen und sie meinem Sohne Seif Almuluk übergeben, denn er ist ein guter Jüngling, vollkommen in allen Rittertugenden und verständig. Ich aber werde den Rest meiner Tage in der Zurückgezogenheit mit Gebet zubringen. Was sagst du dazu?« Der Vezier erwiderte: »König, was du sprichst, ist Segen bringend. Ich werde deinem Beispiel folgen und das Vezierat meinem Sohne Said übergeben, der auch ein guter, kenntnisreicher und einsichtsvoller Jüngling ist; so werden dann zwei junge Leute beisammen sein, denen wir raten werden, um sie auf den Pfad des Guten, der Gerechtigkeit und Wohltätigkeit zu leiten.« Der König aber sprach zum Vezier: »Stelle die Briefe aus, halte die Boten bereit nach allen Ländern, Provinzen, Schlössern und Festungen, die unter uns stehen; die Verwalter sollen alle an einem Tag auf der Rennbahn der Gerechtigkeit sich versammeln.« Der Vezier ging sogleich und schrieb allen Befehlshabern, Verwaltern und Schloßhauptleuten, sich nebst allen ihren Untergebenen, groß und klein, in einem Monat daselbst zu versammeln.

Der König befahl dann seinen Kämmerlingen, den großen Gang mitten auf der Rennbahn mit Teppichen zu belegen, die Rennbahn selbst aber mit den kostbarsten Stoffen auszuschmücken; auch sollten sie den großen Thron dahin bringen lassen, auf welchem der König nur an den Festtagen zu sitzen pflegte; dies alles geschah sogleich. Es versammelten sich dann die Leute von allen Orten her und waren besorgt über das, was der König von ihnen begehren werde. Jetzt erschienen die Kammerherrn und Adjutanten und die Leibwache des Königs und die Großen des Reichs, und riefen unter die Leute: »Im Namen Gottes! Nahet euch zur Audienz!« Darauf nahten sich die Richter, die Gutsbesitzer, die Fürsten und die Veziere, traten in den Gang und machten, wie gewöhnlich, jeder nach seinem Rang, dem König ihre Aufwartung. Der König setzte sich auf seinen Thron, die Mehrzahl der Leute aber blieb stehen, bis alle versammelt waren. Dann befahl der König, die Tafeln aufzustellen, und sogleich wurden Tafeln, mit den auserlesensten Leckerbissen und Getränken besetzt, herangebracht. Die Versammelten aßen und tranken und beteten für den König; sodann befahl dieser seinen Kammerherrn, sie sollten niemand sich entfernen lassen, bis jeder des Königs Worte vernommen habe. Man hob dann den Vorhang auf und der König sprach: »Wer mich liebt, der verweile und höre meine Worte!« Alle setzten sich ruhig und ihre Furcht verschwand. Derselbe stand dann auf, und beschwor alle Anwesenden, auf ihren Sitzen zu bleiben und sprach: »Veziere und Große des Reichs, Hohe und Niedere, Anwesende und Abwesende! Ihr wißt, daß ich mein Reich von meinen Vätern und Ahnen ererbt habe.« Sie antworteten einstimmig: »O König! Es ist wahr, wir alle wissen es!« Dann fuhr der König fort: »Wir alle beteten die Sonne und den Mond an, bis uns Gott den wahren Glauben schenkte, und uns aus unserem Irrtum erlöste und zum Islamismus führte. Nun wisset, daß ich sehr alt und schwach geworden; ich will daher alle meine Zeit zurückgezogen dem Gebet widmen, und den erhabenen Gott für vergangene Sünden um Verzeihung bitten. Ich kennt wohl meinen hier anwesenden Sohn Seif Almuluk, und wisset, daß er ein guter, kenntnisreicher, beredsamer, edler, geschickter, verständiger, gelehrter, tugendhafter und gerechter Jüngling ist; ich will ihm nun sogleich mein Reich übergeben, damit er an meiner Statt Sultan werde. Was sagt ihr dazu?« Es standen alle auf, küßten die Erde und antworteten: »Wir sind bereit, zu gehorchen, König und Beschützer! Selbst wenn du einen deiner Sklaven über uns setzen wolltest, würden wir ihm gehorchen, umso mehr, da du uns deinen Sohn Seif Almuluk zum Herrscher gibst, den wir, bei unserm Haupte und unsern

Augen, gern als unsern König annehmen.« Der König stieg hierauf von seinem Thron herunter und sagte den Fürsten und allen Anwesenden, indem er seinen Sohn auf den Thron setzte: »Seht hier euern König!« Er nahm dann auch die goldene Krone von seinem Haupt, setzte sie seinem Sohne auf, umgürtete ihn mit dem Reichsgürtel und setzte sich, während sein Sohn auf dem großen Thron saß, auf einen goldenen Sessel neben ihn. Die Richter, die Veziere, die Fürsten, die Großen des Reichs und alle Anwesenden küßten die Erde vor ihm und riefen aus: »O König! Du verdienst König zu sein, mehr als jeder andere.« Die Djausch riefen dann Sicherheit aus, beteten für sein Glück und seinen Ruhm, und streuten Gold, Edelsteine und Rubine über die Köpfe der Leute aus; der König machte viele Geschenke, verlieh Ehrenkleider und übte Gerechtigkeit.

Der Vezier Fares wandte sich hierauf zu den Fürsten und Großen und sprach: »O ihr alle hier Anwesenden! Ihr wißt, daß ich Vezier war schon zu der Zeit, ehe noch der König Assem regierte, und es noch in diesem Augenblick bin, in welchem er der Regierung entsagt, um sie seinem Sohne zu übergeben. Ich will nun auch das Vezierat zugunsten meines Sohnes Said niederlegen; was sagt ihr dazu?« »Niemand verdient mehr, wie dein Sohn Said, des Königs Seif Almuluk Vezier zu werden, denn sie passen ganz zusammen.« Hierauf nahm der Vezier Fares den Vezierturban von seinem Haupt und setzte ihn auf das Haupt seines Sohnes; dann legte er das Tintenfaß des Vezierats vor seinem Sohn hin. Die Djausch riefen aus: »Gesegnet! Gesegnet! Er verdient es! Er verdient es!«

Hierauf standen der Vezier und der König Assem auf, öffneten ihre Schätze und machten den Fürsten, Vezieren und Großen des Reichs viele Geschenke; sie schrieben ihnen neue Firmane mit dem Zeichen des Königs Seif Almuluk und des Veziers Said. Die Leute blieben eine Woche beisammen, dann reiste jeder in seine Provinz zurück. Der König Assem ging aber mit seinem Sohn und dem neuen Vezier ins Schloß; hier ließ er den Schatzmeister holen, auch den Siegelring, das Schwert, das Kästchen und den Bogen bringen und sprach: »Jeder von euch beiden nehme hiervon, wozu er Lust hat!« Seif Almuluk streckte zuerst die Hand nach dem Siegelring aus; Said nahm das Schwert; hierauf griff Seif Almuluk nach dem Kästchen und Said nach dem Bogen. Sie küßten alsdann des Königs Hand und ging nach Hause. Seif Almuluk legte das Kästchen, ohne zu sehen, was darin war, auf den Thron, der zugleich sein Ruheplatz war; Said nahm an seiner Seite Platz. Um Mitternacht erwachte Seif Almuluk, erinnerte sich des Kästchens und war neugierig, dessen Inhalt zu sehen. Er stand daher auf, ergriff eine der Kerzen, die in der Nähe brannte, und trat in einen Nebensaal, damit Said nichts merkte, steckte dann die Kerze in einen Leuchter und öffnete das Kästchen und fand darin ein Kleid von Genienarbeit. Als er es auseinanderlegte, sah er innerlich am Rücken ein Bildnis mit Gold gemalt, das ein Mädchen vorstellte. Sobald er dieses Bildnis sah, war er nicht mehr Herr seines Verstandes. Er verliebte sich in dasselbe, küßte wie ein Rasender das Kleid und fiel ohnmächtig zu Boden, dann weinte und klagte er und sprach folgende Verse:

»Hätte ich früher die Macht der Liebe gekannt, so wäre ich weniger unvorsichtig gewesen; nun habe ich mich in ihre Arme geworfen und bin ihr Gefangener.«

Seif Almuluk schlug sich ins Gesicht, weinte und jammerte so lang, bis endlich der Vezier Said davon erwachte. Als dieser Seif Almuluk nicht an seiner Seite fand und nur eine Kerze sah, dachte er bei sich: »Wo mag Seif Almuluk wohl hingekommen sein?« Er stand dann auf und ging im ganzen Palast umher, um ihn zu suchen, bis er ihn endlich fand. Erstaunt darüber, was ihn so außer sich bringe, fragte er ihn: »Was ist dir begegnet, mein Bruder? Laß es mich wissen.« Aber der hörte ihn nicht an, hob nicht einmal seinen Kopf in die Höhe, sondern weinte immerfort und jammerte entsetzlich. Said drang immer weiter in ihn, verbeugte sich und sprach: »Mein König! Ich bin dein Vezier und Freund, wir sind zusammen aufgewachsen, wenn du mir nicht dein Herz eröffnest, wer wird dann noch Anteil an deinem Schicksal nehmen?« Saids Bitten und Flehen war jedoch vergebens; Seif Almuluk hörte nicht auf zu schluchzen und sprach kein Wort; endlich ergriff Said die Kerze, eilte damit in einen anderen Saal, legte die Klinge seines Schwertes an seine Brust und sprach zu Seif Almuluk: »Freund! Wenn du mir nicht erzählst, was dir widerfahren, so bringe ich mich ums Leben, denn ich ertrage es nicht länger, dich in diesem Zustand zu sehen.« Seif Almuluk hob endlich den Kopf in die Höhe und sprach: »Freund! Ich schäme mich, dir die Ursache meiner Leiden zu nennen!« Said aber antwortete: »Ach beschwöre dich bei Gott dem Herrn aller Herren, dem Befreier aller Unterdrückten, der Ursache aller Ursachen, bei dem Einzigen, dem Freigebigen! Sage nur die Wahrheit, was dir widerfahren, und schäme dich nicht; ich bin ja dein Sklave, dein Vezier und dein Ratgeber!« Da sagte Seif Almuluk: »Komme und sieh dieses Bildnis!« Als Said es sah, betrachtete er es eine Weile und las über dessen Kopf mit vieler Kunst

von Perlen gestickt: »Das ist das Bild der Badial Djamal, Wunder der Schönheit, Tochter Sahals, Sohn Schahruchs, obersten Königs der gläubigen Genien, welche die Insel Babel im Garten Irem bewohnen.«

Als Said dies gelesen hatte, sprach er: »König und Freund! Weißt du, was dieses Bild hier bedeutet?« Seif Almuluk antwortete: »Bei Gott! Freund, ich weiß es nicht.« Da versetzte Said: »Komme und lies mit Aufmerksamkeit.« Da las Seif Almuluk, was auf der Krone, die dieses Bild trug, geschrieben war und schrie aus dem Innersten seines Herzens: »Wehe! Wehe!« Endlich sagte er: »Mein Freund! Wenn diese Gestalt wirklich vorhanden ist, und irgendwo auf der Erde gefunden werden kann, so will ich sie unaufhörlich suchen, bis ich mein Ziel erreiche.« Said erwiderte: »Weine nur nicht, mein Freund! Geh, besteige deinen Thron und laß die Leute dir ihre Aufwartung machen, und wenn der Tag leuchtet, so rufe alle zusammen, die Derwische und andere, die fremde Länder gesehen haben, und frage sie, wo die Insel Babel im Garten Irem liegt; vielleicht wird einer von ihnen mit dem Segen und der Hilfe des erhabenen Gottes darüber Auskunft geben können.«

Seif Almuluk bestieg, sowie die Sonne höher stand, seinen Thron; seine Seele aber war unruhig. Hierauf nahten sich die Fürsten, Veziere und Großen des Reichs. Als die Versammlung vollzählig war, sagte Seif Almuluk zum Vezier: »Sage ihnen, ihrem König sei unwohl, sie möchten sich zurückziehen.« Als der König Assem dies hörte, war er tief betrübt, ließ Ärzte und Sterndeuter kommen, ging

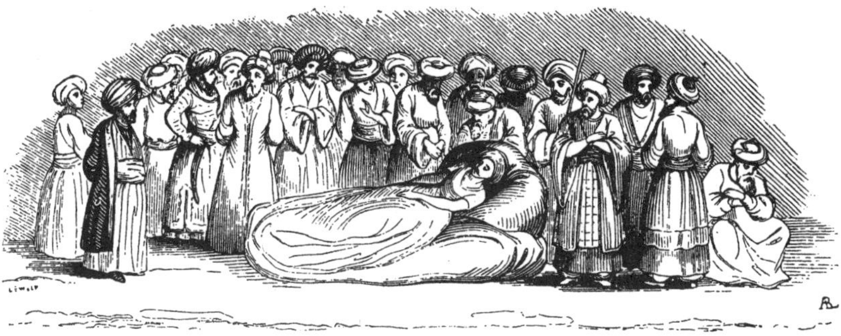

mit diesen zu seinem Sohn und ließ ihm Arzneien verschreiben und Amulette verordnen, auch veranstaltete er Räucherungen mit Moschus und Ambra, drei Tage hintereinander. Seif Almuluk ging es jedoch nicht besser.

Als aber die Krankheit drei Monate lang anhielt, sprach der König Assem höchst erzürnt zu den Ärzten und übrigen Anwesenden: »Wehe euch, ihr Hunde, wenn ihr nicht imstande seid, meinen Sohn zu heilen, so werde ich euch sogleich umbringen lassen.« Da sagte der Oberste unter ihnen: »Großer König und Herr! Wir vernachlässigen nichts, um selbst Fremde zu heilen, wie sollten wir uns nicht alle Mühe geben, deinem Sohn, unserm König, zur Gesundheit zu helfen. Aber die Krankheit deines Sohnes sitzt tief, wenn du willst, so nennen wir sie dir.« Da sprach der König: »Sagt mir, was ihr von der Krankheit meines Sohnes wißt!« Der oberste der Ärzte antwortete: »Dein Sohn ist rasend verliebt!« Der König fragte zornig: »Woher wißt ihr, daß mein Sohn verliebt ist, und wie ist er es worden?« Der Oberste antwortete: »Frage seinen Freund, den Vezier, der kennt seinen Zustand.« Der König Assem ging sogleich allein in sein Zimmer, ließ den Vezier Said kommen und sagte ihm: »Berichte mir die Wahrheit! Was für eine Krankheit hat deinen Freund befallen?« und Said antwortete: »Ich weiß es nicht.« Da sprach der König Assem zum Scharfrichter: »Ergreife Said, binde ihm die Augen zu und schlage ihm den Kopf herunter!« Said fürchtete für sein Leben und sagte: »Herr! Gib mir Sicherheit!« Der antwortete: »Sprich, und sie sei dir gewährt!« Da sagte Said: »Dein Sohn liebt die Tochter des Königs der Geister.« Assem fragte: »Wo hat mein Sohn die Tochter des Königs der Geister gesehen?« Said erwiderte: »Im Kleide, welches uns Salomo, Sohn Davids, Friede sei mit ihm!, geschenkt.« Der König stand sogleich auf, ging zu seinem Sohn und sprach zu ihm: »Mein Sohn! Was quält dich so? Und was ist das für ein Bild, das du liebst? Sage es mir!« Seif Almuluk antwortete: »Ich hatte mich geschämt, dir zu sagen, was ich auf dem Herzen habe; da du es aber weißt, so sieh, was zu tun ist.« Sein Vater versetzte: »Welche Mittel gibt es gegen die Tochter des Königs der Geister? Selbst Salomo, Sohn Davids, würde hier nichts vermögen. Doch steh auf und fasse Mut! Reite, geh auf die Jagd, besuche die Rennbahn, spiele Ball, esse und trinke und vertreibe so den Gram aus deinem Herzen. Ich will dir an ihrer Stelle 100 Prinzessinnen verschaffen: Was soll dir die Tochter eines Königs der Geister, die kein menschliches Wesen ist?« Aber der Sohn sagte: »Bei Gott! Mein Vater, ich kann nicht von ihr lassen und eine andere zur Frau nehmen.« Da versetzte der Vater: »Aber wie ist das zu machen, mein Sohn?« Dieser antwortete, »Laß alle Kaufleute und Reisende kommen, wir wollen uns bei ihnen nach dem Garten Irem und der Insel Babel erkundigen.« Der König ließ alle Kaufleute, Schiffskapitäne, andere Reisende und die Derwische rufen und fragte sie nach dem Garten Irem und der Insel Babel; aber keiner von allen war jemals daselbst gewesen und konnte ebensowenig darüber Auskunft geben. Zuletzt sagte einer von ihnen: »O Herrscher! Wenn du diese Insel und diesen Garten kennenlernen willst, so gehe nach China, das ist ein großes, sicheres Land, das Kostbarkeiten aller Art enthält und von Menschen aus allen möglichen Stämmen bewohnt ist; nur von ihnen kannst du vielleicht die Lage derselben erfahren und dadurch deinen Zweck erreichen.« Da sagte Seif Almuluk: »O mein Vater! rüste mir ein Schiff nach China aus!« Der König Assem antwortete: »Bleibe du auf dem königlichen Thron sitzen und herrsche über deine Untertanen; ich will statt deiner diese Reise nach China machen, und mich nach der Insel Babel und dem Garten Irem erkundigen.« Aber sein Sohn sagte: »O mein Vater! Das ist meine Sache; niemand als ich kann danach fragen; was schadet es, wenn du mir erlaubst, eine Zeitlang zu reisen? Kann ich dann eine Spur auffinden, wohl; ist dies nicht der Fall, so erleichtert sich vielleicht auf der Reise und in der Fremde mein Gram, und wenn ich am Leben bleibe, so kehre ich unbeschädigt wieder zu dir zurück.« Der König Assem sah kein anderes Mittel, als dem Willen seines Sohnes nachzugeben; er erlaubte ihm daher abzureisen, ließ ihm 40 Schiffe ausrüsten, gab ihm 1000 Sklaven zur Begleitung, auch Geld und Schätze, Lebensmittel und die nötigen Kriegswerkzeuge, und sprach zu ihm: »Mein Sohn! Reise in Glück und Frieden!« Beim Abschied umarmte er ihn noch aufs herzlichste und entließ ihn mit den Worten: »Gehe, ich vertraue dich dem an, der nichts ihm Übergebenes verläßt!« Seif Almuluk nahm also von seinem Vater und seiner Mutter Abschied,

nahm seinen Freund Said als Begleiter mit sich und sie ritten zusammen nach dem Schiff, das bald darauf, mit Proviant, Waffen und Truppen wohl versehen, die Anker lichtete; so reisten sie in einem fort, bis sie nach China kamen.

Als die Einwohner Chinas hörten, daß 40 Kriegsschiffe angekommen, glaubten sie, es wären Feinde, die sie belagern und mit ihnen Krieg führen wollten, sie schlossen die Tore der Stadt und hielten, die Kriegsmaschinen bereit. Als Seif Almuluk dies vernahm, ließ er zwei seiner vertrautesten Mamelucken kommen und sagte ihnen: »Geht zum König der Stadt, bringt ihm meinen Gruß, und sagt ihm: Der König Seif Almuluk, Sohn des Königs Assem von Ägypten, ist's, der zu dir als Gast kommt, um einige Zeit dein Land zu bereisen: er wird dann wieder nach Hause zurückkehren; er kommt nicht als Feind, um Krieg zu führen. Nimmst du ihn auf, so wird er zu dir kommen, wo nicht, so kehrt er um und wird weder dich, noch die Bewohner deiner Stadt beunruhigen.

Als die Mamelucken Seif Almuluks an die Stadt kamen, sagten sie den Bewohnern derselben: »Wir sind Gesandte des Königs Seif Almuluk!« Man öffnete ihnen die Tore und führte sie zum König, der Schah Faghfur hieß und den König Assem früher gekannt hatte. Als er die Worte Seif Almuluks hörte,

machte er den Gesandten Geschenke, ließ die Tore öffnen und ging selbst mit den Vornehmsten des Reichs dem König entgegen. Seif Almuluk nahe gekommen, umarmte er ihn und sprach: »Willkommen seiest du in meinem Reiche; ich bin dein Sklave und der deines Vaters! Meine Stadt liegt vor dir, gebiete über alles!« Er ließ dann Geschenke und Proviant herbeibringen und führte Seif Almuluk und seinen Vezier Said mit den Ausgezeichnetsten des Reichs und vielen Truppen unter Trommel- und Paukenschall in seine Stadt, und Seif Almuluk genoß mit den seinigen 40 Tage lang die größte Gastfreundschaft. Dann sagte der Schah Faghfur: »Nun, Sohn meines Freundes! Wie geht es dir und wie gefällt dir mein Land?« Seif Almuluk antwortete: »Dank deiner Gnade, o König! Es gefiel mir alles.« Da fragte der König: »Du siehst dich gewiß in unserm Lande nach etwas um, und hast irgend ein Anliegen?« Seif Almuluk sagte: »Meine Geschichte ist wunderbar; ich liebe das Bild der Badial Djamal!« Bei diesen Worten entflossen Tränen seinen Augen, und er schluchzte heftig. Dies rührte das Herz des Königs von China, und er sprach: »Was ist zu tun, Seif Almuluk?« Dieser antwortete: »Ich wünschte, du ließest alle Reisenden, deine Schiffskapitäne und alle Derwische zusammenkommen, damit ich mich bei ihnen nach dem Gegenstand dieses Bildes erkundige; vielleicht könnte einer von ihnen mir Auskunft darüber geben.« Der König ließ sogleich seine Kammerherrn und Scharfrichter kommen und ließ durch sie ausrufen, daß alle Schiffskapitäne, alle Derwische und Reisende auf die Rennbahn kommen sollten, und niemand zurückbleiben dürfe. Es stellten sich alle ein und machten einen großen Haufen aus. Seif Almuluk fragte dann nach der Insel Babel und dem Garten Irem; aber niemand antwortete, so daß Seif Almuluk sich keinen Rat mehr wußte. Dann sagte einer der Schiffskapitäne: »Glückseliger König! Wenn du darüber Auskunft wünschest, so mußt du dich

nach den Ländern und Inseln in der Nähe von Indien wenden, dort wird man es schon wissen.« Seif Almuluk ließ sogleich die Schiffe segelfertig machen, und süßes Wasser, Lebensmittel und was sie sonst bedurften, einnehmen. Er und sein Freund Said bestiegen ihre Pferde, nahmen vom König Abschied und gingen auf ihr Schiff. Sie reisten vier Monate lang in Ruhe und Sicherheit mit günstigem Wind. Aber eines Tages erhob sich von allen Seiten ein Sturm, es regnete und hagelte stark, und die Wellen des Meeres tobten; sie brachten zehn Tage in der größten Furcht zu. Endlich kam ein so heftiger Windstoß gegen die Schiffe, daß alle, mit allem, was darauf war, untergingen. Seif Almuluk allein rettete sich mit einigen Mamelucken auf ein kleines Schiffchen; dann legte sich der Sturm und die Wellen, und die Sonne ging glänzend auf. Seif Almuluk öffnete die Augen und sah nichts mehr von der ganzen Flotte; er erblickte nichts als Himmel und Wasser und das kleine Schiffchen, auf dem er sich befand.

Seif Almuluk fragte dann seine Leute: »Wo sind alle meine Schiffe? Wo ist mein Freund Said?« Sie antworteten ihm: »O Herrscher! Es ist nichts mehr von deinen Schiffen übrig, sie sind alle untergegangen und zur Speise der Fische geworden!« Seif Almuluk sprang in seiner Wut auf, schrie, schlug sich ins Gesicht und wollte sich ins Meer stürzen. Seine Mamelucken hielten ihn aber zurück und sagten: »O Herrscher! Was soll das nützen? Du hast dir das selbst zugezogen; hättest du deinem Vater gehorcht, so wäre dir das nicht widerfahren; doch war das alles längst vorher bestimmt, und gleiches Schicksal mußte dich mit den übrigen Menschen heimsuchen. Schon bei deiner Geburt haben die Sterndeuter gesagt: ›Du wirst in große Gefahr kommen; es bleibt dir nichts übrig, als geduldig auszuharren, bis der erhabene Gott dich aus dieser Not befreit.‹« Da sprach Seif Almuluk, und es geschieht zur Ehre Gottes und dessen, der das sagt: »Es gibt keinen Schutz und keine Macht, außer bei Gott, dem Erhabenen! Niemand kann seinen Beschlüssen entgehen!« und er bereute, was er getan. Er ließ sich dann Speisen reichen und aß. Das Schiff wurde immer vom Wind hin und her getrieben, und sie wußten nicht, wohin sie steuerten. Die Lebensmittel und das Wasser fingen an, ihnen zu fehlen, als sich ihnen durch die Macht des erhabenen Gottes eine nicht zu weit davon entlegene Insel zeigte. Da sie hungrig waren, ließen sie nur einen Mann auf dem Schiff zur Bewachung zurück, und die übrigen aßen Früchte, die sie auf der Insel fanden. Dort aber saß ein Mann mit einem langen Gesicht, mit einem weißen Körper und von wunderbarem

Aussehen zwischen den Fruchtbäumen; er rief einen Mamelucken bei seinem Namen und sagte zu ihm: »Iß nicht von diesen unreifen Früchten! Komm zu mir, ich will dir gute, reife Früchte geben!«

Der Mamelucke glaubte, es wäre einer der Schiffbrüchigen, und freute sich sehr. Als er aber in seine Nähe kam, da sprang der Verfluchte auf seine Schultern, schlang den einen Fuß um seinen Hals und den anderen um seinen Rücken und sagte: »Laufe jetzt nur, du wirst mich nicht mehr los, du bist nun mein Tragesel!« Der Mameluck schrie und jammerte, und sein Herr mit all den seinigen rettete sich schnell auf das Schiff. Der Fremde folgte ihnen nach dem Ufer und sagte: »Woher kommt ihr und wohin geht ihr? Kommt zu uns, wir wollen euch zu essen und zu trinken geben; ihr könnt unsere Esel werden, und wir reiten auf euren

Rücken.« Als sie dies hörten, ruderten sie schnell vom Ufer weg und entfernten sich im Vertrauen auf Gott, den Erhabenen. So brachten sie einen Monat zu, bis sie wieder eine Insel entdeckten; sie gingen daselbst in einen Wald, ohne einen Weg zu wissen. Es fanden sich daselbst wieder Früchte, wovon sie aßen; da schimmerte ihnen aus der Ferne etwas entgegen, und sie gingen darauf zu. Wie sie sich näherten, war es wie eine Säule, die der Länge nach dalag; einer von ihnen trat darauf mit dem Fuß und sagte: »Was mag dies sein?« Da erwachte die Säule, richtete sich auf, und siehe da!, es war ein Mann mit langen Ohren und mit gespaltenen Augen; seine Züge waren nicht sichtbar, denn als er schlief hatte er ein Ohr unter dem Kopf und deckte das Gesicht mit dem anderen zu. Er ergriff einen Mamelucken, und dieser schrie: »Mein König! Fliehe von dieser Insel, sie ist von Werwölfen bewohnt, welche die Menschen fressen; mich werden sie bald zerschnitten und gefressen haben!« Als Seif Almuluk diese Worte hörte, entfloh er mit seinen übrigen Begleitern auf das Schiff, ohne einmal Früchte mitzunehmen. So brachten sie wieder mehrere Tage zu, da entdeckten sie abermals eine Insel; als sie dort landeten, fanden sie einen hohen Berg, sie bestiegen ihn und sahen einen Wald mit vielen Bäumen, worauf sich Früchte befanden, von denen sie aßen; da kamen auf einmal nackte Menschen zwischen den Bäumen hervor, deren jeder 50 Ellen lang war, ihre Vorderzähne waren wie die eines Elefanten, und wuchsen ihnen zum Munde heraus. Einer von ihnen saß auf einem schwarzen Stück Filz auf einem Felsen, ihn umringten viele Schwarze, welche in seinem Dienst waren; diese fingen den Seif Almuluk und seine Mamelucken ein, brachten sie zu dem Sitzenden, legten sie vor ihn hin und sprachen: »König! Wir haben diese Vögel zwischen den Bäumen gefunden.« Da der König gerade hungrig war, ließ er zwei Mamelucken schlachten und aß sie. Als Seif Almuluk dies sah, fürchtete er sich, weinte, und ihm bangte für sein Leben. Als sie der König weinen hörte, sagte er: »Diese Vögel haben eine schöne Stimme; macht jedem einen Käfig, sperrt

sie hinein und hängt sie über meinem Kopf auf, damit ich ihre Stimmen hören kann!« Sie taten, wie er gesagt; und so wurden Seif Almuluk und die Mameluk-ken in Käfige gesperrt; man gab ihnen zu essen und zu trinken; bald weinten sie, bald sangen sie, so daß der König der Schwarzen an ihrer Stimme Freude hatte. Vier Jahre brachten sie in den Käfigen zu. Der König aber hatte eine Tochter, die auf einer anderen Insel verheiratet war; als diese hörte, daß ihr Vater Vögel von lieblicher Stimme besitze, schickte sie Leute an ihn ab und ließ ihn um diese

Vögel bitten. Ihr Vater schickte ihr Seif Almuluk mit drei anderen Mamelucken in vier Käfigen durch die Boten, die sie ihm gesandt hatte; als die Prinzessin sie sah, gefielen sie ihr sehr, und sie ließ sie über ihrem Bett aufhängen. Seif Almuluk konnte nicht begreifen, wie ihm geschah, er war sehr traurig über die Lage, in der er sich befand, dachte an das frühere Glück und weinte; die drei Mamelucken weinten mit ihm; die Prinzessin aber glaubte, sie sängen. Sie pflegte sonst allen denen, die aus Ägypten und anderen Ländern sie besuchten, einen hohen Rang in ihrem Reiche zu geben. Gott aber hatte bestimmt, daß, als sie Seif Almuluk näher betrachtete, ihr seine Schönheit, sein Wuchs und sein Ebenmaß gefielen; sie ließ ihn daher mit seinen Gefährten frei, erzeigte ihnen viele Ehre, ließ ihnen zu essen und zu trinken geben und erzeigte ihnen viel Gutes. Als sie eines Tages allein mit Seif Almuluk war, bat sie ihn, ihr seine Liebe zu schenken; aber Seif Almuluk weigerte sich dessen und sagte: »O meine Herrin! Ich bin ein fremder Jüngling, der unglücklich liebt, und nur am geliebten Gegenstand Freude finden kann«; und alle angewandten Mittel der Prinzessin, ihn zu gewinnen, schlugen fehl. Als sie dies endlich müde war, zürnte sie ihm und den Mamelucken und zwang sie, ihr zu dienen; so ging es vier Jahre fort. Seif Almuluk war dieses Zustandes sehr überdrüssig und ließ die Prinzessin bitten, sie frei abziehen zu lassen und ihre bitteren Qualen zu erleichtern. Die Prinzessin ließ ihn zu sich kommen und wiederholte ihre Liebeserklärung; aber Seif Almuluk gab ihr kein Gehör. Endlich sagte sie zu ihm: »So geh und hole Holz!« und so blieb alles mit ihm und seinen Mamelucken wie vorher. Die Bewohner der Insel kannten sie als Vögel der Prinzessin, und niemand gab ihnen ein böses Wort; die Prinzessin aber war ruhig, denn sie wußte, daß sie keine Mittel finden würden, sich von dieser Insel zu retten.

Seif Almuluk und seine Mamelucken konnten ohne Wache frei umhergehen und blieben oft mehrere Tage vom Hause weg, um Holz auf der Insel zu sammeln; dann brachten sie es in die Küche der Prinzessin. So lebten sie zehn Jahre lang. Da saß eines Tages Seif Almuluk am Ufer des Meeres und dachte an den Zustand, in welchem er und seine Mamelucken lebten; er dachte an seinen Vater, an seine Mutter und an seine Familie, an sein Königreich, an die Herrlichkeit, in welcher er früher lebte und Tränen rollten über seine Wangen; er erinnerte sich auch seines Freundes Said, und dies vermehrte noch seine Tränen und seinen Jammer. Seine Mamelucken sagten ihm: »O Herrscher! Wie lange weinst du noch, und was nützt dieses Weinen? Ist nicht alles dies auf die Stirne des Menschen geschrieben? Ist nicht alles nach der göttlichen Bestimmung eingetroffen? Schreibt nicht die himmlische Feder, was Gott beschlossen? Es bleibt uns nichts übrig, als Geduld zu haben. Vielleicht wird Gott, der dieses über uns verhängt hat, auch wieder helfen.« Seif Almuluk sagte: »O meine Brüder! Was können

wir tun, um uns aus der Macht der Verruchten zu befreien? Es bleibt uns nichts übrig, als die Rettung von Gott zu erwarten. Wir könnten jedoch entfliehen, um dieser Qual los zu werden.« Sie antworteten: »O Herrscher! Wo wir auch von hier landen wollen, verfolgen uns Werwölfe, welche die Menschen fressen; wir können ihnen nicht entgehen, sie werden uns fressen oder zur Königin zurückbringen und sie wird dann gegen uns zürnen.« Seif Almuluk sagte: »Ich will eine Rettung versuchen und Gott, der Allmächtige, wird uns helfen.« Sie sagten: »Was willst du tun?« Er antwortete: »Wir wollen lange Bäume spalten und aus ihren Rinden Seile machen, damit die Bretter zusammenbinden und ein Floß bauen, es ins Meer

werfen und mit Früchten beladen, dann Ruder schnitzen und unsere Ketten mit der Axt entzwei schlagen; der erhabene Gott wird uns wohl helfen, er ist ja über alles mächtig; vielleicht treibt uns der Wind nach China, und wir kommen von dieser tyrannischen Königin los.« Die Mamelucken freuten sich über diese Worte und sagten: »Dein Rat ist gut!« Sie fingen sogleich an, Holz zu fällen und ein Floß daraus zu bauen; in einem Monat war alles fertig. Da ließen sie das Floß ins Meer gleiten und beluden es mit Früchten, ohne daß jemand etwas davon wußte. Dann nahm einer die Axt und befreite sie von ihren Ketten; jetzt bestiegen sie das Floß und brachten vier Monate auf dem Meer zu, ohne zu wissen, wohin sie das Floß trage. Nun aber ging ihnen ihr Proviant aus und sie litten bitteren Hunger. Auf einmal fing das Meer an zu schäumen und zu toben und hohe Wellen zu schlagen; ein furchtbares Krokodil stieg aus dem Grund des Meeres auf, ergriff einen Mamelucken und verschlang ihn. Seif Almuluk blieb jetzt nur noch mit zwei Mamelucken übrig, mit denen er so schnell wie möglich ruderte, um sich von dem Ungeheuer zu entfernen; so ruderten sie immer furchtsam fort, bis sie eines Tages auf einer Insel einen hohen Berg sahen; sie freuten sich sehr darüber, ruderten tapfer zu, und je näher sie kamen, desto größer wurde ihre Freude; aber auf einmal tobte das Meer wieder auf und es stieg ein Krokodil aus dessen Tiefen und verschlang die beiden Mamelucken. Seif Almuluk entkam ganz allein auf die Insel; er bestieg den Berg, setzte sich darauf und wartete, bis jemand vorübergehen würde; die Einsamkeit erinnerte ihn wieder an seine Heimat und die Trennung von seinem Lande, und er weinte. Dann ging er ins Gebüsch und aß Früchte; da kamen über 20 Affen, von denen jeder größer als ein Maulesel war, zwischen den Bäumen hervor, umgaben Seif Almuluk von allen Seiten und zogen ihn mit sich, bis sie an ein hohes, festes Schloß kamen, das allerlei Kostbarkeiten enthielt; es war aus Gold und Silber gebaut und eine Menge von Edelsteinen darin zu sehen, deren Pracht nie beschrieben werden kann.

In diesem Schloß war, außer einem schlanken, bartlosen Jüngling, niemand. Seif Almuluk hatte großes Gefallen an ihm; auch er gefiel diesem Jüngling, der, sobald er ihn sah, fragte: »Was willst du? Wie heißt du? Woher bist du? Und wie bist du hierher gekommen? Erzähle mir deine Geschichte und verhehle mir nichts.« Seif Almuluk sagte ihm: »Beim allmächtigen Gott! Mein Bleiben hier ist nur kurz, ich kann nirgends lang verweilen, bis ich mein Ziel erreicht habe.« Der Jüngling fragte noch einmal: »Was ist deine Absicht? Wie heißt du und woher bist du?« Seif Almuluk antwortete: »Ich bin aus Ägypten, heiße Seif Almuluk und mein Vater ist der König Assem, Sohn Safwans«; und er erzählte ihm alles von Anfang bis zu Ende, was zu wiederholen überflüssig wäre. Der Jüngling stand auf, bot Seif Almuluk seine Dienste an und sprach: »O Herrscher! Ich habe doch in Ägypten gehört, du seiest nach China gereist?« Seif Almuluk antwortete: »Man hat wahr gesagt, ich war nach China gereist, von da hatten wir vier Monate lang glückliche Fahrt nach Indien, bis ein Sturm kam und alle Schiffe zertrümmerte; ich blieb allein mit den Mamelucken in einem kleinen Schiffchen übrig; wir liefen dann noch viele Gefahren, bis ich zuletzt allein noch übrig blieb und hier landete.« Der Jüngling sagte: »O Prinz! Du hast nun in der Fremde genug gelitten, bleibe jetzt bei mir und unterhalte mich, und wenn ich sterbe, kannst du über diese Länder herrschen. Niemand weiß, wie lang und wie breit diese Insel ist; man braucht viele Tage, um sie zu durchwandern. Die Affen, welche du gesehen, sind sehr geschickt, und du findest hier, was du nur wünschen kannst.«

Seif Almuluk wiederholte, er könne an keinem Ort bleiben, ehe er sein Anliegen ins Reine gebracht, er werde die ganze Welt bereisen, und entweder wird ihm Gott seinen Wunsch erfüllen, oder ihn irgendwo den Tod finden lassen. Der Jüngling gab hierauf den Affen ein Zeichen und sie entfernten sich auf eine Weile, kamen jedoch gleich darauf mit seidenen Tüchern umgürtet zurück, deckten den Tisch und brachten mehr als 100 goldene und silberne Schüsseln und Platten mit allen möglichen Speisen, und blieben stehen, wie es bei Königen Sitte ist. Der Jüngling machte ihnen ein Zeichen und sie setzten sich; nur der, welcher zu bedienen hatte, blieb stehen, und der Jüngling, Seif Almuluk und die Vornehmsten unter den Affen aßen. Hierauf wurde der Tisch aufgehoben und man brachte eine goldene Kanne und ein Waschbecken mit Rosenwasser und Moschus, womit sie ihre Hände wuschen. Zuletzt wurden Weine, süße Speisen und eingemachte Früchte aufgetragen; sie tranken, belustigten sich und ließen sich's wohl sein. Die Affen fingen an zu tanzen und zu spielen, so daß Seif Almuluk sehr erstaunt war über alles, was er hier sah, und darüber alles Ungemach vergaß, das ihm widerfahren war. Als es Nacht war, zündeten sie Wachskerzen an und steckten sie auf goldene mit Edelsteinen verzierte Leuchter; dann brachten sie allerlei frische und trockene Früchte. Später begab sich Seif Almuluk in einem großen Saal zur Ruhe, wo ihm ein Lager bereitet worden war. Des Morgens stand der Jüngling vor Sonnenaufgang auf und weckte Seif Almuluk und sagte zu ihm: »Strecke deinen Kopf zum Fenster hinaus und gib acht auf das, was du draußen siehst!« Als

Seif Almuluk den Kopf hinausstreckte, sah er das ganze Land voll Affen, eine so große Menge, wie nur Gott, der Erhabene, sie zu zählen vermochte. Da sagte Seif Almuluk: »Warum versammeln sich diese Affen hier?« Der Jüngling erwiderte. »Jeden Samstag kommen sämtliche Affen, die auf der Insel sind, zwei, drei Tagesreisen weit her, und versammeln sich an diesem Ort, bis ich vom Schlaf erwache und den Kopf zum Fenster hinausstrecke; sobald sie mich sehen, küssen sie die Erde und bieten mir ihre Dienste an, dann geht jeder wieder seinem Geschäft nach.« Als nun die Affen den Jüngling am offenen Fenster erblickten, verbeugten sie sich vor ihm und gingen an ihre Arbeit. Seif Almuluk blieb einen ganzen Monat bei diesem Jüngling, dann nahm er Abschied von ihm und reiste weiter. Der Jüngling gab ihm etwa 200 Affen zu seiner Bedienung mit, die ihn sieben Tage lang begleiteten, bis er die Grenze ihres Landes erreichte; dann nahmen sie Abschied von ihm und kehrten nach ihrer Heimat zurück. Seif Almuluk reiste nun allein über Berg und Hügel und durch die Wüste und Fruchtland vier Monate lang. Einen Tag hungerte er, einen anderen hatte er wieder vollauf zu essen, und dann mußte er sich vom Gras der Wüste ernähren. Er bereute es, den Jüngling verlassen zu haben, und schon wollte er wieder umkehren, da schimmerte aus der Ferne etwas Schwarzes in seine Augen. Er dachte, hier ist ein Obdach oder ein Baum, ich will einmal sehen, was es ist; er ging darauf zu und sah ein hohes Schloß; es war das, welches Jafet, Sohn Noahs, Friede sei mit ihm!, gebaut hatte, und im Heiligen Buch mit den Worten erwähnt ist: »Ein festes Schloß und ein verlassener Brunnen.« Er setzte sich vor die Tür des Schlosses und dachte: »Gehört es wohl Menschen oder Genien?« So saß er eine Weile davor, sah jedoch niemand weder aus- noch eingehen, stand daher auf und ging im Vertrauen auf den erhabenen Gott ins Schloß hinein; er zählte sieben Gänge darin, sah aber keinen Menschen; am Ende des siebenten Ganges befand sich eine Tür, vor der ein Vorhang hing; den hob er auf und trat in einen großen Saal mit seidenen Teppichen auf dem Boden. Mitten im Saal war ein goldener Thron, worauf ein Mädchen saß, schön wie der leuchtende Mond; sie hatte königliche Kleider an und war geschmückt wie eine Braut in der Hochzeitsnacht. Unter dem Thron stand eine Tafel, darauf 40 Schüsseln mit den köstlichsten Speisen. Als Seif Almuluk das Mädchen sah, ging er auf sie zu und grüßte sie; sie erwiderte seinen Gruß und fragte ihn: »Bist du ein Mensch oder ein Geist?« Er antwortete: »Ich gehöre zu den besten der Menschen; ich bin ein Königssohn und selbst König!« Hierauf sprach sie: »Nimm zuerst etwas von den Speisen zu dir, dann erzähle mir, wie du hierhergekommen.«

Seif Almuluk setzte sich zu den Speisen, denn er war hungrig, und aß von diesen Schüsseln, bis er satt war; hierauf streckte er die Hand aus und trank. Als er hinlänglich gesättigt war, setzte er sich auf den Thron neben das Mädchen. Das Mädchen fragte ihn: »Wer bist du und woher kommst du? Wie heißt du und wer hat dich hierher gebracht?« Seif Almuluk sagte: »Meine Geschichte ist sehr lang.« Sie versetzte: »Sage mir nur, woher du bist und was du hier tun willst?« Er erwiderte: »Erzähle auch du mir, wer dich hierher gebracht und warum du ganz allein hier wohnst?« Das Mädchen sprach: »Mein Name ist Dawlet Chatun,

Tochter des Königs von Indien, der in der Stadt Serendib wohnt und einen großen, schönen Garten besitzt; es gibt in ganz Indien keinen schöneren mit einem so großen Teich; eines Tages ging ich mit meinen Sklavinnen in diesen Garten, wir entkleideten uns und stiegen in den Teich, neckten einander und waren lustig und heiter. Da kam auf einmal etwas, das einer Wolke glich, über mich her, riß mich aus der Mitte meiner Sklavinnen und trug mich zwischen Himmel und Erde, wo es so zu mir sprach: ›O Dawlet Chatun, fürchte nichts! Beruhige dein Herz!‹ Es flog dann eine Weile mit mir und ich wußte nichts mehr von mir selbst, bis es mich in diesem Schloß niedersetzte und sich in einen schönen Jüngling verwandelte, recht niedlich gekleidet. Der fragte mich: ›Kennst du mich?‹ Ich antwortete: ›Herr, ich kenne dich nicht!‹ Hierauf sagte er: ›Ich bin der Sohn des blauen Königs der Geister; mein Vater wohnt an den Ufern des roten Meeres und herrscht über sechsmal 100000 fliegende und untertauchende Geister; ich flog auf meinem Weg an dem Ort vorbei, wo du dich badetest, verliebte mich in dich und deine Gestalt, darum ließ ich mich zu dir herunter und entführte dich aus der Mitte deiner Sklavinnen und brachte dich in dieses feste Schloß hierher, welches ich bewohne. In dieses Schloß kommt nie jemand, weder Mensch noch ein Geist, und von hier bis Indien hat man 120 Jahre zu reisen; du kannst in deinem Leben das Land deines Vaters und deiner Mutter nicht wiedersehen; bleibe also hier bei mir und sei guten Mutes; ich erscheine dir, so oft du es wünschest.‹ Dann umarmte und küßte er mich, und sagte zu mir: ›Setze dich und fürchte nichts!‹ Er ließ mich nun eine Weile allein, kam dann wieder mit diesem Tisch und den Teppichen, die du hier siehst. Jedesmal am Dienstag kommt er wieder und bleibt bis Freitag Nachmittag bei mir, und hält sich dann wieder bis Dienstag entfernt; wir essen und trinken miteinander, er küßt und umarmt mich; doch bin ich noch so jungfräulich, wie mich Gott erschaffen, der Geist hat mir noch gar nichts Böses getan. Mein Vater ist König und heißt Tadj Almuluk, Krone der Könige, er weiß nichts von meinem Schicksal und hat noch keine Spur von mir entdeckt; dies ist meine Geschichte, erzähle du mir nun die deinige!« Seif Almuluk sagte: »Meine Geschichte ist lang, ich fürchte, der Geist möge, ehe ich sie dir ganz erzähle, wiederkehren.« Die Prinzessin sagte: »Heute ist Freitag, er hat mich soeben verlassen und wird vor Dienstag nicht wiederkehren; setze dich also, sei ganz ruhig, und erzähle mir vom Anfang bis zu Ende, wie du hierher gekommen.« Seif Almuluk erzählte ihr, bis er den Namen Badial Djamal nannte, da schwammen ihre Augen in Tränen, und sie sagte: »So heißt meine Schwester! O meine Schwester Badial Djamal! Weh über jene Zeit! Gedenkst du denn meiner nicht mehr? Fragst du nicht mehr: wo ist meine Schwester Dawlet Chatun?« Sie weinte so eine Weile und grämte sich darüber, daß Badial Djamal ihrer nicht gedachte. Da sprach Seif Almuluk: »O Dawlet Chatun! Badial Djamal ist eine Genie und du bist ein menschliches Wesen, wie kannst du ihre Schwester sein?« Sie aber antwortete: »Sie ist meine Milchschwester! An dem Tage, wo meine Mutter mich im Garten gebar, wurde auch Badial Djamal in einem anderen Teil unseres Gartens geboren. Ihre Mutter schickte zu der meinigen, um einige Speisen und das nötige Weißzeug holen zu lassen. Die sandte ihr, was sie verlangte, und lud Mutter und Tochter zu sich ein. Beide kamen nun zu meiner Mutter, welche Badial Djamal stillte.«

Die Mutter Badial Djamals blieb so zwei Monate lang in unserm Garten; dann reiste sie wieder in ihre Heimat, gab aber vorher meiner Mutter etwas und sagte ihr: Wenn du mich nötig haben wirst, so komme ich zu dir mitten in den Garten. Badial Djamal kam nun jedes Jahr mit ihrer Mutter und blieb eine Zeitlang bei uns; dann kehrte sie wieder in ihre Heimat zurück. Wäre ich bei meiner Mutter, o Seif Almuluk! Und hätte ich dich in unserem Land kennengelernt und wir wären wie früher vereint gewesen, so würde ich schon Mittel gefunden haben, sie zu überlisten und deinen Wunsch zu erfüllen. Doch jetzt bin ich fern von meinem Vaterland und sie wissen nichts von mir; denn wüßten sie es, sie könnten mich schon von hier befreien; doch muß die Sache dem erhabenen Gott überlassen werden! was soll ich tun?« Seif Almuluk sagte: »Mache dich auf, ich will mit dir entfliehen!« Sie versetzte aber: »Wo können wir hingehen? Bei Gott! Wenn du auch die Strecke eines Jahres hier zurückgelegt hast, so wird dich dieser Verruchte doch in einem Augenblick erreichen und dich und mich umbringen.« Da sagte Seif Almuluk: »So will ich mich hier irgendwo verbergen, und wenn er an mir vorübergeht, ihn mit einem Schwert töten.« Da antwortete Dawlet Chatun: »Du kannst ihm nicht eher etwas anhaben, bis du seinen Geist vernichtet hast.« Seif Almuluk fragte: »Und wo ist sein Geist?« Sie antwortete: »Ich habe oft danach gefragt und er wollte mir es nicht sagen, bis ich eines Tages in ihn drang, worüber er böse wurde und mir sagte: ›Wie lange wirst du noch nach meinem Geist fragen? Was hast du mit meinem Geist zu schaffen?‹ Meine Antwort war: ›Bleibt mir außer dir noch sonst jemand übrig? Befinde ich mich wohl für mein ganzes Leben? Meine Seele liebt ja die deinige, und wenn ich nicht für dein Leben wache und es in das Schwarze meines Auges setze, was soll aus dem meinigen werden, wenn du nicht mehr bist? Laß mich nun deinen Geist kennen, damit ich ihn wie dieses Auge hier bewahre!‹ Hierauf sagte er mir: ›Seit meiner Geburt haben mir die Sterndeuter gesagt, mein Geist werde durch die Hand eines menschlichen Prinzen vernichtet werden, darum nahm ich ihn, legte ihn in den Kropf eines Sperlings, sperrte diesen in eine Büchse und die Büchse in sieben Schachteln, die Schachteln in sieben Kisten, die Kisten in einen marmornen Behälter, und diesen begrub ich an der Küste dieses Meeres, das von jedem Land entfernt ist, und wohin kein Mensch kommen kann. Ich wiederhole dir aber: sage es niemand, es bleibt ein Geheimnis zwischen dir und mir!‹ Ich antwortete ihm: ›Wer kommt denn zu mir oder sieht mich außer dir, daß ich's ihm sagen sollte?‹ Dann fuhr ich fort: ›Bei Gott! Du hast deinen Geist an einen vortrefflichen Ort gelegt, wohin außer dir niemand gelangen kann; denn wie sollte jener Mensch oder irgend jemand denselben entdecken können?‹ Hierauf antwortete er: ›Der Prinz soll einen von Salomos Ringen, Friede sei mit ihm!, am Finger haben; wenn er denselben auf die Oberfläche des Wassers und seine Hand darauf legt und spricht: Bei diesem Namen! Du Seele jenes Geistes, komm herauf! So soll, wie mir die Sterndeuter sagten, der marmorne Sarg von selbst in die Höhe sich heben und samt den Kisten und Schachteln in Stücke gehen. Mit diesem Zeichen wird der Sperling aus der Büchse hervorkommen und alsdann erwürgt werden. Ich aber muß dann sterben.‹«

Seif Almuluk sagte: »Ich bin jener Prinz und hier ist Salomos Ring an meinem Finger; folge mir an das Meeresufer, damit wir sehen können, ob der Geist wahr gesprochen oder nicht!« Sie machten sich auf und gingen zusammen ans Meer. Dawlet Chatun blieb am Ufer stehen, Seif Almuluk aber legte den Ring aufs Wasser und sagte: »Bei den Namen, die auf diesem Ring sind, Geist des Sohnes des blauen Königs, komm hervor!« Sogleich fing das Meer an zu toben und der Behälter kam herauf; Seif Almuluk schlug ihn gegen einen Stein, daß er zerbrach, dann zerschmetterte er die Kisten und Schachteln, nahm den Sperling aus der Büchse und würgte ihn; darauf ging er zurück ins Schloß mit der Prinzessin und setzte sich neben sie auf den Thron. Während sie so dasaßen, stieg Staub auf und es erschien eine ungeheure Gestalt, die also sprach: »O Prinz! Laß mich leben und schenke mir die Freiheit! Ich werde dir zur Erfüllung deines Wunsches verhelfen.« Dawlet Chatun aber sagte zu Seif Almuluk: »Was stehst du hier lange müßig? Töte den Sperling, sonst wird der Verruchte auf uns eindringen, dir ihn wegnehmen und dich und mich umbringen!« Seif Almuluk erwürgte vollends den Sperling; der Geist aber stürzte vor der Tür des Schlosses nieder und wurde zu einem Haufen schwarzen Staubes. Dawlet Chatun sagte: »Nun wären wir von der Gewalt dieses Verruchten befreit, was aber fangen wir jetzt an?« Seif Almuluk sagte: »Wir müssen auf Gott vertrauen, der uns so heimgesucht, er wird uns leiten und unsere Rettung herbeiführen.« Dann raffte sich Seif Almuluk auf, hob mehrere Türen des Schlosses aus, welche von Aloe- und Sandelholz und mit goldenen und silbernen Nägeln beschlagen waren; dann zog er von den Vorhängen die Schnüre ab, die vom feinsten Hanf mit Baumfasern zusammengeflochten waren, band damit die Türen zusammen und machte mit Hilfe Dawlet Chatuns eine Art Floß daraus; dann schleppten sie zusammen dieses Floß ins Meer und befestigten es an Pfählen. Als dies geschehen war, kehrten sie

ins Schloß zurück und trugen die goldenen Schüsseln und silbernen Platten, die Juwelen und Edelsteine, samt allem, was sonst im Schloß war, auf das Floß und bestiegen es im Vertrauen auf Gott. Zwei Stücke Holz dienten ihnen als Ruder; sie banden das Seil los und ruderten mit dem Floß mitten ins Meer, ohne zu wissen, wohin sie sich wenden sollten. Der Wind trieb das Floß vier Monate umher, bis endlich ihre Lebensmittel zu Ende waren. So oft Dawlet Chatun schlief, saß Seif Almuluk hinter ihr, und wenn dieser schlief, saß sie hinter ihm, und ein Schwert lag zwischen ihnen. Eine Nacht, als Seif Almuluk schlief und Dawlet Chatun wachte, bemerkte sie, wie das Floß sich dem Land näherte, und in einen Hafen lief, in welchem viele Schiffe lagen; wie sie nach demselben hinsah, hörte sie, wie ein Mann, es war der oberste Schiffskapitän, mit einigen Matrosen sprach, woraus sie schloß, daß sie nun an ein bewohntes Land und an eine Stadt gekommen seien. Sie freute sich sehr, weckte Seif Almuluk aus dem Schlaf und sagte ihm: »Steh auf, frage den Schiffskapitän, der am Meer steht, wie dieser Ort heißt und was das für ein Hafen ist?« Seif Almuluk stand freudig auf und fragte: »Freund! Wie heißt diese Stadt und dieser Hafen?« Der Hauptmann antwortete: »Du Lügengesicht, du Einfaltsbart, wenn du diese Stadt und diesen Hafen nicht kennst, wie bist du hierher gekommen?« Seif Almuluk antwortete: »Ich bin ein Fremder, der mit anderen Reisenden auf einem Schiff war, das Schiffbruch litt und unterging, ich allein habe mich auf einem Brett, das ich bestiegen, hierher gerettet; darum fragte ich dich; Fragen ist doch keine Schande!« Der Mann antwortete: »Diese Stadt heißt die Bewohnte, und dieser Hafen heißt der zwischen zwei Meeren.«

Als Dawlet Chatun dies hörte, freute sie sich und sagte: »O Seif Almuluk! Höre die gute Botschaft, die Hilfe ist nahe, denn der König dieser Stadt ist mein Oheim und heißt Ali Almuluk, der höchste König: frage ihn einmal, ob es nicht so ist!« Da fragte ihn Seif Almuluk: »Heißt nicht der König dieser Stadt Ali Almuluk?« Der Kapitän antwortete ganz zornig: »Wie wunderlich bist du? Zuerst sagst du, du seiest niemals hierher gekommen, seiest ein Fremder, woher weißt du nun, wie diese Stadt und ihr König heißt?« Als Dawlet Chatun den Kapitän so sprechen hörte, erkannte sie ihn; er hieß Muin Arriasah, Helfer der Oberherrschaft; sie sagte zu Seif Almuluk: »Sage ihm: Komm Muin Arriasah, deine Herrin will dich sprechen!« Seif Almuluk sprach diese Worte aus, worüber der Kapitän, als er das hörte, in den heftigsten Zorn geriet und sagte: »Du Hund! Du Dieb! Du bist gewiß ein Spion! Woher kennst du mich?« Er rief dann einem Matrosen zu: »Gib mir einen Eschenstock, damit ich zu diesem Unreinen gehe und ihm den Hirnschädel einschlage, weil er so verrückt schwatzt!« Man gab dem Kapitän einen Stock, womit er drohend auf das Floß zuging, als er auf einmal ein herrliches, wunderbares Geschöpf erblickte; sein Verstand kam in Verwirrung, endlich bemerkte er, daß es ein Mädchen, strahlend wie die Sonne, war. Er fragte Seif Almuluk: »Was hast du da für ein Mädchen bei dir?« Er antwortete: »Sie heißt Dawlet Chatun.« Da fiel der Kapitän in Ohnmacht, wie er ihre Stimme erkannte; denn er wußte, daß es die Stimme der Nichte seines Königs war. Als er wieder zu sich gekommen war, bestieg er sein Pferd, ritt in die Stadt nach dem königlichen Schloß und sagte dem Diener: »Melde dem König, Muin Arriasah habe eine gute Botschaft zu überbringen, die ihn erfreuen werde.« Als der Diener dies meldete, gab der König dem Kapitän die Erlaubnis, hereinzukommen. Muin Arriasah ging hinein, küßte die Erde und sagte: »König! Ich bringe dir die Nachricht, daß deine Nichte Dawlet Chatun soeben ganz wohl auf einem Floß, in Gesellschaft eines jungen Mannes, der schön ist wie der Mond in der 14. Nacht, in den Hafen eingelaufen ist.« Wie der König dies vernahm, freute er sich sehr, machte dem Kapitän reiche Geschenke und ließ die Stadt wegen der glücklichen Ankunft seiner Nichte festlich schmücken. Kaum waren sie in der Stadt angekommen, so schickte der König Boten zu seinem Bruder Tadj Almuluk, Krone der Könige, der sogleich zu seiner Tochter kam und einige Zeit mit ihr bei seinem Bruder blieb; dann nahm er seine Tochter und Seif Almuluk mit sich, und sie reisten zusammen nach Serendib, dem Lande ihres Vaters. Dawlet Chatun sah

ihre Mutter wieder und hatte große Freude an ihr. Alle Trauer war vorüber und es wurden alle möglichen Festlichkeiten begangen. Der König erzeigte Seif Almuluk viele Ehre und sprach zu ihm: »Du hast mir und meiner Tochter so viel Gutes erwiesen, daß ich dich nie genug dafür belohnen kann, nur der Herr der Welten kann es dir vergelten. Mein Wunsch ist, daß du an meiner Stelle den Thron besteigst und über Indien herrschest; ich schenke dir mein Reich, meine Schätze, meine Diener und alles, was ich besitze.« Seif Almuluk verbeugte sich, küßte dankbar die Erde vor ihm und sagte: »O König der Erde! Es sei, als habe ich alles von dir angenommen und dir es dann wieder zurückgegeben; denn, Herr, ich strebe weder nach einem Königreich noch nach Herrschermacht. Mein einziger Wunsch vor Gott ist, daß er mich zu meinem Ziel gelangen lasse.« Der König sprach dann zu seinen Leuten: »Alle meine Schätze gehören Seif Almuluk, gebt ihm was er verlangt, ohne mich deshalb zu befragen!« Seif Almuluk sagte: »Ich möchte mich einmal in der Stadt umsehen, auf den Plätzen und Märkten.« Als der König dies hörte, ließ er Pferde satteln und Seif Almuluk ritt in die Stadt und durchzog die Bazare. Er sah daselbst einen jungen Mann mit einem Kleid in der Hand, das er um 15 Dinare ausrief. Er fand ihn seinem Freund Said sehr ähnlich, ja er war es selbst, nur erkannte ihn Seif Almuluk nicht gleich, weil seine Züge durch die lange Trennung und große Reise verändert waren. Er rief seinen Mamelucken zu: »Ergreift diesen jungen Mann, führt in ins Schloß und bewahrt ihn daselbst, bis ich von meinem Spazierritt zurückkehre!« Diese glaubten, er habe gesagt: »Führt ihn ins Gefängnis!« und dachten, es wird wohl ein ihm entflohener Mameluck sein. Sie ergriffen ihn daher, führten ihn ins Gefängnis, fesselten und verließen ihn. Als Seif Almuluk vom Spazierritt ins Schloß

zurückkehrte, dachte er nicht mehr an Said und die Mamelucken, die ihn festgenommen hatten, erinnerten ihn auch nicht an denselben, so daß Said im Gefängnis blieb, und mit den übrigen Gefangenen zur Zwangsarbeit geschickt wurde. Said machte sich über diese schändliche Behandlung allerhand Gedanken. Seif Almuluk gab sich unterdessen allerlei Zerstreuungen hin, bis er sich eines Tages seiner erinnerte und die Mamelucken fragte: »Wo ist der, den ihr mit euch genommen habt?« Sie antworteten: »Hast du uns nicht geheißen, ihn ins Gefängnis zu führen?« Seif Almuluk versetzte: »Meine Wille war bloß, daß ihr ihn ins Schloß bringt.« Es wurden sogleich einige Kammerherren und Emire abgeschickt, die Said gefesselt vor Seif Almuluk brachten. Dieser sagte ihm: »Junger Mann, aus welchem Lande bist du?« Er antwortete: »Ich bin aus Ägypten und heiße Said, Sohn des Veziers Fares.« Als Seif Almuluk dies hörte, sprang er vom Thron herunter, fiel Said um den Hals und weinte heftig vor Freude. Dann sagte er: »O mein Bruder! O Said! Du lebst und ich sehe dich wieder; ich bin dein Bruder Seif Almuluk, Sohn des Königs Assem!« Sie hielten sich eine Weile umschlungen und weinten, die Mamelucken aber sahen erstaunt zu. Dann ließ Seif Almuluk Said ins Bad bringen und ihm kostbare Kleider anlegen. Als dies geschehen war, führte man ihn in den Divan zu seinem Bruder, der ihn neben sich auf den Thron sitzen ließ, und Said freute sich sehr des Wiedersehens. Sie unterhielten sich über ihre Abenteuer. Seif Almuluk erzählte alles, was ihm zugestoßen, von Anfang bis zu Ende; dann sprach Said: O mein Bruder! Sobald das Schiff unterging, bestieg ich mit einigen Mamelucken ein Brett, auf dem wir einen vollen Monat umhertrieben. Dann warf uns der Sturm mit dem Willen des erhabenen Gottes auf eine Insel. Wir stiegen hungrig ans Land, gingen zwischen den Bäumen herum und aßen von ihren Früchten. Da kam auf einmal ein Herde Volk gleich Teufeln über uns her; sie stiegen auf unsere Schultern und sagten: »Lauft nur zu, ihr seid nun unsere Esel!« Ich sagte dem der mich bestieg: »Wer bist du, und warum reitest du auf mir?« Er schlang den einen Fuß um meinen Hals, drückte mich so sehr, daß ich fast starb, und schlug mich so heftig mit dem anderen Fuß auf den Rücken, daß ich glaubte, er breche mich mitten durch; ich fiel zur Erde auf mein Gesicht, denn ich hatte vor Hunger und Müdigkeit von der Reise gar keine Kraft mehr. Wie er merkte, daß ich hungrig war, nahm er mich an der Hand, führte mich unter einen Baum, der viele Früchte hatte, und sagte mir: »Iß von diesen Früchten!« Ich aß, bis ich satt war, und ging wieder gezwungen weiter. Ich war aber nur ein paar Schritte weitergegangen, da stieg er wieder auf meine Schultern, und ich mußte bald gehen, bald laufen; er aber lachte und sprach: »Ich habe in meinem Leben kein so gutes Lasttier gehabt.« So blieben wir mehrere Jahre lang bei ihnen. Eines Tages sahen wir viele Weinberge mit Trauben; wir sammelten davon, füllten eine Grube damit und traten die Beeren mit den Füßen, bis jene wie ein großer Wasserteich aussah; die Sonne schien darauf und es wurde Wein daraus. Wir tranken so viel davon, bis wir berauscht waren und unsere Gesichter ganz rot wurden. Da fingen wir an zu singen, zu springen und zu tanzen. Sie fragten: »Was habt ihr, daß ihr so rot seid, so singt und tanzt?« Wir antworteten: »Was habt ihr danach zu fragen? Was wollt ihr von uns?« Sie versetzten: »Sagt es uns! Wir wollen es sehen!« Wir erwiderten: »Das ist der Wein.« Sie sagten: »Gebt uns davon zu trinken!« Wir aber antworteten: »Es sind keine Trauben mehr vorrätig.« Da führten sie uns in ein Tal, wir wissen nicht wie lang, noch wie breit, weder wo es anfängt, noch wo es endet, ganz voll mit Reben, von denen jede Traube einen Zentner schwer und leicht zu pflücken war. Sie sagten: »Sammelt von diesen!« Wir sammelten viele davon, füllten damit einen Zuber, größer als ein Teich, traten sie mit Füßen und ließen sie so einen ganzen Monat lang gären, bis sie zu Wein wurden. Wir sagten ihnen: »Nun ist der Wein reif, woraus wollt ihr trinken?« Sie antworteten: »Wir hatten Esel, wie ihr seid, die, als sie alt wurden, starben. Wir aßen ihr Fleisch; noch haben wir aber ihre Schädel: gebt uns daraus zu trinken!« Sie führten uns dann in Höhlen, wo viele Menschengebeine lagen; wir nahmen einige Schädel, gaben ihnen daraus zu trinken und dachten bei uns: »Nicht genug, daß sie auf uns reiten, sie fressen uns auch noch nach unserm Tode.« Wir sagten zueinander: »Es gibt keinen Schutz und keine Macht, außer bei Gott, dem Erhabenen!« Wir füllten nun einen Menschenschädel mit Wein und reichten ihn ihnen. Nachdem sie ihn ausgetrunken hatten, riefen sie aus: »Das ist bitter.« Wir erwiderten: »Warum sagt ihr, das ist bitter? Wer so sagt und nicht wenigstens zehnmal so viel trinkt, der muß noch an dem nämlichen Tage sterben.« Sie fürchteten sich vor dem Tode und sagten: »So gebt uns noch mehr zu trinken!« So tranken sie, bis der Wein ihnen schmeckte und sie betäubt waren, verlangten aber immer mehr. Zuletzt wurden sie so berauscht, daß sie sich nicht mehr auf uns festhalten konnten. Als wir dies merkten, liefen wir so lange in der Hitze und in der frischen Luft herum, bis sie der Schlaf überfiel und sie sich niederlegen wollten. Wir aber sagten: »Laßt uns immerzu laufen«, und wir liefen mit ihnen so lange, bis sie auf unsern Schultern einschliefen und ihre Füße ganz locker um unsern Hals hingen. Wir luden sie alsdann ab, legten sie zusammen, sammelten viel Holz von Weinreben, legten es um sie herum und bedeckten sie damit. Dasselbe zündeten wir an und blieben in der Ferne stehen, um zuzusehen. In einem Augenblick flammte das Holz hoch auf; sie verbrannten alle und wurden zu einem Haufen Asche, und keiner von ihnen entkam. Wir dankten Gott für unsere Rettung, verließen die Insel, gingen ans Meeresufer und trennten uns voneinander. Ich ging mit zwei Mamelucken in einen großen Wald, wo wir Früchte aßen. Da kam eine große Gestalt mit langem Kinn und langen Ohren, mit Augen wie Fackeln; sie hatte eine große Herde vor sich, die sie weidete. Als sie uns sah, hieß sie uns willkommen, freute sich mit uns und sagte: »Kommt zu mir, ich will euch eins von diesen Schafen schlachten und braten, und es euch zu essen geben.« Wir sagten: »Wo wohnst du denn?« Der Riese antwortete: »In einer Höhle, deren Öffnung ihr

finden werdet, sowie ihr um den Berg dieser Insel herumgeht. Geht nur hin, dort findet ihr viele Gäste, die euch gleichen!« Wir glaubten, er sagt die Wahrheit und gehöre zu den aufrichtigen Menschen; wir suchten daher die Höhle auf.

Als wir hineinkamen, sahen wir Menschen darin, die uns glichen, sie waren aber alle blind. Als wir uns zu ihnen gesellten, sagte einer von ihnen: »Ich bin krank«, ein anderer: »Ich bin schwach.« Wir befragten sie darum. Sie antworteten: »Auch ihr kommt, unser Los zu teilen! Wie seid ihr in die Gewalt dieses Verruchten gekommen? Es gibt keinen Schutz und keine Macht, außer bei Gott, dem Erhabenen! Das ist ein Werwolf, der die Menschen frißt.« Wir fragten: »Wie hat er euch blind gemacht?« Sie antworteten: »Auch euch wird er sogleich mit einem Becher Milch blind machen. Er wird euch sagen: ›Ihr kommt von der Reise, trinkt diese Milch, bis ich euch das Fleisch brate und es euch bringe.‹ Sowie ihr alsdann die Milch trinken werdet, wird das Licht eurer Augen erlöschen.« Ich dachte: »Hier kann ich nur durch List entkommen.« Ich grub eine Vertiefung in den Boden, und nach einer Weile kam der Verruchte zur Tür herein mit drei Bechern Milch. Er reichte mir einen davon und denen, die mit mir gekommen waren, und sagte: »Ihr seid durstig von der Reise, nehmt diese Milch und trinkt einstweilen, bis ich euch das Fleisch brate.« Ich nahm den Becher, führte ihn an den Mund und goß ihn in die Vertiefung, fuhr dann mit den Händen an die Augen und schrie: »Ich habe meine Augen verloren!« und weinte; er aber lachte und sagte: »O Said! Nun bist du auch wie diese geworden, die in der Höhle sind!«; denn der Verruchte glaubte, auch ich sei nun blind, wie es meine beiden Begleiter wirklich geworden. Der Verruchte stand dann sogleich auf, schloß die Türe der Höhle und fühlte meine Rippen an; da er mich aber sehr mager und abgezehrt fand, wandte er sich zu einem andern, der fetter war, schlachtete drei Schafe, zog ihnen das Fell ab, brachte einen Spieß, an dem er sie zusammen briet, und aß sie; zuletzt nahm er einen Schlauch mit Wein, trank ihn aus, legte sich aufs Gesicht und schnarchte. Als ich dies sah, dachte ich bei mir: »Wie kann ich ihn umbringen?« In dem Augenblick bemerkte ich zwei eiserne Spieße am Feuer, die davon glühend wie feurige Kohlen waren. Ich machte mich rüstig auf, nahm die beiden Spieße vom Feuer und stieß mit aller Kraft in seine Augen. Aus Liebe zum Leben sprang er schnell auf und wollte mich festhalten, ich aber entfloh mitten in die Höhle. Er lief mir nach, am Ende wußte ich nicht, wie ich ihm entrinnen sollte, denn die Höhle war mit einem Stein verschlossen; da fragte ich die anwesenden Blinden: »Was soll ich gegen diesen Verruchten anfangen?« Einer von ihnen erwiderte: »Spring auf dies Fenster, dort findest du ein kupfernes Schwert; nimm es und wir wollen dir dann sagen, was du damit tun sollst; schlag ihn nur damit auf die Mitte des Leibes, so wird er sogleich sterben.« Ich sprang, gestärkt durch die Macht und Größe Gottes, aufs Fenster, nahm das Schwert, sprang wieder herunter und ging auf ihn zu. Das Verfolgen hatte ihn jedoch schon sehr ermüdet. Da er keine Augen mehr hatte, so wollte er eben die Blinden töten. Ich schlug ihn mit dem Schwerte, und er fiel in zwei Stücke gespalten auf den Boden. Er schrie laut auf, und rief: »O Mann! Töte mich ganz, gib mir noch einen Hieb!« Ich wollte ihm noch einen Schlag auf den Hals geben, als mir der Mann, der mir das Rettungsmittel angegeben hatte, zurief: »Schlage ihn nicht mehr, sonst kehrt er ins Leben zurück und wird uns alle umbringen!« Ich befolgte den Rat dieses Mannes, und der Verruchte starb bald darauf. Der Mann sprach weiter: »Öffne nun die Pforten der Höhle, vielleicht wird uns Gott dazu helfen, daß wir einmal aus diesem Ort befreit werden.« Ich sagte: »Nun ist alles Böse vorüber, wir wollen hier ausruhen, uns von diesen Schafen nähren und den Wein trinken.« Wir verweilten noch zwei Monate an diesem Ort, aßen von den Schafen und tranken von dem Wein; auch kosteten wir die Früchte, die hier wuchsen, bis wir eines Tages ein großes Schiff in der Ferne sahen. Wir gaben ihm ein Zeichen und riefen laut. Die Schiffsleute aber fürchteten sich vor diesem Verruchten, den sie als einen Werwolf auf dieser Insel kannten, und gaben uns kein Gehör. Wir winkten ihnen immerzu und schrien: »Der Verruchte ist tot, kommt und nehmet seine Herde und was er sonst besitzt.« Endlich nahte sich ein Trupp Matrosen in einem Nachen und stieg ans Land. Wir führten sie zu diesem Verruchten; sie

aber nahmen, als sie sahen, daß er tot war, alle Kleider und alles Geld, das in der Höhle war, samt den Schafen; auch sammelten sie Früchte auf lange Zeit. Wir stiegen dann mit ihnen auf das Schiff, und sie brachten uns hierher, wo ich eine gut regierte Stadt fand, die von braven Leuten bewohnt wird; ich ließ mich hier nieder, und lebe nun schon seit sieben Jahren als Makler; gepriesen sei Gott, der ein solches Ende herbeigeführt! Mein einziger Kummer war, nicht zu wissen, wo du lebst und was aus dir geworden ist; ich betete zu dem allmächtigen Gott, er möge mich bis zu unserem Wiedersehen leben lassen. Mein Herz ist nun ganz der Freude offen, seit der Allmächtige mich mit dir vereinigt hat.

Seif Almuluk stand jetzt auf, ging ins Harem zu Dawlet Chatun und sagte zu ihr: »Herrin, wo bleibt das Versprechen, das du mir im festen Schloß gegeben? Hast du mir nicht gesagt; wenn ich zu den Meinigen zurückgekehrt sein werde, so will ich mein möglichstes tun, um dein Verlangen zu stillen?« Sie antwortete: »So habe ich gesagt, und bin auch bereit zu gehorchen.« Nach diesen Worten stand sie auf, ging zu ihrer Mutter und sprach zu ihr: »O Mutter! Komm, wir wollen uns schön putzen und dann Räucherwerk anzünden, damit Badial Djamal mit ihrer Mutter komme und sich freue, mich wiederzusehen.« Die Mutter sagte: »Tue das, meine Tochter.«

Dawlet Chatuns Mutter ging in den Garten und zündete Räucherwerk an; nach einer guten Weile kamen die Ersehnten alle in den Garten und schlugen ihre Zelte da auf. Dawlet Chatuns Mutter unterhielt sich mit Badial Djamals Mutter und erzählte ihr die glückliche Rückkehr ihrer Tochter; diese aber freute sich, ihre Schwester Badial Djamal zu sehen. Sie waren beide glücklich im Wiedersehen; es wurden Tische gedeckt und köstliche Speisen zubereitet. Dawlet Chatun saß allein auf einem Thron mit Badial Djamal; sie aßen und tranken, und ihre Heiterkeit wuchs; Dawlet Chatun aber sprach: »O meine Schwester! Wie unfreundlich ist die Trennung und wie schön das Wiedersehen, ganz wie der Dichter sagt:

›Der Trennungstag hat mein Herz zerschnitten, Gott zerschneide das Herz des Trennungstages; hätte uns die Trennung möglich geschienen, so wären wir ihr nie verfallenen!‹«

Dann fuhr sie fort: »Ich war viele Jahre lang allein in einem festen Schloß und weinte Tag und Nacht, alle meine Gedanken waren bei dir, meiner Mutter, meinem Vater und allen den Meinigen; nunmehr seid ihr mir, gelobt sei Gott, alle wieder geschenkt!« Badial Djamal fragte: »Und wie bist du dem gewalttätigen Tyrannen, dem Sohn des blauen Königs, entkommen?« Hierauf erzählte Dawlet Chatun alles, was ihr mit Seif Almuluk auf der Reise widerfahren, was er für Schrecken und Gefahren ausgestanden, ehe er in dieses Schloß gekommen; wie er den Sohn des blauen Königs getötet, die Tore des Schlosses ausgehoben habe, um daraus ein Floß und Ruder zu machen, usw., bis sie hier ankamen. Badial Diamal wunderte sich sehr über Seif Almuluks Taten, und sagte: »Bei Gott! Das ist ein tüchtiger Mann, doch warum hat er seinen Vater und seine Mutter verlassen, um so viel zu leiden?« Dawlet Chatun antwortete: »Ich will dir den Grund von allem sagen und mich nicht vor dir schämen.« Badial Djamal versetzte: »O meine Schwester! Wir teilen ja viele Geheimnisse einander mit, du verlangst doch gewiß nur Gutes für mich. Was hast du dich also zu schämen? Was hast du mir zu verbergen? Sag mir nur alles und verhehle mir nichts!« Da sagte Dawlet Chatun: »Bei Gott! Nur deinetwillen ist diesem Armen so viel Unglück begegnet.« »Wieso, meine Schwester?« »Er hat dein Bild auf einem Kleid gesehen, das dein Vater an Salomo, Sohn Davids, geschickt, von dem hat es König Assem, Seif Almuluks Vater, mit anderen Geschenken erhalten, und seinem Sohne Seif Almuluk geschenkt. Sobald dieser das Kleid auseinanderlegte, um es zu betrachten, sah er dein Bild, verliebte sich in dasselbe, ging fort, um dich aufzusuchen, und erlitt darüber all dieses Übel.« Da sagte Badial Djamal, deren Wangen vor Scham schon rot geworden: »Bei Gott! Das kann nicht sein! Ein Mensch kann sich mit keinem Geist vereinigen.« Dawlet Chatun beschrieb ihr dann seine Schönheit, seine Anmut und Gewandtheit, und setzte hinzu: »Um Gottes und um meinetwillen, ich will ihn dir zeigen, folge mir!« Badial Djamal antwortete: »Bei Gott, meine Schwester, verschone mich mit diesen Reden! Gib ihm keine Antwort, denn ich mag ihn nicht.« Abermals schilderte ihn Dawlet Chatun als den schönsten Mann in der Welt, küßte flehend die Füße Badial Djamals, und sprach: »Bei der Milch, die uns beide ernährt hat! Bei der Schrift, die auf Salomos Siegel ist! Friede sei mit ihm! Du mußt mir Gehör geben, denn ich habe ihm im festen Schloß versprochen und geschworen, daß ich dich ihm zeigen werde. Nun beschwöre ich dich bei Gott! Laß mich meines Eides willen dich ihm nur einmal zeigen, und sieh ihn nur einmal an!« Sie weinte und bat so lange, küßte ihr Hände und Füße, bis sie einwilligte und sagte: »Um deinetwillen will ich ihm auf mein Gesicht zu werfen.« Dawlet Chatun wurde hierauf ganz munter, küßte ihr Hände und Haupt, und ging ins Schloß, wo sie den Dienern befahl, das Gartenschloß

herzurichten. Sie setzten einen schönen goldenen Thron hinein, und bereiteten den Wein in goldenen Gefäßen. Dawlet Chatun ging zu Said und Seif Almuluk, und meldete letzterem die Erfüllung seines Wunsches; sie sagte ihm. »Geh mit deinem Bruder in den Garten und verbergt euch im Schloß, daß euch niemand sehe, bis Badial Djamal kommen wird!« Diese standen auf und gingen an den Ort, den sie ihnen angewiesen. Seif Almuluk küßte Dawlet Chatuns Stirn und freute sich sehr. Wie sie in den Garten kamen, sahen sie den goldenen Thron aufgerichtet, mit golddurchwirkten Kissen, und goldene Trinkgefäße. Sie fingen an zu essen und zu trinken. Seif Almuluks Brust war jedoch beengt; er dachte an seine Geliebte, und sein ganzes Herz war erfüllt von Liebe und Sehnsucht. Er verließ das Schloß, und sagte zu Said: »Bleibe du nur sitzen, und folge mir nicht!« Mit diesen Worten ging er ganz liebestrunken und sehnsuchtsvoll in den Garten, und sprach folgende Verse:

»O Badial Djamal! Ich habe niemanden außer dir, habe Mitleid mit dem, der in Liebe zu dir glüht; du bist der Gegenstand meines Flehens, meiner Wünsche und meiner Freuden, mein Herz verschmäht jede andere Liebe als die deinige. Ich durchwache die ganze Nacht und meine Augen weinen. Wüßte ich doch, ob dir meine Tränen nicht verborgen geblieben? Unaufhörlich fließen Tränen über meine Wangen im Grame nieder, ob ich jemals deine Einwilligung erhalten werde. Alsdann wünsche ich, daß der Schlaf meine Augen zudrücke, weil ich hoffe, dich im Traume zu sehen. Gott vermehre deine Freude und deinen Glanz; müßte auch die ganze Welt dein Lösegeld werden. Die Herde der Liebenden ist unter meinem Panier, die der Schönheit unter dem deinigen.«

Er weinte und sprach noch folgende Verse:

»O Badial Djamal! Du bist mein Leben und das Geheimnis, das mein Herz bewahrt! Wenn ich den Mund öffne, so spreche ich nur von dir, und wenn ich schweige, so bist du mein Gedanke. Ich will von der Welt nur deine Nähe und Einwilligung; bei Gott, nichts anderes kommt mir in den Sinn! In meinem Herzen ist ein Feuer, dessen Flamme immer zunimmt; ich suche meinen Zustand zu verbergen, und mein Gram wächst immer. Ich sehne mich nach dir, und nach keiner andern; ich wünsche unsere Vereinigung, und schwer lastet die Sehnsucht auf mir. Wirst du nicht bemitleiden den, dessen Körper die Liebe so abgezehrt, der ganz entstellt worden mit krankem Herzen? O, werde zärtlich, mild und freigebig! Nichts kann dich mir ersetzen, ich werde stets nur deiner gedenken!

O meine Gebieterin! O Badial Djamal! O du vollkommene Schönheit! Erbarme dich doch deines Sklaven, der schon so viel um dich geweint, der Vater und Mutter verlassen hat, der immer wacht und den der Schlaf flieht; habe Mitleid mit dem, der die Nächte schlaflos und den Tag in Verwirrung zubringt!« Zuletzt sprach er noch im heftigsten Schmerze folgende Verse:

»Bei Gott! Die Sonne geht für mich weder auf, noch unter, weil mein Herz und mein Sinn mit Badial Djamal beschäftigt sind. Ich besuche keine Gesellschaft, ohne mit meinen Genossen von dir zu sprechen. Wenn ich im Durste Wasser trinke, so sehe ich immer dein Bild im Becher!«

Seif Almuluk lief dann lange im Garten umher, und ließ sich endlich bei einem Wasserrad unter einem Baum nieder und schlief. Badial Djamal aber hatte sich mit Dawlet Chatun unterhalten, Seif Almuluk gesehen, und seine Jugend, Schönheit, Anmut, Wuchs und Ebenmaß bewundert; schon wie sie ihn hörte, fing sie an, ihn zu lieben, wie der Dichter sagt:

»Sehr oft lieben die Ohren vor den Augen.«

Badial Djamal saß in ihrem Zelt mit ihren Sklavinnen und Dienern, und sah Seif Almuluk mit Verwunderung zu; sie berauschte sich in Liebe und Sehnsucht, die ihr Herz erfüllten und sprach: »Bei Gott! Ich bin entschlossen, sogleich bei der klaren Nacht zu Seif Almuluk zu gehen, um in der Nähe zu sehen, ob er so ist, wie ihn Dawlet Chatun beschrieben hat; finde ich ihn so, so bleibe ich bei ihm, um mit ihm zu leben, und betrachte ihn als mein Los in dieser Welt. Ist er nicht so, wie er mir beschrieben worden, so werfe ich ihn aus meinem Sinne und denke nie mehr an ihn.« Mit diesen Worten stand sie auf, sagte ihren Sklavinnen, niemand solle ihr folgen und keine von hier weichen, bis sie wiederkehre. Sie trat in den Garten, bis sie zum Wasserrad kam, wo sie Seif Almuluk auf dem Boden liegend fand, berauscht von Wein und Liebe. Sie erkannte ihn nach der Beschreibung Dawlet Chatuns, setzte sich ihm zu Kopfe, sah ihm ins Gesicht, und ihre Liebe wurde immer heftiger; ihre Tränen flossen reichlich, sie seufzte und schluchzte, und sprach folgende Verse:

»O du! Der die Nacht verschläft, Schlaf ist den Liebenden verboten; wer lieben will, muß auch den Schlaf meiden.«

Seif Almuluk schlief immerfort, Badial Djamal aber weinte und jammerte. Da fiel ein Tropfen von ihren Tränen auf Seif Almuluks Wangen, der davon erwachte und Badial Djamal neben sich sah; er erkannte sie und sprach weinend folgende Verse:

»Meine Tränen mögen mir als Entschuldigung bei dir dienen, und dir das Geheimnis meines Herzens entdecken. Die Freude hat dasselbe so überströmt, daß ich weinen muß vor übergroßer Wonne. Ich sah einen Mond über den Zweigen eines Ban* gehen, und verlor aus Liebe Mut und Geduld. Das Innerste meines Herzens tobte vor zurückgedrängter Liebe, welche die Wolken meiner Augen verhüllten. Ihre Augen sind schwarz, wohlduftend ist ihr Mund, ihre Äpfelwangen sind wie Anemonen. Aus Liebe und Sehnsucht rief ich aus: ›Nur sie will ich, nichts kann sie mir aus dem Herzen reißen!‹ Bei Gott! Ich beschwöre dich! O du, der nichts bei mir gleichkommt! Du mein Geist und meine Freude! bei der Anmut deiner Wangen, weiß und rot gemischt, bei dem Zauber und der Farbe deiner Augen, bei den biegsamen Zweigen deines Wuchses, schmähe

nicht den Unseligen, den der Liebesschmerz vernichtet, von dessen vergänglichem Körper nur noch ein kleiner Rest übrig geblieben; das ist alles, um was ich, nach deinem Lobe, bitte, und nun habe ich, so weit meine Kräfte reichen, meine Pflicht erfüllt.«

* Ein Baum, mit dem oft der schöne Wuchs verglichen wird.

Er rezitierte noch folgende Verse:

»Friede sei mit dir und werde dein Führer! Das Edle neigte sich immer zum Edlen hin; Friede sei mit dir! Möchte ich nie dein Bild vermissen! In meinem Herzen nimmst du einen großen Raum und hohen Rang ein; mich verzehrt die Eifersucht und der Gedanke an dich; jeder Liebende leidet für seine Geliebte. Höre nicht auf, deinem Freund hold zu sein, denn er stirbt vor Sehnsucht. Sein Herz ist liebeskrank. Gebeugt schaue ich zu den Sternen der Nacht, und mein Herz ist einer langen Pein hingegeben. Keine Geduld und keine Anstrengung hilft mehr, ich werde immerfort sagen: ›Der Friede Gottes sei mit dir zu jeder Zeit!‹ Dies der Gruß eines schwer belasteten Liebenden.«

Dann rezitierte er noch folgende Verse:

»Wenn ich je, o Gebieterin!, nach einer anderen verlangt habe, so möge ich nie meinen Wunsch nach dir erfüllt sehen! Wer vereint so wie du alles Schöne in sich, daß ich mich außer durch dich wieder erheben könnte? Fern sei von mir, daß ich jemals eine andre liebe, da um deinetwillen mein Herz und meine Eingeweide hingewelkt sind.«

Als Seif Almuluk diese Verse vollendet hatte, weinte er. Badial Djamal aber sprach: »O Prinz! Ich fürchte, wenn ich mich dir ganz hingebe, ich möchte keine treue Gegenliebe bei dir finden; denn die Menschen sind selten treu, es herrscht viel Verrat und Bosheit unter ihnen. Sogar unser Herr Salomo hat Balkis aus Liebe geheiratet, und sie dann einer anderen wegen wieder verlassen.« Seif Almuluk antwortete: »Mein Herz! Mein Auge! Mein Geist! Der erhabene Gott hat nicht alle Menschen gleich geschaffen. Ich werde, so Gott will, dir immer treu bleiben und zu deinen Füßen sterben; du wirst dich von der Wahrheit dessen überzeugen. Gott bürgt dir für meine Worte, er hört mich.« Da sprach Badial Djamal: »So sitze aufrecht, und schwöre nach deinem Glauben mir Treue bei Gott, der den Verräter bestrafen wird.« Seif Almuluk setzte sich aufrecht, ebenso Badial Djamal. Sie ergriffen sich die Hände und schworen niemanden sonst, weder von den Menschen, noch von den Djinnen, zu lieben. Sie hielten sich eine Weile umarmt und küßten sich im höchsten Entzücken.

Nach diesem Schwur stand Seif Almuluk auf und ging weg; Badial Djamal erwartete ihn mit einer Sklavin, die einige Speisen und Wein trug. Als er wieder kam, stand sie auf und grüßte ihn, sie umarmten und küßten sich, aßen und tranken eine Weile. Dann sagte Badial Djamal: »O Prinz! Wenn du in den Garten Irem trittst, so wirst du daselbst ein großes Zelt aufgerichtet sehen, von rotem Atlas, und rings umher mit roter Seide, die Pfeiler sind von Gold; geh hinein, du findest daselbst eine Alte auf einem goldenen Thron, und unter dem Thron steht ein goldener Schemel; wenn du hineinkommst, so grüße mit Anstand und Würde, nimm ihre Pantoffeln, küsse sie und lege sie zuerst auf deinen Kopf, dann unter deinen rechten Arm, und bleibe schweigend vor ihr stehen mit gebeugtem Haupt. Wenn sie dich fragt, wo du herkommst, wer du seiest und wie du zu ihr gelangt, wer dich dahin gebracht, und warum du so mit den Pantoffeln tust, so schweige nur; diese Sklavin wird mit ihr sprechen und ihr Herz durch ihre Worte zu gewinnen suchen, vielleicht wird Gott es dir zuneigen, so daß sie dir deinen Willen gewährt.«

Sie rief dann eine ihrer Sklavinnen, welche Murdjana hieß, und sagte ihr: »Ich beschwöre dich bei unserer Liebe, verrichte heute ohne Säumen ein Geschäft für mich, dann bist du auf immer zum Wohlgefallen Gottes frei; du wirst dann geehrt werden und mir am nächsten stehen. Dir allein will ich mein Geheimnis anvertrauen.« Murdjana sagte: »O meine Gebieterin! Licht meiner Augen! Sage mir nur deine Angelegenheit, ich will sie, bei meinen Augen!, besorgen.« Badial Djamal versetzte: »Trage diesen Menschen auf deinen Schultern nach dem Garten Irem, ins Zelt meiner Mutter, und grüße sie. Wenn nun dieser Mensch die Pantoffeln nimmt, sich damit ihr dienstbar macht, und sie ihn fragt: Woher bist du? Wer bist du? wer hat dich hierher gebracht, und warum tust du so mit diesen Pantoffeln? Und was willst du von mir? So gehe du schnell hinein, grüße sie und sage: O meine Gebieterin! Ich habe diesen jungen Mann hierher gebracht, er ist der Sohn des Königs von Ägypten, der in das feste Schloß gedrungen, den Sohn des blauen Königs umgebracht, Dawlet Chatun befreit und unbeschädigt ihrem Vater zurückgebracht hat; man hat ihn dir geschickt, damit du ihn sehest, die gute Nachricht von ihm hörest, und ihm Wohltaten erzeigest; bei Gott, meine Gebieterin! Ist er nicht ein hübscher Junge? Wenn sie dann: Ja! antwortet, so sage: Er besitzt alle guten Eigenschaften, ist sehr tapfer, ist Beherrscher und König von Ägypten, und umfaßt alle schönen Tugenden. Wenn sie dann fragt: Was will er? so antworte: Meine Gebieterin läßt dich grüßen und dir sagen: Wie lange willst du deine Tochter noch ledig ohne Gemahl lassen? Wie lange soll sie noch allein betrübt leben? Warum speicherst du sie wie Korn auf und verheiratest sie nicht, solange du noch lebst, wie es andere Mütter mit ihren Töchtern tun? Hierauf wird sie dir antworten: Was soll ich tun? Sobald sie jemanden kennt, den sie liebt, so erkläre ich, daß ich mich ihrem Willen nicht widersetzen werde; sage dann: O meine Gebieterin! Du hast deine Tochter dem Herrn Salomo, Friede sei mit ihm!, verheiraten wollen, er hat aber keinen Gefallen an ihr, und hat das Kleid dem König von Ägypten geschickt, der es seinem Sohn geschenkt hat. Als dieser es öffnete und ihr Bild sah, liebte er sie so heftig, daß er sein Königreich, seinen Vater, seine Mutter und die ganze Welt verließ mit allem, was darauf ist, und in der Welt herumwanderte, um sie aufzusuchen; er hatte allerlei Gefahr und Schrecknisse ertragen, bis er in das feste Schloß kam, wo er den Sohn des blauen Königs getötet, und Dawlet Chatun, die Schwester meiner Gebieterin, ihren Leuten wieder zurückgebracht; sie hat dann alles so veranstaltet, bis er hierher gekommen; du siehst nun, wie schön und liebenswürdig er ist! Das Herz deiner Tochter hängt an ihm, wenn du also willst, so gib ihr ihn zum Gemahl; er ist ja ein sehr hübscher Junge und König von Ägypten, und ihr könnt keinen Bessern finden. Wenn ihr sie diesem Jüngling nicht geben wollt, wird sie sich umbringen, und nie mehr, weder einen Menschen noch einen Djinn, heiraten. Tu nun alles, o meine gute Murdjana!, um ihre Einwilligung zu erhalten; und wenn sie einwilligt, so bist du zur Ehre Gottes frei; sprich zu ihr mit Schonung, vielleicht willfährt

sie meinem Wunsch, dann wird mir niemand teurer sein als du.« Murdjana antwortete: »O meine Gebieterin! Bei meinem Haupt und meinen Augen! Ich werde dir dienen und nach deinem Willen handeln.« Mit diesen Worten ergriff sie Seif Almuluk, nahm ihn auf die Schultern, und sagte: »O Prinz, schließe deine Augen!« Seif Almuluk schloß seine Augen, und nach einer guten Weile sagte sie ihm: »O Prinz, öffne deine Augen!« Er öffnete seine Augen und sah den Garten Irem vor sich. Die Sklavin aber sagte: »Geh in dieses Zelt und fürchte nichts!« Er ging ins Zelt und erwähnte Gottes Namen, hob die Augen auf und sah die Alte auf dem Thron sitzen, von vielen Sklavinnen umgeben; er grüßte sie mit Anstand und Würde, nahm die Pantoffeln, küßte sie und legte sie unter seinen rechten Arm und blieb mit gebeugtem Haupte stehen. Da sagte die Alte: »Wer bist du? Aus welchem Lande? Wer hat dich hierhergebracht? Warum erweisest du dich so dienstbar? Und womit kann ich dir nützen?« Als sie dieses fragte, trat Murdjana herein, grüßte untertänig, und sprach: »O meine Gebieterin! Ich habe diesen jungen Mann hierhergebracht, er ist's, der in das feste Schloß gegangen, den Sohn des blauen Königs umgebracht, die Prinzessin Dawlet Chatun befreit und als Jungfrau unbeschädigt zu ihren Eltern zurückgebracht hat; er ist ein verehrter König, Sohn des Königs von Ägypten, tapfer, tugendhaft und sehr liebenswürdig; man schickt ihn dir, damit du ihn sehest. Bei Gott, meine Gebieterin! Ist er nicht ein anmutiger Junge, von schönen Manieren und hübscher Gestalt!« Sie antwortete: »Jawohl, bei Gott!« Nun fing Murdjana an so zu reden, wie es ihr Badial Djamal aufgetragen. Als die Alte dies hörte, geriet sie in Zorn und schrie: »Wann hat sich je ein Mensch mit einem Djinn gepaart?« Als dies Seif Almuluk hörte, sprach er: »Ich will mich mit einem Djinn vereinigen, ich werde dein Diener sein, an deinen Toren sterben, und ihr stete Treue bewahren; du wirst dich einst von der Wahrheit meiner Worte und von meiner Liebe überzeugen, so Gott will.« Die Alte saß in sich gekehrt eine Weile mit gebeugtem Haupte da, endlich hob sie den Kopf in die Höhe, und sagte: »O Jüngling! Wirst du dein Versprechen treu bewahren?« Seif Almuluk sagte: »Ja! Bei dem, der die Erde ausgedehnt und die Himmel erhoben hat! Ich will meinem Versprechen treu bleiben.« Da sagte die Alte: »Nun, im Namen Gottes! So gewähre ich dir deinen Wunsch, so Gott will. Geh nun, ruhe dich aus, unterhalte dich im Garten und iß von den Früchten, derengleichen sich nicht auf der Welt finden! Ich will nach meinem Sohn Schahban schicken und mit ihm reden; er wird mir gewiß nicht ungehorsam sein, und sich meinem Willen nicht widersetzen; du sollst dann, bei meinem und meiner Kinder Leben, meine Zustimmung zu deiner Heirat mit Badial Djamal haben; so Gott will, soll sie deine Gattin und du ihr Gatte werden.«

Seif Almuluk stand auf, küßte voll Dankgefühl der Alten die Hand, und ging in den Garten. Sie aber wandte sich zu Murdjana und sagte ihr: »Geh und sieh dich einmal um, in welchen Gegenden sich mein Sohn Schahban aufhält, und bring ihn hierher.« Murdjana ging aus, um ihn zu suchen, und brachte ihn der Alten. Seif Almuluk hielt sich unterdessen im Garten auf. Da kamen fünf Djinnen von den Leuten des blauen Königs; als sie ihn sahen, sagten sie: »Wer hat diesen da hierhergebracht? Gewiß hat kein anderer als er den Sohn unseres Herrn erschlagen, kommt, wir wollen ihn näher betrachten, und sehen, ob wir ihn überlisten können.« Sie gingen ganz leise nach der Seite des Gartens, wo Seif Almuluk war, setzten sich zu ihm und sagten: »O schöner Jüngling! Du hat das deinige getan, um den Sohn des blauen Königs zu erschlagen und Dawlet Chatun von diesem bösen Hund zu befreien; ohne dich wäre sie nicht frei geworden, obschon sie die Tochter des Königs von Serendib ist. Doch wie fingst du es an, ihn zu erschlagen?« Seif Almuluk, der sie für Bewohner des Gartens hielt, antwortete: »Ich habe ihn mit dem Siegelring, der an meinem Finger ist, umgebracht.« Als sie nun ihrer Sache gewiß waren, griffen ihn zwei an den Füßen, zwei am Kopf und einer hielt ihm den Mund zu, damit er nicht schreien und man ihm zu Hilfe kommen könne. So flogen sie mit ihm fort zum blauen König, legten ihn vor ihm nieder und sagten: »O König der Zeit! Wir haben den Mörder deines Sohnes gefundener Er fragte: »Wo ist er?« Sie antworteten: »Dieser hier.« Der blaue König fragte ihn: »Wie hast du meinen Sohn umgebracht? Und warum?« Seif Almuluk antwortete: »Wegen seiner Ungerechtigkeit und Gewalttat, denn er hat Prinzessinnen entführt, sie in ein festes Schloß gebracht, von ihrer Familie getrennt und ihre Keuschheit verletzt; darum habe ich ihn mit dem Siegelringe, den ich hier am Finger trage, getötet; Gott möge deswegen seinen Geist in die Hölle sperren und ihm einen schlechten Platz einräumen!« Als der blaue König gewiß war, daß dieser seinen Sohn umgebracht hatte, ließ er alle Veziere und Großen seines Reichs zusammenkommen, und sagte ihnen: »Hier ist der Mörder meines Sohnes. Auf welche Weise soll ich ihn nun töten? Sagt mir, welche Pein

ihm beschieden werden soll!« Der Großvezier sagte: »Schneide ihm jeden Tag ein Glied ab!« Ein anderer sagte: »Laß ihn jeden Tag tüchtig prügeln!« Ein anderer: »Schneide ihm alle Finger ab und verbrenne sie im Feuer!« Ein anderer: »Haue ihn mitten entzwei!« Ein anderer: »Schlage ihm den Kopf ab!« Jeder gab seine Meinung. Nun hatte aber der blaue König einen sehr alten, verständigen Emir, den er in allen Reichsangelegenheiten zu Rate zog, der immer von ihm befolgt wurde; dieser küßte die Erde und fragte: »O König der Zeit! O mein Sohn! Wirst du meine Worte hören, und versprichst du mir Sicherheit, wenn ich dir meine Meinung sage?« Der König antwortete: »Sprich ohne Furcht!« Da hob der Vezier an: »O König! Wenn du meinem Rat folgst, so bringst du diesen Mann nicht um; er ist ja in deiner Macht als Gefangener, und stets in deinen Händen, wenn du ihn umbringen willst. Da er nämlich in den Garten Irem gekommen ist, so weiß man dort von ihm, und der König Schahban wird seiner Schwester willen ihn von dir fordern lassen, und mit seinen Truppen dich überfallen, denen du nicht widerstehen kannst.«

Was nun die Mutter Badial Djamals betrifft, so hatte sie, als ihr Sohn Schahban gekommen war, die Sklavin nach Seif Almuluk in den Garten geschickt; als diese aber überall suchte und ihn nicht fand, fragte sie die Leute, die im Garten waren, nach ihm; sie hatten ihn aber nicht gesehen. Doch zuletzt sagte einer: »Ich habe einen Menschen unter einem Baume gesehen, als sich fünf Mamelucken des blauen Königs zu ihm herunterließen und sich mit ihm unterhielten; dann trugen sie ihn fort, hielten ihm den Mund zu, und flogen mit ihm davon.«

Als die Alte dies hörte, geriet sie in heftigen Zorn und sagte zu ihrem Sohn Schahban: »Du bist König, und gleich mir noch beim Leben, und doch kommen die Mamelucken des blauen Königs in unsern Garten und gehen unangetastet mit unserem Gaste davon?« Er antwortete: »O meine Mutter! Der ist ein Mensch, der den Sohn des blauen Königs umgebracht, nun hat ihn Gott in seine Gewalt gegeben; er ist ein Djinn und ich auch; soll ich um eines Menschen willen zu ihm gehen, Krieg mit ihm führen und Zwietracht zwischen uns stiften?« Die Alte aber sagte: »Bei Gott! Du mußt ihn bekriegen und unsern Sohn, unsern Gast von ihm fordern. Lebt er noch, so muß er ihn dir überliefern und du bringst ihn hierher; hat er ihn aber umgebracht, so nimm den blauen König und seine Söhne und bring ihn her, daß ich ihn mit eigener Hand töte und seine Wohnung verwüste; tust du das nicht, so bist du der Milch, die dich genährt, und der Erziehung, die ich dir gegeben, unwürdig!« Schahban machte sich aus Ehrfurcht vor seiner Mutter, weil sie es wünschte, und weil es von Ewigkeit her so bestimmt war, auf, ließ seine Truppen ausrücken, und zog am folgenden Tag zu einer mörderischen Schlacht mit den Truppen des blauen Königs aus, bis letztere geschlagen und die übrigen nebst dem König und den Großen des Reichs gefangen und gefesselt vor den König Schahban gebracht wurden. Er fragte den König: »O sag an! Wo ist der Mensch, mein Gast?« Er antwortete: »O Schahban! Du bist ein Djinn und ich auch, verfährst du so mit mir wegen eines Menschen, der meinen Sohn erschlagen hat, das Innerste meines Herzens, meinen Geist? Darum übst du solche Feindschaft gegen mich und vergießest das Blut so vieler Djinnen?« Schahban versetzte: »Weißt du nicht, daß in den Augen Gottes ein Mensch besser ist, als 1000 Djinnen? Laß nun diese Reden! Lebt er noch, so bringe ihn her, und ich lasse dich und alle die deinigen frei ziehen; hast du ihn aber getötet, so werde ich dich töten und dein Haus verwüsten!« Der blaue König sagte: »O König! Er hat mir Böses getan, er hat meinen Sohn umgebracht!« Schahban aber erwiderte: »Dein Sohn war ein Tyrann, er hat Prinzessinnen entführt, sie in ein festes Schloß gebracht und ihre Keuschheit verletzt!« Da sagte der blaue König: »Nun, er ist hier, stifte Frieden zwischen uns!« Schahban versöhnte sie miteinander, und der blaue König beschenkte Seif Almuluk und schrieb ihm einen Freibrief wegen des Mordes an seinem Sohnes, und es wurden drei Tage lang große Mahlzeiten gegeben. Dann nahm Schahban Seif Almuluk und brachte ihn seiner Mutter, die sich sehr darüber freute. Auch Schahban fand Wohlgefallen an ihm, nachdem ihm die Alte seine ganze Geschichte von Anfang bis zu Ende erzählt hatte, und sagte: »Er gefällt mir, nimm ihn, geh mit ihm nach Serendib und feiere dort beider Hochzeitsfest; denn sie ist schön und er ist es auch, und er hat ihretwillen so viel und Gefahr ausgestanden.« Sie reiste mit ihren Sklavinnen nach Serendib, wo sie in den Garten gingen, der Dawlet Chatuns Mutter gehörte. Als sie Badial Djamal sah, vereinigte sie sich mit ihnen im Zelt. Die Alte erzählte alles, was ihm widerfahren, von Anfang bis zu Ende, wie er beinahe als Gefangener des blauen Königs gestorben wäre; alles wie schon erzählt worden. Sie waren alle sehr erstaunt darüber. Dann ließ Dawlet Tatuns Vater alle Großen des Reichs zusammenkommen, zwischen Badial Djamal und Seif Almuluk wurde der Ehekontrakt geschlossen, wozu die Djausch riefen: »Gesegnet, er verdient es!« Sie streuten Gold und Silber auf Seif Almuluks Haupt, machten ihm große Geschenke und brachten das Essen. Seif Almuluk stand auf, küßte die Erde vor Tadj Almuluk, und sagte: »O König der Zeit! Ich habe nur noch einen Wunsch, versage mir ihn nicht!« Tadj Almuluk sagte: »Bei Gott! Forderst du mein Königreich und mein Leben, so verweigere ich sie dir nicht, so viel Gutes hast du mir erwiesen.« Da sagte Seif Almuluk: »Ich wünsche, daß du Dawlet Chatun mit meinem Bruder Said verheiratest, wir werden so alle zusammen deine Diener sein.« Der König antwortete: »Ich bin bereit, zu gehorchen«; ließ die Großen des Reichs kommen, und den Ehekontrakt zwischen seiner Tochter und Said schreiben, auch ließ er die Hauptstadt herrlich ausschmücken; es wurde ein Fest gefeiert, und Seif Almuluk und Said heirateten in einer Nacht ihre Frauen. Nachdem Badial Djamal 40 Tage mit Seif Almuluk im Schloß verweilte, fragte ihn Tadj Almuluk: »O König! Bleibt in deinem Herzen noch ein Bedauern übrig?« Er antwortete: »Ich habe alles erlangt, es bleibt mir kein anderer Wunsch als der, meine Eltern in Ägypten wieder zu sehen, und zu wissen, ob sie wohl sind.« Einige Bewaffnete bekamen hierauf den Auftrag, sie nach Ägypten zu führen. Seif Almuluk kam zu seinem Vater und zu seiner Mutter, und ebenso Said, und blieben drei Jahre bei ihnen; dann nahmen sie Abschied und sie gingen wieder nach Seredib zurück. Seif Almuluk und Said lebten mit ihren Frauen höchst glücklich, bis der Zerstörer aller Freuden und der Trenner jeder Vereinigung sie heimsuchte; dann starben sie als Muselmänner, gelobt sei Gott, der Herr der Welten!

Der arme Fischer und der Beherrscher der Gläubigen

Man behauptet, o König der Zeit!, es lebte in der frühesten Zeit in Bagdad ein Fischer mit Namen Chalif; er hatte viel Unglück und wenig Wohlstand. Eines Tages saß er in seinem Hof, war nachdenklich und sagte: »Es gibt keinen Schutz und keine Macht, außer bei Gott, dem Erhabenen! Was habe ich wohl gegen meinen Herrn verbrochen, daß ich unter allen Fischern am wenigsten Glück habe? Ich kann doch wohl sagen, daß in Bagdad kein geschickterer Fischer ist, als ich bin.« Dieser Mann wohnte in einem wüsten Ort, Chan genannt, d.h. Herberge, in einem Zimmer ohne Tür; ging er aus zu fischen, so legte er das Netz auf seine Schulter, ohne Korb und ohne Tuch; und wenn die Leute ihm sagten: »Chalif! Warum nimmst du keinen Korb mit, um die Fische hinein zu tun, die du fangen wirst?« antwortete er: »Ich würde ihn leer zurückbringen, wie ich ihn mitgenommen, denn ich würde nichts fangen.« Eines Tages stand er mit Tagesanbruch auf, nahm sein Netz auf seine Schultern, blickte gen Himmel und sagte wehmütig: »O Gott! Der du für Moses, Sohn Amrans, das Meer gebeugt hast, gib mir die Notdurft des Lebens! Du bist der beste Versorger.« Er öffnete dann das Netz, warf es ins Meer, und wartete bis es sank; als er es wieder an sich zog, fand er einen toten Hund darin. Er machte ihn los, warf ihn weg und sprach: »O unseliger Morgen mit diesem Hund! Nachdem ich mich schon des Gewichtes, das im Netze war, gefreut hatte.« Er flickte hierauf das Netz, das zerrissen war, und sagte: »Der Geruch dieses toten Hundes hat gewiß viele Fische hierhergezogen.« Er warf das Netz wieder aus und zog das Gerippe eines Kamels mit herauf, wodurch das Netz auf allen Seiten zerrissen wurde. Als Chalif dies sah, weinte er und sagte: »Es gibt keinen Schutz und keine Macht, außer bei Gott, dem Erhabenen! Was habe ich wohl gegen meinen Herrn verbrochen, daß ich weniger Glück habe und weniger Lebensunterhalt finde, als die übrigen Fischer? Daß ich nicht einmal einen Fisch oder sonst ein Tierchen fange, das ich in der Asche braten und essen könnte; und doch sag ich, es gibt keinen geschickteren Fischer, als ich bin.« Er rief aus: »In Gottes Namen!« warf das Netz wieder, und fand darin, als er es an sich zog, einen aussätzigen, halbblinden, kahlen, krummen Affen, mit einem gebogenen Rohr in der Hand. Der Fischer Chalif sagte: »Das ist ein gesegneter Anfang; wer bist du, Affe?« Gott ließ den Affen sprechen, und er sagte: »Kennst du mich nicht?« Chalif antwortete: »Nein, bei Gott!« Der Affe sagte: »Ich bin dein Affe.« Chalif fragte: »Was tue ich mit dir, Affe?« Er antwortete: »Ich bringe dir jeden Morgen, was dir Gott als Lebensunterhalt bestimmt.« Da sprach der Fischer: »Du hast bis jetzt das deinige getan; nun will ich aber auch dir dein gutes Auge noch blenden und den krummen Fuß abschneiden; Gott verdamme dich! Du sollst nun ganz lahm und blind werden! Doch was bedeutet das Rohr, das du in der Hand hast?« Der Affe antwortete: »Damit vertreibe ich die Fische, daß sie nicht in dein Netz gehen.« Chalif erwiderte: »Darum will ich dich heute auch auf eine saubere Weise züchtigen und auf alle denkbare Weise quälen; ich werde dir das Fleisch von den Gebeinen reißen, du böses Eigentum!« Mit diesen Worten machte der Fischer ein Stück Seil von seinem Leibe los, band den Affen neben sich an einen Baum, und sagte: »Siehst du, Hundsaffe! Ich werfe jetzt das Netz wieder aus, fange ich etwas, gut; wo nicht, so bringe ich dich mit den schrecklichsten Qualen um, und schaffe mir Ruhe, vor dir, du unheilvolles Gut!«

Er warf hierauf das Netz wieder aus, und fand wieder einen Affen darin; da sagte Chalif: »Gepriesen sei der erhabene Gott! Ich habe geglaubt, aus dem Tigrisfluß kämen nur Fische, und nun gibt's hier nur Affen!« Er wandte sich zu diesem Affen und fand ihn gutaussehend; er hatte ein rundes Gesicht, einen goldenen Ring am Ohr, einen blauen Gürtel am Leib und glänzte wie ein brennendes Licht. Chalif fragte ihn: »Wer bist du, Affe?« Der antwortete: »O Chalif! Ich bin der Affe des Juden, des Wechslers des Kalifen, des Glücksvaters, dem ich jeden Morgen zehn Goldstücke zu verdienen gebe.« Chalif sagte ihm: »Bei Gott! Du bist ein hübscher Affe und gleichest nicht jenem häßlichen Tier dort.« Er nahm dann einen Stock und fiel über den halbblinden Affen her, bis er ihm die Rippen zerbrach und er vor Schmerzen hin und her sprang. Da sagte der hübsche Affe: »O Chalif! Was nützt dir dies Schlagen, und wenn du ihn auch zu Tode prügelst?« Chalif erwiderte: »Was ist denn zu tun? Soll ich ihn wieder gehen lassen, damit

er mit seiner Mißgestalt mir wieder die Fische vertreibe und mich jeden Tag um das bringe, was mir Gott als Lebensunterhalt bestimmt? Nein, ich will ihn umbringen, damit ich Ruhe vor ihm habe, und dich an seiner Stelle zu meinem Affen nehmen, um jeden Tag zehn Goldstücke zu gewinnen.« Der hübsche Affe sagte hierauf: »Ich will dir einen bessern Rat geben. Wenn du mir gehorchst, wirst du Ruhe bekommen, und ich werde an seiner Stelle dein Affe werden.« Chalif sagte: »Was willst du mir raten?« Er antwortete: »O Chalif! Wirf jetzt dein Netz aus, und es wird ein schöner, kostbarer Fisch heraufkommen, desgleichen niemals gesehen worden; ich will dir dann sagen, was du damit tun sollst« Da sagte Chalif: »Nimm dich in acht! Wenn ich abermals einen Affen heraufziehe, so schneide ich euch alle drei in sechs Stücke.« Der Affe sagte: »Gut, Chalif! Ich nehme diese Bedingung an.« Chalif warf wieder das Netz in den Strom. Wie er es an sich zog, war ein schön geformter Fisch mit rundem Kopf darin. Als Chalif diesen Fisch sah, verlor er fast den Verstand vor Freude und sprach: »Gelobt sei Gott! Was ist das für eine edle Gestalt; wären diese Affen noch im Strom gewesen, so wäre gewiß dieser Fisch nicht heraufgekommen.« Da sagte ihm der hübsche Affe: »Chalif! Wenn du mir gehorchst, wird es dir gut gehen.« Chalif antwortete: »Gott verdamme jeden, der dir von nun an widerspricht!« Der Affe sagte: »Chalif, nimm diesen Fisch, lege ihn in einen Korb, mit ein wenig Gras unten drin und ein wenig oben darauf; kaufe dir dann einige Stengel Basilienkraut vom Blumenhändler, stecke sie ihm in den Mund und deck ihn mit einem Tuch zu, geh damit durch die Straßen Bagdads, und wenn ihn jemand von dir kaufen will, so verkaufe ihn nicht, bis du auf den Bazar der Juweliere und Geldwechsler kommst; zähle daselbst fünf Magazine auf deiner rechten Seite und gehe in das

sechste, das dem jüdischen Geldwechsler, dem Glücksvater, gehört. Wenn er dich fragt, was du willst, so sage ihm: Ich bin ein Fischer, habe das Netz auf gut Glück ausgeworfen, da kam dieser kostbare, schön geformte Fisch herauf, den ich dir als Geschenk bringe. Wenn er dir Geld geben will, so nimm nichts an, weder wenig noch viel, sonst kann unser Werk nicht gelingen. Sag ihm nur: Ich verlange von dir ein einziges Wort, sprich zu mir nur: Ich verkaufe dir meinen Affen für den deinigen, und mein Los für das deinige. Wenn der Jude dir dies gesagt, so gib ihm den Fisch und ich werde dein Affe, und dieser blinde, lahme, krätzige wird der seinige.« Chalif erwiderte: »Du hast recht, Affe.«, und dachte immer an das, was ihm der Affe gesagt, bis er in den Laden des jüdischen Wechslers kam.

Er sah den Juden hier sitzen, von vielen Dienern umgeben, wie er befahl, verbot, gab und nahm. Der Fischer legte seinen Korb vor ihm nieder, und sagte: »O Sultan der Juden! Ich bin ein Fischer, bin heute an den Tigris gegangen und habe mein Netz in deinem Namen ausgeworfen. Da kam dieser schöne Fisch herauf, den ich dir hier zum Geschenk bringe.« Mit diesen Worten nahm Chalif das Gras herunter, so daß der Fisch zum Vorschein kam. Als der Jude ihn sah, bewunderte er ihn und sagte: »Gepriesen sei der Schöpfer!« und reichte einen Dinar dem Fischer, der ihn aber nicht annahm. Der Jude wollte ihm zwei Dinare geben, er nahm sie aber nicht; nach und nach bot er bis auf zehn Dinare, und der Fischer weigerte sich immer, sie anzunehmen. Endlich sagte der Jude: »Wahrlich, du Muselmann, du bist recht habgierig; sag mir, wieviel du willst?« Chalif antwortete: »Ich will nur ein einziges Wort von dir.« Der Jude ward ganz blaß und sagte: »Du willst mich gewiß von meinem Glauben abbringen, geh deines Weges!« Chalif aber versetzte: »Bei Gott, o Jude! Es ist mir ganz gleich, ob du Muselmann oder Christ wirst.« Der Jude fragte: »Nun, was soll ich denn sagen?« Chalif antwortete: »Sage, ich verkaufe dir meinen Affen für den deinigen, und mein Los für das deinige.« Der Jude lachte, hielt den Fischer für blödsinnig und sprach: »Ich verkaufe dir meinen Affen für den deinigen, und mein Los für das deinige!« und setzte noch spottend hinzu: »Ihr seid alle meine Zeugen! Nun, Elender!, wirst du nichts für den Fisch bekommen.« Chalif ging dann fort, und sagte: »Es gibt keinen Schutz und keine Macht, außer bei Gott, dem Erhabenen! Es ist schade, daß ich das Gold nicht genommen.« Er machte sich selbst Vorwürfe und rief immer: »Schade um das Gold!« Er ging dann wieder dem Tigris zu, fand aber die beiden Affen nicht mehr; nun schlug er sich ins Gesicht, weinte und streute sich Asche aufs Haupt, und sagte: »Hätte mich der zweite Affe nicht betrogen, so wäre doch der erste nicht entflohen.« Er schrie und weinte bei heftigem Hunger und brennender Hitze immerfort; dann nahm er sein Netz und sagte: »Ich will es mit Gottes Segen auswerfen, vielleicht werde ich ein kleines Fischchen fangen, es braten und essen.« Er warf daher sein Netz aus, ließ es ins Wasser, bis es sank, und als er es an sich zog, war es voller Fische; er freute sich darüber, nahm die Fische aus dem Netz und legte sie auf die Erde. Während er dies tat, kam eine Frau, welche schrie: »Es ist Mangel an Fischen in der Stadt!« Als sie Chalif sah, fragte sie ihn: »Verkaufst du deine Fische, o Lehrer*?« Chalif sagte: »Soll ich mir etwa Kleider daraus schneiden? Ich verkaufe alles, bis auf meinen Bart.« Sie gab ihm einen Dinar und er füllte ihren Korb mit Fischen. Kaum war sie fort, kam ein Diener, der für einen Dinar Fische wollte. Sie waren noch im Gespräch, da kam schon ein dritter, und so fort bis zur Asserstunde, wo er zehn Goldstücke eingenommen hatte. Da er nun sehr hungrig war, legte er sein Netz zusammen, ging auf den Bazar, kaufte sich ein wollenes Oberkleid, ein Hemd und einen Turban, zusammen für einen Dinar. Es blieben ihm vorn Dinar noch zwei Drachmen, dafür kaufte er Käse und Honig und tat es in das Schüsselchen eines Ölhändlers; er aß, bis er satt war, und alle Glieder wieder zu Kräften kamen; dann ging er nach Hause mit einem neuen Rock am Leib, dem Turban auf dem Haupt und neun Dinaren im Mund, höchst selig, da er in seinem Leben noch nicht so glücklich gewesen war. Er wollte schlafen, konnte es aber nicht vor innerer Aufregung, und spielte bis Mitternacht mit seinem Gold.

Er dachte: Der Kalif, Beherrscher der Gläubigen, wird gewiß hören, daß ich Gold habe, und zu Djafar sagen: ›Geh zum Fischer Chalif und fordere von ihm einige Dinare!‹ gebe ich sie ihm, wird es mir weh tun; gebe ich sie nicht, wird er mich züchtigen lassen; doch ich will das lieber ertragen, als ihm mein Geld geben; ich will einmal sehen, ob meine Haut Schläge aushalten kann. Er nahm dann eine Matrosenpeitsche, 160-fach geflochten, und schlug sich immerfort, bis er an allen Seiten blutete, und schrie dabei: »O Muselmänner! Ich bin ein armer Mann! Wo soll ich das Geld hernehmen? Geht zu den Leuten, die etwas besitzen!« Als er so schrie, hörten ihn seine Nachbarn und glaubten, es seien

* Muallim werden oft Leute genannt, denen man einen Ehrentitel geben will, wenn sie auch nicht lesen können; doch werden vorzugsweise Kopten so genannt.

Diebe, die ihn so prügelten, um Geld von ihm zu erpressen, und er rufe um Hilfe. Die Leute versammelten sich und stiegen von der Terrasse herunter mit Waffen in der Hand. Da Chalif sein Gemach verschlossen hatte und immerfort um Hilfe schrie, stürmten sie die Tür, gingen zu ihm und fanden ihn nackt, mit entblößtem Haupt, blutend daliegen. Sie fragten: »Was ist das für ein Zustand? Bist du von Sinnen gekommen diese Nacht?« Er antwortete: »Nein, sondern ich habe Gold und fürchtete, der Kalif möchte von mir fordern lassen, und da ich nicht gerne etwas hergebe und er dann mich foltern lassen würde, so wollte ich sehen, ob ich eine Haut zum Prügeln habe oder nicht.« Als die Leute dies hörten, sagten sie: »Gott verdamme deinen Leib, du verruchter Wahnsinniger! Du bist heute Nacht von Sinnen gekommen, lege dich nieder! Gott verfluche dich! Du hast doch wohl nicht 1000 Dinare, daß der Kalif sie von dir fordere?« Chalif antwortete: »Neun Dinare.« Die Leute aber sagten: »Bei Gott! Er muß viel Geld haben!« Sie verließen ihn hierauf, erstaunt über seinen wenigen Verstand. Chalif nahm dann das Gold, das er hatte, band es in ein Tuch, und dachte: »Wo soll ich wohl das Gold verbergen? Begrabe ich es, so möchte man es nehmen; gebe ich es jemanden aufzubewahren, so könnte er es leugnen; trag ich's auf dem Kopf, wird man es mir rauben; binde ich's an den Ärmel, wird man ihn abschneiden.« Endlich warf er seinen Blick auf den Saum seines Kragens und sagte: »Bei Gott! Das ist ein guter Platz, gerade unter meinem Hals, nah am Mund; wenn jemand danach greift, so fahre ich mit meinem Mund dahin und verberge es in meinem Hals.« Er band also das Geld dahin, schlief aber die ganze Nacht nicht vor Müdigkeit, Verwirrung und Aufregung. Am folgenden Tag ging er aus, um zu fischen; als er an den Strom kam, watete er bis zu den Knien hinein; er warf dann das Netz mit einer so heftigen Bewegung aus, daß sein Beutel ins Wasser fiel. Um denselben zu suchen, entkleidete er sich, nahm den Turban ab, tauchte unter, fand aber den Beutel nicht mehr; endlich sprach er: »Es gibt keinen Schutz und keine Macht, außer bei Gott, dem Erhabenen!« Er blieb in diesem Zustand, bis das Mittagsgebet ausgerufen wurde.

Aus der Ferne sah jemand dem Fischer zu, wie er untertauchte und wieder heraufkam. Sein Kleid und sein Turban lagen weit von ihm in der Sonne, und niemand war sonst gegenwärtig. Er paßte auf, bis er wieder untertauchte, fiel über seine Sachen her und entfloh damit. Als Chalif wieder heraufkam und seine Kleider nicht mehr sah, ward er höchst traurig. Er stieg auf eine Anhöhe, um nach jemanden zu sehen, den er fragen könne, sah aber niemanden. In dem Augenblick kam gerade der Beherrscher der Gläubigen von der Jagd zurück, während der größten Hitze, und sah von ferne einen nackten Mann auf einer Anhöhe. Er sprach zu Djafar: »Siehst du auch, was ich sehe?« Djafar antwortet: »Ich sehe einen nackten Mann auf der Anhöhe stehen.« Da sprach der Beherrscher der Gläubigen: »Wer mag es sein?« Djafar antwortete: »Wahrscheinlich ein Feldwächter.« Der Kalif sagte: »Vielleicht ist er ein frommer Mann, ich will einmal allein zu ihm gehen und ihn bitten, daß er für mich bete; bleibe du hier stehen!« Der Kalif ging zu ihm, grüßte ihn und fragte: »Wer bist du?« Chalif antwortete: »Kennst du mich nicht? Ich bin der Fischer Chalif.« Der Kalif fragte: »Hat wohl ein Fischer ein wollenes Oberkleid und einen Turban?« Als der Fischer den Kalifen von seinen Kleidern sprechen hörte, dachte er: »Der hat gewiß aus Scherz meine Kleider genommen.« Er ging von der Anhöhe herunter und sagte dem Kalifen: »Ich dachte mir wohl, daß du Scherz mit mir treibst, denn ich habe gesehen, wie du meine Kleider genommen hast.« Der Kalif mußte heftig lachen und sagte: »Was für Kleider hast du verloren? Ich weiß nichts von dem, was du sagst.« Chalif erwiderte: »Bei dem erhabenen Gott! Wenn du

meine Kleider nicht herbeischaffst, so zerbreche ich deine Glieder mit diesem Stock!« denn er trug immer einen Stock bei sich. Der Kalif sagte: »Bei Gott! Ich habe die Kleider, von denen du sprichst, nicht gesehen.« Chalif entgegnete: »Ich werde mit dir gehen und mir das Haus merken, wo du hingehst, und dich beim Polizeiobersten verklagen; du sollst ein andermal nicht so mit mir spaßen. Bei Gott! Es hat kein anderer als du mein Oberkleid und meinen Turban genommen, und wenn du sie mir nicht sogleich wieder gibst, so werfe ich dich von deinem Esel herunter und falle über deinen Kopf mit diesem Stock her, bis ich dich regungslos auf dem Platz lasse!« Er packte sogleich den Esel am Zaum, so daß er sich auf die Hinterbeine stellte. Der Kalif dachte: »In welches Unheil bin ich hier mit diesem Wahnsinnigen gestürzt.« Hierauf zog er seine Kleider, die 100 Dinare wert waren, aus und sagte: »Nimm dieses Oberkleid statt des deinigen!« Chalif nahm es und zog es an; da es ihm aber zu lang war, schnitt er es unter den Knien ab, und machte sich aus dem abgeschnittenen Stücke einen Turban. Als das geschehen war, fragte er den Kalifen: »Wer bist du? Was ist dein Handwerk? Du bist gewiß ein Trompeter.« Der Kalif entgegnete: »Woran siehst du, daß ich ein Trompeter bin?« Der Fischer antwortete: »Weil deine Nasenlöcher so groß sind, und dein Mund so klein.« Der Kalif sagte: »Du hast recht.« Endlich hob der Fischer an: »Folge nur, und ich will dich das Fischerhandwerk lehren, es ist besser als trompeten, und ein ehrlicheres Gewerbe.« Der Kalif erwiderte: »Lehre es mich, ich will einmal sehen, ob ich's lernen kann oder nicht.«

Der Fischer sagte: »Komm mit mir!« und der Kalif folgte ihm, bis ihm der Fischer zurief: »Komm herunter ins Wasser, du Trompeter!« Raschid ging

hinunter, nahm ihm das Netz ab, und der Fischer zeigte ihm, wie er es auswerfen solle. Der Beherrscher der Gläubigen warf das Netz aus, und es wurde sehr schwer. Der Fischer aber sagte ihm: »Wenn vielleicht das Netz an einem Stein hängt, so ziehe es sanft, um es nicht zu zerreißen, sonst nehme ich, bei Gott, deinen Esel für mein Netz!« Der Kalif mußte lachen und zog das Netz ganz langsam ans Land, und siehe da!, es war mit Fischen angefüllt. Als der Fischer dies sah, kam er vor Freude von Sinnen und sagte: »Bei Gott, Trompeter, du hast viel Glück im Fischen! Ich werde dich nicht mehr von mir lassen. Doch möchte ich dich jetzt auf den Fischmarkt schicken; frage nach dem Laden des Fischers Chamid, und hast du ihn gefunden, so sprich zu ihm: ›Mein Lehrer! Der Fischer Chalif grüßt dich, und läßt dich bitten, ihm zwei Käse und einen Fischerkorb zu schicken, er wird dir noch mehr Fische als gestern bringen.‹ Laufe und komm schnell wieder!« Der Kalif sagte lachend: »Bei meinem Haupte, o Lehrer!« Er bestieg dann seinen Esel, ritt zu Djafar, der ihm sagte: »Erzähle mir alles, was dir mit dem Fischer Chalif begegnete!« Der Kalif erzählte ihm alles und fügte hinzu: »Ich ließ ihn dort, wo er mich mit dem Korb zurückerwartet; ich besorgte, er möchte mich auch lehren, wie man die Fische abschuppt und rein macht.« Djafar erwiderte: »Ich werde mit dir gehen, die Schuppen wegkehren und den Boden rein machen.« Die Sache stand so, bis der Kalif sprach: »Djafar, gib den kleinen Mamelucken Befehle und sage ihnen: Wer mir einen Fisch von diesem Fischer bringt, dem gebe ich einen Dinar, denn ich möchte auch essen von dem, was ich gefischt habe.« Djafar teilte den Mamelucken den Befehl des Kalifen mit, und zeigte ihnen, wo der Fischer war. Sie gingen zu ihm und nahmen ihm die Fische weg. Als er die schönen Jungen sah, glaubte er, es seien Huri aus dem Paradies. Zwei Fische waren ihm noch übrig geblieben, er lief schnell damit ins Wasser und sagte: »O Gott, bei diesen geheimnisvollen Fischen, vergib mir meine Sünden!« Während er im Wasser war, kam der große Diener des Kalifen, der auch nach Fischen fragte; er fand aber keine mehr, und sah bloß, wie der Fischer untertauchte und mit zwei Fischen heraufkam. Er rief ihm zu: »Chalif, was hast du?« Er antwortete: »Zwei Fische.« Jener sagte: »Gib mir sie, hier hast du 100 Dinare.« Als der Fischer aus dem Wasser kam und von 100 Dinaren hörte, sagte er: »Gib die 100 Dinare her!« Der Diener antwortete: »Folge mir in die Wohnung des Kalifen, dort erhältst du die 100 Dinare.« Mit diesen Worten nahm er die Fische und ging nach der Wohnung des Kalifen. Chalif aber zog, als er aus dem Wasser kam, das Kleid an, das ihm der Beherrscher der Gläubigen gegeben, und das ihm kaum bis an die Knie reichte, umgürtete sich mit einem Seile, nahm das vom Kleid abgeschnittene Stück als Turban, und lief damit mitten in die Stadt; alle Leute lachten und wunderten sich über ihn und fragten: »Woher hast du dies Kleid?« Er aber störte sich nicht daran und fragte: »Wo ist die Wohnung des Raschad?« Die Leute sagten ihm: »Sage doch: die Wohnung des Raschid!« Er antwortete: »Es ist gleichviel!« und so ging er immer fort, bis er an die Wohnung des Kalifen kam. Endlich sah ihn der Schneider, der das Kleid genäht hatte, an der Tür stehen.

Als er das Kleid an Chalif sah, fragte er ihn: »Wie alt bist du?« Chalif erwiderte: »Fragst du mich so, weil ich so klein bin?« Der Schneider fragte abermals: »Woher hast du dieses Kleid, das du so schlecht zugerichtet?« Chalif antwortete: »Von meinem jungen Trompeter.« Er ging dann an die Tür und sah den Diener betrübt mit den zwei Fischen dasitzen. Chalif sagte ihm: »Gib mir die 100 Dinare, mein Onkel!« Er antwortete: »Bei meinem Haupt, Chalif, du sollst sie haben.« Da kam Djafar heraus, sah den Diener mit Chalif sprechen und hörte Chalifs Forderungen. Er ging alsbald wieder zum Kalifen und sagte ihm: »Beherrscher der Gläubigen! Dein Lehrer, der Fischer, will vom alten Diener 100 Dinare haben.« Der Kalif sagte: »Bring ihn herein!« Djafar antwortete: »Ich gehorche«, ging wieder hinaus und sagte dem Fischer: »Chalif, dein Junge, der Trompeter, richte zwischen euch.« Djafar ging vor ihm her, und Chalif folgte ihm ins Schloß. Dort sah er, wie der Kalif, der einen mächtigen Turban auf dem Haupt hatte, auf drei Papiere schrieb und sie vor sich hinlegte. Er fragte den Kalifen: »Hast du dein Trompeter-Handwerk aufgegeben und bist ein Astrolog geworden?« Der Kalif erwiderte: »Nimm hier ein Blatt!« Der Kalif hatte nämlich auf ein Blatt geschrieben, er solle einen Dinar erhalten, auf ein anderes Blatt 100 Dinare und auf ein drittes 100 Prügel. Als nun der Kalif ihn ein Blatt nehmen hieß, wollte

die Bestimmung, daß er gerade nach dem griff, auf dem 100 Prügel geschrieben waren, und wenn Könige einmal etwas beschlossen haben, so gehen sie nicht mehr davon ab. Chalif ward daher auf den Boden gestreckt, und man gab ihm 100 Prügel; er schrie zwar um Hilfe, aber es half nichts. Er sagte: »Bei Gott, das ist schön, Trompeter! Nachdem ich dich vom Trompeter zum Fischer gemacht, wirst du nun Astrolog und bereitest mir ein so böses Los. Pfui über dich, an dir ist kein Glück!« Als der Kalif diese Worte hörte, ward er ohnmächtig vor Lachen und sprach: »O Fischer, fürchte nichts!« Hierauf befahl er seinem Schatzmeister, ihm 100 Dinare zu geben; der Fischer ging damit fort und kam auf den Markt, wo man Kisten verkauft. Er sah daselbst eine Menge Leute versammelt, und hörte, wie ein Makler ausrief: »Eine verschlossene Kiste 99 Dinare!« Er drängte sich durch und hörte dasselbe zum zweiten Male. Chalif rief laut: »Ich gebe 100.« Der Makler schlug sie ihm zu und nahm dafür das Gold, so daß ihm gar nichts übrig blieb. Die Träger fingen an, sich miteinander zu streiten; alle Leute aber sagten: »Bei Gott! Es darf kein anderer als der Träger Sarik diese Kiste forttragen, er verdient es am meisten.« Sarik ging hinter Chalif her; als sie jedoch auf dem Weg waren, dachte Chalif: »Nun habe ich nichts mehr, um den Träger zu bezahlen; wie entgehe ich dem? Doch ich will die Plätze und Gassen mit ihm durchstreichen, bis er müde wird und sie liegen läßt; dann nehme ich sie und trage sie nach Hause.«

Chalif ging nun mit dem Träger umher von Mittag an bis spät Abends. Der Träger seufzte und sagte: »Herr! Wo ist dein Haus?« Chalif antwortete:

»Gestern habe ich es gewußt und heute habe ich es vergessen.« Da sagte der Träger: »Gib mir meinen Lohn und nimm deine Kiste.« Chalif aber antwortete: »Sarik, gehe nur langsam fort, bis ich mich erinneren werde, wo mein Haus ist; denn hier habe ich kein Geld, mein Geld liegt zu Hause, und ich weiß nicht mehr, wo es liegt.« Während er so sprach, ging jemand vorüber, der den Fischer Chalif kannte und ihn fragte: »Was tust du hier?« Der Träger Sarik aber fragte: »Sag mir, wo ist Chalifs Haus?« Er antwortete: Am öden Chan an den beiden Spitzen.« Sarik sagte nun dem Fischer: »Ich wollte, du hättest nie gelebt und wärest nie gewesen!« Chalif ging immerfort und Sarik hinter ihm her, bis sie nach dem Ort kamen. Der Träger setzte die Kiste nieder und sprach: »O du, den Gott in Kummer und Not leben lassen möge! Wir sind wohl 20-mal hier vorübergegangen; hättest du mir gesagt, daß du hier wohnst, so hätten wir diese große Mühe erspart. Gib mir meinen Lohn und laß mich meines Weges gehen.« Chalif sagte ihm: »Willst du Silber oder Gold? Bleib hier stehen, bis ich dir es bringe.« Mit diesen Worten ging er in sein Zimmer und nahm daselbst einen Hammer, der mit 40 Nägeln beschlagen war, so daß, wenn man ein Kamel damit geschlagen hätte, es auf dem Platz geblieben wäre, lief damit auf den Träger los und hob seine Arme auf, um über ihn herzufallen. Sarik schrie: »Halt ein! Du bist mir nichts schuldig.« Soviel, was den Träger angeht. Als die Nachbarn Chalif mit der Kiste in sein Zimmer gehen sahen, versammelten sie sich um ihn und sagten: »O Chalif, woher hast du diese Kiste und dieses Kleid?« Er antwortete: »Von meinem Jungen Raschid.« Die Leute sagten: »Der Mann ist rasend; wenn der Beherrscher der Gläubigen das hört, wird er ihn an der Tür seiner Wohnung nebst allen, die im Chan wohnen, aufhängen lassen; das ist ein böser Spaß.« Sie halfen ihm die Kiste, die beinahe so groß war wie sein Zimmer, hereintragen, und Chalif legte sich auf derselben schlafen. Soviel, was Chalif angeht; was aber die Geschichte der Kiste betrifft, so hatte der Beherrscher der Gläubigen eine türkische Sklavin, welche Kut Alkulub, Herzensnahrung, hieß. Der Kalif liebte sie sehr; als aber die Frau Subeida davon hörte, war sie sehr eifersüchtig und sann auf Rache gegen sie. Wie nun der Fürst der Gläubigen auf der Jagd war, ließ die Frau Subeida die Sklavin einladen, gab ihr zu essen und zu trinken, mischte Schlaftrunk in den Wein, und schickte, als sie davon einschlief, nach einem ihrer alten Diener, ließ die Sklavin in eine große Kiste sperren, schloß sie zu und gab sie dem Diener mit den Worten: »Geh mit dieser Kiste an den Strom und wirf sie ins Wasser!« Er lud die Kiste auf einen Maulesel, den er vor sich hertrieb, und zog damit nach dem Strom. Die Kiste aber wurde ihm zu schwer; als er daher am Kistenmarkt vorüberging, und ihn der Oberste der Makler sah und fragte: »Verkaufst du diese Kiste?« so antwortete er: »Ja, doch nur verschlossen.« Jener erwiderte: »Gib nur, dies soll geschehen.« Er nahm die Kiste herunter und rief aus: »Wer kauft eine Kiste um 100 Dinare?« Während sie so beisammen waren, ging der Fischer Chalif vorüber, drehte die Kiste rechts und links, nahm sie für 100 Dinare und gab sie dem Träger, wie oben erwähnt worden. Als nun der Fischer auf der Kiste lag, erwachte Kut Alkulub vom Schlaf, merkte, daß sie in eine Kiste gesperrt war, und schrie jämmerlich. Als Chalif dies hörte, sprang er von der Kiste herunter und rief zum Fenster hinaus: »Muselmänner, kommt mir zu Hilfe, es sind Teufel in der Kiste!« Die Nachbarn erwachten aus dem Schlaf und sagten ihm: »Was hast du, Rasender?« Er antwortete: »Die Kiste ist voller Teufel!« Sie sagten ihm: »Schlafe nur! Du hast uns genug gequält. Gott verdamme dich! Wirf deinen Wahnsinn von dir!« Er erwiderte: »Ich kann nicht schlafen.« Sie schimpften ihn, und er ging wieder in sein Zimmer. Nach einer Weile fing Kut Alkulub wieder an zu sprechen und fragte: »Wo bin ich?« Chalif entfloh aus dem Zimmer und rief: »O Nachbarn, kommt zu mir!« Sie sagten ihm: »Was fehlt dir? Du plagst uns.« Er antwortete: »O ihr Leute! Die Teufel sprechen aus der Kiste.« Sie aber sagten: »Du lügst! Wie lauten denn ihre Worte?« Er antwortete: »Einer sprach zu mir: wo bin ich?« Sie erwiderten: »Du bist in der Hölle! Plagst die Nachbarn und läßt sie nicht schlafen; geh, schlafe! Wärest du nie gewesen und hättest du nie gelebt!« Chalif ging wieder in sein Gemach, voller Furcht, denn er hatte keinen anderen Platz zu schlafen, als die Kiste. Als er wieder darauf lag, vernahmen seine Ohren, wie Kut Alkulub sagte: »Ich bin hungrig.« Chalif entfloh wieder aus dem Gemach und schrie: »O ihr Nachbarn! O ihr Bewohner des Chans, kommt zu mir!« Die Nachbarn sagten: »Was ist dir wieder geschehen?«

»Die Teufel in der Kiste haben gesagt, sie seien hungrig.« Da sagten die Leute zu einander: »Uns scheint, daß Chalif hungrig ist.« Aus Furcht, er möchte sie die ganze Nacht nicht schlafen lassen, brachten sie ihm, was sie vom Abendessen übrig hatten, einen ganzen Korb voll Brot, Fleisch, Gemüse und Rettich und sagten ihm: »Iß, bis du satt bist, dann schlafe und störe uns nicht weiter. Wenn du noch ein Wort sagst, so prügeln wir dich, bis dir die Rippen zerbrechen und du noch diese Nacht stirbst.« Chalif nahm den Korb mit Speisen und ging in sein Gemach, setzte sich auf die Kiste und fing an beim Mondenschein, der sein Zimmer beleuchtete, mit beiden Händen zu essen. Da sagte Kut Alkulub: »Macht mir auf und habt Mitleid mit mir, o Muselmänner!«

Chalif stand auf, nahm einen Stein, den er im Zimmer hatte, und zerbrach die Kiste, und siehe da, es befand sich darin ein Mädchen, schön wie die leuchtende Sonne mit strahlender Stirn und einem Gesicht wie der Mond, roten Wangen und freundlicher Stimme. Sie hatte ein Kleid an, das 1000 Dinare wert war und noch mehr. Als Chalif sie sah, kam er vor Freude von Sinnen und sprach: »Bei Gott! Du gehörst zu den Hübschen.« Sie fragte: »Wer bist du?« Er antwortete: »Herrin! Ich bin der Fischer Chalif.« Sie fragte: »Wie bin ich hierher gebracht worden?« Er antwortete: »Ich habe dich gekauft und du bist nun meine Sklavin.« Sie bemerkte ein Kleid des Kalifen an ihm und wollte wissen, wie er dazu gekommen sei. Er erzählte ihr daher, was ihm widerfahren, von Anfang bis zu Ende, und wie er die Kiste gekauft. Sie merkte, daß die Frau Subeida Verrat an ihr geübt, unterhielt sich mit Chalif bis zum Morgen und sagte dann: »Chalif, schaffe mir von jemandem Tinte, Kalam und Papier!« Er sah sich bei einem der Nachbarn danach um und brachte es ihr. Sie schrieb einen Brief, legte ihn zusammen und sagte zu Chalif: »Nimm diesen Brief, geh damit auf den Juwelenbazar, frage daselbst nach dem Juwelier Abul Hasan, und wenn du ihn gefunden hast, so gib ihm diesen Brief.« Er erwiderte: »Herrin! Dieser Name ist schwer, ich kann ihn nicht behalten.« Sie entgegnete: »So frage nach dem Laden des Ibn Alukab!« Da sagte er: »Herrin! Was bedeutet denn Akab?« Sie antwortete: »Es ist ein Vogel, dem man die Augen zuhält, und den man auf der Hand herumträgt.« Er sagte: »Ich weiß nun, Herrin!«

So ging er fort und wiederholte unaufhörlich den Namen, um ihn nicht zu vergessen. Als er jedoch auf den Juwelenmarkt kam, wußte er ihn nicht mehr. Er ging deshalb zu einem Kaufmann und fragte ihn: »Wohnt hier jemand, der den Namen eines Vogels führt?« Er antwortete: »Ja, hier wohnt Ibn Alukab.« Chalif sagte: »Gut, zu dem will ich gerade.«

Als er zu ihm kam, gab er ihm den Brief. Abul Hasan aber nahm den Brief, küßte ihn, las ihn, und legte ihn, als er ihn gelesen und verstanden hatte, auf sein Haupt. Er war nämlich, so wird behauptet, Agent der Kut Alkulub und der Verwalter aller ihrer Güter; sie hatte ihm geschrieben: »Von der Frau Kut Alkulub an den Herrn Abul Hasan, den Juwelier. Sobald dieser Brief zu dir gelangt, räume uns ein Zimmer ein, das vollständig mit Teppichen, Gefäßen, Sklaven und Sklavinnen und was sonst zu einem Aufenthalt nötig ist, versehen sein muß. Nimm dann den Träger dieses Briefes, führe ihn ins Bad, ziehe ihm die kostbarsten Kleider an und verfahre so und so mit ihm.«

Er sagte: »Ihr Wille ist mir Befehl«, nahm Chalif, schloß seinen Laden zu, ging mit ihm ins Bad und empfahl einem der Diener, ihn wie gewöhnlich gut zu bedienen; er ging dann und besorgte, was Kut Alkulub befohlen. Der blödsinnige Fischer Chalif glaubte, das Bad sei ein Gefängnis und sagte den Leuten: »Was habe ich verbrochen, daß ihr mich einsperrt?« Die Badediener lachten ihn aus, setzten ihn auf den Rand der Badewanne und ergriffen seine Füße, um sie zu reiben. Chalif glaubte, sie wollten ihn auf den Boden strecken, um ihn zu prügeln; er stand daher auf, packte die Füße des einen, hob ihn in die Höhe und stürzte ihn auf den Boden, daß er ihm fast die Rippen zerbrach. Als dies die übrigen Diener sahen, entrissen sie ihn Chalifs Händen wieder. Da kehrte ihm der Verstand zurück, und die Leute merkten, daß er nicht aus Bosheit so gehandelt hatte. Sie bedienten ihn daher immerfort, bis der Herr Abul Hasan mit einem kostbaren Anzug kam, den er ihm ankleidete; er brachte hierauf einen gut gesattelten Maulesel, nahm seine Hand, führte ihn aus dem Bad und sagte ihm. »Besteige nun diesen Maulesel!« Chalif sagte: »Wie soll ich reiten? Ich fürchte, er wird mich herunterwerfen und mir dir Rippen im Leibe zerbrechen.« Doch nach vieler Mühe und Anstrengung bestieg er den Maulesel, und sie ritten zusammen nach dem Ort, den Ibn Alukab ihnen hergerichtet hatte.

Als Chalif hinkam, sah er Kut Alkulub dasitzen, von Gefolge und Dienern umgeben. An der Tür stand ein Pförtner mit einem Stock in der Hand. Als er Chalif sah, sprang er auf, küßte ihm die Hand und ging vor ihm her, bis ins Innere des Saals. Hier sah Chalif so viel Schönes, daß er fast den Verstand verloren und ihm das Sehen verging.

Das Gefolge und die Diener küßten ihm die Hand und sagten: »Wohl bekomme das Bad!« Als er in die Nähe Kut Alkulubs kam, stand sie vor ihm auf, nahm ihn an der Hand und führte ihn auf einen hohen Divan. Dann brachte sie ihm ein Schüsselchen voll Zuckerwasser mit Rosenwasser vermischt, das er nahm und bis auf den letzten Tropfen austrank; dann steckte er den Finger aus und leckte es noch aus. Sie hielt ihn davon ab und sagte: »Das ist eine Schande.« Er aber sagte: »Schweige doch! Das ist guter Honig!« Sie lachte über ihn, ließ ihm einen Tisch mit Speisen vorstellen, und er aß, bis er satt war. Es wurde dann eine goldene Kanne und ein Waschbecken gebracht; er wusch seine Hände und lebte in höchstem Vergnügen. Nun höre, was dem Fürsten der Gläubigen geschehen!

Als dieser von seiner Reise zurückgekehrt war und Kut Alkulub nicht fand, fragte er nach ihr, und die Frau Subeida sagte ihm: »Sie ist gestorben; mögest du leben, o Fürst der Gläubigen!« Auch hatte die Frau Subeida ein Grab graben lassen mitten im Schloß und eine Kuppel darüber bauen lassen, weil sie wußte, daß der Kalif sie sehr liebte; sie sagte daher dem Kalifen: »Ich habe sie mitten im Schloß beerdigen lassen.« Auch kleidete sie sich schwarz aus Verstellung und Betrug, und zeigte lange äußerlich große Trauer.

Kut Alkulub hatte indessen des Kalifen Rückkehr von der Jagd vernommen und sagte zu Chalif: »Geh ins Bad und komme wieder her!« Er ging und kehrte wieder. Sie zog ihm dann ein Kleid an, das 1000 Dinare wert war, empfahl ihm, sich mit Anstand und Würde zu benehmen und sprach zu ihm: »Geh zum Fürsten der Gläubigen und sage ihm: ›O Fürst der Gläubigen! Ich wünsche, daß du heute Nacht mein Gast sein mögest.‹« Chalif bestieg seinen Maulesel und ritt, mit Jungen und Bedienten vor ihm her, nach dem Schloß des Kalifen; jedermann

wunderte sich über die Schönheit und Anmut, die er sich so schnell zu eigen gemacht hatte. Als ihn der alte Diener sah, der ihm die 100 Dinare gegeben, welche die Ursache seines Glückes waren, ging er zum Kalifen und sagte: »O Fürst der Gläubigen! Der Fischer Chalif ist König geworden; er hat ein Kleid an, das 1000 Dinare wert ist.«

Der Kalif ließ ihn zu sich bringen, und erlaubte ihm zu sprechen, als er näher gekommen war. Der Fischer hob an: »Friede sei mit dir, o Fürst der Gläubigen und Stellvertreter des Herrn der Welten! Beschützer des Glaubens! Der erhabene Gott gebe deinen Tagen eine lange Dauer, mache deine Beschlüsse geehrt und erhebe deinen Rang auf die höchste Stufe!« Der Kalif sah ihn, erstaunt über die schnelle Veränderung, die mit ihm vorgegangen, an und sprach: »Sage mir, Chalif, woher hast du das Kleid, das du trägst?« Er antwortete: »Aus meinem Hause, o Fürst der Gläubigen!« Der Kalif fragte: »Hast du ein Haus?« Er antwortete: »Ja, und sei du heute mein Gast, o Fürst der Gläubigen!« Der Kalif fragte: »Ich allein oder mit den meinigen?« Er antwortete: »Du und wen du noch mitbringen willst.« Bei diesen Worten wandte sich Djafar zu ihm und sagte: »Wir werden heute Nacht deine Gäste sein.« Chalif küßte dann die Erde wieder, bestieg seinen Maulesel und hatte viele Mamelucken zum Gefolge. Der Kalif war darüber erstaunt, und sagte: »O Djafar, sieh einmal Chalif an mit seinem Maulesel, seinem Anzug, seinen Mamelucken und seinem Gefolge, während er noch gestern ein Gegenstand des Mitleids war.« Sie waren sehr erstaunt darüber.

Als jedoch Chalif in der Nähe seines Hauses war, stieg er ab, nahm einen Bündel aus der Hand eines Mamelucken, öffnete ihn, nahm ein baumwollenes Tuch heraus und legte es unter die Füße des Maultiers des Fürsten der Gläubigen; dann nahm er eins nach dem andern, Seide, Damaszenerstoff, und so 20-erlei

Stoffe, heraus, bis an das Haus hin. Chalif ging voran und sagte: »Im Namen Gottes, o Fürst der Gläubigen!« Der Kalif sagte zu Djafar: »Wem gehört wohl dieses Haus?« Djafar antwortete: »Einem Mann, welcher Ibn Alukab genannt wird, der Oberste der Juweliere.« Der Kalif stieg ab, ging mit den seinigen hinein und sah daselbst einen hohen, geräumigen Saal, mit Teppichen bedeckt; er ging zu dem Thron, den man ihm auf vier elfenbeinernen Säulen errichtet hatte, und auf dem sieben Teppiche waren.

Dem Beherrscher der Gläubigen gefiel das sehr; Chalif nahte sich ihm hierauf, von Dienern und Mamelucken umgeben, die allerlei Getränke, Zitronen, Rosenwasser mit Moschus vermischt, trugen. Chalif trank zuerst und gab dann dem Kalifen zu trinken. Gleiches taten die Weinschenken mit den übrigen Leuten. Chalif kam dann mit Tischen, worauf allerlei Speisen, Gänse, Hühner und anderes Geflügel waren, und sagte: »Im Namen Gottes!« und sie aßen, bis sie genug hatten.

Als die Mahlzeit vorüber war, ließ Chalif die Tische wegtragen, küßte die Erde dreimal und bat um die Erlaubnis, Wein und Lichter zu holen, und der Kalif erlaubte es ihm. Als er weg war, sah der Kalif Djafar an und sagte: »Bei meinem Haupt! Das Haus und was darin ist, gehört Chalif; er befiehlt hier als Herr. Ich bin sehr erstaunt, woher ihm auf einmal so viel Glück und Wohlstand geworden; doch was ist dies gegen die Macht Gottes, der bloß spricht: Werde! Und es wird. Mehr wundere ich mich noch über seinen Verstand, wie der zugenommen hat und wie er auf einmal so viel Würde und Anstand gewonnen. Wenn Gott einen Menschen segnen will, so vermehrt er zuerst seinen Verstand, dann erst seine weltlichen Güter.«

Während sie so sprachen, kam Chalif mit Mundschenken zurück, die goldene Gürtel trugen, die wie Monde glänzten. Sie breiteten ein scharlachrotes Tuch aus und stellten chinesische Gefäße, hohe Flaschen, kristallene Becher, Schläuche und Kannen von allen Farben auf; sie füllten sie mit klarem altem Wein, der wie feinster Moschus duftete, nach den Worten des Dichters:

»Gib mir und meinen Gefährten zu trinken von dem köstlichen alten Wein, der einen goldenen Becher als zierendes Gewand hat. Sein Schmuck besteht aus den allerfeinsten Perlen, und so ausgestattet hat man ihn mit Recht die Braut genannt.«

Um diese Weingläser waren viel Wohlgerüche verbreitet und die schmackhaftesten Süßigkeiten lagen dabei. Als der Kalif dies sah, rief er Chalif in seine Nähe, freute sich mit ihm und erwies ihm Ehre; Chalif aber wünschte dem Kalifen langes, ruhmvolles Leben. Dann fragte er: »Erlaubt mir der Fürst der Gläubigen, daß ich eine Sängerin und Lautenspielerin bringe, dergleichen noch nie gehört worden?« Der Beherrscher der Gläubigen erwiderte: »Tue nach Gefallen.« Chalif küßte die Erde vor dem Fürsten der Gläubigen, stand auf, ging in ein Gemach und brachte Kut Alkulub herein; sie näherte sich, tief verschleiert und mit reichem Schmuck behangen, und küßte die Erde vor dem Fürsten der Gläubigen. Dann setzte sie sich, stimmte die Laute und spielte so, daß alle Anwesenden vor Entzücken außer sich waren; zuletzt sang sie folgende Verse:

»Laßt uns sehen, ob unsere Liebeszeit wiederkehrt, ob du noch nach der Nähe deiner verlorenen Freundin dich sehnst. Lange Zeit verstrich in der Süßigkeit der Vereinigung; wir waren sorgenlos, während das böse Geschick schlief. Was ist nun das Leben nach der Trennung? Wie süß waren die Nächte der Vereinigung in meinem Hause! O mein Geliebter! Näherst du dich mir, so finden wir uns wieder; wo nicht, so ist mein Leben verloren.«

Der Kalif konnte es nicht mehr aushalten, zerriß sein Kleid und fiel ohnmächtig nieder. Die Leute alle zogen ihre Kleider aus und warfen sie auf den Fürsten der Gläubigen. Kut Alkulub winkte Chalif und sagte ihm: »Geh nach jener Kiste und bringe nur, was darin ist.« Sie hatte nämlich schon für diesen Fall eins von des Kalifen Kleidern vorbereitet. Chalif brachte es und warf es auf den Fürsten der Gläubigen. Als dieser zu sich kam und sich überzeugte, daß es Kut Alkulub war, sagte er: »Ist heute Auferstehungstag, daß Gott die Toten aus den Gräbern weckt? Oder schlafe ich, und sind dies nur Träume?« Kut Alkulub sagte: »Wir sind wach und schlafen nicht, ich lebe noch und habe den Todeskelch nicht gekostet.« Dann erzählte sie ihm alles, was ihr bis auf jenen Tag widerfahren.

Der Kalif hatte, seitdem er sich von ihr getrennt fand, keine Freude und keine Ruhe mehr gefunden; bald dachte er tiefsinnend über sie nach, bald weinte und tobte er. Nun stand er auf, küßte, umarmte sie und nahm sie bei der Hand, um sie in ihr Schloß zu führen. Chalif sagte: »Bei Gott, das ist schön. Du hast mir gleich von Anfang Unrecht getan, und nun tust du mir wieder Unrecht.« Der Kalif erwiderte: »Du hast recht.« Er befahl sogleich dem Vezier Djafar, ihm so viel zu geben, bis er zufrieden sei. Dieser gab ihm, was er wünschte, und schenkte ihm ein Städtchen, das jährlich 10000 Dinare eintrug. Kut Alkulub aber schenkte ihm das Haus mit allem, was drin war von Teppichen, Vorhängen, Mamelucken, Sklavinnen, jungen und alten Dienern. Chalif gewann so einen hohen Wohlstand, verheiratete sich und lebte in Glück, Ansehen und Wohlstand.

Der Kalif nahm ihn auch zu seinen Tischgenossen, und er genoß das schönste, angenehmste und heiterste Leben, bis er starb. Gottes Barmherzigkeit sei mit ihm! Doch ist diese Geschichte nicht schöner als die des Kaufmanns mit seinen Kindern. Der König fragte: »Wie war die?« und Schehersad sprach:

Geschichte Ghanems und der Geliebten des Beherrschers der Gläubigen

Wisse, o glückseliger König, es war in der frühesten Zeit ein Kaufmann, der einen Sohn wie der Vollmond hatte, von beredter Zunge, er hieß Ghanem Ibn Ejub; dieser hatte eine Schwester, die, weil sie so schön und liebenswür-

dig war, Fitna, Verführung, hieß. Als ihr Vater starb, hinterließ er ihnen viele Reichtümer, unter anderem auch 100 Ballen Perlenmuscheln, Seidenstoffe und Moschus; die Ballen sollten eben durch ihn nach Bagdad gebracht werden und waren schon dahin adressiert, als ihn Gott sterben ließ. Sein Sohn nahm nach einiger Zeit diese Waren, um damit nach Bagdad zu reisen. Dies geschah unter der Regierung des Kalifen Harun Arraschid. Er nahm Abschied von seiner Mutter, Schwester und übrigen Verwandten und Mitbürgern, und machte sich auf die Reise, im Vertrauen auf den erhabenen Gott, der ihm auch eine vollkommen glückliche Reise bis Bagdad in Gesellschaft einiger Kaufleute bestimmte.

Er mietete ein schönes Haus, versah es mit Teppichen, Kissen und Vorhängen, brachte seine Waren, seine Kamele und Maulesel hinein, und blieb zu Hause, um auszuruhen. Die vornehmen Kaufleute kamen und begrüßten ihn. Er nahm dann einen Bündel, worin zehn Stück kostbare Stoffe waren, worauf der Preis geschrieben war, und ging damit auf den Bazar. Die Kaufleute kamen ihm ehrerbietig entgegen und grüßten ihn. Sie legten dann die Waren in den Laden des Obersten des Bazars. Dieser öffnete den Bündel, nahm die Stoffe heraus und verkaufte sie, so daß jeder Dinar zwei gewann. Ghanem freute sich dessen und verkaufte so eine Ware nach der anderen ein ganzes Jahr lang.

Am Anfang des zweiten Jahres wollte er auf den Bazar gehen, fand aber die Tür geschlossen; er fragte daher nach der Ursache, und man sagte ihm, es sei ein Kaufmann gestorben, weshalb alle Kaufleute seiner Beerdigung beiwohnten. »Willst du dir nicht auch dadurch Lohn im Himmel erwerben und mitgehen?« Er sagte: »Ja!« und fragte nach dem Versammlungsplatz; man führte ihn dahin; er wusch sich daselbst, ging mit den Kaufleuten nach dem Betorte, wo man für den Toten betete, dann zog man vor der Leiche her nach dem Begräbnisplatz, und Ghanem folgte dem Zug.

Man zog mit der Leiche zur Stadt hinaus, durchstreifte die Gräber, bis man an den Begräbnisplatz kam, wo die Verwandten des Verstorbenen schon Zelte über den Gräbern aufgeschlagen hatten; die Wachslichter und Lampen wurden zugerichtet, der Tote wurde beerdigt und der Koran auf dem Grab gelesen. Die Kaufleute setzten sich und Ghanem setzte sich aus Scham zu ihnen; denn er dachte: »Ich kann mich doch nicht von ihnen trennen, und nicht früher, als sie,

weggehen.« So saßen sie und hörten andächtig die Gebete des Korans bis zur Zeit der Abendstunde. Da brachte man das Nachtessen mit süßen Speisen; sie aßen, bis sie genug hatten und wuschen sich die Hände; dann setzten sie sich wieder auf ihren vorigen Platz. Ghanems Gemüt war sehr beunruhigt, denn er fürchtete sich vor Dieben und dachte bei sich: »Ich bin hier fremd und als reicher Mann bekannt: Wenn ich nun die Nacht außer dem Haus zubringe, könnten Diebe mir meine Ware stehlen.« Er stand daher auf, entschuldigte sich bei der Gesellschaft, er habe etwas zu tun, und ging an die Tore der Stadt. Da es aber schon Mitternacht war, fand er die Tore der Stadt geschlossen; niemand ging und kam mehr, die Hunde bellten und die Wölfe heulten. Er kehrte um und sagte: »Es gibt keinen Schutz und keine Macht, außer bei Gott, dem Erhabenen! Ich war um mein Gut besorgt, nun ist das Tor geschlossen und ich muß daher auch für mein Leben fürchten.« Er kehrte also um und forschte nach einem Ort, wo er die Nacht zubringen könne. Da fand er ein Grabmal von vier Mauern umgeben, mit einem Dattelbaum und einer steinernen Tür. Er ging hinein, um zu schlafen, konnte aber vor Angst und Unheimlichkeit, weil er zwischen den Gräbern sich befand, nicht einschlafen. Er stand wieder auf, öffnete die Tür und entdeckte nach dem Tor der Stadt hin in der Ferne ein matt schimmerndes Licht; auch sah er, daß sich dasselbe auf dem Weg, der nach dem Grabmal führte, bewegte. Er fürchtete sich sehr, schloß wieder zu, kletterte auf den Baum und setzte sich auf dessen Krone. Das Licht kam immer näher und Ghanem bemerkte drei schwarze Sklaven. Zwei trugen eine Kiste und einer hatte ein Beil in der Hand. Wie sie dem Grabmal ganz nahe waren, sagte der Sklave, der das Beil und einen Korb trug: »Was hast du, Sawab?« Da sagte einer von denen, welche die Kiste trugen: »Was hast du, Kafur?« Er antwortete: »Waren wir nicht diesen Abend da und haben die Tür offen gelassen?« Jener sagte: »Ja.« »Nun«, versetzte dieser, »sie ist geschlossen und verrammelt.« Da sagte der dritte, der auch die Kiste tragen half: »O ihr unverständigen Leute! Wißt ihr nicht, daß die Hirten aus Bagdad hier weiden und, sobald es Nacht wird, zuschließen, weil sie sich vor Schwarzen unseresgleichen fürchten, sie möchten sie ergreifen, braten und essen?« Sie sagten: »Du hast recht, obgleich du der Dümmste unter uns bist.« Er erwiderte: »Ihr werdet mir nicht glauben, bis wir ins Grabmal kommen und ich euch die Maus bringe; ich glaube, sobald sie das Licht sah, hat sie sich vor uns gefürchtet und ist aus Furcht auf den Dattelbaum gestiegen.« Als Ghanem diese Worte hörte, dachte er: »O verruchtester aller Sklaven! Gott vergebe dir deine Sünde nicht, mitsamt deinem Verstand und deiner Einsicht! Es gibt keinen Schutz und keine Macht, außer bei Gott, dem Erhabenen! Wie werde ich diesen Sklaven entkommen?« Die beiden Träger sagten dann dem, der das Beil hatte: »Klettre über die Mauer und öffne uns die Tür, Sawab, denn wir sind müde, die Kiste zu tragen. Wenn du die Tür öffnest, sind wir dir eine fette Maus schuldig, die du auch haben sollst, so wie wir eine fangen; wir wollen sie dir selbst sehr kunstvoll backen, so daß kein Tropfen von ihrem Fett verloren geht.« Sawab sagte: »Ich fürchte etwas, das mir mein geringer Verstand eingegeben. Es ist wohl besser, wir werfen die Kiste hinter die Tür, da sie doch unseren Schatz enthält.« Seine Begleiter fragten: »Warum? Wenn wir sie hinüberwerfen, wird sie ja zerbrechen.« Er antwortete: »Ich fürchte, es möchten Diebe im Grabmal sein, die uns umbringen und berauben; wenn es Nacht wird, suchen solche Leute diese Plätze und teilen hier ihre Beute.« Die beiden Träger der Kiste antworteten: »Dummkopf! Wie sollten sie hierher kommen?« Sie legten dann die Kiste ab, kletterten über die Mauer und öffneten die Tür, während der dritte, mit dem Beil und einem Korb mit Gips beladen, außen stehen geblieben war. Hierauf setzten sie sich und verschlossen die Tür wieder. Einer von ihnen sagte: »O meine Freunde! Wir sind nun müde von Gehen, Tragen, Öffnen und Wiederverschließen der Tür; es ist schon Mitternacht. Wir haben keine Kraft mehr, die Tür zu öffnen und die Kiste zu verbergen, wir wollen jetzt drei Stunden ausruhen und dann unsere Arbeit verrichten, und jeder von uns erzähle indessen, wie er zum Verschnittenen geworden, und was ihm von Anfang bis zum Ende widerfahren, so daß uns die Zeit angenehm verstreicht, während welcher wir ausruhen.«

Der Laternenträger, der Sawab hieß, sprach: »Ich will euch meine Geschichte erzählen«; sie aber sagten: »Sprich!« worauf er, wie folgt, begann: Wisset, meine Freunde! Ich war noch ganz klein, erst fünf Jahre alt, als mich Sklavenhändler aus meinem Land raubten und mich einem Djausch verkauften. Dieser hatte eine kleine Tochter von drei Jahren, mit der ich erzogen wurde. Die Leute hatten ihren Spaß mit mir, wenn ich mit der Kleinen spielte, vor ihr tanzte und sang. So wurde ich zwölf Jahre alt und sie zehn. Noch ließen sie mich bei ihr, bis ich eines Tages zu ihr kam, wie sie an einem einsamen Ort saß, schön gekleidet und geschmückt, duftend von den herrlichsten Wohlgerüchten, als wäre sie eben aus dem Bad gestiegen. Sie hatte ein rundes Gesichtchen wie der Mond in der 14. Nacht, und wir scherzten miteinander, bis wir uns in den Armen lagen. Als dies geschehen, entfloh ich zu einem meiner Freunde. Ihre Mutter kam noch schnell genug, um ihre Verwirrung zu bemerken, war aber tödlich darüber betroffen; doch verbarg sie alles vor ihrem Vater. Mich suchte man zwei Monate lang, bis man mich endlich fand; doch liebte man mich zu sehr, um die Geschichte dem Vater zu entdecken; meine Geliebte aber wurde dem Barbier verlobt, der ihren Vater rasierte.

Dies alles geschah, damit der Vater nichts merken solle. Man sammelte das Nötige zu ihrer Ausstattung, ergriff mich, ohne daß ich mich dessen versah, und verunstaltete mich. Dann machte sie mich, als die Braut ihrem Bräutigam zugeführt wurde, zu ihrem Aga; ich mußte stets vor ihr hergehen, sowohl ins Bad, als in ihr elterliches Haus.

Die frühere Geschichte wurde verschwiegen; ich lernte jedoch nach und nach mein Schicksal ertragen, blieb lange bei ihr und schwelgte in ihren Reizen, küßte und umarmte sie oft, bis sie, ihr Gemahl, ihr Vater und ihre Mutter starben; ich kam dann in den Fiskus, wo ich blieb, bis ich mich zu euch gesellte, meine Freunde! Das ist die Ursache, warum ich so verunstaltet bin.

Der zweite Sklave sprach dann: Wisset, meine Brüder! Meine Geschichte beginnt mit meinem Alter von acht Jahren, wo ich geraubt wurde; ich log jedes Jahr einmal die Sklavenhändler so an und hetzte sie so hintereinander, bis sie meiner überdrüssig wurden, mich einem Makler übergaben und ausrufen ließen: Wer kauft einen Sklaven mit seinem Fehler? Man fragte den Makler: Worin

besteht sein Fehler? Die Antwort war: Er sagt jedes Jahr eine Lüge. Da kam ein großer Kaufmann, der einen Maulesel ritt, zum Makler und fragte: Wie viel ist für diesen Sklaven mit seinem Fehler geboten? Er antwortete: 600 Dirham. Der Kaufmann sagte: Gut, und du sollst auch noch für dich 20 Dirham haben. Der Makler brachte ihn zum Sklavenhändler, der von ihm das Geld nahm; ich aber wurde in das Haus des Kaufmanns geführt, woselbst der Makler seinen Lohn empfing. Der Kaufmann aber kleidete mich anständig und behielt mich bei sich ein ganzes Jahr, während dessen ich ihm treu diente. Als das neue Jahr kam, das ein sehr gesegnetes und fruchtbares an allen Gewächsen war, gaben die Kaufleute jeden Tag Mahlzeiten. Nun kam auch die Reihe an meinen Herrn, einen großen Schmaus in einem Garten außerhalb der Stadt zu geben. Allerlei Speisen, und was man sonst nötig hat, wurden aufgestellt, und die Gäste aßen und tranken und unterhielten sich fröhlich bis Mittag. Da brauchte mein Herr etwas aus dem Haus und sagte zur mir: »Sklave, nimm den Maulesel, reite nach Hause und bringe mir von deiner Herrin dieses und jenes, und komme schnell zurück.« Ich befolgte den Befehl meines Herrn und ritt nach Hause. Als ich in der Nähe des Hauses ankam, schrie und weinte ich so laut, daß alle Leute aus dem Quartier, groß und klein, sich versammelten; auch die Frauen und die Tochter meines Herrn hörten mich schreien, öffneten die Tür und fragten mich, was es gäbe? Ich sagte unter Tränen: »Mein Herr saß unter einer alten Mauer, um seine Notdurft zu verrichten, als sie einfiel. Wie ich das sah, nahm ich den Maulesel und ritt schnell daher, um es euch zu berichten.« Wie die Frau und die Töchter dies hörten, schrien sie, zerrissen ihre Kleider, schlugen sich ins Gesicht, und die Nachbarn und alle Diener liefen wegen ihres lauten Jammers zusammen. Die Frau meines Herrn aber warf, außer sich, alle Gerätschaften des Hauses untereinander, zerstörte alle Gesimse und Divane, zerbrach Fenster und Läden, und beschmierte alles mit Rot und Indigo. Dann sagte sie mir: »Wehe dir, Kafur, hilf mir und zerbrich alles dieses Geschirr, die chinesischen Gefäße, Flaschen usw.« Ich folgte ihrem Befehl und verwüstete alle Gesimse des Hauses mit allem, was darauf stand, ging auf die Terrasse, zerstörte alles, was nur zu vernichten war von chinesischen Gefäßen im Haus, und schrie: »Wehe, mein Herr!« Dann ging meine Herrin mit entblößtem Gesicht, nur den Kopf bedeckt*, aus dem Haus mit ihren Söhnen und Töchtern, und sagte mir: »Kafur, geh vor uns her und zeige uns, wo dein Herr unter der Maurer tot liegt, daß wir ihn unter dem Schutte hervorziehen, in einem Kasten nach Hause tragen und dann mit Pomp beerdigen.« Ich schritt vor ihnen her und rief in einem fort. »Wehe, mein Herr!« Sie aber folgten mir mit entblößtem Gesicht und schrien: »Wehe, Wehe! Der Mann.« Es blieb kein Mensch aus dem Quartier zurück, kein Mann und keine Frau, kein Mädchen und kein Knabe, keine junge und keine alte, alles ging mit, schrie laut, schlug sich ins Gesicht und weinte heftig. Ich durchzog die Stadt mit ihnen, alle Leute aber fragten, was geschehen sei? Als man ihnen erzählte, was man gehört, sagten die Leute untereinander: Es gibt keinen Schutz und keine Macht, außer bei Gott, dem Erhabenen. Das war ein vornehmer Mann, laßt uns zum Polizeiobersten gehen und ihn davon in Kenntnis setzen.

Als sie zum Polizeiobersten kamen und ihm die Geschichte erzählten, ritt er selbst aus, nahm Arbeiter mit Hauen und Körben mit; alle folgten mir weheschreiend, ich aber schlug mich immer ins Gesicht, dann eilte ich voraus, schrie in einem fort, streute Erde auf meinen Kopf, ging in den Garten und rief laut: »O meine Herrin, meine Herrin! Wehe, Wehe! Wer wird sich meiner erbarmen; wäre ich doch statt ihrer umgekommen!« Als mein Herr mich sah, erschrak er, wurde blaß und sagte: »Was ist dir, Kafur? Was gibt's?« Ich antwortete: »Herr, als du mich nach Hause schicktest, um dir etwas zu holen, sah ich, daß die Mauer des Saales auf meine Herrin und ihre Kinder gefallen war und sie ganz bedeckte.« Er fragte: »Ist deine Herrin nicht gerettet?« Ich antwortete: »Nein, bei Gott, Herr! Es ist niemand entkommen und meine alte Herrin ist zuerst gestorben.« »Ist auch meine kleine Tochter nicht entkommen?« »Nein.« »Und der Maulesel, der ist doch unbeschädigt?« »Nein, bei Gott, Herr! Die Mauern des Hauses und des Sultans sind über sie gefallen, und über die Schafe, Gänse und Hühner, und alle sind zu einem Haufen Fleisch geworden. Nichts ist verschont geblieben.« Auch nicht dein alter Herr?« »Nein, bei Gott! Niemand ist entkommen; es ist von Haus und Bewohnern keine Spur mehr geblieben.« Als mein Herr dieses hörte, befiel Schrecken sein Gesicht, er war nicht mehr seiner mächtig, konnte nicht mehr aufrecht stehen, noch ein Glied rühren, und sein Rücken war wie gebrochen. Er zerriß sogleich seine Kleider riß sich den Bart aus, schlug sich ins Gesicht, bis Blut floß, und schrie: »Wehe, O Kinder, O Frau! O Unglück! Wem ist je so etwas widerfahren?« Seine Freunde, die Kaufleute, klagten und

* Die Araberinnen entblößen, wie Judinnen, noch eher ihr Gesicht, als ihre Haare.

weinten mit ihm, bemitleideten ihn und zerrissen ihre Kleider. Mein Herr trat dann jammernd zum Garten hinaus, und war im Übermaß seines Kummers wie betrunken wegen des großen Unglücks. Die Kaufleute folgten ihm. Auf einmal sahen sie einen mächtigen Staub und hörten ein großes Geschrei und Jammern. Wie sie die Kommenden betrachteten, war es der Polizeioberste mit den Vorgesetzten, dem ganzen Volk und der Familie des Kaufmanns hintendrein; alle aber schrien und weinten und waren sehr niedergeschlagen. Mein Herr stieß zuerst auf seine Frau und Kinder, sprang, als er sie sah, erschrocken auf sie zu und rief: »Wie geht's euch? Was ist euch im Haus widerfahren?« Sie aber sagten, als sie ihn sahen: »Gott sei für deine Rettung gelobt!« Sie umgaben ihn fröhlich, seine Kinder hingen sich an ihm fest und schrien: »O Vater, gelobt sei Gott für dein Entkommen!« Seine Frau war tief gerührt und kam fast von Sinnen, als sie ihn sah. Endlich sagte sie ihm: »Bist du wohl, mein Herr? Wie hast du dich gerettet? Und was machen deine Freunde, die Kaufleute?« Er dagegen fragte: »Wie ist es euch im Hause gegangen?« Sie antwortete: »Wir sind ganz wohl, und unserem Haus ist nichts Böses widerfahren, aber der Sklave Kafur kam zu uns mit entblößtem Haupte und zerrissenen Kleidern und schrie: O mein Herr! und als wir ihn fragten: was gibt's, Kafur? antwortete er: Eine Gartenmauer ist auf meinen Herrn und die übrigen Kaufleute gestürzt und sie sind alle umgekommen.« Da sagte mein Herr: »Bei Gott! Zu mir kam er soeben und schrie: O meine Herrin! O die Kinder meiner Herrin! Alle sind dir gestorben o Herr!« Bei diesen Worten erblickte er mich neben sich, wie ich immerfort schrie, Erde auf mein Haupt streute und meinen Turban zerrissen über meinen Hals herunterhängen hatte. Er rief mir zu und sagte zu mir: »Wehe dir, verruchter Sklave, Sohn einer Buhlerin, verdammtes Geschlecht! Was hast du da für Unheil angestellt? Bei Gott! Ich will dir die Haut von den Beinen reißen.« Meine Antwort war: »Bei Gott, Herr! Du kannst mir nichts tun, denn du hast mich mit einem Fehler gekauft, und die Zeugen werden aussagen, daß bedungen worden ist, ich sage jedes Jahr eine Lüge; dies war nur erst eine halbe, und am Ende des Jahres werde ich die andere Lüge sagen, so daß es eine ganze gibt.« Er schrie mir zu: »Du Hund, Sohn eines Hundes, ist das nur eine halbe Lüge? Wahrlich, das ist doch ein großes Unglück. Geh fort von mir, sei frei im Angesicht Gottes.« Ich sagte ihm: »Bei Gott, ich nehme deine Freiheit nicht an, bis das Jahr zu Ende ist und ich die andere Hälfte gelogen habe. Wenn die Lüge ganz ist, dann kannst du mich auf dem Markt mit meinem Fehler verkaufen, so wie du mich gekauft hast, denn ich treibe kein Handwerk, von dem ich mich ernähren kann, und das, was ich dir hier sage, ist ganz dem Gesetze gemäß.«

Während wir so sprachen, kamen das ganze Volk und alle Leute aus dem Quartier, Männer und Weiber, zuletzt auch der Polizeioberste mit seinen Leuten; mein Herr und die übrigen Kaufleute gingen zu ihm, erzählten ihm die Geschichte und sagten ihm, das sei nur eine halbe Lüge; wie sie das hörten, verwunderten sie sich über die Größe derselben, verfluchten und schimpften mich; ich aber lachte und sagte: »Wie kann mein Herr mir etwas tun, da er mich mit diesem Fehler gekauft?« Als nun derselbe in sein Haus kam und es ganz verwüstet fand, denn ich hatte das meiste und beste zerstört und so viel zerbrochen, daß es ein ganzes Vermögen ausmacht, und ebenso seine Frau, da sagte ihm diese: »Kafur hat alles Geschirr und alle chinesischen Gefäße zerbrochen.« Sein Zorn nahm zu, er schlug die Hände zusammen und sagte: »Bei Gott, in meinem Leben habe ich keinen größeren Schurken, wie dieser Sklave ist, gesehen, und noch behauptet er, das sei nur eine halbe Lüge; wie muß erst eine ganze sein? Damit würde er eine oder zwei Städte zugrunde richten.« Er ging dann im heftigsten Zorn zum Polizeiobersten, dieser ließ mich eine saubere Bastonnade verschlucken, so daß ich das Bewußtsein verlor. Während ich ohnmächtig dalag, holte er schnell einen Barbier und ließ mich verunstalten; als ich daher wieder zu mir kam, war ich ein Verschnittener, und mein Herr sagte mir: »Wie du mein Herz betrübt hast über das Kostbarste, das ich besaß, so bringe ich dich auch um dein Bestes.« Dann verkaufte er mich sehr teuer, denn ich war nun ein Verschnittener, also mehr wert; doch hörte ich nicht auf, Unheil zu stiften, und kam von einem Emir zum andern, von einem Großen zum andern, wurde immer verkauft und gekauft,

bis ich endlich ins Schloß des Fürsten der Gläubigen kam. Aber meine Seele ist zerknirscht, meine Kraft ist erschöpft.«

Als die beiden Sklaven, seine Freunde, dies hörten, lachten sie laut über ihn und sagten: »Du bist ein Taugenichts! Sohn eines Taugenichts! Du hast eine abscheuliche Lüge ersonnen.« Dann sprachen sie zum dritten Sklaven: »Erzähle du nun deine Geschichte.« Dieser sagte: »Höret, Freunde, was ihr erzählt habt, ist nichts neben dem, was ich euch über meine Verunstaltung erzählen will, denn, bei Gott! Ich hatte mehr als diese Strafe verdient, denn ich habe das ganze

Haus meines Herrn geschändet, doch meine Geschichte ist lang, es ist jetzt keine Zeit, sie zu erzählen; denn seht, meine Vettern! Der Tag ist schon nahe; wenn er anbricht und man diese Kiste bei uns sieht, so sind wir verraten und kommen ums Leben. Jetzt schnell die Ihre geöffnet, wenn wir in unser Schloß kommen, werde ich euch erzählen, wie ich Verschnittener geworden bin.« Er kletterte dann über die Mauer, öffnete die Tür, legte das Licht ab, und sie gruben ein Grab so lang und so breit, als die Kiste, zwischen vier Gräbern. Kafur schaufelte die Erde auf und Sawab trug sie in Körben weg, bis sie die Tiefe eines halben Mannes gegraben hatten, dann legten sie die Kiste in das Grab, bedeckten sie wieder mit Erde, gingen weg und schlossen das Grabmal wieder. Ghanem sah bald nichts mehr von ihnen. Als er sich nun sicher und allein wußte, wurde er begierig, zu wissen, was in der Kiste sei. Er wartete ein wenig, bis die Morgenröte heranbrach und es hell wurde, dann stieg er vom Baum herunter, scharrte die Erde mit der Hand weg, bis er zur Kiste gelangte, schlug das Schloß mit einem großen Stein auf, nahm den Deckel herunter, sah hinein und erblickte ein Mädchen, das von einem Schlaftrunk betäubt, leise atmete; sie war sehr schön und reizend, hatte einen reichen Schmuck, der das Reich eines Sultans wert war, und den man gar nicht mit Geld schätzen konnte. Ghanem merkte wohl, daß man sich gegen sie verschworen und ihr einen Schlaftrunk gegeben hatte. Er suchte ihr zu helfen, indem er sie aus der Kiste herauszog und auf den Rücken ins Freie legte. Als sie frische Luft schöpfte und ihr der Wind in die Nase und andere Atmungswerkzeuge blies, fing sie an zu nießen, zu würgen und zu husten. Mit einem Mal fiel ihr ein Stück kretensisches Bendi aus dem Hals, so groß, daß, wenn ein Elefant daran gerochen hätte, er auch von einer Nacht zur anderen hätte schlafen müssen. Sie öffnete hierauf ihre Augen, warf ihre Blicke umher und sagte mit klarer Stimme: »Wehe dir, Wind!, der den Durstigen nicht labt, o Rose der Getränkten, wo bist du, Blume des Gartens!« Niemand antwortete; sie rief weiter: »O Morgenröte! Perlenbaum! Licht der Leitung! Morgenstern! Wehe dir, Luft! Freude! Süßigkeit! Anmut! (lauter Namen ihrer Sklavinnen) sprecht doch!« Niemand aber antwortete; sie warf dann ihre Blicke umher und sagte: »Wehe mir! Ihr begrabt mich zwischen den Gräbern! O du, der das Verborgene kennt und alles vergilt am Auferstehungstag! Wer hat mich aus meinen Gemächern zwischen diese vier Gräber gebracht?« Ghanem stand ihr zur Seite, während sie so sprach; endlich sagte er ihr: »O meine Gebieterin! Laß die Gemächer, Schlösser und Gräber! Hier steht dein durch Liebe verzauberter Sklave Ghanem, Sohn Ejubs, den der, der alle Geheimnisse kennt, zu dir geschickt hat, um dich aus dieser Not zu retten, und durch den alle deine Wünsche in Erfüllung kommen mögen.« Hierauf schwieg er. Sie aber sah endlich ihre Lage ein und sagte: »Es gibt keinen Gott, außer Gott, und Mohammed ist sein Prophet.« Sie wandte sich dann zu Ghanem, bedeckte ihr Gesicht mit beiden Händen und fragte mit süßer Stimme: »O gesegneter Jüngling! Wie bin ich hierher gekommen? Ich bin eben erst erwacht.« Er antwortete: »Meine Gebieterin! Drei Sklaven haben dich in dieser Kiste hierher gebracht«, und er erzählte ihr alles, was vorgefallen und wie er die Nacht hier zugebracht und sie vom Tode gerettet habe. Er verlangte

ihre Geschichte zu wissen, sie aber sprach: »Gelobt sei Gott, der mich in die Hand eines Mannes, wie du bist, gegeben hat! Stehe jetzt auf, lege mich in die Kiste, bringe mich auf die Straße und miete den ersten Esel- oder Mauleseltreiber, daß er die Kiste in dein Haus bringe; wenn wir dort angekommen, so ist alles gut, dann sollst du meine Geschichte hören, und es wird dir um meinetwillen gut gehen.« Er freute sich, ging zum Grabmal hinaus, und schon leuchtete der Tag recht hell. Die Leute gingen schon aus und ein. Er mietete einen Mann mit einem Maulesel, brachte ihn ans Grabmal, lud ihm die Kiste auf, in die er das Mädchen getan, das er schon heftig liebte, und ging freudig mit ihr davon; denn sie war 10000 Dinare wert und hatte allerlei Schmuck an, der mit großen Schätzen nicht hätte bezahlt werden können. Er konnte nicht erwarten, bis er nach Hause kam, die Kiste ablud, sie öffnete und das Mädchen herausnahm. Als sie sich umsah, fand sie eine anständige Wohnung mit Teppichen von angenehmer Farbe belegt, und merkte, daß Ghanem ein vornehmer Kaufmann war; sie sah auf allerlei Waren und Ballen, und dachte: »Der muß ein reicher Mann sein.« Sie entschleierte dann ihr Gesicht und sah immer mehr, daß er ein hübscher Mann war; ihr Herz glühte in Liebe zu ihm. Sie sagte ihm: »O Herr, laßt uns doch etwas essen!« Ghanem antwortete: »Bei meinem Haupte und meinen Augen!« Er ging dann auf den Markt und kaufte gebratenes Hammelfleisch und eine Schüssel süße Speise, nahm auch Früchte und Wachslichter mit usw., auch Wein und allerlei Wohlgerüche, und brachte alles nach Hause. Als das Mädchen ihn sah, lachte es und grüßte ihm freundlich entgegen und umarmte ihn, seine Liebe zu ihr wuchs immer mehr und bemächtigte sich seines ganzen Herzens. Sie aßen und tranken und scherzten miteinander, bis es Nacht wurde; ihre Liebe aber war gleich stark, denn sie waren beide jung und schön. Als es Nacht war, stand der zärtlich liebende Ghanem auf, zündete Wachslichter und Lampen an und brachte Wein und Weingefäße herbei; sie setzten sich zusammen; er schenkte ihr ein und gab ihr zu trinken, dann füllte sie den Becher und gab ihn Ghanem; sie scherzten und lachten und rezitierten Verse, waren höchst vergnügt und ihre Liebe wurde immer heftiger. Gelobt sei der, der den Herzen Liebe einflößt! So fuhren sie fort, bis nahe am Morgen, da bemächtigte sich ihrer der Schlaf, sie legten sich jedes an einen besonderen Platz schlafen. Des Morgens stand Ghanem auf, ging auf den Markt und kaufte wieder, was er brauchte, an Gemüse, Fleisch und Wein usw. und brachte es nach Hause. Sie setzten sich wieder zusammen, aßen, bis sie satt waren; Ghanem ließ Wein bringen, wovon sie tranken, bis ihre Wangen sich rot färbten und ihre Augen schwarz wurden. Ghanem brannte vor Begierde, das Mädchen zu küssen, und sprach zu ihr: »Erlaube mir doch, dich zu küssen, denn mich verzehrt die Sehnsucht nach dir!« Sie antwortete: »Warte, Ghanem, bis ich trunken bin und nichts mehr von mir weiß, dann kannst du es ohne mein Wissen tun.«

Mit diesen Worten stand sie auf, in ihren Blicken war auch ein Schmachten der Liebe sichtbar. Ghanem entbrannte nur um so heftiger in Sehnsucht nach ihr. Er sprach: »Herrin, gestatte mir, was ich von dir gefordert.« Sie aber antwortete: »Ich darf nicht; denn um meinen Gürtel ist ein hartes Wort geschrieben.« Ghanems Herz brach, sein Schmerz war groß, als er seinen Wunsch unbefriedigt sah, und er sprach folgende Verse:

»Ich bat die, die mich liebeskrank gemacht, um einen Kuß, um zu genesen; sie aber antwortete: Nein, nein, niemals! Ich sagte zu ihr: Ich bitte dich, laß es gern geschehen. Sie aber antwortete: Nur mit Gewalt. Ich erwiderte ihr: Nicht mit Gewalt, sondern mit deiner Einwilligung. Endlich sagte sie: Tue es heimlich. Ich antwortete: Nein, es muß mit deinem Wissen geschehen.«

Ghanems Leidenschaft wurde immer heftiger und sein Herz mächtig von Liebe entflammt. Sie aber sträubte sich immer und sagte: »Ich kann dir's nicht gewähren.« Sie unterhielten sich so liebend miteinander, und Ghanem schwamm

im Meer der Liebestrunkenheit, sie aber blieb immer würdevoll und unerbittlich, bis die Nacht sie überfiel, die den Saum des Schlafs über die Menschen herabhängt. Dann stand Ghanem auf, zündete die Lampen und Wachslichter an, brachte alles wieder in Ordnung, nahm ihre Füße, küßte sie und fand sie wie frische Butter; er streichelte sein Gesicht darauf und sagte mit Tränen in den Augen: »O meine Herrin! Habe doch Mitleid mit dem Gefesselten deiner Liebe und mit dem Getöteten deiner Augen. Mein Herz wäre ja ganz gesund ohne dich!« Sie erbarmte sich seines Kummers und sagte ihm: »O mein Herr! Licht meiner Augen! Bei Gott! Ich liebe dich und halte fest an dir, doch nimmermehr darfst du mich küssen.« Er sagte: »Und was hindert mich?« Sie antwortete: »Ich will dir heute Nacht meine Geschichte erzählen, du wirst mich dann entschuldigen.«

Sie suchte ihn dann durch Liebkosungen und Versprechungen zu beruhigen, und als er nach einem Monat wieder zudringlicher wurde, sagte sie: »Du sollst es endlich wissen und meinen Rang erkennen.« Sie nahm dann ihren Gürtel und sprach: »Lies, Herr, was hier geschrieben steht.« Ghanem nahm ihn und las die in Gold gestickten Worte: »Ich gehöre dir und du gehörst mir, o Vetter des Propheten.« Als er dies gelesen hatte, ließ er die Hand fallen und bat sie, ihm ihre Geschichte mitzuteilen.

Hierauf erzählte sie, wie folgt: Wisse, ich bin die Geliebte des Kalifen, des Fürsten der Gläubigen; mein Name ist Kut Alkulub und ich wurde im Schlosse des Kalifen erzogen. Als ich heranwuchs und der Kalif mich und meine mir von Gott erhaltene Schönheit und Anmut sah, liebte er mich sehr, bestimmte mir eine eigene Wohnung und gab mir zehn Sklavinnen zu meiner Bedienung, auch schenkte er mir den Schmuck, den du hier siehst. Als eines Tages der Kalif abgereist war, kam die Frau Subeida zu einer meiner Dienerinnen und sagte: »Ich möchte was von dir.« Die Sklavin sagte: »Was, o Herrin!« Subeida aber sprach: »Wenn deine Herrin schläft, so stecke ihr dieses Stück Bendj in die Nase oder mische es in ihr Getränk; ich werde dir Geld genug geben.« Die Sklavin antwortete: »Recht gern.« freute sich des Geldes und nahm den Bendj; auch war sie froh, denn sie war früher der Frau Subeida Sklavin gewesen, kam und warf den Bendj in mein Getränk, worüber ich schlaftrunken wurde und auf den Boden fiel. Ich war wie tot und ganz in einer anderen Welt. Als diese List gelungen war, legte sie mich in diese Kiste, ließ dann die Sklavin heimlich kommen und bestach sie, ebenso die Pförtnerin; so wurde ich in der Nacht, wo du auf dem Dattelbaum schliefest, hinausgetragen, und man verfuhr mit mir, wie du gesehen hast, bis du mir als Retter nahtest, mich hierherbrachtest und so treulich verpflegtest. Das ist meine Geschichte. Wie es dem Kalifen inzwischen gegangen, weiß ich nicht. Du kennst nun meinen Rang und wirst meine Geschichte geheimhalten.

Als Ghanem hörte, daß sie des Kalifen Geliebte sei, fuhr er zurück aus Ehrfurcht vor dem Kalifen, setzt sich allein auf eine Seite des Gemachs, machte sich Vorwürfe und flößte seinem Herzen Stärke ein. Seine Liebe zu einem Gegenstand, den er nicht sein nennen durfte, machte ihn ganz verwirrt; im heftigen Schmerz und in seinen Klagen über das Schicksal sprach er folgende Verse:

»Das Herz des Geliebten vergeht in Sehnsucht wegen seiner Freundin, er ist seines Verstandes wegen ihrer wunderbaren Schönheit beraubt; man fragte ihn: Wie schmeckt die Liebe? und er antwortete: Die Liebe ist süß, doch ist vieles Bittere dabei.«

Kut Alkulub stand dann auf und umarmte ihn und die Liebe zu ihr wurde immer mächtiger in seinem Herzen, denn sie gestand ihm auch die ihrige. Er tat sich aber alle Gewalt an, aus Furcht vor dem Kalifen; sie unterhielten sich, im Meer ihrer Liebe versunken, miteinander, bis der Tag anbrach. Dann stand Ghanem auf, kleidete sich an und ging, wie gewöhnlich, nach dem Markt, kaufte ein, was er brauchte, und kehrte wieder nach Hause zurück, wo er Kut Alkulub weinend fand. Als sie ihn aber sah, hörte sie auf zu weinen und sagte lächelnd zu ihm: »Es ist mir bange während deiner Abwesenheit geworden, o Geliebter meines Herzens! Bei Gott, die Stunde, die du fern von mir zubringst, wird mir zu einem Jahr. Ich habe dir nun meinen Zustand dargestellt, laß uns jetzt an die Vergangenheit nicht weiter denken und ganz dem Augenblicke leben.« Ghanem sprach: »Seit ich weiß, daß du dem Beherrscher der Gläubigen gehörst, ist es mir nicht mehr erlaubt, dir nahe zu kommen. Ein Hund darf nicht eines Löwen Platz einnehmen.« Er riß sich dann von ihr los und setzte sich auf die Matte. Durch Ghanems Weigerung aber wurde ihre Liebe nur noch heftiger, sie setzte sich an seine Seite, unterhielt ihn und scherzte mit ihm; er wurde liebestrunken und schmachtete in Sehnsucht. Sie sang dann folgende Verse:

»Das Herz der Gefesselten wird bald zerbröckeln; wie lange noch dieses Abwenden von mir? Wie lange noch? O du, der du mich von mir ohne meine Schuld abwendest! Pflegen doch liebende Gazellen sich zu vereinigen; weite Trennung und lange Entfernung, so viel kann kein Mensch ertragen.«

Sie vermischten dann ihre Tränen und tranken, bis es Nacht wurde. Dann stand Ghanem auf und sprach: »Wir müssen uns trennen und dürfen nicht länger zusammenleben; denn was dem Beherrscher der Gläubigen gehört, muß für den Sklaven heilig sein.« Sie sagte: »Herr, tue dies nicht; laß kommen, was das Schicksal über uns verhängt«; er aber weigerte sich. Die Liebesflamme entbrannte immer mehr in ihrem Herzen, sie hing sich an ihn und sagte: »Bei Gott! Wir wollen uns nicht mehr trennen.« Er besiegte aber ihre Leidenschaft, und näherte sich ihr nun nicht mehr anders als in Ehrfurcht, die der Geliebten des Kalifen gebührt. Ihre Sehnsucht aber nahm immer zu und wuchs während der drei Monate, die sie zusammen verlebten. Kut Alkulub sang endlich mit müdem Herzen folgende Worte:

»Wunder der Schönheit! Wie lange noch diese Härte? Was ist der Grund, daß du dich von mir abwendest? Du umfassest alle Arten und Zweige der Schönheit und Anmut, flößest jedem Herzen Liebespein ein und vertreibst den Schlaf aus jedem Auge.«

So lebten sie lange in diesem Zustand, o König der Zeit!, und Ghanem hielt sich in Ehrfurcht von ihr fern. Das ist's, was den liebeskranken Ghanem angeht; was aber die Frau Subeida betrifft, so war sie mit Kut Alkulub in der Abwesenheit des Kalifen so verfahren; nun er aber zurückkehren sollte, war sie verlegen, irgend eine List zu erdenken, um dem Kalifen zu antworten, falls er nach ihr fragte. Sie eröffnete ihr Geheimnis einer alten Frau, die sie bei sich hatte, und sagte ihr: »Was soll ich tun, da Kut Alkulub dahin ist?« Als die Alte dies hörte, sagte sie: »Wisse, meine Gebieterin, die Ankunft des Kalifen ist nahe. Schicke zum Schreiner, daß er eine Menschenfigur aus Holz mache, und laß ein Grab mitten im Schloß graben, wir begraben hier diese Figur, bauen ein Grabmal hierher und zünden Wachslichter und Lampen an; du aber befiehlst allen, die im Schloß sind, daß sie sich schwarz kleiden, und sagst deinen Sklavinnen und Dienern, daß, sobald sie die Rückkehr des Kalifen erfahren, sie Kot in den Eingang des Palasts werfen, und wenn er dann fragt, warum das geschehe, so sagt ihm, Kut Alkulub ist gestorben; Gott vermehre deinen Lohn ihretwillen! Sagt auch, Ihr habt sie hier im Schloß begraben, weil sie Euch so teuer war. Wenn der Kalif dies hört, wird er weinen, und es wird ihm ihretwillen leid tun; er wird den Koran für sie lesen lassen und an ihrem Grab wachen; vielleicht wird er auch sagen: ›Meine Base, die Frau Subeida, hat vielleicht dies aus Eifersucht gegen Kut Alkulub getan.‹ Die Raserei wird vielleicht so stark bei ihm werden, daß er sie wird ausgraben lassen. Wenn dies geschieht und er diese Figur sieht, die einem Menschen gleicht und in das schönste Leichengewand eingehüllt sein wird, so wird er auf sie zulaufen wollen; halte ihn alsdann zurück, rufe deine Leute und sage ihm: ›Es ist eine Sünde, ein totes Mädchen zu sehen.‹ Er wird dann glauben, daß sie wirklich tot sei, sie wieder beerdigen lassen und dir für deine Tat danken. Auf diese Weise hilfst du dir aus dieser Verlegenheit.«

Die Frau Subeida fand diese Worte gut, schenkte ihr ein Ehrenkleid und eine Summe Geld und befahl ihr, so zu tun, wie sie gesagt. Die Alte ging sogleich zum Schreiner und bestellte die oben erwähnte Figur, und brachte sie, als dies fertig war, der Frau Subeida; diese hüllte sie in ein Leichengewand, zündete Wachslichter und Lampen an, legte Teppiche um das Grab herum, kleidete sich schwarz und befahl den Mädchen, dasselbe zu tun. Auf einmal war die Nachricht im Schloß verbreitet, Kut Alkulub seit tot. Als der Kalif nachher von seiner Reise zurückkehrte und in das Schloß kam, wo er alle Diener und Sklavinnen schwarz gekleidet sah, zitterte sein Herz, das nur von Kut Alkulub eingenommen war. Er ging zur Frau Subeida, die auch schwarz gekleidet war, und fragte nach der Ursache, und man erzählte ihm, Kut Alkulub sei gestorben. Er war sehr betrübt und fiel in Ohnmacht. Als er wieder zu sich kam, erkundigte er sich nach ihrem Grab; die Frau Subeida aber sagte: »Wisse, o Fürst der Gläubigen! Weil sie mir so teuer war, ließ ich sie im Schloß begraben.« Der Kalif ging in seinen Reisekleidern zum Grab, wo er die aufgelegten Teppiche, Wachslichter und Lampen sah.

Er dankte ihr zwar für ihre Tat, doch zweifelte er noch immer und wußte nicht, ob er ihr glauben solle oder nicht. Er ließ daher das Grab aufgraben und sie herausnehmen; wie er aber das Totengewand sah, fürchtete er sich vor Gott, wie es die Alte vorhergesagt, und befahl, daß man sie wieder an ihren Ort zurücklege, ließ sogleich die Geistlichen und Koranleser rufen, um den Koran zu lesen, setzte sich neben ihr Grab und weinte, bis er in Ohnmacht fiel. Einen ganzen Monat brachte er er so an ihrem Grab zu.

Während der Kalif so am Grabe schlief und die Veziere und Großen alle nach Hause gegangen waren, saßen zwei Sklavinnen bei ihm, eine zu Häupten und eine zu Füßen. Wie er erwachte und die Augen öffnete, hörte er, wie eine Sklavin zur anderen sagte: »Wehe dir, Cheisaran!« Diese erwiderte: »Was ist, Kadhib?« Sie sagte: »Unser Herr weiß nicht, was vorgefallen; er wacht hier an einem Grab, in dem nur eine hölzerne Figur liegt, die ein Schreiner gemacht.« Cheisaran fragte: »Und was ist denn aus Kut Alkulub geworden?« Kadhib antwortete: »Wisse, die Frau Subeida hat ihr durch eine Sklavin einen Schlaftrunk geschickt, und als dieser wirkte, hat sie sie in eine Kiste gelegt und durch Sawad und Kafur in ein Grabmal werfen lassen.« Da sagte Cheisaran: »Kut Alkulub ist also nicht gestorben?« Jene antwortete: »Nein, bei Gott, sie ist dem Tode entronnen; ich habe gehört, wie die Frau Subeida gesagt hat, sie wohne schon seit vier Monaten bei einem jungen Kaufmann, Ghanem, der Damaszener genannt, während unser Herr hier für nichts seine Nächte durchweinte.« Als die Sklavinnen ihr Gespräch, das der Kalif angehört hatte, vollendeten, und er daraus die wahre Geschichte erfuhr und wußte, daß dieses Grab nur zum Schein und zum Betrug hier war, erzürnte er sich sehr und ging zu den Großen seines Reiches. Sein Vezier Djafar kam ihm entgegen und küßte die Erde vor ihm; der Kalif sagte im Zorn: »Geh, Djafar! Frage nach dem Hause des Ghanem, Sohn Ejubs, dringe in sein Haus und bringe mir meine Sklavin Kut Alkulub und auch ihn, daß ich ihn strafe!« Djafar ging nach dem Haus Ghanems, der Polizeioberste und die ganze Welt begleitete ihn. Ghanem kam eben mit einem Topf voll Fleisch zurück, das er mit Kut Alkulub essen wollte; als sie jedoch ihre Blicke umherwarfen, sahen sie das Haus von dem Vezier, dem Polizeiobersten, von Dienern und Mamelucken mit gezogenem Schwert umgeben, wie das Weiße vom Auge das Schwarze umgibt. Sie merkte gleich, daß der Kalif Nachricht von ihr erhalten, und war ihres Untergangs gewiß; sie wurde blaß, verlor ihre Reize, sah ihren Geliebten an und rief ihm zu: »O mein Geliebter, rette dein Leben!« Er sagte: »Wie soll ich entfliehen, da mein Geld und mein ganzes Vermögen hier im Hause sind?« Sie antwortete: »Zaudere nicht, sonst verlierst du Gut und Leben.« Er sagte: »O Geliebte! Licht meines Auges! Wie soll ich's machen, um zu fliehen? Sie haben ja schon das Haus umzingelt.« Sie erwiderte: »Fürchte nichts!« Hierauf entkleidete sie ihn, zog ihm alte zerlumpte Kleider an, entstellte sein Gesicht, nahm den Topf, in welchem er das Fleisch gebracht hatte, und legte ihn auf seinen Kopf, tat ein Stück Brot und eine Schüssel Speise hinein und sagte: »Geh durch diese List fort und denke meiner nicht; ich weiß, was ich vom Kalifen zu erwarten habe.« Ghanem befolgte ihren Rat, ging mit dem Topf fort und wurde nicht erkannt; Gott beschützte ihn und bewahrte ihn vor allem Bösen, als Lohn für seine guten Vorsätze.

Als der Vezier Djafar an das Haus kam, stieg er vom Pferd ab, ging ins Haus und sah daselbst Kut Alkulub, die sich putzte und schmückte, und eine große Kiste mit Gold, Schmuck, Edelsteinen und anderen leichten, aber doch wertvollen Dingen vollpackte. Sie stand vor Djafar auf, küßte die Erde vor ihm und sprach: »Herr, der Kalam hat geschrieben, was Gott beschlossen*.« Er antwortete: »Bei Gott! Der Kalif hat bloß den Tod über Ghanem verhängt.« Sie sagte: »Wisse, er hat Waren zusammengepackt und ist damit nach Damaskus gereist; ich habe keine Nachricht von ihm. Ich wünsche nun, daß du diese Kiste aufbewahrest und zum Fürsten der Gläubigen bringen lassest.« Er antwortete: »Ich bin bereit zu gehorchen.« Er ließ dann die Kiste aufladen, ging mit Kut Alkulub, welche von allen sehr ehrerbietig behandelt wurde, zum Kalifen, nachdem Ghanems Haus geplündert worden, und erzählte dem Kalifen, was vorgefallen. Der Kalif ließ Kut Alkulub in ein finsteres Gemach sperren, gab ihr eine alte Frau, mit dem Befehl, für ihre Bedürfnisse zu sorgen, denn er glaubte an ihre Schuld; er schrieb dann einen Befehl an den Statthalter von Damaskus, Mohammed, Sohn Suleimans, folgenden Inhalts: »Bei Empfang dieses Befehls nimm Ghanem, Sohn Ejubs, fest und sende ihn mir!« Als dieser den Befehl erhielt, küßte er ihn, legte ihn auf sein Haupt, und ließ auf allen Straßen ausrufen: »Wer plündern will, der gehe in das Haus Ghanems.« Sie gingen in sein Haus und fanden daselbst eine Mutter und eine Schwester, die ihm schon ein Grab gemacht hatten und über ihn weinten. Sie wurden ergriffen und ihr Haus geplündert, ohne daß sie wußten, warum. Dann wurden sie zum Sultan geführt, der sie nach Ghanem fragte. Sie antworteten ihm, seit einem Jahr hätten sie nichts mehr von ihm gehört; worauf sie wieder nach Hause geführt wurden.

Was aber den liebeskranken Ghanem angeht, so hatte er, als er seines Glücks beraubt wurde und über seine Lage nachdachte, solange geweint, bis ihm fast das Herz sprang und er auf sein Gesicht zu Boden stürzte; dann reiste er weit

* D. h. es ist Gottes Wille, daß ich durch deine Hand sterbe.

umher, bis er einst müde und hungrig in ein Dorf kam. Er ging daselbst in die Moschee, setzte sich auf einen Teppich und lehnte sich an die Wand an; in dieser Lage blieb er bis den anderen Morgen, sein Herz aber klopfte ihm vor Hunger, vom vielen Schweiß war seine Haut mit Ungeziefer bedeckt, er verbreitete einen üblen Geruch und war unkenntlich geworden.

Als Morgens die Leute aus dem Ort zum Morgengebet kamen, fanden sie ihn sehr schwach und leidend vor Hunger, doch sah man an ihm noch Spuren eines früheren Wohlstandes. Als sie ihr Gebet verrichtet hatten, brachten sie ihm Wasser, womit er Hände und Füße wusch; sie brachten ihm auch ein altes Kleid, an dem die Ärmel zerfetzt waren, zogen es ihm an und sagten ihm: »Fremder, woher bist du, und warum bist du so schwach?« Er öffnete seine Augen und weinte, antwortete aber nicht; als einer von ihnen merkte, daß er hungrig war, brachte er Honig und Brot, und er aß davon ein wenig. Sie blieben dann bei ihm sitzen, bis die Sonne aufging, dann begaben sie sich zur Arbeit. Ghanem blieb so einen Monat bei ihnen und war immer schwächer und kränker. Die Leute weinten über ihn und beschlossen untereinander, ihn nach Bagdad ins Spital bringen zu lassen. Während dies vorfiel, kamen zwei Bettlerinnen zu ihnen; diese waren seine Mutter und seine Schwester. Als Ghanem sie sah, gab er ihnen das Brot, das er neben sich liegen hatte, und sie brachten die Nacht bei ihm zu, ohne daß er sie erkannte. Am folgenden Tage kamen die Bewohner jenes Orts mit einem Kamel und seinem Herrn, und sagten diesem: »Lade diesen Kranken auf dein Kamel und wenn du nach Bagdad kommst, so lege ihn an der Tür des Spitals ab, vielleicht wird er geheilt, und dir bleibt der Lohn dafür.« Er antwortete: »Ich werde es tun.« Sie trugen dann Ghanem mit dem Teppich, auf dem er saß, aus der Moschee, seine Mutter und seine Schwester sahen ihn wieder, erkannten ihn aber immer noch nicht; doch sagten sie, als sie ihn näher betrachteten: »Dieser Kranke gleicht unserm Ghanem, wäre er es wohl selbst?« Ghanem kam indessen nicht eher zu sich, bis er schon auf dem Kamel festgebunden war; er weinte und jammerte; auch seine Mutter und Schwester weinten aus Mitleid mit ihm, ohne ihn zu erkennen. Sie reisten dann nach Bagdad, wohin auch der Kameltreiber Ghanem brachte.

Er wurde daselbst vor der Tür des Spitals abgelegt, wo er bis den nächsten Morgen liegen blieb. Die Leute, die vorübergingen, blieben stehen, als sie einen Mann sahen, der so abgemagert war, daß er einem Zahnstocher glich. Endlich kam der Aufseher des Marktes hinzu, trieb die Leute von ihm weg und sagte: »Ich will durch diesen Jüngling das Paradies verdienen; denn wenn er ins Spital gebracht wird, so bringen sie ihn an einem Tag um. «Er befahl daher seinen Jungen, ihn in sein Haus zu bringen, ließ ihm frisches Bett und Kissen geben, und sagte zu seiner Frau: »Pflege diesen Fremden recht gut!« Sie aber erwiderte: »Recht gerne!« schob ihre Ärmel zurück, machte Wasser warm, wusch ihm die Hände, Füße und den ganzen Körper, und zog ihm ein Kleid von einer ihrer Sklavinnen an, gab ihm einen Becher Wein und bespritzte ihn mit Rosenwasser. Er aber klagte und jammerte um seine Geliebte Kut Alkulub, und seine Trauer um dieselbe war sehr groß.

Was aber Kut Alkulub angeht, so blieb diese 80 Tage an dem finstern Ort, wohin sie der Kalif in seinem Zorn hatte einsperren lassen. Eines Tages ging der Kalif an ihrem Zimmer vorüber, und hörte, wie sie Verse rezitierte. Dann sprach sie folgendes:

»O mein Geliebter! O Ghanem! Wie schön bist du! Wie rein ist dein Herz! Du tust Gutes denen, die dir Böses tun, und achtest das Heiligtum dessen, er das deinige nicht schont. Du beschützest die Frau dessen, der dich und die deinigen gefangennehmen ließ. Aber gewiß wirst du einst mit dem Fürsten der Gläubigen vor einem gerechten Richter stehen, und du wirst dann gerecht erscheinen an dem Tage, wo Gott Richter sein wird, und seine Engel Zeugen!«

Als der Kalif dies hörte, merkte er, daß ihr Unrecht geschehen, und ging in sein Schloß zurück, von wo aus er ihr seinen Diener Masrur schickte. Als sie vor dem Kalifen erschien, beugte sie ihr Haupt, weinte und war sehr betrübt. Der Kalif sprach zu ihr: »O Kut Alkulub! Ich sehe, daß du mich tadelst, als Ungerechten anklagst, und höre dich sagen ich tue Böses dem, der mit Gutes erwiesen; Wer ist's, der meinen Harem gehütet?« Sie antwortete: »Ghanem, Sohn Ejubs, der Gefesselte, der Beraubte; denn ich schwöre dir bei deiner Gnade, er hat die Ehrfurcht vor deiner Sklavin nicht verletzt.« Der Kalif sprach: »Es gibt keinen Schutz und keine Macht, außer bei Gott, dem Erhabenen! O Kut Alkulub! Wünsche dir, was du willst, du sollst es erhalten.« Sie antwortete: »Ich fordere Ghanem, meinen Geliebten.« Der Kalif gewährte ihr ihren Wunsch. Sie sagte weiter: »Wirst du, wenn er erscheint, mich ihm zur Frau geben?« Der Kalif erwiderte: »Das geschehe, und ich werde gewiß mein Wort heilig halten.« Sie versetzte: »Erlaube mir, ihn zu suchen, vielleicht wird mich Gott mit ihm vereinen.« Der Kalif antwortete: »Tu, was dir gut scheint!« Sie ging freudig weg, nahm 1000 Dinare mit, besuchte die Scheichs und gab Almosen für ihn.

Am folgenden Tag begab sie sich wieder auf den Markt der Kaufleute, gab dem Aufseher einige Dirham, und sagte ihm: »Verteile sie unter die Fremden.« Die folgende Woche ging sie wieder auf den Markt mit 1000 Dinaren; es war der Markt der Goldarbeiter und Juweliere. Sie rief den Aufseher, gab ihm 1000 Dinare und sprach zu ihm: »Verteile sie unter die Fremden.« Der Aufseher sagte ihr: »Herrin, in meinem Hause befindet sich ein junger Fremder, willst du nicht mit mir gehen, um ihn zu sehen?« Dies war nämlich Ghanem, den der Aufseher nicht kannte, und den er für einen Verschuldeten hielt. Als sie dies hörte, klopfte ihr das Herz und ihr Inneres kam in Bewegung. Sie sagte: »Schicke jemanden mit mir in dein Haus.« Er gab ihr einen kleinen Jungen mit, der sie in sein Haus führte, und sie dankte ihm dafür. Als sie ins Haus trat, grüßte sie seine Frau und diese küßte die Erde vor ihr; denn sie erkannte sie. Kut Alkulub fragte dann: »Wo ist der Fremde, der bei dir wohnt?« Sie antwortete weinend: »Hier ist er auf dem Bett, meine Herrin; er sieht wohl wie einer aus der niederen Volksklasse aus, doch trägt er noch Spuren des Wohlstandes an sich.« Kut Alkulub blickte nach ihm hin, er war aber so mager und entstellt geworden, daß sie ihn nicht erkannte; sie weinte und sprach: »Der unglückliche junge Mann!« wußte aber nicht, daß es Ghanem war; doch hatte sie Mitleiden mit ihm, machte ihm Wein

und verschiedene Arzneien zurecht. Nachdem sie eine Weile zu seinen Häupten gesessen war, ritt sie wieder in ihr Schloß und besuchte ihn jeden Markttag. Eines Tages kam der Aufseher mit Ghanems Mutter und Schwester und sagte zu Kut Alkulub: »O Herrin, das Paradies wird dir nicht verschlossen sein*; sieh, soeben ist eine hübsche Frau mit ihrer Tochter in unsere Stadt gekommen, an denen noch Spuren früheren Glücks und Wohlstandes sichtbar sind; sie tragen aber härene Kleider und eine Reisetasche um den Hals, ihre Augen weinen und ihr Herz ist betrübt. Ich habe sie dir gebracht, damit du sie beherbergest und sie vor dem Betteln bewahrest.« Sie antwortete: »Du machst mir Lust, sie zu sehen; wo sind sie?« Er erwiderte freudig: »Ich will sie dir herführen«, und brachte sie wirklich in das Zimmer, wo auch Kut Alkulub war. Als diese Ghanems Mutter und Schwester sah und sehr schön fand, hatte sie Mitleid mit ihnen und sprach: »Bei Gott! Das sind vornehme Frauen, man sieht es ihnen wohl an.« Die Frau des Aufsehers sagte: »Wir lieben die armen Leute des himmlischen Lohnes willen. Wer weiß, ob nicht die Tyrannei diese überfallen, ihre Güter geraubt und ihre Wohnung verwüstet hat.« Die beiden Frauen weinten dann heftig, dachten an ihren früheren Wohlstand und ihre jetzige Armut, erinnerten sich an Ghanem, weinten und Kut Alkulub weinte mit ihnen. Die Mutter Ghanems aber sprach: »Wir beten zu Gott, daß er uns mit dem vereinige, den wir aufsuchen, nämlich mit meinem Sohne Ghanem, Sohn Ejubs.« Als Kut Alkulub dies hörte, wußte sie, daß die eine Frau die Mutter ihres Geliebten, und die andere seine Schwester sei; sie weinte, bis sie in Ohnmacht fiel, und als sie wieder zu sich kam, ging sie

* Man ist in Europa der irrigen Meinung, daß die mohammedanische Religion den Frauen das Paradies verschließe.

auf die beiden zu und sagte: »Fürchtet nichts, seid nicht betrübt! Dieser Tag ist der erste eures Glücks und der letzte eures Elends.«

Sie befahl dann dem Aufseher, ihnen hübsche Kleider anzuziehen und sie ins Bad zu führen, recht auf sie acht zu geben und ihnen höchst ehrerbietig zu begegnen; zu dem Zwecke gab sie ihm eine bedeutende Summe Geldes. Am folgenden Tage ritt Kut Alkulub wieder nach dem Hause des Aufsehers und ging zu seiner Frau. Diese stand vor ihr auf, küßte ihre Hände und dankte für ihre Wohltaten. Sie sah Ghanems Mutter und Schwester, die des Aufsehers Frau ins Bad gebracht und denen sie andere Kleider angezogen hatte, so daß man ihnen wohl ihren früheren Wohlstand ansah. Kut Alkulub setzte sich zu ihnen und unterhielt sich eine Weile mit ihnen, dann fragte sie des Aufsehers Frau nach ihrem Kranken; diese aber antwortete: »Sein Zustand ist immer derselbe«, und setzte hinzu: »Kommt, wir wollen einmal nach ihm sehen!« Sie traten alle vier zu ihm und setzten sich nieder. Als Ghanem, der sehr dünn und mager geworden war, sie hörte, kam er wieder zu sich, hob seinen Kopf vom Kissen auf und rief: »O Kut Alkulub!« Diese betrachtete ihn näher und schrie: »Hier bin ich.« Er sagte zu ihr: »Komm näher.« Sie fragte: »Bist du Ghanem, Sohn Ejubs?« Er antwortete: »Ja, ich bin es.« Als sie dies hörte, fiel sie in Ohnmacht. Auch seine Mutter und Schwester riefen: »O Freude!« und waren außer sich. Nach einer Weile kamen sie wieder zu sich, da sagte Kut Alkulub: »Gelobt sei Gott, der mich mit dir, deiner Mutter und Schwester vereinigt!« Sie trat näher und erzählte ihm, was vorgefallen mit dem Kalifen, und sagte: »Ich hatte ihm die Wahrheit entdeckt, er wünscht nun dich zu sehen, und hat mich dir geschenkt«, und er freute sich sehr darüber. Dann sagte Kut Alkulub: »Bleibt ihr alle hier, bis ich wiederkehre.« Mit diesen Worten erhob sie sich, ging in ihr Schloß und holte die Kiste, die sie aus Ghanems Hause gerettet hatte, nahm Geld heraus und sagte dem Aufseher. »Nimm dieses Geld und kaufe den Frauen vier Paar Kleider und 20 Tücher, und was sie sonst brauchen.« Hierauf führte sie die Frauen mit Ghanem ins Bad, ließ sie bedienen und ihnen gekochtes Fleisch, Galangal und Ninupharwasser reichen, das sie genossen, als sie aus dem Bad kamen und sich angezogen hatten.

Kut Alkulub blieb drei Tage bei ihnen, und gab ihnen gekochtes Fleisch und Hühner zu essen und Zuckerwasser zu trinken. Nach Verfluß von drei Tagen hatten sie sich wieder erholt; sie führte sie abermals ins Bad, vertauschte ihre Kleider mit besseren und ließ sie im Hause des Aufsehers. Sie selbst aber ging ins Schloß und bat den Kalifen, vor ihm erscheinen zu dürfen. Er ließ sie vor, sie aber küßte die Erde vor ihm und erzählte ihm die ganze Geschichte, wie Ghanem mit seiner Mutter und Schwester anwesend seien. Als der Kalif dies hörte, befahl er dem Diener: »Bring sie mir!« Djafar ging zu Ghanem; Kut Alkulub aber war ihm schon vorangeeilt und hatte zu ihm gesagt, daß der Kalif nach ihm verlange. Sie empfahl ihm, recht beredt und vernünftig zu sprechen, und sagte: »Wisse, daß du zu jemanden kommst, der über dein Leben und Gut verfügen kann.« Sie hieß ihn ein vollständig neues Kleid anziehen, und nun kam auch Djafar auf seinem nubischen Maulesel geritten. Ghanem stand auf, ging ihm entgegen und grüßte ihn, und schon war der Stern seines Glücks in hellem Glanz aufgegangen. Er ging dann mit Djafar zum Fürsten der Gläubigen, küßte die Erde vor ihm und sah alle Fürsten, Veziere, Kammerherrn, Adjudanten, Türken, Deilamiten, Araber und Perser; er sprach einige süße, beredete Worte, dann neigte er sein Haupt zur Erde und rezitierte folgende Verse:

»Ich gebe mein Leben hin für den erhabenen König, bei dem schöne und gute Handlungen sich aufeinander folgen. Das Feuer, das für seine Gäste brennt, erinnert an die Hölle und der Tau seiner mildtätigen Hand an die Sündflut. Man kümmert sich hier weder um den Kaiser, noch um einen persischen Großen. Alle Fürsten legen vor der Schwelle seines Palasts beim Gruße die Edelsteine ihrer Kronen nieder, und werfen sie einen Blick auf ihn, so fallen sie aus Ehrfurcht vor ihm auf ihr Gesicht! Alle Wüsten sind für deine Truppen zu eng, und du schlägst deine Zelte hinter Saturn auf. Möge der König aller Könige dich in deiner Macht erhalten! Denn dein Herz ist stark und deine Regierung gut; durch dich wird Gerechtigkeit in allen Ländern verbreitet, gleichviel, ob sie dir nahe oder ferne liegen.«

Der Kalif bewunderte seine Beredsamkeit und liebliche Sprache, hieß ihn näher treten und sprach zu ihm: »Erzähle deine Geschichte!« Er erzählte ihm, was ihm in Bagdad widerfahren, wie er auf dem Grabmal geschlafen und die Kiste genommen, nachdem die Sklaven weggegangen waren, und alles, was ihm von Anfang bis zum Ende zugestoßen. Als der Kalif merkte, daß er aufrichtig war, machte er ihm Ehrengeschenke, behielt ihn in seiner Nähe und sagte ihm: »Verzeihe mir meine Schuld!« Er verzieh es ihm und sagte: »Gehört nicht der Sklave mit allem, was er besitzt, seinem Herrn?« Der Kalif freute sich darüber, machte ihm viele Geschenke, setzte ihm viele Einkünfte fest und räumte ihm ein eigenes Schloß ein, wohin er mit seiner Mutter und Schwester Fitnah sich begab. Als der Kalif hörte, daß diese durch ihre Schönheit eine wahre Verführung sei, hielt er um sie bei Ghanem an, der ihm zur Antwort gab: »Sie ist ja deine Sklavin und ich bin dein Sklave.« Der Kalif dankte und gab ihm 100000 Dinare, ließ den Kadi kommen und die Zeugen, und man schrieb an einem Tag den Ehevertrag zwischen Ghanem und Kut Alkulub, und zwischen dem Kalifen und Fitnah, und ihre Vermählung wurde an demselben Tage gefeiert. Des Morgens ließ der Kalif die ganze Geschichte Ghanems niederschreiben und in der Schatzkammer aufbewahren, damit auch seine Nachfolger sie lesen.

Geschichte der Tochter des Veziers und des Prinzen Uns Alwudjud

Man erzählt, und Gott kennt alle Geheimnisse am besten, es war in den frühesten Zeiten ein König, welcher Schamech hieß, er war ein sehr angesehener und mächtiger Sultan, und so gefürchtet, daß sich niemand in seine Nähe wagte. Derselbe hatte einen Sohn, welcher Uns Alwudjud, Lieblichkeit des Daseins, hieß. Sein Vezier hatte eine sehr schöne, wohlgestaltete und gebildete Tochter, welche Dichtkunst und lehrreichen Umgang liebte, sie hieß Ward fil Akmam, Rose in der Knospe. Der Vezier liebte sie sehr, weil sie so viel Geist und Beredsamkeit besaß, und Geschicklichkeit zu allen Künsten. Sie war wohlgestaltet und zart gebaut, und wenn sie sprach, so konnten ihre Worte einen Kranken heilen. Außer einer vornehmen Erziehung besaß sie so viele vorzügliche Eigenschaften, daß sie jeden reizte, dem sie sich zuwandte, und jeden tötete, dem sie den Rücken kehrte. Sie war, wie ein Dichter sagte:

»Ihre Erscheinung ist wie die des Mondes zwischen Sternen, ihr Gesicht strahlt verhängnisvoll aus ihrem Haar hervor. Mein Verstand hat mit der Liebe gescherzt. Und nun gleicht er einem Sperling in der Hand eines Kindes, das mit ihm spielt.«

Der König war gewöhnt, jedes Jahr die Großen seines Reichs zum Ballspiel zu versammeln. Eines Tages befahl er bei einer solchen Versammlung Uns Alwudjud, den Ball zu schleudern, als gerade die Tochter des Veziers in ihrem Schloß saß, um dem Spiel der Truppen zuzusehen; sie warf einen Blick herunter und bemerkte einen jungen Mann, so schön, daß nie jemand seinesgleichen gesehen; seine Wohlgestalt und Anmut reizte sie so sehr, daß sie oft nach ihm blickte und ihre Amme fragte: »Wie heißt der schöne Jüngling, der sich unter

den Truppen auf seinem Pferd tummelt.« Sie antwortete: »Sie sind alle schön; zeige mir, welchen du meinst.« Die Tochter des Veziers versetzte: »Warte, bis er vorübergeht, dann will ich dir ihn zeigen.« Sie nahm dann einen Apfel und wartete, bis er unter dem Fenster vorüberging, um auf ihn werfen zu können; er hob seinen Kopf in die Höhe, um zu sehen, wer ihm einen Apfel zugeworfen, und erblickte die Tochter des Veziers wie den leuchtenden Mond in der Sphäre der Himmel; sein Herz aber entbrannte vor Liebe zu ihr. Als die Spiele zu Ende waren, entfernte er sich mit dem König und trug ihr Bild im Herzen. Ward sagte dann zu ihrer Amme: »Nun, wie heißt der junge Mann, den ich dir gezeigt?« Diese antwortete: »Er heißt Uns Alwudjud.« Sie schüttelte ihr Haupt vor Freude und gab sich ganz der Liebe hin. Als es Nacht war, ging sie zu Bett; aber vor Liebespein konnte sie nicht schlafen; sie rezitierte dann folgende Verse:

»Wer dich Uns Alwudjud genannt, hat nicht geirrt, denn du vereinst Lieblichkeit und Freigebigkeit. O glänzender Mond! O du, dessen Gesicht das Dasein aller Wesen beleuchtet! Du bist einzig unter den Menschen, der Sultan der Schönheit, dafür zeugen dein Auge, das Werk des Allgütigen, deine rundgewölbten Augenbrauen*, dein Wuchs, zart wie ein frischer Baumzweig, der ins Innerste eine brennende Flamme schleudert, eine Glut, die ich nicht mehr verbergen kann; du, der Trennung unmöglich macht, Neider beschämt und einen mächtigen Arm hat, der überall Wohltaten übt!«

Als sie diese Verse vollendet hatte, schrieb sie sie auf ein Papier und legte es zusammen unter ihr Kopfkissen. Dies sah eine ihrer Sklavinnen hinter dem

* Es heißt im Texte: Augenbrauen wie der Buchstabe »nun« geformt und Augen wie der Buchstabe »sad«.

Vorhang hervor, welche sehr verständig und geistreich war; sie ließ sich in ein Gespräch mit ihr ein, stahl das Papier unter ihrem Kopf hervor, las es, und wußte, daß sie sich mit Uns Alwudjud beschäftigte.

Sie legte das Papier wieder an seinen Platz, wartete, bis ihre Herrin vom Schlaf erwachte, und sagte ihr: »Herrin, ich will dir einen Rat geben, denn die Liebe ist mächtig; sie verbergen ist sehr schwer und macht krank.« Die Herrin fragte: »Und welches Mittel meinst du?« »Die Vereinigung.« »Und wie kann man dazu gelangen?« »Durch Schlauheit, geheimen Briefwechsel, süße Worte, stete Eintracht und wenig Vorwürfe. Hast du etwas zu vertrauen, so werde ich am besten dein Geheimnis bewahren, deine Briefträgerin werden und dir alles besorgen.« Als die Herrin dieses hörte, freute sie sich sehr und verlor fast den Verstand, doch nahm sie sich zusammen, um über die Folgen nachzudenken. Sie sagte: »Ich habe doch niemanden etwas gesagt, woher weißt du, daß ich liebe?« Sie antwortete: »Es hat mir im Traume jemand gesagt: ›Deine Gebieterin Ward und dein Herr Uns Alwudjud lieben sich, sei ihnen behilflich, bestelle ihre Briefe, besorge ihre Aufträge und verbirg ihr Geheimnis; du wirst großen Lohn dafür ernten.‹ Ich habe dir nun erzählt, was ich im Traume gesehen, jetzt ist's an dir.« Ward sagte: »Wirst du auch wirklich mein Geheimnis bewahren?« »Ja« Da nahm Ward das Gedicht unter ihrem Kopf hervor und sagte ihr: »Geh, bring dies Uns Alwudjud und lasse mich seine Antwort wissen.« Sie erwiderte: »Recht gerne«, nahm das Papier, brachte es Uns und küßte ihm die Hand. Er öffnete dasselbe, las und schrieb zurück:

»Ich beruhige mein Herz in seiner Liebespein, denn ich muß meine peinliche Lage verbergen; wenn meine Tränen fließen und mein Auge verwunden, so fürchte ich, die Hinterbringer möchten mich durchschauen. Mein Herz war bisher frei und ich kannte die Liebe nicht, darum habe Mitleid mit mir, denn ich bin nur noch ein Schüler. Du kennst nun meine Geschichte. Ich klage dir mein Verlangen und meine Liebesqual, und schreibe dir mit den Tränen meiner Augen, damit sie dir sagen, wie mir durch dich geworden. Gott bewahre ein Gesicht, dem die Anmut als Schleier dient, das die leuchtende Sonne und den Mond zu Dienern hat! Für solche Schönheit gibt es keine Schilderung, die Baumzweige können von ihrem zarten Wesen Schmiegsamkeit lernen. Ich bitte, ohne dir eine Qual aufbürden zu wollen, wende mir deine hohen Reize zu! Ich schenke dir meinen Geist, vielleicht nimmst du ihn an; ich will dein Sklave werden, o bei Gott, habe nur Mitleid!«

Als er diese Verse geschrieben hatte, legte er das Papier zusammen, küßte es und gab es der Sklavin; sie ging und brachte es ihrer Herrin. Diese küßte es ebenfalls, hob es zur Stirn, las und erkannte den Inhalt; sie nahm dann Tinte und Papier und schrieb:

»O du, dessen Liebe an meiner Schönheit hängt, warte, vielleicht kannst du mich erlangen. Als ich erfuhr, wie schön du von mir denkst, und sah, daß du mit mir Leiden teilst, wurde meine Liebe über alle Maßen heftig; doch gestatten mir meine Wächter nicht Vereinigung mit dir, darum ist mein Lager schlaflos, wäre ich nicht bewacht, so würde mein Elend bald aufhören. Die Liebe macht

Geheimnis zum Gesetz, hüte dich, den Schleier zu lüften. Mein Innerstes ist voll von Liebe zur Gazelle, sie ist stets im Wachsen und beherrscht uns ganz.«

Als sie diese Verse vollendet hatte, legte sie das Papier zusammen und gab es ihrer Sklavin, die es nahm, um es dem Prinzen zu bringen; da begegnete ihr der Vezier und fragte sie. »Wo willst du hin?« Sie antwortete: »Ins Bad«; doch war sie so sehr erschrocken, daß ihr das Papier aus der Hand fiel, ohne daß sie es merkte. Als sie weg war, vermißte sie erst das Papier, sie kehrte zu ihrer Herrin um und sagte ihr, was ihr mit dem Vezier begegnet. Indessen kam ein Diener zum Vezier, der auf einem Thron saß, brachte ihm das Papier und sagte: »Herr, ich habe dieses Papier vor der Tür gefunden.« Der Vezier öffnete es, las die oben erwähnten Verse und erkannte die Schrift seiner Tochter. Er ging heftig weinend zu ihrer Mutter, die ihn fragte: »Warum weinst du, mein Herr?« Er erwiderte ihr: »Nimm dieses Papier und sieh, was darauf steht.« Sie nahm es, las und fand, daß es ein Liebesbrief ihrer Tochter an den Prinzen war. Sie weinte ebenfalls heftig und sagte dem Vezier: »Was wird aus dieser Geschichte werden?« Der Vezier antwortete: »Ich fürchte zwei Dinge für meine Tochter, denn du weißt, wieviel der Sultan auf seinen Sohn hält, es könnte für uns sehr böse Folgen haben; was ist dein Rat in dieser Sache?« Sie antwortete: »Ich will diese Nacht das Wahlgebet verrichten und Gott um ein Rettungsmittel anflehen.« Endlich beschlossen sie, auf dem Berg Takla, worüber an seinem Ort, so Gott will, mehreres, der auf einer Insel mitten im Meer Kanus lag und unzugänglich war, ihrer Tochter ein festes Schloß bauen zu lassen, sie dorthin zu bringen mit allem, was sie brauchen würde, und ihr auch eine Gesellschafterin mitzugeben. Der Vezier schickte hierauf Architekten und Feldmesser nach dem Berge und befahl ihnen, ein hohes, schönes Schloß zu bauen, was sie auch taten. Und als nach einem Jahr der Bau und alle nötigen Vorkehrungen vollendet, auch Lebensmittel in Menge vorhanden waren, ging der Vezier in der Nacht zu seiner Tochter. Sie kam ihm entgegen und küßte seine Hände. Er setzte sich und sagte ihr: »Meine Tochter! Mache dich reisefertig.« Sie fragte: »Wohin?« Er aber antwortete: »Zu einer Lustreise, so Gott will.« Sie wollte nicht in der Nacht abreisen, ihr Vater aber zwang sie. Als sie aus dem Zimmer ging und die vielen Vorbereitungen zur Reise sah, ahnte ihr Herz die Trennung vom Geliebten; sie weinte heftig, nahm Tinte und Papier und schrieb an die Türschwelle folgende Verse, durch die sie den Prinzen von ihrem Unfall in Kenntnis setzte:

»Bei Gott, o Wohnung! Wenn mein Geliebter des Morgens vorübergeht, mit Liebeszeichen grüßend, so bringe meinen schönsten, reinsten Gruß! Ich weiß nicht, wohin wir gehen. Man führt uns plötzlich in der Nacht heimlich fort, ohne zu sagen, wohin man uns führt. Im Schatten der Nacht, wenn die Vögel auf den Zweigen ruhen und wir aus unseren Seufzern erkennen, daß auch sie die Trennung vom Geliebten beweinen. Als wir den Kelch der Trennung gefüllt sahen, und das wechselnde Schicksal uns zwang, ihn auszutrinken, träufelte ich den Saft der Geduld hinein; ich selbst vermag aber nicht, mich zu trösten.«

Als sie diese Verse geschrieben hatte, ging sie fort, ohne zu wissen, wohin. Sie durchwanderte die Wüsten in der Länge und in der Breite, bis sie nach dem Meer Kanus kamen. Hier wurden Zelte aufgeschlagen und ein großes Schiff kam herangesteuert, in das Ward mit ihren Dienern, Sklavinnen und Vorräten eingeschifft wurde. Der Vezier hatte ihnen aufgetragen, das Schiff zu durchbohren, sobald sie ans Land kommen würden, daß keine Spur davon zurückbleibe. Sie taten, wie ihnen der Vezier befohlen, und erstatteten ihm Bericht darüber. Während dies hier geschah, war der Prinz zu dem Sultan geritten, um ihm seine Aufwartung zu machen. Als er an der Tür des Veziers, in der Hoffnung, jemanden zu sehen, vorüberritt, fand er niemanden; er näherte sich der Türe und fand die Verse an der Schwelle, die oben erwähnt worden. Als er sie gelesen, kam er ganz außer sich, ein unauslöschbares Feuer brannte in seinem Herzen; er ging in sein Haus zurück, hatte keine Ruhe und keine Geduld; in seinem Gemütszustand glich er einer Taube, die man schlachtet. Als die Nacht heranbrach, war ihm noch gräßlicher zumute; er entkleidete sich und zog Kleider eines Bettlers an, ging aus, ohne zu wissen wohin, und die ganze Nacht durch. Als es Tag wurde und ihn die Sonne brannte und die Berge vor Hitze glühten, so daß er großen Durst hatte, sah er einen Baum und darunter einen fließenden Bach, den Gott geschaffen – gelobt sei er, der nur zu einem Dinge sagt: Werde! Und es wird. Er setzte sich und wollte trinken, da erblickte er im Wasser sein Bild, er war blaß und seine Füße waren vom Gehen angeschwollen; er weinte und sprach folgende Verse:

»Je heftiger der Schmerz und die Pein, je heißer die Liebe, um so näher die Genesung. Wie soll nach der Trennung noch das Leben schmecken? Vermehrt doch die Trennung noch die Liebesflamme. Als meine Liebe zunahm und meine Tränen über die Wangen flossen, da irrte ich bewußtlos umher, nichts kann meine Schmerzen mildern, nichts mich heilen.«

Er weinte, bis alle seine Kleider von den Tränen naß wurden, dann stand er auf, strengte sich wieder an zum Weitergehen. Gott leitete ihn in seiner Allmacht und ließ ihn Wüsten, Berge und Felsen durchwandern. Während er so dahinging, kam ein ungeheurer Löwe auf ihn zu, dessen Nacken ganz in seinen Haaren steckte. Sein Kopf war wie eine Kiste, sein Rachen wie die Öffnung einer Höhle, und seine Vorderzähne wie die eines großen Elefanten. Als der Prinz ihn sah, starb er fast vor Schrecken; er setzte sich mit dem Gesichte nach Mekka gewandt, sprach das Glaubensbekenntnis und erinnerte sich, in alten Büchern gelesen zu haben, daß, wenn jemand ein Löwe begegne, man ihn durch Worte zu besänftigen suchen solle; er fing nun an, in Reimen zu ihm zu sagen:

»O Löwe des Waldes und der Auen! O Tapferster aller Helden! O Vater der Wackern! Sultan der Tiere! Bei Gott, ich bin verliebt und vom Feuer der Trennung verzehrt, fern von meinen Freunden und beraubt von allem Guten.«

Als der Löwe diese Worte hörte, ging er zurück, legte sich auf die Knie, streckte die Vorderfüße aus und horchte auf den Prinzen, welcher weinend folgende Verse sprach:

»Löwe der Wüste! Bring mich nicht um, bis ich meine Geliebte gefunden, die mich unterdrückt hat! Ich bin kein Jäger, ich suche nur mein Geliebte, die mich krank gemacht. Die Trennung von der Geliebten bekümmert mein Herz, so daß ich nur noch mein Bild im Leichengewande bin. O kriegerischer Löwe! Mache durch mein Unglück meine Feinde nicht schadenfroh über meine Qual. Der Strom meiner Tränen ertränkt mich, und der Trennungsschmerz richtet mich zu Grunde. Die Liebe ist mein Begleiter im Dunkel der Nacht und läßt mich mein eigenes Dasein vergessen.«

Als er diese Verse vollendet hatte, kam der Löwe auf ihn zu mit Tränen in den Augen, leckte ihn mit der Zunge, ging vor ihm her und winkte ihm, daß er ihm folge; er ging mit ihm auf einen Berg, von da in eine Ebene, in welcher man Spuren von Reisenden bemerkte, und er dachte, das seien die Spuren der

Leute, die Ward entführt haben. Der Löwe warf ihm dann noch einen Blick zu und verschwand. Der Prinz aber folgte diesen Spuren bis ans Ufer des Meeres, und da hier die Spuren sich verloren, dachte er, sie haben sich hier eingeschifft, und alle seine Hoffnung verschwand; er seufzte und weinte. In seinem Kummer sprach er folgende Verse:

»Weit ist der Ort, den ich suche, und mir bleibt wenig Hoffnung, denn wie könnte ich über das furchtbare Meer zu ihnen? Wie soll ich standhaft bleiben? Mein Innerstes ist vor Liebe zerknirscht, und der Schlaf in Wachen verwandelt. Von dem Tage an wo sie von der Heimat schied, brennt eine helle Flamme in meinem Herzen; meine Tränen fließen wie Sichun, Djichun, Euphrat und Nil, wie alle Regengüsse, Quellen und Bäche. Die vielen Tränen haben meine Augen verwundet und mein Herz wird von Feuer und Funken verzehrt. Die Truppen meiner Sehnsucht sind herangestürmt und das Heer meiner Geduld hat zersprengt ihnen den Rücken zugewandt. Ich habe mein Leben für ihre Liebe hingegeben, doch ist das Leben das geringste Opfer, das ich ihr bringe. Möge Gott kein Auge strafen, das diese Schönheit gesehen, die den Mond überstrahlt. Ihre weiten Augen haben mich mit Liebe erfüllt, ihre scharfen Pfeile haben mein Herz ohne Sehne verwundet. Ihr zarter Wuchs, der sanft sich bewegt wie die Zweige des Ban, hat mich verführt. Ich sehne mich nach Vereinigung, um meine Liebe zu stillen und Gram und Sorgen zu vertreiben; aber ich bin morgens und abends einem Verrückten gleich, bezaubert von ihrem Blick.«

Seine Tränen flossen so lange, bis er nichts mehr von sich wußte. Als er wieder zu sich kam, fürchtete er sich vor wilden Tieren und stieg auf eine Anhöhe, wo er eine Höhle sah, auf die er zuging. Auf einmal hörte er eine Menschenstimme, die von einem Eremiten herrührte, der allein in dieser Höhle, fern von allem Weltlichen nur dem Gottesdienste lebte. Er klopfte an die Tür, erhielt aber keine Antwort; da setzte er sich an die Türe der Höhle und blieb drei Tage daselbst sitzen; der Eremit kam aber nicht heraus. Er rezitierte dann folgende Verse:

»Wie kann ich nach so vielen Qualen und Schmerzen mein Ziel erreichen? Allerlei Schrecken haben mein Herz verdorrt und meinen Kopf schon in der Jugend gebleicht. Wie viele Schmerzen mußte ich bis jetzt ertragen, das Schicksal hat sich gegen mich gewendet. Niemand steht in meiner Liebe mir bei; niemand lindert den Brand meiner Qualen. Habt Mitleid mit einem hoffnungslosen Liebenden, der den Kelch der Trennung trinken mußte. Heiß glüht die Flamme in meinem Inneren, und der Trennungsbrand verzehrt mein ganzes Herz. Welch gräßlicher Tag war es für mich, als ich an ihrer Tür die Trennungszeilen geschrieben las. Ich weinte und tränkte die Erde vor Liebesschmerz; doch verbarg ich meinen Zustand vor den Tadlern und Spähern. O hätten sie mich gesehen, wie ein Löwe auf mich zukam und schon aufsprang, um mich anzufallen! Doch besänftigte ich ihn, und er war gnädig, als er hörte, daß ich ein Liebender sei, gleichsam als habe er selbst schon die Liebe gekostet. Erreiche ich jedoch nur mein Ziel, so wird aller Kummer und alle Qual vergessen sein.«

Als er diese Verse vollendet hatte, öffnete sich die Tür der Höhle, und eine Stimme rief: »O Erbarmen!« Der Eremit grüßte den Prinzen, der ihm den Gruß

erwiderte und fragte nach seinem Namen. Der Prinz antwortete: »Ich heiße Uns Alwudjud.« Er fragte ihn, warum er hierher gekommen, und der Prinz erzählte ihm seine ganze Geschichte, worüber der Eremit heftig weinen mußte. Dann sagte dieser: »O Prinz! Ich bin nun schon 20 Jahre in dieser Höhle, ohne jemanden gesehen zu haben, bis vor ungefähr sechs Tagen, da hörte ich ein Lärmen und ein Geräusch und sah viele Leute und aufgeschlagene Zelte am Ufer des Meeres. Nach einer Weile bestiegen einige Leute ein Schiff und reisten fort, ein anderer Teil kam wieder zurück und richtete das Schiff zu Grunde, ich glaube daher, daß diejenigen, die du suchst, nach dem Berge gereist sind.« Der Eremit rezitierte dann folgende Verse:

»Glaubt Uns Alwudjud, ich kenne keinen Kummer, während Sehnsucht und Liebesqual mir das Herz bald beklemmt, bald ausdehnt? Ich habe Liebe und Trennungsschmerz schon in meiner Jugend gekannt, als ich noch ein Kind war, das man mit Milch ernährte. Ich habe den Liebeskelch geleert, der mich brannte und schmerzte und durch Abmagerung an den Rand des Grabes brachte. Ich war einst stark, aber meine Kraft ist dahin, das Heer meiner Geduld schwand vor den Schwertern ihrer Blicke. Erwarte nicht Liebesglück ohne Qual, es berühren stets sich die Extreme. Die Liebe verbietet den Liebenden jeden Trost als Ketzerei.«

Der Prinz umarmte den Eremiten, und sie verschmolzen ihre Tränen; als sie ausgeweint hatten, versprachen sie einander, als Brüder in Gott zu leben. Dann sagte der Eremit: »O Prinz! Ich will diese Nacht von Gott mir raten lassen, was zur Erfüllung deiner Wünsche zu tun ist.«

Das ist's, was den Prinzen und den Eremiten angeht; was aber Ward betrifft, so wurde sie auf das Schloß auf dem Berg gebracht. Sie fand es recht schön, doch weinte sie und sagte: »Bei Gott, das ist ein schönes und angenehmes Schloß, doch mein Geliebter ist fern.« Als sie dann viele Vögel auf der Insel sah, befahl sie ihren Dienern, ihr ein Netz zu machen und ihr Vögel zu fangen, die sie in goldene Käfige sperrte. Dann stellte sie sich an das Fenster des Schlosses und dachte an das, was ihr geschehen; der Gram regte sie auf und sie rezitierte folgende Verse:

»Wem soll ich meine Schmerzen klagen? Man hat mich eingesperrt und vom Geliebten getrennt. Lange wache ich nun in der Nacht, bin krank und vergieße Tränen; des Morgens stehe ich ganz abgemagert auf von den quälenden Trennungsschmerzen. Wo ist das Auge des Geliebten, daß es meinen armseligen Zustand sehe? Sie haben Gewalt gebraucht, als sie mich an einen Ort brachten, den mein Geliebter nicht erreichen kann. Bei Sonnenaufgang und Sonnenuntergang bitte ich die Sonne, meinem Geliebten 1000 Grüße zu bringen, meinem Geliebten, dessen Anmut den Vollmond beschämt und dessen zarter Wuchs die schlanken Zweige übertrifft. Wenn eine Rose seinen Wangen gleichen wollte, würde ich sagen: Weit entfernt! Mit dir habe ich nichts zu tun. Seinen Mund vergesse ich nicht, er ist mein Geist und mein Herz und seine Feuchtigkeit ist edler Wein. Nur wer mich krank gemacht, kann mich heilen, nur mein Geliebter ist mein Arzt!«

Als sie ihre Verse vollendet hatte, versank sie in ein tiefes Nachdenken und gab sich einem starken Schmerz hin. Als es Nacht wurde und sie an einem anderen Ort sich befand, entbrannte ihre Sehnsucht noch mehr, und sie dichtete folgende Verse:

»Dunkelheit umgibt mich und erregt Schmerz und Krankheit in mir, die Sehnsucht ruft meine Leiden aufs Neue hervor. Der Trennungsbrand hat sich in meinen Eingeweiden festgesetzt und die Sorgen haben mich ganz zu nichts gemacht, und die Tränen mein Geheimnis verraten. Ich war meiner nicht Herr, um am Trennungstage Abschied zu nehmen; o Gewalt! O Reue! O Nacht! Sprich zu mir von meinem Freunde, denn du weißt es ja am besten, daß ich schlaflos bin.«

Während Ward in diesem Zustand war, sagte der Eremit zu dem Prinzen: »Geh in das Tal und bring mir Dattelbaumfasern.« Er ging und brachte ihm. Der Eremit flocht Stricke daraus und machte ein Netz, wie man zum Strohtragen braucht. Dann sagte er zum Prinzen: »Geh in das Tal, brich dort Kürbisse, die an den Wurzeln austrocknen, fülle dieses Netz damit, binde es zusammen, wirf es ins Meer und besteige es, vielleicht wirst du auf diese Weise zu deinem Ziel gelangen; wer Gefahr scheut, der erreicht seinen Willen nie.« Er nahm dann von dem Eremiten Abschied, betete für ihn und bestieg das Meer auf dem Netz. Da kam ein Wind von hinten, trieb ihn vom Land weg und jagte ihm immer weiter bis an das Gebirge Thakla, das er nach drei Tagen erreichte. Er stieg hier ans Land und war vor Hunger, Durst und Schmerz wie ein geschlachtetes Huhn. Doch fand er auf dem Berg viele Flüsse und Vögel, die auf früchtetragenden Bäumen sangen; er trank von diesen Gewässern und aß von den Gewächsen der Erde und den Früchten, gelobt sei der einzige, allmächtige Gott! Als er weiterging, sah er

etwas Weißes leuchten, und sieh da, es war ein starkes, befestigtes Schloß; er ging auf die Pforte desselben zu, fand sie aber geschlossen und blieb hier drei Tage sitzen. Am vierten Tag war die Pforte geöffnet, und es kam ein Mann heraus, der vor dem Prinzen erschrak, als er ihn sah. Er fragte ihn: »Wer bist du und wo kommst du her?« Der Prinz antwortete: »Ich komme von Ispahan, wo ich Handel trieb, und machte eine Seereise, bis das Schiff barst, auf dem ich mich befand; ich aber rettete mich auf einem Brett, und das Schicksal warf mich auf diesen Berg.« Als der Mann, der einer der Diener aus dem Schloß war, dies hörte, weinte er, umarmte ihn und sagte: »Ich bin auch aus Ispahan, Gott grüße dich, o Freundesduft! Ich habe dort eine Base, die ich sehr liebte, schon von meiner Kindheit an. Da kamen fremde Krieger über uns und führten mich gefangen als Beute weg, und verkauften mich dem Vezier; du kannst mich daher als deinen Freund ansehen.« Mit diesen Worten führte er ihn zur Tür des Schlosses hinein. Er sah in der Mitte des Hofes große Bäume, an denen goldene und silberne Käfige hingen, in denen Vögel sangen. Im ersten Käfig, den er sah, war eine Turteltaube, welche die Stimme erhob, als sage sie zu Gott: »O Edler!« Als der Prinz dies hörte, fiel er in Ohnmacht; als er wieder zu sich gekommen, sprach er folgende Verse:

»O Turteltaube! Fahre fort, seufze und schmachte! Bete zum Herrn und rufe: O Edler! Sage mir, rufst du vor Entzücken so aus, oder vor Schmerzen, die dein Herz drücken, oder vor Sehnsucht wegen geschiedener Freunde, nach deren Trennung du krank zurückgeblieben? Oder hast du, wie ich, deine Geliebte verloren, und regt sich in dir der alte Schmerz wieder? Gott bewahre einen treuen Freund, der bis zur Verwesung untröstlich bleibt!«

Nach Vollendung dieser Verse fiel er wieder in Ohnmacht; er kam dann an einen zweiten Käfig, in dem eine Ringeltaube war. Als sie ihn sah, stieg sie nieder auf den Boden und erhob ihre Stimme, als wollte sie sagen: »O du, dem immer Dank gebührt!« Als der Prinz dies hörte, rezitierte er folgende Verse:

»Die Ringeltaube sagt in ihrem Seufzen: O Gott, dem ich in allen Versuchungen noch danke! Vielleicht wirst du in deiner Güte mir zum Lohn für meinen Dank Vereinigung gewähren. Vielleicht wird ein trauriger Liebender kommen, meine Lage sehen und mich zu meinem Weibchen bringen. Während die Liebesflamme in meinem Herzen lodert und mein Inneres verzehrt und blutige Tränen meine Wangen überströmen, rufe ich aus: Es gibt kein Geschöpf ohne Kummer, doch verliere ich die Geduld nicht in meinem Leiden. Ich gelobe zu Gott, wenn mein Schicksal mich mit meiner Herrin vereint, alles, was ich besitze, mit den Liebenden, meinen Glaubensgenossen, zu teilen, die Vögel zu befreien aus ihren Gefängnissen und ihre Trauer in Freude zu verwandeln.«

Er kam dann an einen dritten Käfig, in welchem ein Hesar* war, und sprach folgende Verse:

»Deine Stimme ist traurig, doch sie gefällt mir, denn sie gleicht meinen Klagen in der Liebespein. O Mitleid mit den Liebenden! Wie sehr sind sie in der Nacht von schmerzlicher Sehnsucht geplagt, als wäre ihre Nacht ohne Schlaf, und ohne Morgen geschaffen. Auch wenn sie mir mit dem Bild der Geliebten naht, bemächtigt sich meiner eine heftige Pein, Tränen strömen aus meinen Augen und ich sage ihnen: Ihr seid lange genug geflossen, meine Sehnsucht wird durch die Trennung nur immer heftiger; die Schätze meiner Geduld sind zerronnen und der allmächtige Gram verzehrt mich. Wenn das Schicksal gerecht ist, so muß es mich durch die Vereinigung mit meiner Geliebten selig machen. Ich ziehe meine Kleider vor ihm aus, damit es sehe, wie mein Körper durch die Trennung abgenommen.«

Als er diese Verse vollendet hatte, ging er zu dem vierten Käfig, in welchem eine Nachtigall seufzte und trillerte. Uns rezitierte folgende Verse:

»Die Nachtigall ersetzt durch ihren Morgengesang den Klang der Saiten, wie manche Töne haben wir von ihr gehört, die Stein und Eisen entzücken! Die Morgenluft weht uns allerlei Blütenduft zu, aber wenn wir in diesen Genüssen schwelgen, so fällt uns die ferne Geliebte ein, wie Regen fließen die Tränen und feurige Kohlen brennen in unsern Herzen. Möge Gott den Liebenden mit einem Blick der Geliebten erfreuen!«

Als er sich nach diesen Worten umkehrte, sah er endlich noch den schönsten Käfig, in dem eine Waldtaube war, mit einer Perlenschnur am Hals; sie ist der Sultan der Liebenden unter den Vögeln; als sie den Prinzen sah, stieg sie nieder auf den Boden und seufzte, der Prinz aber rezitierte folgende Verse:

»Sei gegrüßt, Waldtaube! Freundin unglücklicher Liebender! Ich liebe

* Eine Art Nachtigall

eine schmächtige Gazelle, deren Blicke schärfer als Pfeile stechen. Die Trennung von ihr hat mein Herz verzehrt und allerlei Übel über meinen Körper gebracht. Ich habe mir alle Süßigkeit des Lebens versagt, so wie mir der Schlummer geraubt wurde. Trost und Geduld sind verschwunden, Liebe und Schmerzen aber sind geblieben; wie kann mir das Leben noch schmecken, nachdem die edelsten Freuden von mir geschieden?«

Als er diese Verse vollendet hatte, seufzte und zwitscherte die Taube; ihre Seufzer schienen zu sagen:

»O Liebender! Du erinnerst mich an eine Zeit, in der ich mein Herz verloren habe, an meinen holden Geliebten, der mich verließ, dessen Stimme, wenn er auf den Bäumen, auf Sandhügeln sang, mir die Laute ersetzte. Ein Jäger stellte mir ein Netz und fing mich; ich aber sagte ihm, laß mich frei zu meinem Geliebten ziehen! Ich glaubte, er werde Mitleid mit mir haben, sobald er sehe, daß ich liebe. Gott möge ihn stürzen, weil er mich hartherzig von meinem Geliebten getrennt, und dadurch mein Herz verbrannt hat. Gott belohne denjenigen, der mit der Liebe vertraut ist, meinen Schmerz faßt, wenn er mich in meinem Käfig sieht und aus Mitleid mich wieder zu meinem Geliebten ziehen läßt!«

Er wandte sich zu seinem Freunde aus Ispahan und fragte ihn, wem dieses Schloß gehöre, wer es gebaut und wer es bewohne? Er antwortete: »Der Vezier des Königs Schamech hat es für seine Tochter gebaut, aus Furcht vor den Unfällen des Schicksals, und hat seinen Dienern befohlen, das Tor nur einmal im Jahr zu öffnen, wenn Lebensmittel gebracht werden.« Der Prinz dachte: Nun ist der Zweck erreicht, wenn auch nach vielen Qualen. So viel, was den Prinzen angeht.

Ward aber, der das Leben gar zu bitter geworden war, konnte nicht liegen, noch ruhen; ihre Leiden nahmen immer zu, sie ging an den Säulen des Schlosses umher und konnte keinen Ausweg finden; in ihrem Kummer sprach sie folgende Verse:

»Man hat mich grausam weit von meinem Geliebten eingekerkert und mich mit einem heißen Brand im Kerker heimgesucht. Ich bin in ein neues Schloß eingesperrt, das auf einem hohen Berg liegt, an dessen Fuß sich die Meereswogen brechen, so daß kein Blick meines Geliebten zu mir reichen kann. Sie glauben, ich werde mich trösten, doch meine Liebesqual nimmt immer zu. Wie soll ich den vergessen, dessen Blicke mir mein ganzes Sein gegeben haben? Tage und Nächte bring ich in Kummer und Sorgen zu; solange Morgen und Abend wechseln, werde ich seiner gedenken, vielleicht wird doch zuletzt einmal das Schicksal uns begünstigen!«

Als sie diese Verse vollendet hatte, verfiel sie in den heftigsten Schmerz; sie zog ihre kostbarsten Kleider und Edelsteine an, band dann mehrere Kleidungsstücke von Balbekschem Stoffe aneinander, befestigte sie an dem Altan des Schlosses und ließ sich daran auf die Erde herunter; sie erreichte glücklich den Boden und ging auf der Insel fort, bis sie ans Meeresufer kam, wo sie einen Fischer auf einem Kahn erblickte, den die Bestimmung und der Wind dahin getrieben. Als er sie sah, erschrak er und entfloh; sie winkte ihm und sprach folgende Verse:

»O Fischer! Fürchte nichts Böses von mir, denn ich bin ein Mensch aus Fleisch wie du, hilf mir in meiner Verlegenheit und sprich Wahrheit. Bei Gott, habe Mitleid mit mir! Sage mir, hast du den gespaltenen Mond gesehen? Sobald die Gazelle die Blicke meines Geliebten sah, sprach sie: Ich bin geringer als er, und

entschuldigte sich bei ihm. Die Schönheit hat eine kurze Zeit mit Moschuspulver auf seine Wangen geschrieben: Wer das Licht der Leitung sieht, der wird den rechten Weg wandeln; wer von ihm abweicht, der ist ein Ungläubiger. Magst du dich auch meiner erbarmen, oder mir neue Schmerzen verursachen, immer sei dir dein Lohn gewiß. Ich schenke dir Perlen und Edelsteine; vielleicht liebe ich doch einen Mann, dessen Herz dem meinigen gleich in Gram und Sehnsucht zerfließt.«

Als der Fischer diese Verse hörte, weinte er, er gedachte vergangener Zeiten seiner Jugend, in denen auch er Liebe und Sehnsucht fühlte; er erstaunte über dieses Mädchen und sprach folgende Verse:

»Der Liebende hat deutliche Fürsprecher; seine fließenden Tränen und sein kranker Körper, seine Augen, die in der Dunkelheit wachen und sein Herz, das wie ein Feuerstrahl zündet. Ich habe die Liebe in meiner Jugend gekostet und kenne ihre Freuden und ihre Leiden. Wir geben unser Leben für die Liebe hin, für die Vereinigung mit der Geliebten. Der Glaube der Liebenden fordert, daß sie mit ihrem vergänglichen Leben die Nähe des Geliebten gerne erkaufen.«

Als er diese Worte gesprochen, sagte er zu ihr: »Komm heran, ich führe dich hin, wo du willst.« Sie bestieg den Nachen, und er fuhr mit ihr einige Tage lang, bis sie an eine Stadt kamen, die am Ufer des Meeres lag; daselbst herrschte ein König, der wegen seiner furchtbaren Macht Derbas, der Löwe, hieß; er saß auf der Terrasse seines Schlosses und sah den Nachen mit dem Fischer und einem Mädchen, das einer verirrten Gazelle glich; er befahl sogleich, daß man sie ihm bringe, und die Diener vollzogen seinen Befehl. Der König ging ihr schnell entgegen, und als er sie sah, dachte er gleich, sie müsse eine Königstochter sein, weil sie einen so kostbaren Schmuck trug. Er ließ sie in sein Schloß bringen, ging zu ihr, freute sich mit ihr, und fragte sie nach ihrem Namen, nach dem ihres Vaters und ihrer Heimat, sowie nach der Ursache ihrer Reise. Sie sagte ihm: »Wisse, o König! Ich bin die Tochter Ibrahims, des Veziers des Königs Schamech.« Sie erzählte ihm ihre ganze Geschichte vom Anfang bis zu Ende, und verheimlichte gar nichts vor ihm; sie bat ihn dann um seinen Schutz und Beistand durch folgende Verse:

»Vor Kummer und Zerrüttung ergießen sich die Tränen über meine Wangen, des Freundes willen, dessen Liebe ich mich keinen einzigen Tag freuen kann. Seine Schönheit entzückt jedes Auge, und in Beredsamkeit übertrifft er Araber und Perser. Sonne und Mond verewigen seinen Glanz und erweisen sich ehrerbietig gegen ihn. Sein Auge ist von wunderbarem Zauber bemalt und der Bogen seiner Augenbrauen ist zum Wurf gespannt. O du, dem ich beschämt meinen Zustand geschildert, erbarme dich einer Liebenden, die ihre Liebe tötet! O meine Hoffnung! Verbirg die Scham der Liebenden und werde Ursache ihrer Vereinigung! Die Liebe hat mich schwache Fremde an eure Ufer geworfen, von euch hoffe ich meine Rettung.«

Als der König ihre Verse hörte, hatte er Mitleid mit ihr und sagte: »Fürchte nichts, du hast schon deinen Zweck erreicht.« Der König rezitierte dann folgende Verse:

»Tochter edler, vornehmer und wohlgebildeter Eltern, empfange die gute Botschaft: du hast deinen höchsten Wunsch erreicht! Noch heute sammle ich Geld und schicke es Schamech durch vornehme Ritter; ich will ihm vom schönsten Moschus und Seidenstoff schicken, und allerlei glänzendes Silber und Gold. Ich werde ihm in einem Brief sagen, ich wolle ihm eine Schwiegertochter geben und sein Verwandter werden. Ich will gern alles tun, um euch von eurem Liebesbrand zu heilen. Ich habe wahrlich auch den Liebeskelch gekostet, und entschuldige jeden, der ihn getrunken.«

Der König rief seinem Vezier und rüstete ihn mit allerlei Geschenken aus; auch befahl er ihm, zum König Schamech zu gehen und den Prinzen Uns Alwudjud von dort zu holen, und setzte hinzu: »Sage ihm, ich wolle ihm meine Tochter zur Frau geben; und bringst du mir ihn nicht, wirst du von deiner Stelle entsetzt.« Der Vezier nahm alles, was ihm der König gab, durchwanderte die Wüste in der Länge und in der Breite, bis er in das Land des Königs Schamech kam. Als der König seine Ankunft erfuhr, ließ er ihn drei Tage lang bewirten und am vierten Tag zu sich kommen; der Vezier aber überreichte ihm den Brief und die Geschenke des Königs Derbas. Als der König Schamech den Brief gelesen hatte, und den Namen Uns Alwudjud darin las, weinte er heftig und sagte zum Vezier: »Wo ist Uns Alwudjud? Bring mir ihn und nimm, was du willst!« Er sprach dann folgende Verse:

»Gebt mir meinen Freund wieder, ich brauche kein Geld, ich will den, dessen Anmut der Mond meines Himmels war, keine anderen Geschenke und keine Menschen. Sein Blick übertraf an Lieblichkeit den einer Gazelle, sein Wuchs war ein Zweig des Ban, ich habe ihn großgezogen in Liebe und Pracht, und nun traure ich seinetwillen.«

Als der König diese Verse vollendet hatte, wendete er sich zu seinem Vezier Ibrahim und fragte ihn: »Wo ist mein Sohn?« Er antwortete: »Ach weiß nicht, Herr!« Er wandte sich dann zum Vezier des Königs Derbas und sagte ihm: »Mein Sohn ist schon lange Zeit abwesend und wir wissen nicht, wohin er gegangen.« Er erwiderte: »Mein Herr hat mir gesagt, wenn du Uns Alwudjud nicht bringst, so entsetze ich dich, ich kann also nicht ohne ihn abreisen.« Dann befahl jener seinem Vezier: »Geh umher, suche meinen Sohn und bring mir ihn!« Dieser antwortete: »Ich gehorche.« Beide Veziere reisten sogleich ab, um den Prinzen zu suchen, und so oft sie an einen Ort kamen, fragten sie: »Ist hier ein Mann durchgereist, der so und so aussieht?« Aber es wußte niemand etwas von ihm. So gingen sie immer fort, bis sie an das Meer Kanus kamen, da bestiegen sie ein Schiff und segelten nach dem Berg Thakla und stiegen ans Land. Da sagte der Vezier. »Warum heißt dieser Berg Thakla, der Verwaiste?« und man antwortete ihm: »Es war einmal vor alten Zeiten eine Genie, die einen Menschen liebte, da sie sich aber vor ihren Leuten fürchtete, zog sie mit ihm nach diesem abgelegenen Berg, zu dem weder Menschen noch Genien kommen, bewohnte ihn abwechselnd eine Zeitlang mit ihrem Geliebten, und ging dann wieder eine Weile zu ihren Leuten; dies währte lange Zeit, und so oft ein Schiff in der Nähe dieses Berges vorüberfuhr, hörten die Leute diesen jungen Mann weinen und sagten: »Hier wohnt eine verwaiste Mutter, und darum heißt der Berg Thakla.« Der Vezier des Königs Derbas war erstaunt über diese Geschichte. Sie gingen bis an das Schloß, klopften an der Tür, und man

öffnete ihnen; als sie hineinkamen und die Diener ihnen entgegentreten, sahen sie bei ihnen einen jungen Mann in einem elenden Zustand. Der Vezier fragte: »Woher kommt dieser Elende?« Man antwortete ihm: »Er war auf einem Schiff, das unterging, und hat auf einem Brett sich hierher gerettet; er ist ein armer Mann.« Der Vezier wendete sich von ihm weg, ging aufs Schloß und fragte nach seiner Tochter, konnte aber keine Auskunft über sie erhalten; die Diener und Sklavinnen, die er nach ihr befragte, sagten ihm: »Sie ist nur kurze Zeit bei uns geblieben, dann ist sie verschwunden, wir wissen nicht wie, noch wohin.« Als er dies hörte, verlor er seinen Verstand und wurde wie ein Wahnsinniger. Nachdem er dann einige Verse rezitierte, in welchen er sich über das Verschwinden seiner Tochter aus dem noch vollständig ausgestatteten Schloß mit Verwunderung aussprach, trat er auf die Terrasse des Schlosses hinaus, wo er die Tücher sah, an welchen seine Tochter sich heruntergelassen hatte, und er dachte wohl, daß sie auf diesem Weg entflohen sei; er hörte auf der Terrasse einen Raben und eine Nachteule krähen, weinte heftig und sprach: »Es gibt keinen Schutz und keine Macht, außer bei Gott, dem Erhabenen! Es hilft keine List gegen Gottes Beschluß, und keine Vorsicht gegen die Bestimmung!« Er sprach dann folgende Verse:

»Ich kam in die Wohnung meiner geliebten Tochter, um die Flamme meiner Sehnsucht zu löschen, fand aber nichts darin, als einen Raben und eine Nachteule und es ist, als sagte man mir: Du hast Unrecht gehandelt, du hast zwei Liebende getrennt, koste nun selbst den Trennungsschmerz, den sie gekostet, und lebe betrübt, oder stirb vor Schmerzensglut!«

Der Vezier ging weinend vom Schloß herunter und befahl den Dienern, überall auf dem Berg ihre Herrin zu suchen. Sie taten dies, fanden sie aber nicht, noch trafen sie eine Spur von ihr. Als aber der Prinz sich überzeugt hatte, daß Ward weggegangen war, schrie er laut und fiel in Ohnmacht; der Vezier wollte mit allem, was im Schloß war, zurückkehren; der Vezier des Königs Derbas aber nahm Abschied von ihm und sagte: »Ich will diesen Derwisch mit mir nehmen und ihn nach Ispahan schicken, denn diese Stadt liegt nicht weit von unserm Lande, und ich hoffe von Gott, daß er mir das Herz meines Königs durch den Segen dieses Derwischs zuneigen wird.« Der Vezier Ibrahim sagte: »Tu, was du willst.« Sie nahmen dann voneinander Abschied, und der Vezier des Königs Derbas reiste mit dem Prinzen drei Tage lang, ohne daß dieser zu sich kam. Der Vezier trug ihn von einem Ort zum andern, und goß ihm Getränke ein, ohne daß er etwas davon wußte. Nach drei Tagen aber kam er zu sich und setzte sich aufrecht. Als sie dem Lande des Königs Derbas nahe waren, berichtete man dem König die Ankunft seines Veziers. Der König schickte ihm entgegen und ließ ihm sagen: »Wenn du mir nicht den Prinzen Uns Alwudjud bringst, so bist du abgesetzt und ich habe nichts mehr mit dir zu tun.« Als der Vezier dies hörte, wurde er sehr bestürzt, denn er wußte nicht, daß Ward beim König war, und konnte nicht begreifen, was er vom Prinzen wollte. Als dieser den Vezier in diesem Zustand sah, fragte er ihn: »Was hast du?« Er antwortete: »Der König hat mir einen Auftrag gegeben, den ich nicht besorgen konnte; soeben ließ er mir sagen: ›Wenn du mir nicht bringst, was ich dir aufgetragen, so bist du abgesetzt!‹« Der Prinz fragte abermals: »Und wonach hat dich der König geschickt?« Und er erzählte ihm die ganze Sache. Da sagte der Prinz: »Nimm mich mit zum König, ich will dir den Prinzen herbeischaffen.« Der Vezier freute sich sehr und sagte: »Sprichst du die Wahrheit?« Er antwortete: »Ja.« Der Vezier ritt dann mit ihm zum König, der ihn fragte: »Wo ist der Prinz?« Der Vezier antwortete: »Dieser Derwisch weiß, wo er ist.« Der König fragte: »Weißt du, wo er ist?« Er antwortete: »Er ist dir sehr nahe, was willst du von ihm? Sage mir es, ich will ihn dir herbeibringen.« Als der König dies hörte, trat er mit ihm auf die Seite und erzählte ihm, warum er ihn suchen lasse. Da sagte der Prinz: »Bring mir ein schönes Kleid!« Der König brachte es ihm; er ging damit ins Bad, reinigte und salbte sich, zog das schöne Kleid an und sagte dann dem König: »Herr! Ich bin Uns Alwudjud.« Er sprach noch folgende Verse:

»Das Andenken meiner Geliebten tröstete mich in meiner Einsamkeit und machte mir die Dunkelheit weniger unheimlich. Ich habe keine andere Hilfe als meine Tränen, sie allein erleichtern meine Last. Meine Sehnsucht ist heftig, noch nie hat jemand so durch sie gelitten; wunderbarer ist die Macht meiner Liebe; mein Herz ist zerknirscht; mein Auge schläft nicht. Eine verzehrende Flamme lodert in meinem Herzen, und meine Leiden wurden so mächtig, daß alle Geduld von mir wich. Der Trennungsschmerz machte mich mager und die Sehnsucht hat mich ganz entstellt; meine Augen samt dem Augapfel wurden wund von den Tränen, die ich nicht zurückhalten konnte. Meine Kraft nahm ab, ich verlor mein Herz, und ich fühlte einen Brand nach dem andern. Mein Herz und mein Kopf wurden gleich alt, wegen meiner Herrin, der Schönsten von allen. Gegen ihren Willen sind wir getrennt worden, sie wollte nur unsere Vereinigung. Wozu diese längere Trennung, Sehnsucht und Qual? Meine Seele schmachtet nach dem Wiedersehen! Laßt nun meine Geliebte liebend mit mir kosen und unsere Trauer sich in Freude verwandeln.«

Als er die Verse vollendet hatte, sagte ihm der König: »Bei Gott! Du bist ein weiser Mann, ihr seid wahre Liebende und eure Geschichte ist wunderbar.« Er erzählte ihm dann, wie es Ward gegangen; der Prinz aber fragte: »Und wo ist sie?« Der König antwortete: »Hier bei mir.« Als der Prinz dies hörte, weinte er heftig und fiel vor Freude in Ohnmacht. Der König ließ dann den Kadi und die Zeugen rufen und den Ehevertrag zwischen dem Prinzen und Ward schreiben. Als dies geschehen war, gab der König Derbas dem König Schamech Nachricht davon und schrieb ihm auch, daß er die Morgengabe bestimmt habe, dieser freute sich sehr und schickte dem König Derbas viel Geld und andere Geschenke, und ließ ihm sagen: »Die Verlobung mag bei dir stattfinden, die Hochzeit aber soll bei

mir mit allem Glanz gefeiert werden!« Als diese Nachricht mit den Geschenken ankam, nahmen der Prinz und Ward Abschied und reisten in ihre Heimat zurück. Als der König und der Vezier hörten, daß sie in der Nähe waren, gingen sie mit allen Großen des Reichs ihnen entgegen; sie zogen freudig miteinander in die Stadt, und dieser Tag wurde unter die glücklichen gerechnet. Der Prinz wohnte zusammen mit Ward; es wurde während sieben Tage und Nächte gezecht, und der König machte ihnen viele Geschenke. Als sie allein waren, umarmten sie sich und sprachen von ihren Abenteuern. Dann rezitierte Ward folgende Verse:

»Die Freude ist gekommen, Kummer und Trauer sind nun vereinigt, unsern Neidern zum Trotze. Der Atem der Vereinigung weht wohlduftend, belebt unser Herz und unseren ganzen Körper. Die Freude der Geselligkeit umleuchtet uns, und die Kunde von unserm Glück ertönt nach allen Enden. Glaubt nicht, daß ich vor Schmerzen weine, nein, es sind nur Freudentränen, die ich vergieße. Was wir Schreckliches erlebt haben, ist vorüber. Wir haben mit Geduld den Schmerz ertragen, den die Trennung über uns verhängt hat, und diese Stunde der Vereinigung läßt mich alles Gräßliche vergessen, das mein Haupt gebleicht hat.«

Als sie diese Verse vollendet hatte, umarmten sie sich wieder und weinten. Der Prinz sagte: »Wie süß ist diese Nacht der Freude und Gewährung!« und sprach folgende Verse:

»Die Freuden der Vereinigung sind uns zuteil geworden, und die Trennungsschmerzen sind verschwunden. Freundlich naht uns jetzt das Schicksal, nachdem es uns den Rücken gekehrt. Das Glück hat seine Fahne vor uns aufgepflanzt und reicht uns seinen Freudenkelch. Wir sind nun vereinigt und klagen einander den Liebesgram und die Nächte, die wir in Schmerzen zugebracht. Doch vergessen wir, was vorüber ist, O Herrin! Und der Barmherzige möge das Geschehene bedecken! Wie süß und angenehm ist nun das Leben! Die Liebe hat uns nur veredelt.«

Sie legten sich allein nieder, kosten, rezitierten Verse und tauchten in den Freuden der Vereinigung unter. So vergingen, ohne daß sie es merkten, sieben Tage; als die Leute am siebenten Tage kamen, um ihnen zu gratulieren, standen sie auf, und Ward sprach folgende Verse:

»Trotz der Neider und Aufseher bin ich doch mit meinem Geliebten vereinigt worden und statt der früheren vor Kummer schlaflosen Nächte durchmachen wir sie jetzt in Umarmungen auf Seidenstoffen mit Rosen durchwirkt, auf ledernem Sofa mit Vogelfedern vollgestopft; ich kann den Wein entbehren, die feuchten Küsse des Geliebten übertreffen ihn. Das Glück unserer Vereinigung ist so groß, daß wir kein Maß der Zeit mehr kennen. Sieben Nächte sind vorüber und wir wissen nicht, was sich Wunderbares inzwischen zugetragen. Wünscht mir Glück zu solchen Wochen und saget: Gott lasse deine Vereinigung lange dauern!«

Als sie vollendet hatte, sprach der Prinz folgende Verse:

»Der Tag der Freude und Glückwünsche ist gekommen, meine Geliebte hat mir ihre Treue bewahrt und mich die schönsten Freuden der Vereinigung kosten lassen. Ich habe so viele Wonne bei ihr genossen, daß ich ganz mein Sein vergaß. Mögen alle Liebenden wie ich durch Vereinigung glücklich werden!«

Sie standen dann auf und teilten viele Almosen aus, Ward aber sagte zum Prinzen: »O mein Geliebter! Laß uns ins Bad gehen!« Der Prinz gewährte ihr ihren Wunsch, sie aber gab Befehl, daß man das Bad aufs feinste beräuchere, hell beleuchte und sprach folgende Verse:

»O du, der schon lange im Besitz meines Herzens ist! O du, dessen Nähe jeden Kranken heilt! O du, den niemand ersetzen kann! Licht meiner Augen! Komm ins Bad, laß uns Lichter anzünden mitten in der Hölle, den Boden mit Rosen, Narzissen, Myrthen und Lilien bestreuen, und mit Aloe und Ambraduft die ganze Atmosphäre schwängern; dort will ich mein Herz erfreuen, und wenn ich dich dort sehe, will ich ausrufen: Heil und Friede dir, o Geliebter!«

Vom Bade gingen sie ins Schloß zurück und lebten in Freude und Wonne, bis der Zerstörer aller Freuden und der Trenner aller Vergnügungen sie überfiel; das ist alles, was ich von dieser Geschichte gehört. Doch, was ist das im Vergleich zur …

Geschichte des Abul Hasan

Man erzählt nämlich, daß Harun Arraschid, Gott erbarme sich seiner!, einst eine sehr unruhige Nacht hatte; er rief daher Masrur, das Schwert seiner Rache. Als dieser erschien, sagte ihm der Kalif: »Rufe mir den Barmekiden Djafar!« Als dieser nahte, sprach der Kalif: »Ich bin diese Nacht sehr unruhigen Gemüts, ohne daß ich weiß, warum, und kann nicht schlafen; wie könnte ich wohl diese Unruhe und Qual vertreiben?« Djafar antwortete: »O Fürst der Gläubigen! Die Weisen sagen: ›Frauen besuchen, ins Bad gehen und Gesang hören, vertreibt Kummer und Sorgen.‹« Der Kalif antwortete: »Alles dies habe ich getan, es half aber nichts; ich schwöre nun bei meinem Vater und bei meinen reinen Ahnen, wenn du meinen Kummer nicht verscheuchest, so schlage ich dir den Kopf ab!« Djafar sagte: »Nun, Herr, so folge meinem Rat; laß uns einen Nachen besteigen und nach einem Ort fahren, Kam Asserat genannt, vielleicht werden wir dort etwas neues sehen oder hören; denn man sagt, durch drei Dinge kann man den Kummer vertreiben: etwas sehen, was man nie gesehen, etwas hören was man nie gehört, etwas erfahren was man nie erfahren. Vielleicht wird, so Gott will, dein Kummer verschwinden. An beiden Ufern sind Fenster und Altane, vielleicht hören wir da etwas, das unser Herz erfreut.« Djafars Vorschlag gefiel dem Kalifen, sie gingen zusammen mit Fadhl, Ishak, Masrur und Abu Nuwas, bestiegen einen vergoldeten Kahn und die Schiffsleute ruderten dem Ort zu, wohin sie wollten; auf dem Wege dahin hörten sie eine bezaubernde Mädchenstimme, von einer Laute begleitet, folgende Verse singen:

»Steh auf, Freund! Der Wein ist klar und die Nachtigall singt auf den Bäumen! Wie lange noch dieses Zögern und Träumen? Erwache! Das Leben ist nur geliehenes Gut, nimm ihn aus der Hand eines zarten Jünglings mit Blicken der Liebe, auf dessen Wangen frische Rosen gesäet sind, neben denen rote Kirschen wachsen.«

Als der Kalif dies hörte, erstarrte er und sprach: »O Ishak! Was sagst du zu dieser Stimme?« Ishak, der Gesellschafter des Kalifen, war nämlich der geschickteste Lautenspieler seiner Zeit. Er antwortete: »O Fürst der Gläubigen! Mein Ohr hat nie so etwas Vortreffliches gehört; hinter dem Vorhang hören wir jedoch nur die Hälfte, wie muß es erst in der Nähe sein?« Der Kalif, der das weibliche Geschlecht liebte, sagte: »Kommt, wir wollen uns beim Herrn des Hauses als

Gäste melden, vielleicht sehen wir sie dann, wie sie vor uns singt.«

Wir stiegen, so erzählt nämlich der Barmekide Djafar, aus dem Nachen, klopften an der Tür des Hauses, aus welchem der Gesang kam, und baten um Erlaubnis hineinzukommen. Es trat hierauf ein hübscher beredter junger Mann zu uns heraus und sagte: »Willkommen, ihr vornehmen Herren! Kommt herein und macht es euch bequem!« Er führte uns in ein Haus, das nach vier Seiten frei stand; die Decke der Zimmer war golden und die Wände waren mit Lasursteinen gemauert; man sah darin einen großen Saal mit einem Sofa von Elfenbein und Ebenholz, mit dazu passenden Matratzen und Kissen. Auf demselben saßen fünf Mädchen wie der Mond. Der junge Mann rief ihnen, und sie standen auf. Er wandte sich dann zu mir und sprach: »Herr! Ich kann den Vornehmsten unter euch nicht unterscheiden; darum setze sich im Namen Gottes der Erste unter euch oben an, und so jeder nach seinem Rang.« Der Kalif setzte sich oben an; die verständigen Worte des jungen Mannes aber gefielen ihm sehr. Jeder nahm seinen Platz ein, bis auf Masrur, der zur Bedienung stehenblieb. Nachdem sie Platz genommen hatten, sagte der junge Mann: »Wenn ihr es erlaubt, meine Gäste, so lasse ich etwas auftragen«, und er befahl, ein Tischchen von Chalandj* herzurichten.

Auf sein Geheiß nahten sich vier umgürtete Sklavinnen mit kristallenen und chinesischen vergoldeten Gefäßen in der Hand, worauf die kostbarsten Butterspeisen, Feldhühner und junge Tauben waren. Auf dem Rande des Tischchens waren folgende Verse:

»Brich das Brot und die Kuchen an und laß dir Gebackenes und Geflügel wohlschmecken, strecke dann die Hand nach den Fischen aus und dem wohlgebackenen Brot. Göttlich schmeckt hierauf der Braten mit Gemüsen und sauren

* Ein Baum, der in der Provinz Jemen wächst

Speisen; schon ist der Hafen mit Milch überfüllt, daß die Hand bis zu den Armbändern hineinreicht! O Leben! Geduld! Das Schicksal ist wunderbar. Wenn es uns einen Tag beengt, so wird es uns am folgenden wieder leicht.«

Wir aßen bis wir satt waren, dann wuschen wir unsere Hände mit Rosenwasser im silbernen Waschbecken. Endlich sagte der junge Mann: »Ihr habt mir eure Freundschaft bewiesen; wenn ihr nun irgendein Anliegen habt, so sagt es mir, ich werde mir eine Ehre daraus machen, euch gefällig zu sein.« Wir fragten ihn: »Willst du das wirklich tun?« Er antwortete: »Ja.« Wir sprachen zu ihm: »Wir sind nur in dein Haus gedrungen, weil wir von außen eine schöne Stimme gehört haben; wir bitten dich nun, sie uns in der Nähe vernehmen zu lassen, dann werden wir, so Gott will, wieder hingehen, woher wir gekommen sind.« Er sagte: »Gerne«, und rief einer schwarzen Sklavin zu: »Laß deine Herrin kommen!« Sie ging weg, blieb eine Weile aus, dann brachte sie einen chinesischen Sessel mit griechischem Seidenstoff überzogen; ihr folgte ein Mädchen wie der Vollmond, wie man nie ein schöneres gesehen; das Mädchen grüßte und setzte sich. Ein anderes Mädchen überreichte ihr ein Futteral von roter Seide, woraus sie eine Laute nahm, die mit Gold und Juwelen besetzt war. Sie legte sie an ihren Busen, und neigte sich zu ihr hin, wie die Mutter zu ihrem Kinde; dann ergriff sie die Saiten und schlug einen Ton an, wie ein Kind, das nach seiner Mutter ruft. Dazu sang sie folgende Verse:

»Die Zeit ist mit dem Gegenstande meiner Liebe zurückgekehrt und ich kann ihm Vorwürfe machen. O Freund! Da du doch wiedergekehrt, so trinke von dem Wein, der, sobald er das Herz berührt, allen Kummer in Entzücken verwandelt. Der Zephyr selbst stand auf und pries ihn im Becher, und ich sah den Vollmond, der einen Stern trug; wie manche Nacht habe ich mit dem Vollmond gekost über dem Tigris, ehe er unterging. Dann neigte er sich zum Untergang, und es war, als ginge ein goldenes Dach über dem Wasser her.«

Als dies diese Verse vollendet hatte, weinte sie heftig, wir aber waren höchst entzückt und ganz außer uns, wegen ihrer schönen Stimme und Gestalt. Der Kalif sprach zu Ishak, indem er sich zu ihm hinneigte: »Was hast du gesehen; o Ishak?« Er antwortete: »O Fürst der Gläubigen! Ihre Kunst ist unübertrefflich!« Der Kalif betrachtete dann den jungen Mann, und bewunderte seine Schönheit und Anmut, obgleich sein Gesicht so gelb aussah, als wollte er sterben. Der Kalif sagte: »Junger Mann!« Dieser antwortete: »Was beliebt, o Fürst der Gläubigen?« Dies wurde ihm nämlich gesagt, während das Mädchen sang. Der Kalif sprach: »Ich möchte wissen, ob das Gelbe in deinem Gesichte dir angeboren, oder ob es Folge einer Krankheit ist?« Er antwortete: »O Fürst der Gläubigen! Erst später ist es an mich gekommen.« »Und wieso? Erzähle mir, vielleicht kann dir durch mich geholfen werden.« Der junge Mann sprach: »Höre mich an, ich will dir es erzählen.«

Wisse, O Fürst der Gläubigen! ich bin ein Kaufmann aus der Stadt Oman; mein Vater war auch Kaufmann, besaß viele Güter und trieb einen großen Seehandel; er war ein edler Mann, lehrte mich schreiben und was sonst der Mensch wissen soll. Einst saß ich in meiner Wohnung mit mehreren Kaufleuten, da kam mein Diener und sagte: »Herr! Es ist ein Mann an der Türe, der um Erlaubnis bittet, vorgelassen zu werden«; ich erlaubte es ihm und er kam mit einem Träger, der einen zugedeckten Korb auf dem Kopf hatte, den er vor mir niedersetzte. Als ich ihn aufdeckte fand ich seltene Früchte darin; ich dankte ihm, gab ihm 100 Dinare, auch dem Träger seinen Lohn; er ging fort und wünschte mir viel Glück. Ich teilte die Früchte unter die Anwesenden, und fragte die Kaufleute, wo diese Früchte herkommen? Sie sagten, von Bagdad, beschrieben mir die Stadt und fügten hinzu: »Es gibt in der Welt keine angenehmere Stadt als Bagdad, und keine besseren und wohlgesitteteren Leute als die Bewohner derselben.« Ich hatte keine Ruhe mehr, so groß wurde meine Sehnsucht, dahin zu reisen; ich verkaufte zuerst meine Güter und meine Schiffe für 100000 Dinare; dann meine Sklaven und Sklavinnen, und mein Vermögen belief sich auf eine Million Dinare, außer den Juwelen und Edelsteinen. Ich bestieg ein Schiff, ließ alles darauf bringen und reiste nach Baßrah, wo ich einige Zeit verweilte; ich verkaufte zuletzt auch dieses Schiff und mietete ein anderes, auf das ich mein Vermögen brachte, und fuhr damit nach Bagdad. Daselbst angekommen, fragte ich, wo die Kaufleute wohnen? Und man sagte mir, in einem Quartier, Karch genannt; ich ging dahin, mietete ein schönes Haus in der Safranstraße, ließ alles, was ich bei mir hatte, dahin bringen, und lebte dort recht angenehm. Eines Tages, es war Freitag, begab ich mich in die Moschee, um zu beten; als dies geschehen war, ging ich mit den Leuten heraus nach einem Orte, Karn Asserat genannt, und sah daselbst ein altes Haus mit Altanen nach dem Ufer hin und eisernen vergoldeten Gittern. Die Leute gingen alle nach diesem Gitter zu, ich folgte der Menge und sah einen schönen, alten Mann vor demselben sitzen, kostbar gekleidet, fein parfümiert, mit einem Bart, der wie zwei Silberstangen sich über seiner Brust zerteilte; vier Sklavinnen und fünf Sklaven umgaben ihn zu seiner Bedienung. Ich fragte

jemanden: »Wer ist dieser alte Mann?« Man antwortete mir: »Es ist Zaher, Sohn Alas, der sich aller Betrübten in Bagdad annimmt; wer bei ihm einkehrt, kann essen, trinken und schöne Mädchen sehen.« Da sagte ich: »Bei Gott! Ich suche schon lange ein solches Haus.« Ich ging also auf den Alten zu, grüßte ihn und sprach zu ihm: »Herr, ich habe ein Anliegen an dich.« Er antwortete: »Komm nur und trage es vor.«

Er stand vor mir auf; ich ging mit ihm hinein und sagte ihm: »Herr, ich wünsche diese Nacht dein Gast zu sein.« Er sagte: »Recht gerne; sieh, mein Sohn, ich habe sehr viele Mädchen im Hause, von zehn bis zu 100 Dinaren, wähle dir eine!« Ich zahlte ihm sogleich 300 Dinare aus für einen ganzen Monat. Er ließ mich hierauf ins Bad, und von da in ein Zimmer bringen, wo ein Mädchen war, und der Diener sagte ihr: »Nimm hier deinen Gast!« Sie nahm mich gut auf, ließ mich neben sich sitzen und befahl vier Sklavinnen, die sie umgaben, mir zu essen und zu trinken zu bringen. Sie brachten einen Tisch mit kostbaren Speisen, worauf folgende Verse geschrieben waren:

»Sage, hast du nicht Lust zu Hammelfleisch in einem großen Topf gekocht, das wie Rosenwasser, Moschus und Ambra duftet? Willst du essen, so greife zu, magst du nicht, so bist du ein Narr.«

Man brachte uns Wein, das Mädchen nahm die Laute und sang; ich verließ sie hierauf und ging zu einer anderen, und fuhr so fort, bis ich zur Schönsten kam, die ein wahres Wunder von Anmut und Liebenswürdigkeit war. Eines Abends hörte ich ein großes Geschrei, fragte, was es wäre, und man sagte mir: »Alle Bewohner der Stadt fahren auf dem Fluß spazieren.« Der Alte aber sagte mir: »Mein Sohn, wenn du willst, so kannst du alles von hier aus sehen.« Ich stieg daher mit ihm auf die Terrasse, von wo ich eine Menge Volk mit Wachslichtern und Fackeln in großem Gedränge sah. Als ich an das Ende der Terrasse kam, sah ich einen schönen Vorhang vor einer schönen Wohnung; mitten in der Wohnung war ein Sofa von Zypressenholz mit Gold belegt und dazu passenden Kissen und Matratzen, und ein Mädchen saß darauf, ich hatte nie ein schöneres in meinem Leben gesehen. Neben dem Mädchen stand ein Jüngling, der seine Hand um ihren Hals geschlungen hatte und sie küßte; als ich dies sah, o Fürst der Gläubigen!, da war ich nicht mehr Herr meiner selbst und wußte nicht mehr, wo ich auf Gottes Erde war, so schön war ihre Gestalt. Als ich dann wieder herunterstieg, erkundigte ich mich nach ihr bei meinem Mädchen, und fragte es: »Was ist das für ein junges Mädchen, das so schön ist, daß mir der Kopf schwindelt?« Sie lächelte und sagte: »Hättest du wohl Lust, dich ihr zu nähern?« Ich antwortete: »Ja, bei Gott! Und kostete es mein Leben.« Da sagte sie: »Das ist die Tochter Zahers und unsere Herrin, wir alle sind ihre Sklavinnen; weißt du, was es kostet, einen Tag bei ihr zuzubringen? 500 Dinare, und das tut doch dem Herzen eines Kaufmanns wehe.« Ich aber sagte: »Bei Gott! Ich will gerne mein ganzes Vermögen für sie hingeben.« Ich konnte kaum den Morgen erwarten, stieg ins Bad, zog ein kostbares mit Gold und Juwelen verziertes Kleid an und ging zum Alten. Er hieß mich willkommen und fragte mich, was ich wolle? Ich sagte: »Ich möchte zu dem Mädchen, das 500 Dinare kostet.« Er sprach: »Glück dazu! Willst du die Summe erlegen?« Ich sagte ja, und brachte sogleich 15000 Dinare für einen ganzen Monat. Er befahl dann einem Diener: »Geh, bringe ihn deiner Herrin Zahra!« Dieser brachte mich in eine Wohnung, dergleichen sich in der Welt nicht wieder findet; als ich hineinkam und das Mädchen dasitzen sah, fiel ich vor Gott nieder und dankte ihm für ein so bezauberndes Geschöpf; sie war so blühend und schön, wie der Dichter sagt:

»Wenn sie mit der Sonne wetteifern wollte, so würden alle Leute sie statt ihres Idols anbeten; wenn sie in das bittere Meer spie, es würde von ihrem Speichel süß werden, und wenn sie im Westen einem frommen Pilger sich zeigte, er würde den Osten lassen, und ihr nach Westen folgen.«

Kurz, o Fürst der Gläubigen!, fuhr der junge Mann fort, sie war über alle Beschreibung schön. Als ich sie grüßte, stand sie vor mir auf und hieß mich vielmal willkommen. Ich sah sie gehen, als hebe sie den Fuß aus weicher Erde auf und setze ihn auf harten Stein nieder. Gepriesen sei der, der sie geschaffen! Ich setzte mich neben sie, und sie befahl den Sklavinnen, eine Mahlzeit zu bringen. Da kamen vier junge Mädchen mit einem Tisch voll Speisen, wie man sie nur bei Königen sieht, und stellten ihn vor uns auf. Ich griff nach den Speisen und verlor vor Entzücken meine ganze Besinnung. Als wir genug gegessen hatten, wuschen wir unsere Hände. Man brachte hierauf Wein, eine ihrer Sklavinnen reichte ihr eine Laute, die sie auf ihren Schoß legte und stimmte. Die Laute gab einen so rührenden Ton von sich, wie ein kleines Kind, das nach seiner Mutter schreit, wie der Dichter sagt:

»Wir tranken edlen Wein in der Dunkelheit der Nacht, wenn die Auflaurer schliefen. Sie sang, drückte die Laute an ihren Busen, und ließ Wangen und Halsband darüber herunterhängen, neigte sich liebevoll zu ihr hin als hätte sie ein Kind in ihrem Schoße.«

Ich lebte so, o Fürst der Gläubigen!, von einem Monat zu andern, bis ich all mein Geld verschwendet hatte. Eines Tages saß ich bei ihr und dachte, wie ich mich nun von ihr trennen müsse, und weinte. Sie fragte: »Was weinst du?« Ich antwortete: »Über unsere Trennung, o Licht meiner Augen!« Sie fragte wieder: »Und warum müssen wir uns trennen?« Ich antwortete: »Bei Gott! Von dem Tage an, als ich zu dir kam, nimmt dein Vater jeden Tag 500 Dinare von mir; nun habe ich aber nichts mehr. Die Leute sagen, die Armut macht einen zum Fremden in der Heimat und der Reichtum ersetzt sie dem Fremden.« Sie aber sprach: »Wisse, mein Vater ist gewöhnt, jedem Kaufmann, der sein Vermögen bei uns verschwendet, drei Tage zu schenken und ihn dann fortzuschicken; fürchte du aber nichts, ich will es so einrichten, daß wir uns nie trennen müssen, denn wisse, mein Vater ist so reich, daß nur Gott weiß, wieviel er besitzt, und all sein Geld gibt er mir aufzubewahren, ich werde dir jeden Tag 500 Dinare geben, die du meinem Vater bezahlst; wie er es mir schickt, gebe ich es dir zurück, und du kannst auf diese Weise, solange Gott will, bei mir bleiben.« Als ich dies hörte, o Fürst der Gläubigen!, stand ich auf und küßte ihr die Hand, wir lebten auf diese Weise ein ganzes Jahr fort, bis einst Gott unsere Trennung wollte; sie schlug nämlich eine ihrer Sklavinnen sehr heftig, und diese sagte: »Du hast durch Schläge mir weh getan, bei dem erhabenen Gott!, ich will nun auch deinem Herzen weh tun.« Sie ging hierauf zu ihrem Vater und erzählte ihm die ganze Geschichte von

Anfang bis zu Ende. Als ihr Vater dies hörte, stand er auf, kam zu mir und sagte: »O Omaner! Bei uns ist es Sitte, wenn jemand arm wird, so schenken wir ihm drei Tage, du hast nun schon ein ganzes Jahr genossen.« Er befahl dann einem Diener: »Zieh ihm seine Kleider aus!« Man zog mir meine Kleider aus, gab mir statt derselben alte zerrissene, die keine Drachme wert waren, und schenkte mir zehn Drachmen. Der Alte sagte mir: »Ich werde dich nicht schlagen und dir nichts zuleid tun, geh nur deines Weges, bleibe nicht in diesem Land und erwähne unserer niemals, sonst haftet dein Blut an deinem eigenen Hals.« So ging ich gezwungen fort, ohne zu wissen wohin.

Aller Gram von der Welt drückte mich, als ich an das Geld dachte, das ich hierhergebracht hatte, wie ich mit einer Million Dinare aus meiner Heimat gekommen war, die ich nun in dem Hause dieses verruchten Alten verschwendet hatte, und wie ich nun elend und zerknirscht weggehen mußte. Es gibt keinen Schutz und keine Macht, außer bei Gott, dem Erhabenen! Ich blieb nur noch drei Tage in großer Verzweiflung in Bagdad, und konnte weder essen noch trinken. Am vierten Tag sah ich ein Schiff, das nach Baßrah ging, ich bestieg es und gab die zehn Drachmen her. Als wir nach Baßrah kamen, ging ich hungrig auf den Markt und sah daselbst einen Gemüsehändler, der mich von früher her kannte; er stand vor mir auf, umarmte mich und fragte, wie es mir gehe, daß er mich in so schlechten Kleidern sehe? Ich erzählte ihm meine ganze Geschichte, und er sagte: »Herr, das ist kein Verfahren eines verständigen Mannes.« Er fragte hierauf: »Was hast du nun vor?« Ich antwortete: »Bei Gott! Ich weiß es nicht.« Er aber sagte: »Bleibe bei mir und führe mein Buch, du sollst jeden Tag zwei Drachmen nebst freier Kost haben.« Meine Antwort war: »Gut, alles ist nach der Bestimmung des erhabenen Gottes.« Ich blieb nun bei ihm bis ich 100 Dinare beisammen hatte, mietete mir eine Hütte am Ufer des Flusses und wartete auf ein Schiff, das nach Bagdad segelte.

Eines Tages kam ein Schiff, mit Waren beladen; alle Kaufleute und Großen des Landes gingen, um einzukaufen, und ich mischte mich unter die Menge. Da stiegen zwei Männer vom Schiff; man stellte ihnen zwei Stühle, auf die sie sich setzten. Die Kaufleute begrüßten sie, sie aber befahlen dem Diener, Teppiche auszubreiten. Als dies geschehen war, holten sie einen Sack mit Perlen und Edelsteinen, Karneol, Kristall, Korallen und anderen Steinen. Dann sagten sie: »O ihr Kaufleute, heute verkaufen wir nur dieses.« Die Kaufleute überboten dann einander, und es wurden 400 Dinare geboten. Da sah mich einer der Leute, die auf dem Schiff waren, und der früher mein Freund war, er kam herunter und grüßte mich. Er fragte mich: »Warum sprichst du nicht mit den Kaufleuten?« Ich antwortete: »Die Unfälle der Welt sind über mich gekommen und haben mir mein Vermögen geraubt; ich besitze nur noch 100 Dinare! So hat die Bestimmung es gewollt.« Ich schämte mich so sehr vor ihm, daß ich weinen mußte. Als er mich in diesem Zustand sah, bekam er Mitleid mit mir, und weinte mit mir. Er sagte dann den Kaufleuten, die um ihn herum waren: »Ihr seid meine Zeugen, daß ich diesen Teppich mit allem, was darauf ist, diesem Omaner für 100 Dinare verkaufe, obschon ich weiß, daß er noch einmal so viel wert ist; doch schenke ich es ihm gerne.« Ich wünschte ihm viel Gutes, und alle Kaufleute lobten seine Freigebigkeit. Ich nahm die Waren, ging damit auf den Perlenmarkt, und handelte ein Jahr lang. Nun war unter diesen Edelsteinen auch ein Amulett von Korallen, worauf ganz feine Talismane, die ich nicht verstand, so fein wie Bienenfüße, geschrieben waren; ich nahm dieses Amulett und gab es dem Makler, der damit eine Weile ausblieb, dann kam er wieder und sagte. »Verkaufst du es für zehn Drachmen?« Ich sagte: »Nein, dafür gebe ich es nicht her.« Er warf es vor mich hin und ging wieder fort. Ich ließ es an einem anderen Tag wieder ausrufen, da fragte er mich: »Verkaufst du es für fünf Drachmen?« Ich nahm es ihm weg und warf es vor mich hin. Als ich eines Tages so dasaß, kam ein Reisender zu mir, grüßte mich und ich erwiderte seinen Gruß. Er sagte: »Erlaube mir, alles, was du hier hast, genau zu betrachten.« Ich antwortete: »Tu, was du willst.« Ich wurde aber mißmutig, als er von allen Edelsteinen nichts als dieses Amulett kaufen wollte, und eine große Freude hatte, als sein Blick darauf fiel, und seine Hand küßte. Er fragte mich: »Verkaufst du dies?« Ich sagte: »Ja«, und sah wohl, daß er eine große Lust dazu hatte. Er fragte: »Wie teuer?« Ich antwortete: »Wieviel hast du bei dir?« Er sagte: »20 Drachmen.« Ich versetzte: »So laß es nur und gehe deines Weges.« Er sprach: »Laß mir es um 50 Dinare.« Ich glaubte, er mache nur Spaß, und sagte:

»Geh, laß mich, scherze nicht mit mir, hier ist kein Ort zum Spaßen.« Er sagte dann: »Verkaufst du es um 100 Dinare? Um 200, um 500, um 1000 Dinare?« Das alles sprach er lachend, und ich glaubte immer, er scherze nur. Er bot dann noch mehr als 1000, ich aber antwortete vor Zorn nicht mehr. Endlich aber sagte er: »Verkaufst du es für 20000 Dinare?« Da mußte ich lachen und spaßte nun auch mit ihm. Alle Leute des Marktes versammelten sich um uns und riefen mir zu: »Verkaufe es ihm und wenn er nicht bezahlt, so machen wir uns alle gegen ihn auf und treiben ihn aus der Stadt.«

Ich sagte: »Nun in Wahrheit, wieviel Geld hast du?« Er aber fragte: »Verkaufst du es?« Ich antwortete: »Ja, wenn du es kaufen willst.« Da sagte er: »Ich habe 30000 Dinare, verkaufst du es dafür? Nimm sie und gib das Amulett.« Ich sprach zu den Anwesenden: »Ihr seid Zeugen. Doch verkaufe ich es nicht, bis du mir sagst, wozu es dient, daß du so viel Geld dafür gibst.« Er sagte: »Mache nur den Handel richtig, dann sage ich es dir, und Gott bürgt mir für deine Aufrichtigkeit.« Ich sagte: »Nun, es sei!« Da freute er sich sehr, nahm das Gold heraus, gab es mir, nahm das Amulett, hing es um seinen Hals und fragte noch einmal: »Bist du zufrieden?« Ich antwortete: »Ja.« Er sagte dann zu den Anwesenden: »Ihr seid Zeugen, daß er zufrieden ist und den Wert angenommen hat.« Er wandte sich hierauf zu mir und sagte: »Bei dem erhabenen Gott! Hättest du noch mehr gefordert, ich hätte dir 100-, 200-, 300000 Dinare gegeben.« Als ich dies hörte, war mir, als sei ich aus dem Schlaf erwacht, das Blut entfloh aus meinem Gesicht, und von damals an wurde ich durch die Bestimmung Gottes, gelobt sei er!, so gelb. Ich fragte ihn: »Und wozu dient es?« Er sagte mir: »Mein Sohn, höre meine Geschichte!«

Es versammelten sich nun mehr als 1000 Menschen um uns, und er sprach: Wisse! Kaschmir, der große König von Jemen, der ein Dritteil der Welt besitzt, ist der Vater der schönsten Tochter der Welt, die aber die fallende Sucht hat. Der König ließ alle Sterndeuter kommen, um sie zu heilen. Da sagte einer der Anwesenden: »O König! Ich kenne einen Mann, er heißt Abd Allah aus Babel, und ist der geschickteste Mann auf der Welt, um derartige Krankheiten zu heilen; wenn du willst, so schicke mich zu ihm.« Der König gab ihm ein Stück Karneol und 100000 Dinare, und der Mann reiste damit nach dem Lande Babel, fragte nach dem alten Mann und brachte ihm die Geschenke. Der Alte nahm sie an und beobachtete sieben Monate lang die Sterne, bis er eine günstige Stunde fand, in der er nach seiner Einsicht die Talismane und Namen auf dieses Amulett schrieb. Der Mann nahm es und brachte es dem König, der es seiner Tochter umhängte. Diese war an vier Ketten gefesselt, jede Nacht mußte ein Mann bei ihr wachen, den man des Morgens tot fand. Sobald ihr nun der König dieses Amulett umgehängt, wurde sie durch den Willen des erhabenen Gottes wieder gesund, und von jenem Tag an bekam sie keinen Anfall mehr. Der König freute sich sehr, machte jenem Mann viele Geschenke, und alle Bewohner der Stadt erwiesen ihm Wohltaten. Eines Tages aber machte die Prinzessin mit ihren Sklavinnen eine Spazierfahrt auf dem Fluß und spielte mit ihnen; da streckte eine Sklavin scherzend die Hand nach ihr aus, das Amulett machte sich los und fiel ins Wasser. Die Prinzessin fiel in Ohnmacht und wurde wieder krank wie zuvor. Als der König dies hörte, gab er mir Geld und befahl mir, zum Alten zu gehen, und ein neues Amulett machen zu lassen; als ich aber nach seinem Ort kam, war

er schon tot. Gottes Barmherzigkeit sei mit ihm! Der König schickte uns dann zu zehn ab und gab uns viel Geld, um in allen Ländern nachzusuchen, bis mich mein Glück zu dir trieb. Mit diesen Worten nahm er das Amulett und ging fort. Du hast nun, Fürst der Gläubigen, die Ursache meines gelben Gesichts gehört! Ich kehrte hierauf nach Bagdad zurück, nahm mein Geld mit mir und mietete wieder mein altes Haus. Am Morgen nach meiner Ankunft zog ich mich an und ging nach dem Hause Zahers, Sohn Alas, in der Hoffnung, meine Geliebte wieder zu sehen. Als ich dahin kam, sah ich die Fenster geschlossen; ich blieb eine Weile stehen und dachte über meine Lage und über die Macht des Schicksals nach, bis ich einen Diener sah. Ich fragte ihn, was aus dem Herrn dieses Hauses geworden? Er antwortete: »Mein Onkel, er hat sich zu dem erhabenen Gott bekehrt.« Ich fragte ihn: »Und was hat ihn zu seiner Buße veranlaßt?« Er antwortete: »Vor einigen Jahren war ein Mann bei uns, mit Namen Abul Hasan aus Oman, den seine Tochter sehr liebte; als er sie verließ, wurde sie so krank, daß sie vor Gram dem Tode nahe war. Sie erklärte sich nun ihrem Vater, der nach allen Ländern schickte, um ihn aufzusuchen. Er versprach dem, der ihn bringen würde, 100000 Dinare. Niemand aber wußte, wo er hingekommen, und man konnte keine Spur von ihm entdecken; die Tochter wurde deshalb immer kränker und nun ist sie dem Grabe sehr nahe. Ihr Vater hat des großen Unglücks seiner Tochter willen alle Mädchen verkauft und sich zu dem erhabenen Gott bekehrt.« Ich sagte dem Diener: »Was wirst du sagen, wenn dir jemand den Abul Hasan zeigt?« Er antwortete: »O ich beschwöre dich bei Gott, hilf mir und meinem Vater aus unserem Elend.« Ich sagte ihm: »Geh hinein und sprich: Abul Hasan aus Oman ist an der Tür und läßt dich grüßen.« Er rief aus: »Was sagst du? Ich beschwöre dich bei Gott, sprich die Wahrheit! « Ich antwortete ihm: »Geh hinein und sage, was ich dir aufgetragen«; worauf er von mir weglief, wie ein Maulesel, der von der Mühle entflieht. Nach einer Weile kam er wieder mit dem Alten zurück. Als dieser mich sah, grüßte er, umarmte mich und sprach: »Gelobt sei Gott, der dich wohl erhalten!« Mit diesen Worten ging er in sein Haus, gab dem jungen Mann 1000 Dinare und kam hierauf wieder zu mir, umarmte mich nochmals und sagte: »Gelobt sei Gott, der dich wohl erhalten! Wo warst du, mein Sohn? Deine Trennung hat meine Tochter niedergeschlagen. Komm mit mir herein.« Ich trat mit ihm in seine Wohnung. Er hieß mich sitzen, ging zu seiner Tochter und sagte: »O meine Tochter, lasse einmal diese Krankheit!« Sie erwiderte: »O mein Vater, ich werde nicht eher gesund, bis ich den Geliebten meines Herzens wiedersehe; wäre mir doch vergönnt, auch nur einen einzigen Blick auf sein Antlitz zu

werfen.« Er aber sprach: »Ich gelobe, dich mit deinem Geliebten zu vereinigen; geh nur zuerst ins Bad und iß etwas.« Als sie diese Worte hörte, rief sie: »Sprichst du wahr?« Hierauf sagte der Alte zu seinem Diener: »Geh zu dem Herrn, der eben angekommen ist.« Er kam zu mir, und ich trat mit ihm hinein. Kaum hatte das Mädchen mich erblickt, o Fürst der Gläubigen!, so fiel sie in Ohnmacht. Als sie wieder zu sich kam, seufzte sie tief und sprach diese Verse:

»Sobald ich ihn noch beim Leben sah, erschrak ich so sehr, daß ich ihm nichts erwidern konnte.«

Sie setzte sich dann aufrecht und sagte: »O mein Herr, bei Gott, ich habe geglaubt, dich nur im Traume wieder zu sehen!« umarmte mich und weinte heftig. Hierauf sagte sie ihrem Vater: »Geh, reiche mir etwas zu essen.« Der Alte freute sich sehr darüber, und brachte ihr Speisen und Getränke; wir aßen und tranken. Ich brachte einige Zeit bei ihr zu. Ihre Schönheit und Anmut kehrten aber zusehends wieder. Dann ließ ihr Vater den Kadi und die Zeugen rufen und verheiratete mich mit ihr. Nun ist sie meine Gemahlin, o Fürst der Gläubigen, und ich habe schon einen Knaben von ihr.

Er brachte dann einen Knaben herbei, schön wie der aufgehende Mond, er küßte die Erde vor dem Kalifen; der Kalif nahm ihn zu sich, küßte ihn und pries Gott für seine Schönheit.

Der Kalif, dem diese Geschichte sehr wohl gefiel, stand auf, indem er zu Djafar sagte: »Bei Gott, das ist eine wunderbare Begebenheit!« Sie gingen dann miteinander in den Palast des Kalifen. Als dieser am folgenden Morgen auf dem Thron saß, rief er Masrur, und ließ ihn drei Ladungen Geld, eine von Bagdad, eine von Arsan und eine von Baßrah zusammentragen, bis es eine so ungeheure Summe ausmachte, daß nur Gott sie zählen konnte; er befahl dann Djafar, den jungen Mann zu rufen. Er ging zu ihm, klopfte an der Tür, und als er zu Djafar herauskam, sagte er zu ihm: »Der Fürst der Gläubigen läßt dich rufen!« Als er mit ihm zum Fürsten kam, küßte er die Erde, nahte sich zitternd und ließ seine Hände herunterfallen, denn er fürchtete sich, er habe in etwas gegen den Kalifen verstoßen, dessen Reich Gott verewige und dem Gott seine Huld zuströmen lasse! Der Kalif hieß ihn den Vorhang, den er über das Geld hatte decken lassen, wegnehmen. Als der junge Mann den Vorhang wegnahm und das viele Geld sah, erschrak er und schwieg. Der Kalif sagte ihm: »Ich schenke dir dieses Geld als Ersatz für das, was du bei dem Amulett verloren.« Der junge Mann antwortete: »O Fürst der Gläubigen! Das ist ja mehr als noch einmal so viel.« Der Kalif sprach zu den Anwesenden: »Ihr seid Zeugen, daß ich dieses Geld diesem jungen Manne schenke.« Derselbe trat dann vorwärts, küßte die Erde und schwieg; er schämte sich und weinte, es flossen Tränen über seine Wangen; mit Erlaubnis des erhabenen Gottes kehrte das Blut wieder in sein Gesicht zurück, und es war wie der Vollmond. Als der Fürst der Gläubigen ihn sah, sagte er: »Es gibt keinen Gott, außer Gott! Gepriesen sei der ewig Unveränderliche! Sieh einmal in den Spiegel!« Als er sein Gesicht gesehen, fiel er dankend vor Gott nieder, und dankte auch unserem Herrn Harun Arraschid, dem Fürsten der Gläubigen. Der Kalif sprach: »Bei der Herrlichkeit Gottes und seinem vollkommenen Wesen! Ich nehme keinen Drachmen von diesem Geld! Ich schenke dir alles, und was ein Edler verschenkt, nimmt er nicht zurück.« Er ließ das Geld in sein Haus tragen, nahm in auf immer in seine Dienste, machte ihn zu seinem Gesellschafter, und sie lebten in Wonne, Freude und Annehmlichkeiten, bis ihnen der Herr der Welten den Tod sandte.

Doch was ist dies im Vergleich zur …

Geschichte der Hajat Alnufus mit Ardschir

Man erzählt nämlich, und Gott kennt am besten alle Geheimnisse der Vergangenheit und Zukunft der Geschichte der Völker, es war in den frühesten Jahrhunderten ein mächtiger Sultan, der viele Truppen und Verbündete hatte; er besaß einen einzigen Sohn, der Ardschir hieß, so hübsch und verständig und alle Vollkommenheiten umfassend, wie nie ein Auge gesehen. Seine Leidenschaft

war die Jagd. Als er einst auf der Jagd war, nahte sich eine Karawane, deren Anführer ein sehr einnehmendes Gesicht hatte. Es gefiel dem Prinzen so sehr, daß er zu einem seiner Diener sprach: »Geh und bringe mir diesen Mann!« Er ging zu ihm und sagte ihm: »Der Prinz möchte mit dir zusammenkommen.« Der Karawanenführer sagte: »Ich gehorche«; zog seine schönsten Kleider an, machte sich sogleich auf, nahm kostbare Geschenke mit und ging mit dem Diener zum Prinzen. Als ihm der Prinz erlaubt hatte, vor ihn zu kommen, küßte er die Erde, wünschte ihm langes Leben und überreichte ihm die Geschenke. Der Prinz freute sich darüber, hieß ihn sitzen und redete ihn freundlich an. Dann sagte er zu ihm: »Aus welchem Lande kommst du? Und in welchen Geschäften?« Er antwortete: »Herr! Ich komme aus Indien, um mir Trost und Zerstreuung zu holen.« Der Prinz fragte: »Und warum bedarfst du dessen?« Er antwortete: »Herr! meine Geschichte ist wunderbar und mein ganzes Unglück kommt davon.« Bei diesen Worten zog er ein Stück Seidenstoff aus der Tasche, und als es der Prinz ansah, war das Bild eines der schönsten Mädchen darauf. Sie hatte die Finger ihrer rechten Hand am Hals, ihre linke Hand an der Hüfte, und ihr Gesicht strahlte wie der Mond. Sie schien zu sprechen und dem, der sie ansah, freundlich zuzuwinken. Als der Prinz Ardschir sie sah, entbrannte eine Flamme in seinem Herzen und er sprach: »O Mann! Woher kennst du dieses Mädchen?« Er antwortete: »Herr! Ich beschwöre dich bei Gott, schüre nicht das Feuer in meinem Herzen, und rege meine Schmerzen nicht auf! Doch wenn sie dir gefällt, so nimm sie.« Der Prinz sagte: »Bei Gott! Ich muß den Gegenstand dieses Bildes haben, ich nehme keine andere, und müßte ich ihretwillen die ganze Welt durchstreifen.« Er fragte den Fremden: »Wie heißt denn das Mädchen?« Dieser antwortete: »Der Name steht über dem Kopf des Bildes.« Der Prinz suchte nach und fand: »Hajat Alnufus,

Tochter des Königs Kader, Herrn der weißen Stadt.« Als er diesen Namen las, kam er außer sich und wurde ganz Flamme. Sein Vater, der ihn dieses Bildes wegen in einem so fieberhaften Zustand sah, sagte: »Habe nur Geduld, mein Sohn, ich will zu ihrem Vater schicken und um sie für dich werben lassen; verweigert er sie, so ziehe ich gegen ihn mit einer Armee, so groß, daß ihre Vorposten bis zu ihm und der Nachtrab bis zu mir reicht.« Der Prinz sprach: »Tu das schnell, denn ich werde sonst gewiß zugrunde gehen.« Der König ließ hierauf den Großvezier rufen und sagte ihm: »Ich will dich sogleich zum König Kader schicken, denn du bist ein verständiger und einsichtsvoller Mann, damit du um seine Tochter für meinen Sohn werbest.« Der Großvezier ging sogleich, machte seine Vorbereitungen und der König gab ihm viele Geschenke mit, die keine Zunge beschreiben kann; er reiste durch Wüsten und Heiden Tag und Nacht, bis er zum König Kader kam. Die Kammerherren desselben kamen ihm entgegen und führten ihn zum König mit den Geschenken, die er bei sich hatte. Der König erzeigte ihm drei Tage lang viele Ehre. Am vierten ließ er ihn rufen, und nachdem er sich eine Weile mit ihm unterhalten, sprach der Vezier: »O König! Ich komme im Namen des mächtigen Königs, des Herrn der Erde in der Länge und Breite, um für seinen Sohn Ardschir, der wie der leuchtende Mond ist, um deine Tochter anzuhalten.« Als der König diese Rede hörte, wurde er verlegen zu antworten; er beugte den Kopf eine Weile, dann sagte er zu einem seiner Diener: »Kafur, geh zu meiner Tochter Hajat Alnufus, grüßte sie von mir und sage ihr in zärtlichem Ton: ›Dein Vater schickt mich zu dir, um dir anzuzeigen, daß einer von den Großen der Erde gekommen ist, der dein Gemahl zu werden wünscht, was sagst du dazu?‹ Merke dir ihre Antwort und bringe sie mir.« Kafur ging und sagte: »Es gibt keinen Schutz und keine Macht, außer bei Gott, dem Erhabenen und Mächtigen! Bei Gott! Ich habe nur noch zwei Zähne, um essen zu können.« Die Prinzessin haßte nämlich die Männer so sehr, daß, so oft Kafur im Namen ihres Vaters kam, um ihren Willen über eine Ehe zu erfragen, sie auf ihn losging, und ihm zwei Zähne ausriß, bis ihm zuletzt nur noch zwei blieben. Als er vor ihr Gemach kam, dachte er eine Weile nach, ob er hineingehen solle oder nicht. Die Prinzessin war eben aufgestanden und ließ sich von den Dienern goldene, mit Perlen besetzte Pantoffeln anziehen. Sie sah ihn, wie er sich nahte; er aber entfloh vor ihr. Sie rief ihm zu: »Bleibe nur! Bei Gott, wenn du in meine Hand fällst, reiße ich dir die übrigen Zähne auch aus!« Auch befahl sie den Dienern, ihn festzunehmen, er aber lief schnell zum König wie ein Rasender. Der König fragte ihn: »Wer verfolgt dich?« Er antwortete: »Herr, ich habe soeben glücklicherweise noch meine übrigen Zähne gerettet.« Da sagte der König zum Vezier: »Du hörst und siehst, entschuldige uns daher bei deinem Herrn, und sage ihm: ›Meine Tochter liebt die Männer nicht, sie will durchaus nicht heiraten, und wenn ich sie zwingen wollte, würde sie sich umbringen.‹« Der Vezier kehrte hierauf wieder nach seinem Land zurück, ohne etwas bezweckt zu haben. Das ist's, was ihn betrifft. Der Prinz Ardschir indessen hatte sich gleich nach der Abreise des Veziers in seine Wohnung begeben; als es Nacht wurde, brannte eine mächtige Flamme in seinem Herzen, heiße Sehnsucht bemächtigte sich seiner, er mußte zu Bett gehen, konnte weder essen noch trinken; er war höchst niedergeschlagen und in Wehmut versunken, und die Tränen flossen wie Regen über seine Wangen. In seinem Schmerz rezitierte er folgende Verse:

»Feindlich fällt die Nacht über den Verzweifelten her und bringt Schmerzen und glühende Seufzer in mein Herz. Fraget die Nacht nach mir, sie wird euch sagen, welche Liebespein in mir wohnt. Ich bin betrübt, verlassen, fremd ohne Frau und Kind und so krank, daß ich die Sterne der Nacht nicht mehr sehen mag; ich habe alle meine Geduld verloren und finde keinen Trost in meinem Trennungsschmerz. Doch will ich meine Qualen und meine Pein nur Gott allein und sonst niemandem klagen.«

Als er diese Verse gesprochen hatte, seufzte er tief und traurig und fiel in Ohnmacht; als er wieder zu sich kam, blickte er immer zu den Sternen bis morgens, stand auf und kleidete sich an. Sein Diener erschien, der Prinz hob den Kopf in die Höhe, und ließ sein von Kummer entstelltes Antlitz sehen; der Diener aber bemitleidete ihn und versprach ihm, ihn mit der Geliebten zu vereinigen. Der Vezier reiste indessen Tag und Nacht, bis er wieder in seine Heimatstadt kam; er ging sogleich zum König, küßte die Erde vor ihm und erzählte ihm alles von Anfang bis zu Ende. Als der König dies hörte, setzte er sich, stand nach einer Weile wieder auf und sprach: »Ein Mann wie ich soll in einer Angelegenheit einen Gesandten schicken und nichts ausrichten?« Hierauf befahl er einem seiner Kammerherrn: »Laß die Zelte aus den Magazinen nehmen und die Truppen zum Krieg aufrufen. Ich will seine Wohnung verwüsten und jede Spur von ihm vertilgen, seine Schätze rauben, seine Krieger umbringen und seine Familie gefangennehmen.« Da der Prinz Ardschir, der neben seinem Vater stand, diese Worte hörte, und wohl wußte, daß sein Vater ein so mächtiger Sultan war, daß er mit seinen vielen Truppen und Verbündeten wohl seine Wohnung verwüsten, seine Spur vertilgen und seine Familie wegnehmen konnte, fürchtete er, die Prinzessin möchte durch ein solches Verfahren so erbittert werden, daß sie sich selbst umbringe, und er dann doch seinen Zweck nicht erreiche. Er näherte sich daher seinem Vater, küßte die Erde vor ihm und sprach: »O großer König! Du willst doch nur in den Krieg mit deinen Tapferen ziehen und dein Gut opfern, um mein Anliegen zum Ziele zu führen, ich will versuchen, das Mädchen auf eine andere Art zu gewinnen.« Der König aber erwiderte: »Und was soll ich für dich tun?« Er antwortete: »Ich will als Kaufmann zu ihr reisen und suchen, in ihre Nähe zu kommen.« Der König versetzte. »Wenn du das willst, so nimm mit dir alle Schätze, die du begehrst, nimm auch den Vezier mit, daß er dir zum Erlangen deines Zweckes behilflich sei.« Der König gab ihm 300000 Dinare, führte ihn in seine Schatzkammer und ließ ihm für ebensoviel Waren übergeben. Ardschir ging dann zu seiner Mutter; diese gab ihm 100000 Dinare und für ebensoviel Kleider und Schmuck. Hierauf nahm er von seinen Eltern Abschied. Der König ließ seine Waren auf Kamele laden, und befahl den Dienern, sich als Kaufleute zu kleiden; der Prinz aber reiste mit dem Vezier Tag und Nacht durch Wüsten und Heiden. Auf der langen Reise nahm seine Liebe immer mehr zu und er sprach folgende Verse:

»Meine Pein kommt von der Liebe, die immer wächst, niemand hilft mir gegen die Gewalt des Schicksals; ich schaue immer zu den Sternen, bis der

Morgen naht, in Sehnsucht vertieft, mit brennender Liebesflamme. Doch ich schwöre es, nie will ich aufhören, dich zu lieben, wenn auch der Schmerz meinen Augenlidern den Schlaf raubt, wenn auch meine Leiden lange dauern und meine Geduld immer weniger wird. Ich werde ausharren, o du mein höchstes Verlangen! Bis uns Gott vereinigt und alle unsere Feinde und Neider beschämt! «

Als er diese Verse vollendet hatte, weinte er heftig vor Liebespein; der Vezier bemerkte es, kam zu ihm und versprach ihm die Erfüllung seiner Wünsche; er unterhielt ihn und tröstete ihn die ganze Reise durch, bis ihnen endlich an einem Morgen bei Sonnenaufgang die Stadt entgegenleuchtete, die das Ziel ihrer Reise war; der Prinz freute sich sehr und sprach folgende Verse:

»O mein Freund! Immer schmachte ich nach meiner Geliebten mit sehnsuchtsvollem Schmerz; ich weine und seufze wie eine Verwaiste, und im Dunkel der Nacht begleiten mich die Tauben. Aus meinen Augen strömen Tränen wie Regen; Tag und Nacht kannst du mich im Meer dieser Tränen schwimmen sehen. Friede sei mit euch, solange der Zephyr weht, die Turteltauben seufzen und meine Sehnsucht glüht!«

Der Prinz konnte den Augenblick nicht erwarten, bis sie sich der Stadt näherten. Als sie endlich hineinkamen, fragten sie nach den Chans der vornehmen Kaufleute; man zeigte sie ihnen und sie stiegen dort ab mit ihren Waren, um auszuruhen. Der Vezier dachte über die Angelegenheiten des Prinzen nach und beschloß, auf dem Bazar zu wohnen; er sagte zum Prinzen: »Wisse, mein Sohn! Länger im Chan bleiben wird uns nichts nützen; mir ist etwas in den Sinn gekommen, das, so Gott will!, zum Besten führen wird.« Der Prinz sprach: »Du hast recht, Vezier, tu, was du für gut findest, Gott mag dir beistehen.« Der Vezier versetzte: »Wir wollen auf dem Bazar einen Laden mieten und ich will dich für meinen Sohn ausgeben; alle Leute werden dann deine schöne Gestalt bewundern, und man wird bald in der ganzen Stadt von dir sprechen.« Der Prinz sagte: »Tu, was dir gut scheint.« Der Vezier machte sich sogleich auf und zog seine kostbarsten Kleider an. Der Prinz tat dasselbe, steckte 1000 Dinare zu sich und sie gingen miteinander aus. Sobald sie aber auf die Straße kamen, sahen ihnen alle Leute nach, denn sie verbreiteten Moschus- und Kampferduft. Die Leute bemerkten, wie Gott den Prinzen mit so großer Schönheit, Beredsamkeit und königlichem Anstand geschaffen, und sagten: »Gelobt sei Gott, der diesen Jüngling geschaffen! Wessen Sohn ist er? Aus welchem Land? Das ist kein Mensch, das ist ein edler Engel!« Es wurde sehr vieles über den Prinzen gesprochen. Einer sagte: »Der Wächter des Paradieses war nachlässig und dieser ist daraus entflohen.« Ein anderer sagte: »Er ist ein Engel.« Ein dritter sagte: »Er ist ein Djinn.« Alle Leute blieben auf beiden Seiten stehen und sahen ihm nach, denn er war so hübsch, wie der Dichter sagt:

»O du, dessen Blicke in Liebe schmachten, wie viele Vornehme und Niedrige hast du getötet! Die Menschen sind aus Wasser und Erde geschaffen, du aber aus Licht und Glanz! Sprichst du, so vermehrt sich mein Schmerz, und schweigst du, so wächst meine Sehnsucht. Du bist aus dem ewigen Paradies gestohlen worden, während der Engel Ridhwan nachlässig wachte.«

Als sie auf den Bazar kamen, trat ihnen ein alter, ehrwürdiger Mann entgegen und sprach zu ihnen. »Meine Herren! Wer ist dieser Jüngling?« Der Vezier fragte: »Wer seid ihr?« Der Alte antwortete: »Ich bin der Oberste des Bazars.« Da sagte der Vezier: »Dieser Jüngling ist mein Sohn, mit dem ich alle Länder bereise und in jeder großen Stadt ein Jahr verweile, damit er den Handel und die Sitten der Bewohner kennenlerne.« Der andere sagte: »Wohl!« und ließ ihm am schönsten Ort einen Laden einräumen. Der Vezier befahl den Dienern, ihn zu reinigen, eine Matratze herzurichten, die 10000 Dinare wert war; darauf legte er einen goldgestickten ledernen Überzug mit goldenen Kissen und eine Lehne, mit Gold verziert und mit Straußfedern ausgestopft. Der Vezier stand vor dem Prinzen und andere Jünglinge wie Gazellen umgaben ihn. Der Prinz aber sah wie der Vollmond aus und wie ein Zweig in seinem Wuchs, die Schönheit zierte ihn von allen Seiten. Der Vezier empfahl ihm dann, sein Geheimnis zu verwahren, indem nur so der Zweck erreicht werden könnte, ließ ihn allein im Laden und ging nach Hause. Wer nun auf den Bazar kam, betrachtete den schönen Prinzen, und bald sprach man in der ganzen Stadt so viel von ihm, daß alle Leute kamen, an ihm zu sehen, was Gott an Schönheit, Liebenswürdigkeit, Wuchs, Ebenmaß usw. geschaffen. Dieser Bazar war zuletzt so gedrängt voll, nicht von Käufern und Verkäufern, sondern von Leuten, die den Prinzen sehen wollten, daß man kaum durchkommen konnte. Der Prinz sah sich auch nach allen Seiten um und suchte etwas von seiner Geliebten zu hören, was ihm aber nicht gelang; sein Liebesschmerz nahm so zu, daß er die Süßigkeit des Schlafes nicht mehr kostete, und doch durfte er nicht nach seiner Geliebten fragen.

Als er nun eines Tages betrübt und nachdenkend wie der Vollmond in seinem Laden saß und schon fürchtete, seine Mühe werde vergebens sein, und nicht wußte, was er anfangen sollte, da kam eine alte Frau mit zwei Sklavinnen hinter ihr und blieb an seinem Laden stehen, sah ihn an, bewunderte seine Schönheit und sagte: »Gelobt sei der, welcher diesen Jüngling geschaffen und ihn durch so viele Reize ausgezeichnet hat!« Mit diesen Worten näherte sie sich ihm und grüßte ihn; als er ihren Gruß erwidert hatte, fragte sie: »Bist du von hier, mein Freund?« Er antwortete: »Nein, bei Gott!, meine Mutter, ich bin zum erstenmal hier, um die Stadt zu sehen.« Sie sagte: »Du bist ein edler Gast; und«, setzte sie hinzu, »was hast du für Waren bei dir? Zeige mir einmal so hübsches, als du bist, denn wer hübsch ist, kann nur hübsches bringen.« Der Prinz fragte sie, was sie wolle? und sie antwortete: »Ein Kleid für die Prinzessin, das schönste, das es gibt.«

Als der Prinz den Namen der Prinzessin hörte, pochte sein Herz, er sprach kein Wort, holte einen Pack herbei und nahm ein Kleid heraus, das 1000 Dinare wert war. Da es der Alten sehr gefiel, fragte sie: »Wie teuer, o Vollkommener?« Er antwortete: »Es kostet nichts.« Sie dankte und fragte noch einmal; er aber sagte: »Bei Gott! Ich nehme nichts von dir und mache es dir zum Geschenke; gelobt sei Gott, der mich mit dir bekannt gemacht, so daß, wenn ich deiner bedarf, ich dich zu finden weiß.« Sie war über die Freigebigkeit des Prinzen erstaunt und fragte ihn: »Wie heißt du?« Er antwortete: »Ardschir.« Sie sagte: »So nennen ja die Könige ihre Söhne und du trittst als Kaufmann auf?«

Er versetzte: »Mein Vater hat mich aus großer Liebe zu mir so genannt, doch ein Name bedeutet gar nichts.«

Die Alte nahm das Kleid und ging, seine Schönheit, Liebenswürdigkeit, hübsche Gestalt und Freigebigkeit bewundernd, von ihm weg zur Prinzessin, küßte die Erde vor ihr und sagte: »O meine Gebieterin! Hier bringe ich etwas, desgleichen ich nie gesehen!« Als sie fragte: »Was ist es denn?« zog sie das Kleid hervor und sagte: »Lege es auseinander und betrachte es!« Die Prinzessin tat dies, und es gefiel ihr sehr. Sie sprach: »O meine Amme! Bei Gott! Das Kleid ist schön, ich habe nie ein ähnliches gesehen!« Da sagte die Alte: »O meine Herrin! Hättest du den Eigentümer dieses Kleides gesehen! Bei Gott, er ist ein Mensch, so schön, wie es keinen auf Erden gibt, mit länglichen Wangen, prächtigen Augen, mit einem vollen Wuchs, schlank wie ein Baumzweig, der sich sanft hin und her neigt, und einem Gesichte wie eine Lampe. Gepriesen sei Gott, der erhabene Schöpfer, der ihn aus gutem Samen geschaffen!« Als die Prinzessin die Beschreibung der Alten hörte, geriet sie in heftigen Zorn und sprach: »Du Alte, bist du besessen, oder hast du keinen Verstand? Habe ich dich nach seiner Schönheit und Anmut gefragt, daß du mir ihn schilderst? Glaubst du, ich höre gern von Männern sprechen, daß du dies tust?« Die Alte, die den Zorn der Prinzessin fürchtete, erwiderte: »Bei Gott, meine Gebieterin! Ich wollte nur sagen, daß, als ich nach dem Preis des Kleides fragte, er schwor, er werde nichts annehmen, er mache es euch zum Geschenke, und so sehr ich ihn auch bat, er doch nichts von mir nahm.«

Als die Prinzessin dies hörte, war sie sehr erstaunt und sprach: »Das ist sehr wunderbar! Die Kaufleute reisen doch nur des Geldes willen in der Welt herum. Er soll uns aber nicht an Freigebigkeit übertreffen; geh und bring ihm

den Wert des Kleides und sieh, ob er noch was Schöneres hat als dieses.« Die Alte sagte: »Dein Wille ist mir Befehl!« und konnte nicht erwarten, bis sie von ihr weg war. Sie ging sogleich wieder in den Laden des Prinzen, der sich sehr freute; denn er hatte nicht gehofft, sie in den nächsten Tagen wiederzusehen. Er stand vor ihr auf, als sie an seinem Laden hielt, und hieß sie willkommen. Sie sagte: »Die Prinzessin schickt dir den Wert des Kleides, nimm ihn und sieh dann, ob du noch was Schöneres hast.« Der Prinz aber sprach: »Recht gerne, ich habe noch etwas Schöneres; doch nimm du den Wert des Kleides, denn ich habe geschworen, ich werde nichts annehmen, nicht einen einzigen Drachmen; wenn daher die Prinzessin das Kleid nicht annehmen will, so nimm du dessen Wert.« Er holte hierauf einen Pack herbei, öffnete ihn und zog ein anderes Kleid hervor, mit Perlen, roten, blauen und gelben Rubinen und Saphiren besetzt, vom Wert eines Kaiserreichs. Als er es vor ihr auseinanderlegte, war der ganze Bazar von den Edelsteinen und Diamanten beleuchtet. Die Alte wurde ganz entzückt von der schönen Arbeit und sagte: »Bei Gott, das ist was Wunderbares! Was kostet das, o Vollkommener an Eigenschaften?« Er antwortete: »Es kostet nichts, nimm es nur und fürchte nichts!« Sie sagte: »O mein Freund, laß doch diese Reden und sage mir, was es kostet!« Er antwortete: »Das weiß nur Gott! Aber, beim Allmächtigen!, ich nehme nichts dafür, sondern ich mache es der Prinzessin zum Geschenk für die Gastfreundschaft, die ich hier finde; dieses Kleid ziemt nur ihr.« Als die Alte diese Rede hörte, sagte sie: »O mein Freund, wisse, daß Aufrichtigkeit die höchste Tugend ist; was du hier sagst, hat gewiß irgend einen geheimen Grund, drum erkläre dich mir und vertraue mir dein Geheimnis, vielleicht kann ich dir in deiner Angelegenheit behilflich sein.« Der Prinz ergriff hierauf ihre Hand, erzählte ihr seine ganze Geschichte und vertraute ihr seine Liebe zur Prinzessin, nur gestand er nicht, daß er ein Prinz sei. Die Alte schüttelte den Kopf und sagte:

»Das ist nun die Wahrheit; aber, mein Sohn, du bist doch nur ein junger Kaufmann, und wenn du auch noch so viele Schätze besitzest. Verhehle mir nicht, wer du bist; du behauptest, du seiest ein Kaufmann, ich sage dir jedoch, sobald ein Kaufmann eine Stufe nur über seinen Rang sich erheben will, so strauchelt er. Drum, mein Sohn, wirb um die Tochter eines Kadi, oder eines Offiziers, oder eines Kaufmanns deinesgleichen. Aber, mein Sohn, wie kannst du deine Augen zur Tochter des Königs der Zeit, der Perle des Jahrhunderts, erheben, zu einer Jungfrau, die noch gar nicht weiß, wie die Welt beschaffen ist, wie die Straßen gebaut sind; die in ihrem Leben nichts als ihr Schloß und das Gemach gesehen, in dem sie wohnt und die Zitadelle ihres Vaters; die aber doch trotz ihrer Jugend sehr klug, verständig und geistreich ist und das schönste Betragen hat, so daß ihr Vater, der mächtige König, von allen seinen Kindern nur sie liebt, und so oft er vom Schlaf erwacht, sie besucht, ihr guten Morgen wünscht, ihr leuchtendes Antlitz küßt, nichts ohne ihren Rat beschließt; daher auch alle, die ihr und ihres Vaters Schloß bewohnen, sie sehr fürchten. Auch wage ich es nicht, mein Sohn, mit ihr von etwas derart zu sprechen. Dafür kann ich gar nichts tun, mein Sohn, so sehr auch mein Fleisch, mein Blut, meine Gebeine und Glieder mit dir Mitleid fühlen. Gewiß, könnte ich dich mit ihr vereinigen, ich würde es um deinetwillen auf Gefahr meines Lebens tun; willst du, so werde ich um das vornehmste Mädchen in der Stadt für dich werben.« Der Prinz antwortete: »Ich kenne keinen Ersatz für sie; bei Gott, mein Herz sehnt sich nur nach ihr. Die Liebe zu ihr tötet mich, ich bin hoffnungslos, ganz rasend vor Liebe! Bei Gott, meine Mutter, habe Mitleid mit mir Fremden und mildere meinen Jammer; ich werde dich reich dafür belohnen!« Die Alte sagte: »Bei Gott, mein Sohn, mein Herz spaltet sich um deinetwillen, doch weiß ich nichts für dich zu tun.« Der Prinz versetzte: »O meine Mutter, ich fordere nicht, daß du für mich sprechen sollst; bring ihr nur ein Briefchen von mir, sonst nichts!« Sie sagte: »So schreibe, was du willst, ich will es ihr bringen.« Als er dies hörte, freute er sich sehr, nahm Tinte und Papier und schrieb folgende Verse:

»O Hajat Alnufus! Beglücke mit deiner Nähe einen Liebenden, den die Trennung auflöst! Mein Leben war von Freude und Wonne umgeben, und nun bringe ich die Nächte rasend und liebestrunken zu. Muß immer fern von dir seufzen und jammern, bin stets betrübt und hoffnungslos! die ganze Nacht koste ich keinen Schlaf und schaue immer nach den Sternen hinauf. O habe Mitleid mit einem bestürzten, gequälten Liebenden, dessen Herz stets betrübt und dessen Augen wach sind.«

Als er diese Verse geschrieben hatte, legte er das Papier zusammen, reichte es der Alten und gab ihr auch einen Beutel, in dem 500 Dinare waren, mit den Worten: Nimm das für die Antwort!« Sie schlug es ab; er aber sagte: »Du darfst dich dessen nicht weigern!« Sie nahm ihn, ging zur Prinzessin und brachte ihr das Kleid; als sie es auseinanderlegte, wurde das ganze Schloß von der schönen Arbeit und den vielen Edelsteinen beleuchtet, und die Sklavinnen und Dienerinnen, die es sahen, waren höchst erstaunt. Auch die Prinzessin bewunderte die Arbeit und die Edelsteine an dem Kleid und fand, daß es gar nicht zu schätzen war. Sie

sagte zur Alten: »O Amme, ist dieses Kleid von demselben, bei dem du das erste kauftest, oder von einem anderen?« »Es ist vom demselben.« »Ist dieser Kaufmann aus unsrer Stadt oder aus einer fremden?« »Meine Gebieterin, er ist ein Fremder und wohnt erst seit kurzer Zeit hier.« Die Prinzessin sprach: »Es ist merkwürdig, daß diese beiden Kleider, für die sich gar kein Wert angeben läßt, von einem Kaufmann sind; wie reich muß der wohl sein! Ich habe in meinem Leben nichts Schöneres gesehen. Was verlangt er dafür?« Die Alte antwortete: »Er gab es mir mit den Worten: ›Das ist ein Geschenk, das ich der Prinzessin mache; es ziemt nur ihr.‹ Auch gab er mir das Geld für das erste Kleid zurück und schwor, er werde es nicht nehmen. Wolle es die Prinzessin nicht, so möge ich es behalten.« Da sagte die Prinzessin: »Das ist ein großer Reichtum und eine unerhörte Freigebigkeit; ich fürchte sehr, er hat etwas anderes im Sinne. Hast du ihn gefragt, ob er irgend ein Anliegen habe, worin du ihm helfen kannst?« »Ich habe ihn gefragt und er antwortete, er habe ein Anliegen, wollte mir es aber nicht anvertrauen, sondern gab mir nur diesen Brief.« Die Prinzessin nahm ihn, öffnete ihn und las; als sie ihn gelesen hatte, wurde sie ganz blaß und entstellt; sie sagte der Alten: »Wehe dir, O Amme! Was denkt der verbannte Hund, der in unsere Stadt gekommen, daß er es wagt, mir zu schreiben? Bei Gott und dem Brunnen Samsam und der heiligen Mauer am Tempel zu Mekka!, fürchtete ich nicht Gott, den Herrn der Welten, ich würde nach diesem Hund schicken, ihn gefesselt, mit abgeschnittenen Ohren und Nase hierherbringen und mit allen seinen Nachbarn vor seinem Laden aufhängen lassen!« Die Alte wurde ganz blaß, ihre Schultern zitterten und ihre Zunge wurde gelähmt. Endlich sagte sie: »Was enthält denn der Brief, das dich so entrüstet? Ich denke, er klagt dir seinen Zustand, oder verlangt Hilfe gegen irgend ein Unrecht, das ihm geschehen.« Sie antwortete: »Nein, bei Gott, es sind Verse und Worte der Leidenschaft; der

Mensch muß entweder wahnsinnig, betrunken oder lebensmüde sein, daß er mir solche Verse zusendet, um meinen Verstand zu verwirren.« Die Alte erwiderte: »Bei Gott! Du hast recht, meine Gebieterin; doch was kehrst du dich an solche Worte, du wohnst ja hier in deinem hohen Schloß, das nicht einmal Vögel erreichen können, und das niemanden zugänglich ist. Drohe ihm mit dem Tode und schreibe ihm: ›Du Hund unter Kaufleuten, der sein ganzes Leben in der Welt herumreist, um Geld zu gewinnen! Bei Gott, wenn du aus deinem Schlafe nicht erwachst und aus deiner Trunkenheit nicht nüchtern wirst, so lasse ich dich und alle deine Nachbarn vor deinem Laden aufhängen!‹« Die Prinzessin aber sagte: »Ich fürchte, o Amme, wenn ich ihm schreibe, wird er sich noch mehr Hoffnung machen.« Die Alte entgegnete: »Wie kann er das? Wenn ihr ihm nur schreibt, daß ihr nichts mehr von ihm hören wollt, so wird er Angst und Furcht bekommen.« Sie redete dann der Prinzessin solange zu, bis sie sich Tinte und Papier geben ließ und folgende Verse schrieb:

»O du, der vom Gram, Kummer und langen schlaflosen Nächten aus Liebe zu uns spricht! O Verblendeter! Kannst du wohl die Nähe des Mondes verlangen? Hat je ein Mensch vom Mond die Befriedigung seiner Wünsche erlangt? Höre nun den Rat, den ich dir hier erteile: Laß ab, denn du schwebst in großer Gefahr! Kommst du noch einmal mit einer solchen Bitte, so erwarte eine herbe Züchtigung von mir; sei verständig, klug und bedacht, und höre meinem Rat; denn ich beschwöre bei dem, der alles so herrlich geschaffen und die Himmel mit Sonne und Mond geschmückt hat, wenn du noch einmal mit solchen Reden wiederkehrst, so lasse ich dich an den Zweig eines Baumes hängen!«

Nachdem sie dies geschrieben hatte, legte sie den Brief zusammen und gab ihn der Alten. Diese ging zum Prinzen, warf ihm den Brief hin und sagte: »Lies hier die Antwort und wisse, daß sie deinen Brief gelesen und dessen Inhalt verstanden hat, daß sie aber sehr erzürnt darüber war; ich habe ihr solange süße Worte gesagt, bis sie mir diese Antwort schrieb.« Der Prinz dankte ihr, öffnete den Brief und las. Als er dessen Inhalt verstanden, weinte er heftig. Die Alte aber sagte: »Warum weinst du so? Gott lasse nie dein Auge weinen, noch dein Herz trauern! Was schreibt sie denn, daß du so kummervoll bist?« Er antwortete: »Was soll ich denn tun? Sie droht mir mit dem Tode und verbietet mir, ihr wieder zu schreiben. Aber bei Gott, meine Mutter, ich will lieber sterben, als so leben! Drum sei so gut und bringe ihr einen anderen Brief von mir, ich fordere nichts anderes von dir.« Die Alte sagte: »Schreibe nur, ich will dir schon wieder Antwort bringen. Bei Gott, ich will gern mein Leben für dich wagen, wenn nur deine Wünsche erfüllt werden.« Er dankte ihr und schrieb folgende Verse:

»Du drohst mir für meine Liebe mit dem Tode; nun, der Tod ist meine Bestimmung, der bringt mir Ruhe. Der Liebende zieht den Tod einem langen Leben vor, das er fern von der Geliebten zubringen soll. Wende dich, Geliebte, einem Unglücklichen zu, von dem alle Hilfe fern, und quäle nicht länger einen Verlassenen durch dein Verschmähen! Wie soll ich mich trösten, da mir niemand dich ersetzen kann? Wie soll ich mit zerknirschtem Herzen auf Milderung hoffen? Der Mond ist mein Gesellschafter und mein Schmerz tobt die ganze Nacht; kann

den Trunkenen Gefahr nüchtern machen? O meine Herrin! Habe Mitleid mit einem Sehnsuchtskranken; es ist ja kein Verbrechen, edle Menschen zu lieben.«

Als er dies geschrieben hatte, legte er das Papier zusammen und gab es der Alten nebst einem Beutel von 400 Dinaren mit den Worten: »Das ist für die Antwort.« Die Alte wollte es nicht nehmen und sprach: »O mein Sohn, bei Gott! Du überschüttest mich mit deiner Güte; doch sei guten Mutes und freudigen Auges! Ich werde deinen Feinden zum Trotze dein Verlangen stillen.« Sie nahm den Brief, ging zur Prinzessin und gab ihr denselben. Diese wurde ganz blaß und sagte: »O Amme, soll dieser Briefwechsel so fortgehen?« Diese antwortete: »O meine Gebieterin! Gib mir nur eine Antwort, wie sie dir in den Sinn kommt.«

Dir Prinzessin nahm den Brief, las ihn und schlug die Hände übereinander; endlich sagte sie: »Wir sind schon einer Gefahr ausgesetzt, ohne nur zu wissen, wie wir dazu gekommen; vielleicht könnten wir entdeckt werden und ich meinen Ruf verlieren.« Die Alte fragte: »Wieso das, meine Gebieterin? Wer kann ein solches Geheimnis aufdecken? Oder wer darf nur davon reden?« Die Prinzessin versetzte: »Selbst wir dürfen von solchen Dingen nur mit Besorgnis und Furcht sprechen.« »Nun«, sagte die Alte, »schreibe ihm einen recht derben Brief, und sage ihm: ›wenn du mir noch einmal schreibst, so lasse ich dir den Kopf abschlagen.‹« Die Prinzessin aber erwiderte: »O meine Amme! Ich fürchte, daß sich der Fremdling dadurch nicht abweisen läßt.« Sie schrieb ihm dann folgende Verse:

»O du, der die Zufälle des Schicksals des Lebens nicht beobachtet, und dessen Herz nach Vereinigung schmachtet, hoffst du, o Getäuschter!, den Himmel zu erreichen und den leuchtenden Mond einzuholen? Du wirst mehr Verachtung finden, als dein Herz ertragen kann; schneidende Schwerter werden dir den Tod geben, eine brennende Flamme wird dich verzehren und der Schmerz deine Haare bleichen. Drum nimm meinen Rat an, laß ab von der Liebe, der du dich hingegeben.«

Sie warf zornig der Alten den Brief vor; diese legte ihn zusammen und brachte ihn dem Prinzen. Als er ihn gelesen hatte, beugte er den Kopf zur Erde, sagte nichts und schrieb in seiner Verzweiflung mit den Fingern Worte vor sich hin. Da sagte die Alte: »Warum sprichst du nichts, mein Sohn?« Er antwortete: »Was soll ich dazu sagen? Sie droht mir mit dem Tode und wird immer härter.« »Schreibe ihr nur wieder«, sprach die Alte, »ich übenehme es, dir Antwort zu bringen. Sei nur guten Mutes, ich werde euch schon vereinigen!« Er dankte ihr und schrieb folgende Verse:

»Bei Gott! Erweicht sich dein Herz nicht für einen Liebenden, der nach Vereinigung schmachtet? Meine Augen sind entzündet, denn sie vergießen jeden Abend blutige Tränen. O sei mild und gütig gegen einen aus Liebe zu deinen Reizen Verzweifelten, der die ganze Nacht schlaflos zubringt, weil er, o Schöne!, liebevoll an dir hängt. Zerstöre nicht die Hoffnungen des Herzens, das nur für dich schlägt, gramvoll und abgehärmt ist! Bei Gott! Verschmähe nicht länger den, der in Liebe zu dir untergeht.«

Der Prinz legte das Papier zusammen, gab es der Alten mit einem Beutel von 300 Dinaren und sagte ihr: »Nimm das, um deine Kleider waschen zu lassen!« Sie sagte: »Bei Gott, verschone mich mit diesem Geld, du hast mir schon Gutes genug erwiesen.« Er sprach aber: »Du mußt es nehmen! « Sie nahm es an und küßte seine Hände.

Als sie zur Prinzessin gekommen war, küßte sie den Brief und überreichte ihr ihn. Die Prinzessin sagte: »Was denkst du, o Amme! Uns in solche Gefahr zu setzen durch das Hin- und Herbringen unsrer Briefe? Ich glaube, du hast keinen Verstand, daß du so den Rasenden beschützest, dem ich bald den Todeskelch reichen werde.« Sie las dann den Brief und warf ihn weg; die Ader des Zornes trat zwischen ihren Augen hervor und niemand wagte es, sie anzureden. Sie begab sich nach dem Schloß des Vaters und fragte nach ihm, aber man sagte ihr, er befinde sich auf der Jagd. Sie kehrte vor Zorn zitternd zurück, ließ den Kopf hängen und redete mit niemand ein Wort. Erst nach drei Stunden beruhigte sie sich, und ihr Gesicht nahm wieder seinen lieblichen Ausdruck an. Als die Alte dies bemerkte, näherte sie sich ihr, küßte die Erde vor ihr und sagte: »Wohin hattest du deine edlen Schritte gewendet?« Sie antwortete: »Nach dem Schloß meines Vaters.« »Hätte dir niemand dein Geschäft besorgen können, daß du dich selbst bemühtest?« »Niemand konnte das versehen, denn ich ging zu ihm, um ihm die Geschichte mit den Kaufleuten zu erzählen, die auf dem Bazar sitzen und sich bis zu mir erkühnen, damit er sie züchtigen und vor ihre Läden hängen lasse; kein einziger Kaufmann soll in der Stadt bleiben.« »Bist du nur deshalb zu deinem Vater gegangen?« »Ja.« »Und was hat er beschlossen?« »Er war auf der Jagd, und ich muß nun warten, bis er zurückkehrt.« Da sagte die Alte: »Hättest du nun deinen Vater zu Hause gefunden und ihn von dem ganzen Vorfall in Kenntnis gesetzt, würden nicht die Leute, wenn er den jungen Kaufmann mit den Seinigen hätte hinrichten lassen, fragen, was sie denn verbrochen haben. Man würde sagen, sie haben die Prinzessin verführen wollen; andere würden sagen, sie haben die Prinzessin verführt, sie verließ deshalb ihr Schloß nicht, weil sie ganz den Kaufleuten lebte. Kurz, jeder würde was anderes sagen; denn das Volk ist blind, und Ehre ist wie Milch. Ihr Tod wird dir nichts nützen, du wirst nur deinen Ruf verlieren. Nimm daher meinen Rat an, du bist ja eine kluge Herrin, laß ab von deinem Vorhaben und danke Gott, daß dein Vater nicht zu Hause und daß du mich zuerst angehört. Doch das ist deine Sache.«

Als die Prinzessin diese Worte hörte und darüber nachdachte, fand sie, daß die Alte recht hatte, und sprach: »Bei Gott!, meine Amme, du hast wahr gesprochen; der Zorn hatte nur meinen Verstand betäubt und mein Herz verstopft; gelobt sei Gott!, daß ich meinen Vater nicht getroffen.« Die Alte sagte: »Dein Entschluß ist dem erhabenen Gott angenehm; ich glaube, wir werden mit diesem Hund von Kaufmann nicht fertig, bis du ihm schreibst: ›Du Hund von Kaufmann! Bei Gott! Hätte ich den König getroffen, ehe er ausritt, so hingest du mit allen deinen Nachbarn an der Tür deines Ladens; doch wird dir dies, bei Gott, nicht fehlen! Ich schwöre, daß ich jede Spur von dir von der Erde vertilgen werde, wenn du nicht ablässest.‹ Gib mir dann den Brief, er soll ihn lesen, daß seine Achseln zittern und er aus seinem Schlaf erwache.« Da sagte die Prinzessin: »Wird er vor diesen Worten zittern?« »Und wie sollte er nicht zittern und von seinem Vorhaben abstehen?« Sie schrieb ihm dann folgende Verse:

»Du knüpfst deine Hoffnung auf unsere Vereinigung und erwartest Gegenliebe von mir. Der Mensch fällt nur durch Selbsttäuschung, sie stürzt ihn ins größte Verderben; du hast keine Kraft, keine Macht, kein Reich, und doch bekehrst du dich nicht. Handelte selbst ein Sultan meines Ranges so wie du, er würde doch vor der Gefahr zurückschrecken, denn der Krieg macht grau. Doch ich vergebe dir deine Schuld, vielleicht wirst du nun zu besserer Einsicht gelangen.«

Sie warf das Papier der Alten hin und sprach zu ihr: »O Amme! Halte ihn doch ab von solchen Reden, sei nicht nachgiebig gegen sein Beharren in seiner Schuld.« Die Alte sagte: »Bei Gott! Ich will im keine Seite lassen, auf die er sich umwenden könnte.« Sie ging damit zum Prinzen und gab ihm den Brief. Als er ihn gelesen und verstanden hatte, sprach er: »Ich bin Gottes und kehre zu ihm zurück. O meine Mutter! Was soll ich tun? Mein Herz zerspringt und meine Geduld versiegt.« Die Alte sagte: »Laß den Mut nicht sinken! Nach dem einen kommt das andere. Schreibe ihr nur, was du im Sinne hast, so Gott will, bringe ich dir wieder Antwort. Sei nur guten Mutes und heitern Blickes; so Gott will, muß ich euch doch vereinigen.« Er dankte ihr und schrieb folgende Verse:

»Wenn mir in der Liebe niemand Schutz bietet, so wird meine Schuld mit dem Tode bestraft. Warum soll ich nicht nach dir verlangen, o höchstes Ziel? Ich trage bei Tag und bei Nacht eine Feuerflamme in meinem Inneren, und bete zu dem Gott des Firmaments, daß er mir deine Zuneigung verschaffe, denn schmerzlich plagt mich die Liebe!«

Er gab den Brief der Alten mit einem Beutel von 100 Dinaren und sagte: »Nimm dieses Geld und widersetze dich nicht.« Sie nahm das Geld und den Brief und überreichte ihn ihrer Herrin. Die Prinzessin nahm ihn aber nicht, sondern sah ihn an und sagte: »Was hat er hier wieder für einen Brief geschickt?« Die Alte sagte: »Es ist die Antwort auf dein Schreiben.« Sie nahm und las den Brief, und als sie damit zu Ende war, sah sie die Alte an und sprach zu ihr: »Wo sind deine Ermahnungen geblieben?« Sie antwortete: »Er hat sich bekehrt und dich um Verzeihung gebeten.« Die Prinzessin aber versetzte: »Bei Gott! Er hat sich weder bekehrt noch entschuldigt.« Die Alte sagte: »So antworte ihm nur, ich will dir schon sagen, was ich mit ihm anfange.« Die Prinzessin erwiderte: »Soll ich ihm denn immerfort schreiben?« Die Alte erwiderte: »Du mußt das tun, um ihm alle Hoffnung zu nehmen und ihn ganz zu verwirren.« Die Prinzessin nahm dann, als die Alte es durchaus wollte, Tinte und Papier und schrieb folgende Verse:

»Lange schon dauert die Zurechtweisung und die Sorge und der Kummer; wie oft muß ich dir in Versen schreiben: ›Laß ab!‹ Deine Widerspenstigkeit nimmt immer zu; ich verzieh dir, doch du ließest nicht ab. Verschließe nur deine Liebe und laß sie nie mehr laut werden, sonst werde ich kein Mitleid mehr mit dir haben. Du wirst sehr bald mächtige Stürme sehen, und die Vögel der Wüste werden dir zurufen: ›Kehre zurück zu einem frommen Wandel, du warst lange genug ruchlos.‹«

Sie warf das Papier in heftigem Zorn weg; die Alte hob es auf und lief damit zum Prinzen. Er nahm, öffnete es und las es. Da er aber daraus merkte, daß sie immer erzürnter gegen ihn wurde und ihm kein Mittel übrig blieb, sich ihr zu nähern und seine Wünsche gekrönt zu sehen, entschloß er sich, sie in einer Antwort zu verwünschen. Er schrieb daher folgende Verse:

»O Herr! Befreie mich von den Fesseln meiner Liebe! Du kennst die Flamme, die mich verzehrt, und meine Sehnsucht nach einem mitleidlosen Wesen. Wie lange soll ich die noch lieben, die mir so große Qual bereitet, und wie lange soll ich ihre Tyrannei ertragen? Wie lange soll ich noch unter den Fittichen der Nacht laut und heimlich klagen? Ich irre in einem bodenlosen Abgrund umher und niemand kommt mir zu Hilfe. Wie lange soll ich noch vergebens Trost und Geduld gegen ihre Liebe suchen? O Vogel der Trennung! Sage mir doch einmal: Du bist nun sicher gegen die Vorfälle und Tücken des Schicksals. Du lebst ruhig mitten in deiner Heimat, während ich von meiner Familie und meinem Vaterlande getrennt bin.«

Er legte den Brief zusammen und gab ihn der Alten mit einem Beutel von 100 Dinaren. Sie ging zur Prinzessin und gab ihr den Brief. Als diese ihn ganz gelesen hatte, warf sie ihn weg und sagte: »Du unheilvolle Alte! Alles Böse kommt von dir! Du treibst uns von einem Brief zum anderen und sagst immer, ich will dir Ruhe schaffen! Nur damit ich ihm von neuem schreibe und der Briefwechsel solange fortgesetzt werde, bis zuletzt mein Ruf zugrunde geht.« Sie befahl dann ihrem Diener: »Ergreift die Alte und prügelt sie!« Sie wurde geprügelt, bis ihr das Blut aus der Nase und vom ganzen Körper herunterlief und sie ohnmächtig hinfiel. Dann befahl die Prinzessin einer ihrer Sklavinnen, sie an den Füßen zum Schloß hinauszuschleppen, neben ihr stehen zu bleiben, und wenn sie wieder zu sich komme, ihr zu sagen: »Die Prinzessin hat geschworen, dich umzubringen, wenn du wieder ins Schloß kommst.«

Man schleppte sie hinaus und es blieb jemand bei ihr stehen, der ihr, als sie wieder zu sich kam, sagte, was die Prinzessin befohlen hatte. Die Alte sprach: »Gott bewahre mich vor dem bösen Teufel! Bin ich rasend? Wenn auch die Prinzessin mir das nicht sagen ließe, so würde ich doch lieber sterben, als je zu ihr zurückkehren; da ich aber nun nicht gehen kann, so bitte ich dich, sei so gut, miete mir einen Esel, der mich nach Hause bringe.« Die Sklavin holte ihr einen Esel und sie ritt darauf nach dem Laden des Prinzen. Dieser sagte ihr: »O meine Mutter! Warum sehe ich dich in diesem Zustand? Du machst mir bange.« Sie versetzte, indem sie ihm ihren Leib und ihre zerrissenen Kleider zeigte: »Das alles habe ich um deinetwillen erlitten.« Als er dies hörte und ihren zerschlagenen Leib sah, kam er fast von Sinnen und sprach: »O meine Mutter! Wer hat dir das getan?« Sie erzählte ihm die Geschichte von Anfang bis zu Ende. Er wurde sehr betrübt darüber und sagte ihr: »O meine Mutter! Es tut mir sehr leid, doch geschieht ja alles nach der Bestimmung des erhabenen Gottes; weißt du aber nicht, meine Mutter, wie es kommt, daß die Prinzessin die Männer haßt?« Sie antwortete: »Wisse, mein Sohn, sie hat einen großen Garten, den größten und schönsten auf der ganzen Erde. Als sie einst in der Nacht schlief, sah sie im Traum einen Vogelfänger, der sein Netz auswarf und Weizen ausstreute. Nach einer kurzen Pause versammelten sich die Vögel umher und klaubten die Weizenkörner auf. Da fiel ein Männchen in das Netz und wurde verstrickt, und alle Vögel entflohen; nur ein Weibchen, das auch zugegen war, kam gleich wieder zurück, und biß solange mit dem Schnabel an dem Strick, der den Fuß des Männchens fesselte, bis es ihn brach und dadurch das Männchen befreite. Dies alles geschah, während der Vogelfänger schlief. Als er erwachte, sah er das Netz zerrissen; er flickte es und streute wieder Weizen aus. Nach einer Weile kamen die Vögel wieder, ein Weibchen fiel ins Netz und flatterte, erschrocken entflohen alle übrigen Vögel mit dem Männchen, das nicht zurückkehrte. Nach einer Weile wurde nun das Weibchen gefangen, losgemacht und geschlachtet. Hier erwachte nun die Prinzessin ganz erschrocken und sprach: ›So verfährt das männliche Geschlecht mit dem weiblichen! Das Weibchen hat auf Gefahr des eigenen Lebens das Männchen befreit, und als Gott beschlossen hatte, daß jenes falle, hat das Männchen es sterben lassen und ist ihm nicht zu Hilfe gekommen, bis der Vogelfänger es schlachtete. Gott verdamme jeden, der auf Männer sich verläßt!‹ Seit jener Zeit haßt sie die Männer.«

Es sagt der Erzähler: Hierauf fragte der Prinz: »Kannst du mich nicht nach jenem Garten bringen? Bei Gott! Ich möchte ihm nur so nahe sein, daß ich einen einzigen Blick auf sie werfen könnte, und wäre es auch mein Tod.« Die Alte erwiderte: »Sie kommt jährlich nur einmal in diesen Garten.« »Und wann wird sie ihn besuchen?« »Wenn die Früchte reifen; sonst lebt sie immer in ihrem Schloß, und geht auch nur durch die geheime Türe in diesen Garten, der in der Nähe des Schlosses ist; außer ihrem und ihres Vaters Schloß hat sie noch nichts in der Welt gesehen. Ich will dir nun einen guten Rat geben. Wir haben noch einen Monat bis die Früchte reif werden; du weißt, mein Sohn, Liebe kann alles, du gehst nun von heute an nach dem Garten, den ich dir zeigen werde, knüpfst mit dem Gartenhüter ein freundschaftliches Verhältnis an und erzeigst ihm manche Wohltaten, damit er dich liebgewinne. Dann bittest du ihn, er möge dich den Garten sehen lassen, worin du täglich spazieren gehst; an dem Tage, bevor die Prinzessin in den Garten gehen will und ehe der Torhüter es weiß, daß sie kommen wird, wird er dir dann auch, wie immer erlauben, hineinzugehen; bringe sodann die Nacht darin zu, um, wenn die Prinzessin kommt, schon daselbst zu sein. Sobald du sie siehst, gehe ihr entgegen; vielleicht, wenn sie dich sieht, wird sie gerührt werden, denn die Liebe überwindet alles. Auch bist du so schön, mein Sohn, daß selbst ein Mönch, wenn er dich sähe, von deiner Schönheit hingerissen würde.« Er dankte, brachte ihr ein Stück Seidenstoff mit goldenen Fransen und andere Stoffe, und sagte ihr: »O meine Mutter, nimm das statt deiner zerrissenen Kleider!« Auch gab er ihr 100 Dinare, die sie nahm. Zuletzt zeigte sie ihm noch ihre Wohnung. Der Prinz aber erzählte dem Vezier alles, was ihm widerfahren, von Anfang bis zu Ende, und befahl seinen Dienern, den Laden zu schließen.

Als der Vezier dies hörte, sagte er: »Mein Sohn, wenn du aber in den Garten gehst und sie dich sieht und nicht gut aufnimmt, was willst du dann tun?« Er antwortete: »O Vezier! Es bleibt mir dann nichts übrig, als mein Leben zu wagen, sie mitten aus ihren Dienern herauszureißen, hinter mir auf mein Pferd zu setzen und mit ihr in die Wüste zu fliehen. Entkomme ich, so habe ich meinen Zweck erreicht, wo nicht, so bin ich dieses schlechte Leben los.«

Der Vezier sprach: »Mein Sohn, das kann nicht gut enden, du bist allein mit mir, wir sind hier fremd und dieses Land ist sehr weit von dem unsrigen entfernt; wie kannst du so etwas gegen einen der mächtigsten Könige der Zeit unternehmen, der über 100000 Zügel zu gebieten hat; könntest du auch seinen Truppen entkommen, so würden die Bürger dir im Wege sein; so darf ein verständiger Mann nicht handeln.« Der Prinz entgegnete: »Was ist denn zu tun, Herr? Mein Schicksal reißt mich dahin.« Der Vezier sagte. »Wir wollen morgen in den Garten gehen und sehen, wie er ist und was mit dem Wächter angefangen werden kann.« Sie brachten mit diesem Entschluß die Nacht zu. Als Gott einen schönen Morgen heranleuchten ließ, stand der Vezier auf und nahm den Prinzen mit nach dem Garten; vorher steckte er 1000 Dinare zu sich.

Als sie nach dem Garten kamen, sahen sie hohe Mauern, viele Bäume und Bäche; Blumen dufteten, Vögel sangen und Früchte waren in Menge da, wie in den Gärten des Paradieses. An der Türe saß ein alter Mann. Als er sie sah, stand er vor ihnen auf und grüßte sie, sie aber erwiderten seinen Gruß. Er sprach zu ihnen: »Braucht ihr etwas, womit ich die Ehre haben kann, euch aufzuwarten?«

Der Vezier antwortete: »Wisse, o Alter! Wir sind hier fremd, es ist uns sehr heiß, und unsere Wohnung ist weit von hier am anderen Ende der Stadt; sei also so gut, nimm dieses Geld und kauf uns etwas dafür zu frühstücken, öffne uns den Garten, und führe uns auf einen schattigen Platz, wo wir uns abkühlen können, bis das Essen kommt; wenn wir ausgeruht haben, so gehen wir wieder unseres Weges.«

Der Vezier dachte, auch in einer solchen Stunde nützt das Geld dem etwas, der es hat; er griff daher in die Tasche und nahm einen goldnen Dinar heraus, der fünf Mithkal wog, steckte ihn dem Alten in die Hand und sagte: »Kaufe dafür deinen Kindern etwas!« Derselbe war schon 70 Jahre alt und hatte niemals in seiner Hand etwas Gelbes gesehen als Limonenschalen. Als er daher den Dinar sah, flog sein Verstand davon. Er machte sich auf, öffnete ihnen die Türe und führte sie in den Garten unter einen großen schattigen Baum, neben dem Wasser floß. Dann sagte er ihnen: »Meine Herren! Geht nicht ins Innere des Gartens, wegen der Haremstür, die ins Schloß der Prinzessin führt.« Sie erwiderten: »Wir werden nicht von hier aufstehen, bis du wiederkehrst.« Der Wächter ging dann fort und kam nach einer Weile mit allerlei Speisen zurück; sie aßen und tranken, und als sie fertig waren, betrachtete der Vezier den Garten und untersuchte ihn von allen Seiten. Er sah ein altes Schloß mit hohen Mauern, die aber gespalten waren und keinen festen Grund mehr hatten. Der Vezier fragte: »O Alter! Wem gehört dieses Schloß und dieser Garten? Ist es dein Eigentum, oder hast du es bloß gemietet?« »Herr, ich bin bloß der Wächter.« Der Vezier fragte abermals: »Wieviel Lohn hast du monatlich?« »Einen Dinar.« Da sagte der Vezier: »Man tut dir Unrecht, besonders wenn du Frau und Kinder zu ernähren hast.« »Herr«, sprach der Alte, »ich habe acht Kinder und ihre Mutter.« Der Vezier sagte: »Es gibt keinen Schutz und keine Macht, außer bei Gott, dem Erhabenen! Ich teile deine Sorgen, o armer Mann! Was sagst du zu dem, der deiner Familie willen dir Gutes erweist?« Der Alte antwortete: »Was du auch mir tuest, mag Gott gefällig und dir selbst zum Besten werden.« Da sagte der Vezier: »Sieh, Alter, in diesem so schönen Garten steht ein altes, zerfallenes Schloß, das sich gar schlecht ausnimmt; ich will es ausbessern, frisch weißen, hübsch anstreichen und meinen Namen auf die Tür schreiben lassen.« Der Alte fragte: »Was ist denn deine Absicht damit?« »Damit«, antwortete der Vezier, »wenn du oder deine Kinder es sehen, ihr für mich betet und euch meiner zum Besten erinnert; und wenn der Eigentümer kommt und dich fragt, wer das so hergestellt hat, du ihm antwortest: ›Ich war es, Herr, ich wollte mit weißem Gesicht vor dir erscheinen, denn ich hoffte auf deine Wohltaten;‹ und gewiß wird er dir dann die Auslage ersetzen und es wird zu deinem Nutzen ausfallen.« Er zog hierauf einen Beutel von 500 Dinaren hervor und sagte ihm: »Nimm diesen Beutel, mach es dir bequemer mit deiner Frau und deinen Kindern und sage ihnen, sie sollen nach jedem Gebete uns Gutes wünschen.«

Als der Alte das Gold sah, entfloh sein Verstand. Er warf sich dem Vezier und dem Prinzen zu Füßen, küßte sie und wünschte ihnen Glück. Der Vezier sagte: »Dein Abschied wird uns wehe tun.*« Der Alte fragte: »Wohin gehst du?« Der Vezier antwortete: »Nach Hause.« Der Alte rief wehmütig aus: »So wird sich dieses edle Gesicht von mir wenden? Ich kann eure Trennung nicht ertragen, und ihr habt mir ja versprochen, diesen Ort schöner herstellen zu lassen.« Der Vezier

* Eine Abschiedsformel

antwortete: »So Gott will, kommen wir morgen früh und trennen uns dann nicht mehr von dir, weder bei Tag noch bei Nacht«, und ging fort. Der Prinz aber fragte: »O Vezier, was ist deine Absicht bei der Herstellung dieses Schlosses?« Er antwortete: »Ich habe etwas im Sinne, das du, so Gott will, später erfahren sollst und worauf unser Wohl beruht.«

Am folgenden Morgen ging der Vezier zu dem Obersten der Maurer und Anstreicher und forderte von ihnen die beste Arbeit, die in der Stadt zu finden sei. Zu den Maurern sagte er: »Streicht dieses Haus schön weiß an.« Als dies geschehen war, gab er ihnen den Lohn und schickte sie fort. Er ließ hierauf die Maler kommen und sagte ihnen. »Heute ist der Tag, wo wir eurer bedürfen; hört nun meinen Plan. Wisset, ihr Gelehrten! Ich schlief eines Tages in diesem Garten und sah im Traum einen Jäger, der sein Netz auslegte und Weizen streute. Die Vögel versammelten sich um ihn her, um den Weizen aufzulesen; ein Männchen und ein Weibchen waren darunter; nach einer Weile fiel das Männchen in das Netz, und alle Vögel entflohen; das Weibchen aber kam wieder zurück und biß solange am Strick, der den Fuß des Männchens festhielt, bis es ihn losmachte und das Männchen mit ihm davonfliegen konnte. Dies alles geschah, während der Vogelfänger schlief. Als er erwachte, fand er das Netz verdorben, er besserte es wieder aus und streute wieder Weizen. Die Vögel kamen wieder und das Weibchen fiel in den Strick. Als dies die übrigen Vögel sahen, entflohen sie sämtlich mit dem Männchen; der Jäger aber nahm das Weibchen und schlachtete es. Als das Männchen wiederkehren wollte, um das Weibchen zu befreien, stürzte ein Adler über es her, zerriß es und trank sein Blut. Ich wünsche nun, daß ihr meinen Traum mit allen Figuren auf diese Wand malet, mit dem Männchen, wie es später der Adler ergreift und verzehrt. Führt ihr das nach meinem Wunsch aus, so werde ich es bei eurem Lohn nicht genau nehmen, sondern euch reichlich bezahlen.« Sie sagten: »Herr! Du sollst unsere Arbeit sehen.« Sie holten allerlei Farben, bemalten das Schloß von innen und außen, und malten in die Mitte, was ihnen der Vezier beschrieben; derselbe war sehr damit zufrieden, denn es war ihm, als habe er den Traum vor Augen. Er dankte ihnen und gab ihnen reichlichen Lohn.

Als später der Prinz kam, um zu sehen, was der Vezier machen lasse, und den Traum der Prinzessin gemalt fand, mit dem Netze, dem Vogelfänger und den Vögeln, wie das Männchen sich verstrickt und vom Weibchen befreit wird, und wie später das Weibchen fällt, und das Männchen, als es zu Hilfe eilen wollte, vom Adler ergriffen wird, der es mit seinen Krallen zerreißt, sein Blut trinkt und sein Fleisch frißt, war er vor Verwunderung ganz außer sich.

Er eilte zum Vezier und sagte ihm: »O Vezier, ich habe ein Wunder gesehen; wenn es mit der Nadel in das Auge geschrieben wäre, so würde es jedem zur Belehrung dienen.« Der Vezier sagte: »Was denn, Herr?« »Ich habe dir den Traum der Prinzessin erzählt, der die Ursache ihres Hasses gegen die Männer war; soeben sah ich diesen nun gemalt wie ein Bild der Wirklichkeit, und außerdem noch etwas, das die Prinzessin nicht gesehen; hätte sie es gesehen, so wäre unser Sieg gewiß.« Der Vezier fragte: »Was war es?« Der Prinz antwortete: »Ich sah, wie das Männchen zurückkam, um das Weibchen zu befreien und ein Adler darüber herstürzte, es zerriß, sein Blut trank und sein Fleisch aß. O hätte doch die Prinzessin den Traum bis zum Ende gesehen, wie das arme Männchen vom Adler ergriffen wurde, daher er das Weibchen nicht befreien konnte.« Der Vezier sagte: »Bei Gott, das ist wunderbar!« Der Prinz hörte nicht auf, sich zu verwundern und zu bedauern, daß die Prinzessin nicht alles gesehen. Er dachte bei sich: »Träume ich am Ende nicht selbst?« Der Vezier sagte: »Du hast mich gefragt, was ich mit der Ausbesserung dieses Schlosses wollte, und ich habe dir geantwortet, du wirst schon sehen, so Gott will. Nun, ich selbst habe diese Malerei angeordnet; ich habe den Malern befohlen, das Männchen in den Krallen des Adlers zu malen, damit es die Prinzessin sehe, das Männchen entschuldige und die Männer nicht mehr hasse.« Als der Prinz dies hörte, freute er sich sehr, dankte dem Vezier und sprach: »Ein Mann wie du verdient es, Vezier der Könige zu sein. Bei Gott! Wenn ich meinen Zweck erreiche und zu meinem Vater zurückkehre, so muß er dir noch mehr Gutes erweisen und dich mit einem höheren Range bekleiden.« Der Vezier küßte ihm die Hand und wünschte ihm viel Glück. Dann suchte er den Alten auf und sagte ihm: »Sieh, wie schön dieser Ort nun ist.« Der Alte antwortete: »Eure Hoheit hat dies getan.« Der Vezier sagte ihm weiter: »Wenn deine Freunde dich fragen, wer dies hat machen lassen, so sage nur, du habest so und so viel dafür ausgegeben, damit dir Gutes dafür erwiesen werde.« Der Alte erwiderte: »Gut, ich werde gehorchen.«

Von diesem Tage an verließ der Prinz diesen Ort nicht mehr, beschenkte reichlich den Wächter und trennte sich nicht mehr von ihm, weder bei Tag noch bei Nacht. Das ist's, was diese betrifft; was aber die Prinzessin angeht, so hatte sie, als der Briefwechsel aufhörte, geglaubt, der junge Mann habe die Stadt verlassen; sie freute sich darüber sehr und lebte vergnügt, bis ihr eines Tages ihr Vater ein bedecktes Kästchen schickte. Als sie es öffnete, fand sie Früchte darin und fragte ihre Sklavinnen: »Sind die Früchte ganz reif?« Sie antworteten: »Ja; o möchtest du uns die Vorbereitungen zu dem Spaziergang in dem Garten machen lassen! Wir sehnen uns danach.« Sie antwortete: »Wie kann ich das? Gehen wir doch kein Jahr in den Garten, um den Farbenwechsel und die herbstliche Natur zu sehen, zu spielen und uns zu freuen, ohne daß die Amme, die ich schlagen und vertreiben ließ, uns begleitete. Aber bei dem erhabenen Gott! Ich sehne mich nach ihr und bereue, was ich ihr getan; sie ist doch immer meine Amme, und ich bin ihr meine Erziehung und lange Dienste schuldig; nur der Zorn hat mich dazu verleitet.« Als ihre Dienerinnen dies hörten, standen sie alle auf, beugten sich, küßten die Erde vor ihr und sagten: »Bei Gott! Herrin, verzeihe ihr, sei gnädig gegen sie und erlaube ihr, herzukommen.« Die Prinzessin aber sprach: »Bei Gott! Das war meine Absicht, ehe ihr es sagtet. Wer von euch geht zu ihr und bringt sie mir her, schon habe ich ein schönes Kleid für sie bereitet?« Da traten zwei Sklavinnen hervor, die eine hieß Balid und die andere Suwad Alein, es waren die angesehensten und der Prinzessin liebste Sklavinnen unter allen, und sagten: »Wir wollen zu ihr gehen und sie hierher bringen.«

Die Prinzessin erlaubte es ihnen; sie gingen daher fort, nachdem sie ihre kostbarsten Kleider angezogen hatten, und klopften an dem Hause der Alten. Diese kam zu ihnen heraus, erkannte sie sogleich und drückte sie in ihre Arme, freute sich mit ihnen und erwies ihnen viele Ehre, denn sie wußte, wie hoch sie bei der Prinzessin standen. Als sie sich niedergelassen hatten, sagten sie: »O Amme! Die Prinzessin hat dir verziehen, und bereut, was geschehen; sie sehnt sich wieder nach dir, denn sie erinnert sich der Erziehung, die du ihr gegeben, und der Zärtlichkeit, die du für sie hattest. Sie hat daher befohlen, dich mit Ehre zu ihr zurückzubringen, und schon hat sie ein schönes Kleid für dich bereitgelegt, das nur für dich paßt. Komm also mit zu ihr.« Die Alte sprach: »Das kann nie sein und müßte ich den Todeskelch trinken. Wie kann ich zu ihr zurückkehren, nachdem sie mich vor meinen Freunden und Feinden so behandeln ließ, daß ich in meinem Blute schwamm und beinahe starb; ließ sie mich nicht wie eine Hündin an den Füßen zum Schloß hinausschleppen! Bei Gott! Ich werde nie zu ihr zurückkehren, noch sie mehr bedienen, selbst wenn sie meine Augen mit Gold und Silber füllte!« Die Sklavinnen sagten ihr: »O Amme; das ist nicht schön von dir; wir sind nun einmal deshalb zu dir gekommen, wo bleibt die Ehre, die du uns schuldig bist? Bedenke, wer zu dir gekommen ist! Gibt es eine höhere Person, als wir bei der Prinzessin sind?« Sie antwortete: »Gott, der Allwissende, bewahre mich vor dem schlimmen Satan! Ich weiß, bei Gott, daß ich nicht so viele Ehre verdiene, und daß, wenn die Prinzessin mich nicht wieder auf eine hohe Stufe stellen wollte, sie euch nicht geschickt hätte. Aber immerhin werde ich in einem schlechten Ansehen bei ihren Dienern und Sklavinnen stehen, während früher der erste unter ihnen vor Angst starb, wenn ich ihn nur anschrie.« Eine der Sklavinnen erwiderte: »Höre meinen Rat! Wisse, das Sprichwort sagt: ›Küsse die Hand, die du nicht beißen kannst!‹ Bedenke daher, daß die Prinzessin noch jung und rasch ist; wenn sie aufgebracht wird, so wird sie dir andere Boten schikken, dich mit Gewalt holen und umbringen lassen. Wer kann es ihr verbieten; wenn wir zurückkommen und ihr sagen, du wollest nicht kommen, so würde es dir gewiß nicht gut gehen. Komm also mit uns und sträube dich nicht länger.«

Als die Alte diese Worte hörte und sie wahr fand, sagte sie: »Bei Gott! Wäret ihr nicht gekommen und ständet ihr nicht in so hohem Ansehen, ich wäre nicht zu ihr zurückgekehrt, und hätte sie mich auch umbringen lassen.« Sie dankten ihr; die Alte aber machte sich sogleich auf und ging mit ihnen. Als sie zur Prinzessin kam, blieb sie in einiger Entfernung stehen, sah sie an und sprach: »Bei Gott! Meine Gebieterin, ich verdiene nicht so viel Ehre; die Schuld ist auf meiner Seite und die Großmut auf der deinigen.« Die Prinzessin aber sprach: »Bei Gott, o Amme! Dein Ansehen ist groß bei uns, ich bin dir meine Erziehung schuldig; doch du weißt, Gott hat drei Dinge geschaffen, die er unter die Menschen verteilt hat: den Charakter, die Lebensnotdurft und den Tod; der Mensch kann nichts daran verbessern. So konnte ich mich auch nicht beherrschen und meinen Zorn zurückhalten; aber bei Gott, o Amme!, ich bereue, was ich getan.« Die Amme stand nun auf und küßte die Erde vor ihr, die Prinzessin aber ließ ein schönes Kleid bringen, überreichte es der Amme, und alle Diener und Sklavinnen freuten sich. Als dieses Gespräch zu Ende war, sagte die Prinzessin: »Wie steht's mit den Früchten? Ich glaube, die in unserem Garten sind reif.« Da sagte die Alte: »O Herrin, es ist nun die Zeit, in der wir jedes Jahr in den Garten gehen; ich will mich heute erkundigen und euch Antwort bringen.« Sie nahm dann wieder einen noch ehrenvolleren Platz ein, als früher. Sie ging sogleich zum Prinzen, der ihr freudig entgegenkam und sie umarmte. Seine Augen strahlten vor Freude, denn er hatte sie mit Sehnsucht erwartet. Als sie sich niedergelassen, erzählte sie ihm, was zwischen ihr und der Prinzessin vorgefallen, wie sie von ihr beschenkt worden, und daß sie nun morgen oder übermorgen in den Garten gehen wolle. Sie fragte ihn, ob er, wie sie ihn geheißen, dem Wächter Geschenke gemacht. Er antwortete: »Ja, er ist mein Freund.« Er erzählte auch, was der Vezier getan und wie er den Traum der Prinzessin habe malen lassen.

Als die Alte diesen Plan hörte, gefiel er ihr, und sie freute sich sehr; sie sagte: »Bei Gott! Weise diesem Freunde eine Stelle mitten in deinem Herzen an; denn diese Handlung beweist, daß er viel Verstand hat und gut zu raten versteht; das ist das Werk eines Fürsten und wird dich zum Ziele führen. Nun, mein Sohn, mache dich sogleich auf, geh ins Bad und ziehe deine schönsten Kleider an, denn es bleibt uns kein anderes Mittel mehr; gehe zum Wächter und mache, daß er dich in den Garten läßt. Bist du einmal darin, so suche ein Mittel, daß er dir darin zu übernachten erlaubt. Tue das aber gleich; denn hört einmal der Wächter, daß die Prinzessin in den Garten kommt, so darfst du ihm die ganze Welt schenken, er wird dich nicht eintreten lassen, aus Furcht, sie möchte ihn umbringen lassen, und man könnte es ihm gar nicht übel nehmen. Kämpfe nur dafür, daß du im Garten übernachten darfst, und müßtest du ihn mit allem, was du besitzt, bestechen. Hast du dies erlangt, so verbirg dich im Garten an dem und dem Platze, bis du mich rufen hörst: ›O du mit verborgenen Reizen, befreie mich von meiner Furcht.‹ Tritt alsdann hervor und zeige deine Schönheit; vielleicht, wenn sie dich sieht, wird ihr Herz dich lieben, du erreichst dein Ziel und deine Qual hat ein Ende.« Der Prinz versprach, ihr zu gehorchen, gab ihr einen Beutel mit 500 Dinaren und sprach: »Verrichte deine Geschäfte damit.« Sie schwor, sie werde ihn nicht nehmen; der Prinz aber bestand darauf, sie müsse ihn nehmen; sie nahm ihn daher und kehrte wieder zur Prinzessin zurück. Der Prinz ging dann

ins Bad und zog sein schönstes Kleid an, wie es nur die größten Könige tragen. Seine Wangen waren rot, seine Augen strahlten Liebe, seine Lippen schmachteten, er neigte sich lieblich hin und her mit seinem schönen Wuchs und er war von allen Seiten vollkommen schön. Er steckte dann 1000 Dinare zu sich und ging nach dem Garten. Als der Wächter ihn sah, freute er sich sehr, stand vor ihm auf, bewillkommte und grüßte ihn. Der Prinz stellte sich zornig; er fragte ihn daher, was er habe. Der Prinz antwortete: »O Scheich! Ich wurde zu jeder Zeit bis auf den heutigen Tag von meinem Vater geliebt und in Ehren gehalten; heute aber hatten wir einen Wortwechsel, er schimpfte und schalt auf mich, schlug mich mit einem Stock und jagte mich aus dem Hause. Da ich nun keinen Freund und keinen Verwandten habe, an den ich mich wenden könnte, denn ich bin ja hier fremd und fern von meiner Familie, da ich ferner dachte: ›Wenn ich mich fremden Leuten anschließe, so wird mein Vater noch aufgebrachter gegen mich werden und die Sache wird schlimme Folgen haben‹, denn er ist ein sehr mißtrauischer Mann und würde leicht irgendeine Tücke des Schicksals befürchten. So schwor ich, mit keinem von Gottes Geschöpfen Freundschaft anzuknüpfen, und kam zu dir, o mein Onkel! Weil mein Vater dich als einen guten Mann kennt, damit du mir den Garten öffnest, daß ich bis abends darin verweile und darin übernachte, bis Gott zwischen mir und meinem Vater Frieden machen wird, und er erfahre, daß ich mit niemanden Freundschaft angeknüpft und nur im Garten geschlafen habe.«

Als der Alte dies hörte, schmerzte es ihn sehr, und er sagte: »Herr, ich will zu deinem Vater gehen und zwischen euch den Frieden herstellen.« Der Prinz aber sprach. »Mein Vater hat eine unerträgliche Heftigkeit, und wenn du dich ihm in

der Hitze seiner Leidenschaft vorstellst, so wird er sich nicht bereden lassen, weder von dir, noch von sonst jemanden. Ich kenne ihn zu gut. Sind aber ein paar Tage vorüber, so wird er sich besänftigen lassen, und wenn du zu ihm gehst, so wird er dir Gehör geben.« Der Alte sagte: »Ich bin bereit zu gehorchen; doch geh mit mir in mein Haus, du kannst bei meiner Frau und meinen Kindern übernachten; dein Vater kennt mich ja und weiß, daß ich ein alter Mann bin, der Familie hat und wird es nicht übel nehmen.« Der Prinz sagte: »Ich werde nirgends als in diesem Garten allein schlafen.« Der Alte versetzte: »Bei Gott! Herr, es tut mir leid, dich allein hier schlafen zu lassen, während ich bei meiner Familie übernachte.« Der Prinz aber wiederholte: »Ich tue das absichtlich, um meines Vaters Verdacht zu zerstreuen; ich weiß, daß ich dadurch sein Herz wieder gewinnen werde.« Da sagte der Alte: »So will ich dir ein Bett bringen, worauf du schlafen kannst«, und der Prinz antwortete: »Das kann nichts schaden.« Der Alte öffnete ihm die Türe, führte ihn in den Garten und brachte ein Stück Bett und eine Decke, denn er wußte noch nicht, daß die Prinzessin in den Garten kommen wolle. Das ist was ihn betrifft; was aber die Alte angeht, so ging diese zur Prinzessin und sagte ihr, die Früchte seinen reif. Die Prinzessin sprach: »Nun, so wollen wir nach unserer Gewohnheit in den Garten spazieren gehen, und zwar morgen, so Gott will; benachrichtige nur den Wächter davon.« Die Amme schickte nach ihm, und als er kam, sagte ihm die Prinzessin: »Wir wollen in den Garten gehen; schaffe also alle deine Diener hinaus, laß kein Geschöpf Gottes im Garten und mache ihn recht rein.« Der Wächter sagte: »Ich habe gehört und gehorche«, ging zum Prinzen und sprach zu ihm: »Mein Sohn, die Prinzessin hat nach mir geschickt und mir gesagt, ich solle niemanden im Garten lassen, denn sie wird ihn mit ihren Sklavinnen besuchen; überlege nun, was du beginnen willst, Herr.« Der Prinz entgegnete: »Ist dir jemals durch uns etwas Unangenehmes zugestoßen?« »Nein, bei Gott, Herr, nichts als Wohltaten und Geschenke.« »Nun, so wird dir auch in Zukunft nur Gutes durch uns zuteil werden. Ich will mich im Garten verbergen, daß kein Mensch und kein Djinn mich sehen soll, bis die Prinzessin ihn wieder verläßt.« »Wenn sie dich, oder nur deinen Schatten sieht, läßt sie mir den Kopf abschlagen.« »Ich will mich so verbergen, daß kein Mensch mich sehen soll; sei nur guten Mutes.« Bei diesen Worten reichte er ihm 100 Dinare und sagte: »Gib das aus und mache es deiner Familie bequem; laß dir wohl sein. Alles wird nur zu deinem Besten gereichen.« Als der Alte die 100 Dinare sah, wurde ihm leicht zu Mute; er warnte daher den Prinzen noch einmal, sich gar nicht zu zeigen, und ging fort.

Als es früh Morgens war, kamen die Diener und Sklavinnen zur Prinzessin; sie befahl ihnen, die Türe zu öffnen, die vom Schloß in den Garten führte, zog

die kostbarsten königlichen Kleider an, aus Seidenstoffen mit Gold gestickt, mit Perlen und Rubinen usw. besetzt. Sie war so schön, daß sie Sonne und Mond beschämte. Auf ihrem Kopf trug sie eine Krone von frischer Aloe, mit Gold und Juwelen besetzt; sie legte ihre Hand auf den Hals der Alten, um durch die geheime Türe in den Garten zu gehen. Da sah die Alte den Garten voll mit Dienern und Sklavinnen und sagte zur Prinzessin: »O meine Gebieterin! Ist das ein Garten oder ein Spital?« Die Prinzessin fragte: »Was willst du damit sagen, o Amme?« Diese antwortete: »Der Garten ist so mit Dienern und Sklavinnen angefüllt; es sind etwa 500 Diener und 500 Sklavinnen da, die essen die Früchte, trüben die Bäche, verscheuchen die Vögel und stören uns in unseren Spielen und Spaziergängen; was bedarfst du ihrer? Gingest du von deinem Schloß auf die Straße, so würde deine Würde dieses Gefolge notwendig machen; hierher kamst du jedoch durch die geheime Tür, und kein menschliches Geschöpf Gottes sieht dich hier.« Die Prinzessin sagte: »Bei Gott, o Amme! Du hast recht; doch was ist zu tun?« Die Amme antwortete: »Ich will die Diener und Sklavinnen wegschicken.« Dies geschah, und es blieben nur ihre zwei liebsten Sklavinnen bei ihr.

Als die Alte nun Zeit und Ort günstig fand, sagte sie: »Komm, jetzt können wir hübsch spazieren gehen, meine Gebieterin.« Die Prinzessin machte sich auf, legte ihre Hand auf die Schultern ihrer Amme, die zwei Sklavinnen aber gingen voraus und klatschten mit den Händen; die Prinzessin lachte mit ihnen und wiegte sich im Gehen. Die Alte führte sie herum und scherzte mit ihr, zeigte ihr die Bäume, reichte ihr Früchte und machte sie auf das Zwitschern der Vögel aufmerksam, bis sie an das alte Schloß kam. Als die Prinzessin dieses Schloß hübsch neu fand, sprach sie: »O Amme, ich sehe dieses Schloß wieder fest gemauert und die Wände und Altane frisch angestrichen und glänzend bemalt.« Die Alte sagte: »Bei Gott! Meine Gebieterin, du erinnerst mich wieder an das, was ich vergessen hatte. Ich habe nämlich von einem Kaufmann gehört, der Wächter habe Waren von ihm gemietet, sie verkauft und mit dem erlösten Geld dieses Schloß wieder aufbauen und malen lassen. Ich sah, wie der Kaufmann sein Geld von dem Wächter forderte, und hörte diesen sagen: ›Wenn die Prinzessin in den Garten kommt, will ich dich bezahlen.‹ Ich fragte ihn hierauf: ›Warum hast du das Schloß hergestellt?‹ Und er antwortete: ›Bei Gott! Ich sah den Grund ganz zerfallen und die Mauern gespalten.‹« Die Prinzessin sprach: »Hast du ihn nicht gefragt, was er dabei beabsichtigt?« Die Alte antwortete: »Ich habe ihn gefragt, und er hat mir gesagt, er wolle den Platz recht schön machen lassen, und erwarte dafür den Lohn von dir, Prinzessin, die die Güte selbst sei; er hatte wohl keinen anderen Zweck, als die Hoffnung auf deine Gnade und Wohltaten.« Die Prinzessin sprach: »Bei Gott! Er hat etwas Gutes getan; durch das Aufbauen dieses Schlosses ist der ganze Platz verschönert; wie glänzen nun die Mauern und wie hübsch sieht das aus! Wir wollen ihm auch seinen schönen Lohn dafür geben.« Sie befahl hierauf einer Sklavin, 100 Dinare herbeizuschaffen, und schickte die Amme nach dem Wächter. Als sie zu ihm kam, sagte sie: »Die Prinzessin will dich sprechen.« Als er dies hörte, fürchtete er sich sehr, denn er dachte bei sich selbst: »Die Prinzessin hat den jungen Mann gesehen; bei Gott! Dies ist ein Unglückstag für mich.« Er nahm weinend von seiner Familie Abschied und ging zur Prinzessin mit blassem Gesicht und so heftig zitternd, daß er fast umfiel. Als die Alte dies merkte, kam sie ihm zuvor und sagte: »O Scheich, küsse die Erde, danke dem erhabenen Gott und bete für die Prinzessin! Gott bewahre ihre Unschuld und mache ihr im Himmel ihre Rechnung leicht! Ich habe ihr gesagt, wie du Schulden gemacht hast, um dieses Schloß herzustellen, darum beschenkt sie dich auch mit 100 Dinaren, nimm sie von ihrer Sklavin, bete für sie und küsse die Erde vor ihr.« Als der Alte diese Worte hörte, küßte er die Erde vor der Prinzessin, nahm die 100 Dinare und ging vergnügt nach Hause; seine Leute aber freuten sich mit ihm, und sie beteten zusammen für den, der die Ursache von allem war. Das ist's, was diese betrifft. Die Alte aber sagte zur Prinzessin: »Bei Gott! Herrin, nun ist dieser Ort einer der schönsten, die es gibt; komm, wir wollen uns ein wenig im Schloß umsehen.« Sie gingen dann miteinander ins Schloß, wo die Prinzessin die schöne Malerei bewunderte und sich nach allen Seiten umsah, bis ihr Blick auf den gemalten Traum fiel; sie betrachtete ihn lange und sah immer danach hin; die Amme aber, die dies bemerkte, nahm die zwei Sklavinnen zu sich, damit sie nicht störten. Als die Prinzessin den ganzen Traum bis zu Ende gesehen hatte, wendete sie sich zur Alten und sprach: »O meine Amme! Sieh einmal hier etwas; wenn es mit einer Nadelspitze aufs Auge gegraben wäre, so könnte jeder sich daran belehren.« Die Alte fragte: »Was ist's, meine Gebieterin?« Diese antwortete: »Habe ich dir nicht einst einen Traum erzählt, der die Ursache meines Hasses gegen die Männer war?« »Ja, Prinzessin«, sagte die Alte, »du tatest es.« »Nun«, versetzte diese, »komm und sieh dich einmal hier um und sag mir dann, was du gesehen.« Die Alte betrachtete die Malerei, ging erstaunt zur Prinzessin und sagte ihr: »Meine Gebieterin, hier ist der Traum im Garten, wie du ihn beschrieben hast, mit dem Vogelfänger, dem Netz und den Vögeln. Doch ich bewundere weder die Malerei, noch den Traum, sondern nur den Maler, der ihn nicht besser hätte zeichnen können, wenn du ihm ihn selbst erzählt hättest. Bei Gott! Das ist wunderbar. Der Engel, der über Menschen und andere Geschöpfe wacht, hat wohl gehört, wie wir das Männchen mit Unrecht anklagten, daß es nicht zum Weibchen zurückkehrte, um es zu befreien; er hat daher diesen Traum hergemalt, um die Unschuld des Männchens zu beweisen und zu zeigen, was die Bestimmung über das Männchen verfügt.«

Die Prinzessin sprach: »Nun ist es entschuldigt, und wir denken nichts Böses mehr von ihm.« Die Alte sagte: »O meine Gebieterin! Es gibt nichts Zärtlicheres auf der Welt, als ein Männchen gegen sein Weibchen, bei allen Geschöpfen Gottes, besonders aber bei den Menschen. Oft hungert der Mann, um die Frau zu speisen, er bleibt nackt, um sie zu kleiden, erzürnt lieber seine Eltern, um sie zu befriedigen; sie fällt ihm an die Brust und er umarmt sie, sie können nicht mehr getrennt leben, er wird ihr dann teurer als ihre Familie und Kinder. So war einst ein König, der seine Frau so sehr liebte, daß, als sie starb, er aus Liebe sich mit ihr beerdigen ließ. So starb auch einst ein König, und als man ihn beerdigen wollte, sagte seine Frau zu ihren Leuten: »Laßt mich mit ihm das Grab teilen, wenn ihr nicht wollt, daß ich mich töte! Als sie sahen, daß sie dies ernstlich wollte, zogen sie ihr die hübschesten Kleider und den reichsten Schmuck an, und aus Liebe begrub sie sich selbst mit ihm.«

Die Alte fuhr dann fort, ihr von den Männern und Frauen zu erzählen, bis aller Männerhaß im Herzen der Prinzessin verschwunden war, und sie sprach: »O meine Amme! Der arme Vogel, wir haben ihm Unrecht getan, und seinetwillen alle Männer gehaßt; nun sehen wir, daß er unschuldig war. Bei Gott, ich will die Männer nicht mehr hassen.«

Als die Alte merkte, daß kein Männerhaß mehr im Herzen der Prinzessin geblieben, sagte sie: »Wir haben uns nun hier genug umgesehen. Nun laß uns auch im Garten zwischen den Bäumen spazieren gehen.« Die Prinzessin machte sich auf, ging mit ihr, und man konnte so recht ihre Schönheit, Liebenswürdigkeit, ihren hübschen Wuchs und das Ebenmaß ihrer Glieder bewundern, als ein Blick des Prinzen auf sie fiel. Er starrte sie an und verlor seine Besinnung; seine Liebe zu ihr erreichte die höchste Stufe und er fiel ohnmächtig hin. Als er wieder zu sich kam und die Prinzessin verschwunden war, seufzte er tief, starb fast vor Sehnsucht und sprach folgende Verse:

»Als meine Augen ihre Reize sahen, wurde ich Liebesgefesselter ohnmächtig. Ich wurde wie ein Toter, der auf der Erde liegt, und meine Geliebte wußte nichts davon. Sie ging fort und zerstörte ein Herz, von Liebe gebunden; o dürfte ich doch nur ihr Sklave sein! O Herr! Vereinige uns bald und verschaffe mir Hilfe durch meine Geliebte, ehe ich ins Grab steige. Ich werde nicht aufhören, sie zu lieben, bis sie mich tötet; vielleicht wird sie dann Mitleid mit mir haben und mich wieder ins Leben zurückrufen. Ich komme ihr zehn- und zehnmal entgegen, um ihretwillen ertrage ich Sehnsucht und Liebespein. O hilf mir durch ihre Liebe; denn, lebe ich ohne Hoffnung, so reicht mir die Liebe den Todeskelch. Tränen fließen stets aus meinen verwundeten Augen, die der Blindheit nahe sind. Ich kenne keinen Schlaf in den langen Nächten, ich durchwachte sie lieber, in meine Liebe vertieft. Selbst meine Feinde haben Mitleid mit mir, wenn sie den Gram sehen, den mir die Trennung verursacht. Wenn nur die Zeit einen einzigen Tag der Vereinigung brächte, gern wollte ich ihr mein Leben geben und ihr Sklave werden. Gott beschütze die Vereinigungstage und ihre Süßigkeit! Und es lebe die Zeit, die mein Verlangen stillt.«

Die Alte führte die Prinzessin auf allen Seiten des Gartens umher, bis sie wieder an die Stelle kamen, wo der Prinz verborgen war. Da rief sie: »O du mit verborgenen Reizen! Befreie mich von meiner Furcht.« Als der Prinz diese Worte vernahm, verließ er die Stelle, wo er verborgen war, und trat in seiner ganzen Schönheit und in der Anmut seines Wesens zwischen den Bäumen hervor, so daß seine Schönheit den Mond beschämte. Die Prinzessin ging eben majestätisch einher, als ihr schöner Blick auf den Prinzen fiel. Sie betrachtete ihn lange, wie seine Augen die Sprache der Liebe redeten, wie seine Augenbrauen sich wölbten und seine Wangen sich färbten; sie fand ihn so schön, anmutig und hübsch gewachsen, daß sie ihren Verstand verlor, und die Pfeile seiner Augen ihr Herz verwundeten. Sie wandte sich zur Alten und sagte ihr: »O Amme! Woher kommt dieser schöne Jüngling mit wunderschönem Wuchs, gleich dem Vollmond oder einem Licht in der Dunkelheit?« Die Alte fragte: »Wo ist er?« Die Prinzessin erwiderte: »Hier in unserer Nähe zwischen den Bäumen.« Die Alte sah sich rechts und links um, als wüßte sie von nichts. Dann sprach die Prinzessin: »Wie mag er in den Garten gekommen sein?« »Ich weiß nicht.« »Wer ist wohl dieser junge Mann?« »Meine Gebieterin! er ist der, der die Briefe schickte.« »Bei Gott, meine Amme, er ist ein sehr hübscher Mann, es gibt auf der ganzen Erde keinen schönern; ist er wohl noch wie er war, oder hat er sich verändert?« »Bei Gott, meine Gebieterin, ich bin ihm vor drei Tagen erst auf der Straße begegnet, grüßte ihn und fragte nach seinem Befinden; er aber erwiderte mir: ›Gott war mir gnädig, und hat mir gegen alles dieses Kraft gegeben, d. h. gegen die Liebe, Sehnsucht und Verzweiflung.‹ Es ist ihm, als hätte er sie nie gekannt, und es fällt ihm gar nichts mehr davon ein, gelobt sei Gott!«

Als die Prinzessin dies hörte, beugte sie den Kopf lange zur Erde; die Liebe bemächtigte sich ihres Herzens, es pochte heftig und sie sprach: »O Amme! Vielleicht ist es später anders mit ihm geworden, oder vielleicht hat er die Wahrheit nicht gestanden.« Die Alte antwortete: »Bei Gott! Ich habe ihm gesagt, so lang die Geliebte nicht erhört, dauert Liebe fort; er aber hat nur erwidert: Bei Gott! Mein Herz denkt nicht mehr daran, denn der erhabene Gott hat meine Liebe in Haß verwandelt.« Die Prinzessin schwieg und machte sich Mut, dies half jedoch nichts, denn sowie sie wieder einen Blick auf den Prinzen warf, brachten sie seine Schönheit und anmutsvolle Gestalt in Verwirrung, und sie sprach: »O Amme, winke ihm mit der Hand, daß wir ihn näher sehen.« Die Alte antwortete: »Er wird nicht wollen und mich nicht anhören.«

Die Prinzessin beugte dann beschämt ihren Kopf zur Erde und enthielt sich weiterer Bitten, das Feuer der Leidenschaft aber raste in ihrem Inneren. Doch machte sie sich stark, um wieder einen Blick auf ihn zu werfen; sie wurde jedoch abermals von der Liebe besiegt, die Pfeile seiner Augen trafen sie und sie verlor ihre Stärke. Sie ergriff dann die Hand der Amme und sagte: »In meinem ganzen Leben bedarf ich deiner zum ersten Male, und du versagst mir deine Hilfe?« Die Amme antwortete: »Bei Gott, meine Gebieterin, es ist kein schlechter Wille; gibt es für die Sklaven eine größere Freude, als ihrer Herrin willfahren zu können? Ich fürchte, er wird mich beschämen und meine Bitte nicht anhören, ich möchte lieber sterben, als mit einer schnöden Antwort zu euch zurückkehren. Doch ich will zu ihm gehen und in ihn dringen.«

Mit diesen Worten ging sie zum Prinzen, der die Prinzessin lachen gesehen hatte, und sagte ihm: »Die Prinzessin ist von einer unauslöschlichen Flamme ergriffen, komm nur zu ihr und klage ihr deine Lage. Die Tage des Briefwechsels sind nun vorüber, jetzt kommen die der Vereinigung und der Vorwürfe.« Der Prinz machte sich auf, außer sich vor Freude wegen der guten Botschaft; er glaubte zu träumen und wollte sogleich mit der Alten zur Prinzessin gehen. Die Alte aber sagte: »Halt, du gehst noch nicht mit, sie muß zu dir kommen; denn nun ist die Reihe an ihr, um Liebe zu flehen.« Der Prinz sagte im Übermaß seiner Liebe und in der Heftigkeit seiner Flamme: »Laß mich doch zu ihr gehen und ihr meine Aufwartung machen.« Die Alte aber versetzte: »Folge nur meinem

Rat und bleibe hier ruhig sitzen.« Der Prinz gehorchte ihr ungern, und die Alte kehrte allein zurück.

Als sie der Prinzessin nahe war, sprach diese: »O Amme, ich sehe dich mit kaltem Gesicht zurückkehren.« Die Alte erwiderte: »Habe ich dir nicht gesagt, er wird mich beschämen und nicht kommen wollen?« Die Prinzessin aber sprach: »Wärest du mit Ernst und ganzem Herzen zu ihm gegangen, er hätte sich nicht geweigert.« Die Alte versetzte: »O meine Gebieterin! Als er am Anfang Lust hatte, wünschte er nichts mehr, als daß du ihm gnädig erlauben möchtest, vor dir zu erscheinen; er wäre damals auf den Augen zu dir gegangen, nun aber ist seine Lust vorüber, und du verlangst nach ihm, komm also, wir wollen zu ihm gehen; vielleicht wird er sich vor dir schämen, wenn du selbst zu ihm gehst.« Die Prinzessin sprach: »O Amme, wie kann ich zu ihm gehen? Ich bin eine Jungfrau, kenne nur meinen Vater und dich, wie soll ich mich vor einem fremden Jüngling erniedrigen? Was soll ich ihm sagen? Wie kann sich mein Auge zu dem seinigen erheben? Wie meine Zunge ihn anreden? Das kann nie sein, und müßte ich den Todeskelch trinken! Ich weiß kein Mittel und überlasse dir meine Angelegenheit.« Die Amme sagte: »O meine Gebieterin, bei Gott, ich weiß kein anderes Mittel, als daß du zu ihm gehst, und niemand kann dies tadeln. Komm nur mit, ich will vorausgehen und für dich mit ihm sprechen; du brauchst nicht zu erröten.« Die Prinzessin sprach: »Nun, o Amme, so geh mir voran. Es gibt keinen Schutz und keine Macht, außer bei Gott, dem Erhabenen! Gott hat das über uns verhängt.«

Die Alte machte sich dann auf und die Prinzessin folgte ihr zum Prinzen, der wie der Vollmond dasaß. Da sagte die Alte: »Junger Mann, sieh einmal, wer vor dir erscheint. Es ist die Prinzessin Hajat Alnufus, die dir entgegenkommt; steh also vor ihr auf!« Der Prinz stand bei diesen Worten auf, und die Alte ließ sie allein. Als sie nun einander gegenüberstanden und ihre Augen sich begegneten, waren beide von Liebe und Sehnsucht trunken; sie umarmten sich, fielen in Ohnmacht, und blieben lange auf der Erde liegen. Da die Alte fürchtete, sie möchten entdeckt werden, trug sie sie ins Schloß und sagte zu den Sklavinnen, die im Garten waren: »Benützt die Zeit zum Spaziergange, denn die Prinzessin schläft«; und so gingen sie wieder fort. Als nun die Liebenden erwachten und sich im Schloß fanden, sprach der Prinz: »Wache oder träume ich?« Sie umarmten sich wieder und klagten einander ihre Liebe und Sehnsucht; dann rezitierte der Prinz folgende Verse:

»Wenn das Licht der Sonne und das Leuchten des Mondes sich begegnen, wird das Firmament verdunkelt; wenn ihre strahlenden Wangen sich zeigen, wird die Morgenröte aus Scham blaß; und wenn bei ihrem Lächeln ein Blitz aus ihren Zähnen leuchtet, so wird die dunkle Abenddämmerung heller Morgen. Ihr Wuchs ist so ebenmäßig, daß, wenn sie erscheint, die Zweige des Ban eifersüchtig über sie werden. Der Mond besitzt nur einen Teil ihrer Reize, die Sonne wollte sie anfechten, konnte aber nicht. Wo hat die Sonne Hüften, wie sie die Königin meines Herzens hat? Wer besitzt gleich ihr solche schöne Form und solch

herrliche Tugenden? Kein Liebender kann je ihrer Liebe widerstehen, mein Auge und mein Herz bezeugen es einstimmig! An sie war mein Herz durch Liebe gefesselt; schmachtet nicht jedes Herz vor Verlangen nach ihr?«

Als er diese Verse vollendet hatte, drückte sie ihn an ihre Brust und küßte ihn zwischen die Augen und auf den Mund. Dies gab ihm neues Leben. Dann klagte er ihr, was er gelitten vor heftiger Sehnsucht und tiefer Liebespein, Verzweiflung und Schlaflosigkeit in dunkler Nacht; wie ihn ihre Hartherzigkeit und lange Trennung geschmerzt. Als sie diese Worte hörte, küßte sie ihm Hände und Füße und sprach: »O Geliebter meines Herzens, o höchstes Ziel meiner Wünsche! Die Trennung höre auf, Gott lasse sie nie mehr wiederkehren und mich alles Schlimme statt deiner treffen; er erhöre alle deine Wünsche. Wie leid tut mir, daß wir so viel Zeit verloren, ohne uns zu sehen. Welches Herz kann deine Entfernung ertragen? Wen erfüllt nicht mit Wonne die Süßigkeit deiner Umarmungen? Heftige Liebe hast du in mir erregt und eine heiße Flamme in meinem Busen angeschürt.« Mit diesen Worten drückte sie ihn an ihre Brust und sprach noch folgende Verse:

»O du, der Mond und Sonne beschämt! Deine Anmut hat sich meines Herzens mit Gewalt bemächtigt, das Schwert deiner Blicke durchschneidet mein Inneres und ich weiß ihm nicht zu widerstehen. Ziehe den Bogen deiner Augenbrauen zurück, der mein Herz blutig getroffen! Deine Wangen und dein Wuchs gleichen einem blühenden Baumzweige mit schönen Früchten, haben mich verführt, so daß ich mich nicht mehr von dir trennen kann. Du hast mich lange gequält und mir schlaflose Nächte verursacht, am öffentlichen Tage wolltest du mich töten! Fern seien alle Schmerzen, verbannt die Trennung und stets freudig das Wiedersehen! O habe Mitleid mit einem zerrissenen Herzen, das, o Geliebter, deinen Schutz anfleht!«

Als sie ihre Verse vollendet hatte, wurde ihre Liebe entflammt, sie vergoß viele Tränen, schmachtete und war außer sich. Er näherte sich ihr und küßte ihre Füße, weinte und hatte Mitleid mit ihr. Sie sprachen dann miteinander, machten sich Vorwürfe und rezitierten Verse bis zur Asserstunde, als sie an das Weggehen denken mußten. Die Prinzessin sagte ihm: »O Licht meiner Augen und Innerstes meines Herzens, wann sehen wir uns wieder?« Der Prinz, den diese Worte wie ein Pfeil trafen, sprach: »Bei Gott, ich liebe die Trennung nicht, meine Seele verläßt mich.« Die Prinzessin sagte: »Bei deiner hohen Anmut und bei deinem schönen Antlitz! von dem Augenblick der Trennung wird der Schlaf mich fliehen und mein Herz in deiner Liebe versunken bleiben.« Der Prinz aber ging aus dem Schloß. Er wandte sich noch einmal um und sah, wie die Prinzessin viele Tränen vergoß; er mußte ebenfalls heftig weinen und sprach folgende Verse:

»O Ziel meines Herzens! Meine Flamme wird heftiger. O Leben der Seele! was ist zu tun? Auch wenn du nicht mit mir bist, begnüge ich mich mit deinem Bild im Traum. Dein Gesicht leitet die im Dunkeln Wandelnden wie der leuchtende Mond, während dein schwarzes Haar der Nacht gleicht. Deine Augen verbreiten das Licht des Tages, wenn sie nach den Edlen unter den Männern hinblicken. Ein Kuß von deinen Lippen ist wie Honig und Moschus und gewährt die süßesten Freuden. O Hajat Alnufus! Befreie einen Gefesselten und beglücke ihn mit deiner Erscheinung im Traume!«

Als sie diese Verse hörte, umarmte sie ihn wieder und sagte: »Ich schwöre bei dem, der dich durch vollkommene Schönheit ausgezeichnet, daß ich ohne dich in der Mitte meiner Diener und Sklavinnen nicht leben kann; ich habe alle Geduld verloren, mein Herz ist auf heißen Kohlen und es ist mir, als ginge ich ins Grab. Doch die Leute sagen ein Sprichwort: ›Geduld ist der Schlüssel zur Freude.‹ Wir wollen schon ein Mittel zur Vereinigung ersinnen, so Gott will.« Sie nahm dann Abschied von ihm und ging fort, ohne zu wissen, wohin sie ihren Fuß setzte, vor Liebe und Gram. Als ihr Geliebter aus ihren Augen verschwunden war, wurde ihre Sehnsucht noch heftiger; sie ging in ihr Gemach, immer mit dem Prinzen beschäftigt.

Was den Prinzen angeht, so wuchs auch seine Leidenschaft immer mehr, so daß er die Süßigkeit des Schlafs nicht mehr kostete. Er erzählte dem Vezier, was vorgefallen, und schmachtete immer mehr. Auch die Augen der Prinzessin schlossen sich nicht mehr dem Schlafe, und sie wollte nichts essen. Als Gott den folgenden Morgen zum Guten heranleuchten ließ, schickte sie nach der Alten; als diese kam, fand sie die Prinzessin ganz verändert und fragte nach der Ursache. Die Prinzessin erwiderte: »Das alles ist deine Verführung, mein ganzes Unglück rührt von dir her, wo ist der Geliebte meines Herzens, der meinen Verstand besitzt?« Die Alte antwortete: »Und wann hast du ihn denn verlassen? Es ist ja erst eine Nacht seitdem verflossen.«

Die Prinzessin sagte: »O Amme, er ist so schön und liebenswürdig, daß ich gar keine Geduld habe, und ihn weder bei Tag noch bei Nacht, weder des Morgens noch des Abends vergesse; geh also und schaffe uns schnell wieder eine Zusammenkunft, denn ich bin in der schrecklichsten Qual und meine Seele ist dem Tode nahe.« Die Alte sagte: »Habe Geduld, daß wir auf ein Mittel denken, wie die Sache verborgen bleibt, damit deinem Ruf nicht geschadet wird.« Sie antwortete: »Es bleibt nichts mehr zu verbergen übrig, seitdem die Liebe sich meines Herzens bemächtigt hat und meine Neider schadenfroh werden.«

Es sagt der Erzähler: Dann fuhr die Prinzessin fort: »Wenn du uns nicht zusammenbringst, so werde ich dem König sagen, daß du mich verführt hast, und er wird dir den Hals abschlagen lassen; denn wärest du nicht gewesen, so hätte ich doch Ruhe vor allem diesem.« Die Alte entgegnete: »Bei Gott, meine Gebieterin, habe doch nur ein wenig Geduld, denn das ist eine ernste Sache.« Sie flehte dann solange, bis die Prinzessin ihr drei Tage Frist gestattete. Diese aber setzte hinzu: »Wisse, o Amme!, daß mir diese drei Tage wie drei Jahre vorkommen, und gehen die vorüber, ohne daß du mir ihn bringst, so lasse ich dich umbringen.« Die Alte ging in ihre Wohnung und überlegte die Sache.

Am folgenden Morgen suchte sie Kammermädchen auf, die ihr Salben und Farben gaben, öffnete eine Kiste, nahm Frauenkleider heraus und ging damit zum Prinzen. Sie klopfte an der Tür, er kam zu ihr heraus, freute sich, sie wiederzusehen, und fragte sie, wie sie sich befinde? Sie sagte ihm: »Mein Sohn, willst du eine Zusammenkunft mit der Prinzessin haben?« Er antwortete: »Wie soll ich das nicht wünschen, da mein Leben dem Untergang nahe ist?« Sie hieß ihn hierauf seine Kleider ausziehen. Als er dies getan, bemalte und färbte sie ihm Hände und Füße, reichte ihm ein königliches Kleid, putzte ihn wie ein Frauenzimmer auf, gab ihm goldene Armbänder und lehrte ihn, wie er als Frauenzimmer gehen müsse. Er ging eine Weile vor ihr her und glich einer Huri aus dem Paradies. Die Alte freute sich sehr und sagte: »Nun bleibt uns noch eins übrig. Du mußt nämlich recht herzhaft sein, denn du kommst nun in ein königliches Schloß und wirst viele Diener und Kammerherrn des Königs an der Tür treffen. Wenn du zu schnell gehst, so ist's um uns geschehen. Hast du also nicht den Mut dazu, so sage es, damit ich eine andere List ersinnen kann.« Der Prinz antwortete: »Wisse, mein Vater ist ein Kaufmann, der gewöhnt ist, mit allen Leuten, auch mit Fürsten und Königen, umzugehen; das macht mir gar keine Sorge, sei nur frohen Herzens.«

Als er dies gesagt hatte, ging er voran und sie folgte ihm. Da das Schloß mit Menschen angefüllt war, sah ihn die Alte an, ob er in Verlegenheit gekommen; sie fand ihn aber gar nicht verändert und er glich einer Huri. Sie war froh darüber. Als der Pförtner sie sah, erkannte er sie, da er aber noch ein Mädchen bei ihr erblickte, dem weder die Sonne noch der Mond an Schönheit verglichen werden konnte, sagte er: »Was die Alte betrifft, so ist sie die Amme; was aber die betrifft, die mit ihr geht, so kenne ich niemanden, der ihr gliche, als die Prinzessin, und die lebt zurückgezogen in ihrem Zimmer. Ich möchte doch wissen, wie sie auf die Straße gekommen ist, sie geht ja nie aus.« Er stand dann auf, um die Wahrheit zu erforschen, ihm folgten etwa 30 Diener mit gezogenen Schwertern.

Als die Alte dies sah, sprach sie: »Ich bin Gottes und kehre zu ihm zurück, es ist um uns geschehen.« Der Pförtner erinnerte sich indessen der Strenge der Prinzessin, ihn überfiel die Furcht, und er dachte: »Gewiß hat ihr der König erlaubt auszugehen, und zwar nach ihrem Wunsch, ohne daß jemand etwas davon wisse, was liegt mir daran«; und so kehrte er wieder mit seinen Dienern um. Die Alte aber ging mit dem Prinzen immer vorwärts, und so oft sie jemanden begegnete, grüßte sie ihn mit dem Kopfe.

So kamen sie nun von einer Pforte zur andern, bis sie endlich an die siebente kamen, welche in das größte Schloß führte, wo des Königs Thron war, von wo aus man zu des Königs Gemächern gelangte. Es sagt der Erzähler: Als sie hier angelangt waren, blieb die Alte stehen und sagte: »Mein Sohn! Nun kommen wir in das königliche Schloß und wir müssen durch viele Gemächer gehen, ehe wir in das der Prinzessin kommen; dieser Weg ist gefährlicher als der, den wir zurückgelegt, und wir kommen nicht gut durch, bis es dunkel geworden ist, und uns der Aufseher nicht mehr bemerkt.« Der Prinz sagte: »Du hast recht; doch sind wir nun hier, hast du das nicht vorher berechnet?« Sie antwortete: »Fürchte nichts; ich weiß hinter dieser Tür eine tiefe Höhle mit einer Falltür, wo es sehr finster ist; ich will dich hinunterlassen, und wenn es Nacht wird, wieder herausholen, daß wir weitergehen; und der uns im Anfang beschützt hat, wird uns auch am Ende beschützen.« Der Prinz sagte: »Tu, was du willst.«

So ließ sie ihn dann in die Grube hinunter und verließ ihn bis abends, holte ihn dann wieder herauf und führte ihn durch die Pforte des Königsschlosses zu dem Gemach der Prinzessin. Die Alte klopfte hier an der Tür, und eine Sklavin kam heraus. Als sie ins Gemach der Prinzessin traten, fand sie schon den Saal vorbereitet, alle Gefäße waren aufgestellt, die Divans mit Kissen hergerichtet; Wachslichter brannten in goldenen und silbernen Leuchtern, Süßigkeiten und Früchte standen bereit, und das Zimmer war mit Ambra, Moschus, Aloe, Kampfer usw. beräuchert. Sie saß auf einem Sofa, dessen Lehne mit Straußfedern gefüllt war, im Glanze der Wachslichter und der Lampen, doch überstrahlte sie selbst das Licht der Sonne. Als sie die Amme sah, sagte sie: »Wo ist der Geliebte meines Herzens, der Gebieter meiner Seele?« Sie antwortete: »Herrin, ich konnte ihn nicht dazu bereden, aber hier bringe ich dir seine Schwester.« Die Prinzessin sprach: »Bist du wahnsinnig, was soll ich mit seiner Schwester tun?« Die Alte aber sagte: »O meine Gebieterin, sieh sie einmal an, ob sie dir gefällt; wenn nicht, so führe ich sie wieder weg.«

Mit diesen Worten entschleierte sie ihm das Gesicht, und siehe da!, es war der Prinz, der Geliebte ihres Herzens. Als sie ihn erkannte, stand sie auf, drückte ihn an ihre Brust und fiel in Ohnmacht. Die Amme bespritzte sie mit Rosenwasser und Kampferpulver, bis sie wieder zu sich kam; sie küßte ihn dann auf den Mund und zwischen die Augen und sprach folgende Verse:

»Der Geliebte meines Herzens besuchte mich in der Dunkelheit, ich stand ehrfurchtsvoll vor ihm auf, hieß ihn sitzen und sagte ihm: ›O du mein Verlangen! Mein einziger Wunsch! Du besuchst mich in der Nacht, fürchtest du die Wächter nicht?‹ Er erwiderte: ›Wohl fürchte ich sie, doch die Liebe ist Herrin meines

Herzens und Geistes.‹ Wir umarmten uns und schliefen eine Weile so süß, daß uns fast die Seele schwand. Doch dürft ihr uns nicht im Verdacht haben. Wir schütteln den Saum unsrer Kleider aus, und nichts Unreines ist darin.«

Als sie diese Verse vollendet hatte, sprach sie: »O Licht meiner Augen! O Innerstes meines Herzens! So sehe ich dich endlich in meiner Wohnung, kann mich endlich an deiner Nähe ergötzen.« Die Liebe wurde dann so mächtig in ihr, daß sie folgende Verse rezitierte:

»Der Geliebte meines Herzens besucht mich in der Dunkelheit, nachdem ich lange seine Ankunft erwartet hatte. Er rief: ›Geliebte!‹ und ich antwortete: ›Sei willkommen!‹ Ich küßte aus Unterwürfigkeit die Füße des Geliebten und sein Gesicht, dem nichts Übles nahen kann. Ich habe in meinem Leben keine solche Nacht gesehen, o wie süß habe ich sie durchwacht! Gott vergelte ihm nun auch, wie er es verdient, und belohne ihn, bei meinen Augen! Solange der Zephyr weht.«

Als sie diese Verse vollendet hatte, drückte er sie an seine Brust und umarmte sie; er legte seine Wangen auf ihre Füße, beugte sein Gesicht zur Erde, weinte vor Liebe und sprach folgende Verse:

»O einzige Nacht unseres Lebens, wie süß ist sie, sie ersetzt mir alle anderen meines Daseins; ich nehme aus den Kelchen, was rein und klar darin ist, und wenn sie leer sind, gebe ich sie wieder zurück. Mein Leben gehört ihr, solange es währt. O Gott bewahre uns vor weiterer Trennung, denn schon haben wir genug gelitten.«

Er fiel dann in Ohnmacht, sie aber warf sich über ihn her und küßte ihm Hände und Füße. Sie brachten so die Nacht beisammen zu, rezitierten Verse, unterhielten sich, tranken, küßten und umarmten sich, mehr nicht. Als der Morgen leuchtete, nahmen sie die Gefäße weg, legten das Bett zusammen und reinigten das Zimmer. Die Prinzessin setzte sich auf ihren Stuhl und ließ die Tür öffnen. Die Diener erschienen wie gewöhnlich vor ihr, die Sklavinnen machten ihre Aufwartung und gingen wieder fort. Als dies geschehen war, schloß sie die Türen und richtete alles wieder her, wie es war. Sie tranken dann wieder und benützten die Zeit, rezitierten Verse und umarmten sich die ganze Nacht und den ganzen Tag, ohne daß etwas vorfiel, und ohne daß sie verraten wurden. Am folgenden Morgen stellten sie wieder Wein auf, und so ging das lange fort.

Als aber der Vezier nach mehreren Tagen den Prinzen nicht wiederkehren sah und nichts von ihm hörte, fürchtete er, es sei ihm ein Unglück zugestoßen, das ihm selbst auch das Leben kosten würde. Er dachte: »Mir bleibt nichts übrig, als nach Hause zu gehen, um den König von allem in Kenntnis zu setzen, damit er mich nicht anklage«, und kehrte auch in der Tat in sein Land zurück. Der Prinz blieb indessen bei der Prinzessin, ohne daß etwas vorfiel. Erst nach Verlauf eines Monats dachte der Prinz: »Bei Gott, ich bin in großer Gefahr; wenn das herauskommt, werde ich umgebracht werden; ich weiß nicht, wohin das führen soll. Das Beste ist, ich stelle ihr dies vor und warne sie vor weiterem Leichtsinn. Ich werde dann hören, was sie dazu sagt.«

Als in einer Nacht der Wein ihnen wohlschmeckte, sie in Liebe glühten und der Prinz betrunken war, sprach er zur Prinzessin: »O Gebieterin des Mondes, o du, die ich lieben darf, wisse, daß ich nun dir nichts mehr verbergen will, wir sind ja zwei Seelen in einem Körper.« Sie sagte: »Gewiß«, und er fuhr fort: »So wisse, daß mein Vater kein Kaufmann und kein Handwerker ist, sondern der große König, der Herr der Erde in der Länge und in der Breite, und ich bin sein Sohn Ardschir; ich bin's, der deinem Vater meinen Vezier schickte, daß er um dich werbe; als er ohne Erfolg von euch zurückkam, zürnte mein Vater sehr und sprach: ›Ein Mann wie ich soll irgend einem König eine Botschaft schicken, und diese soll unverrichteter Sache zurückkommen?‹ In seinem Zorn ließ er die Zelte zubereiten und die Truppen ausrüsten, um gegen euch zu ziehen. Da ich nun fürchtete, daß mein mächtiger Vater mit seiner zahlreichen Armee, mit seinen Reitern und Verbündeten euer Land verwüste, eure Güter plündere, eure Krieger erschlage und eure Frauen gefangennehme, und dachte, du möchtest dir selbst den Tod geben und ich meinen Zweck nicht erreichen, näherte ich mich ihm, küßte die Erde vor ihm und machte ihn davon abwendig, denn ich sagte ihm: ›O mein Vater, ich will selbst dahin gehen und meine Angelegenheit besorgen.‹ Er antwortete dann: ›Nimm meinen Vezier mit dir, daß er dir mit seinem Rat beistehe‹; auch gab er mir viel Geld und viele Geschenke mit. Ich verließ mit dem Vezier die Stadt, verkleidete mich als Kaufmann, und es geschah mit dir, wie du wohl weißt; du warst so hart gegen mich, daß ich fast starb, und nun hat Gott dein Herz für mich erweicht und es mir zugeneigt. Wir sind jedoch in großer Gefahr; wenn, was Gott bewahre, die Sache herauskommt, so ist's um uns geschehen, denn die Leute sagen: ›Bis das Heilmittel aus Irak kommt, stirbt der von einer Schlange Gebissene, d. h. meines Vaters Hilfe würde zu spät kommen‹, darum will ich dir nun alles gestehen.«

Als die Prinzessin vernahm, daß er ein vornehmer Prinz sei, fiel sie, Gott dankend, zur Erde, denn sie hatte sich stets Vorwürfe gemacht, innerlich und laut, und zu sich selbst gesagt: »O Hajat Alnufus, ist es so weit mit dir gekommen, daß du dich einem Kaufmann hingibst, der des Geldes willen in der Welt herumreist. Wenn dein Geheimnis entdeckt wird, wie wird deine Schande groß unter den Prinzessinnen sein. Wäre dies mit einem Prinzen geschehen, so wäre die Schuld so groß nicht, und es ließe sich verzeihen.« So hatte sie immer zu sich gesprochen, die Liebe zu dem jungen Mann war jedoch stärker als alles gewesen. Wie sie aber nun hörte, daß er ein Prinz sei, bewunderte sie seine lange Geduld und Verschwiegenheit und sagte ihm: »O mein Geliebter, wie geduldig bist du für einen Prinzen, da doch Prinzen gewöhnlich hochmütig sind. Wie lange hast du meine harten Briefe, meine Drohungen ertragen, während ein anderer nach Hause gegangen wäre und seines Vaters Truppen geholt hätte. Doch habe ich dadurch deine Tugend kennengelernt, ich lobe nun deine Gesinnungen und deine Handlungen. Was hast du aber nun vor?« Der Prinz sagte: »O Innerstes meines Herzens, o du mein höchstes Verlangen, ich will nun nach Hause reisen und meinem Vater alles erzählen, er soll den Vezier wieder zu deinem Vater schicken und um dich werben lassen, du nimmst den Antrag an, und so entgehen wir der drohenden Gefahr.« Als die Prinzessin dies hörte, konnte sie nichts antworten und weinte sehr heftig. Der Prinz stillte ihre Tränen, beruhigte ihren Schrecken, küßte ihre Hände und Füße und sagte ihr: »Wenn ich einen Fehler begangen habe, so verzeihe mir, Gott sei uns gnädig.« Er war solange zärtlich gegen sie, bis sie sich beruhigte. Endlich sprach sie: »O mein Geliebter, ich glaube nicht, daß du mich verlassen wolltest, und vermute wohl, daß du in der Ferne noch eine andere liebest; doch sage mir es lieber, damit ich mich gleich umbringe, ehe du dich von mir trennst.« Der Prinz sagte: »Bei dem höchsten Herrn, mein Herz ist nie in ein Netz gefallen vor dir, und ich bin bereit, zu tun, was du begehrst.« Hierauf heiterte sie sich wieder auf und sprach: »O Geliebter meines Herzens, wie kann ich zu deiner Abreise einwilligen? Der Zeit ist nicht zu trauen, und alles ist dem Wechsel unterworfen; wenn du nun in dein Land gehst, könntest du mich vergessen, oder dein Vater könnte seine Einwilligung nicht geben, und ich müßte sterben. Das beste ist, du bleibst in meiner Nähe und wir suchen ein Mittel, daß wir zusammengehen können, und ich bleibe dann bei deinen Leuten.« Sie brachten noch viele Tage und Nächte so beisammen zu, bis sie einst in der Nacht, berauscht von Liebe und Wein, süß schliefen und des Morgens nicht erwachten. An jenem Morgen schickte gerade ein König ihrem Vater kostbare Geschenke, worunter auch eine wertvolle Halskette aus Edelsteinen war, die dem König sehr gefiel. Er dachte daher bei sich: »Diese Halskette ziemt niemanden als meiner Tochter Hajat Alnufus.«

Er rief dem Diener Kafur, dem sie so viele Zähne ausgerissen hatte, und sprach zu ihm: »Kafur, nimm diese Halskette, bringe sie meiner Tochter, grüße sie und sage ihr, diese Halskette sei mir von einem König zum Geschenk gemacht worden, ich schicke sie ihr, damit sie in ihrem Schatze verwahrt werde.« Der Diener sagte: »Ich höre und gehorche«, nahm die Kette und ging an die Tür ihres Gemachs; er fand sie aber geschlossen und die Alte vor der Tür schlafend; er weckte sie auf und sprach zu ihr: »Liegt ihr noch beim hellen Morgen?« Die Alte erwachte und erschrak. Er rief ihr zu: »Öffne die Tür!« Sie aber fragte: »Was willst du in dieser Stunde?« Er antwortete: »Der König schickte mich zur Prinzessin. Ich habe etwas bei ihr zu tun.«

Die Alte wandte sich rechts und links, endlich sagte sie: »Ich habe die Schlüssel nicht bei mir, gehe einstweilen, bis ich sie bringe.« Kafur rief ihr zu: »Bring schnell die Schlüssel her, denn ich eile und will hier warten.« Da sie nun lange säumte und er sich vor dem König fürchtete, wenn er zu lange ausbleiben würde, zog er die Tür mit Gewalt an sich, bis das Schloß zerbrach und sie sich öffnete. Er kam dann an eine zweite Tür, die offen war, und so an eine dritte und vierte, bis er endlich an die Tür ihres Gemachs kam; er sah darin hübsche Teppiche, Wachslichter und Wein, und erstaunte sehr darüber. So ging er immer weiter, bis er an den Thron gelangte, auf dem die Prinzessin lag; er war aus Elfenbein und vergoldet, und eine seidene Decke lag darüber; er hob diese auf und sah die Prinzessin darunter liegen, mit einem hübschen Mann, wie der Mond, im Arme. Er sagte: »Bei Gott, ist es so weit mit der Prinzessin gekommen? Um dieses Jünglings willen haßte sie die Männer so, und riß mir die Zähne aus? Bei Gott! Das soll dem König nicht verborgen bleiben.« Er deckte sie wieder zu und ging nach der Tür; in dem Augenblick erwachte die Prinzessin, erschrak, als die Kafur sah, und rief ihm nach; er gab ihr aber keine Antwort. Sie stieg schnell vom Thron herunter, holte ihn noch an der Tür ein, hielt den Saum seines Kleides fest und sagte: »Kafur, verbirg, was Gott verborgen hat!« Er antwortete: »Wer dich beschützt, bleibt doch nicht verschont. Du hast mir noch wenig Gutes getan, meine Zähne ausgerissen, mich häßlich und meine Feinde schadenfroh an mir gemacht!«

Mit diesen Worten riß er sich von ihr los, verschloß die Tür, stellte Diener davor und ging zum König. Dieser fragte: »Hast du die Kette abgegeben?« Er antwortete: »Bei Gott, deine Tochter verdient mehr als dies.« »Was meinst du damit?« »Ich will es dir allein sagen.« »Sprich nur, wir brauchen nicht allein zu sein.« Da aber mehrere Veziere, unter anderen auch der böse Großvezier, zugegen waren, sagte Kafur: »Wirf mir ein Tuch als Zeichen der Sicherheit zu.« Der König warf es ihm zu. Dann sprach er: »O König, als ich zu Hajat Alnufus kam, fand ich ihr Gemach mit allerlei Teppichen versehen, Wachslichter brannten und Weingefäße waren aufgestellt. Ich sah sie auf ihrem Bett liegen mit einem jungen Mann in den Armen, schöner als die Sonne. So weit ist die Prinzessin gekommen, nachdem sie die Männer so sehr gehaßt! Ich verschloß die Tür und kam hierher, um dir Nachricht davon zu bringen.« Als der König dies hörte, setzte er sich aufrecht, denn er hatte sich angelehnt, ließ den Pförtner rufen und sagte: »Nimm Diener mit dir, geh in meiner Tochter Gemach und bring sie hierher auf ihrem Thron mit dem, der bei ihr ist. Widersetzt sich dir jemand, so schlage ihm den Kopf ab.«

Der Pförtner trat in das Gemach der Prinzessin, wo er diese aufrecht stehend fand; ebenso den jungen Mann und beide weinten, Der Pförtner sagte: »O Prinzessin, lege dich mit dem jungen Mann auf den Thron, wie du gelegen

warst, denn der König hat mir befohlen, euch so zu ihm zu bringen, und jedem, der sich widersetzt, den Kopf vor die Füße zu werfen.« Da Hajat Alnufus für ihr und des Prinzen Leben fürchtete, sagte sie: »Es ist jetzt keine Zeit des Ungehorsams; wir wollen uns nun wieder legen, wie wir waren, und unsere Sache Gott überlassen, der verfügt in seinem Reich über alles nach seinem Willen.« Sie legten sich, wie ihnen befohlen worden, und wurden so zum König getragen. Der König hob die Decke auf, und Hajat Alnufus erhob sich. Als der König sie sah, zog er sein Schwert, um ihr den Hals abzuschlagen. Der Prinz aber warf sich über sie her und sagte: »O König, sie ist nicht schuldig, ich bin es allein, bring mich zuerst um.« Der König holte aus, um den Prinzen zu erschlagen, sie aber warf sich über ihn her und sagte: »O König, bring mich um, und tu diesem jungen Mann nichts zuleid, denn er ist der Sohn des mächtigsten Königs.« Als der König dies hörte, sprach er, zum Großvezier sich wendend: »Was sagst du dazu?« Dieser antwortete: »Ich sage, daß wer in einer solchen Lage sich befindet, seine Zuflucht zu Lügen nimmt; man muß ihnen den Kopf abschlagen, sie vorher aber noch derb züchtigen.« Der König ließ den Scharfrichter kommen, der mit zwei Jungen erschien, die wie Höllendiener aussahen. Der König sprach zu ihnen: »Nehmet diese Buhlerin und diesen Jungen, schlagt ihnen den Kopf ab, und fragt mich nichts weiter.«

Als der Scharfrichter diese Worte vernommen, legte er seine Hand auf ihren Rücken, um sie wegzuführen. Der König aber sagte: »Du Hund, bist du mild, wenn ich erzürnt bin? Ergreife sie nur bei ihrem Zopf, schleppe sie weg auf ihrem Gesicht, ebenso den Jüngling, und breite die Blutmatte unter ihnen aus.« Er zog hierauf sein Schwert, die Prinzessin aber trat einige Schritte zurück und war nur mit dem Prinzen beschäftigt. Der Scharfrichter holte mit dem Schwert dreimal aus und schwang es um seinen Kopf, während alle Anwesenden den Jüngling und die Jungfrau beweinten und zu Gott beteten, daß er ihnen einen Fürbitter schicke. Er hob dann das Schwert so in die Höhe, daß man das Schwarze unter seiner Achsel sehen konnte, und wollte eben zuschlagen, als man einen großen Lärm hörte und einen mächtigen Staub in der Luft sah. Alle Leute zitterten und dem Scharfrichter versagte die Hand. Der König sprach zu seinen Leuten: »Seht einmal, was es Neues gibt und dieser Staub bedeutet, der die ganze Luft erfüllt, und dieser Lärm, der uns so betäubt.« Der Großvezier ging weg, und sah vor sich ein Volk, so zahlreich wie Heuschrecken, das Weh und Unglück schrie. Er kehrte zurück und rief in den Saal: »O ihr Leute, es ist eine Armee herangerückt, so zahlreich wie Heuschrecken, die alle Berge und Täler ausfüllt.« Der König wurde sehr niedergeschlagen und sprach: »Was mag wohl die Ursache dieses Feldzugs sein? Geh einmal, Vezier, sieh, wer sie anführt, grüße ihn von mir und sage ihm, wenn er an einem unter uns Blutrache nehmen will, so würden wir ihm beistehen, bring mir dann seine Antwort.«

Der Vezier ging zur Stadt hinaus und sein Erstaunen wuchs, wie er Berg und Tal von Soldaten wimmeln sah. Er ging durch das Lager verschiedener Truppenabteilungen von morgens bis nachmittags, bis er endlich zum Zelt des Königs kam und den mächtigen König selbst und ganz fremde Gestalten sah. Seine Adjutanten riefen ihm zu: »Küsse die Erde!« Er küßte sie und stand wieder auf, man schrie ihm aber von allen Seiten so oft, bis zu 20-mal, zu, daß er vor Furcht fast zu Boden fiel. Dann sprach er: »O König, Gott gebe dir langes Leben und erhebe deine Macht! Mein König schickt mich zu dir, er grüßt dich, küßt die Erde vor dir und läßt dich fragen, in welcher Angelegenheit du dahergezogen kommst, damit er dir beistehe.« Da antwortete ihm statt des Königs einer seiner Veziere: »Geh zu deinem Herrn zurück und sage zu ihm: Der mächtige und verehrte Sultan hat einen Sohn, der schon vor langer Zeit in dieses Land gekommen ist, und von dem er seitdem nichts mehr gehört hat, wißt ihr, wo er ist, so nehme ich ihn und ziehe wieder fort. Ist ihm aber ein Unglück zugestoßen, so verwüsten wir euer Land, vertilgen jede Spur von euch, plündern eure Güter und erschlagen eure Helden. Sage das deinem Herrn und bringe uns wieder Antwort, ehe unsre Leute

zur Tat schreiten.« Der Vezier sagte: »Ich gehorche«, und wollte weggehen; man schrie ihm aber zu: »Küsse die Erde!« Er tat dies 20-mal und ging sehr besorgt fort, denn er fürchtete für sein und der Seinigen Leben.

Als er wieder zu seinem König kam, sagte er ihm: »O König, ein mächtiger Sultan ist's der dich überfallen hat; er hat einen Sohn in dieser Stadt verloren, es ist derselbe, den du umbringen lassen wolltest. Gelobt sei Gott, daß du dich nicht übereiltest und unser Land nicht verwüstet wird.« Der König sprach: »Daran ist dein schlechter Rat nicht schuld.« Er ließ den Scharfrichter kommen und rief ihm zu: »Wo ist der junge Mann, der Prinz? Er antwortete: »Herr, du hast mir befohlen, ihn ungesäumt umzubringen.« Der König schrie ihn an: »Du Hund von einem Scharfrichter, dich werde ich ihm nachfolgen lassen!« Derselbe sprach: »Herr, er lebt noch.« Der König freute sich und sagte: »Bring ihn her.« Als man ihn brachte, stand der König vor ihm auf und sprach: »Mein Sohn, ich bitte Gott um Verzeihung deinetwillen; sage doch deinem Vater nicht, wie wir gegen dich verfahren sind.« Der Prinz sprach: »Bei deiner Gnade, ich weiche nicht von hier, bis meine und deiner Tochter Ehre von deinem Verdacht gereinigt ist. Wisse, deine Tochter ist Jungfrau, ist dem nicht so, so ist dir von Gott erlaubt, mein Blut zu vergießen.« Der König sagte: »Sprichst du wahr? Sage es lieber, daß wir keine zweite Schmach erleben.« Er antwortete: »O König, deine Tochter ist eine verständige, tugendhafte Jungfrau, ihre Ehre ist unbefleckt.«

Der König freute sich sehr darüber, und alle Frauen und Sklavinnen im Schloß jubelten; der König umarmte den Prinzen, ließ ihm ein kostbares Bad bereiten, gab ihm ein unschätzbares Kleid und setzte ihm eine glänzende Krone auf. So ausgestattet ließ er ihn auf einem seiner Lieblingspferde mit allerlei Ehrenbezeugungen zu seinem Vater begleiten, und bat ihn, bei demselben anzufragen, ob er vor ihm erscheinen dürfe. Der Prinz sagte: »Gut, es wird dir alles gestattet.« Der König dankte ihm und sprach: »Mein Sohn, sage deinem Vater nichts von dem, was bei uns vorgefallen, da doch Gott ein so gutes Ende herbeigeführt.« Der Prinz küßte die Erde vor ihm und ritt mit großem Gefolge fort, alle Bewohner der Stadt kamen auf die Straße, um den schönen Jüngling zu sehen, denn seine Geschichte wurde bekannt, und man freute sich über sein Entkommen, weil dadurch der Friede zwischen den beiden Königen erhalten wurde. Als der Sohn mit seinem Gefolge zu seinem Vater kam, jubelte die ganze Armee; alle Truppen mit den Vezieren erschienen vor dem König und wünschten ihm zur Rettung seines Sohnes Glück. Der Prinz ließ hierauf unter den Truppen bekanntmachen, daß es jedermann vergönnt sei, ihn zu sehen; wer nun früher auf den Markt gekommen und den jungen Prinzen vor seinem Laden sitzen gesehen hatte, wunderte sich darüber, wie er, ein großmächtiger Prinz, das hatte tun mögen.

Die Geschichte wurde nun bekannt und die Leute sahen die Größe des mächtigen Sultans. Auch der Prinzessin blieb dies nicht länger verborgen, sie sah von ihrem Schloß aus Berg und Tal mit Truppen wimmeln und sprach: »Die Majestät ist Gottes!« Sie war aber noch immer ängstlich im Schloß ihres Vaters und wußte noch nicht, was er ihr tun werde; auch fürchtete sie, der Prinz möchte sie vergessen. Endlich sagte sie einer Dienerin, die bei ihr war: »Geh zu meinem Herrn, dem Prinzen Ardschir, fürchte dich nicht, denn er hat befohlen, man solle niemanden zurückweisen; wenn du zu ihm kommst, küsse ihm die Hände, sage ihm, daß du von mir abgesandt seist, auch melde ihm, daß deine Herrin noch im Schloß ihres Vaters unter Verwahrung ist und nicht weiß, was derselbe ihr tun wird; daß sie ihn bittet, doch auch ihrer zu gedenken, da er doch heute alles vermag. Sage ihm, wenn er mich noch liebt, so soll er bei meinem Vater um mich werben und mir dadurch Beweise von seiner Liebe geben; hat er keine Freude mehr an mir, so soll er seinen Vater bei dem meinigen für mich um Gnade bitten und nicht eher ruhen lassen, bis ihm mein Vater versprochen hat, mir kein Leid zu tun. Gott möge mir alsdann meinen Gram erleichtern! Sage ihm, daß die Trennung nur von ihm komme, daß die Liebe mich töten und bald ins Grab senden wird.« Die Dienerin ging zum Prinzen und gab sich zu erkennen. Der

Prinz stand vor ihr auf, umarmte sie und hieß sie willkommen. Als sie ihm den Auftrag der Prinzessin bekannt gemacht, mußte er so heftig weinen, daß ihm fast die Seele schwand; endlich sagte er ihr: »Sage deiner Herrin, ich sei ihr Sklave und ihr Gefangener, liebe nur sie allein, und werde, bei Gott, nie unseren Liebesbund brechen; ich habe schon mit meinem Vater von ihr gesprochen und werde nur mit ihr abreisen, denn ihr Vater wird sich dem meinigen nicht widersetzen.« Die Dienerin kehrte mit dieser Botschaft zu ihrer Herrin zurück und erzählte ihr alles, was vorgefallen. Die Prinzessin weinte vor Freude, lobte und dankte Gott. Als der Prinz abends allein bei seinem Vater war und ihm alles, was vorgefallen, von Anfang bis zu Ende erzählte, fragte ihn derselbe: »Nun, mein Sohn, was soll ich jetzt tun? Wenn du es verlangst, so laß ich ihr Land verwüsten und ihr Harem schänden.« Der Prinz antwortete: »Bei Gott, mir ist nichts geschehen, was eine solche Strafe verdient; übrigens hängt mein Herz an Hajat Alnufus, sie ist eine verständige Jungfrau, ich kenne sie seit langer Zeit, sie liebt nur mich. Ich wünsche also von deiner Gnade, daß du ihrem Vater ein kostbares Geschenk schickest. Laß den teuern, zärtlichen und klugen Vezier dasselbe überbringen und zugleich um Hajat Alnufus für mich werben. Bei dieser Gelegenheit soll er in seinem Rang steigen und der größte aller Veziere werden, so wie ich ihm versprochen.« Sein Vater sagte: »Gern«, öffnete sogleich seine Schätze und nahm ein schönes Geschenk heraus von Moschus, Kampfer, Gold, Silber usw., so viel, daß man es gar nicht beschreiben kann, und legte es seinem Sohne vor. Dieser war sehr damit zufrieden, ließ den Vezier rufen und befahl ihm, es mitzunehmen und damit für die Prinzessin zu werben. Er nahm es, ging damit zum König, der, seit der Prinz ihn verlassen, in angstvoller Erwartung war, küßte die Erde vor ihm und sagte: »Mein König grüßt dich und läßt dir sagen, daß er deine Tochter für seinen Sohn wünscht!« Der König sprach: »Gern«; der Vezier gab ihm das Geschenk, der König nahm es an, freute sich dessen und ritt mit seinen Truppen aus. Der große Sultan kam ihm entgegen und grüßte ihn, sie wurden große Freunde und ritten miteinander in die Stadt, wo ein großes Hochzeitsfest gefeiert wurde.

Der mächtige Sultan verweilte noch einige Zeit hier, dann reiste er wieder mit seinem Sohn und Hajat Alnufus in sein Land zurück, und sie lebten vereint in Glück und Freude, bis sie die Gewißheit überfiel. Gelobt sei Gott, der Herr der Welten!

Dann sagte Schehersad: O glückseliger König! Was ist das im Vergleich zur …

Geschichte des Hasan aus Baßrah und der Prinzessinnen von den Inseln Wak-Wak

Man erzählt nämlich: Es war in früheren Zeiten und längst verflossenen Äonen in der Stadt Baßrah ein wunderschöner und wohlgewachsener Jüngling. Man nannte ihn Hasan aus Baßrah; sein Vater war ein sehr reicher Kaufmann und hatte ihm bei seinem Tod viel Geld und Gärten hinterlassen, wovon Hasan und seine Mutter die einzigen Erben waren. Hasan fing nun an, ein geselliges Leben zu führen, besuchte Frauen und Jünglinge, gab viele Monate lang Mahlzeiten in seinen Gärten und kümmerte sich gar nicht mehr um den Handel, den sein Vater getrieben, sondern dachte nur daran, sein Vermögen zu genießen. Nach einiger Zeit verlor er sein ganzes Vermögen, er hatte schon alle Güter seines Vaters verkauft und es blieb ihm gar nichts mehr übrig, weder wenig noch viel, und keiner seiner Freunde wollte ihn mehr kennen. Er und seine Mutter hungerten drei Tage lang zu Hause. Er ging dann aus, ohne zu wissen, wohin. Da begegnete ihm ein Freund seines Vaters und erkundigte sich nach seinem Befinden. Hasan erzählte ihm, was ihm geschehen.

Der Mann sagte: »Mein Sohn, ich habe einen Bruder, der Goldarbeiter ist, wenn du willst, kannst du zu ihm gehen und sein Handwerk lernen: Es liegt nur an dir, ein sehr geschickter Arbeiter zu werden.« Hasan willigte ein, ging mit jenem, welcher ihn seinem Bruder empfahl, indem er ihm sagte: »Dieser Mann ist mein Sohn, unterrichte ihn mir zu Gefallen in deinem Handwerk.«

Hasan arbeitete nun bei diesem Mann und Gott war ihm gnädig. Eines Tages kam ein Perser mit einem großen Bart vorüber; er trug einen weißen Turban und sah wie ein Kaufmann aus, grüßte Hasan und dieser erwiderte mit Ehrerbietung seinen Gruß. Der Perser fragte: »Wie ist dein Name?« Er antwortete: »Hasan.« Er fragte wieder: »Hast du einen großen Schmelztiegel?« Hasan holte einen. Der Fremde warf Kupfer hinein und stellte ihn über das Feuer, bis das Kupfer zerschmolz. Zuletzt nahm der Perser etwas wie Gras aus seinem Turban hervor und warf ein wenig davon in den Schmelztiegel. Nach einer Weile wurde das Kupfer zu feinem Golde, woraus er eine Goldstange machte. Abermals fragte er Hasan: »Bist du verheiratet?« Er antwortete: »Nein.« Der Perser versetzte: »So nimm dies und heirate damit!« und ging fort. Hasan war außer sich vor Freude, sein Herz hing an dem, was er gesehen, und er erwartete die Rückkehr des Fremden. Am folgenden Tag kam er wieder und setzte sich vor Hasans Laden. Als nach Asser der Bazar leer wurde, kam er zu Hasan und grüßte ihn. Dieser erwiderte seinen Gruß und hieß ihn sitzen; er setzte sich und unterhielt sich mit ihm; endlich sagte er: »Mein Sohn, bei Gott! Ich habe dich recht gern und meine Liebe ist göttlich rein, ohne Eigennutz; wenn mir Gott gnädig ist, so erkenne ich

dich als meinen Sohn an. Gott hat mich eine Kunst gelehrt, die kein Mensch kennt, ich will dir sie mitteilen, du bleibst dadurch immer vor Armut geschützt, und bekommst Ruhe vor Feuer, Amboß und Hammer.« Hasan sagte: »Herr! Wann willst du mich sie lehren?« Er antwortete: »Morgen, so Gott will, komme ich und mache in deiner Gegenwart aus Kupfer Gold.« Hasan freute sich und sprach mit dem Perser bis zum Nachtgebet; dann stand er auf, verabschiedete sich von demselben, ging zu seiner Mutter und grüßte sie. Sie brachte Lebensmittel und aß mit ihm. Hasan aß ganz besinnungslos, denn alle seine Gedanken waren bei dem Perser.

Seine Mutter fragte ihn, warum er so in Gedanken dasitze, und er erzählte ihr alles, was ihm der Perser gesagt. Als sie dies hörte, zitterte ihr Herz, sie drückte ihn an ihre Brust und sagte: »Hüte dich vor solchen Gauklern, Schwarzkünstlern und Alchimisten, sie suchen nur den Leuten ihr Vermögen aufzuzehren.« Hasan versetzte: »O meine Mutter! Wir sind ja arme Leute, wir haben ja nichts, das sie bewegen könnte, uns zu betrügen, und der Perser ist ein alter Mann, der sehr fromm aussieht; Gott hat ihm Mitleid zu uns eingeflößt, und er hat mich als seinen Sohn angenommen.« Die Mutter schwieg betrübt, Hasan aber konnte vor Freude nicht schlafen. Als der Tag anbrach, stand er auf, nahm die Schlüssel, öffnete den Laden und setzte sich. Der Perser kam bald; Hasan stand vor ihm auf und wollte ihm die Hände küssen, er aber erlaubte es nicht, setzte sich und sagte zu Hasan: »Mein Sohn, mache den Schmelztiegel zurecht und lege den Blasebalg ans Feuer.« Hasan tat dies und machte ein Kohlenfeuer. Dann fragte der Perser: »Hast du Kupfer?« Er antwortete: »Ich habe eine zerbrochene Platte.«

Der Perser ließ ihn sie mit einer Schere in kleine Stücke zerschneiden; warf sie in den Kessel und blies das Feuer, bis das Kupfer ganz zerschmolzen war, streckte hierauf die Hand nach dem Turban aus, zog ein zusammengewickeltes Papier hervor, öffnete es und streute ein gelbes Pulver, ungefähr eine halbe Drachme, in den Kessel, und befahl Hasan, mit dem Blasebalg zu blasen; Hasan tat dies, und es wurde eine Goldstange daraus vom feinsten Gold.

Als Hasan dies sah, strahlte sein Antlitz vor Freude, er wurde ganz rasend; er nahm die Stange in die Hand und drehte sie darin herum, zuletzt nahm er die Feile, feilte daran und sah, daß es ganz feines Gold war. Er verlor darüber fast den Verstand und beugte sich vor Freude über die Hände des Persers, um sie zu küssen. Der Perser sprach: »Gib die Stange dem Makler und laß dir das Geld dafür geben, ohne daß jemand es bemerke.« Der Makler probierte die Stange und fand, daß es reines Gold war; er fing an, sie für 10000 Dirham auszurufen, die Kaufleute aber überboten einander bis auf 15000 Dirham. Hasan nahm das Geld, ging damit nach Haus, erzählte seiner Mutter von dem Glück, das ihm widerfahren war, und sagte ihr: »Ich habe diese Kunst erlernt.« Die Mutter lachte und sprach: »Es gibt keinen Schutz und keine Macht, außer bei Gott, dem Erhabenen!« und schwieg mit Schmerzen. Hasan aber nahm in seiner Unüberlegtheit einen Mörser und ging damit zum Perser, der vor seinem Laden saß. Dieser fragte ihn: »Mein Sohn, was willst du mit diesem Mörser?« Er antwortete: »Verwandle ihn in Gold. Der Perser lachte und sprach: »Bist du toll? Willst du zwei Goldstangen an einem Tag auf den Markt bringen? Weißt du nicht, daß man Verdacht gegen uns schöpfen würde und daß wir ums Leben kommen können? Wenn du diese Kunst von mir gelernt haben wirst, mein Sohn, so übe sie nur einmal im Jahr aus, sie genügt dir von einem Jahr zum andern.« Hasan antwortete: »Du hast recht, Herr«. Er ging dann in den Laden und setzte den Schmelztiegel über das Feuer. Der Perser fragte ihn: »Was willst du tun?« »Lehre mich die Kunst.« Der Perser lachte und sagte: »Es gibt keinen Schutz und keine Macht, außer bei dem erhabenen Gott! Du bist ein junger Mann ohne Verstand; eine so hohe Kunst kann man nicht so auf der Straße öffentlich lernen, die Leute würden sagen: ›Hier wohnen Goldmacher‹. Die Obrigkeit würde es erfahren und uns ums Leben bringen. Doch wenn du diese Kunst schnell im Geheimen lernen willst, so komm mit mir in mein Haus.« Hasan konnte nicht erwarten, bis er den Laden geschlossen hatte und mit dem Perser auf die Straße gehen konnte. Während er damit beschäftigt war, fielen ihm die Worte seiner Mutter ein; er dachte lange nach und blieb stehen.

Als der Perser sich umdrehte und Hasan stehend sah, sprach er: »Du Elender! Was stehst du so nachdenkend? Ich bin dir im Herzen gut, und du denkst dir Schlimmes?« Als Hasan noch immer mit gebeugtem Kopf stehen blieb, sagte der Perser: »Wenn du mich fürchtest, so will ich mit dir in dein Haus gehen und dich dort meine Kunst lehren; geh mir nur voran.« Hasan nahm den Weg nach seinem Haus, und der Perser folgte ihm. Hasan benachrichtigte seine Mutter von dem Besuch des Persers; sie brachte die Wohnung in Ordnung und verzierte sie; als sie aber fertig war, sagte ihr Hasan, sie möchte einstweilen zu einem Nachbarn gehen und ihn mit dem Perser allein lassen. Sie ging fort und überließ ihnen das Haus, Hasan aber führte den Perser hinein. Als er im Haus war, nahm Hasan eine Platte, ging damit auf den Markt, um einige Speisen zu kaufen, stellte sie dem Perser vor und sagte ihm: »Iß, Herr, von meinem Brot und Salz, zum Zeichen unsrer Freundschaft, und Gott verlasse den, der dem Bunde untreu wird!« Der Perser erwiderte: »Du hast recht, mein Sohn.« Dann lächelte er und sagte: »Wer kennt die hohe Bedeutung des Brotes und des Salzes?«

Sie aßen dann miteinander und als sie gegessen hatten, sagte der Perser: »Mein Sohn Hasan, bring auch einige süße Speisen!« Hasan ging auf den Markt und holte zehn Tassen voll süße Speisen; als sie dies aßen, sagte der Perser: »Gott belohne dich dafür! Leute wie du verdienen es, daß man ihren Umgang suche, ihnen Geheimnisse vertraue und sie nützliche Dinge lehre.« Als sie genug gegessen hatten, sprach der Perser: »Bring nun die Gerätschaften!« Kaum hatte Hasan diese Worte gehört, so lief er wie ein junges Pferd, das man in den Klee läßt, in seinen Laden, holte die Gerätschaften und stellte sie dem Perser vor. Dieser zog aus seinem Turban ein Papier hervor und sagte: »O Hasan, bei dem Brot und bei dem Salz! Wärest du mir nicht teurer als mein Sohn, so würde ich dir diese Kunst nicht mitteilen. Dieses Papier enthält alles, was ich noch von dem Pulver besitze, doch will ich die Materialien herbeischaffen und es vor dir bereiten und die Kunst offenbaren. Wisse, mein Sohn, wenn man zu zehn Pfund Kupfer nur eine halbe Drachme von dem Pulver nimmt, das in diesem Papier ist, so wird reines Gold daraus.« Weiter sagte er: »O mein Sohn Hasan! In diesem Papier

sind noch drei ägyptische Ok; ehe sie verbraucht sind, werde ich wieder neues Pulver verfertigen.« Hasan nahm das Papier und fand das Pulver noch feiner als das frühere; er fragte den Perser: »Herr, wie heißt das, wo findet man es und in was wird's zubereitet?« Der Perser lachte und sagte: »Frage lieber, woher du ein vorwitziger Junge bist! Mache nur dein Gold und schweige.« Hasan holte eine Kupferplatte aus dem Haus, zerschnitt sie mit der Schere, rührte sie im Kessel herum und streute etwas Pulver aus dem Papier darauf, bis eine feine Goldstange daraus wurde. Als er dies sah, freute er sich sehr und kam ganz außer sich vor Erstaunen. Während aber nun Hasan beschäftigt war, die Goldstange herauszuheben, zog der Perser einen Beutel aus seiner Kopfbinde hervor, der ein Stück Bendj aus Kreta enthielt, so groß, daß, wenn ein Elefant daran gerochen hätte, er von einer Nacht zur anderen hätte schlafen müssen. Er tat ein wenig davon in die süße Speise und sagte zu Hasan: »O Hasan, nun bist du mein Sohn und mir teurer als mein Lebensgeist zwischen meinen Seiten. Ich habe eine Tochter, so schön und wohlgewachsen, daß nie ihresgleichen gesehen worden; ich sehe, du allein passest für sie, und sie nur für dich; so Gott will, verheirate ich dich mit ihr.« Hasan sprach: »Herr, ich bin dein Sklave, was du mit mir beginnst, geschehe mit Gott!« Der Perser sagte weiter: »Mein Sohn, habe Geduld, es wird dir gut gehen.« Mit diesen Worten reichte er ihm die süße Speise mit Bendj; er nahm sie, küßte ihm die Hand und steckte sie in den Mund; denn er wußte nicht, was im Verborgenen seiner harrte; der Herr alles Verborgenen offenbart Geheimnisse nur nach seinem Willen! Sobald er sie aber geschluckt hatte, fiel er zu Boden.

Als der Perser ihn getroffen sah, stand er freudig auf und sprach: »Bist du endlich gefallen, du Hund von Araber! Schon zwei Jahre suche ich dich vergebens.« Er umgürtete sich dann, band ihm Hände und Füße zusammen, legte ihn in eine leere Kiste, nahm auch die Goldstangen und legte sie in eine andere Kiste, die er verschloß. Er ging dann auf die Straße, holte zwei Träger und ließ die Kisten zur Stadt hinaustragen ans Ufer des Stroms, wo ein Schiff für den Perser bereitstand und der Schiffshauptmann ihn erwartete. Als der Schiffshauptmann und die Mannschaft den Perser kommen sahen, gingen sie ihm entgegen und trugen die Kisten auf das Schiff. Der Perser aber sprach zum Hauptmann: »Jetzt schnell fort! Unser Geschäft ist abgetan, unser Ziel ist erreicht.« Der Hauptmann schrie den Matrosen zu, sie spannten die Segel und das Schiff lief mit günstigem Wind aus.

Das ist's, was den Perser und Hasan angeht; was aber seine Mutter betrifft, so hatte sie ihren Sohn bis abends erwartet; als sie nichts mehr von ihm hörte, ging sie in ihr Haus zurück, das sie offen fand. Da sie beim Eintreten niemand darin sah, die zwei Kisten und alles Gold vermißte, merkte sie, daß ihr Sohn verloren sei und daß der Pfeil des Schicksals ihn getroffen. Sie schlug sich daher ins Gesicht, zerriß ihre Kleider, schrie und jammerte: »O mein Sohn, mein Sohn! Frucht meines Herzens!« Sie sprach noch folgende erhabene Verse:

»Meine Geduld schwindet, mein Weh und mein Jammer nehmen zu, seitdem du fern bist! Bei Gott! Wie soll ich ein ferneres Dasein ertragen, seitdem mein Heiligtum verloren ist. Wie soll ich schlafen, da mein Teurer mir entrissen worden? Wie in solchem Elend fortleben? Du bist geschieden und hast das Haus und seine Bewohner öde zurückgelassen und mein klares Getränk getrübt. Du warst mein Beistand in jedem Unglück, mein Glanz, mein Stolz und mein Vermittler unter den Menschen. O daß es nicht Tag würde, solange du meinen Augen entzogen bist, bis ich dich zurückkehren sehe!«

Sie weinte und jammerte bis zum folgenden Morgen; da kamen die Nachbarn zu ihr und fragten sie nach ihrem Sohn; sie erzählte ihnen, was ihm mit dem Perser geschehen; und daß sie keine Hoffnung habe, ihn wiederzusehen; in ihrem Jammer lief sie im Zimmer auf und ab und weinte. Mit einem Male fielen ihre Augen auf die Wand, worauf sie zwei Zeilen geschrieben sah. Sie ließ den Rechtsgelehrten kommen, um sie zu lesen; der Inhalt der Verse aber war folgender:

»Ich sah Leilas* Traumgestalt gegen Morgen umherwandeln, während meine Freunde in der Wüste schliefen, und ich erschrak, und als wir vor dieser Erscheinung erwachten, war die Wohnung leer und das Wiedersehen fern.«

Als Hasans Mutter dies hörte, schrie sie laut auf: »Ja, mein Sohn, die Wohnung ist leer und das Wiedersehen ist fern!« Die Nachbarn wünschten ihr Geduld und baldige Wiedervereinigung und verließen sie. Sie aber ließ mitten im Haus ein Grabmal bauen, schrieb Hasans Namen darauf und den Tag seines Verschwindens, und trennte sich nicht mehr von demselben.

Das ist, was Hasans Mutter angeht; wir kehren nun wieder zu Hasan und dem Magier zurück, denn dieser Perser war ein Magier, der die Muselmänner haßte und, so oft er konnte, einen Muselmann umbrachte. Er war ein Feueranbeter, ein Goldmacher, ein Astrolog, wie der Dichter sagt:

»Ein Niederträchtiger, Widerspenstiger, Sohn eines Hundes und einer schlechten Mutter, Sohn eines bösen Abtrünnigen. Es ist an ihm kein Fleck so groß, daß eine Mücke sich darauf setzen könnte, worauf nicht irgend eine Schändlichkeit haftet!«

Dieser Verdammte hieß Bahram; jedes Jahr opferte er einen Muselmann, um irgend ein Ziel zu erlangen. Als ihm nun seine List mit Hasan gelungen und er einen ganzen Tag mit ihm herumgefahren war, ließ er des Abends Anker werfen. Am folgenden Morgen befahl er seinen Sklaven, die Kiste herauszuholen, in der Hasan war. Er öffnete sie, zog ihn heraus, bespritzte ihn mit Essig und blies ihm in die Nase. Hasan mußte niesen, erwachte und lobte den erhabenen Gott. Er sah sich um und fand sich mitten im Meer, der Perser saß ihm gegenüber. Wie er nun merkte, daß der Verdammte ihn betrogen und daß er sich selbst in das Unglück gestürzt hatte, vor dem er von seiner Mutter gewarnt worden war, sagte er die Worte, deren sich niemand zu schämen hat: »Es gibt keinen Schutz und keine Macht, außer bei Gott, dem Erhabenen! Ich bin Gottes und kehre zu ihm zurück. O Gott, sei mir gnädig in deinem Beschluß und gib mir Mut in der Versuchung, o Herr der Welten!« Er wandte sich hierauf zu dem Perser und redete ihn sanft an: »Herr, was ist das für ein Verfahren? Wo bleibt der Bund und der Eid, den du mir geschworen? Du bist dem Brot und Salz untreu geworden.« Der

* Leila ist der Name der Geliebten des Dichters dieser Verse.

Perser sah ihn an und schrie ihm zu: »Du Hund! Sohn eines Hundes! Kenne ich Salz und Brot? Ich habe 999 junge Leute deinesgleichen getötet, mit dir werden es 1000 sein.«

Hasan schwieg, denn er sah ein, daß der Pfeil des Schicksals ihn getroffen hatte. Der Magier ließ ihn losbinden und ihm ein wenig Wasser zu trinken geben. Der Verruchte lachte hierauf und sprach: »Bei dem Feuer und dem Licht! Ich glaubte nicht, dich zu fangen, doch das Feuer hat dich mir geliefert und mich in den Stand gesetzt, mein Vorhaben auszuführen; ich will dich nun auch ihm opfern, damit es mit mir zufrieden werde.« Hasan sagte: »Du bist dem Brot und dem Salz untreu geworden.« Der Magier hob seine Hand auf und schlug Hasan, bis er weinend mit den Zähnen auf den Boden in Ohnmacht fiel. Der Magier befahl dann seinen Sklaven, Feuer anzuzünden. Hasan fragte: »Was willst du mit dem Feuer?« Der Magier antwortete: »Sieh dieses Feuer, die Quelle des Lichts und der Funken, betest du es an, gleich mir, so schenke ich dir die Hälfte meines Vermögens und gebe dir meine Tochter zur Frau.« Hasan schrie: »Wehe dir, du Magier! Du betest das Feuer an und nicht den allmächtigen Herrn! Das ist eine abscheuliche Religion!« Der Magier erzürnte sich, fiel vor dem Feuer nieder und befahl den Sklaven, Hasan auf sein Gesicht hinzustrecken. Er nahm dann eine lederne geflochtene Peitsche und schlug Hasan, bis seine Seiten wund waren. Hasan schrie um Hilfe, aber niemand half ihm; er hob daher sein Auge zum allmächtigen König und nahm seine Zuflucht zu ihm. Seine Tränen flossen heftig, er verlor allen Mut und sprach folgende Verse:

»O Gott! Ich unterwerfe mich deinem Urteil. Ich ertrage mein Schicksal geduldig, wenn du es so willst. Man tut mir Gewalt an und verurteilt mich mit Unrecht; vergib mir durch deine Gnade alle früheren Vergehen!«

Der Magier befahl, ihn aufrecht zu setzen und mit Wasser zu bespritzen; als dies geschehen war, ließ er ihm etwas zu essen und zu trinken geben, Hasan

wollte jedoch nichts essen. Der Verruchte folterte ihn nun die ganze Reise durch; Hasan aber ertrug geduldig Gottes Ratschluß und flehte zu dem, der seine Lage kannte und über ihn wachte, während der Gottlose immer hartherziger gegen ihn wurde. Nach einer Reise von drei Monaten schickte Gott, gepriesen sei sein Name!, einen kalten schwarzen Wind über das Schiff, das Meer war trüb und schlug mächtig Wellen; der Schiffshauptmann und die Matrosen sprachen. »Das alles geschieht dieses Jünglings willen, den der Magier so quält; das ist nicht Gottes Wille und nicht der seines Gesandten!« Sie vereinigten sich und erschlugen die Sklaven des Magiers, so daß nur er noch allein übrig war. Wie er dies sah, fürchtete er für sein Leben, nahm Hasan die Fesseln ab und entschuldigte sich bei ihm; er zog ihm seine schmutzigen Kleider aus und gab ihm andere dafür, versprach ihm auch, er wolle ihn die Kunst lehren und ihn in sein Land zurückbringen. Er sagte: »Mein Sohn, verzeihe mir, was geschehen, du sollst in Zukunft nur Freude erleben.« Hasan aber sprach: »Wie kann ich dir nunmehr noch trauen?« Er antwortete: »Gäbe es keine Schuld, wo bliebe die Verzeihung; ich habe dies nur getan, um dich zu versuchen und deine Standhaftigkeit zu prüfen; du weißt, daß alles in der Hand Gottes ist!« Der Schiffshauptmann und die Matrosen freuten sich, ihn gerettet zu haben. Hasan betete für sie und dankte Gott; der Wind legte sich und wurde günstig, die Dunkelheit hörte auf und das Schiff segelte glücklich weiter. Hasan fragte den Magier: »O Herr, wo gehen wir denn hin?« Er antwortete: »Nach dem Wolkenberg, wo das Elixier sich findet, das wir für unsere Alchimie brauchen«; und schwor bei Feuer und Licht, bei dem Schatten und der Hitze, er werde ihn nicht mehr betrügen. Hasan war vergnügt

und frohen Herzens darüber, aß und trank und schlief mit dem Magier. So vergingen wieder drei Monate. Nachdem sie ein halbes Jahr auf dem Meer zugebracht, landeten sie an einer großen Wüste, die mit Steinen von weißer, gelber, schwarzer und blauer Farbe angefüllt war. Sobald das Schiff vor Anker lag, stand der Perser auf und sagte zu Hasan: »Komm, wir haben unser Ziel erreicht.«

Hasan ging mit dem Perser ans Land, nachdem dieser dem Hauptmann das Schiff empfohlen und ihm gesagt hatte, er solle ihn einen ganzen Monat erwarten. Als sie vom Schiff eine Strecke entfernt waren, nahm der Perser eine kupferne Trommel aus der Tasche, auf welcher allerlei Namen und Talismane gestochen waren. Er schlug darauf und es erhob sich auf einmal ein Staub aus der Wüste heraus. Hasan war ganz erstaunt, fürchtete sich und bereute es, das Schiff mit ihm verlassen zu haben. Als der Perser sah, wie er ganz blaß geworden, sprach er: »Mein Sohn Hasan, bei dem Feuer und dem Licht! Du hast nichts mehr von mir zu fürchten, und müßte ich nicht mein Geschäft in deinem Namen verrichten, so hätte ich dich gar nicht mitgenommen; erwarte nur Gutes. Der Staub, den du siehst, ist ein Wesen, auf dem wir reiten und das uns helfen soll, diese weite Wüste zu durchziehen.« Nach einer kleinen Weile bildete sich der Staub zu drei vortrefflichen Kamelen; der Perser bestieg eins, Hasan das andere, und auf das dritte packten sie ihre Lebensmittel. Nach einer siebentägigen Reise kamen sie in ein großes bebautes Land, wo sie eine auf vier goldnen Säulen ruhende Kuppel sahen. Sie stiegen ab, traten darunter, aßen, tranken und ruhten. Als Hasan sich umsah, bemerkte er etwas, das sehr hochgelegen war; er frage den Perser, was es wäre. Dieser antwortete: »Es ist ein Schloß.« Hasan sagte: »Laß uns dahin gehen, es sehen und dort ausruhen.« Der Magier erzürnte sich und sprach: »Rede nicht mehr von diesem Schloß, denn dort wohnt mein Feind, mit dem ich ein Abenteuer hatte, das ich dir erzählen muß.« Mit diesen Worten ergriff er Hasan an der Hand, lief mit ihm weg und schlug die Trommel; sogleich kamen die Kamele wieder, und sie ritten wieder sieben Tage lang. Am achten Tag sagte der Magier: »Hasan, was siehst du?« Er antwortete: »Ich sehe Wolken und Nebel vom Osten bis Westen.« Da sagte der Magier: »Das sind weder Wolken noch Nebel, sondern das ist ein sehr hoher Berg, daß er die Wolken spaltet, denn keine kann sich über ihn erheben. Dieser Berg ist unser Ziel, droben findet sich, was wir suchen, dich aber mußte ich mitnehmen, weil ich es nur durch dich erhalte.« Hasan verzweifelte am Leben und sagte: »Bei dem, was du anbetest! Bei deinem Glauben; was haben wir hier zu suchen?« Er antwortete: »Unsere geheime Kunst kann nur mit Hilfe einer Pflanze gelingen, auf die nie eine Wolke kommt, und ein solche findet sich nur auf diesem Berg; ich will dich nun hinaufbringen und dir das Geheimnis der Kunst mitteilen, die du lernen willst.« Hasan sagte vor Angst: »Gut, Herr!« Er gab jedoch alle Lebenshoffnungen auf und weinte über die Trennung von seiner Mutter und seinem Vaterland, auch machte er sich Vorwürfe, daß er gegen seine Mutter ungehorsam gewesen war, und sprach folgende Verse:

»Betrachte das Werk deines Gottes, wie er helfend dir Freude bringt. Verzweifle nicht in der Gefahr. Wie vieles Wunderbare harrt dein, ohne daß du es siehst.«

Sie reisten vier Tage lang, bis sie an den Berg kamen; daselbst angelangt, setzten sie sich auf dessen Fuß. Da sah Hasan auf dem Berg ein Schloß, und er sprach zum Magier: »Wer konnte da oben ein Schloß hinbauen?« Der Magier antwortete: »Das ist die Wohnung der Djinn, der Werwölfe und der Teufel!« Mit diesen Worten näherte er sich Hasan, küßte ihn und sagte: »Verzeihe mir meine erste Treulosigkeit, ich schwöre dir, daß ich dich nicht mehr hintergehen werde; schwöre du mir auch, es geschehe, was da wolle, mich nicht zu verlassen und Glück und Unglück mit mir zu teilen!« Hasan sagte: »Recht gern.« Der Magier holte dann eine kleine Mühle, nahm Weizen aus einem Sack, mahlte ihn und knetete drei Laibe daraus, hierauf zündete er Feuer an und backte sie. Als dies geschehen war, nahm er die kupferne Trommel und trommelte, worauf sogleich die Kamele kamen; er schlachtete eins davon, zog ihm die Haut ab und sagte zu Hasan: »Höre, was ich dir anempfehle, sonst ist unser Tod unvermeidlich.« Hasan sagte: »Es gibt keinen Schutz und keine Macht, außer bei Gott, dem Erhabenen! Sprich nur!« Der Perser sagte: »Ziehe diese Haut um dich, ich will sie zunähen und dich liegen lassen; der Vogel Rock wird dann kommen und dich auf die Spitze des Berges hintragen; bist du oben, so nimm dieses Messer, zerschneide die Haut, worauf die Vögel wegfliegen werden; ist dieses geschehen, so sieh auf mich herunter und ich werde dir sagen, was du zu tun hast.«

Mit diesen Worten gab er ihm die drei Laibe und einen kleinen Schlauch Wasser, nähte die Haut um ihn zu und ging weg. Sogleich kam das Junge eines Rocks und flog mit ihm auf den Berg und legte ihn nieder. Als Hasan merkte, daß er droben war, spaltete er die Haut, schlüpfte heraus und sprach mit dem Magier von oben herunter. Als dieser seine Stimme hörte, tanzte er vor Freude und sagte: »Geh ein wenig rückwärts und sage mir, was du siehst.« Hasan machte nur ein paar Schritte und erblickte viele morsche Gebeine und Holz daneben. Der Magier aber rief hinauf: »Nun ist der Zweck erreicht! Nimm sechs Bündel von diesem Holz.« Als Hasan dies getan, sprach der Magier: »Du Tropf! Du Hund! Nun habe ich meinen Zweck erreicht, du magst nun sterben oder nicht!« und ging fort. Hasan sagte: »Es gibt keinen Schutz und keine Macht, außer bei Gott, dem Erhabenen! Der Verruchte hat mich verraten.« Er setzte sich, seufzte und sprach folgende Verse:

»Die ewige Bestimmung hat es so gewollt; wohl konnte ich fehlen, aber nicht die Bestimmung, denn sie ist unabänderlich. Wenn Gott mit einem Mann etwas vorhat, der Verstand, seine Ohren und gute Augen hat, so macht er seine Ohren taub, sein Herz blind und zieht ihm seinen Verstand wie ein Haar aus, bis sein Spruch bei ihm durchdringt; dann gibt er ihm den Verstand zurück, daß er sich belehre. Wenn etwas geschehen ist, frage nicht: ›Wie?‹ Denn alles geschieht nach Gottes Ratschluß und Bestimmung!«

Hasan stand auf, wendete sich rechts und links und sprach: »Es gibt keinen Schutz und keine Macht, außer bei Gott, dem Erhabenen!« Er ging auf dem Berg herum und dachte an den Tod. So kam er an das Ende des Berges und sah unter sich ein blauschwarzes Meer, das Wellen schlug, die hohen Bergen glichen. Hasan setzte sich, las einiges aus dem Koran, betete zu Gott, daß er ihm entweder einen

leichten Tod gebe, oder ihn aus dieser Not befreie. Er sprach hierauf das Sterbegebet und sprang ins Meer. Der erhabene Gott ließ ihn glücklich vom Wind ins Meer tragen; der Engel der Meere bewahrte ihn auch im Wasser und brachte ihn wieder ans Land durch die Macht Gottes, gepriesen sei er! Hasan dankte Gott und ging umher, um Früchte zu suchen, denn ihn hungerte; da bemerkte er, daß er sich gerade wieder an der Stelle befand, wo er früher mit dem Magier gewesen; er freute sich über sein Entkommen und pries den erhabenen Gott. Als er weiter ging, sah er ein großes, sich hoch erhebendes Schloß; es war das, wovon der Magier ihm gesagt hatte, dort wohne sein Feind. Hasan ging hinein, denn er dachte: »Vielleicht finde ich hier Rettung«; auch war die Tür offen und an dem Hausgang war eine Bank, auf der zwei Mädchen saßen wie Monde, sie hatten ein Schachspiel vor sich und spielten.

Als eine von ihnen den Kopf in die Höhe hob und Hasan sah, schrie sie freudig: »Bei Gott, ein Mensch! Ich glaube, es ist der, den der Magier Bahram dieses Jahr gebracht hat.« Als Hasan dies hörte, fiel er vor ihr nieder, weinte und sagte: »Es ist derselbe, Herrin! Bei Gott ich bin jener Elende.« Hierauf sagte die jüngere der beiden Mädchen: »Ich nehme dich zum Zeugen, daß ich vor Gott mit diesem Manne einen Bund der Freundschaft schließe, daß ich Trauer und Freude, so wie den Tod mit ihm teilen will.« Sie umarmte und küßte ihn, ergriff seine Hand und ging mit ihm ins Schloß; ihre Schwester folgte. Sie zogen Hasan alle seine schmutzigen Kleider aus und kleideten ihn in die Gewänder eines Königs; dann stellten sie ihm kostbare Speisen vor, setzten sich zu ihm, aßen mit ihm und sagten: »Erzähle uns, wie es dir mit diesem Hund, dem ruchlosen Zauberer, gegangen, seitdem du in seine Hand gefallen, bis zum Augenblick deiner Befreiung; wir wollen dir dann auch unser Abenteuer mit ihm erzählen von Anfang bis zu Ende, damit, wenn du ihn wiedersiehst, du dich vor ihm hütest.« Als Hasan diese Worte hörte, und diese Aufnahme sah, beruhigte er sich und kam wieder zu seinem Verstand; er erzählte ihnen alles, was ihm widerfahren, sagte ihnen auch, er habe den Magier nach diesem Schloß gefragt, und derselbe habe geantwortet: »Sprich nicht von diesem Schloß, es ist von Teufeln und von Iblis bewohnt.« Die Mädchen gerieten in heftigen Zorn und sagten: »Macht uns der Hund zu Teufeln und Iblis!« »Bei Gott«, sagte die Jüngere, »ich will ihn den schlimmsten Tod sterben lassen!« Hasan fragte: »Wie willst du zu ihm gelangen, um ihn zu töten?« Sie antwortete: »Er ist in einem Garten, Meschid genannt; dort will ich ihm in Bälde den Tod bereiten.« Die ältere Schwester aber sprach: »Bei Gott! Was Hasan von diesem Hund erzählt, ist alles wahr; doch erzähle ihm nun auch unsere Geschichte, damit er sie auch beherzig.« Da sprach die Jüngere: Wisse, mein Bruder, wir sind Töchter eines mächtigen Königs der Djinn, der viele Truppen und Verbündete und abtrünnige Geister zu Dienern hat; seine zwei älteren Brüder sind Zauberer. Er bekam sieben Töchter von einer einzigen Frau, aber aus Dummheit, Stolz und Eifersucht wollte er ihnen keine Männer geben. Er ließ einst seine Veziere und Freunde kommen und sagte ihnen: »Wißt ihr einen Ort, der weder von Menschen noch von Genien besucht wird, an dem aber doch viele Bäume, Früchte und Bäche sind?« Sie antworteten: »Was willst du damit? Da ist der Wolkenberg mit einem Schloß, das ein abtrünniger Geist erbaute, der von unserem Herrn Salomo, Sohn Davids, Friede sei mit ihm!, dahin verwiesen worden ist; seitdem er umkam, ist es unbewohnt geblieben, weil es ganz einsam liegt. Rund herum sind Fruchtbäume, und Bäche fließen dort, deren Wasser süßer als Honig und frischer als Schnee ist; es hat noch nie ein Aussätziger davon getrunken, ohne davon geheilt worden zu sein.« Als mein Vater von diesem Ort hörte, schickte er uns mit seinen Truppen dahin und ließ uns mit allen nötigen Speisen und Getränken versehen. Unsere fünf Schwestern sind jetzt auf der Jagd in diesem blumigen Tal, worin unzählbare Gazellen und anderes Wild umherstreifen. Es ist nun an uns die Reihe, für sie zu kochen. Wir haben stets zu Gott gebetet, er möchte uns doch einen Menschen bescheren, der uns Gesellschaft leiste; gelobt sei nun Gott, der uns mit dir zusammengebracht!

Hasan freute sich, wurde frohen Herzens und dankte Gott, der ihn diesen Weg der Rettung geführt und ihm die Herzen zugeneigt. Die Jüngere, die ihn so gut aufgenommen, führte ihn in ein Zimmer, aus dem sie allerlei Stoffe und Teppiche herausnahm. Nach einer Weile kamen die übrigen Schwestern von der Jagd und freuten sich, als man ihnen von Hasan erzählte; sie gingen zu ihm, grüßten ihn und wünschten ihm zu seiner Rettung Glück. Er lebte in Freude, Genuß und Liebe, ging mit ihnen auf die Jagd, schlachtete, was sie gefangen, und sie freuten sich seiner Gesellschaft. So wurde bald sein Körper wieder gesund, er heilte von allen Übeln, und wurde dick und stark von der Ehre, die man ihm erwies und von seinem Aufenthalt zwischen sieben Monden, die ihn auf alle Weise zu befriedigen strebten, in einem Schloß, das mit den wunderbarsten und kunstvollsten Arbeiten ausgeschmückt war, mitten zwischen blumigen Gärten, von gleich hübschen und wohlgewachsenen Mädchen geliebt, die ihm den süßen Wein ihres Speichels zu trinken gaben. Die jüngste Schwester erzählte den übrigen die Geschichte des Magiers, der sie für Teufel ausgegeben, und alle schworen, ihn umzubringen.

Im folgenden Jahr kam der verruchte Magier Bahram wieder mit einem gefesselten Jüngling, hübsch wie der Mond, in die Nähe des Schlosses. Hasan stand an einem Bach unter den Bäumen und sah ihn. Sein Herz klopfte und er wurde blaß; er ging zu den Mädchen und sagte ihnen: »Bei Gott, meine Schwestern, helft mir diesen Verruchten umbringen, den wir jetzt leicht ergreifen können, denn er ist wieder mit einem jungen gefangenen Muselmann da, den er auf alle Weise quält. Ich will nun meine Blutrache an ihm nehmen, ihn töten, mein Herz an ihm kühlen, und diesen Jüngling befreien, ehe er ihn, wie er mir getan hat, von einem Rock auf den Berg bringen läßt und sich dann von ihm entfernt. Ich eile nun, um eine belohnungswerte Tat zu vollbringen, und gebe diesen Jüngling seiner Heimat, seinen Verwandten und Freunden zurück. Diese fromme Tat übe ich für euch, daß Gott euch dafür belohne.« Die Mädchen sagten: »Wir gehorchen Gott und dir, o Bruder Hasan.« Sie verschleierten sich, zogen Kriegsgewänder an, umgürteten ihre Waffen, brachten dem Hasan ein vortreffliches Pferd und eine vollkommene Kriegsrüstung mit einem guten Schwert, und gingen auf den Magier zu.

Als sie in seine Nähe kamen, sahen sie, wie er schon ein Kamel geschlachtet und ihm die Haut abgezogen hatte, wie er den Jüngling peinigte und ihm sagte: »Stecke dich in diese Haut!« Hasan aber nahte sich unbemerkt von hinten und schrie ihn an, daß er vor Schrecken erstarrte. Dann trat er zu ihm hin und sagte: »Laß ab von diesem Jüngling, du Verruchter! Du Feind Gottes und der Muselmänner! Du Hund! Du Treuloser! Du Übeltäter! Du ruchloser Anbeter des Feuers und des Lichts! Du, der bei Hitze und Schatten schwört!« Als der Verruchte sich umkehrte und Hasan sah, wollte er ihn wieder mit süßen Worten täuschen, und sprach zu ihm: »O mein Sohn, wie hast du dein Leben gerettet? Wie bist du vom Berg heruntergekommen?« Hasan antwortete: »Derjenige, der dein Leben in meine Hand geliefert hat, war der Retter; ich will dich foltern, wie du mich gefoltert; du Ungläubiger! Du Gottloser! Der vom rechten Weg abgewichen, nun bist du verloren; dir hilft kein Bruder und kein Freund mehr, dein Tod ist gewiß! Hast du nicht gesagt: ›Wer dem Brot und dem Salz untreu wird, den verläßt Gott?‹ Und doch warst du treulos. Nun hat dich Gott in meine Gewalt gegeben, und dein Entkommen ist fern.« Der Magier sprach: »O mein Sohn Hasan! Bei Gott, du bist mir teurer als mein Leben, o Licht meiner Augen!« Hasan aber ging auf ihn zu, zog das glänzende Schwert aus der Scheide, versetzte ihm einen Hieb auf die Schultern, so daß das Schwert von seinen Lebensgeistern glänzend hervorkam und Gott sandte schnell seine Seele in die Hölle; wehe einem solchen Aufenthalt! Hasan nahm den Sack, den der Magier bei sich hatte, öffnete ihn und zog die Trommel und den Schlegel heraus. Damit trommelte er, bis die Kamele wie der Blitz herbeigelaufen kamen. Hasan entfesselte den Jüngling, sattelte ihm

ein Kamel, gab ihm Lebensmittel auf die Reise und nahm Abschied von ihm. So rettete der erhabene Gott diesen Jüngling aus der Not und führte ihn in seine Heimat zurück. Die Mädchen freuten sich, als sie den Magier von Hasan erschlagen sahen, und wunderten sich, daß Gott diesen Verruchten gerade durch ihn hatte sterben lassen; sie wünschten ihm Glück zu seiner Rettung und sprachen: »O Hasan, du hast hier eine Tat vollbracht, mit der du Kranke heilst und bei dem erhabenen König Wohlgefallen findest!« Hasan kehrte mit den Mädchen ins Schloß zurück und lebte mit ihnen sehr angenehm in Essen, Trinken, Spiel und Scherz; er gedachte nicht mehr seiner Mutter. Während sie nun das freudigste Leben führten, erhob sich auf einmal ein mächtiger Staub aus der Wüste, der die ganze Luft verfinsterte. Die Mädchen sagten zu Hasan: »Steh auf, geh auf dein Zimmer, oder verbirg dich im Garten zwischen den Bäumen und Reben, dann hast du nichts zu fürchten.« Hasan verbarg sich auf seinem Zimmer, das er hinter sich verschloß. Als dann der Staub sich legte, sah man, wie sich darunter eine Armee bewegte, die wie das Meer lärmte, es waren Truppen vom Vater der Mädchen. Die Mädchen hießen die Truppen absteigen und bewirteten sie drei Tage lang. Sie fragten die Kriegsleute, wie es ihnen gehe und was sie Neues bringen? Sie antworteten: »Wir kommen, um euch zu holen im Namen des Königs. Einer der Nachbarfürsten wird seine Tochter verheiraten, und euer Vater will euch die Freude machen, dem Fest beizuwohnen.« Die Mädchen fragten: »Wie lange

sollen wir abwesend bleiben?« Sie antworteten: »Mit der Hin- und Herreise und dem Aufenthalt einen Monat.« Die Mädchen gingen dann zu Hasan, benachrichtigten ihn davon und sagten ihm: »Hasan, dieser Ort gehört dir, laß dir wohl sein und sei heiter! Fürchte nichts, es wird niemand zu dir kommen, hier sind die Schlüssel zu unserm Schloß. Nur bitten wir dich bei unserer Freundschaft, öffne diese eine Tür nicht, denn du hast es nicht nötig!« Sie nahmen Abschied von ihm und zogen mit den Truppen fort. Als Hasan allein im Schloß war, wurde sein Herz sehr beklommen, er wurde ungeduldig, mißmutig und hatte banges Gefühl, denn seine Trauer über ihr Scheiden war groß. Er erinnerte sich ihrer Gesellschaft und Unterhaltung, und sprach folgende Verse:

»Die ganze Ebene kommt meinen Augen eng vor und mein ganzes Herz ist betrübt; alle Freude ist vorüber, seitdem sie fern sind, und der Tränen Strom ergießt sich aus meinen Augenhöhlen. Der Schlaf flieht mein Auge, seitdem sie von mir gegangen, und mein ganzes Innere ist betrübt.«

Es sagt der Erzähler der wunderbaren und entzückenden Geschichte, und Friede sei mit unserm geliebten Herrn Mohammed, der den, der für ihn betet, vor der Feuerpein bewahrt, Gott habe Wohlgefallen an seinen reinen, vortrefflichen Verwandten und Gefährten! Amen. Hasan ritt jeden Tag auf die Jagd, schlachtete und aß, doch ohne Lust, zehn Tage lang. Nachher wurde seine Brust sehr beklommen, und er wußte nicht mehr, was er anfangen sollte. Er ging im

Schloß umher und durchsuchte alle Gemächer, bis er in die Zimmer der Mädchen kam, worin er viele Schätze und Kostbarkeiten sah, doch hatte er wegen ihrer Abwesenheit keine Freude daran; auch brannte sein Herz wegen der Tür, die er nicht öffnen sollte. Er dachte bei sich: »Gewiß hat meine Freundin mir deshalb den Zugang zu diesem Zimmer versagt, weil etwas darin ist, das niemand sehen soll. Indessen hat sie das Gold nicht verschlossen, allerlei Kostbarkeiten und Kleinodien liegen auch offen da, bei Gott, ich will die Tür öffnen und sehen, was in diesem Zimmer ist, und sollte ich auch sterben müssen.« Er holte die Schlüssel und öffnete die Tür, fand aber nichts als mitten im Zimmer eine Treppe von jemanischen Steinen. Hasan stieg die Treppe hinauf auf die Terrasse des Schlosses und dachte: »Dies ist der Ort, den ich nicht sehen sollte.« Er ging auf der Terrasse herum und sah unter dem Schloß schöne Wiesen, Gärten und Bäume, Blumen, Bäche, Wildbret und Vögel, die alle den einzigen allmächtigen Gott priesen; er sah auch das Meer, das hohe Wellen schlug. So ging er lange umher und sah sich nach allen Seiten um, bis er endlich an einen Pavillon kam, der mit allerlei Edelsteinen, wie Rubin, Smaragd und Diamanten, verziert war; er bestand aus zwei Lagen Gold und einer Lage Silber. Mitten in diesem Pavillon war ein kleiner See, voll mit Wasser, und darüber ein netzförmiges Gitterwerk von Sandel-, Aloe- und anderem wohlriechenden Holze, mit goldnen Stangen, die mit allerlei Edelsteinen und Perlen verziert waren und über demselben waren Reben mit Trauben wie Rubine, jede Beere so groß wie ein Taubenei. Auf der Seite des Sees sah man einen Thron von Aloeholz, mit Perlen, Edelsteinen und mit goldenen Stangen geschmückt; die Vögel zwitscherten auf den Bäumen in verschiedenen Sprachen und priesen den einzigen allmächtigen Gott. Als Hasan dies sah, war er höchst erstaunt und wußte nicht mehr, wo er war. Er setzte sich und sah verwundert umher, ohne jemanden zu entdecken, als Vögel und Tiere; er dachte: »Welchem König mag wohl dieser Ort gehören? Oder ist das wohl der

Garten Irem* mit den Pfeilern, von denen man erzählt? Wer vermag so etwas herzustellen? Während er so in Verwunderung saß, kamen zehn Vögel aus der Wüste auf das Schloß zu; Hasan aber sah sie nach diesem Lusthaus fliegen, um Wasser zu trinken. Da er fürchtete, wenn sie ihn sähen, möchten sie entfliehen, stand er auf und verbarg sich vor ihnen. In einem Augenblick ließen sie sich um den See herum nieder, und er bemerkte einen von den Vögeln durch seine Schönheit vor den anderen hervorragen, und die übrigen neun umgaben ihn wie seine Diener. Der große Vogel pickte die anderen und quälte sie, bis sie vor ihm entflohen. Hasan sah allem aus der Ferne zu, ohne daß sie ihn bemerkten. Sie setzten sich dann auf den Thron, jeder Vogel aber zog mit seinen Krallen sein Kleid aus, und sieh da!, es waren Federnkleider, aus denen zehn Jungfrauen schlüpften, schöner als der Mond. Sie stiegen alle in den See, badeten sich, spielten und lachten; der große Vogel aber hob sie in die Höhe und tauchte sie wieder unter, bis sie vor ihm entflohen und keiner hob die Hand gegen ihn auf.

Als Hasan sie sah, kam er ganz außer sich und verlor seinen Verstand. Er dachte, die Mädchen hätten ihm nur deshalb verboten, jene Türe zu öffnen; denn sein Herz wurde gefesselt, als er sie so ausgelassen im Wasser mit den übrigen spielen sah, und ungestört betrachten konnte, er bedauerte nur, sich ihnen nicht nahen zu dürfen. Er bewunderte besonders die Oberste der Mädchen und fiel in das Netz ihrer Liebespfeile, denn das Auge sieht, das Herz entflammt und die menschliche Leidenschaft führt zur Sünde. Er weinte und fühlte in seinem Herzen eine unauslöschliche Liebesflamme. Die Mädchen stiegen indessen wieder aus dem Bassin, der Unglückliche aber blieb immer in ihre Betrachtung versunken und bewunderte Gottes Geschöpfe. Doch was kann Gott nicht schaffen! Wie sein Auge wieder auf die Oberste der Mädchen fiel, da flog sein Verstand ganz davon. Als alle aus dem Wasser waren, zogen sie ein mit Gold, Perlen und Edelsteinen besetztes Kleid an, nur die Oberste trug ein grünes Gewand. Der Glanz ihres Angesichts überstrahlte den Vollmond, und ihr schöner Wuchs alle Baumzweige; und das Verlangen nach ihr raubte jedem den Verstand; sie war, wie der Dichter sagt:

»Ein munteres Mädchen, von deren Wangen die Sonne ihren Glanz entlehnt, erschien in einem grünen Hemd, wie ein grünes Blatt mit Kirschen.«

Als sich die Mädchen angekleidet hatten, setzten sie sich, unterhielten sich miteinander und lachten; die Oberste aber neckte immer die andern, fiel bald über diese und bald über jene her, und keine wagte es, die Hand gegen sie auszustrecken. Hasan stand auf glühenden Kohlen, ganz von Sinnen und vor Liebe außer sich, und sprach zu sich: »O hätte ich doch diese Tür nicht geöffnet, und diese Reize nicht gesehen. Wie willst du, Hasan, zu ihrem Besitz gelangen? Wie willst du dir einen Vogel, der in der Luft fliegt, zueignen? Bei Gott, Hasan, du hast dich in ein bodenloses Meer geworfen und in eine Sache eingelassen, der du nicht gewachsen bist; du mußt nun aus Verzweiflung sterben, und niemand wird deinen Tod erfahren, wie sollten solche Reize mich nicht töten?« Er betrachtete

* Der Garten Irem ist von dem gottlosen König Schedad im glücklichen Arabien erbaut worden, und wird im Koran erwähnt. Die Muselmänner betrachten ihn als den schönsten auf Erden.

dann noch einmal das schöne Mädchen, das alle Menschen an Schönheit übertraf. Und wie anders? Ihr Mund war wie Salomos Siegelring, ihre Haare wie die finstere Nacht, ihre Augen bezaubernd wie die der Gazelle, ihre Nase wie die eines Adlers. Sie hatte Wangen wie Anemonen, Lippen wie Rubinen, Zähne wie Perlen in Korallen gereiht, eine Zunge voll Süßigkeiten wie ein königlicher Tisch, einen herrlichen Busen, kurz, alle ihre Reize waren vollkommen, wie der Dichter sagt:

»Ein schönes Mädchen! Ihr Speichel ist wie Honig, ihr Auge schärfer als ein indisches Schwert; ihre Bewegungen beschämen die Zweige des Ban, und wenn sie lächelt, so gleicht sie der Arthemis. Du sagst, ihre Wangen seien wie Doppelrosen, doch sie empört sich darüber und spricht: Wer wagt es, mich mit einer Rose zu vergleichen? Wer schämt sich nicht, zu behaupten, mein Busen sei so reizend wie die Frucht eines Granatapfelbaumes? Bei meiner Schönheit und Anmut! Bei meinen Augen und schwarzen Haaren! Wer wieder solche Vergleiche macht, den verbanne ich aus meiner Nähe und töte ihn durch die Trennung; denn findet er in den Zweigen des Ban meinen Wuchs, und in den Rosen meine Wangen, was hat er bei mir zu suchen?«

Die Mädchen lachten und spielten immer fort, Hasan aber bewunderte ihre Reize und vergaß seine Schwestern, deren Abwesenheit ihn so verstimmt hatte, bis zur Asserzeit. Da sagte die Schöne zu den übrigen: »O ihr Prinzessinnen! Es wird spät, wir haben noch weit und sind schon müde, kommt, laßt uns aufbrechen!« Sie zogen hierauf alle zugleich ihre Federnkleider an und flogen, wie sie gekommen waren, als Vögel davon, die Schöne aber flog in der Mitte, und Hasan verzweifelte. Er wollte aufstehen, konnte aber nicht. Er weinte, jammerte und sprach folgende Verse:

»Ich wäre ein Treuloser, wenn ich, nach eurer Entfernung, die Süßigkeit des Schlafes kostete. Seitdem ihr geschieden, haben sich meine Augen nicht mehr geschlossen, auch schmeckt mir keine Ruhe seitdem ihr fortgewandert. Es ist mir, als sehe ich im Traum euer Bild, o wären die Träume doch wahr! Ich liebe den Schlaf nur in der Hoffnung, euch im Traum zu sehen!«

Er ging dann ein wenig und setzte sich wieder, konnte aber nur mit großer Mühe den Weg finden, um wieder in die untere Etage des Schlosses zu gelangen, dann schleppte er sich so fort, bis er an die Tür des Zimmers kam. Als er darin war, schloß er sie, legte sich hin, war aber ganz in Gedanken versunken, aß und trank nicht und konnte den ganzen Tag keine Ruhe finden. Als es Nacht wurde, weinte und seufzte er; er erwähnte den Namen unseres Herrn Mohammed, und sprach folgende Verse:

»Die Vögel flogen abends davon und schrien. Wer aus Liebe stirbt, hat keine Schuld, solange man beisammen verweilt, kann man nicht von Liebe sprechen, wird aber die Sehnsucht heftig, so bleibt sie nicht mehr verborgen. Mir erschien das Bild derjenigen, deren Stirne dem Morgen gleicht, und sie verwandelt meine Nacht in Tag. Ich seufze nach ihr, wenn freie Menschen schlafen und den Kelch der Ruhe schlürfen. Ich bin freigebig mit meinen Tränen, ich gebe gerne all mein Gut, mein Herz und meinen Verstand, denn Freigebigkeit ist Gewinn. Was bleibt

dem Liebeskranken übrig, als der Liebe alles zu opfern? Man sagt, es ist verboten, vergängliche Dinge zu lieben, und erlaubt der Liebenden Blut zu vergießen. So oft mir dein Bild vorschwebt, klage und seufze ich, denn was kann der Verzweifelte mehr tun, als klagen, da er doch ohne Flügel nicht fliegen kann!«

Als die Sonne aufging, öffnete er die Zimmertür und stieg wieder auf die Terrasse; er setzte sich an eine Stelle, dem Altan gegenüber und wich nicht bis abends; die Vögel aber kamen nicht, und er weinte solange, bis er ohnmächtig auf den Boden fiel. Als er wieder zu sich kam, stieg er hinunter. Er legte sich nieder, bis der nächste Morgen begann und die Sonne Berge und Täler beleuchtete, hatte jedoch keine Ruhe; die ganze Nacht schlief er nicht, konnte weder essen noch trinken; er war traurig und niedergeschlagen, weil er immer an seine Liebe dachte, und sprach folgende Verse:

»Sie beschämt die leuchtende Morgensonne und alle Baumzweige; o möge doch das Schicksal sie mir zurückbringen, damit sie den Trennungsschmerz mildere und mein Herz beruhige; o könnte ich des Abends sie umarmen und Wange auf Wange, und Hals auf Hals legen! Wer sagt, die Liebe sei süß? Gewiß hat die Liebe gar zu bittre Tage!«

Als Hasan diese Verse vollendet hatte, sah er einen großen Staub sich aus der Wüste erheben; er ging schnell hinunter und verbarg sich, denn er dachte, daß es die Bewohner des Schlosses seien. Sehr bald darauf erschienen wirklich die sieben Mädchen mit Soldaten, die sich im ganzen Schloß verbreiteten. Sie zogen ihre Kleider und Kriegsrüstung aus, die Jüngste aber, Hasans Freundin, ging sogleich, ohne sich umzukleiden, auf sein Zimmer, fand ihn jedoch nicht; sie suchte solange, bis sie ihn in einem anderen Zimmer erblickte; er war schwach, mager und blaß und hatte hohle Augen, weil er weder gegessen, noch getrunken, noch geschlafen hatte, alles aus Liebe und Sehnsucht nach dem Mädchen. Als seine Freundin ihn in diesem Zustand fand, wurde ihr ganz unwohl; sie fragte ihn, was ihm zugestoßen, und sprach: »O erzähle mir's doch, ich gebe mein Leben hin, mein Bruder! Um dir zu helfen.« Hasan weinte, bis er in Ohnmacht fiel, und sprach dann folgende Verse:

»Bleib fern von Zuständen, die gelbe Flecken erzeugen! Von innen Verwesung, von außen Brand. Der Anfang ist Erinnerung und das Ende ist Kummer.«

Seine Freundin staunte über diese beredten Worte, und sagte zu ihm: »O mein Bruder! Wann ist dir ein solches Unglück widerfahren, daß du solche Verse im Munde führst und so viele Tränen vergießt? Bei Gott und bei dem Brot, das wir zusammen genießen, erkläre mir deinen Zustand und verhehle mir nichts, sage mir, was dir in meiner Abwesenheit widerfahren, denn dein Zustand betrübt mich sehr.« Hasan seufzte und vergoß Tränen wie ein Platzregen; er sprach: »Ich fürchte, o Schwester! Du wirst mir nicht beistehen in meinem Verlangen, und ich werde aus Verzweiflung sterben müssen.« Sie aber schwor: »Bei Gott, mein Bruder, ich verlasse dich nicht und kostete es auch mein Leben!« Hasan erzählte ihr, daß er die Tür geöffnet habe und was er gesehen, von Anfang bis zu Ende, wie ihn nun die Liebe zu dem Mädchen so unglücklich mache, daß er schon zehn Tage weder an Essen noch Trinken Freude habe; er weinte dann wieder und sprach folgende Verse:

»Gib mir das Herz zurück, wie es in meiner Brust war, gib meine Augen dem Schlaf zurück, dann scheide! Glaubtet ihr, die Nächte würden den Liebesbund lösen? Möge jeder untergehen, der ihn bricht!«

Er setzte seine Klagen solange fort, bis seine Freundin ihn bemitleidete und mit ihm weinte. Sie sprach zu ihm: »Sei frohen Herzens und heitere Auges! Ich will jede Gefahr mit dir teilen und auf Mittel denken, wie du in ihren Besitz gelangst, müßte ich auch mein eigenes Leben dabei opfern! Verbirg jedoch dein Geheimnis vor meinen Schwestern, sonst sind wir beide verloren. Wenn sie dich fragen, ob du jene Türe geöffnet hast, so antworte: ›Nein, sondern ich bin niedergeschlagen von meiner langen Einsamkeit in diesem Schloß, es wurde mir in eurer Abwesenheit gar zu unheimlich.‹« Hasan sagte: »Dein Rat ist gut, ich will ihn befolgen.« Er heiterte sich wieder auf, öffnete jedoch aus Furcht vor den Mädchen die Tür nicht mehr, seine Lebensgeister aber kehrten wieder zu ihm zurück. Als seine Freundin dies bemerkte, brachte sie ihm zu essen und zu trinken, ging zu ihren Schwestern und sagte ihnen mit Tränen in den Augen, ihr Freund sei krank und habe schon zehn Tage lang nichts gegessen. Als sie fragten, was er für eine Krankheit habe, antwortete sie: »Sie entstand aus Verlangen nach uns, denn die Tage unserer Abwesenheit schienen ihm länger als 1000 Jahre. Der Unglückliche ist zu entschuldigen, er ist hier fremd und mußte ganz allein

bleiben, ohne Gesellschaft und Erheiterung; er ist noch so jung, ihn schmerzt die Trennung von seiner Mutter, die eine alte Frau ist und um ihn weint, und die er nur in unserer Gesellschaft vergessen hatte.« Als die Schwestern dies hörten, weinten sie aus Mitleid mit ihm; sie entließen die Truppen, gingen zu Hasan und grüßten ihn; ihr Kummer war groß, als sie sahen, wie seine Reize abgenommen hatten und wie mager sein Körper geworden war. Sie weinten, trösteten ihn und erzählten ihm alles Wunderbare, was sie auf der Reise gesehen, und was dem Verlobten widerfahren sei. So suchten sie ihn mit den süßesten Reden aufzumuntern, wie konnte er sieben Mädchen, schön wie der Mond, länger widerstehen? Doch war Hasan so sehr mit seiner Liebe beschäftigt, daß ihm die Gesellschaft der Mädchen gar nicht angenehm war, denn er wollte wieder aufs Schloß steigen. Die Mädchen verließen ihn aber einen ganzen Monat lang nicht, und bedauerten ihn sehr, da sie seine Krankheit täglich zunehmen sahen. Nach einem Monat hatten jedoch die Mädchen wieder Lust, auf die Jagd zu reiten. Sie fragten die Jüngste, ob sie mit wolle? Diese aber antwortete: »Bei Gott, meine Schwestern, ich kann nicht mit euch gehen, solange mein Freund in einem so kranken Zustand ist.« Die Mädchen lobten die gute Tat ihrer jüngsten Schwester, und sagten: »Du wirst gewiß einst den Lohn ernten für die Wohltaten, die du diesem Fremden erweist.« Mit diesen Worten verabschiedeten sie sich, nahmen Lebensmittel auf 20 Tage mit und ritten fort.

Sobald die Mädchen das Schloß verlassen hatten, ging die jüngste Schwester zu Hasan und sagte ihm: »Steh auf und zeige mir den Ort, wo du die

Mädchen gesehen.« Voller Freude, weil er schon der Erfüllung seiner Wünsche entgegensah, rief er: »Im Namen Gottes!« und wollte mit ihr gehen. Er war aber so schwach, daß er gar nicht aufstehen konnte, und seine Freundin mußte ihn auf ihren Armen tragen. Sie öffnete die Tür, die zur Treppe führte, und stieg mit ihm auf die Terrasse. Als sie oben waren, zeigte ihr Hasan die Stelle, wo er die Mädchen nackt gesehen, sowie auch den Pavillon und das Bassin, in das sie gestiegen. Dann sagte sie: »Beschreibe mir das Aussehen deiner Geliebten.« Als Hasan sie beschrieb, wurde seine Freundin plötzlich ganz blaß. Hasan fragte: »Was hast du? Warum wirst du auf einmal so entstellt?« Sie antwortete: »Wisse, mein Freund, dieses Mädchen ist die Tochter des mächtigsten Königs der Genien, ihr Vater herrscht über Menschen und Djinn, über Zauberer und Wahrsager und über viele Stämme; auch unser Vater steht unter seiner Oberherrschaft. Er hat viele Verbündete und gebietet über weite Länder und Städte und Inseln, niemand kann ihn bezwingen, so zahlreich ist seine Armee, so groß sein Königreich und so unermeßlich sein Schatz. Er hat seinen Töchtern, die du gesehen, ein Land, das man in nicht weniger als einem Jahr durchreisen kann, übergeben; kein Mensch und kein Djinn kann dahin gelangen, denn es ist rings umher von einem Strom umgeben. Unter seinen vielen Truppen befindet sich auch eine Abteilung, die aus 25000 kriegerischen Mädchen besteht, welche, wenn sie ihre Pferde besteigen, die tapfersten Helden schlagen, und seine sieben Töchter haben mehr Mut und Kraft, als ein Löwe. In dem eben erwähnten Land, das eine Ausdehnung von einer jährigen Reise hat, regiert die älteste Prinzessin, welche so viel Klugheit, List, Tapferkeit, Ritterlichkeit und Zauberkünste besitzt, daß, wenn sie wollte, sie leicht unser Reich zerstören könnte; die Mädchen, die sie begleiten, sind die Großen ihres Reichs und ihre Leibwache, und die Federhäute, mit denen sie fliegen, sind Zauberwerk von Genien. Willst du diese Prinzessin, diese ausgezeichnete Perle, dir zueignen und an ihren Reizen dich ergötzen, so warte hier, denn sie kommt am Anfang jeden Monats hierher; wenn aber die Mädchen kommen, so verbirg dich recht sorgfältig, denn wenn sie dich erblicken, so sind wir verloren, wir alle samt unserem Vater. Merke dir nun wohl, was ich dir sage, bleibe in der Nähe irgendwo sitzen, wo du sie sehen kannst, ohne von ihnen gesehen zu werden; wenn sie dann ihre Kleider ausziehen, so gib acht, wo die Prinzessin ihr Federkleid hinlegt, nimm es und verwahre es wohl, denn nur mit diesem Kleid kann sie nach ihrem Reich zurückkehren. Laß dich aber ja nicht von ihr bereden, wenn sie es zurückfordert und sagt: ›Ich bin ja bei dir, du kannst mich ja festnehmen‹; denn sobald sie ihr Kleid hat, bringt sie dich um, zerstört unser Schloß und tötet unsere Vater. Sehen dann die anderen Mädchen, daß das Kleid der Prinzessin gestohlen worden, so fliegen sie fort und lassen sie allein. Sobald du bemerkst, daß sie die Hoffnung, ihre Gefährtinnen wiederzusehen, aufgegeben hat, so gehe auf sie zu, ergreife sie bei den Haaren, ziehe sie zu dir hin, und führe sie in dein Gemach, denn du bist ihr Herr. Verwahre aber das Federnkleid wohl, denn solange du dieses hast, ist sie in deiner Gewalt. Ich rate dir daher, ihr gar nicht zu sagen, daß du es genommen.«

Als Hasan diese Rede seiner Freundin hörte, beruhigte sich sein Gemüt, er erhob sich neu gestärkt, küßte das Haupt seiner Freundin und betete für sie. Sie gingen dann wieder herunter und brachten die Nacht beisammen im Schloß zu. Sobald am folgenden Morgen die Sonne aufging, stieß Hasan wieder auf die Terrasse, die er bis abends nicht verließ, so daß seine Freundin ihm zu essen und zu trinken hinaufbringen mußte. So ging das fort, bis der Neumond ihm das erwartete Glück brachte; denn mit ihm kamen auch die Vögel wie der Blitz herangezogen. Hasan verbarg sich schnell an einem Ort, wo er sie sehen konnte, ohne von ihnen bemerkt zu werden. Sie ließen sich herunter und zogen ihre Federgewänder aus. Der große Vogel zog nach Gottes Bestimmung sein Gewand in der Nähe Hasans aus, und ging ins Bassin zu den übrigen Vögeln. Hasan machte sich ganz leise unter Gottes Schutz auf und nahm, während sie im Wasser untertauchten und allerlei Scherze trieben, ohne von ihnen bemerkt zu werden, das Gewand der Prinzessin weg. Nach dem Bad stiegen sie wieder aus dem Bassin, und jede zog ihr Gewand wieder an. Als aber die Prinzessin, welche zuletzt

ausgestiegen war, ihr Federkleid nicht mehr fand, da stieß sie ein lautes Geschrei aus und schlug sich ins Gesicht; die anderen Mädchen kamen zu ihr und fragten sie, warum sie so jammere; und als sie hörten, daß sie ihr Federgewand vermisse, weinten sie mit ihr und wußten nicht, was sie von diesem Raube denken, noch was sie tun sollten. Da es indessen schon spät war und sie fürchteten, es möchte ihnen, wenn sie länger blieben, auch ein Unglück widerfahren, nahmen sie Abschied von ihr und flogen davon. Als sie sich entfernt hatten, sagte sie: »Ich beschwöre dich bei Gott, du, der du mein Kleid genommen, gib mir es zurück; Gott lasse dich nie einen solchen Verlust fühlen!«

Sobald Hasan diese Worte hörte, die süßer als Julep waren, bemächtigte sich seiner eine heftige Leidenschaft, die ihm alle Besinnung raubte; er stürzte gewaltig auf sie zu, faßte sie bei den Haaren, zog sie an sich, trug sie in sein Zimmer hinunter und warf ein seidenes Tuch über sie. Er schloß dann das Zimmer zu und ging, um seiner Freundin zu sagen, daß er nun seine Geliebte in seiner Macht habe, daß sie aber weine und vor Verzweiflung sich in die Hand beiße. Als seine Freundin dies hörte, ging sie mit ihm auf sein Zimmer und küßte die Erde vor der niedergeschlagenen Prinzessin und grüßte sie. Diese rief: »So schlecht behandelt ihr Prinzessinnen? Ihr kennt doch meinen Vater, seine Macht, sein Reich und seine Armee; ihr wißt, daß alle Könige furchtsam vor ihm zittern wegen seiner vielen Zauberer, Gelehrten, Wahrsager, Genien, Dämonen und Truppen, welche so zahlreich sind, daß nur der erhabene Gott ihre Zahl kennt, und dennoch beherbergt ihr einen Mann bei euch und macht ihn mit unsern und euren Zuständen bekannt. Wie seid ihr zu diesem hergelaufenen Fremden gekommen?« Hasans Freundin antwortete: »O Prinzessin, der Mann hat nichts Böses vor, die Weiber sind ja doch nur für die Männer, und die Männer für die Weiber geschaffen; er hat nur einen Blick auf dich geworfen, und dahin ist seine Gesundheit und Heiterkeit.« Sie erzählte ihr dann alles, wie sie es von Hasan vernommen, redete ihr freundlich zu und suchte sie zu trösten, aber die Prinzessin blieb eine Weile ganz bewußtlos.

Als die Prinzessin wieder zu sich kam, fiel Hasans Freundin teilnehmend über ihre Hände und Füße her und küßte sie. Dann holte sie ihr ein schönes Kleid und zog es ihr an, brachte ihr Speisen und aß mit ihr, suchte sie durch gute Worte aufzuheitern und ihr für Hasans Schicksal Mitleid einzuflöße, aber die Prinzessin weinte die ganze Nacht durch.

Am folgenden Morgen, als sie sah, daß ihr Jammern ihr keine Rettung verschaffte, hörte sie auf zu weinen, wurde ruhiger und sagte: »Gott hat nun einmal über mein Haupt beschlossen, ich soll in der Fremde, fern von meinen Verwandten und von meinem Vaterland, leben; ich muß den Ratschluß des Herrn mit Ergebung ertragen.« Hasans Freundin richtete ihr dann ein Zimmer im Schloß her, leistete ihr Gesellschaft und tröstete sie so lange, bis sie endlich ganz munter wurde und sich nicht mehr über ihre Trennung von den Ihrigen betrübte. Jene ging dann zu Hasan und sagte ihm: »Geh zu deiner Geliebten, küsse ihr Haupt und ihre Hände und sei recht zärtlich gegen sie.« Hasan besuchte sie, küßte ihre Füße, ihr Haupt und ihre Wangen, und sagte ihr: »O Herrin der

Schönen, Leben der Seele, Freude des Auges! Sei doch ganz ohne Sorgen, ich werde dich nicht hintergehen, ich will dein Sklave sein bis zum Tode, und diese meine Freundin erbietet sich als deine Sklavin; auch fordere ich nichts, was den Geboten Gottes und seines Propheten, Gott sei ihm gnädig!, zuwider ist, ich will dich gesetzmäßig heiraten, und mit dir nach meinem Vaterland, nach Bagdad, reisen, wo meine teure Mutter wohnt, die dich mit ihren Augen bedienen wird; auch kaufe ich dir Sklaven und Sklavinnen. Sieh, unser Land ist hübsch und von schönen Menschen mit freundlichen Gesichtern bewohnt.«

Als Hasan so gesprochen, ohne daß sie ihm geantwortet, wurde an die Tür des Schlosses geklopft; Hasan ging, um zu sehen, wer draußen sei, und siehe, es waren die Mädchen, welche von der Jagd zurückkehrten. Hasan ging ihnen freudig entgegen, auch sie freuten sich sehr und wünschten ihm Glück zu seiner Wiedergenesung. Sie stiegen von ihren Pferden ab; und nachdem sie sich in ihren Gemächern umgekleidet hatten, ließen sie den Ertrag der Jagd herbeibringen, um einiges schlachten, anderes im Schloßhof herumlaufen zu lassen. Hasan nahm eine Schürze vor, um einiges zu schlachten, das noch auf Mittag gekocht werden sollte, und die Mädchen freuten sich, ihn in ihrer Mitte zu sehen. Hasan ging nun zur Ältesten und küßte ihr Haupt, dann auch zu den übrigen und küßte eine nach der andern. Sie sagten: »Laß doch, o Bruder, das sind wir dir schuldig, du bist gewiß vornehmer, als wir.« Da weinte und seufzte er. Die Mädchen fragten: »Was hast du? Warum weinst du und betrübst uns so durch deinen Kummer? Wenn du Heimweh hast, so wollen wir dich mit dem Nötigen ausstatten und du kannst in deine Heimat zu deiner Mutter zurückkehren.« Er sagte: »Bei Gott, ich habe keine Lust, euch zu verlassen.« Da sagten sie: »Warum bist du denn so niedergeschlagen?« Hasan schämte sich, ihnen etwas von der Prinzessin zu sagen, auch befürchtete er ihre Einreden.

Als er daher schwieg, sagte seine Freundin zu ihren Schwestern: »Er hat einen Vogel in der Luft gefangen, und ihr sollt ihm helfen, ihn zu verzehren.« Sie sagten alle: »Wir sind bereit, dir in allem beizustehen, erzähle uns nur deine Geschichte.« Hasan sagte seiner Freundin: »Erzähle du sie ihnen, denn ich schäme mich.« Als diese hierauf ihren Schwestern Hasans Abenteuer erzählte, und Hasan ihre Reize geschildert hatte, wünschten sie zu ihr geführt zu werden. Hasan ging vor ihnen her und öffnete die Tür seines Zimmers. Sobald sie diese schöne Prinzessin sahen, küßten sie die Erde vor ihr und bewunderten ihre herrliche Gestalt und ihre Reize, grüßten sie und sagten ihr: »O Prinzessin, wir schwören dir, daß wir von allem, was mit dir geschehen ist, nichts wußten; hat sich dir Hasan etwa auf eine unanständige Weise genähert?« Sie antwortete: »Nein!« »Bei Gott«, fuhren sie fort, »wenn er das getan hätte, so wäre ihm der Tod aus unserer Hand sicher gewesen. Doch es ist natürlich, daß Männer Frauen lieben, und diese sind ja nur für jene geschaffen; hat er doch bei seiner heftigen Liebe nichts Unerlaubtes begehrt. Wüßten wir, daß Mädchen ohne Männer leben könnten, so würden wir ihn von seinem Begehren abzuhalten suchen; oder wüßten wir nicht, daß er das Federngewand verbrannt hat, so würden wir es ihm nehmen.« Dann befreundete sich eines der Mädchen ganz besonders mit ihr, gewann ihr

Vertrauen und erlangte bald ihre Einwilligung, sie mit Hasan zu verloben. Das Brautpaar gab sich die Hand und der Hochzeitstag wurde mit vielen Festlichkeiten begangen. Als Hasan sich des Abends am Ziel seiner Wünsche sah, sprach er im Taumel der Liebe folgende Verse:

»Dein Wuchs hat mich bezaubert, dein weites Auge und dein Gesicht, das im Schönheitswasser perlt. Ich erblicke in dir die reizendste Gestalt. Die Hälfte deines Leibes ist von Rubinen, ein Dritteil von Diamanten, ein Fünftel von Moschus, ein Sechstel von Ambra, und du gleichst ganz einer Perle, bist nur noch strahlender. Weder unter Evas Nachkommen, noch in den Gärten der Ewigkeit ist eine vortrefflicher, als du! Es steht nun bei dir, ob du deinen Sklaven vor Liebe töten, oder ihm verzeihen willst. O Zierat der Welt, o mein höchstes Verlangen, wer kann mit Ruhe dein schönes Gesicht sehen?«

Die Mädchen, welche vor der Türe standen, als Hasan diese Verse rezitierte, sagten zur Prinzessin: »Hörst du die Worte der Liebe und tadelst uns noch?« Hasan rezitierte hierauf noch 1000 andere Verse, welche die Prinzessin sehr entzückten. 40 Tage vergingen in allerlei Belustigungen und Festen, bei welchen Hasan von den Mädchen auf alle Weise erfreut und beschenkt wurde.

Die Prinzessin war vollkommen getröstet und fand so viel Wohlgefallen an diesem Aufenthalt, daß sie die Ihrigen ganz vergaß. Nach 40 Tagen erschien Hasan im Traum seine Mutter, um ihn trauernd, ganz mager und blaß und entstellt, und sagte ihm: »Mein Sohn Hasan, du lebst noch in dieser Welt und hast mich vergessen? Mein Sohn, sieh, wie ich durch deine Trennung geworden bin; ich werde dich nie vergessen, bis zum Tod. Auch habe ich dein Grab in meinem Haus gebaut, weil ich dich nie vergessen will. Mein Sohn, wird mein Auge dich je wiedersehen? Werden wir, wie früher, vereinigt leben?« Bei diesen Worten erwachte Hasan, mit tränenden Augen, traurig und niedergeschlagen. Als des Morgens die Mädchen wie gewöhnlich ihn besuchten, sah er sie gar nicht an und ging ihnen nicht entgegen. Sie fragten die Prinzessin, was ihm fehle? Diese antwortete: »Bei Gott, ich weiß nicht, er hat mir nichts gesagt.«

Als sie dann dem Verlangen ihrer Freundinnen gemäß ihn fragte, erzählte er ihr seinen Traum, den sie den Mädchen wieder erzählte. Hasan sprach vor Wehmut und Mitleid mit seiner Mutter folgende Verse:

»Wir bleiben betrübt und verzweifelt, denn wir suchen deine Nähe und finden sie nicht, die Qualen der Leidenschaft stürmen über uns und das Liebesglück lastet schwer auf uns.«

Als die Mädchen diese Verse hörten, weinten sie aus Mitleid mit ihm und sagten ihm: »O unser Bruder, o Hasan! Niemand von uns wird dich abhalten wollen, deine Mutter zu besuchen, wir werden dir vielmehr noch mit allen unsern Kräften beistehen; doch unter der Bedingung, daß du dich nicht auf immer von uns trennst, sondern uns zweimal im Jahre besuchst.« Als Hasan hierzu recht gern einwilligte, machten sich die Mädchen auf und sorgten für seinen Proviant, sowie auch für allerlei kostbare Stoffe und Edelsteine für ihn und seine Gemahlin. Dann schlugen sie die Trommel, es kamen Kamele von allen Seiten her, aus denen sie die besten, die sie zur Reise brauchten, herauswählten; auch beluden sie fünf

Maulesel mit verschiedenem Schmuck und Seltenheiten des Landes, und 25 mit Lebensmitteln und anderen Kleinigkeiten.

Die Mädchen bestiegen dann ihre Pferde und begleiteten die Prinzessin und Hasan drei Tage lang. Dann schwor Hasan, sie möchten jetzt zurückkehren, worauf sie Abschied nahmen. Hasans Freundin weinte heftig, als sie ihn umarmte, und fiel in Ohnmacht. Als sie wieder zu sich kam, sprach sie folgende Verse:

»Gäbe es doch keinen Trennungstag, denn er verscheucht den Schlaf aus den Augen! Wir müssen nun voneinander scheiden, und auf den Tag des Glücks folgt ein Schmerzenstag.«

Sie beschwor ihn dann noch einmal, wenn er seine Mutter gesehen und einige Zeit in der Heimat zugebracht habe, doch ja nicht zu unterlassen, sie wieder zu besuchen. »O meine Schwester, Seele meines Körpers!« rief Hasan, »ich gehe ja sehr ungern von hier fort, und tu es nur, um meine Mutter wiederzusehen; mein Geist bleibt bei euch, wie sollte ich euch vergessen und eure Entfernung mit Gleichgültigkeit tragen!« Dann sagte sie ihm: »Wenn du in Not und Gefahr bist, so schlage auf die Trommel des Juden*, die Kamele werden zu dir kommen, besteige sie sogleich und kehre zu uns zurück.« Nachdem er nochmals geschworen, daß er wiederkehren werde, schieden sie endlich voneinander mit innigstem Bedauern, und besonders die jüngste Schwester konnte sich gar nicht fassen und hörte nicht auf zu weinen.

Hasan reiste indessen Tag und Nacht, durch Wüsten und Einöden, und rauhe Gegenden und Täler, bis ihn Gott glücklich nach Baßrah gelangen

* D. h. Magiers

ließ. Als er an sein Haus kam, legte er seine Ladung vor die Türe und entließ die Kamele. Eben wollte er die Tür öffnen, da hörte er, wie seine Mutter mit schwacher, kläglicher Stimmt folgende Verse rezitierte:

»Wie kann die schlafen, welche die Ruhe verloren, die Nächte durchwacht, wenn andere schlummern? Sie war reich an Gütern, Familie und Ruhm, ist aber jetzt fremd und verlassen. Der Liebesgram hat sich ihrer bemächtigt, und offenbart, was sie leidet, trotz ihrer Fassung. Feurige Kohlen und Seufzer sind in ihrem Herzen und die heftigste Sehnsucht. Ihr Schicksal in der Liebe verkündet ihren Schmerz und ihre Trauer, und ihre Tränen bezeugen es.«

Als Hasans Mutter die Verse, welche ihren Sohn tief erschütterten, vollendet hatte, klopfte er heftig an die Tür. Sie fragte: »Wer ist da?« und Hasan antwortete: »Öffne nur!« Sie öffnete die Türe, und als sie ihren Sohn vor sich sah, stieß sie einen Schrei aus, umarmte ihn und fiel in Ohnmacht. Hasan pflegte sie, bis sie wieder zu sich kam, dann umarmte er sie, führte sie ins Zimmer und ließ auch sein Gepäck hineinbringen, und die Prinzessin sah bald Hasan, bald seine Mutter an. Hasans Mutter rezitierte, als sie wieder zu sich kam, in ihrer Freude über die Ankunft ihres Sohnes, folgende Verse:

»Als wir uns wiederfanden, klagten wir einander einen Teil unserer Leiden, denn durch einen Boten bleibt jede Mitteilung unvollständig; gemietete Klageweiber weinen nicht wie selbstbetrübte, so könnte auch kein Bote dir sagen, was ich selbst fühlte.«

Dann setzten sie sich und die Alte fragte Hasan, wie es ihm mit dem Perser gegangen. Er antwortete: »Es war kein Perser, sondern ein Magier; einer, der das

Feuer und nicht den allmächtigen Herrn anbetet.« Er erzählte ihr dann, wie er von ihm behandelt worden, wie er ihm entkommen und die Mädchen gefunden habe, sodann, wie er die Prinzessin gefangen, und zuletzt, wie er seine Mutter im Traum gesehen, wodurch ihn endlich Gott wieder mit ihr vereinigt. Seine Geschichte erstaunte sie sehr und sie dankte Gott für seine Rettung. Begierig wandte sie sich dann nach dem Gepäck, das Hasan mitgebracht hatte, und ließ sich beschreiben, worin es bestehe. Endlich näherte sie sich auch der Prinzessin, um sie näher kennenzulernen, und sie bewunderte die Schönheit ihres Gesichts nicht weniger, als ihren herrlichen Wuchs und anmutiges Wesen. Noch einmal dankte sie Gott für die Rettung und glückliche Rückkehr des Sohnes, setzte sich an die Seite der Prinzessin, küßte ihr die Hände und Stirn und gab ihr die freundlichsten Worte.

Am folgenden Morgen ging sie nach dem Bazar und kaufte ihr zehn Paar Kleider von den kostbarsten Stoffen der Stadt, schenkte ihr auch andere Kleinodien. Nachdem sie auch manches zur Hauseinrichtung sich angeschafft hatte, sagte sie zu ihrem Sohn: »Mein Sohn! Wir können mit unserm vielen Geld nicht in dieser Stadt wohnen bleiben, denn du weißt, daß wir arm waren, die Leute werden uns daher als Chemiker, Zauberer, ansehen und uns nicht in Ruhe lassen; laß uns daher lieber in die Friedensstadt nach Bagdad ziehen; dort, wo wir unter dem Schutz des Kalifen leben, errichtest du ein Handelsgeschäft, führst dabei einen frommen Lebenswandel, wie es einem Mann ziemt, dem Gott ein so großes Vermögen geschenkt und den er auf eine so wunderbare Weise erhalten hat.« Hasan stimmte diesem Rat bei, ging sogleich an den Tigris und mietete ein Schiff nach Bagdad, ließ all sein Geld und seine Habe, seine Mutter und seine Gemahlin dahin bringen, verkaufte sein Haus, bestieg das Schiff und segelte in zehn Tagen mit günstigem Wind nach Bagdad. Sobald sie ankamen, ging Hasan in die Stadt und mietete ein Magazin in einem Chan, wohin er sein Gepäck und seine Leute brachte, um dort zu übernachten. Am folgenden Morgen kleidete er sich um, ging durch die Stadt und ließ sich zu einem Makler führen. Der Makler fragte ihn, was er von ihm wolle. »Ich will ein schönes, neues, geräumiges Haus kaufen«, erwiderte Hasan. Der Makler zeigte ihm die Häuser, die er feil wußte, und Hasan, dem ein Haus, das einem Vezier gehört hatte, am besten unter allen gefiel, kaufte es für 1050 Dinare, obgleich es 10000 Dinare wert war, und bezahlte es. Er kehrte dann in den Chan zurück und brachte seine Leute und alles, was er dort hatte, in sein neugebautes Haus. Hierauf ging er wieder auf den Bazar und kaufte die nötigen Mobilien für das Haus und Sklaven zu seiner Bedienung.

Hasan lebte drei Jahre lang recht vergnügt mit seiner Frau, die ihm zwei Knaben gebar; den einen nannte er Naßir und den anderen Manßur. Nach dieser Zeit sehnte er sich nach seinen Freundinnen, den Mädchen, die ihm so viel Gutes erwiesen; er ging daher aus und kaufte allerlei Dinge, die er bei ihnen vermißt hatte: Süßigkeiten, Kleidungsstücke, Zucker, Früchte u.s.w., und brachte es nach Hause. Als seine Mutter ihn fragte, wozu er dies gekauft, sagte er: »Ich habe beschlossen, meine Schwestern zu besuchen, die mir so viele Wohltaten erzeigt und denen ich nebst Gott mein ganzes Glück zu verdanken habe; ich will meine Sehnsucht nach ihnen stillen, mich dankbar gegen sie zeigen, und, so Gott will, kehre ich bald wieder zurück.« Die Mutter bat ihren Sohn, nicht lange wegzubleiben. Hasan sagte seiner Mutter, wie sie sich gegen seine Gattin verhalten sollte, und bat sie, das Federnkleid, das er in einer Kiste unter dem Magazine verborgen hatte, wohl zu verwahren, daß seine Frau es nicht entdecke und mit ihren Kindern davongehe und nie wiederkehre. »Hüte dich«, sagte er, »mit irgend jemanden davon zu sprechen, denn wie leicht könnte es ihr wieder zu Ohren kommen. Du weißt, daß sie die Tochter eines großen Königs ist, der viele Truppen und Verbündete hat, und dem viele Priester und Wahrsager gehorchen. Erweise ihr alle möglichen Liebesdienste, aber lasse sie durch keine Tür, durch kein Fenster und durch keine Wand sehen. Auch lasse niemanden zu ihr kommen, denn ich fürchte sogar die Luft, die sie anweht. Stößt ihr durch deine Vernachlässigung ein Unglück zu, so töte ich mich vor Verzweiflung, schone aber auch dein Leben nicht.« »Gott bewahre!« rief Hasans Mutter; bin ich denn von Sinnen, daß du mir derartiges anzuempfehlen brauchst? Reise nur ruhig fort und kehre in Frieden wieder, du wirst sie wiedersehen, und sie wird dir selbst erzählen, wie ich mich gegen sie benommen habe; ich bitte dich nur, bleibe nicht länger aus, als du zur Reise brauchst.«

Nun wollte die Bestimmung, daß die Prinzessin die ganze Rede unbemerkt mit anhörte. Hasan ging zur Stadt hinaus, schlug die Trommel, und es kamen 20 Kamele, die er mit allerlei Kostbarkeiten aus Irak belud. Er sagte dann seiner Mutter, seiner Frau und seinen Kindern, von denen das eine zwei Jahre und das andere ein Jahr alt war, Lebewohl. Noch einmal schärfte er seiner Mutter ein, wie sie sich verhalten sollte, dann bestieg er sein Pferd und schlug den Weg nach dem Schloß seiner Schwestern ein. Er reiste Tag und Nacht durch Täler und Berge und Wüsten zehn Tage lang, bis er endlich zu dem Schloß gelangte.

Hasans Besuch überraschte seine Freundinnen sehr angenehm, und nicht minder erfreut waren sie, als sie die kostbaren Geschenke sahen, die ihnen Hasan aus seiner Heimat mitgebracht hatte. Nach der herzlichsten Bewillkommnung führten sie Hasan wieder in sein altes Zimmer und erkundigten sich nach seiner Mutter und Gemahlin. Die jüngste Schwester, seine Freundin, war so glücklich, ihn wieder zu sehen, daß sie in ihrer Freude folgende Verse sprach:

»Ich atme die Luft ein, die von deinem Land herweht und des Morgens an dir vorüberstreifte. Ich frage den Wind nach dir, so oft er aus deiner Heimat kommt; außer dir aber fällt mir niemand ein.«

Hasan brachte drei Monate höchst vergnügt bei seinen Freundinnen zu, inzwischen ereignete sich folgendes in seinem Haus:

Am ersten Tag nach seiner Abreise sagte die Prinzessin mit weinender Stimme zu seiner Mutter: »O Herrin! Ich bin nun schon drei Jahre hier und noch bin ich in kein Bad gekommen.« Hasans Mutter antwortete: »O meine Gebieterin, o Prinzessin! So Gott will, wenn dein Gemahl kommt, werde ich ihn bewegen, daß er dir nach Wunsch ein Bad einrichten lasse.« Sie setzte dann noch, als die Prinzessin weinte, hinzu: »O meine Tochter! Weißt du nicht, daß wir hier fremd sind und keine Bekannten haben, daß ich daher sehr um dich

besorgt sein muß; wäre dein Mann hier, so würde er dich selbst bedienen, so aber will ich dir Wasser wärmen und deinen Kopf waschen.« »Teure Gebieterin«, versetzte die Prinzessin, »sprächest du so zu einer deiner Sklavinnen, so würde sie nach dem Sklavenmarkt verlangen und nicht länger bei dir bleiben. Doch die Männer sind zu entschuldigen, die sind eifersüchtig und ihr Verstand sagt ihnen, daß, sobald eine Frau ihr Haus verläßt, sie alles Schlimme begeht. Indessen sind nicht alle Frauen einander gleich; auch weißt du ja, daß wenn eine Frau etwas ernstlich will, sie unbesiegbar ist, und daß sie nur von ihrer Vernunft und ihrem Glauben sich leiten läßt.«

Die Prinzessin weinte dann und seufzte und jammerte über ihre Einsamkeit und Trennung von den Ihrigen solange, bis Hasans Mutter, die nichts gegen ihre Klagen einzuwenden hatte, sie bemitleidete und, sich in den Willen des erhabenen Gottes fügend, alles, was man zum Bad braucht, zusammenpackte, und am folgenden Morgen mit der Prinzessin und ihren Kindern ins Bad ging. Als sie sich entkleideten, erstaunten alle anwesenden Frauen über die Reize der Prinzessin, alle standen um sie herum und bewunderten das edle Geschöpf Gottes und priesen den erhabenen Schöpfer. Bald sprach man in der ganzen Stadt so viel von ihr, daß die Frauen scharenweise ins Bad kamen, um sie zu sehen. Nun wollte die Bestimmung, daß unter den vielen Frauen, welche das Bad besuchten, auch eine Sklavin des Kalifen Harun Arraschid sich befand, welche Tochfat, Geschenk, hieß. Als diese ein Gedränge im Bad sah, daß man gar nicht durchkommen konnte, und vernahm, daß es einer Fremden willen geschah, näherte sie sich ihr, und auch sie bewunderte ihre Schönheit, denn so schön wie sie hatte selbst der Kalif kein Mädchen in seinem Harem. Tochfat fand so viel Wohlgefallen an der Prinzessin, daß sie nicht daran dachte, sich zu baden, sondern sie immerfort anstaunte, bis sie ganz gewaschen war und sich wieder ankleidete, wodurch ihre Reize noch erhöht wurden. Tochfat folgte ihr auch, als sie mit ihrer Schwiegermutter das Bad verließ, bis an ihr Haus und merkte es sich.

Als Tochfat ins Schloß des Kalifen zur Frau Subeida kam, fragte sie diese, warum sie solange ausgeblieben. Tochfat antwortete: »O meine Herrin, ich habe etwas Wundervolles gesehen, desgleichen ich nie, weder in diesem Schloß, noch in der ganzen Stadt Bagdad gefunden; das hat mich so beschäftigt und sich so ganz meiner Sinne bemächtigt, daß ich, bei deinem Haupte!, mich nicht einmal gewaschen und nicht einmal einen Tropfen Wasser berührt habe.« Subeida fragte: »Und was war es denn?« »O meine Herrin«, antwortete Tochfat, »ich habe ein Frauenzimmer im Bad gesehen mit zwei Kindern wie der Mond, ihresgleichen hat man nie, weder unter den Persern, noch unter den Türken, noch unter den Arabern gesehen. Bei deiner Huld, o Gebieterin! Wenn der Kalif sie sieht, läßt er ihren Mann umbringen, um sie zu heiraten, und dann wird er gewiß an allen anderen Frauen keine Freude mehr haben.« Subeida fragte: »Wer ist denn ihr Gemahl?« »Er heißt Hasan aus Baßrah«, antwortete Tochfat; »ich bin ihr bis an ihr Haus gefolgt, es gehörte dem Vezier und hat zwei Tore, eins nach dem Fluß und eins nach der Stadt; ich fürchte, der Kalif möchte von ihr hören und trotz des Gesetzes ihren Mann umbringen lassen, um in ihren Besitz zu kommen.« Da sagte die Frau Subeida: »Wehe dir, o Tochfat, ist sie denn so schön, daß der Fürst der Gläubigen um ihretwillen seinem Glauben und dem Gesetz zuwiderhandeln wird? Bei Gott, die muß ich sehen, ist sie so, wie du sie geschildert, gut, wo nicht, so laß ich dir den Kopf abschlagen, du Verdammte! Hat nicht der Fürst der Gläubigen 360 Mädchen in seinem Schloß, so viel als Tage im Jahr, und nicht eine sollte ihr gleichkommen?« »Nein«, erwiderte Tochfat, »bei Gott! Auch in ganz Bagdad, in ganz Persien und Deilam findet man ihresgleichen nicht, Gott hat gar keine mehr so wie sie geschaffen.« Hierauf ließ die Frau Subeida den Verschnittenen Masrur rufen und sagte ihm: »Weißt du wohl, Masrur, warum ich nach dir geschickt habe?« Er sagte: »Nein, bei deiner Gnade, meine Herrin!« »Ich habe dich rufen lassen«, versetzte sie, »damit du mir das Frauenzimmer herbringst, das im Haus des Veziers wohnt, welches zwei Tore hat; geh schnell und bring auch die Alte und die Kinder mit, säume nur nicht, denn ich erwarte sie mit Ungeduld!« Mit den Worten: »Ich gehorche«, verließ Masrur sie, und ging sogleich nach dem Haus des Veziers und klopfte an die Tür. Hasans Mutter kam heraus und fragte: »Wer ist da?« Masrur antwortete: »Ein Diener des Kalifen.« Als sie ihm die Tür öffnete, begrüßte er sie, und auf ihre Frage, was er begehre, sagte er: »Die Frau Subeida, Tochter Kasems, Gemahlin Harun Arraschids, Abkömmlings Abbas,

Onkel des Propheten, Gott sei ihm hold!, läßt dich und deine Schwiegertochter und ihre Kinder zu sich bitten. Die Frauen, die deine Schwiegertochter im Bad gesehen, haben ihr nämlich so viel von ihr erzählt, daß sie sie zu sehen wünscht.« »O mein Herr Masrur!« rief die Alte, »wir sind hier fremd und ihr Gatte, der abwesend ist, hat mir streng verboten, mit seiner Frau auszugehen oder sie jemandem zu zeigen. Ich fürchte sehr, es möchte ihr was zustoßen, und wenn dann mein Sohn zurückkehrt, wird er sich umbringen. Ich erbitte mir als Wohltat, fordere nicht, was ich nicht gewähren kann.« »O meine Gebieterin!« versetzte Masrur, »wüßte ich, daß dir irgend eine Gefahr droht, ich würde dich nicht zum Mitgehen auffordern; aber die Frau Subeida will euch nur sehen, dann könnt ihr wieder nach Hause gehen. Fürchte nicht, du möchtest es bereuen; ich werde, so Gott will, euch alle unversehrt zurückbringen.« Da die Mutter Hasans nicht widerstehen konnte, umschleierte sie die junge Frau und ging mit ihr und ihren Kindern vor Masrur nach dem Schloß des Kalifen. Masrur stellte sie der Frau Subeida vor, welche, sobald die Prinzessin sich vor ihr verbeugt hatte, ihr sagte: »Entschleiere dich doch, ich will das Gesicht sehen, das alle Frauen bezaubert hat.« Die Prinzessin küßte die Erde vor ihr und enthüllte ein Antlitz, das den Mond am Himmel beschämt. Gelobt sei der, der sie so beschaffen!

Die Frau Subeida und alle übrigen Anwesenden starrten sie mit Bewunderung an; ihr strahlendes Gesicht beleuchtete das ganze Schloß so, daß alle Frauen, die, wie Subeida selbst, in ihren kostbarsten Kleidern und mit dem reichsten Schmuck erschienen waren, ganz bezaubert wurden von ihrer Schönheit. Die Frau Subeida, welche auch das ganze Schloß hatte ausschmücken lassen, ging auf die Prinzessin zu, umarmte sie, ließ sie neben sich sitzen, hing ihr eine Halskette mit Diamanten um und sagte: »Du gefällst mir gar zu gut und machst mir viel Freude, o Herrin der Schönen! Äußere nur einen Wunsch gegen mich, es soll dir nichts versagt werden!« »Ich bitte dich, meine Herrin!« sagte die Prinzessin, »befiehl meiner Schwiegermutter, daß sie dir mein Federnkleid bringe, ich will es vor dir ankleiden, du sollst dann sehen, wie ich herumfliege und dir allerlei Spaß machen, worüber du dich wundern wirst, und wovon man sich von Geschlecht zu Geschlecht erzählen wird.« Die Frau Subeida fragte: »Wo ist dein Federnkleid?« »Es ist bei meiner Schwiegermutter verborgenen«, versetzte die Prinzessin, »lasse dir es nur herbringen.« Die Frau Subeida beschwor die Alte bei ihrem Leben, ihr das Federnkleid zu holen, und versprach ihr, sie wolle ihr dasselbe wieder zurückgeben lassen. »Die Frau lügt«, erwiderte die Alte, »gibt es wohl einen Menschen, der Federn hat und fliegen kann?« Aber die Prinzessin sagte: »Bei deinem Leben, meine Herrin, es ist in ihrer Schatzkammer in einer Kiste verborgen.« Da nahm die Frau Subeida eine diamantene Kette von ihrem Hals und zog einen kostbaren Ring aus ihren Ohren und überreichte sie der Alten, indem sie zu ihr sagte: »Bei meinem Haupt, geh und hole ihr das Federngewand, daß wir uns eine Weile an ihr ergötzen, dann sollst du es wieder haben.« Als die Alte nochmals beteuerte, sie habe kein derartiges Kleid gesehen und wisse nicht, was sie meine, machte sich die Frau Subeida über sie her, schrie sie an, nahm ihr den Hausschlüssel, gab ihn Masrur mit dem Befehl, damit in ihr Haus zu gehen, die Tür ihrer Schatzkammer einzubrechen und darin so lang zu graben, bis er eine Kiste finde; diese sollte er aufbrechen und ihr alsbald bringen, was darin sei. Als Masrur mit den Schlüsseln fortging, folgte ihm die Alte traurig und bereute es, ihre Schwiegertochter ins Bad geführt zu haben, weil sie einsah, daß sie es nur aus Schlauheit gewünscht hatte. Sie öffnete selbst die Schatzkammer, und Masrur grub die Kiste hervor, nahm das Federnkleid heraus, legte es in ein Tuch und brachte es der Frau Subeida. Diese betrachtete es von allen Seiten und es gefiel ihr sehr, denn es war mit vieler Kunst gearbeitet. Sie fragte dann die Prinzessin: »Ist dies dein Federnkleid?« und als ihre Frage bejaht wurde, überreichte sie es ihr. Die Prinzessin freute sich sehr, als sie ihr Kleid noch fand, wie es war, sie entfaltete es, nahm ihre Kleider zu

sich, umhüllte das Gewand und wurde nach des erhabenen Gottes Bestimmung wieder ein Vogel. Die Frau Subeida und alle Anwesenden waren höchst erstaunt, als die Prinzessin sich hin und her schwang, wie ein Vogel einherschritt und mit den Flügeln flatterte. Sie fragte mit klarer Zunge: »Gefällt euch dies?« Die Anwesenden antworteten: »O ja, Herrin der Schönen, was du machst, ist schön.« Da sagte sie: »Das ist aber noch schöner«, und breitete ihre Flügel aus und flog mit ihren Kindern auf die Kuppel des Schlosses und blieb auf dem Dach über dem Saal stehen. Voller Bewunderung riefen die Anwesenden abermals: »Bei Gott! Was du tust, ist schön.« Die Prinzessin aber, die nach ihrer Heimat zurückfliegen wollte, sprach folgende an Hasan gerichtete Verse:

»Du, der du mich verlassen, um zu deinen Freundinnen zu eilen, der du bei ihnen recht vergnügt lebst und das Leben für klar und wolkenlos hältst, ich mußte allein, im Liebesnetze gefangen, zu Hause zurückbleiben und er flog davon. Er war im Besitz meines Kleides und glaubte mich ganz in seiner Gewalt zu haben. Er empfahl seiner Mutter, es wohl zu verwahren in einem verschlossenen Raum mitten im Haus. Doch ich hörte und merkte mir dies und freute mich sehr darüber. Darum wünschte ich ins Bad zu gehen, damit man von mir spreche, und so wurde ich auch in dieses Schloß geladen, in das wir mit Verwunderung eilten. Als man hier an mir Wohlgefallen fand, rief ich: ›O meine Herrin! O mein Herz! Ich habe ein kostbares Federnkleid, ihr sollt Wunder sehen, wenn ich's anziehe, ihr werdet alle eure Sorgen darüber vergessen.‹ Hierauf mußte Masrur es holen, und als er es eilig brachte, nahm ich es ihm ab und fand es noch unbeschädigt, ergriff meine Kinder und warf es um und flog auf die Terrasse des Schlosses. Nun sage ich dir, o Mutter Hasans, wenn Hasan zurückkehrt und mich noch liebt, so soll er schnell nachkommen.«

Als die Prinzessin diese Verse vollendet hatte, sagte Frau Subeida: »Komm jetzt wieder zu uns herunter, daß wir uns deiner Unterhaltung erfreuen, o Herrin der Schönheit. Gelobt sei Gott, der dir so viele Reize verliehen.« Aber sie antwortete: »Weit entfernt, die Vergangenheit kehrt nicht wieder!« Dann sagte sie, zur Alten sich wendend: »O Mutter des armen, traurigen Hasan! Bei Gott, es wird mir fern von dir unheimlich werden, was aber deinen Sohn betrifft, so sage ihm: ›Wenn die Nächte der Trennung ihm lang scheinen, wenn er sich wieder mit mir vereinigen will, soll er zu mir auf die Inseln Wak-Wak kommen.‹« Kaum hatte sie diese Worte gesprochen, als sie mit ihren Kindern davonflog. Da schlug sich Hasans Mutter ins Gesicht und schrie und weinte, bis sie in Ohnmacht fiel. Als sie wieder zu sich kam sagte sie zu Frau Subeida: »Was hast du getan, o Herrin!« Diese antwortete: »Ich wußte nicht, daß es solche Folgen haben würde. Hättest du mir ihre Geschichte erzählt, und mich mit ihren Umständen bekannt gemacht, so hätte ich nicht auf meinem Wunsch bestanden; ich wußte ja nicht, daß sie fliegen kann, sonst hätte ich sie das Federnkleid nicht anziehen lassen, oder hätte sie die Kinder nicht zu sich nehmen lassen; doch jetzt hilft alles Gerede nichts mehr, ich bitte dich daher, mir darum nicht zu grollen.« Da die Alte sich nicht zu helfen wußte, sagte sie: »Ich spreche dich von jeder Schuld frei«, ging wieder nach Hause, schlug sich ins Gesicht, bis sie in Ohnmacht fiel und als sie wieder zu sich kam, sprach sie, voller Sehnsucht nach der Prinzessin, den Kindern und ihrem Sohne folgende Verse:

»Eure Entfernung von der Heimat entlockt mir bittere Tränen. Ich schreie laut wegen der Glut, welche die Trennungsschmerzen in mir angefacht, und die Tränen machen meine Augenlider wund. Das ist Trennung, gibt es eine Wiederkehr? Euer Scheiden hat mein Innerstes enthüllt. O, kehrtet ihr doch zur treuen Liebe wieder, dann würde sich die Zeit für mich verjüngen.«

Sie ließ dann drei Grabmäler in ihrem Haus bauen, und weinte darauf Tag und Nacht. Je länger die Abwesenheit ihres Sohnes dauerte, um so unruhiger wurde sie, und oft drückte sie ihre Gefühle durch folgende Verse aus:

»Dein Bild schwebt zwischen meinen Augenlidern, stets gedenke ich dein, wenn mein Herz pocht und wenn es ruht. Deine Liebe durchströmt alle meine Gebeine, wie der belebende Saft alle Früchte auf den Zweigen. An dem Tag, wo ich dich nicht sehe, wird meine Brust so beklommen; denn ich weiß nicht, wann ich dich wiederfinde. O du, dessen Liebe mein ganzes Herz erfüllt, so daß mein Wahnsinn noch größer als meine Liebe ist, fürchte den Allbarmherzigen, habe Mitleid mit mir und fühle die Brust, die eine rasende Glut verzehrt.«

So weinte die Alte immerfort, bis Hasan zurückkehrte. Dieser hatte den Mädchen gleich bei seiner Ankunft schwören müssen, daß er drei Monate bei ihnen zubringen wolle. Nach einem Monat versahen sie ihn mit Geld und Lebensmitteln, begleiteten ihn eine Strecke weit und nahmen ihm das Versprechen ab, daß er sie bald wieder besuchen werde. Dann nahm eine nach der anderen von ihm Abschied. Der jüngsten Schwester fiel die Trennung so schwer, daß sie in Ohnmacht fiel; Hasan drückte sie an sein Herz und küßte sie, bis sie wieder zu sich kam, dann sprach sie folgende Verse:

»Wie weh tut mir der Abschied! Welchen Schmerz bringt mir der Trennungstag! Wann wird die Sehnsuchtsflamme durch deine Nähe wieder erlöschen? Wann wird durch deine Rückkehr mir wieder ein freudiges Leben blühen?«

Als ihn hierauf die zweite Schwester umarmte, sprach sie weinend folgende Verse:

»Nimmst du Abschied, so ist mir, als müßte ich vom Leben scheiden, denn an dir verliere ich meinen besten Freund; bist du fern, so tobt die Hölle in meinem Herzen, in deiner Nähe blüht mir das beseligende Paradies.«

Die Dritte umarmte ihn dann und sprach folgende Verse:

»Wenn wir uns ohne Abschied trennen, so geschieht es nicht aus Mangel an Liebe oder Übersättigung; du bist mein wahres Leben und bleibst es stets, und wie könnte ich von meinem Leben Abschied nehmen?«

Als ihn dann die Vierte umarmte, sprach sie weinend folgende Verse:

»Verlasse uns nicht, denn wir können deine Entfernung nicht ertragen und haben weder Kraft, um von dir Abschied zu nehmen, noch Tränen genug, um sie auf der verwaisten Wohnung zu vergießen.«

Die Fünfte sprach folgende Verse, als sie ihn umarmte:

»Sobald die Kamele dich davontragen und heißes Verlangen nach dir mein Herz raubt, da sage ich: ›Besäße ich doch ein Königreich, um mit Gewalt jedes Fahrzeug zu rauben!‹«

Die Sechste sprach folgende Verse, als sie ihn umarmte:

»In die Ferne zieht der, für welchen ich mein Leben hingegeben hätte, und mit ihm weicht auch der Schlaf aus meinen Augen. Wie schön war die Zeit, die ich mit ihm verlebt! O Herr, bring mir den Teuren wieder und wäre es auch nur im Traum.«

Zuletzt kam die Siebente und sprach folgende Verse:

»Eure Trennung ist mir ein bittrer Trank, mein Innerstes sträubt sich gegen den Abschied. Gott weiß, daß ich Euch nur deshalb ohne Abschied ziehen lasse, weil ich fürchte, euer Herz möchte in Schmerz sich auflösen.«

Hasan sagte dann allen Lebewohl und sprach folgende Verse:

»Meine Tränen fließen am Trennungstag gleich Perlen, die zu einer Kette sich aneinander reihen. Mit dem Aufbruch der Karawane schwindet meine Kraft und meine Geduld, und mein Herz ist nicht mehr bei mir. Ich sagte ihnen Lebewohl, gab mich meinem Schmerz hin und mied den Umgang mit Freunden wie eine öde Wüste. Ich kehrte um, unglückselig war der Weg und nichts freute mein Herz als die Hoffnung des Wiedersehens. O Freund, höre die Worte der Liebe – Gott bewahre, daß ich zu dir rede und du nicht aufmerkest – O meine Seele, da du fern von ihnen bist, so sage auch den Freunden des Daseins Lebewohl und wünsche nicht die Trennung zu überdauern.«

Hasan reiste Tag und Nacht, bis er nach Bagdad kam, in die Friedensstadt und das Heiligtum der Abassiden; er wußte noch nicht, was in seiner Abwesenheit sich ereignet hatte. Als er zu seiner Mutter kam, fand er sie mager und abgezehrt vom vielen Wachen und Weinen und Fasten, sie sah wie ein Zahnstocher aus und war so schwach, daß sie ihm seinen Gruß nicht einmal erwidern konnte. Sie weinte und fiel in Ohnmacht, als er sie nach seiner Frau und seinen Kindern fragte. Hasan durchsuchte ungeduldig das ganze Haus, und da er keine Spur von ihnen fand, wurde sein Herz beklommen, und ganz außer sich lief er in seine Schatzkammer. Da fand er die zerbrochene Kiste in der offenstehenden Kammer und zweifelte nicht mehr daran, daß seine Frau ihr Federnkleid genommen habe und mit ihren Kindern davongeflogen sei. Er ging zu seiner Mutter, die indessen sich wieder ein wenig erholt hatte, und fragte sie noch einmal nach seiner Frau und seinen Kindern. Sie schwieg eine Weile, dann sagte sie: »Mein Sohn, Gott vermehre dein jenseitiges Wohl für diesen Verlust! Hier sind ihre drei Gräber.« Als er dies hörte, stieß er ein jämmerliches Geschrei aus, fiel in Ohnmacht und blieb von morgens bis mittags bewußtlos liegen. Seine Mutter blieb neben ihm sitzen und weinte über ihn, denn sie glaubte nicht, daß er wieder zu sich kommen

würde. Endlich erwachte er wieder; da schlug er sich ins Gesicht und weinte, zerriß seine Kleider und durchsuchte noch einmal das ganze Haus und rezitierte folgende Verse:

»Andere vor mir haben schon über Trennungsschmerz geklagt, Lebende und Dahingeschiedene sind schon durch Entfernung von Geliebten erschüttert worden, doch nie habe ich ähnliches dem, was meine Brust birgt, gesehen oder gehört.«

Er nahm hierauf ein Schwert, ging auf seine Mutter zu und sagte ihr: »Wenn du mir nicht die Wahrheit gestehst, schlage ich dir den Kopf ab und bringe mich selbst um.«

Die Alte sagte zitternd. »Stecke dein Schwert ein und setze dich, ich will dir erzählen, was vorgefallen ist.« Als er dies getan, erzählte sie ihm die ganze Geschichte von Anfang bis zu Ende, dann setzte sie zu ihrer Entschuldigung hinzu: »Hätte die Prinzessin nicht so sehr geweint, daß ich fürchtete, du möchtest bei deiner Rückkehr mir zürnen, daß ich sie nicht ins Bad geführt, so wäre sie nie wieder zu ihrem Kleid gelangt; und auch dann hätte sie es nicht wieder erhalten, wenn nicht die Frau Subeida mit Gewalt mir den Schlüssel genommen und ihn Masrur gegeben hätte. Du weißt doch, daß niemand mächtig genug ist, um dem Kalifen zu widerstehen. So kam es denn, daß sie wieder ihr Federnkleid erhielt, mit dem sie samt ihren Kindern und dem von der Frau Subeida erhaltenen Schmuck davonflog. Doch sagte sie mir noch von der Terrasse herunter: ›Wenn die Nächte der Trennung deinem Sohne lang werden und der Wind der Liebe und Sehnsucht ihn anweht, so soll er zu mir nach den Inseln Wak-Wak kommen.‹ Nun weißt du alles, was in deiner Abwesenheit vorgefallen ist. Friede sei mit uns!«

Als die Alte ausgeredet hatte, stieß Hasan einen lauten Schrei aus, fiel wieder in Ohnmacht und blieb bewußtlos, bis der Tag zu Ende ging. Als er wieder zu sich kam, schlug er sich ins Gesicht, krümmte sich wie eine Schlange auf dem Boden umher, und seine Mutter, welche weinend bei ihm stand, hörte, wie er gegen Mitternacht folgende Verse sprach:

»Haltet ein und betrachtet den Zustand des Verlassenen, vielleicht werdet ihr nach der Scheidung Mitleid fühlen. Er sieht so elend aus, daß ihr ihn verleugnen werdet, als hättet ihr, bei Gott, ihn nie gekannt. Die Liebe zu euch hat ihn dahin gebracht, daß er sich von den Toten nur durch sein Wehklagen unterscheidet. Haltet die Trennung nur für nichts Leichtes, sie ist dem Sehnsuchtsvollen bitterer als der Tod.«

Hasan ging dann fünf Tage weinend und jammernd im Hause umher, ohne etwas zu essen oder zu trinken, bis ihn seine Mutter beschwor, er möge doch aufhören zu fasten. Aber er hörte nicht auf sie, sondern fuhr fort zu weinen und zu jammern und sprach folgende Verse:

»Ich habe meiner Seele eine unerträgliche Liebesbürde aufgeladen. Meine Leiden vermehren sich mit jeder Stunde, ich lebe gedankenlos dahin, und Tag und Nacht sind mir ganz gleich; ehemals fürchtete ich den Tod, jetzt aber betrachte ich ihn als ein Heilmittel.«

Erst gegen Morgen schlief Hasan ein; da sah er im Traum seine Frau, welche sehr betrübt war und ihre Flucht zu bereuen schien. Hierauf erwachte er wieder und wir beten für den Herrn aller Herren, und sprach folgende Verse:

»Dein Bild verläßt mich keinen Augenblick, ich habe ihm den besten Platz in meinem Herzen eingeräumt; ich lebte keine Stunde mehr, wenn ich nicht Wiedervereinigung hoffte, und erschiene mir nicht dein Bild im Traum, so würde ich nie schlafen.«

Des Morgens war Hasan noch niedergeschlagener als zuvor, und so lebte er einen ganzen Monat lang fort, schlief nicht bei Nacht, aß wenig, weinte viel und war sehr traurig. Dann beschloß er, zu seinen Freundinnen zu reisen, um bei ihnen Rat zu holen; er schlug die Trommel, da kamen die Kamele gelaufen, er bestieg eines derselben und belud die übrigen mit Kostbarkeiten Iraks als Geschenke für seine Freundinnen, empfahl seiner Mutter das Haus, nahm Abschied von ihr und ritt nach dem Wolkenberg vor das Schloß der Mädchen. Als er vor ihnen mit den Geschenken erschien, freuten sie sich und hießen ihn willkommen, doch fiel ihnen sein Kommen auf und sie sagten: »Da du uns erst vor einem Monat verlassen, so hat deine schnelle Rückkehr gewiß eine besondere Ursache.« Hasan antwortete ihnen weinend durch folgende Verse:

»Meine Seele ist mit dem Verlust der Geliebten beschäftigt und freut sich nicht mehr mit dem Leben und seinen Süßigkeiten. Für meine Krankheit kennt man kein Heilmittel, nur der Arzt selbst kann sie heilen. Geliebte, die du mich verlassen und des süßen Schlafs beraubt, so oft ein Wind geht, frage ich ihn nach dir, ob er dem Aufenthalt der Geliebten nahe war, dessen Lieblichkeit meine Tränen erregen. O Wind, der du in ihrem Land wehest, vielleicht kannst du mich mit ihrem Duft anhauchen. Möchte doch das launige Schicksal seine Zügel umlenken und mir meine Geliebte wiederbringen, meine Hoffnungen erfüllen und mir wieder selige Tage schenken!«

Er weinte dann wieder, bis er in Ohnmacht fiel, und als er zu sich kam, sprach er folgende Verse:

»Ich beschwöre dich bei Gott, o du Quelle meiner Leiden, kannst du deine Freude daran haben, daß die Liebe mich so peinige? Du hast mich verlassen, ohne daß ich etwas verbrochen habe; habe Mitleid mit dem, den die Trennung so schwer verwundet.«

Hasan blieb abermals eine Weile bewußtlos liegen, dann sprach er heftig weinend noch folgende Verse:

»Verlassen hat mich der Schlaf, die Nächte durchmachend vergieße ich immer mehr Tränen, o ihr Liebende, die Liebe hat in meine Brust ein brennendes Feuer geschleudert. Und so oft ich meiner Geliebten gedenke, fließen Tränen, von Seufzern begleitet.

O wüßte ich doch, ob ihre Liebe der meinigen gleicht, ob ihre Leiden so groß wie die meinigen sind! Gott verdamme jede Trennung, die so bitter ist! Und was will wohl von uns die Trennung? Stets schwebt ja dein schönes Bild vor meinen Augen, wenn wir auch noch so weit voneinander entfernt sind. Klagt mein Herz, so heile ich es mit deinem Namen und freue mich, wenn ich die Taube singen höre. Doch die Taube, die ihren Geliebten ruft, vermehrt meine Sehnsucht und meinen Schmerz. Ich weine und seufze zu jeder Stunde nach dir, o Geliebte, die ich schon so lange nicht gesehen. Doch hast du mich auch verlassen und die Treue gebrochen, ich bin dir stets nahe und treu; gewiß wird uns einst das Schicksal wieder vereinen.«

Als seine Freundin diese Worte hörte und ihn wieder in Ohnmacht sah, setzte sie sich neben ihn und weinte; auch die übrigen Schwestern weinten mit. Nach und nach erholte sich Hasan wieder, und nach wiederholten Fragen seiner Freundinnen nach der Ursache seiner Verzweiflung erzählte er ihnen, was in seiner Abwesenheit zu Hause vorgefallen, bis zu dem Augenblick, wo seine Frau mit ihren Kindern davongeflogen. Sie fragten dann, ob sie beim Wegfliegen ihrer Mutter nichts gesagt? Hasan antwortete: »Sie hat gesagt, wenn ich mich nach ihr sehne, so soll ich zu ihr auf die Inseln Wak-Wak kommen.« Die Mädchen winkten einander zu, als sie dies vernahmen, sahen einander an, schüttelten den Kopf, beugten ihn, hoben ihn dann wieder auf und sagten: »Es gibt keinen Schutz und keine Macht, außer bei Gott, dem Erhabenen! Strecke deine Hand gegen den Himmel aus, und so wenig als du ihn erreichen kannst, kannst du wieder zu deiner Gattin und deinen Kindern gelangen.« Bei diesen

Worten stürzten Hasans Tränen wie Platzregen auf seine Wangen herunter, und er sprach folgende Verse:

»Die schönen Augen und Wangen haben mich entzückt, meine Geduld schwand, als Schlaflosigkeit eintrat, und zarte Mädchen haben eine Liebesglut in mir angefacht, die meinen Körper so aufzehrt, daß kein Fleisch und kein Saft mehr an mir ist. Mädchen wie Gazellen auf Hügeln, mit einem Gesicht, in das sich die frömmsten Einsiedler verlieben müßten, sie kamen des Morgens majestätisch daher, wie ein junger Kata, jeder ihrer Schritte brachte mir herbere Liebespein, ich liebte eine derselben, von zarter Gestalt, und mein Herz geriet bald in Flammen. Eine liebliche, feingebaute Gazelle, aus deren dunklem Haar ein strahlendes Gesicht hervorleuchtet. Sie hat mich in Verwirrung gebracht, aber wie mancher Held ist schon von solchen Wangen und Augen verletzt worden?«

Als Hasan diese Verse vollendet hatte, sagte ihm die jüngste Schwester, die ihn noch tiefer als seine übrigen Freundinnen bemitleidete: »Fasse dich und verzage nicht, wer Geduld hat, erreicht sein Ziel; Geduld ist der Schlüssel der Erlösung, so hat ein Dichter auch gesagt:

›Laß dem Schicksal freien Lauf und kümmere dich um nichts! Denn in dem Augenblick, wo du dich über etwas grämst, kann Gott schon wieder alles geändert haben.‹«

»Darum«, fuhr sie fort, »fasse Mut und sei stark! Wer zehn Jahre leben soll, stirbt nicht im siebenten; das Weinen und Trauern macht nur krank, sei munter und gescheit und bleibe ruhig bei uns, bis ich, so Gott will, ein Mittel finde, dich mit deiner Gattin und deinen Kindern wieder zu vereinigen.« Hasan aber fuhr fort zu weinen und sprach folgende Verse; wir aber beten für unsern Herrn Mohammed:

»Wird auch mein Körper geheilt, so bleibt doch meine Seele krank. Nur die Vereinigung mit dem Geliebten kann den Liebeskranken helfen.«

Er setzte sich dann neben seine Freundin, die ihn über die Ursache des Entfliehens seiner Gattin ausfragte, und als er ihr alles erzählt hatte, sagte sie: »Bei Gott, ich wollte dir raten, das Federnkleid zu zerreißen, da machte mich der Teufel daran vergessen.« Sie fuhr dann zehn Tage lang fort ihn zu trösten, er aber hatte weder Lust zu schlafen noch zu essen, und in seiner Trostlosigkeit sprach er folgende Verse:

»Die Liebe hat so tiefe Wurzeln in meinem Herzen gefaßt, daß mich kein anderes Wesen, außer meiner Geliebten, mehr erfreut; sie gleicht an Schönheit einer Gazelle, und mein Herz ist ihr Weideplatz. Ist meine Kraft und meine Geduld dahin, so weine ich, wenn auch meine Tränen nichts nützen.«

Als Hasans Freundin sah, wie er vor Liebe und Sehnsucht ganz außer sich war, ging sie weinend zu ihren Schwestern, fiel über sie her, küßte ihre Füße und bat sie, ihrem Freunde beizustehen, daß er wieder mit seiner Gattin und seinen Kindern vereinigt werde, und daher ein Mittel ausfindig zu machen, wie er nach den Inseln Wak-Wak gelange. Sie vergoß so viele Tränen, bis endlich ihre Schwestern voll Rührung ihr sagten: »Fasse Mut, wir wollen uns bemühen, ihn, so

Gott will, wieder zu den Seinigen zu bringen.« Indessen mußte Hasan doch auf das nächste Jahr sich vertrösten lassen, denn nur durch einen vielvermögenden Onkel der Mädchen, welcher besonders seine älteste Nichte unaussprechlich liebte, so daß er ihr nichts versagte, konnte ihm geholfen werden. Dieser durfte aber, wenn er nicht von selbst erschien, nur jedes Jahr einmal durch Weihrauch, den er seiner Geliebten gegeben hatte, herbeigerufen werden. Als nun der Monat Muharrem des neuen Jahres vorüber war und der Onkel nicht ankam, sagte die ältere Schwester zur jüngeren: »Gib ein wenig Weihrauch her aus dem Beutel, den mir der Onkel geschenkt, und zünde Feuer an.« Die Kleine tat dies freudig, und kaum hatte die Ältere Weihrauch aufs Feuer gelegt und dabei an ihren Onkel gedacht, da erhob sich ein mächtiger Staub aus der Wüste, und es kam ein alter Mann zum Vorschein, auf seinem Elefanten dahertrabend. Die Mädchen freuten sich sehr mit ihm, grüßten, umarmten, küßten ihn, setzten sich um ihn herum und fragten ihn, warum er diesmal solange ausgeblieben? Er antwortete: »Ich war bisher beschäftigt, wollte mich aber eben auf den Weg machen, als ich euren Weihrauch roch, da warf ich mich schnell auf einen Elefanten und eilte hierher. Und nun, was wollt ihr von mir, meine Nichten?« »Du weißt«, antwortete die Älteste, »wir haben dir einmal von unserem Freund Hasan erzählt, den der Magier Bahram hierher gebracht, und von der Prinzessin, die er geheiratet und in seine Heimat geführt hat.« »Jawohl, ich erinnere mich«, versetzte der Onkel, »und was ist ihm denn geschehen?« »Die Prinzessin«, fuhr die Nichte fort, »ist ihm untreu geworden und mit den zwei Kindern, die sie ihm geboren, davongeflogen, während er bei uns war. Beim Wegfliegen hat sie seiner Mutter gesagt: ›Wenn dein Sohn kommt und die Nächte der Trennung lang findet und sich nach mir sehnt, so komme er zu mir auf die Inseln Wak-Wak.‹« Als der Onkel dies hörte, schüttelte er den Kopf und biß sich auf die Finger, beugte den Kopf eine Weile zur Erde, kratzte den Boden mit seinen Fingern und sah sich nach Hasan um, der aber versteckt war, so daß er ihn nicht bemerkte, und verstummte. Da sagten die Mädchen: »O Onkel, gib uns doch eine beruhigende Antwort!« Aber er antwortete: »O meine Nichten, der junge Mann ist verloren, er hat sich schrecklich in die Gefahr gestürzt; er kann nie nach den Inseln Wak-Wak gelangen.« Die Mädchen riefen dann Hasan hervor, er grüßte den Alten, küßte ihm den Kopf und setzte sich neben ihn. Da sagten die Mädchen zu ihrem Onkel: »Erkläre Hasan selbst, was du uns eben gesagt.« Der Alte begann: »Mein Sohn, gib deine peinigenden Wünsche auf! Strecke deine Hand gegen den Himmel aus. Kannst du ihn erreichen, so gelangst du auch wieder zu deiner Gattin und deinen Kindern. Niemals wirst du auf die Inseln Wak-Wak kommen, und hättest du fliegende Genien und wandernde Sterne bei dir; denn zwischen dir und diesen Inseln liegen sieben Meere, sieben Täler und sieben himmelhohe Berge. Wie willst du dahingelangen? Wer soll dich dahinbringen? Ich beschwöre dich bei Gott, laß von der ganzen Sache ab und denke dir, deine Frau und Kinder seien gestorben; kümmere dich nicht weiter ab! Das ist mein Rat, wenn du ihn annehmen willst.«

Als Hasan dies hörte, weinte er, bis er in Ohnmacht fiel; die Mädchen weinten um ihn herum, und die Jüngste zerriß ihre Kleider und schlug sich

ins Gesicht, bis sie bewußtlos zu Boden sank. Der Alte, gerührt von ihrer Teilnahme an ihres Freundes Unglück, versprach ihnen seinen Beistand, und sich zu Hasan wendend, rief er ihm zu: »Fasse Mut und sei unverzagt, dann kannst du mit Gottes Willen noch zur Erfüllung deiner Wünsche gelangen. Folge mir nur!« Hasan machte sich auf, nahm von den Mädchen Abschied, die sich sehr freuten, daß ihr Onkel sich seiner annehmen wollte, und setzte sich hinter dem Alten auf den Elefanten. Nachdem sie drei Tage und drei Nächte so schnell wie der Blitz dahinflogen, kamen sie an einen hohen Berg, dessen Steine ganz blau waren. Mitten am Berg war eine Höhle mit einer eisernen Tür. Der Alte ergriff Hasans Hand, ließ den Elefanten los und klopfte an die Tür der Höhle. Da kam ein schwarzer, kahler Sklave heraus, der wie ein Teufel aussah, in der rechten Hand ein Schwert und in der linken einen Schild trug; sobald er den Alten erkannte, warf er Schwert und Schild weg und küßte ihm die Hand. Der Alte nahm dann Hasan mit in die Höhle, und der Sklave schloß die Tür hinter ihnen. Die Höhle, in welche sie eingetreten, war sehr geräumig, und ein überwölbter Weg führte sie in einer halben Stunde nach einer großen Ebene.

Als sie diese durchschritten hatten, kamen sie an einen Winkel mit zwei großen Türen aus Messing gegossen. Der Alte öffnete eine Türe und sagte zu Hasan: »Bleib hier an der Tür sitzen; hüte dich aber, sie zu öffnen, bevor ich zurückkehre und dir das Nötige mitbringe.« Er ging nun zur Tür hinein, blieb eine Weile aus, kam dann mit einem schwarzen, rundleibigen, leichtfüßigen Pferd heraus, das so schnell lief, daß sein eigener Staub es nicht erreichen konnte, und schon gesattelt und gezäumt war. Dieses führte der Alte Hasan zu und ließ es ihn besteigen. Sie ritten dann miteinander durch die zweite Tür und kamen in eine große Wüste; hier zog der Alte einen Brief hervor und sagte zu Hasan: »Reite jetzt auf deinem Pferd fort, wohin es dich führt. Bemerkst du dann, daß es an der Tür einer Höhle, wie diese, stehenbleibt, so steige ab, lege ihm den Zaum auf den Sattelknopf und laß es frei; es wird dann allein in die Höhle gehen. Du aber mußt außen stehenbleiben und darfst fünf Tage lang nicht von der Stelle weichen. Am sechsten Tag wird ein alter, ganz schwarz gekleideter Greis mit langem, weißem Bart zu dir herauskommen, küsse ihm sogleich die Hand und berühre deinen Kopf mit dem Saum seines Kleides und weine vor ihm, bis er dich fragt, was du willst. Du gibst ihm dann diesen Brief, den er, ohne ein Wort zu fragen, dir abnehmen und dich wieder allein lassen wird. Du mußt abermals fünf Tage warten; kommt dann am sechsten Tage der Alte selbst wieder heraus, so wisse, daß dein Wunsch erfüllt wird, kommt aber einer seiner Jungen, so wisse, daß er dich umbringen will. Friede sei mit uns! Fürchtest du also für dein Leben, so begib dich nicht in diese Gefahr, besteige lieber meinen Elefanten wieder, der soll dich zu meinen Cousinen bringen, und diese werden dich mit den nötigen Lebensmitteln zur Rückkehr nach deiner Heimat versehen, wo dir Gott das Verlorene durch Besseres ersetzen kann. Du kannst tun, was du willst, doch weißt du wohl, mein Sohn, daß, wer nicht viel wagt, auch nicht viel zu erwarten hat.«

Hasan erwiderte dem Alten: »Wie kann mich das Leben freuen, solange meine Gattin und meine Kinder fern von mir leben? Nie werde ich Ruhe finden; bei Gott, ich kehre nicht zurück, bis ich sie wieder gefunden oder der Tod mich erreicht.« Er weinte und jammerte dann und sprach folgende Verse:

»Ich stand mit zerknirschtem Herzen hier und klagte laut über den Verlust meiner Geliebten. Vor Sehnsucht küßte ich den Staub, den der Wind mir zuwehte, doch konnte dies meine brennende Qual nicht lindern. Wenn mein Auge ihre leere Wohnung sieht, so zerreißt der Liebesgram mir das Herz. Gott stehe denen bei, die von mir geschieden, ich aber nicht vergessen kann, deren Entfernung mich dem Grab nahe bringt. Man sagte mir: »›Habe Geduld‹«, aber sie ist mit ihnen verschwunden, und mir ist nun Jammer und peinlichste Sehnsuchtsglut geblieben. Nie hat jemand gleich mir geliebt, noch gleich mir solche Trennungsschmerzen empfunden. Zu wem soll ich meine Zuflucht nehmen, seit ich sie verloren, sie waren mein Trost in jedem Unglück. Aber ich will bei unserer Wiedervereinigung mich freuen! Die Erde will ich, Gott dankend, küssen und dem Freudenboten mein Herz schenken.«

Als der Alte diese Verse hörte, dachte er wohl, daß Hasan von seinem Vorhaben nicht ablassen und jeder Gefahr trotzen würde. Indessen sagte er ihm doch noch: »Wisse, mein Sohn, die Inseln Wak-Wak bestehen aus sieben Inseln; auf den ersten sechs befinden sich mächtige Scharen von Jungfrauen, die letzte aber ist von Geniert, Teufeln, abtrünnigen Geistern und Zauberern bewohnt, und bisher ist noch nie jemand zu ihnen gelangt und wieder zurückgekehrt. Drum beschwöre ich dich bei Gott, mein Sohn, reise wieder zu den Deinigen zurück; denn deine Gattin ist die Tochter des Königs der sieben Inseln; wie willst du zu ihr kommen? Gehorche mir, mein Sohn, vielleicht gibt dir Gott eine bessere statt ihrer.« Aber Hasan erwiderte: »Bei Gott, mein Herr, wenn man mich in Stücke zerrisse, würde ich sie doch nur immer mehr lieben; ich will nach diesen Inseln gehen und nicht anders als mit meiner Gattin und meinen Kindern umkehren, so Gott will.« Der Alte fragte zum letzten Mal: »Willst du durchaus dahingehen?« Hasan, dessen Herz daran hing, das Pferd zu besteigen, antwortete: »Ja, ich bitte dich um deine Hilfe und dein Gebet für mich, vielleicht wird mich Gott wieder mit den Meinigen vereinen.« Er weinte dann vor heftigem Verlangen und sprach folgende Verse:

»Nur nach euch, Beste unter den Sterblichen, geht mein Verlangen, ihr seid mir wie mein Gesicht und Gehör. Ihr thront in meinem Herzen, das ist eure Wohnung, und verlaßt ihr sie, so bin ich trostlos. Glaubt nicht, daß ich eure Liebe entbehren kann, so unglücklich sie mich Armen auch gemacht. Mit euch entfloh auch alle meine Freude, und das Wachen wurde mir süßer als der Schlaf. Mit meinen Trennungsschmerzen sehe ich die ganze Nacht nach den Sternen hin, weine so viele Tränen, daß sie einem Regen gleichen. O Nacht, wie lange scheinst du dem von Liebe entbrannten Unglücklichen, der stets nach dem Mond und den Sternen blickt! Wenn du, o Wind, durch das Tal wehest, in welchem sie lagern, so bringe ihnen meinen Gruß, denn kurz ist das Leben, schildere ihnen einen Teil meiner Leiden, denn die Teuren sind ohne Nachricht von mir.«

Hasan fiel in Ohnmacht, als er diese Verse rezitiert hatte, und als er wieder zu sich kam, sagte ihm der Alte: »Mein Sohn, du hast eine Mutter, laß sie die Schmerzen deines Untergangs nicht empfinden!« Hasan schwor nochmals, er würde nie ohne seine Gattin und Kinder zurückkehren, lieber wolle er sterben. Weinend sprach er noch folgende Verse:

»Ich schwöre euch, die Zeit der Trennung hat nichts an meiner Liebe geändert, ich gehöre nicht zu denen, die dem Liebesbund treulos werden. Ich fühle so viel Liebe, daß, wenn ich sie schildern wollte, man mich für rasend halten würde. Nichts als Seufzer, Blut, Trauer und Sehnsucht: wie kann man in solchem Zustand länger leben.«

Es sagt der Erzähler dieser wunderbaren und entzückenden Geschichte – während wir alle für unsern geliebten Herrn Mohammed, den Herrn des Mantels und des Zepters, und für seine Familie und seine Gefährten, die Reinen, beten – als Hasan diese Verse vollendet hatte, wußte nun der Alte ganz bestimmt, daß er entschlossen sei, lieber zu sterben, als sein Vorhaben aufzugeben; er wünschte ihm Glück zur Reise, empfahl ihm noch einmal, was er tun sollte und überreichte ihm den Brief, indem er ihm sagte, er habe ihn in diesem Brief dem alten Sohn der Balkis, Enkel des verruchten Iblis, seinem Lehrer und Meister, empfohlen, dem Menschen und Genien ergeben sind. Hasan nahm dann Abschied und ließ dem Pferd die Zügel, und es flog mit ihm schneller als der Blitz zehn Tage lang fort. Da sah Hasan einen großen Berg, schwarz wie die Nacht, der den ganzen Horizont von Osten bis Westen einnahm. Als er in die Nähe des Berges kam, fing sein Pferd an, unter ihm zu wiehern. Da kam eine unzählbare Menge Pferde, so viel als Regentropfen, herbeigeströmt, die an seinem Pferd herumstrichen, so daß Hasan sich sehr fürchtete. Aber sein Pferd ging immer weiter, von den übrigen umgeben, bis es an die Höhle kam, die ihm der Alte beschrieben hatte. Hasan stieg vor der Tür ab und hing die Zügel um den Sattelknopf; das Pferd trat in die Höhle, und Hasan blieb außen stehen, nachdenkend, wie das wohl enden würde. So brachte er fünf Tage und fünf Nächte weinend, traurig und schlaflos zu. Er dachte an seine Entfernung von seiner Heimat und allen Seinigen und machte sich tausenderlei Gedanken. Er sprach dann folgende Verse:

»Wie lang soll ich mein Herz pflegen, das zerfließt, und meine Augen, die stets Tränen vergießen? Nichts als Trennung, Trauer, Sehnsucht, Einsamkeit,

Heimweh und mächtige Liebe. Hat aber auch meine Liebe mich ins Verderben gestürzt, welchen Edlen verschont je das Geschick?«

Als Hasan diese Verse vollendet hatte, kam der Scheich Abu Risch, der schwarzgekleidete Sohn der Balkis, zu ihm; sobald dieser ihn sah und der ihm gemachten Schilderung nach erkannte, warf er sich ihm zu Füßen, legte den Saum seines Kleides auf seinen Kopf und weinte und jammerte. Der Alte fragte ihn: »Was ist dein Verlangen, mein Sohn?« Hasan antwortete: »Es ist in diesem Brief ausgedrückt«, und überreichte ihm das Schreiben. Der Alte nahm es ihm ab, sprach kein Wort und ging wieder in die Höhle zurück. Hasan blieb, wie ihm befohlen worden, an der Tür stehen und weinte fünf Tage lang und war sehr betrübt über seine Einsamkeit und rezitierte folgende Verse:

»Gepriesen sei der Herr des Himmels, jeder Liebende lebt in Qual, wer die Liebe nicht kostet, kennt den Schmerz nicht. Könnte ich meine Tränen sammeln, so würde ich Ströme von Blut vor mir sehen. Mancher Freund wendet sich von mir ab, und neigt er sich mir zu, so tadelt er mich, wenn ich von meinen Tränen spreche. Aber Vögel weinen über meine Einsamkeit und wilde Tiere der Wüste, Genien, welche auf Bergen hausen, weinen und alle Bewohner der Luft.«

Hasan weinte dann, bis der Morgen anbrach, da kehrte endlich der Alte weiß gekleidet zurück und gab ihm ein Zeichen, daß er ihm folge; Hasan ging freudig mit ihm in die Höhle, denn schon ahnte er, daß sein Verlangen in Erfüllung gehen würde. Nach einer halben Tagesreise kamen sie an eine gewölbte, mit Edelsteinen besetzte Tür von Stahl, mit Edelsteinen beschlagen. Der Alte öffnete und ging mit Hasan hinein. Da kamen sie durch sieben gewölbte Gänge und Zimmer mit goldverzierten Steinen; dann traten sie in einen großen Saal mit Marmor belegt, in dessen Mitte ein Garten war, mit allerlei Bäumen, Blumen und Früchten bepflanzt, die Vögel sangen auf den Bäumen und priesen die Macht des Schöpfers. In jeder Ecke des Saales war ein Springbrunnen angebracht mit goldenen Löwen, aus deren Mund Wasser hervorquoll. Auf jeder Seite des Saales war ein erhöhter Platz mit einem Divan, auf dem ein Scheich saß mit vielen Büchern und goldenen Rauchpfannen und Weihrauch vor sich, und um jeden dieser Scheichs bildete sich ein Kreis von anderen Männern, die in den Büchern lasen. Hasan und sein Führer wurden ehrerbietig empfangen, und dieser gab den Scheichs ein Zeichen, daß sie ihre Umgebung entlassen möchten. Als dies geschehen war, setzten sich drei Scheichs zu Abu Risch und fragten ihn, wen er bei ihnen einführe. Dieser sagte hierauf zu Hasan: »Erzähle du ihnen selbst deine Geschichte von Anfang bis zu Ende.« Hasan erzählte weinend alles, was ihm widerfahren. Als er zu Ende war, sagten die Männer: »Ist der es also, den der Magier Bahram in einer Kamelhaut von Adlern auf den Wolkenberg bringen ließ?« »Ich bin derselbe«, wiederholte Hasan. Sie wendeten sich dann an den Führer mit den Worten: »O Oberster aller Scheichs! Wie ist er vom Berg heruntergekommen, auf den ihn Bahram gebracht, und was hat er auf demselben gesehen?« Abu Risch sagte wieder zu Hasan: »Gib diesen Scheichs Auskunft über alles, was du weißt.« Als dies geschehen war, sagten die Scheichs, über Hasans Erzählung erstaunt, zu ihrem Meister: »Bei Gott, dieser junge Mann ist zu bedauern, kannst du ihm

nicht beistehen, daß er wieder zu seiner Gattin und seinen Kindern gelange?« Der Meister antwortete: »Das ist eine schwere Sache, ich habe ihm geraten, davon abzulassen, er hat aber meinen Rat nicht angenommen. Ihr wißt ja, wie schwer es ist, nach den Inseln Wak-Wak zu gelangen, ihr kennt ja die Macht des Beherrschers dieser Inseln; auch habe ich ihm geschworen, daß ich nie sein Land betreten, noch irgend etwas gegen ihn unternehmen wollte; wie kann ich ihn daher zur Prinzessin bringen?« Da sagten die Scheichs: »O Meister! Dieser Mann ist unglücklich und will sich gern in jede Gefahr begeben, du mußt ihm helfen, da er dir einen Brief von deinem Freund gebracht hat.« Hasan küßte dem Meister die Füße, legte den Saum seines Kleides auf sein Haupt und rief schluchzend: »O Meister! Vereinige mich mit meiner Gattin und meinen Kindern oder laß mich sterben!« Die Scheichs, welche an Hasans Schicksal den innigsten Anteil nahmen, sagten zu ihrem Meister: »O Herr! Verscherze den himmlischen Lohn nicht, den

du dir durch die Rettung dieses Fremdlings zuziehen kannst; überdies ist er dir ja auch von deinem Freund empfohlen.« »Nun, so wollen wir ihm beistehen und, so Gott will, alle unsere Kräfte für ihn anwenden«, rief endlich Abu Risch. Als Hasan diese Worte hörte, küßte er voller Freude dem Meister und den übrigen Scheichs die Füße. Der Meister nahm hierauf Tinte und Papier und schrieb einen Brief, versiegelte ihn und überreichte ihn Hasan. Auch gab er ihm ein ledernes Beutelchen mit Weihrauch und sagte: »Gib wohl acht auf dieses Beutelchen, und wenn du in der Not bist, so nimm ein wenig Weihrauch heraus, gedenke mein und ich erscheine zu deiner Rettung.« Er befahl dann einem der Anwesenden, den fliegenden Genius Dahnesch herbeizuschaffen; diesen ließ der Meister nahe treten, sagte ihm etwas ins Ohr, worauf Dahnesch den Kopf schüttelte und sagte: »Ich gehorche, Meister!« Dann wendete sich dieser zu Hasan und sagte ihm: »Mein Sohn, reise mit diesem fliegenden Geist, und wenn er dich gen Himmel hebt und du hörst, wie die Engel Gott preisen, so sprich kein Wort, sonst geht ihr beide zugrunde. Am zweiten Tag deiner Reise wird er dich auf ein weißes Land, wie Kampfer, niedersetzen, auf dem du zehn Tage lang zu wandern hast, bis du vor das Tor einer Stadt kommst, in der du einkehren mußt. Du fragst dann nach dem König, und wenn du zu ihm gelangst, so grüße ihn und überreiche ihm diesen Brief und merke dir wohl die Befehle dieses Königs.« Hasan versprach zu gehorchen, nahm Abschied von den Scheichs, die ihn noch einmal dem Geist empfahlen, und dieser nahm ihn auf den linken Arm und flog einen Tag und eine Nacht so hoch mit ihm in die Luft, daß er die Lobpreisungen der Engel hörte. Am folgenden Morgen setzte er ihn auf ein weißes Land und verschwand wieder.

Hasan ging zehn Tage und zehn Nächte lang immer vorwärts, bis er an das Tor einer Stadt kam. Er ging in die Stadt und fragte nach dem König, und als man ihn vor ihn führte, küßte er die Erde vor ihm und grüßte ihn. Der König fragte ihn, was er wolle; da küßte Hasan den Brief, den er bei sich trug, und überreichte ihn dem König. Sobald dieser ihn gelesen hatte, sagte er einem von seiner Umgebung: »Führe diesen jungen Mann in das Fremdenhaus!« Dort bewirtete man ihn drei Tage lang, und die angesehensten Männer am Hof leisteten ihm Gesellschaft und ließen sich von seinen Abenteuern und seiner wunderbaren Reise erzählen. Am vierten Tag kam ein Diener und führte ihn zum König; dieser sagte ihm: »Der Meister schreibt mir, du wolltest nach den Inseln Wak-Wak reisen; aber, mein Sohn, ich kann dich jetzt unmöglich dahin schicken, du müßtest viele Gefahren ausstehen und furchtbare, öde Wüsten durchwandern. Ich heiße zwar mächtiger Sultan, und meine Truppen füllen die ganze Erde aus, doch finde ich es jetzt nicht geraten, dich zu Land dahin zu befördern, weil eine große, wohlausgerüstete Armee an deren Grenze gelagert ist, die vergebens einzufallen sucht; warte daher, bis demnächst ein Schiff von den Inseln Wak-Wak hier landet, da schicke ich dich zu Wasser dahin und empfehle dich den Schiffsleuten, da ich doch infolge der Empfehlung des Meisters dich nicht unverrichteter Dinge zurückschicken kann. Fragt dich jemand, wer du bist, so sage: ›Ich bin der Schwager des Königs Hasun, des Herrn des Kampferlandes.‹ Wenn dich dann der

Hauptmann ans Land setzt, so wirst du viele Bänke finden, setze dich unter eine derselben, bleibe ruhig sitzen und sprich kein Wort bis Nacht. Siehst du dann Scharen von Jungfrauen die Waren umgeben, so fasse die Herrin der Bank, unter welcher du sitzest, und flehe sie um Schutz an. Gewährt sie ihn dir, so bist du am Ziel, denn sie bringt dich zu deiner Gattin und zu deinen Kindern; wo nicht, so trauere über dein ohne Hoffnung verlorenes Leben. Wisse, mein Sohn, daß du dich in Lebensgefahr begibst, denn ich kann weiter nichts für dich tun, gelingt dein Unternehmen nicht, so bist du verloren. Doch stände Gottes Hilfe dir nicht nahe, so hättest du gar nicht hierher gelangen können, und wäre deine Lebensfrist abgelaufen, so konnte dich nichts vor dem Herrn des Elefanten schützen, auch wärest du nicht in die erste Höhle gekommen und nicht zu meinem Meister.« Als Hasan die Worte des Königs Hasun hörte, sprach er folgende Verse:

»Mir ist vom Himmel meine Lebenszeit bestimmt, die muß ich erreichen, erst wenn sie abgelaufen ist, kann ich sterben. Solange aber die Stunde nicht gekommen, dürfen Löwen im Wald mich überfallen, so besiege ich sie.«

Als Hasan die Verse vollendet hatte, sagte er zum König: »O mächtiger Herr! Wann werden die Schiffe von den Inseln Wak-Wak kommen!« »In einem Monat«, erwiderte der König, »die Kaufleute werden eine Weile hier bleiben, um ihre Handelsgeschäfte zu verrichten, dann kehren sie wieder zurück und kommen erst in einem Jahre wieder.« Hierauf ließ der König Hasan wieder in sein Gasthaus bringen und ihm das Nötige zutragen. Hier blieb er einen Monat, bis die Schiffe ankamen; der König ging dann mit ihm und einigen Kaufleuten den Schiffen entgegen, die sich in großer Zahl einstellten, aber nicht ans Land kamen, sondern die Kaufleute bestiegen kleine Nachen, um am Ufer ihre Handelsgeschäfte zu verrichten. Als sie nach einiger Zeit sich wieder zur Rückkehr anschickten, ließ der König alles Nötige für Hasan vorbereiten, rief einen Hauptmann zu sich und sagte ihm: »Nimm diesen jungen Mann mit dir, ohne daß ihn jemand bemerke und bringe ihn nach den Inseln Wak-Wak; schiffe ihn nur dort aus, du brauchst ihn nicht wieder zurückzubringen.« Da der Hauptmann den Befehl des Königs zu vollziehen versprach, warnte dieser Hasan, daß er niemandem seine Geschichte erzähle und nahm Abschied von ihm. Hasan wünschte ihm langes Leben und immerwährenden Sieg über seine Feinde. Der Hauptmann sperrte ihn dann in eine Kiste, trug sie in einen Nachen und brachte sie aufs Schiff, so daß die Schiffsleute glaubten, sie enthalte Waren. Die Schiffe segelten bald ab, und nach einer Fahrt von zehn Tagen landeten sie glücklich an den Inseln Wak-Wak, wo der Hauptmann Hasan ans Land setzte.

Da Hasan am Ufer viele Bänke angeschlagen fand, wie ihm der König Hasun gesagt hatte, verbarg er sich unter einer der schönsten derselben. Nach Sonnenuntergang kam eine Schar Jungfrauen, so zahlreich wie Heuschrecken, herangezogen, mit gezogenem Schwert in der Hand und ganz mit Eisen bepanzert. Nachdem sie die Waren, die die Schiffe gebracht, eine Weile besehen hatten, kamen sie, um auszuruhen, und eine von ihnen setzte sich auf die Bank, unter welcher Hasan saß. Dieser ergriff sogleich ihre Schleppe, legte sie auf seinen Kopf, küßte ihre Füße und sagte weinend: »Schutz! Hilfe! Erbarme dich dessen, der fern von seiner Heimat, von seiner Frau und seinen Kindern ist und um ihretwillen keine Gefahr scheut, Gott wird sich auch deiner erbarmen und dir Schutz geben!« Als die Jungfrau diese im Tone der größten Verzweiflung ausgesprochenen Worte hörte, sagte sie ihm gerührt: »Sei frohen Mutes, bleibe nur noch verborgen bis morgen Nacht; so Gott will, wird es dir gut gehen.« Hasan verbarg sich wieder, und die Jungfrauen durchwachten auf ihren Sitzen mit brennenden Kerzen, aus welchen Ambra, Aloe und Moschusduft sich verbreitete, die ganze Nacht in allerlei Spielen und Lustbarkeiten. Am folgenden Morgen kamen die Nachen wieder ans Land, und es wurde den Tag über viel gekauft und verkauft. Sobald dann die Nacht hereinbrach, kam das Mädchen, das Hasan um Schutz angefleht hatte, wieder zu ihm, überreichte ihm einen Panzer, einen Helm, ein Schwert, einen goldenen Gürtel und eine Lanze und ging schnell wieder fort, aus Furcht, verraten zu werden. Hasan dachte wohl, sie habe diese Gegenstände für ihn gebracht; er setzte daher den Helm auf, zog das Panzerhemd an, umgürtete das Schwert, nahm die Lanze in die Hand und setzte sich auf den Rand der Bank und hörte nicht auf, Gott zu preisen und seinen Schutz anzuflehen. Während er so dasaß, kamen auf einmal die Jungfernscharen mit Fackeln und Laternen an ihm vorüber; da folgte er ihnen nach einem Platz, wo viele Zelte aufgeschlagen waren, und trat mit einer Jungfrau in ein Zelt. Als diese ihre Rüstung und den Schleier abnahm, legte Hasan auch seine Waffen nieder und betrachtete die Jungfrau, und siehe da, sie war alt und das häßlichste Geschöpf auf der Welt. Sie hatte triefende Augen, eine große Nase und kahle Augenbrauen; sie war eine Plage, und Hasan wußte nicht, ob er sie für ein Schwein oder für eine schwarzgefleckte Schlange oder eine schäbige Wölfin halten sollte. Aber auch die Alte, welche Schawahi hieß, war sehr erstaunt, als sie Hasan bemerkte. »Wer bist du und wer hat dich hierhergebracht?« fragte sie Hasan. Hasan fiel vor ihr nieder, legte sein Gesicht auf ihre Füße, weinte und jammerte und flehte sie, indem er die Schleppe ihres Kleides faßte, um Schutz an. Schawahi bemitleidete Hasan und versprach ihm ihren Schutz; dann sagte sie ihm: »Nie ist einem Menschen so etwas wie dir widerfahren, und stände dir nicht der erhabene Gott bei, so wärest du nicht mehr; doch nun beruhige dich, mein Sohn, und sei frohen Mutes, du hast nichts mehr zu fürchten und wirst, so Gott will, dein Ziel erreichen.«

Hierauf schickte die Alte sogleich nach der Generalleutnantin der Armee und befahl ihr, unter den Truppen bekannt zu machen, daß sie am folgenden Tage ausrücken müßten, indem jede Zurückbleibende mit dem Tode bestraft werden sollte. Die Generalleutnantin ging, um Schawahis Befehl zu vollziehen, und Hasan schloß daraus, daß die Alte an der Spitze der Armee stand. Nachdem diese noch verschiedene andere Befehle erteilt hatte und der Morgen heranbrach, rückten die Truppen aus, aber die Alte blieb bei Hasan und sagte ihm: »Tritt näher, mein Sohn, und sage mir, warum du trotz aller Gefahren in dieses Land gekommen bist? Sage mir die Wahrheit und verhehle mir nichts! Du gehörst nun zu den meinigen, stehst unter meinem Schutze, und wenn du aufrichtig bist, so helfe ich dir in deinem Unternehmen und kostete es mein Leben. Fürchte nun

gar nichts mehr, denn da du bei mir bist, so wird kein Mensch im ganzen Lande dir etwas zuleide tun.«

Als Hasan der Alten hierauf seine ganze Geschichte vom Anfang bis zu Ende erzählte, schüttelte sie ihren Kopf und sagte: »Gepriesen sei Allah, der dich gerettet und zu mir geführt hat; wärest du einer anderen in die Hände gefallen, so hättest du gewiß den Tod gefunden. Aber dein Vorhaben ist wohlgesehen bei Gott, und deine wahre Liebe zu deiner Gattin und deinen Kindern wird dich ans Ziel deiner Wünsche führen. Ich will mein möglichstes tun, dir zu helfen; doch, mein Sohn, deine Gattin ist nicht hier, sie wohnt auf der siebenten Insel Wak-Wak, und man hat von hier bis dahin sieben Monate lang Tag und Nacht zu reisen. Man kommt von hier aus zuerst in ein Land, welches das Land der Vögel genannt wird. Da schreien die Vögel und machen ein solches Geräusch mit ihren Flügeln, daß die Reisenden kein Wort mehr voneinander hören. Durch dieses Land hat man elf Tage zu reisen, dann kommt man in das Land der wilden Tiere. Dort lärmen Hyänen und Wölfe und Löwen auf eine solche Weise durcheinander, daß man ganz toll davon wird, und doch hat man 20 Tage lang in ihrer Mitte zu wandern. Hierauf kommt man in das Land der Genien. Dort stoßen die Geister ein lautes Geschrei aus, und man sieht nichts als sprühende Funken, Flammen und Rauch, da kann man nichts mehr sehen noch hören und kaum vorwärts kommen, da darf man gar nicht den Kopf umdrehen, oder man ist des Todes, da muß der Reiter den Kopf auf den Sattelknopf legen und kann ihn drei Tage lang nicht aufheben. Dann kommt man an einen himmelhohen Berg und an einen Strom, der nach den Inseln Wak-Wak fließt. Nach einer Tagereise erhebt sich ein anderer Berg, welcher Wak-Wak heißt, weil auf diesem Berge Bäume sind, auf denen Köpfe wie Menschenköpfe wachsen und die bei Sonnenaufgang und Sonnenuntergang rufen: »Wak! Wak! Gepriesen sei der Schöpfer*!« Die Armee der Sultanin dieser Inseln, die ein guter Reiter in nicht weniger als einem Jahre durchstreifen kann, besteht aus lauter Jungfrauen und kein Mann darf sich sehen lassen. Ein Strom trennt uns von dem Lande, wo die männlichen Untertanen der Sultanin wohnen. Aber nicht nur über Mädchen, sondern auch über eine unzählbare Menge Genien und Teufel und Zauberer gebietet diese Sultanin. Wenn du dich also fürchtest und nicht weiter mit uns gehen willst, so schicke ich jemanden mit dir ans Ufer und lasse dich wieder auf einem Schiff in dein Vaterland bringen, willst du aber bei uns bleiben, so steht es dir frei, du sollst so sicher sein, als wärest du in meinem Auge, bis du mit Gottes Willen dein Ziel erreicht haben wirst.« »O Herrin!« rief Hasan aus, »ich werde mich nicht von dir trennen, solange ich lebe, bis ich meine Gattin und meine Kinder wiedergefunden.« »Nun«, versetzte Schawahi, »so fasse Mut; so Gott will, bringen wir dich ans Ziel; ich will sogleich der Königin Nachricht von dir geben und ihre Hilfe ansprechen.« Hasan wünschte ihr viel Gutes, küßte ihre Hände und ihren Kopf und dankte ihr für ihren zugesagten Beistand.

Hasan blieb nun über seine Lage nachdenkend bei Schawahi, weinte und rezitierte folgende Verse:

»Der Moschus des Wiedersehens duftet, der Zephyr weht von der Wohnung der Geliebten her, und ich gerate außer mir vor Liebesschmerz. Die Nacht der Vereinigung wird zum lichten Morgen und der Trennungstag zur schwarzen Nacht. Der Abschied von der Geliebten ist hart und das Leben fern von ihr eine grausame Qual. Ich finde keinen Zufluchtsort und auf der ganzen Welt keinen wahren Freund, dich vergessen ist unmöglich, ich höre nicht auf gemeine Tadler. O Einzige an Schönheit! Auch meine Seele ist einzig. O du Unvergleichliche! Mein Herz ist dahin. Wer dich liebt und Tadel scheut, ist tadelnswert.«

Schawahi ließ dann die Trommel rühren, die Armee brach auf, Hasan, im Meer seines Nachdenkens versunken, folgte der Alten, rezitierte allerlei Verse, und die Alte gab sich viele Mühe, ihn zu trösten und zu ermutigen. So gingen sie bis zur ersten Insel der Vögel. Als sie dahin kamen, hörten sie ein so lautes Gezwitscher, daß Hasan glaubte, die ganze Welt stürze zusammen; er wurde im Kopfe verwirrt, verlor den Verstand, wurde ganz betäubt, fiel in Ohnmacht, war dem Tode sehr nahe und dachte bei sich selbst, wenn es im Lande der Vögel so zugeht, was wird's erst im Lande der wilden Tiere geben? Die Alte lachte ihn aus und sagte: »Mein Sohn, wenn du in der ersten Insel dich so benimmst, was willst du auf den anderen Inseln tun?« Hasan wendete sich zu dem erhabenen Gott und erflehte seinen Schutz und seine Hilfe zur Erfüllung seiner Wünsche.

Als sie nun in ununterbrochenem Marsche das Land der Vögel durchzogen hatten, kamen sie in das der wilden Tiere; da hörte Hasan ein Lärmen, daß er

* Im Arabischen heißt der Schöpfer Challák, so daß es mit Wak reimt.

glaubte, die ganze Welt drehe sich um. Dieses Geräusch war noch weit stärker, als das der ersten Insel. Dann erreichten sie das Land der Genien, die Hasan so erschreckten, daß er es bereute, sich in ihr Land gewagt zu haben; doch betete er zu Gott und entkam auch glücklich aus dem Tale der Genien. Sie gelangten hierauf an einen Fluß an dem Fuße eines sehr hohen Berges, schlugen an dessen Ufer ihre Zelte auf und die Alte errichtete Hasan eine Bank von vergoldetem Zypressenholz, mit Perlen und Edelsteinen besetzt. Die Truppen stellten sich vor der Alten auf, die ihnen Speisen und Getränke bringen ließ, und als sie gegessen und getrunken hatten, entkleideten sie sich, um im Flusse zu baden und dann zu schlafen, denn nun hatten sie nichts mehr zu befürchten. Hasan verhüllte sein Gesicht, so daß man nur seine Augen sehen konnte, und da er neben Schawahi saß, hielt ihn niemand für einen Mann. Als daher die Mädchen ihre Kleider ausgezogen und im Flusse eine Abteilung nach der anderen sich badete, konnte Hasan die verschiedenartigsten Reize an diesen schönen Jungfrauen bewundern und an dem Lieblichsten, was Gott erschaffen, seine Augen ergötzen. Die Alte hatte absichtlich ausrufen lassen, die Mädchen sollten alle vor ihrem Zelte sich baden, damit, wenn Hasans Gattin unter ihnen sich fände, er sie erkenne. Aber Hasan sah seine Gattin nicht unter ihnen. Zuletzt kam eine Jungfrau mit zehn Sklavinnen und 30 Dienerinnen, die sich ebenfalls entkleideten. Nachdem die Herrin allerlei Spaß und Mutwillen mit den Dienerinnen im Wasser getrieben hatte, stieg sie wieder ans Land; man trocknete sie mit seidenen Tüchern ab und brachte ihr Kleider und Schmuck von Genienarbeit, worauf sie wieder mit ihren Dienerinnen sich entfernte. Hasan war ganz außer sich, als er diese sah, und sagte der Alten: »Diese hat sehr viel Ähnlichkeit mit dem fliegenden Mädchen, das ich auf dem Schlosse meiner Freundinnen gesehen, auch hat diese es ebenso mit ihren Dienerinnen gemacht. Aber doch«, fuhr Hasan fort, »ist sie nicht meine Gattin. Nein, bei meinem Leben! Keine unter allen ist so schön und so hübsch gewachsen wie meine Gattin.« Die Alte bat Hasan, ihr einmal seine Gattin deutlich zu beschreiben; »denn«, sagte sie, »ich kenne alle Mädchen auf der Insel Wak-Wak, ich bin ja ihre Anführerin, und weiß ich einmal, welche deine Gattin ist, so werde ich mich bemühen, ihrer habhaft zu werden.« »Meine Gattin«, begann Hasan, »hat ein ovales Gesicht wie der leuchtende Mond, einen Wuchs wie die Zweige des Ban, einen wohlgeformten Busen, schwarze Haare, einen feinen Körper, weiße Zähne, eine süße Zunge, sie hatte Lippen wie Korallen, Wangen wie zwei Rosen, mit einem kleinen braunen Mal, schwarze Augenbrauen, einen kleinen Mund und zartgebaute Hüften.« Da sagte die Alte: »Beschreibe sie noch einmal!« und Hasan setzte noch hinzu: »Meine Gattin hat ein schönes ovales Gesicht, einen langen Hals, eine leuchtende Gesichtsfarbe, Wangen wie Anemonen, einen Mund wie ein Siegelring von Karneol, Zähne, die wie Perlen glänzen und zwischen denen Moschus hervorduftet.« Als die Alte dies hörte, beugte sie den Kopf eine Weile zur Erde, dann erhob sie ihn zu Hasan und sagte: »Ich gehe durch dich zugrunde. O hätte ich dich nie gekannt, denn ich kenne nun deine Gattin; sie ist die älteste Tochter des Königs, der über sämtliche Inseln Wak-Wak regiert, öffne nur deine Augen und schärfe deinen Verstand und erwache aus deinem Schlafe, denn wenn diese deine Gattin war, so wirst du sie nie mehr wiedersehen; zwischen dir und ihr ist so weit, wie vom Himmel bis zur Erde; kehre nur bald um, sonst gehen wir beide zugrunde.«

Als Hasan dies hörte, weinte er, bis er in Ohnmacht fiel. Aber Gott hatte der Alten zu ihm so viel Liebe wie zu einem Sohne eingeflößt; sie weinte neben ihm, bis er wieder zu sich kam. Dann sagte er: »O meine Herrin! Wie soll ich jetzt umkehren, da ich nun einmal so weit gekommen bin? Ich hätte nie gedacht, daß du mich verlassen würdest.« Schawahi erwiderte: »Mein Sohn, ich glaubte, deine Gattin sei ein gewöhnliches Mädchen; hätte ich gewußt, daß sie eine Prinzessin ist, so hätte ich dich nicht so weit kommen lassen. Doch, mein Sohn, du hast ja nun alle Mädchen gesehen, sage mir, welche dir am besten von ihnen gefällt. Du sollst sie statt deiner Gattin haben. Denke dir, deine Gattin und ihre Kinder wären gestorben, nimm daher eine andere und kehre in Frieden nach Hause zurück, ehe du dem König in die Hand fällst, sonst kann ich nichts mehr für deine Rettung tun. Ich beschwöre dich, tue dies, und laß mich nicht deinen Untergang sehen.« Hasan schlug den Kopf zur Erde nieder und sprach weinend einige Verse, welche seine innige Liebe zu seiner Gattin aussprachen.

Als er seine Verse vollendet hatte, sagte sie ihm jedoch noch einmal: »Mein Sohn, ich weiß nichts zu tun; wenn ich mit dir in die Hauptstadt gehe, so ist's um dich geschehen, und wer weiß, was die Königin tun wird, wenn sie deine Ankunft erfährt, da doch sonst kein Mensch zu ihr gelangt. Und wie soll ich dich mitnehmen in die Stadt, wo die Jungfrauen, die du im Bade gesehen und die vor dir nie einen Mann erblickt haben, dich bald wieder erkennen?« Hasan schwor, er habe keinen unkeuschen Blick auf sie geworfen. Aber die Alte fuhr fort: »Mein Sohn, geh in deine Heimat zurück, suche dein Leben zu retten, ich will dir das schönste Mädchen und die reichsten Schätze geben.« Hasan weinte, küßte ihr die Füße und sagte: »Da ich so weit gekommen bin, soll ich nun, ohne mein Ziel zu erreichen, umkehren? Jetzt, wo ich im Lande meiner Geliebten bin und ein baldiges Wiedersehen erwarte? Vielleicht ist mir das Glück günstig!« Hierauf rezitierte er wieder Verse, klagte und jammerte solange, bis Schawahi ihm schwor, sie wolle das Äußerste wagen, um ihn wieder in den Besitz seiner Gattin und Kinder zu setzen.

Hasan fühlte sich wieder neu gestärkt und unterhielt sich den ganzen Tag mit der Alten. Des Abends trennten sich die Mädchen, ein Teil von ihnen ging in die Stadt, ein anderer in die Zelte, und Schawahi ging auch mit Hasan in die Stadt, führte ihn zu einem einsamen Platze, wo ihn niemand sehen konnte, damit die Königin noch nichts von ihm erfahre, bediente ihn selbst und erzählte ihm von der Härte und Strenge des Königs, seines Schwiegervaters. Hasan bat sie nochmals, ihn nicht zu verlassen, da er doch einmal auf sie sein Vertrauen gesetzt. Sie fing an, ernstlich darüber nachzudenken, wie sie den jungen Mann zu seiner Gattin bringen könnte, da er sich doch von nichts abschrecken ließ und keine Gefahr scheute, um nur wieder zu ihr zu gelangen, wie das Sprichwort sagt: »Der Liebende hört nicht die Worte des Gleichgültigen.« Endlich beschloß sie, Hasans Angelegenheit der Königin dieser Insel, welche Nur Alhuda hieß, vorzutragen. Diese war eine der sieben Schwestern von Hasans Gattin, und ihr Vater mit seinem Heer residierte auf einer anderen Insel, welche durch ein tobendes Meer von den übrigen Inseln getrennt war.

Schawahi konnte ohne Schwierigkeit zu Nur Alhuda ins Schloß gehen, denn sie war ehedem Erzieherin der Prinzessinnen gewesen und stand noch bei ihnen und bei ihrem Vater in großem Ansehen. Als Nur Alhuda die Alte sah, stand sie vor ihr auf, umarmte sie und fragte sie nach der Veranlassung ihres Besuchs. Sie antwortete: »Bei Gott, o Königin der Zeit, ich habe eine Angelegenheit, in der du mir behilflich sein sollst, ich würde sie dir nie mitteilen, wenn ich nicht so viel Vertrauen zu dir hätte.« »Was ist dein Anliegen?« fragte Nur Alhuda; »erzähle nur, kostete es mein Leben, so soll dir mein Beistand nicht fehlen; ich, mein Gut, meine Truppen, alles steht zu deiner Verfügung.« Die Alte erzählte ihr Hasans Geschichte von Anfang bis zu Ende. Sie zitterte aber wie ein schwaches Rohr bei stürmischem Wetter und rief: »Gott bewahre mich vor der Strenge der Königin!« als sie ihr gestand, daß sie ihm am Ufer Schutz gewährt, ihn bewaffnet mit zur Armee genommen und nun in der Stadt verborgen habe. Auch setzte sie hinzu: »Sieh, meine Tochter, ich habe ihn vor deiner Strenge gewarnt; aber er weinte, rezitierte Verse und sagte: Lieber will ich sterben, als ohne meine Gattin und Kinder leben; ich habe nie mehr Unerschrockenheit gesehen, als er besitzt, so sehr hat sich die Liebe seiner bemächtigt.« Als die Alte vollendet hatte, geriet Nur Alhuda in heftigen Zorn, schlug den Kopf eine Weile nieder, hob ihn dann wieder zur Alten hin und sagte: »Du verruchte Alte! Wer hat dir die Macht gegeben, uns einen Mann hierher zu bringen? Hast du je ein solches Beispiel erlebt? Bei meinem Haupte! Wärest du nicht meine Erzieherin und Dienerin, ich würde dich gleich mit ihm in erbärmlichster Weise umbringen lassen, daß deine Geschichte überall als Warnung diene. Doch geh jetzt und bring ihn schnell hierher, oder ich lasse dir den Kopf abschlagen, du Verdammte.« Die Alte ging ängstlich bebend fort und wußte nicht, ob sie im Himmel oder auf der Erde war und dachte: »Das ist ein Unglück, das mir Gott zugeschickt hat.« Als sie zu Hasan kam, sagte sie zu ihm: »O du, dessen Lebensziel herangenaht, steh auf! Die Königin will dich sprechen.« Auf dem Wege nach dem Schlosse hörte Hasan nicht auf, den Namen Gottes zu erwähnen und ihn um Beistand in seiner Bedrängnis anzuflehen, während die Alte ihn belehrte, wie er mit der Königin sprechen sollte, worauf er antwortete: »Wenn das göttliche Urteil gefällt ist, so wird der Hellsehende doch blind.« Im Schloß angelangt, warf sich Hasan vor der Königin, die verschleiert war, nieder, grüßte sie und sprach folgende Verse:

»Lang daure dir ein überschwengliches Glück, solange die Welt besteht; Gott vermehre stets deinen Ruhm und deine Macht und stehe dir gegen alle deine Feinde bei.«

Als Hasan diese Verse gesprochen hatte, gab die Königin der Alten durch einen Wink zu verstehen, sie möchte statt ihrer Hasan anreden. Da sagte die Alte: »Mein Sohn! Die Königin erwidert dir deinen Gruß und fragt dich, wie du heißt und wie deine Gattin und deine Kinder heißen?« Hasan antwortete: »O Königin der Zeit! Dein Sklave heißt Hasan, meine Heimat ist Baßrah, von meinen Kin-

dern heißt das eine Naßir und das andere Manßur, den Namen meiner Gattin aber weiß ich selbst nicht.« Hierauf fragte ihn die Königin selbst: »Aus welchem Orte hat deine Gattin deine Kinder entführt?« Hasan erwiderte: »Aus Bagdad, o Königin.« Hierauf fragte sie: »Was hat deine Gattin gesagt, als sie mit ihren Kindern davonflog?« Hasan antwortete: »Sie hat meiner Mutter gesagt: Wenn dein Sohn wiederkehrt und die Nächte der Trennung lang findet und sich nach mir sehnt, so soll er zu mir auf die Inseln Wak-Wak kommen.‹« »Dies beweist«, versetzte die Königin, »daß sie dich noch liebt. Wie kannst du glauben, sie sei dir nicht mehr zugetan? Wäre dies der Fall, so hätte sie dir ihren Aufenthaltsort nicht genannt und dich nicht aufgefordert, ihr dahin zu folgen.« Hasan antwortete: »O Herrin aller Könige, Zuflucht der Reichen und der Armen! Ich habe dir alles gesagt, wie es sich ereignet hat, und gar nichts verheimlicht, nun erflehe ich deinen Schutz; bei dem erhabenen Gott, habe Mitleid mit mir und verschmähe diese gute Tat und den Lohn vom Herrn nicht, lindere meinen Schmerz und erfreue mein Auge durch die Vereinigung mit meiner Gattin und meinen Kindern.« Nur Alhuda schüttelte lange den Kopf, endlich hob sie ihn ernst gegen Hasan hin und sagte: »Ich werde dir alle Mädchen von der Insel vorstellen und aus Mitleid zu dir deine Gattin dir wiedergeben, wenn du sie unter ihnen erkennst; findest du sie aber nicht, so lasse ich dich vor der Tür meines Schlosses hängen.« »Gern«, rief Hasan aus, »nehme ich diese Bedingung an, Königin der Zeit.« Er rezitierte dann folgende Verse:

»Ihr habt Liebesschmerz in mir erregt und seid selbst ruhig; ihr schlaft, während ihr meinen wunden Augen den Schlaf geraubt habt. Ihr habt mir Treue geschworen und wurdet treulos, als ich euch mein Herz geschenkt. Ich war ein Neuling in der Liebe, als ich mich euch hingab, seid nicht grausam gegen mich, sonst beklage ich mich über euer Unrecht. Fürchtet ihr nicht Gott, wenn ihr einen Liebenden tötet, der des Nachts die Sterne beobachtet, während andere

schlafen? Bei Gott! O meine Genossen! Wenn ich sterbe, so schreibt auf meinen Grabstein: ›Hier ruht ein Märtyrer der Liebe.‹ Vielleicht wird einer, der gleich mir die Liebe kennt, wenn er vorübergeht, mich grüßen.«

Nur Alhuda erteilte hierauf den Befehl, daß alle Mädchen ins Schloß kommen sollten; die Alte mußte sie Hasan hundertweise vorführen, bis zuletzt kein Mädchen in der Stadt übrig blieb, das Hasan nicht gesehen hätte. Die Königin fragte ihn dann: »Hast du deine Gattin gefunden?« und als er »Nein!« antwortete, geriet sie in heftigen Zorn und sagte zu der Alten: »Laß nun alle Mädchen aus dem Schlosse herkommen und stelle sie ihm vor.« Als auch diese ihm vorgestellt wurden und er seine Gattin nicht sah, zitterte die Königin Nur Alhuda vor Zorn und befahl den Leuten, die sie umgaben, Hasan wegzuschleppen und ihn zu enthaupten, damit ein andermal sich kein Fremder mehr erkühne, ihr Land zu betreten. Hasan wurde auf dem Gesicht fortgeschleppt, man verband ihm die Augen, hob die Schleppe seines Kleides in die Höhe und der Scharfrichter stand schon mit entblößtem Schwerte da und erwartete nur den Wink der Königin um ihn zu enthaupten; da trat die Alte hervor, ergriff die Schleppe der Königin, küßte die Erde vor ihr und sagte: »O Königin! Bei der Erziehung, die ich dir gegeben, übereile dich nicht! Du weißt, in welche Gefahr sich dieser arme Mann schon begeben und wievielen Leiden und Schrecknissen er schon getrotzt hat, weil das Auge des Himmels über ihm wachte, und ihm ein langes Leben bestimmt war. Nun ist er in dein Land gekommen im Vertrauen auf deine Gerechtigkeitsliebe, und du willst ihn töten lassen? Alle Reisenden werden dich eine Feindin der Fremden und eine Mörderin nennen. Übrigens fällt er ja immer deinem Schwert anheim, wenn seine Gattin sich später nicht findet, du kannst ihn ja immer noch umbringen lassen. Ich habe ihm nur in der Hoffnung auf deine Güte Schutz gegeben und weil ich auf deine Billigkeit und Gnade vertraute. Sieh nur, wie beredt er ist, wie er alle seine Gefühle in Versen auszudrücken weiß; seine Worte sind wie aneinandergereihte Perlen, und da er doch einmal hier ist und mit uns gegessen hat, so müssen wir ihn lieben und bedenken, wie schwer die Trennung ist; sie ist der Tod, besonders die von den Kindern. Du sollst indessen schuldlos an seinem Tode sein, wenn du ihm auch dein Antlitz zeigst; tust du das aber nicht, so laß mich nur mit ihm umbringen.« Die Königin sagte lächelnd: »Sollte ich etwa seine Gattin sein? Doch bringt ihn her!« Hasan wurde wieder zur Königin geführt, und als sie sich vor ihm entschleierte, stieß er ein lautes Geschrei aus und fiel in Ohnmacht. Die Alte pflegte ihn, bis er wieder zu sich kam; aber sobald er einen zweiten Blick auf die Königin warf, sank er wieder bewußtlos zu Boden.

Als Hasan sich durch die Pflege der Alten wieder erholt hatte, sah er der Königin wieder ins Gesicht und schrie so laut, das fast das Schloß zusammenstürzte. Auf die Frage der Alten, was dies bedeute, antwortete er: »Diese ist entweder selbst meine Gemahlin oder hat mit ihr die vollkommenste Ähnlichkeit.« Da sagte die Königin zur Erzieherin: »Der Mensch ist rasend oder er lügt; denn wie würde er sonst sagen, ich sei seine Gattin?« »Entschuldige ihn!« rief die Alte; »denn wer an Liebesqual leidet, für den gibt's kein Mittel mehr, der gleicht einem Rasenden.« Hasan weinte und sprach folgende Verse:

»Ich sehe ihr Ebenbild und zerfließe vor Sehnsucht, und vergieße heiße Tränen auf ihrem Wohnorte und bete zu dem, der mich mit ihrer Trennung heimgesucht, daß er mich wieder mit ihrer Vereinigung beglücke.«

Dann sagte Hasan, wieder zur Königin sich wendend: »Nein, bei Gott, du bist es nicht.« Die Königin sagte lachend: »Fasse dich, laß deine Tollheit und Raserei; sieh mich recht an und erkläre dich deutlicher, vielleicht ist deine Hilfe nahe.« Hasan sagte: »O Herrin aller Könige, Zuflucht der Reichen und der Armen! Ich habe dich wohl betrachtet und gefunden, daß du meine Gattin bist oder ihr vollkommen gleichst, was willst du mehr von mir wissen?« »Sage mir«, erwiderte die Königin, »worin hat deine Gattin Ähnlichkeit mit mir?«

Hasan antwortete: »Sie hat deine leuchtende Stirn, die Röte deiner Wangen, deinen hübschen Wuchs, deine süßen Worte, deine schöne Gesichtsbildung, deine lieblichen Augen, deinen blendendweißen Teint.« Als die Königin dies hörte, lächelte sie, schaukelte sich hin und her und warf einen wohlgefälligen Blick auf sich selbst; Schweißtropfen bedeckten ihre Stirn, ihre Wangen röteten sich, ihre Augenbrauen wölbten sich und ihre Augen sprühten Feuer; mit der größten Lebhaftigkeit sagte sie zur Alten: »Führe Hasan wieder in seine Wohnung zurück, dort bediene ihn selbst, bis ich über ihn ins Klare komme; denn ein Mann, der aus Liebe zu seiner Gattin so viel tut, verdient unsere Hilfe. Hast du ihn zurückgeführt, so komme schnell wieder zu mir, und so Gott will, wird alles zum Besten enden.« Die Alte ging hierauf mit Hasan in ihre Wohnung und befahl ihren Sklavinnen, alles zu tun, was er von ihnen verlange. Dann kehrte sie wieder zur Königin zurück, die ihr befahl, sich zu bewaffnen und mit 1000 wackeren Reitern sich zu ihrem Vater zu begeben, ihre jüngste Schwester zu grüßen und sie zu bitten, sie möchte den Kindern die Panzer anziehen, die ihnen ihre Tante geschenkt, und sie ihr schicken, denn sie sehne sich sehr nach ihnen, empfahl ihr aber, ja nichts von Hasan zu erwähnen. »Hast du einmal die Kinder bei dir«, fuhr die Königin fort, »so lade auch meine Schwester zu einem Besuche ein, eile du aber mit den Kindern voraus, sie mag langsam nachkommen. Nimm du auch einen anderen Weg, als sie, reise Tag und Nacht, halte dich keinen Augenblick auf der Reise auf und kehre so bald als möglich mit den Kindern zu mir zurück. Hüte dich aber wohl, einem Menschen etwas von deinem Auftrage zu sagen; ich schwöre dir dafür den heiligsten Eid, daß, wenn meine Schwester seine Gattin ist, ich sie ihm wiedergeben und mit ihren Kinder in seine Heimat reisen lasse. Ich will nun sehen, wenn die Kinder Ähnlichkeit mit ihm haben, so glaube ich ihm. Sage ihr, daß ich sie schon lange nicht gesehen habe, und ich mich nach ihr sehne. Du hast gehört, wie Hasan sagte, sie habe vollkommene Ähnlichkeit mit mir, und Gott weiß, daß eine Frau, wie sie beschrieben, keine andere als meine jüngere Schwester Manar Alnisa sein kann.« Die Alte traute diesen Worten und wußte nicht, daß sie beschlossen, Hasan töten zu lassen, wenn ihre Schwester nicht seine Gattin sein sollte. Sie küßte die Erde vor ihr, gab Hasan Nachricht von dem Befehle der Königin, und dieser, ganz außer sich vor Freude, küßte der Alten die Stirn; sie aber sagte: »Küsse mich nicht auf die Stirn, sondern auf den Mund, als Zeichen des Dankes für dein Heil.« Sie sagte ihm dann noch: »Sei heiter und frohen Mutes, mein Sohn, so Gott will, wirst du durch mich an dein Ziel gelangen.«

Die Alte bewaffnete sich dann, nahm 1000 ausgerüstete Streiter mit, stieg ins Schiff und fuhr in drei Tagen nach der Insel, wo der König mit Manar Alnisa residierte. Sie ließ ihre Truppen vor der Stadt lagern und ging allein zur Prinzessin Manar Alnisa, grüßte sie und sagte ihr: »Die Königin ist böse, daß du sie so selten besuchst.« Manar Alnisa ließ sogleich die Zelte zur Reise hervorholen und legte allerlei Geschenke für ihre Schwester zurecht. Auch der König, welcher von der Terrasse aus die Zelte vor der Stadt sah, und hörte, daß Nur Alhuda ihre Schwester Manar Alnisa zu sich eingeladen habe, ließ allerlei Kostbarkeiten aus seiner Schatzkammer holen, um sie ihr zu schicken, auch ließ er viele Truppen zu ihrer Begleitung ausrücken, denn er hatte eine besondere Vorliebe zu Manar Alnisa, Frauenlicht, welche die einzige Tochter ihrer Mutter war. Die anderen sechs Töchter waren von einer anderen Mutter. Die älteste hieß Licht der Leitung, Nur Alhuda, die zweite Morgenstern, die dritte Morgensonne, die vierte Perlenbaum, die fünfte Herzenserquickung und die sechste Mädchenkrone. Als die Alte die Vorbereitungen zur Reise sah, erschien sie wieder vor Manar Alnisa und küßte die Erde vor ihr, und auf ihre Frage, ob sie noch ein Anliegen habe, antwortete die Alte: »Deine Schwester bittet dich, deinen Kindern die Panzer anzuziehen, die sie dir geschickt hat, um sie mir mitzugeben, daß ich ihr dadurch die freudige Botschaft von deiner Ankunft bringe.« Als sie dies hörte, erblaßte sie, senkte ihr Haupt und sagte. »O meine Amme! Mein Herz bebt vor Angst.« »Fürchtest du für sie bei deiner Schwester?« fragte Schawahi; »bewahre Gott vor einem solchen Gedanken! Gott erhalte deinen Verstand! Doch ich zürne dir nicht. Die Liebe ist immer argwöhnisch; aber, gelobt sei Gott! Du kennst meine Zärtlichkeit gegen Kinder, ich habe dich ja auch einst erzogen und alle deine Schwestern. Ich werde auf deine Kinder acht geben und sie mit meinen Augen bedienen; ich werde ihnen meine Wangen als Teppich unterlegen und sie in meinem Herzen aufbewahren, du brauchst sie mir nicht zu empfehlen; sei nur guten Mutes und schicke sie deiner Schwester, ich werde höchstens ein oder zwei Tage vor dir ankommen.« Die Alte schwatzte noch lange so fort, bis Manar Alnisa aus Furcht, ihre Schwester zu erzürnen, ihr nachgab und trotz einer geheimen Ahnung ihre Kinder mit ihr schickte. Die Alte war sehr sorgsam für die Kinder, und reiste schnell mit ihnen fort und brachte sie ihrer Tante Nur Alhuda. Diese freute sich sehr mit ihnen, küßte sie, drückte sie an ihre Brust und setzte sich zwischen sie; dann sagte sie zur Alten: »Bring jetzt Hasan her; ich habe ihm meinen Schutz versprochen und er hat nichts von meinem Zorne zu befürchten, da er doch einmal meine Wohnung betreten und so viele Gefahren überstanden hat.« Die Alte sagte: »Ich will ihn holen, doch wenn er kommt und diese Kinder die seinigen nennt, so mußt du sie ihm geben, wenn nicht, so mußt du ihn unbeschädigt in seine Heimat zurückschicken.« Als die Königin dies hörte, rief sie zornig aus: »Woher kommt diese Liebe zu einem Fremdling, der es wagt, zu uns zu kommen und unsere Geheimnisse zu erforschen? Er wird dann erzählen, daß er uns unverschleiert gesehen hat und uns in seinem Lande einen schlechten Ruf machen. Alle Könige und Kaiser werden davon hören, alle Karawanen werden die Neuigkeiten umhertragen und selbst alle Kaufleute werden sagen: ›Es ist jemand auf die Inseln Wak-Wak gekommen und hat das Land der Zauberer, der Wahrsager, der Geister, der Vögel und der wilden Tiere glücklich durchstreift.‹ Das geschehe nie! Ich schwöre bei dem, der die Himmel gebaut, die Erde ausgedehnt und alles geschaffen und gezählt hat, wenn dies nicht seine Kinder sind, so schlage ich ihm selbst den Kopf ab.«

Nur Alhuda schrie dann die Alte an und befahl 20 Mamelucken, mit ihr zu gehen und ihr sogleich den jungen Mann zu bringen, der in Schawahis Hause sich aufhalte. Die Alte wurde blaß, ihre Achseln zitterten, alle ihre Gelenke waren gelähmt und kaum hatte sie Kraft genug, mit den Mamelucken in ihr Haus zu gehen. Als Hasan sie sah, stand er auf und grüßte sie, sie aber erwiderte seinen Gruß nicht, sondern sagte ihm: »Habe ich dich nicht lange genug gewarnt, warum hast du mir kein Gehör geschenkt und mich mit in dein Elend gezogen? Nun geh, die treulose Verräterin will dich sprechen.« Hasan stand mit zerknirschtem Herzen auf und rief, am Leben verzweifelnd: »O Herr des Friedens, rette mich! O Gott, sei gnädig in der über mich verhängten Heimsuchung, o Allbarmherziger.« Er ging dann in der Mitte von 20 Mamelucken, einem Pförtner und der Alten, zur Königin und sah, wie sie mit seinen beiden Kindern, Naßir und Manßur, spielte.

So viel, was Nur Alhuda und Hasan angeht; was aber Manar Alnisa betrifft, so wollte diese am folgenden Morgen sich auf den Weg machen, als ein Pförtner des Königs ihr sagte: »Der König grüßt dich und wünscht dich bei sich zu sehen.« Ihr Vater ließ sie, als sie mit dem Pförtner vor ihm erschien, auf das Sofa an seine Seite sitzen und sagte zu ihr: »Wisse, meine Tochter, ich habe diese Nacht einen Traum gehabt, der mir Besorgnisse für dich einflößt.« »Was hast du im Traume gesehen?« fragte die Prinzessin. »Ich habe im Traume eine Schatzkammer gesehen, angefüllt mit Perlen und Edelsteinen, doch von allen Kostbarkeiten gefielen mir nur sieben Perlen. Von diesen sieben wählte ich die kleinste, welche die schönste und klarste war; sobald ich aber, glücklich, sie zu besitzen, sie in die Hand nahm, da kam ein Vogel aus einem fremden Lande vom Himmel heruntergestürzt, nahm mir die Perle weg und kehrte wieder dahin zurück, wo er hergekommen war. Dies machte mich so traurig, daß ich erwachte und noch wachend den Verlust der Perle bedauerte. Ich ließ daher die Traumdeuter rufen und erzählte ihnen meinen Traum. Sie sagten mir: ›Du wirst die jüngste deiner sieben Töchter verlieren und zwar wird sie dir mit Gewalt entrissen werden‹; diese bist du, meine Teuerste, und nun willst du zu deiner Schwester reisen; wer weiß, was dir zustoßen kann. Gehe also nicht, kehre wieder in dein Schloß zurück.« Als Manar Alnisa die Worte ihres Vaters hörte, klopfte ihr das Herz vor Angst für ihre Kinder; sie beugte eine Weile den Kopf, hob ihn dann wieder gegen den König auf und sagte: »O edler König und mächtiger Herr! Die Königin Nur Alhuda hat mich eingeladen und erwartet mich jede Stunde, denn sie hat mich schon in vier Jahren nicht gesehen; wenn ich nicht zu ihr reise, wird sie böse werden; mache dir nur keine Sorge um meinetwillen; das Höchste ist, daß ich einen Monat von hier abwesend sein werde, dann kehre ich, so Gott will, wieder. Wer erreicht denn dieses Land? Wer betritt die Kampferinseln und die kristallene Zitadelle, wer durchwandert die Inseln der Vögel, Tiere und Geister? Sei nur ruhig, niemand kann unser Land betreten.« So sprach sie fort, bis ihr der König erlaubte, abzureisen, und ihr 1000 Reiter als Geleit mitgab, denen er befahl, auf sie zu warten und sie wieder zu ihm zurückzubringen. Dabei erteilte er ihnen auch den Befehl, die Prinzessin nur zwei Tage bei ihrer Schwester zu lassen. Manar Alnisa nahm dann mit beklommenem, ahnungsvollem Herzen vom König Abschied, dessen Worte tiefen Eindruck auf sie gemacht hatten, und reiste aus Besorgnis um ihre Kinder, ohne sich irgendwo aufzuhalten, drei Tage und drei Nächte durch,

bis sie an den Fluß kam, den sie mit ihren Sklaven und Dienern und Vezieren überschritt, um in das Schloß ihrer Schwester zu gelangen.

Folgendes hatte sich inzwischen mit Hasan, der schon früher zu Nur Alhuda geführt wurde, zugetragen. Sobald er seine Kinder sah, fiel er bewußtlos nieder, aber auch in seinen Kindern regte sich die kindliche Liebe; sie entwischten aus dem Schoße ihrer Tante und fielen über Hasan her, und der erhabene Gott legte ihnen die Worte: »O Vater!« in den Mund. Die Alte und die Anwesenden, bis zu Tränen gerührt, riefen: »Gelobt sei Gott, der die Getrennten wieder vereinigt hat!« und Hasan, wieder zum Bewußtsein zurückgeführt, umarmte seine Söhne und drückte seine Freude in zierlichen Versen aus. Wir aber beten für unsern Herrn Mohammed, den Meister der Wundertaten.

Als Nur Alhuda sich überzeugt hatte, daß Hasan Vater dieser Kinder und Gatte ihrer Schwester war und sie jetzt aufsuchte, zürnte sie ihrer Schwester sehr, auch Hasan überhäufte sie mit Schmähungen, und trat ihn mit Füßen, bis er umfiel. Dann sagte sie zu ihm: »Steh auf und rette schnell dein Leben, denn hätte ich nicht geschworen, daß dir nichts Schlimmes widerfahren dürfe, wenn deine Worte sich bestätigten, so wäre deinem Leben von meiner eigenen Hand schon ein Ende gesetzt.« Sie schrie dann die Alte so heftig an, daß sie zu Boden fiel, und sagte ihr: »Bei Gott! Müßte ich nicht meinen Eid brechen, ich hätte dich mit ihm auf die schlimmste Weise umgebracht. Geh jetzt schnell in deine Heimat zurück«, sagte sie, wieder zu Hasan sich wendend, »denn ich schwöre, wenn ich dich wieder sehe, schlage ich dir und dem, der dich herbringt, den Kopf ab.« Sie ließ dann Hasan von ihren Sklavinnen wegführen. Hasans Verzweiflung war jetzt größer als jemals; er sah die Unmöglichkeit ein, länger auf diesen Inseln zu verweilen, und wußte auch nicht, auf welche Weise er wieder seine Heimat erreichen könnte. Indessen dachte er immer an seine Gattin und richtete folgende Verse an sie:

»Du hast dich entfernt und bist doch meinem Herzen so nahe. Bei Gott, ich werde dich nie aufgeben, bei allem Mißgeschick will ich doch in meiner Liebe ausharren. Ich konnte einst keine Stunde von dir getrennt leben, wie soll ich eine Abwesenheit von Monaten ertragen? Ich bin eifersüchtig auf den Zephyr, der dich anweht, o du Holde, Schöne!«

Als Hasan diese Verse vollendet hatte, entfernte er sich vom Schlosse, aus dem man ihn auf dem Gesichte hinausgeschleppt hatte, stolperte aber immerfort über seine Schleppe und konnte nach solcher Mißhandlung kaum an seine Rettung glauben. Die Alte war höchst betrübt um seinetwillen, doch konnte sie der Königin in ihrem Zorne nicht widersprechen, Hasan wußte nicht, wohin sich wenden und was beginnen, und die weite Erde schien ihm zu eng. Indessen, obschon Hasan niemanden hatte, den er um Rat fragen konnte, führte ihn doch die Bestimmung ans Ziel seiner Wünsche. Er selbst hatte zwar alle Hoffnung auf ein glückliches Entkommen schon aufgegeben, denn wie wollte er alle jene Wege, auf welchen er gekommen war, wieder allein zurücklegen? Auch für seine Kinder und seine Gattin fing er an zu fürchten, weil er nicht wußte, was ihnen von der Königin bevorstehe. Jetzt erst bereute er es, in dieses Land gekommen zu sein und keinen Rat angenommen zu haben, und sprach folgende Verse:

»Laßt mein Auge über den Verlust meiner Geliebten weinen! Denn mein Schmerz ist so groß, daß es keinen Trost für mich gibt. Die Trennungskelche machten die Runde, ich mußte sie ausschlürfen, und was ist herber als der Verlust der Geliebten? Sagt mir, wann wird der Teppich des Unwillens, der zwischen uns ausgebreitet ist, wieder aufgehoben werden? Ich wachte, während ihr schliefet, ihr glaubtet, ich habe euch vergessen, während ich trostlos bin. Mein Herz ist verwundet vom Trennungsschmerz; und ihr, mein Arzt, versagt mir die Heilung. Seht ihr nicht, in welche Lage mich eure Entfernung gebracht? Ich demütige mich vor den Würdigen und dem Unwürdigen. Sorgsam hatte ich meine Liebe verborgen, doch die Tränen haben sie bekannt gemacht und mein Herz verzehrt sich in Liebesflamme. Habt Mitleid mit mir, denn ich bin dem Bündnisse treu geblieben, öffentlich und innerlich. Wird wohl das Schicksal uns einst wieder vereinen? Du bist wohl ein Teil meiner selbst, und meine Seele ist eng mit der deinigen verbunden. Darum, Geliebte, gib mir bald Nachricht und heile die Trennungswunde, die du mir geschlagen!«

Hasans Gattin, welche einige Tage nach dieser Begebenheit bei ihrer Schwester anlangte, fand ihre Kinder weinend und immer ihren Vater rufend. Sie drückte ihre Kinder, selbst weinend, an ihr Herz und sagte ihnen höchst bestürzt: »Wie fällt euch jetzt euer Vater ein? Ich habe mir das selbst angetan, ich habe selbst mein Haus verwüstet. Bei Gott, wüßte ich ihn noch beim Leben, ich würde euch zu ihm führen.« Sie seufzte dann, vergoß viele Tränen der Reue über ihre Flucht und der Sehnsucht nach ihrem Gatten, und sprach folgende Verse:

»O mein Freund! Trotz der Entfernung liebe ich dich doch noch immer; stets wendet sich mein Auge nach deiner Wohnung, und mein Herz ist voller Erinnerung an die Vergangenheit. Wie manche Nacht haben wir selig beisammen zugebracht, voller Zärtlichkeit und Liebesfreude.«

Da Nur Alhuda aus diesen Versen schloß, daß die alte Liebe sich wieder ihrer Schwester bemeistert hatte, stand sie zornig auf und schlug ihr so derb ins Gesicht, daß sie zu Boden stürzte; hierauf schimpfte sie sie auf die gemeinste Weise und sagte: »Bei Gott, jetzt sehe ich erst, daß du in Wahrheit diesen hergelaufenen Mann geliebt hast. Konntest du denn keinem Prinzen, keinem Veziersssohne, keinem jungen Emir deine Liebe schenken? Wie konnte dir dieser gemeine Mann so gefallen, daß du dich ihm ganz hingabst und zwei Kinder von ihm gebarst? Aber, du Nichtswürdige, ich werde dich und deine Kinder auf deiner Brust schlachten; doch zuerst will ich dich aufs Schmerzlichste peinigen, und so wie du unsere Ehre nicht geschont hast, werde ich dein Fleisch schonungslos zerreißen und es dir zu essen geben; auch deinem Vater will ich deine Schandtat erzählen.« Sie ließ sie dann gebunden auf den Boden hinstrecken, schob ihre Ärmel zurück, fiel mit einem Stock über sie her und ließ keine Stelle an ihrem ganzen Körper, die sie nicht durchprügelte, bis sie ganz leblos liegen blieb. Sie ließ sie dann in eine Grube werfen, in welcher Schlangen und Skorpione waren; statt der goldenen Ringe ließ sie ihr eine schwere eiserne Kette anlegen, statt ihrer kostbaren Kleider ganz zerlumpte anziehen; sogar ihren Kopfputz ließ sie ihr abnehmen. Nachdem sie eine Wache vor die Grube beordert hatte, durchmusterte sie die Geschenke ihres Vaters und ihrer Schwester, nahm einen Teil davon heraus und legte das übrige in ihre Schatzkammer. Hierauf schrieb sie ihrem Vater: »Wisse, daß deine Tochter einen hergelaufenen Mann von Irak geliebt und von ihm zwei Kinder geboren hat. Sie liebt ihn noch und wollte ohne dein Wissen zu ihm reisen; so wenig liegt ihr an unserer Ehre und deinem makellosen Rufe. Eine solche Dirne verdient nicht länger zu leben; darum habe ich, sobald ich ihre Absicht zu entfliehen, kannte, sie einsperren lassen, bis ich dich um Rat gefragt, was mit ihr und ihren Kindern geschehen soll, damit diese Schande nicht für ewige Zeiten auf uns hafte.« Diesen Brief schickte sie mit den Truppen, die ihre Schwester zu ihr begleitet hatten, fort, und befahl ihnen, ihr schnell wieder Antwort zu bringen. Sobald der König den Brief gelesen hatte, antwortete er darauf seiner Tochter: »Wenn das, was du mir geschrieben, erwiesen ist, so verfahre mit Manar Alnisa, wie es dir gutdünkt, ich überlasse dir diese Sache; entscheide, wie du willst. Friede sei mit uns!« Als die Königin diesen Brief wieder erhielt, ließ sie ihre Schwester zu sich führen; diese schwamm in ihrem Blute, hatte ein härenes Gewand an, war mit schweren eisernen Ketten beladen und auf ihrem Gesicht war die tiefste Demütigung und Verzweiflung zu lesen. Als sie sich in solcher Erniedrigung sah und an ihr früheres angenehmes Leben und an ihr früheres Ansehen dachte, sprach sie folgende Verse:

»Habt Mitleid mit der einst Geehrten, die jetzt im Kerker schmachtet mit schweren Ketten, gepeinigt und verhöhnt. Wer vermag bei so langer Trennung mein Herz zu trösten? Könnte ich doch vor Schmerz sterben! Wie leicht wäre mir der Tod. O Schicksal, das uns einst so günstig war, wie lange wirst du noch Trennung über uns verhängen?«

Nur Alhuda, bei der jedes Mitleidsgefühl gegen ihre Schwester erloschen war, spie vor ihr aus, ließ sie auf eine hölzerne Leiter hinstrecken und mit ihren Haaren daran festbinden, und befahl ihren Dienern, sie zu prügeln. Manar Alnisa weinte laut und schrie um Hilfe, doch niemand kam, sie zu befreien. Sie sagte dann: »O Schwester! Bist du auch gegen mich hartherzig, so habe doch mit diesen kleinen Kindern Mitleid.« Aber Nur Alhuda wurde durch diese Worte nur noch mehr aufgebracht, schalt ihre Schwester eine Buhlerin und sagte: »Gott erbarme sich dessen nicht, der mit dir Mitleid fühlt!« »Und was habe ich denn verbrochen, daß du so gegen mich verfährst?« fragte Manar Alnisa; »ich rufe den Herrn der Erde und des Himmels als Zeugen an, daß ich mich gesetzmäßig verheiratet habe, ich verdiene daher die Schmach nicht, die du auf mich häufst; ich habe nie ein unsittliches Leben geführt. Gott weiß, daß ich die Wahrheit rede.« Als die Königin dies hörte, sage sie: »Du wagst es noch, dich zu rechtfertigen?« fiel dann selbst über sie her und schlug sie, bis sie in Ohnmacht fiel. Man mußte sie lange mit Wasser bespritzen, bis sie wieder zu sich kam. Endlich brach sie in folgende Verse aus:

»Wenn ich schuldig bin und ein Unrecht begangen habe, so bereue ich es und bitte um Gnade.«

Nur Alhuda schrie voller Wut ihre Schwester an: »Du Dirne, wagst es noch, dich in meiner Gegenwart bei deinem Geliebten in Versen zu entschuldigen, daß du ihn verlassen hast und in deine Heimat zurückgekehrt bist?« Sie ließ sich dann eine Rute bringen, schob die Ärmel zurück und schlug sie wieder auf den Rücken, auf den Leib, auf die Schultern und den ganzen übrigen Körper, dann ruhte sie sich ein wenig aus, fiel aufs Neue über sie her, bis sie kein Lebenszeichen mehr von sich gab. Als die Alte dies sah, ging sie weinend fort und verwünschte die Königin. Diese hörte es aber, ließ sie durch ihre Diener ergreifen und auf den Boden werfen, nahm eine Peitsche und schlug sie auch, bis die in Ohnmacht fiel; dann ließ sie sie bewußtlos von den Dienern wieder fortschleppen. Das ist's, was die Königin, ihre Schwester und die Alte angeht; nun, sagt der Erzähler, höre, was inzwischen mit Hasan sich ereignete. Dieser hatte mühsam sich bis vor das Tor der Stadt geschleppt und war so in seinem Inneren zerrüttet, daß er den Tag nicht mehr von der Nacht zu unterscheiden wußte. Außerhalb der Stadt ruhte er unter einem Baume aus, weinte über seine Verlassenheit und rezitierte folgende Verse:

»Laß der Bestimmung nur die Zügel frei und bekümmere dich um nichts, wenn auch die Unglücksfälle dich überfallen; denn in dem Augenblick, wo du darüber dich entsetzest, kann Gott schon alles wieder geändert haben.«

Als Hasan diese Verse gesprochen hatte, schöpfte er wieder neue Hoffnung auf Rettung und Vereinigung, als er aber einige Schritte in der einsamen, gefahrvollen Wüste gemacht hatte, kehrte seine Verzweiflung wieder, und er rezitierte folgende Verse:

»O Zephyr, wenn du durch das Land meiner Geliebten wehest, so grüße sie und sage ihr, daß ich ein Sklave der Liebe bin und daß meine Pein jede andere übertrifft, vielleicht bringst du mir ihren Hauch wieder und belebst damit ein stets betrübtes Herz.«

Er entfernte sich dann vom Baume und ging den Fluß entlang. Da sah er zwei Knaben von den Söhnen der Zauberer und Weissager miteinander streiten; vor ihnen lag ein kupferner Zepter, auf welchem allerlei Talismane gestochen waren, und eine kleine lederne Mütze, deren oberer Teil aus drei Stücken zusammengesetzt war, auf welchem in Stahl Namen und Siegel gestochen waren. Hasan trat zwischen sie und fragte, warum sie einander so schlügen? »O Herr«, sagte der Älteste, »da Gott dich hierher geführt hat, so richte du zwischen uns! Wir sind zwei Zwillingsbrüder, unser Vater war einer der mächtigsten Zauberer dieses Landes; er hat diese Höhle hier bis zum seinem Tode bewohnt und hat uns diesen Zepter und diese Mütze hinterlassen; nun will jeder von uns diesen Zepter haben; ich bin aber zuerst auf die Welt gekommen, entscheide also!« Als Hasan dies hörte, sagte er: »Was ist wohl der Unterschied zwischen beiden? Der Zepter ist höchstens sechs Kupfermünzen wert und die Mütze nicht weniger als drei.« Da sagte der Jüngere: »O Herr, du kennst ihren Wert nicht.« »Nun, worin besteht denn ihr Wert?« fragte Hasan. Sie antworteten: »Es ist ein wunderbares Geheimnis darin verborgen; der Zepter und die Mütze sind soviel wert, als der ganze Ertrag der Inseln Wak-Wak.« »Erklärt euch deutlicher« sagte Hasan, und sie fuhren fort: »Unser Vater hat 135 Jahre gelebt, bis er in den vollen Besitz dieser Kleinodien gelangte und durch geheime Talismane und Zeichnungen nach dem kreisenden Firmamente sie zu seinem Dienste verpflichtete. Aber als er am Ziel seiner Bemühungen war, erreichte ihn der Tod. Was nun die Mütze angeht, so macht sie jeden, der sie aufsetzt, unsichtbar; der Zepter aber verleiht dem, der ihn besitzt, die Oberherrschaft über die sieben Klassen Genien, und sobald er damit auf den Boden schlägt, werden ihm ihre Häupter wie ihre Unteren dienstbar.« Als Hasan dies hörte, beugte er eine Weile den Kopf zur Erde und dachte: »Wahrhaftig ich bedauere diese Kinder, doch bedarf ich jetzt dieser Gegenstände eher als sie, um mich, meine Frau und meine Kinder aus der Hand dieser gewalttätigen Nur Alhuda und aus diesem furchtbaren Lande zu befreien. Gewiß hat der erhabene Gott sie daher getrieben als Mittel zu meiner Rettung.« Er hob dann das Gesicht zu ihnen empor und sagte: »Ich will sehen, wer von euch am schnellsten laufen kann, der soll den Zepter haben; wollt ihr meine Entscheidung gelten lassen?« Als sie einwilligten, nahm Hasan einen feinen Stein und schleuderte ihn so weit, daß man ihn gar nicht mehr sah; während aber die zwei Knaben danach um die Wette liefen, setzte er die Mütze auf, nahm den Zepter in die Hand und stellte sich auf einen anderen Platz, um zu sehen, ob sie wirklich eine besondere Tugend besitzen. Die Kinder kamen zurück, aber der kleinere, welcher mit dem Steine zu Hasan laufen wollte, fand keine Spur mehr von ihm; und einer fragte den andern: »Wo ist unser Richter hingekommen? Ist er in den Himmel gestiegen oder in die Erde versunken?« Sie suchten lange und fanden ihn nicht, obschon Hasan auf dem eingenommenen Platze stehen geblieben war. Sie schalten dann einander und sagten: »Nun ist beides verloren und keiner von uns hat weder Zepter und Mütze; das hat unser Vater vorausgesagt«; und hierauf kehrten sie wieder zur Stadt zurück. Auch Hasan, als er von der Eigenschaft der Mütze überzeugt war, ging wieder in die Stadt, ohne daß ihn jemand sah, und verfügte sich aufs Schloß ins Zimmer der Alten. Da er sie überraschen wollte, näherte er sich einem Simse über ihrem Haupte, worauf allerlei Glas und Porzellan aufgestellt war, schüttelte daran und warf etwas davon auf den Boden. Die Alte erschrak, schlug sich ins Gesicht, stand auf und sagte: »Ich glaube, die Königin Nur Alhuda hat einen Teufel gegen mich geschickt; ich bete aber zu dem erhabenen Gott, daß er mich und den armen fremden Hasan vor ihrem Zorne schütze; denn wenn sie gegen ihre Schwester, die ihr Vater von

Herzen liebt, so verfährt, wie wird sie erst gegen Fremde sein? Ich beschwöre dich beim allgnädigen, erhabenen, mächtigen Herrn und bei dem, was auf Salomons Siegel geschrieben ist, antworte mir, du unsichtbarer Geist!« Hasan antwortete: »Ich bin kein Teufel, ich bin der verzweifelte, unglücklich liebende Hasan.« Er zog dann seine Mütze ab und die Alte erkannte und grüße ihn, und bat ihn, ihr zu erzählen, wie er auf einmal sich unsichtbar machen konnte.

Als Hasan der Alten sein Zusammentreffen mit den Kindern erzählt hatte und den Zepter und die Mütze zeigte, freute sie sich sehr und sagte: »Gelobt sei Gott, der tote Gebeine, wenn sie schon zu Staub geworden, wieder belebt. Bei Gott! Es wäre um dich und deine Gattin geschehen gewesen. Nun kenne ich diese Kleinodien; der Mann, der sie gemacht, war mein Meister in der Zauberkunst und hat 135 Jahre gebraucht, bis er diesen Zepter und diese Mütze verfertigte und ist dann gestorben, als sie fertig waren. Auch habe ich gehört, wie er seinen

Kindern sagte: ›Diese Schätze sind nicht für euch, ein fremder Mann wird sie euch mit Gewalt entreißen, ohne daß ihr es merket.‹ Die Kinder sagten hierauf: ›O Vater, sage uns, wie er sie uns nehmen wird.‹ Und er antwortete: ›Das ist längst in geheimer Wissenschaft so beschlossen, ich weiß selbst nicht, auf welche Weise.‹

Nun«, fuhr die Alte fort, »bist du im Besitze deiner Gattin und deiner Kinder. Höre, was ich dir sage: Ich mag bei dieser Ruchlosen, die meine Ehre so geschändet hat, nicht länger bleiben. Ich werde in die Zauberhöhle gehen und dort bei dem Zauberern mein Leben beschließen; du aber, mein Sohn, setze die Mütze auf, nimm den Zepter in die Hand, geh zu deiner Gattin und befreie sie von ihren Ketten; schlage nur mit dem Zepter auf die Erde und sage: ›Erscheinet, ihr Diener dieser Talismane!‹ Und wenn dann einer von den Häuptern der Genien sich dir naht, so befiehl ihm, was du willst.« Hasan nahm dann Abschied von ihr, setzte die Mütze auf, nahm den Zepter in die Hand und ging in das Gemach, wo seine Gattin war; er fand sie regungslos auf eine Leiter gestreckt und mit den Haaren festgebunden. Ihre Augen waren rotgeweint, ihr Gesicht war ganz entstellt und ihre Kinder spielten unter der Leiter.

Als Hasan seine Gattin in diesem erbärmlichen Zustande sah, weinte er, und als er seine Kinder wahrnahm, zog er seine Mütze ab. Da schrien die Kinder: »O unser Vater!« Hasan setzte schnell die Mütze wieder auf, so daß seine Gattin über den Ausruf der Kinder erstaunte und, da sie niemanden erblickte, sie fragte: »Wie fällt euch jetzt euer Vater ein?«

Sie weinte dann so heftig, daß die Tränen in zwei Bächen von ihr strömten und den Boden tränkten, und auf ihren Wangen waren zwei schwarze Furchen von den Tränen sichtbar, denn sie hatte nicht einmal eine Hand frei, um sie zu trocknen. Die Mücken sättigten sich nach Lust an ihrem Körper und niemand störte sie. Hasan zeigte sich dann den Kindern abermals, indem er die Mütze abnahm, und sie schrien wieder: »O Vater!« Manar Alnisa weinte noch heftiger und sagte: »Wie fällt auch auf einmal euer Vater ein?« Dann sprach sie folgende Verse:

»Der leuchtende Mond ist nicht mehr im Hause, drum, mein Auge, laß deine Tränen reichlich fließen. Er ist fern von mir, wie soll ich mich nun fassen? Wo Mut und Kraft schöpfen? O mein Geliebter! Immer bist du noch meinem Herzen nahe und immer frage ich, wann werde ich dich wiedersehen? Ich will alles vergessen, wenn er nur wiederkehrt und Mitleid zeigt mit meinem Schmerze und meinen Tränen. Meine Sehnsuchtsglut lodert so heftig, daß alle Tränenwolken, die sich darüber ergießen, sie nicht löschen können.«

Hasan konnte nun nimmer länger seine Gattin so leiden lassen, und nahm daher seine Mütze herunter, um sich ihr sichtbar zu machen. Als sie ihn erkannte, schrie sie, daß fast das Schloß zusammenstürzte; dann sagte sie: »Wie bist du hierher gekommen? Vom Himmel oder von der Erde?« Sie weinte dabei so heftig, daß Hasan mit ihr weinen mußte. Sie sagte dann: »Wir haben jetzt keine Zeit zu weinen, oder uns Vorwürfe zu machen und viel zu reden. Das Schicksal hat entschieden und unsere Augen wurden blind und die Feder hat nach Gottes Ratschluß aufgeschrieben. Nun beschwöre ich dich bei Gott, rette dein Leben, ehe dich jemand erblickt, sonst ist's um uns beide geschehen.« Hasan antwortete:

»Bin ich nicht mit Lebensgefahr hierher gekommen? Nun will ich sterben oder mit dir und meinen Kindern, trotz deiner ruchlosen Schwester, zurückreisen.« Als sie dies hörte, sagte sie lächelnd: »Mich kann nur der erhabene Gott retten, sorge du aber für deine Erhaltung und stürze dich nicht selbst in den Abgrund; hier ist eine mächtige Armee, mit der sich niemand messen kann, und könntest du auch mit mir und meinen Kinder aus dieser Stadt entfliehen, wie willst du von diesem entlegenen Lande in deine Heimat kommen? Mache dich daher schnell auf, verlasse mich und füge nicht neuen Kummer zu dem meinigen.« »Bei meinem Leben, o Licht meiner Augen«, versetzte Hasan, »ich werde dieses Schloß nicht ohne dich verlassen, sondern dich den Feinden zum Trotze mitnehmen.« »Wie kannst du das?« fragte sie, »wie willst du über Geister und Zauberer gebieten?« Er antwortete: »Mit dieser Mütze und diesem Zepter rette ich dich«, und erzählte ihr hierauf die Geschichte mit den Kindern.

Da trat plötzlich die Königin zu ihnen ins Zimmer, und Hasan hatte kaum noch Zeit genug, sich durch das Aufsetzen der Mütze unsichtbar zu machen. »Mit wem hast du gesprochen?« fragte sie ihre Schwester. Manar Alnisa antwortete: »Mit wem anders als mit diesen Kindern?« Nur Alhuda fiel mit einer Peitsche über sie her, bis sie in Ohnmacht fiel, dann ließ sie sie in ein anderes Zimmer schleppen und ging fort.

Als Manar Alnisa von ihren Wächtern verlassen wurde, nahm Hasan die Mütze ab. Da sagte ihm Manar Alnisa: »Sieh, was mir widerfährt, es ist alles Folge meines Ungehorsams gegen dich, zürne mir nur nicht, daß ich dich verlassen habe, das Weib erkennt den Wert des Mannes erst nach der Trennung von ihm. Ich habe schwer gesündigt und flehe Gottes Gnade an.« Hasan erwiderte: »Du hast nicht gefehlt, ich bin der Schuldige, weil ich von dir weggereist bin und dich bei Leuten zurückgelassen habe, die deinen Wert nicht kannten. Wisse nun, Geliebte meines Herzens, ich werde dich diese Nacht abholen und mit dir abreisen.« Sie weinte heftig und ihre Kinder weinten mit ihr, und die Mädchen, welche hinzutraten und Hasan nicht sahen, bemitleideten ihre Herrin und verwünschten die Königin.

Hasan wartete bis die Nacht heranbrach und die Wächter Manar Alnisa verlassen hatten. Dann umgürtete er sich, band sie los, nahm seinen ältesten Sohn auf den Arm und verließ mit seiner Gattin, welche den Jüngeren trug, unter Gottes Schutz das Schloß.

Als sie aber zum Schlosse hinaus wollten, fanden sie das Tor von außen geschlossen, da gaben sie alle Hoffnung auf eine glückliche Fahrt auf und Hasan rief bestürzt: »Es gibt keinen Schutz und keine Macht, außer bei Gott, dem Erhabenen! Alles habe ich voraus berechnet, nur das nicht; nun wird es Tag werden und wir fallen wieder in die Hand unserer Feindin; was ist da zu tun?« Da sagte seine Frau: »O Hasan! Wir wollen uns selbst töten, um einmal Ruhe zu finden und nicht neuen Qualen entgegenzugehen.« Während sie so sprachen, sagte jemand von außen: »Bei Gott! Ich öffne euch, wenn ihr mir meine Bitte gewährt.« Als sie von außen angeredet wurden, fürchteten sie sich noch mehr und wollten wieder in ihr Gemach zurückgehen. Da rief dieselbe Stimme wieder:

»Warum antwortet ihr mir nicht?« Hasan erkannte jetzt die Stimme der Alten und rief ihr voller Freude zu: »Öffne mir, dein Wille geschehe, es ist keine Zeit zum Sprechen.« Aber sie erwiderte: »Bei Gott! Ich öffne nicht, oder ihr müßt mir schwören, daß ihr mich mit euch nehmen wollt, denn ich mag nicht länger bei dieser ruchlosen Königin bleiben, ich will euer Schicksal teilen, mit euch gerettet werden oder umkommen, denn diese Dirne erschreckt mich jeden Augenblick um euretwillen; und du, meine Herrin, weißt doch, in welchem Ansehen ich bei dem König stehe.« Da schworen sie der Alten, daß sie sie mitnehmen wollten. Als das Tor aufging, sahen sie die Alte auf einem großen roten Löwen sitzen, um dessen Hals ein Strick von Palmenfasern gewunden war, und der sich unter ihr schneller als der Wind herumtummelte. Sie sagte ihnen, indem sie sich vor sie hinstellte: »Folgt mir und fürchtet nichts! Ich habe 40 Kapitel von der Zauberkunst auswendig gelernt. Das geringste davon genügt mir, um vor Tagesanbruch diese Stadt in ein wogendes Meer und alle Mädchen, die darin sind, in Fische zu verwandeln. Doch wagte ich es nicht, einen solchen Zauber zu gebrauchen, aus Furcht vor dem König; aber ihr sollt nun Wundertaten von mir sehen, kommt nur schnell!« Hasan und seine Gattin folgten der Alten zur Stadt hinaus. Da schlug Hasan mit seinem Zepter auf die Erde und sagte: »Ich beschwöre euch, ihr Diener dieser Talismane, erscheinet und gehorchet meinem Willen!« Sogleich spaltete sich die Erde und es traten zehn Geister hervor, so groß, daß ihre Füße den Boden berührten und ihr Kopf die Wolken spaltete. Sie verbeugten sich dreimal vor Hasan und sagten: »Was beliebt unserem Herrn und Gebieter? Wir sind bereit, alles für dich zu tun; forderst du mit Gottes Erlaubnis, daß wir die

Meere austrocknen oder Berge versetzen?« Hasan war sehr erfreut über diese Worte, welche ihn in seinem Vorhaben bestärkten. Er fragte sie: »Wie heißt ihr? Wer seid ihr? Zu welchem Stamme und zu welcher Familie gehört ihr?« Sie antworteten ihm einstimmig: »Wir sind zehn Könige, jeder von uns gebietet über sieben Stämme Djinnen und Teufel, welche Berge und Wüsten und Meere bewohnen; du kannst uns befehlen, was du willst, wir sind Sklaven dessen, der den Zepter besitzt, den du in der Hand hast.« Als Hasan dies hörte, freute er sich noch mehr und sagte: »Zeiget mir einmal eure Truppen und Hilfsgenossen.« »O unser Herr«, versetzten sie, »wir fürchten für dich und die, welche bei dir sind, denn unsere Leute sind sehr zahlreich und haben allerlei Gestalt, Gesicht und Farbe, die einen haben einen Kopf ohne Leib, die anderen einen Rumpf ohne Kopf; viele gleichen wilden, reißenden Tieren. Drum wollen wir dir nur die Anführer der wilden Tiere und die Obersten der Truppen zeigen. Doch was willst du sonst von uns?« Hasan antwortete: »Ihr sollt mich, meine Gattin, meine Kinder und diese fromme Frau sogleich nach Bagdad tragen.« Da fragten die Geister: »Auf welche Weise sollen wir dich dahin bringen?« Hasan antwortete: »Auf euren Rücken sollt ihr uns tragen und so schnell fliegen, daß wir vor Tagesanbruch in Bagdad eintreffen.« Die Geister beugten lange den Kopf zur Erde, und als Hasan sie fragte, warum sie nicht antworteten, sagten sie: »O unser Herr und Gebieter! Bei dem höchsten Namen, bei dem Bunde Salomos, des Propheten Gottes, Friede sei mit ihm!, wir haben gelobt, niemals einen Menschen auf unserem Rücken zu tragen; aber wir wollen dir gesattelte Djinnenpferde bringen, die euch schnell in eure Heimat bringen werden.« »Wie weit ist denn von hier nach Bagdad?« fragte

Hasan. »Sieben Jahre hat ein wackerer Reiter daran zu reisen«, antworteten die Geister. Hasan war sehr erstaunt und sagte: »Ich bin doch in weniger als einem Jahre hierher gekommen.« Sie versetzten: »Gott hat dir die Herzen seiner frommen Diener zugeneigt, sonst hättest du dieses Land nie erreicht, ja nicht einmal mit deinen Augen gesehen; weißt du, daß du mit dem Alten auf dem Elefanten und auf dem fliegenden Pferd in drei Tagen eine Strecke von drei Jahren zurückgelegt hast, und daß der andere Alte mit dir in einem Tage einen ähnlichen Weg zurückgelegt hat? Und von Bagdad nach dem Schlosse der Mädchen hat man auch ein Jahr zu reisen. So hast du eine Entfernung von sieben Jahren.«

Als Hasan dies hörte, rief er: »Gepriesen sei Allah, der das Schwere leicht und das Ferne nahe macht, und der mir das Schwierigste leicht gemacht hat.« Er fragte dann die Geister, in wieviel Zeit er auf ihren Pferden nach Bagdad kommen werde? Sie antworteten: »In weniger als einem Jahre; jedoch haben wir noch viel Schreckliches durchzumachen, wir kommen durch wilde, wasserlose Wüsten, und wir fürchten für euch die Bewohner dieser Insel und die Bosheit des mächtigen Königs und seiner Zauberer und Wahrsager, sie möchten mit uns Krieg führen und euch wieder gefangen nehmen; auch gegen uns wird man aufgebracht sein, wer uns sieht, wird uns für Übeltäter halten, weil wir eine königliche Prinzessin für einen gewöhnlichen Menschen entführen, wärest du allein, so würden wir die Sache leichter finden. Indessen derjenige, der dich hierher geführt, kann dich auch wieder in Frieden in dein Vaterland zurückbringen und mit den Deinigen dich vereinen, vertraue nur auf Gott.« Hasan dankte ihnen und bat sie, schnell die Pferde herbeizuschaffen. Da stampften sie die Erde mit den Füßen, bis sie sich spaltete, dann versanken sie eine Weile und kamen wieder herauf mit drei gesattelten und gezäumten Pferden. An jedem Sattel hing ein Quersack, welcher auf der einen Seite einen Schlauch mit Wasser und auf der anderen Lebensmittel enthielt. Hasan bestieg ein Pferd und nahm einen seiner Söhne zu sich, seine Frau ein anderes mit dem anderen Sohne, und die Alte bestieg das dritte Pferd. Nachdem sie die ganze Nacht in der Ebene fortgeritten waren, kamen sie des Morgens ins Gebirge, und bald darauf mußten sie einen unterirdischen Weg einschlagen. Hier sah Hasan auf einmal einen Geist vor sich, so lang wie eine Rauchsäule, die bis zum Himmel hinaufsteigt. Hasan sagte einige Sprüche aus dem Heiligen Koran und nahm seine Zuflucht zu Gott gegen alle bösen Teufel. Je näher er dem schwarzen Wesen kam, je mehr Sprüche sagte er her. Als er endlich dem Geiste, dessen Füße in der Tiefe der Erde ruhten und dessen Haupt bis zu den Wolken reichte, gegenüberstand, verbeugte sich jener vor ihm und sagte: »Fürchte dich nicht vor mir, ich bin ein muselmännischer Einwohner dieser Insel und glaube, wie du, an die Einheit Gottes. Ich habe von deiner Ankunft und von deiner ganzen Geschichte Nachricht erhalten, und da ich aus diesem Lande auswandern und ein unbewohntes Land fern von hier beziehen will, um dort in der Einsamkeit Gott anzubeten, so werde ich euch begleiten und euer Führer sein, bis ihr diese Insel verlasset und ich werde euch nur des Nachts erscheinen, seid also ohne Angst wegen meiner!« Hasan nahm das Anerbieten dieses Geistes mit Dank an und bat ihn, ihm voranzugehen. Die folgende Nacht verging bei Scherz und munterem Gespräch. Hasan erzählte seiner Gattin alle seine Abenteuer, sie entschuldigte ihre Flucht, und entwarf ein trauriges Bild von ihrem inzwischen geführten Leben; dabei flogen die Pferd mit ihnen wie der Blitz. Als der Morgen heranbrach, griffen sie nach dem Quersack, aßen und tranken, reisten dann wieder weiter, immer mit dem Geiste vor ihnen her, der sie auf einem unbetretenen Wege am Ufer des Meers führte. So setzten sie einen ganzen Monat lang ihre Reise durch Berg und Tal fort. Am 31. Tage erhob sich auf einmal ein Staub hinter ihnen, der die ganze Atmosphäre verdunkelte, Hasan war ganz blaß, als er den Staub sah und dazu noch ein furchtbares Schreien und Lärmen hörte, und die Alte rief ihm zu: »Mein Sohn! Die Truppen der Inseln Wak-Wak haben uns eingeholt und werden sogleich Hand an uns legen; schlage die Erde mit deinem

Zepter.« Als Hasan dies tat, erschienen die zehn König wieder und grüßten ihn und sagten: »Fürchte nichts!« Hasan freute sich und sagte: »Ihr handelt schön, ihr Herren der Genien. Das ist eure Zeit.« Sie sagten ihm hierauf: »Besteige mit deiner Gattin und deinen Kindern diesen Berg und laß uns hier unten bei dem Feinde. Wir wissen, daß ihr in der Wahrheit seid, eure Feinde aber im Irrtum leben; Gott wird uns den Sieg über sie verschaffen.« Hasan und die Seinigen stiegen dann von den Pferden herunter und ließen sich von Geistern auf den Berg tragen. Dann kamen die Bewohner der Inseln Wak-Wak mit ihren Anführern in zwei Abteilungen herangezogen und stellten sich in Schlachtordnung auf. Nach einer kleinen Weile erschienen Hasans Schutzgeister mit ihren Scharen ihnen gegenüber und der Angriff wurde allgemein. Die Djinnen spieen Feuer, daß der Rauch bis zum Himmel stieg und beide Heere dem Gesichte entzog, die Köpfe flogen von den Rümpfen herunter, das Blut floß in Strömen, das Getöse nahm immer zu, das Schwert war geschäftig, bis es schartig und stumpf wurde, die Kriegsflamme loderte hell auf, die Mutigen sprangen voran, die Feigen entflohen. Der Richter der Wahrheit entschied zwischen ihnen. Die einen kamen um, die anderen wurden gerettet; so dauerte der Kampf den ganzen Tag fort. Des Abends stiegen sie von ihren Pferden ab und die Könige besuchten Hasan. Nachdem er ihnen für ihren Beistand gedankt und ihnen vollständigen Sieg gewünscht hatte, fragte er sie, welchen Ausgang ihr Krieg mit der Königin Nur Alhuda genommen? Sie antworteten: »Sie werden nur noch drei Tage standhalten, schon haben wir einen Sieg erfochten und mehrere Tausende von den Ihrigen erschlagen und gefangen, sei nur guten Muts.«

Die Geister verließen dann Hasan wieder, beschützten ihre Truppen die ganze Nacht durch und priesen ihren Propheten Mohammed. Sobald der Morgenstern leuchtete, begann der Kampf wieder von neuem; man fiel sich mit Schwert und Lanzen an, und die beiden Heere glichen zwei gegeneinander tobenden Meeren oder zwei hohen zusammenstoßenden Bergen. Der Kampf dauerte den ganzen Tag fort und auch die Nacht brachte man auf dem Rücken der Pferde zu, aber das Heer der Königin hatte schon abgenommen, neigte sich zur Flucht und wurde endlich gänzlich geschlagen.

Nur Wenige entgingen dem Tode; die Königin selbst, mit den Vornehmsten des Reichs wurde gefangen. Als der folgende Tag heranbrach, gingen die zehn Könige zu Hasan, verbeugten sich vor ihm und errichteten ihm einen vergoldeten Thron mit Perlen und Edelsteinen verziert. Daneben errichteten sie einen zweiten von Elfenbein für seine Gattin und endlich einen dritten für die Alte. Dann führten sie ihnen die Gefangenen in Fesseln vor, unter ihnen auch die Königin Nur Alhuda. Als die Alte diese sah, sagte sie: »Du verdienst wohl, daß man dich an den Schweif von zwei durstigen Pferden binde, und dir zwei ausgehungerte Hunde nachschickte, die dein Fleisch zerreißen, das man dir dann selbst zu essen gäbe, du Gottlose! Wie konntest du so gegen deine Schwester verfahren, die doch nach der Vorschrift Gottes und seines Propheten geheiratet hat, sind doch die Frauen für die Männer geschaffen.« Hasan erteilte sogleich den Befehl, alle Gefangenen niederzumetzeln, und auch die Alte schrie: »Laßt keinen einzigen beim Leben!« Als aber Hasans Gattin ihre Schwester in Ketten sah, brach sie in Tränen aus. Da fragte Nur Alhuda: »Wer ist der Mann, der uns besiegen und gefangennehmen konnte? Hier ist ein wunderbares Ereignis.« Manar Alnisa antwortete: »Der Mann, der unser aller Herr ist, und der auch den Königen der Geister gebietet, die euch besiegt haben, verdankt seine ganze Macht einer Mütze und einem Zepter.« Als Nur Alhuda dies hörte, fiel sie vor ihrer Schwester nieder und weinte, bis diese, von Mitleid ergriffen, zu Hasan sagte: »Was willst du mit meiner Schwester hier beginnen? Sie hat dir doch nichts Böses getan, das eine Strafe verdiente?« Hasan erwiderte: »Waren die Mißhandlungen, die du von ihr erlitten, für mich nicht das Allerschlimmste, was sie mir hätte antun können?« »Das alles«, entgegnete Manar Alnisa, »war über mich verhängt. Übrigens, mein Vater wird sich schon genug über meine Abreise grämen, soll er auch noch meiner Schwester Tod beweinen?« Hasan fügte sich in den Willen seiner Gattin und ließ nicht nur seine Schwägerin, sondern auch alle übrigen Frauen entfesseln. Manar Alnisa umarmte dann ihre Schwester, weinte eine Weile mit ihr, setzte sich neben sie und erzählte ihr die ganze Geschichte mit Hasan, der inzwischen mit Dank sein Heer entließ. Dann sagte sie: »Wer so gehandelt und mit solcher Beharrlichkeit seinen Vorsatz verfolgt hat, verdient keine Zurücksetzung.« Nur Alhuda versetzte: »Es ist wahrhaft wunderbar, was er nach deiner Erzählung gelitten hat, und alles um deinetwillen?« »Allerdings«, erwiderte Manar Alnisa. Sie brachten dann die Nacht beisammen zu und am folgenden Morgen nahmen sie voneinander Abschied. Hasan schlug mit dem Zepter wieder die Erde und bestellte zwei Pferde. Als seine Diener sie brachten, bestieg er das eine mit einem Sohne, sowie seine Gattin das andere mit dem anderen Sohne, und die Königin mit der Alten kehrten in ihre Heimat zurück. Nach einer Reise von einem Monate kam Hasan mit seiner Gattin vor eine Stadt, die von Bäumen und Flüssen umgeben war. Sie stiegen ab und wollten unter einem Baume ausruhen, als eine Schar Reiter auf sie zukam. Hasan ging ihnen entgegen und siehe da, es war der König Hasun, der Herr des Landes Kafur und der kristallnen Veste mit den angesehensten Bewohnern der Stadt. Nach gegenseitigem Bewillkommnungen stieg der König ab, setzte sich zu Hasan, beglückwünschte ihn und ließ sich von ihm erzählen, was ihm seit seiner Trennung widerfahren. Als Hasan seine Geschichte vollendet hatte, sagte der König Hasun: »Mein Sohn, noch nie ist jemand glücklich von den Inseln Wak-Wak zurückgekommen; gelobt sei Gott, der dich auf eine wunderbare Weise gerettet.« Hasan und seine Gattin bestiegen dann nach dem Wunsche des Königs ihre Pferde wieder und ritten mit ihm in die Stadt, wo sie drei Tage mit vieler Auszeichnung bewirtet wurden. Am vierten Tage bat Hasan den König um die Erlaubnis, seine Reise wieder fortzusetzen; der König begleitete sie noch zehn Tage weit, nahm dann Abschied von ihnen und kehrte um.

Hasan reiste mit seiner Gattin wieder einen ganzen Monat ununterbrochen fort, bis sie an eine große Höhle kamen; da sagte er seiner Gattin: »Warte hier ein wenig: Hier wohnt der große Meister Abu Risch, dem ich die Bekanntschaft mit dem König Hasun verdanke.« Sowie aber Hasan in die Höhle gehen wollte, kam Abu Risch ihm entgegen. Hasan stieg vom Pferde, grüßte ihn und

küßte ihm die Hand. Abu Risch lud Hasan und seine Gattin in die Höhle ein und ließ sich von ihnen erzählen, was ihnen auf den Inseln Wak-Wak widerfahren, und als er die Geschichte mit der Mütze und dem Zepter hörte, sagte er zu Hasan: »Ohne diese wärest du nicht glücklich davongekommen.« Während sie so im Gespräche begriffen waren, wurde an die Türe geklopft. Es war der alte Abd Alkadus, welcher auf einem Elefanten herangeritten kam, der wie die Nacht aussah. Abu Risch freute sich seiner Ankunft und führte ihn auch in die Höhle. Als Hasan ihn erkannte, stand er vor ihm auf und grüßte ihn; dieser erwiderte seinen Gruß und Hasan erzählte auf Verlangen des Abu Risch noch einmal seine ganze Geschichte. Abd Alkadus sagte dann zu Hasan: »Mein Sohn, du bist nun wieder im Besitze deiner Frau und deiner Kinder, und bedarfst des Zepters und der Mütze nicht mehr; bedenke nun, daß du durch unsere Hilfe nach den Inseln Wak-Wak gelangt bist, und schenke mir den Zepter und Abu Risch die Mütze.« Hasan, der Wohltaten dieser beiden Männer eingedenk, schämte sich, ihnen etwas abzuschlagen; er versetzte jedoch: »Gerne will ich eure Bitte gewähren, wenn aber mein Schwiegervater mich mit seinen Truppen verfolgt, womit rette ich mich dann?« Abd Alkadus erwiderte: »Sei ohne Furcht, wir schützen dich gegen ihn und gegen jeden andern.« Hasan konnte nun nicht länger mehr sich weigern; er gab daher Abu Risch die Mütze und sagte zu Abd Alkadus: »Begleite mich nach Hause und du erhältst dann den Zepter.« Der Alte nahm diesen Vorschlag freudig an und schenkte Hasan viel Geld, Perlen und Edelsteine. Nach drei Tagen traf Abd Alkadus die nötigen Anstalten zur Reise. Hasan und seine Gattin bestiegen ihre Pferde und Abd Alkadus den Elefanten, der aus der Wüste hertrabte, und nahmen Abschied von Abu Risch, der wieder zur Höhle zurückging. Nach einer langen Reise, auf welcher der Alte sie stets den besten Weg führte, kamen sie endlich wieder in bewohntes Land und bald zeigte sich in der Ferne die Spitze des Wolkenbergs, das grüne Schloß mit der Kuppel, den Säulen und dem Springbrunnen. Da sagte der Alte zu Hasan: »Freue dich, du wirst diese Nacht bei meinen Nichten zubringen.« Hasan und seine Gattin waren außer sich vor Freude über diese Nachricht. Sie ruhten eine Weile bei der Kuppel aus, aßen und tranken, dann brachen sie wieder auf und entdeckten bald das Schloß ihrer Freundinnen. Als sie in dessen Nähe kamen, traten die Mädchen zu ihnen heraus, und nach gegenseitiger Begrüßung sagte der Alte: »Nun, meine Nichten, hier bin ich wieder mit eurem

Freunde Hasan, der durch mich seine Gattin und seine Kinder wiedergefunden hat.« Die Mädchen umarmten Hasan, beglückwünschten ihn und gaben ihm zu Ehren ein großes Fest.

Die jüngste Schwester weinte lange an seinem Hals und klagte ihm, was sie durch die lange Trennung von ihm gelitten und wie sie sich nach ihm gesehnt habe. Hasan sagte: »Ich weiß, daß ich nur dir all mein Glück zu verdanken habe. Gott lohne es dir! Ich werde nie vergessen, was du zu jeder Zeit für mich getan.« Nachdem er ihr dann alles erzählt hatte, was ihm inzwischen widerfahren, wandte sie sich zu Manar Alnisa, umarmte sie, drückte sie und ihre Kinder an ihre Brust und sagte: »O Prinzessin! Hattest du denn kein Mitleid in deinem Herzen, daß du mit den Kindern diesen Mann verlassen, ihm so viele Leiden verursachen und ihn in so große Gefahren stürzen konntest?« Manar Alnisa antwortet lächelnd: »O meine Herrin! Was sein soll, das geschieht; niemand kann seiner Bestimmung entfliehen. Es war einmal über meinen Gatten verhängt, ihm war Speise und Trank zugemessen und das Land, das er durchschreiten, und die fremden Menschen, die er sehen sollte, laß uns Gott für seine Rettung loben.« Hasan brachte zehn Tage in allerlei Festlichkeiten und Belustigungen auf dem Schlosse zu. Dann machte er sich reisefertig und seine Freundin gab ihm viele Kostbarkeiten, Speisen und Getränke mit, und umarmte ihn und küßte ihn auf die Stirne. Als die Stunde der Abreise herannahte, sprach Hasan folgende Verse:

»Schwer ist der Trost des Liebenden, hart die Trennung von der Freundin. Trennung und Zurückstoßen ist Qual, das Opfer der Liebe wird zum Märtyrer. Wie lange wird dem Liebenden die Nacht, wenn er fern von der Geliebten ruht! Tränen fließen über seine Wangen her, und die Tränen rufen: Wird es noch lange so währen?«

Sodann schenkte Hasan dem Alten den Zepter und nahm von ihm sowohl als von den Mädchen Abschied, und nach einer 70-tägigen Reise langte er in der Friedensstadt Bagdad an. Seine Mutter hatte während seiner Abwesenheit nichts als geweint und getrauert, und alle Freude an den Genüssen des Lebens verloren. Schon war jede Hoffnung, ihren Sohn wieder zu sehen, aus ihrem Herzen geschwunden. Sie rezitierte, als er an die Türe klopfte, folgende Verse:

»Bei Gott, o Herr, heile die, welche du krank gemacht, ihr Körper ist abgemagert und ihr Herz gebrochen, sei gütig und kehre zur Liebenden wieder, denn sie ist in Trennungsschmerz versunken. Möchte doch Gottes Bestimmung uns bald wieder vereinen!«

Als sie diese Verse vollendet hatte, rief Hasan: »O meine Mutter! Es gefiel Gott, uns wieder zu vereinigen.« Als die Alte die Stimme ihres Sohnes hörte, konnte sie nicht erwarten, bis sie ihn sah; sie öffnete schnell die Türe, und als sie Hasan mit seiner Frau und seinen Kindern erblickte, fiel sie vor Freude in Ohnmacht. Hasan bespritzte sie, bis sie wieder zu sich kam, dann umarmte er sie und weinte. Auch Manar Alnisa küßte und umarmte ihre Schwiegermutter. Diese sagte zur Prinzessin: »Wenn ich mich irgendwie gegen dich verfehlt habe, so flehe ich Gottes Verzeihung an.« Dann fragte sie Hasan, warum er solange weggeblieben? Worauf er ihr alles, was ihm auf der Reise widerfahren, erzählte. Als die Alte von dem Zepter und der Mütze hörte, sagte sie: »Mein Sohn, du warst leichtsinnig im Verschenken der Mütze und des Zepters, denn hättest du sie noch, so wäre ja die ganze Erde in der Länge und in der Breite dein Eigentum.

Doch gelobt sei Gott, der dich und deine Frau und deine Kinder gerettet.« Hasan erzählte ihr hierauf ausführlich, was er den Alten verdankte, so daß ihm keine Wahl blieb, sie zu beschenken. Am folgenden Morgen zog Hasan ein feines Kleid an, ging auf den Markt und kaufte die schönsten Sklaven und Sklavinnen, die feinsten Stoffe zu Kleidern, Edelsteine zu einem Schmucke, Divane und anderes Hausgerät, wie sie nur Kaiser besitzen, und lebte mit seiner Mutter, Gattin und Kindern in Glück und Freude, bis sie der Tod erreichte.

Die Sklavin Harun Arraschids

Harun Arraschid ging einst am Gemache einer seiner Sklavinnen vorüber, mit der er schon lange entzweit war. Sie war vom Weine erhitzt und hatte einen langen Mantel an, den sie selbstgefällig nachschleppte. Raschid trat zu ihr und wollte sie umarmen. Sie aber sagte: »O Fürst der Gläubigen, du hast mich schon so lange verstoßen, daß ich mich nicht mehr auf deinen Besuch vorbereitete. Warte also bis morgen, da will ich mich gehörig schmücken und zu dir kommen.« Am folgenden Morgen gab der Kalif den Befehl, daß man niemanden zu ihm lasse, und erwartete die Sklavin. Da sie aber nicht kam, ging er zu ihr und fragte sie, warum sie ihr Versprechen nicht gehalten? Sie antwortete: »O Fürst der Gläubigen, der Tag löscht die Worte der Nacht wieder aus.« Der Kalif verließ sie und ließ die Dichter, welche im Vorsaale harrten, hereinrufen; sie hießen

Rakaschi, Mußab und Abu Nuwas. Raschid erzählte ihnen sein Abenteuer und befahl ihnen, Verse zu dichten mit dem Schlußverse: »Der Tag löscht die Worte der Nacht aus.« Da sagte Rakaschi:

»Wie wolltest du sie vergessen, wenn dein Herz ihr stets entgegenschlägt? Ein Mädchen, das niemanden besucht und von niemanden besucht werden will, ließ dich vor Liebe rasen, als du sie besuchtest, und als du wiederkamst, sagte sie: ›Der Tag löscht die Worte der Nacht aus.‹«

Mußab sprach dann folgende Verse:

»Bei Gott, liebtest du wie ich, so wäre in Bagdad kein Haus mehr weit genug. Seht, wie meine Augen triefen und wie bei ihrer Erwähnung eine brennende Flamme mich durchglüht. Wo bleibt euer Versprechen, meine Herrin? Sie aber antwortete: ›Der Tag löscht die Worte der Nacht aus.‹«

Dann sprach Abu Nuwas:

»Eine Nacht saß sie, vom Weine gerötet, doch voller Würde, im Schlosse, ein Mantel umhüllte ihre Schultern und ein Zephyr umwehte einen schmiegsamen Zweig, der kleine Granatäpfel trug; da sagtest du ihr: ›Gewähre mir doch eine Zusammenkunft!‹ ›Besuche mich morgen,‹ entgegnete sie; als du aber erschienst, sagte sie: ›Der Tag löscht die Worte der Nacht aus.‹«

Raschid sagte: »Gott verdamme dich, Abu Nuwas! Man glaubt ja, du wärest zugegen gewesen.« Er ließ jedem 5000 Drachmen geben, Abu Nuwas aber 10000 und noch ein kostbares Ehrenkleid.

Dann fuhr Schehersad fort:

Geschichte der Dichter mit Omar, Sohn des Abd Alafis

Man erzählt ferner: Als Omar, Sohn des Abd Alafis, Kalif wurde, verfügten sich die Dichter zu ihm, wie sie es bei den früheren Kalifen gewöhnt waren. Sie warteten lange vor der Türe und wurden nicht vorgelassen. Als endlich ein Mann, Namens Adi, zum Kalifen ging, bat ihn der Dichter Djerir, er möchte doch ihm und den übrigen Dichtern beim Kalifen Zutritt verschaffen.

Als Adi zu Omar kam, sagte er ihm: »Die Dichter stehen schon lange im Vorsaale und werden nicht vorgelassen; weißt du nicht, daß ihre Worte von Dauer und daß ihre Pfeile vergiftet sind?« Omar sagte: »Was habe ich mit den Dichtern gemein?« »Der Prophet, Gottes Huld sei mit ihm,«, erwiderte Adi, »hat auch die Dichter, die ihn lobten, beschenkt und an ihm muß jeder Muselmann Beispiel nehmen.« »Und wer hat den Propheten gelobt?« »Abbas, Sohn des Mirdas, dem er ein Ehrenkleid schenkte, indem er zu Bilal sagte: ›Wir müssen seine Zunge unschädlich machen.‹« »Kannst du etwas von ihm rezitieren?« »Ja wohl.« und auf Omars Verlangen rezitierte er folgende Verse:

»Ich sah dich, du edelstes aller Geschöpfe, mit deinem Buche, das die Wahrheit offenbarte, welche vor dir ganz verdunkelt war. Du hast durch den Islam schwarze Wolken zerstreut und durch die Offenbarung die Flammen der Hölle gelöscht. Du hast den Weg der Wahrheit wieder hergestellt, von dem jedermann abgewichen war. Hoch ist dein Platz auf dem Throne des Glückes, und durch dich ist auch Gottes Ruhm noch erhöht worden.«

Omar fragte dann: »Wer ist vor der Türe?« Adi antwortete: »Omar, Sohn des Abi Rabia.« »Gott entferne diesen!« rief der Kalif; »sind nicht folgende Verse von ihm:

»Dürfte ich, wenn ich sterbe, die Wangen meiner Geliebten küssen und läge sie im Grabe neben mir, so würde ich mich wenig um Paradies und Hölle kümmern.«

»Wäre dieser Mann nicht ein Feind Gottes«, fuhr Omar fort, »so würde er sie sich für diese Erde wünschen und sich dann zu frommen Handlungen wenden. Bei Gott! Der soll nicht vor mir erscheinen. Wer ist noch im Vorsaale?« »Djumeil«, antwortete Adi. Da sagte Omar: »Der hat in einem Gedichte gesagt:

›O könnten wir doch beisammen leben, und wenn wir sterben, in einem Grabe ruhen! Ich wünsche, solang ich lebe, nichts anderes, als daß einst ein Grabstein uns bedecke!‹«

»Der soll mir wegbleiben! Wer ist noch vor der Türe?« »Achtal, aus dem Stamme Tagleb«, antwortete Adi. Omar sagte: »Sind nicht folgende Verse von diesem Ungläubigen:

›Ich habe in meinem Leben keinen Ramadan gefastet und auch kein Fleisch der Opferfeste gegessen; ich stehe nicht, wie andere, vor Tag auf, wenn man zum Gottesdienste ruft. Ich trinke früh vom besten Weine und bete erst, wenn der Tag hell leuchtet.‹«

»Der soll, bei Gott, meinen Teppich nicht betreten. Wer ist noch draußen?« Adi antwortete: »Djerir.« Omar sagte: »Wenn durchaus jemand vor mich kommen soll, so sei es dieser!« Adi ging und rief Djerir zum Kalifen. Er kam und sprach folgende Verse:

»Derjenige, der den Propheten Mohammed sandte, hat jetzt das Kalifat einem gerechten Imam übergeben, dessen Gerechtigkeitsliebe und Treue die ganze Welt umfaßt, so daß jeder ohne zu straucheln sich aufrecht hält. Auch ich erwarte freudig von ihm eine reiche Gabe, denn die Liebe zu irdischen Gütern ist dem Menschen angeboren.«

Der Kalif unterbrach ihn mit den Worten: »Djerir, fürchte Gott und sage nur die Wahrheit!«

Djerir fuhr dann fort:

»Wie manche Witwe schmachtet fern von dir in Jamama, wie manche schwächliche Waise, verlassen wie ein junges Hühnchen, das nicht fliegen und nicht laufen kann. Wir hoffen aber, daß uns die Milde des Kalifen den Regen ersetzen wird, der uns fehlte.«

Als der Kalif die Verse hörte, sagte er: »Bei Gott, Djerir, ich besitze nur noch 100 Drachmen, die soll dir mein Diener geben.« Djerir ging wieder zu den

übrigen Dichtern und sagte ihnen: »Der neue Kalif ist ein Mann, der lieber Arme als Dichter beschenkt, doch bin ich mit ihm zufrieden.«

Mit diesen Worten schloß Schehersad ihre Erzählung. In der nächsten Nacht begann sie jedoch eine neue Geschichte, wie folgt:

Geschichte der zehn Veziere

Man erzählt, o König der Zeit und Herr des Jahrhunderts, begann Schehersad: In der Stadt Kanim Madud residierte in grauer Vorzeit ein König, welcher Asad Bacht hieß. Sein Reich dehnte sich von den Grenzen Indiens bis an das Meer und nach Sebestan aus. Er hatte zehn Veziere, die das Reich verwalteten, und er selbst war ein verständiger und wohlunterrichteter Mann. Eines Tages ging er mit einiger Begleitung auf die Jagd, da sah er einen Bedienten zu Pferd, der einen Maulesel am Zaume führte, welcher ein seidenes Zelt trug, das mit Gold durchwirkt war und einen Gurt, der mit Perlen und Edelsteinen verziert war. Der König trennte sich von seinem Gefolge und ging auf die Reiter zu, welche dem Zelte folgten, und fragte sie, wem dieses Zelt gehöre? Einer der Diener, welcher den König nicht erkannte, antwortete: »Das Zelt gehört dem Vezier Isfahend, der seine Tochter, welche darin ist, dem König Sad Schah zur Gattin geben will.« Während der Diener so sprach, hob die Braut, welche Bahrdjur hieß, den Vorhang vom Zelte weg, um zu sehen, wer mit dem Diener spreche. Der König sah sie und fand sie so schön und wohlgestaltet, daß er, von Liebe entbrannt, dem Diener sagte: »Kehre mit deinem Maulesel um, ich bin der König Asad Bacht und will selbst deine Herrin heiraten; ihrem Vater wird es lieb sein, denn er ist ja mein Vezier.« Der Diener sagte: »O König, Gott erhalte dich lange!, laß mich ihrem Vater, meinem Herrn, Nachricht davon geben; du kannst sie dann mit seiner Einwilligung nehmen, es ziemt dir doch nicht, sie ohne sein Wissen zu heiraten, das würde ihn kränken.« Aber der König sagte: »Ich habe keine Geduld, solange zu warten, bis du zu ihrem Vater gehst und wiederkehrst: Es wird keine Schande für ihren Vater sein, wenn ich sie heirate.« »O mein Herr!« rief der Diener nochmals, »was man übereilt, bringt wenig Segen; stürze dich durch deine Übereilung in keine Gefahr; ich weiß, dein Verfahren wird ihren Vater beleidigen und die Sache wird nicht gut enden.« Der König sagte aber: »Isfahend ist mein Sklave wie jeder andere. Wenig liegt mir daran, ob er zufrieden ist oder nicht.« Er ergriff hierauf die Zügel des Maultiers, führte Bahrdjur in seinen Palast und heiratete sie. Der Diener kehrte mit den Reitern zu ihrem Vater zurück und sagte ihm: »O Herr! Du bist nun so viele Jahre ein treuer Diener des Königs, und doch hat er deine Tochter ohne deine Einwilligung zu sich genommen.« Als der Vezier dies hörte, geriet er in heftigen Zorn, versammelte viele Truppen und sagte ihnen: »So lange der König mit seinen Frauen sich begnügte, hatten wir keinen Harm, nun gelüstet er nach unserm Harem, wir müssen daher uns einen Ort suchen, wo unsere Frauen sicher sind.« Dann schrieb er dem König, um ihn desto sicherer zu hintergehen: »Ich bin ein Sklave deiner Sklaven; meine Tochter ist deine Sklavin; der erhabene Gott schenke dir ein langes, freudiges Leben! Ich war bisher immer deinem Dienste treu und zur Verteidigung deines Landes gegen alle Feinde gerüstet; nun werde ich aber noch wachsamer sein, da ich gewissermaßen, seitdem du meine Tochter geheiratet, auch Anteil daran habe.« Diesen Brief sandte der Vezier durch einen Boten mit vielen Geschenken ab. Der König freute sich sehr damit, und überließ sich ganz dem Vergnügen und Wohlleben.

Nach einiger Zeit kam der Großvezier zum König und sagte: »Wisse, o König! Der Vezier Isfahend ist dein Feind geworden, weil ihm dein Verfahren gegen seine Tochter mißfallen hat. Freue dich nur nicht mit seiner Botschaft und traue seinen süßen Worten nicht.« Der König achtete auf diese Worte, nach einiger Zeit nahm er aber die Sache leicht und fuhr fort, leichtsinnig zu leben. Der Vezier Isfahend aber ließ ein Schreiben an alle Fürsten ergehen, in welchem er sie von dem Verfahren des Königs gegen ihn in Kenntnis setzte und auf die Gefahr, die einer jeden Familie drohe, aufmerksam machte. Da versammelten sie sich bei Isfahend und beschlossen, den König umzubringen. Sie zogen an der Spitze ihrer Truppen gegen den König, und er ahnte nichts, bis schon das Kriegsgeschrei die Stadt füllte. Da sagte er zu seiner Gattin Bahrdjur: »Was ist zu tun?« Sie antwortete: »Tu, was du für gut hältst, ich gehorche in allem.« Da ließ sich der König seine zwei besten Pferd bringen, nahm so viel Gold, als er konnte, floh in der Nacht mit seiner Gattin in die Wüste Kirman und ließ Isfahend als Herrn der Stadt und des Thrones. Der flüchtige König mußte aber bald einhalten und in einer Höhle die Entbindung seiner Gattin abwarten. Zwar erleichterte ihr Gott die Geburt eines Sohnes, schön wie der Mond, den sie alsbald in ein seidenes, goldgesticktes Kleid einwickelte, und die Nacht durch nährte. Des Morgens sagte aber der König: »Wir können uns hier nicht länger mit dem Jungen aufhalten, auch können wir ihn nicht mit uns schleppen; das Beste ist daher, wir lassen ihn hier, Gott kann ihm wohl jemanden schicken, der ihn aufnimmt und erzieht.« Sie weinten dann heftig, legten den Knaben neben eine Quelle, ließen einen Beutel von 1000 Dinaren zu seinen Häupten zurück, bestiegen ihre Pferde und setzten ihre Flucht fort. Nun wollte die Bestimmung, daß gerade eine Räuberbande in der Nähe dieses Berges eine Karawane ausplünderte und in dieser Höhle ihre Beute unter sich teilte. Als die Räuber den Knaben im seidenen Kleide und das Gold neben ihm liegen sahen, riefen sie: »Gott sei gepriesen! Durch welches Verbrechen mag wohl dieses Kind daher gekommen sein?«

Die Räuber teilten das Gold unter sich, und ihr Hauptmann nahm den Knaben als seinen Sohn an, gab ihm Milch und Datteln, bis er nach Hause kam, dann bestellte er ihm eine Amme. Der König und die Königin setzten indessen ihre Flucht fort, bis sie zum König von Persien kamen, der sie sehr gut aufnahm und ihnen viel Gold und Truppen schenkte. Nachdem Asad Bacht einige Tage bei ihm ausgeruht hatte, machte er sich mit den Truppen gegen seine Residenz auf, schlug die Armee Isfahends und bemeisterte sich wieder seines Thrones. Als er wieder die Ruhe hergestellt hatte, schickte er Boten ins Gebirge, um sein Kind zu holen. Sie kamen aber zurück und sagten dem König, sie haben es nicht finden können.

Der Prinz wurde bei den Räubern erzogen, die ihn auf allen ihren Raubzügen mit sich nahmen. Eines Tages zogen sie gegen eine Karawane in Sebestan. Da aber die Karawane eine überaus reiche Ladung und ein zahlreiches tapferes Geleit bei sich hatte, auch wegen der Unsicherheit dieser Gegend nach allen Seiten Wachen aufstellte, war sie beim Anzuge der Räuber schon zur Gegenwehr gerüstet. Der Kampf war heftig, doch zuletzt siegte die Karawane; ein Teil der Räuber blieb, einige entflohen und der junge Prinz wurde gefangen. Als die Kaufleute den Jungen betrachteten, der so schön und so lieb wie der Mond aussah, fragten sie ihn: »Wer ist dein Vater? Und wie bist du zu diesen Dieben gekommen?« Er antwortete: »Ich bin der Sohn des Räuberhauptmanns.« Die Kaufleute führten den Gefangenen vor den König Asad Bacht, seinen Vater, und erzählten ihm den ganzen Vorfall mit den Räubern.

Der König sagte, er wolle ihn behalten, worauf die Kaufleute erwiderten: »O König der Zeit! Gott hat ihn dir geschenkt, wir alle sind ja deine Sklaven.« Der König entließ sie dann, nahm den Jungen zu vielen anderen in seinen Palast, und da er nach einiger Zeit viel Bildung, Verstand und Kenntnisse an ihm wahrnahm, vertraute er ihm seine Schätze an, die bisher die Veziere verwaltet hatten, und erteilte Befehle, daß nichts ohne diesen Jüngling geschehe. Dieser Zustand dauerte zwei Jahre lang fort, in denen der König nichts als Gutes und Treues von seinem Sohne sah; er liebte ihn daher immer mehr und konnte nicht mehr ohne ihn sein. Als die Veziere, die früher nach Belieben mit dem Schatze umgehen konnten, sich durch den Jungen verdrängt sahen, wurden sie

eifersüchtig und trachteten nach Mitteln, ihm die Gunst des Königs zu entziehen. Sie konnten lange keine Gelegenheit finden, bis einst das Schicksal wollte, daß der Junge Wein trank, sich berauschte und, ohne etwas von sich selbst mehr zu wissen, in das Schlafgemach der Königin lief. Hier warf er sich auf das königliche Bett und schlief bis abends. Da kam eine Sklavin und brachte, wie gewöhnlich, allerlei Früchte und Getränke für den König und die Königin. Der Junge lag da auf seinem Rücken, ohne in seiner Trunkenheit zu wissen, wo er war, und die Sklavin, glaubte, es sei der König, denn niemand wußte etwas von dem Jungen. Sie legte die Weihrauchpfanne neben das Bett, schloß die Türe und ging wieder fort. Bald darauf kamen der König und die Königin aus dem Speisesaal, und als ersterer den Jungen im Schlafgemach fand, sagte er zu seiner Gattin: »Was tut der hier, der ist gewiß nur deinetwegen hierhergekommen.« Die Königin erwiderte: »Ich weiß nichts von ihm.« Indessen erwachte der Jüngling, und als er den König erblickte, sprang er auf und verbeugte sich vor ihm. Der König schrie ihn an: »Du treuloser Mensch von schlechter Abkunft, was hat dich hierhergebracht?« Er ließ sogleich den Jungen in den Kerker werfen und die Königin in ein anderes

Gefängnis sperren, und am folgenden Morgen setzte er sich auf seinen Thron, ließ den Großvezier kommen und sagte ihm: »Weißt du, was der Räuberjunge getan hat? Er ist in meinen Palast gekommen und hat auf meinem Bett geschlafen, und ich fürchte, er steht in einem sündhaften Verhältnis zu der Königin; was ist nun dein Rat?« Der Vezier sagte: »Gott erhalte dich lange! Was konntest du von diesem Jungen erwarten? Ist er nicht von schlechter Abkunft? Sohn eines Räubers, der immer wieder in seine frühere Schlechtigkeit zurückfällt? Wer eine junge Schlange erzieht, kann nur von ihr gebissen werden. Deine Gattin mag wohl unschuldig sein, sie war stets ein Muster der Tugend und Keuschheit; wenn mir der König erlaubt, so gehe ich zu ihr und frage sie aus, um die Wahrheit zu erforschen.« Als der König es erlaubte, ging der Vezier zu ihr und sagte ihr: »Ich komme zu dir, einer großen Schandtat willen, sage mir nun die Wahrheit: Wie ist der Junge in dein Schlafgemach gekommen?« Sie antwortete: »Ich weiß nicht«, und schwor, daß ihr alles selbst ein Rätsel wäre. Als der Vezier merkte, daß sie unschuldig war, sagte er: »Ich will dir ein Mittel angeben, wie du vor dem König dich rechtfertigen kannst; sage ihm, wenn er von diesem Vorfalle spricht: Der Junge hat mich in meinem Gemache gesehen und mir geschrieben, er wolle mir 100 von den wertvollsten Perlen geben, wenn ich ihm eine Zusammenkunft gestatte, ich aber lachte über diesen Vorschlag und schlug ihm seine Bitte ab; er kehrte aber wieder und sagte: Wenn du mich nicht erhörst, so komme ich einmal betrunken in dein Schlafzimmer, daß der König mich sieht; er wird mich dann umbringen, aber auch du wirst zur Schande und verlierst deinen guten Ruf. Erzähle dies dem König«, fuhr der Vezier fort: »ich gehe voraus, um es ihm zu melden.« Die Königin nahm den Rat des Veziers an und versprach ihm, seine Aussage zu bestätigen.

Der Vezier kehrte zum König zurück und sagte: »Dieser Junge verdient die höchste Strafe wegen seines Undanks nach allem Guten, das ihm erwiesen worden; doch ein bitterer Kern kann nie süß werden. Ich bin nun überzeugt«, fuhr er fort, »daß die Königin unschuldig ist«, und erzählte hierauf dem König, was er die Königin gelehrt hatte. Als der König dies hörte, zerriß er seine Kleider und ließ den Jungen rufen; eine Menge Leute drängte sich herbei, um zu sehen, was der König beschließen werde, auch der Scharfrichter wurde schon bestellt. Der König sprach mit Heftigkeit, der Junge aber gelassen. Jener sagte: »Ich habe dich mit meinem Geld gekauft und über alle meine Großen erhoben und zum Schatzmeister gemacht: wie konntest du meine Ehre schänden und mich in meinem Palast verraten?« Der Junge erwiderte: »O König! Ich habe nichts mit Bewußtsein getan und bin ohne meinen Willen in dein Schlafgemach gekommen. Mein unglückseliges Geschick trieb mich dahin, mein Stern, der mich auf einmal verließ. Ich habe mich immer vor allem Unschicklichen gehütet, doch niemand vermag etwas gegen ein feindliches Schicksal. Mir geht es, wie dem Kaufmann, der auch trotz aller seiner Bemühungen doch dem Schicksale unterlag.« Der König fragte: »Was ist das für eine Geschichte?« und der Junge erzählte:

Geschichte des vom Schicksal verfolgten Kaufmanns

Einst lebte ein Kaufmann, der einige Jahre lang viel Glück im Handel hatte und mit seinem Geld großen Gewinn machte. Auf einmal mißlangen ihm seine Unternehmungen, ohne daß er wußte, woher. Da dachte er bei sich: »Ich

bin ein reicher Mann, was soll ich mich länger wegen unsicheren Gewinnes auf Reisen quälen, ich will jetzt ausruhen und nur noch in meinem Hause Handel treiben.«

Es war Sommerszeit, als der Kaufmann diesen Entschluß faßte; er kaufte Weizen für die Hälfte seines Geldes, den er im Winter mit vielem Gewinn wieder zu verkaufen hoffte. Als aber der Winter kam, war der Weizen um die Hälfte wohlfeiler, als der Kaufmann ihn im Sommer gekauft hatte. Er betrübte sich sehr darüber und ließ ihn aufs nächste Jahr liegen, aber der Preis des Weizens sank immer mehr.

Da sagte ihm einer seiner Freunde: »Du hast kein Glück mit diesem Weizen, drum verkaufe ihn, wie du kannst.« Er erwiderte: »Ich habe lang genug gute Geschäfte gemacht, ich darf wohl auch einmal an etwas Verlust haben; doch bei Gott, müßte ich ihn zehn Jahre behalten, ich würde ihn nicht ohne Gewinn verkaufen«, und in seinem Ärger ließ er die Türe des Magazins zumauern. Aber die göttliche Bestimmung wollte, daß es so heftig regnete, daß der Regen vom Dache auf den Speicher, wo der Weizen lag, herabtropfte, so daß er ganz faul wurde, und der Kaufmann den Trägern noch 500 Drachmen geben mußte, um ihn zur Stadt hinauszubringen. Da sagte ihm sein Freund: »Wie oft habe ich dir gesagt, du hast kein Glück mit diesem Weizen, warum gabst du mir kein Gehör? Nun gehe zum Sterndeuter und frage ihn nach deinem Sterne.« Als der Kaufmann zum Sterndeuter kam, sagte ihm dieser: »Dein Stern ist schlecht, du darfst gar nichts unternehmen, denn alles wird dir mißlingen.« Der Kaufmann hörte aber nicht auf den Sterndeuter und dachte: »Wenn ich wieder großen Handel treibe, so fürchte ich nichts.« Er nahm dann die übrige Hälfte des Vermögens, von dem er inzwischen auch drei Jahre gelebt hatte, baute ein Schiff, trug alles, was er besaß, darauf und fragte die Kaufleute, an welchen Waren man am meisten gewinnen könnte und wo man sie am besten verkaufte? Die Kaufleute nannten ihm ein fernes Land, wo man an einem Drachmen 100 verdienen könne. Er segelte mit seinem Schiffe dahin, aber auf einmal erhob sich ein Sturm, das Schiff ging unter, und mit Mühe rettete sich der Kaufmann auf einem Brett, das der Wind ans Ufer in die Nähe einer Stadt trieb. Der Kaufmann, obschon er alles verloren hatte, dankte doch Gott dafür, daß er ihm beim Leben erhalten, und ging in die Stadt. Hier erzählte er einem alten Manne das Unglück, das er auf dem Meer gehabt. Der Alte bedauerte ihn sehr, ließ sogleich Speisen für ihn bringen und sagte ihm: »Bleibe bei mir als mein Geschäftsführer, ich bezahle dir jeden Tag fünf Drachmen.« »Gott belohne dich dafür«, erwiderte der unglückliche Kaufmann.

Der Kaufmann blieb bei dem Alten, besorgte für ihn alle Feldarbeiten und erhielt nach und nach die Oberaufsicht über dessen ganzes Ökonomiewesen. Als er nach der Ernte die Frucht gesammelt, gedroschen und gereinigt hatte, dachte er: »Ich glaube nicht, daß der Alte mir meinen Lohn bezahlen wird; das Beste ist daher, ich nehme von dieser Frucht, was mir gebührt, und will er mir später meinen Lohn geben, so erstatte ich ihm zurück, was ich genommen habe.« Er nahm daher so viel Frucht, als sein Lohn ausmachte, verbarg sie und brachte die übrige dem Alten und maß sie ihm vor. Der Alte sagte ihm: »Komm und nimm deinen Lohn, kaufe dir dafür Kleider und was du sonst brauchst, und wenn du zehn Jahre bei mir bleiben willst, so sollst du immer denselben Lohn haben.« Da dachte der Kaufmann: »Es war doch nicht schön von mir, ohne die Erlaubnis meines Herrn mir Frucht zu nehmen.« Er ging daher, um sie wieder zu holen, aber er fand sie nicht mehr. Er kehrte betrübt zum Alten zurück, und als dieser ihn fragte, was ihm widerfahren, sagte er ihm: »Ich habe geglaubt, du würdest mir meinen Lohn nicht geben, und daher so viel Frucht verborgen, als mein Lohn ausmacht. Da du mich aber nun gehörig bezahlen wolltest, so wollte ich die verborgene Frucht wieder holen, fand sie aber nicht mehr; gewiß hat sie jemand gestohlen.« Der Alte wurde böse, als er dies hörte, und sagte: »Es läßt sich nichts gegen ein schlimmes Geschick tun. Siehe! Ich hätte dir deinen Lohn gegeben; da du aber, von deinem bösen Stern geleitet, eine so schlimme Meinung von mir

hegtest, so sollst du gar nichts haben und auch sogleich mein Haus verlassen.«

Der Kaufmann ging weinend fort und kam bei Perlenfischern vorüber, die ihn fragten, warum er so betrübt wäre, worauf er ihnen seine ganze Geschichte von Anfang bis zu Ende erzählte. Die Perlenfischer, welche ihn in seinen glücklichen Jahren gekannt hatten, fühlten tiefes Mitleid mit ihm und sagten ihm: »Bleibe bei uns, wir wollen auf dein Glück untertauchen, und was wir heraufbringen, wollen wir teilen.« Sie tauchten unter und brachten zehn große Perlenmuscheln herauf, von denen jede zwei große Perlen in sich schloß. Erfreut über diesen Fund, riefen sie: »Bei Gott, dein Glücksstern geht wieder auf!« Sie gaben ihm dann die zehn Perlen und sagten: »Verkaufe zwei davon, handle mit dem Erlös derselben und verwahre die übrigen für die Not.« Der Kaufmann nahm die Perlen, nähte acht derselben in sein Kleid ein und steckte die übrigen beiden in den Mund. Aber ein Dieb hatte ihm zugesehn und benachrichtigte seine Gesellen davon, diese überfielen ihn und nahmen ihm sein Kleid weg. Der Kaufmann tröstete sich indessen mit den beiden Perlen, die ihm noch übrig blieben.

Er ging dann in die Stadt und nahm die zwei Perlen aus dem Munde, um sie zu verkaufen. Da wollte das Schicksal, daß einem Juwelier in der Stadt zehn Perlen gestohlen wurden, gerade wie die des Kaufmanns. Als daher der Juwelier diese zwei Perlen in den Händen des Maklers sah, fragte er ihn, wem sie gehören. Der Makler antwortete, auf den Kaufmann hindeutend: »Diesem Manne.« Als der Juwelier den Kaufmann sah, dessen Äußeres so arm und elend war, schöpfte er Verdacht und fragte ihn: »Wo sind die übrigen acht Perlen?« Der Kaufmann welcher glaubte, er frage ihn nach den Perlen, welche in seinem Kleide eingenäht waren, antwortete: »Sie sind mir gestohlen worden.« Der Juwelier, welcher nicht mehr zweifeln konnte, daß dieser Kaufmann seine zehn Perlen gestohlen, ergriff ihn, führte ihn zum Polizeiobersten und sagte diesem: »Hier ist der Dieb, der mir zehn Perlen gestohlen; ich habe noch zwei davon bei ihm gefunden, und er hat selbst eingestanden, daß ihm die übrigen acht entwendet wurden.« Der Polizeioberst, dem schon vorher dieser Diebstahl angezeigt worden, ließ den Kaufmann prügeln und einsperren. Schon schmachtete er ein ganzes Jahr im Gefängnis, als endlich durch die göttliche Fügung der Polizeioberst auch einen der Perlenfischer in dasselbe Gefängnis sperren ließ. Der Kaufmann erkannte ihn und erzählte ihm, wie unglücklich er durch seine Perlen geworden. Als daher der Perlenfischer das Gefängnis verließ, erzählte er die Geschichte des Kaufmanns dem Sultan, und dieser, von der Unschuld des Kaufmanns überzeugt, bemitleidete ihn, ließ ihn in Freiheit setzen, wies ihm eine Wohnung neben dem Palast an und bestimmte ihm ein ansehnliches Jahrgeld. Der Kaufmann vergaß bald alle seine Leiden und dachte: »Nun ist das Glück wiedergekehrt, ich werde unter dem Schutze dieses Königs meine übrige Lebenszeit in Ruhe zubringen.« Aber eines Tages trieb ihn seine Neugierde an ein Fenster, das mit Erde und Steinen zugemauert war. Er riß es ein, um zu sehen, was dahinter ist, und siehe da, das Fenster ging zum Harem des Sultans. Als er dies sah, fuhr er erschrocken zurück und holte frische Erde, um es wieder zu schließen; aber ein Eunuche sah ihn und benachrichtigte schnell den Sultan davon. Der Sultan kam und als er das Fenster aufgebrochen fand, war er sehr aufgebracht gegen den Kaufmann und sagte ihm: »Ist das der Lohn für meine Wohltaten? Was hast du nach meinem Harem zu sehen?« Der Sultan ließ ihm hierauf die Augen ausstechen, und der Kaufmann, seine beiden Augen in die Hand nehmend, rief verzweifelt: »Wie lange noch, o verdammtes Schicksal, verfolgst du mich! Zuerst hattest du es nur mit meinem Gelde zu tun, und jetzt gehst du mir gar an den Leib. Ich sehe wohl, daß all mein Bemühen vergebens ist, wenn Gott mir nicht beisteht.«

»Auch mir, großer König«, sagte der Junge, »geht es, wie diesem Manne; solange das Glück mir günstig war, gelang mir alles, nun hat es mich verlassen, und alles geht verkehrt.« Als der Junge so sprach, legte sich der Zorn des Königs ein wenig, er ließ ihn ins Gefängnis zurückführen und sagte zu den Vezieren: »Der Tag ist bald zu Ende, wir wollen mit der Hinrichtung bis morgen warten.«

Am folgenden Tage trat der zweite Vezier, welcher Bahrun hieß, hervor und verdammte ebenfalls das Verfahren des Angeklagten. Der König ließ den Jungen kommen und sagte. »Wehe dir! Ich werde dir den schlimmsten Tod geben lassen, denn dein Verbrechen ist abscheulich; meine Leute sollen eine Warnung durch dich erhalten.« Der Junge sagte: »O König! Übereile dich nicht, denn ein reifliches Bedenken ist die sicherste Stütze einer guten Regierung. Wer nicht die Folgen einer Handlung überlegt, dem geht es, wie einem gewissen Kaufmann; wer aber alles voraussieht, der wird glücklich, wie der Sohn jenes Kaufmanns.« Da der König die Geschichte dieser beiden Kaufleute hören wollte, begann der Junge:

Geschichte des Kaufmanns und seines Sohnes

O König! Einst mußte ein sehr reicher Kaufmann während der Schwangerschaft seiner Frau eine Reise machen. Er ging zu ihr, stellte ihr die Notwendigkeit seiner Reise vor, versprach ihr, vor ihrer Niederkunft zurückzukehren, und nahm Abschied von ihr. Da kam er auf seinen Reisen zu einem König, welcher einen guten Minister, um das Land zu regieren, suchte. Der König fand den Kaufmann so gebildet, klug und kenntnisreich, daß er ihn zu seinem Minister ernannte und ihm viel Gutes erwies. Nach einiger Zeit hielt der Kaufmann um Erlaubnis an, wieder nach seiner Heimat zurückzureisen, aber der König wollte ihn nicht entlassen. Dann bat er nur um Erlaubnis, seine Familie zu besuchen, und versprach, wiederzukommen; dies gestattete ihm der König und schenkte ihm noch einen Beutel mit 1000 Dinaren. Der Kaufmann bestieg ein Schiff und trat seine Rückreise an, An demselben Tage aber schiffte sich auch seine Gattin ein, welche den Aufenthaltsort ihres Mannes erfahren hatte, um mit dem Zwillingspaar, das sie in seiner Abwesenheit geboren hatte, sich zu ihm zu begeben. Das Schiff, auf welchem die Mutter mit ihren Kindern war, landete gerade auf einer Insel, als das, auf welchem der Kaufmann war, von der entgegengesetzten Seite ankam. Da sagte die Frau zu ihren Kindern: »Dieses Schiff kommt aus dem Lande, wo euer Vater wohnt, geht ans Ufer und erkundigt euch nach ihm.« Sie gingen ans Ufer und machten viel Geräusch in der Nähe des Schiffes ihres Vaters. Ihr Vater schlief gerade im Schiffe und fuhr erschrocken auf bei dem Geschrei der Kinder; er stand auf, um sie schweigen zu machen, da fiel ihm sein Beutel zwischen die Waren und er konnte ihn nicht mehr finden. Er schlug sich ins Gesicht, faßte die Jungen und sagte ihnen: »Ihr habt mir den Beutel gestohlen, ihr habt nur hier gespielt, um mich zu bestehlen; es war niemand außer euch da.« Er nahm dann einen Stock und prügelte sie; die Kinder weinten und die Matrosen versammelten sich um sie und sagten: »Alle Kinder dieser Insel sind Diebe.« Nun wurde der Kaufmann so aufgebracht, daß er schwor, sie ins Wasser zu werfen, wenn sie den Beutel nicht herausgäben.

Nachdem der Kaufmann geschworen hatte, nahm er die Kinder und befestigte sie an einem Bund Zuckerrohr und warf sie ins Wasser. Als die Kinder lange nicht zu ihrer Mutter zurückkehrten, kam sie in die Nähe des Schiffs, um sie zu suchen, und da sie sie nirgends sah, erkundigte sie sich nach ihnen bei den Matrosen und beschrieb das Alter und Aussehen derselben. Die Matrosen sahen bald ein, daß diese Frau die Mutter der Kinder sei, welche ins Wasser geworfen worden, und erzählten ihr, was ihren Kindern widerfahren. Die Frau schrie: »Wie schade um eure Herrlichkeit, o meine Kinder! Wo ist das Auge eures Vaters, daß es euch sehe?« Da fragte sie einer der Schiffsleute: »Wessen Gattin bist du?« Sie antwortete: »Ich bin die Gattin des Kaufmanns N.N., zu dem ich eben reisen wollte, als dieses Unglück mich traf.« Als der Kaufmann dies hörte, umarmte er sie, dann stand er auf, zerriß seine Kleider, schlug sich auf den Kopf und rief: »Bei Gott, ich habe selbst meine Kinder getötet. Das ist die Strafe dessen, der die Folgen einer Handlung nicht bedenkt und übereilt handelt.« Er weilte dann eine Weile im Schiff mit seiner Gattin, dann sagte er: »Bei Gott, ich werde keine Freude mehr am Leben haben, bis ich weiß, was aus meinen Kindern geworden.« Er schwamm im Wasser herum, fand sie aber nicht mehr, denn ein heftiger Wind hatte sie ans andere Ufer getrieben. Eins dieser Kinder wurde von Freunden des Königs aufgenommen, bei dem sein Vater gewohnt hatte. Als das Kind dem König gebracht wurde, gefiel es ihm sehr, daß er es an Kindesstelle annahm und als sein eigenes Kind ausgab, das er aus zärtlicher Liebe bis jetzt verborgen habe. Alle Welt freute sich darüber und der König bestimmte ihn zu seinem Nachfolger und Erben.

Nach einigen Jahren starb der König und sein Adoptivsohn bestieg den Thron ohne Widerspruch. Seine Eltern hatten lange die Insel durchsucht, um ihn und seinen Bruder wiederzufinden, konnten aber keine Spur von ihnen auffinden; nachdem sie alle Hoffnung, ihre Kinder wiederzusehen, verloren hatten, ließen sie sich auf eine Insel nieder. Eines Tages, als der Kaufmann auf den Markt ging, sah er einen Makler mit einem Jungen an der Hand, den er verkaufen wollte. Da dachte er bei sich: »Ich will diesen Jungen kaufen und mich durch ihn über den Verlust meiner Kinder trösten.« Er bewilligte dem Makler den geforderten Preis und führte den Jungen nach Hause. Als seine Frau ihn sah, schrie sie: »Bei Gott, das ist mein Sohn!« Vater und Mutter freuten sich sehr und fragten ihn nach seinem Bruder; er sagte: »Das Meer hat uns getrennt, ich weiß nicht, wo er hingekommen.«

Mehrere Jahre nach dem unerwarteten Wiederfinden seines Sohnes ließ der Kaufmann ein Schiff mit kostbaren Waren beladen und schickte seinen Sohn damit in die Residenz seines Bruders, denn auch die Insel, welche sie bewohnten, gehörte ihm. Als der König hörte, es sei ein fremder Kaufmann mit Waren angekommen, die für ihn passen, ließ er ihn rufen. Er erkannte seinen Bruder nicht, doch fühlte er sich mächtig zu ihm hingezogen und sagte ihm: »Ich wünschte, daß du bei mir bliebest, ich will dich groß machen und dir geben, was du nur begehrst.« Der junge Kaufmann blieb einige Zeit bei seinem Bruder, und als er sah, daß dieser sich gar nicht mehr von ihm trennen wollte, benachrichtigte er seine Eltern davon und bat sie, zu ihm zu kommen. Bald nach ihrer Ankunft kam einmal der König betrunken nach Hause. Da dachte der junge Kaufmann: »Der König verdient wohl durch seine vielen mir erwiesenen Wohltaten, daß ich ihn selbst diese Nacht bewache.« Er stellte sich daher mit gezogenem Schwerte an die Türe des königlichen Gemaches. Ein junger Mann, der ihn längst schon wegen des Ansehens beim König beneidete, sah ihn in dieser Stellung und fragte ihn, warum er so mit gezogenem Schwerte dastehe. »Ich will den König selbst bewachen, weil er mir so viel Gutes erwiesen«, erwiderte ihm der junge Kaufmann.

Als der neidische Jüngling aber am folgenden Morgen diese Begebenheit seinen Freunden erzählte, sagten sie: »Das ist eine gute Gelegenheit, dem fremden Kaufmann die Gunst des Königs zu entziehen und uns Ruhe vor ihm zu schaffen.« Sie gingen hierauf zum König und sagten ihm, sie wünschten ihm einen Rat zu geben, und auf die Frage des Königs, was es wäre, antworteten sie: »Der junge Kaufmann, dem du dich so genähert und den du über alle dein Günstlinge erhoben hast, hat gestern vor unsern Augen mit gezogenem Schwerte auf dich losrennen wollen, um dich zu töten.« Als der König dies hörte, wurde er blaß und sagte: »Könnt ihr das beweisen?« »Willst du den besten Beweis von der Wahrheit unserer Aussage haben«, antworteten die Verleumder, »so stelle dich diese Nacht wieder betrunken und lege dich nieder, da wirst du mit deinen eigenen Augen dich überzeugen.« Sie gingen hierauf zum jungen Kaufmanne und sagten ihm: »Wisse, der König hat dich deiner gestrigen Tat willen sehr gelobt und er wird dich dafür aufs Glänzendste belohnen.« In der folgenden Nacht befolgte der König den Rat der bösen Jünglinge, und als er den Kaufmannssohn mit gezogenem Schwerte kommen sah, fürchtete er sich vor ihm, ließ ihn festnehmen und sagte ihm: »Ist das der Lohn für meine dir erwiesenen Wohltaten? Du hast mir näher als irgend jemand gestanden und nun verfährst du so schlimm gegen mich?« Zwei Jungen fragten sogleich den König, ob sie ihm den Kopf abschlagen sollten. Aber der König antwortete: »Einen Menschen umbringen ist eine sehr leichte Sache, aber auch eine sehr ernste; wir können leicht den Lebendigen töten, aber dem Toten nicht mehr das Leben wiedergeben. Darum will ich diesen Verbrecher einstweilen nur einsperren lassen, seinen Kopf kann ich immer noch haben.« Hierauf verließ sie der König, nahm seine Tagesarbeit vor, ging dann auf die Jagd, kehrte zur Stadt zurück und dachte nicht mehr an den Eingesperrten. Da kamen die Feinde des Kaufmannssohnes zum König und sagten: »Wenn du diesen Verbrecher nicht bestrafst, so werden alle jungen Leute nach deinem Reiche lüstern werden.« Diese Worte erweckten den Zorn des Königs, er ließ den Angeklagten wieder vor sich führen und den Scharfrichter holen, um ihm den Kopf abzuschlagen. Schon hatte man dem Jüngling die Augen zugebunden und der Scharfrichter stand ihm zu Häupten und sagte: »Wenn du es erlaubst, o König, so haue ich zu.« Als der König erwiderte: »Halte ein! Ich will noch darüber nachdenken, ich kann ihn immer noch töten lassen; führet ihn wieder ins Gefängnis zurück!«

Inzwischen hatte der Vater des jungen Kaufmanns von dem Schicksale seines Sohnes Nachricht erhalten. Er eilte sogleich zum König und überreichte ihm ein Schreiben, welches folgende Worte enthielt:

»Habe Mitleid mit mir, Gott wird sich auch deiner erbarmen! Übereile dich nicht, wo es ein Menschenleben gilt, denn ich habe aus Übereilung einen Sohn ins Wasser geworfen, den ich nie mehr wiedergefunden. Glaubst du, daß er den Tod verdient, so töte mich statt seiner.«

Er fiel dann vor dem König nieder und weinte. Der König forderte ihn auf, die Geschichte seines ertrunkenen Sohnes ausführlich zu erzählen, und als er damit zu Ende war, stieß der König ein lautes Geschrei aus, stieg vom Thron herunter, umarmte seinen Vater und seinen Bruder und sagte: »Bei Gott, du bist mein Vater, dieser Jüngling ist mein Bruder und deine Gattin ist unsere Mutter. Seht ihr«, sagte er zu den Leuten, welche um ihn versammelt waren, »wie wohl ich daran getan habe, mich in meinem Hinrichtungsbefehle nicht zu übereilen«, und alle Leute bewunderten seine Einsicht und Überlegung. Dann sagte er, zu seinem Vater sich wendend: »Wärest du damals auf der Insel nicht so rasch gewesen, so hättest du dir diese ganze Zeit her viele Reue und Trauer erspart.« Der König ließ dann auch seine Mutter kommen und ein glückliches Leben in der Mitte seiner Verwandten war der Lohn seiner Bedachtsamkeit.

»Darum«, sagte der Jüngling zum König, »übereile auch du meinen Tod nicht, du möchtest ihn zu spät bereuen, denn nichts ist schlimmer, als die Folgen einer Tat nicht zu bedenken.« Als der König dies hörte, ließ er den Jüngling ins Gefängnis zurückführen und beschloß, noch einige Zeit über ihn nachzudenken.

Am dritten Tage kam der dritte Vezier zum König und sagte: »O König! Verschiebe die Strafe dieses Jünglings nicht länger, denn schon sprechen alle Leute von seiner Schandtat. Laß ihn schnell umbringen, daß keine Rede mehr von ihm sei. Man soll nicht sagen, der König hat jemanden auf dem Bett seiner Gattin gefunden und ihm verziehen.« Diese Worte des Veziers reizten den Zorn des König wieder; er ließ den Jungen gefesselt vorführen und sagte ihm: »Du bist ein Mensch von schlechter Herkunft, du hast mich entehrt, drum will ich dich aus der Welt schaffen.« Der Junge sage: »O König! Gebrauche Geduld in allen deinen Handlungen, so wirst du alle deine Wünsche erlangen; Gott führt immer durch Geduld zum Glück. So ist Abu Saber durch Geduld von der Grube auf den Thron gestiegen.« »Was ist das für eine Geschichte?« fragte der König; und der Jüngling begann:

Geschichte des Gutsbesitzers Abu Saber

Einst lebte in einer kleinen Stadt ein Gutsbesitzer mit Namen Abu Saber, der große Viehherden besaß und eine schöne Frau hatte, die ihm zwei Kinder gebar. Da kam einmal ein Löwe und zerriß eine Menge Vieh. Die Gutsbesitzerin sagte zu ihrem Gatten: »Siehe, dieser Löwe hat unser bestes Vieh zugrunde gerichtet; verfolge ihn mit deinen Leuten und suche ihn zu töten, daß wir Ruhe bekommen.« Er aber antwortete: »Habe Geduld, meine Frau, denn Geduld bringt ein gutes Ende. Dieser Löwe ist doch ein schädliches Tier, Gott wird ihn schon verderben; laß uns nur in Geduld abwarten, jeder Übeltäter stürzt zuletzt selbst ins Verderben.«

Eines Tages ging der König mit großem Gefolge auf die Jagd, begegnete dem Löwen und setzte ihm nach, bis er ihn tötete. Als Abu Saber dies hörte, sagte er zu seiner Gattin: »Habe ich dir nicht gesagt, der Übeltäter stürzt schon von selbst? Hätte ich den Löwen zu erlegen gesucht, wäre es mir vielleicht nicht gelungen. Das ist der Lohn der Geduld.« Einige Zeit nachher, als in dem Städtchen, das Abu Saber bewohnte, jemand ermordet wurde, ließ der Sultan das ganze Städtchen plündern, und Abu Saber verlor dadurch auch den größten Teil seines Vermögens. Da sagte ihm seine Gattin: »Die Umgebung des Sultans kennt dich als einen braven Mann, schreibe dem Sultan, er wird dir gewiß dein Gut zurückgeben lassen.« Er aber antwortete: »O meine Frau! Habe ich dir nicht gesagt, wer Unrecht begeht, wird schon bestraft werden? Nun hat der Sultan eine Gewalttat ausgeübt und unschuldigen Leuten ihr Gut geraubt. Du wirst sehen, wie er bald das seinige verliert.« Dies hörte einer seiner Nachbarn, welcher ihn schon längst beneidete. Er gab dem Sultan davon Kunde, und dieser ließ dem Gutsbesitzer alles, was ihm noch übrig geblieben war, wegnehmen und ihn mit seiner Gattin aus dem Städtchen treiben. Als sie hierauf in eine Wüste flohen, sagte die Frau zu ihrem Manne: »Das alles kommt von deiner Schwäche und Saumseligkeit.« Er aber versetzte: »Habe nur Geduld, sie führt sicher zu einem guten Ende.« Kaum waren sie einige Schritte weiter gegangen, da kamen Räuber und zogen ihnen ihre Kleider aus, nahmen, was sie auf dem Leibe hatten, und raubten ihnen auch ihre Kinder. Die Frau sagte weinend: »Laß einmal deinen Gleichmut und komme, wir wollen den Räubern nachlaufen, vielleicht werden sie uns bemitleiden und uns unsere Kinder zurückgeben.« Abu Saber antwortete: »Habe nur Geduld! Wer etwas Böses tut, dem wird auch wieder Böses vergolten; wenn ich ihnen folgte, könnte leicht einer von ihnen sein Schwert ziehen und mich töten; drum Geduld, diese führt zu einem guten Ende.«

Sie gingen dann fort, bis sie in die Nähe eines Städtchens im Lande Kirman kamen, da ließen sie sich am Ufer eines Flusses nieder und Abu Saber sagte zu seiner Frau: »Bleibe du hier, ich will einstweilen ins Städtchen gehen, um eine Wohnung zu mieten.« Als er fern war, kam ein Reiter, um sein Pferd im Flusse zu tränken; diesem gefiel Abu Sabers Gattin so sehr, daß er ihr sagte: »Komm, reite mit mir weg! Ich will dich heiraten und glücklich machen.« Sie antwortete: »Gott erhalte dich! Ich habe einen Gatten.« Da zog er sein Schwert und sagte: »Wenn du mir nicht folgst, so bringe ich dich um.« Als sie dies sah, schrieb sie mit den Fingern in den Sand: »O Abu Saber! Du hattest immer Geduld, bis du dein Vermögen, deine Kinder und deine Gattin verloren, die dir noch teurer als alles war, nun wirst du immer in Trauer leben und sehen, wohin dich deine Geduld geführt hat.« Der Reiter setzte sie dann hinter sich aufs Pferd und ritt mit ihr davon. Als Abu Saber zurückkam, war sie schon weit weg, und als er las, was sie geschrieben

hatte, gab er sie für verloren; er weinte eine Weile, sagte aber bald zu sich selbst: »O Abu Saber! Du mußt auch jetzt noch Geduld haben, es gibt vielleicht noch ein härteres Unglück, als das deinige.« Er ging dann traurig vor sich hin, bis er von Handwerksleuten, die am Königlichen Palast Frondienst leisten mußten, angehalten wurde. Diese sagten ihm: »Du mußt hier mitarbeiten, sonst wirst du für immer eingesperrt.« Abu Saber arbeitete nun einen ganzen Monat wie ein Taglöhner und erhielt jeden Tag einen Laib Brot. Eines Tages fiel ein Arbeiter von einer Leiter herunter und brach ein Bein. Abu Saber hörte ihn weinen und sagte ihm: »Habe Geduld und schreie nicht, du wirst um so eher wieder Ruhe finden; verliere nur die Geduld nicht, denn mit ihr kann man aus der tiefsten Grube auf den Thron steigen.« Der König, welcher am Fenster saß und diese Rede hörte, geriet in Zorn über Abu Saber und ließ ihn in eine tiefe Grube werfen, die im Palast war, und sagte zu ihm: »Du Verrückter! Wir wollen einmal sehen, wie du aus der Grube auf den Thron steigst.« Diese Worte wiederholte der König jeden Tag vor der Grube, in welche er ihm zwei Laibchen Brot werfen ließ. Abu Saber schwieg und ertrug sein Unglück mit Geduld. In der Grube, wo er schmachtete, war früher ein Bruder des Königs eingesperrt, der schon längst tot war, den man aber im Lande noch lebendig glaubte. Die Partei des Verstorbenen wurde durch dessen vermeinte lange Gefangenschaft gegen den König aufgebracht, er wurde als ein grausamer Tyrann verschrien und in einem Volksaufstande ermordet. Nun holte man Abu Saber, den man für des Königs Bruder hielt, aus der Grube hervor. Niemand sah den Irrtum ein, weil beide einander sehr ähnlich waren, und des Königs Bruder gar zu lange im Gefängnis von niemandem besucht werden durfte, und so wurde Abu Saber als König ausgerufen.

Abu Saber dachte: »Das ist der Lohn der Geduld«; und ohne ein Wort zu sagen, setzte er sich auf den Thron, zog königliche Kleider an und regierte mit so vieler Gerechtigkeit und Einsicht, daß man ihn liebgewann und ihm gern

gehorchte, auch wurde sein Heer immer stärker. Bald nachher wurde der König, welcher ihn einst ausgeplündert hatte, von einem seiner Feinde überfallen und vom Throne gestürzt. Der vertriebene König kam zu Abu Saber, den er nicht mehr kannte, lobte seine Tugenden und flehte ihn um Schutz und Hilfe an. Abu Saber aber, der sich seiner noch erinnerte, dachte: »Das ist der Lohn der Geduld, nun hat ihn Gott in meine Hand gegeben«, und gab seinen Leuten Befehl, den König mit den seinigen bis auf ihre Kleider auszuplündern und aus dem Lande zu treiben. Abu Sabers Leute sahen dies mit Erstaunen und dachten, das ist nicht königlich gehandelt; ein fremder König fleht seinen Schutz an und er läßt ihn ausplündern; doch mußten sie schweigen. Nach einiger Zeit hörte der König, es halten sich Räuber im Lande auf; er ließ ihnen nachsetzen, und als man sie ihm gefangen brachte, sah er, daß es die Räuber waren, welche ihn ausgeplündert und seine Kinder weggeführt hatten. Er fragte sie: »Wo sind die zwei Knaben, die ihr einst in der Wüste geraubt habt?« Sie antworteten: »Wir haben sie bei uns und wollen sie unserem Herrn, dem König, als seine Sklaven vorstellen; auch wollen wir alles Geld hergeben, das wir gesammelt haben, das Räuberhandwerk aufgeben und bei deinen Truppen als Soldaten dienen.« Der König aber gab ihnen kein Gehör, sondern nahm ihnen ihr Geld und die zwei Knaben weg, an denen er große Freude hatte, und ließ sie dann hinrichten. Da sagten die Truppen des Königs einer zum andern: »Der ist noch grausamer, als sein Bruder. Die Diebe bringen ihm zwei Knaben und wollen Buße tun, und er läßt sie umbringen und ausplündern; das ist eine große Gewalttat.« Nach einiger Zeit kam ein Reiter vor den König mit der Frau desselben und klagte seine Frau des Ungehorsams gegen ihn an; der König erkannte seine Frau, nahm sie dem Reiter weg und ließ ihn umbringen. Als der König hierauf hörte, daß ihn seine Truppen für einen Tyrannen hielten, sagte er in Gegenwart seiner Veziere und des ganzen Hofes: »Bei dem erhabenen Gott! Ich bin nicht des Königs Bruder, sondern der König ließ mich eines einzigen Wortes willen in seines Bruders Gefängnis sperren; ich bin Abu Saber, und Gott hat mir durch Geduld den Thron geschenkt. Der König, der bei mir Schutz suchte und den ich ausplündern ließ, hat mir früher all mein Gut weggenommen und mich ungerechterweise aus dem Lande verbannt; ich habe ihm also Gleiches mit Gleichem vergolten. Die Diebe, welche von Buße sprachen, konnte ich nicht anhören, sie haben mich auf dem Wege bis auf meine Kleider ausgezogen und mir auch meine beiden Knaben weggenommen, die ihr für Sklaven hieltet; auch ihnen habe ich gerechte Strafe widerfahren lassen. Den Reiter ließ ich endlich umbringen, weil die Frau, gegen die er klagte, meine Gattin ist, die er mit Gewalt entführt und die mir nun der erhabene Gott zurückgegeben. So habe ich immer Gerechtigkeit ausgeübt, während ihr, nach dem Scheine urteilend, mich für einen Tyrannen hieltet.«

Diese Worte des Königs setzten seine Zuhörer in Erstaunen, sie fielen vor ihm nieder, liebten ihn noch mehr als zuvor, entschuldigten sich bei ihm und bewunderten die göttliche Fügung, die Abu Saber zum Lohne seiner Geduld aus der Grube auf den Thron erhoben und den früheren König von dem Throne in den Abgrund gestürzt. Abu Saber ging dann zu seiner Gattin und sagte ihr: »Nun, wie hast du die Frucht der Geduld gefunden? Siehst du nun, wie süß sie ist, während die der Übereilung bitter schmeckt? Der Mensch mag Böses oder Gutes tun, es wird ihm immer später wieder vergolten.«

»Darum, o König«, sagte der gefesselte Jüngling, »habe auch du jetzt so viel Geduld als möglich; Geduld ist eine Tugend der Edlen und ziemt besonders einem König.« Als der König dies hörte, legte sich sein Zorn, er ließ den Jüngling wieder ins Gefängnis zurückführen und hob die Versammlung auf.

Am vierten Tag kam der vierte Vezier, welcher Suschad hieß, verbeugte sich vor dem König und sagte: »O König, laß dich durch die Reden des Jünglings nicht täuschen, denn er spricht nicht wahr. So lange er lebt, werden alle Leute von dieser Geschichte sprechen, und du selbst wirst sie nie vergessen können.« Der König sagte: »Bei Gott! Du hast recht, ich will ihn vor meinen Augen umbringen lassen.« Der Gefangene wurde wieder vor den König geführt und dieser sagte ihm: »Wehe dir! Glaubst du mein Herz durch deine Erzählungen einzuschläfern und durch deine Reden immer mehr Zeit zu gewinnen? Heute laß ich dich umbringen, ich will einmal deiner los sein.« Der Jüngling sagte: »O König! Du bist Herr, mich umzubringen, wann du willst, doch Übereilung ziemt nur gemeinen Menschen, edle Männer aber haben Geduld. Hast du mich umgebracht, so bereuest du es, und willst du mich dann wieder lebendig machen, so kannst du es nicht. Wer sich übereilt, dem geht es, wie dem Prinzen Bahsad.« Der König fragte: »Was ist das für eine Geschichte?« und der Jüngling antwortete:

Geschichte des Prinzen Bahsad

O Herr! Es war vor alter Zeit ein König, der einen Sohn hatte, dem keiner seiner Zeitgenossen an Schönheit glich. Er liebte die Geselligkeit und verkehrte viel mit Kaufleuten. Einst war der Prinz in Gesellschaft und hörte, wie jemand sagte, er sei der schönste Mensch seiner Zeit. Hierauf sagte ein anderer: »Die Tochter des Königs N. N. ist schöner als er.« Sobald der Prinz dieses hörte, verlor er den Verstand, sein Herz pochte heftig, er rief den Fremden zu sich und bat ihn um den Namen der Prinzessin, deren Schönheit er so über die seinige erhoben hatte. Als der Fremde sie nannte, wurde der Prinz ganz blaß und sein Herz beschäftigte sich nur noch mit ihr. Der König, der davon unterrichtet wurde, sagte ihm: »Mein Sohn! Du kannst das Mädchen, das du liebst, erlangen; habe nur Geduld, ihr Vater wird sie dir gern zur Gattin geben, wenn ich um sie anhalte.« Der Prinz sagte: »Ich habe keine Geduld.« Der König schickte sogleich zu dem Vater der Schönen und hielt bei ihm um die Hand seiner Tochter an. Dieser forderte 100000 Dinare als Morgengabe. Als aber der König das Geld, das er in seinem Schatze hatte, zusammenzählte, da fehlte noch einiges an den 100000 Dinaren; er sagte daher zu seinem Sohne: »Habe Geduld, bis ich das fehlende Geld zusammenbringe, dann schicke ich es deinem Schwiegervater und lasse deine Geliebte holen.« Aber der Prinz geriet in heftigen Zorn und sagte: »Ich warte nicht länger!« nahm Schwert und Lanze, bestieg sein Pferd und wurde Straßenräuber. Eines Tages fiel er aber eine starke Karawane an, wurde überwunden, gefangen und gefesselt vor den König jenes Landes geführt. Als der König den schönen Jüngling sah, sagte er ihm: »Du siehst keinem Räuber gleich; gestehe mir die Wahrheit, Junge! Wer bist du?« Der Prinz schämte sich aber, die Wahrheit zu gestehen und wollte lieber sterben. Da sagte der König zu seinen Räten: »Wir wollen uns mit diesem Jungen nicht übereilen, denn Übereilung bringt Reue; es genüge uns, ihn einstweilen in Verhaft zu nehmen.« Inzwischen wurde Bahsad in seinem Lande vermißt, und sein Vater schickte Boten nach allen Seiten, um ihn aufzusuchen. Als auch bei dem König, der ihn gefangen hielt, nach ihm gefragt wurde, rief er: »Gelobt sei Gott, daß ich mich nicht übereilt habe.« Er ließ sogleich Bahsad rufen und sagte ihm: »Warum wolltest du dich selbst in den Abgrund stürzen?« Er antwortete: »Aus Furcht vor der Schande.« »Fürchtest du dich so sehr vor der Schande«, versetzte der König, »so hättest du dich nicht so übereilen sollen; hast du nicht gewußt, daß Übereilung Reue bringt? Auch ich würde es jetzt bereuen, wenn ich mich übereilt hätte.« Er schenkte ihm dann ein Ehrenkleid, und versprach ihm das Fehlende zur Morgengabe, auch schickte er sogleich zu des Prinzen Vater, um ihn vom Wohle seines Sohnes zu unterrichten, und redete Bahsad zu, selbst wieder zu seinem Vater zurückzukehren. Aber Bahsad sagte: »O König! Vollende deine Wohltat und schicke mich gleich zu meiner Braut, denn das wird lange dauern, bis ich nach Hause komme und mein Vater ihr einen Boten schickt und dieser wieder zurückkehrt.«

Der König wunderte sich über des Prinzen Ungeduld und sagte ihm lächelnd: »Ich fürchte sehr, deine Übereilung möchte dich straucheln machen und dem Ziele deiner Wünsche entrücken.« Indessen gab er ihm doch ein Empfehlungsschreiben an den Vater des Mädchens. Als der Prinz zum König kam und das Schreiben überreichte, machte ihm der König mit den Großen seines Reichs einen Gegenbesuch und erwies ihm viel Ehre. Auch ließ der König dem Empfehlungsschreiben des Königs und dem Wunsche des Vaters gemäß die Vorkehrungen zur Hochzeit beschleunigen. Am Hochzeittage war der Prinz aber so ungeduldig, seine Braut unverschleiert zu sehen, daß er durch ein Loch sah, das in der Wand war, welche ihn von seiner Braut trennte. Dies bemerkte seine Schwiegermutter und es mißfiel ihr so sehr, daß sie sich von einem Diener zwei eiserne Stangen bringen ließ, und als der Jüngling wieder ans Loch kam, ihm die Augen ausstieß. Der Jüngling stieß ein jämmerliches Geschrei aus, fiel in Ohnmacht und alle Freude wurde in Trauer verwandelt.

»Du siehst, o König!« sagte der Gefesselte, »was das Ende der Übereilung ist; die Ungeduld dieses Prinzen hat ihm lange Reue zugezogen; ebenso bereute nachher seine Schwiegermutter ihre unbesonnene Tat, als es zu spät war. Drum, o König! Laß mich nicht zu schnell umbringen, du kannst mich ja immer noch töten lassen.« Als der König dies hörte, legte sich sein Zorn wieder und er ließ den Jüngling wieder ins Gefängnis zurückführen.

Am fünften Tage kam der fünfte Vezier, der Djahbur hieß, verbeugte sich vor dem König und sagte: »O König! Deine Ehre erheischt, daß, wenn jemand in deine Wohnung blickt, du ihm sogleich die Augen ausstechen lassest; was mußt du erst dem tun, den du mitten in deinem Zimmer auf deinem Bett gefunden, in der Absicht, deinen Harem zu entehren, und dazu, wenn es noch ein Mensch von niederer Herkunft ist? Tilge einmal diese Schmach durch seinen Tod, wir raten dir dazu aus Eifer für die Befestigung des Reichs und aus Liebe zu dir; dieser Mensch verdient keine Stunde mehr zu leben.« Diese Worte reizten des Königs Zorn, er ließ den Jüngling wieder vor sich führen und sagte ihm: »Wehe dir! Du hast ein großes Verbrechen begangen, du lebst schon zu lange, ich lasse dich jetzt umbringen; denn solange du lebst, haben wir keine Ruhe.« Der Jüngling sagte: »O König! Bei Gott, ich bin unschuldig, darum wünsche ich zu leben, denn nur der Unschuldige kann trotz aller Strafen sich doch aufrecht erhalten; der Schuldige aber nimmt, auch wenn er noch lange lebt, doch zuletzt ein trauriges Ende. Das lehrt uns die Geschichte des Königs Dadbin und seines Veziers.« Der König wünschte diese Geschichte zu hören, und der Jüngling begann:

Geschichte des Königs Dadbin

O König! Gott erhalte lange dein Reich! Einst regierte ein König im Lande Tabaristan, welcher Dadbin hieß; er hatte zwei Veziere. Der eine nannte sich Surchan und der andere Kardan. Ersterer hatte eine Tochter, welche Arwa hieß und das schönste und tugendhafteste Mädchen ihrer Zeit war. Sie fastete viel und weihte ihre ganze Zeit der Andacht. Bald hörte auch der König Dadbin so viel von ihren Reizen und Tugenden, daß sein Herz für sie eingenommen wurde und er seinen Vezier rufen ließ und ihm sagte, er wünsche seine Tochter zu heiraten. Der Vezier erwiderte: »O König, erlaube mir, den Willen Arwas zu erfragen; wenn sie deine Gattin werden will, so habe ich nichts dagegen.« Der König sagte: »Eile nur!« Der Vezier ging hierauf zu seiner Tochter und sagte ihr: »Der König hat bei mir um dich angehalten, willst du ihm deine Hand reichen?« Sie antwortete: »O mein Vater, ich habe keine Lust, zu heiraten, und willst du mir je einen Gatten geben, so gib mir einen, der unter mir steht, damit er nicht stolz auf mich herabsehe und sich noch anderen Frauen zuwende; verheirate mich ja nicht mit einem, der höher steht als ich, und mich wie eine Sklavin behandeln könnte.« Der Vezier kehrte zum König zurück und brachte ihm die Antwort seiner Tochter. Aber diese Antwort vermehrte nur noch die Leidenschaft des Königs, und er sagte dem Vezier: »Gibst du mir sie nicht gutwillig, so nehme ich sie mit Gewalt.« Der Vezier ging wieder zu seiner Tochter und hinterbrachte ihr des Königs Worte. Da aber Arwa in ihrer Weigerung verharrte, und der König immer heftiger wurde und dem Vezier mit Gewalt drohte, eilte dieser schnell nach Hause und entfloh mit seiner Tochter. Als der König dies hörte, schickte er Truppen aus, um ihn aufzufangen, und stellte sich selbst an ihre Spitze. Er holte bald den Vezier ein, tötet ihn mit einem Hammer, nahm die Tochter mit Gewalt in sein Schloß und heiratete sie. Arwa ertrug ihr Unglück mit Geduld und Ergebung in Gottes

Willen und hörte nicht auf, zu beten und zu fasten. Nach einiger Zeit, als der König eine Reise unternehmen mußte, ließ er den Vezier Kardan kommen und sagte ihm: »Ich vertraue dir meine Gattin, die Tochter des Veziers Surchan, an; gib wohl acht auf sie und bewache sie mit deinen eigenen Augen, denn ich habe auf der Welt nichts Teureres, als sie.« Kardan fühlte sich durch dieses Vertrauen sehr geehrt und erklärte sich bereit, des Königs Befehle zu vollziehen.

Als der König abgereist war, dachte der Vezier: »Ich muß doch einmal die Frau sehen, die der König so sehr liebt.« Er verbarg sich an einem Ort, wo er sie unbemerkt sehen konnte, und fand sie so unaussprechlich reizend, daß er vor Liebe ganz außer sich kam. Seiner selbst nicht mehr Herr, schrieb er ihr: »O habe doch Mitleid mit mir, deine Liebe tötet mich.« Sie antwortete ihm aber: »Ich bin ein anvertrautes Gut bei dir, mißbrauche das Vertrauen des Königs nicht, setze dein Inneres nicht mit dem Äußeren in Widerspruch, begnüge dich mit deiner gesetzmäßigen Frau und besiege deine sündhafte Leidenschaft, sonst mache ich dich vor allen Menschen zuschanden.« Als dem Vezier an der Tugend der Königin kein Zweifel mehr blieb, bereute er seine Kühnheit und fürchtete sich vor dem König. Er beschloß daher, Arwa durch List zu verderben, um nicht selbst beim König angeklagt zu werden. Sobald dieser von der Reise zurückkehrte und den Vezier nach den Angelegenheiten seines Reichs fragte, antwortete dieser: »Es steht alles gut, nur etwas Schlimmes habe ich entdeckt, das ich gern dem König zu verschweigen wünschte; doch fürchte ich ein anderer möchte mir zuvorkommen und ich dem König dann als ein treuloser Ratgeber und Vertrauter erscheinen.« Der König sagte: »Sprich nur, du bist mein treuer, aufrichtiger Ratgeber; ich habe vollen Glauben an alles, was du mir berichtest.« Da sagte der Vezier: »O König, die Frau, die du so von ganzem Herzen liebst, und die so viel von Religion, vom Fasten und Gebete spricht, ist eine Heuchlerin und eine Betrügerin.«

Der König fragte erschrocken: »Was hat sich ereignet?« worauf der Vezier antwortete: »Wisse, daß, nachdem du eine Weile abwesend warst, jemand zu mir kam und sagte: ›O Vezier, folge mir! Du sollst etwas sehen‹. Er führte mich an die Türe des Königlichen Schlafgemaches, und ich sah, wie deine Gattin neben dem Sklaven ihres Vaters saß, und schloß aus ihrer Vertraulichkeit, was keiner Erwähnung bedarf. Das ist's, mein Herr, was ich dir zu hinterbringen hatte.« Der König sprang zornig auf und sagte einem seiner Diener: »Geh in das Gemach der Königin und bring sie um.« Aber der Diener erwiderte: »O König, Gott erhalte dich lange!, lasse deine Gattin nicht auf solche Weise sterben, laß sie lieber von einem Diener auf ein Kamel laden und in eine abgelegene Wüste bringen, Ist sie schuldig, so wird sie Gott verderben, ist sie unschuldig, so wird er sie retten, und der König hat sich nicht an ihr versündigt. Bedenke, daß dir diese Frau so teuer war, daß du ihren Vater aus Liebe zu ihr getötet hast.« Der König stimmte dem Schloßverwalter bei und befahl einem seiner Sklaven, die Königin auf einem Kamel ohne Lebensmittel in eine abgelegene Wüste zu führen und sie dann ihrer Pein zu überlassen. Der Sklave vollzog des Königs Befehl und ließ Arwa ohne Speise und Wasser in der Wüste. Als diese sich ganz verlassen sah, bestieg sie einen Hügel, legte einige Steine zurecht, stellt sich darauf und betete zu Gott.

Um diese Zeit hatte ein Kameltreiber des Königs Chosru Kamele verloren und der König ihm gedroht, wenn er sie nicht fände, würde er ihn umbringen lassen. Der Kameltreiber suchte daher überall und vertiefte sich in die Wüste, bis er an die Stelle kam, wo die Königin betete; er wartete, bis sie ihr Gebet vollendet hatte, dann näherte er sich ihr, grüßte sie und fragte: »Wer bist du?« Sie antwortete: »Ein Sklavin Gottes.« »Und was tust du an diesem entlegenen Ort?« »Ich bete Gott an.« Der Kameltreiber fand sie so schön, daß er nicht umhin konnte, ihr zu sagen: »Höre, willst du mich heiraten? Ich werde dich mit Liebe und Zärtlichkeit behandeln und in deinem Gottesdienste dir beistehen.« Sie antwortete aber: »Ich will nicht heiraten, ich will allein mit meinem Herrn in seinem Dienste leben; willst du mir aber eine Gnade erweisen und mir in meinem Gottesdienste beistehen, so führe mich an einen Platz, wo es Wasser gibt.« Der Kameltreiber führte sie an einen Bach und setzte seinen Weg fort; aber kaum war er einige Schritte weiter gegangen, da fand er durch ihren Segen seine Kamele wieder. Als er zum König zurückkehrte und dieser ihn fragte, ob er die Kamele wiedergefunden, erzählte er ihm von dieser Frau und sprach so viel von ihrer Schönheit und Anmut, daß der König für sie eingenommen wurde und selbst mit wenigen Leuten zu ihr ritt. Sobald er sie sah, war er entzückt von ihren Reizen, denn er fand sie noch viel schöner, als sie ihm geschildert worden. Er näherte sich ihr und sagte: »Ich bin der große König Chosru, willst du mich zum Gatten?« Sie antwortete: »Ich lebe hier in dieser Wüste von den Menschen getrennt, was willst du von mir?« Er antwortete: »Ich muß dich heiraten und wenn du mir nicht folgen willst, so werde ich hier bei dir wohnen und Gott mit dir anbeten.« Er ließ dann sogleich ein Zelt für sie aufschlagen und ein anderes für sich, dem ihrigen gegenüber, und ließ ihr Speisen reichen. Da dachte sie: »Dieser Mann ist ein König, ich darf ihn nicht von seinen Untertanen und seinem Reiche trennen.« Sie ließ ihm daher durch die Dienerin, welche ihr zu essen brachte, sagen, er möchte doch zu seinen Frauen zurückkehren, sie wolle lieber allein Gott anbeten. Als die Dienerin dies dem König hinterbrachte, ließ er ihr sagen, er habe keine Freude mehr an seinem Königreiche, er wolle auch diese Wüste bewohnen und Gott mit ihr anbeten. Arwa, von den ernsten Absichten des Königs überzeugt, konnte ihm nicht länger widerstehen; sie sagte ihm daher: »Ich will, deinem Wunsche gemäß, deine Gattin werden, doch unter der Bedingung, daß du den König Dadbin und seinen Vezier und Pförtner kommen lassest; ich werde in deiner Gegenwart auf eine Weise mit ihnen sprechen, daß du mich gewiß noch mehr lieben wirst.« Auf Chosrus dringende Fragen erzählte sie ihm dann ihre ganze Geschichte vom Anfang bis zum Ende und seine Liebe zu ihr wurde noch größer und er sagte ihr zu, was sie begehrte.

Chosru ließ dann Arwa in einer Sänfte nach dem Schlosse bringen, heiratete sie und verlieh ihr den höchsten Rang in seinem Harem. Bald nachher schickte er eine zahlreiche Armee zu Dadbin und ließ ihn, seinen Vezier und den Pförtner holen, ohne ihnen zu sagen, was er von ihnen wolle; für Arwa ließ er vor dem großen Sitzungssaal ein Zelt aufschlagen, das mit einem Vorhange bedeckt war, und als Dadbin und sein Vezier neben Chosru Platz nahmen, hob Arwa den Vorhang ihres Zeltes auf und sagte: »Kardan, steh auf! Du verdienst nicht, in der Nähe eines Mannes, wie der mächtige König Chosru, zu sitzen.« Als der Vezier Kardan dies hörte, zitterte er am ganzen Körper und stand voller Angst auf. Da sagte sie ihm: »Ich beschwöre dich bei dem, der dich hierher gebracht, sprich die Wahrheit: Was hat dich dazu bewogen, mich zu verleumden und mich von meinem Hause und meinem Gatten zu trennen? Hier helfen keine Lügen mehr.« Der Vezier, der jetzt Arwa an ihrer Stimme erkannte, dachte, daß hier nur die Wahrheit frommen könne; er beugte daher den Kopf zur Erde und sagte weinend: »Wer ein Unrecht begeht, dem wird es wieder vergolten, wenn es auch lange ansteht. Bei Gott, ich habe schwer gesündigt, Furcht, Leidenschaft und ein schweres Verhängnis, dem ich nicht entgehen konnte, haben mich dazu veranlaßt; diese Frau ist rein und unschuldig.« Als der König Dadbin dies hörte, schlug er sich ins Gesicht und sagte zu Kardan: »Gott töte dich, wenn du ungerechterweise mich von meiner Gattin geschieden hast.« Aber Chosru sagte: »Gott wird dich verderben, du hast es durch deine Übereilung verdient. Hättest du dich besonnen und ihre Schuld geprüft, so wäre es dir leicht gewesen, die Lüge von der Wahrheit zu unterscheiden. Dieser Vezier wollte deinen Untergang; wo blieb aber dein Verstand und deine Besonnenheit?«

Chosru fragte dann Arwa, welche Strafe er über die Angeklagten verhängen sollte. Sie antwortete: »Urteile nach Gottes Ausspruch: ›Der Mörder soll wieder getötet werden und dem Übeltäter soll wie dem Wohltäter Gleiches mit Gleichem vergolten werden.‹« Sie ließ dann den König Dadbin mit einem

Hammer totschlagen und sagte: »Das ist für den Mord meines Vaters.« Den Vezier Kardan aber ließ sie auf ein Kamel laden und in die Wüste führen, in welche sie einst ausgesetzt worden, und sagte ihm: »Bist du schuldig, so wirst du in der Wüste vor Hunger und Durst umkommen, bist du unschuldig, so kannst du ebenso gut wie ich gerettet werden.« Dem Diener aber, der den Rat gegeben hatte, sie in die Wüste zu führen, schenkte sie ein kostbares Kleid und sagte ihm: »Ein Mann wie du verdient in der Nähe von Königen angesehen zu leben, denn du hast gut und wahr gesprochen.« Kaum hatte sie so gesprochen, da ernannte ihn Chosru zum Statthalter über eine seiner Provinzen.

»Du siehst, mächtiger König«, sagte der Jüngling, »daß, wer Gutes übt, auch wieder Gutes findet, und daß der Unschuldige kein böses Ende zu fürchten hat. Auch ich bin unschuldig, drum hoffe ich, daß dir Gott die Wahrheit zeigen und mir gegen meine Feinde und Verleumder den Sieg verschaffen wird.« Als der König dies hörte, legte sich sein Zorn; er ließ den Jüngling ins Gefängnis zurückführen und sagte: »Wir wollen warten bis morgen.«

Am sechsten Tage waren die Veziere außer sich vor Ärger darüber, daß sie noch immer ihren Zweck nicht erreicht; auch fingen sie an, für sich selbst zu fürchten. Drei von ihnen gingen daher zum König, verbeugten sich vor ihm und sprachen: »O König, wir sagen dir aus Liebe zu dir und deinem Reiche: Du hast diesen Jüngling schon zu lange leben lassen; wir wissen nicht, was du dabei gewinnst, ein Tag nach dem anderen geht vorüber und das Gerede und die entehrenden Vermutungen nehmen immer zu; drum laß ihn endlich einmal umbringen.« Als der König dies hörte, sagte er: »Bei Gott, ihr habt recht und sprecht wahr.« Er ließ den Jüngling wieder vorführen und sagte: »Wie lange soll ich mich noch über dich bedenken? Ich sehe keine Hilfe für dich, alle meine Räte dürsten nach deinem Blute.« Der Jüngling aber versetzte: »Ich erwarte Hilfe von Gott, nicht von seinen Geschöpfen; und steht der mir bei, so kann mir niemand schaden; auch fürchte ich niemand, denn mein ganzer Sinn ist mit ihm. Wer von Menschen Hilfe erwartet, dem geht es, wie dem König Bacht Saman.« Als der König die Geschichte Bacht Samans hören wollte, erzählte der Jüngling:

Geschichte Bacht Samans

Einst lebte ein König, mit Namen Bacht Saman, der seine größte Freude an Essen, Trinken und anderen sinnlichen Genüssen hatte. Da rückte einmal der Feind gegen die Grenzen seines Landes heran und bedrohte es mit einem Überfall. Als einer seiner Freunde ihm dies meldete und ihn aufforderte, auf seiner Hut zu sein, sagte er: »Ich habe viel Geld, Soldaten und Waffen, ich fürchte nichts.« Da sagten ihm seine Freunde: »Vertraue lieber auf Gott, der hilft dir eher, als deine Waffen, deine Soldaten und dein Geld.« Er gab aber seinen Ratgebern kein Gehör, wurde vom Feinde überfallen, besiegt und in die Flucht getrieben; denn sein Vertrauen auf etwas außer Gott half ihm nichts. Bacht Saman flüchtete sich nun zu einem anderen König und sagte ihm: »Ich komme zu dir und hänge mich an den Saum deines Kleides und flehe deine Hilfe gegen meine Feinde an.« Dieser König gab ihm so viel Geld und Truppen, daß er dachte: »Nun habe ich wieder eine große Armee, ich werde gewiß meinen Feind besiegen«; er setzte aber nicht hinzu: »Mit Gottes Hilfe«, darum kam ihm auch sein Feind entgegen, trieb ihn abermals in die Flucht, schlug seine Truppen, nahm ihm sein Geld und verfolgte ihn bis ans Meer. Als Bacht Saman übers Meer setzte, fand er eine große Stadt mit einer festen Zitadelle; er fragte, wem diese Stadt gehöre, und man antwortete ihm: »Dem König Chadidan.« Bacht Saman ging in den Palast des Königs, gab sich für einen Krieger aus und forderte Dienst beim König. Dieser empfing ihn gut und reihte ihn in seine Leibwache ein, doch sehnte sich Bacht Saman stets nach seinem Lande zurück. Einst traf es sich, daß der König Chadidan einen Feind zu bekriegen hatte, da ernannte er Bacht Saman zum Anführer der Truppen. Als sie aber ihre Reihen gebildet hatten, stellte sich der König Chadidan selbst an ihre Spitze mit einer Lanze in der Hand und kämpfte mutig, bis sich der Krieg für ihn entschied und das feindliche Heer beschämt die Flucht ergriff. Als Chadidan siegreich mit den Seinigen zurückkehrte, sagte ihm Bacht Saman: »O Herr, ich wundere mich, wie du, Herr dieser zahlreichen Truppen, doch selbst fechten und dich solcher Gefahr aussetzen mochtest.« Chadidan antwortete: »Du gibst dich für einen erfahrenen Krieger aus und glaubst, der Sieg hänge von der Zahl der Truppen ab?« Bacht Saman erwiderte: »Allerdings glaube ich dies.« Da versetzte Chadidan: »Du irrst in deinem Glauben; wehe dem, der nicht auf Gott vertraut! Von ihm allein kommt der Sieg. Das Heer ist nur ein Gegenstand der Zierde und dient zur Vermehrung der Ehrfurcht vor dem König. Auch ich glaubte ehemals, der Sieg hänge von der Zahl der Truppen ab; da zog mir einst ein Feind entgegen mit 800 Mann, ich hatte ihm 800000 Mann entgegen zu stellen und fürchtete ihn daher nicht; aber mein Feind vertraute auf Gott und brachte mir eine harte Niederlage bei. Ich mußte mich in eine Höhle flüchten, wo ich einen Einsiedler traf; ich wandte mich zu diesem und klagte ihm meinen Zustand. Da sagte er: ›Weißt du, warum du geschlagen worden bist?‹ Ich sagte: ›Nein.‹ Da versetzte er: ›Weil du dich auf deine zahlreichen Truppen und nicht auf Gott verlassen hast, während doch er allein dir nützen oder schaden kann; drum wende dich zu Gott und kein Feind wird dir widerstehen.‹

Ich ging in mich zurück«, fuhr Chadidan fort, »und bekehrte mich nach der Weisung dieses Einsiedlers. Nach einiger Zeit sagte mir dieser: ›Geh mit den Truppen, die dir noch geblieben, den Feinden wieder entgegen, und wenn ihr Sinn nicht mehr mit Gott ist, so wirst du sie besiegen, und kämpftest du auch allein gegen sie.‹ Als ich die Worte des Einsiedlers hörte, vertraute ich auf Gott, versammelte die Truppen, die ich noch übrig hatte, und überfiel den Feind plötzlich in der Nacht. Der Feind, der die geringe Anzahl meiner Leute nicht kannte, entfloh auf die schmählichste Weise, und ich wurde durch die Macht Gottes wieder König in meinem Lande, und nun setze ich im Kriege mein Vertrauen nur auf Gott.« Als Bacht Saman dies hörte, erwachte er aus seiner Ungewißheit und sagte: »Gepriesen sei der erhabene Gott! Sieh, du hast mir da meine eigene Geschichte erzählt: Ich bin der König Bacht Saman, dem dies alles selbst widerfahren, ich wende mich nun Gottes Pforte zu und bekehre mich zu ihm.« Bacht Saman ging hierauf ins Gebirge, und betete lange Gott an. Eines Nachts sagte ihm jemand im Traume: »Gott hat deine Buße angenommen, er wird dir gegen deine Feinde beistehen.« Als Bacht Saman erwachte, machte er sich gegen seine Heimat auf. Da traf er einige Leute aus der Umgebung des Königs, die ihm sagten: »Kehre wieder um, denn wir sehen, daß du hier fremd bist, und dein Leben schwebt in großer Gefahr, weil der König dieses Landes alle Fremden umbringen läßt, aus Furcht vor dem König Bacht Saman.« »Ich fürchte nur Gott«, versetzte Bacht Saman, »ohne seinen Willen kann euer König mir nichts anhaben.« »Aber«, erwiderten sie, »er hat viele Truppen und hält sich für unüberwindlich.« Bacht Saman ließ sich nicht abschrecken und dachte bei sich: »Ich vertraue auf Gott, so Gott will, werde ich ihn besiegen.« Er sagte dann zu den Leuten: »Kennt ihr mich nicht?« Sie antworteten: »Nein, bei Gott!«

Da sagte er ihnen: »Ich bin der König Bacht Saman.« Als sie dies hörten und ihn wieder erkannten, stiegen sie von ihren Pferden ab und küßten aus Ehrfurcht seine Steigbügel und sagten ihm: »O König, wie magst du dich in solche Gefahr begeben?« Er antwortete: »Mir ist leicht zumute, denn ich vertraue auf Gottes Schutz, der genügt mir.« Die Leute sagten ihm hierauf: »Das genügt dir, aber auch wir werden gegen dich verfahren, wie es unsere Pflicht erfordert; laß deinen Mut nicht sinken, du kannst über unser Vermögen und unser Leben verfügen, und da wir dem König am nächsten stehen, so können wir dich mit uns nehmen und im stillen wieder Freunde für dich werben, denn alle Leute sind dir zugetan.« Sie nahmen dann Bacht Saman in ihre Mitte und führten ihn in die Stadt und verbargen ihn.

Hierauf teilten sie Bacht Samans Rückkehr einigen höheren Beamten mit, welche früher seine Freunde waren. Bald wurde ein geheimer Bund gegen den König beschlossen, dessen Mitglieder den König töteten und Bacht Saman wieder an seine Stelle setzten. Gott gab diesem Glück in allen seinen Unternehmungen, denn er war gerecht gegen seine Untertanen und lebte im Gehorsam Gottes.

»Du siehst, o König«, sagte der Jüngling, »daß, wer einen reinen Sinn hat und auf Gott vertraut, nie zugrunde geht. Auch ich habe keine andere Hilfe zu erwarten, als von Gott, dessen Urteil ich mich gern unterwerfe, weil er meine Unschuld kennt.« Des Königs Zorn legte sich wieder, und er ließ den Jüngling ins Gefängnis zurückführen.

Am siebenten Tage kam der siebente Vezier, welcher Bihkamal hieß, verbeugte sich vor dem König und sprach: »O König, was nützt dein langes Zaudern mit diesem Jüngling? Man unterhält sich von nichts anderem mehr, als von dir und von ihm; warum läßt du ihn so lange nicht umbringen?« Der König, hierdurch aufs Neue gereizt, ließ den Jüngling wieder vor sich führen und sagte ihm: »Wehe dir! Bei Gott, dieses Mal entgehst du mir nicht mehr, du hast meine Ehre verletzt, ich kann dir nie verzeihen.« Der Jüngling sprach: »O König, nur bei großen Vergehen ist Verzeihung groß; je schwerer das Verbrechen, um so ruhmvoller die Gnade; es ziemt wohl einem mächtigen König, wie du bist, einem Jünglinge meinesgleichen zu verzeihen. Gott, der übrigens meine Unschuld kennt, hat uns geboten, einander zu verzeihen. Wer einem Feinde, den er umbringen könnte, das Leben schenkt, hat dasselbe Verdienst, als hätte er einen Toten wieder belebt; wer sich anderer erbarmt, der findet wieder Erbarmen, wie der König Bihkerd.« Der König fragte: »Was war denn mit diesem Bihkerd?« Da erzählte der Jüngling:

Geschichte des Königs Bihkerd

Es war einmal ein König, mit Namen Bihkerd, der viel Geld und viele Truppen hatte, aber mit Grausamkeit das kleinste Vergehen bestrafte und niemals verzieh. Einst ging er auf die Jagd und wurde von dem Pfeil eines seiner Jungen am Ohr verletzt. Der König fragte sogleich: »Wer hat diesen Pfeil geschleudert?« Man brachte den Jungen, welcher Jatru hieß, herbei, und der König gab den Befehl, ihn zu töten. Jatru fiel vor dem König nieder und sagte: »Erlasse mir, o König, die Strafe für eine nicht absichtlich begangene Schuld. Nachsicht ist die schönste Tugend, Großmut kann dem Menschen später selbst zugut kommen und wird ihm gewiß bei Gott als ein reicher Schatz aufbewahrt; darum tu mir nichts zuleid, Gott wird auch jedes Übel von dir abwenden.« Dem König gefielen diese Worte so sehr, daß er zum ersten Male in seinem Leben verzieh. Er hatte es

aber auch nicht zu bereuen, denn Jatru war ein Prinz, der eines Vergehens willen vom Hause entflohen war und bei dem König Bihkerd Dienst genommen hatte. Bald nach diesem Ereignisse wurde er von jemandem erkannt, der seinem Vater Nachricht von ihm gab. Dieser schrieb seinem Sohne einen Brief, in welchem er ihm das Herz leicht machte und ihn zurückzukommen bat. Der Prinz kehrte zu seinem Vater zurück, der ihm freudig entgegenkam und ihn wieder wie zuvor väterlich liebte.

Um diese Zeit setzte sich einmal der König Bihkerd in einen Nachen, um zu fischen; da kam ein Sturm und warf den Nachen um und trieb den König, der sich noch an einem Brette festhielt, an das jenseitige Meeresufer in das Land, wo Jatrus Vater König war. Gegen Abend erreichte er die Tore der Hauptstadt und brachte, da sie schon geschlossen waren, die Nacht auf einem Grabmale zu. Als des Morgens die Leute in die Stadt gingen, sahen sie einen Ermordeten in der Nähe des Grabmals liegen, der in der Nacht erschlagen worden war, und da sie Bihkerd für den Mörder hielten, ergriffen sie ihn und klagten ihn beim König an, worauf ihn der König einsperren ließ. Als Bihkerd im Gefängnis war, dachte er: »Das alles widerfährt mir wegen meiner vielen Verbrechen; ich habe viele Leute ungerechterweise töten lassen, nun erhalte ich aber meinen Lohn dafür.« Während er aber in solchen Gedanken versunken war, kam ein Vogel und setzte sich auf die Seitenwand des Gefängnisses. Bihkerd, aus großer Leidenschaft für die Jagd, nahm einen Stein und schleuderte ihn nach dem Vogel. Aber der Stein traf den Prinzen, der im Hofe vor dem Gefängnis Ball spielte, und riß ihm das Ohr ab. Sobald man sah, wo der Stein hergekommen war, ergriff man Bihkerd und führte ihn vor den Prinzen.

Bihkerd sollte auf Befehl des Prinzen hingerichtet werden; man warf ihm schon den Turban vom Haupte und wollte ihm die Augen zubinden, da sah der Prinz, daß er nur ein Ohr hatte, und sagte zu ihm: »Wärest du nicht ein schlechter Mensch, so hätte man dir nicht dein Ohr abgeschnitten.« Bihkerd erwiderte: »Bei Gott, mein Ohr ist mir auf der Jagd abgeschossen worden, und ich habe dem verziehen, der seinen Pfeil gegen mich geschleudert hat.« Der Prinz sah ihm hierauf ins Gesicht, erkannte ihn und schrie: »Du bist der König Bihkerd, wie bist du hierher gekommen?« Bihkerd erzählte ihm seine Geschichte, die alle Anwesenden in Erstaunen setzte. Der Prinz küßte und umarmte ihn dann, ließ ihn sitzen und sagte zu seinem Vater: »Das ist der König, der mir verziehen, als ich ihm sein Ohr abgeschossen, darum will ich jetzt auch ihm verzeihen.« Dann sagte er zu Bihkerd: »Siehst du, wie deine Großmut dir zuletzt zugute kam?« Jatru schenkte ihm dann Geld und Kleider und ließ ihn wieder in seine Heimat zurückbringen. »Wisse, o König«, sagte der Jüngling, »daß nichts schöner ist als Vergebung, die Gnade, die du erteilst, häuft sich für dich zu einem kostbaren Schatz an.«

Als der König diese Geschichte hörte, legte sich sein Zorn; er ließ den Jüngling wieder ins Gefängnis zurückführen und sagte: »Wir wollen überlegen bis morgen.«

Am achten Tage versammelten sich alle Veziere und sagten: »Was fangen wir mit diesem Jüngling an, der uns durch seine Reden besiegt? Es ist wohl zu

befürchten, daß er sich rette und uns alle stürze.« Sie gingen darum zum König und sagten, sich vor ihm verbeugend: »O König, hüte dich wohl, dich von der List dieses Jünglings betören zu lassen! Hörtest du, was wir hören, du würdest ihn keinen Tag leben lassen und nimmer länger dich an seine Rede kehren. Sind wir nicht deine Veziere, die für deine Erhaltung sorgen? Wen willst du anhören, wenn du uns zehn Vezieren kein Gehör schenkst? Wir alle bezeugen, daß dieser Jüngling ein Übeltäter ist, und daß er mit schlimmer Absicht in dein Gemach gegangen, um dein Heiligtum zu entehren; willst du ihn nicht umbringen, so verbanne ihn wenigstens aus dem Lande, daß das Gerede der Leute aufhöre.«

Die Rede der Veziere brachte den König wieder auf; er ließ den Jüngling rufen, und als er erschien, riefen alle Veziere einstimmig: »Du Schurke, willst du durch List und Betrug dein Leben retten und den König mit deinen Reden hintergehen? Glaubst du, daß man ein so großes Verbrechen, wie das deinige, verzeihen könne?« Da sagte der König: »Man hole den Scharfrichter, um ihn zu töten!« Aber die Veziere sprangen einer nach dem anderen hervor, und jeder rief: »Ich will ihn selbst töten!« Da sagte der Jüngling: »Einsichtsvoller König, beobachte einmal die Leidenschaftlichkeit deiner Veziere und entscheide, ob sie mich beneiden oder nicht; glaube sicher, sie wollen uns nur trennen, aber wie können sie bezeugen, was sie nicht gesehen? Das ist nichts als Neid und Groll. Du wirst sehen, wenn du mich umbringen läßt, so wirst du es bereuen, wie Jlan Schah, der auch so neidische Veziere hatte.« »Was war das für eine Geschichte?« fragte der König. Da erzählte der Jüngling:

Geschichte Ilan Schahs und Abu Tamams

O König, einst lebte ein reicher, tugendhafter und verständiger Mann in einem Lande, das ein böser, gewalttätiger König beherrschte. Dieser Mann, welcher Abu Tamam hieß, hatte so viel von der Grausamkeit des Königs zu leiden, daß er endlich den Entschluß faßte, seine Heimat zu verlassen und sich unter den Schutz eines gerechten Regenten zu begeben.

Abu Tamam wählte zu seinem Aufenthaltsorte die Residenz Ilan Schahs, ließ sich dort ein Schloß bauen und all sein Gold dahin bringen. Als der König Ilan Schah von ihm hörte, ließ er ihn zu sich laden und sagte ihm: »Ich habe vernommen, daß du dich bei uns niederzulassen wünschest, auch hat man mir deinen Verstand, deine Tugend und Freigebigkeit gerühmt; drum sei willkommen, betrachte dieses Land als das deinige, alles, was du bedarfst, steht zu deinen Befehlen, ich bitte dich nur, in meiner Nähe zu leben und in meinem Rate zu sitzen.« Abu Tamam verbeugte sich vor dem König und sagte: »O König, ich werde dir mit meinem Gut und mit meinem Leben dienen; doch erlaube mir, nicht in deiner Nähe zu leben, denn ich fürchte, der Neid wird mir Feinde zuziehen.« Abu Tamam beschenkte hierauf den König und war voller Ehrerbietung gegen ihn, und der König entdeckte bald so viele Tugenden an ihm, daß er ihn sehr lieb gewann, und ihm bald die wichtigsten Regierungsangelegenheiten anvertraute. Die drei Veziere, die bisher alles in Händen hatten und Tag und Nacht beim König waren, zogen sich zurück, und Abu Tamam allein genügte dem König.

Aber die Veziere sagten zueinander: »Was beginnen wir jetzt, da der König sich ganz Abu Tamam hingibt und uns beiseite setzt? Laßt uns beraten, wie wir diesen Fremdling am sichersten aus der Nähe des Königs verbannen.« Jeder machte einen Vorschlag; da sagte einer: »Der König der Türken hat eine Tochter, deren Schönheit weltberühmt ist; wer aber um sie anhält, der wird von ihrem Vater umgebracht. Da nun unser König dieses nicht weiß, so wollen wir zu ihm gehen und ihm so viel von dieser Prinzessin erzählen, bis er für sie eingenommen wird; dann raten wir ihm, Abu Tamam als Gesandten zu ihrem Vater zu schicken; dieser wird Abu Tamam töten lassen, und so schaffen wir uns Ruhe vor ihm.«

Die Veziere gingen eines Tages zum König, als Abu Tamam bei ihm war, und erzählten ihm so viel Schönes von der Prinzessin, daß er sie lieb gewann und sagte: »Wir wollen jemand zu ihrem Vater schicken, der um sie anhalte; wer soll unser Gesandter sein?« Die Veziere antworteten: »Niemand eignet sich besser zu dieser Unterhandlung, als der kluge und gebildete Abu Tamam.« Der König sagte: »Ihr habt recht, Abu Tamam paßt am besten dafür.« Er wandte sich dann zu diesem und fragte ihn, ob er um die türkische Prinzessin für ihn anhalten wolle? Und als er sich dazu bereit erklärte, ließ der König alles, was zur Reise notwendig war, herrichten, und gab ihm viele Geschenke und ein Schreiben an den König von Turkistan mit. Abu Tamam erreichte glücklich die Hauptstadt Turkistans, und sobald der König von Turkistan seine Ankunft vernahm, schickte er ihm einen Diener entgegen, wies ihm eine ehrenvolle Wohnung an, in welcher man ihn drei Tage lang bewirtete. Am vierten Tage ließ der König Abu Tamam zu sich rufen. Abu Tamam verbeugte sich ehrfurchtsvoll und überreichte dem König die Geschenke und den Brief Ilan Schahs. Als der König den Brief gelesen hatte, sagte er: »Wir wollen sehen; geh einmal zu meiner Tochter und unterhalte dich mit ihr.« Die Prinzessin, die schon vorher von Abu Tamams Besuch unterrichtet war, hatte ihren Saal mit den schönsten goldenen und silbernen Gefäßen ausgeschmückt, sich auf einen goldenen Thron gesetzt und den schönsten königlichen Schmuck angezogen.

Als Abu Tamam in ihr Zimmer trat, dachte er bei sich selbst: »Die Weisen haben gesagt: Wer seinen Blick niederschlägt, den trifft nichts Böses; wer seine Hand zurückzieht, dem wird sie nicht abgenommen; und wer seine Zunge bewahrt, hat nichts Schlimmes zu befürchten.« Er blieb daher ruhig auf dem Boden sitzen und hob kein Auge auf. Da sagte die Prinzessin: »O Abu Tamam, hebe doch deinen Kopf in die Höhe, sieh mich an und sprich mit mir!« Er sprach aber kein Wort und hob seinen Kopf nicht auf. Sie sagte dann: »Hat man dich nicht hierher gesandt, um mich zu sehen und mit mir zu sprechen?« Aber Tamam gab keinen Laut von sich. Sie sagte ihm dann: »Greife nach diesen Perlen und Edelsteinen, nach diesem Gold und Silber, das um dich herliegt!« Aber Abu Tamam rührte seine Hand nicht. Als die Prinzessin dies sah, sagte sie: »Man hat mir einen blinden, tauben, einfältigen Gesandten geschickt.« Sie entließ Abu Tamam und meldete es ihrem Vater. Dieser ließ Abu Tamam wieder zu sich rufen und sagte ihm:

»Warum hast du meine Tochter nicht angesehen, da du doch nur um ihretwillen gekommen bist?« Er antwortete: »Ich habe sie zur Genüge gesehen.« Der König fragte dann wieder: »Warum hast du nichts von den Edelsteinen und anderen Kostbarkeiten genommen, die du gesehen?« Er antwortete: »Es ziemt mir nicht, nach Dingen zu greifen, die nicht mir gehören.« Als der König dies hörte, gewann er ihn sehr lieb, schenkte ihm ein kostbares Kleid und sagte ihm: »Komm und sieh einmal in diesen Brunnen.« Abu Tamam sah einen Brunnen ganz voll mit Menschenköpfen. Da sagte ihm der König: »Das sind die Köpfe der Gesandten, die ich, weil sie keine Bildung besaßen, umbringen ließ. Ich dachte, wenn der Gesandte so ungebildet ist, so muß der, welcher ihn sendet, noch ungebildeter sein, denn der Gesandte ist gleichsam die Zunge dessen, der ihn absendet, und gleicht ihm an Bildung, und den mag ich nicht als Schwiegersohn. Du aber hast durch deine Bescheidenheit unser Herz gewonnen, darum soll auch dein Herr meine Tochter haben.«

Abu Tamam erhielt vom König der Türken viele Geschenke und ein Schreiben an Ilan Schah, in welchem er ihm die Hand der Prinzessin aus Rücksicht für ihn und seinen Gesandten zusagte. Ilan Schah war außer sich vor Freude, als Abu Tamam zurückkehrte und ihm die Geschenke und den Brief des Königs der Türken überreichte, denen er bald seine schöne Prinzessin nachfolgen ließ. Diese fand Ilan Schah über alle Erwartung reizend, und er achtete und liebte Abu Tamam noch mehr als früher. Dies vermehrte aber den Neid und den Zorn der Veziere, die untereinander sagten: »Wenn wir nicht eine andere List gegen Abu Tamam ersinnen, so sterben wir vor Ärger.« Nach einer langen Beratung gingen sie zu zwei Jungen, die, immer um den König waren und während seines Schlafes ihm zu Häupten standen, schenkten jedem von ihnen tausend Dinare und sagten: »Nehmet dieses Geld für euch und leistet uns einen Dienst dafür.« Die Jungen fragten: »Was ist euer Begehren?« »Dieser Abu Tamam«, antworteten die Veziere, »hat uns von unserm Amte verdrängt, und geht das noch lange so fort, wird er uns ganz aus der Nähe des Königs verstoßen. Wir wünschen daher, daß, wenn der König sich niederlegt, einer von euch dem anderen sage: ›Der König hat sich Abu Tamam ganz hingegeben, und der Verdammte meint es doch schlecht mit ihm.‹ Der andere frage dann: ›Und worin besteht seine Schlechtigkeit?‹ Darauf erwidere der erste: ›Er schändet die Ehre des Königs, indem er überall erzählt, der König von Turkistan habe alle Gesandten, die bei ihm um seine Tochter anhielten, umbringen lassen, und nur ihm das Leben geschenkt, weil seine Tochter ihn liebte, und darum habe sie auch eingewilligt, dem König Ilan Schah ihre Hand zu geben.‹ Der eine frage dann wieder: ›Weißt du das gewiß?‹ Und der andere antworte: ›Bei Gott, das ist jedem bekannt, nur fürchtet man sich, dem König so etwas zu sagen: Weißt du nicht, daß, so oft der König auf die Jagd geht oder eine Reise macht, Abu Tamam die Königin besucht und allein bei ihr bleibt?‹« Die Jungen versprachen den Vezieren ihren Beistand, und eines Nachts, als der König sich zur Ruhe begab, aber noch nicht eingeschlafen war, sagten sie, was die Veziere sie gelehrt hatten. Der König dachte, als er ihr Gespräch hörte: »Diese Knaben haben gewiß keine schlimme Absicht; wenn sie das nicht von jemanden gehört hätten, so würden sie es nicht sagen.« Er geriet daher in so heftigen Zorn, daß er gleich am folgenden Morgen Abu Tamam rufen ließ und ihm, als er allein bei ihm war, sagte: »Was verdient ein Mann, der die Ehre seines Herrn schändet?« Abu Tamam antwortete: »Der verdient, daß auch die seinige nicht geschont werde.« Dann fragte der König wieder: »Und was verdient der, welcher in den Palast des Königs kommt und treulos gegen ihn handelt?« Abu Tamam antwortete: »Er verdient nicht, länger zu leben.«

Der König spie Abu Tamam ins Gesicht und sagte: »Du hast beides getan«, stieß ihm einen Dolch in den Leib und ließ ihn in einen Brunnen werfen, der im Königlichen Palast war. Nachdem er ihn aber getötet hatte, fühlte er schwere Reue, wurde sehr traurig und mißvergnügt, und wenn ihn jemand nach der Ursache seiner Verstimmung fragte, schwieg er, und aus Liebe zu seiner Gattin sagte er auch ihr den wahren Grund nicht. Die Veziere aber freuten sich sehr über den Tod Abu Tamams und dachten wohl, daß des Königs Trauer aus seiner Reue entspringe. Der König belauschte nun häufig in der Nacht seine Jungen, um zu hören, was sie ferner von seiner Gattin sagen würden. Als er eines Nachts heimlich vor der Türe ihres Zimmers stand, da sah er, wie sie viel Gold vor sich hinlegten, damit spielten, und einer von ihnen sagte: »Wehe uns, was nutzt uns dieses Gold? Wir verraten uns doch, wenn wir etwas dafür kaufen, es hat uns nur zu einem Verbrechen geführt, denn wir sind die Mörder Abu Tamams.« Darauf versetzte der andere: »Hätten wir gewußt, daß ihn der König so schnell umbringen lassen würde, so wäre keine solche Anklage unsern Lippen entschlüpft.«

Als der König dies hörte, verlor er seine Fassung, stürzte auf sie los und sagte: »Wehe euch, was habt ihr getan? Erzählt mir!« Sie riefen: »O König, Gnade!« Der König sagte: »Gott und ich, wir begnadigen euch, wenn ihr mir die Wahrheit gesteht.« Da verbeugten sie sich vor ihm und sagten: »Bei Gott, o König, die Veziere haben uns dieses Geld gegeben und uns gebeten, wir möchten Abu Tamam verleumden, damit du ihn tötest; alles, was wir gesagt haben, ist uns von den Vezieren eingegeben worden.« Als der König dies hörte, riß er sich fast den Bart aus und biß sich fast die Finger ab, aus Reue über seine Übereilung.

Ilan Schah ließ dann die Veziere kommen und sagte ihnen: »Ihr gottlosen Veziere! Glaubtet ihr, Gott wurde eure Schandtat nicht sehen? Nun soll das Unglück euch treffen. Wißt ihr nicht, daß, wer seinem Nächsten eine Grube gräbt, selbst hineinstürzt? Ihr sollt von mir die Strafe dieser Welt erhalten, und morgen wird euch Gott noch in jener Welt verdammen.« Er ließ ihnen dann vor seinen Augen den Kopf abschlagen, ging zu seiner Gattin und klagte sich selbst des Unrechts an, das er gegen Abu Tamam begangen. Die Königin und der ganze Hof trauerten um Abu Tamam, den der König aus dem Brunnen holen und dem er im Palast ein Grabmal errichten ließ.

»Du siehst, o glückseliger König«, sagte der Jüngling, »was Neid und Bosheit vermag, und wie Gott die List der Veziere zu ihrem eigenen Unheil enden ließ; ich hoffe, daß Gott mir auch über die, welche mein Ansehen beim König beneiden, den Sieg verschaffen und dem König die Wahrheit offenbaren wird. Ich fürchte gar nicht für mein Leben, sondern nur für die Reue des Königs, wenn er

sich von meiner Unschuld zu spät überzeugt haben wird; ich würde schweigen, wenn ich mir einer Schuld bewußt wäre.« Diese Worte machten einen tiefen Eindruck auf den König; er beugte den Kopf eine Weile zur Erde und ließ den Jüngling wieder ins Gefängnis zurückführen.

Am neunten Tage sagten die Veziere zueinander: »Der Jüngling macht uns viel zu schaffen, sooft der König ihn umbringen lassen will, bezwingt er ihn mit einer Erzählung; was fangen wir an, um ihn endlich einmal aus dem Wege zu räumen?« Endlich kamen sie überein, sie wollten sich an die Königin wenden. Sie gingen zu ihr und sagten: »Du weißt nicht, in welcher Lage du bist, dein Einschließen nützt dir nichts; der König ißt und trinkt, und geht, wie immer, seinem Vergnügen nach und vergißt ganz, daß die Leute deine Liebe zu diesem Jünglinge in Liedern mit Musikbegleitung zum Gegenstande ihres Spottes machen. So lange der beim Leben bleibt, wird das Gerede nicht aufhören, sondern immer zunehmen.« Die Königin erwiderte: »Bei Gott, ihr habt meinen Zorn gegen ihn erregt; aber was soll ich tun?« »Geh zum König«, versetzten die

Veziere, »weine vor ihm und sage: ›Die Frauen kommen zu mir und erzählen mir, wie man in der ganzen Stadt von mir spricht; was hast du davon, diesen Jüngling leben zu lassen? Willst du ihn nicht töten, so töte mich, damit einmal das Gerede aufhöre!‹« Die Königin machte sich auf, zerriß ihre Kleider und ging zum König. Als die Veziere zugegen waren, warf sie sich vor ihm hin und sagte: »O König, fürchtest du die Schande nicht? Es ziemt Königen gar nicht, so wenig eifersüchtig gegen ihre Frauen zu sein. Du kümmerst dich um nichts, und die ganze Stadt, Männer und Frauen, machen sich über uns lustig. Entweder töte den Jüngling, daß das Gerede aufhöre, oder wenn du dich dazu nicht entschließen kannst, so töte mich!« Der König geriet in heftigen Zorn und sagte: »Ich sehe, daß es keine Ruhe gibt, wenn ich ihn leben lasse; ich will ihn heute umbringen, geh nur in dein Gemach und sei zufrieden.« Er ließ dann den Jüngling rufen, und als er erschien, riefen ihm die Veziere zu: »Wehe dir, dein Tod ist nahe, die Erde sehnt sich danach, deinen Leib zu verzehren.« Der Jüngling aber entgegnete: »Der Tod ist nicht in euren Worten und nicht in eurem Neid, er ist ein auf der Stirne geschriebenes Urteil; steht er auf meiner Stirne, so wird er eintreffen, da hilft keine Vorsicht und kein Bemühen, wie es uns die Geschichte des Königs Ibrahim und seines Sohnes lehrt.« »Was war das für eine Geschichte?« fragte der König. Da erzählte der Jüngling:

Geschichte des Königs Ibrahim und seines Sohnes

O König, es war einmal ein Sultan, welcher Ibrahim hieß, und dem andere Könige Untertan waren. Er war aber doch betrübt, denn er hatte keinen Sohn und fürchtete, sein Reich möchte an einen Fremden übergehen. Er kaufte stets neue Sklavinnen, bis ihm endlich ein Sohn geboren wurde, worüber er sich so sehr freute, daß er einen jeden, der ihn zu beglückwünschen kam, reichlich beschenkte. Als aber die Sterndeuter ihre Berechnungen machten, um den Stern des Prinzen zu finden, fuhren sie zusammen und wurden ganz blaß. Da sagte ihnen der König: »Ihr habt nichts zu fürchten, offenbart mir nur die Wahrheit, wie sie sich auch gestalten mag.« Sie erwiderten: »Wir haben gesehen, daß er im siebenten Jahre in Gefahr sein wird, von einem Löwen zerrissen zu werden; entgeht er dieser Gefahr aber, so wird noch etwas Schlimmeres eintreffen.« »Was denn?« fragte der König. Sie antworteten: »Wir werden es nicht sagen, bis uns der König es befiehlt und uns nochmals verbürgt, daß wir nichts zu fürchten haben.« Als der König darauf bestand, alles wissen zu wollen, fuhren sie fort: »Wenn er dem Löwen entkommt, wird der König durch ihn ums Leben kommen.«

Der König erblaßte und erschrak einen Augenblick, dann dachte er: »Ich werde schon dafür sorgen, daß weder ein Löwe meinen Sohn zerreiße, noch er mich umbringe; die Sterndeuter lügen immer.« Indessen konnte er sich doch die Worte der Sterndeuter nicht ganz aus dem Kopfe schlagen, und führte ein trübes Leben. Er ließ aus Vorsicht in einem Berge eine große Höhle mit vielen Gemächern graben, füllte sie mit allen nötigen Speisen und Kleidern und anderen Gegenständen, leitete Wasser vom Berge hinunter, und ließ den Prinzen mit seiner Amme dahin bringen. Jeden Monat ging der König mit einem Seile zur Höhle und zog seinen Sohn daran herauf, küßte und drückte ihn und spielte eine Weile mit ihm, dann ließ er ihn wieder hinunter und beschloß, so fortzufahren, bis die sieben Jahre vorüber sein würden. Als aber die Zeit kam, in welcher das Urteil auf der Stirne geschrieben stand – es fehlten nur noch zehn Tage zu den sieben Jahren – da führte die Bestimmung Jäger auf diesen Berg, die einen Löwen verfolgten, welcher, als er sich von allen Seiten umringt sah, in die Höhle sprang. Sobald die Amme den Löwen sah, entfloh sie in ein Nebenzimmer; der Löwe ging auf den Prinzen los und verwundete ihn an der Schulter, lief dann ins Zimmer, wo

die Amme war, und zerriß sie, den Prinzen aber ließ er ohnmächtig liegen. Als die Jäger den Löwen in der Höhle wußten, stellten sie sich an die Öffnung derselben; da hörten sie das Geschrei der Amme und des Prinzen, nach einer Weile aber war alles still, so daß sie dachten: »Der Löwe hat sie getötet.« Sie blieben aber doch vor der Höhle stehen, und sooft der Löwe hinaufklettern wollte, warfen sie mit Steinen nach ihm, bis sie ihn zu Boden sinken sahen; dann stieg einer hinunter und tötete ihn. Da fand der Jäger den verwundeten Prinzen, und im Nebenzimmer die tote Amme, an der sich der Löwe schon satt gegessen hatte. Er sah auch die verschiedenen Vorräte, die in der Höhle waren, benachrichtigte seine Gefährten davon und reichte sie ihnen hinauf; zuletzt nahm er auch den Prinzen aus der Höhle und trug ihn in sein Haus, pflegte seine Wunde und behielt ihn bei sich, denn er wußte nicht, wem er angehörte. Auch konnte der Prinz auf seine Fragen nicht antworten, weil er noch ganz klein war, als er in die Höhle getragen wurde. Der Jäger gewann bald den Prinzen sehr lieb und nahm ihn als sein Kind an, führte ihn mit sich auf die Jagd und lehrte ihn reiten. Der Prinz war in seinem zwölften Jahre schon ein wackerer Jäger; übte aber dabei auch Straßenraub. Einst schloß er sich einer Räuberbande an, die in der Nacht eine bewaffnete Karawane überfiel. Es wurde lange gekämpft, aber die Karawane siegte endlich und erschlug viele Räuber, und auch der Prinz fiel verwundet zu Boden. Als er des Morgens die Augen öffnete und alle seine Kameraden tot fand, wollte er sich aufmachen und entfliehen. Da begegnete ihm ein Mann, der einen Schatz suchte und frage ihn, wohin er wolle? Als ihm der Prinz erzählte, was ihm widerfahren, sagte der Mann: »Sei nur zufrieden, dein Glücksstern ist aufgegangen, Gott bringt dir Hilfe durch mich; ich habe einen reichen Schatz, komm mit und hilf mir, ich will dir so viel Geld geben, daß du dein ganzes Leben genug daran haben sollst.« Er nahm ihn dann mit in sein Haus und pflegte seine Wunde, bis er ganz hergestellt war.

Sobald der Prinz genesen war, ließ der Mann zwei Kamele mit allerlei Proviant beladen, und machte sich mit dem Prinzen auf den Weg, bis sie an einen hohen Berg kamen. Da zog der Mann ein Buch hervor und las darin; grub dann ungefähr fünf Schuh tief in den Berg, bis er auf einen großen Stein stieß; diesen hob er weg, und es zeigte sich die Öffnung einer Höhle. Er wartete ein wenig, bis der Dunst herausgestiegen war, dann band er dem Prinzen einen Strick um die Hüften und ließ ihn hinunter mit einer brennenden Kerze in der Hand. Als der Prinz in der Höhle war, ließ der Mann einen Korb mit einem Strick hinunter, der Prinz füllte ihn mit Gold, und der Alte zog ihn hinauf, leerte ihn, reichte ihn dann dem Prinzen wieder, bis er genug hatte und die Lasttiere beladen waren. Als aber dann der Prinz wieder einen Strick erwartete, um daran heraufgezogen zu werden, legte der Mann einen großen Stein vor die Öffnung der Höhle und ging fort. Der Prinz wußte nicht, was er anfangen sollte, und dachte: »Was ist das für ein bitterer Tod; ich bin der ersten Grube und den Dieben entronnen, nun muß ich hier den Hungertod erwarten.«

Während er so verzweifelt dastand, hörte er das Rauschen eines Wassers; er ging dem Geräusche nach, und je näher er der einen Ecke der Höhle kam, um so stärker wurde das Rauschen des Wassers; da dachte er: »Hier fließt ein mächtiger Strom, sterben muß ich doch hier, ob morgen oder heute, ich will mich lieber in dies Wasser stürzen, als in der Höhle vor Hunger umkommen.« Er warf sich hierauf ins Wasser und es trug ihn unter der Erde fort in ein tiefes Tal, wo es als ein großer Strom aus der Erde entspringt, und der Prinz befand sich wieder auf der Oberfläche der Erde.

Der Prinz schwamm ans Ufer, dankte Gott für seine Rettung und ging in diesem Tale vor sich hin, bis er in ein Städtchen kam, das unter seines Vaters Botmäßigkeit stand. Mit Erstaunen hörten die Bewohner dieses Städtchens, auf welchem wunderbaren Wege ein Fremder bei ihnen angelangt. Ein jeder begab sich zu ihm und ließ sich von ihm erzählen und bot ihm sein Haus an, so daß der Prinz gern in diesem Städtchen wohnen blieb.

Das ist's, was den Prinzen angeht; was aber seinen Vater betrifft, so war dieser, wie gewöhnlich, nach einem Monate wieder zur Höhle gereist; als er aber die Amme rief und keine Antwort erhielt, ließ er einen Mann hinunter, und dieser berichtete dem König, wie es in der Höhle aussah. Der König schlug sich ins Gesicht, weinte heftig und ging selbst in die Höhle, um alles zu sehen; und als er die Amme zerrissen neben einem toten Löwen fand, seinen Sohn aber nirgends sah, ging er wieder nach Hause und sagte den Sterndeutern, sie haben ihm die Wahrheit prophezeit: »Und nun ist dein Leben außer Gefahr; denn wäre er dem Löwen entronnen, so müßtest du, bei Gott, durch ihn umkommen.« Der König tröstete sich hierdurch, und dachte bald nicht mehr an seinen Sohn. Als aber Gott seinen unwiderruflichen Befehl vollzogen haben wollte, ging der Prinz, der in jenem Städtchen geblieben war, auf Straßenraub aus, und machte mit seiner Bande die Straßen so unsicher, daß man den Schutz des Königs gegen ihn anrief. Der König zog mit seinen Truppen aus und umzingelte die Räuber. Aber diese verteidigten sich, und der Prinz schoß einen Pfeil auf den König ab, der ihn tödlich verwundete. Indessen wurde doch der Prinz mit seiner ganzen Bande gefangen und vor den König geführt. Als man diesen fragte, wie man mit den Räubern verfahren solle, antwortete er: »Ich bin jetzt zu leidend, um ein Urteil zu fällen, ruft mir die Sterndeuter!« Als sie erschienen, sagte ihnen der König: »Ihr habt mir prophezeit, ich werde durch meinen Sohn umkommen; wie kommt's, daß ich nun auf diese Weise sterbe?« Sie antworteten: »Unsere von

Gott uns eingegebene Wissenschaft trügt nicht; wer weiß, ob nicht dein eigener Sohn dich verwundet hat?« Als der König dies hörte, ließ er die Räuber vor sich kommen und sagte ihnen: »Gestehet mir die Wahrheit; wer von euch hat den Pfeil abgeschossen, der mich getroffen hat?« Sie antworteten: »Dieser Junge da«, und deuteten auf den Prinzen. Der König sagte diesem: »Erzähle mir, wer du bist und wer dein Vater war, ich begnadige dann dich und alle deine Kameraden.« Der Prinz antwortete: »Mein Herr, ich kenne meinen Vater nicht, ich weiß nur, daß er mich in eine Höhle mit einer Amme gesperrt hat; eines Tages fiel ein Löwe über uns her, verwundete mich an der Schulter und zerriß die Amme. Gott schickte mir aber jemanden, der mich aus der Höhle befreite und als Jäger und Räuber erzog.« Um den König von der Wahrheit seiner Aussage zu überzeugen, entblößte der Prinz seine Schulter, an der noch der Biß des Löwen zu sehen war.

Der König ließ seine Freunde, die Sterndeuter und alle seine Offiziere zusammenkommen und sagte ihnen: »Wisset, daß, was Gott einem auf die Stirn geschrieben, es sei ein Glück oder Unglück, das von niemandem geändert werden kann; alle mein Vorsicht war vergebens, dieser Jüngling hier ist mein Sohn; er mußte erleiden, was für ihn bestimmt, und auch mich traf, was über mich verhängt war. Ich danke Gott, daß ich durch meinen Sohn und nicht durch einen Fremden falle, und daß mein Reich in die Hand meines Sohnes übergeht.« Er drückte dann seinen Sohn an sich, umarmte und küßte ihn und sagte: »Mein Sohn, ich habe dich aus Vorsicht gegen die Bestimmung in jene Höhle gebracht, aber meine Vorsicht war vergebens.« Er nahm dann seine Krone und setzte sie ihm auf den Kopf, und alle Anwesenden huldigten dem Prinzen. Dann empfahl ihm der König, gerecht gegen seine Untertanen zu sein, und starb noch in derselben Nacht.

»So weiß auch ich«, sagte der Jüngling zum König, »daß, was Gott auf meine Stirne geschrieben hat, eintreffen muß, und alle meine Worte vermögen nichts dagegen; will aber Gott mich retten, so verschafft er mir den Sieg gegen die Veziere, wenn sie sich noch so viele Mühe geben, mich zu verderben.« Als der König dies hörte, blieb er wieder unentschlossen und ließ den Jüngling abermals ins Gefängnis zurückbringen.

Am zehnten Tage, welcher der Festtag war, an dem alle Leute dem König ihre Glückwünsche darbrachten, gingen die Veziere zu einigen Häuptern der Stadt und sagten ihnen: »Wenn ihr heute dem König eure Aufwartung machet, so sagt ihm: ‹O König, du hast einen lobenswerten Lebenswandel und bist gerecht gegen alle deine Untertanen, aber warum läßt du den verworfenen Jüngling leben, der nach so vielen empfangenen Wohltaten doch so häßlich und seinem Ursprung gemäß gehandelt hat? Wie lange willst du noch wegen seiner listigen Reden ihn in deinem Palast eingesperrt lassen? Du weißt nicht, was die Leute sagen; wir bitten dich, bringe ihn um und schaffe dir Ruhe vor ihm.›« Die Häupter der Stadt versprachen den Vezieren ihren Beistand und gingen mit den übrigen Leuten zum König, verbeugten sich vor ihm und gratulierten ihm. Während aber alle Leute gleich nach dem Gruße weggingen, blieben diese sitzen. Als der König merkte, daß sie ihm etwas mitzuteilen hatten, sagte er ihnen in Gegenwart der Veziere: »Tragt mir eure Angelegenheit vor.« Da sprachen sie, wie es die Veziere gewünscht hatten, und die Veziere unterstützten noch ihre Worte. Aber der König antwortete: »Ich zweifle nicht, daß ihr mir diesen Rat aus Liebe zu mir erteilet, doch wißt ihr, daß, wenn ich wollte, ich mächtig genug wäre, um die Hälfte meines Volks hinrichten zu lassen, um wieviel mehr einen jungen Mann, der in einem Gefängnis schmachtet und ein Verbrechen begangen hat, das den Tod verdient. Ich verschiebe nur seinen Tod, weil ich stärkere Beweise seiner Schuld haben möchte, um mein Gewissen zu beruhigen und das Vertrauen meiner Untertanen zu erhalten; wenn ich ihn auch heute verschone, so entgeht mir sein Tod doch morgen nicht.« Er ließ den Jüngling wieder rufen und sagte ihm: »Wehe dir! Wie lange werden mich die Leute noch um deinetwillen tadeln? Sogar die Häupter der Stadt machen mir Vorwürfe, daß ich dich so lange leben lasse, drum will ich heute dein Blut vergießen, um dem Gerede ein Ende zu machen.« Der Jüngling sagte: »O König, bei Gott! Wenn die Leute in der Stadt von mir sprechen, so sind nur die bösen Veziere daran schuld, welche ihnen abscheuliche Dinge aus dem Königlichen Palast erzählen; Gott wird ihre List gegen sie selbst wenden. Was aber deine Drohung, mich zu töten, angeht, so stehe ich ja in deiner Macht, du brauchst meinen Tod gar nicht so zu Herzen zu nehmen; ich bin ja wie der Spatz in der Hand eines Jägers, den er nach Willen schlachten oder freilassen kann; das Verschieben meines Todes geschieht aber nicht durch dich, sondern durch den, der über mein Leben gebietet; wollte Gott meinen Tod, es stünde nicht in deiner Macht, ihn nur um eine Stunde zu verspäten. Der Mensch kann kein Unheil, das ihm bestimmt ist, von sich abwenden; so nützten auch dem Sohne des Königs Suleiman Schah alle seine Anschläge nichts gegen das Kind, das Gott erhalten wollte, bis es seine bestimmte Lebenszeit erreicht hatte.« Der König sagte: »Wehe dir, wie mächtig ist deine List! Erzähle mir diese Geschichte noch!« Da sprach der Jüngling:

Geschichte des Schah Suleiman, seiner Söhne und Nichte und ihrer Kinder

Einst lebte ein verständiger, tugendhafter König, der Suleiman Schah hieß. Er hatte eine Nichte bei sich, Tochter eines früh verstorbenen Bruders, die er sehr sorgsam erziehen ließ, denn sie hatte viel Verstand und andere gute Eigenschaften und war auch von ausgezeichneter Schönheit. Suleiman Schah hatte schon in Gedanken seine Nichte einem seiner Söhne bestimmt, aber der andere hatte sich auch vorgenommen, sie zur Frau zu nehmen. Der älteste hieß Bahlawan, der jüngere Malik Schah und die Nichte Schah Chatun. Eines Tages besuchte der König seine Nichte, küßte ihr Haupt und sagte ihr: »Ich habe deinen seligen Vater so sehr geliebt, daß du mir teurer als ein eigenes Kind bist; ich will dich nun mit einem meiner Söhne vermählen und ihn dann zu meinem Thronerben einsetzen; du kennst beide Söhne, du bist ja mit ihnen erzogen worden, wähle also einen davon!« Schah Chatun stand auf, küßte dem König die Hand und sagte: »O mein Herr! Ich bin deine Sklavin, du bist mein Gebieter; tu was du willst, dein Wille steht höher als der meinige, und wenn es dir lieb ist, so bleibe ich am liebsten mein ganzes Leben bei dir, um dich zu bedienen.« Der König war sehr zufrieden mit dieser Antwort seiner Nichte, machte ihr kostbare Geschenke, bestimmte seinen jüngeren Sohn, den er zärtlicher als den älteren liebte, zu ihrem Gatten, und ernannte ihn auch zu seinem Thronerben und ließ ihm huldigen. Als Bahlawan hörte, daß sein jüngerer Bruder ihm vorgezogen worden, fühlte er sich so sehr gekränkt, daß er ganz von Neid und Groll erfüllt wurde; doch verbarg er sorgfältig den Haß, den er deshalb seinem Bruder nachtrug. Als aber Schah Chatun nach einem Jahre einen Sohn wie der leuchtende Mond gebar, kannte der Neid und die Eifersucht Bahlawans keine Grenzen mehr. Eines Nachts kam er in den Palast seines Vaters und ging am Zimmer seines Bruders vorüber. Da sah er die Amme vor der Türe schlafend, und vor ihr war das Bett, auf dem der Kleine lag; er blieb dabei stehen und bewunderte das strahlende Gesicht seines Neffen; da spiegelte ihm Satan den Gedanken vor: Warum gehört das Kind nicht mir? Mir gebührte doch seine Mutter und die Krone eher, als meinem Bruder. Dieser Gedanke brachte ihn so sehr auf, daß er ein Messer aus der Tasche zog und dem Kinde in den Hals schnitt, bis er es tot glaubte. Er ging dann ins Schlafzimmer seines Bruders und sah ihn an der Seite seiner Frau schlafen; da dachte er zuerst daran, auch sie zu töten, dann sagte er aber zu sich selbst: »Wenn ich ihn töte, so gehört seine Frau mir«; er stürzte auf ihn los, schnitt ihm den Hals ab und lief in Verzweiflung nach dem Zimmer seines Vaters, um auch ihn zu töten; da er aber nicht zu ihm gelangen konnte, verließ er den Palast und verbarg sich in der Stadt bis am folgenden Tage; dann flüchtete er sich auf eines der Schlösser seines Vaters und befestigte es. Als die Amme am folgenden Morgen das Kind stillen wollte, und es im Blute schwimmend fand, schrie sie, daß alle Leute im Schlosse erwachten. Der König selbst lief zu ihr und fiel in Ohnmacht, als er seinen Sohn und sein Enkelchen getötet sah. Als man indessen das Kind näher untersuchte, fand man die Kehle noch unverletzt; auch gab es bald wieder Lebenszeichen von sich und man konnte die Wunde zunähen.

Sobald der König wieder zu sich kam, fragte er nach seinem Sohne Bahlawan; und als er hörte, Bahlawan sei entflohen, zweifelte er nicht mehr, daß sein eigener Sohn dieses Verbrechen begangen, und dies vermehrte noch die Bestürzung des Königs und des ganzen Hofs. Der König besorgte dann das Leichengewand seines Sohnes, ließ ihn ehrenvoll bestatten und große Trauer halten, seinen Enkel aber ließ er bei sich erziehen, gewann ihn immer lieber, und sein einziger Wunsch war, Gott möge ihn erhalten und einst an Stelle seines Vaters auf den Thron setzen; auch alle Bewohner der Hauptstadt waren für dieses Kind,

das, wie sein Vater, Malik Schah hieß, eingenommen und hofften, es werde einst in die Fußstapfen seines Vaters und Großvaters treten. Bahlawan, der inzwischen sich in seiner Festung immer mehr verstärkt hatte, blieb nichts mehr übrig als seinen Vater zu bekriegen. Er wendete sich deshalb an den griechischen Kaiser und bat ihn um Hilfe gegen seinen Vater. Der Kaiser war ihm gewogen und schickte ihm viele Truppen. Als aber sein Vater dies hörte, schrieb er dem Kaiser: »Erhabener und mächtiger Sultan! Stehe doch einem Übeltäter nicht bei; Bahlawan ist mein Sohn, und hat nach vielen anderen Schandtaten noch seinen Bruder und seinen Neffen in der Wiege ermordet«, und sagte ihm nichts davon, daß das Kind noch am Leben war. Als der Kaiser dieses Schreiben erhielt, ließ er Suleiman Schah sagen: »Wenn du willst, o König! So schneide ich Bahlawan den Kopf ab und schicke ihn dir.« Suleiman Schah antwortete ihm aber: »Ich will den Tod meines Sohnes nicht, seine Strafe wird ihn schon treffen, wenn nicht heute, so morgen.« Hierauf fand ein Briefwechsel zwischen beiden statt und sie beschenkten sich gegenseitig. Bald nachher wurde dem Kaiser Schah Chatun so reizend geschildert, daß er bei ihrem Onkel um sie anhalten ließ. Da dieser dem Kaiser nichts verweigern konnte, ging er zu seiner Nichte und sagte ihr: »O meine Tochter! Der Kaiser von Griechenland läßt um dich anhalten, was soll ich ihm antworten?« Sie sagte weinend: »O König, wie hast du das Herz, mir so etwas anzufragen? Wie soll ich nach meinem Vetter einen anderen Mann heiraten?« Aber Suleiman Schah versetzte: »Meine Tochter, es ist freilich, wie du sagst; doch wir müssen an die Zukunft denken; ich bin ein alter Mann und sehe meinen Tod sehr nahe; ich fürchte für dich und für dein Kind, von dem der Kaiser glaubt, Bahlawan habe es ermordet. Da nun der Kaiser um dich anhält, so können wir ihm keine abschlägige Antwort geben, denn wir müssen uns durch ihn eine feste Stütze schaffen.« Da Schah Chatun kein Wort mehr entgegnete, schrieb Suleiman Schah dem Kaiser, er sei bereit, ihm zu gehorchen, und schickte ihm bald nachher seine Nichte. Der Kaiser fand sie über alle Beschreibung schön, liebte sie sehr und erhob sie über alle seine Frauen. Schah Chatuns Herz hing aber immer an ihrem Sohne, doch konnte sie dem Kaiser nichts davon sagen.

Malik Schah wurde indessen von seinem Großvater mit vieler Zärtlichkeit behandelt und in einem Alter von zehn Jahren von ihm zum Thronerben ernannt. Als aber bald darauf Suleiman Schah starb, verschwor sich Bahlawan mit einem Teile der Truppen, die ihn heimlich in die Residenz brachten und ihm als rechtmäßigen König huldigten; doch sagten sie ihm:«Wir geben dir den Thron, du darfst aber deinen Neffen nicht töten, denn er ist uns von seinem Vater und Großvater anvertraut worden.« Bahlawan willigte ein und ließ seinen Neffen in ein unterirdisches Gewölbe sperren. Als Schah Chatun davon Nachricht erhielt, war sie sehr bestürzt, doch mußte sie ihres Onkels willen schweigen und sich in den Willen Gottes ergeben.

Bahlawan blieb also unangefochten im Besitze seiner geraubten Herrschaft, und Malik Schah schmachtete vier Jahre im Gefängnis, so daß er ganz entstellt wurde. Als ihn aber Gott, gepriesen sei er!, aus dem Gefängnis befreien wollte, sagten einige gute Veziere zu Bahlawan, in Anwesenheit aller Großen des Reichs: »O König! Gott hat dir deinen Willen erfüllt, du regierst in Ruhe an deines Vaters Stelle, bedenke nun, was hat dein Neffe verbrochen, daß er, seitdem er die Welt erblickt hat, aller Freude beraubt bleibt? Durch welche Schuld hat er so viele Qual verdient? Andere waren schuldig, und die hat Gott in deine Gewalt gegeben, aber dieses arme Kind ist unschuldig.« Bahlawan erwiderte: »Ihr habt recht, aber ich fürchte, er möchte etwas gegen mich unternehmen, denn ich weiß, daß viele Leute ihm gewogen sind.« Die Veziere versetzten: »O König! Was kann der schwache Junge tun? Welche Macht hat er? Übrigens, wenn du ihn hier fürchtest, so schicke ihn an irgend eine Grenze des Landes.« »Euer Rat ist gut«, versetzte der König, »ich will ihn als Anführer der Truppen an die Grenze schicken.« Der König hatte nämlich gerade einen Krieg mit sehr hartnäckigen Feinden zu führen und hoffte, daß sein Neffe im Krieg umkommen werde. Er ließ ihn also zur Freude aller aus dem Gefängnis bringen, schenkte ihm ein Ehrenkleid und schickte ihn mit vielen Truppen gegen den Feind, mit dem sich bisher niemand hatte messen können. Als Malik Schah mit seinen Truppen an

der Grenze war, wurden sie auf einmal in der Nacht überfallen; die einen entflohen, die anderen wurden gefangen; unter diesen war auch Malik Schah, der mit einigen Gefährten in eine Grube geworfen wurde, in welcher er ein ganzes Jahr zubringen mußte. Am Anfang des folgendes Jahres wurde er nach der dortigen Sitte mit den übrigen Gefangenen aus dem Kerker geholt und von einer Zitadelle herabgestürzt. Alle seine Gefährten blieben tot liegen, bis sie wilde Tiere fraßen und der Wind zerstreute. Malik Schah aber, dessen Leben der Himmel bewachte, fiel auf die Füße und kam nach einer Ohnmacht von 24 Stunden wieder zu sich. Als er sich gerettet sah, dankte er Gott und machte sich auf, ohne zu wissen wohin, und nährte sich von Baumblättern; des Tages verbarg er sich und des Nachts ging er wieder fort, bis er endlich in eine bewohnte Gegend kam und Menschen fand, denen er seine Geschichte erzählte. Als die Leute hörten, daß er von einer Zitadelle herabgeworfen und doch von Gott gerettet worden, bemitleideten sie ihn und gaben ihm zu essen und zu trinken. Er fragte sie nach dem Wege, der in die Stadt seines Onkels führt, ohne ihnen jedoch zu sagen, daß

Bahlawan sein Onkel sei. Man zeigte ihm den Weg und er ging unerkannt bis in die Nähe der Stadt, wo er hungrig, nackt und blaß anlangte. Als er sich vor dem Stadttore niedersetzte, kamen Einige von der Umgebung seines Oheims von der Jagd zurück und wollten neben ihm ausruhen und ihre Pferde tränken. Malik Schah ging auf sie zu und fragte sie im Laufe des Gesprächs, ob Bahlawan ein guter König wäre? Sie sagten lachend: »Was hast du fremder Bettler dich um den König zu kümmern?« Malik Schah antwortete: »Er ist mein Onkel.« »Es scheint, du bist toll«, sagten die Leute erstaunt. »Wir wissen nur von einem Neffen des Königs, der im Kerker war, dann in den Krieg gegen Ungläubige gesandt und von diesen getötet wurde.« »Eben dieser Neffe bin ich«, versetzte Malik Schah; »die Ungläubigen haben mich nicht getötet, sondern nur von einer Zitadelle herabgestürzt.« Als sie ihn näher betrachteten, erkannten sie ihn wieder, standen vor ihm auf, küßten ihm die Hände voller Freude und sagten: »O unser Herr! Du bist Sohn eines Königs und verdienst, selbst König zu sein; wir wünschen von Herzen deine Erhaltung, da Gott die verbrecherischen Absichten deines Onkels vernichtet hat, der, nur um dich zu verderben, dich an einen Ort gesandt hat, von dem niemand zurückkehrt. Wir beschwören dich daher, stürze dich nicht wieder in die Gewalt deines Feindes, rette dein Leben und gehe nicht wieder zu deinem Onkel; entfliehe von hier so schnell du kannst, denn fällst du ihm wieder in die Hand, so wird er dich keine Stunde leben lassen.« Malik Schah dankte ihnen und fragte sie, wohin er sich wenden sollte? Sie rieten ihm, nach Griechenland zu seiner Mutter zu gehen. Er entgegnete aber: »Meine Mutter hat, als der Kaiser bei meinem Großvater um sie anhielt, ihm nichts von mir gesagt, nun mag ich sie nicht zur Lügnerin machen.« Sie sagten: »Du hast recht, doch wir meinen es gut mit dir und solltest du dienen müssen, so ist es besser für dich, als hier zu bleiben.«

Die Leute schenkten ihm dann einiges Geld, Kleider und Lebensmittel und begleiteten ihn, bis er fern von der Stadt und in Sicherheit war. Malik Schah reiste dann immer fort, bis er das Gebiet seines Onkels im Rücken hatte und in ein griechisches Städtchen kam, wo er bei einem Gutsbesitzer als Taglöhner arbeitete.

Schah Chatun, welche inzwischen gar nichts mehr von ihrem Sohne gehört hatte, wurde jeden Tag besorgter um ihn. Ihre Unruhe nahm in einem solchen Grade zu, daß sie nicht mehr schlafen konnte, und da sie vor ihrem Gatten schweigen mußte, wendete sie sich an einen alten, klugen Diener, den ihr ihr Onkel mitgegeben hatte, und sagte ihm, als sie eines Tages allein bei ihm war: »Treuer Diener von meiner Kindheit an, kannst du mir keine Kunde von meinem Sohne verschaffen, da ich selbst ihn doch vor niemanden erwähnen darf?« »Meine Herrin! Da du das Leben deines Sohnes im Anfange verheimlicht hast, so darfst du auch jetzt, stünde selbst dein Sohn hier vor dir, nichts eingestehen, sonst würdest du alle Achtung beim König verlieren und er würde dir gar nichts mehr glauben.« Die Königin sagte: »Du hast recht, doch möchte ich wissen, ob mein Sohn noch lebt, ich wollte ihn nicht sehen, auch wenn er in unserer Nähe Schafe hütete.« »Und wie soll ich das erfahren?« fragte der Diener. Die Königin erwiderte: »Nimm so viel Geld, als du willst, aus meinem Schatze; als Vorwand zu deiner Abreise werde ich meinem Gatten sagen, ich habe noch aus der Zeit meiner ersten Ehe Geld in meiner Heimat verborgen, von dem niemand weiß als du.« Sie ging sogleich zum Kaiser und sagte ihm, was sie beschlossen hatte, und der Kaiser erlaubte dem Diener abzureisen. Dieser verkleidete sich als Kaufmann und ging in die Stadt, wo Bahlawan residierte, um Malik Schah nachzuspüren; dort sagte man ihm, der Prinz sei eingesperrt gewesen, dann habe ihn sein Onkel an die Grenze geschickt, wo er umgebracht wurde. Als der Diener dies hörte, erschrak er sehr und wußte nicht, was er tun sollte. Eines Tages erkannte einer der Reiter, welche dem jungen Malik Schah begegnet waren und ihn beschenkt und gekleidet hatten, den Diener in Kaufmannstracht und fragte ihn nach der Ursache seiner Anwesenheit. Der Diener antwortete: »Ich bin gekommen, um Waren zu verkaufen.« Da sagte der Reiter: »Ich will dir ein Geheimnis offenbaren, wirst du es bewahren?« »Gewiß«, antwortete der Diener. Da sagte der Reiter: »Wisse, daß ich mit einigen Freunden dem jungen Malik Schah in der Nähe dieses Wassers begegnet bin; wir haben ihm Lebensmittel, Geld und Kleider gegeben und ihn nach Griechenland in die Nähe seiner Mutter geschickt, weil wir fürchteten, sein Onkel möchte ihn umbringen lassen.« Als der Diener dies hörte, wurde er ganz blaß und rief: »Gnade!« Der Reiter sagte: »Du hast von mir nichts zu fürchten, und wärest du auch gekommen, den Prinzen zu suchen.« Der Diener gestand hierauf, daß Schah Chatun ihn geschickt, um sich nach ihrem Sohne zu erkundigen, weil sie keine Ruhe und keinen Schlaf mehr aus Sorge um ihn finden kann. Da sagte der Reiter: »Gehe ruhig fort, du findest ihn an der Grenze Griechenlands.« Der Diener dankte ihm und trat wieder den Rückweg an, um Malik Schah aufzusuchen, und der Reiter begleitete ihn bis an die Stelle, wo er Malik Schah verlassen hatte. Diesen Weg verfolgte der Diener; er fragte überall nach dem Jungen und beschrieb ihn nach der Schilderung des Reiters, bis er endlich in das Städtchen kam, wo Malik Schah sich aufhielt.

Der Diener fragte auch hier nach dem Jungen, aber niemand konnte ihm Auskunft geben; nun wußte er nicht, was er tun sollte; schon wollte er wieder abreisen und hatte bereits sein Pferd bestiegen, als er Vieh mit einem Stricke angebunden sah, und einen Jüngling, der mit dem Stricke in der Hand daneben schlief. Es fiel ihm jedoch nicht ein, daß es Malik Schah sein könnte. Dann blieb er aber stehen und dachte: »Wenn der Prinz, den ich suche, schon so groß wie dieser Bursche geworden ist, der hier schläft, wie soll ich ihn erkennen? O welche Qual, einen Menschen aufzusuchen, den ich, wenn er auch vor mir stünde, nicht kennen würde.« Er stieg dann vom Pferd ab und ging auf den Schlafenden zu, setzte sich neben ihn, betrachtete ihn und dachte: »Wer weiß, ob nicht dieser Jüngling Malik Schah ist.« Er hustete dann und rief: »Bursche!« Der Prinz erwachte und setzte sich aufrecht. Da fragte ihn der Diener: »Wer ist dein Vater in diesem Städtchen und wo wohnst du?« Der Junge antwortete verlegen: »Ich bin ein Fremder.« Da fragte der Diener: »Wo bist du her? Wer war dein Vater?« Als der Prinz seinen Geburtsort nannte und auf die weiteren Fragen des Dieners seine ganze Lebensgeschichte erzählte, umarmte ihn der Diener, küßte ihn und sagte ihm, seine Mutter habe ihn geschickt, um ihn zu suchen, ohne daß der

Kaiser etwas davon wisse; sie wolle sich überzeugen, daß er sich wohl befinde, wenn sie ihn auch nicht sehen könne. Er kaufte ihm dann ein Pferd und sie ritten zusammen bis in den Bezirk der Hauptstadt. Da kamen Räuber, nahmen ihnen alles weg, fesselten sie, warfen sie in eine Grube, abgelegen von der Straße, und gingen fort, um sie da sterben zu lassen, wie sie es schon mit vielen anderen vor ihnen getan. Der Diener weinte heftig, und als der Prinz ihm sagte, alle Tränen könnten hier nichts nützen, versetzte er: »Ich weine nicht aus Furcht vor dem Tode, sondern nur aus Mitleid zu dir und deiner Mutter; ich muß verzweifeln, wenn ich denke, daß du nach so vielen überstandenen Gefahren noch einen so schmählichen Tod sterben mußt.« Aber der Prinz sagte: »Was mir zugekommen ist, war über mich verhängt und mußte vollzogen werden, und ist jetzt meine Todesstunde gekommen, so kann sie niemand verschieben.«

Nachdem sie in dieser Grube zwei Tage und zwei Nächte in der gräßlichsten Hungersqual zugebracht, traf sich nach der Bestimmung und der Allmacht Gottes, daß der Kaiser mit seinen Leuten auf der Jagd ein Tier verfolgte, das sie vor dieser Grube einholten. Als ein Jäger an der Öffnung der Grube abstieg, um es zu schlachten, da hörte er ein leises Seufzen aus der Grube herauf; er blieb stehen, bis die ganze Jagdpartie beisammen war, und sagte es dem Kaiser. Dieser ließ einen Diener hinabsteigen, der Malik Schah und den alten Diener, beide ohnmächtig, heraufbrachte. Man löste ihre Fesseln und goß ihnen Wein in den Hals, bis sie wieder zu sich kamen. Als der Kaiser den Diener seiner Gattin erkannte, fragte er ihn erstaunt: »Was ist dir geschehen und wie kommst du hierher?« Der Diener antwortete: »Ich ging und holte das Gold meiner Herrin, auf einmal wurde ich, als ich der Karawane voraneilte, von Räubern überfallen, die uns das Geld wegnahmen und uns in die Grube warfen, wo wir, wie viele andere vor uns, sterben sollten. Da schickte dich der erhabene Gott aus Erbarmen zu uns hierher.«

Der Kaiser und sein Gefolge dankten Gott, daß er sie hierher geführt, dann fragte er den Diener: »Wer ist denn der Junge, der hier bei dir ist?« Der Diener antwortete: »Es ist der Sohn unserer alten Amme; seine Mutter bat mich, ihn mitzunehmen, und da er viel Verstand und Geschicklichkeit besitzt, nahm ich ihn gern als einen Diener des Kaisers mit.« Der Kaiser fragte ihn dann nach Bahlawan und seinem Verfahren gegen seine Untertanen, worauf der Diener ihm erzählte, daß alle Leute mit ihm unzufrieden wären. Der Kaiser ging dann zu seiner Gattin und meldete ihr die Rückkehr ihres Dieners mit einem Jungen aus ihrer Heimat, und erzählte ihr von dem Unglück, das sie auf dem Wege gehabt. Schah Chatun kam außer sich und wollte einen lauten Schrei ausstoßen, unterdrückte ihn jedoch. Da sagte der Kaiser: »Was hast du? Bedauerst du das Geld, das dem Diener geraubt worden, oder bemitleidest du den Diener?« Sie antwortete: »Es ist nichts, bei deinem Haupt, o Kaiser! Du weißt ja, die Weiber haben ein schwaches Herz.« Dann kam der Diener zu ihr und erzählte ihr alles, was ihrem Sohne seit ihrer Vermählung mit dem Kaiser widerfahren. Schah Chatun weinte lange über die harten Leiden, welche ihr Sohn zu ertragen gehabt, dann fragte sie den Diener: »Was hast du dem Kaiser gesagt, als er den Prinzen sah und dich nach ihm fragte?« Er antwortete: »Ich habe ihm gesagt, er sei der Sohn einer Amme, den wir als Kind verlassen und der nun dem Kaiser dienen solle.«

Sie war zufrieden mit dieser Antwort und befahl dann dem Diener, den Prinzen gut zu bedienen, auch der Kaiser überhäufte den Diener mit Wohltaten und bestimmte dem Prinzen ein ansehnliches Gehalt. Dieser ging im Palast ein und aus, diente dem König und stieg immer höher im Ansehen. Schah Chatun begnügte sich, ihren Sohn durch das Fenstergitter zu sehen, da sie ihn doch nicht sprechen konnte. Eines Tages aber, als sie fast vor Sehnsucht starb, erwartete sie ihn an der Türe ihres Gemaches, drückte ihn an ihre Brust und küßte ihn auf die Wangen. In diesem Augenblicke ging der Schloßverwalter am Harem vorüber und sah mit Erstaunen, wie der Jüngling eine Dame umarmte. Er blieb betroffen stehen und fragte, wer dieses Gemach bewohne, und als man ihm die Kaiserin nannte, fuhr er erschrocken zurück, als hätte ihn der Donner getroffen. Da begegnete ihm der Kaiser und fragte ihn, warum er so zittere? Der Schloßverwalter antwortete: »O Kaiser! Gibt es etwas Schrecklicheres, als das, was ich eben

gesehen?« »Was hast du gesehen?« »Ich habe den Jüngling gesehen, den der alte Diener aus Griechenland mitgebracht, und mich überzeugt, daß er nur wegen der Kaiserin hierher gekommen ist, ich bin eben an der Türe des Gemachs vorübergegangen, da erwartete sie ihn, umarmte ihn und küßte ihn auf die Wangen.« Als der Kaiser dies hörte, kam er vor Wut ganz außer sich und riß sich fast den Bart aus; dann ergriff er sogleich den Prinzen und den alten Diener und ließ sie in einen Kerker werfen, der im Palast war. Er ging dann zu seiner Gattin und sagte ihr: »Bei Gott! Du hast dich schön betragen, du Tochter der Tugendhaften, um die Könige warben und die ihres gutes Rufes willen für eine kostbare Perle galt. Gott verdamme die, deren Inneres nicht wie ihr Äußeres ist; wie kannst du dir mit einem so abscheulichen Herzen ein reines Aussehen geben? Ich will aber an dir und diesem Taugenichts der Welt ein Beispiel geben. Nun weiß ich, daß du den Diener nur um den Jüngling hierherzubringen weggeschickt. Du wolltest mich mit unerhörter Frechheit hintergehen, nun sollst du aber sehen, wie ich gegen euch verfahre.« Mit diesen Worten spie er ihr ins Gesicht und ging weg. Schah Chatun sagte kein Wort, denn sie wußte wohl, daß ihr der Kaiser in diesem Augenblicke doch nicht glauben würde, und setzte ihr Vertrauen auf Gott, der das Offenbare und das Verborgene kennt, und gegen dessen Willen die Todesstunde weder verschoben noch vorgerückt werden kann.

Der Kaiser brachte mehrere Tage höchst bestürzt zu; er konnte weder essen noch trinken, noch schlafen und wußte nicht, was er tun sollte; bringe ich den Jungen und den Diener um, dachte er, so bin ich ungerecht, denn die Kaiserin, welche den Alten geschickt, um den Jungen zu holen, ist schuldiger als beide. Alle drei umzubringen gibt aber mein Herz nicht zu; ich will mich daher nicht übereilen und die Sache noch bedenken, ehe ich ihren Tod bereue. Nun hatte der Kaiser eine sehr verständige Amme. Sie fand ihn ganz verändert, wagte es aber nicht, ihm entgegenzutreten, sondern ging zu Schah Chatun. Als sie diese in noch größerer Bestürzung fand, fragte sie, was ihr zugestoßen? Die Kaiserin gestand nichts, aber die Amme schmeichelte ihr solange und schwor ihr, sie wolle das Geheimnis niemandem mitteilen, daß endlich die Kaiserin ihr die ganze Geschichte mit ihrem Sohne, von Anfang bis zu Ende, erzählte. Da sagte die Amme, sich vor ihr verbeugend: »Diese Sache ist ja gar nicht schwierig.« Aber die Kaiserin versetzte: »Bei Gott! Meine Mutter, ich will lieber mitsamt meinem Sohne sterben, als etwas sagen, das man doch nicht glauben würde; jedermann wird fragen, sie gibt ein Märchen vor, um die Schande von sich zu wälzen. Für mich gibt's kein anderes Mittel als Geduld.« Die Alte hatte Wohlgefallen an diesen verständigen Worten und sagte zu Schah Chatun: »Es ist, wie du sagst; doch hoffe ich, Gott wird die Wahrheit bekannt machen; habe nur Geduld, ich nehme mich der Sache an und gehe sogleich zum Kaiser, um zu hören, was er sagt.«

Als die Amme zum Kaiser kam, fand sie ihn betrübt, den Kopf zwischen den Knien, dasitzen; sie setzte sich zu ihm und sagte nach anderen süßen Worten: »Mein Sohn, dein Schmerz verwundet mein Herz; seit einiger Zeit reitest du gar nicht mehr aus und bist immer düster. Warum bist du denn so leidend?« Der Kaiser antwortete: »O meine Mutter! Wegen meiner verruchten Gattin, von der ich eine so gute Meinung hatte und die nun so gegen mich verfahren ist«, worauf er ihr die ganze Geschichte erzählte. Da sagte die Alte: »Und eine schwache Frau macht dir so viel Kummer?« »Ich denke nach«, versetzte der Kaiser, »welchen Tod ich über die verhängen soll, um der Welt ein Beispiel zu geben.« Da sagte sie: »Mein Sohn! Übereile dich nicht, denn Übereilung bringt Reue, du kannst sie ja immer noch umbringen; ergründe erst die Sache wohl, dann tue, was du willst.« Der Kaiser erwiderte: »Hier bedarf's keiner anderen Beweise. Schah Chatun hat ja selbst den Alten fortgeschickt, um den Jungen zu holen.« Da sagte die Alte: »Ich weiß ein sicheres Mittel, wodurch sie alles gestehen wird, was in ihrem Herzen vorgeht.«

»Wie wolltest du das?« fragte der Kaiser. Die Alte antwortete: »Ich bringe dir das Herz eines Wiedehopfs, das legst du deiner Gattin auf die Brust, wenn sie schläft, fragst sie dann, was du wissen willst, und sie wird dir die Wahrheit sagen.« Der Kaiser sagte ihr erfreut: »Das will ich tun, aber sage niemandem etwas davon.« Die Alte ging dann zur Kaiserin und sagte ihr: »Ich habe dein Anliegen besorgt. Der Kaiser wird diese Nacht zu dir kommen, stelle dich dann, als schliefest du, und antworte schlafend auf alles, was er dich fragt.« Hierauf verließ die Alte die Kaiserin wieder, holte das Herz eines Wiedehopfs und brachte es dem Kaiser. Dieser erwartete mit Ungeduld die Nacht, dann ging er zur Kaiserin, und als er sie eingeschlafen glaubte, setzte er sich neben sie, legte das Herz des Wiedehopfs auf ihre Brust und wartete eine Weile, um sich von ihrem Schlafe zu überzeugen. Dann sagte er: »Schah Chatun! War das mein Lohn von dir?« »Was habe ich verbrochen?« fragte die Kaiserin. Er erwiderte: »Gibt es denn ein größeres Verbrechen, als das deinige? Schicktest du nicht nach einem geliebten

fremden Jünglinge und wurdest mir untreu?« »Ich kenne keine Leidenschaft, es sind unter deinen Dienern schönere, als er ist, und ich gelüste nach keinem.« »Und warum hast du ihn umarmt und geküßt.« »Er ist mein Sohn, ein Stück meines Herzens; aus mütterlicher Liebe zu ihm habe ich ihn umarmt und geküßt.« Als der Kaiser dies hörte, geriet er in große Verwirrung und sagte zu ihr: »Kannst du beweisen, daß er dein Sohn ist? Ich habe doch noch einen Brief von deinem Onkel, in welchem er mir schreibt, dein Sohn ist getötet worden?« »Allerdings, aber die Kehle war nicht durchschnitten, mein Onkel ließ die Wunde wieder zunähen und meinen Sohn bei sich erziehen, denn seine Todesstunde war noch nicht gekommen.« Als der Kaiser dies hörte, sagte er: »Dieser Beweis genügt mir.« Er ließ sogleich den Prinzen und den Diener holen und untersuchte den Hals des Prinzen bei dem Scheine einer Wachskerze; da sah er einen Schnitt von einem Ohre zum andern, der zwar wieder geschlossen war, doch entdeckte er, wie eine Naht sich darüber hinzog. Hierauf fiel der Kaiser vor Gott nieder und dankte ihm, daß er diesen Jungen aus so vielen Gefahren befreit und freute sich sehr, daß er ihn nicht im Zorne getötet hatte, was er nachher hätte bereuen müssen. Der Prinz aber wurde nur gerettet, weil seine Todesstunde noch nicht gekommen war. »So werde auch ich«, sagte der Jüngling zum König, »die mir bestimmte Frist erreichen, und ich hoffe, daß Gott mir gegen diese bösen Veziere beistehen wird.«

Der König ließ ihn hierauf wieder ins Gefängnis zurückführen und sagte zu den Vezieren: »Dieser Junge hat eine schlimme Meinung von euch; ich weiß indessen, daß ihr mir aus Liebe ratet; seid daher nur zufrieden; ich werde in allem euern Rat befolgen. Ich habe nur solange seinen Tod verschoben, damit recht viel von der Sache gesprochen werde, nun soll er aber sterben; errichtet einen Galgen am Ende der Stadt und laßt seine Hinrichtung durch einen Ausschreier bekannt machen, damit die ganze Stadt sich versammle und mit ihm zum Galgen ziehe. Der Ausschreier soll vor ihm rufen: ›Das ist der Lohn dessen, den der König in seine Nähe gezogen, und der ihn dann verraten.‹« Die Veziere freuten sich sehr über diesen Entschluß des Königs, ein jeder brachte noch etwas anderes vor, und sie konnten vor Freude die ganze Nacht nicht schlafen. Sie ließen die Hinrichtung des Jünglings in der Stadt bekannt machen und einen Galgen errichten, und des Morgens früh kamen sie vor die Türe des Palasts und sagten zum König: »Es sind schon so viele Leute beisammen, daß sie vom Palast bis zum Hinrichtungsplatz alle Straßen füllen, um den Jungen hängen zu sehen.«

Als der König den Jungen holen ließ, sagten die Veziere: »Verworfener Mensch, hast du noch Freude am Leben? Hoffst du noch Erlösung?« Er antwortete: »O ihr gottlosen Veziere! Kann ein verständiger Mensch aufhören, auf Gott zu vertrauen? So unterdrückt auch ein Mensch sein mag, kann ihn Gott doch aufrichten und mitten im Tode ihm neues Leben geben; kennt ihr nicht die Geschichte des Gefangenen, den Gott gerettet?« Als der König fragte: »Was ist das für eine Geschichte?« erzählte der Jüngling:

Geschichte des Gefangenen, den Gott befreite

Ein König, der ein hohes Schloß hatte, von welchem man auf das Gefängnis sehen konnte, hörte einst in der Nacht, wie jemand rief: »Allah, dessen Hilfe jedem nahe ist, befreie mich!« Der König geriet in Zorn und dachte, der Dummkopf hofft, daß seine Schuld ihm erlassen werde. Er erkundigte sich nach den Eingekerkerten, und als man ihm sagte, daß in diesem Gefängnis nur Verbrecher, auf denen eine Blutschuld hafte, eingesperrt seien, ließ er den Mann vor sich kommen und sagte ihm: »Du einfältiger Mensch! Wie kannst du bei der Größe deines Verbrechens aus diesem Gefängnis befreit zu werden hoffen?« Er übergab ihn dann seinen Soldaten und befahl ihnen, ihn vor der Stadt aufzuhängen. Als diese ihn in der Nacht zur Stadt hinausführten, wurden sie von bewaffneten Räubern überfallen. Die Soldaten ließen den Verurteilten los, und er floh in einen Wald. Aber bald fiel ein furchtbarer Löwe über ihn her, warf ihn zu Boden, riß dann einen Baum aus der Wurzel und legte ihn auf den Mann und lief fort, um sein Weibchen zu holen. Dessen ungeachtet vertraute der Mann noch auf Gottes Hilfe. Als er die Blätter des Baumes zurückschob, sah er sehr viele Gebeine von Menschen, die der Löwe zerrissen hatte. Er sah auch einen Haufen Gold auf der Erde liegen, den er zu sich steckte. Nach und nach gelang es ihm, unter dem Baume hervorzukriechen und aus dem Walde zu entfliehen. Er drehte sich, aus Furcht vor dem Löwen, weder rechts noch links, bis er vor ein Städtchen kam, da legte er sich ermattet nieder und ruhte aus bis Tagesanbruch, dann vergrub er sein Gold, ging ins Städtchen und lebte dort mit Gottes Hilfe von dem Golde, das er später holte.

Als der Jüngling diese Erzählung vollendet hatte, sagte der König: »Wie lange willst du uns mit deinen Reden betören, jetzt ist die Zeit da, wo du gehängt werden sollst.« Aber im Augenblick, wo man ihn auf Befehl des Königs hängen wollte, kam der Räuberhauptmann an, der den Jungen erzogen hatte. Als er das Zusammenlaufen des Volks sah, fragte er nach der Ursache, und man sagte ihm: »Der König läßt einen jungen Verbrecher hinrichten.« Der Räuberhauptmann, der auch den Jüngling sehen wollte, erkannte ihn wieder, umarmte ihn und küßte ihn auf den Mund und sagte: »Diesen Jüngling habe ich als Kind unter dem Berge N. N., in ein seidenes Kleid gehüllt, gefunden und habe ihn zu mir genommen. Als wir aber eines Tages eine Karawane angriffen, die uns in die Flucht trieb und manche der Unsrigen verwundete, wurde er gefangen genommen, seit damals suche ich ihn überall und konnte nichts mehr von ihm hören.«

Als der König dies hörte und überzeugt war, daß dieser Jüngling sein Sohn, stieß er ein lautes Geschrei aus, fiel über den Jüngling her, umarmte und küßte ihn und sagte weinend: »Ich wollte meinen eigenen Sohn umbringen und wäre dann vor Reue darüber gestorben.« Er entfesselte dann den Prinzen, nahm die Krone von seinem Haupte und setzte sie ihm auf. Die Neuigkeit wurde mit Trommeln und Trompeten bekannt gemacht, die Stadt wurde geschmückt, und es war ein so freudiges Lärmen an diesem Tage, daß die Vögel sich kaum in der Luft halten konnten. Auch seine Mutter kam herbei, als sie von dem Vorgefallenen Kunde erhielt und umarmte ihren Sohn, und die Truppen und das ganze Volk zog mit ihm nach dem Palast. Der König schenkte dann allen Gefangenen Freiheit und ließ sieben Tage als Festtage feiern. Am achten Tage setzte er seinen Sohn neben sich und ließ alle seine Freunde und die Obern der Stadt und die Veziere herbeirufen, welche vor Scham und Furcht dem Tode nahe waren. Diesen sagte der Prinz: »Seht ihr, schlechte Veziere, nun Gottes Werk? Seht ihr, daß seine Hilfe nahe war!« Als die Veziere verstummten, sagte der König: »Ich sehe, daß sich heute alles freut, sogar die Vögel in der Luft, nur ihr seid niedergeschlagen; das ist schon ein Beweis von Groll gegen mich. Hätte ich euch Gehör geschenkt, so müßte ich jetzt vor Verzweiflung und Reue sterben.« Der Prinz sagte hierauf zu seinem Vater: »Ohne deine ruhige Überlegung und deine gute Meinung von den Menschen wäre dir dieses hohe Glück nicht zuteil geworden, lange Trauer und Reue hätten sich vielmehr angehäuft, die dem sich Übereilenden nie entgehen.«

Der König ließ dann den Räuberhauptmann kommen, machte ihm viele Geschenke und sagte: »Wer den König liebt, der beschenke diesen Mann«; worauf er von allen so reichlich beschenkt wurde, bis er nichts mehr annehmen konnte; auch erhielt er die Polizeipräfektur der Stadt, in welcher er wohnte. Bald nachher ließ der König neun Galgen neben dem schon errichteten aufstellen und sagte zu seinem Sohne: »Du warst unschuldig, diese schlimmen Veziere haben dich bei mir verleumdet.« Der Prinz versetzte: »Mein Verbrechen bestand in meiner Treue gegen dich; weil ich ihre Hände aus deinen Schätzen vertrieb, beneideten sie mich und wünschten meinen Tod.« »Darum sei auch jetzt ihre Strafe nahe«, sagte der König; »denn ihr Verbrechen ist zu groß; um dich zu vernichten, scheuten sie nicht, meine Ehre bei allen Königen zu schänden.« Er wandte sich dann zu den Vezieren und sagte ihnen: »Wehe euch! Womit könnt ihr euch entschuldigen?« Da erwiderten sie: »O König! Es bleibt uns keine Entschuldigung. Wir waren dem Jungen nicht gut und wollten sein Unglück, aber es traf uns selbst; wir gruben ihm eine Grube und fielen selbst hinein.« Hierauf erteilte der König den Befehl, sie zu hängen: »Denn«, sagte er, »Gott ist gerecht und sein Urteil ist wahr.« Der König lebte dann mit seiner Gattin und seinem Sohne in Lust und Freude, bis der Zerstörer aller Erdenfreuden auch sie erreichte. Gepriesen sei Allah, der allein Unsterbliche, dem allein Ruhm gebührt, und sein Erbarmen sei mit uns bis in die Ewigkeit. Amen.

Geschichte der messingnen Stadt

Als der Fürst der Gläubigen, Abdulmelik, der Sohn Merwans, eines Tages von den Großen des Reichs umgeben war, kam die Rede auf Geschichten alter Völker und ihre mächtigen Kaiser; da sagte einer der Anwesenden: »Keinem Sterblichen wurde je so viel verliehen, als Salomo, dem Sohne Davids; denn er gebot über Menschen und Genien, über Vögel und vierfüßige Tiere. Gott befahl sogar dem Winde, ihm seinen Teppich einen Monat lang auf der Hin- und ebensolang auf der Rückreise zu tragen, auch gab ihm Gott einen Siegelring, mit welchem er Eisen, Blei, Stein und Kupfer versiegeln konnte, kurz er gab ihm alles.« Da sagte Abdulmelik: »Es ist wahr, zürnte er gegen Genien, so sperrte er sie in kupferne Büchsen ein, goß Blei darauf, siegelte sie mit seinem Ringe zu und warf sie ins Meer.« Hierauf erhob sich Taleb, ein berühmter Schwarzkünstler und hochgestellter Mann, der Bücher hatte, die ihn Schätze aus der Erde zu ziehen lehrten, und sprach: O Fürst der Gläubigen! Gott erhalte dein Reich und erhebe deinen Rang in beiden Welten! Mein Vater erzählte mir einst habe mein Großvater sich eingeschifft, um nach der Insel Sizilien zu fahren; da gefiel es Gott, einen Sturmwind herbeizuführen, der das Schiff vom Wege ablenkte und es erst nach einem Monate an einen hohen Berg trieb, den niemand kannte. Die Schiffsleute wußten gar nicht, wo sie waren, und fanden am Ufer Leute von wunderbarer Gestalt, die sie nicht verstanden. Nur der König dieses Landes verstand Arabisch, obgleich er kein Fremder war. Dieser kam ans Ufer, begrüßte sie und sagte: »Ihr habt euch gewiß verirrt, denn euer Schiff ist das erste, das hier landet, doch fürchtet nichts, ihr sollt wieder glücklich in eure Heimat zurückkehren.« Der König bewirtete sie dann drei Tage lang mit Vögeln und Fischen. Am vierten Tage führte er sie zu den Fischern spazieren; da sahen sie, wie einer sein Netz auswarf und eine kupferne Flasche heraufbrachte, die mit Salomos Siegel versiegelt war. Er brach der Flasche den Hals ab und öffnete das Siegel; da stieg ein blauer Rauch heraus und verwandelte sich in der Luft in die häßlichste Gestalt der Welt und rief: »Gnade! Gnade! O Prophet Gottes, ich will nichts mehr so tun.« Mein Urgroßvater ging dann zum König und fragte ihn, was das wäre? Da sagte er: »Es ist ein rebellischer Geist, der wegen seines Ungehorsams gegen Salomo eingesperrt und ins Meer geworfen wurde. Als er jetzt herauskam, glaubte er, Salomo lebe noch und habe ihm verziehen; darum rief er: Gnade! Gnade! O Prophet Gottes!«

Abdulmelik war sehr erstaunt über diese Erzählung und sagte: »Es gibt keinen Gott außer dem einzigen Gott; der hat Salomo ein großes Reich gegeben; könnte ich nur einmal mit meinen Augen solche Salomonische Flaschen sehen, sie würde jedem zur Belehrung und zur Warnung dienen.« Da sagte Taleb: »Diese Büchsen finden sich in der messingnen Stadt, wenn du solche zu haben wünschest, so schreibe Musa, deinem Statthalter über den Westen und Andalusien, er möge einige seiner Leute mit Lebensmitteln und Wasser dahin schicken, und dir ohne Säumen einige von dort bringen lassen.« Der Kalif ließ sogleich einen Schreiber rufen und an den Emir Musa schreiben. Er gab dann Taleb den Brief und sagte ihm: »Ich wünsche, daß du selbst den Brief überbrächtest.« Taleb antwortete: »Ich gehorche Gott und dem Fürsten der Gläubigen«, ließ sich Geld, Lebensmittel und ein Reittier geben und reiste von Damaskus nach der Hauptstadt Ägyptens. Dort verweilte er einige Zeit bei guter Bewirtung, begab sich dann nach Oberägypten, wo der Emir Musa sich aufhielt. Als dieser von der Ankunft Talebs hörte, ging er zu ihm, bewillkommte ihn und ließ ihn mit Auszeichnung bewirten. Taleb überreichte ihm dann den Brief des Kalifen, und als er ihn gelesen hatte, sagte er: »Ich gehorche Gott und dem Fürsten der Gläubigen«, ließ sogleich einige Reisende kommen und sagte ihnen: »Der Kalif schreibt mir, ich solle ihm Salomonische Flaschen verschaffen, wie fange ich das an?« Die Reisenden antworteten: »Wende dich an Abdul Kadus, der wird dir den Ort angeben, wo sie liegen, denn er ist viel gereist zu Wasser und zu Land, er ist der beste Führer und Ratgeber, kennt alle Wüsten und ihre Bewohner und alle Meere und ist schon mancher Gefahr glücklich entgangen.« Musa schickte nach ihm, und es erschien ein alter Mann, dem die Jahre schon hart zugesetzt hatten, und dem man ansah, daß er schon die wunderbarsten Dinge erlebt. Musa teilte ihm den Brief des Kalifen mit und sagte: »Da ich dieses Land wenig kenne und gehört habe, es sei niemand so weit gereist als du, so bitte ich dich, mit uns zu gehen und uns zu helfen, den Willen des Kalifen zu erfüllen. Du sollst dich, so Gott will, nicht umsonst bemühen.« Abdul Kadus erwiderte: »Ich gehorche Gott und dem Fürsten der Gläubigen; doch, mein Herr, die messingne Stadt liegt weit von hier; wir haben einen weiten Weg zu machen und laufen viel Gefahr auf der Reise.« Da fragte Musa: »Wie lange müssen wir ausbleiben?« Der Alte antwortete: »Wir brauchen zwei Jahre hin und ebenso viel zurück, und du bist ein Mann, der für Gott gegen Ungläubige kämpft, du darfst also durch eine so lange Abwesenheit das Land nicht dem Feinde preisgeben, darum ernenne einen Stellvertreter, der in deiner Abwesenheit die Feinde bekämpfe und das Land verwalte; übrigens weiß ja der, dessen Leben nicht in seiner Gewalt steht, auch nicht, wie bald er dem Tode anheimfällt.«

Musa ließ sogleich seinen Sohn Harun rufen, der ein guter und in der Regierungskunst erfahrener Mann war und übertrug ihm die Statthalterschaft Ägyptens; dann ließ er die Truppen zusammenkommen und empfahl ihnen, seinem Sohne wie ihm selbst, in allem Gehorsam zu leisten. Als dies geschehen war, sagte der Alte zu Musa: »Laßt 1000 Kamele mit Wasser beladen und wieder 1000 mit Lebensmitteln und ebenso viele mit irdenen Krügen« »Wozu diese?« fragte Musa erstaunt. Der Alte antwortete: »Wir haben 40 Tage durch die große Wüste von Kairawan zu gehen, wo es wenig Wasser gibt und man keine Menschen sieht; dort weht ein heftiger Samum, der die Schläuche austrocknet, weshalb das Wasser nur in Krügen aufbewahrt werden kann.« Musa schickte nach Alexandrien und ließ von dort viele Krüge holen. Er nahm dann seinen Vezier zu sich, ließ 2000 bepanzerte Reiter neben den Kamelen herreiten, und der Alte ritt als Führer voran. Ihre Reise war sehr beschwerlich, sie zogen bald durch bewohntes, bald durch unbewohntes Land, und häufig führte der Weg durch wilde, gefährliche, wasserlose Wüsten oder über hohe Berge. So zogen sie ein Jahr lang umher. Eines Morgens waren sie vom rechten Wege abgekommen; der Führer wußte nicht mehr, wo er war und rief: »Es gibt keinen Schutz und keine Macht außer bei Gott, dem Erhabenen! Bei dem Herrn der Kaaba, ich habe mich in der dunklen Nacht verirrt und befinde mich nun in einem Lande, das ich heute zum ersten Male sehe.« Da sagte Musa: »So führe uns wieder zur Stelle zurück, wo wir vom Wege abgekommen sind.« Als der Alte sagte, er könne sie nicht mehr finden, rief Musa: »So laß uns nur weiter gehen, vielleicht wird uns Gott durch seine

Macht leiten.« Sie gingen nun bis zur Zeit des Mittaggebetes vor sich hin und kamen in ein schönes ebenes Land, so flach wie das Meer, wenn es ganz ruhig ist. Bald sahen sie in der Ferne etwas Hohes und Schwarzes, sie gingen etwas näher und fanden ein Gebäude, so hoch und so fest wie ein Berg, ganz von schwarzen Steinen gebaut, mit furchtbar großen Altanen und einem chinesischen eisernen Tore, das einen blendenden Glanz von sich warf. Niemand wußte, wofür er dieses Riesengebäude halten sollte, das 1000 Schritte im Umfang hatte und dessen 100 Ellen hohe bleierne Kuppel in der Ferne sich wie eine Rauchsäule ausnahm. Da sagte der Führer: »Wir wollen diesem Gebäude näher treten, vielleicht können wir uns daran belehren.« Als er aber näher kam, erkannte er es und rief: »Es gibt keinen Gott außer Gott, und Muhamed ist sein Prophet.« Da sagte Musa: »Ich sehe, du preisest Gott, hast du uns eine frohe Botschaft mitzuteilen?«

Der Alte antwortete: »Freue dich! Der erhabene Gott hat uns aus den schrecklichsten Wüsten befreit. Wisse, mein Vater hat mir einmal von seinem Großvater erzählt, er sei in diesem Lande gewesen und nach langen Irrwegen an dieses Schloß gekommen, und von da in eine messingne Stadt. Wir haben von hier nach dem Orte unserer Bestimmung nur noch zwei Monate zu reisen; wir müssen immer dem Rande der Wüste folgen, finden aber viele Wohnungen, Brunnen und Bäche, die Alexander der Zweihörnige eroberte, als er sich nach Westen wandte; die meisten Brunnen auf unserem Wege hat er graben lassen.« Musa dankte für diese freudige Nachricht und sagte: »Komm, laß uns jetzt die Wunder dieses Schlosses sehen!« Sie gingen auf das Tor zu und fanden darüber folgende Inschrift mit goldenen Buchstaben:

»Die Überbleibsel ihrer Werke verkünden uns, daß auch wir ihnen folgen müssen. O Wanderer, der du vor dieser Wohnung stehst, willst du die Geschichte eines Volks kennenlernen, das sich von seinen Reichtümern trennen mußte, so geh ins Schloß und forsche nach den Begebenheiten derjenigen, die dort im Staube beisammen wohnen.«

Musa weinte über diese Verse und sagte: »Es gibt keinen Gott außer Gott, der ewig fortdauert.« Er kam dann an ein anderes Tor, auf welchem folgende Inschrift zu lesen war:

»Wie manches Volk hat vor uralter Zeit hier gelebt und ist wieder verschwunden! Wären die Menschen verständig, so würden sie einsehen, wie die Zeit mit anderen verfährt und es sich zur Warnung dienen lassen; sie haben Schätze gesammelt, die sie wieder anderen überlassen mußten, während sie selbst nach allem Abmühen ins enge Grab steigen. Wie manche Freude wurde ihnen zuteil, wie viel haben sie genossen, während sie jetzt selbst im Staube verzehrt werden.«

Diese Inschrift machte auf Musa einen tiefen Eindruck; die ganze Welt erschien ihm nichtig und das irdische Leben kaum beachtenswert. »Ich bin Gottes«, rief er, »und zu ihm kehren wir alle wieder; es gibt keinen Schutz und keine Macht, außer bei Gott, dem Erhabenen! Er hat uns zu etwas Großem in der Zukunft geschaffen; diese Welt hat aber für mich nicht mehr den Wert eines Mückenflügels; alle Könige müssen zuletzt sterben, und die Armen haben nach dem Tode mehr zu erwarten. Gepriesen sei Allah, der Ewigdauernde.« Er ging dann ins Schloß und bewunderte ungestört dessen schöne Bauart mit ungeheuren Räumen, in denen kein Mensch zu sehen war. Als er in den Hof kam, wo eine Kuppel sich erhob, fand er 400 Gräber. Er näherte sich einem derselben, das einen großen Grabstein von weißem Marmor hatte, auf welchem folgende Verse eingegraben waren:

»Wie oft bin ich gleich dir stehen geblieben, um Inschriften auf Grabsteinen zu lesen; wie lange habe ich gegessen und getrunken und Sängerinnen angehört; wie viele feste Schlösser habe ich erobert und seine Schönen mir zugeeignet; auch ich, o Wanderer!, habe vor dir über das Schicksal nachgedacht, und es war mir, als fragte man schon nach mir, und es hieß: Er ist tot. Drum, o Wanderer, sorge für deine Seele, ehe du zu den Toten niedersteigst.«

Musa weinte und war so gerührt, daß ihm fast der Atem ausging. Er näherte sich dann der Kuppel und sah acht hölzerne Pforten mit goldenen und silbernen Nägeln beschlagen. Über der Hauptpforte waren folgende Verse geschrieben:

»Nicht aus Freigebigkeit hinterließ ich anderen meine Güter, sondern der Tod, der unter den Menschen umherzieht, zwang mich dazu. Lange freute ich mich mit meinem Gute und beschützte es wie ein reißender Löwe. Ich war stets voller Sorgen, gab aus Geiz kein Senfkörnchen von dem Meinigen her und hätte man mich ins Feuer geworfen. Da kam bald der über mich verhängte Tod, und es lag nicht in meiner Macht, ihn abzuwenden. Nichts halfen mir meine gesammelten Truppen, kein Freund und kein Nachbar konnte mich retten. Mein ganzes Leben war eine Täuschung, ich lebte bald in Wohlstand, bald in Not, stets den Tod vor Augen. Kaum füllen sich deine Beutel mit Dinaren, so gehören sie schon einem anderen und es kommen Kameltreiber und Totengräber. Dann kommt der Tag des Gerichts und du trittst vor Gott allein und nur mit Sünden schwer beladen. Drum, o Wanderer, laß dich nicht vom Glanze der Welt verblenden und bedenke, wie sie es deinen Freunden und Nachbarn gemacht.«

Musa war so angegriffen, daß er in Ohnmacht fiel; als er wieder zu sich kam, ging er in die Kuppel und sah ein großes Grabmal mit einem eisernen chinesischen Grabstein, auf dem folgendes zu lesen war:

»Im Namen Gottes, des Einzigen, Mächtigen, Ewigdauernden, der allein bleibt, während alle seine Diener vergehen müssen. O Wanderer, der du hierher kommst, belehre dich an dem, was du hier von den Schicksalen der Welt erfährst, laß dich nicht vom Glanze der Welt verführen, sie ist trügerisch gleich dem Traum eines Schlafenden oder einem täuschenden Sandspiegel, dem der Wanderer sich vergebens nähert, um seinen Durst zu löschen. Auch ich setzte mein Vertrauen auf diese Welt und wurde von ihr verraten. Ich war Herr von 4000 Jungfrauen, so schön wie der Mond, und sie gebaren mir 1000 Söhne, stark und mutig wie Löwen. Ich lebte 1000 Jahre und sammelte Schätze, wie kein König der Erde noch besaß; ich glaubte, das würde ewig fortdauern; aber der Zerstörer aller Freuden, der Verwüster aller Wohnungen, der Kinder zu Waisen macht, weder den Armen verschont noch vor den Befehlen des Königs sich fürchtet, ereilte auch mich in meinem Schlosse, und als ich die Vergänglichkeit sah, ließ ich diese Verse als Belehrung für Verständige aufschreiben. Ich hatte ein Heer von 10000 Reitern, alle tapfere Helden, mit langen Panzern, schneidenden Schwertern, schrecklichen Lanzen und edlen Rossen; als die Bestimmung Gottes, des Herrn der Welten eintraf, fragte ich meine Krieger, ob sie das Schicksal von mir abwenden könnten, und als sie dies nicht vermochten, ergab ich mich der Fügung, die mir den Tod gab und mich in dieses Grab versenkte. Ich bin Kusch, der Sohn Kanans, Sohn Schaddads, Sohn des älteren Ad.«

Dann kamen folgende Verse:

»Wer wird einst im Wechsel der Zeiten meiner noch gedenken, und ich bin doch der Sohn Schaddads, der die Welt beherrschte mit allen Menschen, die darauf sind; alle Könige der Erde beugten sich vor meinen Waffen und alle ihre Bewohner fürchteten meine Macht; wenn ich ausritt, sah ich eine Million Zügel, und unzählbare Schätze füllten meine Paläste; doch endlich kam der Tod, der alle Menschen auseinander trennt, und ich stieg aus meiner Herrlichkeit in die niedrigste Wohnung; da hätte ich gern für einen Augenblick Leben mein ganzes Vermögen hingegeben, aber Gott wollte diesen Tausch nicht, und so liege ich hier einsam, getrennt von den Freunden. Drum, o Wanderer, sorge für deine Seele vor dem Tode und stelle dich sicher gegen die Tücke des Schicksals!«

Musa wurde auch von diesen Versen so ergriffen, daß ihm das Leben zur Last wurde. Hierauf kamen sie an einen gelben Stein mit Füßen von Cypressenholz, worauf geschrieben war:

»An diesem Tische haben 1000 Könige gespeist, die am rechten Auge blind waren, und 1000, die am linken Auge blind waren, und 1000, die zwei gesunde Augen hatten; alle sind aus der Welt geschieden und wohnen jetzt in Gräbern.«

Nachdem Musa von allem, was er gelesen, eine Abschrift genommen, reisten sie wieder weiter, und nach drei Tagen kamen sie an einen hohen Hügel, auf dem ein kupferner Reiter auf einem kupfernen Pferd saß; er hatte eine lange blendende Lanze in der Hand, auf deren Spitze folgendes mit römischen Buchstaben geschrieben war:

»O Wanderer, der du hierherkommst, wenn du den Weg nach der messingnen Stadt nicht weißt, so reibe den Reiter, er wird sich herumdrehen. Und wende dich dann nach der Seite, nach welcher er die Spitze der Lanze dreht.«

Musa rieb den Reiter, er drehte sich herum, und sie schlugen den Weg ein, nach welchem er die Lanze hob und fanden sich bald auf geebnetem Wege. Nach drei Tagen kamen sie auf einen hohen Berg, auf dem sie eine große lange Säule sahen; als sie darauf zugingen, fanden sie eine Statue von schwarzem Stein, die einen Menschen darstellte, der bis zu den Achseln in der Säule steckte; er hatte zwei große Flügel, zwei Hände wie die Tatzen eines Löwen, mit eisernen Krallen, einen Haarschopf mitten auf dem Kopfe wie ein Roßschweif, zwei Augen, die in die Länge gespalten waren und Feuer sprühten, und aus der Stirne stach noch ein drittes häßliches dunkelrotes Auge hervor wie das eines Luchses. Diese Gestalt rief in einem fort: »Gepriesen sei der, welcher diese lange harte Pein über mich verhängt hat!« Musa bat den Alten, diese Gestalt einmal zu fragen, wer sie sei und warum sie sich in diesem Zustande befinde? Der Alte sagte: »Ich fürchte mich vor ihr.« Musa versetzte: »Der hat genug mit sich selbst zu tun, um dir etwas anzuhaben.« Der Alte ging auf sie zu und fragte: »Wer bist du? Wie heißt du? Wer hat dich hierher gebracht?«

Da antwortete sie: »Ich bin ein böser Geist und heiße Dasmusch und werde gepeinigt und bleibe hier gebannt bis zum Tage der Auferstehung durch die höchste Gewalt Gottes. Die wunderbare Ursache aber, warum ich an diese Säule gebannt bin, ist folgende: Iblis, den Gott verdammen möge, hatte einen Götzen aus rotem Korall, der mir anvertraut war. Diesen Götzen betete einer der Könige des Meeres an, welcher über eine Million bewaffnete Menschen und eine Million Genien gebot, ich verführte aus dem Leibe des Götzen hervor die Leute und sie gehorchten mir und erkannten die Herrschaft Suleimans, des Propheten Gottes, nicht an. Dieser König hatte eine Tochter, welche Tag und Nacht den mir anvertrauten Götzen anbetete, und so schön war, daß man selbst Salomo auf sie aufmerksam machte. Dieser schickte zu ihrem Vater, ließ um sie anhalten und befahl ihm auch, den Götzen zu zerbrechen und den einzigen Gott und seinen Propheten Suleiman anzuerkennen. Tust du dies, ließ ihm Salomo sagen, so geht es dir gut, wo nicht, so bereite dich zum Tode vor, denn ich werde dich mit Truppen überfallen, welche die ganze Erde ausfüllen, und du wirst gleich dem gestrigen Tage werden, der nie mehr wiederkehrt. Als der König diesen Brief las, warf er ihn zornig weg und sagte zu seinen Vezieren: ›Was soll ich Salomo, dem Sohne Davids, antworten, der einen Boten herschickt, meine Tochter als Gattin verlangt und mir befiehlt, meinen Götzen zu zerbrechen und seinen Glauben anzunehmen?‹ Die Veziere antworteten: ›Großer König und mächtiger Herr! Was kann Salomo dir tun? Du bist ebenso groß und noch mächtiger als er, du

hast über eine Million Krieger zu gebieten und wohnst auf diesem großen Meer, wo er gar nicht zu dir gelangen kann und wo Menschen und Genien für dich kämpfen; übrigens berate deinen Herrn, den Götzen, und befiehlt er dir, ihm entgegenzuziehen, so tue es!‹ Der König stand auf und ging zum Götzen, brachte ihm ein Opfer, fiel vor ihm nieder und sprach: ›O Herr, ich bitte um deinen Schutz, der König Salomo will dich zerbrechen. O Herr! Gebiete uns, dein Befehl wird vollzogen, denn wir kennen deine Macht.‹ Ich verbarg mich nun, weil ich Salomos Macht nicht kannte, in dem Leibe des Götzen und sagte: ›Ich fürchte mich nicht vor Salomo; wenn er Lust hat, soll er mich nur bekriegen, ich werde ihm mit Schwert und Lanze das Leben nehmen.‹

Meine Antwort gab dem König Mut genug, um Salomo den Krieg zu erklären; er spie seinem Gesandten ins Gesicht und gab ihm folgende beleidigende Antwort: ›Sage Salomo, sein Herz habe ihm Lug und Trug vorgespiegelt; er möge seine ganze Macht aufbieten, wenn er nicht zu mir geht, so komme ich zu ihm.‹ Als der Bote Salomo diese Antwort überbrachte, glühte er vor Zorn, und sein Entschluß stand fest. Er sammelte alsbald Menschen und Geister und Vögel und wilde Tiere, befahl dann dem Löwen, dem König der vierfüßigen Tiere, alle reißenden Tiere aus den Wüsten und Einöden zu versammeln. Er rief dann den Adler, den König der Vögel, und befahl ihm, alle Raubvögel zusammenfließen zu lassen. Seinem Vezier Damuriat erteilte er den Befehl, alle Genien und Teufel und widerspenstigen Geister zu rufen, und Asaf, den Sohn Berahjas, beauftragte er, alle menschlichen Truppen zusammenzubringen. Als alles in unzählbarer Masse sich eingestellt hatte, setzte sich Salomo mit seinen Scharen auf seinen Teppich; die Vögel flogen über ihm und die Menschen und Genien gingen vor ihm her. Als der ganze Zug am Ufer des Meeres anlangte, stieg Salomo vom Teppich herunter und schickte einen Boten zum König der Insel, der ihm sagen sollte: ›Hier ist nun Salomo, der Prophet Gottes, gehorche ihm, zerbrich deinen Götzen, gib ihm deine Tochter zur Frau und rufe mit allen Bewohnern des Landes aus: Es gibt keinen Gott außer dem einzigen Gott, und Salomo ist sein Prophet! Wo nicht, so verteidige dich gegen seinen Angriff. Glaube aber nicht, daß dich das Meer gegen ihn schützt, denn er befiehlt dem Winde, ihn zu dir zu tragen, und erscheint mitten auf deiner Insel, um dich zu verderben.‹ Als der Gesandte dem König Salomos Botschaft überbrachte, antwortete er: ›Sage Salomo, ich ziehe ihm morgen entgegen und hoffe ihn zu treffen.‹ Der Bote kehrte wieder zu Salomo zurück, der sich hierauf zur Schlacht rüstete.

Sobald der Gesandte weg war, ließ mich der König rufen und gebot mir, alle unter mir stehenden Truppen zu versammeln. Ich gehorchte, brachte eine Million Menschen und ebenso viele Genien zusammen; auch der König zog alle seine Leute zusammen, und es kam eine Zahl heraus, die nur Gott kennt. Salomo aber stellte wilde Tiere zur Rechten und zur Linken seiner Truppen auf, und befahl den Vögeln in der Luft, über ihren Köpfen zu fliegen, dem Feinde, sobald er einen Angriff versuche, mit den Flügeln ins Gesicht zu schlagen und ihnen mit den Schnäbeln die Augen auszupicken. Er selbst schwebte auf seinem vom Winde getragenen Teppiche in der Luft, er setzte Damuriat über den rechten Flügel der Menschen und Asaf über den linken, die Könige der Menschen stellte er zur Rechten und die Könige der Geister zur Linken und die wilden Tiere und Vipern und Schlangen schickte er voraus. Indessen traten wir ihnen doch entgegen und kämpften zwei Tage, am dritten Tage aber brach nach der Bestimmung das Verderben über uns herein. Ich stellte mich an die Spitze der ersten Reihe unserer Truppen und forderte zum Zweikampfe heraus. Da trat mir Damuriat, der Vezier Salomos, wie ein großer feuerspeiender Berg mit seiner schrecklichen Macht entgegen und schoß einen feurigen Pfeil gegen mich ab, aber ich wich ihm aus und schleuderte einen feurigen Pfeil gegen ihn, der ihn traf. Aber sein Pfeil machte meine Flamme unschädlich und er schrie so laut, daß ich glaubte, die Berge wankten und der Himmel stürzte über mir zusammen. Auf seinen Befehl griffen dann seine Truppen uns an und das Handgemenge wurde allgemein unter furchtbarem Getöse; die Erde zitterte, Flammen sprühten, Rauch stieg gen Himmel, Köpfe fielen, Gallen zersprangen, fliegende Genien kämpften in der

Luft, wilde Tiere auf der Erde; ich selbst focht immer gegen Damuriat, der mich so sehr in die Enge trieb und mir so hart zusetzte, daß ich die Flucht ergriff, und sogleich zerstreuten sich auch alle meine Truppen. Aber Salomo rief den Seinigen zu: ›Nehmet sie mit ihrem ruchlosen König gefangen!‹ Da stürzten wilde Tiere

zur Rechten und zur Linken über uns her; Vögel pickten uns die Augen aus und schlugen uns ihre Flügel ins Gesicht, Schlangen bissen uns und unsere Pferde, so daß kein einziger von den Unsrigen entkam. Zwar floh ich noch eine Strecke von drei Monaten vor Damuriat, aber zuletzt sank ich erschöpft zu Boden und wurde von ihm eingeholt. Als er mich gefangennahm, sagte ich ihm: ›Bei dem, der dich erhoben und mich erniedrigt hat, laß mich leben und führe mich zu Salomo, Friede sei mit ihm‹. Aber Salomo nahm mich sehr schlecht auf, ließ sich diese Säule bringen, höhlte sie aus, steckte mich hinein und legte sein Siegel darauf; Damuriat trug mich dann hierher und setzte einen mächtigen König über mich, um mich zu bewachen, und so muß ich hier in schwerer Pein bis zum Auferstehungstage gefangen bleiben.«

Höchst erstaunt über diese schreckliche Gestalt, rief Musa aus: »Es gibt keinen Gott außer dem einzigen Gott, der Salomo ein großes Reich geschenkt.« Der Alte sagte dann dem Geiste: »Erlaubst du mir, dich etwas zu fragen?« Der Geist antwortete: »Frage nur, was du willst.« Da fragte der Alte: »Gibt es hier Geister, in kupferne Flaschen von Salomos Zeit her eingesperrt?« »Ja wohl«, erwiderte der Geist, »im Meer Karkar, dort wohnen Leute, die noch von Noah abstammen, Friede sei mit ihm!, dorthin kam die Sündflut nicht, denn jene Gegend ist von der ganzen übrigen Erde abgeschieden.« Der Alte ließ sich dann noch den Weg nach der messingnen Stadt und dem Orte, wo die kupfernen Flaschen liegen, näher angeben und zog mit Musa und seinen Begleitern weiter.

Nach einer kurzen Strecke sahen sie etwas Schwarzes in der Ferne, von zwei einander gegenüber lodernden Flammen umgeben. Als Musa fragte, was das wäre, antwortete der Alte: »Freue dich, Fürst, das ist die messingne Stadt, so ist sie mir in meinem Schatzbuche beschrieben; denn sie ist aus schwarzen Steinen gebaut und hat zwei Schlösser aus spanischem Messing, welche wie zwei Feuer einander gegenüber aussehen, und daher hat sie auch ihren Namen.« Sie gingen nun auf die Stadt zu, welche mächtige Gebäude enthielt und schön angelegt war, von sehr festen, 80 Ellen hohen Mauern mit 25 Toren umgeben. Aber diese Tore konnten nur von innen geöffnet werden; Musa war daher in der größten Verlegenheit und wußte keinen Rat, um in die Stadt zu dringen und ihre Wunder zu sehen und der Alte sagte ihm: »So ist sie in dem Schatzbuch beschrieben.« Nach einigem Nachdenken befahl er einem seiner Offiziere, um die Stadt herum zu reiten und zu sehen, ob sich nicht ein zugänglicher Ort finde. Dieser bestieg sein Kamel, nahm Wasser und Lebensmittel mit und nach zwei Tagen hatte er den Kreis um die Stadt vollendet, berichtete aber, sie sei wie aus einem Stücke gegossen, er habe auch keine Öffnung gefunden, die es möglich machte, hineinzukommen.

Musa fragte ihn dann, ob er gar nichts von der Stadt gesehen? »Tapferer Fürst«, antwortete der Offizier, »es müssen Wunderwerke in den Mauern, vor denen wir hier stehen, verborgen sein; ich bin ganz erstaunt über die Festigkeit dieser Stadt, über ihre schönen Gebäude und hohen Türme.« Musa stieg dann mit dem Alten auf den höchsten Berg, der vor der Stadt lag, und von hier aus sahen sie die schönste Stadt vor sich liegen, die man finden konnte; hohe Häuser, feste Schlösser, fließende Bäche, schön angelegte Straßen. Ihr Auge entdeckte aber keinen Menschen, noch ein Haustier; Nachteulen hausten darin mit anderen Vögeln, aber sie war sicher vor jedem Wechsel der Zeit. Die Wohnungen beklagten die Bevölkerung, die sie einst umschlossen, und die Schlösser beweinten die, welche sie gebaut. Musa wunderte sich über den traurigen Zustand dieser Stadt und rief: »Gepriesen sei Gott, der die Launen des Schicksals nicht zu befürchten hat und den die Zeit nicht ändert.« Unter solchen Betrachtungen sah Musa an der Seite des Berges, welche der Stadt gegenüber lag, sieben marmorne Tafeln, auf denen allerlei Ermahnungen eingegraben waren. Musa bat den Alten, diese Inschriften zu lesen, und dieser näherte sich der ersten Tafel und las folgende Inschrift:

»O Mensch, warum bedenkst du nicht, was vor dir war, deine Jahre, Monate und Tage haben dich es vergessen lassen. Weißt du nicht, daß der Todeskelch dich erwartet und daß du bald von der Welt scheiden mußt? Drum sorge für deine Seele, ehe du ins Grab sinkst. Wo sind die Könige, welche Länder besessen, Menschen unterjocht, Schlösser gebaut und Truppen angeführt haben? Der Tod hat sie überfallen, der alles Vereinte trennt, ihre Wohnungen stehen nun leer, sie sind aus geräumigen Schlössern ins enge Grab gestiegen.«

Dann las er noch folgende Verse:

»Wo sind die mächtigen Kaiser mit allen ihren Leuten? Gegen ihren Willen mußten sie sie räumen, als der Herr des Himmels sie heimsuchte, und nichts halfen ihnen alle ihre Schätze.«

Musa wurde tief ergriffen und Tränen flossen auf seine Wangen herab; er ließ sich dann Tinte geben, schrieb die Tafel ab und ging zur zweiten, welche folgende Inschrift hatte:

»O Mensch! Welche Hoffnungen täuschen dich? Was zerstreut dich von dem Gedanken des Todes? Weißt du nicht, daß niemand in dieser Welt bleibt? Wo sind denn die Könige, die so viele Länder besessen? Wo sind die, welche Irak bevölkert haben? Wo ist der Erbauer Ispahans? Wo ist der Herr von Chorasan? Der Todesbote hat ihnen zugerufen und sie mußten antworten. Der Verkündiger der Vergänglichkeit hat sie angesprochen, und sie verschwanden; ihre festen Schlösser schützten sie nicht und alles, was sie gezählt und aufgehäuft, konnte das Übel nicht von ihnen abwenden.«

Zuletzt las er noch folgende Verse:

»Wo sind die großen Kaiser und ihre Reiche? Sie haben die Erde verlassen, als wären sie nie gewesen. Sie haben aus Furcht vor dem Zerstörer der Freuden viele Truppen gesammelt, dann mußten sie doch beschämt von dannen weichen.«

Musa weinte heftig und rief: »Bei Gott! Wir sind zu etwas Großem geschaffen!« Er schrieb auch diese Tafel ab und ging zur dritten Tafel, auf welcher geschrieben war:

»O Erdensohn, du lebst in Zerstreuungen und wendest dich ab vom Befehle deines Herrn; ein Tag nach dem anderen vergeht von deinem Leben, und du kehrst dich nicht daran. Sammle dir doch Vorrat für den Auferstehungstag, und bereite dich vor, deinem Herrn zu Rede zu stehen!«

Auf dieser Tafel standen noch folgende Verse:

»Wo sind die Mächtigen, die so viele Länder bebauten und immer ruchloser und gewalttätiger wurden? Alle Bewohner der Erde, Indier und Sindier, Abyssinier und Mohren, und Nubier fielen dem Tode anheim, sobald sie übermütig wurden, und alle ihre Schlösser konnten ihnen nicht helfen.«

Musa gefiel auch diese Inschrift so sehr, daß er sie abschrieb; er stellte sich dann vor die vierte Tafel, welche folgende Inschrift hatte:

»O Mensch, wie lange glaubst du, daß dein Herr dir noch zusieht, wenn du immer tiefer ins Meer deiner Leidenschaften untertauchst? Jeder Tag bringt dir Gottes Güte, jeden Tag sollte dein Dank zu ihm hinaufsteigen, statt dessen beschäftigst du dich mit eitlen Dingen. O schäme dich doch vor dem, der alles sieht, und erfülle des Teufels Wünsche nicht! Mir ist, als frage man schon nach dir und es heißt: Er ist gestorben voller Reue über seine Vernachlässigung der göttlichen Gebote.«

Am untern Rande der Tafel standen noch folgende Verse:

»Wo sind die, welche hier feste Grundpfeiler gelegt und hohe Gebäude darauf errichtet? Wo sind die, welche diese festen Burgen bewohnt haben? Sie sind alle verschwunden, sie ruhen im Grabe bis zum Tage, an welchem jedes Geheimnis offenbart wird. Gott, der allein Ehrwürdige, ist unvergänglich.«

Musa fiel vor großem Erstaunen in Ohnmacht; als er wieder zu sich kam, schrieb er auch die vierte Tafel ab und näherte sich der fünften, auf der geschrieben war:

»O Menschensohn! Was leitet dich ab von dem Gehorsam gegen Gott, der dich als Kind gepflegt und erzogen? Wie kannst du seine Huld vergessen, während er immer gnädig auf dich herabsieht und seine schützende Hand über dich ausbreitet? Du entgehst doch einer Stunde nicht, welche bitterer ist als Geduld*, und heißer als brennende Kohlen; bereite dich zu dieser Stunde vor, denn wer kann ihre Bitterkeit mildern und ihre Glut löschen? Gedenke der Völker und Jahrhunderte, die vor dir waren, und belehre dich daran, ehe du untergehst!«

Am Rande der Tafel waren noch folgende Verse eingegraben:

»Wo sind die alten Könige der Erde? Dahin sind sie mit ihrem ganzen Erwerb. Einst ritten sie an der Spitze von Armeen, welche die ganze Erde ausfüllten, bekämpften mächtige Herrscher, besiegten und vernichteten unzählbare Heerscharen; aber unerwartet kam der Befehl des Herrn des Himmels, und nach dem glanzvollsten Leben war Verwesung ihr Ende.«

Nachdem Musa auch diese Inschrift abgeschrieben hatte, näherte er sich der sechsten Tafel, worauf zu lesen war:

»O Menschensohn! Glaube nicht, daß dein Heil ewig dauert; der Tod schwebt immerfort über deinem Haupt. Wo sind deine Väter? Wo deine Brüder

* Das arabische Wort Sabr, welches »Geduld« bedeutet, ist auch zugleich der Name eines bitteren Holzes.

und Freunde? Alle sind ins Grab gestiegen, als hätten sie nie gegessen oder getrunken, und vor den erhabenen Herrn getreten und empfangen nun den Lohn ihrer Taten. Sorge daher für deine Seele, ehe du ins Grab sinkst!«

Die Inschrift schloß mit folgenden Versen:

»Wo sind die Könige der Franken? Wo sind die, welche in Tanger thronten? Nur ihre Werke bleiben ewig in einem Buche aufgezeichnet, das der Einzige als unauslöschliche Beweise aufbewahrt.«

Als Musa diese Verse gelesen und abgeschrieben hatte, rief er: »Es gibt keinen Gott außer Gott! Wie groß war der Tod dieser Leute!« Er näherte sich dann der siebenten Tafel, worauf geschrieben war:

»Gepriesen sei der, welcher über alle seine Geschöpfe den Tod verhängt, der selbst aber ewig lebt und niemals stirbt. O Menschensohn! Laß dich von deinen vergnügten Tagen, Stunden und Augenblicken nicht irre leiten! Wisse, daß der Tod dir immer näher rückt und gleichsam auf deinen Schultern sitzt, jeden Augenblick bereit, dich zu überfallen. Schon ist mir, als sähe ich dich deines süßen und angenehmen Lebens beraubt; drum höre auf meine Rede und vertraue nur dem höchsten Herrn! Wisse, in dieser Welt ist kein Bleiben, sie gleicht einem Spinngewebe, alles vergeht darin! Wo ist der Gründer und Erbauer der Stadt Amid? Wo ist der, welchem die Stadt Farikein ihr Dasein verdankt*? Nach aller ihrer Herrlichkeit sind sie ins Grab gestiegen, und so werden auch wir einst vergehen, denn nur der erhabene, barmherzige Gott allein bleibt ewig.«

Der Erzähler fährt fort: Der Emir Musa bewunderte diese Inschrift und schrieb sie ab, stieg dann wieder vom Berg herab und sagte den Führern und den anderen Leuten, die ihn umgaben: »Wie fangen wir es an, um in diese Stadt zu kommen, ihre Wunder zu sehen und ihre Schätze zu nehmen?« Der Führer antwortete: »O Fürst, wenn du in die Stadt willst, so müssen wir eine lange Leiter machen, um über die Mauer zu steigen, vielleicht können wir dann, so Gott will, die Tore öffnen.« Musa fand diesen Rat gut und befahl sogleich seinen Leuten, Holz zu schneiden, und sie arbeiteten fünf Tage lang an einer langen Leiter, die bis zur Mauer hinaufreichte. Da sagte Musa: »Gottes Segen sei mit euch! Wer von euch will über die Mauer steigen und uns die Tore öffnen?« Einer von ihnen antwortete: »Ich will hinaufsteigen und euch öffnen.« Als er ganz droben war und einen Blick in die Stadt warf, schrie er mit lauter Stimme: »Bei Gott, schön!« dann schlug er die Hände zusammen und sprang hinunter, brach den Hals und starb sogleich. Musa rief erschrocken: »Bei Gott! Der Mann ist tot!« Hierauf erhob sich ein anderer und sagte. »O Fürst! Der Mann war gewiß rasend, und darum ist er umgekommen; ich will auf die Mauer steigen und euch die Tore öffnen.« Musa erwiderte: »Tue das, Gott segne dich! Doch hüte dich, so davonzufliegen wie dein Gefährte!« Der Mann stieg auf die Mauer, und als er droben war, lachte er laut und rief: »Schön! Schön!« dann schlug er die Hände zusammen, sprang die Mauer hinab und fiel tot hin. Da rief Musa: »Es gibt keinen Schutz und keine Macht, außer bei Gott, dem Erhabenen! Dies geschah nun dem Verständigen

* Beide Städte liegen in der Provinz Diarbekr.

und Einsichtsvollen; fahren wir so fort, so gehen wir alle zugrunde ohne daß der Wunsch des Fürsten der Gläubigen erfüllt wird; was mögen wohl diese Männer gesehen haben, um sich selbst in den Abgrund zu stürzen?« Indessen stieg doch noch ein Dritter auf die Mauer, stürzte aber ebenfalls hinab, und ihm folgten noch viele von Musas Leuten.

Da sagte der Alte: »Hier kann niemand helfen als ich, der Erfahrene handelt anders als der Unerfahrene.« »Ja, bei Gott!« rief Musa; »nur du darfst noch hinaufsteigen, und fliegst auch du davon, so ziehen wir weg und wollen nichts mehr von dieser Stadt sehen.« Der Alte stieg mit den Worten: »Im Namen Gottes, des Barmherzigen«, auf die Leiter, und als er droben war, lachte er und rief: »Schön, bei Gott, schön!« Er setzte sich dann ein wenig, stand wieder auf und sagte: »O Fürst, fürchte nichts; durch seinen barmherzigen Namen hat Gott die List der Teufel von dir gewandt.« Musa fragte: »Was siehst du?« Er antwortete: »Ich sehe zehn Jungfrauen, schön wie der Mond, sie haben Haare, Mund und Hals wie Huris, sie rauben dem Besonnensten den Verstand und laden jeden, der sie ansieht, ein, zu ihnen zu kommen. Dem oben Stehenden scheint es dann, als wäre Wasser unten, und auch ich hatte schon im Sinn, hinunter zu springen, da verbannte ich aber den Zauber durch den Namen Gottes, und nun sehe ich unsere Gefährten tot vor mir liegen.« Hierauf rief der Alte noch einmal: »Im Namen Gottes, des Barmherzigen!« und ging bis zu zwei kupfernen, nach den Regeln der Kunst angelegten Türmen mit zwei goldenen Toren, an denen aber weder Schloß noch Riegel zu sehen war.

Mitten am Tore war ein kupferner Reiter ausgehauen, welcher seine Hand ausstreckte, in deren Mitte war geschrieben: »O Wanderer, der du hierher kommst, willst du dieses Tor öffnen, so reibe zwölfmal den Nagel an meiner Brust, und sogleich wird sich dir das Tor mit der Erlaubnis des erhabenen Gottes öffnen.« Als der Alte dies tat, drehte sich der Reiter wie der Blitz herum, und das Tor öffnete sich; er stieg dann hinunter und kam in einen unterirdischen Gang, der zum Stadttore führte; aber auch dieses war mit Ketten und Schlössern verriegelt, viele Leichen lagen umher und allerlei Fahnen und Kriegsgeräte. Da dachte der Alte: »Gewiß hat einer dieser Männer die Schlüssel zum Tore.« Er näherte sich ihnen daher und suchte, bis er den steinalten Torwächter fand, dem die Schlüssel zu Häupten lagen. Der Alte nahm die Schlüssel, räumte das Kriegsgerät weg und öffnete das Tor ganz allein, trotz seiner Höhe und Größe. Beim Öffnen des Tores vernahmen die Leute, die außen standen, ein Geräusch wie ein Donnern; freudig priesen die Leute Allah, sprangen dem Alten entgegen und wollten mit ihm in die Stadt gehen. Er aber sagte: »Nur ein Teil von euch komme mit mir, der übrige bleibe außen stehen.« Als der Alte hierauf an der Spitze der Hälfte seiner Leute die Straßen und die Märkte der Stadt durchzog, bewunderten sie die schönen Häuser, Schlösser und Bäche, die in der Stadt waren, und erstaunten über die vielen Leichen, die in den Straßen umherlagen. Auf dem Markte der Geldwechsler fanden sie alle Gerätschaften geordnet, aufgehängte Waagen, Gold und Juwelen, die niemand bewachte und niemand wegnahm, nur Leichen lagen dabei, die zum Teil schon in Verwesung übergegangen waren und nur noch die

Knochen übrig hatten, als Warnung für Verständige. Sie kamen dann auf den Markt der Spezereihändler und sahen die Läden voll von dem feinsten Moschus, Ambra, Aloe und Kampfer, in Gefäßen von Elfenbein, Ebenholz, spanischem Messing und anderen Metallen, die so kostbar wie Gold waren und deren Eigentümer tot umherlagen. Hierauf gelangten sie an das Königliche Schloß, das ganz unbewacht war; hier hingen Schwerter mit Gold verziert und daneben lagen tote Männer und Jünglinge, Schloßhüter und Adjutanten, deren Haut schon wie gedörrtes Fleisch aussah, und die man für Schlafende hielt. Musa blieb erstaunt vor ihnen stehen und pries Gott. Auf dem offenen Tore des Schlosses war mit goldenen und Azurbuchstaben geschrieben:

»Sei aufmerksam, o Mensch, auf das, was du hier siehst, und bedenke dein Ende, ehe du vergehst; betrachte diese Leute, die plötzlich verschieden und nun für all ihr Bemühen im Staube liegen. Schicke dir einen reichen Vorrat an heilbringenden Taten voraus, denn alle Bewohner dieser Erde müssen sie einst verlassen. Diese Männer haben viele Gebäude errichtet und viele Güter gesammelt, die ihnen nichts halfen, als die Todesstunde kam. Sie sind vom Gipfel des Ruhms in die Tiefe des Grabes gestiegen. Wehe einem solchen Sturz! Dann rief man ihnen in ihrem Grabe zu: Wo sind die Kronen und die Throne und aller Schmuck? Wo sind die verschleierten Gesichter, die einst als Muster der Schönheit galten? Und das Grab antwortete: Die Rose ist auf ihren Wangen verblichen, und, nachdem sie die besten Leckerbissen verzehrt, werden sie nun selbst ein Raub der Würmer.«

Musa weinte und fiel in Ohnmacht, und als er wieder zu sich kam, schrieb er die Verse ab; dann ging er ins Innere des Schlosses, da fand er 40 einander gegenüberliegende sehr hohe Säle, voll mit Gold, Silber, Perlen und Edelsteinen. Im vordersten Saale war ein Thron von Elfenbein und Rubinen, mit dem reinsten Golde belegt, daneben erhob sich eine goldene Säule, auf deren Spitze ein Vogel stand mit einer Perle im Schnabel, welche wie ein Stern leuchtete. Auf dem Throne saß ein Mädchen, so schön wie die leuchtende Sonne, sie war in ein Kleid gehüllt, das ganz aus Edelsteinen war, und hatte eine Perlenschur am Hals, mit Moschus und Ambra ausgestopft, die das Reich eines Kaisers wert war. Dieses Mädchen sah Musa mit Gazellenaugen an, und sowohl ihr Blick, als der Glanz ihres Angesichts und die Schwärze der Haare machten den tiefsten Eindruck auf ihn. Als er sie aber grüßte und sie seinen Gruß nicht erwiderte, sagte der Alte: »Dieses Mädchen ist tot; ihre Augen sind herausgenommen und Quecksilber an ihre Stelle gegossen worden, so daß, so oft sie eine Luft anweht, man glaubt, sie bewegen sich.« Musas Auge fiel dann auf zwei Statuen, welche vor dem Mädchen standen; die eine war weiß, die andere schwarz, die eine hatte ein Schwert in der Hand, die andere eine Lanze. Zwischen den beiden Statuen lag eine goldene Tafel auf den Stufen des Thrones mit einer silbernen Inschrift. Musa fand folgendes darauf:

»Im Namen Gottes, des Ewigdauernden, des Einzigen und Mächtigen, der allein durch die Dauer ausgezeichnet ist, während alle seine Diener vergehen, der den Tag und die Nacht leitet! O Wanderer, der du hierher kommst, denke nach

über das, was du hier siehst vom Wechsel der Zeit, laß dich nicht verblenden von der Welt, sie ist trügerisch und treulos gegen ihre Anhänger. Ich habe mich auf sie verlassen und mich ihr ganz hingegeben, und doch, wie du siehst, hat sie mich verraten, so wie alle älteren Völker und vergangene Jahrhunderte; wenn du mich nicht kennst, so will ich dir sagen, wer ich war. Ich bin die Königin Tadmora, Tochter von Königen, welche so viele Länder beherrscht und so viele Menschen unterjocht; ich habe das größte Reich auf Erden besessen, ich war gerecht in meinen Urteilen und mild gegen meine Untertanen; aber auf einmal suchte mich und mein Volk der Tod heim. Es vergingen nämlich viele Jahre, und kein Tropfen Regen fiel vom Himmel und nichts Grünes wuchs auf der Erde. Nachdem wir unseren Vorrat verzehrt hatten, suchten wir uns Nahrung aus anderen Ländern zu verschaffen; aber die Leute, welche ausgegangen waren, um Lebensmittel zu holen, sagten, wenn sie sie mit Perlen aufgewogen und aufgemessen hätten, so wäre es ihnen auch nicht möglich gewesen, etwas herbeizuschaffen. Als uns nun keine Hoffnung mehr blieb, ergaben wir uns der Bestimmung und schlossen die Tore der Stadt. Wer nun herkommt, der nehme von diesen Gütern so viel er will, nur lasse er mir, was ich an meinem Körper an Kostbarkeiten trage, er fürchte

Gott und entblöße mich nicht und lasse mir meine Ausstattung, dann wird euch auch Gott nicht mit Teurung und Hungersnot heimsuchen.«

Musa weinte heftig, schrieb alles ab, und sagte seinen Freunden: »Schafft Kamele herbei und beladet sie mit allen diesen Gütern.« Da sagte der Vezier: »Sollen wir wirklich das schönste, was dieses Mädchen besitzt, zurücklassen? Wir wollen es lieber dem Fürsten der Gläubigen bringen.« Musa antwortete: »Hast du das Verbot auf der Tafel nicht gelesen?« Der Vezier erwiderte: »Und darum sollen wir diese kostbaren Perlen und Edelsteine hier lassen? Dieses Mädchen ist doch tot, was tut sie mit diesem irdischen Schmucke? Ein baumwollenes Kleid genügt ihr. Nimmst du ihn nicht, so nehme ich ihn und bringe ihn dem Fürsten der Gläubigen.« Mit diesen Worten stieg er zu ihr hinauf; als er aber zwischen den beiden Statuen stand, schlug ihm die mit dem Schwerte den Kopf ab und die mit der Lanze spaltete ihm den Rücken. Da sagte Musa: »Gott habe kein Mitleid mit deiner Seele! Warum warst du so habgierig?« Nachdem hierauf Musas Leute ihre Kamele mit Gold und Edelsteinen und anderen Kostbarkeiten beladen hatten, verließen sie die Stadt und reisten am Ufer des Meers einen ganzen Monat lang, bis sie an einen hohen Berg kamen, in welchem viele Höhlen ausgegraben waren. Auf dem Berge standen viele schwarze Menschen in Häute gekleidet, die kein Wort sprachen. Als sie Musas Truppen sahen, flüchteten sie sich in ihre Höhlen mit ihren Frauen und Kindern und sahen schüchtern zu Musa und seinen Leuten auf.

Musa fragte den Alten: »Wer sind diese Leute?« Er erwiderte: »Es sind Leute, welche das besitzen, was du suchst.« Musa stieg vor dem Berge ab, und kaum hatte er sich in sein Zelt begeben, da kam der König der Schwarzen, der allein unsere Sprache redete, und grüßte ihn und seine Leute und fragte sie: »Wer seid ihr? Was wollt ihr? Was hat euch hierher geführt?« Musa antwortete: »Der Fürst der Gläubigen, Abdul Melik, der Sohn Merwans, hat von unserem Herrn Salomo, dem Sohne Davids, Friede sei mit ihm!, gehört und von dem großen Reiche, das ihm der erhabene Gott geschenkt; auch hat er vernommen, wie Salomo über Genien, Tiere und Vögel regierte und die Widerspenstigen in kupferne Flaschen einsperrte, die er versiegelt in den Abgrund des Meers warf, dessen Wellen die Ufer eures Landes bespülen. Der Fürst der Gläubigen hat uns daher hierher geschickt, um solche Flaschen aufzusuchen; und wir bitten dich nun, o König, uns behilflich zu sein, daß wir den Befehl des Fürsten der Gläubigen vollziehen können.« Der König versprach ihnen seinen Beistand und führte sie in die für Gäste bestimmte Wohnung, ließ alles Nötige dahin bringen und erwies ihnen viel Ehre. Musa fragte dann den König: »Welchen Glauben habt ihr und was betet ihr an?« Er antwortete: »Wir beten den Gott des Himmels an und glauben an Muhamed, Gottes Friede sei mit ihm!, der am Ende der Zeit wieder erscheinen wird.« Musa fragte: »Wer hat euch dies gelehrt? Ich sehe doch keinen Menschen bei euch?« Er antwortete: »An jedem Donnerstag steigt eine Feuersäule gegen den Himmel auf und wir sehen einen Mann auf dem Wasser gehen, welcher ruft: ›O ihr Söhne der Tiefe! Bekennet, daß es keinen Gott gibt, als den einzigen Gott, der keinen Gefährten hat, und daß Muhamed sein Diener und Gesandter ist.‹ Wir beschworen ihn dann bei dem, den wir anbeten, er möge uns sagen, wer Muhamed sei, und er antwortete: ›Muhamed ist ein Prophet, der in späterer Zeit erscheinen und alle Religionen vernichten und Dienst des göttlichen Richters herstellen wird.‹ Ich fragte ihn dann: ›Wer ist Gott, den du so beschreibst?‹ Er antwortet: ›Sein Thron ist im Himmel und seine Herrschaft auf Erden; er ist einzig und mächtig, und dieser Mann lehrte uns die Grundpfeiler des Islams und das Gebet und Fasten.‹« Musa freute sich sehr, als er vernahm, daß diese Bergbewohner Muselmänner waren; er blieb drei Tage in der ihm angewiesenen Wohnung, dann ließ er Taucher kommen und sagte ihnen, er wünsche einige der Salomonischen Flaschen zu haben. Sie tauchten ins Meer, brachten drei kupferne Flaschen herauf und überreichten sie Musa mit vielen anderen kostbaren Geschenken.

Musa trat dann mit den Seinigen den Rückweg nach Bagdad* an, und als sie in der Nähe der Stadt waren, kamen ihnen die vornehmsten Bewohner derselben entgegen. Musa erzählte dem Fürsten der Gläubigen die Wunder, die er auf seinem Wege gesehen, sowie auch die Geschichte des Veziers, der wegen seiner Gier nach dem Gewande des Mädchens getötet worden, und überreichte ihm die Flaschen und die Geschenke des Königs der Schwarzen, worüber sich der Fürst der Gläubigen sehr wunderte. Als er eine dieser Flaschen öffnete, stieg ein Rauch gen Himmel, der sich zu einem sehr häßlichen Geiste gestaltete, und schrie: »Gnade, o Prophet Gottes! Ich will nicht mehr so sein.« Der Kalif sagte: »Kehre wieder auf deinen Platz zurück.« Der Geist ging wieder in die Flasche, und Kalif versiegelte sie und ließ sie in seine Schatzkammer bringen und rief: »Wahrlich, dem Suleiman ist eine große Herrschaft verliehen worden.« Das ist's, was von der Geschichte der messingenen Stadt uns zugekommen. Aber nur Gott ist allwissend!

Geschichte Niamahs und Nuams

Man erzählt, doch nur Gott weiß alles!: Einst lebte in Kufa ein sehr reicher und angesehener Mann, mit Namen Rabia, der Sohn Chaterns, welchem Gott ein Söhnchen geschenkt hatte, das er Niamah nannte. Als er eines Tages auf dem Sklavenmarkte bei einem seiner Freunde saß, wurde eine Frau mit einem kleinen wunderhübschen Töchterchen zum Verkauf ausgerufen. Rabia fragte: »Wie teuer beide? Und als man ihm antwortet: »50 Dinare«, sagte er dem Makler: »Hier ist das Geld, schreibe den Kaufkontrakt.« Er gab ihm dann auch sein Maklergeld, führte die Frau und ihr Töchterchen in sein Haus und sagte einer seiner Cousinen, welche ihn fragte, was er mit dieser alten Sklavin wollte, er habe sie nur der

* Der Erzähler vergißt, daß Bagdad damals noch nicht existierte, und daß unter dem Kalifen Abd Almelik Damask die Residenz war, und daß Musa viel später als Abd Almelik lebte und Spanien eroberte.

Kleinen willen gekauft, welche gewiß einst alle Töchter Arabiens und Persiens an Schönheit übertreffen würde. Da sagte sie: »Du hast wohl getan.« Sie fragte dann die Frau nach ihrem und ihres Töchterchens Namen, und sie antwortete: »Ich heiße Taufik und mein Töchterchen heißt Saad*.« Jene versetzte: »Du hast wahr gesprochen, denn du bist beglückt durch sie.« Sie fragte dann ihren Vetter, wie er sie nennen wolle. Rabia antwortete: »Wie du willst.« Da sagte sie: »So nenne sie Nuam.« Rabia willigte ein und ließ dann Nuam und Niamah wie Bruder und Schwester beisammen leben, bis sie beide ein Alter von zehn Jahren erreicht hatten. Dann ging Rabia zu seinem Sohne Niamah und sagte ihm: »Mein Sohn, Nuam ist nicht deine Schwester, sondern deine Sklavin, die ich auf deinen Namen getauft, als du noch in der Wiege lagst; drum nenne sie von heute an nicht mehr deine Schwester.« Niamah sagte: »Wenn dem so ist, so will ich sie einst heiraten.« Nach einiger Zeit ging er zu seiner Mutter und erklärte ihr seinen Wunsch, Nuam zu heiraten. Die Mutter sagte: »Sie ist deine Sklavin.« Er heiratete sie und lebte mehrere Jahre in Liebe zu ihr, denn Nuam war das schönste und angenehmste Mädchen in ganz Kufa; auch war sie belesen, spielte allerlei Instrumente und hatte eine schöne Stimme. Kurz, sie übertraf in allem ihre Zeitgenossen. Eines Tages, als Niamah mit ihrem Gatten beim Weine saß, ergriff sie die Laute und sang voller Liebe:

»So lange du mein Herr bist, dessen Huld mich beglückt und mein Schwert, das mich gegen jeden Unfall schützt, liebe ich niemanden als dich und bedarf keines andern, wenn ich auch noch so hart bedrängt werde.«

Niamah war entzückt über diese Verse und sagte: »O Nuam, bei meinem Leben, singe noch mehr!« Sie sang noch folgende Verse:

»Bei dem Leben dessen, der mein Herz besitzt, ich werde meinen Neidern und Tadlern zum Trotze nur dir gehorchen, ich werde jeder Ruhe und jeder Freude entsagen, und dir in meinem Inneren ein Grab graben.«

Niamah sagte: »Dein Gesang ist göttlich.« Während sie aber ganz selig beisammen saßen, ging der Statthalter Hadjadj im Schlosse damit um, sich Nuams zu bemächtigen, um sie Abdul Melik, dem Sohne Merwans, dem Fürsten der Gläubigen zu schicken; »denn«, sagte er, »der Kalif hat kein schöneres Mädchen in seinem Schlosse und keines, das besser singt.« Er ließ daher seine alte Haushälterin rufen und sagte ihr: »Geh in die Wohnung Rabias und suche ein Mittel, seiner Sklavin habhaft zu werden, denn es gibt auf dem ganzen Erdboden keine ihresgleichen.« Die Alte gehorchte Hadjadj, zog ein wollenes Kleid an und warf einen Rosenkranz von Perlen und Edelsteinen um den Hals.

Sie nahm dann einen Stock in die Hand und einen Wasserschlauch aus Jemen und ging zur Mittagsstunde, immer: »Preis sei Gott! Lob sei Gott! Gott ist groß!« vor sich her murmelnd, vor die Wohnung Niamahs und klopfte an die Tür. Als der Pförtner öffnete und sie fragte, was sie wolle, sagte sie: »Ich bin ein armes, frommes Weib; da jetzt Mittag ist, so wünschte ich in diesem gesegneten

* Saad bedeutet Glück

Hause zu beten.« Der Pförtner sagte: »Hier ist kein Betort und keine Moschee, hier ist das Haus Niamahs.« Sie versetzte aber: »Ich weiß wohl, daß hier Niamahs Haus ist, öffne nur, ich bin die Haushälterin aus dem Schlosse des Fürsten der Gläubigen.« Der Pförtner wollte sie noch immer nicht hereinlassen, aber die Alte ließ ihn nicht los und sagte: »Eine Frau wie ich, die in allen Häusern der Fürsten und Großen Zutritt hat, soll nicht zu Niamah dürfen?« Niamah, der dies hörte, kam heraus, lachte den Pförtner aus und führte die Alte ins Haus zu Nuam. Die Alte grüßte sehr freundlich und war erstaunt über Nuams Schönheit und sagte: »Gott beschütze dich, der ein so schönes und liebenswürdiges Paar, wie du und dein Gatte, vereint hat.« Sie ging dann in eine Nische, hörte den ganzen Tag nicht auf zu knien und zu beten. Als die Nacht hereinbrach, sagte ihr Nuam: »Nun, Mutter, ruhe deine Füße ein wenig aus.« Die Alte sagte: »O meine Herrin, wer nach jener Welt strebt, muß sich in dieser abmühen; wer hier sich keine Mühe gibt, wird die Ruheplätze jener Welt nicht genießen.« Nuam unterhielt sich dann eine Weile mit der Alten, dann sagte sie zu ihrem Gatten:

»O mein Herr, beschwöre diese Alte, einige Zeit bei uns zu wohnen, denn ihr Gesicht deutet auf Frömmigkeit.« »Nun«, erwiderte Niamah, »so räume ihr ein Gemach ein, in dem sie niemand stört, vielleicht wird uns Gott durch sie segnen und uns nie trennen.« Am folgenden Tage ging die Alte, welche die Nacht betend zugebracht hatte, zu Nuam und Niamah, wünschte ihnen guten Morgen und sagte: »Ich empfehle euch Gott.« Da sagte ihr Nuam: »Wo willst du hin? Mein Mann hat gesagt, ich soll dir ein Zimmer einräumen, wo du allein beten kannst.« »Gott erhalte ihn«, rief die Alte, »und bewahre euch auf immer seine Huld! Gebt nur eurem Pförtner Befehl, daß er mir nie den Eingang versperre; so Gott will, werde ich nun andere gesegnete Häuser besuchen und überall für euch beten.« Als sie das Haus darauf verließ, weinte Nuam wegen der Trennung, denn sie wußte nicht, weshalb sie gekommen. Die Alte aber begab sich wieder zu Hadjadj, und als dieser sie fragte, wie es gehe, antwortete sie: »Ich habe die Sklavin gesehen, kein Weib hat je so eine Schönheit geboren.« Hadjadj sagte: »Bringst du die Sache zustande, so sollst du reichlich dafür belohnt werden.« Die Alte erbat sich nur eine Frist von einem Monat.

Die Alte besuchte dann oft Niamahs Haus, in welchem man sie immer mehr verehrte und wo sie zu jeder Stunde allen Hausleuten willkommen war. Eines Tages, als sie allein mit Nuam war, sagte sie ihr: »O meine Herrin! Zwar bete ich für dich an jeder heiligen Stätte; es wäre mir aber lieb, wenn du mich einmal zu den Scheichs und frommen Frauen begleiten wolltest, daß auch sie um die Erfüllung deiner Wünsche den Himmel anflehen.« Nuam sagte: »Bei Gott, ich wünsche sehr, einmal mit dir zu gehen.« Sie begab sich hierauf zu ihrer Schwiegermutter und bat sie, sie möchte bei Niamah die Erlaubnis erwirken, mit der Alten und mit ihr auszugehen, um auf den heiligen Stätten mit den Derwischen zu beten. Niamahs Mutter sagte: »Bei Gott! Ich möchte auch mitgehen.« Am folgenden Tage, als Niamah nicht zu Hause war, kam die Alte wieder und sagte zu Nuam: »Komm jetzt zu den Derwischen, du kannst wieder zu Hause sein, ehe dein Herr zurückkommt.« Niamahs Mutter, welche fürchtete, ihr Sohn möchte es erfahren, wollte sich widersetzen; aber die Alte sagte: »Bei Gott! Ich lasse sie nicht niedersetzen, sie soll sie nur stehend sehen, und wir sind bald wieder hier.« So überlistete sie die Alte und führte Nuam in Hadjadjs Schloß, sperrte sie in ein Gemach und benachrichtigte Hadjadj von ihrer Ankunft. Als Hadjadj sie sah, fand er, daß er noch nie ein schöneres Weib gesehen, denn erst zu spät bedeckte sie ihr Gesicht mit einem Schleier. Hadjadj verließ sie keinen Augenblick, ließ sogleich seinen Kämmerer kommen und befahl ihm, von 50 Reitern begleitet, die Sklavin auf einem leichten Dromedar nach Damaskus dem Fürsten der Gläubigen zuzuführen; auch übergab er ihm ein Schreiben, das er dem Kalifen aushändigen sollte.

Der Kämmerer setzte die über die Trennung von ihrem Herrn weinende Sklavin auf ein Dromedar und ritt mit ihr nach Damaskus. Er bat sogleich um Erlaubnis, vor dem Fürsten der Gläubigen zu erscheinen, und als er sie erhielt, überreichte er ihm den Brief Hadjadjs. Als der Kalif den Brief gelesen hatte, fragte er: »Wo ist die Sklavin?« Der Kämmerer antwortete: »Hier ist sie!« und stellte sie dem Kalifen vor, der ihr ein eigenes Gemach einräumen ließ. Der Kalif ging dann zu seiner Gattin und sagte ihr: »Hadjadj hat mir eine Sklavin von den Königstöchtern Kufas für 10000 Dinare gekauft und mit diesem Schreiben hergeschickt.« Sie antwortete: »Gott vermehre deine Huld!«

Bald danach ging die Schwester des Kalifen zu Nuam und sagte ihr: »Bei Gott! Wer dich in seinem Hause besitzt, ist nicht betrogen und hätte er 100000 Dinare für dich gegeben.« Da sagte Nuam: »O du, mit freundlichem Gesichte, wem gehört dieses Schloß? Welcher König wohnt darin?« »Weißt du nicht, daß es das Schloß meines Bruders, des Fürsten der Gläubigen ist?« »Nein, bei Gott! Meine Herrin, davon wußte ich nichts.« »Und hat der Mann, der dich verkauft und das Geld für dich genommen, dir nicht gesagt, daß der Fürst der Gläubigen dich gekauft?« Als Nuam dies hörte, antwortete sie nichts, weinte heftig und dachte: »Bei Gott! Die List ist gelungen; wenn ich auch spreche, so wird niemand mir glauben, vielleicht ist Gottes Hilfe nahe.« Sie setzte sich dann, ermüdet von der Reise und von der Sonne verbrannt, auf ein Sofa und die Schwester des Kalifen verließ sie.

Am folgenden Morgen besuchte sie sie wieder und brachte ihr Kleider und einen Schmuck von Edelsteinen. Als bald darauf der Kalif kam und sich neben Nuam setzte, sagte ihm seine Schwester: »Betrachte einmal dieses Mädchen! Gott hat ihr die vollkommenste Schönheit und Anmut geschenkt.« Nuam bedeckte aber ihr Gesicht mit den Händen, obschon der Kalif es zu sehen wünschte. Dieser sagte zu seiner Schwester: »Ich will sie noch drei Tage verschonen, damit sie sich indessen mit dir befreunde.« Als hierauf der Kalif und seine Schwester sich entfernten, dachte Nuam über ihre Lage nach und über ihre Trennung von ihrem Gatten; sie aß und trank nicht und wurde bald fieberkrank und ganz entstellt. Als der Kalif dies hörte, war er sehr betrübt; er schickte ihr die erfahrensten Ärzte, aber niemand konnte sie heilen. Was aber ihren Herrn Niamah angeht, so hatte sich dieser, als er nach Hause kam, auf sein Bett gesetzt und Nuam gerufen. Als sie nicht antwortete, stand er auf und rief seine Leute, aber niemand kam, denn alle Sklavinnen hatten sich aus Furcht verborgen. Er ging dann zu seiner Mutter, welche ruhig in ihrem Zimmer saß, und fragte sie: »Wo ist Nuam?« Sie antwortete: »Mein Sohn, sie ist bei jemanden, wo sie sicherer ist, als bei mir; sie ist mit der frommen Alten gegangen, um die Derwische zu besuchen. Sie wird bald wiederkehren.« Niamah sagte: »Pflegte sie je so etwas zu tun? Wann ist sie ausgegangen?« »Diesen Morgen.« »Wie konntest du ihr dies erlauben?« »Mein Sohn, sie hat es so gewollt.« Da rief Niamah: »Es gibt keinen Schutz und keine Macht außer bei Gott, dem Erhabenen!« Er ging dann zum Polizeiobersten und sagte ihm: »Du hast mir durch List meine Sklavin aus meinem Hause entführen lassen, ich gehe und beklage mich beim Fürsten der Gläubigen.« Da fragte der Polizeioberste: »Wer hat sie genommen?« Niamah antwortete: »Eine alte Frau, die ein wollenes Kleid und einen Rosenkranz trägt.« »Führe mich zur Alten und ich schaffe dir deine Sklavin wieder.« »Aber ich kenne die Alte nicht.« »Und wie soll ich das Verborgene kennen, das nur vor Gott offen liegt?« So sprach der

Polizeioberste, der wohl wußte, daß Hadjadjs Haushälterin die Sklavin entführt hatte. Da sagte Niamah: »Ich fordere meine Sklavin von dir, und Hadjadj soll zwischen uns richten.«

Er ging sogleich ins Schloß zu Hadjadj, dessen Kämmerer ihn alsbald meldete, denn sein Vater war einer der Angesehensten in Kufa, und als Hadjadj ihn fragte, was er wolle, erzählte er ihm seine Geschichte. Hadjadj ließ den Polizeiobersten kommen und sagte ihm: »Ich fordere von dir Niamahs Sklavin. Setze dich zu Pferd und frage der Sklavin auf allen Wegen nach.«

Hadjadj wendete sich dann zu Niamah und sagte ihm: »Wenn du deine Sklavin nicht wieder findest, so schenke ich dir zehn Sklavinnen aus meinem Schlosse und zehn aus dem Hause des Polizeiobersten; geh jetzt und suche die Sklavin auf.« Niamah ging bestürzt weg, verzweifelte am Leben und brachte die ganze Nacht weinend auf der Straße zu. Am folgenden Morgen kam sein Vater zu ihm und sagte ihm: »Hadjadj hat sich durch List deiner Sklavin bemächtigt, es kann dir schwerlich mehr geholfen werden.« Dies vermehrte noch Niamahs Gram; er wußte nicht mehr, was er sagte, erkannte niemanden mehr und wurde so krank, daß sein Vater an seinem Leben verzweifelte, denn die Ärzte erklärten: »Es gebe für ihn kein anderes Mittel, als seine Sklavin.« Eines Tages hörte Rabia von einem persischen Wundarzte und Sterndeuter sprechen, er ließ ihn rufen und bat ihn, seinen Sohn zu untersuchen. Der Perser ergriff Niamahs Hand und sah ihm ins Gesicht, lachte und sagte zu seinem Vater: »Dein Sohn ist nur herzenskrank.« Er erwiderte: »Du hast recht«, und erzählte ihm die ganze Geschichte. Da sagte der Perser: »Diese Sklavin ist in Baßrah oder Damaskus, und dein Sohn wird nicht genesen, bis er wieder mit ihr vereint wird.« »Wenn du sie vereinen kannst«, sagte Rabia, »so sollst du dein ganzes Leben in Reichtum und Glück zubringen.« Der Perser versetzte: »Die Sache ist nicht so unmöglich.« Er wendete sich dann zu Niamah und sagte: »Fürchte nichts, fasse nur Mut, es soll dir geholfen werden.« Hierauf sagte er zu Rabia: »Gib 4000 Dinare her, dein Sohn soll mit mir nach Damaskus reisen, und bei Gott, ich kehre nicht ohne die Sklavin zurück.« Er wendete sich dann wieder zu Niamah und sagte ihm: »Setze dich aufrecht, im Vertrauen zu dem erhabenen Gott, der dir deine Sklavin wieder geben wird; wir reisen noch heute ab, iß und trink und sei munter, um Kraft zur Reise zu gewinnen.« Der Perser fing dann an, für das Nötige zur Reise zu sorgen, und seine Ausgaben beliefen sich auf 10000 Dinare, die ihm Niamahs Vater auch noch gab. Er ließ dann Pferde und Kamele kommen; Niamah nahm von seinen Eltern Abschied, und sie reisten zusammen nach Haleb und von da nach Damaskus. Nach drei Tagen mietete der Perser einen Laden und stattete ihn mit kostbaren chinesischen Gefäßen und silbernen Deckeln aus und schmückte das Gesimse mit Gold und kostbaren Stoffen und stellte kristallene Flaschen aus, die allerlei Salben und Getränke enthielten, stellte einen Stuhl mit einem Astrolabium in den Laden und kleidete sich als Arzt. Er zog dann Niamah ein feines leinenes Hemd, zierliche Beinkleider und einen seidenen Schurz an und sagte ihm: »Nenne mich von nun an nicht anders als Vater, und ich nenne dich

Sohn.« Alle Bewohner Damasks versammelten sich bald um des Arztes Laden, die einen, um Niamah und die kostbaren Gerätschaften zu sehen, und die andern, um dem Perser ihre Krankheiten zu klagen und Arzneimittel zu kaufen, und da er eines jeden Krankheit erkannte, wurde er auch bald in den vornehmsten Häusern der Stadt bekannt.

Eines Tages saß er in seinem Laden, da kam ein altes Weib auf einem Esel mit einem silbernen Sattel, hielt den Esel vor dem Laden an und winkte dem Arzt, er möge ihr die Hand zum Absteigen reichen. Der Perser reichte ihr die Hand, sie stieg vom Esel ab und sagte: »Bist du der persische Arzt, der von Irak kommt?« »Ja, der bin ich.« »Ich habe eine Tochter, für die ich eine Arznei haben möchte.« »Wie heißt deine Tochter? Ich will ihren Stern beobachten und sehen, zu welcher Zeit die Arznei sie am besten heilt.« »Meine Tochter heißt Nuam.«

Als der Perser diesen Namen hörte, rechnete er mit den Fingern und sagte dann: »Ich kann ihr nichts verschreiben, bis ich weiß, woher sie ist, weil die Arzneimittel je nach dem Klima wechseln.« »Meine Tochter«, sagte die Alte, »ist in Kufa in der Provinz Irak aufgewachsen und zählt nun 14 Jahre.« »Und wie lange ist sie schon hier?« »Wenige Monate erst.« Als Niamah dies hörte, zweifelte er nicht mehr, daß seine Sklavin die Kranke sei, und fiel in Ohnmacht. Jetzt erst bemerkte ihn die Alte und fragte den Perser, ob dieser junge Mann sein Sklave sei. Er antwortete: »Es ist mein Sohn«, und gab ihm die Arzneimittel an, die er für Nuam zusammenbinden sollte. Niamah schrieb schnell auf ein Stückchen Papier:

»Die Sehnsucht nach dem Lande, das du bewohnst, war heftig, meine Seufzer und mein Weheklagen nahmen immer zu!«

Er steckte das Papier zu den Kräutern, versiegelte es und schrieb darauf: »Ich bin Niamah, der Sohn Rabias aus Kufa«, und übergab es der Alten; diese warf ihm zehn Dinare zu und ging mit den Arzneimitteln ins Schloß, legte sie vor Nuam hin und sagte: »Wisse, meine Gebieterin, es ist ein sehr geschickter persischer Arzt hierhergekommen, dem ich deine Leiden beschrieben habe und der bald deine Krankheit erkannt hat; bei Gott, es gibt in Damaskus keinen besseren Arzt, als er, auch keinen schöneren Mann, als seinen Sohn und keinen hübscheren Laden, als der seinige.« Nuam griff nach den Arzneien, und als sie den Namen ihres Herrn darauf geschrieben sah, wurde sie blaß und dachte: »Gewiß hat der Eigentümer des Ladens von mir gehört.« Sie sagte dann zur Alten: »Schildere mir einmal den Sohn des Arztes.« »Er heißt Niamah«, sagte die Alte, »hat ein Mal auf seinen rechten Augenbrauen, ist vollkommen schön und sehr vornehm gekleidet.« Nuam nahm dann die Arzneimittel ein, indem sie lächelnd sagte: »Das ist eine gesegnete Arznei«, und war sehr munter und fröhlich gestimmt. Bald darauf forderte sie zu essen und zu trinken, und die Alte ließ ihr von den Sklavinnen die besten Speisen reichen und sagte: »Das ist ein gesegneter Tag.« In diesem Augenblicke trat der Kalif herein und freute sich sehr, Nuam aufrecht sitzend beim Essen zu finden. Die Alte wünschte ihm Glück zur Genesung Nuams und sagte ihm, daß sie dies einem sehr erfahrenen fremden Arzt verdanke. Der Kalif gab ihr 1000 Dinare für ihn und verließ Nuam wieder, und die Alte ging in den Laden des Persers, überreichte ihm die 1000 Dinare und sagte ihm, daß sie eine

Sklavin des Kalifen wäre, auch übergab sie ihm ein Briefchen, welches Nuam in Eile geschrieben hatte. Der Perser gab den Brief Niamah; dieser öffnete ihn und fand folgende Zeilen darin:

»Von der ihres Glücks beraubten von ihrem Sterne betrogenen und von dem Geliebten ihres Herzens getrennten Sklavin. Dein Brief ist mir zugekommen, und ich antworte darauf. Mögen die Finger, die ihn geschrieben, mir erhalten bleiben, bis sie von den besten Wohlgerüchen tropfen, denn mir war bei dessen Empfang wie der Mutter Moses, als ihr Sohn ihr zurückgebracht wurde, oder wie Jakob, als er Josefs Gewand wiederfand.«

Als Niamah diesen Brief gelesen hatte, stürzten Tränen aus seinen Augen. Da fragte die Alte: »Warum weinst du? Gott lasse deine Augen nie Tränen vergießen!« Der Perser sagte: »Warum soll mein Sohn nicht weinen? Er ist der Herr dieser Sklavin, er ist Niamah, der Sohn Rabias aus Kufa, und nur durch ihn ist sie wieder gesund geworden. Drum, meine Herrin, nimm du die 1000 Dinare für dich, du sollst noch viel mehr haben, und blicke uns mit einem Auge des Erbarmens an. Wir erwarten nur von dir ein glückliches Ende in dieser schwierigen Sache.« Sie fragte Niamah: »Bist du ihr Herr?« »Ja wohl«, antwortete jener. Da sagte sie: »Du sprichst wahr, denn sie denkt stets an dich.« Als Niamah ihr hierauf seine ganze Geschichte von Anfang bis zu Ende erzählte, versprach sie ihm, alles zu seiner Vereinigung mit Nuam aufzubieten. Sie ging dann wieder zu Nuam zurück, sah sie lächelnd an und sagte ihr: »Du hast recht, über deinen Herrn zu weinen und krank zu werden.« Nuam sagte: »Nun ist das Geheimnis aufgedeckt;« aber die Alte versetzte: »Ich werde auf Kosten meines Lebens euch wieder vereinigen.« Sie ging dann wieder zu Niamah und sagte ihm: »Die Sehnsucht deiner Sklavin nach dir ist noch heftiger, als die deinige nach ihr, denn der Kalife will sie sich aneignen. Wenn du ein mutiges Herz hast, so sollst du bald zu ihr gelangen. Ich habe eine List ersonnen, wie ich dich ins Schloß bringe, denn sie kann nicht ausgehen.« Niamah dankte ihr, sie verließ ihn und begab sich wieder zu Nuam und sagte ihr: »Dein Herr vergeht fast vor Liebe zu dir und vor Verlangen, was sagst du dazu?« Nuam antwortete: »Auch ich vergehe fast vor Sehnsucht nach ihm.« Die Alte nahm hierauf einen Bündel mit Frauenkleidern und weiblichen Schmuckgegenständen, ging zu Niamah und sagte ihm: »Laß uns allein in ein Zimmer gehen.« Niamah ging mit ihr in ein Zimmer hinter dem Laden. Hier zog sie ihm Armbänder an, schmückte seine Haare, setzte ihm eine Sternbinde auf, zog ihm ein seidenes Kleid an und was sonst Frauen noch tragen; dann betrachtete sie ihn in dieser Verkleidung und sagte: »Gepriesen sei Gott, der beste aller Schöpfer; bei Allah! Du bist schöner als deine Sklavin.« Sie sagte ihm dann: »Geh einmal wie Frauenzimmer, setze den linken Fuß voran, ziehe den rechten langsam nach und bewege deinen Körper ein wenig.« Als Niamah gehörig unterrichtet war, sagte sie ihm: »Ach werde morgen Abend kommen und, so Gott will, dich ins Schloß führen, du wirst eine Menge Kämmerer und Diener sehen, verliere nur die Fassung nicht, schüttle mit dem Kopfe, sprich kein Wort, ich will schon mit Gottes Beistand ihre Reden abhalten.«

Am folgenden Morgen holte ihn die Alte ab und führte ihn ins Schloß. Als der Pförtner ihn am Haupttor anhielt, sagte sie: »Verruchter Sklave, was berührst du sie? Es ist Nuams Sklavin, die der Kalif sehen will.« Sie führte ihn dann bis zur Türe, welche ins Innere des Schlosses führt, sagte ihm: »Jetzt, Niamah, stärke dein Herz und sei mutig! Geh zur sechsten Türe hinein, fürchte nichts, es ist die rechte; man wird viel um dich herum im Saale reden, halte dich nirgends auf und sprich kein Wort.« Als aber Niamah weitergehen wollte, hielt ihn eine Wache an und fragte die Alte: »Was ist das für ein Mädchen?« Die Alte antwortete: »Es ist eine Sklavin, die unsere Herrin kaufen will.« Der Diener versetzte aber: »Es darf niemand herein ohne Erlaubnis des Kalifen, geh nur mit ihr zurück.« Da erwiderte die Alte: »Nimm deinen Verstand in den Kopf, alter Graukopf! Wisse, daß der Kalif mit ganzem Herzen an Nuam hängt, die nun wieder hergestellt ist, versage dieser Sklavin den Eingang nicht, damit Nuam nicht böse werde, denn, bei Gott, wenn sie dir zürnt, so steht es in ihrer Macht, dir den Kopf abschneiden zu lassen. Geh nur, Sklavin!« sagte sie dann zu Niamah, »höre ihn nicht an und sage Nuam nicht, daß der Hüter dich nicht hat hereinlassen wollen.« Niamah bedeckte sein Haupt, ging ins Schloß, aber statt zur Rechten einzuschlagen, wendete er sich links, und statt zur sechsten Türe hineinzugehen, öffnete er die siebente Türe. Da kam er in ein Gemach, dessen Boden mit seidenen Teppichen belegt war und dessen Wände seidene, golddurchwirkte Vorhänge verzierten, und in welchem Weihrauchgefäße mit Aloe, Ambra und Moschus umherstanden. Während Niamah, in Gedanken vertieft, sich auf dem Divan niederließ, der am obern Ende des Gemaches stand, und nicht ahnte, was das dunkle Geschick über ihn verhängt, trat die

Schwester des Kalifen mit einer Sklavin zu ihm herein und fragte ihn erstaunt: »Wer bist du und was führt dich hierher?« Als Niamah verstummte, fuhr sie fort: »Bist du eine von des Kalifen Sklavinnen und zürnte er dir, so will ich dir seine Huld wieder verschaffen.« Als Niamah noch immer nicht antwortete, sagte sie zu ihrer Sklavin: »Stelle dich vor die Tür und lasse niemanden herein!« Sie näherte sich dann Niamah, dessen Schönheit sie bewunderte, und sagte: »O Mädchen! Sage mir, wer du bist, wie du heißt und was dich hierher geführt, denn ich habe dich noch nie in unserem Schlosse gesehen.« Als aber Niamah auch jetzt noch keine Antwort gab, geriet sie in Zorn, fuhr mit der Hand nach Niamahs Gesicht und wollte ihm seinen Schleier herunterreißen. Da rief Niamah: »Ich bin ein Sklave, kaufe mich und gewähre mir Schutz!« Da sagte sie: »Sei ohne Furcht, sage mir nur, wer du bist und wer dich hierhergebracht.« Da sagte Niamah: »O meine Herrin! Ich bin unter dem Namen Niamah aus Kufa bekannt und habe mich meiner Sklavin Nuam willen, welche durch List mir entrissen wurde, trotz aller Gefahr hierher begeben.« Als sie dies hörte, rief sie ihre Sklavin und befahl ihr, Nuam zu rufen. Zu dieser war vorher die Alte gekommen und hatte sie gefragt, ob Niamah bei ihr wäre und als die Sklavin nichts von ihm wußte, sagte jene: »Gewiß hat er das rechte Zimmer verfehlt und ist in ein anderes gekommen.« Nuam rief: »Dann ist es um uns geschehen.« In diesem Augenblick trat die Sklavin herein und sagte Nuam, sie möchte zur Schwester des Kalifen kommen. Die Alte rief: »Unser Geheimnis ist entdeckt, gewiß ist Niamah in das Zimmer der Schwester des Kalifen gekommen.« Nuam ging zur Schwester des Kalifen, die ihr sagte: »Dein Herr ist bei mir, er scheint das rechte Zimmer verfehlt zu haben, doch fürchtet nichts.« Diese Worte beruhigten Nuam, die dann zu ihrem Herrn hintrat.

Als Niamah seine Sklavin sah, sprang er auf und umarmte sie. Nach einer Weile sagte die Schwester des Kalifen: »Setze dich, Nuam, daß wir überlegen, wie wir glücklich aus unserer Not kommen; denn, bei Gott, es soll euch nichts Böses widerfahren.« Sie hieß dann ihre Sklavin Speisen und Wein bringen und ließ die Becher unter ihnen herumgehen, bis sie allen Kummer vergaßen. Während des Trinkens fragte die Schwester des Kalifen Niamah: »Liebst du Nuam?« Er antwortet: »Die Liebe hat mir die Kraft gegeben, mein Leben für sie zu wagen.« Sie fragte dann Nuam: »Liebst du deinen Herrn?« Sie antwortete: »Nur Liebe zu ihm hat meinen Körper geschwächt und mich ganz entstellt.« Da sagte jene: »Bei Gott, ihr seid ein hübsches Liebespaar, seid nur munter und frohen Mutes!« Nuam ließ sich dann eine Laute bringen, stimmte sie und sang folgende Verse:

»Du rufst aus jedem Herzen die tiefsten Gefühle hervor, Geliebter, dessen Schönheit den leuchtenden Mond beschämt und den heranbrechenden Morgen. Sei mir hold, denn die Liebe beherrscht mich ganz; verlasse mich nicht, du bist ja edel.«

Nuam überreichte dann die Laute ihrem Herrn und bat ihn, auch einige Verse zu singen; worauf er begann:

»Der Mond wäre dir ähnlich, wenn er nicht zuweilen Flecken hätte, die Sonne würde dir gleichen, wenn sie sich nie verfinsterte. O Geliebte, der die Sonne zu dienen bereit ist, aus deinen Augen fahren Blitze, die mir das Gesicht rauben.«

Er trank dann den Becher aus, füllte einen anderen und überreichte ihn der Schwester des Kalifen; sie trank, nahm die Laute, stimmte sie und sang:

»Gram und Schmerz wohnen in meinem Herzen, und eine mächtige Glut tobt in meiner Brust. Vor vielen Leiden wurde ich krank, und mein abgemagerter Körper offenbart meine Leiden.«

Sie füllte dann den Becher wieder, gab ihn Niamah, welcher mit Begleitung der Laute noch folgende Verse sang:

»O Geliebte, der ich mein Herz geschenkt und von der ich es nicht losreißen kann, obgleich sie mich quält, die mein Leben mit sich nahm, als sie von mir schied, sei gnädig ehe ich sterbe, denn mein Tod ist nahe.«

Nachdem sie noch einige Zeit auf diese Weise sich belustigten, erschien der Fürst der Gläubigen; sie standen auf und verbeugten sich vor ihm. Als der Kalif Nuam mit der Laute in der Hand sah, sagte er: »Nun ist der Kummer und der Schmerz verschwunden!« Er bemerkte auch Niamah und fragte seine Schwester, wer sie sei? Sie antwortete: »Es ist eine Sklavin, an die Nuam gewöhnt ist, sie kann nicht essen und nicht trinken, wenn diese Sklavin nicht bei ihr ist.« Sie rezitierte dann folgenden Vers:

»Es sind zwei Gegensätze, die ein schönes Ganzes bilden, die Schönheit des Einen tritt durch die des Anderen hervor.«

Da sagte der Kalif: »Bei Gott, sie gleicht ihr an Schönheit, morgen lasse ich ihr ein Gemach neben dem Nuams einräumen und aus Liebe zu Nuam ihr kostbare Kleider und Teppiche, und was sie sonst bedarf, gehen.« Die Schwester des Kalifen setzte dann ihrem Bruder Speisen vor, er ließ sich neben Nuam nieder, füllte einen Becher und bat sie zu singen. Nuam begann:

»O Krone aller Könige der ganzen Erde, wessen Ruhm gleicht dem deinigen? O Einziger in Edelmut und Freigebigkeit, König aller Könige, der du unermüdlich spendest, ohne Dank zu verlangen, möge der Herr dich allen Feinden zum Trotz in fortdauerndem Sieg und Glück erhalten.«

Der Kalif rief, als er diese Verse gehört hatte: »Bei Gott, schön, Nuam, wie beredt ist deine Zunge!« Nachdem sie nun so bei Wein und Gesang den größten Teil der Nacht zugebracht hatten und in der besten Laune waren, sagte dem Kalifen seine Schwester: »Höre, o Fürst der Gläubigen, eine Erzählung, die ich in Büchern glaubwürdiger Männer gelesen: Man behauptet, doch nur Gott weiß alles, es war in der Stadt Kufa ein junger Mann, welcher Niamah hieß; er hatte eine Sklavin, die er sehr liebte und von der er wieder geliebt wurde, denn sie wurden wie Geschwister zusammen erzogen. Als sie seine Gattin wurde, verfolgte sie das Schicksal mit seinen Unfällen und verhing Trennung über sie; sie wurde aus seinem Hause gestohlen und der Dieb verkaufte sie einem König für 10000 Dinare. Aber ihr Herr liebte sie so sehr, daß er seine Heimat und seine Familie verließ und ihr nachreiste, bis er Mittel fand, sie wieder zu sehen.«

»Als Niamah mit der größten Gefahr endlich zu seiner Gattin gelangte und kaum neben ihr saß, da trat der König herein und gab ohne Zögern den Befehl, beide umzubringen: Was sagst du, o Fürst der Gläubigen, zu einer solchen Ungerechtigkeit?« Der Kalif antwortete: »Diese Geschichte ist wunderbar, der König hätte bei aller Macht doch gnädig sein sollen, er hätte bedenken sollen, daß die Liebe alles entschuldigt, auch hätte er nicht vergessen sollen, daß die Schuldigen in seinem Hause waren und nie seiner Strafe entgehen könnten; sodann hätte er ihm ja die Sklavin abkaufen können, darum hat er eine Tat begangen, die einem König nicht ziemt.« Da sagte ihm seine Schwester: »Mein Bruder! Ich beschwöre dich bei dem Herrn des Himmels und der Erde, höre ein Lied von Nuam.« Diese sang dann mit Erlaubnis des Kalifen folgende Verse:

»Das Schicksal war, wie immer, treulos, es macht das Herz krank und sorgenvoll, trennt die Liebenden, daß viele Tränen über die Wangen herabstürzen. Wir waren glücklich und das Glück vereinigte uns oft, nun vergieße ich aber blutige Tränen über meinen Verlust, bei Tag und bei Nacht.«

Der Kalife war entzückt über dieses Lied. Da sagte ihm seine Schwester: »Wer ein Urteil über sich selbst gesprochen hat, der muß es auch vollziehen. Du hast nun über dich selbst geurteilt.« Dann sagte sie zu Niamah und Nuam: »Stehet auf!« Als diese sich erhoben, fuhr sie fort: »O Fürst der Gläubigen! Diese Geschichte ist Nuam widerfahren. Hadjadj hat sie gestohlen und dir geschickt, er hat in seinem Briefe gelogen, als er schrieb, er habe sie für 10000 Dinare gekauft; und hier steht ihr Herr Niamah vor dir. Ich beschwöre dich nun bei Hamsa und Abbas, den Oheimen des Propheten, vergib ihnen ihre Schuld, vereinige sie wieder, vollbringe dadurch eine verdienstvolle Tat, die dir reichen Lohn bringen wird. Sie sind nun in deiner Macht, haben aber schon von deinen Speisen gegessen und von deinem Weine getrunken; ich bitte dich daher, schenke ihnen das Leben.«

Der Kalif sagte: »Du hast recht, ich habe geurteilt und darf von meinem Spruche nicht abgehen.« Dann sagte er zu Nuam: »Ist dieser Mann dein Herr?« Sie antwortete: »Ja, o Fürst der Gläubigen.« Er fragte dann Niamah: »Wieso hast du ihren Aufenthalt erfahren, und wer hat dir diesen Ort beschrieben?« Er antwortete: »Fürst der Gläubigen, höre meine Worte. Ich schwöre dir bei den reinen Vätern und Ahnen, daß ich dir nichts verheimliche.« Er erzählte ihm dann die ganze Geschichte, was der Arzt für ihn getan, wie ihn die Alte ins Schloß gebracht und er das rechte Zimmer verfehlt habe. Nachdem der Kalif seine Geschichte mit Erstaunen angehört hatte, ließ er den Perser rufen, ernannte ihn zum Schloßintendanten, schenkte ihm ein Ehrenkleid und eine hübsche Sklavin; »denn«, sagte er, »wer so zu raten weiß, muß bei uns bleiben.« Er zeigte sich auch sehr großmütig gegen Niamah und die Alte, behielt sie sieben Tage in Freude und Festlichkeiten bei sich, dann ließ er sie nach Kufa reisen zu Niamahs Eltern, wo sie höchst glücklich beisammen lebten, bis der Zerstörer aller Vereinigungen und Freuden sie heimsuchte.

Schehersad begann nun mit folgenden Worten eine neue Erzählung:

Geschichte Ala Eddin Abu Schamats

Man erzählt ferner, o König der Zeit: Es war einmal in Kahirah ein sehr vornehmer und redlicher Kaufmann, der viele Diener und Sklaven und Sklavinnen hatte und ein großes Haus ausmachte, denn er war der Oberaufseher aller Kaufleute der Stadt und Gott hatte ihn mit sehr vielen Reichtümern beschenkt. Dieser Kaufmann hatte eine Gattin, die er liebte und von der er wieder geliebt wurde; er lebte aber schon 40 Jahre lang mit ihr, ohne ein Kind zu bekommen. Eines Tages, es war am Freitag, als er in seinem Laden saß und sah, wie die Kaufleute mit ihren Söhnen kamen, die ihnen den Laden öffneten, fühlte er sich sehr unglücklich; bald darauf ging er ins Bad, um die Freitagsreinigung vorzunehmen; da sah er, als er aus dem Bad kam, sein Gesicht im Spiegel, und als er mehr weiße Haare als schwarze in seinem Bart fand, wurde er dadurch an den Tod erinnert und rief aus: »Ich bezeuge, daß es keinen Gott gibt, außer dem einzigen Gott, und daß Mohammed sein Prophet.« Des Abends ging er zu seiner Frau, welche ihn schon erwartete und sich ebenfalls gewaschen und geputzt hatte, und sie wünschte ihm guten Abend. Er aber antwortete: »Für mich gibt es nichts Gutes mehr«, und als seine Frau durch ihre Sklavin das Nachtessen auftragen ließ und ihn essen hieß, sagte er: »Ich esse nichts«, und trat den Tisch mit den Füßen weg. Als seine Frau ihn fragte, was ihn so böse mache, antwortete er: »Du bist schuld daran.«

»Was habe ich begangen?« fragte die Frau. »Als ich heute meinen Laden öffnete, da sah ich, wie alle Kaufleute, der eine mit einem Sohn, der andere mit zwei Söhnen, kamen, die den Laden öffneten; da dachte ich, der Tod, welcher deinen Vater geholt hat, wird auch dich nicht zurücklassen, und ich erinnerte mich an den Eid, den ich dir in der Hochzeitsnacht schwören mußte, daß ich keine andere Gattin zu dir nehmen und dich nicht einmal durch eine abessinische Sklavin kränken, noch bei einer anderen eine Nacht zubringen wolle. Nun bist du aber unfruchtbar und ich habe von dir ebensowenig als von einem Stein einen Erben zu erwarten.« Seine Gattin erwiderte: »Ich bin nicht die Ursache unserer kinderlosen Ehe, frage einmal einen Arzt, vielleicht gibt er dir eine stärkende Arznei, die dir die Kraft gibt, Kinder zu zeugen.« Der Kaufmann bereute es, seine Frau gekränkt zu haben, ging zu einem Arzt, grüßte ihn und klagte ihm seine Not. Der Arzt sagte, er wisse kein Mittel gegen eine kinderlose Ehe, er möge sich an einen anderen wenden. Der Kaufmann ging in der ganzen Stadt umher, um sich bei einem Arzt Rat zu holen, aber sie lachten ihn aus, und er kehrte wieder betrübt in seinen Laden zurück. Während er dasaß, kam der Aufseher der Makler, der Scheich Muhamed, welcher allerlei Heilmittel verfertigte und Opium und Haschisch zubereitete, zu ihm und fragte ihn, was ihn so verstimmt habe? Er erzählte ihm, was zwischen ihm und seiner Frau vorgefallen, wie er nun schon 40 Jahre verheiratet sei, ohne ein Kind zu haben, und wie er nun vergebens alle Ärzte der Stadt um ein Mittel gegen Unfruchtbarkeit gebeten habe. Da sagte Muhamed: »Mein Herr, ich habe ein solches Mittel. Gib nur zwei Goldstücke her und eine chinesische Schüssel.« Als der Kaufmann ihm gab, was er verlangte, kaufe er einen chinesischen Braten, nahm Zimt, Nelken, Ingwer, Pfeffer und andere Gewürze, stieß es zusammen, ließ es in feinem Öle kochen, tat dann einige Nieren hinzu, und einen Becher voll Sesamöl, knetete es mit Honig und griechischem Essig an, gab es dem Kaufmann und sagte ihm: »Lasse dir zum Nachtessen stark gewürztes Schaffleisch und eine Taube braten, dann nimm diese Arznei und trinke Zuckerwasser darauf.« Der Kaufmann befolgte die Vorschrift des Maklers, und nach einigen Monaten erklärte ihm seine Frau, die Arznei habe gewirkt, und nach neun Monaten gebar sie einen sehr hübschen Knaben. Man erhob ein Jubelgeschrei und die Hebamme empfahl das Kind Gottes Schutz, indem sie den Namen Mohammeds und Alis über dasselbe sprach, Gottes Allmacht pries und ihm die Worte ins Ohr sagte, mit welchen man zum Gebete aufruft, dann wickelte sie es ein und reichte es der Mutter, welche es stillte. Am dritten Tag machte man Marzipankuchen, um ihn am siebenten Tage auszuteilen, und man streute auch Salz aus. Der Kaufmann kam dann zu seiner Frau, wünschte ihr Glück und fragte sie: »Wo ist das von Gott uns anvertraute Gut?« Sie überreichte ihm ein Geschöpf des ewigen Herrschers, das schon aussah, als wäre es ein Jahr alt, wie der Mond strahlte und ein hübsches kleines Mal auf den Wangen hatte. Er fragte sie dann, welchen Namen sie ihm gegeben. Sie antwortete: »Wäre es eine Tochter, so hätte ich ihr einen Namen gegeben, da es aber ein Sohn ist, so muß der Vater ihm einen Namen geben.« Da sagte nach damaliger Sitte, den Kindern aufs

gute Glück einen Namen zu geben, einer der Anwesenden: »Mein Herr! Nenne dein Kind Ala Eddin, Hoheit des Glaubens«, und der Kaufmann nannte es Ala Eddin Abu Schamat, der mit einem Male. Das Kind wurde dann den Ammen übergeben und zweieinhalb Jahre lang gestillt. Nach dieser Zeit, als es schon laufen konnte, wurde es entwöhnt und in einem unterirdischen Zimmer geheim erzogen, aus welchem es erst als bärtiger Jüngling hervorkommen sollte, damit ihm kein böses Auge schade; nur ein Sklave und eine Sklavin wurde ihm zur Bedienung beigegeben. Als Ala Eddin sieben Jahre alt war, ließ ihn sein Vater beschneiden und gab ein großes Mahl. Dann ließ er ihm im Schreiben und im Koran Unterricht erteilen, und der Junge wurde sehr geschickt und gelehrt. Eines Tages, als der Sklave einen Tisch aus Alas Zimmer räumte, vergaß er die Falltüre zu schließen; Ala trat heraus und stürmte wie ein betrunkener Mameluck ins Gemach seiner Mutter, wo viele vornehme Damen beisammen waren. Die Damen bedeckten ihr Gesicht und sagten zur Mutter: »Gott strafe dich, du ... Gehört nicht Schamgefühl zum Glauben? Wie bringst du uns auf einmal einen fremden Mamelucken herein?« Sie antwortete: »Das ist mein Sohn, die Frucht meines Herzens, der Sohn Schems Eddins, des Obersten der Kaufleute, der Sohn der Amme, das Halsband, die Kruste vom Brot.«

Da sagten die Damen: »Warum haben wir nie etwas von deinem Sohn gehört?« Sie antwortete: Sein Vater fürchtete das böse Auge, darum ließ er ihn in einem unterirdischen Gewölbe erziehen, und nun kommt er zum ersten Mal ganz unerfahren herauf, wahrscheinlich hat sein Diener vergessen, die Türe zu schließen, denn er sollte erst herauskommen, wenn ihm der Bart gewachsen.« Als die Frauen dies hörten, wünschten sie ihr Glück, und der Junge ging fort in den Hof und stieg in ein offenes, an den Hof stoßendes Gemach. Als er Sklaven mit einem Maultier kommen sah, fragte er sie: »Wo war dieses Maultier?« Sie antworteten: »Wir haben deinen Vater darauf aus dem Laden geholt.« »Und was hat mein Vater für ein Handwerk?« »Dein Vater ist der Oberste der Kaufleute in ganz Ägypten und der Scheich der Araber.« Ala ging dann wieder zu seiner Mutter, und fragte sie auch nach dem Geschäft seines Vaters, und sie gab ihm dieselbe Antwort wie die Sklaven und setzte noch hinzu: »Dein Vater ist so reich, daß seine Sklaven ihn nur bei Geschäften von 1000 Dinaren zu Rat ziehen, alle eingeführten Waren müssen ihm vorgelegt werden, ebenso was ausgeführt werden soll.«

Da sagte Ala: »Gelobt sei Gott, daß ich der Sohn des Scheichs der Araber bin; aber warum, o Mutter!, sperrt ihr mich in ein unterirdisches Gewölbe?« Sie antwortete: »Mein Sohn, das haben wir nur getan, weil wir das böse Auge der Leute für dich fürchteten, denn das böse Auge ist sehr gefährlich und die meisten Leute sterben an den Folgen desselben.« Da versetzte der Junge: »O meine Mutter! Wie kann man dem Schicksal entfliehen? Keine Vorsicht kann die Bestimmung abwenden, und gegen das Geschriebene gibt es keine Macht. Wenn mein Vater auch noch lang lebt, so wird er doch einst sterben, und wenn ich dann sage: ›Ich bin sein Sohn‹, werden die Ältesten und Kaufleute mir nicht glauben, denn sie werden sagen: ›Wir haben in unserem Leben nicht gehört, daß Schems Eddin einen Sohn habe‹. Das Vermögen meines Vaters wird dann in den öffentlichen Schatz kommen; Gott erbarme sich dessen, der gesagt hat: ›Mancher Edle stirbt, sein Vermögen geht zugrund und die gemeinsten Männer bemächtigen sich seiner Frauen.‹ Drum, o Mutter!, soll mein Vater mich auf den Bazar mitnehmen und mir einen Laden öffnen; ich werde mit Waren neben ihm sitzen und bei ihm den Handel lernen.«

Als Schems Eddin nach Hause kam und seinen Sohn bei seiner Mutter fand, fragte er sie: »Warum hast du ihn aus dem Gewölbe hervorgebracht?« Sie erzählte ihm, durch welchen Zufall Ala sein Gemach verlassen und trug ihm auch dessen Bitte vor, worauf Schems Eddin seinem Sohn versprach, ihn am folgenden Tage mit Gottes Willen mit auf den Bazar zu nehmen und ihm bemerkte, daß er dann auch wie ein wohlgebildeter Mensch sich benehmen müsse. Ala konnte vor Freude über seines Vaters Versprechen die ganze Nacht nicht schlafen. Am folgenden Morgen führte ihn Schems Eddin ins Bad, zog ihm ein sehr wertvolles Kleid an, frühstückte mit ihm, dann bestiegen sie ein Maultier und machten sich auf den Weg nach dem Bazar. Als die Kaufleute ihren Aufseher mit dem schönen Knaben hinter sich kommen sahen, sagte einer zum andern: »Seht einmal diesen Graukopf, wie er noch einen Jungen nachführt«, und der schon genannte Scheich Muhamed sagte: »Der soll nicht mehr unser Vorgesetzter sein.« Als daher Schems

Eddin in seinen Laden kam, blieben alle Kaufleute zurück, während sonst ihr Aufseher die erste Sura des Korans mit den Kaufleuten las, und dann mit ihnen zu Schems Eddin ging, um ihm Guten Morgen zu wünschen. Schems Eddin wartete lange in seinem Laden, aber niemand kam zu ihm. Da ließ er den Aufseher Muhamed rufen und sagte ihm: »Warum versammelst du die Kaufleute nicht wie sonst?« Er antwortete: »Ich kann ihre Unzufriedenheit nicht von dir abwenden; sie sind übereingekommen, dich abzusetzen, und wollen den Koran nicht mehr vor dir lesen, wegen dieses Knaben, der weder dein Sklave noch ein Verwandter deiner Gattin ist, und daher ein schlechtes Licht auf dich wirft.« Schems Eddin schrie ihn an: »Schweig! Gott verdamme dich! Der Junge ist mein Sohn, den ich aus Furcht vor dem bösen Auge in ein unterirdisches Gewölbe gesperrt; ich wollte ihn nicht eher herauslassen, bis er den Bart mit der Hand fassen konnte; aber seine Mutter bat mich, ihm einen Laden zu öffnen und ihn in meine Geschäfte einzuweihen.« Als Muhamed dies hörte, holte er alle Kaufleute und las den Koran vor Schems Eddin und wünschte ihm und seinem Sohn noch viele glückliche Jahre. Dann sagten ihm die Kaufleute: »O Herr! Selbst arme Leute, die einen Sohn bekommen oder eine Tochter, laden ihre Bekannten und Verwandten zu einer süßen Speise ein.« »Nun«, erwiderte Schems Eddin, »das soll euch auch werden und zwar in meinem Garten.«

Am folgenden Morgen schickte er Teppiche und allerlei Speisevorrat, wie Hammelfleisch, Schmalz und dergleichen in den Garten, ließ in zwei Gemächern des Gartenhauses Tische decken und sagte seinem Sohn: »Wenn alte Leute kommen, so empfange ich sie und führe sie ins obere Gemach, und die jungen Leute führst du an den anderen Tisch im unteren Zimmer.« Da fragte Ala: »Wozu diese Abteilung? Du hast doch sonst keinen besonderen Tisch für junge Leute und ältere Männer?« Schems Eddin antwortete: »Weil ich weiß, daß es Glattbartigen in Gegenwart von Männern nicht ganz wohl ist.« Der Junge fand dies richtig. Bald kamen die Gäste, man aß und trank, belustigte sich, schlürfte Sorbette, ließ Räucherwerk aufsteigen, und die älteren Männer führten ein wissenschaftliches Gespräch. Unter diesen war ein Kaufmann, mit Namen Mahmud, aus Balch, der oft Waren von Schems Eddin kaufte. Er war in seinem Inneren ein Feueranbeter und gab sich nur zum Scheine für einen Muselmann aus. Sobald er Ala zu Gesicht bekam, gefiel er ihm so gut, daß er Schems Eddin um seinetwillen beneidete und auf allerlei Mittel trachtete, ihn in seine Gewalt zu bekommen. Während Ala sich einen Augenblick entfernte, ging er daher zu dessen jungen Freunden und sagte ihnen: »Wenn ihr Ala dahin stimmt, daß er mit mir reist, so gebe ich jedem von euch ein Kleid von großem Wert.« Als Ala zurückkam, setzten sie ihn in ihre Mitte auf den obersten Platz und einer der Jungen sagte zu einem seiner Gefährten: »Wieso bist du zu deinem Vermögen gekommen?« Er antwortete: »Als ich das Mannesalter erreicht hatte, bat ich meinen Vater, mir ein Geschäft zu übergeben; da sagte er mir: ›Ich habe nichts, doch entlehne Geld von einem Kaufmann und handle damit!‹ Ich ging zu einem Kaufmann und entlehnte 1000 Dinare bei ihm, kaufte Waren dafür, brachte sie nach Damaskus und verkaufte sie dort für das Doppelte. Für den Erlös kaufte ich wieder andere Waren ein und verkaufte sie in Haleb mit doppeltem Gewinn, und so fuhr ich fort zu handeln, bis ich zu einem Vermögen gelangte von etwa 10000 Dinaren.« Jeder Junge erzählte dann etwas Derartiges, bis die Reihe an Ala kam. Da fragten sie ihn: »Und du Ala, was hast du getrieben?« Er antwortete: »Ich bin in einem Gewölbe erzogen worden, das ich erst diese Woche verließ, und bin noch nicht weiter als von unserem Haus in den Laden gekommen.« Da sagten ihm die Jungen: »Du bist gewohnt, zu Hause zu bleiben und kennst die Freuden der Reise nicht, das Reisen paßt nur für Männer.« Ala Eddin erwiderte: »Ich brauche nicht zu reisen, doch hat die Ruhe auch keinen Wert.« Darauf sagte einer seiner Gefährten zum andern: »Er gleicht einem Fisch, der abstirbt, wenn er das Wasser verläßt.« Dann sagten sie ihm: »Kaufmannssöhne können sich mit nichts rühmen, als mit Reisen, die viel Gewinn bringen.« Diese Worte machten auf Ala einen schmerzlichen Eindruck; er verließ seine Gefährten mit traurigem Herzen und weinenden Augen, bestieg sein Maultier und ritt nach Hause zu seiner Mutter. Als diese ihn sehr verstimmt fand, fragte sie ihn, was ihm zugestoßen. Ala teilte seiner Mutter das Gespräch der Kaufleute mit und erklärte ihr seinen Entschluß, auf Reisen zu gehen.

Da fragte ihn seine Mutter: »Wohin willst du gehen?« »Nach Bagdad, denn dort gewinnt man viel an hiesigen Waren.« »Das sollst du, mein Sohn, und wenn dein Vater dir keine Waren mitgeben will, so werde ich dafür sorgen.« Ala sagte: »Die beste Wohltat ist die, welche schleunigst geübt wird, soll mir Gutes erwiesen werden, so ist jetzt die Zeit dazu.« Da schickte seine Mutter sogleich nach Packern, öffnete ein Magazin und ließ ihm zehn Ballen Waren zusammenpacken. Als Schems Eddin gegen Abend nach Hause kam, und die Ballen umherliegen sah, fragte er seine Frau, woher diese kommen. Da erzählte sie ihm, was zwischen ihrem Sohn und den jungen Kaufleuten vorgefallen. Schems Eddin sagte zu seinem Sohn: »Gott verdamme den Aufenthalt in der Fremde! Die Alten haben schon gesagt: ›Hüte dich vor der Fremde, und entferne dich auch keine einzige Meile weit von deiner Heimat.‹« Aber Ala sagte: »Wenn du mich nicht mit Waren nach Bagdad reisen läßt, so ziehe ich meine Kleider aus und hülle mich in das Gewand eines Derwisch und streiche so im Lande umher.« Da sagte Schems Eddin: »Ich bin keineswegs arm, ich habe Waren, die für jedes Land passen«; er zeigte ihm hierauf 40 Ballen, auf welchen geschrieben stand: 1000 Dinare Wert, und erlaubte ihm, sie noch zu den zehn Ballen seiner Mutter zu nehmen. Dann sagte er: »Reise in Gottes Namen, aber ich warne dich vor dem Löwenwald, der sehr gefährlich ist, und vor dem Tal der Beni Kilab, wo ein Straßenräuber haust«; aber Ala erwiderte: »Der Lebensunterhalt kommt von Gott, und ist er mir bestimmt, so kann mir nichts zukommen.« Ala ritt dann, von seinem Vater begleitet, über den Viehmarkt, da stieg ein Karawanenführer von seinem Maultier herunter, küßte Schems Eddin die Hand und sagte: »Bei Gott, du hast uns schon lange nichts zu tun gegeben.« Schems Eddin antwortete: »Jede Zeit hat ihr Glück und ihre Leute, d. h. meine Zeit ist vorüber, ich gleiche den Alten, von dem ein Dichter sagte:

›Ein Alter ging gebeugt daher, und sein Kinn reichte bis zu den Knien. Da fragte ich: Warum bist du so gebeugt? Er antwortete, indem er seine Hände aufhob: Ich habe meine Jugend auf der Erde verloren und ich suche sie nun überall.‹

Doch statt meiner macht jetzt mein Sohn eine Reise.« Der Führer sagte: »Gott erhalte ihn dir!« Schems Eddin schloß dann einen Kontrakt mit ihm, empfahl ihm seinen Sohn und schenkte ihm 100 Dinare für seine Kinder. Dann kaufte er 60 Maultiere nebst einer Lampe und eine Decke für das Grabmal des heiligen Abd Alkadir* und sagte zu seinem Sohn: »Ich verlasse dich nun bald, hier ist dein Vater statt meiner, gehorche ihm in allem, was er dir sagt.« Sie feierten dann in jener Nacht noch das Fest eines Heiligen; und am folgenden Morgen gab Schems Eddin seinem Sohn 10000 Dinare und sagte ihm: »Wenn du bei deiner Ankunft in Bagdad die Waren gut absetzen kannst, so tue es, wo nicht, so warte und lebe einstweilen von diesem Gelde.« Die Maultiere wurden dann beladen, man nahm voneinander Abschied, und Ala verließ mit seinem Führer die Stadt. Mahmud aus Balch, der von allen unterrichtet war, hatte sich aber auch

* Abd Alkadir Alghilani ist der Stifter eines Derwischordens. Er ist in Bagdad begraben, wo er in der zweiten Hälfte des zwölften Jahrhunderts starb.

reisefertig gemacht und zwei Zelte außerhalb der Stadt aufgeschlagen, auch hatte Schems Eddin ihm seinen Sohn empfohlen und ihn angewiesen, demselben die 1000 Dinare zu bezahlen, die er ihm noch schuldig war.

Mahmud sagte dem Koch Alas, er brauche nichts zu kochen und schickte selbst die nötigen Speisen und Getränke für Ala und seine Leute. Am folgenden Tag setzen sie ihre Reise miteinander fort. Mahmud hatte vier Häuser, eins in Kahirah, eins in Damaskus, eins in Haleb und eins in Bagdad. Als sie daher die Wüste durchzogen hatten, eilte Mahmud nach Damaskus voraus und schickte Ala seinen Sklaven entgegen, um ihn in seine Wohnung zu laden. Ala sagte: »Ich will meinen Führer Kemal Eddin fragen.« Dieser riet Ala, die Einladung nicht anzunehmen, und schon am folgenden Tag reisten sie miteinander nach Haleb.

Mahmud ließ Ala wieder einladen, und Kemal Eddin riet ihm abermals, nicht zu gehen, Ala ließ sich aber nicht abhalten, er umgürtete sein Schwert und ging zu Mahmud. Dieser kam ihm entgegen, grüßte ihn und ließ eine große Mahlzeit bereiten. Sie aßen und tranken und wuschen ihre Hände. Mahmud neigte sich dann über Ala her, um ihn zu küssen, und sagte ihm: »Ich liebe dich wie meinen Sohn, ich will dich zu einem großen Herrn machen, wenn du mit mir nach Balch gehst und nie mehr zu deinem Vater zurückkehrst.« Aber Ala stand entrüstet auf, zog sein Schwert und sagte: »Wehe dir, du Greis! Gott erbarme sich des Dichters, der da gesagt hat:

›Bewahre dein Alter vor jedem Schandflecken, denn das weiße Haar nimmt am leichtesten jeden Schmutz an.‹

Sieh, bei Gott!, ich hätte meine Waren dir lieber für Silber, als anderen für Gold verkauft, aber nun, Verworfener!, werde ich nichts mehr mit dir zu tun haben.« Hierauf verließ ihn Ala, kehrte zu Kemal Eddin zurück und sagte ihm: »Mahmud ist ein lasterhafter Mann, ich werde nicht mehr mit ihm umgehen.« Kemal Eddin erwiderte: »Habe ich dir nicht geraten, von ihm zu bleiben? Doch, mein Sohn, wir können uns jetzt nicht ohne Gefahr von ihm trennen, wir müssen uns hier an seine Karawane anschließen.« Aber Ala bestand darauf, ihn sogleich zu verlassen, und reiste allein mit Kemal Eddin fort. Als sie in ein Tal kamen, da wollte Ala lagern. Kemal Eddin riet ihm, schnell weiterzuziehen, um die Stadt noch vor Torschluß zu erreichen, denn sobald die Sonne unterging, wurden damals die Tore von Bagdad geschlossen und erst wieder mit Sonnenaufgang geöffnet, aus Furcht vor den Ketzern, die sie einnehmen und die wissenschaftlichen Werke in den Tigris werfen wollten. Ala sagte aber: »O mein Vater! Ich bin nicht des Gewinnes wegen mit diesen Waren hierher gekommen, sondern um die Bewohner dieses Landes kennenzulernen. Ich will lieber erst morgen früh in Bagdad einziehen, damit die Leute der Stadt auch meine Waren sehen und mich kennenlernen.« Kemal Eddin warnte ihn noch vor den umherstreichenden Beduinen, aber Ala sagte: »Bist du der Herr oder der Diener?« und ließ die Waren von den Maultieren abladen und Zelte aufschlagen. Als er aber um Mitternacht heraustrat, sah er in der Ferne etwas glänzen; er fragte den Führer, was das wäre, dieser sah scharf hin und bemerkte arabische Schwerter und Lanzen; es war eine Horde Beduinen mit ihrem Anführer Scheich Adjlan, welcher immer näherkam, und bald hörte Ala, wie sie untereinander sagten: »O Nacht der Beute!« Kemal Eddin schrie zuerst: »Packe dich, du elender Beduine!« aber alsbald wurde er von Scheich Adjlan selbst an der Tür des Zelts durchbohrt. Dem Wasserträger, welcher dann schrie: »Wehe euch, erbärmliches Gesindel!« wurde ein Hieb auf die Schulter versetzt, der ihn zu Boden stürzte. Dann gingen die Beduinen herein und heraus und verschonten niemanden von Alas Leuten, luden die Waren auf Alas Maultiere und gingen fort. Ala, der dies alles sah, dachte: »Mein Oberkleid und mein Maultier könnte mich noch in Gefahr bringen«; er zog es daher aus und wendete sich gegen die Tür des Zeltes; da fand er einen See vom Blut der Erschlagenen, und er wälzte sich mit seinem Beinkleidern darin herum, so daß er wie ein Erschlagener aussah, der in seinem Blute lag.

Scheich Adjlan fragte dann die Beduinen, ob diese Karawane von Bagdad komme oder dahin zöge; und als man ihm antwortete, sie komme von Ägypten und gehe nach Bagdad, sagte er: »Kehrt noch einmal zu den Erschlagenen zurück, denn ich glaube, der Herr der Karawane ist noch nicht tot.« Die Beduinen kehrten zurück, und als sie Ala vor dem Zelt fanden, sagte ihm einer von ihnen: »Ah, du hast dich tot gestellt! Nun sollst du aber den Tod von mir empfangen.« Er zog schon sein Schwert gegen Ala, da rief dieser den heiligen Abd Elkader an, und sogleich sah er, wie eine Hand das Schwert des Beduinen von ihm abwendete und auf Kemal Eddin hinlenkte, worauf die Beduinen mit ihren Maultieren sich entfernten. Als Ala sie wie Raubvögel mit ihrer Beute davoneilen sah, machte er sich auf und lief fort, aber der Häuptling der Beduinen sagte zu seinen Leuten: »Ich sehe wie etwas sich bewegt.« Da trat einer derselben hervor und sah wie Ala fortlief, setzte ihm nach und rief ihm zu: »Deine Flucht nützt dir nichts; ich komme dir schon nach.« Er schlug sein Pferd und folgte ihm. Ala lief fort, bis er an einen Wasserbehälter kam, an dessen Seite eine Zisterne war, er legte sich auf die Mauer derselben und stellte sich schlafend, und rief Gottes und der heiligen Nefiseh* Schutz an; und siehe da, ein Skorpion stach den Beduinen, der ihn verfolgte, so daß er von seinem Pferd herunterfiel und seine Kameraden zu Hilfe rief. Als diese ihn fragten, was ihm widerfahren, erzählte er es ihnen; sie hoben ihn auf sein Pferd, gingen fort und ließen Ala auf der Zisterne liegen. Mahmud, der sich seinerseits auch auf den Weg gemacht hatte, sah, als er ins Löwenthal kam, Alas Leute tot und freute sich sehr darüber. Dann kam er an den Behälter, wo Ala lag und da sein Maultier durstig war, lief es hin, um zu trinken; da sah es Alas Bild im Wasser und erschrak; als Mahmud sich umsah, bemerkte er Ala, der auf dem Rande der Zisterne ohne Oberkleid eingeschlafen war. Mahmud fragte ihn: »Wer hat dich in diese traurige Lage versetzt?« Ala antwortete: »Die Beduinen.« Da sagte Mahmud: »Betrübe dich nicht über den Verlust deiner Waren, freue dich, mit heiler Haut davongekommen zu sein, wie der Dichter sagt:

›Sind die Häupter meiner Leute dem Verderben entronnen, so hat das verlorene Gut keinen größeren Wert, als der Abschnitt der Nägel.‹«

---

* Nefiseh ist eine Heilige aus dem Geschlecht Alis, welche im zweiten Jahrhundert der Hidireh lebte.

Ala stand auf und ritt mit Mahmud in sein Haus nach Bagdad. Mahmud ließ Ala ins Bad führen und sagte ihm: »Dein Geld und deine Waren haben dein Leben gerettet; wenn du mir gehorchst, so gebe ich dir noch einmal so viel.« Er führte ihn dann in einen geräumigen von Gold strahlenden Saal mit vier Erhöhungen und ließ einen Tisch bringen, mit den köstlichsten Speisen und Getränken beladen, Als aber Mahmud mit den schönsten Versprechungen sein früheres Anerbieten wiederholte, sagte Ala: »Lebst du noch immer in deinem Wahn? Das kann nie sein; nimm dein Maultier und deine Kleider wieder und öffne mir die Türe, daß ich gehe.« Als Mahmud ihm öffnete, ging er wieder halb nackt fort, so daß alle Hunde hinter ihm her bellten. Da er die Tür einer Moschee offenfand, ging er hinein und verbarg sich im Gang, da sah er zwei Sklaven mit zwei Laternen vor zwei Herren hergehen, deren einer ein schöner Greis und der andere ein junger Mann war; dieser sagte zu jenem: »Ich beschwöre dich bei Gott, mein Onkel, gib mir meine Base wieder.« Der Alte erwiderte: »Ich habe dich oft genug gewarnt, und doch bist du immer wieder auf die Scheidung zurückgekommen.« Als sich hierauf der Alte umsah und einen jungen hübschen Mann hinter sich erblickte, grüßte er ihn und Ala erwiderte seinen Gruß.

Der Alte sagte dann zu Ala: »Wer bist du?« »Ich bin Ala, der Sohn Schems Eddins aus Kahirah, ich bat meinen Vater, mich reisen zu lassen und mir Waren mitzugeben, und er gab mir 50 Ballen Waren und 10000 Dinare. Hiermit reiste ich bis in den Löwenwald, da kamen Beduinen und nahmen mir alles weg; ich kam nun in diese Stadt, und wußte nicht, wo ich übernachten sollte, drum trat ich in diese offene Moschee.« Der Alte sagte ihm: »Mein Sohn! was sagst du dazu, wenn ich dir ein Kleid für 1000 Dinare, ein Maultier für 1000 Dinare und noch 1000 Dinare Geld schenke?« Ala versetzte: »Und welchen Dienst forderst du für diese große Gabe?« »Höre mich«, antwortete der Alte, »dieser Mann, der hier bei mir ist, ist mein Neffe; er ist das Ebenbild seines Vaters, weshalb ich ihn wie meinen Sohn liebe und ihm meine Tochter Subeida, welche mein Ebenbild, sehr schön und liebenswürdig ist, zur Frau gab, obschon sie ihn gar nicht liebte. Nun schwor er dreimal, daß er sich von ihr scheiden lasse, worauf seine Cousine sich alsbald von ihm trennte und doch schickte er wieder alle Leute an, um mich zu bewegen, sie ihm wieder zu geben. Ich sagte ihm aber, dies darf nur auf gesetzlichem Wege geschehen; ich will zuerst sie einem Fremden geben, damit dir niemand etwas vorzuwerfen habe*. Da du nun hier fremd bist, so will ich dich mit nach Hause nehmen und den Ehekontrakt mit meiner Tochter schreiben lassen; du kannst diese Nacht ihr Gatte bleiben, mußt dich aber morgen von ihr scheiden lassen und ich gebe dir, was ich dir versprochen.« Ala dachte: »Bei Gott, besser in einem Haus auf einem Brautbett zu schlafen, als hier in dieser Moschee oder auf der Straße«; er ging daher mit dem Alten und seinem Neffen zum Kadhi. Als der Kadhi fragte, was sie wollten, sagte der Alte: »Ich will meine Tochter diesem Manne als rechtmäßige Frau geben, jedoch mit der Bedingung, daß er 10000 Dinare als Morgengabe verspreche; läßt er sich aber nach der ersten Nacht von ihr scheiden, so gebe ich ihm ein Kleid für 1000 Dinare, ein Maultier für 1000 Dinare und 1000 Dinare Geld.« Als der Kontrakt unter diesen Bedingungen geschlossen war, steckte ihn der Alte zu sich und ging mit Ala in sein Haus, wo er ihm ein schönes Kleid reichen ließ. Dann führte er ihn vor die Wohnung seiner Tochter, ließ ihn an der Türe warten, traf hinein und sagte ihr: »Nimm hier den Ehekontrakt, den ich für dich mit einem schönen Jüngling, der Ala heißt, geschlossen, und gib wohl acht darauf.«

Nun hatte der Neffe eine Wirtschafterin, die oft zu Subeida kam und der er schon viel Gutes erwiesen hatte; dieser sagte er: »O meine Mutter, wenn Subeida den schönen Jüngling sieht, wird sie mich nicht mehr als Gatten wollen, drum denke eine List aus, um ihn von ihr fern zu halten.« »Bei dem Leben deiner Jugend«, rief die Wirtschafterin, »er darf ihr nicht nahe kommen.« Sie begab sich sogleich zu Ala und sagte ihm: »Mein Sohn! Ich rate dir, dich der Frau nicht zu nähern, laß sie allein schlafen, ich bin sehr besorgt um deinetwillen.« »Weshalb?« fragte Ala Eddin; die Frau antwortete: »Weil sie aussätzig ist und deine schöne Jugend anstecken könnte.« Sie ging dann zu Subeida und sagte ihr dasselbe von Ala, worauf Subeida antwortete: »Ich mag diesen Mann nicht, er soll nur für sich bleiben und morgen weitergehen.« Hierauf rief sie eine Sklavin und ließ Ala den Speisetisch vorsetzen. Als er mit der Mahlzeit zu Ende war, las er mit einer wohlklingenden Stimme eine Sura aus dem Koran. Subeida hörte ihm im Nebenzimmer zu und fand seine Stimme so lieblich, daß sie bei sich selbst

* Nach dem muselmännischen Gesetzen darf ein Mann sich dreimal von seiner Frau scheiden lassen und sie wieder nehmen, aber hernach darf er sie nicht eher wieder heiraten, bis sie inzwischen einen anderen Mann gehabt hat.

dachte: »Gott verdamme die Alte, die mir diesen Mann als elend und aussätzig schilderte; es ist gewiß eine Lüge, ein kränklicher Mensch singt nicht so schön.« Sie ergriff dann eine indische Laute und sang mit einer Stimme, die den Vogel in der Luft aufhielt:

»Ich liebe einen Jüngling mit schwarzen, schmachtenden Augen; die Zweige des Ban träumen von ihm, wenn er geht; aber er verschmäht mich und beglückt andere mit seiner Nähe. Doch Gott verleiht solche Gnade wem er will.«

Als Ala diese Verse hörte, sang er folgende:

»Meinen Gruß der in Seide Gekleideten, den Rosen, die in den Gärten ihrer Wangen blühen.«

Subeida, bei der diese Worte noch mehr Liebe erweckten, hob den Vorhang auf, und Ala Eddin rezitierte folgende Verse:

»Sie erschien wie der Mond, und bewegte sich wie ein Banzweig, sie duftete Ambra aus und blickte wie eine Gazelle drein; es war mir, als wenn Trauer in mich verliebt wäre, der bei ihrer Trennung mein Herz besiegen würde.«

Als sie aus ihrem Gemach hervortrat und sich Ala nähern wollte, rief dieser ihr zu: »Bleib fern von mir, daß du mich nicht ansteckst!« Da entblößte sie einen Arm so weiß wie Silber und sagte: »Entferne du dich, du bist aussätzig und kannst mich anstecken.« »Wer hat dir gesagt, daß ich aussätzig sei?« »Die Alte.« »Nun, mir hat sie auch gesagt, du wärest aussätzig.« Ala zeigte ihr dann auch zwei Arme wie das weiße Silber, umarmte sie und brachte eine Nacht voller Liebesfreude bei ihr zu. Als der Morgen heranbrach, sagte Ala: »Wehe mir! Nun nimmt der Rabe der Trennung alle Freude weg, ich darf nun nimmer länger bei dir verweilen, denn ich habe deinem Vater 10000 Dinare als Morgengabe versprochen, und wenn ich sie nicht bringe, wird man mich einsperren; ich habe aber keinen halben Dirham im Vermögen, woher soll ich 10000 Dinare nehmen?« Da sagte Subeida: »Ist das Eheband in deiner oder in ihrer Hand?« »Es ist wahr, doch ich besitze nichts. Es wird schon gehen, fürchte nichts! Nimm einmal diese 100 Dinare; wenn ich mehr hätte, so würde ich dir mehr geben; aber mein Vater hat aus Liebe zu seinem Neffen mir alles weggenommen, bis auf meinen Schmuck, und hat es ihm gegeben. Wenn nun in der Frühe«, fuhr Subeida fort, »der Gerichtsdiener kommt und dir mein Vater und der Kadhi befiehlt, mir einen Scheidebrief zu geben, so frage sie: ›Nach welcher Schule muß man seine Frau am Morgen nach der Hochzeit verstoßen?‹ Dann machst du dem Kadhi ein Geschenk von zehn Dinaren und küssest ihm die Hand und beschenkst auch die Gerichtsassessoren. Wenn sie dich fragen, warum läßt du dich nicht scheiden und nimmst 1000 Dinare, ein Maultier und ein Kleid, so wie es bedungen worden, so antworte: ›Mir ist jedes Haar meiner Gattin 1000 Dinare wert, ich werde mich nie von ihr scheiden lassen und nichts annehmen‹, und wenn dann mein Vater sagt: ›So bezahle die Morgengabe‹, antworte, du seiest in Not.« Während sie so miteinander sprachen, klopfte ein Gerichtsdiener an die Türe und sagte: »Mein Herr läßt dich auf Verlangen deines Schwiegervaters rufen.« Ala schenkte ihm fünf Dinare und sagte: »Nach welchem Gesetzte heiratet man abends und muß sich morgens wieder scheiden lassen?« »Du hast Recht«, sagte der Diener,

»und wenn du das Gesetz nicht kennst, will ich dich verteidigen.« Als sie dann miteinander auf den Gerichtshof kamen, da sagte der Kadhi zu Ala: »Bezahle die Morgengabe, die du schuldig bist.« Er antwortete: »Gewähre mir die gesetzliche Frist.« Der Kadhi sagte: »Diese ist drei Tage.« »Das ist nicht genug«, versetzte Ala, »gestatte mir zehn Tage.« »Du sollst sie haben«, erwiderte der Kadhi, »aber dann mußt du entweder die Morgengabe bezahlen oder deine Frau entlassen.«

Ala ging hierauf weg, kaufte Fleisch, Reis und Schmalz, und was er sonst brauchte, ging zu Subeida und erzählte ihr, was vorgefallen. Subeida sagte ihm: »Zwischen heute und morgen können Wunder vorfallen, wie ein Dichter gesagt:

›Die Nächte gingen mit Ereignissen schwanger und können allerlei Wunder gebären.‹«

Sie bereitete dann die Speisen zu und richtete den Tisch her. Als sie gegessen und getrunken und sich belustigt hatten, sagte Ala: »Steh jetzt auf und laß mich eine schöne Arie hören.« Subeida nahm die Laute und brachte Töne hervor, die Felsen entzückten, als wenn die Saiten David* angerufen hätten. Als sie hierauf in ein rascheres Tempo überging, wurde an die Tür geklopft. Ala ging an die Tür und fand vier als Derwische gekleidete Männer, welche ihm sagten: »Wir sind hier fremd und möchten diese Nacht bei dir ausruhen und morgen wieder gehen; Gott wird dich dafür belohnen; wir hören gern singen und jeder von uns weiß viele Kasidetten und Lieder und andere Gedichte auswendig.« Ala öffnete mit Subeidas Einwilligung die Türe, hieß die Fremden sitzen und nahm sie gut auf. Nach einer Weile sagten sie ihm: »Mein Herr! Wir wollen nicht dem Morgen gleichen, der manches nächtliche Vergnügen stört.« »Was meint ihr damit?« fragte Ala Eddin. Sie antworteten: »Ein Dichter hat gesagt:

›Wir wünschen nichts als eure Gesellschaft, das Essen ist nur ein Merkmal der Tiere.‹

Wir haben hier singen hören und nun hat der Gesang aufgehört; ist die Sängerin wohl eine weiße oder eine schwarze Sklavin, oder ein Mädchen von guter Familie?« Ala antwortete: »Sie ist meine Gattin«, und erzählte ihnen hierauf, wie es ihm mit ihr gegangen und wie er seinem Schwiegervater 10000 Dinare versprechen mußte, die er in zehn Tagen zahlen sollte. Da sagte ihm einer der Derwische: »Gräme dich nicht und sei nur frohen Muts, ich bin der Oberste eines Stifts und gebiete über 40 Derwische; ich will dir schon 10000 Dinare zusammenbringen, daß du die Morgengabe bezahlen kannst. Doch laß deine Gattin noch etwas spielen, daß wir uns daran ergötzen, denn Musik ist dem einen wie ein Mittagessen, dem anderen wie eine Arznei und dem dritten wie ein Fächer.« Diese vier Männer waren der Kalif Harun Arraschid, sein Vezier Djafar, der Dichter Abu Nuwas und Masrur, das Schwert der Rache. Der Kalif hatte nämlich, als er nicht schlafen konnte, zu seinem Vezier gesagt: »Wir wollen ein wenig in der Stadt herumgehen, denn meine Brust ist beklommen«; sie hatten sich daher als Derwische verkleidet und waren unerkannt an diesem Hause vorübergekommen, wo sie die Musik hörten, und beschlossen, die Nacht hier zuzubringen, die ihnen auch bei heiterem Gespräch in vollem Anstand angenehm vorüberging. Des Morgens legte der Kalif 100 Dinare unter den Teppich und entfernte sich mit den andern. Als die Frau den Teppich aufhob und die 100 Dinare fand, gab sie sie ihrem Gatten und sagte ihm: »Nimm dies Geld, das die Derwische, ohne daß ich es merkte, unter den Teppich gelegt.« Ala nahm es und kaufte Fleisch, Reis und Schmalz und was er sonst für die nächste Nacht brauchte, zündete Wachslichter an und sagte zu Subeida: »Die Derwische haben noch nichts von den 10000 Dinaren gebracht, das sind prahlerische Menschen.« Auf einmal wurde an die Tür geklopft. Ala ging hinunter und öffnete, führte die vier Gäste wieder herauf und fragte sie, ob sie die 10000 Dinare gebracht haben. Sie antworteten: »Noch war es nicht möglich, doch sei unbesorgt, morgen werden wir unsere chemischen Zubereitungen beginnen; laß uns jetzt wieder eine Arie hören, um unser Herz zu laben, denn wir sind große Musikfreunde.« Subeida spielte etwas auf der Laute, daß Steine dabei hätten tanzen mögen, und auch

* David hatte nach arabischer Sage die schönste Stimme.

diese Nacht verging wieder bei Gesang, Musik und munteren Gesprächen. Als das Morgenlicht heranbrach, legte der Kalif wieder 100 Dinare unter den Teppich. In der zehnten Nacht kam der Kalif nicht. Am folgenden Morgen schickte er aber zu dem Obersten der Kaufleute und ließ sich 50 Ballen ägyptische Waren bringen, jeden für 1000 Dinare; dann ließ er einen seiner Sklaven rufen, gab ihm ein Kleid, zwei goldene Waschbecken und Kannen und einen Brief und sagte ihm: »Nimm dies alles, geh in das Stadtviertel N.N. zu dem Obersten der Kaufleute und frage ihn: ›Wo wohnt mein Herr Ala Eddin Abu Schamat?‹ Man wird dir dort seine Wohnung angeben.« Subeidas Vetter war eben zu ihrem Vater gegangen und hatte ihm gesagt: »Laß uns jetzt zu Ala gehen, um deine Tochter von ihm scheiden zu lassen.« Sie gingen miteinander nach der Wohnung Ala Eddins und sahen 50 Maultiere mit Waren beladen und einen Sklaven, der auf einem Maultier ritt. Da fragten sie ihn: »Wem gehören diese Waren?« Er antwortete: »Meinem Herrn Ala, sein Vater hat ihn mit Waren hergeschickt, die ihm die Beduinen geraubt haben, drum schickt er ihm jetzt andere Waren nebst einem Maultier mit 50000 Dinaren beladen, und einem Päckchen, worin ein kostbares Kleid und zwei goldene Waschbecken, und einen Zobelpelz.« Da sagte Subeidas Vater: »Ala ist mein Verwandter, ich will euch sein Haus zeigen.«

Ala saß eben höchst betrübt in seinem Hause, und als an die Türe geklopft wurde, sagte er zu Subeida: »Gewiß hat dein Vater dem Richter oder der Polizei geschrieben.« Sie erwiderte: »Geh hinunter und sieh!« Er öffnete die Türe und sah seinen Schwiegervater und ein Maultier, auf dem ein schöner brauner Sklave saß. Als dieser abstieg und Ala die Hand küßte, fragte er: «Wer bist du?« Er antwortete: »Ich bin der Sklave meines Herrn Schems Eddin, Oberaufseher der Kaufleute Ägyptens; er schickt mich mit diesem Brief zu dir.« Ala öffnete den Brief, welcher folgende Zeilen enthielt: »Nach dem herzlichen Gruß und Glückwunsch von Schems Eddin an meinen Sohn Ala Eddin; wisse, mein Sohn, ich habe gehört, daß deine Leute getötet und dein Gut geplündert worden, ich schicke dir daher andere 50 Ballen und ein Maultier, ein schönes Kleid und ein goldenes Waschbecken und einen Zobelpelz; sei nur ganz beruhigt, betrachte das verlorene Gut als ein Lösegeld für deine Person und gräme dich nicht weiter darüber. Deine Mutter und alle Hausgenossen sind wohl und grüßen dich vielmal. Ich habe auch vernommen, mein Sohn, daß man dich mit der Frau Subeida verheiratet und dir 10000 Dinare als Morgengabe auferlegt hat; du erhältst daher durch den Sklaven Selim 50000 Dinare, bezahle die Morgengabe davon und lebe vom übrigen!« Ala wendete sich, als er den Brief gelesen hatte, zu seinem Schwiegervater und sagte ihm: »Mein Herr, hier sind 10000 Dinare als Morgengabe deiner Tochter, nimm auch die Waren, die mir mein Vater schickt, und handle damit, du sollst den Gewinn für dich behalten, wenn ich nur das Kapital wieder erhalte.« Jener erwiderte aber: »Ich nehme nichts, bei Gott, und was die Morgengabe betrifft, so magst du dich darüber mit meiner Tochter verständigen.« Sie ließen dann die Waren in Ala Eddins Haus bringen. Als Subeida fragte, wem diese Ballen gehören, erzählte ihr ihr Vater alles Vorgefallene und Ala

Eddin öffnete eine Kiste und gab ihr die versprochene Morgengabe. Der Neffe sagte hierauf zu seinem Onkel: »Wirst du Ala nicht nötigen, seiner Frau den Scheidebrief zu geben?« Der Alte antwortete: »Daran ist nicht mehr zu denken. Er hat das Recht in seiner Hand, denn schon hat er die Morgengabe bezahlt.« Der junge Mann ging betrübt nach Hause, wurde krank und starb. Ala kaufte, nachdem die Waren untergebracht waren, allerlei Speisen und Wachslichter und ordnete wieder alles, wie in den früheren Nächten. Er sagte dann zu Subeida: »Siehst du diese Lügner von Derwischen, die haben ihr Versprechen nicht gehalten.« Sie antwortete: »Du bist der Sohn des Oberaufsehers der Kaufleute und hattest doch kein halbes Silberstück in deiner Hand, was kannst du von diesen Derwischen verlangen?« »Nun«, versetzte er, »Gott hat gemacht, daß wir ihrer jetzt nicht mehr bedürfen, wenn sie aber wiederkommen, so öffne ich ihnen die Türe nicht.« »Warum nicht?« fragte Subeida, »sie haben uns doch Glück gebracht und jeden Abend 100 Dinare unter den Teppich gelegt.« Als des Nachts die Lichter angezündet waren, sagte Ala zu Subeida: »Komm, spiele wieder etwas auf der Laute.« Kaum begann sie zu spielen, da wurde an die Türe geklopft und als Ala Eddin öffnete, so waren es die Derwische. Er rief ihnen zu: »Willkommen, ihr Lügner, kommt herauf und nehmet Platz!« Sie setzten sich, aßen, tranken und vergnügten sich, dann beteuerten sie ihre Teilnahme an seiner Lage, fragten ihn, wie es ihm denn mit seinem Schwiegervater gegangen, und versicherten ihm, sie seien nicht imstande gewesen, das Geld herbeizuschaffen. Ala erzählte den Leuten, was er von seinem Vater aus Kahirah durch den Sklaven Selim erhalten, wie dadurch zwischen ihm und seinem Schwiegervater Friede geworden, und wie er nun im unangefochtenen Besitz seiner Gattin bleibe. Während hierauf der Kalif sich einen Augenblick entfernte, neigte sich Djafar zu Ala hin und sagte ihm: »Betrage dich nur mit Anstand!« Ala Eddin versetzte: »Habe ich mich etwa gegen den Fürsten der Gläubigen vergangen?« Djafar erwiderte: »Der Mann, der eben hinausgegangen, ist der Kalif, der Fürst der Gläubigen, ich bin Djafar, und hier ist Masrur, das Schwert der Rache, und der Dichter Abu Nuwas. Nimm nur deinen Verstand zusammen und bedenke einmal, wie weit von Bagdad nach Kahirah ist; hat man nicht 45 Tage daran zu reisen? Du aber hast deine Waren erst vor zehn Tagen verloren, wie konnte dein Vater in dieser kurzen Zeit Nachricht davon haben, neue Waren packen und sie wieder herschicken?« »Du hast recht«, sagte Ala; »aber, mein Herr! Woher kamen sie denn?« »Vom Kalifen«, antwortete Djafar. Bei diesen Worten kam der Kalif wieder ins Zimmer. Ala stand auf, küßte ihm die Hand und sagte: »Gott erhalte dich lange, o Fürst der Gläubigen, und entziehe mir nie deine Gnade und dein Wohlwollen!« Der Kalif bat dann Subeida, wieder etwas zu spielen, als Lohn für ihr Heil. Subeida nahm die Laute und spielte so schön, daß selbst Felsen von ihr entzückt waren. Am folgenden Morgen ließ der Kalif Ala in den Divan rufen. Ala ging zum Kalifen, der auf seinem Thron in dem Divan saß und sprach folgende Verse:

»Jeden Morgen begrüße dich neues Glück, o Hochverehrter, den Feinden zum Trotz. Mögen alle deine Tage weiß und die deiner Feinde schwarz sein.«

Der Kalif bewillkommte Ala, ließ einen Kaftan bringen, den er ihm als Ehrenkleid schenkte, ernannte ihn zum Oberaufseher der Kaufleute und wies ihm einen Platz im Staatsrat an. Ala Eddin überreichte dem Kalifen zehn Schüsseln und sagte ihm: »Der Prophet hat auch Geschenke angenommen, drum bringe ich dir diese Schüsseln mit dem was drin ist, als Geschenk«, und der Kalif nahm sie an. Als Alas Schwiegervater Ala in seinem Kaftan sah, sagte er: »O König der Zeit! Was bedeutet dieser Kaftan?« Der Kalif antwortete: »Ich habe ihn zum Oberaufseher der Kaufleute ernannt, und du bist abgesetzt, die Ehrenstellen werden von mir verliehen und sind nicht lebenslänglich.« Subeidas Vater versetzte: »Er gehört ja zu uns, du hast wohlgetan, möge Gott unsere Besten immer aus den Unsrigen nehmen! Wie mancher Junge ist herangewachsen, dem die Alten die Hand küssen!« Der Kalif schrieb dann einen Firman für Ala und schickte ihn dem Polizeiobersten; dieser gab ihn dem Ausrufer, der ihn bekannt machte. Er lautete: »Niemand anders, als Ala, ist Oberaufseher der Kaufleute. Sein Wort werde gehört und befolgt, und ihm selbst erweise man Achtung und Ehrfurcht!« Am folgenden Morgen mietete Ala einen Laden und ließ durch einen Sklaven seine Waren verkaufen, er selbst aber eilte nach dem Divan.

Da kam jemand zum Kalifen und sagte: »Du mögest leben für deinen Gesellschafter, der zu Gottes Barmherzigkeit übergegangen ist!« Der Kalif fragte: »Wo ist Ala?« Ala, der eben in den Divan trat, näherte sich dem Kalifen, und dieser bekleidete ihn wieder mit einem Kaftan, ernannte ihn zu seinem Gesellschafter und setzte ihm ein Gehalt von 1000 Dinaren fest. Nachdem Ala einige Zeit den Dienst eines Gesellschafters beim Kalifen versehen hatte, kam eines Tages ein Emir, mit einem Schwert in der Hand, in den Divan und sagte: »O Fürst der Gläubigen! Du mögest leben für den Obersten der Sechzig, denn er ist tot.« Der Kalif sagte: »Gebt Ala einen Ehrenkaftan, er werde Oberst der Sechzig, und da der Verstorbene weder Kinder noch Frau hinterlassen hat, so schenke ich ihm auch alles, was er besessen.« Als hierauf der Divan aufgehoben wurde, ritt Ala in Begleitung des Obersten der Leibwache des Kalifen mit 40 Soldaten, die jedesmal dem Obersten der Sechzig als Ehrenwache beigegeben wurden, nach Hause und wurde auch von demselben als Sohn adoptiert. Eines Tages, als Ala vom Divan nach Hause ritt und der Oberst mit seinen Wachen ihn verließ, ging er in das Gemach seiner Frau; sie stand, wie gewöhnlich auf, um ein Licht anzuzünden. Als sie aber draußen war, hörte Ala, welcher sitzenblieb, auf einmal ein lautes Geschrei; er lief schnell hinaus, um zu sehen, wer so geschrien, und siehe da, es war Subeida, die er leblos auf dem Boden fand. Da Alas Haus dem seines Schwiegervaters gegenüber war, rief er ihm zu: »Du mögest leben für deine Tochter Subeida!« Der Alte kam herüber und rief: »Mögest du leben, mein Sohn!« Dann sagte er: »Mein Sohn! Die Ehre, die man dem Toten noch erweisen kann, ist die, ihn würdig zu beerdigen.« Sie wählten dann eine Grabstätte und suchten einander gegenseitig zu trösten. Ala zog Trauerkleider an, blieb aus dem Divan und weinte und seufzte immerfort. Da sagte der Kalif: »Laß uns heimlich zu ihm gehen, um zu sehen, wie er sich befindet.« Als Ala den Kalifen kommen sah, stand er auf, ging ihm entgegen und küßte ihm die Hände. Der Kalif sagte ihm: »Mein Herz ist mit dir, o Ala, warum kommst du nicht mehr in den Divan? Warum gibst du dich so der Trauer über deine Gattin hin? Fasse einmal den Gedanken, daß sie zu Gottes Barmherzigkeit übergegangen und daß dafür nichts mehr zu tun ist.« Ala versetzte: »O König der Zeit! Ich werde bis zu meinem Tode sie nicht vergessen und will auch einst ihr Grab teilen.« Der König bat ihn dann, nicht länger aus dem Divan zu bleiben. Am folgen Morgen ritt daher Ala wieder aus, begab sich zu dem Kalifen und verbeugte sich vor ihm. Der Kalif erhob sich vom Thron, um ihn zu bewillkommnen, und wies ihm wieder seinen frühern Platz an. Nach der Sitzung sagte ihm der Kalif: »Ala, du bist diesen Abend mein Gast.« Der Kalif ging dann in seinen Harem, rief seine Sklavin Kut Alkulub und sagte ihr: »Ala hatte eine Gattin, welche ihm allen Kummer verscheuchte, die ist nun tot, ich wünsche daher, daß du ihm etwas auf der Laute vorspielst, um ihn zu erheitern.«

Als Ala des Abends ins Schloß kam und Kut Alkulub ihm vorspielte, fragte ihn der Kalif, was er von diesem Spiel halte? Ala antwortete, das Spiel Subeidas sei ergreifender gewesen. Da sagte der Kalif: »Diese Sklavin hat dir aber doch auch gefallen.« »Ihr Spiel ist sehr angenehm«, antwortete Ala. Nun versetzte der

Kalif: »Bei dem Leben meines Hauptes und dem Grabe meiner Ahnen, du mußt sie mit allen ihren Dienerinnen von mir als Geschenk annehmen.« Ala glaubte, der Kalif scherze nur mit ihm, aber am folgenden Morgen ging der Kalif zu Kut Alkulub und sagte ihr: »Ich habe dich und alle deine Dienerinnen Ala geschenkt.« Kut Alkulub freute sich sehr darüber, denn sie hatte Ala gesehen und liebte ihn.

Der Kalif ging dann vom Serail in den Divan, rief zwei Diener und sagte ihnen: »Nehmet Kut Alkulub und ihre Dienerinnen mit allem, was ihr gehört, und tragt sie in einer Sänfte in Alas Haus!« Als Kut Alkulub in Alas Haus war, sagte sie ihren zwei Kammerfrauen: »Eine von euch setze sich auf das Sofa zur Rechten der Tür und eine zur Linken, und wenn Ala kommt, so küßt ihm die Hand und sagt ihm: ›Unsere Herrin Kut Alkulub wünscht dich bei sich zu sehen, denn der Kalif hat sie dir mit allen ihren Dienerinnen geschenkt.‹« Als Ala diese Damen aus dem Schloß des Kalifen sah, war er sehr erstaunt und dachte: »Ist das nicht mein Haus? Was gibt's wohl da?« Die Damen küßten ihm die Hände und sagten: »Wir sind Kammerfrauen des Kalifen und wiederholen, daß der Kalif dir Kut Alkulub geschenkt hat, die dich nun bittet, zu ihr zu kommen.« Ala antwortete: »Sagt ihr, sie sei willkommen, doch werde ich nie ihre Wohnung betreten, solange sie darin ist, denn was dem Herrn ziemt, gehört dem Diener nicht. Sagt ihr auch, daß sie von mir das selbe Monatsgeld haben soll, das sie vom Kalifen erhalten.« Eines Tages blieb Ala wieder vom Divan weg, da sagte der Kalif zu Djafar: »Ich habe Ala, um ihn zu trösten, Kut Alkulub geschenkt, warum bleibt er jetzt vom Divan weg?« Djafar antwortete: »O Fürst der Gläubigen! Mit Recht sagt man: ›Wer eine Geliebte wiederfindet, vergißt seine Freunde.‹« Der Kalif ging mit seinem Vezier wieder zu Ala, dieser stand auf und küßte dem Kalifen die Hand. Als der Kalif Ala noch sehr traurig fand, fragte er ihn: »Was bedeutet diese Trauer? Hat dir Kut Alkulub keinen Trost gewährt?« Ala antwortete: »Was dem Herrn gehört, ziemt dem Diener nicht; darum bin ich nicht in ihr Gemach gegangen und weiß gar nichts von ihr.«

Der Kalif ging erstaunt zu Kut Alkulub, und nachdem er sich von der Wahrheit der Aussage Alas überzeugt hatte, ließ er sie wieder in den Serail bringen und kehrte, nachdem er Ala Eddin gebeten, wieder in den Divan zu kommen, ins Schloß zurück. Am folgenden Morgen begab sich Ala wieder in den Divan und nahm seinen Platz als Sultan der Sechzig ein; da befahl der Kalif seinem Schatzmeister, dem Vezier 10000 Dinare zu geben, und befahl diesem, auf den Sklavenmarkt zu gehen, um Ala eine Sklavin für 10000 Dinare zu kaufen. Der Vezier gehorchte und ging mit Ala auf den Markt, wo gerade, so wollte es die göttliche Fügung, auch der Emir Chalid, der Polizeioberste, eine Sklavin suchte; dieser hatte nämlich eine Frau, welche Chatun hieß, und einen sehr häßlichen Sohn, mit Namen Habsalam; letzterer war schon 20 Jahre alt und konnte noch nicht auf einem Pferd reiten. Indessen wünschte doch Chatun sehr, ihrem Sohn eine Frau zu geben; da er aber so häßlich war, daß ihn keine Jungfrau und keine Witwe heiraten wollte, sagte sie zu ihrem Gatten: »Wir wollen für Habsalam eine Sklavin kaufen.« Als Djafar und Ala auf den Sklavenmarkt kamen und eine sehr schöne und wohlgewachsene Sklavin an der Hand ihres Maklers sahen, sagte diesem der Vezier: »Rufe sie einmal für 1000 Dinare aus.« Der Makler kam dann vor Chalid damit vorüber, und Habsalam fand sie so reizend, daß er seinen Vater bat, sie ihm zu kaufen. Chalid fragte die Sklavin, wie sie heiße, und sie antwortete: »Mein Name ist Jasmin.« Chalid sagte zu seinem Sohn: »Da sie dir so gut gefällt, so gebe ich 1000 und ein Dinar.« Als der Makler wieder zu Djafar kam, bot dieser 2000, und so oft Habsalam einen Dinar mehr bot, stieg Djafar um 1000 Dinare. Dies betrübte Habsalam sehr; er fragte den Makler: »Wer überbietet mich so?« Der Makler antwortete: »Der Vezier Djafar, der sie für Ala kauft.« Als endlich Djafar 10000 Dinare bot, schlug sie ihr Herr los und nahm das Geld. Ala führte Jasmin in sein Haus und sagte ihr: »Ich schenke dir deine Freiheit im Angesicht Gottes«; schrieb dann einen Ehekontrakt und heiratete sie als ein freies Mädchen. Habsalam aber ging sehr bestürzt und liebeskrank nach Hause, warf sich aufs Bett und wollte nichts genießen. Seine Mutter Chatun besuchte ihn und fragte, was ihn so krank mache?« Er antwortete: »Kauf mir Jasmin!« »Recht gerne«, rief Chatun, »sobald deren vorüberkommen, kaufe ich dir.« Da sagte Habsalam: »Ich meine nicht Jasmin zum Riechen, sondern eine Sklavin, welche so heißt.« Chatun ging zu ihrem Gatten und sagte ihm: »Warum hast du meinem Sohn die Sklavin Jasmin nicht gekauft?« Er antwortete: »Was dem Herrn gebührt, ziemt dem Diener nicht; es stand nicht in meiner Gewalt, sie zu kaufen; denn Djafar hat sie für Ala, den Sultan der Sechzig, gekauft.« Habsalams Übel wurde immer bedenklicher; er nahm keine Nahrung an, und seine Mutter war so verzweifelt, daß sie schon eine Trauerbinde umwand, als die Mutter des Diebs Ahmed sie besuchte. Dieser Ahmed war ein so gewandter Dieb, daß er dichte Mauern durchbrach und hohe überstieg und einem den Kohel aus den Augen zu stehlen verstand. Er wurde aber einst doch auf einem Diebstahl ertappt und vom Polizeiobersten vor den Kalifen geführt, der ihn zum Tode verurteilte. Der Vezier Djafar bat aber um Gnade für ihn, und als der Kalif, der Djafars Bitte nie verwarf, ihm entgegnete: »Soll ich das Verderben über die Muselmänner loslassen?« antwortete er: »Sperre ihn ein; denn wer das erste Gefängnis gebaut hat, war ein kluger Mann, es ist das Grab der Lebendigen und die Freude der Feinde.« Ahmed wurde eingekerkert und gefesselt, und man schrieb auf seine Ketten: »Bis zum Tode verurteilt, nicht zu entfesseln, bis er auf die Waschbank kommt*.« Ahmed bat seine Mutter, welche ihm Vorwürfe über seinen Lebenswandel machte, und zu essen und zu trinken brachte, sich an die Frau des Emir Chalid zu wenden, um durch die Vermittlung ihres Gatten vom Kalifen begnadigt zu werden.

Als daher die Alte Chatun mit einer Trauerbinde fand und von ihr Habsalams Krankheit und dessen unglückliche Liebesgeschichte vernahm, sagte sie: »Wie wäre es, wenn jemand ein Mittel fände, deinem Sohn seine Gesundheit wieder zu geben?« »Wie vermagst du das?« »Ich habe einen Sohn, der heißt Ahmed der Dieb und ist zu ewiger Gefängnisstrafe verurteilt. Ziehe nun deine schönsten Kleider an, und deinen kostbarsten Schmuck und geh deinem Gatten mit heiterem Gesichte entgegen; wenn er dann dich umarmen will, so erlaube es ihm nicht, sondern sage: ›Bei Gott! Schön, wenn der Mann etwas von seiner

* Nach dem Tode gewaschen wird

Frau will, so dringt er in sie, bis sie es ihm gewährt; will aber die Frau etwas, so wird es ihr abgeschlagen.‹ Wenn er dich dann fragt, welche Angelegenheit dir am Herzen liege? so antworte: ›Ich sage dir's nicht, bis du mir die Erfüllung meines Wunsches zuschwörst‹; wenn er dir dann bei seinem Haupte oder bei Gott schwören will, so sage nur, er soll bei seiner Scheidung von dir schwören; tut er dies, so sage ihm: ›Du hast im Gefängnis einen Hauptmann mit Namen Ahmed, der hat eine arme Mutter, die mich gebeten hat, du möchtest ihn doch loslassen und dem Kalifen vorstellen, damit er Buße tue.‹«

Als der Polizeioberste zu seiner Gattin kam, befolgte sie den Rat der Alten, und am folgenden Morgen ging er ins Gefängnis zu Ahmed und fragte ihn, ob er Buße tun wolle? Ahmed antwortete: »Ich kehre zu Gott zurück und flehe ihn im Herzen um Vergebung an.« Chalid führte ihn gefesselt mich sich in den Divan und küßte die Erde vor dem Kalifen. Als dieser den Emir fragte, was er begehre, stellte er ihm den Dieb Ahmed vor und sagte: »Dieser Unglückliche hat eine arme, verlassene Mutter, die er bisher ernährt; sie kam daher zu deinem Sklaven und beschwor ihn, bei dir, o Fürst der Gläubigen, Fürbitte einzulegen, daß du

ihn entfesseln lassest und wieder zum Hauptmann einsetzest; er wird sich gewiß bessern.« Der Kalif fragte Ahmed: »Bist du noch am Leben?« Er antwortete: »Das Leben des Unglücklichen ist zähe.« »Hast du dich gebessert?« fragte der Kalif wieder. Er antwortete: »Ich habe mich zu Gott bekehrt.« Da ließ der Kalif, um sein Wort nicht zu brechen, einen Juden rufen und Ahmed auf der Waschbank entfesseln; dann schenkte er ihm wieder eine Hauptmannsuniform und empfahl ihm, einen guten Lebenswandel zu führen. Ahmed küßte dem Kalifen die Hand, ging in seiner Uniform weg und wurde als Hauptmann ausgerufen. Als nach einiger Zeit Ahmeds Mutter zu Chalids Gattin kam, sagte ihr diese: »Ich sehe deinen Sohn frei umhergehen, bitte ihn nun, er möchte ein Mittel erfinden, die Sklavin Jasmin meinem Sohn Habsalam zu bringen.« Die Alte ging zu ihrem Sohn, der eben betrunken nach Hause kam und sagte ihm: »Mein Sohn, du verdankst deine Befreiung aus dem Gefängnis nur der Frau des Polizeiobersten, suche daher ein Mittel, Ala umbringen zu lassen und seine Sklavin Jasmin ihrem Sohn Habsalam zu verschaffen!« »Nichts ist leichter als dies«, versetzte Ahmed; »ich will noch diese Nacht dafür sorgen.« Die Bestimmung wollte, daß jene Nacht gerade die erste des Monats war; diese pflegte der Fürst der Gläubigen bei der Frau Subeida zuzubringen, auch schenkte er gewöhnlich einem Sklaven oder einer Sklavin die Freiheit. Der Kalif war auch gewöhnt, ehe er schlafen ging, sein königliches Gewand, seinen Rosenkranz, Stab und Siegel und eine kostbare goldene Lampe mit drei Edelsteinen im Wohnzimmer zu lassen und den Agas anzuvertrauen. Der Dieb Ahmed wartete, bis die Nacht weit vorgerückt war und alle Leute schliefen; da nahm er ein Schwert in seine Rechte und ein Fangeisen in seine Linke, stieg auf die Terrasse, die über des Kalifen Wohnzimmer ging, hob eine Platte auf und stieg hinunter.

Da die Agas schon schliefen, goß ihnen Ahmed noch einen Schlaftrunk ein, nahm das Kleid des Kalifen, seinen Rosenkranz, sein Tuch, sein Siegel und die Lampe mit Edelsteinen, stieg wieder auf die Terrasse und ging in Alas Haus, der diese Nacht das Hochzeitsfest mit seiner Sklavin feierte, hob eine marmorne Platte auf, machte eine kleine Höhle darunter, legte die gestohlenen Kleinodien des Kalifen, bis auf die Lampe, in den Saal, setzte dann die Platte wieder an ihre Stelle und ging mit der Lampe fort und dachte: »Wenn ich wieder trinke, so stelle ich die Lampe auf und beleuchte den Becher damit.« Als der Kalif morgens aufstand, fand er die Agas schlaftrunken; er weckte sie auf und streckte seine Hand aus, um nach seinem Kleid zu greifen, fand aber weder Kleid, noch Stock, noch Siegel, noch Rosenkranz; da geriet er in heftigen Zorn, zog das Kleid des Unwillens an, welches rot war, und ging auf den Divan. Da kam der Vezier, küßte die Erde und sagte: »Gott wende alles Übel vom Fürsten der Gläubigen ab!« »Das Übel ist im Übermaß vorhanden«, erwiderte der Kalif. »Was ist geschehen?« Der Kalif erzählte ihm von dem Diebstahl, der im Schloß begangen worden war. Da trat auch der Polizeioberste herein, von Ahmed begleitet. Der Kalif fragte jenen: »Was berichtest du mir über den Zustand Bagdads?« Er antwortete: »In der ganzen Stadt ist alles in Ruhe und Frieden.« »Du lügst!« schrie ihn der Kalif an, erzählte ihm seine Geschichte und sagte ihm: »Du mußt mir alles wieder verschaffen, oder sterben!« Chalid versetzte: »Wie kann ich dies, o Fürst der Gläubigen! Jedes Essigwürmchen, das sich im Palast findet, gehört hinein, kein Fremder kann hier Zutritt haben. Übrigens laß zuerst den Dieb Ahmed sterben, denn er kennt die Diebe und Verräter am besten und ist der Führer der Nachtwache.« Ahmed trat hervor und sagte: »Der Kalif erlaube mir, für den Polizeiobersten Fürsprache zu tun. Ich bürge dafür, daß sich der Dieb durch meine Nachforschungen finden wird; doch gib mir zwei Kadhis und zwei Zeugen mit, denn wer so etwas tut, fürchtet mich und den Polizeiobersten und noch andere nicht.« Der Kalif sagte: »Zuerst muß in meinem Serail gesucht werden, dann in dem des Veziers, dann bei dem Sultan der Sechzig; denn gewiß hat eine mir nahe stehende Person diesen Raub begangen; aber bei dem Leben meines Hauptes! Wer mich bestohlen hat, der muß getötet werden, und wäre es mein eigener Sohn!«

Ahmed ließ sich einen Firman geben, um die Häuser zu durchsuchen, und ging mit einem Stock in der Hand, von dem ein Dritteil aus Bronze, ein Dritteil aus Kupfer und ein Dritteil aus Eisen war, und untersuchte den Serail des Sultans und den des Veziers; dann ging er zu den Schloßverwaltern und Adjutanten, endlich kam er zu Ala, der eben seine Gattin Jasmin verlassen hatte. Als Ala die Türe öffnete und den Polizeiobersten mit seinem Gefolge sah, fragte er: »Was gibt es neues, Emir Chalid?« Der Emir erzählte ihm, was vorgefallen und sagte »Verzeiht, mein Herr, ihr seid ein Emir, der gewiß keinen Diebstahl begeht, aber wir haben den Befehl vom Kalifen, alle Häuser zu durchsuchen.« Chalid trat hierauf mit den Kadhis, den Zeugen und Ahmed in Alas Gemach, wo des Kalifen Kleid verborgen war. Ahmed ließ mit Vorsatz den Stock auf die Marmorplatte fallen, unter welche er das Gestohlene verborgen hatte, so daß sie zerbrach, und da man etwas darunter schimmern sah, fragte er: »Was liegt da unten? Hier ist gewiß der ganze Diebstahl verwahrt.« Als er hierauf die Platte weghob und das Kleid des Kalifen zum Vorschein kam, wurde Ala festgenommen und man riß ihm den Turban vom Haupt, und machte ein Verzeichnis von seinem ganzen Vermögen. Ahmed bemächtigte sich der schwangeren Sklavin Jasmin, gab sie seiner Mutter und sagte ihr: »Führe sie zur Frau des Polizeobersten.« Sobald Habsalam die Sklavin sah, wurde er wieder gesund, stand freudig auf und näherte sich ihr. Sie zog aber einen Dolch und sagte: »Entferne dich von mir, sonst töte ich dich und mich.« Als seine Mutter sie deshalb schmähte, sagte Jasmin: »Du Hündin! Nach welcher Schule ist es einer Frau erlaubt, zwei Männer zu haben? Was haben Hunde im Lager der Löwen zu schaffen?« Als Habsalam hierauf noch kränker als zuvor wurde, sagte seine Mutter zu Jasmin: »Du Hündin bringst mich um meinen Sohn! Stirb nur, denn Ala wird gewiß gehängt.« Sie zog ihr dann ihre seidenen Kleider und ihren Schmuck aus, gab ihr grobe Beinkleider und ein haarenes Hemd, führte sie in die Küche, behandelte sie als gemeine Sklavin und sagte ihr: »Dein Lohn sei nun, daß du Holz spaltest, Zwiebeln schälst und Feuer unter die Pfanne legst.« Jasmin erwiderte: »Ich will lieber jede Pein tragen und jeden Dienst versehen, als deinen Sohn anblicken.« Aber Gott flößte den übrigen Sklavinnen Mitleid für Jasmin ein, so daß sie manche Arbeit in der Küche für sie verrichteten.

Ala wurde inzwischen in den Divan geführt. Als der Kalif, der gerade auf seinem Thron saß, die Leute mit Ala und seinem Kleid kommen sah, fragte er: »Bei wem habt ihr es gefunden?« Man antwortete: »Mitten im Hause Alas.« Der Kalif war höchst erzürnt, und da er bei dem Kleid und den übrigen Effekten die Lampe nicht fand, frage er Ala: »Wo ist die Lampe?« Ala antwortete: »Ich habe nichts gestohlen, nichts gesehen und weiß von nichts.« Der Kalif schrie ihn an: »Treuloser! Mußtest du mich verraten, der du doch mein Vertrauen besaßest und mir so nahe standest?« Dann erteilte er den Befehl, ihn auf dem Hinrichtungsplatz zu hängen. Der Polizeioberste führte Ala auf die Straße, man rief vor ihm aus: »Das ist der Lohn, und zwar der geringste Lohn des Verräters gegen den rechtgläubigen Kalifen!« und eine große Menschenmasse versammelte sich auf dem Hinrichtungsplatz. Sobald aber das Urteil über Ala gesprochen war, lief einer der Wasserträger des Schlosses zu dem Obersten der Leibwache, welcher auch Ahmed hieß, und sagte ihm, nachdem er ihm die Hände geküßt hatte: »Verehrtester Herr! Du sitzest hier ganz ruhig und das Wasser steht schon zu deinen Füßen. Weißt du denn nicht, daß man deinen Schützling Ala hängen will?« Ahmed fragte Hasan Schuman, was er in dieser Sache zu leisten vermöge. Dieser sagte: »Ala Eddin ist unschuldig, gewiß hat irgend ein Feind ihm diesen Streich gespielt. Ahmed fragte: »Und was ist dein Rat?« Hasan antwortete: »Wir müssen ihn mit Gottes Hilfe retten.« Er ging hierauf ins Gefängnis und sagte dem Wächter: »Gib einen Gefangenen heraus, der den Tod verdient.« Der Wächter lieferte ihm einen Mann aus, der die größte Ähnlichkeit mit Ala hatte. Als man Ala hängen wollte, trat Ahmed dem Henker auf den Fuß und sagte ihm: »Nimm diesen Mann und hänge ihn an Alas Stelle, denn es geschieht ihm Unrecht, darum will ich ihn retten, wie einst Ismael durch einen Widder gerettet worden*.« Der Henker tat dies und Ala ging mit Ahmed in sein Haus.

Ahmed fragte dann Ala: »Was hast du da für eine Tat begangen? Kennst du nicht die Worte des Mannes, der gesagt hat: ›Bist du auch ein Verräter, so verrate doch den nicht, der dir Sicherheit schenkt!‹ Der Kalif hat dir doch das höchste Vertrauen geschenkt, wie verfuhrst du so gegen ihn?« Ala antwortete: »Bei dem höchsten Namen, mein Oberster, ich bin unschuldig und weiß nicht, wer den Diebstahl begangen.« Ahmed versetzte: »Das muß ein bitterer Feind getan haben, dem aber einst gewiß seine Strafe nicht ausbleiben wird. Indessen darfst du, mein Sohn, nicht länger in Bagdad bleiben, denn es ist nicht gut, Könige als Gegner zu haben; wer von ihnen aufgesucht wird, hat viele Mühe, verborgen zu bleiben; darum rate ich dir, mit mir nach Alexandrien zu gehen, es ist eine gesegnete, blühende Stadt.« Als Ala zur Reise einwilligte, sagte Ahmed zu seinem Adjutanten Hasan: »Gib acht! Wenn der Kalif nach mir fragt, so sage, ich mache eine kleine Lustreise.« Sie reisten dann von Bagdad weg, und kaum waren sie in den Gärten und Weinbergen vor der Stadt, kamen zwei jüdische Steuereinnehmer auf Mauleseln geritten. Ahmed ging auf sie zu und sagte ihnen: »Gebt

---

* Die Araber lassen Ismael statt Isaak von Abraham opfern und durch die Verwechslung mit einem Widder gerettet werden.

das Wachgeld, ich bin der Wächter dieses Tals.« Obschon aber jeder von ihnen 100 Dinare hergab, erschlug sie Ahmed doch, nahm ihre Maulesel und ritt mit Ala nach Ajas*; hier verkaufte Ala seinen Maulesel, empfahl dem Pförtner des Chans, wo sie abgestiegen waren, den Maulesel Ahmeds und mietete ein Schiff nach Alexandrien. Als sie durch die Straße der Stadt gingen, rief ein Makler einen dem Fiskus gehörenden Laden für 950 Dinare aus. Da Ala 1000 Dinare bot, ging der Verkäufer den Handel ein und überlieferte ihm die Schlüssel. Ala öffnete den Laden und fand ihn mit Teppichen und Kissen bedeckt; er enthielt ein ganzes Arsenalmagazin: Segel, Stricke, Mastbäume, Anker, Kisten und Schränke, Säcke voll Steigbügel, Perlen, Panzer, Beile, Messer, Scheren und dergleichen, denn der frühere Eigentümer war ein Trödler.

Ahmed sagte dann zu Ala: »Mein Sohn! Der Laden mit allem, was darin ist, ist dein Eigentum, bleibe nun hier und handle redlich und sei zufrieden, Gott

* Ein Hafen in Syrien

wird dich segnen; ich gehe wieder nach Bagdad, um zu sehen, wer dir diesen Streich gespielt, und kehre, so Gott will, bald mit einem Sicherheitsschreiben vom Kalifen zu dir zurück.«

Nach drei Tagen schiffte sich Ahmed wieder nach Ajas ein, nahm dort sein Maultier und ritt nach Bagdad, wo er von Hasan hörte, daß er dem Kalifen während seiner Abwesenheit gar nicht eingefallen sei und sich Mühe gab, weiteres über den Diebstahl zu erfahren. Der Kalif hatte nach der vermeintlichen Hinrichtung Alas zu Djafar, seinem ersten Vezier, gesagt: »Sieh einmal, wie Ala Eddin gegen mich verfahren ist.« Djafar erwiderte: »Du hast ihn dafür zum Strick verurteilt, ist nicht das Urteil vollzogen worden?« Da sagte der Kalif: »Ich will sehen, wie er am Galgen hängt.« Er ging daher mit dem Vezier auf den Hinrichtungsplatz, fand aber den Gehängten größer, als Ala war. Als er Djafar darauf aufmerksam machte, erwiderte dieser: »Wenn man hängt, so streckt man sich.«

Der Kalif betrachtete den Gefangenen näher und sagte: »Ala hatte ein weißes Gesicht und dieses ist schwarz.« Djafar erwiderte: »Weißt du nicht, daß der Tod schwarze Flecken hervorbringt?« Als aber der Kalif hierauf den Gehängten vom Galgen nehmen ließ und auf seinen beiden Fersen die Namen Abu Bekr und Omar* fand, sagte er: »O Vezier! Ala war ein frommer Muselmann und dieser ist ein Ketzer.« Djafar antwortete: »Gepriesen sei Gott, der die Geheimnisse kennt, der Gehängte sei nun Ala oder ein anderer, Gottes Wille ist geschehen.« Der Kalif ließ dann die Leiche beerdigen und fragte nicht mehr weiter nach Ala. Jasmin blieb als Sklavin im Hause des Polizeiobersten Chalid, dessen Sohn Habsalam bald vor Liebesgram starb. Nach einiger Zeit gebar sie einen Sohn, so schön wie der Mond; da sein Vater ihm keinen Namen geben konnte, nannte sie ihn Aßlan, stillte ihn zweieinhalb Jahre lang, dann entwöhnte sie ihn und ließ ihn im Hause umherlaufen. Eines Tages, während Jasmin in der Küche beschäftigt war, ging der Junge die Treppe hinauf, die ins Wohnzimmer führte, wo der Emir Chalid saß. Er nahm das Kind auf den Schoß und fand viel Ähnlichkeit zwischen ihm und Ala und pries den Herrn, der ihn geschaffen. Jasmin suchte überall ihr Kind; endlich stieg sie auch die Treppe hinauf, und sah ihr Kind auf Chalids Schoße, dem Gott viele Liebe für das Kind eingegeben. Als das Kind seine Mutter sah, wollte es zu ihr laufen, aber Chalid hielt es in seinen Armen fest und sagte zu Jasmin: »Tritt näher! Wem gehört dieses Kind? Jasmin antwortete: »Es ist mein Kind und die Frucht meines Herzens.« Chalid fragte: »Und wer ist sein Vater?« »Ala Eddin«, versetzte Jasmin, »aber nun sei es dein Kind.« »Ala war ein Verräter«, versetzte Chalid. »Bewahre Gott«, erwiderte Jasmin, »ein treuer Mensch wie er, ist kein Verräter.« »Nun«, sagte Chalid, »wenn das Kind heranwächst und dich fragt, wer sein Vater sei, so sage ihm: ›Der Emir Chalid, der Oberste der Polizeiwache.‹« Chalid ließ dann Aßlan, nachdem Jasmin ihn bis zum Knabenalter gepflegt hatte, beschneiden und gab ihm einen Lehrer. Nachdem Aßlan im Schreiben und Koranlesen gehörige Fortschritte gemacht hatte, führte

* Die Schiiten, oder Anhänger Alis, schrieben diese Namen auf ihre Sohlen, um dadurch ihre Verachtung dieser beiden Kalifen kund zu geben.

ihn Chalid, den er stets Vater nannte, auch auf die Rennbahn und unterrichtete ihn in allen Kriegskünsten. Als Aßlan ein Alter von 14 Jahren erreicht hatte und als junger Emir gekleidet ausging, traf er mit dem Dieb Ahmed zusammen und befreundete sich bald mit ihm. Eines Tages ging er mit ihm in eine Weinschenke und Ahmed zog die mit Edelsteinen besetzte Lampe des Kalifen heraus und stellte sie vor sich hin, und berauschte sich. Aßlan bat den Hauptmann Ahmed, ihm diese Lampe zu schenken. Ahmed sagte, er könne diese Lampe nicht verschenken, weil sie einem Menschen das Leben gekostet. »Wem denn?« fragte Aßlan. Ahmed antwortete: »Einem Fremden, den man zum Obersten der Sechzig gemacht, sein Name war Ala Eddin.« »Und wie ging das zu?« fragte Aßlan wieder. Ahmed erzählte ihm hierauf die Geschichte Habsalams, dann die Jasmins, und schloß mit der ungerechten Hinrichtung Alas. Als Aßlan dies hörte, dachte er: »Jasmin ist meine Mutter, und gewiß war jener Ala mein Vater?« Er ging unruhig weg und begegnete dem Obersten Ahmed. Als dieser Aßlan sah, rief er erstaunt aus: »Gepriesen sei der, dem nichts ähnlich ist!« Da fragte ihn sein Adjutant Hasan: »Worüber wunderst du dich so, mein Oberster?« Er antwortete: »Über die Gestalt und das Gesicht Aßlans, der Ala so ähnlich sieht.« Ahmed rief dann Aßlan zu sich und fragte ihn: »Wer ist dein Vater?« Er antwortete: »Der Emir Chalid.« »Und deine Mutter?« »Die Sklavin Jasmin.« »Sei frohen Herzens, niemand anders als Ala ist dein Vater; frage einmal deine Mutter.« Aßlan ging zu seiner Mutter und fragte sie, wer sein Vater sei? Und als sie antwortete: »Der Emir Chalid ist dein Vater«, versetzte er: »Nein, Ala ist mein Vater.« Jasmin gestand ihm weinend, daß Ala wirklich sein Vater war, daß der Emir ihn aber als seinen Sohn erzogen, worauf er ihr erzählte, was er vom Hauptmann Ahmed gehört. Da sagte Jasmin: »Endlich ist die Wahrheit an den Tag gekommen und hat die Lüge verdrängt; wenn du zum Obersten Ahmed kommst, so bitte ihn, dich mit deinem Vater zu vereinen.«

Aßlan ging sogleich zum Obersten Ahmed, küßte ihm die Hand und sagte ihm: »Ich habe mich überzeugt, daß Ala mein Vater war, und bitte dich nun, Blutrache an seinem Mörder zu nehmen.« »Wer hat deinen Vater gemordet?« »Der Dieb Ahmed.« »Wieso weißt du das?« »Ich habe bei ihm die Lampe gesehen mit den Edelsteinen, die dem Kalifen gehörte; ich bat ihn, mir sie zu geben, aber er wollte nicht und sagte, die hat schon ein Leben gekostet, und erzählte mir dann, wie er den Diebstahl begangen und das Gestohlene in meines Vaters Haus niedergelegt habe.« »Das beste ist«, sagte Ahmed, »wenn du den Emir Chalid in Kriegsrüstung ausgehen siehst, so bitte ihn, daß er dir auch eine militärische Uniform anziehe; wenn du dich dann vor dem Kalifen tapfer gezeigt hast und er dich fragt, was du wünschest, so sage, ich verlange, daß Blutrache an dem Mörder meines Vaters genommen werde, und wenn er dir sagt, dein Vater sei ja wohl, so erwidere ihm, Ala sei dein Vater und der Emir habe dich nur als Sohn erzogen; erzähle ihm dann, was zwischen dir und dem Dieb Ahmed vorgefallen, und beschwöre ihn, eine Untersuchung anzuordnen, ich werde dann die Untersuchung selbst leiten.« Aßlan ging nach Hause zum Emir, der sich eben rüstete, um in den Divan des Kalifen zu gehen, da bat er ihn, daß er auch ihn als Krieger kleide und mitnehme. Chalid begab sich mit Aßlan zum Kalifen. Dieser ritt zur Stadt hinaus, die Zelte wurden aufgeschlagen, die Krieger stellten sich in Reihen und Ahmed nahm neben dem Emir Platz; die Ballspiele begannen und die Krieger schleuderten sich gegenseitig die Kugeln zu. Es hatte sich aber unter die Kämpfer ein Spion eingeschlichen, der dem Kalifen nach dem Leben trachtete und ihm eine Kugel ins Gesicht schleudern wollte; Aßlan fing

sie auf, wendete sie vom Kalifen ab und warf sie dem, der sie geschleudert hatte, zwischen die Schultern zurück, so daß er zu Boden fiel. Der Kalif rief: »Gott segne dich, Aßlan!« Man stieg dann ab und ließ sich auf Stühlen nieder und der Kalif ließ den Verräter vor sich kommen, der nach ihm geworfen, und fragte ihn, was ihn dazu bewogen habe, nach ihm zu werfen? Er antwortete: »Ich bin dein Feind und ein Feind deines Glaubens.« Nachdem der Kalif den Befehl zu dessen Hinrichtung gegeben hatte, sagte er zu Aßlan: »Bitte dir etwas von mir aus!« Aßlan erwiderte: »Ich wünsche, daß du den Tod meines Vaters rächest.« »Hier steht ja dein Vater ganz wohl.« »Wen hältst du für meinen Vater, o Fürst der Gläubigen?« »Wen anders, als den Emir Chalid?« »Der ist es nur durch die Erziehung, aber Ala ist mein wirklicher Vater.« »Dein Vater war ein Verräter, er hat mein Kleid, und was dabeilag, gestohlen« »O Fürst der Gläubigen, Gott bewahre! Mein Vater war kein Dieb; als dir dein Kleid gestohlen worden, hast du alles, was dabei war, wieder erhalten?« »Bis auf eine Lampe.« »Die habe ich bei Ahmed, dem Dieb, gesehen, und als ich sie von ihm forderte, gab er sie mir nicht, denn er sagte: ›Die hat schon ein Leben gekostet‹; dann erzählte er mir, wie der Sohn des Emirs krank war aus Liebe zur Sklavin Jasmin, wie er dann durch dessen Mutter befreit worden, das Kleid und die Lampe gestohlen und jenes in Alas Haus verborgen. Darum, o Fürst der Gläubigen, räche den Tod meines Vaters an seinem Mörder!« Der Kalif ließ sogleich Ahmed, den Dieb von Wachen umgeben, dann fragte er: »Wo ist Ahmed, der Oberste?« Als dieser sich näherte, sagte ihm der Kalif: »Untersuche den Dieb Ahmed!« Der Oberste streckte seine Hand in des Diebes Tasche und zog die Lampe heraus; der Kalif sagte: »Tritt näher, Verräter! Woher hast du diese Lampe?« Der Dieb antwortete: »Ich habe sie gekauft.« »Du lügst«, schrie ihn der Kalif an und ließ ihn prügeln, bis er alles eingestand, und machte ihm Vorwürfe, daß er durch solche Schandtat Ala Eddin ins Verderben gestürzt. Der Kalif ließ dann auch den Emir Chalid festnehmen. Dieser sagte aber: »O Fürst der Gläubigen! Mir geschieht Unrecht, denn du hast mir befohlen, Ala zu hängen, und ich wußte nichts von den Intrigen, welche zwischen dem Dieb, seiner Mutter und meiner Gattin stattfanden.« Er bat dann auch Aßlan, sein Fürsprecher beim Kalifen zu sein. Der Kalif fragte dann: »Wo ist Aßlans Mutter hingekommen?« Chalid antwortete: »Sie ist bei mir.« Da sagte der Kalif: »Ich befehle deiner Gattin, daß sie ihre Kleider und ihren Schmuck Jasmin anziehe und sie wieder zur Herrin mache; man erbreche dann das Siegel vor Alas Haus und gebe seinem Sohn sein ganzes Vermögen.« Dann sagte der Kalif zu Aßlan: »Hast du noch etwas zu wünschen?« Er sagte: »Ich wünsche, daß du mich mit meinem Vater vereinigest.« Der Kalif sagte weinend: »Ich habe den Befehl erteilt, deinen Vater zu hängen; aber bei dem Leben meiner Ahnen, wer mir die Nachricht bringt, daß Ala noch lebt, dem gebe ich, was er begehrt.« Da trat Ahmed, der Oberste, hervor, küßte die Erde vor dem Kalifen und sagte: »Versprich mir Sicherheit, o Fürst der Gläubigen.« Als der Kalif sie ihm gewährte, sagte er: »Ich verkünde dir, daß der treue, redliche Ala noch lebt, bei dem Leben deines Hauptes, ich habe ihn durch einen anderen ausgelöst, ihn nach Alexandrien gebracht und ihm dort einen Krämerladen geöffnet.« »So mache dich gleich auf den Weg«, sagte der Kalif, »und bringe ihn wieder hierher.«

Der Kalif ließ dann Ahmed 1000 Dinare geben, mit denen er sich auf den Weg nach Alexandrien machte. Ala Eddin hatte indessen nach und nach alles, was im Laden war, bis auf ein kleines Säckchen verkauft. Als er es öffnete, fand er eine Perle an einer goldenen Kette, so groß, daß sie eine ganze Hand ausfüllte. Sie hatte fünf Seiten, mit Inschriften, so fein wie die Spuren von kriechenden Ameisen. Da dachte er: »Gott weiß, ob nicht dieses Amulett einen Schatz enthält.« Doch rieb er an allen fünf Seiten und entdeckte nichts. Nach einer Weile kam ein Franke vorüber, der, sobald er das Amulett im Laden hängen sah, sich zu Ala vor seinen

Laden setzte und ihn fragte, ob er dieses Amulet verkaufe. Ala sagte: »Was ich im Laden habe, ist mir feil.« Da fragte der Franke: »Willst du mir es für 80000 Dukaten verkaufen?« Ala antwortete: »Biete mehr!« Da sagte der Franke: »Willst du mir es für 100000 Dukaten verkaufen?« Ala Eddin erwiderte: »Der Verkäufer sei billig und der Käufer pünktlich, gib das Geld!« »Gut«, versetzte der Franke, »aber ich kann so viel Geld nicht herbringen; es gibt so viele Diebe und Gauner in Alexandrien; komm mit mir auf mein Schiff, da gebe ich dir noch ein Stück Tuch, ein Stück Atlas, ein Stück Samt und ein Stück Angorawollenzeug.«

Ala schloß den Laden, gab seinem Nachbarn die Schlüssel zu demselben und sagte ihm: »Ich gehe mit dem Franken auf sein Schiff, um Geld zu holen, behalte du die Schlüssel einstweilen, und wenn ich lange ausbleibe und der Oberst Ahmed kommt, der mir diesen Laden gekauft hat, so gib ihm die Schlüssel und sage ihm, wo ich bin.« Er ging dann mit dem Franken aufs Schiff, dieser ließ ihm einen Stuhl reichen und das Geld geben nebst den fünf Stoffen, die er ihm versprochen hatte. Dann sagte er ihm: »Mache mir die Freude und labe dich zuerst mit einem Bissen oder einem Trunk.« Als Ala Eddin um einen Trunk bat, stellte ihm der Franke einen Schlaftrunk vor. Ala trank davon und fiel rückwärts hin. Sogleich wurden die Anker gelichtet, die Segel gespannt, und der Wind trieb das Schiff ins Weite. Der Hauptmann des Schiffs ließ dann Ala aus der Kajüte auf das Verdeck bringen und ihm ein Gegenmittel für den Schlaftrunk reichen; er öffnete seine Augen und fragte: »Wo bin ich?« Der Kapitän antwortete: »Du bist mein Gefangener, und hättest du einen höhern Preis verlangt, so würde ich ihn dir auch gegeben haben.« »Wer bist du denn?« fragte Ala. »Ich bin der Kapitän dieses Schiffes und ich will dich der Geliebten meines Herzens nach Genua bringen.« In diesem Augenblick kam ein Schiff mit 40 moslimischen Kaufleuten vorüber, der Kapitän steuerte darauf zu, enterte es und machte sie zu Gefangenen und schleppte alles mit nach Genua. Als das Schiff vor einem Palast von Genua landete, kam ein verschleiertes Mädchen zum Kapitän, fuhr dann in den Hafen und sagte ihm: »Gib das Amulett!« Der Kapitän gab es ihr und feuerte die Kanonen zur glücklichen Ankunft ab. Kaum hatte der König von Genua des Hauptmanns Ankunft erfahren, als er ihm entgegenging und ihn fragte, wie seine Reise abgelaufen? Der Hauptmann sagte: »Gut, ich habe ein Schiff gekapert, in dem 41 muselmännische Kaufleute sind.« Auf Befehl des Königs führte der Hauptmann dann die Muselmänner, unter welchen auch Ala Eddin war, in Ketten ans Land. Der König und der Hauptmann bestiegen ihre Pferde und trieben sie vor sich her in den Divan. Da fragte der König einen Gefangenen nach dem andern, wo er herkomme, und sobald er antwortete, »aus Alexandrien«, erhielt der Scharfrichter den Befehl, ihm den Hals abzuschneiden. Schon waren 40 Muselmänner hingerichtet und Ala, der ihre letzten Seufzer anhören mußte und noch allein übrig war, dachte bei sich selbst: »Gottes Mitleid sei mit mir, sonst ist es auch um mich geschehen.« Der König fragte auch ihn, wo er herkomme, und als er antwortete: »aus Alexandrien«, sollte auch er geköpft werden. Der Scharfrichter hatte schon sein Schwert gezogen, da kam eine alte Nonne vor den König und sagte: »O König, habe ich dich nicht gebeten, wenn der Kapitän mit Gefangenen kommt, unserem Kloster einige Gefangene zu schicken, daß sie den Dienst in der Kirche versehen?« Der König, der vor ihr aufgestanden war, erwiderte: »O Mutter, wärest du nur etwas früher gekommen; doch nimm den einzigen, der noch übrig bleibt.« Sie wendete sich dann zu Ala und sagte ihm: »Willst du Kirchendiener werden, gut, wo nicht, so wird der König dich umbringen lassen.« Ala sagte: »Ich will dienen.« Sie führte ihn dann vom Divan weg in die Kirche. Da fragte Ala: »Welchen Dienst habe ich zu verrichten?« Sie antwortete: »Du mußt morgens früh aufstehen, fünf Maultiere nehmen, damit in den Wald gehen, trockenes Holz hauen und es in die Küche des Klosters bringen; dann legst du die Teppiche und Matten zusammen, kehrst aus und wäschst den Boden, dann breitest du die Teppiche wieder aus, nimmst einen halben Sack Weizen, siebst, mahlst und knetest ihn und machst Zwieback für das Kloster. Du nimmst dann den sechsten Teil eines Sacks Linsen, siebst sie, mahlst sie und kochst sie. Du füllst hierauf die vier Springbrunnen, gehst mit einem Faß herum und füllst die 366 Wasserbehälter der Novizen. Dann machst du die Gläser rein, füllst sie mit Öl und zündest sie an, wenn die Glocke läutet; du nimmst hernach 323 Schüsseln, bröckelst Zwieback hinein, gießt Linsensuppe darüber und bringst jedem Klosterbruder eine Schüssel voll und machst sie ihm kalt.« Als die Alte ausgeredet hatte, sagte Ala: »Führe mich zum König zurück, er soll mich lieber töten lassen.« Die Alte erwiderte: »Wenn du deinen Dienst nicht gut verstehst, werde ich allerdings den König bitten, dich hinrichten zu lassen.« Ala Eddin mußte seinen Schmerz ertragen und sich auch noch von zehn schwachen blinden Männern zu den gemeinsten Dienstleistungen brauchen lassen. Als die Alte ihn fragte, warum er seine Arbeit nicht verrichtet habe, sagte er: »Wie viele Hände habe ich denn? Ich kann nicht alles versehen.« Die Alte erwiderte: »Nimm diesen Stock,« er war von Kupfer und hatte oben ein Kreuz, »und gehe auf die Straße, und wenn dir der Gouverneur der Stadt begegnet und du sagst ihm: ›Ich lade dich zum Dienst der Kirche ein‹, nimm dieses Maultier und belade es mit dürrem Holz aus dem Wald, so muß er dir auch gehorchen, sonst töte ihn nur auf meine Verantwortung. Auch wenn du dann den Vezier siehst, so klopfe nur vor seinem Pferd mit diesem Stock auf die Erde und sage ihm: ›Ich lade dich zum Dienst der Kirche ein‹, er muß dann Weizen nehmen, ihn sieben, mahlen, kneten und backen; erschlage nur in meinem Namen jeden, der dir nicht gehorcht.« Ala befolgte den Befehl der Alten und trieb 17 Jahre lang Vornehme und Geringe zur Arbeit an. Eines Tages, als er in der Kirche saß, kam die Alte und sagte: »Geh schnell hinaus!« Er fragte: »Wohin soll ich gehen?« Die Alte antwortete: »Bringe diese Nacht in einem Weinhaus zu oder bei einem deiner Freunde, denn die Prinzessin Johanna, Tochter des Königs dieser Stadt, will die Kirche besuchen; da darf niemand ihr im Wege sein.« Ala stellte sich, als gehorche er, aber Satan schlich in seine Brust, und er dachte: »Ich möchte doch wissen, ob die Prinzessin wie unsere Frauen aussieht; ich gehe nicht, bis ich sie gesehen habe. Er verbarg sich dann in eine Zelle, aus welcher er die Kirche übersehen konnte, und als die Prinzessin kam, warf er einen Blick auf sie, dem 1000 Seufzer folgten, denn er fand sie wie der Mond, wenn er zwischen Wolken hervorstrahlt und sich plötzlich unserm Auge zeigt.

Ala sah bei Johanna, als er nochmals zu ihr hinblickte, eine andere Dame, zu welcher sie sagte: »Deine Gesellschaft ist mir lieb, Subeida!« und siehe da, es war Subeida, Alas Gattin, welche er längst schon tot glaubte. Die Prinzessin sagte ihr dann: »Spiele mir etwas vor!« Aber Subeida erwiderte: »Ich werde nicht mehr spielen, bis du mir meinen Wunsch gewährst und dein Versprechen hältst.« »Was habe ich dir versprochen?« »Du hast mir versprochen, mich mit Ala zu vereinigen.« »O Subeida, sei frohen Herzens und spiele etwas Heiteres über das Glück deiner Vereinigung mit deinem Gatten Ala.« »Wo ist er denn?« »In dieser Zelle hört er uns zu.« Subeida spielt dann auf der Laute, daß die Steine tanzten. Ala konnte sich nimmer länger beherrschen, er trat aus der Zelle heraus, umarmte Subeida und stürzte mit ihr ohnmächtig zu Boden. Die Prinzessin bespritzte sie, bis sie wieder zu sich kamen, dann sagte sie: »Gott hat euch vereint.« »Durch deine Güte«, antwortete Ala. Er sagte hierauf zu Subeida: »Bist du denn nicht gestorben, Subeida?« Sie sagte: »Nein, mein Herr! Ich bin nicht gestorben, sondern eine Djinn hat mich geraubt und sich in meiner Gestalt tot gestellt; sie hat sich

von euch beerdigen lassen, hat aber das Grab bald wieder verlassen und sich in den Dienst der Prinzessin begeben. Als ich nun meine Augen öffnete und mich hier bei der Prinzessin befand, fragte ich, wozu ich hierher gebracht worden? Sie sagte: ›Es ist mir versprochen, daß ich deinen Gatten Ala heiraten werde; willst du mich zur Nebenbuhlerin, so bringe ich ihn hierher nach der Prophezeiung, die ich auf seiner Stirne gelesen; inzwischen sollst du durch dein Spiel auf allerlei Instrumenten noch zerstreuen‹, und so blieb ich denn bei ihr, bis uns Gott in dieser Kirche zusammengeführt hat.« Die Prinzessin sagte dann zu Ala: »Willst du mein Gatte werden?« Ala erwiderte: »Meine Herrin! Du bist Christin und ich bin Muselmann.« »Bewahre Gott! Ich bin schon 18 Jahre lang Muselmännin und kenne keinen Glauben, der dem Islamismus entgegen ist.« »Aber, meine Herrin, ich möchte wieder in mein Land zurückkehren.« »Wisse, ich habe deine Zukunft vorausgesehen und gewartet, bis alles erfüllt war. Ich wünsche dir Glück zu einem Sohne, welcher Aßlan heißt und nun 18 Jahre alt ist und deine Stelle am Hofe eingenommen hat. Wisse auch, daß die Wahrheit offenbar geworden, unser Herr hat den Schleier gehoben und den Dieb entdeckt, der den Kalifen bestohlen; es war der Verräter Ahmed; er ist schon eingesperrt. Wisse ferner, daß ich das Amulett in deinen Laden legen ließ und den Kapitän abschickte, der dich damit herbrachte. Dieser Kapitän liebt mich, aber ich sagte ihm, ich werde ihm kein Gehör geben, bis er mir das Amulett und dessen Eigentümer bringe; ich gab ihm daher hundert Beutel und ließ ihn als Kaufmann fortgehen; und als du auf den Befehl des Königs auf die Todesmatte geworfen wurdest, da war ich's, der dir diese Alte schickte.«

Ala dankte ihr und nachdem sie nochmals das islamitische Glaubensbekenntnis abgelegt hatte, fragte er sie nach der Bedeutung des Amuletts. Sie sagte: »Es kommt aus einem verzauberten Schatz und gewährt fünf Vorteile, die uns bald zustatten kommen werden. Meines Vaters Frau war eine Zauberin, die alle Mysterien lösen und alle verborgenen Schätze sich zueignen konnte, unter welchen sie auch dieses Amulett fand. Als ich 14 Jahre alt war, las ich das Evangelium und fand darin den Namen Mohammeds, Gottes Friede sei mit ihm!, so wie auch in der Tora, in den Psalmen und im Koran, und ich glaubte an Mohammed und überzeugte mich, daß nur seine Religion die wahre ist. Als meine Herrin krank wurde, schenkte sie mir das Amulett und lehrte mich dessen fünf Vorteile. Vor ihrem Tode ließ sich mein Vater von ihr die Zukunft voraussagen, und da sie ihm prophezeite, er werde von einem Gefangenen aus Alexandrien getötet werden, erteilte er dem Kapitän den Befehl, wenn er Muselmänner gefangennehme, die Alexandrier zu töten. Er befolgte des Königs Befehl und tötete so viele Menschen, als er Haare auf dem Kopfe hat. Als meine Herrin tot war, wollte ich auch mein gutes Glück sehen und wissen, wer mich heiraten werde; da erfuhr ich, daß ich einen gewissen Ala Eddin, einen treuen und zuverlässigen Mann heiraten sollte, und nun sehe ich, daß alles in Erfüllung geht. Auch dein Wunsch, in deine Heimat zurückzukehren, wird dir gewährt; komm nur mit mir!«

Ala ging mit Johanna in ihren Palast und verbarg sich in einem kleinen Kabinett. Johanna begab sich dann zu ihrem Vater, der ihr heiter entgegenkam und ihr sagte: »Meine Tochter! Ich habe heute einen guten Fang gemacht, komm, wir wollen miteinander trinken.« Johanna setzte sich zu ihm an den Weintisch und schenkte ihm solange ein, bis er nichts mehr von sich wußte, dann mischte sie einen Schlaftrunk in den Wein und sobald er davon trank, fiel er um. Da holte sie Ala aus dem Kabinett und sagte zu ihm: »Räche dich an deinem Widersacher, ich habe ihn berauscht und eingeschläfert.« Ala fesselte den König und gab ihm ein Arzneimittel gegen den Schlaftrunk.

Als der König zu sich kam und Ala und Johanna auf seiner Brust sah, sagte er zu dieser: »Warum, meine Tochter, verfährst du so mit mir?« Sie antwortete: »Ich war deine Tochter, bin aber Muselmännin geworden, habe die Wahrheit eingesehen und sie angenommen und den Irrtum aufgegeben. Ich sage mich los von dir für diese und die zukünftige Welt; willst du Muselmann werden, gut; wo nicht, so mußt du sterben.« Ala Eddin richtete diese Worte an den König, und da er sich weigerte, den Islamismus anzunehmen, zog Ala ein Messer aus der Tasche und schnitt ihm den Hals ab. Er schrieb dann auf ein Papier, wie sich die Sache zugetragen, und legte es auf des Königs Stirne. Johanna nahm aus dem Schloß, was am kostbarsten und am leichtesten zu tragen war, und ging mit Ala in die Kirche. Sie zog hierauf das Amulett hervor und rieb an der Seite, auf der eine Sänfte gezeichnet war, und sogleich erschien ihr eine Sänfte. Johanna bestieg die Sänfte mit Ala und Subeida und beschwor sie bei dem heiligen Namen und Talisman des Amuletts, sich zu erheben. Sogleich stieg die Sänfte mit ihnen in die Höhe und trug sie in ein Tal, wo sie sich mit ihnen herunterließ, sobald Johanna die Seite des Amuletts, auf welcher der Thron bezeichnet war, gegen die Erde wendete. Johanna rieb dann die Seite, auf der ein Zelt gezeichnet war, und es errichtet sich ein Zelt vor ihnen. Da aber das Tal, wo sie waren, kein Wasser hatte, drehte sie vier Seiten des Amuletts gegen den Himmel und rief: »Es erscheine Wasser!« Und es strömte ein großes Wasser mit tobenden Wellen vor ihnen. Nachdem sie sich darin gewaschen und davon getrunken hatten, hob Johanna die Seite, auf der ein Tisch gezeichnet war, gen Himmel, und sogleich kam ein gedeckter Tisch mit den herrlichsten Speisen aus der Höhe. Während sie aber recht vergnügt bei Tische saßen, sah Johanna einen furchtbaren Staub vor sich, und eine zahlreiche Reiterschar sprengte auf sie zu; es war ihr Bruder, der sie verfolgte, sobald er Alas Briefchen auf der Stirn seines Vaters gefunden hatte. Da sagte die Prinzessin zu Ala: »Wie bewähren sich deine Füße im Kampfe?« Er antwortete: »Wie ein Pfahl in Kleie, ich verstehe nichts vom Kriege.« Johanna zog das Amulett wieder heraus und rieb die Seite, auf der ein Pferd und ein Reiter gezeichnet waren. Da stieg ein Reiter aus der Wüste heraus, der solange auf den Feind schlug, bis er ihn teils tötete, teils in die Flucht trieb. Johanna fragte dann Ala: »Willst du nach Kahirah oder nach Alexandrien?« Er antwortete: »Nach Alexandrien.« Sie bestiegen den Thron wieder und in einem Augenblick waren sie in Alexandrien. Ala ließ Johanna in einer Höhle zurück, holte ein Oberhemd und einen Schleier aus der Stadt und führte sie in das Gemach seines Ladens. Er verließ sie, um etwas zu essen zu holen, dann kam der Oberste Ahmed und brachte ihm Nachricht von seinem Sohn Aßlan und vom Befehl des Kalifen.

Ala erzählte ihm dann auch alles, was ihm widerfahren, nahm ihn mit in seinen Laden und am folgenden Morgen verkaufte Ala seinen ganzen Laden und legte den Erlös zu seinem übrigen Vermögen. Als Ahmed ihn dann zur Rückkehr nach Bagdad bewegen wollte, sagte er: »Ich muß zuerst nach Kahirah gehen und meine Eltern begrüßen.« Da setzten sie sich zusammen in die Sänfte und fuhren nach der glücklichen Stadt Kahirah und ließen sich im Quartier Asfar, wo Ala Eddins Haus stand, herunter und klopften an die Tür. Alas Mutter fragte: »Wer ist an der

Tür, nachdem wir alle Teuren verloren?« Ala sagte: »Ich bin's.« Da kamen seine Eltern herunter, umarmten ihn und führten ihn mit seinen Frauen und Ahmed in das Haus. Nachdem Ala drei Tage bei seinen Eltern zugebracht hatte, setzte er sich mit ihnen auf die Sänfte und sie reisten alle zusammen nach Bagdad. Sobald der Oberste Ahmed dem Kalifen die Ankunft Alas meldete, ließ er den Dieb Ahmed rufen und sagte zu Ala: »Ich schenke dir deinen Feind.« Ala zog sein Schwert und hieb ihm den Hals herunter. Der Kalif gab dann Ala ein großes Fest, ließ den Ehekontrakt zwischen ihm und der Prinzessin Johanna schreiben und ernannte

Aßlan zum Obersten der Sechzig und schickte beiden kostbare Ehrenkleider. So lebte Ala mit allen Seinigen vereint im höchsten Glück, bis der Tod sie voneinander trennte. Hierauf begann Schehersad eine andere Erzählung, wie folgt:

Geschichte Hatims aus dem Stamme Tai

Man erzählt: Als Hatim der Taite starb, wurde er auf dem Gipfel eines Berges beerdigt, und man baute auf seinem Grab zwei Wasserbehälter mit steinernen Figuren, welche Mädchen mit herabfallenden Haaren vorstellten, und am Fuße des Berges floß ein Bach. Sooft Wanderer dort lagerten, hörten sie die ganze Nacht durch ein Geräusch und Gemurmel, und des Morgens sahen sie nichts als die steinernen Mädchen.

Eines Tages, als Dsul Kelaa, einer der Könige Himiars, seinen Stamm verließ und die Nacht auf diesem Grabmal zubrachte, sagte man ihm. »Das ist Hatims Grab, hier sind die zwei Behälter mit den steinernen Mädchen, und sooft Wanderer hier übernachten, vernehmen sie einen großen Lärm und großes Geschrei.« Der König sagte scherzend: »Nun, Hatim, diese Nacht sind wir deine Gäste, aber wisse auch, daß wir recht ausgehungert sind.« Er schlief hierauf ein wenig ein, erwachte aber bald wieder, rief seine Leute zu sich und bat sie, ihm sein Kamel zu bringen; aber das Kamel war so in Zuckungen verfallen, daß sie es schnell schlachten mußten, um es noch essen zu dürfen. Als sie Dsul Kelaa fragten, was das bedeute, sagte er ihnen: »Mein Auge war geschlossen und doch sah ich Hatim mit einem Schwert auf mich zukommen und hörte, wie er mir sagte: ›Warum besuchst du mich, wenn ich nichts zu geben habe?‹ Hierauf schlug er mein Kamel mit dem Schwert, und hättet ihr es nicht geschlachtet, so wäre es gestorben.« Am folgenden Morgen bestieg Dsul Kelaa das Kamel eines seiner Freunde und nahm denselben hinter sich. Gegen Mittag begegnete ihnen jemand, der auf einem Kamel ritt und ein anderes an der Hand führte; sie fragten ihn: »Wer bist du?« Er antwortete: »Ich bin Adi, der Sohn Hatims; wo ist der König Dsul Kelaa?« Als man ihm den König zeigte, sagte Adi: »Nimm dieses Kamel statt des deinigen, das mein Vater für dich geschlachtet hat.« Der König fragte erstaunt: »Wer hat dir das gesagt?« Adi antwortete: »Mein Vater hat mich im Traum besucht und mir gesagt: »Sieh, Adi, der König Dsul Kelaa wollte mein Gast sein, da habe ich ihm sein Kamel geschlachtet, drum bringe du ihm jetzt ein anderes für seine Reise, denn ich habe nichts.‹« Der König nahm das Kamel, setzte darauf seine Reise fort und bewunderte Hatims Freigibigkeit selbst nach seinem Tode.

Hierauf begann Schehersad folgende Geschichte:

Geschichte Maans

Maan, der Sohn Saides, war einst auf der Jagd sehr durstig, denn seine Leute hatten kein Wasser bei sich; da kamen drei Mädchen mit Wasserschläuchen und gaben ihm zu trinken.

Maan wollte sich von seinen Dienern etwas geben lassen, um es den Mädchen zu schenken; da sie aber nichts hatten, schenkte er jeder von ihnen zehn Pfeile aus seinem Köcher, deren Spitzen von Gold waren. Da sagte eine: »So benimmt sich gewiß nur ein recht vornehmer Herr, drum soll auch jede von uns dir einige Verse dichten.« Die erste begann hierauf:

»Vergoldet sind deine Pfeile, weil auch deine Feinde dich freigebig finden sollen; sie geben den Verwundeten die Mittel zur Heilung und den Sterbenden zur Bestattung.«

Die zweite sprach:

»Selbst im Kriege kennt deine Großmut keine Grenzen; sie umfaßt Feinde und Freunde; deine Pfeile sind mit Gold belegt, damit auch Besiegte mit deiner Gabe sich noch freuen.«

Die dritte sprach:

»Aus Edelmut schleuderst du den Feinden Pfeile mit goldenen Spitzen zu, damit der Verwundete, wenn er sich pflegt, sie verkaufe, und der Erliegende Leichenkleider dafür anschaffe.«

Man erzählt ferner: Maan ging einst in zahlreicher Gesellschaft auf die Jagd. Da sahen sie eine Herde Gazellen und teilten sich, um sie zu verfolgen. Maan jagte lange einer Gazelle nach, aber als er sie gefangen und geschlachtet hatte, kam jemand auf einem Esel aus der Wüste geritten. Maan ritt dem Fremden entgegen, grüßte ihn und fragte ihn: »Woher kommst du?« Er antwortete: »Aus einem schlechten Land, das schon viele Jahre unfruchtbar war; dieses Jahr war es ergiebig und ich säte Gurken, die vor der gewöhnlichen Zeit hervorkamen; ich nahm daher die besten zusammen und machte mich auf den Weg zum Emir Maan, dessen Güte und Freigibigkeit so sehr berühmt ist.« »Und was hoffst du von ihm zu erlangen?« »Ich werde ihn um 1000 Dinare ansprechen.« »Wenn er aber sagt. das ist zu viel?« »Nun, so bitte ich um 500.« »Wenn er auch das zu viel findet?« »So begnüge ich mich mit 100.« »Und wenn er auch nicht so viel gibt?« »Mit 50 Dinaren.« »Und verweigert er auch diese Summe?« »Nun doch 30.« »Wenn er aber auch das zu viel findet?« »Nun, so begebe ich meinen Esel unter seinen Schutz und kehre bestürzt nach Hause zurück.« Maan lachte und trieb sein Pferd, bis er wieder zu seinen Leuten kam, und sagte zu seinem Kammerherrn: »Wenn ein Araber mit einem Esel voll Gurken kommt, so führe ihn zu mir.« Nach einer Weile aber kam der Araber; er erkannte aber Maan nicht mehr, wegen der Pracht und Herrlichkeit, in welcher er ihm erschien, und der Menge Gefolge und Diener, die ihn umgaben, denn er saß als Herrscher auf seinem Thron, und zur Rechten und zur Linken standen Wachen. Nachdem der Araber gegrüßt hatte, fragte ihn der Emir, was ihn herführe? Er antwortete: »Ich bringe einige frühreife Gurken und setze meine Hoffnung auf den Emir.« »Was erwartest du dafür?« »1000 Dinare.« »Das ist zu viel.« »500 Dinare.« »Ist auch zu viel.« - »300 Dinare.« »Noch immer zu viel.« »200.« »Gebe ich auch nicht.« »So schenke mir 100 Dinare.« »Du forderst immer noch zu viel.« »Aber doch 50.« »Auch nicht.« »So gib mir wenigstens 30.« Als Maan diese abschlug, sagte der Araber: »Bei Gott, der Mann, dem ich begegnet bin, hat mir Unglück gebracht.« Maan lachte und schwieg. Da erkannte ihn der Araber und sagte: »Nun, mein Esel ist an deiner Tür angebunden.« Maan lachte wieder, bis er rückwärts fiel, dann rief er seinem Verwalter und sagte ihm: »Gib dem Araber 1000, und 500, und 300, und 200, und 100, und 50, und 30 Dinare und laß den Esel angebunden.« Der Araber erstaunte, als man ihm 2180 Dinare bezahlte! Gottes Erbarmen sei mit ihnen insgesamt!

Es wird ferner erzählt: Es war eine Residenz im griechischen Reich, in welcher ein Palast war, der immer verschlossen blieb, und sooft ein König abgesetzt wurde und ein neuer an die Regierung kam, legte er ein neues Schloß vor den Palast; so kamen 24 Schlösser vor dessen Tür. Als einst ein Fremder, der nicht aus der Königlichen Familie war, König wurde, wollte er alle diese Schlösser öffnen, um zu sehen, was seine Vorgänger im Palast aufbewahrt hatten. Die Großen des Reichs hielten ihn lange davon ab und boten ihm alle ihre Kostbarkeiten, wenn er die Schlösser unberührt lassen wollte.

Der König ließ sich nicht abhalten, und als er öffnete, fand er im Palast Statuen von Arabern mit ihren Pferden und Kamelen, sie hatten weit herabhängende Turbane auf dem Haupt, waren von Schwertern umgürtet und mit langen Lanzen bewaffnet. Er fand auch ein Buch, in dem geschrieben war: »Wenn diese Tür geöffnet wird, so wird diese Gegend von Arabern, die wie diese Statuen aussehen, erobert werden, drum seid sehr vorsichtig.« Dies war gerade das Jahr, in welchem Tarif, der Sohn Siads, unter dem Kalifate des Omejjaden Welid, Sohn des Abd Almelik, Spanien eroberte. Und der König wurde auf die schlimmste Weise getötet und sein Königreich wurde ausgeplündert, seine Frauen und Kinder wurden gefangen, und alle Schätze fielen als Beute in die Hände der Araber. Es waren dabei mehr als 170 Kronen aus Perlen, Hyazinthen und anderen kostbaren Steinen. Ein Saal, in welchem Reiter mit ihren Lanzen herumspringen konnten, war voll mit goldenen und silbernen Gefäßen. Man fand darin auch den Tisch, der dem Propheten Salomon, dem Sohne Davids, Gottes Friede sei mit ihm!, gehörte; auch ein chemisches Pulver, mit dem man einen Drachmen zu 1000, und alles Silber in das reinste Gold verwandeln konnte. Man brachte alles dem Melid und die Araber ließen sich in diesem Land nieder und es bildet noch immer eines der größten Länder.

Geschichte Hischams, Sohn des Abd Almelik

Man erzählt: Als Hischam einst auf der Jagd war, setzte er mit seinen Hunden einem Reh nach, er sah es bald nicht mehr, und fragte einen jungen Araber, der Schafe hütete: »Hast du kein Reh gesehen, das mir eben entwischt ist?« Der Junge antwortete, indem er den Kopf zu Hischam aufhob: »Warum verkennst du den Wert des Bessern und siehst mit Geringschätzung auf mich herab und sprichst so unhöflich mit mir? Deine Worte sind die eines Tyrannen, und dein Benehmen ist das eines Esels.«

Hischam sagte: »Kennst du mich nicht? Wehe dir!« Der Junge antwortet: »Ich kenne dich als einen ungebildeten Mann, weil du mich anredest, ohne mich vorher zu grüßen.« »Wehe dir!« rief Hischam, »ich bin Hischam, der Sohn Abd Almeliks.« Der Araber erwiderte: »Gottes Gnade bleibe fern von dir! Wie viel sind deine Worte, und wie wenig deine edlen Taten!« Aber noch ehe der Araber ausgeredet hatte, umgaben Hischam seine Truppen von allen Seiten und riefen: »Friede sei mit dir, o Fürst der Gläubigen!« Der Kalif sagte: »Laßt nun diese Worte und bemächtigt euch dieses Jungen!« Der Araber wurde sogleich festgenommen, aber er kehrte sich nicht an die Menge Veziere und Kammerherrn und Großen des Reichs; er senkte den Kopf auf die Brust und ging ruhig vor Hischam her, ohne ein Wort zu sprechen, ja ohne ihn zu grüßen. Da sagte ihm einer der Diener: »Du Hundsbeduine! Warum grüßest du den Fürsten der Gläubigen nicht?« Der Araber wandte sich zornig zu ihm und sagte: »Du Eselsdecke, ich habe einen weiten Weg gemacht, bin viele Stufen heraufgestiegen und mit Schweiß bedeckt.« Hischam, dessen Zorn immer heftiger wurde, sprach: »Deine Hoffnung ist zerronnen, dein Leben abgelaufen, der Tag deines Todes ist nahe.« Der Araber erwiderte aber: »Ist mir eine längere Zeit zugemessen, so kannst du sie nicht abkürzen; deine Drohungen schaden mir daher nicht wenig und nicht viel.« Als hierauf ein Kammerherr ihm sagte: »Wie erkühnst du dich, dem Kalifen so zu antworten?« sagte er: »Wehe dir! Weißt du nicht, wie der erhabene Gott gesagt: ›Ein Tag wird kommen, wo jeder Mensch für seine Seele kämpfen wird?‹« Hischam, dessen Wut immer stieg, sagte hierauf dem Scharfrichter: »Bring mir den Kopf dieses Jungen, denn seine Worte überschreiten jede Grenze.« Der Scharfrichter ergriff den Jüngling, legte ihn auf die Todesmatte und sagte: »O Fürst der Gläubigen, hier steht dein eingebildeter Sklave, der nun dem Grabe zugeht, ich bin nicht schuld an dem Blute, das ich vergieße, befiehlst du, daß ich diesem Jüngling den Hals abschlage?« Der Kalif antwortete: »Ja.« Der Scharfrichter fragte zum zweitenmal und seine Frage wurde wieder bejaht; als der Scharfrichter zum drittenmal fragte und der Araber nicht zweifelte, daß er hingerichtet werden sollte, lachte er, daß man seine Stockzähne sehen konnte. Hischam sagte, außer sich vor Zorn: »Ich glaube, du bist verrückt. Du siehst, daß du von der Welt scheiden mußt, und

verspottest dich selbst?« Der Araber erwiderte: »O Fürst der Gläubigen! Wenn mein Tod verschoben werden soll, so schadet mir dein Mordbefehl nicht wenig und nicht viel; doch da du mich immer hinrichten lassen kannst, so höre erst die Verse, die mir eben eingefallen sind.« Hischam erwiderte: »Laß sie hören, aber schnell!« Da rezitierte der Araber:

»Ich habe vernommen, daß das Schicksal einst einem Falken einen Spatz in die Klauen trieb, und dieser Spatz sprach zum Falken, der eilig mit ihm davonflog Bin ich nicht zu gering daß du mich auffrißt? Du kannst doch an mir dich nicht sättigen; der stolze Falke lächelte vor Erstaunen und ließ den Spatz fliegen.«

Hischam lächelte und sagte: »Bei meiner Verwandtschaft mit dem Gesandten Gottes, hättest du gleich anfangs ein solches Wort gesprochen, ich würde dir alles bis auf das Kalifat gegeben haben!« Er rief dann einem Diener zu: »Stopfe ihm den Mund mit Perlen voll und mache ihm noch andere schöne Geschenke!« Der Araber ging reich beschenkt nach Hause.

Schehersad begann in der nächsten Nacht folgende Erzählung:

Geschichte Ibrahims, des Sohnes Mahdis

Man erzählt: Als Mamun, der Neffe Haruns, Kalif wurde, huldigte ihm Ibrahim, Haruns Bruder, nicht; er ging nach Rei und warf sich dort zum Kalifen auf. Sein Neffe Mamun suchte ein Jahr elf Monate und zwölf Tage lang ihn durch Güte zum Gehorsam zurückzuführen; dann zog er mit Reitern und Fußvolk nach Rei, und Ibrahim blieb nichts übrig, als nach Bagdad zu fliehen und dort sich zu verbergen, aber Mamun versprach 100000 Dinare dem, der ihn entdecken würde*.

Ich fürchtete mich sehr, erzählt Ibrahim selbst, und wußte nicht, was tun. Ich verließ gegen Mittag mein Haus, ohne zu wissen, wo ich hingehen wollte; da kam ich in eine Straße, die keinen Ausgang hatte, und sah einen schwarzen Sklaven vor der Tür seines Hauses stehen; ich näherte mich ihm und fragte ihn, ob er einen Platz habe, wo ich mich eine Weile verbergen könnte? Er sagte: »Ja«, führte mich in ein reinliches Haus, schloß die Türe und ging fort. Ich vermutete, er habe mich erkannt und von dem Preise gehört, der auf mich gesetzt war, und gehe jetzt, mich zu verraten und ich wurde so unruhig, wie ein Topf über dem Feuer. Während ich so über meinen Zustand nachdachte, kam er wieder mit einem Träger, der allerlei Lebensmittel brachte, und sagte mir: »Ich gebe mein Leben für das deinige hin.«

Da ich hungrig war, bereitete ich mir einen Topf voll Speisen zu, dergleichen ich nie gegessen. Dann näherte er sich mir und sagte: »Ich bin nicht würdig, daß du dich mit mir unterhältst, willst du jedoch deinem Sklaven solche Ehre erweisen, so mag deine hohe Einsicht darüber entscheiden.« Ich sagte ihm, denn ich zweifelte noch, ob er mich erkannte: »Woher weißt du, daß meine Unterhaltung angenehm ist?« Er antwortete: »Unser Herr, der Sultan Gottes, ist zu berühmt, als daß ich es nicht wüßte, du bist ja mein Gebieter, Ibrahim Mahdi, auf den Mamun einen Preis von 100000 Dinaren gesetzt.« Als ich dies hörte, sah ich, welch einen großen, würdigen Mann ich vor mir hatte, und gewährte ihm seinen Wunsch. Die Trennung von meinem Sohn fiel mir eben ein und ich sprach folgende Verse:

»Vielleicht wird der, welcher Joseph seine Leute zuführte und ihn im Gefängnis tröstete, uns erhören und wieder vereinigen, denn der Herr der Welten ist allmächtig.«

Als der Sklave dies hörte, fragte er, ob er auch, was ihm gerade einfällt, rezitieren dürfe? Ich sagte ihm: »Ja«, und er sprach:

* Der Erzähler weicht hier von der wirklichen Geschichte ab. Ibrahim wurde in Bagdad zum Kalifen erwählt, während Mamun in Rei residierte, und wieder entthrohnt, als dieser Herr von Bagdad wurde.

»Wir klagten unsern Freunden die Länge unserer Nächte; sie aber sagten, bei uns sind sie sehr kurz; schnell schließt der Schlaf ihre Augen, während die unsrigen immer offen bleiben. Uns Unglücklichen in der Liebe bringt die Nacht nur Trauer, während ihnen ihr Herannahen willkommen ist. Ginge es ihnen wie uns, so gliche auch ihr Nachtlager dem unsrigen.«

Ich sagte: »Bei Gott! Das ist schön, nun habe ich alle Furcht verloren.« Dann rezitierte er auf mein Verlangen noch folgende Verse:

»Sie warfen uns vor, daß wir nur gering an Zahl, aber ich antwortete: ›Freilich, der Edlen gibt es nicht viele, doch was schadet es, daß wir wenige nur und unsere Nachbarn zahlreich sind, wenn niemand auf ihren Schutz zählen kann, während unsere Gäste geehrt werden?‹ Wir sind ein Stamm, der den Tod als keine Schmach betrachtet, wie die Stämme Amer und Salul. Unsere Liebe zum Tode bringt uns ihm näher, während ihre Feigheit ihnen ein langes Leben sichert.«

Ich war erstaunt, so viel Bildung bei einem solchen Mann zu finden, und warf ihm einen Beutel mit kostbaren Münzen zu, den ich bei mir hatte, indem ich ihm sagte: »Gott schütze dich! Ich verlasse dich jetzt; du kannst dieses Geld zu wichtigen Dingen für dich verwenden, ich werde mich dir noch dankbarer zeigen, wenn ich einmal nichts mehr zu befürchten habe.« Aber er gab mir den Beutel zurück und sagte: »Arme Leute meinesgleichen haben keinen Wert in deinen Augen, aber wie soll ich für die Gunst des Schicksals, das dich bei mir einkehren ließ, Bezahlung annehmen? Bei Gott, wenn du in mich dringst, so mache ich meinem Leben ein Ende.« Hierauf nahm ich den schweren Beutel wieder und steckte ihn in meinen Ärmel und wendete mich der Türe zu. Da sagte er: »Mein Herr, hier bist du am sichersten und es fällt mir nicht schwer, dich zu verpflegen; bleibe bei mir, bis dir Gott helfen wird.« Ich blieb noch einige Zeit bei ihm, ohne daß er zugab, daß etwas von meinem Beutel genommen wurde. Dann verkleidete ich mich als Frauenzimmer und ging verschleiert aus und trug Frauenstiefelchen. Da begegnete mir, als ich ängstlich über eine Brücke ging, die mit Wasser bespritzt war, einer meiner frühem Diener; er erkannte mich und rief: »Nun wird Mamuns Verlangen gestillt«, und faßte mich an; aber ich stieß ihn mitsamt seinem Pferd in den Kot, und während die Leute sich zu ihm hindrängten, lief ich davon und kam an eine Tür, vor welcher eine alte Frau stand. Ich sagte ihr: »Schone mein Blut und nimm mich bei dir auf, ich bin in Gefahr.« Sie erwiderte: »Fürchte nichts«, führte mich in ein Zimmer, legte Divane zurecht und gab mir zu essen. Auf einmal kam der Mann, den ich umgeworfen hatte, mit verbundenem Kopf, ohne Pferd und das Blut lief ihm über seine Kleider herunter. Als die Alte ihn fragte, was ihm geschehen, erzählte er ihr, was zwischen ihm und mir auf der Brücke vorgefallen war. Er suchte dann einen Lumpen und verband den Kopf und legte sich krank in sein Bett. Als die Alte wieder zu mir kam, sagte sie: »Ich glaube, du bist der Held dieses Abenteuers; doch fürchte nichts.« Ich blieb hierauf noch drei Tage bei ihr, während derer sie mich mit der größten Ehrerbietung bewirtete. Am vierten Morgen aber sagte sie mir: »Ich fürchte, der Mann möchte einmal heraufkommen und dich finden, drum suche zu entkommen.« Ich bat sie, mich bis zur Nacht bei sich zu lassen, und

da sie es bewilligte, ging ich abends, als Frauenzimmer gekleidet, von ihr weg und begab mich zu einer frühern Sklavin. Als sie mich sah, weinte sie, bezeigte mir ihre Teilnahme und pries Gott über meine Rettung; dann ging sie weg unter dem Vorwand, auf dem Markt zu meiner Bewirtung etwas einzukaufen. Auf einmal kam Ibrahim Al-Moßuli* mit seinen Sklaven und Wachen, geführt von der Sklavin, in deren Haus ich war. Ich wurde in dem Aufzug, wie ich war, ins Schloß des Kalifen geführt; Mamun ließ den großen Divan versammeln, und als ich vor ihm erschien und ihn grüßte, sagte er: »Gott grüße dich nicht!« Da sagte ich: »O Fürst der Gläubigen! Gewiß kann mein Richter die Strafe über mich verhängen, aber verzeihen ist Gott gefälliger; möge deine Großmut die anderer Herrscher verdunkeln, so wie mein Verbrechen jedes andere übersteigt. Willst du dich rächen, so tust du es mit Recht; verzeihst du aber, so bist du gnädig.« Ich trug dann noch folgende Verse vor:

* Ein berühmter Musiker und Günstling des Kalifen

»Groß ist mein Verbrechen, aber noch größer ist deine Gnade, drum verschaffe dir dein Recht, oder lasse deine Milde walten; wenn nicht edel gehandelt habe, so handle du so!«

Mamun wurde gerührt und ich bemerkte, daß er zur Milde gestimmt war. Er sagte dann zu seinem Vetter und den übrigen Anwesenden: »Was ratet ihr mir zu tun?« Alle rieten zum Tode, nur waren sie nicht einig, wie ich sterben sollte. Mamun fragte dann Ahmed, den Sohn Chalids, um Rat, und dieser antwortete: »O Fürst der Gläubigen! Läßt du ihn umbringen, so haben ähnliches schon manche vor dir getan; verzeihst du aber, so hast du ebenfalls viele Beispiele der Gnade vor dir.«

Als der Kalif diese Worte Chalids hörte, schüttelte er sein Haupt und sprach folgende Verse:

»Meine Stammgenossen haben meinen Bruder erschlagen, schieße ich einen Pfeil ab gegen sie, so trifft er mich selbst.«

»Nur der gemeine Mensch ist unversöhnlich in seiner Rache, wenn ihm sein Feind in die Hände gefallen ist.« Hierauf nahm ich den Schleier von meinem Haupt, pries laut Gottes Größe und sagte dem Kalifen: »Gott wird einst auch dir gnädig sein, o Fürst der Gläubigen! Denn mein Verbrechen ist so unaussprechlich groß, daß deiner Großmut nicht genug Dank gezollt werden kann.« Mamun rief mir zu: »Fürchte nichts, mein Vetter!« Aber nicht nur das Leben schenkte mir Mamun, sondern er ließ mir auch mein Vermögen wieder geben und machte mir noch viele Geschenke. Dann sagte er: »O mein Oheim! Abu Ishak und Abbas haben mir geraten, dich umbringen zu lassen.« Ich erwiderte: »Abbas und Abu Ishak haben dir als Freunde geraten, doch du hast gehandelt, wie es dir ziemt und meine Furcht in Hoffnung verwandelt.« Mamun sagte: »Ich habe meinen Groll durch deine Begnadigung erstickt und dir verziehen, denn ich wollte dir die Bitterkeit deiner schadenfrohen Feinde ersparen.« Dann fiel er betend nieder, und als er wieder den Kopf aufhob, sagte er: »Weißt du, mein Oheim, warum ich niederfiel?« Ich sagte: »Um Gott zu danken, daß du deinen Feind besiegt.« »Nein«, versetzte er, »um ihm zu danken, daß er mir Gnade eingeflößt.« Ich erzählte ihm dann das verschiedenartige Benehmen des schwarzen Sklaven, des Soldaten, seiner Frau und der Sklavin, die mich verraten. Mamun ließ letztere kommen, welche zu Hause saß und ihren Lohn erwartete, und fragte sie, was sie bewogen habe, so gegen ihren Herrn zu handeln? Sie antwortete: »Die Habsucht.« Mamun fragte sie, ob sie einen Sohn oder Gatten habe, und als sie diese Frage verneinte, ließ er ihr 100 Peitschenhiebe geben und sie auf ewig einsperren. Dann ließ er den Soldaten und seine Frau und den Sklaven kommen. Er fragte ersteren, was ihn zu seiner Tat bewogen? Er antwortete: »Habgier.« Da sagte Mamun: »Du sollst Schröpfer werden«, und er wurde sogleich in den Laden eines Schröpfers geschickt. Seiner Frau aber erwies Mamun viele Ehre und nahm sie ins Schloß; denn er sagte: »So eine verständige Frau ist in wichtigen Dingen gut zu gebrauchen.« Dem Schwarzen sagte er endlich: »Du hast dich so bieder gezeigt, daß du die höchste Verehrung verdienst; ich schenke dir das Haus des Soldaten und noch 1000 Dinare dazu.«

Schehersad begann in der nächsten Nacht mit folgender Geschichte:

Geschichte Schaddads und der Stadt Irem, der pfeilerreichen

Man erzählt: Der König Schaddad beherrschte die ganze Weit, und sein Volk, die älteren Aaditen, waren von Gott mit sehr großen und starken Körpern begabt, so daß sie sagten: »Wer ist stärker als wir?« Drum heißt es auch im Koran: »Sahen sie denn nicht ein, daß Gott, der sie geschaffen, stärker als sie?« Gott schickte ihnen dann den Propheten Hud, der sie zum Gehorsam und zur Verehrung Gottes aufrief. Schaddad sagte aber zu Hud: »Wenn ich an deinen Gott glaube, was werde ich davon haben?« Hud, Friede Gottes sei mit ihm! antwortete: »Er wird dir in der zukünftigen Weit ein Paradies schenken mit Schlössern von Gold, Hyazinthen, Perlen und allerlei Edelsteinen.« Da sagte Schaddad: »Ich kann mir in dieser Welt schon ein solches Paradies schaffen, und bedarf deiner Versprechungen nicht.« Der Priester Kaab berichtet: Gott habe Moses in der Tora diese Geschichte erzählt und ihm über den Garten Irem, mit den Pfeilern, folgendes mitgeteilt: Schaddad gab 100 seiner stärksten Emire den Befehl, ein weites, ebenes Land aufzusuchen, mit viel Wasser und gesunder Luft, um dort eine goldene Stadt zu bauen. Die Emire reisten weg, jeder von 1000 Mann begleitet, und suchten im Lande Jemen, bis sie an den Berg Aden kamen; da fanden sie ein quellenreiches Land, wie es der König wünschte, in einer sehr gesunden Lage.

Sobald sie ihm Kunde davon gaben, schickte er Baumeister dahin, ließ eine viereckige Stadt bauen, die 40 Pharasangen im Umfange hatte; man legte sehr tiefe Grundpfeiler, auf denen die Stadt sich bis zum Himmel erheben konnte, man nahm Steine von Jenem bis zur Oberfläche der Erde, dann gebrauchte man rote Backsteine zu den Mauern, die 500 Ellen hoch und 20 Ellen breit waren. Schaddad schickte dann auch nach allen Fundgruben und baute in der Stadt 300000 Schlösser, jedes ruhte auf 1000 Pfeilern von verschiedenem Smaragd und Rubinen mit Gold belegt und die Pfeiler, auf denen die Schlösser mit ihren reichgeschmückten Gemächern ruhten, waren 100 Ellen hoch. Er ließ dann Kanäle graben und die Ufer mit Datteln und anderen Bäumen bepflanzen; hernach wurden vier Tore an die Stadt gesetzt, jedes 100 Ellen hoch und 20 breit, alles aufs feinste ausgeschmückt, denn der Bau dauerte 500 Jahre. Als die Stadt vollendet dastand, ließ Schaddad von Osten und Westen allerlei Teppiche, Vorhänge und seidene Betten in die Schlösser bringen, auch allerlei Speisen und Getränke, Früchte und Süßigkeiten, Wachslichter, Weihrauch, Aloe, Ambra und Kampfer. Dann ließ er 10000 schöne und reichgeschmückte Mädchen in die Stadt ziehen, mit zahlreichem Gefolge und Dienerschaft. Schaddad besah nun die Stadt und sie gefiel ihm so gut, daß er sagte: »Nun habe ich schon, was mir Hud erst nach dem Tode verhieß.« Aber als er sein Schloß beziehen wollte, da befahl Gott einem seiner Engel, sie zu vertilgen. Der Engel schrie sie grimmig an, und in einem Augenblick war ihr Leben ein Raub des Todesengels, wie es im Koran heißt:

»Und Gott vernichtete das alte Volk Aads.« Gott verbarg auch die Stadt vor den Augen aller Menschen; doch sieht man in jener Wüste bei der Nacht noch Spuren davon. Einst ging einer der Gefährten des Propheten, sein Name war Abdallah, in jene Gegend, um ein verirrtes Kamel zu suchen, und er sah die Mauern der Stadt Irem mit den goldenen Schlössern und Pfeilern; er gab Moawiah Kunde davon, dieser ließ Nachsuchungen anstellen, aber man konnte nie etwas finden.

Hierauf erzählte Schehersad folgendes:

Geschichte des Ishak Al Moßuli*

Ishak Al Moßuli erzählt: Ich verließ eine Nacht den Kalifen Mamun, um nach Hause zu gehen, da sah ich an einer Mauer einen großen Korb mit vier Handhaben hängen, der mit Seide ausgefüttert war, ich dachte: »Das bedeutet etwas.« Nachdem ich eine Weile darüber nachdachte, hieß mich mein Verstand, in meiner Trunkenheit, mich hineinzusetzen. Sobald aber die, welche Wache hielten, mich bemerkten, zogen sie den Korb hinauf und vier Mädchen sagten zu mir: »Geh nur fröhlich mit uns, du bist willkommen.« Ein Mädchen mit einem Wachslicht ging mir voran ins Haus und führte mich in einen Saal mit Teppichen und Divanen, dergleichen ich nur im Palast des Kalifen gesehen. Als ich eine Weile dasaß, wurden von einer Seite des Saales Vorhänge aufgehoben, es traten Dienerinnen mit Wachslichtern heraus und andere mit Kohlenpfannen, voll Weihrauch und Aloe, und in ihrer Mitte befand sich ein Mädchen wie der aufgehende Mond. Sie bewillkommte mich, hieß mich sitzen und fragte mich, was ich wollte. Als sie hörte, wie ich hergekommen, sagte sie: »Es geschieht dir nichts, ich hoffe, du wirst mit dem Ausgang zufrieden werden.« Sie fragte mich dann, was ich für ein Geschäft treibe, und ich sagte ihr, ich sei ein Kleiderhändler aus Bagdad. Sie bat mich dann, ihr einige Gedichte vorzutragen; ich sagte aber: »Ich weiß wenig Gedichte, bin auch zu schüchtern, ich möchte lieber dich zuerst hören.« Da rezitierte sie Verse von den besten alten und neuen Dichtern; ich hörte zu und wußte nicht, was mir besser gefiel, ihre eigene Schönheit, oder die Gedichte, die sie so schön vortrug. Sie sagte dann: »Lege jetzt deine Befangenheit ab und rezitiere auch etwas.« Ich rezitierte einige alte Verse, die ihr wohl gefielen, und sie sagte: »Ich hätte nicht gedacht, bei Handelsleuten so etwas zu finden.«

Sie ließ dann Speisen bringen, zerschnitt sie und legte sie mir vor. Auch wurden allerlei Wohlgerüche im Saale verbreitet und die feinsten Früchte, die man nur beim Sultan findet, aufgetragen und auch Wein herumgereicht. Dann sagte sie: »Jetzt unterhalte mich auch und erzähle mir etwas Schönes.« Ich erzählte ihr manche alte Geschichte, die ihr so viel Freude machte, daß sie sagte: »Ich wundere mich sehr, wie ein Kaufmann Erzählungen weiß, die eines

* Ishak Al Moßuli war ein berühmter Musiker und Gesellschafter des Kalifen Mamun.

Königs würdig sind.« Ich sagte: »Ich hatte einen Nachbarn, der Gesellschafter von Königen war und von dem ich sie gehört.« Sie lobte mein Gedächtnis, erzählte auch etwas, und so wechselten wir miteinander beim Duft des Aloeholzes, bis der größte Teil der Nacht vorüber war, und ich befand mich in einer Lage, um die mich selbst Mamun würde beneidet haben, wenn er sie gekannt hätte. Sie sagte dann: »Du gehörst gewiß zu den feinsten und gebildetsten Männern; es ist nur schade, daß du keine Verse singen kannst.« Ich sagte: »Bei Gott! Ich war früher sehr geübt darin, habe aber den Gesang wieder aufgegeben; doch lechzt noch mein Herz danach und ich wünschte sehr, einige Lieder zu hören, um die Nacht dabei zu durchwachen.« Sie sagte: »Mir ist, als wünschtest du, daß eine Laute gebracht werde.« Ich erwiderte: »Du bist gütig, und ich werde dir sehr verbunden sein.« »Nun«, versetzte sie, »du bist mein Gast und ich darf dir nichts versagen.« Sie ließ sich eine Laute bringen, und ihr Spiel war ebenso kunstvoll, als ihre Stimme wohlklingend und ausgebildet. Als sie ein Lied gesungen hatte, fragte sie mich: »Weißt du, von wem diese Verse und die Melodie dazu sind?«

Ich sagte: »Nein.« Da versetzte sie: »Das Gedicht ist von N. N., und die Musik von Ishak Al Moßuli.« Ich sagte: »O möchte ich dein Lösegeld werden, ist das von Ishak?« Sie erwiderte: »Ishak ist der Meister in dieser Kunst, und wie wäre es erst, wenn du diese Melodie von ihm selbst hörtest?« »Gepriesen sei Allah!« rief ich hierauf, »der diesem Manne mehr, Talent, verliehen, als jedem andern.« So fuhren wir dann in unserer Unterhaltung fort, bis die Morgenröte heranbrach; da kam eine Alte, welche ihre Amme zu sein schien, und sagte: »Nun ist's Zeit.«

Das Mädchen stand auf und sagte mir: »Verrate nicht, was hier im Vertrauen vorgefallen!« Ich sagte: »O könnte ich für dich sterben! Du brauchst mir dies nicht anzuempfehlen.« Ich verließ sie und folgte einer Sklavin, die mir die Tür öffnete, ging nach Hause, betete und schlief. Bald kam aber ein Bote von Mamun und ich mußte den ganzen Tag bei ihm zubringen. Abends erinnerte ich mich der verflossenen Nacht und dachte, ich wäre ein Tor, wenn ich mir nicht wieder eine solche Nacht zu verschaffen suchte. Ich setzte mich wieder in den Korb und wurde wieder wie am vorigen Abend hinaufgezogen. Das Mädchen erschien und sagte: »Du bist pünktlich.« Ich erwiderte: »Mir selber erschien ich nachlässig.« Wir brachten dann die Nacht wieder mit Rezitationen, Gesängen und Erzählungen zu. Als die Morgenröte leuchtete, ging ich nach Hause, betete das Morgengebet und schlief. Da kam wieder ein Bote von Mamun, um mich zu holen, und ich brachte den Tag bei ihm zu. Des Abends sagte mir der Kalif: »Bleib hier und erwarte mich, bis ich wiederkomme.« Sobald er aber weg war, dachte ich mit so vielem Entzücken an die vergangenen Nächte, daß ich, des Kalifen Befehl nicht achtend, schnell aufsprang und nach dem Korbe lief. Als ich wieder hinaufgehoben wurde, sagte mir das Mädchen: »Nun, Freund, du scheinst unser Haus zu deiner Herberge machen zu wollen?« Ich erwiderte: »O könnte ich mein Leben für das deinige geben! Doch das Recht der Gastfreundschaft dauert drei Tage, kehre ich wieder, so hast du das Recht, mein Blut zu vergießen.« Wir unterhielten uns dann wieder, wie in den frühern Nächten. Als die Zeit zum Weggehen nahe war, dachte ich: »Mamun wird mich gewiß fragen, wo ich gewesen, und nicht ablassen, bis ich ihm alles erzähle«; ich sagte daher meiner Wirtin: »Ich sehe, daß du eine Freundin von Gesang bist; ich habe einen Vetter, schöner und gebildeter als ich, und niemand kann besser, als er, Ishaks Lieder singen; darf ich ihn dir nicht bringen?« Sie sagte: »Bist du ein Schmarotzer und wirst zudringlich?« Ich antwortete: »Du hast zu gebieten.« Da sagte sie: »Wenn dein Vetter so ist, wie du ihn schilderst, so will ich ihn kennen lernen.« Als dann der Tag graute, verließ ich sie wieder und ging nach Hause. Aber bald stürmten Mamuns Diener in mein Haus und schleppten mich fort.

Mamun saß aufgebracht in seinem Divan und sagte als ich hereintrat: »Ishak, wirst du mir ungehorsam?« Ich antwortete: »Nein, bei Gott!« »So erzähle die Wahrheit!« »Recht gerne, doch allein.« Mamun entfernte die Anwesenden durch einen Wink, und ich erzählte ihm mein Abenteuer, sagte ihm auch, daß ich dem Mädchen versprochen habe, ihn zu ihr zu bringen. Mamun sagte: »Du hast wohl getan«, denn sein Herz entbrannte schon so sehr vor Sehnsucht nach ihr, daß er kaum die Nacht erwarten konnte, bis ich ihn an den Korb begleitete. Als wir an die Mauer kamen, fanden wir zwei Körbe und wir wurden beide hinaufgehoben. Das Mädchen kam uns freudig entgegen und grüßte uns. Sie erzählte dann manches und rezitierte Gedichte, und Mamun fand Wohlgefallen an ihr und auch sie schien sehr vergnügt; dann ließ sie Wein bringen, ergriff die Laute und sang etwas. Sie fragte mich hierauf: »Ist dein Vetter auch Kaufmann?« Ich sagte: »Ja.« Bald aber hatte Mamun so viel Wein getrunken, daß er, obschon ich ihn gebeten hatte, mich nicht bei meinem Namen zu rufen, in seinem Entzücken ausrief: »O Ishak, singe mir doch auch ein Lied.« Das Mädchen erkannte dadurch mich und den Kalifen, und zog sich in ein Nebengemach zurück. Als ich gesungen hatte, sagte mir der Kalif: »Sieh einmal, wer der Herr dieses Hauses ist?« Da sprang eine Alte herbei und sagte: »Es gehört Hasan, dem Sohne Sahals.« Der Kalif befahl ihr, ihn zu holen. Als die Alte nach einer Weile mit Hasan kam, fragte ihn Mamun: »Hast du eine Tochter?« Er sagte: »Ja, sie heißt Chadidja.« »Ist sie verheiratet?« »Nein« »Nun, so halte ich um sie an.« »Sie ist deine Sklavin und steht dir zu Gebote.« »Ich nehme sie zur Gattin, lasse dir diesen Morgen noch 30000 Dinare als Morgengabe bringen, und du führst mir sie noch diese Nacht zu.« Als wir hierauf weggingen, verbot mir der Kalif, von der Sache etwas zu erzählen; ich schwieg auch bis zu Mamuns Tod. Ich hatte in meinem Leben nicht so viel genossen, als in diesen vier Tagen, des Tags in Mamuns, und des Nachts in Thadidjas Gesellschaft; aber, bei Gott!, ich habe nie einen Mann wie Mamun gefunden, noch ein Mädchen, das Thadidja an Geist, Schönheit und Beredsamkeit gleichkäme.

Die nächste Nacht begann Schehersad folgende Erzählung:

Geschichte des falschen Kalifen

Man erzählt: Als Harun Arraschid eines Nachts sehr übel gelaunt war, ließ er seinen Vezier Djafar rufen und sagte ihm: »Ich fühle mich so beengt, ich will heute nacht auf den Plätzen Bagdads umhergehen und sehen, was meine Untertanen treiben; doch darf uns niemand erkennen, wir wollen uns daher als Kaufleute verkleiden.« Sie legten sogleich ihre kostbaren Kleider ab und zogen Kaufmannskleider an, und der Kalif ging mit Djafar und Masrur, dem Scharfrichter, lange in der Stadt umher, bis sie endlich an den Tigris kamen; da boten sie einem Alten, der in einem Boot saß, einen Dinar an und baten ihn, sie auf dem Strome ein wenig spazieren zu fahren.

Der Alte erwiderte: »Wer kann dies jetzt wagen? Weißt du nicht, daß der Kalif jede Nacht in einem kleine Kahn umherfährt und vor ihm her ausgerufen wird: ›O ihr Leute, gut und schlecht, groß und klein, vornehm und gering, jung und alt, wer ein Schiff besteigt und den Tigris befährt, wird geköpft oder an den Mastbaum seines Schiffes gehängt.‹ Mir ist sogar, als käme eben jetzt sein Kahn.« Der Kalif sagte: »O Alter, nimm hier zwei Dinare und führe uns in einen dieser

Bogen, bis der Kahn des Kalifen vorüber ist.« Der Alte nahm das Gold und sagte: »Gott wird helfen.« Als er aber ein wenig mit ihnen ruderte, da kam ein Kahn daher mit vielen Wachslichtern und Fackeln, und der Alte rief außer sich: »Habe ich euch nicht gewarnt?« Er rief dann: »O Beschützer! Entziehe uns deinen Schutz nicht!« und führte sie schnell unter einen Bogen und legte ein schwarzes Tuch über sie. Sie konnten aber durchsehen und bemerkten, wie vorne auf dem Kahne ein Fackelträger stand mit einer goldenen Kohlpfanne, in welcher Aloe brannte. Der Fackelträger hatte ein Oberkleid von rotem Atlas, trug einen Turban von Moßul auf dem Haupt und einen grünen seidenen Beutel, der voll mit Aloe war, das er statt Holz in die Kohlpfanne warf, auf der einen Schulter und auf der anderen ein gelbes, gesticktes Tuch. Auf dem Hinterteil des Schiffs stand wieder so ein Fackelträger, 200 Sklaven standen zur Rechten und zur Linken und in der Mitte saß auf einem goldenen Thron ein Jüngling, schön wie der Mond, neben ihm ein Mann, der dem Vezier Djafar glich, und zu Häupten einen Diener, wie Masrur, mit gezogenem Schwert und 20 Gesellschafter. Als der Kalif dies sah, sagte er zu Djafar: »Wäre dies vielleicht einer meiner Söhne, Amin oder Mamun?«

Er betrachtete dann den vollkommen schönen Mann noch einmal und sagte zu Djafar: »Bei Gott! Es fehlt ihm gar nichts von dem Aussehen des Kalifen, und der vor ihm Stehende ist ganz wie du, Djafar; der zu Häupten gleicht Masrur und seine Gesellschafter sind wie die meinigen; ich verliere ganz meinen Verstand darüber.« Djafar sagte: »Bei Gott! Auch ich, o Fürst der Gläubigen.« Als der Kahn außer Gesicht war, trat der Alte mit seinem Kahn aus dem Bogen hervor und sagte: »Gelobt sei Gott, daß wir glücklich davongekommen sind und uns niemand bemerkt hat.« Der Kalif fragte dann den Alten, ob dieser Kalif jede Nacht den Tigris befahre? Er antwortete: »Ja, mein Herr, das dauert schon ein ganzes Jahr.« Der Kalif bat ihn dann, ihn die kommende Nacht wieder zu erwarten, versprach ihm fünf Dinare und gab sich für einen Fremden aus, der im Quartier Thandal wohne, und sich in Bagdad amüsieren wolle. Als der Alte einwilligte, kehrte der Kalif mit seinem Gefolge wieder in seinen Palast zurück und kleidete sich wieder als Kalif um. Jeder nahm seinen Platz ein, und es erschienen wie gewöhnlich alle Emire, Veziere, Kammerherrn und Adjutanten. Als sich alle entfernt hatten, sagte der Kalif zu Djafar: »Komm, wir wollen wieder den anderen Kalifen sehen.« Djafar und Masrur verkleideten sich wieder als Kaufleute und gingen wohlgelaunt mit dem Kalifen durch die geheime Türe an den Tigris, bestiegen den Nachen des Alten, der sie schon erwartete, und nach einer Weile kam der Kahn des zweiten Kalifen herangefahren. Sie sahen wieder 200 andere Mamelucken darin, und die Fackelträger riefen wieder wie gewöhnlich aus: »Niemand befahre den Tigris bei Todesstrafe!« Als der Kalif dies hörte, sagte er zu Djafar: »So etwas hätte ich nie geglaubt, wenn man es mir erzählt hätte; doch ich sehe es ja mit eigenen Augen.« Er gab dann dem Schiffer zehn Dinare und sagte zu ihm: »Führe uns dem Kalifen nach, denn da er im Lichte fährt, wir aber in der Dunkelheit sind, so können wir ihn beobachten, ohne von ihm gesehen zu werden.«

Der Schiffer segelte dem falschen Kalifen im Dunkeln nach, dessen Kahn erst bei den Gärten außerhalb der Stadt vor einem Zaune, wo zwei Diener mit einem gesattelten Maultier standen, stille hielt. Er bestieg dann das Maultier und ritt in der Mitte seiner Gesellschafter weiter. Die Fackelträger und Djausch, Polizeidiener, gingen laut lärmend vor ihm her, und die Dienerschaft war um ihn beschäftigt. Arraschid stieg auch ans Land mit Djafar und Masrur und drängte sich durch die Mamelucken des falschen Kalifen. Aber die Fackelträger, welche mit Erstaunen drei Kaufleute unter ihren Leuten bemerkten, fielen über sie her und führten sie zum falschen Kalifen. Als dieser sie sah, fragte er: »Wie seid ihr hierhergekommen und was hat euch hierhergeführt zu einer solchen Stunde?« Sie sagten: »O Herr, wir sind fremde Kaufleute und gingen, weil heute unser Geburtstag war, hier spazieren; da ergriffen uns deine Leute und führten uns zu dir.« Der falsche Kalif sagte: »Seid nur ruhig, es soll euch nichts geschehen, weil ihr Fremde seid; wäret ihr aus Bagdad, so würden wir euch den Kopf abschlagen lassen.« Er wendete sich dann zu seinem Vezier und sagte ihm: »Nimm diese Leute mit dir, sie sollen diese Nacht unsere Gäste sein.« Sie gingen zusammen, bis sie vor ein großmächtiges Schloß kamen, das bis zu den Wolken reichte, und dergleichen kein Sultan besitzt. Als dessen Tor, welches von Ebenholz und mit Gold beschlagen war, sich öffnete, traten sie in einen Saal mit vielen Springbrunnen, Matten aus feinen Palmblättern, Kissen aus ägyptischen Stoffen, Vorhängen und Teppichen, die jeden in Erstaunen setzten.

Über der Tür waren folgende Verse:

»Heil und Friede diesem Palast, über den die Zeit ihre Reize ausgestreut, er enthält so viele Seltenheiten und Wunder, daß keine Feder sie beschreiben kann.«

Der falsche Kalif setzte sich auf einen goldenen Thron, mit einem grünen seidenen Teppich bedeckt und mit Edelsteinen besetzt; seine Gesellschafter setzten sich um ihn herum und das Schwert der Rache stand vor ihm. Der Tisch wurde sogleich gedeckt und die feinsten Speisen aufgetragen.

Nach dem Essen trug man die Tische weg, man wusch sich die Hände, es wurden Weingefäße, Kannen und Becher gebracht. Die Becher machten die Runde, bis die Reihe an Harun Arraschid kam; da dieser aber nicht trinken wollte, fragte der falsche Kalif Djafar: »Warum trinkt dein Freund nicht?« Djafar antwortete: »Er hat seit einiger Zeit sich vom Weine enthalten.« Da sagte der falsche Kalif: »Wir haben noch andere erlaubte Getränke«; und befahl sogleich einem Diener, Apfelmost zu bringen, stellte ihn Harun Arraschid vor und sagte ihm: »So oft die Reihe an dich kommt, kannst du dir davon einschenken.« Die übrigen aber tranken Wein, bis er sich ihres Verstandes bemächtigte.

Im Laufe des Gesprächs sage Harun zu Djafar: »Bei Gott! Ich habe keine so kostbaren Gefäße wie dieser Mann, ich möchte doch wissen, wer dieser Jüngling ist.« Als dieser den Vezier mit Harun leise sprechen sah, sagte er: »Lispeln ist unanständig.« Djafar versetzte: »Hier ist nichts Unanständiges; mein Freund sagte nur, er habe den größten Teil der Welt durchreist und in Gesellschaften von Königen gelebt und nirgends eine so glänzende Einrichtung gefunden; doch pflegt man in Bagdad zu sagen, daß zum Wein auch Gesang gehöre.« Der falsche Kalif lächelte und freute sich über diesen Wunsch, und mit einem Zepter, den er in der Hand hatte, schlug er auf ein Kissen. Da öffnete sich eine Türe, es trat

ein Diener mit einem Thron von Elfenbein, mit Gold beschlagen, aus einem Nebenzimmer, und ihm folgte ein wunderschönes Mädchen mit einer indischen Laute in der Hand; sie setzte sich auf den Thron, neigte sich zärtlich über ihr Instrument und spielte in 24 Tonarten, dann sang sie folgende Verse:

»Die Zunge der Liebe spricht zu dir aus meinem Herzen und sagt dir, daß ich dich liebe; und ich habe zu Zeugen die Glut meines gequälten Herzens, die wunden Augen und die fließenden Tränen. Ich kannte die Liebe nicht, bis ich dich liebte, doch ist der Mensch den göttlichen Beschlüssen Untertan.«

Als der falsche Kalif diese Verse hörte, stieß er ein lautes Geschrei aus, zerriß sein Kleid von oben bis herunter und bedeckte sich mit dem Teppich, bis man ihm ein anderes, schöneres Kleid brachte. Dann setzte er sich nieder, und als der Becher an ihn kam, schlug er wieder mit den Zepter auf das Kissen; es öffnete sich eine Tür, ein Diener trat mit einem goldenen Throne heraus und ihm folgte ein Mädchen, noch schöner als das erste; sie setzte sich auf den Thron, nahm eine Laute in die Hand und sang zur Bestürzung aller Neider folgende Verse:

»Wie soll ich Geduld haben, wenn die Flamme der Sehnsucht in meinem Inneren brennt und eine ewige Sintflut aus meinen Augen strömt? Bei Gott, mein Herz ist von solchem Schmerz erfüllt, daß ich am Leben keine Freude mehr habe.«

Der falsche Kalif schrie wieder, zerriß sein Kleid, zog den Teppich über sich her, nahm ein anderes Kleid und klopfte, als der Becher an ihn kam, wieder mit dem Zepter, und abermals erschien ein Diener mit einem Thron und einem Mädchen mit einer Laute, welche folgende Verse sang:

»Kürzt die Trennung ab, denn mein Herz, ich schwör's euch, ist trostlos. Habt Mitleid mit einem Verwirrten, Bestürzten, in Trauer Versunkenen, mit einem von Verlangen nach euch schwer Gefesselten! Mächtige Liebeskrankheit hat ihn entstellt und er fleht Gott um eure Erwiderung an. Der große Schmerz hat mich geläutert, und ich flehe Gott nur um eure Liebe an. O Mond, der du in meinem Herzen thronst, wie kann ich an anderen Sterblichen Wohlgefallen finden.«

Der junge Mann schrie wieder und zerriß sein Kleid; dann kam ein anderes Mädchen und sang:

»Wann wird diese Trennung enden und die vergangene Zeit mir wiederkehren? Einst umschloß uns ein Haus, da lebten wir selig, fern von Neid und Mißgunst. Aber das Schicksal wurde treulos gegen uns, es trennte uns und unsere Wohnung ist zur Einöde geworden. Wollt ihr, daß ich meiner Liebe entsage, ihr Tadler? Mein Herz erträgt euern Tadel nicht. Lasset euern Tadel und überlasset mich meiner Leidenschaft, mein Herz hört nicht auf an den Geliebten zu denken, o ihr, die ihr treulos und unbeständig waret, glaubet nicht, daß ich durch eure Trennung aufgehört habe, euch zu lieben.«

Der falsche Kalif schrie wieder, zerriß sein Kleid und fiel in Ohnmacht, und noch ehe man ihn mit dem Teppiche bedeckte, bemerkte Harun Arraschid an seinem Körper viele Wunden. Da sagte er zu Djafar: »Dieser Jüngling ist bei Gott sehr schön, aber er muß ein abscheulicher Verbrecher sein, ohne daß man es weiß, denn er trägt Zeichen vieler Prügel an sich.« Als der falsche Kalif wieder ein anderes Kleid angezogen hatte und sich wieder zu seinen Freunden setzte, fragte er Djafar, was ihn eben sein Freund gefragt habe? Djafar antwortete: »Mein Freund sagt mir, er sei in vielen Ländern gereist und habe in Gesellschaft von Königen und anderen Vornehmen gelebt und nirgends gesehen, daß jemand so seine Kleider zerreiße, von denen jedes 500 Dinare wert ist, das ist eine große Verschwendung.« Der junge Mann versetzte: »Er kümmere sich nicht darum, das Geld ist mein Geld und die Kleider sind meine Kleider, und die zerrissenen machen einen Teil meiner Geschenke an meine Umgebung und Diener aus, denn jedes zerrissene Kleid ist für einen meiner anwesenden Gesellschafter, dem ich dazu noch 500 Dinare schenke.«

Djafar dichtete hierauf folgende Verse:

»Der Edelmut hat in deiner Hand seine Wohnung gebaut, all dein Gut ist den Menschen preisgegeben, und ist die Freigibigkeit in seiner Hand verschlossen, so sind gleichsam deine Finger die Schlüssel zu ihrem Schloß.«

Als der junge Mann Djafars Verse hörte, ließ er ihm 1000 Dinare und ein Kleid geben, dann machten die Becher wieder die Runde unter den Gästen. Das sagte der Kalif zu Djafar: »Frage ihn einmal, was die Spuren von Schlägen an seinem Körper bedeuten, wir wollen sehen, was er antwortet.« Djafar entgegnete: »Übereile dich nicht, mein Herr, habe Geduld und sei für dein Leben bedacht!« Aber der Kalif schwur bei seinem und seines Urgroßvaters Abbas Leben, er müsse ihn fragen, oder er werde seinem Atmen ein Ende machen. Der junge Mann, der sie eifrig sprechen hörte, wendete sich zu Djafar und sagte ihm: »Was hast du mit deinem Freunde? Bei Gott! Ich will die ganze Wahrheit wissen.« Djafar sagte: »Mein Herr! Mein Freund sah Spuren von Schlägen an deinem Körper und er sagte: ›Bei Gott! Sonderbar, der Kalif ist geschlagen worden‹; er wollte nun wissen, wie das zuging?« Der junge Mann lächelte und sagte: »Meine Geschichte ist wunderbar; wenn man sie mit einer Nadel in die Tiefe des Auges zeichnete, könnte sie jedem zur Belehrung dienen.« Er seufzte dann und sprach folgende Verse:

»Meine Geschichte umfaßt alle Wunder; bei der Liebe, meine Wege sind mir eng geworden; wollt ihr wissen, so schweigt und horcht auf, meine Worte sind bedeutungsvoll und verkünden nur Wahres. Mich hat die Liebesglut verzehrt, denn meine Mörderin übertrifft alle Sterne. Ihr Aug ist schwarz, ihre Wangen sind Rosen, tötend ist für mich der Bogen ihrer Augenbrauen. Mein Herz sagt mir, daß einer von euch unser Herr, der Kalif, der Sohn der Edlen, ist; der andere der verehrte Djafar, der mit recht Herr und Sohn eines Herrn genannt wird; und der dritte Masrur, das Schwert der Rache. Ist, was ich sage wahr, so habe ich meinen Zweck erreicht und meine Freude ist vollkommen.«

Djafar schwor, sie seien es nicht, aber der junge Mann sagte lächelnd: Ich bin nicht der Fürst der Gläubigen, habe aber diesen Namen angenommen, um meinen Zweck zu erreichen bei den Leuten dieser Stadt; mein Name ist Mohamed Ali, der Sohn Mohameds, des Juweliers; mein Vater war ein sehr vornehmer Mann und hinterließ mir bei seinem Tode ein ungeheures Vermögen. Als ich eines Tages, von meinen Leuten umgeben, in meinem Laden saß, da kam eine Dame, auf einem Maulesel reitend, mit drei Sklavinnen wie der Mond, stieg vor meinem Laden ab, setzte sich zu mir und fragte mich, ob ich Mohamed, der Juwelier, sei? Ich antwortete: »Ich bin dein ergebenster Sklave.« »Hast du schöne Edelsteine?« »Meine Herrin! Ich will dir alles vorlegen lassen, gefällt dir etwas, so macht es deinen Sklaven glücklich, wo nicht, so bin ich trostlos.«

Ich hatte 100 Schnüre von Edelsteinen und legte sie ihr alle vor, aber es gefiel ihr nichts und sie sagte: »Du mußt noch schönere haben.« Nun hatte ich noch eine Schnur Diamanten, die mein Vater für 100000 Dinare gekauft hatte, so groß, wie man sie bei den höchsten Sultanen nicht findet; ich sagte es ihr, und sie wünschte sie zu sehen. Als sie dieselbe sah, sagte sie: »Das ist, was ich schon mein ganzes Leben wünsche. Wie teuer sind sie?« »Mein Vater hat sie für 100000 Dinare gekauft.« »Nun, du sollst noch 50000 Dinare daran gewinnen.« »Der Schmuck und sein Eigentümer stehen dir zu Diensten.« »Deine Güte soll nicht unbelohnt bleiben; im Namen Gottes, mach dich auf, mein Herr, und komm mit

uns, um dein Geld zu holen, dieser Tag ist für uns so rein, wie Milch.« Ich schloß meinen Laden und folgte dem Mädchen, das seinen Maulesel wieder bestieg, in ein prachtvolles Haus, das den höchsten Wohlstand verriet. Das Haustor hatte folgende Inschrift in Gold und Azur:

»O Haus, Trauer finde keinen Zugang zu dir, und das Schicksal bleibe stets deinem Herrn gewogen; du bist eine Freudenstätte für jeden Gast, der an anderen Orten sich beklommen fühlt.«

Die Dame stieg ab, ging hinein und hieß mich sitzen, bis der Geldwechsler käme. Ich setzte mich vor die Türe; nach einer Weile kam aber eine Sklavin heraus und sagte: »Mein Herr! Komm herein in den Gang, es paßt sich nicht, daß du so vor der Türe sitzt.« Ich setzte mich auf eine Bank im Hausgang. Da kam wieder ein Mädchen und sagte. »Komm und setze dich an die Türe des Saals, bis man dir dein Geld gibt.« Ich setzte mich, wo sie mich hinwies; da sah ich einen goldenen Thron mit einem Teppich darauf und einem seidenen Vorhang davor. Dieser wurde aufgehoben und ich erkannte die Dame wieder, welche die Juwelen von mir gekauft; sie hatte den Schmuck am Hals, ihr Gesicht war freundlich strahlend wie der Mond, und so schön, daß ich ganz von Sinnen kam. Sobald sie mich bemerkte, stand sie auf, ging mir entgegen und sagte: »O Licht meiner Augen, wird ein hübscher Mann wie du sich der Liebenden nicht erbarmen? Wisse daß ich dich liebe und den Augenblick nicht erwarten konnte, bis ich dich bei mir sah.« Sie neigte sich dann zu mir hin und erlaubte mir, sie zu küssen.

Als ich sie aber umarmen wollte, sagte sie: »O mein Herr! Willst du, daß ich auf eine ungesetzliche Weise mich dir hingebe? Gott verdamme jeden, der solche Schandtat begeht und böse Nachreden nicht fürchtet. Wisse, daß mich noch kein Mann berührt hat, obschon ich hier in der Stadt gar nicht unbekannt bin; weißt du, wer ich bin? Mein Name ist Dunja, die Tochter Jahjas, und Schwester Djafars, des Barmekiden.« Als ich bei diesen Worten mich durch ihr Entgegenkommen entschuldigte, fuhr sie fort: »Fürchte nichts, meine Absicht ist, dir Gutes zu erzeigen, ich bin Herrin meiner selbst, und der Kadhi soll als mein Sachwalter unsere Ehe schließen, wenn du mich heiraten willst.« Sobald ich mich bereit erklärte, ihr Gatte zu werden, ließ sie den Kadhi und zwei Zeugen rufen und traf die nötigen Vorbereitungen zur Vermählung. Als sie erschienen, sagte sie ihnen: »Mohamed Ali wünscht mich zur Gattin zu haben und gibt mir diese Kette als Morgengabe, und ich nehme sein Anerbieten an.« Der Ehekontrakt wurde sogleich geschrieben, es wurde Wein gebracht, die Becher gingen im Kreise umher, und als der Wein in unserem Kopf glühte, ließ sie eine Lautenspielerin kommen, welche folgende Verse sang:

»Alle Hoffnungen meines Herzens gehen nach dir, es wünscht nichts, als deine Liebe zu erhalten. O Freunde! Wie wenig verdiene ich die Trennung von meinem Geliebten; habt Mitleid mit dem Liebeskranken!«

Die Sklavin entzückte uns durch ihren schönen Gesang, und auf Dunjas Befehl folgten ihr noch neun Sklavinnen, welche nicht minder schön sangen; zuletzt nahm Dunja die Laute und sang:

»Ich schwör bei deinem geschmeidigen Wuchs, daß mir die Trennung von dir eine Höllenqual wäre; drum, o holder Mond, Herr der Menschheit, beglücke mich mit deiner Liebe und laß mich bei klarem Wein eine selige Nacht in deiner Nähe zubringen.«

Hierauf nahm ich die Laute, spielte ein wenig und sang folgende Verse:

»Gepriesen sei der Herr, der dir die höchste Anmut verliehen, so daß ich dein Gefangener wurde; o du, dessen Blick jedem Sterblichen den Verstand raubt, schütze mich doch gegen den Zauber deiner Augen! Auf deinen Wangen ist Feuer und Wasser vereint und aus ihrer Mitte blühen frische Rosen empor. Du bist die Hölle und das Paradies meines Herzens, bist ihm zugleich süß, aber auch bitter.«

Diese Verse machten Dunja viele Freude; sie entließ dann die Sklavinnen, ich blieb allein bei ihr und brachte an ihrer Seite die schönste Nacht meines Lebens zu.

Über Nacht dichtete ich folgende Verse:

»O Nacht, daure ewig fort, ich will keinen Morgen, denn mir genügt das Licht ihres mir nahen Antlitzes. In ihren Umarmungen blüht das höchste Glück, dem wir ewige Dauer wünschten.«

Ich blieb dann einen ganzen Monat bei ihr, ließ meinen Laden geschlossen und sah meine Leute gar nicht. Eines Tages sagte sie mir: »O Licht meiner Augen! Ich will heute ins Bad gehen, bleibe du hier, bis ich wiederkehre.« Ich sagte: »Recht gerne«; aber erst als ich schwor, daß ich nicht von der Stelle weichen wollte, ging sie mit ihren Sklavinnen ins Bad. Kaum war sie ans Ende der Straße gelangt, so öffnete sich die Türe, es trat eine Alte herein und sagte mir: »Mein Herr! Die Frau Subeida wünscht dich zu sehen, denn sie hat viel von deinem schönen Gesang gehört.« Ich sagte: »Ich weiche nicht von hier, bis meine Gattin wiederkommt.« Da erwiderte die Alte: »Mache dir die Frau Subeida nicht zur Feindin, komm und sprich sie, du kannst gleich wiederkehren.« Ich ging sogleich der Alten nach zur Frau Subeida. Diese sagte mir: »Bist du der Geliebte der Frau Dunja?« »Ich bin dein Sklave.« »Man hat dich mit Recht als den schönsten Mann beschrieben, doch singe etwas, daß ich auch deine Stimme höre.« »Recht gern.« Da ließ sie eine Laute bringen, und als ich einige Verse sang, sagte sie: »Gott erhalte deinen Körper gesund und schenke dir ein frohes Leben, denn deine Schönheit und Anmut sind vollkommen; doch gehe jetzt nach Hause, ehe die Frau Dunja wiederkehrt.« Ich küßte die Erde vor ihr, und die Alte führte mich bis zur Türe.

Als ich aber nach Hause kam, war meine Frau schon zurück und lag schlafend auf dem Sofa. Ich setzte mich ihr zu Füßen und liebkoste sie; da öffnete sie ihre Augen, trat mich mit ihren Füßen vom Sofa herunter und sagte: »Du hast deinen Eid gebrochen und bist zur Frau Subeida gegangen; bei Gott, wenn ich nicht einen Auflauf befürchtete, so würde ich ihr Schloß verwüsten.« Dann rief sie einen Sklaven und sagte ihm: »Schlage diesem treulosen Lügner den Kopf ab! Ich habe nichts mehr mit ihm gemein.«

Der Diener kam und verband mir die Augen und wollte mir den Kopf abschlagen; da liefen alle Sklavinnen, groß und klein, zu Dunja und sagten: »Er ist nicht der Erste, der gefehlt hat, auch ist sein Verbrechen so groß nicht, daß er den Tod verdiene.« Dunja besann sich ein wenig dann sagte sie: »Bei Gott« so will ich ihm wenigstens ein Merkzeichen hinterlassen«, und gab den Befehl, mich zu prügeln, – daher kommen die Male, die man noch auf meinen Rippen bemerkt – und ließ mich aus ihrem Palast werfen. Ich schleppte mich langsam bis zu meiner Wohnung, ließ einen Wundarzt kommen, dem ich meine Wunden zeigte. Dieser pflegte mich und gab sich viele Mühe, mich zu heilen. Als ich vollkommen genesen war, ging ich ins Bad, öffnete meinen Laden wieder, verkaufte alles, was darin war, und kaufte mir 400 Mamelucken, wie kein König sie beisammen hat, von denen ich jeden Tag 200 mit mir nehme; ich ließ mir auch einen Kahn für 1200 Dinare bauen und nahm ein großes Gefolge von verschiedenem Range zu mir, gab mich für den Kalifen aus und ließ ausrufen: »Wer auf dem Tigris fährt, verliert sogleich den Kopf.« Und so lebe ich schon ein ganzes Jahr, ohne etwas von Dunja zu hören. Er trug dann weinend folgende Verse vor:

»Bei Gott! Ich werde sie nie vergessen und nie einer anderen mich nähern. Sie gleicht vollkommen dem Monde; gepriesen sei Allah, der sie geschaffen. Sie hat mir Trauer, Schlaflosigkeit und Liebeskrankheit verursacht und mein Herz durch ihre Reize in Verwirrung gebracht.«

Als Harun Arraschid dies hörte, rief er erstaunt aus: »Gepriesen sei der Herr, der nichts ohne Grund geschehen läßt!« dann verließ er den jungen Mann und nahm sich vor, ihn reichlich zu beschenken. Sobald er mit Djafar und Masrur wieder ins Schloß kam, kleidete er sich um und sagte zu Djafar: »Bring mir den jungen Mann her, bei dem wir die Nacht zugebracht.«

Als Djafar zu dem Jüngling kam und ihn einlud, sich zu Harun Arraschid zu begeben, ging er erschrocken mit ihm, und als er vor den Kalifen kam, erkannte er ihn sogleich. Er trat verlegen vor ihn, verbeugte sich, grüßte ihn als Beschützer des Glaubens, wünschte ihm dauernden Ruhm und unausgesetztes Glück, frei von jedem Mißgeschick. Dann rezitierte er noch folgende Verse:

»Mögen deine Tore stets wie die Kaaba aufgesucht werden, und ihr Staub auf jeder Stirne sichtbar sein! In allen Ländern sage man: ›Dies ist die heilige Stätte, und du bist Ibrahim*.‹«

Der Kalif lächelte ihm freundlich zu, erwiderte seinen Gruß, ließ ihn neben sich sitzen und sagte ihm: »O Mohamed Ali! Ich wünsche noch einiges von deiner gestrigen Geschichte zu hören, denn sie ist wunderbar.« Der Jüngling rief: »Gnade, o Fürst der Gläubigen, reiche mir dein Tuch als Zeichen der Sicherheit!« Der Kalif gewährte ihm sein Verlangen und ließ sich noch einmal das Nähere seiner Abenteuer mit Dunja erzählen; und da er daraus schloß, daß er Dunja noch heftig liebe, fragte er ihn: »Soll ich sie dir wieder verschaffen, armer Mann?« »O Fürst der Gläubigen!« erwiderte der Jüngling, »du könntest dich zu keiner bessern Zeit und an keinem geeignetern Orte wohltätig erweisen.« Der Kalif sagte dann zu Djafar: »Bring deine Schwester Dunja, Tochter des Veziers Iahia, her!« Djafar gehorchte, und als seine Schwester vor den Kalifen kam, fragte er sie, auf den Jüngling hindeutend, ob sie diesen Mann kenne? Sie antwortete: »Woher sollen Frauen mit fremden Männern bekannt sein?« Der Kalif erwiderte lächelnd: »Wir sind von der ganzen Geschichte genau unterrichtet; es kommt alles ans Licht, wenn es auch noch so tief verborgen liegt.« Da sagte sie: »Es war so im Buche der Bestimmung geschrieben; ich bitte nun Gott und dich um Verzeihung für das Geschehene.« Der Kalif lachte, ließ den Kadhi und Zeugen rufen und einen neuen Ehekontrakt schreiben, und machte Mohamed Ali zu einem seiner vertrauten Gesellschafter. Sie lebten glücklich miteinander zum Ärger aller Neider. Doch, nur Gott ist allwissend!

Nach einer kleinen Pause begann Schehersad die …

* Im Tempel zu Mekka ist ein kleiner Platz, der von den Pilgern hoch verehrt und die Stätte Abrahams (Ibrahim) genannt wird.

Geschichte Haruns mit dem Kadhi Abu Jusuf

Es wird ferner erzählt: Djafar brachte einst eine Nacht in Gesellschaft Haruns zu, da sagte ihm dieser: »Ich habe gehört, du habest die Sklavin N. N. gekauft, die ich schon längst besitzen möchte, denn sie ist sehr schön und liebenswürdig, verkaufe sie mir doch wieder!« Djafar antwortete: »Sie ist mir nicht feil.« »So schenke mir sie.« »Ich verschenke sie auch nicht.« »Wenn du sie mir nicht verkaufst und nicht verschenkst, so lasse ich mich dreimal von Subeida scheiden.« »Und wenn ich sie dir schenke, so lasse ich mich dreimal von meiner Gattin scheiden.« Als sie aber aus ihrer Trunkenheit erwachten, merkten sie, daß sie sich in eine ernste Sache verwickelt hatten, und wußten nicht, wie sich wieder herauswinden. Das sagte Harun: »Das ist ein Fall, den nur Abu Jusuf lösen kann.« Als darauf Abu Jusuf noch um Mitternacht gerufen wurde, stand er erschrocken auf und sagte: »Gewiß ist etwas Wichtiges im Islam vorgefallen.« Er bestieg schnell ein Maultier, hieß einen Jungen ihm mit Gerste folgen, um sie dem Tiere vorzulegen, während er sich beim Kalifen aufhalten werde. Als er zum Kalifen kam, stand dieser vor ihm auf und ließ ihn neben sich auf den Divan sitzen, was sonst niemand, außer ihm, durfte, und sagte ihm: »Ich habe dich wegen einer wichtigen Angelegenheit rufen lassen«, und erzählte ihm, was zwischen ihm und Djafar sich ereignet. Der Kadhi sagte: »O Fürst der Gläubigen! Das ist die leichteste Sache von der Welt; Djafar soll dir die Hälfte der Sklavin verkaufen und die andere Hälfte schenken, dann seid ihr beide von eurem Eide freigesprochen.«

Der Kalif freute sich sehr mit dieser Lösung und sagte: »Ich liebe die Sklavin so sehr, daß ich sie sogleich hier haben möchte.« Als die Sklavin erschien, sagte er: »Ich möchte sie gleich heiraten, ich habe keine Geduld zu warten, bis die gesetzliche Frist abgelaufen ist.« »Auch dafür weiß ich Rat«, sagte der Kadhi; »laß einen deiner Mamelucken kommen, der noch nicht frei ist.« Als ein solcher erschien, sagte der Kadhi zu dem Kalifen: »Erlaube mir, die Sklavin mit ihm zu verheiraten; er soll aber, sobald die Ehe geschlossen ist, ihr einen Scheidebrief geben; du kannst sie dann sogleich heiraten, weil nach einer geschlossenen, aber nicht vollzogenen Ehe keine Frist vorhanden ist.« Da der Kalif auf diese Weise gern seine Einwilligung gab, schloß der Kadhi den Ehekontrakt, sagte dann dem Mamelucken: »Du sollst 100 Dinare haben, gib der Sklavin einen Scheidebrief.« Aber der Mameluck weigerte sich; man versprach ihm 1000 Dinare, er sagte aber: »Hängt die Scheidung vom Kalifen, vom Kadhi oder von mir ab? Ich lasse mich, bei Gott!, nicht scheiden.« Der Kalif geriet in heftigen Zorn, aber der Kadhi sagte: »Erschrick nicht, du kannst ihre Ehe ungültig machen. Schenke nur den Mamelucken, der doch dein Eigentum ist, der Sklavin, so ist ihre Ehe gelöst*.«

* Keine Frau darf ihren Sklaven heiraten, oder sie müßte ihm zuerst die Freiheit schenken.

Da stand der Kalif auf und sagte: »Ein Mann deinesgleichen verdient zu meiner Zeit Kadhi zu sein.« Er ließ dann Schüsseln voll Gold holen, legte sie vor ihn hin und fragte ihn, ob er etwas bei sich habe, um dieses Gold hineinzutun? Da erinnerte sich der Kadhi des Gerstensacks, ließ ihn sich bringen und trug ihn mit Gold gefüllt fort. Am folgenden Morgen sagte er zu seinen Schülern: »Wer nichts gelernt hat, der lerne etwas, seht einmal, wieviel Gold ich für die Lösung von drei Fragen erhalten habe.« Und du, gebildeter Leser! Denke über diese anmutige Geschichte nach, du findest manches Schöne darin; du siehst, was sich der Vezier Djafar gegen den Kalifen erlauben durfte, wie gelehrt der Kalif, und wie noch gelehrter sein Kadhi war. Gottes Erbarmen sei mit ihnen!

Geschichte Chalids, des Emirs von Baßrah

Einst kamen mehrere Leute und schleppten vor Chalid einen jungen, schönen Mann, der sehr vornehm aussah und dessen Benehmen viele Bildung, Würde und Anstand verriet. Chalid fragte sie, was sie von diesem jungen Manne wollten? Sie sagten: »Er ist ein Dieb, den wir gestern in unserem Hause gefangen.« Als Chalid ihn betrachtete und von so feinem und ehrwürdigem Aussehen fand, befahl er ihnen, ihn loszulassen, näherte sich ihm und fragte ihn, ob er wirklich ein Dieb sei? Er antwortete: »Es ist so, wie sie sagen: ›Ich bin heute ein Dieb gewesen.‹« »Und was hat dich dazu bewogen? Du bist ja so wohlgestaltet und siehst so vornehm aus?« »Die Begierde nach Geld und der Ratschluß Gottes, gepriesen sei er!« »Möchte doch deine Mutter einen solchen Sohn nie geboren haben! Dein schönes Gesicht, deine vornehme Erziehung und deine feine Bildung hätten dich doch vom Stehlen abhalten sollen!« »Laß dies, o Emir! Und vollziehe nur das Gebot Gottes, wie ich es verdient habe; denn Gott tut niemand Unrecht.«

Chalid dachte eine Weile über diesen Vorfall nach, dann ließ er den Jüngling nähertreten und sagte: »Dein eigenes Geständnis läßt mich vermuten, daß du kein gewöhnlicher Dieb bist, sondern daß du etwas anderes im Sinne gehabt; erzähle mir nur dein Abenteuer.« Der Jüngling versetzte: »O Emir! Laß dir nichts anderes in den Sinn kommen, als was ich dir selbst gestanden; ich weiß nichts zu erzählen, als daß ich in das Haus dieser Männer gegangen bin und Geld gestohlen habe; sie haben mich aber ertappt, mir es wieder weggenommen und mich hierher geführt.« Chalid ließ den Jüngling einsperren und in ganz Baßrah ausrufen: »Wer dem Diebe N. N. die Hand abhauen sehen will, soll sich morgen früh hier einfinden.«

Als der Jüngling in Ketten im Kerker lag, seufzte er und rezitierte folgende Verse:

»Chalid hat mir gedroht, er werde mir die Hand abhauen lassen, wenn ich ihm meine Geschichte nicht erzähle; ich sagte aber: ›Weit entfernt, daß ich die Liebe bekenne, die mein Herz verbirgt; lieber soll man wegen meines Geständnisses mir die Hand abhauen, wenn nur ihr Ruf rein bleibt.‹«

Die Wächter, welche diese Verse hörten, gingen zu Chalid und gaben ihm Nachricht davon. Chalid ließ ihn, sobald die Nacht heranbrach, zu sich kommen und fand in seinem Gespräche so viel Geist und Bildung, daß er ihn liebgewann und ihm Speisen reichen ließ. Nachdem er sich eine Weile mit ihm unterhalten hatte, sagte er: »Ich weiß, daß du etwas anderes, als einen Diebstahl bezwecktest; wenn daher morgen der Richter und das Volk sich versammeln, so leugne den Diebstahl und bringe etwas vor, das die Strafe von dir abwendet, nach dem Willen des Gesandten Gottes, welcher gesagt hat: ›Wendet in zweifelhaften

Fällen die gesetzliche Strafe nicht an!‹« Hierauf ließ er ihn wieder ins Gefängnis zurückführen.

Am folgenden Morgen versammelten sich alle Leute, um die Hand des Diebes abhauen zu sehen; ganz Baßrah war auf den Beinen, und auch der Emir Chalid erschien zu Pferd mit den angesehensten Männern der Stadt. Dann kamen die Richter, und endlich wurde der Jüngling herbeigeholt, der beschämt den Blick auf seine Fesseln richtete. Niemand blieb ungerührt bei diesem Anblick, und die Frauen erhoben ein lautes Wehegeschrei. Chalid ließ die Frauen zum Schweigen bringen und sagte zum Jüngling: »Diese Leute behaupten, du seiest in ihr Haus gedrungen, um sie zu bestehlen; hast du vielleicht weniger als den vom Gesetz bestimmten Wert gestohlen?« Er antwortete: »Ich habe mehr gestohlen.« »Du hast vielleicht irgend einen Anteil an dem, was du gestohlen?« »Nein, ich habe gar kein Recht darauf.« Chalid, über den Eigensinn des Jünglings ergrimmt, schlug ihn mit der Peitsche ins Gesicht, und rezitierte den hierher passenden Vers:

»Der Mensch verlangt, daß seine Wünsche in Erfüllung gehen, aber es wird ihm nur gewährt, was Gott will.«

Er ließ dann einen Metzger rufen, um ihm die Hand abzuschneiden. Dieser hatte schon das Messer ergriffen und die Hand nach dem Jüngling ausgestreckt, als ein schmutzig gekleidetes Mädchen aus den Reihen der Frauen hervortrat und über den Jüngling herfiel; dann entschleierte sie ein Gesicht wie der Mond, und es entstand unter dem Volk ein mächtiger Lärm, der beinahe einem Aufruhr glich. Sie rief dann mit lauter Stimme: »Ich beschwöre dich bei Gott, o Emir! Übereile dich nicht mit der Vollstreckung deines Befehls, bis du dieses Briefchen gelesen.« Sie überreichte ihm hierauf ein Briefchen, welches folgende Zeilen enthielt:

»O Chalid! Dieser Mann ist ein Sklave seiner Leidenschaft; die Pfeile meiner Blicke haben ihn dahingestreckt, er ist liebeskrank und für sein Übel gibt es kein Heilmittel; ich will gestehen, was er verleugnet, um den Ruf seiner Geliebten zu schonen; laß ab von dem unglücklichen Jüngling, der so edel liebt und kein Dieb ist.«

Als Chalid diesen Brief gelesen hatte, seufzte er, zog sich von seinem Gefolge zurück und ließ das Mädchen zu sich kommen. Auf sein Verlangen erzählte sie ihm, daß dieser Jüngling sie liebe und von ihr wieder geliebt werde, und daß er sie des Nachts besuchen wollte und einen Stein in das Haus warf, um ihr ein Zeichen von seiner Nähe zu geben; »aber das Geschick wollte, daß mein Vater und meine Schwestern hörten, wie der Stein ins Haus fiel und herbeikamen. Als er sie aber kommen hörte, packte er schnell Waren zusammen, um für einen Dieb gehalten zu werden; auch in deiner Gegenwart gab er sich lieber für einen Dieb aus, als mich zu verraten, so groß ist sein Edelmut.« Chalid rief den Jüngling zu sich und küßte ihn, dann ließ er auch den Vater des Mädchens rufen und sagte ihm: »Wir wollten diesem Jüngling die Hand abhauen, aber Gott hat mich davon zurückgehalten; nun schenke ich ihm 10000 Dinare, weil er seine Hand opfern wollte, um deine und deiner Tochter

Ehre zu schonen. Auch deiner Tochter schenke ich 10000 Dinare und wünsche, daß du sie ihm zur Frau gibst.« »Dein Wunsch werde erfüllt, o Emir!« rief der Vater des Mädchens: »Ich gebe meine Einwilligung zu dieser Ehe.« Da sagte Chalid zum Jüngling, nachdem er Gott gelobt und eine schöne Anrede gehalten hatte: »Ich gebe dir das hier anwesende Mädchen mit ihrer und ihres Vaters Einwilligung zur Gattin, und schenke ihr 10000 Dinare als Morgengabe.« Der Jüngling dankte Gott und dem Emir und führte seine Geliebte in sein Haus, und alle Leute gingen freudig auseinander. So war der Anfang dieses Tages traurig, das Ende aber sehr erfreulich.

Sodann erzählte Schehersad die …

Geschichte des trägen Abu Muhamed

Harun Arraschid saß einst auf seinem Thron, da brachte ein Diener eine goldene Krone, mit allerlei Edelsteinen verziert, küßte die Erde vor ihm und sagte: »Mein Herr! Die Gebieterin Subeida verbeugt sich vor dir und läßt dir sagen, daß, wie dir wohl bekannt, sie eine goldene Krone bestellt habe, und nun bedarf sie eines großen Steines für die Spitze derselben, denn sie hat in ihren Schatzkammern keinen passenden finden können.« Der Kalif befahl seinen Kammerherrn, einen großen Edelstein aufzusuchen; sie konnten aber keinen finden, der für Subeidas Krone groß genug gewesen wäre. Als sie dies dem Kalifen berichteten, rief er bestürzt aus. »Wie, ich bin Kalif und besitze keinen Edelstein für Subeidas Krone? Wehe euch! Sucht einmal bei den Juwelieren!« Diese sagten aber den Kammerherren: »Der Kalif findet einen solchen Edelstein nur bei einem Mann aus Baßrah, welcher Abu Muhamed, der Müßiggänger, genannt wird.« Masrur wurde sogleich mit einem Schreiben an den Statthalter von Baßrah gesendet, worin der Kalif ihn aufforderte, ihm Abu Muhamed zu schicken. Sobald der Statthalter von Baßrah das Schreiben des Kalifen gelesen hatte, schickte er mehrere aus seinem Gefolge mit Masrar zu Abu Muhamed. Masrur klopfte an dessen Tür und sagte dem Diener, der herauskam: »Melde deinem Herrn, der Fürst der Gläubigen lasse ihn zu sich rufen.« Sobald der Diener dies seinem Herrn berichtete, kam er heraus und verbeugte sich vor Masrur und den Dienern des Kalifen und sagte: »Ich bin bereit, zu gehorchen; kommt nur ein wenig herein!« Masrur weigerte sich lange, indem er sagte: »Wir müssen eilen, denn der Fürst der Gläubigen erwartet uns.« Aber Abu Muhamed drang in ihn, ihm in sein Haus zu folgen bis er das Nötige zur Reise vorbereitet haben werde. Als Masrur eingetreten war, befahl Abu Muhamed einem Diener, ihn ins Bad zu fahren, das im Hause war. Masrur trat in ein Bad, dessen Wände und marmorierter Boden mit Gold und Silber verziert waren, und dessen Wasser mit Rosenwasser gemischt war. Mehrere Sklaven bedienten ihn aufs sorgfältigste und brachten ihm, als er aus dem Bad kam, seidene Kleider mit Gold durchwirkt. Als er dann ins Schloß zurückgeführt wurde, das mit seidenen Vorhängen und golddurchwirkten Divanen ausgestattet war, bewillkommte ihn Abu Muhamed und bat ihn, sich an seine Seite zu setzen. Die Diener brachten sogleich auf seinen Befehl einen gedeckten Tisch, der Masrur in ein so großes Erstaunen setzte, daß er ausrief: »Bei Gott! Einen solchen Tisch habe ich bei dem Fürsten der Gläubigen nicht gesehen!« Die köstlichsten Speisen wurden in chinesischen vergoldeten Gefäßen aufgetragen. Masrur ließ sich alles wohl schmecken und des Abends erhielt er und seine Gesellschafter jeder 1000 Dinare. Am folgenden Morgen reichte man ihm grüne Kleider mit Gold durchwirkt, und Abu Muhamed erwies ihm wieder so viel Ehre, daß er sich bereden ließ, die Abreise noch um einen Tag zu verschieben. Am dritten Morgen aber richteten die Diener ein Maultier her und legten ihm einen mit allerlei Edelsteinen besetzten goldenen Sattel auf. Da dachte Masrur:

»Der Kalif wird sich gewiß wundern, wenn ein Mann in einem solchen Aufzug ihn besucht und ihn fragen, woher ihm so viele Reichtümer zugekommen.« Masrur und Abu Muhamed nahmen dann vom Statthalter Abschied, reisten von Baßrah nach Bagdad und begaben sich zum Kalifen. Abu Muhamed grüßte den Kalifen und sagte: »Ich habe als ergebener Diener einige Geschenke mitgebracht; wenn du es erlaubst, so lasse ich sie hertragen.« Als der Kalif eine bejahenden Wink gab, ließ Abu Muhamed eine Kiste bringen, worin goldene Bäume waren mit Blättern aus Smaragd und Früchten aus Rubin und weißen Perlen, nebst anderen Geschenken.

Er ließ dann eine zweite Kiste hertragen, in welcher ein seidenes, golddurchwirktes Zelt war, reich mit Perlen, Rubinen und Smaragden besetzt. Die Pfeiler des Zeltes waren aus indischem Aloeholz und der Saum des Zeltes war mit Diamant und Smaragd verziert. Abu Muhamed sagte, dem Kalifen die Geschenke hinreichend: »Glaube nicht, daß ich dir diese Geschenke aus Furcht bringe, sondern weil ich dachte, sie ziemen dem Fürsten der Gläubigen besser, als einem gewöhnlichen Mann; wenn es dir beliebt, so zeige ich dir, daß ich ebenso mächtig als reich bin.« Der Kalif sagte: »Tu dies, wir wollen sehen.« Da bewegte Muhamed seine Lippen und hob sie gegen die Zinnen des Hauses, und sie neigten sich sogleich zu ihm herunter; dann ließ er sie wieder an ihren Platz treten. Er winkte hierauf mit den Augen, und es erschienen Gemächer mit verschlossenen Türen; Muhamed redete sie an und Vögelstimmen antworteten ihm. Der Kalif sagte erstaunt: »Wie kamst du zu all diesem? Man nennt dich doch nur den trägen Abu Muhamed? Auch habe ich gehört, dein Vater sei Schröpfer in einem Bad gewesen und habe dir nichts hinterlassen.«

Abu Muhamed antwortete: Höre meine Geschichte, o Fürst der Gläubigen! Mein Vater war allerdings Schröpfer in einem Bad, und ich war in meiner Jugend der trägste Mensch auf Erden. Meine Trägheit war so groß, daß, wenn ich an einem Ort lag und die Sonne mich beschien, ich die Mühe scheute, aus der Sonne in den Schatten zu gehen. So lebte ich 15 Jahre lang, bis mein Vater starb. Er hinterließ mir gar nichts und meine Mutter mußte mich bedienen und mir zu essen und zu trinken bringen, ich aber blieb stets auf einem Fleck liegen. Eines Tages kam meine Mutter zu mir, mit fünf Drachmen Silber in der Hand, und sagte: »Mein Sohn! Ich habe gehört, der Scheich Abu Muzfir reist nach China – dies war ein guter Mann und liebte die Armen sehr – stehe nun auf! Wir wollen ihm einiges Geld bringen und ihn bitten, daß er uns dafür etwas in China kaufe, woran wir mit Gottes Gnade einiges gewinnen.« Ich weigerte mich, aufzustehen; da schwor sie, daß, wenn ich nicht mitkomme, sie mich gar nicht mehr besuchen und mir nicht mehr zu essen und trinken geben würde, so daß ich vor Hunger sterben müßte. Da ich wußte, daß meine Mutter wegen meiner ihr bekannten Trägheit so geschworen hatte, sagte ich ihr: »Nun, so setze mich aufrecht!« Nachdem sie mich aufgehoben hatte, sagte ich ihr: »Ziehe mir meine Kleider an«, und sie tat es; so ging ich dann stolpernd fort bis ans Ufer des Stroms; da grüßten wir den Scheich Abu Muzfir, und ich sagte ihm: »Mein Herr, nimm dies Geld und kaufe dafür etwas in China, vielleicht wird mir Gott Gewinn daran verleihen.«

Abu Muzfir fragte seine Gefährten, ob sie diesen Mann kennen? sie sagten: »Ja, er ist unter dem Namen Abu Muhamed der Träge bekannt, doch haben wir ihn nie ausgehen sehen.« Abu Muzfir nahm das Geld und reiste im Namen Gottes mit seinen Gefährten nach China. Er vollendete in drei Tagen seine Geschäfte und schickte sich schon zur Rückkehr an, da sagte er seinen Gefährten: »Haltet ein! Ich habe den Auftrag des trägen Abu Muhamed vergessen, kommt zurück, daß wir etwas für ihn kaufen.« Seine Gefährten beschworen ihn bei Gott, nicht zurückzukehren und an die große und gefahrvolle Reise zu denken; aber er bestand darauf, wieder ans Land zu gehen, bis sie sich erboten, ihm das Geld des Trägen mehrfach zu verdoppeln. Sie reisten dann weiter und kamen an eine vielbewohnte Insel, ankerten daselbst, stiegen mit ihren Waren ans Land und tauschten andere Gegenstände dafür ein. Als sie wieder aufs Schiff zurückkehren wollten, sah Abu Muzfir einen Mann mit vielen Affen vor sich, worunter sich einer befand, dem alle Haare ausgerissen waren; er sah auch, daß, so oft der Hüter das Auge von seiner Herde wegwandte, alle Affen über den mit ausgerissenen Haaren herfielen und ihn mißhandelten. Abu Muzfir bedauerte diesen Affen und sagte zu dessen Hüter: »Ich habe fünf Drachmen bei mir, die einem Waisen gehören, verkaufe mir ihn dafür.« Der Hüter antwortete: »Ich verkaufe dir ihn, Gott segne dich!« Abu Muzfir gab das Geld her, ließ den Affen im Schiff anbinden und reiste mit seinen Gefährten nach einer anderen Insel, wo sie wieder ankerten. Da kamen die Taucher, welche Perlen und Edelsteine aus dem Meer holten, um dafür Waren zu kaufen. Als der Affe sie untertauchen sah, machte er sich los und stürzte sich auch ins Meer. Abu Muzfir schrie: »Es gibt keinen Schutz und keine Macht, außer bei Gott, dem Erhabenen! Der Affe, der dem armen Waisen gehörte, ist verloren.« Als aber die Taucher wieder heraufkamen, stieg auch der Affe empor und trug viele Edelsteine in den Händen, die er vor Abu Muzfir hinwarf. Dieser erstaunte sehr und sagte: »Hinter diesem Affen muß ein großes Geheimnis stecken.« Sie reisten dann weiter nach der Insel Zing, die von Schwarzen bewohnt ist, welche Menschenfleisch fressen: Sobald die Schwarzen das Schiff sahen, kamen sie in Nachen heran, legten alle Leute, die auf dem Schiff waren, in Ketten und führten sie zu ihrem König. Dieser ließ einen Teil der Leute schlachten und ihr Fleisch verzehren, worüber die übrigen heftig weinten. In der Nacht kam aber der Affe und entfesselte Abu Muzfir. Als die anderen Kaufleute dies sahen, sagten sie: »Vielleicht können wir nun durch dich befreit werden.«

Abu Muzfir sagte: »Ich verdanke meine Befreiung dem Affen des Trägen, wofür ich ihm 1000 Dinare bestimme; wollt ihr das gleiche tun?« Die Kaufleute riefen einstimmig: »Wir geben ebenso viel.« Der Affe entfesselte hierauf einen nach dem andern; sie gingen zusammen auf das Schiff, das sie unbeschädigt wiederfanden, und reisten nach Bagdad. Sobald Abu Muzfir seine Freunde wieder sah, erkundigte er sich nach dem trägen Abu Muhamed; und während ich im Schlaf erwachte, kam meine Mutter zu mir und sagte: »Stehe auf! Abu Muzfir ist zurückgekehrt.« Ich sagte: »Hebe mich auf, wenn Gott beschlossen hat, daß ich an das Ufer des Stroms gehen soll.« Als sie mich aufrichtete, ging ich, über den Saum meines Kleides stolpernd, zu Abu Muzfir. Er sagte: »Willkommen sei mir der, dessen Geld durch Gottes Willen mich und meine Gefährten gerettet; nimm diesen Affen, den ich für dich gekauft, und erwarte mich bei deiner Mutter!« Ich ging damit zu meiner Mutter und sagte: »Bei Gott! Das ist eine kostbare Ware, sooft ich mich schlafen lege, weckst du mich, damit ich Handel treibe, sieh nun einmal mit eigenen Augen diese Ware an!« Kaum hatte ich mich niedergelassen, da kam Abu Muzfir mit seinen Sklaven und bat mich, mit ihm in sein Haus zu gehen. Hier ließ er von seinen Sklaven das Geld herbeiholen und sagte: »Gott hat dir durch deine fünf Drachmen reichen Segen gespendet«; gab mir dann die Schlüssel zu zwei Kisten und befahl seinen Sklaven, sie hinter mir her in mein Haus zu tragen. Meine Mutter freute sich sehr, als ich mit dem Geld nach Hause kam, und bat mich, nunmehr meine Trägheit aufzugeben. Der Affe saß stets neben mir auf dem Divan, wenn ich aß oder trank; aber vom Morgen bis Mittag blieb er aus und kam dann wieder mit einem Beutel von 1000 Dinaren. Ich wurde sehr reich, kaufte viele Güter, baute Gärten an und verschaffte mir viele Sklaven. Eines Tages, als der Affe neben mir saß, sah er sich oft um, rechts und links; ich dachte: »Was mag wohl die Ursache davon sein?« Da ließ Gott den Affen in einer klaren Sprache mir zurufen: »O Abu Muhamed!« Als ich ihn sprechen hörte, wollte ich davonlaufen; er rief mir aber zu: »Fürchte dich nicht, ich bin kein Affe, sondern ein widerspenstiger Geist; ich kam zu dir, weil du so elend warst; nun aber weißt du gar nicht, wie reich du bist; ich wünsche nur noch, daß du ein Mädchen heiratest, so schön wie der Mond.« Ich fragte: »Wie soll das zugehen?« Er antwortete: »Morgen früh ziehe kostbare Kleider an. Laß deinem Maultier einen goldenen Sattel auflegen, reite auf den Markt der Getreidehändler und frage nach dem Laden des Scherif, setze dich zu ihm und halte um seine Tochter an; entgegnet er dir: ›Du hast weder Geld noch Adel‹, so gib ihm 1000 Dinare; fordert er mehr, so biete so viel, bis er nach deinem Gelde lüstern wird.« Ich versprach dem Affen zu gehorchen, und begab mich am folgenden Morgen, wie er es wünschte, von zehn Mamelucken begleitet, in den Laden des Scherif.

Als der Scherif mich fragte, was ich von ihm wolle, antwortete ich: »Ich wünsche deine Tochter zu heiraten.« Da sagte er: »Du bist von gemeiner Herkunft und hast kein Vermögen.« Ich überreichte ihm aber einen Beutel mit 1000 Dinaren und sagte: »Hier ist mein Adel und meine Abkunft; der Prophet Gottes, Friede sei mit ihm!, hat gesagt: ›Geld ist der beste Adel‹; auch hat ein Dichter gesagt: ›Wenn ein reicher Mann unwahr spricht, so sagt man: Du hast Recht, es ist wahr; spricht aber ein Armer die Wahrheit, so wird er ein Lügner genannt. Überall verschafft Geld den Menschen Ehre und Schönheit; es dient als Zunge dem, der sprechen will, und als Pfeil dem, der Krieg zu führen wünscht.‹«

Der Scherif verbeugte sich und sagte: »Wenn es denn sein soll, so fordere ich nur noch 2000 Dinare mehr.« Ich erwiderte: »Recht gerne«, und schickte die Mamelucken fort, um das übrige Geld zu holen. Der Scherif stand dann auf, ließ den Laden schließen, nahm mehrere Freunde vom Markt mit nach Hause, schrieb den Ehekontrakt und sagte mir: »In zehn Tagen kannst du die Ehe vollziehen.« Ich ging vergnügt nach Hause und erzählte dem Affen, als ich allein

bei ihm war, das Resultat meines Versuchs bei dem Scherif und er bezeugte mir seine Zufriedenheit damit. Als die zur Hochzeit festgesetzte Zeit kam, sagte mir der Affe: »Ich muß dich nun um etwas bitten, ehe deine Gattin zu dir kommt; gewährst du mir's, so sollst du haben, was du willst.« Da ich ihm die Erfüllung seines Wunsches zusagte, fuhr er fort: »Im oberen Teil des Gemachs, wo du mit der Tochter des Scherif die Hochzeitnacht feiern wirst, ist eine Schatzkammer, mit einem messingnen Ring an der Tür. Nimm die Schlüssel, die unter dem Ringe liegen, und öffne die Tür; da findest du eine eiserne Kiste mit vier Fahnen an den Ecken, auf denen allerlei Talismane gemalt sind; du wirst in der Kiste eine messingne Schüssel mit Gold gefüllt, und einen weißen Hahn mit gespaltenem Kamm sehen, und neben derselben elf Schlangen. Nimm schnell das Messer, das neben der Kiste liegt, schlachte den Hahn, zerschneide die Fahnen, leere die Kiste aus und geh wieder zur Braut: das ist mein Wunsch.« Ich versprach ihm, zu gehorchen, ging zur Hochzeit und fühlte mich höchst glücklich, als ich mit meiner

Braut allein war, denn sie war eine ausgezeichnete Schönheit. Um Mitternacht, als meine Braut schlief, nahm ich die vom Affen bezeichneten Schlüssel und öffnete die Schatzkammer, dann ergriff ich das Messer, schlachtete den Hahn, zerriß die Fahnen und warf die Kiste um.

Da erwachte meine Frau, und als sie den Hahn geschlachtet und die Kiste umgestürzt sah, schrie sie: »Es gibt keinen Schutz und keine Macht, außer bei Gott, dem Erhabenen! Bei Gott, nun hat mich der widerspenstige Geist in seiner Gewalt!« und kaum hatte sie diese Worte gesagt, so wurde sie weggeschleppt. Sie stieß ein so lautes Geschrei aus, daß der Scherif herbeigelaufen kaum und sagte: »O Abu Muhamed! Ist das unser Lohn? Handelst du so gegen uns? Schon sechs Jahre will ein böser Geist meine Tochter entführen und ich hielt ihn durch meine Talismane davon ab. Nun hast du nichts mehr hier zu schaffen, geh nur deines Weges!« Ich ging nach Hause und suchte den Affen, fand aber keine Spur von ihm; da dachte ich: »Gewiß ist er der widerspenstige Geist, darum riet er mir, die Talismane zu zerstören, die ihn aus der Nähe meiner Gattin verbannten.« Ich zerriß meine Kleider, schlug mich ins Gesicht und fand die Erde zu eng für mich. Den ganzen Tag lief ich in der Wüste herum, ohne zu wissen, wohin. Des Abends sah ich zwei Schlangen, eine braune und eine weiße, die miteinander kämpften; da hob ich einen Stein auf und tötete die braune Schlange, welche die böseste war. Hierauf verschwand die weiße Schlange, kam dann mit zehn anderen Schlangen wieder, welche die tote Schlange zerrissen, bis nichts als der Kopf an ihr blieb, und dann wieder weggingen. Bald darauf hörte ich, ohne jemanden zu sehen, folgenden Vers rezitieren:

»Fürchte das Schicksal und seine Tücke nicht, Gott wird dir schon wieder Glück und Freude bringen.«

Diese Worte machten einen tiefen Eindruck auf mich; und alsbald hörte ich hinter mir eine Stimme, welche folgende Verse rezitierte:

»Muselmann, der du den Koran gelesen, freue dich, du bist nun in Sicherheit; fürchte keinen Satan mehr, denn wir sind ein rechtgläubiges Volk.«

Ich sagte: »Bei dem, den du anbetest, sprich, wer bist du?« Da verwandelte sich die Stimme in eine menschliche Gestalt und sprach: »Fürchte nichts! Wir sind rechtgläubige Geister, du kannst, da du uns Gutes erwiesen, von uns fordern, was du begehrst.« Ich erwiderte: »Mir ist das größte Unglück widerfahren.« Sie versetzte: »Mir ist, du seiest der träge Abu Muhamed.« Ich sagte: »Der bin ich.« »Nun«, versetzte sie, »ich bin der Bruder der weißen Schlange, deren Feind du getötet hast. Wir sind vier Geschwister und wir alle sind dir zu Dank verpflichtet und wir werden dir behilflich sein, daß du deine Gattin wieder erhältst, welche der böse Geist, der als Affe bei dir war, entführt hat.«

Auf den Ruf des Geistes sammelte sich eine ganze Herde Geister um ihn, die er nach dem Aufenthaltsort des Affen befragte. Da sagte einer: »Ach weiß, daß er sich in der kupfernen Stadt aufhält, wo nie die Sonne scheint.« »So mache dich auf, Abu Muhamed!« sagte der Geist, »einer unserer Sklaven wird dich dahin tragen und dir sagen, wie du dich deiner Frau bemächtigen kannst. Doch der Sklave ist ein widerspenstiger Geist, du darfst den Namen Gottes nicht vor ihm aussprechen, sonst entflieht er und du bist verloren.« Ein Sklave nahm mich sogleich auf den Rücken und flog mit mir so hoch hinauf, daß mir die Sterne wie Berge vorkamen, und ich hörte, wie die Engel im Himmel Gott priesen. Ich unterhielt mich auch gut mit dem Sklaven, der mir alles Wunderbare in der Luft zeigte, und der Name Gottes kam mir nicht über die Lippen. Auf einmal kam ein Mann im grünen Gewande mit schwarzen Haarlocken, leuchtendem Gesicht und einem blitzenden Schwert in der Hand auf mich zu und sagte: »Abu Muhamed, sprich: ›Es gibt keinen Gott außer dem einzigen Gott‹, sonst erschlage ich dich mit diesem Schwert.« Schon zerriß es mir das Herz, daß ich Gottes Namen nicht erwähnen sollte, ich rief daher: »Es gibt keinen Gott, außer Allah.« Da schlug der Mann den Sklaven mit dem Schwert, er zerrann und wurde zu einem Haufen Asche, ich aber fiel in ein mächtig tobendes Meer. Zu meinem Glück segelte ein Schiff, mit fünf Menschen darin, an mir vorüber, das mich aufnahm, aber ich verstand die Sprache dieser Leute nicht. Sie fuhren den ganzen Tag fort; gegen Abend warfen sie das Netz aus und fingen einen Fisch, von dem sie mir ein Stück gebraten zu essen gaben. Am folgenden Tag kamen wir in eine Stadt; ich wurde vor den König geführt, der mir Geschenke machte und mich zum Vezier ernannte. Ich fragte nach dem Namen dieser Stadt und man sagte mir: »Sie heißt Hunad und gehört zu China.« Der König ließ mir dann durch seinen früheren Vezier die Stadt zeigen, deren ältere Bewohner, weil sie ungläubig waren, in Stein verwandelt wurden, und ich bewunderte die vielen Obstbäume, die so herrliche Früchte trugen.

Als ich einen Monat in dieser Stadt zugebracht hatte und am Ufer eines Flusses stand, kam ein Reiter auf mich zu und fragte mich: »Bist du der träge Abu Muhamed?« Als ich seine Frage bejahte, sagte er: »Fürchte nichts! Du warst unser Wohltäter, ich bin der Bruder der Schlange, die du gerettet, und du befindest dich nicht weit von dem Ort, wo deine Frau sich aufhält.« Er zog dann seine Kleider aus und reichte sie mir, ließ mich hinter ihn auf sein Pferd sitzen und ritt mit mir in eine Wüste. »Hier«, sagte er, »steige jetzt ab und geh zwischen diesen beiden Bergen weiter, da wirst du die kupferne Stadt sehen; gehe aber nicht hinein, bis ich wiederkehre und dir sage, was du tun sollst.« Ich ging bis dicht vor die Stadt und bewunderte ihre Mauern von Eisen und Kupfer, fand aber kein Tor, obschon ich die ganze Stadt umkreiste. Auf einmal kam der Reiter wieder und gab mir ein mit Talismanen beschriebenes Schwert, das mich unsichtbar machte. Als er mich hierauf wieder verließ, vernahm ich ein großes Geschrei und sah eine Menge Leute, welche die Augen auf der Brust hatten. Sie fragten mich, wie ich hierher gekommen? Und als ich ihnen die Wahrheit erzählte, sagten sie: »Wir sind Freunde der Schlange, deine Braut ist in dieser Stadt, doch wissen wir nicht, was der böse Geist mit ihr begonnen. Steige nur in den Strom, den du vor dir siehst, und folge ihm in die Stadt.« Ich warf mich ins Wasser, das durch einen unterirdischen Kanal in die Stadt lief; und als ich unter einem seidenen Baldachin wieder herauf kam, sah ich meine Frau auf einem goldenen Thron sitzen. Sie grüßte mich und fragte, wie ich hierher gekommen, und nachdem ich ihr alles erzählt hatte, sagte sie: »Wisse, der verruchte Geist hat mir aus heftiger Liebe gestanden, wie man

ihm beikommen kann; er hat mir eine Säule gezeigt, in welcher ein Adler mit allerlei Talismanen eingegraben sein soll. Wer den nimmt, kann alle Geister beherrschen und die ganze Stadt zu Grund richten. Nimm also diesen Adler, und die Geister werden alle deine Befehle vollziehen.« Ich tat, wie sie mir befahl, und als die Geister mich fragten, was ich wünsche sagte ich: »Leget den widerspenstigen Geist, der diese Frau entführt hat, in Ketten.« Als dies geschehen war, entließ ich sie, indem ich ihnen sagte: »Wenn ich eurer bedarf, so rufe ich euch wieder.« Ich begab mich dann mit meiner Frau wieder auf den unterirdischen Kanal bis ich zu den Geistern kam, die mir den Weg gezeigt hatten. Diese führten uns ans Meer, wo ein Schiff wartete; wir reisten mit günstigem Wind nach Baßrah zurück, und der Scherif freute sich nicht wenig, als meine Frau wieder zu ihm zurückkehrte. In meinem Haus angelangt, beräucherte ich den Adler mit Moschus, da erschienen viele Geister und fragten, was ich wünsche? Ich befahl ihnen, alle Schätze aus der kupfernen Stadt herzubringen: Gold, Silber und Edelsteine. Als dies geschehen war, befahl ich ihnen, mir den Affen zu bringen. Sie schleppten ihn nach einer Weile, im erbärmlichsten Zustand, zu mir her und ich sagte ihm: »Weil du mir treulos warst, du Verruchter!, sollst du nun auf ewige Zeiten in eine kupferne, mit Blei versiegelte Flasche gesperrt werden.« Ich lebe nun höchst vergnügt mit meiner Gattin, und so oft ich Geld oder sonst etwas brauche, wende ich mich an meine Geister, die mir alles sogleich bringen. So viel, o Fürst der Gläubigen!, verdanke ich der Güte des erhabenen Gottes. Der Kalif war höchst erstaunt über diese Erzählung und machte Abu Muhamed kostbare Gegengeschenke.

Geschichte des Barmekiden Djafar

Der Barmekide Djafar saß eines Tages beim Wein mit seinen Freunden, welche alle in farbigen Oberkleidern erschienen, die einen rot, die anderen gelb und die dritten grün. Djafar gab dem Kammerherrn den Befehl, außer seinem Gesellschafter Abd Almelik, dem Sohn Salihs, der noch erwartet wurde, keinen Menschen mehr zu ihm hereinzulassen. Als aber die Becher die Runde machten und die Laute herbeigeholt wurde, kam ein Mann, welcher auch Abd Almelik hieß, an die Tür Djafars. Dieser Abd Almelik war aber ein sehr ernster und strenggläubiger Mann, den der Kalif oft ersucht hatte, ihm Gesellschaft zu leisten und mit ihm zu trinken, dem er sogar bedeutende Summen deshalb angeboten hatte, ohne ihn dazu vermögen zu können. Der Kammerherr, welcher glaubte, dies sei der Mann, für den Djafar eine Ausnahme gemacht hatte, der aber gekommen war, um mit Djafar über irgendein Anliegen zu sprechen, führte ihn in den Trinksaal. Als aber Djafar ihn sah, kam er fast außer sich vor Scham und dachte sich wohl, daß der Kammerherr durch den Namen dieses Mannes irregeleitet worden. Abd Almelik, dem es auch auffiel, in einen Trinksaal geführt zu werden, freute sich, als er Djafars Verlegenheit merkte, sagte aber: »Ihr habt nichts zu befürchten, reicht auch mir ein farbiges Kleid*.« Ein Diener gab ihm ein gefärbtes Oberhemd, er zog es an, setzte sich, unterhielt sich mit Djafar und machte allerlei Scherze. Dann forderte er auch Wein und man füllte ihm einen großen Becher. Da sagte er: »Nur sachte, ich bin daran nicht so gewöhnt.« Er spaßte dann solange mit ihnen, bis Djafars Verlegenheit verschwand und er sich über die Verwechslung des Kammerherrn freute.

Djafar fragte ihn dann, was ihn eigentlich herführte? Er antwortet: »Ich habe um drei Dinge zu bitten, die du dem Kalifen vortragen sollst; das erste ist: daß eine Schuld von einer Million Drachmen für mich bezahlt werde; zweitens wünsche ich eine Statthalterschaft für meinen Sohn, und drittens möchte ich ihn mit der Tochter des Kalifen verheiraten, welche seine Cousine, und der er ebenbürtig ist.« Djafar sagte: »Gott gewährt dir alle drei Wünsche. Dein Geld wird sogleich in deine Wohnung gebracht, deinem Sohn aber verschaffe ich die Statthalterschaft von Ägypten und die Tochter des Kalifen, gegen eine

* Wahrscheinlich damit man die Weinflecken nicht an den Kleidern erkenne.

Morgengabe von so und so viel, du kannst nun in Gottes Namen ruhig nach Hause gehen.« Als Abd Almelik nach Hause kam, fand er das gewünschte Geld schon auf seinem Tisch. Am folgenden Morgen ging Djafar zum Kalifen, erzählte ihm, was zwischen ihm und Abd Almelik vorgefallen, und verließ ihn nicht eher, bis er ihm einen Firman für Abd Almeliks Sohn, als Statthalter von Ägypten, überreichte, und Kadhi und Zeugen kommen ließ, um den Ehekontrakt zwischen diesem und seiner Tochter zu schreiben.

Man erzählt ferner: Djafar stand mit dem Statthalter von Ägypten in so feindseligem Verhältnis, daß sie einander gegenseitig auswichen und einer des anderen Sturz wünschte. Einst schrieb einer einen Brief im Namen Djafars an den Statthalter von Ägypten, dessen Inhalt war:

»Der Träger dieses Briefes ist einer meiner besten Freunde, der nach Ägypten reist; ich wünsche, daß du ihn gut aufnehmest, u.s.w.«

Dieser Mann wußte nämlich nichts von der Feindschaft, die zwischen ihnen obwaltete. Der Statthalter freute sich darüber, doch war ihm dieser Brief sehr verdächtig, er erwies dem Überbringer zwar viel Ehre und sorgte für alle seine Bedürfnisse, aber er sandte doch den Brief seinem Agenten in Bagdad und beauftragte ihn, nachzuforschen, ob dieses Schreiben wirklich von der Hand des Veziers sei, oder nicht. Als des Statthalters Agent diesen Brief erhielt, ging er damit zu dem Agenten Djafars, erzählte ihm den Vorfall und zeigte ihm das Empfehlungsschreiben. Dieser brachte es Djafar, welcher es vor seinen Freunden und Adjutanten, die bei ihm waren, hinwarf und sie fragte, ob dies seine Hand sei? Sie betrachteten das Schreiben und erklärten es einstimmig für falsch. Dann sagte ihnen Djafar: »Der Überbringer dieses Briefs ist in Ägypten beim Statthalter, welcher Antwort über den wahren Zustand der Sache erwartet; was ratet ihr mir zu tun?« Da sagte einer von ihnen: »Du mußt den, der den falschen Brief geschrieben, umbringen lassen, damit niemand mehr etwas ähnliches tue«; ein anderer sagte: »Du mußt ihm die rechte Hand abhauen lassen, mit der er deinen Namen geschrieben«; ein dritter sagte: »Er muß tüchtig durchgeprügelt und dann seines Weges geschickt werden.« Der Humanste unter ihnen sagte: »Er soll zur Strafe aus Ägypten verbannt werden; es wird hart genug für ihn sein, diese weite Reise umsonst gemacht zu haben und beschämt zurückzukehren.« Als sie alle ausgeredet hatten, sagte Djafar: »Großer Gott! Unter euch allen ist kein einziger wohldenkender Mann. Ihr wißt, welche Feindschaft zwischen mir und dem Statthalter von Ägypten besteht, und wie jeder von uns zu stolz ist, die Hand zur Versöhnung zu bieten; nun hat uns Gott einen Mann beschieden, der uns eine Veranlassung zum Briefwechsel und zur Versöhnung gibt: Wie sollte ich ihn so hart bestrafen?« Er ließ sich dann Tinte und Kalam bringen und schrieb auf die Außenseite des Briefs an den Statthalter von Ägypten:

»Gepriesen sei Gott! Wie konntest du an meiner Handschrift zweifeln? Es ist meine Hand, und der Überbringer ist einer meiner teuersten Freunde, gegen den du gütig sein mögest, den ich dich aber bitte, nicht zu lange aufzuhalten, denn ich sehne mich sehr nach ihm und bedarf seiner hier.«

Als der Brief an den Statthalter zurückkam, war er außer sich vor Freude; er erwies dem Mann die größten Ehrenbezeugungen und machte ihm kostbare Geschenke. Als der Mann wieder reich begütert nach Bagdad zurückkam, begab er sich zu Djafar, weinte und küßte die Erde vor ihm. Djafar fragte ihn: »Wer bist du?« Er antwortete: »Ich bin dein Sklave und dein Geschöpf, ich bin der Verfälscher deiner Unterschrift.« Djafar nahm ihn aber freundlich auf, hieß ihn sitzen und fragte ihn, wie viel er vom Statthalter von Ägypten erhalten? Er antwortete: »100000 Dinare.« Da sagte Djafar: »Das ist wenig, wir wollen dir diese Summe verdoppeln.« Er rief sogleich seinen Schatzmeister und ließ ihm noch 100000 Dinare ausbezahlen.

Man erzählt ferner: Das Wunderbarste, was dem Kalifen Harun Arraschid begegnete, war folgendes: Als sein Bruder Hadi Kalif wurde und einen wertvollen Siegelring von ihm forderte, der seinem Vater Madhi gehört hatte, wollte er ihn, weil er ihn als das Symbol des Kalifats betrachtete, nicht hergeben. Da aber Hadi sehr in ihn drang, warf er ihn in den Tigris. Als dann Hadi starb und Harun Kalif wurde, ging er wieder auf denselben Platz, wo er den Ring weggeworfen hatte, nahm einen bleiernen Ring, warf ihn ins Wasser und befahl den Tauchern, ihm seinen Ring zu suchen; sie tauchten unter und brachten den ersten Ring heraus, und dies deutete auf Haruns Glück und auf die Dauer seines Reichs.

Notiz über die Barmekiden

Sobald Harun Kalif war, ernannte er den Barmekiden Djafar zu seinem Vezier und erwies ihm die ausgezeichnete Ehre, wie es wohl bekannt und in allen Büchern aufgezeichnet ist. Niemals stand ein Vezier so hoch, wie Djafar bei Harun Arraschid. Der Kalif nannte ihn stets Bruder und besuchte ihn oft in seinem Haus. Djafar war 19 Jahre lang Vezier und befolgte die Lehre seines Vaters Jahia, der ihm einst sagte: »So lange dein Kalam donnert, laß ihn Wohltaten regnen.« Man gibt verschiedene Ursachen über seine Hinrichtung an, doch wird Haruns Eifersucht als die triftigste angegeben. Der Kalif hatte nämlich eine Schwester, welche das schönste Geschöpf ihrer Zeit war; er liebte sie leidenschaftlich und konnte sich ebensowenig von ihr, als von Djafar trennen. Er sagte daher zu Djafar: »Ich will dir meine Schwester zur Gattin geben, damit wir gemeinschaftlich uns ihres Umgangs freuen.« Da er aber bald bemerkte, daß seine Schwester Djafar leidenschaftlich liebe, verwandelte sich seine Liebe zu Djafar in Haß und er ließ ihn und alle seine Verwandten hinrichten.

Alsdann erzählte Schehersad die ...

Geschichte Ali Schirs

Vor vielen Jahrhunderten lebte in Chorasan ein sehr reicher und angesehener Mann, mit Namen Muhamed Eddin. Er war schon 60 Jahre alt, als ihm Gott noch einen Sohn schenkte, den er Ali Schir nannte. Als dieser das männliche Alter erreicht hatte, wurde Muhamed Eddin gefährlich krank. Er ließ Ali Schir zu sich rufen und sagte ihm: »Mein Sohn, ich bin dem Tode nahe und möchte

dir nun meinen letzten Willen kund tun.« Ali Schir fragte: »Was befiehlst du, mein Vater?« »Vor allen«, erwiderte der Sterbende, »meide schlechte Gesellschaft und schenke niemanden dein Vertrauen, denn selbst deine Freunde könnten dich verraten. Ein frommer Dichter hat gesagt:

›Es lebt kein Mensch in unserer Zeit, dessen Freundschaft wünschenswert; kein Vertrauter bleibt uns treu, wenn das Schicksal uns bedroht. Lebe einsam und baue auf niemanden, das ist mein Rat, er genüge dir.‹«

Ali Schir sagte: »Ich werde gehorchen, mein Vater! Was gebietest du noch?« »Sei mildtätig, solange du kannst, und versäume keine Gelegenheit, Wohltaten auszuüben, denn nicht zu jeder Zeit kann man dazu kommen. Ein Dichter hat gesagt:

›Nicht zu jeder Zeit bieten sich schöne Handlungen dar, darum hasche danach, wenn du es in Sicherheit kannst, und fürchte, das Schicksal möchte dir treulos werden.‹«

»Auch diesen Rat werde ich befolgen, hast du mir noch etwas zu sagen?« »Mein Sohn! Bewahre dein Vermögen, es wird dich dann auch schützen, verschwende es nicht, sonst möchtest du der gemeinsten Menschen bedürfen, der Wert des Menschen besteht in seinem Besitz, wie ein Dichter gesagt:

›Ist mein Vermögen gering, so will niemand mein Freund sein; ist es groß; so drängt sich ein jeder um mich. Wie mancher geht nur meines Geldes willen mit mir um, wie mancher andere verläßt mich, sobald mein Geld dahin ist.‹

Dann, mein Sohn, befolge den Rat älterer Leute, übereile dich in nichts, habe Mitleid mit denen, die unter dir sind, so werden auch deine Oberen dich bemitleiden. Ein Dichter sagte:

›Bist du mächtig, so tue niemand Gewalt an, denn der Unterdrückte ist immer zur Rache vorbereitet; wenn dein Auge schläft, so wacht der, dem Unrecht geschehen, er verwünscht dich, und Gottes Auge schläft nie.‹

Ferner hüte dich, Wein zu trinken; er ist die Quelle vielen Unheils; er unterdrückt den Verstand und verleitet zur Gemeinheit. Das ist mein letzter Wille; Gott wache statt meiner über dich.« Hierauf fiel er eine Weile in Ohnmacht, dann rief er Gott um Verzeihung an, legte sein Glaubensbekenntnis ab und ging zur Barmherzigkeit Gottes über. Ali weinte und schluchzte, dann ermannte er sich und machte die Vorbereitungen zur Beerdigung; die vornehmsten Leute der Stadt folgten dem Leichenzug; der Koran wurde für ihn vor seinem Sarg gelesen, kurz, es wurde nichts unterlassen von allem, was einem angesehenen frommen Muselmann gebührt. Dann betete man für ihn und legte ihn in die Erde, und schrieb folgendes auf sein Grab:

»Du stammst von Erde her und erhieltst Leben und wurdest ein beredter Mann, dann bist du als Leiche zur Erde zurückgekehrt, als wärest du von jeher nur Staub geblieben.«

Ali Schirs Mutter betrauerte ihren Gatten, bis auch sie bald nach ihm starb, und Ali Schir ließ sie mit denselben Ehrenbezeigungen, wie sein Vater, bestatten.

Ein Jahr lang lebte nun Ali Schir seinem Handel und knüpfte mit niemanden Freundschaft an. Aber nach einem Jahr kamen schlechte Menschen zu ihm, die ihn zum Bösen verleiteten; er ging dem Vergnügen nach, wurde verschwenderisch und dachte: »Mein Vater hat dieses Vermögen für mich gesammelt, wem soll ich es hinterlassen? Bei Gott! Ich will die Worte des Dichters beherzigen, welcher sagte:

›Wenn du dein ganzes Leben lang einsammelst, wann willst du das Gesammelte genießen?‹«

Ali Schir zehrte nun an seinem Vermögen Tag und Nacht. Aber bald ging es Ali, wie es in einem Sprichwort heißt:

»Wer immer ausgibt, ohne zu rechnen, wird arm, ohne es zu wissen.«

Ali Schir mußte bald seinen Laden und seine Häuser verkaufen, zuletzt auch seine Kleider, so daß ihm nur noch ein einziges übrig blieb. Eines Tages, als er nicht mehr so viel hatte, um davon zu frühstücken, da erwachte er aus seinem Rausch und empfand Reue. Er wollte zu seinen Freunden gehen, um ihre Hilfe anzusprechen, aber sie verbargen sich vor ihm, so daß er fast verhungerte.

Er ging hierauf nach dem Bazar und sah hier viele Leute zusammengerottet; er schwur bei Gott, nicht zu weichen, bis er gesehen, weshalb die Leute hier einen Knäuel bilden und erblickte eine Sklavin von schönem Wuchs und rosigen Wangen, wie sie ein Dichter schilderte:

»Sie ist aus der Form der Schönheit vollkommen hervorgegangen, weder zu lang, noch zu kurz, weder zu stark, noch zu mager; der Mond ist ihre Stirne, ein Banzweig ihr Wuchs, ihr Atem Moschus und ihr ganzer Körper aus Perlenwasser gegossen.«

Ali Schir fand diese Sklavin so schön, daß er schwur, nicht vom Platze zu weichen, bis er wisse, wer sie kaufe und was für sie geboten werde. Er stellte sich zu den übrigen Kaufleuten, so daß sie glaubten, es sei auch ein Käufer, weil sie wußten, wie viel er von seinem Vater geerbt und wie wohlhabend er war. Der Makler rief aus: »O ihr Kaufleute und reichen Herren, groß und klein, was bietet ihr für diese Sklavin, Herrin des Monds, leuchtende Perle, kostbaren Smaragd, Ziel des Verlangenden, Ergötzung des Sehnenden?« Da bot ein Kaufmann 500 Dinare, ein anderer 510; ein alter häßlicher Mann mit blauen Augen bot 600; wieder einer 610; worauf der Alte sogleich wieder 1000 bot. Da schwiegen alle Kaufleute, und der Makler fragte ihren Herrn, ob er sie für 1000 Dinare geben wolle? Er antwortete: »Ich habe geschworen, sie nur dem zu verkaufen, der ihr gefällt; frage sie, ob sie diesem Käufer gehören will.« Der Makler zeigte ihr den Alten, und als sie ihn sah, sagte sie: »Dem will ich nicht verkauft werden. Ein alter Dichter sagte einst:

›Ich forderte einen Kuß von meiner Geliebten, aber sie sah mein graues Haar, und obgleich ich sehr reich war, wandte sie sich weg und sagte: Nein, bei dem, der den Menschen aus nichts geschaffen, ich habe keine Freude an einem weißen Bart, soll ich bei meinem Leben mir den Mund mit Baumwolle stopfen?‹«

Als der Makler diese Worte hörte, sagte er: »Bei Gott, du hast nicht Unrecht, du bist wohl 1000 Dinare wert.« Er sagte dann den Kaufleuten, daß sie den Alten nicht wolle. Da trat jemand hervor und sagte: »Ich gebe auch 1000 Dinare.« Als sie ihn betrachtete, fand sie, daß er einen gefärbten Bart hatte, und sprach folgenden Vers:

»Sage dem Unbesonnenen, der sich färbt, was bedeutet diese List? Du gehst mit einem Bart weg und kommst mit einem anderen wieder, als wärest du irgend ein Schattenspieler.«

Der Makler sagte: »Bei Gott, du hast recht.« Da kam ein Halbblinder und sagte dem Makler: »Frage sie, ob sie mich zum Herrn will?« »Von einem solchen Mann«, antwortete die Sklavin, »hat ein Dichter gesagt:

›Lebe keinen Tag in Gesellschaft eines Halbblinden, und sei gegen seine

Bosheit auf deiner Hut, denn wäre etwas Gutes an ihm, so hätte sich nicht sein eigenes Auge von ihm getrennt.›«

Der Makler zeigte ihr dann einen anderen Kaufmann und fragte sie, ob sie diesen wolle? Er war aber so klein, daß sein Bart ihm bis zu den Beinen herunter hing. Sie antwortete: »Von diesem sagt ein Dichter:

›Ich habe einen kleinen Freund mit einem Bart, den Gott ganz zwecklos hat wachsen lassen; er gleicht einer langen, kalten und finstern Winternacht.›«

Der Makler sagte: »Nun, meine Dame, sieh dich einmal um, wer von den Anwesenden dir gefällt.« Die Sklavin warf ihren Blick auf den ganzen Kreis, und als er auf Ali Schir fiel, fühlte sie 1000-faches Weh in ihrem Herzen, denn er glich einer Gazelle und war zarter, als ein Zephyr; sie sagte dem Makler, auf Ali hindeutend: »Ich will nur diesem jungen Mann mit schönem Gesicht und feinem Wuchs verkauft werden, von einem solche Mann hat ein Dichter gesagt:

›Sie haben dein schönes Gesicht gezeigt, dann tadeln sie die von demselben Verführte. Wollten sie meine Keuschheit, so hätten sie dein schönes Gesicht verhüllen müssen.‹

Nur ihm will ich verkauft werden«, fuhr sie fort, »seine Worte fließen wie ein Strom aus dem Paradies, sein Blick heilt jeden Kranken; auf ihn passen folgende Verse:

›Seine Küsse sind süßer Wein, sein Atem ist frisches Basilienkraut, seine Zähne sind Kampfer. Ridhwan* hat ihn aus seiner Wohnung verjagt, aus Furcht, er möchte die Huri verführen. Man tadelt ihn wegen seines Stolzes, aber entschuldigt man nicht den Stolz des Mondes? Ich will keinen andere, als den mit lockigen Haaren und rosigen Wangen.›«

Als der Makler dies hörte, ging er zu ihrem Herrn und sagte: »Deine Sklavin hat mich ganz verrückt gemacht mit ihrer Schönheit, Beredsamkeit und Dichterkenntnis; sie ist mehr als 1000 Dinare wert.« Der Eigentümer versetzt: »Ich kann dir noch mehr von ihr sagen, sie kennt die sieben Schriftarten und liest den Koran nach den sieben Lesarten; ihre Hände sind Gold und Silber; sie stickt seidene Vorhänge, an denen du zehn Dinare verdienst, und bringt jede Woche einen fertig; o welch ein Glück, eine solche Sklavin im Hause zu haben, doch verkaufe sie nur, wem sie will.« Der Makler ging zu Ali Schir, küßte ihm die Hände und sagte: »Mein Herr, kaufe diese Sklavin, denn sie hat dich gewählt.« Ali Schir schlug den Kopf nieder, lachte über sich selbst und dachte: »Bei Gott, ich habe noch nicht einmal gefrühstückt! Ich schäme mich vor den Kaufleuten, zu sagen, ich habe nicht so viel.« Die Sklavin sah ihn an und sagte zum Makler: »Stelle mich ihm vor, damit er Gefallen an mir finde, denn ich will nur ihm verkauft werden.« Der Makler führte sie zu ihm und sagte: »Nun, mein Herr!« Ali gab aber keine Antwort. Da sagte die Sklavin: »O mein Herr, Geliebter meines Herzens! Warum kaufst du mich nicht? Ich werde dich gewiß glücklich machen.« Ali hob den Kopf zu ihr empor und sagte: »Kann man zu einem Kauf gezwungen werden? Du bist mir zu teuer.« »Nun, mein Herr, so kaufe mich für 900 Dinare!« »Auch so viel kann ich nicht geben.« Sie ging dann immer herunter, bis auf

* Der Wächter des Paradieses

100 Dinare. Aber Ali sagte: »Ich habe nicht einmal ganz 100 Dinare.« »Fehlt dir viel daran?« »Bei Gott, ich besitze keine weiße und keine rote Münze, suche dir einen anderen Käufer.« »So ergreife nur meine Hand, als wolltest du mich in einem Seitengäßchen untersuchen«, und als er dies tat, zog sie einen Beutel von 1000 Dinaren heraus und sagte ihm: »Bezahle 900 Dinare meinem Herrn und behalte 100 für uns.« Ali tat so und führte die Sklavin in seine Wohnung. Als sie ein leeres Zimmer fand, ohne Bett, ohne Decke und ohne Gefäße, gab sie ihm 1000 Dinare und sagte: »Gehe auf den Bazar und kaufe für 300 Dinare Bett und Hausgerätschaften.«

Als Ali wiederkam, sagte sie ihm: »Kaufe für drei Dinare Speisen und Getränke, dann ein Stück Seidenzeug zu einem Vorhang, Gold- und Silberfaden und Seide von sieben Farben.« Sie legte dann die Divane und Teppiche zurecht, zündete Lampen an, setzte sich zu Tisch und unterhielt sich mit Ali bis tief in die Nacht.

Am folgenden Morgen nahm die Sklavin den Vorhang und stickte mit farbiger Seide und Goldfaden um den Rand her allerlei Vögel, in die Mitte jede Gattung wilder Tiere, und arbeitete acht Tage lang daran. Als er fertig war, schnitt sie ihn zurecht, machte ihn rein und glatt, gab ihn ihrem Herrn und sagte: »Verkaufe ihn einem hiesigen Kaufmann; hüte dich aber, ihn einem Umherziehenden zu verkaufen, sonst ist unsere Trennung nahe; denn du hast Feinde, deren Augen auf uns geheftet sind.« Ali verkaufte den Vorhang einem Kaufmann für 40 Dinare, kaufte wieder Seidenzeuge, Seide, Goldfaden und Lebensmittel, und brachte das übrige Geld zurück. So verfloß ein ganzes Jahr. Als aber am Anfange des zweiten Jahres Ali den Vorhang, wie gewöhnlich, einem Makler zum Ausrufen gab, kam ein Christ vorüber, der 60 Dinare bot. Der Makler wollte ihn nicht geben, aber der Christ bot immer mehr, bis auf 100 Dinare, und bestach noch den Makler mit zehn Dinaren. Der Makler ging zu Ali und sagte ihm: »Dieser Christ will den Vorhang kaufen. Was hast du von ihm zu befürchten?« Auch alle Kaufleute drangen in ihn, bis er mit zitterndem Herzen den Vorhang dem Christen verkaufte, sein Geld nahm und wegging. Aber der Christ folgte ihm. Da fragte ihn Ali: »Was gehst du mir nach?« Er antwortete: »Ich habe oben an dieser Straße etwas zu tun, Gott schütze dich vor jedem Mangel!« Als Ali Schir vor sein Haus kam und den Christen noch auf seinen Versen sah, fragte er ihn wieder: »Was folgest du mir, Tropf?« Der Christ antwortete: »Mein Herr! Ich habe Durst, gib mir zu trinken.« Ali dachte: »Bei Gott, ich will den Christen nicht beschämen, der einen Trunk Wasser von mir fordert.«

Ali ging ins Haus und holte einen Becher Wasser. Da fragte ihn die Sklavin: »Hast du den Vorhang verkauft?« »Ja.« »Einem hiesigen Kaufmann oder einem durchziehenden? Schon ahnet mein Herz die Trennung.« »Ich habe ihn einem hiesigen Kaufmann verkauft.« »Was willst du mit diesem Becher Wasser?« »Dem Makler zu trinken geben.« Da rief sie: »Es gibt keinen Schutz und keine Macht, außer bei Gott, dem Erhabenen!« und rezitierte folgenden Vers:

»Du, der du Trennung herbeiführst, sachte! Laß dich nicht durch Umarmung täuschen. Sachte, das Glück ist trügerisch und das Ende jeder Vereinigung ist Trennung.«

Ali ging indessen mit dem Becher hinaus; da er aber den Christen im Hausgang, der ins Wohnzimmer führte, fand, sagte er: »Du Hund kommst ohne Erlaubnis in mein Haus?« Der Christ antwortete: »O mein Herr! Es ist ja kein Unterschied zwischen der Haustür und dem Gang, ich werde nicht weiter vorgehen, du bist doch ein gütiger, wohltätiger Mann.« Ali reichte ihm den Becher, der Christ trank ihn aus und gab ihn zurück, wich aber noch nicht von der Stelle. Da fragte ihn Ali: »Warum gehst du nicht deines Weges?« »Mein Herr! Sei nicht wie die, welche, wenn sie einem Wohltaten üben, dieselben dann einem vorwerfen, wie ein Dichter sagt:

»Dahin sind diejenigen, weiche gütig sind gegen die Armen, die an ihrer Tür stehen, jetzt macht man ihnen einen Trunk Wasser zum Vorwurf.«

»Ich habe nun getrunken, ich möchte jetzt auch etwas zu essen, vielleicht hast du ein Stück Brot und Zwiebel.« »Gehe jetzt ungesäumt deines Weges, es ist nichts im Hause.« »Wenn du nichts im Hause hast, hier sind 100 Dinare, bringe etwas vom Markte, wäre es auch nur ein Laib Brot, daß wir Brot und Salz zusammen essen.«

Ali dachte: »Dieser Christ ist verrückt; bei Gott, ich werde die 100 Dinare nehmen, ihm etwas bringen, das zwei Heller wert ist, und ihn auslachen.« Der Christ wiederholte: »Bringe nur etwas, um den Hunger zu stillen, wäre es auch trockenes Brot und Zwiebel, ein Dichter hat gesagt:

›Der Hunger wird mit trockenem Brot gestillt, weshalb soll ich mich grämen? Nur der Tod ist gerecht, der verfährt in gleicher Weise mit dem Kalifen und dem ärmsten Menschen.‹«

Ali sagte ihm dann: »Stehe auf, komm heraus, ich will schließen und dir etwas bringen.« Der Christ ging heraus, Ali legte ein Schloß vor die Tür, steckte den Schlüssel zu sich, lief auf den Bazar und kaufte gebackene Käse, Honig, Bananen und Brot, und brachte es dem Christen. Dieser sagte: »Mein Herr! Das ist so viel, daß zehn Menschen daran genug haben; vielleicht wirst du mit mir essen?« Ali weigerte sich, mit ihm zu essen; aber der Christ sagte ihm:»Mein Sohn! Kennst du nicht den Spruch der Weisen:

›Wer seinen Gast allein essen läßt, ist ein schlechter Mensch.‹«

Ali sah sich genötigt, mit dem Christen einiges zu essen, und als er aufhören wollte, nahm der Christ eine Banane, schälte sie, teilte sie in zwei Hälften und tat in die eine Hälfte ein feines Opiumpulver, das einen Elefanten eingeschläfert hätte, tauchte sie in Honig ein und sagte zu Ali: »Bei deinem Glauben, du mußt dies annehmen.« Ali wollte ihn nicht falsch schwören lassen, verschlang die Banane und stürzte um. Der Christ machte sich schnell auf, wie ein kahler Wolf oder eine in die Enge getriebene Katze, nahm den Zimmerschlüssel und lief zu seinem gottlosen Bruder Raschid Eddin, der sich nur zum Scheine für einen Muselmann ausgab. Dieser war es, der zuerst die Sklavin für 1000 Dinare kaufen wollte, und als er seinem Bruder erzählte, daß sie ihn verschmäht, sagte ihm dieser: »Warte nur, ich will sie schon durch List ohne Geld bekommen«, und tat hierauf, was wir eben erzählt haben. Raschid Eddin freute sich sehr, als sein Bruder zu ihm kam, bestieg sein Maultier und begab sich in Alis Wohnung mit seinen Dienern und Freunden. Er nahm auch einen Beutel von 1000 Dinaren mit, um im Notfall die Polizei zu bestechen. Er öffnete das Zimmer und stürmte mit seinen Leuten über die Sklavin her, drohte ihr mit Schlägen, wenn sie den Mund öffne, schleppte sie mit Gewalt fort und ließ Ali im Gang liegen. Als Raschid sie in seinem Schloß hatte, sagte er ihr: »Nun, Dirne, ich bin der Alte, den du nicht wolltest, und nun habe ich dich ohne Geld.« Sie erwiderte: »Gott wird dich alten Bösewicht schon dafür strafen, daß du mich von meinem Herrn getrennt.« Er aber sagte: »Du sollst nun sehen, was ich tue, du verliebte Dirne! Bei dem Messias und der Jungfrau, wenn du mir nicht gehorchst und meinen Glauben annimmst, so werde ich dich auf alle mögliche Weise peinigen.« »Und wenn du mich in Stücke reißest«, rief die Sklavin, »so werde ich meinen Glauben nicht aufgeben; vielleicht wird mir Gott bald Hilfe schicken, denn er kann alles, und Körperleiden sind leichter zu tragen, als Verrat gegen den Glauben.« Raschid

Eddin rief seine Diener herbei und ließ sie schlagen, bis sie keinen Klaglaut mehr von sich gab; ihr letztes Wort war: »Gott wird mir beistehen, er genügt mir.« Als sein Zorn abgekühlt war, sagte er zu den Sklavinnen: »Schleppt sie an den Füßen in die Küche und gebt ihr nichts zu essen.« Am folgenden Morgen ließ sie der Verruchte wieder vor sich führen, und als sie noch immer keine Christin werden wollte, ließ er sie wieder prügeln und fortschleppen, sie aber rief, als sie sich von den Prügeln erholt hatte: »Es gibt keinen Gott außer Gott, und Mohammed ist Gottes Gesandter!« und flehte des Propheten Fürbitte an.

Was aber den betrübten Ali Schir betrifft, so war er bis zum anderen Tag bewußtlos im Hausgang liegen geblieben. Erst nach und nach schwand die Wirkung des Schlafpulvers, er öffnete seine Augen und rief Sumurd; so hieß nämlich seine Sklavin. Als er ohne Antwort blieb, und das Zimmer leer fand, fiel ihm der Christ und die Warnung seiner Sklavin ein. Da weinte er und bereute seinen Ungehorsam, als es zu spät war. Er sprach dann folgenden Vers:

»O Liebesgram! Kennst du keine Schonung? Soll mein Herz immer zwischen Qualen und Gefahren schweben? Bemitleidet doch einen Edlen seines Volkes, den die Liebe erniedrigt; einen Reichen, den wieder Armut drückt!«

Er zerriß dann seine Kleider, nahm zwei Steine in die Hände, ging in der Stadt herum und schlug sich damit auf die Brust und rief seine Sklavin bei ihrem Namen; alle Kinder sammelten sich um ihn, und wer ihn kannte, weinte mit ihm. So brachte er den ganzen Tag und den folgenden auf der Straße zu. Da sah ihn ein frommes altes Weib und sagte ihm: »Gott lasse dich genesen! Mein Sohn, seit wann bist du rasend?« Er antwortete, folgende Verse rezitierend:

»Sie sagen, ich sei rasend vor Liebe, und ich antworte: Nur Rasende kennen die Freuden des Lebens. Lasset mein Rasen, bringt mir die, um derentwillen ich rase, und tadelt mich, wenn sie mich nicht heilt.«

Als die Alte merkte, daß er unglücklich liebte, sagte sie ihm: »Erzähle mir deine Geschichte, vielleicht kann ich dir helfen.« Ali erzählte ihr alles, was zwischen ihm und dem Christen vorgefallen. Da sagte sie: »Kaufe einen Korb, wie die Goldarbeiter haben, und fülle ihn mit Ringen, Armbändern und allerlei Frauenschmuck; spare nur kein Geld, ich gehe damit herum, bis ich, so Gott will, Kunde von ihr erhalte.« Ali küßte ihre Hände und holte, was sie ihm befohlen; sie zog ein geflicktes Kleid an, warf ein honigfarbiges Tuch um den Kopf, nahm einen Stock in die Hand und den Korb auf den Kopf und ging in der ganzen Stadt herum, bis sie Gott vor das Schloß des verruchten Raschid führte; da hörte sie ein lautes Schluchzen und Jammern. Die Alte klopfte an der Tür und sagte zur Sklavin, welche herunterkam und ihr öffnete: »Ich habe hier allerlei Schmuck im Korb, wollt ihr etwas kaufen?« Die Sklavin sagte: »Ja«, führte die Alte hinauf in die Küche, hieß sie sitzen, und alle Sklavinnen setzten sich um sie herum. Als sie sie durchmusterte, bemerkte sie auch Alis Sklavin Sumurd unter ihnen, welche weinte. Da fragte die Alte, warum diese Sklavin sich in einem solchen Zustande befinde? Die Sklavinnen erzählten ihr alles und setzten hinzu: »Es geschah nicht durch unseren Willen, sondern unser Herr hat es uns befohlen, der jetzt auf einer Reise ist.« Die Alte bat sie dann, sie möchten, da doch ihr Herr nicht zu Hause sei, Sumurd entfesseln und, bis ihr Herr zurückkomme, freilassen. »Du hast bei Gott recht«, erwiderten die Sklavinnen; sie entfesselten Sumurd und gaben ihr zu essen und zu trinken; die Alte aber seufzte: »O hätte ich doch ein Bein gebrochen und wäre nicht in dieses Haus gekommen!« Sie ging dann zu Sumurd und sagte ihr: »Gott wird dir bald helfen; ich komme von Ali Schir; sei bereit auf morgen, dein Herr wird unter der Bank am Schloß dich erwarten und durch einen Pfiff ein Zeichen geben, laß dich an einem Seil zum Fenster herunter, er wird dich auffangen und fortbringen.«

Hierauf ging die Alte zu Ali Schir und sagte ihm: »Morgen um Mitternacht stelle dich unter das Schloß des verruchten Raschid und pfeife, Sumurd wird sich herunterlassen, nimm sie auf und gehe mit ihr, wohin du willst.« Ali dankte ihr und sprach folgende Verse:

»Gott segne die, welche mir der Geliebten Wohnort zeigt, denn sie bringt mir die süßeste Nachricht; doch weiß ich sie mit nichts anderem zu belohnen, als mit einem Herzen, das die Trennungsstunde zerrissen.«

Ali wartete ungeduldig, bis die bestimmte Stunde herannahte, dann setzte er sich auf die Bank vor dem Schloß, die ihm die Alte bezeichnet hatte, schlief aber ein, gepriesen sei der, welcher nie schläft, denn er hatte vor Kummer schon lange nicht geschlafen. Nun führte das Schicksal gerade diesen Abend an die Bank, auf der Ali lag, einen Dieb, der Ali seinen Turban vom Kopf nahm und ihn selbst aufsetzte. In diesem Augenblick sah Sumurd zum Fenster herunter, und da es sehr dunkel war, hielt sie den Dieb für ihren Geliebten, sie pfiff und der Dieb tat das gleiche. Sie ließ sich daher an einem Strick mit einem haarenen Sack voll Geld herunter, der Dieb fing sie auf und dachte: »Das ist ein wunderbares Abenteuer«, und floh wie der Blitz mit ihr und dem Geld davon. Als er so schnell lief, sagte ihm Sumurd: »Die Alte hat mir gesagt, du seiest wegen der Trennung sehr krank, und nun läufst du wie ein Affe«; aber der Dieb gab ihr keine Antwort. Sie griff ihm dann ins Gesicht und fand einen rauhen Bart, wie ein Panzer, als hätte er Federn geschluckt, die ihm zum Hals heraus wachsen. Sie erschrak und fragte: »Wer bist du?« Der Dieb antwortete: »Ich bin einer der 40 Kurden jener gefürchteten Räubergesellschaft Ahmed Danafs, die heute Nacht ihre Freude an dir haben wird.« Als sie dies hörte, weinte sie und schlug sich ins Gesicht, denn sie sah wohl, das das Schicksal sie abermals hintergangen, und daß sie von einem Unglück ins andere gestürzt; doch ergab sie sich in Gottes Ratschluß und sagte: »Es gibt keinen Gott außer Gott!« Djawan hatte nämlich zu Ahmed gesagt: »Ich kenne eine Höhle in der Nähe der Stadt, welche 40 Menschen faßt, ich gehe in die Stadt voraus und stehle etwas und bewirte euch in der Höhle«, nach welcher er seine Mutter vorausgeschickt hatte. Hierauf traf er einen schlafenden Soldaten, dessen Pferd vor ihm angebunden war. Er schlachtete ihn und plünderte ihn aus und nahm das Pferd, kam dann vor das Schloß des Christen, wo er Sumurd auffing.

Er ritt jetzt mit Sumurd nach der Höhle zu seiner Mutter und sagte ihr: »Gib acht auf diese Sklavin, bis ich wiederkehre.« Als der Kurde wegging, sagte Sumurd: »Was soll nun hier aus mir werden?« Die Alte antwortete: »Warte nur, bis die 40 Kurden kommen, die mein Sohn hierher bestellt hat, dann wirst du wie ein Schiff im Wasser schwimmen.« Da sagte Sumurd zur Alten: »Komm heraus ins Freie, ich will dich in der Sonne vom Ungeziefer reinigen.« »Recht gern«, sagte die Alte; »bei Gott, meine Tochter, du hast recht, ich war schon lange nicht im Bad, die Schweine ziehen immer mit mir herum, von einem Ort zum andern.« Sumurd reinigte dann die Alte, bis sie einschlief. Da machte sich Sumurd auf, zog die Kleider des Soldaten an, umgürtete sein Schwert und setzte seinen Turban auf, so daß sie ganz wie ein Mann aussah, schwang sich auf sein Pferd, nahm den Sack mit Gold und rief: »O edler Beschützer, nimm mich unter deinen Schutz aus Rücksicht für den Propheten!« Sie dachte dann: »Kehre ich in die Stadt zurück, so könnte einer von den Verwandten des Soldaten mich sehen, und das wäre schlimm«; sie ging daher in die einsame Wüste und ritt zehn Tage lang umher, während derer sie sich von den Pflanzen der Erde nährte. Am elften Tage kam sie vor eine schöne befestigte Stadt; schon hatte sich der kalte Winter von ihr gewandt und der Frühling mit seinen Rosen sie neu belebt.

An den Toren der Stadt fand Sumurd viele Truppen mit ihren Befehlshabern, auch waren alle Bewohner der Stadt auf den Beinen. Sie dachte: »Hier

muß etwas Außerordentliches sich ereignen.« Als sie näher kam, marschierten die Truppen ihr entgegen, die Reiter stiegen ab, küßten die Erde vor ihr und riefen: »Gott verleihe dir Sieg, verehrter Sultan, und segne deine Ankunft!« Sumurd fragte erstaunt, was es gebe? Der Oberstkämmerer sagte: »Der Herr, der mit seiner Gnade nicht geizt, hat dich zum Sultan dieser Stadt erhoben. Wisse, daß wenn unser Sultan ohne Erben stirbt, so ziehen die Truppen drei Tage lang vor die Stadt, und wer zuerst von der Seite herkommt, wo du hergekommen, der wird Sultan, und gelobt sei Gott, der uns einen so hübschen, jungen Türken gegeben; denn auch einen Schlechtern, als du, hätten wir als Sultan anerkennen müssen.« Die kluge Sumurd sagte ihnen: »Glaubt nicht, daß ich zur niedern Klasse der Menschen gehöre. Ich bin von vornehmer Abkunft, habe mich aber mit meinen Leuten entzweit und sie verlassen; seht nur meinen Sack mit Gold, aus dem ich schon auf meiner ganzen Reise den Armen Almosen spende.« Alle Leute freuten sich; auch Sumurd, denn sie dachte: »Bin ich einmal so weit, so werde ich mich auch wieder mit meinem Herrn vereinigen, so Gott will.«

Sie zog dann an der Spitze der Truppen in die Stadt und stieg vor dem Schloß ab; da umarmten sie alle Fürsten und Großen, setzten sie auf den Thron und verbeugten sich vor ihr. Sie ließ dann die Schatzkammer öffnen und allen Soldaten Geschenke austeilen; man wünschte ihr Glück und ein dauerndes Reich, und schwur ihr Gehorsam. Alle Herzen verehrten sie wegen ihrer Freigibigkeit; sie hob die Zölle auf, schenkte allen Gefangenen die Freiheit, schaffte das Unrecht ab, so daß jedermann sie liebgewann. Sobald sie aber an ihren Herrn dachte und an die glücklichen mit ihm verlebten Tage, weinte sie und rezitierte folgende Verse:

»Mein Liebesschmerz ist frisch, trotz der langen Trennung, meine Tränen mehren sich und verwunden mein Auge. Ich weine, weil Liebesglut mich schmerzt, denn Trennung tut dem Liebenden weh.«

Als Sumurd im Schloß war, bestimmte sie allen Sklavinnen und Favoritinnen einen guten Gehalt, lebte aber von ihnen getrennt, ließ sich nur von jungen Eunuchen bedienen und gab vor, sie wolle nur dem Gottesdienst leben. Sie fastete und betete viel, so daß alle Leute sie für sehr religiös hielten. So lebte sie ein ganzes Jahr, ohne etwas von ihrem Herrn zu vernehmen. Sie ließ dann die Veziere und Kammerherrn rufen und Baumeister und Feldmesser kommen, um unter dem Schloß eine Rennbahn zu bauen, die eine Meile lang und ebenso breit sein sollte. Als dieses in der kürzesten Zeit, nach ihrem Wunsche, vollendet war, ließ sie sich auf dieser Rennbahn ein großes Zelt errichten, ihren Thron dahin bringen und einen großen Tisch herrichten, zu dem sie alle Großen des Reiches einlud. Als diese erschienen, teilte sie viele Geschenke unter sie aus und sagte: »Ich wünsche, daß ihr am Neumond ausrufen lasset: ›Heute soll niemand in der Stadt seinen Laden öffnen, alle Leute sollen an der königlichen Tafel speisen.‹« Als der Neumond kam, vollzogen die Veziere den Befehl des Sultans und ließen ausrufen, daß, wer seinen Laden öffne und nicht an der Tafel des Sultans sich einfinde, gehängt würde. Die Leute kamen haufenweise herbeigeströmt, und Sumurd sah auf ihrem Thron zu, wie sie am Tisch saßen und allerlei Speisen aßen, so viel jeder Lust hatte; ihr Thron war so gestellt, daß jeder glaubte, der Sultan sehe nur auf ihn. Die Veziere sagten den Leuten: »Schämt euch nicht, esset nur, der König hat seine Freude daran.« So sättigten sich alle und wünschten dem Sultan viel Glück und sagten beim Weggehen: »In unserm Leben haben wir keinen Sultan gesehen, der so die Armen liebt; Gott erhalte ihn lange!«

Als die Leute den Tisch verließen, begab sich auch Sumurd wieder ins Schloß und freute sich mit dem, was sie getan, und dachte: »So Gott will, werde ich auf diese Weise Nachricht von meinem Herrn erhalten.« Am folgenden Neumonden wurden wieder dieselben Anstalten getroffen. Als Sumurd die Gäste, einen nach dem andern, betrachtete, bemerkte sie den Christen, der den Vorhang von ihrem Herrn gekauft hatte, und durch den sie ihrem Herrn entrissen worden; sie dachte: »Nun beginnt schon die Erfüllung meiner Wünsche.« Der Christ streckte eben die Hand nach einer Schüssel Reis mit Zucker, die etwas weit von ihm stand, so daß er sich vordrängen mußte; da sagte ihm sein Tischgenosse: »Warum ißt du nicht, was vor dir steht?« Der Christ erwiderte: »Ich will von keiner anderen Schüssel.« »Nun, so iß davon«, versetzte sein Nachbar, »Gott lasse es dir übel bekommen!« Ein Haschischfresser sagte: »Lasse ihn, damit ich auch mit ihm esse.« Der andere erwiderte: »Diese Speise ist nicht für euresgleichen du verdammter Haschischfresser, das ist ein Gericht für Emire, lasset es stehen, bis es zu denen gelangt, für die es bestimmt ist.« Der Christ hörte aber nicht darauf, sondern nahm schnell einen Bissen aus der Schüssel und warf ihn in den Mund, und wollte schon nach einem zweiten greifen, als Sumurd einige Soldaten rief und ihnen sagte: »Bringt mir den Mann her, der eine Schüssel mit Reis vor sich hat, und werft ihm den Bissen aus der Hand!« Vier Soldaten vollzogen ihren Befehl und stellten ihn Sumurd vor. Als die Leute dies sahen, hörten sie auf zu essen; einer seiner Tischnachbarn sagte: »Es geschieht ihm recht, warum muß er nach einer Schüssel greifen, die nicht für ihn war«; ein anderer sagte: »Ich habe mich mit der stehenden Mehlspeise begnügt!« Der Haschischfresser sagte: »Gelobt sei Gott, daß ich noch nichts gegessen habe, ich wartete nur, bis er die Schüssel vor sich stellte, um mit ihm zu essen!« Alle waren begierig zu sehen, was ihm geschehen würde. Sumurd sagte zu ihm: »Wehe dir, du Blauäugiger! Wie heißt du und wie kommst du hierher?« Der Christ, welcher einen weißen Turban* auf dem Haupt hatte, verleugnete seinen Namen und sagte: »Ich heiße Ali, bin ein Weber und in Handelsgeschäften hier.« Sumurd ließ sich eine geomantische Tafel und eine kupferne Feder bringen, zeichnete einen Affen, blickte eine Weile darauf hin, hob dann den Kopf in die Höhe und sagte: »Du lügst, Hund! Du bist ein Christ, heißt Bersum und hast ein ganz anderes Geschäft vor; sage nur die Wahrheit, oder bei der Majestät des Herrn, ich lasse dir den Hals abschlagen.« Der Christ kam in Verlegenheit, und alle Anwesenden sagten: »Unser König kann wahrsagen.« Sie forderte dann den Christen noch einmal auf, die Wahrheit zu gestehen, und er sagte: »Gnade, o König, ich bin ein Christ.«

Sumurd befahl ihren Dienern, ihm die Haut abzuziehen, ihn mit Stroh auszustopfen und an das Tor der Rennbahn aufzuhängen; dann sollte er

* Christen und Juden dürfen ein muhammedanischen Ländern nur dunkle Turbane tragen.

außerhalb der Stadt verbrannt, in eine Grube geworfen und mit allerlei Unrat bedeckt werden. Als dies im Angesicht aller Leute geschah, sagten sie: »Das ist recht, wie schlecht ist ihm der Bissen bekommen.« Ein anderer sagte: »Ich will von meiner Frau geschieden werden, wenn ich je wieder verzuckerten Reis esse.« Niemand wagte sich dann mehr an den Platz, wo diese Schüssel stand, und bald darauf gingen alle Leute auseinander. Am dritten Neumond wurde der Tisch wieder gedeckt und mit allerlei Speisen beladen; Sumurd saß wieder auf ihrem Thron und die Truppen standen wie gewöhnlich vor ihr und fürchteten ihre Strenge. Die Bewohner der Stadt setzten sich um den Tisch herum, mehrere betrachteten die Stelle, wo die Reisschüssel stand, und einer sagte zum andern: »Hüte dich wohl, davon zu essen, du wirst sonst gehängt.« Als alle Leute den Wink Sumurd erwarteten, um die Mahlzeit zu beginnen, sah sie vom Thron herab einen Mann mit Ungestüm herbeikommen; und siehe da, es war der Kurde, der sie gestohlen und den Soldaten umgebracht hatte. Dieser Kurde ging nämlich, als er seine Mutter verließ, zu seinen Kameraden zurück und sagte ihnen: »Ich habe gestern Abend reichen Gewinn gemacht. Ich habe einen Soldaten getötet und sein Pferd genommen, und noch in der Nacht einen Sack mit Gold erhalten und ein Mädchen, das auch so viel wert ist; ich habe alles in der Höhle bei meiner Mutter.« Seine Freunde gingen gegen Ende des Tages ihm freudig in die Höhle nach, fanden aber die Höhle ganz leer; er fragte seine Mutter, wo die Beute hingekommen, und sie erzählte ihm, was vorgefallen. Da nagte er an seinen Händen vor Reue und sagte: »Bei Gott! Ich werde dieser Dirne nachsetzen und sie ergreifen, und wäre sie in der Schale einer Pistazie verborgen, und meinen Rachedurst an ihr löschen.« So reiste er dann umher, bis er in diese Stadt kam, und da er in der ganzen Stadt keinen einzigen Mann fand, so erkundigte er sich darüber bei den Frauen, welche an den Fenstern waren; und als man ihm sagte, daß jeden Neumond alle Männer beim König speisen, ließ er sich die Rennbahn zeigen und eilte dahin. Er fand keinen leeren Platz mehr, als den, wo der Reis aufgestellt war; er setzte sich dahin und streckte die Hand darnach aus; da riefen ihm die Leute zu: »Was willst du tun? du wirst gehängt!« Der Kurde antwortete: »Ich will an dieser Schüssel mich satt essen«, und streckte die Hand darnach aus. Sein Nachbar, der Haschischfresser, wurde nüchtern, verließ seinen Platz, setzte sich weit weg und sagte: »Ich will nichts mit dieser Schüssel zu tun haben.« Aber der Kurde schob mit der Hand eine Quantität heraus, welche die halbe Schüssel leerte.

Er nahm dann einen zweiten Bissen, trotz der Mahnung seines Nachbars, welcher ihn aufforderte, sich über die Geschichte dieser Schüssel belehren zu lassen. Der Haschischfresser sagte: »Lasse ihn, ich fühle schon den Geruch eines Gehängten.« Dem Kurden aber rief er zu: »Iß, Gott mag dir es übel bekommen lassen!« Als er aber den dritten Bissen nehmen wollte, sagte Sumurd ihren Adjutanten: »Bringt mir schnell den Mann her, noch ehe er den Bissen verzehrt.« Sie eilten auf ihn zu und führten ihn vor Sumurd. Die Leute riefen alle: »Er verdient sein Schicksal. Wir haben ihn gewarnt, er wollte aber keinen Rat annehmen. Dieser Platz ist von Dämonen bewohnt und dieser Reis bringt jedem, der davon ißt, Unglück.« Sumurd fragte den Kurden: »Wie heißt du? Was ist dein Handwerk und was tust du hier?« Er antwortete: »Ich heiße Osmann, bin ein Gärtner und suche etwas Verlorenes.« Die Königin ließ sich die geomantische Tafel bringen, schrieb etwas darauf, schaute hinein, hob den Kopf in die Höhe und sagte: »Wehe, dir! Du lügst, diese Tafel sagt mir: du heißest Djewan, du bist ein Dieb, ein Kurde, ein Mörder; sage die Wahrheit, du Schwein, sonst lasse ich dir den Kopf abhauen.«

Der Kurde wurde ganz blaß bei diesen Worten, doch lächelte er und glaubte, daß wenn er die Wahrheit gestehe, er davon käme. Er sagte: »O König! Wenn ich aufrichtig bin und zu Gott mich bekehre –« Sumurd ließ ihn nicht ausreden und sagte: »Ich darf keine Schlange auf dem Wege der Muselmänner lassen, führt ihn weg, zieht ihm die Haut ab und verfahrt mit ihm, wie mit seinem Vorgänger.« Als dies geschehen war, ließ sie die Mahlzeit fortsetzen. Der Nachbar des Gehängten drehte der Reisschüssel den Rücken und sagte: »Mein Auge darf das deinige nicht sehen.« Als gegessen war, trennte man sich, Sumurd ging wieder in ihr Schloß und entließ die Mamelucken. Am vierten Neumond versammelten sich die Leute wieder in der Rennbahn und erwarteten Sumurd, die wieder ihren Thron einnahm und den Leuten zusah. Der Platz, wo die Schüssel stand, war so leer, daß noch vier Menschen hätten davor sitzen können. Als Sumurd dies mit Erstaunen bemerkte, trat ein Mann eilig herbei, und da er keinen leeren Platz mehr fand, setzte er sich dahin, wo die Schüssel mit Reis stand. Sumurd betrachtete ihn und erkannte den gottlosen Raschid Eddin. Sie dachte: »Ach, wie will ich mein Herz kühlen!«

Die Geschichte dieses Mannes ist wunderbar. Als er nämlich von seiner Reise zurückkam und Sumurd und einen Sack voll Gold vermißte, zerriß er seine Kleider, schlug sich ins Gesicht, riß sich den Bart aus und schickte seinen Bruder Bersum aus, um ihr nachzuspähen. Als er auch von diesem nichts hörte, ging er selbst, um ihn aufzusuchen, und das Schicksal trieb ihn in die Stadt, wo Sumurd regierte, gerade am ersten Tage des Monats; er fand die Stadt leer und sah nur Frauen an den Fenstern, die ihm den Befehl des Sultans mitteilten und ihm rieten, auf die Rennbahn zu gehen. Als er aber die Hand ausstrecken und essen wollte, ließ ihn Sumurd ergreifen und vor sich führen. Sie sagte: »Wehe dir! Wie heißt du? Was ist dein Geschäft und warum bist du hierhergekommen?« Er antwortete: »O Herr! Ich heiße Rustum und bin ein armer Derwisch.« Sie ließ sich wieder Tafel und Feder bringen, schrieb etwas, schaute hinein, hob dann den Kopf auf und sagte: »Du Hund! Lügst vor Königen; du heißt Raschid Eddin und dein Geschäft ist, muselmännischen Sklavinnen aufzupassen und sie zu rauben; du stellst dich als Muselmann und bist innerlich ein Christ; sage nur die Wahrheit, sonst, bei der Majestät des Herrn!, schlage ich dir den Hals ab.« Raschid sagte stammelnd: »Du sprichst wahr, o König der Zeit!« Sie ließ ihn dann hinstrecken und ihm auf jeden Fuß 100 Prügel geben und auf seinen Körper ebenso viele; die Haut abziehen und mit Werg ausstopfen, und ihn endlich außerhalb der Stadt verbrennen, in eine Grube werfen und mit Unrat zudecken. Nach der Mahlzeit ging sie wieder in ihr Schloß und sagte: »Gelobt sei Gott, daß ich mein Herz gekühlt an denen, die mir Böses getan.« Dann fiel ihr aber ihr Herr Ali Schir ein; sie dachte: »Wie lange währt die Trennung!« und weinte, bis sie in Ohnmacht fiel. Als sie wieder zu sich kam, flehte sie Gottes Gnade an und dachte: »Vielleicht wird Gott mich doch bald mit ihm vereinigen, denn er ist allmächtig«, und rezitierte folgende Verse:

»Du bist mein einziges Verlangen, nach dir gehen alle meine Wünsche; deine Nähe ist mein Paradies. Bei dir ist ewige Wonne, fern von dir die Hölle. Ich werde nie aufhören, dich mit rasender Liebe im Herzen zu tragen. Ich gefalle mir in meiner Liebe, obschon die Tränen, die sie mir entlockt, alle meine Geheimnisse verraten. Ich will als Märtyrer durch das Schwert des Geliebten umkommen, das schon manche der Besten hinweggerafft. Heil dem Auge, das sich an deinem Anblick sättigen kann; mein Herz schmachtet darnach und ist vor Sehnsucht außer sich.«

Sumurd lebte noch einen ganzen Monat, sich des Tags mit den Regierungsangelegenheiten beschäftigend und des Nachts weinend und trauernd. Als wieder Neumond war, fanden die gewöhnlichen Festlichkeiten statt, und der Platz, vor welchem der Reis stand, blieb leer. Sumurd hatte die Augen nach der Rennbahn gerichtet, um zu sehen, wer kommen würde, und betete im Stillen: »Gütiger Gott, der du Jakob seinen Sohn Joseph wiedergabst, schenke mir meinen Herrn Ali Schir wieder, du bist ja allmächtig.« Kaum hatte sie so gebetet, da schlich ein schmächtiger Mann wie eine Jungfrau herbei; er war sehr blaß und doch der Schönste unter allen Männern; da er keinen leeren Platz mehr fand, setzte er sich vor die Reisschüssel. Sumurd faßte ihn genau ins Auge und erkannte ihren Herrn Ali Schir. Sie wollte vor Freude laut schreien, faßte sich aber aus Scham vor den Leuten und blieb ruhig auf ihrem Thron sitzen, so daß niemand etwas merkte. Die Ursache von Ali Schirs Ankunft war folgende: Als er auf der Bank erwachte, nachdem der Kurde Sumurd entführt hatte, fand er sich ohne Kopfbedeckung und merkte, daß ihm jemand im Schlaf seinen Turban gestohlen hatte; er sagten den Spruch, den jeder ohne Scham im Munde führen mag: »Wir sind Gottes und kehren zu ihm zurück.« Er ging dann zur Alten, die ihm von Sumurd Nachricht gegeben, klopfte an ihre Tür, und als sie herauskam, weinte er vor ihr, bis er in Ohnmacht fiel. Als er wieder zu sich kam, erzählte er ihr, was ihm geschehen. Aber die Alte schmähte ihn, machte ihm Vorwürfe und schlug ihn, bis er aus der Nase blutete und wieder in Ohnmacht fiel.

Als Ali sich wieder erholte, sprach er folgende Verse:

»Wie bitter ist die Trennung den Liebenden und wie süß das Wiedersehenl Gott vereinige alle Liebenden, und beginne mit mir, denn ich bin dem Tode nahe.«

Die Alte bemitleidete ihn wieder und sagte: »Bleibe hier, bis ich Kundschaft einziehe.« Sie blieb bis Mittag aus, kam wieder und sagte: »Ali, wenn du über den Verlust Sumurds sterben willst, so stirb nur, denn du siehst sie nie wieder; wisse, daß die Bewohner des Schlosses morgens das Fenster ausgehoben fanden, das auf die Straße geht und Sumurd mit einem Geldsack vermissen. Ich habe schon an der Tür des Schlosses den Polizeiobersten und die Pedellen gesehen; es gibt keinen Schutz und keine Macht, außer Gott, dem Erhabenen!« Als Ali Schir dies gehört, entbrannte eine mächtige Flamme in seinem Herzen, er wurde heftig krank und die Ärzte verzweifelten an seinem Leben. Aber die Alte brachte ihm Ärzte und kochte ihm ein ganzes Jahr lang Suppen, bis er sich wieder erholte. Am Anfang des zweiten Jahres sagte die Alte: »Mein Sohn, wenn du hier bleibst, wirst du deine Geliebte nie wieder finden. Mache dich auf und reise umher, vielleicht kannst du etwas von ihr erfahren.« Sie flößte ihm Lebensmut ein, führte ihn ins Bad, gab ihm Wein zu trinken und einen Hahn zu essen und pflegte ihn so lange, bis er wieder ganz bei Kräften war; dann reiste er lange umher, bis er in die Stadt Sumurds kam. Schon streckte er die Hand aus, um zu essen; seine Tischnachbarn bemitleideten ihn und sagten: »Iß nicht von dieser Schüssel.« Er erwiderte: »Laß mich nur essen, sie mögen mir tun, was sie wollen, vielleicht bekomme ich Ruhe von diesem qualvollen Leben.« Er aß drei Bissen nacheinander; Sumurd wollte ihn zu sich rufen lassen, aber sie dachte: »Er soll sich zuerst sättigen«; alle Leute waren begierig zu sehen, was ihm geschehen würde. Als er sich satt gegessen hatte, sagte die Königin zu einem ihrer Verschnittenen: »Geh zu dem jungen Mann, der Reis gegessen, und sage ihm, der König will zu deinem Besten mit dir sprechen, und bringe ihn in artiger Weise hierher.« Der Verschnittene ging zu ihm und sagte ihm: »Der König will mit dir sprechen, freue dich nur!«

Als Ali vor Sumurd geführt wurde, schrien alle Leute: »Es gibt keinen Schutz und keine Macht, außer Gott, dem Erhabenen! Wie wird es ihm wohl gehen?« Doch sagte einer: »Es wird ihm gut gehen sonst hätte der König nicht gewartet, bis er sich satt gegessen.« Ali verbeugte sich vor Sumurd und grüßte sie. Sumurd erwiderte freundlich seinen Gruß und fragte ihn: »Wie heißt du?

Was ist dein Geschäft und warum bist du hierher gekommen?« Ali antwortete: »O König! Mein Name ist Ali Schir; ich bin ein Kaufmann aus Torasan und suche meine Sklavin. Das ist meine Geschichte.« Er weinte dann heftig bis er in Ohnmacht fiel. Sumurd ließ ihn mit Rosenwasser bespritzen, bis er sich wieder erholte; dann ließ sie sich wieder Tafel und Feder bringen schrieb etwas hinein und sagte: »Du hast wahr gesprochen, Gott wird dich bald mit ihr vereinen; verzage nicht.« Sie befahl dann einem Diener, ihn ins Bad zu führen und nachher auf einem von des Königs Pferden ins Schloß zu bringen. Viele Leute sagten spottend untereinander: »Das ist schön, der Sultan ist mit einem Bettler zusammen.« Manche sagten: »Gewiß, weil der Fremde so schön ist, ich wußte es gleich, sonst hätte er nicht gewartet, bis er sich gesättigt hat.« Dann trennten sich die Leute und Sumurd konnte die Nacht nicht erwarten, um mit dem Geliebten ihres Herzens allein zu sein. Als endlich der Mond zu leuchten anfing, ließ sie ihn holen und empfing ihn auf dem Thron, vor welchem Wachslichter brannten und den die Sterne beleuchteten. Ali verbeugte sich vor ihr und wünschte ihr Glück. Sie aber wollte eine Weile Scherz mit ihm treiben. Sie sagten ihm: »Iß etwas Hahn und Fleisch und trinke Wein mit Zucker, denn du bist müde; dann komm her.« Als er gegessen und getrunken hatte, rief sie ihn zu sich und ließ sich ihre Füße von ihm kneipen. Dann forderte sie ihn auf, sich zu ihr auf den Thron zu setzen, und als er sich sträubte, umarmte sie ihn und sagte: »Ich bin deine Sklavin Sumurd.«

Am folgenden Morgen ließ Sumurd die Befehlshaber der Truppen und die Großen des Reichs versammeln und sagte ihnen: »Ich werde eine Reise nach dem Lande dieses Mannes machen, wählt einen Stellvertreter, der bis zu meiner Rückkehr über euch regiere.« Als die Wahl vorüber war, begann sie sich zur Reise vorzubereiten, nahm Lebensmittel, Gold und allerlei Kostbarkeiten, reiste mit Ali Schir in seine Heimat, ging in sein Haus, teilte viele Geschenke aus und gab viele Almosen, gebar ihm mehrere Kinder und lebte höchst glücklich mit ihm, bis der Zerstörer aller Freuden, der alles trennende Tod, sie überfiel.

Geschichte Ibn Manßurs und der Frau Bedur

Der Kalif Harun Arraschid hatte einst eine schlimme Nacht; er fühlte sich so beklommen, daß er sich von einer Seite zur anderen herumwälzte und nicht einschlafen konnte. Da sagte er zu Masrur: »Verschaffe mir ein Mittel zur Erheiterung.« Masrur sagte: »Willst du in den Garten gehen, der im Palast ist, und die Sterne aufgehen sehen und den Mond, der in ihrer Mitte sich im Wasser spiegelt?« Der Kalif antwortete: »Dazu habe ich keine Lust.« Da sagte Masrur: »Mein Herr! Du hast 300 Mädchen in deinem Schloß: wenn du willst, so gebiete ich einer jeden, sich allein in ihr Gemach zurückzuziehen; du machst dann die Runde bei ihnen und unterhältst dich dabei.« Harun erwiderte: »O Masrur! Das Schloß ist das meinige und die Mädchen sind mein Eigentum, das macht mir keine Freude.« Da sagte Masrur: »So will ich deinen Gesellschaftern und den Dichtern befehlen, daß sie dir Gedichte rezitieren.« Der Kalif versetzte: »Auch dafür habe ich jetzt keinen Sinn.« »Nun«, versetzte Masrur, »laß mir den Kopf abschlagen, vielleicht wird dir dann besser.« Der Kalif lachte und sagte: »Sieh einmal, wer von den Gesellschaftern an der Tür ist.«

Masrur ging hinaus, kehrte wieder zurück uns sagte: »Ali, der Sohn Manßurs, der Schalk aus Damaskus, ist an der Türe.« Der Kalif sagte: »Bring mir ihn her!« Ali grüßte den Kalifen. Dieser erwiderte ihm seinen Gruß und sagte: »O Sohn Manßurs! Erzähle mir doch eine deiner Geschichten.« Ali sagte: »Soll ich etwas Überliefertes erzählen, oder etwas, das ich mit Augen gesehen?« Der Kalif antwortete: »Erzähle lieber, was du selbst gesehen, denn etwas Anderes ist, was man gehört hat, und etwas Anderes, was man mit eigenen Augen sieht.«

Da erzählte Ali: Wisse, ich habe jedes Jahr einen Gehalt von Mohamed, dem Sohne Suleimans, Statthalter von Baßrah, zu beziehen. Als ich einst nach meiner Gewohnheit zu ihm reiste, fand ich ihn bereit, auf die Jagd zu reiten; er lud mich ein, mit ihm zu reiten, ich sagte aber, daß ich nicht reiten könne, und bat ihn, mich in dem für Gäste bestimmten Hause zu lassen; er empfahl mich den Kammerherren, die mich mit viel Auszeichnung bewirteten. Da dachte ich: Bei Gott; wunderbar! Ich komme nun schon solange nach Baßrah und kenne nichts, als das Schloß des Statthalters und den Garten; wann werde ich so gut Zeit haben wie jetzt, umherzugehen und die Stadt zu sehen? Ich beschloß daher auszugehen, um auch zugleich mein Essen zu verdauen, zog daher meine schönsten Kleider an und ging allein in der Stadt herum, und du weißt, o Fürst der Gläubigen, daß Baßrah 70 Quartiere hat, jedes 70 Meilen groß; ich verirrte mich bald und wurde durstig. Auf einmal kam ich vor eine große Türe mit zwei messingnen Ringen und einem roten Vorhange, vor welcher ein paar Bänke, von Reben umschattet, standen. Ich setzte mich vor diese Tür und hörte eine rührende Stimme aus einer traurigen Brust folgende Verse rezitieren:

»Mein Körper ist ein Sitz der Krankheit und der Trauer geworden, wegen eines jungen Rehs, das fern von mir weilt. O ihr Zephyre der Wüste, die ihr meinen Schmerz aufwühlet, kehrt ein bei ihm, ich beschwöre euch, und machet ihm Vorwürfe, vielleicht wendet er sich mir wieder zu. Gebt ihm gute Worte, wenn er aufhorcht, erzählt von Liebenden, seid gütig gegen mich und fragt ihn auf mich anspielend: ›Warum soll ich schuldlos durch Trennung verderben? Nie war ich ihm ungehorsam, nie brach ich den Liebesbund‹; lächelt er, so fraget ihn: ›Was würde es schaden, wenn du ihr Wiedervereinigung gewährtest? Sie liebt dich, wie sie soll, und bringt ihre Nächte schlaflos in Tränen und unter Seufzen zu‹. Zeigt er sich gütig, so ist mein Wunsch erfüllt, findet ihr ihn aber zornig, so führt ihn irre und stellt euch, als kennt ihr mich nicht.«

Ich dachte, ich möchte wohl mit meinen Augen die Person sehen, die eine so schöne Stimme hat. Ich näherte mich der Tür und hob den Vorhang auf. Da sah ich ein weißes Mädchen, schön wie der Mond, mit sich aneinander schließenden Augenbrauen, mit Augen und Hals, wie die einer Gazelle, Lippen wie Karneol. Ihr Mund glich Salomons Siegelring, ihre Zähne den klarsten Perlen, ihr Busen Granatäpfeln und ihre Brust dem Marmor eines Badehauses, wie ein Dichter sagte:

»Wenn sie sich nähert, bringt sie den Tod, und wenn sie den Rücken kehrt, verwunden ihre Pfeile jedes liebende Herz. Sie gleicht der Sonne und dem Mond, doch ist es nicht ihre Art, sich fern zu halten, in ihren Armen öffnet sich die Pforte des Paradieses und über ihrem Hals strahlt der Vollmond.«

Als das Mädchen mich erblickte, sagte es ihrer Sklavin: »Sieh, wer an der Tür ist.« Die Sklavin kam zu mir und sagte: »O alter Mann, schämst du dich nicht, mit deinem grauen Haar in ein fremdes Haus einzudringen, um anderer Leute Frauen zu sehen?« Ich antwortete: »Entschuldige mich, ich bin hier fremd und sterbe halb vor Durst.«

Da rief das Mädchen eine ihrer Sklavinnen und sagte ihr: »Gib ihm aus dem goldenen Becher zu trinken.« Sie brachte mir einen goldenen Becher, mit Perlen und Edelsteinen besetzt, nach Moschus duftend und mit einem grünen seidenen Tuche zugedeckt. Ich trank langsam und warf dem Mädchen verstohlene Blicke zu, dann gab ich den Becher zurück und blieb stehen. Da sagte das Mädchen: »Was willst du noch?« Ich erwiderte: »Ich denke über den Wechsel des Schicksals nach.« »Du hast recht. Die Zeit übt Wunder; doch, was veranlaßt dich dazu?« »Ich dachte an den Besitzer dieses Hauses, der mein Freund war.« »Wie hieß er denn?« »Sein Name war Mohamed, der Sohn Alis, des Juweliers; er war ein sehr reicher Mann. Hat er wohl Kinder hinterlassen?« »Eine Tochter, welche Bedur heißt und sein ganzes Vermögen geerbt hat.« »Mir ist, als wärest du diese Tochter.« »Ja, die bin ich auch; doch hast du nun lange genug geschwatzt, geh jetzt deines Wegs.« »Gut; doch ich sehe schwere Sorgen auf deinem Gesicht. Mache mich mit deinem Schicksal bekannt, vielleicht kann ich dir helfen.« »Wenn du ein zuverlässiger Mann bist, so will ich dir mein Geheimnis vertrauen. Doch sage mir zuerst, wer bist du denn?« »Meine Dame, ich bin Ali, der Sohn Manßurs, der Schalk aus Damaskus, der Tischgenosse Harun Arraschids, des Fürsten der Gläubigen.« Als sie meinen Namen hörte, stieg sie vom Sofa herunter, grüßte und bewillkommte mich und sagte: »Ich liebe und bin von meinem Geliebten getrennt.« »Du bist ja so vornehm und hübsch, und liebst gewiß auch nur einen edlen Mann.« »Ich liebe Djubeir, den Emir der Söhne Scheiban, den schönsten und gebildetsten Mann seiner Zeit.« »Wechselt ihr keine Briefe miteinander und habt ihr keine Zusammenkünfte?« »Freilich! Doch ist noch kein Ehekontrakt zwischen uns geschlossen.« »Und wie habt ihr euch denn entzweit?« »Eines Tages machte mir diese Sklavin hier die Haare, und als sie mir meine Zöpfe geflochten hatte, gefiel ich ihr so gut, daß sie über mich herfiel und mir die Wangen küßte. Djubeir trat plötzlich herein, und als er dies sah, ging er zornig weg, und seither läßt er nichts mehr von sich hören.« »Und was kann ich jetzt für dich tun?« »Bring ihm einen Brief von mir. Wenn er dir eine Antwort gibt, so sollst du 500 Dinare von mir haben; wo nicht, gebe ich dir 100 Dinare für deine Mühe.« Als ich mich dazu bereit erklärte, ließ sie sich von einer Sklavin Tinte und Papier bringen und schrieb folgende Verse:

»O Geliebter! Wie lange soll noch dieser Zustand dauern? Wo ist unsere frühere Liebe hingekommen? Wie lange soll noch der Schlaf mich fliehen? Wann werde ich dein altes Gesicht wiederfinden? Gewiß hast du den Verleumdern dein Ohr zugeneigt, aber hüte dich, ihren falschen Worten zu glauben. Bei deinem Leben! Sprich, was hast du von ihnen gehört? Du weiß es ja, sei nur gerecht! Bedenke, wie leicht jedes Wort verunstaltet werden kann; ist nicht selbst die Tora, das Wort Gottes, von einem ganzen Volke verfälscht worden*? Wie oft haben sich schon falsche Gerüchte verbreitet! Hat Jakob geglaubt, Joseph habe gestohlen? Einst wird ein furchtbarer Tag kommen, wo du und ich und meine Verleumder alle zusammentreffen werden.«

* Die Muselmänner glauben, das jetzt vorhandene alte und neue Testament sei nicht das von Gott geoffenbarte.

Sie versiegelte den Brief und überreichte ihn mir. Ich ging zu Djubeir und wartete in seinem Haus, bis er von der Jagd zurückkam. Als ich ihn auf seinem Pferd sah, verblendete mich seine Schönheit ganz. Er kannte mich aber, grüßte und umarmte mich, und ich glaubte die ganze Welt zu umarmen; er führte mich dann in sein Haus und ließ mich auf sein Sofa sitzen. Nachdem wir ausgeruht waren, wurde ein Tisch, vom feinsten Holz aus Chorasan, mit allerlei Backwerk, Braten und süßen Speisen beladen, vor uns aufgestellt.

Als mich Djubeir zum Essen einlud, schwur ich: »Bei Gott, ich werde keinen Bissen essen, bis du mein Anliegen anhörst.« Er fragte: »Und worin besteht es?« Da überreichte ich im Bedurs Brief. Als er ihn gelesen und den Inhalt verstanden hatte, zerriß er ihn, warf ihn auf den Boden und sagte. »O Ibn Manßur! Was du auch für ein Anliegen haben magst, ich will es dir gern gewähren, doch diesen Brief werde ich nicht beantworten.« Ich stand zornig auf, aber er hielt mich am Kleid fest und sagte: »Ich will dich etwas fragen.« »Was denn?« »Hat dir nicht die Schreiberin dieses Briefs 500 Dinare versprochen, wenn du ihr eine Antwort bringst, und 100 Dinare für deinen Gang?« »Ja« »Nun, bleibe heute bei mit, iß und trink, du sollst von mir 500 Dinare haben.« Ich blieb bei ihm, wir aßen und tranken und unterhielten uns mit allerlei Erzählungen. Dann sagte ich: »Mein Herr! Gibt es keinen Gesang in deinem Hause?« Er erwiderte: »Bei Gott, du hast recht, wir trinken schon gar zu lange ohne Musik.« Er rief hierauf eine Sklavin aus ihrem Gemache; sie kam mit einer fein polierten Laute in einem seidenen Sack, setzte sich, legte sie auf ihren Schoß, präludierte ein wenig und sang dann folgende Verse:

»Wer die Süßigkeit und das Bittere der Liebe nicht kennt, der weiß die Nähe des Geliebten von seiner Anwesenheit nicht zu unterscheiden. Wer nicht den rechten Pfad in der Liebe wandelt, dem sind sanfte und rauhe Pfade gleich. Ich habe mich der Liebe hingegeben, bis ich mit ihren Freuden und ihrem Leid vertraut wurde. Ich habe den Kelch der Liebe so weit geleert, daß ich vor Freien und vor Sklaven mich demütigte. Wie manche Nacht hat mein Geliebter bei mir zugebracht und mich aus seinem Munde Wonnetrank küssen lassen. Aber die Nacht unserer Vereinigung war so kurz, als hätte die Morgenröte den Abend berührt; dann hat das Schicksal gelobt, uns zu trennen und bald hat es sein Gelübde erfüllt. Doch wer kann sich der Bestimmung widersetzen? Welcher Sklave kann den Befehl seines Herrn trotzen?«

Als die Sklavin diese Verse gesungen hatte, schrie ihr Herr laut auf und fiel in Ohnmacht. Die Sklavin sagte nur: »Möge dich Gott nicht strafen! Wir trinken schon lange ohne Gesang und unser Herr bleibt ruhig. Nun gehe in dein Gemach, dort ist ein Bett für dich, unser Herr wird diese Nacht nicht mehr zum Bewußtsein zurückkehren.«

Ich schlief in meinem Zimmer bis zum folgenden Morgen, da kam ein Junge und brachte mir 500 Dinare und sagte: »Hier ist, was mein Herr dir versprochen, du brauchst nicht zu dem Mädchen zurückzugehen, niemand hat uns gehört, und wir werden alles verschweigen.« Ich nahm den Beutel, ging fort und dachte: »Das Mädchen erwartet dich, bei Gott! Ich muß zu ihr und ihr erzählen, was zwischen mir und ihrem Geliebten vorgefallen, sie wird sonst über mich und alle meine Landsleute schimpfen.« Als ich zu ihr kam, sagte sie, sobald sie mich sah: »Deine Sendung ist nicht gelungen.« »Woher weißt du das?« »Soll ich dir noch mehr sagen? Als du ihm den Brief gabst, zerriß er ihn, warf ihn weg und sagte dir, er wolle dir alles gewähren, nur diesen Brief nicht beantworten. Du standest dann zornig auf, er hielt dich aber zurück, bot dir 500 Dinare an und hieß dich den Tag über bei ihm bleiben. Du unterhieltst ihn dann, eine Sklavin kam zuletzt und sang, bis Djubeir in Ohnmacht fiel.« »Warst du denn bei uns?« »Weißt du nicht, was einmal ein Dichter sagte:

›Die Herzen der Liebenden sehen besser, als anderer Menschen Augen.‹«

Bedur fuhr dann fort: »O Ibn Manßur! Es vergeht kein Tag und keine Nacht über etwas, ohne daß eine Veränderung damit vorgehe.« Sie hob dann ihr Aug gen Himmel und sprach: »Mein Gott und mein Herr! Verpflanze die Liebe, die ich für Djubeir fühle, in sein Herz.« Hierauf gab sie mir 100 Dinare, ich verließ sie und ging zum Statthalter von Baßrah, der von der Jagd zurück war, nahm meinen Gehalt in Empfang und kehrte wieder nach Bagdad zurück. Als ich im folgenden Jahre wieder nach Baßrah kam und nach vollendetem Geschäfte nach Bagdad zurückreisen wollte, dachte ich: »Bei Gott! Ich will doch einmal sehen, was zwischen Bedur und ihrem Geliebten sich ereignet hat«; ich ging nach ihrem Haus, da fand ich vor der Türe rein gekehrt und gespritzt, ich sah schöne Teppiche und eine Menge Diener und dachte: »Gewiß hat der Gram das Mädchen getötet, und nun wohnt irgend ein Emir in ihrem Hause.« Ich ging weg und begab mich nach Djubeirs Wohnung, da fand ich die Bänke zerstört und kein Diener war an der Türe, ich dachte: »Der ist gewiß auch gestorben«, blieb eine Weile an der Türe stehen und sprach folgende Trauerverse:

»O meine Freunde! Sie sind dahin und mein Herz folgt ihnen; o kehrten sie doch wider, das wäre ein Festtag für uns. Ich stehe vor eurer Wohnung und klage und weine; ich frage die trauernden Ruinen des Hauses. Wo sind die, welche so selig in euren Mauern waren? Ziehe weiter, antworten sie, die Freunde sind ausgewandert und ruhen unter der Erde. Möge uns Gott ihre schönen Handlungen nach allen Seiten hin vorführen, und ihre Verdienste nie verhüllen!«

Während ich so die Bewohner dieses Hauses betrauerte, trat ein schwarzer Sklave zu mir heraus und sagte: »O hätte dich deine Mutter doch nie geboren! Was betrauerst du dieses Haus so?« Ich antwortete: »Es gehörte einem meiner Freunde.« »Wie hieß er denn?« »Djubeir; sage, was ist ihm denn geschehen?« »Er ist ganz wohl, nur hat ihn Gott mit der Liebe eines Mädchens heimgesucht, welches Bedur heißt, und die Liebe hat ihn in einen harten Felsenstein verwandelt; wenn er hungert, fordert er nicht zu essen, und wenn er dürstet, sagt er nicht, gebt mir zu trinken.« »Fragt ihn einmal, ob ich ihn besuchen darf.« »Mein Herr! Willst du einen verständigen Mann oder einen Verrückten besuchen?« »Ich muß jedenfalls zu ihm.« Der Sklave führte mich zu Djubeir, ich redete ihn an, er blieb aber wie ein Stein und sprach kein Wort. Eine seiner Sklavinnen sagte mir dann: »Rede ihn in Versen an, sonst wird er dir nicht antworten.« Ich richtete folgende Verse an ihn:

»Hast du Bedurs Liebe vergessen, oder tust du dir Gewalt an? Durchwachst du deine Nächte, oder schläft dein Auge? Wenn deine Tränen reichlich fließen, so wisse, daß deine Schuld die größere ist.«

Da öffnete er seine Augen, hieß mich willkommen und sagte: »Nun ist der Scherz Ernst geworden.« Ich sagte: »Mein Herr! Bedarfst du mein?« Er antwortete: »Ich will dir einen Brief mitgeben. Bringst du mir Antwort, so sollst du 1000 Dinare; wo nicht, so gebe ich dir 200 Dinare für deinen Gang.« Ich sagte: »Tue, was dir gutdünkt.«

Djubeir ließ sich von einer Sklavin Tinte und Papier bringen und schrieb folgende Verse:

»Ich beschwöre Euch bei Gott, habt Geduld mit mir, denn die Liebe hat mir den Verstand geraubt. Einst schätzte ich die Liebe gering und hielt sie für etwas Leichtes, nun hat sie sich meiner bemächtigt und treibt mich auf einem stürmischen Meer wild umher, und ich entschuldige ihre Opfer. Habt nun Mitleid mit mir und beglückt mich mit Eurer Nähe.«

Er versiegelte dann den Brief und überreichte mir ihn. Ich ging damit zu Bedur und hob den Vorhang wie früher ein wenig zurück; da sah ich zehn Jungfrauen wie der Mond und in ihrer Mitte war Bedur, welcher man keinen Kummer mehr ansah. Als sie mich erblickte, bewillkommte sie mich und hieß mich hereinkommen; ich näherte mich ihr, grüßte sie und überreichte ihr Djubeirs Brief. Als sie ihn gelesen und verstanden hatte, sagte sie lachend: »Ein Dichter hat gesagt:

›Ich ertrage standhaft deine Liebe und warte mit Geduld, bis wieder ein Bote von dir zu mir kommt.‹

Nun, Ibn Manßur, ich will ihm antworten, damit er dir gebe, was er dir versprochen.« Ich dankte ihr, sie ließ sich von einer Sklavin Tinte und Papier bringen und schrieb folgende Verse:

»Warum habt ihr mich verlassen, als ich euch treu war? Warum wart Ihr ungerecht, als ich gerecht war? Ihr allein habt die Trennung gewollt, als ich sorgsam die Liebe pflegte und eure Ehre schonte. Nun habe ich mit eigenen Augen gesehen und auch von anderen gehört was mir an euch mißfällt. Soll ich mich erniedrigen und euch länger verehren? Wahrlich, hättet ihr mich geehrt, so wäret ihr auch von mir geehrt worden, nun will ich aber mein Herz von euch abwenden und eure Liebe ganz abschütteln.«

Ich sagte: »Bei Gott! Meine Herrin, dieser Brief wird ihm den Tod geben.« Ich zerriß ihn und bat sie, andere Verse zu schreiben. Sie schrieb:

»Ich bin getröstet und der Schlaf ergötzt mein Auge wieder, denn die Tadler haben mir alles berichtet; mein Herz hat euch nun vergessen und meine Augenlider wollen nicht länger wachen.«

Ich sagte: »Bei Gott! Meine Herrin, sobald er diese Verse zu Gesicht bekommt, wird die Seele aus seinem Körper entfliehen.« Sie versetzte: »Nun, Ibn Manßur, so weit ist es gekommen.« Ich erwiderte: »Er verdient noch mehr als dies, aber Verzeihung ist eine Tugend edler Menschen.«

Sie ließ sich dann wieder Tinte und Papier reichen und schrieb mit Tränen im Auge einen Brief, wie ihn niemand im Divane zu schreiben imstande wäre. Es waren auch folgende Verse darin:

»Wie lange noch so hochmütig und so ungerecht? Solltest du geheilt sein, während mein Herz mächtig pocht? Habe ich, ohne es zu wissen, gefehlt, so sage mir, was war mein Vergehen? Du bist mir teurer, als der Schlaf meinen Augen; hast du den Liebeskelch geleert, so tadle mich nicht, wenn du mich betrunken siehst.«

Als Bedur geschrieben hatte, versiegelte sie den Brief, ich sagte: »Dieser Brief muß jeden Kranken heilen«, nahm ihn und ging damit fort; da rief sie mir noch nach: »Sage ihm, ich werde diesen Abend sein Gast sein.« Ich freute mich sehr und eilte zu Djubeir, dessen Augen stets nach der Tür gerichtet waren, weil er eine Antwort erwartete. Sobald er den Brief gelesen hatte, schrie er laut auf und fiel ihn Ohnmacht. Als er wieder zu sich kam, sagte er: »O Ibn Manßur! Hat Bedur diesen Brief mit ihrer Hand geschrieben?« Ich erwiderte: »Mein

Herr! Schreiben denn die Leute mit den Füßen?« Und bei Gott, kaum hatte ich dies gesagt, so hörten wir schon das Geklirr ihrer Fußringe. Als Djubeir sie sah, sprang er auf und umarmte sie, als hätte er gar keinen Schmerz mehr. Dann setzte er sich nieder; sie aber blieb vor ihm stehen, und als ich sie fragte, warum sie nicht neben ihm Platz nehme, sagte sie: »Ich setzte mich nur unter einer Bedingung.« Ich fragte, was das für eine Bedingung wäre? Sie erwiderte: »Das ist ein Liebesgeheimnis, das niemand wissen darf.« Sie sagte dann Djubeir etwas ins Ohr, worauf dieser antwortete: »Recht gerne.« Dann sprach er geheim mit einem seiner Sklaven, der sogleich wegging und bald wieder mit dem Kadhi und zwei Zeugen zurückkam. Djubeir holte einen Beutel mit 1000 Dinaren und sagte zum Kadhi: »Schreibe den Ehekontrakt zwischen mir und diesem Mädchen, hier sind 1000 Dinare als Morgengabe.«

Der Kadhi fragte sie, ob sie einwillige, und als sie seine Frage bejahte, schrieb er den Kontrakt. Bedur nahm dann eine Hand voll Gold, gab es dem Kadhi und den Zeugen und reichte Djubeir das übrige Geld zurück. Ich blieb dann in angenehmster Unterhaltung bei ihnen, bis der größte Teil der Nacht vorüber war. Dann dachte ich: »Hier sind zwei Liebende, die lange getrennt waren, ich will sie nun allein lassen.« Als ich aber aufstand, hielt mich Bedur zurück und sagte: »Was ist dir eingefallen? Du hast gewiß gedacht, wir wollten allein sein, aber bleibe nur sitzen, wir wollen dir schon sagen, wenn du gehen sollst.« Ich blieb noch bei ihnen bis nahe am Morgen. Dann hieß mich Bedur in ein Zimmer gehen, wo ein Bett für mich war, und ich schlief bis in den Tag hinein.

Als ich aufstand, kam ein Diener mit einem Waschbecken, ich wusch mich und betete das Morgengebet. Da kamen Djubeir und seine Frau aus dem Bad, das im Hause war, und preßten ihre Locken aus; ich wünschte ihnen guten Morgen und Glück zu ihrer Vereinigung und sagte: »Wer ein frommes Versprechen macht und es hält, dem geht es gut.« Djubeir erwiderte: »Du hast recht und verdienst es.« Er rief dann seinen Schatzmeister und ließ mir 1000 Dinare geben. Ich sagte aber: »Ich werde nichts nehmen, bis du mir erzählst, warum du sie wieder so heftig geliebt, nachdem du solange von ihr getrennt bliebst.« Er antwortete. »Wisse, wir haben ein Fest, man nennt es das Schifferfest, da fahren alle Leute im Nachen spazieren. Ich fuhr auch mit meinen Freunden aus, da sah ich einen Nachen mit zehn Mädchen darin wie der Mond; Bedur war in ihrer Mitte und hatte ihre Laute bei sich. Ich folgte ihrem Nachen und hörte, wie sie sang:

›Feuer ist kälter, als die Flamme meines Herzens, Felsen sind weicher, als das Herz meines Geliebten; ich wundere mich über seine sonderbare Natur: wie schlägt ein so hartes Herz in einem Körper, welcher sanfter ist als Wasser?‹

Ich bat sie, diese Verse zu wiederholen, aber sie weigerte sich. Da sagte ich den Matrosen, sie sollten ihr Orangen nachwerfen, und sie taten dies in solchem Maße, daß ich befürchtete, ihr Nachen möchte untergehen; hierauf ging sie ihres Weges fort und meine Liebe zu ihr nahm zu.« Ich wünschte ihnen dann noch einmal Glück zu ihrer Wiedervereinigung, nahm die 1000 Dinare und kehrte in mein Heimat zurück.

Der Kalif war durch diese Geschichte zerstreut und sein Geist heiterte sich wieder auf.

In der nächsten Nacht begann Schehersad die ...

Geschichte der sechs Mädchen

Einst saß Mamun, der Fürst der Gläubigen, in seinem Schloß, von vielen Dichtern, Gesellschaftern und Staatsräten umgeben; da wendete er sich zu einem seiner Tischgenossen, sein Name war Mohamed, und sagte ihm: »Erzähle mir etwas, was ich nie gehört.« Mohamed fragte: »Soll ich etwas erzählen, was ich selbst gesehen, oder was ich gehört habe?« Mamun erwiderte: »Erzähle, was du gesehen; das ist doch besser, als was man nur gehört hat.« Da begann Mohamed:

Ein reicher Kaufmann aus dem südlichen Arabien, der sich in Bagdad niederließ, hatte sechs Sklavinnen. Die eine war weiß, die andere braun, die dritte stark, die vierte mager, die fünfte gelb und die sechste schwarz; alle aber hatten schöne Gesichtszüge und besaßen einen hohen Grad von Bildung und große Fertigkeit in Gesang und Musik. Eines Abends, als die alle beisammen waren, gegessen, getrunken, Verse rezitiert und gesungen hatten, sagte ihnen ihr Herr: »Ihr habt doch alle den Koran gelesen, seid in der alten Geschichte bewandert und kennt die besten Gedichte; bewähret nun eure Belesenheit dadurch, daß eine jede von euch ihre Vorzüge und die Mängel der anders Aussehenden hervorhebe und Belege dafür aus dem Koran, aus Dichtern und alten Sagen anführe.« Da erhob sich die weiße Sklavin und sagte, zur schwarzen hinblickend: »Wehe dir! Ich bin das helle Licht und der klare Mond. Meine Farbe ist die der weißen Rose, des freundlichen Tages, dar schimmernden Sterne. Auch hat der Prophet Gottes gesagt: ›Die, deren Gesicht weiß (unschuldig) ist, werden ewig in der Gnade Gottes verharren‹; die Muselmänner sind durch weiße Turbane von den Ungläubigen unterschieden, auch fällt der Schnee weiß vom Himmel herunter. Ich könnte noch unendlich viele Vorzüge der weißen Farbe herzählen, aber ich gehe lieber zu deinen Mängeln über, du schwarzes Werk eines Schmieds, du Trennung bringender Rabe. Kennst du nicht die Worte des Dichters:

›Kostbar ist die weiße Perle, aber schwarze Kohlen haben nur geringen Wert; ein weißes Gesicht verkündet Glück und Freude, ein schwarzes deutet auf eine Höllennatur.‹

Du wirst auch wohl wissen, daß die Schwarzen von Cham abstammen, den Noah wegen seiner Unbescheidenheit verfluchte und nach Abessinien verbannte; auch stimmen alle Leute darin überein, daß die Schwarzen wenig Verstand haben; und es gibt ein Sprichwort, ein Schwarzer und ein Verständiger trifft nie zusammen.« Auf den Wink ihres Herrn erhob sich dann die Schwarze und sagte, ihre Hand gegen die Weiße hinstreckend: »Weißt du nicht, daß Gott im Koran schwört: ›Bei der Nacht, wenn sie dunkelt; bei dem Tage, wenn er leuchtet‹. Wäre die Nacht etwas Verächtliches, so hätte Gott nicht dabei geschworen und sie dem Tage vorgesetzt; ist nicht schwarzes Haar die Zierde des Mannes, während weißes nur freudenloses Leben und nahen Tod bringt? Wäre die schwarze Farbe nicht die kostbarste, so fände sie nicht mitten im Herzen und im Auge Platz. Ist ferner nicht die Nacht der Liebenden hold? ist das Wort Gottes nicht mit schwarzer Tinte geschrieben, und sind Moschus und Ambra nicht auch schwarz? Du rühmst dich deiner weißen, kalten, aussatzartigen Farbe, und denkst nicht daran, daß auch Schnee und Hagel die Pein der Hölle vermehren. Auch hat ein Dichter gesagt:

›Was ist kostbarer, als Moschus? Was wohlfeiler, als Gips? Das Weiße im Auge nützt gar nichts, nur das Schwarze hat hohen Wert.‹«

Der Kaufmann ließ die Starke aufstehen, welche ihren Arm und ihre Beine entblößte und, nach der Schmächtigen hindeutend, sagte: »Gepriesen sei Gott, der mich so fett geschaffen und in seinem edlen Buche den Vorzug des Fetten hervorgehoben, indem es heißt: ›Und er (Abraham) brachte ein fettes Kalb‹. Ich gleiche einem Garten mit Pfirsichen und Granatäpfeln und allerlei Blumen, jedermann ißt lieber einen fetten als einen magern Vogel oder Hammel; soll ich lange mit der Magern rechten, mir ihren Spatzenbeinen und Ofengabeln, mit ihrem galgenholzigen Körper, aus dem überall Hörner hervorstehen?« Der Kaufmann lachte und hieß sie sitzen; auf seinen Wink begann die Magere: »Gelobt sei Gott, der mir eine so reizende Gestalt verliehen! Ich habe nie gehört, daß jemand seine Geliebte einem Elefanten oder einem fetten Kamele verglichen, sondern dem Zweige des Ban, einem indischen Rohre oder einer durstigen Gazelle. Ich bin immer frisch und munter, bewege mich leicht, wie ein Spatz, und sättige mich mit wenigem. Doch du, Fettleibige, wärest freilich zum Schlachten gut, aber auch sonst zu nichts; du bist immer ernst und düster; gehst du, wirst du müde; sitzest du, kannst du nicht mehr aufstehen; bist du am Essen, wirst du nimmer satt; schläfst du, wirst du nicht mehr wach und schnarchst wie ein geschlachteter Ochs. Du gleichst, wie ein Dichter sagte:

›einem aufgeblasenen Schlauche, bist unbeweglich, wie ein Berg, und trittst du einmal im äußersten Westen auf, so hört man dich im fernsten Osten.‹«

Auf den Wunsch des Kaufmanns erhob sich dann die Gelbe und sagte, sich zur Braunen wendend: »Meine Farbe hat der Barmherzige über jede andere erhoben, indem es von ihr heißt, sie sei gelb, von einer Farbe, die jedes Auge erfreut. Meine Farbe ist die der Dinare, der Sterne, des Mondes, der Äpfel und des Safrans. Von mir hat ein Dichter gesagt:

›Meine Geliebte gleicht der strahlenden Sonne, ihre Farbe ist dem Auge angenehm, wie Dinare, ihr Anblick ist erfreulicher, als Safran.‹

Weißt du aber, wessen Farbe du an dir trägst? Die eines Büffelochsen, den jeder flieht, und anderer Dinge, die jeder verabscheut, eines giftigen Rosts, eines Wolfsknies, eines Sandhaufens. Du hast eine Zwitterfarbe, die niemand mag; es gibt weder braune Rosen noch braunes Gold.«

Endlich stand die Braune auf und rief: »Gelobt sei Gott, der mich nicht weiß, nicht schwarz und nicht gelb geschaffen; denn meine Farbe ist die beliebteste und die von Dichtern am meisten gepriesene; was wird bei Mädchen und Jünglingen mehr besungen, als ein braunes Mal auf den Wangen? Am wenigsten aber beneide ich dich, du gelbe Nachteule, du elfenbeinfarbiger Höllenfraß, du ekelhafter Brei. Von dir hat ein Dichter gesagt:

›Wenn ich eine Gelbe sehe, so glaube ich, sie sei krank, und soll ich mich ihr nähern, fühle ich mich so beklommen, als müßte ich ins Grab steigen.‹«

Der Kaufmann stellte dann wieder den Frieden unter ihnen her und schenkte jeder ein schönes Kleid und überschüttete sie mit Gold und Edelsteinen.

Als der Kalif diese Geschichte hörte, lachte er, bis er umfiel, dann ließ er durch Mohamed die sechs Sklavinnen für 6000 Dinare kaufen. Aber bald nachher erhielt er vom Kaufmann folgende Verse:

»Sechs Schönheiten haben mein Herz gestohlen, und meine Freude ist mit ihnen dahin; sie waren mein Gehör; mein Gesicht, meine Nahrung, mein Schlaf, mein Leben; mein Bedauern ist so groß; daß ich mich nach dem Grabe sehne.«

Diese Verse rührten den Kalifen so sehr, daß er dem Kaufmann seine Sklavinnen wieder zurückschickte und ihnen kostbare Kleider und noch 6000 Dinare dazu schenkte.

Hierauf erzählte Schehersad die …

Geschichte Djaudars

Es lebte einst ein Kaufmann, welcher Omar hieß und drei Söhne hatte. Der eine hieß Salem, der andere Djaudar und der dritte Selim. Omar liebte Djaudar mehr als die beiden anderen Söhne; diese waren deshalb eifersüchtig auf ihren Bruder und haßten ihn. Als Omar das merkte, befürchtete er, es möchte Djaudar nach seinem Tode Unrecht geschehen, daher ließ er gerichtliche

Teilungskommissäre und rechtskundige Männer zu sich rufen, holte all sein Geld und seine Waren herbei, teilte es in vier Teile, gab jedem seiner Söhne einen Teil und behielt für sich einen Teil, der nach seinem Tode seiner Frau zufallen sollte. Omar starb bald nach dieser Teilung. Salem und Selim forderten Djaudar vor Gericht und behaupteten, er habe einen Teil des Vermögens ihres Vaters für sich behalten. Djaudar berief die Zeugen, die bei der Teilung zugegen waren, und wurde freigesprochen; doch kostete ihn der Prozeß viel Geld und seine Brüder büßten noch mehr ein durch allerlei Bestechungen, die sie gegeben hatten. Bald darauf gingen sie zu einem anderen Gericht, teilten wieder viele Bestechungen aus und führten solange Prozeß mit Djaudar, bis sie endlich insgesamt ihr Vermögen eingebüßt hatten und alle drei arm wurden. Salem und Selim gingen dann zu ihrer Mutter, verspotteten und schlugen sie und nahmen ihr Geld. Sie kam zu Djaudar und klagte ihm, was seine Brüder ihr getan und verwünschte sie. Djaudar sagte: »Laß sie sein, Gott wird ihnen ihre Handlungen vergelten, wir haben lange Prozeß geführt, bis wir alle verarmten: soll ich jetzt deinetwillen einen neuen Prozeß anfangen? Das wird zu nichts führen; bleibe du bei mir und ich lasse dir den Laib Brot, den ich essen wollte. Gott wird mir deinetwillen helfen und mir Nahrung verschaffen.« Djaudar kaufte sich ein Netz und fischte in Bulak, Altkahirah und anderen Orten, jeden Tag bald für 20, bald für 30 Drachmen Fische, dafür kaufte er zu essen für sich und seine Mutter und lebte recht vergnügt. Seine Brüder trieben aber kein Handwerk und keinen Handel, verschwendeten bald, was sie von ihrer Mutter genommen, und liefen nackt und hungrig als gemeine Bettler umher. Während Djaudar fischte, kamen sie zu ihrer Mutter, demütigten sich vor ihr und klagten ihr ihre Not. Da einer Mutter Herz immer weich ist, gab sie ihnen trockenes Brot, das sie hatte, oder übriggebliebene Speisen und sagte: »Esset geschwind und gehet wieder, ehe euer Bruder Djaudar zurückkommt, daß er mir nicht böse werde.« Sie aßen immer schnell und machten sich wieder fort, bis eines Tages, als sie gerade aßen, Djaudar zurückkehrte. Die Alte wurde verlegen, als Djaudar ins Zimmer trat; sie fürchtete seine Heftigkeit und neigte beschämt ihr Haupt zur Erde; er aber war freundlich gegen seine Brüder, hieß sie willkommen, nannte diesen Tag einen gesegneten, umarmte sie und machte ihnen Vorwürfe, daß sie ihn solange nicht besucht. Sie sagten: »Bei Gott! Wir hatten schon viel Sehnsucht nach dir, aber wir schämten uns zu kommen, wegen dessen, was zwischen uns vorgefallen. Wir bereuen schön längst unsere Handlungsweise und erkennen sie als ein Werk des Satans, den Gott verdamme. Was haben wir denn auf der Welt außer dir und unserer Mutter?« Die Alte sagte zu Djaudar: »Mein Sohn, Gott lasse dein Gesicht hell strahlen und vermehre dein Wohl!« Djaudar lud seine Brüder ein, bei ihm zu bleiben und Gottes Segen mit ihm zu genießen. Sie übernachteten bei ihm und frühstückten am anderen Morgen.

Djaudar ging dann mit seinem Netz auf Gott vertrauend vor das Tor; des Mittags gab ihnen seine Mutter zu essen und des Abends kam er mit Fleisch und Gemüse zurück, das sie miteinander verzehrten. So lebten sie einen Monat lang, Djaudar fischte und seine Brüder gingen ihrem Vergnügen nach. Eines Tages ging Djaudar, wie gewöhnlich, an den Fluß, warf aber das Netz dreimal aus und zog keinen Fisch herauf. Er dachte: »An dieser Stelle gibt es keine Fische«, ging weiter, warf von neuem das Netz aus und zog es wieder leer herauf. So ging er von morgens bis abends vom einem Ort zum andern, ohne den kleinsten Fisch zu fangen. Da sagte er: »Sonderbar; es gibt gar keine Fische mehr im Fluß!« nahm das Netz auf den Rücken und ging traurig heimwärts wegen seiner Mutter und seiner Brüder, denen er nichts zu essen bringen konnte. Als er an einem Bäckerladen vorüberkam, an den sich die Leute mit dem Geld in der Hand hindrängten, ohne daß der Bäcker sie beachtete, blieb er seufzend stehen. Da fragte ihn der Bäcker: »Djaudar, brauchst du Brot?« Djaudar schwieg. Der Bäcker, der seine Verlegenheit bemerkte, sagte: »Wenn du kein Geld hast, so tut das nichts; nimm nur, soviel du brauchst, ich borge dir.« Djaudar versetzte: »Gieb für zehn Fadda Brot und nimm dieses Netz zum Unterpfand.« Aber der Bäcker erwiderte: »Wovon sollst du dich ernähren, wenn ich das Netz habe? Nimm nur das Brot, hier hast du noch zehn Fadda dazu und bring mir morgen für 20 Fadda Fische.« Djaudar nahm das Brot und das Geld, kaufte Fleisch und Gemüse dafür und brachte es nach Hause; seine Mutter kochte es und sie aßen zusammen und legten sich schlafen. Am anderen Morgen stand er früh auf und ging mit dem Netz fort. Seine Mutter sagte ihm: »Frühstücke zuerst!« Er erwiderte aber: »Frühstücke du nur und meine Brüder«, und ging nach Bulak an den Nil, warf das Netz wieder dreimal aus, ohne etwas zu fangen; er ging an einen anderen Ort und lief den ganzen Tag herum, ohne einen Fisch zu sehen. Er nahm nun sein Netz auf den Rücken, ging bestürzt zum Bäcker und wollte sich bei ihm entschuldigen. Aber der Bäcker sagte: »Du brauchst dich nicht zu entschuldigen, nimm nur dein Brot; hast du heute nichts gefangen, so wirst du morgen um so mehr fangen; und wenn du auch morgen leer heimkehrst, so komme nur und hole dein Brot, ich borge dir.« Aber auch am dritten Tage, als Djaudar an den Seen fischte, kehrte er ohne Fische heim, und ebenso die folgenden vier Tage. Da dachte er: »Ich will nun einmal an den See Karun* gehen und dort mein Glück versuchen.« Als er dort war und eben das Netz auswerfen wollte, kam ein Abendländer auf einem Maulesel reitend; er selbst war königlich gekleidet, und alles Geschirr des Tiers, sowie der auf demselben liegende Quersack war mit Gold gestickt, er grüßte Djaudar und sagte ihm: »Wenn du mir einen Dienst tun willst, sollst du reichen Lohn dafür erhalten und mein Glücksgefährte werden.« Djaudar sagte: »Mein Herr, ich bin zu allem bereit. Was soll dich tun.« Der Abendländer erwiderte: »Zuerst laß uns die ersten Verse des Korans beten«, und als dies geschehen war, zog er eine seidene Schnur heraus und sagte zu Djaudar: »Binde mich damit fest, wirf mich in den Teich und warte eine Weile; siehst du, daß ich eine Hand aus dem Wasser strecke, so fange mich mit deinem Netz; strecke ich aber zuerst einen Fuß aus dem Wasser, so wisse, daß ich tot bin; du kannst mich im Teich lassen; nimm nur dieses Maultier und den Sack, bring ihn einem Juden, Namens Schamia, der auf dem Bazar sitzt, er wird dir 100 Dinare geben; behalte sie für deine Mühe und sage niemanden etwas.«

* Dieser See oder große Teich lag südlich von Kahirah.

Djaudar tat, wie der Abendländer ihm befohlen hatte, er band ihn, warf ihn ins Wasser und wartete eine Weile, bis seine Füße hervorkamen; dann setzte er sich auf das Maultier und ritt damit auf den Bazar zum Juden, der vor seinem Magazin saß. Dieser fragte: »Ist der Mann gestorben?« Djaudar antwortete: »Er ist tot.« Da sagte der Jude: »Den hat seine Habgier getötet.« Er nahm Djaudar das Maultier ab, gab ihm 100 Dinare und empfahl ihm, das Geheimnis treu zu bewahren. Djaudar ging mit dem Geld zum Bäcker, kaufte das nötige Brot, gab ihm ein Goldstück und sagte: »Nimm davon, was ich dir schuldig bin, und halte mir das übrige zu gut.« Der Bäcker sagte: »Ich habe ja nichts von dir gefordert, du hättest nicht so zu eilen brauchen.« Er rechnete dann, was Djaudar ihm schuldig war, und sagte: »Du hast noch auf zwei Tage Brot bei mir gut.« Djaudar kaufte hierauf Fleisch beim Metzger, dem er auch ein Goldstück gab und den er auch bat, ihm das übrige zu gut zu halten und ging dann zum Gemüsehändler. Er kam gerade nach Hause, als seine Brüder von ihrer Mutter zu essen forderten und sie ihnen sagte: »Ich habe nichts; wartet, bis Djaudar nach Hause kommt.« Freudig rief er ihnen zu: »Hier ist Brot, esset!« und sie fielen darüber her wie Wölfe. Djaudar gab dann das übrige Geld seiner Mutter und beauftragte sie, seinen Brüdern davon zu geben, sooft sie hungerten. Am folgenden Morgen ging er wieder an den See Karun mit dem Netz auf dem Rücken; als er es auswerfen wollte, kam ein anderer Abendländer auf einem Maultier, noch reicher ausgestattet als der Erste; er hatte auch einen Quersack auf dem Maulesel, in dem zwei Büchsen waren; er grüßte Djaudar und sagte ihm: »Ist nicht gestern abend ein Abendländer zu dir hergekommen auf einem Maulesel, wie dieser?« Djaudar, aus Furcht, er möchte fragen, wo er hingekommen und dann glauben, er habe ihn ertränkt, leugnete es und sagte: »Ich habe niemanden gesehen.« Der Abendländer fuhr dann fort: »Gestern war mein Bruder da, der mir vorangeeilt ist; hast du ihn nicht gebunden in den See geworfen? Und hat er dir nicht gesagt: ›Wenn ich die Hand aus dem Wasser strecke, so zieh mich schnell mit dem Netz heraus, wenn aber zuerst mein Fuß aus dem Wasser hervorgeht, so bin ich tot, nimm dann den Maulesel und führe ihn zum Juden Schamia, der wird dir 100 Dinare geben?‹ Nun ist sein Fuß aus dem Wasser gekommen und du hast wirklich den Maulesel dem Juden gebracht und 100 Dinare von ihm empfangen.« Djaudar erwiderte: »Da du doch alles dies so genau weißt, warum fragst du mich?« Der Abendländer antwortete: »Ich wünsche, daß du mir dasselbe tuest, wie meinem Bruder.« Hierauf zog er eine seidene Schnur heraus und sagte ihm: »Binde mich, wie meinen Bruder, und stürze mich in den See; geht es mir, wie meinem Bruder, so bringe den Maulesel dem Juden Schamia, er wird dir wieder 100 Dinare geben.« Djaudar band ihn, warf ihn in den See und wartete eine Weile, bis er die Füße aus dem Wasser steigen sah. Da sagte er: »Auch der ist tot; so Gott will, werden alle Abendländer zu mir kommen, ich will sie alle binden und in den See werfen, und für jede Leiche 100 Dinare nehmen.«

Djaudar nahm den Maulesel und ging auf den Bazar; als der Jude ihn sah, sagte er: »Auch der ist tot?« Djaudar antwortete: »Mögest du für ihn leben!« Der Jude rief: »Das ist der Lohn der Habgierigen!« nahm den Maulesel und

gab Djaudar 100 Dinare. Dieser ging damit zu seiner Mutter und als sie ihn fragte, woher er so viel Geld habe, erzählte er ihr alles. Seine Mutter sagte ihm: »Mein Sohn, geh nicht mehr an den See Karun; ich fürchte, die Abendländer möchten dich ins Unglück stürzen.« Er aber erwiderte: »Da ich sie nur auf ihr Verlangen in den See werfe, was kann mir geschehen? Das ist eine Arbeit, dir mir täglich 100 Dinare einbringt; bei Gott! Ich höre nicht auf, an den See zu geben, bis von den Abendländern keine Spur mehr übrig bleibt.« Am folgenden Tage ging er nochmals an den See. Da kam wieder ein Abendländer auf einem Maulesel, noch reicher ausgestattet, als die beiden ersten und dieser hatte auch einen Quersack mit zwei Büchsen bei sich. Er ging auf Djaudar zu und sagte ihm: »Friede sei mit dir, o Djaudar, Sohn Omars!« Djaudar dachte bei sich: »Es scheint, sie kennen mich alle«, und erwiderte den Gruß. »Sind Abendländer hier vorübergekommen?« »Zwei sind hergekommen und haben sich von mir fesseln und in den See werfen lassen, und sind darin umgekommen, und so wird es auch dir gehen.« Der Abendländer lächelte und sagte: »O Armer! Alles Lebende muß seiner Bestimmung folgen; verfahre mit mir, wie mit den beiden andern!« »Gib die Schnur und lege deine Hände auf den Rücken, daß ich dich schnell binde, denn es ist schon spät, ich habe Eile.« Der Abendländer legte seine Hände auf den Rücken, Djaudar band und stieß ihn in den See; er wartete eine Weile, und siehe da, der Abendländer hob die Hände aus dem Wasser und rief: »Rette mich mit deinem Netz!« Djaudar warf sein Netz aus und zog den Abendländer, der in jeder Hand einen roten Fisch mit Korallen trug, ans Land. Als er das Ufer erreicht hatte, bat er Djaudar, die zwei Büchsen zu öffnen, und als Djaudar dies getan hatte, schloß er die zwei Fische hinein und machte die Büchsen wieder zu. Dann umarmte er Djaudar, küßte ihn auf der rechten und linken Wange und sagte ihm: »Gott beschütze dich vor jedem Übel! Bei Gott! Hättest du mir dein Netz nicht zugeworfen, ich wär ertrunken mit diesen beiden Fischen in der Hand.« Djaudar sagte: »Mein Herr, ich beschwöre dich bei Gott, sage mir die Wahrheit, wer bist du und wer waren die beiden Abendländer, die vor dir gekommen und ertrunken sind? Und wer ist der Jude auf dem Bazar? Und was bedeuten diese beiden Fische?«

Der Abendländer antwortete: Wisse, o Djaudar, die beiden Männer, die ertrunken sind, waren meine Brüder; der eine hieß Abd Assalam, der andere Abd Alahad, und mein Name ist Abd Assamd; auch der, den du für einen Juden hältst, ist unser Bruder und heißt Abd Arrahim, er ist aber kein Jude, sondern ein Muselmann und echter Malikite*, wie wir; wir waren vier Söhne eines Zauberers, welcher Abd Allwudud hieß. Unser Vater hatte uns die Kunst, Geheimnisse zu lösen, verborgene Schätze zu entdecken und andere Künste gelehrt, unter anderen auch, die Geister zu beschwören und sie uns dienstbar zu machen.

Als unser Vater starb, hinterließ er uns viele Schätze und Talismane, die wir miteinander teilten, als wir aber an die Teilung der Bücher kamen, da entstand ein Streit wegen eines Buches aus alter Zeit, das »Schriften der Alten« hieß und mit keinen Schätzen zu bezahlen ist, weil es die verborgensten Zauberkünste enthielt; es war das Buch, das unser Vater gebrauchte und aus dem wir einiges auswendig gelernt hatten. Nun wollte jeder von uns dieses Buch haben, um sich darin zu belehren. Während wir so stritten, trat der Lehrer und Erzieher unseres Vaters in unsere Mitte, sein Name war: »der tiefste Wahrsager« und sagte: »Gebt mir das Buch, ich werde gewiß keinem von euch Unrecht tun, ihr seid ja die Kinder meines Sohnes. Derjenige von euch, der die Schätze Schamardals öffnet, der soll es haben. Diese Schätze bestehen aus einem Schwert, einem Zirkel, einer Zeichnung der Himmelskugel und einem Augenschminkeschächtelchen. Durch das Siegel wird man Herr eines Geistes, welcher der lärmende Donner heißt, und durch welchen man sich die ganze Erde unterwerfen kann. Mit dem Schwert, aus dem ein tötender Blitz hervorstrahlt, kann man auf einmal eine ganze Armee schlagen oder in die Flucht treiben; mit der Himmelskugel kann man sich in der ganzen Welt umsehen, von Osten bis Westen, je nachdem man sie nach der einen oder der anderen Seite dreht, und alles so genau beobachten, als wäre man überall zugleich; auch kann man, wenn man sie gegen die Sonne dreht, jede beliebige Stadt samt ihren Bewohnern damit verbrennen. Das Schächtelchen endlich enthält ein Pulver. Wenn man damit das Auge schminkt, so sieht man alle Schätze, die in der Erde verborgen sind. Wer mir also diese vier Kleinodien zu bringen vermag, der soll das Buch haben. Wisset aber, fuhr der Erzieher fort, daß diese Schätze unter der Obhut der Söhne des roten Königs stehen, die sich in den See Karun nach Ägypten geflüchtet, als euer Vater sie fangen wollte, er

---

* Es gibt vier orthodoxe Schulen im Islam, der Stifter der einen hieß Malik und seine Anhänger heißen Malikiten.

verfolgte sie zwar, konnte ihnen aber nicht beikommen, weil ein Talisman sie in diesem See schützt, weshalb er auch die Schätze nicht holen konnte und mir sein Mißgeschick klagte. Ich rechnete nun aus, daß die Söhne des roten Königs nur durch Hilfe eines Mannes, Namens Djaudar, gefangen werden können; wen er in den See wirft und auf ein Zeichen mit der Hand wieder mit dem Netz aus dem Wasser herauszieht, der ist der Glückliche. Wir beschlossen hierauf, nach Ägypten zu gehen; nur unser vierter Bruder hatte keine Lust, sein Leben solcher Gefahr auszusetzen; er verkleidete sich als jüdischer Kaufmann, um uns zu begleiten, den Maulesel der Ertrinkenden zu nehmen und dir 100 Dinare zu geben. Nun haben die Söhne des roten Königs meine Brüder getötet, ich aber habe sie gefangen, denn was du in diesen Büchsen siehst, sind keine Fische, sondern Geister in Gestalt von Fischen. Nun folge mir nach Fez und Miknas (Mequinez), wo die Schätze begraben sind, die ich nur mit deiner Hilfe öffnen kann. Ich gebe dir, was du willst, und bleibe stets dein Freund; sobald ich die Schätze habe, schicke ich dich wieder frohen Herzens zu den Deinigen.« Djaudar sagte zu Abd Assamd: »Ich habe eine Mutter und zwei Brüder am Hals, die ich versorgen muß; wer wird ihnen zu essen bringen, wenn ich weg bin?« Abd Assamd antwortete: »Das ist ein schlechter Vorwand. Wenn es dir bloß wegen des Geldes ist, so will ich dir 1000 Dinare für deine Mutter geben, davon kann sie leben, bis du zurückkehrst, denn du wirst längstens vier Monate ausbleiben.« Als Djaudar von 1000 Dinaren hörte, sagte er: »Gib 1000 Dinare, mein Herr, für meine Mutter und ich gehe mit dir.« Abd Assamd gab das Geld sogleich her, und Djaudar ging damit zu seiner Mutter und erzählte ihr, was zwischen ihm und Abd Assamd vorgefallen. Seine Mutter sagte: »Mein Sohn, ich werde Verlangen nach dir haben und ängstlich um dich sein.« Djaudar erwiderte aber: »Wen Gott beschützt, dem stößt nichts Übles zu; auch ist Abd Assamd ein guter Mann.« »Gott neige sein Herz dir zu«, rief seine Mutter; »geh mit ihm, mein Sohn! Vielleicht belohnt er dich dafür.« Djaudar nahm von ihr Abschied und ging wieder zu Abd Assamd, der ihn auf einem Maulesel reiten ließ.

Nachdem sie von Mittags bis zur Zeit des Nachmittagsgebets miteinander geritten waren, wurde Djaudar hungrig und sah, daß Abd Assamd nichts zu essen noch zu trinken bei sich führte. Er sagte ihm: »Mein Herr, es scheint, du hast Mundvorrat vergessen.« »Bist du hungrig?« »O ja.« Da stieg Abd Assamd von seinem Maulesel ab und sagte zu Djaudar, der auch abstieg: »Nimm den Quersack herunter.« Djaudar nahm ihn vom Esel. Da fragte Abd Assamd: »Was wünschest du, mein Freund?« »Mir ist alles recht.« »Ich beschwöre dich bei Gott, sage, was du essen willst?« »Brot und Käse.« »Armer Mann, Brot und Käse ist eine zu geringe Kost für dich, fordere etwas Besseres! Ißt du gerne Reis mit Honig und gebackene Hühner?« »Allerdings.« Abd Assamd fragte ihn dann noch über 24 Speisen, ob er sie gerne esse, so daß Djaudar dachte: »Der Mann ist toll, woher will er alles dies schaffen? Er hat ja keine Küche und keinen Koch«; er sagte: »Es ist genug, mein Herr, du machst mir ja nur Lust und ich sehe doch nichts.« Abd Assamd antwortete hierauf: »Willkommen Djaudar!« steckte seine Hand in den Sack zog einen goldenen Teller mit zwei gebratenen Hühnern heraus, die ganz warm waren, dann streckte er die Hand wieder hinein und holte eine Schüssel mit Braten heraus und so noch die 24 verschiedenen Speisen, die er ihm genannt hatte, und forderte den verblüfften Djaudar zum Essen auf. Djaudar rief erstaunt: »Du hast in diesem Sack Köche und eine Küche verborgen.« Abd Assamd sagte lachend: »In diesem Sack wohnt ein Diener, der uns jede Stunde 1000 Gerichte bringt, wenn wir sie wollen.« Sie aßen nun, bis sie satt waren. Abd Assamd warf das übrige weg, legte die Schüsseln wieder leer in den Sack und holte einen vollen Wassertrug heraus; sie tranken, wuschen sich und beteten; dann luden sie den Sack mit den zwei Büchsen wieder auf den Esel und ritten weiter. Abd Assamd fragte dann Djaudar: »Weißt du wohl, wie weit wir seit Mittag gekommen?« »Das weiß ich nicht.« »Bei Gott! Wir haben einen Weg von einem Monat zurückgelegt; zwar geht ein Maulesel, der einem Geiste gehorcht, jeden Tag ein Jahr weit, aber dir zulieb lasse ich ihn langsamer gehen.« Bei Sonnenuntergang hielten sie wieder stille, Abd Assamd holte das Nachtessen aus dem Quersack und des Morgens wieder das Frühstück; so reisten sie immer gen Westen, vier Tage lang, den ganzen Tag und die Hälfte der Nacht.

Am fünften Tag kamen sie nach Fez. Alle Bewohner der Stadt, die Abd Assamd begegneten, grüßten ihn und küßten ihm die Hände. Nach einer Weile blieb er vor einem Tor stehen und klopfte. Da trat ein Mädchen mit schmachtendem Aussehen, wie eine durstige Gazelle, aus dem Hof. Abd Assamd rief: »Öffne uns das Schloß, meine Tochter Rahmah.« Sie erwiderte: »Bei meinem Haupte und meinen Augen, mein Vater!« öffnete die Türe und ging ihrem Vater voran. Djaudar verlor fast den Verstand, als sie sich so hin und her wiegte und dachte: »Bei Gott, das muß eine Prinzessin sein.« Rahmah nahm den Sack vom Maulesel und sagte: »Geh deines Weges, Gott segne dich!« Da spaltete sich die Erde, der Maulesel stieg hinunter und die Erde schloß sich wieder. Djaudar rief: »Gelobt sei Gott, der uns glücklich vom Rücken dieses Tieres heruntergebracht.« Abd Assamd sagte ihm: »Wundere dich nicht, ich habe dir gesagt, der Maulesel ist ein Geist, komm jetzt mit uns ins Schloß!« Als Djaudar ins Schloß kam, war er höchst erstaunt über die vielen prachtvollen Divane und anderen mit Perlen und Edelsteinen besetzten Kostbarkeiten, Abd Assamd ließ dann von seiner Tochter Rahmah einen Bündel bringen, öffnete ihn und zog ein Kleid heraus, das 1000 Dinare wert war, und sagte zu Djaudar: »Zieh es an, Djaudar, und sei uns hier willkommen.« Djaudar zog das Kleid an und glich darin einem König von den Königen des Westens. Dann holte Abd Assamd aus dem Quersack 40 Schüsseln mit verschiedenen Speisen und sagte zu Djaudar: »Komm her und iß, und wenn dir diese Speisen nicht schmecken, so sage uns nur, was dir beliebt.« Djaudar erwiderte: »Bei Gott, mein Herr, ich esse alles gern, frage mich nicht, gib mir, was du willst.«

Djaudar blieb nun 20 Tage in diesem Schloß, zog jeden Tag ein anderes Kleid an und aß immer aus dem Quersack. Abd Assamd brauchte nie auf den Markt zu gehen, um etwas zu kaufen, sogar allerlei frische Früchte konnte er aus dem Quersack holen. Am 21. Tage sagte Abd Assamd zu Djaudar: »Komm jetzt, das ist der Tag, an dem die Schätze von Schamardal geöffnet werden

können.« Sie gingen zusammen zur Stadt hinaus, da standen zwei Diener mit zwei Mauleseln, die ihrer harrten. Abd Assamd bestieg den einen und hieß Djaudar den anderen besteigen. Sie ritten bis Mittag, da kamen sie an einem Fluß und Abd Assamd sagte zu Djaudar: »Steige ab!« Auch er stieg ab und winkte den Dienern; sie kamen und führten die Maulesel weg. Nach einer Weile brachte der eine ein Zelt und der andere Divane; sie schlugen alsbald das Zelt auf und ordneten die Teppiche und Kissen. Dann holte der eine die beiden Büchsen mit den Fischen und der andere den Quersack. Abd Assamd nahm einige Speisen heraus, und als er mit Djaudar gegessen hatte, murmelte er Beschwörungen über die Fische, worauf sie aus den Büchsen heraus riefen: »Jawohl, o Zauberer der Welt, habe Mitleid mit uns, was willst du von uns?« Abd Assamd fuhr fort, Zaubersprüche herzusagen, bis die Büchsen in Stücke fuhren und zwei gefesselte Geister hervorkamen. Sie schrien: »Gnade, Zauberer der Welt, was willst du mit uns beginnen?« »Ich werde euch verbrennen, oder ihr sollt mir helfen die Schätze Schamardals öffnen.« »Das kann nur durch den Fischer Djaudar, den Sohn Omars, geschehen.« »Gut, der ist schon bei mir und hört euer Versprechen.« Als sie ihm dann versprachen, ihm zu helfen, ließ er sie frei.

Abd Assamd nahm dann ein Rohr, legte einige Täfelchen rotes Karneol darauf, holte einen Weihrauchkessel, legte Kohlen darauf und zündete durch ein einziges Blasen Feuer an. Hierauf legte er den Weihrauch zurecht und sagte zu Djaudar: »Ich werde jetzt meine Beschwörungen beginnen und darf dann nicht mehr sprechen, sonst werden sie ganz nutzlos, darum will ich, ehe ich den Weihrauch auf die Pfanne tue, dir sagen, was du tun mußt, um zum Ziel zu gelangen. Wisse, daß durch meine Beschwörungen dieser Fluß austrocknen wird, du wirst ein goldenes Tor sehen, so groß wie ein Stadttor, mit zwei Ringen von Edelsteinen; klopfe leise am Tor und warte ein wenig, klopfe dann etwas stärker und warte wieder, dann klopfe zum dritten Mal. Eine Stimme wird fragen: ›Wer klopft an dem Tor des Schatzes, ohne zu verstehen, wie man Geheimnisse löst?‹ Antworte darauf: ›Ich bin Djaudar, der Sohn Omars.‹ Es wird dann ein Mann, mit einem Schwert in der Hand, zu dir herauskommen und dir sagen: ›Wenn du Djaudar bist, so gib deinen Hals her, daß ich dir den Kopf abschneide‹; strecke ihm nur den Hals hin, fürchte nichts, denn sobald er dich schlagen will, fällt er leblos hin und du empfindest nicht den mindesten Schmerz; widersetzest du dich aber, so tötet er dich. Du gehst dann weiter bis zu einem anderen Tor, klopfe daran, es wird ein Reiter herauskommen mit einer Lanze und dich fragen: ›Wer hat dich hierhergebracht an einem Ort, den niemand betreten soll?‹ Bei diesen Worten wird er die Lanze über dich schwingen; öffne ihm nur die Brust, denn sobald er dich schlägt, fällt er tot vor dir hin; tust du es nicht, so bringt er dich um.

Du kommst dann«, fuhr Abd Assamd fort, »an eine dritte Tür; klopfe wieder, es wird ein Mann herauskommen mit einem Bogen in der Hand und wird einen Pfeil gegen dich schießen, öffne nur deine Brust, er sinkt leblos zu deinen Füßen. Dann tritt vor das vierte Tor und klopfe, es wird ein reißendes Tier auf dich zukommen von ungeheurer Gestalt, um dich zu fressen; fürchte dich nicht, wenn es den Rachen aufsperrt, und entfliehe nicht, sondern strecke ihm deine Hand hin, denn sobald es dich beißen will, fällt es zu Boden und du bleibst unverletzt. Geh dann zur fünften Türe, da wird ein schwarzer Sklave herauskommen und dich fragen, wer bist du? Antworte: Ich bin der Fischer Djaudar, der Sohn Omars. Er wird dir sagen: ›So komme zur sechsten Türe‹. Du gehst hin und rufest: ›O Jesus, bitte Moses, daß er mir die Tür öffne!‹ Die Türe wird sich öffnen und du wirst zwei Schlangen sehen, eine zur Rechten und eine zur Linken, die mit aufgesperrtem Rachen auf dich losrennen, strecke ihnen nur deine Hände hin, jede wird eine Hand beißen wollen und nur, wenn du dich fürchtest, werden sie dich töten. Dann klopfe an der siebenten Tür, da wird deine Mutter dir entgegenkommen und dir sagen: ›Willkommen, mein Sohn, tritt näher, daß ich dich grüße!‹ Sage ihr aber: ›Bleibe fern von mir und entkleide dich!‹ Deine Mutter wird sagen: ›Mein Sohn, ich habe dich ja gesäugt und erzogen, wie soll ich mich vor dir entkleiden?‹ Antworte ihr: ›Wenn du dich nicht entkleidest, so bringe ich dich um‹; nimm bei diesen Worten das Schwert, das zu deiner Rechten an einer Schnur hängen wird, und schwinge es drohend über sie, und laß dich ja nicht durch Bitten und Tränen erweichen, bis sie sich entkleidet, dann wird sie sogleich vor deinem Augen niederstürzen. Wird auf diese Weise aller Zauber gelöst, so hast du nichts mehr zu befürchten, du wirst dann eine Schatzkammer mit Goldhaufen sehen, kehre dich nicht daran, sondern hebe am obern Ende der Schatzkammer einen Vorhang auf, da siehst du den Zauberer Schamardal auf einem goldenen Thron sitzen und auf seinem Haupt glänzt etwas wie der Mond, das ist die Himmelskugel; auch ist er mit einem Schwert umgürtet, hat ein Schächtelchen am Hals hängen und einen goldenen Siegelring am Finger, nimm diese vier Dinge und bringe sie mir, hüte dich aber, etwas zu vergessen von dem, was ich dir gesagt und sei furchtlos, sonst wirst du es bereuen.« Er wiederholte ihm dann alles mehrere Male. Djaudar sagte: »Ich habe mir alles wohl gemerkt, aber wer kann diesen Talismanen entgegentreten und so schreckliche Dinge ertragen?« Abd Assamd versetzte aber: »Fürchte dich nicht, es sind leblose Körper«, und er sprach ihm solange zu, bis er ausrief: »Nun, ich setze mein Vertrauen auf Gott.« Abd Assamd warf dann den Weihrauch auf die Pfanne und rezitierte einige Zauberformeln, der Fluß trocknete aus und Djaudar klopfte an den verschiedenen Türen und überstieg alle Hindernisse, bis ihm seine Mutter begegnete und ihn beschwor, sie nicht zu zwingen, sich zu entkleiden. Als er ihr mit dem Schwert drohte, zog sie sich zur Hälfte aus und sagte: »O mein Sohn, es ist eine Sünde, mich ganz vor dir zu entblößen, sei nicht so hart, fordere dies nicht von deiner Mutter, laß dich erweichen!« Djaudar sagte: »Das ist wahr, du hast recht, du brauchst dich nicht weiter zu entkleiden.« Kaum hatte er das gesagt, schrie sie: »Er hat gefehlt, prügelt ihn!« Da kamen schwarze Sklaven herbei, prügelten ihn, daß er in seinem Leben daran zu denken hatte, warfen ihn zur Tür hinaus und schlossen sie wieder. Abd Assamd nahm ihn zu sich und das Wasser kehrte, wie zuvor, in den Fluß zurück.

Abd Assamd brachte Djaudar durch Beschwörungen wieder zum Bewußtsein zurück, dann fragte er ihn, was er gemacht? Djaudar sagte: »Ich hatte alle Hindernisse besiegt, bis meine Mutter kam, mit der ich lange stritt, und die ich nötigte, sich bis auf ihre Beinkleider zu entkleiden; dann bat sie mich aber so sehr, sie nicht zu beschämen, daß ich nachgab und sie nicht ganz nackt sehen wollte. Darauf schrie sie: ›Er hat gefehlt.‹ Da kamen Leute, ich weiß nicht woher, und schlugen mich und stießen mich zur Tür hinaus; was nachher geschah, weiß ich nicht.« Abd Assamd sagte: »Habe ich dich nicht gewarnt, ja nichts zu unterlassen von allem, was ich dir angegeben? Hättest du sie gezwungen, sich völlig zu entkleiden, so wären wir jetzt am Ziele. Du hast mir und dir selbst geschadet. Nun mußt du bis aufs nächste Jahr um diesen Tag bei mir bleiben.« Er ließ hierauf die Sklaven das Zelt zerstören und die zwei Maulesel bringen, und kehrte mit Djaudar nach der Stadt Fez zurück, wo sie ein ganzes Jahr verweilten, in welchem Djaudar gut aß und gut trank und jeden Tag ein neues Kleid anzog.

Nach einem Jahr ritten sie wieder zusammen an den Fluß, die Sklaven schlugen ein Zelt auf und Abd Assamd machte Rauchwerk, schärfte Djaudar wieder alles ein, wie das vorige Jahr und sagte ihm: »Die Frau, die sich entkleiden soll, ist nicht deine wirkliche Mutter, es ist nur ein Talisman, der dich irre führen will, und fehlst du diesmal wieder, so kommst du nicht lebendig davon.« Djaudar sagte: »Ich werde deine Ermahnung so wenig vergessen, als die erhaltenen

Prügel, wenn ich diesmal fehle, so mag man mich verbrennen.« Er ging hierauf über den wieder ausgetrockneten Fluß, klopfte an den verschiedenen Türen und besiegte alle Hindernisse, bis seine Mutter wieder kam und ihn bewillkommte; er sagte aber: »Entkleide dich, Verruchte! Wieso bin ich dein Sohn?« Sie entkleidete sich zur Hälfte und bat wieder um Schonung, aber sich seiner Tracht Prügel erinnernd, unterdrückte er jedes Mitleid und drohte ihr solange, bis sie sich ganz zu entkleiden anfing, worauf sie leblos hinfiel. Djaudar trat dann in die Schatzkammer und kehrte sich nicht an den Haufen Gold, der dalag, sondern ging in das Nebengemach zum Zauberer Schamardal, nahm ihm die Himmelskugel, das Schwert, das Schächtelchen und den Ring, und ging damit heraus zu Abd Assamd. Auf den ganzen Weg vernahm er Musik und die Diener des Schatzes riefen ihm zu: »Möge das, was du erlangt hast, dir Glück bringen!« Abd Assamd ließ von seinen Beräucherungen und Beschwörungen ab, umarmte Djaudar und befahl den Dienern, das Zelt zu zerstören und die Maulesel zu bringen, und ritt mit Djaudar wieder nach Fez. In Fez angelangt, sagte Abd Assamd, nachdem sie zusammen sich an Speisen, die aus dem Quersack geholt wurden, gesättigt hatten, zu Djaudar: »Du hast meinetwillen deine Heimat verlassen und mich an das Ziel meiner Wünsche gebracht, nun fordere von mir, was du willst.« Djaudar sagte: »Ich möchte gern deinen Quersack haben.« Abd Assamd gab ihm den Quersack mit den Worten: »Dieser Sack wird allerdings dir deine Nahrung gewähren, so oft du einen heiligen Namen nennst, mit der Hand hingreifst und sagst: ›Diener des Quersackes, bringe mir diese oder jene Speise!‹ Doch ich habe dir versprochen, dich vollkommen glücklich in deiner Heimat zu machen, darum sollst du noch einen anderen Sack mit Gold und Edelsteinen gefüllt haben; werde Kaufmann und handle damit!« Er ließ hierauf einen Sklaven mit einem Maulesel kommen, der einen Quersack voll Gold und Edelsteine trug, und sagte zu Djaudar: »Besteige diesen Maulesel! Der Sklave, der den Weg kennt, wird vor dir hergehen bis an die Tür deines Hauses, dann nimmst du die zwei Säcke und er wird mir den Maulesel zurückbringen. Teile aber ja niemanden dein Geheimnis mit, ich vertraue dir meine Ehre an!« Djaudar dankte ihm und ritt hinter dem Sklaven her.

Nachdem Djaudar einen Tag und eine Nacht lang hinter dem Sklaven geritten war, befand er sich an dem Siegestor von Kahirah, da saß seine Mutter und bettelte. Sobald er sie erblickte, sprang er vom Maulesel herunter und umarmte sie, dann setzte er sie auf den Maulesel und ging neben ihr her bis zu ihrer Wohnung; hier hob er sie herunter und entließ den Diener und den Maulesel, welche Geister waren und zu ihrem Herrn zurückkehrten. Djaudar fragte dann seine Mutter: »Wie kommt es, daß du betteln mußtest, wo sind denn die 1200 Dinare hingekommen, die ich dir vor meiner Abreise gegeben?« »Deine Brüder haben mir sie weggenommen und gesagt, sie wollten damit etwas verdienen, sie haben aber das Geld verschwendet und mich aus dem Hause gejagt, so daß ich vor Hunger betteln mußte.« »Betrübe dich nun nicht mehr, ich habe viel Glück gehabt, hier ist ein Sack voll mit Gold.« »Du hast Glück, Gott sei dir ferner gnädig! Doch geh schnell und hole Brot, denn ich habe gestern nicht zu Nacht gegessen und bin sehr hungrig.« »Sogleich, meine Mutter, sollst du haben, was

du verlangst; sag mir nur was du gern essen willst, ich brauche nichts zu kaufen und bedarf auch keines Kochs.« »Mein Sohn, ich sehe doch nicht, daß du etwas bei dir hast.« »Aus diesem Quersack kann ich allerlei Speisen holen.« »Mir ist alles recht, man begnügt sich mit allem, wenn man nichts anderes haben kann.« »Wenn sich aber allerlei vorfindet, so wählt man, was man gerne ist, drum sage mir, was du gerne wünschest.« »Frisches Brot und ein Stückchen Käse.« »Das ist zu gering für dich.« »Nun, Brot und Bohnen.« »Auch das ist nicht vornehm genug.« »Nun, da du doch meinen Rang kennst, so sage du, was mir ziemt.« »Dir ziemen gebratene Hühner, Reis mit Pfeffer, Honig, farcierte Rippen und süße Mehlspeise.« »Spottest du meiner? Träumst du oder bist du verrückt? Woher sollen alle diese kostbaren Gerichte kommen? Wer kann die zubereiten?« »Bei meinem Leben, du sollst sogleich alle Speisen haben, die ich dir genannt.«

Djaudar nahm hierauf den leeren Sack, streckte die Hand hinein und holte alle Speisen hervor, die er genannt hatte. Seine Mutter wunderte sich und sagte: »Der Sack war doch ganz leer?« Djaudar sagte ihr, er habe diesen Sack von Abd

Assamd und ein Geist sei ihm dienstbar, der alle Speisen herbeischaffen müsse. Sie stellte dann selbst einen Versuch an und forderte eine farcierte Rippe, die sie sogleich im Sack fand. Als sie gegessen hatte, sagte ihr Djaudar: »Tu das übrige in andere Schüsseln, lege die leeren Schüsseln wieder in den Sack, bewahre ihn auf und entdecke niemanden das Geheimnis.« Während sie so beisammen saßen, traten Salem und Selim herein, welche die Ankunft ihres Bruders mit einem Sklaven auf einem Maulesel, in einem Aufzuge, der seinesgleichen nicht findet, vernommen hatten. Sie bereuten es jetzt, ihre Mutter so mißhandelt zu haben, und fürchteten, sie möchte es Djaudar erzählen; doch wagten sie es, zu ihm zu gehen, weil sie wußten, daß, wenn sie sich entschuldigten, er so großmütig sein werde, ihnen zu verzeihen. Djaudar hieß sie sitzen, bewillkommte sie und ließ sie essen, bis sie satt waren.

Als sie genug gegessen hatten, wollten sie das übrige für das Nachtessen aufbewahren, aber Djaudar sagte ihnen: »Teilet es den Armen aus, ich will für heute Abend noch mehr als dieses herbeischaffen.« Sie nahmen nun die übriggebliebenen Speisen mit und gaben davon jedem Armen, der ihnen begegnete, bis sie nichts mehr hatten; dann brachten sie die leeren Schüsseln ihrer Mutter, die sie auf Djaudar Befehl wieder in den Sack steckte. Des Abends holte Djaudar wieder 40 Speisen heraus und hieß seine Mutter den Tisch decken; ebenso am folgenden Morgen zum Frühstück und so zehn Tage lang. Am elften Tage sagte Salem zu Selim: »Wie ist unser Bruder auf einmal so reich geworden, daß er dreimal täglich wie ein Sultan speist und das übrige austeilt?« Selim sagte: »Frage eher noch, woher diese Speisen kommen, da er doch nie etwas einkauft, auch nie ein Feuer bei ihm brennt.« Salem versetzte: »Es ist wahrlich zum Erstaunen, wir müssen nun irgend eine List gebrauchen, um durch unsere Mutter zu erfahren, wie es damit zugeht.« Sie begaben sich hierauf, in ihres Bruders Abwesenheit, zu ihrer Mutter und sagten, sie wären hungrig. Die Mutter ging in das Nebenzimmer und holte die warme Schüssel heraus. Da sagten sie: »O Mutter! Diese Schüssel ist warm und du hast doch gar kein Feuer im Hause.« Sie antwortete: »Ich habe sie aus dem Quersack geholt.« »Aus welchem Sack?« »Aus dem, welchem ein Geist dienstbar ist, und den ein Zauberer aus dem Abendlande eurem Bruder geschenkt hat; saget aber niemanden etwas davon.« »Wir wollen es geheim halten, aber zeige es uns doch einmal, wie das zugeht.« Als sie ihnen den Sack gezeigt hatte, sagte Salem zu Selim: »Wie lange sollen wir noch bei Djaudar uns wie Diener behandeln lassen und von Almosen leben? Wir wollen List gegen ihn gebrauchen und den Sack in unsere Gewalt bringen.« Selim fragte: »Wie willst du dies anfangen?« »Wir verkaufen ihn als Matrosen.« »Wie können wir dies?« »Du sollst es diesen Abend schon sehen, wir gehen zusammen zum Kapitän des roten Meers und laden ihn zu uns ein, er wird uns glauben, was wir ihm über Djaudar sagen.« Als sie so beschlossen hatten, ihren Bruder zu verkaufen, gingen sie zum Kapitän und Salem sagte ihm: »Herr! Wir beide sind Brüder und haben noch einen dritten Bruder, der ein sehr verworfener Mensch ist, an dem gar nichts Gutes. Als unser Vater starb und uns Vermögen hinterließ, teilten wir es untereinander, aber unser Bruder hatte bald seinen Anteil in sündhafter Weise verschwendet; er klagte uns dann an, wir hätten ihm zu wenig gegeben und führte so lang Prozesse gegen uns, bis wir auch arm wurden; es wäre uns daher sehr lieb, wenn du ihn uns abkaufen wolltest.« Da sagte der Präfekt: »Wenn ihr durch irgend eine List mir ihn hierher schaffen könnt, so schicke ich ihn gleich auf die See.« »Wir können ihn nicht hierher bringen«, erwiderte Salem; »doch sei du unser Gast und bringe nur zwei Männer mit dir; wenn unser Bruder dann schläft, so fallen wir alle über ihn her und knebeln ihn und führen ihn unter dem Schutz der Nacht aus der Stadt.« Der Präfekt sagte: »Gut, wollt ihr ihn für 40 Dinare verkaufen?« »Recht gern«, antwortete Salem, und er bezeichnete ihm einen Platz, wo er nach dem Nachtgebet sich einfinden sollte. Die beiden Brüder gingen hierauf wieder zu Djaudar und Salem küßte ihm die Hand. Djaudar fragte: »Was hast du, mein Bruder?« Salem antwortete: »Wisse, wir haben einen Freund, der uns oft schon eingeladen und uns 1000 andere Gefälligkeiten erwiesen hat; als ich heute ihn sah und grüßte, lud er mich wieder ein; ich sagte ihm aber, ich könne meinen Bruder nicht allein lassen. Da sagte er: ›Bringe ihn mit dir.‹ Ich erwiderte: ›Das wird er nicht wollen, sei du lieber mit deinen Freunden – es saßen deren einige bei ihm – unser Gast.‹ Ich sagte dies, weil ich nicht glaubte, daß er meine Einladung annehmen würde, nun nahm er sie aber an und bat mich, ihn am Tor der kleinen Moschee zu erwarten; ich komme daher ganz beschämt zu dir und frage, ob du unser Herz stärken und sie als deine Gäste aufnehmen wirst, oder wenn du sie nicht in dein Haus nehmen willst, sie doch bei einem unserer Nachbarn bewirten läßt?«

Djaudar sagte: »Warum soll ich sie zu den Nachbarn schicken? Ist etwa unser Haus zu eng, oder haben wir nicht für sie zu essen? Schäme dich, mich nur über so etwas zu fragen. Haben wir nicht die besten Speisen und Süßigkeiten und so viel, daß immer noch übrig bleibt? Du kannst Leute bringen, so viel du willst, und wenn ich nicht zu Hause bin, so wird meine Mutter dir Speisen in Masse bringen; geh also und hole deine Gäste. Gottes Segen mag über uns kommen!« Salem küßte ihm die Hand und ging an das Tor der kleinen Moschee, wo nach dem Nachtgebet der Kapitän mit seinem Leuten sich einfand, und führte sie in Djaudars Haus. Djaudar stand auf, bewillkommte sie, hieß sie sitzen und ahnte nicht, was sie im Herzen gegen ihn verbargen. Er bat dann seine Mutter, das Nachtessen zu bringen, und sie holte 40 Speisen, die ihr Djaudar nacheinander angab. Der Kapitän und seine Leute aßen nun, bis sie satt waren, und glaubten, das alles käme von Salem. Als der dritte Teil der Nacht vorüber war und sie auch süße Speisen gegessen hatten, legten sie sich schlafen. Sobald aber Djaudar einschlief, fielen sie über ihn her, und ehe er erwachte, stopften sie ihm den Mund zu und führten ihn zur Stadt hinaus nach Suez, wo er ein ganzes Jahr lang mit Fesseln an den Füßen, wie ein Sklave, die gemeinsten Arbeiten verrichten mußte. Das ist, was Djaudar betrifft; seine Brüder aber gingen am folgenden Morgen zu ihrer Mutter und fragten sie, ob Djaudar noch nicht wache? »Wecket ihn auf!« »Wo schläft er denn?« »Bei den Gästen.« »Nun, so ist er wahrscheinlich mit den Gästen fortgegangen, um neue Schätze zu entdecken, denn er findet Geschmack an der Fremde, und ich habe gehört, wie die Gäste, welche Abendländer waren, ihm zuredeten, mit ihnen zu gehen.« »Ist er denn mit Abendländern zusammengekommen?« »Waren denn nicht solche unsere Gäste.« »Nun, so wird er mit ihnen gegangen sein. Gott lenke ihn; er wird gewiß mit vielem Segen zurückkehren«; doch fiel es ihr so schwer, von ihm getrennt zu leben, daß sie weinte. »Du Verruchte, so sehr liebst du Djaudar, wenn wir aber noch solange abwesend bleiben, betrübst du dich nicht, und wenn wir bei dir sind, freust du dich nicht; sind wir nicht ebenso gut deine Kinder, als Djaudar?« »Ihr seid auch meine Kinder, doch ihr habt mir nie Gutes erwiesen, von dem Tag an, wo euer Vater gestorben; Djaudar aber hat mich stets verehrt und gestärkt, er verdient, daß ich um ihn weine, denn ich sowohl, als ihr, haben ihm viel zu verdanken.« Die beiden Brüder schmähten und schlugen ihre Mutter und gingen hierauf in das Kabinett, um den Quersack zu suchen; da stolperten sie über den anderen Quersack, der mit Gold und Edelsteinen gefüllt war und sagten: »O Verruchte! Hier ist das Geld unseres Vaters.« »Nein, bei Gott! Es gehört eurem Bruder Djaudar, der es aus dem Westen gebracht.« »Nein, es ist das Vermögen unseres

Vater, das wir jetzt nehmen und unter uns teilen.« Als die Teilung des Geldes vorüber war und sie miteinander über den Besitz des anderen Quersacks stritten, sagte ihre Mutter: »O meine Söhne! Ihr habt den Sack mit Gold und Edelsteinen unter euch geteilt, diesen Sack könnt ihr nicht teilen, sonst ist er nichts mehr wert; laßt mir ihn also, ich will euch zu jeder Zeit die Speisen herausholen die ihr verlangt, und wollt ihr mich von eurem Geld kleiden, so bin ich zufrieden und wir können ruhig beisammen leben; wie leicht kann euer Bruder zurückkommen und euch zu schanden machen.« Sie zankten aber die ganze Nacht fort, bis ein Kawas des Königs, der in einem der benachbarten Häuser zu Gast war, an einem Fenster, das in die Wohnung Djaudar ging, alles hörte. Der Kawas berichtete am folgenden Morgen dem König, Schems Addaulat, alles, was er gehört hatte; der König schickte sogleich nach Djaudars Brüdern und ließ sie foltern, bis sie alles eingestanden; dann ließ er ihnen beide Quersäcke wegnehmen und sie einsperren, ihrer Mutter aber ließ er jeden Tag aus seinem Schloß bringen, was sie bedurfte.

Djaudar machte, nachdem er ein ganzes Jahr in Suez zugebracht hatte, eine Seereise; da erhob sich ein mächtiger Sturmwind, der das Schiff in Klippen stieß, die es zerschmetterten. Alle, die auf dem Schiff waren, ertranken, nur Djaudar rettete sich ans Land.

Da kam er zu einem arabischen Stamm und erzählte dem Obersten desselben, was ihm widerfahren. Bei diesen Arabern befand sich aber ein Kaufmann aus Djiddah, der ihn bemitleidete. Er sagte zu Djaudar: »Bleibe bei mir als Gehilfe und reise mit mir nach Djiddah.« Djaudar willigte ein und wurde von dem Kaufmann sehr würdig behandelt. Von Djiddah pilgerte der Kaufmann mit ihm nach Mekka.

Auf einmal, als Djaudar den Kreis um den Tempel machte, begegnete er seinem alten Freund Abd Assamd. Sobald dieser Djaudar sah, grüßte er ihn und fragte ihn, wie es ihm gehe? Und als er von seinem Unglück hörte, nahm er ihn mit in seine Wohnung, schenkte ihm ein unbeschreiblich schönes Kleid und sagte, nachdem er seine Geomancie zu Rat gezogen: »Die Zeit deines Unglücks ist zu Ende, deine Brüder sind längst in Ägypten eingesperrt, dir wird es aber gut gehen. Bleibe nur bei mir, bis du die Pflichten der Pilgerfahrt vollbracht hast.«

Djaudar erwiderte dem Abd Assamd: »Ich will nur zu meinem Herrn gehen, bei dem ich diene, dann kehre ich wieder.« Abd Assamd fragte: »Bist du etwas schuldig?« »Nein«, antwortete Djaudar. »Nun«, sagte Abd Assamd, »so geh und verabschiede dich bei ihm, denn da du sein Brot gegessen, so hat er ein Recht, dies von dir zu verlangen.« Er ging zum Kaufmann und sagte ihm, er habe einen Freund getroffen, bei dem er bleiben wolle. Der Kaufmann sagte: »Wenn dein Freund mein Gast sein will, so bringe ihn mir her!« Djaudar erwiderte: »Er ist ein wohlhabender Mann, hat viele Diener und bedarf keiner Einladung.« Da gab ihm der Kaufmann für die Dienste, die er ihm geleistet, 20 Dinare. Djaudar nahm Abschied von ihm, ging mit dem Geld fort und schenkte es unterwegs einem Armen; dann kehrte er wieder zu Abd Assamd zurück und blieb bei ihm, bis alle Feierlichkeiten der Pilgerfahrt vorüber waren. Nun gab ihm Abd Assamd den Ring, den er unter den Schätzen Schamardals gefunden, und sagte ihm: »Dieser Ring führt dich an dein Ziel, ihm gehorcht ein Diener, welcher der zerschmetternde Donner heißt, er erscheint, sobald du den Ring reibst und du kannst ihm befehlen, was du willst.« Abd Assamd rieb hierauf den Ring in Djaudars Gegenwart; da erschien sogleich ein Diener, welcher sagte: »Was wünschest du, mein Herr? Wenn du willst, so verwüste ich Städte oder mache sie blühend, ich bringe Könige um und schlage ganze Armeen.« Abd Assamd antwortete: »Höre Donner! Dieser Mann ist nun dein Herr, gehorche ihm!« Er sagte dann zu Djaudar: »Bewahre diesen Ring wohl, denn du kannst durch ihn alle deine Feinde überlisten, unterschätze dessen Wert nicht.« Djaudar sagte: »Mit deiner Erlaubnis möchte ich in meine Heimat zurückreisen.« Abd Assamd erwiderte: »Reibe nur den Ring, sobald du ihn reibst, wird der Diener erscheinen, der dich, wen du es forderst, heute noch nach Ägypten bringt.« Djaudar nahm hierauf Abschied von Abd Assamd, rieb den Ring, und als ihm der Diener erschien, sagte er: »Bringe mich heute nach Kahirah.« Der Diener sagte: »Es sei dir gewährt«, nahm ihn auf den Rücken, flog mit ihm von Mittags bis Mitternacht, ließ ihn im Hof seines Hauses herunter und verschwand wieder. Als Djaudar zu seiner Mutter kam, erzählte sie ihm weinend, wie seine zwei Brüder sie behandelt haben und wie sie die beiden Quersäcke verloren.

Djaudar, den das Schicksal seiner Brüder betrübte, sagte seiner Mutter: »Betrübe dich nicht über die Vergangenheit, ich will dir gleich zeigen, was ich vermag und wie ich meine Brüder hierherbringe.« Er rieb den Siegelring, der Diener erschien und sagte: »Was verlangt mein Herr?« Djaudar antwortete. »Ich befehle dir, meine Brüder aus dem königlichen Gefängnis hierher zu holen.« Der Diener versank in der Erde und stieg mitten im Gefängnis wieder herauf, in einem Augenblick, wo gerade Salem und Selim vor harter Bedrängnis sich den Tod wünschten. Sie fielen in Ohnmacht, als der Diener mit ihnen in die Erde hinunterstieg, und als sie wieder zu sich kamen, befanden sie sich in ihrem Haus, wo Djaudar bei seiner Mutter saß. Sobald Djaudar sie erblickte, grüßte und bemitleidete er sie, sie aber weinten und schlugen das Gesicht nieder. Djaudar sagte ihnen: »Weinet nicht, Satan hat euch durch Habgier dahin gebracht, daß ihr mich verkauft habt, doch haben Jakobs Söhne ihrem Bruder Joseph noch weit mehr Unrecht getan, als ihr mir, denn sie haben ihn in eine Grube geworfen, ich verzeihe euch; bekehret euch nur und betet zu Gott, daß er euch verzeihe. Er ist der Vergebende, der Barmherzige.« Er heiß seine Brüder nochmals willkommen und redete ihnen so sehr ans Herz, bis es ihnen leichter wurde; dann erzählte er ihnen, was er in Suez und auf der Reise gelitten, bis er Abd Assamd traf, der ihm den Ring geschenkt. Da riefen sie: »Verzeihe uns diesmal noch, o Bruder! Begehen wir aber noch einmal ein Unrecht gegen dich, so tu uns, was du willst.« Djaudar sagte: »Fürchtet nichts, doch erzählt mir, wie der König gegen euch verfahren.« Sie sagten: »Er hat uns eingeschüchtert, prügeln lassen und hat uns die beiden Quersäcke genommen.« Djaudar sagte: »Er wird schon aufmerken.« Er rieb hierauf den Ring, der Diener erschien, und Salem und Selim fürchteten sich sehr, weil sie glaubten, Djaudar werde ihm Befehl erteilen, sie umzubringen; sie umfaßten ihre Mutter und sagten: »Wir begehen uns unter deinen Schutz, bitte für uns.« Djaudar aber sagte: »Fürchtet euch nicht, meine Brüder!« Dann wendete er sich zum Diener und befahl ihm, alles, was in den Schatzkammern des Königs sei, zu bringen, besonders die beiden Quersäcke, die er von seinen Brüdern genommen. Der Diener flog sogleich ins Schloß, packte alles zusammen, was in den Schatzkammern des Königs war, und legte es vor Djaudar nieder. Dieser gab seiner Mutter den Quersack mit Edelsteinen aufzubewahren und legte den, welchem ein Geist untergeordnet war, vor sich nieder; dann sagte er dem Diener: »Baue mir diese Nacht ein hohes Schloß, streiche es mit Goldfarbe an und legte kostbare Divane hinein; du mußt aber, ehe der Tag anbricht, damit zu Ende sein.« Er holte dann Speisen aus dem Sack, belustigte sich mit seinen Brüdern und schlief ein. Der Diener versammelte seine Genossen und befahl ihnen, ein Schloß zu bauen. Der eine mußte Steine hauen, der andere bauen, der dritte anstreichen, der vierte malen, der fünfte Divane herrichten, und ehe der Tag anbrach, war das Schloß vollendet. Der Diener kam, um es Djaudar zu melden, und ihn zu bitten, es anzusehen; Djaudar ging mit seiner Mutter und seinen Brüdern, und sah ein Schloß, desgleichen nirgends zu finden ist, und dessen Malereien sie in Erstaunen versetzten. Es befand sich auf offener Straße und er hatte nichts dafür ausgegeben. Er bat seine Mutter, hineinzuziehen und es zu bewohnen. Er rieb dann den Ring wieder, und als der Diener erschien, sagte er ihm: »Bringe mir 40 weiße Sklavinnen und 40 schwarze, 40 Mamelucken und 40 schwarze Sklaven.« Der Diener schickte seine Genossen nach Indien, Sind und Persien, und sie brachten die hübschesten Sklaven und Sklavinnen und stellten sie Djaudar vor.

Djaudar befahl dann dem Diener, jedem ein kostbares Kleid zu bringen, und als dies geschehen war, ließ er auch Kleider für sich, seine Mutter und Brüder bringen. Er stellte die Sklavinnen, als sie angekleidet waren, seiner Mutter vor und sagte ihnen: »Das ist eure Herrin, küsset ihr die Hand und befolget alle ihre Befehle.« Die Mamelucken aber küßten Djaudar die Hand, er glich einem Sultan und seine Brüder umgaben ihn wie Veziere und ein jeder von ihnen bewohnte mit seinen Sklaven und Sklavinnen einen Flügel des sehr geräumigen Schlosses. Das ist's, was Djaudar mit den Seinigen angeht. Der Schatzmeister des Königs aber, der am folgenden Morgen etwas aus der Schatzkammer holen wollte, fand sie ganz leer und schrie jämmerlich und fiel in Ohnmacht. Als er wieder zu sich kam, begab er sich zum König Schems Addaulat, und fragte ihm: »O Fürst der Gläubigen, deine Schatzkammer ist diese Nacht ausgeplündert worden.« Der König sagte: »Was hast du mit den Schätzen getan, die ich gesammelt?« »Bei Gott! Ich weiß nicht, die Schatzkammer war gestern noch voll, und als ich heute hineinkam, war sie leer und doch waren alle Türen verschlossen, es war nirgends ein Einbruch zu sehen, kein Schloß war zerbrochen, ich weiß nicht, wie sie geleert worden.« »Sind auch die beiden Quersäcke weggekommen?« »Auch diese sind nicht mehr da.« Der König verlor ganz den Verstand und sagte außer sich zum Schatzmeister: »Geh vor mir her in die Schatzkammer!« Als der König selbst in die Schatzkammer trat und sie ganz leer fand, geriet er in heftigen Zorn und sagte: »Wer wagt es, meinen Schatz zu berühren und meiner Macht zu trotzen?« Er versammelte nun seine Räte und die Anführer der Armeen und sagte ihnen: »Wisset, daß verflossene Nacht alle meine Schätze ausgeplündert worden sind; wer wagte es wohl, ein solches Verbrechen zu begehen?« Da trat der Kawas, welcher den früheren Streit zwischen Salem und Selim mit angehört hatte, hervor und sagte: »O König! Wisse, ich habe diese Nacht so wunderbare Dinge gesehen, daß ich die ganze Nacht nicht schlafen konnte.« »Was hast du gesehen?« fragte der König. »Ich habe die ganze Nacht bauen hören«, erwiderte der Kawas, »und als der Morgen anbrach, sah ich ein vollendetes Schloß; ich fragte, wem es gehöre, und vernahm, es gehöre Djaudar, dem Sohn Omars, der mit vielen Schätzen, Mamelucken und Sklaven von seiner Reise zurückgekehrt ist; er hat auch seine Brüder aus dem Gefängnis befreit und lebt in seinem Schloß wie ein Sultan.« Der König sagte: »Seht einmal im Gefängnis nach, ob Salem und Selim wirklich entkommen sind.« Man öffnete die Türe des Gefängnisses, und fand weder Selim noch Salem. Da sagte der König: »Gewiß hat derjenige, welcher Selim und Salem befreit, auch meine Schätze gestohlen, und beides kann kein anderer getan haben, als ihr Bruder Djaudar.«

Der König sagte dann dem Vezier: »Schicke einen Emir mit 50 Mann, um Djaudar und seine Brüder gefangen zu nehmen, laß auch alle ihre Güter versiegeln und hierher bringen; und recht schnell.« Der Vezier sagte: »O König, mäßige deinen Zorn, Gott ist auch gnädig und straft nicht gleich die Menschen, die ihm widerspenstig sind; bedenke, daß wenn Djaudar sich, wie du hörst, in einer Nacht ein so großes Schloß hat bauen lassen, er so mächtig ist, daß niemand sich mit ihm messen kann; ich fürchte daher sehr für den Emir, es möchte ihm

übel gehen; laß uns lieber erst den Stand der Dinge untersuchen und auf andere Mittel sinnen, zuletzt kann ja immer noch dein Wille geschehen.« Der König sagte: »So rate du, was ich tun soll.« Der Vezier erwiderte: »Schicke ihm den Emir und lasse ihn zu dir einladen, ich werde ihn an dich fesseln, und sehen, ob er mutig und stark ist, dann suchen wir ihn zu überlisten, ist er schwach, so kannst du ihn festnehmen und nach deinem Willen mit ihm verfahren.« Der König billigte diesen Vorschlag und schickte den Emir Othman zu Djaudar, um ihn im Namen des Königs einzuladen. Dieser Emir war aber dumm und hochmütig; als er an Djaudars Schloß kam, sah er einen Verschnittenen vor dem Tor auf einem goldenen Stuhl sitzen; dieser Verschnittene war der Diener des Ringes selbst, dem Djaudar befohlen hatte, sich in der Gestalt eines Verschnittenen vor die Türe zu setzen. Der Verschnittene stand nicht vor dem Emir auf und trat ihm nicht entgegen, obschon er von 50 Mann Soldaten begleitet war. Der Emir Othman sagte ihm: »Sklave, wo ist dein Herr?« Er antwortete ihm sitzend: »Er ist im Schloß.« Othman geriet in Zorn und sagte: »Du verruchter Sklave, warum bist du so unverschämt und stehst nicht auf, wenn du mit mir sprichst?« Der Verschnittene antwortete: »Gehe deines Weges und spare die vielen Worte.« Othman, außer sich vor Wut über diese Antwort, zog seine Keule und wollt nach dem Geist, den er für einen Sklaven hielt, schlagen; als der Verschnittene aber dies sah, nahm er ihm die Keule weg und versetzte ihm vier Hiebe. Die Soldaten, welche Othman begleiteten, zogen nun ihre Schwerter, um ihrem Herrn zu helfen, aber der Verschnittene schlug sie zurück, und verwundete jeden, der sein Schwert gezogen hatte, so daß sie alle die Flucht ergriffen, und aus dem Angesicht des Schlosses sich entfernten; der Verschnittene setzte sich dann wieder auf seinen Stuhl und kümmerte sich dann um nichts.

Als der Emir mit seinen flüchtigen Soldaten wieder zum König kam, sagte er ihm: »O König, ich habe in meinem Leben kein Schloß gesehen, wie das, welches Djaudar gebaut. Als ich an dessen Tor kam, sah ich einen Verschnittenen auf einem goldenen Stuhl sitzen; er war so stolz, daß er sich nicht von seinem Platz bewegte, als er mich kommen sah und auch sitzend mich anredete; da wurde ich aufgebracht, und zog mein Schwert gegen ihn, er nahm mir aber mein Schwert weg und schlug mich und meine Soldaten, so daß wir fliehen mußten.«

Der König geriet in heftigen Zorn, als er dies hörte, und sagte: »Lasset 100 Reiter gegen das Schloß ziehen!« Es zogen 100 Reiter dahin, aber auch sie wurden vom Verschnittenen in die Flucht geschlagen; sie kehrten bestürzt zum König zurück und sagten: »O König der Zeit! Der Verschnittene hat uns geschlagen und wir fürchteten uns so sehr, daß wir vor ihm entflohen.« Der König schickte hierauf 200 Mann gegen Djaudars Schloß, und als auch diese ihre Niederlage dem König berichteten, sagte er zu seinem Vezier: »Nun mußt du mit 500 Mann gegen dies Schloß ziehen und mir den Verschnittenen, Djaudar und seine Brüder hierherbringen.« Der Vezier sagte: »Mein Herr, ich brauche keine Truppen, ich will lieber ganz unbewaffnet hingehen.« Der König sagte: »Geh und tue, was du für angemessen hältst.« Der Vezier warf seine Waffen weg, zog ein weißes Kleid an, nahm einen Rosenkranz in die Hand und ging allein nach Djaudars Schloß. Als der Verschnittene ihn sah, erhob er sich von seinem Stuhl und begrüßte ihn ganz ehrerbietigst mit den Worten: »Friede sei mit dir, Mensch!« Der Vezier merkte aus dieser Anrede, daß der Verschnittene ein Genius sein müsse, und fragte, vor Angst zitternd: »Ist dein Herr Djaudar hier?« »Er ist im Schloß.« »Mein Herr, geh zu ihm und sagte ihm, der König Schems Addaulat läßt dich grüßen und zu einer Mahlzeit einladen.« »Warte hier, ich will mit ihm sprechen.« Der Vezier blieb bescheiden vor dem Tor stehen und der Genius ging ins Schloß und sagte zu Djaudar: »Wisse, mein Herr, der König hat dir einen Emir geschickt, den ich geschlagen, und die 50 Mann, die er bei sich hatte, habe ich in die Flucht getrieben; dann schickte er 100 Reiter, dann 200, die ich ebenfalls in die Flucht geschlagen; nun schickt er dir seinen Vezier ohne Waffen, um dich zu einer Mahlzeit einzuladen, was sagst du dazu?« Djaudar antwortete: »Geh und bringe mir den Vezier hierher.« Der Genius ging hinunter und sagte zum Vezier: »Mein Herr wünscht dich zu sprechen.« Der Vezier trat ins Schloß und sah Djaudar auf einem Divan sitzen, prachtvoller als der des Königs; sein Erstaunen über die Pracht dieses Schlosses und dessen Verzierungen war so groß, daß ihm der König nur noch wie ein Bettler erschien. Er verbeugte sich vor Djaudar und grüßte ihn. Djaudar sagte: »Was ist dein Begehren?« »Der König läßt dich grüßen und wünscht dein edles Antlitz zu sehen; er hat auch schon ein Fest bereiten lassen, um dich zu empfangen, wirst du wohl ihm diese Freude gönnen?« »Wenn er mein Freund ist, so grüße ihn und sage ihm, er soll zu mir kommen.« Der Vezier wollte wieder fortgehen, aber Djaudar rieb dann den Ring, und als der Diener erschien,

sagte er ihm: »Bringe mir eines der schönsten Kleider!« Als der Diener es brachte, gab es Djaudar dem Vezier mit den Worten: »Zieh es an und sage deinem Herrn, dem König, was ich dir aufgetragen.« Als der Vezier in seinem neuen Kleid dem König erzählte, was er gesehen und was Djaudar ihm aufgetragen, brach jener auf und zog, von vielen Truppen begleitet, nach dem Schloß. Auch Djaudar hatte inzwischen dem Diener befohlen, den Hof des Schlosses mit Geistern in Gestalt kräftiger Soldaten mit allerlei Waffen und Kriegsrüstungen auszufüllen.

Als der König in den Hof des Schlosses kam und die aufgestellten Truppen sah, welche lauter große, starke Männer waren und die herrlichsten Waffen trugen, fürchtete er sich vor ihnen; er ging demütig in den Saal, wo Djaudar saß, von mehr Glanz umgeben, als irgend ein Sultan, grüßte ihn und wünschte ihm Glück. Djaudar stand nicht auf und hieß den König nicht sitzen. Dieser wurde daher sehr ängstlich, er wagte es weder, sich zu setzen, noch sich wieder zu entfernen, und dachte: »Wenn er sich etwas aus mir machte, so würde er mich nicht so stehen lassen, gewiß will er mich züchtigen wegen dessen, was ich seinen Brüdern getan.« Djaudar redete ihn sitzend an: »O König, einem Mann, wie euch, ziemt es nicht, daß er die Menschen so unterdrücke und ihnen ihr Gut wegnehme!« Der König sagte: »Verzeih mir! Die Habgier hat mich dazu getrieben; die Bestimmung wollte es so; gäbe es keine Schuld, so gäbe es auch keine Großmut.« Er entschuldigte sich dann so lange und bat um Gnade, bis Djaudar ihm verzieh, ihn sitzen hieß und ihm einen Kaftan als Pfand der Gnade schenkte. Er befahl dann seinen Brüdern, den Tisch zu decken, und nachdem sie gegessen hatten, schenkte er dem ganzen

Gefolge des Königs neue Kleider. Der König gab dann Befehl zum Aufbruch und verließ Djaudar. Im folgenden Tage besuchte er ihn wieder und so jeden Tag; auch hielt er alle Versammlungen in Djaudars Schloß und befreundete sich immer mehr mit ihm. Nach einiger Zeit aber sagte der König zu seinem Vezier: »Ich fürchte, Djaudar wird mich doch am Ende umbringen und mein Königreich an sich reißen.« Der Vezier erwiderte: »Was dein Königreich betrifft, so kannst du ohne Furcht sein, denn Djaudar besitzt mehr als ein Königreich; was aber deine Furcht, umgebracht zu werden, angeht, so hast du ja eine Tochter, gib sie ihm zur Frau, dann seid ihr verschwägert und du hast nichts von ihm zu fürchten.« »Willst du Vermittler zwischen uns sein?« »Recht gerne; lade ihn zu dir ein, und wenn wir nachts beisammen wachen, so lasse deine Tochter im schönsten Aufzug an der Türe des Saals vorübergehen, und wenn er sie bemerkt und schön findet, so sage ich ihm, sie sei deine Tochter; er wird dann bei mir um sie werben und du stellst dich, als wüßtest du von der ganzen Sache nichts, und heiratet er sie, bildet ihr nur eine Familie, du hast nichts mehr von ihm zu fürchten und erbst nach seinem Tode alles, was er besitzt.« »Dein Rat ist vortrefflich.« Der König ließ sogleich eine Mahlzeit bereiten und lud Djaudar dazu ein, und nachdem sie bis abends in der höchsten Vertraulichkeit miteinander gezecht hatten, ließ er seine Tochter durch die Türe des Saales, herrlich geschmückt, vorübergehen; diese war so unvergleichlich schön und reizend, daß, sobald Djaudar sie erblickte, er ganz blaß war, einen tiefen Seufzer ausstieß, an allen Gliedern zitterte und ganz außer sich geriet. Der Vezier neigte sich zu ihm hin und fragte, warum er so seufze?« »Wem gehört dieses Mädchen, das mein Herz geraubt und meinen Verstand?« »Es ist die Tochter deines Freundes; wenn sie dir gefällt, so will ich mit dem König sprechen, daß er dir sie zur Frau gebe.« »Tu dies, ich will eine so große Morgengabe herbeischaffen, als er verlangt, und dir schenken, was du willst.« Der Vezier neigte sich dann zum König hin und sagte: »Dein Freund Djaudar ersucht mich, dich zu bitten, daß du ihm deine Tochter zur Frau gebest, er will jede beliebige Morgengabe entrichten.« Der König antwortete: »Es sei als habe ich die Morgengabe schon erhalten, ich bin sein Diener und meine Tochter seine Sklavin; er erweist mir noch eine Gnade, wenn er sie annimmt.«

Am folgenden Morgen versammelte der König alle seine Freunde und hohen Beamten, ließ auch den Scheich des Islams kommen und einen Ehekontrakt zwischen Djaudar und seiner Tochter schreiben. Djaudar ließ den Quersack mit Edelsteinen holen, und schenkte ihn dem König als Morgengabe; Trommeln und Psalter ertönten in der ganzen Stadt, die Hochzeit wurde mit großen Festlichkeiten gefeiert, und der König und Djaudar waren von nun an ein Herz und ein Sinn. Bald starb aber der König und Djaudar wurde von den Truppen als Sultan ausgerufen. Er weigerte sich zwar, die Regierung anzunehmen, man drang aber so sehr von allen Seiten in ihn, bis er nachgab. Er ließ eine Moschee auf dem Begräbnisplatz des verstorbenen Sultans bauen, und stiftete das Nötige für deren Unterhalt, sie befindet sich im Quartier Bundukanijeh. Djaudars Palast aber war im Quartier Jemanijeh, das später, als er hier auch eine Moschee bauen ließ, Djaudarieh genannt wurde. Djaudar ernannte Salem zu seinem Vezier der

Rechten und Selim zu seinem Vezier der Linken. Nach Verlauf von einem Jahr aber sagte Salem zu Selim: »Wie lange wollen wir noch die Diener unseres Bruders bleiben? Sollen wir nie selbst Herren werden?« Selim sagte: »Ersinne eine List, wie wir ihn umbringen und ihm den Sack und den Ring nehmen.« Salem sagte: »Das will ich, unter der Bedingung, daß ich dann Sultan werde und den Ring behalte; dafür sollst du den Quersack nehmen und mein Vezier zur Rechten sein.« Nach weiterer Verabredung gingen sie zu Djaudar und sagen: »Wir wünschten, daß du uns auch einmal die Ehre erweisest, unser Gast zu sein.« Djaudar fragte; »Zu wem von euch soll ich diesen Abend kommen?« »Diesen Abend zu mir«, antwortet Salem, »und ein andermal zu Selim.« Salem ließ eine Mahlzeit zubereiten und vergiftete die Schüssel, die er Djaudar versetzte, so daß gleich sein Fleisch und seine Knochen zersetzt wurden. Er wollte ihm dann den Ring nehmen, da er aber nicht losging, schnitt er ihm den Finger ab, rieb den Ring, und als der Diener erschien, befahl der ihm, seinen Bruder Selim zu töten und ihn nebst dem vergifteten Djaudar den Großen des Reichs, welche in einem anderen Saal an der Tafel waren, vorzuwerfen. Als die Gäste die zwei Leichen sahen, fragen sie den Genius, wer den König und den Vezier umgebracht? Der Genius antwortete: »Ihr Bruder Salem.« In diesem Augenblick trat Salem herein und sagte: »Esset nur weiter und seid vergnügt, ich besitze meines Bruders Ring, und Selim, dessen Verrat ich fürchtete, ist auch tot, ihr müßt mich nun als Sultan anerkennen, sonst lasse ich euch alle umbringen.« Aus Todesangst riefen nun alle: »Wir wollen dich gerne zum König erwählen.« Er hieß sie dann weiter essen, was sie auch aus Furcht taten, dann ließ er seine Brüder beerdigen und zog mit großem Pomp in den Thronsaal und ließ sich huldigen. Endlich verlangte er auch,

daß man den Ehekontrakt zwischen seiner Schwägerin und ihm schreibe. Man sagte ihm: »Warte, bis die gesetzliche Zeit vorüber ist!« Salem erwiderte aber: »Ich kenne kein Gesetz, bei meinem Haupt, sie muß diese Nacht noch meine Gattin werden.« Man schrieb den Ehekontrakt und benachrichtigte Djaudars Witwe davon. Diese empfing Salem und bewillkommnete ihn freundlich, reichte ihm aber vergiftetes Wasser, woran er starb. Sie nahm dann den Ring und zerbrach ihn, damit ihn niemand mehr besitze, zerriß den Quersack und ließ dem Scheich Al Islam und den Truppen Nachricht von Salems Tode geben, und forderte sie auf, einen anderen Sultan zu wählen. Das ist alles, was uns von der Geschichte Djaudars zugekommen.

Den König entzückte die wunderbare Geschichte Djaudars sehr und er sagte daher zu seiner Gattin: »O Schehersad, erzähle mir nun auch einige Parabeln von den Vögeln und Tieren.« Schehersad erwiderte: »Recht gern, großer König!« und begann:

Parabeln

Es war vor alten Zeiten ein Pfau, der mit seiner Gattin einen Wald, in welchem viele andere Tiere sich aufhielten, am Ufer des Meeres bewohnte. Des Nachts verbargen sie sich daher in einem der Bäume, aus Furcht vor wilden Tieren, und des Tages flogen sie umher, um Nahrung zu suchen. Sie lebten lange so fort, bis ihnen einmal der Gedanke kam, einen anderen Wohnort zu suchen, wo sie sicherer und ruhiger leben könnten. Da kamen sie auf eine fruchtbare Insel, die reich an Bäumen und Gewässern war, ließen sich da nieder und aßen und tranken. Auf einmal kam eine Ente zu ihnen, welche gar zu ängstlich aussah und furchtbar zitterte. Der Pfau dachte: »Der muß gar Schlimmes widerfahren sein«; er stieg von seinem Baum herunter, grüßte sie und bat sie, ihm zu erzählen, was ihr begegnet. Nachdem sie seinen Gruß erwidert hatte, sagte sie: »Schütze mich gegen die Menschen und sei selbst auf deiner Hut! Gelobt sei Gott, der mich von meiner Angst erlöst und mich zu euch geführt hat, wie sehr habe ich mich nach eurer Nähe gesehnt; laß nur auch dein Weibchen heruntersteigen, daß es höre, was mir zugestoßen.« Das Weibchen kam auch herunter, bewillkommnete die Ente und sagte ihr: »Sei nur ohne Furcht, woher soll ein Mensch auf diese Insel, inmitten im tobenden Meer, kommen? Sei nur ganz ruhig, es kann niemand zu uns gelangen; erzähle mir, was dir zugestoßen und warum du die Menschen so fürchtest?« Da begann die Ente: Wisse, o Pfau! Ich bringe nun mein ganzes Leben schon in Sicherheit auf dieser Insel zu und wußte von nichts Bösem. Eines Nachts erschien mir im Traum ein Mensch, der sich mit mir unterhielt; darauf hörte ich eine Stimme, welche mir zurief: »O Ente! Hüte dich vor dem Menschen, laß dich nicht verführen durch seine süßen Worte, denn du hast nur Unglück von ihm zu erwarten, weil er gar zu listig ist. Nimm dich wohl in acht, denn wisse, daß der Mensch durch List die größten Meerungeheuer zu fangen versteht, mit seiner Flinte die Vögel in der Luft zu sich herunterzieht und den Elefanten in eine Grube stürzt. Niemand ist vor der List der Menschen sicher, kein Fisch, kein Vogel, kein wildes und kein zahmes Tier.« Nachdem ich dies gehört hatte, erwachte ich voller Angst und Furcht und ich konnte, teure Schwester!, mich den ganzen Tag nicht fassen und hatte kein Lust, weder zu essen noch zu trinken; so sehr setzte mich die Bosheit des Menschen in Schrecken. So lief ich unruhig umher, bis ich zur Höhle eines jungen gelben Löwen kam. Dieser freute sich über alle Maßen, als er mich ankommen sah, denn meine Farbe und schöne Gestalt gefielen ihm sehr gut; er hieß mich in seine Nähe kommen und fragte mich nach meinem Namen und Geschlecht. Ich sagte: »Ich heiße Ente und gehöre zum Geschlecht der Vögel.« Ich fragte ihn, warum er so lange hier bleibe? Er antwortete: »Mein Vater, der Löwe, der warnt mich schon so lange vor den Menschen, nun sah ich diese Nacht in einem Traum einen Menschen, mit dem ich mich sehr gut unterhielt; zwar hörte ich eine Stimme, welche mich vor ihm warnte, aber er gefiel mir so gut, daß ich, weil ich weiß, daß zuweilen Menschen hier vorüberkommen, hier warte, denn ich möchte gar zu gern einen Menschen sehen.« Als der Löwe zu reden aufgehört, sagte ich ihm: »Sei auf deiner Hut und suche den Menschen auszuweichen, dessen List allmächtig.« Ich warnte ihn dann solange, bis er sich endlich entschloß, mit mir wegzugehen. Als wir eine Weile miteinander umherliefen, sahen wir einen großen Staub, der uns immer näher kam, und endlich entdeckten wir einen umherirrenden Esel, der bald stampfte, bald in die Höhe sprang, bald schrie. Der Löwe rief ihn zu sich, und der Esel näherte sich ihm ehrfurchtsvoll und küßte die Erde vor ihm. Da sagte der Löwe: »Wie heißt du, blödsinniges Tier, und wieso kommst du hierher und was springst du so?« Der Esel antwortete: »O Prinz! Ich heiße Esel und komme hierher aus Furcht vor den Menschen. Denn der Mensch ist ein Unheil von den allergrößten, ein wahres Verderben der Tiere.« »Fürchtest du, daß ein Mensch dich töte oder zerreiße?« »Bei Gott, o Prinz! Ich fürchte weder von ihm getötet, noch zerrissen zu werden; aber er gebraucht List, um auf mir zu reiten und mich zu beladen. Da hat er etwas, das er Decke nennt, das legt er auf meinen Rücken, dann hat er so ein Leder, das er Gurt nennt, damit umgürtet er mich, dann hat er etwas zum Sitzen, von ihm Sattel genannt, und einen Riemen, den er unter meinen Schweif legt; auch steckt er mir ein Stück Eisen, das er Zaum nennt, in den Mund und er macht einen Stachelstock, mit dem er mich antreibt, so muß ich dann laufen und tragen über meine Kräfte; stolpere ich, so schmäht er mich, schreie ich, so flucht er, und gehe ich ein wenig zu langsam, so schlägt er mir die Rippen auf, und wenn ich alt werde, so macht er mir so einen groben, hölzernen Sattel und übergibt mich den Wasserträgern, die mich mit Wasserschläuchen und großen Krügen beladen. So lebe ich bei den Menschen in Mühseligkeit und Elend und Erniedrigung, bis ich sterbe, da wirft man mich auf einen Schutthaufen den Hunden zur Speise hin. Gibt es wohl eine größere Qual, als die meinige?«

Als ich, fuhr die Ente fort, diese Worte des Esels hörte, ergriff mich ein furchtbarer Schauder und eine noch größere Furcht vor den Menschen, und ich sagte zum Löwen: »Bei Gott! Der Esel hat Ursache, den Menschen zu fürchten.« Er fragte dann den Esel, wo er hingehe? »O Prinz!« antwortete der Esel, »ich fliehe von hier, so schnell als ich kann, denn ich habe vor Sonnenuntergang in der Ferne einen Menschen erblickt.« Während dieses Gesprächs, als gerade der Esel wieder von uns Abschied nehmen wollte, entdeckten wir einen dichten Staub, der Esel schrie laut auf, und blickte nach dem Staub hin. Auf einmal kam unter dem Staub ein schönes schwarzes Pferd hervor, das scheu und schüchtern umherlief. Als es in die Nähe des Löwen kam, empfing er es mit Achtung und fragte: »Wie ist dein Name, verehrtes Tier, und warum irrst du so umher?« Das Pferd antwortete: »O Herr der Tiere! Man nennt mich Pferd und ich bin hier auf der Flucht vor Menschen.« Der Löwe rief ganz erstaunt: »Bei Gott, wunderbar! Was sagst du mir da; das ist eine Schande für dich, du bist ja so stark, so groß und so dick, und doch fürchtest du dich vor den Menschen? Ich wünschte sehr, einem Menschen zu begegnen, ich hoffte mich an seinem Fleisch zu sättigen und an seinem Blut meinen Durst zu stillen, um dieser schwachen, zitternden Ente Ruhe zu verschaffen; nun aber zerschneiden mir deine Worte das Herz, du machst mir bang durch deinen Schrecken und nimmst mir die Luft, mich mit ihm zu messen; du bist doch viel größer und siehst stärker aus, als ich, ich dächte, daß du mit einem Tritt deiner Füße einen Menschen töten könntest.« Das Pferd lachte und sagte: »Hüte dich wohl vor dem Menschen und laß dich nicht durch sein unbedeutendes Aussehen betören; o Prinz! Mir hilft weder Stärke, noch Größe, noch Breite; der Mensch macht aus List und Bosheit etwas, das man Pfahl nennt, und etwas, das Strick heißt, aus Palmfasern mit Filz geflochten und stark gedreht, den Pfahl befestigt er in dem Boden, und mit dem Strick bindet er meine Füße an. Mit einem anderen Strick, der in der Höhe an einen Pfosten gebunden wird, zieht er meinen Kopf aufwärts und so muß ich wie gekreuzigt auf den Füßen stehen und kann nicht liegen und nicht schlafen; will er auf mir reiten, so legt er mir etwas auf, das man Sattel nennt, woran spitzige Eisen befestigt werden, die Steigbügel heißen. Der Sattel wird mir durch zwei Riemen um den Leib geschnürt, dann bekomme ich auch noch ein Eisen in den Mund, Gebiß genannt, daran befestigt man Riemen, die man Zaum nennt und die der, welcher auf mir reitet, in die Hand nimmt, und so zieht er mich hin, wo er will, und spornt mich dabei, daß mir das Herz blutet. Frage nur nicht, o Prinz! Nach allem, was ich von ihm in meiner Jugend dulden muß, und wenn ich gar alt werde und mager, so verkauft er mich einem Müller, wo ich im Kreise umhergehend, Weizen und Gerste mahlen muß, Tag und Nacht; und bin ich auch dazu nicht mehr tauglich, so werde ich geschlachtet, meine Haut und mein Schwanz wird dem Siebmacher verkauft, mein Fett wird geschmolzen und mein Fleisch wird auf allen Straßen ausgeschrien, und wenn es nicht gut abgeht, so mischt es der Metzger mit Esel- und Mauleselfleisch und kocht es mit Essig, um den schlechten Geruch zu vertreiben.«

Als der Löwe dies hörte, wurde er noch grimmiger, und er fragte das Pferd, wann es einen Menschen gesehen? Es antwortete: »Gegen Mittag sah ich einen Menschen, der meinen Spuren folgte.« Während des Gesprächs entdeckten wir auf einmal wieder einen mächtigen Staub in der Ferne und es kam ein Kamel darunter hervor, das zitternd und bebend umhertrabte, bis es uns nahe kam. Der Löwe hielt es für einen Menschen und wollte schon darauf losspringen; da

sagte ich ihm: »O Prinz! Das ist kein Mensch, das ist ein Kamel, das auch vor den Menschen zu fliehen scheint, wie wir.« Während ich dies dem Löwen sagte, trat das Kamel zu uns, verbeugte sich vor dem Löwen und grüßte ihn. Der Löwe erwiderte seinen Gruß und fragte es, wie es so hierhergekommen? Es antwortete: »Ich fliehe vor dem Menschen.« »Wie«, versetzte der Löwe, »ein Tier von so großer Gestalt, so lang und so breit fürchtet den Menschen? Bei Gott! Mit einem Tritt kannst du ihn ja umbringen.« »O Prinz!« antwortete das Kamel, »der Mensch ist so klug und so schlau und so fein, daß nur der Tod ihm beikommen kann. Da zieht er mir einen Ring durch die Nase, woran eine Schnur befestigt wird, und wirft mir eine Halfter um den Kopf und übergibt mich seinem jüngsten Kinde, das trotz meiner Größe und Stärke mich hinführt, wo es will. Dann legt er mir die schwersten Lasten auf und unternimmt mit mir die größten Reisen, und gebraucht mich zu den schwersten Arbeiten, so daß ich weder bei Tag, noch bei Nacht Ruhe finde, und wenn ich alt werde und gebrechlich, duldet er mich nicht mehr in seiner Gesellschaft, sondern verkauft mich dem Metzger am Siegestor in Kahirah. Dieser schlachtet mich, verkauft meine Haut dem Gerber und mein Fleisch den Wirten. Ich kann dir gar nicht alles sagen, o Prinz!, was ich stets vom Menschen ertragen muß.« Der Löwe fragte es dann, wann es den Menschen verlassen? Es antwortete: »Gegen Sonnenuntergang, und ich denke, er wird bald hier sein; schütze dich vor ihm und laß mich weiter fliehen in die Wüsten und Einöden.« Der Löwe sagte: »Bleibe nur noch ein wenig, du sollst sehen, wie ich ihm die Knochen zermalme, wie ich ihn zerreiße, wie ich dich von seinem Fleisch nähre und von seinem Blut tränke.« Aber das Kamel rief: »Bewahre Gott, o Prinz!, daß ich länger säume, ich bin sogar um deinetwillen in großer Angst, wenn ein Mensch sich deiner Wohnung nähert.« Auf einmal bemerkten wir wieder einen Staub und es trat ein kurzer, magerer Greis hervor, der in einem Korb allerlei Schreinerhandwerkszeug auf der Schulter, einen Baumzweig und acht Bretter auf dem Kopf trug, und kleine Kinder an der Hand führte. Ich fiel vor Furcht auf den Boden, als ich ihn herankommen sah, der Löwe aber trat ihm in den Weg, schüttelte seinen Schwanz und bereitete seine Klauen zum Kampfe vor. Der Mensch trat ihm freundlich entgegen, verbeugte sich vor ihm, lächelte ihm zu und sprach mit einer süßen Zunge: »O erhabener und mächtiger König! Gott schenke dir einen süßen Abend, vermehre deine Kraft und deinen Ruhm, verbreite deine Herrschaft und deine Macht, unterwerfe dir alle deine Feinde und weise dir das Paradies zur Wohnung an. Gewähre mir deinen Schutz und stehe mir bei, ich kann nur bei dir Hilfe finden.«

Der Löwe, gerührt von dem Flehen und Weinen des Schreiners, sagte ihm: »Ich verspreche dir meinen Schutz; sage mir, wer dir Gewalt angetan und wer du bist, denn ich habe in meinem Leben kein Tier deinesgleichen gesehen, so schön an Gestalt und so beredter Zunge; wie heißt du denn und wer mißhandelt dich?« Der Schreiner antwortet: »O Herr der Tiere! Ich heiße Schreiner und fürchte mich sehr vor dem Menschen, der morgen früh schon hier eintreffen wird.« Als der Löwe dies hörte, war das Licht zur Dunkelheit vor ihm, er knurrte und schnaubte, Funken sprühten aus seinen Augen und er schrie: »Bei Gott, ich werde die ganze Nacht hier wachend zubringen.« Dann bat er den Schreiner, er möchte ihm, da er doch mit seinen kurzen Füßen nicht mit wilden Tieren gleichen Schritt halten könne, sagen, wo er hingehe? Der Schreiner antwortete: »Ich gehe jetzt zum Luchs, dem Vezier deines Vaters, dem mächtigen, reißenden Tier, dem Herrn der Klauen und Zähne, der auch gehört hat, daß Menschen in seine Nähe kommen würden, und daher aus Furcht mich rufen ließ, damit ich ihm zum Schutz aus diesen Brettern ein Haus baue.« Der junge Löwe beneidete den Luchs und sagte zum Schreiner: »Bei Gott! Ich lasse dich nicht von der Stelle, bis du mir zuerst ein Haus bauest; nachher kannst du zum Luchs gehen.« Der Schreiner sagte, er müsse zuerst zum Luchs und wolle nach vollendeter Arbeit bei diesem zu ihm zurückkehren; aber der junge Löwe drang in ihn, sprang auf ihn zu und faßte ihn zum Scherze mit der Tatze, da fiel der Schreiner mit dem Korb auf den Boden und alle Werkzeuge lagen auf der Erde zerstreut. Der Löwe sagte dann lachend: »Wie schwach bist du, du armer Schreiner; bei Gott, deine Furcht vor dem Menschen ist zu entschuldigen, denn du hast gar keine Kraft.« Der Schreiner wurde sehr aufgebracht, doch verbarg er aus Furcht vor dem Löwen seinen Groll, stand wieder auf und sagte lächelnd: »Gut, ich will dir ein Haus bauen.« Er nahm dann die Bretter, die er bei sich hatte, und nagelte sie zusammen, wie eine Kiste, und brachte eine große Öffnung an. Als er damit fertig war, sagte er zum Löwen: »Mein Herr! Geh einmal in dieses Haus, daß ich dein Maß nehme.« Der Löwe ging hinein, vor Freude ganz außer sich. Da aber die Kiste für ihn etwas eng war, sagte ihm der Schreiner, er müsse niederknien, dies tat der Löwe, bis nur sein Schweif noch heraushing; aber auch diesen legte der Schreiner zusammen und drückte ihn in die Kiste, dann legte er schnell den Deckel auf die Öffnung und nagelte sie zu. Der Löwe schrie: »Was ist das für ein enges Haus? Laß mich heraus!« Der Schreiner antwortete lachend: »Aus dieser Kiste kommst du in deinem Leben nicht mehr heraus, es bleibt dir gar kein Weg zur Rettung offen, du bleibst nur im Käfig, du abscheulichstes aller Tiere; nun liegst du in der Schlinge, die du so sehr gefürchtet hast; die Bestimmung wollte es so durch mich, da hilft keine Vorsicht.« Als der Löwe diese Worte vernahm, merkte er, daß der Schreiner ein Mensch war, vor dem man ihn wachend und träumend gewarnt hatte. Ich fing nun an, fuhr die Ente fort, auch für mich ängstlich zu werden, darum entfernte ich mich ein wenig, aber ich war noch Augenzeuge davon, wie der Mensch ein großes Loch in der Nähe der Kiste, in die er den Löwen gesperrt hatte, grub, die Kiste in die Grube warf, Holz auf dieselbe legte und es anzündete. Als ich dies sah, entfloh ich schnell und befinde mich nun schon zwei Tage auf der Flucht vor den Menschen.

Der Pfau war sehr erstaunt über diese wunderbare Erzählung der Ente und sagte ihr: »O meine Schwester! Hier sind wir sicher vor dem Menschen, wir befinden uns ja auf einer Insel, die von keinem Menschen betreten wird; wir wohnen schon lange in bester Ruhe hier, bleibe also bei uns, bis der erhabene Gott auf andere Weise uns vor unsern Feinden Ruhe schafft. Was willst du länger so umherziehen? Ist etwas über unser Haupt beschlossen, so wird es uns überall erreichen; denn, ist unsere Todesstunde nahe, wer kann uns gegen sie schützen? Und niemand stirbt, bis seine Zeit abgelaufenen.«

Während sie so zusammen sprachen, erhob sich wieder ein Staub; die Ente sprang ins Meer und schrie: »Vorsicht! Vorsicht! Laß mich dem Unheil entfliehen!« Auf einmal legte sich der Staub und es kam ein Reh herbeigesprungen. Da sagte der Pfau zur Ente: »O meine Schwester, kehre nur wieder, das, wovor du dich fürchtest, ist ja ein Reh, das uns gewiß nichts zuleide tut, es nährt sich ja nur von Pflanzen, und gehört zu den vierfüßigen Tieren, wie du zu den Vögeln, sei also ruhig und mache dir keine Sorgen, denn Sorgen machen den Körper mager.« Das Reh hatte inzwischen den Schatten des Baumes gesucht, wo der Pfau und die Ente sich aufhielten, und als es sie sah, grüßte es sie und sagte: »Ich habe in meinem Leben keine fruchtbarere Insel gesehen, die so reiche Weide hat, als diese; wie angenehm ist es hier zu wohnen, ich wünschte sehr, euch Gesellschaft leisten zu dürfen.« Die Ente und der Pfau näherten sich ihm freundlich, grüßten es und sagten, sie haben sich schon lange nach einer so lieblichen Gesellschaft gesehnt; sie schlossen bald ein Freundschaftsbündnis und schwuren sich Treue, und aßen und tranken und wohnten vergnügt beisammen, bis eines Tages ein Schiff an der Insel vorbeikam, das auf dem Meer herumirrte. Die Schiffleute wählten diese Insel als Ankerplatz, stiegen ans Land und liefen auf der Insel umher. Als sie den Baum sahen, unter welchem das Reh, der Pfau und die Ente versammelt waren, liefen sie darauf zu; aber der Pfau entfloh schnell auf den Baum, das Reh suchte das Weite, nur die Ente, die bald vorwärts, bald rückwärts ging, wurde gefangen und trotz aller ihrer Vorsicht gegen die Bestimmung aufs Schiff geschleppt und geschlachtet. Als der Pfau sah, was der Ente geschehen, wollte er diese Insel verlassen, denn er rief aus: »Ich sehe überall nur Unheil; wie schön hätte ich in Freundschaft mit dieser Ente gelebt, wenn nicht das Schiff dazwischen gekommen wäre!« Er flog dann umher, bis er wieder das flüchtige

Reh traf; dies wünschte ihm Glück zu seinem Entkommen und erkundigte sich nach der Ente. »Meine treue Freundin«, sagte der Pfau, »ist gefangen worden, darum verlasse ich auch diese Insel, die mir wegen des Unglücks der Ente verhaßt geworden.« Er weinte dann eine Weile und sprach folgenden Vers:

»Der Tag der Trennung hat mein Herz gebrochen, Gott breche auch dem Trennungstag das Herz! Wenn nur noch ein Tag der Vereinigung wiederkehrte, daß ich ihm berichte, was der Trennungstag getan.«

Das Reh wurde sehr betrübt, doch bewog es den Pfau, noch einige Zeit auf der Insel zu bleiben, und sie wohnten vergnügt und sicher beisammen und hatten keinen anderen Kummer, als den Verlust der Ente. Eines Tages sagte das Reh zum Pfau: »Du siehst, daß wir unsern Verlust nur den Menschen zu verdanken haben, die aus dem Schiff gestiegen sind, sei also stets auf deiner Hut gegen ihre List.« Aber der Pfau erwiderte: »Ich weiß ganz bestimmt, daß nur die Vernachlässigung des göttlichen Lobes die Ente ins Verderben gestürzt, denn jedes Geschöpf ist verpflichtet, Gott zu preisen, und wer dies unterläßt, wird dafür bestraft.« Das Reh dankte dem Pfau für diese Ermahnung und fing an, den ganzen Tag den Schöpfer zu loben und immer zu rufen: »Gepriesen sei der Richter, der Herr der Kraft und der Macht!«

Auch erzählt man: Vor alten Zeiten wohnte ein Einsiedler allein auf einem Berg, wo er kein lebendiges Wesen, als ein Paar Tauben, bei sich hatte, mit denen er sehr befreundet war, deren ganze Lebensweise er kannte und deren Lobeserhebungen er deutlich vernahm. Dieser Einsiedler teilte seine Nahrung mit den Tauben, die sich bald vermehrten, weil er oft für die Verbreitung ihrer Nachkommen betete. So lange der Einsiedler lebte, hörten die Tauben nicht auf, Gott zu preisen und zu rufen: »Gepriesen sei der Schöpfer, der jedem Geschöpf seinen Lebensunterhalt angewiesen, gepriesen sei der Erbauer des Himmels und der Gründer der Erde!« Als aber Gott den Einsiedler zu sich nahm und die Tauben nicht mehr an ihr göttliches Lob ermahnt wurden, da hatte auch bald ihr Wohlstand ein Ende, sie wurden getrennt und zerstreut in Städten und Flecken, auf Bergen und in Ebenen.

So wird auch erzählt: Es wohnte einst auf einem Berg ein sehr verständiger, religiöser und tugendhafter Hirt, der von der Milch und Wolle seiner Herde lebte. Der Berg, den er bewohnte, war sehr waldig und beherbergte viele wilde Tiere, doch konnten sie weder dem Hirten, noch seiner Herde etwas zuleide tun; er lebte daher in größter Sicherheit und Sorgenlosigkeit auf diesem Berg, unbekümmert um weltliche Angelegenheiten und bloß in der Verehrung Gottes selig. Einst wurde er sehr krank, so daß er seine Höhle nicht mehr verlassen konnte; seine Herde ging indessen jeden Tag auf die Weide und kehrte abends zur Höhle zurück. Aber Gott wollte den Einsiedler prüfen, er schickte ihm daher einen Engel in der Gestalt einer sehr schönen Frau, die sich zu ihm setzte. Als der Einsiedler sie sah, zitterte sein ganzer Körper und er sagte ihr: »Was ruft dich hierher? Was haben wir miteinander gemein, daß du zu mir kommst?« Sie antwortete: »O Mensch! Siehst du nicht, wie reizend und schön ich bin und welchen Wohlduft ich verbreite? Weißt du nicht, wie sehr du einer weiblichen Pflege bedarfst? Warum willst du mich denn verstoßen? Was schadet dir meine Gesellschaft, da mir doch deine Nähe so teuer ist, daß ich dir alles gewähren und gar nichts versagen will? Wir haben ja hier niemanden zu fürchten, wir sind ja allein und du wohnst ja so einsam auf diesem Berg, daß es dir nur erwünscht sein kann, ein weibliches Wesen bei dir zu haben, das dich bedient; du wirst auch sehen, daß du durch meine Nähe gewiß bald wieder gesund wirst, und es tief bereuen, solange abgesondert von Frauenzimmern gelebt zu haben; komm zu mir und folge meinem Rat.« Der Hirt antwortete: »Verlaß mich, du trügerisches Weib! Ich mag deine Nähe und deine Liebe nicht; wer sich hier seiner Leidenschaft hingibt, dem bleibt jene Welt verschlossen; nur wer hier allen Freuden entsagt, dem werden die des Paradieses zu teil; wehe dem, der durch deine Nähe in Versuchung kommt und von deinen Liebkosungen sich täuschen läßt.« Darauf erwiderte der Engel: »O Frauenfeind, der du vom rechten Wege abirrst, sieh mich nur an und ergötze dich an meinen Reizen, wie schon andere weise Männer vor dir getan, die besser und erfahrener als du waren; laß ab von deinem Eigensinn, du wirst es sonst bereuen.« Aber der Hirt versetzte: »Du bist ein trügerisches Weib, ich werde fortleben in meiner Enthaltsamkeit und Gott zu Hilfe rufen gegen jede Gemeinschaft mit dir; wie manchen Frommen magst du schon verführt haben, den dann ewiges Unheil traf. Laß mich also, du verworfenes Weib!« Er warf dann seinen Mantel um sein Gesicht, daß er sie nicht mehr sah, und betete zum Herrn.

Als der Engel die unerschütterliche Frömmigkeit des Hirten sah, zog er sich zurück und stieg wieder in den Himmel. In der Nähe des Einsiedlers war ein Flecken, in welchem auch ein sehr frommer Mann wohnte. Dieser hörte nachts im Traum eine Stimme, welche ihm zurief: »Auf dem Berg in deiner Nähe hält sich ein gottesfürchtiger Einsiedler auf, besuche ihn und tue, was er dir sagt.« Am folgenden Morgen machte er sich auf den Weg, um ihn aufzusuchen; des Mittags ließ er sich unter einem Baum neben einer Wasserquelle nieder, um ein wenig auszuruhen. Da kamen viele wilde Tiere und Vögel, um an der Quelle zu trinken, sie entflohen aber und kehrten wieder um, als sie den frommen Mann sahen. Da dachte er: Mein Aufenthalt hier verscheucht die Tiere und die Vögel, ich will ihnen nicht länger im Wege sein. Er stand daher auf und machte sich Vorwürfe, diese Tiere und Vögel, die doch auch Geschöpfe Gottes, wie er, seien, von der Quelle vertrieben zu haben, und ging gebeugt fort, bis er zum Hirten kam. Dieser bewillkommte und umarmte ihn und fragte, was ihn hierher gebracht, an einen Ort, der von keinem Menschen sonst betreten wird? Der gottesfürchtige Fremde antwortete: »Eine Stimme hat mir im Traume deinen Ort bezeichnet und mir befohlen, zu dir zu wandern und dich zu grüßen.« Der Hirt freute sich mit dem Fremden, nahm ihn gut auf und lebte in seiner Gesellschaft, bis der Tod sie trennte; so belobte ihn Gott für seine Enthaltsamkeit und Selbstbeherrschung.

Der König sagte zu Schehersad: »Diese Erzählung läßt mich alles Unrecht bereuen, das ich in meinem Königreich ausgeübt, und den Tod so vieler Mädchen bereuen; erzähle mir nun wieder etwas von den Vögeln.« Da begann

Schehersad: »Ich will dir von der Freundschaft zwischen einem Raben und einer Katze erzählen, woraus man sehen kann, wie ein treues und festes Zusammenhalten gegen jede Gefahr schützt.«

Ein Rabe und eine Katze, welche lange in bestem Einverständnis lebten, unterhielten sich eines Tages unter einem Baum miteinander; da kam auf einmal ein Tiger auf den Baum zu; der Rabe flog gleich auf den Gipfel des Baumes, aber die Katze wußte nicht, wie sich retten. Da fragte sie den Raben, ob er ein Rettungsmittel wisse. Er antwortete: »In der Gefahr kann nur Freundschaft erprobt werden.« Er flog sogleich vom Baum weg auf einen Weideplatz, der in der Nähe war, wo Hirten mit ihren Hunden sich herumtrieben. Er ließ sich auf den Boden nieder, so daß seine Flügel die Erde berührten, und fing an zu schreien und zu lärmen und einem der Hunde die Flügel ins Gesicht zu schlagen und sich dann wieder ein wenig zu erheben. Der Hund folgte ihm, und auch der Hirt, der den Vogel so nieder fliegen sah, kam mit den anderen Hunden nach; so lockte sie der Rabe, immer ganz nahe an der Erde fliegend, bis zu dem Baume hin, wo der Tiger war. Als die Hunde den Tiger sahen, vergaßen sie den Raben und sprangen auf den Tiger los, der die Flucht ergreifen mußte und in seiner Hoffnung, die Katze zu fressen, getäuscht wurde. So wurde die Katze durch die List ihres Freundes, des Raben, gerettet. Du siehst, o König!, was wahre Freundschaft vermag.

1001 Nacht
– Band 2 –

1001 Nacht 2

VOLLSTÄNDIGE AUSGABE
MIT ÜBER 700 ILLUSTRATIONEN

Übersetzt von Gustav Weil

NIKOL
VERLAG

Der vorliegende Text folgt der Originalausgabe
Tausend und eine Nacht – Arabische Erzählungen,
übersetzt von Gustav Weil 1865.
Eindeutige Druck- und Satzfehler wurden korrigiert.

6. Auflage 2021

© 2013 Nikol Verlagsgesellschaft mbH & Co. KG, Hamburg

Alle Rechte, auch das der fotomechanischen Wiedergabe
(einschließlich Fotokopie) oder der Speicherung auf
elektronischen Systemen, vorbehalten.
All rights reserved.

Titelabbildung: Virginia Frances Sterrett
Umschlaggestaltung: Timon Schlichenmaier, Hamburg
Satz: Röser MEDIA GmbH & Co. KG, Karlsruhe
Druck: CPI Moravia Books s.r.o.
Printed in the Czech Republic

ISBN: 978-3-86820-213-7

Besuchen Sie uns im Internet:
www.nikol-verlag.de

Inhalt

Vorwort des Übersetzers 10
Einleitung 12

Erstes Buch
Eingang 21
Geschichte des Kaufmanns mit dem Geiste 31
Geschichte des ersten Greises mit der Gazelle 36
Geschichte des zweiten Greises mit den beiden Hunden 40
Geschichte des dritten Greises mit dem Maultiere 43
Geschichte des Fischers mit dem Geiste 45
Geschichte des griechischen Königs und des Arztes Duban 50
Geschichte des persischen Königs mit seinem Falken 53
Geschichte des Ehemanns und des Papageien 54
Geschichte Mahmuds 56
Fortsetzung der Geschichte des Fischers mit dem Geiste 61
Geschichte des versteinerten Prinzen 67
Geschichte der drei Kalender 74
Geschichte des ersten Kalenders 88
Geschichte des zweiten Kalenders 92
Geschichte des dritten Kalenders 111
Geschichte des ersten Mädchens 129
Geschichte des zweiten Mädchens 136
Geschichte der drei Äpfel 143
Geschichte Nuruddins und seines Sohnes
und Schemsuddins und seiner Tochter 150
Geschichte des Buckligen 188
Geschichte des Christen 194
Geschichte des Küchenaufsehers 204
Geschichte des jüdischen Arztes 211
Geschichte des Schneiders 220
Geschichte des Barbiers 232
Geschichte des ersten Bruders des Barbiers 234
Geschichte des zweiten Bruders des Barbiers 238
Geschichte des dritten Bruders des Barbiers 241
Geschichte des vierten Bruders des Barbiers 244
Geschichte des fünften Bruders des Barbiers 247
Geschichte des sechsten Bruders des Barbiers 253
Geschichte Alis, Sohn Bekars und der Schems Annahar 259
Geschichte Nureddins mit Enis Aldjelis 300
Geschichte des Prinzen Kamr essaman mit Bedur 338
Geschichte vom Zauberpferde 398
Geschichte Sindbads, des Seefahrers 413

Erste Reise Sindbads 417
Zweite Reise Sindbads 422
Dritte Reise Sindbads 426
Vierte Reise Sindbads 432
Fünfte Reise Sindbads 439
Sechste Reise Sindbads 444
Siebente Reise Sindbads 448
Erzählung vom Schlafenden und Wachenden 453

Zweites Buch

Geschichte des Prinzen Seif Almuluk und der Tochter des Geisterkönigs 475
Der arme Fischer und der Beherrscher der Gläubigen 522
Geschichte Ghanems und der Geliebten des Beherrschers der Gläubigen ... 538
Geschichte der Tochter des Veziers und des Prinzen Uns Alwudjud 560
Geschichte des Abul Hasan 579
Geschichte der Hajat Alnufus mit Ardschir 591
Geschichte des Hasan aus Baßrah und der Prinzessinnen von den Inseln Wak-Wak 635
Die Sklavin Harun Arraschids 717
Geschichte der Dichter mit Omar, Sohn des Abd Alafis 718
Geschichte der zehn Veziere 720
Geschichte des vom Schicksal verfolgten Kaufmanns 725
Geschichte des Kaufmanns und seines Sohnes 729
Geschichte des Gutsbesitzers Abu Saber 733
Geschichte des Prinzen Bahsad 738
Geschichte des Königs Dadbin 740
Geschichte Bacht Samans 744
Geschichte Ilan Schahs und Abu Tamams 750
Geschichte des Königs Ibrahim und seines Sohnes 755
Geschichte des Schah Suleiman, seiner Söhne und Nichte und ihrer Kinder 760
Geschichte des Gefangenen, den Gott befreite 772
Geschichte der messingnen Stadt 774
Geschichte Niamahs und Nuams 792
Geschichte Ala Eddin Abu Schamats 804
Geschichte Hatims aus dem Stamme Tai 839
Geschichte Maans 840
Geschichte Hischams, Sohn des Abd Almelik 842
Geschichte Ibrahims, des Sohnes Mahdis 844
Geschichte Schaddads und der Stadt Irem, der pfeilerreichen 848
Geschichte des Ishak Al Moßuli 849
Geschichte des falschen Kalifen 852
Geschichte Haruns mit dem Kadhi Abu Jusuf 862
Geschichte Chalids, des Emirs von Baßrah 864

Geschichte des trägen Abu Muhamed 867
Geschichte des Barmekiden Djafar 875
Notiz über die Barmekiden 877
Geschichte Ali Schirs 878
Geschichte Ibn Manßurs und der Frau Bedur 895
Geschichte der sechs Mädchen 904
Geschichte Djaudars 906
Parabeln 931

Drittes Buch

Geschichte des Prinzen Bedr von Persien
und der Prinzessin Giauhare von Samandal 957
Geschichte des Prinzen Zeyn Alasnam und des Königs der Geister 986
Geschichte Chodadads und seiner Brüder 1003
Geschichte der Prinzessin von Deryabar 1010
Geschichte Aladdins und der Wunderlampe 1029
Die Abenteuer des Kalifen Harun Arraschid 1133
Geschichte des blinden Baba Abdallah 1137
Geschichte des Sidi Numan 1147
Geschichte des Chogia Hasan Alhabbal 1161
Geschichte des Ali Baba und der vierzig Räuber,
die durch eine Sklavin ums Leben kamen 1186
Geschichte des Ali Chodjah, Kaufmanns von Bagdad 1219
Geschichte des Prinzen Ahmed und der Fee Pari Banu 1230
Geschichte der zwei neidischen Schwestern 1283
Wunderbare Geschichte Omar Alnumans und seiner beiden Söhne
Scharkan und Dhul Makan 1327
Geschichte der Vergiftung des Königs Omar durch die alte Dsat Dawahi 1375
Geschichte der zwei Liebenden 1401

Viertes Buch

Geschichte des Königs Kalad und seines Veziers Schimas 1456
Geschichte der Katze mit der Maus 1458
Geschichte des Einsiedlers mit dem Schmalz 1460
Geschichte des Fisches im Wasserteich 1463
Geschichte des Raben und der Schlange 1464
Geschichte des wilden Esels mit dem Fuchs 1465
Geschichte des Königs und des Wanderers 1466
Geschichte des Falken und der Raben 1468
Geschichte des Schlangenbeschwörers und seiner Frau und Kinder 1469
Geschichte der Spinne mit dem Wind 1471
Geschichte des Mannes mit dem Fisch 1482
Geschichte des Jungen mit den Dieben 1484
Geschichte des Gärtners mit seiner Frau 1486

Geschichte des Kaufmanns und der Diebe 1487
Geschichte vom Fuchs, Wolf und Löwen 1489
Geschichte des Hirten und der Diebe 1491
Geschichte des Rebhuhns mit den Schildkröten 1494
Geschichte der unglücklichen Frau mit dem Bettler 1501
Geschichte des edlen Gebers 1502
Wunderbare Erfüllung eines Traumes 1504
Tod eines Liebenden aus dem Stamm Uzra 1504
Geschichte des Dichters Mutalammes 1505
Sonderbares Gebet eines Pilgers 1506
Geschichte des Arabers mit den Bohnen 1510
Der wunderbare Reisesack 1511
Der freigebige Hund 1513
Der gewandte Dieb 1515
Die drei Polizeipräfekten 1516
Der zweimal bestohlene Geldwechsler 1519
Der fromme Israelit 1520
Abul Hasan und der Kalif Mamun 1521
Mutawakkel und Mahbubah 1523
Die Frau mit dem Bären 1525
Das Liebespaar in der Schule 1528
Der Eseltreiber und der Dieb 1528
Hakem und der reiche Kaufmann 1529
Nuschirwan und das vorsichtige Mädchen 1530
Die tugendhafte Frau 1531
Das wunderbare Augenheilmittel 1532
Die Pyramiden 1533
Der kühne Diebstahl 1534
Ibn Alpharebi und Masrur 1535
Der fromme Sohn Harun Arraschids 1536
Der trauernde Schullehrer 1540
Der bekehrte König 1541
Der Todesengel vor zwei Königen und einem Frommen 1546
Alexander und ein gottesfürchtiger König 1548
Nuschirwan erforscht den Zustand seines Landes 1549
Die tugendhafte Frau eines israelitischen Richters 1550
Die gerettete Frau in Mekka 1553
Der von Gott geliebte Schwarze 1555
Das tugendhafte israelitische Ehepaar 1557
Der Schmied und das tugendhafte Mädchen 1559
Der Wolkenmann und der König 1561
Die bekehrte Christin 1564
Die himmlische Vergeltung 1567
Lohn des auf Gott Vertrauenden 1567

Ikirma und Chuseima 1570
Geschichte Alis, des Ägypters 1643
Abukir und Abusir 1651
Zeitmond und Morgenstern 1661
Die Abenteuer Alis und Zahers aus Damaskus 1676
Die Abenteuer des Fischers Djaudar aus Kahirah
und sein Zusammentreffen mit dem
Abendländer Mahmud und dem Sultan Beibars 1744
Die listige Dalilah 1813
Streiche des Ägypters Ali 1827
Ein Bagdadenser und seine Sklavin 1847
Das Märchen von Maruf 1852

Drittes Buch

Geschichte des Prinzen Bedr von Persien und der Prinzessin Giauhare von Samandal

Ein König von Persien, Seherman genannt, herrschte lange Jahre glücklich und ungestört. Nur in einem einzigen Punkte fühlte er sich unglücklich; er war nämlich schon sehr bejahrt, und von seinen 100 Frauen hatte ihm keine einen Prinzen und Nachfolger geboren. Eines Tages, als er in Trauer versunken darüber nachdachte, wie nun der größere Teil seines Lebens dahingeschwunden, ohne daß ihm ein Sohn gezeugt worden, der einst den Thron von ihm erben könnte, meldete ihm ein Verschnittener, es sei ein Kaufmann vor der Tür und bitte um die Erlaubnis, ihm eine Sklavin vorzustellen. »Man lasse ihn eintreten«, sagte der König. Der Kaufmann trat mit der Sklavin herein, die von schlankem Wuchs war, wie eine biegsame Lanze, und einen gestickten Schleier über ihrem Angesicht hatte. Als der Kaufmann den Schleier weghob, strahlte der ganze Saal von dem Glanz ihrer Schönheit. Ihr Haar hing in sieben Flechten wie ein Roßschweif bis zu den Knöcheln herunter, ihre Augen waren mit Kohel bemalt, schlank war ihre Taille und stark ihre Hüften. Ihr Anblick konnte jeden Kranken heilen und die Glut jedes Durstigen löschen. Sie war wie ein Dichter sagte:

»Ich liebe sie, ihre Schönheit ist vollkommen, Ernst und Würde ziert sie. Sie ist weder zu groß noch zu klein, doch so vollkommen, daß ihr Übertuch sie nicht umspannen kann. Ihr Wuchs ist voll Ebenmaß, nichts ist zu lang oder zu kurz an ihr. Ihr schwarzes Haar reicht über die Knöchel herunter, doch leuchtet ihr Gesicht stets wie der Tag.«

Der König bewunderte ihre Schönheit und ihre Anmut, ihren Wuchs und ihr Ebenmaß, und fragte den Kaufmann nach ihrem Preis.

»Herr!« antwortete der Kaufmann, »ich habe sie um 2000 Goldstücke gekauft, und meine Reisekosten betragen ebensoviel; denn ich bin schon drei Jahre unterwegs. Wenn sie dir gefällt, so bitte ich dich, sie als Geschenk von mir anzunehmen.« Der König schenkte ihm ein kostbares Ehrenkleid und ließ ihm 10000 Dinare ausbezahlen. Der Kaufmann nahm das Geld mit Dank an und küßte dem König die Hände und entfernte sich.

Der König übergab die Sklavin den Kammermädchen und sagte ihnen: »Sorget aufs Beste für den Putz dieses Mädchens, machet ihr ein besonderes Zimmer zurecht und versehet sie mit allem Nötigen!«

Die Hauptstadt des Reichs, in welcher der König residierte, lag an der Meeresküste und hieß: »Die weiße Stadt.« Die Fenster des Zimmers, in welches die Sklavin gebracht wurde, gingen auf das Meer. Als der König sie besuchte, stand sie nicht vor ihm auf und beachtete ihn gar nicht. Der König dachte: »die muß wohl bei Leuten gewesen sein, die wenig Bildung haben«. Indessen bewunderte er ihre Schönheit, ihre Anmut, ihren reizenden Wuchs und ihr Gesicht, das dem Vollmond oder der hell leuchtenden Sonne glich und pries den Schöpfer. Er näherte sich ihr dann, umarmte und küßte sie, ließ die köstlichsten Speisen auftragen und aß mit ihr, ohne daß sie ein Wort sprach. Selbst als der König sie nach ihrem Namen fragte, gab sie keine Antwort, sondern neigte stets ihr Haupt zur Erde, und nur ihre außerordentliche Schönheit und Anmut schützte sie vor dem Zorn des Königs. Er dachte: »Gepriesen sei Allah, der Schöpfer dieses Mädchens, wie lieblich ist sie, wie schade, daß sie nicht spricht, doch nur Gott ist vollkommen«. Der König fragte dann die Dienerinnen und Kammermädchen, ob die Sklavin mit ihnen spreche, aber auch sie hatten noch kein Wort von ihr vernommen. Der König befahl dann einigen Sklavinnen, sie mit Gesang zu unterhalten und mit ihr zu spielen, um sie zum Sprechen zu bringen, aber so sehr sie sich auch bemühten, vor ihr zu musizieren und zu singen, verharrte sie in ihrem

Schweigen. Der König war sehr betrübt darüber, doch fesselten ihn ihre Reize so sehr, daß er ihr seine ganze Liebe schenkte und sie allen anderen Frauen vorzog.

Nachdem er so ein ganzes Jahr mit ihr gelebt hatte, ohne daß sie den Mund zum Sprechen geöffnet hätte, sagte er ihr: »O Herzenslust! Meine Liebe zu dir ist so mächtig, daß ich um deinetwillen von allen meinen Frauen und Sklavinnen getrennt lebe und in dir allein mein Glück auf der Welt finde. Ich habe ein ganzes Jahr Geduld mit dir gehabt, nun möge aber Gott dein Herz erweichen, so daß du auch mit mir sprechest, oder solltest du etwa stumm sein, so gib mir durch ein Zeichen zu verstehen, damit ich nicht vergebens länger hoffe. Auch wünsche ich, daß mir Gott einen Sohn von dir schenke, der mein Reich erbe, denn ich bin schon alt und kinderlos. Ich beschwöre dich bei Gott, wenn du sprechen kannst, so laß mich nur ein Wort aus deinem Mund vernehmen.« Die Sklavin neigte ihr Haupt nachdenkend zur Erde, dann hob sie es auf, lächelte den König an, so daß er glaubte, ein Blitzstrahl erleuchte das Zimmer und sprach: »O großmütiger König, tapferer Löwe! Gott hat dein Gebet erhört, ich bin gesegneten Leibes und die Zeit meiner Entbindung ist nahe, darum breche ich auch mein Schweigen, doch weiß ich nicht, ob ich einen Sohn oder eine Tochter gebären werde.« Als der König dies hörte, strahlte sein Gesicht vor Freude, und im Übermaß seines Glücks küßte er ihr Haupt und ihre Hände und rief: »Gepriesen sei Gott, der meine Wünsche erfüllt hat, indem er dich sprechen und mir verkünden läßt, daß ich ein Kind von dir zu erwarten habe.« Er machte sich dann auf, bestieg seinen Thron und befahl seinem Vezier, aus Dankbarkeit gegen Gott den Armen, Bedürftigen und Witwen 100000 Dinare zu verteilen. Dann begab er sich wieder zu seiner Sklavin, umarmte sie und sagte ihr: »O meine Herrin und Gebieterin, warum hast du ein ganzes Jahr kein Wort mit mir gesprochen?« Sie antwortete: »Höre, o König der Zeit! Wisse, ich bin fremd, mein Herz ist zerknirscht, denn ich bin von meiner Mutter, meiner Familie und meinem Bruder getrennt.« Der König, der wohl merkte, was sie sagen wollte, erwiderte: »Nenne dich nicht arm und fremd, denn was ich besitze, ist dein Eigentum und ich selbst bin dein Sklave; was die Trennung von den Deinigen angeht, so sage mir, wo sie sind, und ich will sie zu dir bringen lassen.« Die Sklavin versetzte: »Wisse, o glückseliger König, mein Name ist Gülnar vom Meer, mein Vater war einer der Könige des Meeres und hinterließ uns nach seinem Tode sein Reich, da kam aber ein anderer König, der unser Königreich uns wegnahm. Meine Mutter ist eine von den Frauen des Meeres, und mein Bruder, welcher Salih heißt, hatte einst Streit mit mir, da schwor ich, daß ich das Meer verlassen und mit einem Mann vom Land leben würde. Ich setzte mich bei Mondschein an das Ufer einer Insel, da kam ein Mann vorüber, der mich in seine Wohnung schleppte und umarmen wollte, ich schlug ihn aber auf den Kopf, daß er beinahe tot niedersank, darum verkaufte er mich dem Mann, von dem du mich gekauft hast, und der ein sehr frommer, würdiger und guter Mann war. Hättest du mich nicht so geliebt und allen anderen Frauen und Sklavinnen vorgezogen, so wäre ich keine Stunde bei dir geblieben, sondern hätte mich von diesem Fenster aus ins Meer gestürzt und wäre wieder zu den Meinigen zurückgekehrt. In meinem jetzigen Zustand kann ich es aber um so weniger, als sie Schlimmes von mir denken und mir nicht glauben würden, daß mich ein König für Geld gekauft und als sein Glück in dieser Welt betrachtet, selbst wenn ich meine Worte durch einen Eid besiegeln würde. Das ist meine Geschichte. Heil über dich!«

Als der König dies vernahm, lobte er sie und küßte sie zwischen die Augen und sagte: »Bei Gott, o meine Herrin! Licht meiner Augen! Ich kann keine Stunde getrennt von dir leben, wenn du mich verläßt, so sterbe ich alsbald, was soll nun geschehen?« Sie erwiderte: »O mein Herr! Die Zeit meiner Niederkunft ist nahe, meine Familie muß hierher kommen, denn die Frauen vom Lande wissen so wenig den Frauen vom Meer bei ihrer Entbindung beizustehen, als die vom Meer denen vom Lande. Da fragte der König: »Aber wie können sie im Meer gehen, ohne naß zu werden?« Darauf antwortete sie: »Wir gehen im Meer, wie ihr auf trockenem Lande, durch den Segen der Namen, welche auf dem Siegel Salomos, des Sohnes Davids, Heil über beide!, stehen; ich will nun meine Leute herrufen und ihnen sagen, daß du mich für Geld gekauft und mir viel Gutes erwiesen hast, und daß du ein König, Sohn eines Königs bist, und dann werden sie meinen Worten glauben.« Als der König seine Einwilligung gab, fuhr sie fort: »Wisse, o König der Zeit, wir wandeln mit offenen Augen im Meer umher, ohne daß es uns schadet, und sehen alles, was darin ist, auch sehen wir die Sonne, den Mond, die Sterne und den Himmel, als wären wir auf der Oberfläche der Erde. Im Meer selbst leben viele Völkerschaften und Gattungen von verschiedener Gestalt wie auf dem Lande und noch viel mehr.« Hierauf zog sie zwischen ihren Schultern ein Stück Aloeholz hervor, zündete ein Weihrauchgefäß an, legte das Aloeholz auf das Feuer, pfiff laut hinein, murmelte einige unverständliche Worte, da erhob sich ein starker Rauch und sie sagte zum König, der ihr zusah: »Geh, mein Herr, verbirg dich in einem Kabinett, damit ich dir meine Mutter und meinen Bruder zeige, ohne daß sie dich bemerken, du sollst bald Wunder sehen, und Geschöpfe Gottes von verschiedenartiger Gestalt.« Der König ging ins Kabinett und Gülnar sagte einige Beschwörungsformeln über das Räucherwerk her, und siehe da, das Meer fing an zu toben und zu schäumen und es stieg ein schöner Jüngling, wie der hellscheinende Mond hervor, mit leuchtender Stirne, rosigen Wangen und Zähnen wie Perlen, der die größte Ähnlichkeit mit seiner Schwester hatte. Ihm folgte ein altes grauhaariges Weib und fünf junge Mädchen wie der Vollmond, die auch Ähnlichkeit mit Gülnar hatten. Der König konnte sehen, wie sie auf der Oberfläche des Wassers einhergingen, bis sie in die Nähe des Fensters kamen, an welchem Gülnar saß. Diese stand vor Freude auf, als sie sie erblickte, und als sie in ihr Gemach traten, umarmten und küßten sie sich und vergoßen viele Tränen. Dann sagten ihre Verwandten zu ihr: »Wie konntest du uns vier Jahre lang verlassen, ohne daß wir wußten, wo du dich aufhältst? Der Schmerz über die Trennung von dir war so groß, daß uns die ganze Welt zu eng schien, und daß uns weder Speise noch Trank schmeckte, denn wir mußten vor Sehnsucht nach dir Tag und Nacht weinen.« Gülnar küßte sie nochmals und auf ihre Fragen nach ihrem Zustande erzählte sie ihnen, wie sie verkauft wurde und wie der König sich so liebevoll gegen sie benehme. Als ihr Bruder dies hörte, sagte

er: »Gepriesen sei Gott, der uns wieder vereint hat, doch nun mache dich auf und kehre wieder mit uns in deine Heimat zurück!« Bei diesen Worten verlor der König nahezu den Verstand, denn er fürchtete, die Sklavin möchte ihrem Bruder folgen, ohne daß er es verhindern könnte, während er sie doch leidenschaftlich liebte und so glücklich war, seitdem er wußte, daß sie bald Mutter werden sollte; mit größter Angst dachte er an eine Trennung von ihr. Aber Gülnar sagte ihrem Bruder: »Bei Gott, der Mann, der mich gekauft hat, der Herr dieser Stadt, ist ein großer König, auch ist er ebenso reich, als klug und edelmütig, er erweist mir alles Gute und vom Tage, an dem ich zu ihm gekommen, bis jetzt, habe ich kein kränkendes Wort von ihm gehört, er tut mir alles zuliebe und unterrichtet mich von allem, was er unternimmt, so daß ich in vollkommenstem Glück mit ihm lebe. Er kann sich keine Stunde von mir trennen und würde sterben, wenn ich ihn verließe. Auch mir würde eine Trennung den Tod bringen, so sehr liebe ich ihn, denn ich nehme bei diesem mächtigen und hochgeehrten König eine Stellung ein, wie mir sie mein Vater, wenn er noch lebte, nicht einräumen könnte. Zudem hat der König keine Nachkommen und hat schon lange Gott um einen Sohn angefleht, der einst sein Reich erben könnte und seinen unermeßlichen Besitz, nun bin ich schwanger und danke Gott dafür, daß er mir, der Tochter eines Königs vom Meer, einen Gatten gegeben, welcher König vom Lande ist, Gott hat mir dadurch Gutes erwiesen und mich nicht verlassen.«

Diese Worte erfreuten ihren Bruder, ihre Mutter und ihre Cousinen und sie sagten zu ihr: »O Gülnar, du weißt, wie sehr wir dich verehren, mehr als jeden andere, und wie wir dir ein sorgenloses, ruhiges Leben wünschen; findest du dies hier, so ist unser Wunsch erfüllt.« Gülnar erwiderte: »Bei Gott, ich lebe hier ganz sorgenlos, geehrt und glücklich.«

Als der König dies hörte, beruhigte er sich und war ihr dankbar für diese Anerkennung und liebte sie noch mehr als zuvor, denn er wußte nun, daß er auch geliebt war und daß sie entschlossen sei, bei ihm zu bleiben und ihr Kind zu erziehen.

Gülnar ließ dann Tische mit allerlei Gerichten auftragen, deren Bereitung sie selbst des Morgens beaufsichtigt hatte und aß mit ihrer Familie. Als man endlich auch Früchte und Süßigkeiten brachte, sagten sie zu Gülnar. »Dein Herr, den du so sehr preisest und mit dessen Speisen du uns bewirtest, ist uns fremd, wir sind ohne seine Erlaubnis hierhergekommen, wir haben ihn noch nicht gesehen, er hat sich noch nicht gezeigt, hat auch nicht mit uns gegessen, so daß wir ein Zeichen seiner Freundschaft hätten.« Sie aßen nun auch nicht weiter, gerieten in Zorn und Feuer sprühte aus ihrem Munde. Als der König dies bemerkte, war er außer sich vor Furcht. Aber Gülnar erhob sich, beruhigte ihre Leute, ging in das Kabinet, in welchem der König war und fragte ihn, ob er gehört, was zwischen ihr und den Ihrigen gesprochen worden. Der König antwortete: »Ich habe alles gehört und mich von deiner Liebe zu mir überzeugt, Gott lohne es dir!« Gülnar versetzte: »O mein Herr, Gutes kann nur mit Gutem vergolten werden, du hast mich mit so großer Gnade überschüttet und so sehr ausgezeichnet, daß ich mich nicht mehr von dir trennen kann, willst du aber nun deine Güte vollenden, so komme mit mir und begrüße meine Familie, die dich infolge meiner Schilderung deiner Wohltaten gegen mich hebt und sich mit dir befreunden möchte, ehe sie in ihre Heimat zurückkehrt.« Der König sagte: »Recht gern, es war schon mein eigener Wunsch.« Er erhob sich alsbald und begrüßte sie in schönster Weise, sie aber erhoben sich und kamen ihm freundlichst entgegen und er setzte sich zu ihnen und aß mit ihnen. Sie lebten nun 30 Tage zusammen, dann wollten die Verwandten Gülnars wieder in ihre Heimat zurückreisen und sie verabschiedeten sich bei ihr und bei dem König, der ihnen mit großer Ehrerbietung begegnet war. Bald nachher gebar Gülnar einen Knaben, wie der Vollmond. Der König, der bisher kinderlos war, geriet außer sich vor Freude, es wurden sieben Tage lang Freudenfeste gefeiert und die Stadt wurde geschmückt. Am siebenten Tag kamen auch Gülnars Bruder und Mutter wieder an. Der König freute sich darüber und sagte, er habe dem Knaben noch keinen Namen gegeben, sie möchten es nach ihrer besseren Einsicht tun und sie nannten ihn Bedr Basim*. Sein Oheim Salih setzte den Jungen dann auf seine Hand, trug ihn im Schloß hin und her, verließ dann das Schloß und stieg mit ihm ins Meer, so daß er bald vor den Augen des Königs verschwand. Dieser weinte und jammerte und hielt sein Kind für verloren, aber Gülnar sagte ihm: »Fürchte nichts und betrübe dich nicht wegen des Knaben, der mir noch teurer ist als dir, er ist ja bei meinem Bruder, der sich um dies Wasser wenig kümmert und wohl weiß, daß der Knabe nicht ertrinkt, sonst

* Der lächelnde Mond

hätte er ihn nicht mitgenommen, du wirst sehen, wie er dir ihn bald unversehrt wiederbringt, so Gott will. In der Tat fing das Meer nach einer Weile an zu toben, dann spaltete es sich und Salih flog mit dem jungen Prinzen heraus und sagte zum König: »Du warst wohl in Sorge wegen deines Kindes.« Der König antwortete: »Allerdings, mein Herr, ich habe nicht geglaubt, daß es davonkommen werde.« Hierauf versetzte Salih: »Wir haben es mit einer uns bekannten Farbe gefärbt und Namen über es gelesen, die sich auf dem Siegelring Salomos befinden, wie wir es bei unsern Kindern zu tun pflegen, um es vor Ertrinken zu bewahren, wir können daher auch im Meer umhergehen wie ihr auf dem Lande.« Er zog dann ein beschriebenes und versiegeltes Futteral heraus, erbrach das Siegel, leerte das Futteral, und es kam ein Geschmeide von Hyazinthen und allerlei Edelsteinen hervor und 300 längliche Smaragde und dreihundert große Diamanten wie Straußeier, deren Lichtstrahlen stärker als die des Mondes und der Sonne waren. Als alles ausgebreitet war, sagte er zum König: »Ein Teil dieser Edelsteine ist ein Geschenk für deinen Sohn und ein anderer für dich, denn wir konnten dich bisher nicht beschenken, weil wir Gülnars Aufenthalt nicht kannten. Da wir aber nun eine Familie bilden, so werden wir dir, so Gott will, in kurzen Zwischenräumen ähnliche Geschenke bringen, denn bei uns gibt es mehr Hyazinthe und andere Edelsteine, als auf dem Lande Kies, wir kennen die Fundgruben und bewachen sie und nehmen sie ohne Mühe.« Der König geriet außer sich vor Erstaunen über diese Edelsteine und rief: »Bei Gott! Ein einziger

solcher Stein wiegt meinen ganzen Besitz auf.« Er dankte dann Salih und sagte zu Gülnar: »Ich bin ganz beschämt durch diese kostbaren Geschenke deines Bruders, dergleichen sich auf der ganzen Erde nicht wiederfinden.« Auch Gülnar dankte ihrem Bruder, dieser sagte aber zum König: »Wir sind dir Dank schuldig, denn wir haben deine Gastfreundschaft genossen und du hast unserer Schwester viel Gutes erwiesen. Ein Dichter hat gesagt:

›Hätte ich aus Liebe zu Su'da vor ihr* geweint, so hätte ich mein Herz erleichtert, ehe Reue kam; aber sie hat vor mir geweint und ihre Tränen haben die meinigen hervorgerufen, da dachte ich: das Verdienst gebührt dem Vorangehenden.‹«

Er fuhr dann fort: »O König der Zeit! Wenn wir 1000 Jahre in deinem Dienste bleiben, so könnten wir dir nicht alles vergelten, wie du es verdienst.« Der König dankte ihm und behielt ihn noch 40 Tage mit seiner Mutter bei sich. Dann bat Salih um die Erlaubnis, wieder in seine Heimat zurückzukehren, dann sagte er: »Obgleich wir dir und unserer Schwester und unserem Neffen stets ergeben bleiben und uns ungern von euch trennen, sind wir doch zu sehr an das Meer gewohnt, um länger auf dem Lande zu leben.« Sie nahmen dann unter Tränen Abschied und versprachen, bald und oft wiederzukehren und tauchten im Meer unter.

* D.h. vor der Taube: Su'da ist der Name der Geliebten.

Der König fuhr fort, Gülnar zu verehren, der Knabe wuchs herrlich heran und ihre Verwandten besuchten sie häufig und brachten ein oder zwei Monate bei ihnen zu. Als Bedr Basim 15 Jahre alt war, war er sowohl durch seine schöne Körperbildung, als durch seine literarischen Kenntnisse und seine Gewandtheit im Schießen und Lanzenwerfen und anderen ritterlichen Künsten, in welchen Prinzen sich üben, vollkommen ausgezeichnet. Die ganze Stadt, Männer und Frauen, wußten von ihm zu erzählen und die Liebe des Königs zu ihm kannte kein Maß. Er ließ daher auch nach einiger Zeit den Vezier, die Emire, die hohen Beamten und die Vornehmen des Reichs versammeln und forderte sie auf, seinem Sohn als Sultan zu huldigen. Sie taten dies gern, denn er war als rechtliebender, das allgemeine Wohl fördernder und beredter junger Mann bekannt. Am folgenden Tag ritten sie miteinander an der Spitze der Truppen mit allen Großen des Reichs durch die Hauptstadt und als sie wieder in die Nähe des Königlichen Palasts kamen, stieg der König ab und er sowohl als die Emire und die Spitzen des Reichs gingen zu Fuß und trugen abwechselnd die königliche Decke vor Bedr Basim her, während dieser erst am Eingang des Palastes abstieg, wobei ihm sein Vater und die Emire wie Diener beistanden. Er setzte sich dann auf den Thron und sein Vater stand wie ein Emir vor ihm, sprach Recht, entsetzte Übeltäter und ernannte rechtliche Männer an ihre Stelle und beschäftigte sich bis Mittag mit Regierungsangelegenheiten, dann erhob er sich vom Thron und begab sich mit der Krone auf dem Haupt zu seiner Gattin und zu seiner Mutter, die ihn küßte und beglückwünschte und ihm langes Leben und Sieg über seine Feinde wünschte. Er ruhte dann aus bis zur Assestunde, dann begab er sich mit den Emiren auf die Rennbahn zum Ballspiel und verweilte hier bis abends und kehrte wieder in sein Schloß zurück. So lebte er ein ganzes Jahr fort und verschaffte dem Armen wie dein Reichen sein Recht. Nach einem Jahr ging er auf die Jagd, machte eine Rundreise durch die Provinzen seines Reichs, gewährte jedem Ruhe und Sicherheit und gab seltene Beweise von Tapferkeit und ritterlicher Gewandtheit. Nach einiger Zeit fühlte der alte König, daß die Zeit seines Übergangs in ein ewiges Leben nahe, er wurde krank und als seine letzte Stunde herankam, ließ er seinen Sohn rufen, empfahl ihm seine Mutter und sein Reich, ließ ihm nochmals Treue schwören und verschied nach wenigen Tagen. Bedr Basim, Gülnar und alle Veziere, Emire und Großen des Reichs betrauerten und bestatteten ihn und ließen ihm ein Grabmal bauen. Die Trauerfeierlichkeiten dauerten einen ganzen Monat, auch die Verwandten Gülnars kamen, um den König zu trösten. Sie sagten: »Der König ist tot, aber er hat einen tüchtigen Sohn hinterlassen, der ein reißender Löwe und ein leuchtender Mond ist. Wer einen solchen Sohn hinterläßt, ist nicht tot.«

Nach einiger Zeit kamen die hohen Beamten und die Vornehmen des Reichs zum König und sagten ihm, allzulange Trauer zieme nur Frauen, er möge daher sich nicht länger mit dem Tode seines Vaters beschäftigen, der doch in ihm fortlebe. Er ließ sich endlich ins Bad führen, zog ein prachtvolles, golddurchwirktes und mit Hyazinthen und anderen Edelsteinen geschmücktes Kleid an, setzte die königliche Krone auf sein Haupt, bestieg den Thron, beschäftigte sich wieder

mit öffentlichen Angelegenheiten, verschaffte dem Schwachen und Armen sein Recht gegen Starke und Reiche, so daß er allgemein beliebt wurde. So lebte er ein ganzes Jahr in ungetrübter Freude und wurde häufig von seinen Verwandten vom Meer besucht. Einst kam sein Oheim in der Nacht zu seiner Mutter Gülnar und nachdem sie sich begrüßt und umarmt hatten, aßen sie miteinander und unterhielten sich von Bedr Basim und seiner Schönheit und seiner Gerechtigkeitsliebe und ritterlichen Tugenden. Dieser lag angelehnt da, und als er merkte, daß er der Gegenstand der Unterhaltung geworden, stellte er sich schlafend, um sie zu belauschen. Salih sagte zu seiner Schwester: »Dein Sohn ist nun 16 Jahre alt und noch unverheiratet, ich fürchte, es möchte ihm etwas zustoßen und er kinderlos sterben, darum wünschte ich ihn mit einer Prinzessin vom Meer zu vermählen, die ihm an Schönheit und Liebenswürdigkeit gleicht.« Gülnar sagte: »Nenne sie mir, ich kenne sie ja alle.« Da nannte er eine nach der andern, aber keine war nach Gülnars Geschmack, sie sagte: »Mein Sohn muß eine Prinzessin heiraten, die ihm ähnlich ist an Schönheit, Liebenswürdigkeit, Freigebigkeit, Verstand, Glauben, Bildung, Edelmut, Macht und Abkunft.« Salih versetzte: »Ich habe dir nun über 100 Prinzessinnen hergezählt und keine gefällt dir, nun weiß ich keine mehr, doch sieh, ob dein Sohn schläft.« Sie erwiderte: »Er schläft, was willst du damit?« Salih antwortete: »Mir fiel eben noch eine

Prinzessin ein, die sich für deinen Sohn eignet, ich möchte aber nicht davon sprechen, wenn dein Sohn wacht, denn er könnte sie lieben, wir aber sie nicht für ihn erlangen und dann wären wir alle unglücklich, denn ein Dichter hat gesagt:

›Die Liebe ist zuerst nur wie Speichel, wenn sie aber um sich greift, so wird sie ein weites Meer.‹«

Gülnar fragte: »Wer ist diese Prinzessin? Ich kenne sie ja alle, sagt sie mir zu, so halte ich bei ihrem Vater um sie an und müßte ich alles, was ich besitze, zum Opfer bringen, fürchte nichts, mein Sohn schläft.« Salih wiederholte: »Ich fürchte, er möchte wachen und ein Dichter hat gesagt:

›Zuweilen liebt das Ohr noch vor dem Auge.‹«

Gülnar versicherte ihrem Bruder nochmals, der König schlafe und bat Ihn, sich nun kurz zu fassen. Da sagte er: »Bei Gott, keine andere, als Djauharah, die Tochter des Königs Samandal, ist deines Sohnes würdig, sie gleicht ihm an Schönheit und Glanz und ist ebenso vollkommen wie er, sie ist das Zierlichste und angenehmste aller Mädchen vom Lande wie vom Meer, sie hat ein schönes Gesicht mit roten Wangen, glänzender Stirn, großen schwarzen Augen, einem Mund, wie ein Juwel, sie hat starke Hüften, eine zarte Taille und ist vollkommen schön gewachsen, ihre Blicke beschämen Gazellen, ihr Wiegen beim Gange Banzweige, wenn sie erscheint, überstrahlt sie den Mond und fesselt alle Blicke, ihre Küsse sind süß und ihre Bewegungen anmutig.« »Du sprichst wahr, mein Bruder«, sagte Gülnar, »ich habe sie oft gesehen und war mit ihr befreundet, als wir noch Kinder waren, weiß aber nichts mehr von ihr, da wir schon 17 Jahre getrennt sind, bei Gott, die ist meines Sohnes würdig.«

Bedr Basim, der sich immer schlafend stellte, hörte dieses ganze Gespräch und die Schilderung, die Salih von der Prinzessin Djauharah gemacht, mit an, und sie flößte ihm Liebe zu ihr ein, so daß bald eine Feuerflamme sein Herz erfüllte.

Salih sagte ferner zu seiner Schwester: »Bei Gott, es gibt unter den Königen des Meeres und des Landes keinen, der so einfältig und zugleich so hart wäre, wie Samandal, drum teile deinem Sohne noch nichts von dieser Sache mit, sondern wirb um Djauharah für ihn, willigt ihr Vater ein, so wollen wir Gott dafür danken, weist er uns ab, so beruhigen wir uns und halten um eine andere für ihn an.« Gülnar stimmte darin mit ihrem Bruder überein und sie sprachen nicht weiter mehr darüber. Bedr Basim schwieg auch und brachte die Nacht auf glühenden Kohlen zu. Am folgenden Morgen ging er mit seinem Oheim ins Bad und als dieser nach der Mahlzeit sich verabschieden wollte, um wieder zu seiner Mutter zurückzukehren, bat ihn der König, noch einen Tag zu bleiben, was er auch zusagte. Er forderte ihn dann auf, mit ihm in den Garten zu gehen. Als sie eine Weile darin gelustwandelt waren, setzte sich der König unter einen schattigen Baum, um ein wenig zu schlafen, aber er dachte fortwährend an Djauharah, welche sein Oheim so schön geschildert hatte, er vergoß viele Tränen und rezitierte folgende Verse:

»Sagt man mir, während eine Feuerflamme In meinem Herzen brennt und meine Eingeweide verzehrt, ist dir ein Trunk Wasser lieber oder ihr Anblick, so antworte ich: lieber sie sehen.«

Er weinte, seufzte und jammerte dann wieder, und sprach folgende Verse:

»Wer steht mir bei gegen den Druck einer Schwarzäugigen, mit einem Gesichte, schöner als der Mond? Mein Herz war frei und ruhig und ist nun durch die Liebe zur Tochter des Königs Samandal gefesselt.«

Als Salih dies hörte, schlug er die Hände übereinander und rief: »Es gibt keinen Gott außer Allah, Mohammed ist ein Gesandter Gottes, es gibt keinen Schutz und keine Macht, außer bei Gott, dem Erhabenen!« Er sagte dann zu seinem Neffen: »Du hast wohl gehört, was ich mit deiner Mutter über Djauharah gesprochen?« Als er dies bejahte und gestand, daß das, was er gehört, ihm eine unvertilgbare Liebe zu ihr eingeflößt, sagte jener: »Laß uns zu deiner Mutter gehen und ihr alles erzählen, ich nehme dich dann mit mir und werbe für dich um Djauharah, dann kehren wir wieder zu ihr zurück; ich fürchte, daß, wenn wir ohne Abschied von ihr gehen, sie mir zürnen würde, und dies mit Recht, weil ich die Ursache ihrer Trennung von dir sein würde, wie ich auch die Veranlassung zu ihrer Trennung von uns war, auch würde das Reich ohne Fürsten sein und könnte dir leicht entrissen werden.« Der König weigerte sich aber, zu seiner Mutter zu gehen, weil er fürchtete, sie möchte sich seiner Abreise widersetzen und bat seinen Oheim unter Tränen, ohne ihr Wissen mit ihm abzureisen. Salih wußte nicht, was er tun sollte, als er jedoch den Zustand seines Neffen sah und ihn fest entschlossen fand, mit ihm zu gehen, ohne vorher seine Mutter davon in Kenntnis zu setzen, vertraute er auf Gottes Hilfe, zog einen Ring von seinem Finger, überreichte ihn seinem Neffen und sagte ihm: »Stecke diesen Ring an deinen Finger, er sichert dich sowohl vor dem Ertrinken, als vor den Seeungeheuern.« Als der König dies getan hatte, tauchten sie miteinander in das Meer und wandelten nach dem Schlosse Salihs, in welchem seine Mutter und ihre Verwandten saßen. Nach gegenseitiger Begrüßung erkundigte sich die Alte nach dem Befinden Gülnars und fragte, warum ihr Sohn sie verlassen. Salih erzählte ihr alles, was vorgefallen und sagte ihr, der König sei mit ihm gekommen, um sich um Djauharah zu bewerben. Die Alte erschrak und machte ihrem Sohn Vorwürfe darüber, daß er Djauharah vor seinem Neffen erwähnt. »Du weißt«, sagte sie, »daß der König Samandal ein einfältiger, gewalttätiger Fürst ist, daß sein Meer keinen Boden hat, daß er ein großer Tyrann ist, der seine Tochter niemandem gönnt und schon viele königliche Bewerber als ihrer unwürdig abgewiesen hat, er wird auch uns wie die anderen abweisen und wir werden mit gebrochenem Herzen zurückkommen.« Darauf erwiderte Salih: »Was können wir tun? Der König liebt Djauharah und wenn sie nicht seine Gattin wird, so wird ihn der Gram aufreiben, darum bin ich entschlossen, für ihn um sie zu werben und nötigenfalls meinen ganzen Besitz zu opfern. Übrigens«, fuhr Salih fort, »ist mein Neffe schöner und liebenswürdiger als sie, auch war sein Vater schon Herr über ganz Persien und er ist sein Nachfolger und so sind sie sich vollkommen ebenbürtig; ich will nun Perlenschnüre, Hyazinthen, andere Edelsteine und sonstige Geschenke für ihren Vater mitnehmen und wenn er wegen seiner königlichen Würde, seines großen Reiches und der Schönheit Djauharahs mich abweisen will, so werde ich ihm sagen: ›Bedr Basim ist schöner als Djauharah, er ist König und Sohn eines Königs, sein Land ist größer und seine Truppen sind zahlreicher als die seinigen‹; ich werde diese Sache erledigen und müßte ich dabei zugrunde gehen, denn da ich meinen Neffen in das Meer der Liebe geschleudert habe, muß ich auch alles aufbieten, um ihn mit seiner Geliebten zu vereinen, Gott der

Erhabene wird mir beistehen.« Da sagte ihm seine Mutter: »Tu, was du willst, hüte dich nur, derbe Worte an ihn zu richten, du kennst ja seine Dummheit und seine Strenge, er könnte dich leicht mißhandeln, denn bei ihm gilt das Ansehen anderer nichts.« Salih versprach ihr zu gehorchen, nahm zwei lederne Taschen voll mit Perlenschnüren, Hyazinthen, Smaragden, Diamanten und anderen Edelsteinen und übergab sie seinen Dienern und begab sich mit ihnen zum König Samandal. Dieser nahm Salih mit Ehrerbietung auf, hieß ihn sitzen, begrüßte ihn und fragte ihn, welches Anliegen ihn nach so langer Abwesenheit zu ihm führe. Salih verbeugte sich und sprach: »O König der Zeit! Mein Anliegen betrifft Gott und den großmütigen König, den tapferen Löwen, dessen Ruhm alle Karawanen verbreiten und dessen Gerechtigkeit, Milde und Freigebigkeit in allen Ländern bekannt ist.« Er öffnete dann die Taschen und breitete die Edelsteine vor dem König aus und bat ihn, durch Annahme dieser Geschenke sein Herz zu stärken. Samandal fragte: »Was bedeuten diese Reden und diese Geschenke? Teile mir dein Anliegen mit, kann ich deinen Wünschen willfahren, so will ich es sogleich tun und dir keine lange Mühe verursachen; wenn nicht, so bürdet Gott niemandem mehr auf, als er tragen kann.« Salih verbeugte sich dreimal und sagte: »O König der Zeit, was ich verlange, kannst du gewähren, ich bin nicht so töricht, den König um etwas zu bitten, dessen Gewährung nicht in seiner Macht liegt, denn ein Weiser hat gesagt: ›Willst du nicht abgewiesen werden, so fordere nichts, was dir nicht gewährt werden kann.‹« Als hierauf Samandal ihn nochmals aufforderte, seine Bitte vorzutragen, sagte er: »O König der Zeit, ich bin gekommen, um die einzige Perle, um den verborgenen Edelstein, um die Prinzessin Djauharah, die Tochter unsres Herrn zu werben, versage mir meine Bitte nicht!«

Samandal verfiel in ein so heftiges Spottgelächter, daß er auf den Rücken fiel und sagte: »O Salih, ich habe dich für einen vortrefflichen, verständigen Mann gehalten, der nur Richtiges und Vernünftiges spricht, was ist deinem Verstand widerfahren, daß du zu solchen abenteuerlichen und gefährlichen Dingen dich herbeiläßt? Hältst du dein Ansehen für groß genug, um die Tochter eines Königs, der Herr über so viele Länder ist, heiraten zu wollen? Hat dein Verstand so abgenommen, daß du solche Worte an mich zu richten wagst?« Salih erwiderte: »Gott erhöhe des Königs Wohl! Ich werbe nicht für mich, obgleich auch ich ihr ebenbürtig bin, denn ich bin ja auch ein König und Sohn eines Königs, du weißt ja, daß mein Vater einer der Könige des Meeres war, wie du jetzt König bist; indessen ich werbe für Bedr Basim, den Herrn Persiens, Sohn des Königs Seherman, du kennst ihn und seine Macht, sein Reich ist so groß als das deinige, er ist noch schöner als deine Tochter und vorzüglicher, er ist der gerechteste und ausgezeichnetste Ritter seiner Zeit, gewährst du mir meine Bitte, so tust du, was dir ziemt; wenn aber dein Hochmut dich bewegt, mich abzuweisen, so bist du unbillig und wandelst nicht auf dem rechten Weg; du weißt übrigens, daß die Prinzessin Djauharah heiraten muß, denn ein Weiser hat gesagt: ›Für Mädchen gibt es nur die Ehe oder das Grab‹, willst du sie aber verheiraten, so kannst du keinen würdigeren Mann für sie finden, als meinen Neffen.«

Als der König diese Worte hörte, geriet er in so heftigen Zorn, daß er ganz die Besinnung verlor und nahezu die Seele seinen Körper verließ. Er schrie Salih an: »Du Hund, wie wagst du es, so mit mir zu reden und meine Tochter in öffentlicher Versammlung zu erwähnen, wie kannst du behaupten, dein Neffe sei ihr ebenbürtig? Wer bist du? Wer ist deine Schwester, wer ist ihr Sohn? War sein Vater mehr als ein Hund?« Er rief dann den Dienern zu: »Haut diesem Elenden den Kopf ab!« Die Diener zogen ihre Schwerter und wollten auf Salih eindringen, dieser flüchtete sich aber nach dem Tor des Schlosses, vor welchem seine Verwandten, sein Gefolge und seine Diener standen, welche 1000 Reiter zählten, alle bepanzert und mit Schwert und Lanze bewaffnet, denn seine Mutter hatte sie ihm nachgeschickt, um ihm nötigenfalls beizustehen. Sobald diese von Salih das Vorgefallene hörten, stiegen sie ab, zogen ihr Schwert und drangen mit Salih in das Schloß gegen den König, der, einen solchen Anfall nicht ahnend, auf seinem Thron saß und dessen Diener auch nicht gerüstet waren. Als er daher beim Anblick der Eindringenden, außer sich vor Zorn, seinen Leuten zurief, diese Hunde zu enthaupten, ergriffen sie die Flucht und Salih ließ den König in Ketten legen.

Djauharah, welche bei ihrem Erwachen hörte, daß ihr Vater gefangen und seine Leute getötet worden, verließ die Stadt, flüchtete sich auf eine Insel und verbarg sich auf einem hohen Baum. Auch Bedr Basim entfloh, als er von einem Diener hörte, daß im Schloß zwischen den Leuten Salihs und denen des Königs Samandal gekämpft wurde, denn er sah ein, daß dieser Kampf um seinetwillen stattfand und fürchtete, man möchte nach ihm fahnden. Er wußte nicht, wohin

sich wenden, aber die Bestimmung trieb ihn auf die Insel, nach welcher sich Djauharah gewendet hatte und er warf sich höchst bestürzt, wie ein Betrunkener, auf die Erde unter den Baum, auf welchem Djauharah saß, um auszuruhen, denn er war ganz erschöpft. Er wußte nicht, daß, wer etwas sucht, oder wer verfolgt wird, keine Ruhe findet, und hatte keine Ahnung von dem, was das geheime Schicksal ihm bestimmt hatte.

Als er so auf seinem Rücken hingestreckt lag und den Blick nach dem Baum warf, begegnete sein Auge dem Djauharahs, die ihm wie der leuchtende Mond erschien. Er rief: »Gepriesen sei der allmächtige Schöpfer dieser wunderbaren Gestalt, bei Gott, wenn ich mich nicht täusche, so ist dies Djauharah, die sich auch hierher geflüchtet hat, als sie von dem Gefecht im Schloß gehört, und ist sie es nicht, so ist sie noch schöner als jene.«

Nach einigem Nachdenken beschloß er, sie zu ergreifen, sie über ihren Zustand zu befragen und um sie zu werben. Ist sie Djauharah selbst, so bin ich ja am Ziel. Er erhob sich alsbald und rief ihr zu: »O du mein höchster Wunsch, wer bist du und wer hat dich hierher gebracht?«

Djauharah warf einen Blick auf ihn herab und fand ihn gleich dem aus schwarzen Wolken hervorleuchtenden Mond, mit hübschem Wuchs und freundlichem Lächeln. Sie sagte: »O du Liebenswürdiger! Ich bin die Königin Djauharah, Tochter des Königs Samandal, ich bin hierher geflohen, weil Salih und seine Schar mit meinem Vater gekämpft, seine Truppen geschlagen und ihn selbst gefangen genommen und gefesselt haben; aus Furcht, auch erschlagen zu werden, habe ich mich hierher geflüchtet, und ich weiß noch nicht, was aus meinem Vater geworden.« Als der König dies hörte, dachte er, sehr erstaunt über dieses wunderbare Zusammentreffen: »Ohne Zweifel geht mein Wunsch durch die Gefangenschaft ihres Vaters in Erfüllung«; dann blickte er sie an und rief ihr zu: »Komm herab zu mir, o Herrin! Ich bin ein Opfer der Liebe zu dir und ein Gefangener deiner Augen, unsretwillen ist diese Unruhe und dieser Krieg entstanden. Wisse, ich bin der König Bedr Basim von Persien, Salih, der bei deinem Vater um dich geworben, ist mein Oheim; ich habe mein Königreich um deinetwillen verlassen und nun sind wir hier zusammengetroffen, komme daher zu mir herab, wir wollen miteinander in das Schloß deines Vaters gehen, ich werde Salih bitten, ihn freizulassen, und dich in gesetzlicher Weise heiraten.« Bei diesen Worten dachte Djauharah: »Dieser Elende ist die Ursache alles Unglücks, der Gefangenschaft meines Vaters und des Todes seiner Kammerherrn und Diener, sowie meiner Flucht nach dieser Insel, wenn ich keine List gegen ihn gebrauche, wird er sich meiner bemächtigen und seinen Zweck erreichen, denn er ist verliebt und ein Liebender wird entschuldigt, er mag tun was er will.« Sie suchte ihn daher durch süße Worte zu täuschen, ohne daß er es ahnte und sagte zu ihm: »Mein Herr, Licht meiner Augen, bist du der König Bedr Basim, Sohn der Königin Gülnar?« Er antwortete: »Ja, meine Herrin.« »Nun«, fuhr sie fort, »möge Gott die Hand meines Vaters abschneiden, ihn seines Reichs berauben, sein Herz nicht stärken, und es ihm nicht mehr heimlich werden lassen, wenn er einen anderen als einen so schönen und liebenswürdigen Mann, wie du, wünscht. Bei Gott! Er hat wenig Verstand. Doch, o König der Zeit, strafe meinen Vater nicht; wenn du mich eine Spanne groß liebst, so mißt meine Liebe eine Elle, ich bin in das Netz deiner Liebe gefallen, und eines deiner Opfer geworden, deine Liebe ist auf mich übertragen worden, und meine Liebe ist doppelt so heftig als die deinige.« Sie stieg dann vom Baum herab, ging auf ihn zu, umarmte und küßte und drückte ihn. Dies vermehrte noch die Liebe Bedr Basims zu ihr, seine Leidenschaft wuchs, denn er glaubte, sie erwidere seine Liebe, er umarmte sie daher, küßte sie und sagte zu ihr: »O Königin, bei Gott, mein Oheim hat von deiner Anmut nicht den 40. Teil geschildert und nicht den vierten Teil von einem Grad.« Hierauf drückte ihn Djauharah wieder an ihre Brust, murmelte einige unverständliche Worte, spie ihm ins Gesicht und sprach: »Verlasse deine Menschengestalt und nimm die eines der schönsten Vögel an, mit weißen Federn, rotem Schnabel und roten Füßen.« Kaum hatte sie diese Worte gesprochen, als der König die Gestalt eines Vogels annahm, der sich schüttelte und auf seinen Füßen stehend nach Djauharah hinblickte.

Bei dieser war ein Mädchen, welches Mersina hieß. Djauharah sagte ihr: »Bei Gott, wäre mein Vater nicht Gefangener seines Oheims, so hätte ich ihn getötet, aber Gott strafe ihn, daß er so viel Unheil über uns gebracht, doch nun, gutes Mädchen, nimm ihn und trage ihn auf die wasserlose Insel und lasse ihn dort, daß er vor Durst umkomme.« Das Mädchen nahm ihn und brachte ihn nach dieser Insel, als sie aber wieder zurückkehren wollte, dachte sie: »Bei Gott, dieser schöne und liebenswürdige Mann verdient nicht zu verdursten«, sie trug ihn daher von der wasserlosen Insel weg, auf eine andere, welche reich an Bäumen, Früchten und Bächen war, der Prinzessin sagte sie aber, sie habe ihn auf der wasserlosen Insel gelassen.

Soviel was Bedr Basim angeht, was aber seinen Oheim Salih betrifft, so hatte dieser, nach der Verhaftung des Königs, Djauharah aufgesucht und war, als er sie nirgends fand, wieder zu seiner Mutter zurückgekehrt und hatte sie nach seinem Neffen gefragt. Seine Mutter sagte ihm, sie habe keine Kenntnis von seinem Aufenthalt, und wisse nur, daß er, als er von dem Kampf zwischen ihren Leuten und Samandal gehört, aus Angst die Flucht ergriffen habe. Als Salih dies hörte, wurde er sehr traurig, denn das Schicksal Bedr Basims machte ihm Sorge, er fürchtete, er möchte durch die Leute Samandals umkommen, oder durch Djauharah, auch fürchtete er Schlimmes für sich von Gülnar, weil er ihren Sohn ohne ihre Erlaubnis mitgenommen. Er sandte daher seine Leute nach dem Meer und nach anderen Richtungen, um seinen Neffen aufzusuchen, aber sie kamen zurück, ohne eine Spur von ihm entdeckt zu haben, was den Kummer Salihs noch vermehrte.

Gülnar hatte inzwischen eine Anzahl Tage ihren mit Salih weggegangenen Sohn zurückerwartet, als er immer nicht kam, stieg sie ins Meer und begab sich zu ihrer Mutter und erkundigte sich bei ihr nach demselben. Die Alte erzählte ihr, wie er mit Salih zum König Samandal gegangen, der trotz der ihm überreichten Geschenke ihre Werbung mit harten Worten zurückwies, wie sie ihnen dann 1000 Mann geschickt, von welchen der König Samandal geschlagen wurde, wie hierauf Bedr Basim, wahrscheinlich aus Furcht, entflohen und seit der Zeit verschwunden sei.

Gülnar erkundigte sich sodann nach ihrem Bruder Salih und ihre Mutter sagte ihr, er habe Samandals Thron eingenommen und nach allen Seiten Leute ausgeschickt, um Bedr Basim und Djauharah aufzusuchen. Gülnar war sehr betrübt und zürnte ihrem Bruder, daß er mit ihrem Sohn, ohne ihr Wissen, ins Meer gestiegen. Dann sagte sie zu ihrer Mutter: »Da ich von zu Hause abgereist bin, ohne jemandem etwas davon zu sagen, so fürchte ich, wir könnten bei einer längeren Abwesenheit unser Reich verlieren, darum will ich heimkehren und die Regierungsangelegenheiten besorgen, bis Gott alles ordnen wird, versäumt ihr inzwischen nichts, um meinen Sohn zu retten, denn sein Tod wird auch der meinige sein, ich sehe die Welt nur in ihm und er ist die einzige Freude meines Lebens.« Nachdem sie ihr die Versicherung gegeben, daß auch ihnen seine Abwesenheit großen Schmerz bereite und sie nochmals Leute ausgeschickt hatten, um ihn auszukundschaften, kehrte Gülnar mit betrübtem Herzen und weinenden Augen in ihr Reich zurück.

Bedr Basim, der, wie oben erwähnt, in der Gestalt eines Vogels auf einer Insel gelassen wurde, wußte nicht, wohin sich wenden. Nachdem er manche Tage und Nächte, von Früchten sich nährend, hier zugebracht hatte, kam ein Jäger aus der Stadt, der von der Jagd lebte, auf die Insel. Als er den König in der Gestalt eines Vogels mit weißem Kopf und rotem Schnabel und roten Füßen sah, gefiel er ihm so sehr, daß er sein Netz nach ihm auswarf und ihn fing und nach der Hauptstadt brachte, um ihn zu verkaufen. Ein Bewohner der Stadt, der ihm begegnete, fragte nach dem Preis des Vogels. Der Jäger fragte ihn, was er damit tun wolle; als jener antwortete, ihn schlachten und essen, sagte der Jäger: »Wer kann es über sein Herz bringen, einen solchen Vogel zu schlachten und zu essen?« »Nun«, versetzte jener, »wozu soll ihn denn jemand kaufen, du Tor?« Da sagte der Jäger: »Ich werde ihn dem König schenken, der wird Wohlgefallen daran finden und mir ihn über seinen Wert bezahlen, denn ich bin ein Jäger und habe in meinem Leben keinen so schönen Vogel gesehen, du aber wirst mir höchstens einen Drachmen dafür geben, bei Gott, ich verkaufe ihn nicht.« Der Jäger trug hierauf den Vogel in den königlichen Palast und er gefiel dem König so gut, daß er einen Diener schickte, um ihn zu kaufen. Der Jäger sagte: »Ich mache ihn dem König zu Geschenk.« Der König nahm den Vogel und ließ dem Jäger zehn Dinare geben, welcher, die Erde küssend, sich wieder entfernte.

Der Vogel wurde in einem schönen Käfig im Königlichen Palast aufgehängt und man gab ihm zu essen und trinken. Dem König gefiel der Vogel sehr gut, er ließ den Käfig vor sich hinstellen, bemerkte aber, daß der Vogel das Futter nicht berührt hatte, und er sagte: »Bei Gott, ich möchte wissen, was wohl dieser Vogel frißt«; er ließ daher einen Tisch mit Speisen vortragen, aß selbst davon und siehe da, der Vogel aß auch Fleisch, Gemüse, Süßigkeiten und Früchte, worüber der König sowohl als alle Anwesenden nicht wenig erstaunten. In meinem Leben, sagte der König zu seiner Umgebung, habe ich keinen Vogel gesehen, der von solchen Speisen sich nährt, und er ließ seine Gemahlin rufen, damit sie sich auch an diesem Tier ergötze. Als man der Königin dies meldete, kam sie herbei, sobald sie aber den Vogel näher betrachtete, bedeckte sie ihr Gesicht und wollte zurückgehen. Der König fragte sie, warum sie ihr Gesicht bedecke und sich abwende, da doch nur ihre Diener und Sklavinnen anwesend wären? Sie antwortete: »Dies ist kein Vogel, sondern ein Mensch wie du.« »Du lügst oder scherzest mit mir«, sagte der König. Hierauf versetzte die Königin: »Bei Gott, ich sage die Wahrheit und scherze nicht, dieser Vogel ist der König Bedr Basim, Sohn Gülnars und König von Persien, welchen Djauharah, die Tochter des Königs Samandal, verzaubert hat, weil sein Oheim Salih um sie für ihn geworben und ihn besiegt und gefangen genommen hat.« Die Königin war nämlich die größte Zauberin ihrer Zeit. Der König war sehr erstaunt über ihre Worte und beschwor sie, den Zauber zu lösen und Bedr Basim nicht länger in dieser peinlichen Lage zu lassen. »Möge Gott«, rief er, »die Hand dieser Elenden, Gottlosen, abschneiden, die voller List und Trug ist!« Der König ließ den Vogel in die Schatzkammer bringen, die Königin verschleierte sich dann, warf ihr Obertuch um, ging auch mit einer Tasse Wasser in die Schatzkammer, murmelte einige unverständliche Worte darüber, bespritzte ihn damit und sagte: »Bei diesen heiligen Namen und edlen Beschwörungen, bei dem erhabenen Gott, dem Schöpfer des Himmels und der Erde, der die Toten belebt und die Lebenden tötet, der des Menschen Lebensziel und Unterhalt bestimmt, verlasse diese Gestalt und nimm wieder die an, in welcher dich Gott geschaffen!« Kaum hatte sie diese Worte vollendet, so schüttelte sich der Vogel und wurde wieder Mensch. Der König sah den schönsten Mann auf Erden vor sich und Bedr Basim rief: »Es gibt keinen Gott, außer Allah, Mohammed ist ein Gesandter Gottes. Gepriesen sei der Schöpfer, der aller Geschöpfe Lebensdauer und Unterhalt bestimmt.« Er küßte dann die Hände des Königs und dankte ihm; dieser küßte Bedr Basims Hände und ließ sich von ihm seine ganze Geschichte erzählen, und als er sie bis zu Ende mit großem Erstaunen angehört hatte, fragte er ihn, was er nun zu tun beabsichtige. Er antwortete: »Da ich schon lange von meiner Heimat fern bin und fürchte, ich möchte um mein Reich kommen, und meine Mutter vor Gram über die Trennung von mir und die Ungewißheit über mein Schicksal gestorben sein, so bitte ich den König, seine Güte gegen mich zu vollenden und mich auf einem mit allem Nötigen versehenen Schiff in meine Heimat bringen zu lassen.« Dem König gefiel Bedr Basims Anmut und Beredsamkeit so sehr, daß er ihm seinen Wunsch gewährte und alsbald ein Schiff für ihn ausrüsten ließ und ihm auch eine Anzahl von seinen Dienern mitgab. Bedr Basim nahm Abschied, bestieg das Schiff und hatte zehn Tage lang günstigen Wind, am elften aber wurde das Meer so stürmisch, daß das Schiff von den Wellen hin- und her geschoben wurde und die Matrosen es ihrem Spiel überlassen mußten, und es wurde gegen einen Felsen getrieben, an dem es zerschellte. Die ganze Mannschaft ertrank, nur Bedr Basim rettete sich auf einem Balken, der drei Tage lang vom Winde herumgetrieben, am vierten aber an das Ufer geschleudert wurde. Bedr Basim erblickte eine weiße Stadt, sehr schön gebaut, mit hohen Pfeilern und Mauern, welche das Meer bespülte. Er freute sich sehr darüber, denn er war nahe daran, vor Hunger und Durst umzukommen. Als er aber ans Land steigen wollte, kamen ihm Maulesel, Esel und Pferde, wie der Sand des Meers, entgegen, die ihn schlugen und nicht nach der Stadt gehen ließen. Er schwamm daher um die Stadt herum und stieg hier ans Land, war aber sehr erstaunt, als er keinen Menschen fand und dachte: »Wem mag wohl diese Stadt gehören und diese Tiere, die mich nicht in die Stadt ließen?« Während er in Gedanken vertieft vorwärts ging, ohne zu wissen wohin, sah er auf einmal einen alten Gemüsehändler vor sich, den er begrüßte. Der Alte erwiderte seinen Gruß und da er einen hübschen jungen Mann vor sich sah, fragte er ihn, wo er herkomme und was ihn in diese Stadt führe. Bedr Basim erzählte ihm seine ganze Geschichte und der Alte fragte wieder, ganz erstaunt, ob er auf seinem Weg niemandem begegnet sei, und als Bedr Basim diese Frage verneinte und seine Verwunderung darüber aussprach, daß er diese Stadt so menschenleer finde, sagte der Alte: »Geh mit mir in meinen Laden, sonst gehst du zugrund.« Er brachte ihm dann etwas zu essen, führte ihn in das Innere des Ladens und dankte Gott, der ihn aus der Gewalt dieser Teufelin befreit. Bedr Basim fürchtete sich sehr, und nachdem er etwas gegessen und seine Hände gewaschen hatte, sagte er dem Alten: »Du hast mir große Furcht eingeflößt vor dieser Stadt und ihren Bewohnern« und bat ihn, sich deutlicher auszusprechen. Da sagte der Alte: »Wisse, mein Sohn, diese Stadt ist eine Zauberstadt, die Königin, welche schön wie der Vollmond ist, ist auch die gewandteste und listigste Zauberin der Welt, was du für Esel, Maulesel und Pferd gehalten hast, sind verzauberte Menschen wie wir, es sind Fremde, die hierhergekommen sind, an welchen diese ungläubige Zauberin 40 Tage sich ergötzt und die sie dann verzaubert hat, so verfährt sie mit allen jungen Männern, die in die Stadt kommen, darum haben diese vermeintlichen Tiere dir zu verstehen gegeben, daß du hier nicht ans Land steigen sollst, denn sie bemitleideten dich und fürchteten, diese Verruchte möchte mit dir wie mit ihnen verfahren. Sie heißt Lab, das heißt: Berechnung der Sonne.«

Als Bedr Basim dies hörte, zitterte er vor Furcht wie ein vom Winde bewegtes Rohr und sagte: »Kaum glaubte ich mich von dem ersten Elend befreit, in das mich eine Zauberin gestürzt hat, so treibt mich das Schicksal nach einem noch abscheulicheren Ort.« Als der Alte ihn so ängstlich sah, sagte er zu ihm: »Setze dich an die Schwelle des Ladens und sieh dir diese Leute, und ihre Farbe, und ihre Tracht an und fürchte nichts, denn die Königin und alle Bewohner der Stadt lieben und achten mich und betrüben mich nicht.« Bedr Basim tat dies und sah unzählbare Menschen vorübergehen und einige sagten zu dem Alten: »Ist dies dein Gefangener und deine heutige Jagd?« Er aber antwortete: »Es ist mein Neffe, den ich aus Liebe zu ihm, nach dem Tod seines Vaters, zu mir kommen ließ.« Die Leute sagten: »Es ist ein hübscher Mann, wir fürchten, die Königin Lab möchte ihn zu sich nehmen.« Der Alte antwortete: »Die Königin liebt und ehrt mich, sie wird ihm nichts zuleid tun, wenn sie weiß, daß er mein Neffe ist.«

Bedr Basim brachte einen ganzen Monat bei dem Gemüsehändler zu, der ihn liebte und gut bewirtete. Eines Tages, als er wie gewöhnlich vor dem Laden saß, kamen 1000 Diener vorüber, mit vergoldeten, gezogenen Schwertern, sie trugen kostbare Kleider, und Gürtel mit Edelsteinen besetzt, ritten auf arabischen Pferden und grüßten den Alten. Ihnen folgten 1000 Mamelucken mit entblößtem Schwertern, die gleichfalls den Alten grüßten. Dann kamen 1000 Mädchen wie der Mond, die verschiedenfarbige seidene Atlaskleider trugen, welche mit Gold durchwirkt und mit Edelsteinen und Hyazinthen geschmückt waren, sie waren mit Lanzen bewaffnet und in ihrer Mitte ritt ein Mädchen auf einem arabischen Pferd, mit goldenem, juwelenbesetztem Sattel. Auch sie

grüßten, als sie dem Laden des Alten sich näherten und zogen vorüber. Dann kam mit glänzendem Gefolge die Königin Lab und ging auf den Laden zu, vor welchem Bedr Basim saß. Sie fand ihn schön und anmutig, daß sie ganz außer sich vor Liebe geriet und alsbald abstieg und den Alten fragte, woher er diesen hübschen Jüngling habe. Er sagte auch ihr, er sei sein Neffe. Da bat sie ihn, ihm zu gestatten, daß er die Nacht bei ihr zubringe. Der Alte ließ sie schwören, daß sie ihm nichts zuleid tun und ihn nicht verzaubern werde. Sie schwor und ließ ihm ein schönes Pferd mit goldenem Zaum und Sattel vorführen, schenkte dem Alten 1000 Dinare und sagte ihm: »Hilf dir damit!« Dann ritt sie an der Seite Bedr Basims nach dem Schloß und alle Leute bemitleideten ihn und sagten: »Bei Gott, dieser schöne Jüngling verdient nicht, daß ihn diese Verruchte bezaubere.« Bedr Basim hörte diese Worte und ergab sich in den Willen Gottes.

Als sie vor das Tor des Palastes kamen, entließ die Königin alle Emire und Vornehmen des Reiches, sobald sie abgestiegen waren und begab sich mit ihren Dienern und Sklavinnen in den Palast, dessen Mauern von Gold waren und in dessen Mitte ein Garten mit einem wasserreichen Teich war. In diesem Garten waren Vögel, welche in allen Sprachen zwitscherten, die einen in heiteren, die anderen in melancholischen Tönen, auch hatten sie allerlei Gestalt und Farbe. Als der König diese königliche Pracht sah, rief er: »Gepriesen sei Allah, dessen Güte und Milde auch den so beschenkt, der etwas außer ihm anbetet.« Die Königin ließ sich auf einem Sofa von Elfenbein mit hohen Matratzen an einem Gitter nieder, von welchem man Aussicht in den Garten hat, der König setzte sich neben sie und sie küßte und drückte ihn. Sie ließ dann einen goldenen, mit Perlen und Edelsteinen beschlagenen Tisch vortragen, auf welchem allerlei Speisen standen, sie aßen, bis sie satt waren und wuschen sich die Hände, dann wurden silberne, goldene und kristallene Trinkgefäße gebracht und allerlei Blumen und trockene Früchte aufgestellt, auch kamen zehn schöne Mädchen herein, welche allerlei Instrumente trugen. Die Königin füllte einen Becher mit Wein, trank ihn aus, schenkte wieder ein und reichte ihn Bedr Basim, so tranken sie miteinander fort, bis sie genug hatten, dann sangen die Mädchen, auf Befehl der Königin, allerlei Melodien, und Bedr Basim glaubte, der ganze Palast tanze vor Entzücken mit ihm herum, sein Verstand war gefesselt, seine Brust dehnte sich aus, er vergaß, daß er in der Fremde war und dachte: »Diese Königin ist eine schöne Frau, ich werde mich nie von ihr trennen, ihr Reich ist größer als das meinige und sie ist noch schöner als Djauharah.«

Als es Abend wurde, wurden Lampen und Wachskerzen angezündet und der Saal mit allerlei Räucherwerk angefüllt, und sie tranken wieder, beim Gesang der Mädchen, bis sie vom Wein erhitzt waren. Die Königin entließ dann die Mädchen und schlief an der Seite Bedr Basims bis zum Morgen. Als sie erwachten, ging sie ins Bad, dann wurde wieder wie am vorhergehenden Tage gegessen, getrunken und gesungen, und so ging es 40 Tage lang fort. Da fragte ihn die Königin: »Gefällt es dir hier besser oder ihm Laden deines Onkels?« Er antwortete: »Bei Gott, hier ist es schöner, mein Onkel ist ja nur ein Bettler, der Grünes verkauft.« Die Königin lachte und legte sich wieder nieder und Bedr Basim schlief an ihrer Seite. Als er aber des Morgens erwachte, war die Königin nicht mehr neben ihm, er wartete eine Weile und als sie nicht kam, wurde es ihm unheimlich, er zog sich an, suchte sie, fand sie aber nirgends. Er dachte: »Sie ist vielleicht in den Garten gegangen«, und eilte dahin. Da sah er am Ufer eines fließenden Baches einen Baum, auf welchem Vögel von verschiedenen Farben saßen, und er bemerkte, ohne von den Vögeln gesehen zu werden, wie ein schwarzer Vogel einen weißen wie eine Taube mit dem Schnabel fütterte und liebkoste und nach einer Weile verwandelte sich der weiße Vogel in die Königin Lab. Bedr Basim schloß daraus, daß auch der schwarze Vogel ein verzauberter Mensch sei, welchen die Königin liebte, und er wurde eifersüchtig und aufgebracht gegen sie. Er kehrte dann wieder auf sein Lager zurück, und als bald darauf die Königin kam und ihn küßte und mit ihm scherzte, sprach er, vor Erbitterung über sie, kein Wort mit ihr, sie merkte bald, was in ihm vorging, und zweifelte nicht daran, daß er sie bei ihrem Verfahren mit dem schwarzen Vogel beobachtet habe. Sie äußerte sich jedoch nicht darüber und als er sie bat, ihm zu gestatten, seinen Oheim zu besuchen, den er in 40 Tagen nicht gesehen, sagte sie: »Geh, komme aber bald wieder, denn ich halte es keine Stunde ohne dich aus.«

Bedr Basim ritt nach dem Laden des Gemüsehändlers, der ihn freundlich bewillkommte und umarmte und fragte, wie es bei dieser Ungläubigen gehe. Er erzählte ihm, daß es ihm bisher gut gegangen, fügte aber hinzu, was sich diesen Morgen zugetragen hatte. Der Alte sagte hierauf: »Nimm dich vor ihr in acht! Denn alle Vögel, die du auf den Bäumen gesehen, sind ehemalige Liebhaber von ihr, die sie verzaubert hat; der schwarze Vogel, den du gesehen, war einer ihrer Mamelucken, den sie leidenschaftlich liebte und den sie verzaubert hat, weil er seine Blicke auf eine Sklavin geworfen, doch sehnt sie sich noch oft nach ihm und nimmt dann selbst die Gestalt eines Vogels an, um sich mit ihm zu unterhalten. Da sie nun weiß«, fuhr der Alte fort »daß dieses Verhältnis dir kein Geheimnis mehr ist, so ist sie dir auch nicht mehr gut, doch fürchte nichts, solange ich hinter dir stehe, denn ich bin ein Gläubiger und heiße Abd Allah, Diener Gottes, und bin Meister in der Zauberkunst, mache aber nur zur Zeit der Not Gebrauch davon, habe aber auch schon viele Leute vor dem Zauber dieser Verruchten bewahrt, denn sie vermag nichts gegen mich und fürchtet sich sehr vor mir, ebenso alle Bewohner dieser Stadt, die, wie sie selbst, statt des allmächtigen Herrn, das Feuer anbeten. Komme morgen zu mir und sage mir, was sie gegen dich vornehmen will, denn sie geht gewiß damit um, dich zu verderben, ich werde dir aber die Mittel angeben, ihr Vorhaben zu vereiteln.«

Bedr Basim kehrte hierauf wieder zur Königin Lab zurück, die vor ihm aufstand und ihn willkommen hieß und Speisen und Getränke auftragen ließ. Nachdem sie bis Mitternacht miteinander getrunken hatten und Bedr Basim von Wein erhitzt war, beschwor sie ihn bei seinem Gott, eine Frage, die sie an ihn richten wollte, in Wahrheit zu beantworten. Als er dies versprach, denn er war kaum mehr bei Sinnen, fragte sie ihn, ob er nicht diesen Morgen, als er sie gesucht, bemerkt habe, wie sie in Gestalt eines weißen Vogels mit einem schwarzen gescherzt habe, der ein verzauberter Mamelucke ist, und ob er nicht deshalb ihr zürne? »Was mich betrifft«, fügte sie hinzu, »so schwöre ich bei dem Feuer, bei dem Schatten und bei der Hitze, daß ich dich immer mehr liebe und in dir allein mein Glück finde.« Bedr Basim antwortete in seiner Trunkenheit: »Ich habe allerdings das alles im Herzen gehabt.« Da umarmte und küßte sie ihn, zeigte sich liebevoll gegen ihn und schlief an seiner Seite bis Mitternacht. Dann stand sie auf, nahm aus einem roten Beutel rote Erde, die sie mitten in den Palast streute, und siehe da, es entstand ein fließender Bach. Sie nahm dann eine Handvoll Gerste, streute sie auf die Erde, tränkte diese vom Wasser dieses Flusses, und es bildete sich Korn in Ähren, sie nahm es, mahlte es zu feinem Mehl, hob es auf und legte sich wieder zu Bedr Basim, der alles mitangesehen, sich aber, als sie aufgestanden war, schlafend gestellt hatte. Des Morgens stand er auf, wusch sein Gesicht, bat um die Erlaubnis, seinen Oheim wieder zu besuchen und erzählte ihm, was er

in der Nacht gesehen. Der Alte lachte und sagte: »Bei Gott, diese Ungläubige will dich verraten, aber kümmere dich nicht darum.« Er gab ihm dann etwa ein Pfund geröstete Gerste und sagte ihm: »Nimm dies mit dir, und wenn sie dich fragt, was du damit tun willst, so antworte: ›Je mehr Gutes, um so besser‹, und iß davon. Wenn sie dir dann ihre Gerste anbietet, so hüte dich, davon zu essen, sondern tu nur, als äßest du davon, iß aber nur von der meinigen, wenn du ein Körnchen von dem übrigen genießt, so gelingt ihre List und sie verzaubert dich in jede ihr beliebige Gestalt, während ihr Zauber wirkungslos bleibt, wenn du nichts von ihrer Gerste ißt. Sie wird beschämt werden und mit dir scherzen und dir die innigste Liebe beteuern, aber es ist nur Heuchelei und Trug. Fordere du sie dann auf, von deiner Gerste zu essen und stelle dich verliebt in sie, und sobald sie nur ein Körnchen davon ist, so nimm eine Handvoll Wasser und schleudere es in ihr Gesicht und sage: ›Verlasse deine Gestalt und nimm die und die an‹, und wie es dir beliebt, verlasse sie dann und komme zu mir, damit ich das Weitere für dich anordne.«

Als Bedr Basim hierauf wieder zur Königin zurückkehrte, nahm sie ihn liebevoll auf und beklagte sich über sein langes Ausbleiben. Er sagte, er sei bei seinem Onkel gewesen und habe auch von ihm geröstete Gerste mitgebracht. Sie erwiderte: »Wir haben ja hier bessere Gerste«, und legte die ihrige in eine Schüssel und die seinige in eine andere und forderte ihn auf, von der ihrigen zu essen. Er stellte sich, als äße er davon und alsbald nahm sie Wasser, bespritzte ihn damit und sagte: »Verlasse deine Gestalt, du Elender, und werde ein häßliches, blindes Maultier!« Bedr Basim blieb aber unverändert und als sie es sah, sagte sie: »O mein Geliebter! Ich habe nur Scherz gemacht, du wirst doch wohl deshalb nicht anders gegen mich werden?« Er antwortete: »Bei Gott, ich bin noch derselbe, aber wenn du mich liebst, so iß auch von meiner Gerste.« Sie nahm einen Bissen davon und aß ihn und sobald er in ihren Magen kam, wurde sie unruhig. Bedr Basim nahm alsbald eine Handvoll Wasser, schleuderte es ihr ins Gesicht und sagte: »Verlasse deine menschliche Gestalt und nimm die einer scheckigen Mauleselin an!« Als sie sich in dieser Gestalt sah, weinte sie und streichelte mit ihren Nüstern seine Füße. Er wollte ihr einen Zaum anlegen, aber sie duldete es nicht. Er ließ sie stehen, ging zum Alten und teilte ihm alles mit. Der Alte holte einen Zaum herbei und sagte ihm: »Nimm diesen Zaum und lege ihn ihr an!« Bedr Basim kehrte in den Palast zurück, legte ihr den Zaum des Alten an und ritt auf ihr wieder zu ihm. Da sagte der Alte zu ihr: »Gott beschäme dich, du Verruchte!« Zu Bedr Basim aber sagte er: »Du darfst nun nicht länger hier bleiben, reite auf ihr, wohin du willst, hüte dich aber, den Zaum aus der Hand zu geben.« Bedr Basim dankte ihm und verabschiedete sich von ihm und ritt fort.

Nach dreitägigem Ritt kam er in eine Stadt und es begegnete ihm ein schöner Greis, der ihn fragte, wo er herkomme. Bedr Basim antwortete: »Aus der Stadt der Zauberin.« Jener lud ihn ein, bei ihm einzukehren, und als sie miteinander fortgingen, begegnete ihnen ein altes Weib, das beim Anblick der Mauleselin weinte und rief: »Es gibt keinen Gott außer Allah, diese Mauleselin gleicht der, welche mein Sohn besaß und deren Tod ihn so sehr betrübt, ich beschwöre dich,

mein Herr, verkaufe sie mir.« Bedr Basim erwiderte: »Bei Gott, ich kann sie dir nicht verkaufen.« Das Weib wiederholte die Bitte und sagte, ihr Sohn müsse sterben, wenn sie ihm diese Mauleselin nicht bringe. Sie drang so lang in ihn, bis Bedr Basim sagte: »Ich verkaufe sie nicht unter 1000 Dinaren«, woher soll diese Alte 1000 Dinare nehmen. Aber sie zog sogleich 1000 Dinare aus ihrem Gürtel. Da sagte Bedr Basim: »O meine Mutter, ich habe nur gescherzt, ich kann dieses Tier nicht verkaufen.« Aber der Greis sah ihn scharf an und sagte: »Mein Sohn, in diesem Lande wird jede Unwahrheit mit dem Tode bestraft.« Bedr Basim stieg daher ab und die Alte nahm der Mauleselin alsbald den Zaum aus dem Mund, füllte ihre Hand mit Wasser, bespritzte sie damit und sagte: »O meine Tochter, verlasse diese Gestalt und werde wieder Mensch.« Sie nahm alsbald ihre frühere Gestalt wieder an und umarmte die Alte, welche, wie jetzt der überlistete Bedr Basim wohl merkte, ihre Mutter war. Jetzt wollte er fliehen, aber die Alte stieß einen lauten Pfiff aus und alsbald erschien ein Geist, so groß wie ein Berg, und Bedr Basim blieb aus Furcht stehen. Die Alte bestieg den Geist mit ihrer Tochter und Bedr Basim und er trug sie in kurzer Zeit nach dem Palast der Königin Lab. Diese sagte dann zu Bedr Basim: »Jetzt bist du wieder hier, du Elender, und ich bin am Ziel meiner Wünsche, du sollst nun sehen, wie ich mit dir verfahre und mit dem alten Gemüsehändler, dem ich so viele Wohltaten erwiesen und der mir so schlecht vergolten hat, denn nur mit seiner Hilfe ist dir dein Streich gelungen.« Sie nahm dann Wasser, bespritzte ihn und sagte: »Verlasse deine Gestalt und nimm die des häßlichen Vogels an« und sobald diese Verwandlung stattgefunden hatte, sperrte sie ihn in einen Käfig und ließ ihn hungern und dursten. Eine Sklavin bemitleidete ihn jedoch und gab ihm hinter dem Rücken der Königin zu essen und zu trinken und benachrichtigte den Gemüsehändler von dem Vorfall. Dieser dankte ihr und versprach ihr, sie an Labs Stelle zur Königin zu erheben. Er pfiff laut und es erschien ein Geist mit vier Flügeln, welchem er befahl, die Sklavin zur Königin Gülnar zu bringen, die nebst ihrer Mutter Farascha Meisterinnen der Zauberkunst waren, der Sklavin aber trug er auf, ihnen zu sagen, Bedr Basim sein ein Gefangener der Königin Lab. Der Geist flog mit der Sklavin in kürzester Zeit auf die Terrasse des Palasts der Königin Gülnar. Hier stieg sie ab und begab sich zur Königin und benachrichtigte sie von dem Schicksal ihres Sohnes. Die Königin dankte ihr und ließ in der Stadt unter Trommelschall die freudige Kunde vom Wiederfinden des Königs bekannt machen. Sie ließ dann alle Gattungen Geister und Seetruppen kommen, denn die König der Geister waren ihr gehorsam und hatten ihr auch geholfen, den König Samandal gefangen zu nehmen, und flog mir ihrer Mutter und ihrem Bruder nach dem Palast der Königin Lab. In einem Augenblick war Stadt und Schloß in ihrer Gewalt und alle Ungläubigen wurden getötet. Gülnar fragte dann die Sklavin nach ihrem Sohn und sie brachte ihr den Käfig, in welchem er eingesperrt war. Gülnar bespritzte ihn und gab ihm seine menschliche Gestalt wieder, worauf man sich gegenseitig küßte und umarmte. Sie schickte dann nach dem alten Abd Allah, dankte ihm für die Wohltaten, die er ihrem Sohn erwiesen, ernannte ihn zum König der Stadt und verheiratete ihn mit der Sklavin, die ihr Nachricht von ihrem Sohn gebracht.

Nachdem dann alle moslimischen Bewohner der Stadt dem Abd Allah auf ihren Befehl gehuldigt hatten, kehrte sie mit den Ihrigen wieder nach ihrer Residenz zurück, welche drei Tage festlich geschmückt wurde und in welcher der größte Jubel über die Rückkehr Bedr Basims herrschte.

Als die Festlichkeiten vorüber waren, sagte Bedr Basim zu seiner Mutter: »Nun bleibt nichts mehr zu wünschen übrig, als daß ich mich verheirate und daß wir alle vereint bleiben.« Gülnar stimmte ihm bei und ihre Mutter, sowie ihr Bruder und ihre Nichten sagten alle: »Wir wollen dir dabei behilflich sein.« Sie machten sich dann auf und durchstreiften die Welt und auch Gülnar sandte ihre Mädchen auf Geistern umher, um das schönste Mädchen in allen Ländern und Städten und Palästen herauszusuchen. Bedr Basim sagte aber zu seiner Mutter: »Laß dies! Mir gefällt keine andere, als Djauharah, die, wie ihr Name andeutet, eine wahre Perle ist.« »Dein Wunsch sei dir gewährt«, erwiderte Gülnar, und erteilte alsbald Befehl, den König Samandal herbeizubringen. Bedr stand vor ihm auf und fragte ihn nach seiner Tochter. Er antwortete: »Sie ist deine Sklavin und steht zu deinen Diensten.« Bedr sandte einen seiner Freunde nach ihr und als sie erschien, sagte ihr ihr Vater: »Ich habe dich mit diesem tapfern Löwen, dem König Bedr Basim verlobt, er ist der schönste und angesehenste Fürst seiner Zeit und paßt nur für dich, so wie du nur für ihn geschaffen bist.« Djauharah sagte: »Tu was du willst, denn aller Schmerz und aller Groll ist verschwunden.« Man ließ alsdann den Ehevertrag schreiben, die Stadt wurde geschmückt, die Freudenboten wurden umhergeschickt, die Gefangenen befreit, Witwen und Waisen gekleidet, die Emire und Großen des Reichs mit Ehrenkleidern beschenkt. Die Hochzeitsfestlichkeiten dauerten zehn Tage und Djauharah wurde dem König in neun verschiedenen Anzügen vorgestellt. Der König Samandal erhielt auch ein Ehrenkleid und wurde wieder als König über sein Reich eingesetzt. Bedr Basim war glücklich mit Djauharah, sie liebten sich gegenseitig, und führten das angenehmste Leben, bis sie der Zerstörer aller Freuden heimsuchte. Das ist das Ende der Geschichte. Gott sei ihnen allen gnädig.

Geschichte des Prinzen Zeyn Alasnam und des Königs der Geister

Ein König von Baßrah besaß große Reichtümer. Seine Untertanen liebten ihn, aber er hatte keine Kinder, und das betrübte ihn über die Maßen. Indes veranlaßte er alle heiligen Männer in seinen Staaten durch namhafte Geschenke, den Himmel für ihn um einen Sohn zu bitten, und ihre Gebete waren nicht erfolglos. Die Königin wurde schwanger und genas glücklich eines Sohnes, welcher den Namen Zeyn Alasnam, d.h. Zierde der Bildsäulen, erhielt.

Der König ließ alle Sterndeuter seines Reiches zusammenrufen und befahl ihnen, dem Kind das Horoskop zu stellen. Sie entdeckten durch ihre Beobachtungen, daß er lange leben und viel Mut besitzen würde, daß er dieses Mutes aber auch bedürfe, um das vielfache Unglück, das ihn bedrohe, mannhaft zu ertragen. Der König erschrak nicht über diese Weissagung. »Wenn mein Sohn Mut hat«, sagte er, »so ist er nicht zu beklagen. Es ist gut, wenn die Prinzen manchmal in ein Unglück kommen; Widerwärtigkeiten läutern ihre Tugend, sie lernen dadurch nur um so besser regieren.«

Er belohnte die Sterndeuter und entließ sie in ihre Heimat. Seinen Sohn aber ließ er mit aller erdenklichen Sorgfalt erziehen. Er gab ihm Lehrer, sobald er alt genug war, ihren Unterricht benutzen zu können. Der gute König wünschte einen vollendeten Prinzen aus ihm zu machen; aber auf einmal wurde er von einer Krankheit befallen, welche seine Ärzte nicht zu heilen vermochten. Als er nun sein Ende nahen sah, ließ er seinen Sohn rufen und empfahl ihm unter anderem, er solle sich mehr die Liebe als die Furcht seines Volkes zu erwerben suchen, niemals den Schmeichlern sein Ohr leihen und ebenso langsam im Belohnen als im Strafen sein; denn gar häufig lassen sich die Könige durch falschen Schein verführen, schlechte Leute mit Wohltaten zu überhäufen und die Unschuld zu unterdrücken.

Als der König gestorben war, legte der Prinz Zeyn Trauerkleider an und trug sie sieben Tage lang. Am achten bestieg er den Thron, nahm von dem königlichen Schatz das Siegel seines Vaters weg, legte das seinige daran und begann nun die Süßigkeit des Herrschens zu kosten. Der Anblick, wie seine Höflinge sich vor ihm beugten und zur höchsten Aufgabe ihres Lebens machten, ihren Gehorsam und Eifer an den Tag zu legen, mit einem Wort, die unumschränkte Herrschergewalt hatte allzu großen Reiz für ihn. Er dachte nur an die Pflichten seiner Untertanen, nicht aber an das, was er ihnen schuldig war, und kümmerte sich wenig um die Regierungsgeschäfte. Dagegen ergab er sich allen Arten von Ausschweifungen mit jungen Wüstlingen, die er mit den höchsten Würden des Staates bekleidete. Er wußte in nichts Maß und Ziel. Seine angeborene Freigiebigkeit verwandelte sich in zügellose Verschwendung, und unbemerkt hatten Frauen und Günstlinge die ganze Schatzkammer erschöpft.

Die Königin, seine Mutter, lebte noch. Sie war eine weise und verständige Fürstin und hatte mehrmals vergeblich dem Strom der Verschwendung und der Ausschweifung des Königs, ihres Sohnes, Einhalt zu tun versucht, indem sie ihm vorstellte, wenn er seinen Lebenswandel nicht ändere, so werde er nicht nur in kurzem seinen ganzen Reichtum einbüßen, sondern sich auch seine Völker abwendig machen und Aufstände veranlassen, die ihn leicht Krone und Leben kosten könne. Wenig fehlte, so wäre ihre Weissagung in Erfüllung gegangen. Die Untertanen fingen an, gegen die Regierung zu murren, und es wäre unfehlbar zur offenen, allgemeinen Empörung gekommen, wenn nicht die Königin durch ihre Gewandtheit vorgebeugt hätte. Unterrichtet von dem Stand der Dinge, benachrichtigte sie den König davon, der sich endlich überreden ließ, und nun das Vezirat weisen, bewahrten Männern anvertraute, welche die Untertanen in ihrer Pflicht zu erhalten wußten.

Als aber Zeyn alle seine Reichtümer verschwendet sah, bereute er, daß er keinen bessern Gebrauch davon gemacht hatte. Er versank in düstere Schwermut, und nichts vermochte ihn zu trösten. Eines Nachts sah er im Traum einen ehrwürdigen Greis, der auf ihn zutrat und mit lächelnder Miene zu ihm sagte: »O Zeyn, wisse, daß es kein Leid gibt, dem nicht Freude folgt, kein Unglück, daß nicht irgend ein Glück nach sich zöge. Willst du deinem Kummer ein Ende machen, so stehe auf, reise nach Ägypten und zwar nach Kahirah. Dort erwartet dich ein großes Glück.«

Als der Fürst erwachte, machte er sich allerlei Gedanken über diesen Traum. Er erzählte ihn sehr ernsthaft der Königin, seiner Mutter, die nur darüber lachte. »Mein Sohn«, sagte sie, »willst du nicht vielleicht auf diesen schönen Traum hin nach Ägypten reisen?« »Warum nicht, Mütterchen?« antwortete Zeyn. »Glaubst du denn, alle Träume seien bloß Hirngespinste? Nein, nein, es gibt welche, in denen tiefe Wahrheit verborgen liegt. Meine Lehrer haben mir 1000 Geschichten erzählt, die mich nicht daran zweifeln lassen. Wäre ich übrigens auch nicht davon überzeugt, so könnte ich doch nicht umhin, meinem Traum Beachtung zu schenken. Der Greis, der mir erschienen ist, hat etwas Übernatürliches. Es war keiner von denen, die bloß ihr Alter ehrwürdig macht: etwas Ehrwürdiges, das ich nicht bezeichnen kann, war über seine ganze Person ausgegossen. Er glich vollkommen dem Bild, das man von unserm großen Propheten macht, und um

dir alles aufrichtig zu gestehen, ich glaube, daß er es selbst ist, daß er sich meines Kummers erbarmt und ihn lindern will. Er hat mir ein Vertrauen eingeflößt, auf das ich alle meine Hoffnung setze. Seine Versprechungen klingen mir noch im Ohr, und ich bin entschlossen, seiner Stimme zu folgen.« Umsonst bemühte sich die Königin, ihn davon abzubringen; der Fürst übertrug ihr die Verwaltung des Reichs, verließ eines Nachts ganz heimlich den Palast und begab sich ohne Begleiter auf den Weg nach Kahirah.

Nach vielen Beschwerden und Mühseligkeiten langte er in dieser berühmten Stadt an, die sowohl in Beziehung auf Größe als Schönheit wenige ihresgleichen hat. Er stieg an der Pforte einer Moschee ab und legte sich, von Müdigkeit übermannt, daselbst nieder. Kaum war er eingeschlafen, als ihm derselbe Greis erschien und zu ihm sprach: »O mein Sohn, ich bin zufrieden mit dir, du hast meinen Worten geglaubt und hast dich nicht von der Länge und Beschwerlichkeit des Weges abschrecken lassen, hierher zu kommen. Vernimm jetzt, daß ich dich zu dieser großen Reise nur veranlaßt habe, um dich auf die Probe zu stellen. Ich sehe, du hast Mut und Charakterfestigkeit. Du verdienst, daß ich dich zum reichsten und glücklichsten aller Könige der Erde mache. Kehre nach Baßrah zurück; du wirst in deinem Palast unermeßliche Reichtümer finden. Nie hat ein König so viel besessen, als dort aufgehäuft liegen.«

Der König war von diesem Traum nicht sonderlich erbaut. »Ach!« sagte er bei sich selbst, als er erwachte, »wie sehr habe ich mich getäuscht! Dieser Greis, den ich für unsern großen Propheten hielt, ist ein bloßes Erzeugnis meiner aufgeregten Phantasie. Ich hatte den Kopf so voll davon, daß es kein Wunder ist, wenn ich zum zweiten Male so geträumt habe. Am besten, ich gehe nach Baßrah zurück. Wozu soll ich mich hier länger aufhalten? Nur gut, daß ich den Grund meiner Reise niemand als meiner Mutter mitgeteilt habe. Wenn meine Untertanen ihn erführen, sie würden mit Fingern auf mich deuten.«

Er kehrte also nach seinem Königreich zurück, und als er ankam, fragte ihn die Königin, ob er mit seiner Reise zufrieden sei? Er erzählte ihr alles haarklein und schien über seine allzu große Leichtgläubigkeit so betrübt, daß seine Mutter, statt durch Vorwürfe oder Spöttereien seinen Verdruß zu vermehren, sich Mühe gab, ihn zu trösten. »Beruhige dich, mein Sohn«, sagte sie; »wenn Gott dir Reichtümer bestimmt hat, so wirst du sie ohne Mühe erwerben. Sei deswegen unbekümmert; alles, was ich dir empfehlen kann, ist, tugendhaft zu sein. Entsage den Freuden des Tanzes, der Flöten und des purpurfarbigen Weines. Fliehe deine Lüste, sie waren schon nahe daran, dich an den Rand des Verderbens zu bringen. Bemühe dich, deine Untertanen glücklich zu machen. Durch ihr Glück sicherst du das deine.«

Der König Zeyn gelobte, fortan allen Ratschlägen seiner Mutter und den weisen Vezieren zu folgen, welche sie erwählt hatte, um ihm die Last der Regierung tragen zu helfen. Aber gleich in der ersten Nacht, die er wieder in seinem Palast zubrachte, sah er den Greis zum dritten Mal im Traum. »Mutvoller Zeyn«, sprach dieser zu ihm, »endlich ist der Augenblick deines Glücks gekommen. Morgen früh, sobald du aufgestanden bist, nimm eine Haue und durchsuche das Kabinett des seligen Königs, dort wirst du einen großen Schatz finden.«

Sobald der König erwachte, stand er auf, ging sogleich zu seiner Mutter und erzählte ihr mit großer Lebhaftigkeit seinen neuen Traum. »Wahrhaftig, mein Sohn«, sagte die Königin lächelnd, »der Greis ist sehr beharrlich; es ist ihm nicht genug, dich zweimal betrogen zu haben. Bist du vielleicht gesonnen, ihm abermals zu trauen?« »Nein, meine Mutter«, antwortete Zeyn, »ich glaube ihm keineswegs, doch will ich zum Spaß das Kabinett meines Vaters untersuchen.« »O ich dachte es wohl!« rief die Königin mit lautem Gelächter; »gehe, mein Sohn, gib dich zufrieden. Mein einziger Trost ist der, daß die Sache nicht so ermüdend ist, wie die Reise nach Ägypten.«

»Nun ja, liebe Mutter«, versetzte der König, »ich will dir nur gestehen, dieser dritte Traum hat mir wieder Vertrauen eingeflößt; er steht in genauem Zusammenhang mit den beiden andern, und wenn wir alle Worte des Greises gehörig erwägen, so hat er mir zuerst aufgegeben, nach Ägypten zu reisen, und dort hat er mir gesagt, er habe mich nur zur Probe auf die Reise geschickt. Kehre nach Baßrah zurück, sagte er hierauf, dort sollst du Schätze finden. Heute Nacht nun hat er mir den Ort, wo sie sind, genau angegeben. Diese drei Träume hängen, scheint mir's, zusammen; es gibt nichts daran zu deuteln, die ganze Sache ist klar. Sie können allerdings chimärisch sein, allein ich will lieber vergebens suchen, als mir mein ganzes Leben lang vorwerfen, daß ich vielleicht große Reichtümer verscherzt habe, indem ich zur Unzeit den Ungläubigen spielte.« So sprechend verließ er das Zimmer der Königin, ließ sich eine Haue geben und ging allein in das Gemach seines seligen Vaters. Dort fing er an zu

hauen und hatte bereits mehr als die Hälfte der viereckigen Platten des Fußbodens aufgehoben, ohne die mindeste Spur von einem Schatz zu entdecken. Er ruhte aus und sagte zu sich selbst: »Ich fürchte sehr, meine Mutter hat mich mit Recht verspottet«; gleichwohl ließ er es sich nicht verdrießen und machte sich aufs Neue an die Arbeit. Er hatte das nicht zu bereuen; denn auf einmal entdeckte er einen weißen Stein, den er aufhob, und unter demselben fand er eine verschlossene Tür mit einem stählernen Vorlegeschloß. Er zerschlug dasselbe, öffnete die Türe und erblickte eine Treppe von weißem Marmor. Flugs zündete er eine Wachskerze an, stieg diese Treppe hinab und kam in ein mit chinesischem Porzellan gepflastertes Gemach, dessen Wände und Decke von Kristall waren. Was aber seine Aufmerksamkeit am meisten auf sich zog, waren vier Erhöhungen, auf deren jeder zehn Porphyr-Urnen waren. Er dachte, sie werden voller Wein sein, und sprach bei sich: »Auch gut, dieser Wein ist recht alt und ohne Zweifel wird er köstlich munden.« So näherte er sich denn einer der Urnen, nahm den Deckel weg und sah mit ebenso großer Überraschung als Freude, daß sie voll Goldstücke war. Nun untersuchte er alle 40 Urnen, eine nach der andern, und fand sie voll Dinare. Er nahm eine Handvoll davon und lief zu seiner Mutter.

Das Erstaunen der Königin war groß, als sie von ihrem Sohn hörte, was er gesehen hatte. »O mein Sohn«, rief sie, »hüte dich nur, daß du diese Reichtümer nicht auch so töricht verschwendest, wie den königlichen Schatz! Du solltest schon deinen Feinden nicht diese Freude gönnen.« »Nein, meine Mutter, antwortete Zeyn, »ich werde von nun an so leben, daß du gewiß zufrieden bist.«

Die Königin bat ihren Sohn, sie in das wundervolle Gemach zu führen, das ihr verstorbener Gemahl so heimlich hatte machen lassen, daß sie nie davon hatte reden hören. Zeyn führte sie ins Kabinett, half ihr die Marmortreppe hinabsteigen und zeigte ihr dann das Zimmer, wo die Urnen standen. Sie betrachtete all diese Sachen mit forschenden Blicken und gewahrte in einem Winkel eine kleine Urne aus demselben Stoff wie die andern, die der König noch nicht bemerkt hatte. Sie nahm dieselbe, öffnete sie und fand darin einen goldenen Schlüssel. »Mein Sohn«, sagte hierauf die Königin, »dieser Schlüssel verschließt ohne Zweifel noch einen anderen Schatz. Laß uns überall suchen, ob wir nicht entdecken können, zu welchem Gebrauch er bestimmt ist.«

Sie untersuchten das Gemach mit der höchsten Aufmerksamkeit und fanden endlich mitten in der Wand ein Schloß. Sie dachten, dazu werde der Schlüssel gehören, und der König machte sogleich einen Versuch. Alsbald ging die Tür auf und sie erblickten ein zweites Gemach, in dessen Mitte neun Fußgestelle von gediegenem Golde waren, wovon acht jedes eine Bildsäule aus einem einzigen Diamant trugen, und diese Bildsäulen strahlten solchen Glanz aus. daß das ganze Zimmer davon erleuchtet war.

»Erhabener Gott!« rief Zeyn ganz erstaunt aus, »wo hat mein Vater diese schönen Sachen erhalten?« Beim neunten Fußgestell verwunderte er sich noch mehr, denn auf demselben lag ein Stück weißer Atlas, worauf folgende Worte geschrieben standen: »O mein lieber Sohn! Diese acht Bildsäulen haben mich große Mühe gekostet, bis ich sie erworben hatte. Sie sind sehr schön, aber du mußt wissen, daß es noch eine neunte auf der Welt gibt, welche sie übertrifft. Sie allein ist mehr wert, als 1000 solche, wie du hier siehst. Willst du dich in ihren Besitz setzen, so mach dich auf und gehe in die Stadt Kahirah in Ägypten, dort wohnt einer meiner alten Sklaven, namens Mobarek; du wirst ihn ohne Mühe ausfindig machen; die erste Person, der du begegnest, wird dir seine Wohnung sagen. Geh, suche ihn auf und sage ihm, was dir begegnet ist. Er wird dich als meinen Sohn erkennen und nach dem Ort führen, wo diese wunderbare Bildsäule ist, deren Besitz dir Heil und Segen bringen wird.«

Als der König diese Worte gelesen hatte, sagte er zu seiner Mutter: »Ich will diese neunte Bildsäule nicht entbehren; es muß ein sehr seltenes Stück sein, wenn sie mehr wert ist, als diese hier alle zusammen. Ich gedenke sogleich nach Kahirah zu reisen; du wirst hoffentlich meinen Entschluß nicht mißbilligen?« »Nein, mein Sohn«, antwortete die Königin, »ich habe nichts dagegen einzuwenden. Du stehst offenbar unter dem Schutz unseres großen Propheten, und er wird dich auf dieser Reise nicht umkommen lassen. Reise ab, sobald du willst. Ich werde mit Hilfe deiner Veziere die Regierungsgeschäfte besorgen.« Der König ließ sogleich alle Vorbereitungen zur Reise treffen und nahm nur eine kleine Anzahl Sklaven mit.

Es begegnete ihm kein Unfall auf der Reise. Er kam in Kahirah an und erkundigte sich sogleich nach Mobarek. Man sagte ihm, er sei einer der reichsten Bürger in der Stadt, der wie ein großer Herr lebe, und sein Haus stehe vornehmlich für Fremde immer offen. Zeyn ließ sich dahin führen und klopfte an die Tür; ein Sklave öffnete und sprach: »Was wünschest du und wer bist du?« »Ich bin ein Fremder«, antwortete der König, »ich habe von der Großmut des Herrn Mobarek gehört und komme, um bei ihm zu wohnen.« Der Sklave bat ihn, einen Augenblick zu warten, dann ging er hin und meldete es seinem Herrn, der ihm befahl, den Fremden eintreten zu lassen. Der Sklave kam wieder an die Türe und sagte zum König, er sei willkommen.

Zeyn trat ein, ging durch einen großen Hof und gelangte in ein prächtig geschmücktes Zimmer, wo Mobarek ihn erwartete und sehr höflich empfing. Er dankte ihm für die Ehre, die ihm dadurch widerfahre, daß er bei ihm wohnen wolle. Der König erwiderte diese Höflichkeit und sagte dann zu Mobarek: »Ich bin der Sohn des verstorbenen Königs von Baßrah und heiße Zeyn Alasnam.« »Dieser König«, sagte Mobarek, »war früher mein Herr, hatte aber, so viel ich weiß, keinen Sohn. Wie alt bist du?« »20 Jahre alt«, antwortete der Fürst. »Wie lange ist es, daß du den Hof meines Vaters verlassen hast?« »Beinahe 22 Jahre«, sagte Mobarek. »Aber wie willst du mich überzeugen, daß du sein Sohn bist?« »Mein Vater«, versetzte Zeyn, »hatte unter seinem Kabinett ein unterirdisches Gemach, in welchem ich 40 Porphyrurnen, alle voll Gold gefunden habe.« »Und was noch mehr?« fragte Mobarek. »Neun Fußgestelle von gediegenem Gold«, sagte der Fürst; »auf acht davon sind Bildsäulen aus Diamant, auf dem neunten aber liegt ein Stück weißer Atlas, auf welches mein Vater geschrieben hat, was ich zu tun habe, um eine neunte Bildsäule zu erlangen, die noch kostbarer sei, als die übrigen miteinander; du weißt den Ort, wo diese Bildsäule sich befindet, denn auf dem Atlas steht geschrieben, daß du mich dahin führen werdest.«

Er hatte diese Worte noch nicht ausgesprochen, als Mobarek sich zu seinen Füßen warf und ihm zu wiederholten Malen die Hand küßte. »Gott sei gedankt!« rief er aus, »daß er dich hierhergeführt hat. Ich erkenne dich als den Sohn des Königs von Baßrah. Wenn du mit mir an den Ort gehen willst, wo die wunderbare Bildsäule ist, so will ich dich dahin führen. Zuvor aber mußt du einige Tage hier ausruhen. Ich gebe heute den Großen von Kahirah ein Festmahl, und wir waren eben bei Tisch, als man mir deine Ankunft meldete. Würdest du es wohl verschmähen, Herr, hereinzutreten und dich mit uns zu freuen?« »Gewiß nicht«, antwortete Zeyn; »ich nehme mit dem größten Vergnügen Anteil an deinem Festmahl.« Bei diesen Worten führte ihn Mobarek in einen Kuppelsaal, wo sich die Gesellschaft befand. Er wies ihm einen Platz an der Tafel an und bediente ihn in eigener Person kniend. Die Großen von Kahirah waren darüber sehr verwundert und sprachen leise untereinander: »Ei, wer mag doch wohl der Fremdling sein, den Mobarek mit solcher Ehrfurcht bedient?«

Nachdem sie gegessen, nahm Mobarek das Wort und sprach: »Ihr Großen von Kahirah, wundert euch nicht, daß ich diesen jungen Fremdling auf diese Art bedient habe. Wißt, es ist der Sohn des Königs von Baßrah, meines ehemaligen

Herrn. Sein Vater kaufte mich für sein eigenes Geld. Er ist gestorben, ohne mir die Freiheit zu schenken; somit bin ich immer noch Sklave, und folglich gehört all mein Hab und Gut von Rechts wegen diesem jungen Fürsten, seinem einzigen Erben.« Hier unterbrach ihn Zeyn mit den Worten: »O Mobarek, ich erkläre vor all diesen edlen Herren, daß ich dir in diesem Augenblick die Freiheit schenke, und daß ich sowohl dich selbst als alle deine Besitztümer von meinem Eigentum absondere. Überdies sag mir jetzt, womit ich dir einen Dienst erweisen kann.« Mobarek küßte die Erde und bezeigte dem Fürsten großen Dank. Hierauf wurde Wein vorgesetzt. Sie tranken den ganzen Tag, und am Abend wurden Geschenke an die Gäste ausgeteilt, ehe sie nach Hause gingen.

Den anderen Morgen sprach Zeyn zu Mobarek: »Ich habe jetzt genug ausgeruht, denn ich bin nicht nach Kahirah gekommen, um lustig zu leben, sondern um die neunte Bildsäule zu erhalten. Es ist Zeit, daß wir uns auf den Weg machen, um sie zu erobern.« »Herr«, antwortete Mobarek, »ich bin bereit, deinem Wunsch zu willfahren, aber du kennst die vielfachen Gefahren nicht, die mit der Eroberung dieser kostbaren Beute verknüpft sind.« »Ich fürchte keine Gefahr«, antwortete der Fürst, »und bin entschlossen, das Wagstück zu unternehmen. Ich will entweder meinen Zweck erreichen oder umkommen. Alles, was geschieht, kommt von Gott. Begleite mich nur und bleibe ebenso standhaft, als ich.«

Als Mobarek ihn entschlossen sah, rief er seiner Dienerschaft und befahl ihr, alle Anstalten zur Abreise zu treffen. Der König und er verrichteten die im Gesetz vorgeschriebene Abwaschung und Gebete. Auf ihrer Reise bemerkten sie zahllose seltene und wunderbare Dinge. Sie ritten mehrere Tage, bis sie auf ein sehr anmutiges Gefilde kamen, wo sie abstiegen. Hier sprach Mobarek zu seinem Gefolge: »Bleibt an diesem Ort und habt genau auf unsern Reisezug acht, bis wir zurückkommen.« Sodann sagte er zu Zeyn: »Komm, mein Herr, und laß uns allein fürbaß gehen. Wir sind nahe an den schrecklichen Ort, wo die neunte Bildsäule verwahrt ist. Du wirst deines ganzes Mutes bedürfen.«

Bald gelangten sie ans Ufer eines großen Sees; Mobarek setzte sich hier nieder und sprach zu dem Fürsten: »Wir müssen über dieses Meer.« »Aber wie?« fragte Zeyn; »wir haben ja kein Schiff.« »Du wirst im Augenblick eins erscheinen sehen«, antwortete Mobarek. »Das Zauberschiff des Königs der Geister wird kommen und uns abholen; vergiß aber ja nicht, was ich dir jetzt sage: man muß ein tiefes Stillschweigen beobachten. Sprich kein Wort mit dem Fährmann. Wie seltsam dir auch seine Gestalt vorkommen und was du auch Außerordentliches bemerken magst, sprich keine Silbe; denn ich sage dir, beim ersten Wort, das von deinen Lippen kommt, wenn wir uns einmal eingeschifft haben, versinkt die Barke in die Fluten.« »Ich werde zu schweigen wissen«, sagte der Fürst. »Du darfst mir nur sagen, was ich zu tun habe; ich werde allem genau nachkommen.«

Während er so sprach, bemerkte er auf einmal im See ein Schiff von rotem Sandelholz. Es hatte einen Mast von feinem Ambra und eine Flagge von blauem Atlas. Darinnen war niemand als der Fährmann, dessen Kopf dem eines Elefanten glich, während sein übriger Leib von einem Tiger war. Als das Fahrzeug sich dem Prinzen und Mobarek genähert hatte, nahm der Fährmann einen um den

anderen mit seinem Rüssel und stellte sie in sein Schiff. Sodann führte er sie in einem Augenblick nach der anderen Seite des Sees. Hier nahm er sie wieder mit seinem Rüssel, setzte sie ans Land und verschwand alsbald samt seiner Barke.

»Jetzt können wir sprechen«, sagte Mobarek. »Wir sind hier auf der Insel des Königs der Geister; es gibt keine ähnliche auf der ganzen Welt. Sieh dich einmal nach allen Seiten um, mein König; kannst du dir einen reizenderen Aufenthalt denken? Gewiß, dies ist ein wahres Abbild jenes wonnevollen Ortes, welchen Gott für die gläubigen Beobachter unseres Gesetzes bestimmt. Du siehst, wie die Gefilde mit Blumen und allen Arten von duftenden Kräutern geschmückt sind; bewundere diese schönen Bäume, deren Zweige sich unter ihren köstlichen Früchten bis zur Erde herabbeugen; erfreue sich der harmonischen Gesänge, womit 1000 Vögel von 1000 in anderen Ländern unbekannten Gattungen die Luft erfüllen.« Zeyn konnte nicht müde werden, die Schönheit der ihn umgebenden Dinge zu betrachten, und je weiter er auf der Insel fortging, bemerkte er immer neue Reize.

Endlich gelangten sie zu einem Palast von feinen Smaragden, umgeben von einem breiten Graben, auf dessen Rande in abgemessenen Zwischenräumen hohe Bäume standen, die mit ihrem Schatten den ganzen Palast bedeckten. Gegenüber von der Türe, die von gediegenem Golde war, befand sich eine Brücke, die aus einer einzigen Fischschuppe bestand, dabei aber wenigstens sechs Klafter lang und drei Klafter breit war. Vorn an der Brücke sah man eine Schar Geister von ungeheurer Größe, die mit dicken Keulen aus chinesischem Stahl den Eingang in das Schloß verteidigten.

»Wir wollen nicht weiter vorrücken«, sagte Mobarek; »diese Geister würden uns totschlagen, und wenn wir sie verhindern wollen, zu uns zu kommen, so müssen wir eine magische Vorrichtung machen.« Mit diesen Worten zog er aus seinem Beutel, den er unter seinem Rock hatte, vier Streifen gelben Taft hervor. Mit dem einen umwand er seinen Gürtel und den zweiten heftete er auf seinen Rücken; die beiden anderen gab er dem König, der denselben Gebrauch davon machte. Danach breitete Mobarek zwei große Tischtücher auf der Erde aus, und auf den Rand derselben legte er einige Edelsteine mit Moschus und Ambra. Sodann setzte er sich auf eins der Tücher und Zeyn auf das andere. Hierauf sprach Mobarek also zu dem König: »Herr, ich werde jetzt den König der Geister beschwören, der diesen Palast hier bewohnt, Gott gebe, daß er ohne Zorn zu uns komme! Ich gestehe, daß mir wegen des Empfangs bange ist. Wenn unsere Ankunft auf seiner Insel ihm mißfällt, so wird er uns in Gestalt eines abscheulichen Ungeheuers erscheinen; heißt er aber deine Absicht gut, so wird er sich in Gestalt eines freundlichen Mannes zeigen. Sobald er vor uns tritt, mußt du aufstehen und ihn begrüßen, ohne von deinem Tuch hinwegzutreten; denn wenn du es verlässest, bist du ein Kind des Todes. Dann sprich zu ihm: ›Gewaltiger Beherrscher der Geister! Mein Vater, der dein Diener war, ist von dem Engel des Todes hinweggeführt worden. Möchtest du mich in deinen Schutz nehmen, wie du meinen Vater immer beschützt hast!‹ Wenn dich dann«, fuhr Mobarek fort, »der Geisterkönig fragt, welche Gnade du von ihm erbittest, so antworte: ›Herr, ich bitte dich untertänigst, mir die neunte Bildsäule zu schenken.‹«

Nachdem Mobarek auf diese Weise den König Zeyn unterrichtet hatte, fing er seine Beschwörungen an. Alsbald wurden ihre Augen von einem langen Blitz geblendet, auf den ein Donnerschlag folgte. Die ganze Insel hüllte sich in dichte Finsternis. Es erhob sich ein fürchterlicher Sturm und hierauf hörte man einen entsetzlichen Schrei. Die Erde erzitterte und man verspürte ein Erdbeben, ähnlich dem, das Asrafyl am Tage des Gerichts erregen wird.

Dem König Zeyn war nicht ganz wohl zumute; er hielt dieses Getöse für eine sehr schlimme Vorbedeutung, aber Mobarek, der besser wußte, was davon zu halten war, fing an zu lächeln und sagte zu ihm: »Beruhige dich, mein Fürst, es geht alles gut.« Wirklich erschien in demselben Augenblick der Geisterkönig in Gestalt eines schönen Mannes. Gleichwohl hatte er immerhin etwas Wildes in seinem Wesen.

Sobald der König Zeyn ihn bemerkte, begrüßte er ihn auf die Art, die Mobarek ihm angegeben hatte. Der Geisterkönig antwortete lächelnd: »Mein Sohn, ich liebte deinen Vater, und sooft er kam, mir seine Ehrfurcht zu bezeigen, schenkte ich ihm eine Bildsäule, die er nach Hause nahm. Auch dir bin ich nicht minder gewogen. Ich nötigte deinen Vater einige Tage vor seinem Tode, das zu schreiben, was du auf dem weißen Atlas gelesen hat. Ich versprach ihm, dich unter meinen Schutz zu nehmen und dir die neunte Bildsäule zu schenken, deren Schönheit die anderen bei weitem überstrahlt. Schon habe ich angefangen, mein Versprechen zu erfüllen, denn ich bin es, den du im Traum in Gestalt eines Greises gesehen hast. Ich habe dich die unterirdischen Gemächer mit den Urnen und Bildsäulen entdecken lassen. Ich habe großen Teil an allem, was dir begegnet ist, oder vielmehr, ich bin die Ursache davon. Ich weiß, was dich hierhergeführt hat, und dein Wunsch soll erfüllt werden. Hätte ich auch deinem Vater nicht versprochen, es dir zu schenken, so würde ich es dir selbst gern zu Gefallen tun. Zuvor aber mußt du mir bei allem, was einen Eid unverletzlich macht, schwören, daß du wieder auf die Insel kommen und mir eine 15-jährige Jungfrau bringen wirst, die noch von keinem Manne weiß und sich auch nicht wünscht, einen zu erkennen. Sie muß überdies ausgezeichnet schön sein, und du mußt so viel Selbstbeherrschung haben, daß du das Verlangen nach ihrem Besitz nicht aufkommen lässest, während du sie hierher führst.«

Zeyn leistete den verwegenen Eid, den man von ihm forderte. »Aber, Herr«, sagte er hierauf »wenn ich nun auch so glücklich bin, eine solche Jungfrau zu sehen, wie du sie von mir verlangst, woran soll ich erkennen, daß ich sie gefunden habe?« »Ich gestehe«, antwortete der König der Geister lächelnd, »daß dich der Anschein täuschen könnte. Diese Kenntnis ist den Söhnen Adams nicht gegeben, auch bin ich keineswegs gesonnen, mich hierin ganz dir anzuvertrauen. Ich werde dir einen Spiegel geben, der zuverlässiger ist, als deine Vermutung. Sobald du eine vollkommen schöne 15-jährige Jungfrau siehst, brauchst du nur in diesen Spiegel zu schauen; du wirst darin das Bild dieser Jungfrau sehen, und wenn sie keusch ist, so wird das Glas rein und klar bleiben; wenn dagegen das Glas sich trübt, so ist dies ein sicheres Kennzeichen, daß das Mädchen nicht immer tugendhaft gewesen ist, oder wenigstens schon den Wunsch gehegt hat, es nicht mehr zu bleiben. Vergiß den Eid nicht, den du mir geschworen hast. Halte ihn als Mann von Ehre, sonst nehme ich dir das Leben, so wert du mir auch im übrigen bist.« Der König Zeyn Alasnam beteuerte aufs Neue, daß er sein Wort halten werde.

Herauf gab ihm der Geisterkönig einen Spiegel und sagte: »Mein Sohn, du kannst zu mir kommen, wann es dir beliebt. Hier ist der Spiegel, dessen du dich bedienen mußt.« Zeyn und Mobarek verabschiedeten sich und wandelten dem See zu. Der elefantenköpfige Fährmann kam mit der Barke zu ihnen und führte sie auf dieselbe Art wieder hinüber, wie er sie hergebracht hatte. Sie begaben sich wieder zu ihrem Gefolge und kehrten nach Kahirah zurück.

Der König Zeyn Alasnam ruhte einige Tage bei Mobarek aus; danach sprach er zu ihm: »Laß uns nach Bagdad gehen und für den König der Geister ein Mädchen suchen.« »Ei, sind wir denn nicht in Groß-Kahirah? antwortete Mobarek, »sollten nicht auch hier schöne Jungfrauen zu finden sein?« »Du hast recht«, versetzte der König, »aber wie wollen wir sie auffinden?« »Laß uns das nicht kümmern«, sagte Mobarek. »Ich kenne eine sehr gewandte alte Frau, an

diese will ich mich wenden, sie wird die Sache gut besorgen.«

Wirklich war die Alte geschickt genug, den König eine große Menge sehr schöne 15-jährige Mädchen sehen zu lassen; aber wenn er sie lange genug betrachtet hatte und dann seinen Spiegel befragte, so trübte sich der Probierstein ihrer Tugend, das Glas, bei jeder. Alle 15-jährige Mädchen bei Hof und in der Stadt mußten eine um die andere die Prüfung bestehen; aber bei keiner blieb das Glas rein und hell.

Als sie nun sahen, daß in Kahirah keine keusche Jungfrau zu finden war, reisten sie nach Bagdad. Dort mieteten sie einen prächtigen Palast in einer der schönsten Gegenden der Stadt. Sie lebten herrlich und in Freuden, hielten offene Tafel, und wenn alle Gäste im Palast genug gegessen hatten, wurde das übrige den Derwischen gebracht, die sich dabei gute Tage machten.

Nun wohnte in diesem Stadtviertel ein Imam, Namens Abubekr Muezin, ein eitler, hochmütiger und neidischer Mann. Er haßte alle reichen Leute, bloß weil er arm war. Sein Elend machte ihn bitter gegen wohlhabendere Nebenmenschen. Dieser hörte auch von Zeyn Alasnam und dem Überflusse sprechen, der

bei ihm herrschte. Mehr brauchte es nicht für ihn, um seinen Haß auf diesen Fürsten zu werfen. Er trieb die Sache soweit, daß er einmal in seiner Moschee nach dem Abendgebet zu dem Volke sprach: »Liebe Brüder, ich habe gehört, daß ein Fremder sich in unserm Stadtviertel einquartiert hat, der täglich unermeßliche Summen verschwendet. Wer weiß, ob dieser Unbekannte nicht vielleicht ein Verbrecher ist, der in seinem Land dies viele Geld zusammengestohlen hat und nun in diese große Stadt kommt, um sich gütlich zu tun. Laßt uns auf der Hut sein, liebe Brüder. Wenn der Kalif erfährt, daß ein solcher Mann in unserem Viertel wohnt, so könnte er uns leicht bestrafen, weil wir ihn nicht davon benachrichtigt haben. Ich für meine Person erkläre euch, daß ich meine Hände in Unschuld wasche, und wenn ein Unglück daraus entsteht, so ist es nicht meine Schuld.« Das Volk, das in der Regel leicht beweglicher Natur ist, rief dem Redner einstimmig zu: »Das ist deine Sache, Imam, zeige es der Behörde an!« Hierauf ging der Imam zufrieden nach Hause und schickte sich an, eine Schrift aufzusetzen, die er am anderen Tage dem Kalifen überreichen wollte.

Aber Mobarek, der dem Gebete angewohnt und wie die anderen die Rede des Geistlichen gehört hatte, band 500 Goldstücke in ein Tuch, packte mehrere Seidenstoffe zusammen und ging damit zu Abubekr. Der Imam fragte ihn in barschem Ton, was sein Begehr sei. »Großer Lehrer«, antwortete ihm Mobarek mit freundlichem Ton, indem er ihm das Gold und die Seidenstoffe in die Hand drückte, »ich bin dein Nachbar und Diener. Der König Zeyn, der in diesem Viertel wohnt, schickt mich zu dir. Er hat gehört, was für ein ausgezeichneter Mann du bist, und mich beauftragt, dir zu sagen, daß er deine Bekanntschaft zu machen wünsche. Einstweilen bittet er dich, dies kleine Geschenk anzunehmen.«

Abubekr war außer sich vor Freude und antwortete Mobarek: »Ich ersuche dich, lieber Herr, bitte den König um Verzeihung für mich. Ich bin ganz beschämt, ihn noch nicht besucht zu haben, aber ich will meinen Fehler wieder gutmachen und gleich morgen ihm meine Ehrfurcht bezeigen.«

Am anderen Tage sagte er nach dem Abendgebet zum Volk: »Ihr wißt, liebe Brüder, kein Mensch ist ohne Feinde. Der Neid tastet vornehmlich diejenigen an, die großes Vermögen haben. Der Fremdling, von dem ich euch gestern Abend sagte, ist kein Bösewicht, wie übelwollende Leute mich bereden wollten, sondern ein junger Fürst, der 1000 Tugenden besitzt. Hüten wir uns wohl, dem Kalifen einen nachteiligen Bericht über ihn zu hinterbringen.«

Nachdem Abubekr durch diese Rede die schlechte Meinung wieder vertilgt, die er tags zuvor dem Volke in betreff Zeyns beigebracht hatte, ging er nach Hause, zog seine Feierkleider an und besuchte den jungen König, der ihn sehr huldvoll empfing. Nach mehreren Begrüßungen von beiden Seiten sagte Abubekr zu dem König: »Herr, gedenkst du lange in Bagdad zu bleiben?« »Ja«, antwortete Zeyn, »solange, bis ich ein 15-jähriges ausgezeichnet schönes Mädchen gefunden habe, die aber so keusch sein muß, daß sie von keinem Manne weiß und ihr auch nicht gelüstet, solche Bekanntschaft zu machen.« »Du suchst ein gar seltenes Ding«, versetzte der Imam, »und ich würde sehr fürchten, daß deine Nachforschungen vergeblich sein würden, wenn ich nicht wüßte, wo ein Mädchen von diesen Eigenschaften zu finden ist. Ihr Vater war ehemals Vezier, aber er hat den Hof verlassen und lebt seit langer Zeit in einem abgelegenen Hause, wo er sich gänzlich der Erziehung seiner Tochter widmet. Wenn du willst, Herr, so gehe ich hin und halte für dich um sie an. Ich zweifle nicht, daß er mit Vergnügen einen Schwiegersohn von deinem Rang annehmen wird.« »Nicht zu rasch«, versetzte der König; »ich will dieses Mädchen nicht heiraten, bevor ich mich überzeugt habe, daß sie für mich paßt. In Beziehung auf Schönheit kann ich mich wohl auf dich verlassen, aber welche Bürgschaft kannst du mir für ihre Tugend geben?« »Ja nun, was für Bürgschaften verlangst du denn?« frage Abubekr. - »Ich muß sie von Angesicht sehen«, antwortete Zeyn; »mehr verlange ich nicht, um mich zu entschließen.« »Demnach scheinst du dich gut auf Physiognomien zu verstehen?« versetzte der Imam lächelnd. »Nun gut, gehe mit mir zu ihrem Vater, ich will ihn bitten, daß er sie dich in seiner Gegenwart auf einen Augenblick sehen läßt.« Abubekr führte den König zu dem Vezier, der nicht sobald von dem Rang und der Absicht Zeyns gehört hatte, als er seine Tochter kommen ließ und ihr befahl, den Schleier abzunehmen. Der junge König von Baßrah hatte noch nie eine so vollendete und reizende Schönheit gesehen. Er war ganz geblendet, und sobald er die Probe anstellen konnte, ob das Mädchen ebenso keusch als schön sei, zog er seinen Spiegel hervor, und siehe da, das Glas blieb rein und hell.

Als er nun sah, daß er endlich eine Jungfrau gefunden habe, wie er sie wünschte, bat er den Vezier, sie ihm zu geben. Sogleich wurde nach dem Kadhi geschickt; er kam, setzte den Heiratsvertrag auf und verrichtete das gebräuchliche Gebet. Nach dieser Zeremonie führte Zeyn den Vezier in sein Haus, wo er ihn prächtig bewirtete und ihm ansehnliche Geschenke machte. Der Braut schickte

er durch Mobarek einen reichen Juwelenschmuck, und dieser führte sie in sein Haus, wo die Hochzeit mit aller dem Range Zeyns angemessenen Pracht gefeiert wurde. Als die Gäste sich entfernt hatten, sagte Mobarek zu seinem Gebieter: »Auf, Herr, laß uns nicht länger in Bagdad verweilen, sondern nach Kahirah zurückkehren. Gedenke des Versprechens, das du dem König der Geister gegeben hast.« »Allerdings, wir wollen abreisen«, antwortete der König, »ich muß mein Wort getreulich erfüllen. Gleichwohl kann ich nicht leugnen, mein lieber Mobarek, daß es mich sehr schwer ankommt, dem Geisterkönig zu gehorchen. Die Jungfrau, die ich geheiratet habe, ist bezaubernd schön, und ich hätte Lust, sie nach Baßrah zu führen und auf den Thron zu setzen.« »Ach, Herr«, antwortete der Mobarek, »hüte dich wohl, deinem Gelüste Gehör zu geben. Beherrsche deine Leidenschaften und halte dem König der Geister Wort, was es dich auch kosten mag.« »Nun gut, Mobarek«, sagte der König, »so sorge nur, daß du das liebenswürdige Mädchen vor mir verbirgst und sie mir nicht unter die Augen kommt. Ich habe sie vielleicht nur zu viel schon gesehen.«

Mobarek ließ Anstalten zur Abreise machen; sie gingen nach Kahirah zurück und nahmen von dort den Weg nach der Insel des Geisterkönigs. Als sie dort waren, sprach die Jungfrau, welche die ganze Reise in der Sänfte gemacht und den König seit dem Hochzeitstag nicht wieder gesehen hatte, zu Mobarek: »Wo sind wir? werden wir nicht bald in den Staaten meines königlichen Gemahls anlangen?« »Herrin«, antwortete Mobarek, »es ist Zeit, daß ich dir die Augen öffne. Der König Zeyn hat dich nur geheiratet, um dich aus dem Hause deines Vaters zu bekommen. Nicht um dich zur Beherrscherin von Baßrah zu machen, hat er dir seine Hand gegeben, sondern um dich dem König der Geister zu überliefern, der ein Mädchen deiner Art von ihm verlangt hat.« Bei diesen Worten fing sie an bitterlich zu weinen, so daß der König und Mobarek über die Maßen gerührt wurden. »Habt Mitleid mit mir«, sagte sie zu ihnen, »ich bin eine Fremde, ihr werdet eure Verräterei an mir vor Gott verantworten müssen.«

Vergeblich waren ihre Tränen und Klagen. Sie wurde dem König der Geister vorgestellt, der sie mit forschenden Blicken betrachtete und dann also zu Zeyn sprach: »Ich bin mit dir zufrieden Fürst. Die Jungfrau, die du mir gebracht hast, ist reizend und keusch, und es gefällt mir sehr, daß du so viel Selbstüberwindung gezeigt hast, um mir Wort zu halten. Kehre jetzt in deine Staaten zurück, und wenn du das unterirdische Gernach mit den acht Bildsäulen betrittst, so wirst du darin die neunte finden, die ich dir versprochen habe. Ich werde sie durch meine Geister dahin bringen lassen.« Zeyn dankte dem König und reiste mit Mobarek nach Kahirah zurück, hielt sich aber nicht lange in dieser Stadt auf, denn er brannte vor Ungeduld, die neunte Bildsäule zu sehen. Dabei konnte er nicht umhin, fleißig an die Jungfrau zu denken, die er geheiratet hatte; er machte sich Vorwürfe, daß er sie betrogen, und betrachtete sich als die Ursache und das Werkzeug des Unglücks. »Ach«, sprach er bei sich selbst, »ich habe sie aus den Armen ihres zärtlichen Vaters gerissen, um sie einem Geist zu opfern. O Schönheit sondergleichen, du hattest ein besseres Schicksal verdient!«

Unter solchen Gedanken kam der König Zeyn endlich nach Baßrah, wo seine Untertanen die Rückkehr ihres Fürsten mit großen Freudenfesten feierten. Er ging sogleich zur Königin, seiner Mutter, um ihr von seiner Reise Bericht abzustatten, und sie war sehr erfreut, zu vernehmen, daß er die neunte Bildsäule erhalten habe. »Komm, mein Sohn«, sprach sie, »daß wir sie sehen, denn sie ist ohne Zweifel jetzt in dem unterirdischen Gemach, da der König der Geister dir gesagt hat, du werdest sie dort finden.« Der junge König und seine Mutter stiegen, voll Ungeduld, diese Säule zu sehen, in das unterirdische Gemach hinab und traten in das Zimmer, wo die Säulen standen; aber groß war ihr Erstaunen, als sie statt der diamantenen Säule auf dem neunten Fußgestell ein Mädchen von ausgezeichneter Schönheit erblickten, die der Prinz sogleich als diejenige erkannte, welche er auf die Geisterinsel geführt hatte! »Mein König«, sprach die Jungfrau zu ihm, »du erwartetest etwas Kostbareres zu sehen, als mich, und bereust jetzt ohne Zweifel, daß du dir so viele Mühe gegeben hast. Du hattest eine schönere Belohnung gehofft!« »Nein, meine Geliebteste«, antwortete Zeyn, »Gott ist mein Zeuge, daß ich mehr als einmal im Begriff war, dem Geisterkönig mein Wort zu brechen und dich mir zu erhalten. Wie kostbar auch eine diamantene Säule sein mag, so ist sie doch nichts gegen die Wonne, dich zu besitzen. Ich liebe dich mehr als alle Diamanten und alle Reichtümer von der Welt.«

Während er so sprach, hörte man einen Donner, von dem das unterirdische Gemach erbebte. Zeyns Mutter erschrak, aber nun erschien der Geisterkönig

und beruhigte sie. »Herrin«, sprach er zu ihr, »dein Sohn steht in meinem Schutz, ich liebe ihn. Ich habe sehen wollen, ob er in seiner Jugend fähig ist, seine Leidenschaften zu bezähmen. Es ist mir nicht entgangen, daß die Reize dieser Jungfrau gewaltigen Eindruck auf ihn gemacht haben, und daß er sein Versprechen, ihren Besitz nicht einmal zu wünschen, nicht aufs Gewissenhafteste gehalten hat; aber ich kenne die Schwachheit der menschlichen Natur zu gut, um ihm darob zu zürnen, und seine Zurückhaltung erfreut mich. Hier ist die neunte Bildsäule, die ich ihm bestimmt habe; sie ist seltener und kostbarer als alle die andern.« Dann wandte er sich zu dem König und sagte: »Lebe glücklich mit dieser jungen Frau, sie ist deine Gemahlin, und willst du, daß sie dir treu und beständig sei, so liebe sie immerdar, aber liebe nur sie allein. Gib ihr keine Nebenbuhlerinnen, und ich bürge dir für ihre Treue.« Mit diesen Worten verschwand der Geisterkönig, und Zeyn, entzückt über seine Braut, vollzog noch am selben Tage seine Ehe und ließ sie als Königin von Baßrah ausrufen; die beiden Gatten blieben sich treu und verlebten glücklich und zufrieden miteinander eine lange Reihe von Jahren.

Kaum hatte die Sultanin von Indien die Geschichte des Königs Zeyn Alasnam geendigt, so bat sie schon wieder um Erlaubnis, eine andere erzählen zu dürfen. Der König Scheherban erteilte dieselbe für die nächste Nacht, weil der Tag bereits herandämmerte.

Als sich der Sultan von Indien wieder bei Schehersad eingefunden hatte, erinnerte sie ihn an die erteilte Erlaubnis zu einer neuen Erzählung; der Sultan gab seine Genehmigung nochmals zu erkennen, und Schehersad begann hierauf mit folgenden Worten die …

Geschichte Chodadads und seiner Brüder

Die Geschichtschreiber des Königreichs Dijarbekir erzählen von einem sehr reichen und mächtigen König, der einst in der Stadt Harran herrschte. Er liebte seine Untertanen sehr und wurde auch von ihnen geliebt. Er hatte 1000 Tugenden, und es fehlte ihm nichts zum vollkommenen Glück, als ein Erbe. Obschon er die schönsten Frauen von der Welt in seinem Serail hatte, so konnte er doch keine Kinder erhalten. Da er unaufhörlich den Himmel um diese Gnade bat, so erschien ihm eines Nachts, während er die Süßigkeit des Schlafes kostete, ein freundlicher Mann, oder vielmehr ein Heiliger, und sprach zu ihm: »Deine Gebete sind erhört, du erhältst, wonach du dich sehntest. Sobald du erwachst, stehe auf, verrichte dein Gebet und mach zwei Kniebeugungen, sodann gehe in den Garten deines Palasts, rufe deinen Gärtner und laß dir von ihm einen Granatapfel geben; von diesem iß so viele Kerne, als dir behagt, und deine Wünsche werden in Erfüllung gehen.«

Als der König erwachte, erinnerte er sich dieses Traumes und dankte dem Himmel dafür. Er stand auf, verrichtete sein Gebet und machte zwei Kniebeugungen, hierauf ging er in den Garten, zählte 50 Kerne von einem Granatapfel genau ab und aß sie. Er hatte 50 Frauen, die sein Bett teilten, und alle wurden schwanger. Nur eine war darunter, Namens Piruza, deren Schwangerschaft nicht sichtbar wurde. Er hatte deswegen einen solchen Abscheu vor ihr, daß er sie töten lassen wollte. »Ihre Unfruchtbarkeit«, sagte er, »ist ein sicheres Zeichen, daß der Himmel Piruza nicht würdig findet, Mutter eines Prinzen zu werden. Ich muß die Welt von diesem Wesen reinigen, welches dem Herrn verhaßt ist.« Schon hatte er diesen grausamen Entschluß gefaßt, als sein Vezier ihm vorstellte, nicht alle Frauen seien vom gleichen Schlage, und Piruza könne wohl schwanger sein, wenn ihre Schwangerschaft sich auch noch nicht so deutlich zeige. »Nun gut«, versetzte der König, »so mag sie leben, aber sie soll sogleich meinen Hof verlassen, denn ich kann sie hier nicht länger dulden.« »Großer König«, entgegnete der Vezier, »schicke sie dem Prinzen Samer, deinem Vetter.« Dem König gefiel dieser Rat, und er schickte Piruza nach Samarien mit einem Brief an seinen Vetter, worin er ihn bat, sie gut zu behandeln, und im Falle sie schwanger sei, ihm von ihrer Niederkunft Nachricht zu geben.

Piruza war noch nicht in diesem Land angelangt, als man deutlich sah, daß sie sich in gesegneten Umständen befand, und am Ende gebar sie einen Prinzen, schöner als der Tag. Der Fürst von Samarien schrieb sogleich an den König von

Harran, meldete ihm die glückliche Geburt dieses Sohnes und wünschte ihm Glück dazu. Der König hatte große Freude darüber und schrieb dem Prinzen Samer folgendermaßen: »Lieber Vetter, alle meine anderen Frauen haben gleichfalls Prinzen geboren, so daß wir hier jetzt eine Menge Kinder haben. Ich ersuche dich deshalb, den Sohn der Piruza aufzuziehen, ihm den Namen Chodadad* zu geben und ihn mir zu schicken, wenn ich ihn von dir fordere.«

Der Fürst von Samarien versäumte nichts, um seinem Neffen eine gute Erziehung zu geben. Er ließ ihm Unterricht im Reiten, im Bogenschießen und allen anderen Sachen, die sich für Königssöhne ziemen, erteilen, so daß Chodadad in seinem 18. Jahr für ein wahres Wunder gelten konnte. Dieser junge Prinz besaß einen seiner Geburt würdigen Mut und sagte eines Tages zu seiner Mutter: »Ich fange an, mich in Samarien zu langweilen. Ich fühle Begierde nach Ruhm in mir, deswegen erlaube, daß ich ausziehe und Gelegenheit aufsuche, ihn in den Gefahren des Kriegs zu erwerben. Der König von Harran, mein Vater, hat Feinde. Einige seiner Nachbarn beabsichtigen, seine Ruhe zu stören. Warum ruft er mich nicht zu Hilfe? Warum läßt er mich solange Kind sein? Sollte ich mich nicht bereits an seinem Hof gezeigt haben? Soll ich hier mein Leben im Müßiggang verbringen, während alle meine Brüder das Glück haben, an seiner Seite zu fechten?« »Mein Sohn«, antwortete Piruza, »ich sehne mich ebenso sehr wie du, deinen Namen berühmt zu sehen. Ich wollte, du hättest dich bereits gegen die Feinde deines Vaters ausgezeichnet; aber du mußt warten, bis er dich aufforderte.« »Nein, liebe Mutter«, antwortete Chodadad, »ich habe nur zu lange schon gewartet. Ich sterbe vor Verlangen, den König zu sehen und habe große Lust, hinzuziehen und ihm als junger Unbekannter meine Dienste anzubieten. Er wird sie ohne Zweifel annehmen, und ich werde mich ihm nicht eher zu erkennen geben, als bis ich 1000 ruhmvolle Taten vollbracht habe. Ich will seine Achtung verdienen, ehe er mich anerkennt.« Piruza billigte diesen hochherzigen Entschluß, und um von dem Fürsten Samer keinen Widerspruch zu erfahren, sagte ihm Chodadad kein Wort davon, sondern verließ eines Tags Samarien unter dem Vorgeben, er wolle auf die Jagd reiten.

Er ritt ein weißes Pferd mit goldenem Zügel und Hufbeschlag; Sattel und Schabracke waren von blauem Atlas und ganz mit Perlen besät. Der Griff seines Säbels bestand aus einem einzigen Diamant, die Scheide war von Sandelholz und ganz mit Smaragden und Rubinen besetzt. Über seine Schulter hing ein Köcher und ein Bogen. In diesem Aufzug, welcher seine schöne Gestalt ins glänzendste Licht treten ließ, kam er in der Stadt Harran an. Er fand bald Mittel und Wege, sich dem König vorstellen zu lassen, auf den seine Schönheit und sein stattlicher Wuchs den angenehmsten Eindruck machte. Vielleicht war es aber auch die Macht des Blutes, was sein Herz so zu dem Jüngling hinzog; kurz, er empfing ihn aufs Huldreichste und fragte ihn nach seinem Namen und Stand. »Großer König«, antwortete Chodadad, »ich bin der Sohn eines Emirs von Kahirah, Wan-

* Chodadad ist persisch und zusammengesetzt aus Choda, Gott, und daden, geben, entschprechend dem französischen Namen Dieudonne, dem griechischen Theodor, umgekehrt Dorotheus.

derlust hat mich aus meinem Vaterland getrieben, und da ich auf meiner Reise durch deine Staaten erfuhr, daß du mit einigen deiner Nachbarn in Fehde liegst, so bin ich an deinen Hof gekommen, um dir meinen Arm anzubieten.« Der König war ungemein gnädig gegen den Jüngling und gab ihm eine Anstellung in seinem Heer.

Der junge Prinz säumte nicht, seine Tapferkeit an den Tag zu legen. Er erwarb sich die Achtung der Offiziere und die Bewunderung der Soldaten, und da er ebenso viel Geist als Mut besaß, so gewann ihn der König so lieb, daß er ihn bald zu seinem Günstling machte. Die Minister und anderen Höflinge besuchten Chodadad tagtäglich und bewarben sich aufs Angelegentlichste um seine Freundschaft, während sie die übrigen Söhne des Königs vernachlässigten. Die jungen Prinzen konnten dies nicht ohne Ärger geschehen lassen, und ihr Herz entbrannte von heftigem Haß gegen den Fremdling. Der König aber fühlte von Tag zu Tag mehr Liebe gegen ihn und gab ihm fortwährend neue Beweise seiner Zuneigung. Er wollte ihn stets um seine Person haben; er bewunderte seine geistvollen und weisen Reden, und um Jedermann zu zeigen, wie hoch er seine Weisheit und Klugheit achte, vertraute er ihm die Aufsicht über die anderen Prinzen an, obschon er mit ihnen in gleichem Alter stand, so daß Chodadad der Hofmeister seiner Brüder wurde.

Dies reizte ihren Haß nur um so mehr. »Wie!« sagten sie, »ist's nicht genug, daß der König einen Fremdling mehr liebt als uns, er macht ihn sogar zu unserm Hofmeister, ohne dessen Erlaubnis wir nichts tun sollen! Nein, das können wir uns nicht gefallen lassen. Wir müssen uns diesen Fremdling vom Hals schaffen.« »Das kürzeste ist«, sagte einer von ihnen, »wir fallen alle zusammen über ihn her und schlagen ihn tot.« »Nein, nein«, sagte ein anderer, »auf diese Art würden wir uns selbst in die Grube stürzen. Sein Tod würde uns dem König verhaßt machen, und dieser könnte uns zur Strafe leicht samt und sonders der Thronfolge unwürdig erklären. Wir müssen dem Fremdling mit List beikommen. Wir wollen ihn um die Erlaubnis bitten, auf die Jagd zu reiten, und wenn wir weit genug vom Palast sind, so schlagen wir uns nach irgend einer Stadt und halten uns dort eine Zeitlang auf. Der König wird sich über unsere Abwesenheit verwundern, und wenn er uns nicht zurückkommen sieht, so wird er die Geduld verlieren und den Fremdling vielleicht töten lassen. Jedenfalls wird er ihn von seinem Hof verbannen, weil er uns erlaubt hat, seinen Palast zu verlassen.«

Dieser Vorschlag fand allgemeinen Beifall. Die Prinzen gingen zu Chodadad und baten ihn um Erlaubnis zu einer Jagdpartie, zugleich versprachen sie, noch an demselben Tag zurückzukommen. Piruzas Sohn ging in die Schlinge, er gab seinen Brüdern die erbetene Erlaubnis. Sie ritten weg und kamen nicht wieder. Schon waren sie drei Tage abwesend, als der König zu Chodadad sagte: »Wo sind die Prinzen, ich habe sie lange nicht gesehen.« »Herr«, antwortete dieser mit einer tiefen Verbeugung, »sie sind seit drei Tagen auf der Jagd. Sie haben mir indes versprochen, früher zurückzukommen.« Der König wurde unruhig, und seine Unruhe vermehrte sich, als die Prinzen auch am folgenden Tage noch nicht erschienen. Nun konnte er seinen Zorn nicht mehr zurückhalten, »Unvorsichtiger Fremdling«, sagte er zu Chodadad, »wie konntest du meine Söhne wegreisen lassen, ohne sie zu begleiten? Verwaltest du so das Amt, das ich dir anvertraut habe? Geh, suche sie sogleich auf und führe sie zu mir; wo nicht, so bist du ein Mann des Todes.«

Diese Worte erfüllten den unglücklichen Sohn Piruzas mit schauderndem Entsetzen. Er legte seine Rüstung an, schwang sich auf sein Roß und ritt zur Stadt hinaus. Wie ein Hirt, der seine Herde verloren hat, suchte er überall im Gefilde seine Brüder, fragte in allen Dörfern, ob man sie nicht gesehen habe, und da er nichts von ihnen erfahren konnte, überließ er sich dem heftigsten Schmerz. »Ach, meine lieben Brüder!« rief er aus, »was ist aus euch geworden? Seid ihr vielleicht unsern Feinden in die Hände gefallen? Sollte ich nur dazu an den Hof von Harran gekommen sein, um dem König ein so grausames Herzeleid zu bereiten?« Er war untröstlich, daß er den Prinzen die Jagd erlaubt oder sie nicht begleitet hatte.

Nach mehrtägigen vergeblichen Nachforschungen gelangte er in eine ungeheure weite Ebene, in deren Mitte ein Palast von schwarzem Marmor stand. Er ritt darauf zu und erblickte an einem Fenster ein wunderschönes Fräulein, aber bloß mit ihrer Schönheit geschmückt; denn ihre Haare waren zerstreut, ihre Kleider zerrissen, und auf ihrem Gesicht bemerkte man den Ausdruck der tiefsten Betrübnis. Sobald sie den Fremden erblickte und gehört zu werden glaubte, rief sie ihm zu: »O Jüngling, entferne dich von diesem unseligen Palast, oder du wirst bald in die Hände des Ungeheuers geraten, das ihn bewohnt. Hier haust ein Schwarzer, der sich nur von Menschenblut nährt; er ergreift alle Leute, die ihr schlimmes Geschick in diese Ebene führt, sperrt sie in finstere Kerker ein, aus denen er sie nur hervorzieht, um sie zu verschlingen.«

»Herrin«, antwortete Chodadad, »sag mir, wer du bist, und sei wegen des übrigen unbesorgt.« »Ich bin aus Kahirah gebürtig und aus vornehmem Haus«, antwortete das Fräulein; »gestern kam ich auf meiner Reise nach Bagdad nahe an diesem Schloß vorbei, wo mir der Schwarze begegnete, alle meine Leute tötete und mich hierher führte. Ach! Wenn ich nichts anderes zu fürchten hätte als den Tod! Aber, um mein Unglück zu vollenden, verlangt das Ungeheuer noch Gefälligkeit von mir, und wenn ich mich morgen nicht gutwillig seinen tierischen Lüsten ergebe, so muß ich der äußersten Gewalt entgegensehen. Noch einmal«, fuhr sie fort, »rette dich, der Schwarze wird bald zurückkommen. Er ist ausgezogen, um einige Reisende zu verfolgen, die er von ferne auf der Ebene bemerkt hat. Du hast keine Zeit zu verlieren, ja, ich weiß nicht einmal, ob du ihm durch schleunige Flucht wirst entrinnen können.«

Noch hatte sie nicht ausgesprochen, als der Schwarze erschien. Es war ein Kerl von ungeheurer Größe und furchtbarem Aussehen. Er ritt ein gewaltiges tartarisches Roß und führte ein breites, gewichtiges Schwert, das nur er allein handhaben konnte. Als der Prinz ihn erblickte, verwunderte er sich über die ungeheure Gestalt. Er empfahl sich dem Schutze Gottes, zog dann seinen Säbel und erwartete unerschrocken den Schwarzen, der einen so schwachen Feind verachtete und ihn aufforderte, sich ohne Schwertstreich zu ergeben. Chodadad aber gab deutlich zu erkennen, daß er entschlossen war, sein Leben

zu verteidigen; denn er ritt auf ihn zu und versetzte ihm einen derben Hieb ins Genick. Als der Schwarze sich verwundet fühlte, stieß er ein entsetzliches Geschrei aus, von dem die ganze Ebene widerhallte. Schäumend vor Wut erhob er sich in den Steigbügeln und wollte Chodadad mit seinem furchtbaren Schwert zu Boden schlagen. Der Streich wurde mit solcher Kraft geführt, daß es um den jungen Prinzen geschehen gewesen wäre, wenn er nicht die Gewandtheit gehabt hätte, durch eine Schwenkung seines Rosses ihm auszuweichen. Das Schwert sauste grauenvoll durch die Luft. Ehe nun der Schwarze Zeit hatte, zu einem zweiten Schlag auszuholen, hieb ihm Chodadad mit einem gewaltigen Streich den rechten Arm ab. Das furchtbare Schwert fiel zugleich mit der Hand, die es hielt, zu Boden, und der Schwarze war durch die Gewalt des Schlages so erschüttert, daß er die Bügel verlor und die Erde von seinem Fall erdröhnte. Flugs stieg der Prinz von seinem Roß, warf sich über seinen Feind her und hieb ihm den Kopf ab. Das Fräulein, deren Augen Zeugen des Kampfes gewesen waren, und die fortwährend für den jungen Helden, den sie bewunderte, heiße Gebete zum Himmel geschickt hatte, tat einen Freudenschrei und sprach dann zu Chodadad: »Prinz; denn der schwere Sieg, den du soeben errungen, sowie dein edler Anstand überzeugen mich, daß du nicht aus gemeinem Blute stammst, vollende jetzt dein Werk. Der Schwarze hat die Schlüssel zum Schloß bei sich; nimm sie und befreie mich aus diesem Gefängnis.« Der Prinz durchsuchte die Taschen des Elenden, der im Staube dahingestreckt lag, und fand darin mehrere Schlüssel.

Chodadad öffnete die erste Pforte und trat in einen großen Hof, wo er das Fräulein, das ihm entgegengekommen war, bereits antraf. Sie wollte sich zum Zeichen ihrer herzlichen Dankbarkeit ihm zu Füßen werfen, aber er gab es nicht zu. Sie pries seine Tapferkeit und erhob ihn über alle Helden der Welt. Er erwiderte ihre Höflichkeiten, und da sie ihm in der Nähe noch liebenswürdiger erschien als von ferne, so weiß man nicht, ob sie über ihre Befreiung aus so schrecklicher Gefahr mehr Freude empfand, oder er darüber, daß er einem so schönen Fräulein einen solch wichtigen Dienst geleistet hatte.

Ihr Gespräch wurde durch Geschrei und Gestöhn unterbrochen. »Was höre ich?« rief Chodadad, »woher kommen diese kläglichen Töne, die an mein Ohr schlagen?« »Herr«, antwortete das Fräulein, indem sie mit dem Finger auf eine niedrige Tür innerhalb des Hofes wies, »sie kommen von dorther. Es stecken hier eine Menge Unglückliche, die ihr böser Stern in die Hände des Schwarzen fallen ließ. Sie sind alle gefesselt, und jeden Tag zog das Ungeheuer einen hervor, um ihn zu fressen.«

»Ich bin sehr erfreute«, versetzte der Prinz, »daß ich durch meinen Sieg diesen Unglücklichen das Leben retten kann. Komm, edles Fräulein, und teile mit mir das Vergnügen, sie in Freiheit zu setzen. Du kannst die Freude, die wir ihnen machen werden, an dir selbst ermessen.« So sprechend, näherten sie sich der Tür des Gefängnisses, und je näher sie kamen, je deutlicher hörten sie die Klagen der Gefangenen. Dem Prinzen Chodadad ging dies durch Mark und Bein. Um ihren Leiden so schnell als möglich ein Ende zu machen, stieß er schleunig einen Schlüssel in das Schloß. Anfangs bekam er nicht den rechten und nahm dann einen andern. Bei diesem Geräusch wähnten die Unglücklichen, der Schwarze komme, um ihnen wie gewöhnlich zu essen zu bringen und zugleich einen der Unglücksgefährten zu seinem Fraß zu holen, und ihr Angstgeschrei und Gestöhn wurde immer kläglicher. Es war, als ob aus dem Mittelpunkt der Erde klagende Stimmen herauftönten.

Indes öffnete der Prinz die Tür und fand eine sehr steile Treppe, auf der er in eine tiefe und weite Höhle hinabstieg, die durch ein Luftloch spärlich erleuchtet wurde und worin mehr als 100 Menschen mit gefesselten Händen an Pfähle gebunden waren. »Unglückliche Reisende«, sagte er zu ihnen, »arme Schlachtopfer, die ihr nun den Augenblick eines grausamen Todes erwartet, dankt dem Himmel, der euch heute mittelst meines Arms befreite. Ich habe den abscheulichen Schwarzen, dessen Beute ihr werden solltet, getötet, und komme, eure Ketten zu zerbrechen.« Als die Gefangenen diese Worte hörten, stießen sie vor Verwunderung und Freude lautes Geschrei aus. Chodadad und das Fräulein fingen an, sie loszubinden, und so wie einer von seinen Ketten befreit war, half er auch den anderen aus den ihrigen, so daß binnen kurzer Zeit alle sich ihrer Erlösung erfreuten.

Jetzt warfen sie sich dem Prinzen zu Füßen, dankten ihm für ihre Befreiung und stiegen aus dem Gewölbe heraus. Aber wie erstaunte Chodadad, als sie nun im Hof waren und er unter den Gefangenen auch seine Brüder erblickte, die er suchte und zu finden bereits alle Hoffnung aufgegeben hatte. »Ach, liebe

Prinzen«, rief er aus, »täusche ich mich nicht? seid ihr es wirklich? Darf ich mir schmeicheln, daß ich euch dem König, eurem Vater, zurückbringen kann, der über euern Verlust untröstlich ist? Haben wir nicht vielleicht einen von euch zu beweinen?‹ Seid ihr alle noch am Leben? Ach, der Tod eines einzigen könnte mir die ganze Freude vergiften, die ich über eure Rettung empfinde.«

Die 49 Prinzen gaben sich Chodadad zu erkennen, der einen um den anderen umarmte und ihnen erzählte, in welche Unruhe ihre Abwesenheit den König versetzte habe. Sie erteilten ihrem Befreier alle Lobsprüche, die er verdiente, desgleichen auch die anderen Gefangenen, die keine Ausdrücke stark genug fanden, um den Dank, von dem sie durchdrungen waren, an den Tag zu legen. Chodadad durchsuchte hierauf mit ihnen das Schloß und fand darin unermeßliche Reichtümer, feine Leinwand, Goldbrokate, persische Teppiche, chinesischen Atlas und eine Menge anderer Waren, die der Schwarze den ausgeplünderten Karawanen abgenommen hatte, und wovon der größte Teil den von Chodadad befreiten Gefangenen angehörte. Jeder erkannte sein Eigentum und machte seine Ansprüche darauf geltend. Der Prinz ließ sie ihre Ballen nehmen und verteilte auch noch die übrigen Waren unter sie. Hierauf sprach er zu ihnen: »Wie wollt ihr aber eure Waren fortschaffen? Wir sind hier in einer Wüste, wo ihr wahrscheinlich keine Pferde finden werdet.« »Herr«, antwortete einer der Gefangenen, »der Schwarze hat uns außer unsern Wagen auch unsere Kamele geraubt; vielleicht stehen sie noch in den Ställen dieses Schlosses.« »Wohl möglich«, versetzte Chodadad, »wir wollen einmal nachforschen.« Sie gingen nun in die Ställe und fanden daselbst nicht nur die Kamele der Kaufleute, sondern auch die Pferde der Prinzen, worüber alle ungemeine Freude empfanden. In den Ställen waren auch

einige schwarze Sklaven, die, als sie die Gefangenen alle befreit sahen, woraus sie auf den Tod ihres Herren schließen mußten, in Schrecken gerieten und auf Auswegen, die ihnen bekannt waren, entflohen. Man dachte nicht daran, sie zu verfolgen. Die Kaufleute waren voll Freude, mit ihrer Freiheit auch ihre Kamele und Wagen wieder erhalten zu haben, und rüsteten sich zur Heimkehr; zuvor aber dankten sie nochmals ihrem Befreier.

Als sie abgereist waren, wandte sich Chodadad an das Fräulein und sprach zu ihr: »Wohin gedenkst du zu reisen, edles Fräulein? Was war dein Plan, als du von dem Schwarzen überfallen wurdest? Ich werde dich nach dem Ort führen, den du zu deinem Aufenthalt ausersehen hast, und ich zweifle nicht, daß diese Prinzen sämtlich ebenso gesonnen sind.« Die Söhne des Königs von Harran beteuerten dem Fräulein, daß sie sie nicht eher verlassen würden, bis sie sie den Ihrigen wiedergegeben hätten.

»Prinz«, sagte sie zu Chodadad, »ich bin aus einem zu fernen Land, und es hieße deine Großmut mißbrauchen, wenn ich dich einen so weiten Weg machen ließe; übrigens muß ich auch bekennen, daß ich auf immer von meinem Vaterland geschieden bin. Ich habe dir vorhin gesagt, ich sei ein Fräulein aus Kahirah; aber nach der Güte, die du mir bewiesen, und nach der Verpflichtung, die ich gegen dich habe, Herr«, fügte sie mit einem bedeutungsvollen Blick auf Chodadad hinzu, »wäre es Undank, wenn ich dir die Wahrheit länger verhehlen wollte. Ich bin die Tochter eines Königs. Ein Kronräuber hat sich des Thrones meines Vaters bemächtigt, nachdem er ihm das Leben geraubt hat; und um das meinige zu retten, war ich genötigt, die Flucht zu ergreifen.« Nach diesem Geständnis baten Chodadad und seine Brüder die Prinzessin, ihnen ihre Geschichte zu erzählen, und versicherten ihr, daß sie allen möglichen Anteil an ihrem Unglück nehmen und bereit seien, alles aufzubieten, um sie wieder glücklich zu machen. Sie dankte Ihnen für diese neue Versicherung ihrer Dienstwilligkeit und konnte nicht umhin, ihre Neugierde zu befriedigen. Sie begann daher folgendermaßen:

Geschichte der Prinzessin von Deryabar*

Auf einer Insel liegt eine große Stadt, Namens Deryabar. Hier herrschte lange Zeit ein mächtiger, reicher und tugendhafter König. Er hatte keine Kinder, und dies allein mangelte zu seinem Glück. Unablässig bat er den Himmel darum, aber er wurde nur halb erhört, denn nach langem Harren brachte die Königin, seine Gemahlin, nur eine Tochter zur Welt.

Diese unglückliche Prinzessin bin ich. Mein Vater war über meine Geburt

* Deryabar bedeutet im Arabischen Gegend der Brunnen, brunnenreicher Ort.

mehr ärgerlich als erfreut, doch unterwarf er sich dem Willen Gottes. Er ließ mich mit aller erdenklichen Sorgfalt erziehen, und da er keinen Sohn hatte, beschloß er, mich die Regierungskunst zu lehren, damit ich einst nach ihm seinen Thron besteigen sollte.

Eines Tages, als er sich auf der Jagd belustigte, erblickte er einen wilden Esel. Er verfolgte ihn, kam von seiner Jagdbegleitung ab und seine Hitze verleitete ihn, ihm bis in die Nacht nachzusetzen, ohne an ein Verirren zu denken. Endlich stieg er vom Pferd und setzte sich am Eingang eines Gehölzes, in das sich der Esel geworfen hatte. Kaum war die Nacht angebrochen, als er zwischen den Bäumen ein Licht bemerkte, woraus er schloß, daß er nicht weit von einem Dorf entfernt sei. Er freute sich dessen in der Hoffnung, die Nacht dort zuzubringen und jemand zu seinem Gefolge schicken zu können, um ihnen zu melden, wo er wäre. Er stand also auf und ging gegen das Licht zu, das ihm als Leitstern diente.

Bald erkannte er, daß er sich getäuscht hatte. Das Licht war nichts anderes als ein Feuer, das in einer Hütte brannte. Er näherte sich und sah mit Erstaunen einen großen schwarzen Mann, oder vielmehr einen schrecklichen Riesen, der auf einem Sofa saß. Das Ungeheuer hatte einen großen Krug mit Wein vor sich stehen und briet auf den Kohlen einen Ochsen, dem er soeben die Haut abgezogen hatte. Bald. nahm er den Krug an den Mund, bald zerstückte er den Ochsen und fraß davon. Was aber die Aufmerksamkeit des Königs, meines Vaters, am meisten auf sich zog, war eine sehr schöne Frau, die er in der Hütte erblickte. Sie schien in tiefe Traurigkeit versunken, ihre Hände waren gebunden, und zu ihren Füßen lag ein kleines Kind von zwei bis drei Jahren, das ohne Unterlaß weinte und die Luft mit seinem Geschrei erfüllte, gleich als ob es das Unglück seiner Mutter mitempfände.

Gerührt von diesem jammervollen Anblick wollte mein Vater anfangs in die Hütte stürzen und den Riesen angreifen; allein der Gedanke, daß der Kampf gar zu ungleich sein würde, hielt ihn zurück, und er beschloß, da er mit offener Gewalt nichts ausrichten konnte, ihn durch List zu überwältigen. Indes wandte sich der Riese, nachdem er den Krug geleert und den Ochsen mehr als zur Hälfte aufgefressen hatte, zu der Frau und sagte ihr: »Schöne Prinzessin, warum zwingst du mich durch deine Hartnäckigkeit, dich mit Strenge zu behandeln? Es steht ganz in deiner Hand, glücklich zu werden: Du darfst dich nur entschließen, mich zu lieben und mir treu zu bleiben, so werde ich viel sanfter gegen dich sein.« »Garstiger Waldteufel!« antwortete die Frau, »hoffe nicht, daß die Zeit meinen Abscheu vor dir vermindere, du wirst in meinen Augen immer ein Ungeheuer sein.« Diese Worte wurden mit so viel Schimpfreden begleitet, daß der Riese in Zorn geriet.

»Das ist zuviel!« rief er mit wütendem Ton; »meine verschmähte Liebe verwandelt sich in Wut. Dein Haß erregt nunmehr auch den meinigen; ich fühle, daß er über meine Begierden siegt, und ich wünsche jetzt noch heißer deinen Tod, als ich bisher deinen Besitz gewünscht hatte.« So sprechend ergriff er die Frau an den Haaren, hob sie mit der einen Hand in die Luft, zog mit der anderen seinen Säbel und war eben im Begriff, ihr den Kopf abzuhauen, als der

König, mein Vater, einen Pfeil abschoß, der dem Riesen in den Bauch fuhr, so daß er taumelte und alsbald tot niederstürzte.

Mein Vater trat nun in die Hütte, band die Frau los und fragte sie, wer sie wäre, und infolge welchen Abenteuers sie sich hier befände. »Herr«, antwortete sie, »am Ufer des Meeres wohnen einige sarazenische Stämme, deren Oberhaupt und Fürst mein Gemahl ist. Der Riese, den du soeben getötet hast, war einer seiner vornehmsten Offiziere; der Elende entbrannte von heftiger Leidenschaft gegen mich, die er aber sorgfältig verhehlte, bis er eine günstige Gelegenheit fand, seinen Plan ins Werk zu setzen und mich zu rauben. Das Glück begünstigt öfter schlechte Unternehmungen, als gute Vorsätze. Eines Tages überfiel mich der Riese samt meinem Kind an einem abgelegenen Ort, nahm uns beide mit sich fort, und um alle Nachforschungen, die er von Seite meines Gemahls zu befürchten hatte, zu vereiteln, verließ er das Land der Sarazenen und brachte uns in dieses Gehölz, wo er mich seit einigen Tagen festhielt. So beklagenswert nun auch mein Schicksal ist, so ist es mir immerhin ein geheimer Trost, daß der Riese, obgleich er tierisch, roh und verliebt war, doch keine Gewalt gebraucht hat, um das zu erlangen, was ich seinen Bitten stets versagt habe. Er hat mir zwar 100-mal gedroht, er würde zum Äußersten schreiten, wenn er meinen Widerstand nicht anders überwinden könne; und ich gestehe dir, daß ich soeben, als ich durch meine Reden seinen Zorn reizte, mehr für meine Ehre als für mein Leben in Sorgen war.«

»Dies, mein Herr«, fuhr die Gemahlin des sarazenischen Herrn fort, »ist meine Geschichte; ich zweifle nicht, daß du sie mitleidswürdig genug finden wirst, um die großmütige Hilfe, die du mir gebracht hast, nicht zu bereuen.« »Ja, edle Frau«, sagte mein Vater, »dein Unglück hat mich gerührt, es geht mir tief zu Herzen; ich werde jedoch nichts versäumen, um dir ein besseres Los zu bereiten. Morgen, sobald der Tag die Schatten der Nacht zerstreut haben wird, wollen wir diesen Wald verlassen und den Weg nach der großen Stadt Deryabar suchen, deren Beherrscher ich bin, und wenn es dir so genehm ist, so wirst du in meinem Palast wohnen, bis dein königlicher Gemahl kommt, um dich abzuholen.«

Die sarazenische Fürstin nahm den Vorschlag an und ging am folgenden Tag mit dem König, meinem Vater, der am Ausgang des Waldes all seine Leute traf. Sie hatten ihn die ganze Nacht durch gesucht und waren sehr in Sorgen um ihn. Um so größer war ihre Freude, als sie ihn wieder fanden; aber sie verwunderten sich sehr, da sie ihn in Gesellschaft einer Frau sahen, deren Schönheit sie in Erstaunen setzte. Er erzählte ihnen, auf was für Art er sie gefunden und welcher Gefahr er sich ausgesetzt, indem er sich der Hütte näherte; denn der Riese würde ihn unfehlbar getötet haben, wenn er ihn bemerkt hätte. Einer der Offiziere nahm die Fürstin hinter sich auf sein Pferd, und ein anderer trug das Kind.

In diesem Aufzug gelangten sie in den Palast des Königs, meines Vaters, welcher der schönen Sarazenin eine Wohnung einräumte und ihr Kind mit vieler Sorgfalt erziehen ließ. Die Fürstin war nicht unempfindlich gegen die Güte des Königs und bewies sich ihm so erkenntlich, als er nur wünschen mochte. Anfangs wurde sie sehr unruhig und ungeduldig darüber, daß ihr Gemahl sie nicht abholte, nach und nach aber beruhigte sie sich, die Aufmerksamkeiten meines Vaters beschwichtigten ihre Ungeduld, und ich glaube, sie hätte es dem Schicksal weniger Dank gewußt, wenn es sie zu den Ihrigen zurückgeführt hätte, als daß es sie von ihnen entfernt hatte.

Indessen wurde der Sohn der Fürstin groß. Er war sehr wohlgebildet, und da es ihm auch nicht an Geist fehlte, so wurde es ihm leicht, dem König, meinem Vater, zu gefallen, der große Zuneigung zu ihm faßte. Alle Höflinge bemerkten dies und dachten, der Jüngling würde mich heiraten. In dieser Voraussetzung, und da sie ihn bereits als den Kronerben betrachteten, machten sie ihm den Hof, und jeder beeiferte sich, sein Vertrauen zu gewinnen. Er durchschaute den Grund ihrer Anhänglichkeit, freute sich darüber, verlor den Abstand zwischen uns gänzlich aus den Augen und schmeichelte sich mit der Hoffnung, mein Vater liebe ihn so sehr, daß er ihn bei dieser Verbindung allen Prinzen der Welt vorziehen würde. Er tat noch mehr: Da der König für seine Wünsche zu lange säumte, ihm meine Hand anzubieten, so hatte er die Kühnheit, ihn darum zu bitten. So strafbar nun auch diese Dreistigkeit war, so begnügte sich mein Vater doch mit der Erklärung, er habe andere Absichten mit mir und sehe ihn darum nicht scheel an. Den jungen Mann aber erbitterte diese abschlägige Antwort; der Stolze fühlte sich durch diese Verschmähung seiner Bewerbung so beleidigt, wie wenn er um ein Mädchen aus dem gemeinen Volk angehalten hätte, oder von gleicher Geburt mit mir gewesen wäre. Er ließ es dabei nicht bewenden, sondern beschloß, sich an dem König zu rächen, und mit einer Undankbarkeit, wovon es wenige Beispiele gibt, zettelte er eine Verschwörung gegen ihn an, ermordete ihn und ließ sich von einer großen Anzahl Mißvergnügter, deren Unzufriedenheit er zu benutzen wußte, zum König von Deryabar ausrufen. Als er nun meinen Vater aus dem Wege geräumt hatte, war sein Erstes, daß er an der Spitze eines Teiles seiner Mitverschwornen in mein Zimmer drang. Er wollte mich entweder töten oder mit Gewalt zwingen, ihn zu heiraten; aber ich hatte Zeit gehabt, ihm zu entrinnen. Während er meinen Vater erwürgte, war der Großvezier, ein stets getreuer Diener seines Herrn, gekommen, hatte mich aus dem Palast geführt und bei einem seiner Freunde in Sicherheit gebracht. Dort hielt er mich solange verborgen, bis ein Schiff, das er heimlich hatte ausrüsten lassen, imstande war, unter Segel zu gehen. Alsdann verließ ich die Insel ohne eine andere Begleitung als eine Hofmeisterin und diesen edelmütigen Minister, der lieber der Tochter seines Herrn folgen und ihr Unglück teilen, als dem Tyrannen gehorchen wollte.

Der Großvezier beabsichtigte, mich an die Höfe der benachbarten Könige zu führen, sie um Beistand anzuflehen und zur Rache der Ermordung meines Vaters aufzufordern; allein der Himmel begünstigte einen Vorsatz, der uns so vernünftig schien, nicht. Nachdem wir einige Tage fortgesegelt waren, erhob sich ein so gewaltiger Sturm, daß unser Schiff, trotz der Geschicklichkeit unserer Matrosen, durch die Gewalt der Winde und Wellen an einen Felsen geschleudert wurde und scheiterte. Ich will mich nicht mit der Beschreibung dieses Schiffbruches aufhalten. Meine Schilderung, wie die Hofmeisterin, der Großvezier und die ganze Mannschaft des Schiffes von den Abgründen des Meeres verschlungen wurden, könnte nur schlecht ausfallen. Der Schrecken, der sich meiner bemächtigt hatte, erlaubte mir nicht, die ganze Entsetzlichkeit unseres Loses einzusehen. Ich verlor das Bewußtsein, und sei es nun, daß einige Trümmer des Schiffes mich an das Ufer trugen, oder daß der Himmel, der mich zu weiterem Unglück aufsparte, ein Wunder tat, um mich zu retten. Genug, als ich wieder zur Besinnung kam, befand ich mich am Ufer.

Das Unglück macht uns oft ungerecht. Statt Gott für die besondere Gnade, die er mir angedeihen ließ, zu danken, erhob ich die Augen nur zum Himmel, um ihm Vorwürfe über meine Rettung zu machen. Es fiel mir nicht ein, den Vezier und meine Hofmeisterin zu beweinen, im Gegenteil beneidete ich ihr Schicksal, und nach und nach wurde meine Vernunft durch die furchtbaren Vorstellungen, die mich beunruhigten, so verwirrt, daß ich den Entschluß faßte, mich ins Meer zu stürzen. Schon war ich im Begriff hineinzuspringen, als ich hinter mir ein großes Getöse von Menschen und Pferden hörte. Ich drehte mich sogleich um, um zu sehen, was es wäre, und erblickte mehrere bewaffnete Reiter, unter denen einer ein arabisches Pferd ritt. Er hatte einen silbergestickten Rock mit einem Gürtel aus Edelsteinen und eine Krone auf dem Haupt. Hätte ich ihn auch nicht an seiner Kleidung als den Herrn der übrigen erkannt, so hätte ich es aus dem edlen Anstand schließen müssen, den seine ganze Erscheinung hatte. Er war ein ausgezeichnet wohlgebildeter Jüngling und schöner als der Tag. Verwundert, an diesem Ort ein junges Mädchen allein zu finden, schickte er einige seiner Offiziere ab und ließ mich fragen, wer ich wäre. Ich antwortete ihnen nur durch Tränen. Da das Ufer mit den Trümmern unseres Schiffes bedeckt war, so schlossen sie daraus, ein Fahrzeug müsse hier gescheitert sein, und ohne Zweifel habe ich mich aus dem Schiffbruch gerettet. Diese Vermutung und die tiefe Betrübnis, die ich an den Tag legte, reizten die Neugierde der Offiziere, sie fingen an, 1000 Fragen an mich zu stellen und versicherten mir, ihr König sei ein großmütiger Fürst, an dessen Hof ich gewiß Trost finden würde.

Der König, dem seine Offiziere zu lange ausblieben und der sehr gern auf der Stelle erfahren hätte, wer ich wäre, ritt nun selbst auf mich zu. Er betrachtete mich mit vieler Aufmerksamkeit, und da ich vor lauter Tränen und Jammer denen, die mich fragten, nicht antworten konnte, verbot er ihnen, mich länger mit Fragen zu belästigen, und wandte sich selbst zu mir mit folgenden Worten: »Mein Fräulein, ich beschwöre dich, deine ungemessene Betrübnis zu mäßigen. Wenn dich der Himmel im Zorn seine schwere Hand fühlen läßt, ist dies wohl ein Grund, dich der Verzweiflung hinzugeben? Ich bitte dich, sei standhafter. Das Schicksal, das dich verfolgt, ist wechselnd; dein Los kann sich bald ändern. Ja, ich versichere dir, wenn du irgendwo Trost in deinem Unglück finden kannst, so ist es in meinen Staaten. Ich biete dir meinen Palast an; dort magst du bei der Königin, meiner Mutter, weilen, die sich bemühen wird, durch freundliche Behandlung deine Leiden zu lindern. Ich weiß noch nicht, wer du bist, aber ich fühle schon, daß ich herzlichen Anteil an dir nehme.«

Ich dankte dem jungen König für seine Güte, nahm sein verbindliches Anerbieten an, und um zu zeigen, daß ich desselben nicht unwürdig sei, entdeckte ich ihm meine Herkunft. Ich schilderte ihm die Frechheit des jungen Sarazenen, und die einfache schmucklose Erzählung meiner Unglücksfälle reichte hin, sein und aller seiner Offiziere Mitleid zu erwecken. Als ich mit meinem Bericht zu Ende war, nahm der Fürst das Wort und versicherte mir aufs Neue, daß er den innigsten Anteil an meinem Unglück nehme; darauf führte er mich in den Palast und stellte mich der Königin, seiner Mutter, vor. Hier mußte ich meine Unglücksfälle aufs Neue erzählen und einen Strom von Tränen vergießen. Die Königin zeigte sich ebenfalls sehr teilnehmend und gewann mich außerordentlich lieb. Der König, ihr Sohn, verliebte sich sterblich in mich und bot mir bald seine Krone und Hand an. Ich aber war mit meinem Unglück noch so beschäftigt, daß dieser Fürst, so liebenswürdig er auch war, nicht den ganzen Eindruck auf mich machte, den er zu einer anderen Zeit hätte machen können. Gleichwohl wollte ich aus Dankbarkeit seinem Glück nicht im Wege stehen, und unsere Vermählung wurde mit aller ersinnlichen Pracht vollzogen.

Während das ganze Volk mit den Vermählungsfeierlichkeiten seines Königs beschäftigt war, landete eines Nachts ein benachbarter feindlicher Fürst mit einem gewaltigen Kriegsheer auf der Insel. Dieser furchtbare Feind war der König von Zanguebar. Er schlug alle Untertanen meines Gemahls mit der Schärfe des Schwerts. Wenig fehlte, so hätte er uns beide gefangen genommen; denn er war schon mit einem Teil seiner Leute in den Palast gedrungen, aber wir waren so glücklich, uns zu retten und das Ufer des Meers zu erreichen, wo wir uns in eine Fischerbarke warfen, die wir dort zufällig antrafen. Zwei Tage lang segelten wir, ein Spiel der Winde und Wogen, dahin, ohne zu wissen, was aus uns werden sollte. Am dritten erblickten wir ein Schiff, das mit vollen Segeln auf uns zusteuerte. Anfangs freuten wir uns darüber, in der Meinung, es sei ein Kaufschiff, das uns aufnehmen könne; aber wer beschreibt unsere Verwunderung, als das Schiff näher kam und wir auf dem Verdeck zehn bis zwölf bewaffnete Seeräuber erblickten. Fünf bis sechs warfen sich in unser Fahrzeug, bemächtigten sich unserer, banden den Fürsten, meinen Gemahl, und brachten uns auf ihr Schiff, wo sie mir sogleich den Schleier abnahmen. Meine Jugend und meine Gesichtszüge machten großen Eindruck auf die Räuber, und alle erklärten, sie seien von meinem Anblick bezaubert. Statt das Los zu werfen, verlangte jeder den Vorzug und mich als Beute zu haben. Sie wurden hitzig, gerieten in Streit und schlugen wie wütend aufeinander los. In einem Augenblick war das ganze Verdeck mit Leichnamen übersät. Mit einem Wort, alle wurden erschlagen bis auf einen einzigen, der sich nun im Besitz meiner Person sah und zu mir sagte: »Du bist mein, ich werde dich nach Kahirah führen und einem meiner Freunde übergeben, dem ich eine schöne Sklavin versprochen habe. Aber«, fügte er mit einem Blick auf den König, meinen Gemahl, hinzu, »wer ist dieser Mann da? Welche Bande knüpfen ihn an dich? Bande des Bluts oder der Liebe?« »Herr«, antwortete ich, »es ist mein Gemahl.« »Wenn dem so ist«, versetzte der Korsar, »so muß ich mich aus Mitleid seiner entledigen. Er würde gar zuviel leiden, wenn er dich in den Armen meines Freundes sehen müßte.« So sprechend ergriff er den unglücklichen Fürsten, der gebunden war, und stürzte ihn ins Meer, so sehr ich mir auch Mühe gab, es zu verhindern.

Bei dieser grausamen Tat erhob ich ein fürchterliches Geschrei und hätte mich ganz gewiß in die Wellen gestürzt, wenn der Seeräuber mich nicht zurückgehalten hätte. Er sah wohl, daß ich keinen anderen Wunsch mehr hatte; deswegen band er mich mit Stricken an den großen Mast, spannte sodann die Segel auf und schiffte ans Land, wo er ausstieg. Hier band er mich los und führte mich in eine kleine Stadt, wo er Kamele, Zelte und Sklaven kaufte; dann nahm er seinen Weg nach Kahirah, in der Absicht, wie er immer sagte, mich seinem Freund zu bringen und so sein Wort zu lösen.

Wir waren schon mehrere Tage unterwegs, als wir gestern durch diese Ebene zogen und den Schwarzen erblickten, der das Schloß hier bewohnte. Anfangs hielten wir ihn für einen Turm, und als er schon in unserer Nähe war, konnten wir kaum glauben, daß es ein Mensch sei. Er zog sein breites Schlachtschwert und forderte den Seeräuber auf, sich samt allen seinen Sklaven und der Frau, die er mit sich führte, zu ergeben. Der Seeräuber war ein Mann von Wut, und mit Hilfe seiner Sklaven, die ihm Treue gelobten, griff er den Schwarzen an. Der Kampf dauerte lange. Endlich erlag der Seeräuber unter den Streichen seines Feindes und ebenso alle seine Sklaven, die lieber sterben, als ihn verlassen wollten. Hierauf führte mich der Schwarze in das Schloß, wohin er auch den Leichnam

des Seeräubers brachte, den er zu seinem Abendbrot verzehrte. Am Ende dieser gräßlichen Mahlzeit sagte er zu mir, da er sah, daß ich unaufhörlich weinte: »Mägdlein, mache dich bereit, meine Begierden zu befriedigen, statt dich zu betrüben. Ergib dich gutwillig der Notwendigkeit; ich lasse dir bis morgen Zeit, die Sache zu überlegen, dann aber will ich dich ganz getröstet über dein Unglück wiedersehen, und du solltest dich freuen, für mich bestimmt zu sein.« Mit diesen Worten führte er mich in ein Zimmer und legte sich in dem seinigen zu Bett, nachdem er mit eigener Hand alle Türen im Haus geschlossen hatte. Heute früh hatte er sie geöffnet und sogleich wieder geschlossen, um einigen Reisenden nachzusetzen, die er in der Ferne bemerkte. Sie scheinen ihm entwischt zu sein, denn er kam allein und ohne Beute zurück, als du ihn angriffst.«

Sobald die Prinzessin die Erzählung ihrer Unglücksfälle beendigt hatte, bezeigte ihr Chodadad seine herzlichste Teilnahme. »Aber, meine Herrin«, setzte er hinzu, »es steht ganz in deiner Hand, von nun an ruhig zu leben. Die Söhne des Königs von Harran bieten dir am Hof ihres Vaters eine Zuflucht an; ich bitte dich, schlage sie nicht aus. Du wirst dem Fürsten teuer und von aller Welt geehrt sein, und wenn du die Hand deines Befreiers nicht verschmähst, so erlaube, daß ich sie dir vor allen diesen Prinzen anbiete und dich heirate. Sie mögen die Zeugen unserer Verbindung sein.« Die Prinzessin willigte ein, und noch am selben Tag wurde die Hochzeit im Schloß gefeiert, wo sich alle möglichen Vorräte fanden. Die Küchen waren voll Fleisch und solchen Gerichten, die der Schwarze zu sich zu nehmen pflegte, wenn er genug Menschenfleisch gegessen hatte. Auch fanden sich hier eine Menge Früchte, alle ausgezeichnet in ihrer Art, und um das Maß der Freude voll zu machen, eine Fülle von gebrannten Wassern und ausgesuchten Weinen.

Sie setzten sich alle zu Tische, und nachdem sie gegessen und getrunken hatten, so viel ihnen behagte, nahmen sie die noch übrigen Vorräte mit und verließen das Schloß, um sich an den Hof des Königs von Harran zu begeben. Sie reisten mehrere Tage und lagerten an den angenehmsten Orten, die sie finden konnten. Als sie nur noch eine Tagreise von Harran entfernt waren, machten sie Halt und tranken den übrigen Wein vollends aus, weil sie nun nicht mehr zu sparen brauchten. Nun ergriff Chodadad das Wort und sagte: »Prinzen, ich will euch nicht länger verbergen, wer ich bin. Ihr erblickt in mir euren Bruder Chodadad. Ich stamme so gut als ihr von dem König von Harran ab. Der Fürst von Samarien hat mich erzogen, und die Prinzessin Piraza ist meine Mutter. Geliebte«, fügte er gegen die Prinzessin von Deryabar hinzu, »verzeih, daß ich auch dir aus meiner Geburt ein Geheimnis gemacht habe. Vielleicht hätte ich dir durch meine frühere Entdeckung derselben einige unangenehme Gedanken erspart, welche die Rücksicht auf die Ungleichheit unseres Standes in dir hat hervorrufen können.« »Mein Herr«, antwortete ihm die Prinzessin, »die Empfindungen, die du mir gleich anfangs eingeflößt, haben mit jedem Augenblick an Stärke gewonnen, und um mein Glück zu machen, bedurftest du nicht dieser hohen Geburt.«

Die Prinzen wünschten Chodadad Glück zu seiner Abkunft und äußerten große Freude darüber; im Grunde ihres Herzens aber war ihnen die Sache durchaus nicht angenehm, und ihr Haß gegen einen so liebenswürdigen Bruder vermehrte sich nur dadurch. Sie versammelten sich bei Nacht an einem abgelegenen Ort, während Chodadad und seine Gemahlin in ihrem Zelt die Süßigkeit des Schlafes genossen. Diese undankbaren und neidischen Brüder vergaßen, daß sie ohne Piruzas mutigen Sohn samt und sonders die Beute des Schwarzen geworden wären und beschlossen unter sich, ihn meuchlings zu ermorden. »Es bleibt uns nichts anderes übrig«, sagte einer der Bösewichter; »sobald der Vater erfährt, daß dieser Fremdling, den er so sehr liebt, sein Sohn ist und daß er allein tapfer genug war, einen Riesen zu überwältigen, den wir alle zusammen nicht besiegen konnten, so wird er ihn liebkosen, ihm 1000 Lobsprüche erteilen und ihn mit Hintansetzung aller seiner übrigen Söhne zum Thronerben erklären. Wir werden dann gezwungen sein, uns vor unserem Bruder zu Boden zu werfen und ihm zu gehorchen.« Diese und ähnliche Worte machten auf die neidischen Burschen solchen Eindruck, daß sie auf der Stelle hingingen und Chodadad im Schlaf überfielen. Sie durchbohrten ihn mit vielen Dolchstößen und ließen ihn für tot in den Armen seiner Gattin. Sodann setzten sie ihren Weg nach der Stadt Harran fort, wo sie am folgenden Tag anlangten.

Der König, ihr Vater, war über ihre Ankunft um so erfreuter, als er bereits die Hoffnung aufgegeben hatte, sie je wieder zu sehen. Er fragte sie nach der Ursache ihres langen Ausbleibens, allein sie hüteten sich wohl, die Wahrheit zu gestehen; sie erwähnten weder des Schwarzen noch Chodadads und sagten bloß, sie haben der Begierde nicht widerstehen können, das Land zu sehen und sich zu diesem Behuf in einigen benachbarten Städten aufgehalten.

Indessen lag Chodadad im Blute und wie tot unter seinem Zelt; bei ihm die Prinzessin, seine Gemahlin, die nicht minder beklagenswert war als er. Sie erfüllte die Luft mit ihrem Wehgeschrei, riß sich die Haare aus und badete das Gesicht ihres Mannes mit Tränen. »Ach Chodadad!« rief sie jeden Augenblick, »mein teurer Chodadad, muß ich dich ins Grab sinken sehen? Welche grausamen Hände haben dich in diesen Zustand versetzt? Kann ich es glauben, daß

es deine eigenen Brüder sind, die dich so mitleidslos zerfleischt haben! Deine Brüder, die dein tapferer Arm gerettet hat! Nein, Teufel haben diese geliebten Züge angenommen und sind hierhergekommen, um dir das Leben zu rauben. Ha, ihr Unmenschen, wer ihr auch sein möget, konntet ihr mit so schwarzem Undank den Dienst vergelten, den er euch geleistet hat! Doch warum soll ich deinen Brüdern grollen, unglücklicher Chodadad? Ich allein bin an deinem Tode schuld! Du wolltest dein Schicksal an das meine knüpfen, und all das Unheil, das mich verfolgt, seit ich den Palast meines Vaters verlassen habe, hat sich über dich ausgegossen. O Gott, der du mich zu einem unsteten und unglückseligen Leben verdammt hast, wenn du mir keinen Gatten gönnst, warum läßt du mich einen finden? Dies ist der zweite, den du mir entreißt, nachdem ich gerade angefangen habe, ihn liebzugewinnen.« In solchen und noch weit rührenderen Wehklagen machte die bejammernswerte Prinzessin von Deryabar ihrem Schmerz Luft, indem sie unaufhörlich den unglücklichen Chodadad anblickte, der sie nicht hören konnte. Dennoch war er nicht tot, und als seine Gattin bemerkte, daß er noch atmete, lief sie nach einem großen Flecken, den sie in der Ebene bemerkte, um dort einen Wundarzt zu holen. Man wies sie zu einem, der sogleich mit ihr ging. Als sie aber ins Zelt kamen, fanden sie Chodadad nicht mehr darin, woraus sie schlossen, irgend ein wildes Tier habe ihn weggetragen und gefressen. Die Prinzessin begann von neuem ihre Wehklagen auf die jammervollste Weise von der Welt. Der Wundarzt wurde im Innersten gerührt und wollte sie in ihrem schrecklichen Zustand nicht verlassen. Er schlug ihr vor, in den Flecken zurückzukehren und bot ihr sein Haus und seine Dienste an.

Sie ließ sich bereden und ging mit dem Wundarzt, der sie, ohne zu wissen, wer sie war, mit aller erdenklichen Achtung und Ehrfurcht behandelte. Er bemühte sich, ihr Trost zuzusprechen, aber vergeblich bekämpfte er ihren Schmerz, er reizte ihn nur noch mehr, statt ihn zu lindern. »Herrin«, sagte er eines Tages zu ihr, »ich bitte dich, erzähle mir deine Unglücksfälle; sage mir, aus welchem Land und von welchem Stande du bist. Vielleicht kann ich dir einen guten Rat geben, wenn ich von allen Umständen deines Mißgeschicks unterrichtet bin. Du härmst dich ab und bedenkst nicht, daß es auch gegen die verzweifeltsten Übel noch Mittel gibt.

Der Wundarzt sprach so eindringlich, daß die Prinzessin sich überreden ließ, ihm ihre ganze Geschichte zu erzählen. Als sie damit zu Ende war, sprach er zu ihr: »Herrin, da sich die Sache so verhält, so erlaube mir, dir vorzustellen, daß du dich deinem Kummer nicht hingeben solltest; waffne dich vielmehr mit Standhaftigkeit und tue, was der Name und die Pflicht einer Gattin von dir fordern. Räche deinen Gemahl; ich will, wenn du es wünschst, dein Begleiter sein. Laß uns an den Hof des Königs von Harran gehen, er ist ein guter und sehr gerechter Fürst. Du darfst ihm nur mit lebhaften Farben die Behandlung schildern, die der Prinz Chodadad von seinen Brüdern erfahren hat, und ich bin überzeugt, daß er dir Gerechtigkeit verschaffen wird.« »Du hast recht«, antwortete die Prinzessin. »Ja, es ist meine Pflicht, Chodadad zu rächen, und da du so gefällig und großmütig bist, mich begleiten zu wollen, so bin ich bereit, mit dir zu gehen.« Sobald sie diesen Entschluß gefaßt hatte, ließ der Wundarzt zwei Kamele bereit halten, welche die Prinzessin und er bestiegen und sich dann nach der Stadt Harran begaben.

Sie stiegen in dem ersten besten Karawanserei ab und fragten den Wirt, was es Neues am Hof gebe. »Er ist«, antwortete dieser, »gegenwärtig in großer Unruhe. Der König hatte einen Sohn, der sich bei ihm sehr lange als Unbekannter aufgehalten hat, und man weiß nicht, was aus diesem jungen Prinzen geworden ist. Eine der Frauen des Königs, Namens Piruza, ist seine Mutter, und sie hat schon 1000 vergebliche Nachforschungen anstellen lassen. Alle Welt bedauert den Verlust dieses Prinzen, denn er war ein vorzüglicher junger Mann. Der König hat noch 49 andere Söhne, alle von verschiedenen Müttern, aber unter diesen ist kein einziger, der ihn vermöge seiner Tugenden über Chodadads Tod zu trösten vermöchte. Ich sage über seinen Tod, denn es ist unmöglich, daß er noch lebt, wenigstens hat man ihn trotz aller Nachforschungen nicht finden können.«

Auf diesen Bericht des Wirtes hin meinte der Wundarzt, die Prinzessin von Deryabar könne nichts Besseres tun, als hinzugehen und sich der Frau Piruza vorzustellen. Dieser Schritt war aber nicht ohne Gefahr und erforderte große Vorsicht. Es war zu fürchten, daß die Söhne des Königs von Harran die Ankunft und Absicht ihrer Schwägerin erfahren und sie auf die Seite schaffen könnten, bevor sie Gelegenheit hätte, mit Chodadads Mutter zu sprechen. Der Wundarzt sann hin und her und bedachte auch seine eigene Gefahr dabei. Er wollte daher behutsam bei der Sache zu Werke gehen und bat die Prinzessin, in dem Karawanserei zu bleiben, während er selbst nach dem Palast ging, um zu erkunden, auf welche Art er sie sicher zu Piruza bringen könnte.

Er ging also in die Stadt und näherte sich dem Palast wie einer, den bloß die Neugier, den Hof zu sehen, dahin zieht, als er eine Frau auf einem reichgeschmückten Maultier erblickte; sie war von mehreren Fräulein, ebenfalls auf Maultieren, ferner von einer starken Abteilung Soldaten und einer Menge schwarzer Sklaven begleitet.

Alle Leute stellten sich in Reihen, um sie vorbeiziehen zu sehen, und begrüßten sie mit dem Gesicht auf den Boden fallend. Der Wundarzt begrüßte sie ebenso und fragte einen neben ihm stehenden Kalender, ob dies eine von den Frauen des Königs sei. »Ja, mein Bruder«, antwortete der Kalender, »es ist eine von seinen Frauen und zwar diejenige, die das Volk am meisten ehrt und liebt, weil sie die Mutter des Prinzen Chodadad ist, von dem du gewiß schon gehört hast.«

Mehr wollte der Wundarzt nicht hören; er folgte der Frau Piruza bis in eine Moschee, welche sie betrat, um Almosen zu verteilen und dem öffentlichen Gebet anzuwohnen, das der König für Chodadads Rückkehr verrichten ließ. Das Volk, welches an dem Schicksale dieses jungen Prinzen außerordentlich viel Anteil nahm, lief scharenweise herbei, um sein Gebet mit dem Geistlichen zu vereinigen, und die Moschee war voll Menschen. Der Wundarzt bahnte sich einen Weg durchs Gedränge und gelangte bis zu Piruzas Wachen. Er hörte alle Gebete mit an, und als die Prinzessin wieder hinausging, näherte er sich einem der Sklaven und flüsterte ihm ins Ohr: »Bruder, ich habe der Prinzessin Piruza ein wichtiges Geheimnis zu entdecken. Könnte ich nicht durch deine Vermittlung in ihr Zimmer geführt werden?« »Wenn dieses Geheimnis«, antwortete der Sklave, »den Prinzen Chodadad betrifft, so kann ich dir noch heute die gewünschte Audienz versprechen; wo nicht, so hoffst du vergeblich, der Prinzessin vorgestellt zu werden, denn sie ist einzig und allein mit ihrem Sohne beschäftigt und will von nichts anderem reden hören.« »Eben nur von diesem geliebten Sohne will ich mit ihr sprechen«, sagte der Wundarzt.« » In diesem Falle«, versetzte der Sklave, »darfst du uns nun nach dem Palast folgen, und du wirst bald mit ihr sprechen können.«

Es war dem wirklich so. Piruza war kaum auf ihr Zimmer zurückgekehrt, als ihr der Sklave meldete, ein unbekannter Mann habe ihr etwas Wichtiges mitzuteilen, was den Prinzen Chodadad betreffe. Kaum hatte er diese Worte gesprochen, als Piruza eine lebhafte Ungeduld an den Tag legte, den Unbekannten zu sehen. Der Sklave ließ ihn sogleich ins Gemach der Prinzessin treten, die alle ihre Frauen wegschickte, mit Ausnahme von zweien, vor denen sie kein

Geheimnis hatte. Sobald sie des Wundarzts ansichtig wurde, fragte sie hastig, welche Nachricht er ihr von Chodadad zu bringen habe. »Herrin«, antwortete dieser, nachdem er sich mit dem Gesicht auf den Boden geworfen hatte, »ich habe dir eine lange Geschichte zu erzählen und Dinge, worüber du dich ohne Zweifel verwundern wirst.« Hierauf erzählte er ihr umständlich alles, was zwischen Chodadad und seinen Brüdern vorgefallen war. Sie hörte ihn mit gieriger Aufmerksamkeit an; als er aber auf den Meuchelmord zu sprechen kam, fiel die zärtliche Mutter, gleich als würde sie von denselben Stichen durchbohrt wie ihr Sohn, ohnmächtig auf ein Sofa. Die beiden Frauen kamen ihr schleunig zu Hilfe und brachten sie wieder zur Besinnung. Der Wundarzt fuhr nun in seinem Berichte fort, und als er geendigt hatte, sagte die Prinzessin zu ihm: »Geh schnell zur Prinzessin von Deryabar zurück und verkündige ihr in meinem Namen, daß der König sie alsbald als Schwiegertochter anerkennen wird; was aber dich betrifft, so sei überzeugt, deine Dienste werden dir gut belohnt werden.«

Als der Wundarzt sich entfernt hatte, blieb Piruza auf dem Sofa in einem Zustand der Traurigkeit, den man sich wohl denken kann. Durchdrungen von der Erinnerung an Chodadad rief sie aus: »O mein Sohn, so bin ich denn auf immer deines Anblicks beraubt! Als ich dich aus Samarien ziehen ließ, um an diesen Hof zu reisen, als du mir Lebewohl sagtest, ach!, da ahnte ich nicht, daß ein grauenvoller Tod fern von mir deiner harrte. O unglücklicher Chodadad, warum hast du mich verlassen? Du hättest dir freilich nicht so hohen Ruhm erworben, aber du lebtest noch und würdest deiner Mutter nicht so viele Tränen kosten.« Bei diesen Worten weinte sie bitterlich, und ihre beiden Vertrauten, gerührt von ihrem Schmerz, vermischten ihre Tränen mit den Tränen ihrer Gebieterin.

Während sie so alle drei in maßloser Betrübnis da saßen, trat der König ins Zimmer, und als er sie in diesem Zustand erblickte, fragte er Piruza, ob sie vielleicht traurige Nachrichten von Chodadad erhalten hätte. »Ach, Herr«, sagte sie, »es ist um ihn geschehen. Mein Sohn ist tot, und um das Maß meines Kummers voll zu machen, kann ich ihm nicht einmal die Ehre des Begräbnisses erweisen, denn allem Anschein nach haben ihn wilde Tiere gefressen.« Hierauf erzählte sie ihm, was sie von dem Wundarzt gehört hatte, und ließ sich namentlich über die grausame Art aus, wie Chodadad von seinen Brüdern ermordet worden war.

Der König ließ Piruza nicht Zeit, ihre Erzählung zu vollenden; er fühlte sich von Zorn entbrannt und sagte in seiner Entrüstung zu ihr: »Geliebtes Weib, die Schurken, die deine Tränen fließen machen und ihrem Vater einen tödlichen Schmerz bereiten, sollen ihre gerechte Strafe erleiden.« So sprechend begab sich der König mit wutfunkelnden Augen in den Audienzsaal, wo alle seine Höflinge und diejenigen von seinen Untertanen, die ihn um etwas bitten wollten, versammelt waren. Alle erstaunten, als sie die Wut auf seinem Gesicht sahen; schon fürchteten sie, er möchte über sein Volk erbost sein, und ihre Herzen erstarrten vor Schrecken. Er bestieg den Thron, hieß den Großvezier nahen und sagte zu ihm: »Hasan, ich habe dir einen Befehl zu geben. Geh auf der Stelle hin, nimm 1000 Mann von meiner Leibwache und verhafte alle Prinzen, meine Söhne. Sperre sie in den Turm der Meuchelmörder und vollziehe dies sogleich.« Bei

diesem außerordentlichen Befehl erbebten alle Anwesenden. Der Großvezier legte, ohne ein einziges Wort zu sprechen, die Hand auf seinen Kopf, um zu zeigen, daß er bereit sei, zu gehorchen und verließ den Saal, um einen Befehl zu vollziehen, der ihn so sehr überraschte. Indes schickte der König alle Personen, die Audienz bei ihm verlangten, zurück und erklärte, er wolle binnen Monatfrist von keinem Geschäft mehr hören. Er war noch im Saal, als der Vezier zurückkam. »Nun, Vezier«, sagte er zu ihm, »sind alle meine Söhne im Turm?« »Ja, Herr«, antwortete der Minister, »dein Befehl ist erfüllt.« »Ich habe dir noch einen anderen zu geben«, sagte der König. Mit diesen Worten verließ er den Audienzsaal und kehrte in Piruzas Zimmer zurück, wohin der Vezier ihm folgte. Er fragte die Fürstin, wo die Witwe Chodadads wohne. Piruzas Frauen sagten es ihm, denn der Wundarzt hatte es in seinem Bericht nicht vergessen. Sofort wandte sich der König zu seinem Minister und sprach: »Geh in diesen Karawanserei und führe eine junge Prinzessin, die daselbst wohnt, hierher. Behandle sie aber mit aller Ehrfurcht, die einer Frau von ihrem Range gebührt.«

Der Vezier vollzog auch diesen Befehl sogleich. Er stieg samt allen Emiren und den übrigen Hofleuten zu Pferd, begab sich nach dem Karawanserei, wo die Prinzessin von Deryabar war, eröffnete ihr seinen Auftrag und ließ ihr auf Befehl des Königs ein schönes weißes Maultier vorführen, dessen Sattel und Zaum von Gold und mit Rubinen und Smaragden besät war. Sie bestieg es und ritt mitten unter diesen Herren nach dem Palast. Der Wundarzt begleitete sie ebenfalls auf einem schönen tartarischen Roß, das der Vezier ihm hatte geben lassen. Alles Volk stand an den Fenstern oder auf den Gassen, um den prächtigen Zug vorbeikommen zu sehen, und als bekannt wurde, daß die Prinzessin, die man so feierlich nach dem Hof geleitete, die Gemahlin Chodadads war, so entstand ein allgemeiner Jubel. Die Luft erscholl von tausendfältigem Freudengeschrei, das sich ohne Zweifel in Wehklagen verwandelt hätte, wenn das traurige Schicksal dieses Prinzen bekannt gewesen wäre; so sehr war er bei aller Welt beliebt.

Die Prinzessin von Deryabar traf den König an der Pforte des Palastes, so er sie erwartete und empfing. Er nahm sie bei der Hand und führte sie in Piruzas Gemach, woselbst ein höchst rührender Auftritt stattfand. Die Gemahlin Chodadads fühlte sich beim Anblick des Vaters und der Mutter ihres Gatten aufs Neue von ganzen Gewicht ihres Kummers darniedergedrückt, so wie der Vater und die Mutter die Gemahlin ihres Sohnes nicht ohne gewaltige innere Bewegung ansehen konnten. Sie warf sich zu den Füßen des Königs, badete sie mit ihren Tränen und konnte vor Kummer und Herzeleid kein Wort hervorbringen. Nicht minder beklagenswert war Piruzas Zustand; ihr Unglück schien ihr das Herz abzudrücken, und der König, der diesem rührenden Anblick nicht widerstehen konnte, überließ sich seiner eigenen Trostlosigkeit. So vermischten diese drei Personen ihre Seufzer und Tränen und beobachteten eine Zeitlang das Stillschweigen tiefen Seelenleids. Endlich erholte sich die Prinzessin von Deryabar und erzählte das Abenteuer im Schloß und das Unglück Chodadads. Schließlich bat sie um Gerechtigkeit für den Meuchelmord des Prinzen. »Ja, meine Tochter«, sagte der König, »die Undankbaren sollen sterben; zuvor aber muß ich Chodadads Tod öffentlich bekannt machen lassen, damit die Hinrichtung seiner Brüder keinen Aufruhr im Volk erweckt. Übrigens wollen wir, obschon wir den Leichnam meines Sohnes nicht haben, dennoch nicht unterlassen, ihm die letzte Ehre zu erweisen.« Nach diesen Worten wandte er sich an seinen Vezier und befahl ihm, auf der schönen Ebene, in deren Mitte die Stadt Harran liegt, ein Grabmal mit einer Kuppel von weißem Marmor erbauen zu lassen; inzwischen aber wies er der Prinzessin von Deryabar, die er als Schwiegertochter anerkannte, eine prächtige Wohnung in seinem Palast an.

Hasan ließ mit solcher Emsigkeit arbeiten und verwendete so viele Handwerksleute dazu, daß das Kuppelgebäude in wenigen Tagen vollendet war. Unter der Kuppel wurde ein Grabmal errichtet und auf dasselbe Chodadads Bildsäule gestellt. Sobald das Werk fertig war, befahl der König, Gebete anzustellen, und setzte einen Tag zur Trauerfeier seines Sohnes fest.

Als dieser Tag erschien, strömten alle Einwohner der Stadt auf die Ebene, um der Feierlichkeit anzuwohnen, die auf folgende Weise geschah. Der König zog in Begleitung des Großveziers und der vornehmsten Herren seines Hofes nach dem Kuppelgebäude, und als er hier angekommen war, trat er hinein und setzte sich mit ihnen auf goldgeblümte schwarze Atlasteppiche. Hierauf zog eine zahlreiche Schar der Leibwache zu Pferd mit gesenktem Haupt und halbgeschlossenen Augen vor das Gebäude. Sie ritten zweimal in tiefem Schweigen rings umher, beim dritten Mal aber hielten sie vor der Tür still und sprachen einer nach dem anderen mit lauter Stimme folgende Worte: »O Prinz, Sohn des Königs, wenn wir durch die Schärfe unseres Schwertes und durch menschliche Tapferkeit dein Mißgeschick irgendwie erleichtern könnten, so solltest du bald das Licht wieder schauen; aber der König der Könige hat geboten, und der Engel des Todes hat gehorcht.« Nach diesen Worten zogen sie sich zurück, um 100 Greisen mit langen weißen Bärten Platz zu machen, die sämtlich auf schwarzen Maultieren ritten.

Es waren Einsiedler, die sich ihr Leben lang in Höhlen verborgen hielten und niemals den Augen der Menschen zeigten, außer um den Leichenbegängnissen der Könige von Harran und der Prinzen seines Hauses anzuwohnen. Diese

ehrwürdigen Alten trugen auf dem Kopf jeder ein dickes Buch, das sie mit einer Hand hielten. Sie machten dreimal die Runde um das Gebäude, ohne ein Wort zu sagen; hierauf hielten sie an der Tür still, und einer von ihnen sprach folgende Worte: »O Prinz, was können wir für dich tun? Wenn man durch Gebet oder Wissenschaft dir das Leben wieder geben könnte, so würden wir unsere weißen Bärte an deinen Füßen reiben und Gebete hersagen; aber der Beherrscher des Weltalls hat dich auf immer hinweggenommen.«

Nachdem die Greise also gesprochen, entfernten sie sich von dem Gebäude, und alsbald nahten sich 50 Fräulein von ausgezeichneter Schönheit. Sie ritten kleine weiße Pferde, waren ohne Schleier und trugen goldene Körbe voll kostbarer Edelsteine. Auch sie machten dreimal die Runde um das Gebäude, hielten dann an derselben Stelle wie die anderen an, worauf die Jüngste das Wort ergriff und also sprach: »O Prinz, der du einst so schön warst! Welche Hilfe kannst du von uns erwarten? Wenn wir dich durch unsere Reize wieder beleben könnten, so wollten wir alle deine Sklavinnen sein; aber du hast kein Gefühl mehr für die Schönheit und bedarfst unserer nicht mehr.«

Nachdem die jungen Mädchen sich entfernt hatten, stand der König mit seinen Höflingen auf, machte ebenfalls dreimal die Runde ums Gebäude, nahm dann selbst das Wort und sprach: »O mein teurer Sohn, Licht meiner Augen, so habe ich dich denn auf immer verloren!« Er begleitete diese Worte mit Seufzern und benetzte das Grab mit seinen Tränen; die Höflinge weinten ebenfalls. Hierauf verschloß man die Tür des Grabmals und alles kehrte nach der Stadt zurück. Am anderen Tag wurden in den Moscheen öffentliche Gebete gehalten und dies acht Tage hintereinander fortgesetzt. Den neunten beschloß der König, die Prinzen, seine Söhne, enthaupten zu lassen. Das ganze Volk war empört über ihre Missetat an Chodadad und schien ihrer Hinrichtung mit Ungeduld entgegenzusehen. Schon fing man an, Schaffotte zu errichten, allein die Exekution mußte aufgeschoben werden, weil plötzlich die Nachricht kam, daß die benachbarten Fürsten, die den König von Harran schon früher bekriegt hatten, mit zahlreicheren Heeren als das erste Mal heranrückten und nicht mehr weit von der Stadt entfernt wären. Man hatte zwar schon lange gewußt, daß sie sich zum Krieg rüsteten, allein man hatte sich über diese Rüstungen nicht beunruhigt. Diese Nachricht verbreitete allgemeine Bestürzung und gab neuen Anlaß, Chodadad zu beklagen, der sich in dem früheren Krieg gegen eben diese Feinde so herrlich hervorgetan hatte. »Ach!« sagten die Leute, »wenn der hochherzige Chodadad noch lebte, so würden wir uns wenig um diese Fürsten bekümmern, die uns überfallen.« Der König aber gab sich nicht feiger Furcht hin, er hob schleunigst Mannschaft aus, brachte ein ansehnliches Kriegsheer zusammen, und, zu mutig, um sich von den Feinden in seinen Mauern aufsuchen zu lassen, zog er ihnen entgegen. Die Feinde ihrerseits, als sie von ihren Kundschaftern vernommen, daß der König von Harran heranrückte, um mit ihnen zu streiten, machten auf einer Ebene Halt und stellten ihr Heer in Schlachtordnung.

Sobald der König sie erblickte, ordnete er seine Truppen ebenfalls zum Kampf, ließ zum Angriff blasen und griff mit ungemeiner Tapferkeit die Feinde an. Sie leisteten hartnäckigen Widerstand, von beiden Seiten wurde viel Blut vergossen und der Sieg blieb lange schwankend. Endlich aber wollte er sich schon für die Feinde des Königs von Harran erklären, die an Anzahl überlegen waren und ihn umzingelten, als man plötzlich auf der Ebene eine große Schar Reiter in schönster Ordnung auf das Schlachtfeld dahersprengen sah. Der Anblick dieser neuen Streiter machte beide Teile stutzig, und sie wußten nicht, was sie davon denken sollten. Doch blieben sie nicht lange in dieser Ungewißheit, denn die Reiter faßten die Feinde des Königs von Harran in der Seite und drangen mit solcher Wut auf sie ein, daß sie sie bald in Unordnung brachten und in die Flucht schlugen. Damit noch nicht zufrieden, verfolgten sie die Fliehenden lebhaft und machten fast alle nieder.

Der König von Harran hatte mit großer Aufmerksamkeit den ganzen Vorgang beobachtet und die Kühnheit dieser Reiter bewundert, deren unverhoffte Hilfe den Sieg zu seinen Gunsten entschieden. Ganz besonderes Wohlgefallen

hatte er an ihrem Anführer gefunden, den er mit löwenmütiger Tapferkeit fechten sah. Er wünschte sehr, den Namen dieses edlen Helden zu erfahren, und voll Ungeduld, ihn zu sehen und ihm zu danken, ritt er auf ihn zu; dieser aber eilte, ihm zuvorzukommen. Die beiden Fürsten begegneten sich und der König von Harran erkannte seinen Sohn Chodadad in dem tapfern Krieger, der ihm zu Hilfe gekommen oder vielmehr seine Feinde geschlagen hatte. Er blieb lange Zeit sprachlos vor Überraschung und Freude. »Herr«, sagte Chodadad, »du bist ohne Zweifel erstaunt, auf einmal wieder einen Menschen erscheinen zu sehen, den du vielleicht tot glaubtest; ich wäre es auch, wenn mich der Himmel nicht erhalten hätte, um dir gegen deine Feinde zu dienen.« »Ach, mein Sohn!« rief der König, »ist's möglich, daß du mir wieder geschenkt bist! Auch ich hatte schon alle Hoffnung aufgegeben.« So sprechend, streckte er seine Arme gegen den jungen Prinzen aus und drückte ihn voll Zuversicht an seine Brust.

»Ich weiß alles, mein Sohn«, hub der König an, nachdem er ihn lange in seinen Armen gehalten hatte, »ich weiß, wie deine Brüder dir für die Befreiung aus der Hand des Schwarzen lohnten; aber du sollst morgen gerächt werden. Laß uns jetzt nach dem Palast gehen. Deine Mutter, die viele Tränen um dich vergossen hat, erwartet mich, um sich mit mir über die Niederlage unserer Feinde zu freuen. Wie groß wird ihr Entzücken sein, wenn sie erfährt, daß mein Sieg dein Werk ist!« »Herr«, antwortete Chodadad, »erlaube mir, dich zu fragen, wie du das Abenteuer im Schloß erfahren konntest; sollte es vielleicht einer meiner Brüder, durch Gewissensbisse gepeinigt, gestanden haben?« »Nein«, erwiderte der König, »die Prinzessin von Deryabar hat uns von allem unterrichtet, sie weilt in meinem Palast, wohin sie gekommen ist, um Rache für den Frevel deiner Brüder zu fordern.« Chodadad war außer sich vor Freude, daß die Prinzessin, seine Gemahlin, am Hofe war. Entzückt rief er aus: »Laß uns eilen, Herr, zu meiner Mutter, die uns erwartet; ich brenne vor Ungeduld, ihre Tränen und die der Prinzessin von Deryabar zu trocknen.« Der König kehrte alsbald mit seinem Heer in die Stadt zurück und verabschiedete dasselbe. Er zog siegreich in seinem Palast ein unter dem Zujauchzen des Volks, das ihm scharenweise folgte, indem es den Himmel um Verlängerung seiner Jahre anrief und den Namen Chodadads bis zu den Sternen erhob. Die beiden Fürsten trafen Piruza und ihre Schwiegertochter beisammen, die den König erwarteten, um ihm Glück zu wünschen; aber wer vermochte das freudige Entzücken der beiden Frauen zu beschreiben, als sie den jungen Prinzen an seiner Seite erblickten! Bei diesen Umarmungen flossen ganz andere Tränen, als sie bisher um ihn vergossen hatten. Nachdem die vier Glücklichen allen Eingebungen des Blutes und der Liebe Genüge getan hatten, fragte man Piruzas Sohn, durch welche Wunder er noch am Leben sei.

Er antwortete, ein Bauer auf einem Maulesel sei zufällig in das Zelt gekommen, worin er ohnmächtig gelegen, und als er ihn allein, verwundet und von Stichen durchbohrt gesehen, habe er ihn auf sein Tier gelegt und in sein Haus gebracht; dort habe er ihm gewisse gekaute Kräuter auf seine Wunden gelegt, wodurch sie in wenigen Tagen geheilt worden seien. »Als ich mich wieder hergestellt fühlte«, fügte er hinzu, »dankte ich dem Bauern und gab ihm alle Diamanten, die ich bei mir hatte. Hierauf näherte ich mich der Stadt Harran; da ich aber unterwegs erfuhr, daß einige benachbarte Fürsten Truppen gesammelt hatten, um den König zu überfallen, so gab ich mich in den Dörfern umher zu erkennen und ermunterte den Eifer des Volks, sich zur Verteidigung zu erheben. Ich bewaffnete eine große Anzahl junger Leute, stellte mich an ihre Spitze und langte in dem Augenblick an, als die beiden Heere handgemein waren.«

Als er seine Erzählung geendigt hatte, sprach der König: »Laßt uns Gott danken, daß er Chodadad erhalten hat. Die Schurken aber, die ihn töten wollten, müssen heute noch sterben.« »Herr«, entgegnete der edelmütige Sohn Piruzas, »so undankbar und boshaft sie auch sein mögen, so bedenke doch, daß sie aus einem Blut entsprungen sind. Es sind meine Brüder, ich verzeihe ihnen ihr Verbrechen und bitte dich um Gnade für sie.« Diese edlen Gesinnungen entlockten dem König Tränen; er ließ sein Volk zusammenrufen und erklärte Chodadad für seinen Thronerben. Hierauf ließ er die gefangenen Prinzen in ihren schweren Ketten vorführen. Piruzas Sohn nahm ihnen ihre Fesseln ab und umarmte sie, einen nach dem andern, ebenso herzlich, wie er es im Schloßhof des Schwarzen getan hatte. Das Volk war entzückt über Chodadads Gutherzigkeit und gab ihm auf tausenderlei Art seinen Beifall zu erkennen. Schließlich wurde auch der Wundarzt mit Gnadenbezeugungen überschüttet, zur Anerkennung der Dienste, die er der Prinzessin von Deryabar geleistet hatte.

Die Sultanin Schehersad hatte diese Geschichte so anmutsvoll erzählt, daß der Sultan von Indien, ihr Gemahl, nicht umhin konnte, ihr sein Wohlgefallen darüber zu bezeigen. »Wenn du«, antwortete sie, »auch die Geschichte Aladdins anhören wolltest, dies würde dir gewiß recht viel Vergnügen machen.« Der Sultan wollte diese Geschichte sogleich anhören, allein es war Zeit aufzustehen, daher sie auf die folgende Nacht verschoben wurde, in welcher Schehersad folgendermaßen erzählte:

Geschichte Aladdins und der Wunderlampe

Herr, in einer sehr reichen und großen Hauptstadt Chinas, deren Name mir im Augenblick entfallen ist, lebte ein Schneider, namens Mustafa, der sich von anderen Menschenkindern weiter durch nichts unterschied, als durch sein Gewerbe. Dieser Schneider Mustafa war sehr arm, und seine Arbeit warf ihm kaum viel ab, daß er, seine Frau und sein Sohn, den Gott ihnen geschenkt hatte, davon leben konnten.

Die Erziehung dieses Sohnes, welcher Aladdin* hieß, war sehr vernachlässigt worden, so daß er allerhand lasterhafte Neigungen angenommen hatte. Er war boshaft, halsstarrig und ungehorsam gegen Vater und Mutter. Kaum war er ein wenig herangewachsen, so konnten ihn seine Eltern nicht mehr im Hause zurückhalten. Er ging schon am frühen Morgen aus und tat den ganzen Tag nichts, als auf den Straßen und öffentlichen Plätzen mit kleinen Tagdieben spielen, die jünger waren als er.

Als er in die Jahre gekommen war, wo er ein Handwerk erlernen sollte, nahm ihn sein Vater, der nicht imstande war, ihn ein anderes lernen zu lassen, als das seinige, in seine Bude und fing an, ihn in der Handhabung der Nadel zu unterrichten. Allein weder gute Worte noch Drohungen des Vaters vermochten den flatterhaften Sinn des Sohnes zu fesseln. Er konnte es nicht dahin bringen, daß er seine Gedanken beisammenhielt und emsig und aushaltend bei der Arbeit blieb, wie er es wünschte. Kaum hatte Mustafa ihm den Rücken gekehrt, so entwischte Aladdin und ließ sich den ganzen Tag nicht wieder sehen. Der Vater züchtigte ihn, aber Aladdin war unverbesserlich, und Mustafa mußte ihn mit großem Bedauern zuletzt seinem liederlichen Leben überlassen. Dies verursachte ihm großes Herzeleid, und der Kummer darüber, daß er seinen Sohn nicht zur Pflicht zurückrufen konnte, zog ihm eine hartnäckige Krankheit zu, an der er nach einigen Monaten starb.

Da Aladdins Mutter sah, daß ihr Sohn keine Miene machte, das Gewerbe des Vaters zu erlernen, schloß sie die Bude und machte das ganze Handwerkszeug

* Im Arabischen Adel der Religion

zu Geld, um sowohl davon, als von dem Wenigen, was sie mit Baumwollespinnen erwarb, mit ihrem Sohn leben zu können.

Aladdin, der jetzt nicht mehr durch die Furcht vor seinem Vater in Schranken gehalten wurde, bekümmerte sich so wenig um seine Mutter, daß er sogar die Frechheit hatte, ihr bei den geringsten Vorstellungen zu drohen, und wurde immer liederlicher. Er suchte noch mehr als zuvor junge Leute von seinem Alter auf, und spielte mit ihnen unaufhörlich noch leidenschaftlicher, als bisher. Diesen Lebenswandel setzte er bis in sein 15. Jahr fort, ohne für irgend etwas anderes Sinn zu haben und ohne zu bedenken, was dereinst aus ihm werden sollte.

Eines Tages, als er nach seiner Gewohnheit mit einem Haufen Gassenjungen auf einem freien Platz spielte, ging ein Fremder vorüber, der stehenblieb und ihn ansah. Dieser Fremde war ein berühmter Zauberer, und die Geschichtschreiber, welche uns diese Erzählung aufbewahrt haben, nennen ihn den afrikanischen Zauberer. Wir wollen ihn gleichfalls mit diesem Namen bezeichnen, um so mehr, da er wirklich aus Afrika stammte und erst seit zwei Tagen angekommen war.

Sei es nun, daß der afrikanische Zauberer, der sich auf Physiognomien verstand, in Aladdins Gesicht alles bemerkte, was zur Ausführung des Planes, der ihn hierher geführt, notwendig war, oder mochte er einen anderen Grund haben, genug, er erkundigte sich, ohne daß es jemanden auffiel, nach seiner Familie, seinem Stand und seinen Neigungen. Als er von allem, was er wünschte, gehörig unterrichtet war, ging er auf den jungen Menschen zu, nahm ihn einige Schritte von seinen Kameraden beiseite und fragte ihn: »Mein Sohn, ist dein Vater nicht der Schneider Mustafa?« »Ja, lieber Herr«, antwortete Aladdin, »aber er ist schon lange tot.«

Bei diesen Worten fiel der afrikanische Zauberer Aladdin um den Hals, umarmte ihn und küßte ihn zu wiederholtem Male mit Tränen in den Augen und seufzend. Aladdin bemerkte diese Tränen und fragte, warum er weine. »Ach, mein Sohn!« rief der afrikanische Zauberer, »wie könnte ich mich da enthalten! Ich bin dein Oheim und dein Vater war mein geliebter Bruder. Schon mehrere Jahre bin ich auf der Reise, und in dem Augenblick, da ich hier anlange, voll Hoffnung, ihn wiederzusehen und durch meine Rückkehr zu erfreuen, sagst du mir, daß er tot ist! Ich versichere dir, daß es mich empfindlich schmerzt, mich des Trostes beraubt zu sehen, den ich erwartete. Was meine Betrübnis allein ein wenig mildern kann, ist, daß ich, sofern ich mich recht erinnere, seine Züge auf deinem Gesicht wiederfinde, und ich sehe, daß ich mich nicht getäuscht habe, als ich mich an dich wandte.«

Er fragte hierauf Aladdin, indem er seinen Beutel herauszog, wo seine Mutter wohne. Aladdin erteilte ihm sogleich Auskunft, und der afrikanische Zauberer gab ihm im Augenblick eine Handvoll kleines Geld mit den Worten: »Mein Sohn, gehe schnell zu deiner Mutter, grüße sie von mir und sage ihr, daß ich, sofern es meine Zeit erlaubt, sie morgen besuchen werde, um mir den Trost zu verschaffen, den Ort zu sehen, wo mein lieber Bruder solange gelebt und seine Tage beschlossen hat.«

Sobald der afrikanische Zauberer den Neffen, den er sich soeben selbst geschaffen, verlassen hatte, lief Aladdin, voll Freude über das Geld, das sein Oheim ihm geschenkt, zu seiner Mutter. »Mütterchen«, sagte er gleich beim eintreten, »ich bitte dich, sage mir, ob ich einen Oheim habe.« »Nein, mein Sohn«, antwortete die Mutter, »du hast keinen Oheim, weder von seiten deines seligen Vaters noch von der meinigen.« »Und doch«, fuhr Aladdin fort, »habe ich soeben einen Mann gesehen, der sich für meinen Oheim von väterlicher Seite ausgab und versicherte, daß er der Bruder meines Vaters sei. Er hat sogar geweint und mich umarmt, als ich ihm sagte, daß mein Vater tot wäre. Zum Beweis, daß ich die Wahrheit sage«, fügte er hinzu, indem er das empfangene Geld zeigte, »sieh einmal, was er mir geschenkt hat. Er hat mir überdies aufgegeben, dich in seinem Namen zu grüßen und dir zu sagen, daß er, wenn er Zeit hat, morgen dir seine Aufwartung machen wird, um das Haus zu sehen, wo mein Vater gelebt hat und wo er gestorben ist.«

»Mein Sohn«, antwortete die Mutter, »es ist wahr, dein Vater hatte einen Bruder; aber er ist schon lange tot und ich habe ihn nie sagen gehört, daß er noch einen anderen hätte.«

Damit wurde das Gespräch über den afrikanischen Zauberer abgebrochen.

Den anderen Tag näherte sich dieser zum zweiten Mal Aladdin, als er auf einem anderen Platz in der Stadt mit anderen Kindern spielte. Er umarmte ihn, wie Tags zuvor, und drückte ihm zwei Goldstücke in die Hand, mit den Worten: »Mein Sohn, bring dies deiner Mutter, sage ihr, ich werde sie auf den Abend besuchen, und sie möge etwas zum Nachtessen kaufen, damit wir zusammen speisen können. Zuvor aber sage mir, wie ich das Haus finden kann.« Er bezeichnete es ihm und der afrikanische Zauberer ließ ihn gehen.

Aladdin brachte die zwei Goldstücke seiner Mutter und sagte ihr, was sein Oheim zu tun willens sei. Sie ging, um das Geld zu verwenden, kam mit gutem Mundvorrat zurück, und da es ihr an einem großen Teil der nötigen Tischgerätschaften fehlte, so entlehnte sie dieselben von ihren Nachbarinnen. Sie brachte den ganzen Tag mit Vorbereitungen zu dem Mahl zu, und abends, als alles fertig war, sagte sie zu Aladdin: »Mein Sohn, dein Oheim weiß vielleicht unser Haus nicht, gehe ihm entgegen und führe ihn hierher, wenn du ihn siehst.«

Obschon Aladdin dem afrikanischen Zauberer das Haus bezeichnet hatte, so wollte er sich dennoch eben entfernen, als man an die Tür klopfte. Aladdin öffnete und erkannte den Afrikaner, der mit mehreren Weinflaschen und Früchten von allerlei Gattungen hereintrat.

Nachdem der afrikanische Zauberer seinen Beitrag Aladdin eingehändigt hatte, begrüßte er seine Mutter und bat sie, ihm die Stelle auf dem Sofa zu zeigen, wo sein Bruder Mustafa gewöhnlich gesessen sei. Sie zeigte ihm dieselbe. Nun

warf er sich sogleich zur Erde, küßte die Stelle mehrere Male und rief mit Tränen in den Augen: »Armer Bruder, wie unglücklich bin ich, daß ich nicht zeitig genug gekommen bin, um dich vor deinem Tod noch einmal zu umarmen!« So sehr ihn nun auch Aladdins Mutter bat, so wollte er sich doch nicht auf diesen Platz setzen. »Nein«, sagte er, »ich werde mich wohl hüten, aber erlaube, daß ich mich gegenüber setze, damit ich, wenn mir auch das Vergnügen versagt ist, ihn persönlich als Vater einer mir so teuren Familie zu sehen, mir wenigstens einbilden kann, er sitze noch dort.« Aladdins Mutter drang nun nicht weiter in ihn und ließ ihn Platz nehmen, wo er Lust hatte.

Als der afrikanische Zauberer sich da gesetzt hatte, wo es ihm am besten behagte, fing er ein Gespräch mit Aladdins Mutter an: »Meine liebe Schwester«, sagte er zu ihr, »wundere dich nicht, daß du während der ganzen Zeit, da du mit meinem Bruder Mustafa, seligen Andenkens, verheiratet warst, mich nie gesehen hast. Es sind schon 40 Jahre, daß ich dieses Land, das sowohl meine als meines seligen Bruders Heimat ist, verlassen habe. Seitdem habe ich Reisen nach Indien, Persien, Arabien, Syrien und Ägypten gemacht, mich in den schönsten Städten dieser Länder aufgehalten und bin dann nach Afrika gegangen, wo ich einen längeren Aufenthalt nahm. Da es indes dem Menschen angeboren ist, sein Heimatland, sowie seine Eltern und Jugendgespielen, auch in der weitesten Ferne nie aus dem Gedächtnis zu verlieren, so hat auch mich ein so gewaltiges Verlangen ergriffen, mein Vaterland wiederzusehen und meinen geliebten Bruder zu umarmen; jetzt, da ich noch Kraft und Mut zu einer so langen Reise in mir fühle, daß ich ohne weiteren Aufschub meine Vorbereitungen traf und mich auf den Weg machte. Ich sage dir nichts von der Länge der Zeit, die ich dazu brachte, noch von den Hindernissen, die mir aufstießen, noch von all den Beschwerden und Mühsalen, die ich überstehen mußte, um hierher zu kommen. Ich sage dir bloß, daß mich auf allen meinen Reisen nichts so tief gekränkt und geschmerzt hat, als die Nachricht von dem Tod eines Bruders, den ich immer mit echt brüderlicher Freundschaft geliebt hatte. Ich bemerkte einige Züge von ihm auf dem Gesicht meines Neffen, deines Sohnes, und dies machte, daß ich ihn aus all den übrigen Kindern, bei denen er war, herausfand. Er hat dir vielleicht erzählt, wie sehr die traurige Nachricht vom Tod meines Bruders mich ergriff. Indes, was Gott tut, das ist wohlgetan; ich tröste mich, ihn in seinem Sohn wiederzufinden, der so auffallende Ähnlichkeit mit ihm hat.«

Als der afrikanische Zauberer sah, daß Aladdins Mutter bei der Erinnerung an ihren Mann gerührt wurde und aufs Neue in Schmerz versank, so brach er das Gespräch ab, wendete sich zu Aladdin und fragte ihn um seinen Namen. »Ich heiße Aladdin«, antwortete dieser. - »Nun gut, Aladdin«, fuhr der Zauberer fort, »mit was beschäftigst du dich? Verstehst du auch ein Gewerbe?«

Bei dieser Frage schlug Aladdin die Augen nieder und geriet in Verlegenheit. Seine Mutter aber nahm das Wort und sagte: »Aladdin ist ein Taugenichts. Sein Vater hat, solange er lebte, alles Mögliche getan, um ihn sein Gewerbe zu lehren; allein er konnte seinen Zweck nicht erreichen, und seit er tot ist, streicht er, trotz meinen täglichen Ermahnungen, die ganze Zeit auf den Straßen herum und spielt mit Kindern, wie du gesehen hast, ohne zu bedenken, daß er kein Kind mehr ist; wenn du ihn deshalb nicht beschämst und er sich diese Ermahnung nicht zu Nutzen macht, so gebe ich alle Hoffnung auf, daß jemals etwas aus ihm wird. Er weiß, daß sein Vater kein Vermögen hinterlassen hat, und sieht selbst, daß ich mit meinem Baumwollespinnen den ganzen Tag über kaum das Brot für uns beide verdienen kann. Ich bin entschlossen, ihm nächster Tage einmal die Tür zu verschließen und ihn fortzuschicken, daß er sich seine Unterkunft anderswo suchen kann.«

Als Aladdins Mutter unter vielen Tränen so gesprochen hatte, sagte der afrikanische Zauberer zu dem Jungen: »Das ist nicht gut, mein Neffe; du mußt darauf denken, dir selbst fortzuhelfen und einen Lebensunterhalt zu verschaffen. Es gibt ja so viele Gewerbe in der Welt, besinne dich einmal, ob nicht eines darunter ist, zu dem du mehr Neigung hast, als zu den andern. Vielleicht gefällt dir bloß das deines Vaters nicht und du würdest dich besser zu einem anderen anschicken; verhehle mir deine Gesinnung hierüber nicht, ich will ja bloß dein Bestes.« Als er sah, daß Aladdin nichts antwortete, fuhr er fort: »Ist es dir überhaupt zuwider, ein Handwerk zu erlernen, und willst du ein angesehener Mann werden, so will ich für dich eine Bude mit kostbaren Stoffen und feinen Linnenzeugen einrichten; du kannst dann diese Sachen verkaufen, mit dem Geld, das du herauslösest, den Einkauf neuer Waren bestreiten und auf diese Art ein anständiges Unterkommen finden. Frage dich selbst und sage mir offen, was du denkst. Du wirst mich stets bereit finden, mein Versprechen zu halten.«

Dieses Anerbieten schmeichelte Aladdin sehr; ein jedes Handwerk war ihm zuwider, um so mehr, da er bemerkt hatte, daß solche Kaufläden, wovon sein Oheim gesprochen hatte, immer hübsch und stark besucht und die Kaufleute gut gekleidet und sehr geachtet waren. Er erklärte daher dem afrikanischen Zauberer, daß seine Neigung nach dieser Seite mehr hingerichtet sei, als nach jeder andern, und daß er ihm zeitlebens für die Wohltat danken würde, die er ihm erweisen wolle. »Da dieses Gewerbe dir angenehm ist«, erwiderte der afrikanische Zauberer, »so werde ich dich morgen mitnehmen und dich so hübsch und reich kleiden lassen, wie es sich für einen der ersten Kaufleute in dieser Stadt geziemt; übermorgen wollen wir dann darauf denken, einen solchen Laden zu errichten, wie ich im Sinn habe.«

Aladdins Mutter, die bis jetzt nicht geglaubt hatte, daß der afrikanische Zauberer der Bruder ihres Mannes sei, zweifelte nach solch glänzenden Versprechungen nicht mehr daran. Sie dankte ihm für seine guten Gesinnungen, und nachdem sie Aladdin ermahnt hatte, sich der Wohltaten, die sein Oheim ihn hoffen ließ, würdig zu zeigen, trug sie das Abendessen auf. Die Unterhaltung während des ganzen Mahles drehte sich immer um denselben Gegenstand, bis endlich der Zauberer bemerkte, daß die Nacht schon weit vorgerückt war. Er verabschiedete sich von Mutter und Sohn und ging nach Hause.

Am anderen Morgen ermangelte der afrikanische Zauberer nicht, sich versprochenermaßen bei der Witwe des Schneiders Mustafa wieder einzufinden. Er nahm Aladdin mit sich und führte ihn zu einem bedeutenden Kaufmann, der bloß ganz fertige Kleider von allen möglichen Stoffen und für Leute jeden Alters und Standes verkaufte. Von diesem ließ er sich mehrere zeigen, die für Aladdin paßten, und nachdem er die, die ihm am besten gefielen, ausgesucht und die anderen, die nicht so schön waren, als er wünschte, zurückgelegt hatte, sagte er zu Aladdin: »Lieber Neffe, wähle dir unter all diesen Kleidern dasjenige aus, das dir am besten gefällt.« Aladdin, der über die Freigebigkeit seines neuen Oheims ganz entzückt war, wählte eines, und der Zauberer kaufte es mit allem, was dazu gehörte, gegen bare Bezahlung, ohne zu feilschen.

Als Aladdin sich von Kopf bis zu Fuß so prachtvoll gekleidet sah, dankte er seinem Oheim so sehr man nur danken kann, und der Zauberer versprach ihm, ihn auch ferner nicht zu verlassen, sondern stets bei sich zu behalten. Wirklich führte er ihn in die besuchtesten Gegenden der Stadt, besonders in diejenigen, wo die Läden der reichsten Kaufleute standen, und in der Straße, wo die Läden mit den schönsten Stoffen und der feinsten Leinwand sich befanden, sagte er zu Aladdin: »Da du bald auch ein solcher Kaufmann sein wirst, wie diese hier, so ist es gut, wenn du sie besuchst, damit sie dich kennen lernen.« Er zeigte ihm auch die schönsten und größten Moscheen, und führte ihn in den Chan, wo die fremden Kaufleute wohnten, und an alle diejenigen Ort im Palast des Sultans, zu denen man freien Zutritt hatte. Endlich, nachdem sie die schönsten Gegenden der Stadt miteinander durchstreift hatten, kamen sie in den Chan, wo der Zauberer wohnte. Es waren dort einige Kaufleute, deren Bekanntschaft er seit seiner Ankunft gemacht, und die er ausdrücklich eingeladen hatte, um sie gut zu bewirten und ihnen seinen angeblichen Neffen vorzustellen.

Das Gastmahl endigte erst den späten Abend. Aladdin wollte sich von seinem Oheim verabschieden, um nach Hause zurückzukehren; aber der afrikanische Zauberer wollte ihn nicht allein gehen lassen und geleitete ihn selbst zu seiner Mutter zurück. Als diese ihren Sohn in so schönen Kleidern erblickte, war sie außer sich vor Freude und wollte nicht aufhören, Segnungen über das Haupt des Zauberers herabzurufen, der für ihren Sohn so viel Geld ausgegeben.

»Großmütiger Schwager«, sagte sie zu ihm, »ich weiß nicht, wie ich dir für deine Freigebigkeit danken soll; aber das weiß ich, daß mein Sohn die Wohltaten, die du ihm erweisest, nicht verdient, und er würde derselben ganz unwürdig sein, wenn er nicht erkenntlich wäre und den guten Absichten, die du mit ihm hast, ihm eine so glänzende Einrichtung zu geben, nicht entspräche. Ich für meine Person«, fügte sie hinzu, »danke dir von ganzem Herzen und wünsche dir ein recht langes Leben, um Zeuge von der Dankbarkeit meines Sohnes zu sein, der sie nicht besser an den Tag legen kann, als wenn er sich von deinen guten Ratschlägen leiten läßt.«

»Aladdin ist ein guter Junge«, erwiderte der afrikanische Zauberer; »er hört auf mich und ich glaube, wir können etwas Tüchtiges aus ihm machen. Es tut mir nur leid, daß ich mein Versprechen nicht schon morgen halten kann. Es ist nämlich Freitag, wo alle Läden geschlossen sind, und man gar nicht daran denken kann, einen zu mieten und mit Waren zu versehen; denn die Kaufleute sinnen an diesem Tag nur auf Vergnügungen aller Art. Somit werden wir die Sache auf Samstag verschieben müssen. Übrigens werde ich ihn morgen wieder mitnehmen und in die Gärten spazieren führen, wo sich die schöne Welt gewöhnlich einfindet. Er hat vielleicht noch keinen Begriff von den Vergnügungen, die man dort genießt; bisher war er immer nur mit Kindern beisammen, jetzt muß er auch erwachsene Menschen sehen.« Der afrikanische Zauberer verabschiedete sich endlich von Mutter und Sohn und ging. Aladdin aber, der schon über seine schönen Kleider höchlich vergnügt war, freute sich jetzt im voraus sehr auf den Spaziergang nach den Umgebungen der Stadt. In der Tat war er noch nie vor die Tore gekommen und hatte noch nie die Umgebungen gesehen, die über die Maßen schön und anmutig waren.

Am anderen Morgen stand Aladdin in aller Frühe auf und kleidete sich an, um fertig zu sein, sobald sein Oheim ihn abholen würde. Nachdem er, wie es ihn bedünkte, lange gewartet, öffnete er endlich voll Ungeduld die Tür und ging hinaus, um zu sehen, ob er immer noch nicht käme. Sobald er ihn bemerkte, sagte er es seiner Mutter, nahm Abschied von ihr, verschloß die Tür und eilte ihm entgegen.

Der afrikanische Zauberer bewillkommte Aladdin auf freundlichste. »Wohlan, mein lieber Junge«, sagte er mit lächelnder Miene zu ihm, »heute werde ich dir schöne Sachen zeigen.« Er führte ihn zu einem Tor hinaus, an großen und schönen Häusern oder vielmehr an prächtigen Palästen vorüber, von denen jeder einen sehr schönen Garten hatte, in welchen man frei eintreten durfte. Bei jedem Palast, an dem sie vorbeikamen, fragte er Aladdin, ob er ihm gefiele, und Aladdin, der ihm gewöhnlich zuvorkam, sagte, sobald er wieder einen anderen sah: »Ach! Lieber Oheim, dieser ist noch viel schöner, als alle bisherigen.« Indes gingen sie immer weiter, und der listige Zauberer, der dies nur tat, um den Plan den er im Kopf hatte, ausführen zu können, nahm Gelegenheit, in einen dieser Gärten zu treten. Er setzte sich neben ein großes Becken, in welches durch einen bronzenen Löwenrachen kristallhelles Wasser sprudelte, und er stellte sich ermüdet, damit Aladdin ebenfalls ausruhen sollte. »Lieber Neffe«, sagte er zu ihm, »du wirst ebenso müde sein, wie ich; laß uns hier ein wenig ausruhen, um neue Kräfte zu sammeln; wir werden dann mehr Mut haben, unseren Spaziergang fortzusetzen.«

Als sie sich gesetzt hatten, zog der afrikanische Zauberer aus einem Tuch, das an seinem Gürtel befestigt war, Kuchen und mehrere Arten von Früchten hervor, die er als Mundvorrat mitgenommen hatte, und breitete sie auf dem Rande des Beckens aus. Er teilte einen Kuchen mit Aladdin, und in Hinsicht der Früchte ließ er ihn nach Belieben wählen. Während dieses kleinen Mahles ermahnte er seinen angeblichen Neffen, sich von dem Umgang mit Kindern loszumachen, dagegen sich an kluge und verständige Männer anzuschließen, dieselben anzuhören und von ihren Unterhaltungen Nutzen zu ziehen. »Bald«, sagte er zu ihm, »wirst du ein Mann sein, wie sie, und du kannst dich nicht früh genug daran gewöhnen, nach ihrem Beispiel verständige Reden zu führen.« Als sie die kleine Mahlzeit vollendet hatten, standen sie auf und setzen ihren Spaziergang quer durch die Gärten fort, die voneinander bloß durch schmale Gräben getrennt waren, welche die Grenzscheide bildeten, ohne jedoch die Verbindung zu hemmen. Das gegenseitige Zutrauen, das die Bewohner dieser Hauptstadt zueinander hatten, ließ ihnen alle weiteren Vorsichtsmaßregeln, um böswillige Beeinträchtigungen zu verhindern, unnötig erscheinen. Unbemerkt führte der afrikanische Zauberer Aladdin ziemlich weit über die Gärten hinaus und durchwandelte mit ihm die Ebene, die ihn allmählich in die Nähe der Berge leitete.

Aladdin, der in seinem Leben nie einen so weiten Weg gemacht hatte, fühlte sich durch diesen Marsch sehr ermüdet und sagte zu dem afrikanischen Zauberer: »Wohin gehen wir denn, lieber Oheim? Wir haben die Gärten schon weit hinter uns und ich sehe nichts mehr, als Berge. Wenn wir noch länger so fortgehen, so weiß ich nicht, ob ich noch Kräfte genug haben werde, um in die Stadt zurückzukehren.« »Nur den Mut nicht verlieren«, antwortete der falsche Oheim; »ich will dir noch einen anderen Garten zeigen, der alle, die du bis jetzt gesehen hast, weit übertrifft; er ist nur ein paar Schritte von da, und wenn wir einmal dort sind, so wirst du selbst sagen, daß es dir sehr leid gewesen wäre, wenn du ihn nicht gesehen hättest, nachdem du einmal so nahe dabei warst.« Aladdin ließ sich überreden, und der Zauberer führte ihn noch sehr weit, indem er ihn mit verschiedenen anmutigen Geschichten unterhielt, um ihm den Weg weniger langweilig und die Ermüdung erträglicher zu machen.

Endlich gelangten sie zwischen zwei Berge von mittelmäßiger Höhe, die sich ziemlich gleich und nur durch ein schmales Tal getrennt waren. Dies war die merkwürdige Stelle, wohin der afrikanische Zauberer Aladdin hatte bringen wollen, um einen großen Plan mit ihm auszuführen, dem zuliebe er von dem äußersten Ende Afrikas bis nach China gereist war. »Wir sind jetzt an Ort und Stelle«, sagte er zu Aladdin; »ich werde dir hier außerordentliche Dinge zeigen, die allen übrigen Sterblichen unbekannt sind. Wenn du sie je gesehen haben wirst, so wirst du mir Dank dafür wissen, daß ich dich zum Zeugen so vieler Wunderdinge gemacht habe, die außer dir noch niemand gesehen hat. Während ich jetzt mit dem Stahl Feuer schlage, häufe du hier so viel trockenes Reisig zusammen, als du nur auftreiben kannst, damit wir ein Feuer anmachen.«

Es gab hier so viel Reisig, daß Aladdin bald einen mehr als hinlänglichen Haufen beisammen hatte, indes der Zauberer das Schwefelhölzchen anzündete. Er machte nun das Feuer an, und in dem Augenblick, wo das Reisig aufloderte, warf der afrikanische Zauberer Räucherwerk hinein, das er schon in Bereitschaft hatte. Ein dicker Rauch stieg empor, den er bald auf diese, bald auf jene Seite wendete, indem er allerlei Zauberworte sprach, von denen Aladdin nichts verstand.

In diesem Augenblick erbebte die Erde ein wenig, öffnete sich vor dem Zauberer und Aladdin, und ließ einen Stein hervorscheinen, der etwa anderthalb Fuß ins Geviert hatte, ungefähr einen Fuß dick war und waagerecht lag, mit einem in der Mitte versiegelten bronzenem Ring, um ihn daran heraufzuheben. Aladdin erschrak über das, was vor seinen Augen vorging, und wollte die Flucht ergreifen. Allein er war zu dieser geheimnisvollen Handlung notwendig, darum hielt ihn der Zauberer zurück, zankte ihn tüchtig aus und gab ihm eine so derbe Ohrfeige, daß er zu Boden fiel; um ein kleines hätte er ihm die Vorderzähne eingeschlagen und sein Mund blutete sehr. Zitternd und mit Tränen in den Augen rief der arme Aladdin: »Mein Oheim, was habe ich denn getan, daß du mich so grausam schlägst?« »Ich habe meine Gründe dazu«, antwortete der Zauberer. »Ich bin dein Oheim, der jetzt Vaterstelle an dir vertritt, und du darfst mir in nichts widersprechen. Aber«, fügte er in etwas milderem Ton hinzu, »du brauchst dich nicht zu fürchten, mein Sohn; ich verlange bloß, daß du mir pünktlich gehorchst, wofern du dich der großen Vorteile, die ich dir zudenke, würdig machen und sie benutzen willst.« Diese schönen Versprechungen des Zauberers beruhigten den ängstlichen und erzürnten Aladdin ein wenig, und als der Zauberer ihn wieder ganz gut gestimmt sah, fuhr er fort: »Du hast gesehen, was ich durch die Kraft meines Rauchwerks und die Worte, die ich sprach, bewirkt habe. Vernimm jetzt, daß unter diesem Stein hier ein Schatz verborgen liegt, der für dich bestimmt ist und dich dereinst reicher machen wird, als die größten Könige von der Welt. Dies ist so gewiß wahr, daß keinem Menschen auf der ganzen Welt außer dir erlaubt ist, diesen Stein anzurühren oder wegzuheben, um hier hinein zu gelangen. Ja ich selbst darf ihn nicht berühren oder auch nur einen Fuß in dieses Schatzgewölbe setzen, wenn es geöffnet sein wird. Deshalb mußt du genau und Punkt für Punkt ausführen, was ich dir sage, ohne etwas zu versäumen. Die Sache ist sowohl für dich als für mich von großer Wichtigkeit.«

Aladdin, immer noch voll Verwunderung über das, was er sah; und den Zauberer von einem Schatze reden hörte, der ihn auf immer glücklich machen sollte, vergaß alles, was vorgefallen war. »Nun gut, lieber Oheim«, sagte er zu dem Zauberer, indem er aufstand, »was soll ich tun? Befiehl nur, ich bin bereit zu gehorchen.« »Es freut mich sehr, liebes Kind«, sagte der afrikanische Zauberer, indem er ihn umarmte, »daß du dich hierzu entschlossen hast. Komm her, fasse diesen Ring an und hebe den Stein in die Höhe.« »Aber Oheim«, erwiderte Aladdin, »ich bin zu schwach, um ihn zu lüpfen: du muß mir dabei helfen.« »Nein«, versetzte der afrikanische Zauberer, »du bedarfst meiner Hilfe nicht und wir würden beide nichts ausrichten, wenn ich dir helfe; du mußt ihn ganz allein aufheben. Sprich nur den Namen deines Vaters und deines Großvaters, wenn du den Ring in die Hand nimmst, und hebe ihn in die Höhe; du wirst sehen, daß er sich ohne Schwierigkeit dir fügen wird.« Aladdin tat, wie der Zauberer ihm gesagt hatte, hob den Stein mit Leichtigkeit auf und legte ihn beiseite.

Als der Stein weggenommen war, sah er eine drei bis vier Fuß tiefe Höhle mit einer kleinen Tür und Stufen, um noch weiter hinabzusteigen. »Mein Sohn«, sprach jetzt der afrikanische Zauberer zu Aladdin, »hab genau acht auf das, was ich dir nunmehr sagen werde. Steig in diese Höhle hinab und wenn du unten auf der letzten Stufe bist, so wirst du eine offene Tür finden, die dich in einen großen gewölbten Ort führen wird, welcher in drei große aneinanderstoßende Säle abgeteilt ist. In jedem derselben wirst du rechts und links vier bronzene Vasen, so groß wie Kufen, voll Gold und Silber stehen sehen; aber hüte dich wohl, sie anzurühren. Ehe du in den ersten Saal trittst, hebe dein Kleid in die Höhe und schließe es eng um den Leib. Wenn du drinnen bist, so gehe, ohne dich aufzuhalten, nach dem zweiten und von da, ebenfalls ohne still zu stehen, in den dritten. Vor allen Dingen hüte dich wohl, den Wänden zu nahe zu kommen oder sie auch nur mit dem Kleid zu berühren; denn im Fall du sie berührtest, würdest du auf der Stelle sterben. Deswegen habe ich dir gesagt, daß du dein Kleid knapp an dich halten sollst. Am Ende des dritten Saales ist eine Tür, die dich in einen mit schönen und reich beladenen Obstbäumen bepflanzten Garten führen wird. Gehe nur immer geradeaus, und quer durch den Garten wird dich ein Weg zu einer Treppe von 50 Stufen führen, auf denen du zu einer Terrasse emporsteigen kannst. Sobald du oben auf der Terrasse bist, wirst du eine Nische vor dir sehen, und in der Nische eine brennende Lampe. Diese Lampe nimm, lösche sie aus, wirf den Docht samt der brennbaren Flüssigkeit auf den Boden, stecke sie dann vom in den Busen und bring sie mir. Du darfst nicht fürchten, dein Kleid möchte beschmutzt werden, denn die Flüssigkeit ist kein Öl und die Lampe wird sogleich trocken sein, sobald du sie ausgegossen hast. Gelüstet es dich nach den Früchten im Garten, so kannst du davon abpflücken, so viel du willst; dies ist dir nicht verboten.«

So sprechend, zog der afrikanische Zauberer einen Ring von seinem Finger und steckte ihn an einen Finger Aladdins. Dies, sagte er zu ihm, sei ein Verwahrungsmittel gegen alles Unglück, das ihm begegnen könnte, sofern er nur seine Vorschriften genau befolgte. »So gehe denn, mein Sohn«, fügte er hinzu, »steige dreist hinab; dann haben wir beide für unser ganzes Leben Geld wie Heu.«

Aladdin hüpfte leichtfüßig in die Höhle hinein und stieg die Stufen hinab. Er fand die drei Säle, die ihm der afrikanische Zauberer beschrieben hatte, und ging um so behutsamer durch sie hin, weil er zu sterben fürchtete, sofern er nicht alles, was ihm vorgeschrieben war, aufs genaueste beobachtete. Ohne zu verweilen, ging er durch den Garten, stieg die Terrasse hinauf, nahm die brennende Lampe aus der Nische, warf den Docht und die Flüssigkeit zu Boden, und da er sie trocken sah, wie der Zauberer ihm gesagt hatte, so steckte er sie in seinen Busen und ging die Terrasse wieder hinab. Im Garten verweilte er beim Anschauen der Früchte, die er vorher bloß im Vorübergehen gesehen hatte. Die Bäume dieses Gartens trugen alle ganz außerordentliche Früchte und zwar jeder verschiedenfarbige. Da gab es dann weiße, helleuchtende und wie Kristall durchsichtige; rote, teils dunkel, teils hell; grüne, blaue, violette, gelbliche, und so von allen möglichen Farben. Die weißen waren Perlen, die helleuchtenden und durchsichtigen Diamanten, die dunkelroten Rubine, die hellroten Ballaßrubine, die grünen Smaragde, die blauen Türkise, die violetten Amethyste, die gelblichen Saphire u.s.f. Und diese Früchte waren alle so groß und vollkommen, daß man auf der ganzen Welt nichts Ähnliches gesehen hat. Aladdin, der ihren Wert nicht kannte, wurde vom Anblick dieser Früchte, die nicht nach seinem Geschmack waren, schlecht erbaut; Feigen, Trauben und andere edle Obstarten, die in China gewöhnlich sind, wären ihm lieber gewesen. Er war aber noch nicht in dem Alter, wo man sich auf dergleichen versteht, und so bildete er sich ein, diese Früchte seien bloß gefärbte Gläser und haben keinen anderen Wert. Gleichwohl machte ihm die Mannigfaltigkeit der schönen Farben und die außerordentliche Größe und Schönheit jeder Frucht Lust, von jeglicher Sorte einige zu pflücken. Er nahm daher von jeder Farbe etliche, füllte damit seine beiden Taschen und zwei ganz neue Beutel, die der Zauberer zugleich mit dem Kleid, das er ihm geschenkt, gekauft hatte, damit er lauter neue Sachen hätte; und da die beiden Beutel in seinen Taschen, die schon ganz voll waren, keinen Platz mehr hatten, so band er sie auf jeder Seite an seinen Gürtel. Einige von den Früchten hüllte er auch in die

Falten seines Gürtels, der von dickem Seidenstoff und doppelt gefüttert war, und befestigte sie so, daß sie nicht herabfallen konnten; auch vergaß er nicht, etliche in den Busen zwischen das Kleid und das Hemd zu stecken.

Nachdem er sich so, ohne es zu wissen, mit Reichtümern beladen hatte, trat Aladdin schnell seinen Rückzug durch die drei Säle an, um den afrikanischen Zauberer nicht zu lange warten zu lassen; er ging mit derselben Vorsicht, wie das erste Mal, quer durch dieselben, stieg da wieder hinauf, wo er herabgestiegen war, und zeigte sich am Eingang der Höhle, wo der Afrikaner ihn mit Ungeduld erwartete. Sobald ihm Aladdin erblickte, rief er ihm zu: »Lieber Oheim, ich bitte dich, reich mir die Hand und hilf mir heraus.« »Mein Sohn«, antwortete der afrikanische Zauberer, »gib mir zuvor die Lampe, sie könnte dir hinderlich sein.« »Verzeih, lieber Oheim«, sagte Aladdin, »sie hindert mich nicht; ich werde sie dir geben, sobald ich oben bin.« Der afrikanische Zauberer bestand darauf, daß Aladdin ihm die Lampe aushändigen sollte, ehe er ihn aus der Höhle herauszöge, und Aladdin, der die Lampe mit all den Früchten, die er zu sich gesteckt, verpackt hatte, weigerte sich durchaus, sie ihm zu geben, bevor er aus der Höhle wäre. Da geriet der afrikanische Zauberer vor Ärger über die Widerspenstigkeit des jungen Menschen in schreckliche Wut, warf etwas von seinem Rauchwerk in das Feuer, das er sorgfältig unterhalten hatte, und kaum hatte er zwei Zauberworte gesprochen, als der Stein, welcher als Deckel zur Eingangsöffnung der Höhle diente, sich von selbst wieder, nebst der Erde darüber, an seine Stelle rückte, so daß alles wieder in denselben Stand kam, wie vor der Ankunft des arabischen Zauberers und Aladdins.

Der afrikanische Zauberer war in der Tat kein Bruder des Schneiders Mustafa, wofür er sich ausgegeben hatte, und somit auch nicht Aladdins Oheim. Er war wirklich aus Afrika gebürtig, und da Afrika ein Land ist, wo man mehr als irgend anderswo auf die Zauberei erpicht ist, so hatte er sich von Jugend an darauf gelegt, und nachdem er sich etwa 40 Jahre lang mit Zauberei, mit Punktierkunst, mit Räucheropfern und der Lektüre von Zauberbüchern beschäftigt hatte, war er endlich auf die Entdeckung gekommen, daß es eine Wunderlampe in der Welt gebe, deren Besitz ihn mächtiger als alle Könige der Erde machen würde, sofern er ihrer habhaft werden könnte. Durch einen letzten Versuch in der Punktierkunst hatte er ausgemittelt, daß diese Lampe sich an einem unterirdischen Ort mitten in China befand, und zwar in der Gegend und mit all den Umständen, die uns bereits bekannt sind. Im festen Glauben an die Wahrheit seiner Entdeckung war er, wie gesagt, von dem äußersten Ende Afrikas aus gereist und nach langer, beschwerlicher Wanderung in die Stadt gekommen, welche in der Nähe seines Schatzes lag, Aber obschon die Lampe sich ganz gewiß an dem bewußten Ort befand, so war es ihm doch nicht gestattet, sie selbst zu holen oder persönlich in das unterirdische Gewölbe einzutreten, wo sie zu finden war. Es mußte durchaus ein anderer hinabsteigen, sie abholen und ihm aushändigen. Deshalb hatte er sich an Aladdin gewandt, den er für einen geringfügigen jungen Burschen und für sehr geeignet hielt, ihm den erforderlichen Dienst zu leisten; dabei war er fest entschlossen, sobald er die Lampe in Händen haben würde, die letzte schon

erwähnte Räucherung zu tun, die zwei Zauberworte auszusprechen, welche die bereits angeführte Wirkung haben sollten, und so den armen Aladdin seinem Geiz und seiner Bosheit aufzuopfern, um an ihm keinen Zeugen zu haben. Die Ohrfeige, die er Aladdin gab, und das Ansehen, das er sich über ihn angemaßt hatte, sollten diesen bloß gewöhnen, ihn zu fürchten und ihm pünktlich zu gehorchen, damit er ihm die berühmte Zauberlampe sogleich übergäbe, sobald er sie forderte. Indes erfolgte gerade das Gegenteil von dem, was er beabsichtigt hatte. Am Ende beeilte sich der Boshafte bloß deshalb so sehr, den armen Aladdin zu verderben, weil er fürchtete, wenn er sich länger mit ihm herumzanke, so könnte irgend ein anderer es hören und sein wichtiges Geheimnis offenbaren.

Als der afrikanische Zauberer seine großen und schönen Hoffnungen auf immer gescheitert sah, blieb ihm nichts anderes übrig, als nach Afrika zurückzukehren, was er dann auch an demselben Tage noch tat. Er machte einen Umweg, um die Stadt nicht mehr zu betreten, die er mit Aladdin verlassen hatte; denn er mußte wirklich fürchten, daß er mehreren Leuten da auffallen könnte, die ihn mit diesem Jungen hatten gehen sehen, wenn er jetzt ohne ihn zurückkäme.

Allem Anschein nach war Aladdin verloren. Aber derselbe, der ihn auf immer zu verderben glaubt, hatte nicht bedacht, daß er ihm einen Ring an den Finger gesteckt hatte, der zu seiner Rettung dienen konnte. Wirklich wurde Aladdin durch eben diesen Ring, dessen Kräfte er nicht kannte, gerettet; und es ist zu verwundern, daß dieser Verlust, verbunden mit dem der Lampe, den

Zauberer nicht mit der äußersten Verzweiflung erfüllte; allein die Zauberer sind so sehr an Unfälle und an das Fehlschlagen ihrer Wünsche gewöhnt, daß sie, solange sie leben, nicht aufhören, sich mit Rauch und Dunst, Luftschlössern und Traumgebilden zu ergötzen,

Aladdin, der nach so vielen Liebkosungen und Geschenken auf diese Bosheit seines angeblichen Oheims keineswegs gefaßt war, befand sich in einer Bestürzung, die sich leichter denken, als mit Worten beschreiben läßt. Als er sich so lebendig begraben sah, rief er 1000-mal seinen Oheim mit Namen und erklärte, daß er ihm die Lampe ja gerne geben wolle; allein sein Rufen war vergeblich, er konnte nicht mehr gehört werden und mußte also in schwarzer Finsternis bleiben. Endlich, nachdem er seine Tränen getrocknet hatte, stieg er wieder die Treppe der Höhle hinab, um in den Garten, durch den er bereits gekommen war, und ins helle Tageslicht zu gelangen. Aber die Mauer, die sich ihm durch Zauber geöffnet hatte, hatte sich indes durch einen neuen Zauber wieder geschlossen und zusammengefügt. Er tappte mehrmals rechts und links vorwärts, ohne eine Tür zu finden. Nun fing er aufs Neue an zu schreien und zu weinen, und setzte sich endlich auf die Stufen der Höhle, ohne Hoffnung, jemals das Tageslicht wieder zu sehen, sondern im Gegenteil mit der traurigen Gewißheit, aus der Finsternis, worin er sich jetzt befand, in die eines nahen Todes versetzt zu werden.

Zwei Tage blieb Aladdin in diesem Zustand, ohne zu essen und zu trinken. Endlich am dritten, da er seinen Tod als unvermeidlich betrachtete, hob er die gefalteten Hände empor und rief mit völliger Ergebung in den Willen Gottes aus: »Es gibt keine Kraft und keine Macht, als bei Gott, dem Allerhöchsten und Größten!« Während er so die Hände gefaltet hatte, rieb er, ohne daran zu denken, an dem Ring, den ihm der afrikanische Zauberer an den Finger gesteckt hatte, und dessen Kraft er noch nicht kannte. Alsbald stieg vor ihm ein Geist von ungeheuerer Größe und fürchterlichem Ansehen, der mit seinem Kopf das oberste Gewölbe berührte, wie aus der Erde hervor und sprach folgende Worte zu Aladdin: »Was willst du? Ich bin bereit, dir zu gehorchen als dein Sklave und als Sklave aller derer, die den Ring am Finger haben, sowohl ich, als die anderen Sklaven des Rings.«

Zu jeder anderen Zeit und bei jeder anderen Gelegenheit wäre Aladdin, der an dergleichen Erscheinungen nicht gewöhnt war, bei dem Anblick einer so außerordentlichen Gestalt von Schrecken ergriffen worden, so daß er die Sprache verloren hätte. Jetzt aber, da er einzig und allein mit der Gefahr beschäftigt war, in der er schwebte, antwortete er ohne Stocken: »Wer du auch sein magst, hilf mir aus diesem Ort, sofern es in deiner Macht steht.« Kaum hatte er diese Worte gesprochen, als die Erde sich öffnete und er sich außerhalb der Höhle befand, gerade an der Stelle, wohin der Zauberer ihn geführt hatte. Man wird es nicht befremdlich finden, daß Aladdin, der solange in der dichtesten Finsternis geblieben war, am Anfang das Tageslicht kaum ertragen konnte. Erst nach und nach gewöhnte er sich daran, und als er um sich blickte, war er sehr überrascht, keine Öffnung in der Erde zu sehen; es war ihm unbegreiflich, auf welche Art er so auf einmal aus ihrem Schoß hervorgekommen war. Nur an dem Fleck, wo das Reisig

verbrannt worden war, erkannte er die Stelle wieder, unter der sich die Höhle befand. Als er sich hierauf gegen die Stadt hinwandte, erblickte er sie mitten in den sie umgebenden Gärten und erkannte auch den Weg, auf welchem ihn der afrikanische Zauberer hergeführt hatte. Diesen wandelte er zurück und dankte Gott, daß er sich noch einmal auf der Welt sah, nachdem er bereits die Hoffnung aufgegeben hatte, wieder dahin zurückzukommen. So gelangte er zur Stadt und schleppte sich mit vieler Mühe bis in seine Wohnung. Als er ins Zimmer seiner Mutter trat, fiel er aus Freude über das Wiedersehen, verbunden mit der von dreitägigem Fasten herrührenden Schwäche, in eine Ohnmacht, die einige Zeit dauerte. Seine Mutter, die ihn bereits als verloren oder als tot beweint hatte, ließ es jetzt, da sie ihn in diesem Zustand erblickte, an keiner Pflege und an keinem Mittel fehlen, ihn wieder zum Leben zu bringen. Endlich erholte er sich und seine ersten Worte waren: »Liebe Mutter, vor allen Dingen bitte ich dich, gib mir zu essen; ich habe seit drei Tagen nichts über den Mund gebracht.« Seine Mutter brachte ihm, was sie gerade hatte, setzte es ihm vor und sagte: »Lieber Sohn, übereile dich ja nicht, denn es könnte dir schaden; iß ganz langsam und nach deiner Bequemlichkeit, und nimm dich wohl in acht, so heißhungrig du auch bist. Ich wünsche nicht einmal, daß du mit mir sprechen sollst. Du hast immer noch Zeit, mir deine Schicksale zu erzählen, wenn du wieder hergestellt bist. Nach der großen Betrübnis, in der ich mich seit Freitag befunden, und nach der unsäglichen Mühe, die ich mir gegeben habe, um nach dir zu fragen, als es Nacht wurde und du nicht nach Hause kamst, bin ich vollkommen getröstet, daß ich dich nur wiedersehe.«

Aladdin folgte dem Rat seiner Mutter, aß langsam und ruhig, und trank ebenso. Als er fertig war, sagte er: »Liebe Mutter, ich könnte dir eigentlich große Vorwürfe machen, daß du mich so ohne alles Bedenken auf Treue und Glauben einem Mann anvertrautest, der den Plan hatte, mich ins Verderben zu stürzen und in diesem Augenblick fest überzeugt ist, daß ich bereits nicht mehr lebe, oder wenigstens zu jeder Stunde sterben könne; doch du glaubtest, es sei mein Oheim, und ich glaubte es ebenfalls. Wie hätten wir auch anders von einem Manne denken können, der mich mit Liebkosungen und Geschenken überhäufte und mir so glänzende Versprechungen machte? Du mußt aber wissen, liebe Mutter, daß er ein Verräter, ein Bösewicht, ein Schurke ist. Er hat mir bloß deswegen so viele Geschenke und Versprechungen gemacht, weil er mich ins Verderben stürzen wollte, ohne daß weder du, noch ich imstande wäre, die Ursache zu erraten. Ich meinerseits kann versichern, daß ich ihm nie die mindeste Veranlassung gegeben habe, mich zu mißhandeln. Du kannst dies selbst aus dem getreuen Bericht abnehmen, den ich dir jetzt von allem machen werde, was von unserer Trennung an bis zur Ausführung seines verderblichen Planes vorgegangen ist.«

Aladdin fing nun an, seiner Mutter zu erzählen, was ihm seit Freitag geschehen war, wo der Zauberer ihn abgeholt hatte, um die Paläste und Gärten außerhalb der Stadt mit ihm zu besehen; ferner, was ihm unterwegs bis zu dem Ort zwischen den zwei Bergen, wo das große Zauberwerk vor sich gehen sollte, zugestoßen, und wie infolge eines Rauchwerks, das ins Feuer geworfen worden, und einiger Zauberworte sich augenblicklich die Erde geöffnet habe, und der Eingang einer Höhle sichtbar geworden sei, die zu einem unschätzbaren Schatz geführt habe. Auch die Ohrfeige vergaß er nicht, und die Art, wie der Zauberer, nachdem er sich wieder ein wenig beruhigt, ihn durch große Versprechungen und durch Schenkung eines Ringes vermocht habe, in die Höhle hinabzusteigen. Sodann erzählte er ausführlich, was er auf seinem Hin- und Rückweg in den drei großen Sälen, im Garten und auf der Terrasse gesehen, und wie er dort die Wunderlampe geholt habe. Zugleich zog er sie aus seinem Busen und zeigte sie seiner Mutter samt den durchsichtigen und buntfarbigen Früchten, die er auf dem Rückweg aus dem Garten abgepflückt hatte. Auch gab er ihr die zwei vollen Beutel, aus denen sie sich aber wenig machte. Gleichwohl waren diese Früchte Edelsteine, deren sonnenheller Glanz beim Schein der Lampe, welche das Zimmer erhellte, auf ihren großen Wert hätten aufmerksam machen sollen; allein Aladdins Mutter verstand sich auf dergleichen Sachen ebensowenig, als ihr Sohn. Sie war in großer Dürftigkeit aufgewachsen und ihr Mann war nicht vermögend genug gewesen, um ihr solche Kostbarkeiten zu schenken; auch bei ihren Verwandten und Nachbarinnen hatte sie nie dergleichen gesehen. Kein

Wunder also, daß sie dieselben als wertlose Dinge betrachtete, die höchstens dazu gut wären, durch die Mannigfaltigkeit ihrer Farben das Auge zu ergötzen; daher Aladdin sie hinter eines von den Polstern des Sofas schob, auf dem er saß. Er vollendete sodann die Erzählung des Abenteuers und sagte, wie er aus der Höhle habe wieder heraussteigen wollen, wie der Zauberer ihm die Lampe abgefordert und wie sich dann auf seine Weigerung infolge des Rauchwerks, das der Zauberer in das noch brennende Feuer geworfen, und einige dazu gesprochener Worte die Öffnung der Höhle augenblicklich wieder verschlossen habe. Nicht ohne Tränen vermochte er ihr den unglücklichen Zustand zu schildern, in dem er sich befunden, als er sich in der fatalen Höhle lebendig begraben gesehen habe, bis zu dem Augenblick, wo er infolge der Berührung des Ringes, dessen Eigenschaften er noch nicht gekannt, wieder hervor- und sozusagen zum zweiten mal auf die Welt gekommen sei. Als er seine Erzählung geendet hatte, sagte er zu seiner Mutter: »Das übrige brauche ich dir nicht erst zu sagen, es ist dir bekannt. Du siehst jetzt, welche Abenteuer und Gefahren ich seit unserer Trennung bestanden habe.«

Aladdins Mutter hatte die Geduld, diese wunderbare und seltsame, zugleich aber für eine Mutter, die ihren Sohn trotz seiner Fehler zärtlich liebte, so schmerzliche Geschichte ohne Unterbrechung anzuhören. Nur bei den rührendsten Stellen, wo die Schändlichkeit des afrikanischen Zauberers recht ans Tageslicht kam, konnte sie ihren Abscheu nicht verbergen. Jetzt aber, da Aladdin geendet hatte, ließ sie sich in 1000 Schmähworte gegen den Betrüger aus; sie nannte ihn einen Verräter, einen Schurken, einen Unmenschen, einen Meuchelmörder, Lügner, Zauberer, einen Feind und Verderber des menschlichen Geschlechts. »Ja, mein Sohn«, fügte sie hinzu, »es ist ein Zauberer, und die Zauberer sind eine wahre Pest der Menschheit; sie haben vermöge ihrer Zaubereien und Hexereien Verkehr mit den bösen Geistern. Gott sei gelobt, der verhütet hat, daß seine entsetzliche Bosheit ihren Zweck an dir erreichte. Du bist ihm für die Gnade, die er an dir getan hat, großen Dank schuldig; dein Tod wäre unvermeidlich gewesen, wenn du dich nicht seiner erinnert und ihn um Hilfe angefleht hättest.« So sprach sie noch vieles andere, um ihren Abscheu gegen den Verrat des Zauberers auszudrücken. Endlich aber bemerkte sie, daß Aladdin, der seit drei Tagen nicht geschlafen hatte, der Ruhe bedürftig war; sie brachte ihn daher zu Bett und legte sich bald darauf ebenfalls nieder.

Aladdin, der an dem unterirdischen Orte, wo er mörderischerweise begraben gewesen, keine Ruhe genossen hatte, schlief die ganze Nacht fest und erwachte am anderen Morgen erst sehr spät. Er stand auf, und das erste, was er zu seiner Mutter sagte, war, daß er Hunger habe, und sie ihm kein größeres Vergnügen machen könnte, als wenn sie ihm ein Frühstück gäbe. »Ach, lieber Sohn«, antwortete sie, »ich habe auch nicht einen einzigen Bissen Brot; du hast gestern Abend den wenigen Vorrat, der noch zu Hause war, aufgegessen. Aber gedulde dich einen Augenblick, so werde ich dir bald etwas bringen. Ich habe etwas Baumwolle gesponnen, diese will ich verkaufen, um Brot und einiges zum Mittagessen anzuschaffen.« »Liebe Mutter«, erwiderte Aladdin, »hebe deine Baumwolle für ein anderes Mal auf und gib mir die Lampe, die ich gestern mitbrachte. Ich will sie verkaufen, und vielleicht löse ich so viel daraus, daß wir Frühstück und Mittagessen, und am Ende gar noch etwas für den Abend bestreiten können.«

Aladdins Mutter holte die Lampe und sagte zu ihrem Sohne: »Da hast du sie, sie ist aber sehr schmutzig. Ich will sie ein wenig putzen, dann wird sie schon etwas mehr gelten.« Sie nahm Wasser und feinen Sand, um sie blank zu machen, aber kaum hatte sie angefangen, die Lampe zu reiben, als augenblicklich in Gegenwart ihres Sohnes ein scheußlicher Geist von riesenhafter Gestalt vor ihr aufstand und mit einer Donnerstimme zu ihr sprach: »Was willst du? Ich bin bereit, dir zu gehorchen als dein Sklave und als Sklave aller derer, welche die Lampe in der Hand haben, sowohl ich, als die anderen Sklaven der Lampe.«

Aladdins Mutter war nicht imstande zu antworten. Ihr Auge vermochte die abscheuliche und schreckliche Gestalt des Geistes nicht zu ertragen, und sie war gleich bei seinen ersten Worten vor Angst in Ohnmacht gefallen.

Aladdin dagegen, der schon in der Höhle eine ähnliche Erscheinung gehabt hatte, ergriff, ohne die Zeit oder Besinnung zu verlieren, schnell die Lampe und antwortete statt seiner Mutter mit festem Ton: »Ich habe Hunger, bring mir etwas zu essen.« Der Geist verschwand und kam im Augenblick wieder mit einem

großen silbernen Becken auf dem Kopf, worin sich zwölf gedeckte Schüsseln von demselben Metall voll der ausgezeichnetsten Speisen nebst sechs Broten vom weißesten Mehl befanden, und zwei Flaschen des köstlichsten Weines, nebst zwei silbernen Schalen in der Hand. Er stellte alles zusammen auf das Sofa und verschwand sogleich.

Dies geschah in so kurzer Zeit, daß Aladdins Mutter sich noch nicht von ihrer Ohnmacht erholt hatte, als der Geist zum zweiten mal verschwand. Aladdin, der bereits, aber ohne Erfolg, angefangen hatte, ihr Wasser ins Gesicht zu spritzen, wollte dies eben wiederholen; allein sei es, daß ihre entflohenen Lebensgeister sich wieder gesammelt hatten, oder daß der Duft der Speisen, die der Geist gebracht, etwas dazu beitrug, kurz, sie kam augenblicklich wieder zu sich. »Liebe Mutter«, sagte Aladdin zu ihr, »es ist weiter nichts, steh auf und iß. Hier sind Sachen genug, um dein Herz zu stärken und zugleich meinen großen Hunger zu befriedigen. Wir wollen diese guten Speisen nicht kalt werden lassen, sondern essen.«

Aladdins Mutter war außerordentlich erstaunt, als sie das große Becken, die zwölf Schüsseln, die sechs Brote, die zwei Flaschen nebst den zwei Schalen erblickte und den köstlichen Duft einatmete, der aus all den Platten emporstieg. »Mein Sohn«, sagte sie zu Aladdin, »woher kommt uns dieser Überfluß und wem haben wir für solch reiches Geschenk zu danken? Sollte vielleicht der Sultan von unserer Armut gehört und sich unser erbarmt haben?« »Liebe Mutter«, antwortete Aladdin, »wir wollen uns jetzt zu Tisch setzen und essen, du bedarfst dessen so gut, als ich; deine Frage werde ich beantworten, wenn wir gefrühstückt haben.« Sie setzten sich zu Tisch und speisten mit um so größerem Appetit, als beide, Mutter und Sohn, sich nie an einer so wohlbesetzten Tafel befunden hatten.

Während der Mahlzeit konnte Aladdins Mutter nicht aufhören, das Bekken und die Schüsseln zu betrachten und zu bewundern, obgleich sie nicht recht wußte, ob sie von Silber oder einem anderen Metall waren: so ungewöhnlich war ihr der Anblick von dergleichen Dingen. Eigentlich war es bloß die Neuheit und nicht der Wert derselben, was sie in solche Bewunderung versetzte, denn sie verstand sich darauf so wenig, als ihr Sohn Aladdin.

Aladdin und seine Mutter, die nur ein einfaches Frühstück einzunehmen gedacht hatten, befanden sich um die Stunde des Mittagessens noch bei Tisch. Die trefflichen Speisen hatten ihre Eßlust noch mehr rege gemacht, und da sie noch warm waren, glaubten sie, nicht übel zu tun, wenn sie beide Mahlzeiten auf einmal abmachten, statt sich zweimal an den Tisch zu setzen. Nachdem die Doppelmahlzeit geendigt war, blieb ihnen noch so viel übrig, daß sie nicht nur ein Abendessen, sondern auch noch am folgenden Tage zwei tüchtige Mahlzeiten halten konnten.

Als Aladdins Mutter abgetragen und das Fleisch, welches unberührt geblieben war, aufgehoben hatte, setzte sie sich zu ihrem Sohn auf das Sofa und sagte zu ihm: »Aladdin, ich erwarte jetzt von dir, daß du meine Neugierde befriedigst und mir die versprochene Auskunft erteilst.« Aladdin erzählte ihr umständlich alles, was während ihrer Ohnmacht zwischen dem Geist und ihm vorgegangen war.

Aladdins Mutter geriet in große Verwunderung über die Erzählung ihres Sohnes und die Erscheinung des Geistes. »Aber, mein Sohn«, sagte sie, »was willst du denn eigentlich sagen mit deinen Geistern? So lange ich auf der Welt bin, habe ich nie sagen gehört, daß jemand von allen meinen Bekannten einen Geist gesehen hätte. Durch welchen Zufall ist dieser garstige Geist zu mir gekommen? Warum hat er sich an mich gewendet und nicht an dich, da er dir doch schon in der Schatzhöhle einmal erschienen war?«

»Liebe Mutter«, erwiderte Aladdin, »der Geist, welcher dir erschienen, ist nicht derselbe, der mir erschien. Sie haben zwar einige Ähnlichkeit in Beziehung auf ihre Riesengröße, aber an Gesichtsbildung und Kleidung sind sie gänzlich voneinander verschieden und gehören auch verschiedenen Herren an. Du wirst dich noch erinneren, daß derjenige, den ich sah, sich einen Sklaven des Rings nannte, den ich am Finger habe, während der soeben erschienene sagte, er sei Sklave der Lampe, die du in der Hand hattest; doch ich glaube nicht, daß du es gehört hast, denn, wie mich dünkt, fielst du sogleich in Ohnmacht, als er zu reden anfing.«

»Wie!« rief Aladdins Mutter, »Also deine Lampe ist schuld, daß dieser verwünschte Geist sich an mich gewendet hat, statt an dich? Ach, lieber Sohn, schaffe sie mir sogleich aus den Augen und hebe sie auf, wo du willst, ich mag sie nicht mehr anrühren. Eher lasse ich sie wegwerfen oder verkaufen, als daß ich Gefahr laufe, bei Berührung derselben vor Angst zu sterben. Folge mir und tue auch den Ring ab. Man muß keinen Verkehr mit Geistern haben. Es sind Teufel und unser Prophet hat es gesagt.«

»Mit deiner Erlaubnis, liebe Mutter«, antwortet Aladdin, »werde ich mich jetzt wohl hüten, eine Lampe, die uns beiden so nützlich werden kann, zu verkaufen, wie ich soeben noch im Sinne hatte. Siehst du denn nicht, was sie uns erst vor einigen Augenblicken verschafft hat? Sie soll uns jetzt fortwährend Nahrung und Lebensunterhalt besorgen. Du kannst dir, wie ich, leicht denken, daß mein garstiger, falscher Oheim sich nicht ohne Grund so viel Mühe gegeben und eine so weite und beschwerliche Reise unternommen hat, da er nach dem Besitz dieser Wunderlampe trachtete, die er allem Gold und Silber, das er in den Sälen wußte, und das ich, wie er es mir beschrieben, mit meinen eigen Augen sah, vorgezogen hatte. Er kannte den Wert und die herrlichen Eigenschaften dieser Lampe zu gut, um sich von dem übrigen reichen Schatz noch etwas zu wünschen. Da nun der Zufall uns ihre geheime Kraft entdeckt hat, so wollen wir den möglichst vorteilhaften Gebrauch davon machen, aber ohne Aufsehen zu erregen, damit unsere Nachbarn nicht neidisch und eifersüchtig werden. Ich will sie dir übrigens gern aus den Augen schaffen und an einem Ort aufheben, wo ich sie finden kann, wann ich sie brauche, da du so große Angst vor den Geistern hast. Auch den Ring wegzuwerfen, kann ich mich unmöglich entschließen. Ohne diesen Ring hättest du mich nie wieder gesehen, und ohne ihn würde ich jetzt entweder nicht mehr, oder höchstens noch auf einige Augenblicke leben. Du wirst mir daher erlauben, daß ich ihn behalte und immer mit großer Behutsamkeit am Finger trage. Wer weiß, ob mir nicht irgend einmal eine andere Gefahr zustößt, die wir beide nicht voraussehen können, und aus der er mich vielleicht befreit?« Da Aladdins Bemerkung sehr richtig schien, so wußte seine Mutter nichts mehr einzuwenden. »Lieber Sohn«, sagte sie zu ihm, »du kannst handeln, wie du es für gut hältst; ich für meinen Teil mag mit Geistern nichts zu tun haben. Ich erkläre dir hiermit, daß ich meine Hände in Unschuld wasche, und nie mehr mit dir davon reden werden.«

Am anderen Tag nach dem Abendessen war von den herrlichen Speisen, die der Geist gebracht hatte, nichts mehr übrig; Aladdin, der nicht solange warten wollte, bis der Hunger ihn drängte, nahm daher am dritten Morgen eine der silbernen Schüsseln unter seine Kleider und ging aus, um sie zu verkaufen. Er

wandte sich an einen Juden, der ihm begegnete, nahm ihm beiseite, zeigte ihm die Schüssel und fragte, ob er wohl Lust dazu hätte.

Der Jude, ein schlauer und verschmitzter Bursche, nahm die Schüssel, untersuchte sie, und da er erkannte, daß sie von echtem Silber war, fragte er Aladdin, was er dafür verlange. Aladdin, der ihren Wert nicht verstand und nie mit solchen Waren Handel getrieben hatte, sagte ihm bloß, er werde wohl am besten wissen, was die Schüssel wert sei, und er verlasse sich hierin ganz auf seine Ehrlichkeit. Der Jude geriet wirklich in Verlegenheit über die Offenherzigkeit Aladdins. Da er nicht wußte, ob Aladdin den Wert seiner Ware wirklich kannte oder nicht, zog er ein Goldstück aus seinem Beutel, das höchstens den 72. Teil vom wahren Wert der Schüssel betrug, und bot es ihm an. Aladdin nahm das Goldstück mit großer Freudigkeit, und sobald er es in der Hand hatte, lief er so schnell davon, daß der Jude, mit seinem ungeheuren Gewinn bei diesem Kaufe nicht zufrieden, sich sehr darüber ärgerte, daß er Aladdins gänzliche Unwissenheit über den Wert für die Schüssel nicht besser erraten und ihm noch weniger geboten hatte. Er geriet in Versuchung, dem jungen Menschen nachzulaufen, ob er nicht etwas von seinem Goldstück herausbekommen könnte; allein Aladdin ging schnell und war schon so weit entfernt, daß er ihn schwerlich eingeholt hätte.

Auf dem Heimweg blieb Aladdin bei einem Bäckerladen stehen, kaufte einen Vorrat Brot und bezahlte ihn mit dem Goldstück, das der Bäcker ihm wechselte. Als er nach Hause kam, gab er das übrige Geld seiner Mutter, die auf den Markt ging, um für sie beide die nötigen Lebensmittel auf einige Tage einzukaufen.

So lebten sie eine Zeitlang fort, d.h. Aladdin verkaufte alle zwölf Schüsseln, eine nach der andern, so wie das Geld im Hause ausgegangen war, an den Juden. Der Jude, der für die erste ein Goldstück gegeben hatte, wagte es nicht, für die übrigen weniger zu bieten, und bezahlte alle mit derselben Münze, um einen so guten Handel nicht auszulassen. Als das Geld von der letzten Schüssel ausgegeben war, nahm Aladdin seine Zuflucht zu dem Becken, das allein zehnmal mehr wog, als jede Schüssel. Er wollte es einem gewöhnlichen Kaufmann bringen, allein es war ihm zu schwer. Somit mußte er den Juden aufsuchen und ihn in sein Haus führen; dieser prüfte das Gewicht des Beckens und zahlte ihm auf der Stelle zehn Goldstücke, womit Aladdin auch zufrieden war.

So lange die Goldstücke dauerten, wurden sie für die täglichen Ausgaben der Hauswirtschaft verwendet. Aladdin hatte indes, obschon er ans Müßiggehen gewöhnt war, seit seinem Abenteuer mit dem afrikanischen Zauberer nicht mehr mit den jungen Leuten seines Alters gespielt. Er brachte seine Tage mit Spazierengehen zu, oder unterhielt sich mit älteren Leuten, deren Bekanntschaft er gemacht hatte. Oft blieb er auch bei den Läden der großen Kaufleute stehen und horchte aufmerksam auf die Gespräche vornehmer Männer, die sich hier eine Zeitlang aufhielten, oder sich hierher bestellt hatten. Und diese Gespräche gaben ihm allmählich einigen Anstrich von Weltkenntnis.

Als von den zehn Goldstücken nichts mehr übrig war, nahm Aladdin seine Zuflucht zur Lampe. Er nahm sie in die Hand, suchte die Stelle, welche seine Mutter berührt hatte, und als er sie an dem Eindruck des Sandes erkannte, rieb er sie ebenso, wie sie getan hatte. Sogleich erschien ihm wieder derselbe Geist, der sich schon einmal gezeigt hatte; da aber Aladdin die Lampe sanfter gerieben hatte, als seine Mutter, so sprach er diesmal in einem müderen Tone dieselben Worte wie vorhin: »Was willst du? ich bin bereit, dir zu gehorchen als dein Sklave und als Sklave aller derer, welche die Lampe in der Hand haben, sowohl ich, als die anderen Sklaven der Lampe.« Aladdin antwortete ihm. »Mich hungert, bring mir zu essen.« Der Geist verschwand und erschien in einigen Augenblicken wieder mit einem ähnlichen Tafelzeug, wie das erste Mal, stellte es auf das Sofa und verschwand wieder.

Aladdins Mutter war, da sie das Vorhaben ihres Sohnes wußte, absichtlich ausgegangen, um bei der Erscheinung des Geistes nicht zu Hause zu sein. Sie kam bald darauf zurück, und als sie die Tafel und den Schenktisch so wohl besetzt sah, erstaunte sie über die wunderbare Wirkung der Lampe beinahe ebenso, wie das erste Mal. Aladdin und seine Mutter setzten sich zu Tisch, und nach dem Mahl blieb ihnen noch so viel übrig, daß sie die beiden folgenden Tage behaglich davon leben konnten.

Als Aladdin sah, daß weder Brot, noch Lebensmittel noch Geld mehr zu Hause war, nahm er eine silberne Schüssel und suchte den Juden, den er kannte, auf, um sie zu verkaufen. Auf dem Weg zu ihm kam er an dem Laden eines Goldschmieds vorüber, der durch sein Alter ehrwürdig und zugleich ein ehrlicher und rechtschaffener Mann war. Der Goldschmied bemerkte ihn, und rief ihm, er möchte hereintreten. »Mein Sohn«, sagte er zu ihm, »ich habe dich schon mehrere Male mit derselben Ware wie jetzt vorbeigehen, den und den Juden aufsuchen und bald darauf mit leeren Händen zurückkommen sehen. Dies hat mich auf den Gedanken gebracht, daß du das, was du trägst, jedesmal an ihn verkaufst. Aber du weißt vielleicht nicht, daß dieser Jude ein Betrüger und zwar ein ärgerer Betrüger ist, als die anderen Juden, und daß niemand, der ihn kennt, mit ihm zu tun haben will. Im übrigen sage ich dir dieses bloß aus Gefälligkeit. Wenn du mir zeigen willst, was du jetzt in der Hand hast, und es dir feil ist, so will ich dir den wahren Wert getreulich ausbezahlen, wofern ich es brauchen kann; wo nicht, so will ich dich an andere Kaufleute weisen, die dich nicht betrügen werden.«

In der Hoffnung, noch mehr Geld für seine Schüssel zu lösen, zog Aladdin sie sogleich unter seinem Kleid hervor und zeigte sie dem Goldschmied. Der Greis, der auf den ersten Blick erkannte, daß sie vom feinsten Silber war, fragte

ihn, ob er wohl schon ähnliche an den Juden verkauft und was er von ihm dafür erhalten habe. Aladdin gestand offenherzig, daß er schon zwölf solche verkauft und der Jude ihm für jede ein einziges Goldstück bezahlt habe. »Ha, der Spitzbube!« rief der Goldschmied, »Mein Sohn«, fügte er hinzu, »was geschehen ist, ist geschehen, und man muß nicht mehr daran denken; aber wenn ich dir jetzt den wahren Wert deiner Schüssel entdecke, die vom feinsten Silber ist, das nur irgend von uns verarbeitet wird, so wirst du einsehen, wie sehr der Jude dich betrogen hat.«

Der Goldschmied nahm die Waage, wog die Schüssel und nachdem er Aladdin auseinandergesetzt hatte, was eine Mark Silber sei, welchen Wert und welche Unterabteilungen sie habe, machte er ihm begreiflich, daß diese Schüssel ihrem Gewicht nach 72 Goldstücke wert sei, die er ihm sogleich blank ausbezahlte. »Da hast du«, sagte er, »den wahren Betrag deiner Schüssel. Wenn du noch daran zweifelst, so kannst du dich nach Belieben an jeden anderen von unsern Goldschmieden wenden, und wenn dir einer sagt, daß sie mehr wert sei, so mache ich mich anheischig, dir das Doppelte dafür zu bezahlen. Wir gewinnen an dem Silberwerk, das wir kaufen, nichts, als die Arbeit und die Form, und damit begnügt sich kein Jude, wenn er auch noch so ehrlich wäre.«

Aladdin dankte dem Goldschmied sehr für den guten Rat, den er ihm gegeben hatte, und von dem er bereits einen so großen Nutzen zog. In der Folge verkaufte er auch die übrigen Schüsseln, sowie das Becken, bloß noch an ihn und erhielt von allem den vollen Wert je nach dem Gewicht. Obwohl nun Aladdin und seine Mutter eine unversiegbare Geldquelle an ihrer Lampe hatten, kraft der sie sich nach Herzenswunsch mit Geld versehen konnten, sobald es ihnen ausging, so lebten sie dennoch fortwährend ebenso mäßig, wie zuvor, nur daß Aladdin einiges auf die Seite legte, um anständig auftreten zu können und verschiedene Bequemlichkeiten für ihre kleine Wirtschaft anzuschaffen. Seine Mutter dagegen verwendete auf ihre Kleider nichts, als was ihr das Baumwollespinnen einbrachte. Bei dieser nüchternen Lebensweise kann man sich leicht denken, daß das Gold, das Aladdin für seine zwölf Schüsseln und das Becken von dem Goldschmied erhalten hatte, lange ausreichte. So lebten sie denn mehrere Jahre lang von dem guten Gebrauch, den Aladdin von Zeit zu Zeit von seiner Lampe machte.

In dieser Zwischenzeit hatte Aladdin, der es nicht unterließ, sich sehr fleißig bei den Zusammenkünften angesehener Personen in den Läden der bedeutendsten Kaufleute, die mit Gold, Silber, Seidenstoffen, den feinsten Schleiertüchern und Juwelen handelten, einzufinden und bisweilen sogar an ihren Unterhaltungen teilzunehmen, sich vollends ausgebildet und allmählich alle Manieren der feinen Weltleute angenommen. Namentlich bei den Juwelenhändlern kam er von dem Irrwahn ab, als wären die durchsichtigen Früchte, die er in dem Garten, wo die Lampe stand, gepflückt hatte, bloß buntfarbiges Glas; er erfuhr hier, daß es sehr kostbare Edelsteine waren. Da er täglich in diesen Läden alle Arten solcher Edelsteine kaufen und verkaufen sah, lernte er sie nach ihrem Wert kennen und schätzen, da er nirgends so schöne und große bemerkte, wie die seinigen, so begriff er wohl, daß er statt der Glasscherben, die er für Kleinigkeiten geachtet hatte, einen Schatz von unschätzbarem Wert besaß. Indes war er klug genug, niemanden etwas davon zu sagen, selbst seiner Mutter nicht, und ohne Zweifel verdankte er diesem Stillschweigen das hohe Glück, zu dem wir ihn in der Folge emporsteigen sehen werden.

Eines Tages, als er in der Stadt spazieren ging, hörte Aladdin mit lauter Stimme einen Befehl des Sultans ausrufen, daß jedermann seinen Laden und seine Haustür schließen und sich ins Innere seiner Wohnung zurückziehen solle, bis die Prinzessin Bedrulbudur*, die Tochter des Sultans, die sich baden wollte, vorübergegangen und wieder zurückgekehrt sein würde**.

Dieser öffentliche Aufruf erweckte in Aladdin den Wunsch, die Prinzessin entschleiert zu sehen. Er mußte sich zu diesem Behuf in das Haus eines Bekannten begeben und dort hinter ein Gitterfenster stellen; allein dies war ihm nicht genug, da die Prinzessin, dem Brauch gemäß, auf ihrem Weg ins Bad einen Schleier vor ihrem Gesicht haben mußte. Um seine Neugierde zu befriedigen, ersann er endlich ein Mittel, das ihm glückte. Er stellte sich nämlich hinter die Tür des Bades, das so eingerichtet war, daß er sie unfehlbar von Angesicht sehen mußte.

Aladdin durfte nicht lange warten: Die Prinzessin erschien, und er betrachtete sie durch einen Ritz, der groß genug war, daß er sehen konnte, ohne gesehen zu werden. Sie kam in Begleitung von einer großen Anzahl ihrer Frauen und Verschnittenen, die teils neben ihr, teils hinter ihr hergingen. Drei oder vier Schritte vor der Tür des Bades nahm sie den Schleier ab, der ihr Gesicht bedeckte und ihr sehr unbequem war, und auf diese Art sah Aladdin sie um so bequemer, da sie gerade auf ihn zukam. Aladdin hatte bis dahin noch nie eine Frau mit entschleiertem Gesicht gesehen, als seine Mutter, die schon alt und überhaupt niemals so hübsch gewesen war, daß er von ihr einen Schluß auf die Schönheit anderer Frauen hätte machen können. Zwar hatte er wohl gehört, daß es Frauen von ausgezeichneter Schönheit gebe, allein alle auch noch so begeisterten Schilderungen von einer Schönheit können nie einen so tiefen Eindruck machen, wie ihr Anblick selbst.

Als Aladdin die Prinzessin Bedrulbudur gesehen hatte, gab er seine bisherige Meinung, als ob alle Frauen mehr oder weniger seiner Mutter glichen, auf. Ganz andere Empfindungen stiegen in ihm auf, und sein Herz konnte dem bezaubernden Mädchen die höchste Zuneigung nicht versagen. Wirklich war die Prinzessin auch die schönste Brünette, die man auf der Welt sehen kann. Sie hatte große, regelmäßige, lebhafte und feurige Augen, einen sanften und sittsamen Blick, eine proportionierte Nase ohne allen Tadel, einen kleinen Mund, rosenrote und durch ihr schönes Ebenmaß wahrhaft bezaubernde Lippen; mit einem Wort, alle ihre Gesichtszüge waren höchst anmutig und regelmäßig. Was Wunder, daß Aladdin bei dem Blick einer so seltenen Vereinigung von Schönheiten, die ihm ganz neu waren, geblendet wurde und beinahe außer sich geriet! Außer diesen

---

* Auf arabisch: Mond der Monde

** Noch heutzutage ist es den Persern verboten, die Frauen des Königs auf der Straße zu sehen.

Vollkommenheiten hatte die Prinzessin einen üppigen Wuchs und eine majestätische Haltung, deren Anblick allein schon die ihr gebührende Ehrfurcht einflößte.

Als die Prinzessin ins Bad hineingegangen war, blieb Aladdin eine Weile ganz verwirrt und wie entzückt stehen, indem er sich unaufhörlich das reizende Bild vor die Seele rief, das ihn im Innersten seines Herzens ergriffen und bezaubert hatte. Endlich kam er wieder zur Besinnung, und da er bedachte, daß die Prinzessin bereits vorübergegangen war, und er vergebens seinen Posten länger behaupten würde, um sie beim Herausgehen aus dem Bad wieder zu sehen, indem sie ihm da den Rücken kehren und verschleiert sein müßte, so beschloß er, den Ort zu verlassen und sich hinweg zu begeben.

Als Aladdin nach Hause kam, konnte er seine Verwirrung und Unruhe nicht so verbergen, daß seine Mutter nichts gemerkt hätte. Sie war sehr erstaunt, ihn gegen seine Gewohnheit so traurig und nachdenklich zu sehen und fragte ihn, ob ihm etwas Unangenehmes begegnet sei, oder ob er sich unwohl befinde. Aladdin aber gab keine Antwort, sondern setzte sich nachlässig auf das Sofa, wo er unverändert in derselben Stellung blieb, fortwährend damit beschäftigt, sich das reizende Bild der Prinzessin Bedrulbudur zu vergegenwärtigen. Seine Mutter bereitete das Abendessen und drang nicht weiter in ihn. Als das Mahl fertig war, stellte sie es neben ihn auf das Sofa und setzte sich zu Tische; da sie aber sah, daß ihr Sohn gar nicht darauf achtete, so sprach sie ihm zu, er solle doch essen, und nur mit viel Mühe brachte sie ihn dahin, daß er seine Lage änderte. Er aß viel weniger als gewöhnlich, hatte die Augen immer niedergeschlagen und beobachtete ein so tiefes Stillschweigen, daß es seiner Mutter unmöglich war, ihm auch nur ein einziges Wort zu entlocken, so sehr sie auch in ihn drang, er solle ihr die Ursache dieser außerordentlichen Veränderungen mitteilen.

Nach dem Abendessen wollte sie von neuem anfangen, ihn zu fragen, warum er denn so schwermütig sei, allein sie konnte nichts aus ihm herausbringen, und Aladdin ging zu Bett, ohne seine Mutter im mindesten zufriedengestellt zu haben.

Wir wollen es ununtersucht lassen, wie Aladdin, dem die Schönheit und die Reize der Prinzessin Bedrulbudur den Kopf verrückt hatten, die Nacht zubrachte; nur so viel wollen wir bemerken, daß er sich am anderen Morgen wieder auf das Sofa setzte und mit seiner Mutter, die ihm gegenüber saß und wie gewöhnlich Baumwolle spann, folgendes Gespräch anfing. »Liebe Mutter«, sagte er zu ihr, »ich will jetzt das Stillschweigen brechen, das ich seit meiner Nachhausekunft gestern beobachtet habe. Es hat dir Kummer gemacht und das ist mir nicht entgangen. Ich war nicht krank, wie du zu glauben schienst, und bin es auch jetzt nicht. Aber soviel kann ich dir sagen, daß das, was ich empfand und was ich noch fortwährend empfinde, etwas weit Schlimmeres ist, als eine Krankheit. Zwar weiß ich nicht recht, wie man dieses Übel nennt, aber ich zweifle nicht, daß du es aus dem erkennen wirst, was ich dir jetzt sagen will.«

»Es ist«, fuhr Aladdin fort, »in diesem Stadtviertel nicht bekannt geworden, und so kannst du es auch nicht wissen, daß die Prinzessin Bedrulbudur, die Tochter des Sultans, gestern Nachmittag ins Bad gegangen ist. Ich hörte es, als ich in der Stadt umherspazierte. Man rief nämlich den Befehl aus, daß alle Läden geschlossen werden und jeder sich in sein Haus begeben solle, um der Prinzessin die ihr gebührende Ehre zu erzeigen und ihr auf den Straßen, durch welche sie ginge, freien Durchgang zu lassen. Da ich nicht weit vom Bad entfernt war, so brachte mich die Neugierde, sie mit entschleiertem Gesicht zu sehen, auf den Einfall, mich hinter die Tür des Bades zu verstecken; denn ich dachte, sie werde vielleicht noch vor ihrem Eintritt ins Bad den Schleier abnehmen. Du kennst die Lage der Tür und kannst daher leicht abnehmen, daß ich sie mit Bequemlichkeit sehen mußte, wenn das geschah, was ich vermutete. Wirklich nahm sie vor ihrem Eintritt den Schleier ab und ich hatte das Glück, zu meinem unaussprechlichen Vergnügen diese liebenswürdige Prinzessin zu sehen. Siehst du, Mutter, das ist die Ursache des Zustandes, in dem du mich gestern sahest, als ich nach Hause kam, und deswegen habe ich bis jetzt den Mund nicht aufgetan. Ich liebe die Prinzessin mit einer Glut, die ich dir nicht beschreiben kann, und da meine heiße Leidenschaft mit jedem Augenblick zunimmt, so fühle ich wohl, daß sie nur durch den Besitz der liebenswürdigen Prinzessin Bedrulbudur befriedigt werden kann; daher ich denn auch entschlossen bin, sie vom Sultan mir zur Frau zu erbitten.«

Aladdins Mutter hatte die Rede ihres Sohnes bis auf die letzten Worte mit vieler Aufmerksamkeit angehört; als sie aber vernahm, daß er im Sinn habe, um die Hand der Prinzessin Bedrulbudur anzuhalten, so konnte sie nicht umhin, ihn durch lautes Gelächter zu unterbrechen. Aladdin wollte fortfahren, allein sie ließ ihn nicht zum Wort kommen und sagte zu ihm: »Ei, ei, mein Sohn, was fällt dir ein? Bist du wahnsinnig geworden, daß du solche Reden führen kannst?«

»Liebe Mutter«, erwiderte Aladdin, »ich kann dir versichern, daß ich nicht wahnsinnig, sondern ganz bei gutem Verstand bin. Ich habe mir im voraus gedacht, daß du mich töricht und albern nennen werdest; allein dies soll mich nicht hindern, dir noch einmal zu erklären, daß mein Entschluß feststeht, den Sultan um die Hand der Prinzessin Bedrulbudur zu bitten.«

»Wahrhaftig, mein Sohn«, erwiderte die Mutter sehr ernsthaft, »ich kann nicht umhin, dir zu sagen, daß du dich ganz vergißt; und wenn du deinen Entschluß auch ausführen wolltest, so sehe ich nicht ein, durch wen du es wagen könntest, deine Bitte vortragen zu lassen.« »Durch niemand anders, als dich selbst«, antwortete der Sohn ohne Bedenken. »Durch mich!« rief die Mutter voll Erstaunen und Überraschung; »Und an den Sultan? O ich werde mich wohl hüten, mich in eine Unternehmung der Art einzulassen. Und wer bist du denn, mein Sohn«, fuhr sie fort, »daß du die Kühnheit haben dürftest, deine Gedanken zur Tochter deines Sultans zu erheben? Hast du vergessen, daß du der Sohn eines der geringsten Schneider seiner Hauptstadt und auch von mütterlicher Seite nicht von höherer Abkunft bist? Weißt du denn nicht, daß Sultane ihre Töchter selbst Sultanssöhnen verweigern, die keine Hoffnung haben, einst zur Regierung zu gelangen?«

»Liebe Mutter«, antwortete Aladdin, »ich habe dir bereits bemerkt, daß ich alles vorausgesehen habe, was du mir soeben gesagt hast, und ebenso sehe ich alles voraus, was du etwa noch hinzufügen könntest. Weder deine Reden,

noch deine Vorstellungen werden mich von meinem Entschluß abbringen. Ich habe dir gesagt, daß ich durch deine Vermittlung um die Hand der Prinzessin Bedrulbudur anhalten will; es ist dies die einzige Gefälligkeit, um die ich dich mit aller schuldigen Ehrerbietung bitte, und du kannst sie mir nicht abschlagen, wenn du mich nicht lieber sterben sehen, als mir zum zweiten Mmal das Leben schenken willst.«

Aladdins Mutter befand sich in großer Verlegenheit, als sie die Hartnäkkigkeit sah, womit er auf einem so unverständigen Plan verharrte. »Mein Sohn«, sagte sie nochmals zu ihm, »ich bin deine Mutter, und als eine gute Mutter, die dich unter dem Herzen getragen, bin ich bereit, aus Liebe zu dir alles zu tun, was vernünftig und für meinen und deinen Stand schicklich ist. Wenn es sich darum handelte, für dich um die Tochter eines unserer Nachbarn anzuhalten, der von gleichem oder wenigstens nicht viel höherem Stand wäre als du, so würde ich nichts versäumen, und von Herzen gern alles aufbieten, was in meiner Macht steht; aber auch dann müßtest du einiges Vermögen oder Einkünfte besitzen, oder ein Gewerbe erlernt haben, um deinen Zweck zu erreichen. Wenn arme Leute, wie wir, heiraten wollen, so ist das erste, woran sie denken müssen, ob sie auch zu leben haben. Aber ohne an deine niedere Abkunft, an deinen geringen Stand und deine Armut zu denken, willst du dich auf den höchsten Gipfel des Glücks schwingen und verlangst nichts Geringeres, als die Tochter deines Herrn und Gebieters, der nur ein Wort zu sagen braucht, um dich zu verderben und zu zermalmen. Ich will hier nicht erwähnen, was dich selbst betrifft, denn das mußt du in deinem Inneren in Erwägung ziehen, wofern du nur halbwegs bei gutem Verstand bist. Ich will nur von dem sprechen, was mich angeht. Wie hat dir ein so seltsamer Gedanke in den Kopf kommen können, daß ich zum Sultan hingehen und ihm den Antrag machen soll, dir die Prinzessin, seine Tochter, zum Weib zu geben? Gesetzt auch, ich hätte, ich will nicht sagen die Kühnheit, sondern die Unverschämtheit, vor seine geheiligte Person zu treten, um eine so ungereimte Bitte vorzutragen, an wen müßte ich mich denn wenden, um nur vorgelassen zu werden? Glaubst du denn nicht, daß der Erste, den ich anredete, mich als Närrin behandeln und mit Schmach und Schimpf fortjagen würde, wie ich es auch verdiente? Wir wollen aber auch annehmen, daß es keine Schwierigkeit gäbe, Audienz bei dem Sultan zu erhalten; denn ich weiß, daß man leicht zu ihm gelangen kann, wenn man um Gerechtigkeit bittet, und daß er sie seinen Untertanen gern gewährt, sobald sie ihn darum angehen; ich weiß auch, daß er mit Vergnügen eine Gnade bewilligt, um die man ihn bittet, sobald er sieht, daß man sie verdient hat und ihrer würdig ist. Aber bist du denn in demselben Fall und glaubst du die Gnade verdient zu haben, die ich für dich erbitten soll? Bist du ihrer würdig? Was hast du für deinen Fürsten oder für dein Vaterland getan und wodurch hast du dich ausgezeichnet? Wenn du nun nichts geleistet hast, um eine so hohe Gnade zu verdienen und auch im übrigen ihrer nicht würdig bist, mit welcher Stirn könnte ich dann darum bitten? Wie könnte ich auch nur den Mund öffnen, um dem Sultan diesen Vorschlag zu machen? Sein majestätisches Ansehen und der Glanz seines Hofes würden mir sogar den Mund verschließen, mir, die ich schon vor meinem verstorbenen Mann, deinem Vater, zitterte, wenn ich ihn nur um eine Kleinigkeit zu bitten hatte. Auch ein anderer Grund ist noch vorhanden, mein Sohn, den du nicht bedacht hast, nämlich, daß man vor unsern Sultanen, wenn man sie um etwas bitten will, nicht erscheinen darf, ohne ein Geschenk in der Hand zu haben. Die Geschenke haben wenigstens das Gute, daß sie, wenn sie auch aus irgend einem Grunde die Bitte abschlagen, den Bittsteller wenigstens ohne Widerwillen anhören. Aber welches Geschenk könntest du ihm denn bieten? Und wenn du auch etwas hättest, das der Beachtung eines so großen Monarchen im mindesten wert schiene, in welchem Verhältnis stände dann dein Geschenk mit der Bitte, die du an ihn tun willst? Geh in dich und bedenke, daß du nach etwas trachtest, das du unmöglich erreichen kannst.«

Aladdin hörte alles, was seine Mutter zu ihm sagte, um ihn von seinem Plane abzubringen, mit großer Gemütsruhe an, und nachdem er ihre Vorstellungen Punkt für Punkt in Erwägung gezogen, nahm er endlich das Wort und sprach: »Ich gestehe, liebe Mutter, daß es eine große Verwegenheit von mir ist, so hoch hinauf zu wollen, und zugleich sehr unüberlegt, daß ich von dir mit solcher Hitze und Hastigkeit verlange, du sollst beim Sultan für mich anhalten, ohne zuvor die geeigneten Maßregeln zu ergreifen, um dir Gehör und einen günstigen Empfang zu verschaffen. Verzeih mir diesmal. In der Hitze der Leidenschaft, die sich meiner bemeistert hat, darfst du dich nicht wundern, wenn ich nicht auf einmal alles, was mir die gesuchte Ruhe geben kann, ins Auge gefaßt habe. Ich liebe die Prinzessin Bedrulbudur weit mehr, als du dir denken kannst, ja ich bin ganz von Sinnen und beharre fest auf dem Entschluß, sie zu heiraten. Ich bin darüber vollkommen mit mir einig und entschieden. Übrigens danke ich dir für die Eröffnung, die du mir soeben gemacht hast, denn ich betrachte sie als den ersten Schritt zu dem glücklichen Erfolg, den ich mir verspreche.«

»Du sagst mir, es sei nicht Brauch, ohne ein Geschenk in der Hand vor dem Sultan zu erscheinen, und ich habe nichts, was seiner würdig wäre. Ich teile deine Meinung in Beziehung auf das Geschenk und gestehe, daß ich nicht daran gedacht habe; was aber deine Behauptung betrifft, daß ich nichts besitze, das ihm überreicht werden könnte, so glaube ich doch, daß die Sachen, die ich aus der unterirdischen Höhle, wo mir unvermeidlichen Tod drohte, mitgebracht habe, dem Sultan gewiß viel Vergnügen machen würden. Ich spreche nämlich von den Steinen in den zwei Beuteln und im Gürtel, die wir beide anfangs für farbige Gläser hielten; jetzt sind mir die Augen aufgegangen, und ich sage dir, liebe Mutter, daß es Juwelen von unschätzbarem Wert sind, die nur großen Königen gebühren. In den Läden der Juweliere habe ich mich von ihrem Wert überzeugt, und du kannst mir aufs Wort glauben. Alle, die ich bei diesen Herren gesehen habe, halten mit den unsern durchaus keinen Vergleich aus, weder in Beziehung auf Größe, noch auf Schönheit, und doch verkaufen sie dieselben um ungeheure Summen. Wir können zwar allerdings den wahren Wert der unsrigen nicht angeben, aber dem mag sein wie ihm wolle, so viel verstehe ich doch, um überzeugt zu sein, daß das Geschenk dem Sultan die größte Freude machen muß. Du hast da eine ziemlich große Porzellanvase, die gerade dazu paßt; bring sie einmal her, und laß uns sehen, welche Wirkung sie machen, wenn wir sie nach ihren verschiedenen Farben ordnen.«

Aladdins Mutter brachte die Vase, und Aladdin nahm die Edelsteine aus den beiden Beuteln heraus und legte sie in der besten Ordnung hinein. Die Wirkung, die sie durch die Mannigfaltigkeit ihrer Farben und ihren strahlenden Glanz beim hellen Tageslicht machten, war so groß, daß Mutter und Sohn beinahe davon geblendet wurden und sich über die Maßen wunderten; denn sie hatten dieselben bisher nur beim Lampenschein betrachtet. Aladdin zwar hatte sie auf den Bäumen gesehen, wo sie ihm als Früchte erschienen, die einen herrlichen Anblick gewährten; allein er war damals noch Kind gewesen und hatte diese Edelsteine nur als Spielzeug betrachtet und bloß aus dieser Rücksicht ohne Ahnung ihres Wertes mitgenommen.

Nachdem sie die Schönheit des Geschenks eine Weile betrachtet hatten, nahm Aladdin wieder das Wort und sagte: »Du hast jetzt keine Ausrede mehr, liebe Mutter, und kannst dich nicht damit entschuldigen, daß wir kein passendes Geschenk anzubieten hätten. Hier ist eines, wie mich denkt, das dir gewiß einen recht freundlichen Empfang verschaffen wird.«

Obwohl Aladdins Mutter dieses Geschenk, ungeachtet seiner Schönheit und seines Glanzes, nicht für so wertvoll hielt, wie ihr Sohn, so dachte sie doch, es könne vielleicht angenommen werden, und sah ein, daß in dieser Beziehung nichts mehr einzuwenden war. Dagegen kam sie immer wieder auf Aladdins Forderung zurück, die durch das Geschenk unterstützt werden sollte, und dies machte ihr viel Unruhe. »Mein Sohn«, sprach sie zu ihm, »ich begreife wohl, daß

dein Geschenk Wirkung tun und Gnade in den Augen des Sultans finden wird; aber wenn ich dann deine Bitte vortragen soll, so fühle ich im voraus, daß ich dazu keine Kraft haben und stumm bleiben werde. Auf diese Art wird nicht nur mein Gang vergeblich, sondern auch das Geschenk, das nach deiner Behauptung so außerordentlich kostbar ist, verloren sein, und ich werde mit Schmach abziehen müssen, um dir zu verkündigen, daß du dich in deiner Hoffnung getäuscht hast. Ich habe es dir schon einmal gesagt, und du wirst sehen, daß es so kommt.

Aber«, setzte sie hinzu, »gesetzt auch, ich könnte mir soviel Gewalt antun, mich nach deinem Wunsch zu fügen, und ich hätte Kraft genug, um eine solche Bitte zu wagen, wie du mir zumutest, so wird sich doch der Sultan ganz gewiß entweder über mich lustig machen und mich als eine Närrin nach Hause schicken, oder er wird in gerechten Zorn geraten, dessen Opfer unfehlbar wir beide sein werden.«

Aladdins Mutter führte noch mehrere solche Gründe an, um ihren Sohn auf andere Gedanken zu bringen; allein die Reize der Prinzessin Bedrulbudur hatten einen zu starken Eindruck auf sein Herz gemacht, als daß er sich von seinem Plan hätte abwendig machen lassen. Aladdin beharrte also auf seiner Bitte, und teils aus Zärtlichkeit, teils aus Furcht, er möchte irgend einen tollen Streich machen, überwand seine Mutter ihre Abneigung und verstand sich endlich dazu, ihm zu willfahren.

Da es schon spät und die Zeit, in den Palast zu gehen und vor den Sultan zu treten, an diesem Tag bereits vorüber war, so wurde die Sache auf den folgenden Tag verschoben. Mutter und Sohn sprachen von nichts anderem mehr, und Aladdin strengte seinen ganzen Verstand an, um seine Mutter in ihrem Entschluß zu bestärken. Aber trotz aller Überredungskünste des Sohnes konnte sich die Mutter doch nicht überzeugen, daß ihr Unternehmen gelingen werde, und man muß wirklich gestehen, daß sie alle Ursache hatte, daran zu zweifeln. »Mein Sohn«, sagte sie zu Aladdin, »wenn mich der Sultan so günstig aufnimmt, wie ich es aus Liebe zu dir wünsche, wenn er auch den Vorschlag, den ich ihm machen soll, ruhig anhört, aber sich dann einfallen läßt, nach deinem Vermögen und Stand zu fragen, – und darüber wird er sich vor allem erkundigen wollen – sage mir, was soll ich ihm dann antworten?«

»Liebe Mutter«, antwortete Aladdin, »wir wollen uns nicht zum voraus über eine Sache bekümmern, die vielleicht gar nicht vorkommen wird. Wir müssen jetzt abwarten, wie der Sultan dich empfängt und was für eine Antwort er dir gibt. Wenn er dann wirklich über das, was du sagst, Auskunft haben will, so werde ich mich schon auf eine Antwort besinnen, und ich glaube zuversichtlich, daß die Lampe, die uns schon seit einigen Jahren ernährt, mich in der Not nicht verlassen wird.«

Aladdins Mutter wußte hierauf nichts zu erwidern, denn sie dachte, daß die Lampe, von der er sprach, auch noch weit größere Wunder bewirken könnte, als ihnen bloß ihren Lebensunterhalt verschaffen. Dies beruhigte sie und löste in ihrem Inneren alle Schwierigkeiten, die sie noch hätten abhalten können, ihrem Sohn den versprochenen Dienst beim Sultan zu erweisen. Aladdin, der die Gedanken seiner Mutter erriet, sagte zu ihr: »Jedenfalls, liebe Mutter, halte die Sache geheim; davon hängt der ganze glückliche Erfolg ab, den wir erwarten können.« Hierauf trennten sie sich, um zu Bett zu gehen; allein die heftige Liebe und die großartigen, unermeßlichen Glückspläne, die Aladdins Gemüt erfüllten, ließen ihn keine Ruhe finden. Er stand vor Tagesanbruch auf, weckte sogleich seine Mutter und bestürmte sie, sie solle sich aufs schleunigste ankleiden, an das Tor des Königlichen Palasts gehen und, sowie es geöffnet würde, zugleich mit dem Großvezier, den untergeordneten Vezieren und den übrigen Staatsbeamten hineintreten, die sich zur Sitzung des Divans begaben, welcher der Sultan immer in Person beiwohnte.

Aladdins Mutter tat alles, was ihr Sohn wünschte. Sie nahm die mit Edelsteinen gefüllte Porzellanvase und hüllte sie in doppelte Leinwand, zuerst in sehr feine und schneeweiße, sodann in minder feine, welche letztere sie an den vier Zipfeln zusammenband, um die Sache bequemer tragen zu können. Endlich ging sie zur Freude Aladdins fort und nahm ihren Weg nach dem Palast des Sultans. Der Großvezier nebst den übrigen Vezieren und die angesehensten Herren vom Hof waren bereits hineingegangen, als sie ans Tor kam. Die Zahl derer, die beim Divan etwas zu suchen hatten, war sehr groß. Man öffnete, und sie ging mit ihnen in den Divan. Dies war ein über die Maßen schöner, tiefer und geräumiger Saal und hatte einen großen, prächtigen Eingang; sie stellte sich so, daß sie den Sultan gerade gegenüber, den Großvezier aber und die übrigen Herren, die im Rat saßen, rechts und links hatte. Man rief die verschiedenen Parteien eine nach der anderen vor, in der Ordnung, wie sie ihre Bittschriften eingereicht hatten, und ihre Angelegenheiten wurden vorgetragen, verhandelt und entschieden, bis zur Stunde, wo der Divan wie gewöhnlich geschlossen wurde. Dann stand der Sultan auf, entließ die Versammlung und ging in sein Zimmer zurück, wohin ihm der Großvezier folgte. Die übrigen Veziere und Mitglieder des Staatsrats begaben sich nach Hause; ebenso die, welche wegen Privatangelegenheiten erschienen waren; die einen vergnügt, daß sie ihren Prozeß gewonnen hatten, die anderen unzufrieden, weil gegen sie entschieden worden war, und noch andere in der Hoffnung, daß ihre Sache in einer anderen Sitzung vorkommen werde.

Als Aladdins Mutter sah, daß der Sultan aufstand und fortging, so schloß sie daraus, daß er an diesem Tag nicht wieder erscheinen werde, und ging, wie die anderen alle, nach Hause. Aladdin, der sie mit dem für den Sultan bestimmten Geschenk zurückkommen sah, wußte anfangs nicht, was er von dem Erfolg seiner Sendung denken sollte. Er fürchtete eine schlimme Botschaft und hatte kaum Kraft genug, den Mund zu öffnen und sie zu fragen, welche Nachricht sie bringe. Die gute Frau, die nie einen Fuß in den Palast des Sultans gesetzt und keine Ahnung von dem hatte, was dort Brauch war, machte der Verlegenheit ihres Sohnes ein Ende, indem sie mit vieler Treuherzigkeit und Aufrichtigkeit also zu ihm sprach: »Mein Sohn, ich habe den Sultan gesehen und bin fest überzeugt, daß er mich ebenfalls gesehen hat. Ich stand gerade vor ihm und niemand hinderte mich, ihn zu sehen, allein er war zu sehr mit denen beschäftigt, die zu seiner Rechten und Linken saßen, daß ich Mitleiden mit ihm hatte, als ich die Mühe und Geduld sah, womit er sie anhörte. Dies dauerte solange, daß er, glaube ich, zuletzt Langeweile bekam, denn er stand auf einmal ganz unerwartet auf und ging schnell weg, ohne eine Menge anderer Leute anzuhören, die noch mit ihm sprechen wollten. Ich war sehr froh darüber, denn ich fing wirklich an, die Geduld zu verlieren und war von dem langen Stehen außerordentlich müde. Indes ist noch nichts verdorben; ich werde morgen wieder zu ihm gehen, der Sultan ist vielleicht dann nicht so beschäftigt.«

So heftig auch das Feuer der Liebe in Aladdins Busen brannte, so mußte er sich doch mit dieser Entschuldigung zufrieden geben und mit Geduld waffnen. Er hatte wenigstens die Genugtuung, zu sehen, daß seine Mutter bereits den schwersten Schritt getan und den Anblick des Sultans ausgehalten hatte, und so konnte er hoffen, daß sie, wie die andern, die in ihrer Gegenwart mit ihm gesprochen hatten, nicht anstehen werde, sich ihres Auftrages zu entledigen, sobald der günstige Augenblick zum Sprechen komme.

Am anderen Morgen ging Aladdins Mutter wieder ebenso früh mit ihrem Geschenk nach dem Palast des Sultans, allein sie machte diesen Gang vergeblich, denn sie fand die Tür des Divans verschlossen und erfuhr, daß nur alle zwei Tage Sitzung sei und sie also am folgenden Tag wieder kommen müsse. Sie kehrte nun um und brachte diese Nachricht ihrem Sohne, der somit aufs Neue Geduld fassen mußte. Noch sechsmal hintereinander ging sie an den bestimmten Tagen in den Palast, aber immer mit ebensowenig Erfolg, und vielleicht wäre sie noch 100-mal vergebens gelaufen, wenn nicht der Sultan, der sie bei jeder Sitzung gegenüber von sich sah, endlich aufmerksam auf sie geworden wäre. Dies ist um so wahrscheinlicher, da nur solche, die dem Sultan Bittschriften zu überreichen hatten, sich nach der Reihe ihm näherten, um ihre Sache vorzutragen, und Aladdins Mutter war nicht in diesem Fall.

An diesem Tag endlich sagte der Sultan, als er nach aufgehobener Sitzung in seine Gemächer zurückgekehrt war, zu seinem Großvezier: »Schon seit einiger Zeit bemerke ich eine gewisse Frau, die regelmäßig jeden Tag, wo ich Sitzung halte, kommt und etwas in Leinwand eingehüllt in der Hand hat. Sie bleibt vom Anfang bis zu Ende der Sitzung stehen und zwar immer gerade mir gegenüber. Weißt du wohl, was ihr Begehr ist?«

Der Großvezier, der es so wenig wußte, als der Sultan, wollte gleichwohl keine Antwort schuldig bleiben. »Herr«, sagte er, »es ist dir wohl bekannt, daß die Frauen oft über geringfügige Sachen Klage führen. Diese da kommt offenbar, um sich bei dir zu beschweren, daß man vielleicht schlechtes Mehl an sie verkauft oder ihr sonst Unrecht zugefügt hat, das von ebenso wenig Belang ist.« Der Sultan war mit dieser Antwort nicht zufrieden und sagte: »Wenn diese Frau bei der nächsten Sitzung wieder erscheint, so vergiß nicht, sie rufen zu lassen, auf daß ich sie höre.« Der Großvezier küßte seine Hand und legte sie auf seinen Kopf, zum Zeichen, daß er bereit sei, ihn sich abschlagen zu lassen, wenn er diesen Befehl nicht erfüllte.

Aladdins Mutter war schon so sehr daran gewöhnt, im Divan vor dem Sultan zu erscheinen, daß sie ihre Mühe für nichts achtete, sofern sie nur ihrem Sohn zeigen konnte, wie sehr sie sich's angelegen sein ließ, für ihn alles zu tun, was in ihren Kräften stand. Sie ging also am Sitzungstag wieder nach dem Palast und stellte sich wie gewöhnlich am Eingang des Divans dem Sultan gegenüber.

Der Großvezier hatte seinen Vortrag noch nicht begonnen, als der Sultan Aladdins Mutter bemerkte. Diese lange Geduld, die er selbst mit angesehen, rührte ihn. »Damit du es nicht vergissest«, sagte er zum Großvezier, »dort steht wieder die Frau, von der ich dir neulich gesagt habe. Laß sie hierher treten, dann wollen wir sie zuerst anhören und ihre Angelegenheit ins Reine bringen.« Sogleich zeigte der Großvezier die Frau dem Obersten der Türsteher, der zu seinen Befehlen bereitstand, und hieß ihn sie näher heranführen.

Der Oberste der Türsteher kam zu Aladdins Mutter und gab ihr ein Zeichen; sie folgte ihm bis an den Fuß des königlichen Thrones, wo er sie verließ, um sich wieder an seinen Platz neben dem Großvezier zu stellen.

Aladdins Mutter befolgte das Beispiel der andern, die sie mit dem Sultan sprechen gesehen hatte. Sie warf sich zu Boden, berührte mit ihrer Stirne den Teppich, der die Stufen des Thrones bedeckte und blieb in dieser Stellung, bis der Sultan ihr befahl, aufzustehen. Als sie aufgestanden war, sprach er zu ihr: »Gute Frau, ich sehe dich schon lange Zeit in meinen Divan kommen und von Anfang bis zu Ende am Eingang stehen. Welche Angelegenheit führt dich hierher?«

Aladdins Mutter warf sich, als sie diese Worte hörte, zum zweiten Mal zu Boden, und nachdem sie aufgestanden war, sagte sie: »Erhabenster aller Könige der Welt, bevor ich dir die außerordentliche und fast unglaubliche Sache erzähle, die mich vor deinen hohen Thron führt, bitte ich dich, mir die Kühnheit, ja ich möchte sagen die Unverschämtheit des Anliegens zu verzeihen, das ich dir vortragen will. Es ist so ungewöhnlich, daß ich zittere und bebe, und große Scheu trage, es meinem Sultan vorzubringen.« Um ihr volle Freiheit zu geben, befahl der Sultan allen Anwesenden, sich aus dem Divan zu entfernen und ihn mit dem Großvezier allein zu lassen; dann sagte er zu ihr, sie könne ohne Furcht sprechen.

Aladdins Mutter begnügte sich nicht mit der Güte des Sultans, der ihr die Verlegenheit, vor der ganzen Versammlung sprechen zu müssen, erspart hatte; sie wollte sich auch noch vor seinem Zorn sicher stellen, den sie bei einem so seltsamen Antrag fürchten mußte. »Großer König«, sagte sie, aufs Neue das Wort ergreifend, »ich wage auch noch, dich zu bitten, daß du mir, im Fall du mein Gesuch im mindesten anstößig oder beleidigend finden solltest, zum voraus deine Verzeihung und Gnade zusicherst.« »Was es auch sein mag«, erwiderte der Sultan, »ich verzeihe es dir schon jetzt, und es soll dir nicht das geringste Leid zustoßen. Sprich ohne Scheu!«

Nachdem Aladdins Mutter alle diese Vorsichtsmaßnahmen ergriffen hatte, weil sie den ganzen Zorn des Sultans für ihren kitzligen Antrag fürchtete, erzählte sie ihm treuherzig, bei welcher Gelegenheit Aladdin die Prinzessin Bedrulbudur gesehen, welche heftige Liebe ihm dieser unglückselige Augenblick eingeflößt, welche Erklärungen er ihr darüber gemacht und wie sie ihm alles vorgestellt habe,

ihn von einer Leidenschaft abzubringen, die sowohl für den König, als für seine Tochter im höchsten Grade beleidigend sei. »Aber«, fuhr sie fort, »statt diese Ermahnungen zu beherzigen, und die Frechheit seines Verlangens einzusehen, beharrte mein Sohn unerschütterlich bei der Sache und drohte mir sogar, irgend eine Handlung der Verzweiflung zu begehen, wenn ich mich weigern würde, zu dir zu gehen und für ihn um die Prinzessin anzuhalten. Gleichwohl hat es mich sehr große Überwindung gekostet, bis ich ihm diesen Gefallen erwies, und ich bitte dich noch einmal, großer König, daß du nicht allein mir, sondern auch meinem Sohne Aladdin verzeihen mögest, der den verwegenen Gedanken gehabt hat, nach einer so hohen Verbindung zu trachten.«

Der Sultan hörte den ganzen Vortrag mit vieler Milde und Güte an, ohne im mindesten Zorn und Unwillen zu verraten, oder auch nur die Sache spöttisch aufzunehmen. Ehe er aber der guten Frau antwortete, fragte er sie, was sie denn in ihrem leinenen Tuche eingehüllt habe. Sogleich nahm sie die porzellanene Vase, stellte sie an den Fuß des Thrones, und nachdem sie sich niedergeworfen, enthüllte sie dieselbe und überreichte sie dem Sultan.

Es ist unmöglich, die Überraschung und das Erstaunen des Sultans zu beschreiben, als er in dieser Vase so viele ansehnliche, vollkommene und glänzende Edelsteine erblickte, und zwar alle von einer Größe, dergleichen er niemals gesehen hatte. Seine Verwunderung war so groß, daß er eine Weile ganz unbeweglich dasaß. Endlich, als er sich wieder gesammelt hatte, empfing er das Geschenk aus den Händen der Frau und rief außer sich vor Freude: »Ei, wie schön, wie herrlich!« Nachdem er die Edelsteine alle einen nach dem anderen in die Hand genommen, bewundert und nach ihren hervorstechendsten Eigenschaften gepriesen hatte, wandte er sich zu seinem Großvezier, zeigte ihm die Vase und sagte zu ihm: »Sieh mal an und du wirst gestehen müssen, daß man auf der ganzen Welt nichts Kostbareres und Vollkommeneres finden kann.« Der Vezier war ebenfalls ganz bezaubert. »Ja nun«, fuhr der Sultan fort, »was sagst du von diesem Geschenk? Ist es der Prinzessin, meiner Tochter, nicht würdig, und kann ich sie um diesen Preis nicht dem Mann geben, der um sie anhalten läßt?«

Diese Worte versetzten den Großvezier in peinliche Unruhe. Der Sultan hatte ihm nämlich vor einiger Zeit zu verstehen gegeben, daß er die Prinzessin seinem Sohn zu geben gedenke. Nun aber fürchtete er, und nicht ohne Grund, der Sultan möchte durch dieses reiche und außerordentliche Geschenk geblendet, sich anders entschließen. Er näherte sich ihm daher und flüsterte ihm ins Ohr: »Herr, ich muß gestehen, daß das Geschenk der Prinzessin würdig ist. Allein ich bitte dich, mir drei Monate Frist zu gönnen, bevor du dich entscheidest. Ich hoffe, daß mein Sohn, auf den du früher deine Augen zu werfen geruhtest, noch vor dieser Zeit ihr ein weit kostbareres Geschenk machen kann, als dieser Aladdin, den du gar nicht kennst.« So sehr nun auch der Sultan überzeugt war, daß der Großvezier unmöglich seinen Sohn in den Stand setzen konnte, der Prinzessin ein Geschenk von gleichem Wert zu machen, so hörte er dennoch auf ihn und bewilligte ihm diesen Wunsch. Er wandte sich also zu Aladdins Mutter und sagte zu ihr: »Geh nach Hause, gute Frau, und melde deinem Sohn, daß ich den Vorschlag, den du mir in seinem Namen gemacht hast, genehmige, daß ich aber die Prinzessin, meine Tochter, unmöglich verheiraten kann, bis ich ihr eine Ausstattung besorgt habe, die erst in drei Monaten fertig wird. Komm also um diese Zeit wieder.«

Aladdins Mutter ging mit um so größerer Freude nach Hause, als sie es im Anfang wegen ihres Standes für unmöglich gehalten hatte. Zutritt beim Sultan zu erlangen, und nun war ihr statt einer beschämenden abschlägigen Antwort, die sie erwarten mußte, ein so günstiger Bescheid zuteil geworden. Als Aladdin seine Mutter zurückkommen sah, schloß er aus zwei Sachen auf eine gute Botschaft: erstens, weil sie früher als gewöhnlich kam, und zweitens, weil ihr Gesicht vor Freude glänzte. »Ach, meine Mutter!« rief er ihr entgegen, »Darf ich hoffen oder soll ich aus Verzweiflung sterben?« Sie legte ihren Schleier ab, setzte sich neben ihn auf das Sofa und sagte dann zu ihm: »Lieber Sohn, um dich nicht lange in Ungewißheit zu lassen, will ich dir gleich im voraus sagen, daß du nicht ans Sterben zu denken brauchst, sondern im Gegenteil alle Ursache hast, gutes Mutes zu sein.« Hierauf erzählte sie ihm, wie sie vor allen anderen Zutritt erhalten, weswegen sie auch so bald zurückgekommen sei, welche Vorsichtsmaßregeln sie genommen, um dem Sultan, ohne ihn zu erzürnen, eine Heirat zwischen ihm und der Prinzessin Bedrulbudur vorzuschlagen, und welche günstige Antwort sie aus des Sultans eigenem Mund erhalten habe. Sie fügte hinzu: Aus dem ganzen Benehmen des Sultans habe sie annehmen können, daß das Geschenk einen überaus mächtigen Eindruck auf sein Gemüt gemacht und ihn zu dieser huldreichen Antwort bestimmt habe. »Ich hatte mich dessen um so weniger versehene«, fuhr sie fort, »als der Großvezier ihm unmittelbar vorher etwas ins Ohr gesagt hatte und ich fürchten mußte, er möchte ihn von der günstigen Gesinnung, die er vielleicht für dich hegte, abbringen.«

Als Aladdin diese Nachricht hörte, hielt er sich für den glücklichsten aller Sterblichen. Er dankte seiner Mutter für die viele Mühe, welche sie sich bei dieser Angelegenheit gegeben habe, deren glücklicher Erfolg für seine Ruhe so wichtig sei. Und obwohl ihm bei seinem ungeduldigen Verlangen nach dem Gegenstand seiner Liebe drei Monate entsetzlich lang erschienen, so nahm er sich doch vor, mit Geduld zu warten und auf das Wort des Sultans zu bauen, das er für unverbrüchlich hielt. Indes zählte er in Erwartung des ersehnten Zieles nicht bloß Wochen, Tage und Stunden, sondern selbst Minuten, und es waren ungefähr zwei Monate verflossen, als seine Mutter eines Abends die Lampe anzünden wollte und merkte, daß kein Öl mehr im Hause war. Sie ging aus, um welches zu kaufen, und als sie in die Stadt hineinkam, fand sie, daß alles festlich geschmückt war. Die Kaufläden waren geöffnet, man schmückte sie mit Blumenkränzen und machte Anstalt zu festlichen Beleuchtungen, wobei es jeder dem anderen an Pracht und Glanz zuvorzutun suchte, um seinen Eifer an den Tag zu legen. Auf allen Gesichtern strahlte Freude und Fröhlichkeit, sogar die Straßen waren mit Hofbeamten in Festkleidern angefüllt, die auf reichgeschmückten Pferden saßen und von einer großen Menge Bedienter zu Fuß umgeben waren. Sie fragte den Kaufmann, bei dem sie ihr Öl kaufte, was dies alles zu bedeuten habe. »Woher kommst denn du, liebe Frau?« gab ihr dieser zur Antwort; »Weißt du allein nicht, daß der Sohn des Großveziers heute Abend die Prinzessin Bedrulbudur, Tochter des Sultans, heiratet? Sie wird demnächst aus dem Bad kommen und die vornehmen Herren, die du hier siehst, haben sich versammelt, um sie nach dem Palast zu geleiten, wo die Feierlichkeit vor sich gehen soll.«

Aladdins Mutter wollte nichts mehr hören. Sie lief eilig nach Hause, daß sie fast atemlos ankam. »Ach!« rief sie ihrem Sohn, der auf nichts weniger, als auf eine solche unangenehme Nachricht gefaßt war, entgegen, »für dich ist alles verloren. Du zählest auf das schöne Versprechen des Sultans, aber es wird nichts daraus.« Aladdin erschrak über die Maßen und antwortete: »Liebe Mutter, warum sollte mir denn der Sultan sein Versprechen nicht halten? Woher weißt du das?« »Heute Abend noch«, versetzte die Mutter, »heiratet der Sohn des Großveziers die Prinzessin Bedrulbudur im Palast.« Sie erzählte ihm hierauf, wie sie es erfahren hatte, und teilte ihm so genau die einzelnen Umstände mit, daß er nicht mehr daran zweifeln konnte. Bei dieser Nachricht war Aladdin wie vom Blitz getroffen. Jeder andere als er wäre seinem Kummer erlegen, aber eine geheime Eifersucht weckte die Tätigkeit seines Geistes bald wieder. Er gedachte jetzt der Lampe, die ihm bisher so nützlich gewesen, und ohne mit leeren Worten gegen den Sultan, den Großvezier oder den Sohn dieses Ministers zu eifern, sagte er bloß: »Liebe Mutter, der Sohn des Großveziers ist heute Nacht vielleicht nicht so glücklich, als er hofft. Ich will einen Augenblick auf mein Zimmer gehen, bereite du indes das Abendessen.«

Aladdins Mutter begriff wohl, daß ihr Sohn von der Lampe Gebrauch machen wollte, um die Heirat des Sohnes des Großveziers womöglich zu hintertreiben, und sie täuschte sich nicht. Aladdin nahm, sobald er in seinem Zimmer war, die Wunderlampe, die er seit der Erscheinung des Geistes, der seiner Mutter so großen Schrecken eingejagt, hierhergebracht hatte, und rieb sie an derselben Stelle, wie früher. Alsbald erschien der Geist und sprach zu ihm: »Was willst du? Ich bin bereit, dir zu gehorchen als dein Sklave und als Sklave aller derer, welche die Lampe in der Hand haben, sowohl ich als alle anderen Sklaven der Lampe.« »Höre«, sagte Aladdin, »du hast mir bisher zu essen gebracht, so oft ich dessen bedurfte, jetzt aber habe ich dir einen Auftrag von weit höherem Belang zu erteilen. Ich habe bei dem Sultan um die Prinzessin Bedrulbudur anhalten lassen. Er hat sie mir versprochen und nur einen Aufschub von drei Monaten verlangt. Statt aber sein Wort zu halten, vermählt er sie heute Abend noch vor Ablauf der Frist mit dem Sohn des Großveziers. Ich habe es soeben erfahren und die Sache ist ganz gewiß. Nun verlange ich von dir, daß du Bräutigam und Braut, sobald sie sich zu Bett gelegt haben, wegträgst und alle beide in ihrem Bett hierher bringst.« »Mein Gebieter«, antwortete der Geist, »ich werde dir gehorchen. Hast du sonst noch etwas zu befehlen?« »Für den Augenblick nichts«, erwiderte Aladdin, und der Geist verschwand.

Aladdin ging wieder zu seiner Mutter zurück und speiste so ruhig, wie sonst, mit ihr zu Abend. Nach dem Essen sprach er eine Weile mit ihr über die Vermählung der Prinzessin, wie über eine Sache, die ihn gar nichts bekümmerte.

Sodann ging er auf sein Zimmer zurück, damit seine Mutter ungestört zu Bett gehen konnte. Er selbst legte sich indessen nicht nieder, sondern erwartete die Rückkunft des Geistes und die Vollziehung seines Befehls.

Indessen waren im Palast des Sultans mit ungeheurer Pracht alle Anstalten zur Vermählungsfeier der Prinzessin getroffen worden, und die Festlichkeiten und Lustbarkeiten dauerten bis in die Nacht. Als alles vorüber war, entfernte sich der Sohn des Großveziers unbemerkt auf ein Zeichen, das ihm der Oberste von den Verschnittenen der Prinzessin gab, der ihn auch nach der Wohnung der Prinzessin und in das Gemach führte, wo das Brautbett bereitet war. Er legte sich zuerst nieder. Bald darauf brachte die Sultanin in Begleitung ihrer Frauen und der Frauen ihrer Tochter die Braut herein. Nach der Sitte aller Neuvermählten sträubte sie sich heftig. Die Sultanin half sie auskleiden, legte sie wie mit Gewalt ins Bett, umarmte sie, wünschte ihr eine gute Nacht und entfernte sich dann mit allen ihren Frauen. Die letzte, die hinausging, schloß die Tür hinter sich zu.

Kaum war die Tür verschlossen, als der Geist, ein treuer Sklave der Lampe und pünktlicher Vollzieher aller Befehle ihrer Besitzer, ohne dem jungen Gatten Zeit zu lassen, seine Neuvermählte auch nur ein wenig zu liebkosen, zum großen Erstaunen beider das Bett, worin sie lagen, nahm und in einem Augenblick in Aladdins Zimmer trug.

Aladdin, der diesen Augenblick voll Ungeduld erwartet hatte, duldete nicht, daß der Sohn des Großveziers bei der Prinzessin liegen blieb. »Nimm diesen jungen Ehemann«, sagte er zu dem Geist, »sperre ihn ins heimliche Gemach, und komm morgen früh etwas vor Tagesanbruch wieder.« Sogleich nahm

der Geist den Sohn des Großveziers im bloßen Hemd aus dem Bett, brachte ihn an den bezeichneten Ort und ließ ihn daselbst, nachdem er einen Dunst auf ihn gehaucht hatte, den er vom Wirbel bis zur Zehe spürte, und der ihn hinderte, sich von der Stelle zu rühren.

So groß nun auch Aladdins Liebe zur Prinzessin Bedrulbudur war, so führte er doch, sobald er sich mit ihr allein sah, keine langen Reden, sondern sagte bloß in sehr zärtlichem Ton zu ihr: »Fürchte nichts, geliebte Prinzessin; du bist hier in Sicherheit, und so gewaltig auch die Liebe ist, die ich für deine Schönheit und deine Reize empfinde, so werde ich doch nie die Schranken der tiefen Ehrfurcht überschreiten, welche ich dir schulde. Wenn ich«, fügte er hinzu, »gezwungen worden bin, zu diesen äußersten Maßregeln zu greifen, so geschah dies nicht in der Absicht, dich zu beleidigen, sondern ich wollte nur einen ungerechten Nebenbuhler verhindern, dem Versprechen, das der Sultan, dein Vater, mir gegeben, zuwider dich in Besitz zu nehmen.« Die Prinzessin, die von all diesen Umständen nichts wußte, achtete nicht sehr auf Aladdins Worte und vermochte ihm nichts zu erwidern. Der Schrecken und das Erstaunen über dieses überraschende und unerwartete Abenteuer hatte sie in einen solchen Zustand versetzt, daß Aladdin ihr kein einziges Wort entlocken konnte. Aladdin ließ es indes nicht dabei bewenden; er entkleidete sich und legte sich an die Stelle des Sohnes des Großveziers, indem er die Prinzessin den Rücken kehrte, zugleich aber die Vorsicht gebrauchte, einen Säbel zwischen die Prinzessin und sich zu legen, zum Zeichen, daß er damit bestraft zu werden verdiente, wenn er sich gegen ihre Ehre vergehen sollte.

Aladdin war damit zufrieden, seinen Nebenbuhler des Glücks beraubt zu haben, das er in dieser Nacht zu genießen hoffte, und schlief ganz ruhig. Anders die Prinzessin Bedrulbudur: Sie hatte in ihrem Leben noch keine so verdrießliche und unangenehme Nacht zugebracht, und wenn man den Ort und den Zustand bedenkt, worin der Geist den Sohn des Großveziers verlassen hatte, so wird man leicht abnehmen können, daß sie für den jungen Ehemann noch viel betrübter war.

Am anderen Morgen brauchte Aladdin nicht erst die Lampe zu reiben, um den Geist herbeizurufen. Er kam zur bezeichneten Stunde wieder und sagte zu Aladdin, während dieser sich ankleidete: »Hier bin ich, was hast du mir zu befehlen?« »Geh«, antwortete Aladdin, »hole den Sohn des Großveziers, lege ihn wieder in dies Bett und trage ihn nach dem Palast des Sultans an denselben Ort zurück, wo du ihn genommen hast.« Der Geist löste den Sohn des Großveziers von seinem Posten ab und Aladdin nahm, als er zurückkam, seinen Säbel wieder. Er legte den jungen Ehemann neben die Prinzessin und trug das Brautbett in einem Augenblick nach demselben Gemach des Königlichen Palasts zurück, wo er es geholt hatte. Zu bemerken ist noch, daß der Geist weder von der Prinzessin noch dem Sohn des Großveziers gesehen wurde; seine abscheuliche Gestalt hätte sie leicht vor Schrecken töten können. Ebensowenig hörten sie die Gespräche zwischen Aladdin und ihm, sondern bemerkten bloß die Bewegungen des Betts und ihre Versetzung von einem Ort an einen andern; dies allein konnte ihnen schon genug Schrecken einjagen, wie sich leicht denken läßt.

Kaum hatte der Geist das Brautbett wieder an seinen Ort gestellt, als der Sultan, der gern erfahren hätte, wie die Prinzessin, seine Tochter, ihre Hochzeitsnacht zugebracht, ins Zimmer trat, um ihr guten Morgen zu wünschen. Der Sohn des Großveziers, der die ganze Nacht in der Kälte hatte stehen müssen und noch keine Zeit gehabt hatte, sich zu erwärmen, stand, als die Tür geöffnet wurde, sogleich auf und ging in das Vorzimmer, wo er sich den Abend zuvor entkleidet hatte.

Der Sultan näherte sich dem Bett der Prinzessin, küßte sie der Sitte gemäß zwischen die Augen, wünschte ihr guten Morgen und fragte sie lächelnd, wie sie sich diese Nacht befunden habe? Als er sie aber aufmerksamer betrachtete, fand er sie zu seinem großen Erstaunen in tiefe Schwermut versenkt; auch wurde sie weder rot, noch gab sie sonst ein Zeichen, das seine Neugierde hätte befriedigen können. Sie warf ihm bloß einen sehr traurigen Blick zu, der große Betrübnis oder großes Mißvergnügen verriet. Er sprach noch einige Worte zu ihr; da er aber sah, daß er ihr keine Antwort entlocken konnte, so glaubte er, sie tue dies aus Schamhaftigkeit, und entfernte sich. Gleichwohl stieg die Vermutung in

ihm auf, dieses Stillschweigen müsse einen ganz absonderlichen Grund haben; deswegen ging er sogleich nach dem Gemächern der Sultanin und erzählte ihr, in welchem Zustand er die Prinzessin gefunden und wie sie ihn empfangen habe. »Herr«, gab die Sultanin zur Antwort, »du mußt dich darüber nicht wundern; am Morgen nach der Hochzeitsnacht zeigen die Neuvermählten alle eine solche Zurückhaltung. In zwei oder drei Tagen wird dies schon anders sein; dann wird sie den Sultan, ihren Vater, empfangen, wie es sich gebührt. Ich will nun selbst zu ihr gehen«, fügte sie hinzu, »und ich müßte mich sehr täuschen, wenn sie mich ebenso empfinge.«

Als die Sultanin angekleidet war, begab sie sich nach den Zimmern der Prinzessin, die noch zu Bett lag. Sie näherte sich ihr, küßte sie und wünschte ihr einen guten Morgen; aber wie groß war ihr Erstaunen, als sie nicht nur keine Antwort von ihr erhielt, sondern auch bei näherer Betrachtung tiefe Niedergeschlagenheit an ihr bemerkte, woraus sie schloß, es müsse ihr etwas begegnet sein, das sie nicht erraten konnte. »Liebe Tochter«, sagte die Sultanin zu ihr, »woher kommt es denn, daß du alle meine Liebkosungen so schlecht erwiderst? Vor deiner Mutter brauchst du doch keine solchen Umstände zu machen. Meinst du denn, ich wisse nicht, was in dem Falle, worin du dich befindest, geschehen kann? Ich will gern glauben, daß dir dies nicht in den Sinn gekommen ist, es muß dir also etwas anderes begegnet sein: Gestehe es mir offen und frei, und lasse mich nicht so lang in dieser peinlichen Unruhe.«

Die Prinzessin Bedrulbudur unterbrach endlich das Schweigen mit einem tiefen Seufzer. »Ach, meine sehr verehrte Mutter«, rief sie, »verzeihe mir, wenn ich es an der schuldigen Ehrfurcht fehlen ließ. Es sind mir heute Nacht so außerordentliche Sachen zugestoßen, daß ich mich von meinem Staunen und meinem Schrecken noch nicht erholt habe, ja kaum mich selbst wieder erkenne. Sie schilderte ihr hierauf mit den lebhaftesten Farben, wie gleich, nachdem sie sich mit ihrem Gemahl niedergelegt habe, das Bett aufgehoben und in einem Augenblick in ein schmutziges und dunkles Zimmer versetzt worden sei, wo sie sich ganz allein und von ihrem Gemahl getrennt gesehen habe, ohne zu wissen, was aus ihm geworden sei. Es sei dort ein junger Mann gewesen, der einige Worte, welche sie vor Schrecken nicht verstanden, zu ihr gesagt und die Stelle ihres Gemahls eingenommen habe, nachdem er zuvor einen Säbel zwischen sie und sich gelegt; morgens sei ihr dann ihr Gemahl wiedergegeben und das Bett in ebenso kurzer Zeit an seinen Platz zurückgetragen worden. »Alles dies«, fügte sie hinzu, »war kaum geschehen, als der Sultan, mein Vater, in mein Zimmer trat. Ich war so von Kummer niedergedrückt, daß ich nicht imstande war, ihm eine einzige Silbe zu antworten. Ohne Zweifel ist er böse über mich, daß ich die Ehre, die er mir erwiesen, so schlecht erwidert habe; aber ich hoffe, daß er mir verzeihen wird, wenn er mein trauriges Abenteuer und den beklagenswerten Zustand erfährt, worin ich mich jetzt noch befinde.«

Die Sultanin hörte alles, was die Prinzessin ihr erzählte, sehr ruhig an, wollte es aber nicht glauben. »Liebe Tochter«, sprach sie zu ihr, »du hast wohl daran getan, das du dem Sultan, deinem Vater, nichts davon gesagt hast. Hüte dich ja, gegen jemand etwas verlauten zu lassen; man würde dich für eine Närrin halten, wenn man dich so sprechen hörte.« »Verehrungswürdige Mutter«, antwortete die Prinzessin, »ich versichere dir, daß ich ganz bei gutem Verstande bin. Frage nur meinen Gemahl, er wird dir dasselbe sagen.« »Ich werde mich bei ihm erkundigen«, antwortete die Sultanin, »aber wenn er auch gerade so spräche, wie du, so vermöchte mich dies immer noch nicht zu überzeugen. Steh nur auf und schlag dir diese Gedanken aus dem Kopf. Das wäre eine schöne Geschichte, wenn du durch eine solche Einbildung die wegen deiner Hochzeit veranstalteten Feierlichkeiten stören würdest, die sowohl im Königlichen Palast, als im ganzen Reiche noch mehrere Tage fortdauern sollen. Hörst du nicht bereits die Pauken und Trompeten, Zimbeln und Trommeln? Dies alles sollte dich vergnügt und fröhlich machen und du solltest die Hirngespinnste vergessen, von denen du eben gesprochen hast.« Zugleich rief die Sultanin die Frauen der Prinzessin, und als sie sah, daß sie aufgestanden war und sich zu schmücken begann, begab sie sich nach den Zimmern des Sultans und sagte ihm, es sei ihrer Tochter wirklich etwas durch den Kopf gegangen, was aber von keinem Belang sei. Dann ließ sie den Sohn des Großveziers rufen, um von ihm nähere Aufschlüsse über die Erzählung der Prinzessin zu erhalten; dieser aber, der sich durch die Verwandtschaft mit dem Sultan sehr geehrt fühlte, hatte sich vorgenommen die Sache zu verheimlichen. »Mein lieber Sohn«, sagte die Sultanin zu ihm, »sag mir doch, hast du dir dieselbe Einbildung in den Kopf gesetzt, wie deine Frau?« »Herrin«, antwortete der Sohn des Großveziers, »dürfte ich wohl um Erklärung bitten, was deine Frage besagen soll?« »Ich bin schon zufrieden«, antwortete die Sultanin, »und verlange nicht mehr zu wissen; du bist gescheiter als sie.«

Die Lustbarkeiten im Palast dauerten den ganzen Tag fort, und die Sultanin, die der Prinzessin nicht von der Seite kam, unterließ nichts, um sie zur Fröhlichkeit und zur Teilnahme an den Vergnügungen und ergötzlichen Schauspielen zu stimmen, die ihr zu Ehren veranstaltet wurden; allein das Begebnis der vorigen Nacht hatte einen solch gewaltigen Eindruck auf sie gemacht, daß sie für nichts anderes Sinn hatte und immer damit beschäftigt war. Der Sohn des Großveziers fühlte sich durch diese schlimme Nacht ebenfalls sehr geschwächt, allein er setzte seinen Ehrgeiz darein, niemand etwas davon merken zu lassen, und wenn man ihn sah, mußte man glauben, er sei ein sehr glücklicher Ehemann.

Aladdin, der von allem, was im Palaste vorging, wohl unterrichtet war, zweifelte nicht, daß die Neuvermählten, trotz ihres verdrießlichen Abenteuers in der ersten Nacht, sich abermals miteinander zu Bett begeben würden, und hatte keine Lust, sie in Ruhe zu lassen. Sobald die Nacht ein wenig vorgerückt war, rieb er seine Lampe; der Geist erschien und bot ihm mit denselben Worten, wie früher, seine Dienste an. »Der Sohn des Großveziers und die Prinzessin Bedrulbudur«, sagte Aladdin zu ihm, »wollen heute Nacht wieder beisammen schlafen. Gehe hin, und sobald sie sich niedergelegt haben, bring mir das Bett hierher, wie gestern.«

Der Geist bediente Aladdin ebenso treu und pünktlich, wie das erste Mal. Der Sohn des Großveziers brachte die Nacht wieder so kalt und so unangenehm

zu, wie die Brautnacht, und die Prinzessin mußte zu ihrem Verdruß Aladdin wieder als Bettgenossen annehmen, der auch diesmal zwischen sie und sich den Säbel legte. Der Geist kam, dem Befehle Aladdins zufolge, morgens wieder, legte den Ehemann zu seiner Frau, nahm sodann das Bett mit den Neuvermählten und trug es wieder in das Zimmer des Palastes, wo er es geholt hatte.

Der Sultan, der nach dem Empfang, welchen er am vorigen Morgen bei der Prinzessin Bedrulbudur gefunden, sehr neugierig war, wie sie die zweite Nacht zugebracht haben, und ob sie ihn abermals so schlecht empfangen würde, begab sich wieder ebenso früh in ihr Zimmer, um sich davon zu unterrichten. Der Sohn des Großveziers, der sich über sein Unglück in dieser Nacht noch mehr schämte und ärgerte als das erste Mal, hörte ihn kaum kommen, als er eilig aufstand und in das Ankleidezimmer stürzte.

Der Sultan näherte sich dem Bett der Prinzessin, wünscht ihr guten Morgen und sagte dann nach denselben Liebkosungen wie am vorigen Tag: »Nun, meine liebe Tochter, bist du diesen Morgen auch wieder so schlecht gelaunt, wie gestern? Wirst du mir wohl sagen, wie du die Nacht zugebracht hast?« Die Prinzessin beobachtete dasselbe Stillschweigen und der Sultan bemerkte, das sie noch weit unruhiger und betrübter war, als das erste Mal. Er zweifelte jetzt nicht mehr, daß ihr etwas Außerordentliches zugestoßen sein müsse, ärgerte sich aber über ihre Schweigsamkeit und rief ihr voll Zorn und mit gezücktem Säbel zu: »Wenn du mir nicht gestehst, was du verhehlen willst, so haue ich dir sogleich den Kopf ab.«

Die Prinzessin, die über den Ton und die Drohung des beleidigten Sultans noch mehr erschrak, als über den Anblick des blanken Säbels, brach endlich das

Stillschweigen und rief mit tränenden Augen: »Geliebter Vater und König! Ich bitte um Verzeihung, wenn ich dich beleidigt habe, hoffe aber von deiner Güte und Milde, daß Mitleid an die Stelle des Zorns treten wird, sobald ich dir den kläglichen und traurigen Zustand, worin ich mich sowohl diese als die vorige Nacht befunden, treu schildere.«

Nach dieser Einleitung, die den Sultan etwas besänftigte und müder stimmte, erzählte sie ihm alles, was ihr während der zwei verdrießlichen Nächte begegnet war, getreu und so rührend, daß er über die Maßen betrübt wurde, denn er liebte seine Tochter gar zärtlich. Sie schloß mit den Worten: »Wenn du im mindesten an meiner Erzählung zweifelst, so kannst du den Gemahl fragen, den du mir gegeben hast; ich bin überzeugt, daß er die Wahrheit der Sache ebenso bezeugen wird, wie ich.«

Der Sultan teilte die tiefe Bekümmernis, in welche die Prinzessin durch ein so auffallendes Abenteuer versetzt werden mußte. »Liebe Tochter«, sprach er zu ihr, »es war sehr unrecht von dir, daß du mir diese seltsame Geschichte nicht schon gestern erzählt hast, die mir ebenso wichtig sein muß als dir. Ich habe dich nicht verheiratet in der Absicht, dich unglücklich zu machen, sondern im Gegenteil gedachte ich, dich dadurch in den Besitz alles des Glücks zu setzen, das du verdienst und bei einem Gemahl, der für dich zu passen schien, auch hoffen konntest. Banne nur aus deinem Gemüt die traurigen Gedanken an das, was du mir eben erzählt hast. Ich werde sogleich Befehle geben, daß du von nun an keine so unangenehmen und unerträglichen Nächte mehr hast wie bisher.«

Sobald der Sultan in seine Gemächer zurückgekehrt war, ließ er den Großvezier rufen. »Vezier«, sagte er zu ihm, »hast du deinen Sohn schon gesehen und hat er dir nichts gesagt?« Als der Großvezier antwortete, er habe ihn noch nicht gesehen, so erzählte ihm der Sultan alles, was er von der Prinzessin Bedrulbudur vernommen. »Ich zweifle nicht«, sagte er zuletzt, »daß meine Tochter mir die Wahrheit berichtet hat; indes wäre es mir sehr lieb, wenn dein Sohn es bestätigte. Gehe und frage ihn, was an der Sache ist.«

Der Großvezier begab sich sogleich zu seinem Sohn, teilte ihm mit, was der Sultan ihm gesagt hatte, und schärfte ihm ein, daß er ja nichts verhehlen und sagen solle, ob alles wahr sei. »Ich will dir die Wahrheit gestehen, mein Vater«, antwortete der Sohn. »Alles, was die Prinzessin zum Sultan sagte, hat seine traurige Richtigkeit; aber die schlechte Behandlung, die ich insbesondere erfahren habe, weiß sie selbst nicht. Die Sache verhält sich nämlich so: Seit meiner Vermählung habe ich zwei über allen Begriff schreckliche Nächte zugebracht; es fehlt mir an Worten, um die Leiden, die ich ausgestanden habe, gehörig und mit allen ihren Umständen zu schildern. Ich will nichts von dem Entsetzen sagen, das ich empfand, als ich viermal in meinem Bett in die Höhe gehoben wurde, ohne daß ich sah, wer das Bett aufhob und von einem Ort nach einem anderen versetzte, und ohne zu begreifen, wie es nur möglich war. Du kannst dir meinen traurigen Zustand denken, wenn ich dir sage, daß ich zwei Nächte stehend und im bloßen Hemde in einem schmalen Abtritt zubringen mußte, ohne mich von der Stelle rühren oder nur die geringste Bewegung machen zu können, ob ich gleich eigentlich kein Hindernis sah, das mich davon hätte abhalten sollen. Ich brauche dir nicht weitläufig auseinanderzusetzen, was ich alles dabei ausgestanden habe, und kann dir nicht verhehlen, daß ich desungeachtet gegen die Prinzessin, meine Gemahlin, alle Gefühle der Liebe, Ehrerbietung und Dankbarkeit hege, die sie verdient. Gleichwohl muß ich dir aufrichtig gestehen, daß ich, so ehrenvoll und glänzend die Vermählung der Tochter des Sultans für mich ist, lieber sterben, als länger in einer so hohen Verwandtschaft bleiben will, wenn ich mich auch ferner noch einer solch unangenehmen Behandlung aussetzen muß. Ich zweifle nicht, daß die Prinzessin ebenso denken wird wie ich, und sie wird leicht zugeben, daß unsere Trennung für ihre Ruhe so notwendig ist, als für die meinige; darum, lieber Vater, bitte ich dich bei der Liebe, die dich bewogen, mir diese hohe Ehre zu verschaffen, wirke beim Sultan aus, daß unsere Ehe für nichtig erklärt wird.«

So sehr es nun auch dem Ehrgeiz des Großveziers geschmeichelt hatte, seinen Sohn als Tochtermann des Sultans zu sehen, so hielt er es doch, da dieser fest entschlossen war, sich von der Prinzessin scheiden zu lassen, nicht für ratsam, ihn wenigstens noch für einige Tage zur Geduld zu ermahnen, um abzuwarten, ob diese Widerwärtigkeit nicht von selbst aufhören werde. Er verließ ihn daher, um dem Sultan Bericht abzustatten und gestand ihm aufrichtig, die Sache sei nur zu wahr; sein Sohn habe ihm alles erzählt. Ohne erst abzuwarten, daß der Sultan selbst von der Ehescheidung zu reden anfing, wozu er ihn sehr geneigt sah, bat er hierauf um Erlaubnis, daß sein Sohn sich aus dem Palast entfernen und in sein Haus zurückkehren dürfte; indem es höchst unrecht wäre, wenn die Prinzessin um seinetwillen nur einen Augenblick länger dieser schrecklichen Plage ausgesetzt würde.

Es kostete den Großvezier nicht viel Mühe, die Gewährung seines Gesuchs zu erlangen. Der Sultan, der bereits diesen Entschluß gefaßt hatte, gab augenblicklich Befehl, die Lustbarkeiten im Palast und in der Stadt, sowie im ganzen Gebiete seines Königreichs, wohin er Gegenbefehle abfertigte, einzustellen, und in kurzer Zeit hörten alle öffentlichen Freudenbezeigungen und Festlichkeiten auf.

Diese plötzliche und unerwartete Veränderung gab zu allerlei Gerede Anlaß. Die Leute fragten sich, woher es wohl kommen möge, aber niemand wußte mehr zu sagen, als daß man den Großvezier und seinen Sohn, beide sehr traurig, aus dem Palast in ihr eigenes Haus habe gehen sehen. Aladdin allein wußte das Geheimnis und freute sich in seinem Inneren gar sehr über den glücklichen Erfolg, den ihm der Gebrauch seiner Lampe verschaffte. Da er jetzt mit Bestimmtheit wußte, daß sein Nebenbuhler den Palast verlassen hatte und die Ehe zwischen der Prinzessin und ihm vollständig aufgelöst war, so hatte er nicht mehr nötig, die Lampe zu reiben und den Geist zu rufen, um die Vollziehung derselben zu verhindern. Das Merkwürdigste bei der Sache war, daß weder der Sultan noch der Großvezier, die Aladdin und seinen Antrag längst vergessen hatten, auch nur entfernt auf den Gedanken kamen, daß er an der Zauberei, welche die Auflösung der Ehe der Prinzessin herbeigeführt hatte, irgend Anteil haben könnte.

Aladdin ließ indes die drei Monate vollends verstreichen, die der Sultan als Frist für seine Vermählung mit der Prinzessin Bedrulbudur festgesetzt hatte. Er hatte sorgfältig jeden Tag gezählt, und als sie vorüber waren, schickte er gleich am anderen Morgen seine Mutter in den Palast, um den Sultan an sein Wort zu erinnern.

Aladdins Mutter ging nach dem Palaste, wie ihr Sohn ihr gesagt hatte, und stellte sich am Eingang des Divans wieder an denselben Platz wie früher. Kaum hatte der Sultan einen Blick auf sie geworfen, so erkannte er sie auch wieder und erinnerte sich an ihre Bitte, sowie an die Zeit, auf die er sie vertröstet hatte. Der Großvezier trug ihm eben eine Sache vor. Der Sultan unterbrach ihn mit den Worten: »Vezier, ich bemerke dort die gute Frau, die uns vor einigen Monaten ein so schönes Geschenk machte: Laß sie hierher treten, du magst deinen Bericht fortsetzen, wenn ich sie angehört habe.« Der Großvezier warf einen Blick nach dem Eingange des Divans und erkannte ebenfalls Aladdins Mutter. Sogleich rief er den Obersten der Türsteher, zeigte sie ihm und befahl ihm, sie vortreten zu heißen.

Aladdins Mutter näherte sich dem Fuße des Thrones und warf sich der Sitte gemäß nieder. Als sie wieder aufgestanden war, fragte sie der Sultan, was sie wünsche. »Großer König«, antwortete sie, »ich erscheine zum zweiten Mal vor deinem Angesicht, um dir im Namen meines Sohnes Aladdin vorzustellen, daß die drei Monate verstrichen sind, auf welche du ihn mit der Bitte, die ich dir vorzutragen die Ehre hatte, vertröstet hast. Ich bitte demütiglich, daß du dich der Sache erinneren mögest.«

Der Sultan hatte diese Frist von drei Monaten das erste Mal nur deshalb angesetzt, weil er glaubte, es werde dann keine Rede mehr von einer Heirat sein, die ihm für die Prinzessin, seine Tochter, durchaus nicht angemessen schien, in Anbetracht des niedrigen Standes und der Armut von Aladdins Mutter, welche in einem sehr gemeinen Aufzuge vor ihm erschien. Diese Mahnung an sein Versprechen setzte ihn jetzt in Verlegenheit. Um sich in der Sache nicht zu übereilen, zog er seinen Großvezier zu Rate und bezeigte ihm seine Abneigung, die Prinzessin mit einem Unbekannten zu vermählen, der offenbar von ganz niedriger Abkunft sein mußte.

Der Großvezier zögerte nicht, dem Sultan seine Gedanken hierüber zu sagen. »Herr«, antwortete er ihm, »mich däucht, daß es ein unfehlbares Mittel gibt, diese unpassende Heirat zu hintertreiben, ohne daß Aladdin, selbst wenn er dir bekannt wäre, sich darob beklagen könnte. Du darfst nur einen so hohen Preis für die Prinzessin festsetzen, daß seine Reichtümer, wenn sie auch noch so groß sind, nicht zureichen. Auf diese Art wirst du ihn von seiner kühnen, ja ich möchte sagen, verwegenen Bewerbung abbringen, die er offenbar nicht gehörig überlegt hat.«

Der Sultan billigte den Rat des Großveziers. Er wandte sich zu Aladdins Mutter und sagte nach einigem Nachdenken zu ihr: »Gute Frau, ein Sultan muß immer sein gegebenes Wort halten, und ich bin bereit, mein Versprechen zu erfüllen und deinen Sohn mit der Hand meiner Tochter zu beglücken. Da ich

sie aber nicht vermählen kann, ohne zu wissen, welche Vorteile sie sich davon versprechen darf, so melde deinem Sohne, ich werde mein Versprechen erfüllen, sobald er mir 40 große Becken von gediegenem Gold, von oben bis unten mit dergleichen Kostbarkeiten, wie du mir schon einmal in seinem Namen gebracht hast, angefüllt, durch 40 schwarze Sklaven zuschicke, die von 40 anderen ausnehmend schönen und aufs prachtvollste gekleideten jungen weißen Sklaven geführt sein müssen. Dies sind die Bedingungen, unter denen ich bereit bin, ihm die Prinzessin, meine Tochter, zu geben. Geh nun, gute Frau, und bring mir bald wieder Antwort.«

Aladdins Mutter warf sich abermals vor dem Throne des Sultans nieder und entfernte sich. Unterwegs lachte sie in ihrem Herzen über das närrische Verlangen ihres Sohnes. »Wahrhaftig«, sagte sie, »wo soll er so viele goldene Becken und eine solche Menge farbiger Gläser hernehmen, um sie damit zu füllen? Wird er wieder in das unterirdische Gewölbe hinabsteigen, dessen Eingang verschlossen ist, um sie von den Bäumen zu pflücken? Und woher soll er alle diese hübschen Sklaven bekommen, die der Sultan verlangt? Jetzt ist er freilich weit von seinem Ziele entfernt, und ich glaube nicht, daß er mit meiner Botschaft zufrieden sein wird.« Als sie nun mit diesen, wie sie glaubte, für Aladdin ganz trostlosen Gedanken beschäftigt nach Hause kam, sagte sie zu ihm: »Mein Sohn, ich rate dir, denke nicht mehr an eine Vermählung mit der Prinzessin Bedrulbudur. Der Sultan hat mich zwar sehr huldreich empfangen, und ich glaube, daß er gut gegen dich gesinnt war, allein der Großvezier hat ihn, wenn ich mich nicht täusche, auf andere Gedanken gebracht, wie du sogleich aus dem ersehen kannst, was ich dir jetzt sagen werde. Nachdem ich dem Sultan vorgestellt hatte, daß die drei Monate abgelaufen seien, und ihn nun in deinem Namen bat, sich an sein Versprechen zu erinneren, bemerkte ich, daß er eine Weile ganz leise mit dem Großvezier sprach, und dann erst gab er mir die Antwort, die ich dir jetzt sagen werde.« Sie erzählte nun ihrem Sohne sehr ausführlich alles, was der Sultan ihr gesagt hatte und nannte ihm die Bedingungen, unter denen er in die Verbindung der Prinzessin, seiner Tochter, mit ihm einwilligen würde. »Mein Sohn«, sagte sie zuletzt, »er erwartet eine Antwort; aber unter uns gesagt«, fuhr sie lächelnd fort, »ich glaube, er wird lange warten müssen.«

»Nicht solange, liebe Mutter, als du glaubst«, antwortete Aladdin, »und der Sultan ist gewaltig im Irrtum, wenn er meint, durch seine ungeheuren Forderungen könne er mich außerstand setzen, an die Prinzessin Bedrulbudur zu denken. Ich hatte ganz andere unüberwindliche Schwierigkeiten erwartet, oder wenigstens einen weit höheren Preis für meine unvergleichliche Prinzessin. Jetzt aber bin ich wohl zufrieden, denn was er verlangt, ist eine Kleinigkeit gegen das, was ich ihm für ihren Besitz bieten könnte. Während ich nun daran denken werde, ihn zu befriedigen, besorge du ein Mittagessen für uns und laß nur mich gewähren.«

Sobald seine Mutter nach Lebensmitteln ausgegangen war, nahm Aladdin die Lampe und rieb sie. Sogleich erschien der Geist, fragte in den gewöhnlichen Ausdrücken, was er zu befehlen habe, und sagte, daß er bereit sei, ihn zu bedienen. Aladdin sprach zu ihm: »Der Sultan gibt mir die Prinzessin, seine Tochter, zur Frau; zuvor aber verlangt er von mir 40 große und vollwichtige Becken von gediegenem Gold, bis zum Rande angefüllt mit den Früchten des Gartens, wo ich die Lampe geholt habe, deren Sklave du bist. Ferner verlangt er, daß diese 40 goldenen Becken von ebenso vielen schwarzen Sklaven getragen werden sollen, vor denen 40 wohlgebildete, schlanke und prachtvoll gekleidete junge weiße Sklaven hergehen müssen. Gehe und schaffe mir baldmöglichst dieses Geschenk zur Stelle, damit ich es dem Sultan schicken kann, ehe er die Sitzung des Divans aufhebt.« Der Geist sagte, sein Befehl solle unverzüglich vollzogen werden und verschwand.

Eine kleine Weile darauf ließ der Geist sich wieder sehen, begleitet von 40 schwarzen Sklaven, deren jeder ein 20 Mark schweres Becken von gediegenem Gold, angefüllt mit Perlen, Diamanten, Rubinen und Smaragden, welche die dem Sultan bereits geschenkten an Größe und Schönheit weit übertrafen, auf dem Kopfe trug. Jedes der Becken war mit goldgeblümtem Silberstoff überdeckt. Diese Sklaven, sowohl die weißen als die schwarzen mit den goldenen Becken, erfüllten fast das ganze Haus, das ziemlich klein war, nebst dem kleinen Hofe vor und einem Gärtchen hinter demselben. Der Geist fragte Aladdin, ob er zufrieden sei, und ob er ihm sonst noch etwas zu befehlen habe. Aladdin antwortete, er verlange nichts mehr, und der Geist verschwand.

Als Aladdins Mutter vom Markte zurückkam, verwunderte sie sich höchlich, da sie so viele Leute und Kostbarkeiten sah. Nachdem sie die Nahrungsmittel, die sie mitbrachte, auf den Tisch gelegt hatte, wollte sie den Schleier, der ihr Gesicht verhüllte, ablegen, aber Aladdin ließ es nicht zu. »Liebe Mutter«, sprach er zu ihr, »wir haben jetzt keine Zeit zu verlieren. Es ist von großer Wichtigkeit, daß du, noch ehe der Sultan den Divan schließt, in den Palast zurückkehrst und das verlangte Geschenk nebst der Morgengabe für die Prinzessin Bedrulbudur hinbringst, damit er aus meiner Eile und Pünktlichkeit das brennende und aufrichtige Verlangen ermessen kann, womit ich nach der Ehre trachte, sein Schwiegersohn zu werden.«

Ohne die Antwort seiner Mutter abzuwarten, öffnete Aladdin die Türe nach der Straße und ließ alle seine Sklaven paarweise, immer einen weißen mit einem schwarzen, der ein goldenes Becken auf dem Kopfe trug, zusammen hinaus. Als nun seine Mutter hinter dem letzten Sklaven her ebenfalls draußen war, verschloß er die Türe und blieb ruhig auf seinem Zimmer, in der süßen Hoffnung, der Sultan werde ihm endlich nach diesem Geschenke, das er selbst gefordert hatte, seine Tochter geben. Kaum war der erste weiße Sklave vor Aladdins Hause, als alle Vorübergehenden, die ihn bemerkten, stehen blieben, und ehe noch die sämtlichen 80 Sklaven, die weißen und schwarzen untereinander, draußen waren, wimmelte die Straße von einer Masse Volks, das von allen Seiten herbeiströmte, um dieses prachtvolle und außerordentliche Schauspiel anzusehen. Die Kleidung der Sklaven bestand aus so kostbaren Stoffen und war so reich mit Edelsteinen geschmückt, daß die besten Kenner nicht zu viel zu sagen glaubten, wenn sie jeden Anzug auf mehr als eine Million schätzten. Die Nettigkeit und das gute Anpassen der Kleider, der edle Anstand, die Schönheit, der ebenmäßige und stattliche Wuchs der Sklaven, ihr feierlicher Zug in gleichmäßig abgemessenen Zwischenräumen, der Glanz der außerordentlich großen Edelsteine, die in schönster Anordnung rings um ihre Gürtel in echtes Gold gefaßt, und die Rosen an ihren Turbanen, die ebenfalls aus Edelsteinen zusammengesetzt und ganz besonders geschmackvoll gearbeitet waren, dies alles versetzte die Zuschauer samt und sonders in so große Verwunderung, daß sie nicht müde werden konnten, sie zu betrachten und ihnen so weit als möglich nachzusehen. Die Straßen waren so mit Menschen angefüllt, daß jeder an dem Platze, wo er war, stehen bleiben mußte.

Da man durch mehrere Straßen gehen mußte, um zu dem Palast zu gelangen, so konnte ein großer Teil der Stadt und Leute aus allen Klassen und Ständen den prachtvollen Aufzug sehen. Endlich langte der erste von den 80 Sklaven an der Pforte des ersten Schloßhofes an. Die Pförtner, die sich bei Annäherung dieses wundervollen Zuges in zwei Reihen aufgestellt hatten, hielten ihn für einen König, so reich und prachtvoll war er gekleidet, und näherten sich ihm, um den Saum seines Kleides zu küssen. Der Sklave aber, dem der Geist vorher seine Rolle gelehrt hatte, gab es nicht zu und sagte feierlich zu ihm: »Wir sind bloß Sklaven; unser Herr wird erscheinen, sobald es Zeit ist.«

So kam der erste Sklave an der Spitze des ganzen Zugs in den zweiten Hof, der sehr geräumig war und wo sich der Hofstaat des Sultans während der Sitzung des Divans aufgestellt hatte. Die Anführer von jeder einzelnen Truppe waren zwar prachtvoll gekleidet, wurden aber weit verdunkelt, als die 80 Sklaven erschienen, die Aladdins Geschenk brachten und selbst dazu gehörten. Im ganzen Hofstaate des Sultans gab es nichts so Herrliches und Glänzendes zu sehen, und alle Pracht der ihn umgebenden Herren von Hofe war Staub im Vergleich mit dem, was sich jetzt seinen Blicken darbot. Da man dem Sultan den Zug und die Ankunft dieser Sklaven gemeldet hatte, so hatte er Befehl gegeben, sie eintreten zu lassen. Als sie daher erschienen, fanden sie den Eingang zum Divan offen und zogen in schönster Ordnung, ein Teil zur Rechten, der andere zur Linken, hinein. Nachdem sie alle drin waren und vor dem Throne des Sultans einen großen Halbkreis gebildet hatten, stellten die schwarzen Sklaven die Becken, die sie trugen auf den Fußteppich, dann warfen sie sich alle miteinander nieder und berührten den Teppich mit ihrer Stirne. Die weißen Sklaven taten dasselbe zur gleichen Zeit. Hierauf standen sie alle zusammen wieder auf, und die schwarzen enthüllten dabei sehr geschickt die vor ihnen stehenden Becken, worauf sie alle mit gekreuzten Armen und großer Ehrerbietung stehen blieben.

Indes nahte Aladdins Mutter dem Fuße des Thrones, warf sich vor demselben nieder und sprach zu dem Sultan: »Herr, mein Sohn Aladdin weiß recht wohl, daß das Geschenk, das er dir schickt, weit unter dem steht, was die Prinzessin Bedrulbudur verdient. Gleichwohl hofft er, du werdest es huldreich annehmen, und auch die Prinzessin werde es nicht verschmähen; er hofft dies um so zuversichtlicher, da er sich bemüht hat, der Bedingung, die du ihm vorgeschrieben, nachzukommen.«

Der Sultan war nicht imstande, die Begrüßung der Mutter Aladdins aufmerksam anzuhören. Schon beim ersten Blick auf die 40 goldenen Becken, die bis zum Rande mit den strahlendsten, glänzendsten und kostbarsten Edelsteinen angefüllt waren, und auf die 80 Sklaven, die man wegen ihres edlen Anstandes, des Reichtums und der merkwürdigen Pracht ihres Anzugs für Könige halten konnte, war er so überrascht worden, daß er sich von seinem Staunen nicht erholen konnte. Statt also den Gruß von Aladdins Mutter zu erwidern, wandte er sich an den Großvezier, der ebensowenig begreifen konnte, woher so viele Reichtümer gekommen sein sollen, »Nun Vezier«, sagte er laut zu ihm, »was denkst du von dem, wer es auch sein mag, der mir ein so reiches und außerordentliches Geschenk schickt, ohne daß wir beide ihn kennen? Hältst du ihn für unwürdig, meine Tochter, die Prinzessin Bedrulbudur zu heiraten?«

So schmerzlich es nun auch dem Großvezier war, zu sehen, daß ein Unbekannter den Vorzug vor seinem Sohne erhalten und der Eidam des Sultans werden sollte, so wagte er es doch nicht, seine Ansicht zu verhehlen. Es war zu augenscheinlich, daß Aladdins Geschenk mehr als hinreichend war, um ihn dieser hohen Ehre würdig zu machen. Er antwortete also dem Sultan ganz nach seinem Sinn und sprach: »Herr, es sei ferne von mir, zu glauben, daß derjenige, der dir ein deiner so würdiges Geschenk gemacht hat, der Ehre, die du ihm zudenkst, unwürdig wäre; ja ich würde die Behauptung wagen, er verdiene noch weit mehr, wenn ich nicht überzeugt wäre, daß es auf der ganzen Welt keinen so kostbaren Schatz gibt, der die Prinzessin, deine Tochter, aufwägen könnte.« Die Herren vom Hofe, die der Sitzung beiwohnten, gaben durch ihre Beifallsbezeugungen zu erkennen, daß sie ebenso dachten wie der Großvezier.

Der Sultan verschob jetzt die Sache nicht länger und erkundigte sich nicht einmal, ob Aladdin auch die übrigen erforderlichen Eigenschaften besitze, um sein Schwiegersohn werden zu können. Schon der Anblick dieser unermeßlichen Reichtümer und die Schnelligkeit, womit Aladdin sein Verlangen erfüllt hatte, ohne in den ungeheuren Bedingungen, die ihm vorgeschrieben wurden, die mindeste Schwierigkeit zu finden, war ihm Beweis genug, daß ihm nichts zu einem vollendeten Mann fehlen könne, wie er ihn sich wünschte. Um daher Aladdins Mutter vollkommen zu befriedigen, sagte er zu ihr: »Gehe jetzt, gute Frau, und sage deinem Sohn, daß ich ihn erwarte und mit offenen Armen aufnehmen werde; je schneller er kommen wird, um die Prinzessin, meine Tochter, aus meiner Hand zu empfangen, je mehr wird er mir Vergnügen machen.«

Hoch erfreut, ihren Sohn wider alles Erwarten auf einer so hohen Stufe des Glücks zu erblicken, eilte Aladdins Mutter nach Hause; der Sultan aber schloß die Sitzung für heute, stand von seinem Throne auf und befahl, daß die Verschnittenen der Prinzessin die goldenen Becken nehmen und nach den Zimmern ihrer Gebieterin tragen sollen, wohin er selbst ging, um sie mit Muße näher zu betrachten. Dieser Befehl wurde durch den Eifer des Obersten der Verschnittenen sogleich vollzogen.

Auch die 80 weißen und schwarzen Sklaven wurden nicht vergessen. Man ließ sie ins Innere des Palastes treten, und bald darauf befahl der Sultan, der der Prinzessin Bedrulbudur von ihrer Pracht gesagt hatte, sie vor ihren Gemächern aufzustellen, damit sie dieselben durch die Gitterfenster betrachten und sich überzeugen könne, daß er in seiner Erzählung nicht nur nichts übertrieben, sondern sogar weit weniger gesagt habe, als wirklich wahr sei. Indes kam Aladdins Mutter mit einem Gesichte, das ihre gute Botschaft im voraus verkündete, nach Hause. »Mein Sohn«, sagte sie zu ihm, »du hast alle Ursache, zufrieden zu sein: Gegen meine Erwartung sind alle deine Wünsche in Erfüllung gegangen; denn du weißt, was ich immer zu dir gesagt habe. Ich will dich nicht lange in Ungewißheit lassen: Der Sultan hat mit der Zustimmung des ganzen Hofes erklärt, daß du würdig bist, die Prinzessin Bedrulbudur zu besitzen. Er erwartet dich, um dich zu umarmen und den Ehebund abzuschließen. Bereite dich auf diese Zusammenkunft gehörig vor, damit sie der hohen Meinung, die er bereits von dir gefaßt hat, entspreche. Nach den Wundern, die ich bisher von dir gesehen habe, bin ich fest überzeugt, daß du es an nichts fehlen lassen wirst. Ich darf indes nicht vergessen, dir zu sagen, daß der Sultan dich mit Ungeduld erwartet; verliere also keine Zeit, dich zu ihm zu verfügen.«

Aladdin, der über diese Nachricht hoch erfreut und einzig und allein mit dem Gegenstand beschäftigt war, der ihn bezaubert hatte, gab seiner Mutter eine kurze Antwort und ging auf sein Zimmer. Er nahm die Lampe, die ihm bisher in allen Nöten und bei allen seinen Wünschen so hilfreich gewesen war, und kaum hatte er sie gerieben, als der Geist durch sein unverzügliches Erscheinen seinen fortdauernden Gehorsam an den Tag legte. »Geist«, sagte Aladdin zu ihm, »ich habe dich gerufen, damit du mir sogleich ein Bad bereiten sollst, und sobald ich es genommen habe, will ich, daß du mir die reichste und prachtvollste Kleidung bringst, die jemals ein König getragen hat.« Kaum hatte er dies gesprochen, als der Geist sowohl ihn als sich unsichtbar machte, aufhob und in ein Bad trug, das von äußerst feinem, schönem und buntgestreiftem Marmor gebaut war. Ohne daß er sah, wer ihn bediente, wurde er in einem sehr schönen und geräumigen Saale entkleidet. Aus dem Saale ließ man ihn in das Bad treten, das eine mäßige Wärme hatte und wo er gerieben und mit allerhand wohlriechenden Wassern gewaschen wurde. Nachdem er in den verschiedenen Badestuben alle Grade der Wärme durchgemacht hatte, kam er wieder heraus, aber ganz anders, als er hineingetreten war. Seine Gesichtsfarbe war frisch, weiß und rosig geworden und sein ganzer Leib weit leichter und geschmeidiger. Als er in den Saal zurückkam, fand er das Kleid, das er dort gelassen hatte, nicht mehr; der Geist hatte statt desselben seinem Befehle zufolge eine andere Kleidung gebracht. Aladdin war ganz erstaunt, als er die Pracht des Anzugs sah, der für

ihn bestimmt war. Er kleidete sich mit Hilfe des Geistes an und bewunderte jedes Stück, ehe er es anzog: so sehr übertraf es alles, was er sich bisher nur hatte denken können. Als er fertig war, trug ihn der Geist in dasselbe Zimmer zurück, wo er ihn abgeholt hatte und fragte ihn, ob er noch etwas zu befehlen habe. »Ja«, antwortete Aladdin, »ich erwarte auf der Stelle von dir, daß du mir ein Pferd herführst, dessen Schönheit und Schnelligkeit das kostbarste Pferd im Stalle des Sultans übertrifft; die Decke, der Sattel, der Zaum und überhaupt das Geschirr muß über eine Million wert sein. Auch verlange ich, daß du mir zu gleicher Zeit 20 Sklaven herbeischaffst, die ebenso reich und schmuck gekleidet sein müssen, wie die, welche das Geschenk trugen, denn sie sollen mir zur Seite und als mein Gefolge einhergehen; und noch 20 andere der Art, die in zwei Reihen vor mir herziehen sollen. Auch meiner Mutter bring sechs Sklavinnen zu ihrer Bedienung, die alle wenigstens ebenso reich gekleidet sein müssen wie die Sklavinnen der Prinzessin Bedrulbudur, und jede einen vollständigen Anzug auf dem Kopfe tragen soll, der so prächtig und stattlich sein muß, als wäre er für die Sultanin. Ferner brauche ich noch 10000 Goldstücke in zehn Beuteln. Das war es, was ich dir noch zu befehlen hatte; geh und spute dich.«

Sobald Aladdin dem Geiste diese Befehle gegeben hatte, verschwand dieser und erschien bald wieder mit dem Pferd, den 40 Sklaven, von denen zehn je einen Beutel mit 1000 Goldstücken trugen, und den sechs Sklavinnen, wovon jede einen verschiedenen Anzug für Aladdins Mutter, in Silberstoff eingewickelt, auf dem Kopfe trug. Der Geist übergab dies alles an Aladdin.

Aladdin nahm von den zehn Beuteln nur vier, die er seiner Mutter gab, damit sie sich derselben in Notfällen bedienen sollte. Die sechs anderen ließ er in den Händen der Sklaven, welche sie trugen, mit dem Befehl, sie zu behalten und während ihres Zuges durch die Straßen nach dem Palast des Sultans handvollweise unter das Volk auszuwerfen. Auch befahl er ihnen, sie sollten nebst den ihrigen dicht vor ihm, drei zur Rechten und drei zur Linken, einhergehen. Endlich gab er seiner Mutter die sechs Sklavinnen und sagte ihr, sie gehören ihr und sie könne als Gebieterin über sie verfügen; auch die Kleider, die sie trugen, seien für ihren Gebrauch bestimmt.

Als Aladdin alle seine Angelegenheiten geordnet hatte, entließ er den Geist mit der Erklärung, daß er ihn rufen werde, sobald er seiner bedürfe, worauf dieser augenblicklich verschwand. Jetzt machte sich Aladdin fertig, dem Wunsche des Sultans, der ihn sehen wollte, zu entsprechen. Er fertigte einen der 40 Sklaven – ich will nicht sagen den schönsten, denn sie waren alle gleich – nach dem Palaste ab mit dem Befehl, er solle sich an den Obersten der Türsteher wenden und ihn fragen, wann er wohl die Ehre haben könne, sich dem Sultan zu Füßen zu werfen. Der Sklave entledigte sich seines Auftrags sehr schnell und brachte die Nachricht zurück, daß der Sultan ihn mit Ungeduld erwarte.

Aladdin stieg nun unverzüglich zu Pferde und setzte sich mit seinem Zuge in der schon angezeigten Ordnung in Bewegung. Obgleich er nie zuvor ein Roß bestiegen hatte, so zeigte er doch dabei einen so edlen Anstand, daß selbst der erfahrenste Reiter ihn nicht für einen Neuling hätte halten können. Die Straßen, durch die er kam, füllten sich fast in einem Nu mit einer unübersehbaren Volksmasse an, von deren Beifalls-, Bewunderungs- und Segensrufen die Luft widerhallte, besonders wenn die sechs Sklaven, welche die Beutel trugen, ganze Hände voll Goldstücke rechts und links in die Luft warfen. Der Beifallsruf kam indes nicht von dem Pöbel her, der sich drängte, stieß und niederdrückte, um Goldstücke aufzulesen, sondern von den wohlhabenderen Zuschauern, die sich nicht enthalten konnten, der Freigebigkeit Aladdins öffentlich das verdiente Lob zu spenden. Nicht bloß die, die sich erinnerten, ihn noch in seinen Jünglingsjahren mit den Gassenbuben spielend gesehen zu haben, erkannten ihn nicht mehr, sondern auch solche, die ihn noch vor kurzem gesehen hatten, erkannten ihn kaum, so sehr hatten sich seine Gesichtszüge verändert. Dies kam daher, daß die Lampe unter anderen Eigenschaften auch die hatte, den Besitzern allmählich alle Vollkommenheiten zu verleihen, welche dem Rang, zu dem sie durch ihren guten Gebrauch gelangten, angemessen waren. Man schenkte Aladdins Person weit mehr Aufmerksamkeit, als dem übrigen prachtvollen Zuge, da die meisten an demselben Tage bereits einen ähnlichen gesehen hatten, nämlich die Sklaven, die das Geschenk trugen und begleiteten. Besonders wurde auch das Pferd von den Kennern bewundert, welche seine Schönheit recht wohl zu beurteilen wußten, ohne sich durch den Reichtum oder den Schimmer der Diamanten und anderen Edelsteine, womit es bedeckt war, blenden zu lassen. Da sich das Gerücht verbreitet hatte, daß der Sultan ihm die Prinzessin Bedrulbudur zur Frau gebe, so wurde er, trotz seiner niederen Herkunft, von

niemanden um sein Glück oder seine Erhebung beneidet, denn er schien derselben würdig zu sein.

Endlich langte Aladdin vor dem Palast an, wo alles zu seinem Empfang in Bereitschaft gesetzt war. Als er vor das zweite Tor kam, wollte er, der Sitte gemäß, die selbst der Großvezier, die Feldhauptleute und Oberstatthalter beachteten, absteigen; allein der Oberste der Türsteher, der ihn auf Befehl des Sultans dort erwartete, ließ es nicht zu und begleitete ihn bis an den großen Versammlungs- oder Audienzsaal, wo er ihm absteigen half, obwohl Aladdin sich sehr dagegen sträubte und es nicht dulden wollte. Er konnte es aber nicht hindern. Indes bildeten die Türsteher am Eingange des Saales eine doppelte Reihe. Ihr Oberster ging zur Linken Aladdins und führte ihn mitten durch sie hindurch bis zum Throne des Sultans.

Als der Sultan Aladdin erblickte, war er ebenso überrascht durch seine reiche und prachtvolle Kleidung, dergleichen er selbst nie getragen hatte, als auch besonders durch seinen edlen Anstand, seinen herrlichen Wuchs und seine würdevolle Haltung, die er um so weniger erwartet hatte, als sie von dem niedrigen Anzug seiner Mutter himmelweit verschieden war. Seine Verwunderung und Überraschung hinderte ihn indes nicht, aufzustehen und zwei oder drei Stufen des Thrones herabzusteigen, damit Aladdin sich nicht zu seinen Füßen werfen und er ihn freundschaftlich umarmen konnte. Nach dieser Höflichkeit wollte sich Aladdin gleichwohl vor ihm niederwerfen, allein der Sultan hielt ihn mit eigener Hand zurück und nötigte ihn, heraufzusteigen und sich zwischen ihn und dem Großvezier zu setzen.

Hierauf nahm Aladdin das Wort und sprach: »Herr, ich nehme die Ehre, die du mir erzeigst, an, weil es dir in deiner Gnade beliebt, sie mir zu erweisen; erlaube mir aber, dir zu sagen, daß ich nicht vergessen habe, wie ich dein geborner Sklave bin, daß ich die Größe deiner Macht kenne und wohl weiß, wie tief meine Herkunft mich unter den Glanz und die Herrlichkeit des hohen Ranges stellt, in welchem du stehst. Wenn ich durch irgend etwas einen günstigen Empfang verdient haben sollte, so gestehe ich, daß ich ihn bloß jener durch einen reinen Zufall veranlaßten Kühnheit verdanke, die mich bewog, meine Augen, Gedanken und Wünsche bis zu der erhabenen Prinzessin zu erheben, die der Gegenstand meiner Sehnsucht ist. Ich bitte dich für diese Verwegenheit um Verzeihung, großer König, aber ich kann nicht verhehlen, daß ich vor Schmerz sterben würde, wenn ich die Hoffnung aufgeben müßte, meinen Wunsch erfüllt zu sehen.«

»Mein Sohn«, antwortete der Sultan, indem er ihn abermals umarmte, »du würdest mir Unrecht tun, wenn du auch nur einen Augenblick an der Aufrichtigkeit meines Versprechens zweifeln wolltest. Dein Leben ist mir fortan zu teuer, als daß ich es nicht durch Darbietung des Heilmittels, worüber ich verfügen kann, zu erhalten suchen sollte. Ich ziehe das Vergnügen, dich zu sehen und zu hören, allen meinen und deinen Schätzen vor.«

Bei diesen Worten gab der Sultan ein Zeichen, und alsbald ertönte die Luft vom Schall der Hoboen und Pauken; zugleich führte der Sultan Aladdin in einen prachtvollen Saal, wo ein herrliches Festmahl aufgetragen wurde. Der Sultan speiste ganz allein mit Aladdin. Der Großvezier und die vornehmen Her-

ren vom Hofe standen ihnen, jeder nach seinem Rang und Würde, während der Mahlzeit zur Seite. Der Sultan, der die Augen fortwährend auf Aladdin geheftet hatte, – denn es machte ihm ungemein viel Vergnügen, ihn zu sehen – lenkte das Gespräch auf mehrere verschiedene Gegenstände. Während der ganzen Unterhaltung aber, die sie über Tisch miteinander führten, und auf welchen Gegenstand auch das Gespräch fallen mochte, sprach Aladdin mit so viel Kenntnis und Verstand, daß er den Sultan vollends ganz in der guten Meinung bestärkte, die er gleich anfangs von ihm gefaßt hatte.

Nach dem Mahle ließ der Sultan den obersten Richter seiner Hauptstadt rufen und befahl ihm, sogleich den Ehevertrag zwischen der Prinzessin Bedrulbudur, seiner Tochter, und Aladdin zu entwerfen und aufzusetzen. Während dieser Zeit unterhielt sich der Sultan mit Aladdin über mehrere gleichgültige Sachen in Gegenwart des Großveziers und der vornehmen Herren vom Hofe, die den gründlichen Verstand, die große Gewandtheit in Rede und Ausdruck, und die feinen und sinnreichen Bemerkungen, womit der Jüngling die Unterhaltung würzte, nicht genug bewundern konnten.

Als der Richter den Vertrag mit allen erforderlichen Förmlichkeiten vollendet hatte, fragte der Sultan Aladdin, ob er im Palast bleiben und die Hochzeit noch heute feiern wolle. »Herr«, antwortete Aladdin, »so brennend auch mein Verlangen ist, deine Gnade und Huld in ihrem ganzen Umfange zu genießen, so bitte ich doch, daß du mir so lange noch Frist gestattest, bis ich einen Palast habe erbauen lassen, um die Prinzessin ihrem Range und ihrer Würde gemäß zu empfangen. Ich erbitte mir hierzu einen angemessenen Platz vor dem deinigen aus, damit ich recht nahe bin, um dir meine Aufwartung machen zu können. Ich werde nichts unterlassen und dafür sorgen, daß er in möglichst kurzer Zeit vollendet wird.« »Mein Sohn«, sagte der Sultan, »wähle dir jede Stelle aus, die du für passend hältst; vor meinem Palast ist leerer Raum genug, und ich selbst habe schon daran gedacht, ihn auszufüllen; aber bedenke, daß ich je eher je lieber dich mit meiner Tochter vermählt zu sehen wünsche, um das Maß meiner Freude voll zu machen.« Bei diesen Worten umarmte er Aladdin abermals, und dieser verabschiedete sich vom Sultan mit so feinem Anstand, wie wenn er von jeher am Hofe gewesen und dort erzogen worden wäre.

Aladdin stieg nun wieder zu Pferde und kehrte in demselben Zuge, wie er gekommen war, durch dieselbe Volksmasse und unter dem Beifalljauchzen der Menge, die ihm alles mögliche Glück und Segen wünschte, nach Hause zurück. Kaum war er abgestiegen, so nahm er die Lampe und rief den Geist, wie gewöhnlich. Der Geist ließ nicht lange auf sich warten, sondern erschien sogleich und bot seine Dienste an. »Geist«, sprach Aladdin zu ihm, »ich habe alle Ursache, deine Pünktlichkeit zu rühmen; du hast bisher alle Befehle, die ich dir kraft dieser Lampe, deiner Herrin, gegeben habe, pünktlich erfüllt. Heute aber handelt es sich davon, daß du aus Liebe zu ihr womöglich noch mehr Eifer und Gehorsam an den Tag legen sollst, als bisher. Ich verlange nämlich, daß du mir in möglichst kurzer Zeit gegenüber vom Palast des Sultans, jedoch in angemessener Entfernung davon, einen Palast erbauen läßt, welcher würdig ist, die Prinzessin

Bedrulbudur, meine Gemahlin, aufzunehmen. Die Wahl der Materialien, nämlich Porphyr oder Jaspis, Achat oder Lasurstein, oder auch den feinsten buntgestreiften Marmor, sowie die übrige Einrichtung des Baues überlasse ich ganz dir; doch erwarte ich, daß du mir oben hinauf einen großen Saal mit einer Kuppel und vier gleichen Seiten bauest, dessen Wände aus wechselnden Schichten von echtem Gold und Silber aufgeführt sein müssen, mit 24 Fenstern, sechs auf jeder Seite, deren Vergitterung mit Ausnahme eines einzigen, welches unvollendet bleiben soll, kunstreich und ebenmäßig mit Diamanten, Rubinen und Smaragden geschmückt sein muß, so daß dergleichen noch nie auf der Welt gesehen worden ist. Ferner will ich, daß sich bei dem Palast ein Vorhof, ein Hof und ein Garten befinde; vor allen Dingen aber muß an einem Ort, den du mir bezeichnen wirst, ein Schatz voll mit gemünztem Gold und Silber, und außerdem mehrere Küchen, Speisekammern, Magazine und Gerätekammern voll der kostbarsten Geräte für jede Jahreszeit, und der Pracht des Palastes angemessen, vorhanden sein; dann noch Ställe voll der schönsten Pferde und der gehörigen Anzahl Stallmeister und Stallknechte. Auch ein Jagdzeug darfst du nicht vergessen, und es versteht sich von selbst, daß du auch noch für hinlängliche Dienerschaft für die Küche und den übrigen Haushalt, sowie für die gehörige Anzahl Sklavinnen zur Bedienung der Prinzessin zu sorgen hast. Du wirst jetzt begreifen, was mein Wunsch ist; geh und komm wieder, wenn du alles fertig gemacht hast.«

Die Sonne ging eben unter, als Aladdin dem Geiste wegen Erbauung des Palastes, den er sich ausgesonnen, seine Aufträge gab. Am anderen Morgen stand Aladdin, den die Liebe zur Prinzessin nicht ruhig schlafen ließ, in aller Frühe auf, und sogleich erschien auch der Geist. »Herr«, sprach er zu ihm, »dein Palast ist fertig; komm und sieh, ob du damit zufrieden ist.« Aladdin fand alles so weit über seine Erwartung, daß er sich nicht genug wundern konnte. Der Geist führte ihn überall herum, und überall fand er Reichtum, Schönheit, Pracht, dazu Diener und Sklaven, alle dem Range und Dienste gemäß gekleidet, wozu sie bestimmt waren. Auch unterließ er nicht, ihm als Hauptsache die Schatzkammer zu zeigen, deren Türe vom Schatzmeister geöffnet wurde, und Aladdin erblickte hier ganze Haufen von Goldsäcken der verschiedensten Größe, je nach den Summen, die sie enthielten, bis an das Gewölbe aufgetürmt, und alles in so schöner Ordnung, daß ihm das Herz vor Freude lachte. Beim Herausgehen versicherte ihm der Geist, daß er sich auf die Treue des Schatzmeisters vollkommen verlassen dürfe. Hierauf führte er ihn in die Ställe und zeigte ihm die schönsten Pferde von der Welt, und die Stallknechte, die eifrig beschäftigt waren, sie zu pflegen und zu warten. Endlich ging er mit ihm durch die Vorratskammern, worin alle Arten von Vorräten, hauptsächlich an Nahrungsmitteln für die Pferde und Pferdeschmuck, aufgehäuft lagen.

Nachdem Aladdin den ganzen Palast von oben bis unten, von Zimmer zu Zimmer, von Gemach zu Gemach, besonders auch den Saal mit den 24 Fenstern gemustert und darin mehr Pracht und Herrlichkeit, als er je gehofft, sowie alle nur erdenklichen Bequemlichkeiten angetroffen hatte, sagte er zu dem Geiste: »Geist, es kann niemand zufriedener sein, als ich es bin, und es wäre sehr unrecht

von mir, wenn ich mich im mindesten beklagen wollte. Bloß etwas fehlt noch, wovon ich dir nichts gesagt habe, weil ich nicht daran dachte. Ich wünschte nämlich von dem Palasttore des Sultans an bis zum Eingang der Zimmer, die in diesem Palast für die Prinzessin bestimmt sind, einen Teppich von schönstem Samt ausgebreitet zu haben, damit sie auf demselben gehe, wenn sie aus dem Palast des Sultans kommt.« »Ich komme im Augenblick wieder«, sprach der Geist und verschwand. Eine kleine Weile nachher sah Aladdin mit großem Erstaunen seinen Wunsch erfüllt, ohne daß er wußte, wie es zugegangen war. Der Geist erschien dann wieder und trug Aladdin in seine Wohnung zurück, während eben die Palastpforte des Sultans geöffnet wurde.

Die Pförtner des Palastes, die das Tor öffneten und nach der Seite hin, wo jetzt Aladdins Prachtgebäude stand, immer eine freie Aussicht gehabt hatten, waren sehr überrascht, als sie diese Aussicht verbaut und von dorther bis zur Palastpforte des Sultans einen Samtteppich ausgebreitet sahen. Im Anfang konnten sie sich nicht denken, was es sein sollte; aber ihr Erstaunen wuchs, als sie ganz deutlich den herrlichen Palast Aladdins sahen. Die Nachricht von diesem merkwürdigen Wunder verbreitete sich wie ein Lauffeuer im ganzen Palast. Der Großvezier, der sich gleich nach Öffnung der Pforte im Palast einfand, war ebenso überrascht, wie alle andern, und teilte die Sache sogleich dem Sultan mit, erklärte sie aber für ein Werk der Zauberei. »Vezier«, antwortete der Sultan, »warum soll es denn ein Werk der Zauberei sein? Du weißt so gut wie ich, daß es der Palast ist, den Aladdin vermöge der Erlaubnis, die ich ihm in deiner Gegenwart gab, als Wohnung für die Prinzessin, meine Tochter, hat erbauen lassen. Nach den Proben, die er uns von seinem Reichtum gegeben, ist es durchaus nicht so befremdlich, daß er diesen Palast in so kurzer Zeit vollendet hat. Er hat uns damit überraschen und zeigen wollen, daß man mit barem Gelde über Nacht Wunder tun kann. Gestehe nur, daß bei dir etwas wie Eifersucht mit unterläuft, wenn du von Zaubereien sprichst.« Indes wurde es Zeit, in die Ratsversammlung zu gehen, und sie brachen das Gespräch ab.

Als Aladdin in seine Wohnung zurückgebracht worden war und den Geist entlassen hatte, fand er seine Mutter bereits auf den Beinen und mit dem Anzug eines der Kleider beschäftigt, die er ihr hatte bringen lassen. Er veranlaßte sie nun, um die Zeit, wo der Sultan gewöhnlich aus der Ratsversammlung kam, in Begleitung der Sklavinnen, die der Geist ihr gebracht hatte, nach dem Palast zu gehen. Wenn sie den Sultan sähe, sollte sie ihm sagen, sie komme, um die Ehre zu haben, die Prinzessin auf den Abend nach ihrem Palast zu begleiten. Sie ging, aber obgleich sowohl sie als ihre Sklavinnen wie Sultaninnen gekleidet waren, so war doch die Volksmenge, die sich zum Zuschauen drängte, weit kleiner als sonst, zumal da sie verschleiert waren und ein angemessener Überwurf den Reichtum und die Pracht ihrer Kleider bedeckte. Aladdin stieg nun zu Pferd, verließ sein Vaterhaus, um nie wieder zurückzukehren, vergaß aber die Wunderlampe nicht, die ihm so herrliche Dienste geleistet hatte, und zog dann öffentlich nach seinem Palast mit demselben Pompe, womit er sich tags zuvor dem Sultan vorgestellt hatte.

Sobald die Pförtner des Königlichen Palastes Aladdins Mutter bemerkten, meldeten sie es dem Sultan. Sogleich wurde den Chören der Trompeter, der Pauken- und Trommelschläger, der Querpfeifer und Hoboisten, die bereits auf den Terrassen des Palastes an verschiedenen Punkten aufgestellt waren, ein Zeichen gegeben, und im Augenblick ertönte fröhliche Musik, die der ganzen Stadt Freude verkündete. Die Kaufleute fingen an, ihre Läden mit schönen Teppichen, Polstern und Laubwerk zu schmücken, und trafen Anstalten zur Beleuchtung der Stadt. Die Handwerksleute verließen ihre Arbeit und scharenweise zog das Volk nach dem großen Platz zwischen des Sultans und Aladdins Palästen. Letzterer zog hauptsächlich allgemeine Bewunderung auf sich, zumal da der Palast des Sultans mit dem neuen durchaus nicht in Vergleich zu setzen war. Am meisten aber staunten sie, weil sie nicht begreifen konnten, durch welches unerhörte Wunder sie einen so prachtvollen Palast an einem Orte erblickten, wo sie tags zuvor weder den Grund legen, noch Baumaterialien gesehen hatten. Aladdins Mutter wurde im Palast ehrenvoll empfangen und vom Obersten der Verschnittenen in die

Zimmer der Prinzessin Bedrulbudur geführt. Sobald die Prinzessin sie erblickte, ging sie auf sie zu, umarmte sie, hieß sie auf ihrem Sofa Platz nehmen, und während ihre Frauen sie vollends ankleideten und mit den kostbarsten Juwelen von Aladdins Geschenk schmückten, ließ sie ihr einen köstlichen Imbiß vorsetzen. Der Sultan, welcher dazukam, um noch solange als möglich mit der Prinzessin, seiner Tochter, zusammen sein zu können, bevor sie sich von ihm trennte und den Palast Aladdins bezöge, erwies ihr ebenfalls große Ehre, Aladdins Mutter hatte mit ihm schon mehrere Male vor dem versammelten Rate gesprochen, aber er hatte sie noch nie wie jetzt ohne Schleier gesehen. Obwohl sie schon eine erkleckliche Anzahl Jahre auf dem Rücken hatte, so sah man doch noch aus ihrem Gesichtszügen, daß sie in ihrer Jugend sehr schön gewesen sein mußte. Der Sultan, der sie immer sehr einfach, ja sogar armselig gekleidet gesehen hatte, war nun voll Verwunderung, als er sie ebenso reich und prachtvoll angezogen sah, wie die Prinzessin, seine Tochter. Er schloß daraus, daß Aladdin in allen Dingen gleich erfahren, verständig und einsichtsvoll sein müsse.

Als die Nacht anbrach, verabschiedete sich die Prinzessin vom Sultan, ihrem Vater. Dieser Abschied war höchst zärtlich und tränenreich; sie umarmten sich mehrmals, ohne ein Wort zu sprechen, aber endlich ging die Prinzessin aus ihrem Zimmer und trat den Zug an; zu ihrer Linken ging Aladdins Mutter und hinter ihnen 100 Sklavinnen in der prachtvollsten Kleidung. Sämtliche Musikchöre, die seit der Ankunft von Aladdins Mutter ununterbrochen gespielt hatten, vereinigten sich jetzt und gingen dem Zuge voran; ihnen folgten 100 Trabanten und ebenso viele schwarze Verschnittene in zwei Reihen, mit ihren Befehlshabern an der Spitze. 400 junge Edelknaben des Sultans, die in zwei Zügen mit Fackeln in der Hand auf beiden Seiten einhergingen, verbreiteten einen Lichtglanz, der im Verein mit der Beleuchtung der beiden Paläste des Sultans und Aladdins den Mangel des Tageslichts aufs herrlichste ersetzte.

In dieser Ordnung zog die Prinzessin den Teppich entlang vom Palast des Sultans bis zum Palast Aladdins, und je mehr sie vorwärts kamen, desto mehr mischte und vereinigte sich das Spiel ihrer Musikchors mit dem, das sich von den Terrassen von Aladdins Palast herab hören ließ, und bildete mit diesem ein Konzert, das, so seltsam und verwirrt es auch schien, gleichwohl die allgemeine Freude vermehrte, nicht bloß auf dem großen Platze, der von Menschen wimmelte. sondern auch in den beiden Palästen, in der ganzen Stadt und noch weit in der Umgegend.

Endlich langte die Prinzessin bei dem neuen Palast an, und Aladdin eilte mit einer Freude, die sich leicht denken läßt, an den Eingang der für sie bestimmten Zimmer, um sie daselbst zu empfangen. Aladdins Mutter hatte der Prinzessin bereits ihren Sohn, der von glänzender Dienerschaft umgeben war, bezeichnet, und die Prinzessin fand ihn gleich auf den ersten Anblick so schön, daß sie ganz bezaubert wurde. »Teuerste Prinzessin«, sagte Aladdin zu ihr, indem er auf sie zuging und sie voll Ehrerbietung begrüßte, »sollte ich das Unglück haben, dir durch meine Verwegenheit, womit ich nach dem Besitz einer so liebenswürdigen Prinzessin, der Tochter meines Sultans, trachtete, zu mißfallen, so mußt du die

Schuld deinen schönen Augen und der Macht deiner Reize zuschreiben, nicht aber mir.« »Prinz«, antwortete ihm die Prinzessin, »– denn als solcher erscheinst du mir – ich gehorche dem Willen des Sultans, meines Vaters, und kann, nachdem ich dich gesehen, wohl sagen, daß ich ihm ohne Sträuben und gerne gehorche.« Aladdin war hocherfreut über diese angenehme und verbindliche Antwort und ließ die Prinzessin, die einen so weiten Weg zurückgelegt hatte, woran sie nicht gewöhnt war, nicht lange stehen, sondern nahm ihre Hand, küßte dieselbe mit vieler Zärtlichkeit und führte sie in einen großen, von einer unendlichen Menge Wachskerzen erleuchteten Saal, wo auf Veranstaltung des Geistes ein herrliches Mahl aufgetragen war. Die Schüsseln waren von gediegenem Gold und mit den köstlichsten Speisen angefüllt. Die Vasen, die Becken und die Becher, womit der Tafelaufsatz reichlich besetzt war, waren ebenfalls von Gold und von auserlesener Arbeit. Auch die übrigen Verzierungen und der ganze Ausschmuck des Saales entsprachen dieser hohen Pracht. Die Prinzessin war ganz bezaubert, so viele Reichtümer beisammen zu sehen, und sprach zu Aladdin: »Prinz, ich hatte bisher geglaubt, daß es nichts Schöneres auf der Welt geben könnte, als den

Palast des Sultans, meines Vaters aber schon dieser Saal allein überzeugt mich, daß ich mich getäuscht habe.« »Prinzessin«, antwortete Aladdin, indem er sie an den für sie bestimmten Platz führte, »ich nehme diese Höflichkeit auf, wie ich es schuldig bin, aber ich weiß wohl, was ich zu glauben habe.«

Die Prinzessin Bedrulbudur, Aladdin und seine Mutter setzten sich jetzt zu Tische und sogleich begann eine sehr liebliche und harmonische Musik nebst einem reizenden Gesang von ausgezeichnet schönen Mädchen, und dieses Konzert dauerte ununterbrochen bis ans Ende der Mahlzeit. Die Prinzessin war wie bezaubert und versicherte, im Palast des Sultans, ihres Vaters, nie etwas Ähnliches gehört zu haben. Aber sie wußte nicht, daß diese Sängerinnen Feen waren, die der Geist, der Sklave der Lampe, hierzu ausgewählt hatte.

Als das Abendessen vorüber und alles abgeräumt war, so trat an die Stelle des Musikchors ein Trupp von Tänzern und Tänzerinnen. Sie führten nach der Sitte des Landes allerlei figurierte Tänze auf, und den Schluß machten ein Tänzer und eine Tänzerin, die mit erstaunlicher Leichtigkeit tanzten und überaus viel Anstand und Gewandtheit entwickelten. Es war nahe an Mitternacht, als Aladdin, der damals in China bestehenden Sitte zufolge aufstand und der Prinzessin Bedrulbudur die Hand bot, um mit ihr zu tanzen und damit die Hochzeitsfeierlichkeit zu schließen. Sie tanzten so schön, daß sie die Bewunderung der ganzen Gesellschaft rege machten. Als dies vorüber war, behielt Aladdin die Prinzessin an der Hand, und sie gingen miteinander in das Zimmer, wo das hochzeitliche Lager für sie bereitet war. Die Frauen der Prinzessin kleideten sie aus und brach-

ten sie zu Bett, Aladdins Diener taten dasselbe und dann entfernten sich alle. So endigten die Lustbarkeiten zur Feier der Hochzeit Aladdins und der Prinzessin Bedrulbudur.

Am anderen Morgen, als Aladdin erwachte, kamen seine Kammerdiener, um ihn anzukleiden. Sie zogen ihm ein anderes, aber nicht minder reiches und prachtvolles Kleid an, als am Hochzeitstage. Hierauf ließ er sich eines seiner Leibpferde vorführen, bestieg es und begab sich mit einem zahlreichen Gefolge von Sklaven, die vor und hinter ihm und zu beiden Seiten gingen, nach dem Palast des Sultans. Der Sultan empfing ihn mit denselben Ehrenbezeugungen wie das erste Mal; er umarmte ihn, ließ ihn neben sich auf seinem Thron sitzen und befahl, das Frühmahl aufzutragen. »Herr«, sagte Aladdin zu ihm, »ich bitte dich, mir heute diese Ehre zu erlassen. Ich komme, um dich zu ersuchen, daß du mir die Ehre erzeigen mögest, mit deinem Großvezier und den Vornehmen deines Hofes im Palast der Prinzessin ein Mittagsmahl einzunehmen.« Der Sultan bewilligte dies sehr gern. Er stand sogleich auf, und da der Weg nicht weit war, so wollte er zu Fuß dahin gehen. Er brach also auf und zu seiner Rechten ging Aladdin, zur Linken der Großvezier und die Vornehmen des Hofes, voraus die Trabanten und die Angesehensten von seinem Haushalte.

Je näher der Sultan dem Palast Aladdins kam, um so mehr verwunderte er sich über seine Schönheit. Noch weit höher stieg seine Verwunderung, als er hereingetreten war, und bei jedem Zimmer, das er sah, bezeigte er laut sein Erstaunen. Als ihn aber Aladdin in den Saal mit den 24 Fenstern führte, und er die Verzierungen desselben, besonders aber die mit den größten und ausgezeichnetsten Diamanten, Rubinen und Smaragden geschmückten Gitterfenster betrachtete, so wurde er davon so überrascht, daß er eine Weile regungslos blieb. Endlich sagte er zum Großvezier, der neben ihm stand: »Ist's möglich, Vezier, daß in meinem Königreich und so nahe an meinem Palast ein so prächtiger Palast stehen soll, von dem ich bis jetzt nichts gewußt habe?« »Mein Herr und König«, antwortete der Großvezier, »du wirst dich erinneren, daß du vorgestern Aladdin, als du ihn für deinem Eidam erklärtest, die Erlaubnis gegeben hast, einen Palast, gegenüber dem deinigen, aufzuführen. Damals stand bei Sonnenuntergang noch kein Palast an dieser Stelle, und gestern hatte ich die Ehre, dir zuerst zu melden, daß der Palast vollkommen ausgebaut sei.« »Ich erinnere mich dessen wohl«, antwortete der Sultan, »aber ich hätte nie geglaubt, daß dieser Palast ein Wunder der Welt sein würde. Wo in aller Welt findet man Bauwerke, deren, Schichten, statt aus Stein oder Marmor, von gediegenem Gold und Silber, und wo die Fenstervergitterungen mit Diamanten, Rubinen und Smaragden verziert sind? Dergleichen ist auf Erden noch nie gehört worden.«

Der Sultan besah und bewunderte nun die Schönheit der 24 Gitterfenster. Doch indem er sie zählte, fand er, daß bloß 23 so reich geschmückt waren, und wunderte sich sehr, daß man das 24. unvollendet gelassen hatte. »Vezier«, sprach er, denn es war Pflicht des Großveziers, nicht von seiner Seite zu weichen, »ich muß sehr staunen, daß ein so prachtvoller Saal an dieser Stelle unvollendet geblieben ist.« »Herr«, antwortete der Großvezier, »Aladdin war offenbar zu sehr gedrängt, und es fehlte ihm an Zeit, dieses Fenster den übrigen gleich machen zu lassen; doch läßt sich denken, daß er die erforderlichen Edelsteine dazu besitzt und so bald als möglich daran arbeiten lassen wird.«

Aladdin, der den Sultan verlassen hatte, um einige Befehle zu geben, fand sich mittlerweile wieder ein. »Mein Sohn«, sprach der Sultan zu ihm, »dies ist der bewunderungswürdigste Saal, der in der ganzen Welt zu sehen ist. Nur über etwas muß ich mich wundern, daß nämlich das Gitterfenster hier unvollendet geblieben ist. Ist dies aus Vergeßlichkeit geschehen, oder aus Nachlässigkeit, oder haben vielleicht die Handwerksleute nicht Zeit genug gehabt, an dieses schöne Denkmal der Baukunst die letzte Hand anzulegen?« »Herr«, antwortete Aladdin, »das Gitterfenster ist aus einem ganz anderen Grunde so unvollendet geblieben, wie du siehst. Es ist absichtlich geschehen, und auf meinen Befehl haben die Handwerksleute es nicht angerührt. Ich wünschte nämlich, daß du selbst den Ruhm haben solltest, den Saal und Palast vollenden zu lassen, und nun ersuche ich dich, meine gute Absicht gnädig aufzunehmen, damit ich mich deiner Gunst und Gnade rühmen kann.« »Wenn du es in dieser Absicht getan hast«, antwortete der Sultan, »so weiß ich dir vielen Dank dafür und werde augenblicklich die nötigen Befehle geben.« Wirklich ließ er sogleich die am besten mit Edelsteinen versehenen Juweliere und die geschicktesten Goldschmiede seiner Hauptstadt rufen.

Der Sultan verließ indes den Saal, und Aladdin führte ihn in denjenigen, wo er die Prinzessin Bedrulbudur am Hochzeitstage bewirtet hatte. Die Prinzessin erschien einen Augenblick später und empfing den Sultan, ihren Vater, mit einer Miene, woraus deutlich zu erkennen war, daß sie mit ihrer Ehe sehr wohl zufrieden sein mußte. Zwei Tafeln standen da, mit den köstlichsten Speisen besetzt, und das Tafelgeschirr war alles von Gold. Der Sultan setzte sich an die erste und speiste mit der Prinzessin, seiner Tochter, mit Aladdin und dem Großvezier. Die übrigen Großen des Hofes wurden an der zweiten bewirtet, die sehr lang war. Der Sultan fand die Speisen überaus schmackhaft und gestand, daß er noch nie herrlicher gespeist habe. Dasselbe sagte er von dem Weine, welcher in der Tat sehr köstlich war. Was er noch ferner bewunderte, waren vier große Tafelaufsätze mit einer Menge Flaschen, Schalen und Becher, sämtlich von gediegenem Gold und reich mit Edelsteinen geschmückt. Auch über die Musikchöre war er hoch erfreut, die im Saal aufgestellt waren, während das Geschmetter der Trompeten, Pauken und Trommeln in angemessenen Pausen von außen her ertönte.

Als der Sultan vom Tisch aufgestanden war, meldete man ihm, die Juweliere und Goldschmiede, die er hatte rufen lassen, seien jetzt da. Er ging mit ihnen in den Saal mit den 24 Fenstern und zeigte ihnen das Fenster, das noch unvollendet war. »Ich habe euch kommen lassen«, sagte er zu ihnen, »damit ihr mir dieses Fenster ausbauet und es ebenso schön machet, wie die anderen sind. Besichtiget diese einmal und verliert keine Zeit, an eure Arbeit zu gehen; es muß aber den übrigen vollkommen gleichen.«

Die Juweliere und Goldschmiede sahen sich die 23 Fenster sehr genau an, und nachdem sie sich miteinander beraten hatten und darüber eins geworden waren, welche Arbeit jeder einzelne zu liefern hätte, traten sie wieder vor den Sultan und der Hofjuwelier nahm das Wort und sagte: »Herr, wir sind bereit, alle Mühe und Fleiß anzuwenden, um dir zu gehorchen; aber, aufrichtig gestanden, so viel wir unser hier sind, so haben wir doch alle miteinander weder so kostbare, noch so viele Edelsteine, als zu einer so bedeutenden Arbeit erforderlich sind.« »Ich besitze welche«, sagte der Sultan, »und zwar weit mehr, als ihr brauchen werdet; kommt in meinen Palast, so will ich sie euch zeigen, damit ihr wählet.«

Als der Sultan in seinen Palast zurückgekehrt war, ließ er alle seine Edelsteine bringen, und die Goldschmiede nahmen sehr viele davon, besonders von denen, welche Aladdin ihm geschenkt hatte. Sie brachten sie an dem Fenster an, ohne daß man den Fortschritt ihrer Arbeit sonderlich gemerkt hätte, und kamen zu wiederholten Malen, um neue zu holen; aber in einem Monat hatten sie noch nicht die Hälfte des Werks vollendet. Endlich verwendeten sie alle Edelsteine des Sultans, der noch vom Großvezier dazu entlehnte, brachten aber höchstens die Hälfte des Fensters zustande.

Aladdin, der wohl sah, daß der Sultan sich vergebens bemühte, dieses Fenster den übrigen gleich machen zu lassen, und daß er nicht viel Ehre dabei aufhob, ließ die Goldschmiede kommen und sagte ihnen, sie sollen nicht nur die Arbeit einstellen, sondern auch das, was sie bisher zuwege gebracht, wieder auseinander nehmen und dem Sultan und Großvezier ihre Edelsteine zurückgeben.

So wurde denn das Werk, wozu die Juweliere und Goldschmiede mehr als sechs Wochen verwendet hatten, binnen wenigen Stunden zerstört. Sie entfernten sich dann und Aladdin blieb allein im Saale zurück. Er zog die Lampe heraus, die er bei sich hatte, rieb sie und sogleich erschien der Geist. »Geist«, sprach Aladdin zu ihm, »ich hatte dir befohlen, eines der 24 Gitterfenster des Saales unvollendet zu lassen, und du hast diesen Befehl befolgt; jetzt habe ich dich kommen lassen, daß du es den übrigen gleich machen sollst.« Der Geist verschwand und Aladdin ging aus dem Saale. Als er eine Weile darauf wieder hinaufkam, fand er das Gitterfenster in dem gewünschten Zustand und ganz wie die übrigen.

Inzwischen kamen die Juweliere und Goldschmiede in den Palast, wurden in das Audienzzimmer geführt und dem Sultan vorgestellt. Der erste Juwelier überreichte ihm die Edelsteine, die sie zurückbrachten, und sagte im Namen aller zu ihm: »Beherrscher des Erdkreises, du weißt, wie lange wir schon mit dem angestrengtesten Fleiße arbeiten, um das Werk zu vollenden, das du uns aufgetragen hast. Es war schon sehr weit gediehen, als Aladdin uns nötigte, nicht nur die Arbeit einzustellen, sondern auch alles, was wir zuwege gebracht hatten, zu zerstören und dir deine und des Großveziers Edelsteine zurückzubringen.« Der Sultan fragte, ob Aladdin ihnen keinen Grund angegeben habe, und als sie es verneinten, gab er sogleich Befehl, ihm ein Pferd vorzuführen. Dies geschah, er bestieg es und ritt ohne weiteres Gefolge, außer einigen seiner Leute, die ihn zu Fuß begleiteten. Am Palast Aladdins angelangt, stieg er unten an der Treppe ab, die zu dem Saal mit den 24 Fenstern führte. Er ging hinein, ohne Aladdin benachrichtigen zu lassen, allein dieser kam noch zu rechter Zeit, um den Sultan an der Türe des Saales zu empfangen.

Der Sultan ließ Aladdin keine Zeit, sich höchlich darüber zu beschweren, daß er ihm seine Ankunft nicht voraus habe sagen lassen und ihn dadurch in die Notwendigkeit versetzt habe, seine Pflicht nur mangelhaft zu erfüllen, sondern sagte zu ihm: »Mein Sohn, ich komme selbst, um dich zu fragen, warum du denn einen so prächtigen und einzigen Saal, wie der in deinem Palast ist, unvollendet lassen willst?«

Aladdin verhehlte den wahren Grund, daß nämlich der Sultan nicht reich genug an Edelsteinen wäre, um einen so großen Aufwand zu bestreiten. Um ihm übrigens zu zeigen, wie weit der Palast, so wie er gegenwärtig war, nicht bloß den seinigen, sondern auch jeden anderen Palast auf der Welt übertraf, während er nicht einmal imstande war, den kleinsten Teil davon zu vollenden, antwortete er ihm: »Herr, es ist wahr, du hast den Saal unvollendet gesehen, aber ich bitte dich, sieh jetzt einmal, ob noch etwas daran fehlt.«

Der Sultan ging auf das Fenster zu, dessen Vergitterung er unvollendet gesehen hatte, und als er bemerkte, daß es den übrigen so gleich war, wie ein Ei dem andern, glaubte er, er habe sich getäuscht. Er besichtigte sofort nicht bloß die zwei Fenster auf beiden Seiten daneben, sondern auch noch alle nacheinander und nachdem er sich überzeugt, daß das Gitterfenster, woran seine Goldschmiede so lange gearbeitet hatten, in so kurzer Zeit vollendet worden war, umarmte er Aladdin und küßte ihn zwischen die Augen und auf die Stirn. »Mein Sohn«, sagte er hierauf voll Verwunderung zu ihm, »was für ein Mann bist du, daß du so erstaunliche Werke zuwege bringst, ehe man eine Hand umkehrt? Du hast auf der ganzen Welt nicht deinesgleichen, und je mehr ich dich kennen lerne, um so bewunderungswürdiger finde ich dich.«

Aladdin nahm die Lobsprüche des Sultans mit vieler Bescheidenheit auf und antwortete ihm folgendermaßen: »Herr, es ist ein großer Ruhm für mich, das Wohlwollen und den Beifall meines Königs zu verdienen; auch versichere ich dir, daß ich stets alles aufbieten werde, um mich desselben immer mehr und mehr würdig zu machen.«

Der Sultan kehrte in seinen Palast zurück, wie er gekommen war, ohne Aladdins Begleitung anzunehmen. Der Großvezier erwartete ihn daselbst. Noch voll Staunen über das Wunder, das er mit eigenen Augen gesehen, erzählte ihm der Sultan alles in Ausdrücken, die den Minister nicht mehr an der Wahrheit der Sache zweifeln ließen, ihn aber in seinem ursprünglichen Glauben bestärkten, daß Aladdins Palast ein Werk der Zauberei sei, was er auch gleich anfangs, als der Palast ans Tageslicht kam, gegen den Sultan geäußert hatte. Er wollte es nun abermals wiederholen, allein der Sultan unterbrach ihn mit den Worten: »Du hast mir dies schon einmal gesagt, aber ich sehe wohl, daß du die Vermählung meiner Tochter mit deinem Sohne immer noch nicht vergessen hast.« Der Großvezier sah ein, daß der Sultan eine vorgefaßte Meinung hatte, und ließ ihn auch dabei, um nicht in Streit mit ihm zu geraten. Der Sultan aber begab sich regelmäßig jeden Tag, sobald er aufgestanden war, in ein Zimmer, von wo aus er den Palast Aladdins sehen konnte, und ging auch den Tag über mehrmals dahin, um ihn zu betrachten und zu bewundern.

Aladdin verschloß sich indessen nicht in seinem Palast; er zeigte sich absichtlich mehrere Male wöchentlich in der Stadt, indem er bald in diese, bald in jene Moschee ging, um sein Gebet zu verrichten, oder von Zeit zu Zeit dem Großvezier einen Besuch abstattete, der sich beeiferte, ihm an bestimmten Tagen seine Aufwartung zu machen, oder erwies er auch zuweilen einigen Vornehmen am Hofe, die er öfters in seinem Palast bewirtete, die Ehre, sie zu Haus zu besuchen. Jedesmal wenn er ausritt, hatte er ein zahlreiches Gefolge von Sklaven um sich, und zwei von ihnen mußten auf den Straßen und Plätzen, durch die er kam und wo sich immer eine große Volksmenge einfand, ganze Hände voll Gold auswerfen. Kein Armer erschien an der Pforte seines Palastes, ohne sehr vergnügt über die Gaben, die auf seinen Befehl ausgeteilt wurden, zurückzukehren.

Da Aladdin seine Zeit so eingeteilt hatte, daß er jede Woche wenigstens einmal auf die Jagd ging, bald in die nächsten Umgebungen der Stadt, bald auch in weitere Ferne, so zeigte er sich auf den Straßen und auf den Dörfern ebenso freigebig. Dieses großmütige Benehmen machte, daß das ganze Volk ihn mit Segenswünschen überhäufte und zuletzt nicht höher schwor, als bei seinem Haupte. Ja man kann, ohne den Sultan, dem er sehr regelmäßig den Hof machte, in Schatten zu stellen, wohl sagen, daß Aladdin sich durch seine Leutseligkeit und Freigebigkeit die Zuneigung des ganzen Volkes erworben hatte und im allgemeinen mehr geliebt wurde, als der Sultan selbst. Mit allen diesen schönen Eigenschaften verband er eine Tapferkeit und einen Eifer für das Wohl des Staats, den man nicht genug loben kann. Beweise davon gab er bei Gelegenheit eines Aufruhrs an den Grenzen des Reichs. Kaum hatte er erfahren, daß der Sultan ein Heer ausrüstete, um ihn zu dämpfen, so bat er ihn, ihm den Oberbefehl zu übergeben, und erhielt ihn auch ohne Mühe. Sobald er nun an der Spitze des Heeres stand, führte er es so schnell und mit solchem Eifer ins Feld, daß der Sultan die Niederlage, Bestrafung und Zerstreuung der Aufrührer eher vernahm, als seine Ankunft beim Heere. Diese Tat, die seinen Namen im ganzen Reiche berühmt machte, verderbte doch sein Herz nicht; er kehrte zwar sieggekrönt zurück, blieb aber immer noch so mild und leutselig, wie zuvor.

Aladdin hatte bereits mehrere Jahre auf diese Art gelebt, als der Zauberer, der ihn, ohne daran zu denken, in den Stand gesetzt hatte, sich so hoch aufzuschwingen, in Afrika, wohin er zurückgekehrt war, sich seiner erinnerte. Obwohl er bisher des festen Glaubens gelebt hatte, Aladdin müsse in dem unterirdischen Gewölbe zugrunde gegangen sein, so bekam er doch auf einmal Lust, genau zu erfahren, welches Ende er genommen habe. Als großer Meister in der Punktierkunst zog er aus seinem Schrank ein Viereck in Form einer verschlossenen Schachtel hervor, dessen er sich bei seinen Beobachtungen in der Punktierkunst zu bedienen pflegte. Er setzte sich auf sein Sofa, legte das Viereck vor sich, nahm den Deckel ab, und nachdem er den Sand zurecht gemacht und geebnet hatte, um zu erfahren, ob Aladdin in der unterirdischen Höhle gestorben sei oder nicht, machte er seine Punkte, zog seine Linien und stellte ihm die Nativität. Indem er nun die Nativitätsstellung recht ins Auge faßte, um seinen Schluß daraus zu ziehen, so entdeckte er, daß Aladdin nicht

nur nicht in dem unterirdischen Gewölbe gestorben sei, sondern sich daraus gerettet habe und in großem Glanz und gewaltigem Reichtum, vermählt mit einer Prinzessin, hochgeehrt und geachtet lebe.

Kaum hatte der afrikanische Zauberer mittels seiner teuflischen Kunst die Entdeckung gemacht, daß Aladdin sich so hoch hinaufgeschwungen habe, so stieg ihm das Blut ins Gesicht. Voll Wut sagte er zu sich selbst: »Dieser elende Schneiderssohn hat also das Geheimnis und die Wunderkraft der Lampe entdeckt; ich hielt seinen Tod für gewiß und nun genießt er die Frucht meiner Arbeiten und Nachtwachen! Aber eher will ich untergehen, als ihn noch länger in seinem Glücke lassen.« Er hatte seinen Entschluß schnell gefaßt, bestieg gleich am anderen Morgen einen Berberhengst, den er im Stalle hatte und machte sich auf den Weg. So kam er von Stadt zu Stadt, und von Land zu Land, ohne sich unterwegs länger aufzuhalten, als sein Pferd zum Ausruhen Zeit brauchte, bis nach China und bald auch in die Hauptstadt des Sultans, dessen Tochter Aladdin geheiratet hatte. Er stieg in einem Chan oder öffentlichen Wirtshause ab und mietete sich ein Zimmer. Hier blieb er den noch übrigen Teil des Tages und die folgende Nacht, um sich von den Beschwerden der Reise zu erholen. Am anderen Morgen wünschte der afrikanische Zauberer vor allem zu erfahren, was man von Aladdin spreche. Indem er nun durch die Stadt spazierte, trat er in ein sehr berühmtes und von vornehmen Leuten sehr stark besuchtes Haus, wo man zusammenkam, um ein gewisses warmes Getränk zu genießen, und das er noch von seiner ersten Reise her kannte. Kaum hatte er Platz genommen, als man ihm eine Schale von diesem Getränk einschenkte und überreichte. Während er trank, horchte er rechts und links und hörte, daß man von Aladdins Palast sprach. Als er ausgetrunken hatte, näherte er sich einem von denen, die sich davon unterhielten, und nahm den Augenblick wahr, um ihn beiseite zu nehmen und ihn zu fragen, was denn das für ein Palast sei, von dem man so rühmend spreche. »Woher bist denn du, Freund?« erwiderte ihm der Angeredete. »Du mußt erst seit ganz kurzem hier sein, wenn du den Palast des Prinzen Aladdin noch nicht gesehen oder wenigstens noch nicht einmal davon reden gehört hast.« Man nannte nämlich Aladdin immer so, seitdem er die Prinzessin Bedrulbudur geheiratet hatte. »Ich sage nicht«, fuhr der Mann fort, »daß es eins von den Wunderwerken der Welt ist, sondern ich behaupte vielmehr, daß er das einzige Wunder auf der Welt ist; denn gewiß hat man noch nie etwas so Großes, so Kostbares, so Prachtvolles gesehen. Du mußt sehr weit herkommen, da du noch nichts davon gehört hast, denn nach meiner Meinung muß man auf der ganzen Welt davon sprechen, seit er erbaut ist. Sieh ihn einmal selbst an und urteile, ob ich dir nicht die Wahrheit berichtet habe.« »Verzeih meine Unwissenheit«, antwortete der afrikanische Zauberer, »ich bin gestern hier angelangt und komme in der Tat so weit her, ich kann sagen vom äußersten Ende Afrikas, daß sein Ruf noch nicht bis dahin gedrungen war, als ich abreiste. Da ich wegen des dringenden Geschäfts, das mich hierher führt, auf meiner Reise kein anderes Ziel vor Augen hatte, als möglichst bald anzukommen, ohne mich unterwegs aufzuhalten, oder irgend eine Bekanntschaft anzuknüpfen, so erfuhr ich von der Sache nichts weiter, als was du mir eben gesagt hast. Indes will ich nicht unterlassen, ihn selbst zu sehen; ja meine Neugierde ist so groß, daß ich sie sogleich befriedigen wollte, wenn du nur die Güte hättest, mir den Weg zu zeigen.«

Derjenige, an den sich der afrikanische Zauberer gewandt hatte, machte sich ein Vergnügen daraus, ihm den Weg nach Aladdins Palast zu beschreiben, und der afrikanische Zauberer stand nun sogleich auf und ging dahin. Als er angekommen war und den Palast von allen Seiten genau betrachtet hatte, zweifelte er nicht mehr daran, daß Aladdin sich der Lampe bedient haben müsse, um ihn erbauen zu lassen. Ohne weiter auf die Machtlosigkeit Aladdins als eines bloßen Schneidersohnes Gewicht zu legen, wußte er recht gut, daß solche Wunderwerke nur von den Geistern der Lampe, deren Besitz ihm entgangen war, geschaffen werden konnten. Voll Ärger über das Glück und die Größe Aladdins, der sich nicht viel von dem Sultan unterschied, kehrte er nach dem Chan zurück, wo er abgestiegen war.

Nun brauchte er nur noch zu wissen, wo die Lampe war, ob Aladdin sie bei sich trug oder irgendwo aufbewahrte, und um dies zu entdecken, mußte der Zauberer seine Punktierkunst zu Hilfe nehmen. Sobald er in sein Zimmer gekommen war, nahm er daher sein Viereck und den Sand wieder vor, was er auf allen seinen Reisen bei sich führte. Aus diesem Versuche erkannte er, daß die Lampe in Aladdins Palast war, und war außer sich vor Freude über eine solch wichtige Entdeckung. »Ich muß sie bekommen, diese Lampe«, sagte er, »und Trotz sei Aladdin geboten, ob er mich hindern kann, sie ihm zu entreißen und ihn in die Niedrigkeit wieder hinabzudrücken, aus der er so hoch emporgestiegen ist.«

Das Unglück wollte, daß Aladdin damals gerade auf acht Tage auf die Jagd gegangen und erst seit drei Tagen fort war; der afrikanische Zauberer erfuhr dies auf folgende Weise. Sobald er durch seine Punktierkunst die frohe Entdekkung gemacht hatte, wo die Lampe sei, ging er zum Aufseher des Chans, unter dem Vorwand, sich mit ihm unterhalten zu wollen, und er hatte sehr natürliche Gründe dazu, so daß er nicht weit auszuholen brauchte. Er erzählte ihm, daß er Aladdins Palast gesehen, und nachdem er in den übertriebensten Ausdrücken alles gepriesen hatte, was ihm daran am bewundernswürdigsten vorgekommen, und was überhaupt jedermann am merkwürdigsten fand, setzte er hinzu: »Meine Neugierde erstreckt sich noch weiter, und ich werde mich nicht zufrieden geben, bevor ich den Herrn dieses wundervollen Gebäudes selbst gesehen habe.« »Das wird dir nicht schwer werden«, antwortete der Aufseher des Chans, »denn solange er in der Stadt ist, gibt er fast jeden Tag Gelegenheit dazu; aber seit drei Tagen ist er auf eine große Jagd ausgezogen, die acht Tage dauern soll.«

Mehr verlangte der afrikanische Zauberer nicht zu wissen; er nahm Abschied von dem Mann und sagte bei sich selbst: »Der Augenblick ist günstig, ich darf ihn nicht hinauslassen.« Hierauf ging er in den Laden eines Mannes, der Lampen zum Verkauf machte, und sagte zu diesem: »Meister, ich sollte zwölf kupferne Lampen haben. Kannst du sie mir liefern?« Der Lampenverkäufer antwortete, es fehlen ihm zwar noch einige, wenn er sich aber bis morgen gedulden wolle, so könne er ihm ein volles Dutzend zu jeder beliebigen Stunde liefern. Der Zauberer war es zufrieden und empfahl ihm, sie müssen recht hübsch und blank sein; nachdem er ihm sofort noch eine gute Bezahlung versprochen hatte, ging er in sein Chan zurück.

Am anderen Tage wurde das Dutzend Lampen dem afrikanischen Zauberer abgeliefert, der, ohne zu markten, den verlangten Preis dafür bezahlte. Er legte sie in einen Korb, womit er sich zu diesem Behuf versehen hatte, ging mit diesem Korb am Arm nach Aladdins Palast und fing, als er in der Nähe war, an zu rufen: »Wer will alte Lampen gegen neue austauschen?« Als die kleinen Kinder, die auf dem Platze spielten, dies hörten, liefen sie herbei und sammelten sich mit lautem Hohngelächter um ihn, denn sie hielten ihn für einen Narren. Auch die Vorübergehenden lachten über seine Dummheit, wofür sie es hielten. »Bei diesem Manne«, sagten sie, »muß es im Kopfhäuschen nicht richtig sein, sonst könnte er nicht neue Lampen für alte anbieten.« Der afrikanische Zauberer ließ sich weder durch das Gehöhne der Kinder, noch durch das, was die älteren Leute von ihm sagten, irre machen, sondern fuhr fort, seine Ware anzubieten und laut zu schreien: »Wer will alte Lampen gegen neue austauschen?« Er wiederholte dies so oft, auf dem Platze vor dem Palast und in der Nähe desselben auf- und abgehend, daß die Prinzessin Bedrulbudur, die gerade in dem Saale mit den 24 Fenstern war, die Stimme des Mannes hörte; da sie aber wegen des Geschreies der Kinder, die ihm nachfolgten und deren Zahl sich mit jedem Augenblick vermehrte, nicht verstand, was er ausrief, so schickte sie eine ihrer Sklavinnen, die ihr am nächsten stand, hinab, um zu sehen, was der Lärm bedeuten solle.

Die Sklavin kam bald wieder mit lautem Lachen in den Saal. Sie lachte so herzlich, daß die Prinzessin bei ihrem Anblick ebenfalls lachen mußte. »Nun, du Närrin«, sagte sie endlich, »wirst du mir nicht sagen, warum du so lachst?« »Herrin«, antwortete die Sklavin, immerfort lachend, »wie könnte man auch anders, wenn man einen Narren sieht, der einen Korb voll schöner, ganz neuer Lampen am Arm hat, aber sie nicht verkaufen, sondern nur gegen alte austauschen will. Der Lärm aber, den du hörst, kommt von den Kindern her, die ihn verhöhnen und in solcher Masse umgeben, daß er kaum von der Stelle kommen kann.«

Nach diesem Bericht nahm eine andere Sklavin das Wort und sagte: »Da von alten Lampen die Rede ist, so weiß ich nicht, ob die Prinzessin schon bemerkt hat, daß hier auf dem Kranzgesims eine solche steht. Der Eigentümer wird es wohl nicht übel nehmen, wenn er statt der alten eine neue findet. Wenn es der Prinzessin genehm ist, so kann sie sich den Spaß machen, zu erproben, ob dieser Narr wirklich verrückt genug ist, eine neue Lampe für eine alte zu geben, ohne etwas heraus zu verlangen.«

Die Lampe, von der die Sklavin sprach, war eben die Wunderlampe, die Aladdin zu seiner Größe verholfen hatte, und er selbst hatte sie, bevor er auf die Jagd ging, auf das Kranzgesims gestellt, um sie nicht zu verlieren. Eine Vorsichtsmaßregel, die er jedesmal anwendete, wenn er zu diesem Behuf auszog. Aber weder die Sklavinnen, noch die Verschnittenen, noch die Prinzessin selbst hatten sie jemals während seiner Abwesenheit bemerkt. Außer der Zeit, wo er auf der Jagd war, trug er sie immer bei sich. Man wird nun sagen, diese Vorsicht Aladdins sei recht gut gewesen, aber er hätte seine Lampe wenigstens einschließen sollen. Dies ist freilich wahr, doch dergleichen Versehen sind zu jeder Zeit begangen worden, werden noch täglich begangen und noch in Zukunft begangen werden.

Die Prinzessin Bedrulbudur, die von dem hohen Wert der Lampe nichts wußte, und sich nicht denken konnte, daß es für Aladdin, der gar nie davon sprach, von so hoher Wichtigkeit sein könnte, sie unberührt zu lassen und aufzubewahren, ging auf den Scherz ein und befahl einem Verschnittenem, sie zu nehmen und umzutauschen. Der Verschnittene gehorchte, ging die Treppe hinab, und war kaum aus dem Tor des Palastes, als er den afrikanischen Zauberer bemerkte. Er rief ihn, und als er zu ihm kam, zeigte er ihm die alte Lampe und sagte: »Gib mir eine neue Lampe für diese da.«

Der afrikanische Zauberer zweifelte nicht, daß dies die Lampe sei, die er suchte, denn da alles Geschirr in Aladdins Palast von Gold und Silber war, so konnte es darin nicht wohl noch eine andere solche geben. Er nahm sie dem Verschnittenem schnell aus der Hand, schob sie in seinen Busen und überreichte ihm dann seinen Korb, damit er nach Belieben eine auswählen könnte. Der Verschnittene wählte eine aus, verließ den Zauberer und brachte die neue Lampe der Prinzessin Bedrulbudur. Kaum aber war der Tausch geschehen, als auch schon die Kinder auf dem Platz ein lautes Geschrei und Gelächter erhoben und sich über die Dummheit des Zauberers lustig machen.

Der afrikanische Zauberer ließ sie schreien, solange sie wollten. Ohne sich länger in der Nähe von Aladdins Palast aufzuhalten, machte er sich ganz unvermerkt und ohne weitern Lärm aus dem Staube, d.h. er schrie nicht mehr, daß er alte Lampen gegen neue umtauschen wolle. Er wollte jetzt keine andere mehr als die, die er schon hatte, und da er schwieg, so gingen auch die Kinder auseinander und ließen ihn ziehen.

Sobald er von dem Platze zwischen den beiden Palästen weg war, entschlüpfte er durch eine weniger besuchte Straße, und da er jetzt weder die anderen Lampen noch den Korb mehr brauchte, so stellte er den Korb mit den Lampen auf eine Straße, wo gerade niemand vorüberging. Hierauf schlug er eine andere Straße ein und lief hastig fort, bis er eins der Stadttore erreichte. Sodann ging er durch eine sehr lange Vorstadt, wo er einige Lebensmittel einkaufte. Sobald er im Freien war, lenkte er von der Hauptstraße ab nach einem abgelegenen Platze hin, wo er von niemand bemerkt werden konnte, und hier wartete er den günstigen Augenblick ab, um seinen Plan vollends auszuführen. Was lag ihm an seinem Berberhengst? Diesen ließ er in dem Chan, wo er abgestiegen war, zurück, denn er glaubte sich durch den Schatz, den er eben erworben, reichlich entschädigt.

Der afrikanische Zauberer brachte den Rest des Tags hier zu, bis ein Uhr nachts, wo die Finsternis am größten war. Jetzt zog er die Lampe aus seinem Busen und rieb sie. Auf diesen Ruf erschien der Geist sogleich. »Was willst du?« fragte er ihn, »Ich bin bereit, dir zu gehorchen als dein Sklave und als Sklave aller, welche die Lampe in der Hand haben; ich und die anderen Sklaven der Lampe.« »Ich befehle dir«, antwortete der afrikanische Zauberer, »daß du augenblicklich den Palast, den du oder die anderen Sklaven der Lampe in der Stadt erbaut, so wie er ist, mit allen seinen lebenden Bewohnern aufhebst und zugleich mit mir an den und den Ort nach Afrika versetzest.« Ohne etwas zu antworten, schaffte der Geist mit Hilfe der übrigen der Lampe dienstbaren Geister in sehr kurzer Zeit sowohl ihn selbst, als den ganzen Palast an den bezeichneten Ort in Afrika. Wir wollen indes den afrikanischen Zauberer und den Palast samt der Prinzessin Bedrulbudur in Afrika lassen und nur von dem Erstaunen des Sultans reden.

Als der Sultan aufgestanden war, ging er wie gewöhnlich nach dem offenen Erker, um sich das Vergnügen zu machen, Aladdins Palast zu betrachten und zu bewundern. Er richtete seinen Blick nach der Seite hin, wo er diesen Palast zu sehen gewöhnt war, erblickte aber nur einen leeren Platz, ganz wie er vor Erbauung desselben gewesen war. Im Anfang glaubte er, er täusche sich und rieb sich die Augen; allein er sah so wenig, als das erste Mal, obgleich das Wetter sehr heiter, der Himmel rein und die Morgenröte bereits aufgestiegen war, so daß man alles recht deutlich sehen konnte. Er blickte rechts und links durch die beiden Öffnungen und sah noch immer nichts. Sein Erstaunen war so groß, daß er lange wie angewurzelt auf derselben Stelle stehen blieb, die Augen starr nach der Seite hin geheftet, wo der Palast bisher gewesen, aber jetzt nicht mehr zu sehen war; denn es war ihm unmöglich zu begreifen, wie ein so großer und ansehnlicher Palast, wie der Aladdins, den er seit jenem Tage, wo er die Erlaubnis zu seiner Erbauung gegeben, tagtäglich und erst gestern noch gesehen hatte, auf einmal ganz spurlos entschwunden sein solle. »Ich kann mich nicht täuschen«, sprach er bei sich selbst, »er stand auf dem Platze dort. Wäre er eingestürzt, so müßten

sich doch noch Trümmer davon zeigen, und hätte die Erde ihn verschlungen, so müßte man wenigstens eine Spur sehen.« Es ging über seine Verstandeskräfte, zu enträtseln, wie dies zugegangen sei, und so fest er auch überzeugt war, daß der Palast nicht mehr dastand, so wartete er doch noch einige Zeit, um sich zu überzeugen, ob er sich nicht täusche. Endlich entfernte er sich und ging, nachdem er noch einmal zurückgeblickt hatte, auf seine Zimmer zurück. Dann ließ er in aller Eile den Großvezier rufen und setzte sich nieder, während sein Geist von so verschiedenartigen Gedanken bestürmt wurde, daß er nicht wußte, was er tun sollte.

Der Großvezier ließ nicht lange auf sich warten. Er kam in solcher Eile, daß weder er noch seine Leute im vorbeigehen bemerkten, daß Aladdins Palast nicht mehr an seiner Stelle stand. Selbst die Pförtner hatten es nicht bemerkt, als sie die Tore des Palastes öffneten. Der Großvezier redete den Sultan also an: »Herr, die Eile, womit man mich berufen hat, läßt mich schließen, daß irgend etwas Außerordentliches vorgefallen sein muß; denn du weißt ja wohl, daß heute Ratssitzung ist, und ich mich meiner Pflicht gemäß ohnehin in einigen Augenblicken eingestellt hätte.« »Ja«, antwortete der Sultan, »es hat sich wirklich etwas sehr Außerordentliches zugetragen und du wirst es selbst gestehen müssen. Sprich, wo ist der Palast Aladdins?« »Der Palast Aladdins?« erwiderte der Großvezier sehr erstaunt, »ich ging soeben daran vorbei, und mich däuchte, er stand an seinem alten Platz. So gewaltige Gebäude wie dieses ändern ihre Stelle nicht so leicht.« »Sieh einmal zum Kabinett hinaus«, entgegnete der Sultan, »und sag mir dann, ob du ihn gesehen hast.«

Der Großvezier begab sich in den offenen Erker, und es ging ihm, wie dem Sultan. Als er sich völlig versichert hatte, daß Aladdins Palast nicht mehr dastand und auch nicht die mindeste Spur davon zu sehen war, trat er wieder vor den Sultan. »Nun, hast du Aladdins Palast gesehen?« fragte ihn dieser. - »Herr«, antwortete der Großvezier, »du erinnerst dich vielleicht, daß ich die Ehre hatte, dir zu sagen, der Palast, den du mit seinen unermeßlichen Reichtümern so sehr bewunderst, könne bloß ein Werk der Zauberei und eines Zauberers sein; allein du wolltest damals nicht auf mich achten.«

Der Sultan, der dies nicht leugnen konnte, geriet in einen um so größeren Zorn, als sein früherer Unglauben offenbar am Tage lag. »Wo ist er«, rief er, »dieser Betrüger, dieser Schurke? Ich lasse ihm den Kopf abschlagen.« »Herr«, antwortete der Großvezier, »er hat sich vor einigen Tagen von dir verabschiedet. Man muß ihn fragen lassen, wo sein Palast hingekommen ist, denn er allein kann es wissen.« »Das wäre zu viele Schonung für ihn«, entgegnete der Sultan; »geh und schicke 30 von meinen Reitern ab, daß sie ihn in Ketten vor mich führen.« Der Großvezier überbrachte den Reitern den Befehl des Sultans und unterrichtete ihren Anführer, wie sie sich zu benehmen hätten, damit er ihnen nicht entwischen könne. Sie gingen ab und trafen Aladdin fünf oder sechs Stunden von der Stadt auf dem Heimwege begriffen. Der Anführer ritt auf ihn zu und sagte ihm, der Sultan habe großes Verlangen, ihn wieder zu sehen, und deshalb habe er sie abgeschickt, um es ihm zu melden und ihn nach Hause zu begleiten.

Aladdin hatte nicht die entfernteste Ahnung von dem wahren Grunde, warum diese Abteilung der Leibwache des Sultans zu ihm gekommen war, und ritt getrost weiter. Als er aber noch eine halbe Stunde von der Stadt entfernt war, umringte ihn die Reiterschar, und der Anführer derselben nahm das Wort und sagte zu ihm: »Prinz Aladdin, mit großem Bedauern haben wir dir zu erklären, daß wir vom Sultan Befehl haben, dich zu verhaften und als Staatsverbrecher vor ihn zu führen; wir bitten dich, es nicht übel aufzunehmen, wenn wir jetzt unsere Pflicht erfüllen, und uns zu verzeihen.«

Aladdin war äußerst überrascht durch diese Erklärung, denn er fühlte sich unschuldig. Er fragte den Anführer, ob er wisse, welches Verbrechens er angeklagt sei; dieser aber antwortete, weder er noch seine Leute wüßten davon.

Da Aladdin sah, daß seine Leute viel schwächer waren, als die Reiterschar, und ihn sogar verließen, so stieg er vom Pferd ab und sagte: »Hier bin ich, vollzieht euren Befehl. Übrigens kann ich versichern, daß ich mir keines Verbrechens bewußt bin, weder gegen die Person des Sultans, noch gegen den Staat.« Man warf ihm sogleich eine sehr dicke und lange Kette an den Hals und band ihn damit auch mitten um den Körper, so daß er die Arme nicht frei hatte. Der Anführer stellte sich nun wieder an die Spitze des Zugs, einer der Reiter aber faßte das Ende der Kette und führte so, hinter dem Anführer hinreitend, Aladdin, der zu Fuße folgen mußte, mit fort. In diesem Zustande wurde er in die Stadt gebracht.

Als die Reiter in die Vorstadt kamen und man Aladdin als Staatsverbrecher daher führen sah, glaubte jedermann, es werde ihn den Kopf kosten. Da er aber allgemein beliebt war, so ergriffen die einen Säbel und andere Waffen, und die,

welche keine hatten, bewaffneten sich mit Steinen und folgten den Reitern nach. Einige von den hintersten schwenkten um und machten Miene, sie auseinander zu sprengen; allein die Volksmasse wurde so groß, daß die Reiter es für geratener fanden, sich keinen Ärger anmerken zu lassen, und sich glücklich schätzten, wenn sie nur den Palast des Sultans erreichten, ohne daß Aladdin ihnen entrissen wurde. Um dies zu bewerkstelligen, nahmen sie geflissentlich die ganze Breite der Straße ein, indem sie sich bald ausdehnten, bald näher aneinanderschlossen, je nachdem sie weiter oder enger war. So gelangten sie endlich an den Platz vor dem Palast, wo sie sich alle in einer Linie aufstellten und gegen die bewaffnete Volksmasse Front machten, bis ihr Befehlshaber und der Reiter, welcher Aladdin führte, in den Palast eingetreten waren und die Pförtner das Tor hinter ihm geschlossen hatten, um das Volk abzuhalten.

Aladdin wurde sofort vor den Sultan geführt, der ihn mit dem Großvezier auf einem Balkon erwartete. Sobald er ihn sah, befahl er dem Scharfrichter, der ebenfalls hierher bestellt worden war, ihm den Kopf abzuhauen, ohne daß er ihn anhören oder irgend einen Aufschluß von ihm haben wollte.

Der Scharfrichter bemächtigte sich Aladdins, nahm ihm die Kette, die er um den Hals und Leib hatte, ab, breitete sofort ein Leder, das mit dem Blute von unzähligen Verbrechern befleckt war, auf den Boden, hieß ihn niederknieen und verband ihm die Augen. Hierauf zog er sein Schwert, holte weit aus, ließ

es dreimal in der Luft blitzen und schickte sich an, den Todesstreich zu führen, indem er nur noch auf ein Zeichen vom Sultan wartete, um Aladdin den Kopf abzuschlagen.

In diesem Augenblicke bemerkte der Großvezier, daß das Volk die Reiter überwältigt hatte und in den Schloßplatz gedrungen war, ja sogar, daß einige die Mauern des Palasts an mehreren Stellen mit Leitern erstiegen und bereits anfingen, sie niederzureißen, um eine Öffnung zu machen. Er sagte daher zum Sultan, ehe er das Zeichen gab: »Herr, ich bitte dich, daß du den Schritt, den du zu tun im Begriff bist, reiflich überlegen mögest. Du läufst Gefahr, deinen Palast erstürmt zu sehen, und wenn dies Unglück geschehe, so könne es unheilbringende Folgen haben.« »Mein Palast erstürmt!« versetzte der Sultan. »Wer darf sich dessen unterfangen?« »Herr«, antwortete der Großvezier, »wirf nur einen Blick auf die Mauern des Palastes und auf den Platz, so wirst du dich von der Wahrheit meiner Worte überzeugen.«

Als der Sultan die heftige Aufregung unter dem Volke sah, erschrak er dermaßen, daß er augenblicklich dem Scharfrichter den Befehl gab, sein Schwert wieder in die Scheide zu stecken, die Binde von Aladdins Augen wegzunehmen und ihn freizulassen. Zugleich befahl er seinen Trabanten auszurufen, daß er Aladdin Gnade schenke, und jedermann sich nun entfernen möge.

Als nun diejenigen, welche bereits die Mauern erklettert hatten, sahen, was da vorging, so gaben sie ihr Vorhaben auf. Sie stiegen schnell herab, und hocherfreut, einem Manne, den sie wahrhaft liebten, das Leben gerettet zu haben, teilten sie diese Nachricht allen Umstehenden mit. Sie verbreitete sich von

Mund zu Mund unter der ganzen Volksmasse, die sich auf dem Platz vor dem Palast gesammelt hatte, und die Trabanten bestätigten sie auch von oben herab. Als nun das Volk sah, daß der Sultan Aladdin Gerechtigkeit widerfahren ließ und ihn begnadigte, so entwaffnete sich sein Zorn, der Aufruhr hörte auf und es gingen alle einer nach dem anderen nach Hause.

Sobald Aladdin sich wieder in Freiheit sah, schaute er nach dem Balkon hinauf, und als er den Sultan bemerkte, so rief er ihm in rührendem Tone zu: »Herr, ich bitte dich, mir zu der bereits erwiesenen Gnade noch eine neue zu schenken und mich wissen zu lassen, was mein Verbrechen ist.« »Was es ist, du Schurke?« erwiderte der Sultan; »Weißt du es noch nicht? Komm einmal hier herauf, so will ich dir es zeigen.«

Aladdin ging hinauf und trat vor den Sultan. »Folge mir«, sagte dieser zu ihm und ging vor ihm her, ohne ihn anzusehen. Er führte ihn an den offenen Erker, und als er an der Tür war, sagte er zu ihm: »Gehe hinein, du mußt doch wissen, wo dein Palast stand; sieh dich jetzt hier nach allen Seiten um und sage, was daraus geworden ist.«

Aladdin sah hin und erblickte nichts. Er bemerkte wohl den ganzen Platz, den sein Palast sonst eingenommen hatte, da er aber nicht begreifen konnte, wie er hätte verschwinden sollen, so machte ihn dieses seltsame und überraschende Ereignis so bestürzt und verdutzt, daß er dem Sultan kein einziges Wort erwidern konnte.

Der Sultan wiederholte voll Ungeduld die Frage. »Sag mir doch, wo der Palast und meine Tochter ist?« Endlich brach Aladdin das Stillschweigen und sagte: »Herr, ich sehe wohl und gestehe es ein, daß der Palast, den ich erbauen ließ, nicht mehr auf seinem Platze steht; ich sehe, daß er verschwunden ist, kann dir aber nicht sagen, wo er sein mag. Nur so viel kann ich versichern, daß ich keinen Teil an diesem Ereignis habe.«

»Mir liegt nichts daran, was aus deinem Palast geworden ist«, antwortete der Sultan, »meine Tochter ist mir millionenmal lieber. Du mußt sie mir zurückgeben, sonst lasse ich dir ohne alle weiteren Rücksichten den Kopf abschlagen.«

»Herr«, antwortete Aladdin, »Ich flehe dich an, daß du mir 40 Tage Frist gebest, um meine Maßregeln zu treffen, und gelingt es mir in dieser Zeit nicht, so gebe ich dir mein Wort, daß ich selbst meinen Kopf zu den Füßen deines Thrones niederlegen will, damit du nach Belieben darüber verfügest.« »Ich bewillige dir diese Frist von 40 Tagen«, erwiderte der Sultan, »aber glaube ja nicht, daß du meine Gnade mißbrauchen und meinem Zorn entfliehen könnest. In welchem Winkel der Erde du sein magst, ich werde dich schon zu finden wissen.«

Aladdin entfernte sich in großer Demütigung und in einem wahrhaft mitleiderregenden Zustande aus dem Angesicht des Sultans. Er ging mit gesenktem Haupte über die Höfe des Palastes und war so beschämt, daß er es nicht wagte, die Augen aufzuschlagen. Die vornehmsten Hofbeamten, von denen er keinen einzigen beleidigt hatte und die vorher seine Freunde gewesen, waren jetzt weit entfernt, sich ihm zu nähern oder ihm eine Zufluchtsstätte anzubieten; nein, sie kehrten ihm den Rücken, damit sie ihn nicht sehen mußten und er sie nicht erkennen möchte. Aber wenn sie sich ihm auch genähert hätten, um ihm Trost einzusprechen oder ihre Dienste anzutragen, so hätten sie Aladdin kaum mehr erkannt. Kannte er sich doch selbst nicht mehr und war seines Verstandes nimmer mächtig. Dies bewies er auch, sobald er zum Palast hinausgetreten war; denn ohne zu bedenken, was er tat, fragte er von Tür zu Tür und alle Leute, die ihm begegneten, ob sie seinen Palast nicht gesehen hätten und ihm keine Nachricht davon geben könnten.

Solche Fragen brachten jedermann auf die Meinung, Aladdin habe seinen Verstand verloren. Einige lachten bloß darüber, aber die Vernünftigen, und besonders diejenigen, die in freundschaftlicher Verbindung oder sonst in einem Verkehr mit ihm gestanden hatten, wurden von wahrhaftem Mitleid ergriffen. Er blieb drei Tage in der Stadt, indem er sich bald nach dieser, bald nach jener Seite hin wendete und nichts aß, als was ihm mitleidige Menschen reichten, im übrigen aber keinen Entschluß faßte.

Endlich, da er in diesem elenden Zustande nicht länger in einer Stadt verweilen wollte, wo er früher den vornehmen Herrn gespielt hatte, entfernte er sich aus derselben und schlug den Weg nach dem Felde ein. Er vermied die großen Heerstraßen, und nachdem er in schrecklicher Ungewißheit mehrere Felder durchirrt hatte, kam er mit Anbruch der Nacht an das Ufer eines Flusses. Hier faßte er einen Gedanken der Verzweiflung. »Wo soll ich jetzt meinen Palast suchen?« sagte er bei sich selbst. »An welcher Provinz, in welchem Lande, in welchem Teile der Welt werde ich ihn und meine vielgeliebte Prinzessin wiederfinden, die der Sultan von mir fordert? Dies wird mir nie gelingen; deshalb ist es besser, ich befreie mich auf einmal von all diesen Mühseligkeiten, die zu nichts führen würden, und dem bittern Kummer, der mein Herz zerfrißt.« Schon hatte er den Entschluß gefaßt, sich in den Fluß zu werfen, doch glaubte er als guter und frommer Muselmann dies nicht eher tun zu können, als bis er sein Gebet verrichtet hätte. Indem er sich nun dazu anschicken wollte, näherte er sich dem Rande des Wassers, um sich der Landessitte gemäß die Hände und das Gesicht zu waschen. Da aber die Stelle etwas abschüssig und naß war, so glitt er aus und wäre in den Fluß gefallen, wenn er sich nicht noch an einem kleinen Felsstück gehalten hätte, das etwa zwei Zoll hoch hervorragte. Glücklicherweise hatte er noch den Ring, den der afrikanische Zauberer ihm an den Finger gesteckt hatte, ehe er in das unterirdische Gewölbe hinabstieg, um die kostbare Lampe zu holen, die ihm jetzt wieder entrissen worden war. Diesen Ring rieb er ziemlich stark an dem Felsen, als er sich daran hielt, und augenblicklich stand derselbe Geist vor ihm, der ihm in dem unterirdischen Gewölbe erschienen war, wo der afrikanische Zauberer ihn eingesperrt hatte. »Was willst du?« sagte der Geist; »Ich bin bereit, dir zu gehorchen als dein Sklave und als Sklave aller derer, die den Ring am Finger haben, sowohl ich, als die anderen Sklaven des Ringes.«

Aladdin, der in seiner verzweiflungsvollen Lage durch diese Erscheinung angenehm überrascht war, antwortete: »Geist, rette mir zum zweiten Mal das Leben und zeige mir, wo der Palast ist, den ich erbauen ließ, oder sorge, daß er unverzüglich wieder an seinen alten Platz zurückgetragen wird.« »Was du hier verlangst«, antwortete der Geist, »liegt nicht in meinem Wirkungskreise, ich bin bloß Sklave des Rings; wende dich deshalb an den Sklaven der Lampe.« »Wenn dem so ist«, versetzte Aladdin, »so befehle ich dir kraft des Ringes, versetze mich sogleich an den Ort, wo mein Palast ist, sei es auch wo es wolle, und bringe mich unter die Fenster der Prinzessin Bedrulbudur.« Kaum hatte er diese Worte gesprochen, als der Geist ihn nahm und nach Afrika mitten auf eine große Wiese trug, auf der der Palast nicht weit von einer großen Stadt stand; er setzte ihn dicht unter den Fenstern der Prinzessin nieder und ließ ihn dann allein. Alles dies war das Werk eines Augenblicks.

Ungeachtet der Dunkelheit der Nacht erkannte Aladdin recht gut seinen Palast und die Zimmer der Prinzessin Bedrulbudur. Da es indes schon weit in der Nacht und im Palast alles ruhig war, so ging er etwas abseits und setzte sich unter einen Baum. Hier gab er sich neuen Hoffnungen hin, und indem er Betrachtungen anstellte über sein Glück, das er einem bloßen Zufalle verdankte, wurde sein Gemüt wieder weit ruhiger, als seit dem Tage, wo er verhaftet, vor den Sultan geführt und aus der drohenden Todesgefahr befreit worden war. Er hing eine Weile diesen angenehmen Gedanken nach, aber da er seit fünf oder sechs Tagen kein Auge mehr geschlossen hatte, so überwältigte ihn zuletzt der Schlaf und er schlummerte am Fuße des Berges ein.

Als am folgenden Tage die Morgenröte anbrach, wurde Aladdin sehr angenehm erweckt durch den Gesang der Vögel, die teils auf dem Baume, unter dem er lag, teils auch auf den dickbelaubten Bäumen im Garten seines Palastes die Nacht zugebracht hatten. Er warf sogleich seine Augen auf dieses bewundernswürdige Gebäude und fühlte eine unaussprechliche Freude, daß er jetzt Hoffnung habe, wieder Herr desselben zu werden und aufs Neue seine teure Prinzessin Bedrulbudur zu besitzen. Er stand auf und näherte sich den Zimmern der Prinzessin, dann ging er unter ihren Fenstern eine Weile spazieren und wartete, bis sie erwachen würde und sich sehen ließe. Inzwischen dachte er bei sich selbst darüber nach, woher wohl die Ursache seines Unglücks gekommen sein möge, und nachdem er sich lange hin und her besonnen, zweifelte er nicht mehr daran, sein ganzes Mißgeschick könne bloß davon herrühren, daß er seine Lampe aus den Augen verloren habe. Er machte sich nun Vorwürfe über seine Nachlässigkeit und daß er nicht Sorge getragen habe, sie keinen Augenblick aus der Hand zu lassen. Was ihn noch mehr in Verlegenheit setzte, war, daß er sich gar nicht einbilden konnte, wer wohl auf sein Glück eifersüchtig sei. Dies wäre ihm zwar klar geworden, wenn er gewußt hätte, daß er und sein Palast sich in Afrika befänden; allein der dienstbare Geist des Ringes hatte es ihm nicht gesagt, und er hatte ihn auch nicht darum gefragt. Sonst hätte ihn schon der Name Afrika sogleich an den afrikanischen Zauberer, seinen abgesagten Feind, erinnert.

Die Prinzessin Bedrulbudur stand diesmal früher als gewöhnlich auf, seit ihrer Entführung und Versetzung nach Afrika durch die Tücke des afrikanischen Zauberers, dessen Anblick sie bisher täglich einmal hatte ertragen müssen, weil er der Herr des Palastes war; sie hatte ihn jedoch jedesmal so spröde behandelt, daß er es noch nicht gewagt hatte, seinen Wohnsitz darin aufzuschlagen. Als sie angekleidet war, sah eine ihrer Frauen zufällig durchs Gitterfenster, bemerkte Aladdin und verkündete es sogleich ihrer Gebieterin. Die Prinzessin, die diese Nachricht nicht glauben konnte, lief schnell ans Fenster, bemerkte Aladdin ebenfalls und öffnete das Gitter. Bei dem Geräusch, das dadurch entstand, hob Aladdin den Kopf in die Höhe, erkannte sie und begrüßte sie mit einer Miene, auf der überschwengliche Freude sich abspielte. »Um keine Zeit zu verlieren«, sagte die Prinzessin zu ihm, »habe ich dir die geheime Türe öffnen lassen, geh durch dieselbe hinein und komm herauf.« Nach diesen Worten schloß sie das Fenster wieder.

Die geheime Türe befand sich unter den Zimmern der Prinzessin. Aladdin fand sie offen und ging rasch die Treppe hinauf. Es ist unmöglich, die Freude zu beschreiben, welche die beiden Ehegatten empfanden, als sie sich nach einer Trennung, die sie ewig geglaubt hatten, endlich wiedersahen. Sie umarmten sich mehrere Male und gaben sich alle Beweise von Liebe und Zärtlichkeit, die man nach einer so traurigen und unerwarteten Trennung, wie die ihrige war, nur erdenken kann. Nach diesen Umarmungen, unter die sich Tränen der Freude mischten, setzten sie sich, und Aladdin nahm das Wort und sprach: »Prinzessin, bevor wir von irgend etwas anderem sprechen, beschwöre ich dich im Namen Gottes, sowohl um deiner selbst als um deines verehrungswürdigen Vaters, des

Sultans, und besonders auch um meiner willen, sage mir, was ist aus meiner alten Lampe geworden, die ich, bevor ich auf die Jagd ging, in dem Saal mit den 24 Fenstern auf das Kranzgesimse gestellt hatte?«

»Ach, teurer Gemahl«, antwortete die Prinzessin, »ich habe mir's wohl gedacht, daß unser beiderseitiges Unglück von dieser Lampe herkomme, und was mich untröstlich macht, ist, daß ich selbst daran schuld bin.« »Prinzessin«, erwiderte Aladdin, »miß dir die Schuld nicht bei, sie ist ganz auf meiner Seite, denn ich hätte die Lampe sorgsamer aufbewahren sollen. Jetzt aber laß uns nur daran denken, den Schaden wieder gut zu machen und deshalb tu mir den Gefallen, erzähle mir umständlich, wie die Sache zugegangen und in welche Hände die Lampe geraten ist.«

Die Prinzessin Bedrulbudur erzählte hierauf Aladdin alles, unter welchen Umständen sie die alte Lampe gegen die neue, die sie hierauf zur Ansicht herbeibringen ließ, ausgetauscht und wie sie in der folgenden Nacht die Versetzung des Palasts bemerkt und sich am anderen Morgen in einem unbekannten Lande gefunden habe, wo sie jetzt beide seien und das Afrika heiße. Letzteres hatte sie aus dem Mund des Schurken selbst erfahren, der sie durch seine Zauberkunst hierher versetzt hatte.

»Prinzessin«, unterbrach sie Aladdin, »du hast mir den Schurken deutlich genug bezeichnet, indem du mir sagtest, daß ich gegenwärtig mit dir in Afrika bin. Er ist der abscheulichste aller Menschen; doch ist jetzt weder Zeit noch Ort, dir seine Schlechtigkeiten ausführlicher zu erzählen, und ich bitte dich bloß, mir zu sagen, was er mit der Lampe angefangen und wo er sie aufbewart hat.« »Er trägt sie wohl eingehüllt in seinem Busen«, erwiderte die Prinzessin, »ich kann dies mit Bestimmtheit sagen, da er sie in meiner Gegenwart herausgezogen und enthüllt hat, um sich damit gegen mich zu brüsten.«

»Geliebte meines Herzens«, sagte hierauf Aladdin, »werde nicht unwillig, wenn ich dich durch vieles Fragen ermüde: es ist für dich und mich von gleicher Wichtigkeit. Aber um auf das zu kommen, was mich besonders nahe berührt, so beschwöre ich dich, mir zu sagen, wie dieser schlechte und treulose Mensch dich behandelt hat.« »Seit ich hier bin«, antwortete die Prinzessin, »hat er sich mir nur einmal des Tages gezeigt, und ich bin überzeugt, daß der schlechte Erfolg, den er von seinen Besuchen hat, es ihm verleiden wird, mich noch öfter zu belästigen. Alle seine Reden, die er gegen mich zu führen pflegt, zielen dahin, daß ich mein Wort, das ich dir gegeben, brechen und ihn zum Gemahl nehmen soll. Dabei gibt er mir zu verstehen, daß ich nimmermehr hoffen dürfe, dich je wieder zu sehen, denn du seiest nicht mehr am Leben und der Sultan, mein Vater, habe dir den Kopf abschlagen lassen. Zu seiner Rechtfertigung fügt er hinzu, du seiest ein Undankbarer, der sein ganzes Glück ihm zu verdanken habe, und so noch 1000 Sachen, auf die ich nicht einmal acht gebe. Da er nun von mir keine andere Antwort bekommt, als Klagen, Seufzer und Tränen, so muß er sich jedesmal ebenso unbefriedigt entfernen, wie er gekommen ist. Gleichwohl zweifle ich nicht, daß er die Absicht hat, meinen lebhaftesten Schmerz erst vorübergehen zu lassen, in der Hoffnung, ich werde mich anders entschließen, und am Ende Gewalt zu brauchen, wenn ich auf meiner Widersetzlichkeit beharre. Aber, teurer Gemahl, deine Gegenwart hat bereits alle meine Besorgnisse verscheucht.«

»Prinzessin«, unterbrach sie Aladdin, »ich hege die Zuversicht, daß du mit Recht nichts mehr zu fürchten brauchst, und glaube ein Mittel gefunden zu haben, uns beide von unserem gemeinschaftlichen Feinde zu befreien. Zu diesem Behufe muß ich indes notwendig in die Stadt gehen. Ich werde gegen Mittag zurückkommen, um dir dann meinen Plan mitzuteilen, und was du zum Gelingen desselben beizutragen hast. Doch sage ich dir zum voraus, wundere dich nicht, wenn du mich in einer anderen Kleidung zurückkommen siehst, und gib Befehl, daß man mich an der geheimen Türe, wenn ich klopfe, nicht lange warten läßt.« Die Prinzessin versprach, man werde ihn an der Türe erwarten und schnell öffnen.

Als Aladdin aus den Zimmern der Prinzessin hinweg- und durch dieselben wieder zum Palast hinausgegangen war, sah er sich nach allen Seiten um und bemerkte einen Bauersmann, der aufs Feld ging.

Da der Bauer vom Palast ziemlich weit weg war, so lief Aladdin schnell, um ihn einzuholen, und machte ihm den Antrag, die Kleider mit ihm zu wechseln, worauf der Bauer endlich auch einging. Der Umtausch geschah hinter einem Gebüsch, und als sie sich getrennt hatten, schlug Aladdin den Weg nach der Stadt ein. Sobald er hineingekommen war, ging er auf der Straße, die vom Tore auslief, fort, und lenkte von da in die besuchtesten Straßen ein, bis er an den Platz kam, wo die Kaufleute und Handwerker jeder Art ihre besondere Gasse hatten. Er trat nun in die Gasse der Materialienhändler, ging in den größten und bestausgestatteten Laden und fragte den Kaufmann, ob er nicht ein gewisses Pulver habe, das

er ihm nannte. Der Kaufmann, der aus Aladdins Kleider schloß, er müsse arm sein und werde nicht Geld genug haben, um ihn zu bezahlen, antwortete, er habe zwar dieses Pulver, allein es sei sehr teuer. Aladdin erriet seine Gedanken, zog seinen Beutel aus der Tasche, ließ einige Goldstücke hervorblinken und verlangte dann eine halbe Drachme von dem Pulver. Der Kaufmann wog so viel ab, wickelte es ein, übergab es Aladdin und forderte ein Goldstück dafür. Aladdin händigte es ihm ein, und ohne sich in der Stadt länger aufzuhalten, als nötig war, um einige Nahrung zu sich zu nehmen, kehrte er nach seinem Palast zurück. Er brauchte an der geheimen Türe nicht lange zu warten, sie wurde ihm sogleich geöffnet, und so ging er ins Gemach der Prinzessin Bedrulbudur hinauf. »Geliebte«, sprach er zu ihr, »da du so großen Widerwillen gegen deinen Entführer hast, so wird es dir vielleicht schwer werden, den Rat zu befolgen, den ich dir jetzt gebe. Bedenke aber, daß du dich notwendig verstellen und dir einige Gewalt antun mußt, wenn du dich von seinen Nachstellungen befreien und dem Sultan, deinem Vater und meinem Herrn, die Freude machen willst, dich wieder zu sehen. Befolge also meinen Rat«, fuhr Aladdin fort, »schmücke dich sogleich mit deinen schönsten Kleidern, und wenn der afrikanische Zauberer kommt, so empfange ihn aufs freundlichste. Du darfst dir aber keinen Zwang und keine Befangenheit anmerken lassen, sondern mußt ihm ein heiteres Gesicht zeigen, so daß er daraus schließen muß, wenn je noch ein Wölkchen von Trübsinn zurückgeblieben sei, so werde auch dieses mit der Zeit schon verschwinden. Im Gespräch gib ihm sodann zu erkennen, daß du dir alle Mühe gebest, mich zu vergessen; und um ihn vollkommen von deiner Aufrichtigkeit zu überzeugen, lade ihn zum Abendessen ein und drücke den Wunsch aus, den besten Wein seines Landes zu kosten. Er wird dann sogleich weggehen, um dir welchen zu holen. Indes du nun auf seine Wiederkunft wartest und den Schenktisch in Bereitschaft setzen lässest, so schütte in einen der Becher, der dem deinigen gleich ist, dies Pulver hier, stelle ihn sodann auf die Seite und befiehl derjenigen von deinen Frauen, die das Schenkamt versieht, sie soll ihn dir auf ein verabredetes Zeichen voll Wein bringen und sich ja in acht nehmen, daß kein Irrtum dabei vorgeht. Wenn dann der Zauberer zurückkommt, und ihr beide bei Tisch sitzt und nach Herzenslust gegessen und getrunken habt, so laß den Becher mit dem Pulver bringen und vertausche deinen Becher mit dem seinen. Er wird dies als eine so hohe Gunst ansehen, daß er es nicht ablehnen, sondern den Becher bis auf den Grund austrinken wird; kaum aber wird er ihn geleert haben, so wirst du ihn rücklings hinsinken sehen. Wenn es dich anekelt, aus seinem Becher zu trinken, so stelle dich wenigstens, als ob du tränkest, und du hast dabei nichts zu befürchten; denn das Pulver wird seine Wirkung so schnell tun, daß er keine Zeit haben wird zu bemerken, ob du trinkst oder nicht.

Darauf antwortete die Prinzessin: »Ich gestehe dir, daß es mich Überwindung kostet, dem Zauberer auf diese Art entgegenzukommen, deren Notwendigkeit ich jedoch einsehe. Welcher Entschließung ist man nicht fähig gegen einen so grausamen Feind! Ich werde also tun, wie du mir ratest, da sowohl meine als deine Ruhe davon abhängt.« Nach dieser Verabredung verabschiedete sich Aladdin von der Prinzessin, und brachte den übrigen Teil des Tages in den Umgebungen des Palastes zu, in der Absicht, sich mit Anbruch der Nacht wieder bei der geheimen Türe einzufinden. Die Prinzessin Bedrulbudur, untröstlich darüber, sich nicht bloß von Aladdin, ihrem geliebten Gatten, den sie gleich von Anfang an mehr aus Neigung als aus Gehorsam geliebt hatte und immer noch liebte, sondern auch von dem Sultan, ihrem Vater, dessen zärtliche Liebe sie mit gleicher Zärtlichkeit vergalt, getrennt zu sehen, hatte seit dem Augenblick jener schmerzlichen Trennung ihr Äußeres sehr vernachlässigt. Ja, sie hatte sogar sozusagen die Reinlichkeit aus den Augen gesetzt, die ihrem Geschlecht so wohl ansteht, besonders seitdem der afrikanische Zauberer sie zum ersten Mal besucht und sie von ihren Frauen, die ihn wieder erkannten, erfahren hatte, daß er derselbe sei, der die alte Lampe gegen eine neue eingetauscht habe; denn durch diesen abscheulichen Betrug war er ihr ein Greuel geworden. Jetzt aber, da sich Gelegenheit zeigte, die verdiente Rache an ihm zu nehmen, und zwar früher, als sie zu hoffen gewagt hatte, entschloß sie sich, Aladdins Wunsch zu willfahren. Sobald er sich daher entfernt hatte, setzte sie sich an ihren Putztisch, ließ sich durch ihre Frauen aufs prächtigste schmücken und legte das reichste und zu ihrem Vorhaben passendste Kleid an. Ihr Gürtel war von eitel Gold und mit den größten auserlesensten Diamanten ausgelegt; um den Hals legte sie eine Schnur aus nur dreizehn Perlen, von denen aber die sechs Seitenperlen zu der mittleren, welche die größte und kostbarste war, in dem Verhältnis standen, daß die größten Sultaninnen und Königinnen sich glücklich geschätzt haben würden, wenn sie nur eine vollständige Schnur von der Größe der zwei kleinsten Perlen in der Halsschnur der Prinzessin besessen hätten. Die Armbänder, die mit Rubinen und Diamanten besetzt waren, entsprachen aufs trefflichste dem Reichtum des Gürtels und der Halsschnur.

Als die Prinzessin Bedrulbudur vollständig angekleidet war, zog sie ihren Spiegel zu Rate, befragte ihre Frauen über ihren ganzen Anzug, und da sie sah, daß ihr keiner von den Reizen fehlte, die der törichten Leidenschaft des afrikanischen Zauberers schmeicheln konnten, so setzte sie sich auf ihr Sofa und erwartete seine Ankunft.

Der Zauberer ermangelte nicht, sich zur gewöhnlichen Stunde einzustellen. Sobald die Prinzessin ihn in den Saal mit den 24 Fenstern, wo sie ihn erwartete, eintreten sah, stand sie mit allem Glanze ihrer Schönheit und Reize auf, wies ihm mit der Hand den Ehrenplatz an, den er einnehmen sollte, und setzte sich dann zugleich mit ihm. Eine ganz ausgezeichnete Artigkeit, die sie ihm bisher noch nie erwiesen hatte.

Den afrikanischen Zauberer blendete mehr der Glanz der schönen Augen der Prinzessin, als die strahlenden Edelsteine, womit sie sich geschmückt hatte, so daß er ganz überrascht war. Ihre majestätische Haltung und die anmutsvolle Verbindlichkeit, womit sie ihn empfing, während sie ihn bisher immer so rauh zurückgewiesen hatte, machte einen solchen Eindruck auf ihn, daß er kaum seiner Sinne mächtig war. Er wollte anfangs auf dem äußersten Rande des Sofas Platz nehmen; als er aber sah, daß die Prinzessin sich nicht eher an ihren Platz begeben wollte, als bis er sich da gesetzt hatte, wo sie wünschte, so gehorchte er. Als der afrikanische Zauberer sich gesetzt hatte, nahm die Prinzessin, um ihn aus seiner sichtlichen Verlegenheit zu ziehen, das Wort, und indem sie ihn auf eine Weise anblickte, aus der er schließen mußte, daß er ihr nicht mehr so verhaßt sei wie bisher, sprach sie also zu ihm: »Du wirst dich ohne Zweifel wundern, daß du mich heute ganz anders findest, als bis jetzt, doch wirst du es erklären können, wenn ich dir sage, daß meine ganze Gemütsart aller Traurigkeit, Schwermut, Betrübnis und allen Sorgen zuwider ist, die ich immer so bald als möglich von mir abschüttle, so wie ich keine gegründete Ursache mehr dazu sehe. Ich habe mir das, was du mir von Aladdins Schicksal sagtest, wohl überlegt, und da ich die Gemütsart meines Vaters recht gut kenne, so bin ich mit dir überzeugt, daß er der schrecklichen Wirkung seines Zornes unmöglich entgehen konnte. Wenn ich nun auch darauf beharren wollte, mein ganzes Leben lang um ihn zu weinen, so sehe ich doch, daß meine Tränen ihn nicht ins Leben zurückrufen würden. Deshalb glaube ich, nachdem ich ihm bis ins Grab alle Pflichten erwiesen habe, welche die Liebe von mir forderte, so muß ich nunmehr auch alle Mittel hervorsuchen, um mich zu trösten. Dies sind meine Gründe zu der Veränderung, die du an mir bemerkst. Um nun sogleich jeden Anlaß zur Traurigkeit zu entfernen, die ich ganz von mir zu bannen entschlossen bin, und in der Hoffnung, daß du die Gefälligkeit haben werdest, mir Gesellschaft zu leisten, habe ich eine Abendmahlzeit für uns bereiten lassen. Da ich aber bloß chinesischen Wein habe und mich doch in Afrika befinde, so hat mich die Lust angewandelt, den hierzulande wachsenden zu kosten, und

ich zweifle nicht, daß du den besten herausfinden wirst, wenn es überhaupt welchen hier gibt.«

Der afrikanische Zauberer, der das Glück, so schnell und so leicht die Gunst der Prinzessin Bedrulbudur zu gewinnen, für eine Unmöglichkeit gehalten hatte, sagte, er könne kaum Worte finden, um seinen Dank genugsam auszudrücken; und um dieses Gespräch, bei dem er sich immer noch mehr in Verlegenheit gebracht hätte, baldmöglichst abzubrechen, lenkte er schnell auf den afrikanischen Wein ein, dessen sie gedacht hatte, und sagte, unter allen Vorzügen, deren sich Afrika rühmen könne, stehe sein trefflicher Wein oben an, und der allerbeste wachse in dem Teil des Landes, wo sie sich gegenwärtig befinden; er habe ein Faß, das schon sieben Jahre gefüllt und noch nicht angestochen sei, und er glaube nicht zuviel zu sagen, wenn er behaupte, daß dieser Wein an Güte die vortrefflichsten Weine auf der ganzen Erde übertreffe. »Wenn meine Prinzessin es mir erlauben will«, setzte er hinzu, »so will ich zwei Flaschen davon holen und werde augenblicklich wieder zurück sein.« »Es sollte mir leid tun, wenn ich dir so viele Mühe machte«, sagte die Prinzessin, »du könntest ja jemanden hinschicken.« »Nein«, antwortete der afrikanische Zauberer, »ich muß notwendig selbst hingehen; niemand außer mir weiß, wo der Schlüssel zu diesem Keller ist, auch weiß niemand das Geheimnis, ihn zu öffnen.« »Wenn dem so ist«, sagte die Prinzessin, »so gehe und komm bald zurück. Je länger du ausbleibst, je größer wird meine Ungeduld sein, dich wieder zu sehen, und sobald du zurückkommst, wollen wir uns sogleich zu Tische setzen.«

Der afrikanische Zauberer, voller Hoffnung auf sein vermeintliches Glück, lief nicht, um seinen siebenjährigen Wein zu holen, sondern flog und kam sehr schnell zurück. Inzwischen hatte die Prinzessin, die nicht daran zweifelte, daß er sich sehr beeilen würde, das Pulver, das ihr Aladdin gebracht, selbst in einen Becher geworfen, den sie dann beiseite stellte, und ließ nun endlich auftragen. Sie setzten sich einander gegenüber zu Tisch, so daß der Zauberer dem Schenktisch den Rücken kehrte. Die Prinzessin legte ihm vom Besten vor und sagte zu ihm: »Wenn du es verlangst, so will ich dir Musik machen und singen lassen; da wir aber beide ganz allein hier sind, so denke ich, es wird uns mehr Vergnügen machen, uns miteinander zu unterhalten.« Der Zauberer betrachtete diese Wahl der Prinzessin als eine neue Gunst.

Nachdem sie einige Bissen gegessen hatten, verlangte die Prinzessin zu trinken. Sie trank auf die Gesundheit des Zauberers und sagte dann zu ihm: »Du hattest alles Recht, deinen Wein zu loben; ich habe nie einen so köstlichen getrunken.« »Reizende Prinzessin«, antwortete er, indem er den Becher, der ihm überreicht wurde, in der Hand hielt, »mein Wein erhält durch deinen Beifall eine neue Güte.« »Trink auf meine Gesundheit«, erwiderte die Prinzessin, »so wirst du selbst finden, daß ich mich darauf verstehe.« Er trank auf die Gesundheit der Prinzessin, sah dann den Becher an und sagte: »Prinzessin, ich schätze mich glücklich, daß ich dieses Faß für eine so gute Gelegenheit aufgespart; ich gestehe selbst, daß ich in meinem ganzen Leben noch keinen so vortrefflichen Wein getrunken habe.«

Als sie noch weiter gegessen und noch dreimal getrunken hatten, gab endlich die Prinzessin, die dem afrikanischen Zauberer durch ihre Höflichkeit und ihr verbindliches Wesen vollends ganz den Kopf verrückt hatte, der Frau, die das Schenkamt versah, das verabredete Zeichen, und während man ihren Becher mit Wein brachte, sagte sie, man solle auch den des afrikanischen Zauberers vollschenken und ihm überreichen.

Als nun beide den Becher in der Hand hatten, sprach sie zu dem afrikanischen Zauberer: »Ich weiß nicht, wie es bei euch zu Lande unter Liebenden, die miteinander trinken, Sitte ist; bei uns in China wechseln die Geliebte und der Liebhaber ihre Becher miteinander aus und trinken so die Gesundheit voneinander.« Mit diesen Worten überreichte sie ihm den Becher, den sie in der Hand hielt, und streckte ihre andere Hand aus, um den seinigen in Empfang zu nehmen.

Der afrikanische Zauberer beeilte sich um so freudiger, diesen Tausch vorzunehmen, da er ihn als das sicherste Zeichen betrachtete, daß er das Herz der Prinzessin nun völlig erobert habe, und er hielt sich für den glücklichsten aller Sterblichen. Ehe er trank, sagte er, mit dem Becher in der Hand: »Prinzessin, wir Afrikaner sind lange nicht so weit in der Kunst, die Liebe mit allen möglichen Annehmlichkeiten zu würzen, wie die Chinesen, und indem ich hier etwas lerne, was ich noch nicht wußte, fühle ich zugleich, wie hoch ich diese Begünstigung zu schätzen habe. Nie werde ich es vergessen, liebenswürdige Prinzessin, daß ich aus deinem Becher getrunken und darin ein Leben gefunden habe, wozu ich keine Hoffnung mehr gehabt hätte, wenn du noch länger bei deiner Grausamkeit beharrt wärest.«

Die Prinzessin Bedrulbudur, die sich bei diesem unnützen Geschwätz des afrikanischen Zauberers langweilte, fiel ihm in die Rede und sagte: »Laß uns jetzt trinken, du kannst ja nachher weiter sprechen.« Zugleich führte sie den Becher an den Mund, berührte ihn aber nur mit den Lippen, indes der afrikanische Zauberer sich sehr bemühte, es ihr zuvor zu tun, und den seinigen ausleerte, ohne einen Tropfen darin zu lassen. Da er beim Austrinken seinen Kopf etwas rückwärts geneigt hatte, um seinen Eifer zu zeigen, so blieb er noch eine Weile in dieser Stellung, bis die Prinzessin, die noch immer den Rand der Schale an ihre Lippen hielt, sah, daß seine Augen sich verdrehten und er ohne Bewußtsein rücklings zusammensank.

Die Prinzessin brauchte nicht lange zu befehlen, daß man Aladdin die geheime Türe öffnen solle. Ihre Frauen, mit denen alles zuvor verabredet war, hatten sich in angemessenen Zwischenräumen vom Saal bis unten an die Treppe hinab aufgestellt, so daß die geheime Türe beinahe in demselben Augenblick geöffnet wurde, wo der afrikanische Zauberer rücklings zusammengesunken war. Aladdin kam herauf und trat in den Saal. Als er den afrikanischen Zauberer auf dem Sofa ausgestreckt liegen sah, und die Prinzessin Bedrulbudur ihm voll Freude und mit offenen Armen entgegeneilte, hielt er sie zurück und sagte: »Es ist noch nicht Zeit, Prinzessin; tu mir den Gefallen, begib dich auf deine Zimmer und sorge dafür, daß man mich allein läßt, indes ich meine Vorbereitungen treffe, die dich ebenso schnell nach China wieder zurückbringen, wie du von da entfernt worden bist.«

Sobald die Prinzessin mit ihren Frauen und Verschnittenen aus dem Saale gegangen war, verschloß Aladdin die Tür, näherte sich dem entseelten Leichnam des afrikanischen Zauberers, öffnete sein Kleid und zog die Lampe heraus, die noch so verhüllt war, wie die Prinzessin es ihm beschrieben hatte. Er enthüllte sie und rieb daran und alsbald erschien auch der Geist mit seinem gewöhnlichen Gruß. »Geist«, sagte Aladdin zu ihm, »ich habe dich gerufen, um dir im Namen der Lampe, deiner guten Gebieterin, die du hier siehst, zu befehlen, daß du diesen Palast wieder nach China zurücktragen lässest, und zwar an denselben Ort und

dieselbe Stelle, von wo er weggenommen ist.« Der Geist gab durch ein Kopfnikken zu verstehen, daß er gehorchen werde und verschwand. Die Versetzung ging wirklich vor sich, und man spürte sie nur an zwei sehr leichten Erschütterungen: Die eine, als der Palast von seiner Stelle in Afrika emporgehoben, und die andere, als er in China gegenüber von dem Palast des Sultans niedergelassen wurde, was alles in einigen wenigen Augenblicken geschehen war.

Aladdin ging nun ins Zimmer der Prinzessin hinab, umarmte sie und sagte zu ihr. »Prinzessin, ich kann dich versichern, daß deine und meine Freude morgen früh vollkommen sein wird.« Da die Prinzessin ihre Abendmahlzeit noch nicht vollendet hatte und Aladdin zu essen verlangte, so ließ sie aus dem Saal mit den 24 Fenstern die Speisen, die dort aufgetragen, aber kaum berührt worden waren, auf ihr Zimmer bringen. Die Prinzessin und Aladdin speisten zusammen und tranken von dem guten alten Wein des afrikanischen Zauberers. Ich will nichts von ihrer weiteren Unterhaltung sagen, die nur sehr vergnügt sein konnte, und füge bloß hinzu, daß sie sich zuletzt miteinander in ihr Schlafgemach begaben.

Seit der Entführung des Palastes und der Prinzessin Bedrulbudur war der Sultan, der Vater dieser Prinzessin, untröstlich, weil er sie für immer verloren glaubte. Er konnte weder bei Nacht noch bei Tag Ruhe finden, und statt alles zu vermeiden, was seinem Kummer neue Nahrung geben konnte, suchte er es im Gegenteil absichtlich auf. Während er zum Beispiel vorher nur morgens nach dem offenen Erker seines Palasts gegangen war, um seine Augen an dem angenehmen Anblick zu weiden, dessen er nicht satt werden konnte, so ging er jetzt mehrere Male des Tags hinauf, um seinen Tränen freien Lauf zu lassen und sich immer tiefer in seine Betrübnis zu versenken durch den Gedanken, daß er das, was ihm so wohlgefallen hatte, nie wieder sehen werde, und das Liebste, was er auf der Welt besessen, auf immer verloren habe. Auch an dem Morgen, wo Aladdins Palast wieder seinen alten Platz gebracht worden war, hatte sich die Morgenröte kaum am Himmel gezeigt, als der Sultan wieder in den Erker ging. Er war so in sich gekehrt und so durchdrungen von seinem Schmerz, daß er seine Augen traurig nach der Seite hinwendete, wo er nur den leeren Raum und keinen Palast mehr zu erblicken verneinte. Als er nun auf einmal diese Leere ausgefüllt sah, hielt er es für einen Nebel. Endlich aber, nachdem er es aufmerksamer betrachtet hatte, erkannte er, daß es ganz unzweifelhaft Aladdins Palast war. Freude und Fröhlichkeit bemächtigten sich jetzt seines Herzens nach langem Kummer und Gram. Er kehrte eilig auf sein Zimmer zurück und befahl, man solle ihm ein Pferd satteln und vorführen. Er schwang sich hinauf, ritt fort und es war ihm, als könne er nicht schnell genug bei Aladdins Palast anlangen.

Aladdin, der dies vorausgesehen hatte, war mit Tagesanbruch aufgestanden, hatte eines seiner prächtigsten Kleider angelegt und sich sodann in den Saal mit den 24 Fenstern begeben, von wo aus er den Sultan kommen sah. Er eilte hinab und kam noch gerade zur rechten Zeit, um ihn unten an der Haupttreppe zu empfangen und ihm vom Pferd absteigen zu helfen. »Aladdin«, sprach der Sultan zu ihm, »ich kann mit dir nicht sprechen, bevor ich meine Tochter gesehen und umarmt habe.«

Aladdin führte den Sultan in das Zimmer der Prinzessin Bedrulbudur, die eben mit ihrem Anzug fertig geworden war; denn Aladdin hatte sie beim Aufstehen erinnert, daß sie sich nicht mehr in Afrika, sondern in China, in der Hauptstadt des Sultans, ihres Vaters, und gegenüber von seinem Palast befinde. Der Sultan umarmte sie mehrere Male, während ihm die hellen Freudentränen über die Wangen liefen, und die Prinzessin ihrerseits bewies ihm auf alle mögliche Art, wie hoch erfreut sie sei, ihn wieder zu sehen.

Der Sultan war eine Zeit lang ganz sprachlos vor Rührung, da er seine geliebte Tochter, die er schon so lange als verloren beweint, wiedergefunden hatte, und auch die Prinzessin vergoß viele Tränen vor Freude, daß sie den Sultan, ihren Vater, wiedersah. Endlich nahm der Sultan das Wort und sprach: »Geliebte Tochter, ich will glauben, daß die Freude des Wiedersehens dich in meinen Augen so munter und so wenig verändert erscheinen läßt, wie wenn dir gar nichts Unangenehmes zugestoßen wäre, und doch bin ich überzeugt, daß du sehr viel ausgestanden hast. Man wird nicht so schnell mit einem ganzen Palast versetzt, ohne daß große Unruhe und schreckliche Angst damit verbunden wäre. Ich wünsche nun, daß du mir erzählst, wie die Sache zuging, und mir nichts verhehlest.«

Die Prinzessin machte sich ein Vergnügen daraus, den Wunsch des Sultans, ihres Vaters, zu erfüllen. »Herr«, sprach sie zu ihm, »wenn ich dir so unverändert vorkomme, so bitte ich dich, wohl zu erwägen, daß ich bereits gestern früh wieder aufzuleben anfing, als ich meinen teuren Gemahl und Befreier erblickte, den ich schon für verloren gehalten und beweint hatte, und daß das Glück, das ich soeben genossen habe, dich zu umarmen, alle Spuren frühern Kummers von mir abgestreift hat. Um es frei herauszusagen, mein ganzes Unglück bestand darin, daß ich mich dir und meinem teuren Gemahl entrissen sah; auch war ich nicht bloß aus Verlangen nach meinem Gemahl in Angst, sondern besonders auch wegen der traurigen Folgen deines Zorns, denen er, so unschuldig er war, ohne Zweifel ausgesetzt sein mußte. Weniger habe ich von der Unverschämtheit meines Räubers gelitten, welcher Reden gegen mich führte, die mir nicht gefielen. Ich wußte mir bald eine solche Überlegenheit über ihn zu verschaffen, daß ich ihn zum Schweigen brachte. Im übrigen wurde mir so wenig Zwang angetan, als in diesem Augenblick. Was meine Entführung betrifft, so hat Aladdin nicht den mindesten Teil daran: Ich selbst bin allein daran schuld, aber auf eine höchst unschuldige Weise.« Um nun den Sultan von der Wahrheit ihrer Worte zu überzeugen, erzählte sie ihm umständlich, wie der afrikanische Zauberer sich in einen Lampenhändler verkleidet habe, der alte Lampen gegen neue eintauschte, und wie sie dann zur Kurzweil Aladdins Lampe, deren geheime Kraft und Wichtigkeit sie nicht gekannt, gegen eine neue eingetauscht, worauf der Palast nebst ihr und den übrigen Bewohnern in die Höhe gehoben und samt dem afrikanischen Zauberer nach Afrika versetzt worden sei; letzteren haben zwei ihrer Frauen und der Verschnittene, der die Lampe eingetauscht, sogleich wieder erkannt, als er die Kühnheit gehabt habe, sich ihr zum ersten Male nach dem glücklichen Erfolg seines frechen Unterfangens vorzustellen und ihr einen Heiratsantrag zu machen; ferner erzählte sie von den Anfechtungen, die sie bis zu Aladdins Ankunft auszustehen gehabt, und von den Maßregeln, die sie gemeinschaftlich ergriffen, um ihm die Lampe, die er bei sich trug, zu entreißen, wie ihnen dies dadurch geglückt sei, daß sie selbst sich gegen ihn verstellt und ihn zum Abendessen auf ihr Zimmer geladen, wo sie ihm dann den vergifteten Becher überreicht habe. »Von dem Übrigen«, setzte sie hinzu, »mag Aladdin dir Rechenschaft geben.«

Aladdin faßte seine Erzählung kurz. »Als man mir«, sagte er, »die geheime Türe geöffnet hatte, ging ich schnell in den Saal mit den 24 Fenstern hinauf, und da ich den Verräter durch die Kraft des Pulvers tot auf dem Sofa liegen sah, so bat ich die Prinzessin, weil ein längeres Verweilen ihr nicht geziemt hätte, sie möchte sich mit ihren Frauen und Verschnittenen nach ihrem Zimmer begeben. Ich blieb nun allein zurück, zog die Lampe aus dem Busen des Zauberers und bediente mich derselben geheimen Kraft, deren er sich bedient hatte, um die Prinzessin samt ihrem Palast zu rauben. So habe ich denn bewirkt, daß der Palast wieder an seinem Platze steht, und war so glücklich, dir deinem Befehle gemäß die Prinzessin zurückzubringen. Alles, was ich da sage, ist die blanke Wahrheit, und wenn du dich in den Saal hinauf bemühen willst, so wirst du sehen, daß der Zauberer nach Gebühr bestraft worden ist.«

Um sich vollends ganz zu überzeugen, ging der Sultan hinauf, und als er den afrikanischen Zauberer tot und im Gesicht ganz schwarzblau von dem Gifte sah, umarmte er Aladdin mit vieler Zärtlichkeit und sagte zu ihm: »Mein Sohn, halte mir mein Betragen gegen dich zugute; bloß meine Vaterliebe hat mich dazu veranlaßt, und du mußt mir die Übereilung, zu der ich mich hinreißen ließ, verzeihen.« »Herr«, erwiderte Aladdin, »ich habe nicht die mindeste Ursache, mich über dich zu beklagen; du hast bloß getan, was du tun mußtest. Dieser schändliche Zauberer, dieser Auswurf der Menschheit, war die einzige Ursache, daß ich deine Gnade verlor. Wenn du einmal Muße haben wirst, so werde ich dir von einer anderen Bosheit erzählen, die er mir angetan und die nicht minder schwarz ist, als seine letzte, vor der mich Gottes ganz absonderliche Gnade behütet hat.« »Ich werde mir diese Muße ausdrücklich dazu nehmen«, antwortete der Sultan, »und zwar recht bald. Jetzt aber laß uns nur darauf denken, fröhlich zu sein, auch sorge, daß dieser verhaßte Gegenstand fortgeschafft wird.«

Aladdin ließ den Leichnam des afrikanischen Zauberers wegbringen und auf den Schindanger werfen, um dort den Vögeln und Tieren zur Nahrung zu dienen. Der Sultan aber gab Befehl, durch Trommeln, Pauken, Trompeten und andere Instrumente das Zeichen zur allgemeinen öffentlichen Freude zu geben, und ließ ein zehntägiges Freudenfest ankündigen, um die Rückkehr der Prinzessin Bedrulbudur und Aladdins zu feiern.

So entging denn Aladdin zum zweiten Mal einer Todesgefahr, der er beinahe erliegen mußte; allein es war noch nicht die letzte, und er mußte noch eine dritte, gleich gefährliche Prüfung erstehen, die wir hier umständlich erzählen wollen.

Der afrikanische Zauberer hatte noch einen jüngeren Bruder, der in der Zauberkunst nicht minder geschickt war, als er; ja man kann sagen, daß er ihn an Bosheit und verderblichen Ränken noch übertraf. Da sie nicht immer beisammen oder in derselben Stadt lebten, und der eine sich manchmal im Osten befand, während der andere im Westen war, so unterließen sie es nicht, mit Hilfe der Punktierkunst alle Jahre einmal auszumitteln, in welchem Teile der Welt jeder von ihnen lebe, wie er sich befinde und ob er nicht der Hilfe des anderen bedürfe.

Kurze Zeit, nachdem der afrikanische Zauberer in der Unternehmung gegen Aladdins Glück den Tod gefunden hatte, wollte sein jüngerer Bruder, der seit Jahr und Tag keine Nachrichten von ihm hatte und sich nicht in Afrika, sondern

in einem sehr entlegenen Land aufhielt, erfahren, an welchem Ort der Erde er lebe, wie er sich befinde und was er treibe. Wie sein Bruder hatte er überall, wo er ging und stand, sein Punktierviereck bei sich. Er nahm nun dieses Viereck, ordnete den Sand, machte die Punkte, zog die Figuren und Linien und stellte die Nativität. Indem er nun alle einzelnen Figuren durchlief, fand er in der einen, daß sein Bruder nicht mehr auf der Welt, in der andern, daß er vergiftet worden und plötzlich gestorben sei, in der dritten, daß dies in China, in der vierten, daß es in einer Hauptstadt Chinas, die an dem und dem Orte liege, geschehen, und endlich, daß der, welcher ihn vergiftet, ein Mann von niedriger Abkunft sei, der eine Prinzessin des Sultans geheiratet habe.

Als der Zauberer auf diese Art das traurige Ende seines Bruders erfahren hatte, verlor er keine Zeit mit nutzlosem Jammern, das seinen Bruder doch nicht ins Leben zurückgerufen hätte, sondern beschloß augenblicklich, seinen Tod zu rächen, stieg zu Pferd und begab sich auf den Weg nach China. Er mußte über Ebenen, Flüsse, Berge, Einöden, und nach langer Reise kam er endlich, nachdem er sich unterwegs nirgends aufgehalten, unter unglaublichen Beschwerden nach China und bald darauf in die Hauptstadt, die er durch seine Punktierkunst ausgemittelt hatte. Da er gewiß wußte, daß er sich nicht getäuscht und dieses

Königreich mit keinem anderen verwechselt habe, so blieb er in dieser Hauptstadt und nahm seine Wohnung daselbst.

Den Tag nach seiner Ankunft ging der Zauberer aus und spazierte in der Stadt herum, nicht sowohl um ihre Schönheiten zu betrachten, die ihm höchst gleichgültig waren, sondern um sogleich auf Maßregeln zur Ausführung seines verderblichen Planes zu denken; er ging daher an die besuchten Orte und lauschte begierig auf alles, was man sprach. An einem dieser Orte, wo man sich mit allerlei Arten von Spielen die Zeit vertrieb, und wo, während die einen spielten, die anderen sich von den Neuigkeiten des Tages oder auch von ihren eigenen Geschichten unterhielten, hörte er gar merkwürdige Dinge erzählen von der Tugend und Frömmigkeit, ja selbst von den Wundertaten einer von der Welt abgeschiedenen Frau, namens Fatime. Da er nun glaubte, diese Frau könne ihm bei seinem Vorhaben vielleicht in irgend etwas behilflich sein, nahm er einen von der Gesellschaft beiseite und bat ihn um nähere Auskunft über die heilige Frau und über die Art von Wundern, die sie verrichte.

»Wie«, sagte der Angeredete zu ihm, »du hast diese Frau noch nie gesehen und auch nicht von ihr sprechen gehört? Sie ist durch ihr Fasten, ihre strenge Lebensweise und das Beispiel, das sie gibt, Gegenstand der allgemeinen Bewunderung in der ganzen Stadt. Außer montags und freitags geht sie nie aus ihrer kleinen Einsiedelei heraus, und an den Tagen, wo sie sich in der Stadt sehen läßt, tut sie unendlich viel Gutes, auch heilt sie jeden, der mit Kopfschmerzen behaftet ist, durch Auflegung ihrer Hände.« Der Zauberer verlangte über diesen Punkt nichts mehr zu wissen, sondern fragte bloß noch, in welchem Teile der Stadt die Einsiedelei der heiligen Frau wäre. Der Mann beschrieb ihm genau die Stelle; der Zauberer aber, nachdem er diese Erkundigungen eingezogen und den ruchlosen Plan, von dem wir bald sprechen werden, gefaßt und entworfen hatte, beobachtete, um seiner Sache noch gewisser zu sein, gleich am ersten Tage, wo sie ausging, alle ihre Schritte und verlor sie nicht aus dem Auge bis zum Abend, wo er sie in ihre Einsiedelei zurückkehren sah. Als er sich nun den Platz gut gemerkt hatte, begab er sich an einen der schon oben erwähnten Orte, wo man ein gewisses warmes Getränk zu sich nahm, und wenn man Lust hatte, auch die ganze Nacht dort zubringen konnte, besonders bei großer Hitze, wo man in diesen Ländern lieber auf Matten, als in Betten schläft.

Gegen Mitternacht bezahlte der Zauberer dem Wirt seine kleine Zeche und ging geraden Wegs nach der Einsiedelei Fatimes, der heiligen Frau; denn unter diesem Namen war sie in der ganzen Stadt bekannt. Er öffnete ohne Mühe die mit einer bloßen Klinke verschlossene Tür, trat hinein und machte die Türe ganz leise wieder zu; drinnen erblickte er bei hellem Mondschein Fatime, die an freier Luft auf einem mit einer schlechten Matte überdeckten Sofa schlief und gegen ihre Zelle hingelehnt dalag. Er näherte sich ihr, zog einen Dolch, den er an seiner Seite trug, und weckte sie.

Als die arme Fatime die Augen aufschlug, erschrak sie über die Maßen beim Anblick eines Mannes, der im Begriff war, sie zu erdolchen. Er setzte ihr den Dolch auf die Brust, machte Miene zuzustoßen und sagte zu ihr: »Wenn du

schreist, oder nur das mindeste Geräusch machst, so bist du des Todes; steh aber jetzt auf und tue, was ich dir sagen werde.«

Fatime, die sich in ihren Kleidern niedergelegt hatte, stand zitternd und bebend auf. »Fürchte dich nicht«, sagte der Zauberer zu ihr, »ich verlange bloß dein Kleid, gib es mir und nimm dafür das meinige.« Sie vertauschten ihre Kleider, und nachdem der Zauberer das Kleid Fatimens angezogen hatte, sagte er zu ihr: »Jetzt färbe mir das Gesicht gleich dem deinigen und zwar so, daß ich dir ähnlich sehe und die Farbe sich nicht verwischt.« Da er sah, daß sie noch immer zitterte, sagte er, um sie zu beruhigen, und damit sie mit um so größerer Zuversicht seinen Wunsch erfüllen möchte, abermals zu ihr: »Fürchte dich nicht; ich schwöre dir bei dem Namen Gottes, daß ich dir das Leben lasse.« Fatime hieß ihn in ihre Zelle treten, zündete ihre Lampe an, nahm einen Pinsel und einen gewissen Saft, den sie in einem Gefäße stehen hatte, rieb ihm damit das Gesicht ein und versicherte ihm dann, die Farbe werde nicht ausgehen und sein Gesicht sei jetzt durchaus ganz wie das ihrige. Hierauf setzte sie ihm ihre eigene Kopfbekleidung aufs Haupt nebst ihrem Schleier und zeigte ihm, wie er sich auf seinem Gang durch die Stadt das Gesicht damit verhüllen müsse. Endlich, nachdem sie ihm noch einen großen Rosenkranz, der ihm vorne bis auf den Gürtel herabhing, um den Hals geschlungen, gab sie ihm denselben Stab, den sie gewöhnlich trug, in die Hand, hielt ihm dann einen Spiegel vor und sagte zu ihm: »Da blick einmal hinein und du wirst sehen, daß du mir gleichst, wie ein Ei dem andern.« Der Zauberer fand alles nach Wunsch, hielt aber der guten Fatime den Schwur nicht, den er ihr so feierlich geleistet hatte. Damit man keine Blutspuren sehen möchte, wenn er sie erstäche, so erwürgte er sie, und als er sah, daß sie den Geist aufgegeben hatte, schleppte er ihren Leichnam an den Füßen zum Wasserbehälter der Einsiedelei und warf ihn da hinein.

Nach Vollführung dieser verruchten Mordtat brachte der als heilige Fatime verkleidete Zauberer den Rest der Nacht in der Einsiedelei zu. Am anderen Morgen ging er, obgleich dies kein gewöhnlicher Ausgangstag für die heilige Frau war, dennoch aus, denn er glaubte, es würde ihn niemand darum fragen, und wenn man ihn fragte, so würde er schon zu antworten wissen. Da er sich bei seiner Ankunft vor allen Dingen nach Aladdins Palast erkundigt hatte, und da er dort seine Rolle spielen wollte, so nahm er sogleich seinen Weg dahin.

Jedermann hielt ihn für die heilige Frau, und so wurde er bald von einer großen Menschenmasse umringt. Einige empfahlen sie seinem Gebet, andere küßten ihm die Hand, andere, die noch ehrerbietiger waren, küßten bloß den Saum seines Kleides, und noch andere, die entweder wirklich Kopfweh hatten, oder sich nur dagegen verwahren wollten, neigten sich vor ihm, damit er ihnen die Hände auflegen möchte, was er auch tat, indem er einige gebetähnliche Worte murmelte; kurz, er ahmte die heilige Frau so gut nach, daß jedermann ihn dafür ansah. Nachdem er mehrere Male unterwegs stehen geblieben war, um solche Leute zu befriedigen, die von dieser Art Händeauflegung weder einen Nutzen noch einen Schaden hatten, kam er endlich auf den Platz vor Aladdins Palast, wo sich noch mehr Volk versammelt hatte, so daß es große Mühe kostete, sich ihm zu nähern. Die Stärksten und Eifrigsten drängten sich mit Gewalt durch das Gewühl, und darüber erhoben sich Klagen und ein solches Geschrei, daß man es in dem Saal mit den 24 Fenstern, wo die Prinzessin Bedrulbudur war, hören konnte.

Die Prinzessin fragte, was der Lärm bedeuten sollte, und da es ihr niemand sagen konnte, befahl sie nachzusehen und ihr Bericht abzustatten. Eine ihrer Frauen sah, ohne den Saal zu verlassen, durch ein Fenster und meldete ihr sodann, der Lärm komme von der Volksmenge her, welche die heilige Frau umgebe, um sich durch ihr Handauflegen das Kopfweh vertreiben zu lassen.

Die Prinzessin, die schon lange Zeit viel Gutes von der heiligen Frau gehört, sie aber noch nicht gesehen hatte, wurde neugierig, ihre Bekanntschaft zu machen und mit ihr zu sprechen. Sobald sie etwas davon verlauten ließ, sagte der Obere der Verschnittenen, der zugegen war, zu ihr, wenn sie es wünsche, so wolle er sie heraufkommen lassen, sie dürfe nur befehlen. Die Prinzessin genehmigte es und er fertigte sogleich vier Verschnittene ab mit dem Befehl, die angebliche heilige Frau heraufzubringen.

Sobald die Verschnittenen zum Tore von Aladdins Palast herauskamen und auf den Punkt, wo der afrikanische Zauberer stand, zugingen, so wich die Menge auseinander, und als dieser sich nun frei und die Verschnittenen auf sich zukommen sah, so ging er ihnen mit um so größerer Freude ein Stück Wegs entgegen, da sein Schelmstück ihm einen guten Anfang zu nehmen schien. Einer von den Verschnittenen nahm das Wort und sagte: »Heilige Frau, die Prinzessin wünscht dich zu sprechen; komm und folge uns.« »Die Prinzessin erzeigt mir viele Ehre«, antwortete die angebliche Fatime; »ich bin bereit, ihr zu gehorchen.« Mit diesen Worten folgte er den Verschnittenen, die schon auf dem Rückwege nach dem Palast waren.

Als der Zauberer, der unter dem heiligen Kleide ein teuflisches Herz verbarg, in den Saal mit den 24 Fenstern eintrat und die Prinzessin bemerkte, begann er mit einem Gebet, das eine lange Reihe von Wünschen für ihr Wohlbefinden, ihr Glück und die Erfüllung alles dessen, was sie nur begehren könnte, enthielt. Hierauf entfaltete er all seine trügerische und heuchlerische Beredsamkeit, um sich unter dem Mantel großer Frömmigkeit ins Herz der Prinzessin einzuschleichen, was ihm auch um so leichter gelang, als die Prinzessin in ihrer natürlichen Gutherzigkeit die Überzeugung hatte, alle Leute müßten ebenso gut sein, wie sie, besonders aber diejenigen Männer und Frauen, die es sich zur Pflicht machten, Gott in der Einsamkeit zu dienen.

Als die falsche Fatime ihre lange Anrede vollendet hatte, sagte die Prinzessin zu ihr: »Meine gute Mutter, ich danke dir für deine schönen Gebete, ich habe großes Vertrauen darauf und hoffe, daß Gott sie erhören wird. Komm näher und setze dich zu mir.« Die falsche Fatime setzte sich mit heuchlerischer Bescheidenheit. Hierauf nahm die Prinzessin wieder das Wort und sagte: »Meine gute Mutter, ich bitte dich um etwas, das du mir bewilligen mußt und nicht abschlagen darfst, nämlich darum, daß du bei mir bleibst, mir die Geschichte deines Lebens erzählst und mich durch deine guten Beispiele lehrst, wie ich Gott dienen soll.«

»Prinzessin«, sagte hierauf die angebliche Fatime, »ich bitte dich, verlange nichts von mir, worin ich nicht willigen kann, ohne mich ganz zu zerstreuen und von meinen Gebeten und frommen Übungen abzukommen.« »Das darf dich nicht beunruhigen«, erwiderte die Prinzessin, »ich habe mehrere Zimmer, die nicht bewohnt sind, wähle dir eins daraus, welches dir am besten zusagt, dann kannst du deine Übungen ebenso ruhig verrichten, wie in deiner Einsiedelei.«

Der Zauberer, der keinen anderen Zweck hatte, als in Aladdins Palast zu gelangen, wo es ihm viel leichter sein mußte, sein Schelmstück auszuführen, wenn er unter Begünstigung und dem Schutz der Prinzessin daselbst wohnte, als wenn er immer von der Einsiedelei in den Palast und von da wieder zurück hätte hin und her gehen müssen, machte jetzt keine großen Einwendungen mehr gegen das verbindliche Anerbieten der Prinzessin und nahm es an. »Prinzessin«, sagte er zu ihr, »so fest auch der Entschluß einer armen und elenden Frau, wie ich, sein muß, der Welt und ihrer Pracht zu entsagen, so wage ich es doch nicht, dem Willen und Befehl einer so frommen und mildtätigen Prinzessin zu widerstreben.«

Auf diese Antwort des Zauberers stand die Prinzessin auf und sagte zu ihm: »Stehe auf und komm mit mir, ich will dir meine leeren Zimmer zeigen, auf daß du darunter wählen kannst.« Er folgte der Prinzessin Bedrulbudur und wählte unter ihren Zimmern, die sämtlich sehr schön und prächtig ausgestattet waren, dasjenige, welches am wenigsten schön war, indem er mit heuchlerischem Tone sagte, es sei noch viel zu gut für ihn und er wähle es bloß der Prinzessin zu Gefallen.

Die Prinzessin wollte den Schurken in den Saal mit den 24 Fenstern zurückführen, damit er bei ihr zu Mittag speisen sollte. Da er aber beim Essen sein bis jetzt immer noch verschleiertes Gesicht hätte enthüllen müssen, und da er fürchtete, die Prinzessin möchte merken, daß er nicht die heilige Frau Fatime sei, für die sie ihn hielt, so bat er sie so inständig, ihm dies zu erlassen, indem er bloß Brot und trockene Früchte esse, und ihm zu erlauben, seine kleine Mahlzeit auf seinem Zimmer zu sich zu nehmen, daß sie es ihm bewilligte. »Meine gute Mutter«, sagte sie zu ihm, »es steht ganz in deinem Belieben, du kannst tun, wie wenn du in deiner Einsiedelei wärest. Ich will dir zu essen bringen lassen; aber vergiß nicht, daß ich dich zurückerwarte, sobald du deine Mahlzeit eingenommen haben wirst.«

Die Prinzessin speiste zu Mittag, und die falsche Fatime unterließ nicht, sich wieder bei ihr zu melden, sobald sie ihr durch einen Verschnittenen hatte sagen lassen, daß sie von der Tafel aufgestanden sei. »Meine gute Mutter«, sagte die Prinzessin zu ihr, »ich bin hoch erfreut, eine heilige Frau, wie dich, zu besitzen, die diesem Palast Segen bringen wird. Ei, wie gefällt dir denn der Palast? Ehe ich dir aber Zimmer für Zimmer zeige, so sage vor allem, was hältst du von diesem Saale?«

Die falsche Fatime, die um ihre Rolle besser spielen zu können, bisher immer mit gesenkten Augen dagestanden war und ihren Kopf weder rechts noch links hingewendet hatte, hob ihn endlich bei dieser Frage empor, durchmusterte den Saal von einem Ende zum andere, und als sie ihn genugsam betrachtet hatte, sagte sie: »Prinzessin, dieser Saal ist wahrhaft bewundernswürdig und ausgezeichnet schön. Indes däucht es mir, soviel eine Einsiedlerin, die sich auf das, was in der Welt für schön gilt, nicht versteht, beurteilen kann, daß eine einzige Sache daran fehle.« »Und was denn, meine gute Mutter?« fragte die Prinzessin Bedrulbudur; »ich beschwöre dich, sage es mir. Ich für meinen Teil habe immer geglaubt und auch sagen gehört, daß er in allem vollkommen sei. Wenn aber etwas daran fehlt, so will ich diesem Mangel abhelfen lassen.«

»Prinzessin«, erwiderte die falsche Fatime mit vieler Verstellung, »verzeih, daß ich mir so viel Freiheit herausnehme. Meine Meinung, wenn dir etwas daran liegen könnte, wäre nämlich, daß wenn oben von der Mitte dieser Kuppel ein Rockei herabhänge, dieser Saal in allen vier Teilen der Welt seinesgleichen nicht haben und der Palast ein Wunder der Welt sein würde.«

»Meine gute Mutter«, fragte die Prinzessin, »was für ein Vogel ist denn der Rock, und woher könnte man wohl ein Ei von ihm bekommen?« »Prinzessin«, antwortete die falsche Fatime, »es ist dies ein Vogel von bewundernswürdiger Größe, der auf der höchsten Spitze des Berges Kaukasus wohnt; der Baumeister von diesem Palast wird dir schon ein solches Ei verschaffen.«

Die Prinzessin Bedrulbudur dankte der falschen Fatime für ihren, wie sie glaubte, guten Rat, und unterhielt sich mit ihr noch über eine Menge anderer Gegenstände; doch vergaß sie das Rockei nicht, und nahm sich vor, mit Aladdin darüber zu sprechen, sobald er von der Jagd zurückgekehrt sein würde. Er war nämlich seit sechs Tagen fort und der Zauberer, der dies recht gut wußte, hatte seine Abwesenheit benützen wollen. Aladdin kam noch an demselben Tage abends zurück, als die falsche Fatime sich soeben von der Prinzessin verabschiedet und auf ihr Zimmer begeben hatte. Er ging sogleich ins Zimmer der Prinzessin, die soeben dahin zurückgekehrt war, begrüßte und umarmte sie; allein es schien ihm, als ob sie ihn etwas kalt empfinge. »Teure Prinzessin«, sagte er zu ihr, »ich finde dich nicht so heiter wie sonst. Ist in meiner Abwesenheit etwas vorgekommen, das dir mißfallen und Verdruß oder Mißvergnügen verursacht hätte? Ich beschwöre dich bei Gott, verhehle es mir nicht, denn ich werde alles aufbieten, deinen Wunsch zu erfüllen, wenn es in meiner Macht steht.« »Es ist bloß eine Kleinigkeit«, antwortete die Prinzessin, »und die Sache kümmert mich so wenig, daß es mir unbegreiflich ist, wie du auf meinem Gesichte hast etwas bemerken können. Da du jedoch wider mein Erwarten eine Veränderung auf demselben wahrgenommen hast, so will ich dir die Ursache davon mitteilen, obgleich sie nicht von Bedeutung ist.

Ich hatte«, fuhr die Prinzessin Bedrulbudur fort, »wie du auch, bisher immer geglaubt, unser Palast sei der herrlichste, prachtvollste und vollkommenste auf der ganzen Welt. Doch muß ich dir jetzt sagen, was mir bei genauer Besichtigung des Saals mit den 24 Fenstern für ein Gedanke gekommen ist. Meinst du nicht auch, daß nichts zu wünschen übrig bleiben würde, wenn mitten im Kuppelgewölbe ein Rockei hinge?« »Prinzessin«, antwortete Aladdin, »sobald du findest, daß noch ein Rockei daran fehlt, so finde ich diesen Fehler auch, und aus dem Eifer, womit ich diesem Mangel abhelfen werde, sollst du dich überzeugen, daß es nichts gibt, was ich nicht dir zuliebe tun würde.«

Aladdin verließ augenblicklich die Prinzessin Bedrulbudur, ging in den Saal mit den 24 Fenstern, zog die Lampe, die er seit der Gefahr, worin ihn die Vernachlässigung derselben gestürzt, überall, wo er ging und stand, bei sich trug, aus seinem Busen hervor und rieb sie. Sogleich erschien auch der Geist. »Geist«, sprach Aladdin zu ihm, »es fehlt dieser Kuppel noch ein Rockei, das mitten in ihrer Vertiefung hängen muß: Ich befehle dir nun im Namen der Lampe, die ich in der Hand halte, daß du diesem Mangel abhilfst.«

Kaum hatte Aladdin diese Worte ausgesprochen, als der Geist ein so lautes und entsetzliches Geschrei erhob, daß der Saal davon erbebte und auch Aladdin taumelte. so daß er beinahe zu Boden stürzte. »Wie, Elender!« sagte der Geist in einem Tone zu ihm, der auch dem unerschrockensten Manne Furcht eingeflößt haben würde, »ist es dir nicht genug, daß meine Gefährten und ich dir zuliebe alles getan haben? Mußt du auch noch mit einer Undankbarkeit, die ihresgleichen nicht hat, befehlen, daß ich dir meinen Meister bringen und mitten in diesem Kuppelgewölbe aufhängen soll? Dieser Frevel verdiente, daß du samt deiner Frau und deinem Palast auf der Stelle in Staub und Asche verwandelt würdest. Zu deinem Glück bist du jedoch nicht selbst auf diesen Gedanken gekommen, und er Wunsch geht nicht unmittelbar von dir aus. Du mußt nämlich wissen, daß er von dem Bruder des afrikanischen Zauberers, deines Feindes, herkommt, den du vertilgt hast, wie er verdiente. Er befindet sich in deinem Palast im Anzug der heiligen Frau Fatime, die er ermordet, und er hat deiner Frau das verderbliche

Verlangen eingegeben, das du gegen mich geäußert hast. Seine Absicht ist, dich umzubringen, sei daher wohl auf deiner Hut.« Mit diesen Worten verschwand er.

Aladdin verlor keines von den letzten Worten des Geistes. Er hatte von der heiligen Frau Fatime sagen gehört und wußte recht gut, wie sie dem allgemeinen Glauben zufolge das Kopfweh heilte. Er ging nun aufs Zimmer der Prinzessin zurück, und ohne ein Wort von dem zu sprechen, was ihm soeben begegnet war, setzte er sich nieder, stützte seine Stirne auf die Hand und sagte, es habe ihn plötzlich ein heftiges Kopfweh befallen. Die Prinzessin befahl sogleich, die heilige Frau zu rufen, und während sie geholt wurde, erzählte sie Aladdin, wie sie in den Palast gekommen sei und wie sie ihr darin ein Zimmer eingeräumt habe.

Die falsche Fatime kam, und sobald sie da war, sagte Aladdin zu ihr: »Komm her, meine gute Mutter, es freut mich, dich zu sehen, du bist zu meinem Glücke hierhergekommen. Ich bin soeben von einem abscheulichen Kopfweh überfallen worden, und im Vertrauen auf deine Gebete bitte ich dich um Hilfe, denn ich hoffe, daß die Wohltat, die du schon so vielen mit dieser Krankheit Behafteten erwiesen hast, auch mir nicht abschlagen werdest.« Mit diesen Worten stand er auf und bückte den Kopf; die falsche Fatime näherte sich ihm, indem sie zugleich mit der Hand nach einem Dolche griff, den sie unter ihrem Kleide am Gürtel stecken hatte. Aladdin aber, der sie genau beobachtete, fiel ihr in die Hand, noch ehe sie vom Leder gezogen hatte, und durchbohrte sie mit seinem Dolche, so daß sie tot auf dem Fußboden zusammenstürzte.

»Mein teurer Gemahl, was hast du getan?« rief die Prinzessin voll Angst, »du hast die heilige Frau getötet!« »Nein, geliebte Prinzessin«, antwortete Aladdin mit großer Ruhe; »ich habe nicht Fatime getötet, sondern einen Schurken, der mich ermordet hätte, wenn ich ihm nicht zuvorgekommen wäre. Dieser Bösewicht, den du hier siehst«, fuhr er fort, indem er ihn enthüllte, »hat die wahre Fatime erwürgt und sich in ihre Kleider gesteckt, um mich zu erdolchen; mit einem Wort, er war der Bruder des afrikanischen Zauberers, deines Räubers.« Aladdin erzählte ihr hierauf, auf welche Art er diese Umstände erfahren hatte, und ließ sodann den Leichnam wegschaffen.

Auf diese Art wurde also Aladdin von der Verfolgung der beiden verbrüderten Zauberer befreit. Wenige Jahre darauf starb der Sultan in hohem Alter. Da er keine männlichen Nachkommen hinterließ, so folgte ihm die Prinzessin Bedrulbudur als gesetzmäßige Erbin auf dem Throne nach und teilte ihre Herrschaft mit Aladdin. Sie regierten miteinander viele Jahre und hinterließen eine berühmte Nachkommenschaft.

»Herr«, sagte die Sultanin Schehersad, nachdem sie die Erzählung von den Abenteuern mit der Wunderlampe vollendet hatte, »du wirst ohne Zweifel bemerkt haben, daß in der Person des afrikanischen Zauberers ein Mensch dargestellt ist, den eine maßlose Begierde ergriffen, sich auf strafbare Arten Schätze zu erwerben, wodurch er sie auch entdeckt hat, aber doch nicht in ihren Besitz gekommen ist, weil er sich derselben unwürdig machte. In Aladdin dagegen erblickst du einen Mann, der sich von niederer Herkunft bis zur Königswürde erhebt und zwar vermittelst derselben Schätze, die ihm, ohne daß

er sie sucht, in die Hände fallen, und die er bloß dann begehrt, wenn er ihrer zur Erreichung seines höchsten Zweckes bedarf. An dem Sultan selbst kannst du ersehen, wie leicht selbst ein guter, gerechter und billigdenkender Monarch Gefahr läuft, seinen Thron zu verlieren, wenn er es wagt, durch eine Handlung schreiender Ungerechtigkeit und gegen alle Vorschriften der Billigkeit aus unverständlicher Übereilung einen Unschuldigen zu verdammen, ohne seine Rechtfertigung anhören zu wollen. Deinen höchsten Abscheu aber werden die beiden Schurken von Zauberern erregt haben, von denen der eine sein Leben opfert, um Schätze zu erwerben, der andere Leben und Religion zugleich, um einen Schurken, wie er selbst ist, zu rächen, beide aber den verdienten Lohn ihrer Bosheit empfangen.«

Der Sultan von Indien erklärte seiner Gemahlin, der Sultanin Schehersad, daß die Geschichte von den Abenteuern mit der Wunderlampe ihn sehr befriedigt habe, und überhaupt ihre nächtlichen Erzählungen ihm großes Vergnügen machen. Sie waren auch in der Tat recht ergötzlich und enthielten fast alle gute Sittenlehren. Er sah zwar wohl, daß die Sultanin sehr geschickt eine an die andere anreihte; indes war es ihm nicht unangenehm, daß sie ihm dadurch Gelegenheit gab, die Vollziehung seines feierlichen Schwures, kraft dessen er eine Frau nie länger als eine Nacht behalten und dann am anderen Morgen hinrichten lassen wollte, in Beziehung auf sie noch auszusetzen. Er war fast auf nichts so neugierig, als darauf, ob er es nicht endlich dahin bringen würde, daß ihr der Stoff ausginge.

Als er daher die Geschichte von Aladdin und Bedrulbudur bis zu Ende gehört hatte, die von den bisher erzählten ganz verschieden war, so kam er am anderen Morgen beim Erwachen Dinarsaden zuvor, weckte sie und fragte die Sultanin, die ebenfalls gerade erwacht war, ob sie nun mit ihren Erzählungen zu Ende sei?

»Zu Ende, Herr!« rief die Sultanin. »Das sei ferne von mir! Ich habe im Gegenteil noch so viele vorrätig, daß es mir selbst nicht möglich wäre, ihre Zahl genau anzugeben. Was ich allein fürchte, Herr, ist, daß du dich dabei zuletzt langweilen und meiner Geschichte müde werden möchtest, wenn ich noch auf lange Zeit Stoff genug dazu habe.« »Darüber mach dir keine Sorgen«, antwortet der Sultan. »Laß jetzt sehen, was du Neues zu erzählen hast.«

Diese Worte des Sultans von Indien machten der Sultanin Schehersad neuen Mut, und sie begann folgendermaßen eine neue Geschichte zu erzählen: »Herr«, sagte sie, »ich habe dir schon mehrere Male von einigen Abenteuern gesagt, die dem berühmten Kalifen Harun Arraschid zugestoßen sind. Es sind deren sehr viele, aber zu den merkwürdigsten gehören gewiß folgende:

Die Abenteuer des Kalifen Harun Arraschid

Es kann dir nicht unbekannt sein, Herr, und du hast es ohne Zweifel auch schon an dir selbst erfahren, daß der Mensch sich manchmal in einer so außerordentlichen heiteren Stimmung befindet, daß er jeden, mit dem er in Berührung kommt, in seine Fröhlichkeit mit hineinzieht oder an der Freude anderer von Herzen gern teilnimmt; manchmal aber werden wir auch von so düsterer Schwermut befallen, daß wir uns selbst unerträglich sind, und wenn man uns fragte, könnten wir keine Ursache angeben, ja wir könnten sie nicht einmal entdecken, wenn wir uns alle Mühe gäben, darüber nachzusinnen.

In dieser letztgenannten Stimmung befand sich einst der Kalif Harun Arraschid, als Djafar, sein treuer und vielgeliebter Großvezier, vor ihn trat. Der Minister fand ihn allein, was selten vorkam, und da er beim Nähertreten bemerkte, daß er in eine düstere Laune versenkt war und nicht einmal die Augen aufhob, um ihn anzusehen, so blieb er solange wartend stehen, bis er ihn eines Blickes würdigen würde.

Endlich schlug der Kalif die Augen auf und sah Djafar an; allein er wandte sich sogleich wieder ab und blieb in seiner bisherigen Stellung, ebenso unbeweglich, wie zuvor.

Da der Großvezier in den Augen des Kalifen keinen Unwillen gegen seine eigene Person bemerkte, so nahm er endlich das Wort und sagte: »Beherrscher der Gläubigen, erlaubst du mir wohl eine Frage, woher diese Schwermut rühren mag, die du heute blicken lässest, und wozu du sonst immer so wenig Neigung verrietest?« »Es ist wahr, Vezier«, erwiderte der Kalif, eine andere Stellung annehmend,

»ich bin sonst nicht geneigt dazu, und wenn du nicht gekommen wärest, so hätte ich meinen gegenwärtigen Trübsinn gar nicht bemerkt; ich habe aber auch schon so genug daran, daß ich es keinen Augenblick länger aushalte. Wenn es nichts Neues gibt, was dich zu mir führt, so tue mir den Gefallen und erfinde irgend etwas, um mich zu zerstreuen.« »Beherrscher der Gläubigen«, antwortete der Großvezier Djafar, »bloß meine Pflicht hat mich hierhergeführt, und ich nehme mir die Freiheit dich zu erinnern, daß du dir selbst die Verpflichtung auferlegt hast, auf die gute Ordnung in deiner Hauptstadt und in der Umgebung persönlich ein wachsames Auge zu haben. Gerade den heutigen Tag hast du dir dazu bestimmt, und so bietet sich von selbst die schönste Gelegenheit, die Wolken zu verscheuchen, die deine gewöhnliche Heiterkeit trüben.« »Ich hatte es ganz vergessen«, entgegnete der Kalif, »und du erinnerst mich zur gelegenen Stunde daran. Geh also und kleide dich um, ich will es indes auch so machen.«

Sie verkleideten sich nun in fremde Kaufleute und gingen so ganz allein miteinander durch eine geheime Gartentüre des Palastes, die aufs freie Feld führte. In ziemlich weiter Entfernung von den Toren machten sie nun die Runde um

die Stadt bis an die Ufer des Euphrats, ohne etwas zu bemerken, was gegen die gute Ordnung gewesen wäre. Auf dem ersten Boot, das sie antrafen, setzten sie über den Strom, machten nun auch um die entgegengesetzte Seite der Stadt die Runde und nahmen dann ihren Weg über die Brücke, welche beide Hälften der Stadt verband.

Am Ende dieser Brücke trafen sie einen alten blinden Mann, der um ein Almosen bat. Der Kalif wandte sich gegen ihn und drückte ihm ein Goldstück in die Hand. Der Blinde faßte ihn augenblicklich am Arme, hielt ihn an und sagte: »Mildtätiger Mann, wer du auch sein magst, dem Gott eingegeben hat, mir dies

Almosen zu reichen, versage mir die Gnade nicht, um die ich dich jetzt bitte, und gib mir eine Ohrfeige. Ich habe sie verdient, ja vielleicht noch eine derbere Züchtigung.« Mit diesen Worten ließ er die Hand des Kalifen los, damit er ihm die Ohrfeige geben könnte, aber um ihn nicht vorüber zu lassen, ehe er es getan hätte, faßte er ihn beim Kleide.

Der Kalif, höchst verwundert über das Verlangen und Benehmen des Blinden, sagte zu ihm: »Guter Mann, ich kann dir deine Bitte nicht gewähren; ich werde mich wohl hüten, das Verdienstliche meines Almosens durch eine so schlechte Behandlung, wie du von mir verlangst, wieder aufzuheben.« So sprechend, suchte er sich mit Gewalt von dem Blinden loszumachen.

Der Blinde aber, der infolge mannigfacher Erfahrungen seit langer Zeit sich dieser Weigerung seines Wohltäters versehen hatte, wendete alle Kraft an, um ihn festzuhalten. »Herr«, sagte er zu ihm, »verzeih mir meine Kühnheit und Aufdringlichkeit; ich bitte dich, gib mir eine Ohrfeige, oder nimm dein Almosen zurück; ich kann es nur unter dieser Bedingung behalten, oder ich müßte einen feierlichen Eid brechen, den ich vor Gott geschworen habe; wenn du den Grund wüßtest, so würdest du mir gern zugeben, daß diese Strafe sehr gering ist.«

Der Kalif, der sich nicht länger aufhalten lassen wollte und den aufdringlichen Blinden nicht los werden konnte, versetzte ihm endlich eine ziemlich leichte Ohrfeige. Der Blinde ließ ihn nun auf der Stelle unter vielen Danksagungen und Segenswünschen los, und der Kalif ging mit dem Großvezier weiter. Kaum aber waren sie einige Schritte gegangen, so sagte er zum Vezier: »Dieser Blinde muß doch seine wichtige Ursache haben, warum er von allen, die ihm ein Almosen geben, dies verlangt. Ich wünschte das Nähere darüber zu erfahren, kehre daher um, sage ihm, wer ich bin, und er solle sich morgen um die Zeit des Nachmittagsgebets im Palast einfinden, indem ich ihn zu sprechen wünsche.«

Der Großvezier ging auf der Stelle zurück, gab dem Blinden ein Almosen und danach eine Ohrfeige, und nachdem er seinen Befehl an ihn ausgerichtet, eilte er wieder zum Kalifen.

Sie kehrten in die Stadt zurück, und als sie über einen öffentlichen Platz gingen, trafen sie eine große Menge Volks, die einem wohlgekleideten jungen Manne zusah, der auf einer Stute saß, dieselbe mit verhängtem Zügel um den Platz herumtrieb und unaufhörlich mit Sporn und Peitsche so grausam mißhandelte, daß das arme Tier ganz mit Schaum und Blut bedeckt war.

Der Kalif war sehr erstaunt über die Grausamkeit des jungen Mannes und fragte einen der Umstehenden, warum er denn seine Stute so mißhandle; dieser erwiderte, niemand wisse die Ursache, indes nehme er schon seit geraumer Zeit um dieselbe Stunde dieses grausame Geschäft mit ihr vor.

Sie gingen weiter und der Kalif sagte zum Großvezier, er solle sich diesen Platz wohl merken und ja nicht vergessen, den jungen Mann morgen um dieselbe Stunde, wie den Blinden, zu ihm zu bestellen.

Ehe der Kalif seinen Palast erreicht hatte, erblickte er in einer Straße, durch die er schon lange nicht mehr gegangen war, ein neuaufgeführtes Gebäude, das er für das Haus irgend eines Großen seines Hofes hielt. Er fragte den Großvezier,

ob er wisse, wem dieses Haus gehöre; dieser antwortete, er wisse es nicht, wolle sich aber erkundigen.

Er fragte nun einen Nachbarn, der ihm sagte, das Haus gehöre dem Chogia Hassan, Alhabbal genannt wegen seines Seilerhandwerks, das er ihn selbst noch in seiner großen Armut habe treiben sehen; indes habe er, ohne daß man wisse, wo das Glück ihn begünstigt, ein so großes Vermögen erworben, daß er die Kosten dieses stattlichen Baues sehr leicht habe tragen können.

Der Großvezier eilte dem Kalifen nach und sagte ihm, was er gehört hatte. »Ich will diesen Chogia Hassan Alhabbal sehen«, sprach der Kalif. »Gehe und melde ihm, er solle sich morgen um dieselbe Stunde wie die beiden anderen in dem Palast einfinden.« Der Großvezier ermangelte nicht, den Befehl des Kalifen auszurichten.

Am folgenden Tage nach dem Nachmittagsgebet trat der Kalif in sein Audienzzimmer, und der Großvezier führte sogleich die drei obenerwähnten Personen zu ihm ein und stellte sie ihm vor. Sie warfen sich alle drei vor dem Throne des Beherrschers der Gläubigen nieder, und als sie wieder aufgestanden waren, fragte der Kalif den Blinden, wie er heiße. »Baba Abdallah«, antwortete der Blinde. »Baba Abdallah«, sagte hierauf der Kalif zu ihm, »deine Art Almosen zu fordern, erschien mir gestern so seltsam, daß ich ohne gewisse besondere Rücksichten mich wohl gehütet hätte, dir den Gefallen zu erweisen, den du verlangtest; im Gegenteil hatte ich große Lust, dir dein Handwerk zu legen, wodurch du allem Volke großes Ärgernis gibst. Ich habe dich daher kommen lassen, um von dir zu erfahren, was dich zu einem so unverständigen Eide veranlaßt hat, und aus deiner Antwort werde ich urteilen, ob du recht gehandelt hast und ob ich dir noch länger ein Betragen gestatten kann, mit dem du ein so schlechtes Beispiel zu geben scheinst. Sage mir ohne Hehl, wie bist du auf diesen tollen Einfall gekommen? Verschweig mir nichts, denn ich verlange es durchaus zu wissen.«

Baba Abdallah, durch diesen Verweis eingeschüchtert, warf sich zum zweiten Male vor dem Throne des Kalifen auf sein Angesicht, und als er wieder aufgestanden war, begann er also: »Beherrscher der Gläubigen, ich bitte dich demütiglichst um Verzeihung für die Frechheit, womit ich es gewagt habe, dich zu einer Sache zu nötigen, die allerdings mit der gesunden Vernunft zu streiten scheint. Ich erkenne mein Verbrechen an, aber da ich meinen Herrn und König nicht kannte, so flehe ich jetzt um Gnade und hoffe, daß du meine Unwissenheit berücksichtigen wirst. In Beziehung auf das, was du Tollheit zu nennen beliebst, muß ich allerdings gestehen, daß mein Betragen in den Augen der Menschen nicht anders erscheinen kann; in den Augen Gottes aber ist es nur eine sehr geringe Buße für eine ungeheure Missetat, deren ich mich schuldig gemacht habe, und die ich nicht genugsam abbüßen würde, wenn auch alle Menschen, einer nach dem andern, kämen und mir Ohrfeigen gäben. Du wirst dies selbst beurteilen können, wenn ich dir, deinem Befehle gemäß, meine Geschichte erzählt und gezeigt haben werde, worin diese ungeheure Missetat besteht.«

Geschichte des blinden Baba Abdallah

Beherrscher der Gläubigen, fuhr Abdallah fort, ich wurde zu Bagdad geboren, und mein Vater und meine Mutter, die beide hintereinander sehr schnell starben, hinterließen mir ein kleines Vermögen. Obwohl ich noch nicht viele Jahre zählte, so verschwendete ich es doch nicht, wie so häufig junge Leute tun, mit unnützem Aufwand und in Ausschweifungen, sondern gab mir im Gegenteil alle Mühe, es durch meinen Fleiß zu vermehren, und sann Tag und Nacht über die Mittel dazu nach. Auf diese Weise wurde ich endlich so reich, daß ich 80 Kamele besaß, die ich an Karawanen-Kaufleute vermietete, und die mir bei jeder Reise, welche ich mit ihnen nach den verschiedenen Provinzen deines großen Reiches machte, große Summen eintrugen.

Eines Tages, als ich während der Blüte meines Glücks und verzehrt von gewaltigem Verlangen, noch reicher zu werden, von Baßrah leer mit meinen Kamelen zurückkehrte, die auf dem Hinwege mit Waren nach Indien bepackt gewesen waren, und sie in einer menschenleeren Gegend, wo ich gute Weide fand, grasen ließ, kam ein Derwisch, der zu Fuß nach Baßrah reist, auf mich zu und setzte sich neben mich, um auszuruhen. Ich fragte ihn, woher und wohin; er richtete dieselben Fragen an mich, und nachdem wir gegenseitig unsere

Neugierde befriedigt hatten, teilten wir unsern Mundvorrat miteinander und hielten ein gemeinschaftliches Mahl.

Während der Mahlzeit unterhielten wir uns im Anfang von allerhand gleichgültigen Dingen; endlich aber sagte der Derwisch, er wisse unweit von unserem Ruheplatz einen Schatz von so unermeßlichen Reichtümern, daß, wenn ich auch so viel Gold und Edelsteine davon nehmen würde, als meine 80 Kamele zu tragen vermöchten, man ihm doch beinahe keine Verminderung ansehen könnte.

Diese gute Nachricht überraschte und erfreute mich dermaßen, daß ich kaum meiner Sinne mächtig war. Da ich nicht glaubte, daß der Derwisch mich zum Besten halten könne, so warf ich mich an seinen Hals und sagte zu ihm: »Guter Derwisch, ich sehe wohl, daß du dich wenig um die Güter dieser Erde bekümmerst. Wozu kann dir also die Kenntnis von einem solchen Schatze nützen? Du bist allein und kannst nur sehr wenig fortschaffen; zeige mir daher, wo er liegt, so will ich meine 80 Kamele damit beladen und dir selbst eines davon schenken zum Dank für deine Freundschaft und das Vergnügen, das du mir bereitet hast.«

Dies war freilich ein sehr schlechtes Angebot, allein der Teufel des Geizes war in dem Augenblick, wo er mir von dem Schatze sagte, in mein Herz gefahren, so daß ich ihm viel zu versprechen glaubte, und die 79 Kamellasten, die mir noch übrig blieben, mir beinahe wie nichts schienen im Vergleich zu derjenigen, die ich abgeben und ihm überlassen sollte.

Der Derwisch, der meine leidenschaftliche Geldgier merkte, ärgerte sich nicht über das unanständige Anerbieten, das ich ihm gemacht hatte. »Mein Bruder«, sagte er mit großer Gemütsruhe zu mir, »du siehst selbst, daß dein Angebot zu dem Dienste, den du von mir verlangst, in keinem Verhältnis steht. Ich hätte ja auch von dem Schatze ganz schweigen und mein Geheimnis für mich behalten können. Was ich dir indes aus freien Stücken mitgeteilt habe, magst du als einen Beweis ansehen, wie geneigt ich bin, dir einen Gefallen zu erweisen und mir durch Gründung deines und meines Glücks ein ewiges Andenken bei dir zu stiften. Ich will dir nun einen anderen gerechten und billigeren Vorschlag machen; du magst sehen, ob er dir genehm ist.

»Du sagst«, fuhr der Derwisch fort, »du habest 80 Kamele. Ich bin bereit, dich zu dem Schatze zu führen und dieselben dort mit so viel Gold und Edelsteinen zu beladen, als sie nur tragen können; allein wenn wir sie gehörig bepackt haben, so mußt du mir die Hälfte davon nebst ihrer Last abtreten und dich mit der anderen Hälfte begnügen; dann wollen wir uns voneinander trennen und jeder mag mit dem Seinigen ziehen, wohin er will. Du siehst, daß diese Teilung ganz der Billigkeit angemessen ist; denn wenn du mir 40 Kamele schenkst, so verschaffe ich dir so viel Geld, daß du dir 1000 andere dafür kaufen kannst.«

Ich konnte nicht leugnen, daß die Bedingung, die mir der Derwisch stellte, sehr billig war. Ohne jedoch die großen Reichtümer zu bedenken, die ich durch Annahme derselben erwerben konnte, betrachtete ich die Abtretung der Hälfte meiner Kamele als einen großen Verlust und konnte mich besonders mit dem Gedanken nicht befreunden, daß der Derwisch dann ebenso reich sein solle, wie ich. Kurz, ich belohnte schon zum voraus eine rein freiwillige Wohltat, die ich von dem Derwisch noch nicht einmal empfangen hatte, mit Undank. Allein ich hatte nicht lange Zeit, zu überlegen: Entweder mußte ich die Bedingung eingehen oder mich entschließen, mein ganzes Leben lang Reue zu empfinden, daß ich eine so günstige Gelegenheit, mir ein so bedeutendes Vermögen zu erwerben, durch eigene Schuld hinausgelassen habe.

Ich trieb also augenblicklich meine Kamele zusammen, und wir zogen miteinander fort. Nach einiger Zeit gelangten wir in ein sehr geräumiges Tal, das aber einen sehr schmalen Eingang hatte. Meine Kamele konnten bloß einzeln hintereinander hindurchgehen; sobald aber die Gegend sich erweiterte, war es wieder möglich, sie in der besten Ordnung zusammen zu halten. Die beiden Berge, die das Tal bildeten und es hinten in einem Halbkreis schlossen, waren so hoch, steil und unzugänglich, daß wir nicht zu befürchten hatten, es möchte uns irgend ein Sterblicher hier sehen.

Als wir zwischen diesen Bergen angekommen waren, sagte der Derwisch zu mir: »Wir wollen jetzt nicht weiter vorwärts ziehen, halte du deine Kamele an und lasse sie auf dem Platze, den du da vor dir siehst, sich auf den Bauch niederlegen, damit wir sie ohne Mühe bepacken können; ich will dann sogleich zur Öffnung des Schatzes schreiten.«

Ich tat, was der Derwisch mir gesagt hatte, und eilte ihm dann nach. Als ich zu ihm kam, hatte er ein Feuerzeug in der Hand und trug eben einiges dürres Holz zusammen, um Feuer anzumachen. Sobald dies geschehen war, warf er etwas Räucherwerk hinein und sprach einige Worte dazu, die ich nicht verstand. Alsbald erhob sich ein dicker Rauch in der Luft. Er zerteilte diesen Rauch, und in demselben Augenblick entstand in dem Felsen, der zwischen den beiden Bergen in senkrechter Linie sehr hoch emporstieg und durchaus keine Spur von einer Öffnung zu haben schien, dennoch eine sehr große in Gestalt eines Tores mit zwei Torflügeln, das mit bewundernswürdiger Kunst in den Felsen hineingearbeitet und aus demselben Steine war.

Diese Öffnung zeigte unseren Augen in einer großen in den Felsen gehauenen Vertiefung einen prächtigen Palast, der nicht sowohl von Menschenhänden als vielmehr von Geistern erbaut zu sein schien, denn es war unmöglich, daß Menschen ein so kühnes und erstaunenswürdiges Unternehmen auch nur hätten denken sollen.

Aber, Beherrscher der Gläubigen, diese Bemerkung mache ich erst jetzt, da ich vor dir stehe; damals fiel sie mir nicht ein. Ja, ich bewunderte nicht einmal die unermeßlichen Reichtümer, die ich auf allen Seiten erblickte, und ohne die kluge und zweckmäßige Anordnung aller dieser Schätze lange zu betrachten, stürzte ich mich, wie der Adler auf seine Beute herabschießt, auf den ersten besten Haufen von Goldstücken, den ich zunächst vor mir sah, und fing an, so viel ich fortschaffen zu können glaubte, in einen Sack zu werfen, deren die Menge dalagen. Die Säcke waren groß und ich hätte sie gern bis oben gefüllt, allein ich mußte sie doch mit den Kräften meiner Kamele in einiges Verhältnis bringen.

Der Derwisch machte es ebenso, wie ich, doch bemerkte ich, daß er sich mehr an die Edelsteine hielt; als er mir nun den Grund auseinandersetzte, folgte

ich seinem Beispiel, und wir nahmen weit mehr Edelsteine von verschiedenen Arten mit, als gemünztes Gold. Kurz und gut, wir füllten endlich alle unsere Säcke und luden sie den Kamelen auf. Es blieb uns jetzt nichts weiter übrig, als den Schatz wieder zu verschließen und uns wieder auf den Rückweg zu begeben.

Ehe wir uns aufmachten, ging der Derwisch noch einmal in das Schatzgewölbe hinein, allwo sich eine Menge kunstreich gearbeiteter Vasen aus Gold und anderen kostbaren Stoffen befanden, und ich bemerkte, daß er aus einer dieser Vasen eine kleine Büchse von einem mir unbekannten Holze herauszog und in seinen Busen steckte; doch hatte er mir zuvor gezeigt, daß weiter nichts darin war, als eine Art Haarsalbe.

Der Derwisch verrichtete hierauf dieselbe Zeremonie, um den Schatz zu verschließen, wie bei der Öffnung desselben, und nachdem er gewisse Worte gesprochen, schloß sich das Schatzgewölbe und der Fels erschien uns wieder ganz wie zuvor.

Wir ließen nun die Kamele mit ihren Lasten aufstehen und teilten sie unter uns. Ich stellte mich an die Spitze der 40, die ich mir vorbehalten, und der Derwisch an die Spitze der übrigen, die ich ihm abgetreten hatte.

So zogen wir wieder durch den engen Weg hindurch, auf dem wir ins Tal hereingekommen waren, und dann weiter miteinander bis auf die große

Heerstraße, wo wir uns trennen wollten; der Derwisch, um seine Reise nach Baßrah fortzusetzen, ich, um nach Bagdad zurückzukehren. Ich dankte ihm mit den stärksten Ausdrücken für seine Wohltat, daß er gerade mich gewählt habe, um an diesen ungeheuren Reichtümern teilzunehmen; hierauf umarmten wir uns recht herzlich, sagten einander Lebewohl und zogen, jeder seine Straße, weiter. Kaum aber hatte ich einige Schritte getan, um meine Kamele, die indes auf dem ihnen angewiesenen Wege vorausgegangen waren, wieder einzuholen, als sich der Teufel des Neides und des Undanks meines Herzens bemächtigte; ich konnte den Verlust meiner 40 Kamele und noch mehr die Reichtümer, womit sie beladen waren, nicht verschmerzen. »Der Derwisch«, sagte ich bei mir selbst, »braucht diese Reichtümer alle nicht; er kann ja über den Schatz verfügen und sich holen, so viel er will.« So hörte ich denn auf die Einflüsterungen des schwärzesten Undankes und entschloß mich, ihm seine Kamele mit ihrer Ladung wieder zu nehmen.

Um meinen Plan ausführen zu können, ließ ich vor allem meine Kamele anhalten und lief dann hinter dem Derwisch her, rief seinen Namen, so laut ich konnte, wie wenn ich ihm noch etwas zu sagen hätte, und gab ihm ein Zeichen, daß er seine Kamele auch anhalten und mich erwarten solle. Er hörte mein Geschrei und blieb stehen.

Als ich ihn eingeholt hatte, sagte ich zu ihm: »Mein Bruder, kaum hatte ich dich verlassen, so fiel mir etwas ein, an was ich zuvor nicht gedacht hatte, und du vielleicht ebenso wenig. Du bist ein frommer Derwisch und an ein ruhiges Leben gewöhnt, frei von allen Sorgen der Welt und ohne ein anderes Geschäft, als Gott zu dienen. Du weißt wohl nicht, welche Last du dir aufgebürdet hast, indem du eine so große Anzahl Kamele mit dir nahmst. Folge mir und begnüge dich mit 30; auch diese werden dir noch Mühe genug machen. Du kannst dich hierin ganz auf mich verlassen, denn ich habe Erfahrung!« »Ich glaube, daß du recht hast«, antwortete der Derwisch, der sich nicht imstande sah, mit mir zu streiten, »und ich gestehe«, fuhr er fort, »daß ich nicht daran gedacht hatte. Auch fing ich bereits an, darüber unruhig zu werden; wähle dir also nach deinem Belieben zehn davon aus und führe sie in Gottes Namen fort.«

Ich wählte mir nun zehn aus, ließ sie umkehren und meinen übrigen Kamelen nachziehen. Ich hatte in der Tat nicht geglaubt, daß der Derwisch so leicht sich würde überreden lassen. Seine Nachgiebigkeit steigerte meine Gier noch mehr und ich schmeichelte mir, ich würde vielleicht ebenso leicht noch zehn andere von ihm bekommen können.

Statt ihm also für ein reiches Geschenk zu danken, fuhr ich fort: »Mein Bruder, ich bin zu sehr für deine Ruhe besorgt, als daß ich von dir scheiden könnte, ohne dir ans Herz zu legen, wie schwer 30 beladene Kamele zu leiten sind, besonders für einen Mann wie du, der an dergleichen Geschäfte nicht gewöhnt ist. Du würdest dich weit besser befinden, wenn du mir noch ein solches Geschenk machen wolltest, wie du mir soeben gemacht hast. Du siehst, daß ich dir dies nicht aus Eigennutz sage, sondern vielmehr, um dir einen großen Gefallen zu erweisen. Erleichtere dir also deine Last noch um zehn andere Kamele und übergib sie mir, denn mir macht es nicht mehr Mühe, für 100 Kamele zu sorgen, als für ein einziges.«

Meine Rede machte den gewünschten Eindruck, und der Derwisch trat mir ohne Weigern die zehn Kamele ab, die ich verlangte, so daß er bloß noch 20, ich aber 60 hatte, deren Ladung die Reichtümer mancher Fürsten an Wert überstieg. Man sollte glauben, daß ich jetzt hätte zufrieden sein können.

Aber, o Beherrscher der Gläubigen, ich glich einem Wassersüchtigen, der, je mehr er trinkt, desto mehr Durst bekommt, und immer heftiger brannte in mir die Begierde, auch die 20 anderen Kamele, die der Derwisch hatte, noch zu bekommen.

Ich fing also aufs Neue an, ihn inständig und mit der größten Zudringlichkeit zu bitten, er möchte mir noch zehn von seinen 20 bewilligen, und er ließ es sich wirklich gefallen. Um nun aber auch noch seine zehn letzten zu bekommen, umarmte ich ihn, bedeckte ihn mit Küssen und Liebkosungen und beschwor ihn solange, mir meine Bitte ja nicht abzuschlagen, um dadurch der ewigen Verpflichtung, die ich gegen ihn haben werde, die Krone aufzusetzten, bis er endlich durch die Erklärung, er schenke mir alles, meine Freude vollkommen machte. »Mache aber einen guten Gebrauch davon, mein Bruder«, setzte er hinzu, »und ich erinnere dich, daß Gott uns den Reichtum ebenso leicht wieder nehmen kann, als er ihn gibt, wenn wir ihn nicht zur Unterstützung der Armen anwenden, die er bloß deswegen in Dürftigkeit läßt, um den Reichen Gelegenheit zu geben, sich durch Almosen einen reichen Lohn in jener Welt zu verdienen.«

Ich war zu sehr mit Blindheit geschlagen, um diesen heilsamen Rat benützen zu können. Nicht zufrieden mit dem Besitze meiner 80 Kamele und der Gewißheit, daß sie mit unermeßlichen Schätzen beladen waren, die mich zum wohlhabendsten aller Menschen machen mußten, kam ich nun auch auf den Gedanken, das kleine Büchschen mit der Salbe, das der Derwisch genommen und mir gezeigt hatte, sei vielleicht noch etwas weit Kostbareres, als diese Reichtümer, die ich ihm verdankte. »Der Ort, wo der Derwisch es nahm«, sagte ich bei mir selbst, »und die Sorgfalt, womit er es zu sich gesteckt hat, ist ein deutlicher Beweis, daß es etwas Geheimnisvolles in sich schließt.« Ich suchte es nun auf folgende Art in meine Gewalt zu bekommen. Nachdem ich ihn umarmt und mich von ihm verabschiedet hatte, drehte ich mich noch einmal gegen ihn um und sagte: »Noch eins, was willst du denn mit dem kleinen Salbenbüchschen machen? Es scheint mir so wertlos, daß es sich nicht der Mühe lohnt, es mitzunehmen; überhaupt brauchen Derwische, wie du, die den Eitelkeiten der Welt entsagt haben, keine Haarsalbe.«

Wollte Gott, er hätte mir diese Büchse verweigert! Aber wenn er es hätte tun wollen, ich hätte mich vor Wut nicht mehr gekannt; ich war stärker als er und fest entschlossen, es ihm mit Gewalt zu nehmen, nur um die Befriedigung zu haben, daß niemand sagen könnte, jener habe auch nur das geringste von dem Schatze mitgenommen, und doch hatte ich so große Verpflichtungen gegen ihn.

Der Derwisch schlug es mir also nicht ab, sondern zog es sogleich aus seinem Busen, überreichte es mir auf die verbindlichste Art von der Welt und sagte: »Hier mein Bruder, hast du auch dieses Büchschen, damit nichts zu deiner Zufriedenheit fehle. Wenn ich sonst noch etwas für dich tun kann, so darfst du nur befehlen; ich bin bereit, dir zu willfahren.«

Als ich die Büchse in meinen Händen hatte, öffnete ich sie, betrachtete die Salbe und sagte zu ihm: »Da du so freundschaftlich bist und mir alle Gefälligkeiten erweisest, so ersuche ich dich, mir auch noch zu sagen, welchen besonderen Gebrauch man von dieser Salbe machen kann.«

»Einen höchst merkwürdigen und wunderbaren«, antwortete der Derwisch. »Wenn du nämlich etwas Weniges von dieser Salbe um das linke Auge und das Augenlid streichst, so werden vor deinen Augen alle Schätze erscheinen, die im Schoße der Erde verborgen sind; streichst du aber etwas davon auf das rechte Auge, so macht es dich blind.

Ich wünschte diese wunderbare Wirkung an mir selbst zu erfahren, und sagte zu dem Derwisch, indem ich ihm die Büchse reichte: »Hier, nimm und streich mir etwas von der Salbe ums linke Auge, du verstehst es besser, als ich. Ich kann kaum erwarten, bis ich mich von dieser Sache, die mir unglaublich scheint, selbst überzeuge.«

Der Derwisch hatte die Gefälligkeit, sich dieser Mühe zu unterziehen; er hieß mich das linke Auge schließen und umstrich es mit der Salbe. Als dies geschehen war, öffnete ich das Auge und sah, daß er mir die Wahrheit gesagt hatte. Ich erblickte wirklich eine ungeheure Menge von Schatzgewölben mit so erstaunlichen und mannigfachen Reichtümern angefüllt, daß es mir unmöglich wäre, alle einzeln anzugeben. Da ich jedoch während dessen das rechte Auge mit der Hand fest zuhalten mußte und mir dieses langweilig wurde, so bat ich den Derwisch, er möchte mir auch um dieses Auge etwas von der Salbe streichen.

»Ich will es gern tun«, antwortete er, »aber du mußt bedenken, was ich dir bereits gesagt habe; so wie du etwas auf das rechte Auge bringst, so wirst du augenblicklich blind. Die Salbe hat nun einmal diese Kraft und du mußt dich danach richten.«

Ich glaubte, es müsse noch ein anderes Geheimnis darunter stecken, das der Derwisch mir verbergen wolle, und sagte daher lächelnd zu ihm: »Lieber Bruder, ich sehe wohl, daß du mich zum Besten haben willst; wie wäre es denn möglich, daß diese Salbe zwei so ganz entgegengesetzte Wirkungen haben sollte?«

»Und doch ist es so«, versetzte der Derwisch und rief Gott zum Zeugen an; »du kannst es mir auf mein Wort glauben, denn ich verschweige nie die Wahrheit.«

Ich wollte den Worten des Derwisches, der es ehrlich mit mir meinte, nicht trauen, und da ich der Lust nicht widerstehen konnte, nach meinem Belieben alle Schätze der Erde betrachten und dieselben vielleicht, wenn es mir einfiele, genießen zu dürfen, so hörte ich nicht auf seine Vorstellungen und glaubte eine Sache nicht, die, wie ich bald nachher zu meinem großen Unglück erfuhr, nur zu gewiß war.

In meinem tollen Irrwahn bildete ich mir ein: Wenn diese Salbe auf das linke Auge gestrichen die Kraft habe, mich alle Schätze der Erde sehen zu lassen, so habe sie vielleicht, wenn man sie auf das rechte streiche, die Kraft, mich zum Besitzer derselben zu machen. In dieser Meinung drang ich hartnäckig in den Derwisch, er möchte mir ein wenig Salbe um das rechte Auge streichen, aber er weigerte sich standhaft, dies zu tun. »Nachdem ich dir so viel Gutes erzeigt habe, mein Bruder«, sagte er zu mir, »kann ich mich nicht entschließen, dich in ein solches Unglück zu stürzen. Bedenke es selbst, wie traurig es ist, des Augenlichts beraubt zu sein, und versetze mich nicht in die höchst verdrießliche Notwendigkeit, dir in einer Sache zu willfahren, die du dein Leben lang bereuen müßtest.«

Ich trieb meine Hartnäckigkeit bis aufs äußerste. »Mein Bruder«, sagte ich in festem Tone zu ihm, »ich bitte dich, schweig mir von all diesen Schwierigkeiten. Du hast mir höchst großmütig alles gewährt, um was ich dich bisher bat; verlangst du denn, daß ich wegen einer solchen Kleinigkeit im Unfrieden von dir scheiden soll? Im Namen Gottes bewillige mir auch diese letzte Gunst. Mag daraus entstehen, was da will, ich werde dir nie deswegen böse werden und die Schuld ganz allein mir zuschreiben.«

Der Derwisch bot alle seine Überredungskünste auf, um mich davon abzubringen; endlich aber, da er sah, daß ich imstande war, ihn zu zwingen, sagte er: »Da du es durchaus verlangst, so will ich deinen Willen tun.« Und so nahm er ein wenig von der unglückseligen Salbe und strich es mir auf das rechte Auge, das ich fest zuhielt; aber ach, als ich es wieder öffnete, sah ich nichts als dichte Finsternis vor meinen beiden Augen, und blieb. von Stund an blind, wie du mich siehst.

»Gottverfluchter Derwisch!« schrie ich jetzt. »Was du mir sagtest, ist nur zu wahr; unselige Neugierde, unersättliches Verlangen nach Reichtümern, in welchen Abgrund von Elend habt ihr mich gestürzt! Ich sehe wohl ein, daß ich es mir selbst zugezogen habe, allein, mein lieber Bruder«, setzte ich, gegen den Derwisch gewendet, hinzu, »du warst so freundschaftlich und wohltätig gegen mich; solltest du unter so vielen wunderbaren Geheimnissen, die dir bekannt sind, nicht auch eines wissen, das mir mein Augenlicht wiedergeben könnte?«

»Unglücklicher«, antwortete hierauf der Derwisch, »ich bin gewiß nicht schuld, daß du in dieses Elend gefallen bist; übrigens hast du nur, was du verdienst, und die Verblendung deines Herzens hat dir die Blindheit deiner Augen zugezogen. Es ist wahr, ich besitze Geheimnisse, wie du dich in der kurzen Zeit unseres Beisammenseins hast überzeugen können; doch habe ich keines, dir dein Gesicht wiederherzustellen. Wenn du glaubst, es gebe ein solches, so wende dich an Gott, er allein kann dich wieder heilen. Er hatte dir Reichtümer verliehen, deren du unwürdig warst; jetzt hat er sie wieder genommen, und wird sie durch meine Hände an Menschen gelangen lassen, die nicht so undankbar sind wie du.«

Der Derwisch sprach kein Wort mehr, und ich wußte ihm auch nichts zu erwidern. Er ließ mich voll Bestürzung und in unsäglichem Schmerz versenkt stehen, trieb meine 80 Kamele zusammen und zog mit ihnen seine Straße fort nach Baßrah.

Ich bat ihn, er möchte mich doch in diesem elenden Zustande nicht verlassen und wenigstens bis zur nächsten Karawane begleiten; allein er blieb taub gegen meine Bitten und Wehklagen. Auf diese Weise meines Augenlichts und

alles dessen, was ich in der Welt besaß, beraubt, hätte ich vor Gram und Hunger sterben müssen, wenn mich nicht am anderen Tage eine Karawane, die von Baßrah zurückkam, mitleidig aufgenommen und nach Bagdad zurückgeführt hätte.

Vor wenigen Augenblicken noch in einer Lage, wo ich mich, wenn auch nicht an Macht und Gewalt, doch in Beziehung auf Pracht und Reichtum Fürsten gleichstellen konnte, sah ich mich nun auf einmal hilflos am Bettelstabe. Ich mußte mich entschließen, um Almosen zu betteln, und das habe ich auch bis jetzt getan. Um aber meine Missetat gegen Gott abzubüßen, legte ich mir zugleich die Strafe auf, von jeder mildtätigen Person, die sich meines Elends erbarmen würde, eine Ohrfeige zu empfangen.

Siehst du, o Beherrscher der Gläubigen, das ist der Grund zu dem Benehmen, welches dir gestern so seltsam vorkam und mir vielleicht deinen Unwillen zugezogen hat. Ich bitte dich noch einmal, als dein niedrigster Sklave, um Verzeihung und unterwerfe mich gern der Strafe, die ich verdient habe. Willst du indes über die Buße, die ich mir auferlegt habe, dein Urteil sagen, so bin ich überzeugt, daß du sie viel zu leicht für einen solchen Frevel finden wirst*.

Als der Blinde seine Geschichte vollendet hatte, sprach der Kalif zu ihm: »Baba Abdallah, deine Sünde ist groß, aber Gott sei gelobt, daß du es selbst eingesehen und dir bis jetzt die öffentliche Buße deshalb aufgelegt hast. Nun aber ist es genug damit, du muß jetzt deine Bußübungen im Stillen fortsetzen und Gott in jedem Gebet, das du den Pflichten der Religion gemäß den Tag über zu ihm schicken mußt, um Verzeihung bitten. Damit du aber durch die Sorge um deinen Lebensunterhalt nicht davon abgehalten wirst, setze ich dir für dein ganzes Leben ein Almosen aus, nämlich vier Silberdrachmen für den Tag, die mein Großvezier dir ausbezahlen wird. Bleibe also hier und warte, bis er meinen Befehl vollzogen hat.«

Bei diesen Worten warf sich Baba Abdallah vor dem Throne des Kalifen nieder, und als er wieder aufgestanden war, dankte er demütig und wünschte ihm Glück, Heil und Gottes Segen.

Der Kalif Harun Arraschid, dem die Geschichte Baba Abdallahs und des Derwisches wohlgefallen hatte, wendete sich sofort an den jungen Mann, der seine Stute zu mißhandeln pflegte, und fragte ihn nach seinem Namen, wie er auch den Blinden gefragt hatte. Der junge Mann antwortete, er heiße Sidi Numan.

»Sidi Numan«, sagte hierauf der Kalif zu ihm, »ich habe in meinem Leben schon viele Pferde zureiten gesehen und bin selbst viel geritten, aber eine solche Unmenschlichkeit, wie du gestern auf öffentlichem Platze deine Stute plagtest, ist mir noch nie vorgekommen; auch hat es zum großen Ärgernis der Zuschauer gereicht, die laut darüber murrten. Ich selbst ärgerte mich ebenfalls darüber und wenig fehlte, so hätte ich mich gegen meine sonstige Absicht zu erkennen gegeben, um diesem Unwesen zu steuern. Gleichwohl kündigen deine Gesichtszüge keinen rohen und grausamen Menschen an; ja ich will glauben, daß du begründete Ursache hast, so zu handeln. Da ich weiß, daß es nicht das erste Mal ist, und du schon seit geraumer Zeit deine Stute so plagst, so verlange ich den Grund zu wissen, und habe dich kommen lassen, damit du mir ihn mitteilst. Sage mir daher die Sache ganz wie sie ist, und halte mir nichts verborgen.«

Sidi Numan begriff leicht, daß er nicht ausweichen konnte. Es kam ihm sehr hart an, den verlangten Bericht zu geben, mehrere Male wechselte er die Farbe und verriet unwillkürlich, wie groß seine Verlegenheit war. Gleichwohl mußte er sich entschließen, die Gründe seines Benehmens auseinanderzusetzen. Er warf sich daher, bevor er zu sprechen anfing, vor dem Throne des Kalifen nieder, und als er wieder aufgestanden war, wollte er beginnen, um die Neugierde des Kalifen zu befriedigen, blieb aber ganz verdutzt und sprachlos stehen, weniger durch die Majestät des Kalifen, vor welchem er sich befand, als durch den Inhalt der Erzählung, die er preisgeben sollte, entmutigt.

So ungeduldig nun auch der Kalif immer augenblicklichen Gehorsam verlangte, so ließ er dennoch keinen Unwillen über Sidi Numans Schweigsamkeit

* Dem Leser wird nicht entgangen sein, daß diese Erzählung manche Ähnlichkeit mit der des Greises und der Gazelle und der des ersten Kalenders hat.

blicken; denn er sah, daß es ihm nur an Kühnheit vor ihm fehle, oder daß er durch den Ton, worin er ihn angeredet, eingeschüchtert worden sei, oder endlich, daß seine Erzählung Sachen enthalten könnte, die er lieber verschweigen möchte.

»Sidi Numan«, sagte daher der Kalif in beruhigendem Tone zu ihm, »fasse dich und stelle dir vor, du habest nicht mir, sondern irgend einem Freunde, der dich darum bittet, irgend etwas zu erzählen. Wenn in deiner Erzählung Sachen vorkommen, die dich in Verlegenheit setzen und von denen du glaubst, daß ich mich dadurch beleidigt fühlen könnte, so verzeihe ich es dir im voraus. Banne also deine Besorgnisse, sprich offen mit mir und verhehle mir nichts, gleich als ob du deinen besten Freund vor dir hättest.«

Sidi Numan, den die letzten Worte des Kalifen beruhigt hatten, nahm endlich das Wort und sprach: »Beherrscher der Gläubigen! So bestürzt und befangen auch jeder Sterbliche sein muß, der der Majestät und dem Glanze deines Thrones naht, so fühle ich mich doch stark genug, um zu glauben, daß dieses ehrfurchtsvolle Zagen mir nicht den Mund verschließen wird, wenn ich vor dir sprechen soll; denn ich weiß, welchen Gehorsam ich dir schulde und daß es meine Pflicht ist, dir nicht nur über das, was du jetzt verlangst, sondern auch über alles andere Auskunft zu erteilen. So wenig ich es wagen kann, mich für den vollkommensten Menschen zu erklären, so bin ich doch nicht schlecht genug, um etwas gegen die Gesetze zu begehen oder nur begehen zu wollen, das mich nötigen würde, ihre Strenge zu fürchten. Aber bei der besten Absicht sehe ich wohl ein, daß ich von den Fehlern, die man aus Unwissenheit macht, nicht frei bin. In diesem Falle nun befinde ich mich, und ich will mich nicht auf die Verzeihung berufen, die du in deiner Gnade mir zugesagt hast, ohne mich anzuhören, sondern unterwerfe mich im Gegenteil deiner Gerechtigkeit und jedweder Strafe, die ich verdient habe. Ich gestehe, daß die Art und Weise, wie ich seit einiger Zeit meine Stute behandle und wie du selbst mit angesehen hast, sonderbar, grausam und ein sehr schlechtes Beispiel ist; ich hoffe aber, daß du meine Gründe zureichend und mich selbst mehr des Mitleids, als der Strafe würdig finden wirst. Doch ich darf deine Erwartung nicht länger durch eine langweilige Rede spannen. Höre also, wie es mir ergangen ist.«

Geschichte des Sidi Numan

Beherrscher der Gläubigen, fuhr Sidi Numan fort, ich spreche nicht von meiner Herkunft, denn sie ist nicht so glänzend, daß sie einige Erwähnung vor dir verdiente. Was die Güter des Glücks betrifft, so haben mir meine Vorfahren durch klugen Haushalt so viel hinterlassen, als ich nur wünschen konnte, um als rechtschaffener Mann leben zu können, ohne Ehrgeiz und ohne jemandem zur Last zu fallen.

Unter solchen Umständen war das einzige, was ich mir noch zur Vollendung meines Glücks wünschte, eine liebenswürdige Frau zu finden, der ich meine ganze Zärtlichkeit schenken könnte, und die mich ebenfalls von Herzen liebte und mein Glück mit mir teilte. Allein es hat Gott nicht gefallen, mir eine solche zu gewähren; im Gegenteil gab er mir eine, die gleich am Tage nach der Hochzeit anfing, meine Geduld auf solche Proben zu stellen, daß nur diejenigen, die ähnliche auszustehen gehabt haben, sich einen Begriff davon machen können.

Da man unserer Landessitte zufolge heiratet, ohne die Person, mit der man sich verbindet, zuvor gesehen oder kennen gelernt zu haben, so wird es dir nicht unbekannt sein, daß ein Ehemann keine Ursache hat, sich zu beklagen, wenn die ihm zugefallene Frau nur nicht abschreckend häßlich oder mißgestaltet ist, und wenn nur ihre guten Sitten, ihr Verstand und ihr Benehmen die kleinen körperlichen Unvollkommenheiten, die sie etwa haben mag, vergessen machen.

Als man mir nach den gewöhnlichen Zeremonien meine Frau ins Haus gebracht hatte und ich sie zum ersten Male mit entschleiertem Gesichte sah, so freute ich mich, daß ich in Beziehung auf ihre Schönheit nicht falsch berichtet worden war. Ich fand sie ganz nach meinem Geschmack und sie gefiel mir.

Am Tage nach der Vermählung trug man uns ein aus mehreren Gerichten bestehendes Mittagsmahl auf. Ich begab mich in das Zimmer, wo die Tafel gedeckt war, und da ich meine Frau dort nicht fand, so ließ ich sie rufen. Nachdem sie mich eine Zeitlang hatte warten lassen, kam sie endlich. Ich verbarg meine Ungeduld und wir setzten uns zu Tische. Ich begann mit dem Reis, den ich wie gewöhnlich mit einem Löffel aß. Meine Frau dagegen, statt wie andere Leute sich des Löffels zu bedienen, zog aus einem kleinen Besteck, das sie in der Tasche bei sich trug, eine Art Ohrlöffelchen heraus und fing an, damit Reis herauszunehmen, und ihn Körnchen für Körnchen, denn mehr konnte sie nicht darin fassen, zum Munde zu führen.

Über diese Art zu essen erstaunt, sagte ich zu ihr: »Amine, – denn so hieß sie – hast du in deiner Familie den Reis auf die Art essen gelernt? Tust du es etwa, weil du keine große Esserin bist, oder willst du vielleicht die Körner zählen, um nicht das eine Mal mehr zu essen als das andere? Wenn du es aus Sparsamkeit tust, und um mich von Verschwendung abzuhalten, so hast du von dieser Seite nichts zu befürchten, und ich kann dich versichern, daß wir uns dadurch nie zugrunde richten werden. Wir haben, Gott sei Dank, genug, um behaglich leben zu können und uns das Nötige nicht versagen zu müssen. Tu dir deshalb keinen Zwang an, meine liebe Amine, und iß, wie du mich essen siehst.« Da ich ihr diese Vorstellungen im freundlichen Tone machte, so hoffte ich wenigstens eine artige Antwort zu erhalten; allein sie sprach keine Silbe, sondern fuhr fort, auf dieselbe Art zu essen, und um mich noch mehr zu ärgern, aß sie von dem Reis nur noch in langen Zwischenpausen, statt aber von den übrigen Speisen mit mir zu genießen, begnügte sie sich, von Zeit zu Zeit einige Brotsamen zum Munde zu führen, etwa so viel, als ein Sperling aufgepickt haben würde.

Diese Hartnäckigkeit ärgerte mich; doch wollte ich das Beste von ihr glauben, und um sie zu entschuldigen, nahm ich an, sie sei vielleicht nicht ge-

wöhnt, mit Männern zusammen zu speisen; am wenigsten mit einem Ehemann, in dessen Gegenwart man sie wohl gar eine Zurückhaltung gelehrt habe, die sie aus Einfalt zu weit treibe. Auch glaubte ich, sie habe vielleicht schon gefrühstückt, oder wolle nachher allein und ungestört noch etwas essen. Diese Betrachtungen hielten mich ab, ihr noch mehr zu sagen, was sie hätte einschüchtern können, oder mein Mißvergnügen durch irgend ein Zeichen zu verraten. Nach der Mahlzeit verabschiedete ich mich von ihr ebenso freundlich, wie wenn sie mir nicht den mindesten Anlaß zur Unzufriedenheit mit ihrem seltsamen Benehmen gegeben hätte, und ließ sie allein.

Beim Abendessen ging es wieder so, desgleichen am folgenden Tage, überhaupt, so oft wir miteinander speisten, betrug sie sich ganz wie das erste Mal. Ich sah wohl, daß eine Frau unmöglich von so wenig Speise leben konnte, als sie zu sich nahm, und daß irgend ein mir unbekanntes Geheimnis darunter stecken mußte. Dies bewog mich zu dem Entschluß, mich zu verstellen. Ich tat, als ob ich auf ihre Handlungen gar nicht achtete, in der Hoffnung, sie würde sich mit der Zeit gewöhnen, so wie ich wünschte, mit mir zu leben. Allein meine Hoffnung war eitel, wie ich nur zu bald erfahren mußte.

Eines Nachts, als Amine mich in festem Schlafe glaubte, stand sie ganz leise auf und ich bemerkte, wie sie sich mit großer Behutsamkeit ankleidete, um kein Geräusch zu machen und mich nicht zu wecken. Da ich nicht begreifen konnte, aus welcher Absicht sie sich so um den Schlaf brachte, so war ich neugierig zu erfahren, was sie wohl beginnen würde, und stellte mich fortwährend als ob ich fest schliefe. Sie kleidete sich vollends an und ging darauf ganz leise aus dem Zimmer. Kaum war sie draußen, so stand ich auf, warf mir ein Kleid um und konnte gerade noch durch ein Fenster, das auf den Hof hinaus ging, sehen, daß sie die Türe nach der Straße hin öffnete und sich hinaus begab.

Sogleich eilte ich auch an die Tür, die sie halb offen gelassen, und folgte ihr im Mondschein nach, bis ich sie in einen Begräbnisplatz, der unweit von unserem Hause war, hinein gehen sah. Ich schwang mich auf eine Mauer, die an den Begräbnisplatz stieß, und nachdem ich mich gehörig vorgesehen hatte, daß mich niemand bemerken konnte, erblickte ich Aminen bei einer Gule*.

Du weißt, o Herrscher, daß die Gulen beiderlei Geschlechts böse Geister sind, die auf den Feldern umherschweifen. Sie bewohnen in der Regel alte verfallene Gebäude, von wo aus sie die Vorübergehenden überfallen, töten und ihr Fleisch verzehren. Können sie keine Lebenden erwischen, so gehen sie des Nachts auf Begräbnisplätze, wühlen dort Leichen auf und fressen ihr Fleisch.

Ich geriet in das größte Entsetzen, als ich meine Frau bei dieser Gule sah. Sie wühlten eine Leiche auf, die am selben Tage beerdigt worden war, und die Gule schnitt zu wiederholten Male Fleisch davon ab, welches sie, auf dem Rande des Grabes sitzend, miteinander verzehrten. Sie unterhielten sich sehr ruhig während dieses greulichen und unmenschlichen Mahles, allein ich war zu weit entfernt, um etwas von ihrem Gespräch verstehen zu können; ohne Zweifel war es ebenso seltsam, wie ihre Mahlzeit, an die ich noch immer nicht ohne Schauder

zurückdenken kann.

Als sie das gräßliche Mahl vollendet hatten, warfen sie den Rest des Leichnams wieder in das Grab und füllten es mit der Erde, die sie zuvor aufgewühlt

* Gulen sind nach dem Glauben der Mohammedaner eine Art von Gespenstern oder Hexen, und zwar meist weiblichen Geschlechts. Sie unterscheiden sich von den Vampiren dadurch, daß sie sich bloß vom Fleisch der Leichen nähren, während letztere sich mit dem Aussaugen des Bluts begnügen.

hatten, wieder auf. Ich ließ sie gewähren und eilte nach Hause zurück. Beim Hereintreten ließ ich die Tür nach der Straße zu halb offen, wie ich sie gefunden hatte, ging sodann auf ihr Schlafzimmer zurück, legte mich wieder nieder und tat, als ob ich schliefe.

Bald darauf kam auch Amine ganz leise zur Türe herein, kleidete sich aus und legte sich wieder nieder, voll Freude, wie es mir vorkam, daß alles so gut abgelaufen war und ich nichts bemerkt habe.

Der Gedanke an eine so unmenschliche und abscheuliche Handlung, wie ich eben mit eigenen Augen gesehen hatte, und mein Entsetzen vor derjenigen, die sie begangen hatte und jetzt zu meiner Seite lag, ließ mich lange nicht wieder einschlafen. Doch gelang es mir endlich; ich schlief aber so leicht, daß ich bei der ersten Stimme, die sich hören ließ, um zum öffentlichen Gebete bei Tagesanbruch zu rufen, wieder aufwachte. Ich kleidete mich an und begab mich in die Moschee.

Nach dem Gebet ging ich zur Stadt hinaus und brachte den Morgen mit Spaziergängen in den Gärten und mit Gedanken zu, wie ich wohl meine Frau zur Veränderung ihrer Lebensweise vermögen könnte. Die gewaltsamen Mittel, die mir einfielen, waren mir zuwider, und ich beschloß, nur auf dem Weg der Güte sie von ihrer unglücklichen Neigung abzubringen. Unter solchen Betrachtungen war ich unbemerkt wieder vor meine Wohnung gelangt, in die ich gerade zur Mittagsstunde wieder eintrat.

Sobald Amine mich erblickte, ließ sie das Essen auftragen und wir setzten uns zu Tische. Da ich sah, daß sie nach wie vor den Reis körnchenweise aß, so sagte ich mit aller nur erdenklichen Mäßigung zu ihr: »Du weißt, Amine, wie sehr ich mich am Tage nach unserer Hochzeit wundern mußte, als ich dich nichts als Reis und zwar so wenig und auf eine solche Art und Weise essen sah, daß jeder andere Ehemann außer mir sich dadurch beleidigt gefühlt hätte. Du weißt auch, daß ich dir meinen Verdruß darüber bloß andeutete und dich bat, auch von den übrigen Speisen zu essen, dir immer auf die verschiedenartigste Weise zubereitet werden, damit sie womöglich deinem Geschmack zusagen möchten. Seit jener Zeit hast du unsere Tafel immer auf dieselbe Weise besetzt gesehen, nur mit einigen Abwechslungen in den Speisen, damit wir nicht immer das gleiche essen müssen. Meine Erinnerungen sind indessen fruchtlos geblieben, und bis auf den heutigen Tag hast du nicht aufgehört, fortwährend so zu handeln, und mir denselben Verdruß zu bereiten. Ich habe geschwiegen, weil ich dir keinen Zwang antun wollte, und es sollte mir leid tun, wenn das, was ich jetzt zu dir sage, dich im mindesten kränken würde; aber Amine, ich beschwöre dich, sage mir, ist das Fleisch, das man uns hier vorsetzt, denn nicht besser als Totenfleisch?«

Kaum hatte ich die letzten Worte gesprochen, als Amine, die sehr gut merkte, daß ich sie in der Nacht beobachtet haben mußte, in eine Wut geriet, die alle Begriffe übersteigt. Ihr Gesicht wurde feuerrot, die Augen traten ihr fast aus dem Kopfe heraus, ihr Mund schäumte.

Dieser gräßliche Zustand, worin ich sie jetzt sah, erfüllte mich mit Entsetzen; ich war wie vom Donner gerührt und außerstande, mich gegen die schreckliche Bosheit zu schützen, die sie gegen mich im Schilde führte und worüber du staunen wirst. In der Hitze ihrer Aufwallung nahm sie ein Wassergefäß, das ihr gerade zur Hand war, tauchte ihre Finger hinein, murmelte einige Worte, die ich nicht verstand, zwischen den Zähnen, spritzte mir dann etwas von dem Wasser ins Gesicht und rief mir in wütendem Tone zu: »Elender, empfange die Strafe deiner Neugierde und werde ein Hund!« Kaum hatte Amine, die ich noch nicht als Zauberin kannte, diese teuflischen Worte ausgestoßen, als ich mich auf einmal in einen Hund verwandelt sah. Ich war über diese plötzliche und unerwartete Veränderung so erstaunt und überrascht, daß ich nicht daran dachte, alsbald auf meine Pflicht zu sinnen, und so hatte sie Zeit, einen Stock zu ergreifen und mich zu mißhandeln. Sie prügelte mich so entsetzlich durch, daß ich nicht begreife, wie ich nicht tot auf dem Platze liegen blieb. Ich glaubte mich vor ihrer Wut retten zu können, wenn ich mich in den Hof flüchtete, allein sie verfolgte mich auch dahin, und so gewandt ich auch von einer Seite zur anderen schlüpfte, um ihren Schlägen auszuweichen, so war ich doch nicht flink genug, um mich ganz davor zu schützen, und ich mußte ihre Hand noch schwer und grausam fühlen. Endlich wurde sie müde, mich zu schlagen und zu verfolgen, ärgerte sich aber nicht wenig, daß sie mich nicht hatte totschlagen können, und ersann ein neues Mittel, mich umzubringen. Sie öffnete nämlich die Türe nach der Straße zu ein wenig, um mich, wenn ich durchschlüpfen wollte, zu zerquetschen. So sehr ich

nun auch zum Hunde geworden war, so merkte ich doch ihren verderblichen Plan, und da die Gefahr des Augenblicks manchmal unseren Verstand so schärft, daß wir uns dadurch retten können, so paßte ich meine Zeit so gut ab, indem ich ihre ganze Haltung und Gebärden beobachtete, daß ich ihre Wachsamkeit täuschte und schnell hindurch schlüpfte, um ihre boshafte Absicht zu vereiteln. Ich kam auch wirklich ohne weiteren Schaden davon, außer daß mir das Ende meines Schwanzes etwas eingeklemmt wurde.

Vor Schmerz darüber schrie und bellte ich die ganze Straße entlang, wodurch ich mir einige andere Hunde auf den Hals zog, die mich bissen. Um ihren Verfolgungen zu entgehen, flüchtete ich mich in den Laden eines Mannes, der gekochte Hammelköpfe, Zungen und Füße verkaufte. Der Mann nahm sogleich voll Mitleid meine Partei und jagte die Hunde weg, die mich verfolgten und in sein Haus eindringen wollten. Ich selbst versteckte mich in einem Winkel, wo sie mich nicht mehr sehen konnten. Indes fand ich auch hier den gehofften Schutz und Zufluchtsort nicht. Der Mann war nämlich einer von jenen frommen Leuten, die, weil die Hunde unrein sind, nicht genug Wasser und Seife bekommen zu können glauben, um ihre Kleider zu waschen, sobald nur ein Hund im Vorbeistreifen sie berührt hat. Nachdem also die Hunde, die mich verfolgten, wieder weggesprungen waren, bot er zu wiederholtem Male alles auf, um mich noch an demselben Tage aus dem Hause zu schaffen; allein ich hatte mich versteckt, so daß er mir nicht beikommen konnte. So brachte ich denn wider seinen Willen die Nacht in seinem Laden zu und ich bedurfte dieser Ruhe auch, um mich von der schlechten Behandlung, die Amine mir angetan, zu erholen. Um meinen Herrn und König nicht mit der Erzählung unbedeutender Dinge zu langweilen, will ich von den traurigen Betrachtungen schweigen, die ich damals über meine Verwandlung anstellte; nur so viel muß ich bemerken, daß ich am anderen Tage, als mein Wirt, der in aller Frühe auf frischen Einkauf ausgegangen war, mit Hammelköpfen, Zungen und Füßen beladen zurückkam, seinen Laden öffnete und die Waren auslegte, aus meinem Winkel hervorkroch, und da ich mehrere Hunde aus der Nachbarschaft, die der Fleischgeruch herbeigelockt, um seinen Laden herum versammelt sah, in der Hoffnung, er werde ihnen etwas zuwerfen, so mischte ich mich unter sie und nahm eine bittende Stellung an. Mein Wirt schien Rücksicht darauf zu nehmen, daß ich in seinem Hause noch nichts bekommen hatte, und zeichnete mich dadurch aus, daß er mir öfter und größere Stücke zuwarf, als den anderen Hunden. Als er seine müde Hand wieder geschlossen hatte, wollte ich in seinen Laden zurückgehen; ich wedelte freundlich mit dem Schwanze und sah ihn mit bittenden Blicken an, gleich als wollte ich ihn anflehen, daß er mir diese Vergünstigung noch einmal gewähren sollte; allein er war unbeugsam und widersetzte sich meiner Absicht mit dem Stock in der Hand und einem so unbarmherzigen Gesichte, daß ich genötigt war, mich davonzumachen. Einige Häuser weiter blieb ich vor dem Laden eines Bäckers stehen, der mir ganz das Widerspiel von dem sauertöpfischen Hammelkopfverkäufer und ein heiterer, gutgelaunter Mann zu sein schien, wie er es auch wirklich war. Er frühstückte eben, und obwohl ich noch durch nichts einen Hunger verraten hatte, so warf

er mir dennoch ein Stück Brot zu. Ich fiel nicht gierig darüber her, wie andere Hunde, sondern machte mit dem Kopf ein Zeichen gegen ihn und wedelte mit dem Schwanze, als wollte ich ihm meine Erkenntlichkeit bezeigen. Diese Art von Höflichkeit gefiel ihm und er lächelte. Ich hatte zwar keinen Hunger, nahm aber doch, ihm zu gefallen, das Stück Brot und aß es recht langsam, um ihm bemerklich zu machen, daß ich es nur Ehren halber tue. Er bemerkte dies alles und war so gefällig, mich in der Nähe seines Ladens zu dulden. Ich blieb also sitzen und war mit dem Kopf gegen die Straße gekehrt, um ihm anzudeuten, daß ich für jetzt nur um seinen Schutz bitte.

Er bewilligte mir dies nicht bloß, sondern streichelte mich auch und machte mir dadurch Mut, ins Haus zu treten. Ich tat es auf eine Art, die ihm andeutete, daß ich es bloß mit seiner Erlaubnis tue. Er nahm es nicht übel, sondern wies mir sogar eine Stelle an, wo ich mich hinlegen konnte, ohne ihm im Wege zu sein; ich nahm sogleich Besitz von diesem Platze und behielt ihn auch, solange ich in seinem Hause war.

Ich wurde hier immer sehr gut behandelt, und von jedem Frühstück, Mittag- und Abendessen bekam ich meinen hinreichenden Anteil; dagegen bezeigte ich ihm aber auch alle mögliche Anhänglichkeit und Treue, die er von meiner Dankbarkeit nur verlangen konnte.

Meine Augen waren fortwährend auf ihn gerichtet und er tat keinen Schritt in seinem Hause, ohne daß ich ihm auf der Ferse folgte. Ebenso machte ich's, wenn er Zeit hatte, in die Stadt zu gehen und seine Geschäfte zu besorgen. Ich war darin um so pünktlicher, als ich bemerkt hatte, daß meine Aufmerksamkeit ihm gefiel, und er nur oft, wenn er ausgehen wollte, ohne daß ich es bemerken konnte, mit dem Namen Rotbacke rief, den er mir gegeben hatte.

Bei diesem Rufe fuhr ich jedesmal schnell auf und nach der Straße hinaus, wo ich lustige Sprünge machte und vor der Türe hin und her lief. Diese Freudenbezeugungen hörten erst auf, wenn er herausgekommen war, und dann begleitete ich ihn treulich, indem ich vor und hinter ihm hersprang und ihn von Zeit zu Zeit ansah, um meine Freude zu bezeugen.

Ich war schon einige Zeit in diesem Hause, als eines Tages eine Frau kam, um Brot zu kaufen. Sie bezahlte meinen Wirt, gab ihm aber unter anderem gutem Gelde auch ein falsches Stück. Der Bäcker merkte es, gab es zurück und verlangte dafür ein anderes.

Die Frau weigerte sich, es wieder zu nehmen, und behauptete, es sei gut. Mein Wirt bestand auf dem Gegenteil und sagte im Wortwechsel unter anderem: »Dieses Stück ist so augenscheinlich falsch, daß ich überzeugt bin; mein Hund, der doch nur ein unvernünftiges Tier ist, würde sich nicht dadurch täuschen lassen. Komm her, Rotbacke!« fuhr er fort, mich beim Namen rufend. Auf seinen Ruf sprang ich bellend auf den Zähltisch; der Bäcker warf die Geldstücke vor mich hin und sagte: »Sieh einmal, ob nicht ein falsches Stück darunter ist.« Ich sah alle Stücke an, legte dann die Pfote auf das falsche und schob es beiseite, indem ich meinen Herrn anblickte, als wollte ich es ihm zeigen.

Der Bäcker, der sich bloß scherzweise auf mein Urteil berufen hatte, war über die Maßen erstaunt, als er sah, daß ich ohne allen Umstand das wahre traf. Auch die Frau war jetzt von der Falschheit dieses Geldstücks überzeugt, sie wußte nichts mehr einzuwenden und gab dafür ein anderes gutes. Als sie fort war, rief mein Herr seine Nachbarn zusammen, erzählte ihnen, was geschehen war, und pries in den übertriebensten Ausdrücken meinen Verstand.

Die Nachbarn wollten sich selbst davon überzeugen und legten mir eine Menge falscher Münzen unter gute gemischt vor, allein jedesmal legte ich auf die falschen meine Pfote und schied sie von den guten ab.

Auch die Frau ihrerseits ermangelte nicht, allen ihren Bekannten, denen sie unterwegs begegnete, zu erzählen, was sie soeben erlebt hatte. So verbreitete sich in kurzer Zeit das Gerücht von meiner Geschicklichkeit im Erkennen des falschen Geldes nicht bloß in der Nachbarschaft, sondern sogar im ganzen Stadtviertel, ja zuletzt allmählich in der ganzen Stadt.

Es fehlte mir nun den ganzen Tag über nicht an Beschäftigung. Ich mußte allen denen, die bei meinem Herrn Brot kauften, aufwarten und meine Künste zeigen. Dies lockte nun alle Welt herbei und aus den entferntesten Stadtvierteln kamen die Leute, um meine Geschicklichkeit zu erproben; ja mein Ruf verschaffte meinem Herrn so viel Kunden, daß er sie kaum befriedigen konnte. Dies dauerte lange Zeit, und mein Herr konnte nicht umhin, seinen Nachbarn und Freunden zu gestehen, daß ich ein wahrer Schatz für ihn sei.

Indes brachte ihm mein bißchen Geschicklichkeit auch viele Neider auf den Hals. Man stellte mir nach, um mich ihm zu rauben, und er mußte beständig ein wachsames Auge auf mich haben. Eines Tages kam ein Frau, wie die anderen

durch den Reiz der Neuheit herbeigelockt, und kaufte Brot. Mein gewöhnlicher Platz war auf dem Zähltisch; sie warf mir sechs Geldstücke zu, worunter auch ein falsches. Ich suchte es unter den übrigen heraus, legte die Pfote auf das falsche Geldstück und sah sie dabei an, als wollte ich fragen, ob dies nicht das rechte sei.

»Ja«, sagte die Frau, indem sie mich ebenfalls ansah, »es ist das falsche; du hast dich nicht geirrt.« Sie betrachtete mich dann fortwährend mit großer Bewunderung, und ich sah sie ebenfalls an. Endlich bezahlte sie das Brot, das sie gekauft hatte, und bevor sie fortging, gab sie mir, ohne daß der Bäcker es merkte, einen Wink, mitzukommen.

Ich hatte stets auf Mittel gedacht, eine so seltsame Verwandlung, wie die meinige, wieder los zu werden; auch war mir die Aufmerksamkeit nicht entgangen, womit mich diese Frau betrachtete. Deshalb dachte ich, sie habe vielleicht etwas von meinem Mißgeschick und unglücklichen Zustand gemerkt, und darin täuschte ich mich nicht. Gleichwohl ließ ich sie fortgehen und begnügte mich, sie anzusehen. Nachdem sie indes zwei oder drei Schritte gegangen war, drehte sie sich um, und da sie sah, daß ich ihr beständig nachblickte, ohne mich von der Stelle zu rühren, winkte sie mir zum zweiten Mal, ihr zu folgen.

Jetzt schwankte ich nicht länger, und da ich bemerkte, daß der Bäcker eben damit beschäftigt war, seinen Backofen für ein neues Gebäck zu reinigen, und daß er nicht auf mich achtete, so sprang ich vom Zähltisch herab und lief hinter der Frau drein, die darüber sehr erfreut zu sein schien.

Nachdem sie eine Strecke gegangen war, kam sie bei ihrem Hause an, öffnete die Türe desselben, ging hinein und sagte, indem sie die Türe noch immer offen stehen ließ, zu mir: »Komm nur herein, es wird dich nicht gereuen, daß du mir gefolgt bist.« Als ich drin war und sie die Türe wieder verschlossen hatte, führte sie mich auf ihr Zimmer, wo ich ein junges Mädchen von seltener

Schönheit dasitzen und sticken sah. Es war die Tochter der mildtätigen Frau, die mich mitgenommen hatte, und, wie ich bald merkte, in der Zauberkunst sehr geschickt und erfahren.

»Meine Tochter«, sagte die Mutter zu ihr, »ich bringe dir hier den berühmten Hund des Bäckers, der das falsche Geld so gut von dem echten zu unterscheiden weiß. Du wirst dich erinneren, welche Ansicht ich gleich im Anfang, als das Gerücht sich verbreitete, aussprach, daß es nämlich vielleicht ein Mensch sei, der durch irgend eine Bosheit in einen Hund verwandelt worden. Heute fiel es mir ein, zu dem Bäcker zu gehen und Brot bei ihm zu kaufen. Ich überzeugte mich von der Wahrheit des Gerüchts, und es gelang mir, diesen seltenen Hund, den Gegenstand der Bewunderung von ganz Bagdad, hierher zu locken. Was sagst du dazu, liebe Tochter? Sollte ich mich in meiner Vermutung etwa getäuscht haben?«

»Du hast dich nicht getäuscht, liebe Mutter«, antwortete die Tochter, »und ich werde es dir sogleich beweisen.«

Das Mädchen stand auf, nahm ein Wassergefäß, tauchte die Hand hinein, bespritzte mich mit dem Wasser und sagte: »Wenn du von Geburt ein Hund bist, so bleibe Hund; bist du aber von Geburt ein Mensch, so nimm kraft dieses Wassers wieder menschliche Gestalt an.« Augenblicklich war nun der Zauber gelöst, ich verlor die Gestalt eines Hundes und wurde wieder Mensch, wie zuvor.

Durchdrungen von der Größe dieser Wohltat warf ich mich dem Mädchen zu Füßen, küßte den Saum ihres Kleides und sagte dann zu ihr: »Meine teure Befreierin, ich fühle in der tiefsten Tiefe meines Herzens deine unendliche und beispiellose Güte gegen einen Unbekannten, wie ich, und bitte dich nun, mir selbst zu sagen, was ich für dich tun kann, um meine Dankbarkeit auf eine würdige Weise an den Tag zu legen; oder vielmehr, verfüge über mich wie über einen Sklaven, der dir von Rechts wegen zugehört. Ich gehöre nicht mehr mir an, sondern dir, und damit du denjenigen, den du dir zum Eigentum erworben, näher kennen lernst, will ich dir mit wenigen Worten meine Geschichte erzählen.«

Ich sagte ihr hierauf, wer ich sei, erzählte von meiner Vermählung mit Amine, von meiner Gefälligkeit und Geduld, womit ich ihre Launen ertragen, von ihrer seltsamen Lebensweise und von der Schändlichkeit, womit sie mich aus unbegreiflicher Bosheit mißhandelt habe. Zuguterletzt dankte ich auch ihrer Mutter für das unaussprechliche Glück, das sie mir verschafft habe.

»Sidi Numan«, sagte die Tochter zu mir, »laß uns nicht mehr von der Verbindlichkeit sprechen, die du gegen mich zu haben glaubst. Das Bewußtsein, einem anständigen Manne, wie du bist, einen Dienst erwiesen zu haben, ist mir lieber, als alle Danksagungen. Laß uns lieber jetzt von Amine, deiner Frau, sprechen. Ich habe sie noch vor deiner Vermählung mit ihr gekannt, und wie ich wußte, daß sie eine Zauberin war, so war auch ihr nicht unbekannt, daß ich ebenfalls etwas von dieser Kunst verstand; denn wir hatten bei einer und derselben Lehrerin Unterricht genommen. Wir trafen uns oft im Bade; da aber unsere Gemütsarten nicht zusammenpaßten, so vermied ich geflissentlich jede Gelegenheit, mit ihr in Berührung zu kommen, was mir um so leichter gelang, da sie aus demselben Grunde nichts mit mir zu tun haben wollte;

auch wundere ich mich gar nicht über ihre Bosheit. Um indes wieder auf dich zurückzukommen, so ist das, was ich soeben für dich getan habe, noch lange nicht genug. Ich will auch vollenden, was ich angefangen. Ich begnüge mich keineswegs damit, den Zauber, wodurch sie dich auf eine so garstige Art aus der menschlichen Gesellschaft gestoßen hat, zu brechen. Du mußt ihr auch die verdiente Züchtigung auflegen, indem du in dein Haus zurückkehrst und die dir gebührende Würde wieder geltend machst, wozu ich dir Mittel und Weg an die Hand geben will. Unterhalte dich jetzt einen Augenblick mit meiner Mutter, ich bin sogleich wieder da.«

Meine Befreierin ging jetzt in ein Nebengemach, und solange sie darin verweilte, hatte ich Zeit, der Mutter nochmals meine unendliche Verpflichtung, sowohl gegen sie als ihre Tochter auszudrücken. »Meine Tochter«, sagte sie zu mir, »ist, wie du siehst, in der Zauberkunst nicht minder erfahren, als Amine; allein sie macht einen so guten Gebrauch davon, daß du dich wundern würdest, wenn du erführest, wieviel Gutes sie vermöge dieser ihrer Wissenschaft schon getan hat und täglich noch tut. Deshalb habe ich ihr nie etwas in den Weg gelegt und tue es auch jetzt nicht. Ich würde es übrigens nicht zulassen, wenn ich bemerkte, daß sie ihre Kenntnis im mindesten mißbrauchte.«

Die Mutter hatte soeben angefangen, mir eine dieser Wundertaten, die sie mit eigenen Augen gesehen, zu erzählen, als ihre Tochter mit einer kleinen Flasche in der Hand zurückkam. »Sidi Numan«, sagte sie zu mir, »ich habe soeben meine Bücher um Rat gefragt und daraus ersehen, daß Amine in diesem Augenblick nicht zu Haus ist, aber in Bälde zurückkommen muß. Sie sagen mir ferner, die Heuchlerin stelle sich vor deinen Bedienten, als ob sie über deine Abwesenheit in großer Unruhe wäre, und sie habe ihnen weisgemacht, als sie mit dir zu Mittag speiste, sei dir plötzlich ein Geschäft eingefallen, das dich genötigt habe, unverzüglich auszugehen; du habest beim Ausgehen die Türe offen gelassen und dann sei ein Hund hereingekommen und bis in den Speisesaal gelaufen, von wo sie ihn mit Stockschlägen habe wegjagen müssen.«

»Kehre also, ohne Zeit zu verlieren, mit diesem kleinen Fläschchen, das ich dir hiermit übergebe, in dein Haus zurück. Wenn man dir geöffnet haben wird, so warte in deinem Zimmer, bis Amine zurückkommt; sie wird nicht lange ausbleiben. Sobald sie kommt, gehe ihr in den Hof hinab entgegen und stelle dich ihr Stirn gegen Stirn gegenüber. Sie wird durch dieses unerwartete Wiedersehen so bestürzt sein, daß sie dir den Rücken kehren wird, um die Flucht zu ergreifen. Dann aber spritze du einiges Wasser aus diesem Fläschchen, das du in Bereitschaft halten mußt, auf sie hin und sprich dreist die Worte: ›Empfange hiermit die Strafe für deine Bosheit.‹ Mehr brauche ich dir nicht zu sagen, du wirst die Wirkung schon sehen.«

Nach diesen mir unvergeßlichen Worten meiner Wohltäterin verabschiedete ich mich, da ich hier nichts mehr zu tun hatte, von ihr und ihrer Mutter mit den Ausdrücken der innigsten Dankbarkeit und mit der aufrichtigen Versicherung, daß ich meiner Verpflichtung gegen sie ewig eingedenk sein würde und kehrte sodann nach meiner Wohnung zurück.

Alles ging so, wie die junge Zauberin mir vorausgesagt hatte. Amine blieb nicht lange aus, und als sie im Hofe war, trat ich ihr mit dem Wasser in der Hand entgegen, um sie damit zu bespritzen. Sie stieß einen lauten Schrei aus und wollte sich schnell nach der Türe umdrehen, allein ich bespritzte sie mit dem Wasser und sprach die Worte, weiche mich die Zauberin gelehrt hatte, und in diesem Augenblick wurde sie in eine Stute verwandelt, in dieselbe, die du gestern sahst.

Ich faßte sie in ihrem Schrecken sogleich an der Mähne und zog sie trotz ihres Sträubens in einen Stall; hier warf ich ihr ein Halfter über, und nachdem ich sie unter bitteren Vorwürfen über ihre abscheuliche Bosheit angebunden, züchtigte ich sie mit Peitschenhieben so lange, bis ich vor Müdigkeit aufhören mußte, nahm mir aber dabei vor, tagtäglich diese Probe mit ihr zu wiederholen.

Beherrscher der Gläubigen, fuhr Sidi Numan fort, indem er seine Erzählung schloß, ich wage zu hoffen, daß du mein Benehmen nicht mißbilligen, sondern einsehen wirst, daß eine so boshafte und verderbliche Frau immer noch mit weit mehr Nachsicht behandelt worden ist, als sie verdient.

Als der Kalif sah, daß Sidi Numan nichts mehr hinzuzufügen hatte, sprach er zu ihm: »Deine Geschichte ist sehr seltsam, und die Bosheit deiner Frau läßt keine Entschuldigung zu. Auch verdamme ich nicht durchaus die Züchtigung, womit du sie belegt hast; indes wünsche ich, daß du wohl überlegest, welche Pein es für sie ist, zum Tiere erniedrigt worden zu sein, und daß du dich begnügest, sie in diesem Zustande büßen zu lassen. Ich würde dir sogar befehlen, dich an die junge Zauberin, welche diese Verwandlung hervorgebracht hat, zu wenden, und sie zur Lösung dieses Zaubers zu veranlassen, wenn mir nicht die Halsstarrigkeit und unverbesserliche Verstocktheit solcher Zauberer und Zauberinnen, die ihre Kunst mißbrauchen, bekannt wäre, und ich nicht fürchten müßte, sie möchte sich noch grausamer an dir rächen, als das erste Mal.«

Der Kalif, der von Natur sanft und mitleidig gegen die Unglücklichen war, selbst wenn sie ihr Elend verschuldet hatten, wandte sich, nachdem er Sidi Numan seine Willensmeinung erklärt, nunmehr an den dritten Mann, den der Großvezier Djafar hatte kommen lassen. »Chogia Hasan«, sprach er zu ihm, »als ich gestern an deinem Hause vorüberkam, fand ich es so prächtig, daß ich neugierig wurde, wem es gehörte. Ich erfuhr, du habest es erbauen lassen, nachdem du zuvor ein Gewerbe getrieben, das dich kaum notdürftig ernährte. Auch sagte man mir, du erhebest dich der Reichtümer, die dir Gott geschenkt, nicht, sondern machest einen guten Gebrauch davon, und deine Nachbarn wissen sehr viel Gutes von dir zu erzählen.«

»Dies alles«, fuhr der Kalif fort, »hat mir viel Vergnügen gemacht, und ich bin überzeugt, daß die Mittel und Wege, auf denen es der Vorsehung gefallen hat, dir ihre Gaben zufließen zu lassen, ganz außerordentlicher Art sein müssen. Ich wünschte sie aus deinem eigenen Munde zu erfahren, und habe dich kommen lassen, damit du mir dieses Vergnügen bereiten sollst. Erzähle mir alles aufrichtig, damit ich mich mit um so mehr Sachkenntnis deines Glückes freuen kann, woran ich von Herzen teilnehme. Auf daß dir meine Neugierde aber nicht verdächtig sei, und damit du nicht glaubst, es könnten eigennützige Triebfedern mit ins Spiel kommen, so erkläre ich dir hiermit, daß ich durchaus keinen Anspruch auf deine Reichtümer mache, sondern dir vielmehr meinen Schutz bewillige, um sie in ungestörter Sicherheit genießen zu können.«

Auf diese Versicherung des Kalifen warf sich Chogia Hasan vor seinem Throne nieder, berührte mit der Stirne den Teppich, der darüber gebreitet war, und begann dann, nachdem er wieder aufgestanden, also: »Beherrscher der Gläubigen! Jeder andere, der sein Gewissen nicht so rein und unbefleckt fühlte, als ich es fühle, hätte beim Empfang des Befehles, vor deinem Throne zu erscheinen, erschrecken können. Da ich aber niemals gegen andere Gesinnungen, als die der Ehrfurcht und Ehrerbietung, gehegt und nie etwas gegen den dir schuldigen Gehorsam, noch gegen die Gesetze begangen habe, was mir deinen Unwillen hätte zuziehen können, so hatte ich bloß die einzige Besorgnis, ich möchte den Glanz deiner Herrlichkeit nicht zu ertragen vermögen. Indessen ist es ja bekannt, daß du selbst den Geringsten deiner Untertanen huldreich und gnädig aufnimmst und anhörst; eben dies beruhigte mich und ich zweifelte nicht, daß du auch mir den Mut und die nötige Zuversicht einflößen würdest, um dir die verlangte Auskunft zu geben.

Dieses, o Beherrscher der Gläubigen, hast du soeben getan, indem du mir deinen mächtigen Schutz zusichertest, ohne daß ich weiß, womit ich ihn verdient habe. Gleichwohl hoffe ich, daß du in deiner günstigen Stimmung gegen mich bestärkt werden wirst, wenn ich, um deinem Befehle zu genügen, dir mein Abenteuer erzählt haben werde.«

Nach dieser höflichen Anrede, wodurch er sich des Wohlwollens und der Aufmerksamkeit des Kalifen versichern wollte, und nachdem er sich noch einige Augenblicke das, was er zu sagen hatte, in sein Gedächtnis zurückgerufen, ergriff Chogia Hasan das Wort und sprach folgendermaßen:

Geschichte des Chogia Hasan Alhabbal

Beherrscher der Gläubigen, begann er, um dir besser begreiflich zu machen, auf welchen Wegen ich zu dem Glücke gelangt bin, dessen ich gegenwärtig genieße, muß ich dir vor allen Dingen von meinen zwei Busenfreunden erzählen, die ebenfalls Bürger der Stadt Bagdad und noch am Leben sind, so daß sie von der Wahrheit meiner Aussage Zeugnis ablegen können. Nächst Gott, dem ersten Urheber alles Guten und alles Glücks, verdanke ich ihnen am meisten.

Diese beiden Freunde heißen der eine Saadi, der andere Saad. Saadi, der gewaltig reich ist, hatte von jeher den Grundsatz, alles Glück in der Welt beruhe auf dem Besitz großer Reichtümer, wodurch man in den Stand gesetzt werde, von Jedermann unabhängig zu leben.

Anderer Ansicht ist Saad. Er gibt zwar zu, daß man freilich Reichtümer besitzen müsse, insofern sie zum Leben notwendig sind, behauptet aber, der Mensch müsse sein Glück auf die Tugend gründen und dürfe sich um die Güter der Welt nur insofern bekümmern, als sie ihm zur Befriedigung seiner Bedürfnisse dienlich seien und ihn in den Stand setzen, Wohltaten an andere zu spenden. Saad lebt auch diesem Grundsatz getreu und ist sehr glücklich und zufrieden mit seinen Verhältnissen. Obgleich Saadi unendlich reicher ist als er, so ist ihre Freundschaft doch dessen ungeachtet sehr aufrichtig, und der Reichere bildete sich nicht ein, er verdiene einen Vorzug vor dem Ärmeren. Sie haben nie einen Streit unter sich gehabt, außer über diesen einzigen Punkt; in allen übrigen Stücken waren sie von jeher ein Herz und eine Seele.

Eines Tages, als sie sich, wie ich von ihnen selbst erfuhr, über einen ähnlichen Gegenstand besprachen, behauptete Saadi, die Armen seien bloß deswegen arm, weil sie in der Armut geboren worden, oder im entgegengesetzten Falle ihre ererbten Reichtümer entweder durch Ausschweifungen oder durch einen jener unvorhergesehenen unglücklichen Zufälle, die nicht gar so selten sind, verloren haben. »Meine Meinung«, fuhr er fort, »geht dahin, daß diese Armen nur deswegen arm sind, weil sie nie eine Geldsumme zusammenbringen können, die groß genug wäre, bei verständiger Anlegung in einem Geschäfte sie aus ihrem Elend zu ziehen; auch glaube ich, wenn sie es je so weit brächten und einen angemessenen Gebrauch von dieser Summe machten, so könnten sie mit der Zeit nicht nur wohlhabend, sondern sogar sehr reich werden.«

Saad war mit diesem Satze Saadis nicht einverstanden. »Das Mittel, das du vorschlägst«, sagte er, »einen Armen reich zu machen, scheint mir durchaus nicht so zuverlässig, wie du glaubst. Im Gegenteil ist es höchst zweifelhaft, und ich könnte meine Ansicht, gegenüber von der deinen, mit mehreren guten Gründen unterstützen, die uns aber zu weit führen würden. Jedenfalls ist es ebenso wahrscheinlich, daß ein Armer durch jedes andere Mittel reich werden kann, als gerade durch eine Summe Geldes. Man macht oft durch Zufall ein weit größeres und überraschenderes Glück, als mit einer solchen Geldsumme, die du zur Bedingung machst, wenn man auch noch so sparsam und haushälterisch damit umgeht, um sie in einem gut geführten Geschäft zu vervielfältigen.«

»Saad«, antwortete Saadi, »ich sehe wohl, daß ich nichts ausrichte, wenn ich auch noch so beharrlich meine Meinung gegen die deinige verteidige. Um dich aber zu überführen, will ich selbst einen Versuch machen, und zum Beispiel eine Summe, die ich für hinlänglich halte, einem jener Handwerker schenken, die, von Haus aus arm, von ihrem täglichen Verdienste leben und in derselben Dürftigkeit sterben, wie sie geboren wurden. Wenn es mir damit nicht gelingt, so wollen wir sehen, ob vielleicht du mit deiner Art glücklicher bist.«

Einige Tage nach diesem Wortwechsel traf es sich, daß die beiden Freunde auf einem Spaziergange in das Stadtviertel kamen, wo ich in meinem Handwerk als Seiler arbeitete, das ich von meinem Vater erlernt hatte, und dieser wiederum von dem seinigen und so weiter hinauf. Meine Kleidung und mein ganzer Anzug ließ sie leicht schließen, daß ich sehr arm sein mußte.

Saad, der sich an Saadis Versprechen erinnerte, sagte zu ihm: »Wenn du nicht etwa vergessen hast, wozu du dich gegen mich anheischig machtest, so hast du hier einen Mann, den ich schon lange Zeit sein Seilerhandwerk treiben sehe und immer in derselben Dürftigkeit. Er ist ein würdiger Gegenstand deiner Freigebigkeit und zu einem Versuche der Art, wie du neulich sagtest, vollkommen geeignet.«

»Ich habe es so wenig vergessen«, antwortete Saadi, »daß ich seitdem immer so viel Geld bei mir trage, als zu einem solchen Versuche nötig ist; ich wartete nur auf Gelegenheit, wo du zugegen wärest und Augenzeuge sein könntest. Wir wollen ihn anreden und zu erfahren suchen, ob er wirklich bedürftig ist.«

Die beiden Freunde kamen auf mich zu, und da ich sah, daß sie mit mir sprechen wollten, so hielt ich mit meiner Arbeit inne. Sie begrüßten mich beide mit dem gewöhnlichen Gruße: »Friede sei mit dir!« und Saadi ergriff hierauf das Wort, um mich zu fragen, wie ich heiße.

Ich erwiderte ihren Gruß und antwortete auf Saadis Frage: »Herr, mein Name ist Hasan, und wegen meines Handwerks bin ich allgemein unter dem Namen Hasan Alhabbal bekannt.«

»Hasan«, sagte hierauf Saadi, »da es kein Handwerk gibt, das seinen Mann nicht ernährte, so zweifle ich nicht, daß dir das deinige so viel einträgt, um bequem davon leben zu können; ja ich muß mich wundern, daß du es schon so lange treibst, ohne etwas erspart und einen bedeutenden Vorrat von Hanf angekauft zu haben; du könntest dann noch weit mehr Arbeit fertigen, sowohl durch eigenen Fleiß, als auch durch angenommene Gesellen, und dir so nach und nach dein Leben etwas bequemer machen.«

»Herr«, antwortete ich ihm, »du würdest dich nicht mehr wundem, daß ich nichts erspart und den von dir bezeichneten Weg nicht eingeschlagen habe, um reich zu werden, wenn du wüßtest, daß ich mit all meiner Arbeit vom frühen Morgen bis zum späten Abend kaum so viel verdienen kann, um für mich und meine Familie Brot und einiges Gemüse zu kaufen. Ich habe eine Frau und fünf Kinder, von denen noch keins alt genug ist, um mich unterstützen zu können. Ich muß sie nähren und kleiden, und wenn eine Haushaltung auch noch so klein ist, so gibt es doch immer tausenderlei Bedürfnisse, die man nicht wohl entbehren kann. Der Hanf ist zwar nicht teuer, aber man muß Geld haben, um einzukaufen, und das ist immer das erste, was ich von dem Erlös meiner Arbeit beiseite lege; sonst wäre es mir nicht möglich, die Kosten meiner Haushaltung zu bestreiten. Du kannst nun leicht urteilen, Herr«, fuhr ich fort, »daß es mir unmöglich wäre, etwas zu ersparen, und mich und meine Familie auf einen größeren und bequemeren Fuß einzurichten. Es ist für uns genug, daß wir mit dem wenigen, was Gott uns gibt, zufrieden sind und das andere, was uns fehlt, weder kennen noch entbehren. Ja, wir finden nicht einmal, daß uns etwas fehlt, wenn wir nur unser tägliches Auskommen haben und niemand darum ansprechen müssen.«

Als ich auf diese Art Saadi meine Verhältnisse auseinandergesetzt hatte, sprach er zu mir: »Hasan, ich wundere mich jetzt nicht mehr und begreife recht wohl, warum du dich mit deiner gegenwärtigen Lage begnügen mußt. Wenn ich dir aber einen Beutel mit 200 Goldstücken schenkte, würdest du nicht einen guten Gebrauch davon machen, und glaubst du nicht, daß du mit dieser Summe bald wenigstens ebenso reich werden könntest, als die angesehensten Männer deines Handwerks?«

»Herr«, antwortete ich, »du scheinst mir ein so rechtschaffener Mann zu sein, daß ich überzeugt bin, du willst keinen Scherz mit mir treiben und bietest mir dies Geschenk in allem Ernst an. Ich wage daher, ohne daß ich mir zu viel einbilde, zu behaupten, daß schon eine weit kleinere Summe hinreichen würde, um mich nicht nur ebenso reich zu machen, wie die vornehmsten meiner Handwerksgenossen, sondern ich wollte sogar in kurzer Zeit für mich allein reicher werden, als alle miteinander, die in dieser großen und wohlbevölkerten Stadt Bagdad wohnen.«

Der großmütige Saadi bewies mir sogleich, daß er in vollem Ernst gesprochen hatte. Er zog den Beutel aus seiner Tasche und überreichte ihn mir mit den Worten: »Da, nimm diesen Beutel, du wirst 200 Goldstücke darin finden. Ich bitte zu Gott, daß er seinen Segen dazu geben und dir die Gnade verleihen möge, sie so gut anzuwenden, wie ich es wünsche. Auch darfst du überzeugt sein, daß mein Freund Saad hier und ich uns sehr freuen werden, wenn wir einmal hören, daß sie dazu beigetragen haben, dich glücklicher zu machen, als du jetzt bist.«

Als ich nun, o Beherrscher aller Gläubigen, den Beutel empfangen und in meinen Busen gesteckt hatte, so war ich so entzückt und von Dank durchdrungen, daß die Sprache mir versagte und ich meine Erkenntlichkeit gegen meinen Wohltäter durch kein anderes Zeichen ausdrücken konnte, als daß ich die Hand nach dem Saume seines Kleides ausstreckte, um es zu küssen. Allein er entfernte sich schnell und ging mit seinem Freunde weiter. Als ich mich nun wieder zu meiner Arbeit zurückbegab, war mein erster Gedanke der, wo ich wohl den Beutel mit Sicherheit aufbewahren könne. Ich hatte in meinem armseligen kleinen Häuschen weder einen Kasten noch einen Schrank, der verschlossen werden konnte, auch wußte ich sonst keinen Ort, wo ich sicher war, daß mein Schatz nicht entdeckt würde, wenn ich ihn dahin versteckte.

In dieser Verlegenheit wollte ich es machen, wie die anderen armen Leute meines Standes, die das bißchen Geld, das sie haben, in die Falten ihres Turbans stecken, verließ daher meine Arbeit und ging nach Hause unter dem Vorwand, etwas an meinem Turban zurecht zu machen. Ich traf meine Maßregeln so gut, daß ich, ohne daß meine Frau und Kinder es merkten, zehn Goldstücke aus dem Beutel zog, die ich für die dringendsten Ausgaben beiseite legte; das übrige aber hüllte ich in die Falten der Leinwand, womit ich meine Kopfbedeckung umwickelte.

Die erste Ausgabe, die ich noch an demselben Tag machte, war für einen bedeutenden Vorrat Hanf; dann aber ging ich, da schon seit langer Zeit kein Fleisch mehr auf meinem Tisch gesehen worden war, zu einem Fleischer und kaufte mir einiges zum Abendessen.

Als ich so mit dem Fleisch in der Hand nach Hause gehen wollte, schoß auf einmal ein ausgehungerter Hühnergeier, ohne daß ich mich seiner erwehren konnte, auf mich herab und hätte es mir sicher aus der Hand gerissen, wenn ich es nicht sehr fest gehalten hätte. Aber, ach! Es wäre besser gewesen, ich hätte es ihn nehmen lassen, so hätte ich doch meinen Geldbeutel nicht eingebüßt. Je mehr er nämlich Widerstand fand, um so hartnäckiger bemühte er sich, mir das Fleisch zu entreißen. Er zog mich herüber und hinüber, während er selbst in der Luft schwebte, ohne seine Beute fahren zu lassen. Unglücklicherweise aber fiel mir während der Anstrengungen des Kampfes mein Turban zu Boden.

Sogleich ließ der Hühnergeier seine Beute fahren, stürzte auf meinen Turban los und flog mit ihm davon, noch ehe ich Zeit hatte, ihn von der Erde aufzuraffen. Ich stieß ein so gellendes Geschrei aus, daß die ganze Nachbarschaft darüber erschrak, und Männer, Weiber und Kinder herbeikamen und ebenfalls schrien, um den Hühnergeier dadurch zu bewegen, seinen Raub fallen zu lassen.

Es gelingt bisweilen durch ein recht lärmendes Geschrei, dieser Art von Raubvögeln ihre Beute wieder abzusagen. Mein Hühnergeier aber ließ sich nicht irre machen, sondern flog mit meinem Turban so weit davon, daß wir ihn aus dem Gesichte verloren, ehe er ihn fallen ließ. Es wäre auch ganz vergeblich gewesen, wenn ich mir die Mühe hätte nehmen wollen, ihm nachzulaufen.

So kehrte ich denn sehr betrübt über den Verlust meines Turbans und meines Geldes nach Hause zurück. Ich mußte mir nun einen anderen kaufen, wodurch die Summe von zehn Goldstücken, die ich aus dem Beutel genommen, abermals geschmälert wurde. Den Einkauf des Hanfes hatte ich bereits davon bestritten, und was mir noch übrig blieb, reichte nicht hin, um die schönen Hoffnungen, die ich gefaßt, zu verwirklichen.

Was mich am meisten peinigte, war der Gedanke, mein Wohltäter werde vielleicht, wenn er mein Unglück erfahre, es ganz unglaublich finden und für eine leere Entschuldigung ansehen, und dann werde er sich darüber ärgern, daß sein Geschenk in so schlechte Hände geraten sei.

So lange die wenigen Goldstücke, die mir übrig geblieben, noch nicht ganz ausgegeben waren, ließ ich es mir mit meiner kleinen Familie davon wohl sein. Bald aber geriet ich wieder in dieselbe Lage, und es war mir ebenso unmöglich, mich aus meinem Elend hervorzuarbeiten wie vorher; gleichwohl murrte ich nicht darüber. »Gott«, sprach ich bei mir selbst, »hat mich prüfen wollen, indem er mir zu einer Zeit, wo ich es am wenigsten erwartete, Geld zufließen ließ; er hat es mir ebenso schnell wieder entzogen weil es ihm so gefallen hat und er schalten kann, wie er will; sein Name sei gepriesen, wie ich ihn stets für alles Gute gepriesen habe, das er mir in seiner Gnade verliehen hat. Ich unterwerfe mich seinem göttlichen Willen.«

Dies war meine Stimmung; meine Frau dagegen, der ich nicht umhin gekonnt hatte, meinen Verlust und die Veranlassung desselben zu erzählen, war ganz untröstlich darüber. In meiner Bestürzung war mir auch gegen meine Nachbarn die Äußerung entschlüpft, daß ich mit meinem Turban zugleich einen Beutel mit 190 Goldstücken verloren habe. Da ihnen indes meine Armut bekannt war und sie nicht begreifen konnten, wie ich mir durch meine Arbeit eine so große Summe Geldes hätte verdienen können, so lachten sie bloß darüber und die Kinder spotteten meiner.

Es waren etwa sechs Monate seit meinem Unglück mit dem Hühnergeier vergangen, als die beiden Freunde nicht weit von dem Stadtviertel, wo ich wohnte, vorübergingen. Die Nähe machte, daß Saad sich meiner erinnerte. Er sagte zu Saadi: »Wir sind hier nicht weit von der Straße, wo Hasan Alhabbal wohnt; laß uns einmal hingehen und sehen, ob die 200 Goldstücke, die du ihm geschenkt, ihm vielleicht den Weg zu einer besseren Lage gebahnt haben, als die war, in der er sich damals befand.« »Recht gern«, antwortete Saadi; »ich habe schon vor einigen Tagen an ihn gedacht, und freute mich zum voraus über das Vergnügen, das ich haben würde, wenn ich dich zum Zeugen des Erfolgs meines Versuchs und der Wahrheit meines Satzes machen könnte. Du wirst sehen, daß eine große Veränderung mit ihm vorgegangen ist; ja ich glaube, wir werden ihn kaum wiedererkennen.« Während Saadi so sprach, hatten die beiden Freunde bereits in meine Straße eingelenkt. Saad, der mich schon von fern und zuerst bemerkte, sagte zu seinem Freunde: »Es scheint mir, du hast etwas zu voreilig triumphiert. Ich sehe Hasan Alhabbal, kann aber an seiner Person nicht die mindeste Veränderung entdecken; er ist noch so schlecht gekleidet, wie damals, als wir mit ihm sprachen, und der ganze Unterschied besteht darin, daß sein Turban etwas sauberer aussieht. Überzeuge dich selbst, ob es wahr ist oder nicht.«

Saadi, der mich ebenfalls bemerkt hatte, sah, als er näher kam, recht gut, daß Saad recht hatte, und wußte nicht, was er von der geringen Veränderung denken sollte, die er an mir wahrnahm. Er war darüber so erstaunt, daß er kein Wort zu mir sprach; Saad aber begrüßte mich mit dem gewöhnlichen Gruße und sagte dann: »Nun, Hasan, wir dürfen wohl nicht erst fragen, wie es seit unserem letzten Zusammentreffen mit deinen Angelegenheiten steht; ohne Zweifel haben sie einen besseren Gang genommen und die 200 Goldstücke haben deine Lage verbessert?«

»Edle Herren«, antwortete ich, »ich muß euch zu meinem großen Leidwesen gestehen, daß eure Wünsche und Hoffnungen, wie auch die meinigen, nicht den Erfolg hatten, den ihr davon erwarten durftet, und den ich selbst mir versprach. Ihr werdet das seltsame Abenteuer, das mir zugestoßen ist, kaum glauben wollen; gleichwohl versichere ich euch, so wahr ich ein ehrlicher Mann bin, daß ich euch die blanke Wahrheit berichten will.«

Ich erzählte ihnen nun mein Abenteuer mit all den Umständen, die ich soeben meinem Herrn und König mitzuteilen die Ehre hatte.

Saadi verwarf meine Erzählung ganz und gar. »Hasan«, sagte er, »du willst dich über mich lustig machen und mich zum Besten haben; was du da sagst, ist ja ganz unglaublich: Die Hühnergeier machen nicht auf Turbane Jagd, sie begehren nur das, was ihren Heißhunger befriedigen kann. Du hast indessen getan, wie alle Leute deines Gelichters zu tun pflegen. Sobald sie einen außerordentlichen Gewinn machen, oder ihnen ein unerwartetes Glück zuteil wird, so vernachlässigen sie ihr Geschäft, gehen den ganzen Tag ihrem Vergnügen nach, schmausen und leben herrlich und in Freuden, solange das Geld währt, und wenn dann alles verzehrt ist, so befinden sie sich wieder in derselben Not und Dürftigkeit, wie zuvor. Du bleibst darum in deinem Elende stecken, weil du es verdienst, und dich der Wohltat, die man dir erweist, unwürdig machst.«

»Herr«, antwortete ich, »ich muß mir diese und noch viel bitterere Vorwürfe von dir gefallen lassen; ich ertrage sie mit um so größerer Geduld, als ich überzeugt bin, daß ich sie nicht verdient habe. Die Sache ist übrigens in dem ganzen Stadtviertel so ruchbar, daß Jedermann sie dir bezeugen wird. Erkundige dich selbst, so wirst du finden, daß ich dich nicht belüge. Ich muß gestehen, auch ich habe noch nie sagen gehört, daß Hühnergeier Turbane entführen, allein mir ist es begegnet, und so geschehen tagtäglich 1000 Sachen, die früher nie vorgekommen sind.«

Saad ergriff meine Partei und erzählte seinem Freunde Saadi so viel andere gleich merkwürdige Geschichten von Hühnergeiern, daß dieser zuletzt seinen Beutel aus dem Busen zog und mir 200 neue Goldstücke in die Hand zählte, die ich in Ermangelung eines Beutels ebenfalls in meinen Busen steckte.

Als Saadi mir diese Summe hingezählt hatte, sagte er: »Hasan, ich will dir noch diese 200 Goldstücke schenken, aber verwahre sie ja an einem sicheren Orte, damit du nicht wieder so unglücklich bist, sie zu verlieren, und denke darauf, dir durch sie diejenigen Vorteile zu verschaffen, die du eigentlich schon aus den ersten hättest ziehen sollen.« Ich versicherte ihm, daß ich ihm für diese zweite Gnade um so innigeren Dank wissen werde, als ich sie nach dem oben gedachten Vorfall nicht verdiene, und daß ich alles aufbieten werde, um seinen guten Rat mir zunutzen zu machen. Ich wollte noch mehr sprechen, allein er ließ mir keine Zeit dazu, sondern ging schnell mit seinem Freunde weiter.

Als sie weg waren, ließ ich meine Arbeit liegen und kehrte nach Hause zurück, wo ich aber weder Frau noch Kinder antraf. Ich legte nur zehn Goldstükke von den 200 beiseite und hüllte die übrigen in ein Stück Leinwand, das ich zuknüpfte. Die Hauptsache war jetzt, dasselbe an einem sichern Ort zu verbergen. Nach reiflicher Überlegung fiel mir endlich ein, es in ein irdenes mit Kleien angefülltes Gefäß, das in einem Winkel stand, zu legen, da ich nicht glauben konnte, daß meine Frau oder Kinder es hier suchen würden. Meine Frau kam bald darauf nach Hause, und da ich nur noch sehr wenig Hanf mehr vorrätig hatte, so sagte ich zu ihr, ich wolle ausgehen und welchen kaufen, erwähnte aber der beiden Freunde mit keinem Worte.

Ich ging also fort; aber während ich diesen Einkauf machte, kam ein Mann, welcher Waschton, wie ihn die Frauen beim Baden brauchen, zu verkaufen hatte, durch die Straße gegangen und rief seine Ware aus.

Meine Frau, die von diesem Tone nichts mehr hatte, rief dem Mann, und da sie nicht bei Gelde war, fragte sie ihn, ob er ihr wohl etwas von seinem Ton gegen Kleie ablassen wolle. Der Verkäufer verlangte die Kleie zu sehen; meine Frau zeigte ihm das Gefäß und sie wurden handelseinig. Sie empfing den Waschton, und der Mann ging mit dem Kleiengefäß fort.

Bald darauf kam ich mit so viel Hanf, als ich nur tragen konnte, zurück, und mit mir fünf Lastträger, ebenfalls mit dieser Ware beladen, womit ich nun meinen hölzernen Verschlag anfüllte, den ich in meinem Hause angebracht hatte. Ich bezahlte die Lastträger für ihre Mühe, und als sie fort waren, wollte ich mir einige Augenblicke Ruhe gönnen, um mich von meiner Müdigkeit zu erholen. Sodann warf ich meine Blicke nach der Stelle hin, wo ich das Kleiengefäß gelassen hatte, und sah es jetzt nicht mehr.

Beherrscher der Gläubigen! Ich kann dir den Schrecken nicht schildern, der sich in diesem Augenblick meiner Sinne bemächtigte. Hastig fragte ich meine Frau, wo es denn hingekommen sei? Und sie erzählte mir den Handel, den sie gemacht, und wobei sie viel gewonnen zu haben glaubte.

»Unglückliche!« rief ich. »Ach, du weißt nicht, in welches Unglück du mich, dich selbst und deine Kinder durch diesen Handel gestürzt hast, der uns rettungslos zugrunde richtet. Du glaubtest bloß Kleie zu verkaufen, und hast mit dieser Kleie deinen Waschtonhändler um 190 Goldstücke reicher gemacht, womit Saadi, der heute in Begleitung seines Freundes wieder zu mir kam, mich zum zweiten Mal beschenkt hatte.«

Es fehlte wenig, so wäre meine Frau in Verzweiflung geraten, als sie erfuhr, welch großen Fehler sie in der Unwissenheit begangen hatte. Sie brach in lautes Wehklagen aus, zerschlug sich die Brust, zerraufte sich die Haare, zerriß ihr Kleid und rief: »Ach, wie unglücklich bin ich! Verdiene ich nach diesem schrecklichen Mißgriff noch zu leben? Wo soll ich diesen Waschtonhändler aufsuchen? Ich kenne ihn ja nicht, er ist bloß dies einzige Mal durch unsere Straße gekommen und vielleicht werde ich ihn nie wieder sehen. Ach, lieber Mann«, fuhr sie fort, »du hast sehr unrecht gehandelt; warum mußt du auch bei einer Sache von solcher Wichtigkeit so zurückhaltend gegen mich sein! Dies wäre alles nicht geschehen, wenn du mir dein Geheimnis mitgeteilt hättest.« Ich würde nicht zu Ende kommen, wenn ich dir alles wieder sagen wollte, was der Schmerz ihr damals in den Mund legte; du weißt ja selbst, wie redselig die Frauen in ihren Trübsalen sind.

»Liebe Frau«, sagte ich zu ihr, »mäßige dich; bedenkst du denn nicht, daß du durch dein Weinen und Schreien die ganze Nachbarschaft herbeilocken wirst, und diese brauchen nicht um unser Mißgeschick zu wissen. Statt Anteil daran zu nehmen oder uns zu trösten, würden sie sich nur über unsere Einfalt lustig machen.

Das Beste also ist, wir sagen keinem Menschen von diesem Verlust und schicken uns geduldig drein, so daß niemand etwas davon merkt; denn wir müssen uns dem Willen Gottes unterwerfen. Ja, laß uns ihn preisen, daß er von den 200 Goldstücken, die er uns gegeben, nur 190 zurückgenommen und uns in seiner Güte noch zehn gelassen hat, die uns immerhin einige Unterstützung gewähren werden.«

So triftig auch meine Gründe waren, so wurde es mir doch sehr schwer, ihnen bei meiner Frau Eingang zu verschaffen. Doch die Zeit, welche die größten und scheinbar unerträglichsten Leiden mildert, tröstete endlich auch sie.

»Wir leben freilich arm«, sagte ich zu ihr, »jedoch was haben denn die Reichen, das wir nicht auch hätten? Atmen wir nicht dieselbe Luft? Genießen wir nicht desselben Sonnenlichts und derselben Sonnenwärme? Einige Bequemlichkeiten, die sie vor uns voraus haben, könnten uns ihr Glück beneidenswert erscheinen lassen, allein sie müssen ja auch sterben wie wir. Genau genommen ist der Vorzug, den sie vor uns haben, so unbedeutend, daß wir ihn gar nicht in Betracht ziehen sollten, wenn wir nur immer die Furcht Gottes vor Augen und im Herzen haben.«

Ich will dich nicht länger mit den Betrachtungen langweilen, womit ich meiner Frau und mir selbst Trost einzusprechen suchte. Endlich wurden wir wieder ruhig, und ich ging wieder so munter an mein Geschäft, daß niemand sich hätte einfallen lassen, welch bedeutendes Unglück ich in so kurzer Zeit zweimal hintereinander gehabt habe.

Das einzige, was ich nicht verschmerzen konnte, und was mich oft und viel beschäftigte, war, wenn ich mich fragte, wie ich wohl vor Saadi bestehen würde, wenn er käme, um über seine 200 Goldstücke und die Verbesserung meiner Lage infolge seiner Freigebigkeit Rechenschaft zu fordern, und ich dann vor Beschämung zu Boden sinken müßte, obgleich ich das zweite Mal mein Unglück so wenig verschuldet hatte, als das erste.

Es dauerte diesmal länger, bis die beiden Freunde wieder kamen, um sich über meine Lage zu erkundigen. Saad hatte oft mit Saadi darüber gesprochen, aber dieser hatte es immer hinausgezogen. »Je länger wir warten«, sagte er, »um so reicher werden wir Hasan treffen und um so größer wird mein Vergnügen sein.«

Saad hatte nicht dieselbe Ansicht von der Wirkung, die das Geschenk seines Freundes gemacht haben würde. »Glaubst du denn wirklich«, sagte er, »Hasan werde dein Geschenk besser angewendet haben als das erste Mal? Ich rate dir, schmeichle dir nicht mit solchen Hoffnungen, denn dein Verdruß müßte dann nur noch um so empfindlicher sein, wenn du das Gegenteil findest.« »Doch«, erwiderte Saadi, »es kommt ja nicht alle Tage vor, daß ein Hühnergeier einen Turban mit in die Luft nimmt. Hasan ist von diesem Unglück plötzlich überfallen worden, er wird sich jetzt wohl vorgesehen haben, daß es ihm nicht wieder so ergangen ist.«

»Ich zweifle nicht daran«, entgegnete Saad, »allein ebenso gut kann jeder andere Zufall eingetreten sein, an welchen wir beide nicht denken konnten. Ich wiederhole es dir, mäßige deine Freude und mache dich ebenso gut auf Hasans

Unglück gefaßt, als auf sein Glück. Um dir aufrichtig meine Meinung zu sagen, die ich von jeher gehabt habe, die dir aber nie gefallen will, eine Ahnung sagt mir, daß es dir nicht gelungen ist, und daß ich glücklicher sein werde mit meinem Beweise, daß ein Armer auf jedem anderen Wege eher reich werden kann, als durch Geld.«

Als Saad eines Tages wiederum bei Saadi war und sie sich lange miteinander gestritten hatten, sagte letzterer: »Genug, ich will mir heute noch Aufschluß darüber verschaffen, wie es mit der Sache steht. Es ist jetzt gerade Zeit zum Spazierengehen; laß uns sie nicht versäumen, sondern uns erkundigen, wer von beiden die Wette gewonnen hat.«

Die Freunde gingen aus und ich sah sie schon von weitem kommen. Ich war so bestürzt darüber, daß ich in Versuchung geriet, meine Arbeit liegen zu lassen und mich vor ihnen zu verbergen. Indes blieb ich dennoch bei meinem Geschäft und stellte mich, als ob ich sie nicht sehe; ich schlug meine Augen nicht eher zu ihnen auf, als bis sie mir so nahe waren, daß sie mich grüßten, und ich anständigerweise den Gruß nicht unerwidert lassen konnte. Dann aber schlug ich meine Augen wieder nieder, und indem ich ihnen meinen letzten Unfall ausführlich erzählte, machte ich ihnen begreiflich, warum sie mich immer noch in derselben Armut finden, wie das erste Mal, da sie mich gesehen haben.

Als ich mit meiner Erzählung zu Ende war, fügte ich hinzu: »Ihr werdet mir vielleicht einwenden, ich hätte die 190 Goldstücke anderswo verwahren sollen, als in einem Kleiengefäß, das noch an demselben Tage aus meinem Hause geschafft wurde. Allein dieses Gefäß hat schon seit einer Reihe von Jahren immer auf derselben Stelle gestanden, es hatte seinen bestimmten Zweck, und so oft auch meine Frau, wenn es voll war, die Kleie verkauft hatte, so war doch das Gefäß immer stehen geblieben. Wie hätte ich mir einfallen lassen können, daß gerade an diesem Tage während meiner Abwesenheit ein Waschtonhändler am Hause vorbeigehen, meine Frau ohne Geld sein und diesen Tauschhandel mit ihm abschließen mußte? Ihr könntet mir vielleicht entgegnen, ich hätte meiner Frau etwas davon sagen sollen; doch glaube ich nicht, daß so verständige Männer, wofür ich euch halte, mir diesen Rat gegeben hätten. Was aber den Punkt betrifft, daß ich sie nicht anderswo versteckt habe, so bürgt mir niemand dafür, daß sie dann sicherer gewesen wären.

Herr«, fuhr ich dann gegen Saadi allein fort, »es hat Gott nicht gefallen, daß ich durch deine Freigebigkeit reich werden sollte; es ist dies eines seiner undurchdringlichen Geheimnisse, die wir nicht erforschen können. Er will mich nun einmal arm und nicht reich. Deshalb werde ich aber doch nie aufhören, dieselbe Dankbarkeit gegen dich zu empfinden, wie wenn deine Freigebigkeit den gewünschten Zweck vollkommen erreicht hätte.«

Ich schwieg, und Saadi nahm hierauf das Wort und sprach: »Hasan, wenn ich auch glauben wollte, daß alles das, was du da sagst, so wahr ist, als du uns gern überreden möchtest, und daß du es nicht bloß als Deckmantel brauchst, um deine Liederlichkeit oder schlechte Wirtschaft zu beschönigen, was auch wohl sein könnte, so würde ich mich dennoch hüten, irgend einen Schritt weiter zu tun und hartnäckig in Versuchen fortzufahren, die mich am Ende zugrunde richten müßten. Es ist mir nicht leid um die 400 Goldstücke, deren ich mich beraubt habe, weil ich einen Versuch machen wollte, dich aus deiner Armut zu ziehen. Ich habe dies Gott zuliebe getan, ohne von dir einen anderen Dank zu erwarten, als bloß das Vergnügen, dir etwas Gutes erwiesen zu haben.« Hierauf wandte er sich an seinen Freund und fuhr fort: »Saad, du kannst aus dem, was ich soeben gesprochen habe, abnehmen, daß ich das Spiel noch nicht ganz verloren gebe. Gleichwohl steht es dir frei, mit deiner Behauptung, die du schon so oft gegen mich ausgesprochen hast, auch einen Versuch zu machen. Zeige mir, daß es außer dem Gelde noch andere Mittel und Wege gibt, um das Glück eines armen Mannes zu machen in dem Sinne, wie wir beide es meinen, und suche dir keinen anderen dazu aus, als Hasan. Was du ihm auch immer geben magst, ich kann mich nicht überzeugen, daß er dadurch reicher werden könnte, als er durch die 400 Goldstücke hätte werden können.«

Saad hielt ein Stück Blei in der Hand und zeigte es Saadi. »Du hast gesehen«, sagte er jetzt zu diesem, »wie ich dies Stück Blei zu meinen Füßen aufraffte; ich will es Hasan schenken, und du wirst sehen, was es ihm mitbringen wird.«

Saadi lachte laut auf und verspottete Saad. »Ein Stück Blei!« rief er aus. »Nun, was kann dies Hasan mehr eintragen, als einen Heller, und was kann er mit einem Heller anfangen?« Saad überreichte mir indes das Stück Blei und sagte: »Nimm es immerhin und laß Saadi lachen; du wirst uns dereinst von dem Glück, das es dir ins Haus gebracht, viel zu erzählen haben.«

Ich glaubte, Saad könne dies nicht im Ernste meinen und wolle nur seinen Scherz mit mir treiben. Gleichwohl nahm ich das Stück Blei mit Dank an, und um ihm seinen Willen zu tun, steckte ich es ziemlich nachlässig in meine Weste. Darauf verließen mich die beiden Freunde, um ihren Spaziergang fortzusetzen, und ich ging wieder an meine Arbeit.

Abends, als ich mich auskleidete, um schlafen zu gehen, und eben meinen Gürtel ablegte, fiel das Stück Blei, das Saad mir gegeben, und an das ich seither nicht mehr gedacht hatte, auf den Boden; ich hob es auf und legte es an den nächsten besten Ort.

In derselben Nacht geschah es, daß einer meiner Nachbarn, ein Fischer, bei Zurechtmachung seiner Netze bemerkte, daß es ihm an einem Stück Blei fehle. Er hatte keines mehr im Hause, auch waren die Läden alle verschlossen und er konnte es also nicht kaufen. Gleichwohl mußte er, wenn er und die Seinigen am folgenden Tag etwas essen wollten, zwei Stunden vor Tagesanbruch auf den Fischfang ausgehen. Er klagte seiner Frau diese Not und schickte sie aus, um in der Nachbarschaft etwas Blei aufzutreiben.

Die Frau gehorchte ihrem Manne, ging von Türe zu Türe auf beiden Seiten der Straße, fand aber nirgends, was sie suchte. Mit dieser Antwort kam sie zu ihrem Manne zurück, der ihr mehrere von den Nachbarn mit Namen aufführte und fragte, ob sie auch bei diesen allen angeklopft habe. Sie antwortete: »Ja.« »Auch bei Hasan Alhabbal?« fragte er weiter; »ich wette, bei diesem bist du nicht gewesen.«

»Es ist wahr«, erwiderte die Frau, »es war mir zu weit an sein Haus, und wenn ich mich auch die Mühe nicht hätte verdrießen lassen, glaubst du denn, daß ich bei ihm etwas gefunden hätte? Zu ihm muß man nur gehen, wenn man selbst alles im Vollauf hat und nichts begehrt; ich weiß das aus Erfahrung.«

»Gleichviel«, sagte der Fischer, »du bist bloß zu faul dazu, und ich verlange, daß du jetzt hingehst. Du bist schon 100-mal bei ihm gewesen, ohne zu finden, was du suchtest; vielleicht findest du gerade heute das Blei, dessen ich bedarf. Noch einmal, ich verlange, daß du hingehst.«

Die Frau des Fischers ging murrend und brummend fort und klopfte an meine Türe. Ich schlief bereits, wachte aber sogleich auf und fragte, was es gebe. »Hasan Alhabbal«, sagte die Frau mit lauter Stimme, »mein Mann sollte ein Stück Blei haben, um seine Netze zurecht zu machen. Wenn du vielleicht welches hast, so läßt er dich darum bitten.«

Das Stück Blei, das Saad mir gegeben hatte, war mir noch so frisch im Gedächtnis, zumal da es mir beim Auskleiden auf den Boden gefallen war, daß ich es nicht vergessen haben konnte. Ich antwortete also meiner Nachbarin, ich habe welches, sie solle nur einen Augenblick warten, meine Frau werde es ihr bringen.

Meine Frau, die bei dem Lärmen ebenfalls aufgewacht war, stand auf und tappte im Finstern an den Ort, den ich ihr bezeichnete; als sie nun dort das Blei gefunden hatte, öffnete sie die Tür ein wenig und gab es der Nachbarin hinaus.

Die Frau des Fischers war ganz entzückt, daß sie nicht vergebens hatte kommen müssen und sagte zu meiner Frau: »Liebe Nachbarin, du tust meinem Mann und mir einen so großen Gefallen, daß ich dir alle Fische verspreche, die mein Mann bei dem ersten Wurf fängt, und ich bin überzeugt, daß er dies gern tun wird.«

Der Fischer war voll Freude, wider sein Erwarten das nötige Blei noch gefunden zu haben, und billigte mit Vergnügen das Versprechen seiner Frau. »Ich danke dir«, sagte er zu ihr, »daß du hierin meinen Willen so gut getroffen hast.« Sodann setzte er seine Netze vollends instand und ging wie gewöhnlich zwei Stunden vor Tag auf den Fischfang aus. Beim ersten Wurf zog er bloß einen einzigen Fisch heraus, der aber mehr als eine Elle lang und unverhältnismäßig dick war. Auch seine anderen Würfe fielen sämtlich glücklich aus, doch kam unter allen Fischen, die er fing, kein einziger dem ersten auch nur von ferne gleich.

Als er nun genug gefischt hatte und wieder nach Hause kam, so war sein Erstes, daß er an mich dachte, und ich machte große Augen, als ich bei meiner Arbeit ihn mit dem Fische vor mich treten sah. »Nachbar«, sagte er zu mir, »meine Frau hat dir heute Nacht zum Dank für deine Gefälligkeit die Fische versprochen, die ich beim ersten Wurfe fangen würde, und ich habe ihr Versprechen gutgeheißen. Gott hat mir bloß diesen einzigen für dich beschert, und ich bitte dich, ihn freundlich anzunehmen; hätte er mein Netz ganz mit Fischen angefüllt, so wären sie ebenfalls alle dein gewesen. Nimm daher mit diesem hier und meinem guten Willen vorlieb.«

»Nachbar«, antwortete ich, »das Stück Blei, das ich dir geschickt habe, ist so wenig wert, daß du durchaus keinen so hohen Preis darauf setzen solltest.

Nachbarsleute müssen einander in ihren kleinen Bedürfnissen aushelfen, und ich habe für dich bloß getan, was ich in einem ähnlichen Falle von dir hätte erwarten können. Ich würde deswegen dein Geschenk ausschlagen, wenn ich nicht überzeugt wäre, daß du mir es von Herzen gern bietest, und daß du es für eine Beleidigung hieltest, wenn ich es nicht annähme. Ich nehme es also an, da du es so haben willst, und sage dir dafür meinen besten Dank.«

Damit hatten unsere gegenseitigen Höflichkeiten ein Ende, und ich trug den Fisch zu meiner Frau. »Da hast du einen Fisch«, sagte ich zu ihr; »unser Nachbar, der Fischer, hat ihn mir soeben gebracht zum Dank für das Stück Blei, um das er uns in der letzten Nacht bitten ließ. Ich denke, dies ist alles, was wir von dem Geschenke hoffen dürfen, welches mir Saad gestern gemacht hat, und von dem er behauptete, es werde mir Glück bringen.« Zugleich erzählte ich ihr, daß die beiden Freunde wieder gekommen seien und was zwischen uns vorgefallen war. Meine Frau war in Verlegenheit, als sie diesen großen und dicken Fisch sah. »Was sollen wir damit anfangen?« sagte sie. »Unser Bratrost ist nur für kleine Fische eingerichtet, und wenn wir ihn mit einer kurzen Brühe sieden wollen, so haben wir keinen Topf, der groß genug wäre.« »Das sind deine Sachen«, sagte ich; »du kannst ihn sieden oder braten, ich bin mit allem zufrieden.« Mit diesen Worten ging ich zu meiner Arbeit zurück.

Als meine Frau den Fisch geschlachtet hatte, fand sie in seinen Eingeweiden einen großen Diamant, den sie rein abspülte und für bloßes Glas hielt. Sie hatte zwar schon von Diamanten sprechen gehört und vielleicht schon welche gesehen oder in der Hand gehabt, war aber zu wenig Kennerin, um sie gehörig unterscheiden zu können. Sie gab ihn also unserm jüngsten Kind, auf daß es mit seinen Schwesterchen und Brüderchen damit spielen sollte, und die Kinder nahmen ihn alle nacheinander in die Hand und freuten sich über seine Schönheit, seinen Glanz und sein Gefunkel.

Abends, als die Lampe angezündet war, bemerkten unsere Kinder, die noch immer mit dem Diamant spielten und ihn einander in die Hände gaben, daß er einen Schein von sich gab, wenn meine Frau, die mit Zubereitung des Abendessens beschäftigt war, zufällig an der Lampe vorbeikam und Schatten machte, und dies bewog dann die Kinder, ihn einander aus den Händen zu reißen, um Versuche damit zu machen. Dabei weinten die Kleinen, wenn die Größeren ihnen den Stein nicht lange genug lassen wollten, und diese mußten ihn dann zurückgeben, nur um sie zu beschwichtigen. Da Kinder wegen jeder Kleinigkeit lustig werden oder Streit anfangen, und dies alle Tage vorkommt, so fragte weder meine Frau noch ich um die Ursache des Höllenlärms und Geschreies, das sie miteinander verführten. Endlich wurden sie ruhig, als die Größeren sich an den Tisch gesetzt hatten, um mit uns zu Nacht zu speisen, und meine Frau den Kleineren jedem seinen Teil gegeben hatte. Nach dem Abendessen spielten die Kinder wieder miteinander, und bald war der Lärm noch größer als vorher. Jetzt wollte ich wissen, warum sie miteinander streiten, rief also den Ältesten und fragte, was der Lärm zu bedeuten habe. »Lieber Vater«, antwortete das Kind, »wir haben hier ein Stück Glas, das einen Schein von sich gibt, wenn wir der Lampe

den Rücken kehren und es so ansehen.« Ich ließ es mir bringen und machte selbst den Versuch. Die Sache schien mir seltsam und ich fragte meine Frau, was denn das für ein Stück Glas sei? »Ich weiß es nicht«, sagte sie, »ich habe es im Bauche des Fisches gefunden, als ich ihn zubereitete.« Ich dachte ebenso wenig daran, daß es etwas anderes als Glas sein könnte, doch wollte ich noch mehr Versuche damit machen und sagte daher zu meiner Frau, sie sollte die Lampe einmal in den Kamin stellen. Sie tat es, und nun sah ich, daß die vermeintliche Glasscherbe einen so hellen Schein verbreitete, daß wir die Lampe nicht mehr vonnöten hatten, um zu Bett zu gehen. Ich ließ sie daher auslöschen, und legte das Glas auf den Rand des Kamins, damit es uns leuchtete. »Dies ist«, sagte ich, »schon der zweite Vorteil, den wir von dem Stück Blei haben, das Saadis Freund mir gab; wir brauchen jetzt kein Öl mehr zu kaufen.« Als meine Kinder sahen, daß ich die Lampe hatte auslöschen lassen, und das Glas ihre Stelle vertrat, so erhoben sie aus Freude und Bewunderung ein solches Geschrei, daß man es weit umher in der Nachbarschaft hörte. Wir beide, meine Frau und ich, vermehrten den Lärm noch, indem wir ihnen zuschrien, sie sollen schweigen; allein wir konnten ihrer nicht Meister werden, bis sie im Bett lagen und einschliefen, nachdem sie sich zuvor noch lange Zeit nach ihrer Weise über den wunderbaren Schein des Glases unterhalten hatten.

Meine Frau und ich gingen nun zu Bett, und am anderen Morgen in der Frühe begab ich mich wieder, ohne weiter an das Stück Glas zu denken, an meine Arbeit. Niemand wird sich darüber verwundern, daß dies einem Mann wie mir begegnet ist, der in seinem Leben bloß Glas, aber niemals Diamanten gesehen, oder wenn er dergleichen sah, sich nie um ihren Wert bekümmert hatte. Hier muß ich dir bemerken, Beherrscher der Gläubigen, daß zwischen meinem Haus und dem meines nächsten Nachbarn sich bloß eine sehr dünne Bretterwand befand. Dieses Haus aber gehörte einem sehr reichen Juden, der seines Zeichens ein Juwelier war, und das Zimmer, wo er und seine Frau schliefen, stieß an die Scheidewand. Sie waren schon zu Bett gewesen und eingeschlafen, als meine Kinder so abscheulich zu lärmen anfingen; der Lärm hatte sie aufgeweckt und sie hatten lange nicht mehr einschlafen können.

Am Morgen kam dann die Frau des Juden, um sich sowohl in ihrem eigenen als in ihres Mannes Namen bei meiner Frau zu beschweren, daß sie in ihrem ersten Schlafe gestört worden seien. »Meine liebe Rahel«, so hieß nämlich die Jüdin, gab meine Frau zur Antwort, »es tut mir sehr leid, daß dies vorgefallen ist, und ich bitte dich um Entschuldigung. Du weißt selbst, wie die Kinder sind, sie können über eine Kleinigkeit lachen und weinen. Komm herein, so will ich dir das Ding zeigen, das deine Klage veranlaßt hat.« Die Jüdin trat hinein, und meine Frau nahm den Diamant – denn es war wirklich einer und zwar ein sehr ausgezeichneter – vom Kamine herab, zeigte ihr denselben und sagte: »Da sieh, dieses Stück Glas ist an dem ganzen Lärm schuld, den du gestern Abend gehört hast.« Indes nun die Jüdin, die sich auf alle Arten von Edelsteinen wohl verstand, den Diamant mit Bewunderung besichtigte, erzählte ihr meine Frau, wie sie ihn im Bauche des Fisches gefunden und wie alles zugegangen sei. Als meine Frau ausgesprochen hatte, gab ihr die Jüdin den Diamant zurück und sagte zu ihr: »Aischa«, sie wußte nämlich ihren Namen, »ich halte es ebenfalls für Glas; da es aber weit schöner ist als gewöhnliches Glas, und ich schon ein ganz ähnliches Stück Glas zu Hause habe, womit ich mich bisweilen schmücke und wozu es schön passen würde, so möchte ich es dir gern abkaufen.« Als meine Kinder vom Verkauf ihres Spielwerks reden hörten, so unterbrachen sie das Gespräch mit lautem Geschrei, und baten ihre Mutter, es ihnen zu lassen, so daß sie es ihnen versprechen mußte, nur um sie wieder zu beruhigen.

Die Jüdin mußte nach Hause zurückgehen und bat meine Frau, die sie bis an die Haustüre geleitete, beim Abschiede noch ganz leise, wenn sie das Stück Glas verkaufen wolle, so möchte sie es ja niemand zeigen, bevor sie ihr davon Nachricht gegeben hätte.

Der Jude war schon in aller Frühe nach dem Juwelierplatz in seinen Laden gegangen. Seine Frau eilte ihm nach und meldete ihm die Entdeckung, die sie gemacht hatte; sie beschrieb ausführlich die Größe, das ungefähre Gewicht, die Schönheit und den Glanz des Diamanten, besonders aber seine ausgezeichnete Eigenschaft, bei Nacht zu leuchten, wie ihr meine Frau in ihrer arglosen und treuherzigen Geschwätzigkeit erzählt hatte.

Der Jude schickte seine Frau sogleich zurück mit dem Auftrage, mit der meinigen zu unterhandeln und ihr anfangs wenig zu bieten, aber je nachdem sie Schwierigkeiten finde, immer höher zu gehen und endlich den Handel um jeden Preis abzuschließen.

Die Jüdin kam also, nahm meine Frau beiseite, ohne abzuwarten, bis sie sich selbst zum Verkauf des Diamanten entschlossen hätte, und fragte sie, ob sie nicht 20 Goldstücke für dieses Glas nehmen wolle, denn es sei doch nichts anderes. Meine Frau fand diese Summe bedeutend, wollte aber weder Ja noch Nein antworten, sondern sagte der Jüdin bloß, sie könne sich nicht darauf einlassen, bevor sie mit mir gesprochen hätte.

Mittlerweile wurde es Zeit zum Mittagessen, und ich wollte eben in meine Wohnung eintreten, als sie noch an der Türe miteinander sprachen. Meine Frau rief mich und fragte, ob ich es erlaube, wenn sie das im Bauche des Fisches gefundene Stück Glas für 20 Goldstücke verkaufen wollte, die unsere Nachbarin, die Jüdin, darauf geboten habe.

Ich gab nicht sogleich eine entscheidende Antwort, denn ich erinnerte mich jetzt der zuversichtlichen Art, wie Saad, als er mir das Stück Blei gab, behauptet hatte, es müsse mein Glück machen. Die Jüdin aber glaubte, ich antworte deswegen nicht, weil ich ihr Gebot verschmähe, und sagte daher schnell: »Nachbar, ich gebe dir 50. Bist du damit zufrieden?«

Als ich sah, daß die Jüdin so geschwind von 20 Goldstücken auf 50 stieg, so wurde ich immer zäher und sagte, das sei noch lange nicht der Preis, zu dem ich es zu verkaufen gedenke. »Nachbar«, erwiderte sie, »ich gebe 100 Goldstücke; dies ist gewiß sehr viel und ich weiß nicht einmal, ob mein Mann es gutheißen wird.« Auf diese neue Steigerung sagte ich, ich verlange 100000 Goldstücke, obwohl ich recht gut wisse, daß der Diamant weit mehr wert sei. Indes wolle ich mich als guter Nachbar, ihr und ihrem Manne zu Gefallen, mit dieser Summe begnügen, weiter herab aber werde ich nicht gehen, und wenn sie mit diesem Preis nicht zufrieden, so werden andere Juweliere gewiß noch mehr dafür geben.

Die Jüdin bot mir zu wiederholten Malen 50000 Goldstücke, die ich aber nicht annahm, denn die gierige Art, womit sie den Handel abschließen wollte, bestärkte mich in meinem Entschluß, bei 100000 zu beharren. »Mehr«, sagte sie, »kann ich ohne Einwilligung meines Mannes nicht bieten; er wird aber auf den Abend nach Hause kommen und ich bitte dich nur um die Gefälligkeit, daß du solange Geduld hast, bis er mit dir sprechen und den Diamanten sehen kann.« Ich versprach ihr dies.

Als der Jude am Abend nach Hause kam, sagte ihm seine Frau, sie habe weder mit mir noch meiner Frau etwas ausgerichtet, obgleich sie mir 50000 Goldstücke geboten, und dann habe sie nur noch um die Gefälligkeit bitten können, auf ihn zu warten.

Der Jude nahm die Zeit wahr, wo ich von meiner Arbeit nach Hause zurückkam. »Nachbar Hasan«, rief er mir zu, »sei doch so gut und zeige mir den Diamanten, den deine Frau der meinigen gezeigt hat.« Ich hieß ihn ins Haus treten und zeigte ihm denselben.

Da es bereits dunkel war und die Lampe noch nicht brannte, so erkannte er sogleich aus dem Schein, den der Diamant von sich strahlte, und aus seinem herrlichen Glanz auf meiner Hand, die wie im Feuer zu liegen schien, daß seine Frau ihm einen getreuen Bericht abgestattet hatte. Er nahm ihn in die Hand, besichtigte ihn lange Zeit und konnte keine Worte für seine Bewunderung finden. »Lieber Nachbar«, sagte er endlich, »meine Frau hat dir, wie sie gesagt, 50000 Goldstücke dafür geboten; damit du nun ganz zufrieden bist, so biete ich noch 20000 dazu.« »Nachbar«, antwortete ich, »deine Frau hätte dir auch sagen sollen, daß ich 100000 dafür verlangt habe; entweder gibst du mir so viel, oder der Diamant bleibt mein; ich gehe um keinen Heller herab.« Er feilschte noch lange, in der Hoffnung, ich würde ihm etwas nachlassen, allein es gelang ihm nicht, und aus Furcht, ich möchte den Diamanten auch anderen Juwelieren zeigen, wie ich jedenfalls getan hätte, schloß er den Handel endlich um den verlangten Preis ab. Er sagte, er habe zwar die 100000 Goldstücke nicht bar daliegen, werde mir aber morgen um dieselbe Stunde und noch früher die ganze Summe übermachen, und damit der Kauf ganz fest stände, brachte er mir am nämlichen Abend zwei Beutel von je 1000 Goldstücken.

Ich weiß nicht, ob der Jude das Geld von seinen Freunden entlehnte, oder mit anderen Juwelieren zusammenstand, kurz und gut, am anderen Tage zählte er mir auf die bestimmte Stunde 100000 Goldstücke blank auf den Tisch, und ich übergab ihm den Diamant.

Als ich nun durch diesen Handel über alle Erwartung reich geworden war, dankte ich Gott für seine Güte und Milde, und gern hätte ich mich zu Saads Füßen geworfen, um ihm meine Erkenntlichkeit zu beweisen, wenn ich nur seine Wohnung gewußt hätte. Ebenso erging es mir mit Saadi, den ich als die erste Ursache meines Glückes verehren mußte, obschon sein guter Plan ihm nicht gelungen war.

Ich dachte nun darauf, wozu ich wohl diese bedeutende Summe am besten verwenden könne. Meine Frau, welcher von der gewöhnlichen Eitelkeit ihres Geschlechts bereits der Kopf schwindelte, machte mir sogleich den Vorschlag, kostbare Kleider für sie und ihre Kinder, dann auch ein Haus zu kaufen und es reich auszuschmücken.» Überlaß die Sache mir: Was du da verlangst, wird nicht ausbleiben. Obgleich das Geld nur dazu da ist, um ausgegeben zu werden, so müssen wir es doch so einrichten, daß wir ein Kapital anlegen, wovon wir bloß die Zinsen verbrauchen wollen, ohne den Grundstock anzugreifen. Dies ist mein Plan und gleich morgen will ich das Kapital anlegen.«

Den folgenden Tag wandte ich ganz dazu an, zu einer Menge meiner Handwerksgenossen zu gehen, die in ebenso schlechten Umständen waren, wie ich bisher; ich schoß ihnen Geld vor und verpflichtete sie, jeden nach seiner Geschicklichkeit und Fähigkeit, allerlei Arten von Seilerarbeit für mich zu besorgen. Zugleich versprach ich ihnen, sie nicht lange warten zu lassen, sondern pünktlich und gut zu bezahlen, sowie sie mir ihre Arbeiten brächten. Den nächstfolgenden

Tag verpflichtete ich auch noch die übrigen Seiler, die in diesen Umständen waren, für mich zu arbeiten, und seitdem stehen alle Leute von diesem Handwerk in ganz Bagdad für mich in Arbeit, sind aber auch sehr wohl zufrieden mit der Pünktlichkeit, womit ich mein Versprechen gegen sie erfülle.

Da diese Masse von Handwerksleuten eine verhältnismäßige Menge von Arbeiten fertig machen mußte, so mietete ich mir an verschiedenen Orten Lagerhäuser und stellte in jedem einen Geschäftsführer auf, der die angefertigte Arbeit in Empfang nehmen und den Verkauf im Ganzen wie im Einzelnen besorgen mußte: eine Einrichtung, die mir bald bedeutenden Gewinn und eine ansehnliche Einnahme verschaffte.

In der Folge kaufte ich, um meine vielen zerstreuten Warenlager auf einem einzigen Punkte zu vereinigen, ein großes Haus, das zwar sehr vielen Raum hatte, aber baufällig war, ließ es niederreißen und an seiner Stelle dasjenige erbauen, das du, Herr König, gestern gesehen hast. So stattlich es auch erscheint, so besteht es doch nur aus den notwendigen Warenböden und aus den Wohnzimmern, so viel ich für mich und meine Familie brauche.

Es war schon einige Zeit, daß ich mein altes Häuschen verlassen und mein neues, großes Haus bezogen hatte, als Saadi und Saad, die bisher nicht mehr an mich gedacht, sich auch einmal meiner erinnerten. Sie verabredeten einen Spaziergang, und als sie durch die Straße kamen, wo sie mich sonst immer gesehen hatten, verwunderten sie sich höchlich, da sie mich nicht mehr wie gewöhnlich an meinem kleinen Seilergestell arbeitend antrafen. Sie fragten, was aus mir geworden und ob ich tot oder noch am Leben sei? Aber wie groß war ihr Erstaunen, als sie vernahmen, daß der, nach welchem sie fragten, ein vornehmer Kaufmann geworden sei und nicht mehr schlechthin Hasan, sondern Chogia Hasan Alhabbal, das heißt: Kaufmann Hasan der Seiler, heiße, und sich in der und der Straße ein Haus habe erbauen lassen, das aussehe wie ein Palast.

Die beiden Freunde suchten mich in der ihnen bezeichneten Straße auf, und da Saadi sich nicht denken konnte, daß das Stück Blei, das Saad mir gegeben, die Ursache so großen Glücks für mich geworden sein sollte, so sagte er unterwegs zu Saad: »Ich freue mich außerordentlich, daß ich Hasan Alhabbals Glück gegründet habe; nur gefällt es mir nicht, daß er mich zweimal belogen hat, um mir 400 statt 200 Goldstücke abzulocken. Denn dem Stück Blei, das du ihm schenktest, kann ich doch sein Glück nicht zuschreiben, auch wird sich niemand dies sonst einfallen lassen.«

»Das mag deine Meinung sein«, antwortete Saad; »die meinige ist es nicht; auch sehe ich keinen Grund, warum du gegen Chogia Hasan so ungerecht sein willst, ihn für einen Lügner zu halten. Erlaube mir, zu glauben, daß er uns die Wahrheit berichtet und nichts verheimlicht hat, und daß das Stück Blei, das ich ihm gab, die einzige Ursache seines Glückes ist. Doch Chogia Hasan wird uns bald selbst Aufschluß darüber erteilen.«

Unter solchen Gesprächen kamen die Freunde in die Straße, wo mein Haus liegt. Sie fragten nach demselben, und man zeigte es ihnen. Als sie die Vorderseite betrachteten, konnten sich kaum glauben, daß es mir gehören sollte.

Gleichwohl klopften sie an die Tür und mein Pförtner öffnete ihnen.

Saadi, der eine Unhöflichkeit zu begehen fürchtete, wenn er das Haus, das er suchte, mit dem irgend eines bedeutenden Mannes verwechselte, sagte zu dem Pförtner: »Man hat uns gesagt, dieses gehöre dem Chogia Hasan Alhabbal; sprich, ob wir uns irren oder nicht.« »Nein, Herr, du irrst dich nicht«, antwortete der Türsteher, indem er die Pforte noch weiter öffnete, »du bist im rechten Hause. Tritt nur herein, er befindet sich eben im Saal, und einer von seinen Sklaven wird dich anmelden.«

Die beiden Freunde ließen sich bei mir anmelden, und ich erkannte sie auf den ersten Blick. Ich stand sogleich auf, lief ihnen entgegen und wollte den Saum ihres Kleides fassen, um ihn zu küssen. Sie ließen es nicht zu, und ich mußte mir wider meinen Willen gefallen lassen, daß sie mich umarmten. Ich lud sie ein, auf eine mit Teppichen belegte Erhöhung zu treten, und bot ihnen da ein Sofa an, das die Aussicht nach dem Garten hatte. Hier bat ich sie, sich zu setzen; allein sie verlangten, ich solle den Ehrenplatz einnehmen. »Edle Herren«, sagte ich zu ihnen, »ich habe nicht vergessen, daß ich der arme Hasan Alhabbal bin, und wenn ich auch ein ganz anderer wäre, als ich bin, und nicht die Verpflichtung gegen euch hätte, die ich wirklich habe, so weiß ich doch, was euch gebührt. Ich bitte euch also, beschämt mich nicht länger.« Sie nahmen jetzt den ihnen gebührenden Platz ein, und ich setzte mich ihnen gegenüber.

Nun ergriff Saadi das Wort und sagte, gegen mich gewendet: »Chogia Hasan, ich kann dir nicht sagen, wie sehr ich mich freue, dich in der Lage zu sehen, die ich dir damals wünschte, als ich dir zweimal hintereinander und ohne Vorwürfe 200 Goldstücke schenkte, und ich bin überzeugt, daß diese 400 Goldstücke die wunderbare Veränderung deiner Lage bewirkt haben, die ich mit so vielem Vergnügen wahrnahm. Nur eins kann ich nicht begreifen, nämlich aus welchem Grund du mir zweimal die Wahrheit verhehltest und Verluste vorspiegeltest, deren Veranlassung mir heute noch so unglaublich erscheint, wie damals. Nicht wahr, das letzte Mal, als wir dich sahen, hattest du mit den 400 Goldstücken deine Angelegenheiten noch so wenig verbessert, daß du dich schämtest, es uns zu gestehen? Ich will dies wenigstens zum voraus annehmen, und erwarte, daß du meine Meinung bestätigen wirst.«

Saad hörte diese Rede Saadis mit großer Ungeduld, ich will nicht sagen mit Unwillen, an, was er auch durch seine gesenkten Blicke und durch sein Kopfschütteln zu erkennen gab. Gleichwohl ließ er ihn aussprechen, ohne den Mund zu öffnen. Als er aber zu Ende war, sagte er: »Verzeihe, Saadi, wenn ich vor Chogia Hasan das Wort ergreife, um dir zu sagen, daß ich mich über dein Vorurteil gegen seine Aufrichtigkeit, sowie darüber sehr wundern muß, wie du auf deinem Unglauben an seine früheren Versicherungen beharren magst. Ich habe es dir schon einmal gesagt und wiederhole es jetzt, daß ich gleich im Anfang seiner schmucklosen Erzählung von dem doppelten Mißgeschick, das er hatte, Glauben schenkte, und du magst sagen, was du willst, ich bin dennoch überzeugt, daß die Sache sich wirklich so verhält. Lassen wir indes ihn selbst sprechen, er wird uns am besten darüber Auskunft geben können, wer von uns beiden ihn richtig beurteilt hat, und wer nicht.«

Nachdem die beiden Freunde so gesprochen, ergriff ich das Wort und sagte, zu beiden gewendet: »Edle Herren, ich würde mich in betreff des von euch verlangten Aufschlusses zu ewigem Stillschweigen verdammen, wenn ich nicht zum voraus überzeugt wäre, daß euer Streit wegen meiner nicht imstande ist, das Freundschaftsband, das eure Herzen verknüpft, zu zersprengen. Ich werde mich also, da ihr es verlangt, erklären, zuvor aber beteure ich, daß es mit derselben Aufrichtigkeit geschehen wird, womit ich euch früher erzählte, was mir begegnet war.« Ich erzählte ihnen hierauf die ganze Geschichte Punkt für Punkt, wie ich sie meinem Herrn König erzählt habe, und vergaß keinen einzigen Umstand.

Meine Beteuerungen machten indessen nicht so viel Eindruck auf Saadi, daß er von seinem Vorurteil zurückgekommen wäre. Als ich zu Ende war, sagte er zu mir: »Chogia Hasan, das Abenteuer mit dem Fisch und dem in seinem Bauche gefundenen Diamanten scheint mir ebenso unglaublich, als die Entführung deines Turbans durch einen Hühnergeier, und der Umtausch des Kleiengefäßes gegen Waschton; dem mag übrigens sein wie ihm wolle, ich habe mich jetzt jedenfalls überzeugt, daß du nicht mehr arm bist, sondern reich, was ich gleich anfangs zu bewerkstelligen beabsichtigte, und ich freue mich von ganzem Herzen darüber.«

Da es schon spät war, so stand er auf und wollte sich verabschieden, Saad mit ihm. Ich stand ebenfalls auf, hielt ihn zurück und sagte zu ihnen: »Edle Herren, erlaubt, daß ich euch um eine Gnade bitte, die ihr mir nicht abschlagen dürfet. Erzeiget mir die Ehre, eine einfache Abendmahlzeit und ein Nachtlager bei mir anzunehmen, damit ich euch morgen früh zu Wasser nach einem kleinen Landhause führen kann, das ich mir gekauft habe, um daselbst von Zeit zu Zeit frische Luft zu genießen; ich werde euch noch am selben Tage mit meinen Pferden zu Lande wieder zurückführen.«

»Wenn Saad keine Geschäfte hat, die ihn anderswohin rufen«, sagte Saadi, »so nehme ich es von Herzen gern an.« »Ich habe nie Geschäfte«, antwortete Saad, »sobald es sich davon handelt, deine Gesellschaft zu genießen; wir müssen aber«, setzte er hinzu, »beide nach Hause schicken und sagen lassen, daß man uns nicht erwarten soll.« Ich ließ ihnen einen Sklaven kommen, und während sie ihm ihren Auftrag erteilten, benutzte ich die Zeit, um Befehle zur Zubereitung des Mahles zu geben.

Inzwischen zeigte ich meinen Wohltätern mein Haus, und sie fanden es für mein Geschäft sehr zweckmäßig angelegt. Ich nenne sie beide ohne Unterschied meine Wohltäter, weil ohne Saadi Saad mir das Stück Blei nicht gegeben und ohne Saad Saadi sich schwerlich an mich gewendet haben würde, um mir die 400 Goldstücke zu schenken, von denen ich den Anfang meines Glückes herschreibe. Sodann führte ich sie in den Saal zurück, wo sie über die Einzelheiten meines Geschäfts allerlei Fragen an mich richteten, die ich zu ihrer Zufriedenheit beantwortete.

Endlich meldete man mir, das Abendessen sei aufgetragen. Da die Tafel in einem anderen Saale gedeckt war, so lud ich sie ein, sich dahin zu bemühen. Sie wunderten sich höchlich über die glänzende Beleuchtung und die Niedlichkeit des Saales, und auch die Getränke, sowie die Speisen fanden sie ganz nach ihrem Geschmack. Während der Mahlzeit unterhielt ich sie mit einem Konzert, und als abgetragen war, ließ ich einen Trupp Tänzer und Tänzerinnen ihre Künste zeigen und sorgte für alle möglichen Ergötzlichkeiten, nur um ihnen zu zeigen, wie sehr ich von Dank gegen sie durchdrungen sei.

Am anderen Morgen hatte ich mit Saadi und Saad verabredet, sehr früh aufzubrechen, um die Morgenfrische zu genießen, und wir begaben uns daher noch vor Sonnenaufgang an das Ufer des Flusses; dort trafen wir ein bequemes und mit Teppichen belegtes Fahrzeug, stiegen hinein und kamen mit Hilfe sechs tüchtiger Ruderer und der günstigen Strömung des Flusses nach etwa anderthalbstündiger Fahrt bei meinem Landhaus an.

Als wir ausstiegen, blieben beide Freunde stehen, nicht sowohl um das schöne Äußere des Hauses zu betrachten, als um seine vortreffliche Lage und die herrlichen Aussichten zu bewundern, die weder zu beschränkt noch zu ausgedehnt, und nach allen Seiten hin sehr lieblich waren. Ich führte sie in die Zimmer, machte sie auf den Ausschmuck derselben, auf das An- und Zugehör und alles, was sonst zur Bequemlichkeit diente, aufmerksam, und sie fanden alles freundlich und anmutig.

Sofort gingen wir in den Garten, wo ihnen nichts besser gefiel, als ein Wald von Zitronen- und Pomeranzenbäumen aller Arten, deren Blüten und Früchte die Luft durchdufteten; sie waren in regelmäßige Baumgänge gepflanzt und durch ein immer fließendes Bächlein von lebendigem Wasser aus dem Strome bewässert. Der Schatten, die Kühle während der größten Sonnenglut, das sanfte Gemurmel des Wassers, der melodische Waldgesang unzähliger Vögel und mehrere andere Annehmlichkeiten machten einen solchen Eindruck auf sie, daß sie fast bei jedem Schritte stehen blieben, bald um mir ihren Dank dafür auszudrücken, daß ich sie an einen so anmutigen Ort geführt, bald um mir zu einem solchen Besitztume Glück zu wünschen und andere Artigkeiten zu sagen.

Ich führte sie bis ans Ende dieses Waldes, der sehr lang und sehr breit ist, und machte sie daselbst auf ein Gehölz von großen Bäumen aufmerksam, womit mein Garten aufhört. Hier führte ich sie in ein nach allen Seiten hin offenes, von einer Gruppe von Palmbäumen, die aber nach keiner Seite hin die Aussicht benahmen, überschattetes Zimmer, und lud sie ein, hineinzutreten und auf einem mit Teppichen und Polstern versehenen Sofa auszuruhen.

Zwei meiner Söhne, die ich der guten Luft wegen vor einiger Zeit mit ihrem Lehrer hierher geschickt hatte, waren tiefer in das Gehölz eingedrungen, um Vogelnester zu suchen. Endlich bemerkten sie eins zwischen den Zweigen eines großes Baumes. Sie versuchten anfangs hinaufzuklettern, da es ihnen aber sowohl an Kraft als an Geschicklichkeit gebrach, so zeigten sie es einem Sklaven, den ich ihnen mitgegeben, und der sie nicht verlassen durfte, und befahlen ihm, die Vögel auszunehmen.

Der Sklave stieg auf den Baum, gelangte bis an das Nest und sah zu seiner großen Verwunderung, daß dasselbe in einem Turban angebracht war. Er nahm nun das Nest, wie es war, stieg vom Baume herab und zeigte den Turban meinen Kindern. Da er indes nicht zweifelte, daß ich dies vielleicht selbst gern sehen würde, so machte er sie darauf aufmerksam und gab es dem Ältesten, um es mir zu bringen.

Ich sah ihn schon von weitem mit großer Freude herbeikommen, wie Kinder, wenn sie ein Nest gefunden, sie gewöhnlich haben. Er überreichte es mir und sagte: »Sieh, lieber Vater, da ist ein Nest in einem Turban.«

Saadi und Saad waren über diese neue Erscheinung nicht minder überrascht, als ich; noch größer aber war mein Erstaunen, als ich den Turban für denjenigen wiedererkannte, den der Hühnergeier mir entführt hatte. Nachdem ich ihn voll Verwunderung genau besichtigt und nach allen Seiten gedreht hatte, fragte ich die beiden Freunde: »Edle Herren, habt ihr wohl ein so gutes Gedächtnis, um euch zu erinneren, daß dies der Turban ist, den ich an dem Tage trug, da ihr mir zum erstenmal die Ehre erwieset, mich anzureden?« »Ich glaube nicht«, antwortete Saad, »daß Saadi besser darauf geachtet haben wird, als ich; aber weder er noch ich können daran zweifeln, wenn sich die 190 Goldstücke darin finden.« »Herr«, versetzte ich, »zweifle nicht, es ist derselbe Turban; ich erkenne ihn ganz gut und bemerke auch an seiner Schwere, daß es kein anderer sein kann; du wirst es selbst einsehen, wenn du dir die Mühe nimmst, ihn in die Hand zu nehmen.« Mit diesen Worten überreichte ich ihm den Turban, zuvor aber nahm ich die Vögel heraus und gab sie meinen Kindern. Er nahm ihn in die Hände und überreichte ihn dann Saadi, damit dieser sich ebenfalls von seiner Schwere überzeugen sollte. »Ich will gern glauben, daß es dein Turban ist«, sagte Saadi zu mir, »doch wäre meine Überzeugung noch stärker, wenn ich die 190 Goldstücke darin sehen würde.« Als ich nun den Turban wieder in die Hand genommen hatte, sagte ich zu ihm: »Ich bitte dich, Herr, bevor ich ihn anrühre, überzeuge dich vorerst, daß der Zustand, worin du ihn siehst, sowie dieses hübsche und bequeme Nest, woran keine Menschenhand gearbeitet hat, deutliche Beweise sind, daß er sich seit jenem Tage, wo der Hühnergeier mir ihn entführte, hier befindet; ohne Zweifel hat ihn der Vogel auf diesen Baum gelegt oder fallen lassen, dessen Äste ihn nicht auf den Boden kommen ließen. Ihr werdet mir diese Bemerkung zugute halten, denn es liegt mir gar zu viel daran, euch jeden Verdacht gegen meine Ehrlichkeit zu benehmen.« Saad unterstützte mich hierin. »Saadi«, sagte er, »dies geht dich an, nicht mich, denn ich war von jeher überzeugt, daß Chogia Hasan uns nicht täuschen will.«

Während Saad so sprach, nahm ich das Tuch weg; das mehrfach um die innere Mütze des Turbans gewickelt war, und zog den Beutel heraus. Saadi erkannte ihn sogleich für denselben, den er mir gegeben hatte. Ich schüttelte ihn vor ihren Augen auf den Teppich aus und sagte zu ihnen: »Seht, ihr Herren, das sind die Goldstücke; zählt sie selbst und überzeugt euch, ob die Zahl richtig ist.« Saadi zählte sie zehn für zehn, brachte wirklich 190 heraus und da er nun eine so offenkundige Wahrheit nicht mehr leugnen konnte, nahm er das Wort und sprach zu mir: »Chogia Hasan, ich gebe zu, daß du von diesen 190 Goldstücken nicht hast reich werden können; allein die anderen 190, die du in ein Kleiengefaß

versteckt haben willst, haben dir sicherlich aufgeholfen.« »Herr«, antwortete ich, »ich habe dir in Beziehung auf die letzte Summe so gut die Wahrheit gesagt, wie bei der ersten. Du wirst doch nicht glauben, daß ich schmählich genug handeln könnte, dich zu belügen.«

»Chogia Hasan«, sagte Saad zu mir, »laß Saadi bei seinem Glauben. Ich will ihm herzlich gern die Überzeugung lassen, daß du ihm vermöge der letzten Summe die Hälfte deiner Wohlhabenheit verdankest; allein er muß dann auch zugeben, daß ich vermöge des Stückes Blei, das ich dir gab, wegen der anderen Hälfte ein Verdienst ansprechen kann, und er darf die Auffindung des kostbaren Diamanten im Bauche des Fisches nicht mehr in Zweifel ziehen.«

»Saad«, antwortete Saadi, »ich bin mit allem zufrieden, wenn du mir nur meinen Glauben unangefochten lässest, daß man Schätze Geldes nur durch Geld aufhäufen kann.« »Nein«, antwortete Saad, »wenn der Zufall wollte, daß ich einen Diamant im Wert von 50000 Goldstücken fände, und auch wirklich die Summe dafür erhielte, hätte ich dann diese Summe durch Geld erworben?«

Dabei hatte der Streit sein Bewenden. Wir standen auf und gingen in das Haus zurück, wo das Mittagsmahl aufgetragen war, und setzten uns zu Tische. Nach dem Essen ließ ich meine Gäste allein, damit sie während der größten

Hitze nach Belieben Ruhe und Kühlung suchen konnten; ich selbst aber ging zu meinem Schloßverwalter und meinem Gärtner, um ihnen die nötigen Befehle zu geben. Dann kam ich wieder zu ihnen und wir unterhielten uns von allen möglichen gleichgültigen Sachen, bis die größte Hitze vorüber war. Hierauf kehrten wir in den Garten zurück und blieben beinahe bis zum Sonnenuntergang in der Kühlung. Endlich stiegen die beiden Freunde und ich in Begleitung eines Sklaven zu Pferd und langten ungefähr um die zweite Stunde der Nacht bei schönem Mondschein in Bagdad an.

Ich weiß nicht, durch welche Nachlässigkeit meiner Leute es geschehen war, daß es in meinem Hause an Gerste für die Pferd fehlte. Die Getreidespeicher aber waren verschlossen und auch zu weit entfernt, als daß man so spät von dorther hätte etwas bekommen können.

Einer meiner Sklaven suchte in der Nachbarschaft umher und fand in einem Laden ein Gefäß mit Kleie. Er kaufte die Kleie und brachte sie samt dem Gefäß, hatte aber versprechen müssen, am anderen Tage das Gefäß zurückzubringen. Der Sklave schüttete die Kleie in die Krippe aus, und als er sie auseinander breitete, um jedem der Pferde seinen Anteil zukommen zu lassen, fühlte er unter den Händen ein zusammengebundenes Tuch, das schwer war. Er brachte es mir uneröffnet, ganz wie er es gefunden hatte, und setzte hinzu, dies sei vielleicht das Tuch, wovon er mich so oft habe sprechen hören, wenn ich meinen Freunden meine Geschichte erzählte.

Voll Freude sagte ich zu meinen Wohltätern: »Edle Herren, Gott will nicht, daß ihr von mir scheidet, ohne von der Wahrheit der Geschichte, die ich euch immer erzählt habe, vollkommen überzeugt zu sein. Hier«, fuhr ich gegen Saadi fort, »hier sind die 100 und 90 anderen Goldstücke, die ich von dir empfangen habe, ich erkenne sie an dem Tuche.« Ich band sofort das Leintuch auf und zählte die Summe vor ihren Augen. Auch ließ ich mir das Gefäß bringen; ich erkannte es und schickte es meiner Frau mit der Frage, ob sie es kenne? Verbot aber, von dem ganzen Vorfall ihr etwas zu sagen. Sie erkannte es sogleich und ließ mir sagen, es sei dasselbe Gefäß, das sie mit Kleie angefüllt gegen Waschton ausgetauscht habe.

Nun gab sich der ungläubige Saadi endlich überwunden und sagte zu Saad: »Du hast gesiegt, ich erkenne jetzt mit dir an, daß das Geld nicht immer ein sicheres Mittel ist, um noch mehr Geld aufzuhäufen und reich zu werden.«

Als Saadi ausgesprochen hatte, sagte ich zu ihm: »Herr, ich kann es nicht wagen, dir die 300 und 80 Goldstücke wieder anzubieten, die der Himmel in seiner Gnade heute wieder zum Vorschein gebracht hat, um deine schlechte Meinung von der Wahrheitsliebe zu berichtigen. Ich bin überzeugt, daß du sie mir nicht in der Absicht geschenkt hast, sie dereinst zurückzubekommen. Ich für meinen Teil bin zufrieden mit dem, was der Himmel mir von anderer Seite her beschert hat, und mache ebenfalls keinen Anspruch auf das Geld. Ich hoffe aber, daß du es genehmigen wirst, wenn ich es morgen unter die Armen verteile, damit Gott es dereinst dir und mir vergelten möge.«

Die beiden Freunde brachten diese Nacht noch in meinem Hause zu; am anderen Morgen aber umarmten sie mich und kehrten jeder in seine Wohnung zurück; sie waren sehr vergnügt über die Art, wie ich sie empfangen und wie sie mich in dem Glück, das ich nächst Gott ihnen verdankte, handeln sahen. Ich habe nicht ermangelt, beide in ihren Wohnungen aufzusuchen, um ihnen noch besonders zu danken. Seitdem schätze ich es mir zur großen Ehre, daß sie mir die Erlaubnis gegeben haben, Freundschaft mit ihnen zu halten und sie häufig zu sehen und zu sprechen.«

Der Kalif Harun Arraschid hörte die Geschichte Chogia Hasans mit großer Aufmerksamkeit an, und erst als der Erzähler schwieg, merkte er, daß sie zu Ende war. »Chogia Hasan«, sprach er darauf zu ihm, »ich habe seit langer Zeit nichts gehört, was mir so viel Vergnügen gemacht hätte, als die wunderbaren Wege, auf denen es dem Himmel gefallen hat, dich auf dieser Welt glücklich zu machen. Du mußt ihm durch Gebrauch seiner Wohltaten fortwährend deine Dankbarkeit bezeigen. Es freut mich, dir sagen zu können, daß der Diamant, der dein Glück gemacht hat, sich in meiner Schatzkammer befindet, und es ist mir lieb, zu wissen, wie er dahin gekommen ist. Da indessen in Saadis Herzen vielleicht noch ein Zweifel über die ausgezeichnete Vorzüglichkeit dieses Diamanten obwalten könnte, den ich für das Kostbarste und Bewundernswürdigste aller meiner Besitztümer halte, so wünsche ich, daß du ihn nebst Saad herbringst; mein Schatzmeister soll ihm dann den Diamant zeigen, damit er sich, wenn er von seinem Unglauben noch nicht ganz geheilt ist, hier überzeuge, daß das Geld nicht immer ein sicheres Mittel ist, wodurch sich ein armer Mann in kurzer Zeit und ohne Mühe Reichtümer erwerben könne. Ich wünsche auch, daß du die Geschichte meinem Schatzmeister erzählest, auf daß er sie zu Papier bringen lasse und neben dem Diamanten in meinem Schatze aufbewahre.

Nach diesen Worten gab der Kalif durch Kopfnicken Chogia Hasan, Sidi Numan und Baba Abdallah zu verstehen, daß er mit ihnen zufrieden sei; sie verabschiedeten sich daher, indem sie sich vor seinem Throne niederwarfen, und gingen dann nach Hause.

Die Sultanin Schehersad wollte noch eine andere Geschichte beginnen, allein der Sultan verschob die Anhörung auf die nächste Nacht.

Geschichte des Ali Baba und der vierzig Räuber, die durch eine Sklavin ums Leben kamen

Sobald die Sultanin Schehersad von ihrer wachsamen Schwester Dinarsad geweckt worden war, erzählte sie ihrem Gemahl, dem Sultan von Indien, folgende Geschichte:

Mächtiger Sultan, begann sie, in einer Stadt Persiens an den Grenzen deines Reiches lebten zwei Brüder, von denen der eine Casim, der andere Ali Baba hieß. Da ihr Vater ihnen nur wenig Vermögen hinterlassen und sie dieses Wenige gleichmäßig unter sich verteilt hatten, so sollte man denken, ihre äußeren Umstände müssen ziemlich gleich gewesen sein; allein der Zufall wollte es anders.

Casim heiratete eine Frau, die bald nach ihrer Hochzeit eine wohlausgestattete Bude, ein reich angefülltes Warenlager und eine Menge liegender Güter erbte, so daß er auf einmal ein wohlhabender Mann und einer der reichsten Leute in der Stadt wurde.

Ali Baba dagegen heiratete eine Frau, die ebenso arm war als er selbst, wohnte sehr ärmlich und hatte keinen anderen Erwerb, um sich und den Seinigen den Lebensunterhalt zu verschaffen, als daß er in einem nahen Walde Holz fällte, das er dann auf drei Eseln, seinem einzigen Besitztum, in die Stadt brachte und verkaufte.

Eines Tages, als Ali Baba wieder im Walde war und eben Holz genug gefällt hatte, um seine Esel damit zu beladen, sah er auf einmal in der Ferne eine gewaltige Staubwolke aufsteigen, die sich in gerader Richtung dem Orte näherte, wo er war. Er blickte sehr aufmerksam nach ihr hin und erkannte bald, daß es eine zahlreiche Reiterschar war, die raschen Schrittes herankam.

Obgleich man in der Gegend nichts von Räubern sprach, so kam Ali Baba doch auf den Gedanken, diese Reiter könnten dergleichen sein, und beschloß daher, seine Esel ihrem Schicksale zu überlassen und nur seine eigene Person zu retten. Er stieg also auf einen Baum, dessen Äste zwar nicht hoch, aber außerordentlich dicht belaubt waren, und nahm darauf mit um so größerer Zuversicht seinen Posten ein, als er von da aus alles sehen konnte, was unten vorging, ohne selbst gesehen zu werden. Der Baum stand am Fuße eines von allen Seiten vereinzelten Felsens, der viel höher als der Baum und so steil war, daß man auf keine Weise hinaufsteigen konnte.

Die Reiter, sämtlich große und stattliche Leute, und sowohl mit Waffen als Pferden sehr gut versehen, stiegen an dem Felsen ab, und Ali Baba, der ihrer 40 zählte, konnte nach ihren Gesichtern und ihrem ganzen Anzuge nicht mehr zweifeln, daß es Räuber seien. Er täuschte sich auch nicht: Es waren wirklich Räuber, die aber die Umgegend nicht im mindesten beunruhigten, sondern ihr

Geschäft in weiter Ferne trieben und hier bloß ihren Sammelplatz hatten. Er wurde in seiner Meinung bestärkt, als er sie weiter beobachtete.

Jeder von den Reitern zäumte sein Pferd ab, band es an, warf ihm einen Sack voll Gerste, den er hinter sich gehabt hatte, über den Kopf, und packte dann seine Reisetasche ab. Die meisten derselben schienen Ali Baba so schwer, daß er schloß, sie müssen voll Gold und Silber sein.

Der stattlichste der Räuber, den der Ali Baba für ihren Hauptmann hielt, näherte sich ebenfalls mit seiner Reisetasche auf der Schulter dem Felsen, der dicht an dem großen Baume war, wohin Ali Baba sich geflüchtet hatte, und nachdem er sich durch einige Sträucher den Weg gebahnt, sprach er die Worte: »Sesam, öffne dich!« so laut und deutlich, daß Ali Baba sie hörte. Kaum hatte der

Räuberhauptmann diese Worte ausgesprochen, so öffnete sich eine Tür, durch die er alle seine Leute vor sich her eintreten ließ; er selbst ging zuletzt hinein und die Türe schloß sich wieder.

Die Räuber blieben lange in dem Felsen, und Ali Baba mußte geduldig auf dem Baume bleiben und warten; denn er fürchtete, es möchten einzelne oder auch alle zusammen in dem Augenblick, wo er seinen Posten verlassen und fliehen wollte, herauskommen. Gleichwohl geriet er in Versuchung, herabzusteigen, sich zweier Pferde zu bemächtigen, auf das eine zu sitzen, das andere am Zügel nebenher zu führen, und so, indem er seine drei Esel vor sich hertriebe, in die Stadt zu reiten; doch war dieses Unternehmen zu gewagt, und er beschloß daher, den sicheren Teil zu ergreifen.

Endlich öffnete sich die Türe wieder, die 40 Räuber traten heraus und der Hauptmann, der zuletzt hineingegangen war, war jetzt der erste, der herauskam und die übrigen alle an sich vorbeiziehen ließ. Ali Baba hörte, daß auf seine Worte: »Sesam, schließe dich!« die Türe sich wieder schloß. Jeder kehrte zu seinem Pferd zurück, zäumte es, band seine Tasche über den Sattel und schwang sich wieder hinauf. Als der Hauptmann endlich sah, daß sie alle zum Ritte gerüstet waren, so stellte er sich an ihre Spitze und schlug wieder denselben Weg ein, auf dem sie gekommen waren.

Ali Baba stieg nicht sogleich vom Baume herab. »Sie könnten«, sprach er bei sich selbst, »etwas vergessen haben, das sie wieder umzukehren nötigte und dann würden sie mich ertappen.« Er verfolgte sie mit den Augen, bis er sie aus dem Gesichte verloren hatte, und stieg zur größeren Sicherheit erst lange nachher herab. Da er die Worte, kraft deren der Räuberhauptmann die Türe geöffnet und wieder geschlossen, wohl in seinem Gedächtnisse behalten hatte, so wandelte ihn die Lust an, einen Versuch zu machen, ob sie vielleicht dieselbe Wirkung haben würden, wenn er sie ausspräche. Er drängt sich daher durch das Gesträuch, fand die Türe, die von demselben verdeckt war, stellt sich vor sie hin, sprach die Worte: »Sesam, öffne dich!« und siehe dan im Augenblick sprang die Tür angelweit auf.

Ali Baba hatte einen dunkeln und finstern Ort erwartet, aber wie groß war sein Erstaunen, als er das Innere des Felsens sehr hell, weit und geräumig und von Menschenhänden zu einem hohen Gewölbe ausgehöhlt sah, das von oben herab durch eine künstlich angebrachte Öffnung sein Licht empfing. Er erblickte hier große Mundvorräte, Ballen von köstlichen Kaufmannswaren, Seidenstoffen und Brokat, besonders auch wertvolle Teppiche, haufenweise aufgetürmt; was ihn aber am meisten anzog, war eine Masse geprägtes Gold und Silber, das teils in Haufen aufgeschüttet, teils in ledernen Säcken oder Beuteln immer einer nach dem anderen dalag. Bei diesem Anblick kam es ihm vor, als ob diese Felsenhöhle nicht erst seit einer Reihe von Jahren, sondern schon seit Jahrhunderten fortwährend Räubern zum Zufluchtsort gedient haben müsse.

Ali Baba besann sich nicht lange, was er hier tun sollte; er trat in die Höhle, und sobald er darin war, schloß sich die Türe wieder; doch beunruhigte ihn das nicht, denn er wußte ja das Geheimnis, sie zu öffnen. Mit dem Silbergelde gab er sich nicht lange ab, sondern machte sich nur an das gemünzte Gold und besonders

ders an das, was in den Säcken war. Von diesem nahm er zu wiederholtem Male so viel, als er tragen und seinen drei Eseln, die sich indes zerstreut hatten, aufladen konnte. Als er sie wieder an dem Felsen zusammengetrieben hatte, bepackte er sie mit den Säcken, und um diese zu verbergen, legte er Holz oben drauf, so daß niemand etwas davon merken konnte. Als er fertig war, stellte er sich vor die Türe, und kaum hatte er die Worte: »Sesam, schließe dich!« ausgesprochen, so schloß sie sich auch wieder; sie hatte sich nämlich jedesmal, wenn er hineingegangen war, von selbst geschlossen und war jedesmal, wenn er herauskam, offen geblieben.

Ali Baba nahm nun seinen Weg nach der Stadt zurück, und als er vor seinem Hause anlangte, trieb er seine Esel in einen kleinen Hof, dessen Türe er sorgfältig hinter sich zuschloß. Hierauf lud er das wenige Holz, das seinen Schatz bedeckte, ab, trug die Säcke in sein Haus und legte sie vor seiner Frau, die auf dem Sofa saß, auf den Tisch.

Seine Frau nahm die Säcke in die Hand, und als sie merkte, daß sie voll Gold waren, meinte sie, ihr Mann habe sie gestohlen. Wie er nun alle hereinbrachte, konnte sie nicht umhin, zu ihm zu sagen: »Ali Baba, solltest du gottverlassen sein, um …« Ali Baba unterbrach sie mit den Worten: »Sei ruhig, liebes Weib, und mach dir keine Sorge darob, ich bin kein Dieb, denn ich habe dies alles nur Dieben genommen. Du wirst deine schlechte Meinung von mir bald abgeben, wenn ich dir mein Glück erzählt haben werde.« Er schüttete die Säcke aus, die einen großen Haufen Goldes ausmachten, so daß seine Frau ganz geblendet wurde; hierauf erzählte er ihr die Geschichte vom Anfang bis zum Ende und empfahl ihr dann vor allen Dingen die Sache geheim zu halten.

Als die Frau sich von ihrem Erstaunen und Schrecken wieder erholt hatte, freute sie sich mit ihrem Manne über das Glück, das ihnen widerfahren, und wollte den ganzen Goldhaufen, der vor ihr lag, Stück für Stück zählen. »Liebe Frau«, sagte Ali Baba zu ihr, »du bist nicht gescheit. Was fällt dir da ein? Du würdest nie mit dem Zählen fertig werden. Ich will eine Grube machen und es dahinein vergraben; wir haben keine Zeit zu verlieren.« »Es wäre doch gut«, antwortete die Frau, »wenn wir wenigstens ungefähr wüßten, wie viel es ist. Ich will in der Nachbarschaft ein kleines Maß borgen und es damit messen, während du die Grube machst.« »Liebe Frau«, sagte Ali Baba darauf, »dies würde uns zu nichts nützen und ich rate dir, laß davon ab. Du kannst übrigens tun, was du willst, aber vergiß nur nicht, die Sache verschwiegen zu halten.«

Um ihr Gelüste zu befriedigen, ging Ali Babas Frau fort und zu ihrem Schwager Casim, der nicht weit von ihr wohnte. Casim war nicht zu Hause, und sie wandte sich daher an seine Frau mit der Bitte, ihr doch einige Augenblicke ein Maß zu leihen. Die Schwägerin fragte sie, ob sei ein großes oder ein kleines wolle, und Ali Babas Frau bat sich ein kleines aus. »Recht gerne«, antwortete die Schwägerin, »warte nur ein wenig, ich will es dir sogleich bringen.«

Die Schwägerin holte das Maß; da sie aber Ali Babas Armut kannte, so war sie neugierig zu erfahren, was für Getreide seine Frau damit messen wolle, und kam daher auf den Gedanken, unten an das Maß unvermerkt etwas Teig zu kleben. Darauf kam sie zurück, überreichte Ali Babas Frau das Maß und entschuldigte sich wegen ihres Ausbleibens, indem sie es lang habe suchen müssen.

Als Ali Babas Frau nach Hause zurückkam, stellte sie das Maß auf den Goldhaufen, füllte es an und lehrte es in einiger Entfernung davon auf das Sofa. Als sie nun alles gemessen hatte, war sie sehr zufrieden mit der ansehnlichen Zahl der Maße und teilte es ihrem Manne mit, der soeben die Grube vollendet hatte.

Während Ali Baba das Geld vergrub, trug seine Frau, um ihrer Schwägerin ihre Pünktlichkeit und Ordnungsliebe zu zeigen, das Maß zurück, hatte aber nicht bemerkt, daß ein Goldstück unten noch daran klebte. »Liebe Schwägerin«, sagte sie zu ihr, als sie es zurückgab, »du siehst, daß ich dein Maß nicht zu lange behalten habe; ich bin dir sehr verbunden dafür; hier hast du es wieder.«

Kaum hatte Ali Babas Frau ihr den Rücken gekehrt, als Casims Frau das Maß von unten besah, und man kann ihr Erstaunen denken, als sie das am Boden klebende Goldstück fand. Alsbald fuhr der Satan des Neides in ihr Herz. »Wie!« sagte sie, »Ali Baba hat das Gold maßweise, woher mag es wohl der Elende genommen haben?« Casim, ihr Mann, war, wie gesagt, nicht zu Hause, sondern in seiner Bude, von wo er erst auf den Abend zurückerwartet wurde. Die Zeit bis zu seiner Heimkehr dünkte ihr eine Ewigkeit, denn sie brannte vor Ungeduld, ihm die große Nachricht mitzuteilen, die für ihn ebenso überraschend sein mußte, wie für sie.

Als Casim nach Hause kam, sagte seine Frau zu ihm: »Du glaubst ein reicher Mann zu sein, Casim, allein du täuschest dich: Ali Baba ist 1000-mal reicher als du; er kann sein Gold nicht zählen, sondern muß es messen.« Casim verlangte eine Erklärung dieses Rätsels, und sie erzählte ihm, wie schlau sie auf die Entdeckung gekommen sei; zugleich zeigte sie ihm das Goldstück, das unten am Boden kleben geblieben war; es war so alt, daß der Name des Fürsten, der es hatte prägen lassen, ihnen unbekannt war.

Statt sich über das Glück des bisher so armen Bruders herzlich zu freuen, empfand Casim eine Eifersucht, die ihm keine Ruhe mehr ließ. Er konnte beinahe die ganze Nacht darüber nicht schlafen, und am anderen Morgen ging er noch vor Sonnenaufgang zu ihm. Da er seit seiner Verheiratung mit der reichen Witwe ihn nicht mehr als seinen Bruder ansah und diesen Namen ganz vergessen hatte, so redete er ihn auch jetzt also an: »Ali Baba, du bist sehr zurückhaltend in deinen Angelegenheiten. Du spielst den Armen, den Notleidenden, den Bettler, und missest das Gold in Maßen.«

»Lieber Bruder«, antwortete Ali Baba, »ich weiß nicht, was du da sagen willst; erkläre dich deutlicher.« »Verstell dich nur nicht so«, antwortete Casim, und indem er ihm das Gold zeigte, das seine Frau ihm gegeben hatte, fügte er hinzu: »Wieviel hast du solche Goldstücke? Meine Frau hat dieses hier an dem Maße gefunden, das die deinige gestern von ihr borgte.«

Aus dieser Rede erkannte Ali Baba, daß infolge des Eigensinns seiner Frau Casim und dessen Weib bereits die Sache wußten, deren Geheimhaltung ihm so wichtig war. Allein der Fehler war einmal gemacht, und man konnte ihm nicht abhelfen. Ohne sich seinen Verdruß im mindestens anmerken zu lassen, gestand er daher seinem Bruder die ganze Sache und erzählte ihm, durch welchen Zufall und an welchem Ort er den Schlupfwinkel der Räuber entdeckt hatte; zugleich erbot er sich, den Schatz mit ihm zu teilen, wenn er nur das Geheimnis bewahren wolle.

»Ja, das verlange ich ohnehin«, versetzte Casim mit stolzem Tone, »aber«, fügte er hinzu, »ich will auch noch ganz genau wissen, wo der Schatz ist, an welchen näheren Merkmalen ich ihn erkennen und wie ich wohl selbst hineinkommen kann, wenn es mich gelüstet; sonst zeige ich dich bei dem Gerichte an. Weigerst du dich, so hast du nicht nur nichts mehr zu hoffen, sondern wirst auch das noch verlieren, was du schon hast; ich aber werde für diese Angabe meinen Anteil erhalten.«

Mehr aus Gutmütigkeit, als durch die unverschämten Drohungen seines rohen Bruders eingeschüchtert, gab Ali Baba ihm vollständige Auskunft über alles, was er wünschte und teilte ihm auch die Worte mit, die er sprechen mußte, um in die Höhle hinein und wieder heraus zu gelangen.

Mehr verlangte Casim nicht zu wissen. Er verließ seinen Bruder mit dem festen Vorsatz, ihm zuvorzukommen und in der Hoffnung, sich des Schatzes allein zu bemächtigen. Am anderen Morgen brach er schon vor Tagesanbruch mit zehn Maultieren auf, die er mit großen Kisten beladen hatte, diese wollte er alle anfüllen und nahm sich vor, bei einer zweiten Fahrt nach dem Schatz noch weit mehr solche Kisten mitzunehmen, im Falle er noch so viele Ladungen darin vorfände, daß dies nötig wäre. Er schlug den Weg ein, den Ali Baba ihm bezeichnet hatte, gelangte an den Felsen und erkannte die Merkmale, sowie den Baum, auf dem Ali Baba sich versteckt hatte. Er suchte die Türe, fand sie und sprach die Worte: »Sesam, öffne dich!« die Türe ging auf, er trat hinein und sogleich schloß sie sich wieder. Bei Besichtigung der Höhle geriet er in große Verwunderung, da er darin weit mehr Reichtümer antraf, als er nach Ali Babas Erzählung vermutet hatte, und sein Erstaunen wurde immer größer, je mehr er alles einzeln betrachtete. Als ein geiziger Mann, dem die Reichtümer über alles gingen, hätte er gerne den ganzen Tag lang seine Augen an dem Anblicke so vielen Goldes geweidet, wenn es ihm nicht eingefallen wäre, daß er eigentlich dazu gekommen sei, um das Gold zu holen und seine zehn Maulesel damit zu beladen. Er nahm daher eine Anzahl von Säcken, so viel er tragen konnte, ging damit auf die Türe zu, und da er an alles andere mehr dachte, als an das, was jetzt für ihn am wichtigsten war, so geschah es, daß er sich des notwendigen Wortes nicht mehr erinnerte, und, statt Sesam, sagte: »Gerste, öffne dich!« Aber wie groß war seine Bestürzung, als er sah, daß die Tür sich nicht öffnete, sondern verschlossen blieb. Nun nannte er noch mehrere andere Namen von Getreidearten, aber nur den rechten nicht, und die Tür blieb immer verschlossen. Auf diesen Zufall hatte sich Casim nicht gefaßt gemacht. Schrecken und Angst bemächtigte sich seiner, als er sich nun in so großer Gefahr erblickte, und je mehr er sich anstrengte, um das Wort Sesam in sein Gedächtnis zurückzurufen, um so verwirrter wurde er, und bald war dies Wort für ihn, als ob er es nie hätte nennen hören. Verzweiflungsvoll warf er jetzt die Säcke, womit er sich beladen hatte, zu Boden, ging mit großen Schritten in der Höhle auf und nieder, und alle die Reichtümer, von denen er sich umgeben sah, hatten jetzt keinen Reiz mehr für ihn. Doch lassen wir Casim sein Schicksal beweinen, er verdient unser Mitleid nicht.

Die Räuber kehrten gegen Mittag zu ihrer Höhle zurück, und als sie in die Nähe kamen und die mit Kisten beladenen Maulesel Casims erblickten, so wurden sie über diese neue Erscheinung unruhig, sprengten mit verhängtem Zügel heran und jagten die zehn Maulesel, die Casim anzubinden vergessen hatte, und die ruhig weideten, auseinander, so daß sie sich da und dorthin im Walde zerstreuten und ihnen bald aus dem Gesicht entschwanden. Die Räuber nahmen sich nicht die Mühe, den Mauleseln nachzureiten. Es war ihnen weit wichtiger, ihren Besitzer aufzufinden. Während nun einige um den Felsen herum die Runde machten, um ihn zu suchen, stieg der Hauptmann nebst den übrigen ab, ging mit blankem Säbel gerade auf die Türe zu, sprach die Worte, und die Tür öffnete sich.

Casim, der mitten in der Höhle das Stampfen von Pferden hörte, zweifelte jetzt nicht mehr, daß die Räuber angekommen und er selbst verloren sei. Gleichwohl beschloß er, einen Versuch zu machen, um aus ihren Händen zu entrinnen und sich zu retten; daher stellte er sich dicht vor die Tür, um hinauszustürzen, sobald sie sich öffnen würde. Kaum hörte er das Wort Sesam, das seinem Gedächtnis entfallen war, aussprechen, und sah die Türe aufgehen, so stürmte er so ungestüm hinaus, daß er den Hauptmann zu Boden warf. Allein den anderen Räubern vermochte er nicht zu entgehen; diese hielten ebenfalls den blanken Säbel in der Hand und nahmen ihm auf der Stelle das Leben. Jetzt war die erste Sorge der Räuber, in die Grotte hineinzugehen. Sie fanden nahe bei der

Türe die Säcke, die Casim bis dahin gebracht hatte, um seine Maulesel damit zu bepacken, und legten dieselben wieder auf den vorigen Platz, bemerkten aber nicht, daß diejenigen, die Ali Baba fortgeschafft hatte, fehlten. Indem sie sich nun über diese Begebenheit gemeinschaftlich berieten, begriffen sie wohl, wie Casim nicht habe aus der Grotte herauskommen können, allein wie er hineingekommen sei, das konnten sie nicht verstehen. Sie kamen auf den Gedanken, er sei vielleicht von oben herabgestiegen; allein die Öffnung, durch welche das Licht hereinfiel, war so hoch, und der Gipfel des Felsens so unzugänglich, daß sie einstimmig erklärten, dieses Rätsel könnten sie nicht auflösen. Daß er durch die Türe hereingekommen sei, konnten sie nicht annehmen, denn dazu mußte er doch das Geheimnis wissen, sie zu öffnen, und in dessen Besitz, glaubten sie, sei niemand außer ihnen selbst. Sie konnten nämlich nicht wissen, daß Ali Baba sie belauscht und es gehört hatte. Wie nun auch die Sache gekommen sein mochte, es handelte sich jetzt darum, ihre gemeinschaftlichen Reichtümer in Sicherheit zu bringen, und so kamen sie denn dahin überein, den Leichnam Casims in vier Teile zu teilen und innerhalb der Grotte nicht weit von der Türe zwei zur Rechten und zwei zur Linken aufzuhängen, zum abschreckenden Beispiel für jeden, der die Frechheit haben würde, etwas Ähnliches zu wagen; sie selbst aber beschlossen, erst nach Verlauf einiger Zeit, wenn der Leichengeruch sich verloren haben würde, in ihre Höhle zurückzukehren. Da sie nichts weiter zurückhielt, so verließen sie ihren Zufluchtsort, nachdem sie ihn wohl verschlossen, stiegen wieder zu Pferd und durchstreiften die Ebene in der Richtung hin, wo die Straßen am meisten von den Karawanen besucht waren, um wie gewöhnlich Jagd auf dieselben zu machen und sie auszuplündern.

Indes war Casims Frau in großer Unruhe, als die finstere Nacht anbrach und ihr Mann immer noch nicht zurückkam. Voll Bekümmernis ging sie zu Ali Baba und sagte zu ihm: »Lieber Schwager, du weißt gewiß, daß dein Bruder Casim in den Wald gegangen ist und zu welchem Zweck. Er ist immer noch nicht zurückgekommen und doch ist es bereits tiefe Nacht; ich fürchte, es möchte ihm irgend ein Unglück zugestoßen sein.«

Ali Baba hatte nach der oben angeführten Unterredung mit seinem Bruder seine Reise vermutet, und war deshalb an diesem Tage nicht selbst in den Wald gegangen, um ihm keinen Anlaß zum Argwohn zu geben. Ohne ihr irgend einen Vorwurf zu machen, der sie oder ihren Mann, wenn er noch am Leben gewesen wäre, hätte beleidigen können, sagte er zu ihr, sie solle sich deswegen noch nicht bekümmern, denn ohne Zweifel habe Casim es für zweckmäßig gefunden, erst später in die Stadt zurückzukehren.

Casims Frau glaubte dies um so leichter, da sie bedachte, wie sehr ihrem Mann daran liegen mußte, die Sache geheim zu halten. Sie kehrte also nach Hause zurück und wartete geduldig bis um Mitternacht. Nun aber verdoppelte sich ihre Bekümmernis und ihr Herzeleid um so mehr, da sie ihrem geängstigten Herzen nicht durch Schreien und Weinen Luft schaffen konnte, weil sie wohl einsah, daß die wahre Ursache davon vor der Nachbarschaft ein Geheimnis bleiben mußte. Jetzt, da ihr Fehler nicht wieder gut zu machen war, bereute sie ihre närrische Neugierde und ihr sträfliches Begehren, die häuslichen Angelegenheit ihres Schwagers und ihrer Schwägerin durchschauen zu wollen. Sie weinte die ganze Nacht durch, und bei Tagesanbruch eilte sie wieder zu ihm, indem sie mehr durch Tränen als durch Worte zu verstehen gab, warum sie komme. Ali Baba wartete nicht, bis seine Schwägerin ihn bat, er möchte sich die Mühe nehmen und nachsehen, was aus Casim geworden sei. Er machte sich auf der Stelle mit seinen drei Eseln auf und ging in den Wald, nachdem er ihr zuvor empfohlen hatte, ihre Betrübnis zu mäßigen. Als er sich dem Felsen näherte, ohne auf dem ganzen Wege weder seinen Bruder noch die Maulesel angetroffen zu haben, verwunderte er sich sehr über das Blut, das er am Eingange der Höhle bemerkte, und dies erschien ihm als eine üble Vorbedeutung. Er trat vor die Türe, sprach die Worte, sie öffnete sich und das erste, was ihm in die Augen fiel, war der Leichnam seines gevierteilten Bruders. Bei diesem traurigen Anblick besann er sich nicht lange, was er tun solle, sondern beschloß alsbald, seinem Bruder die letzte Ehre zu erweisen, denn er gedachte nicht mehr, wie wenig brüderliche Liebe dieser stets für ihn gehegt hatte. Er fand in der Höhle allerlei Zeug, um darein die vier Teile seines Bruders in verschiedene Ballen zu packen, womit er einen seiner Esel belud; oben darüber legte er Holz, damit niemand es merken möchte. Die beiden anderen Esel bepackte er ohne weitern Aufschub mit vollen Goldsäcken, über die er, wie das erste Mal, Holz legte; und nachdem er dies vollendet und der Türe befohlen hatten, sich wieder zu schließen, zog er nach der Stadt zurück. Er war jedoch vorsichtig genug, am Ausgange des Waldes solange zu warten, daß er erst mit Anbruch der Nacht dieselbe erreichte. Zu Hause angekommen, trieb er nur die zwei mit Gold beladenen Esel in den Hof, überließ seiner Frau das Geschäft, sie abzuladen, und nachdem er ihr mit wenigen Worten das Schicksal Casims mitgeteilt hatte, führte er den dritten Esel zu seiner Schwägerin. Ali Baba klopfte an die Türe und sie wurde ihm von einer gewissen Morgiane geöffnet. Diese Morgiane war eine geschickte, kluge und erfinderische Sklavin, welche die größten Schwierigkeiten zu überwinden wußte, und Ali Baba kannte sie als solche. Als er daher in den Hof getreten war, und dem Esel das Holz nebst den beiden Packen abgenommen hatte, zog er Morgiane beiseite und sagte zu ihr: »Morgiane, das erste, was ich von dir verlange, ist unverbrüchliche Verschwiegenheit, du wirst bald sehen, wie viel deiner Gebieterin und mir daran liegen muß. Diese zwei Päcke enthalten den Leichnam deines Herrn; wir müssen jetzt darauf denken, ihn so zu beerdigen, als ob er eines natürlichen Todes gestorben wäre. Führe mich zu deiner Gebieterin, und achte auf das, was ich ihr sagen werde.« Morgiane meldete es ihrer Gebieterin, und Ali Baba, der ihr auf dem Fuße folgte, trat ins Zimmer. »Nun, mein Schwager«, rief ihm die Witwe mit großer Ungeduld entgegen, »was für Nachricht bringst du mir von meinem Manne? Dein Gesicht verkündet nichts Tröstliches.« »Schwägerin«, antwortete Ali Baba, »ich kann dir nichts sagen, bevor du mir gelobst, daß du mich vom Anfang bis zum Ende anhören willst, ohne den Mund zu öffnen. Nach dem Vorfall, den ich dir zu erzählen habe, ist es für dein eigenes Wohl und deine Ruhe gleich wichtig, wie für mich, daß die Sache verschwiegen bleibt.« »Ach!« rief die Schwägerin halblaut aus, »diese Einleitung

läßt mich erkennen, daß mein Mann nicht mehr am Leben ist; zugleich aber sehe ich ein, wie notwendig die Verschwiegenheit ist, die du von mir forderst. Ich muß mir freilich viel Gewalt antun, aber sprich nur, ich höre dich.« Ali Baba erzählte hierauf seiner Schwägerin den ganzen Erfolg seiner Reise bis zu seiner Heimkehr mit Casims Leichnam. »Schwägerin«, fügte er hinzu, »du hast nun freilich große Ursache, betrübt zu sein, um so mehr, je weniger du es erwarten konntest. Dieses Unglück läßt sich nicht mehr ändern; wenn aber irgend etwas imstande ist, dich zu trösten, so erbiete ich mich, die wenigen Güter, die mir Gott beschert, mit den deinigen zu vereinigen und dich zu heiraten; zugleich gebe ich dir die Versicherung, daß meine Frau nicht eifersüchtig sein und ihr euch gewiß recht gut miteinander vertragen werdet. Gefällt dir mein Vorschlag, so müssen wir vor allem darauf denken, die Sache so einzuleiten, daß jedermann glaubt, mein Bruder sei eines natürlichen Todes gestorben, und hierin denke ich, kannst du dich ganz auf Morgiane verlassen; auch ich werde meinerseits alles beitragen, was in meiner Macht steht.«

Was konnte Casims Witwe Besseres tun, als Ali Babas Vorschlag annehmen? Neben dem Vermögen, das ihr durch den Tod ihres ersten Mannes zufiel, bekam sie einen zweiten Mann, der reicher war, als sie selbst, und infolge der Entdeckung des Schatzes noch reicher werden konnte. Sie lehnte also den Antrag nicht ab, sondern betrachtete ihn im Gegenteil als einen sehr triftigen Grund, sich zu trösten. Indem sie daher ihre Tränen trocknete, die bereits reichlich zu fließen begonnen hatten, und jenes durchdringende Klagegeschrei, das Frauen bei dem Verluste ihrer Männer zu erheben pflegen, unterließ, bewies sie Ali

Baba genugsam, daß sie sein Anerbieten annahm. In dieser Stimmung verließ Ali Baba die Witwe Casims, und nachdem er Morgiane anempfohlen hatte, ihre Rolle gut zu spielen, kehrte er mit seinem Esel nach Hause zurück. Morgiane tat, was man von ihr erwartete; sie ging in demselben Augenblicke, wie Ali Baba, aus dem Hause und zu einem Apotheker, der in der Nähe wohnte. Sie klopfte an seinen Laden, und als man ihr geöffnet, verlangte sie eine gewisse Art von Arzneitäfelchen, die in den gefährlichsten Krankheiten von sehr großem Nutzen sind. Der Apotheker gab ihr einige für das Geld, das sie auf den Tisch gelegt hatte, und fragte, wer denn im Hause ihres Herrn krank sei? »Ach!« erwiderte sie mit einem tiefen Seufzer, »Casim, mein guter Herr, ist es selbst. Man kann aus seiner Krankheit nicht klug werden, er spricht nichts und kann nichts essen.« Mit diesen Worten nahm sie die Arzneitäfelchen fort, von denen Casim keinen Gebrauch mehr machen konnte. Am anderen Morgen kam Morgiane wieder zu demselben Apotheker und verlangte mit Tränen in den Augen einen Saft, den man Kranken nur in der äußersten Gefahr einzugeben pflegt; wenn dieser Saft sie nicht gesund machte, so gab man alle Hoffnung auf ihre Genesung auf. »Ach!« sagte sie mit großer Betrübnis, als sie ihn aus den Händen des Apothekers empfing, »ich fürchte sehr, dies Mittel wird ebensowenig anschlagen, wie die Arzneitäfelchen. Ach, was war es für ein guter Herr, und jetzt soll ich ihn verlieren!« Da man nun auch von der anderen Seite Ali Baba und seine Frau den ganzen Tag mit betrübtem Gesichte nach Casims Hause hin und her gehen sah, so wunderte sich niemand über das Jammergeschrei, das Casims Frau und besonders Morgiane am Abend erhoben, um Casims Tod zu verkündigen.

Am anderen Morgen ging Morgiane, die auf dem Marktplatze einen alten, ehrlichen Schuhflicker kannte, der seine Bude immer zuerst und lange vor den anderen öffnete, in aller Frühe aus, um ihn aufzusuchen. Sie begrüßte ihn mit dem gewöhnlichen Gruß und drückte ihm sogleich ein Goldstück in die Hand. Der Schuhflicker, der in der ganzen Stadt unter dem Namen Baba Mustafa bekannt und ein sehr lustiger Kamerad voll heiterer Einfälle war, besah das Stück genau, weil es noch nicht recht Tag war, und als er sich überzeugt, daß er Gold bekommen, sagte er: »Ein schönes Handgeld! Was steht zu Befehl? Ich bin bereit, alles zu tun.« »Baba Mustafa«, sagte Morgiane zu ihm, »nimm all dein Handwerkszeug, das zum Flicken nötig ist, und komm schnell mit mir; du mußt dir aber, wenn wir an dem und dem Orte angekommen sind, die Augen verbinden lassen.« Bei diesen Worten machte Baba Mustafa Schwierigkeiten. »Nein, nein«, antwortete er, »du verlangst gewiß etwas von mir, was gegen mein Gewissen oder gegen meine Ehre ist.« »Gott behüte«, erwiderte Morgiane, indem sie ihm ein zweites Goldstück in die Hand drückte, »ich fordere nichts von dir, was du nicht in allen Ehren tun könntest. Komm nur und mache dir keine unnötige Angst.« Baba Mustafa folgte, und Morgiane führte ihn, nachdem sie ihm an der bezeichneten Stelle ein Tuch vor die Augen gebunden, in das Haus ihres verstorbenen Herrn und nahm ihm das Tuch erst in dem Zimmer ab, wohin sie den Leichnam gebracht und seine vier Teile gehörig zusammengesetzt hatte. »Baba Mustafa«, sagte sie jetzt zu ihm, »ich habe dich hierher gebracht, damit du diese

vier Stücke da zusammennähen sollst. Verliere keine Zeit, und wenn du damit fertig bist, bekommst du noch ein Goldstück.« Als Baba Mustafa fertig war, verband ihm die Morgiane in demselben Zimmer wieder die Augen, und nachdem sie ihm das versprochene dritte Goldstück eingehändigt und Verschwiegenheit empfohlen, führte sie ihn an den Ort zurück, wo sie ihm auf dem Herwege die Augen verbunden hatte. Hier nahm sie ihm das Tuch wieder ab und ließ ihn nach Hause gehen; sie verfolgte ihn mit den Blicken, so weit sie konnte, damit er keine Lust bekommen sollte, zurückzukehren und sie selbst zu beobachten.

Morgiane hatte heißes Wasser bereiten lassen, um Casims Leichnam zu waschen, und Ali Baba, der zugleich mit ihr ins Haus zurückgekehrt war, wusch ihn, beräucherte ihn mit Weihrauch und hüllte ihn mit den gewöhnlichen Feierlichkeiten und Gebräuchen ins Leichentuch. Bald brachte auch der Schreiner den Sarg, den Ali Baba bei ihm bestellt hatte. Damit nun der Schreiner nichts merken möchte, nahm Morgiane den Sarg an der Türe in Empfang, und nachdem sie ihn bezahlt und weggeschickt hatte, half sie Ali Baba die Leiche hineinzulegen. Sobald dieser den Deckel darauf genagelt hatte, ging sie nach der Moschee und meldete, daß alles zu der Beerdigung bereit sei. Die Leute der Moschee, deren Geschäft es ist, die Leiche zu waschen, boten ihre Dienste an, um ihre Verrichtung zu erfüllen, allein sie sagte ihnen, dies sei schon geschehen. Kaum war Morgiane wieder zu Hause, als der Imam nebst den übrigen Dienern der Moschee ankam. Vier von Casims Nachbarn nahmen den Sarg auf die Schultern und trugen ihn hinter dem Imam her, der fortwährend Gebete sprach, auf den Begräbnisplatz. Morgiane, als die Sklavin des Verstorbenen, folgte unter Tränen und mit entblößtem Haupte, indem sie ein lautes Klagegeschrei erhob, sich heftig die Brust zerschlug und die Haare ausraufte. Hinter ihr ging Ali Baba, begleitet von den Nachbarn, die von Zeit zu Zeit und nach der Reihe die anderen Nachbarn, welche den Sarg trugen, ablösten, bis man allmählich den Begräbnisplatz erreicht hatte.

Was nun Casims Frau betrifft, so blieb diese zu Hause, um ihrer Betrübnis nachzuhängen und ein lautes Klagegeschrei zu erheben mit ihren Nachbarinnen, die der bestehenden Sitte zufolge während der Begräbnisfeierlichkeit zu ihr gekommen waren, um ihre Wehklagen mit denen der Witwe zu vereinigen, und das ganze Stadtviertel weit und breit mit Trauer erfüllten. Auf diese Art blieb Casims unglücklicher Tod ein Geheimnis zwischen Ali Baba, dessen Frau, Casims Witwe und Morgiane, und diese vier Personen bewahrten es so behutsam, daß kein Mensch in der Stadt nur im mindesten etwas argwöhnte, geschweige denn erfuhr. Drei und vier Tage nach Casims Beerdigung schaffte Ali Baba die wenigen Gerätschaften, die er besaß, samt dem aus der Schatzhöhle der Räuber geholten Gelde, letzteres aber bloß bei Nacht, in das Haus der Witwe seines Bruders, um fortan da zu wohnen. Dadurch brachte er zugleich seine Verheiratung mit seiner Schwägerin zur öffentlichen Kunde, und da Heiraten dieser Art bei unserer Religion durchaus nichts Ungewöhnliches sind, so wunderte sich auch niemand darüber. Was Casims Laden betrifft, so hatte Ali Baba einen Sohn, der seit einiger Zeit seine Lehrjahre bei einem bedeutenden Kaufmanne vollendet und von ihm immer gute Zeugnisse erhalten hatte. Diesem übergab er ihn mit dem Versprechen, wenn er fortfahre, sich gut aufzuführen, so werde er ihn mit der Zeit seinem Stande gemäß vorteilhaft verheiraten.

Wir wollen indes Ali Baba sein neues Glück genießen lassen, und uns wieder ein wenig nach den 40 Räubern umsehen. Sie kehrten nach der bestimmten Frist in ihren Schlupfwinkel im Walde zurück und erstaunten über die Maßen, als sie Casims Leichnam nicht mehr vorfanden; noch höher aber stieg ihre Verwunderung, da sie an ihren Goldsäcken eine bedeutende Verminderung bemerkten. »Wir sind verraten und verloren«, sprach der Hauptmann, »wenn wir uns nicht sehr in acht nehmen, und sogleich die nötigsten Gegenmaßregeln ergreifen; sonst würden wir allmählich alle unsere Reichtümer einbüßen, die unsere Vorfahren und wir selbst mit so vieler Mühe und Beschwerde erworben haben. Aus dem Schaden, der uns angerichtet worden ist, geht so viel hervor, daß der Dieb, den wir ertappten, das Geheimnis wußte, die Tür zu öffnen, und wir zum guten Glükke gerade in dem Augenblicke dazu kamen, als er wieder hinausgehen wollte. Er war jedoch nicht allein, sondern ein anderer muß ebenfalls darum wissen. Was bedürfen wir weiter Zeugnis, als daß seine Leiche fortgeschafft worden ist und unser Schatz bedeutend abgenommen hat. Da es nun nicht scheint, daß mehr als zwei Personen um das Geheimnis wissen, so müssen wir, nachdem wir den ersten umgebracht, auch den zweiten aus dem Wege räumen. Was sagt ihr dazu, brave Leute, seid ihr nicht auch meiner Meinung?«

Der Vorschlag des Räuberhauptmanns leuchtete der ganzen Bande vollkommen ein; sie billigten ihn alle und vereinigten sich dahin, daß man vorderhand jede andere Unternehmung beiseite setzen und die vereinigten Kräfte bloß

dieser allein widmen solle; ja man solle nicht eher davon abgehen, bis der Zweck erreicht sei.

»Eben das«, fuhr der Hauptmann fort, »habe ich von eurem Mut und eurer Tapferkeit erwartet; vor allem aber muß ein kühner, gewandter und unternehmender Mann aus eurer Mitte ohne Waffen, in der Tracht eines fremden Reisenden, in die Stadt gehen und seine ganze Geschicklichkeit aufbieten, um zu erkunden, ob man da nicht von dem auffallenden Tode dessen spricht, den wir, wie er verdiente, umgebracht haben, wer er war und in welchem Hause er wohnte. Dies ist für jetzt das Wichtigste, damit wir nichts tun, das wir jemals zu bereuen Ursache hätten, und uns nicht in einem Lande verraten, wo wir so lange unbekannt waren, und es so wichtig für uns ist, auch fernerhin unbekannt zu bleiben. Um indes denjenigen, der sich zu dieser Sendung erbieten wird, anzufeuern und damit er uns nicht einen falschen Bericht hinterbringe, der unser aller Verderben nach sich ziehen könnte, so frage ich euch, ob ihr es nicht für angemessen haltet, daß er sich in diesem Falle der Todesstrafe unterwerfe?«

Ohne erst die Abstimmung der anderen abzuwarten, sagte einer der Räuber: »Ich unterwerfe mich der Bedingung und mache mir eine Ehre daraus, bei diesem Geschäfte mein Leben zu wagen. Gelingt es mir nicht, so werdet ihr euch wenigstens erinneren, daß es mir weder an gutem Willen, noch an Mut gefehlt hat, um das Wohl der Gesellschaft zu befördern.«

Der Räuber erhielt große Lobsprüche vom Hauptmann und seinen Kameraden und verkleidete sich dann so vollständig, daß niemand ihn für das halten konnte, was er wirklich war. Er ging nachts ab und traf seine Maßregeln so, daß er gerade um die Zeit, wo der Tag zu grauen anfing, in die Stadt kam. Auf dem Marktplatz angelangt, sah er nur einen einzigen Laden offen, nämlich den des Baba Mustafa.

Baba Mustafa saß mit dem Pfriemen in der Hand auf seinem Stuhle und wollte eben sein Geschäft beginnen. Der Räuber trat auf ihn zu, wünschte ihm guten Morgen, und da er sein hohes Alter bemerkte, sagte er zu ihm: »Guter Mann, du fängst sehr frühe an zu arbeiten; du kannst bei deinen Jahren unmöglich jetzt schon gut sehen. Auch wenn es noch heller wäre, so zweifle ich doch, daß deine Augen noch scharf genug sind zum Flicken.« »Wer du auch sein magst«, antwortete Baba Mustafa, »so scheinst du mich nicht zu kennen. Ich bin zwar allerdings schon sehr alt, habe aber dennoch treffliche Augen, und zum Beweis dafür will ich dir nur sagen, daß ich vor noch nicht langer Zeit einen Toten an einem Orte zusammengeflickt habe, wo es nicht viel heller war, als es jetzt hier ist.« Der Räuber war hocherfreut, sogleich einen Mann angetroffen zu haben, der ihm, wie er hoffte, von selbst ungefragt über das Auskunft geben würde, weswegen er hierher gekommen war. »Einen Toten?« fragte er ganz verwundert, und um ihn zum Sprechen zu bringen, fügte er hinzu: »Warum denn einen Toten zusammennähen? Du wolltest offenbar sagen, das Leichentuch, worin er eingehüllt war!« »Nein, nein«, antwortete Baba Mustafa, »ich weiß recht gut, was ich sagen will. Du möchtest mich gerne zum Sprechen bringen, allein ich werde dir nichts mehr davon erzählen.«

Der Räuber bedurfte keine weiteren Erklärungen, um überzeugt zu sein, daß er gefunden habe, was zu suchen er gekommen war. Er zog ein Goldstück aus der Tasche, drückte es Baba Mustafa in die Hand und sagte zu ihm: »Ich habe durchaus nicht die Absicht, in ein Geheimnis eindringen zu wollen, obwohl ich dich versichern kann, daß ich es nicht verbreiten würde, wenn du mir es anvertrautest. Das einzige, um was ich dich bitte, ist, daß du so gefällig sein mögest, mir das Haus zu beschreiben oder zu zeigen, wo du den Leichnam zusammengenäht hast.« »Wenn ich dies auch gern tun wollte«, antwortete Baba Mustafa, indem er Miene machte, ihm das Goldstück zurückzugeben, »so versichere ich dich doch, daß es mir unmöglich wäre, und du kannst mir dies auf mein Wort glauben. Man hat mich nämlich an einen gewissen Ort geführt, wo mir die Augen verbunden wurden, und von da nach einem Hause, von wo aus man mich nach Vollendung meines Geschäfts auf dieselbe Weise an denselben Ort zurückführte. Du siehst also ein, daß ich dir unmöglich deinen Wunsch gewähren kann.« »So wirst du dich doch«, fragte der Räuber weiter, »wenigstens einigermaßen noch des Wegs erinneren, den man dich mit verbundenen Augen geführt hat. Ich bitte dich, komme jetzt mit mir, ich will dir an derselben Stelle die Augen verbinden und dann wollen wir miteinander dieselbe Straße und dieselben Kreuz- und Querwege gehen, die du dich damals gegangen zu sein erinnerst. Da aber jeder Arbeiter seines

Lohnes wert ist, so gebe ich dir hiermit ein zweites Goldstück. Komm und tu mir diesen Gefallen.«

Die beiden Goldstücke lockten Baba Mustafa. Er betrachtete sie eine Zeitlang in seiner Hand, ohne ein Wort zu sprechen, und ging mit sich zu Rate, was er tun solle. Endlich zog er seinen Geldbeutel, steckte sie hinein und sagte dann zum Räuber: »Ich kann zwar nicht versichern, daß ich mich des Wegs, den man mich damals führte, genau erinnere; da du es aber so haben willst, so komm, ich will mein möglichstes tun, um mich darauf zu besinnen.«

Baba Mustafa machte sich nun zur großen Freude des Räubers auf, und ohne seinen Laden zu verschließen, worin er nichts Bedeutendes zu verlieren hatte, führte er ihn an den Ort, wo Morgiane ihm die Augen verbunden hatte. Als sie dort angekommen waren, sagte Baba Mustafa: »Hier hat man mich verbunden und ich sah gerade nach derselben Straße wie jetzt.« Der Räuber, der schon sein Schnupftuch in Bereitschaft hatte, verband ihm nun gleichfalls die Augen und ging neben ihm her, indem er ihn teils führte, teils sich von ihm führen ließ, bis er stehen blieb.

»Weiter«, sagte Baba Mustafa, »bin ich, so viel ich weiß, nicht gekommen«, und er befand sich wirklich vor Casims Hause, wo jetzt Ali Baba wohnte. Der Räuber machte, bevor er ihm das Tuch von den Augen nahm, schnell mit einem Stück Kreide ein Zeichen vor die Türe, und als er es ihm abgebunden hatte, fragte er ihn, ob er wisse, wem das Haus gehöre. Baba Mustafa antwortete, er wohne nicht in diesem Stadtviertel und könne ihm auch nichts Weiteres davon sagen.

Als der Räuber sah, daß er von Baba Mustafa nichts mehr erfahren konnte, dankte er ihm für seine Bemühung und ließ ihn nach seinem Laden zurückgehen; er selbst aber ging wieder in den Wald, in der festen Überzeugung, dorten eine gute Aufnahme zu finden.

Bald nachdem der Räuber und Baba Mustafa sich getrennt hatten, ging Morgiane eines Geschäftes wegen aus dem Hause Ali Babas und als sie zurückkam, bemerkte sie das Zeichen, das der Räuber an die Türe gemacht hatte. Sie blieb stehen und betrachtete es aufmerksam. »Was mag wohl dieses Zeichen bedeuten?« sagte sie bei sich selbst. »Sollte jemand Böses gegen meinen Herrn im Schilde führen, oder ist es bloß zum Scherze gemacht worden? Dem sei übrigens wie es wolle, es kann nichts schaden, wenn man sich für jeden Fall sicher stellt.« Sie nahm sofort ebenfalls Kreide, und da die zwei oder drei vorhergehenden und dahinterfolgenden Türen fast ebenso aussahen, wie ihre Haustüre, so bezeichnete sie dieselben an der nämlichen Stelle und ging sodann in das Haus zurück, ohne weder ihrem Herrn noch dessen Frau etwas davon zu sagen.

Der Räuber setzte indes seinen Weg nach dem Walde fort und kam sehr bald zur übrigen Gesellschaft zurück. Er stattete sogleich Bericht vom Erfolg seiner Reise ab und pries über die Maßen sein Glück, daß er gleich anfangs einen Mann gefunden, der ihm das, was ihn in die Stadt geführt, erzählt habe, denn er hätte es sonst von niemand erfahren können. Alle bezeigten große Freude darüber, der Hauptmann aber nahm das Wort, und nachdem er seinen Eifer gelobt, sprach er folgendermaßen zu der ganzen Gesellschaft: »Kameraden, wir haben keine Zeit mehr zu verlieren; laßt uns wohlbewaffnet, aber ohne daß man es uns ansieht, aufbrechen und um keinen Verdacht zu erregen, einzeln, einer nach dem andern, in die Stadt gehen; dort kommt von verschiedenen Seiten her auf dem Marktplatze zusammen, während ich mit unserm Kameraden, der uns eben diese gute Nachricht gebracht hat, das Haus auskundschaften werde, um darnach die zweckmäßigen Maßregeln treffen zu können.«

Die Rede des Räuberhauptmannes wurde mit großem Beifall aufgenommen, und sie waren bald reisefertig. Sie zogen nun zu zwei und drei von dannen, und da sie immer in angemessener Entfernung voneinander gingen, so gelangten sie ohne Verdacht zu erregen in die Stadt. Der Hauptmann und der Räuber, der morgens hier gewesen war, trafen zuletzt daselbst ein. Dieser führte den Hauptmann in die Straße, wo er Ali Babas Haus bezeichnet hatte, und als er an die erste, von Morgiane bezeichnete Haustüre kam, machte er ihn darauf aufmerksam und sagte, das sei die rechte. Als sie aber, um sich nicht verdächtig zu machen, weiter gingen, bemerkte der Hauptmann, daß die nächstfolgende Türe ebenfalls dasselbe Zeichen und an derselben Stelle hatte; er zeigte es daher seinem Führer und fragte ihn, ob es dies Haus sei oder das vorige. Der Räuber kam in Verlegenheit und wußte nichts zu antworten, besonders als er und der Hauptmann sahen, daß die vier oder fünf folgenden Türen ebenfalls dasselbe Zeichen hatten. Er versicherte dem Hauptmann mit einem Schwur, daß er bloß eine einzige bezeichnet habe, und setzte dann hinzu: »Es ist mir unbegreiflich, wer die übrigen so ähnlich bezeichnet haben mag, aber ich muß in dieser Verwirrung gestehen, daß ich dasjenige, was ich selbst bezeichnet habe, nicht mehr herausfinden kann.« Als nun der Hauptmann seinen Plan vereitelt sah, begab er sich nach dem Marktplatze und ließ seinen Leuten durch den ersten besten, der ihm begegnete, sagen, sie haben sich dieses Mal eine vergebliche Mühe gemacht, und es bleibe nichts anderes übrig, als den Rückweg nach ihrem gemeinschaftlichen Zufluchtsort anzutreten. Er selbst ging voran und sie folgten ihm alle in derselben Ordnung, wie sie gekommen waren.

Nachdem die Bande sich im Walde versammelt hatte, erklärte ihr der Hauptmann, warum er sie habe wieder umkehren lassen. Sogleich wurde der Führer einstimmig des Todes schuldig erklärt, auch gestand er selbst zu, daß er es verdient habe, weil er bessere Vorsichtsmaßregeln hätte ergreifen sollen, und ohne Zittern bot er demjenigen den Hals hin, der den Auftrag erhielt, ihm den Kopf abzuschlagen.

Da es für das Wohl der Bande sehr wichtig war, den Schaden, den man ihr zugefügt, nicht ungerächt zu lassen, so trat ein anderer Räuber auf, versprach, es solle ihm besser gelingen, als seinem Vorgänger, und bat sich die Übertragung dieses Geschäfts als eine Gunst aus. Es wurde ihm genehmigt; er ging nach der Stadt, bestach Baba Mustafa, wie sein Vorgänger getan, und Baba Mustafa führte ihn mit verbunden Augen vor Ali Babas Haus. Der Räuber bezeichnete dasselbe an einer weniger bemerkbaren Stelle mit Rötel, in der Hoffnung, er werde es auf diese Art gewiß von der weißbezeichneten unterscheiden können.

Aber bald darauf ging Morgiane aus dem Hause, wie am vorigen Tag, und als sie zurückkam, entging das rote Zeichen ihren scharfblickenden Augen nicht. Sie dachte sich dabei das nämliche, wie bei dem weißen Zeichen, und machte sogleich an die Türen der Nachbarhäuser, und zwar an die nämliche Stelle dasselbe Zeichen mit Rötel.

Inzwischen kehrte der Räuber zu seiner Bande in den Wald zurück, erzählte, welche Maßregel er genommen, und sagte, es wäre ihm jetzt unmöglich, das bezeichnete Haus mit den anderen zu verwechseln. Der Hauptmann und seine Leute glaubten mit ihm, die Sache müsse jetzt gelingen. Sie begaben sich daher in derselben Ordnung und mit derselben Vorsicht, wie tags zuvor, auch ganz ebenso bewaffnet, nach der Stadt, um den Plan aufzuführen, den sie ersonnen hatten. Der Hauptmann und der Räuber gingen sogleich in die Straße Ali Babas, fanden aber dieselbe Schwierigkeit, wie das erste Mal. Der Hauptmann wurde darüber erzürnt und der Räuber geriet in dieselbe Bestürzung wie derjenige, der vor ihm diesen Auftrag gehabt hatte. So sah sich denn der Hauptmann genötigt, ebenso unbefriedigt wie das erste Mal, noch an demselben Tage mit seinen Leuten den Rückweg anzutreten. Der Räuber, der an dem Mißlingen des Planes schuld war, erlitt gleicherweise die Strafe, der er sich freiwillig unterworfen hatte.

Da nun der Hauptmann seine Bande um zwei wackere Leute vermindert sah, fürchtete er, sie möchte noch mehr abnehmen, wenn er sich bei Erforschung von Ali Babas Haus auch fernerhin auf andere verlassen wollte. Ihr Beispiel zeigte ihm, daß sie mehr zu kühnen Waffentaten geeignet waren, als zu solchen Unternehmungen, wo man klug und listig zu Werke gehen mußte. Er übernahm daher die Sache selbst und ging nach der Stadt, wo ihm Baba Mustafa denselben Dienst leistete, wie den beiden Abgesandten seiner Bande; er machte jedoch kein Merkzeichen an Ali Babas Haus, sondern ging mehrere Male vorüber und betrachtete es so genau, daß er es durchaus nicht mehr verfehlen konnte.

Nachdem er sich nun von allem, was er wünschte, unterrichtet hatte, ging der Räuberhauptmann, wohl zufrieden mit seiner Reise, nach dem Walde zurück, und als er in die Felsenhöhle kam, wo sie ganze Bande ihn erwartete, sagte er zu ihnen: »Kameraden, jetzt kann uns nichts mehr hindern, volle Rache für die Bosheit zu nehmen, die an uns verübt worden ist. Ich kenne das Haus des Schurken, den sie treffen soll, ganz genau und habe unterwegs auf Mittel gedacht, die Sache so schlau anzugreifen, daß niemand weder von unserer Höhle, noch von unserm Schatze etwas ahnen soll; denn dies ist der Hauptzweck, den wir bei unserm Unternehmen vor Augen haben müssen, sonst würde es uns ins Verderben stürzen. Hört einmal an«, fuhr der Hauptmann fort, »was ich ausgesonnen habe, um diesen Zweck zu erreichen. Wenn ich euch meinen Plan auseinandergesetzt haben werde und einer von euch ein besseres Mittel weiß, so mag er es uns dann mitteilen.« Sofort erklärte er ihnen, wie er die Sache anzugreifen gedenke, und als ihm alle ihren Beifall zu erkennen gaben, befahl er ihnen, sich in die umliegenden Dörfer und Flecken und auch in die Stadt zu zerstreuen, und 19 Maulesel zu kaufen, nebst 38 großen ledernen Ölschläuchen, den einen voll, die anderen aber leer.

Binnen zwei bis drei Tagen hatten die Räuber alles beisammen. Da die leeren Schläuche an der Mündung für seinen Zweck etwas zu eng waren, so ließ der Hauptmann sie ein wenig erweitern, und nachdem er in jeden Schlauch einen seiner Leute mit den nötigen Waffen hatte hineinkriechen lassen, wobei jedoch eine aufgetrennte Ritze offen blieb, damit sie frei Atem schöpfen konnten, so verschloß er die Schläuche so, daß man glauben mußte, es sei Öl darin; um aber die Täuschung zu vollenden, befeuchtete er sie von außen mit Öl, das er aus dem vollen Schlauche nahm.

Nachdem er diese Anordnung getroffen und die 37 Räuber, jeden in einem Schlauche steckend, nebst dem Öl angefüllten Schlauche auf die Maultiere geladen hatte, nahm der Hauptmann um die festgesetzte Stunde mit denselben seinen Weg nach der Stadt und kam in der Abenddämmerung, etwa eine Stunde nach Sonnenuntergang, vor derselben an. Er ging zum Tore hinein und geraden Weges auf Ali Babas Haus zu, in der Absicht, bei ihm anzuklopfen und von der Gefälligkeit des Hausherrn für sich und seine Maultiere ein Nachtlager zu erbitten. Er brauchte nicht anzuklopfen, denn Ali Baba saß vor der Tür, um nach dem Abendessen frische Luft zu schöpfen. Er ließ daher seinen Maulesel Halt machen, wandte sich an Ali Baba und sagte zu ihm: »Herr, ich bringe das Öl, das du hier siehst, aus weiter Ferne her, um es morgen auf dem Markte zu verkaufen, aber da es schon so spät ist, so weiß ich nicht, wo ich ein Unterkommen finden soll. Wenn es dir nicht zu lästig wäre, so würde ich dich um die Gefälligkeit bitten, mich für diese Nacht in deinem Hause aufzunehmen; ich würde dir großen Dank dafür wissen.« Obgleich Ali Baba den Mann, der jetzt mit ihm sprach, bereits

ihm Walde gesehen und auch reden gehört hatte, so konnte er ihn doch in seinem Ölhändleraufzuge unmöglich als den Hauptmann jener 40 Räuber wieder erkennen. »Sei mir willkommen«, sagte er zu ihm, »und tritt herein!« Mit diesen Worten machte er ihm Platz, daß er samt seinen Maultieren hineingehen konnte.

Ali Baba rief nun seinem Sklaven und befahl ihm, sobald die Maultiere abgepackt sein würden, sie nicht bloß in den Stall zu führen, sondern ihnen auch Gerste und Heu zu bringen. Auch nahm er sich die Mühe, in die Küche zu gehen und Morgiane zu befehlen, sie solle für den neuangekommenen Gast schnell ein gutes Abendbrot bereiten und in einem Zimmer ein Bett für ihn herrichten.

Ali Baba tat noch mehr, um seinem Gast viele Ehre zu bezeigen. Als er nämlich sah, daß der Räuberhauptmann seine Maulesel abgepackt hatte, und diese, wie er befohlen, in den Stall gebracht worden waren, so nahm er den Fremden, der die Nacht unter freiem Himmel zubringen wollte, bei der Hand und führte ihn in den Saal, wo er seine Besuche zu empfangen pflegte, mit der Erklärung, er werde es nicht zulassen, daß er im Hof übernachte. Der Räuberhauptmann verbat sich diese Ehre, indem er sagte, er wolle ihm durchaus nicht zur Last fallen; der wahre Grund aber war, damit er seinen Plan um so ungestörter ausführen könnte. Indes bat ihn Ali Baba so höflich und so dringend, daß er ihm nicht länger widerstehen konnte. Ali Baba leistete demjenigen, der ihm nach dem Leben trachtete, nicht bloß solange Gesellschaft, bis Morgiane das Abendbrot auftrug, sondern unterhielt sich mit ihm auch noch fortwährend über allerlei Dinge, von denen er glaubte, sie können ihm Vergnügen machen, und verließ ihn nicht eher, als bis er sein Mahl vollendet hatte. »Ich lasse dich jetzt allein«, sagte er dann zu ihm; »wenn du irgend etwas wünschest, so darfst du es nur sagen: Alles, was in meinem Hause ist, steht zu deinen Diensten.« Der Räuberhauptmann stand zugleich mit Ali Baba auf und begleitete ihn bis an die Türe. Während nun Ali Baba in die Küche ging, um mit Morgiane zu sprechen, begab er sich in den Hof unter dem Vorwand, er wolle im Stall nachsehen, ob es seinen Maultieren an nichts fehle.

Nachdem Ali Baba Morgiane von neuem empfohlen hatte, für seinen Gast aufs beste zu sorgen und ihm nichts abgehen zu lassen, fügte er hinzu: »Morgiane, ich will dir jetzt nur noch sagen, daß ich morgen vor Tag ins Bad gehe; mache meine Badetücher zurecht und gib sie Abdallah – so hieß nämlich sein Sklave – sodann besorge mir eine gute Fleischbrühe, bis ich nach Hause komme.« Nachdem er ihr diese Befehle gegeben hatte, ging er zu Bett.

Indes gab der Räuberhauptmann, als er aus dem Stalle herauskam, seinen Leuten Befehl, was sie tun sollen. Vom ersten Schlauche an bis zum letzten sagte er zu jedem: »Wenn ich von meinem Schlafgemach kleine Steinchen herabwerfe, so schneide mit dem Messer, das du bei dir hast, den Schlauch von oben bis unten auf und krieche aus der Öffnung heraus; ich werde dann bald bei euch sein.« Das Messer, von dem er sprach, war für diesen Zweck eigens gespitzt und geschliffen. Nachdem dies geschehen war, kehrte er zurück, und sobald er sich an der Küchentüre zeigte, nahm Morgiane ein Licht, führte ihn nach dem für ihn eingerichteten Zimmer und ließ ihn dort allein, nachdem sie ihn zuvor gefragt hatte, ob er nichts weiter zu wünschen habe. Um keinen Argwohn zu erregen, löschte er bald darauf das Licht aus und legte sich ganz angekleidet nieder, damit er gleich nach dem ersten Schlafe wieder aufstehen könnte.

Morgiane vergaß Ali Babas Befehl nicht. Sie legte seine Badetücher zurecht, übergab sie an Abdallah, der noch nicht schlafen gegangen war, und stellte den Topf zur Fleischbrühe ans Feuer. Während sie nun den Topf abschöpfte, löschte plötzlich die Lampe aus. Im ganzen Hause war kein Öl mehr und zufällig auch keine Lichter vorrätig. Was sollte sie nun anfangen? Um ihren Topf abzuschöpfen, mußte sie notwendig hell sehen. Sie entdeckte ihre Verlegenheit Abdallah, der ihr zur Antwort gab: »Da gibt es freilich keinen anderen Rat, als daß du dir aus einem der Schläuche unten im Hofe etwas Öl holst.« Morgiane dankte Abdallah für diesen Rat, und während er neben Ali Babas Zimmer sich niederlegte, um ihn dann ins Bad zu begleiten, nahm sie den Ölkrug und ging in den Hof. Als sie sich dem ersten besten Schlauch näherte, fragte der Räuber, der darin steckte, ganz leise. »Ist es Zeit?« Obwohl nun der Räuber leise gesprochen hatte, so wurde Morgiane doch über diese Stimme um so mehr stutzig, weil der Räuberhauptmann, nachdem er seine Maulesel abgeladen, nicht bloß diesen Schlauch, sondern auch alle übrigen geöffnet hatte, um seinen Leuten frische Luft zu verschaffen. Diese hatten ohnehin eine sehr üble Lage darin, obschon sie Atem holen konnten,

Jede andere Sklavin, als Morgiane, obwohl sie freilich nicht wenig überrascht war, statt des gesuchten Öls einen Mann in dem Schlauche zu finden, hätte darüber wahrscheinlich Lärm gemacht und vielleicht großes Unglück angerichtet. Morgiane aber war weit verständiger als ihresgleichen. Sie begriff sogleich, wie wichtig es war, die Sache geheim zu halten, in welch dringender Gefahr Ali Baba nebst seiner Familie und sie selbst schwebte, und daß sie jetzt notwendig so schnell als möglich und ohne allen Lärm ihre Maßregeln ergreifen mußte. Gott der Herr hatte sie mit Verstand gesegnet, so daß sie die Mittel dazu bald erkannte. Sie faßte sich im Augenblicke wieder, und ohne im mindesten Schrecken zu verraten, antwortete sie, als ob sie der Räuberhauptmann wäre: »Noch nicht, aber bald.« Darauf näherte sie sich dem folgenden Schlauche, wo sie dieselbe Frage hörte, und so fort, bis sie zum letzten kam, der von Öl war; sie gab auf jede Frage immer dieselbe Antwort.

Morgiane erkannte daraus, daß ihr Herr Ali Baba nicht, wie er glaubte, einen Ölhändler, sondern 37 Räuber nebst ihrem Hauptmann, den verkleideten Kaufmann, in seinem Hause beherbergte. Sie füllte daher in aller Eile ihren Krug mit Öl, das sie aus dem letzten Schlauche nahm, kehrte sodann in die Küche zurück, und nachdem sie Öl in die Lampe gegossen und sie wieder angezündet hatte, nahm sie einen großen Kessel, ging wieder in den Hof und füllte ihn mit Öl aus dem Schlauche. Sodann ging sie wieder in die Küche und setzte ihn über ein gewaltiges Feuer, in das sie immer neues Holz zuschob, denn je eher das Öl ins Sieden kam, desto eher konnte sie auch den Plan ausführen, den sie zum gemeinsamen Wohl des Hauses entworfen hatte und der keinen Aufschub zuließ. Als endlich das Öl kochte, nahm sie den Kessel und goß in jeden Schlauch, vom ersten bis zum letzten, so viel siedendes Öl, als hinreichend war, um die Räuber zu ersticken und zu töten.

Nachdem Morgiane diese Tat, die ihrem Mut alle Ehre machte, ebenso geräuschlos ausgeführt, als ausgedacht hatte, kehrte sie mit dem leeren Kessel in die Küche zurück und verschloß sie. Sodann löschte sie das große Feuer, das sie angezündet hatte, aus und ließ bloß so viel übrig, als nötig war, um die Fleischbrühe für Ali Baba zu kochen. Zuletzt blies sie auch die Lampe aus und verhielt sich ganz still, denn sie hatte beschlossen, nicht eher zu Bett zu gehen, als bis sie durch ein Küchenfenster, das nach dem Hofe hinaus sah, soweit die Dunkelheit der Nacht es gestattete, alles beobachtet hätte, was etwa vorging. Morgiane hatte noch keine Viertelstunde gewartet, als der Räuberhauptmann erwachte. Er stand auf, öffnete das Fenster, sah hinaus und da er nirgends mehr Licht gewahrte, sondern überall im Hause die tiefste Ruhe und Stille herrschen sah, so gab er das verabredete Zeichen, indem er kleine Steine hinabwarf. Mehrere davon fielen, wie er sich durch den Schall überzeugen konnte, auf die ledernen Schläuche. Er horchte begierig, hörte und merkte aber nichts, woraus er hätte schließen könnten, daß seine Leute sich in Bewegung setzten. Dies beunruhigte ihn, und er warf zum zweiten und dritten Mal kleine Steine hinab. Sie fielen auf die Schläuche, aber keiner von den Räubern gab das geringste Lebenszeichen von sich. Da er dies nicht begreifen konnte, ging er in der höchsten Bestürzung und so leise als möglich in den Hof hinab und näherte sich dem ersten Schlauche; als er aber den darin befindlichen Räuber fragen wollte, ob er schlafe, so stieg ihm ein Geruch von heißem Öl und von etwas Verbranntem aus dem Schlauch entgegen und er erkannte daraus, daß sein Plan gegen Ali Baba, ihn zu ermorden, auszuplündern und das seiner Gesellschaft geraubte Gold wieder mitzunehmen, gänzlich fehlgeschlagen hatte. Er ging nun zum folgenden Schlauch und so fort bis zum letzten und fand, daß alle seine Leute auf dieselbe Weise umgekommen waren. Die Abnahme des Öls in dem vollen Ölschlauche zeigte ihm, welcher Mittel und Wege man sich bedient hatte, um seinen Plan zu vereiteln. Jetzt, da er alle seine Hoffnungen zertrümmert sah, brach er, Verzweiflung im Herzen,

durch die Türe, die aus dem Hofe in Ali Babas Garten führte, und flüchtete sich, indem er über eine Gartenmauer nach der anderen sprang.

Als Morgiane kein Geräusch mehr hörte und nach geraumem Warten den Räuberhauptmann nicht zurückkommen sah, so zweifelte sie nicht mehr daran, daß er durch den Garten geflohen sei; denn durch die Haustüre konnte er nicht zu entrinnen hoffen, da sie doppelt geschlossen war. Hocherfreut, daß es ihr so gut gelungen war, das ganze Haus zu retten, ging sie endlich zu Bett und schlief ein. Ali Baba indes stand vor Tage auf und ging, von seinen Sklaven begleitet, ins Bad. Er hatte nicht die geringste Ahnung von der gräßlichen Begebenheit, die sich, während er schlief, in seinem Hause zugetragen hatte, denn Morgiane hatte nicht für nötig gefunden, ihn aufzuwecken, weil sie im Augenblicke der Gefahr keine Zeit zu verlieren hatte und nach Abwendung derselben ihn nicht in seiner Ruhe stören wollte. Als Ali Baba aus dem Bade in sein Zimmer zurückkam und die Sonne schon hell am Himmel glänzte, wunderte er sich sehr, die Ölschläuche noch am alten Platze stehen zu sehen, und es war ihm unbegreiflich, daß der Kaufmann mit seinen Eseln nicht auf den Markt gegangen sein solle. Er fragte deshalb Morgiane, die ihm die Türe öffnete und alles so stehen und liegen gelassen hatte, damit er es selbst sehen möchte, und sie ihm recht deutlich machen könnte, was sie zu seiner Rettung getan habe. »Mein guter Herr«, antwortete Morgiane, »Gott und der heilige Prophet erhalte dich und dein Haus! Du wirst dich von dem, was du zu wissen verlangst, besser überzeugen, wenn deine eigenen Augen sehen werden, was ich ihnen zeigen will. Nimm dir einmal die Mühe, mit mir zu kommen.« Ali Baba folgte seiner Magd; diese verschloß die Türe, führte ihn zum ersten Schlauch und sagte dann: »Blicke einmal in diesen Schlauch hinein, da wirst noch nie solches Öl gesehen haben.«

Ali Baba blickte hinein, und als er in dem Schlauche einen Mann sah, erschrak er über die Maßen, schrie laut auf und sprang zurück, wie wenn er auf eine Schlange getreten wäre. »Fürchte nichts«, sagte Morgiane zu ihm, »der Mann, den du da siehst, wird dir nichts Böses tun. Er hat das Maß seiner Missetaten erfüllte, aber jetzt kann er niemandem mehr Schaden zufügen, denn er ist tot.« »Morgiane«, rief Ali Baba, »beim erhabenen Propheten! Sage mir, was soll das heißen? »Ich will es dir erklären«, sagte Morgiane, »aber mäßige die Ausbrüche deiner Verwunderung und reize nicht die Neugierde der Nachbarn, auf daß sie nicht eine Sache erfahren, welche geheim zu halten von großer Wichtigkeit für dich ist. Sieh jedoch zuvor die übrigen Schläuche.« Ali Baba sah in die anderen Schläuche nach der Reihe hinein, vom ersten bis zum letzten, worin Öl war, das sichtbar abgenommen hatte. Als er nun alle gesehen hatte, blieb er wie angewurzelt stehen, indem er seine Augen bald auf die Schläuche, bald auf Morgiane heftete, und so groß war sein Erstaunen, daß er lange kein Wort sprechen konnte. Endlich erholte er sich wieder und fragte dann: »Aber was ist denn aus dem Kaufmann geworden?« »Der Kaufmann«, antwortete Morgiane, »ist so wenig ein Kaufmann, als ich eine Kaufmännin bin. Ich will dir sagen, was er ist und wohin er sich geflüchtet hat. Doch wirst du diese Geschichte viel bequemer auf deinem Zimmer anhören, denn deine Gesundheit erfordert, daß du jetzt, nachdem du aus dem Bade gekommen, etwas Fleischbrühe genießest.«

Während Ali Baba sich auf sein Zimmer begab, holte Morgiane die Fleischbrühe aus der Küche und überbrachte sie ihm; Ali Baba sagte aber, ehe er sie zu sich nahm: »Fange immerhin an, meine Ungeduld zu befriedigen, und erzähle mir diese seltsame Geschichte mit allen einzelnen Umständen.« Morgiane erfüllte den Willen ihres Herrn und sprach also: »Herr, gestern Abend, als du bereits zu Bett gegangen warst, legte ich, wie du mir befohlen, deine Badetücher zurecht und übergab sie Abdallah. Sodann stellte ich den Topf mit der Fleischbrühe ans Feuer, und während ich diese schäumte, erlosch auf einmal die Lampe, weil kein Öl mehr darin war. Im Kruge war kein Tröpfchen mehr zu finden und ebensowenig konnte ich ein Stümpchen Licht bekommen. Abdallah, der meine Verlegenheit bemerkte, erinnerte mich an die vollen Ölschläuche im Hofe, denn er zweifelte ebensowenig als ich und du selbst, daß es solche wären. Ich nahm also meinen Ölkrug und lief zu dem nächsten besten Schlauche. Als ich nahe daran war, kam eine Stimme aus demselben, die mich fragte. ›Ist es Zeit?‹ Ich erschrak nicht, sondern erkannte sogleich die Bosheit des falschen Kaufmanns und antwortete ohne Zögern: ›Noch nicht, aber bald.‹ Ich trat zum folgenden Schlauche und eine andere Stimme tat dieselbe Frage an mich, worauf ich dieselbe Antwort wiedergab. So ging ich denn von einem Schlauche zum andern, immer dieselbe Frage und dieselbe Antwort, und erst im letzten Schlauche fand ich Öl, womit ich den Krug füllte. Als ich nun überlegte, daß sich mitten in deinem Hofe 37 Räuber befanden, welche nur auf ein Zeichen oder Befehl ihres Anführers, den du für einen Kaufmann hieltest und so gut aufgenommen hattest, warteten, um das ganze Haus auszuplündern, so glaubte ich, jetzt sei keine Zeit mehr zu verlieren. Ich trug daher den Krug zurück, zündete die Lampe an, nahm den größten Kessel in der ganzen Küche und füllte ihn mit Öl. Sodann stellte ich ihn über das Feuer, und als das Öl recht kochte, so goß ich in jeden Schlauch, worin ein Räuber steckte, so viel hinein, als hinlänglich war, um sie an der Ausführung des verderblichen Planes zu verhindern, der sie hierher geführt hatte. Nachdem nun die Sache ein solches Ende genommen, wie ich es mir gedacht hatte, kehrte ich in die Küche zurück, löschte die Lampe aus, und bevor ich zu Bett ging, fing ich an, durchs Fenster ruhig zu beobachten, was der falsche Ölhändler wohl jetzt tun würde. Nach einer Weile hörte ich, daß er zum Zeichen für seine Leute kleine Steine aus dem Fenster und auf die Schläuche warf. Er wiederholte dies mehrere Male, als er aber nichts sich regen sah oder hörte, so ging er hinab, und ich sah ihn von einem Schlauche zum anderen gehen, bis ich ihn in der Dunkelheit der Nacht aus dem Auge verlor. Doch gab ich noch einige Zeit acht, und da ich ihn nicht zurückkommen sah, so zweifelte ich nicht, er werde in der Verzweiflung über seinen mißlungenen Plan durch den Garten entflohen sein. Nachdem ich mich nun überzeugt hatte, daß das Haus in Sicherheit sei, ging ich zu Bett. Dies ist nun«, setzte Morgiane zum Schlusse hinzu, »die Geschichte, nach der du gefragt hast, und ich bin überzeugt, daß sie mit einer Bemerkung zusammenhängt, die ich vor einigen Tagen gemacht habe, aber euch nicht mitteilen zu müssen glaubte. Als ich nämlich einmal sehr frühe morgens von meinem Gang in die Stadt zurückkehrte, bemerkte ich, daß die Haustüre weiß bezeichnet war, und den Tag darauf bemerkte ich ein rotes Zeichen. Da ich nun aber nicht wußte, zu welchem Zweck dies geschehen war, so bezeichnete ich jedesmal zwei bis drei Nachbarhäuser sowohl vor als hinter uns in der Reihe ebenso an derselben Stelle. Wenn du nun dies mit der Geschichte der letzten Nacht zusammenhältst, so wirst du finden, daß alles von den Räubern im Walde angezettelt worden ist, deren Bande sich indes, ich weiß nicht warum, um zwei Köpfe verringert hat. Wie dem auch sein mag, es sind ihrer im höchsten Falle nur noch drei am Leben. Dies beweist, daß sie dir den Untergang geschworen haben, und daß du sehr auf deiner Hut sein mußt, solange man weiß, daß noch einer davon am Leben ist. Ich für meine Person werde nichts unterlassen, um meiner Pflicht gemäß für deine Erhaltung zu sorgen.«

Als Morgiane ausgesprochen hatte, erkannte Ali Baba wohl, welch wichtigen Dienst sie ihm geleistet, und sprach voll Dankbarkeit also zu ihr: »Ich will nicht sterben, bevor ich dich nach Verdienst belohnt habe. Dir habe ich mein Leben zu verdanken, und um dir gleich jetzt einen Beweis von Erkenntlichkeit zu geben, schenke ich dir von Stund an die Freiheit, behalte mir aber vor, noch weiter an dich zu denken. Auch ich bin überzeugt, daß die 40 Räuber mir diese Falle gelegt haben. Gott, der Allmächtige und Allbarmherzige, hat mich durch deine Hand befreit; ich hoffe, daß er mich auch ferner vor ihrer Bosheit beschützen, daß er sie vollends ganz von meinem Haupte abwenden und die Welt von den Verfolgungen dieser verfluchten Otternbrut befreien wird. Doch müssen wir jetzt vor allem die Leichen von diesen Auswürflingen des Menschengeschlechts beerdigen, aber in aller Stille, so daß niemand etwas von ihrem Schicksal ahnen kann; das will ich mit Abdallah jetzt besorgen.«

Ali Babas Garten war sehr lang und hinten von hohen Bäumen begrenzt. Ohne zu säumen, ging er mit seinem Sklaven unter diese Bäume, um eine lange und breite Grube zu machen, wie für die Leichname, welche hineingelegt werden sollten, notwendig war. Der Boden war leicht aufzulockern und sie brauchten nicht viel Zeit zu diesem Geschäfte. Sie zogen nun die Leichname aus den Lederschläuchen heraus, legten die Waffen, womit die Räuber sich versehen hatten, beiseite, schleppten dann die Leichname an das Ende des Gartens, brachten sie der Reihe nach in die Grube hinein, schütteten die aufgegrabene Erde über sie hin und zerstreuten dann die übrige Erde in die Runde umher, so daß der Boden wieder so eben wurde, wie zuvor. Die Ölschläuche und die Waffen ließ Ali Baba sorgfältig verstecken, die Maulesel aber, die er zu nichts brauchen konnte, schickte er zu verschiedenen Malen auf den Markt und ließ sie durch seine Sklaven verkaufen.

Während nun Ali Baba alle diese Maßregeln ergriff, um die Art, wie er in so kurzer Zeit so reich geworden, der Kunde der Leute zu entziehen, war der Hauptmann der 40 Männer mit bitterem Herzeleid in den Wald zurückgekehrt. Dieser unglückliche und seinen Hoffnungen so ganz zuwiderlaufende Ausgang der Sache kränkte ihn dermaßen und machte ihn so bestürzt, daß er unterwegs keinen Entschluß fassen konnte, was er gegen Ali Baba nunmehr unternehmen sollte, sondern, ohne zu wissen wie, in die Höhle zurückkam.

Gräßlich war es ihm, als er sich in diesem düsteren Aufenthalt nun allein sah. »Ihr wackeren Leute alle«, rief er, »Gefährten meiner Nachtwachen, meiner Streifereien und meiner Anstrengungen, wo seid ihr? Was kann ich ohne euch tun? Also bloß darum habe ich euch zusammengebracht und auserlesen, um euch auf einmal durch ein so unseliges und eures Mutes so unwürdiges Schicksal umkommen zu sehen? Ich würde auch weniger beklagen, wenn ihr mit dem Säbel in der Faust als tapfere Männer gestorben wäret. Wann werde ich je wieder eine solche Schar von braven Leuten, wie ihr waret, zusammenzubringen können?

Und wenn ich es auch wollte, könnte ich es wohl unternehmen, ohne all dieses Gold und Silber, alle diese Schätze demjenigen als Beute überlassen zu müssen, bevor ich ihm das Leben genommen habe. Was ich mit eurem mächtigen Beistande nicht auszuführen vermochte, muß ich jetzt ganz allein tun, und wenn ich nun den Schatz vor Plünderung bewahrt haben werde, so will ich auch dafür sorgen, daß es ihm nach mir nicht an einem wackern Herrn fehle, auf daß er sich bis auf die spätesten Nachkommen erhalte und vermehre.« Nachdem er diesen Entschluß gefaßt hatte, war er über die Mittel, ihn auszuführen, nicht verlegen; sein Herz wurde wieder ruhig, er überließ sich aufs Neue schönen Hoffnungen und versank in einen tiefen Schlaf.

Am anderen Morgen wachte der Räuberhauptmann früh auf, legte, seinem Plane gemäß, ein sehr stattliches Kleid an, ging in die Stadt und nahm eine Wohnung in einem Chan. Da er erwartete, das, was bei Ali Baba vorgegangen war, müßte Aufsehen erregt haben, so fragte er den Aufseher des Chans gelegentlich im Gespräch, ob es nichts Neues in der Stadt gebe, und dieser erzählte ihm verschiedene Sachen, aber nur nicht das, was er zu wissen wünschte. Er schloß daraus, Ali Baba werde bloß darum ein Geheimnis aus der Sache machen, weil er nicht bekannt werden lassen wolle, daß er etwas von dem Schatze wisse und das Geheimnis, ihn zu öffnen, besitze, auch sei ihm wahrscheinlich nicht unbewußt, daß man ihm bloß deshalb nach dem Leben trachte. Dies bestärkte ihn in dem Vorsatz, alles zu tun, um ihn auf eine ebenso geheime Art aus dem Wege zu schaffen. Der Räuberhauptmann versah sich mit einem Pferd, mit dem er mehrere Reisen in den Wald machte, um verschiedene Arten reicher Seidenstoffe und feiner Schleiertücher in seine Wohnung zu bringen; dabei traf er die nötigen Maßregeln, um den Ort, wo er dieselben holte, geheim zu halten. Als er nun so viele Waren, als er zweckdienlich glaubte, beisammen hatte, suchte er sich einen Laden, um sie verkaufen, und fand auch einen; er mietete ihn von seinem Eigentümer, stattete ihn aus und bezog ihn. Ihm gegenüber befand sich der Laden, der früher Casim gehört hatte, aber seit einiger Zeit von Ali Babas Sohn in Besitz genommen war.

Der Räuberhauptmann, der den Namen Chogia Husein angenommen hatte, ermangelte nicht, als neuer Ankömmling der Sitte gemäß den Kaufleuten, die seine Nachbarn waren, seine Aufwartung zu machen. Da Ali Babas Sohn noch jung, wohlgebildet und sehr verständig war, und er mit ihm öfter als mit anderen Kaufleuten zu sprechen Gelegenheit hatte, so schloß er bald Freundschaft mit ihm. Er suchte seinen Umgang um so angelegentlicher, als er drei bis vier Tage nach Errichtung seines Ladens Ali Baba wieder erkannte, der seinen Sohn besuchte und wie er von Zeit zu Zeit zu tun pflegte, sich längere Zeit mit ihm unterhielt. Als er vollends von dem Jüngling erfuhr, daß Ali Baba sein Vater sei, so verdoppelte sich seine Gefälligkeit gegen ihn, er liebkoste ihn, machte ihm kleine Geschenke und lud ihn mehrere Male zu Tische.

Ali Babas Sohn glaubte, Chogia Husein diese Höflichkeit erwidern zu müssen; da er aber sehr eng wohnte und nicht so bequem eingerichtet war, um ihn, wie er wünschte, bewirten zu können, so sprach er darüber mit seinem

Vater Ali Baba und bemerkte ihm, es würde wohl nicht schicklich sein, wenn er die Höflichkeiten Chogia Huseins noch länger unerwidert ließe. Ali Baba nahm es mit Vergnügen auf sich, den Fremden zu bewirten. »Mein Sohn«, sagte er, »morgen ist Freitag, und da die großen Kaufleute, wie Chogia Husein und du, an diesem Tage ihre Läden geschlossen halten, so mache nachmittags einen Spaziergang mit ihm und richte es auf dem Rückwege so ein, daß du ihn an meinem Hause vorbeiführest und hereinzutreten nötigst. Es ist besser, die Sache macht sich so, als daß du ihn förmlich einladest. Ich werde Morgiane Befehl geben, daß sie ein Abendessen zugerichtet in Bereitschaft hält.«

Am Freitag Nachmittag fanden sich Ali Babas Sohn und Chogia Husein wirklich an dem Orte ein, wohin sie sich bestellt hatten, und machten ihren Spaziergang miteinander. Auf dem Rückwege führte Ali Babas Sohn seinen Freund absichtlich durch die Straße, wo sein Vater wohnte, und als sie vor der Haustüre waren, blieb er stehen, klopfte an und sagte zu ihm: »Hier ist das Haus meines Vaters: Da ich ihm schon viel erzählt habe von der freundschaftlichen Art, wie du mir überall entgegenkommst, so hat er mich beauftragt, ihm die Ehre deiner Bekanntschaft zu verschaffen. Ich ersuche dich nun, die Zahl deiner Gefälligkeiten gegen mich durch diese noch zu vermehren.«

Obgleich nun Chogia Husein zum dem Ziel gelangt war, nach dem er strebte, nämlich Eintritt in Ali Babas Haus zu erhalten und ihn ohne eigene Gefahr und ohne großen Lärm zu töten, so brachte er dennoch allerhand Entschuldigungen hervor und stellte sich, als wollte er von dem Sohne Abschied nehmen; da aber in diesem Augenblicke Ali Babas Sklave öffnete, so nahm ihn der Sohn artig bei der Hand, ging voran und zwang ihn gewissermaßen, mit ihm hereinzukommen.

Ali Baba empfing Chogia Husein mit freundlichem Gesichte und so gut, als er es nur wünschen konnte. Er dankte ihm für die Güte, die er gegen seinen Sohn bewiesen, und sagte dann: »Wir beide sind dir dafür zu um so größerem Danke verpflichtet, weil er noch ein junger in der Welt unerfahrener Mensch ist und du es nicht unter deiner Würde erachtest, zu seiner Bildung mitzuwirken.« Chogia Husein erwiderte Ali Babas Höflichkeiten durch andere und versicherte ihm zugleich, wenn seinem Sohne auch die Erfahrung von Greisen abgehe, so habe er doch einen gesunden Verstand, der so viel wert sei, als die Erfahrung von 1000 andern.

Nachdem sie sich eine Zeitlang über verschiedene gleichgültige Gegenstände unterhalten hatten, wollte Chogia Husein sich verabschieden; Ali Baba ließ es aber nicht zu. »Herr«, sagte er zu ihm, »wohin willst du gehen? Ich bitte dich, erweise mir die Ehre, ein Abendbrot bei mir einzunehmen. Das Mahl, das ich dir geben will, ist freilich bei weitem nicht so glänzend, als du verdienst; aber ich hoffe, du werdest es, so wie es ist, mit ebenso gutem Herzen annehmen, wie ich es dir biete.« »Herr«, antwortete Chogia Husein, »ich bin von deiner guten Gesinnung vollkommen überzeugt, und wenn ich dich bitte, es mir nicht übel zu nehmen, daß ich dein höfliches Anerbieten ausschlage, so bitte ich dich zugleich zu glauben, daß dies weder aus Verachtung, noch aus Unhöflichkeit geschieht, sondern weil ich einen besondern Grund dazu habe, den du selbst billigen würdest, wenn er dir bekannt wäre.« »Und was mag dies für ein Grund sein, Herr?« versetzte Ali Baba; »darf ich dich wohl darum fragen?« »Ich kann es dir wohl sagen«, antwortete Chogia Husein; »ich esse nämlich weder Fleisch, noch andere Gerichte, wobei Salz ist; du kannst hieraus selbst schließen, welche Rolle ich an deinem Tische spielen würde.« »Wenn du sonst keinen Grund hast«, fuhr Ali Baba dringender fort, »so soll dieser mich gewiß nicht der Ehre berauben, dich heute Abend an meinem Tische zu besitzen, außer du müßtest etwas anderes vorhaben. Erstens ist in dem Brote, das man bei mir ißt, kein Salz, und was das Fleisch und die Brühen betrifft, so verspreche ich dir, daß in dem, was dir vorgesetzt werden wird, ebenfalls keines sein soll. Ich will sogleich die nötigen Befehle geben; erweise mir daher die Gefälligkeit, bei mir zu bleiben, ich komme im Augenblick wieder zurück.«

Ali Baba ging in die Küche und befahl Morgiane, das Fleisch, das sie heute auftragen würde, nicht zu salzen, und außer den Gerichten, die er schon früher bei ihr bestellt hatte, schnell noch zwei bis drei andere zu bereiten, worin kein Salz sei. Morgiane, die soeben im Begriff war aufzutragen, konnte nicht umhin, ihre Unzufriedenheit über diesen neuen Befehl zu äußern und sich darüber gegen Ali Baba zu erklären. »Wer ist denn«, fragte sie, »dieser eigensinnige Mann, der kein Salz essen will? Deine Mahlzeit wird nicht mehr gut sein, wenn ich sie später auftrage.« »Werde nur nicht böse, Morgiane«, antwortete Ali Baba, »es ist ein rechtschaffener Mann, deswegen tu', was ich dir sage.« Morgiane gehorchte, aber mit Widerwillen, und es ergriff sie große Neugierde, den Mann kennenzulernen, der kein Salz essen wollte. Als sie das Mahl bereitet und Abdallah den Tisch gedeckt hatte, half sie ihm die Speisen hineintragen. Indem sie nun Chogia Husein ansah, erkannte sie ihn sogleich trotz seiner Verkleidung als den Räuberhauptmann, und bei längerer aufmerksamer Betrachtung bemerkte sie, daß er unter seinem Kleide einen Dolch versteckt trug. »Jetzt wundere ich mich nicht mehr«, sagte sie in ihrem Herzen, »daß dieser Gottlose mit meinem Herrn kein Salz essen will*: Er ist sein hartnäckigster Feind und will ihn ermorden; aber ich will ihn schon daran verhindern.«

Sobald Morgiane mit Abdallah das Auftragen besorgt hatte, benutzte sie die Zeit, während die Herren aßen, um die nötigen Vorbereitungen zur Aus-

---

* Das Salz war bei den Alten das Sinnbild für Freundschaft und Treue; sie brauchten es bei allen ihren Opfern und Bündnissen. Die Beduinen oder die Araber der Wüste betrachten es als das Symbol und Pfand der Treue und Unverletzlichkeit ihrer Verträge. Sie hegen – sagte *Don Raphael* – vor nichts so tiefe Ehrfurcht, als vor dem Brot und dem Salz. Haben sie einmal mit einem Menschen Brot und Salz gegessen, so wäre es ein fluchwürdiges Verbrechen, ihn auszuplündern oder sein Gepäck und seine Waren, womit er durch die Wüste reist, auch nur anzurühren. Für gleich schändlich gilt die geringste Beleidigung gegen seine Person; der Araber, der sich mit einem Verbrechen dieser Art befleckte, würde überall für einen niederträchtigen Schurken angesehen und fiele der tiefsten und allgemeinsten Verachtung anheim; ja er würde in seinen eigenen Augen verächtlich werden und könnte seine Schande niemals abwaschen. Es ist beinahe unerhört, daß Araber dieses schmachvolle Verbrechen begangen hätten; Bande, die mit Brot und Salz besiegelt wurden, sind ihnen unauflöslich. Wenn ein Fremder ihrer Habsucht diesen Damm entgegensetzen kann, so darf er mitten in der Wüste für sein Gepäck und sein Leben weit ruhiger sein, als wenn ihm der Stamm, in dessen Gebiet er kommt, 20 Geiseln gestellt hätte; der Araber, mit dem er einmal Salz und Brot gegessen hat, und alle seine Stammesgenossen betrachten ihn als Landsmann und Bruder. Man erweist ihm alle nur erdenklichen Ehrenbezeugungen und gibt ihm auf jede mögliche Art aufrichtige Bruderliebe zu erkennen.

führung eines Planes zu treffen, der von mehr als gewöhnlichem Mute zeigte, und sie war eben fertig damit, als Abdallah ihr meldete, es sei Zeit, die Früchte aufzutragen. Sie brachte dieselben und trug sie auf, sobald Abdallah den Tisch abgeräumt hatte. Hierauf stellte sie neben Ali Baba ein kleines Tischen und auf dasselbe den Wein nebst drei Schalen; dann ging sie mit Abdallah hinaus, als wollte sie mit ihm zu Nacht speisen, und um Ali Baba nicht zu stören, damit er sich mit seinem Gast angenehm unterhalten und ihm, nach seiner Gewohnheit, zusprechen könnte, sich den Wein schmecken zu lassen.

Jetzt glaubte der falsche Chogia Husein, oder vielmehr der Hauptmann der 40 Räuber, der günstige Augenblick sei gekommen, um Ali Baba das Leben zu nehmen. »Ich will«, sprach er bei sich selbst, »Vater und Sohn betrunken machen, und der Sohn, dem ich gerne das Leben schenke, soll mich nicht hindern, seinem Vater den Dolch ins Herz zu stoßen; sodann will ich mich, wie das erste Mal, durch den Garten flüchten, während die Köchin und der Sklave noch mit ihrem Abendessen beschäftigt oder in der Küche eingeschlafen sind.«

Morgiane aber hatte die Absicht des falschen Chogia Husein durchschaut und ließ ihm nicht Zeit, seinen boshaften Plan auszuführen. Statt ihr Abendbrot einzunehmen, zog sie ein sehr anmutiges Tanzkleid an, wählte einen passenden Kopfputz dazu, lege sich einen Gürtel von vergoldetem Silber um, und befestigte daran einen Dolch, dessen Scheide und Griff von demselben Metall waren; vor ihr Gesicht hing sie eine sehr schöne Maske. Nachdem sie sich nun so verkleidet hatte, sagte sie zu Abdallah: »Abdallah, nimm deine Schellentrommel und laß uns hineingehen, um vor dem Gast unseres Herren, dem Freunde seines Sohnes, die lustigen Spiele aufzuführen, die wir ihm manchmal abends zum besten geben.« Abdallah nahm die Schellentrommel, ging darauf spielend vor Morgiane her und trat so in den Saal. Hinter ihm kam Morgiane, die sich auf eine höchst ungezwungene und anmutsvolle Weise tief verneigte, gleich als bäte sie um Erlaubnis, ihre Geschicklichkeit zu zeigen. Da Abdallah sah, daß Ali Baba sprechen wollte, hörte er auf zu trommeln. »Komm nur herbei, Morgiane«, sagte Ali Baba, »Chogia Husein mag urteilen, ob du etwas verstehst, und uns dann seine Meinung darüber sagen.« Sodann sagte er, zu Chogia Husein gewendet: »Du darfst nicht glauben, Herr, daß ich mich in große Unkosten versetzt habe, um dir dieses Vergnügen zu bereiten. Ich finde es in meinem eigenen Hause, und du siehst, daß es niemand als ein Sklave und meine Köchin ist, die mich auf solche Art belustigen. Ich hoffe, es werde dir nicht mißfallen.«

Chogia Husein war nicht darauf gefaßt, daß Ali Baba auf das Mahl noch diese Belustigung folgen lassen würde. Er fing nun an zu fürchten, er möchte die Gelegenheit, die er gefunden zu haben glaubte, nicht benutzen können. Doch tröstete er sich für diesen Fall mit der Hoffnung, bei fortgesetztem freundlichen Umgang mit Vater und Sohn werde sich bald eine neue zeigen. Obgleich es ihm nun weit angenehmer gewesen wäre, wenn Ali Baba ihn mit diesem Spiele verschont hätte, so stellte er sich dennoch, als wüßte er ihm vielen Dank dafür, und war zugleich höflich genug, ihm zu erklären, daß

alles, was seinem verehrten Gastfreunde Vergnügen mache, müsse notwendig auch ihm eine Quelle großer Freude sein.

Als nun Abdallah sah, daß Ali Baba und Chogia Husein aufgehört hatten zu sprechen, so fing er aufs Neue an, seine Schellentrommel zu schlagen und sang ein Tanzlied dazu. Morgiane aber, die den geübtesten Tänzern und Tänzerinnen von Fach an Geschicklichkeit nichts nachgab, tanzte auf eine Weise, die bei jeder andern, als gerade bei der hier anwesenden Gesellschaft, Verwunderung hätte erregen müssen; am wenigsten Aufmerksamkeit schenkte der falsche Chogia Husein ihrer Kunst.

Nachdem sie nun mit gleicher Kraft und Anmut mehrere Tänze aufgeführt hatte, zog sie endlich den Dolch, schwang ihn in der Hand und tanzte einen neuen Tanz, worin sie sich selbst übertraf. Die mannigfaltigen Figuren, die sie bildete, ihre leichten Bewegungen, ihre kühnen Sprünge und die wunderbaren Wendungen und Stellungen, die sie dabei vornahm, indem sie den Dolch bald wie zum Stoß ausstreckte, bald sich stellte, als bohrte sie ihn in ihre eigene Brust, waren höchst anmutig anzuschauen. Endlich schien sie sich außer Atem getanzt zu haben; sie riß mit der linken Hand Abdallah die Schellentrommel aus den Händen, und indem sie mit der rechten den Dolch hielt, bot sie die Trommel von der hohlen Seite Ali Baba hin, wie Tänzer und Tänzerinnen, die ein Gewerbe aus ihrer Kunst machen, zu tun pflegen, um die Freigebigkeit ihrer Zuschauer anzusprechen.

Ali Baba warf Morgiane ein Goldstück auf die Trommel; hierauf wandte sie sich an Ali Babas Sohn, der dem Beispiel seines Vaters folgte. Chogia Husein, der sie auch zu sich kommen sah, hatte bereits seinen Geldbeutel gezogen, um ihr gleichfalls ein Geschenk zu machen, und griff eben hinein, als Morgiane mit einem Mute, der ihrer Festigkeit und Entschlossenheit alle Ehre machte, ihm den Dolch mitten durchs Herz bohrte, so daß er leblos zurücksank. Ali Baba und sein Sohn entsetzten sich über die Maßen ob dieser Handlung und erhoben ein lautes Geschrei. »Unglückliche!« rief Ali Baba. »Was hast du getan! Willst du durchaus mich und mein ganze Familie verderben?« »Nein, mein Herr«, antwortete Morgiane, »ich habe es im Gegenteil zu deiner Rettung getan.« Hierauf öffnete sie Chogia Huseins Kleid, zeigte Ali Baba den Dolch, womit er bewaffnet war, und sagte dann zu ihm: »Da sieh, mit welchem kühnen Feind du zu tun hattest, und blicke ihm mit scharfem Auge ins Angesicht: Du wirst gewiß den falschen Ölhändler und den Hauptmann der 40 Räuber erkennen. Ist es dir denn nicht aufgefallen, daß er kein Salz mit dir essen wollte? Bedarf es wohl noch weiterer Zeugnisse für seinen verderblichen Plan? Noch ehe ich ihn sah, hatte ich schon Argwohn geschöpft, als du mir sagtest, daß du einen solchen Gast habest. Ich sah ihn darauf von Angesicht, und nun liegt der Beweis vor dir, daß mein Verdacht nicht unbegründet war.«

Ali Baba fühlte in seinem innersten Herzen, welchen Dank er Morgiane schuldig war, die ihm nun zum zweiten Male das Leben gerettet hatte. Er umarmte sie und sagte zu ihr: »Morgiane, ich habe dir die Freiheit geschenkt und dabei versprochen, daß mein Dank es nicht dabei bewenden lassen werde, und ich bald noch mehr für dich tun wolle. Diese Zeit ist gekommen: ich mache dich hiermit zu meiner Schwiegertochter.«

Hierauf wandte er sich an seinen Sohn und sagte zu ihm: »Mein Sohn, du bist ein guter Sohn, und ich glaube, du wirst es nicht unbillig finden, daß ich dir Morgiane zur Frau gebe, ohne zuvor deine Stimme zu hören. Du bist ihr ebenso großen Dank schuldig, wie ich selbst; denn es ist klar, daß Chogia Husein deine Freundschaft bloß dazu gesucht hat, um mir desto leichter meuchlerischerweise das Leben zu nehmen, und du darfst nicht zweifeln, daß er, wenn ihm dies gelungen wäre, auch dich seiner Rache geopfert haben würde. Bedenke überdies, daß du in Morgiane, wenn du sie heiratest, die Stütze meiner Familie, solange ich leben werde, und die Stütze der deinigen bis ans Ende deiner Tage besitzen wirst.«

Der Sohn gab nicht den geringsten Widerwillen zu erkennen, sondern erklärte im Gegenteil, er willige in diese Heirat nicht bloß aus Gehorsam gegen seinen Vater, sondern auch aus eigener Neigung. Hierauf traf man in Ali Babas Hause Anstalten, den Leichnam des Hauptmanns neben den übrigen Räubern zu begraben, und dies geschah so geheim und in aller Stille, daß es erst nach langen Jahren bekannt wurde, als niemand mehr lebte, der bei dieser denkwürdigen Geschichte persönlich beteiligt war.

Wenige Tage nachher feierte Ali Baba die Hochzeit seines Sohnes und Morgianens mit großem Glanze und durch ein prachtvolles Festmahl, das mit Tänzen, Schauspielen und den gewöhnlichen Lustbarkeiten gewürzt war. Auch hatte er das Vergnügen, zu sehen, daß seine Freunde und Nachbarn, die er eingeladen hatte, und die zwar die wahren Beweggründe zu dieser Hochzeit nicht wissen konnten, aber sonst die schönen und guten Eigenschaften Morgianens kannten, ihn laut wegen seiner Großmut und seiner Herzensgüte lobten.

Ali Baba war nicht mehr in die Räuberhöhle zurückgekehrt, seitdem er die Leiche seines Bruders Casim dort angetroffen und auf einem seiner drei Esel nebst vielem Golde zurückgebracht hatte, denn er fürchtete, er möchte die Räuber dort antreffen oder von ihnen überrascht werden; aber auch nach dem Tode der 38 Räuber, den Hauptmann mit eingerechnet, hütete er sich lange Zeit, dahin zurückzukehren, weil er sich sorgte, die zwei andern, deren Schicksal ihm nicht bekannt war, möchten noch am Leben sein. Endlich nach Verlauf eines Jahres, als er sah, daß nichts mehr gegen seine Ruhe unternommen wurde, wandelte ihn die Neugierde an, abermals eine Reise dahin zu unternehmen; doch ergriff er dabei die nötigen Vorsichtsmaßregeln zu seiner Sicherheit. Er stieg zu Pferd, und als er bei der Grotte anlangte, nahm er als ein gutes Vorzeichen, daß er weder Spuren von Menschen, noch von Pferden bemerkte. Er stieg ab, band sein Pferd an, trat vor die Türe und sprach die Worte: »Sesam, öffne dich!« die er noch nicht vergessen hatte. Die Türe öffnete sich, er ging hinein und aus dem Zustand, worin er alles in der Grotte antraf, konnte er ersehen, daß ungefähr seit der Zeit, da der angebliche Chogia Husein einen Laden in der Stadt errichtet hatte, niemand darin gewesen war, und die ganze Bande der 40 Räuber ausgerottet sein mußte. Auch zweifelte er nicht mehr daran, daß er der einzige in der Welt sei, der um das Geheimnis, die Höhle zu öffnen, wisse, und daß der darin verschlossene Schatz gänzlich zu seiner Verfügung stehe. Er hatte einen Quersack mitgenommen; diesen füllte er mit so viel Gold an, als er glaubte, daß ein Pferd tragen könnte, und kehrte dann zur Stadt zurück.

Seit dieser Zeit lebten Ali Baba und sein Sohn, den er nach der Felsenhöhle führte und in das Geheimnis, sie zu öffnen, einweihte, desgleichen ihre Nachkommen, auf die sie das Geheimnis vererbten, und die ihr Glück mit weiser Mäßigung genossen, in hohem Glanze und geschmückt mit den höchsten Ehrenstellen der Stadt.

Nachdem Schehersad dem Sultan Scheherban diese Geschichte erzählt hatte, begann sie in der nächsten Nacht mit folgender:

Geschichte des Ali Chodjah, Kaufmanns von Bagdad

Unter der Regierung des Kalifen Harun Arraschid lebte in Bagdad ein Kaufmann, Namens Ali Chodjah, der zwar nicht zu den reichsten, aber auch nicht zu den ärmsten gehörte, im Hause seiner Väter wohnte und weder Weib noch Kinder hatte. In der Zeit, da er, ganz sein eigener Herr, zufrieden vom Ertrag seines Handels lebte, hatte er drei Nächte hintereinander einen Traum, worin ihm ein ehrwürdiger Greis mit strengem Blick erschien und einen heftigen

Verweis gab, weil er die vom Gesetz vorgeschriebene Wallfahrt nach Mekka noch nicht gemacht habe.

Dieser Traum beunruhigte Ali Chodjah und setzte ihn in große Verlegenheit. Als guter Muselmann wußte er wohl, daß er zu der Wallfahrt verpflichtet war, aber da er ein Haus, eine Menge Gerätschaften und einen Laden besaß, so hatte er immer geglaubt, dies seien hinlängliche Gründe, sie zu unterlassen und dagegen lieber Almosen und andere gute Werke zu stiften. Doch seit dem Traum peinigte ihn sein Gewissen so sehr, daß er aus Furcht, es möchte ihm irgend ein Unglück zustoßen, sich entschloß, mit der Erfüllung dieser Pflicht nicht länger zu zögern. Um seinen Plan noch im laufenden Jahre ausführen zu können, verkaufte Chodjah zuerst seine Gerätschaften, sodann seinen Laden nebst dem größten Teil der darin enthaltenen Waren, und behielt nur diejenigen, für die er in Mekka Absatz hoffen konnte; sein Haus fand er Gelegenheit zu verpachten. Nachdem er alles das angeordnet hatte, war er auf die Zeit, wo die Karawane von Bagdad nach Mekka aufbrechen wollte, reisefertig. Nur wollte er noch eine Summe von 1000 Goldstücken, die ihn unterwegs bloß belästigt haben würde, in Sicherheit bringen: Denn das Geld, das er für die Reisekosten und andere Bedürfnisse nötig glaubte, hatte er bereits zur Seite gelegt. Ali Chodjah wählte ein Gefäß von passender Größe aus, legte die 1000 Goldstücke hinein und füllte es dann mit Oliven auf. Nachdem er es zuletzt wohl verschlossen hatte, brachte er es zu einem Kaufmann, der sein guter Freund war, und sagte zu ihm: »Bruder, du weißt, daß ich in einigen Tagen mit der Karawane die Wallfahrt nach Mekka antrete. Wolltest du nicht die Gefälligkeit haben, dieses Olivengefäß hier bis zu meiner Wiederkehr in Verwahrung zu nehmen?« Der Kaufmann antwortete darauf sehr verbindlich: »Da hast du den Schlüssel zu meinem Speicher, trage dein Gefäß selbst dahin und setze es nieder, wo du willst; ich verspreche dir, daß du es unversehrt dort wieder antreffen wirst.«

Als der Tag zum Abgang der Karawane von Bagdad gekommen war, schloß sich Ali Chodjah mit einem Kamele, das er mit auserlesenen Waren bepackt hatte und zugleich zum Reiten benützte, an dieselbe an und kam glücklich nach Mekka. Daselbst besuchte er mit den anderen Wallfahrern jenen weltberühmten Tempel, zu dem jedes Jahr so viele Muselmänner von allen Nationen und allen Enden der Erde pilgern, um die von dem Gesetz ihnen vorgeschriebenen Zeremonien zu erfüllen. Nachdem er seinen Pflichten als Wallfahrer Genüge getan, stellte er seine Waren aus, um sie zu verkaufen oder umzutauschen. Zwei Kaufleute, welche vorübergingen und Ali Chodjahs Waren erblickten, fanden dieselben so schön, daß sie stehen blieben und sie genauer in Augenschein nahmen, obschon sie ihrer nicht benötigt waren. Als sie ihre Neugierde befriedigt hatten, sagte der eine zum anderen beim Weggehen: »Wenn dieser Kaufmann wüßte, wie viel er mit seinen Waren in Kahirah gewinnen könnte, so würde er sie dorthin führen und nicht hier verkaufen, wo sie so wenig gelten.«

Ali Chodjah hörte diese Worte, und da man ihm schon 1000-mal die Schönheiten Ägyptens gerühmt hatte, so beschloß er alsbald, diese Gelegenheit zu benutzen und dahin zu reisen. Er packte daher seine Waren wieder ein, und statt nach Bagdad zurückzukehren, schloß er sich der Karawane von Kahirah an und nahm seinen Weg nach Ägypten. In Kahirah angelangt, hatte er keine Ursache, diesen Entschluß zu bereuen, denn er fand daselbst seine Rechnung sehr gut und hatte binnen weniger Tagen alle seine Waren mit weit größerem Vorteil, als er hoffen konnte, verkauft. Er kaufte nun andere dafür ein, um damit nach Damaskus zu gehen, und während er, der größeren Bequemlichkeit wegen, auf den Abgang einer Karawane wartete, die in sechs Wochen dahin aufbrechen sollte, besichtigte er nicht bloß alle Merkwürdigkeiten von Kahirah, sondern besuchte auch die Pyramiden, fuhr eine ansehnliche Strecke den Nil hinauf und besah die berühmtesten Städte, die an den Ufern dieses Stromes lagen. Da die Karawane auf ihrer Reise nach Damaskus den Weg über Jerusalem nahm, so benutzte der Bagdader Kaufmann auch die Gelegenheit, den dortigen Tempel zu besuchen, der nächst dem in Mekka von allen Muselmännern für den heiligsten angesehen wird, daher die Stadt selbst den Namen »die heilige Stadt« erhalten hat.

Ali Chodjah fand die Stadt Damaskus wegen ihres Reichtums an Wassern, ihrer schönen Wiesen und herrlichen Gärten, so unendlich angenehm, daß alles, was er bisher in unsern Geschichtsbüchern von der Schönheit und den Reizen derselben gelesen hatte, ihm tief unter der Wahrheit zu stehen schien, und er sich lange daselbst aufhielt. Da er dem ungeachtet nicht vergessen konnte, daß er aus Bagdad war, so reiste er endlich wieder ab und gelangte nach Haleb, wo er ebenfalls einige Zeit verweilte; von da setzte er über den Euphrat und schlug die Straße nach Moßul ein, in der Absicht, zur Beschleunigung seiner Abreise den Tigris hinabzufahren.

Als Ali Chodjah aber nach Moßul gekommen war, so hatten unterdessen die persischen Kaufleute, mit denen er von Haleb gereist und in sehr freundschaftliche Verhältnisse getreten war, durch ihre Höflichkeiten und angenehmen Unterhaltungen so großen Einfluß über ihn gewonnen, daß sie ihn ohne Mühe überredeten, ihnen noch bis nach Schiras Gesellschaft zu leisten, von wo er dann leicht und mit bedeutendem Gewinn nach Bagdad zurückkehren könnte. So begleitete er sie denn nach den Städten Sultanieh, Rei, Koam, Ißpahan und Schiras*; aus Gefälligkeit ging er auch noch nach Indien mit ihnen und dann wieder zurück nach Schiras.

Auf diese Weise waren mit Inbegriff des Aufenthalts in jeder der genannten Städte seit Alis Abreise von Bagdad bald sieben Jahre verflossen, als er sich endlich entschloß, dahin zurückzukehren. Der Freund, dem er das Olivengefäß anvertraut, hatte bisher weder an ihn, noch an das Gefäß mehr gedacht. Gerade um die Zeit aber, da Ali mit einer Karawane von Schiras her unterwegs war, speiste dieser Kaufmann, sein Freund, eines Abends im Kreise der Seinigen; das Gespräch kam unter anderem auf Oliven, und seine Frau äußerte großes Verlangen, welche zu essen, denn sie sagte, es seien schon lange Zeit keine mehr auf den Tisch gekommen. »Ei«, sagte der Kaufmann, »bei dem Wort Oliven fällt mir ein,

* Daß man, um von Moßul nach Schiras zu gelangen, nicht den angegebenen Weg nimmt, lehrt ein Blick auf die Karte.

daß Ali Chodjah mir vor sieben Jahren bei seiner Abreise nach Mekka ein damit angefülltes Gefäß übergeben und selber in meinen Speicher getragen hat, um es bei seiner Rückkehr wieder in Empfang zu nehmen. Wo mag Ali Chodjah wohl geblieben sein? Freilich sagte mir einer, als die Karawane zurückkam, er sei nach Ägypten abgereist; ohne Zweifel ist er dort gestorben, da er sich seit so vielen Jahren nimmer gezeigt hat, und wir können jetzt wohl die Oliven essen, wenn sie noch gut sind. Gebt mir eine Schüssel und ein Licht, ich will sogleich einige davon holen, damit wir sie kosten.« »Lieber Mann«, versetzte hierauf die Frau, »ich beschwöre dich beim Propheten, begehe diese schändliche Handlung nicht. Du weißt ja, daß nichts heiliger ist, als ein anvertrautes Gut. Freilich sagst du, es seien schon sieben Jahre her, daß Ali Chodjah nach Mekka gegangen und nicht zurückgekehrt ist; man hat dir aber auch gesagt, daß er nach Ägypten gereist sei, und du kannst nicht wissen, ob er von da nicht noch weiter gezogen ist. Jedenfalls hast du noch keine Nachricht von seinem Tode erhalten, und somit kann er schon morgen oder übermorgen zurückkommen. Welche Schande für dich und deine ganze Familie, wenn er wiederkäme und du ihm sein Gefäß nicht in demselben Zustande zurückgeben könntest, wie er es dir anvertraut hat! Ich erkläre dir, daß ich nach diesen Oliven durchaus kein Verlangen habe und nicht davon essen werde. Wenn ich davon gesprochen habe, so geschah es nur gesprächsweise. Glaubst du denn überhaupt, daß die Oliven nach so langer Zeit noch gut sein werden? Gewiß sind sie alle schon verfault und verdorben. Und wenn nun Ali, wie eine dunkle Ahnung mir sagt, zurückkommt und bemerkt, daß du sie angerührt hast, was wird er dann von deiner Freundschaft und Treue schließen können? Deshalb bitte ich dich bei Gott, gib dein Vorhaben auf.«

Die Frau hielt bloß deswegen eine so lange Rede an ihren Mann, weil sie ihm seine Hartnäckigkeit auf dem Gesichte ansah. Er hörte auch wirklich nicht auf ihren guten Rat, sondern stand auf, nahm ein Licht und eine Schüssel und ging damit in seinen Speicher. »Nun so vergiß wenigstens nicht«, rief ihm die Frau nach, »daß ich an dem, was du jetzt tust, durchaus keinen Teil habe, damit du mir nicht einstens die Schuld beimissest, wenn du je Ursache haben solltest, es zu bereuen.« Der Kaufmann blieb indes auch gegen diese Worte taub und beharrte auf seinem Vorsatz. Als er in dem Speicher war, nahm er das Gefäß, hob den Deckel ab und fand die Oliven alle verfault. Um sich nun zu überzeugen, ob die unteren ebenso verdorben seien wie die oberen, schüttete er einige davon in die Schüssel aus, und bei dieser Bewegung fielen einige Goldstücke klingend mit hinein. Beim Anblick der Goldstücke sah sich der Kaufmann, der von Natur habsüchtig und sehr neugierig war, das Gefäß genauer an und bemerkte, daß er fast alle Oliven in die Schüssel ausgeschüttet hatte und der übrige Inhalt eitel Gold vom schönsten Gepräge war. Er schüttelte nun die Oliven wieder ins Gefäß hinein, deckte es zu und kehrte zu seiner Familie zurück. »Weib«, sagte er, als er zurückkam, »du hast recht gehabt; die Oliven sind verfault, und ich habe das Gefäß wieder so verschlossen, daß Ali Chodjah, wenn er je zurückkommt, nicht merken kann, daß ich es angerührt habe.« »Du hättest besser getan, auf mich zu hören«, antwortete die Frau, »und es gar nicht zu berühren. Gott gebe, daß uns

kein Unheil daraus erwachse.« Auf den Kaufmann machten die letzten Worte seiner Frau so wenig Eindruck, als ihre früheren Ermahnungen. Er sann fast die ganze Nacht hindurch auf Mittel, sich Ali Chodjahs Gold anzueignen und die Sache so einzurichten, daß es ihm auch für den Fall bleiben müßte, wenn jener zurückkäme und sein Gefäß verlangte. Am anderen Morgen ging er in aller Frühe aus, kaufte Oliven vom laufenden Jahr und trug sie in seinen Speicher. Nun warf er die alten Oliven aus Alis Gefäß heraus, steckte das Gold zu sich und brachte es in Sicherheit. Hierauf füllte er das Gefäß mit frischgekauften Oliven bis oben an, deckte es mit demselben Deckel wieder zu und stellte es wieder an den alten Platz.

Etwa einen Monat, nachdem der Kaufmann diese niederträchtige Handlung begangen hatte, die ihm so übel bekommen sollte, traf Ali Chodjah von seiner langen Reise wieder in Bagdad ein. Da er vor seiner Abreise sein Haus vermietet hatte, so stieg er in einem Chan ab, wo er auf so lange Zeit eine Wohnung bezog, bis er seinem Mietsmann seine Ankunft angezeigt und dieser sich eine andere Wohnung besorgt haben würde. Am anderen Tage suchte Ali Chodjah seinen Freund, den Kaufmann, auf, der ihn mit einer Umannung bewillkommte und große Freude über seine endliche Rückkehr nach so langer Abwesenheit bezeigte; denn, sagte er, er habe beinahe schon alle Hoffnung verloren gehabt, ihn je wieder zu sehen.

Nach den bei solchen Gelegenheiten gewöhnlichen Begrüßungen bat Ali Chodjah den Kaufmann, er möchte ihm jetzt das Olivengefäß zurückgeben, das er bei ihm zur Verwahrung niedergelegt, und entschuldigen, daß er ihn damit belästigt habe. »Mein treuer Freund Ali«, antwortete der Kaufmann, »du hast durchaus keinen Grund, dich zu entschuldigen, denn dein Gefäß war mir nicht im geringsten lästig; auch hätte ich in einem ähnlichen Falle dich um die ganz gleiche Gefälligkeit gebeten. Hier hast du den Schlüssel zu meinem Speicher, hole es selbst, du wirst es noch an demselben Platze finden, wohin du es damals gestellt hast.«

Ali Chodjah ging in den Speicher des Kaufmanns, holte sein Gefäß, und nachdem er ihm den Schlüssel zurückgegeben und nochmals für seine Gefälligkeit gedankt hatte, kehrte er nach dem Chan zurück, wo er wohnte. Hier machte er das Gefäß auf, streckte seine Hand so tief hinein, als die 1000 Goldstücke liegen mußten, und verwunderte sich höchlich, sie nicht zu finden. Er glaubte, dies sei Täuschung, und um schnell allem Zweifel ein Ende zu machen, nahm er eine Anzahl von Schüsseln und anderen Geschirren aus seiner Reiseküche, schüttelte sämtliche Oliven hinein, sah aber nicht ein einziges Goldstück. Darüber entsetzte er sich so sehr, daß er eine Weile wie angewurzelt stehen blieb; dann aber hob er seine Hände und Augen gen Himmel und rief: »Ist's möglich? Kann ein Mann, den ich für meinen besten Freund hielt, eine so schändliche Untreue an mir begangen haben?«

Voll Besorgnis, einen so bedeutenden Verlust erlitten zu haben, ging Ali Chodjah hierauf zu dem Kaufmann zurück. »Lieber Freund«, sagte er zu ihm, »wundere dich nicht, daß ich so schnell wiederkomme. Ich gestehe, daß ich das Olivengefäß, das ich aus deinem Speicher abgeholt, als das meinige wieder erkannt habe; allein außer den Oliven hatte ich noch 1000 Goldstücke hineingelegt, und diese finde ich nicht mehr darin. Vielleicht warst du ihrer bedürftig und hast sie in deinem Geschäft angelegt? Wenn dies der Fall ist, so stehen sie dir auch ferner noch zu Dienste; nur bitte ich dich, daß du mich von meiner Unruhe befreiest und mir einen Schuldschein ausstellst; du magst sie dann nach Bequemlichkeit wieder heimzahlen.« Der Kaufmann, der auf diese Anrede schon gefaßt war, hatte sich auch schon eine Antwort darauf ausgesonnen. »Lieber Freund Ali«, antwortete er, »habe ich denn damals, als du mir dein Olivengefäß brachtest, es auch nur angerührt? Habe ich dir nicht den Schlüssel zu meinem Speicher gegeben? Hast du es nicht selbst dahin getragen und hast du es nicht an demselben Platze, wohin du es gestellt, und zwar noch ganz in demselben Zustande und ganz ebenso zugedeckt, wieder gefunden? Wenn du Gold hineingelegt hast, so muß es wohl noch darin sein; du sagtest mir bloß, es seien Oliven darin, und ich glaubte es. Mehr weiß ich nicht von der Sache, du kannst übrigens davon halten, was du willst, ich habe nichts angerührt.« Ali Chodjah wandte alle möglichen Mittel an, um den Kaufmann zum Eingeständnis seines Unrechts zu vermögen. »Ich halte gern mit Jedermann Frieden«, sagte er, »und es würde mir sehr wehe tun, wenn ich zu den äußersten Maßregeln schreiten müßte, die dir wenig Ehre vor der Welt machen würden. Bedenke doch, daß Kaufleute, wie wir, eher alles andere fahren lassen müssen, als ihren guten Ruf. Ich sage dir noch einmal, es wäre mir im höchsten Grade unangenehm, wenn deine Hartnäckigkeit mich nötigen sollte, den Weg Rechtens einzuschlagen; denn ich habe von jeher lieber etwas von meinem Recht aufgeopfert, als meine Zuflucht zu den Gerichten genommen.« »Ali«, erwiderte der Kaufmann, »du gestehest doch selbst ein, daß du ein Olivengefäß mir in Verwahrung gegeben hast; du hast es wieder geholt, hast es selbst weggetragen, und jetzt kommst du und forderst 1000 Goldstücke von mir! Hast du mir denn gesagt, daß sie in dem Gefäß seien? Ich weiß ja nicht einmal, ob Oliven darin waren, denn du hast sie mir nicht gezeigt. Warum forderst du nicht auch Perlen oder Diamanten? Laß dir einen Rat geben: Gehe jetzt nach Hause, damit nicht alles Volk vor meinem Laden zusammenläuft.«

Wirklich waren schon einige Leute stehen geblieben, und die letzten Worte des Kaufmanns, die in einem Tone gesprochen waren, der sich nicht mehr innerhalb der Grenzen der Mäßigung bewegte, hatten zur Folge, daß sich nicht bloß eine größere Anzahl von Menschen hier versammelte, sondern sogar die benachbarten Kaufleute aus ihren Läden herbeikamen, um sich nach der Ursache des Streites zu erkundigen und beide Männer wieder miteinander zu versöhnen. Als Ali Chodjah ihnen die Sache auseinandergesetzt hatte, fragten die Angesehensten den Kaufmann, was er darauf zu antworten habe? Der Kaufmann gestand, daß er Alis Gefäß in seinem Speicher aufbewahrt, leugnete aber, es jemals berührt zu haben, und schwor, er wisse bloß daher, daß Oliven darin gewesen seien, weil Ali Chodjah es ihm gesagt; zugleich nehme er sie alle zu Zeugen des Schimpfs und der Beleidigung, die jener ihm in seinem eigenen Hause angetan habe. »Du ziehst dir den Schimpf selbst zu«, sagte hierauf Ali, indem er den Kaufmann beim Arm nahm; »aber da du so schändlich handelst, so fordere ich dich vor das Gesetz Gottes. Wir wollen sehen, ob du die Frechheit hast, vor dem Kadhi dasselbe zu behaupten.« Bei dieser Vorladung, welcher jeder gute Muselmann Folge leisten muß, sofern er nicht gegen die Religion widerspenstig erscheinen will, wagte es der Kaufmann nicht, sich zu sträuben. »Ganz recht«, sagte der Kaufmann, »eben das verlange ich; wir werden bald sehen, wer von uns beiden unrecht hat.«

Ali Chodjah führte den Kaufmann vor den Richterstuhl des Kadhi und klagte ihn an, ihm eine anvertraute Summe von 1000 Goldstücken gestohlen zu haben; zugleich setzte er die ganze Sache so auseinander, wie wir bereits wissen. Der Kadhi fragte ihn, ob er Zeugen habe. Er antwortete, er habe diese Vorsichtmaßregel nicht nötig geglaubt, weil er denjenigen, dem er das Geld anvertraut, für seinen Freund gehalten und bisher als einen rechtlichen Mann gekannt habe. Der Kaufmann führte zu seiner Verteidigung weiter nichts an, als was er Ali Chodjah schon in Gegenwart der Nachbarn gesagt hatte, und schloß mit der Erklärung, er sei bereit, durch einen Eid zu bekräftigen, daß nicht nur die Anklage wegen des Diebstahls von 1000 Goldstücken falsch sei, sondern auch, daß er nicht einmal das geringste davon gewußt habe. Der Kadhi forderte ihm den Eid ab und entließ ihn sodann völlig freigesprochen. Ali Chodjah, im Innersten ergrimmt, zu einer so bedeutenden Einbuße verurteilt zu sein, erklärte dem Kadhi, daß er sich mit diesem Ausspruch nicht zufrieden gebe, sondern seine Klage bis vor den Kalifen

Harun Arraschid bringen wolle, der ihm schon zu seinem Rechte verhelfen werde; der Kadhi aber wunderte sich nicht über diese Widersetzlichkeit, sondern betrachtete sie bloß als die Wirkung der gewöhnlichen Erbitterung aller derer, die ihren Rechtshandel haben. Er glaubte seine Pflicht vollkommen erfüllt zu haben, indem er einen Angeklagten, gegen den man keine Zeugen hatte aufstellen können, freisprach.

Während nun der Kaufmann, voll Freude, über Ali Chodjah gesiegt und auf so leichte Art 1000 Goldstücke bekommen zu haben, nach Hause ging, verfaßte dieser eine Bittschrift und nahm gleich den folgenden Tag die Zeit wahr, wo der Kalif nach dem Mittagsgebet aus der Moschee zurückkehren mußte. Er stellte sich in einer Straße ihm auf den Weg, und in dem Augenblick, wo er vorüberkam, erhob er den Arm und hielt die Bittschrift hoch empor, worauf ein Beamter, der dies Geschäft hatte und dicht vor dem Kalifen herging, sogleich aus dem Zuge heraustrat und ihm sein Schreiben abnahm, um es zu übergeben.

Da Ali Chodjah wußte, daß der Kalif Harun Arraschid die Gewohnheit hatte, gleich nach seiner Rückkehr in den Palast die Bittschriften, die ihm auf diese Weise übergeben wurden, selbst zu lesen, so folgte er dem Zuge, trat in den Palast hinein und wartete, bis der Beamte, der ihm sein Schreiben abgenommen hatte, aus dem Zimmer des Kalifen wieder herauskam. Beim Heraustreten sagte dieser Beamte zu ihm: Der Kalif habe seine Bittschrift gelesen, und bezeichnete ihm zugleich die Stunde, da er ihn am anderen Tage anhören wolle; sodann fragte er ihn nach der Wohnung des Kaufmanns und ließ diesem melden, er solle sich am anderen Tag um dieselbe Stunde einfinden.

Am Abend desselben Tages machte der Kalif mit dem Großvezier Djafar und Masrur, dem Oberhaupt der Verschnittenen, alle drei verkleidet, wieder seine gewöhnliche Runde durch die Stadt, wie ich meinem Herrn und König bereits gesagt habe, daß er von Zeit zu Zeit zu tun pflegte. Indem er nun durch eine Straße ging, hörte er Lärm; er beschleunigte seine Schritte und kam an eine Türe, die in einen Hof ging, worin zehn bis zwölf Kinder im Mondschein noch spielten, wie er durch eine Ritze hindurch bemerken konnte. Der Kalif war neugierig, welches Spiel die Kinder spielten und setzte sich daher auf eine steinerne Bank, die sich gerade neben der Türe befand. Da er nun fortwährend durch die Ritze schaute, hörte er, wie eines der Kinder, welches das lebhafteste und aufgeweckteste von allen war, zu den anderen sagte: »Wir wollen den Kadhi spielen. Ich bin der Kadhi und ihr müßt mir den Ali Chodjah und den Kaufmann, der ihm die 1000 Goldstücke gestohlen hat, vorführen.« Bei diesen Worten des Kindes erinnerte sich der Kalif an die Bittschrift, die ihm an demselben Tag überreicht worden war und die er noch nicht lange gelesen hatte. Er verdoppelte daher seine Aufmerksamkeit, um zu hören, wie der Urteilsspruch ausfallen würde.

Da der Streit zwischen Ali Chodjah und dem Kaufmann etwas ganz Neues war und in der ganzen Stadt Bagdad sogar unter den Kindern viel Aufsehen machte, so nahmen die übrigen Kinder den Vorschlag mit Freuden an und teilten die Rollen aus, die jedes spielen sollte. Niemand verwehrte es dem Knaben, der sich zu der Rolle des Kahdi erboten, dieselbe zu übernehmen. Als er sich nun

mit dem wichtigen Amtsgesicht eines Kadhi gesetzt hatte, führte ein anderer, der einen Gerichtsdiener vorstellte, ihm zwei Knaben vor, von denen er den einen als Ali Chodjah und den anderen als den Kaufmann bezeichnete, gegen welchen Ali Klage führte.

Jetzt nahm der Kadhi das Wort und fragte in gewichtigem Tone Ali Chodjah: »Ali Chodjah, was begehrst du von diesem Kaufmann?« Der angebliche Ali Chodjah verbeugte sich tief und trug dann die Sache Punkt für Punkt dem Kadhi vor; zuletzt bat er ihn demütiglich, daß es ihm gefallen möge, mit seinem richterlichen Ansehen dazwischen zu treten, damit er nicht eine so bedeutende Summe einbüßen müsse. Als der kleine Kadhi den Kläger angehört hatte, wandte er sich nach dem Kaufmann und fragte ihn, warum er dem Ali Chodjah die Summe nicht zurückgebe, die er von ihm verlange? Der angebliche Kaufmann brachte dieselben Gründe vor, die der wirkliche vor dem Kadhi von Bagdad angeführt hatte, und verlangte gleichfalls, die Wahrheit seiner Aussage durch einen Eid bekräftigen zu dürfen. »Wir wollen uns nicht übereilen«, versetzte der Kadhi; »bevor du schwörst, wünsche ich das Olivengefäß zu sehen. Ali Chodjah«, fuhr er dann gegen den Knaben fort, der diese Rolle übernommen hatte, »hast du das Gefäß mitgebracht?« Als dieser antwortete, er habe es nicht bei sich, so sagte er zu ihm: »Nun so gehe hin und hole es.« Ali Chodjah verschwand auf einen Augenblick, kam dann wieder und tat, als ob er vor den Kadhi ein Gefäß hinstellte; zugleich erklärte er, dies sei dasselbe Gefäß, das er dem Beklagten zur Aufbewahrung gegeben und bei ihm wieder abgeholt habe. Um nichts, was zur herkömmlichen Form gehört, zu unterlassen, fragte der angebliche Kadhi den angeblichen Kaufmann, ob er es ebenfalls für dasselbe erkenne, und da dieser durch sein Schweigen zu verstehen gab, daß er es nicht leugnen könne, so befahl er, es zu öffnen. Ali Chodjah tat, als nähme er den Deckel ab, und der Kadhi, als sehe er in das Gefäß hinein. »Recht schöne Oliven«, sagte er dann, »ich will sie doch kosten.« Darauf tat er, als nähme er eine und koste sie, und fuhr nun fort: »Sie sind wirklich ganz vortrefflich. Indes glaubte ich doch, daß Oliven, die man sieben Jahre lang aufgehoben hat, nicht mehr so gut sein können. Man führe mir einmal einige Olivenhändler vor, um die Sache zu untersuchen.« Zwei Kinder wurden sofort als Olivenhändler vorgeführt. Der Kadhi fragte sie: »Seid ihr Olivenhändler?« und als sie geantwortet hatten: »Ja, dies ist unser Gewerbe.«, so fuhr er fort: »Sagt einmal, wisset ihr wohl, wie lange Oliven, wenn sie von sachverständigen Leuten eingelegt sind, sich gut und genießbar erhalten können?« »Herr«, antworteten die angeblichen Olivenhändler, »wenn man sie auch noch so sorgfältig einlegt und aufbewahrt, so taugen sie doch schon im dritten Jahre nimmer; sie haben dann weder Geschmack noch Farbe mehr, und man kann sie bloß wegwerfen.« »Wenn das der Fall ist«, sprach der Kadhi, »so sehet einmal dies Gefäß an und sagt mir, wie lange wohl die Oliven da eingelegt sein können.« Die Kaufleute taten, als ob sie die Oliven untersuchten und kosteten, worauf sie dem Kadhi erklärten, sie seien noch ganz frisch und gut. »Da irrt ihr euch«, erwiderte der Kadhi, »dieser Ali Chodjah hier behauptet, er habe sie schon vor sieben Jahren in das Gefäß gelegt.« »Herr«, antworteten die Sachverständigen, »wir können versichern, daß es Oliven von diesem Jahre sind, und wir behaupten zugleich, daß unter allen Olivenhändlern in Bagdad kein einziger sein wird, der nicht dasselbe Zeugnis ablegte, wie wir.«

Der Beklagte wollte gegen dieses Zeugnis der sachverständigen Kaufleute den Mund auftun, allein der Kadhi ließ ihm keine Zeit dazu, sondern sagte. »Schweig, du bist ein Dieb; man hänge ihn auf!« So endigten denn die Kinder mit großer Freude ihr Spiel, indem sie in die Hände klatschten und auf den angeblichen Verbrecher losstürzten, als wollten sie ihn zum Galgen führen.

Es läßt sich nicht beschreiben, wie sehr der Kalif Harun Arraschid die Weisheit und den Verstand des Knaben bewunderte, der ein so richtiges Urteil über eine Sache gefällt hatte, die am anderen Tag vor ihm selbst verhandelt werden sollte. Als er nun genug durch die Ritze geschaut hatte, stand er auf und fragte seinen Großvezier, der auf den Vorgang ebenfalls aufmerksam gewesen war, ob er das von dem Kinde gesprochene Urteil gehört habe, und was er davon denke?« »Beherrscher der Gläubigen!« antwortete der Großvezier Djafar. »Es kann niemand über eine so seltene Klugheit in so zartem Alter mehr verwundert sein, als ich.« »Aber«, fuhr der Kalif fort, »weißt du auch, daß ich morgen über dieselbe Sache zu entscheiden habe, und daß der wirkliche Ali Chodjah mir heute seine Bittschrift eingereicht hat?« »Ich erfahre es eben aus dem Munde meines Herren«, antwortete der Großvezier. »Glaubst du wohl«, fragte der Kalif weiter, »daß ich darüber ein anderes Urteil fällen könnte, als das, welches wir soeben gehört haben?« »Wenn der Fall derselbe ist«, antwortete der Großvezier, »so glaube ich, daß mein Herr nicht anders verfahren und keinen anderen Ausspruch tun kann.« »Merk dir dieses Haus wohl«, sagte der Kalif weiter, »und führe das Kind morgen zu mir, auf daß es dieselbe Angelegenheit in meiner Gegenwart wiederum entscheide. Melde auch dem Kadhi, der den Dieb freigesprochen hat, er solle sich dabei einfinden, damit er aus dem Beispiele des Kindes sehe, was seine Pflicht sei, und sich in Zukunft bessere. Ferner will ich, daß du dem Ali Chodjah Wink geben lässest, er solle sein Olivengefäß mitbringen, und daß zwei Olivenhändler bei der Verhandlung zugegen sind.« Während der Kalif diese Befehle gab, setzte er seine Runde fort, wobei ihm diesmal nichts Bemerkenswertes mehr aufstieß. Am anderen Tag ging der Großvezier Djafar in das Haus, wo der Kalif Zeuge von dem Spiele der Kinder gewesen war, und verlangte mit dem Herrn des Hauses zu sprechen. Da dieser ausgegangen war, so wies man ihn an die Frau. Er fragte sie, ob sie Kinder habe; sie antwortete: drei, und ließ sie alle vor ihn hintreten. »Ihr lieben Kinder«, sagte der Großvezier zu ihnen, »wer von euch hat denn gestern Abend den Kadhi gespielt?« Der größte von den Knaben, der zugleich der älteste war, antwortete, er sei es gewesen, änderte aber die Farbe, da er nicht wußte, warum diese Frage gestellt wurde. »Mein Sohn«, sagte der Großvezier, »komm mit mir, der Beherrscher der Gläubigen wünscht dich zu sehen.«

Die Mutter erschrak gewaltig, als sie sah, daß der Großvezier ihren Sohn mitnehmen wollte. Sie fragte ihn: »Herr, will der Beherrscher der Gläubigen mir meinen Sohn entreißen?« Der Großvezier beruhigte sie, indem er ihr versprach, sie werde ihren Sohn spätestens binnen einer Stunde wieder erhalten, und dann zu ihrem Vergnügen erfahren, warum er berufen worden sei. »Wenn dies wirklich so ist, Herr«, erwiderte die Mutter, »so erlaube mir wenigstens, daß ich ihm zuvor ein schöneres Kleid anziehe, damit er auf anständigere Weise vor dem Beherrscher der Gläubigen erscheinen kann.« Zugleich legte sie ihm ohne Säumen ein schöneres Kleid an. Der Großvezier führte nun das Kind fort und stellte es dem Kalifen auf dieselbe Stunde vor, auf die er Ali Chodjah und den Kaufmann beschieden hatte. Der Kalif bemerkte, daß das Kind etwas bestürzt war, und sagte daher, um es auf das, was er von ihm erwartete, vorzubereiten: »Komm her, mein Sohn, tritt näher; also du hast gestern den Streit zwischen Ali Chodjah und dem Kaufmann, der ihm sein Geld gestohlen, entschieden? Ich habe dich gesehen, dir zugehört und bin wohl zufrieden mit dir.« Der Knabe beruhigte sich jetzt und antwortete bescheiden, er sei es gewesen. »Mein Sohn«, fuhr der Kalif fort, »ich werde dir heute den wahren Ali Chodjah und den wahren Kaufmann zeigen. Komm her, setze dich zu mir.« Mit diesen Worten nahm der Kalif den Knaben bei der Hand, setzte sich auf seinen Thron und das Kind zu seiner Seite; sodann fragte er, wo die streitenden Parteien seien. Man ließ sie vortreten und nannte ihm ihre Namen, während sie sich niederwarfen und mit ihrer Stirne den Teppich berührten, welcher den Thron bedeckte. Als sie wieder aufgestanden waren, sagte der Kalif zu ihnen: »Jetzt trage jeder seine Sache vor. Dies Kind wird euch anhören und Recht sprechen; sollte es sich in irgend einem Punkte verfehlen, so werde ich ins Mittel treten.«

Ali Chodjah und der Kaufmann sprachen nacheinander; als aber der Kaufmann wieder denselben Eid abzulegen verlangte, den er schon vor dem Kadhi geschworen hatte, so sagte das Kind, es sei noch nicht so weit, man müsse notwendig vorher das Olivengefäß sehen. Bei diesen Worten brachte Ali Chodjah das Gefäß, setzte es zu den Füßen des Kalifen und nahm den Deckel ab. Der Kalif besah die Oliven, nahm eine und kostete sie. Hierauf wurde das Gefäß den sachverständigen Kaufleuten, die man dazu berufen hatte, zur Untersuchung übergeben, und diese gaben den Bescheid, die Oliven seien gut und vom laufenden Jahre. Das Kind sagte ihnen, Ali Chodjah behaupte, sie seien schon vor sieben Jahren hineingelegt worden, worauf sie dieselbe Antwort gaben, wie die Kinder, welche die Rolle sachverständiger Kaufleute gespielt hatten. Obwohl nun der Beklagte einsah, daß die beiden sachverständigen Kaufleute sein Verdammungsurteil ausgesprochen hatten, so wollte er gleichwohl noch allerlei zu seiner Verteidigung anführen; das Kind hütete sich indes wohl, ihn zum Aufhängen zu verurteilen, sondern sah den Kalifen an und sagte: »Beherrscher der Gläubigen! Dies ist kein Spiel mehr, sondern es kommt meinem Herrn zu, im Ernst zum Tode zu verurteilen, nicht aber mir, der ich es gestern bloß zum Scherze tat.« Der Kalif, der nun vollkommen von der Unredlichkeit des Kaufmanns überzeugt war, ließ ihn sofort den Gerichtsdienern überantworten, um ihn zu hängen. Dies geschah auch, nachdem er zuvor angezeigt, wohin er die 1000 Goldstücke versteckt hatte, die nun dem Ali Chodjah zurückgegeben wurden. Zuletzt aber gab dieser gerechte und billige Fürst dem Kadhi, welcher den früheren Urteilsspruch gefällt hatte und auch zugegen war, die Mahnung, daß er von einem Kinde lernen solle, sein Amt gründlicher zu verwalten; dann küßte er das Kind und schickte es mit einem Beutel von 100 Goldstücken, die er ihm zum Zeichen seiner Freigebigkeit einhändigen ließ, zu seiner Mutter zurück.

Die Sultanin Schehersad erzählte hierauf die Geschichte des Prinzen Ahmed und der Fee Pari Banu. Sie begann dieselbe folgendermaßen:

Geschichte des Prinzen Ahmed und der Fee Pari Banu*

Herr! Es war einmal ein Sultan, und zwar einer der Vorfahren meines Königs, der viele Jahre lang friedlich über Indien herrschte und noch in seinem hohen Alter die Freude hatte, an drei Prinzen, seinen Söhnen und würdigen Nachahmern seiner Tugenden, sowie an einer Prinzessin, die seine Nichte war, die Zierde seines Hofes zu besitzen. Der älteste von den Prinzen hieß Husein, der zweite Ali, der jüngste Ahmed, und die Prinzessin, seine Nichte, Nurunnihar.**

* Zwei persische Wörter, welche beide eine und dieselbe Bedeutung haben, nämlich: weiblicher Geist oder Fee.
** Ein arabisches Wort mit der Bedeutung: Licht des Tages

Die Prinzessin Nurunnihar war die Tochter des jüngsten Bruders vom Sultan, der vom Sultan einen bedeutenden Jahresgehalt bezogen, aber schon wenige Jahre nach seiner Vermählung gestorben war, und sie als zartes Kind hinterlassen hatte. In Rücksicht auf die brüderliche Freundschaft und treue Anhänglichkeit, die sein Bruder ihm stets bewiesen, hatte der Sultan die Tochter desselben in seinen eigenen Palast aufgenommen, um sie mit den drei Prinzen erziehen zu lassen. Mit einer ausnehmenden Schönheit und allen nur erdenklichen Vollkommenheiten des Körpers vereinigte diese Prinzessin einen außerordentlichen Verstand, und ihre fleckenlose Tugend zeichnete sie vor allen Prinzessinnen ihrer Zeit aus. Der Sultan, als Oheim der Prinzessin, der sich längst vorgenommen hatte, sie, wenn sie einmal mannbar geworden sein würde, zu verheiraten und durch ihre Vermählung mit irgend einem benachbarten Fürsten ein Freundschaftbündnis anzuknüpfen, dachte jetzt um so ernstlicher darauf, als er bemerkte, daß seine Söhne alle drei in leidenschaftlicher Liebe zu ihr entbrannten. Dies machte ihm viel Herzeleid, nicht sowohl, weil er dadurch verhindert wurde, das beabsichtigte Bündnis abzuschließen, sondern vielmehr, weil er die Schwierigkeit voraussah, sie über diesen Punkt zu vereinigen, und wenigstens die zwei jüngeren zu bewegen, daß sie die Prinzessin dem ältesten überlassen sollten. Er sprach mit jedem von ihnen insbesondere, und nachdem er ihnen die Unmöglichkeit vorgestellt hatte, daß die Prinzessin alle drei zugleich heiraten könne, sowie die Unruhen, die aus ihrem hartnäckigen Beharren entstehen würden, so bot er alles auf, um sie zu überreden, daß sie entweder der Prinzessin die entscheidende Wahl unter ihnen überlassen, oder alle drei von ihren Ansprüchen abstehen und zugeben sollten, daß sie mit einem auswärtigen Fürsten vermählt würde; sie selbst könne ja auf andere Verbindungen denken, bei denen er ihnen durchaus nichts in den Weg legen wolle. Da er aber eine unüberwindliche Hartnäckigkeit bei ihnen fand, so ließ er sie alle drei vor sich kommen und sprach also zu ihnen: »Meine Söhne, da es mir nicht gelungen ist, euch zu eurem eigenen Wohl und zu eurer Ruhe zu überreden, daß ihr von euren Ansprüchen auf die Prinzessin, meine Nichte, abstehen möchtet, und da ich von meiner väterlichen Gewalt keinen Gebrauch machen und sie nicht einem, mit Hintansetzung der beiden andern, geben will, so glaube ich nunmehr ein passendes Mittel gefunden zu haben, um euch zufrieden zu stellen, und die pflichtschuldige Einigkeit unter euch zu bewahren, wenn ihr anders auf meine Worte hören und das ausführen wollet, was ich euch sagen werde. Ich halte es nämlich für angemessen, daß ihr auf Reisen gehet, und zwar jeder allein und in ein anderes Land, so daß ihr nicht miteinander zusammentreffen könnet; und da ihr wisset, wie neugierig ich auf alles bin, was für selten und einzig in seiner Art gelten kann, so verspreche ich meine Nichte demjenigen, der mir die außerordentlichste und merkwürdigste Seltenheit mitbringen wird. Auf diese Weise kann es der Zufall mit sich bringen, daß ihr selbst über die Vortrefflichkeit der von euch mitgebrachten Sachen durch Vergleichung derselben urteilen werdet und dann werdet ihr hoffentlich so billig sein, demjenigen den Vorzug zu überlassen, der ihn verdient. Zur Bestreitung der Reisekosten und zum Ankauf der Seltenheiten, die ihr mitbringen wollet, werde ich jedem von euch eine eurem Stande angemessene Summe mitgeben, die ihr aber nicht auf Reisegefolge oder Reisegerätschaften verwenden dürfet; denn ihr würdet dadurch eure Abkunft verraten und könntet leicht die Freiheit einbüßen, deren ihr nicht nur zur Ausführung eures Plans, sondern auch dazu bedürfet, um alles, was eure Aufmerksamkeit verdient, beobachten und einen um so größeren Nutzen aus eurer Reise ziehen zu können.« Da die drei Prinzen sich immer willig in die Wünsche des Sultans, ihres Vaters, gefügt hatten, und jeder sich schmeichelte, das Glück werde ihm günstig sein und zum Besitz der Prinzessin Nurunnihar verhelfen, so gaben sie zur Antwort, sie seien bereit, zu gehorchen. Der Sultan ließ ihnen ohne Aufschub die versprochene Summe ausbezahlen, und sie gaben noch an demselben Tage ihre Befehle, daß die Vorkehrungen zu ihrer Reise getroffen wurden; sodann nahmen sie Abschied von ihrem Vater, um sich am anderen Morgen in aller Frühe auf den Weg machen zu können. Sie zogen alle drei, wohlberitten, mit allem Nötigen versehen, als Kaufleute verkleidet und jeder nur mit einem einzigen vertrauten Diener in Sklavenkleidern, zu demselben Tore hinaus und gelangten miteinander in die erste Nachtherberge, von wo dann sich der Weg nach drei Richtungen teilte. Als sie hier die Abendmahlzeit verzehrten, die sie sich hatten bereiten lassen, so verabredeten sie untereinander, daß ihre Reise ein Jahr dauern sollte, und bestellten sich wieder in dieselbe Herberge, mit der Bedingung, wer zuerst eintreffe, solle auf den anderen warten, und die beiden dann auf den dritten, so daß sie alle drei, wie sie zugleich miteinander von ihrem Vater, dem Sultan, Abschied genommen hatten, ebenso bei ihrer Rückkehr wieder vor ihn treten könnten. Am anderen Morgen stiegen sie mit Tagesanbruch, nachdem sie einander umarmt und sich gegenseitig glückliche Reise gewünscht hatten, zu Pferd, und schlugen nun jeder einen von den drei Wegen ein, ohne wegen der Wahl Streit zu bekommen.

Der Prinz Husein, der älteste von den drei Brüdern, der viel von der wundervollen Größe und Macht, dem Reichtum und dem Glanze des Königreichs Bisnagar* gehört hatte, nahm seine Richtung nach dem indischen Meer, und nach einer Reise von etwa drei Monaten, wobei er sich an verschiedene Karawanen anschloß und bald öde Wüsten und steile Berge durchzog, bald aber auch sehr bevölkerte, wohlbebaute und fruchtbare Gegenden, wie man sie nicht leicht in anderen Teilen der Erde trifft, kam er nach Bisnagar, der Hauptstadt des gleichnamigen Königreichs und dem gewöhnlichen Wohnsitze seiner Könige. Er kehrte in einem Chan ein, wo die fremden Kaufleute abzusteigen pflegen, und da er hörte, daß es hauptsächlich vier Orte in der Stadt gebe, wo die Kaufleute und Verkäufer aller Arten von Handelswaren ihre Läden haben, so begab er sich

* Das indische Königreich Bisnagar, auf der indischen Halbinsel, hatte eine sehr glänzende Periode während des 15. Jahrhunderts, und die Fürsten dieses Staats scheinen mittelbar oder unmittelbar fast ganz Südindien, wenigstens den im Süden vom Flusse Kistna gelegenen Teil, in ihrer Gewalt gehabt zu haben. Die portugiesischen Schriftsteller bezeichnen es diesweilen mit dem Namen Königreich Narsinga, dem Namen eines der mächtigsten Fürsten dieses Reichs. Die Hauptstadt Bisnagar wurde um die Mitte des 14. Jahrhunderts an den Ufern des Tongbudra von zwei Brüdern gegründet, die ihr den Namen Bidjayanagara (Siegesstadt) gaben, woraus nachher Bidnagar entstand. Das Königreich wurde im Jahr 1564 durch eine Koalition der vier muselmännischen Sultane von Bizapur, Golkonda, Ahmednagar und Berar zerstört. Nach einer Schlacht, in welcher der indische Fürst besiegt und getötet wurde, fiel seine Hauptstadt in die Gewalt der Muselmänner, welche das ganze Reich verheerten und unter sich teilten.

gleich am folgenden Tage nach einem dieser Stadtviertel. In der Mitte desselben lag das Schloß oder vielmehr der Palast der Könige, der einen sehr bedeutenden Raum einnahm, und gleichsam den Mittelpunkt der Stadt bildete. Die Stadt aber hatte drei Ringmauern, und ihre Tore waren zwei volle Stunden Wegs von einander entfernt. Der Prinz Husein konnte das Stadtviertel, worin er sich befand, nicht ohne Bewunderung betrachten. Es war sehr geräumig und in die Kreuz und Quere von mehreren Straßen durchschnitten, welche sämtlich zum Schutz gegen die Sonnenhitze oben überwölbt, aber gleichwohl sehr hell waren. Die Kaufläden waren alle gleich groß und hatten ganz die gleiche Form; die Läden derjenigen Kaufleute, welche die gleichen Artikel führten, waren nicht zerstreut, sondern in einer und derselben Straße beisammen; ebenso verhielt es sich auch mit den Buden der Handwerker. Die Menge der Läden, die mit einer und derselben Art von Waren angefüllt waren, wie z.B. mit den feinsten Schleiertüchern aus den verschiedenen Gegenden Indiens, mit buntbemalten Linnentüchern, worauf in den lebhaftesten Farben Menschen, Landschaften, Bäume und Blumen dargestellt waren, mit Seide- und Brokatstoffen aus Persien, China und anderen Orten, mit Porzellan aus Japan und China, mit Fußteppichen von allen Größen. Dies alles überraschte ihn so sehr, daß er nicht wußte, ob er seinen eigenen Augen trauen durfte. Als er aber vollends zu den Läden der Goldschmiede und Juweliere kam, (beide Gewerbe wurden nämlich von einer und derselben Klasse von Kaufleuten betrieben) da war er beim Anblick der ungeheuren Menge ausgezeichneter Gold- und Silberarbeiten ganz außer sich und wie geblendet vorn Glanze der Perlen, Diamante, Smaragde, Rubine, Saphire und anderer Edelsteine, welche in Hülle und Fülle zum Verkauf ausgesetzt waren. Wenn er nun schon über die Aufhäufung so vieler Reichtümer an einem einzigen Orte verwundert war, so wuchs sein Erstaunen noch weit mehr, wenn er an den Reichtum des ganzen Königreichs dachte, denn er bemerkte, daß außer den Braminen und Tempeldienern, die es zu ihrem Berufe machten, fern von den Eitelkeiten der Welt zurückgezogen zu leben, im ganzen Reiche nicht leicht ein Inder oder eine Inderin zu sehen war, die nicht Hals- und Armbänder, ja sogar an den Schenkeln und Füßen Schmuck von Perlen und Edelsteinen gehabt hätten, deren Glanz um so mehr hervorleuchtete, als die Einwohner alle schwarz waren. Eine andere Eigentümlichkeit, die der Prinz Husein bewunderte, war die große Menge von Rosenverkäufern, von denen alle Straßen wimmelten. Er dachte, die Inder müssen große Liebhaber von dieser Blume sein, denn er sah auch nicht einen, der nicht einen Rosenstock in der Hand oder einen Rosenkranz auf dem Kopf gehabt hätte, und namentlich standen in jedem Kaufladen mehrere Vasen mit diesen Blumen zu sehen, so daß das Stadtviertel trotz seines gewaltigen Umfangs ganz davon durchduftet war. Als nun der Prinz Husein, voll Gedanken über die vielen Reichtümer, die sich seinen Augen darboten, sämtliche Straßen dieses Stadtviertels durchwandelt hatte, fühlte er endlich das Bedürfnis auszuruhen. Er gab dies einem Kaufmann zu erkennen, und der Kaufmann lud ihn sehr höflich ein, in seinen Laden zu treten und sich bei ihm zu setzten, was er dann auch annahm. Er hatte noch nicht lange da gesessen, als er einen Ausrufer vorübergehen sah, mit einem Teppich von etwa sechs Fuß ins Gevierte, den er zum Preise von 30 Beuteln* im Aufstreiche ausbot. Diesen Ausrufer beschied er zu sich und verlangte den Teppich zu sehen, der ihm nicht bloß wegen seiner Kleinheit, sondern auch wegen seines sonstigen geringen Aussehens viel zu teuer ausgeboten schien. Als er ihn lange genug betrachtet hatte, sagte er zu dem Ausrufer, er könne nicht begreifen, wie man einen so kleinen und so unscheinbaren Teppich zu einem so hohen Preise feilbieten könne.

Der Ausrufer, der den Prinzen Husein für einen Kaufmann hielt, gab ihm zur Antwort: »Edler Herr, da dir dieser Preis schon übermäßig hoch vorkommt, so wirst du dich noch weit mehr wundern, wenn ich dir sage, daß ich Befehl habe, ihn bis auf 40 Beutel zu steigern und bloß für diesen Preis und zwar gegen bares Geld abzulassen.« »Demnach«, versetzte der Prinz Husein, »muß er irgend eine mir unbekannte Eigenschaft haben, die ihm so viel Wert verleiht.« »Du hast es erraten, edler Herr«, antwortete der Ausrufer, »und du wirst es mir selbst zugeben, wenn ich dir sage, daß man sich auf diesen Teppich nur zu setzen braucht, um überall hin, wo man nur wünscht, versetzt zu werden, und daß man augenblicklich an dem gewünschten Orte ist, ohne daß irgend ein Hindernis in

* Ein Beutel gilt etwa 1500 Francs.

den Weg kommen kann.« Bei diesen Worten dachte der indische Prinz, da der Hauptgrund seiner Reise doch nur sei, dem Sultan, seinem Vater, irgend eine außerordentliche und unerhörte Seltenheit zu bringen, so werde er nicht leicht etwas habhaft werden können, das dem Sultan größere Freude machen könne. »Wenn dieser Teppich«, sagte er zu dem Ausrufer, »wirklich die Eigenschaft hätte, die du rühmst, so würde ich den dafür verlangten Preis von 40 Beuteln keineswegs zu hoch finden und könnte mich wohl entschließen, die Summe dafür zu bezahlen; außerdem würde ich dir noch ein Geschenk machen, mit dem du gewiß zufrieden sein könntest.« »Edler Herr«, antwortete der Ausrufer, »ich habe dir die Wahrheit gesagt und werde dich leicht davon überzeugen können, sobald du unter der Bedingung, daß ich dich eine Probe sehen lasse, den Handel eingegangen haben wirst. Da du die 40 Beutel nicht hier hast, und ich dich doch, um sie in Empfang zu nehmen, nach dem Chan begleiten muß, wo du als Fremder abgestiegen sein wirst, so laß uns mit Erlaubnis des Herrn vom Laden in den Hinterladen treten; dort will ich den Teppich ausbreiten, und wenn wir beide, du und ich, darauf sitzen und du den Wunsch ausgesprochen haben wirst, mit mir nach deinem Zimmer im Chan versetzt zu werden, und dies nicht auf der Stelle in Erfüllung geht, so soll der Handel null und nichtig und du zu nichts verpflichtet sein. Was das Geschenk betrifft, so werde ich es, da meine Mühe mir von dem Verkäufer bezahlt werden muß, als eine Gnade annehmen, die du mir erzeigst, und wofür ich dir immer verpflichtet sein werde.« Der Prinz vertraute auf die Redlichkeit des Ausrufers, ging den Vorschlag ein und schloß unter der eben erwähnten Bedingung den Handel ab. Hierauf trat er mit Erlaubnis des Kaufmanns in den Hintergrund des Ladens, wo der Ausrufer den Teppich ausbreitete. Sie setzten sich beide darauf und kaum hatte der Prinz den Wunsch ausgesprochen, nach seinem Zimmer im Chan versetzt zu werden, so befanden sich beide dort, und zwar ohne im mindesten aus ihrer Lage gekommen zu sein. Da er nun keiner weitern Zeugnisse für die Wunderkraft des Teppichs mehr bedurfte, so bezahlte er dem Ausrufer die Summe von 40 Beuteln in Gold aus und fügte ihm noch ein Geschenk von 20 Goldstücken hinzu. So war denn nun der Prinz Husein Besitzer des Teppichs, und ungemein erfreut, gleich bei seiner Ankunft in Bisnagar ein so seltenes Stück an sich gebracht zu haben, das ihm, wie er nicht zweifelte, die Hand der Prinzessin Nurunnihar verschaffen mußte. Er hielt es in der Tat für unmöglich, daß seine beiden jüngeren Brüder etwas von ihrer Reise mitbringen könnten, was mit seinem glücklichen Funde nur entfernt in Vergleichung kommen dürfte. Auch hätte er sich jetzt sogleich auf seinen Teppich setzen und nach dem verabredeten Zusammenkunftsorte verfügen können; allein er hätte dann zu lange auf sie warten müssen, und da er ohnehin neugierig war, den König von Bisnagar und seinen Hof zu sehen, zugleich aber auch die Streitkräfte, Gesetze, Gewohnheiten, Religion und den Zustand des ganzen Reiches kennenzulernen, so beschloß er, einige Monate auf Befriedigung seiner Neugierde zu verwenden. Der König von Bisnagar hatte die Gewohnheit, den fremden Kaufleuten jede Woche einmal Zutritt zu seiner Person zu gestatten. Unter diesem Namen sah ihn der Prinz Husein, der durchaus nicht für das gelten wollte, was er war, mehrere

Male, und da er nicht nur sehr hübsch von Gestalt war, sondern auch ungemein viel Verstand und feine Geistesbildung besaß, wodurch er sich vor den anderen Kaufleuten, die mit ihm vor dem König erschienen, auszeichnete, so wandte sich dieser vorzugsweise an ihn, wenn er über die Person des Sultans von Indien, über die Streitkräfte, den Reichtum und die Verwaltung seines Reichs Erkundigung einziehen wollte. Die übrigen Tage verwandte der Prinz dazu, die Merkwürdigkeiten der Stadt und Umgegend zu besichtigen. Unter anderen bewundernswürdigen Dingen sah er auch einen Götzentempel, der einzig in seiner Art und ganz aus Erz gebaut war. Seine Grundfläche betrug zehn Ellen ins Gevierte, seine Höhe 15 Ellen; die größte Schönheit darin aber war ein Götzenbild in menschlicher Größe aus gediegenem Gold, das als Augen zwei Rubine hatte, und zwar so künstlich angebracht, daß jeder, der es betrachtete, gleichviel von welcher Seite, der Meinung war, es richte die Augen auf ihn. Dann sah er noch einen, der nicht minder Bewunderung verdiente, in einem Dorfe. Es war da nämlich eine Ebene von etwa zehn Morgen Landes, die aus einem einzigen köstlichen, mit Rosen und anderen anmutigen Blumen übersäten Garten bestand, und dieser ganze Raum war mit einer kleinen Mauer von der Höhe eines Geländers umgeben, um die Tiere des Feldes abzuwehren. Mitten in der Ebene erhob sich eine mannshohe Terrasse, die so kunstreich und sorgfältig mit ineinander gefügten Steinen bedeckt war, daß jedermann glaubte, es sei nur ein einziger Stein. Der Tempel, der mitten auf der Terrasse stand und eine Kuppelform hatte, war 50 Ellen hoch, so daß man ihn mehrere Meilen in der Umgegend sehen konnte. Seine Länge betrug 30, die Breite 20 Ellen, und der rote Marmor, woraus er erbaut war, war außerordentlich fein und glänzend. Das Kuppelgewölbe war mit drei Reihen sehr anmutiger und geschmackvoller Gemälde geschmückt, und der ganze Tempel von oben bis unten mit einer Menge anderer Gemälde, halb erhabenem Bildwerk und Götzenbildern angefüllt.

Morgens und abends wurden in diesem Tempel abergläubische Zeremonien begangen, auf welche Spiele, musikalische Vergnügungen, Gesänge, Tänze und Festschmäuse folgten. Die Diener des Tempels und die Bewohner des Orts leben bloß von den Opfergaben, welche die zahllosen Pilger aus den entferntesten Gegenden des Reichs unaufhörlich dahin bringen, um ihre Gelübde zu erfüllen.

Der Prinz Husein war auch noch Zuschauer eines feierlichen Festes, das alle Jahre am Hof von Bisnagar begangen wird, und wobei die Statthalter der Provinzen, die Befehlshaber der festen Plätze, die Vorsteher und Richter der Städte, sowie die durch ihre Gelehrsamkeit berühmtesten Braminen sich einfinden müssen. Einige von ihnen kommen aus so weiter Ferne, daß sie nicht weniger als vier Monate zu ihrer Reise brauchen. Die Versammlung besteht aus einer unzähligen Menge von Indern und findet sich auf einer ungeheuren Ebene ein, wo sie einen überraschenden Anblick darbietet, so weit das Auge reicht. Mitten In der Ebene befand sich ein sehr langer und breiter Platz, auf einer Seite durch ein prächtiges Gebäude begrenzt in Form eines Gerüstes, das neun Stockwerke hatte, von 40 Säulen getragen wurde, und für den König, den Hof und diejenigen Fremden bestimmt war, denen er wöchentlich einmal die Ehre erwies, sie vorzulassen. Im

Inneren war es prächtig geschmückt und mit Gerätschaften versehen, von außen mit Landschaften bemalt, worin man alle Arten von Tieren, Vögeln, Insekten, selbst Fliegen und Mücken, ganz nach der Natur abgebildet sah. Die drei übrigen Seiten des Platzes waren von anderen Gerüsten eingefaßt, die wenigstens vier bis fünf Stockwerke hatten, und eines beinahe wie das andere bemalt waren. Auch hatten diese Gerüste das Eigentümliche, daß man sie von Stunde zu Stunde herumdrehen und dadurch ihr ganzes Ansehen, sowie ihre Verzierungen verändern konnte. Auf allen Seiten des Platzes standen in kurzen Zwischenräumen voneinander 1000 Elefanten mit den prachtvollsten Harnischen, jeder mit einem viereckigen Turm von vergoldetem Holz auf dem Rücken, worin sich Tonspieler oder Tänzer befanden. Rüssel, Ohren und die übrigen Teile dieser Elefanten waren mit Zinnober und anderen Farben bemalt, so daß sie ein gar seltsames Aussehen

darboten. Was bei diesem ganzen Schauspiel dem Prinzen am meisten Bewunderung einflößte für die Betriebsamkeit, Geschicklichkeit und den Erfindungsgeist der Inder, war ein überaus großer und gewaltiger Elefant, der mit seinen vier Füßen oben auf einem senkrecht aufgerichteten, zwei Fuß hohen Ständer stand, und nach dem Takt der Musik mit seinem Rüssel in der Luft herumfocht. Nicht minder bewunderte er einen anderen ebenso gewaltigen Elefanten, der auf dem einen Ende eines quer über einen zehn Fuß hohen Ständer gelegten Balkens stand, an dessen anderem Ende ein ungeheurer Stein als Gegengewicht befestigt war, so daß er vermittelst desselben bald höher, bald tiefer vor dem König und dem ganzen Hofe durch die Bewegungen seines Körpers und Rüssels, gleich wie der andere Elefant, den Takt der Musik angab. Die Inder hatten nämlich zuerst den Stein als Gegengewicht angebunden, sodann das gegenüberstehende Ende zur Erde hinabgebogen und den Elefanten hinauftreten lassen. Der Prinz Husein hätte sich noch länger am Hof und im Reich Bisnagar aufhalten können; eine Unzahl anderer Wunderdinge hätte ihn gewiß bis zum letzten Tage des Jahres, auf welchen er und seine Brüder sich beschieden hatten, angenehm unterhalten; allein da er durch das, was er gesehen hatte, vollkommen befriedigt, überdies beständig mit dem Gegenstand seiner Liebe beschäftigt war, und da seit der neuen Erwerbung, welche er gemacht, die Schönheit und die Reize der Prinzessin Nurunnihar die Heftigkeit seiner Leidenschaft von Tag zu Tag steigerten, so glaubte er, sein Gemüt würde ruhiger werden und er selbst seinem Glücke näher sein, wenn er durch eine geringere Entfernung von ihr getrennt wäre. Er bezahlte daher dem Wirt des Chans den Mietzins für sein Zimmer, bezeichnete ihm die Stunde, wo er den Schlüssel dazu an der Türe abholen könne, und ohne sich über seine weiteren Vorbereitungen zur Abreise auszusprechen, ging er auf sein Zimmer zurück, schloß es hinter sich zu und ließ den Schlüssel stecken. Hierauf breitete er den Teppich aus und setzte sich mit seinem Begleiter darauf. Sodann sammelte er seine Gedanken, und kaum hatte er recht ernstlich gewünscht, in die Herberge versetzt zu werden, wo er mit seinen Brüdern zusammentreffen sollte, als er auch schon bemerkte, daß er dort war. Er kehrte also da ein, gab sich für einen Kaufmann aus und wartete auf die andern.

Indes hatte Huseins jüngerer Bruder, Prinz Ali, der, um dem Plane des Sultans von Indien zu entsprechen, eine Reise nach Persien machen wollte, sich schon drei Tage nach der Trennung von seinen beiden Brüdern einer Karawane angeschlossen und war mit derselben nach diesem Lande abgegangen. Nachdem er beinahe vier Monate unterwegs gewesen, kam er endlich nach Schiras, welches dazumalen die Hauptstadt des Königreichs Persien war. Da er auf der Reise mit einer kleinen Anzahl von Kaufleuten Bekanntschaft und Freundschaft geschlossen hatte, ohne sich jedoch für etwas anderes als einen Juwelenhändler auszugeben, so stieg er auch in einem und demselben Chan mit ihnen ab. Am folgenden Tag, während die Kaufleute ihre Warenballen öffneten, zog der Prinz Ali, der nur zu seinem Vergnügen reiste und sich bloß mit dem zu seiner Bequemlichkeit erforderlichen Reisegepäck versehen hatte, andere Kleider an und ließ sich nach dem Stadtviertel führen, wo Edelgesteine, Gold- und Silberarbeiten, Brokat, Seidenstoffe, feine Schleiertücher und andere überaus seltene und kostbare Waren zum Verkauf ausgesetzt standen. Dieser sehr geräumige und auf die Dauer gebaute Ort war oben überwölbt, und das Gewölbe wurde von starken Pfeilern getragen, die Buden aber waren teils um dies herum, teils den Mauern entlang, sowohl von innen, als von außen angelegt. Der Ort selbst war in Schiras allgemein unter dem Namen Besastan bekannt. Prinz Ali durchstreifte also den Besastan sogleich nach allen Seiten in die Länge und Breite, und aus der erstaunlichen Menge kostbarer Waren, die er da ausgelegt sah, schloß er mit Bewunderung auf die Reichtümer, welche innerhalb der Läden aufgehäuft sein mußten. Unter den vielen Ausrufern, die beständig hin- und hergingen und verschiedene Sachen zum Kauf ausboten, sah er zu seiner nicht geringen Verwunderung auch einen, der ein elfenbeinernes Rohr in der Hand hielt, welches etwa einen Fuß lang und etwas dicker als ein Daumen war, und dasselbe zu 30 Beuteln ausrief. Im Anfang glaubte er, der Ausrufer sei nicht recht bei Verstand. Um sich nun darüber Auskunft zu verschaffen, trat er in den Laden eines Kaufmanns, und sagte zu diesem, indem er auf den Ausrufer deutete: »Herr, ich bitte dich, sage mir, ob ich mich nicht täusche: Ist der Mann dort, der ein kleines elfenbeinernes Rohr zu 30 Beuteln ausruft, wohl bei gutem Verstande?« »Herr«, antwortete der Kaufmann, »wenn er ihn nicht anders seit gestern verloren hat, so kann ich dich versichern, daß dies der klügste und gesuchteste von allen unsern Ausrufern ist, und daß er das größte Vertrauen genießt, wenn es sich um den Verkauf von sehr wertvollen Gegenständen handelt. Was indes das Rohr betrifft, das er zu 30 Beuteln ausruft, so muß dasselbe wohl aus irgendeinem nicht in die Augen fallenden Grunde diesen großen, ja vielleicht einen noch größeren Wert haben. Der Mann wird im Augenblicke wieder hier vorbeikommen, dann wollen wir ihn hereinrufen, und du magst dich selbst von der Sache überzeugen. Setze dich einstweilen auf mein Sofa und ruhe ein wenig aus.«

Der Prinz Ali lehnte das höfliche Anerbieten des Kaufmanns nicht ab, und kaum hatte er eine Weile da gesessen, als der Ausrufer wieder vorbeikam. Der Kaufmann rief ihn bei Namen und er trat herein. Hierauf sagte der Kaufmann zu ihm, indem er auf den Prinzen wies: »Antworte einmal diesem Herrn, der mich fragt, ob du wohl bei Sinnen seiest, daß du ein elfenbeinernes Rohr, das so unscheinbar aussieht, zu 30 Beuteln ausbietest. Ich selbst würde mich darüber wundern, wenn ich nicht wüßte, daß du ein verständiger Mann bist.« Der Ausrufer wandte sich jetzt an den Prinzen und sagte zu ihm: »Edler Herr, du bist nicht der einzige, der mich wegen dieses Rohrs für einen Toren ansieht; du magst übrigens selbst urteilen, ob ich einer bin, wenn ich dir seine Eigenschaft gesagt haben werde, und dann hoffe ich, daß du ein ebenso hohes Gebot darauf tun wirst, wie diejenigen, denen ich es bis jetzt gezeigt, und welche dieselbe üble Meinung von mir hatten, wie du. Vor allem, Herr«, fuhr der Ausrufer fort, indem er dem Prinzen das Rohr überreichte, »mußt du wissen, daß dieses Rohr an jedem Ende ein Glas hat und man nur durch eines dieser Gläser zu sehen braucht, um sogleich alles zu erblicken, was man nur wünscht.« »Ich bin bereit, dir feierliche Genugtuung zu geben«, antwortete Prinz Ali, »wenn du mir die Wahrheit dessen, was du behauptest, dartun kannst.« Da er nun das Rohr in der Hand hatte, so besah er sich die beiden Gläser und fuhr dann fort: »Zeig mir doch, wo ich hineinsehen muß, um mir darüber Aufklärung zu verschaffen.« Der Ausrufer zeigte es ihm; der Prinz sah hinein, und da es ihn nach dem Anblick des Sultans von Indien, seines Vaters, verlangte, so sah er ihn in vollkommenster Gesundheit mitten unter seinem Reichsrat auf dem Throne sitzen. Sodann wünschte er, da er nächst dem Sultan nichts Lieberes auf der Welt hatte, als die Prinzessin Nurunnihar, auch diese zu sehen, und erblickte sie sogleich an ihrem Putztische sitzend, umgeben von ihren Frauen, lachend und in der heitersten Laune. Der Prinz Ali verlangte keine andere Probe, um sich zu überzeugen, daß dieses Rohr die kostbarste Sache nicht nur in der Stadt Schiras, sondern auf der ganzen Welt sei, und er es glaubte, wenn er unterließ, dasselbe zu kaufen, so würde er nie mehr weder zu Schiras, und wenn er zehn Jahre da bliebe, noch sonstwo eine ähnliche Seltenheit antreffen, die er von seiner Reise mitbringen könnte. Er sagte daher zu dem Ausrufer: »Ich nehme meine unvernünftige Ansicht, die ich von deinem Verstande hatte, zurück, glaube aber, daß es dir hinlängliche Genugtuung sein wird, wenn ich mich erbiete, das Rohr zu kaufen. Da ich es nicht gerne in andere Hände kommen lassen möchte, so sage mir den Preis, den der Verkäufer dafür haben will, ganz genau, und gib dir fortan keine Mühe mehr, mit diesem Rohr deine Füße müde zu gehen und es auszurufen. Du brauchst nur mit mir zu kommen, so werde ich dir die Summe ausbezahlen.« Der Ausrufer beteuerte mit einem Eid, er habe Befehl, es um 40 Beutel zu verkaufen, und im Fall er daran zweifle, so wolle er ihn selbst zum Verkäufer führen. Der indische Prinz glaubte seinem Wort, nahm ihn mit sich nach Hause, und als sie in seiner Wohnung im Chan angelangt waren, bezahlte er ihm die 40 Beutel in schönen Goldstücken aus und wurde auf diese Art Besitzer des elfenbeinernen Rohres. Der Prinz Ali war über diesen Kauf umso mehr erfreut, als er fest überzeugt war, seine Brüder können nichts so Seltenes und Bewundernswürdiges gefunden haben, und folglich werde die Prinzessin Nurunnihar der Lohn für die Beschwerden seiner Reise sein. Er dachte jetzt bloß noch darauf, unerkannt den Hof von Persien, so wie die Merkwürdigkeiten der Stadt Schiras und ihrer Umgebung kennenzulernen, bis die Karawane, mit welcher er gekommen war, nach Indien zurückreisen würde. Er hatte seine Neugierde vollkommen befriedigt, als die Karawane Anstalten zur Abreise traf, und der Prinz ermangelte nicht, sich ihr anzuschließen und mit ihr auf den Weg zu machen. Kein Unfall störte oder unterbrach die Reise, und ohne weitere Unbequemlichkeit, als die Beschwerden eines so langen Weges, kam er glücklich an dem verabredeten Orte an, wo der Prinz Husein bereits eingetroffen war. Der Prinz Ali traf ihn dort, und sie warteten nun gemeinschaftlich auf ihren Bruder Ahmed.

Prinz Ahmed hatte den Weg nach Samarkand eingeschlagen, und gleich am ersten Tage nach seiner Ankunft war er, wie seine beiden Brüder, nach dem Besastan gegangen. Auch hatte er diesen Ort kaum betreten, als sich ein Ausrufer, mit einem künstlichen Apfel in der Hand, ihm nahte, und denselben zu 35 Beuteln ausrief. Er hielt den Mann an und sagte zu ihm: »Zeig mir einmal diesen Apfel und sage mir, welche außerordentliche Kraft oder Eigenschaft er hat, daß er zu so hohem Preise ausgerufen wird.« Der Ausrufer gab ihm den Apfel in die Hand, daß er ihn untersuchen möchte, und sagte dann zu ihm: »Edler Herr, wenn man diesen Apfel bloß nach seinem Aussehen beurteilt, so ist er freilich sehr gering; zieht man aber die Eigenschaften, Kräfte und den bewundernswürdigen Gebrauch, den man zum Wohle der Menschheit davon machen kann, in Erwähnung, so muß man sagen, daß er eigentlich mit keinem Preis bezahlt werden kann, und gewiß ist, daß sein Besitzer einen wahren Schatz besitzt. In der Tat gibt es keine tödliche Krankheit, anhaltendes Fieber, Fleckfieber, Seitenstechen, Pest, oder wie sie sonst heißen mögen, welche durch diesen Apfel nicht sogleich geheilt würde; ja, wenn einer schon in den letzten Zügen liegt, so gibt er ihm die

Gesundheit auf der Stelle so vollständig zurück, wie wenn er nie in seinem Leben krank gewesen wäre. Und zwar geschieht dies auf die allerleichteste Art von der Welt, denn man darf weiter nichts tun, als den Kranken daran riechen lassen.«

»Wenn man dir glauben darf«, antwortete der Prinz Ahmed, »so ist dies freilich ein Apfel von wunderbarer Kraft, ja, man darf wohl sagen, ganz unschätzbar; aber wie kann ein ehrlicher Mann, wie ich, der ihn gerne kaufen möchte, sich überzeugen, daß bei deiner Lobpreisung des Apfels weder Lüge, noch Übertreibung mitunterläuft?«

»Herr«, erwiderte der Ausrufer, »die Sache ist in der ganzen Stadt Samarkand bekannt und bewährt, und du darfst, ohne weiter zu gehen, nur die hier versammelten Kaufleute fragen; sie werden alle darin übereinstimmen, und mehrere von ihnen werden bekennen, daß sie selbst nicht mehr leben würden, wenn sie sich nicht dieses vortrefflichen Mittels bedient hätten. Um dir einen Begriff beizubringen, was du davon zu denken hast, so wisse, daß es die Frucht der Studien und Nachtwachen eines sehr berühmten Weltweisen aus dieser Stadt ist, der sich sein ganzes Leben hindurch der Erforschung der Pflanzen und Mineralien widmete, und endlich diese zusammengesetzte Masse hier daraus bereitete, vermittelst welcher er so wundervolle Kuren in dieser Stadt gemacht hat, daß sein Andenken hier niemals in Vergessenheit kommen wird. Vor kurzem raffte ihn der Tod so schnell weg, daß er selbst nicht mehr Zeit hatte, von seinem Universalmittel Gebrauch zu machen, und seine Witwe, die nur ein geringes Vermögen, dagegen einen Haufen von kleinen Kindern hinterließ, hat sich endlich entschlossen, den Apfel verkaufen zu lassen, um sich mit ihrer Familie etwas bequemer einrichten zu können.«

Während der Ausrufer den Prinzen Ahmed von den Wunderkräften des künstlichen Apfels unterrichtete, blieben mehrere Personen bei den Sprechenden stehen. Die meisten bestätigten das Gute, das der Ausrufer von ihm rühmte, und da einer hinzusetzte, ein Freund von ihm sei so gefährlich krank, daß man bereits an seinem Aufkommen verzweifle, und somit sei dies eine sehr bequeme Gelegenheit für den Kaufliebhaber, einen Versuch mit dem Apfel zu machen, so nahm der Prinz Ahmed das Wort und sagte zu dem Ausrufer, er wolle ihm 40 Beutel dafür geben, sofern der Kranke durch das bloße Riechen daran geheilt würde. Der Ausrufer, welcher Befehl hatte, ihn um diesen Preis zu verkaufen, sagte zu dem Prinzen: »Herr, wir wollen einmal diesen Versuch machen, und der Apfel ist somit dein; ich sage dies mit um so größerer Zuversicht, weil gar kein Zweifel vorhanden ist, daß er diesmal ebenso gut seine Wirkung tun wird, wie er bisher Kranke, die bereits aufgegeben waren, von den Pforten des Todes zurückgerufen hat.«

Der Versuch glückte, Prinz Ahmed bezahlte dem Ausrufer 40 Beutel für den künstlichen Apfel und erwartete nun voll Ungeduld den Abgang der ersten besten Karawane, um nach Indien zurückzukehren. Indes benützte er die Zwischenzeit, um alle Merkwürdigkeiten Samarkands und seiner Umgebung zu besichtigen, vornehmlich aber das Tal Sogd, das von dem gleichnamigen Flusse, von welchem es durchströmt wird, seinen Namen hat, und wegen der Schönheit seiner Gefilde, seiner Gärten und Paläste, sowie wegen seines Reichtums an Früchten aller Art und wegen der Annehmlichkeiten, die man während der schönen Jahreszeit dort genießt, von den Arabern für eines der vier Paradiese der Welt gehalten wird. Der Prinz Ahmed versäumte indes die Gelegenheit nicht, mit der ersten besten Karawane nach Indien abzugehen. Trotz der vielen Unbequemlichkeiten, die unausbleiblich mit einer so langen Reise verbunden sind, langte er im besten Wohlsein in der Herberge an, wo Husein und Ali ihn erwarteten. Der Prinz Ali, der etwas früher als Ahmed angekommen war und den Prinzen Husein dort schon antraf, hatte denselben gefragt, wie lange er schon da sei. Als er nun hörte, daß es demnächst drei Monate sein werden, hatte er zu ihm gesagte: »Demnach mußt du nicht weit gekommen sein.« »Ich will jetzt«, antwortete Husein, »nichts von dem Orte sagen, wo ich war, doch kann ich dich so viel versichern, daß ich mehr als drei Monate gebraucht habe, um dahin zu gelangen.« »Wenn das der Fall ist«, sagte darauf der Prinz Ali, »so kannst du dich nicht lange daselbst aufgehalten haben.« »Lieber Bruder«, antwortete Husein, »du täuschest dich. Ich war vier bis fünf Monate dort und hätte sehr leicht noch längere Zeit bleiben können.« »Sofern du nicht etwa zurückgeflogen bist«, erwiderte Ali, »so begreife ich nicht, wie du mich überreden willst, daß du schon drei Monate hier seiest.« »Ich habe dir die Wahrheit gesagt«, sagte Prinz Husein, »aber das Rätsel werde ich erst bei der Ankunft unseres Bruders Ahmed lösen, und dann werde ich auch die Seltenheit zeigen, die ich von meiner Reise mitgebracht habe. Was dich betrifft, so weiß ich nicht, was du mitgebracht hast, aber es scheint nichts Bedeutendes zu sein. Wenigstens sieht man deinem Reisegepäck keinen großen Zuwachs an.« »Und was dich betrifft«, erwiderte Ali, »so bemerke ich weiter nichts, als den unscheinbaren Teppich da, womit dein Sofa bedeckt ist, und könnte dir also, wie mir's scheint, deinen Spott zurückgeben. Da du indes aus deiner Seltenheit ein Geheimnis machen zu wollen scheinst, so wirst du mir nicht übel nehmen, wenn ich in Betreff der meinigen das gleiche tue.« Darauf erwiderte der Prinz Husein: »Ich bin so vollkommen überzeugt, daß die Seltenheit, die ich mitgebracht habe, jeder andern, welcher Art sie auch sein mag, unendlich vorzuziehen ist, daß ich sie dir wohl zeigen könnte; denn sobald ich dir ihre Vortrefflichkeit auseinandersetzen würde, könntest du nicht umhin, mit mir übereinzustimmen, und ich brauche durchaus nicht zu fürchten, daß die deinige ihr vorgezogen werden dürfte. Indes halte ich es doch für passend, die Ankunft unseres Bruders Ahmed abzuwarten; dann können wir einander mit mehr Einsicht und Anstand das Glück mitteilen, das jedem von uns zuteil geworden ist.« Der Prinz Ali wollte mit seinem Bruder nicht länger wegen der Vortrefflichkeit der von ihm mitgebrachten Seltenheit fechten, sondern begnügte sich mit der Überzeugung, daß, wenn das Rohr, welches er vorzuzeigen hatte, auch nicht gerade den Vorzug verdienen sollte, es doch wenigstens nicht zurückstehen könne, und so verabredete er sich denn mit ihm, das Vorzeigen desselben bis zur Ankunft des Prinzen Ahmed aufzuschieben.

Als Ahmed endlich eingetroffen war und die drei Brüder einander zärtlich umarmt und zu dem fröhlichen Wiedersehen an demselben Orte, wo sie sich getrennt, Glück gewünscht hatten, so nahm der Prinz Husein, als der älteste, das Wort und sprach also: »Liebe Brüder, wir werden noch Zeit genug übrig haben, um uns über die einzelnen Umstände unserer Reise zu unterhalten. Vorderhand wollen wir nur davon reden, was zu wissen uns am meisten frommt, und da ihr euch des Hauptbeweggrundes zur Reise gewiß noch so gut erinneren werdet, als ich, so wollen wir einander nicht verbergen, was wir mitgebracht haben, sondern ein jeder lasse das Seinige sehen, damit wir schon zum voraus darüber sprechen und urteilen mögen, wem von uns der Sultan, unser Vater, wohl den Vorzug geben wird. Um euch mit gutem Beispiel voranzugehen«, fuhr der Prinz Husein fort, »so wißt, daß die Seltenheit, die ich von meiner Reise in das Königreich Bisnagar mitgebracht habe, in dem Teppich besteht, worauf ich sitze. Er sieht freilich sehr gewöhnlich und unscheinbar aus; wenn ich euch aber seine Eigenschaft auseinandergesetzt haben werde, dann werdet ihr euch gewaltig verwundern und selbst eingestehen müssen, daß ihr nie von etwas Ähnlichem gehört habt. Denn in der Tat, man darf sich nur, wie wir eben jetzt sind, darauf setzen und an irgend einen, wenn auch noch so entfernten, Ort hinwünschen, so ist man fast im Augenblicke dort. Ich habe es selbst versucht, ehe ich die 40 Beutel, die er mich kostet, bezahlte, und ich muß gestehen, daß der Kauf mich nicht reut: Denn als ich meine Neugierde am Hofe von Bisnagar befriedigt hatte und zurückzukehren wünschte, so bedurfte ich keines anderen Fuhrwerks, als dieses Wunderteppichs, um mich und meinen Bedienten hierher zu bringen. Dieser kann euch sagen, wieviel Zeit ich dazu gebraucht habe. Wenn ihr es übrigens wünschet, so will ich euch beiden ebenfalls eine Probe zeigen. Indes erwarte ich jetzt, daß ihr mir sagt, ob das, was ihr mitgebracht habt, mit meinem Teppich in Vergleichung kommen kann.«

Mit diesen Worten schloß der Prinz Husein seine Lobrede auf die Vortrefflichkeit des Teppichs, worauf der Prinz Ali folgendermaßen das Wort ergriff: »Lieber Bruder, ich muß gestehen, daß dein Teppich zu den bewundernswürdigsten Dingen gehört, die man sich nur denken kann, denn ich zweifle nicht, daß er die Eigenschaft besitzt, die du von ihm gerühmt hast. Übrigens wirst du zugeben müssen, daß es auch noch andere, ich will nicht sagen bewundernswürdigere, aber doch wenigstens ebenso bewundernswürdige Dinge geben kann. Zum Beispiel dieses elfenbeinerne Rohr da erscheint auf den ersten Anblick auch nicht als eine Seltenheit, die große Aufmerksamkeit verdiente. Ich habe es indes ebenso teuer bezahlt, wie du deinen Teppich, und bin mit meinem Kauf nicht minder zufrieden, als du mit dem deinigen. Bei der Billigkeit deiner Gesinnungen wirst du mir bald zugestehen, daß ich damit nicht betrogen worden bin, wenn du dich durch einen eigenen Versuch überzeugt haben wirst, daß man nur oben oder unten hineinzusehen braucht, um alles zu erblicken, was man nur irgend wünscht. Ich verlange nicht, daß du mir auf mein bloßes Wort glaubst«, fügte der Prinz Ali hinzu, indem er ihm das Rohr überreichte; »hier ist es, überzeuge dich, daß ich nicht gelogen habe.« Der Prinz Husein nahm das elfenbeinerne Rohr aus der Hand seines Bruders, hielt ein Ende davon an sein Auge und wünschte die Prinzessin Nurunnihar zu sehen, um zu erfahren, wie sie sich befinde. Seine Brüder Ali und Ahmed, welche die Augen auf ihn geheftet hatten, gerieten in das größte Erstaunen, als sie ihn auf einmal die Farbe verändern sahen, und zwar auf eine Weise, welche die höchste Bestürzung und schwere Betrübnis verriet. Der Prinz Husein ließ ihnen keine Zeit, nach der Ursache zu fragen, sondern rief aus: »Ach, meine Brüder, wir haben alle drei vergeblich diese beschwerliche Reise unternommen in der Hoffnung, durch den Besitz der reizenden Nurunnihar dafür belohnt zu werden. Die liebenswürdige Prinzessin wird in wenigen Augenblicken nicht mehr am Leben sein. Ich sah sie soeben in ihrem Bett, umgeben von ihren Frauen und Verschnittenen, welche alle in Tränen schwimmen und nur noch ihren letzten Seufzer zu erwarten scheinen. Da nehmt, sehet sie selbst in diesem erbarmungswürdigen Zustande, und vereinigt eure Tränen mit den meinigen.« Der Prinz Ali nahm das elfenbeinerne Rohr aus der Hand seines Bruders, und nachdem er mit tiefem Herzeleid dasselbe erblickt hatte, gab er es weiter an den Prinzen Ahmed, damit dieser ebenfalls das traurige und betrübende Schauspiel, welches alle gleich nahe anging, betrachten möchte.

Als der Prinz Ahmed das Rohr aus den Händen seines Bruders Ali empfangen und beim Hineinsehen ebenfalls die Prinzessin Nurunnihar am Rande des Todes erblickt hatte, nahm er das Wort und sagte zu den beiden anderen

Prinzen: »Brüder, die Prinzessin Nurunnihar, der Gegenstand unserer gemeinsamen Wünsche, befindet sich allerdings in einem Zustande, der dem Tode sehr nahe ist. Indes glaube ich, daß es wohl noch möglich ist, den Augenblick des Todes von ihr zu entfernen, wenn wir nur keine Zeit verlieren.« Zugleich zog der Prinz Ahmed den künstlichen Apfel, den er angekauft, aus seinem Busen, zeigte ihn seinen Brüdern und sagte zu ihnen: »Dieser Apfel hier hat mich ebenso viel gekostet, wie euch der Teppich oder das elfenbeinerne Rohr, das ihr von der Reise mitgebracht habt. Da sich nun eine so günstige Gelegenheit zeigt, seine Wunderkraft euch zu beweisen, so reuen mich die 40 Beutel, die ich dafür ausgegeben habe, nicht. Um euch nicht länger in gespannter Erwartung zu erhalten: Er hat die Kraft, daß ein Kranker, selbst wenn er schon in den letzten Zügen liegt, durch das bloße Riechen daran auf der Stelle seine Gesundheit wieder erlangt; der Versuch, den ich selbst angestellt habe, läßt mich nicht daran zweifeln; jetzt aber kann ich euch seine Heilkraft an der Prinzessin Nurunnihar beweisen, wenn wir nur die nötige Eile anwenden, um ihr zu helfen.« »In diesem Fall«, versetzte der Prinz Husein, »können wir nichts Besseres tun, als uns vermittelst meines Teppichs sogleich ins Zimmer der Prinzessin versetzen zu lassen. Laßt uns keine Zeit verlieren, kommt und setzt euch mit mir hierher; er ist groß genug, um uns alle drei mit Bequemlichkeit aufzunehmen. Vor allen Dingen aber wollen wir unsern Bedienten befehlen, daß sie sogleich miteinander abreisen und uns im Palast aufsuchen sollen.« Nachdem sie diesen Befehl gegeben hatten, setzten sich die Prinzen Ali und Ahmed zu ihrem Bruder Husein auf den Teppich, und da ihnen allen dreien nur eines am Herzen lag, so hatten sie auch den gemeinschaftlichen Wunsch, ins Zimmer der Prinzessin Nurunnihar versetzt zu werden. Ihr Wunsch ging in Erfüllung, und sie wurden so schnell dahin versetzt, daß sie sich an dem erwünschten Orte sahen, ohne irgend eine Bewegung bemerkt zu haben.

Die unerwartete Erscheinung der drei Prinzen erschreckte die Frauen und die Verschnittenen der Prinzessin, welche nicht begreifen konnten, durch welche Zauberei auf einmal drei Männer sich in ihrer Mitte befanden. Im Anfang erkannten sie die Prinzen nicht einmal, und schon waren die Verschnittenen im Begriff, auf die Fremdlinge, die sich in einem ihnen durchaus unerlaubten Ort eingedrängt, loszustürzen; doch kamen sie bald von ihrem Irrtum zurück und erkannten sie für das, was sie waren.

Der Prinz Ahmed hatte nicht sobald die sterbende Nurunnihar erblickt, als er rasch mit seinen Brüdern vom Teppich aufstand, sich dem Bett näherte und ihr den Wunderapfel unter die Nase hielt. Einige Augenblicke nachher schlug die Prinzessin die Augen auf, wandte den Kopf nach beiden Seiten, sah die Umstehenden an, setzte sich dann auf und verlangte mit derselben Unbefangenheit und Klarheit, als ob sie bloß von einem langen Schlaf erwachte, angekleidet zu werden. Ihre Frauen sagten ihr nun sogleich voll Freude, daß sie den drei Prinzen, ihren Vettern, und hauptsächlich dem Prinzen Ahmed, ihre plötzliche Wiederherstellung verdankte. Sie bezeigte ihnen daher ihre Freude, sie wieder zu sehen, und stattete ihnen insgesamt, und dem Prinzen Ahmed insbesondere ihren Dank ab. Da sie angekleidet zu werden verlangt hatte, so sagten die Prinzen nur mit wenigen Worten, wie sehr sie sich glücklich schätzen, noch zu rechter Zeit angelangt zu sein, um insgesamt zu ihrer Rettung aus der augenscheinlichsten Lebensgefahr beitragen zu können, und nachdem sie noch ihre glühenden Wünsche für die lange Dauer ihres Lebens ausgesprochen hatten, entfernten sie sich.

Während die Prinzessin sich ankleidete, gingen die Prinzen unmittelbar von den Gemächern derselben nach den Zimmern des Sultans, ihres Vaters, um sich ihm zu Füßen zu werfen und ihm ihre Ehrfurcht zu bezeigen. Als sie vor ihm erschienen, fanden sie, daß der Oberste der Verschnittenen der Prinzessin ihnen bereits zuvorgekommen war, und sowohl ihre unvermutete Ankunft, als

auch die durch sie erfolgte vollständige Heilung der Prinzessin gemeldet hatte. Der Sultan empfing und umarmte sie daher um so freudiger, als er im Augenblick des Wiedersehens die frohe Kunde erhielt, daß die Prinzessin, seine Nichte, die er wie sein eigen Kind liebte, nachdem sie von den Ärzten bereits aufgegeben worden, auf eine so wunderbare Weise ihre Gesundheit wieder erlangt habe. Nach den bei solchen Gelegenheiten gewöhnlichen Begrüßungen überreichte jeder der Prinzen die Seltenheit, die er mitgebracht hatte, der Prinz Husein seinen Teppich, der Prinz Ali das elfenbeinerne Rohr und Prinz Ahmed den künstlichen Apfel. Jeder pries sein Stück, und nachdem sie ihm der Reihe nach alle drei Sachen eingehändigt hatten, baten sie ihn, zu entscheiden, welches er für das Vorzüglichste halte, und auf die Art zu erklären, wem von ihnen dreien er seinem Versprechen gemäß die Prinzessin Nurunnihar zur Frau gebe.

Nachdem der Sultan von Indien alles, was die Prinzen zum Lobe ihrer Seltenheiten vorbrachten, sehr wohlwollend und ohne Unterbrechung angehört, und sich sofort nach den näheren Umständen bei der Heilung der Prinzessin Nurunnihar erkundigt hatte, so schwieg er eine Weile lang still, als überlegte er, was er antworten sollte. Endlich brach er dieses Stillschweigen und hielt folgende sehr weise Rede an sie: »Liebe Söhne, ich würde mich sehr gern für einen von euch entscheiden, wenn ich es mit Gerechtigkeit tun könnte; aber überlegt selbst, ob es mir möglich ist. Dir, o Ahmed, und deinem künstlichen Apfel verdankt die Prinzessin allerdings ihre Wiederherstellung; aber, ich frage dich, ob du dies

hättest tun können, wenn du nicht durch Alis elfenbeinernes Rohr die Gefahr, worin sie schwebte, erfahren hättest und durch Huseins Teppich in den Stand gesetzt worden wärest, noch zu rechter Zeit zu Hilfe zu kommen? Dein elfenbeinernes Rohr, o Ali, hat sowohl dir, als deinen Brüdern die Kunde verschafft, daß ihr auf dem Punkte standet, die Prinzessin, eure Muhme, zu verlieren, und man muß gestehen, daß sie dir deswegen zu großem Danke verpflichtet ist. Auf der anderen Seite wirst du aber auch zugeben, daß dir diese Kunde allein, ohne den künstlichen Apfel und den Teppich, nichts genützt haben würde. Was endlich dich betrifft, Husein, so würde es sehr unrecht von der Prinzessin sein, wenn sie sich nicht wegen deines Teppichs, der zu ihrer Wiederherstellung so notwendig war, zu großem Danke gegen dich verpflichtet fühlte; du mußt aber wohl bedenken, daß er dir hierbei durchaus von keinem Nutzen gewesen wäre, wenn du nicht durch Alis elfenbeinernes Rohr ihre Krankheit erfahren und Ahmed sie nicht durch seinen Wunderapfel geheilt hätte. Da nun also weder der Teppich, noch das elfenbeinerne Rohr, noch der künstliche Apfel irgend einem auch nur den mindesten Vorzug vor den anderen verliehen, sondern ihr im Gegenteil dadurch alle ganz und gar gleich gestellt seid, und da ich die Prinzessin Nurunnihar nur einem geben kann, so sehet ihr selbst, daß die einzige Frucht eurer Reise die Ehre ist, auf gleiche Weise zur Wiederherstellung ihrer Gesundheit beigetragen zu haben. Wenn dies nun so ist«, fuhr der Sultan fort, »so werdet ihr einsehen, daß ich zu einem anderen Mittel greifen muß, um bei der Wahl unter euch dreien ein entscheidendes Wort zu reden. Da wir noch mehrere Stunden haben, bis es Nacht wird, so will ich es heute noch tun. Gehet, nehmet jeder einen Bogen und einen Pfeil und begebt euch vor die Stadt hinaus auf die große Ebene, wo die Pferde zugeritten werden, ich werde ebenfalls dahinkommen und erkläre, daß ich die Prinzessin Nurunnihar demjenigen zur Frau gebe, welcher am weitesten schießen wird. Übrigens kann ich bei dieser Gelegenheit nicht umhin, euch insgesamt und jedem insbesondere für das Geschenk zu danken, das ihr mir mitgebracht habet. Ich besitze mancherlei Seltenheiten in meiner Sammlung, aber keines vor allem kommt an Merkwürdigkeiten dem Teppich, dem elfenbeinernen Rohr und dem künstlichen Apfel gleich, womit ich sie jetzt vermehren und bereichern will. Diese drei Stücke werden die erste Stelle darin einnehmen, und ich werde sie aufs sorgfältigste aufbewahren, nicht bloß wegen ihrer Merkwürdigkeit, sondern auch, um bei Gelegenheit nützlichen Gebrauch davon zu machen.«

Die drei Prinzen konnten gegen diese Entscheidung ihres Vaters nichts einwenden. Als sie sich von seinem Angesicht entfernt hatten, brachte man jedem von ihnen einen Bogen und einen Pfeil, was sie sofort einem von ihren Dienern, die sich auf die Nachricht von ihrer Rückkehr sogleich versammelt hatten, einhändigten; und nun begaben sie sich, von einer unzähligen Menge Volks begleitet, auf die Ebene, wo die Pferde zugeritten werden. Der Sultan ließ nicht lange auf sich warten, und sobald er angekommen war, nahm der Prinz Husein, als der älteste, Pfeil und Bogen und schoß zuerst. Darauf schoß der Prinz Ali, und man sah seinen Pfeil viel weiter fliegen und hinfallen, als den des Prinzen Husein. Zuletzt schoß der Prinz Ahmed, aber man verlor seinen Pfeil aus dem Gesicht und niemand sah ihn niederfallen. Man eilte hin und suchte, allein so viele Sorgfalt auch alle Anwesenden, sowie der Prinz Ahmed selbst anwandten, der Pfeil war weder in der Nähe, noch in der Ferne zu finden. Obwohl man nun glauben mußte, daß er am weitesten geschossen und so die Prinzessin Nurunnihar verdient habe, so war dennoch, um die Sache augenscheinlich und gewiß zu machen, die Auffindung des Pfeiles notwendig, und der Sultan ermangelte nicht, trotz aller Gegenvorstellungen Ahmeds, sich zu gunsten des Prinzen Ali zu entscheiden. Er gab nun sogleich Befehl, die nötigen Anstalten zur Hochzeitsfeier zu treffen, und wenige Tage darauf wurde die Vermählung mit vieler Pracht gefeiert.

Der Prinz Husein beehrte das Fest nicht mit seiner Gegenwart. Da seine Liebe zur Prinzessin Nurunnihar sehr feurig und herzlich war, so fühlte er sich nicht stark genug, um mit Gleichmut die Kränkung zu ertragen, sie in die Arme

des Prinzen Ali führen zu sehen, der, wie er sagte, sie nicht besser verdiente und in keinem Fall heißer liebte, als er. Ja, die Sache verdroß ihn dermaßen, daß er den Hof verließ, auf sein Recht der Thronfolge Verzicht leistete und Derwisch wurde. Er ging zu einem sehr berühmten Scheich in die Lehre, der wegen seines musterhaften Lebenswandels in großem Rufe stand und mit seinen zahlreichen Schülern in einer anmutigen Einöde wohnte.

Der Prinz Ahmed wohnte aus demselben Grunde, wie sein Bruder Husein, der Hochzeit des Prinzen Ali und der Prinzessin Nurunnihar nicht bei, ohne jedoch, wie jener, der Welt deshalb zu entsagen. Da er nicht begreifen konnte, wie sein Pfeil sozusagen unsichtbar geworden sein sollte, so entfernte er sich von seinen Leuten, mit dem festen Vorsatz, ihn so sorgfältig aufzusuchen, daß er sich keine Vorwürfe zu machen hätte, und begab sich an die Orte, wo die Pfeile der Prinzen Husein und Ali aufgehoben worden waren. Von da ging er in gerader Richtung vorwärts, immer rechts und links blickend, und ohne zu finden, was er suchte, war er endlich so weit gekommen, daß er einsah, alle seine Mühe sei vergebens. Indes fühlte er sich unwillkürlich weitergezogen und setzte seinen Weg fort, bis er zu sehr hohen Felsen kam, bei denen er seitwärts hätte ablenken müssen, wenn er noch weiter hätte gehen wollen. Die Felsen waren außerordentlich steil und lagen in einer unfruchtbaren Gegend, etwa vier Stunden von dem Ort, von wo er ausgegangen war. Als Ahmed näher zu diesem Felsen hintrat, bemerkte er einen Pfeil, hob ihn auf, betrachtete und erkannte ihn zu seiner großen Verwunderung als denselben, welchen er abgeschossen hatte. »Er ist es wirklich«, sagte er bei sich selbst, »aber weder ich, noch irgend ein Sterblicher auf der ganzen Welt kann die Kraft haben, einen Pfeil so weit zu schießen!« Da er ihn auf der Erde liegend und nicht mit der Spitze darin feststeckend gefunden hatte, so schloß er, daß er an den Felsen geflogen und von da zurückgeprallt sei. »Eine seltsame Sache!« dachte er. »Da muß irgend ein Geheimnis dahinter stecken, und dies Geheimnis kann für mich nur vorteilhaft sein. Nachdem das Schicksal mich so sehr betrübt und desjenigen Gutes beraubt hat, von dem ich hoffte, es werde das Glück meines Lebens werden, so hat es mir zu meinem Troste vielleicht irgend ein anderes vorbehalten.«

Da die Außenseite der Felsen mehrere vorspringende Spitzen und dann wieder mehrere tief sich hineinziehende Schluchten hatte, so trat der Prinz unter solchen Gedanken in eine der Vertiefungen hinein, und indem er seine Augen von einem Winkel zum anderen gehen ließ, entdeckte er eine eiserne Türe, an der aber kein Schloß zu sehen war. Er fürchtete, sie möchte wohl verschlossen sein; als er aber daran stieß, öffnete sie sich nach innen zu, und er erblickte einen sanft abschüssigen Weg, ohne Stufen, den er sofort, mit dem Pfeile in der Hand, hinabstieg. Im Anfang glaubte er in tiefe Finsternis zu geraten, allein bald trat an die Stelle des Lichts, das er verließ, ein anderes, weit helleres, und nach 50 bis 60 Schritten gelangte er auf einen geräumigen Platz, wo er einen prachtvollen Palast erblickte, dessen wundersamen Bau er aber nicht Zeit hatte, genau zu betrachten; denn in demselben Augenblick trat eine Frau von majestätischer Gestalt und Haltung und einer Schönheit, welche durch den Reichtum ihrer Kleider und den Schmuck der funkelnden Edelsteine nicht höher gehoben werden konnte, unter der Vorhalle heraus, begleitet von einer Anzahl von Frauen, unter denen sie leicht als die Gebieterin zu erkennen war. Als der Prinz Ahmed die schöne Frau bemerkte, so beschleunigte er seine Schritte, um ihr seine Ehrfurcht zu bezeigen, und die Frau, die ihn kommen sah, rief ihm entgegen: »Tritt näher, Prinz Ahmed, du bist willkommen.«

Die Überraschung des Prinzen war nicht gering, als er seinen Namen in einer Gegend nennen hörte, von welcher er noch nie das Geringste vernommen hatte, obwohl diese Gegend so nahe an der Hauptstadt des Sultans, seines Vaters, war, und er konnte nicht begreifen, wie er einer Frau bekannt sein solle, die er selbst durchaus nicht kannte. Endlich warf er sich ihr zu Füßen, und als er wieder aufgestanden war, redete er sie folgendermaßen an: »Edle Frau, bei meiner Ankunft an einem Ort, wo ich fürchten mußte, durch unüberlegten Vorwitz zu weit gelockt worden zu sein, danke ich dir 1000-mal für deine Versicherung, daß ich willkommen sei. Aber, edle Frau, wirst du es nicht für unhöflich halten, wenn ich dich frage, durch welchen seltsamen Zufall es kommt, daß ich dir nicht unbekannt bin, während ich selbst bis auf diesen Augenblick nie etwas von dir

erfahren hatte, obgleich du so ganz in unserer Nachbarschaft wohnst?« »Prinz«, antwortete die schöne Frau, »laß uns in den Saal treten; dort werde ich deine Fragen mit größerer Bequemlichkeit für dich und mich beantworten.«

Mit diesen Worten führte die schöne Frau den Prinzen Ahmed in einen Saal von wundervollem Bau. Das Gold und das Himmelblau, womit das kuppelförmige Gewölbe geschmückt war, sowie die unschätzbare Pracht der Gerätschaften erschien ihm so ganz neu, daß er seine Verwunderung darüber nicht verbergen konnte und laut ausrief, er habe noch nie etwas der Art gesehen und glaube nicht, daß irgend etwas auf der Welt diesem nur entfernt gleichkommen könne. »Und dennoch«, erwiderte die schöne Frau, »versichere ich dir, daß dies das geringste Zimmer in meinem Palast ist; du wirst es selbst zugestehen, wenn ich dir die übrigen Gemächer gezeigt haben werde.« Sie stieg sofort einige Stufen hinauf und setzte sich auf ein Sofa, und als der Prinz auf ihre Bitten neben ihr Platz genommen hatte, sagte sie zu ihm: »Prinz, du wunderst dich, wie du sagst, daß ich dich kenne, und du mich nicht; deine Verwunderung wird jedoch bald aufhören, wenn ich dir sage, wer ich bin. Es ist dir ohne Zweifel nicht unbekannt, was ja schon eure Religion euch lehrt, daß die Welt sowohl von Geistern als von Menschen bewohnt wird. Ich bin die Tochter eines dieser Geister, und zwar eines der mächtigsten und ausgezeichnetsten, und mein Name ist Pari Banu. Du darfst dich also nicht wundern, daß ich dich, deinen Vater, den Sultan, deine beiden Brüder und die Prinzessin Nurunnihar kenne. Ich weiß auch von deiner Liebe und deiner Reise und könnte dir alle einzelnen Umstände derselben wieder erzählen, denn ich war es, die zu Samarkand den künstlichen Apfel, den du gekauft, ausbieten ließ, desgleichen in Bisnagar den Teppich, den der Prinz Husein bekam, und in Schiras das elfenbeinerne Rohr, welches der Prinz Ali mitgebracht hat. Daran magst du zur Genüge erkennen, daß mir nichts von all dem, was dich betrifft, unbekannt ist. Ich will nur noch dies eine hinzufügen, daß du mir ein glücklicheres Los zu verdienen schienest, als den Besitz der Prinzessin Nurunnihar, und daß ich dir den Weg dazu gebahnt habe. Da ich nämlich gerade zugegen war, als du den Pfeil, den du in der Hand hast, abschossest, und da ich voraussah, daß er nicht einmal weiter fliegen würde, als der des Prinzen Husein, so faßte ich ihn in der Luft und gab ihm den erforderlichen Schwung, so daß er an die Felsen anprallen mußte, neben denen du ihn gefunden hast. Es wird jetzt bloß noch von dir abhängen, die Gelegenheit, die sich dir darbietet, zu benützen und noch glücklicher zu werden.«

Da die Fee Pari Banu diese letzten Worte in einem ganz anderen Tone aussprach, indem sie den Prinzen Ahmed gar zärtlich anblickte und dann sogleich sittsam errötend die Augen niederschlug, so erriet der Prinz sehr leicht, welches Glück sie damit meinte. Er überlegte schnell, daß Nurunnihar nicht mehr die Seinige werden konnte, und daß die Fee Pari Banu sie an Schönheit, Anmut und Holdseligkeit, sowie durch hervorragenden Verstand und unermeßliche Reichtümer, soweit er nämlich aus der Pracht des Palasts darauf schließen konnte, unendlich weit übertraf, und so segnete er den Augenblick, da ihm der Gedanke gekommen war, seinen Pfeil zum zweiten Mal zu suchen. Indem er sich daher ganz der Neigung hingab, die ihn zu dem neuen Gegenstand seines Herzens hinzog, antwortete er ihr also: »Edle Frau, wenn ich mein ganzes Leben lang nur das Glück hätte, dein Sklave und der Bewunderer all dieser Reize zu sein, die mich mir selbst entrücken, so würde ich mich für den glückseligsten aller Sterblichen halten. Verzeih mir meine Kühnheit, wenn ich es wage, dich um diese Gunst zu bitten, und verschmähe es nicht, an deinem Hofe einen Prinzen zuzulassen, der sich ganz deinem Dienste widmen will.« »Prinz«, erwiderte die Fee, »da ich schon lange Zeit schalten und walten kann, wie ich will, und von der Vormundschaft meiner Eltern frei bin, so will ich dich nicht als Sklaven an meinem Hofe aufnehmen, sondern als Herrn meiner Person und alles dessen, was mir gehört, sofern du mir nämlich Treue geloben und mich zu deiner Gemahlin annehmen willst. Ich hoffe, du wirst es mir nicht übel deuten, daß ich dir mit diesem Anerbieten zuvorkomme. Wie gesagt, ich hänge von niemandes Willen ab, und füge bloß noch hinzu, daß es bei den Feen nicht ist, wie bei den Frauen unter den Menschen, welche dergleichen Anerbietungen nicht zu machen pflegen und sie sogar für unverträglich mit ihrer Ehre halten würden. Wir dagegen tun es und denken, daß man uns Dank dafür wissen muß.«

Der Prinz Ahmed antwortete nichts mehr auf diese Rede der Fee, aber durchdrungen von Dankbarkeit glaubte er, diese nicht besser an den Tag legen zu können, als wenn er sich näherte, um den Saum ihres Kleides zu küssen. Sie ließ ihm indessen nicht Zeit dazu, sondern reichte ihm ihre Hand, die er küßte, und indem sie nun die seinige festhielt und sie drückte, sagte sie zu ihm: »Prinz Ahmed, willst du mir nicht Treue geloben, wie ich dir gelobt habe?« »Ach, edle Frau«, erwiderte der Prinz voll Freude und Entzücken, »was könnte ich wohl Besseres und Angenehmeres tun! Ja, meine Sultanin, meine Königin, ich weihe dir mein Herz und meine Hand zu ewigem Dienste.« »Wenn das ist«, antwortete die Fee, »so bist du mein Gemahl und ich deine Gemahlin. Die Ehen werden bei uns ohne weitere Zeremonien geschlossen, sind aber weit fester und unauflöslicher, als die der Menschen, ungeachtet diese eine Menge Förmlichkeiten dabei haben. Während man nun«, fuhr sie fort, »für heute Abend die Anstalten zu unserm Hochzeitsmahle trifft, will ich dir, da du offenbar heute noch nichts zu dir genommen hast, vorerst einen leichten Imbiß vorsetzen lassen, und dann werde ich dir die Zimmer meines Palasts zeigen, damit du selbst entscheiden magst, ob es nicht wahr ist, was ich dir sagte, daß nämlich dieser Saal gerade das schlechteste Zimmer ist.« Einige von den Frauen der Fee, die bei ihr im Saale waren, hatten kaum ihre Absicht vernommen, so gingen sie hinaus und kamen bald darauf mit mehreren Speisen und trefflichem Weine zurück.

Als der Prinz Ahmed zur Genüge gegessen und getrunken hatte, führte ihn die Fee Pari Banu von einem Zimmer ins andere, und er sah darin Diamanten, Rubine, Smaragde und alle Arten der feinsten Edelsteine, nebst Perlen, Achat, Jaspis, Porphyr und dem kostbarsten Marmor von allen Gattungen angebracht, ohne von den Zimmergerätschaften zu sprechen, die einen unschätzbaren Wert hatten. Überdies war alles in so erstaunlichem Überfluß vorhanden, daß der Prinz erklärte, er habe in seinem Leben nie etwas Ähnliches gesehen, und es könne auf der ganzen Welt nichts der Art mehr geben. »Prinz«, sagte hierauf die Fee, »da du meinen Palast, der allerdings große Schönheiten hat, so sehr bewunderst, was würdest du erst von den Palästen unserer Geisterfürsten sagen, die alle noch weit schöner, geräumiger und prachtvoller sind! Ich könnte dich auch noch meinen Garten bewundern lassen, allein das kann ja auch ein anderes Mal geschehen. Die Nacht ist im Anzug, und es ist Zeit, daß wir uns zu Tische setzen.«

Der Saal, in welchen die Fee nunmehr den Prinzen führte und wo sie die Tafel hatte decken lassen, war das letzte Zimmer im Palast und zugleich das einzige, das der Prinz noch nicht gesehen hatte. Es stand indes hinter keinem von allen zurück, die er bereits in Augenschein genommen. Gleich beim Hineintreten bewunderte er den Lichtglanz unzähliger von Ambra duftender Kerzen, die in so schöner und zierlicher Ordnung aufgestellt waren, daß man sie nicht ohne Vergnügen sehen konnte. Ebenso fiel ihm ein großer Schenktisch in die Augen, der mit goldenen Gefäßen besetzt war, die durch ihre kunstreiche Arbeit noch mehr Wert hatten, als durch ihren Stoff; ferner mehrere Frauenchöre von bezaubernder Schönheit und in den prachtvollsten Kleidern, welche so lieblich sangen und so melodisch auf allen möglichen Instrumenten dazu spielten, daß er in seinem Leben nie etwas Schöneres gehört hatte. Sie setzten sich zu Tische;

Pari Banu ließ es sich ganz besonders angelegen sein, dem Prinzen Ahmed die köstlichsten Speisen vorzulegen, und nannte ihm dieselben jedesmal, sooft sie ihn aufforderte zuzugreifen, mit Namen und da der Prinz nie etwas davon gehört hatte und immer ein Gericht wohlschmeckender fand, als das andere, so lobte er alles über die Maßen und rief aus, die gute Mahlzeit, womit sie ihn bewirte, übertreffe bei weitem alles, was man bei den Menschen finde. Ebenso war er ganz entzückt über die Vortrefflichkeit des Weins, welcher aufgetragen wurde, wovon er und die Fee jedoch erst beim Nachtisch, der aus Früchten, Kuchen und anderen dazu passenden Speisen bestand, zu trinken anfingen.

Nach dem Nachtisch standen die Fee Pari Banu und der Prinz Ahmed von der Tafel auf, die sogleich weggetragen wurde, und setzten sich dann sehr bequem auf das Sofa, indem sie den Rücken an seidene Polster lehnten, die mit großem, vielfarbigem Blumenwerk, alles von der feinsten Stickerei, bedeckt waren. Sofort trat eine große Anzahl von Geistern und Feen in den Saal und begannen einen reizenden Tanz, der so lange dauerte, bis die Fee und der Prinz Ahmed aufstanden. Dann tanzten die Geister und Feen zum Saal hinaus und zogen so vor den Neuvermählten her, bis an die Türe des Zimmers, wo das hochzeitliche Lager bereitet war. Als sie da angekommen waren, stellten sie sich in Reihen auf, um das Paar hindurchgehen zu lassen, worauf sie sich entfernten und die beiden allein ließen.

Das Hochzeitsfest dauerte auch am anderen Tage noch fort, oder vielmehr die nächstfolgenden Tage waren ein ununterbrochenes Fest, in welches die erfinderische und hochverständige Fee Pari Banu die größte Mannigfaltigkeit zu bringen wußte, durch neue Speisen und Gerichte bei den Mahlzeiten, durch neue musikalische Vergnügungen, neue Tänze, Schauspiele und eine Menge anderer Ergötzlichkeiten, die alle so außerordentlich waren, daß der Prinz Ahmed, und hätte er auch 1000 Jahre unter den Menschen gelebt, nie dergleichen hätte erdenken können.

Die Absicht der Fee war nicht bloß, dem Prinzen die deutlichsten Beweise von der Aufrichtigkeit ihrer Liebe und herzlichen Zuneigung zu geben, sondern sie wollte ihm dadurch auch recht fühlbar machen, daß er, da er am Hofe des Sultans, seines Vaters, keine Ansprüche mehr zu machen hatte, und an keinem Ort der Welt, um von ihrer Schönheit und Reizen zu schweigen, irgend etwas hätte finden können, was mit dem Glück, das er bei ihr genoß, vergleichbar wäre, sich nun gänzlich an sie anschließen und nie mehr von ihr trennen solle. Dies gelang ihr auch vollkommen; die Liebe des Prinzen Ahmed wurde durch ihren vollständigen Besitz nicht nur nicht vermindert, sondern stieg vielmehr bis zu einem so hohen Grade, daß es nicht mehr in seiner Macht stand, von seiner Liebe zu ihr abzulassen, selbst wenn sie sich jemals hätte entschließen können, gleichgültig gegen ihn zu werden.

Endlich nach Verlauf von sechs Monaten ergriff den Prinzen Ahmed, welcher den Sultan, seinen Vater, immer geliebt und geehrt hatte, gewaltiges Verlangen, etwas von ihm zu erfahren, und da er diesen Wunsch nicht anders befriedigen konnte, als wenn er sich auf einige Zeit entfernte, um in eigener

Person Nachrichten einzuziehen, so sprach er eines Tages gelegentlich mit Pari Banu darüber und bat sie, es ihm zu erlauben. Diese Worte beunruhigten die Fee, denn sie fürchtete, es sei bloß ein Vorwand, um sie zu verlassen. Deshalb sprach sie also zu ihm: »Durch was kann ich dir Ursache zu Unzufriedenheit mit mir gegeben haben, daß du dich gedrungen fühlst, mich um diese Erlaubnis zu bitten? Wär's möglich, könntest du dein mir gegebenes Wort vergessen haben und mich nicht mehr lieben, während ich dich so zärtlich und von ganzem Herzen liebe? Wenigstens solltest du davon überzeugt sein, da ich dir unaufhörlich so viele Beweise gebe.« »Königin meines Herzens!« erwiderte der Prinz Ahmed. »Ich bin von deiner Liebe vollkommen überzeugt, und würde mich ihrer unwürdig machen, wenn ich nicht durch die innigste Gegenliebe meine Dankbarkeit bewiese. Wenn meine Bitte dich beleidigt hat, so bitte ich dich 1000-mal um Verzeihung und bin aber bereit, dir jede Genugtuung zu geben, die du verlangen kannst. Ich tat sie nicht, um dich zu kränken, sondern einzig und allein aus Ehrfurcht gegen den Sultan, meinen Vater, den ich von der Betrübnis zu befreien wünschte, in welche ihn meine lange Abwesenheit versetzt haben wird. Denn ich glaube, daß er um so größeres Herzeleid darüber empfindet, weil er ohne Zweifel annimmt, ich sei nicht mehr am Leben. Da es dir indes lieb ist, wenn ich hingehe, um ihm diesen Trost zu bereiten, so will ich dasselbe, was du willst, und es gibt nichts auf der Welt, was ich nicht zu tun bereit wäre, wenn es sich darum handelt, dir einen Gefallen zu erweisen.«

Der Prinz Ahmed war kein Heuchler, er liebte die Fee in seinem Herzen wirklich so heiß, als er es sie versichert hatte, und drang nicht weiter in sie, um die gewünschte Erlaubnis zu erhalten, so daß sie über seine Nachgiebigkeit höchlich erfreut war. Da er indes seinen Plan doch nicht ganz aufgeben konnte, so erzählte er ihr geflissentlich von Zeit zu Zeit von den Eigenschaften des Sultans von Indien und hauptsächlich von den Beweisen seiner Zärtlichkeit, die er ihm insbesondere gegeben, denn er hoffte immer, sie werde sich dadurch endlich erweichen lassen. Die Vermutungen des Prinzen waren gegründet: Der Sultan von Indien hatte sich mitten unter den Lustbarkeiten wegen der Vermählung des Prinzen Ali mit der Prinzessin Nurunnihar über die Entfernung seiner beiden anderen Söhne tief bekümmert. Er erfuhr bald, daß der Prinz Husein den Entschluß gefaßt hatte, die Welt zu verlassen, und auch den Ort, den er sich zu seinem künftigen Aufenthalte ausgewählt. Als guter Vater, der einen großen Teil seines Glücks darein setzt, die Kinder, die aus seinen Lenden hervorgegangen sind, recht oft um sich zu haben, zumal wenn sie sich seiner Zärtlichkeit würdig zeigen, hätte er es freilich lieber gesehen, wenn er am Hofe und in seiner Nähe geblieben wäre; da er indes nicht mißbilligen konnte, daß er diesen Stand gewählt hatte, wodurch er sich zu immer höherer Vervollkommnung verpflichtete, so schickte er sich mit Geduld in seine Abwesenheit. Dagegen gab er sich alle mögliche Mühe, um Nachrichten von dem Prinzen Ahmed zu erhalten. Er schickte in alle Provinzen seines Reichs Boten ab und ließ den Statthaltern befehlen, ihn anzuhalten und zur Rückkehr an seinen Hof zu nötigen; allein alle Bemühungen waren vergebens, und sein Kummer wurde von Tag zu Tag größer. Oft besprach er sich darüber mit seinem Großvezier.

»Vezier«, sagte er zu ihm, »du weißt, daß Ahmed derjenige von meinen Söhnen ist, den ich immer am zärtlichsten liebte; auch ist dir nicht unbekannt, welche Mittel ich aufgewendet habe, um ihn wiederzufinden, aber ach! Alles umsonst. Dies bereitet mir so großes Herzeleid, daß ich ihm am Ende erliegen muß, wenn du nicht Mitleid mit mir hast. Wofern dir meine längere Erhaltung am Herzen liegt, so beschwöre ich dich, leihe mir deinen Rat und deinen Beistand.«

Der Großvezier, der ebensowohl der Person des Sultans ergeben, als in Verwaltung der Staatsangelegenheiten eifrig war, sann auf Mittel, ihm einige Beruhigung zu verschaffen, und da fiel ihm eine Zauberin ein, von der man Wunderdinge erzählte. Er machte den Vorschlag, sie kommen zu lassen und um Rat zu fragen. Dem Sultan gefiel dies, und der Großvezier beschickte die Frau und schickte sie zu ihm. Der Sultan sagte zur Zauberin: »Der Kummer, worin mich seit der Vermählung meines Sohnes Ali mit der Prinzessin Nurunnihar, meiner Nichte, die Abwesenheit des Prinzen versetzt hat, ist so stadt- und landkundig, daß du ohne Zweifel davon wissen wirst. Könntest du mir nicht vermöge deiner Kunst und Geschicklichkeit sagen, was aus ihm geworden ist? Lebt er noch? Wo ist er? Wie geht es ihm, und darf ich hoffen, ihn je wiederzusehen?« Darauf erwiderte die Zauberin: »Herr, so viel ich auch Geschicklichkeit in meinem Fache haben mag, so ist es mir doch nicht möglich, die Frage meines Herrn und Königs sogleich zu beantworten. Wenn du mir aber bis morgen Zeit vergönnen willst, so werde ich dir wohl Bescheid geben können.« Der Sultan gestattete ihr diese Frist und entließ sie mit der Zusicherung, sie gut zu belohnen, wenn die Antwort seinen Wünschen entsprechen würde.

Die Zauberin kam am folgenden Tage wieder, und der Großvezier stellte sie zum zweiten Male vor. Sie sagte zum Sultan: »Herr, so eifrig und gewissenhaft ich auch alle Regeln meiner Kunst befolgt habe, um in Erfahrung zu bringen, was du zu wissen verlangst, so habe ich doch nur so viel ermitteln können, daß der Prinz Ahmed noch nicht tot ist. Dies ist ganz gewiß; mein Herr und König kann sich darauf verlassen. Was aber den Ort betrifft, wo er sein mag, so war es mir unmöglich, diesen zu entdecken.«

Mit dieser Antwort mußte sich der Sultan von Indien zufrieden geben, obgleich sie ihn über das Schicksal seines Sohnes beinahe in derselben Unruhe ließ, worin er schon lange schwebte.

Um nun auf den Prinzen Ahmed zurückzukommen, so erzählte dieser der Fee Pari Banu so oft und viel von dem Sultan, seinem Vater, ohne jedoch seinen Wunsch in betreff eines Besuchs bei ihm aufs Neue zu erwähnen, daß sie gerade dadurch seine wahre Gesinnung erriet. Da sie nun seine Zurückhaltung und Ängstlichkeit, nach jener abschlägigen Antwort abermals ihr Mißfallen zu erregen, bemerkte, so schloß sie daraus erstens, daß seine Liebe zu ihr, wovon er auch bei jeder Gelegenheit unablässig Beweise gab, aufrichtig sei; zweitens bedachte sie in ihrem Inneren, wie ungerecht es sein würde, der Zärtlichkeit eines Sohnes gegen seinen Vater Zwang anzutun, wenn sie ihn nötigen wollte, der natürlichen Neigung, die ihn zu jenem hinzog, zu entsagen, und so beschloß sie denn, ihm das zu gestatten, was er offenbar noch immer aufs feurigste wünschte.

»Prinz«, sagte sie eines Tags zu ihm, »die Erlaubnis, um die du mich batest, den Sultan, deinen Vater, zu besuchen, hatte mir gerechte Besorgnis eingeflößt, sie möchte für dich bloß ein Vorwand sein, um deine Unbeständigkeit zu beweisen und mich zu verlassen, und ich hatte sonst keinen anderen Grund, sie dir abzuschlagen. Heute aber, da ich mich sowohl durch dein Benehmen als durch deine Reden vollkommen überzeugt habe, daß ich mich auf deine Festigkeit, so wie auf die Dauer deiner Liebe verlassen kann, bin ich anderer Ansicht geworden und gewähre dir diese Erlaubnis, jedoch nur unter einer Bedingung: Du mußt mir nämlich zuvor schwören, daß deine Abwesenheit nicht lange währen und du bald zu mir zurückkehren willst. Du darfst dich über diese Bedingung nicht ärgern, denn ich mache sie nicht aus Mißtrauen, sondern nur, weil ich zum voraus weiß, daß sie dir nach der Überzeugung, die ich soeben von der Aufrichtigkeit deiner Liebe ausgesprochen habe, nicht lästig sein wird.«

Der Prinz Ahmed wollte sich der Fee zu Füßen werfen, um ihr seinen innigen Dank zu bezeigen, allein sie ließ es nicht zu. »Königin meines Herzens«, sagte er zu ihr, »ich erkenne den Wert der Gnade, welche du mir erweisest, in seiner vollen Größe, allein es fehlt mir an Worten, um dir nach Gebühr dafür zu danken. Ich beschwöre dich, ergänze in Gedanken, was ich nicht auszudrücken vermag und sei überzeugt, daß alles, was du dir selbst darüber sagen magst, weit hinter dem zurücksteht, was ich in meinem Herzen empfinde. Du hast sehr recht, wenn du glaubst, daß der Schwur, den du von mir verlangst, mir nicht schwer fallen werde; ich leiste ihn dir um so bereitwilliger, als es mir fortan unmöglich wäre, ohne dich zu leben. Ich will also abreisen; aber die Eilfertigkeit, womit ich zurückkehren werde, soll dir beweisen, daß ich es nicht sowohl aus Furcht vor einem Meineid tue, sondern weil es die innerste Neigung meines Herzens ist, mein ganzes Leben an deiner Seite zuzubringen, und wenn ich mich manchmal mit deiner Genehmigung entferne, so werde ich stets durch schnelle Rückkehr dem Kummer zu begegnen wissen, den eine allzu lange Abwesenheit mir verursachen müßte.«

Pari Banu war im Innersten erfreut über diese Versicherung des Prinzen, weil sie dadurch von allem Verdacht gegen ihn und der Furcht befreit wurde, daß sein heftiges Verlangen, den Sultan von Indien zu sehen, nur ein scheinbarer Vorwand sein möchte, das ihr gegebene Wort zu brechen. »Prinz«, sagte sie ihm, »du kannst abreisen, so bald es dir beliebt; nimm mir aber nicht übel, wenn ich dir zuvor einige Winke über die Art und Weise gebe, wie du dich auf dieser Reise am besten benehmen kannst. Fürs Erste halte ich es nicht für angemessen, daß du dem Sultan, deinem Vater, von unserer Verbindung oder von meinem Stande, sowie von dem Orte erzählest, wo du dich niedergelassen und seit der Trennung von ihm deinen Aufenthalt genommen hast. Bitte ihn, er möge sich mit der Versicherung begnügen, daß du glücklich seiest und dir nichts mehr wünschest, sowie, daß der einzige Grund deiner Reise zu ihm die Absicht gewesen sei, ihn von seiner unruhigen Besorgnis über dein Schicksal zu befreien.« Hierauf gab die Fee den Prinzen zu seiner Begleitung 20 wohlgerüstete und stattliche Reiter. Als alles bereit war, umarmte sie der Prinz Ahmed zum Abschied und erneuerte sein Versprechen, in Bälde zurückzukehren. Man führte ihm das Pferd vor, das sie für ihn hatte satteln lassen, und es war nicht nur aufs kostbarste angeschirrt, sondern auch weit schöner und wertvoller, als irgend eines in den Marställen des Sultans von Indien. Er bestieg es zur großen Freude der Fee mit vielem edlem Anstande, winkte ihr sein letztes Lebewohl zu und sprengte von dannen.

Da der Weg nach der Hauptstadt nicht lange war, so war der Prinz Ahmed bald daselbst. Als er zum Tore einzog, empfing ihn das Volk, voll Freude über seinen Anblick, mit lautem Jubelruf und eine Menge Leute zog ihm nach bis vor den Palast des Sultans. Der Sultan empfing und umarmte ihn ebenfalls mit großer Freude, machte ihm aber väterlich liebevolle Vorwürfe wegen des Kummers, in welchen ihn seine lange Abwesenheit versetzt habe. »Diese Abwesenheit«, fuhr er fort, »war für mich um so schmerzlicher, weil ich seit dem Tag, da der Zufall zu deinem Nachteil und zugunsten deines Bruders Ali entschied, immer fürchtete, du habest dich vielleicht zu irgend einem verzweifelten Schritte hinreißen lassen.« »Herr«, erwiderte der Prinz Ahmed, »ich überlasse es dir selbst, zu überlegen, ob ich nach dem Verluste Nurunnihars, welche der einzige Gegenstand meiner Wünsche gewesen war, mich entschließen konnte, Zeuge von meines Bruders Glück zu sein. Wenn ich eines so unwürdigen Betragens fähig gewesen wäre, was würde man bei Hof und in der Stadt, und was würde mein Herr selbst von meiner Liebe gedacht haben? Die Liebe ist eine Leidenschaft, die man nicht von sich abschütteln kann, sobald man will. Sie beherrscht und bemeistert uns; ja, ein wahrhaft Liebender hat nicht einmal Zeit, von seiner Vernunft Gebrauch zu machen. Mein Herr weiß, daß mir mit dem Pfeile, den ich abschoß, etwas so Außerordentliches begegnete, wie wohl nicht leicht einem andern, daß nämlich dieser Pfeil auf dem ganz ebenen und freien Platze, wo die Pferde zugeritten werden, durchaus nicht mehr aufzufinden war, wodurch ich denn eine Sache verlor, in der meine Liebe so gut Recht verdient hätte, als jeder von meinen beiden Brüdern. Besiegt durch die Laune des Zufalls, verschwendete ich meine Zeit nicht mit unnützen Klagen. Um mein Gemüt über diese sonderbare und unbegreifliche Begebenheit zu beruhigen, entfernte ich mich unbemerkt von meinen Leuten und ging allein nach dem Schießplatz zurück, um meinen Pfeil zu suchen. Ich suchte ihn diesseits und jenseits, rechts und links von der Stelle, wo, wie ich wußte, Huseins und Alis Pfeile aufgehoben worden waren, und wohin nach meiner Ansicht auch der meinige gefallen sein mußte; allein vergebens waren alle meine Bemühungen. Dies schreckte mich indes nicht ab, und ich setzte meine Nachforschungen fort, indem ich in gerader Linie nach der Richtung, wo er hingefallen sein mußte, immer weiter vorwärts ging. Schon war ich über eine Stunde lang, immerfort rechts und links hinblickend und mich von Zeit zu Zeit auch noch umdrehend, fortgegangen, so daß mir nicht das Geringste, was nur irgend Ähnlichkeit mit einem Pfeile hatte, entgehen konnte, als ich überlegte, mein Pfeil könne unmöglich so weit geflogen sein. Ich blieb stehen und fragte mich selbst, ob ich denn den Verstand verloren und so ganz von Sinnen gekommen sei, daß ich mir Kraft genug zutraue, einen Pfeil nach einer solchen Weite abzuschießen, wie niemals einer unserer ältesten und durch seine Stärke berühmtesten Helden imstande gewesen. Bei solchen Betrachtungen hatte ich gute Lust, mein Unternehmen aufzugeben; als ich aber diesen Entschluß ausführen wollte, fühlte ich mich unwillkürlich weiter fort gezogen, und nachdem ich vier Stunden weit gegangen und an den Ort gekommen war, wo die Ebene von Felsen begrenzt wird, bemerkte ich einen Pfeil. Ich eilte hin, hob ihn auf und erkannte ihn für den, welchen ich abgeschossen hatte, der aber weder am rechten Ort, noch zu rechter Zeit aufgefunden worden war. Statt nun die Entscheidung, die mein Herr zugunsten des Prinzen Ali getan, als eine Ungerechtigkeit gegen mich zu betrachten, legte ich das, was mir hier zustieß, ganz anders aus, und zweifelte nicht daran, es werde irgendein für mich vorteilhaftes Geheimnis dahinter stecken, und ich müsse alles aufbieten, mir darüber Aufklärung zu verschaffen; diese Aufklärung fand ich auch, ohne mich zu weit von dem Orte zu entfernen. Indes ist dies ein neues Geheimnis, und ich muß meinen Herrn und König bitten, es nicht übel zu nehmen, wenn ich darüber stillschweige, und sich mit der Versicherung zu begnügen, daß ich glücklich und mit meinem Schicksal vollkommen zufrieden bin. Da mich in meinem Glücke nichts zu beunruhigen und zu stören vermochte, als der Gedanke, daß mein Herr sich über mein Verschwinden vom Hofe und über mein Schicksal bekümmern werde, so hielt ich es für meine Pflicht, hierher zu kommen, um dich von dieser Unruhe zu befreien. Dies ist der einzige Grund, der mich zu dir führt, und die einzige Gnade, die ich von meinem Herrn erbitte, ist, daß du mir erlauben mögest, von Zeit zu Zeit zu kommen, um dir meine Ehrfurcht zu bezeigen und mich nach deinem Befinden zu erkundigen.«

»Mein Sohn«, antwortete der Sultan von Indien, »ich kann dir diese Erlaubnis nicht verweigern; obwohl es mir weit lieber gewesen wäre, wenn du dich hättest entschließen können, bei mir zu bleiben. Indes sage mir wenigstens, wo ich Nachrichten von dir erhalten kann, so oft du selbst mir keine zukommen lässest, oder wenn deine Gegenwart einmal nötig sein sollte.« »Herr«, erwiderte der Prinz Ahmed, »das, worüber du mich fragst, ist ein wichtiger Teil des Geheimnisses, von dem ich bereits gesagt habe. Ich bitte daher meinen Herrn, mir gnädigst zu erlauben, daß ich über diesen Punkt stillschweige; ich werde mich so häufig zur Erfüllung meiner Pflicht einstellen, daß ich eher lästig zu werden fürchte, als dir Veranlassung zu geben, mich der Gleichgültigkeit anzuklagen, im Fall meine Gegenwart einmal nötig werden sollte.«

Der Sultan von Indien drang jetzt nicht weiter in den Prinzen Ahmed, sondern sagte zu ihm: »Mein Sohn, ich verlange nicht, in dein Geheimnis eingeweiht zu werden, und sage dir bloß, daß du mir kein größeres Vergnügen hättest machen können, als indem du mich besuchtest und mir dadurch wieder einige heitere Stunden bereitetest, wie ich sie lange nicht gehabt habe; auch wirst du jedesmal sehr willkommen sein, sooft du unbeschadet deiner Geschäfte oder Vergnügungen mich besuchen willst.«

Der Prinz Ahmed blieb bloß drei Tage am Hofe des Sultans, seines Vaters, und reiste am vierten in aller Frühe wieder ab. Die Fee Pari Banu war um so erfreuter, ihn wieder zu sehen, als sie diese baldige Rückkehr durchaus nicht erwartet hatte, und sie machte sich jetzt in ihrem Inneren Vorwürfe, daß sie ihn für fähig gehalten, die Treue, die er ihr schuldete und so feierlich gelobt hatte, zu brechen. Sie verhehlte dies auch dem Prinzen nicht, sondern gestand ihm frei und offen ihre Schwachheit und bat ihn um Verzeihung. Von nun an war die Eintracht der beiden Liebenden so vollkommen, daß, was der eine Teil wollte, sicher auch dem anderen angenehm war.

Einen Monat nach der Rückkehr des Prinzen Ahmed fiel es der Fee Pari Banu auf, daß der Prinz, der ihr einen ausführlichen Bericht über seine Reise und seine Gespräche mit dem Sultan, seinem Vater, abgestattet, und somit auch erzählt hatte, daß er ihn um Erlaubnis gebeten, ihn von Zeit zu Zeit zu besuchen, daß, sage ich, der Prinz seither mit keiner Silbe mehr des Sultans erwähnte, gleich als ob er nicht mehr auf der Welt wäre, und doch hatte er vorher sooft von ihm gesprochen. Sie dachte nun, er unterlasse es ohne Zweifel aus Rücksicht für sie, und nahm daher eines Tags Gelegenheit, also zu ihm zu sprechen: »Prinz«, fing sie an, »sag einmal, hast du denn den Sultan, deinen Vater, ganz vergessen? Erinnerst du dich nicht mehr, daß du ihm versprochen hast, ihn von Zeit zu Zeit zu besuchen? Ich für meinen Teil habe nicht vergessen, was du mir bei deiner Rückkehr sagtest, und bringe es dir hiermit in Erinnerung, auf daß du nicht länger säumest, dein Versprechen zum ersten Male zu erfüllen.« »Geliebteste meines

Herzens!« antwortete der Prinz Ahmed in demselben heiteren Tone wie die Fee, »ich fühle mich einer solchen Vergeßlichkeit durchaus nicht fähig, will aber lieber den unverdienten Vorwurf von dir ertragen, als mich einer abschlägigen Antwort aussetzen, wenn ich zu unrechter Zeit eine Sehnsucht nach etwas blicken ließe, was du vielleicht nicht gerne bewilligtest.« »Prinz«, sagte die Fee, »ich verlange durchaus nicht, daß du solche Rücksichten gegen mich nimmst, und damit dergleichen nicht wieder vorkomme, so denke ich, da du den Sultan von Indien, deinen Vater, bereits seit einem Monat nicht mehr gesehen hast, du solltest deine Besuche bei ihm nie länger als einen Monat aussetzen. Fange morgen damit an und fahre so von Monat zu Monat fort, ohne daß du mir etwas davon sagest oder eine Äußerung von mir erwartest. Ich genehmige es sehr gern.«

Der Prinz Ahmed reiste schon am folgenden Tag mit demselben Gefolge wieder ab, das aber weit geschmackvoller gekleidet war, und auch er selbst war viel prächtiger ausgerüstet, als das erste Mal. Der Sultan empfing ihn abermals mit großer Freude und Vergnügen. So setzte er dann seine Besuche mehrere Monate lang fort, und immer erschien er in einem reicheren und glänzenderen Aufzuge.

Endlich mißbrauchten einige Veziere, welche die Lieblinge des Sultans waren und aus dem Aufwand des Prinzen auf seine Macht und Größe schlossen, die Freiheit, die ihnen gestattet war, mit ihrem Fürsten zu reden, dazu, daß sie ihn gegen seinen Sohn einzunehmen suchten. Sie stellten ihm vor, die Klugheit erfordere es, daß er in Erfahrung bringe, wo der Prinz seinen gewöhnlichen Aufenthalt habe, und womit er seinen großen Aufwand bestreite; denn es sei ihm doch weder eine Leibrente, noch ein bestimmter Jahresgehalt angewiesen worden, und er scheine bloß deswegen an den Hof zu kommen, um dem Sultan zu trotzen und zu zeigen, daß er auch ohne seine Geschenke als Prinz leben könne; überhaupt sei zu befürchten, er möchte das Volk aufwiegeln, um ihn frevlerischerweise zu entthronen. Der Sultan von Indien, der eine zu gute Meinung von dem Prinzen Ahmed hatte, als daß er ihn eines so verbrecherischen Planes, wie seine Günstlinge ihm unterschoben, fähig geglaubt hätte, antwortete ihnen: »Ihr scherzet wohl nur; mein Sohn liebt mich, und ich bin seiner Zärtlichkeit und Treue um so gewisser, da ich mich nicht erinneren kann, ihm jemals den geringsten Anlaß zur Unzufriedenheit gegeben zu haben.« Auf diese letzten Worte bemerkte einer der Günstlinge: »Herr, obgleich du nach dem Urteil aller Verständigen nichts Besseres tun konntest, um die drei Prinzen in ihrer Angelegenheit wegen der Prinzessin Nurunnihar zufrieden zu stellen, als du wirklich getan hast, so kann man doch nicht wissen, ob der Prinz Ahmed sich in die Entscheidung des Zufalls mit derselben Entsagung fügt, als der Prinz Husein. Wie leicht könnte er es sich in den Kopf setzen, er allein verdiene die Prinzessin, und mein Herr habe dadurch, daß er ihm nicht den Vorzug vor den älteren Prinzen gab und die Entscheidung darüber dem Zufall überließ, eine Ungerechtigkeit begangen. Mein Herr wird vielleicht sagen«, fügte der boshafte Günstling hinzu, »der Prinz Ahmed verrate ja durch nichts eine Spur von Unzufriedenheit, unsere Furcht sei unbegründet und voreilig, und es sei unrecht von uns, ihm einen ohne Zweifel grundlosen Verdacht dieser Art gegen einen Prinzen seines Geblütes einflößen zu wollen.

Aber, mein Herr und König, vielleicht ist dieser Verdacht auch gut begründet. Du weißt gar wohl, daß man bei einer so zarten und so wichtigen Angelegenheit immer das sicherste Mittel wählen muß. Bedenke nur, daß der Prinz dich durch seine Verstellung gar leicht ergötzen und hinters Licht führen kann, und daß die Gefahr um so bedenklicher ist, da Ahmed seinen Aufenthalt ganz in der Nähe deiner Hauptstadt zu haben scheint. Denn wenn du ebenso aufmerksam gewesen bist, wie wir, so hast du bemerken können, daß jedesmal, so oft er kommt, sowohl er, als seine Leute, ganz frisch und munter, und ihre Kleider, sowie die Decken der Pferde nebst dem übrigen Schmuck, so blank aussehen, als kämen sie eben erst von dem Handwerksmann, der sie verfertigt. Auch ihre Pferde sind so wenig müde, wie wenn sie von einem bloßen Spazierritte kämen. Dies ist ein augenscheinlicher Beweis, daß der Prinz Ahmed ganz in der Nähe wohnt, und wir würden unsere Pflicht nicht zu erfüllen glauben, wenn wir es dir nicht untertänig vorstellten, damit du zu deiner eigenen Erhaltung und zum Wohl deiner Völker die angemessene Rücksicht darauf nehmen mögest.« Als der Günstling seine lange Rede geendet hatte, brach der Sultan dies Gespräch mit den Worten ab: »Dem mag sein, wie ihm wolle, ich glaube nicht, daß mein Sohn Ahmed so schlecht ist, wie ihr mich gerne überreden möchtet; gleichwohl danke ich euch für euern Rat und bin überzeugt, daß ihr ihn mir aus der besten Absicht gegeben habt.« So sprach der Sultan von Indien zu seinen Günstlingen und gab ihnen nicht zu erkennen, daß ihre Äußerungen Eindruck auf sein Gemüt gemacht hatten. Dennoch beunruhigte er sich darüber und beschloß, die Schritte des Prinzen Ahmed beobachten zu lassen, ohne jedoch seinem Großvezier ein Wort davon zu sagen. Er beschied die Zauberin zu sich, die durch eine geheime Türe in seinen Palast eingelassen und in sein Zimmer geführt wurde. »Du hast mir«, sagte er zu ihr, »die Wahrheit berichtet, als du mich versichertest, daß mein Sohn Ahmed nicht tot sei, und danke dir dafür; jetzt mußt du mir aber noch einen Gefallen tun. Seitdem ich ihn nämlich wieder gefunden habe und er jeden Monat einmal an meinen Hof kommt, war es mir unmöglich, seinen Aufenthalt von ihm zu erfahren, und ich wollte ihm sein Geheimnis auch nicht mit Gewalt ablocken. Indessen halte ich dich für geschickt genug, meiner Neugierde Befriedigung zu verschaffen, ohne daß er selbst oder irgend jemand am Hofe etwas davon erfährt. Du weißt, daß er hier ist, und da er gewöhnlich wieder abreist, ohne Abschied von mir oder sonst von jemanden zu nehmen, so verliere keine Zeit, begib dich noch heute auf seinen Weg und beobachte ihn so gut, daß du erfährst, wo er jedesmal hingeht, und mir darüber Bescheid bringen kannst.«

Die Zauberin entfernte sich aus dem Palast, und da man sie belehrte, an welchem Ort der Prinz Ahmed seinen Pfeil gefunden hatte, so begab sie sich augenblicklich dahin und versteckte sich in der Nähe der Felsen, so daß sie nicht bemerkt werden konnte. Am anderen Morgen reiste der Prinz Ahmed in aller Frühe ab, ohne weder beim Sultan, noch irgend einem anderen bei Hof Abschied genommen zu haben, denn dies war so seine Gewohnheit. Die Zauberin sah ihn kommen und begleitete ihn mit den Augen so weit, bis sie ihn samt seinem Gefolge aus dem Gesichte verlor. Da die Felsen so steil waren, daß kein

Sterblicher weder zu Fuß, noch zu Roß sie hätte übersteigen können, so schloß die Zauberin, hier können nur zwei Sachen möglich sein: Entweder müsse sich der Prinz in irgend eine Höhle zurückziehen oder an einen unterirdischen Ort, wo Geister und Feen wohnen. Sobald sie nun vermuten konnte, daß der Prinz mit seinen Leuten verschwunden und in die Höhle oder den unterirdischen Ort, den sie sich dachte, eingegangen sein müsse, so verließ sie ihr Versteck und ging geraden Wegs auf die Schlucht zu, wo sie dieselben hineinreiten gesehen hatte. Sie ging nun selbst hinein und schritt so weit vor, bis die Schlucht sich in allerlei Krümmungen endigte; hier sah sie sich nach allen Seiten um und ging mehrere Male auf und ab. Allein trotz der angestrengtesten Aufmerksamkeit konnte sie weder eine Höhlenöffnung entdecken, noch die eiserne Türe, die dem Prinzen Ahmed sogleich aufgefallen war. Diese Türe war nämlich bloß für Männer sichtbar, und zwar nur für solche, deren Gegenwart der Fee Pari Banu angenehm sein konnte, nicht aber für Frauen. Da die Zauberin sah, daß sie sich vergeblich abmühte, so beschloß sie endlich, sich mit dieser Entdeckung zu begnügen. Sie ging also wieder nach Hause, um dem Sultan Bericht abzustatten, und nachdem sie ihm umständlich alles erzählt, was sie getan hatte, fügte sie hinzu: »Mein Herr wird aus dem, was ich eben zu erzählen die Ehre hatte, deutlich ersehen, daß es mir nicht schwer fallen wird, ihm über das Betragen des Prinzen Ahmed den befriedigendsten Aufschluß zu geben, den er nur wünschen kann. Ich will für jetzt noch nicht sagen, was ich davon halte. Ich ziehe es vor, dir eine so genaue Kenntnis davon zu verschaffen, daß du gar nicht mehr zweifeln kannst. Um dies aber möglich zu machen, erbitte ich mir Zeit und Geduld, nebst der Erlaubnis, mich nach eigenem Gutdünken schalten zu lassen, ohne nach den Mitteln zu fragen, deren ich mich dabei zu bedienen gedenke.« Der Sultan genehmigte zum voraus alle Maßregeln, welche die Zauberin ergreifen würde. »Du kannst tun, was du willst«, sagte er zu ihr, »um die Sache zum Ende zu führen; ich will dir nichts dareinreden und mit Geduld erwarten, bis du deine Versprechungen erfüllst.« Dann schenkte er ihr noch zur Aufmunterung einen sehr kostbaren Diamant mit der Bemerkung, dies bekomme sie bloß vorläufig, die vollständige Belohnung werde nachfolgen, sobald sie ihm den wichtigen Dienst, wobei er sich ganz auf ihre Geschicklichkeit verlasse, geleistet haben würde. Da der Prinz Ahmed, seit er von der Fee Pari Banu die Erlaubnis erhalten hatte, dem Sultan von Indien seine Aufwartung zu machen, regelmäßig jeden Monat einmal erschienen war, so wartete die Zauberin, die dies recht gut wußte, bis der laufende Monat zu Ende ging. Einen oder zwei Tage vorher aber begab sie sich an den Fuß des Felsen, und zwar an die Stelle, wo sie den Prinzen und seine Leute aus den Augen verloren hatte, und wartete dort, um den Plan, welchen sie entworfen, auszuführen. Gleich am anderen Tag ritt der Prinz Ahmed, wie gewöhnlich, mit demselben Gefolge, das ihn jedesmal zu begleiten pflegte, zur eisernen Türe heraus und kam ganz in die Nähe der Zauberin, die er nicht für das erkannte, was sie wirklich war. Da er bemerkte, daß sie den Kopf auf den Felsen gelehnt da lag und gar jämmerlich klagte, wie wenn sie von heftiger Krankheit geplagt wäre, so bewog ihn das Mitleid, seitwärts abzulenken, sich ihr zu nähern und sie zu fragen, was für einen Schmerz sie habe und was er zu ihrer Linderung tun könne? Die arglistige Zauberin sah den Prinzen, ohne den Kopf empor zu heben, so jammervoll an, daß sein bereits rege gemachtes Mitleid noch dadurch vermehrt wurde, und antwortete bloß mit abgebrochenen Worten, als ob es ihr sehr schwer würde zu atmen, sie sei vom Hause weggegangen, um sich in die Stadt zu begeben, aber unterwegs habe sie ein so heftiges Fieber befallen, daß ihr die Kräfte geschwunden und sie genötigt worden sei, anzuhalten und in dieser unbewohnten Gegend ganz ohne alle Aussicht auf Beistand in dem Zustande zu bleiben, worin er sie gefunden. »Gute Frau«, antwortete der Prinz Ahmed, »du bist nicht so weit von der nötigen Hilfe entfernt, als du glaubst. Ich bin bereit, es dir zu beweisen und dich ganz in der Nähe von da an einen Ort hinzubringen, wo man dich nicht nur aufs sorgfältigste verpflegen, sondern auch in Bälde vollkommen wieder herstellen wird. Du darfst bloß aufstehen und erlauben, daß einer meiner Leute dich hinter sich aufs Pferd nimmt.«

Die Zauberin, die sich bloß deshalb krank stellte, um zu erfahren, wo der Prinz Ahmed wohne, was er treibe, und überhaupt, wie es ihm ergehe, lehnte dieses freundliche Anerbieten nicht ab, und um ihm mehr durch die Tat, als durch die Worte zu beweisen, daß sie es sehr gerne annehme, stellte sie sich, als gebe sie sich sehr große Mühe, um aufzustehen, werde aber durch die Heftigkeit ihrer angeblichen Krankheit daran verhindert. Indes stiegen sogleich zwei von den Reitern ab, halfen ihr auf die Beine und setzten sie hinter einen anderen Reiter aufs Pferd. Während sie selbst wieder aufstiegen, sprengte der Prinz an der Spitze seiner Reiterschar den Weg zurück und gelangte bald an die eiserne Türe, die ein vorausgeschickter Reiter geöffnet hatte. Er ritt hinein, und als er in den Hof des Feenpalastes gelangt war, stieg er nicht ab, sondern ließ der Fee durch einen seiner Leute melden, daß er sie zu sprechen wünsche. Die Fee Pari Banu eilte um so schneller herbei, weil sie nicht begreifen konnte, warum der Prinz Ahmed wohl so schnell wieder umgekehrt. Dieser ließ ihr indes keine Zeit, nach dem Grunde zu fragen, sondern sagte zu ihr, indem er auf die Zauberin deutete, welche zwei seiner Leute vom Pferd herabgehoben hatten und unter den Armen hielten: »Liebe Prinzessin, ich bitte dich, schenke dieser Frau ebenso viel Mitleid, wie ich. In dem Zustande, worin du sie jetzt siehst, habe ich sie soeben angetroffen und ihr den nötigen Beistand versprochen. Ich empfehle sie dir nun in der Überzeugung, daß du sie sowohl aus eigenem Antrieb, als auch aus Rücksicht auf meine Bitte nicht hilflos lassen wirst.«

Die Fee Pari Banu, welche während der Rede des Prinzen Ahmed ihre Augen auf die angebliche Krankheit geheftet hatte, befahl zweien ihrer Frauen, die ihr gefolgt waren, dieselbe aus den Händen der beiden Reiter zu übernehmen, in ein Zimmer des Palasts zu führen und ebenso sorgfältig zu verpflegen, wie wenn sie es selbst wäre. Während aber die beiden Frauen den empfangenen Befehl vollzogen, trat Pari Banu zu dem Prinzen Ahmed und sagte leise zu ihm: »Prinz, ich lobe dein Mitleid, es ist deiner und deines Ranges würdig, und mit großem Vergnügen werde ich deinen guten Absichten entsprechen; erlaube mir indes, dir zu sagen, daß ich sehr fürchte, diese gute Absicht möchte uns schlecht

belohnt werden. Es scheint mir durchaus nicht, als ob die Frau so krank wäre, wie sie vorgibt, und mich müßte alles täuschen, wenn sie nicht ausdrücklich ausgesandt ist, um dir Unannehmlichkeiten zu bereiten. Laß dich indes dies nicht kümmern; was man auch anzetteln mag, so kannst du überzeugt sein, daß ich dich aus allen Schlingen befreien werde, welche man dir legt. So gehe denn hin und setze deine Reise fort.« Der Prinz Ahmed ließ sich durch diese Worte nicht beunruhigen und antwortete seiner Gemahlin: »Prinzessin, da ich mich nicht erinneren kann, irgend jemandem etwas zuleide getan zu haben, und da ich auch gegen niemanden eine böse Absicht hege, so kann ich mir durchaus nicht denken, wer wohl im Sinne haben sollte, mir ein Leid zuzufügen. Dem mag übrigens sein, wie ihm wolle, ich werde nie aufhören, Gutes zu tun, so oft sich mir Gelegenheit darbietet.« Herauf nahm er Abschied von der Fee, trennte sich von ihr und setzte seine Reise, die er wegen der Zauberin unterbrochen hatte, wieder fort. Nach wenigen Stunden langte er am Hofe des Sultans von Indien an, der ihn fast ganz wie gewöhnlich empfing, da er sich so viel als möglich Gewalt antat, um seine Unruhe nicht blicken zu lassen; denn die Einflüsterungen seiner Günstlinge hatten ihm doch einigen Verdacht eingeflößt.

Indes hatten die beiden Frauen, welchen die Fee Pari Banu die Sache aufgetragen, die Zauberin in ein sehr schönes und reich geschmücktes Zimmer geführt. Sie ließen sie zuerst auf ein Sofa sitzen, wo sie sich auf ein Kissen von Goldbrokat lehnte, und bereiteten ihr dann auf demselben Sofa eine Lagerstätte, deren Unterdecken aus Atlas und mit Seidestickereien verziert waren; das Bettuch bestand aus der feinsten Leinwand und die Oberdecke war von Goldstoff. Als sie ihr nun ins Bett geholfen hatten, – denn die Zauberin stellte sich fortwährend, wie wenn ihr Fieberanfall sie so quälte, daß sie sich kaum rühren könnte, – ging eine von den Frauen hinaus und kam bald darauf mit einem überaus feinen Porzellangefäße zurück, worin sich eine Flüssigkeit befand. Sie reichte es der Zauberin, während die andere Frau ihr aufsitzen half, und sagte zu ihr: »Da nimm diesen Saft, es ist Wasser aus der Löwenquelle und ein unfehlbares Mittel für alle und jede Fieber. Du wirst in weniger als einer Stunde die Wirkung verspüren.« Die Zauberin ließ sich, um ihre Rolle besser durchzuführen, lange bitten, wie wenn sie eine unüberwindliche Abneigung gegen diesen Trank gehabt hätte. Endlich jedoch nahm sie die Schale und schluckte den Saft hinunter, schüttelte aber dabei den Kopf, gleich als ob es sie große Überwindung kostete. Als sie sich sodann wieder gelegt hatte, deckten die beiden Frauen sie gut zu, und diejenige, die den Trank gebracht, sagte zu ihr: »Bleib jetzt ganz ruhig und schlafe, wenn du Lust hast; wir verlassen dich auf ungefähr eine Stunde und hoffen, bei unserer Wiederkehr dich vollkommen gesund anzutreffen.«

Die Zauberin, die nicht gekommen war, um lange die Kranke zu spielen, sondern bloß, um den Aufenthalt des Prinzen Ahmed auszuforschen und zu erfahren, was ihn wohl veranlassen möchte, sich vom Hofe des Sultans, seines Vaters, zu entfernen, wußte jetzt schon, was sie wollte, und hätte gern auf der Stelle erklärt, der Trank habe seine Wirkung getan, denn sie hatte großes Verlangen, nach Hause zurückzukehren und den Sultan von der glücklichen Ausführung seines Auftrags zu benachrichtigen. Da man ihr aber nicht gesagt hatte, daß der Trank auf der Stelle wirke, so mußte sie, wiewohl sehr ungern, die Rückkehr der Frauen abwarten. Diese kamen zur bestimmten Zeit zurück und fanden die Zauberin aufgestanden und angekleidet auf dem Sofa. Sie lief ihnen sogleich entgegen und rief: »O, der herrliche Trank! Er hat weit schneller gewirkt, als ihr sagtet, und ich wartete schon geraume Zeit voll Ungeduld auf euch, denn ich möchte euch bitten, daß ihr mich zu eurer mildtätigen Gebieterin führt, damit ich ihr für ihre Güte, welche ich nie vergessen werde, danken und nach dieser wundervollen Genesung ohne weiteren Aufschub meine Reise fortsetzen kann.« Die beiden Frauen, die ebenfalls Feen waren, bezeigten der Zauberin ihre Teilnahme und Freude über ihre schnelle Genesung, gingen dann vor ihr her, um ihr den Weg zu zeigen, und führten sie durch mehrere Zimmer, die alle weit prächtiger waren, als das, woraus sie eben kam, in den glänzendsten und am reichsten geschmückten Saal im ganzen Palast. In diesem Saale saß Pari Banu auf einem Throne von gediegenem Golde, der mit Diamanten, Rubinen und Perlen von außerordentlicher Größe reich verziert war, und neben ihr standen zur Rechten und Linken eine Menge Feen, sämtlich von ausnehmender Schönheit und sehr kostbar gekleidet. Beim Anblick all dieses Glanzes und dieser Herrlichkeit wurde die Zauberin ganz geblendet und so verwirrt, daß sie, als sie sich vor dem Throne niedergeworfen, nicht einmal den Mund zu öffnen vermochte, um der Fee zu danken, wie sie sich vorgenommen hatte. Pari Banu ersparte ihr auch die Mühe, indem sie zu ihr sagte: »Gute Frau, es freut mich sehr, daß sich diese Gelegenheit gefunden hat, dir einen Dienst zu erweisen, und daß du imstande bist, deine Reise fortzusetzen. Ich will dich nicht länger hier aufhalten, doch wird es dir nicht unangenehm sein, zuvor meinen Palast zu besehen. Geh mit meinen Frauen, sie werden dich begleiten und ihn dir zeigen.« Die Zauberin, die noch immer ganz verblüfft war, verneigte sich abermals mit der Stirne bis an den Teppich, der den Fuß des Thrones bedeckte, und verabschiedete sich dann, ohne Kraft oder Mut zu haben, ein einziges Wort vorzubringen. Die beiden Feen, die sie begleiteten, führten sie im ganzen Palast herum, wo sie mit Erstaunen und unter beständigen Ausrufen der Verwunderung der Reihe nach dieselben Zimmer, dieselben Reichtümer und dieselbe Pracht erblickte, welche die Fee Pari Banu dem Prinzen Ahmed gleich bei seiner Ankunft selbst gezeigt hatte. Was ihr aber die größte Bewunderung einflößte, war, daß die beiden Feen, nachdem sie das ganze Innere des Palasts in Augenschein genommen, zu ihr sagten, alles das, was sie so sehr bewundere, sei nur eine kleine Probe von der Größe und Macht ihrer Gebieterin, denn sie besitze im Umfang ihres Reichs noch unzählige andere Paläste, die alle von verschiedener Form und Bauart, aber nicht minder stattlich und prachtvoll seien. Indem sie sich so mit ihr über allerlei Gegenstände unterhielten, führten sie die Zauberin bis zur eisernen Türe, zu welcher der Prinz Ahmed sie hereingeführt hatte, öffneten dieselbe und wünschten ihr, nachdem sie Abschied von ihnen genommen und für ihre Bemühungen gedankt hatte, glückliche Reise. Als die Zauberin einige Schritte weit gegangen war, drehte sie sich um, um nach der Türe zu sehen und sich dieselbe genau zu merken; allein sie suchte vergeblich, denn die Türe war für sie, wie überhaupt für alle Frauen, was ich ja oben schon erzählt habe, unsichtbar geworden. Sie begab sich nun, abgesehen von diesem einzigen Umstande, ziemlich zufrieden mit sich selbst und der Vollziehung ihres Auftrags, zum Sultan zurück. Als sie in der Hauptstadt angelangt war, schlug sie Nebenwege ein und ließ sich wieder durch die geheime Tür in den Palast führen. Der Sultan ließ sie, sobald ihm ihre Ankunft gemeldet worden war, sogleich vor sich kommen, und da er sie mit sehr traurigem Gesichte erscheinen sah, schloß er daraus, die Sache müsse ihr nicht gelungen sein, und sagte zu ihr: »Nach deinem Anblick zu urteilen, ist deine Reise wohl vergeblich gewesen und du vermagst mir den Aufschluß, den ich von deinem Diensteifer erwartete, nicht zu geben?«

»Herr«, antwortete die Zauberin, »erlaube mir die Bemerkung, daß du aus meiner Miene nicht schließen darfst, ob ich in der Vollziehung des Auftrages, womit du mich beehrt, glücklich gewesen bin, sondern nur aus dem getreuen Bericht über alles, was ich getan und was mir begegnet ist; du wirst sehen, daß ich nichts versäumt habe, um mich deines Beifalls würdig zu machen. Der traurige Zug, den du vielleicht auf meinem Gesichte bemerkt hast, hat einen anderen Grund, als das Mißlingen unseres Planes, und ich hoffe, daß mein Herr in dieser

Beziehung mit mir wohl zufrieden sein wird. Ich sage dir die eigentliche Ursache nicht. Der Bericht, den ich dir nun abstatten werde, wofern du die Geduld hast, mich anzuhören, muß alles erklären.« Sofort erzählte die Zauberin dem Sultan von Indien, wie sie sich krank gestellt und die Sache so eingerichtet habe, daß der Prinz Ahmed, von Mitleid ergriffen, sie an einen unterirdischen Ort habe bringen lassen und in eigener Person einer Fee von unvergleichlicher Schönheit vorgestellt, empfohlen und dieselbe gebeten habe, für die Wiederherstellung ihrer Gesundheit Sorge zu tragen. Ferner, mit welcher Gefälligkeit die Fee sogleich zwei anderen Feen aus ihrer Umgebung befohlen habe, sie in ihre Pflege zu nehmen und nicht zu verlassen, als bis sie vollkommen genesen sein würde; daraus sei ihr ganz deutlich geworden, daß diese Willfährigkeit nur in einem Verhältnis zwischen Mann und Frau ihren Grund haben könne. Auch ermangelte die Zauberin nicht, ihr Erstaunen bei Erblickung des Feenpalastes zu schildern, von dem sie behauptete, daß es auf der ganzen Welt nichts Ähnliches geben könne, und in welchem die beiden Feen sie wie eine Kranke, die ohne ihren Beistand weder gehen noch stehen könne, herumgeführt haben. Sodann beschrieb sie ihm ausführlich, mit welchem Eifer die Feen sie in einem besonderen Zimmer verpflegt, welchen Trank sie ihr gereicht haben, und wie schnell darauf vollständige Heilung erfolgt, die aber, wie auch die Krankheit, nur verstellt gewesen sei, obgleich sie an der Kraft des Trankes durchaus nicht zweifelte; ferner von der Majestät der Fee, als sie auf einem ganz von Edelsteinen strahlenden Throne gesessen, dessen Wert alle Reichtümer Indiens übersteige, und endlich von den übrigen unermeßlichen und sowohl im allgemeinen als im besonderen ganz unberechenbaren Schätzen, die in dem weiten Umfange des Palastes enthalten seien. Damit schloß die Zauberin ihren Bericht vom Erfolg ihrer Genesung und fuhr dann weiter also fort: »Was denkt mein Herr und König wohl von diesen unerhörten Reichtümern der Fee? Vielleicht wirst du sagen, du bewunderst sie und freuest dich über das hohe Glück deines Sohnes Ahmed, der dieselben mit der Fee gemeinschaftlich genießt. Was indes mich betrifft, Herr, so bitte ich um Verzeihung, wenn ich mir die Freiheit nehme, dir vorzustellen, daß ich anders davon denke, ja sogar, daß der Gedanke an das Unglück, welches dir daraus erwachsen kann, mich in Angst und Schrecken versetzt. Gerade das ist der Grund meiner Unruhe, die ich nicht so gut zu verbergen vermochte, daß du sie nicht hättest bemerken können. Ich will gern glauben, daß der Prinz Ahmed bei seiner guten Gemütsart nicht imstande ist, gegen meinen Herrn etwas zu unternehmen; aber wer bürgt dafür, daß die Fee ihm nicht durch ihre Reize, durch ihre Liebkosungen und die Gewalt, die sie bereits über ihren Gemahl erlangt hat, den verderblichen Plan eingibt, dich zu verdrängen und sich der Krone des Reichs Indien zu bemächtigen? Es kommt meinem Herrn zu, dieser hochwichtigen Angelegenheit all die Aufmerksamkeit zuzuwenden, welche sie verdient.« So fest nun auch der Sultan von Indien von der guten Gemütsart des Prinzen Ahmed überzeugt war, so hinterließen diese Vorstellungen der Zauberin dennoch einigen Eindruck bei ihm. Er entließ sie mit den Worten: »Ich danke dir für deine Bemühungen und deinen heilsamen Rat. Ich erkenne die hohe Wichtigkeit desselben, kann aber in der Sache noch nichts beschließen, bevor ich meine Ratgeber angehört habe.« Als man dem Sultan die Ankunft der Zauberin gemeldet hatte, unterhielt er sich eben mit denselben Günstlingen, die ihm, wie schon oben erzählt, bereits früher Verdacht gegen den Prinzen Ahmed eingeflößt hatten. Er befahl nun der Zauberin, ihm zu folgen, und begab sich wieder zu den Günstlingen. Diesen erzählte er, was er soeben vernommen, und nachdem er ihnen mitgeteilt, warum er befürchte, daß die Fee das Gemüte des Prinzen umstimmen werde, so fragte er sie, welcher Mittel er sich wohl bedienen solle, um so großes Unheil zu verhüten? Einer der Günstlinge nahm hierauf für alle das Wort und sprach: »Herr, da du denjenigen kennst, der dieses Unglück veranlassen könnte, da er mitten an deinem Hofe lebt und in deinen Händen ist, so solltest du, um es zu verhüten, ihn sogleich verhaften und, wenn auch nicht hinrichten, – denn dies würde zu viel Aufsehen erregen – doch wenigstens auf Lebenszeit in einen engen Kerker werfen lassen.« Die übrigen Günstlinge gaben dieser Ansicht einstimmig ihren Beifall. Der Zauberin indes schien dieser Rat doch zu gewaltsam; sie bat den Sultan um Erlaubnis, zu sprechen, und als sie dieselbe erhalten, sagte sie zu ihm: »Herr, ich bin überzeugt, daß bloß der große Eifer für dein Wohlergehen deine Ratgeber bewogen hat, dir die Verhaftung des Prinzen Ahmed vorzuschlagen. Sie mögen mir es aber nicht übelnehmen, wenn ich sie zu bedenken bitte, daß man mit dem Prinzen notwendig zugleich auch seine Begleiter verhaften müßte, und diese sind Geister. Halten sie es wohl für etwas Leichtes, dieselben zu überfallen, Hand an sie zu legen und sich ihrer Person zu bemächtigen? Würden sie nicht vermögen der ihnen inwohnenden Kraft, sich unsichtbar zu machen, augenblicklich verschwinden und die Fee von der ihrem Gemahl angetanen Beleidigung benachrichtigen? Und würde die Fee diese Beleidigung wohl ungerächt lassen? Könnte sich der Sultan nicht vielleicht durch ein anderes weniger auffallendes Mittel gegen die bösen Anschläge, die der Prinz Ahmed haben mag, schützen, ohne daß dadurch der Ruhm meines Herrn im mindesten leiden oder irgend jemand ihm eine schlimme Absicht beilegen könnte? Wenn mein Herr einiges Vertrauen auf meinen Rat hätte, so würde er, da die Geister und Feen Sachen vermögen, welche alle menschliche Kraft bei weitem übersteigen, den Prinzen Ahmed bei seiner Ehre anfassen und verpflichten, ihm durch Vermittlung seiner Fee gewisse Vorteile zu verschaffen, unter dem Vorwande, daß ihm eine große Gefälligkeit damit geschehe. Zum Beispiel sooft mein Herr zu Felde ziehen will, muß er einen ungeheuren Aufwand machen, nicht bloß für Schutzdächer und Zelte für sich und sein Heer, sondern auch für Kamele, Maulesel und andere Lasttiere. Könntest du ihn nun nicht verpflichten, daß er dir vermöge des großen Einflusses, den er bei der Fee haben muß, ein Schutzdach verschaffen soll, das in der Hand Platz haben, aber gleichwohl sich über dein ganzes Heer ausbreiten müßte. Mehr brauche ich meinem Herrn nicht zu sagen. Wenn der Prinz das Zelt herbeischafft, so kannst du noch so viele ähnliche Forderungen an ihn machen, daß er am Ende, so erfinderisch und reich an Mitteln auch die Fee, die ihn bezaubert und von dir abwendig gemacht, sein mag, den Schwierigkeiten erliegen und gestehen muß, es sei ihm unmöglich, deinen

Wunsch zu erfüllen. Aus Scham wird er es dann nicht mehr wagen, sich sehen zu lassen, und genötigt sein, fern von allem Verkehr mit der Welt sein Leben mit der Fee zuzubringen; dann wird mein Herr auch nichts mehr von seinen Anschlägen zu befürchten haben, und man wird ihm eine so gehässige Handlung, wie die Hinrichtung oder lebenslängliche Einkerkerung seines eigenen Sohnes wäre, nicht vorwerfen können.« Als die Zauberin ihren Vortrag geendet hatte, fragte der Sultan seine Günstlinge, ob sie vielleicht etwas besseres wüßten, und da sie alle stillschwiegen, beschloß er, den Rat der Zauberin zu befolgen; denn dieser schien ihm der vernünftigste und den milden Grundsätzen, nach denen er bis jetzt geherrscht hatte, angemessenste zu sein.

Als nun der Prinz Ahmed am anderen Tage vor dem Sultan, seinem Vater, der sich eben mit seinen Günstlingen unterhielt, erschien und neben ihm Platz genommen hatte, so ließ dieser sich durch seine Gegenwart nicht abhalten, sein Gespräch über allerlei gleichgültige Gegenstände noch eine Weile fortzusetzen. Hierauf nahm der Sultan das Wort und sprach also zu dem Prinzen Ahmed. »Mein Sohn, als du erschienst und mich von dem tiefen Kummer, worein deine lange Abwesenheit mich versetzt hatte, befreitest, machtest du mir ein Geheimnis aus dem Orte, den du zu deinem Aufenthalt gewählt, und in der ersten Freude, dich wieder zu sehen und mit deinem Schicksal zufrieden zu wissen, wollte ich nicht weiter in dein Geheimnis eindringen, sobald ich merkte, daß du es nicht wünschest. Ich weiß nicht, welchen Grund du haben kannst, so gegen einen Vater zu handeln, der damals, so wie auch jetzt, den größten Anteil an deinem Glücke genommen haben würde. Indes weiß ich jetzt, worin dieses Glück besteht, ich freue mich mit dir darüber und billige deine Wahl, daß du eine so liebenswürdige, so reiche und so mächtige Fee geheiratet hast, wie ich aus guter Quelle erfahren. Bei all meiner Macht wäre ich nicht imstande gewesen, dir eine so vorteilhafte Verbindung zu verschaffen. Da du nun zu einem so hohen Rang erhoben bist, um welchen dich jeder andere, als ein Vater, wie ich, beneiden könnte, so bitte ich dich nicht bloß, daß du auch fernerhin, wie bisher, immer in gutem Einverständnis mit mir bleiben, sondern auch, daß du den ganzen Einfluß, den du bei deiner Fee haben kannst, aufbieten mögest, um mir in Fällen der Not ihren Beistand zu verschaffen, und du wirst mir erlauben, daß ich diesen deinen Einfluß noch heute auf die Probe stelle. Du weißt, mit welchen ungeheuren Kosten – um nichts von den Schwierigkeiten zu sagen – meine Heerführer, meine Hauptleute und ich selbst, sooft ich in Kriegszeiten zu Felde zu ziehen genötigt bin, Schutzdächer und Zelte, sowie auch Kamele und andere Lasttiere zur Fortbringung derselben anschaffen müssen. Wenn du nun bedenken wolltest, welchen Gefallen du mir damit erweisen könntest, so bin ich überzeugt, daß es dich nicht viele Mühe kosten wird, von deiner Fee ein Zelt zu bekommen, das in einer Hand Platz hat, unter welchem jedoch mein ganzes Heer ein Obdach finden kann, zumal wenn du ihr sagst, daß es für mich bestimmt sei. Die Schwierigkeit der Sache wird dir keine abschlägige Antwort zuziehen. Alle Welt weiß ja, daß den Feen die Macht gegeben ist, noch weit außerordentlichere Dinge zu bewerkstelligen.«

Der Prinz Ahmed hatte sich einer solchen Forderung von seiten seines Vaters nicht versehen, und die Sache schien ihm gleich im Anfange äußerst schwierig, wo nicht ganz unmöglich. Denn obwohl ihm die Macht der Geister und Feen nicht ganz unbekannt war, so bezweifelte er doch, daß sie sich so weit erstrecke, ihm ein solches Zelt verschaffen zu können, wie verlangt wurde. Überdies hatte er bisher sich noch nie etwas Ähnliches von Pari Banu erbeten, sondern sich stets mit den Beweisen ihrer Liebe, die sie ihm fortwährend gab, begnügt und dabei nichts unterlassen, was sie überzeugen konnte, daß er ihre Zärtlichkeit von ganzem Herzen erwidere und keinen anderen Wunsch habe, als sich in ihrer Gunst zu erhalten. Er war daher in großer Verlegenheit was er seinem Vater antworten sollte. »Herr«, sagte er endlich, »wenn ich dir nach dem, was mir nach Auffindung meines Pfeiles begegnet ist, und wozu ich mich damals entschloß, ein Geheimnis gemacht habe, so geschah es bloß darum, weil ich dachte, es könnte dir an nähern Aufschlüssen darüber nichts liegen. Ich weiß nicht, auf welchem Wege dir dieses Geheimnis eröffnet worden ist, kann aber nicht verhehlen, daß man dir einen wahren Bericht abgestattet hat. Ich bin allerdings Gemahl der Fee, von der man dir gesagt hat; ich liebe sie und darf überzeugt sein, daß sie mich ebenfalls liebt. Was indes den Einfluß betrifft, den ich nach deiner Ansicht auf sie haben soll, so kann ich hiervon weiter nichts sagen. Es ist mir noch niemals in den Sinn gekommen, einen Versuch damit zu machen, und ich hätte sehr gewünscht, daß mein Herr mich dieses Versuches überhoben und mich im Besitze des Glückes, zu lieben und geliebt zu werden, gelassen hätte; denn diese Liebe war so uneigennützig, daß ich gar nichts anderes mehr wünschte. Indes ist der Wunsch eines Vaters Befehl für einen Sohn, der, wie ich, es sich zur Pflicht macht, in allen Stücken zu gehorchen. Obwohl höchst ungern und mit unbeschreiblichem Widerwillen, werde ich doch nicht ermangeln, meiner Gemahlin den Wunsch meines Herrn vorzutragen, kann aber nicht versprechen, daß ich ihn erfüllen werde. Sollte ich mir daher die Ehre versagen müssen, dir meine Hochachtung zu bezeigen, so wird dies ein Zeichen sein, daß ich nichts ausgerichtet habe, und ich bitte zum voraus, du mögest mir dann verzeihen und bedenken, daß du selbst mich in diese Notwendigkeit versetzt hast.« Darauf antwortete der Sultan von Indien: »Mein Sohn, es sollte mir sehr leid tun, wenn mein Verlangen mich jemals des Vergnügens berauben würde, dich bei mir zu sehen. Ich merke wohl, daß du die Gewalt nicht kennst, die ein Mann über seine Frau hat, und die deinige würde nur sehr schwache Liebe beweisen, wenn sie bei ihrer Macht als Fee die Kleinigkeit abschlagen wollte, um die ich sie durch dich bitten lasse. Lege deine Schüchternheit ab; sie kommt nur daher, weil du glaubst, sie liebe dich nicht ebenso sehr, als du sie liebst. Geh hin, bitte sie nur und du wirst sogleich sehen, daß die Fee dich weit mehr liebt, als du glaubst; dabei mußt du wohl bedenken, daß man sich großer Vorteile beraubt, wenn man nie um etwas bittet. Wie du sie so sehr liebst, daß du ihr nie eine Bitte abschlagen würdest, so wird auch sie dir deine Bitte nicht abschlagen, weil sie dich liebt.« Der Sultan von Indien vermochte seinen Sohn durch solche Vorstellungen nicht zu überzeugen. Es wäre dem Prinzen weit lieber gewesen, wenn er irgend etwas anderes von ihm verlangt hätte, als daß er ihn der Gefahr aussetzt, seiner geliebten Pari Banu zu mißfallen.

Er war darüber sehr verdrießlich, daß er zwei Tage früher, als er sonst zu tun pflegte, vom Hofe wieder abreiste. Als er nach Hause kam, fragte ihn die Fee, die ihn bisher immer mit heiterem Gesichte erscheinen gesehen hatte, sogleich, was die Veränderung zu bedeuten habe, die sie an ihm bemerke. Da er aber, statt zu antworten, sich nach ihrem Befinden erkundigte und zwar mit einer Miene, die deutlich zu erkennen gab, daß er ihre Frage zu umgehen suchte, so sagte sie zu ihm: »Ich werde deine Frage nicht eher beantworten, als bis du die meinige beantwortet haben wirst.« Der Prinz sträubte sich lange dagegen und versicherte, es sei weiter nichts; aber je mehr er sich sträubte, um so mehr drang sie in ihn. »Ich kann dich«, sagte sie, »unmöglich in deiner gegenwärtigen Stimmung sehen, ohne daß du mir die Ursache deiner Bekümmernis gestehst, auf daß ich sie hebe, sie mag bestehen, in was sie wolle. Sie müßte von ganz außerordentlicher Art sein, wenn es mir unmöglich sein sollte, abzuhelfen, es wäre denn, daß der Sultan, dein Vater gestorben wäre. In diesem Fall müßte dir nebst dem, was ich dazu beitragen könnte, die Zeit hauptsächlich Trost gewähren.«

Der Prinz Ahmed vermochte den inständigen Bitten der Fee nicht länger zu widerstehen und sagte also zu ihr. »Geliebteste meines Herzens, Gott verlängere das Leben des Sultans, meines Vaters, und segne ihn bis ans Ende seiner Tage! Ich verließ ihn voll Kraft und in der besten Gesundheit. Dies ist es also nicht, was mir den Kummer verursacht, den du an mir gemerkt hast; nein, der Sultan selbst ist es, und die Sache betrübt mich um so mehr, da sie mich in die verdrießliche Notwendigkeit versetzt, dir lästig zu fallen. Fürs Erste, geliebte Prinzessin, weißt du, wie sorgfältig ich ihm mit deiner Genehmigung das Glück zu verhehlen gesucht habe, das mir dadurch zuteil wurde, daß ich dich sah, dich liebte, dein Wohlwollen und eine Liebe verdiente und von dir das Gelübde der Treue empfing, indem ich dir das meinige gab; gleichwohl ist es mir unbegreiflich, auf welche Art er alles erfahren hat.«

Bei diesen Worten unterbrach die Fee Pari Banu den Prinzen und sagte zu ihm: »Ich weiß es recht gut. Erinnere dich nur an das, was ich dir in Betreff jener Frau vorausgesagt habe, die sich vor dir krank stellte und mit der du so großes Mitleid hattest; eben diese hat dem Sultan, deinem Vater, alles berichtet, was du ihm verbergen wolltest. Ich hatte dir schon damals gesagt, daß sie so wenig krank sei, als du und ich, und dies hat sich auch bestätigt. Denn kaum hatten die beiden Frauen, denen ich sie zur Pflege übergeben, ihr einen allgemeinen Trank gegen alle Arten von Fieber, dessen sie aber gar nicht bedurfte, überreicht, so stellte sie sich, als hätte dieser Trank sie sogleich geheilt, und ließ sich zu mir führen, um Abschied zu nehmen und unverzüglich von dem Erfolg ihrer Sendung Bericht abzustatten. Ja, sie hatte so große Eile, daß sie fortgegangen wäre, ohne meinen Palast zu besehen, wenn ich ihr nicht zu verstehen gegeben hätte, daß dies wohl der Mühe wert sei, worauf zwei von meinen Frauen sie auf meinen Befehl überall herumführten. Fahre indes nur fort und laß sehen, wodurch der Sultan, dein Vater, dich in die Notwendigkeit versetzt hat, mir lästig zu fallen, was übrigens, wie ich dich zu glauben bitte, niemals vorkommen wird.«

»Liebe Gemahlin«, fuhr hierauf der Prinz Ahmed fort, »es kann dir nicht entgangen sein, daß ich mich bis jetzt mit deiner Liebe begnügt und dich nie um irgend eine andere Gunstbezeigung gebeten habe. Was könnte ich auch bei dem Besitz einer so liebenswürdigen Gemahlin noch weiter wünschen? Ich wußte gut, wie groß deine Macht ist, allein ich hatte mir zur Pflicht gemacht, sie niemals auf die Probe zu stellen. Deswegen beschwöre ich dich, bedenke wohl, daß nicht ich, sonder der Sultan, mein Vater, die meines Erachtens höchst unbescheidene Bitte an dich tut, du möchtest ihm ein Zelt verschaffen, das ihn nebst seinem ganzen Hofe und seinem ganzen Heere, so oft er im Felde ist, gegen die Unbilden der Witterung schütze, dabei aber in einer Hand Platz habe. Ich sage es noch einmal, nicht ich bin es, der um die Gefälligkeit bittet, sondern der Sultan, mein Vater.«

»Prinz«, erwiderte die Fee lächelnd, »es tut mir leid, daß diese Kleinigkeit dir so viel Unruhe und Bekümmernis verursacht hat, wie du so eben blicken ließest. Ich sehe wohl, daß zweierlei Sachen dazu beigetragen haben. Erstens, weil du dir zum Gesetz gemacht hattest, dich mit unserer gegenseitigen Liebe zu begnügen und mich nie um etwas zu bitten, was meine Macht auf die Probe stellen könnte; zweitens, weil du, du magst es nun leugnen oder nicht, der irrigen Ansicht warst, das Begehren, das du auf den Wunsch des Sultans, deines Vaters, an mich richten solltest, liege außerhalb der Grenzen meiner Macht. Was nun den ersten Grund betrifft, so lobe ich dich darob und würde dich nur noch mehr lieben, wenn es irgend möglich wäre. In Beziehung auf den zweiten aber wird es mir nicht schwer werden, dir zu beweisen, daß das Verlangen des Sultans eine Kleinigkeit für mich ist, und daß ich gelegenheitlich noch ganz andere, weit schwierigere Sachen zu vollbringen vermöchte. Deswegen beruhige dich und sei überzeugt, daß du mich nicht nur nicht belästigt hast, sondern ich mir stets ein großes Vergnügen daraus machen werde, dir alles zu bewilligen, um was du mich jemals bittest, sobald dir eine Gefälligkeit damit geschieht.«

Nach diesen Worten befahl die Fee, ihre Schatzmeisterin zu rufen. Die Schatzmeisterin kam und die Fee sagte zu ihr: »Nurdschihan*, – so hieß nämlich die Fee, – bring mir das größte Zelt, das in meinem Schatze ist.« Nurdschihan kam nach einer kleinen Weile zurück und brachte ein Zelt, das nicht nur auf ihrer Hand Platz hatte, sondern man konnte es sogar darin verschließen; sie überreichte es ihrer Gebieterin, der Fee, und diese übergab es dem Prinzen Ahmed, damit er es besehen sollte.

Als der Prinz Ahmed sah, was die Fee Pari Banu ein Zelt und zwar das größte Zelt in ihrer Schatzkammer nannte, so glaubte er, sie wolle seiner spotten, und verriet sein Befremden darüber durch Mienen und Gebärden. Pari Banu, die dies bemerkte, lachte laut auf und rief: »Wie! Mein Prinz, meinst du denn, ich wolle deiner spotten? Du sollst sogleich sehen, daß ich nicht so boshaft bin. Nurdschihan«, sagte sie hierauf zu ihrer Schatzmeisterin, indem sie das Zelt aus den Händen des Prinzen nahm und ihr zurückgab, »geh«, spanne es aus, auf daß der Prinz sehen kann, ob der Sultan, sein Vater, es nicht groß genug finden wird.« Die Schatzmeisterin ging aus dem Palast und entfernte sich so weit, daß

* Licht der Welt

beim Ausspannen des Zeltes das eine Ende davon bis an den Palast reichte. Als sie damit fertig war, fand der Prinz Ahmed es nicht nur nicht zu klein, sondern groß genug, um zwei ebenso zahlreichen Heeren, wie das des Sultans von Indien war, ein Obdach zu verschaffen. »Prinzessin«, sagte er jetzt zu Pari Banu, »ich bitte dich 1000-mal um Verzeihung wegen meiner Ungläubigkeit. Nach dem, was ich jetzt sehe, glaube ich nicht, daß dir irgend etwas, was du einmal unternehmen willst, unmöglich sein könnte.« »Du siehst«, erwiderte die Fee, »das Zelt ist größer, als nötig war; indes mußt du wissen, daß es die Eigenschaft hat, ganz selbst, ohne daß jemand Hand daran legt, größer oder kleiner zu werden, je nach der Größe dessen, was dadurch bedeckt werden soll.«

Die Schatzmeisterin schlug das Zelt wieder ab, legte es in seine vorige Lage und übergab es dem Prinzen. Der Prinz Ahmed nahm es, und gleich am folgenden Tage stieg er ohne längeres Zögern mit seiner gewöhnlichen Begleitung zu Pferd, um es dem Sultan, seinem Vater, zu überreichen.

Der Sultan, der des festen Glaubens lebte, ein solches Zelt, wie er verlangt hatte, könne gar nicht aufgefunden werden, erstaunte nicht wenig über die schnelle Rückkehr seines Sohnes. Er empfing das Zelt und wunderte sich über die Maßen, daß es so klein war; noch höher aber stieg seine Bewunderung, als er es auf der oben erwähnten Ebene ausspannen ließ und sich überzeugte, daß noch zwei andere ebenso große Heere, wie das seinige, bequem darunter Platz gehabt hätten. Da er indes diesen letzteren Umstand als überflüssig und beim

Gebrauch sogar unbequem hätte betrachten könne, so vergaß der Prinz Ahmed nicht, ihn darauf aufmerksam zu machen, daß die Größe des Zeltes sich stets der Stärke seines Heeres anpassen werde.

Der Sultan von Indien stellte sich, als ob er seinem Sohne sehr dankbar für dieses prachtvolle Geschenk wäre, und bat ihn, der Fee Pari Banu in seinem Namen schönstens zu danken; zugleich befahl er, zum Beweis, wie hoch er dasselbe schätze, es sorgfältig in seiner Schatzkammer aufzubewahren; allein in seinem Inneren erwachte jetzt eine weit ärgere Eifersucht, als seine Schmeichler und die Zauberin ihm eingeflößt hatten, wenn er bedachte, daß sein Sohn mit Hilfe der Fee Sachen ausführen könne, die unendlich weit über die Grenzen seiner eigenen Macht hinaus gingen, obgleich er einer der gewaltigsten und reichsten König des Erdkreises war. Er wurde dadurch nur noch mehr aufgereizt, alles aufzubieten, um ihn zugrunde zu richten, und fragte die Zauberin darüber um Rat; diese aber riet ihm, den Prinzen aufzufordern, daß er ihm Wasser aus der Löwenquelle bringen sollte.

Als nun der Sultan abends, wie gewöhnlich, seine Höflinge um sich versammelt hatte und der Prinz Ahmed ebenfalls zugegen war, so sprach er folgendermaßen zu ihm: »Mein Sohn, ich habe dir bereits innigen Dank für das Zelt ausgesprochen, das du mir verschafft hast, und das ich als das kostbarste Stück in meiner ganzen Schatzkammer betrachte; du mußt mir aber noch einen anderen Gefallen tun, womit du mich ebenso sehr erfreuen kannst. Ich habe nämlich gehört, daß deine Gemahlin die Fee sich eines gewissen Wassers aus der Löwenquelle bediene, um alle möglichen Arten von Fieber, auch die gefährlichsten, zu heilen; da ich nun vollkommen überzeugt bin, daß meine Gesundheit dir sehr am Herzen liegt, so zweifle ich nicht daran, daß du die Güte haben werdest, für mich ein Gefäß mit solchem Wasser zu erbitten und es mir zu überbringen, als ein Heilmittel, dessen ich jeden Augenblick bedürftig werden kann. Erweise mir auch noch diesen wichtigen Dienst und setze dadurch deiner kindlichen Liebe, wie sie ein guter Sohn gegen einen guten Vater haben muß, die Krone auf.«

Der Prinz Ahmed, welcher geglaubt hatte, der Sultan, sein Vater, werde sich mit dem Besitz eines so einzigen und nützlichen Zeltes, wie er ihm gebracht, begnügen und ihm keinen neuen Auftrag mehr aufbürden, der ihn bei der Fee Pari Banu in Ungunst setzen könnte, war über diese zweite Forderung sehr verdrießlich, obgleich seine Gemahlin ihn versichert hatte, daß sie ihm alles bewilligen werde, was in ihrer Macht stehe. Er schwieg eine Weile, ohne zu wissen, was er antworten sollte; endlich aber nahm er das Wort und sagte: »Herr, ich bitte dich, als gewiß anzunehmen, daß es nichts gibt, was ich nicht zu tun oder zu unternehmen bereit wäre, um dir etwas zu verschaffen, was zur Verlängerung deines Lebens beitragen kann; nur wünschte ich, daß es ohne die Vermittlung meiner Gemahlin geschehen könnte, und kann es daher nicht wagen, mit Gewißheit zu versprechen, daß ich dieses Wasser bringen werde. Alles, was ich geben kann, ist die Versicherung, daß ich darum bitten werde, jedoch mit demselben Widerwillen, wie bei dem Zelte.« Als der Prinz Ahmed nun am anderen Tage zur Fee Pari Banu zurückgekehrt war, stattete er ihr einen aufrichtigen und treuen

Bericht über alles ab, was er getan hatte und was am Hofe seines Vaters bei Überreichung des Zeltes vorgegangen war. Er meldete ihr dafür den großen Dank des Sultans und erzählte zugleich, welche neue Bitte er in seinem Namen an sie zu machen hatte; er schloß mit den Worten: »Geliebte Prinzessin, ich teile dir dies alles nur als einen einfachen Bericht über das mit, was zwischen meinem Vater und mir vorgegangen ist; im übrigen kannst du tun, was du willst, und ich bin ebenso zufrieden, wenn du seinen Wunsch erfüllst, als wenn du ihn gar nicht berücksichtigst; denn ich will nichts, als was dir angenehm ist.«

»Nein, nein«, antwortete die Fee Pari Banu, »es ist mir sehr angenehm, dem Sultan von Indien zeigen zu können, daß du mir nicht gleichgültig bist. Ich will ihn zufrieden stellen, und welche Ratschläge ihm auch die Zauberin erteilen kann ,denn ich sehe wohl, daß er nur auf sie hört, so soll er weder mich noch dich in Verlegenheit bringen können. Es liegt diesmal etwas Boshaftes in seiner Forderung, wie ich dir sogleich auseinandersetzen werde, Die Löwenquelle befindet sich nämlich mitten im Hof eines großen Schlosses, dessen Eingang von vier ungeheuren Löwen bewacht wird, von denen immer zwei schlafen, während die anderen wachen; denn sie wechseln so miteinander ab. Laß dich indes dadurch nicht bekümmern; ich werde dir ein Mittel an die Hand geben, vermöge dessen

du ohne die mindeste Gefahr mitten durch sie hindurchgehen kannst.«

Die Fee Pari Banu war eben mit Nähen beschäftigt, und da sie mehrere Zwirnknäuel neben sich liegen hatte, so nahm sie einen, überreichte ihn dem Prinzen Ahmed und sagte: »Zuerst nimm diesen Knäuel, ich werde dir bald sagen, wozu du ihn gebrauchen kannst. Fürs Zweite laß zwei Pferde anschirren, eines, um darauf zu reiten, das andere, um es als Handpferd nebenher zu führen, belastet mit einem in vier Teile geschnittenen Hammel, der heute noch geschlachtet werden muß. Drittens versieh dich mit einem Gefäß, daß ich dir geben lassen werde, damit du Wasser damit schöpfen kannst. Morgen in aller Frühe setze dich dann zu Pferd, führe das andere Pferd am Zügel nebenher, und sobald du vor der eisernen Türe draußen bist, so wirf den Zwirnknäuel aus. Er wird dann anfangen zu rollen und immer fortrollen bis ans Tor des Schlosses. Du reitest ihm nach, und da das Tor offen sein wird, so wirst du die vier Löwen erblicken. Die beiden wachenden werden durch ihr Gebrüll sogleich die beiden anderen schlafenden aufwecken. Erschrick indes nicht darüber, sondern wirf, ohne vom Pferd abzusteigen, jedem ein Hammelviertel zu. Hierauf gib deinem Pferd die Sporen und reite, so schnell du kannst, zur Quelle; dort fülle, aber ohne abzusteigen, dein Gefäß und eile dann mit derselben Schnelligkeit zurück. Die Löwen werden noch mit Fressen beschäftigt sein und dich ungehindert hinausziehen lassen.« Der Prinz Ahmed ritt am anderen Morgen zur Stunde, welche die Fee Pari Banu bestimmt hatte, aus und vollzog Punkt für Punkt, was sie ihm vorgeschrieben. Er gelangte ans Tor des Schlosses, warf die Hammelviertel den vier Löwen zu, ritt sodann unerschrocken mitten durch sie hindurch, kam bis zur Quelle und füllte sein Gefäß mit Wasser. Sodann kehrte er sogleich wieder um und gelangte gesund und wohlbehalten wieder zum Schlosse hinaus. Als er aber ein Stück Weges fortgeritten war, sah er sich um und erblickte zwei Löwen, die hinter ihm hersprangen. Er erschrak indes nicht, sondern zog seinen Säbel und wollte sich zur Wehr setzen. Da er aber unterwegs bemerkte, daß der eine in einiger Entfernung seitwärts ablenkte und mit Kopf und Schweif zu verstehen gab, er komme nicht, um ihm etwas zuleide zu tun, sondern um vor ihm herzulaufen, und daß der andere zurückblieb, um hintennach zu folgen, so steckte er seinen Säbel wieder ein und ritt unausgesetzt bis in die Hauptstadt Indiens. Die beiden Löwen begleiteten ihn fortwährend und wichen nicht von ihm, bis sie vor das Tor des Königlichen Palastes kamen. Hier ließen sie ihn allein hineinreiten und sprangen dann denselben Weg, den sie gekommen waren, zurück, zum großen Entsetzen des Volkes und aller derer, welche sie erblickten und sich entweder versteckten, oder rechts und links von ihrem Wege ab flohen, obwohl die Löwen in gleichmäßigem Gange vorwärts eilten und durchaus mit keinem Zeichen ihre Wildheit verrieten. Mehrere Palastbeamte eilten sogleich herbei, um dem Prinzen Ahmed vom Pferd zu helfen und begleiteten ihn bis vor die Zimmer des Sultans, der eben mit seinen Günstlingen sprach. Er näherte sich dem Throne, stellte das Gefäß zu den Füßen des Sultans, küßte den reichen Teppich, der die Stufen des Thrones bedeckte, stand dann wieder auf sagte: »Herr, hier ist das heilsame Wasser, welches mein Herr in der Sammlung von Kostbarkeiten und Seltenheiten zu

besitzen wünscht, die seinen Schatz zieren und bereichern. Indessen wünsche ich dir eine so vollkommene Gesundheit, daß du nie in den Fall kommst, Gebrauch davon machen zu müssen.«

Als der Prinz seine Anrede geendigt hatte, hieß der Sultan ihn zu seiner Rechten Platz nehmen und sagte zum ihm: »Mein Sohn, ich bin dir für dein Geschenk um so mehr verbunden, als du dich mir zuliebe großer Gefahr ausgesetzt hast. – Er hatte dies nämlich von der Zauberin erfahren, die sowohl von der Löwenquelle, als von der Gefahr wußte, welche mit dem Wasserschöpfen daselbst verbunden war. – Tu mir jetzt den Gefallen«, fuhr er fort, »und sage mir, durch welche Geschicklichkeit oder welche unglaubliche Kraft du dein Leben gesichert hast.« »Herr«, antwortete der Prinz Ahmed, »ich kann dein Lob durchaus nicht annehmen, sondern es gebührt einzig und allein meiner Gemahlin, der Fee, und ich habe dabei bloß den Ruhm anzusprechen, daß ich ihren guten Rat befolgt habe.« Er setzte ihm hierauf auseinander, worin dieser gute Rat bestanden habe, und erzählte ihm die ganze Reise, die er gemacht und wie er sich dabei benommen. Als er zu Ende war, stand er Sultan, der ihn fortwährend mit großen Freudenbezeugungen, aber innerlich mit immer wachsender Eifersucht, angehört hatte, auf, zog sich ins Innere seines Palastes zurück und ließ sogleich die Zauberin vor sich führen. Die Zauberin ersparte dem Sultan die Mühe, ihr die Ankunft des Prinzen Ahmed und den Erfolg seiner Reise zu erzählen. Sie war durch das Gerücht, das sich in der ganzen Stadt verbreitet hatte, gleich anfangs davon unterrichtet worden und hatte bereits ein Mittel ausgedacht, das sie für ganz unfehlbar hielt. Dieses Mittel teilte sie nun dem Sultan mit, und der Sultan erklärte es am anderen Tag in der Versammlung seiner Höflinge dem Prinzen Ahmed, der sich ebenfalls daselbst eingefunden hatte, mit folgenden Worten: »Mein Sohn, ich habe nur noch eine einzige Bitte an dich, und dann will ich keine weiteren Ansprüche mehr auf deinen Gehorsam und Einfluß bei deiner Gemahlin, der Fee, machen. Ich wünsche nämlich, daß du mir einen Mann herbeischaffst, der nicht über anderthalb Fuß groß sei, einen 30 Fuß langen Bart habe und auf der Schulter eine 500 Pfund schwere Eisenstange trage, die ihm als ein an beiden Enden beschlagener Stab diene; er muß übrigens auch sprechen können.«

Der Prinz Ahmed, der nicht glaubte, daß es auf der Welt einen solchen Menschen geben könne, wie sein Vater verlangte, wollte sich entschuldigen, allein der Sultan beharrte auf seiner Forderung und wiederholte ihm, die Fee vermöge noch weit unglaublichere Dinge.

Als nun der Prinz am folgenden Tage in das unterirdische Reich Pari Banus zurückgekehrt war, teilte er ihr die neue Forderung des Sultans, seines Vaters, mit und sagte, daß er diese Sache noch für weit unmöglicher halte, als die beiden früheren. »Ich für meine Person«, fuhr er fort, »kann mir durchaus nicht denken, daß es auf der ganzen Welt eine solche Art von Menschen geben soll. Er will mich ohne Zweifel auf die Probe stellen, ob ich wohl einfältig genug bin, mir viele Mühe zu geben, denselben aufzufinden, oder wenn es dergleichen gibt, so muß er die Absicht haben, mich zugrunde zu richten. Denn wie kann er verlangen, daß ich mich eines so kleinen Männleins bemächtigen soll, wenn es auf diese furchtbare Art bewaffnet ist? Welcher Waffen könnte ich mich bedienen, um ihn meinem Willen unterwürfig zu machen? Wenn es wirklich einen solchen Mann gibt, so bitte ich dich, mir ein Mittel zu sagen, wie ich mich mit Ehren aus diesem Handel ziehen kann.« »Mein Prinz«, erwiderte die Fee, »sei deshalb ohne Sorgen. Gefahr gab es bloß damals, als du dem Sultan, deinem Vater, Wasser aus der Löwenquelle bringen mußtest; nicht aber jetzt, wo es sich darum handelt, den Mann aufzufinden, welchen er verlangt. Dieser Mann ist nämlich mein Bruder Schaibar, der zwar denselben Vater, wie ich, aber sonst durchaus nicht die mindeste Ähnlichkeit mit mir hat; denn er ist von so heftiger Gemütsart, daß er, sobald man ihm mißfällt oder ihn beleidigt, sich durch nichts abhalten läßt, blutige Beweise seines Zornes zu geben. Sonst aber ist er der beste Mensch von der Welt, und stets bereit, jede Gefälligkeit zu erweisen. Er ist ganz so gestaltet, wie ihn der Sultan, dein Vater, beschrieben hat, und führt keine andere Waffe, als die 500 Pfund schwere eiserne Stange, ohne die er niemals ausgeht, und die er dazu benützt, sich in Respekt zu setzen. Ich will ihn sogleich kommen lassen, damit du selbst siehst, daß ich die Wahrheit spreche; bereite dich indes vor, daß du über seine seltsame Gestalt nicht erschrickst, wenn du ihn erscheinen siehst.« »Meine Königin«, antwortete der Prinz Ahmed, »du sagst, Schaibar sei dein Bruder? So häßlich und mißgestaltet er auch sein mag, so ist mir dies allein schon genug, daß ich bei seinem Anblick nicht erschrecken, sondern ihn lieben, ehren und als meinen nächsten Angehörigen betrachten werde.« Die Fee ließ sich hierauf in die Vorhalle ihres Palastes eine goldene Rauchpfanne mit glühenden Kohlen, und eine Kapsel von demselben Metall bringen. Aus der Kapsel nahm sie wohlriechendes Rauchwerk, das darin aufbewahrt war, und als sie es in die Rauchpfanne geworfen hatte, stieg ein dicker Rauch daraus empor. Einige Augenblicke nach dieser Zeremonie sagte die Fee zu dem Prinzen Ahmed: »Siehst du, Prinz, da kommt mein Bruder.« Der Prinz sah hin und bemerkte Schaibar, der nicht über anderthalb Fuß hoch war, und mit seiner 500 Pfund schweren eisernen Stange auf der Schulter und dem stattlichen, 30 Fuß langen Barte, der sich vorn in der Höhe erhielt, feierlich einherschritt. Sein Schnauzbart war verhältnismäßig dick und bis zu den Ohren aufgestülpt, so daß er beinahe das ganze Gesicht bedeckte; seine Schweinsaugen steckten tief in dem ungeheuer dicken und mit einer spitzigen Mütze bedeckten Kopfe. Außerdem war er vorn und hinten bucklig.

Hätte der Prinz nicht vorher gewußt, daß Schaibar Pari Banus Bruder war, so hätte er ihn nicht ohne das größte Entsetzen ansehen können; so aber war er beruhigt, erwartete ihn festen Fußes mit der Fee, und empfing ihn, ohne die min-

deste Verzagtheit zu verraten. Schaibar, der, als er näher kam, den Prinzen Ahmed mit einem Blick ansah, welcher ihm das Herz im Leibe zu Eis hätte verwandeln können, fragte Pari Banu sogleich, wer dieser Mensch sei? »Lieber Bruder«, erwiderte sie, »das ist mein Gemahl; er heißt Ahmed und ist der Sohn des Sultans von Indien. Ich würde dich zu meiner Hochzeit eingeladen haben, allein ich wollte dich nicht von dem Kriegszuge abhalten, den du damals vorhattest, und von dem du jetzt, wie ich mit vielem Vergnügen gehört habe, siegreich zurückgekehrt bist. Bloß ihm zuliebe habe ich mir die Freiheit genommen, dich rufen zu lassen.« Bei diesen Worten blickte Schaibar den Prinzen Ahmed mit einem freundlichern Auge an, worin aber immer noch sein ganzer Stolz und seine ganze Wildheit zu lesen war, und sagte: »Liebe Schwester, kann ich ihm in irgend etwas dienen? Er darf nur sprechen. Da er dein Gemahl ist, so halte ich es für Pflicht, ihm in allem, was er nur wünschen mag, gefällig zu sein.« »Der Sultan, sein Vater«, antwortete Pari Banu, »ist neugierig, dich zu sehen. Ich bitte dich also um die Gefälligkeit, dich von ihm hinführen zu lassen.« »Er soll nur vorangehen«, erwiderte Schaibar, »ich bin bereit, ihm zu folgen.« »Lieber Bruder«, versetzte Pari Banu, »es ist heute zu spät, um diese Reise noch zu unternehmen. Habe also die Gefälligkeit, sie auf morgen aufzuschieben. Da es indes gut ist, daß du von allem unterrichtet wirst, was seit unserer Verheiratung zwischen dem Sultan von Indien und dem Prinzen Ahmed vorgegangen ist, so will ich es dir heute abend erzählen.«

Am anderen Morgen brach Schaibar, von allem, was ihm zu wissen nötig war, unterrichtet, mit dem Prinzen Ahmed auf, der ihn dem Sultan vorstellten sollte. Als sie vor die Hauptstadt kamen und Schaibar sich am Tore zeigte, so wurden alle, die ihn sahen, beim Anblick dieser scheußlichen Gestalt so von Entsetzen ergriffen, daß sie sich in die Buden oder Häuser versteckten und die Türen hinter sich zuschlossen. Andere aber ergriffen die Flucht und teilten allen, denen sie begegneten, dasselbe Entsetzen mit, so daß sie sogleich umkehrten, ohne nur hinter sich zu sehen. Auf diese Art fanden Schaibar und der Prinz Ahmed, die mit abgemessenen Schritten vorwärts gingen, alle Straßen und öffentlichen Plätze bis zum Palast des Sultans öde und menschenleer. Die Pförtner des Palastes aber ergriffen, statt wenigstens Vorkehrungen zu treffen, daß Schaibar nicht hereinkommen könnte, nach allen Seiten hin die Flucht und ließen das Tor offen stehen. So kamen denn der Prinz und Schaibar unverhindert bis an den Beratungssaal, wo der Sultan auf dem Throne sitzend seine Befehle austeilte, und da die Türsteher auch hier bei Schaibars Erscheinung ihren Posten im Stich ließen, so traten sie ohne Hindernis hinein. Schaibar näherte sich stolz und mit erhobenem Kopfe dem Throne, und ohne zu warten, bis der Prinz Ahmed ihn vorstellte, redete er den Sultan von Indien mit folgenden Worten an: »Du hast nach mir verlangt, hier bin ich, was willst du von mir?« Der Sultan konnte nicht antworten, sondern hielt seine Hände vor die Augen und wandte sein Gesicht ab, um diese entsetzliche Gestalt nicht sehen zu müssen. Da ergrimmte Schaibar über diesen unhöflichen und beleidigenden Empfang, nachdem man ihn doch herbemüht hatte; er hob seine Eisenstange auf und schlug sie mit den Worten: »So sprich doch!« dem Sultan auf den Kopf, so daß er tot niedersank. Dies geschah

so schnell, daß der Prinz Ahmed keine Zeit hatte, für ihn um Gnade zu bitten; alles, was er tun konnte, war, daß er ihn verhinderte, auch den Großvezier tot zu schlagen, der nicht weit von der Rechten des Sultans saß, indem er ihm vorstellte, daß er mit den guten Ratschlägen, die derselbe seinem Vater gegeben, nur zufrieden sein könne. »Diese da also«, sagte Schaibar, »haben ihm immer die schlechten Ratschläge gegeben?« So sprechend schlug er die anderen Veziere rechts und links, welche sämtlich Günstlinge und Schmeichler des Sultans und Feinde des Prinzen Ahmed waren. So viele Schläge, so viele Tote, und nur diejenigen entkamen, die der Schrecken nicht regungslos gemacht und gehindert hatte, sich durch die Flucht zu retten. Als das schreckliche Gemetzel zu Ende war, ging Schaibar zum Beratungssaale hinaus, und als er mit seiner Eisenstange auf der Schulter mitten auf den Hof gekommen war, sah er den Großvezier, der den Prinzen Ahmed, seinen Lebensretter, begleitete, an und sagte zu ihm: »Ich weiß, daß eine gewisse Zauberin hier lebt, die dem Prinzen, meinem Schwager, noch weit aufsässiger ist, als die unwürdigen Günstlinge, welche ich soeben gezüchtigt habe; ich will, daß man diese Zauberin vor mich führe.« Der Großvezier schickte nach ihr, und man brachte sie und Schaibar schlug sie mit seiner Eisenstange, indem er ihr zurief: »Ich will dich lehren, verderbliche Ratschläge zu geben und dich krank zu stellen.« Die Zauberin sank auf der Stelle tot nieder. »Das ist immer noch nicht genug«, sagte Schaibar, »ich werde auch noch die ganze Stadt schlagen, wenn sie nicht augenblicklich den Prinzen Ahmed, meinen Schwager, als ihren Sultan und als Sultan von Indien anerkennt.« Alsbald riefen alle, die zugegen waren und diesen Ausspruch hörten, so laut sie konnten: »Es lebe Sultan Ahmed!« und in wenigen

Augenblicken widerhallte die ganze Stadt von demselben Rufe. Schaibar ließ ihm das Gewand des Sultans von Indien anlegen, setzte ihn feierlich auf den Thron, und nachdem er ihm hatte huldigen und den Eid der Treue schwören lassen, holte er seine Schwester Pari Banu ab, führte sie mit großer Pracht ein und ließ sie als Sultanin von Indien ausrufen.

Was nun den Prinzen Ali und die Prinzessin Nurunnihar betrifft, die an der soeben bestraften Verschwörung gegen den Prinzen Ahmed keinem Teil genommen, ja nicht einmal darum gewußt hatten, so wies ihnen Ahmed eine bedeutende Provinz an, um darin den Rest ihrer Tage zuzubringen. Auch schickte er einen seiner Beamten an seinen ältesten Bruder, den Prinzen Husein, um ihm die eingetretene Veränderung anzuzeigen und das Anerbieten zu machen, daß er sich irgend eine Provinz im ganzen Reiche, welche er wolle, auswählen könne, um sie als sein Eigentum in Besitz zu nehmen. Der Prinz Husein aber fühlte sich in seiner Einsamkeit so glücklich, daß er dem Abgesandten auftrug, seinem jüngeren Bruder, dem Sultan, in seinem Namen herzlich für dies gefällige Anerbieten zu danken, ihn seiner Unterwürfigkeit zu versichern und ihm anzuzeigen, er bitte sich bloß die einzige Gnade aus, daß ihm erlaubt sein möge, in seiner selbstgewählten Zurückgezogenheit sein Leben zuzubringen.

Dem Sultan von Indien gefielen die Geschichten, welche die Sultanin Schehersad ihm erzählte, dermaßen, daß er immer noch zu keinem Entschluß kommen konnte, ob er sie hinrichten oder am Leben lassen solle. Die neue Geschichte, womit sie ihn jetzt unterhielt, begann sie in der nächsten Nacht mit folgenden Worten:

Geschichte der zwei neidischen Schwestern

Herr, es war einmal ein König in Persien, mit Namen Chosru Schah, der vom Anfang an seit seinem Eintritt in die Welt großes Gefallen an nächtlichen Abenteuern fand. Oft verkleidete er sich mit einem seiner vertrauten Diener, der ebenso verkleidet war, durchstrich die Straßen der Stadt, und es stießen ihm allerlei gar seltsame Abenteuer auf, von denen ich jedoch heute meinen Herrn nicht unterhalten werde; dagegen hoffe ich, daß du mit Vergnügen dasjenige anhören wirst, welches ihm gleich bei seinem ersten Ausgang einige Tage nach seiner Thronbesteigung aufstieß, als sein Vater in hohem Alter gestorben war und ihm das Königreich Persien als Erbe hinterlassen hatte.

Nach den gewöhnlichen Feierlichkeiten bei seiner Krönung und dem Leichenbegängnisse des Sultans, seines Vaters, ging der neue Sultan Chosru Schah sowohl aus Neigung, als weil er es für seine Pflicht hielt, von allem, was da vorging, mit eigenen Augen Einsicht zu nehmen, eines Abends, etwa zwei Stunden nach Sonnenuntergang, mit seinem ebenso wie er verkleideten Großvezier aus seinem Palast. Als er nun in das Stadtviertel kam, wo nur niedriges Volk wohnte, hörte er in einer Straße, die er durchstrich, ziemlich lautes Sprechen. Er näherte sich dem Hause, von welchem die Töne herkamen, blickte durch eine Spalte der Türe hinein und sah um ein Licht drei Schwestern, die auf einem Sofa saßen und sich nach dem Abendessen miteinander unterhielten. Aus der Rede der ältesten erkannte er bald, daß Wünsche den Gegenstand ihres Gespräches bildeten. »Da wir nun einmal am Wünschen sind«, sagte sie, »so wünschte ich mir den Bäcker des Sultans zum Manne, dann könnte ich mich doch satt essen an dem köstlichen Brote, welches man nur Sultansbrot nennt. Laßt hören, ob ihr auch einen so guten Geschmack habt, wie ich.« »Und ich«, versetzte die zweite Schwester, »wünsche mir, die Frau des Oberkochs vom Sultan zu werden: Da würde ich

gar leckere Gerichte essen, und da ich überzeugt bin, daß das Sultansbrot im ganzen Palast gegessen wird, so würde es mir auch daran nicht fehlen. Du siehst, Schwesterchen«, setzte sie gegen die ältere hinzu, »daß mein Geschmack so gut ist, als der deinige.«

Die jüngste Schwester, die ausnehmend schön war und weit mehr Anmut und Geist besaß, als die beiden älteren, sprach hierauf, als die Reihe an sie kam, also: »Was mich betrifft, Schwestern, so beschränkt sich mein Verlangen nicht auf solche Kleinigkeiten, sondern ich nehme einen höhern Flug, und da es einmal ums Wünschen handelt, so wünsche ich mir, die Gemahlin des Sultans zu werden. Ich würde ihm einen Prinzen schenken, dessen Locken auf der einen Seite von Gold und auf der anderen von Silber wären, dessen Tränen, wenn er weinte, als

Perlen aus seinen Augen fielen, und dessen rote Lippen, so oft er lachte, einer sich erschließenden Rosenknospe glichen.« Die Wünsche der drei Schwestern, und besonders der jüngsten, erschienen dem Sultan Chosru Schah so merkwürdig, daß er sie zu erfüllen beschloß. Ohne dem Großvezier etwas von seinem Plane mitzuteilen, befahl er ihm, sich das Haus wohl zu merken und am folgenden Morgen alle drei Schwestern abzuholen und vor ihn zu führen.

Der Großvezier führte am anderen Morgen den Befehl des Sultans so schnell aus, daß er den drei Schwestern kaum Zeit ließ, sich schleunigst anzukleiden, um vor ihm zu erscheinen. Er sagte ihnen indes bloß, der Sultan wolle sie sehen. Als er sie nun in den Palast geführt und dem Sultan vorgestellt hatte, fragte dieser die drei Schwestern: »Saget mir, erinnert ihr euch noch der Wünsche, die ihr gestern abend tatet, als ihr so guter Dinge waret? Verhehlt mir nichts, ich will sie wissen.« Bei seiner unerwarteten Anrede gerieten die drei Schwestern in große Verlegenheit. Sie schlugen die Augen nieder, der jüngsten aber stieg holde Schamröte ins Gesicht, was ihr einen solchen Reiz gab, daß sie das Herz des Sultans vollends gewann. Da sie aus Scham und aus Furcht, den Sultan durch ihre Reden beleidigt zu haben, alle drei stillschwiegen, so suchte sie der Sultan, der dies bemerkte, zu beruhigen, indem er zu ihnen sagte: »Fürchtet nichts, ich habe euch nicht kommen lassen, um euch etwas zuleide zu tun; da ich sehe, daß meine Frage euch gegen meine Absicht beunruhigt, und da ich ohnehin eure Wünsche schon weiß, so verlange ich nicht, daß ihr sie mir beantwortet. Du«, fuhr er fort, »die du mich zum Gemahl wünschest, sollst heute noch befriedigt, und ihr«, sagte er zur ersten und zweiten Schwester, »sollt mit meinem Mundbäcker und meinem Oberkoch verheiratet werden.« Sobald der Sultan diesen seinen Willen erklärt hatte, warf sich die jüngste Schwester, den beiden älteren mit gutem Beispiel vorangehend, ihm zu Füßen, um ihren Dank zu bezeigen. »Herr«, sprach sie, »meinen Wunsch, der dir bekannt worden ist, habe ich nur gesprächsweise und zur Unterhaltung geäußert; ich bin der Ehre, die du mir antust, nicht würdig und bitte dich um Verzeihung für meine Kühnheit.« Die beiden älteren Schwestern wollten sich ebenfalls entschuldigen, allein der Sultan unterbrach sie mit den Worten: »Nein, nein, es bleibt dabei, der Wunsch von jeder soll erfüllt werden.«

Die drei Hochzeiten wurden, wie der Sultan Chosru Schah beschlossen hatte, noch an dem selben Tage gefeiert, aber auf eine sehr verschiedene Weise. Die der jüngsten Schwester war mit aller Pracht und den glänzendsten Freudenfesten begleitet, wie es sich bei der Vermählung eines Sultans und einer Sultanin von Persien geziemt; die Hochzeiten der beiden anderen Schwestern dagegen wurden mit keinen größeren Feierlichkeiten begangen, als dem Range ihrer Gatten, nämlich des Mundbäckers und des Oberkochs, angemessen war.

Die beiden älteren Schwestern fühlten den unermeßlichen Abstand zwischen ihrer Heirat und der ihrer jüngsten Schwester tief im Herzen. Deswegen begnügten sie sich auch nicht mit ihrem Glücke, das ihnen doch ganz nach Wunsch und ohne daß sie es hoffen konnten, gewährt worden war; sie gaben sich vielmehr dem heftigsten Neide hin, der nicht nur ihre Freude trübte, sondern auch ihrer jüngsten Schwester, der Sultanin, großes Unglück und die kränkendsten Demütigungen und Leiden bereitete. Sie hatten noch nicht Zeit gehabt, einander ihre Gedanken über diese ihrer Meinung nach ungerechte Zurücksetzung von Seite des Sultans mitzuteilen, weil sie sich sogleich auf die Hochzeitfeier vorbereiten mußten. Einige Tage nachher aber, als sie sich verabredetermaßen in einem öffentlichen Bade wieder sahen, sagte die älteste Schwester zu der zweiten: »Nun, was sagst du denn von unserer jüngsten Schwester? Nicht wahr, ein sauberes Stück von einer Sultanin.« »Ich muß gestehen«, sagte die andere Schwester, »daß ich die ganze Sache nicht begreifen kann; ich kann mir nicht denken, welche Reize der Sultan an ihr gefunden haben mag, daß er sich dermaßen die Augen verblenden ließ. Sie ist ja ein wahres Murmeltier, und du weißt wohl, in welchem Zustande wir beide sie gesehen haben. Konnte das bißchen Jugend, das sie vor uns voraus hat, wohl ein Grund für den Sultan sein, daß er seine Augen nicht auf dich richtete? Du wärest seiner Wahl würdig gewesen; er hätte so gerecht sein sollen, dir den Vorzug zu geben.« »Liebe Schwester«, erwiderte die älteste, »sprechen wir nicht von mir. Ich hätte durchaus nichts einzuwenden, wenn der Sultan dich gewählt hätte; aber daß er ein so garstiges Ding vorgezogen hat, das kränkt mich tief. Ich will mich aber auch rächen, so gut ich kann, und dir muß die Sache ebenso angelegen sein, wie mir. Ich bitte dich daher, verbinde dich mit mir, laß uns einander in die Hände arbeiten bei einer Sache, die uns beide auf gleiche Weise betrifft, und teile mir die Mittel, sie zu kränken, mit, welche dir einfallen, so wie ich dir hiermit von allem Rechenschaft zu geben verspreche, was der heiße Wunsch, sie zu demütigen, mir eingeben mag.«

Nach diesem boshaften Bündnisse besuchten die beiden Schwestern einander oft und sprachen jedesmal nur von den Mitteln und Wegen, wie sie das Glück ihrer jüngsten Schwester, der Sultanin, trüben oder gar vernichten könnten. Sie brachten mehrere Pläne in Vorschlag; wenn sie aber die Ausführung

derselben besprachen, so fanden sie immer so große Schwierigkeiten, daß sie es nicht wagen konnten, Versuche damit zu machen. Indes besuchten sie von Zeit zu Zeit ihre Schwester, und mit verruchter Verstellung gaben sie ihr alle möglichen Beweise von Freundschaft, um sie zu überzeugen, wie sehr sie über diese hohe Erhebung einer Schwester erfreut seien. Die Sultanin ihrerseits empfing sie immer mit allen Beweisen der Achtung und Freundschaft, welche sie von einer Schwester erwarten konnten, die sich auf ihre Würde nichts einbildete und sie nach wie vor mit gleicher Herzlichkeit liebte.

Einige Monate nach ihrer Vermählung fühlte die Sultanin sich schwanger. Der Sultan äußerte große Freude darüber, die sich bald überall in dem Palast mitteilte und von da weiter durch die ganze Hauptstadt von Persien verbreitete. Die beiden Schwestern kamen, um ihr Glück zu wünschen; sie sprachen sogleich davon, daß sie nun einer Hebamme zu ihrer Entbindung bedürfe, und baten sie, keine andere dazu zu wählen, als sie beide. Die Sultanin antwortete ihnen freundlich: »Liebe Schwestern, ihr könnt euch wohl denken, daß dies für mich höchst angenehm sein müßte, wenn die Macht von mir allein abhinge. Ich bin euch für euern guten Willen unendlich verbunden, muß mich aber hierin notwendig dem Willen des Sultans unterwerfen. Sprecht indes mit eueren Männern, daß sie den Sultan durch ihre Freunde um diese Gnade bitten lassen, und wenn der Sultan mit mir darüber spricht, so seid überzeugt, daß ich ihm sagen werde, er könne mir keinen größeren Gefallen tun, als wenn er euch hierzu erwähle.«

Die beiden Ehemänner wandten sich an die Höflinge, deren Gunst sie genossen, und baten sie um Verwendung bei dem Sultan, daß ihren Frauen die Ehre, nach welcher sie strebten, zuteil werden möchte; und die Höflinge betrieben die Sache so nachdrücklich und wirksam, daß der Sultan versprach, er wolle daran denken. Er hielt auch Wort und bei einer Unterredung mit der Sultanin sagte er zu ihr, ihre beiden Schwestern scheinen ihm weit mehr geeignet, ihr bei der Niederkunft beizustehen, als jede andere fremde Hebamme; indes wolle er sie nicht dazu ernennen, außer wenn es ihr lieb und angenehm sei. Die Sultanin empfand die Achtung, wovon ihr der Sultan einen so verbindlichen Beweis gab, tief in ihrem Herzen und sagte zu ihm: »Herr, ich war gesonnen, in dieser Sache nur zu tun, was du mir befehlen würdest, da du indes die Güte hattest, deine Augen auf meine Schwestern zu werfen, so danke ich dir für die Rücksicht, die du auf mich nimmst und will es nicht verhehlen, daß sie mir weit lieber sein werden, als jede Fremde.«

Der Sultan Chosru Schah bestimmte also die beiden Schwestern der Sultanin dazu, Hebammendienst bei ihr zu verrichten, und seitdem durften diese im Palast aus- und eingehen und waren äußerst erfreut, endlich eine über alle Erwartung gute Gelegenheit gefunden zu haben, um die abscheuliche Bosheit auszuführen, die sie gegen die Sultanin, ihre Schwester, ausgesonnen hatten.

Die Zeit der Niederkunft kam heran und die Sultanin wurde glücklich von einem Prinzen entbunden, schön wie der Tag. Doch weder seine Schönheit noch sein hilfloser Zustand vermochten das Herz der erbarmungslosen Schwestern zu rühren noch zu erweichen. Sie wickelten ihn nachlässig in Windeln, legten ihn in einen kleinen Korb und überließen diesen Korb dem Strom eines Kanals, der unter den Zimmer der Sultanin vorbeifloß. Statt des Knaben aber brachten sie einen jungen toten Hund zum Vorschein und verkündigten laut, die Sultanin habe ihn geboren. Diese ärgerliche Nachricht wurde dem Sultan verkündigt, der darüber in gewaltigen Zorn ausbrach, welcher der Sultanin leicht hätte verderblich werden können; allein der Großvezier stellte ihm vor, es wäre eine Ungerechtigkeit, sie für die launenhaften Spiele der Natur verantwortlich machen zu wollen. Indes schwamm der Korb, in welchem der kleine Prinz ausgesetzt war, auf dem Kanal bis zur Ringmauer hinaus, welche den Gesichtskreis der Wohnung der Sultanin nach dieser Seite hin begrenzte, und kam gerad so durch den Garten des Palastes. Der Zufall wollte, daß der Aufseher der Königlichen Gärten, einer der vornehmsten und angesehensten Beamten des Reiches, oben am Kanal hin im Garten spazieren ging. Da er den schwimmenden Korb bemerkte, rief er einem in der Nähe stehenden Gärtner und sagte zu ihm, indem er darauf hindeutete: »Gehe hin und hole mir diesen Korb da, damit ich sehe, was darin ist.« Der Gärtner ging und zog mit einer Hacke, die er in der Hand hatte, vom Ufer des Kanals aus, den Korb geschickt heran, nahm ihn heraus und überbrachte ihn. Der Aufseher der Gärten verwunderte sich über die Maßen, als er in dem Korbe ein Kind eingewickelt fand, und zwar ein Kind, welches, obgleich man ihm ansah, daß es eben erst geboren war, bereits Spuren von großer Schönheit an sich trug. Der Aufseher war schon geraume Zeit verheiratet, aber so sehnlich er auch Nachkommenschaft wünschte, so hatte der Himmel bisher immer noch nicht seine Gebete erhört. Er stellte nun seinen Spaziergang ein, befahl dem Gärtner, ihm mit dem Korb und dem Kinde zu folgen, ging in seine Wohnung, deren Eingang im Garten des Palastes war, und begab sich sogleich in die Zimmer seiner Frau. »Frau«, sagte er zu ihr, »wir haben bisher keine Kinder gehabt, hier beschert uns Gott eins. Ich empfehle es dir; sorge schleunigst für eine Amme und verpflege es, wie wenn es unser eigener Sohn wäre; denn dafür erkenne ich es von heute an.« Die Frau nahm das Kind mit Freude auf und es war ihr ein großes Vergnügen, es zu verpflegen. Der Aufseher der Gärten wollte nicht ergründen, woher das Kind komme. »Ich sehe wohl«, sprach er bei sich selbst, »daß es von den Zimmern der Sultanin herkommt, aber es steht mir nicht zu, nach dem zu fragen, was dort vorgeht, oder an einem Orte, wo der Friede so notwendig ist, Störung zu verursachen.«

Im folgenden Jahre kam die Sultanin wieder mit einem Prinzen nieder, und die unnatürlichen Schwestern hatten ebenso wenig Mitleid mit ihm, als mit seinem älteren Bruder. Sie setzten ihn auch in einem Korbe auf dem Kanal aus und behaupteten, die Sultanin habe eine Katze zur Welt gebracht. Zum Glück für das Kind war der Aufseher der Gärten wieder am Kanal; er ließ es herausholen, seiner Frau bringen und empfahl ihr, für dieses Kind ebenso große Sorgfalt zu tragen, wie für das erste. Seine Frau tat dies auch ebenso wohl aus eigener Neigung, als um die gute Absicht ihres Mannes zu befördern. Der Sultan von Persien war über diese neue Geburt noch weit zorniger, als das erste Mal, und würde seinem Grimme Luft gemacht haben, wenn nicht die Gegenvorstellungen

des Großveziers eindringlich genug gewesen wären, ihn zu beruhigen.

Endlich kam die Sultanin zum dritten Male nieder, nicht mit einem Prinzen, sondern mit einer Prinzessin. Die Unschuldige hatte dasselbe Schicksal, wie die Prinzen, ihre Brüder: Die beiden Schwestern, fest entschlossen, ihren fluchwürdigen Anschlägen nicht eher ein Ziel zu setzen, als bis sie ihre jüngste Schwester, die Sultanin, zum mindesten verstoßen, verjagt und gedemütigt sehen würden, setzten auch die Prinzessin auf dem Kanal aus. Aber auch sie wurde durch das Mitleid und die Menschenliebe des Aufsehers der Gärten gerettet, dem sicheren Tode entrissen und mit den beiden Prinzen, ihren Brüdern, gesäugt und erzogen. Die beiden Schwestern fügten zu ihrer Unmenschlichkeit wiederum Lüge und Verleumdung hinzu. Sie wiesen ein Stück Holz vor und behaupteten dreist, die Sultanin sei davon entbunden worden. Der Sultan Chosru Schah aber konnte, als er von dieser neuen Mißgeburt vernahm, seinen Zorn nicht mehr bezähmen. »Hah!« rief er aus, »diese unwürdige Frau würde meinen Palast mit Ungeheuern anfüllen, wenn ich sie länger leben ließe. Nein, das soll nicht geschehen«, setzte er hinzu, »sie ist selbst ein Ungeheuer, von dem ich die Welt reinigen will.« So sprach er denn ihr Todesurteil aus und befahl seinem Großvezier, es vollziehen zu lassen. Der Großvezier und die Höflinge, die zugegen waren, warfen sich dem Sultan zu Füßen und flehten ihn an, den Urteilsspruch zu widerrufen. Der Großvezier nahm das Wort und sprach: »Herr, es möge deinem Knecht erlaubt sein, dir vorzustellen, daß die Gesetze, welche zum Tode verurteilen, nur zur Bestrafung von Verbrechen eingeführt sind. Die drei so unerwarteten Geburten der Sultanin aber sind keine Verbrechen. Denn wie könnte man sagen, daß sie selbst daran schuld sei? Unzähligen anderen Frauen ist dasselbe Schicksal begegnet und es kommt tagtäglich vor; sie sind zu beklagen, aber nicht strafwürdig. Mein Herr möge sie von seinem Angesichte verstoßen, aber leben lassen. Der Gram, in dem sie nach dem Verluste deiner Gunst den Rest ihrer Tage zubringen muß, wird ihr Strafe genug sein.« Der Sultan von Indien ging in sich, und da er die Ungerechtigkeit einsah, die Sultanin wegen Fehlgeburten, selbst wenn sie, wie er fälschlich glaubte, wirklich vorgekommen wären, zum Tode zu verurteilen, so sagte er: »So mag sie denn meinetwegen leben! Ich schenke ihr das Leben, jedoch nur unter einer Bedingung, die ihr täglich mehr als einmal den Tod wünschenswert machen soll. Man zimmere ihr ein Gemach an der Türe der Hauptmoschee mit einem fortwährend offenen Fenster; dort sperre man sie, in das gröbste Gewand gekleidet, ein, und jeder Muselmann, der zum Gebet in die Moschee geht, speie ihr im Vorübergehen ins Gesicht. Wer es unterläßt, soll in dieselbe Strafe verfallen, und

damit mein Gebot befolgt werde, befehle ich dir, Vezier, Wächter dabei aufzustellen.« Der Ton, womit der Sultan diesen Ausspruch tat, schloß dem Großvezier den Mund. Der Befehl wurde zum großen Vergnügen der beiden neidischen Schwestern vollzogen. Man baute ein Gemach, und sobald es vollendet und die Sultanin von ihrem Wochenbette aufgestanden war, sperrte man diese wahrhaft bedauernswürdige Frau ganz so, wie der Sultan es befohlen hatte, darin ein, so daß sie auf schmähliche Weise dem Spott und Hohn des ganzen Volkes bloßgestellt war. Sie ertrug indes diese unverdiente Mißhandlung mit einer Standhaftigkeit, welche ihr die Bewunderung und zugleich das Mitleiden aller derjenigen erwarb, die ein richtigeres Urteil über diese Sache hatten, als der Pöbel.

Die beiden Prinzen und die Prinzessin wurden indes von dem Aufseher der Gärten und seiner Frau mit der Zärtlichkeit eines Vaters und einer Mutter verpflegt und aufgezogen, und diese Zärtlichkeit wuchs immer mehr, je älter die Kinder wurden; denn sowohl bei der Prinzessin als bei den Prinzen wurde eine gewisse Hoheit bemerkbar, der niemand widerstehen konnte, und namentlich entwickelte sich die ausnehmende Schönheit der Prinzessin von Tag zu Tag mehr; ferner waren alle drei sehr gelehrig und ihre Neigung nicht wie bei anderen Kindern auf Spielereien gerichtet; endlich aber hatten sie ein gewisses Etwas, das nur Prinzen und Prinzessinnen zukommen kann. Um die beiden Prinzen nach ihrem Alter zu unterscheiden, nannten sie den älteren Bahman und den jüngeren Perwis: Namen, welche alte Könige von Persien geführt hatten. Der Prinzessin gaben sie den Namen Parisade, den gleichfalls mehrere Königinnen und Prinzessinnen des Reichs gehabt hatten*. Sobald die beiden Prinzen alt genug waren, gab der Aufseher der Gärten ihnen einen Lehrmeister im Lesen und Schreiben, und die Prinzessin, ihre Schwester, die bei dem Unterrichte zugegen war, äußerte, obgleich jünger als sie, so großes Verlangen, ebenfalls lesen und schreiben zu lernen, daß ihr Pflegvater voll Freude darüber ihr denselben Lehrer gab. Durch ihre Lebhaftigkeit zum Wetteifer gereizt, wurde sie vermöge ihrer ausgezeichneten Anlagen in kurzer Zeit ebenso geschickt, wie die Prinzen, ihre Brüder. Seitdem hatten die Brüder und die Schwester in allem dieselben Lehrer, in der Erdbeschreibung, der Dichtkunst, der Geschichte und in anderen, sogar in geheimen Wissenschaften; und da ihnen nichts zu schwer war, so machten sie bald so bewundernswürdige Fortschritte, daß die Lehrer darob erstaunten und unverhohlen bekannten, die Kinder würden es in diesen Wissenschaften, wenn sie so fortfahren, noch weiter bringen, als sie selbst. In den Erholungsstunden lernte die Prinzessin auch Musik, nämlich Singen und verschiedene Instrumente. Als die Prinzen reiten lernten, wollte sie auch hierin nicht zurückstehen und nahm Teil an ihren Übungen, so daß sie mit derselben Geschicklichkeit reiten, Bogen schießen und Speere werfen konnte. Im Wettlaufe übertraf sie ihre Brüder manchmal sogar.

Der Aufseher der Gärten konnte seine Freude kaum fassen, als er seine Pfleglinge in allen Übungen des Geistes und des Körpers so vortrefflich ausgebildet und den Aufwand für ihre Erziehung weit über seine Hoffnungen hinaus belohnt sah, und er beschloß, ihnen zulieb noch viel mehr Geld auszugeben, als bisher. Er hatte sich unterdessen mit der Wohnung im Palast des Gartens begnügt und kein eigenes Landhaus gehabt. Jetzt kaufte er eines in der Nähe der Stadt mit großem Zugehör von Feldern, Wiesen und Waldungen, und da ihm das Wohnhaus nicht schön und bequem genug schien, so ließ er es niederreißen

---

* Bahman heißt auf Persisch der Langarmige (Longimanu). Perwis ist der Name des persischen Königs Chosru Pervis zur Zeit Mohammeds; Parisade heißt Feenkind.

und scheute keine Kosten, um das neue, das er baute, zum prachtvollsten in der ganzen Umgegend zu erheben. Er ging selbst täglich auf den Bauplatz, um die große Menge von Arbeitern, die hier beschäftigt waren, anzutreiben, und sobald ein passendes Zimmer im Hause für ihn fertig war, bezog er es und blieb oft mehrere Tage hintereinander dort, wenn seine Geschäfte und seine Amtspflichten es ihm erlaubten. So war das Haus bald erbaut, und während es ebenso schnell mit den reichsten Gerätschaften, wie sie zur Pracht des Gebäudes paßten, versehen wurde, ließ er nach einer von ihm selbst entworfenen Zeichnung an dem Garten arbeiten und ihn ebenso einrichten, wie die anderen großen Herren von Persien. Er fügte auch noch einen sehr großen Park hinzu, den er mit einer guten Mauer einschließen und mit allen Arten von Wild besetzen ließ, damit die Prinzen und die Prinzessin sich darin nach Gefallen mit der Jagd belustigen könnten. Als das Landhaus ganz vollendet und im wohnlichen Stande war, ging der Aufseher der Gärten zum Sultan, warf sich ihm zu Füßen, und nachdem der ihm seine lange Dienstzeit, sowie die Gebrechlichkeit seines Alters vorgestellt hatte, bat er ihn um die Gnade, sein Amt in die Hände seines Herrn niederzulegen und sich von den Geschäften zurückziehen zu dürfen. Der Sultan bewilligte ihm sein Gesuch um so lieber, als er mit seinen langjährigen Diensten, sowohl unter der Regierung seines Vaters, wie auch seit seiner eigenen Thronbesteigung, sehr wohl zufrieden war; zugleich fragte er ihn, was er sonst noch zu seiner Belohnung tun könne. »Herr«, antwortete der Aufseher der Gärten, »du selbst und der Sultan, dein Vater, seligen Andenkens, habt mich dermaßen mit Wohltaten überhäuft, daß mir nichts mehr zu wünschen übrig bleibt, als bis ans Ende meiner Tage im Besitz deiner Gnade zu bleiben, die mich so hoch ehrt.« Er nahm hierauf Abschied vom Sultan Chosru Schah, und bezog mit den beiden Prinzen Bahman und Perwis und der Prinzessin Parisade sein neuerbautes Landhaus. Seine Frau war schon vor einigen Jahren gestorben. Er selbst wurde, nachdem er kaum fünf bis sechs Monate mit den Kindern in seinem neuen Hause gelebt hatte, so schnell vom Tode überrascht, daß ihm keine Zeit übrig blieb, ihnen über ihre wahre Herkunft ein Wort zu sagen. Er hatte es sich indes vorgenommen, dies zu tun, damit sie dadurch veranlaßt werden möchten, wie bisher, so auch fortwährend, ihrem Range und Stande, sowie der Erziehung, die er ihnen gegeben hatte, gemäß zu leben, wozu indes ihre eigene Neigung sie von selbst antrieb. Die Prinzen Bahman und Perwis und die Prinzessin Parisade, die von keinem anderen Vater wußten, als dem Aufseher der Gärten, vertrauten ihn als solchen und erwiesen ihm auch im Tode alle Ehre, wozu kindliche Liebe und Dankbarkeit sie verpflichteten. Zufrieden mit den großen Gütern, die er ihnen hinterlassen hatte, lebten sie nach wie vor in derselben Eintracht beisammen, und die Prinzen ließen sich nicht vom Ehrgeize verleiten, sich am Hofe zu zeigen, um dort nach den höchsten Ämtern und Würden zu trachten, deren Erlangung ihnen etwas leichtes gewesen wäre.

Eines Tages, als die beiden Prinzen auf der Jagd, die Prinzessin Parisade aber zu Hause geblieben war, erschien eine sehr alte fromme Muselmännin vor dem Haustor und bat um Erlaubnis, ins Haus zu treten, um ihr Gebet zu verrichten, wozu die Stunde gekommen war. Man meldete ihren Wunsch der Prinzessin, und diese befahl, sie hereinzulassen und ihr das Betzimmer zu zeigen, womit der Aufseher der Königlichen Gärten wohlbedächtig sein Haus versehen hatte, weil keine Moschee in der Nähe war. Zugleich befahl sie, wenn die fromme Frau ihre Andacht verrichtete haben würde, so solle man ihr das Haus und den Garten zeigen und sie darauf zu ihr zu führen. Die fromme Frau trat ein, verrichtete ihr Gebet in dem Betzimmer, wohin man sie gewiesen, und als sie damit fertig war, luden zwei Frauen der Prinzessin, die vor der Türe gewartet hatten, sie ein, das Haus und den Garten zu sehen. Da sie sich geneigt zeigte, ihnen zu folgen, so wurde sie von ihnen in allen Zimmern nacheinander herumgeführt, und sie betrachtete alle Sachen wie eine Frau, die sich auf Hausgerätschaften und schöne Anordnung der einzelnen Stücke sehr gut verstand. Auch in den Garten wurde sie geführt, dessen Anlage sie so neu und wohlersonnen fand, daß sie voll Bewunderung erklärte: Derjenige, der den Plan dazu entworfen, müsse ein vortrefflicher Meister in seiner Kunst sein. Endlich kam sie auch zur Prinzessin, welche sie in einem großen Saale erwartete, dessen Schönheit, Anmut und Reichtum alles übertraf, was sie in den anderen Zimmern bewundert hatte. Sobald die Prinzessin die fromme Frau eintreten sah, sagte sie zu ihr: »Komm heran, gute Mutter, und setze dich zu mir. Ich bin sehr erfreut, daß der Zufall mir das Glück darbot, mich einige Augenblicke an dem guten Beispiele und der frommen Unterhaltung einer Frau, wie du bist, zu erbauen, die das bessere Teil erwählt und sich ganz Gott gewidmet hat, und in deren Fußstapfen alle Welt treten sollte, wenn sie ihren wahren Vorteil verstehen würde.« Die fromme Frau wollte sich nicht auf das Sofa, sondern nur auf den Rand desselben setzen, allein die Prinzessin gab es

nicht zu; sie erhob sich von ihrem Sitze, ging auf sie zu, faßte sie bei der Hand und nötigte sie, sich neben ihr auf dem Ehrenplatze niederzulassen. Die fromme Frau wußte diese Höflichkeit wohl zu schätzen und sage zu ihr: »Edles Fräulein, eine solch ehrenvolle Behandlung gebührt mir nicht, und ich gehorche dir bloß, weil du es befiehlst und Herrin in deinem Hause bist.« Als sie sich gesetzt hatte, stellt, ehe die Unterhaltung begann, eine von den Frauen der Prinzessin einen kleinen, niedrigen, mit Perlmutter und Ebenholz ausgelegten Tisch vor sie hin, und auf den Tisch eine Porzellanplatte mit Kuchen, mehrere andere Platten mit Obst, wie es gerade die Jahreszeit mit sich brachte, und verschiedene andere eingemachte Früchte. Die Prinzessin nahm einen von den Kuchen und überreichte ihn der frommen Frau mit den Worten: »Nimm und iß, gute Mutter, und wähle von diesen Früchten, was dir beliebt; du bedarfst einiger Speise nach dem langen Wege, den du hierher gemacht hast.« »Edles Fräulein«, antwortete die fromme Frau, »ich bin nicht gewohnt, so leckere Sachen zu essen; wenn ich es aber tue, so geschieht es nur, weil ich nicht verschmähen will, was mir Gott durch eine so freigebige Hand, wie die deinige, zusendet.« Während die fromme Frau aß, richtete die Prinzessin, die ebenfalls etwas zu sich nahm, um sie durch ihr Beispiel zu ermuntern, allerlei Fragen über ihre Andachtsübungen und Lebensweise an sie, worauf die Alte mit großer Bescheidenheit antwortete. Unter anderem fragte die Prinzessin im Laufe des Gesprächs, was sie von dem Hause halte, das sie gesehen, und ob es ihr gefalle. »Edles Fräulein«, erwiderte die fromme Frau, »ich müßte einen sehr schlechten Geschmack haben, wenn ich etwas daran auszusetzen fände. Es ist schön, freundlich, prächtig eingerichtet, jedoch ohne Überladung, trefflich eingeteilt und die Zierraten könnten nicht schicklicher angebracht sein. Dabei liegt es in einer anmutigen Landschaft, und man kann sich keinen Garten denken, der einen lieblicheren Anblick gewährt, als derjenige ist, welcher zum Hause gehört. Wenn du mir übrigens erlaubst, meine ganze Meinung auszusprechen, so will ich mir die Freiheit nehmen, dir zu sagen, daß das Haus ganz unvergleichlich sein würde, wenn noch drei Sachen dabei wären, die nach meiner Meinung fehlen.« »Gute Mutter«, antwortete die Prinzessin Parisade, »was sind das für drei Sachen? Ich beschwöre dich im Namen Gottes, nenne mir dieselben. Ich werde alles aufbieten, sie zu erwerben, wenn es nur irgend möglich ist.« »Edles Fräulein«, sagte hierauf die fromme Frau, »die erste von den drei Sachen ist der sprechende Vogel; dies ist ein seltsamer Vogel, Bülbülhesar* genannt, welcher die Eigenschaft hat, alle Singvögel aus der ganzen Umgegend an sich zu ziehen, so daß sie herbeikommen, um mit ihm zu singen. Die zweite ist der singende Baum, dessen Blätter ebensoviel Zungen und Kehlen sind, deren mannigfaltige Stimmen unaufhörlich einen höchst anmutigen Gesang bilden. Die dritte endlich ist das goldgelbe Wasser, von dem man nur einen einzigen Tropfen in ein ausdrücklich dazu an irgend einem Orte des Gartens bereitetes Becken ausgießen darf, so schwillt er alsbald dermaßen an, daß des Becken davon voll wird und aus der Mitte eine Garbe von Wasserstrahlen hervorspringt,

* Auf Persisch: 1000 Nachtigallen

die unaufhörlich auf- und niedersteigt, ohne daß jedoch das Becken überläuft.« »Ach! meine gute Mutter«, rief die Prinzessin, »wie sehr danke ich dir, daß du mir von diesen Dingen Kunde gegeben hast! Sie sind sehr wunderbar und ich habe noch nie gehört, daß es etwas so seltsames und merkwürdiges auf der Welt gebe; da ich indes überzeugt bin, daß du den Ort kennst, wo sie sich befinden, so erwarte ich von dir die Gefälligkeit, ihn mir anzuzeigen.« Darauf antwortete die fromme Frau, um den Wunsch der Prinzessin zu erfüllen: »Edles Fräulein, ich würde mich der Gastfreundschaft, die du mir soeben mit so vieler Güte erwiesen hast, unwürdig machen, wenn ich mich weigerte, deine Frage zu beantworten und deine Neugierde zu befriedigen. Ich habe also die Ehre, dir zu sagen, daß die drei Dinge, von denen ich eben sprach, sich an einem und demselben Orte, auf der Grenze dieses Königsreichs nach Indien zu, befinden. Der Weg dahin führt an deinem Hause vorbei. Derjenige, welchen du danach aussenden willst, darf ihn nur 20 Tagereisen verfolgen und am 20sten Tage fragen, wo der sprechende Vogel, der singende Baum und das gelbe Wasser seien. Der erste, an den er sich wendet, wird es ihm sagen.« Mit diesen Worten stand sie auf, nahm Abschied und ging ihres Weges weiter.

Die Prinzessin Parisade war so ganz damit beschäftigt, die Nachweisung der frommen Frau über den sprechenden Vogel, den singenden Baum und das gelbe Wasser ihrem Geiste einzuprägen, daß sie ihre Entfernung erst bemerkte, als sie noch einige Fragen wegen näherer Auskunft über diese Sache tun wollte. Das, was sie aus ihrem Munde vernommen hatte, schien ihr nicht genug, um mit einiger Aussicht auf Erfolg die Reise unternehmen zu können. Gleichwohl wollte sie der frommen Frau niemand nachschicken, um sie zurückzuholen, sondern sie strengte ihr Gedächtnis an und bemühte sich, alles, was sie gehört hatte, in ihren Geist zurückzurufen. Da sie nun glaubte, daß ihr nichts entgangen sei, so dachte sie mit großem Wohlgefallen daran, wie groß ihre Freude sein würde, wenn sie zum Besitze so wunderbarer Dinge gelangen könnte. Zugleich aber geriet sie in große Unruhe wegen der Schwierigkeiten, die sie dabei erkannte, und weil sie fürchtete, es möchte ihr nicht gelingen. Sie war ganz in diese Gedanken vertieft, als die Prinzen, ihre Brüder, von der Jagd zurückkamen. Sie traten in den Saal und wunderten sich sehr, ihre Schwester nicht wie gewöhnlich mit heiterem Gesicht und in froher Laune, sondern vielmehr in sich gekehrt und beinahe betrübt anzutreffen, denn sie erhob nicht einmal den Kopf, um wenigstens zu erkennen zu geben, daß sie ihre Ankunft bemerkte. Der Prinz Bahman nahm das Wort und sagte zu ihr: »Liebe Schwester, wo ist denn der Frohsinn und die Heiterkeit, die bisher unzertrennlich von dir gewesen? Bist du unwohl? Ist dir vielleicht irgend ein Unfall zugestoßen? Hat dir jemand Anlaß zum Verdruß gegeben? Sage es uns, damit wir den geziemenden Anteil daran nehmen und die nötigen Maßregeln ergreifen, um dich zufrieden zu stellen oder dich zu rächen, wenn jemand sich erfrecht haben sollte, ein Fräulein, wie dich, der alle Ehrfurcht gebührt, zu beleidigen.« Die Prinzessin Parisade blieb noch einige Augenblicke in derselben Stellung, ohne zu antworten. Endlich hob sie die Augen auf, sah die Prinzen, ihre Brüder, an, lenkte aber ihren Blick schnell wieder zur Erde,

nachdem sie ihnen geantwortet hatte, die Sache habe nichts zu bedeuten. »Liebe Schwester«, fuhr der Prinz Bahman fort, »du verhehlst uns die Wahrheit und es muß sich wohl etwas Wichtiges zugetragen haben. In der kurzen Zeit, da wir abwesend waren, kann unmöglich um nichts und wieder nichts eine so große und unerwartete Veränderung mit dir vorgegangen sein. Du wirst erlauben, daß wir dich mit dieser ungenügenden Antwort nicht davon kommen lassen. Verbirg uns also nicht, was es ist, denn wir müßten sonst glauben, daß du die Freundschaft und die innige Eintracht, die von unserer zartesten Jugend an bis auf diese Stunde zwischen uns bestanden, nicht länger fortsetzen wollest.« Die Prinzessin, die ganz und gar nicht im Sinne hatte, mit ihren Brüdern zu brechen, wollte sie nicht in diesem Wahne lassen und antwortete ihnen also: »Als ich euch sagte, es sei nichts Wichtiges, was mich so beschäftigte, so meinte ich dies in Beziehung auf euch und nicht auf mich, denn ich finde, daß die Sache doch von einiger Erheblichkeit ist. Da ihr nun vermöge des Rechtes unserer Freundschaft und Eintracht, welche mir so teuer sind, in mich dringet, so will ich euch alles sagen. Ihr glaubtet bisher, und ich glaubte es ebenfalls, das Haus, welches unser seliger Vater uns erbauen ließ, sei in jeder Beziehung vollkommen und es fehle durchaus nicht das mindeste daran. Heute aber habe ich erfahren, daß ihm noch drei Sachen fehlen, welche es weit über alle Landhäuser auf der ganzen Welt erheben würde. Diese drei Sachen sind: der sprechende Vogel, der singende Baum und das goldgelbe Wasser.« Nachdem sie ihnen sofort auseinandergesetzt hatte, worin die Vortrefflichkeit derselben bestehe, fuhr sie also fort: »Eine fromme Frau hat mich darauf aufmerksam gemacht und mir zugleich den Ort, wo sie sind, sowie den Weg dazu angezeigt. Ihr werdet vielleicht finden, daß diese Sache für die Vollkommenheit unseres Hauses durchaus keine Bedeutung haben und daß es auch ohne dieselben immerhin für sehr schön gelten könne, weshalb wir ihrer durchaus nicht benötigt seien. Ihr mögt übrigens davon denken, wie ihr wollt, ich für meine Person kann nicht umhin, euch zu erklären, daß ich sie durchaus für notwendig zu unserm Hause erachte und mich nicht eher zufrieden geben werde, als bis ich mich in ihrem Besitze befinde. Ob nun die Sachen in euren Augen gleichgültig sind, oder nicht, so ersuche ich euch jedenfalls, mir mit euerm Rate beizustehen und zu sagen, wen ich wohl zur Erlangung derselben aussenden kann.« »Liebe Schwester«, versetzte darauf der Prinz Bahman, »nichts kann dir am Herzen liegen, was uns nicht ebenso wichtig wäre. Da du nun die Erlangung der oben erwähnten Gegenstände so sehr wünschest, so halten wir es für unsere Pflicht, sie dir zu verschaffen. Übrigens fühlen wir uns auch, abgesehen von deinem Wunsch, aus freien Stücken und zu unserer eigenen Befriedigung dazu angetrieben; ich bin fest überzeugt, daß mein Bruder ebenso denkt, wie ich, und wir müssen alles daran setzen, um diese Eroberung zu machen. Die Sache ist von solchem Belang und so merkwürdig, daß ich wohl diesen Ausdruck brauchen darf. Ich übernehme die Ausführung; sage mir nur den Weg, den ich einschlagen muß, und den Ort, so will ich gleich morgen die Reise antreten.

»Geliebter Bruder«, wandte der Prinz Perwis ein, »ich halte es nicht für ratsam, wenn du, das Haupt und die Stütze des Hauses, dich solange entfernen willst; ich bitte daher unsere Schwester, daß sie sich mit mir vereinige, um dich von diesem Vorsatze abzubringen. Gestatte, daß ich die Reise mache; ich werde die Sache so gut ausführen als du, und jedenfalls wäre dies mehr in der Ordnung.« »Bruder«, erwiderte der Prinz Bahman, »ich bin von deinem guten Willen überzeugt und zweifle keineswegs, daß du das Abenteuer so gut bestehen wirst, als ich. Im übrigen ist es eine abgemachte Sache und du mußt es mir überlassen. Du bleibst bei unserer Schwester, die ich dir nicht erst zu empfehlen brauche.« Nun brachte er den übrigen Teil des Tages mit Vorbereitungen zur Reise zu und ließ sich von seiner Schwester genau die Nachweisungen der frommen Frau wiederholen, um nicht zu verirren. Am anderen Morgen in aller Frühe stieg der Prinz Bahman zu Pferd; der Prinz Perwis und die Prinzessin Parisade, die ihn abreisen sehen wollten, umarmten ihn und wünschten ihm glückliche Reise. Während des Abschieds aber fiel der Prinzessin ein Gedanke aufs Herz, der ihr bisher nicht gekommen war. »Aber, mein Bruder«, sagte sie, »ich habe gar nicht an die Unfälle gedacht, mit denen eine solche Reise verbunden ist. Wer weiß, ob ich dich jemals wiedersehe! Ich beschwöre dich, steig wieder ab und unterlaß diese Reise. Lieber will ich den Anblick und den Besitz des sprechenden Vogels, des singenden Baumes und des goldgelben Wassers entbehren, als Gefahr laufen, dich auf immer zu verlieren.« »Schwesterchen«, antwortete der Prinz Bahman, lächelnd ob der plötzlichen Ängstlichkeit der Prinzessin Parisade, »mein Entschluß steht fest, im anderen Fall würde ich ihn jetzt noch fassen, und du wirst erlauben, daß ich ihn ausführe. Solche Unfälle, von denen du sprichst, widerfahren nur den Unglücklichen. Es ist wahr, ich kann auch zu diesen gehören, aber vielleicht gehöre ich auch unter die Zahl der Glücklichen, die viel größer ist, als die der Unglücklichen. Da indes der Erfolg ungewiß und es wohl möglich ist, daß ich bei meiner Unternehmung umkomme, so kann ich weiter nichts tun, als dir dies Messer hier lassen.« Mit diesen Worten zog der Prinz Bahman ein Messer hervor, überreichte es der Prinzessin in der Scheide und sagte zu ihr: »Da nimm und mach dir von Zeit zu Zeit die Mühe, dies Messer aus seiner Scheide zu ziehen; so lang du es blank siehst, wie es hier ist, so ist dies ein Zeichen, daß ich noch lebe; wenn du aber Blut herabträufeln siehst, so kannst du mit Gewißheit annehmen, daß ich nicht mehr bin, und dann bete für mich.« Die Prinzessin Parisade konnte den Prinzen Bahman zu keinem anderen Entschluß vermögen. Er sagte ihr und dem Prinzen Perwis zum letzten Mal Lebewohl und ritt dann auf einem stattlichen Rosse, wohlbewaffnet und ausgerüstet, dahin. Er begab sich auf den ihm bezeichneten Weg, und ohne weder rechts noch links abzuweichen, ritt er quer durch Persien hin auf demselben fort, bis er am 20. Tage seiner Reise seitwärts am Wege einen Greis von abscheulichem Ansehen erblickte, der in einiger Entfernung von einer Hütte, die ihm bei schlimmen Wetter zum Obdach diente, unter einem Baume saß. Seine Augenbrauen, die, wie auch die Haare, der Schnauzbart und der Backenbart, schneeweiß waren, reichten ihm bis auf die Nasenspitze herab; der Schnauzbart bedeckte ihm den Mund, der Backenbart und die Kopfhaare aber fielen ihm fast bis auf die Füße hernieder. An Händen und Füßen hatte er Nägel von übermäßiger Länge, und seinen Kopf bedeckte eine Art flacher, sehr breiter Hut in Form eines Sonnenschirms. Seine ganze Kleidung bestand in einer Binsenmatte, in welche er sich gewickelt hatte. Dieser gute Greis war ein Derwisch, der sich schon vor langen Jahren von der Welt zurückgezogen und seinen Körper vernachlässigt hatte, um sich einzig und allein Gott zu widmen, so daß er am Ende das Aussehen bekam, das ich geschildert habe.

Der Prinz Bahman, der schon den ganzen Morgen genau acht gegeben hatte, ob er nicht vielleicht jemand anträfe, bei dem er sich über das Ziel seiner Reise erkundigen könnte, hielt an, als er in die Nähe des Derwisches kam. Dies war nämlich der erste Mensch, der ihm begegnete, und er stieg daher ab, um allem pünktlich nachzukommen, was die fromme Frau zu der Prinzessin Parisade gesagt hatte. Indem er nun sein Roß am Zügel führte, näherte er sich dem Derwisch und begrüßte ihn mit den Worten: »Guter Vater, Gott verlängere deine Tage und gewähre dir die Erfüllung aller deiner Wünsche!« Der Derwisch erwiderte den Gruß des Prinzen, aber so undeutlich, daß dieser kein Wort davon verstand. Da nun der Prinz Bahman sah, daß der Schnauzbart, der den Mund des Derwisches bedeckte, das Hindernis war, und da er nicht weiter reiten wollte, ohne die nötige Erkundigung eingezogen zu haben, so nahm er eine Schere, die er bei sich führte, und nachdem er sein Pferd an einen Baumaste gebunden, sagte er zu ihm: »Guter Derwisch, ich habe mit dir zu reden, aber dein Schnauzbart hindert mich, dich zu verstehen. Darum bitte ich dich, erlaube mir, ihn zu stutzen und ebenso auch deine Augenbrauen, die dich entstellen und dir mehr das

Ansehen eines Bären, als eines Menschen geben.« Der Derwisch hatte hiergegen nichts einzuwenden. Er ließ den Prinzen gewähren, und da dieser nach Vollendung seiner Arbeit bemerkte, daß der Derwisch eine frische Gesichtsfarbe hatte und weit jünger aussah, als er wirklich war, so sagte er zu ihm: »Guter Derwisch, wenn ich einen Spiegel hätte, so würde ich dir zeigen, wie sehr du verjüngt bist. Jetzt bist du ein Mensch, vorher aber konnte niemand erkennen, was du warst.« Bei diesen Schmeicheleien des Prinzen Bahman lächelte der Derwisch und erwiderte höflich: »Herr, wer du auch sein magst, ich bin dir unendlich verpflichtet für diese Gefälligkeit, die du mir erwiesen hast; zugleich erkläre ich mich bereit, dir mit allem, was in meinen Kräften steht, meine Erkenntlichkeit zu beweisen. Du bist nicht abgestiegen, ohne daß irgend ein Anliegen dich dazu genötigt hätte; sage mir nun, was es ist, ich will deinen Wunsch zu befriedigen suchen, wenn es mir möglich ist.« »Guter Derwisch«, erwiderte der Prinz Bahman, »ich komme aus weiter Ferne und suche den sprechenden Vogel, den singenden Baum und das goldgelbe Wasser. Ich weiß, daß diese drei Sachen irgendwo in dieser Gegend sich befinden, aber den Ort, wo sie sind, weiß ich nicht. Wenn er dir bekannt ist, so beschwöre ich dich, zeige mir den Weg dazu, damit ich nicht auf einen falschen gerate und die Frucht der langen Reise, die ich unternommen, verliere.« Der Prinz bemerkte, daß der Derwisch bei seiner Rede nach und nach das Gesicht veränderte, die Augen niederschlug und ein äußerst ernstes Wesen annahm, ja sogar, statt zu antworten, längere Zeit auf seinem Schweigen beharrte. Dies veranlaßte ihn, nochmals das Wort zu nehmen und also fortzufahren: »Guter Vater, ich glaube, daß du mich verstanden hast; sag mir nun, ob du das weißt, was ich durch dich zu erfahren wünsche, oder ob du es nicht weißt, auf daß ich keine Zeit verliere, sondern mich anderwärts erkundige.« Der Derwisch brach endlich sein Stillschweigen und sagte zu dem Prinzen Bahman: »Herr, der Weg, nach dem du fragst, ist mir bekannt, allein ich habe dich gleich auf den ersten Anblick so liebgewonnen, und die Gefälligkeit, die du mir erwiesen, hat diese Freundschaft so sehr gesteigert, daß ich unentschlossen bin, ob ich dir die erwünschte Auskunft erteilen soll oder nicht.« »Was mag dich davon abhalten?« fragte der Prinz, »und welche Bedenklichkeiten kannst du haben, mir auf meine Frage zu antworten?« »Das will ich dir sagen«, antwortete der Derwisch; »die Gefahr, der du dich aussetzest, ist weit größer, als du glauben kannst. Schon viele andere Herren, die nicht weniger Kühnheit und Mut hatten, als du besitzen magst, sind hier vorbeigekommen und haben dieselbe Frage getan, wie du. Ich habe nichts unterlassen, um sie von ihrem Vorhaben abzubringen, allein sie wollten mir nicht glauben, und so ließ ich mich denn, obwohl mit großem Widerwillen, durch ihre dringenden Bitten bestimmen, ihnen den Weg zu zeigen; ich kann dir übrigens versichern, daß sie alle verunglückt sind und ich keinen einzigen habe zurückkommen sehen. Wenn dir dein Leben nur im mindesten lieb ist und du meinen Rat befolgen willst, so gehe nicht weiter, sondern kehre sogleich wieder heim.«

Der Prinz Bahman aber beharrte auf seinem Entschluß und erwiderte dem Derwisch: »Ich will gerne glauben, daß dein Rat gut gemeint ist, auch bin ich dir für diesen Beweis von Freundschaft sehr verpflichtet. Indes mag die Gefahr, von der du sprichst, so groß sein, als sie will, ich werde mich durch nichts von meinem Vorhaben abbringen lassen. Wenn ich angegriffen werde, so habe ich gute Waffen, und ich glaube nicht, daß mein Gegner tapferer oder beherzter sein wird, als ich.« »Wenn aber«, wandte der Derwisch ein, »diejenigen, die dich angreifen, denn es sind ihrer mehrere, sich gar nicht sehen lassen, wie willst du dich dann gegen unsichtbare Feinde verteidigen?« »Gleichviel«, erwiderte der Prinz, »du wirst mich nie überreden, gegen meine Pflicht zu handeln. Da du den Weg weißt, nach welchem ich dich frage, so beschwöre ich dich noch einmal, zeige ihn mir und schlage mir diese Gefälligkeit nicht ab.« Da der Derwisch sah, daß er den Prinzen Bahman nicht auf andere Gedanken bringen konnte, sondern daß derselbe, ungeachtet der wohlmeinenden Warnung, die er ihm gab, hartnäckig auf dem Entschluß beharrte, seine Fahrt fortzusetzen, so griff er in einen Sack, den er neben sich hatte, zog eine Kugel heraus und überreichte sie ihm mit den Worten: »Da ich es nicht über dich gewinnen kann, daß du auf meine Stimme hörst und meinen Rat befolgst, so nimm diese Kugel, und wenn du wieder zu Pferd sitzt, wirf sie vor dich hin und folge ihr bis an den Fuß eines Berges, wo sie stehenbleiben wird. Sobald sie stille steht, steig ab und wirf deinem Pferd den Zügel um den Hals; es wird auf derselben Stelle bleiben, bis du zurückkommst. Wenn du nun den Berg hinaufsteigst, wirst du rechts und links eine große Menge dicker schwarzer Steine erblicken und von allen Seiten ein verworrenes Getöse von Stimmen hören, die dir 1000 Schimpfworte zurufen werden, um dich zu entmutigen und zu verhindern, daß du die Höhe erreichst. Nimm dich indes wohl in acht, darüber zu erschrecken, und vor allen Dingen drehe den Kopf nicht, um zurückzusehen; du würdest im Augenblick in einen schwarzen Stein verwandelt werden, ähnlich denen, die du dort sehen wirst. Denn auch diese sind nichts anderes, als solche Herren, wie du, welchen ihr Unternehmen mißlungen ist, wie ich dir schon gesagt habe. Wenn du nun der Gefahr, die ich dir bloß andeute, damit du ihrer gedenken sollst, entrinnst und wirklich den Gipfel des Berges erreichst, so wirst du dort einen Käfig finden und in dem Käfig den Vogel, den du suchst. Da er sprechen kann, so frage ihn, wo der singende Baum und das goldgelbe Wasser ist, und er wird es dir anzeigen. Mehr habe ich dir nicht zu sagen. Du weißt jetzt alles, was du zu tun und zu lassen hast; laß dich indes belehren, folge meinem Rat und setze dich nicht der Gefahr aus, dein Leben zu verlieren. Noch einmal, so lang du noch Zeit hast, zu überlegen, bedenke wohl, daß dieser unwiderbringliche Verlust an eine Bedingung geknüpft ist, die man, wie du gewiß einsehen wirst, leicht, selbst durch bloße Achtlosigkeit, übertreten kann.«

Darauf erwiderte der Prinz Bahman, nachdem er die Kugel empfangen hatte: »So sehr ich dir auch für deinen Rat verbunden bin, den du soeben wiederholt hast, so kann ich ihn doch nicht befolgen, werde mir indes Mühe geben, deine Warnung, daß ich beim Hinaufsteigen auf den Berg nicht hinter mich sehen soll, zu benützen; auch hoffe ich, daß du mich bald mit der gewünschten Beute zurückkommen sehen wirst, um dir noch umständlicher zu danken.« Auf diese Worte, nach welchen der Derwisch nichts mehr erwiderte, als daß er sich freuen würde, ihn wieder zu sehen, und wünsche, daß es so gehen möchte, stieg der Prinz wieder zu Pferd, verabschiedete sich von dem Derwisch mit einer tiefen Verneigung des Kopfes und warf die Kugel vor sich hin.

Die Kugel rollte mit derselben Schnelligkeit, die der Prinz Bahman ihr durch den Wurf gegeben hatte, fort und fort, so daß er den Lauf seines Pferds beschleunigen mußte, um ihr zu folgen und sie nicht aus dem Gesicht zu verlieren. Am Fuße des Berges hielt sie, wie der Derwisch gesagt hatte, still, der Prinz stieg ab, legte dem Pferd die Zügel um den Hals und es rührte sich nicht mehr vom Fleck. Nachdem er nun den Berg gehörig besehen und die schwarzen Steine darauf bemerkt hatte, fing er an, ihn zu ersteigen, aber kaum hatte er vier Schritte getan, so ließen sich schon die Stimmen vernehmen, von denen der Derwisch ihm gesagt hatte, ohne daß er jemand erblickte. Einige sprachen: »Wohin will dieser Tollkopf? Was will er? Laßt ihn nicht vorbei!« Andere: »Haltet ihn an, greift, tötet ihn!« Wieder andere schrien mit einer Donnerstimme: »Ein Dieb, ein Mörder, ein Taugenichts!« Noch andere riefen in spöttischem Ton: »Nein, tut ihm nichts zuleide, laßt das hübsche Büblein ziehen; wahrhaftig nur für ihn hat man den Käfig und den Vogel aufbewahrt.« Ungeachtet dieser ärgerlichen Stimmen klomm der Prinz Bahman eine Zeitlang standhaft und fest den Berg hinan, indem er sich selbst Mut einsprach; nun aber wurden die Stimmen immer lauter, sie machten ein so schreckliches Getöse und kamen ihm sowohl von hinten, als von vorne so nahe, daß Angst und Entsetzen sich seiner bemächtigte. Seine Füße und Knie fingen an zu zittern, er wankte und bald darauf, als er spürte, daß ihm die Kräfte versagten, vergaß er die Warnung des Derwisches und

drehte sich um, um schnell den Berg wieder hinabzusteigen; allein in demselben Augenblick wurde er in einen schwarzen Stein verwandelt, wie es schon vielen anderen vor ihm ergangen war, welche dieselbe Unternehmung versucht hatten. Seinem Roß wiederfuhr dasselbe.

Seit der Abreise des Prinzen Bahman hatte die Prinzessin Parisade, welche das Messer mit der Scheide, das er ihr zum Kennzeichen seines Todes oder Lebens zurückgelassen, stets an ihrem Gürtel trug, es nicht versäumt, dasselbe häufig, ja sogar mehrere Male des Tages hervorzuziehen und zu befragen. Auf diese Weise hatte sie den Trost gehabt, zu wissen, daß er vollkommen gesund sei, und sich oft über ihn mit dem Prinzen Perwis unterhalten, der manchmal zuerst davon anfing und sie um Nachrichten fragte. So auch an dem unglückseligen Tage, wo der Prinz Bahman in einen Stein verwandelt wurde. Der Prinz Perwis und die Prinzessin unterhielten sich abends nach ihrer Gewohnheit von ihm, und der Prinz sagte zu seiner Schwester: »Liebe Schwester, ich bitte dich, zieh das Messer hervor, auf daß wir erfahren, wie es ihm ergeht.« Die Prinzessin zog es heraus, und als sie es betrachteten, sahen sie von der Spitze Blut herabträufeln. Von Schmerz und Entsetzen ergriffen, warf Parisade das Messer weg und rief: »Ach, mein geliebter Bruder, so habe ich dich also verloren, durch meine eigene Schuld verloren, und werde dich nie wiedersehen! Wehe mir, o ich Unglückliche! Warum mußte ich dir auch von dem sprechenden Vogel, dem singenden Baum und dem goldgelben Wasser sagen, oder vielmehr, was konnte es mich kümmern, ob die alte Betschwester unser Haus schön oder häßlich, vollkommen oder unvollkommen fand. Wollte Gott, es wäre ihr nie eingefallen, hier einzusprechen! Heuchlerin, Betrügerin!« fügte sie hinzu. »Mußtest du den freundlichen Empfang, den ich dir werden ließ, so vergelten! Warum hast du mir von einem Vogel, einem Baum und einem Wasser erzählt, welche gewiß nur in der Einbildung der Toren vorhanden sind, wie ich an dem unglücklichen Ende meines geliebten Bruders erkenne, aber dennoch durch deine Verzauberung fortwährend mein Gemüt beunruhigen!« Der Prinz Perwis war über den Tod seines Bruders Bahman nicht minder betrübt, als die Prinzessin Parisade; da er aber aus den Wehklagen seiner Schwester erkannt hatte, daß ihr Herz noch immer mit aller Macht nach dem Besitz des sprechenden Vogels, des singenden Baumes und des goldgelben Wassers verlangte, so beschloß er die Zeit nicht mit fruchtlosen Klagen zu verlieren. »Liebe Schwester«, sagte er zu ihr, »vergeblich betrauern wir unsern Bruder Bahman. Unser Klagen und unser Schmerz werden ihm das Leben nicht wiedergeben. Dies ist nun einmal Gottes Wille, wir müssen uns ihm unterwerfen und seine Ratschlüsse verehren, wenn wir sie auch nicht verstehen können. Warum willst du jetzt auf einmal die Worte der frommen Frau bezweifeln, nachdem du sie mit so festem Glauben für wahr und zuverlässig gehalten hast! Meinst du, sie würde dir von diesen drei Sachen erzählt haben, wenn sie nicht wirklich vorhanden wären, und sie habe dieselben bloß erfunden, um dich zu betrügen, während du ihr doch durchaus nie und nimmer mehr Anlaß dazu gegeben, sondern sie vielmehr so ehrenvoll und gütig aufgenommen und bewirtet hast? Lieber wollen wir glauben, daß der Tod unseres Bruders durch irgend ein Versehen von ihm oder durch einen Unfall herbeigeführt worden ist, den wir uns freilich nicht denken können. Darum, liebe Schwester, wollen wir uns durch seinen Tod nicht abhalten lassen, unser Ziel zu verfolgen; ich hatte mich gleich anfangs erboten, statt seiner die Reise zu machen, und bin noch jetzt dazu bereit. Sein Beispiel vermag mich nicht von meinem Vorhaben abzubringen, und ich will mich gleich morgen auf den Weg machen.« Die Prinzessin tat alles mögliche, um es dem Prinzen Perwis auszureden; sie beschwor ihn mit den rührendsten Ausdrücken, er möchte sie doch nicht der Gefahr aussetzen, statt eines Bruders beide zu verlieren, allein er blieb taub gegen alle ihre Vorstellungen. Vor seiner Abreise gab er ihr, damit sie beständig den Erfolg seiner Reise wissen möchte, wie sie von dem Schicksal des Prinzen Bahman durch das zurückgelassene Messer unterrichtet worden war, einen Rosenkranz von 100 Perlen zu demselben Behufe, und indem er ihr denselben überreichte, sprach er zu ihr: »Sprich diesen Rosenkranz für mich während meiner Abwesenheit. Wenn du ihn abbetest und die Perlen wie angeleimt feststehen, so daß du sie nicht mehr bewegen und nacheinander fallen lassen kannst, so ist das ein Zeichen, daß ich dasselbe Schicksal erlitten habe, wie unser Bruder. Hoffen wir indes, daß dies nicht geschehen wird, sondern daß ich vielmehr Glück habe, dich nach Erreichung unseres Zweckes wieder zu sehen.«

Der Prinz Perwis ritt also fort, und am 20. Tag seiner Reise traf er denselben Derwisch an derselben Stelle, wo der Prinz Bahman ihn gesehen hatte. Er ritt auf ihn zu, und nachdem er ihn begrüßt hatte, bat er ihn, wenn er es wüßte, ihm den Ort anzuzeigen, wo der sprechende Vogel, der singende Baum und das goldgelbe Wasser zu finden seien. Der Derwisch machte ihm dieselben Schwierigkeiten und Vorstellungen, wie dem Prinzen Bahman, und setzte noch hinzu, erst vor ganz kurzer Zeit habe ein junger Herr, mit dem er viele Ähnlichkeit besitze, ihn um denselben Weg gefragt; durch seine dringenden und ungestümen Bitten bewogen, habe er ihm denselben gezeigt, eine Art Wegweiser mitgegeben und genau vorgeschrieben, was er zu beobachten habe, wenn der Erfolg glücklich sein solle. Indes habe er ihn nicht zurückkommen sehen und könne daher nicht zweifeln, daß ihm dasselbe Schicksal geworden sei, wie seinen Vorgängern. »Gut, Derwisch«, antwortete der Prinz Perwis, »ich weiß, wer derjenige ist, von welchem du sprichst. Es war mein älterer Bruder, und ich weiß zuverlässig, daß er tot ist; auf welche Art er aber gestorben ist, kann ich mir nicht denken.« »Das will ich dir sagen«, versetzte der Derwisch; »er ist wie alle seine Vorgänger in einen schwarzen Stein verwandelt worden, und auch du hast dieselbe Verwandlung zu erwarten, wenn du die guten Ratschläge, die ich ihm ebenfalls erteilt hatte, nicht besser befolgst, oder nicht lieber deinen Plan ganz aufgeben willst, wozu ich dich noch einmal recht dringend ermahne.« »Derwisch«, antwortete der Prinz Perwis, »ich kann dir meinen Dank für den Anteil, den du an der Erhaltung meines Lebens nimmst, obgleich ich dir ganz fremd bin und nichts getan habe, um dein Wohlwollen zu verdienen, nicht genugsam ausdrücken. Auch das muß ich dir bemerken, daß ich die Sache reiflich überlegt habe, ehe ich meinen Entschluß faßte, und jetzt nicht mehr davon abgehen kann. Darum bitte ich dich, erweise mir dieselbe Gnade, wie meinem Bruder; vielleicht wird es mir besser als ihm gelingen, denselben Anweisungen, die ich von dir erwarte, nachzukommen.« »Da es mir also«, sagte der Derwisch, »nicht gelingen will, dich von deinem Entschluß abzubringen, so sei es denn; wenn mein hohes Alter mich nicht daran verhinderte und ich mich aufrecht auf meinen Beinen halten könnte, so würde ich aufstehen, um dir die Kugel zu geben, die ich hier habe und die dir zum Wegweiser dienen muß.« Der Prinz Perwis ließ den Derwisch nicht mehr sagen, sondern stieg sogleich vom Pferd und trat auf den Alten zu. Der Derwisch hatte soeben die Kugel aus seinem Sack hervorgeholt, worin er noch einen großen Vorrat davon hatte; er gab sie ihm und setzte ihm auseinander, welchen Gebrauch er davon zu machen hätte. Nachdem er ihn nun, wie früher den Prinzen Bahman, aufs dringendste gewarnt hatte, vor den unsichtbaren Stimmen, so bedrohlich sie auch sein mögen, nicht zu erschrecken und nicht abzulassen, bis er den Berg erstiegen und den Käfig mit dem Vogel gefunden hätte, ließ er ihn weiter ziehen. Der Prinz Perwis dankte dem Derwisch, und als er wieder aufgestiegen war, warf er die Kugel vor sich hin, gab seinem Pferd beide Sporen und folgte ihr. Endlich gelangte er an den Fuß des Berges, und als er sah, daß die Kugel stehen blieb, so stieg er ab. Ehe er den ersten Schritt den Berg hinan tat, blieb er noch einen Augenblick stehen, um sich die Anweisungen, die der Derwisch ihm gegeben hatte, recht lebhaft ins Gedächtnis zurückzurufen. Endlich faßte er sich Mut und stieg hinan, fest entschlossen, den Gipfel des Berges zu erklimmen; kaum aber war er fünf bis sechs Schritte vorwärts gegangen, so hörte er hinter sich eine Stimme, die ihm sehr nahe zu sein schien, als wenn jemand ihn mit Schimpfworten zurückriefe und ihm zuschrie: »Halt ein, Verwegener! Ich werde dich für deine Frechheit züchtigen.« Bei dieser Beleidigung vergaß der Prinz alle Warnungen des Derwisches, legte die Hand an seinen Säbel, zückte ihn und drehte sich um, um Rache zu nehmen; kaum aber konnte er noch sehen, daß niemand ihm folgte, als er schon in einen schwarzen Stein verwandelt war, desgleichen auch sein Roß.

Indes hatte die Prinzessin Parisade seit der Abreise ihres Bruders Perwis es keinen Tag versäumt, den im Augenblick des Abschieds von ihm empfangenen Rosenkranz an der Hand zu tragen, und wenn sie gerade nichts anderes zu tun hatte, ihn abzubeten, indem sie die Perlen, eine nach der anderen, durch die Finger laufen ließ. Sie hatte ihn diese ganze Zeit hindurch sogar nachts nicht von sich gelassen; jeden Abend, wenn sie zu Bett ging, hatte sie ihn um ihren Hals gelegt und morgens gleich beim Erwachen mit der Hand danach gegriffen, um zu untersuchen ob die Perlen noch immer sich bewegen ließen. Endlich an dem Tag und in dem Augenblick, da dem Prinzen Perwis dasselbe Schicksal wie seinem Bruder Bahman wiederfuhr, in einen schwarzen Stein verwandelt zu werden, hielt sie wie gewöhnlich den Rosenkranz in der Hand und betete ihn. Da fühlte sie auf einmal, daß die Perlen sich nicht mehr bewegen ließen, wenn sie ihnen mit dem Finger einen Druck gab, und zweifelte nicht daran, daß dies ein sicheres Zeichen vom Tode ihres Bruders sei. Da sie nun für diesen Fall bereits ihren Entschluß gefaßt hatte, so verlor sie keine Zeit damit, ihren Schmerz durch äußere Zeichen zu verraten. Sie tat sich Gewalt an, ihn ganz in ihr eigen Herz zurückzudrängen; am folgenden Morgen aber kleidete, bewaffnete und rüstete sie sich wie ein Mann, sagte ihren Leuten, sie werde in wenigen Tagen zurückkommen, stieg zu Roß und ritt auf derselben Straße dahin, welche die beiden Prinzen, ihre Brüder, gezogen waren. Die Prinzessin Parisade, die von ihren Jagdbelustigungen des Reitens gewohnt war, ertrug die Strapazen der Reise leichter, als andere Frauen vermocht hätten. Sie machte dieselben Tagesreisen, wie die Prinzen, ihre Brüder, und traf ebenfalls am 20. Tag den Derwisch. Als sie in seine Nähe kam, stieg sie ab, führte ihr Roß am Zügel und setzte sich neben ihm nieder. Nachdem sie ihn hierauf gegrüßt hatte, sprach sie also zu ihm: »Guter Derwisch, wirst du mir wohl erlauben, daß ich einige Augenblicke bei dir ausruhe, und hättest du wohl die Güte, mir zu sagen, ob du nie gehört hast, daß irgendwo in dieser Gegend ein Ort ist, wo man den sprechenden Vogel, den singenden Baum und das goldgelbe Wasser finden kann?« Der Derwisch antwortete: »Edles Fräulein, denn trotz deiner Verkleidung erkenne ich dein Geschlecht an deiner Stimme und muß dich also so nennen, ich danke dir für deinen Gruß und nehme die Ehre, die du mir erweist, mit großem Vergnügen an. Ich kenne allerdings den Ort, wo die genannten Dinge sich finden, aber in welcher Absicht fragst du mich darum?« »Guter Derwisch«, erwiderte die Prinzessin Parisade, »man hat mir so viel Schönes von diesen Sachen erzählt, daß ich vor Verlangen brenne, sie zu besitzen.« »Edles Fräulein«, versetzte der Derwisch, »man hat dir die Wahrheit gesagt; diese Dinge sind sogar noch weit erstaunlicher und wunderbarer, als man sie dir geschildert hat; aber von den Schwierigkeiten scheint man dir nichts gesagt zu haben, die du überwinden müßtest, um zu ihrem Genuß zu gelangen. Hätte man dich gebührend davon unterrichtet, so hättest du dich gewiß nicht auf eine so mühsame und gefährliche Unternehmung eingelassen. Laß dir einen guten Rat geben: Reite nicht weiter, sondern kehre wieder um und mute mir nicht zu, daß ich zu deinem Verderben beitragen soll.«

»Guter Vater«, sagte hierauf die Prinzessin, »ich komme aus weiter Ferne, und es wäre mir höchst unangenehm, wenn ich heimkehren müßte, ohne meinen Plan ausgeführt zu haben. Du sprichst von Schwierigkeiten und Lebensgefahr, sagst mir aber nicht, was dies für Schwierigkeiten sind und worin diese Gefahren bestehen. Ich wünschte indes sehr, es zu erfahren, damit ich mich darüber besinnen und sehen kann, ob ich auf meine Entschlossenheit, meinen Mut und meine Kräfte Vertrauen fassen darf oder nicht.« Hierauf wiederholte der Derwisch der Prinzessin Parisade dieselbe Rede, die er an die Prinzen Perwis und Bahman gehalten hatte, ja er übertrieb sogar die Schwierigkeiten, die mit der Übersteigung des Berges verbunden seien, auf welchem der Vogel sich in seinem Käfig befinde. Des Vogels, sagte er, müsse sie sich zuerst bemächtigen, dieser werde ihr dann über den Baum und das goldgelbe Wasser Auskunft geben. Sodann schilderte er ihr des Getöse und den Wirrwarr der drohenden und erschrecklichen Stimmen, die sich von allen Seiten hören lassen, ohne daß man jemand sehe, und endlich erzählte er von den vielen schwarzen Steinen, die allein schon sowohl sie, als jeden anderen abschrecken sollten, indem diese Steine tapfere Ritter seien und diese Verwandlung deswegen erlitten haben, weil sie die Hauptbedingungen zur glücklichen Ausführung des Unternehmens, nämlich sich vor Erreichung des Käfigs nicht umzudrehen und zurückzuschauen, nicht gehörig beobachtet.

Als der Derwisch seinen Vortrag geendet hatte, sagte die Prinzessin zu ihm: »Soviel ich aus deiner Rede ersehe, so bestehen die Hauptschwierigkeiten bei dieser Unternehmung darin, daß man bis zum Käfig hinanklimmen muß, ohne sich durch das Getöse der unsichtbaren Stimmen erschrecken zu lassen, und zweitens, daß man nicht rückwärts schauen darf. Was nun die letzte Bedingung betrifft, so hoffe ich, Herrschaft genug über mich zu besitzen, um sie pünktlich einzuhalten; in Beziehung auf die erste gestehe ich, daß solche Stimmen, wie du sie mir schilderst, wohl imstande sein können, auch die Beherztesten zu erschrecken. Da es indes bei keiner sehr wichtigen und gefährlichen Unternehmung verboten ist, List zu gebrauchen, so frage ich dich, ob mir bei diesem für mich so hochwichtigen Abenteuer nicht welche erlaubt ist.« »Und welcher List würdest du dich wohl bedienen?« fragte der Derwisch. »Mich dünkt«, antwortete die Prinzessin, »wenn ich mir die Ohren mit Baumwolle verstopfte, so würden jene Stimmen, wie stark und erschrecklich sie auch sein mögen, weit geringeren Eindruck auf mich machen und weniger auf meine Einbildungskraft wirken können;

mein Geist würde also seine Freiheit behalten und nicht so sehr in Verwirrung geraten, daß er die Besinnung verlöre.« »Edles Fräulein«, erwiderte der Derwisch, »ich weiß nicht, ob von allen denen, die sich bisher an mich gewandt und nach eben diesem Wege gefragt haben, sich irgend einer dieser List bedient hat, welche du hier erwähnst. Nur das weiß ich, daß keiner derselben gegen mich gedacht hat, und daß sie alle umgekommen sind. Wenn du indes auf deinem Beschluß beharrst, so magst du wohl eine Probe damit machen und darfst von Glück sagen, wenn es dir gelingt; übrigens rate ich dir noch einmal, setze dich dieser Gefahr nicht aus.« »Guter Vater«, versetzte die Prinzessin, »nichts kann mich abhalten, meinen Vorsatz auszuführen; mein Herz sagt mir, daß diese List gelingen wird, und ich bin entschlossen, mich ihrer zu bedienen. Ich brauche jetzt bloß noch von dir zu erfahren, welchen Weg ich nehmen muß, und ich beschwöre dich, versage mir diese Gefälligkeit nicht.« Der Derwisch ermahnte sie zum letzten Mal, die Sache wohl zu überlegen; da er aber sah, daß sie unerschütterlich war, so zog er eine Kugel aus seinem Sack heraus und überreichte sie ihr mit den Worten: »Nimm diese Kugel, steige wieder zu Pferd, und wenn du sie vor dich hingeworfen hast, so folge ihr auf allen Umwegen, in denen sie rollen wird, bis an den Berg, auf welchem dasjenige ist, was du suchst. Am Fuße desselben wird sie stehen bleiben, dann halte du ebenfalls an, steige ab und erklimme den Berg. Das übrige weißt du; vergiß ja nicht, es zu beobachten und zieh hin.« Die Prinzessin Parisade dankte dem Derwisch, verabschiedete sich von ihm und stieg wieder zu Pferd; sie warf die Kugel vor sich hin und ritt ihr auf dem Wege, welchen sie rollte, nach, bis sie endlich am Fuße des Berges stille stand.

Hier stieg die Prinzessin ab, verstopfte sich die Ohren mit Baumwolle, und nachdem sie den Weg nach dem Gipfel des Berges genau ins Auge gefaßt, fing sie an, festen Schrittes und unerschrockenen Mutes hinanzusteigen. Sie hörte wohl die Stimmen, merkte aber sogleich, daß die Baumwolle ihr von großem Nutzen war. Je weiter sie hinaufkam, um so stärker und vielfacher wurden die Stimmen, doch nicht so, daß sie darüber in Verwirrung geraten wäre. Sie hörte zwar allerlei Schmähworte und beißende Spottreden in Beziehung auf ihr Geschlecht, allein sie verachtete dieselben und lachte ihrer. »Ich ärgere mich nicht über eure Beleidigungen und Spöttereien«, sprach sie bei sich selbst, »ihr dürft noch Schlimmeres sagen, ich spotte eurer, und ihr sollt mich nicht hindern, meinen Weg fortzusetzen.« Endlich kam sie so weit hinauf, daß sie den Käfig und den Vogel zu bemerken anfing, welcher letztere im Bunde mit den unsichtbaren Stimmen sich ebenfalls bemühte, sie einzuschüchtern, indem er ihr, so klein er auch war, mit donnernder Stimme zurief: »Zurück, tritt nicht näher!« Die Prinzessin aber, durch diesen Anblick ermutigt, verdoppelte ihre Schritte, als sie sich dem Ziel ihrer Laufbahn so nahe sah. Sie erreichte auch glücklich den Gipfel des Berges, wo der Boden eben war, lief gerade auf den Käfig zu, ergriff ihn mit der Hand und sagte zu dem Vogel: »Vogel, du bist jetzt trotz deines Sträubens in meiner Gewalt und sollst mir nicht entschlüpfen.«

Indem nun Parisade die Baumwolle wieder aus ihren Ohren zog, sagte der Vogel zu ihr: »Tapferes Fräulein, grolle mir nicht, daß ich mich mit denjenigen

vereinigt habe, die sich für die Behauptung meiner Freiheit bemühten. Obgleich in einen Käfig gesperrt, war ich dennoch mit meinem Schicksal zufrieden. Da ich nun aber einmal zu Sklaverei bestimmt bin, so will ich lieber dich zur Herrin haben, die du mich auf eine so mutvolle und würdige Art erworben hast, als irgend einen anderen Menschen auf der Welt; auch schwöre ich dir von diesem Augenblick an unverbrüchliche Treue und gänzliche Unterwerfung unter alle deine Befehle. Ich weiß, wer du bist, und will dir auch sagen, daß du dich selbst nicht als das erkennst, was du bist; aber es wird ein Tag kommen, da ich dir einen Dienst zu erweisen hoffe, den du mir gewiß sehr danken wirst. Um dir sogleich Beweise meiner Aufrichtigkeit zu geben, so sage mir jetzt, was du wünschst; ich bin bereit, zu gehorchen.«

Die Freude der Prinzessin war unbeschreiblich, um so mehr, da die Eroberung, welche sie soeben gemacht hatte, mit dem Tod zweier aufs zärtlichste geliebten Brüder erkauft und für sie selbst mit so vielen Anstrengungen und Gefahren verbunden war; denn jetzt, nachdem sie die Gefahren überstanden, erkannte sie die Größe derselben viel besser, als damals, da sie sich trotz der Abmahnungen des Derwisches hineinbegab. Sie antwortete nun dem Vogel also:

»Vogel, es war meine Absicht, dir zu sagen, daß ich mehrere Dinge wünsche, die für mich von äußerster Wichtigkeit sind; es freut mich nun ungemein, daß du mir zuvorgekommen bist und deine Willfährigkeit zugesagt hast. Fürs erste habe ich gehört, es gebe hier ein goldgelbes Wasser, das ganz wunderbare Eigenschaften habe; ich bitte dich nun, mir vor allen Dingen den Ort zu sagen, wo es zu finden ist.« Der Vogel sagte ihr den Ort, der nicht weit entfernt war, sie ging hin und füllte ein silbernes Fläschchen, das sie mitgebracht hatte, mit dem Wasser an; dann kam sie zum Vogel zurück und sagte zu ihm: »Vogel, ich bin noch nicht zufrieden, ich suche auch den singenden Baum; sage mir, wo er ist.« Der Vogel antwortete: »Drehe dich um und du wirst hinter dir einen Wald erblicken, worin dieser Baum sich befindet.« Der Wald war ganz in der Nähe; die Prinzessin ging hin und erkannte an dem wohllautenden Zusammenklang von Stimmen unter mehreren anderen Bäumen bald denjenigen, den sie suchte. Da er aber sehr dick und sehr hoch war, so ging sie zum Vogel zurück und sagte zum ihm: »Vogel, ich habe den singenden Baum zwar gefunden, kann ihn aber weder aus der Erde heben, noch mitnehmen.« »Dies ist auch nicht nötig«, antwortete der Vogel, »du brauchst bloß den kleinsten Zweig abzubrechen, mit nach Hause zu nehmen und in deinen Garten zu pflanzen; er wird alsbald Wurzeln schlagen und in kurzer Zeit wirst du ihn zu einem ebenso schönen Baum erwachsen sehen, wie dieser ist.« Als nun die Prinzessin Parisade sich im Besitz der drei Dinge sah, nach welchen die fromme Frau ein so heißes Verlangen in ihr erregt hatte, sprach sie also weiter zu dem Vogel: »Vogel, soviel du auch schon für mich getan hast, so ist es immer noch nicht genug. Du bist schuld an dem Tod meiner beiden Brüder, die unter den schwarzen Steinen sein müssen, welche ich beim Heraufsteigen gesehen habe; ich möchte sie gerne nach Hause nehmen.«

Es schien, als ob der Vogel dieses Gebotes gern enthoben gewesen wäre, denn er machte Schwierigkeiten. Die Prinzessin bestand indes darauf und fuhr fort: »Erinnere dich, Vogel, daß du eben gesagt hast, du seist mein Sklave; du bist es wirklich und dein Leben steht in meiner Gewalt.« »Ich kann«, antwortete der Vogel, »diese Wahrheit allerdings nicht bestreiten, und obgleich deine jetzige Forderung mit größeren Schwierigkeiten verbunden ist, als die andern, so will ich sie dennoch ebenfalls erfüllen. Sieh dich überall hier um, ob du nicht einen Krug erblickst.« »Allerdings«, sagte die Prinzessin, »da steht einer.« »So nimm ihn«, fuhr der Vogel fort, »und beim Hinabsteigen vom Berg gieße auf jeden der schwarzen Steine ein wenig von dem Wasser, womit er angefüllt ist. Auf diese Art wirst du deine Brüder wieder finden.« Die Prinzessin Parisade ergriff den Krug, nahm ihn samt dem Vogel im Käfig, dem Fläschchen und dem Zweig mit sich, und beim Hinabsteigen sprengte sie auf die schwarzen Steine alle nacheinander Wasser aus dem Krug, und siehe da, jeder verwandelte sich in einen Mann. Da sie keinen einzigen überging, so kamen auch sämtliche Pferde, sowohl die der Prinzen, ihrer Brüder, als auch der übrigen Herren, wieder zum Vorschein. Auf diese Art erkannte sie den Prinzen Bahman und Perwis wieder, und diese erkannten sie ebenfalls und umarmten sie. Sie erwiderte ihre Umarmung mit großer Herzlichkeit, und noch voll Erstaunen fragte sie: »Liebe Brüder, was macht ihr denn hier?« Als sie nun beide geantwortet hatten, sie haben soeben geschlafen, so fuhren sie fort: »Ja wohl, aber ohne mich würde euer Schlaf noch fortdauern und hätte vielleicht bis zum Tage des Gerichts gewährt. Erinnert ihr euch nicht, daß ihr ausgezogen seid, den sprechenden Vogel, den singenden Baum und das goldgelbe Wasser zu suchen, und daß ihr hier auf dem Wege die schwarzen Steine erblickt habt, womit dieser Ort besät war? Schaut euch um und seht, ob noch ein einziger davon übrig ist. Diese Herren hier und ihr ward selbst diese Steine, desgleichen auch eure Pferde, die, wie ihr sehen könnet, euch erwarten. Wenn ihr nun«, fuhr sie fort, indem sie auf den Krug zeigte, dessen sie jetzt nicht mehr bedurfte, und den sie bereits am Fuße des Berges hingestellt hatte, »wenn ihr nun zu erfahren wünscht, wie dies Wunder geschehen ist, so wisset, es geschah durch die Kraft des Wassers, womit dieser Krug angefüllt war und womit ich die Steine alle besprengt habe. Als ich den sprechenden Vogel, den ihr hier im Käfig seht, zu meinem Sklaven gemacht und durch seine Hilfe den singenden Baum, wovon hier ein Zweig, sowie das goldgelbe Wasser, womit das Fläschchen hier angefüllt ist, gefunden hatte, so wollte ich nicht nach Hause kehren, ohne euch mitzunehmen; ich habe daher den Vogel durch die Macht, die ich über ihn erworben, gezwungen, mir das Mittel dazu anzugeben, und er hat mir diesen Krug, sowie den Gebrauch desselben, angezeigt.«

Die Prinzen Bahman und Perwis erkannten aus dieser Rede, wie sehr sie der Prinzessin, ihrer Schwester, verpflichtet waren, und die fremden Herren, die sich alle um sie versammelt und diese Rede ebenfalls gehört hatten, taten desgleichen. Sie erklärten ihr, daß sie weit entfernt seien, ihr diese Eroberung, nach welcher sie ebenfalls gestrebt hatten, zu mißgönnen, sondern daß sie vielmehr ihren Dank für das Leben, das sie ihnen wieder geschenkt, nicht besser an den Tag legen zu können glauben, als indem sie sich für ihre Sklaven erklären, bereit, alles zu tun, was sie ihnen gebiete. »Edle Herren«, antwortete die Prinzessin, »wenn ihr auf meine Rede acht gegeben habt, so kann es euch nicht entgangen sein, daß ich bei dem, was ich tat, keine andere Absicht hatte, als meine Brüder wieder zu finden; wenn es nun auch euch zugute gekommen ist, so seid ihr mir dafür keinen Dank schuldig. Ich sehe euer Anerbieten nur als einen Beweis von Höflichkeit gegen mich an, und danke euch dafür, wie sich's gebührt. Im übrigen betrachte ich euch, einen wie den andern, als ebenso freie Leute, wie ihr vor euerm Unglück wart, und freue mich mit euch über das Glück, das euch durch meine Vermittlung geworden ist. Laßt uns indes nicht länger an einem Ort bleiben, wo uns weiter nichts mehr aufhalten kann. Steigen wir jetzt zu Pferd und kehren nach den Ländern zurück, woher wir gekommen sind.«

Die Prinzessin Parisade ging mit ihrem Beispiel voran, indem sie ihr Pferd holte, welches sie auf derselben Stelle wiederfand, wo sie es gelassen hatte. Bevor sie aufstieg, bat sie der Prinz Bahman, sie möchte ihn zu ihrer Erleichterung den Käfig tragen lassen. »Lieber Bruder«, antwortete die Prinzessin, »der Vogel ist mein Sklave und ich will ihn selbst tragen; wenn du indes den Zweig des singenden Baumes übernehmen willst, so ist es mir lieb. Halte auch den Käfig, bis ich aufgestiegen bin, und gib ihn mir dann zurück.« Als sie nun wieder zu

Pferd saß und der Prinz Bahman ihr den Käfig mit dem Vogel zurückgegeben hatte, wandte sie sich zu ihrem zweiten Bruder Perwis und sagte zu ihm: »Und du, Bruder Perwis, nimm die Flasche mit dem goldgelben Wasser in Verwahrung, wenn es dir nicht beschwerlich ist.« Der Prinz Perwis tat es mit großem Vergnügen. Als nun die Prinzen Bahman und Perwis, sowie die anderen Herrn alle, zu Pferd saßen, wartete die Prinzessin Parisade, bis einer von ihnen sich an die Spitze stellen und den Zug beginnen würde. Die beiden Prinzen wollten aus Höflichkeit den fremden Herren den Vorzug lassen, und diese wiederum der Prinzessin. Da nun die Prinzessin sah, daß keiner von den Herren sich die Ehre zueignen, sondern alle dieselbe ihr überlassen wollten, so sagte sie zu ihnen: »Ihr Herren, ich warte darauf, daß ihr euch in Bewegung setzt.« »Edles Fräulein«, antwortete einer der Nächststehenden im Namen aller, »wenn wir auch nicht wüßten, welche Ehre deinem Geschlecht gebührt, so gibt es doch nach dem, was du für uns getan hast, keine Ehre, die wir nicht dir zu erweisen bereit wären, obschon deine Bescheidenheit sich dawider setzt. Wir bitten dich nun, daß du uns nicht länger des Glücks berauben mögst, dir zu folgen.« »Ihr Herren«, sagte darauf die Prinzessin, »ich verdiene die Ehre, die ihr mir erweiset, nicht, und nehme sie nur an, weil ihr es so wünscht.« Mit diesen Worten stellte sie sich an die Spitze des Zugs und die beiden Prinzen folgten ihr, unter die übrigen Herren gemischt, ohne Rangordnung. Diese Gesellschaft wollte im Vorbeireiten den Derwisch begrüßen und ihm für einen guten Empfang und seine wohlmeinenden Ratschläge, deren Wahrheit sie empfunden hatten, danken; allein er war gestorben, und man hatte nicht ermitteln können, ob aus Altersschwäche, oder weil man seiner nicht mehr bedurfte, um den Weg nach den drei Wunderdingen zu zeigen, welche die Prinzessin Parisade jetzt erobert hatte. So ritt denn die Gesellschaft ihres Weges fort, verminderte sich aber mit jedem Tag. Die Herren, die wie schon oben erzählt, aus verschiedenen Ländern gekommen waren, verabschiedeten sich, nachdem sie der Prinzessin ihren tiefgefühlten Dank wiederholt hatten, einer nach dem anderen von ihr und den Prinzen, ihren Brüdern, sowie jeder auf die Straße kam, die er hergeritten war. Die Prinzessin und die Prinzen Bahman und Perwis aber ritten auf demselben Weg weiter, bis sie nach Hause kamen.

Hier stellte die Prinzessin vor allem den Käfig in den mehrfach erwähnten Garten, an welchen der Saal stieß, und sobald der Vogel seine Stimme hören ließ, flogen die Nachtigallen, die Finken, die Lerchen, die Grasmücken, die Stieglitze und eine zahllose Menge anderer Vögel des Landes herbei, um in seinen Gesang mit einzustimmen. Den Zweig ließ sie in ihrer Gegenwart auf einem Rasenplatz in der Nähe des Hauses einsenken. Er faßte Wurzel und wurde in kurzer Zeit zum starken Baum, dessen Blätter bald dieselbe liebliche Musik und denselben vielstimmigen Gesang hören ließen, wie der Baum, von dem sie ihn abgebrochen hatte. Was endlich das Fläschchen mit dem goldgelben Wasser betrifft, so ließ sie mitten im Garten ein großes schönes Marmorbecken machen und goß das gelbe Wasser, das sie in dem Fläschchen hatte, bis auf den letzten Tropfen hinein. Sogleich fing es an aufzuschwellen, und als es beinahe den Rand des Beckens erreicht hatte, sprang es aus der Mitte in einer dicken Strahlengarbe 50 Schuh hoch empor, fiel dann nieder und fuhr so fort, ohne daß das Becken überlief.

Die Nachricht von diesen Wunderdingen verbreitete sich in der Nachbarschaft, und da weder die Türe des Gartens noch des Hauses jemandem verschlossen war, so strömte bald aus der Umgegend eine große Volksmasse herbei, um sie zu bewundern.

Die Prinzen Bahman und Perwis fingen einige Tage nach ihrer Heimkehr, als sie sich von den Beschwerden ihrer Reise völlig erholt hatten, ihre alte Lebensweise wieder an, und da die Jagd ihre gewöhnliche Belustigung war, so stiegen sie zu Pferd und ritten zum ersten Mal seit ihrer Rückkehr nicht in den eigenen Park, sondern zwei bis drei Meilen weit von ihrem Hause weg. Während sie hier jagten, kam der Sultan von Persien, ebenfalls auf der Jagd begriffen, an denselben Ort. Sobald sie an der Menge von Reitern, die von allen Seiten zum Vorschein kamen, seine nahe Ankunft erkannten, wollten sie aufhören und sich zurückziehen, um seine Begegnung zu vermeiden; allein gerade auf dem Weg, den sie zu diesem Behufe einschlugen, begegneten sie ihm an einer so engen Stelle, daß sie weder ausweichen, noch umkehren konnten, ohne gesehen zu werden. In ihrer Überraschung hatten sie nur noch Zeit, abzusteigen und sich vor dem

Sultan niederzuwerfen. So blieben sie mit der Stirn am Boden liegen, ohne ihn anzublicken; der Sultan aber, der sie so wohlberitten und anständig gekleidet sah, wie wenn sie zu seinem Hofstaat gehörten, war neugierig, ihr Gesicht zu sehen; er hielt an und befahl ihnen aufzustehen. Die Prinzen richteten sich auf und standen mit edlem Anstand und in bescheidener, ehrfurchtsvoller Stellung vor ihrem Sultan. Der Sultan betrachtete sie einige Zeit von Kopf bis zu Fuß, ohne ein Wort zu sprechen, und nachdem er ihr gutes Aussehen und ihre edle Bildung bewundert hatte, fragte er sie, wer sie seien und wo sie wohnen. Der Prinz Bahman nahm das Wort und sprach: »Herr, wir sind Söhne des verstorbenen Aufsehers deiner Gärten und wohnen in einem Haus, das er kurz vor seinem Tode bauen ließ, damit wir darin bleiben sollen, bis wir das Alter erreicht hätten, unserm Herrn zu dienen, wenn sich Gelegenheit dazu finden würde.« »Wie ich sehe«, fragte der Sultan weiter, »liebt ihr die Jagd?« »Herr«, erwiderte der Prinz Bahman, »dies ist unsere gewöhnliche Übung, und keiner von den Untertanen meines Herrn, der sich dazu bestimmt, dereinst die Waffen in seinen Heeren zu führen, vernachlässigt sie.« Der Sultan war hoch erfreut über diese kluge Antwort und sagte zu ihnen: »Da dem so ist, so möchte ich euch wohl jagen sehen. Kommt und wählt euch eine Jagd, wie sie euch beliebt.« Die Prinzen stiegen wieder zu Pferd, folgten dem Sultan und waren noch nicht weit geritten, als sie mehrere Tiere zugleich hervorkommen sahen. Der Prinz Bahman erwählte sich einen Löwen und der Prinz Perwis einen Bären. Sie ritten beide zu gleicher Zeit mit einer Unerschrockenheit auf dieselben los, welche den Sultan überraschte; auch erreichten sie ihre Tiere fast zu gleicher Zeit und warfen ihre Speere mit solcher Geschicklichkeit, daß der Prinz Bahman den Löwen und der Prinz Perwis den Bären durchbohrte, und der Sultan beide Tiere bald nacheinander fallen sah. Ohne sich länger aufzuhalten, verfolgte der Prinz Bahman einen anderen Bären und Prinz Perwis einen anderen Löwen, und in wenigen Augenblicken durchbohrten sie auch diese, so daß sie tot niederstürzten. Sie wollten noch weiter jagen, aber der Sultan gab es nicht zu; er ließ sie zurückrufen, und als sie wieder in seine Nähe gekommen waren, sagte er zu ihnen: »Wenn ich euch schalten und walten ließe, so würdet ihr bald meine ganze Jagd verwüstet haben. Indes will ich nicht sowohl meine Jagd schonen, als euch selbst, denn euer Leben soll mir fortan sehr teuer sein, da ich die Überzeugung hege, daß eure Tapferkeit mir dereinst noch nützlicher sein wird, als sie mir soeben ergötzlich war.« Kurz, der Sultan Chosra Schah fühlte für die beiden Prinzen eine so starke Zuneigung, daß er sie einlud, sogleich bei ihm zu bleiben und ihm zu folgen. »Herr«, erwiderte der Prinz Bahman, »du erweist uns eine Ehre, die wir nicht verdienen, und wir bitten unsern Herrn, daß er uns dies erlassen wolle.«

Der Sultan, der nicht begriff, welche Gründe die Prinzen wohl haben konnten, diesen Beweis seiner Achtung abzulehnen, fragte sie darum und verlangte dringend, es zu erfahren. »Herr«, sagte der Prinz Bahman, »wir haben eine Schwester, die jünger ist als wir beide, und mit der wir in so inniger Eintracht leben, daß wir niemals etwas unternehmen oder tun, ohne ihren Rat eingeholt zu haben, so wie auch sie ihrerseits nichts tut, ohne uns zu befragen.« »Diese eure

geschwisterliche Eintracht gefällt mir sehr wohl«, versetzte der Sultan; »so befragt denn eure Schwester und kommt dann morgen wieder zu mir auf die Jagd, dann will ich ihren Bescheid hören.« Die Prinzen ritten nach Hause, dachten aber beide nicht mehr daran, daß der Sultan ihnen begegnet war, und daß sie die Ehre gehabt hatten, mit ihm zu jagen, und somit erzählten sie der Prinzessin auch nichts davon, daß er ihnen die Ehre erwiesen hatte, sie mit sich nehmen zu wollen. Als sie sich nun am anderen Morgen wieder beim Sultan zur Jagd eingestellt hatten, fragte sie dieser: »Nun, habt ihr mit eurer Schwester gesprochen? Will sie mir das Vergnügen gönnen, das ich erwarte, euch näher um mich zu sehen?« Die Prinzen blickten einander an, und die Röte stieg ihnen ins Gesicht. »Herr«, antwortete der Prinz Bahman, »wir bitten demütiglich um Entschuldigung; weder mein Bruder noch ich haben daran gedacht.« »So denkt heute daran«, fuhr der Sultan fort, »und vergeßt nicht, mir morgen Bescheid zu bringen.« Die Prinzen vergaßen die Sache abermals, und der Sultan ärgerte sich nicht über ihre Gleichgültigkeit, sondern zog vielmehr drei kleine goldene Kugeln aus seiner Börse, steckte sie dem Prinzen Bahman in den Busen und sprach dabei lächelnd: »Diese Kugeln werden verhindern, daß ihr heute zum dritten Mal das vergesset, was ihr mir zuliebe tun sollt; sie werden heute Abend, wenn du deinen Gürtel ablegst, ein solches Geräusch machen, daß du dich der Sache erinnern wirst, im Fall du nicht schon vorher daran gedacht hast.« Es erging, wie der Sultan vorausgesehen hatte. Ohne die drei goldenen Kugeln hätten die Prinzen abermals vergessen, mit der

Prinzessin Parisade, ihrer Schwester, zu sprechen. Sie entfielen dem Busen des Prinzen Bahman, als er seinen Gürtel abgenommen hatte und sich anschickte, zu Bett zu gehen. Er eilte nun sogleich zu dem Prinzen Perwis, und beide gingen zusammen durch die Zimmer der Prinzessin, die sich noch nicht niedergelegt hatte. Sie baten um Verzeihung, daß sie so zur ungebührlichen Stunde stören und setzten ihr dann die Sache samt allen Umständen ihres Zusammentreffens mit dem Sultan auseinander. Die Prinzessin Parisade war durch diese Nachricht beunruhigt und sagte: »Euer Zusammentreffen mit dem Sultan ist glücklich und ehrenvoll für euch und kann es in der Folge noch mehr werden; für mich aber ist es verdrießlich und sehr traurig. Ich sehe wohl, daß ihr aus Rücksicht auf mich den Wunsch des Sultans abgelehnt habt und bin euch unendlich dafür verbunden; denn ich erkenne daraus, daß eure Freundschaft für mich vollkommen der meinigen zu euch entspricht. Ihr habt sozusagen lieber eine Unhöflichkeit gegen den Sultan begehen wollen, indem ihr seinen Wunsch eurer Meinung nach auf eine anständige Art ablehntet, als der geschwisterlichen Vereinigung, die wir uns geschworen haben, Eintrag zu tun; und ihr habt wohl bedacht, daß ihr, sobald ihr ihn einmal besucht habt, allmählich genötigt sein werdet, mich zu verlassen, um euch ihm ganz zu widmen. Haltet ihr es indes für so leicht, dem Sultan eine Sache gänzlich abzuschlagen, die er so angelegentlich zu wünschen scheint? Der Wunsch der Sultane ist ein Wille, dem zu widerstehen Gefahr bringt. Wenn ich euch also auch meiner Neigung zufolge abreden wollte, ihm die Gefälligkeit zu erzeigen, die er von euch fordert, so würde ich euch nur seinem Zorn aussetzen und mit mir unglücklich machen. Dies ist meine Ansicht hierüber; ehe wir jedoch einen Entschluß fassen, laßt uns den sprechenden Vogel befragen und hören, was er uns rät. Er ist verständig und voraussehend, und er hat uns für schwierige Fälle seine Hilfe versprochen.« Die Prinzessin Parisade ließ den Käfig bringen, und nachdem sie dem Vogel in Gegenwart der beiden Prinzen diese verwickelte Sache vorgetragen hatte, fragte sie ihn, wozu er ihnen unter solchen Umständen rate. Der Vogel antwortete: »Die Prinzen, deine Brüder, müssen dem Willen des Sultans entsprechen und sogar ihrerseits ihn einladen, euch hier zu besuchen.« »Aber Vogel«, wandte die Prinzessin ein, »meine Brüder und ich, wir lieben uns ohnegleichen, und wird dieser Liebe durch einen solchen Schritt kein Eintrag geschehen?« »Nicht weniger«, antwortete der Vogel, »sie wird dadurch nur um so stärker werden.« »Auf diese Art«, versetzte die Prinzessin, »wird der Sultan auch mich sehen.« Der Vogel antwortete ihr, es sei notwendig, daß er sie sehe, und alles werde dann um so besser gehen.

Am folgenden Morgen stellten die Prinzen Bahman und Perwis sich wieder zur Jagd ein, und der Sultan fragte sie schon aus der Ferne, so weit er nur gehört werden konnte, ob sie diesmal daran gedacht haben, mit ihrer Schwester zu sprechen. Der Prinz Bahman nahte sich ihm und sprach: »Herr, gebiete über uns nach deinem Wohlgefallen, wir sind bereit, dir zu gehorchen; wir haben nicht nur keine Mühe gehabt, die Einwilligung unserer Schwester zu erlangen, sondern sie hat es sogar mißbilligt, daß wir in einer Sache, welche unsere Pflicht gegen unsern Herrn mit sich bringe, diese Rücksicht auf sie genommen haben.

Aber, Herr, sie hat sich derselben auch so würdig gemacht, daß wir hoffen, du werdest uns verzeihen, wenn wir gefehlt haben.« »Laßt euch das nicht bekümmern«, erwiderte der Sultan, »ich nehme das, was ihr getan habt, nicht nur nicht übel, sondern billige es sogar so sehr, daß ich hoffe, ihr werdet auch mich mit derselben Ergebenheit und Anhänglichkeit an meine Person erfreuen, sofern ich nur ein wenig Anteil an eurer Freundschaft habe.« Die Prinzen gerieten bei dieser überschwenglichen Güte des Sultans in Verwirrung und antworteten nur durch eine tiefe Verbeugung, um die hohe Ehrfurcht zu bezeugen, womit sie dieselbe empfingen.

Der Sultan jagte wider seine Gewohnheit an diesem Tage nicht lange. Da er erkannte, daß die Prinzen ebenso viel Geist besaßen als Tapferkeit und Kühnheit, so beschleunigte er seine Rückkehr, um sich recht bald und bequem mit ihnen unterhalten zu können. Sie mußten unterwegs an seiner Seite sein, eine Ehre, die, um von den vornehmen Hofleuten seines Gefolges zu schweigen, selbst die Eifersucht des Großveziers erregte, den es tief kränkte, sie vor sich reiten zu sehen.

Als der Sultan in seine Hauptstadt einritt, heftete das Volk, das die beiden Seiten der Straßen besetzt hielt, seine Augen nur auf die beiden Prinzen Bahman und Perwis und forschte, wer sie wohl sein möchten, Fremdlinge oder Eingeborne. »Wer sie auch seien«, sagten die meisten, »wollte Gott, daß der Sultan uns zwei so wohlgebildete und stattliche Prinzen geschenkt hätte! Er könnte sie fast von demselben Alter haben, wenn die Geburten der Sultanin, die schon so lange dafür leidet, glücklicher gewesen wären.«

Das erste, was der Sultan nach der Rückkehr in seinen Palast tat, war, daß er die Prinzen in den vorzüglichsten Zimmern umher führte, deren Schönheit, Reichtümer, Gerätschaften, Zierraten und Einteilung sie ohne Übertreibung lobten, wie Leute, die sich darauf verstanden. Man trug endlich ein herrliches Mahl auf, und der Sultan hieß sie neben sich zu Tisch sitzen. Sie wollten es anfangs ablehnen, gehorchten aber, als der Sultan sagte, daß dies sein Wille sei.

Der Sultan, der ungemein viel Verstand besaß und große Fortschritte in den Wissenschaften, namentlich in der Geschichte, gemacht, hatte wohl vorausgesehen, daß die Prinzen aus Bescheidenheit und Ehrfurcht es nicht wagen würden, die Unterhaltung anzufangen. Um ihnen nun Anlaß zum Sprechen zu geben, brachte er selbst etwas auf die Bahn und tat dies während der ganzen Mahlzeit; aber auf was er auch zu sprechen kommen mochte; sie zeigten in allem so viele Kenntnisse, Verstand, Scharfsinn und Urteil, daß er darüber in Verwunderung geriet. »Wenn es meine eigenen Kinder wären«, sprach er bei sich selbst, »und wenn ich sie ihren Geistesgaben gemäß hätte erziehen lassen, so könnten sie nicht besser unterrichtet, gewandter und gebildeter sein.« Kurz, er fand so großes Wohlgefallen an ihrer Unterhaltung, daß er, nachdem er länger als gewöhnlich bei Tisch geblieben war, aus dem Speisesaal mit ihnen in sein Zimmer ging und sich dort noch sehr lange mit ihnen besprach. Endlich sagte der Sultan zu ihnen: »Ich hätte nie geglaubt, daß es auf dem Lande unter meinen Untertanen so wohlerzogene, so verständige und so gewandte junge Herren gäbe; in meinem Leben

habe ich keine Unterhaltung gehabt, die mir mehr Vergnügen gemacht hätte als die eurige. Für heute ist es indes genug und Zeit, daß ihr euch durch irgend eine Ergötzlichkeit an meinem Hofe unterhaltet, und da nichts die Wolken besser zerstreuen kann als Musik, so sollt ihr ein Konzert von Gesang und Saitenspiel hören, das euch nicht unangenehm sein wird.

Als der Sultan so gesprochen hatte, traten die dazu bestellten Spielleute und Sänger herein und entsprachen ganz der Erwartung, die man von ihrer Geschicklichkeit gehabt hatte. Vortreffliche Spaßmacher ließen sich danach hören, und Tänzer und Tänzerinnen beschlossen die Ergötzlichkeit.

Als die beiden Prinzen das Ende des Tages herannahen sahen, warfen sie sich dem Sultan zu Füßen, und nachdem sie ihm für die Ehre und Güte, womit er sie überhäuft, gedankt hatten, baten sie ihn um die Erlaubnis, heimzukehren, worauf der Sultan sie mit den Worten verabschiedete: »Ich entlasse euch jetzt; aber bedenkt wohl, daß ich euch nur den Weg nach meinem Palast zeigen wollte, damit ihr künftig von selbst kommen sollt; ihr werdet willkommen sein, und je öfter ihr mich besucht, um so größere Freude werdet ihr mir machen.«

Ehe sie sich aus dem Angesicht des Sultans entfernten, sagte der Prinz

Bahman zu ihm: »Herr, dürften wir uns wohl die Freiheit nehmen, dich zu bitten, daß du uns und unserer Schwester die Gnade erweisen mögest, das nächste Mal, wenn die Jagdlust dich in unsere Gegend führt, auch unsrem Hause zu nahen und einige Augenblicke darin auszuruhen; es ist zwar deiner Gegenwart nicht würdig, allein die Könige verschmähen es zuweilen nicht, in niedriger Hütte einzukehren.« Darauf antwortete der Sultan: »Das Haus von Herren, wie ihr, kann nicht anders als schön und euer würdig sein. Ich werde es mit großem Vergnügen besuchen und noch mit größerem eurer und eurer Schwester Gast sein, die mir, ohne daß ich sie gesehen habe, schon durch die bloße Erzählung von ihren schönen Eigenschaften teuer geworden ist; auch will ich mir dies Vergnügen nicht länger vorenthalten als bis übermorgen. Ich werde mich in aller Frühe an demselben Ort einfinden, wo ich mich wohl erinnere, euch das erste Mal getroffen zu haben. Kommt auch dahin, auf daß ihr mir zu Führern dient.«

Die Prinzen Bahman und Perwis ritten noch am selbigen Tag nach Hause und erzählten der Prinzessin Parisade sogleich, wie ehrenvoll der Sultan sie aufgenommen habe. Zugleich sagten sie ihr, sie haben nicht vergessen, ihn einzuladen, daß er im Vorbeireiten ihr Haus mit einem Besuch beehren möchte, und er habe es auch auf übermorgen zugesagt.

»Wenn dem so ist«, sagte die Prinzessin, »so müssen wir von Stund an darauf denken, dem Sultan ein würdiges Mahl zu bereiten, und es wird gut sein, wenn wir zu diesem Behuf den sprechenden Vogel befragen. Dieser sagt uns vielleicht ein Gericht, das mehr nach dem Geschmack des Sultans ist als andere.« Da die Prinzen ihrer Schwester alles überließen, was sie für gut hielt, so befragte sie, als jene sich entfernt hatten, allein den Vogel. »Vogel«, sagte sie zu ihm, »der Sultan wird uns die Ehre erzeigen, in unser Haus zu kommen, und wir müssen ihn bewirten; sage uns, wie wir es am besten anstellen können, daß er zufrieden ist.« »Meine liebe Herrin«, antwortete der Vogel, »du hast vortreffliche Köche, laß diese ihr bestes tun; hauptsächlich aber sollen sie eine Schüssel Gurken mit einer Fülle von Perlen zurichten, und diese laß vor dem Sultan gleich beim ersten Gang vor allen anderen Gerichten aufstellen.« »Gurken mit einer Fülle von Perlen!« rief die Prinzessin Parisade verwundert. »Du bist nicht bei Sinnen, Vogel, das ist ein unerhörtes Gericht. Der Sultan könnte es zwar als eine große Pracht bewundern, aber er ist doch bei Tische, um zu essen, und nicht, um Perlen zu bewundern. Überdies würden alle Perlen, die ich besitze, nicht zu dieser Fülle ausreichen.« »Herrin«, versetzte der Vogel, »tue, was ich sage, und kümmere dich nicht um das, was daraus entsteht, denn dies kann nur etwas Gutes sein. Was indes die Perlen betrifft, so gehe morgen in aller Frühe an den ersten Baum rechts in deinem Garten und laß dort nachgraben; du wirst mehr Perlen finden, als du nötig hast.«

Die Prinzessin Parisade ließ noch am selbigen Abend einem Gärtner andeuten, daß er sich zu einer bestimmten Stunde bereit halten solle; am anderen Morgen in aller Frühe ging sie mit ihm zu dem Baum, welchen der Vogel ihr bezeichnet hatte und befahl ihm, am Fuße desselben zu graben. Als der Gärtner bis auf eine gewisse Tiefe gegraben hatte, fühlte er Widerstand, und bald entdeckte er ein goldenes Kästchen, ungefähr einen Schuh groß ins Geviert, und zeigte es der Prinzessin. »Eben darum habe ich dich hierhergeführt, sagte sie zu ihm, »fahre fort und gib wohl acht, daß du es mit dem Spaten nicht verletzt.«

Der Gärtner zog das Kästchen endlich hervor und übergab es der Prinzessin. Da es nur durch kleine, sehr zierliche Häkchen geschlossen war, so öffnete es die Prinzessin auf der Stelle und sah, daß es voll Perlen war, zwar von mittelmäßiger Größe, aber alle gleich und zu dem beabsichtigten Gebrauch passend. Sehr vergnügt über den Fund dieses kleinen Schatzes verschloß sie das Kästchen wieder, nahm es unter den Arm und ging nach dem Haus zurück, indes der Gärtner die Erde am Fuße des Baumes wieder zusammenscharrte und alles in den vorigen Stand setzte.

Die Prinzen Bahman und Perwis, die, während sie sich ankleideten, von ihren Zimmern aus die Prinzessin, ihre Schwester, früher als gewöhnlich im Garten gesehen hatten, gingen ihr, sobald sie fertig waren, entgegen, und trafen sie mitten im Garten; da sie nun schon von ferne bemerkt hatten, daß sie etwas unter dem Arm trug, und jetzt in der Nähe sahen, daß es ein goldenes Kästchen war, so verwunderten sie sich sehr darüber. »Liebe Schwester«, sagte der Prinz Bahman zu ihr, indem er auf sie zutrat, »als wir dich mit dem Gärtner hierher gehen sahen, trugst du nichts und jetzt kommst du mit einem goldenen Kästchen zurück. Ist dies vielleicht ein Schatz, den der Gärtner gefunden und dir angekündigt hat?« »Meine Brüder«, antwortete die Prinzessin, »die Sache verhält sich gerade umgekehrt; ich habe den Gärtner an den Ort geführt, wo das Kästchen verborgen war und es ausgraben lassen. Ihr werdet über meinen Fund noch mehr erstaunen, wenn ihr seht, was es enthält.«

Die Prinzessin öffnete das Kästchen, und die Prinzen erstaunten höchlich, als sie es mit Perlen angefüllt sahen, die zwar, jede einzeln betrachtet, sich nicht durch Größe auszeichneten, aber durch ihre Vollkommenheit und Menge sehr bedeutenden Wert hatten. Sie fragten die Prinzessin, durch welchen Zufall sie von diesem Schatz Kunde erhalten habe. »Liebe Brüder«, antwortete sie, »wenn euch nicht ein dringenderes Geschäft anderswohin ruft, so kommt mit mir, ich will es euch sagen.« Der Prinz Perwis versetzte darauf: »Wie könnten wir ein dringenderes Geschäft haben, als Kunde von dieser Sache zu erhalten, die für uns so hochwichtig ist? Ohnehin wollten wir weiter nichts, als dir entgegengehen.«

Hierauf ging die Prinzessin Parisade mitten unter den beiden Prinzen nach dem Haus zurück und erzählte ihnen unterwegs, wie sie, der Übereinkunft mit ihnen gemäß, den Vogel befragt, was er ihr geantwortet, was sie ihm in Beziehung auf das Gericht Gurken mit Perlen gefüllt entgegengehalten, und wie er ihr den Ort, wo sie soeben das Kästchen gefunden, angezeigt habe, um daselbst die nötige Anzahl Perlen zu holen. Die Prinzen und die Prinzessin gerieten auf allerlei Vermutungen, in welcher Absicht der Vogel wohl ein solches Gericht für den Sultan bereitet wissen wolle und sogar die Mittel angezeigt habe. Endlich aber, nachdem sie lange hin und wieder über diese Sache gesprochen hatten, mußten sie sich gestehen, daß sie den Zweck nicht einsehen, den Rat des Vogels jedoch Punkt für Punkt unfehlbar befolgen müssen. Als sie wieder ins Haus kamen, ließ die Prinzessin den Küchenmeister zu sich auf ihr Zimmer rufen und gab ihm ihre Anweisungen, wie er das Mahl für den Sultan zu bereiten habe. Dann fügte sie hinzu: »Außer dem, was ich dir soeben gesagt habe, mußt du noch ein besonderes Gericht für den Sultan machen, und zwar darf niemand außer dir Hand dabei anlegen. Dieses Gericht ist eine Schüssel mit gefüllten Gurken, und die Fülle hast du aus diesen Perlen hier zu machen.« Mit diesen Worten öffnete sie das Kästchen und zeigte ihm die Perlen. Der Küchenmeister, der nie von einer ähnlichen Fülle gehört hatte, trat zwei Schritte zurück, und auf seinem Gesicht stand deutlich geschrieben, was er von der Sache denke. Die Prinzessin erriet seine Gedanken und sagte: »Ich sehe wohl, du hältst mich für aberwitzig, daß ich von dir ein Gericht verlange, wovon du niemals sprechen gehört hast und von dem man mit Gewißheit behaupten kann, daß es noch nie bereitet worden ist. Es ist wahr und ich weiß es so gut als du; aber ich bin nicht aberwitzig, sondern befehle dir mit vollem Verstand, es zu bereiten. Gehe, sinne darauf und tue dein bestes; nimm das Kästchen mit und bringe es mir dann mit den übrigen Perlen zurück, wenn du nämlich nicht alle brauchst.« Der Küchenmeister wußte hierauf nichts zu erwidern, er empfing das Kästchen und nahm es mit. An demselben Tag erteilte die Prinzessin Parisade noch ihre Befehle, daß alles sowohl im Haus als auch im Garten recht hübsch in Ordnung gestellt wurde, um den Sultan würdig zu empfangen. Am anderen Morgen waren die beiden Prinzen bereits an dem verabredeten Ort, als der Sultan von Persien ankam. Der Sultan begann die Jagd und setzte sie fort, bis die brennende Hitze der Sonne, welche sich der Mittagshöhe nahte, ihn nötigte aufzuhören. Während nun der Prinz Bahman beim Sultan blieb, um ihn zu begleiten, stellte sich der Prinz Perwis als Wegweiser an die Spitze des Zuges, und als er in der Nähe des Hauses war, gab er seinem Roß die Sporen, um der Prinzessin Parisade die Ankunft des Sultans zu verkündigen; indes war die Prinzessin schon von ihren eigenen Leuten, welche sie nach verschiedenen Seiten ausgeschickt hatte, davon benachrichtigt, und fand der Prinz sie zu seinem Empfang bereit.

Als endlich der Sultan ankam und an der Vorhalle abgestiegen war, trat die Prinzessin Parisade hervor und warf sich zu seinen Füßen; die Prinzen Bahman und Perwis aber, die zugegen waren, sagten dem Sultan, dies sei ihre Schwester und baten ihn, die Beweise ihrer Ehrfurcht gegen ihn zu genehmigen. Der Sultan bückte sich, um der Prinzessin aufstehen zu helfen, und nachdem er sie betrachtet und einige Zeit den blendenden Glanz ihrer Schönheit, ihre Holdseligkeit, ihren edlen Anstand und ein gewisses Etwas, das nicht zu ihrem ländlichen Wohnort stimmte, bewundert hatte, so sagte er: »Die Brüder sind der Schwester würdig und die Schwester der Brüder; vom Äußeren auf das Innere zu schließen, wundere ich mich nicht mehr, daß die Brüder nichts ohne Einwilligung der Schwester tun wollen; aber ich hoffe sie von dieser Seite noch besser kennen zu lernen, als es auf den ersten Anblick möglich ist, wenn ich zuvor das Haus gesehen habe.« Hierauf nahm die Prinzessin das Wort und sprach: »Herr, es ist nur ein Landhaus, wie es Leuten unserer Art, die von der großen Welt zurückgezogen leben, zukommt, und darf durchaus nicht mit den Häusern der großen Städte, noch weniger mit den prachtvollen Palästen verglichen werden, welche nur Sultanen angehören.« »Ich kann mich hierin nicht ganz auf dein Urteil verlassen«, sagte der Sultan sehr höflich; »das, was ich jetzt sehe, macht mir deine Worte etwas verdächtig. Ich behalte mir übrigens mein Urteil vor, bis du mich das Haus hast sehen lassen; geh also voraus und zeige mir den Weg.« Die Prinzessin führte nun den Sultan mit Ausnahme des Saales in alle Zimmer, und nachdem er jedes einzelne aufmerksam betrachtet und die Mannigfaltigkeit derselben bewundert hatte, sprach er zu der Prinzessin Parisade: »Wie, mein schönes Kind, das nennst du ein Landhaus? Die schönsten und größten Städte würden bald verlassen sein, wenn alle Landhäuser dem deinigen glichen. Jetzt wundere ich mich nicht mehr, daß du dir so gut darin gefällst und die Stadt verschmähst. Laß mich auch den Garten sehen, gewiß entspricht er dem Haus.« Die Prinzessin öffnete eine Türe, die nach dem Garten führte, und das erste, was dem Sultan in die Augen fiel, war der Strahl des goldgelben Wassers. Überrascht durch dieses für ihn so neue Schauspiel, stand er lange still bewundernd da und sagte dann: »Woher kommt dieses wunderbare Wasser, das einen so lieblichen Anblick gewährt? Wo ist seine Quelle, und durch welche Kunst hat man einen so außerordentlichen Springbrunnen gemacht, desgleichen es, glaube ich, keinen mehr auf der Welt gibt? Ich will dieses Wunder noch genauer beschauen.« Mit diesen Worten ging er darauf zu, und die Prinzessin führte ihn über den Ort, wo der singende Baum stand.

Als der Sultan sich ihm nahte, hörte er ein Konzert, wie er noch nie eines gehört hatte. Er blieb stehen und sah sich überall um, wo die Musikanten wohl sein möchten; da er aber niemand weder in der Nähe noch in der Ferne erblickte, die Musik jedoch ganz deutlich hörte, so daß er davon bezaubert war, so wandte er sich an die Prinzessin Parisade und sagte zu ihr: »Aber meine Holde, wo sind denn die Musikanten, die ich höre? Sind sie unter der Erde, oder sind sie unsichtbar in der Luft? Mit so vortrefflichen und bezaubernden Stimmen dürfen sie sich guten Mutes sehen lassen, denn sie könnten überall nur Vergnügen bereiten.« »Herr«, antwortete die Prinzessin lächelnd, »das Konzert, das du hörst, wird nicht von Musikanten gemacht, sondern von dem Baum, den mein Herr hier vor sich sieht; wenn du dir die Mühe nehmen willst, noch vier Schritte näher herzu zu kommen, so wirst du nicht mehr daran zweifeln können und die Stimmen noch deutlicher hören.«

Der Sultan trat näher und war von dem süßen Wohlklang des Konzerts so bezaubert, daß er nicht müde werden konnte, es zu hören. Endlich erinnerte er sich, daß er auch noch das goldgelbe Wasser in der Nähe zu besehen hatte; er brach daher sein Stillschweigen und sagte zur Prinzessin: »Ich bitte dich, meine Schöne, sage mir, befindet sich dieser wunderbare Baum zufällig in deinem Garten? Hat man ihn dir zum Geschenk gemacht, oder hast du ihn aus fernem Land kommen lassen? Er muß wohl sehr weit herkommen, denn sonst hätte ich, als großer Freund von Seltenheiten der Natur, gewiß schon davon reden gehört. Welchen Namen gibst du ihm?« »Herr«, antwortete die Prinzessin, »dieser Baum hat keinen anderen Namen als: der singende Baum, und er wächst nicht hierzulande; es wäre indessen zu lang, wenn ich dir erzählen wollte, durch welchen Zufall er sich hier befindet. Diese Geschichte hängt mit dem goldgelben Wasser und dem sprechenden Vogel zusammen, welchen wir zugleich bekommen haben, und den du auch sehen kannst, wenn du das goldgelbe Wasser nach Gefallen in der Nähe beschaut hast. Ist es meinem Herrn genehm, so werde ich die Ehre haben, dir alles zu erzählen, sobald du ausgeruht und dich von den Anstrengungen der Jagd erholt hast, die du durch diesen mühsamen Gang in der Sonnenhitze noch vermehrst.« »Mein schönes Kind«, antwortete der Sultan, »ich weiß durchaus nichts von dieser Mühe, sie wird mir ja so schön durch die wunderbaren Dinge belohnt, die du mich sehen läßt; sage vielmehr, daß ich nicht an die Mühe denke, die ich dir verursache. Deshalb laß uns eilen und das goldgelbe Wasser betrachten; ich brenne schon vor Verlangen, hernach den sprechenden Vogel zu sehen und zu bewundern.« Als nun der Sultan an den Springbrunnen des goldgelben Wassers gekommen war, so blieben seine Augen lange auf die Wasserfarbe geheftet, die unaufhörlich in die Luft emporstieg und dann wieder in das Becken sank, was eine wunderbare Wirkung hervorbrachte. »Nach deiner Rede, mein schönes Kind«, sagte er hierauf zur Prinzessin, »hat dieses Wasser keine Quelle und kommt auch nicht durch unterirdische Röhren aus irgend einem Ort der Umgegend; ich begreife also nur so viel, daß es ebenso, wie der singende Baum, von fremden Landen herstammt.« »Herr«, erwiderte die Prinzessin, »die Sache verhält sich ganz wie du gesagt hast, und zum Beweis, daß das Wasser nicht anders woher, weder von der Seite, noch von unten kommen kann, versichere ich dir, daß das Marmorbecken aus einem einzigen Stück besteht. Was dieses Wasser aber in deinen Augen noch wunderbarer erscheinen lassen muß, ist der Umstand, daß ich nur ein einziges Fläschchen davon in das Becken gegossen habe, und es dann durch seine ihm innewohnende besondere Eigenschaft so angeschwollen ist.« Der Sultan verließ endlich das Becken mit den Worten. »Es ist jetzt genug für das erste Mal, denn ich denke noch öfter wiederzukommen; führe mich nun zu dem sprechenden Vogel.« Indem er sich nun dem Saal näherte, bemerkte der Sultan auf den Bäumen umher eine erstaunliche Menge Vögel, die mit ihrem Gesang und Gezwitscher die Luft erfüllten, Er fragte, warum dieselben gerade hier und nicht auf den anderen Bäumen des Gartens versammelt seien, wo er keinen gesehen oder singen gehört habe. »Herr«, antwortete die Prinzessin, »dies kommt daher, weil alle Vögel aus der Gegend zusammen fliegen, um den Gesang des sprechenden Vogels zu begleiten. Mein Herr kann denselben in dem Käfig sehen, der in einem der Fenster des Saales steht, welchen du jetzt betreten wirst; wenn du darauf acht gibst, wirst du bemerken, daß sein Gesang den aller übrigen Vögel bei weitem übertrifft, sogar den Gesang der Nachtigall, die ihn kaum von ferne erreicht.« Der Sultan trat in den Saal, und da der Vogel fortfuhr zu singen, sprach die Prinzessin mit erhobener Stimme zu ihm: »Höre, Sklave, hier ist der Sultan, bezeige ihm deine Ehrfurcht.« Der Vogel hörte im Augenblick auf zu singen, und

ebenso auch alle anderen Vögel mit ihm. Dann sagte er: »Sehr willkommen sei der Sultan, der Himmel überhäufe ihn mit Segen und verlängere die Zahl seiner Tage!« Da das Gastmahl vor dem Sofa in der Nähe des Fensters, wo der Käfig stand, bereitet war, so sprach der Sultan, indem er sich zu Tisch begab: »Vogel, ich danke dir für deinen Gruß und bin sehr erfreut, in dir den Sultan und König der Vögel zu erblicken.« Als der Sultan die Schüssel mit Gurken bemerkte, die er auf gewöhnliche Art gefüllt glaubte, so griff er darnach und war außerordentlich erstaunt, sie mit Perlen gefüllt zu finden. »Welche Sonderbarkeit!« sagte er, »was soll eine Fülle von Perlen? Man kann doch die Perlen nicht essen.« Dabei blickte er die beiden Prinzen und die Prinzessin mit fragenden Augen an, was dies zu bedeuten habe; aber der Vogel nahm nun das Wort und sagte: »Herr, wie magst du dich über eine Fülle von Perlen, die du mit eigenen Augen siehst, so sehr verwundern, da du doch so leicht glauben konntest, daß die Sultanin, deine Gemahlin, einen Hund, eine Katze und ein Stück Holz zur Welt gebracht habe?« »Ich habe es geglaubt«, versetzte der Sultan, »weil die Hebammen so versicherten.« »Diese Hebammen, Herr«, erwiderte der Vogel, »waren die Schwestern der Sultanin, aber neidisch und eifersüchtig auf das Glück, womit du sie vor ihnen beehrt hattest, und um ihre Wut zu befriedigen, haben sie die Leichtgläubigkeit meines Herrn mißbraucht; sie werden ihr Verbrechen gestehen, sobald du sie verhören läßt. Die beiden Brüder und ihre Schwester, die du hier siehst, sind deine eigenen Kinder, die von diesen Hebammen ausgesetzt wurden; der Aufseher deiner Gärten hat sie aufgenommen, gepflegt und großgezogen.«

Die Rede des Vogels klärte dem Sultan in einem Augenblick alles auf. »Vogel!« rief er aus, »es wird mir nicht schwer, dem Glauben beizumessen, was du mir entdeckst und verkündigst. Die Neigung, die mich zu ihnen hinzog und die Zärtlichkeit, die ich von Anfang an gleich für sie fühlte, sagten mir nur zu deutlich, daß ich ihr Vater sei. So kommt denn, meine Kinder, komm, liebe Tochter, laßt euch umarmen und empfangt von mir die ersten Beweise meiner väterlichen Liebe und Zärtlichkeit.« Dabei stand er auf, und nachdem er die beiden Prinzen und die Prinzessin nacheinander umarmt und seine Tränen mit den ihrigen vermischt hatte, sagte er: »Das ist noch nicht genug, liebe Kinder, ihr müßt euch jetzt ebenfalls umarmen, nicht als die Kinder des Aufsehers meiner Gärten, dem ich zu ewigem Dank verpflichtet sein werde, daß er euch das Leben gerettet hat, sondern als meine Kinder, als Sprößlinge der Könige von Persien, deren Ruhm ihr, wie ich überzeugt bin, glänzend aufrecht erhalten werdet.«

Nachdem sich nun die beiden Prinzen und die Prinzessin mit freudigen Gefühlen ganz neuer Art, wie der Sultan es wünschte, gegenseitig umarmt hatten, so setzte sich dieser wiederum mit ihnen zu Tisch; er aß eilig, und als er fertig war, sagte er: »Liebe Kinder, ihr erkennt nun in mir euern Vater, morgen werde ich auch eure Mutter, die Sultanin, zu euch führen; bereitet euch vor, sie zu empfangen.«

Der Sultan stieg zu Pferd und ritt in aller Eile zu seiner Hauptstadt zurück. Sobald er abgestiegen und in seinen Palast gekommen war, befahl er vor allem seinem Großvezier, den beiden Schwestern der Sultanin aufs schleunigste den

Prozeß machen zu lassen. Die beiden Schwestern wurden aus ihren Wohnungen geholt, einzeln gefragt, einander gegenüber gestellt, durch die Folter zum Geständnis gebracht, zur Strafe des Vierteilens verurteilt und hingerichtet; und dies alles geschah in weniger als einer Stunde.

Indes ging der Sultan Chosruh Schah, begleitet von allen Herren an seinem Hof, die gerade zugegen waren, zu Fuß bis an die Tür der großen Moschee, und nachdem er selbst die Sultanin aus dem engen Gefängnis geführt hatte, in welchem sie seit so vielen Jahren schmachtete und litt, sprach er zu ihr, indem er sie mit Tränen in den Augen in ihrem jammervollen Zustande umarmte: »Teure Frau, ich komme, um dich wegen der Ungerechtigkeit, die ich dir angetan habe, um Verzeihung zu bitten und dir die schuldige Genugtuung zu geben. Ich habe dieselbe bereits mit der Bestrafung derjenigen begonnen, die mich durch einen fluchwürdigen Betrug verleitet haben; und ich hoffe, daß du diese Genugtuung für vollständig halten wirst, da ich dir zwei ausgezeichnete Prinzen und eine liebenswürdige, von Schönheit strahlende Prinzessin schenke, die deine und meine Kinder sind. Komm und nimm deinen Rang wieder ein samt allen Ehren, welche dir gebühren.«

Diese Genugtuung geschah im Angesicht einer großen Volksmenge, die von allen Seiten herbeigeströmt war, denn die Nachricht von dieser frohen Begebenheit hatte sich in wenigen Augenblicken in der ganzen Stadt verbreitet.

Am anderen Morgen in aller Frühe begaben sich der Sultan und die Sultanin, die nun ihr bisheriges Kleid der Erniedrigung und Trauer wieder mit einem prachtvollen königlichen Gewande vertauscht hatte, nebst dem ganzen dazu entbotenen Hofstaat nach dem Landhause der beiden Prinzen und der Prinzessin. Als sie dort angekommen und abgestiegen waren, stellte der Sultan die Prinzen Bahman und Perwis und die Prinzessin Parisade der Sultanin vor mit den Worten: »Teures Weib, hier sind die beiden Prinzen, deine Söhne, und hier ist die Prinzessin, deine Tochter; umarme sie mit derselben Zärtlichkeit, wie ich sie bereits umarmt habe; sie sind mein und dein würdig.« Da floßen nun eine unzählige Menge Tränen bei diesen rührenden Umarmungen, besonders von Seiten der Sultanin, die jetzt den Trost und die Freude erlebte, zwei Prinzen als ihre Söhne und eine Prinzessin als ihre Tochter zu umarmen, nachdem sie ihretwegen so schwer und so lange gelitten hatte.

Die beiden Prinzen und die Prinzessin hatten für den Sultan, die Sultanin und den ganzen Hofstaat ein prächtiges Mahl bereiten lassen. Man setzte sich zu Tisch, und nach der Mahlzeit führte der Sultan die Sultanin in den Garten, wo er ihr den singenden Baum und das schöne Spiel des goldgelben Wassers zeigte. Den Vogel hatte sie schon in seinem Käfig gesehen, und der Sultan hatte ihn während der Mahlzeit gerühmt.

Als nun der Sultan keinen Grund mehr hatte, länger hier zu bleiben, stieg er wieder zu Pferd, und der Prinz Bahman ritt zu seiner Rechten, der Prinz Perwis zu seiner Linken, ihnen folgte die Sultanin mit der Prinzessin zu ihrer Linken. Voraus und hinter ihnen ritten die Hofbeamten je nach ihrem Rang, und in diesem Aufzug kehrten sie nach der Hauptstadt zurück. Als sie sich nahten, strömte

ihnen das Volk haufenweise bis weit vor die Tore heraus entgegen, und alle hefteten ihre Blicke nicht weniger auf die Sultanin, mit herzlicher Teilnahme an ihrer Freude nach so langer Betrübnis, als auf die beiden Prinzen und die Prinzessin, die sie mit lautem Freudengeschrei empfingen. Auch der Vogel in seinem Käfig, den die Prinzessin Parisade vor sich her trug, zog ihre Aufmerksamkeit auf sich, und sie bewunderten seinen Gesang, der alle anderen Vögel so anlockte, daß sie ihm auf dem Felde von Baum zu Baum, und in den Straßen der Stadt von Dach zu Dach nachfolgten.

In diesem feierlichen Aufzug wurden die Prinzen Bahman und Perwis und die Prinzessin Parisade in den Palast geführt, und am Abend folgte große Beleuchtung und allgemeine Freudenfeste im Palast und in der Stadt, und die Lustbarkeiten dauerten mehrere Tage hintereinander fort.

Mit diesen Worten schloß Schehersad diese Geschichte; in der nächsten Nacht begann sie folgende:

Wunderbare Geschichte Omar Alnumans und seiner beiden Söhne Scharkan und Dhul Makan

Einst war in Bagdad*, noch vor dem Kalifat Abdulmaliks, ein sehr mächtiger König, welcher Omar Alnuman hieß. Er war der tapferste Herrscher seiner Zeit, Funken sprühten aus seiner Nase, wenn er zürnte, und niemand wagte es, ihm zu widersprechen; die mächtigsten Fürsten mußten sich vor ihm beugen und die entferntesten Länder ihm Gehorsam leisten. Seine Befehle erstreckten sich bis zur Provinz Hedjas und dem glücklichen Arabien, und bis zu den indischen und chinesischen Inseln; sowohl Abessinien, als der entfernteste Norden war ihm Untertan, und von allen Seiten kamen täglich Boten zu ihm, die ihm die Unterwürfigkeit, die Glückwünsche, Abgaben und Geschenke von den entlegensten Städten brachten. Omar Alnuman war von sehr edler Abkunft; er hatte vier Frauen, von denen ihm eine einen sehr tapferen und heldenmütigen Sohn gebar, den er unaussprechlich liebte. Außer den vier Frauen hatte er 360 Sklavinnen bei sich, für jeden Tag im Jahr eine andere. Jede hatte eine eigene Wohnung innerhalb seines Palastes, der nach den Monaten des Jahres in zwölf Teile eingeteilt war, deren jeder 30 Wohnungen in sich faßte. So pflegte er bei jeder eine Nacht im Jahr zuzubringen, dann sah er sie bis zum folgenden Jahr nicht wieder. Sein Sohn Scharkan hatte schon viele Länder erobert und war wegen seiner Tapferkeit und Einsicht längst zum Thronerben eingesetzt, als die Bestimmung wollte, daß eine der Sklavinnen Omars schwanger wurde. Omar freute sich sehr mit der Aussicht auf die Vermehrung seiner Nachkommen und behandelte die Schwangere mit viel Güte. Scharkan aber war sehr betrübt über diese Nachricht, denn er dachte: »Wie leicht könnte der Neugeborene mir einst mein Reich rauben.« Er beschloß daher bei sich selbst, wenn die Sklavin einen Sohn gebären würde, ihn umzubringen.

Die schwangere Sklavin war eine Griechin, die einst der König von Cäsarea Omar mit vielen anderen Geschenken geschickt hatte. Safia, so hieß die Griechin, war sehr liebenswürdig, bescheiden, tugendhaft und geistreich. Omar gewann sie sehr lieb, und wenn er bei ihr war und sie ihn bediente, sagte sie immer: »Ich bete zu Gott, daß er mir einen Sohn beschere; ich will ihn zur Tugend und Gottesfurcht heranbilden.« Während ihrer Schwangerschaft fastete und betete sie immerfort zu Gott und war sehr fromm und wohltätig; Gott er-

* Man liest allenthalben *Bagdad* in der Herzogt. Gothaischen Handschrift, aus welcher diese Erzählung übersetzt wurde. Im Bulaker Text liest man hier und an einigen anderen Stellen Damask, was freilich zur Regierung eines Königs, der vor dem Omejjaden Abd Almelik lebte, besser paßt, da Bagdad damals noch nicht existierte, viel weniger Residenz war, aber im Laufe der Erzählung heißt es dann auch Bagdad, wir haben es daher durchweg stehen lassen. Wolle man aber auch allenthalben Damask lesen, so könnte man doch den Erzähler nicht von Anachronismen freisprechen, da, um nur eines zu erwähnen, im Laufe der Erzählung Nushat Essaman behauptet, sie habe *Avicenna* und *Ibn Beitar* gelesen, die bekanntlich erst unter den späteren Abbasiden lebten.

hörte aber auch ihr Flehen und ließ sie ohne Schmerzen niederkommen. Omar sowohl, als sein Sohn Scharkan, hatten, als die Zeit der Niederkunft nahe war, jemanden zu ihr geschickt, der ihnen berichten sollte, was Safia geboren. Sobald also das Kind zur Welt kam und die Ammen erklärt hatten, es sei ein Mädchen, brachten die Boten diese Nachricht dem König und seinem Sohn, und Scharkan freute sich außerordentlich mit dieser Botschaft. Als aber die Boten weg waren, sagte Safia zu den Ammen: »Wartet nur noch ein wenig, ich fühle noch etwas in meinem Leib«; sie stieß dann einen Schrei aus und gebar mit Gottes Hilfe auch einen Sohn, so schön und frisch wie der leuchtende Mond, mit klarer Stirne und rosigen Wangen. Safia und alle Anwesenden waren außer sich vor Freude.

Die Nachricht verbreitete sich bald im ganzen Schloß, alle Sklavinnen beneideten Safia, der König aber war entzückt, ging zu ihr und küßte Mutter und Kinder, nannte den Sohn Dhul Makan, Lichts des Orts, und die Tochter Nushat Assaman, Ergötzung der Zeit, und sorgte für Ammen, Diener und Wärterinnen, sowie auch für allerlei Getränke und Öle. Die Bewohner Bagdads schmückten die Stadt vor Freude über diese Begebenheit, und die Veziere, die Fürsten und Großen des Reichs erschienen, um dem König Glück zu wünschen. Der König dankte ihnen und beschenkte sie reichlich. Vier Jahre verstrichen, in denen der König jeden Augenblick sich nach Safia und den Kindern erkundigte, sie mit allerlei Schmuck und anderen Kostbarkeiten beschenkte und für die Erziehung seiner Kinder sorgte. Scharkan aber glaubte noch immer, Safia habe nur eine Tochter geboren, denn er war stets nur mit seinen Kriegszügen beschäftigt. Eines Tages kamen Omars Adjutanten und kündigten Gesandte vom Kaiser von Konstantinopel an. Omar ließ sie hereinkommen, ging ihnen entgegen und fragte sie nach der Ursache ihrer Sendung. Die Gesandten verbeugten sich vor ihm und sagten: »O erhabener König, Herr der weitesten Länder! Der in Konstantinopel residierende Gebieter der Christen, der Kaiser Feridun, läßt dich wissen, daß er einen hartnäckigen Krieg gegen den Herrn von Cäsarea und Armenien führt. Folgendes war die Veranlassung dazu: Ein König der Araber fand auf seinen Eroberungszügen einen alten Schatz von den Zeiten Alexanders her; unter den unzählbaren Kostbarkeiten waren auch drei Perlen, so groß wie ein Straußenei; es waren Talismane, mit griechischen Charakteren darauf gegraben, die gar mannigfache Tugenden hatten; unter anderem konnte eine solche Perle, einem Kind angehängt, dasselbe vor jeder Krankheit schützen. Der König der Araber schickte nun diese Perlen mit anderen kostbaren Geschenken an den Kaiser Feridun; er ließ zwei Schiffe ausrüsten, das eine enthielt die Schätze und das andere Soldaten, um sie zu bewachen; er glaubte übrigens nicht, daß jemand es wagen würde, seine Schiffe anzugreifen, um so weniger, da sie mit Geschenken für den mächtigen Kaiser Feridun beladen waren und ein Meer durchschifften, dessen Küstenbewohner ihm untertan sind, und ließ sie daher nur von einer geringen Mannschaft bedecken. Als aber die Schiffe bei uns landeten, fielen armenische Straßenräuber, in Verbindung mit Truppen von Cäsarea, über sie her, plünderten das ganze Schiff und töteten die Mannschaft. Feridun schickte sogleich eine Armee gegen Armenien, sie wurde aber geschlagen; auch eine zweite noch stärkere vermochte

nichts. Nun hat er geschworen, selbst gegen den Feind zu ziehen und nicht eher zurückzukehren, bis Cäsarea und die Hauptstadt Armeniens verwüstet sein würden. Er sendet uns daher mit Geschenken zu dir, o mächtiger König, damit du uns doch mit deinen Truppen beistehen möchtest.« Hierauf verbeugten sich die Gesandten wieder und ließen die Geschenke des Kaisers Feridun herbeiholen.

Omar freute sich sehr mit den überbrachten Geschenken. Sie bestanden aus 50 Sklavinnen, von den schönsten Mädchen Griechenlands, und 50 Mamelucken, in seidenen Kleidern mit goldenen Gürteln. Jeder Mameluck sowohl als jede Sklavin, hatte einen goldenen Ohrring mit einer Perle daran, die 1000 Pfund Gold wert war, auch ihre Kleidung war von großem Wert. Der König ließ den Gesandten viele Ehre erweisen und rief seine Veziere zusammen, um sie um Rat zu fragen. Da erhob sich der älteste unter ihnen, sein Name war Dendan, verbeugte sich vor dem König und sagte: »O mächtiger Herr! Ich kann dir nichts besseres raten, als eine tapfere Armee zusammenzuziehen und deinen Sohn Scharkan an ihre Spitze zu stellen; und wir folgen ihm als seine Sklaven. Es sprechen zwei Ursachen dafür: Erstens hat der Kaiser der Griechen deinen Schutz angefleht und dir Geschenke verehrt, die du angenommen; zweitens, damit sein Feind nicht später auch unser Land bedränge; drum ist gut, du schickst ihm eine Armee entgegen, erwirbst dir den Ruhm einer gewonnenen Schlacht, dein Name wird dadurch allenthalben gepriesen werden, besonders auf den Inseln des Meeres und im Westen und von allen Ländern wird man dir Huldigungen und Geschenke darbringen.« Diese Worte fanden bei Omar solchen Beifall, daß er dem Vezier ein Ehrenkleid schenkte und ihm sagte: »Ein Mann wie du ist würdig, Ratgeber der Könige zu sein, auch ernenne ich dich zum Anführer der Hauptarmee; mein Sohn Scharkan aber führe die Reservetruppen an.« Omar ließ dann Scharkan rufen, teilte ihm die Angelegenheit der Gesandten und den Rat Dendans mit und befahl ihm, sich zur Reise vorzubereiten mit 10000 wohlgerüsteten und ausdauernden Reitern, und in allen seinen Unternehmungen den Rat Dendans einzuholen. Scharkan besorgte die Befehle seines Vaters, teilte Geld unter den Truppen aus und kündigte auf den dritten Tag den Abmarsch an. Er begab sich dann in seinen Waffensaal und suchte die beste Rüstung heraus, wählte einen vorzüglichen Renner in seinem Stall, und nach drei Tagen lagerten die Soldaten vor den Toren Bagdads. Omar kam ins Lager mit vielen Schätzen, die er seinem Sohn gab, er nahm dann Abschied von ihm, umarmte auch Dendan und empfahl ersterem, den Vezier in allem um Rat zu fragen, und letzterem, für das Heer seines Sohnes besorgt zu sein und kehrte wieder in die Stadt zurück. Scharkan hielt dann Musterung über die 10000 Mann starke Armee, und beim Schall der Pauken und Trompeten und dem Entfalten der Fahnen setzte sich die Armee in Bewegung, unter der Leitung Scharkans und Dendans, und machte nicht Halt, bis der Tag zu Ende war. Während der Nacht ruhten die Truppen aus, und sobald Gott wieder den Morgen leuchten ließ, zogen sie weiter auf dem Weg, den ihnen die Gesandten angegeben, welche vor Scharkan und Dendan herritten. Als sie nach 20 Tagen des Abends in ein großes, fruchtbares Tal kamen, beschloß Scharkan, hier drei Tage zu rasten. Die Soldaten stiegen ab, schlugen ihre Zelte auf und zerstreuten sich rechts und links, um Lebensmittel zu holen. Dendan blieb mit den Gesandten mitten im Lager; Scharkan aber wollte, da dieses Tal schon auf feindlichem Boden lag, bevor er sich in sein Zelt begab, die Gegend ein wenig auskundschaften; er schickte sein Gefolge zum Vezier und ritt allein im Tal umher, bis ein Viertel der Nacht vorüber war; da wurde er so müde und schläfrig, daß er, nach Gottes Bestimmung, nicht mehr Kraft hatte, sein Pferd zu spornen, und er schlief nach seiner Gewohnheit auf dem Pferd ein, das mit ihm in einen dichten Wald sich vertiefte.

Erst als das Pferd mit dem Huf auf den Boden schlug, erwachte Scharkan; er erschrak, als ihm der helle Mondschein zeigte, daß er sich mitten im Wald befand, und sagte den Spruch, dessen sich niemand zu schämen hat: »Es gibt keinen Schutz und keine Macht, außer beim erhabenen Gott.« Nachdem er aber, vor wilden Tieren sich fürchtend, eine Weile im Wald umherirrte, sah er eine schöne Wiese, wie die Fluren des Paradieses, in der Ferne vor sich liegen, und vernahm laute, süße, bezaubernde Stimmen. Er stieg ab, band das Pferd an einen Baum, nahm sein Schwert in die Hand und ging in die Wiese, die an einem Fluß lag. Da hörte er, wie eine weibliche Stimme in arabischer Sprache sagte: »Bei dem Messias! Das ist nicht schön von euch; wer von euch den Mund öffnet, die werfe ich zu Boden und feßle sie mit ihrem Gürtel.« Während sie so sprach, näherte sich Scharkan leise unter dem Murmeln der Bäche und dem Gott preisenden Zwitschern der Vögel. Er sah nun ein Mädchen wie der Mond, von zehn herrlich geschmückten weißen Jungfrauen umgeben, mit herabhängenden schwarzen Haaren und Augen, die wie Pfeile die felsigsten Herzen durchbohren.

Aber das Mädchen in ihrer Mitte übertraf die übrigen an Schönheit und Anmut. Sie schien die Herrin zu sein, denn Scharkan hörte, wie sie zu den übrigen sagte: »Kommt, daß ich mit euch ringe, ehe der Mond ganz verschwindet.« Hierauf näherten sich die zehn Jungfrauen, wurden auf den Boden geworfen und mit ihrem Gürtel gebunden. Dann sagte eine alte Frau, die auch bei ihnen war, ganz zornig: »Du Dirne hast deine Freude daran, diese Mädchen zu fesseln; bei Gott, ich bin ein altes Weib und habe sie 40-mal zu Boden geworfen, du hast also keinen Grund, über deinen Sieg dir viel einzubilden; ich möchte sehen, ob du mich zu Boden werfen kannst.« Das Mädchen lachte, ging auf das alte Weib zu und sagte: »Willst du dich wirklich mit mir messen?« Die Alte antwortete: »Jawohl.« »So steh auf«, rief das Mädchen entrüstet, »und komme, wenn du Mut hast.« Die Alte glühte vor Zorn und glich mit ihren borstigen Haaren einem Stachelschwein. Als das Mädchen dann auf sie losspringen wollte, warf sie schnell ihr Oberkleid von sich und band nur ein seidenes Tuch um die Hüften, und nun sah sie ganz wie ein häßliches Gespenst aus; auch das Mädchen legte, von der Alten dazu aufgefordert, ihr Gewand ab, und Scharkan bemerkte an ihr so schöne Formen, daß er den Kopf gen Himmel richtete und zu Gott betete, das Mädchen möchte doch die Alte besiegen. Er hatte kaum sein Gebet vollendet, als das Mädchen die Alte mit der linken Hand umfaßte und mit der rechten am Hals packte und sie in die Höhe hob, sie entschlüpfte aber ihren Händen und fiel auf den Rücken. Dann nahm das Mädchen seine seidenen Tücher und zog sie der Alten an, entschuldigte sich bei ihr und dankte Gott, daß ihr der Sturz weiter nichts geschadet. Die Alte verschwand hierauf, ohne ein Wort zu sagen, und das Mädchen blieb allein vor den zehn Sklavinnen stehen. Da dachte Scharkan: Jede Bestimmung hat ihren Zweck; gewiß hat auch mich nur der Schlaf überfallen und das Pferd mich hierhergebracht, damit ich dieses Mädchen als Beute davontrage; und was für eine Beute!« Er nahm dann sein Schwert in die Hand, bestieg sein Pferd, das wie ein Pfeil daherschoß, und lenkte es den Sklavinnen zu.

Als das Mädchen sich von einem Reiter verfolgt sah, sprang es über den Fluß, der sechs Ellen breit war, und rief dann laut zu Scharkan hinüber: »Wer bist du, der du uns so in unserm Vergnügen störst? Warum ziehst du dein Schwert, als zögest du gegen Soldaten aus? Sprich nur die Wahrheit, wo willst du hin? Lüge nicht, denn nur gemeine Menschen scheuen ein offenes Geständnis; gewiß hast du dich hierher verirrt, und kannst es als ein Glück betrachten, mit heiler Haut davonzukommen, denn wisse, du befindest dich hier an einem Ort, wo auf unseren Ruf im Augenblick 4000 Mönche zu unserer Hilfe erscheinen; sage nur schnell, was du begehrst; soll ich dir den Weg zeigen, oder willst du Proviant?« Scharkan erwiderte: »Ich bin ein fremder Muselmann, ich streifte allein diese Nacht umher, um Raub zu suchen, nun konnte ich nichts Schöneres finden, als diese zehn Mädchen, die ich jetzt mit zu meinen Freunden nehmen will.« »Bei Gott!« rief das Mädchen, »diese Sklavinnen sind nicht für dich; wenn ich nicht deinen Tod fürchtete, so würde ich mit einem einzigen Schrei diese ganze Ebene mit Kriegern füllen; doch habe ich mit Fremden Mitleid. Hast du aber Lust nach Beute, so steige ab und ringe mit mir; schwöre aber bei deinem Glauben, daß

du keine Waffen gegen mich gebrauchen willst; bist du der Stärkere, so sollst du mich und die zehn Sklavinnen haben, besiege ich dich aber, so bin ich deine Gebieterin; aber schwöre, ehe ich zu dir komme, denn ich fürchte Verrat von dir, und das Sprichwort sagt:

›Wo Treulosigkeit herrscht, ist Vertrauen Schwäche.‹

Wenn du aber schwörst, so setze ich über den Fluß und komme zu dir.«

Der lüsterne Scharkan dachte bei sich: Diese Mädchen weiß nicht, daß ich ein wackerer Held bin; er sagte ihr daher: »Ich schwöre, wie du willst, daß ich dir nichts zuleide tue, bis du kampfbereit bist und mir selbst gebietest, den Kampf zu beginnen; werde ich besiegt, so bin ich reich genug, um mich loszukaufen; siege ich, so führe ich die schönste Beute davon.« »So schwöre«, sagte das Mädchen, »bei dem, der die Körper beseelt und den Glauben geoffenbart, daß du nichts anderes im Sinne hast, als mit mir zu ringen.« Scharkan schwor dann, wie sie es verlangte, band sein Pferd wieder an einen Baum, pries Gott, der ein so vollkommenes Wesen geschaffen, und bat das Mädchen, über den Fluß zu kommen, da er doch keinen so weiten Sprung zu machen imstande wäre. Das Mädchen schürzte sich auf und sprang zu Scharkan hinüber, der jetzt erst recht ihre Schönheit bewunderte und sich selig fühlte, als ihm ihr Atem entgegenwehte. Als er, sie anstaunend und nachdenkend, stehenblieb, rief sie ihm zu: »Rüste dich zum Kampf, ehe die Sonne aufgeht!« Er fiel über sie her und zweifelte nicht am Sieg; als aber seine Hand ihre zarte Taille umfaßte, zitterte er wie ein Rohr bei einem Sturmwind, und es war ihr leicht, ihn zu Boden zu werfen.

Die Christin sagte dann zu Scharkan: »Bei euch Muselmännern ist es wohl erlaubt, einen besiegten Christen zu töten, wie wäre es, wenn ich nun auch dein Blut vergießen wollte? Doch der Prophet Muhamed, Gottes Friede sei mit ihm, hat verboten, Frauen, Kinder, Greise und Mönche zu töten, und da du noch viel schwächer als ein Mädchen bist, muß ich auch dir das Leben schenken; übrigens ist eine fromme Tat nie bei Gott verloren.« Scharkan sprang vom Boden auf, schüttelte den Staub ab und blickte zur Erde. Die Christin fuhr dann fort: »Wie mag jemand nach Griechenland kommen, um einem König gegen einen anderen beizustehen, wenn er selbst sich nicht einmal gegen ein schwaches Mädchen zu verteidigen weiß?« Scharkan erwiderte: »Es fehlt mir keineswegs an Kraft; nicht deine Stärke, sondern deine Reize haben mich besiegt; willst du noch einen Kampf versuchen, so sollst du dich davon überzeugen.« Die Christin sagte lächelnd: »Es sei! Doch will ich zuerst die Sklavinnen losbinden, deren Arme von den Fesseln gedrückt sind.« Sie tat dies und sagte ihnen in griechischer Sprache: »Geht an einen Ort, wo ihr vor der Lüsternheit dieses Muselmannes sicher seid.« Die Mädchen verschwanden und Scharkan sah ihnen mit feuersprühenden Augen nach. Ohne ein Wort zu sagen, umfaßte er dann die Christin wieder, aber sie hob ihn in die Höhe, schleuderte ihn wie ein Blitz auf den Boden und sagte: »Ich habe dir das erste Mal das Leben geschenkt, weil du schwach wie ein Weib bist; jetzt schenke ich es dir, weil du noch ein Kind im Ringen und weil du bei uns fremd bist. Nun geh aber, und weißt du jemand bei der Armee, die Omar dem König von Konstantinopel zu Hilfe schickt, der stärker ist als du, so schicke ihn her, ich bin bereit, auf jede Weise mich mit ihm zu messen.« Sie sprang dann wieder über den Fluß und rief lachend Scharkan zu: »Mein Herr! Es tut mir leid, mich von dir trennen zu müssen, geh zu deinen Gefährten, ehe es später wird, sonst möchten die Mönche dich überraschen.« Scharkan rief ihr, als sie schon auf das Kloster zuging nach: »O meine Herrin! Kannst du mich armen Fremden und Liebeskranken so allein hierlassen?« Die Christin wendete sich lächelnd nach ihm und sagte: »Was willst du denn von mir?« »Laß mich dein Land betreten, an deinen süßen Worten mich ergötzen und an deiner Kost mich laben; ich will wie einer deiner Diener sein.« »Nun, in Gottes Namen, das sei dir gewährt; denn nur gemeine Menschen weisen Gäste zurück. Komm, bei meinem Haupt und meinen Augen! Besteige dein Pferd und reite am Ufer des Flusses mir gegenüber.« Scharkan holte freudig sein Pferd und ritt, nur vom Fluß getrennt, neben der Christin, bis er an eine gesperrte Kettenbrücke kam. Hier sah er die Mädchen wieder, die ihrer Herrin warteten. Als diese zu ihnen gelangte, sagte sie einer von ihnen in griechischer Sprache: »Laß diesen Reiter über die Brücke und führe ihn

dann ins Kloster.« Scharkan war sehr verlegen und dachte: »Wäre nur der Vezier Dendan bei mir, daß er auch diese Mädchen sähe.«

Scharkan sagte dann zur Herrin: »Nun werde ich dir doppelten Schutz schuldig, als dein Begleiter und dein Gast; möchtest du nicht dann auch so gnädig sein und mit mir in das Land der Muselmänner kommen und dich daselbst umsehen, um die tapferen Helden und mich selbst kennen zu lernen? du kannst auf meinen Schutz bauen.« »Bei dem Messias! Ich habe dich für einen verständigen Mann gehalten, nun läßt du aber deine Treulosigkeit durchschauen; wie magst du so verräterisch sprechen? Ich weiß recht gut, daß mich euer König Omar Alnuman verfolgen würde, obschon er zwölf Schlösser, jedes mit 30 Wohnungen und ebensoviel Mädchen, besitzt; auch weiß ich, daß euer Gesetz euch erlaubt, gegen Gefangene oder Leibeigene oder Christinnen euch alles zu erlauben. Was aber eure Helden angeht, so schwöre ich beim Messias, ich habe eure ganze Armee gesehen, als sie unser Gebiet betrat, ich fand aber nichts Edles daran; sie schien nur ein zusammengeraffter Volkshaufen. Wisse auch, daß ich nicht aus Achtung und Liebe, sondern nur aus natürlicher Freigebigkeit gegen dich gütig bin. Du solltest also dergleichen Reden lassen und wärest du auch der berühmte Scharkan.« »Hast du schon etwas von Scharkan gehört?« »Wohl habe ich vernommen, daß er mit einer Armee von 10000 Mann kommen würde, um dem König von Konstantinopel beizustehen.« »Ich beschwöre dich bei deinem Glauben, erzähle mir den ganzen Hergang des Streites, daß ich die Wahrheit von Lüge unterscheide und wisse, wem es schlecht gehen wird.« »Bei deinem Glauben! Wenn ich nicht befürchtete, man würde erfahren, daß ich ein griechisches Mädchen bin, so hätte ich es allein mit den 10000 Reitern aufgenommen und ihren Vezier Dendan getötet und Scharkan besiegt. Doch ich habe aus Büchern und Unterhaltungen mit Arabern so viel Bildung erlangt, daß ich es unschicklich finde, meine Tapferkeit selbst zu preisen, obgleich du von meiner Gewandtheit im Ringen dich selbst überzeugt hast. Ich wünschte nur, daß der Messias mir Scharkan hierher schickte, ich würde mich dann als Mann kleiden, ihn gefangennehmen und in Ketten werfen.« Bei diesen Worten erwachte Scharkans Heldenmut und Rittersinn, er wollte sich zu erkennen geben und sie zum Kampf auffordern, aber ihre Schönheit und Anmut hielten ihn gefesselt; wie ein Dichter sagte:

»Begeht eine Schöne einen Fehler, so legen ihre Reize 1000 Fürbitten ein; in ihrem Gesicht ist ein mächtiger Fürsprecher, der ihre Untugenden aus dem Herzen tilgt, und wenn du sie zürnend ansiehst, so rufst du bewundernd aus: Sieh, der Vollmond ist aufgegangen. Der mächtige Geist der Belkis würde bei aller Kraft zu Boden stürzen, wenn er mit ihr ringen wollte.«

Scharkan ging daher, ohne zu antworten, mit ihr weiter, bis an ein großes Tor. Als die Christin es öffnete, sah Scharkan einen mit Marmor gepflasterten langen Säulengang vor sich, der von kristallenen Leuchtern erhellt war, welche wie die Sonne strahlten. Am Ende des Gangs standen Sklavinnen mit gestickten und juwelenbesetzten Kopfbinden; sie trugen wohlduftende Wachslichter in der Hand, und führten ihre Gebieterin mit Scharkan in einen Saal, wo mehrere Sofas einander gegenüber standen. Der Boden dieses Saales war ganz von Marmor, die Wände waren mit goldgestickten Vorhängen geziert, und mitten im Saal war ein Springbrunnen mit 24 goldenen Röhren, aus denen das Wasser wie Silber schäumend sprudelte. Die Christin, welche die Herrin dieses Hauses war, hieß Scharkan auf ein an der Wand stehendes, mit Seide überzogenes Sofa sitzen, und verließ ihn.

Nach einer Weile erkundigte sich Scharkan nach der Christin bei einer Sklavin, und diese antwortete ihm: »Meine Herrin ist zu Bett gegangen und hat uns hiergelassen, um dich zu bedienen.« Sie brachten ihm dann verschiedene Speisen, und nach der Mahlzeit ein goldenes Waschbecken mit einer silbernen Kanne, um seine Hände zu waschen. Dann fing er aber an, um seine Truppen besorgt zu werden, die ihm sein Vater anvertraut hatte; er versank in tiefes Nachdenken, bereute seine Kühnheit, brachte eine sehr unruhige, schlaflose Nacht zu und rezitierte folgende Verse:

»Mir fehlt es nicht an männlichem Ernst, aber ich bin ganz verblüfft, was soll ich beginnen? Wollte mich jemand von der Liebe heilen, ich hätte alsbald meine frühere Kraft wieder gewonnen. Mein Herz ist in die Irrwege der Liebe verstrickt, ich kann nur von Gott meine Rettung erwarten.«

Am folgenden Morgen kam die Christin wieder mit 20 Sklavinnen, die ihre Schleppe trugen. Sie hatte ein seidenes, königliches Kleid an, mit einem juwelenbesetzten Gürtel, der ihre Taille bezeichnete und ihren vollen Busen und ihre starken Hüften noch mehr hervorhoben. Auf ihrem Haupt hatte sie ein Perlennetz mit allerlei Edelsteinen. Als Scharkan sie voller Anmut selbstgefällig daherschreiten sah, war er außer sich vor Entzücken. Die Christin sah ihn lange starr an, bis sie ihn endlich erkannte und ihm sagte: »Du hast uns durch deine Anwesenheit große Ehre erwiesen, Scharkan, wie hast du die Nacht zugebracht? Wie ist es dir gegangen, wackerer Held, seitdem ich dich verlassen? Suche nur nicht länger dich zu verbergen, ich kenne dich, du bist des Königs Omar Sohn, und es ziemt so großen Männern nicht, zu lügen; deine Verstellung würde nur meinen Zorn reizen. Das Geschick hat dich nun einmal hierher gebracht, ergib dich gutwillig!« Scharkan sah ein, daß ein längeres Verleugnen unmöglich wäre, er gestand daher, daß er Scharkan sei, sie möge ihm tun, was sie wolle, beugte den Kopf zur Erde und blieb ruhig vor ihr stehen. Da sagte ihm die Christin: »Sei nur frohen Muts, du bist mein Gast, wir haben Salz und Brot miteinander gegessen, du stehst unter meinem Schutz; bei dem Messias, solange ich lebe, soll kein Mensch dir etwas zuleide tun!« Sie setzte sich dann neben ihn und liebkoste ihn solange, bis er seine Furcht verlor und dachte: »Hätte sie meinen Tod gewollt, so stand es ja bei ihr, mich schon diese Nacht umbringen zu lassen.« Sie sagte dann einer Sklavin etwas in griechischer Sprache; diese blieb eine Weile aus und kam mit einem Speisetisch voll Schüsseln wieder. Scharkan wollte nichts essen, denn er fürchtete, es möchte Gift an den Speisen sein. Die Christin aber erriet seine

Gedanken und sagte: »Bei dem Messias! Du irrst; wenn ich dich töten wollte, so hätte ich es schon getan«; sie aß dann selbst einen Bissen von jeder Speise, und Scharkan aß ihr nach. Als sie gegessen und sich die Hände gewaschen hatten, ließ die Christin allerlei Wohlgerüche, sowie goldene, silberne und kristallene Trinkgefäße bringen, füllte einen Becher und trank davon, dann füllte sie einen zweiten und überreichte ihn Scharkan, indem sie ihm sagte: »Siehst du, Muselmann, in welch schönes Leben du hineingekommen.« Sie tranken dann miteinander solange, bis Scharkan vor Wein und Liebe den Verstand verlor. Sie rief dann einer Sklavin: »Murdjana, bring Musikinstrumente herbei!« Murdjana holte eine Harfe und eine Laute und überreichte sie ihrer Gebieterin. Diese stimmte die Laute und sang mit einer Stimme, zarter als der Zephyr, folgende Verse:

»Gott verzeihe deinen Augen, die so viel Blut vergießen und so manche Pfeile schleudern. Ich verehre einen Liebenden, der die Geliebte unterdrückt und Mitleid als Verbrechen ansieht.

Heil dem Aug, das deinetwillen stets wacht, und selig ist das Herz, das nach dir stets schmachtet. Du bist ein harter Richter, wenn du mich tötest, und doch gebe ich gern mein Leben für den gewalttätigen Richter.«

Jede Sklavin nahm dann ein anderes Instrument und sang ein griechisches Lied. Dann sang ihre Herrin wieder so schön, daß Scharkan vor Entzücken außer sich war. Da sagte sie ihm: »Muselmann, verstehst du dies?« Er antwortete: »Nein, bei Gott! Doch der Anblick deiner schönen Finger macht mich schon selig.« »Und was wirst du tun, wenn ich dir etwas arabisches singe?« »Ich werde nicht mehr Herr meines Verstandes sein.« Da sang sie folgende Verse:

»Bitter schmeckt die Trennung vom Geliebten; gibt es einen Trost für diesen Schmerz? Dreifache Qual bereitet mir das Abweisen, die Trennung und die Entfernung! Ach, wie liebe ich den Edlen, der mich bezaubert, und wie betrübend wird mir sein Scheiden sein!«

Scharkan verlor das Bewußtsein vor Entzücken, als er diese Verse vernahm, und blieb eine Weile leblos auf dem Boden hingestreckt. Als er wieder zu sich kam, wurden frische Getränke gebracht, und so verging der ganze Tag in angenehmster Unterhaltung bei Wein und Gesang. Sobald aber die Nacht ihre Flügel ausbreitete, zog sich die Christin in ihr Schlafgemach zurück, und Scharkan sagte: »Gott bewache sie!« Am folgenden Morgen kam eine Sklavin zu Scharkan und sagte ihm: »Meine Herrin läßt dich zu sich bitten.« Scharkan ging ihr nach und viele Mädchen begleiteten ihn mit Musik und Gesang, bis er an ein großes Tor von Elfenbein kam, das mit Perlen und Edelsteinen besetzt war. Als es sich öffnete, befand er sich in einem großen Saal mit verschiedenen seidenen Teppichen bedeckt; durch die offenen Fenster dieses Saales hatte er die Aussicht auf Bäume und Bäche; die Wände des Saals waren mit allerlei Bildern geschmückt, die man, wenn der Wind sie in Bewegung setzte, für lebendig hielt. Die Christin, die in diesem Saal saß, stand auf, sobald sie Scharkan erblickte, reichte ihm die Hand, ließ ihn neben sich sitzen und fragte ihn, wie er die Nacht zugebracht? Nachdem sie sich eine Weile miteinander unterhalten hatten, bat sie ihn, einige Verse, die auf Liebende sich beziehen, zu rezitieren; da trug er die Verse vor, die ein Dichter für Assa geschrieben:

»Niemals werde ich von Assas Liebe sprechen, denn ich habe es ihr feierlich geschworen. Die Mönche Madians, welche aus Furcht vor der Hölle weinten, würden, wenn sie, wie ich, Assa gehört hätten, sie angebetet haben und vor ihr niedergefallen sein.«

Sie sagte: »Assa wird für außerordentlich schön gehalten. Der Dichter dieser Verse, Kutheir, war sehr beredt und hat in folgenden beiden Versen seine Liebe zu Assa vortrefflich geschildert:

»›Wollte Assa mit der Morgensonne um die Schönheit wetteifern, so würde sie den Preis erhalten; viele Frauen suchen Assa zu beschämen, deren Wangen Gott zu ihren Fußsohlen machen möchte!‹«

Sie fragte dann: »Was hat wohl der Dichter Djumeil gemeint, als er zu seiner Geliebten sagte:

»›Du willst meinen Tod, nichts anderes; während ich nichts wünsche, als dich zu besitzen.‹«

Scharkan antwortete: »Er meinte wohl dasselbe, was ich auch dir sagen möchte.« Die Christin lachte und brachte den ganzen Tag singend und scherzend mit ihm zu. Abends zog sie sich wieder in ihr Schlafgemach zurück, und am folgenden Morgen ließ sie ihn wieder mit Musikbegleitung von ihren Sklavinnen in einen anderen Salon führen, der noch größer und mit noch viel schöneren Vögeln und wilden Tieren bemalt war. Hier erwartete sie ihn, reichte ihm die Hand und ließ ihn wieder neben sich sitzen.

Dann fragte ihn die Christin, ob er das Schachspiel verstehe? Und als er ihre Frage bejahte, holte sie ein Schachspiel herbei und spielte mit ihm. So oft aber Scharkan ihr Gesicht sah, war er so verwirrt, daß er den Ritter an die Stelle des Turms und den Turm an die Stelle des Ritters setzte. Sie lachte über sein Spiel und sagte: »Wenn du nicht besser spielst, so verstehst du nichts.« Scharkan erwiderte: »Die erste Partie zählt nicht.« Sie spielten hierauf eine zweite, eine dritte, vierte und fünfte, die Scharkan wieder verlor. Da sagte sie: »Du wirst allenthalben geschlagen.« Scharkan versetzte lächelnd: »Wer kann dir widerstehen?« Sie ließ dann wieder Speisen und Wein bringen, dann spielte sie Harfe, worin sie Meisterin war und so wurde auch dieser Tag, schöner noch, als die früheren, zugebracht. Abends ging sie in ihr Bett und Scharkan schlief allein auf den Teppichen, bis er des Morgens wieder geholt wurde. Sie nahm die Harfe und sang:

»Führe keine Trennung herbei, sie schmeckt bitter, selbst die Sonne erblaßt beim Untergang vor Trennungsschmerz.«

Als er wieder vergnügt neben der Christin saß, hörte er auf einmal Lärm und ein Herbeidrängen von Männern, und siehe da, die Mönche traten mit gezogenem Schwert herein und sagten in griechischer Sprache: »So bist du, Scharkan, endlich in unsere Hand gefallen, zweifle nur nicht mehr an deinem Tod!« Als Scharkan dies hörte, dachte er: »Die Christin hat mich durch List solange aufgehalten, bis die Männer heimgekehrt, und so habe ich mich selbst in den Abgrund gestürzt.« Als er aber einen Blick auf sie warf und ihr Vorwürfe machen wollte, sah er, wie sie ganz blaß geworden, dann aufstand und die Männer fragte: »Wer seid ihr?« Der oberste Patriarch antwortete: »O edle Prinzessin, einzige Perle! Weißt du nicht, wer hier bei dir ist?« Sie sagte: »Nun, wer ist's denn?« Er erwiderte: »Es ist der beste Ritter, der größte Länderverwüster; es ist Scharkan, der Sohn des Königs

Omar; er ist's, der so viel Schlösser erobert und so viele Festungen erstürmt. Die alte Frau Dsat Dawahi hat unserm Herrn, deinem Vater, dem König Hardub, die Nachricht gebracht, und so hast du die griechische Armee von diesem reißenden Löwen befreit.« Als sie diese Worte vernahm, fragte sie ihn: »Wie heißt du?« »Mein Name ist Masur, ich bin der Oberste der Patriarchen.« »Wie wagtest du es, unangemeldet vor mir zu erscheinen?« »Als ich an die Tür kam, hielt mich kein Pförtner und kein Kammerherr auf, sondern alle standen vor mir auf und begleiteten mich; auch ist es gar nicht Sitte, daß ein Bote deines Vaters an der Tür warte, bis du ihm den Eintritt gestattest; übrigens ist es jetzt keine Zeit, darüber viel zu reden, dein Vater erwartet uns mit diesem Prinzen, der feuersprühenden Kohle der muselmännischen Armeen; er will ihn töten, dann wird es ihm leicht, seine Armee heimzuschicken.« »Was du hier sagst, ist gar nicht schön; die Alte hat gelogen oder nicht gewußt, was sie gesagt; bei dem Messias! Scharkan ist nicht bei mir. Dieser Mann hier hat meine Gastfreundschaft in Anspruch genommen, die ich ihm auch gewährt, ohne zu wissen, wer er sei; nun steht er als Gast unter meinem Schutz, selbst wenn er Scharkan wäre, und ihr werdet mich wohl durch ihn nicht zuschanden machen. Geh nur zum König zurück, verbeuge dich vor ihm und sage ihm: ›Die Frau Dsat Dawahi habe gelogen.‹« »Ich kann nicht, o Prinzessin, ohne meinen Auftrag vollbracht zu haben, zurückkehren.« »Wehe dir! Bring meinem Vater nur meine Antwort und es trifft dich kein Tadel.«

Als der Oberste der Patriarchen aber noch immer darauf bestand, nicht ohne ihren Gast heimkehren zu können, fuhr die Prinzessin fort: »Ich sage dir, als der Fremde hereintrat, zeigte er so viel Selbstvertrauen, daß er es gewiß mit 100 bewaffneten Reitern aufzunehmen wagt; er wird es gar nicht leugnen, wenn er Scharkan ist, wird aber auch euch allen das Leben nehmen, denn er hat sein Schwert und seinen Bogen bei sich.« Der Patriarch sagte: »Ich kann mich dem Zorn deines Vaters nicht aussetzen; frage ihn nach seinem Namen, und ist er Scharkan, so gebe ich diesen Leuten ein Zeichen, sie fallen über ihn her und führen ihn gefangen zu deinem Vater.« »So unedel darf nicht gehandelt werden, er ist nur allein, und ihr seid viele. Wenn ihr wollt, so fordert ihr ihn, einer nach dem andern, heraus, der König wird dann sehen, wer von euch der Wackerste ist.« Der Patriarch antwortete: »Bei dem Messias! Du hast recht; es sei, wie du gesagt und ich will der erste sein, der mit ihm kämpfe.« »Gut, ich will es ihm sagen; wenn er es jedoch ausschlägt, so dürft ihr ihm nichts zuleid tun, ich und alle meine Mädchen sterben lieber für ihn.« Sie erzählte dann Scharkan, was sich zugetragen; dieser sah wohl ein, daß er nicht von der Prinzessin verraten worden, sondern daß der König ohne ihr Hinzutun von ihm Kunde erhalten. Er bereute es, sich in dieses Land gewagt zu haben, als er aber hörte, daß hier von keiner Gewalt die Rede sei, sondern daß er mit einem nach dem anderen sich schlagen dürfe, trat er dem Patriarchen mit dem Schwert entgegen, sprang wie ein Löwe über ihn her und durchbohrte ihn. Als die Prinzessin dies sah, stieg Scharkan in ihrem Ansehen, und sie merkte wohl, daß wirklich ihre Reize, und nicht ihre Kraft, ihn überwunden. Sie sagte dann den übrigen Griechen: »O ihr Diener des Messias, rächt euern Obersten!« Der Bruder des Getöteten trat hervor, und ob-

schon er ein mächtiger Ritter war, durchstach ihn doch Scharkan ohne Mühe. Die Prinzessin trieb nun die übrigen zur Rache an, und einer nach dem anderen focht mit Scharkan, der gleichsam spielend 50 Mann tötete. Nun wurden die übrigen so ängstlich, daß es keiner mehr wagte, Scharkan allein herauszufordern, sondern sie fielen in Masse über ihn her; er aber war unerschrocken und zermalmte sie wie ein Felsen. Die Prinzessin, welche, sobald sich Scharkan in Gefahr sah, sich schnell bepanzert und ein Schwerte ergriffen hatte, um ihm beizustehen, fand, als sie in den Saal zurückkam, schon 80 Feinde erschlagen auf dem Boden umherliegen, und 20 hatten die Flucht ergriffen. Sie sah Scharkan mit Bewunderung an, wie er als Sieger das Blut von seinem Schwerte abwusch, und sagte ihm: »Auf dich dürfen alle Ritter stolz sein.« Er rezitierte dann folgende Verse:

»Wie manche Schar hat mich überfallen, deren Häupter ich den wilden Tieren als Speise zurückgelassen, fraget das Schlachtfeld nach mir, ihr findet die Löwen der Menschheit auf den Boden hingestreckt.«

Dann fragte sie, ob noch Männer im Schloß wären? Und als man ihr antwortete: »Nur noch zwei Pförtner«, ließ sie sie vor sich führen und fragte sie: »Warum habt ihr ohne meine Erlaubnis die fremden Männer zu mir hereingelassen? Ihr habt meine Schande gewollt und den Tod meines Gastes.« Sie antworteten: »Es ist ja nicht üblich, daß Boten deines Vaters einer Erlaubnis bedürfen«; aber sie sagte: »Ihr verdient den Tod, ihr Hunde!« und bat Scharkan, ihnen den Kopf abzuhauen. Dann sagte sie zu Scharkan: »Nun ist es notwendig, daß ich dich mit mir bekannt mache; wisse, ich bin die Tochter des griechischen Könige Hardub, mein Name ist Ibris, und die Alte, die du gesehen und die mich verraten hat, ist meine Großmutter Dsat Dawahi. Wenn nun mein Vater hört, daß ich mich mit dir verbunden habe und an dem Tod der Patriarchen schuld bin, so kann ich nicht mehr in diesem Land bleiben, drum bitte ich dich, o Prinz, so gegen mich zu verfahren, wie ich gegen dich; bedenke, daß ich um deinetwillen mich mit meinem Vater entzweit habe, und behandle mich freundschaftlich.« Scharkan war vor Freude außer sich über diese Worte und schwor bei Gott, daß, solange er atme, niemand ihr nahekommen dürfe; doch fuhr er fort: »Bist du stark genug, deine Familie und dein Vaterland auf immer zu verlassen?« »Ich kann alles für dich tun; nur fordere ich noch eins von dir!« »Was denn?« »Daß du mit deinen Truppen in deine Heimat zurückkehrst.« »O meine Herrin! Mein Vater hat mich gegen den deinigen geschickt, wie kann ich so zurückgehen?« »Dein Vater hat dich nur der Schätze willen geschickt, die mein Vater genommen, worunter auch die drei großen segensreichen Perlen; sei nur zufrieden, ich will dir die ganze Begebenheit erzählen, sowie auch die Ursache unserer Feindschaft mit dem König von Konstantinopel: Wisse, wir feiern jedes Jahr ein Fest, das wir das Klosterfest nennen; da versammeln sich alle Königinnen und Prinzessinnen und andere vornehme Mädchen, und belustigen sich sieben Tage nacheinander; auch ich wohnte früher diesen Festlichkeiten bei; erst seit Ausbruch des Krieges läßt mich mein Vater nicht mehr dazu gehen. Bei einem dieser Fest war auch Safia, die Tochter des Königs von Konstantinopel, anwesend; diese wollte nach dem Feste nicht zu Land, sondern zu Wasser in ihre Heimat zurückkehren, man rüstete ihr ein Schiff aus, das sie mit ihrem Gefolge bestieg. Aber bald überfiel sie ein Sturmwind, der sie vom rechten Weg abführte und sie in die Nähe christlicher Seeräuber von der Insel Zypern trieb, wo 500 bewaffnete Franken eine Festung besetzt hielten. Die Franken steuerten hastig auf das Schiff zu, in welchem Safia war, nahmen ihm die Segel ab und schleppten es dem ihrigen nach, das ihrer Insel zusegelte. Da drehte sich der Wind auf einmal wieder und blies so heftig von der Insel her, daß er ihre Segel zerriß und sie zu uns hertrieb; wir fingen die Schiffe auf, töteten die Franken und bemächtigten uns des Schiffs, worin Safia mit 40 Sklavinnen und vielen Schätzen war. Die Mädchen wurden meinem Vater vorgestellt, der nicht wußte, daß Safia darunter war; er wählte zehn für sich, unter welchen auch Safia war, und verteilte die übrigen unter seine Umgebung. Er wollte aber nur fünf davon für sich behalten und schickte die übrigen, worunter auch Safia war, deinem Vater Omar mit allerlei Tuch- und Seidenstoffen. Dein Vater nahm die Geschenke an und behielt die Prinzessin Safia für sich.«

Es sagt der Erzähler, daß die Prinzessin also fortfuhr: »Am Anfang dieses Jahres schrieb nun Safias Vater, der König Feridun, dem meinigen einen Brief, in welchem er sich nach vielen Vorwürfen folgenderweise ausdrückt:

»Ihr habt schon vor zwei Jahren euch unseres Schiffs bemächtigt, das ihr fränkischen Seeräubern weggenommen und in welchem meine Tochter Safia war, ohne mir Nachricht davon zu geben; ich wagte es nicht, öffentliche Nachforschungen anzustellen, aus Furcht, meiner Tochter Ehre zu verletzen, darum schwieg ich bis jetzt; nun habe ich aber einige von den Franken ausgeforscht, die

unter den Seeräubern waren; und sie sagten mir, sie haben sie in deinem Land gelassen, und erzählten mir die ganze Geschichte; wenn ihr daher nicht meine und meiner Tochter Schande wollt, so schickt sie mir bei Empfang des Briefes zurück, wo nicht, so werde ich euch zu bestrafen wissen.«

»Als mein Vater diesen Brief las, bedauerte er sehr, nicht gewußt zu haben, daß Safia eine Königstochter war; er wußte sich aber nicht zu helfen, denn nach so langer Zeit konnte er sie nicht von Omar zurückfordern lassen, um so weniger, da er vernommen hatte, daß sie ihm Kinder geboren; es blieb ihm also nichts übrig, als sich in das Mißgeschick zu fügen und bei Feridun zu entschuldigen und ihm zu schwören, daß er seine Tochter nicht erkannt und sie daher Omar zum Geschenk gemacht habe. Feridun war außer sich vor Zorn, als er meines Vaters Antwort erhielt, woraus er sah, daß seine Tochter wie eine Sklavin verschenkt und ohne gesetzliche Ehe einem König hingegeben worden; er schwur beim Messias, sich zu rächen und von sich hören zu lassen. Er sann dann die List aus, wodurch er deinen Vater bewog, ihm eine Armee zu Hilfe zu senden, und beabsichtigte dabei, dich mit deiner ganzen Armee zu vernichten. Was aber die drei Perlen angeht, von denen er deinem Vater geschrieben, daran ist gar nichts Wahres. Safia hatte die Perlen bei sich, mein Vater nahm sie ihr aber weg, schenkte sie mir, und ich besitze sie noch. Geh also zu deinen Truppen und führe sie, ehe sie sich zerstreuen, in ihre Heimat zurück, sonst möchten die Franken und Griechen über sie herfallen, und sie sind verloren; ich weiß, daß deine Armee noch an demselben Ort lagert, wo du sie verlassen, denn du gabst ihnen ja Befehl, drei Tage zu rasten, auch können sie nicht aufbrechen, weil sie dich vermissen.«

Als Scharkan diese Erzählung hörte, blieb er eine Weile in Gedanken vertieft, dann küßte er Ibris die Hand und sagte: »Gelobt sei Gott, der dich zu meiner Rettung bestimmt hat; doch wie soll ich mich von dir trennen, ohne zu wissen, was in meiner Abwesenheit aus dir wird?« Ibris antwortete: »Geh nur zu deinen Truppen und führe sie in ihre Heimat zurück; nimm auch die Gesandten gefangen, da wirst du schon die Wahrheit hören; in drei Tagen bin ich bei euch, und wir werden zusammen nach Bagdad gelangen.« Sie bat ihn dann noch einmal, dem Bund, den sie geschlossen, treu zu bleiben und stand auf, um Abschied zu nehmen. Er umarmte sie und sprach weinend folgende Verse:

»Ich nehme Abschied von ihr und trockne mit der Rechten meine Tränen ab; während ich mit der Linken sie umarme und an mich drücke, fragt sie mich: Befürchtest du kein Unglück? Darauf antworte ich: Der Trennungstag ist das größte Unglück der Liebenden!«

Scharkan verließ dann das Kloster, bestieg sein Pferd und ritt über die Brücke durch den Wald, bis er wieder in die Ebene kam.

Als Scharkan hier drei Reiter erblickte, nahte er sich ihnen mit Vorsicht; aber bald erkannte er den Vezier Dendan mit zwei Emiren; sie stiegen ab und begrüßten einander, und Scharkan erzählte dem Vezier alles, was ihm zugestoßen. Als er dann vom Vezier hörte, die Gesandten haben die Armee verlassen, ließ er unter seinen Truppen den Befehl zur Rückkehr bekannt machen; sie brachen auf und erreichten nach fünftägigem Marsch die Grenzen ihrer Heimat wieder. Da die Truppen hier in Sicherheit waren und ihre Landsleute ihnen mit Proviant für sie und ihre Tiere entgegenkamen, ruhten sie hier zwei Tage aus. Sodann ließ Scharkan den Vezier mit den Truppen vorausgehen, und er blieb nur mit 100 Reitern zurück. Nach zwei Tagen brach auch er auf, und als er zwei Meilen weit geritten und in einer engen Schlucht zwischen zwei Bergen war, da sah er einen dichten Staub vor sich, und als dieser sich legte, entdeckte er 100 Reiter, wie reißende Löwen, ganz in Eisen steckend. Als sie in der Nähe Scharkans und der seinigen waren, schrien sie: »Bei Johannes und Maria, nun haben wir unsern Zweck erreicht! Wir sind Tag und Nacht geritten, um euch hier zuvorzukommen; nun steigt ab, legt eure Waffen nieder und ergebt euch, so wollen wir euch das Leben schenken.« Bei diesen Worten glühten Scharkans Augen vor Wut, und er sprach: »Ihr Hundschristen wagt es, uns hierher zu folgen in unser Land und eine solche Sprache mit uns zu führen? Glaubt ihr, so leicht mit uns fertig zu werden und dann wieder heimzukehren?« Er rief dann seinen Leuten zu: »Macht diesen Hunden ein Ende!« Er selbst zog sein Schwert und griff die Christen an, die sich ihrerseits mit felsenfesten Herzen schlugen; schrecklich war der Kampf, der bis zur Nacht dauerte, Scharkan zählte seine Leute, und es fehlte kein Mann; nur vier waren leicht verwundet, doch sagte er: »Bei Gott! Ich habe in meinem Leben mit keinen so wackeren Rittern gekämpft.« Seine Leute sagten ihm: »Wisse, o König, ihr Anführer ist ein Franke, und ohne Gottes Gnade wären wir nicht davongekommen, denn wenn er gewollt hätte, er hätte uns alle, groß und klein, getötet.« Scharkan versetzte: »Morgen früh rücken wir wieder gegen sie aus, ich hoffe, Gott wird uns den Sieg verleihen.« Die Franken ihrerseits sagten zu ihrem

Anführer: »Heute haben wir unseren Zweck nicht erreicht«; und er erwiderte ihnen: »Morgen soll die Schlacht von Neuem beginnen, da fordern wir sie einzeln heraus.« So brachten beide Teile die Nacht zu, und sobald Gott wieder den Morgen leuchten ließ, bestiegen Scharkan und die Seinigen ihre Pferde und als sie auf den Kampfplatz kamen, waren die Franken schon schlagfertig. Da trat einer von den Franken aus den Reihen und rief: »Wer will meine Herausforderung annehmen!« Er hatte kaum diese Worte gesagt, da trat einer von Scharkans Leuten in die Schranken, der Franke war ganz in Gold gekleidet, mit starken Waffen in der Hand, und es dauerte nicht lange, bis er den Muselmann mit der Lanze vom Pferd stieß und ihn gefangen nahm. Er wurde jubelnd von den Seinigen empfangen, und sie erlaubten ihm nicht, sich wieder zu schlagen, sondern ein anderer trat in die Schranken, um mit dem Bruder des Gefangenen zu kämpfen, und auch dieser war bald mit der umgekehrten Lanze vom Pferd gestürzt und gefangen weggeführt; so wurden an demselben Tage 20 Muselmänner, einer nach dem anderen, gefangen. Scharkan war sehr betrübt und sagte abends zu seinen Leuten: »Was ist uns da geschehen! Morgen früh trete ich in die Schranken und fordere den Anführer heraus; ich will sehen, warum er in unser Land gekommen, und ihn warnen, daß er uns nicht länger bekämpfe, weigert er sich, so kämpfen wir gegen ihn, will er Frieden schließen, so nehmen wir ihn an.« Sobald der Morgen anbrach, stellten sich beide Truppen wieder auf; Scharkan wollte eben in die Schranken treten, als ein Reiter kam, den mehr als 50 Fußgänger bis zur Mitte des Kampfplatzes begleiteten. Dieser Ritter war der Anführer der Franken; er hatte ein blaues atlasnes Oberkleid an und sah wie der leuchtende Mond darin aus; unter diesem Kleid trug er einen starken Panzer, an seiner Seite hatte er ein indisches Schwert; er saß auf einem dunklen Renner, mit einem silbernen Flecken auf der Stirn, und hatte gar keinen Bart. Der Ritter winkte, als er mitten auf dem Kampfplatz war, den Muselmännern zu und rief in arabischer Sprache: »O Scharkan, Sohn Omars, du Länderverwüster und Schlösserbesitzer! komm hervor als Herr deiner Leute und kämpfe mit mir, denn ich bin der Anführer deiner Feinde; wer von uns den anderen besiegt, dem sollen auch alle seine Leute Untertan werden.« Scharkan ritt ihm wie ein zorniger Löwe entgegen, und der Franke griff ihn mit Heldenmut an; sie kämpften den ganzen Tag wie zwei Berge, die aufeinander stoßen, oder zwei Meere, die einander entgegenwogen. Als es dunkel wurde, gingen sie auseinander. Scharkan sagte zu den Seinigen: »Ich habe in meinem Leben keinen so gewandten Ritter gesehen, der so geschickt die Lanze führt; solche Leute möchte ich unter meinen Truppen haben. Das einzige, was mir auffällt, ist, daß, so oft er Gelegenheit hatte, mir einen tödlichen Stoß zu versetzen, er die Lanze umkehrte und mit dem Schaft stieß.« Am folgenden Morgen, als Scharkan wieder auf den Kampfplatz ging, war der Franke schon da, der Kampf begann sogleich und blieb wieder den ganzen Tag unentschieden. Als sie sich des Abends trennten, sagte der Franke zu seinen Leuten: »Morgen wird es sich entscheiden.« Mit Sonnenaufgang griffen sie einander wieder an, und bis Mittag dauerte der Kampf; da wollte der Franke einen neuen Angriff tun, aber sein Pferd stolperte und warf ihn zu Boden, Scharkan fiel über ihn her und wollte mit dem Schwert nach ihm hauen, da rief ihm der Franke zu: »O Scharkan! So handelt kein Mann; so handelt nur einer, der sich von Weibern besiegen läßt.« Scharkan wurde von diesen Worten betroffen, und als er den Franken näher ins Auge faßte, erkannte er die Prinzessin Ibris, die er im Kloster kennen gelernt; er warf das Schwert weg, verbeugte sich vor ihr und fragte sie, was sie bewogen, so gegen ihn zu verfahren? Sie antwortete: »Ich wollte dich auf dem Kampfplatz erproben und sehen, wie geschickt du im Krieg bist. Die Leute, die du bei mir siehst, sind meine Sklavinnen; schwache Jungfrauen haben deine Ritter besiegt, und wäre mein Pferd nicht gestolpert, so hättest du auch meine Kraft kennen gelernt.« Scharkan sagte lächelnd: »Gelobt sei Gott, der uns erhalten und wieder vereinigt hat, o Königin der Zeit!« Ibris ließ dann die Mädchen absteigen und die

20 Gefangenen befreien. Als die Mädchen sich vor Scharkan verbeugten, sagte er zu ihnen: »Euresgleichen bedürfen Könige in der Not.« Er gab dann seinen Leuten ein Zeichen und sie verbeugten sich vor Ibris, denn schon wußten sie alles, was vorgefallen war.

Die 200 Reiter zogen dann sechs Tage lang miteinander, bis sie an eine Stadt kamen; da bat Scharkan Ibris, sie und ihre Frauen möchten die fränkische Kleidung ablegen und sich als Griechinnen kleiden. Am folgenden Morgen begegneten sie dem Vezier Dendan, den ihnen Omar, auf Scharkans Verlangen, mit 1000 Reitern entgegengeschickt hatte; sie bewillkommten sich gegenseitig und ritten miteinander in die Residenz. Scharkan begab sich sogleich ins Schloß zu seinem Vater und berichtete ihm alles, was zwischen ihm und Ibris vorgefallen; auch ihre Absicht, für immer bei ihnen zu bleiben, und die List, die der König der Griechen angewandt hatte, in der Hoffnung, seine Tochter Safia wieder zu erhalten; er erzählte auch viel von Ibris' Tapferkeit und Gewandtheit im Krieg. Dem König Omar gab die Erzählung Scharkans eine so hohe Meinung von Ibris, daß er ihn bat, sie zu ihm zu bringen. Als Scharkan sie holte, entließ Omar alle Anwesenden und blieb allein auf dem Throne sitzen, nur von einigen Dienern umgeben. Ibris verbeugte sich vor ihm und hielt eine schöne Anrede, die ihm sehr wohl gefiel; er dankte ihr für das Gute, das sie seinem Sohn Scharkan erwiesen, hieß sie sitzen und sich entschleiern. Als sie den Schleier weghob, war Omar ganz außer sich; er ließ ihr eine Wohnung in seinem Schloß einräumen, gab ihr Mädchen zur Bedienung und bestimmte ihr ein reichliches Einkommen. Er fragte sie dann nach den Perlen, welche sie besaß; sie ging in ihr Zimmer, holte ihr Gepäck herbei, zog eine goldene Schachtel hervor, öffnete sie und nahm die drei Perlen heraus, küßte sie und überreichte sie dem König. Omar ließ seinen Sohn Scharkan rufen, schenkte ihm eine dieser Perlen und sagte dazu: »Die zweite ist für deinen Bruder und die dritte für deine Schwester.« Scharkan, der immer nur von einer Schwester wußte, sagte erstaunt: »Vater, hast du denn einen Sohn außer mir?« Omar antwortete: »Jawohl! Er ist nun sechs Jahre alt und heißt Dhul Makan; er ist ein Zwillingsbruder der Nushat Assaman.« Scharkan war sehr betrübt über diese Nachricht; er warf im Zorn die Perle weg und zerriß seine Kleider. Omar fragte ihn: »Warum sehe ich dich auf einmal so verändert? Du bleibst doch mein Thronfolger, die Armee hat dir schon den Eid der Treue geschworen und steht unter deinen Befehlen, warum nimmst du nicht eine dieser drei Perlen?« Scharkan schlug den Kopf zur Erde nieder, schämte sich vor seinem Vater und wußte vor Zorn nicht, was er beginnen sollte. Er ging hierauf zu Ibris, setzte sich neben sie und erzählte ihr, was er von seinem Vater erfahren, und wie dieser zwei Perlen seinem Bruder und seiner Schwester geschenkt habe; dann setzte er noch hinzu: »Wisse, daß ich auch für dich besorgt bin; Omar hat ein Aug auf dich geworfen, ich fürchte, er wird dich heiraten wollen. Was wirst du dazu sagen?« Ibris antwortete: »O Scharkan! Der König hat keine Gewalt über mich, er kann ohne meinen Willen mich nicht heiraten, und eher nehme ich mir das Leben, als daß ich mich zwingen lasse. Was die Perlen betrifft, so glaubte ich nicht, daß er sie verschenken würde; ich dachte, er würde sie in seine Schatzkammer verschließen;

ich bitte dich nun, mir die Perle zurückzugeben, die er dir geschenkt hat.« Als Scharkan sie ihr gab, sagte sie: »Wie sehr fürchte ich, wenn mein Vater hört, daß ich hier bin, er möchte mit Safias Vater sich vereinigen und hierher ziehen; das wird einen großen Krieg geben.«

Scharkan erwiderte der Prinzessin Ibris: »Kehre dich nicht daran, wenn du gerne hier bleibst; fürchte nichts, wenn auch alle Bewohner der Erde und der Meere sich gegen uns verbünden.« »Gut!« rief Ibris, »solang ihr mir Gutes erweiset, bleibe ich bei euch, mißhandelt ihr mich aber, so ziehe ich weg.« Nach einer langen Unterhaltung aßen und tranken sie miteinander, dann verließ sie Scharkan mit betrübtem Herzen. Sein Vater Omar hatte inzwischen Safia besucht, und die zwei Perlen den ihm entgegenkommenden Kindern umgehängt. Die Kinder freuten sich sehr damit, liefen zu ihrer Mutter und küßten dem Vater die Hände. Er sagte dann zu Safia: »Warum hast du mir niemals gesagt, daß du die Tochter des Königs Feridun bist? Ich hätte dir mehr Ehre erwiesen und dich viel höher gestellt.« Safia antwortete: »Was bleibt mir zu wünschen übrig bei der Fülle von

Wohltaten, mit denen du mich überhäufst; und nun hat mir ja auch Gott noch einen Sohn und eine Tochter von dir beschert.« Omar war mit dieser Antwort sehr zufrieden, und sobald er sich von ihr trennte, ließ er ihr und ihren Kindern einen eigenen wundervollen Palast einräumen, bestimmte ihnen Diener, Gefolge, Lehrer, Ärzte, Astrologen und Pförtner, und war äußerst zärtlich und liebevoll gegen sie. Indessen zog bald die Prinzessin Ibris ihn so sehr an, daß er sich Tag und Nacht mit ihr beschäftigte; er besuchte sie jeden Abend und gab ihr in seiner Unterhaltung sein Verlangen nach ihrem Besitz zu erkennen. Aber Ibris schenkte ihm kein Gehör, und gab vor, sie habe gar keine Freude an Männern. Dies vermehrte noch des Königs Leidenschaft, die einen solchen Grad erreichte, daß er seinen Vezier Dendan rufen ließ und ihm seine Liebe zu Ibris und ihre Härte klagte. Dendan sagte zum König: »Wenn es Nacht wird, so nimm etwas Bendj mit, trinke Wein mit ihr, und wenn die Zeit kommt, wo ihr vom Wein aufzustehen pflegt und du ihr den letzten Becher reichst, so wirf das Bendj hinein; sie wird kaum an ihr Bett kommen, wird es schon wirken; du gehst dann zu ihr und hast keinen Widerstand zu befürchten; das ist mein Rat.« Omar befolgte diesen Rat, steckte Bendj in die Tasche und begab sich, sobald es Nacht war, zu Ibris, setzte sich zu ihr und sprach von den Freuden des Weins. Da ließ Ibris den Weintisch mit allerlei Früchten und Süßigkeiten bringen, trank und unterhielt sich mit Omar, bis ihr der Wein ein wenig in den Kopf stieg; sobald Omar dies sah, füllte er noch einen Becher und trank ihn aus, schenkte wieder ein und reicht ihn Ibris, nachdem er, ohne daß sie es merkte, Bendj hineingeworfen hatte. Omar wartete, bis das Bendj auf sie gewirkt hatte, ging dann zu ihr und war außer sich vor Freude, als er sie ganz bewußtlos auf ihrem Bett liegend, mit einem Wachslicht zu ihren Häupten und einem zu Füßen fand. Er fiel leidenschaftlich über sie her und umarmte sie, sagte dann beim Weggehen einer ihrer Sklavinnen, welche Murdjana hieß: »Geh hinein zu deiner Herrin!« Als Murdjana ihre Herrin bewußtlos auf ihrem Bett fand, wusch sie ihr Gesicht, Hände und Füße mit Rosenwasser. Dies machte Ibris nießen und das Bendj von sich werfen. Sie wusch sich dann den Mund und sagte zu Murdjana: »Erzähle mir, was mir geschehen!« Murdjana erzählte ihr alles, was sie wußte, und Ibris war sehr betrübt, als sie erfuhr, daß Omar sich durch List ihr genähert habe. Sie schloß sich ein und gab ihren Sklavinnen den Auftrag, allen, die nach ihr fragen, zu sagen, sie sei krank. So blieb sie mehrere Monate abgeschlossen; der König, der sie auch für krank hielt, schickte ihr süße Speisen und Getränke, drang aber nicht darauf, sie zu sehen, denn schon war das Feuer seiner Liebe erloschen. Ibris fühlte bald die unglücklichen Folgen der gelungenen List Omars, und als die Zeit der Entbindung herannahte, sagte sie zu Murdjana: »Wisse, daß ich gegen niemand mehr, als gegen mich selbst klagen kann, weil ich Vater und Mutter und Vaterland verlassen; nun ist mir das Leben zuwider, alle meine Kraft und mein Unternehmungsgeist ist dahin. Ich kann kaum mehr ein Pferd besteigen, während ich früher ein jedes zu bändigen vermochte. Bleibe ich hier und komme hier nieder, werde ich vor allen Mädchen zuschanden, geh ich nach Hause zurück, mit welchem Gesicht soll ich meinem Vater entgegentreten? Doch will ich lieber zu den Meinigen zurückkehren, die mich in gefallenem

Zustand aufnehmen werden. Gott mag mit mir verfahren, wie er will; ich bin entschlossen, heimlich von hier wegzureisen.« Murdjana sagte: »Befiehl, was du willst, Prinzessin! Ich gehorche.« Ibris legte dann erst einstweilen, ohne etwas zu sagen, ihre Effekten zurecht und wartete, bis der König auf die Jagd ging und Scharkan sich in seinen Festungen aufhielt. Sie sagte dann zu Murdjana: »Ich möchte diese Nacht abreisen, doch, was soll ich tun, ich kann jeden Augenblick niederkommen und habe keine Kraft mehr, Waffen zu tragen; du mußt dich nach einem Mann umsehen, der uns begleite und auf der Reise beistehe.« Murdjana erwiderte: »Ich weiß keinen besseren als Ghadhban, den schwarzen Sklaven, den uns Omar zum Pförtner gegeben; er ist tapfer, und da wir ihm schon viel Gutes erwiesen haben, wird er uns folgen; ich will einmal mit ihm reden und ihm recht viel Geld und eine Frau, wie er sie wünscht, versprechen; er hat mir gesagt, er sei früher Straßenräuber gewesen, wenn er uns Gehör gibt, kann er uns am besten in unsere Heimat führen.« Da Ibris selbst mit Ghadhban sprechen wollte, begab sich Murdjana zu ihm und sagte ihm: »Gott hat für dein Glück gesorgt, wenn du tust, was deine Herrin von dir begehrt«, und führte ihn zu ihr. Ghadhban küßte Ibris die Hand; sein Anblick erregte Schaudern in ihr, doch gab sie der Not nach und fragte ihn, ob er gegen die Tücken des Geschicks ihr beistehen und ihr Geheimnis treu bewahren wolle? Ghadhban warf einen Blick auf sie und fühlte eine so starke Liebe zu ihr, daß er ohne Zaudern sagte: »Meine Herrin! Ich werde allen deinen Befehlen gehorchen.« »So sattle ohne Zaudern«, sagte Ibris, »zwei Pferde aus dem königlichen Stall und zwei Kamele, lege auf jedes einen Sack mit Geld und Proviant, folge uns in unsere Heimat und begleite uns, dann gebe ich dir auch das schönste meiner Mädchen zur Frau und so viel Geld du willst; es steht dir dann frei, bei uns zu bleiben oder wieder hierher zurückzukehren.« Dieser Vorschlag freute Ghadhban so sehr, daß er sagte: »Gewiß, meine Herrin! Ich werde mit meinen Augen und meinem Herzen dir dienen, ich gehe sogleich und hole die Pferde.« Er ging freudig weg und dachte bei sich: »Sie darf mir auf der Reise nichts versagen, sonst töte ich sie und nehme ihr alles weg.«

Nach einer kurzen Weile kam Ghadhban wieder mit zwei Kamelen und drei Pferden, eins für sich, eins führte er der Prinzessin vor und das dritte Murdjana. Sie reisten nun im Gebirge den ganzen Tag nebeneinander her; gegen Abend fühlte Ibris ihre Entbindung so nahe, daß sie Ghadhban bat, sie vom Pferd zu heben. Als sie aber abgestiegen war, zog der Teufel in Ghadbans Herz, und seiner Leidenschaft nicht mehr Herr, lief er mit gezogenem Schwert auf sie zu und drohte ihr mit dem Tode, wenn sie seine Umarmung nicht dulden wollte. Aber Ibris stieß ihn von sich und sagte: »Nun fehlt mir nichts mehr, als auch noch von einem schwarzen Sklaven geschändet zu werden, nachdem ich schon einen großen König verschmäht habe. Wehe dir! Wie du wagst es, so mit mir zu sprechen? lieber würde ich den Todeskelch leeren, als mich dir hingeben.« Der Schwarze wurde so aufgebracht, daß er Ibris am Hals verwundete; in diesem Augenblick kam sie nieder und Murdjana eilte herbei, um sie zu unterstützen. Als sich hierauf in der Ferne ein mächtiger Staub erhob, versetzte ihr Ghadhban noch einen Hieb in den Hals, woran sie starb, und entfloh ins Gebirge mit ihrem

Pferd und ihrer ganzen Habe. Murdjana nahm den Sohn, den Ibris vor ihrem Tode geboren, zu sich und stillte ihn an ihrer Brust, zerriß ihre Kleider, streute Erde auf ihr Haupt, schlug sich ins Gesicht, bis sie blutete, und schrie: »Wehe! Meine Herrin ist von einem nichtswürdigen Sklaven erschlagen worden.« So jammerte und weinte sie fort, bis sich der Staub legte und sie eine mächtige Armee herbeikommen sah. Es war die Armee des Königs Hardub, der, sobald er gehört, daß seine Tochter mit ihren Mädchen entflohen sei, sich auf den Weg gemacht hatte, um Kundschaft von ihr einzuziehen. Als der König seine Tochter erkannte, warf er sich vom Pferd herunter und fiel ohnmächtig zu Boden. Alle seine Leute, die Veziere und Fürsten, die bei ihm waren, stiegen ab, ließen ein Zelt für den König aufschlagen und blieben außen vor dem Zelt stehen. Als der König wieder zu sich kam, ließ er sich von Murdjana den ganzen Hergang der Sache erzählen, und das Verfahren Omars und des Sklaven gegen seine Tochter erbitterte ihn so sehr, daß ihm die Welt ganz schwarz vor seinen Augen erschien; er weinte heftig und alle Anwesenden weinten mit ihm; er ließ dann seine Tochter in einen Sarg legen und nach Cäsarea bringen; er aber begab sich sogleich zu seiner Mutter Dsat Dawahi, und sagte ihr: »Sieh, wie die Muselmänner mit meiner Tochter umgegangen sind; zuerst hat der König Omar sie mit Gewalt entehrt, dann hat ein schwarzer Sklave sie erschlagen; bei dem Messias, wir müssen Rache nehmen und die Schmach tilgen oder ich mache meinem Leben ein Ende.« Dsat Dawahi erwiderte: »Niemand anders, als Murdjana hat deine Tochter erschlagen, sie haßte sie schon lange innerlich. Was aber die Rache an Omar betrifft, so sei ganz unbesorgt; bei dem Messias, ich werde ihn und seine Kinder erschlagen und Taten vollbringen, die noch kein Held vollbracht und von denen die Erzähler in allen Ländern erzählen werden; tu nur, was ich fordere, du wirst deinen Zweck erreichen.« »Und was befiehlst du mir?« sagte Hardub. Die Alte fuhr fort: »Bringe mir schöne Jungfrauen und schaffe mir die gelehrtesten Männer der Zeit herbei, daß sie die Mädchen in allen Wissenschaften ausbilden, besonders in der Poesie und Beredsamkeit und in der Art, mit Königen zu verkehren; die Gelehrten müssen aber Muselmänner sein, damit sie die Geschichte der Kalifen und die Sagen der alten Araber lehren. Habe nur Geduld, wenn es auch mehrere Jahre dauert, denn die Araber pflegen zu sagen: ›Nach 40 Jahren Blutrache nehmen, ist auch noch bald.‹«

Es sagt der Erzähler, daß die alte Dsat Dawahi zu ihrem Sohn, dem König Hardub, also weiter gesprochen: »Ich weiß, daß Omar sehr die Vergnügungen der Welt liebt, er hat 360 Mädchen, und nun noch 100 dazu von der Umgebung deiner seligen Tochter; wenn daher die Jungfrauen gehörig unterrichtet sein werden, so reise ich mit ihnen zu ihm.« Der König küßte seine Mutter vor Freude über ihren Rat und schickte sogleich Leute aus, um muselmännische Gelehrte zu werben. Als sie ankamen, überhäufte er sie mit Geschenken und versprach ihnen reichen Lohn, wenn sie die Jungfrauen unterrichten wollten, die er ihnen vorstellte, und die Gelehrten erboten sich, ganz nach seinem Wunsch zu handeln.

Omar war sehr betrübt, als er von der Jagd zurückkam und Ibris nirgends zu finden war; er konnte nicht begreifen, wie sie aus dem Schloß entkommen konnte, ohne daß jemand sie bemerkt habe, und beschloß, daß, wenn er in Zukunft wieder auf die Jagd gebe, er die Türen durch vertraute Leute bewachen lassen werde, da sonst sein ganzes Reich zugrunde gehen könnte. Bald nachher kam auch Scharkan von seinen Kriegszügen zurück, und als sein Vater ihm erzählte, daß Ibris heimlich entflohen, war auch er sehr betrübt darüber. Scharkan grämte sich ohnehin schon, weil sein Vater seine Geschwister so zärtlich liebte und durch die gelehrtesten Männer erziehen ließ, er suchte zwar seinen Groll zu verbergen, aber sein entstelltes Aussehen verriet ihn. Eines Tages fragte ihn sein Vater, warum er so übel aussehe? Er antwortete: »So oft ich sehe, daß du meinen Geschwistern Liebe und Aufmerksamkeit erweisest, tut es meinem Herzen weh, ich fürchte, mein Neid möchte so stark werden, daß ich sie umbringe, und dann würdest du auch mich um ihretwillen töten; ich bitte dich daher, mir irgend eine Festung zu schenken, in der ich fern von hier lebe; denn ein Sprichwort sagt: ›Was das Aug' nicht sieht, betrübt das Herz nicht.‹« Als Omar aus diesen Worten den heftigen Neid seines Sohnes erkannte, sagte er ihm: »Mein Sohn! Ich will deinen Wunsch erfüllen und dich zum Statthalter von Damaskus ernennen, der größten Stadt in meinem Reich.« Er sandte sogleich einen Eilboten dahin, um Scharkan anzukündigen, und ließ die gehörigen Bevollmächtigungsschreiben ausfertigen; Scharkan machte die nötigen Vorbereitungen zur Reise, ebenso Dendan, der ihn als Vezier begleiten sollte. Nachdem alles zur Reise bereit war, empfahl Omar seinem Sohn, mit Milde und Gerechtigkeit zu regieren, dann nahmen er und alle Vornehmen des Reichs Abschied von ihm, und Scharkan machte sich mit seinen Truppen auf den Weg nach Damaskus, wo bei seiner Ankunft Trompeten und Pauken vor ihm her erklangen und alle Straßen der Stadt festlich geschmückt waren.

Bald nach Scharkans Abreise kamen die gelehrten Erzieher Dhul Makans und Nushat Assamans zu ihrem Vater und sagten ihm: »Herr! Deine Kinder sind in jeder Wissenschaft vollkommen ausgebildet.« Omar belohnte die Lehrer reichlich und entließ sie. Dhul Makan hatte ein Alter von 14 Jahren, er war sehr fromm, beschäftigte sich viel mit dem Koran und anderen religiösen Büchern, liebte die Gelehrten und Armen, und war deshalb bei allen Bewohnern Bagdads, Männern und Frauen, sehr beliebt. Einst, als die Karawane der Pilgerfahrt abreiste, bat er seinen Vater, ihn auch wallfahren zu lassen, aber Omar erlaubte es nicht und sagte: »Warte bis zum nächsten Jahr, da pilgern wir miteinander.« Da aber Dhul Makan sehr ungeduldig war, ging er zu seiner Schwester, welche gerade betete, und sagte zu ihr, nachdem sie ihr Gebet vollendet hatte: »Ich sterbe vor Sehnsucht nach dem heiligen Haus Gottes und dem Grab des Propheten, und da mein Vater mir nicht erlauben will, zu pilgern, so werde ich etwas Geld zu mir nehmen und diese Nacht heimlich der Pilgerkarawane nachreisen.« Nushat Assaman erwiderte: »Ich beschwöre dich bei Gott! Nimm mich mit dir, ich will auch das Grab des Propheten besuchen.« Dhul Makan willigte ein und sagte: »Verlasse dein Zimmer um Mitternacht, ohne jemandem etwas davon zu sagen.« Nushat Assaman nahm einiges Geld zu sich, kleidete sich als Mann und wartete vor der Tür des Schlosses, bis Dhul Makan geritten kam und sie zu sich nahm. Sie mischten sich dann in der Nacht unter die Karawane und Gott ließ sie glücklich nach Mekka gelangen. Sie hielten sich in Arafa auf und erfüllten dort die Pflichten des Pilgers, dann besuchten sie das Grab des Propheten. Als hernach die Karawane wieder in die Heimat zurückkehrte, sagte Dhul Makan zu seiner Schwester: »Bei Gott! Ich habe im Sinn, das heilige Jerusalem und das Grab des geliebten Abraham auch zu besuchen.« Nushat Assaman erklärte sich bereit, ihm zu folgen, und so gesellten sie sich zur Karawane von Syrien. Aber in der Nacht erkältete sich Dhul Makan und wurde so krank, daß Nushat Assaman, obschon selbst leidend, einzig mit seiner Pflege beschäftigt war. Indessen setzten sie doch ihre Reise nach Jerusalem fort und mieteten eine Wohnung in einem Chan; aber Dhul Makans Krankheit nahm immer zu, obschon seine Schwester ihn sorgfältig pflegte und all ihr Geld für ihn ausgab. Als Nushat Assaman kein Geld mehr hatte, gab sie dem Diener des Chans einige ihrer Effekten zu verkaufen, und fuhr so fort, bis ihr nur noch eine zerrissene Matte blieb; dann rief sie aus: »Nun stehe Gott uns bei!« In diesem Augenblick sagte Dhul Makan: »Ich fühle mich besser und habe Lust, gebratenes Fleisch zu essen.« Sie mußte ihm nun gestehen, daß sie nichts mehr habe und sich nicht entschließen könne, zu betteln; »aber weißt du«, fuhr sie fort, »ich will morgen bei irgend einem vornehmen Mann Dienst nehmen; es fällt mir zwar schwer, mich von dir zu trennen, doch muß ich das tun, um uns zu ernähren.« Dhul Makan erwiderte: »Sollst du nach einer solchen Herrlichkeit so tief sinken? Es gibt keinen Schutz und keine Macht, außer bei Gott, dem Erhabenen!« Sie weinten lange miteinander, dann sagte Nushat Assaman: »Wir sind hier fremd und leben schon ein Jahr, ohne daß jemand an unsere Tür geklopft, wir müssen vor Hunger sterben, wenn ich nicht diene, bis du gesund wirst und wir in unsere Heimat zurückreisen können.« Sie stand dann auf, bedeckte ihr Haupt mit einem Lumpen, den der Kameltreiber bei ihnen vergessen hatte, küßte und umarmte ihren Bruder, und ging weg, ohne zu wissen, wohin. Es wurde Nacht, ihr Bruder erwartete sie, aber sie kam nicht, auch des Morgens ließ sie sich nicht sehen; nachdem nun Dhul Makan vergebens zwei Tage gewartet und den schrecklichsten Hunger gelitten hatte, rief er dem Jungen des Chans und bat, ihn, er möchte ihn auf die Straße tragen; der Junge trug ihn hinaus, und als die Bewohner Jerusalems ihn in einem so erbärmlichen Zustand sahen, versammelten sie sich um ihn und weinten.

Dhul Makan gab den Bewohnern Jerusalems durch Zeichen zu verstehen, sie möchten ihm etwas zu essen bringen; man sammelte Geld für ihn, kaufte einige Speisen und gab sie ihm zu essen. Dann legte man ihn vor einem Laden auf einen Teppich und stellte ihm einen Wasserkrug zu Häupten. Gegen Mitternacht grämte er sich aber so sehr über den Verlust seiner Schwester, daß er wieder ohnmächtig wurde; da sammelten die Leute, die ihn alle bedauerten, 30 Silberdrachmen für ihn, mieteten ein Kamel und ließen ihn ins Spital nach Damaskus bringen. Aber der Kameltreiber, der nur wenig Lohn erhielt, dachte: »Wie soll ich mit diesem Menschen reisen, der dem Tod ganz nahe ist?« Er verbarg sich daher bis Nacht, und warf ihn auf einen Misthaufen in der Nähe eines Badofens. Als morgens der Badheizer das Bad wärmte, sah er Dhul Makan auf dem Rücken liegen und dachte: »Warum mußten sie diese Leiche gerade hierher werfen?« Er trat ihn dann mit den Füßen weg. Da aber Dhul Makan Lebenszeichen von sich gab, sagte ihm der Badherr: »Ihr Leute esset so viel Haschisch, bis ihr nicht mehr wisset, wo ihr euch hinlegt«; als er ihm aber ins Gesicht sah und einen jungen, bartlosen, hübschen Mann fand, bemitleidete er ihn und dachte: »Dieser Jüngling scheint hier fremd und krank zu sein; bei Gott, ich will mich nicht an ihm versündigen. Der Prophet hat uns befohlen, Fremde zu ehren. Dieser verdient es noch mehr, da er krank ist.« Er trug ihn hierauf in sein Haus, brachte ihn seiner Frau, befahl ihr, ihn zu bedienen und ein Bett für ihn zurechtzulegen. Die Frau räumte ihm ein Zimmer mit Teppich und Kissen ein, wärmte Wasser und wusch ihm Hände, Füße und Gesicht. Der Mann kaufte dann etwas Rosenwasser und bespritzte Dhul Makans Gesicht damit, auch reichte er ihm süße Getränke und

ein reines Hemd. Als Dhul Makan zu sich kam und sich auf das Kissen lehnte, freute sich der Badheizer sehr, dankte Gott, und betete, daß es ihm gelingen möchte, diesen Jüngling durch seine Pflege wieder ganz herzustellen. Drei Tage lang gab der Badheizer Dhul Makan Rosenwasser und andere kühlende Getränke zu trinken, bis er sich wieder besser befand; dann ging er auf den Markt, kaufte zehn Hühner, gab sie seiner Frau und sagte ihr: »Koche jeden Tag zwei davon, eins zum Mittag- und das andere zum Abendessen.« Die Frau tat dies und gab Dhul Makan die Suppe davon zu trinken und das Fleisch zu essen; dann reichte sie ihm Wasser zum Waschen, legte ihm wieder seine Kissen zurecht, deckte ihn mit einem Tuch zu und blieb bei ihm sitzen, bis er einschlief. Nachmittags kochte sie ihm das zweite Huhn und brachte es ihm. Während er aß, kam ihr Mann herein und freute sich, Dhul Makan wieder gestärkt zu finden. Der Badheizer, der täglich fünf Drachmen verdiente, gab nun einen ganzen Monat lang jeden Tag vier Drachmen für Hühner und Getränke aus. Nach einem Monat, als Dhul Makan ganz hergestellt war, fragte ihn der Badheizer, ob er mit ihm ins Bad wolle? »Recht gern«, antwortete Dhul Makan. Da holte der Badheizer einen Esel und ließ Dhul Makan darauf ins Bad reiten, und kaufte auch allerlei Seife. Sie entkleideten sich im ersten Zimmer, gingen dann ins zweite und der Badheizer rieb Dhul Makan die Füße und wusch ihn am ganzen Körper mit Seife. Dann kam der Baddiener, welchen der Herr des Bades geschickt hatte, um Dhul Makan zu waschen, und als er sah, daß der Badheizer ihm die Füße rieb, sagte er: »Das ist ein Eingriff in die Rechte des Herrn.« Der Badheizer erwiderte: »Der Herr überhäuft uns mit Wohltaten.« Der Diener aber rasierte Dhul Makan den Kopf. Der Badheizer gab ihm dann eins von seinen Hemden, ein Kleid, einen Gürtel und eine Kopfbinde, führte ihn nach Hause, wo ihm seine Frau wieder Hühner kochte, die er ihm zu essen gab, während er ihn die Brühe nebst anderen süßen Getränken trinken ließ.

Als Dhul Makan nun dem Badheizer für seine Pflege danken wollte, sagte ihm dieser: »Laß dies! Erzähle mir lieber, woher du bist und wie du hierhergekommen, denn ich sehe wohl, daß du von guter Familie sein mußt.« Dhul Makan erwiderte: »Erzähle du mir erst, wo du mich gefunden, dann sollst du meine Geschichte hören.« Der Badheizer sagte: »Ich habe dich krank auf dem Mist liegen sehen, als ich eines Morgens das Bad heizen wollte, mehr weiß ich nicht.« Da rief Dhul Makan: »Gepriesen sei Gott, der tote Gebeine wieder belebt; du hast gewiß deine Wohltaten keinem Unwürdigen erwiesen, du sollst die Früchte davon ernten.« Er fragte dann, in welcher Stadt er sich befinde? Und als der Badheizer ihm Jerusalem nannte, fiel ihm wieder seine Verlassenheit und seine verlorene Schwester ein. Er erzählte dem Badheizer hierauf seine ganze Geschichte, weinte und sprach folgende Verse:

»Ich habe über meine Kräfte zu tragen, darum kann man mich schon zu den Sterbenden zählen; habt Mitleid mit meinem Herzen, denn selbst Schadenfrohe bedauern mich seit eurer Trennung, geizt nicht mit einem freundlichen Blick auf mich, der meinen Zustand mildere. Ich habe mein Herz zur Geduld ermahnt, aber es hat mir erwidert: das ist gegen meine Gewohnheit.«

Dhul Makan fragte dann den Badheizer: »Wie weit ist es von hier nach Damaskus?« »Sechs Tagreisen.« »Willst du mich wohl dahin schicken?« »Du bist noch zu jung, um diese Reise allein zu machen, ich werde dich dahin begleiten und meine Frau fragen, ob sie mitreisen will; tut sie dies, so bleiben wir dort beisammen, denn ich kann mich nicht mehr von dir trennen.« Der Badheizer begab sich sogleich zu seiner Frau und fragte sie, ob sie hierbleiben und ihn zurückerwarten, oder ob sie mit ihm nach Damaskus reisen wolle? Und da sie letzteres vorzog, wurden die Anstalten zu einer gänzlichen Auswanderung getroffen. Sie verkauften ihre Mobilien, kauften ein Kamel zu dem Esel, den sie schon hatten, versahen sich mit Proviant und machten sich auf den Weg nach Damaskus. Sie kamen am sechsten Tag vor Sonnenuntergang daselbst an und lebten fünf Tag in einem Chan; da wurde die Frau des Badheizers plötzlich krank und starb am folgenden Tage. Dies betrübte Dhul Makan ebenso sehr, als ihren Mann, weil sie ihn sehr sorgsam gepflegt hatte; doch tröstete er den Badheizer und sagte ihm: »Gräme dich nicht zu sehr, wir müssen ja alle durch dieses Tor wandern.« Nach einigen Tagen, als sie miteinander ausgingen, um sich ein wenig zu zerstreuen, sahen sie vor den Ställen des Statthalters Kamele mit Kisten voller Seidenstoffe beladen, denen viele gesattelte edle Pferde, Sklaven und Mamelucken folgten, und um die sich viele Leute neugierig drängten. Dhul Makan fragte einen Diener, wem dies alles gehöre? Der Diener antwortete: »Es sind Geschenke des Statthalters und der Tribut, den die Stadt Damaskus dem König Omar entrichtet.« Als Dhul Makan dies hörte, schwammen seine Augen in Tränen und er rezitierte folgende Verse:

»Sind sie auch aus meinen Augen gewichen, so bleiben sie doch in meinem Herzen fest; ich sehe ihre Reise nicht mehr, doch hat sich meine Sehnsucht nicht in mir geändert, vereint uns Gott wieder, so will ich eine lange Geschichte von meinem Liebesschmerz erzählen.«

Bei der Erinnerung an seine Heimat schrie und jammerte er dann so heftig, daß der Badheizer ihn bat, seine erst wieder gefundene Gesundheit zu schonen; aber er klagte immer über den Verlust seiner Schwester und seine Entfernung von der Heimat. Nach langem Weinen rief er endlich: »Ich kann unmöglich hier bleiben, ich bin entschlossen, diesen Leuten in meine Heimat zu folgen.« Der Badheizer sagte: »Ich folge dir, denn ich kann mich nicht von dir trennen, ich habe nun einmal begonnen, dir zu dienen, ich will fortfahren, bis ans Ende.« Dhul Makan freute sich und dankte dem Badheizer, der sogleich sein Kamel verkaufte und einen Esel dafür eintauschte, und abends reisten sie miteinander ab. Was aber Dhul Makans Schwester, Nushat Assaman, angeht, so begegnete sie, als sie weinend ihren Bruder verlassen hatte und, um einen Dienst zu suchen, auf die Straße gegangen war, einem Beduinen, dem sie so wohl gefiel, daß derselbe danach trachtete, sie sich anzueignen, sie möge aus Jerusalem oder eine Fremde sein. Er stellte sich ihr daher in einer engen Straße in den Weg und fragte sie, ob sie eine Freie oder eine Sklavin sei? Sie blickte ihn starr an und beschwor ihn, durch eine solche Frage ihren Gram nicht zu vermehren. Da sagte der Beduine: »Wisse, Gott hat mir sechs Töchter geschenkt, es sind aber fünf davon gestorben, nur die jüngste lebt noch; ich wollte dich darum fragen, ob du ein hiesiges Mädchen oder ein fremdes bist, und als meiner Tochter Gesellschafterin mit mir kommen willst? Wenn du keine Verwandten hast, so will ich dich wie eine Tochter betrachten.« Nushat Assaman, welche hier eine sichere Stelle zu erlangen hoffte, erwiderte: »Wisse, mein Herr, ich bin eine Araberin und habe hier einen kranken Bruder; gerne folge ich dir, aber unter der Bedingung, daß ich den Tag bei deiner Tochter zubringe, die Nacht aber bei meinem Bruder.« Als der Beduine diese Worte hörte, dachte er: Bei Gott! ich komme bald ans Ziel und sagte ihr: »Du wirst bei mir sehr gut gehalten werden, ich will dich nicht als Dienerin, sondern als Gesellschafterin meiner Tochter; du kannst jeden Abend zu deinem

Bruder gehen oder, wenn du willst, ihn zu uns bringen lassen.« Er sagte ihr dann noch so viele süße Worte, bis sie sich entschloß, ihm zu folgen. Der Beduine schickte hierauf seine Leute voraus, um ihre Dromedare mit Lebensmitteln zu beladen und sich ganz reisefertig zu machen. Dieser Beduine war nämlich ein Satan, ein Teufelskind, ein Straßenräuber, der weder eine Tochter, noch sonst Familie hatte; er führte Nushat Assaman bis an das Tor der Stadt, wo seine Leute mit den Dromedaren ihn erwarteten; hier bestieg er ein Dromedar, nahm das Mädchen zu sich und ritt davon, ohne die ganze Nacht stillzuhalten. Nushat Assaman sah bald den Verrat ein, sie weinte die ganze Nacht, aber der Beduine ritt immer fort, bis er im Gebirge war, wo er nichts zu fürchten hatte. Da stieg er ab und sagte zu Nushat Assaman: »Was weinst du immerfort? Bei Gott! Wenn du nicht aufhörst, so schlage ich dich, bis du liegen bleibst, du elender Wurm!« Nushat Assaman wünschte sich den Tod, als sie diese Worte hörte, und rief: »Du verruchter Alter, du Höllengreis! Ich vertraute dir meine Person an und du verrätst mich? Ist das bei den Arabern Sitte?« Der Beduine wurde aufgebracht und schrie sie an: »Wie? du wagst es, mir zu antworten?« Er holte dann eine Peitsche herbei und schlug sie, bis sie still war.

Am folgenden Tag erinnerte sich Nushat Assaman wieder ihres Bruders und sagte dem Beduinen: »Du verdammter Alter! Was willst du von mir, daß du mich durch List in dieses öde Gebirge geschleppt?« Der hartherzige Beduine schlug sie wieder, bis sie bewußtlos ihm zu Füßen stürzte und sie küßte; dann sagte er: »Bei Gott! Wenn du noch einmal weinst, schneide ich dir die Zunge ab und stoße sie dir in den Rachen.« Nushat Assaman schwieg eine Weile, dachte über ihre traurige Lage nach und sprach folgende Verse:

»Das Schicksal ist veränderlich, es bringt bald Freude, bald Leid; alles vergeht, wenn es auch noch solange dauert, so wie dem Dasein des Menschen selbst auch ein Ziel gesetzt wurde. Aber wehe mir! Wie lange muß ich noch solche Gewalt und solche Schrecken ertragen; einst wurde ich von Königen verzärtelt, und nun werde ich von den gemeinsten Menschen geschlagen.«

Als der Beduine diese Verse hörte, wurde er gerührt und sagte ihr: »Höre, ich habe nicht gerne, wenn man mir im Zorn antwortet, tu das nicht mehr, dann verkaufe ich dich einem gottesfürchtigen Mann, der dich gut behandeln wird.« Er wischte ihr dann die Tränen ab und gab ihr ein Laibchen Gerstenbrot, das sie in der Nacht verzehrte. Um Mitternacht erteilte der Beduine wieder den Befehl zum Aufbruch. Nach einer dreitägigen Reise kamen sie nach Damaskus und stiegen in einem Chan ab. Nushat Assaman sah sehr übel aus und weinte immerwährend. Da sagte ihr der Beduine: »Wenn du nicht aufhörst zu weinen, so verkaufe ich dich einem Juden oder einem Christen, dann wirst du erst einsehen, wie wohl es dir bei mir erging.« Er nahm sie dann bei der Hand und ging mit ihr auf den Bazar der Abendländer. Er begab sich hierauf zu einigen Sklavenhändlern und erzählte, daß er eine Sklavin habe, deren kranker Bruder in Jerusalem zurückbleiben mußte, worüber sie sich sehr gräme, er wolle sie daher wohlfeil hergeben. Da fragte ihn ein Kaufmann: »Wie alt ist sie denn?« Der Beduine antwortete: »Sie ist noch Jungfrau, ist sehr schön, verständig und gebildet; nur sieht sie jetzt mager und übel aus, weil sie immer an ihren Bruder denkt.« Der Kaufmann folgte dem Beduinen, um die Sklavin zu sehen und mit ihr zum Statthalter Scharkan, dem Sohn Omars, zu gehen, von dem er einen Freibrief und ein Empfehlungsschreiben an seinen Vater wünschte; »gefällt ihm die Sklavin«, sagte er zum Beduinen, »und will er sie zum Geschenk annehmen und mir meine Bitte gewähren, so bezahle ich dir ihren Wert, wo nicht, so mußt du sie zurücknehmen.« Der Beduine sagte: »In Gottes Namen; ich nehme diese Bedingung an«, und führte den Kaufmann ins Zimmer, wo die Sklavin war. Er rief sie: »Radjia!« denn diesen Namen hatte er ihr gegeben sie aber weinte und gab keine Antwort. Der Beduine sagte dann dem Kaufmann: »Dort sitzt sie, nähere dich ihr und sage ihr einige freundliche Worte.« Der Kaufmann ging mit freundlichem Gesicht auf sie zu und sagte: »Friede sei mit dir! Wie geht es dir, meine Tochter?« Sie rief: »Es gibt keinen Gott, außer Gott! Es war so über mich verhängt.« Als sie aber den Kaufmann anblickte und einen schönen, ehrwürdigen Mann vor sich sah, dachte sie: »Der will mich gewiß kaufen, weigere ich mich, so bleibe ich, Gott behüte, bei meinem Tyrannen, der mich noch totschlägt; ich will ihm daher freundlich antworten, um ihm zu gefallen.«

Nushat Assaman sagte daher mit süßer Stimme, den Kopf zur Erde gebeugt: »Gottes Segen und Barmherzigkeit sei mit dir! Es geht mir so, daß man einen solchen Zustand nur Feinden wünschen mag.« Der Kaufmann war vor Freude außer sich, als er diese Worte hörte, und sagte zum Beduinen: »Es ist ein

recht vornehmes Mädchen; wie teuer ist sie?« Der Beduine wurde zornig und sagte: »Du verdirbst meine Sklavin, du nennst dieses Stück Lumpen ein vornehmes Mädchen? Ich verkaufe sie dir gar nicht.« Der Kaufmann, der den Beduinen für wahnsinnig hielt, sagte: »Sei nur ruhig, ich will sie, trotz ihrer Fehler, kaufen.« Da fragte der Beduine: »Nun, was gibst du mir für sie?« »Jeder Vater gibt seinem Kind einen Namen, fordere du, was du für deine Ware willst.« »Biete du, was du geben willst.« Der Kaufmann dachte bei sich: »Es scheint, der Beduine ist nicht recht bei Sinnen; bei Gott! Sie ist für mich unschätzbar, sie spricht so gut und ist so hübsch, daß sie mein Herz gewonnen hat; wenn sie dazu noch lesen und schreiben kann, so ist sie vollkommen; der Beduine scheint ihren Wert nicht zu kennen.« Er wandte sich dann zum Beduinen und bot ihm 200 Silberdrachmen. Der Beduine stellte sich aufgebracht und sagte: »Bei Gott! Du kannst gehen, ich verkaufe dir nicht einmal das Stück Tuch, das sie bedeckt, für 200 Drachmen; lieber behalte ich sie und lasse sie mit Kamelen auf die Weide gehen und die Mühle herumdrehen; ich hielt dich für einen verständigen Mann, nun sehe ich, daß du dumm bist; drum geh, sonst mußt du noch manches Unangenehme hören.« Der Kaufmann dachte: »Der ist närrisch, ich will jetzt vom Preis schweigen; doch, wenn er wollte, ich gäbe ihm gern alles, was ich besitze.« Er fragte dann: »Was hat sie für Kleidungsstücke bei dir?« »Bei Gott! Das Stück Tuch, in das sie eingehüllt ist, ist noch zu viel für sie.« »Entschleiere einmal ihr Gesicht und zeige mir sie, wie es bei Sklavinnen üblich ist.« »Du kannst sie untersuchen, solange du willst.« »Bewahre Gott! Ich will nur ihr Gesicht sehen, das genügt mir schon.« - Der Kaufmann setzte sich ganz schüchtern neben sie und fragte sie: »Wie heißt du?« »Willst du meinen früheren oder meinen jetzigen Namen wissen?« »Hast du denn zwei Namen?« »Einst hieß ich Nushat Assaman, Zeitlust, jetzt aber Ghusat Assaman, Zeitleid.« Der Kaufmann, den diese Worte zu Tränen rührten, fragte sie dann, ob sie einen kranken Bruder habe? Sie antwortete: »Wohl, mein Herr! Das Schicksal hat uns getrennt, er ist in Jerusalem.« Als hierauf die Erinnerung an ihren Bruder ihren Augen wieder viele Tränen entlockte, streckte der Kaufmann die Hand nach ihrem Gesicht aus, um dieselben abzutrocknen; sie aber bedeckte ihr Gesicht und sagte: »Hüte dich, mich zu berühren, mein Herr!« Der Beduine, der dies sah und glaubte, sie wolle sich nicht von ihm untersuchen lassen, fiel mit der Kamelpeitsche, die er in der Hand hatte, über sie her und schlug sie, bis sie zu Boden stürzte, aus Mund und Nase blutete und ohnmächtig wurde. Der Kaufmann, den dieser Auftritt tief ergriff, dachte bei sich: »Bei Gott! Ich will diese Sklavin kaufen, wenn ich sie auch mit Gold aufwiegen müßte, um ihr von diesem Tyrannen Ruhe zu schaffen.« Als sie wieder zu sich kam, wischte sie ihre Tränen und ihr Blut mit einem Lumpen ab, hob ihr Auge gen Himmel und sagte weinend und mit trauriger Stimme folgende Verse:

»O habt Mitleid mit der Edlen, die durch Gewalt so erniedrigt worden, die viele Tränen vergießt und denkt: wann wird diese Pein enden?«

Sie sagte dann leise zum Kaufmann: »Ich beschwöre dich bei Gott! Laß mich nicht bei diesem gottlosen Übeltäter, lieber wollte ich mich umbringen, als nur noch eine Nacht bei ihm zubringen; kaufe mich für jeden Preis und befreie

mich! Gott wird dich auch von der Pein der Hölle befreien.« Der Kaufmann sagte zum Beduinen: »Mißhandle diese Sklavin nicht so; sag mir, was du für sie willst!« »Biete nur recht viel, dann kannst du sie haben; wo nicht, so geh deines Weges, ich behalte sie, daß sie Mist trage und die Kamele auf die Weide führe.« »Nun, so höre ein einziges Wort: ich gebe dir 50000 Dinare.« »Gott heißt dich noch mehr bieten.« »Nun, 70000.« »Bei Gott! Du und deine ganze Familie, ihr habt in eurem ganzen Leben nicht für 1000 Dinare Brot gegessen; doch, nun höre mein letztes Wort: ich gebe dir 100000 Dinare, bist du nicht zufrieden, so werde ich dem Statthalter von Damaskus einen Wink geben und er wird sie für nichts mit Gewalt nehmen.« Der Beduine willigte ein und sagte: »Nun werde ich dafür Salz kaufen.« Sobald der Kaufmann ihm aber das Geld brachte, machte er sich damit sogleich auf den Weg nach Jerusalem, denn er hoffte auch ihren Bruder zu täuschen und als Sklaven zu verkaufen. Der Kaufmann bedeckte Nushat Assaman mit einem Tuch, führte sie in sein Haus und ließ ihr sehr kostbare Kleider zuschneiden. Nach einigen Tagen ging er mit ihr auf den Bazar und kaufte ihr einen schönen goldenen Schmuck, legte ihn in ein Kästchen mit Atlas überzogen, und sagte ihr: »Ich schenke dir, was du willst, nur bitte ich dich, wenn ich dich dem Statthalter von Damaskus vorstelle, sage ihm, wie teuer ich dich gekauft; es ist freilich wenig, denn der Abschnitt deines Nagels ist mehr wert, aber immerhin habe ich doch eine schöne Summe für dich gegeben; sage ihm auch, wie ich dich behandelt habe, und bitte ihn, daß er mir einen Empfehlungsbrief an seinen Vater Omar gebe, damit ich gar keinen Zoll von meinen Waren zu bezahlen habe.« Als Nushat Assaman dies hörte, weinte sie. Da sagte der Kaufmann: »Ich merke, daß du weinst, so oft ich von Bagdad spreche, kennst du etwa jemanden daselbst? Sage mir es, bei Gott! Denn ich kenne dort alle Kaufleute.« »Mein Bekannter ist weder ein Kaufmann, noch sonst ein Privatmann; ich kenne den König Omar, den Herrn von Bagdad.« Der Kaufmann, der außer sich vor Freude war und schon seinen Zweck erreicht zu haben glaubte, fragte sie: »Hast du etwa bei ihm früher gedient?« »Nein«, erwiderte Nushat Assaman, »sondern ich bin mit seiner Tochter erzogen worden, und ich war ihm sehr teuer; wenn du also von Omar einen Freibrief begehrst, so bringe mir nur Tinte und Papier, ich gebe dir auch ein Briefchen an ihn; sage ihm nur, Nushat Assaman sei vom Schicksal heimgesucht und als Sklavin verkauft worden, und befinde sich jetzt beim Statthalter von Damaskus.«

Der Kaufmann, über Nushat Assamans Beredsamkeit erstaunt, sagte: »Ich glaube nicht, daß du eine Sklavin bist; ich glaube, du bist nur aus Mutwillen verkauft worden; du kannst also lesen und schreiben?« »Noch viel mehr als dies«, versetzte Nushat Assaman; »ich verstehe auch Chemie und Medizin; ich habe Galen, Avicenna und Ibn Beitar gelesen; ich habe Theologie, Geschichte, Grammatik, Logik, Rhetorik, Mathematik und Philosophie studiert, und selbst über Metaphysik geschrieben; ich habe immer unter Gelehrten gelebt und mit ihnen über die schwierigsten theologischen Streitfragen disputiert; doch bringe mir jetzt Tinte und Papier!« Als der Kaufmann dies hörte, rief er: »Heil dem, der dich in seinem Schloß besitzt!« Er holte dann, was sie wünschte, und überreichte es ihr mit einer tiefen Verbeugung; sie nahm Papier und Kalam und schrieb folgende Verse:

»Warum ist der Schlaf aus meinen Augen gewichen? Hast du sie durch deine Trennung das Wachen gelehrt? Bei dem Gedanken an dich entzündet sich eine helle Sehnsuchtsflamme in meinem Herzen; denn nie wollte ich von dir scheiden, aber wer kann seinem Geschick entgehen? Wie schön waren die verflossenen Tage, doch sie sind dahin mit allen ihren Freuden; höre meine Klagen über unsere Trennung, sie sind so ergreifend, daß sie Steine erweichen.«

Sie schrieb dann darunter:

»Von der, die der Kummer niedergeschlagen, die das Wachen geschwächt, die in ihrer Dunkelheit kein Licht findet und den Tag nicht von der Nacht unterscheiden kann, die stets sehnsuchtsvoll nach den Sternen blickt. Von der traurigen und von ihrer Familie und Heimat entfernten Nushat Assaman.«

Nushat Assaman versiegelte dann das Briefchen und überreichte es dem Kaufmann. Der Kaufmann bewunderte sie, nahm das Briefchen mit Freude an und versprach sich viel Glück davon. Er behandelte sie nun mit noch größerer Achtung, so daß er selbst auf den Markt ging, um für sie einzukaufen, und des Abends schickte er sie ins Bad.

Als Nushat Assaman im Bad war, schickte ihr der Kaufmann ein Badmädchen, um sie zu waschen und anzukleiden, und sagte diesem Mädchen: »Wenn sie angezogen ist, so laß mich es wissen.« Während sie badete, ließ er die kostbarsten Speisen, Süßigkeiten und Früchte zubereiten und auf das Sofa des Vorsaals bringen, und als sie herauskam, aßen sie miteinander, bis sie satt waren, und schenkten das Übrige den Bedienten des Bades.

Am folgenden Morgen brachte ihr der Kaufmann die schönsten und teuersten Kleider und den kostbarsten Schmuck, goldene Ohrringe mit großen Perlen und Diamanten für 1000 Drachmen, eine Halskette mit Smaragdsteinen, eine über die Brust herabhängende Kette von Ambra, mit Kugeln und Halbmonden von Hyacinthen und Diamanten; kurz, Kleidung und Juwelen waren von unendlich hohem Preis. Als sie angekleidet war, bat sie der Kaufmann, ihm zu folgen. Auf der Straße erstaunten alle Leute, die sie sahen, und sagten: »Wohl dem, der eine solche Sklavin besitzt.« Der Kaufmann führte sie in Scharkans Schloß und bat, vorgelassen zu werden. Als er die Erlaubnis erhielt, vor Scharkan zu erscheinen, verbeugte er sich und sprach: »O du glückseliger, einsichtsvoller Herr! Ich bringe dir ein wunderbares Geschenk, desgleichen in dieser Zeit höchst selten ist: ein Mädchen voller Reize und Tugenden.« Als Scharkan sie zu sehen wünschte, ging der Kaufmann hinaus, holte Nushat Assaman und stellte sie ihm vor.

Scharkan kannte Nushat Assaman nicht, denn aus Haß zu ihr und ihrem Bruder hatte er sie ja verlassen, als sie noch klein waren; doch fühlte er sich, ohne zu wissen warum, so sehr zu ihr hingezogen, daß er dem Kaufmann sagte, er wolle ihm das Geld, das er für sie ausgegeben, wieder erstatten und sie bei sich behalten. Der Kaufmann sagte: »Ich überlasse sie dir, jedoch nur unter der Bedingung, daß du mir ein Empfehlungsschreiben an deinen Vater gibst, daß ich gar keine Abgaben in seinem Lande zu entrichten habe.« Scharkan erwiderte: »Recht gern; doch sage mir, was hast du für sie gegeben?« »Ich habe sie für 100000 Dinare gekauft und ebenso viel für ihre Kleidung ausgegeben.« »Ich bin so sehr mit dir zufrieden, daß mein Schatzmeister dir 300000 Dinare ausbezahlen soll.« Scharkan ließ dann die vier Kadhis der Stadt kommen und den Kaufmann in ihrer Gegenwart ausbezahlen; dann sagte er: »Ich erkläre hiermit, daß ich diesem Mädchen vor dem Angesicht Gottes die Freiheit schenke und sie zur Gattin nehme.« Die Kadhis schrieben sogleich den Freibrief und den Ehekontrakt, und Scharkan streute Gold und Silber unter die Umstehenden aus. Er ließ dann einen Firman ausfertigen, wodurch der Kaufmann für immer von allen Abgaben freigesprochen wurde, auch schenkte er ihm noch ein Ehrenkleid und andere Kostbarkeiten. Da er aber auch wissen wollte, ob die Sklavin wirklich so gelehrt sei, wie sie ihm der Kaufmann schilderte, ließ er die vier Kadhis hinter einem Vorhang ein gelehrtes Gespräch mit ihr anknüpfen, woraus sich bald ergab, daß der Kaufmann sie noch viel zu wenig gerühmt hatte. Die Kadhis gestanden, sie haben in ihrem Leben in den gelehrtesten Büchern nicht so viel Schönes gefunden, als sie zu sagen wußte. Bald sprach man in der ganzen Stadt so viel von ihr, daß die Frauen der Veziere, Fürsten und Großen des Reichs herbeikamen, ihr die Hand küßten und sich mit ihr unterhielten. Alle waren über ihren Geist, ihre Bildung, ihre Beredsamkeit und ihre Liebenswürdigkeit so erstaunt, daß sie sagten: »Die war nie Sklavin: das ist eine Königin oder eine Prinzessin.«

Scharkan sagte dann zu seinen Dienern: »Eilt nun und bereitet alles zur Hochzeit vor, und bringt die kostbarsten Speisen herbei!« auch bat er die Damen, noch solange bei Nushat Assaman zu bleiben, bis sie des Abends hochzeitlich geschmückt sein würde. Die Diener stellten besondere Tische für Männer und besondere für Frauen auf. Alle Sängerinnen und Musiker aus Damaskus wurden herbeigerufen, und die vornehmsten Bewohner der Stadt zur Hochzeit geladen. Des Nachts wurde die ganze Stadt, vom Tor bis ans Schloß, beleuchtet. Die Kammermädchen gingen dann mit Nushat Assaman in ein besonderes Zimmer, fanden sie aber so natürlich schön, daß sie wenig mit ihr zu tun hatten. Scharkan ging indessen ins Bad, und als er zurückkam, stellte man ihm die Braut siebenmal in verschiedener Kleidung vor, und ließ sie dann allein beisammen, Scharkan liebte Nushat Assaman täglich mehr, und seine Freude war grenzenlos, als sie ihm nach einiger Zeit ihre Schwangerschaft anzeigte. Er ließ es sogleich in der ganzen Stadt bekannt machen, und die Veziere und Staatsräte kamen freudig zu ihm, um ihm Glück zu wünschen. Sobald er wieder allein war, ließ er durch seinen

Geheimsekretär seinem Vater schreiben: »Er habe eine durch Bildung, Verstand und Kenntnisse ausgezeichnete Sklavin gekauft, sie befreit und geheiratet, und nun sei sie schon in gesegneten Umständen; er werde sie ihm einmal später schicken, damit sie seinen Bruder und seine Schwester auch kennen lerne«; zum Schluß grüßte er seine Geschwister, den Vezier Dendan und die übrigen hohen Staatsbeamten. Nach einem Monat kehrte der Bote, der diesen Brief Omar überbrachte, nach Damaskus mit folgender Antwort zurück:

»Von dem traurigen und niedergeschlagenen wegen der Trennung derer, die ihm teuer sind, vom König Omar, der über das Scheiden seiner Kinder bestürzt ist, an seinen teuren Sohn Scharkan: Wisse, mein Sohn, daß es mir durch deine Abreise so unheimlich zumute wurde, daß ich auf die Jagd ritt; dies benutzte dein Bruder, dem ich, aus Furcht vor einem Unglück, nicht erlaubte, zu wallfahren, um mit seiner Schwester heimlich den Pilgern zu folgen. Ich erwartete mit Sehnsucht die Rückkehr der Pilger und weinte Tag und Nacht, aber niemand wußte etwas von ihnen; es ist, als wenn die Erde sie verschlungen hätte. Ich zog um ihretwillen Trauerkleider an, denn mein Herz ist sehr betrübt.«

Dann folgte in Versen:

»Ihr Bild entschwindet mir keinen Augenblick, ich habe ihnen den höchsten Platz In meinem Herzen eingeräumt; hätte ich keine Hoffnung mehr auf ihre Wiederkehr, ich würde keine Stunde mehr leben, und besuchte mich ihr Bild nicht im Traum, ich könnte nie schlafen.«

Der Brief schloß mit vielen Grüßen und der Bitte: »Er möchte doch keinen Augenblick säumen, Nachforschungen anzustellen, um die Schande, die ihm eine solche Flucht zufügte, zu tilgen.«

Als Scharkan diesen Brief gelesen hatte, schmerzte ihn die Trauer seines Vaters, hingegen freute er sich über das Verschwinden seiner Geschwister. Er ging dann wieder zu Nushat Assaman, die er ebensowenig als sie ihn kannte, und blieb Tag und Nacht bei ihr, bis sie von einer Tochter entbunden wurde. Da überreichte sie ihm seine Tochter und bat ihn, ihr einen Namen zu geben. Scharkan antwortete: »Es ist nicht Sitte bei uns, dem Kind vor dem siebenten Tag einen Namen zu geben.« Als er dann am folgenden Tag sein Töchterchen küßte, sah er an seinem Hals eine der drei Perlen, welche Ibris aus Griechenland mitgebracht hatte. Er war außer sich vor Zorn und sagte: »Wehe dir, Sklavin! Woher hast du diese Perle?« Nushat Assaman antwortete: »Deine Mutter und alle Damen dieses Schlosses sind meine Dienerinnen; schämst du dich nicht, mich Sklavin zu nennen? Ich bin Herrin und dir zum Trotz Königin und Prinzessin. Wisse, ich bin Nushat Assaman, Tochter des Königs Omar, des Herrn von Bagdad und Chorasan.« Bei diesen Worten fing Scharkan an zu zittern, wurde blaß und verlor das Bewußtsein.

Als er wieder zu sich kam und über die Sache nachdachte, sagte er ihr, ohne sich zu erkennen zu geben: »Wenn du die Tochter des Königs Omar bist, wie bist du denn verkauft worden und wieso hast du deinen Vater verlassen?« Da erzählte sie ihm die ganze Geschichte ihrer Pilgerfahrt mit ihrem Bruder, die des Beduinen, der sie geraubt, und des Kaufmanns, der sie von ihm gekauft.

Scharkan hätte nun keinen Zweifel mehr, daß er wirklich seine Schwester von väterlicher Seite geheiratet, und beschloß, sie einem seiner ersten Offiziere zur Frau zu geben, damit, wenn einmal das Geheimnis entdeckt würde, er sagen könne, sie sei schon vor ihrer Schwangerschaft dessen Gattin gewesen. Er sagte ihr in einem sanften Ton: »O Nushat Assaman! Du bist meine Schwester, ich bin Scharkan, der Sohn Omars; der Pfeil des Schicksals hat uns getroffen, und wir mußten vollbringen, was im Himmel beschlossen. Es gibt keinen Schutz und keine Hilfe, außer bei Gott, dem Erhabenen! Wir sind Gottes und kehren zu ihm zurück, er möge mir mein großes Verbrechen verzeihen.« Als Nushat Assaman dies hörte, weinte sie heftig, schlug sich ins Gesicht und rief ganz außer sich: »Was soll ich meinem Vater antworten, wenn er mich fragt, woher ich diese Tochter habe?« Scharkan antwortete: »Meine Absicht ist, dich mit meinem ersten Schloßverwalter zu verheiraten und das Kind bei ihm erziehen zu lassen, und hier sagen wir niemand, daß wir Geschwister sind; so kann alles geheim bleiben.« Einige Monate, nachdem der Verwalter Nushat Assaman geheiratet und das Kind, welches man Kadha Fakana* nannte, zu sich genommen hatte, erhielt Scharkan folgenden Brief von seinem Vater:

»Wisse, o teurer König! Daß ich noch immer wegen der Trennung von meinen Kindern in großer Trauer bin und keine Nachtruhe finden kann; wenn du daher diesen Brief empfängst, so schicke mir die Sklavin, die du geheiratet und

* D.h. Gott hat beschlossen und es geschah.

von der du mir geschrieben hast, sie sei so schön, so gelehrt und so verständig; ich wünsche sehr, sie zu sehen und kennen zu lernen; schicke mir auch die Abgaben von Damaskus, denn es ist vor zwei Monaten ein altes, frommes, gottesfürchtiges Weib mit fünf Jungfrauen zu mir gekommen, deren Gelehrsamkeit gar nicht zu beschreiben ist. Sie gefielen mir so gut, daß ich sie sogleich in mein Schloß nahm und die Alte fragte, wie teuer diese Mädchen wären? Die Alte antwortete mir, sie würde sie nur für die diesjährigen Abgaben von Damaskus hergeben. Diese Forderung schien mir wahrlich nicht zu groß, denn eine allein ist so viel wert; darum gewährte ich auch ihren Wunsch. Die Jungfrauen sind nun in meinem Schloß, und die Alte wartet, bis die Abgaben von Damaskus ankommen; eile daher, sie mir zuzusenden, und schicke auch die Sklavin mit; ich will sehen, ob sie die meinigen an Kenntnissen übertrifft. Ich werde sie nicht lange hier behalten und sie dir mit den Abgaben Bagdads zurückschicken.«

Als Scharkan diesen Brief gelesen hatte, ging er damit zu seinem Schwager, ließ Nushat Assaman rufen, machte sie mit dem Inhalt desselben bekannt und fragte sie, was wohl hierauf zu erwidern sei? Da Nushat Assaman sich sehr nach ihrem Vater sehnte, sagte sie: »O mein Bruder, schicke mich mit meinem Gatten nach Bagdad, daß ich meinem Vater erzähle, wie es mir auf der Pilgerfahrt ergangen; ich will ihm sagen, du habest mich mit dem Verwalter verheiratet, sobald du mich gekauft und befreit hattest; auch meine Tochter Kadha will ich mit mir nehmen.« Scharkan ließ alles zur Reise vorbereiten, gab dem Verwalter das nötige Geld, sorgte für Kamele, Diener und Maulesel, nahm Abschied von seiner Schwester und ihrem Gatten, und ließ sie von einer Abteilung Truppen mit dem Tribut von Damaskus begleiten. Diese Karawane war es, welche Dhul Makan vorüberziehen sah und der er sich mit dem Badheizer anschloß.

Nach fünf Tagen erreichte die Karawane Hamah, wo sie drei Tage ausruhte; von hier zog sie nach Moßul, wo sie wieder einige Tage verweilte, so daß dem Badheizer bald der Proviant ausging. Dhul Makans Sehnsucht nach seiner Heimat und seiner Familie wurde immer heftiger, je näher er derselben kam; eines Nachts, als der Wind aus Irak ihn anwehte, rezitierte er folgende Verse:

»O Freunde, wie lange muß ich noch meine Liebe geduldig verbergen, ohne daß ein Bote mir Nachricht von euch bringt? O möchten doch die Tage der Vereinigung lang, und die der Trennung bald zu Ende sein!«

Da sagte ihm der Badheizer: »O mein Freund, laß doch dieses Weinen und Jammern, wir sind in der Nähe des Zeltes des Schloßverwalters.« Dhul Makan erwiderte: »Ich kann mich nicht fassen, ich muß durch Verse das Feuer meines Herzens zu löschen suchen.« Er wandte dann sein Gesicht gegen Bagdad, rezitierte noch einige Verse und weinte, bis er ohnmächtig wurde.

Nushat Assaman, welche diese Nacht viel an ihren Bruder dachte und vor Kummer nicht schlafen konnte, fühlte sich leichter, als sie ihn hörte, und befahl ihrem Diener, den Mann herbeizuholen, der in der Nähe ihres Zeltes Verse rezitierte. Der Diener antwortete: »Ich habe niemanden gesehen, noch gehört, die Leute schlafen alle.« Aber Nushat Assaman erwiderte: »Sieh dich um und bring mir den, der wacht, der ist's gewiß, der Verse rezitierte.«

Der Diener ging im Lager umher, bis er zu Dhul Makan und dem Badheizer kam; als dieser ihn sah, fiel er fast in Ohnmacht vor Furcht. Der Diener sagte ihm: »Wehe dir! Du bist's, der eben Verse rezitiert hat; meine Herrin hat dich gehört.« Der Badheizer, welcher glaubte, die Verwalterin sei dadurch vom Schlaf geweckt worden, fürchtete sich, ja zu sagen, und schwor bei Gott, er habe keine Verse rezitiert. Da schrie ihn der Diener an: »So sage mir, wer es war; da du doch wachst, mußt du es wissen.« Da aber der Badheizer besorgte, der Diener möchte Dhul Makan etwas zuleide tun, schwur er bei Gott, er kenne ihn nicht. »Du lügst, Teufel, es ist ja außer dir und dem Jungen niemand hier!« »Es war ein Reisender, der vorüberging und auch mich im Schlaf störte, aber ich kenne ihn nicht.« »Wenn du ihn wieder siehst, so ergreife ihn, ich lasse ihn hängen.« »Gut, geh nur, ich führe dir ihn zu, wenn er wiederkommt.« Der Diener kehrte nun zu seiner Herrin zurück und erzählte ihr, was er vom Badheizer gehört. Indessen kam Dhul Makan wieder zu sich, der Mond hatte eben die Mitte des Himmels erreicht, die Nachtigallen zwitscherten, da erhob auch er seine Stimme und wollte singen, aber der Badheizer sagte ihm: »Was beginnst du da? Weißt du, daß ich dem Tode nicht entgangen wäre, wenn ich nicht den Diener des Verwalters gewonnen hätte, der, während du in Ohnmacht lagst, mit einem großen Haselnußstocke kam und den, der Verse rezitierte, suchte? Ich bitte dich also, laß die Gedichte für diese Nacht, die ja bald vorüber sein wird.« Als Dhul Makan dies hörte, weinte er heftig und sagte: »Wer will mit verbieten, Verse zu rezitieren? Es geschehe, was da wolle, ich bin nun meiner Heimat nahe und frage nach dem Verwalter und seinem Diener nichts.« Der Badheizer entgegnete: »Das ist eine Lust des Satans. Was nützen diese Verse, die uns beide in den Abgrund stürzen können? Bei Gott, wenn du es nicht unterläßt, so werde ich nicht länger bei dir bleiben, obschon ich beschlossen hatte, mich nie von dir zu trennen. Wir sind ja so müde vom Gehen und Wachen und haben nichts zu essen mehr, was brauchst du Verse zu rezitieren?« Aber Dhul Makan ließ sich nicht abhalten, noch einige Verse zu singen, in denen er über die lange Trennung von seiner Heimat und von seiner Schwester klagte, bis er wieder bewußtlos hinfiel. Der Badheizer deckte ihn mit seinem Mantel zu und sagte: »Bei Gott! Du widerstehst deinem Satan nicht.« Nushat Assaman, welche noch immer vor Sehnsucht nicht eingeschlafen war, hörte auch dieses Gedicht wieder, in welchem sie selbst und ihr Bruder erwähnt wurde; sie weinte lange, rief dann den Diener wieder und sagte ihm: »Wehe dir! ich höre denselben Mann, wie früher, wieder singen, ganz in unserer Nähe; du bist ein träger Mensch und hast dich nicht recht umgesehen; bei Gott! Wenn du mir ihn nicht gleich herbringst, so wecke ich den Verwalter, daß er dich prügle und fortjage. Geh und nimm 100 Dinare mit, suche ihn auf, gib ihm das Geld und bring ihn her, tu ihm aber ja nichts zuleid; wenn er nicht kommen will, so gib ihm den Beutel dort mit 1000 Dinaren, erkundige dich, wer er ist, was er treibt, woher er ist und laß ihn in Frieden; komm aber ja nicht wieder und sage: ich habe ihn nicht gesehen, sonst, bei Gott, geht's dir nicht gut.«

Der Diener ging mißmutig weg und schlug und trat die Leute, die umherlagen und schliefen, bis er wieder zum Badheizer kam, der mit entblößtem

Haupt dasaß. Er fragte ihn, ob er nicht eben wieder ein Lied gesungen habe? Da der Badheizer den Diener zornig sah, sagte er aus Furcht: »Bei Gott, mächtiger Führer, ich war es nicht!« »Bei Gott, Unglückseliger!« rief der Diener, »ich lasse dich nicht, bis du mir zeigst, wer gesungen hat, denn ich habe sonst alles von meiner Herrin zu befürchten.« Der Badheizer weinte vor Furcht und hielt sich und seinen Freund für verloren. Er küßte dann dem Diener die Hand und sagte: »Bei Gott! Ich war es nicht und kenne auch den Sänger nicht; versündige dich nicht an mir, ich bin ein unglücklicher Mann aus Jerusalem.« »So folge mir zur Herrin und erzähle ihr deine Leiden, denn außer dir wacht doch niemand hier.« »Du kennst mich ja und weißt, wo ich liege, weißt auch, daß die Wache niemanden von seinem Platz weichen läßt; geh also deines Weges, und wenn du noch jemanden singen oder Verse rezitieren hörst, so will ich es gewesen sein oder wenigstens ihn angeben.« Er küßte dann dem Diener solange die Hand, bis er sich bewegen ließ, wegzugehen; da er sich aber fürchtete, zur Herrin zurückzukehren, machte er einen Umweg und blieb dann hinter dem Badheizer stehen, um zu hören, wer wieder singen würde. Kaum glaubte der Badheizer, daß der Diener weggegangen, so weckte er Dhul Makan und erzählte ihm, was sich wieder mit dem Diener zugetragen. Dhul Makan sagte: »Laß mich, ich kümmere mich um niemanden, ich bin meiner Heimat nahe.«

Der Badheizer sagte zornig zu Dhul Makan: »Wie, du willst uns mit Gewalt ins Verderben stürzen? Kannst du nicht ruhig bleiben? Die Herrin ist krank und müde und kann nicht schlafen, und hat nun schon zweimal ihren Diener geschickt, um zu sehen, wer sie stört.« Aber Dhul Makan kehrte sich nicht daran und fing wieder an, Verse zu singen. Der Badheizer, außer sich vor Angst und Zorn, steckte ein Tuch zwischen die Zähne, ging von ihm weg und blieb in der Ferne stehen. Da sah er, wie der Diener sich Dhul Makan näherte und ihm sagte: »Friede sei mit dir und Gottes Segen und Barmherzigkeit! Ich suche dich nun schon zum dritten Mal, meine Gebieterin wünscht dich zu sprechen.« Dhul Makan erwiderte: »Was will diese Hündin von mir? Gott verdamme sie und ihren Gatten, und ihren Vater und ihre Mutter!« Der Diener wagte es nicht, ihm Vorwürfe zu machen, weil seine Herrin ihm befohlen hatte, ihn mit der größten Schonung zu behandeln; er sagte ihm daher mit sanfter Stimme: »Mein Sohn, wir waren allerdings sehr kühn gegen dich, doch haben wir nichts Schlimmes mit dir vor; wir bitten dich nur, deine edlen Schritte zu uns zu lenken, du wirst zufrieden wieder entlassen werden, und eine frohe Botschaft wird deiner harren, so Gott will.« Dhul Makan erwiderte: »Gut, in Gottes Namen!« ergriff die Hand des Dieners und ging mit ihm bis zu Nushat Assamans Zelt. Der Badheizer sah ihnen nach und schrie: »Wehe, wehe! Der Jüngling ist verloren; es gibt keinen Schutz und keine Hilfe, außer bei Gott, dem Erhabenen! Schade für diesen Jüngling; morgen werden sie ihn hängen.« Er beschloß dann bei sich, nur diese Nacht noch hier zu bleiben und am folgenden Morgen auf seinem Esel wieder heimwärts zu reiten; denn, dachte er, am Ende könnte der Jüngling sagen, ich habe ihn geheißen Verse zu rezitieren, und es wäre auch um mich geschehen.

Als Dhul Makan vor der Tür des Zelts war, ging der Diener hinein und sagte: »Meine Herrin! Hier bringe ich dir den Sänger, den du verlangt hast; es ist ein wohlgestalteter Jüngling, dem man den Wohlstand ansieht.« Nushat Assaman, deren Blut in Wallung kam und deren Herz dem Verwandten entgegen pochte, sagte: »Laß ihn etwas rezitieren, daß ich ihn in der Nähe höre; dann frage ihn, wie er heißt, wo er her ist, und was für ein Geschäft er hat.« Der Diener ging hinaus und sagte ihm, die Herrin wolle einige Gedichte von ihm hören und dann auch wissen, wer er sei? Dhul Makan erwiderte: »Ich will recht gerne etwas deklamieren, doch wenn deine Herrin nach meinem Namen fragt, so sage ihr: ›Mein Name ist erloschen, mein Wesen hat sich verändert; mein Körper ist verwelkt; meine Abenteuer sind groß, sie haben keinen Anfang und kein Ende, ich bin betäubter als ein Betrunkener.‹« Als Nushat Assaman diese Klagen vernahm, weinte sie lange und ließ ihn durch den Diener fragen, ob er von seinem Vater, seiner Mutter oder von einer Geliebten scheiden mußte? Dhul Makan antwortete: »Ich bin von allen geschieden, die mir teuer sind; doch am schmerzlichsten fühle ich die Trennung von meiner teuern Schwester, mit der mich die Launen des Schicksals heimgesucht, das im Verborgenen wirkt.« Nushat Assaman wünschte, daß Gott ihn wieder mit ihr vereinigen möchte, und bat ihn, einige Verse über seinen Zustand zu rezitieren.

Dhul Makan rezitierte einige Verse, in welchen er Nushat Assamans Namen nannte. Als sie die hörte, hob sie den Vorhang ihres Zeltes auf, um ihn zu sehen; sie erkannte ihn sogleich und schrie laut: »O mein Bruder, o Dhul Makan!« Dieser erkannte sie ebenfalls und rief: »O meine Schwester, o Nushat Assaman!«

Sie fielen dann einander in die Arme und wurden beide ohnmächtig. Der erstaunte Diener bespritzte sie mit Rosenwasser, bis sie wieder zu sich kamen; da umarmten sie sich abermals und Nushat Assaman sprach folgende Verse:

»Als wir uns wiedersahen, klagten wir einander, was uns begegnet war, denn durch einen Boten lassen sich Klagen nicht gut mitteilen; eine gemietete Klagefrau ist nicht wie eine wirklich Betrübte.«

Als Dhul Makan diese Verse hörte, drückte er seine Schwester noch einmal an seine Brust und sprach folgende Verse:

»Ich betrauerte unsere Trennung so sehr, daß ein Strom von Tränen aus meinen Augen floß, und ich gelobte, daß, wenn das Schicksal uns wieder vereint, meine Zunge nie mehr das Wort Trennung aussprechen sollte. Nun hat mich aber die Freude so überrascht, daß auch sie mir Tränen hervorlockt. Mein Aug ist so sehr an Tränen gewöhnt, daß es nun vor Freude, wie einst vor Trauer, weint.«

Nachdem sie eine Weile kosend beisammen vor der Tür des Zeltes saßen, sagte Nushat Assaman zu ihrem Bruder: »Komm herein ins Zelt und erzähle mir, was dir seit unserer Trennung widerfahren; ich will dir dann auch meine Abenteuer mitteilen.« Dhul Makan bat sie, zuerst zu sprechen, und sie erzählte ihm alles, was ihr widerfahren, bis endlich ein Brief von ihrem Vater kam, der sie zu sehen wünschte; und pries Gott, der es so fügte, daß sie nun zusammen ihren Vater wieder sähen, wie sie ihn verlassen. Sie bat ihn dann, ihr zu erzählen, wie es ihm ergangen seit seiner Krankheit in Jerusalem, und er berichtete ihr, wie ihn Gott einen Badheizer finden ließ, der ihn sorgsam pflegte und sein ganzes Vermögen für ihn aufwandte, und ihn so behandelte, wie kein Vater seinen Sohn behandelt. »Dieser Mann«, sagte er, »hungerte, um mir zu essen zu geben; er litt Durst, um den meinigen zu stillen; ging zu Fuß, um mich reiten zu lassen, so daß ich wohl sagen kann: ›Gott hat nur durch ihn mein Leben erhalten.‹« Nushat Assaman sagte. »Gott belohne ihn dafür, aber auch ich will seine Wohltaten ihm vergelten, so viel ich es vermag.« Sie rief dann den Diener und schenkte ihm den Beutel Geld, dem sie ihm für den Sänger gegeben, weil sie durch ihn mit ihrem Bruder vereinigt worden, und befahl ihm, schnell den Verwalter zu rufen. Als dieser in das Zelt seiner Gattin kam und einen Jüngling bei ihr sah, fragte er: »Wer ist dieser Mann?« Nushat Assaman erwiderte: »Er ist mein Bruder«, und erzählte ihm die ganze Geschichte von Anfang bis zu Ende; dann fuhr sie fort: »Wisse, mein Herr! Du hast keine Sklavin, sondern eine Prinzessin geheiratet. Ich bin Nushat Assaman, die Tochter des Königs Omar.« Als der Verwalter dies hörte, freute er sich, auf diese Weise Schwiegersohn des Königs von Bagdad geworden zu sein, und hoffte irgend eine Statthalterschaft zu erlangen. Er ließ dann sein Gefolge und seine Diener rufen und befahl ihnen, für Dhul Makan ein Zelt aufzuschlagen und ihm eines von seinen besten Pferden zu bringen, und er selbst wünschte ihm Glück zu seiner Vereinigung mit seiner Schwester. Nushat Assaman sagte dann ihrem Bruder: »Da wir bald in unsere Heimat kommen, so wollen wir jetzt noch allein beisammen bleiben; wir haben einander doch schon lange nicht gesehen.« Der Verwalter schickte ihnen hierauf Wachslichter, Lampen und Süßigkeiten; auch sandte er drei Paar kostbare Kleider für Dhul Makan.

Auf Dhul Makans Verlangen wurden auch Diener mit einem guten Pferd nach dem Badheizer geschickt, um ihn zu holen. Dieser war schon am Ende des Lagers, im Begriff, seinen Esel zu satteln; er weinte heftig über die Trennung von seinem Freund; dann rief er: »In Gottes Namen, ich habe ihn gewarnt, nicht zu singen, aber er ließ sich nicht abhalten und sagte: Ich bin meiner Heimat nahe und kümmere mich um niemanden. Ich möchte nur wissen, wie es ihm geht.«

Während der Badheizer so vor sich hinsprach, erblickte er auf einmal den ihm wohlbekannten Diener mit mehreren anderen Jungen; da sank er vor Furcht zusammen und wurde ganz blaß, denn er glaubte, Dhul Makan habe ihn verraten und seine Schuld auch ihm aufgebürdet, trotz aller Wohltaten, die er von ihm empfangen. Noch mehr erschrak er, als der Diener ihm zurief: »Du Lügner, du brauchst deinen Esel nicht zu satteln, du Satan! Du sagtest, du wüßtest nicht, wer Verse rezitiert, und es war doch dein Gefährte; nun lasse ich dich nicht, bis wir nach Bagdad kommen; du sollst dort sein Schicksal teilen.« Der Badheizer rief: »Es gibt keinen Schutz und keine Hilfe, außer bei Gott! Was ich befürchtete, ist zugetroffen.« Auf ein Zeichen des alten Dieners hoben ihn dann die Jungen auf das Pferd und folgten ihm. Der Diener sagte ihnen aber leise: »Wer ihm ein Haar verletzt, der muß es büßen; tut ihm nichts zuleide und behandelt ihn mit Anstand!« Als sich der Badheizer von so vielen Dienern umgeben sah, verzweifelte er am Leben und sagte dem Alten: »O Oberster! Ich bin weder ein Bruder, noch sonst ein Verwandter dieses Jünglings, sondern ich habe ihn krank auf einem Misthaufen gefunden, aus Mitleid gepflegt und hierher begleitet.« Aber der Zug ging fort, der Badheizer mußte schweigen und der Diener sagte ihm bloß: »Du und der Jüngling, ihr habt meine Herrin mit euren Versen ermüdet.« Als sie dann hinter dem Zelt des Verwalters abstiegen, wurde ihnen eine Schüssel voll Speise und ein Krug mit Zuckerwasser gereicht; der Diener aß mit dem Badheizer aus einer Schüssel, aber dieser weinte noch immerfort wegen der Trennung von Dhul Makan. Die Karawane brach dann bald auf und reiste in einem fort, bis nur noch eine Strecke von drei Tagen nach Bagdad übrig blieb, da ruhte sie eine Nacht aus. Am folgenden Morgen wollte man wieder aufsitzen und aufpacken, als man auf einmal in der Ferne einen dichten Staub entdeckte, der die ganze Atmosphäre verdunkelte; er kam dann immer näher, bis man darunter viele Soldaten zu Pferd und zu Fuß mit Trommeln und Fahnen bemerkte; eine Abteilung von etwa 500 Reitern trennte sich dann von den übrigen und umzingelte den Verwalter.

Der Verwalter fragte die Reiter: »Wer seid ihr, daß ihr mich wie einen Gefangenen behandelt?« Der Anführer dieser Truppen versetzte, »Wer bist du? Wo kommst du her und wo willst du hin?« Der Verwalter antwortete: »Ich komme von Damaskus; Scharkan, der Statthalter von Damaskus, schickt mich zu seinem Vater Omar nach Bagdad mit Geschenken und Tribut.« Als sie dies hörten, bedeckten sie ihre Augen mit ihren Tüchern und sagten weinend: »Der König Omar ist vergiftet worden, komm mit uns, wir führen dich zu unserm Vezier Dendan.« Sie drängten sich nun mitten durch die Armee, bis sie zum Vezier gelangten. Dieser ließ schnell ein Zelt aufschlagen, setzte sich, ließ auch den Verwalter Platz nehmen und fragte ihn über seine Person aus, als er hörte, er bringe Geschenke für Omar, weinte er, denn er hatte ihn sehr lieb, und sagte auch: »Omar ist an Gift gestorben; die Geschichte seines Todes ist sehr lang, und es ist jetzt nicht Zeit, sie zu erzählen. Nach seinem Tode entspann sich ein großer Streit über dessen Nachfolger, bis endlich die vier Kadhis und alle Gelehrten sich versammelten und beschlossen, daß man nach Damaskus ziehen und Scharkan zum Sultan von Bagdad ernennen sollte. Manche wollten indessen Omars zweiten Sohn zum König haben, der so fromm war, daß er allein mit seiner Schwester nach dem Hedjas pilgerte; da man aber seither gar nichts mehr von ihm gehört hatte, so fiel die Wahl auf Scharkan, denn die Notwendigkeit hat auch ihre Gesetze.«

Der Verwalter erkannte aus dieser Rede, daß seine Gattin ihm die Wahrheit gesagt, und freute sich sehr mit der schönen Aussicht, Dhul Makan noch als Sultan zu sehen; er sagte zu Dendan: »Gepriesen sei der alles Vermittelnde, der jedem nach Wunsch beschert, ohne Rechenschaft zu geben. Bei Gott! Dieses Ereignis ist höchst wunderbar und verdient aufgezeichnet zu werden. Wisse, o mächtiger Herr! Gott hat alles nach euerm Wunsch gefügt, indem er euch hier euern König Dhul Makan mit seiner Schwester Nushat Assaman zuschickt.« Der Vezier freute sich sehr mit dieser Nachricht und bat den Verwalter, ihm ihre ganze Geschichte zu erzählen, die wir zu wiederholen überflüssig finden. Als er damit zu Ende war, fiel der Vezier zu Boden und dankte Gott für seine Schickung; er teilte sie dann allen Fürsten und Vornehmen des Reichs mit. Das freudigste Erstaunen verbreitete sich allenthalben; die ganze Armee pries Gott, daß er sie nicht nötige, das Land Irak zu verlassen; die Häupter derselben begaben sich ehrfurchtsvoll zum Verwalter und verbeugten sich vor ihm. Sie hielten dann, während die Truppen langsam vorwärts rückten, einen großen Rat, den der Vezier Dendan und der Verwalter leitete, und Dhul Makan wurde einstimmig zum König von Bagdad gewählt. Der Verwalter beschloß dann, voraus nach Bagdad zu gehen, um alles für den Empfang des Sultans vorbereiten zu lassen, und um Dhul Makan, der mit Nushat Assaman vorausgeeilt war, davon zu benachrichtigen, daß er statt seines Bruders zum Sultan von Bagdad erwählt worden.

Alle Großen drängten sich um den Verwalter vor seiner Abreise und baten ihn, sie bei ihrem Herrn zu empfehlen, daß er sie in ihrem Amt lasse.

Die Sultanin Schehersad hielt hier inne; in der folgenden Nacht fuhr sie fort:

Der Verwalter machte sich dann mit seinen Dienern und Mamelucken höchst entzückt auf den Weg und reiste in einem fort, bis er ins Lager kam, wo Dhul Makan mit Nushat Assaman ihr Zelt aufgeschlagen hatten. Er ließ sich sogleich bei seiner Gattin melden und erzählte ihr und ihrem Bruder alles, was vorgefallen, tröstete sie über den Tod ihres Vaters und beglückwünschte Dhul Makan als Sultan. Dieser fragte: »Auf welche Weise ist denn mein Vater ums Leben gekommen?« Der Verwalter antwortete: »Der Vezier Dendan, der morgen bei euch eintreffen wird mit der ganzen Armee, die dich zum Sultan erwählt, weiß alles und wird es uns erzählen. Dir bleibt aber nichts übrig«, setzte der Verwalter hinzu, »als die Regierung zu übernehmen; denn weigerst du dich und wird ein anderer Sultan, so schwebt dein Leben in Gefahr.« Dhul Makan beugte eine Weile den Kopf zur Erde, dann sagte er: »Ich nehme den Thron an; doch, mein Bruder Scharkan?« »Dieser«, antwortete der Verwalter, »wird Sultan von Damaskus bleiben, du aber Sultan von Bagdad und Chorasan.« Als Dhul Makan schwieg, überreichte ihm der Verwalter das königliche Gewand, das ihm der Vezier geschickt, und den Szepter; ließ dann abladen und an einem erhöhten Platz das königliche Zelt aufschlagen mit sieben Kuppeln, seidene Teppiche ausbreiten und einen Thron errichten; dann sorgte er für eine gute Küche und Wasserträger.

Kaum waren diese Anstalten getroffen, als sich in der Ferne ein großer Staub zeigte, der die ganze Atmosphäre verdunkelte, und hervor kam eine tobende Armee, wie das Meer; es waren die Truppen von Bagdad und Chorasan, an deren Spitze der Vezier Dendan stand. Dhul Makan zog schnell sein königliches Kleid an, umgürtete das Regentenschwert, bestieg ein Pferd, das ihm der Verwalter vorführte, ritt mit seinen Mamelucken nach dem großen Zelt und setzte sich auf den Thron, mit dem Szepter auf den Knieen. Der Verwalter stand als Untergebener vor ihm, und die Mamelucken bewachten mit gezogenem Schwert den Eingang des Zeltes. Bald hörte man nichts mehr vor Pferdegewieher; die Häupter der Soldaten stiegen ab, und der Verwalter stellte sie immer, je zehn zu zehn auf einmal, dem Sultan vor, dem sie Gehorsam und Treue schworen und der ihnen viele Geschenke machte und die schönsten Hoffnungen gab, so daß sie alle entzückt von ihm waren. Zuletzt trat der Vezier Dendan zum Sultan und weinte vor Freude, als er den Sohn seines Königs wieder erkannte. Dhul Makan bewillkommte ihn freundlich und sagte: »So hat der allwissende Gott es gewollt und niemand konnte es ändern«; dann gab er Befehl, die Tafeln für die Truppen zu ordnen, und nachdem sie gegessen hatten, erlaubte er ihnen, mehrere Tage auszuruhen, damit er ungestört beim Vezier bleiben und sich von ihm die Geschichte des Todes seines Vaters erzählen lassen könne. Als die Leute sich zerstreut hatten, fragte Dhul Makan seine Schwester, ob sie die Erzählung von ihres Vaters Tod mit anhören wolle? Und da sie viel Lust dazu hatte, kam sie mit ihm in sein Zelt und setzte sich hinter einen Vorhang; Dhul Makan setzte sich außerhalb des Vorhangs, ließ den Vezier Dendan rufen und bat ihn, ihm zu erzählen, auf welche Weise sein Vater ermordet worden. Der Vezier begann:

Geschichte der Vergiftung des Königs Omar durch die alte Dsat Dawahi

Wisse, als der König nach seiner Rückkehr vor der Jagd euch nirgends fand und auch ein halbes Jahr lang keine Nachricht von euch erhielt, gab er alle Hoffnung auf, euch wiederzusehen, war sehr betrübt und niedergeschlagen, und weinte Tag und Nacht. Ein Jahr nach eurer Abwesenheit, als wir eines Tages bei ihm saßen, trat eine alte Frau vor ihn, welche wie eine fromme Nonne aussah, und führte fünf Jungfrauen von unbeschreiblicher Schönheit herein; sie hatten den Koran studiert, waren sehr gebildet und in der Geschichte, Philosophie und Moral bewandert. Die Alte war so beredt und sah so gottesfürchtig aus, daß der König sich ihr gleich näherte. Sie pries dann die Gelehrsamkeit und den Geist der Jungfrauen, und bat den König, sich davon zu überzeugen. Der König, ein seliger Vater, freute sich sehr und sagte zu den Jungfrauen: »Jede von euch erzähle mir etwas aus der Geschichte der älteren Völker!«

Jede der fünf Mädchen erzählte dann eine so unterhaltende und belehrende Geschichte aus der alten Zeit, daß der König an ihrer Gelehrsamkeit und Beredtsamkeit nicht mehr zweifelte; er ließ daher der Alten mit den Jungfrauen das Schloß einräumen, das früher von der Königin Ibris bewohnt war, und sie zehn Tage lang mit den kostbarsten Speisen und Getränken bewirten. Die Verehrung des Königs für die Alte nahm immer zu, denn so oft er sie besuchte, fand er sie betend oder mit anderen Andachtsübungen beschäftigt, und in demselben Maße wuchs auch seine Liebe zu den Jungfrauen. Als er sich am ersten Tage nach dem Preis der Mädchen bei der Alten erkundigte, sagte sie ihm: »Die sind weder für Gold, noch für Silber, noch für Kupfer, noch für Getreide, noch für alle denkbaren Schätze feil; die kannst du nicht anders erlangen, als wenn du einen ganzen Monat lang jeden Tag fastest und die Nacht betend durchwachst*.« Der König willigte ein, und die Alte stieg noch im Ansehen bei ihm. Nach einigen Tagen sagte sie ihm: »Ich will dir dein Fasten erleichtern, gib mir nur ein Glas Wasser!« Als ihr ein Glas Wasser gereicht wurde, murmelte sie ein paar unverständliche Worte her, bedeckte das Glas mit einem Lumpen, versiegelte es und sagte dem König: »Trink dies nach zehn Tagen, so wird alle Liebe zur Welt aus deinem Herzen schwinden, und es wird dir nicht schwer fallen, ganz der Gottesfurcht zu leben; ich gehe indessen zu meinen Freunden, welche als heilige Männer einsam leben, und nach zehn Tagen kehre ich wieder.« Der König nahm das Glas und stellte es in ein Zimmer, zu dem niemand Zutritt hatte, und steckte den Schlüssel zu sich. Er fastete nun zehn Tage nacheinander, trank am elften das Wasser, das ihm die Alte gegeben, und befand sich sehr wohl und gestärkt darauf.

* Der Erzähler hat vergessen, daß sie früher, nach Omars Brief, die Einkünfte von Damaskus forderte.

Es sagte der Erzähler, daß der Vezier Dendan zu Dhul Makan also gesprochen: Die Alte kam dann wieder mit einer süßen Speise auf einem grünen Blatt, das aber keinem Baumblatt glich, und grüßte deinen seligen Vater, der sie sehr freundlich bewillkommte, im Namen ihrer Freunde und sagte ihm: »Sie schikken dir diese süße Speise aus jener Welt, du kannst damit dein Fasten brechen.« Der König freute sich sehr, von heiligen Einsiedlern ein Geschenk zu erhalten. Er fastete nun wieder zehn Tag lang, und am elften kam die Alte und sage »Ich habe den göttlichen Männern alles erzählt, was zwischen uns vorgegangen; sie freuen sich sehr über unsere Freundschaft und wünschen die Jungfrauen zu sehen, die ich dir gebracht, um sie Gebete zu lehren, welche dir Glück und Segen bringen; wer weiß, vielleicht erhältst du sie mit vielen Schätzen zurück.« Dein Vater dankte ihr und sagte: »Zwar besitze ich Schätze genug, so daß ich keiner Geschenke bedarf, doch will ich mich deinem Willen nicht widersetzen; wann willst du sie mit dir nehmen?« Die Alte antwortete: »Am 27. Tag; ich bleibe dann drei Tage aus und komme gerade zu Ende des Monats mit ihnen zurück, wenn sie durch dein Fasten die Deinigen geworden. Du mußt aber«, fuhr sie fort, »auch einige von deinen Frauen mit ihnen schicken, um ihnen Gesellschaft zu leisten, und um ebenfalls von den frommen Männern gesegnet zu werden.« Der König erwiderte: »Ich werde meine griechische Sklavin Safia mitschicken, denn sie ist über den Verlust ihrer beiden Kinder sehr unglücklich, damit sie gesegnet werde und ihre Kinder wiederfinde.«

Die Alte, welche nichts sehnlicher wünschte, als Safia zu entführen, versprach ihm, sie ihren Freunden zu empfehlen, und so wurde sie mit den übrigen Jungfrauen der Alten überliefert. Ehe diese wegging, überreichte sie dem König einen versiegelten Becher und sagte ihm: »Am 30. Tag geh ins Bad, dann schließe dich in ein einsames Zimmer deines Schlosses ein, trink diesen Becher aus und schlafe ein wenig; du wirst dann erreichen, was du begehrst, und die Wirkung meines Segens wahrnehmen.« Der König dankte ihr freudig, küßte ihr die Hand und bat sie, fortzufahren für ihn zu beten.

Nach drei Tagen, als die Alte mit Safia und den Jungfrauen schon fern war, ging der König ins Bad und trank in seinem Zimmer, was ihm die Alte gegeben und schlief ein. Wir erwarteten den König den ganzen Tag, aber er erschien nicht; da dachten wir, vielleicht schläft er so lange, vom Bad, vielem fasten und beten ermüdet; als wir aber auch am zweiten Tag ihn vergebens erwartete, traten wir in sein Zimmer und fanden sein Fleisch zerrissen, seine Gebeine zerstückelt und voll mit Würmern. Wir untersuchten dann den Becher, der auf dem Tisch stand, und fanden ein Blättchen im Deckel verborgen, auf welchem geschrieben war: »Der Übeltäter Omar ist nicht zu bedauern; so geht es dem, der Prinzessinnen entehrt; ihr habt nicht königlich gegen Ibris gehandelt, die wir im Freien erschlagen fanden, nachdem sie Scharkan aus ihrer Heimat entführt und Omar sie entehrt hatte; drum beschuldigt niemanden über die Ermordung des Königs, es hat ihn kein anderer vergiftet, als die alte gewandte Dsat Dawahi, die nun Safia dem mächtigen König der Griechen zurückbringt, um mit ihm Frieden zu schließen und bei ihm zu bleiben. Wir werden recht bald Krieg gegen euch führen und euer Land verheeren; es soll kein Haus stehen bleiben und keine Seele verschont werden, die Feuer anblasen könnte, mit Ausnahme derjenigen, welche das Kreuz anbeten; ihr sollt die Bestätigung meiner Prophezeiung erfahren.«

Da wir aus diesem Brief die List der Alten erkannten, erzählte Dendan weiter, brachen wir in lautes Geschrei aus, schlugen uns ins Gesicht, zerrissen unsere Kleider und Turbane und weinten; doch alles war vergebens. Nun waren unter den Truppen zwei Parteien, die einen wählten deinen Bruder Scharkan, andere wollten dich zum Sultan; die Sache blieb unentschieden, bis wir endlich nach einem Monat, da wir nichts von dir hörten, uns vereinigten und nach Damaskus ziehen wollten, um deinen Bruder abzuholen; aber gelobt sei Gott, der uns dich auf dem Weg finden ließ. Als der Vezier mit seiner Erzählung zu Ende war, weinten Dhul Makan und seine Schwester und der Verwalter. Letzerer sagte dann zu Dhul Makan: »Nun hilft alles Weinen nichts, fasse Mut und befestige deine Regierung; wer einen Sohn, wie du bist, hinterläßt, der stirbt nicht.« Dhul Makan beruhigte sich nach und nach und hielt Musterung über die Truppen. Am folgenden Morgen ließ er sich durch den Vezier die Schätze seines Vaters bringen und verteilte sie unter die Truppen, auch schenkte er dem Vezier ein Ehrenkleid, als Zeichen, daß er auf seinem Posten bleibe; die übrigen Großen beschenkte er ebenfalls und teilt auch zuletzt noch die Abgaben von Damaskus, die der Verwalter gebracht hatte, unter den Offizieren aus. Alle beugten sich vor Dhul Makan, wünschten ihm langes Leben und sagten: »Wir haben nie einen so freigebigen König gesehen.« Jeder zog sich dann in sein Zelt zurück, und nach dreitägigem Rasten brachen sie nach Bagdad auf. Die ganze Stadt war bei ihrem Einzug festlich geschmückt. Dhul Makan begab sich in das Schloß seines Vaters, setzte sich auf den Thron, von dem Vezier, dem Verwalter und einigen Offizieren umgeben. Alsbald ließ er seinen Geheimsekretär rufen, um seinem Bruder von allem, was vorgefallen, Bericht zu erstatten, und setzte selbst noch am Schluß des Briefes hinzu: »Bereite dich beim Empfang dieses Briefes mit deiner Armee zu einem Feldzug vor, denn wir wollen vereint gegen die Ungläubigen ausziehen, um den Tod unseres Vaters zu rächen und unsere Schmach zu tilgen.« Er versiegelte dann den Brief, gab ihn dem Vezier Dendan mit den Worten: »Niemand ist geeigneter als du, diesen Brief Scharkan zu überbringen; behandle ihn, weil er älter ist als ich, mit viel Ehrerbietung, und sage ihm, wenn er das Reich seines Vaters wolle, so möge er es haben, und ich übernehme dann die Statthalterschaft von Damaskus, überhaupt sei ich bereit, ihm in allem nachzugeben, was er verlange.« Der Vezier machte sich reisefertig und nahm Abschied von Dhul Makan. Dieser erinnerte sich dann auch des Badheizers, ließ ihm eine hübsche Wohnung einräumen und schickte ihm Kleider; die übrigen schönen Abenteuer des Badheizers werden wir bei einer anderen Gelegenheit erzählen. Als eines Tages Dhul Makan von der Jagd zurückkam, stellte ihm einer seiner Befehlshaber mehrere Pferde und schöne Mädchen vor, er wählte daraus eine, die ihm sehr gut gefiel, und heiratete sie. Bald darauf kam Dendan zurück, meldete ihm die Ankunft seines Bruders Scharkan und bat ihn, ihm entgegenzugehen. Dhul Makan reiste einen Tag weit mit den Vornehmsten des Reichs seinem Bruder entgegen, der am folgenden Morgen an

der Spitze aller syrischen Truppen, Reiter und Fußvolk, herangezogen kam. Als Dhul Makan seinen Bruder Scharkan sah, wollte er absteigen, aber dieser gab es nicht zu, sondern stieg selbst ab und ging gegen seinen Bruder hin. Sie umarmten sich und weinten heftig, ritten dann nebeneinander an der Spitze der Armee nach Bagdad und begaben sich in ihres Vaters Schloß, wo sie die Nacht beisammen zubrachten. Am folgenden Morgen erließ Dhul Makan einen Befehl, um alle Truppen zusammen zu berufen für den heiligen Krieg, und bei ihrem Eintreffen wurden sie gut empfangen und reichlich beschenkt. Dhul Makan mußte dann selbst seinem Bruder alle seine Lebensereignisse mitteilen, und das er von den Wohltaten des Badheizers sprach, fragte ihn Scharkan, womit er ihn denn belohnt habe? Dhul Makan antwortete, er wolle damit warten bis nach Beendigung des Kriegs. Scharkan erkundigte sich dann auch nach seiner Schwester und ließ sie durch ihren Gatten, den Verwalter, grüßen. Sie erwiderte seinen Gruß und fragte nach ihrer Tochter Kadha, und als Scharkan ihr sagen ließ, sie sei recht wohl und sehr stark geworden, dankte sie Gott dafür. Scharkan begab sich dann wieder zu seinem Bruder und bat ihn, nicht länger mehr zu zögern, ins Feld zu ziehen. Aber dieser versetzte: »Wir müssen noch warten, bis das Heer aus allen Provinzen versammelt ist.« Inzwischen ließ er den Proviant vorbereiten, besuchte seine Frau noch einmal, die in gesegneten Umständen war, und bestimmte ihr Astrologen und Ärzte. Zwei Monate nach der Ankunft Scharkans, als endlich aller Truppen versammelt waren, brach die Armee auf. Dendan führte den rechten Flügel an, Rustem befehligte die Perser und Bahram die Türken; Dhul Makan ritt im Zentrum; er hatte seinen Bruder Scharkan zur Rechten und den Verwalter zur Linken.

So zogen sie einen Monat lang vorwärts, nur von Zeit zu Zeit, weil die Armee gar zahlreich war, ein paar Tage ausruhend, bis sie endlich die griechische Grenze erreichten. Die Einwohner der Dörfer und Flecken entflohen nach Konstantinopel und brachten Kunde vom Anzug des Feindes. Der König von Konstantinopel, Feridun, wandte sich an Dsat Dawahi, welche sich noch bei ihm aufhielt. Diese reiste zu ihrem Sohn, dem König Hardub, zurück und riet ihm, sich dem König Feridun anzuschließen; »seid ihr vereint«, sagte sie, »so glaube ich nicht, daß die Muselmänner etwas gegen uns vermögen werden.« Hardub versammelte alle seine Truppen, nahm alle seine Schätze zusammen und zog zum mächtigen König von Konstantinopel. Als dieser die Ankunft des Königs von Cäsarea vernahm, ging er ihm entgegen und freute sich ebenso sehr mit den zahlreichen Hilfstruppen, die er ihm zuführte, als mit seiner Tochter Safia, welche ihm Dsat Dawahi jetzt erst wieder schenkte. Er ließ Hardub und seiner Mutter seinen schönsten Palast einräumen und schickte Boten nach allen Ländern und Provinzen, um seine Soldaten zusammenzurufen.

Die orientalischen Christen und Franken kamen von allen Meeren und Inseln herbeigelaufen; Engländer, Ungarn, Spanier, Franzosen, Deutsche, Armenier, Genueser und andere stellten sich so zahlreich ein, daß ihnen bald das Land zu eng wurde. Als alle beisammen waren, gab Feridun den Befehl zum Aufbruch, und sie zogen nach zehn Tagen in ein am Ufer des Meeres gelegenes Tal, Numansthal genannt. Hier rasteten sie drei Tage, und als sie am vierten wieder aufbrechen wollten, sahen sie auf einmal die ganze Atmosphäre verdunkelt. Endlich erhob sich ein Staub bis zum Himmel empor, und sie erblickten plötzlich die Reihen der Muselmänner mit den muhamedanischen Fahnen, und blinkende Schwerter und blitzende Lanzen erleuchteten die Dunkelheit. Zuerst kam der Vezier Dendan mit 30000 Syrern, dann Rustem und Bahram mit 20000 Mann persischer und türkischer Reiterei. Die Christen, deren Armee sich bis ans Meer hin erstreckte, riefen bei diesem Anblick: »O Maria, o Jesu, o heiliges Kreuz!« Das erste Zusammentreffen war den Muselmännern nicht günstig, denn auf den Rat der Alten hatte Feridun 1200 Schiffe voll mit Soldaten vorausgeschickt, die dann auf einmal die Muselmänner im Rücken angriffen, und schon wähnten sie, es werde kein einziger von ihnen entrinnen. Feridun dankte dem Messias, der ihm eine so kluge Frau, wie Dsat Dawahi, beschert, denn die Verwirrung war so groß unter den Muselmännern, daß er sich schon seines Sieges gewiß hielt. Aber bald rückte Dhul Makan mit der großen Armee von 120000 Reitern heran, und rief seinen Leuten zu: »Soldaten des Barmherzigen, stürmt los auf die Abtrünnigen, auf die Feinde Gottes!« Von einer anderen Seite drang Scharkan mit einer bedeutenden Truppenabteilung herbei und vereinigte sich mit seinem Bruder. Jetzt stieg der Mut der Muselmänner wieder; Scharkan kämpfte wie ein Löwe und durchbrach die Reihen der Griechen, welche 1600000 Mann stark waren; zu tausenden fielen sie vor ihm und dem Verwalter nieder, welcher nicht aufhörte zu rufen: »Gott ist groß!« So verschaffte Gott dem Glauben des Islams den Sieg; die Griechen wurden gegen das Meer zurückgetrieben, bis die Nacht dem Kampf ein Ende machte und die Krieger wie Betrunkene herumtaumelten.

Der Löwe des Glaubens, Scharkan, schlief die ganze Nacht nicht, ebenso wenig sein Bruder Dhul Makan; sie ermutigten die Truppen, trennten die Verwundeten von den übrigen und trösteten sie mit dem reichen Lohn, der ihrer am Tage der Auferstehung harre. Von den Muselmännern waren nur 3500 Mann auf dem Schlachtfeld geblieben, von den Griechen hingegen 45000. Dsat Dawahi verzweifelte aber noch nicht; des Abends ließ sie die Befehlshaber der Griechen und den König zu sich rufen und sagte ihnen: »Glaubet nur fest an den Messias und tut Buße, denn schon war der Sieg euer, und, bei dem Messias, niemand als der Sultan Scharkan konnte die Muselmänner zum Stehen bringen. Morgen aber will ich ihre Reihen durchbrechen; ich will ihnen den wackern Ritter Lukas vorführen, der gar manchen schon erschlagen, der soll Scharkan zu einem Zweikampf herausfordern, und ist er gefallen, so soll auch kein einziger mehr von den seinigen entkommen. Kommt nur her, ich will euch mit heiligem Weihrauch weihen.« Die Feldherren der Griechen verbeugten sich vor ihr, machten das Kreuz und ließen sich von ihr mit einem vom Patriarchen zubereiteten Weihrauch, den er nach allen christlichen Ländern zu versenden pflegte, beräuchern.

Sobald der folgende Morgen heranbrach, rüsteten sich die griechischen Ritter wieder zum Kampf, und ihr König teilte Geschenke unter ihnen aus, malte ein Kreuz auf ihr Gesicht, beräucherte sie mit dem oben erwähnten, von dem Patriarchen zubereiteten Räucherwerk und segnete sie. Dann ließ er Lukas rufen, welcher Messiasschwert genannt wurde, und beräucherte und besalbte ihn. Dieser war der tapferste Mann, der geschickteste Bogenschütze und der beste Schläger mit Lanze und Schwert in ganz Griechenland; er war gräßlich anzusehen, sein Gesicht glich dem eines Esels, seine Gestalt der eines Affen. Seine Züge hatten den Ausdruck eines Lauschers, seine Nähe war bitterer als die Trennung Liebender und der Unglaube war auf seinem ganzen Wesen gestempelt. Feridun sagte ihm: »Ich wünsche, daß du Scharkan herausforderst, und uns durch seinen Tod Ruhe verschaffst.« Der Verruchte bestieg sogleich seinen Renner; er hatte ein rotes Kleid an und einen goldenen Panzer und trug eine Lanze mit drei Spitzen, die wie Feuer strahlten. Er ritt, wie Iblis auf dem Rücken des Satans am Tage des Gerichts, von 3000 der tapfersten Ritter umgeben, und ließ in arabischer Sprache vor sich her ausrufen: »O ihr Anhänger Muhameds, lasset euern wackersten Helden, das Schwert des Islams, den König von Damaskus in die Schranken treten, und wer von uns siegt, dem unterwerfe sich die Armee seines Gegners.« Kaum waren diese Worte gesprochen, so flog ein mächtiger Staub in die Höhe und Scharkan kam herbeigeritten, dem sein Bruder mitgeteilt hatte, daß ein griechischer Ritter ihn herausgefordert und geschworen hatte, alle Muselmänner zu vertilgen; er kam wie ein grimmiger Löwe, oder wie ein wütender Leopard, auf einem Renner, so leicht wie eine Gazelle, dahergesprengt, und rief Lukas zu: »Du hast, Verruchter, den tapfern Helden herausgefordert. Nun, bei der Ehre des Herren und des leitenden Propheten, hier stehe ich kampfgerüstet; du sollst deine Kühnheit büßen.« Lukas, der diese Worte nicht verstand, machte das Kreuz und drang mit dem Schwert in der Hand auf Scharkan ein. Er wußte mit einer solchen Schnelligkeit das Schwert aus der einen Hand in die andere zu werfen und es an allen Seiten zu fassen, daß die Muselmänner sehr für Scharkan fürchteten. Aber im Augenblick, wo der Feind Gottes Scharkan einen Hieb versetzen wollte, faßte dieser das Schwert auf und entriß es seinem Gegner. Alle Zuschauer riefen erstaunt: »So was kann kein Mensch!« Scharkan rief dann mit lauter Stimme: »Bei dem, der die sieben Himmel gewölbt, und die Erde wie einen Teppich ausgebreitet und Berge mit Festigkeit darauf erhoben, ich will diesen Verruchten, zur Verwunderung aller, die zusehen oder einst davon lesen werden, erschlagen.« Er versetzte ihm dann einen Hieb auf die rechte Seite der Stirn, gerade an der Stelle, wo ihm Feridun ein Kreuz gemalt hatte, und Gott sandte schnell seinen Geist in die Hölle. Wehe einem solchen Aufenthaltsorte! Als Lukas getötet war, schlugen sich die Christen ins Gesicht, machten das Kreuz, erhoben ein lautes Wehegeschrei und drangen in Masse mit Schwert und Lanze gegen Scharkan vor; aber die Muselmänner eilten diesem zu Hilfe, und das Handgemenge wurde allgemein; Schwert traf auf Schwert, Häupter flogen vom Rumpfe, Staub umhüllte die Erde, Seelen trennten sich vom Körper, Pferde flogen, als hätten sie Flügel statt Füße, bis endlich die Nacht heranbrach, die beide ermatteten Armeen trennte und der Kampfplatz mit Erschlagenen und Verwundeten bedeckt war. Scharkan begab sich zu seinem Bruder und ließ den Vezier und den Verwalter rufen, und sagte ihnen: »Freilich hat uns Gott der Erhabene bisher gegen unsere Feinde beigestanden, doch, da unser Feind vom Meer her immer Verstärkung erhält, so müssen wir zuletzt unterliegen, wenn wir nicht auf ein Mittel denken, ihn auf einmal zu vernichten; aber gelobt sei Gott, der Herr der Welten, der uns ein Mittel eingibt, die Ungläubigen auszurotten. Geh du, mächtiger Verwalter,

mit 20000 Mann von der syrischen Reiterei eine Strecke von sieben Pharasangen das Meer entlang, dann machst du einen Umweg durch das Gebirge und näherst dich weiter unten wieder dem Meer, so daß ihr nur zwei Pharasangen weit hinter dem Feind steht; dort bleibt ihr verborgen. Du hörst am folgenden Morgen das Schlachtgetümmel, ich werde zuerst mit meiner Armee weichen, um den Feind vorwärts zu locken, auf einmal kehre ich mich dann wieder dem Feind zu, du wirst unsere Fahnen sehen, auf denen die Inschrift leuchtet: ›Es gibt keinen Gott, außer Gott, und Muhamed ist sein Gesandter‹; dann schwinge auch du die grüne Fahne und rufe: ›Gott ist groß!‹ und überfalle den Feind von hinten, so daß du den Flüchtlingen den Rückzug auf ihre Schiffe abschneidest.« Der Verwalter machte sich auf den Weg und verbarg sich am bestimmten Orte. Des Morgens früh griffen die Christen wieder schnell zu den Waffen, entblößten ihr Haupt, pflanzten das Kreuz auf die Schiffe, traten ans Land mit ihren Pferden und begannen die Schlacht von Neuem. Die Todesmühle rollte umher, Häupter fielen vom Rumpf, Augen wurden ausgestochen, Arme abgehauen, Herzen ausgerissen, Pferde schwammen im Blut. Die Muselmänner priesen den Barmherzigen und die Christen Messias. Da Scharkan absichtlich zurückwich, riefen die Christen schon: »O Diener des Messias, der Sieg ist unser, die Muselmänner fliehen, Marias Sohn, der schon in der Wiege sprach, hat uns geholfen.« Der König Hardub schickte sogleich einen Eilboten nach Konstantinopel, um der Hauptstadt seinen Sieg zu verkünden, und ließ dem König Feridun sagen: »Das Räucherwerk des Patriarchen, das unsere Krieger ausdufteten, hat uns geholfen«; auch schwor er bei allen christlichen Wundern, bei seiner Tochter Ibris und bei dem Taufwasser, er wolle alle Muselmänner ausrotten.

Als der Bote mit dieser Nachricht fort war, schrie der Anführer der Armee: »Rächet Lukas!« Der König der Griechen schrie: »Rächet die teure Ibris!« Aber auf einmal rief Scharkan den Seinigen zu: »O ihr Knechte des gerechten Gottes, hebt euer Schwert gegen die Ungläubigen auf! O Muselmänner, hier sind die Gottesleugner vor euch, vernichtet sie im Namen des Allmächtigen und aus Liebe zu unserem Propheten Muhamed. Wie sind ja die an Einheit Glaubenden; fürchtet das Feuer der Hölle und schont euer Leben im Kampf gegen die Ungläubigen nicht; denn vor euch blüht das Paradies.« Als Scharkan nach dieser Anrede aufs Neue den Feind angriff, bemerkte er vor sich einen jungen, geschmeidigen Ritter, der mit vielem Mut sich gegen die tapfersten Armenier schlug und mitten im Schlachtgetümmel, sowohl durch seine Kühnheit und Tapferkeit, als durch seine schöne Gestalt und sein blitzendes Auge, die allgemeine Bewunderung erregte. Scharkan ging auf ihn zu und sagte: »Wer bist du, Ritter, der du mit solchem Eifer Gottes Willen erfüllst?« Der Ritter antwortete: »Wie schnell hast du mich vergessen?« Er nahm das Visier vom Gesicht, und siehe da, es war Dhul Makan. Scharkan freute sich sehr, ihn gefunden zu haben, weil er seiner Jugend willen gar zu besorgt für ihn war, und besonders als König für ihn fürchtete, denn der Tod des Königs entscheidet oft eine ganze Schlacht; er bat ihn, nun in seiner Nähe zu bleiben und sich nicht allein so großer Gefahr auszusetzen. Dhul Makan erwiderte: »Das ist mein erster Feldzug, darum wollte ich so viel als möglich deinem Beispiel

folgen.« Als die Griechen unerwartet mit erneuter Wut angegriffen wurden, ergriffen sie die Flucht und eilten ihren Schiffen zu; aber sie fielen den verborgenen 20000 syrischen Reitern, welche der Verwalter und der Vezier anführten, in die Hände, so daß sie von allen Seiten eingeschlossen waren, und die Muselmänner ein furchtbares Gemetzel unter ihnen anrichteten. Mehr als 100000 dieser Schweinsseelen schickte Gott in die Hölle und nur 20 christliche Schiffe entkamen. Die Muselmänner machten eine unermeßliche Beute; sie nahmen 1500 Schiffe voll mit Geld, goldenen und silbernen Gerätschaften, Waffen und Pferden, so daß sie in höchster Freude dem erhabenen Gott dankten. Die 20 Schiffe, welche entkamen, flüchteten nach Konstantinopel. Dort war schon die Nachricht eingetroffen, daß die Griechen gesiegt, und die Alte hatte gesagt: »Ich habe es wohl gewußt, daß mein Sohn keine muselmännische Armee fürchtet, auch habe ich viele Gebete deshalb an den Messias gerichtet.« Die Stadt wurde beleuchtet, man war vergnügt und trank brav Wein; aber auf einmal wurde diese Freude in Trauer verwandelt, als die flüchtigen Schiffe mit dem König Hardub ankamen und den Ausgang der Schlacht berichteten. Nun wurde geklagt und gewimmert; Feridun war wie vom Schlage getroffen, warf seine Krone zur Erde und fiel in Ohnmacht, als er hörte, daß außer diesen paar Schiffen, alles verloren sei, und rief: »Wehe uns! Gewiß zürnt uns Messias.« Der Patriarch trat dann zu ihm und sagte: »Das Räucherwerk war nicht für die ganze Armee hinreichend, darum ist sie geschlagen worden; nun aber will ich recht viel in der Kirche beten, bis alle Muselmänner vernichtet sind.«

Dann trat die alte Dsat Dawahi zu Feridun und sagte: »Verzweifle nicht, du kannst ja viele andere Truppen zusammenbringen, ich werde nun eine List gebrauchen, die uns helfen muß. Ich will mich bei dem Anführer der muselmännischen Truppen einschleichen, vielleicht kann ich ihn, wie seinen Vater, ermorden, und dann soll kein einziger von seiner ganzen Armee in seine Heimat zurückkehren! Ich brauche nur 100 Syrer, die, wie ich, dem Messias zu Ehren ihr Leben zu opfern bereit sind.« Der König brachte 100 eifrige Christen zusammen und beredete sie, der Alten ins Lager der Muselmänner zu folgen, indem er jedem einen Zentner Gold und denen, die Geld geringschätzten, den Lohn des Messias versprach. Die Alte kochte allerlei Kräuter und packte sie zusammen, zog über ihre Kleider eine große Kutte mit weiten Ärmeln an, wie die syrischen Derwische sie zu tragen pflegten, und ging so zu Feridun. Kein Mensch erkannte sie in diesem Aufzug, bis sie sich entschleierte; jeder bestärkte sie dann in diesem Vorsatz und wünschte ihr den Beistand des Messias. Diese verruchte Dsat Dawahi war eine sehr gewandte, belesene und gelehrte Frau; sie hatte Astrologie und alle möglichen Zauberkünste studiert, und war voll List und Trug; auch ihr Äußeres war so abscheulich, wie ihr Inneres; sie war kahl, bucklig, aussätzig, sah gelb aus und triefte immer und überall; schon in ihrer Jugend hatte sie eine Pilgerfahrt nach dem Heiligen Tempel unternommen, um die Religion und die Gebräuche der Muhamedaner kennenzulernen; dann nahm sie das Judentum an, bis sie auch im jüdischen Glauben unterrichtet war. Sie hielt sich fast immer bei ihrem Sohn, dem König Hardub, auf, der sehr viele Sklavinnen hatte, denen sie Unterricht erteilt und die sie, je nachdem sie ihr gefielen, ihrem Sohn empfahl. Dieser begab sich nach seiner Mutter Abreise zu Feridun und stellte ihm die Gefahr vor, die sie bedrohte, wenn die muselmännische Armee vorwärts rückte und die Hauptstadt belagerte. Feridun, der seine gefährliche Lage einsah, sandte Boten nach allen seinen Provinzen, um alle noch vorhandenen Truppen aus den verschiedenen Festungen zusammen zu berufen. Dsat Dawahi hatte sich indessen auf den Weg gemacht und, sobald sie in der Stadt war, ihre Begleiter als muselmännische Kaufleute verkleidet und ihnen 200 Maulesel, mit allerlei syrischen Waren beladen, mitgegeben. Auch hatte sie sich von Feridun einen Brief geben lassen, worin er ihnen als muselmännische Kaufleute überall freien Durchzug mir ihren Waren, ohne daß sie irgend einen Zoll zu entrichten haben, gestattete. Die Alte rieb sich dann die Stirn mit einem wollenen Tuch, bis sie ganz rot wurde, legte Ketten an ihre Füße, bis sie in die Nähe der Muselmänner kam, dann nahm sie sie weg und schmierte das Mal, das sie zurückließen, mit Blut ein; sie ließ sich dann auch von ihren Begleitern schlagen, bis man die Spuren der Prügel auf ihrem Leib sah. Sie befahl ihnen dann, die muselmännische Glaubensformel auszusprechen. »Das ist kein Sünde«, sagte sie, »weil die Not euch dazu zwingt; wenn wir nun zu den Muselmännern kommen«, fuhr sie fort, »so überlaßt alle eure Waren dem ersten Muselmann, der euch anhält, laßt euch zum König führen und sagt ihm: ›Selbst die ungläubigen Griechen nahmen nichts von uns und ihr Muselmänner wollt uns berauben? Seht hier den Freibrief des Kaisers der Christen!‹ Saget ihm ferner, ihr wärt in Konstantinopel gewesen, und nachdem ihr eure Geschäfte vollendet, habe euch auf einmal eine Statue folgenderweise angeredet: ›Gott hat mir die Sprache verliehen, um euch in eurem Glauben zu stärken, euch den

Untergang der Christen und die Eroberung Konstantinopels durch das Schwert Gottes, den tapfern Scharkan, zu verkünden‹; ferner um euch zu sagen, daß ihr drei Tage weit von hier im Gebirge ein Kloster finden werdet, wo durch die List eines verruchten Mönchs schon viele Jahre ein frommer Derwisch schmachtet; befreit ihn und führt ihn zu den Muselmännern zurück, so will ich schon das weitere einleiten.« Nach dieser Verabredung ließ sie sich in eine Kiste legen und in das muselmännische Lager tragen.

Während die Alte gegen Scharkan neue Ränke schmiedete, feierten die Muselmänner ihren Sieg und teilten untereinander die unermeßliche Beute, die sie gemacht; sie nahmen die besten und größten Schiffe der Griechen, füllten sie mit Soldaten und Lebensmitteln, und bohrten die übrigen in den Grund. Dhul

Makan, welcher wohl einsah, daß die Muselmänner ihren Sieg nur seinem Bruder zu verdanken hatten, bat ihn, an seiner Stelle die Regierung zu übernehmen, während er nun den Kampf gegen die Ungläubigen fortsetzen und für seinen Vater zehn griechische Könige und 50000 Soldaten töten wolle. Aber Scharkan sagte: »Ich werde, bis wir Konstantinopel einnehmen – dauert es auch Jahre lang – nicht in meine Heimat zurückkehren, so sehr ich mich auch nach meiner wunderschönen Tochter Kadha sehne.« Dhul Makan versetzte hierauf: »Auch ich verlange sehr nach meiner Sklavin, die ich in gesegneten Umständen verlassen; ich weiß nicht, was mir Gott bescheren wird; doch, wenn mir Gott einen Sohn beschert, wirst du ihm deine Tochter zur Frau geben?« Scharkan reichte seinem

Bruder die Hand, als Zeichen seiner Zusage. Sie beschlossen sodann, mit einem Teil ihrer Truppen zu Land gegen Konstantinopel vorzurücken und einen Teil zu Wasser dahin zu senden. Nachdem sie viele Wüsten und Einöden durchwandert hatten, kamen sie endlich in eine grüne, fruchtbare Ebene mit vielen Quellen und Bächen. Hohe Bäume sproßten empor, unter deren Schatten Gazellen weideten und auf deren Zweige die Vögel sangen; die Rose, von einem sanften Zephyr angeweht, schaukelte sich wie ein Trunkener, Veilchen und Basilienkraut erquickten mit ihrem lieblichen Duft den Wanderer. Als Dhul Makan diese schöne Ebene sah, sagte er zu seinem Bruder: »Bei Gott! Die Gegend von Damaskus ist nicht so schön, wir wollen drei Tage hier verweilen und neue Kräfte schöpfen.« Man hatte kaum ihr Zelt aufgeschlagen, da vernahmen sie ein Geschrei in der Ferne.

Scharkan fragte, was es gäbe? Man sagte ihm, eine Karawane syrischer Kaufleute ist angekommen, denen wahrscheinlich die Soldaten einen Teil ihrer Waren, die sie aus dem Land der Ungläubigen mitgebracht, weggenommen; nun rufen sie nach Hilfe und wollen vor den König geführt werden. Scharkan sagte: »Man bringe sie her!« Die verkleideten Christen kamen und erzählten, was sie die Alte gelehrt, zeigten Scharkan den Freibrief, den ihnen der Kaiser der Griechen gegeben und sagten: »O König der Zeit! Die Ungläubigen haben uns nichts genommen, und nun sollen wir von Muselmännern beraubt werden?« Scharkan erwiderte: »Eure Ware soll euch zurückgegeben werden; doch habt ihr Unrecht getan, Waren ins Land der Ungläubigen zu bringen.« Da sagten sie: »Gott hat uns dahin geführt, um etwas zu erlangen, was noch niemand vor uns erlangt hat; doch was wollen wir dir nur allein sagen, sonst könnten wir, und wer nach uns jene Gegend bereist, untergehen.« Scharkan führte sie hierauf in sein Zelt, wo sie ihm und Dhul Makan, der auch zugegen war, die Lüge vom frommen Derwisch auf eine so rührende Weise erzählten, daß beide Brüder vor Mitleid weinen mußten. Scharkan fragte dann: »Habt ihr ihn befreit, oder schmachtet er noch im Kloster?« »Wir haben ihn befreit«, antworteten die Kaufleute, »und den Anführer des Klosters, aus Furcht verraten zu werden, getötet, und sind schnell entflohen, obschon wir gehört, daß in diesem Kloster viele Schätze verborgen sind.« Bei diesen Worten öffneten sie die Kiste, die sie bei sich hatten, und holten die Alte hervor, die wie eine dürre Gurke aussah.

Scharkan und sein Bruder weinten sehr heftig bei dem Anblick der mageren und ausgetrockneten Dsat Dawahi, deren ganzer Körper von vielen erlittenen Qualen Zeugnis ablegte; ehrfurchtsvoll näherten sie sich ihr und küßten ihre Hände und Füße. Dsat Dawahi sagte ihnen: »Laßt eure Tränen, ich klage euch ja nichts, ich bin ja zufrieden mit dem, was der Herr über mich verhängt, ich sehe mein Unglück als eine Versuchung vom Allmächtigen an; denn wer sein Unglück nicht standhaft trägt, gelangt nicht ins Paradies, und wenn ich mich nach meiner Heimat zurücksehnte, so war es nur, um im heiligen Kampf unter den Hufen der Pferde zu sterben.« Scharkan stand dann auf und ließ ihr etwas zu essen bringen; aber sie schlug es ab und sagte: »Gott weiß, ich faste schon 14 Tage, wie soll ich jetzt aufhören, da mich Gott von meiner großen Pein befreit. Ich werde nichts essen bis zum Abend.« Des Abends brachten sie ihr wieder zu essen, da sagte sie: »Noch ist's nicht Zeit. Ich muß zuerst den allmächtigen Gott anbeten«; und so betete sie die ganze Nacht und die drei folgenden durch, und flößte Dhul Makan so viel Ehrfurcht ein, daß er ihr ein Zelt neben dem seinigen aufschlagen ließ; auch Scharkan hatte eine so hohe Meinung von ihr, daß er selbst über sie wachte und sie bediente. Am vierten Tag forderte sie zu essen; man brachte ihr allerlei Gerichte, sie nahm aber bloß Brot mit etwas Salz und fastete dann wieder. Scharkan, der ihr zusah, sagte zu seinem Bruder: »Dieser Mann entsagt so sehr allen weltlichen Genüssen, daß, wäre nicht der heilige Krieg, ich bei ihm bleiben und mit ihm beten würde.« Dhul Makan und der Vezier waren auch so sehr für sie eingenommen, daß sie beschlossen, diese Nacht bei ihr zuzubringen, damit sie für sie bete.

Dhul Makan und der Vezier trafen das verruchte Weib, als alle Leute schliefen, so andächtig betend, daß sie sich bis Mitternacht nicht nach ihnen umsah. Erst nach Mitternacht unterbrach sie ihr Gebet und fragte sie, was sie wollten? Dhul Makan bat sie, sie möchte ihm die Geschichte ihrer Gefangenschaft erzählen, und für ihn beten, das bringe ihm mehr Glück, als der Besitz von Konstantinopel. »Bei Gott!« erwiderte sie, »wäret ihr nicht die Fürsten der Muselmänner, ich würde euch nichts erzählen, weil ich keinem Menschen, sondern nur Gott meine Not klage. Wisset, ich lebte lange bescheiden nach Gottes Willen mit anderen vornehmen Leuten in Jerusalem; da ging ich eines Nachts am Wasser spazieren, sah mein Bild und wurde eitel und hochmütig. Um diese Sünde, die mein Herz zu verderben drohte, zu büßen, reiste ich ein Jahr lang umher und betete Gott an jedem heiligen Ort an; da kam ich auch in das Gebirge, wo das Kloster eines Einsiedlers, Matruch genannt, liegt. Der Einsiedler kam mir entgegen, küßte mir Hände und Füße und sagte mir: »›Ich sehne mich schon lange nach dem Land der Muselmänner; kehre bei mir ein, morgen reise ich mit dir.‹« Hierauf führte er mich ins Kloster, brachte mich in ein dunkles Zimmer, schloß die Tür und ließ mich 40 Tage eingesperrt ohne Speise und ohne Trank. Am 41. Tag kam der Patriarch Astimerus mit seiner schönen Tochter Tamthil und zehn Dienern ins Kloster, und Matruch erzählte ihm, wie er mich behandelte. Als aber Matruch mit dem Patriarchen, der meine Leiche sehen wollte, in mein Zimmer trat und mich noch lebendig und eifrig betend fand, lief er weg und schrie: »›Das ist ein Zauberer.‹« Astimerus aber blieb und ließ mich durch seine Leute so tüchtig durchprügeln, daß ich mir den Tod wünschte und dachte, so wird mein Dünkel bestraft. Sie legten mich dann in Ketten und führten mich in ein noch dunkleres Gefängnis. Alle drei Tage schickten sie mir ein Laibchen Gerstenbrot, und alle paar Monate sah ich den Patriarchen mit seiner Tochter im Kloster. Letztere ist, seitdem sie herangereist, als Mann gekleidet; denn sie ist das schönste Mädchen in Griechenland, und ihr Vater fürchtete, der König möchte von ihr hören und sie zur Gattin verlangen, obschon sie sich dem Messias geweiht. In diesem Kloster hat der Patriarch alle seine Schätze verborgen, die ihr wohl eher als die Ungläubigen zu besitzen verdient. Ich blieb 15 Jahre eingesperrt und sah häufig die bezaubernde Tamthil und die unbeschreiblichen Kostbarkeiten, die im Kloster verborgen sind. Morgen Nacht wird nun Tamthil wieder mit ihrem Vater ins Kloster kommen; wenn ihr wollt, so gehe ich mit euch, ihr werdet ein Mädchen finden, das die schönsten Lieder singt und eines Königs würdig ist; nur schade, daß ihre Stimme nicht den Koran zu lesen sich erhebt; auch werde ich euch die Schätze zeigen, deren ihr euch bemächtigen könnt. Doch fürchte ich sehr«, fuhr sie fort, »wenn der Patriarch eure Armee sieht, möchte er sich fürchten, mit seiner Tochter ins Kloster zu kommen.« Die Prinzen hörten der häßlichen Alten mit Erstaunen und Entzücken zu, ließen den Verwalter rufen und befahlen ihm, morgen früh mit der Armee gegen Konstantinopel aufzubrechen; sie aber wollten in drei Tagen ihm nachfolgen und nur mit 100 tapferen Rittern zurückbleiben; sie baten ihn jedoch, ihre Abwesenheit der Armee zu verheimlichen.

Am folgenden Morgen brach die Armee, unter der Anführung des Verwalters, Bahrams und Rustems, gegen Konstantinopel auf, während die Prinzen, der Vezier, die Alte, 100 Ritter und viele Diener mit Mauleseln, um die Schätze des Patriarchen damit fortzuschaffen, den Weg nach dem Kloster einschlugen. Die Alte hatte aber schon zum voraus auf den Flügeln eines Vogels dem Kaiser von Konstantinopel Nachricht von allem gegeben und ihn gebeten, heimlich durch das Gebirg 10000 Mann nach dem Kloster zu schicken, die sie mit den Prinzen überfallen sollten. »Ich werde«, sagte sie am Schluß des Briefs, »den Muselmännern die goldenen Kreuze und andere Kostbarkeiten überliefern, auch werde ich, um sie desto sicherer zu täuschen, den Einsiedler Matruch ermorden lassen; dieser muß als Opfer für das Christentum fallen, weil es dann um alle Muselmänner geschehen sein wird.« Sobald der Kaiser diesen Brief erhielt, sandte er 10000 wohlbewaffnete Reiter mit Proviant versehen ab, und in zwei Tagen waren sie in der Nähe des Klosters. Indessen führte die Alte die Prinzen und den Vezier ins Kloster und als ihnen der Einsiedler Matruch entgegenkam, rief ihnen die Alte zu: »Bringt diesen Verruchten um!« und im Augenblick versetzte ihm Scharkan mit dem Schwert einen Todesstreich. Die Alte führte sie dann in das Gemach, wo allerlei Kostbarkeiten des Klosters verborgen waren. Die Muselmänner freuten sich sehr, packten alles in die Kisten, die sie mitgebracht hatten, und luden sie auf ihre Maulesel. Da aber Tamthil mit ihrem Vater, aus Furcht vor den Muselmännern, nicht kam, wartete Scharkan noch drei Tage; dann sehnte er sich so sehr nach seinen Truppen zurück, daß er sich von Dhul Makan überreden ließ, abzureisen und lieber nach der Eroberung von Konstantinopel wieder Tamthil aufzusuchen. Die Alte, um keinen Verdacht zu erregen, hielt sie nicht länger auf, aber kaum waren sie vom Berg herunter in das enge Tal gekommen, als sie von 10000 Ungläubigen umzingelt wurden. Scharkan konnte sich nicht erklären, wieso diese Truppen auf einmal hierher gelangten, noch wer sie hierher geleitet; sein erster Gedanke war nun, die Zugänge des Tales zu verteidigen; aber Dendan, welcher behauptete, schon einmal bei einer Belagerung Konstantinopels mit seinem Vater in dieser Gegend gewesen zu sein, sagte, man müsse sich sobald als möglich durchschlagen, der Feind würde sonst den Berg vor der Schlucht besetzen und sie mit Steinen totwerfen. Die Alte rief: »Was bedeutet diese Furcht? Seid ihr nicht entschlossen, euch auf dem Pfad Gottes zu opfern? War ich doch

15 Jahre unter der Erde eingekerkert, ohne über Gottes Ratschluß zu murren; darum kämpft nur. Wer als Märtyrer stirbt, dem weist der einzige Gott das Paradies zur Wohnung an.« Diese Worte belebten den muselmännischen Mut so sehr, daß Scharkan es wagte, mit Ungestüm auf den Feind einzudringen und mit seiner Handvoll Ritter den hartnäckigsten Kampf zu bestehen.

Auch Dhul Makan schlug die Köpfe der Christen fünf- und zehnweise herunter und die Alte spornte ihren Eifer stets durch Zeichen und Worte an. Der Kampf dauerte den ganzen Tag, und als die Nacht heranbrach, zog sich Scharkan mit den Seinigen, von denen aber nur noch 45 übrig waren, in eine Höhle zurück. Er war eine Weile sehr bestürzt, weil er die Alte nicht wiedersah, aber auf einmal kam die Verruchte mit dem Haupt des griechischen Feldherrn in der Hand. Dieser war von einem Türken getötet worden und Gott hatte schnell seinen Geist in die Hölle geschickt, aber die Christen fielen über den Türken her und hauten ihn in Stücke, während Gott seine Seele ins Paradies sandte. Die Verruchte schnitt dann den Kopf des Feldherrn ab, und brachte ihn den Prinzen höchst erfreut und erzählte ihnen, sie habe heute den Märtyrertod gesucht und nicht geruht, bis sie den Feldherrn der Ungläubigen getötet.

Sie redete ihnen dann wieder zu, nur den Mut nicht zu verlieren, sie wolle noch diese Nacht auf einem kurzen Weg die muselmännische Armee von ihrer Lage benachrichtigen und mit 20000 Mann zurückkommen, die diese Ungläubigen aufreiben sollten. Als Scharkan fragte, wie sie entkommen wolle, da doch alle Ausgänge des Tales bewacht wären?, lachte sie und sagte: »Gott wird mich den einen unsichtbar machen und den anderen den Mut nehmen, mir etwas zuleid zu tun.« Scharkan versetzte hierauf: »Bei Gott! Du hast recht, ich habe auch heute gemerkt, daß Gott dich beschützt; es wäre gut, wenn du bald gingest.« »Ich gehe gleich, und wenn du mitkommen willst, so mache ich dich auch unsichtbar; auch dein Bruder kann uns begleiten, doch mehr als zwei kann ich nicht schirmen.« »Was mich betrifft, so werde ich von meinen Gefährten mich nicht trennen, wenn aber mein Bruder und der Vezier mit dir gehen wollen, so mögen sie es zum Wohl der Muselmänner tun und morgen mit 10000 Mann zurückkehren.« »So warte eine Weile, ich will vorausgehen und sehen, wo die Ungläubigen lagern und ob sie schlafen, ich komme dann wieder und hole deinen Bruder und den Vezier ab.« Während nun die Alte im feindlichen Lager mit den Griechen verabredete, daß sie sie mit dem Sultan Dhul Makan und dem Vezier frei durchziehen lassen und erst, wenn sie mitten unter ihnen sich befänden, sie gefangennehmen möchten, begab sich Scharkan zu seinem Bruder und rühmte den Mut und die Heldenkraft des Derwisches, der den obersten Feldherrn getötet, und als die Alte zurückkam und ihnen vollkommenes Gelingen ihrer Unternehmung versprach, entschloß sich Dhul Makan und der Vezier, ihr zu folgen, denn das ihnen bestimmte Geschick mußte sie ereilen. Als sie nun an den Ungläubigen, welche den Ausgang des engen Tales bewachten, vorüberkamen, widersetze sich ihnen, der schlauen Verabredung mit der Alten gemäß, niemand, so daß Dhul Makan ausrief: »Es gibt keinen Gott, außer Gott, und Mohammed ist ein Gesandter Gottes! Das ist ein offenbares Wunder, wie nur Heilige zu wirken imstande sind; dieser Derwisch muß einer

der eifrigsten Diener Gottes sein.« Der Vezier sagte hierauf: »Bei Gott! Ich glaube, alle diese Griechen sind blind, daß sie uns so ungehindert durchziehen lassen.«

Aber auf einmal sprangen die Ungläubigen über den Vezier und den Prinzen her, legten sie in Ketten und fragten: »Ist noch sonst jemand bei euch?« Sie antworteten, indem sie auf die Alte hindeuteten: »Hier ist noch ein Mann«; aber die Griechen sagten: »Wir sehen niemanden«, und die Alte verschwand vor ihren Augen, so daß der Vezier und der Prinz glaubten, sie haben sich durch irgend eine Sünde oder ein Vergehen gegen den Derwisch selbst in dieses Unglück gestürzt; besonders der Vezier, der früher einmal einige Zweifel gegen die Aufrichtigkeit der Alten geäußert hatte, machte sich bittere Vorwürfe.

Scharkan, der glücklicherweise zurückgeblieben war, machte sich am folgenden Morgen auf, betete, frühstückte etwas, rüstete seine Soldaten wieder zum Kampf gegen die Ungläubigen und flößte ihnen durch das Versprechen eines himmlischen Lohnes viel Mut ein. Als sie aber in die Nähe der Griechen kamen, riefen diese ihnen zu: »Wehe euch, Muselmänner! Wir haben ja euern Sultan und euern Vezier gefangen, kommt also mit in unsere Hauptstadt, vielleicht wird unser Kaiser euch begnadigen und Frieden mit euch schließen. Das ist wohl das Beste, was euch zukommen kann; wollt ihr nicht, so sind wir bereit, euch zu bekämpfen, bis wir euch gänzlich aufgerieben.« Scharkan war sehr bestürzt, als er dies hörte, und weinte heftig über die Gefangenschaft seines Bruders und des Veziers, für deren Rettung ihm wenig Hoffnung übrig blieb. Gewiß, dachte er, haben sie dem Derwisch nicht die gebührende Ehrfurcht erwiesen; es gibt keinen Schutz und keine Hilfe, als bei dem allmächtigen Gott; wir sind Gottes und kehren zu ihm wieder zurück! Indessen drang er auf die Griechen, die ihn von allen Seiten umzingelten, mutig ein und tötete viele von ihnen. Keiner der Seinigen fürchtete den Tod und niemand sann auf die Flucht, bis die Erde mit Leichen bedeckt war und ein ganzes Meer von Blut sich darüber ausdehnte. Der Kampf dauerte den ganzen Tag, erst abends zog sich Scharkan mit den wenigen Seinigen wieder in die Höhle zurück, nachdem er an diesem Tag 35 seiner besten Begleiter verloren hatte. Er war höchst bestürzt über seinen Verlust und wußte kein anderes Mittel, als sich ganz dem Willen Gottes hinzugeben. Am folgenden Morgen sagte er den paar Leuten, die noch bei ihm waren: »Bei Gott! Wenn wir nur den Eingang der Höhle verteidigen; vielleicht hat Gott doch den Derwisch zu unserer Armee gelangen lassen, daß er bald mit 10000 Mann Hilfstruppen wieder zurückkehre.« Dieser Rat wurde von seinen Gefährten gutgeheißen; sie blieben am Eingang der Höhle stehen und trieben den ganzen Tag durch die Griechen zurück, die sich derselben bemächtigen wollten, und töteten gar manchen von ihnen. In der darauffolgenden Nacht sagten die Griechen unter sich: »Wie lange wollen wir noch hier verweilen, um gegen die 25 Mann zu kämpfen, die noch bei Scharkan übrigbleiben? Wohlan! Laßt uns, wenn sie sich nicht ergeben, ihre Höhle in Brand stecken, so daß sie ein Raub der Flammen werden und aller Welt zur Lehre dienen; der Messias verdamme sie, sie sind alle so tapfer, daß wir ihnen nicht anders beikommen können.« Sie trugen dann Holz zusammen vor den Eingang der Höhle und zündeten es an. Scharkan rief in der höchsten Not die Worte aus, deren sich niemand zu schämen hat: »Es gibt keinen Schutz und keine Hilfe, außer bei Gott, dem Erhabenen!« Schon wollten einige Griechen mit dem Schwert auf ihn eindringen, als der Befehlshaber ihnen zurief: »Laßt ihn leben, wir wollen ihn gefangen dem Kaiser nach Konstantinopel bringen, er mag mit ihm nach Wunsch verfahren.« Scharkan und die noch übrigen Moslime wurden hierauf gefesselt und einer starken Wache übergeben. Als in der Nacht aber die Griechen alle betrunken waren und auf den Boden hingestreckt lagen, sprengte Scharkan in der Verzweiflung die Ketten, dann nahm er dem Wächter die Schlüssel zu den übrigen Ketten aus der Tasche und entfesselte Dhul Makan, den Vezier und die 25 Mann, die noch bei ihm waren, und sagte zu seinem Bruder: »Ich will nun drei von den Wachen töten, und wir ziehen ihre Kleider an und gehen dann unbemerkt zu unserer Armee.« Aber Dhul Makan konnte diesem Entschluß nicht beistimmen; »denn«, sagte er, »leicht möchte ihr Geschrei, wenn du sie tötest, die übrigen aufwecken. Es ist besser, wir machen nur, daß wir so aus dieser Schlucht herauskommen.« So gingen sie denn in der größten Angst mitten durch die Griechen durch; Gott nahm sie unter seinen Schutz und ließ keinen von den betrunken umherliegenden Griechen erwachen. Als sie glücklich aus der Enge waren und sich auch mit Pferden und Waffen versehen hatten, sagte Scharkan: »Mein Rat ist nun, wir gehen auf diesen Hügel und rufen alle auf einmal: Gott ist groß, hier ist die muselmännische Armee, ihr Feinde Gottes. Die Griechen werden in ihrer Trunkenheit und in der dunklen

Nacht sich nicht zu helfen wissen, und sich selbst untereinander morden.« Dhul Makan widersprach auch diesem Rat und schlug vor, lieber ganz still und leise, ohne ein Wort zu sprechen, ihre Armee einzuholen; »denn«, sagte er, »wie leicht könnten wir, wenn wir sie aufwecken, von ihren leichtfüßigen Rossen wieder eingeholt werden, und Gott, gepriesen sei sein Name, hat gesagt: ›Stürzt euch nicht selbst in Gefahr.‹« Aber Scharkan sagte: »Es wird uns nichts geschehen, so Gott will«, und beredete die übrigen, mit ihm den Hügel zu ersteigen und so laut zu schreien: »Gott ist groß!« daß der ganze Berg zitterte, und Bäume und Steine mit ihnen aus Gottesfurcht einstimmten. Als die Griechen dies hörten, riefen sie: »Bei dem Messias, der Feind hat uns überfallen!« Sie umgürteten ihre Schwerter und erschlugen einer den anderen, bis so viele von ihnen fielen, daß nur Gott ihre Zahl kennt. Als aber der Anführer der Griechen nach den Gefangenen sehen wollte und keine Spur mehr von ihnen fand, sagte er: »Wehe euch, gewiß haben die Gefangenen uns überlistet, nun eilt ihnen nach und sucht sie noch im Gebirge einzuholen.« Die Griechen faßten Mut und bestiegen ihre Pferde, und es dauerte nicht lange, da hatten sie die Muselmänner so eng umzingelt, wie ein Armband den Arm umfaßt. Dhul Makan sagte seinem Bruder: »Du siehst, daß, was ich befürchtet habe, nun eingetroffen ist, jetzt bleibt uns nichts übrig, als im heiligen Kampf umzukommen.«

Während aber Dhul Makan und Scharkan in der größten Bedrängnis fest entschlossen waren, für Gottes Sache zu sterben, wurde auf einmal von dem lauten Ruf: Allah Akbar! Gott ist groß! Die Erde erschüttert, und 20000 Reiter verbreiteten die ganze Nacht durch ein schreckliches Blutbad unter den Griechen. Erst als der Morgen leuchtete, erkannte Scharkan seine eigene Armee, an deren Spitze Bahram und Rustem standen, welche von ihren Pferden abstiegen und vor ihm und seinem Bruder sich verbeugten. Folgendes ist die wunderbare Ursache ihrer Ankunft: Bahram, Rustem und der Verwalter waren mit wehenden Fahnen, wie wir schon berichtet, bis vor Konstantinopel gezogen. Als die auf den Wällen und Zitadellen Wache haltenden Griechen das Gewieher der Pferde hörten und einen dicken Staub, dann eine Armee, tobend wie der Ozean und zahlreich wie ein Schwarm Heuschrecken, sahen, deren Stimme sich bis zum Himmel erhob, benachrichtigten sie den Kaiser davon, und in einem Augenblick waren die Wälle mit unzählbaren Soldaten besetzt. Der Verwalter sagte dann zu Bahram und Rustem: »Mir wird bang vor dieser Masse Feinde, wie leicht könnten sie durch Spione entdecken, daß die Prinzen und der Vezier nicht bei uns sind und mit doppeltem Mut uns überfallen; ich rate daher, daß ihr mit 10000 Reitern nach dem Kloster ziehet, um die Prinzen und den Vezier zu holen, dann haben wir nichts mehr zu befürchten.« So wählten sie jeder 10000 Reiter und machten sich auf den Weg nach dem Kloster. Auch die Alte hatte sich, nachdem sie Dhul Makan den Griechen überliefert, nach Konstantinopel begeben, in der Absicht, den Muselmännern die Gefangenschaft ihres Sultans zu melden und sie dadurch in die größte Bestürzung zu versetzen, damit die Griechen, denen sie Nachricht davon geben wollte, sie um so leichter besiegen könnten. Sie begegnete unterwegs Rustem und Bahram und glaubte anfangs, sie seien auf der Flucht und vor

Konstantinopel geschlagen worden; bald aber bemerkte sie, daß alle ihre Fahnen unverletzt geblieben, und sie dachte wohl, sie würden ihre Freunde aufsuchen; sie erzählte ihnen daher, wie sie von einer griechischen Armee überfallen worden und wie Scharkan nur noch mit 25 Mann übrig geblieben. Bahram und Rustem dankten der Alten für ihre Nachricht und beschleunigten ihren Marsch so sehr, daß sie, wie schon erwähnt, noch zur rechten Zeit eintrafen, um die Muselmänner zu retten, die dann mit ihnen vereint ihren Zug nach Konstantinopel antraten. Scharkan rezitierte folgende Verse nach der gewonnenen Schlacht:

»Sei gepriesen, o du, dem allein das höchste Lob geziemt; du hast mit deiner Huld mich reichlich beschenkt, mir ein Königreich und ein Schwert der Kraft und des Sieges verliehen. Du hast aus der größten Gefahr mich errettet und die Griechen mit blutbeflecktem Gewand zurückgetrieben; dort liegen sie nun hingestreckt, von Blut, nicht vom Wein berauscht. Von den Unsrigen sind aber nur wenige gefallen und diese besitzen nun im ewigen Paradies Schlösser am Ufer klarer Bäche.«

Die Alte, welche, nachdem sie Rustem und Bahram verlassen, ihren Weg nach Konstantinopel fortsetzte, begab sich zum Verwalter, der sie freundlich bewillkommte, und erzählte ihm, wie sie Rustem und Bahram auf dem Weg begegnet, setzte aber hinzu, sie sei in großer Angst um ihretwillen, weil sie auf eine weit zahlreichere Armee Ungläubiger stoßen würden, und rate ihm daher, mit einem Teil seiner Armee ihnen nachzufolgen, um sie vor dem Untergang zu bewahren.

Die Muselmänner weinten über das traurige Los, das ihren Brüdern bevorstand, und bedauerten besonders den tapferen Bahram. Der Verwalter wählte dann 10000 seiner besten Reiter und sandte sie mit einem der tapfersten Helden, sein Name war Kadasch, den übrigen Truppen nach. Am folgenden Tag, als Kadasch der Armee der Muselmänner begegnete, hielt er sie anfangs für feindliche Truppen und schrie: »Es gibt keinen Schutz und keine Hilfe, außer bei Gott, dem Allmächtigen! Nichts kann Gottes Bestimmung ändern.« Dhul Makan, der sich ebenfalls vom Feind angegriffen glaubte, sagte zu seinem Bruder: »O sähe ich doch noch einmal den frommen Derwisch, daß er mich segne! Dann will ich gern als Märtyrer sterben.« Als aber die Truppen einander näherkamen und auf den Fahnen die Inschrift sahen: »Es gibt keinen Gott, außer Gott, Muhamed ist Gottes Gesandter«, eilte Scharkan, wie der Blitz, zu ihrem Anführer Kadasch, der ihm die Ursache seiner Ankunft meldete und sich sehr freute, die Prinzen, den Vezier und die beiden Heerführer noch beim Leben zu finden. Diese erkundigten sich dann nach dem Derwisch und riefen aus: »Das ist ein heiliger Mann, er hat in einem Tag eine Reise von zehn Tagen zurückgelegt!« Sie zogen dann weiter gen Konstantinopel, bis sie auf einmal einen mächtigen Staub erblickten, der die ganze Atmosphäre verdüsterte und ein lautes Kriegsgeschrei vernahmen. Scharkan sagte: »Ich fürchte, das ist ein Wehgeschrei der Muselmänner, die von den Griechen geschlagen wurden.« Er eilte den Ankommenden entgegen und sah an ihrer Spitze den Derwisch, der ihnen zurief: »Helft uns, o ihr Helden des einzigen Gottes! Die verdammten Hunde, die Griechen, haben das muselmännische Lager überfallen, als es sich sicher in seinen Zelten glaubte, und die schrecklichste Niederlage hat es getroffen.« Scharkan stieg erschrocken von seinem Pferd ab und küßte dem Derwisch ehrfurchtsvoll Hände und Füße. Das gleiche tat sein Bruder, nur der Vezier blieb auf seinem Pferd sitzen und sagte: »Bei Gott! Ich traue dem Derwisch nicht, er hat uns kein Glück gebracht; laßt ihn sagen, was er will, ich fürchte, er ist ein Verräter, wie der, welcher unsern König Omar vergiftet.« Scharkan machte ihm aber Vorwürfe über seinen ungerechten Verdacht und behauptete, daß er ohne Gottes Hilfe in so kurzer Zeit keine so große Strecke hätte zurücklegen können. Er ließ der Alten dann ein nubisches Maultier vorführen, aber sie wollte nicht reiten, sondern lief wie ein Fuchs neben Scharkans Pferd her und rezitierte mit lauter Stimme Stellen aus dem Koran, bis sie zur flüchtigen Armee der Muselmänner kamen, unter welcher die Griechen zerstörend umherwüteten.

Auch diese Niederlage der Muselmänner war wieder das Werk der verfluchten Dsat Dawahi, die, nachdem sie Rustem und Bahram begegnet war und dann auch noch Kadasch mit 10000 Mann von der Armee getrennt hatte, dem Kaiser schrieb: »Wisse, daß ich Scharkan, seinen Bruder, den Sultan, und den Vezier durch List gefangen und durch falsche Botschaft die muselmännische Armee bestürzt und zerteilt habe; überfalle also im Stillen mit allen Truppen der Stadt das noch übrige muselmännische Lager, du kannst es ganz aufreiben, der Messias hat dich mit seiner Gnade überschüttet.« Als der Kaiser diesen Brief gelesen, ließ er ihren Sohn, den König Hardub, rufen und teilte ihm den Brief seiner Mutter mit; sie machten dann das Kreuz und sagten: »Gott erhalte dieses Weib.« Hardub gab sogleich den Feldherren Befehl zum Aufbruch, und diese fielen unter ihrem ungläubigen Feldgeschrei über die Muselmänner her. Der Verwalter rief grimmig seinen Truppen zu: »Wenn ihr flieht, so seid ihr verloren, haltet ihr aber eine Weile tapfer aus, so wird sich Gott eurer erbarmen.« Die Muselmänner griffen nun, Gottes Einheit verkündigend, nach dem Schwert, während die griechischen Priester das Kreuz in die Höhe schwangen, Die Herde des Barmherzigen, von fliegenden Engeln umschwärmt, mischte sich unter die Truppe des Satans, und den ganzen Tag durch flogen die Köpfe vom Rumpf herunter. Während der Nacht umgaben die Griechen die Muselmänner von allen Seiten, und als der Morgen graute, erneuerte sich der Kampf, bis das Schlachtfeld von Leichen bedeckt und ein Teil des muselmännischen Lagers erstürmt war; da ergriffen die übrigen Muselmänner die Flucht, und der Feind verfolgte sie mit dem Schwert in der Hand. Aber in diesem Augenblick stieß Scharkan mit den übrigen Feldherren zu den Fliehenden, und sie wendeten sich vereint mit frischer Kraft gegen die Ungläubigen, die, als sie die Fahnen des Islams erblickten, Johannes, Maria und das heilige Kreuz anriefen und zur Hauptarmee zurückkehrten, deren rechten Flügel der Kaiser und deren linken Hardub befehligte. Scharkan stellte seine Truppen auch in Schlachtordnung und sagte zu seinem Bruder: »Nun wünschte ich nur, daß irgend eine Herausforderung von seiten der Griechen zu einem Zweikampf stattfände.« Kaum hatte er diese Worte gesagt, als ein alter, ehrwürdiger, in weiße Wolle gekleideter Mann auf einem kostbaren Maulesel aus den Reihen der Griechen hervortrat und den Muselmännern laut zurief: »Ich bin ein Gesandter, dem ihr vergönnen müßt, seine Botschaft zu verkünden; ich komme mit einem Antrag von dem Kaiser, der euch Frieden und Heil bringt; versprecht mir Sicherheit, so steige ich ab und teile ihn euch mit.« Als Scharkan ihm Sicherheit gewährte, stieg er ab und sagte: »Ich komme vom Kaiser, dem ich vorgestellt habe, wie sündhaft es ist, so viel Blut vergießen zu lassen, da man doch lieber einen Zweikampf den Streit entscheiden lassen könne; er gab mir recht und sagte: »Ich will gern mein Leben für meine Armee opfern, der Anführer der Muselmänner mag dasselbe tun, und wer von uns siegt, dem muß die Armee des Besiegten sich ergeben; auch will der König Hardub mit dem Bruder des Anführers sich schlagen, beide Armeen mögen ganz ruhig zusehen.« Scharkan antwortete: »O Priester! Wir nehmen diese Herausforderung an, sage es deinem Kaiser; doch sind wir heute von der Reise zu sehr ermüdet, wir wollen diese Nacht ausruhen und morgen früh soll der Kampf stattfinden.« Der Priester ging freudig zum Kaiser, und da dieser ein sehr tapferer Ritter und ein sehr gewandter Schütze war, und sehr gut mit Schwert und Lanze umzugehen wußte, hoffte er schon durch seinen Sieg über Scharkan, die Zierde des Islams, sich alle Muselmänner zu unterwerfen, und brachte daher eine sehr vergnügte Nacht zu.

Kaum leuchtete der Morgen, da kam der Kaiser auf einem der besten Pferde herangeritten, in einem chinesischen, vergoldeten Panzer, der so stark mit Edelsteinen besetzt war, daß er wie ein Spiegel glänzte, mit einem Schwert und einer Lanze von fränkischer Arbeit bewaffnet; er entblößte sein Gesicht und rief: »Wer mich kennt, der weiß, wer ich bin, wer mich nicht kennt, dem sage ich: ich bin der Kaiser Feridun.« Er hatte kaum diese Worte gesprochen, als Scharkan auf einem kostbaren Pferd, reich bepanzert, mit einem indischen juwelenbesetzten Schwert in der Hand, herbeisprengte. Der Kaiser rief ihm zu: »Du Verruchter! Glaubst du, ich werde wie einer der Ritter vor dir weichen, denen du seither begegnet bist?« Sie griffen dann einander an, als wenn zwei Berge zusammenstießen oder zwei Meere einander entgegenwogten. Bald näherten sie sich, bald gingen sie wieder auseinander, bald scherzten sie, bald machten sie Ernst, und die Griechen sowohl als die Muselmänner hofften, ihr Held werde doch zuletzt siegen. Schon neigte sich die Sonne zum Untergang, und noch war der Kampf unentschieden. Der Kaiser bat dann um Waffenstillstand und sagte zu Scharkan: »Du bist wahrlich ein wackerer Ritter, doch deine Leute, die hinter dir stehen, sagen, du seist nicht von edler Geburt, sie behaupten, du stammest von einem Sklaven her.« Scharkan geriet durch diesen Schimpf in Zorn und wollte sich umdrehen, um zu sehen, wer so etwas gesagt; aber der Kaiser benützte diesen Augenblick, um mit dem Schwert nach ihm zu schlagen. Zwar bückte sich Scharkan schnell hinter den Sattelknopf, um dem Hieb auszuweichen, doch erhielt er eine so schwere Wunde in die Brust, daß er laut schrie und in Ohnmacht fiel. Dhul Makan eilte mit dem Vezier und den besten Reitern herbei, aber auch der Kaiser hatte seine Truppen zu Hilfe gerufen, so daß das Handgemenge allgemein wurde und bis tief in die Nacht hinein dauerte. Als endlich die Finsternis die beiden Heere trennte, begaben sich alle Priester und Feldherren zum Kaiser, um ihm zu seinem Sieg Glück zu wünschen; und er versprach ihnen, am folgenden Tag Dhul Makan herauszufordern; dann, sagte er, werden bald alle Muselmänner die Flucht ergreifen. Im Lager der Muselmänner hatten sich indessen Dhul Makan, der Vezier und die Feldherren um Scharkan versammelt; sie ließen Ärzte kommen, um ihn zu pflegen, und wachten die ganze Nacht bei ihm. Auch die Alte kam herbei und weinte und seufzte, berührte Scharkans Wunde und las den Koran, bis er endlich des Morgens die Augen öffnete und wieder sprach. Dhul Makan war außer sich vor Freude und sagte: »Gewiß verdankt er seine Genesung dem Segen des Derwisch.« Scharkan erkundigte sich dann nach der Armee und hörte, wie sie um seinetwillen trauere. Er dankte Gott für seine Genesung und beschwor seinen Bruder Dhul Makan, auf den Kampfplatz zu eilen, wo beide Armeen schon schlagfertig einander gegenüber standen. Als Dhul Makan auf das Schlachtfeld kam, fragte er: »Wo ist der Kaiser Feridun, daß ich ihn zu Boden werfe?« Feridun wollte zu ihm hervortreten, aber der König Hardub hielt ihn zurück mit den Worten: »Gestern hast du gekämpft, heute ist die Reihe an mir.« Er bestieg noch ein besseres Pferd, als das des Kaisers; sein Wiehern entzückte jedes Ohr, es lief schneller als der Wind und leichter als der Blitz. Aber nicht lange dauerte der Kampf, bald versetzte Dhul Makan dem König einen Hieb mit seinem Schwert, daß sein Kopf vom Rumpf flog. Die Griechen eilten zu spät ihrem König zu Hilfe, der Vezier Dendan kam mit 20000 Reitern herbei und rief ihnen zu: »Rächet Omar und Scharkan!« und Gott verlieh den Gläubigen einen vollständigen Sieg; viele Feinde wurden niedergemäht oder gefangen genommen und die übrigen in die Stadt zurückgetrieben, die sie schnell hinter sich schlossen.

Nach geendigtem Kampf kehrte Dhul Makan zu seinem Bruder zurück und freute sich sehr, als er ihn viel besser fand; der Derwisch saß neben ihm und las ihm Legenden von den Propheten und Gesetzprobleme vor. Scharkan sagte zu seinem Bruder: »Ich wußte, daß ihr heute siegen würdet, ich vernahm euern Ruf: Allah Akbar! Doch verdankt ihr euren Sieg nur dem frommen Derwisch, der den ganzen Tag für euch gebetet hat!« Scharkan ließ sich nun die Einzelheiten der Schlacht erzählen, und als die als Derwisch verkleidete Alte den Tod ihres Sohnes vernahm, vergoß sie viele Tränen, welche die Muselmänner für Freudentränen hielten, und schwor bei sich, Scharkan statt ihres Sohnes zu töten. Die Muselmänner verhielten sich nun ruhig, bis Scharkans Wunde geheilt war; dann ließ er der Armee bekannt machen, daß er am folgenden Morgen selbst die Belagerungsarbeiten leiten würde. Als aber in der Nacht ein jeder sich zur Ruhe begeben hatte und nur einige Diener in Scharkans Zelt schliefen, schlich die Alte wie eine Schlange zu ihm, zog einen vergifteten Jatagan aus dem Busen hervor, welcher einen Felsen hätte flüssig machen können, bedeckte Scharkan mit ihrer linken Hand Mund und Nase und schnitt ihm mit der Rechten in den Hals, bis sie seinen Kopf ganz vom Rumpf trennte; sie tat dasselbe den Dienern, die umherlagen, verließ das Zelt und dachte bei sich selbst: »Das ist noch nicht genug für meinen Sohn, ich muß auch noch den Sultan ermorden.« Als sie aber nach seinem Zelt ging, fand sie es so gut bewacht, daß sie sich fürchtete, sich demselben zu nähern. Sie wandte sich hierauf gegen das Zelt des Veziers und erschrak, als sie ihn noch wach und den Koran lesend fand. Der Vezier bewillkommte sie und lud sie ein, bei ihm zu bleiben; sie sagte aber: »Ich bin auf dem Weg, einen Heiligen zu besuchen, da ich aber im Vorübergehen dich hörte im Koran lesen, wollte ich dir nur schnell gute Nacht wünschen.« Der Vezier dachte: »Bei Gott! Ich habe Lust, mit ihr einen Heiligen zu besuchen« und folgte ihr, als sie ihn verließ. Sie bemerkte es aber und, aus Furcht, verraten zu werden, sagte sie: »O Vezier! Bleibe du hier und lies fort den Koran, ich darf dich nicht ohne Erlaubnis mitnehmen; wenn aber der Heilige diese Nacht es erlaubt, so komme ich morgen früh und führe dich zu ihm.« Der Vezier wagte es nicht, ihr zu widersprechen, doch überfiel ihn ein geheimer Schauer; er suchte vergebens einzuschlafen, es wurde ihm so bange, daß er aufstand und zu Scharkan ging in der Absicht, die Nacht durch sich mit ihm zu unterhalten. Als er aber in Scharkans Zelt kam, sah er es mit

Blut gefüllt und fand ihn und alle Diener getötet. Da stieß er einen so heftigen Schrei aus, daß alle Soldaten erwachten; auch der Sultan kam herbeigelaufen, und alle Anwesenden weinten laut, als sie sahen, was geschehen war und riefen: »Es gibt keinen Schutz und keine Hilfe, außer bei Gott, dem Erhabenen!« Dhul Makan lag in Ohnmacht, und als er wieder zu sich kam, zerriß er seine Kleider und schlug sich ins Gesicht, bis das Blut herausspritzte; dann sagte er zum Vezier: »Wer mag wohl diesen Mord begangen haben, und warum sehe ich den Derwisch nicht hier?« Der Vezier sagte: »Niemand anders als der Derwisch hat dieses Unheil angerichtet, ich fühlte im ersten Augenblick schon eine Abneigung gegen ihn.« Er erzählte dann, wie der Derwisch in der Nacht in sein Zelt geschlichen und es nicht zugeben wollte, daß er ihm folge. Am folgenden Tag rückten die Muselmänner, nach Scharkans Beerdigung, bis vor die Tore Konstantinopels, welche verschlossen blieben, und kein Grieche ließ sich auf den Wällen blicken. Dhul

Makan schwor aber, nicht zu weichen, bis er für seinen Bruder Rache genommen, Konstantinopel zerstört und alle christlichen Könige getötet haben würde, und müßte er auch Jahre hier lagern. Er ließ sich daher die Schätze bringen, die sie im Kloster erbeutet hatten, teilte sie unter die Truppen aus und befahl ihnen, einen Teil des Empfangenen ihren Familien zu schicken, weil sie doch noch lange hier bleiben würden. Er bat dann den Vezier Dendan, seiner Schwester Nushat Assaman zu schreiben, sie wegen des Verlustes ihres Bruders Scharkan zu trösten und ihr die Erziehung und Bildung seines Sohnes recht ans Herz zu legen. Er ließ hierauf den Anführer der Karawane kommen, übergab ihm den Brief an seine Schwester und empfahl ihm noch mündlich, daß seine Schwester auch über sein eigenes Kind wachen möge, da doch seine Frau, die er in gesegneten Umständen verlassen, wohl jetzt niedergekommen sein müsse.

Nachdem die Karawane abgereist war, gab Dhul Makan den Truppen Befehl, die Mauern der Stadt von allen Seiten zu umzingeln. Sie waren aber höchst betroffen, als kein Grieche drei Tage lang sich auf den Wällen zum Kampf sehen ließ, und ihre Bestürzung war nicht gering, als sie die Stadt so gut befestigt fanden, daß sie nicht wußten, wie hineindringen. Folgendes ist der Grund, warum kein Grieche drei Tage lang auf den Wällen erschien. Nachdem die Alte Scharkan ermordet hatte, näherte sie sich leise den Mauern, gab sich der griechischen Wache zu erkennen und ließ sich an einem Strick hinaufziehen. Sie eilte zum Kaiser und fragte, ob es wahr sei, daß ihr Sohn erschlagen worden? Als der Kaiser ihre Frage bejahte, weinte und jammerte sie so lange, bis alle Anwesenden mit ihr weinten. Sie erzählte dann dem Kaiser, wie sie Scharkan und seine Diener getötet, schwor aber, nicht eher zu ruhen, bis sie auch noch den Sultan Dhul Makan, den Vezier und die obersten Feldherren durch irgend eine List umbringe; »Scharkans Kopf allein«, sagte sie, »kann den meines Sohnes nicht aufwiegen. Ich will«, fuhr sie fort, »ein Jahr lang über meinen Sohn trauern, alle Glocken abschneiden und alle Kreuze zerbrechen, und solange sollt ihr auch den Krieg einstellen. Die Muselmänner können jahrelang vor der Stadt lagern, sie werden sich vergebens abmühen, sie einzunehmen.«

Die Alte ließ sich dann Tinte und Papier reichen und schrieb den Muselmännern: »Wisset, daß ich schon früher euern König Omar mitten in seinem Schloß ermordet, daß ich dann, als Derwisch gekleidet, viele der eurigen vor der Höhle beim Kloster erschlagen und daß ich zuletzt noch Scharkan und seine Diener getötet habe; wäre mir das Schicksal geneigt gewesen, so hätte ich auch noch den Sultan und den Vezier getötet. Wollt ihr euch nun vor weiterem Unglück schützen, so zieht ab und kehrt in eure Heimat zurück; wo nicht, so möget ihr jahrelang hier zu eurem Verderben vergebens lagern.« Diesen Brief ließ sie nach dreitägiger Trauer mit einem Pfeil zu den Muselmännern hinüberschleudern. Als die Muselmänner den Brief an einem Pfeil sahen, brachten sie ihn dem Sultan und dieser bat den Vezier, ihn zu lesen. Da rief der Vezier: »Bei Gott! Ich fühlte immer eine geheime Abneigung gegen diese Person, die nun durch ihre List uns schon zweimal ins Unglück stürzte.« Dhul Makan schwor bei Gott, nicht von hier zu weichen, bis er diese Alte an das Tor Konstantinopels angenagelt, und versprach seinen Truppen, alle Schätze der Hauptstadt unter sie zu verteilen. Die Belagerung dauerte schon ein ganzes Jahr, und Dhul Makan hörte nicht auf zu weinen und zu trauern, trotz aller Trostworte des Veziers, bis endlich Turbedan, der Anführer der Karawane, von Bagdad zurückkam und ihm einen Brief von seiner Schwester Nushat Assaman mitbrachte, worin sie ihm schrieb: »Nach vielen Grüßen wisse, mein Bruder, daß dir Gott einen sehr hübschen Sohn geschenkt hat, den ich Kana ma kana – was geschehen ist, ist geschehen – genannt habe. Es ist ein wunderbares Kind, das einst gewiß recht berühmt werden muß. Ich habe auf allen Kanzeln für euch beten lassen, daß es euch gut gehe. Sowohl ich als die Frauen der Feldherren und Soldaten, befinden uns wohl; es regnet häufig

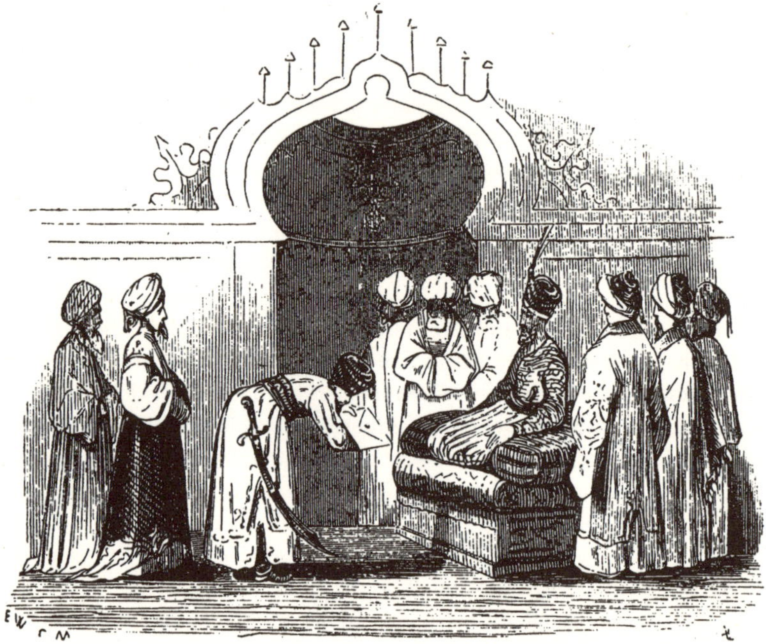

und alles ist sehr wohlfeil bei uns. Deinem Freund, dem Badheizer, geht es auch recht gut, er lebt in großem Wohlstand und hat viele Diener und Sklaven; er möchte gern wissen, was aus dir geworden, aber wir haben ihm alles verschwiegen. Friede sei mit dir!« Dhul Makan dankte Gott für diese Nachricht und sagte dem Vezier: »Nun ist das Jahr vorüber, wir wollen die Trauer ablegen und nur noch am Jahrestag des Todes meines Bruders Scharkan ein heiliges Totenfest auf seinem Grab feiern.« Dhul Makan ließ nun neben dem Grabmal seines Bruders Zelte aufschlagen und darin ein großes Mahl geben, wozu viele von der Armee eingeladen wurden, welche den Koran verstanden, und man brachte bei Wachslichtern die ganze Nacht damit zu, den Koran zu lesen und Gott zu preisen. Des Morgens näherte sich Dhul Makan weinend dem Grab seines Bruders und sprach folgende Verse:

»Untröstlich ist mein Herz, weil der leuchtende Vollmond ins Grab gesunken, tadelt immerfort, nur heute tadelt mein Aug nicht, wenn es blutige Tränen weint. Ohne Abschied trennten wir uns und lange werden wir uns nicht wiedersehen. Manchen Unfall habe ich standhaft getragen, aber für diesen Schlag gibt es in dieser Welt kein Heilmittel mehr.«

Diese Verse rührten alle Anwesenden, auch der Vezier weinte und rezitierte einige Trauergedichte, die aufs Neue viele Tränen hervorriefen und eine allgemeine Verwünschung der Alten zur Folge hatten.

Als Dhul Makan und der Vezier nach vollendeter Feierlichkeit sich wieder in ihr Zelt begaben, besprachen sie sich wegen der Belagerungsarbeiten; Dhul Makan verhehlte dem Vezier seinen Mißmut über den sich so sehr in die Länge ziehenden Krieg nicht, und bat ihn, ihm zu seiner Zerstreuung eine schöne Liebesgeschichte oder irgend andere Abenteuer von alten Königen zu erzählen. Der Vezier antwortete: »Wenn dir eine Erzählung Zerstreuung und Erheiterung gewähren kann, so soll es dir daran nicht fehlen, denn ich habe gar manche Nacht deinen seligen Vater mit allerlei Geschichten und Erzählungen unterhalten; ich will dir diese Nacht die Geschichte zweier Liebender erzählen.« Dhul Makan bestimmte ihm die Stunde dazu und war sehr ungeduldig, bis sie herannahte. Sobald es dunkel wurde, ließ er Wachslichter und Lampen anzünden, allerlei Speisen und Getränke auftragen und die besten Räucherwerke anzünden. Dann schickte er nach dem Vezier und lud auch Bahram, Rustem, Derkasch und den Verwalter ein, und bat ersteren, als Gott den Vorhang der Nacht über sie geworfen, nunmehr seine Erzählung zu beginnen. Der Vezier begann:

Geschichte der zwei Liebenden*

Wisse, o König! Einst lag hinter dem Gebirge Ispahan eine Stadt, welche man »die Grüne« nannte. Dort regierte ein König, sein Name war Suleiman, der sehr mächtig, gerecht und wohltätig war, so daß sein Ruf sich allenthalben verbreitete und von allen Ländern Botschaften zu ihm gelangten. Er lebte viele Jahre zufrieden und glücklich ohne Weib und Kinder. Eines Tages ließ er seinen ihm an Güte gleichenden Vezier rufen und sagte ihm: »Mir wird es unheimlich, weil ich nun bald schwach werde und ohne Weib und Kind bin, das paßt nicht für einen Regenten; wer soll nach mir herrschen? Je zahlreicher die Nachkommen eines Königs sind, um so größer und ausgedehnter wird seine Macht. Auch hat der Prophet gesagt, Gottes Gnade sei mit ihm!: ›Verheiratet und vermehret euch, denn ich werde am Auferstehungstage eure Vorzüglichkeit gegen andere Völker

* Der Schluß dieser Geschichte hat Ähnlichkeit mit der Geschichte der Hajat Alnufus und des Prinzen Ardschir im zweiten Buch, weshalb wir ihn auch nur ganz kurz andeuten.

geltend machen.‹ Was denkst du nun davon? Sprich kurz!« Der Vezier sagte mit Tränen in den Augen: »König der Zeit! Fern sei von mir, über Dinge zu sprechen, welche Sache des Allbarmherzigen sind, soll ich den Zorn des Himmels auf mich laden und in die Hölle fahren?« Der König erwiderte: »Ich lasse mir nicht gern eine Sklavin kaufen, deren Stamm und Abkunft mir unbekannt; die möchte mir, wenn sie von unedler Geburt ist, auch ungeratene Kinder gebären; sie gleicht dann einem schlechten Boden, wo alle gute Saat vergebens ist. Darum wünsche ich, daß du für mich um irgendeine Prinzessin werbest, eine recht schöne und tugendhafte, so daß sie mir auch Kinder, die ihr gleichen, gebäre; nur eine solche will ich vor Zeugen gesetzlich heiraten.« »O König! Schon sehe ich ein Mittel, deinen Wunsch zu erfüllen; ich habe gehört, Saherschah, der König des weißen Landes habe eine Tochter, welche das schönste Mädchen ihrer Zeit ist. Wie Zweige des Ban ist ihr Wuchs, ihre Augen sind wie Kohel, ihre Stirne glänzt wie der Mond, lang sind ihre Haare und fein ist ihre Taille, wie ein Dichter sagt:

»›Sie ist so zart gebaut, daß ihr Wuchs die Zweige des Ban beschämt, und ihr Gesicht Sonne, Mond und Blumen; sie ist ein Paradies dem, welchem sie lächelt, und eine brennende Hölle dem, den sie zurückstößt; ihre Küsse sind Honig, mit dem besten Wein vermischt, ihre Zähne sind Perlen. Wie manchen hat ihre Liebe schon getötet, wie manchen Freier hat ihr Blick zum Gefangenen gemacht.‹«

Darum halte ich es für gut, daß du einen verständigen und erfahrenen Gesandten zu ihrem Vater schickst, der um sie für dich anhalte, denn sie hat ihresgleichen nicht auf der weiten Erde. Du gelangst dann zu einer schönen Gattin und handelst dem Willen Gottes gemäß.« Als der König dies vernahm, sagte er dem Vezier: »Das Beste ist, du gehst zu ihrem Vater und hältst bei ihm um sie an, ich kenne keinen gebildeteren und verständiger Mann, als du bist, und der Prophet hat gesagt: »›Der Islam will kein Klosterleben.‹« Geh also jetzt nach Hause und mache dich auf morgen reisefertig, damit ich bald meinen Gram und meine Sorgen los werde.« Der Vezier verließ den König und ließ sich, um Saherschah zu beschenken, die schönsten und kostbarsten Edelsteine, arabische Pferde und Waffen und ganze Kisten voll Geld geben, lud alles auf Kamele und Maulesel, nahm 50 Mamelucken, 100 Sklaven und eine Sklavin mit, verabschiedete sich beim König, der wie auf feurigen Kohlen vor Ungeduld stand und ihn ersuchte, recht schnell wieder zu kommen, und reiste Tag und Nacht, bis er nur noch eine Tagreise von der Stadt entfernt war, wo die Prinzessin wohnte. Hier ließ er sich am Ufer eines Baches nieder und schickte einen seiner Vertrauten voraus zum König, um ihm seine Ankunft zu melden. Der König, welcher gerade auf dem Lustplatz vor dem Tor saß, begegnete dem Abgesandten, und da er ihm ansah, daß er ein Fremder war, ließ er ihn zu sich rufen, und als er von ihm hörte, daß der Vezier des mächtigen Königs Suleiman morgen zu ihm kommen wolle, freute er sich sehr und schickte ihm einige seiner Adjutanten mit anderen hohen Personen entgegen. Da der Vezier schon um Mitternacht wieder aufgebrochen war, begegneten ihm die Adjutanten bald; sie bewillkommten ihn und führten ihn durch sieben Hallen des königlichen Schlosses, dann ließen sie ihn absteigen und geleiteten ihn in einen großen Saal. Mitten in diesem Saal saß der König auf einem Thron von Elfenbein, mit Perlen und Diamanten besetzt, mit Füßen aus Elefantenzähnen, mit einem kostbar durchwirkten atlasnen Überzug und mit einem Baldachin, der reich mit Perlen und Edelsteinen geschmückt war. Um den König herum standen die höchsten Beamten des Hofs und der Armee. Der Vezier erschöpfte seine ganze Beredsamkeit in Versen und in Prosa, um den König auf eine recht anständige Weise zu begrüßen. Der König erwiderte seine Grüße recht freundlich, nahm ihn mit vieler Auszeichnung auf, ließ ihn neben sich sitzen und unterhielt sich lange mit ihm. Dann wurde ein Tisch gedeckt und nach der Mahlzeit, als alle Leute die Tafel verließen und nur noch ein paar Vertraute des Königs übrigblieben, stand der Vezier auf und sagte zum König: »O mächtiger Herr! Ich komme in einer Angelegenheit zu dir, die dir nur Glück und Segen bringen kann. Ich erscheine als Gesandter des mächtigen, gerechten und wohltätigen Königs Suleiman, des Herrn des grünen Landes und der Gebirge von Ispahan, vor dir, er schickt dir viel Geld und kostbare Geschenke und wünscht sich mit dir zu verschwägern; ist dir das wohl erwünscht?« Als Saherschah diese Worte hörte, pries er Gott, stand auf, verbeugte sich ehrfurchtsvoll und sagte: »O verehrter Vezier! Höre meine Worte: Ich bin ja nur einer von den vielen Dienern deines mächtigen Herrn und meine Tochter nur eine seiner vielen Sklavinnen! Was du also begehrst, kann mir nur höchst ehrenvoll sein, ich habe weiter nichts zu antworten.«

Der König Saherschah ließ dann Kahdis und Zeugen kommen, welche bezeugten, daß er seine Einwilligung dazu gegeben, daß der Vezier für seinen Herrn mit seiner Tochter einen Ehekontrakt schließe. Als dieser niedergeschrieben war, holte der Vezier die oben beschriebenen Geschenke herein und überreichte sie dem König, der sich alsbald mit der Ausstattung seiner Tochter beschäftigte und zwei Monate lang große allgemeine Festlichkeiten veranstaltete. Nach zwei Monaten, als alles in Ordnung war, wurden die Zelte vor der Stadt aufgeschlagen und alle Effekten der Prinzessin herausgebracht. Sie nahm 200 griechische, türkische und abessinische Sklavinnen mit, so daß dieses Lager einer Abteilung des Paradieses glich, denn die Mädchen waren alle hübsch und jung, und ihre Herrin strahlte wie eine der schönsten Huri unter ihnen hervor, die der Engel Ridhwan schlecht bewacht. Sie saß in einer goldnen Sänfte, mit Perlen und Edelsteinen verziert, für welche zehn Maulesel bestimmt waren, und die einem niedlichen Gemach glich, und deren Baldachin wie ein Pavillon des Paradieses aussah. Als alle Kisten auf Maulesel und Kamele gepackt waren, kam der König ins Lager und begleitete seine Tochter drei Meilen weit; dann nahm er Abschied von ihr und übergab sie dem Vezier, der mit ihr heimwärts reiste. Als der Vezier nur noch drei Tage weit von seiner Heimat entfernt war, schickte er einen Boten voraus, um dem König die Ankunft seiner Braut zu melden. Der Bote eilte, so sehr er konnte, und als der König diese freudige Nachricht hörte, schenkte er ihm ein Ehrenkleid und schickte Truppen ab, um seine Braut in großem Pomp, mit entfalteten Fahnen über ihrem Haupt, abzuholen. Auch ließ er in der Stadt ausrufen, daß keine Frau und kein Mädchen, nicht einmal ein altes Weib, zu Hause bleibe, das ihr nicht entgegenginge und sie bis ins königliche Schloß begleite. Alle Straßen wurden verziert und die

Vornehmsten des Reichs standen auf dem Weg, um die königliche Braut zu erwarten. Endlich kam sie an, der Vezier ritt vor ihr her in dem Ehrenkleid, das ihm ihr Vater geschenkt hatte; alle Truppen umgaben sie mit entfalteten Fahnen, die Erde war so voll von jubelnden Menschen und lärmender Musik, daß die wilden Tiere glaubten, der jüngste Tag sei gekommen, und in die Wüsten und Einöden flohen. So ging der Zug fort bis an das Schloß, das bald von der schönen Braut einen neuen Glanz erhielt. Man führte sie in einen Saal, wo ein Thron von Elfenbein für sie errichtet worden, und kaum hatte sie sich niedergelassen, als der König zu ihr hereintrat und nach Gottes Willen sie so schön und liebenswürdig fand, daß er ganz munter wurde und bald mit ihr allein zu bleiben suchte. Nur kurze Zeit verging, bis sie dem König die Nachricht gab, daß sie die Hoffnung habe, Mutter zu werden, und vor Freude darüber verließ sie der König einen ganzen Monat lang keinen Augenblick. Erst nach Verlauf des Monats ging er wieder in seinen Divan, beschäftigte sich mit den Staatsangelegenheiten und teilte viele Geschenke aus. In der letzten Nacht des neunten Monats, als die Königin das Herannahen ihrer Entbindung fühlte, wurden die Ammen gerufen, und Gott ließ sie ohne Schmerzen mit einem Sohn niederkommen, hübsch wie der Mond; sie nannte ihn Hasan und gab ihm den Beinamen Tadj Almuluk, Krone der Könige. Die Diener, welche sogleich dem König die Entbindung seiner Gemahlin anzeigten, wurden für die frohe Botschaft reichlich beschenkt, auch fühlte sich der König so glücklich, daß er alle Witwen und Waisen kleidete, seinen Untertanen viele Abgaben erließ und öffentliche Festlichkeiten veranstaltete.

Das Kind wurde vier Jahre lang von seinen Ammen in einem Meer von Glück und Zärtlichkeit erzogen, dann ließ der König Gelehrte kommen, die ihm in allem, was einem Prinzen zu wissen ziemt, Unterricht erteilten. Als er in seinem 14. Jahr in allen Wissenschaften vorangeschritten war, gab ihm sein Vater einen Fecht- und einen Rittmeister, und er war bald ein sehr gewandter Ritter; dabei war er so schön, daß alle, die ihn sahen, von ihm bezaubert wurden, und er hatte viele Freunde, die sich schon im voraus freuten, ihn einst als König zu sehen. Tadj Almuluk wurde in seinem 18. Jahr, als schon der frische Flaum seine roten Wangen bedeckte, die ein braunes Mal, wie ein Ambrapünktchen schmückte, ein so leidenschaftlicher Jäger, daß er kaum einen Augenblick mehr zu Hause Geduld hatte. Zwar suchte ihn sein Vater davon abzuhalten, weil er die Gefahren der Wüste und der wilden Tiere für ihn fürchtete, aber er ließ sich nicht raten. Eines Tages veranstaltete er eine große Jagdpartie und nahm Lebensmittel auf zehn Tage mit. Man reiste vier Tage weit, bis man in einen grünen Wald kam am Ufer eines Baches, in welchem viel Wild umherstreifte, hier ließ der Prinz einen großen Kreis schließen und bestimmte die Stelle, wo man wieder zusammentreffen sollte. Die Jäger zogen aus und trieben eine Menge wilder Tiere vor sich her; der weite Kreis zog sich dann immer näher zusammen und trieb das Wild in die Enge, bis es zuletzt unter den Pferden herumlief; dann ließen sie die Hunde und Jagdvögel gegen es los und schossen mit Pfeilen darauf, so daß, als der Kreis beisammen war, eine Menge Wild in ihre Hände fiel, Tadj Almuluk ließ sich dann am Bach nieder, teilte das Wildpret unter seinen Leuten aus, legte das beste für seinen Vater und die Großen des Reichs zurück und brachte die Nacht im Wald zu. Am folgenden Morgen, als die Sonne aufging, sah er in der Ferne eine große Karawane, die sich auch an diesem Bach, nicht weit von seinem Zeit, niedergelassen hatte. Er schickte einen seiner Freunde zu den Reisenden, um zu hören, wer sie seien und was sie wollen. Der Bote kehrte bald wieder mit der Nachricht zurück, es wären Kaufleute, welche im Vertrauen auf die Sicherheit gewährende Regierung seines Vaters mit Waren in dieses Land gekommen, worunter manche, die sie nur um seinetwillen mitgebracht. Als der Prinz dies hörte, sagte er: »Wenn sie Waren haben, die für mich passen, so will ich sie ihnen abkaufen.« Er ritt dann mit seinen Mamelucken zum Anführer der Karawane. Dieser wünschte dem Prinzen viel Glück und langes Leben und ließ ihm ein rotes Atlaszelt mit Gold durchwirkt aufschlagen, und machte ihm einen Divan auf zwei seidenen Teppichen zurecht. Der Prinz ließ dann die Kaufleute mit ihren Waren zu sich in das Zelt kommen und kaufte vieles von ihnen, was er gerade brauchen konnte. Schon wollte er wieder weiterziehen, als er bei der Karawane einen hübschen Jüngling erblickte, mit leuchtender Stirne und marmornem Hals, hübsch gekleidet, ehrwürdig aussehend, doch sehr blaß und niedergeschlagen, wie einer, der die Trennung von seiner Geliebten betrauert. Als sich Tadj Almuluk ihm näherte, hörte er, wie er folgende Verse rezitierte:

»Lange währt schon die Trennung, immer schwerer wird mein Kummer und meine Pein, und wie Regengüsse stürzen Tränen aus meinen Augen. Als ich am Trennungstag ihr Lebewohl sagte, verabschiedete ich auch zugleich mein

Herz und nun bin ich allein, ohne Herz und ohne Hoffnung. O mein Freund! Warte, bis sie mir noch einmal Lebewohl sagt, ihre Worte sind so erquickend, daß sie Kranke heilen.«

Als er diese Verse rezitiert hatte, weinte er und fiel in Ohnmacht. Als er wieder zu sich kam, sah er starr vor sich hin und sprach noch folgende Verse:

»Hütet euch vor ihrem bezaubernden Blick, denn niemand ist vor den Pfeilen ihrer schwarzen Augen sicher, sie sind sanft und schmachtend, doch schneidender als das blanke Schwert; hütet euch vor ihrer wohlklingenden Stimme, sie bringt euch Fieber und verwirrt eueren Verstand.«

Nachdem der Jüngling diese Verse rezitiert hatte, seufzte er tief und weinte wieder, bis er ohnmächtig wurde. Als er wieder zu sich kam, fragte ihn der Prinz, der ihm zu Häupten stand: »Warum hast du mir deine Waren nicht auch vorgelegt?« Der Jüngling antwortete: »Ich habe nichts, das würdig wäre, deiner Hoheit gezeigt zu werden.« Aber Tadj Almuluk versetzte: »Du mußt mir zeigen, was du hast; auch sollst du mir sagen, warum du so traurig bist und so viel weinst; ist dir ein Unrecht geschehen, so will ich es gut machen, bist du verschuldet, so will ich deine Schulden bezahlen, denn beim ersten Anblick fühlte ich mich schon zu dir hingezogen.« Er ließ dann gleich zwei Stühle bringen aus Elfenbein und Ebenholz, mit grüner, golddurchwirkter Seide bepolstert, und einen Teppich ausbreiten, und bat den Jüngling noch einmal, ihm seine Waren vorzulegen. Der Jüngling sagte: »Ich beschwöre dich bei Gott! Laß mich, ich habe nichts, das deiner würdig wäre.« Aber Tadj Almuluk nötigte ihn, seine Waren herbeizuholen. Der Jüngling legte endlich mit Tränen in den Augen ein Stück Ware nach dem anderen vor Tadj Almuluk. Es war unter anderem ein Stück Atlas dabei, ganz mit Gold durchwirkt, das 2000 Dinare wert war. Als er dieses aufrollte, fiel ein Päckchen heraus, das er schnell verbarg, während er folgende Verse sprach:

»Mein Leben vergeht in Sehnsucht, Täuschung, Trennung und Liebesqual. Die Trennung will mich nicht töten und keine Vereinigung mich beleben; die Entfernung läßt mich trostlos und doch ist mir deine Nähe nicht gegönnt; du bist ungerecht und erbarmungslos, von dir ist keine Hilfe zu erwarten, und doch kann ich mich nicht von dir losreißen. Alle meine Kräfte vermögen nichts gegen deine Liebe, ich weiß nicht, wohin mich wenden.«

Als der Kaufmann das Päckchen unter seinen Beinen verbarg, fragte ihn Tadj Almuluk erstaunt: »Was enthält dieses Päckchen?« »Mein Herr, kümmere dich darum nicht und verlange es nicht zu sehen, ich habe mich darum nur geweigert, dir meine Waren zu zeigen, weil ich befürchtete, du möchtest es bemerken. Ich darf dir es durchaus nicht zeigen.« Tadj Almuluk ließ aber nicht ab und drang so lang in den Jüngling, bis er es hervorholte. Als aber Tadj Almuluk einen alten Lappen Tuch sah, sagte er höchst erstaunt dem immer weinenden und Verse rezitierenden Jüngling: »Ich glaube, du bist nicht recht bei Verstand; was vergießest du so viele Tränen über diesen alten Lappen?« »Mein Herr! Meine Geschichte ist wunderbar, ich weine nur über das Bild, das in diesem Lappen verborgen ist, und über das Mädchen, das es gestickt.«

Der Jüngling rollte dann das Tuch auf, es stellte auf der einen Seite eine Gazelle vor, von feiner Seide gestickt und mit Goldfäden durchwirkt, auf der anderen Seite eine Gazelle, mit Silberfäden durchwirkt; am Hals hatte sie eine goldene Kette und drei längliche Smaragdsteine; auch hatte sie ein buntmarmoriertes, mit Perlen besetztes seidenes Kleid überhängen. Tadj Almuluk bewunderte die kostbare Arbeit dieser Stickerei, die einer lebendigen Gazelle glich, und sagte: »Gepriesen sei der, welcher den Menschen so viel Weisheit und Geschicklichkeit verliehen! Der Künstler, welcher diese Gazelle gestickt hat, findet seinesgleichen nicht.« »Mein Herr! Ein Frauenzimmer hat dies Bild verfertigt, und ich habe wunderbare Abenteuer mit ihr erlebt.« Der Prinz war so begierig, die Geschichte dieses Jünglings zu hören, daß er solange in ihn drang, bis er folgendermaßen erzählte: Wisse, mein Herr! Mein Vater war ein reicher Kaufmann, und Gott hatte ihm keine Nachkommen, außer mir, beschert. Ich wurde mit meines Vaters Nichte erzogen, welche früh ihren Vater verloren hatte. Man ließ uns unbewacht beisammen leben und wie Geschwister auf einem Bett schlafen, weil mein Vater meinem seligen Onkel versprochen hatte, daß er seine Tochter mir zur Gattin geben wolle. Als ich kaum das Jünglingsalter erreicht hatte und noch ganz unerfahren war, sagte mein Vater zu meiner Mutter: »Nun ist es Zeit, daß wir unseren Sohn mit unserer Nichte vermählen, wir haben keinen Grund mehr, länger zu warten.« Sie beschäftigten sich hierauf mit unserer Ausstattung und beschlossen, nächsten Freitag nach dem Gebet den Ehekontrakt schreiben zu lassen und die Hochzeit zu feiern. Schon wurden alle Verwandten und Freunde meiner Eltern eingeladen, und als der Freitag kam, wurde unser Haus gewaschen und mit Teppichen belegt, und alles Nötige zum Fest hergerichtet. Mein Vater ging aus, um Süßigkeiten, Rosenwasser und dergleichen einzukaufen; meine Mutter hieß mich ins Bad gehen und schickte mir ein neues Kleid nach, das ich nach dem Bad anzog. Ich wollte dann in die Moschee gehen, als mir einfiel, daß ich noch einen Freund vergessen hatte einzuladen. Ich ging in seine Wohnung, er war nicht zu Hause, und ich mußte in der ganzen Stadt herumlaufen, um ihn aufzusuchen. Da kam ich in eine Straße, die ich in meinem Leben nicht betreten hatte; ich war sehr ermüdet und angegriffen vom Bad sowohl als vom neuen Kleid, dessen Wohlgeruch die ganze Straße parfümierte; ich setze mich auf eine Bank am Eck dieser Straße und legte mein gesticktes Taschentuch unter, in welches einiges Geld eingebunden war. Die Hitze war so groß, daß mir der Schweiß zum Gesicht herunterlief und auf mein Kleid tropfte. Da ich auf meinem Sacktuch saß, wollte ich meinen Kaftan nehmen, um mich abzutrocknen, da fiel mir auf einmal ein

weißes Tuch in den Schoß, zarter als der Zephyr. Ich nahm das Tuch und warf einen Blick in die Höhe, um zu sehen, wo es hergekommen; da begegnete mein Auge der Meisterin dieser Gazelle an einem Fenster, vor welchem ein großes messingenes Gitter war; sie legte den Finger vor den Mund und zeigte mir ein so schönes Gesicht, daß ich dessen Reize gar nicht beschreiben kann. Sie legte dann den Zeigefinger und den mittleren Finger auf ihren Busen, schloß das

Fenster und verschwand, ließ aber in meinem Herzen eine brennende Flamme zurück; ich wußte nicht, was beginnen, denn ich verstand ihren Wink nicht, und obschon ich bis Sonnenuntergang vor ihrem Haus sitzen blieb, sah und hörte ich doch niemanden mehr. Endlich stand ich auf und entfaltete das Tuch, das mir das Mädchen zugeworfen, und es kam mir ein Moschusduft entgegen, der mir ins Hirn stieg und so sehr meine Nerven reizte, daß mir wurde, als befände ich mich im Paradies. Als ich von meiner Betäubung mich wieder erholte, sah ich ein Briefchen vor mir, auf dem folgende Verse geschrieben waren:

»Hier schicke ich dir in zarter Schrift meine Klage über den Schmerz der Entfernung; wundere dich nicht, daß meine Schrift so fein und fast unleserlich zart, so müssen Liebende schreiben, die selbst vor Gram so mager geworden.«

Auf dem Tuch selbst stand geschrieben:

»Ich bin das Tuch der treu Liebenden und diene nun gerne dem schönen Jüngling, um ihm Stirne und Wangen abzutrocknen.«

Diese Verse vermehrten noch meine Flamme, schnell steckte ich das Tuch und das Briefchen ein und ging damit nach Haus. Es war schon eine Weile Nacht, als ich nach Hause kam. Meine Braut hatte den Kopf auf die Knie gestützt und weinte; als sie mich aber sah, trocknete sie ihre Tränen ab, stand auf, zog mir mein Kleid aus und sagte: »Alle Gäste sind gekommen, nebst dem Kadhi und den Zeugen, und sind schon längst von der Tafel aufgestanden; da du aber immer nicht erschienst, schwor dein Vater, aufgebracht darüber, daß er so viele Unkosten vergebens gehabt, daß er nun vor einem Jahr unseren Ehekontrakt nicht schreiben lassen werde. Wo warst du denn so lange?« Ich erzählte ihr alles, was mir widerfahren, und bat sie, mir beizustehen und mir die Fingersprache meiner Geliebten zu erklären. Sie schwor, mir mit allen Kräften behilflich sein zu wollen und sagte: »Das Zeichen mit dem Finger auf dem Mund bedeutet, bei dem, der Himmel und Erde geschaffen! Du bist mein Leben und mein Herz; das Tuch bedeutet einen freundlichen Gruß von der Geliebten, und die zwei Finger, die sie auf den Busen legte, bedeuten, nach zwei Tagen komme wieder, da können wir uns wiedersehen und unseren Gram verscheuchen. Glaube nur, mein Vetter! Sie liebt dich sehr und setzt ihr Vertrauen auf dich, das kann ich dir sagen; und dürfte ich frei ein- und ausgehen, ich würde euch unter meinem Schutz vereinigen.« Als ich dies hörte, dankte ich ihr und dachte: »Hier ist nichts zu tun, als zwei Tage Geduld zu haben.« Ich ging nicht aus, aß und trank nicht, sondern blieb die zwei Tage traurig zu Hause sitzen, den Kopf auf dem Schoß meiner Cousine ausruhend, die mich herzlich liebte. Als die zwei Tage vorüber waren, sagte sie mir: »Nimm dich nun zusammen und fasse Mut!« Sie holte mir dann andere Kleider, zog mich an und beräucherte mich; ich ging wieder in jene Straße und setzte mich auf die Bank vor dem Hause meiner Geliebten,

Als ich eine Weile dasaß, öffnete sich das Fenster, ich blickte hinauf und begegnete dem Auge meiner Geliebten, und war ganz außer mir vor Entzücken. Als ich mich wieder faßte und aufwärts blickte, erschien sie mit einem Spiegel und einem roten Tuch, sie schob ihre Ärmel zurück und legte alle fünf Finger auf die Brust, dann hob sie die Hand weg und zeigte mir den Spiegel am Fenster, dann hing sie das rote Tuch dreimal zur Straße heraus, nahm es wieder hinein, preßte es aus und legte es zusammen; hierauf winkte sie mit dem Kopf nach dem Ende der Straße, schloß das Fenster, verschwand und nahm mein Herz mit und kehrte nicht mehr wieder. Ich war wieder in der größten Verwirrung, denn sie hatte abermals kein Wort gesprochen, und ich hatte wieder ihre Zeichen nicht verstanden. Ich blieb bis Sonnenuntergang auf der Bank sitzen und ging dann zu meiner Cousine, welche, die Wangen auf ihre Hand gestützt, weinend dasaß. Sobald sie mich sah, sprang sie auf und nahm mir mein Kleid ab, legte meinen Kopf in ihren Schoß, trocknete mein Gesicht mit ihrem Ärmel ab, bemitleidete und ermutigte mich. Als ich ihr erzählte, was ich gesehen, sagte sie: »Das Zeichen mit den Fingern bedeutet, nach fünf Tagen kehre wieder; das Zeichen mit dem roten Tuch und dem Spiegel bedeutet, warte im Laden des Färbers, bis mein Bote kommt und dich abholt.« Ich sagte: »Bei Gott! Deine Erklärung ist richtig, denn ich habe am Ende der Straße den Laden eines jüdischen Färbers gesehen; aber«, setzte ich weinend hinzu, »wer kann fünf Tage warten?« Meine Cousine tröstete mich und sagte: »Fasse Mut! Wie manche Leute schmachten jahrelang

vergebens, und du liebst ja erst seit zwei Tagen.« Sie brachte mir dann Speisen, ich nahm einen Bissen und wollte essen, da fiel mir meine schöne Geliebte ein und es schmeckte mir nichts. Das Leben wurde mir sauer, ich konnte weder essen noch trinken noch schlafen; ich wurde blaß und sah sehr übel aus, denn ich war noch sehr jung und empfindsam, und liebte zum ersten Mal in meinem Leben. Meine Cousine wachte stets bei mir und erzählte mir Liebesgeschichten bis ich einschlief. Beim Erwachen fand ich sie wieder neben mir, mit Tränen des Mitleids in den Augen. So brachte ich fünf Tage zu. Dann brachte mir meine Cousine warmes Wasser, wusch mich, trocknete mich ab und sagte: »Nun geh! Gott stehe dir bei und stille dein Verlangen nach deiner Geliebten!« Ich ging ans Ende der Straße und setzte mich vor den Laden des jüdischen Färbers, der des Samstags wegen geschlossen war. Ich wartete den ganzen Nachmittag und den ganzen Abend, bis man vor Dunkelheit gar nichts mehr sah, aber niemand ließ etwas von sich hören. Da fürchtete ich mich, länger hier allein zu sitzen, und kehrte, mit Mühe meine Beine nachschleppend und wie ein Betrunkener taumelnd, nach Hause zurück. Meine Cousine kam mir entgegen, trocknete mir Tränen und Schweiß ab und sagte lächelnd: »Warum hast du nicht die Nacht bei deiner Geliebten zugebracht?« Diese Worte brachten mich so sehr auf, daß ich sie mit einem Stoß auf die Brust zu Boden warf. Sie fiel mit dem Kopf auf einen Pflock, und das Blut strömte aus ihrer offenen Stirn. Sie stand auf, ohne ein Wort zu sagen, legte verbrannte Lumpen auf ihre Wunde, verband sie, wusch das Blut vom Teppich ab und sagte mir lächelnd und mit zarter Stimme: »Bei Gott! Mein Vetter, meine Absicht war nicht, dich oder deine Geliebte zu verspotten. Ich hatte Kopfschmerzen und wollte mir das Blut abwischen und jetzt ist durch diesen Blutverlust mein Kopf viel leichter; erzähle mir nun, wie es dir heute gegangen.« Als ich ihr weinend erzählte, wie ich vergebens meine Geliebte erwartet, sagte sie: »Sieh das nicht als Zeichen ihrer Gleichgültigkeit an, sie wollte gewiß nur deine Ausdauer prüfen; geh morgen wieder hin, deine Erlösung ist nahe.« Sie sagte mir dann noch manches zu meiner Beruhigung, aber ich war untröstlich.

Als meine Cousine mir zu essen brachte, stieß ich es mit den Füßen weg und sagte: »Wer liebt, ist verrückt, dem schmeckt keine Speise und kein Schlaf mehr.« Sie weinte, hob die Schüssel vom Boden auf, wusch den Boden und unterhielt mich mit Erzählungen und Märchen; ich aber betete zu Gott, er möge doch bald Tag werden lassen. Des Morgens früh eilte ich wieder nach der Straße meiner Geliebten und setzte mich auf die Bank. Da öffnete sich das Fenster, meine Geliebte erschien und lachte, sie verschwand eine Weile und kehrte wieder mit einem Spiegel, einem Säckchen und einem Gefäß, das mit grünem Samen gefällt war; sie öffnete das Säckchen, steckte den Spiegel hinein, knüpfte es wieder zu und warf es ins Zimmer; dann löste sie ihre Haare auf und ließ sie über ihr Gesicht herunterhängen; zuletzt brachte sie eine Lampe und stellte sie zum Samen hin, verschwand und kehrte nicht wieder. Mein Herz zerbrach fast vor Qual über ihre stummen Zeichen, ich kehrte traurig zu meiner Cousine zurück, welche mit Tränen in den Augen an die Wand gelehnt stand und zwei Tücher um den Kopf hatte, eines über der Stirn auf ihrer Wunde und das andere um die Augen, die von vielem Weinen entzündet waren. Als sie mich sah, trocknete sie ihre Tränen ab, wagte es aber lange nicht, mich anzureden; endlich sagte sie: »Nun, mein Vetter, wie geht es denn?« Ich erzählte ihr weinend, was meine Geliebte vor meinen Augen getan. Da sagte sie: »Habe Geduld, du bist dem Ziel deiner Wünsche nahe. Das Verstecken des Spiegels und das Herabhängen der Haare bedeutet Sonnenuntergang und dunkle Nacht; die Samen bedeuten eine Zusammenkunft im Garten, der hinter ihrer Straße ist; und durch die Lampe wollte sie sagen, du solltest im Garten nur diese Lampe aufsuchen und sie dort erwarten.« Als ich diese Erklärung vernahm, rief ich aus: »O wie lange wird noch unsere Trennung währen!« Meine Cousine sagte mir: »Habe nur noch diesen Tag Geduld!« nahm mir mein Kleid ab und hatte nicht den Mut, mir zu essen vorzustellen; sie bat mich dann, mich mit ihr den Tag durch zu unterhalten, da ich doch abends bei einer anderen sein würde; ich aber betete immerfort zu Gott, daß er doch bald die Nacht heranbrechen lasse. Als endlich die Sonne unterging, gab mir meine Cousine weinend ein Stückchen Moschus und sagte mir: »Stecke das in den Mund, und wenn du nach süßen Umarmungen von deiner Geliebten Abschied nimmst, so sprich folgenden Vers:

»›O ihr Liebenden! Bei Gott! Sagt mir, wenn die Liebe den Jüngling überwältigt, was soll er tun?‹«

Sie küßte mich dann und ich mußte ihr schwören, daß ich diesen Vers beim Herausgehen sagen würde. Hierauf ging ich in den Garten, dessen Türe offen war, und nahm meine Richtung nach einem Licht, das ich in der Ferne sah, und ich fand es in einem Gartenhäuschen mit einer Kuppel von Elfenbein und Ebenholz. Das Zimmer war mit seidenen Teppichen belegt und außer der Lampe von einer großen Wachskerze beleuchtet; in der Mitte des Zimmers war ein Springbrunnen mit allerlei Figuren und daneben stand ein Tischchen mit einem seidenen Tuch, auf dem, zwischen allerlei Blumen und Aromaten, die kostbarsten Speisen und Getränke in den feinsten chinesischen und goldenen Gefäßen standen. Das Gartenhäuschen entzückte mich und heiterte mich auf, doch sah ich keinen Menschen darin, um mich zu empfangen.

Ich setze mich auf das Sofa, um meine Geliebte zu erwarten, aber drei Stunden vergingen und niemand kam; da verlor ich die Geduld, auch stiegen mir die feinen Gerüche der Speisen in die Nase, denn ich hatte schon mehrere Tage nichts gegessen, so daß ich ziemlich ausgehungert war; ich näherte mich dem Tischchen und deckte die Platte ab, da fand ich in deren Mitte auf einem chinesischen Teller vier gebratene Hähne, und rund herum standen Granatäpfelbeeren und mehrere andere saure und süße Zuspeisen; ich aß, bis ich satt war, und da ich schon lange nicht schlafen konnte, so hatte ich kaum meine Hände gewaschen, als sich meine Augen schlossen und mein Kopf auf das Kissen fiel, ich hatte einen sehr tiefen Schlaf, aus dem ich nicht eher erwachte, bis mich die Sonne brannte. Als ich die Augen öffnete, fand ich auf meinem Leib einige Kohlen und Salz umhergestreut; ich stand auf, schüttelte mein Kleid ab, sah mich rechts und links um, fand aber niemanden; auch bemerkte ich, daß ich auf dem harten marmornen Boden gelegen hatte. Ich war sehr traurig, weinte heftig vor Ärger über meinen Schlaf und ging wieder nach Hause zu meiner Cousine, welche sich auf die Brust schlug und heftig weinte. Als sie mich sah, trocknete sie schnell ihre Tränen ab, kam mir freundlich entgegen und sagte: »O mein Vetter! Tadle mich nicht, wenn ich darüber weine, daß du in deiner Liebe glücklich bist, während ich verlassen zu Hause bleibe.« Sie nahm mir dann lächelnd mein Kleid ab, schüttelte es aus und sagte: »Bei Gott! Das ist nicht der Geruch eines Glücklichen; was ist dir geschehen, mein Vetter?« Als ich ihr alles erzählte, sagte sie: »Wehe, mein Vetter! Wahrlich du dauerst mich, dieses Weib plagt dich sehr, sie hat dich wahrscheinlich schlafend gefunden und war böse darüber, denn sie hielt dich für einen Lügner, weil wahre Liebende nicht schlafen; aber auch sie liebt dich nicht wahrhaft, darum hat sie dich auch nicht geweckt, sondern dich mit Salz bestreut, um dir zu sagen, du seiest sehr geschmacklos und bedürftest gar zu sehr noch einiger Würze, denn ernstlich Liebenden ist der Schlaf eine Sünde. Mit den Kohlen meinte sie: Gott schwärze dein Angesicht! Gott bewahre dich vor ihr!« Als ich diese Erklärung vernahm, sah ich mein Unrecht ein und bedauerte, so viel gegessen zu haben, brach in laute Tränen aus und beschwor meine Cousine, Mitleid mit mir zu haben und mir zu raten, was ich nun tun könnte, um nicht vor Verzweiflung zu sterben. Da meine Cousine mich sehr lieb hatte, sagte sie: »Bei meinem Haupt und meinen Augen, ich habe dir schon gesagt, wenn ich ausgehen dürfte, ich hätte euch schon längst unter meinem Schutz vereint; doch nun kann ich dir keinen besseren Rat geben, als diesen Abend wieder in das Gartenhäuschen zu gehen, du mußt aber den vierten Teil der Nacht ruhig warten und nichts essen, damit dich nicht der Schlaf überfalle.« Ich dankte ihr für ihren Rat und betete zu Gott, daß es doch bald Nacht werden möchte. Als die Nacht heranbrach und ich weggehen wollte, rief mir meine Cousine noch einmal zu, ich möchte ja den Vers nicht vergessen.

Ich fand im Garten wieder alles so hergerichtet, wie am vorhergehenden Abend, und ganz frische Speisen standen wieder auf dem Tisch, die einen solchen Wohlgeruch verbreiteten, daß ich meine Lust, sie zu sehen, nicht lange bezähmen konnte; ich deckte die Schüssel auf und sah wieder Hähne mit verschiedenen Zuspeisen, die mich so anlachten, daß ich mich nicht enthalten konnte, von jedem Gericht etwas zu nehmen; da es aber sehr wohlschmeckte, aß und trank ich, bis ich satt war, zog dann das Kissen herbei und dachte: »Ich will mich nur ein wenig anlehnen, gewiß nicht schlafen«; aber bald fielen meine Augen zu und ich erwachte erst nach Sonnenaufgang. Als ich meine Augen wieder öffnete, fand ich auf meinem Leib einiges Spielzeug, einige Dattelkerne und Samen vom Heuschreckenbaum, und das ganze Häuschen war geleert; ich schüttelte alles ab und ging bestürzt nach Hause. Meine Cousine, die aus hoffnungsloser Liebe zu mir immer weinte und Verse rezitierte, kam mir entgegen; ich schmähte sie und schrie sie an, sie aber trocknete ihre Tränen ab, küßte mich zwischen die Augen und drückte mich an ihren Busen; da ich mich aber unfreundlich zurückzog, sagte sie: »Mir ist, als hättest du wieder geschlafen.« Ich erwiderte: »Ja, bei Gott!« erzählte ihr, was ich beim Erwachen auf meinem Leib gefunden, und beschwor sie bei Gott, mir es zu erklären. Sie sagte weinend: »Bei meinem Haupt und meinen

Augen! Sie wollte mit dem Spielzeug dir sagen, daß es ihr scheine, als wäre dein Sinn mit etwas anderem als mit der Liebe beschäftigt; mit den Dattelkernen wollte sie andeuten, daß, wenn du liebtest, dein Herz von Liebe glühen müßte und du die Süßigkeit des Schlafes nicht kosten könntest, denn die Liebe erfüllt wie Datteln das Herz mit Feuer. Der Heuschreckenbaumsamen aber bedeutet, daß das Herz des Liebenden schmachtet, und daß du den Schmerz der Trennung mit Geduld tragen mögest, wie Hiob seine Leiden.« Diese Erklärung schürte die Flamme in meinem Herzen, ich schrie und jammerte und bat meine Cousine, mir zu raten, was ich nun tun könne. Sie sagte: »Ich weiß nichts anderes, als daß du diesen Abend doch noch einmal hingehst, aber nimm dich ja in acht, nicht wieder zu schlafen.« Sie brachte mir dann zu essen und sagte: »Iß dich nur jetzt recht satt, damit du heute Abend nicht wieder in Versuchung gerätst.« Ich aß mich satt, und des Nachts zog mir meine Cousine ein kostbares Kleid an, küßte mich und erinnerte mich wieder an den Vers. Ich begab mich wieder in den Garten, ging aber weit vom Tisch weg, hielt meine Augen mit den Fingern offen und schüttelte meinen Kopf hin und her; als ich aber lange wartete, wurde ich hungrig, und der Geruch der Speisen und des Weines tötete mich fast. Ich näherte mich dem Tischchen und aß ein bißchen Fleisch mit einigen Zuspeisen; dann ging ich auf den Weinkrug los, in der Absicht, nur einen Becher voll zu trinken, aber es kam zu einem zweiten, dritten und bis zu einem zehnten Becher; da fiel ich wie eine Leiche um und kam erst, als der Tag herangebrochen war, wieder zu mir. Als ich erwachte, fand ich auf meinem Leib ein Schwert und eine eiserne Münze, und ich selbst lag vor dem Garten draußen.

Ich nahm das Schwert und die Münze und ging erschrocken nach Hause, warf Schwert und Münze vor meine traurige Cousine hin, schlug meine Brust und zerbiß mir die Hände vor Reue; meine Cousine weinte vor Mitleid eine Weile mit mir, bis ich sie bat, mir zu erklären, was das Schwert und das Eisen bedeute. Da sagte sie: »Die Münze stellt ihr Auge vor, bei dem sie schwört, daß, wenn du wiederkehrest und einschläfst, sie dich mit dem Schwert tötet; darum, mein Vetter, bin ich sehr ängstlich um deinetwillen und rate dir, dich ja keinem Unglück auszusetzen, wenn du nicht gewiß bist, daß du wach bleibst.« Ich fragte sie, was ich tun sollte, um mich vor dem Schlaf zu hüten? Sie drückte mich an ihren Busen, legte mich aufs Bett und liebkoste und streichelte mich solange, bis ich einschlief; sie nahm dann einen Fächer und machte mir Wind, bis die Sonne sich zum Untergang neigte; da weckte sie mich, und als ich die Augen öffnete, sah ich, wie sie ihre Tränen abtrocknete. Sie brachte mir hierauf zu essen, und als ich nichts essen wollte, sagte sie: »Hast du mir nicht versprochen, mir zu gehorchen?« Ich ließ mir nun von ihr Essen einstopfen, bis ich satt war, sie gab mir dann Sibebensaft mit Zucker zu trinken, wusch mich mit Rosenwasser, zog mir wieder ein schönes Kleid an und sagte: »Nun, mein Vetter! Schlafe ja nicht und vergiß auch meinen Vers nicht, du wirst gewiß diese Nacht bei deiner Geliebten zubringen, bleibe nur wach, denn sie wird erst spät kommen.« Ich ging vergnügt und mit vollem Leib in den Garten und wartete wachend drei Viertel der Nacht, bis schon der Hahn krähte. Da wurde ich hungrig, näherte mich dem Tisch und aß, bis ich satt war. Schon war mir der Kopf schwer und ich wollte wieder einschlafen, als ich ein Rauschen hörte und aus der Ferne ein Licht sich nähern sah. Ich nahm mich zusammen und nach einem Augenblick erschien meine Geliebte von zehn Sklavinnen umgeben, wie der Mond zwischen Sternen hervorstrahlt; sie hatte ein grünes, golddurchwirktes Atlaskleid an, wie ein Dichter sagte:

»Sie erschien im Garten in grünem Gewand, mit aufgelöstem Gürtel und herabhängenden Haaren; ich fragte sie nach ihrem Namen und sie sagte: Ich bin die, welche Feuer schleudert ins Herz der Liebenden. Ich klagte ihr meinen Liebesgram; sie sagte: Du klagst einem Stein und weißt es nicht. Ich erwiderte: Wäre dein Herz auch von Stein, so hat doch Gott aus dem harten Felsen schon süßes Wasser entspringen lassen.«

Sie lachte, als sie mich sah, und sagte: »Ich wundere mich, daß du doch einmal wach bist; dürfen die von Liebesqual Heimgesuchten so die ganze Nacht schlafen?« Sie gab dann ihren Sklavinnen einen Wink, worauf sie sich entfernten; dann fiel sie in meine Arme, wir küßten einander, ich sog an ihrer oberen und sie an meiner unteren Lippe, dann ließen wir uns auf das Sofa nieder und brachten die ganze Nacht in den seligsten Umarmungen zu. Als ich des Morgens weggehen wollte, sagte sie: »Warte eine Weile, ich muß dir noch etwas zeigen.« Sie zog ein Tuch heraus, in welches eine Gazelle gestickt war, und da es mir sehr wohlgefiel, schenkte sie mir es unter der Bedingung, daß ich sie jede Nacht im Garten besuchen wolle; sie sagte mir aber: »Nimm es wohl in acht, es ist die Arbeit meiner Schwester Nur Alhuda.« Ich war vor Freude ganz außer mir und verließ sie, ohne mich des Verses zu erinnern, den mich meine Cousine gelehrt.

Der Jüngling erzählte weiter: Als ich nach Hause kam, fand ich meine Cousine auf dem Bett, und Tränen stürzten auf ihre Wangen herunter. Sobald sie mich sah, kam sie mir entgegen, küßte mich und fragte, ob ich ihren Vers rezitiert habe? Ich sagte: »Nein, bei Gott, diese Gazelle hat mich ihn vergessen lassen«, und zeigte ihr das gestickte Tuch, das mir meine Geliebte gegeben. Als der Abend kam, sagte sie: »Gehe nun wieder in Gottes Namen, aber vergiß den Vers nicht!« Als ich in den Garten kam, war meine Geliebte schon da und erwartete mich. Ich setzte mich neben sie, wir aßen und tranken und brachten die Nacht wieder wie die vorhergehende zu; des Morgens beim Weggehen sagte ich den Vers:

»O ihr Liebenden, bei Gott! Sagt mir, wenn Liebe den Mann überwältigt, was soll er tun?«

Als sie diesen Vers hörte, strömten Tränen aus ihren Augen und sie rezitierte folgenden Vers:

»Er soll seine Liebe verschweigen und mit Demut und Geduld alles ertragen.«

Ich lernte diesen Vers auswendig und freute mich, den Wunsch meiner Cousine erfüllt zu haben. Als ich nach Hause kam, fand ich sie auf dem Bett liegend; meine Mutter stand ihr zu Häupten und weinte um sie, und sagte mir: »Du bist ein schöner Vetter, deine Cousine ist sehr unwohl und du verläßt sie.« Mein Cousine richtete sich dann auf und fragte mich, was meine Geliebte gesagt? Als ich ihr den Vers meiner Geliebten mitgeteilt, sagte sie: »Ich beschwöre dich bei Gott, wenn du wieder zu ihr kommst, so rezitiere ihr folgenden Vers:

»›Er hat nach Geduld gerungen, aber sein Herz verschmachtet vor Liebe.‹«

Ich versprach es ihr, und hielt auch Wort, als ich am folgenden Abend wieder, wie früher, mit meiner Geliebten vereinigt war. Letztere weinte über den Vers und rezitierte folgenden:

»Wenn er nicht Kraft genug hat, seine Liebe zu verbergen, so gibt es für ihn kein anderes Mittel, als den Tod.«

Als ich nach Hause kam, fand ich meine Cousine schlafend, und meine Mutter stand neben ihr. Aber sie hatte kaum meine Stimme vernommen, als sie die Augen öffnete und sagte: »O mein Teurer, hast du meinen Vers rezitiert?« Ich sagte: »Ja«, und wiederholte ihr den meiner Geliebten. Sie fiel in Ohnmacht, und als sie wieder zu sich kam, rezitierte sie folgenden Vers:

»Wir haben vernommen, wir gehorchen und sterben gern; bring nun meinen Gruß derjenigen, welche meine Liebe nicht erwidert.«

Als ich meiner Geliebten am folgenden Tag diesen Vers sagte, schrie sie: »Wehe! Wehe! Die, welche diesen Vers gesagt, ist tot; wehe dir, ist es nicht eine Verwandte?« »Es ist meine Cousine.« »Wehe dir, du hast ihre Liebe nicht erwidert, und so ist sie den Märtyrertod gestorben; Gott verdamme dich! Hätte ich davon was gewußt, so wärest du nie in meine Nähe gekommen.« »Sie aber wußte um unsere Liebe; sie erklärte mir deine Zeichen, und war mir in allem behilflich.« »Gott zerstöre deine Jugend, wie du die ihrige zerstört, du Hund hast sie getötet, geh nur nach Hause und frage nach ihr.« Ich ging in der größten Verwirrung nach Hause, und schon, als ich in unsere Straße kam, vernahm ich ein lautes Wehgeschrei, und als ich fragte, was das bedeute, erhielt ich zur Antwort, man habe meine Cousine tot gefunden. Als ich nach Hause kam, sagte mir meine Mutter: »Du hast dich an deiner Cousine versündigt. Wehe dir! Möge Gott das Blut deiner Cousine an dir rächen, du schlechter Vetter!« Ich antwortete nicht, gedachte aber der Verse, die sie rezitierte. Nachdem sie beerdigt war und ich drei Tage lang an ihrem Grab getrauert hatte, fragte mich meine Mutter wieder: »Was hast du denn deiner Cousine getan, daß sie vor Gram gestorben? Ich«, fuhr sie fort, »habe sie oft nach der Ursache ihrer Krankheit gefragt, sie hat mir aber nichts gestanden.« Da ich meiner Mutter nichts gestehen wollte, behauptete ich, ihr nichts zuleid getan zu haben. Sie erzählte mir dann, sie sei kurz vor ihrem Tod noch bei ihr gewesen und habe gehört, wie sie mich immerwährend segnete und oft ausrief: Gott möge mir ihren Tod als keine Schuld anrechnen; aber trotz aller Bitten verschwieg sie hartnäckig die Ursache ihrer Leiden, und auf die Frage: was ich ihr zuleid getan, antwortete sie: »Nichts, Gott führt mich aus dieser vergänglichen Welt in jene ewigdauernde hinüber.« Ihre letzten Worte waren: »Sage deinem Sohn, wenn er wieder dahin geht, wo er hinzugehen pflegt, so möge er diese Worte sagen: ›Treue ist schön, Verrat aber abscheulich‹; diese Worte, sagte sie, würden auch nach ihrem Tod mir noch ein Beweis ihrer aufrichtigen Teilnahme sein. Dann«, fuhr meine Mutter fort, »gab sie mir noch etwas für dich, das ich dir aber nicht eher ausliefern soll, bis du über sie weinst und jammerst.« Ich wünschte es zu sehen, aber meine Mutter sagte: »Ich zeige und gebe es dir erst, wenn ich dich in dem Zustand sehe, wie meine Nichte mir anbefohlen.« Ich aber vergaß meine Cousine bald und dachte Tag und Nacht nur an meine Geliebte. Ich konnte kaum den Abend erwarten, bis ich in den Garten kam und sie mir wieder um den Hals fiel. Sie fragte mich nach meiner Cousine und ich sagte ihr: »Sie ist tot, und darum bin ich auch der Trauergebete willen vier Tage nicht gekommen.« Meine Geliebte sagte weinend: »Habe ich es nicht gewußt? Du hast sie getötet; hätte ich es doch früher geahnt und sie für ihre Wohltat belohnt, die Edle, die mich mit dir vereint hat. Nun hüte dich! Gott hat sich ihrer erbarmt; ich fürchte sehr, du hast dich an ihr versündigt.« Ich sagte ihr: »Sie hat mir vor ihrem Tode verziehen«, erzählte ihr auch, was mir meine Mutter gesagt, und wiederholte ihre Worte: »Treue ist schön, Verrat abscheulich.« Als sie diese Worte hörte, sagte sie: »Gottes Erbarmen sei mit ihr! Diese Worte retten dich, ich will dich nicht mehr betrüben und dir keinen Gram verursachen; aber ich bin sehr ängstlich um deinetwillen, du bist noch jung und unerfahren, kennst die List und Bosheit der Frauen nicht, und hast nun niemand mehr, der dir beisteht; drum nimm dich vor allem wohl in acht, jemanden dein Geheimnis anzuvertrauen. Du könntest in ein Unglück stürzen, und deine Retterin ist nicht mehr.«

Meine Geliebte weinte noch lange über meine Cousine, und bewunderte die Kraft, mit welcher sie ihr Geheimnis so sorgfältig bewahrt, und die Selbstaufopferung, mit der sie ihren Geliebten einer anderen überließ. Sie bat mich dann, sie auf ihr Grab zu begleiten, damit sie einige Verse auf ihren Grabstein einhaue, ihr ein Grabmal bauen lasse und für sie bete. Ich versprach ihr, am folgenden Morgen mit ihr zu gehen, und brachte noch die Nacht bei ihr zu. Sie sagte jeden Augenblick: »Warum hast du mir früher nichts von deiner Cousine erzählt?« Ich antwortete immer: »Treue ist schön, Verrat abscheulich«, und so schwieg sie still. Des Morgens früh stand sie auf, nahm einen Beutel voll Geld zu sich und bat mich nochmals, mit ihr auf das Grab meiner Cousine zu geben. Sie griff auf dem Weg immer in den Beutel, teilte im Gehen Geld aus und sagte dabei: »Diese Almosen gebe ich für das Heil der Teuren, die ihr Geheimnis verborgen, bis sie den Todeskelch geleert.« Als wir an das Grab kamen, warf sie sich darauf hin, zog dann einen kleinen Hammer und einen stählernen Meißel aus der Tasche und schrieb in einer zierlichen Schrift folgende Verse auf den Grabstein:

»Ich kam auf ein zertretenes Grab, mitten in einem Garten, wo sieben Anemonen blühten, und fragte: Wem gehört dieses Grab? Da antwortete mir die Erde: Verehre es, es ist das Grab einer Liebenden. Ich sagte: O Liebende, Gott schenke dir Heil und lasse dich auf den schönsten Anhöhen des Paradieses wohnen! Arme Liebende, sogar ihr Grab verrät die Demütigung, die sie unter den Menschen erlitten. Könnte ich, ich würde dein Grab in einen Garten umwandeln und ihn mit meinen Tränen bewässern.«

Nachdem sie diese Verse eingegraben und lange geweint hatte, kehrten wir in ihren Garten zurück und sie versprach mir, mich nie zu verlassen. Ich blieb ein Jahr lang bei ihr, wurde dick und fett, denn ich tat weiter nichts, als essen und trinken und küssen und Kleider wechseln, hatte gar keinen Kummer und keine Sorge, und meine Cousine war längst bei mir vergessen. Eines Abends, als ich hübsch gekleidet und wohl parfümiert aus dem Bad kam, trank ich so viel Wein und wurde von dem Duft meiner Kleider so berauscht, daß ich nicht mehr wußte, was ich tat. Ich sollte in den Garten zu meiner Geliebten gehen, kam aber in eine falsche Straße; da begegnete mir ein altes Weib, das in der einen Hand eine Wachskerze und in der anderen einen zugerollten Brief trug. Ich näherte mich der Alten, wie sie weinend folgende Verse rezitierte:

»Gott segne den frohen Boten, der mir so süße Kunde bringt; könnte ihm ein Geschenk genügen, ich gäbe ihm mein Herz, das in der Abschiedsstunde zerstückelt worden.«

Als sie mich bemerkte, fragte sie mich, ob ich lesen könnte, und als ich ihre Frage bejahte, zeigte sie mir einen Brief von einem lange abwesenden Freund, ich las ihn und teilte ihr dessen frohen Inhalt mit; sie dankte mir mit den Worten: »Gott befreie dich von jedem Kummer, wie du eben den meinigen zerstreut.« Ich wollte schon wieder weitergehen, da sprang sie auf mich zu, küßte mir die Hand und sagte: »O mein Herr, Gott bewahre deine Jugend zum Lohn! Komm mit mir an dieses Haustor, da wohnt meine Tochter; der Brief, den du gelesen, ist der erste von meinem Sohn, der schon vor zehn Jahren mit Waren abgereist ist, so daß wir alle Hoffnung, ihn wiederzusehen, schon aufgegeben hatten.

Die Alte setzte dann noch hinzu: »Komm nun mit mir und lies den Brief meiner Tochter vor, die ihren Bruder außerordentlich liebt und Tag und Nacht über ihn weint, denn mir glaubt sie es doch nicht, wenn ich ihr auch sage, er hat geschrieben, daß er wohl ist, denn die zärtlich Liebenden befürchten immer das Schlimmste. Sei also so gefällig, mit mir an die Tür zu kommen, ich will meine Tochter herunterrufen, daß sie dir innerhalb der Tür zuhöre; du wirst auf diese Weise ihrem Jammer ein Ende machen. Hat nicht der Gesandte Gottes, Gottes Friede sei mit ihm, gesagt: ›Wer seinem Nebenmenschen in dieser Welt eine Sorge abnimmt, dem nimmt Gott der Erhabene am Auferstehungstag dafür 72 Qualen ab.‹« Ich folgte der Alten bis vor ein großes Haustor, das mit Messing belegt war. Ich blieb an der Tür stehen und die Alte rief einige persische Worte hinauf, da kam eine junge Dame herunter, mit heraufgeschürztem Kleid, als käme sie eben von irgend einer Arbeit, sie sah aber sehr vornehm aus; ihre wohlgeformten Füße waren von goldenen Fußringen, mit einem Schloß von sieben Diamanten, umfaßt, an ihrem Hals hing eine kostbare Perlenschnur, ein ganz neues Diadem aus den kostbarsten Edelsteinen zusammengesetzt, schmückte ihre Stirne, ein Paar feingearbeitete Armbänder lagen um den weißesten Arm, den Gott geschaffen, und Ringe von Perlen hingen an ihren Ohren. Sobald sie mich erblickte, sagte sie mit einer süßen Stimme, wie ich sie noch nie gehört: »O Mutter, ist das der Mann, der den Brief lesen will?« Die Alte sagte: »Ja«, da reichte mir das Mädchen den Brief hin. Aber als ich mich zu ihr hinneigte, um den Brief zu nehmen, stieß mich die Alte ins Haus hinein, eilte wie ein Blitz auf das Haustor zu und verschloß es. Ich war kaum im Inneren des Ganges, als die Dame mich mit aller Kraft umfaßte und mich durch sieben Gänge in einen großen Saal mit vier Erhöhungen schleppte. Hier legte sie mich auf den Boden und sagte: »Öffne deine Augen!« Als ich wieder frei atmete und die Augen öffnete, erstaunte ich über den prachtvollen Saal, in welchem ich mich befand. Der marmorne Boden war mit seidenen Teppichen und Divanen belegt, auch waren zwei kupferne Bänke darin und ein goldenes mit Perlen und Edelsteinen besetztes Sofa, wie es nur einem König ziemt. Sie fragte mich dann: »Was hast du lieber, Teurer, den Tod oder das Leben?« »Allerdings ziehe ich das Leben vor.« »So heirate mich!« »Ich kann dich nicht heiraten.« »Wenn du bei mir bleibst, so bist du sicher vor jenem listigen Weib.« »Was für ein listiges Weib?« »Kennst du wohl das Weib nicht, mit dem du nun schon ein Jahr und vier Monate Umgang hast? Gott verdamme deine Geliebte und bestrafe sie durch noch schlimmere Menschen, als sie ist; wie viele Männer hat sie schon ins Unglück gestürzt; ich begreife gar nicht, wie du, mein Sohn, solange von ihr verschont bleibst.« Ich fragte sie ganz erstaunt: »O meine Herrin! Wer hat dich mit ihr bekannt gemacht?« Sie antwortete: »Ich kenne sie so gut, als die Zeit ihre Unfälle kennt, doch möchte ich alles wissen, was zwischen euch vorgefallen ist, und weshalb du bis jetzt von ihr verschont geblieben bist.« Da erzählte ich ihr alles, was zwischen uns vorgefallen, verheimlichte ihr nichts, auch von meiner Cousine und von den Versen, die sie mich gelehrt. Da weinte die Dame laut und sagte: »Bei Gott! So gibt es keine zweite mehr, wie deine Cousine war, und ohne sie wärest du schon längst ins Verderben gestürzt. Ich wünschte schon lange, dich hierher zu locken, es ist mir aber erst heute durch die List der Alten gelungen. Sei nun ganz zufrieden und heiter, bleibe bei mir, du bist ein hübscher Junge, ich will dich nach der Vorschrift Gottes und seines Gesandten heiraten und dir alles gewähren, was du an Geld oder anderen Gegenständen bedarfst. Du findest hier dein Brot gebacken und dein Wasser im Becher bereit; du hast nichts anderes zu tun, als zu essen, zu trinken und mich zu küssen.« Sie klatschte dann mit den Händen und sagte der Alten, welche herbeigelaufen kam: »Bringe deine Leute her!« Die Alte kam nach einer Weile mit vier Zeugen wieder, zündete vier Wachslichter an und warf ein seidenes Tuch um die Dame. Die Zeugen schrieben den Ehekontrakt und die Dame erklärte, 10000 Dinare als Morgengabe erhalten zu haben. Nachdem dies geschehen war, gab sie den Zeugen ihren Lohn und sie gingen fort. Kaum waren die Zeugen zur Tür hinaus, als die Dame das Tuch wieder von sich warf und sich zu mir auf den Divan setzte. Als ich eine Weile schüchtern neben ihr saß, faßte sie mich bei der Hand, küßte und umarmte mich mit den Worten: »Erlaubter Genuß ist keine Schande.« Hierauf warf ich mich an ihre Brust und brachte die ganze Nacht in den süßesten Umarmungen zu. Als ich des Morgens weggehen wollte, kam sie mir lachend entgegen und sagte: »Glaubst du, es geht hier, wie bei deiner ersten Geliebten? Du bist mein gesetzlicher Gatte in Gegenwart von vier Zeugen geworden; wenn du geschlafen hast, so erwache, und wenn du betrunken warst, so werde nüchtern. Dieses Haus wird nur einmal im Jahr geöffnet; geh einmal und betrachte das Haustor!« Ich stand auf und ging nach dem Haustor und fand es mit eisernen Nägeln vernagelt. Meine Gattin sagte mir dann: »Wir haben hier Mehl und Getreide, Granatäpfel, Zucker, allerlei Backwerk, Schafe, Hühner und Gänse und sonst alles, was wir auf ein Jahr brauchen; ich erkläre dir also, daß du vor Verlauf eines ganzen Jahres nicht hinauskommen wirst.« Da rief ich verzweiflungsvoll: »Es gibt keinen Schutz und keine Macht, außer bei Gott dem Erhabenen!« Sie aber sagte: »Was liegt daran? Du hast ja hier das angenehmste Leben auf der Welt, du brauchst gar nichts zu arbeiten und findest in diesen Mauern alle Lebensgenüsse vereint.« Ich fügte mich in mein Schicksal und brachte ein ganzes Jahr bei meiner Gattin zu, tat nichts als essen und trinken und sie umarmen. Nach neun Monaten gebar mir meine Gattin einen Sohn, der mir das letzte Vierteljahr verkürzte. Als das Jahr zu Ende war, hörte ich, wie man die Tür öffnete, und es traten Männer herein mit Mehl und Zucker und anderem Lebensvorrat; da wollte ich hinausgehen, aber meine Frau sagte: »Warte bis abends, so wie du hierhergekommen, sollst du auch wieder weggehen.« Ich wartete zitternd bis Abend; als ich dann gehen wollte, sagte meine Frau: »Bei

Gott! Ich lasse dich nicht zur Tür hinaus, wenn du mir nicht vorher schwörst, daß du vor Tagesanbruch, ehe die Tür wieder geschlossen, wiederkehrst.« Ich willigte ein, und sie ließ mich den heiligsten Eid, bei dem Koran, dem Schwert und unserer Scheidung, schwören, daß ich nur meinen Vater besuchen und dann gleich wieder zu ihr kommen wollte. Als ich von ihr wegging und an dem Garten vorüberkam, wo meine erste Geliebte wohnte, fand ich ihn offen, da dachte ich: »Ich komme nun unvermutet, nach einer Abwesenheit von einem Jahr, wieder, und doch ist der Garten offen. Ich muß doch einmal sehen, was meine Geliebte macht; nachher will ich meinen Vater besuchen.«

Als ich in das Gartenhäuschen kam, sah ich meine geliebte Dalila dasitzen, den Kopf auf die Knie gestützt und die Hand auf die Wangen. Sie sah sehr blaß und entstellt aus und ihre Augen waren hohl vom vielen Wachen und Weinen, Als sie mich sah, sagte sie: »Gelobt sei Gott, der dich wohl erhalten.« Sie freute sich sehr mit mir, sprang auf und küßte mich. Ich stand ganz beschämt vor ihr und sagte: »Wieso hast du gewußt, daß ich eben jetzt kommen würde?« »Das konnte ich allerdings nicht wissen, aber, bei Gott! Ich bringe nun hier schon ein ganzes Jahr, jede Nacht wachend, zu, um dich zu erwarten; so lebe ich höchst betrübt seit dem Tage, wo du mich verließest, nachdem ich dir ein kostbares, neues Kleid geschenkt und du mir versprachst, bald wieder zu kommen. Nun, mein Geliebter! Erzähle mir, warum du so lange ausgeblieben?« Ich berichtete ihr alles, was mir widerfahren, sagte ihr auch, daß ich verheiratet wäre mit Habiba und daß ich geschworen habe, vor Tagesanbruch wieder bei ihr zu sein. Als

Dalila dies hörte, wurde sie ganz blaß und sagte: »Nun denke, wenn Habiba – nachdem sie durch eine List dich ein Jahr lang bei sich eingesperrt hielt – doch noch keine einzige Nacht von dir getrennt bleiben will, wie muß mir zumute sein, da ich schon ein ganzes Jahr mit allen seinen 360 Nächten ohne dich lebe? Ich habe dich doch früher gekannt, und weil ich deiner Liebe traute und aus Rücksicht für deine Cousine, der Gott sein Erbarmen schenken möge, dir gar keinen Zwang auferlegt.« Bei diesen Worten sah sie mich ganz grimmig an, wie ein Gespenst, so daß ich an allen Gliedern zitterte. Nach einer kleinen Pause fuhr sie fort: »Nun, da du verheiratet bist und einen Sohn hast, was kann mir deine Gesellschaft nützen? Ich kann keinen Ehemann um mich leiden, ich lebe nur gern in Gesellschaft unverheirateter Männer; du hast mich für eine gemeine Dirne aufgegeben, die dich durch List herbeigelockt, ich habe nichts mehr mit dir gemein; aber, bei Gott, sie soll dich auch nicht länger besitzen, keine von uns beiden soll dich haben.« Sie rief hierauf ihre Leute herbei, und es kamen zehn Sklavinnen, die mich zu Boden warfen und auf mir knieten. Dalila ergriff ein Messer und sagte: »Bei Gott! Ich schlachte dich, wie man einen Bock schlachtet, das ist die geringste Strafe, die du für dein Verfahren gegen deine Cousine verdienst.« Als ich auf dem Boden lag, von den Sklavinnen festgehalten, und Dalila schon das Messer wetzte, verlor ich alle Hoffnung auf das Leben und schrie nach Hilfe, aber niemand hörte mich und Dalila wurde immer härter und grimmiger, befahl den Sklavinnen, mich zu binden und zu prügeln, wobei sie selbst nicht untätig blieb, bis meine Stimme erlosch und ich in Ohnmacht fiel. Ich dachte, als ich wieder zu mir kam, es wäre besser für mich gewesen, sie hätte mich gleich geschlachtet, als so gepeinigt und nun glaubte ich die Worte meiner Cousine, welche mir sagte: »Gott bewahre dich vor ihrer Bosheit und List.« Ich schrie und weinte wieder, aber sie kehrte sich nicht daran, und sobald sie das Messer gewetzt hatte, hieß sie die Sklavinnen, welche noch immer auf mir knieten, aufstehen und kam auf mich zu, um mir den Hals abzuschneiden. Da gab mir Gott die Worte meiner Cousine ein: »Treue ist schön, Verrat abscheulich.« Als Dalila diese Worte hörte, warf sie das Messer weg und sagte: »Gott erbarme sich deiner Cousine, die auch nach ihrem Tode dir noch das Leben rettet; doch will ich dich nicht ohne Zeichen deiner Untreue entlassen.«

Dalila ließ mir dann die Hände binden, setzte ein kupfernes Pfännchen über das Feuer, goß Schmalz hinein und einige andere Salben. Dann nahm sie ein Rasiermesser und brachte mir eine schwere Wunde bei, brannte sie mit einem heißen Eisen und legte ein blutstillendes Pflaster darauf. Ich lag lange in Ohnmacht, und als ich wieder zu mir kam, war das Blut schon gestillt, aber ich war verstümmelt. Als Dalila meine Augen offen sah, sagte sie mir: »Nun kannst du wieder zu deiner Gattin gehen oder zu wem du sonst willst; ich habe meine Rache vollbracht, packe dich jetzt fort und danke dein Leben deiner Cousine.« Bei diesen Worten gab sie mir einen Tritt mit dem Fuß; da ich aber nicht aufstehen konnte, ließ sie mich durch ihre Sklavinnen zur Tür hinaustragen. Ich blieb eine Weile auf der Straße liegen, bis ich imstande war aufzustehen, dann kroch ich ganz langsam zu meiner Frau, deren Haustür noch offen war. Ich fiel an der

Tür hin, und meine Frau kam heraus und trug mich in den Saal. Da sie mich aber verstümmelt fand und wohl wußte, daß ich meinen Eid gebrochen, ließ sie mich im Schlafe wegtragen. Als ich erwachte, fand ich mich auf der Straße vor der Tür ihres Gartens liegen. Ich stand auf und ging in mein elterliches Haus; da hörte ich, wie meine Mutter über meine lange Abwesenheit weinte; sie sagte eben: »O mein Sohn Asis, wüßte ich doch nur, in welchem Land du dich aufhältst.« In diesem Augenblick nahte ich mich ihr und umarmte sie. Sie weinte, sowohl vor Freude mich wieder zu sehen, als vor Kummer über mein übles Aussehen, und auch ich weinte mit ihr, weil ich mich meiner Cousine erinnerte, die mir so viele Wohltaten erwiesen. Noch größer aber wurde meine Trauer, als ich nach meinem Vater fragte und meine Mutter mir sagte, er sei vor zehn Tagen gestorben. Diese Nachricht schmerzte mich so sehr, daß ich in Ohnmacht fiel. Als ich wieder zu mir kam, fiel mein Blick auf den Platz, wo meine Cousine zu sitzen pflegte, und ich weinte wieder in einem fort bis Mitternacht und sagte meiner Mutter: »Wohl habe ich mein Schicksal verdient und noch ein härteres.« Meine Mutter fragte mich, was mir denn widerfahren und ich erzählte ihr meine Abenteuer. Da dankte sie Gott, daß ich noch so davon gekommen und nicht geschlachtet worden sei; sie tröstete mich dann und pflegte mich, bis ich wieder ganz geheilt war. Dann sagte sie: »Jetzt, da du keine Geliebte mehr hast und deine Cousine von Herzen beweinst, will ich ihrem Willen gemäß dir geben, was ich für dich aufbewahren sollte.« Sie öffnete eine Kiste und gab mir das Stück Tuch, worauf die Gazelle gestickt war, und es waren folgende Verse dazu geschrieben:

»Du hast der Liebe Schmerz in mir erregt und bist dabei ruhig geblieben; du hast mein müdes Auge wachen lassen, während das deinige schlief. Du versprachst mir, meine Liebe zu verbergen und ließest dir alles auslocken. Dein Bild schwebt mir stets vor Augen, sie werden sich nie dem Schlaf schließen, noch wird mein Herz je dem Trost zugänglich sein. O mein Freund! Ich beschwöre dich, schreibe auf meinen Grabstein, wenn ich tot sein werde, daß ich als Opfer der Liebe gestorben. Rufe meinen Namen aus, wenn du an meinem Grab vorübergehst. Meine Gebeine werden stöhnend deinen Gruß erwidern.«

Ich weinte laut, als ich diese Verse gelesen hatte, und schlug mir ins Gesicht. In diesem Briefchen fand ich dann noch ein anderes Papier, auf dem folgendes geschrieben war: »Wisse, mein Vetter, daß ich dich von meinem Blut freispreche und zu Gott bete, daß er zwischen dir und deiner Geliebten immerwährende Eintracht erhalte; sollte sie dir etwas zuleide tun, so kehre nicht zu ihr zurück und knüpfe auch kein neues Verhältnis an; ertrage dein Unglück mit Geduld, sonst gehst du zugrunde; denn wäre nicht dein Lebensziel bestimmt, so hättest du schon längst den Todeskelch geleert; doch gelobt sei Gott, der meinen Sterbetag vor den deinigen gesetzt. Gib wohl acht auf diese Gazelle, die mein einziger Trost in deiner Abwesenheit war. Kommst du in die Nähe des Mädchens, das diese Gazelle gestickt hat, so reiß dich von ihr los, knüpfe aber dann keine andere Bekanntschaft an. Wisse, daß diejenige, welche diese Gazelle gestickt hat, jedes Jahr eine solche verfertigt und in die Welt schickt, um berühmt zu werden. Deine Geliebte hat sie zufällig bekommen und aus falscher Ruhmsucht den Leuten gesagt, sie wäre von ihrer Schwester. Sie hat aber gelogen, Gott entziehe ihr seinen Schutz! Ich sage dir dies, weil ich weiß, daß nach meinem Tod die Welt dir eng wird, du könntest dann umherreisen, um die aufzusuchen, welche diese Gazelle verfertigt hat, deshalb wisse, es ist niemand anders, als die Tochter des Königs der Kampferinseln.« Als ich diesen Brief gelesen hatte, weinte ich den ganzen Abend mit meiner Mutter und verlebte dann ein trauriges Jahr mit ihr, bis Kaufleute aus meiner Stadt sich zu einer Reise vorbereiteten; da entschloß ich mich, sie zu begleiten, auch meine Mutter redete mir zu, weil sie hoffte, die Reise würde mich zerstreuen, und so machte ich mich mit ihnen auf den Weg; doch blieb mir auf der ganzen Reise kein Auge trocken, und so oft wir in eine Herberge einkehrten, nahm ich mein Päckchen heraus und betrachtete die Gazelle und dachte an meine Cousine, die aus hoffnungsloser Liebe zu mir gestorben. Nach einem Jahr kehrte ich mit der Karawane nach Hause zurück. Da aber meine Leiden immer mehr wuchsen, trat ich eine zweite Reise an, die mich an den sieben Kampferinseln vorüberführte, mit ihren kristallenen Schlössern; dort regiert ein König, welcher Scheberman heißt, und man sagte mir, meine Gazelle sei von dessen Tochter Dunia gestickt. Als ich sie sah, weinte ich von Neuem über meine Verstümmelung, denn Dunia ist das reizendste Geschöpf Gottes, und seither ist mein Schmerz nicht mehr zu lindern. Ich bin nun des traurigen Lebens satt, ich will jetzt in meine Heimat zurückkehren und bei meiner Mutter sterben, weiß aber nicht, ob meine Kräfte noch so weit reichen.

Hierauf weinte und seufzte der Jüngling lange, betrachtete die Gazelle und sagte dem Prinzen: »Das ist meine Geschichte, mein Herr, hast du je eine so wunderbare gehört?«

Als Tadj Almuluk von der berühmten Künstlerin Dunia hörte, entzündete sich eine Flamme in seinem Herzen und er sagte ganz verwirrt zu dem Jüngling: »Bei Gott! Dir ist widerfahren, was noch keinem anderen vor dir; aber sage mir, wieso hast du das Mädchen gesehen, das diese Gazelle gestickt?« Asis antwortete: »Mein Herr! Ich bin durch List zu ihr gelangt. Als ich nämlich mit diesen Kaufleuten in die Stadt kam, wo sie wohnt, und in den Gärten spazieren ging, sah ich einen steinalten Mann vor einem herrlich blühenden Garten sitzen; ich fragte ihn, wem dieser Garten gehöre, und er antwortete mir, der Prinzessin Dunia, deren Schloß gerade über dem Garten liegt, und aus dem sie durch eine geheime Tür zuweilen hierher spazieren geht, um den Duft der Blumen einzuatmen. In der Hoffnung, durch einen Blick das Feuer, das in mir brannte, zu löschen, bat ich den Alten um Erlaubnis, mich ein wenig in den Garten zu setzen. Als er es mir erlaubte, gab ich ihm einiges Geld, um etwas zu essen zu holen; er nahm das Geld freudig, führte mich an einen angenehmen schattigen Platz und sagte: ›Warte hier, bis ich wiederkomme.‹ Der alte Gärtner kam bald mit einem Hammelbraten zurück und wir aßen zusammen, bis wir satt waren; mir aber zersprang das Herz vor Ungeduld, die Prinzessin zu sehen. Auf einmal öffnete sich die geheime Tür und der Alte sagte mir: ›Verbirg dich schnell, mein Sohn!‹ Dann trat ein Verschnittener zum Alten und fragte ihn, ob jemand bei ihm

wäre? Der Alte sagte: ›Nein!‹ und schloß die Gartentür. Jetzt trat ein Mädchen aus dem Schloß heraus, so schön, daß ich glaubte, der Mond ging eben auf. Ich sah sie lange an und verlangte nach ihr, wie der Durstige nach Wasser. Als sie wieder ins Schloß zurückging, verließ auch ich den Garten und begab mich in meine Wohnung, denn ich wußte, daß ich als Kaufmann um keine Prinzessin werben könnte, und dann war ich ja auch ganz verstümmelt; darum hielt ich mich denn auch nicht länger dort auf und setzte meine Reise mit den Kaufleuten weiter fort, bis hierher.« Tadj Almuluks Verwirrung nahm immer zu; er bestieg sein Pferd, nahm Asis mit in seine Heimat und ließ ihm ein Haus einräumen mit allem, was er bedurfte. Aber das, was er gehört hatte, ließ einen so tiefen Eindruck in ihm zurück, als hätte er Dunia gesehen; er ging am folgenden Tag weinend und entstellt ins Schloß und erzählte seinem Vater, was er von Asis über die Reize und Geschicklichkeit der Prinzessin Dunia gehört. Der König sagte zu Tadj Almuluk: »Mein Sohn, laß ab von solchen Gedanken! Die Prinzessin Dunia ist die Tochter eines großen Königs, dessen Land sehr entfernt von dem unsrigen liegt; was ist zu tun? Geh lieber in das Schloß deiner Mutter, dort findest du 500 Mädchen wie der Mond, wähle dir, welche du willst, und gefällt dir keine davon, so verschaffe ich dir eine andere Prinzessin, die wohl noch schöner sein mag, als Dunia.« Der Prinz aber erwiderte: »Ich will keine andere als die, welche diese Gazelle gestickt; wo nicht, so irre ich in Wüsten und in Einöden umher, bis ich sterbe.« »So habe wenigstens Geduld, mein Sohn, bis ich zu ihrem Vater schicke und bei ihm für dich anhalten lasse, so wie es auch bei mir mit deiner Mutter der Fall war, und wenn er sie dir verweigert, so mache ich sein Königreich vor einer Armee zittern, deren Vorposten bis zu seinem Lande reichen, während der Nachtrab noch hier lagert.«

Der König rief sogleich Asis und bat ihn, da er den Weg nach den Kampferinseln wisse, seinen Vezier dahin zu begleiten; dem Vezier wurde sogleich befohlen, sich reisefertig zu machen, um bei dem König der Kampferinseln für Tadj Almuluk um seine Tochter anzuhalten. Tadj Almuluk war indessen sehr niedergeschlagen, und als der Abend dämmerte, rezitierte er folgende Verse:

»Die Dunkelheit bricht heran und meine Tränen fließen stärker und der Liebesgram entlockt mir brennende Seufzer. Fragt nur die Nächte, sie werden euch von der Qual meines Herzens Kunde geben. Sehnsuchtsvoll blicke ich zu den Sternen hinauf und wie Hagelkörner stürzen Tränen aus meinen Augen. Ich fühle mich so einsam und verlassen wie ein Waisenknabe, und klage meinen Schmerz niemandem, als Gott.«

Als des anderen Morgens sein Vater zu ihm kam und ihn sehr übel aussehend fand, tröstete er ihn und versprach ihm, ihn mit seiner Geliebten zu vereinigen. Sobald der Vezier reisefertig war, reiste er mit Asis ab, und der König gab ihm viele Geschenke mit. An der Grenze der Kampferinseln angelangt, schickte der Vezier einen Boten voraus, um dem König seine Ankunft zu melden, und der König schickte mehrere Meilen weit ihm seine Adjutanten entgegen, die ihn ins Schloß geleiteten. Nachdem der Vezier vier Tage lang im Fremdenhotel bewirtet wurde, begab er sich zum König und trug ihm sein Anliegen vor. Der König beugte verlegen den Kopf zur Erde, weil er wohl wußte, daß seine Tochter keine Lust zum Heiraten hatte. Dann sagte er zu einem seiner Diener: »Geb zu deiner Herrin Dunia und berichte ihr, was du eben gehört.« Der Diener kam nach einer Weile zurück und sagte: »Als ich deinen Befehl bei der Prinzessin vollzog, wurde sie so aufgebracht, daß sie mit einem Stock auf mich lossprang und mir das Hirn spalten wollte; auch sagte sie: Wenn man mich zur Ehe zwingen will, so werde ich meinen Gatten umbringen.« Der König sagte hierauf zum Vezier: »Ihr habt gehört, meine Tochter will nicht heiraten, berichtet es euerm König.« Der Vezier und Asis kehrten nun unverrichteter Sache in ihre Heimat zurück und erstatteten dem König Bericht von dem Mißlingen ihrer Sendung. Der König ließ sogleich die Befehlshaber seiner Armee rufen und befahl ihnen, die Truppen zu einer Expedition auszurüsten. Aber der Vezier riet ihm ab und sagte: »Der König ist ja ganz unschuldig, nur seine Tochter hat ihm sagen lassen, daß, wenn er sie zwinge, sie ihren Gatten töten würde.« Der König war sehr verlegen und ängstlich für seinen Sohn, er dachte auch: »Wenn es mir gelingt, ihren Vater zu besiegen und sie selbst zu bezwingen, so wird sie sich das Leben nehmen.« Als er hierauf seinem Sohn dies mitteilte, sagte dieser: »O mein Vater! Ich kann nicht länger das Leben so ertragen, ich will selbst nach den Kampferinseln reisen und Mittel suchen, zur Prinzessin zu gelangen, und sollte ich auch sterben; ich weiß nichts anderes zu tun.« Der König willigte ein und fragte ihn: »In welcher Eigenschaft willst du dahin reisen?« »Ich will am liebsten als Kaufmann dort erscheinen.« Der König ließ sogleich für 100000 Dinare Waren einpacken und Tadj Almuluk machte sich reisefertig, brachte jedoch vor Liebesgram und Sehnsucht eine sehr unruhige Nacht zu; ebenso Asis, der mit dem Prinzen weinte, weil er sich wieder seiner Cousine erinnerte. Am folgenden Morgen trat Tadj Almuluk in Reisekleidern vor seine Mutter, meldete ihr seine Abreise, ließ sich 50000 Dinare von ihr geben und nahm Abschied von ihr; dann ging er zu seinem Vater, der ihm ebenfalls noch 50000 Dinare gab und ihm erlaubte, einstweilen sein Zelt vor der Stadt aufschlagen zu lassen, was auch sogleich geschah. Der Prinz blieb dann noch zwei Tage im Zelt mit Asis, den er immer lieber gewann, so daß er ihn beschwor, ihn zu begleiten. Asis willigte ein, trotz seiner Sehnsucht nach seiner Mutter. Nach zwei Tagen reisten sie in Gesellschaft des Veziers ab, der alles Mögliche tat, um Tadj Almuluk zu beruhigen, und auch Asis suchte ihn zu zerstreuen, indem er ihm Gedichte rezitierte und Erzählungen und Geschichten vortrug. Als aber die Reise schon ununterbrochen zwei Monate dauerte, wurde dieser ungeduldig und sprach voller Verzweiflung folgende Verse:

»Lang ist der Weg, groß mein Schmerz und brennend die Liebesflamme meines Herzens. Meine Leiden haben mein Haar grau gefärbt, denn ich schwöre, sie sind so schwer, daß der höchste Berg sie nicht tragen könnte. Erkundigt euch bei der Nacht nach mir, sie wird euch sagen, daß sie mich nie anders als von Sehnsucht verzehrt gesehen. O Dunia, meine Liebe tötet mich und nur die Hoffnung einer Vereinigung gibt mir Kraft, weiterzuziehen!«

Er fragte dann den Vezier, wie weit noch bis zu den Kampferinseln wäre, und er wurde untröstlich, als er hörte, er habe noch zwei Monate zu reisen. Aber

er faßte wieder neue Geduld und Hoffnung, als nachts im Traum seine Geliebte ihn besuchte und sich in seine Arme warf. »Dies«, sagte der Vezier, als ihm der Prinz seinen Traum erzählte, »ist ein gutes Zeichen; sei nur munter und fröhlich.« Nach einer Reise von vier Monaten entdeckten sie endlich in der Ferne einen weißen Punkt und Asis sagte zu Tadj Almuluk, als eben die Sonne aufging: »Dieser weiße Punkt ist die Stadt, die wir suchen.« Tadj Almuluk war vor Freude außer sich, ging mit neuer Kraft vorwärts und stieg, da er als Kaufmann reiste, in einer Kaufmannsherberge ab, die noch größer war, als die, in welcher früher schon Asis mit seiner Karawane gewohnt hatte. Hier lud er seine Waren ab, brachte sie in die Magazine und ruhte vier Tage aus. Der Vezier hielt es dann für ratsam, ein großes, geräumiges Haus zu mieten, wo man viele Feste geben und recht viel Aufsehen erregen könnte. Als sich ein solches Haus gefunden hatte, sagte er zum Prinzen: »Das genügt noch nicht, um unsern Zweck zu erreichen; wir müssen nun auf dem großen Waren-Bazar einen Laden mieten; du wirst durch deine Schönheit bald bewundert werden, und Asis kann als dein Gehilfe bei dir sitzen; so werden wir, so Gott will, nach und nach zum Ziele gelangen.« Sie gingen nun zusammen auf den Bazar, und alle Leute, die den Prinzen sahen, sagten: »Der Engel Rhidwan hat die Pforten des Paradieses schlecht bewacht, so daß dieser schöne Jüngling entweichen konnte«; ein anderer sagte: »Das ist gewiß ein Engel.« Der Vezier erkundigte sich auf dem Bazar nach dem Obersten der Kaufleute, und man führte ihn in seinen Laden, wo viele Kaufleute versammelt waren, welche alle den Vezier seines ehrwürdigen Aussehens willen mit vieler Auszeichnung aufnahmen.

Auch der Oberste stand sogleich vor dein Vezier auf, grüßte ihn freundlich, bewillkommte ihn, hieß ihn neben sich sitzen und fragte ihn, ob er irgend ein Anliegen habe? Er antwortete: »Mein Herr, ich bin ein alter Mann und Vater dieser beiden Söhne, mit denen ich schon alle Länder durchreist habe; ich pflege immer in den großen Städten ein Jahr zuzubringen, damit meine Söhne sich zerstreuen und deren Einwohner kennen lernen. Ich habe nun auch hier schon eine Wohnung gemietet und wünsche nun noch einen schönen Laden in der günstigsten Lage des Bazars, damit meine Söhne mit dem hiesigen Handel und den hiesigen Kaufleuten bekannt werden.« Der Oberste, welchen das schöne Gesicht des Prinzen und Asis' bestach, rief voll Entzücken aus: »Gepriesen sei Allah, der dir so hübsche Söhne beschert«, und ging sogleich wie ein Diener selbst mit dem Vezier, und wies ihm einen sehr schönen und geräumigen Laden an, dessen Fächer von Elfenbein und Ebenholz waren, übergab ihm die Schlüssel dazu und wünschte ihm viel Glück. Der Vezier dankte ihm und ließ seine Waren aus den Magazinen in den Laden bringen. Als am folgenden Morgen alle Waren im Laden waren, ging der Vezier mit dem Prinzen und Asis ins Bad; da der Oberste der Kaufleute hörte, daß sie ins Bad gegangen, begab er sich auch dahin und wartete im Saal, bis sie aus dem Badezimmer herauskamen. Auf einmal erschienen der Prinz und Asis mit roten Wangen, schwarzen Augen und glänzender Haut; sie glichen zwei Monden und gingen bescheiden einher wie zwei Gazellen. Der Oberste sagte ihnen: »Euer Bad bekomme euch wohl!« Tadj Almuluk erwiderte: »Wärest du doch mit uns ins Bad gekommen!« Beide gingen dann auf ihn zu und küßten ihm die Hand und erboten sich, noch einmal mit ihm ins Badezimmer zu gehen, um ihn zu bedienen, weil er ihnen einen so schönen Laden angewiesen. Als sie zum zweiten Mal im Bad waren, ließ Asis keinen anderen den Obersten mit Wasser begießen und der Prinz wusch ihn mit eigener Hand. Der Oberste wollte es zwar nicht zugeben, aber der Vezier sagte: »Betrachte meine Söhne nur als die deinigen.« Darauf antwortete der Oberste: »Gott erhalte sie, gewiß werden sie über die ganze Stadt Segen verbreiten!« Als der Oberste so von Asis begossen und von dem Prinzen gewaschen wurde, glaubte er, er wäre im Paradies. Nachdem er am ganzen Körper gewaschen war, brachten die Diener seine Tücher und trockneten ihn ab; dann zog er sich an und verließ mit dem Vezier, dem Prinzen und Asis das Badehaus. Im Heimgehen sagte der Vezier zum Obersten: »O mein Herr, ist nicht das Bad der höchste Genuß auf Erden?« Der Oberste antwortete: »Gott lasse es dir und deinen Söhnen wohl bekommen und bewahre sie vor dem bösen Auge!« Tadj Almuluk rezitierte dann folgende Verse:

»Das Leben im Bad ist das allerschönste Leben, nur schade, daß man so kurz darin verweilt. Es ist ein Paradies, in dem man aber nicht gern lange weilt, und eine Hölle, in die man gerne geht; man lebt im Wasser auf wie Moses, und im Feuer wie Abraham.«

Asis sagte dann: »Ich weiß auch einige Verse über das Bad«, und auf Verlangen des Obersten rezitierte er folgende:

»Ich kenne ein Haus, in welchem die schönsten Blumen aus harten Steinen aufblühen, es ist entzückend, während rund umher ein Höllenfeuer brennt. Es ist ein Paradies, das wie die Hölle aussieht, darin wandeln viele Sonnen und Monde umher.«

Dem Obersten gefielen diese Verse so gut, daß er den Vezier mit den Jungen zu sich einlud; aber sie nahmen es nicht an, sondern gingen in ihr Haus. Am folgenden Morgen standen sie auf, wuschen sich, beteten, frühstückten und öffneten ihren Laden, nachdem sie die kostbarsten Teppiche, Divane und Matten dahin geschafft hatten. Der Vezier saß mitten im Laden, und an seinen beiden Seiten saßen der Prinz und Asis; vor jedem standen zwei Diener, außer vielen andern, die im Hintergrund allerlei Arbeiten verrichteten. So blieben sie den ganzen Tag beisammen und sahen aus, als kämen sie vom Paradies. Bald verbreitete sich ihr Ruf durch die ganze Stadt, und alle Leute drängten sich in ihren Laden, um die kostbarsten Waren und die schönen Jünglinge zu sehen. Der Prinz, aus Furcht sich zu verraten, wagte es nicht, nach seiner Geliebten zu fragen, und seufzte und schmachtete lange vergebens nach ihr; es schmeckte ihm weder Essen noch Trinken, und er wurde sehr mager und blaß. Eines Tages, als er im Laden saß, blieb eine Alte mit zwei Sklavinnen vor dem Laden stehen und bewunderte sein schönes Gesicht und seinen hübschen Wuchs, und rief aus. »Gepriesen sei Allah, der ihn geschaffen und wie den schönsten Baumzweig gebildet, das ist kein Mensch, das ist ein edler Engel!«

Diese Alte war die Erzieherin der Prinzessin Dunia, die er durch seine persönlichen Vorzüge, sowie durch königliche Geschenke, so sehr für sich einnahm, daß sie ihm ihre Dienste anbot, und durch ihre und des königlichen Gärtners Vermittlung gelang es ihm, Dunias Herz und Hand zu gewinnen.

Als der Vezier Dendan diese Erzählung vollendet hatte, sagte Dhul Makan: »Niemand weiß, wie du, ein betrübtes Herz aufzuheitern.« Der Vezier versprach ihm, die nächste Nacht noch eine schöne Geschichte zu erzählen. Indessen dauerte die Belagerung von Konstantinopel vier Jahre lang, und die Truppen waren ermüdet von vielem Arbeiten und Wachen und beklagten sich beim Vezier. Der Vezier kam zu Dhul Makan und sagte ihm: »Die Truppen fangen an zu murren, sie sehnen sich nach ihrer Heimat zurück.« Dhul Makan ließ die Anführer der Armee versammeln und fragte sie, ob sie wohl abziehen wollten, ohne für den König Omar und dessen Sohn Scharkan Rache genommen und ohne die Alte gehängt zu haben, die an allem Unheil schuld sei? Die Heerführer übertrugen ihre Stimmen dem Vezier, und dieser sagte dem König: »Ein längeres Bleiben wäre jetzt doch ganz fruchtlos; ich halte es für besser, jetzt heimzukehren und nach einiger Zeit wieder die Kreuzanbeter plötzlich mit allerlei Kriegsmaschinen und Belagerungswerkzeugen zu überfallen.« Dhul Makan willigte in den Abzug ein, denn auch er sehnte sich nach seinem Sohn Kana ma Kana und seiner Nichte Kadha.

Dhul Makan ließ alsbald bekannt machen, daß er in drei Tagen aufbrechen würde, und die ganze Armee bereitete sich höchst entzückt zur Rückreise vor. Am vierten Tag erschallten die Trompeten und Zimbeln, die Fahnen entfalteten sich und die Truppen brachen freudig auf, mit dem König und dem Vezier an ihrer Spitze. Ganz Bagdad war auf den Beinen, als die Armee zurückkehrte und Freunde und Verwandte sich wiedersahen. Der König eilte in sein Schloß, wo er seine Gattin und seinen nunmehr siebenjährigen Sohn Kana wiedersah.

Als der König von der Reise ausgeruht hatte, ging er mit seinem Sohn ins Bad, dann bestieg er den Thron, den seine Veziere und Vornehmen des Reichs umgaben, und ließ den Badheizer rufen, gegen den er so viele Verbindlichkeiten hatte. Als er hereintrat, standen der König und alle Großen vor ihm; der Badheizer, der so fett und dick geworden, daß sein Hals dem eines Elefanten glich,

war höchst erstaunt, als man ihm so viele Ehre erwies, denn er erkannte den König nicht. Aber dieser näherte sich ihm und sagte: »O wie schnell hast du mich vergessen!« Als er ihn wiedererkannte, umarmte er ihn und sagte: »Mein Freund! Wer hat dich zum Sultan gemacht?« Alle Umstehenden lachten über ihn und Dendan sagte ihm: »Sei nur ehrerbietig, dein ehemaliger Freund ist jetzt Sultan, du bist ihm noch teuer; drum, wenn er dir sagt, du sollst dir etwas wünschen, so fordere nur recht viel.« Der Badheizer dankte ihm für seinen Rat und sagte: »Er wollte etwas verlangen, wovon ihm jede Nacht träume und das er stets im Sinne habe, vielleicht werde sein Freund es ihm gewähren.« »Sei nur nicht schüchtern«, sagte der Vezier; »bei Gott! Wenn du statt seines Bruders die Statthalterschaft von Damaskus von ihm forderst, wird er dir es auch gewähren.« Als nun Dhul Makan dem Badheizer sagte: »Wünsche dir, was du willst, und forderst du die Hälfte des Königreichs, soll es dir gewährt sein, weil du mir das Leben gerettet«, antwortete er: »Ich möchte etwas, aber ich fürchte, du wirst mir es abschlagen.« Der König wiederholte: »Gib mir nur deinen Wunsch zu erkennen, fürchte nichts!« Aber der Badheizer sagte mehrere Mal, er fürchte, es möchte dem König so leicht nicht sein, seinen Wunsch zu erfüllen, und er wolle es lieber nicht sagen; denn er fürchte, und so fort, bis endlich der König ihm zornig zurief: »Wie oft muß ich dir noch sagen: fürchte nichts, es sei, was es wolle.« Da sagte der Badheizer: »Gib mir einen Firman, der mich zum Aufseher aller Badheizer von Jerusalem ernennt.« Der Sultan lachte, und alle Anwesenden lachten mit ihm und jener sagte: »Wünsche dir etwas anderes.« Da sagte der Badheizer. »Habe ich nicht voraus gewußt, daß der Sultan mir meine Bitte nicht gewähren kann?« Der Vezier winkte ihm und hieß ihn etwas anderes wünschen. »Nun, ich will Oberster der Mistträger in Jerusalem oder Damaskus sein.« Alle Anwesenden lachten noch mehr, und der Vezier schlug ihn. Da sagte der Badheizer: »Was schlägst du mich? Ich bin ja unschuldig; hast du mir nicht gesagt, ich dürfe das Allerhöchste wünschen? Wenn mir der Sultan dies nicht gewähren will, so verlasse ich seine Hoheit und gehe in meine Heimat zurück.« Der König, welcher merkte, daß er nur Scherz treibe, näherte sich ihm dann und sagte: »Ich beschwöre dich, mache jetzt dem Scherz ein Ende und begehre etwas, das meiner Stellung gemäß ist.« Der Badheizer sagte: »Nun, wenn ich ernst sein soll, so bitte ich dich um die Statthalterschaft von Damaskus.« Der König sagte: »Sie sei dir verliehen«, und ließ ihm sogleich den Firman ausfertigen.

Dhul Makan sagte dann zum Vezier: »Du gehst mit ihm nach Damaskus und kehrst bald wieder mit meiner Nichte Khada hierher zurück, daß ich sehe, wie es ihr gegangen und was sie gelernt hat.« In einem Monat war alles zur Reise bereit; der Vezier und der Badheizer nahmen dann Abschied vom Sultan, der diesem empfahl, in seiner Statthalterschaft Gerechtigkeit walten zu lassen und für das Wohl der Muselmänner besorgt zu sein. Auch verlangte er von ihm, daß er sich zum heiligen Kampf gegen die Ungläubigen rüste, damit er mit seinen Truppen erscheine, sobald er dazu aufgefordert würde, und dann nahmen sie Abschied voneinander. Der Badheizer, dem Dhul Makan den Namen Sultan Siblakan und den Ehrennamen Mudjahid* gab, reiste mit 5000 Mamelucken ab, die ihm die Großen Bagdads geschenkt hatten, und Rustem und die anderen Heerführer der Muselmänner begleiteten ihn drei Tage weit. Als er in Damaskus ankam, wo man schon durch Eilboten und durch Vögel von seiner Ernennung zum Statthalter Nachricht hatte, fand er die ganze Stadt festlich geschmückt, und alle Bewohner, groß und klein, jung und alt, Freie und Sklaven, kamen ihm entgegen. Er begab

* Der heilige Kämpfer

sich in die Zitadelle mit dem Vezier, der ihn in allem unterrichtete, bestieg den Thron, teilte viele Geschenke aus und regierte mit so vieler Einsicht, daß ihn der Vezier bewunderte. Er beschäftigte sich dann bald mit der Ausstattung Kadhas, der Tochter Scharkans; er ließ ihr eine schöne Sänfte machen, schenkte ihr zwei Sklavinnen zur Bedienung und übergab sie dem Vezier, der sie in einem Monat nach Bagdad brachte. Dhul Makan, welcher dem Vezier, sobald er dessen Ankunft vernahm, entgegenging, freute sich sehr, als er seine achtjährige Nichte sah, doch rief ihr Anblick eine schmerzliche Erinnerung an ihren Vater zurück; er ließ ihr viele Kleider zuschneiden und kostbaren Schmuck verfertigen, und sie mußte mit seinem Sohn Kana zusammenwohnen. Beide wurden sehr geschickt, doch war Kadha durch ihren Verstand und durch ihre Beredsamkeit ausgezeichnet, während Kana etwas leichtsinnig, hingegen äußerst freigebig und edelmütig war. Sie ritten oft miteinander aus und übten sich im Schlagen und Fechten. Als sie beide zwölf Jahre alt waren und der König alle Vorbereitungen zum heiligen Kampf getroffen hatte, ließ er den Vezier rufen und neben sich sitzen, und nachdem er ihn reichlich beschenkt hatte, sagte er ihm: »Ich muß dich um Rat fragen, ob ich recht tue, wenn ich die Regierung meinem Sohne Kana übertrage, damit ich mich bei meinem Leben noch an seiner Herrschaft freue.« Der Vezier riet ihm ab, weil erstens der Prinz noch zu jung war, und weil zweitens gar oft ein Sultan, der die Herrschaft seinem Sohn überläßt, bald darauf stirbt. Der König stimmte ihm bei und fragte ihn dann, ob er dazu rate, daß er seinen Sohn Kana mit seiner Nichte Kadha vermähle, da doch beide gleich schön und liebenswürdig und dasselbe Alter und denselben Rang haben? Der Vezier antwortete: »Verfahre in dieser Sache, wie es dir gut dünkt; wir werden deinem Befehl gehorchen.« Der König ließ sogleich den Verwalter, den Gatten seiner Schwester, rufen, ernannte ihn in Gegenwart aller Großen des Reichs zum Vormund seines Sohnes und ließ ihn den Eid der Treue schwören.

Dhul Makan ging dann zu seiner Schwester Nushat Assaman und empfahl ihr seinen Sohn Kana und dessen Mutter, und sie versprach ihm, Kana wie ihren eigenen Sohn zu lieben. Sodann predigte Dhul Makan seinem Sohn Tag und Nacht über das, was er nach seinem Tod zu tun habe, denn er fühlte wohl, daß seine Stunde nicht mehr fern sein würde. In der Tat war er bald so krank, daß er wenig Hoffnung mehr zur Genesung hatte. Er ließ dann wieder seinen Sohn und den Vezier rufen, und als beide neben ihm saßen, sagte er jenem: »Mein Sohn! Betrachte diesen Vezier als deinen Vater, ebenso auch den Verwalter, den ich zu deinem Pflegevater ernannt, denn ich werde bald aus dieser vergänglichen Welt in jene ewigdauernde übergehen. Es tut meinem Herzen weh, mich von dir, meiner Gattin und meiner Schwester zu trennen. Noch etwas wird aber bis zur Sterbestunde mich kränken; es ist der Tod deines Großvaters Omar und deines Oheims Scharkan, für die ich noch keine Rache genommen. Ich beschwöre dich daher bei Gott! Wenn er dich nach mir beim Leben erhält, räche deinen Großvater und deinen Onkel an den Ungläubigen, besonders an der verruchten Dsat Dawahi; doch nimm dich wohl in acht vor ihrer List und Bosheit, und befolge den Rat des Verwalters und des Veziers.« Als Kana diese Worte hörte, flossen seine Augen in Tränen über, und auch der alte Vezier mußte weinen. Indessen zog sich die Krankheit des Sultans noch mehrere Jahre hin. Der Verwalter leitete inzwischen alle Regierungsangelegenheiten und fand überall Treue und Gehorsam. Kana und seine Braut Kadha brachten ihre ganze Zeit mit Fechten, Reiten, Schießen und Jagen zu. Kanas Mutter aber verließ das Bett ihres immer schwächer werdenden Gatten nicht. Eines Tages, als Dhul Makan ganz allein auf seinem Krankenbett lag und über sein baldiges Scheiden von allem, was er besaß, nachdachte, rezitierte er folgende Verse:

»Meine Kraft ist gesunken, meine Zeit ist vorüber, ihr seht, in welchem Zustand ich mich nun befinde. In den Tagen des Glücks war ich der erste unter meinem Volk und derjenige, dem am wenigsten zu wünschen übrig blieb. Nun mußte ich mein Königreich aufgeben und in einen Zustand der Schwäche und Untätigkeit verfallen. Meine Geduld und meine Standhaftigkeit sind dahin. Wenn nur Gott mir die Gnade schenkt, daß mein Sohn meinem Platz auf dem Thron einnehme, und mit Schwert und Lanze an meinen Feinden Rache ausübe; nur diesen Wunsch möchte ich noch vor meinem Tode erfüllt sehen.«

Als er diese Verse vollendet hatte, erschien ihm im Traum jemand, der

ihm sagte: »Sei nur froh, dein Sohn wird an deine Stelle treten und alle Länder mit seinem Namen erfüllen. Danke dem Herrn, dem Schöpfer des Weltalls, der seine Huld an dir vollendet, und betrübe dich nicht über den Verlust deines

Königreichs, deiner Schätze und deines Lebens.« Wenige Tage nachher war seine bestimmte Lebenszeit abgelaufen, und er starb. Alle Bewohner Bagdads waren tief betrübt über seinen Tod, und er wurde von Vornehmen und Niederen beweint. Doch bald wurde er vergessen, und seine Gattin und ihr Sohn Kana wurden immer mehr vernachlässigt. Sie mußten zusammen in einem Zimmer wohnen und erhielten nur ein spärliches Monatsgeld.

Kanas Mutter ging weinend zu Nushat Assaman und sagte ihr in Anwesenheit ihres Gatten, des Verwalters: »O große erhabene Herrin! Der Verstorbene hat keinen Freund mehr; Gott lasse euch nie in Not kommen und fahre fort, euch über alle eure Untertanen mit Gerechtigkeit regieren zu lassen. Ihr wißt, was wir einst an Vermögen, Rang und Macht besaßen, und nun ist alles dahin durch den Tod meines Gatten; ich komme daher, um eure Hilfe zu erflehen.« Nushat Assaman war gerührt, als sie wieder an ihren Bruder erinnert wurde; sie tröstete die Witwe und versprach ihr allen Beistand, erwies ihr viele Ehre, schenkte ihr ein kostbares Kleid und ließ ihr im Schloß neben ihrer Wohnung ein geräumiges Zimmer einrichten, wo sie wieder einige Zeit recht vergnügt mit ihrem Sohn Kana lebte. Dieser wuchs herrlich heran und auch Kadha entwikkelte sich zu einer reizenden Jungfrau; wenn sie beisammen waren, glichen sie zwei leuchtenden Sternen, oder zwei glänzenden Monden, oder zwei schlanken Baumzweigen. Kadha übertraf in ihrem 15. Jahr die Sonne an Schönheit; ihr Gesicht war voller Anmut, ihre Taille zart und die Küsse ihres Mundes süß wie ein Paradiesstrom. Auch Kana war ausgezeichnet durch seine unbeschreibliche Schönheit. Edelmut und Tapferkeit strahlten aus seinen Augen, und doch lag viel Sanftes und Süßes in allen seinen Zügen; er hatte hübsche Locken, und auch sein Bart fing an sichtbar zu werden.

Eines Tages war Kadha am Tigris, von Sklavinnen und Dienern umgeben; es war im Frühling, die Erde hatte ihr grünes Prachtgewand umhüllt und stolzierte mit ihren wunderbaren Blumen. Die Rosen dufteten unter dem Tau hervor, die Kamomille lächelte den sanften Zephyr an. Ihr Geliebter war nicht fern und bewachte sie vor dem bösen Auge, denn sie sah aus wie der leuchtende Mond. Aber sein Herz wurde verwundet von den Pfeilen ihrer Augen, sein Gemüt war aufgeregt und er brach in folgende Verse aus:

»Wann wird mein durch Trennung gemartertes Herz befriedigt werden? Ich klage Gott meine Pein und meinen Liebesgram; o wüßte ich doch nur, ob Kadha meine Liebe teilt.«

Als Kadha, von ihren Dienern und Sklavinnen umgeben, diese Verse hörte, war sie sehr aufgebracht und sagte zu Kana: »Willst du durch deine Verse mich zum allgemeinen Gerede machen? Bei Gott! Wenn du das noch einmal tust, so beklage ich mich bei meinem Vater, dem mächtigen Sultan von Bagdad, der wird dich schon demütigen.« Kana ging betrübt in die Stadt allein zurück und Kadha erzählte ihrer Mutter Nushat Assaman, wie Kana durch seine Verse ihrem Ruf schade. Ihre Mutter sagte: »Laß ihn, er ist ein armer Waise, er hat es nicht bös gemeint; hüte dich, deinem Vater etwas davon zu sagen, der würde

sonst seinem Leben bald ein Ende machen; man würde bald so wenig wie vom gestrigen Tage mehr von ihm sehen, und in ganz Bagdad hieße es dann, Kana hat sich schlecht aufgeführt.« Kana wurde indessen immer verzweifelter; er machte gar kein Geheimnis aus seiner Liebe und schaffte seinem Herzen durch Gedichte Luft, bis endlich dem Verwalter, welcher nun den Namen Sasan führte, einige seiner Verse zu Ohren kamen. Er ging sogleich zu seiner Gattin und sagte: »Sittlichkeit und Zusammenleben junger Leute verschiedenen Geschlechts vertragen sich so wenig miteinander, als Holz und Feuer; bei Königen sollen nicht einmal Bruder und Schwester in einem Hause wohnen; solange Augen blicken und Hüften sich wiegen, sind Jünglinge und Mädchen nicht sicher beieinander; darum wäre es wohl jetzt auch Zeit, da Kana das Mannesalter erreicht hat, daß ihm kein Zutritt mehr zu Kadha gestattet werde, welche doch wohl verdient, daß man sie sorgfältig bewache.«

Nushat Assaman gab dem Verwalter recht, und als am folgenden Tage Kana wie gewöhnlich zu seiner Tante kam, sagte sie ihm: »Ich fühle mich gezwungen, dir einen guten Rat zu erteilen. Der Sultan hat von den Versen gehört, die du in deiner Leidenschaft gedichtet, und mir den Befehl erteilt, dir den Zutritt zu Kadha zu versagen; drum komme gar nicht mehr ins Haus, und wenn du was brauchst, so laß mich herausrufen, ich reiche dir, was du verlangst, zur Türe hinaus.« Kana konnte vor Zorn und Tränen kein Wort herausbringen. Er eilte zu seiner Mutter und erzählte ihr, was ihm seine Tante gesagt. Seine Mutter sagte: »Das kommt von deinem vielen Reden und Ausplaudern deines Geheimnisses; du weißt, daß Kadha durch ihre Schönheit berühmt ist, und da ihr Vater dich erzogen hat, so hättest du mit ihr keine Liebschaft anknüpfen sollen.« Kana erwiderte hierauf: »Und wer verdient denn eher als ich ihr Gatte zu werden? Bin ich nicht ihr Vetter?« Seine Mutter antwortete ihm: »Laß ab von solchen Reden und hüte dich wohl, so etwas einem anderen als mir zu sagen; denn wenn der König Sasan so etwas hört, so ist es um dich geschehen; wer Kadha heiraten will, muß zuerst in den Himmel steigen und das Zwillingsgestirn herunterholen.« Kana war höchst bestürzt, als er seine Mutter so sprechen hörte, und nach einer Weile sagte er ihr: »Wenn dem so ist, kann ich nicht länger hier bleiben; laß uns von hier wegziehen!« Seine Mutter weinte heftig und willigte zuletzt ein. Sie ging in Sasans Palast und nahm das Nötige für sich und ihren Sohn; da begegnete ihr Kadha mit ihrer Mutter und erkundigte sich nach ihrem Sohn, und als sie ihr seinen Zustand schilderte, sagte Kadha: »Bei Gott! Ich habe ihn ungern aus meiner Nähe verstoßen, denn ich liebe ihn noch heftiger, als er mich liebt, ich fürchte nur die Bosheit der Menschen; ich bin ihm von meiner Jugend her recht gut. Meine Zunge ist ohnmächtig, alle Liebe auszusprechen, die ich für ihn fühle, und wäre die seinige nicht so voreilig gewesen, so hätte ihm mein Vater seine Gunst nicht entzogen; doch die Zeiten sind veränderlich und die schönste Tugend ist Geduld; vielleicht wird derjenige, welcher jetzt unsere Trennung beschlossen, auch einst wieder uns vereinigen.« Kanas Mutter dankte ihr und ging wieder zu ihrem Sohn zurück, um ihn durch Kadhas freundliche Worte zu trösten. Dieser Trost belebte ihn wieder von Neuem, aber seine Leidenschaft wurde auch wieder um so heftiger. Er lebte lange noch auf feurigen Kohlen, bis er 17 Jahre alt war; da dachte er in einer schlaflosen Nacht: »Wie lange soll ich noch hier bleiben und meinen Körper zusammenschmelzen lassen, ohne meine Geliebte zu sehen? Mein Aufenthalt hier ist zu peinlich, ich habe nicht einmal einen Freund, dem ich meinen Kummer vertrauen kann. Es ist besser, ich verlasse dieses Land.« Er ging hierauf barfuß und halb nackt aus seiner Wohnung, mit einer alten siebenjährigen Mütze auf dem Kopf, einem trockenen Laib Brot unter dem Arm und in einem Kleid mit kurzen Ärmeln und wartete im Dunkeln, bis das Stadttor geöffnet wurde, dann lief er den ganzen Tag im Freien umher. Seine Mutter war verzweifelt, als sie ihn nicht wiederkommen sah, und schrie weinend: »O mein einziger Freund, o mein Sohn, o Verlangen der Edlen, wie betrübt mich deine Abwesenheit! Ich will nicht mehr essen und nicht mehr trinken und nicht mehr ruhen, ich will nichts als weinen und jammern; o mein Sohn, wo bist du? Wo soll ich dich rufen? Wo bist du, Dhul Makan? Siehst du nicht, wie dein Sohn aus seiner Heimat vertrieben worden? Du warst doch so gerecht, hast alle Hungrigen gesättigt und den Schutzlosen Hilfe gereicht.« Sie jammerte und weinte solange, daß sie alle Bewohner Bagdads rührte. Einige gingen zum König Sasan und sagten: »O König der Zeit! Kana ist doch der Sohn unseres Königs, wir müssen ihn aufsuchen lassen.« Er schrie sie aber heftig an und sagte: »Ergreift ihn und teilt ihn in zwei.« Alle Anwesenden wurden durch diese Worte eingeschüchtert und sagten für sich: »Wir müssen geduldig Gottes Beschluß abwarten.« Später erinnerte sich Sasan doch des letzten Willens des verstorbenen Königs, worin er ihm seinen Sohn empfahl. Er schickte Derkasch mit 100 Reitern aus, um ihn aufzusuchen, Derkasch kam aber nach zehn Tagen ohne Nachricht von ihm zurück. Kana irrte indessen in der Wüste umher, nährte sich von den Pflanzen der Erde und schützte sich gegen die Mittagssonne unter den Bäumen. Einst kam er in ein Tal in der Nähe eines Flusses, da hörte er in der Nacht, wie jemand seufzte und weinte und Liebesgedichte rezitierte; da er hoffte, hier einen tröstenden Freund und Reisegesellschafter zu finden, ging er der Stimme nach und rief: »O nächtlicher Wanderer, nähere dich mir und erzähle mir deine Geschichte, vielleicht kann ich dir in deinem Unglück beistehen.« Der Fremde antwortete: »Zudringlicher, der du mich in meiner Freude störst und mich belauschest, sage mir, wer bist du? Bist du ein Mensch oder ein Geist? Nur schnell, ehe dein Tod sich naht; denn ich wandere schon 20 Tage umher, ohne einem lebendigen Wesen zu begegnen. Bist du ein Geist, so ziehe weiter in Frieden; bist du ein Ritter, so bleibe an deinem Platz stehen, bis der Tag heranbricht, da wird sich's zeigen, wer von uns der Wackerste.« Kana wich, als er dies hörte, nicht von der Stelle, und der Fremde ebensowenig, und beide rezitierten die ganze Nacht durch Liebesgedichte. Als der Tag heranbrach, sah Kana, daß der Fremde ein Beduine war. Er trug Schwert und Schild und einen Schlauch voll Lebensmittel, und sah verliebt und unglücklich aus. Kana grüßte ihn und der Beduine erwiderte seinen Gruß, sah ihn verächtlich an, weil er so jung und arm aussah, und sagte: »Wer bist du, Junge, daß du so in der Nacht umherwanderst? Du siehst ziemlich armselig aus, ich habe Mitleid mit dir und will dich in meine Dienste nehmen.« Als Kana merkte, daß der Beduine mit Verachtung auf ihn herabsah, sagte er mit sanfter Stimme: »Lasse meine Jugend und dein Anerbieten, mich in Dienst zu nehmen, und sage mir, wer du bist.«

Als der Beduine Kanas Bitte vernommen, erwiderte er ihm: »Wisse, ich bin Sabach, der Sohn Rabachs, des Sohnes Hamams, und mein Stamm gehört zu den syrischen Beduinen. Ich habe eine reizende Cousine, welche Nedjma heißt. Nach dem Tode meines Vaters wurde ich mit ihr bei meinem Oheim erzogen. Als wir aber beide herangewachsen waren, verstieß mich mein Oheim, weil ich ein armer Waise bin. Die Vornehmen des Stammes gingen zu ihm und redeten ihm zu, mir seine Tochter zur Frau zu geben. Er schämte sich, mir sie geradezu zu verweigern, und sagte: »›Wenn er die Morgengabe entrichten kann, so soll er sie haben.‹« Als ich ihn aber fragte, was er als Morgengabe verlange, sagte er: »›50 Pferde, 50 Kamele, zehn Sklaven und zehn Sklavinnen, 50 Kamele voll Weizen und ebensoviel mit Gerste, und 50 Stück Seidenstoff.‹« Bei dieser Forderung beschloß ich, von Syrien nach Irak zu reisen und in der Nähe von Bagdad eine reiche Karawane auszuplündern, um das von mir als Morgengabe Verlangte bezahlen zu können. Nun sage mir aber auch, wer du bist.« »Ich bin der Sohn des Königs Dhul Makan, und befinde mich in derselben Lage, wie du; ich bin nur noch unglücklicher, weil meine Geliebte eine Prinzessin ist, für die ich keine Morgengabe auftreiben kann.« »Du siehst wahrlich eher einem Bettler, als einem Prinzen gleich.« »Edler Araber«, versetzte Kana, »wundere dich nicht über die Launen des Schicksals, das mich so tief gebeugt; der Aufenthalt in meiner Heimat, ohne meine Geliebte zu sehen, wurde mir so drückend, daß ich in diesem Aufzug nächtlich entfloh; aber nichtsdestoweniger bin ich ein königlicher Prinz.« Als der Beduine Sabach dies hörte, rief er freudig: »O welches Glück! Mein Ziel ist erreicht, nun brauche ich nichts mehr; du bist von königlichem Geblüte und hast dich nur als Bettler verkleidet; gewiß werden die Deinigen dich aufsuchen und, wenn sie dich finden, die größten Schätze für dein Lösegeld bieten; kehre also um, Junge, und gehe als mein Sklave vor mir her.« Kana erwiderte: »O edler Araber, handle nicht so schlecht und mache dir keine eitlen Hoffnungen; meine Leute werden mich nicht um eine Drachme loskaufen, sie wünschen im Gegenteil nichts mehr, als mich ins Verderben gestürzt zu wissen, um Ruhe zu bekommen, und ich selbst bin sehr arm, habe nicht viel und nicht wenig; laß uns lieber zusammen fern von Irak umherreisen, vielleicht können wir miteinander die Morgengabe erringen, so daß du dann deine Cousine heiraten kannst.« Der hochmütige Sabach war sehr aufgebracht und sagte: »Wehe dir! Du wagst es noch, mir zu widersprechen? Gleich kehre dich um und gehe vor mir her, sonst geht es dir schlecht.« »Wie soll ich dir gehorchen«, versetzte Kana, »wenn du so ungerecht gegen mich handelst? Fürchtest du nicht den Tadel der Araber? Willst du mich demütig vor dir herführen, ohne mich vorher auf dem Kampfplatz erprobt zu haben? Weißt du denn, ob ich feig oder tapfer bin?« Sabach sagte lächelnd: »Bei Gott! Das sind Worte eines wackeren Helden; nun, was hältst du denn für billig?« Kana antwortete: »Wenn du willst, daß ich dein Diener werde, so lege deine Waffen ab und ringe mit mir; wer von uns siegt, der gebiete dem andern.« Sabach lachte so heftig, daß er auf den Rücken fiel; dann warf er Schwert und Schild und den Sack mit Vorrat weg, schürzte sich auf und ging auf Kana los, und umfaßte ihn in der Meinung, ihn leicht auf den Boden zu werfen; aber er fand bald, daß Kana im Ringen unüberwindlich. Seine Füße standen so fest, wie zwei auf sicheren Pfeilern ruhende Minarette, oder wie zwei Berge. Schon wankten seine Füße und er bereute es, ihn nicht gleich mit dem Schwert getötet zu haben; er wollte daher auf das Schwert losspringen, aber Kana hielt ihn fest und schüttelte ihn so heftig, daß ihm die Eingeweide zerrissen, dann hob er ihn in die Höhe, und wollte ihn in den Fluß werfen.

Sabach schrie in Kanas Armen: »Was beginnst du mit mir?« »Ich werfe dich in den Fluß, welcher sich in den Tigris ergießt, der dich dann in den Jesusbach trägt, und letzterer bringt dich in den Euphrat, mit dem du in deine Heimat schwimmst. Dort wird man dich erkennen und deine Tapferkeit loben und deine treue Liebe.« Sabach schrie: »Bei dem Leben deiner Cousine, der Zierde aller Schönen, laß mich!« Kana ließ ihn langsam zu Boden nieder. Als aber Sabach wieder auf seine Waffen zuging, um Kana damit anzugreifen, sagte ihm dieser: »Ich weiß, was in dir vorgeht, du denkst, im Ringen bist du der Schwächere, aber mit den Waffen in der Hand würdest du mich besiegen; nun, damit dir gar kein Vorwand bleibe, ergreife du dein Schwert, laß mir nur den Schild, wir wollen sehen, wer von uns den anderen erschlägt.« Sabach freute sich mit diesem Vorschlag und drang mit dem Schwert auf Kana ein; dieser schlug gar nicht, sondern verteidigte sich nur mit dem Schild, bis er merkte, daß Sabachs Kräfte abgenommen, und seine Hände vom Schlagen ermüdet waren; dann erst drang er auf ihn ein, stürzte ihn zu Boden und schleppte ihn an den Füßen dem Flusse zu. Sabach schrie: »Was willst du tun, du einziger Ritter deiner Zeit?« »Habe ich dir nicht gesagt, ich will dich den Deinigen zusenden, daß sie nicht länger um dich verlegen seien und deine Cousine ihren Bräutigam wiederfinde?« Sabach schrie wieder. »Tu dies nicht, du Held deines Jahrhunderts! Ich will dir schwören, daß ich dir als Diener folge.« Er rezitierte dann weinend folgende Verse:

»Wehe mir! Ich lebe schon lange fern von meiner Heimat als verstoßener Fremdling; o wüßte ich, ob ich in der Fremde sterben soll, ohne daß meine Verwandten meinen Tod erfahren, ohne daß ein Freund mich beweine!«

Kana bemitleidete ihn und ließ ihn los, nachdem er ihm einen Eid abnahm, daß er ihm als treuer Gefährte folgen wolle. Sabach holte dann, nachdem er Kana die Hand geküßt, seinen Vorrat an Gerstenbrot herbei und verzehrte ihn mit Kana am Ufer des Flusses; hierauf wuschen sie sich, beteten und unterhielten sich von ihren Familienangelegenheiten. Kana fragte dann Sabach: »Wohin möchtest du jetzt reisen?« Er antwortete: »Am liebsten nach Bagdad, in deine Heimat.« Da sagte Kana: »So zieh hin, ich sage dich von deinem Eid los und folge dir bald.« Als aber Sabach von ihm Abschied genommen hatte, dachte er: »Bei Gott! In einer solchen Armut und in so elendem Zustand kehre ich nicht in die Heimat zurück, vielleicht wird mir durch Gottes Gnade geholfen.« Er fiel dann vor dem Fluß zu Boden und betete: »O Gott! Der du die Erde durch Regen befruchtest, den Fischen im Meer und dem Wurm im steinigen Boden ihre Nahrung reichst, du einziger Gott, habe Mitleid mit mir, und spende mir deine gnädige Hilfe!« Während er so in Verzweiflung mit der Stirne auf der Erde hingestreckt lag, hörte er ein Geräusch in der Ferne; er sah umher und erblickte einen Ritter, der wie der Blitz auf einem Pferd herbeisprengte. Der Ritter war verwundet, ließ dem Pferd die Zügel frei und hielt sich am Hals fest; als er zu Kana kam, der sich inzwischen erhoben hatte, war er in den letzten Zügen. Das Blut strömte aus seiner Wunde wie Wasser aus der Mündung eines Schlauchs hervor, kaum hatte er noch Kraft genug, Kana zuzurufen: »O Herr der Araber! Hebe mich langsam vom Pferd herunter und sieh mich als deinen Freund an, solange ich noch lebe, und gib mir ein wenig Wasser, obschon ein Verwundeter, besonders wenn ihm bald die Seele ausgeht, nicht trinken sollte. Wenn ich leben bleibe, so mache ich deiner Armut ein Ende, und wenn ich sterbe, so hast du durch deine Tat dir himmlischen Lohn erworben.« Kana bemitleidete den Ritter, hob ihn von seinem Pferd herunter, welches das beste seiner Zeit war, gab ihm Wasser zu trinken und, nachdem er ihn ein wenig in Ruhe gelassen, fragte er ihn:

»Wer hat dich so mißhandelt?« Der Ritter antwortete. »Wahrheit ist besser als Trug, darum wisse, daß ich mein ganzes Leben als Pferderäuber zugebracht habe; sobald ich ein gutes Pferd sah, jagte ich ihm nach und scheute keine Gefahr, um mir es zuzueignen, und wenn es dessen Eigentümer zwischen seinen Augenlidern verborgen hielt; ich kann alle Ketten lösen und jedes Band zerreißen; mein Name ist Ghasan, und man nennt mich das Verderben aller Rosse und das Schrecknis aller Ritter. Ich hatte auch von diesem Pferd gehört, das dem König Feridun, dem Kreuzanbeter von Konstantinopel; gehörte, er hatte ihm den Namen Katul, das Tötende, und den Beinamen Madjnun, das Verrückte, gegeben; ich reiste daher nach Konstantinopel und blieb eine Weile dort, um es zu stehlen. Eines Tages sah ich auf diesem Pferd eine bei den Griechen hochverehrte alte Frau, ihr Name war Dsat Dawahi, die Unheilverbreitende. Sie war bloß von zehn Sklaven begleitet und begab sich nach Bagdad zum König Sasan, um Friedensverhandlungen mit ihm anzuknüpfen. Ich folgte ihr, konnte aber nicht zum Pferd gelangen, weil es zu gut von den Sklaven bewacht wurde. Als sie endlich nicht mehr weit von Bagdad war und ich nachdachte, wie ich das Pferd mir zueignen könnte, ehe sie die Stadt erreicht, erhob sich ein mächtiger Staub, und 50 Reiter, welche Straßenräuber waren, kamen herbei mit ihrem Hauptmann, der wie eine zürnende Hyäne oder wie ein reißender Löwe aussah. Der Hauptmann, welcher Kadasch hieß, umzingelte mit seinen Räubern die Alte, und in einem Augenblick hatte er die zehn Sklaven gefesselt und die Alte und das Pferd weggenommen; da dachte ich, nun ist alle meine Mühe vergebens, mein Wunsch wird nicht in Erfüllung geben; ich blieb indessen doch in der Nähe, um zu sehen, wie das enden würde. Die Alte fing an zu weinen, als sie sich in solcher Not sah, und sagte: ›O mächtiger Held! Was willst du von mir und meinen Sklaven? Hast du nicht genug an meinem Pferd? Ich bin ja nur eine Abgesandte‹; sie flehte dann so lange und versprach ihm so viele Pferde und anderes Vieh, bis er sie losließ und mit seinen Räubern wieder weiterzog. Ich folgte ihm bei Tag und bei Nacht, bis ich eine Gelegenheit fand, das Pferd zu stehlen; dann bestieg ich es schnell und trieb es fort; aber die Räuber holten mich ein, umzingelten mich von allen Seiten und drangen mit ihren scharfen Schwertern auf mich ein; ich hielt mich zwar fest auf dem Pferd, das für mich kämpfte mit den Vorder- und Hinterbeinen, bis es endlich wie ein fliegender Stern oder abgeschossener Pfeil mit mir davonsprang. Doch erhielt ich im Kampf eine schwere Wunde, und nun reite ich schon drei Tage umher, ohne etwas zu genießen oder zu schlafen, und das Blut strömt immerfort aus meinen Wunden. Du hast mir nun eine große Wohltat erwiesen, die dir Gott vergelten mag; aber sage mir doch, du siehst so arm und elend aus, und doch sind unverkennbare Spuren eines ehemaligen Wohlstandes an dir merkbar, wer bist du wohl?«

Als Kana dem Verwundeten hierauf seine ganze Geschichte erzählte und ihm Auskunft über seine Familie gab, sagte jener: »Du wirst gewiß einst noch recht groß werden, der größte aller arabischen Könige, denn nichts geschieht ohne Ursache. Du wirst der berühmteste Ritter deiner Zeit werden; doch jetzt bitte ich dich, mich wieder auf mein Pferd zu heben, und dich hinter mich zu setzen und das Pferd in meine Heimat zu lenken, denn ich habe nicht mehr so viel Kraft, mich allein auf dem Pferd zu halten, sterbe ich unterwegs, so ist das Pferd dein, du bist dessen würdiger als jeder andere.« Kana sagte: »Bei Gott! Wenn du es wünschest, ich würde dich auf meinen Schultern in deine Heimat bringen; und wenn ich über mein Leben verfügen könnte, so würde ich dir die Hälfte davon schenken, ohne dafür dein Pferd zu verlangen. Ich stamme von Leuten her, die gerne Wohltaten ausüben und Unglücklichen beistehen, weil man sich dadurch 70 Unglückstore in der Hölle verschließt.« Als er ihn aber auf das Pferd heben wollte, sagte der Ritter: »Warte nur ein bißchen!« drückte die Augen zu, streckte die Hände aus und rief: »Ich bezeuge, daß es keinen Gott gibt, außer Gott, und daß Muhamed sein Prophet; o Erhabener, verzeihe mir meine großen Verbrechen, ich habe viele Gewalttaten ausgeübt, habe immerfort Wein getrunken und Pferde geraubt, habe manche Tat vollbracht, die ein Kind grau machen könnte.« Als er diese Worte gesprochen, sperrte er den Mund auf, und schöpfte den letzten Atemzug. Kana grub ihm ein Grab und legte ihn hinein; dann ging er auf das Pferd zu, trocknete es ab, küßte es und nahm den Weg nach Bagdad.

Kana freute sich außerordentlich mit seinem Pferd, er hielt sich für den glücklichsten Menschen und dachte: »Ein solches gibt es nicht einmal in den Ställen des Königs Sasan«, und so wanderte er vergnügt weiter. Bald begegnete er einer Karawane von Bagdad, welche ihm die Nachricht gab, daß der Vezier Dendan eine Verschwörung gegen den König Sasan angezettelt habe, und daß schon ein Teil der Armee geschworen, sie wollten keinen anderen König, als

Kana; der Vezier sammle nur noch mehr Truppen aus den indischen Inseln, aus Nubien und anderen Gegenden, so viele, daß man gar nicht mehr weiß, wo ihre Zahl anfängt und wo sie aufhört, in der Absicht, Kana auf den Thron zu setzen. »Dieser Aufruhr«, fuhren die Kaufleute fort, »bestürzte Sasan sehr, denn er sah voraus, daß sich bald alles gegen ihn empören würde, groß und klein, Freie und Sklaven. Er öffnete daher seine Schatzkammern und teilte viele Schätze unter den Großen des Reichs aus; auch bereute er es, Kana so mißhandelt zu haben, und wünschte, daß er zurückkehre, damit er ihn durch Geschenke, durch Ehrenämter und durch die Verbindung mit seiner Tochter für sich gewinnen könne.« Kana trat bei diesen Worten schnell die Rückreise nach Bagdad an, und wie der Wind flog er dahin auf seinem Pferd, das Jedermann in Erstaunen setzte. Ganz Bagdad lief ihm entgegen, die vornehmsten Bewohner der Stadt begleiteten ihn ins Schloß, und einige Sklaven eilten zu seiner Mutter, um ihr die Ankunft ihres Sohnes zu melden. Aber Kana hielt sich nur wenige Augenblicke bei ihr auf; dann sagte er ihr: »Laß mich jetzt, ich will zu meinem Oheim, dem König Sasan, durch dessen Huld ich erzogen worden bin.« Als er zu Sasan kam, stand dieser vor ihm auf und bewillkommte ihn. Kana küßte ihm Hände und Füße und schenkte ihm sein Pferd. Der König bewillkommte ihn nochmals und sagte: »Bei Gott! Die ganze Erde war mir zu eng seit deiner Abwesenheit; gelobt sei Gott, der dich wohl erhalten.«

Der König Sasan bewunderte dann Kanas Pferd und sagte: »Ich habe schon viel von diesem Katul gehört, als ich gegen die Kreuzanbeter mit deinem Vater Dhul Makan und deinem Oheim Scharkan Krieg führte; hätte dein Vater es kaufen können, er hätte gern 1000 andere Pferde dafür gegeben; nun gottlob, daß wir es haben, aber du sollst es für dich behalten, denn du bist dessen würdiger, als jeder andere.« Er ließ dann Kana Ehrenkleider, Geld und Pferde geben und die schönste Wohnung im Schloß einräumen, denn er wußte nicht, wie es mit dem Vezier und den Rebellen stand. Kana vergaß bald sein früheres Elend, er ging zu seiner Mutter und erkundigte sich nach seiner Geliebten. Seine Mutter sagte: »Ich habe während deiner Abwesenheit gar nicht an deine Geliebte gedacht, um so weniger, da sie die Ursache deiner Abreise war.« Er klagte ihr dann seine Liebe und bat sie, zu ihr zu gehen, vielleicht würde sie ihn bemitleiden und mit einem Blick begnadigen und seinem Kummer ein Ende machen. Die Mutter sagte: »Laß dies! Gelüste kosten dem Menschen das Leben; laß ab von Dingen, die nur Unheil bringen, ich werde nie zu ihr gehen.« Kana verließ seine Mutter trostlos und begegnete einer alten Frau, ihr Name war Saadana, klagte ihr seine Lage und bat sie, Kadha wieder für ihn zu gewinnen. Saadana willigte ein und ging ins Schloß; nach einer Weile kehrte sie wieder und sagte ihm: »Kadha grüßt dich und läßt dir sagen, sie wird um Mitternacht zu dir kommen.«

Kana war außer sich vor Freude; als sie aber um Mitternacht in ein schwarzes Tuch, wie eine Sklavin eingehüllt, in Kanas Zimmer trat, fand sie ihn schlafend. Sie weckte ihn auf und sagte: »Wie kannst du mir glauben machen, du liebst mich, und schläfst hier so ruhig?« Kana sprang erschrocken auf und

sagte: »Bei Gott! O Verlangen meines Herzens, ich habe nur geschlafen, weil ich dein Bild im Traume zu sehen wünschte.« Sie umarmten sich dann und klagten einander gegenseitig die erlittenen Trennungsschmerzen. Als der Morgen heranbrach, nahm Kadha von ihrem Geliebten Abschied, kehrte in ihre Wohnung zurück und vertraute ihr Geheimnis einer ihrer Dienerinnen; diese verriet sie aber beim König Sasan, der in eine solche Wut geriet, daß er mit einem Schwert auf Kadha losging und sie erschlagen wollte; aber seine Gemahlin Nushat Assaman eilte herbei und beschwor ihn, keine Handlung zu begehen, die ihn vor allen Königen zuschanden machen würde. »Übrigens«, sagte sie, »hat Kadha nichts verbrochen; Kana ist ein Mann von Ehre, kein schlechter Mensch; übereile dich nicht, die ganze Stadt weiß schon von der Verschwörung des Veziers und von den Truppen, die er gesammelt, um Kana auf den Thron zu setzen.« Sasan versetzte: »Wehe dir! Glaubst du, ich lasse diesen Buben leben, bis der Vezier anrückt? Bei Gott! Ich will ihn in einen Abgrund stürzen, wo Erde und Himmel ihm keinen Schutz gewähren, denn alles Gute, das ich ihm bisher erwiesen, geschah nur der

Erhaltung meines Thrones willen; du sollst schon sehen, was ich tun werde.« Am folgenden Tag kam Kana zu seiner Mutter und sagte ihr: »Ich habe beschlossen, auf Abenteuer auszugehen; ich will die großen Herren überfallen und berauben, ihre Pferde, ihre Sklaven und all ihr Gut wegführen; wenn ich dann recht reich bin, so kehre ich wieder und werbe um Kadha bei ihrem Vater.« Seine Mutter suchte ihm vergebens die Gefahr vorzustellen, die solche Züge begleiten, er blieb bei seinem Entschluß, schickte die Alte zu Kadha und ließ ihr sagen, daß er wegreise, um eine ihr geziemende Morgengabe sich zu verschaffen, und ließ sie bitten, nur noch einmal zu ihm zu kommen. Die Alte ging zu ihr und kehrte bald wieder mit der Antwort, sie würde ihn um Mitternacht besuchen. Als sie zur bestimmten Stunde der Nacht erschien, sagte sie ihm: »Nimm mein Leben für den Schlaf, den ich dir solange geraubt, und für die Sorgen, die ich dir verursacht.« Er sprang auf und küßte sie und sagte: »O Wunsch meines Herzens, mein Leben werde das Lösegeld für alle deine Leiden!« Er teilte ihr dann seinen Entschluß mit, und als sie darüber weinte, sagte er ihr: »Weine nicht, meine Cousine, ich hoffe, daß Gott, der jetzt unsere Trennung beschlossen, uns auch bald wieder vereinigen wird.« Sobald der Morgen heranbrach, ging Kana zu seiner Mutter und nahm Abschied von ihr, umgürtete sein Schwert, ergriff die Lanze, bestieg sein Pferd Katul und ritt durch die Stadt so schön und strahlend, wie der Vollmond. Als er an das Tor kam, begegnete ihm sein Gefährte Sabach und sagte ihm: »Wie ich sehe, bist du schon reich geworden und besitzt ein kostbares Pferd, ich aber bin noch ebenso arm, wie ich war.« Kana antwortete ihm: »Auch dir wird das Glück noch lächeln; willst du mit mir reisen und gemeinschaftlich mit mir auf Raub ausgeben? Was wir erlangen, teilen wir dann.« »Jawohl, bei Gott!« erwiderte Sabach, »ich verlasse dich nicht mehr.« Er lief dann vor dem Pferd her, mit einem Schwert auf dem Arm und die Vorratstasche zwischen den Schultern. Sie wanderten vier Tage in der Wüste umher und stillten ihren Hunger an erlegten Gazellen und ihren Durst an Quellwasser; am fünften Tag kamen sie vor einen hohen Berg, an dessen Fuß allerlei Grünes wuchs, Blumen und Früchte blühten, und Pferde und allerlei Vieh umherweidete. Als Kana dies sah, freute er sich sehr, rüstete sich zum Kampf und beschloß, diese ganze Herde wegzuführen; er sagte zu Sabach: »Komm, laß uns diese Sklaven töten und ihre Herde wegnehmen, da können wir einmal Schätze sammeln.« Sabach erwiderte aber: »Es sind zu viele Leute dabei, worunter recht wackere, wir können uns in keine so große Gefahr begeben, aus der wir gewiß nicht glücklich entkommen; laß ab davon, wir würden nie mehr unsere Geliebten wiedersehen.« Kana lachte über Sabachs Feigheit und ließ ihn stehen, stürzte wie ein junger Löwe unter die Herde und trieb alles Vieh mit den Sklaven vor sich her. Aber bald umzingelte ihn eine Masse Sklaven mit scharfen Schwertern und langen Lanzen, angeführt von einem sehr starken türkischen Ritter, den das Schlagen nie ermüdete; dieser drang auf Kana ein und sagte ihm: »Wehe dir! Wüßtest du, wem diese Herde gehört, du hättest sie nicht so weggeführt; wisse, sie gehört den cirkassischen Helden; es sind deren 50, Löwen gleich, die noch kein Sultan unterjochen konnte. Es ist ihnen in dieser Gegend ein Pferd gestohlen worden, und sie haben geschworen, nicht von hier zu weichen, bis sie es wieder haben; darum weidet ihr Vieh noch hier, während sie den Dieb aufsuchen.«

Als Kana dies hörte, sagte er: »Hier ist das Pferd von dem ihr sprecht, es gehört mir, was wollt ihr nun von mir?« Er schrie dann seinem Pferd Katul in die Ohren; es sprang wie rasend auf, und Kana fiel über den Ritter und seine Umgebung her und tötete einen nach dem andern, bis die übrigen Sklaven sich fürchteten; da rief er ihnen zu: »Ihr Bastarde! Schnell, treibt die Herde vor mir her, sonst färbe ich meine Lanze mit eurem Blut.« Die Sklaven befolgten Kanas Befehl, und als Sabach dies sah, kam auch er wieder freudig zu Kana herbei. Aber plötzlich erhob sich ein Staub, und 50 Ritter sprengten heran, wie zürnende Löwen; Sabach entfloh wieder auf den höchsten Hügel, um dem Kampf zuzusehen und sagte: »Ich bin kein Ritter, ich bin nur ein Spaßvogel.« Die 50 Ritter umgaben Kana von allen Seiten, dann trat einer von ihnen zu ihm heran und fragte, wo er mit dieser Herde hin wolle? Kana antwortete: »Laß mich, oder kämpfe mit mir! Diese Herde beschützt ein Löwe, ein Held, dessen Schwert alles niederhaut.« Der Ritter, welcher der Hauptmann der 50 war und Kardasch hieß, betrachtete Kana, aus dessen Augen Heldenmut strahlte und der lieblich wie eine dürstende Gazelle aussah, und hielt ihn für seine Geliebte Faten, mit welcher er die größte Ähnlichkeit hatte. Faten war die Anführerin ihres Stammes, durch Tapferkeit und Gewandheit in der Kriegskunst ebenso ausgezeichnet, wie durch Anmut und Schönheit; sie hatte geschworen, nur den Mann zu lieben, der sie auf dem Kampfplatz besiegen würde. Kardasch war unter ihren Werbern, aber er fürchtete sich, mit einem Frauenzimmer zu kämpfen; zwar hatten ihm seine Freunde gesagt: »Du bist so schön und so reizend, daß, sobald Faten dich sieht, sie so sehr für dich eingenommen sein wird, daß sie sich freiwillig dir ergibt«, aber er konnte sich doch nicht dazu entschließen, und hatte sich daher mit seinen Freunden auf den Weg gemacht. Als er aber jetzt Kana erblickte und ihn für Faten hielt, glaubte er, sie folge ihm aus Liebe, weil sie so viel von seiner Schönheit und Tapferkeit gehört; er ging daher auf Kana zu und sagte: »Wehe dir, Faten! Du kommst, um mir Beweise von deiner Tapferkeit zu geben; sei mir willkommen! Steige nur ab, ich habe mir nur deinetwillen alle diese Schätze erworben; heirate mich, ich lasse dich von Prinzessinnen bedienen und die ganze Welt soll deiner Schönheit huldigen, denn ich erhebe dich zur Königin dieser Länder!« Bei diesen Worten entbrannte Kanas Zorn immer mehr und er rief: »Du Hund! Laß jetzt Faten und trete hervor zum Kampf, du wirst bald auf der Erde hingestreckt liegen.« Als Kardasch merkte, daß er es mit einem wackeren Ritter und tüchtigen Krieger zu tun hatte und seinen Irrtum einsah, sagte er zu den ihn begleitenden Rittern: »Hütet euch, alle auf einmal über unsern Gegner herzufallen, das wäre eine Schmach für uns; es soll nur einer nach dem anderen mit ihm kämpfen, er mag auch noch so wacker sein.« Auf diese Worte trat ein Ritter hervor auf einem braunen Pferd mit einem Silberflecken auf der Stirne; es war groß, aber dünnleibig, wie Antars Renner. Kana drang auf ihn ein, und nach einem erstaunlich harten Kampfe spaltete er ihm mit einem geschickten Heldenhieb Turban, Helm und Hirn, so daß er wie ein Kamel zu Boden stürzte.

Nun trat ein zweiter und dritter hervor, aber Kana durchbohrte sie, den einen nach dem andern.

Als Kardasch seinen Gegner als den besten Krieger seiner Zeit erkannte, rief er ihm zu: »O Held deines Jahrhunderts; ich will dir dein Leben schenken und das Blut meiner Gefährten nicht rächen, denn ich habe Mitleid mit deiner Jugend; geh und nimm von dieser Herde, was du willst.« Kana erwiderte: »Laß diese Reden, mögest du immer edelmütig sein, aber suche nur dich selbst zu retten.« Kardasch entbrannte vor Zorn und schrie: »Wehe dir! Wüßtest du, wer ich bin, so sprächest du anders auf diesem Kampfplatz; erkundige dich nur nach mir, ich bin ein reißender Löwe, der tapferste aller Ritter, meine Name ist Kardasch, ich bin's, der die mächtigsten Könige beraubt und die bestbedeckten Karawanen ausplündert; das Pferd, auf dem du sitzt, ist das einzige, was ich wünsche, auch möchte ich wissen, wie es in deine Hand gefallen.« »Auf diesem Pferd«, versetzte Kana, »ritt zum König Sasan eine alte Frau, gegen die wir noch wegen meines Großvaters Omar und meines Oheims Scharkan Rache zu nehmen haben; denn wisse, ich bin Kana, der Sohn des Königs Dhul Makan.« Als Kardasch dies hörte, sagte er: »Nun so fliehe, denn dein Vater war ein tugendhafter, wohltätiger Mann.« Kana erwiderte aber: »Ich fürchte dich nicht, du Schurke.« Jetzt fielen sie übereinander her mit lautem Kriegsgeschrei, so daß man glaubte, der Himmel stürzte über sie zusammen, und rannten gegeneinander an wie zwei Böcke. Kana wurde beim ersten Angriff zum Weichen genötigt, aber bald kehrte er um und durchstach Kardasch mit seiner Lanze. Er trieb dann die ganze Herde und alle Güter zusammen und befahl den Sklaven, alles schnell wegzuführen. Sabach kam auch wieder vom Berg herunter und sagte zu Kana: »Du hast brav gekämpft, du bester Ritter deiner Zeit, ich habe indessen für dich gebetet und Gott hat mein Gebet erhört«; er fiel dann über Kardasch her, schnitt ihm den Kopf ab und steckte ihn auf seine Lanze. Kana befahl ihm, die Herde zu treiben, und so zogen sie miteinander fort, Tag und Nacht, bis sie nach Bagdad kamen. Alle Bewohner Bagdads freuten sich, als sie Kana mit einer so großen Herde sahen, und als sie Kardaschs Kopf erblickten, waren sie froh, einen so fürchterlichen Straßenräuber aus dem Wege geschafft zu wissen. Als Kana dann alle seine Abenteuer erzählte, wurde er mit großer Ehrfurcht aufgenommen, und ein zahlreiches Gefolge begleitete ihn nach dem Schloß, wo er sehr viele Geschenke austeilte. Sobald aber der König seine Ankunft vernahm, versammelte er die vertrautesten seiner Räte und sagte zu ihnen: »Ich muß euch jetzt meine geheimsten Gedanken mitteilen. Wisset, daß der Tod Kardaschs durch Kana unserem Land Verderben bringt, denn er stand mit gar vielen Türken und Stämmen der Wüste in Verbindung, die ihn rächen werden, auch haben wir viel von seinen Verwandten zu fürchten. Ferner wisset ihr wohl, daß der Vezier Dendan sich gegen mich verschworen hat und mit einem Teil des Heeres Kana durch Gewalt auf den Thron setzen will; mein Untergang ist dann um so sicherer, da alle Bewohner Bagdads Kana gewogen sind, weil er der rechtmäßige Erbe seines Vaters und Großvaters ist. Ihr sehet wohl die Gefahr, die mir droht, und es gibt nur ein Mittel, sie abzuwenden.« Als die Räte des Königs diese Worte vernahmen, sagten sie: »O König! Hier ist leicht zu helfen; wir glauben, daß die Leute nur darum Kana gern haben, weil sie wissen, daß du ihn erzogen, und glauben, daß du ihn wie einen Sohn liebst; übrigens sind wir zu allem bereit, willst du, daß wir ihn töten, so töten wir ihn, oder wenn du willst, so schaffen wir ihn auf sonst eine Weise aus dem Wege.« Der König sagte: »Das wäre das Beste, doch schwört mir es.« Da schworen sie beim erhabenen Koran, daß sie Kana töten wollten; dann sagten sie: »Wenn der Vezier Dendan seinen Tod vernimmt, wird all sein Bemühen vergebens sein.« Der König dankte ihnen hierauf und begab sich nach Hause; auch die Räte trennten sich mit dem festen Entschluß, Kana zu töten. Dies erfuhr aber Kadha und war höchst bestürzt darüber; sie ließ die Alte rufen, die schon früher ihr behilflich war, und schickte sie zu Kana, um ihn von der Absicht des Königs in Kenntnis zu setzen. Kana ließ ihr antworten: »Die Erde ist Gottes, er läßt darüber schalten, wen er will.« Kana verließ die Stadt nicht, und der König hoffte lange vergebens, daß er einmal ausgehen würde, um ihn heimlich umbringen zu lassen. Eines Tages ging er mit Sabach, der ihn überall hin begleitete, auf die Jagd und fing zehn Gazellen, da war eine hübsche schwarzäugige dabei, die immer rechts und links sich drehte. Kana bemitleidete sie und ließ sie wieder laufen. Sabach fragte: »Warum hast du dies getan?« Kana lachte und ließ auch die übrigen laufen, und sagte: »Es geziemt einem Mann nicht, eine schwache Gazelle gefangen zu nehmen, die sich so nach ihren Jungen umsieht.« Da sagte Sabach lachend: »Laß mich auch frei, damit ich zu den Meinigen zurückkehre.« Kana lachte und stieß ihn mit dem Schaft seiner Lanze zu Boden, so daß er wie eine Schlange sich herumwand. Auf einmal erhob sich ein Staub, und 20 Perser kamen geritten, die der König abgeschickt hatte, sobald er hörte, daß Kana sich aus der Stadt entfernt. Sie fielen über Kana her, aber er kämpfte wie ein Löwe, bis er einen nach dem anderen getötet. Der König war sehr bestürzt, als er erfuhr, daß statt Kana seine besten 20 Reiter ums Leben gekommen. Kana kehrte nach diesem Kampf wieder nach Bagdad zurück, wo alle Leute ihm zur Rettung aus der Gewalt der Reiter Glück wünschten. Der König Sasan aber ging zu seiner Gattin und erzählte ihr, wie alle Bewohner Bagdads für Kana eingenommen wären, und wie nun der Verräter Dendan bald mit der Armee ankommen würde, um Kana auf den Thron zu setzen, so daß ihm nur Schmach und Tod übrig bleibe, wenn er nicht ein Mittel finde, Kana zu töten. Nushat Assaman sagte: »Verrat ist abscheulich, sogar gegen Feinde, um wieviel mehr gegen so nahe Verwandte; das Beste ist, du gibst ihm deine Tochter zur Frau.« Aber der König stand zornig auf und sagte: »Bei Gott! Glaubte ich nicht, du scherzest nur, ich würde dir das Leben nehmen.« Durch diese Wort eingeschüchtert, sagte Nushat Assaman: »Nun, du hast recht, ich scherze nur; wir müssen durch irgend eine List Kana ins Grab schicken und zwar am besten durch unsere schlaue, ränkeschmiedende Sklavin Bakun.« Diese hatte Kana und Kadha erzogen, und Kana war ihr sehr zugetan und schlief oft auf ihrem Schoß. Sasan ließ die Sklavin Bakun sogleich rufen und machte ihr die schönsten Versprechungen, wenn sie Kana umbringen wollte. Sie antwortete: »Dazu geschieht mir zwar sehr wehe, doch befolge ich deinen Befehl; verschaffe mir nur einen giftigen Dolch, es soll bald um ihn geschehen sein.« Sasan rief freudig aus: »Gott segne dich!« und brachte ihr einen Dolch. Bakun begab sich nun zu Kana, der auf feurigen Kohlen stand, weil er gerade Kadha erwartete, und sagte ihm: »Die Zeit der Vereinigung ist nahe; die Tage der Trennung sind vorüber, das habe ich dir von Kadha zu verkündigen.« Kana freute sich sehr und versprach ihr den schönsten Lohn. Sie erbot sich dann, ihm allerlei schöne Märchen zu erzählen, bis Kahda ihn besuchen könnte. Kana nahm ihr Anerbieten mit Dank an, legte den Kopf auf ihren Schoß und schlief ein. Als Bakun sah, daß er fest schlief, dachte sie: »Nun ist es Zeit, ans Werk zu gehen«; sie zog den Dolch aus ihrem Busen, und wollte eben Kana damit durchbohren, als seine Mutter ins Zimmer trat. Bakun verbarg schnell ihren Dolch und ging Kanas Mutter entgegen, die sogleich ihren Sohn weckte. Sie hatte nämlich von Kadha gehört, daß ihr Vater seinen Tod beschlossen, und war daher zu ihm geeilt, um ihn zur Flucht zu bewegen. Kana verließ am folgenden Morgen mit seinen Freunden Bagdad und begab sich zu Dendan, bei dem er auch Nushat Assaman traf, welche von ihrem Gatten entflohen war; sie machten mit ihren Truppen einen Streifzug ins Gebiet des griechischen Fürsten Rumsan, wurden aber nach mehreren glücklichen Gefechten gefangen und erhielten Befehl, sich zum König zu begeben. Kana sowohl als der Vezier glaubten dem Tod sehr nahe zu sein; aber der König ließ sie sitzen und Tische vor ihnen decken, und nachdem sie gegessen und getrunken hatten, sagte er ihnen: »Ich will euch einen Traum erzählen, den ich diese Nacht gehabt, vielleicht könnt ihr mir ihn deuten.« Der Vezier sagte: »Gut, mein König, erzähle, was du gesehen.« Der König sprach: »Ich befand mich im Traum in einer sehr finstern Grube, wo ich gar zu sehr gepeinigt wurde, ich wollte aufstehen und

die Grube verlassen, da sah ich einen goldenen Gürtel liegen; ich streckte die Hand danach aus, um ihn zu nehmen, und es wurden auf einmal zwei Gürtel daraus, ich umgürtete mich damit, und sieh, da war es wieder nur ein Gürtel; das ist's, o Vezier, was ich im Traum gesehen.« Der Vezier sagte: »O unser Sultan! Bei dem höchsten König und Richter, dein Traum bedeutet, doch nur Gott ist allwissend: Es wird ein Bruder, ein Neffe, ein Vetter oder sonst einer von deinen Verwandten gegen dich auftreten und dir dein Königreich streitig machen.« Als der König dies hörte, dachte er, ich muß mich meiner Gefangenen schnell entledigen, um bald wieder in meiner Residenz zu sein; er ließ daher alle gefangenen Fürsten der Sassaniden köpfen; dann fiel ihm ein, daß ihm Kana am gefährlichsten werden könnte, und er erteilte dem Scharfrichter den Befehl, auch ihm den Kopf abzuschlagen. Aber in diesem Augenblick trat die Amme des Königs hervor und sagte in fränkischer Sprache: »O König! Wie kannst du das Herz haben, deinen Neffen zu erschlagen, den Sohn deines Bruders und deiner Schwester?« Als der König dies hörte, wurde ihm ganz trübe vor den Augen und er schrie ganz zornig: »Du hast oft von einer Perle gesprochen und von meinem Vater, der durch Gift gestorben, und von meiner Mutter, die von einem Sklaven umgebracht worden war, warum hast du mir nicht die ganze Geschichte erzählt?« Da sagte die Amme: »Ich will dir nun alles mitteilen, was ich weiß. Mein Name ist Murdjana und deine Mutter hieß Ibris; sie war sowohl wegen ihrer Schönheit, wie auch wegen ihrer Tapferkeit sehr berühmt, auch ihre Beredtsamkeit verschaffte ihr großes Ansehen. Der große König Omar, der ohne Zweifel dein Vater war, schickte einst seinen ältesten Sohn Scharkan mit dem Vezier Dendan in den Krieg. Scharkan verließ seine Armee und begegnete deiner Mutter Ibris, die ich damals begleitete, auf ihrem Gut am Ufer eines Flusses. Ibris bewirtete Scharkan fünf Tage lang in ihrem Schloß. Da hörte es ihr Vater, der König Hardub, durch die alte Schawahi, und Ibris, welche Muselmännin geworden, mußte mit Scharkan zu seinem Vater Omar nach Bagdad fliehen. Ich zog mit ihr, auch Richana und 20 andere Sklavinnen, unter dem Schutz Scharkans.

Als der König Omar Ibris sah, liebte er sie so sehr, daß er seiner Leidenschaft nicht mehr Herr war und mit Hilfe eines Schlaftrunks sie überlistete. Deine Mutter hatte Omar drei Perlen geschenkt, wovon er eine seiner Tochter Nushat Assaman gab, eine Scharkan und die dritte Dhul Makan. Deine Mutter nahm dann die Scharkans wieder und verließ Bagdad heimlich mit mir und einem Sklaven, Namens Ghadban. Dieser führte uns über Berge und Wüsten, bis er eines Nachts deine Mutter Ibris so verbrecherisch anfiel, daß sie vor Schrecken und Angst niederkam. In diesem Augenblick sahen wir von der Seite unserer Heimat her einen mächtigen Staub, der die ganze Atmosphäre verdunkelte. Der Sklave fürchtete den Tod und brachte in der Wut deine Mutter um, Gott verdamme ihn, und ergriff die Flucht. Als er weg war, kam dein Großvater, der König Hardub, mit Soldaten und fand seine Tochter auf den Boden hingestreckt. Wir beerdigten dann deine Mutter in ihrem Schloß und ich nahm ihr die Perle ab, die an ihr hing, und hing sie dir um; ich verbarg dir aber alles dies, weil es der große König Hardub mir so befohlen; aber nun darf ich dir nimmer länger ein Geheimnis aus deiner Geburt und Abstammung machen.« Nushat Assaman schrie laut auf, als sie dies hörte, und sagte: »Also ist der König Rumsan mein Bruder von seiten meines Vaters, des großen Königs Omar, und Ibris, die Tochter des Königs Hardub, war meine Mutter, denn in der Tat erkenne ich die Sklavin Murdjana wieder.« Der König weinte, als er dies hörte, nahm dem Scharfrichter das Schwert weg, ließ Kana und den Vezier, welche schon vom Leben Abschied genommen hatten, entfesseln und bat Murdjana, alles zu wiederholen, was sie soeben erzählt hatte. Diese tat, wie ihr befohlen worden, und als sie ihre Erzählung vollendet hatte, bemerkte sie die dritte Perle an Kanas Hals und schrie: »Hier ist der sicherste Beweis, daß ich die Wahrheit berichtet; hier ist die zweite Perle, ähnlich derjenigen, welche ich von deiner Mutter genommen und dir umhing.« Als dem König kein Zweifel mehr blieb, daß er Kanas Oheim sei, umarmte er den Vezier und Kana, und ließ sogleich durch Freudenboten mit Trompeten und Psaltern seinen Truppen die Ankunft seiner Verwandten verkündigen.

Der Vezier Dendan schickte auch Boten an die Anführer seiner Truppen und befahl ihnen, alle Feindseligkeiten einzustellen. Als er dann dem König Rumsan das treulose Benehmen des Königs Sasan gegen Kana schilderte, beschloß jener, mit ihm nach Irak zu ziehen, um Kana auf den ihm gebührenden Thron zu setzen. Beide Armeen vereinigten sich unter den Befehlen Rumsans und Dendans; Sasan ergriff die Flucht, sobald er von ihrem Anzug hörte, und überließ die Regierung Kana und Rumsan, welche übereinkamen, daß jeden Tag ein anderer herrschen sollte. Eines Tages, als Rumsan auf dem Thron saß, trat ein Kaufmann weinend vor ihn und erzählte ihm, er sei vor den Toren Bagdads mit seiner ganzen Karawane ausgeplündert worden, und bat ihn, eine Abteilung Truppen den Räubern nachzusenden. Rumsan sowohl als Kana, der die Klage des Kaufmanns mit anhörte, bemitleideten ihn; jeder von ihnen stellte sich an die Spitze von 100 tapferen Rittern und schworen, nicht eher heimzukehren, bis sie die Räuber gezüchtigt und der Karawane ihr Gut wieder verschafft. Nach einem 24-stündigen Marsch holten sie die Räuber in einem fruchtbaren Tal ein, als sie gerade beschäftigt waren, die erbeuteten Waren unter sich zu verteilen; sie umzingelten sie von allen Seiten, und nach einer kurzen Gegenwehr führten sie, sie mit allen ihren Gütern gefangen nach Bagdad, Hier wurden dem Kaufmann seine Waren zurückgegeben, und siehe da, es fielen zwei Briefe heraus. Der eine war von Scharkans und der andere von Nushat Assamans Hand. Kana erkannte die Schrift sogleich und fragte den Kaufmann, wie er zu diesen Briefen gekommen und was sie enthalten? Der Kaufmann erzählte ihm, daß er vor vielen Jahren eine Sklavin mit Namen Nushat Assaman gekauft, die er dem König Scharkan in Damaskus geschenkt, und beide haben ihm Empfehlungsbriefe an den damaligen König Omar gegeben. Als Kana dies hörte, ließ er Nushat Assaman rufen und stellte ihr den Kaufmann vor. Sie erkannte ihn sogleich als den Mann, der sie von Beduinen gekauft, bewillkommte ihn freundlich und ließ ihn in ihrem Schloß mit der größten Ehrerbietung bewirten. Kana ließ dann die Räuber vor sich kommen, und es stellte sich in der Untersuchung heraus, daß drei von ihnen als eigentliche Anführer am schuldigsten waren. Der König forderte sie auf, ihm einige ihrer Abenteuer zu erzählen. Da trat einer von ihnen hervor und sagte: »Der schönste Raub, den ich in meinem Leben begangen, war der eines jungen Mädchens aus Jerusalem. Sie sah sehr arm aus, war aber ausgezeichnet schön; ich bot ihr eine Stelle als Gesellschafterin meiner Tochter an, als ich sie aber auf meinem Kamel hatte, führte ich sie nach Damaskus und verkaufte sie als Sklavin für 100000 Dinare.« Als Nushat Assaman diese Erzählung hörte, stieß sie einen lauten Schrei aus und sagte dem König: »Das ist der Beduine, der mich von Jerusalem entführt und mich auf dem Weg so grausam behandelt hat; der verdient den Tod.« Sie zog bei diesen Worten Kanas Schwert aus der Scheide und erschlug den Beduinen. Sie ließ ihn dann an den Füßen wegschleppen und vor das Tor den Hunden zur Nahrung hinwerfen. Die beiden anderen hatten kein besseres Los, denn es zeigte sich bald, daß der eine der Sklave Ghadban war, welcher Ibris getötet, und der andere der Kameltreiber, welcher Dhul Makans Geld behalten und ihn vor die Tür des Badheizers geworfen hatte. »Nun«, sagte Kana, nachdem alle drei hingerichtet waren, »bleibt uns nur noch, an der

verruchten Dsat Dawahi Rache zu nehmen, die meinen Oheim und Großvater meuchelmörderisch umgebracht.« »Auch diese will ich in deine Hände liefern«, versetzte Rumsan. Er ließ sich sogleich Tinte und Kalam reichen und schrieb der Alten, er habe ganz Irak erobert und alle Muselmänner unterworfen, und lud sie ein, zu ihm nach Bagdad zu kommen. Rumsan, der längst Muselmann geworden, kleidete sich wieder als Franke und ging ihr entgegen. Sobald sie aber in Bagdad anlangte, wurde sie von Kanas Leibwache ergriffen und vor ein Tor der Stadt gehängt. Bagdad wurde hierauf drei Nächte nacheinander beleuchtet, und Kana feierte seine Vermählung mit Kadha.

Viertes Buch

Geschichte des Königs Kalad und seines Veziers Schimas

Man behauptet, einst lebte in Indien ein mächtiger König von hoher Statur und starkem Körperbau, sein Name war Kalad. Er gebot über 72 Vizekönige; 350 Kadhis war die Justizpflege anvertraut, und in seinem Divan saßen 70 Veziere, von denen je zehn einem Oberen gehorchten. Über alle 70 stand aber der Großvezier Schimas, der sowohl bei dem König als bei den übrigen Vezieren sehr beliebt war. Die Regierung dieses Königs war sehr mild, denn er liebte seine Untertanen, war sehr wohltätig und erleichterte ihre Abgaben mehr, als alle seine Vorgänger. Er war aber doch sehr mißvergnügt, weil er keinen Sohn hatte, der ihm hätte auf den Thron folgen können. Eines Nachts, als ihn der Schlaf in diesen Gedanken überwältigte, sah er im Traume die Wurzel eines Baumes, aus dem viele Zweige hervorsprossen; dann entstieg dieser Wurzel eine Flamme, welche alle Zweige rund umher verzehrte. Der König erwachte hierauf sehr erschrocken und befahl einem seiner Diener, sogleich den Vezier Schimas zu rufen. Dieser kam schnell herbei und verbeugte sich vor dem König, der auf seinem Bett saß, wünschte ihm dauerndes Glück und sagte: »O

König, Gott erhalte dich! Was ist dir Unangenehmes widerfahren, daß du mich plötzlich in der Nacht rufen läßt?« Der König hieß ihn sitzen, erzählte ihm seinen Traum und sagte: »Ich habe dich rufen lassen, weil ich dich als einen großen Gelehrten kenne, der Träume auszulegen versteht.« Schimas beugte den Kopf eine Weile und erhob ihn dann wieder lächelnd. Der König bat ihn, ihm zu sagen, was er von diesem Traum halte, ihm aber ja nichts zu verbergen, Schimas antwortete: »Beruhige dich in Gottes Namen und sei froh, denn ich habe viel Glück für dich. Gott wird dir einen Sohn bescheren, der nach langem Leben dein Reich erben wird, doch etwas wird vorfallen, das ich dir jetzt noch nicht mitteilen kann.« Der König freute sich sehr und sagte: »Wenn deine Deutung wahr ist, so erkläre mir alles, damit meine Freude vollkommen sei; mein ganzes Streben geht doch nur nach Gottes Wohlgefallen.« Schimas aber suchte allerlei Vorwand, um sich von der gänzlichen Auslegung des Traumes loszusagen, Da ließ der König Astrologen und andere Traumdeuter rufen und bat sie, ihm seinen ganzen Traum auszulegen. Einer von ihnen bat um das Wort und sagte: »O König! Dein Vezier Schimas kann den Traum ebensogut deuten, als einer von uns, aber er scheut sich vor dir; wenn du mir deine Gnade verbürgst, will ich dir enthüllen, was er dir verborgen.« Als der König ihm Gnade versprach, sagte er: »Wisse, o König, du wirst einen Sohn zeugen, der dein Reich erben und einige Zeit in deinem Pfade wandeln wird, bald aber wird er treulos gegen seine Untertanen handeln, sein Volk wird mißvergnügt werden, und es wird ihm gehen, wie der Maus mit der Katze!« Der König rief Gottes Hilfe an und fragte: »Was ist das für eine Geschichte?« Da begann der Traumdeuter:

Geschichte der Katze mit der Maus

Man erzählt, o König! Eine Katze ging einst in der Nacht auf Raub aus, lief aber die ganze Nacht in den Wiesen umher, ohne etwas zu finden. Da es heftig regnete und es sie sehr fror, suchte sie einen trockenen Zufluchtsort und ging auf ein Loch zu, welches sie in der Wurzel eines Baumes bemerkte. Als sie nahe daran war, roch sie eine Maus darin und kroch langsam an den Baum hin, um sie zu fangen. Da aber die Maus die Nähe der Katze merkte, schleppte sie schnell Erde herbei und verstopfte die Öffnung des Loches. Die Katze miaute gar jämmerlich und schrie: »Warum tust du dies, mein Freund? Ich suche Zuflucht bei dir, erbarme dich meiner und laß mich diese Nacht in deiner Höhle zubringen; ich bin alt, schwach und matt, kann mich nicht mehr bewegen; ich laufe schon die ganze Nacht auf dem Felde umher, habe mir oft den Tod gewünscht, um einmal meiner Qualen los zu werden, und nun liege ich hier vor deiner Tür, krank vor Nässe und Kälte; ich bitte dich um Gottes willen, beherberge mich im Gang deiner Höhle, ich bin arm und fremd; es heißt ja: ›Wer einen Fremden bei sich beherbergt, dem wird am Gerichtstage das Paradies als Wohnung angewiesen.‹« Als die Maus das Flehen der Katze vernahm, sagte sie erschrocken: »Wie kann ich dir öffnen? Du bist doch mein natürlicher Feind und lebst nur von meinem Fleisch; ich fürchte deinen Verrat, du bist treulos von Natur, ich kann dir nicht glauben, ich kann dir ebensowenig mein Leben anvertrauen, als man eine schöne Frau einem Wollüstling, einen Schatz einem Dieb, oder Holz dem brennenden Feuer anvertraut; auch sagt man: ›Von einer natürlichen Feindschaft, so schwach sie auch sein mag, ist doch starkes Übel zu erwarten.‹«

Die Katze antwortete hierauf mit demütiger, rührender Stimme: »Was du sagst, mein Freund, ist wahr; ich leugne meine Sünden gar nicht, doch Gott verzeihe mir und verzeihe auch du mir vergangene Schuld, heißt es doch: ›Wer einem Geschöpfe seinesgleichen verzeiht, dem verzeiht auch Gott‹; ich war allerdings bisher dein Feind, doch nun suche ich deine Freundschaft; sagt man nicht: ›Willst du deinen Feind in einen Freund verwandeln, so erweise ihm Gutes‹; ich will nun einen festen Bund mit dir schließen und dir versprechen, daß ich dir nie etwas zuleide tun werde; ohnedies habe ich gar keine Kraft mehr dazu. Nimm nur meine Freundschaft an, vertraue auf Gott und versage mir deine Hilfe nicht!« Da sagte die Maus: »Wie soll ich mit einem Treulosen einen Bund schließen? Wie darf ich das tun, da doch unsere Feindschaft uns von Natur angeboren ist? Legte ich mich in deine Gewalt, so wäre es gerade, als wenn jemand seine Hand in den Mund einer Otter stecken wollte.« Da sagte die listige Katze: »Mein Leben erlischt in mir, bald werde ich vor deiner Tür sterben, und du wirst die Schuld tragen, denn du hättest mich retten können; ich sage dir zum letzten Mal, wenn du mich einläßt, so werde ich dein wahrer Freund sein, stets für dich beten, und der Himmel wird dich dafür belohnen.« Bei diesen Worten wurde die Maus von Gottesfurcht ergriffen und dachte bei sich: »Wer seinem Feind Gutes erweist, dem steht Gott gegen ihn bei; ich will nun im Vertrauen auf Gott diese Katze vom Untergang retten und mir dadurch himmlischen Lohn erwerben.« Sie trat dann zur Katze heraus und schleppte sie in die Höhle. Die Katze machte sich schwer und stellte sich tot, so daß es der Maus sehr mühsam wurde, sie auf ihr Lager zu bringen. Nachdem die Katze ein wenig ausgeruht hatte, öffnete sie den Mund und klagte über Schwäche und Mattigkeit. Die Maus bemitleidete sie und redete ihr Mut ein. Die Katze aber kroch allmählich bis zur Öffnung der Höhle, um der Maus den Ausgang zu versperren, dann sprang sie auf sie los und faßte sie mit allen Vieren und biß sie, hierauf schleuderte sie sie in die Höhe und lief ihr wieder nach. Die Maus rief Gottes Hilfe an und sagte zur Katze: »Treuloser Freund, hältst du so den Bund, den wir geschlossen, und den Eid, den du geschworen? Ist das mein Lohn dafür, daß ich dich in meine Höhle hereingelassen und dir mein Leben anvertraut? Mit Recht sagt man: ›Wer dem Versprechen eines Feindes traut, der ist seines Lebens nicht mehr sicher und verdient den Tod‹; doch ich vertraue auf Gott, der wird mich retten.« Während die Maus so zur Katze

sprach, welche vorhatte sie zu zerreißen, kam ein Jäger mit Fanghunden herbei; einer derselben hörte das Geräusch in der Höhle, sprang munter heran in der Meinung, es sei ein Fuchs, der etwas zerreißen wolle, packte die Katze von hinten, und zog sie heraus und zerriß sie in Stücke. Die Maus aber kam ohne schwere Wunde davon, denn die Katze hatte sie in ihrem Schrecken losgelassen, und so bestätigt sich hier: Wer Mitleid hat, der wird auch ‚(von Gott), bemitleidet; wer Unrecht handelt, dem geschieht auch Unrecht.

»Das ist's, o König, was dieser Katze geschehen, darum soll niemand sein Wort brechen und das ihm geschenkte Vertrauen mißbrauchen, sonst geht es ihm auch so; wer aber Gutes übt, dem wird reicher Lohn. Doch betrübe dich nicht, o König, dein Sohn wird später wieder deinen Pfad wandeln und Buße tun. Dein gelehrter Vezier fürchtete sich aber, dir dies zu offenbaren, weil schon mancher durch seine Gelehrsamkeit sich große Gefahr zugezogen.« Der König entließ die Traumdeuter hierauf gnädigst, ging nachdenkend in seine Wohnung und brachte die Nacht bei der geliebtesten und geachtetsten seiner Frauen zu. Nach einigen Monaten, als sie die Merkmale der Schwangerschaft an sich wahrnahm, lief sie freudig zum König, um es ihm zu melden. Dieser rief höchst entzückt aus: »So war mein Traum doch wahr! Gott wird mir auch ferner in allem beistehen.« Er erwies von nun an seiner Frau viele Ehre und ließ ihr das schönste und beste Zimmer im Schloß einräumen. Sobald Schimas ins Schloß kam, teilte ihm der König seine Hoffnung, bald Vater zu werden, mit, und sagte: »Nun sind meine Wünsche erfüllt; ich hoffe, meine Frau wird einen Sohn gebären, der meinen Thron erben kann. Was sagst du dazu, Schimas?« Schimas schwieg und antwortete nichts. Da sagte der König: »Warum freust du dich nicht mit mir? Warum schweigst du? Ist dir das nicht angenehm?« Schimas verbeugte sich und sagte: »Mögest du lange leben, o König; warum sollte der in der Mittagshitze unter einem schattigen Baum Ausruhende, oder der Lechzende, welcher an klarem Wein oder frischem Quellwasser sich labt, sich nicht freuen? Noch größer, o König ist meine Freude mit dem, was dir Gott geschenkt, bin ich doch ein Diener Gottes und dein Diener. Doch sagt man: ›Von drei Dingen darf ein Verständiger nicht zu früh sprechen: von einem auf die Reise gehenden Kaufmann, bis er zurückkehrt; von einem in den Krieg Ziehenden, bis er seinen Feind überwunden, und von einer Schwangeren, bis sie ihr Kind geboren‹; denn wisse, o König, wer von etwas spricht, ehe es da ist, dem geht es wie dem Einsiedler mit dem verschütteten Schmalz.« Der König fragte: »Was ist das für eine Geschichte?« Da begann Schimas:

Geschichte des Einsiedlers mit dem Schmalz

Wisse, o König, einst lebte ein Einsiedler in einer Stadt bei einem der vornehmsten Bürger, der ihn sehr liebte und ihm jeden Tag drei Brötchen und etwas Honig und Schmalz reichen ließ. Da das Schmalz damals sehr selten und teuer war, sammelte der Einsiedler alles, was er von seinem Gönner erhielt, in einem großen Krug, den er zu Häupten seines Bettes stellte, um immer ein wachsames Auge darauf haben zu können. Eines Tages, als er auf seinem Bett saß, fiel ihm sein Schmalz ein, das jetzt so hoch im Preis stand, und er dachte bei sich: Ich werde es jetzt ganz im Stillen verkaufen und dafür eine Ziege kaufen, ich mache dann Gemeinschaft mit einem Bauern, der einen Bock hat, sie wird im ersten Jahr ein Männchen oder ein Weibchen, und im zweiten ein Weibchen oder ein Männchen gebären, und so wird es fortgehen, bis ich eine Menge Bökke und Ziegen habe; ich verkaufe dann die Böcke und kaufe Kühe und Stiere dafür; wenn auch diese sich vermehrt haben, verkaufe ich einen Teil davon und kaufe ein schönes Gut und bebaue es; dann lasse ich mir ein schönes Schloß darauf bauen, schaffe mir kostbare Kleider an, kaufe Sklaven und Sklavinnen, dann heirate ich die Tochter eines reichen Kaufmanns oder Fürsten, und feiere eine Hochzeit, wie noch nie eine gefeiert worden; es wird weder an allerlei Fleischgerichten noch an Süßigkeiten fehlen. Auch lasse ich Musiker und Sänger und Märchenerzähler kommen, die uns bei dem Dufte der schönsten Blumen und der feinsten Wohlgerüche belustigen; ich werde Reiche und Arme einladen, alles was durch Gelehrsamkeit und Bildung sich hervortut, sogar den Sultan mit seinen Offizieren; ich lasse in der ganzen Stadt ausrufen: »Jeder soll zu essen und zu trinken bei mir finden!« Ist dann die Braut königlich geschmückt, begebe ich mich zu ihr und ergötze mich an ihren Reizen, esse und trinke und scherze mit ihr und denke bei mir selbst: »Nun bin ich am Ziele meiner Wünsche, fern von dem traurigen Einsiedlerleben.« Bald freue ich mich dann mit dem Knaben, den mir meine Frau gebären wird, und gebe ein großes Fest bei seiner Geburt; ich lasse ihn in Pracht und Glanz erziehen und in allem unterrichten, so daß sein Name berühmt werde in allen Gesellschaften. Ich werde ihm dann dies und jenes befehlen; gehorcht er mir, so lasse ich ihn immer mehr unterrichten, wird er aber ungehorsam, so komme ich mit dem Stocke hinter ihn. Bei diesen letzen Worten hob der Einsiedler den Stock, den er in der Hand hatte, mit aller Kraft in die Höhe, begegnete dem Schmalzkrug, der ihm zu Häupten stand, und zerbrach ihn; das Schmalz stürzte über seinen Kopf herunter, beschmierte sein Gesicht und seinen Bart, und befleckte seine Kleider und sein Bett, und so wurde er eine Warnung denen, die sich belehren wollen.

»Darum, o König, soll man niemals von etwas sprechen, das noch gar nicht ist.« Der König sagte: »Du hast recht, Schimas, du bist ein herrlicher Vezier, deine Worte sind aufrichtig und dein Wandel gerade, darum nehme ich auch alles von dir gut auf.« Schimas erwiderte, sich verbeugend: »Gott schenke dir ein langes Leben und eine dauerhafte, glänzende Regierung; du weißt, daß ich dir stets meinen aufrichtigsten Rat erteile, daß nur deine Zufriedenheit mit mir mich glücklich macht, daß ich keine andere Freude, als die deinige habe, daß ich nicht schlafe, wenn du mir zürnst, denn Gott hat mich durch dein Wohlwollen über alle Erwartungen bereichert; darum bete ich immer zu ihm, daß seine Engel dich beschützen mögen und er durch seine Gnade dir reichen Lohn zufließen lasse. Amen.«

Der König war entzückt über die Worte des Veziers, und erhöhte seinen Rang und seine Stellung noch mehr. Nach einiger Zeit gebar die Königin einen Sohn; der König freute sich sehr, als man es ihm meldete, und dankte Gott, dem barmherzigen Vater, für diese nicht mehr erwartete Gnade. Er ließ dann nach allen Seiten seines Landes schreiben, und alle Veziere, Oberhäupter der Truppen,

andere Große des Reiches und alle Gelehrten zu einem Fest einladen; die Gäste fanden sich zahlreich ein, denn jeder wollte den geliebten König beglückwünschen. Nach dem Fest entließ sie der König wieder hochgeehrt und reichlich beschenkt. Als er wieder allein mit seinen Vezieren war, fragte er sie: »Was denkt ihr von dem Glück, das mir beschert worden?« Der Großvezier Schimas bat und das Wort und sprach. »Gepriesen sei Gott, unser Herr, der uns aus nichts geschaffen, daß er uns einen König geschenkt, durch dessen Huld uns so viel Glück zuströmt und durch dessen Gerechtigkeitsliebe ein jeder in unserem Lande sicher und ruhig lebt! Wo regiert wohl noch ein so gerechter, weiser, fürsorgender und beschützender König? Wie wacht er über alle unsere Bedürfnisse; wie horcht er auf alle Klagen seiner Untertanen, und wie beschützt er sie gegen jeden Feind! Haben doch die Türken ihre Söhne ihren Königen als Sklaven gegeben, damit er sie gegen Feinde beschütze: Wie dankbar müssen wir sein, da unter der Regierung unseres Königs kein Feind unser Land zu betreten wagt; wie sehr verdient er die göttliche Huld, da wir so unbeschreiblich glücklich unter seinen Fittichen leben; Gott erhalte ihn lange! Nun hatten wir aber bisher immer zu Gott gebetet, daß er ihn mit einem Sohn segne, und jetzt, wo er unser Gebet gehört hat, ist unsere Freude so groß, wie die jenes Fisches im Wasserteich.« Der König fragte: »Was ist das für eine Geschichte?«

Geschichte des Fisches im Wasserteich

Wisse, o König, fuhr Schimas fort: Einst hielten sich viele Fische in einem Wasserteich auf, der nur von Regenwasser gefüllt war. Da kam einmal ein Sommer, in welchem es sehr wenig regnete. Der Teich wurde immer kleiner, und die Abnahme des Wassers setzte die Fische in große Besorgnis. Sie sagten einer zum anderen: »Was wird aus uns werden; was fangen wir an und bei wem holen wir Rat?« Da sprang der Älteste hervor und sagte: »Es bleibt uns nichts übrig, als zu Gott unsere Zuflucht zu nehmen und zum Krebs, dem verständigsten unter allen Wasserbewohnern.« Die übrigen Fische stimmten ihm bei und sie begaben sich sämtlich zum Krebs, der ruhig an der Türe seines Nestes lag und nichts von der Not der Fische wußte. Der Älteste trat zu ihm und sagte, nachdem er ihn gegrüßt hatte: »Macht dir unsere traurige Lage keine Sorge, o weiser, gelehrter Krebs?« Dieser fragte: »In welcher Lage befindet ihr euch denn?« Da erzählten sie ihm von dem Mangel an Wasser und von ihrem nahen Untergang, und baten ihn um Rat und Beistand. Der Krebs schwieg eine Weile und dachte: »Wie wenig Vertrauen haben diese unverständigen Fische zu Gott? Doch ich will ihre Furcht verscheuchen, Gottes Wille wird dann geschehen.« Er sagte ihnen daher: »Wisset, ihr Fische, das Jahr hat ja erst begonnen und noch bleibt uns Wasser genug; es

wird gewiß noch regnen, darum vertraut auf Gott, betet viel zu ihm, denn er erhört das Gebet seiner Geschöpfe; laßt uns nur den Winter abwarten; regnet es dann wie gewöhnlich, gut, wenn nicht, so fliehen wir aus diesem Teiche wohin Gott will.« Sämtliche Fische stimmten der Meinung des Krebses bei, dankten ihm und gingen ihres Weges. Nach wenigen Tagen kam ein Regen vom Himmel und füllte den Teich noch mehr als gewöhnlich. »So auch wir, o König; schon hatten wir alle Hoffnungen auf einen Thronerben aufgegeben – der Mensch soll aber nie an seinem Herrn verzweifeln – und nun ist unser Wunsch erfüllt. Gott hat dich mit einem Sohn gesegnet, dessen Regierung nach Vollendung deines langen Lebens unseren Nachkommen Heil bringen wird.« Der zweite Vezier sagte dann: »Wie sehr verdient ein König, der gerecht und mild gegen seine Untertanen ist, der ihre Frauen und Güter beschützt und stets ein wachsames Auge auf ihr Wohl richtet, daß er in diesem und in jenem Leben den höchsten Rang einnehme. Da nun du, o König, alle Herrschertugenden im höchsten Maße besitzt und dein Land durch dich so gesegnet ist, so mußte es uns weh tun, dich ohne Nachkommen zu sehen; nun hat aber Gott unser Gebet erhört. Deine Hingebung und volles Vertrauen zu Gott wurde belohnt, wie das des Raben mit der Schlange.« Der König fragte: »Was ist das für eine Geschichte?«

Geschichte des Raben und der Schlange

Wisse, o König, erzählte der zweite Vezier: Einst wohnte ein Rabe mit seinem Weibchen auf einem Baum. Als die Zeit kam, wo sie Junge ausbrüteten – es war im Sommer – da kroch eine Schlange aus ihrer Höhle hervor, hing sich an die Wurzel des Baumes fest, schlich hinauf, bis sie zu dem Nest des Raben gelangte, legte sich hinein und brachte den ganzen Sommer darin zu. Der Rabe wartete, bis sie nach der heißen Jahreszeit das Nest wieder verließ, und ging dann wieder hinein mit seinem Weibchen und sagte zu diesem: »Laßt uns Gott danken, der uns von diesem Übel befreit, und haben wir auch dieses Jahr keine Jungen ausbrüten können, so hören wir doch nicht auf, auf Gott, unseren Schöpfer, zu vertrauen, und danken wir ihm, daß er uns gesund und wohl wieder hierher zurückkehren ließ. Wir müssen uns eben in seinen Willen fügen, vielleicht werden wir das nächste Jahr uns an unseren Jungen freuen.« Als aber die Zeit kam, wo sie wieder Eier legten, kam die Schlange wieder aus ihrer Höhle, und wollte wieder auf den Baum kriechen und in das Nest des Raben schleichen. Da ließ sich aber ein Raubvogel vom Himmel herunter, biß sie in den Kopf, daß sie ohnmächtig zu Boden fiel, und die Ameisen sich um ihre Wunde sammelten und sie auffraßen. Der Rabe lebte nun in Ruhe mit seinem Weibchen, das ungestört seine Eier ausbrütete und den Schöpfer pries. »So wollen auch wir Gott danken, daß er dich mit einem Sohne gesegnet, und beten, daß er alles zu einem glücklichen Ende führe!« Der dritte Vezier begann hierauf: »Freue dich, o König, mit der Wohltat des Himmels, der dir ebenso hold ist, wie allen Menschen, die in deinem Reich leben. Alles, was der Mensch hat, kommt ihm ja von Gott, der jeden nach Willen beschenkt, den einen mit Wohlstand und Kindern, den anderen mit Vernunft und Verstand; er erhebt und erniedrigt, macht reich oder arm, und für alles muß man ihm danken. Aber du, o König, gehörst zu den Glücklichen in diesem Leben, und wirst es auch einst jenseits werden. Doch jeder muß mit seinem Los zufrieden sein, und wer sich nicht begnügt mit dem, was er hat, dem geht es wie dem wilden Esel mit dem Fuchs.« Der König fragte: »Was ist das für eine Geschichte?« Der Vezier antwortete:

Geschichte des wilden Esels mit dem Fuchs

Man erzählt, o König: Einst lebte ein Fuchs, der jeden Tag seine Höhle verließ, um sich seine Nahrung zu verschaffen. Eines Tages, als er wie gewöhnlich aufs Gebirge ging, traf er einen anderen Fuchs, und sie erzählten einander, was sie auf ihrem Raubzug gefangen. Da sagte der eine: »Ich traf gestern einen toten wilden Esel, und da ich sehr hungrig war, denn ich hatte in drei Tagen fast gar nichts gegessen, freute ich mich sehr darüber und dankte Gott, der mir ihn beschert. Ich habe mich an dessen Herz so satt gegessen, daß ich seit drei Tagen nicht hungre.« Als der andere Fuchs dies hörte, beneidete er ihn und dachte bei sich: »Ich muß doch auch einmal ein Eselsherz essen, um satt zu werden.« Er ging so lang mit diesem Gedanken um, bis er ganz mager wurde und erschöpft in seiner Höhle lag. An diesem Tag gingen Jäger auf die Jagd und konnten den ganzen Tag nichts schießen, bis sie endlich einen wilden Esel trafen. Einer von ihnen schoß mit einem Pfeile nach ihm, der im Herzen stecken blieb, worauf der wilde Esel leblos vor die Höhle des Fuchses hinfiel. Die Jäger wollten dem Esel den Pfeil aus dem Herzen ziehen, aber nur das Holz ging heraus, die eiserne Spitze blieb darin stecken.

Als der Fuchs das Geräusch vor seiner Türe hörte, verbarg er sich bis Nachts, wo die Jäger wieder fort waren. Jetzt kam er langsam aus seiner Höhle hervor, denn er konnte vor Schwäche nicht mehr schnell gehen, und freute sich sehr, als er einen toten Esel vor der Türe fand, und dankte Gott, der ihm so seinen Wunsch ohne Mühe erfüllt. Er ging heißhungrig darauf los, riß ihm den Leib auf und wühlte mit seinem Kadaver umher, bis er das Herz fand. Aber die Spitze des Pfeils blieb ihm im Hals stecken und brachte ihn dem Tod nahe; da klagte und jammerte er: »Mir geschieht es recht; kein Geschöpf soll mehr verlangen, als ihm Gott zugeteilt. Ich wäre jetzt nicht in solcher Not, wenn ich mich mit

Gottes Gabe begnügt hätte.« »So, o König, wagten auch wir nichts mehr von Gott zu fordern, aber er hat dich doch mit einem Erben beglückt, dem er ein langes Leben schenken und den er deinen Pfad betreten lassen möge!« Dann sprach der vierte Vezier: »Wenn ein König weise ist und versteht, beglückend über seine Untertanen zu herrschen, wenn er sich zum Guten wendet und das Böse meidet, wenn er die Abgaben seines Volkes erleichtert, ihr Blut schont und ihre Schwäche deckt, so wird dadurch sein Reich immer mehr befestigt, er wird stets gegen seine Feinde siegen und durch Gottes Huld alles erlangen, wonach er strebt. Ein gewalttätiger Regent aber wird sich und seine Untertanen ins Verderben stürzen, und es wird ihm gehen, wie dem König mit dem Reisenden.« Der König fragte, was das für eine Geschichte wäre? Da erzählte der Vezier:

Geschichte des Königs und des Wanderers

Wisse, o König: Einst herrschte im äußersten Westen ein König, der sehr gewalttätig war, und sowohl seine Untertanen, als Fremde, die in sein Land kamen, unterdrückte. Jeder Fremde fürchtete sich, sein Land zu betreten, denn es wurde ihm nur der fünfte Teil seines Besitzes gelassen und die übrigen vier Fünfteile für den König weggenommen. Es traf sich nun, daß einst ein Wanderer, der von Jugend auf nur dem Gottesdienst lebte, auf seinen Reisen auch die Residenz dieses Königs besuchte. Sobald er ans Tor kam, fielen die Beamten, die die vier Fünftel einzunehmen hatten, über ihn her und untersuchten sein Gepäck; sie fanden aber nur zwei Kleider auf ihm, von denen sie ihm das eine auszogen, nachdem sei ihn vorher tüchtig durchprügelten. Der fromme Wanderer schrie: »Wehe euch, ihr Übeltäter, ich bin ein armer Pilger, was tut ihr mit meinem Kleid? Laßt mir es, oder ich verklage euch beim Regenten.« Sie antworteten: »Wir handeln nach dem Befehl des Regenten; tue, was du willst!« Da dachte der Wanderer bei sich selbst: »Ich will einmal zum Regenten gehen und sehen, ob diese Leute die Wahrheit sagen.« Er erkundigte sich nach dem Königlichen Palast; aber als er hineintreten wollte, hielten ihn die Pförtner auf und mißhandelten ihn. Nun dachte er: »Es bleibt mir nichts anderes übrig, als zu warten, bis der König ausgeht, dann will ich ihm klagen, was mir widerfahren.« Während er so dachte, hörte er, wie jemand aus dem Palast sagte: »Der König geht auf die Jagd.« Da freute er sich sehr und stellte sich auf den Weg, wo der König vorbeireiten mußte, grüßte ihn und sagte: »O König, höre meine Klage! Ich bin ein armer Wanderer, werde überall gut behandelt, wohin ich mich wende; als ich aber hierher kam, fielen deine Leute über mich her, schlugen mich und zogen mir ein Kleid aus; nun bitte ich dich um deinen Beistand.« Da sagte der König: »Wer hieß dich als Fremder meine Stadt betreten?« Der Wanderer antwortete: »Ich habe gefehlt, o

König, ich will nie mehr diese Stadt betreten, laß mir nur mein Kleid zurückgeben.« Der König versetzte: »Du beklagst dich, daß wir dir dein Kleid genommen und freuest dich nicht, daß dein Leben verschont geblieben; morgen will ich dir auch das Leben nehmen.« Hierauf ließ ihn der König einsperren. Der Wanderer bereute es, nicht sein Leben gerettet und lieber sein Kleid aufgegeben zu haben. Als es Nacht wurde, betete er: »O Gott, du kennst meine Lage diesem Tyrannen gegenüber, ich flehe dich an, rette mich aus seiner Hand und bestrafe diesen gewalttätigen Mann, der Arme und Fremde unterdrückt. Du bist doch der gerechte und allwissende Richter.« Der Gefängniswärter, der dieses Gebet hörte, dachte, als um Mitternacht ein Brand ausbrach, der den König mit seiner ganzen Familie verzehrte und die ganze Stadt in Asche verwandelte, das ist gewiß nur in Folge des Gebets des Wanderers geschehen; er befreite ihn daher und rettete sich mit ihm in eine andere Stadt. »So, mächtiger Herr, enden ungerechte Tyrannen: Sie werden hier von allen verflucht, und Gottes Strafe harrt ihrer in jenem Leben. Wir aber, o König, danken morgens und abends dem Herrn, daß er uns einen so edlen und beschützenden Herrn geschenkt. Wir waren nur darüber betrübt, daß er dir einen Erben versagt, und fürchteten, es möchte dir jemand folgen, der die Treue gegen uns verletzt. Nun hat aber der gnädige Gott uns auch von dieser Sorge befreit, indem er dich mit einem Sohne gesegnet, den er in dauerndem Ruhm und Glück dir nachfolgen lasse!« Der fünfte Vezier begann: »Gepriesen sei der allmächtige Gott, der edle Gaben spendet denen, die in reiner Absicht ihn anflehen, der seine Huld schenkt denen, die durch einen religiösen Lebenswandel ihm ihre Dankbarkeit bezeigen: So hat auch Gott dich, o König! der du die höchsten Tugenden besitzest, nach langer Hoffnungslosigkeit noch mit einem

Sohne gesegnet, mit dem wir uns herzlich freuen, weil wir stets befürchteten, du möchtest ohne Nachkommen sterben, wir aber in Fehde und Zwiespalt zuletzt untergehen, wie die Raben durch den Falken.« Der König fragte: »Wie war das?«

Geschichte des Falken und der Raben

Wisse, o König, erzählte der Vezier: Es lebten einst in einem weiten Tal, das reich an Früchten, Flüssen und Brunnen war, viele Vögel, welche den Schöpfer des Tags und der Nacht priesen. Die meisten dieser Vögel waren Raben, die in Friede und Sicherheit unter einem von ihrem Geschlecht lebten, der die Obergewalt mit vieler Milde und Güte handhabte und sie gegen die größten Raubvögel beschützte. Groß war daher die Trauer der Vögel, als ihr Anführer starb. Sie versammelten sich, um einen Nachfolger zu wählen, aber es entstand ein großer Zwist unter ihnen, weil manche wieder einen Raben wählen wollten, andere aber nicht. Endlich kamen die Obersten der Vögel dahin überein, daß alle Vögel einen Tag fasten und am folgenden Morgen bei Sonnenaufgang zu gleicher Zeit in die Höhe fliegen sollten: Wer dann am höchsten flöge, der sollte König werden. Dies geschah am folgenden Tage, und nach langem Wettflug sahen die Vögel in die Höhe und fanden einen Falken über sie alle hervorragen. Dieser wurde nun einstimmig zum König gewählt; er übernahm gern die Regierung und versprach, seine Untertanen noch besser als sein Vorgänger zu behandeln. Aber bald nach seinem Regierungsantritte flog er jeden Tag mit einer Abteilung Vögel nach einer Höhle, fraß dort ihre Augen und ihr Gehirn, und warf ihren Körper ins Wasser. Die Vögel merkten bald, daß ihre Zahl jeden Tag geringer wurde; sie gingen daher zum Falken und sagten: »O König! Wir wissen nicht, wie es zugeht, daß wir seit deinem Regierungsantritt uns jeden Tag vermindern, und besonders vermissen wir solche Vögel, die als deine Diener dich umgeben.« Der Falke erwiderte zürnend: »Gewiß bringt ihr die Vögel aus meinem Gefolge ums Leben, und jetzt fordert ihr sie von mir.« Er sprang dann auf sie los, nahm zehn ihrer Häupter gefangen, drohte ihnen mit dem Tod und ließ sie im Angesicht aller Vögel prügeln. Nun bereuten die Vögel, was sie getan, und sagten: »Wir wußten wohl, daß es uns nach dem Tod unseres ersten Königs schlecht gehen würde, aber wir verdienen es um so mehr, weil wir einen Fremden über uns gesetzt; mit Recht sagt das Sprichwort: »›Wer nicht von den Seinigen regiert sein will, der wird vom Feind tyrannisiert‹; nun bleibt uns nichts übrig, als uns zu zerstreuen und in fernen Gegenden einen Zufluchtsort zu suchen.« »So, o König, fürchteten auch wir, es möchte ein gottloser Mann einst unser König werden; nun hat aber Gott dich mit einem Sohne gesegnet, von dem wir nur Heil erwarten.« Dann sprach der sechste Vezier: »Du hast gehört, o König, wie es den Vögeln mit dem Falken gegangen und wie auch wir ein ähnliches Los befürchteten. Nun müssen wir nur noch zu Gott beten, daß er deinem Sohne ein langes Leben schenke.

Zwar kann der Mensch nie im voraus wissen, ob das, was er wünscht, ihm frommt oder nicht, und es könnte manchem durch vermessene Wünsche gehen, wie dem Schlangenbeschwörer und seiner Frau und seinen Kindern.« Der König fragte: »Wie ging es diesen?« Da erzählte der Vezier:

Geschichte des Schlangenbeschwörers und seiner Frau und Kinder

Wisse, o König: Einst lebte ein Mann, dessen Geschäft war, Schlangen zu erziehen, um sie über die Zukunft zu befragen. Er hielt seine Schlangen in einem großen Krug vor den Seinigen verborgen, ging jeden Morgen damit in die Stadt, um durch seine Schlangen Nahrung zu suchen, und kehrte abends wieder nach

Hause zurück und verbarg den Krug. Aber eines Tages bemerkte seine Frau diesen Krug und fragte ihn, was er enthalte? Ihr Mann sagte ihr: »Was liegt dir daran? Haben wir nicht unser tägliches Brot im Überfluß? Begnüge dich damit und frage nicht weiter.« Die Frau schwieg, dachte aber bei sich: »Ich werde schon durch irgend eine List Mittel finden, zu sehen, was in diesem Krug ist.« Sie hieß dann auch ihre Kinder, den Vater zu bitten, daß er ihnen sage, was sein Krug enthalte. Die Kinder, welche glaubten, es sei etwas zu essen darin, plagten nun ihren Vater täglich, er möchte ihnen doch zeigen, was er in seinem Krug habe; er aber wies sie ab und suchte sie durch allerlei Ausreden zufriedenzustellen. Nach langer Weigerung des Schlangenbeschwörers verabredeten sich endlich seine Kinder mit ihrer Mutter, sie wollten vor ihrem Vater nichts mehr essen noch trinken, bis er ihnen zeige, was in dem Krug verborgen. Als der Vater bald darauf mit allerlei Speisen nach Hause kam und die Kinder zum Essen einlud, stellten sie sich recht böse und nahmen nichts an. Der Vater gab ihnen süße Worte und fragte sie, was sie für Speisen, Getränke oder Kleidungsstücke wünschten. Sie antworteten aber: »Wir wollen nichts, als daß du uns deinen Krug öffnest, damit wir sehen, was

darin ist; sonst bringen wir uns um.« Er erwiderte: »Es wird euch nichts Gutes daraus entsprießen, wohl aber großes Unglück.« Doch die Kinder hörten nicht auf zu murren und zu trotzen, bis ihr Vater einen Stock herbeiholte und ihnen mit Schlägen drohte und, als sie davonliefen, sie ins Innere der Wohnung verfolgte. Während er aber mit seinen Kindern beschäftigt war und die Frau allein mit dem Krug blieb, in welchem die Schlangen waren, deckte sie ihn auf. Die Schlangen krochen heraus und töteten sie und ihre Kinder, nur ihr Mann entkam durch eine schnelle Flucht aus dem Haus. »Daraus merkte ich mir, o König, daß kein Mensch so zudringlich etwas begehren soll, das ihm Gott nicht gewähren will. Aber du, o König, warst geduldig und ergeben, hast auf Gott vertrauend ihn nicht zu sehr mit Bitten um ein Kind bestürmt, er erkannte aber dein Inneres und segnete dich mit einem Sohne, den er zu deinem gerechten, gottgefälligen Nachfolger heranwachsen lassen möge.« Der siebente Vezier sprach endlich: »Ich habe vernommen, was die gelehrten sechs Veziere vor mir über deinen ausgezeichneten Lebenswandel gesagt. Auch ich danke dem Herrn, der dir einen Sohn geschenkt, die edelste Gabe, die einem Menschen auf Erden werden kann, denn wer kinderlos stirbt, dessen Andenken erlischt mit ihm. Durch dein Vertrauen auf Gott ging es dir, wie der Spinne mit dem Wind.« Der König fragte, was das für eine Geschichte wäre, und der Vezier fuhr fort:

Geschichte der Spinne mit dem Wind

Wisse, o König! Eine Spinne setzte sich einst an einem hohen Mastbaum fest, baute sich dort ihr Haus, wohnte darin in voller Ruhe und dankte Gott für den sicheren Zufluchtsort, den sie gefunden. Aber nach einiger Zeit wollte Gott ihre Geduld und Ausdauer prüfen; er ließ einen heftigen Sturm wehen, der sie samt ihrem Haus wegriß und auf das tobende Meer schleuderte. Aber bald trieben die Wellen sie wieder ans Land und sie dankte Gott für ihre Rettung; doch stellte sie den Wind zur Rede und sagte: »Warum hast du aus meiner Wohnung mich vertrieben, ist das von Gott erlaubt?« Der Wind antwortete: »O Spinne! Weißt du nicht, daß diese Welt eine Wohnung des Unglücks ist? Wem hat je das Glück immer gelächelt? Weißt du nicht, daß Gott seine Geschöpfe versucht, um ihre Geduld zu prüfen? Was klagst du, da er dich aus dem furchtbaren Meer gerettet?« Die Spinne antwortete: »Du hast recht, ich bin Gott Dank schuldig und ich vertraue ihm auch, er wird in diesem fremden Land mein Führer sein und mich in meine Heimat zurückbringen.« Hierauf versetzte der Wind: »Ich selbst hoffe mit dem nächsten Westwind dich wieder mitzunehmen, weil du so dankbar und so gottergeben bist; vertraue nur auf Gott; wer ihm vertraut, dem kommt er entgegen, wer mit Geduld ausharrt, der erreicht das Ziel.« Die

Spinne betete nun mit noch mehr Hingebung zu Gott; Gott erhörte ihr Gebet und gebot einem sanften Wind, sie wieder in ihre Heimat zu tragen. »So wollen auch wir jetzt zu Gott beten, der lange deine Ausdauer geprüft und nun in deinem Alter dir noch einen Sohn geschenkt hat, daß er diesem verleihe, was er dir an Macht und Ruhm verliehen.« Als der König die sieben Veziere vernommen und ihnen für ihr Lob und ihre Glückwünsche gedankt hatte, sagte er: »Wisset o Veziere! Gottes Beschluß ist unabänderlich, sein Wille geschehe an meinem

Sohn; was er voraus bestimmt hat, trifft sicherer ein, als alles, was ihr von dessen Widerspenstigkeit und Treulosigkeit voraussehet; lasset uns hoffen, daß Gott ihn segnen und zu einem frommen, tugendhaften Regenten heranwachsen lassen wird! Amen.« Hierauf erhoben sich die Veziere und verbeugten sich vor dem König, der sie mit reichen Geschenken entließ. Dann ging der König zu seinem Sohn, küßte und segnete ihn und nannte ihn Wardchan. Als der Prinz zwölf Jahre alt war, ließ ihm der König ein Schloß bauen mit 360 Gemächern, und übergab ihn drei Lehrern, die ihn in allen Wissenschaften unterrichten sollten. Sie mußten jeden Tag in einem anderen Zimmer zubringen, und wenn sie es verließen, auf die Tür schreiben, was der Prinz an diesem Tag gelernt, und alle sieben Tage dem König Bericht erstatten. Da der Prinz viel Verstand, Geist und Gedächtnis hatte, auch mit derselben Lust die Lehren aufnahm, wie ein Kranker ein Arzneimittel, durch welches er seine Gesundheit wieder zu erlangen hofft, so bezeigten sie dem König ihre Zufriedenheit mit demselben und sagten ihm, sie hätten in ihrem Leben keinen Schüler gehabt, der alles so leicht begreife; sie scheuten daher auch keine Mühe, um ihn alles zu lehren, was sie wußten, weshalb ihnen der König immer mehr Ehre erwies. Bald übertraf Wardchan alle seine Zeitgenossen in seinen Kenntnissen, und die Lehrer stellten ihn seinem Vater vor mit den Worten: »Freue dich, o König; mit deinem Sohn, der alles gelernt hat, was wir selbst wissen.« Der entzückte König dankte Gott, ließ den Vezier Schimas rufen und teilte ihm die Worte der Lehrer seines Sohnes mit. Der Vezier sagte: »Der rote Rubin glänzt auch aus dem härtesten Gebirge hervor; dein Sohn aber ist eine kostbare Perle, aus anderen edlen Perlen entsprungen, und sein reicher Verstand stimmt mit seiner schönen Gestalt überein. Nun halte ich es für angemessen, o König, daß du morgen alle Veziere und Gelehrten und Philosophen zusammen berufest, damit sie öffentlich sich mit dem Prinzen unterhalten und ein jeder sich von seinen Kenntnissen überzeuge.« Der König billigte diesen Vorschlag, und am folgenden Tag, als alle Gelehrten der Stadt versammelt waren, trat zuletzt Schimas in die Versammlung und verbeugte sich vor dem Prinzen. Als dieser sich zu gleicher Zeit vor Schimas verbeugte, sagte letzterer: »Es ziemt einem jungen Löwen nicht, daß er vor einem anderen Tier sich verbeuge, und nicht dem Licht, daß es gegen die Finsternis ehrerbietig sei.« Da erwiderte der Prinz: »Auch der junge Löwe verbeugt sich vor dem Leoparden, und das Licht vor der Finsternis, um zu sehen, was darin verborgen ist.« Schimas bat dann um Erlaubnis, einige Fragen an ihn zu richten, und als der Prinz sie zu beantworten sich erbot, fragte er: »Welcher Mensch ist der vorzüglichste?« »Derjenige, der die zukünftige Welt dieser vorzieht.« »Und wer kann dies?« »Derjenige, welcher bedenkt, daß er in einer vergänglichen Welt lebt, daß er sterben muß, daß dem Tod ein neues Leben und ein Tag des Gerichts folgt, und daß, wer hier nicht fromm lebt, keine gute Zukunft zu erwarten hat. Den Bewohnern dieser Welt geht es wie Handwerkern, die einst in einem engen Haus eine Arbeit zu verrichten hatten; jedem war sein Werk vorgezeichnet, und es wurden Aufseher angestellt, die einen jeden nach vollendeter Arbeit aus dem Haus befreien und ihn reichlich belohnen, die Müßiggänger aber hart bestrafen sollten. Während sie nun an der Arbeit waren, zeigte sich ihnen ein Honigstock, sie kosteten ihn und fanden ihn süß, vernachlässigten aber die Arbeit, um an der Süßigkeit des Honigs sich zu ergötzen, und alle Warnungen der Aufseher blieben fruchtlos. Als der Oberste dies vernahm, befahl er den Aufsehern, alle umzubringen, die wegen der bißchen Süßigkeit ihr Werk vernachlässigt, diejenigen aber zu belohnen, welche die Süßigkeit verschmäht.« »Du hast recht; doch wie lassen sich die Bedürfnisse dieser Welt mit den Ansprüchen der zukünftigen vereinigen? Wenn der Mensch nicht für irdische Bedürfnisse sorgt, so geht doch sein Körper zugrunde.« »Man kann auf dem Weg des Rechtes für irdische Bedürfnisse sorgen, aber ein Teil des Tages genügt dazu, den übrigen soll man seinem Seelenheil und dem zukünftigen Leben widmen. Ich will dir hierüber noch ein Beispiel anführen.«

Der Prinz fuhr fort: Einst herrschten gleichzeitig zwei Könige, von denen der eine gerecht, der andere aber gewalttätig war. Das Land des letzteren war sehr fruchtbar und lieblich, und reich an Fundgruben und Perlen und Edelsteinen; der König war aber so habgierig, daß er alle Kaufleute in seinem Land beraubte. Als der gerechte König, der ein großer Liebhaber von Edelsteinen war, von diesem Reich hörte, ließ er einen seiner Leute rufen, gab ihm viel Geld und befahl ihm, in jenes Land zu reisen, um Edelsteine für ihn zu kaufen. Sobald aber der gewalttätige König von der Ankunft dieses Mannes hörte, ließ er ihn vor sich kommen, und sagte ihm: »Wehe dir! Weißt du nicht, wie ich selbst gegen die Kaufleute meines eigenen Landes verfahre? Wie magst du, Fremdling, mein Land betreten? Wer bist du?« Der Kaufmann sagte ihm, sein König habe ihn mit Geld hierhergeschickt, um Edelsteine einzukaufen und das Geld, das er bei sich habe, gehöre nicht ihm. Da erwiderte der König: »Ich lasse dich nicht lebendig aus meinem Land ziehen, wenn du mir nicht dein Geld gibst.« Der Kaufmann ließ den Kopf sinken und dachte bei sich: »Ich stehe hier zwischen zwei Königen; widerstehe ich diesem, so läßt er mir mein Geld mit Gewalt nehmen und mich umbringen, stelle ich ihn zufrieden, so wird mein König, dem das Geld gehört, mich umbringen lassen. Das Beste ist, ich gebe diesem König einen Teil meines Geldes und rette dadurch mein Leben, für das übrige kaufe ich Edelsteine, die hier ja so wohlfeil sind, und bringe sie meinem König, und so stelle ich beide zufrieden.« Der Kaufmann bot hierauf dem König eine bedeutende Summe und bat um Erlaubnis, noch einige Zeit im Land bleiben zu dürfen, um die Geschäfte seines Königs zu verrichten. Der König nahm das Geld und gewährte dem Kaufmann seine Bitte. Dieser kaufte für das ihm übriggebliebene Geld die kostbarsten Edelsteine um einen sehr geringen Preis, reiste dann wieder in seine Heimat und entschuldigte sich bei seinem König. Der gerechte König nahm seine Entschuldigung an, setzte ihn zur Rechten in seinem Divan und sicherte

ihm ein reiches Einkommen für sein ganzes Leben zu.« Als der Vezier nach der Anwendung dieses Beispiels fragte, sagte der Prinz: »Der gerechte König stellt die zukünftige Welt vor, der gewalttätige diese Welt; der Kaufmann ist das Bild des Menschen, das Geld bedeutet die Gaben Gottes, und die Edelsteine die schönen frommen Werke; wer sich damit begnügt, für unentbehrliche Bedürfnisse dieses Lebens tagtäglich zu sorgen und mit der übrigen Zeit sich jene Welt zu verschaffen sucht, der stellt beide Teile zufrieden.« Der Vezier fragte dann: »Werden Körper und Seele gleich sein in Lohn und Strafe?« »Sie nehmen gleichen Anteil an allem, denn sie handeln auch hier in Gemeinschaft, wie einst ein Blinder und ein Lahmer.« »Was ist das für eine Geschichte?« Ein Blinder und ein Lahmer, welche Freunde waren und miteinander bettelten, wünschten sich eines Tages, ein reicher Mann möchte sie doch in seinen Garten aufnehmen; dies hörte ein gutherziger Mann, der einen Garten hatte, er bemitleidete sie, nahm sie in seinen Garten, pflückte ihnen Früchte, ließ sie im Garten und bat sie nur, nichts darin zu verderben. Sobald diese aber die süßen Früchte gekostet hatten, schmeckten sie ihnen so gut, daß sie nach mehr gelüsteten.

Der Lahme und der Blinde teilten einander ihr Verlangen mit; der Lahme bedauerte, nicht zu den Früchten gelangen zu können, und der Blinde, sie nicht zu sehen. Während sie so nach diesen Früchten schmachteten, kam der Wächter zu ihnen und fragte sie, warum sie so traurig wären; als sie ihm die Ursache gestanden, rief er ihnen zu. »Wehe euch! Habt ihr nicht gehört, wie der Eigentümer des Gartens euch gewarnt hat, nichts zu verderben? Bezähmet daher eure Begierde, sonst wird er euch aus seinem Garten jagen.« Aber sie erwiderten: »Wir müssen von diesen Früchten haben, der Eigentümer wird nichts merken; wir bitten dich, uns nicht zu verraten und uns ein Mittel anzugeben, wie wir unsere Begierde befriedigen können.« Als der Wächter sah, daß sie seinem Rat nicht folgen wollten, sagte er zum Blinden: »Richte dich auf und nimm den Lahmen auf deine Schultern, er wird mit seinen Augen dich leiten und du mit deinen Füßen ihn zum Baum tragen; ich entferne mich, und ihr könnt dann eure Lust stillen.« Der Blinde erhob sich sogleich, nahm den Lahmen auf die Schultern und trug ihn an den Baum hin, wo sie nun Früchte pflückten und Zweige zusammenrissen und den ganzen Garten zertraten. Sobald der Eigentümer des Gartens aber heimkehrte und den ganzen Garten in Unordnung fand, ging er zornig auf sie los und sagte ihnen. »Was habt ihr getan? Ist das der Lohn dafür, daß ich euch in meinen Garten gelassen und euch von dessen Früchten gereicht habe? Konntet ihr so mein Vertrauen mißbrauchen?« Sie antworteten: »O Herr! Du weißt doch, daß wir nichts verderben konnten, der eine ist ja blind und der andere lahm.« Aber er erwiderte: »Wollt ihr eure Tat auch noch leugnen? Glaubt ihr, ich wisse nicht, wie ihr es gemacht? Hättet ihr eure Schuld gestanden, so würde ich euch eueres Weges gehen lassen; weil ihr sie aber noch leugnet, verdient ihr bestraft zu werden.« Er jagte sie hierauf aus dem Garten und warf sie in einen Kerker, wo sie umkamen. »Die Bedeutung dieser Parabel«, fuhr der Prinz fort, »ist folgende: Der Blinde stellt den Körper vor und der Lahme die Seele; der Garten ist das Bild der Welt, der Eigentümer des Gartens ist Gott der Schöpfer; der Baum bedeutet die

tierische Lust, und der Wächter den Verstand, der vor dem Bösen warnt und das Gute empfiehlt; darum müssen auch Körper und Seele Lohn und Strafe miteinander teilen.« Schimas fragte ferner: »Welcher Gelehrte ist der Vorzüglichste?« »Der nach den Geboten des Herrn handelt, nur sein Wohlgefallen sucht und seinen Unwillen scheut.« »Welche Gebote sollen wir uns am meisten zu Herzen nehmen?« »Die, welche uns auffordern, gegen Nebenmenschen mild zu sein, unseren Stolz zu beugen und oft an Gott zu denken; wer dies tut, gleicht dem, der einen klaren Spiegel immer säubert, so daß er stets an Glanz zunimmt.« »Welche Schätze sind die vorzüglichsten?« »Die des Himmels, Lob und Preis Gottes; auch Wohltätigkeit gehört zu den Schätzen des Himmels.« »Was entstellt Einsicht, Vernunft und Wissenschaft?« »Die Begierden und Leidenschaften; sobald diese bei den Menschen Eingang finden, entarten sie alle seine Vorzüge, und er gleicht dem in der Luft schwebenden Raben.« »Wieso das?«

»Ein Rabe«, erzählte der Prinz, »der verständigste und bescheidenste aller Vögel seiner Zeit, lebte lange in einer einsamen Wüste; da kam eines Tages ein Jäger in die Wüste, spannte sein Netz auf, warf ein Stückchen Fleisch hinein und ging fort. Der Rabe sah dies aus der Ferne, aber seine Begierde nach dem Fleisch war so groß, daß er das Netz darüber vergaß; er ließ sich herunter, fiel über das Fleisch her und verstrickte sich im Netz. Als der Jäger wiederkam und den Raben im Netz sah, sagte er ganz erstaunt: ›Ich habe das Netz nur für kleine Vögel ausgespannt, wie kommt's, daß du, verständiger Rabe, dich in eine solche Gefahr stürzest?‹ Daraus sehen wir«, fuhr der Prinz fort, »daß die Lüsternheit über alle Tiere viel Gewalt übt. Der Mensch muß daher, wenn er mit den Augen seines Verstandes sich von Begierden ergriffen sieht, mit aller Kraft dagegen kämpfen und sich nicht von ihnen, wie ein Esel am Zaum, in den Abgrund führen lassen, sonst geht es ihm schlecht und er findet nie Ruhe.« Der Vezier fragte dann: »Was ist der Vezier dem Sultan schuldig?« »Ihm seinen Rat zu erteilen«, antwortete der Prinz, »seine Geheimnisse zu bewahren, ihn über alles aufzuklären, nichts zu vernachlässigen, was ihm übertragen ist, dem Zorn des Königs auszuweichen, auf eine Weise ihn anzureden, daß er ihn wohl verstehe, nicht mehr von ihm zu fordern, als seine Stellung ihm gegenüber ziemt, ihn zart wie ein Kind zu behandeln und ihn nie in seinen Reden zu verletzen, sonst möchte es ihm gehen, wie dem Jäger mit dem Löwen.« »Wie war das?« fragte Schimas. Der Prinz erzählte: »Einst lebte ein Jäger, der wilden Tieren nachjagte, ihr Fleisch verkaufte und ihre Haut und was er nicht verkaufen konnte, einem Löwen hinwarf, der sich in der Wüste an ihn gewöhnt und zuletzt so zahm wurde, daß er sich ihm nähern, seinen Rücken streicheln und seinen Schwanz in die Hand nehmen durfte. Als der Jäger die Unterwürfigkeit des Löwen sah, dachte er eines Tages: ›Ich will einmal auf ihm reiten, um mich dessen bei meinen Freunden rühmen zu können.‹ Als er dies tat, geriet der Löwe in Zorn, hob die Tatze auf, schlug den Jäger damit, zerriß ihn mit seinen Klauen und trat ihn mit Füßen. So darf auch der Vezier«, schloß der Prinz, »durch die Milde des Sultans sich nicht verleiten lassen, ihn zu beleidigen.« Dann fragte Schimas: »Was soll ein Vezier tun, wenn der König ungerecht und gewalttätig ist, wenn ihm schlechte Handlungen aufgetragen werden und er nicht imstande ist, den Sultan vom Bösen abzubringen?« »So soll er«, antwortete der Prinz, »nachdem sein wiederholter Rat nicht angehört worden, sich von ihm trennen.« »Und was sind dem König seine Untertanen schuldig?« »Ihm gehorsam sein, an seiner Freude, wie an seinen Leiden, teilnehmen, ihm geben, was ihm gebührt, ihr Leben für ihn opfern und ihm dankbar sein, wenn er gerecht und wohltätig ist.« »Und was ist der König seinen Untertanen schuldig?« »Ein König, der sein Reich befestigen will, muß Gottes Gebote befolgen, gegen alle seine Untertanen gerecht sein und sich eifrig mit den Regierungsangelegenheiten beschäftigen.«

Nachdem nun der Prinz noch über vieles andere gefragt wurde, und seine Antworten den höchsten Beifall aller Anwesenden gefunden hatten, fragte der König: »Nun, was sagt ihr zu diesem Prinzen? Verdient er euer König zu werden?« Schimas antwortete. »O mächtiger, einsichtsvoller, treuherziger König! Du bist unser Herr und Gebieter, und nach deinem Willen richtet sich all unser Streben; jeder von uns wird sich freuen, wenn du sogleich deinen Sohn zu deinem Nachfolger ernennst, denn er ist würdig, König zu werden; er ist ja dein Sohn und hat seine Gelehrsamkeit vor allen Weisen an den Tag gelegt.« Der König, von dieser Antwort entzückt, sagte zu seinem Sohn: »Du bist, gelobt sei Gott, so verständig und so unterrichtet, daß wir dir nicht zu empfehlen brauchen, wie du deine Untertanen beherrschen sollst; du wirst nach Gottes Gesetzen Gerechtigkeit walten und durch die Macht dich nicht zum Bösen verleiten lassen; eine Stunde, mit Gerechtigkeitspflege zugebracht, zieht einen 1000-jährigen Lohn nach, während Ungerechtigkeit dich ins Verderben stürzt; schließe dein Auge nicht, wenn Gewalt geübt wird, die deine Untertanen kränkt, schone ihr Blut und ihre Ehre, entziehe ihnen deine Nähe nicht, damit ihre Liebe stets zunehme; ehre deine Veziere, beherzige ihren Rat und wache stets für das Gute; begnüge dich mit dem, was du hast, und gelüste nicht nach dem Reich anderer, neige dich zu nichts hin, was das Gesetz oder dein Verstand verwirft; es wird dir wohl ergehen, wenn du alles dies beobachtest, und dich reuen, wenn du es vernachlässigst; bete zu Gott, daß er dich unter die ihm Gehorchenden und nicht unter die Widerspenstigen reihe.« Als alle Anwesenden »Amen« sagten, setzte der König seinem Sohn die Krone aufs Haupt, hob ihn auf seinen Thron und gebot allen Anwesenden, Häuptern der Truppen, Gelehrten und Vezieren, ihm zu huldigen und Treue in Wort und Gesinnung zu schwören. Nach dieser Huldigung lebte der König noch zehn Jahre; da überfiel ihn eine schwere Krankheit, die kein Arzt zu heilen vermochte. Als er sich dem Tod nahe sah, versammelte er alle Veziere und Häupter der Truppen und des Volkes, ließ auch seinen betrübten Sohn zu sich rufen und sagte: »Ich habe nun den letzten Tag dieses Lebens erreicht, ich trenne mich ungern von euch, doch niemand entgeht dem Tod. Fürchte Gott, mein Sohn, und gedenke dieser Stunde und des darauf folgenden Gerichtstages, wo sich Schwereres ereignen wird, als du jetzt mit deinen Augen siehst.« Der Prinz sagte weinend: »Du weißt, daß ich dir stets gehorchte und deine Lehren beobachtete, ich will auch jetzt deinen letzten Willen vernehmen und ihn treu befolgen; doch wie kann ich deine Trennung ertragen? Wo finde ich einen anderen Vater, so liebend, so treu ratend?« Der König sagte: »Höre, mein Sohn, auf meine Worte und grabe sie in dein Herz; wenn du nach meinem Tod König wirst, so merke dir zehn Dinge, die ich erprobt und die ich dir, als meinen kostbarsten Schatz und teuersten Erwerb hinterlasse. Bist du im Zorn, so schweige; wirst du von einem Unglück heimgesucht, so habe Geduld; sprichst du, so sei wahr in deinen Reden; versprichst du etwas, so erfülle dein Versprechen; urteilst du, so sei mild; bist du mächtig, so sei großmütig; fordert man etwas von dir, so gewähre; bist du Jemanden Feind, so vergiß seine Schuld; lobt man dich, so sei freigebig; schmäht man dich, so sei gerecht.«

Hierauf wendete sich der König zu den übrigen Anwesenden und sagte: »O ihr Veziere und Häupter des Reiches! Ich weiß, daß ihr mir Freunde und treue Ratgeber wart, und erkenne es öffentlich zu dieser Stunde an; ihr wisset aber auch, daß ich einen jeden von euch ehrte und belohnte. Nun fordere ich von euch, daß ihr meinem Sohne werdet, was ihr mir waret, er wird gewiß in meine Fußstapfen treten: Bleibt einig untereinander, fürchtet Gott und gehorcht euren Oberen, ihr werdet dann nie euren Feinden unterliegen und eures Vaterlands Wohl sichern; hütet euch vor Widerspenstigkeit und Treu-

ebruch, sonst stürzt ihr euch und euer Land ins Verderben und macht eure Feinde schadenfroh. Erinnert euch dessen, was ihr mir bei der Geburt des Prinzen geschworen, bewahret den Bund, den wir miteinander geschlossen, Gott wird euch und meinem Sohn, der von nun an euer König ist, beistehen.« Als er diese Worte gesprochen hatte, überfielen ihn die Todeskrämpfe, seine Zunge wurde gelähmt, das Schwarze seiner Augen verbarg sich, er drückte seinen Sohn an sich, küßte und umarmte ihn, betete zu Gott um Verzeihung und verschied in Frieden. Alle Anwesenden weinten heftig, entkleideten und wuschen ihn, zogen ihm ein königliches Totengewand an, legten ihn in einen goldenen Sarg, trugen ihn in die königliche Gruft und beweinten ihn von ganzer Seele. Der Prinz teilte viel Almosen aus und wurde im ganzen Reich bemitleidet. Nach einigen Tagen kamen die Veziere und Großen des Reiches zu ihm und trösteten ihn, indem sie ihm sagten: »Du mußt nun die Trauer aus deinem Herzen verscheuchen, denn du bist durch den Tod deines Vaters

unser König und mußt seine Stelle auf dem Thron einnehmen; was geschehen ist, war Gottes Wille, in den sich jeder fügen muß.« Der Prinz sagte: »Tut, was ihr für euch gut haltet, ich widersetze mich euerem Willen nicht.« Sie küßten ihm die Hände, zogen ihm die Erbprinz-Uniform aus und bekleideten ihn mit dem königlichen, golddurchwirkten und mit Perlen und Edelsteinen besetzten Gewand, setzten ihn auf den königlichen, mit Juwelen verzierten Thron und verbeugten sich vor ihm, wie sie es vor seinem Vater getan. Nach dieser Zeremonie mußten Ausrufer in der Stadt verkünden, daß die Trauer ein Ende habe und daß jeder wie früher in Ruhe und Sicherheit kaufe und verkaufe. Alle Städte des ganzen Landes wurden sieben Tage lang festlich geschmückt, und es fanden allerlei Festlichkeiten, Mahlzeiten, musikalische Unterhaltungen und öffentliche Spiele statt. Am vierten Festtag ritt der König in der Mitte seiner Veziere an der Spitze seiner Truppen mit unzählbarem Gefolge aus; die Freude des Volkes war sehr groß, und von allen Seiten brachte man ihm Glückwünsche dar. Nachdem er viele Geschenke ausgeteilt hatte, ritt er unter Begleitung von Zimbeln und Trommeln, von deren Schall der Boden zitterte, in seinen Palast zurück. Bald wurde er noch mehr als sein Vater, wegen seiner Bildung, Weisheit und Tapferkeit, geachtet und geehrt, denn auch sein Verfahren gegen seine Untertanen war gerecht, mild und dem göttlichen Gesetz gemäß. Aber nach einiger Zeit verblendete ihn Satan durch weltliche Gelüste, er liebte allzu leidenschaftlich das schöne Geschlecht und übertrat deshalb die Gesetze Gottes und seine Pflichten gegen seine Untertanen; denn sobald er eine schöne Frau sah, mußte er sie besitzen, und war es auch die Frau seines Veziers; auch brachte er oft ganze Monate in seinem Harem zu, ohne sich um die Regierung zu kümmern.

Die Veziere waren über diese Lebensweise des Königs sehr betrübt; sie versammelten sich heimlich, um zu beraten, was zu tun sei, um das Land von dem Verderben zu retten, das ihm durch die Nachlässigkeit des Königs drohte. Sie ließen auch den Vezier Schimas rufen und fragten ihn, ob der Lebenswandel des Königs, der allen Verträgen zuwider handle und oft ganze Monate unsichtbar bleibe, ihm keine Sorgen mache? In diesem Augenblick sah Schimas einen der Offiziere des Schlosses, welcher aus dem Palast kam; er ging auf ihn zu und sagte ihm: »Melde dem König, ich habe ihm etwas Wichtiges mitzuteilen und bitte nach seinem Mittagsmahl um die Erlaubnis, ihn zu besuchen, vergiß aber ja nicht!« Nach der Tafel ging der Offizier zum König und sagte ihm: »Schimas bittet um die Erlaubnis, dir etwas Wichtiges mitzuteilen.« Der König ließ ihn hereinkommen, und nach wechselseitigen Grüßen fragte er ihn erschrocken, was ihn herbringe? Schimas erwiderte: »Erschrick nicht vor mir, o erhabener König, ich sehnte mich nach deinem glorreichen Antlitz, das ich so lange schon nicht gesehen, auch wünsche ich dir einiges mitzuteilen.« »Sprich ohne Scheu!«

»O König! Gott hat von deiner Jugend an dich durch Kenntnisse und Weisheit ausgezeichnet und dir Macht und Reich geschenkt, damit du über deine Herde wachest; nun zerstreue nicht, was er dir gesammelt, zerstöre nicht, was er gebaut, entwürdige nicht, was er so herrlich ausgestattet; ich sehe leider, daß du alle deine Herrscherpflichten vernachlässigst und bloß deinen Begierden nachhängst; laß ab von diesem Wandel, denn das Wohl des Königs hängt von dem seiner Untertanen ab. Du kennst selbst das Gute und weißt, was dein seliger Vater dir eingeschärft.« »Und was rätst du mir zu tun?« »Du sollst die Folgen bedenken und auf den geraden Weg zurückkehren, auf dem das wahre Leben sich findet; folge nicht den Leidenschaften, die dich ins Verderben stürzen, daß es dir nicht gehe wie dem Mann mit dem Fisch.« »Wie war das?« Schimas erzählte:

Geschichte des Mannes mit dem Fisch

Ein Mann, der einst vor einem breiten Fluß sich befand, beugte sich an einer leicht zugänglichen Stelle, um Wasser zu trinken. Da sah er einen schönen, herrlich gestalteten Fisch vorüberschwimmen; er hörte auf zu trinken, betrachtete den Fisch und dachte: »Wie wunderschön von Ansehen ist dieser Fisch, wie muß er erst zum Essen sein; wenn ich nicht fürchtete zu ertrinken, so würde ich ihm nachjagen.« Bald kam der Fisch wieder vorüber und zwar etwas näher; da sprang er darauf los und faßte ihn am Schwanz, konnte ihn aber nicht zu sich heraufziehen. Der Fisch suchte sich loszuwinden, er aber wollte ihn nicht gehen lassen und ließ sich mit in die Tiefe ziehen, bis er endlich in einen Strudel kam, aus dem ein schlechter Schwimmer, wie er war, sich nicht mehr zu befreien imstande ist. Erst als er dem Ertrinken nahe war, ließ er den Fisch los und schrie um Hilfe. Da kam ein Fischer vorbei und sagte ihm: »Ich weiß kein Mittel, dich aus dem Strudel zu ziehen; ich kann nicht begreifen,

wie du dich da hineinwagtest.« Der Mann sagte: »Ich habe den geraden Weg verlassen, um meine Leidenschaft zu befriedigen«, und erzählte ihm den Vorfall mit dem Fisch.

Hierauf entgegnete der Fischer: »Ich habe nie einen unverständigeren Menschen gesehen, als du bist; ich bin froh, wenn ich mit dem Netz Fische fangen kann, und du willst sie mit der Hand fassen; aus diesem Strudel kann nur ein vorsichtiger Schwimmer sich retten, aber nicht ein Mann, der seiner Hand so viel zutraut; du hättest den Fisch früher loslassen sollen, ehe er dich in den Strudel gezogen, jetzt verdienst du zu ertrinken, und an dir bestätigt sich das Sprichwort: ›Lüsterne Menschen stürzen sich selbst in den Abgrund‹; füge dich nun in den Willen des erhabenen Gottes und bereue, was du getan.« Der Mann aber schrie solange um Hilfe, und seufzte und jammerte und bat den Fischer solange, bis er aus Mitleid und Gottesfurcht ihn zu retten suchte. Er warf ihm zuerst sein Netz zu; da er es aber nicht erreichen konnte, stürzte er sich selbst in den Strudel und warf es ihm mit vieler Kraft noch einmal zu; diesmal konnte er dessen Ende fassen, und der Fischer mit Gottes Beistand ihn schwimmend nach sich ans Ufer ziehen und ihn vom Tode retten. »Ich habe dir, o mächtiger König«, fuhr Schimas fort, »dieses Beispiel angeführt, weil auch ich dich mit eigener Gefahr aus der Tiefe retten will, die dich zu verschlingen droht; entsage deinen verächtlichen Vergnügungen, die dir nichts nützen, und halte dich an edlere Dinge, zu denen du berufen bist. Du bist noch jung, laß dir nichts Böses nachreden und deinen Namen nicht vor Gott und den Menschen beflecken.« »Ich billige deine Rede und finde sie wahr; doch lassen wir das Vergangene, was soll nun geschehen?« »Lasse morgen alle Veziere und Gelehrten und andere Ratgeber vor dich kommen, übe dein Herrscheramt aus, wie es einem gerechten Regenten ziemt, entschuldige dich bei ihnen über dein langes Ausbleiben und führe wieder einen bessern Lebenswandel.« Als der König dies zu tun versprach, ging Schimas freudig zu den Vezieren und den Großen zurück und berichtete ihnen den günstigen Erfolg seiner Unterredung mit dem König. Dieser aber dachte über die Worte seines Veziers nach, der ihn so zur Rede gestellt hatte, und wurde sehr aufgebracht darüber. Des Abends, als ihn nach seiner Gewohnheit eine seiner Frauen besuchte, um die Nacht bei ihm zuzubringen – es war gerade diejenige, die er am meisten liebte – und ihn sehr blaß und mißmutig fand, fragte sie ihn, was ihm fehle. Er erzählte ihr, was zwischen ihm und dem Vezier vorgefallen. Da sagte sie lachend: »Sonderbar, der Löwe fürchtet sich vor dem Hasen; mir ist klar, daß deine Veziere und Ratsherren dir das Leben verdüstern wollen; sie gönnen dir keine Ruhe, kein Vergnügen; sie wollen, daß du dich immer abmühest, damit sie sorgenlos leben können. Weil sie wenig Freude haben, sollst auch du nicht angenehm leben; bei dir geht es wie bei dem Jungen mit den Dieben.« Der König fragte: »Was ist das für eine Geschichte?« Da erzählte seine Geliebte:

Geschichte des Jungen mit den Dieben

Sieben Diebe, die eines Tages auf Raub ausgingen, begegneten einem armen Waisen, der etwas zu essen bettelte. Einer der Diebe sagte ihm: »Komm mit uns, wir geben dir zu essen und zu trinken und kleiden dich.« »Gerne folge ich euch, wohin ihr wollt«, erwiderte der Junge, »und sehe euch als meine Verwandten an.« Sie nahmen ihn mit in einen Garten, in welchem ein großer, schwer mit Früchten beladener Nußbaum war, hießen ihn hinaufsteigen und ihn schütteln, verboten ihm aber, auf dem Baum Nüsse zu essen; erst wenn sie alle abgeschüttelt und aufgelesen sein würden, sollte er seinen Anteil erhalten. Der Junge tat, wie ihm befohlen, und die Diebe hoben die Nüsse auf, steckten sie ein und aßen davon. Da kam auf einmal der Eigentümer des Gartens, machte ihnen Vorwürfe und drohte ihnen, sie beim Richter zu verklagen. Die Diebe, welche sich schon satt gegessen hatten, entschuldigten sich, indem sie sagten: »Wir gingen hier vorüber und sahen den Jungen an der Gartentüre stehen, da fragten wir ihn, wer er sei; er antwortete, er wäre der Eigentümer des Gartens und erbot sich auf unser Verlangen, uns Nüsse von dem Baum zu schütteln.« Als der Eigentümer des Gartens dies hörte, ließ er den noch hungrigen Jungen vom Baum herunterkommen, sagte ihm: »Wie wagst du es, du Dieb, in diesen Garten zu kommen?« und stellte sich an, ihn tüchtig durchzuprügeln. Der Junge schrie: »O Herr! Es ist nicht so, wie diese Leute sagen; ich bin ein armer Waise, der einige Nahrung suchte, da kamen die Leute und wollten mich als ihr Kind annehmen, und als wir hierher kamen, befahlen sie mir, Nüsse abzuschütteln, ich sollte aber keine essen, bis sie sie alle aufgelesen.« Der Eigentümer des Gartens glaubte ihm und ließ ihn frei ziehen, warnte ihn aber, die Gesellschaft dieser Diebe zu meiden. Der arme Junge ging wieder heim und auch die Diebe machten sich bald aus dem Weg. »So, o Herr«, schloß die Geliebte des Königs, »wollen auch deine Veziere und Gelehrten dir Mühe und Sorgen aufladen, damit sie um so mehr Ruhe genießen.« Der König ließ sich von diesen süßen Worten betören, gab ihr seinen Beifall und sagte: »Du bist mir teurer, als die alle, und hast durch deine Ansicht mich von schwerem Kummer befreit, laß uns jetzt essen und trinken und uns um niemanden mehr kümmern.« Dieses Weib freute sich ihres Sieges über des Königs Verstand; sie zog ihn immer mehr von den Regierungsangelegenheiten ab, bis er ganz in Vergnügen und Wollust versank. Als des Morgens alle Veziere und Häupter des Reiches und der Truppen sich in den bekannten Gerichtssaal begeben wollten, um den König zu erwarten, fanden sie die Türe geschlossen; sie klopften an, aber niemand antwortete, und als sie nach dem König fragten, sagte ihnen eine Frau, er schlafe und halte heute und morgen keinen Divan. Nun fielen alle über Schimas her und sagten ihm: »Wie gefällt dir des Königs Verfahren gegen dich und gegen uns? Dieser junge König behandelt uns jeden Tag mit

mehr Geringschätzung; unsere Geduld ist nun zu Ende, geh einmal zu ihm und sehe, was ihn abhält, zu erscheinen.« Schimas wartete bis abends, dann sagte er einem Offizier des Königs: »Sage deinem Herrn, der Vezier Schimas habe ihm etwas mitzuteilen, das ihm großen Nutzen und viel Vergnügen verursachen wird.« Schimas traf den König allein und sagte ihm nach wechselseitiger Begrüßung: »Ich bitte Gott um Verzeihung für mein Vergehen!« »Welches Vergehen?« fragte der König. »Das, welches ich begangen haben muß, um in eine so verächtliche Stellung zu geraten; ist mir dies vom Schicksal auferlegt, so bitte ich Gott und dich um Verzeihung, ist es aber bloß Folge deines Willens, so tust du Unrecht; du bist ja unser Hirt und Oberhaupt und darfst nicht wegen eitler Vergnügungen uns vernachlässigen, du wirst sonst dem Mann gleichen, der ein Kamel erzogen und es zur Unzeit melken wollte, so daß es entfloh, und er weder Kamel noch Milch hatte. Niemand darf des Hungers willen beständig am Tisch sitzen, noch des Durstes willen immerfort Wasser trinken, oder aus Liebe zu Weibern immer in ihrer Umgebung leben, die Hälfte der 24 Stunden, die Nacht nämlich, genügt dazu; am Tag aber ist man schuldig, seinem Beruf zu leben. Wer sich zuviel mit Weibern abgibt, der schwächt seinen Körper und seinen Geist, und verkürzt sein Leben. Die Frauen empfehlen das Gute, das sie selbst nicht tun, und verbieten das Böse, das sie selbst begehen; höre sie nicht an, sonst geht es dir, wie dem Gärtner mit seiner Frau.« Der König fragte: »Wie ging es diesem?« Schimas erzählte:

Geschichte des Gärtners mit seiner Frau

Einst war ein Gärtner, der eine sehr schöne Frau hatte, die er so sehr liebte, daß er sich ganz von ihr beherrschen ließ. Er hatte einen Garten, den er jeden Tag tränkte und pflegte, und aus dem er abends mit nach Hause nahm, was sich gerade vorfand. Eines Abends, als er zu seiner Frau kam, fragte sie ihn, wie es mit dem Garten stehe? Der Gärtner antwortete: »Es steht alles gut und er bringt mir viel Segen.«, Da sagte die Frau: »Wenn du wahr sprichst, so solltest du mich einmal mitnehmen, daß ich dich dafür segne.« Der Gärtner erwiderte: »Dein Wunsch ist leicht zu erfüllen und ich bedarf deines Segens; so Gott will, sollst du morgen mit mir gehen, bereite dich nur dazu vor.« Als sie am folgenden Morgen in ihrem Garten waren, stiegen junge Leute, die sich in einem benachbarten Garten belustigten, ganz leise auf die Mauer, welche die beiden Gärten trennte, um die Frau zu sehen, deren Stimme so lieblich zu ihnen hinüberklang, und einer sagte zum anderen: »Gewiß hat der Gärtner ein Freudenmädchen hierher bestellt; laß uns hinabsteigen und ihn von seinem Mädchen verjagen.« Da erwiderte einer der jungen Leute: »Warte noch, bis wir uns überzeugen, daß dem wirklich so ist.« Sie sahen bald, wie die Frau, nachdem sie eine Weile im Garten umhergegangen war, sich an ein Bächlein setzte, ihren Mann zu sich rief und ihn küßte; er machte sie darauf aufmerksam, daß hier kein passender Ort dazu wäre, aber sie schlang leidenschaftlich ihre Arme um ihn und drückte ihn an ihr Herz.

Sobald die jungen Leute dies sahen, sprangen sie von der Mauer herunter und sagten zum Gärtner: »Laß uns dieses Mädchen, sonst bringen wir dich um, du Ehebrecher! Und laufen davon.« Der Gärtner erwiderte mit demütiger Stimme: »In Wahrheit, dieses Weib ist meine Gattin; nehmet unsere Kleider und was wir sonst haben, und lasset uns in Frieden ziehen, Gott wird euch dafür belohnen!« Aber die Jünglinge sagten: »Ihr seid Ehebrecher und wollt uns belügen.« Da ging einer von ihnen und band den Gärtner an einen Baum und steckte ihm einen Stein in den Mund. Die Frau aber wurde trotz ihrer vielen Tränen so mißhandelt, daß der Gärtner vor Ärger und Gram starb. Als die Jünglinge den Gärtner tot sahen, befürchteten sie, durch die Frau verraten zu worden; sie führten sie daher zu ihm hin und erwürgten sie neben ihm, und entflohen.

Hieraus siehst du, o König, wie es dem Mann geht, der seiner Frau nachgibt; darum hüte dich wohl, du, der du so weise warst, jetzt so töricht zu werden, und dich von Frauen beherrschen und von so verderblicher Leidenschaft hinreißen zu lassen.«

Der König sagte: »Ich sehe nun ein, daß du recht hast; so Gott will, werde ich morgen im Divan erscheinen und deinen Rat befolgen.« Schimas freute sich über dieses Versprechen des Königs, ging zu den übrigen Vezieren und sagte ihnen. »Der König kehrt bald wieder auf den guten Weg zurück, von dem ihn seine Jugend abgeleitet; er schämt sich vor euch, und nur ein unüberwindliches Hindernis hielt ihn heute ab, vor euch zu erscheinen, er wird aber morgen früh kommen, darum fehle niemand von euch.« Der König brachte nun wieder einige Zeit in Unruhe und Nachdenken über die Worte des Veziers zu, bis die Schöne zu ihm kam, an der die Reihe war. Sie grüßte ihn mit süßen, zarten Worten. Der König erwiderte ihren Gruß, stieß aber dabei einen tiefen Seufzer aus. Da sagte die Schöne: »Gott lasse dir keinen Kummer zustoßen! Warum seufzest du so, o tapferer Löwe? Erzähle mir, was dir widerfahren, daß du so ganz außer dir bist?« Als ihr der König erzählte, was zwischen ihm und dem Vezier vorgefallen, sagte sie lächelnd, nachdem sie eine Weile den Kopf zur Erde gebeugt hatte: »Du machst mich staunen; wie, du bist König und Königssohn, und fürchtest dich vor deinen Untertanen? Gott bewahre, was wirst du erst tun, wenn ein Feind dich heimsucht? Sei nur recht standhaft, die Herde muß dem Hirten und nicht der Hirt der Herde folgen. Du betrübst dich, weil du etwas Schlimmes von ihnen befürchtest? Sie wollen gewiß nur deine Tapferkeit prüfen; sie werden dich beherrschen, wenn sie dich feig finden, dich aber fürchten, wenn du dich tapfer zeigst; so machen es die schlechten Veziere; wenn du ihnen Gehör schenkst, so werden sie dich zuletzt in den Abgrund stürzen, und es wird dir gehen, wie dem Kaufmann mit den Dieben.« Der König fragte: »Was war das für eine Geschichte?« Da erzählte sie in der folgenden Nacht:

Geschichte des Kaufmanns und der Diebe

Einst reiste ein reicher Kaufmann mit vielen kostbaren Waren in ein großes Königreich, mietete sich daselbst eine anständige Wohnung, in der er sich mit seinen Waren niederließ, und viele Leute der Hauptstadt befreundeten sich mit ihm, weil er die kostbarsten Stoffe mitgebracht hatte. Bald war seine Ankunft aber einigen sehr gewandten Dieben, die schon viele andere reiche Leute bestohlen und sich sogar an des Königs Schatzkammer schon gewagt hatten, kein Geheimnis mehr. Eines Nachts versammelten sie sich an einem bestimmten Ort und unterhielten sich von diesem fremden Kaufmann, und beratschlagten, wie sie ihn berauben könnten, obschon seine Niederlage an einem sehr festen und wohlverwahrten Ort war. Da sagte einer von ihnen: »Seid nur ganz ruhig, ich übernehme dieses Geschäft ganz allein und werde euch bald dessen Erfolg ankündigen.« Die Diebe freuten sich und lobten ihren Gesellen, und wünschten ihm Glück zu seinem Unternehmen. Am folgenden Morgen kleidete er sich als Arzt und nahm eine niedliche Tasche mit allerlei Kräutern und Medikamenten und Pflastern auf den Rücken, und ein schönes medizinisches Buch unter den Arm, ging in die Nähe der Wohnung des Kaufmanns und ordnete seine Pulver und Salben auf Blätter und behielt das Buch unter seinem Arm. Bald kamen viele Leute, um seine Medikamente zu sehen, und er hatte für jeden ihn um Rat Fragenden eine Antwort bereit. Nachdem er sich auf diese Weise einen Ruf in der Stadt erworben, begab er sich zum Kaufmann, der eben seine Mittagsmahlzeit hielt, und fragte ihn, ob er eines Arzneimittels bedürfe. Der Kaufmann sagte, er brauche nichts; doch hieß er ihn sitzen und mit ihm essen. Der Dieb aß mit ihm und als er merkte, daß der Kaufmann ein Freund von guten Bissen war, sagte er zu ihm: »Da wir nun Freunde sind, darf ich dir einen wohlgemeinten Rat nicht vorenthalten; ich sehe, du bist ein starker Esser und schadest dadurch deinem Körper; wenn du nicht dafür sorgst, so gehst du bald dem Tod entgegen.« »Wie«, sagte der Kaufmann, »kann mir das schaden? Ich esse ja schon lange so viel und befinde mich wohl dabei?« Der Dieb antwortete: »Der Nachteil wird sich erst später zeigen, drum nimm eine Arznei, die dich vor vielen Krankheiten schützen wird.« Der Kaufmann nahm dem Dieb eine ihm dargereichte Arznei ab und trank sie des Abends, obschon sie sehr bitter war. Am anderen Abend brachte

ihm der Dieb wieder eine Arznei, noch bitterer als die erste; doch der Kaufmann ließ sich nicht vom schlechten Geschmack abschrecken. Als der Dieb nun sah, daß der Kaufmann ihm vertraute und alles trank, was er ihm überreichte, holte er am dritten Tag Gift und überreichte es dem Kaufmann, der noch in derselben Nacht daran starb. Der Dieb kam nun mit seinen Gesellen herbei und trug alles davon, was er besaß.

»Ich erzähle dir dies, o König«, sagte die Schöne, »damit du dich nicht betören läßt von Leuten, die dich hintergehen wollen.« Der König erwiderte: »Du hast recht, ich werde morgen wieder nicht zu meinen Vezieren gehen.« Als daher des Morgens die Leute wieder vergebens den König erwarteten, gingen sie zu Schimas und sagten ihm: »Du siehst, o weiser Herr, daß es der König immer schlimmer macht, drum geh und sage ihm, daß, wenn er sich nicht bessert, das Wohl des Reiches es erfordert, daß wir ihn des Thrones verlustig erklären. Wir werden morgen mit unseren Waffen vor dem Schloß erscheinen, und kommt er nicht heraus, so erstürmen wir es, bringen ihn um und ernennen einen anderen König; er mag dann nur sich selbst anklagen.« Schimas ging zum König und sagte ihm: »Was bewegt dich, gegen unsere Verträge zu handeln und so dir selbst zu schaden? Was verwandelt deine Klugheit in Torheit, deine Aufrichtigkeit in Lüge, deine Treue in Treulosigkeit? Warum folgst du meinem Rat nicht, wie dein Vater dir befohlen? Erwache doch, ehe das Unheil zu groß wird; wie willst du allen deinen Gegnern entkommen, die beschlossen haben, dich zu töten und einen anderen König zu ernennen? Verschmähe deine Untertanen nicht, denn wenn auch Steine noch so lange im Wasser liegen, springt doch Feuer heraus, wenn man sie aneinander reibt; befürchte, daß es dir gehe mit deinem Volk, wie dem Wolf in der folgenden Geschichte.« Und der Vezier erzählte:

Geschichte vom Fuchs, Wolf und Löwen

Einst zog nämlich eine Herde Füchse aus, um etwas zu essen zu suchen. Als sie ein totes Kamel fanden, sagte einer von ihnen: »Nun haben wir auf einen Monat zu leben; doch wollen wir uns einen Obersten wählen, der dafür wache, daß das Kamel gleich verteilt werde und der Schwächere nicht zu kurz komme.« Während sie darüber sich besprachen, kam ein Wolf herbei, und einer der Füchse sagte: »Hier ist ein Wolf; wir wollen ihn zu unserem Oberhaupt erwählen, denn er ist stark und mächtig, und auch sein Vater war schon unser König. Hoffen wir, daß er ebenso gerecht sein wird, wie sein Vater war.« Die Füchse begaben sich insgesamt zum Wolf, teilten ihm ihren Beschluß mit und baten ihn, die Regierung zu übernehmen, damit er nach Recht und Billigkeit unter ihnen entscheide und einem jeden das ihm Gebührende zuteile. Der Wolf nahm ihren Antrag an, und teilte am ersten Tag die Nahrung zur allgemeinen Zufriedenheit aus; aber am anderen Tag dachte er bei sich: »Wenn ich fortfahre, dieses Kamel unter den Füchsen zu teilen, halten sie mich für schwach; aber ich bin doch stark, sie können mir nicht widerstehen, darum will ich niemandem mehr etwas geben, ich fürchte mich nicht vor ihnen, sie sind ja meine Sklaven.«

Als am folgenden Tag die Füchse wieder demütig vor dem Wolf erschienen und um Nahrung baten, sagte er ihnen: »Was ihr besitzt gehört mir, geht eueres Wegs; wer sich wieder sehen läßt, wird umgebracht.« Die Füchse sagten zueinander: »Dieser gottlose Verräter hat uns ins Verderben gestürzt, und wir haben keine Macht über ihn; was fangen wir nun an?« Da sagte ein Fuchs: »Nur der Hunger hat ihn heute irre geleitet; laßt ihn heute essen und sich sättigen, wir wollen dann morgen wieder vor ihm erscheinen.« Am anderen Morgen sagten sie ihm: »O Wolf, wir haben dich zum König erwählt, damit du jedem seinen Anteil gewährst und niemandem Unrecht geschähe; wir haben uns aber selbst getäuscht, denn seit gestern müssen wir hungrig umhergehen; doch wollen wir das gerne vergessen, gib uns nur heute etwas zu essen.« Aber der Wolf wurde noch gröber und wollte wieder nichts hergeben. Da sagten die Füchse untereinander: »Von diesem Wolf haben wir nur immer Schlimmeres zu erwarten, darum laßt uns den Löwen um Hilfe anflehen und ihm unser Kamel zum Lohn überlassen, damit er diesen treulosen Wolf umbringe.« Dieser Vorschlag wurde gebilligt und der Löwe nahm ihr Gesuch an und brachte den Wolf um, den dann die Füchse in Stücke zerrissen.

»Lerne daraus, o König«, fuhr der Vezier fort, »daß man seine Untertanen nie geringschätzen darf; ich warne dich zum letzten Male und erinnere dich an den letzten Willen deines seligen Vaters; klage dann nur dich selbst an!« Der König sagte: »So Gott will, werde ich morgen Sitzung halten.« Schimas verließ ihn hierauf und berichtete dem Volk, was er dem König gesagt und was ihm dieser geantwortet. Sobald aber diese Unterredung der Geliebten des Königs bekannt wurde, eilte sie zu ihm und sagte: »Wie sehr muß ich mich über dich und über deinen Gehorsam gegen deine Veziere wundern. Haben sie dich etwa nackt gefunden und dich auf einmal auf den Thron erhoben? Und selbst dann dürften sie sich nicht so abscheulich gegen dich benehmen; du darfst dich nicht so tief herablassen. Weißt du nicht, daß sie die Sklaven deines Vaters waren, der dich zu ihrem Herrscher eingesetzt? Du bist aber so furchtsam, als hätte dich nicht dein Vater gezeugt, du erschrickst vor denen, die Gott unter deine Fußsohlen gelegt. Mit Recht sagt man: ›Wenn das Herz eines Königs nicht von Eisen ist, so verdient er nicht, König zu sein. Denn nur das Vieh hat ein Herz von Fleisch.‹ Diese Leute drohen dir mit ihrem Abfall und Ungehorsam, bloß um dich einzuschüchtern; gibst du ihnen nach, so werden sie sich bald über dich erheben und aus Gewohnheit nach deiner Macht lüstern werden. Hüte dich wohl davor, es möchte dir sonst gehen, wie dem Hirten mit den Dieben.« Der König fragte: »Wie war dies?« Und seine Geliebte fing an zu erzählen:

Geschichte des Hirten und der Diebe

Ein Hirt war einst mit seinen Schafen auf der Weide und wachte über sie, daß ihm keines gestohlen werde. Eines Nachts kam ein Dieb in der Absicht, ein Schaf zu stehlen; er fand aber den Hirten so wachsam bei Tag und bei Nacht, daß er kein Mittel sah, seinen Zweck zu erreichen. Nachdem er lange sich vergebens bemüht hatte, nahm er eine Löwenhaut, stopfte sie mit Stroh aus und stellte sie auf einen Hügel, so daß der Hirt sie sehen konnte. Er ging dann zum Hirten und sagte ihm: »Ein Löwe fordert sein Nachtessen von dir.« »Wo ist ein Löwe?« fragte der Hirt. »Dort auf dem Hügel«, antwortete der Dieb. Der Hirt blickte hin und sah das ausgestopfte Fell, das er für einen Löwen hielt, und fürchtete sich so sehr, daß er dem Dieb sagte: »Nimm von meiner Herde, was du willst.« Der Dieb nahm, was ihm beliebte, und dachte bei sich: »Nun bin ich meiner Beute gewiß«, und sooft er nach Schafen gelüstete, holte er die Löwenhaut und erschreckte den Hirten damit, bis er ihm nach und nach alle Schafe abgelockt hatte.

Die Geliebte des Königs sprach dann weiter: »Dies erzähle ich dir, o König, damit du dich ja nicht weich finden lassest, und diese Menschen ihren Zweck erreichen. Der Tod ist ihnen viel näher, als daß sie dir ein Übel zuzufügen imstande wären.« Der König horchte auf diese Rede und gab ihr seinen Beifall. Am folgenden Morgen kamen alle Bewohner der Residenz bewaffnet vor das Tor des Schlosses und forderten den Pförtner auf zu öffnen. Als dieser sich weigerte, holten sie Feuer herbei, um das Tor zu verbrennen. Der Pförtner berichtete dem König, was sich zugetragen und fragte ihn, was er tun solle. Als sich der König in so großer Gefahr sah, ließ er seine Geliebte rufen und sagte ihr: »Hat mir nicht Schimas die Wahrheit prophezeit? Nun hat sich das Volk zusammengerottet, und man will mich umbringen.« Die Geliebte erwiderte: »Fürchte nichts, o König, Gott wird dir beistehen, laß nur deine Veziere und die Gelehrten und Häupter des Volkes und der Truppen umbringen, du hast dann von den Übrigen nichts mehr zu befürchten, niemand wird sich mehr deinem Willen widersetzen, noch deine Ruhe stören.« Der König sagte ihr: »Du hast recht«, ließ sich schnell seinen Turban geben und schickte nach Schimas. Als er kam, sagte er ihm: »Du weißt, daß ich dich liebe, denn du bist mein Bruder und Vater seit meines Vaters Tod, auch befolge ich deinen Rat und zeige mich meinen Leuten; entschuldige mich nur jetzt bei ihnen und stelle die Eintracht wieder her; ich wollte eben zu ihnen herauskommen, als diese Gewalttätigkeiten stattfanden; doch ich entschuldige sie, und morgen werde ich in allem ihren Wünschen willfahren.« Schimas verbeugte sich vor dem König, küßte ihm Hände und Füße, ging dann freudig zum

Volk hinaus, verkündete ihm, was der König versprochen, und hielt es von seinem gewalttätigen Vorhaben ab. Man löschte das Feuer aus, und jeder ging nach Hause. Der König wendete sich hierauf zu den zehn ältesten und stärksten Sklaven seines Vaters und sagte ihnen: »Ihr wisset, wie ihr bei meinem Vater sowohl, als nach dessen Tod bei mir so gut und hoch gehalten waret; nun frage ich euch, ob ihr auch etwas für mich tun wollt?« Die Sklaven antworteten: »Befiehl nur, o Herr, wir sind deine Sklaven und bereit, alles für dich zu tun.« Da sagte der König: »Ihr wisset, was die Bewohner dieser Stadt meinem Vater geschworen, und nun haben sie die Treue gebrochen und meinen Tod beschlossen. Ich muß daher, um das Übel auszurotten, seine Anführer und Gelehrten ums Leben bringen, und zwar auf folgende Weise: Ich lasse einen nach dem anderen vor mir erscheinen; sobald er aber hereinkommt, führt ihr ihn in das Nebenzimmer und bringt ihn um.« Da die Sklaven Gehorsam versprachen, setzte sich der König am folgenden Morgen auf den Thron mit dem Richterbuch in der Hand, und ließ die Tore öffnen und alle Veziere, Gelehrten und Häupter des Volkes einen nach dem anderen vor sich kommen und von den Sklaven aus dem Wege räumen. Nachdem auf diese Weise alle Mächtigen das Leben verloren hatten, wurde das gemeine Volk weggejagt, und ein jeder eilte in seine Wohnung. Der König überließ sich nun ganz seinem Vergnügen und vernachlässigte das Heil des Staates und das Wohl seiner Untertanen. Da aber dieser König wegen seines an Gold, Silber und Edelsteinen so reichen Landes von allen seinen Nachbarn beneidet wurde, so dachte einer der benachbarten Sultane, der von der Hinrichtung der Veziere und Gelehrten hörte: »Nun werde ich bald zum Besitz dieses kostbaren Landes gelangen; dieser junge, unbesonnene König hat niemanden mehr, auf den er sich stützen kann, es wird mir leicht werden, sein Land zu erobern.« Er beschloß daher, um seine Stärke zu prüfen, ihm folgenden Brief zu schreiben: »Im Namen Gottes, des Allgnädigen, Allbarmherzigen! Wir haben vernommen, daß du die Gelehrten deines Reiches und deine Veziere und mächtigen Krieger hast umbringen lassen, und daß du überhaupt einen schlechten und ruchlosen Lebenswandel führst, wodurch uns Gott den Sieg über dich erleichtert. Du stehst nun unter meinen Befehlen, baue mir daher einen großen Palast auf der Oberfläche des Wassers mitten im Meer; kannst du dies nicht, so verlasse dieses Land. Ich werde meinen Vezier mit 12000 Regimentern, jedes aus 1000 Kriegern zusammengesetzt, in dein Land schicken, um davon Besitz zu nehmen; er wird dir nur drei Tage Frist gönnen, und widersetzest du dich ihm, so wird es bald um dich geschehen sein.« Diesen Brief schickte der Sultan durch einen Boten ab, und als der verweichlichte König ihn gelesen hatte, verlor er allen Mut und alle Kraft, und wußte nicht, was beginnen, denn er hatte niemanden, der ihm Beistand leistete. Er ging ganz blaß und entstellt zu seinen Frauen, und als sie ihn fragten: »Was hast du, o König?« antwortete er: »Ich bin nicht mehr König, ich bin nur noch ein Sklave«, und las ihnen weinend den eben erhaltenen Brief vor und fragte sie, ob sie ihm nun in dieser Not zu raten wüßten? Die Frauen antworteten: »Wir sind ja nur Weiber, wir haben weder Verstand noch Kraft genug, um in einer solchen schwierigen Sache einen Ausweg zu finden; du kannst nur bei Männern Rat und Hilfe suchen.« Jetzt sah der König erst ein, daß er durch die Hinrichtung seiner Veziere, Gelehrten und Großen des Reiches ein großes Unheil über sein Land gebracht hatte; er bereute sehr, was er getan, und sagte zu seinen Frauen: »Mir geht es mit euch, wie dem Rebhuhn mit den Schildkröten.« Da fragten die Frauen: »Was war das für eine Geschichte?« Darauf erzählte der König:

Geschichte des Rebhuhns mit den Schildkröten

Einst lebten Schildkröten auf einer sehr fruchtbaren, mit vielen Bäumen bepflanzten Insel. Da flog eines Tages ein Rebhuhn vorbei, das wegen der großen Hitze einen kühlen Ruheplatz suchte, und ließ sich neben dem Nest der Schildkröten nieder. Als die Schildkröten von ihrem Ausfluge zurückkehrten und das Rebhuhn sahen, fanden sie es so ausgezeichnet schön, daß sie sich mit seiner Gesellschaft freuten und sagten: »Das ist gewiß der Herr aller Vögel.« Sie näherten sich ihm daher so freundlich, daß es jeden Abend, nachdem es den Tag über auf der Insel umhergestreift war und Korn aufgelesen hatte, wieder zu ihnen zurückkehrte. Die Schildkröten gewannen es bald so lieb, daß es ihnen schwerfiel, den ganzen Tag von ihm getrennt zu leben. Sie sagten daher eine zur anderen: »Wir müssen ein Mittel finden, das Rebhuhn ganz an uns zu fesseln, daß wir auch am Tage uns an ihm ergötzen und nicht zu befürchten haben, daß es einmal auf seinen Ausflügen sich an einen anderen Vogel anschließe und uns ganz verlasse.« Da sagte eine von den Schildkröten: »Ich will euch aus dieser Verlegenheit helfen.«

Die Schildkröte näherte sich des Abends dem Rebhuhn, als es heimkehrte, wünschte ihm guten Abend, küßte die Erde vor ihm und sagte: »Gott hat dir unsere Liebe in vollem Maße geschenkt und uns ebenso mit der deinigen gesegnet. Doch der Liebende findet nur Ruhe in der Nähe seiner Geliebten, jede Trennung aber bringt ihm herben Schmerz; wir können aus Wohlgefallen an dir dich gar nicht genug sehen und in deiner Abwesenheit gar keine Freude genießen, und doch sind wir so wenig beisammen. Das kränkt uns sehr; auch du mußt sehr leiden, wenn deine Liebe der unsrigen gleich ist.« Das Rebhuhn sagte: »Mir ist nur wohl, wenn ich bei euch bin, doch was soll ich mit meinen zwei Flügeln anfangen, die mich immer von euch treiben?« Die Schildkröte antwortete: »Wenn dir deine Flügel alle Ruhe und alles Vergnügen rauben und dich dazu noch der Gefahr aussetzen, von einem deiner Feinde unter den Vögeln auf dem Flug ergriffen zu werden, so lege sie ab, bleibe bei uns und lasse dir es wohl sein in unserem Überfluß.« »Wie kann ich das?« fragte das Rebhuhn. Da sagte die Schildkröte: »Reiße eine Feder nach der anderen mit deinem Schnabel aus, bis keine einzige mehr übrigbleibt.« Das Rebhuhn verlor keinen Augenblick, diesen Rat zu befolgen. Das Schicksal führte aber gerade ein Wiesel vorüber, das auch auf dieser Insel wohnte; es sah mit Erstaunen das kahle Rebhuhn und rief: »Nun ist mein Glück gemacht, nun entgeht mir dieses Rebhuhn nicht mehr.« Es sprang sogleich auf das Rebhuhn los, das vergebens seine federlosen Flügel aufschlug, um zu entfliehen; es wurde vom Wiesel ergriffen und zerrissen. Die Schildkröten, vor deren Augen dies geschah, weinten vor Mitleid. Als aber das Rebhuhn sie fragte, ob sie mit etwas anderem, als mit Tränen ihm helfen könnten,

sagten sie: »In Wahrheit, gegen ein solches Übel wissen wir nichts anderes zu tun.« Da sagte das Rebhuhn: »Weinet nicht, ihr seid unschuldig, ich selbst habe mein Unglück herbeigezogen.«

»So muß auch ich«, sagte der König, »nur mir selbst Vorwürfe machen, daß ich euren Rat befolgt und die Wackersten und Klügsten in meinem Reich umgebracht habe, die, welche mich am meisten liebten und mich am besten gegen meinen Feind schützen konnten, und finde ich jetzt keinen Ersatz für sie, so muß ich, wie jenes Rebhuhn, untergehen.« Der König ging dann in das Zimmer, wo die Leichen seiner Veziere und Gelehrten lagen, und weinte heftig und schrie: »O könnte doch jemand diese Toten nur einen Augenblick wieder beleben, daß ich ihnen mein Verbrechen bekenne und ihnen meinen Zustand klage.« Nachdem er den ganzen Tag, ohne zu essen oder zu trinken, in tiefster Trauer in diesem Zimmer zugebracht hatte, zog er schlechte Kleider an und streifte verkleidet in der Stadt umher. Da sah er zwei Jungen von zwölf Jahren, die an einer Mauer saßen, und hörte, wie einer zum anderen sagte: »Hast du schon gehört, daß unser Feld aus Mangel an Regen ganz verdorrt ist? Alles Unglück kommt von unserem König, der die Gelehrten und Veziere schuldlos hat umbringen lassen, bloß um seine Geliebte, die Feindin Gottes und der Menschen, zufrieden zu stellen.«

Der zweite Junge erwiderte dem ersten: »Das ist noch nicht alles, du wirst noch Schlimmeres erleben.« »Wie«, versetzte der erste, »gibt es etwas Schlimmeres, als keinen Regen zu haben?« »Jawohl«, erwiderte der andere; »schon hat ein benachbarter König dem unsrigen einen Boten geschickt, durch welchen er ihn auffordern läßt, ihm ein Schloß mitten im Meer auf der Oberfläche des Wassers zu bauen; vermag er dies nicht, so wird er 12000 Regimenter, jedes aus 1000 Kriegern bestehend, abschicken, um Besitz von seinem Königreich zu nehmen, und wisse, daß dieser König sehr mächtig ist und über ein unzählbares Volk herrscht; wenn nun unser König dieses Übel nicht abzuwenden weiß, so ist es um unsere Stadt geschehen; denn unser Nachbar war ein Feind des Vaters unseres Königs; er wird dann Männer und Kinder umbringen, die Frauen in Gefangenschaft führen, alles Vermögen rauben und den König verbannen. Gott stehe uns bei!« Des Königs Tränen flossen im Übermaß, als er dieses Gespräch hörte, und er dachte: »Dieser Junge muß sehr klug sein, wie kann er etwas von dem Boten wissen, der noch niemanden gesprochen? Vielleicht wird mir Gott durch ihn helfen.« Er näherte sich hierauf dem Jungen und sagte: »Was du eben vom König erzählt, lieber Junge, ist wahr, er hat mit Unrecht seine Veziere und Weisen umbringen lassen; doch woher weißt du, was der König von Indien unserem König geschrieben?« »Ich weiß es«, sagte der Junge, »durch meine Zauberkunst, die ich von meinem Vater gelernt.« Da fragte der König: »Gibt dir diese wohl ein Mittel an, durch welches der König aus seiner Not gerettet werden könnte?« »Wohl weiß ich ein Mittel«, antwortete der Junge; »doch ich werde es nur dem König selbst offenbaren, wenn er mich rufen läßt und um Rat fragt.« Da fragte der König: »Woher kennt er dich, daß er nach dir schicken soll?« Der Junge erwiderte: »Wenn er nach den Gelehrten und Weisen schickt, so findet er auch mich unter dieser Zahl, tut er dies aber nicht und fährt fort, bei seinen Weibern sich zu zerstreuen, so werde ich nicht zu ihm gehen, um auch, wie seine Veziere, umgebracht und dazu noch von allen Leuten für blödsinnig gehalten zu werden; dann würde sich das Sprichwort bestätigen: »›Wer mehr Kenntnisse hat, als Verstand, der geht durch seine Kenntnisse wegen seiner Torheit zugrunde.‹« Der König, erstaunt über die Worte dieses Jungen, fragte ihn nach seiner Wohnung, und der Junge antwortete: »Ich wohne in dieser Straße, und hier ist die Mauer meines Hauses.« Der König merkte sich sein Haus, grüßte die, Jungen, kehrte freudig in sein Schloß zurück, legte die Trauerkleider ab und zog wieder sein königliches Gewand an, aß und trank und dankte Gott, bekannte sein Verbrechen, bat um Vergebung und beschloß, Buße zu tun und fromme Werke zu vollbringen. Sodann ließ er einen seiner Diener rufen und beschrieb ihm das Haus des Jungen, den er an der Mauer gesehen, so wie den Jungen selbst, und die Straße, in welcher er wohnte, und sagte ihm: »Geh' zu diesem Jungen, und sage ihm in einem milden, einnehmenden Ton: ›Der König läßt dich zu sich bitten, um dich über etwas zu befragen, das dir viel Glück bringen wird.‹« Der Bote traf den Jungen noch an derselben Stelle der Mauer, wo ihn der König verlassen, und teilte ihm den Wunsch des Königs mit. »Ich bin bereit, zu gehorchen«, sagte der Junge, folgte dem Boten, verbeugte sich mit Anstand vor dem König, grüßte ihn und wünschte ihm Glück. Der König hieß ihn sitzen und fragte ihn: »Weißt du wohl, wer heute an deinem Hause vorüberging und mit dir sprach?« Der Junge fing an nachzudenken, und sagte nach einer Weile: »Du warst es, erhabener König!« »Du hast die Wahrheit gesagt, geliebter Junge«, versetzte der König, ihn küssend und zu sich auf seinen Thron

hebend. Der König ließ dann Speisen und Getränke bringen, und nachdem sie gegessen hatten, sagte er: »Du sprachst heute von einem Mittel, den Drohungen des Königs von Indien zu entgehen; nun, worin besteht dieses?« »In einem tapferen Herzen«, sagte der Junge; »schicke nur nach deinen Frauen, die dir geraten haben, meinen Vater Schimas und die übrigen Veziere und Gelehrten umzubringen.« »Wie«, sagte der König tief seufzend, »Schimas war dein Vater? Gott, der dich mir schickt, um über das Unrecht, das ich an deinem Vater begangen, mich zu beschämen, stehe mir bei! Diese Strafe habe ich verdient, doch will ich dich nun an die Stelle deines Vaters erheben und dich seinetwillen noch mehr ehren; rate mir nur jetzt, wie ich gegen meinen Feind mich verteidigen soll, und lasse die Frauen auf eine andere Zeit.« Da sagte der Junge: »Schwöre mir, daß du alles tust, was ich von dir fordere.« Der König erwiderte! »Gott ist Zeuge, daß ich nur deinem Rat und deinem Willen zu folgen bereit bin.« »Nun«, versetzte der Junge, »laß den Boten des Königs von Indien bis zum dritten Tag warten, dann sagst du ihm, du wolltest ihm morgen die Antwort geben, so gewinnst du Zeit und wenn er Einwendungen macht, so weise ihn zurecht, doch ohne Härte. Wenn er dann alles Vorgefallene in der Stadt verbreitet, und die Einwohner vor dem Untergang warnt, so lasse ihn zu dir rufen, und sage ihm: ›Du verdienst den Tod, weil du mich bei meinen Untertanen anklagst, doch Gott verzeiht dir; auch habe ich jetzt zu wenig Zeit, mich mit dir zu beschäftigen.‹ Du fragst ihn dann, ob er sonst noch einen Auftrag habe, und antwortet er, nein, so sage ihm: ›Dein König muß ein recht blödsinniger Mann sein, der keine Folgen bedenkt und niemand um Rat fragt, sonst würde er nicht durch eine solche Forderung sich in so große Gefahr begeben; doch freue ich mich über seine Torheit, denn ich habe dadurch einen gerechten Vorwand, sein Land zu erobern, ohne von irgend jemandem deshalb getadelt zu werden. Ich halte es nicht einmal der Mühe wert, ihm zu antworten, ein Schulknabe mag dies tun; du schickst dann nach mir, und ich werde die Antwort schreiben.‹« Der König schenkte dem Jungen seinen Beifall, gab ihm ein kostbares Ehrenkleid und entließ ihn; gegen den Boten benahm er sich aber ganz, wie ihm der Junge geraten, und zuletzt ließ er Letzteren wieder rufen, gab ihm des Königs Brief und sagte ihm: »Beantworte dieses Schreiben.« Der Junge las den Brief und sagte lächelnd: »O König! Wenn du die Beantwortung dieses Briefes für wichtig hältst, so will ich deinem Befehl gehorchen, aber ein weit jüngerer Knabe könnte es auch tun.« Da sagte der König: »Schreibe schnell, denn der Bote eilt, er ist schon einen Tag zu lang aufgehalten worden.«

Der Junge nahm Tinte und Papier und schrieb: »Friede und Heil vom Barmherzigen aller Gläubigen! Wisse du, den man den großen König nennt, wir haben deinen Brief erhalten, gelesen und verstanden und daraus deine Torheit und Gewalttätigkeit erkannt; aus Verachtung gegen dich haben wir deinen Boten zurückgehalten, und nur aus Mitleid für diesen schicken wir dir eine Antwort. Was du von meinen Vezieren, Gelehrten und Großen des Reiches schreibst, ist wahr, doch ist das nur ein Unkraut, das ich aus dem Weizenfeld gerissen; für jeden Umgebrachten haben wir 1000 Bessere und Tüchtigere. Jedes Kind, das nur sprechen kann, ist so reich an Kenntnissen, als der Regen des Himmels an Segen; fragst du nach meinen Kriegern, so findest du bei mir Helden, von denen ein einziger 1000 deiner Truppen schlägt. Was meine Schätze angeht, so schneiden wir Juwelen aus den Gebirgen wie Steine, und meine Fundgruben bringen mir täglich 1000 Pfund Silber ein, auch ist der Wohlstand und die Macht meiner Untertanen unbeschreiblich. Dein Wunsch, ein Schloß mitten im Meer zu haben, beweist deinen Unverstand; gebiete zuerst dem Wind Ruhe und den Wellen Stillstand, dann wollen wir dir ein Schloß bauen. Du glaubst, Gott habe dir den Sieg über mich verliehen, ich aber, der ihm vertraue und nach dessen Geboten handle, hoffe das Gegenteil, weil du dich ungerechterweise, als wäre ich dein Sklave, über mich erheben willst, Du verdienst eine Strafe von mir, doch ich fürchte Gott und verzeihe dir, wenn du mir auch dieses Jahr Tribut schickst; wo nicht, so sende ich dir eine Armee von 1100 Mann unter der Anführung des Veziers Ghadhan, der dich drei Jahre lang belagern wird, statt der drei Tage Frist, die du mir gegönnt; er wird

Besitz von deinem Reich nehmen und nur dich allein töten; darum sei auf deiner Hut und überlege es wohl, ehe du es wagst, dich mir zu widersetzen.« Dieses Schreiben wurde versiegelt und dem Boten gegeben, der nach dem, was er vom Jungen hörte, froh war, mit heiler Haut davon zu kommen. Als er zu seinem König zurückkehrte, der schon wegen dessen langer Abwesenheit einen großen Divan hielt, überreichte er ihm den Brief und erzählte ihm alles, was er gesehen und gehört. Der König konnte seiner Erzählung nicht glauben, bis er endlich den Brief las; da erschrak er sehr und sah sich schon seines Reiches beraubt. Er ließ sogleich seine Veziere und Gelehrten rufen und las ihnen den Brief vor; sie suchten zwar den König zu beruhigen, doch war ihr eigenes Herz

voller Furcht. Endlich sagte der Großvezier: »Alle diese Worte helfen nichts, ich rate dir, dich in einem Schreiben bei dem König zu entschuldigen, ihn an die alte Freundschaft zu erinnern, und ihm zu sagen, du habest nur seine Tapferkeit und Gewandtheit erproben wollen, wünschest ihm aber ein langes, glorreiches Leben.« Der König sagte: »Das muß ein mächtiger Sultan sein, dessen Schulknaben solche Briefe schreiben; ich habe selbst ein verzehrendes Feuer angezündet, ich muß es nun auch löschen.« Er ließ dann sogleich kostbare Geschenke zubereiten, schrieb einen schönen Brief und schickte ihn mit einem Hauptmann, von vielem Gefolge begleitet, ab. Der König ließ bei der Ankunft des Hauptmannes den Jungen rufen, um ihm den Brief vorzulesen, und auf dessen Rat nahm er die Entschuldigungen und die Geschenke, des Hauptmannes an und machte ihm königliche Gegengeschenke.

Der Junge aber wandte alle seine Gelehrsamkeit auf und schrieb einen sehr sinnreichen, freundlichen Brief, den er dem König vorlas. Der Hauptmann wurde dann mit dem Brief entlassen und von einer Abteilung Truppen den halben Weg begleitet. Nach der Abreise des Hauptmannes, der wegen der Wiederherstellung des Friedens von seinem Herrn durch Erhöhung seines Ranges belohnt wurde, kehrte der König wieder zu seinem früheren frommen Lebenswandel zurück, hörte auf, der Frauenliebe und dem Vergnügen zu leben, und beschäftigte sich ausschließlich mit den Angelegenheiten seiner Untertanen. Der junge Sohn des Veziers Schimas wurde zum Vezier ernannt, die Stadt wurde drei Tage hintereinander festlich geschmückt und groß war die Freude des Volkes, das einer besseren

Zukunft entgegen sah, und für den König und den Vezier Gebete gen Himmel sandte. Als dann der König den Vezier fragte, was nun zur neuen Organisation des Staats zu tun sei, sagte er: »Zuerst muß das Übel an seiner Wurzel ausgerottet werden, damit es nicht wieder zu noch größerem Unheil nachwachse.« »Was meinst du damit?« fragte der König. »Ich meine«, antwortete der junge, aber verständige Vezier, »den Hang nach Weibern und das Befolgen ihres Rates; durch Frauenliebe wird sogar der Klügste irregeführt. War nicht Salomo, der Sohn Davids, der Weiseste aller Sterblichen, so daß Menschen und Genien, Tiere und Vögel ihm dienstbar waren? Hat er nicht viele Werke über weltliche Angelegenheiten und Religion geschrieben, und doch vergaß er alles wieder durch seine Liebe zu den Weibern, und wußte in Gegenwart aller Gelehrten eine Frage nicht mehr zu beantworten, die in einem ihm früher wohlbekannten Werk ausführlich behandelt war, so daß er zuletzt gestehen mußte, daß er durch seine Liebe zu den Weibern seinen Verstand verloren hatte, und daher alle Leute, besonders aber Gelehrte und Könige, davor warnte.« Der König erwiderte hierauf: »Schon habe ich aufgehört, die Frauen zu lieben; doch sage mir, was ich ihnen tun soll, weil sie mir geraten haben, deinen Vater und die übrigen Großen zu ermorden.« Der Vezier erwiderte: »Nicht sie allein sind schuldig; sie sind wie schöne Waren, die wohl Käufer herbeilocken, doch niemanden zwingen, sie zu kaufen.« Da sagte der König: »Ich sehe, daß du die Schuld auf mich laden willst, und du hast ganz recht.« Der Vezier erwiderte: »Das wollte ich zwar nicht, o König; doch Gott hat uns Macht über uns selbst gegeben, wir können dem Bösen widerstehen, wenn wir wollen. Gott will nur unser Bestes, durch unsern eigenen Willen aber neigen wir uns zum Schlimmen hin; doch jetzt ist nichts mehr zu tun, als das Gewand der Torheit mit dem des Verstandes zu vertauschen, die Begierden zu besiegen und den Geboten des Herrn zu folgen, Gott wird dir dann verzeihen, dir heitere Tage schenken und allen deinen Feinden Ehrfurcht vor dir einflößen.« Der König versprach dem Vezier, der ihn aus so großer Not gerettet, ihm in allem zu gehorchen, alle seine Vorschläge anzunehmen und alle seine Handlungen zu billigen. Auf den Rat des Veziers wurden dann alle Gelehrten versammelt und sieben neue Veziere gewählt, die Frauen des Königs aber in das Haus, wo die Ermordeten lagen, lebenslänglich eingesperrt; so fielen sie selbst in die Grube, die sie anderen gegraben. Soviel ist uns von dieser wunderbaren Geschichte zugekommen.

Geschichte der unglücklichen Frau mit dem Bettler

Man erzählt unter anderem: Ein König verbot einst seinen Untertanen, Almosen zu geben, und ließ jedem, der diesem Verbot zuwider handelte, die Hand abschneiden, so daß niemand mehr es wagte, den Armen etwas zu schenken.

Eines Abends kam ein hungriger Bettler zu einer Frau und forderte Almosen. Da sagte ihm die Frau: »Wie kann ich dir etwas geben? Der König läßt ja jedem die Hand abhauen, welcher Almosen reicht.« Aber der Bettler beschwor sie solange bei Gott, sie möchte ihm doch etwas geben, daß sie seinen Bitten nicht widerstehen konnte und ihm zwei Laib Brot schenkte. Sobald der König dies erfuhr, ließ er die Frau rufen und ihre beiden Hände abschneiden. Nach einiger Zeit sagte der König zu seiner Mutter: »Ich möchte gern heiraten, wähle mir doch eine schöne Frau.« Seine Mutter antwortete: »In unserer Nachbarschaft lebt die schönste Frau, die man je gesehen hat; aber sie hat beide Hände verloren.« Der König wünschte sie zu sehen, und als sie vor ihm erschien, wurde er so bezaubert von ihrer Schönheit, daß er sie heiratete. Aber die Nebenbuhlerinnen dieser Frau beneideten sie so sehr, daß sie sie dem König als ein schlechtes Frauenzimmer schilderten. Der König schrieb dies seiner Mutter und befahl ihr, die von ihr empfohlene Frau aus dem Harem zu verstoßen. Die Frau wanderte nun, über ihr Unglück weinend, mit ihrem Kinde am Hals in der Wüste umher, bis sie an einen Bach gelangte; da kniete sie nieder, um ihren Durst zu löschen, und ließ das Kind in den Bach fallen. Sie weinte darüber sehr heftig, als zwei Männer vorüberkamen und sie fragten, warum sie so weine. »Mein Kind«, schrie die Arme, »ist ins Wasser gefallen.« Sie fragten: »Sollen wir es retten?« Als die Frau sie darum bat, beteten die Männer zu Gott und das Kind kam unverletzt aus dem Wasser. Sie fragten dann die Frau: »Wünschest du auch deine beiden Hände wieder zu haben?« Auf ihre bejahende Antwort beteten die Männer wieder, und, siehe da! Ihre beiden Hände wuchsen wieder hervor, noch schöner als sie waren. Dann sagten sie ihr: »Weißt du, wer wir sind?« »Das weiß nur Gott.« »Wisse denn, wir sind die zwei Laibe Brot, die du dem Bettler gegeben und durch welche du deine beiden Hände verloren; danke nun Gott, der dir deine beiden Hände wiedergegeben und dein Kind.« Sie dankte und pries Gott und setzte ihren Weg getröstet fort.

Geschichte des edlen Gebers

Man erzählt ferner: Einst verlor ein sehr reicher Juwelier sein ganzes Vermögen, so daß ihm gar nichts mehr übrig blieb. Da sagte ihm seine Frau: »Geh zu einem deiner Freunde und suche Hilfe bei ihm.« Er ging zu einem Freund und klagte ihm seine Not. Der Freund lieh ihm 500 Dinare, mit denen er wieder sein Geschäft betreiben sollte. Der Juwelier öffnete hierauf wieder seinen Laden und kaufte und verkaufte. Als er einst in seinem Laden saß, kamen drei Männer und fragten nach seinem Vater; der Juwelier sagte ihnen, er sei schon längst tot. Da fragten sie, ob er keine Nachkommen hinterlassen. »Ich bin dessen Sohn!« »Kannst du dies beweisen?« »Alle Kaufleute des Bazars können mir es bezeugen!« »Bringe einige her, um uns zu überzeugen, daß der Mann, nach welchem wir dich fragten, dein Vater war.« Der Juwelier rief einige Kaufleute

zu sich, und nachdem sie bezeugt hatten, daß der Mann, nach dem die drei Fremden sich erkundigt hatten, sein Vater war, zogen diese einen Sack heraus, in welchem etwa 30000 Dinare Gold und Edelsteine waren, und sagten: »Das hat dein Vater uns aufzubewahren gegeben«, und gingen wieder ihres Weges. Bald darauf kam eine Frau und entlieh einen Edelstein, welcher 500 Dinare wert war, und bald darauf kaufte sie ihn für 3000 Dinare. Der Juwelier ging nun zu seinem Freund und wollte ihm die 500 entlehnten Dinare zurückgeben; dieser nahm sie aber nicht und sagte: »Ich habe sie nach Gottes Willen hergegeben, behalte sie nur, nimm auch dieses Briefchen, öffne es aber nicht, bis du zu Hause bist und beherzige dessen Inhalt.« Der Juwelier nahm das Briefchen, ging nach Hause und fand folgende Zeilen darin: »Die Männer, welche bei dir waren, sind mein Vater und meine beiden Oheime; die Frau, welche bei dir einkaufte, war meine Mutter, und alles Geld und alle Edelsteine kamen von mir. Ich hatte dabei nicht die Absicht, dich zu beleidigen, sondern dir ein Erröten zu ersparen.«

Wunderbare Erfüllung eines Traumes

Man erzählt ferner: Ein sehr begüterter Mann aus Bagdad verlor sein ganzes Vermögen und hatte viele Mühe, sich sein tägliches Brot zu erwerben. Eines Nachts, als er sich in trauriger Stimmung niederlegte, erschien ihm im Traum jemand, der ihm sagte: »Du wirst deinen Lebensunterhalt in Kahirah finden, reise dahin.« Der Mann machte sich des Morgens auf und trat seine Reise nach Kahirah an. Da er des Abends daselbst ankam, ging er in eine Moschee und schlief darin. In derselben Nacht drangen Diebe von der Moschee aus in ein daran stoßendes Haus, um es zu bestehlen. Aber die Bewohner dieses Hauses erwachten und machten Lärm. Die Polizei kam herbei, und die Diebe entflohen wieder durch die Moschee. Als der Polizeioberste in die Moschee kam und den Mann aus Bagdad fand, den er für einen der Diebe hielt, ergriff er ihn, ließ ihn fast tot prügeln und ins Gefängnis werfen.

Nach drei Tagen wurde er vor den Polizeiobersten geführt, der ihn fragte, woher er wäre und was er in Kahirah täte? Er antwortete: »Ich wohne in Bagdad und bin hierher gekommen, weil mir jemand im Traum gesagt, ich werde hier meinen Lebensunterhalt finden; nun fand ich aber nichts, als die Prügel, die du mir erteilen ließest.« Der Polizeioberste lachte so herzlich, daß er alle seine Zähne zeigte, und sagte: »Du dreifach unverständiger Mensch, mir ist jemand im Traum erschienen, der mir sagte: ›In dem Stadtviertel N. N. in Bagdad ist ein Haus, das so und so aussieht, in dessen Hof ist ein Gärtchen, mit einem Pistazienbaum; dort ist Geld begraben, das von einem Verbrechen herrührt, geh hin und nimm es!‹ Und doch bin ich hier geblieben, und du törichter Mensch machst eine solche Reise wegen eines eitlen Traumes.« Er gab ihm dann einige Drachmen und sagte ihm: »Suche damit deine Rückkehr anzutreten.« Der Mann nahm das Geld und kehrte damit nach Bagdad zurück, ging in sein Haus, welches kein anderes war, als das vom Polizeiobersten von Kahirah beschriebene, ließ unter dem Baum aufgraben, und fand so viel Geld darunter, daß er wieder reicher war, als zuvor.

Tod eines Liebenden aus dem Stamm Uzra

Man erzählt ferner: Unter dem Stamm der Söhne Uzra war ein Mann, der keinen Tag ohne eine neue Liebe leben konnte. Einst liebte er ein schönes Mädchen aus seinem Stamm und warb um sie; sie aber verschmähte ihn und wies ihn immerfort ab. Der Mann wurde darüber krank und grämte sich so sehr, daß alle seine Kräfte schwanden und er so schwach und mager wurde, daß seine

Liebe kein Geheimnis mehr blieb. Lange baten seine und ihre Verwandten seine Geliebte, sie möchte ihn doch besuchen, aber sie weigerte sich, bis er dem Tod nahe war. Erst als sie sein nahes Ende vernahm, bemitleidete sie ihn und entschloß sich, ihn zu besuchen. Als er sie erblickte, flossen seine Augen in Tränen über und er sprach folgende Verse:

»Wenn du meinen Leichenzug vorüberziehen siehst, wirst du ihm nicht folgen und den Verschiedenen grüßen, der dem Grabe überlassen wird?«

Das Mädchen sagte weinend: »Ich dachte nicht, daß es so weit mit dir gekommen wäre, aber bei Gott, ich will dir alles gewähren, was du von mir forderst.« Da rezitierte er weinend folgenden Vers:

»Sie nahet mir, wenn Todesschatten uns trennen, und will mir gehören, wenn ich sie nicht mehr besitzen kann.«

Dann atmete er tief und verschied. Das Mädchen weinte, küßte ihn und fiel in Ohnmacht, und nach drei Tagen starb auch es und wurde in sein Grab gelegt.

Geschichte des Dichters Mutalammes

Ferner wird erzählt: Der Dichter Mutalammes mußte einst vor Numan, dem Sohne Munzirs, entfliehen, und er blieb so lange abwesend, daß man ihn für tot hielt. Er hatte eine schöne Frau, welche Umeima hieß und ihn so innig liebte, daß sie lange keinen anderen heiraten wollte, so sehr auch ihre Familie sie darum bat. Doch endlich wurde ihr so viel zugeredet und fast Zwang angetan, daß sie nachgeben mußte und mit einem Mann aus ihrem Stamm sich verlobte. Mutalammes kam aber gerade zur Hochzeitsnacht von seiner Reise zurück. Er hörte Musik und Freudengesang und jubelnde Frauen, und fragte einen Knaben, was denn für ein Fest gefeiert werde. Der Knabe antwortete: »Die Gattin Mutalammes verheiratet sich wieder diese Nacht.« Als Mutalammes dies hörte, mischte er sich verkleidet unter die Frauen und sah, wie der Bräutigam neben seiner Frau saß und sie küssen wollte. Sie aber seufzte und sprach weinend: »O wüßte ich doch bei so vielen heranstürmenden Unglücksfällen, wo du weilest, o Mutalammes!« Dieser antwortete: »O du meine Heimat! o Umeima! Wisse, daß ich mich stets nach dir sehnte, sooft die Karawane ihre Zelte aufschlug.« Als der Bräutigam dies hörte, merkte er, daß er überflüssig geworden, und zog sich zurück. Mutalammes blieb allein bei seiner Frau und lebte höchst glücklich mit ihr, bis der Tod sie trennte.

Sonderbares Gebet eines Pilgers

Man erzählt ferner: Zur Zeit der Pilgerfahrt rief einst ein Mann, an den Vorhängen der heiligen Kaba sich festklammernd: »O Gott, laß sie doch wieder ihrem Manne zürnen, daß sie sich mir hingebe!« Als einige Pilger dieses sonderbare Gebet hörten, ergriffen sie ihn, prügelten ihn durch, führten ihn zum Emir der Pilger und sagten ihm, was sie von diesem Mann an einem so heiligen Ort vernommen. Der Emir der Pilger gab den Befehl, ihn zu hängen; aber der Angeklagte beschwor ihn bei Mohammed, dem Abgesandten Gottes, er möchte doch zuerst seine Erzählung anhören, dann nach Belieben mit ihm verfahren. Der Emir gewährte ihm seine Bitte, und er sprach: Wisse, o Emir, ich bin ein Mann von der niedersten Volksklasse, der sich oft mit Haschisch berauscht; mein Geschäft war, dem Vieh die Haut abzuziehen, und Blut und anderen Schmutz auf den dazu bestimmten Ort zu bringen. Eines Tages ging ich mit meinem beladenen Esel über die Straße, da sah ich, wie alle Leute davonliefen, und einer derselben sagte mir: »Flüchte dich schnell in dieses Gäßchen, sonst bringt man dich um.« Ich fragte, warum denn alle Leute so flöhen. Da antwortete mir der Diener eines vornehmen Herren: »Es kommt ein Harem, und die ihm vorangehenden Diener schlagen alle Leute, um den Weg freizumachen.« Ich wollte, als ich dies hörte, mit meinem Esel in eine Nebenstraße einlenken, da kamen die Diener, mit großen Stöcken in den Händen, an der Spitze von ungefähr 30 Frauen, worunter eine einen Wuchs wie die Zweige des Ban, und Augen wie eine nach Wasser lechzende

Gazelle hatte; diese ausgezeichnet schöne und liebliche Frau war die Gebieterin aller übrigen, die sie begleiteten. Ich blieb stehen und betrachtete sie von allen Seiten. Auf einmal rief sie einen ihrer Diener zu sich und sagte ihm etwas ins Ohr. Sogleich lief der Diener auf mich zu und nahm mich fest. Alle Leute liefen davon, nur ein alter Mann nahm meinen Esel und führte ihn weg, während die Eunuchen mich mit einem Strick banden und mit sich schleppten.

Ich wußte gar nicht, was dies zu bedeuten habe, und alle Leute hinter mir schrien: »Das ist nicht erlaubt von Gott, mit einem armen Bettler, einem elenden Haschischfresser, so umzugehen.« Manche sagten zu den Eunuchen: »Habt doch Mitleid mit ihm, Gott wird sich auch eurer erbarmen, und laßt ihn doch los!« Ich dachte bei mir selbst: »Gewiß hat die Dame den Schmutz und Unrat, mit dem mein Esel beladen war, gerochen und will dafür mich bestrafen lassen. Was kann ich tun? Es gibt keinen Schutz und keine Macht, als bei Gott, dem Erhabenen!«

Ich wurde nun von den Eunuchen mitgeschleppt, bis wir an die Pforte eines großen Hauses kamen. Da traten sie hinein und führten mich in einen großen Saal von unbeschreiblicher Schönheit; er war rein ausgekehrt und frisch bespritzt, und mit kostbaren Matten und Polstern bedeckt. Die Gebieterin und ihr Gefolge zogen an mir vorüber, und ich blieb allein mit den Eunuchen zurück und dachte: »Man hat mich gewiß hereingebracht, um mich hier mit dem Tod zu bestrafen, ohne daß jemand nur meinen Tod erfahre.« Aber statt dessen führten mich die Eunuchen in das Badzimmer, welches an den Saal stieß, und drei Sklavinnen kamen, hießen mich sitzen, und die eine rieb mir die Füße, die andere wusch mir den Kopf und die dritte trocknete mich ab. Als dies geschehen war, gaben sie mir einen Bündel Weißzeug und Kleider, und hießen mich sie anziehen. Ich sagte: »Bei Gott! Ich weiß nicht, wie man solche Kleider anzieht.« Sie näherten sich mir lachend und kleideten mich an, bespritzten mich mit Rosenwasser und führten mich wieder in einen herrlich verzierten und mit Divanen belegten Saal. Hier saß eine Dame, von vielen Sklavinnen umgeben, die, sobald ich in den Saal trat, vor mir aufstand und mich hieß, neben ihr Platz zu nehmen. Kaum hatte ich mich gesetzt, als die Sklavinnen auf ihren Befehl die verschiedenartigsten, schmackhaftesten Speisen auftrugen, dergleichen ich in meinem Leben nie gekostet hatte und deren Namen ich nicht einmal kannte. Nachdem ich mich sattgegessen hatte, wurden die Schüsseln weggetragen, und man brachte mir Wasser, um meine Hände zu waschen. Die Dame ließ dann allerlei Nachtisch bringen und hieß mich davon essen. Als auch dies geschehen war, befahl sie einigen Sklavinnen, Wein und Trinkgefäße herbeizuschaffen, sowie auch allerlei feines Räucherwerk. Ein Mädchen wie der Mond schenkte uns ein, und ich und die Dame tranken so lange beim Klang des Saitenspiels, bis wir berauscht waren. Dies alles geschah, o Emir, und ich glaubte immer nur zu träumen. Auf ihren Wink entfernten sich dann die Sklavinnen; sie umarmte mich und drückte mich an ihren Busen, und ich sog den feinsten Moschusduft aus ihren Lippen und glaubte nicht anders, als entweder ich sei im Paradies, oder ich träume. Des Morgens fragte sie mich nach meiner Wohnung, gab mir ein goldgesticktes Taschentuch, in welches etwas eingebunden war, und sagte mir: »Geh damit ins Bad.« Ich ging freudig fort und

dachte: »Ist Geld in diesem Tuch, so kann ich dafür zu Mittag essen«; doch ging ich so ungern von ihr fort, als hätte ich das Paradies verlassen müssen, und begab mich in meine Wohnung, öffnete das Tuch, welches sie mir geschenkt hatte, und fand 50 Goldstücke darin, die ich sogleich eingrub. Nach Mittag, als ich in Gedanken vertieft vor meiner Tür saß, kam auf einmal eine Sklavin zu mir und sagte: »Meine Gebieterin verlangt nach dir.«

Ich folgte der Sklavin bis zur Tür ihres Hauses, bat um Erlaubnis, hineinzutreten, und küßte die Erde vor der Dame. Sie hieß mich wieder sitzen, ließ Speisen und Wein bringen, und ich brachte wieder diese Nacht wie die vorhergehende bei ihr zu. Des Morgens schenkte sie mir wieder ein Tuch, in welches 50 Goldstücke eingebunden waren, mit denen ich wieder in meine Wohnung ging, wo ich sie eingrub. So ging es acht Tage lang, ich wurde jeden Nachmittag geholt und blieb bis morgens bei meiner Dame. Aber am achten Tag, als ich bei ihr war, kam auf einmal eine Sklavin herbeigelaufen, die mich schnell in ein Nebenzimmer hineinstieß. Dieses Zimmerchen hatte ein Fenster, das auf die Straße ging; ich hörte Geräusch von Dienern und Pferdtritten, und ich sah vom Fenster aus einen jungen Mann wie der Vollmond, von vielen Mamelucken begleitet, der vor der Haustüre abstieg, dann in den Saal trat, vor der Dame sich verbeugte und ihre Hand küßte. Sie schwieg lange, und es kostete ihm viele Mühe und Demütigung, bis sie sich mit ihm versöhnte und einwilligte, die Nacht bei ihm zuzubringen. Des Morgens, als er wieder mit seinen Leuten ausgeritten war, kam die Dame zu mir und fragte mich: »Hast du gesehen?« Ich antwortete: »Jawohl.« Nun sagte sie: »Dieser Mann ist mein Gatte; ich will dir erzählen, was zwischen uns vorgefallen. Eines Tages waren wir beisammen im Garten neben unserem Haus. Auf einmal stand er von meiner Seite auf und blieb sehr lange weg. Da folgte ich unbemerkt, um nach ihm zu sehen; als ich an der Küche vorüberkam, fragte ich eine meiner Sklavinnen nach ihm; sie zeigte mir ein kleines Kabinett; hier fand ich ihn in den Armen einer Sklavin. Als ich dies sah, schwor ich einen heiligen Eid, auch einen Mann von der niedersten Klasse zu umarmen. Ich durchzog daher drei Tage lang alle Straßen der Stadt, um einen solchen Mann zu finden; erst am vierten Tag begegnete ich dir, und fand dich so erbärmlich und schmutzig, daß ich meinen Eunuchen befahl, dich mitzunehmen. Was nun zwischen uns geschehen ist, war Gottes Beschluß. Nun ist mein Eid gelöst, und

ich werde dich nicht eher wieder rufen lassen, bis mein Mann sich wieder einer Sklavin nähert und mir untreu wird.« Hierauf entließ sie mich, nachdem ich 400 Goldstücke aus ihrem Haus fortgetragen, von denen ich schon einen großen Teil ausgegeben. Darum kam ich hierher und betete zu Gott, der Mann möchte doch seine Sklavin wieder besuchen, damit ich seine Gattin wiedersehe.« Als der Emir der Pilger diese Geschichte hörte, ließ er den Angeklagten frei und erklärte ihn für unschuldig in Gegenwart aller seiner Ankläger.

Geschichte des Arabers mit den Bohnen

Unter anderem wird auch erzählt: Als Harun Arraschid den Barmekiden Djafar hängen ließ, befahl er, daß wer ihn betrauere und beweine, auch gehängt werden sollte, so daß es natürlich ein jeder unterließ. Eines Tages kam ein Araber aus entfernter Wüste, der jedes Jahr Djafar ein Gedicht überreichte, für welches er 1000 Dinare erhielt, womit er und seine Familie das ganze Jahr lebte. Sobald er hörte, daß Djafar gehängt worden, ging er auf den Hinrichtungsplatz, ließ dort sein Kamel niederknien, seufzte und weinte laut und rezitierte sein Gedicht; dann schlief er ein und sah Djafar im Traum, der ihm sagte: »Du hast meinetwillen diese mühsame Reise unternommen und findest mich nun, wie du siehst; doch geh nach Baßrah, frage nach dem Kaufmann N. N. und sage ihm, Djafar der Barmekide läßt ihn grüßen und bei den Bohnen beschwören, dir 1000 Dinare zu geben.« Der Araber machte sich sogleich auf den Weg nach Baßrah, suchte den Kaufmann auf und trug ihm Djafars Bitte vor. Der Kaufmann weinte so heftig, daß er beinahe sein Leben aufgab, nahm den Araber mit Auszeichnung auf, bewirtete ihn drei Tage lang und gab ihm am vierten Tage 1500 Dinare, indem er ihm sagte: »Du erhältst 1000 Dinare nach Djafars Befehl und 500 als Geschenk von mir.« Auch hieß er ihn jedes Jahr wiederkehren, um 1000 Dinare in Empfang zu nehmen. Der Araber beschwor den Kaufmann, er möchte ihm doch sagen, was Djafar mit den Bohnen meinte. Da sagte der Kaufmann: »Ich war früher ein armer Bohnenhändler. Einst ging ich an einem kalten Tag auf dem Markt mit Bohnen umher; meine Kleidung war so schlecht, daß sie mich weder gegen die Kälte, noch gegen den Regen schützte. Ich zitterte vor Frost und fiel einige Male auf den nassen Boden. Dies bemerkte Djafar und bemitleidete meinen schauerlichen Zustand, ließ mich zu sich rufen und sagte mir: »Verkaufe meinem Gefolge diese Bohnen.« Ich holte mein Maß herbei, und so wie ich die Bohnen hergab, füllte Djafar mein Maß mit Gold, bis ich statt meiner Bohnen ein großes Bündel Gold hatte. Zuletzt fragte Djafar: »Hast du nichts mehr?« Ich suchte im Korb und fand nur noch eine Bohne. Djafar nahm sie, teilte sie in zwei Hälften, ging damit in seinen Harem und sagte: »Wer will diese halbe Bohne kaufen?« Eine seiner Frauen sagte: »Ich, für das Bündel Gold, das der Mann trägt.« »Nun«, sagte Djafar, »ich behalte die andere Hälfte für den doppelten Preis.« Ich glaubte, es sei nur Scherz, aber ein Diener brachte das Gold herbei und legte es in meinen Korb. So hat mich Gott, gepriesen sei sein Name, durch Djafar reich gemacht, und wenn ich dir jedes Jahr 1000 Dinare gebe, so ist dies nur eine geringe Vergeltung für seine Wohltaten gegen mich.«

Der wunderbare Reisesack

Man erzählt ferner: Als der Kalif Harun Arraschid eines Nachts sehr übel gelaunt und mißmutig war, ließ er seinen Vezier Djafar rufen und sagte ihm: »Ich bin sehr verstimmt und fühle meine Brust so beengt, suche doch auf irgend eine Weise mir Zerstreuung zu verschaffen.« Djafar sagte: »O Fürst der Gläubigen! Ich habe einen Freund, der Ali der Perser heißt, der weiß sehr viele Märchen und Geschichten.« »So hole ihn gleich her«, sagte der Kalif. Djafar schickte sogleich jemanden, um Ali zu rufen. Er kam bald und grüßte den Kalifen. Dieser hieß ihn sitzen und sagte ihm: »Meine Brust ist diesen Abend so beklommen, daß ich dich rufen ließ, weil ich hörte, du wissest so viele Märchen und Anekdoten; erzähle mir nun etwas, das meinen Gram und meine düsteren Gedanken verscheuche.«

Ali erwiderte: »Was wünschest du, o Fürst der Gläubigen, zu hören, um dich aufzuheitern? Soll ich etwas erzählen, was ich mit meinen eigenen Augen gesehen, oder etwas, das ich mit meinen Ohren gehört?« Der Kalif antwortete: »Erzähle mir etwas, das du selbst gesehen.« Da begann Ali:

Wisse, o Fürst der Gläubigen! Ich reiste einst mit einem Jungen von Bagdad, meiner Vaterstadt, weg und hatte einen sehr hübschen Reisesack bei mir. Während ich kaufte und verkaufte, kam ein wilder Kurde auf mich zu, nahm mir meinen Reisesack weg und sagte: »Dieser Sack mit allem, was darin ist, gehört mir.« Ich war ganz außer mir und rief alle umstehenden Leute um Hilfe. Die Leute sagten: »Geht miteinander zum Kadhi.« Wir gingen zum Kadhi und sagten ihm: »Wir haben eine Streitsache.« »Wer ist der Kläger?« fragte der Kadhi. Der Kurde näherte sich ihm und sagte: »Gott stärke unsern Herrn, den Kadhi! Ich habe diesen Sack mit allem, was darin ist, verloren und eben wieder in der Hand dieses Mannes gefunden.« »Wann hast du ihn verloren?« fragte ihn der Kadhi. Der Kurde antwortete: »Erst gestern.« »Wenn du den Sack kennst«, versetzte der Kadhi, »so sage mir, was darin ist.« Der Kurde antwortete: »Im Sack sind zwei silberne Spiegelchen, Kohel für das Auge, ein Tuch für die Hände, zwei Leuchter, zwei Schüsseln und zwei Löffel, ein Kissen, zwei Matten, zwei Waschbecken mit Kannen, ein Topf, ein Kamm, zwei Hündchen, eine Kuh, zwei Kälber, zwei Schafe, eine Ziege, zwei Lämmer, zwei weiße Katzen, ein männliches und zwei weibliche Kamele, ein Büffelochs, zwei Stiere, eine Löwin, zwei Löwen, ein Wolf, zwei Füchse, zwei Divane und zwei Säle und eine Küche mit zwei Türen, und

viele Kurden, die bezeugen, daß dieser Sack mir gehört.« Als der Kurde vollendet hatte, fragte mich der Kadhi: »Was sagst du dazu, Ali?« Ich näherte mich ihm, erstaunt über die Rede des Kurden, und sagte: »Gott verherrliche unseren Kadhi! In meinem Sack ist ein zerfallenes Häuschen mit einem Hundeställchen, ferner eine Schule für Knaben, dann viele Soldaten mit ihren Zelten, die Städte Kahirah und Bagdad und das Schloß Schadads, ein Fischernetz, ein Stock, mehrere Pfeiler und viele Mädchen und Knaben, und 1000 Meister, welche bezeugen, daß dieser Sack mein Sack ist.« Als der Kurde dies hörte, sagte er weinend und schluchzend: »O mein Herr Kadhi, der Sack gehört mir, ich weiß alles, was darin ist. Du findest darin Schlösser und Zitadellen, Städte und Dörfer, Bären und Löwen und allerlei wilde Tiere; ferner eine Stute und zwei junge Hengste, zwei lange Lanzen und zwei Hasen, eine alte Frau und zwei Freudenmädchen, zwei Obersten und zwei Gaukler, und einen Blinden und einen Lahmen, einen Pfaffen und zwei Kirchendiener, und einen Patriarchen, einen Kadhi und zwei Zeugen, welche bezeugen, daß der Sack mir gehört.« Nun war ich außer mir vor Zorn und Ärger, ich ging auf den Kadhi zu und sagte: »Gott stärke unsern Herrn, den Kadhi! In meinem Sack ist ein Zeughaus mit allerlei Waffen und Kriegsmaterialien gefüllt, Weinberge, Gärten mit Feigen- und Apfelbäumen, allerlei Weingefäße mit Dienern und Freunden und Gesellschaften, Musiker mit allerlei Instrumenten und Sänger und Sängerinnen, Kinder mit ihren Ammen, zwei abessinische Sklavinnen, drei Indianerinnen, vier Medinenserinnen, fünf Griechinnen, sechs Türkinnen, sieben Perserinnen, acht Kurdinnen, und neun Ägypterinnen; im Sack waren der Euphrat und der Tigris mit Fischen und

Fischernetzen und Feuerzeug, 1000 Pferde, mehrere Badehäuser, viele Städte und Länder mit allen ihren Beamten und Handwerkern, Kufa und Anbar, 20 Kisten voll Weißzeug und Kleider, und einige Magazine mit allerlei Mundvorrat gefüllt, Gaza, Askalon, die ganze Strecke von Damiet bis Assuan, der Palast des Chosrocs, Vaters des Nuschirwan, das ganze Reich Salomons, Chorasan, Balch und Ispahan, alle Länder, die zwischen Indien und Nubien liegen.« Der Kadhi, ganz betäubt von dem Aufzählen aller dieser Gegenstände, sagte: »Ihr seid gewiß zwei abtrünnige Ketzer, die mit einem frommen Kadhi ihren Spaß haben wollen; hat man jemals gehört, daß ein Reisesack alles das enthalte, was ihr beschrieben? Das ist ein bodenloses Meer!« Der Kadhi ließ dann den Sack öffnen; man fand darin ein wenig Brot, eine Zitrone, ein wenig Käse und ein paar Oliven; ich warf den Sack dem Kurden zu und ging fort.

Den Kalifen ergötzte diese Geschichte so sehr, daß er vor Lachen auf den Rücken fiel und den Perser Ali reichlich beschenkte. Gott ist allwissend!

Der freigebige Hund

Einst war ein armer Mann so sehr von seinen Gläubigern gedrängt, daß er seine Familie und seine Heimat verlassen und in fremden Ländern bettelnd umherziehen mußte. Hungrig und müde, im zerknirschtesten Seelenzustand, erreichte er eine große, prachtvolle Stadt, von hohen Mauern umgeben. Auf einem großen Platz sah er einige vornehme Leute in ein Haus gehen, das einem Königlichen Palast glich, und folgte ihnen in einen Saal, wo ein Mann von sehr ehrwürdigem Aussehen in dessen oberem Ende saß, der gleich einem Vezier von vielen Dienern und Sklaven umgeben war. Der Mann stand vor seinen Gästen auf und hieß sie willkommen. Der Arme aber trat erschrocken zurück, als er diese vielen Diener und andere Pracht und Herrlichkeit sah, und setzte sich aus Furcht in einen Winkel, wo ihn niemand sehen konnte. Als er so dasaß, kam ein Diener mit vier Jagdhunden, die mit kostbarem Seidenstoffe bedeckt waren und goldene Ketten mit silbernen Schellen am Hals hatten, und band jeden derselben in einer Ecke an. Dann ging er weg und kam nach einer Weile wieder mit goldenen Schüsseln, voll von den herrlichsten Speisen, stellte jedem Hund eine solche Schüssel vor und entfernte sich wieder. Der Arme war so sehr von Hunger geplagt, daß er mit Lüsternheit nach den Speisen der Hunde sah, und gern hätte er mit einem derselben gegessen, wenn er sich nicht gefürchtet hätte. Einer dieser Hunde bemerkte dies durch eine göttliche Eingebung, entfernte sich von seiner Schüssel und winkte dem Armen zu, er möchte sich nähern. Der Arme trat herbei und aß, bis er satt war, dann wollte er wieder gehen; aber der Hund gab ihm durch Zeichen zu verstehen, er möge die Schüssel mit allem, was darin ist, nehmen, ja, er schob sie sogar mit der Tatze vor ihn hin. Der Arme nahm sie, ging damit fort und niemand folgte ihm.

Der Arme reiste dann in eine andere Stadt, verkaufte die goldene Schüssel, kaufte Waren dafür und kehrte damit in seine Heimat zurück, verkaufte sie wieder, bezahlte seine Schulden und hatte nun so viel Glück, daß er sehr bald ein reicher Mann wurde. Da dachte er: »Ich muß doch noch einmal in jene Stadt reisen, aus der ich die goldene Schüssel genommen, und dem Eigentümer derselben ein schönes Geschenk machen für die Freigebigkeit, die einer seiner Hunde gegen mich ausgeübt, und ihm auch den Wert der Schüssel wieder ersetzen.« Er machte sich bald auf die Reise nach jener Stadt; als er aber das Haus suchte, in welchem er die Schüssel gefunden, sah er an dessen Stelle einen Steinhaufen, auf dem Raben krächzten. Die Wohnungen waren verödet und alles hatte ein Ansehen der Verwüstung. Er ließ sich betrübt nieder und dachte nach über den Wechsel der Zeit und des Geschicks. Als er umherblickte, sah er einen armen Mann in einem Grausen erregenden Zustand, der Felsen Erbarmen einflößte; er fragte ihn: »Wie ist das Schicksal gegen den Eigentümer dieses Hauses verfahren? Wo sind die leuchtenden Monde und Sterne*? Wo ist das schöne Gebäude

* Die schönen Mädchen

hingekommen, von dem nur noch einige Ruinen übrig sind?« Der Arme antwortete, aus einem betrübten Herzen seufzend: »Ein jeder beherzige, was der Gesandte Gottes gesagt: ›Gott hat das Recht, jeden, den er erhoben, auch wieder zu erniedrigen.‹ Frage nicht warum und wieso; denn wer kann über die Launen des Schicksals sich wundern? Wisse, ich war der Eigentümer dieses Hauses, ich habe es erbauen lassen und mir gehörte es mit allem, was darin war. Aber die Zeit hat sich geändert. Ich habe mein ganzes Vermögen verloren, und befinde mich nun, ohne selbst zu wissen warum, in diesem erbärmlichen Zustand.« Auf die Frage des Verarmten, was ihn herführe, erzählte ihm der wieder reich gewordene seine Geschichte mit dem Hund und sagte ihm, er sei gekommen, um ihm den Wert der goldenen Schüssel zurückzuerstatten, die ihm aus der Not geholfen und um ihm ein ansehnliches Geschenk zu bringen. Aber der Arme schüttelte mit dem Kopf und sagte weinend und schluchzend: »Ich glaube, du hast den Verstand verloren, lieber will ich den größten Mangel dulden, als zurücknehmen, was einer meiner Hunde verschenkt hat. Nimmermehr! Reise wieder hin, wo du hergekommen, ich werde nicht den Wert eines Nagelabschnitts vor dir annehmen.« Der Reiche küßte ihm Hände und Füße, dankte ihm, nahm Abschied und reiste in seine Heimat zurück.

Der gewandte Dieb

Man erzählt auch: Der Polizeipräfekt von Alexandrien wurde einst von einem Soldaten besucht, der ihm sagte: »Wisse, o Herr, ich bin diese Nacht in die Stadt gekommen und in dem Chan N. N. abgestiegen. Als ich des Morgens erwachte, fand ich meinen Reisesack zerrissen und einen Geldbeutel mit 1000 Dinaren daraus gestohlen.« Der Polizeipräfekt schickte sogleich nach dem Aufseher und ließ alle Bewohner des Chans zu sich rufen, und schon wurden die Torturinstrumente herbeigeholt, um die Leute zu züchtigen. Da drang auf einmal ein Mann durch die Volksmasse, ging auf den Präfekten zu und sagte: »O Emir, lasse diese Leute frei, sie sind unschuldig, ich habe das Geld dieses Soldaten gestohlen, hier ist sein Beutel.« Bei diesen Worten zog er ihn aus seinem Ärmel und legte ihn vor den Präfekten. Dieser sagte zum Soldaten: »Nimm dein Geld und lasse diese Leute in Frieden.«

Als der Dieb hierauf von allen Anwesenden gelobt und bewundert wurde, sagte er zum Präfekten: »Das war keine große Kunst, diesen Beutel selbst wieder herzubringen, die, ihn nochmals zu stehlen, ist viel größer.« Der Präfekt fragte: »Wie hast du es denn zum ersten Mal angefangen?« Der Dieb antwortete: »Als ich in Kahirah auf dem Bazar der Geldwechsler stand, sah ich, wie dieser Soldat sein Gold einwechselte und in den Beutel legte; ich folgte ihm von Straße zu Straße, konnte aber keine Gelegenheit finden, ihn zu bestehlen; als er dann von Kahirah abreiste, folgte ich ihm von einem Ort zum anderen, bis er endlich hierher kam;

da ließ ich mich in demselben Chan neben ihm nieder und wartete, bis er schlief. Als ich ihn laut schnarchen hörte, näherte ich mich ihm leise, schnitt den Sack mit einem Messer auf und nahm so den Beutel heraus.« Während er dies sagte, nahm er wirklich in Gegenwart des Präfekten dem Soldaten den Beutel weg und lief fort. Die Leute glaubten, er wolle ihnen nur zeigen, wie er es gemacht, er aber warf sich schnell in einen Teich, und ehe die Kawas sich entkleideten, um ihn zu verfolgen, war er schon in einer der vielen aneinander stoßenden Straßen Alexandriens verschwunden. Der Präfekt sagte zum Soldaten: »Nun bist du um dein Geld, den Leuten hier kannst du nichts anhaben, denn durch Gottes Gnade ist ihre Unschuld bewiesen.«

Die drei Polizeipräfekten

Ferner wird erzählt: Der König Naßir ließ einst den Polizeipräfekten von Neu- und Alt-Kahirah und den von Bulak zu sich rufen und sagte ihnen: »Ich wünschte von jedem von euch zu vernehmen, was ihm am wunderbarsten in der Verwaltung seines Amtes vorgekommen.« Da sprach der Polizeipräfekt von Kahirah: Wisse, o Herr, es waren in meiner Stadt zwei Gerichtszeugen, die über

Leben und Tod Zeugnis abzulegen hatten, und von denen ich wußte, daß sie den Weibern, dem Trunk und anderen Schlechtigkeiten nachhingen, und doch konnte ich kein Mittel finden, sie zu ertappen und zu bestrafen; ich gab allen Weinhändlern, Früchtehändlern, Wachskerzenverkäufern und Eigentümern verworfener Häuser den Auftrag, mich zu benachrichtigen, wenn diese Leute bei ihnen einkehrten, um etwas zu kaufen, was man zu Saufgelagen braucht oder sonstige Schlechtigkeit zu begehen. Endlich kamen eines Nachts Leute zu mir, die mir sagten: »Die Gerichtszeugen sind da und da, und geben sich sündhaften Genüssen hin.« Ich machte mich auf und ging ganz allein an das Haus, das mir bezeichnet wurde, und klopfte an der Türe. Eine Sklavin öffnete mir und fragte, wer ich sei? Aber ich antwortete nicht, sondern ging gerade ins Haus und fand den Hausherrn und die beiden Gerichtszeugen beim Wein und neben Freudenmädchen sitzend. Als sie mich sahen, standen sie auf, erwiesen mir viel Ehre, hießen mich obenan sitzen und sagten ganz ohne Scheu: »Sei uns willkommen, edler Gast!« Dann stand der Hausherr auf, blieb eine Weile weg und kam wieder mit einem Beutel, worin 300 Dinare waren, und sagte: »Wisse, o Emir! Du kannst uns freilich entehren und strafen, doch was gewinnst du dabei? Du machst dir nur viele Mühe umsonst, nimm lieber dieses Geld und verschone uns, Gott heißt ja auch der Bedeckende, er liebt es, daß die Menschen Fehler bedecken, und er wird dich für deine Gnade belohnen.« Ich dachte bei mir: »Ich will dieses Geld nehmen und ihnen diesmal noch verzeihen.« So nahm ich denn das Geld und ging fort, ohne von jemandem bemerkt worden zu sein.

Auf einmal kam am anderen Tag der Diener des Kadhi und sagte: »Der Kadhi läßt dich bitten, zu ihm zu kommen.« Als ich zum Kadhi kam, sah ich die zwei Gerichtszeugen und den Hausherrn, der mir die 300 Dinare gegeben. Dieser klagte mich beim Kadhi an, ich sei ihm 300 Dinare schuldig, und da ich es wegen der Zeugen nicht leugnen konnte, mußte ich die 300 Dinare wieder herausgeben und zu spät bereute ich es, sie geschont zu haben, beschloß aber, ihnen in Zukunft so viel wie möglich zu schaden. Das ist das Sonderbarste, das mir begegnete. Das Sonderbarste, was mir, o Herr, in meinem Amte vorgekommen ist, sprach dann der Polizeipräfekt von Bulak, ist folgendes: Ich war einst 3000 Dinare schuldig und wußte nicht, wie sie heimzahlen. Ich verkaufte alles, was ich hatte, konnte aber nicht mehr als 1000 Dinare zusammenbringen. Als ich so des Nachts in düstere Gedanken vertieft dasaß, klopfte es an der Türe. Ich sagte einem Diener, er möge doch sehen, wer an der Tür ist, er ging und kam ganz blaß und zitternd zurück und sagte: »An der Tür steht ein halbnackter Mann, nur mit einer Haut bedeckt; er hat ein Schwert in der Hand und ein Messer im Gürtel; ihn begleiteten einige Leute, die ebenso aussehen, wie er, und er wünscht dich zu sprechen.« Ich ergriff das Schwert, ging vor die Tür und sah Männer, wie sie mir der Diener beschrieben hatte. Ich fragte sie, wer sie wären; sie antworteten: »Wir sind Diebe, haben heute Nacht eine große Beute erlangt, die wir nun zu deiner Verfügung stellen, damit du dir aus deiner Verlegenheit helfen mögest und deine Schulden damit bezahlest.« Ich fragte dann: »Wo ist denn das Geraubte?« Da brachten sie eine große Kiste voll von goldenen und silbernen Gefäßen. Ich freute mich sehr und dachte, damit kann ich meine Schulden bezahlen und es bleibt mir noch ebensoviel übrig. Als ich die Kiste ins Haus gebracht, dachte ich, das wäre doch unedel von mir, wenn ich sie so leer abziehen ließe, ich holte daher die 1000 Dinare, die ich hatte, und schenkte sie ihnen. Sie nahmen das Geld und gingen fort, ohne daß Jemand etwas von dem ganzen Vorfall erfuhr. Als ich aber am folgenden Morgen die Kiste näher untersuchte, fand ich nichts, als kupfernes und zinnernes, übersilbertes und vergoldetes Geschirr, das zusammen nicht 500 Drachmen wert war; so kam ich um meine 1000 Dinare und befand mich in einer noch traurigeren Lage, als zuvor; das ist das Sonderbarste, was mir während der Verwaltung meines Amtes widerfahren. – Sodann erhob sich der Polizeipräfekt von Alt-Kahirah und sprach: Das Sonderbarste, das mir während der Verwaltung meines Amtes zugestoßen, ist folgendes: Einst ließ ich zehn Diebe hängen, jeden auf einem besondern Galgen, und befahl den Wächtern, acht zu geben, daß sie nicht gestohlen werden. Als ich aber des anderen Morgens kam, um nach den Dieben zu sehen, fand ich zwei an einem Galgen hängen; ich fragte die Wächter, wer dies getan und wo der Galgen hingekommen, auf dem der eine gehängt worden. Die Wächter wollten nichts gestehen, bis ich ihnen mit Prügeln drohte, da sagten sie: »O Emir wisse, wir sind gestern Nacht eingeschlafen, und als wir erwachten, vermißten wir einen der Gehängten samt seinem Galgen, da fürchteten wir uns vor dir und ergriffen einen Bauern, der eben auf einem Esel zu uns geritten kam, und hängten ihn statt des Diebes, der uns gestohlen worden.« Ich fragte sie: »Was habt ihr bei dem Bauern gefunden?« Sie antworteten: »Einen Esel mit einem Quersack

beladen.« »Und was darin?« »Das wissen wir nicht.« Da ließ ich den Quersack holen, und als ich ihn öffnete, fand ich darin die zerschnittene Leiche eines Ermordeten; da dachte ich bei mir selbst höchst erstaunt: »Gepriesen sei Gott! Gewiß hat der Bauer durch seine Mordtat verdient, gehängt zu werden. Der Herr läßt seinen Geschöpfen kein Unrecht widerfahren.«

Der zweimal bestohlene Geldwechsler

Ferner wird erzählt: Ein Geldwechsler, der einen Beutel mit Gold bei sich hatte, ging einst vor einer Bande Spitzbuben vorüber; da sagte einer von ihnen: »Wenn ich will, so ist dieser Beutel mein.« Sie fragten: »Wieso?« Er antwortete: »Ihr sollt es bald sehen.« Er folgte dem Geldwechsler, welcher, in seinem Haus angelangt, den Beutel auf eine Bank warf und in den Hof ging. Er rief dann seiner Sklavin, sie möchte ihm das Waschbecken bringen; sie ging mit dem Waschbekken in den Hof und ließ die Tür des Zimmers, in welchem der Beutel war, offen. Der Dieb benutzte diesen Augenblick, stahl den Beutel, ging damit zu seinen Freunden und erzählte ihnen den Erfolg seiner Unternehmung. Da sagten ihm seine Freunde: »Wahrlich, was du hier getan, kann Jedermann tun, doch wenn jetzt der Geldwechsler aus dem Hof kommt und seinen Beutel nicht findet, wird er die Sklavin dafür bestrafen; wahrlich, du hast nichts Lobenswertes vollbracht; bist du ein geschickter Dieb, so mußt du dafür sorgen, daß die Sklavin nicht geschlagen werde.« Er sagte: »Gut, das will ich.« Der Dieb ging sogleich in das Haus des Geldwechslers zurück, und er hörte vor der Tür, wie dieser seine Sklavin wegen des Beutels bestrafte. Er klopfte an der Tür, und als der Geldwechsler ihn fragte, wer er sei, sagte er: »Ich bin der Diener deines Nachbarn auf dem Bazar, der dich grüßen und dich fragen läßt, warum du auf einmal so leichtsinnig geworden, daß du deinen Beutel vor die Tür deines Ladens hinwirfst und fortgehst, so daß, wenn ihn ein Fremder genommen hätte, er für dich auf immer verloren geblieben wäre.« Er zog bei diesen Worten den Beutel heraus und zeigte ihn dem Geldwechsler. Dieser sagte: »Bei Gott, wahr, hier ist mein Beutel!« Und er streckte seine Hand danach aus, um ihn zu nehmen. Aber der Spitzbube sagte: »Bei Gott, ich gebe dir ihn nicht, bis du mir einen Empfangsschein schreibst und dein Siegel darauf drückst, damit ich meinen Herrn überzeugen kann, daß ich ihn dir überliefert.« Der Geldwechsler ging in sein Kabinett, um ihm den verlangten Schein zu schreiben; aber unterdessen lief der Dieb mit dem Beutel davon und die Sklavin hatte keine Strafe mehr zu befürchten.

Der fromme Israelit

Ferner wird erzählt: Einst lebte ein frommer Mann unter den Söhnen Israels, der stets Gott anbetete und dessen Familie sich von ihrer Hände Arbeit ernährte. Er verkaufte nämlich jeden Tag die gesponnene Baumwolle und kaufte dafür rohe ein, und lebte so von dem Gewinn mit seiner Familie. Eines Tages, als er die Baumwolle verkaufte, traf er einen Freund, der in solcher Not war, daß er ihm das eben gelöste Geld schenkte und zu seiner Familie ohne rohe Baumwolle und ohne Lebensmittel zurückkehren mußte. Als er seiner Familie erzählte, daß er all sein Geld einem unglücklichen Freund geschenkt, fragten sie: »Was fangen wir nun an?« Da nahm der Mann einen alten Wasserkrug und eine alte Mütze, die er noch im Haus hatte, und ging damit auf den Markt, aber niemand wollte sie kaufen. Endlich ging ein Mann mit einem übelriechenden Fisch vorüber und sagte ihm: »Willst du mir deine ungangbare Ware für die meinige geben?« Der Israelit willigte ein, gab ihm den Wasserkrug und die Mütze, und ging mit dem

Fisch zu seiner Frau und sagte: »Brate diesen Fisch, daß wir doch einstweilen nicht hungern, bis uns Gott das weitere beschert.« Da spaltete die Frau den Fisch, und siehe da, es war eine Perle darin, die nicht durchlöchert war. Am folgenden Morgen ging der Israelit damit zu einem sachverständigen Freund, um sie ihm zu zeigen. Dieser fragte den Israeliten, woher er diese Perle habe. Er antwortete: »Gott hat sie mir beschert.« »Nun«, sagte der Freund, »sie ist 1000 Drachmen wert, die ich dir gern dafür geben will; doch geh lieber damit zu N. N., der reicher ist als ich.« Der Israelit ging damit zu dem bezeichneten Mann und dieser sagte: »Sie ist 70000 Drachmen wert, mehr nicht.« Der Israelit ließ sich das Geld geben und rief zwei Lastträger, die es ihm bis zur Tür seiner Wohnung trugen. Als er hier anlangte, kam ein Bettler und sagte: »Gib mir auch etwas von dem Geld, das dir Gott beschert!« Der Israelit antwortete: »Gestern war ich ebenso arm, als du, nimm daher die Hälfte dieses Geldes.« Nachdem nun der Israelit das Geld in zwei Teile geteilt hatte und dem Bettler die eine Hälfte übergeben wollte, sagte dieser: »Behalte dein Geld, Gott segne dich! Ich bin ein Abgesandter deines Herrn, hierher beschieden, um dich zu versuchen.« Der Israelit sagte: »Gott sei gelobt und gepriesen«, und lebte dann mit seiner Familie im größten Wohlstand bis zu seinem Tod.

Abul Hasan und der Kalif Mamun

Man erzählt auch: Abu Hasan war einst in sehr großer Not, er wurde von Bäckern, Gemüsehändlern und allen Handwerkern gedrängt, und wußte sich gar nicht zu helfen. Da kam, als er über seine Armut nachdenkend in seinem Haus saß, sein Diener herein und sagte ihm: »Es steht ein Pilger vor der Tür, der zu dir hereinzukommen wünscht.« Abu Hasan ließ ihn hereinkommen. Der Pilger, ein Mann aus Chorasan, trat herein und grüßte Abu Hasan, der ihm seinen Gruß erwiderte. Dann fragte er ihn. »Bist du Abu Hasan?« »Der bin ich, was begehrst du von mir?« »Ich bin hier fremd und bin auf der Pilgerfahrt nach dem heiligen Haus Gottes; ich habe 10000 Drachmen bei mir, die ich nicht gerne nachschleppen möchte, ich wünsche daher, mein Geld dir aufzubewahren zu geben, bis ich von der Pilgerfahrt zurückkehre. Kommt später die Pilgerkarawane zurück und ich bin nicht dabei, so kannst du mich als gestorben betrachten und das Geld als ein Geschenk von mir behalten.« »Ich sagte,« so erzählt Abu Hasan, »es sei so, mit Gottes Willen.« Da zog der Fremde einen großen Geldsack heraus, ich ließ mir von meinem Diener die Waage bringen, und als der Pilger das Geld gewogen hatte, übergab er es mir und ging fort. Sobald der Pilger fort war, ließ ich meine Gläubiger kommen und bezahlte meine Schulden, denn ich dachte: »Gott wird mir schon helfen, bis der Pilger von Mekka zurückkehrt.« Aber am anderen Tage kam auf einmal der Diener und meldete mir den Pilger von Chorasan, der einen Tag vorher bei mir war. Ich ließ ihn bitten, hereinzukommen, und als er bei mir war, sagte er: »Ich hatte beschlossen, nach Mekka zu wallfahren, nun erhielt ich aber Nachricht, daß mein Vater gestorben ist, so daß ich nach meiner Heimat zurückreisen muß; gib mir daher das Geld, das ich dir aufzubewahren gegeben, wieder.« Da kam ich in die allergrößte Verlegenheit, in der sich je irgend einer befand; ich wußte nicht, was ich antworten sollte. Leugnete ich, das Geld empfangen zu haben, so hätte er mich schwören lassen, und es wäre um meine Ehre in jener Welt geschehen gewesen; gestand ich die Wahrheit, so hätte er mich hier zuschanden gemacht. Endlich sagte ich ihm: »Mein Haus ist nicht dazu eingerichtet, Geld zu verwahren, ich habe daher dein Geld einem Freund gebracht, bei dem es besser verschlossen werden kann; komme also morgen wieder, ich will es inzwischen von ihm holen lassen.« Der Pilger ging fort, und ich war in der größten Verzweiflung und konnte die ganze Nacht vor Angst wegen der Wiederkehr des Pilgers kein Auge schließen. Da ich keine Ruhe zu Hause fand, hieß ich mitten in der Nacht meinen Diener den Maulesel satteln. Er sagte mir, ich könne noch nicht ausreiten, der Morgen sei noch fern. Ich ging wieder zu Bett, konnte aber nicht schlafen und weckte dreimal den Diener, der mir immer sagte, es sei noch zu früh, bis endlich der Morgenstern leuchtete; da ritt ich aus, ohne zu wissen wohin, und ließ dem Maulesel den Zaum frei, so daß er hingehen konnte, wo er wollte. Er trug mich in den östlichen Teil der Stadt Bagdad; ich begegnete einigen Leuten, wollte ihnen ausweichen und einen anderen Weg einschlagen, aber als sie bemerkten, daß ich das Kostüm eines Rechtsgelehrten trug, folgten sie mir und fragten mich, ob ich wisse, wo Abu Hasan wohne. Ich sagte: »Ich bin Abu Hasan.« Als sie dies hörten, sagten sie: »Komme zum Fürsten der Gläubigen.« Ich ging mit ihnen zum Kalifen Mamun, und dieser, als er hörte, ich sei Abu Hasan, bat mich, ihm zu erzählen, was mir widerfahren. Ich erzählte ihm die ganze Geschichte mit dem Mann aus Chorasan. Da fing er laut zu weinen an und sagte: »Wehe dir! Der Gesandte Gottes ‚Friede sei mit ihm, hat mich die ganze Nacht wegen deiner nicht schlafen lassen. Sobald ich anfangs der Nacht einschlafen wollte, rief er mir zu: ›Hilf Abu Hasan!‹ Da erwachte ich und wußte nicht, was ich tun sollte, weil ich dich nicht kannte. Ich schlief wieder ein, und er rief wieder: ›Wehe dir! hilf Abu Hasan!‹ Ich konnte nun nicht mehr schlafen, weckte meine Leute und schickte sie nach allen Seiten umher, um dich zu holen.«

Der Kalif, so fährt Abu Hasan fort, gab mir dann 10000 Drachmen und sagte: »Diese sind für den Mann aus Chorasan.« Dann gab er mir noch andere 10000 Drachmen und sagte: »Die sind für dich, suche damit dich wieder in Wohlstand zu versetzen.« Dann gab er mir noch 30000 Drachmen mit den Worten: »Statte dich damit aus und erscheine bei der ersten öffentlichen Versammlung, daß ich dir ein Amt verleihe.« Ich ging mit dem Geld nach Hause, und kaum hatte ich das Morgengebet verrichtet, als der Mann aus Chorasan kam; da holte ich einen Beutel von 10000 Drachmen herbei und sagte ihm: »Hier ist dein Geld.« Er versetzte: »Das ist nicht das Geld, das ich dir aufzubewahren gegeben.« Ich sagte: »Du hast recht«, und erzählte ihm, wie es mir gegangen. Da sagte er weinend: »Bei Gott, hättest du mir gleich die Wahrheit gestanden, ich hätte mein Geld nicht von dir zurückgefordert, und, bei Gott, ich nehme nichts von diesem Geld und spreche dich von deiner Schuld frei.« Mit diesen Worten verließ er mich. Ich machte nun Ordnung in meinen Geschäften, und an einem Versammlungstag ging ich zu Mamun, der unter seinem Teppich hervor einen Firman holte und mir sagte: »Hier ist deine Ernennung zum Kadhi des westlichen Teils der edlen Stadt Medina, wofür du einen Gehalt von soundsoviel monatlich zu empfangen hast. Fürchte Gott, und der Gesandte des Herrn wird dir ferner beistehen.« Alle Anwesenden waren erstaunt und wußten nicht den Sinn seiner Worte zu deuten, bis ich sie ihnen erklärte.

Abu Hasan starb als Kadhi der edlen Stadt Medina unter Mamun. Gottes Erbarmen sei mit ihm!

Mutawakkel und Mahbubah

Unter anderem wird noch erzählt: Unter den vielen Sklavinnen des Mutawakkel, er hatte deren 4000 von allen Nationen: Griechinnen, Abessinierinnen,

Araberinnen usw., war eine aus Baßrah, die ihm Obeid Ibn Taher mit 400 anderen Schwarzen und Weißen zum Geschenk gemacht hatte. Sie hieß Mahbubah, war ausgezeichnet schön und liebenswürdig, hatte eine herrliche Stimme und viel Fertigkeit im Lautenspiel, schrieb sehr schön und war auch Dichterin. Mutawakkel war so für sie eingenommen, daß er sich keine Stunde von ihr trennen konnte. Als sie die starke Neigung des Kalifen zu ihr bemerkte, wurde sie kühn und aufbrausend und erzürnte einst Mutawakkel so sehr, daß er sie von sich stieß und allen Bewohnern des Schlosses verbot, mit ihr zu sprechen. Aber nach kurzer Zeit sehnte sich der Kalif wieder sehr nach ihr, und eines Morgens sagte er einem seiner Gesellschafter: »Ich habe diese Nacht geträumt, ich wäre wieder mit Mahbubah versöhnt.« Der Mann erwiderte: »Ich hoffe von dem erhabenen Gott, daß dieser Traum sich verwirkliche.« Während dieses Gesprächs kam eine Dienerin und sagte Mutawakkel etwas ins Ohr. Er stand sogleich auf und ging in seinen Harem.

Die Dienerin hatte dem Kalifen nämlich gesagt: »Mahbubah singe und spiele auf der Laute; ob er nicht hören wolle, was dieser Gesang zu bedeuten habe.« Mutawakkel näherte sich ihrer Tür und hörte, wie sie folgende Verse sang:

»Ich gehe im Schloß umher und niemand redet mich an, kein Ohr vernimmt meine Klagen, als hätte ich ein Verbrechen begangen, das keine Buße wieder gutmachen kann; o wollte doch jemand bei dem König für mich sprechen, der mich im Traum besucht und mir verziehen hat; schon leuchtet ja der Morgen wieder, und noch bin ich von ihm verstoßen.«

Als Mutawakkel diese Verse hörte, war er sehr erstaunt über diese sonderbare Übereinstimmung ihrer Träume. Er ging in Mahbubahs Gemach, die sogleich aufstand, sich ihm zu Füßen warf, seine Füße küßte und ihm sagte: »Ich habe dich heute Nacht im Traum gesehen und daher beim Erwachen die Verse gedichtet, die du eben gehört.« Mutawakkel erzählte ihr auch seinen Traum, versöhnte sich mit ihr und brachte sieben Tage mit den Nächten bei ihr zu. Mahbubah liebte ihn so sehr, daß sie seinen Namen auf ihre Wangen eingrub, und als er starb, blieb sie allein von allen seinen Sklavinnen untröstlich bis zu ihrem Tod. Sie wurde neben ihm begraben. Gottes Erbarmen sei mit ihnen allen.

Die Frau mit dem Bären

Ferner wird erzählt: Zur Zeit der Regierung Hakems in Ägypten lebte in Kahirah ein Metzger, namens Wardan. Jeden Tag kam eine Frau zu ihm mit einem Dinar, der so schwer war als dritthalb gewöhnliche ägyptische Dinare, kaufte dafür Hammelfleisch und ließ es von einem Lastträger in einem Korb forttragen. Als dies lange so fortdauerte, fing Wardan an, über den regelmäßigen Besuch und das eigene Geld dieser Frau zu erstaunen. Er fragte daher einst in ihrer Abwesenheit den Träger, der jeden Tag mit ihr ging, wohin er das Fleisch trage. Der Träger antwortete: »Mir selbst ist diese Frau ganz unbegreiflich; jeden Tag belädt

sie mich hier bei dir mit Fleisch, dann kauft sie verschiedene andere Speisen ein: Frische und dürre Früchte, Lichter, Wein u.s.w., und läßt mich alles in die Nähe der Gärten des Veziers tragen. Dort angelangt, bindet sie mir die Augen zu, so daß ich nicht weiß, wohin ich meinen Fuß stelle, führt mich eine Strecke weit an der Hand, dann sagt sie mir: ›Lege hier ab!‹ Ich lege nun alles Eingekaufte in einen Korb, der ihr gehört, und sie führt mich wieder mit meinem leeren Korb an der Hand bis an die Stelle, wo sie mir die Augen zugebunden. Hier nimmt sie mir meine Augenbinde herunter und gibt mir zehn Drachmen.« Als Wardan dies hörte, sagte er: »Gott stehe dir bei! Das machte mich noch neugieriger.« Ich dachte nun (so erzählt er selbst) die ganze Nacht sehr unruhig über diese Frau nach, und als sie am folgenden Morgen wie gewöhnlich wiederkam und Fleisch kaufte und mit dem Träger wegging, überließ ich meinen Laden dem Jungen und folgte ihr, ohne von ihr bemerkt zu werden, bis zur Stadt hinaus in die Nähe der Gärten der Veziere. Ich sah, wie sie dem Träger die Augen verband, und folgte ihr dann noch heimlich gegen das Gebirge zu.

Die Frau nahm nun vor einem großen Felsen dem Träger seine Last ab und leerte sie in einen Korb; ich näherte mich indessen dem Felsen und fand eine Treppe in denselben gehauen; ich stieg hinunter und kam in einen langen Gang, der sehr hell beleuchtet war. Endlich fand ich eine Art Gemach mit einer Tür. Ich versteckte mich hinter der Tür des Gemachs und sah bald, wie die Frau das Fleisch zerschnitt, die besten Stücke in einen Topf legte und das übrige einem großen Bären zuwarf, der alles auffraß. Als das Fleisch im Topf gekocht war, aß sie, brachte dann Wein und Früchte, trank selbst, gab dem Bären aus einer goldenen Schüssel zu trinken und liebkoste ihn, bis sie einschliefen. Voll Ärger über das Leben dieser Frau ging ich mit einem Messer, das so scharf war, daß es Knochen noch schneller als Fleisch durchschnitt, in das Gemach und hieb dem Bären den Kopf ab. Vom Gestöhne des Tiers erwachte die Frau und schrie: »O Wardan! Ist das der Lohn des Guten, das ich dir getan?« Ich sagte ihr: »O Feindin deiner selbst! Gibt es nicht Männer genug auf der Welt, daß du in Gesellschaft eines Tieres leben mußt?« Sie beugte ihren Kopf zur Erde, antwortete nicht und richtete stets ihre Blicke auf den geschlachteten Bären. Nach einer Weile sagte sie: »Höre mich an, Wardan, und es wird dir gut gehen und du wirst reich werden für dein ganzes Leben lang; schlachte mich, wie du diesen Bären geschlachtet, nimm von meinem Schatz hier soviel du brauchst, und gehe deines Weges!« Da sagte ich ihr: »Bin ich nicht besser als dieses Tier? Warum willst du sterben? Ich will dich heiraten, und wir können zusammen von diesem Schatz leben.« »Das kann nicht sein, Wardan«, erwiderte sie; »wie kann ich diesen Bären überleben? Bei Gott, wenn du mich nicht schlachtest, so werde ich dir nach deinem Leben trachten und du wirst dem Tod nicht entgehen!« Da zog ich sie an den Haaren herbei und schlachtete sie, und sie fuhr mit dem Fluch Gottes, der Engel und der Menschen in die Hölle. Dann sah ich mich in ihrer Wohnung um und fand eine unbeschreibliche Masse Gold und Perlen und Edelsteine. Ich nahm den Korb des Trägers, legte so viel hinein, als ich tragen konnte, deckte ihn mit einem Tuch, das ich bei mir hatte, zu, und ging in einem fort bis an das Siegestor. Da begegneten mir zehn Offiziere aus dem Palast des Kalifen Hakem, und Hakem selbst an ihrer Spitze. Er fragte mich: »Hast du den Bären und die Frau getötet?« Als ich diese Frage bejahte, sagte er: »Nimm den Korb vom Kopf, sei guten Mutes, was darin ist, gehört dir, niemand kann dich dessen berauben.« Ich legte den Korb vor ihm nieder, er deckte ihn auf, und als er sah, was darin war, fuhr er fort: »Erzähle mir, wie du es gemacht.« Als ich ihm alles erzählt hatte, sagte er: »Du hast die Wahrheit gesprochen; nun, Wardan, komme mit mir und überliefere mir den übrigen Schatz.« Ich ging mit ihm und fand die Falltüre geschlossen. Aber Hakem sagte mir: »Dieser Schatz kann auf deinen Namen geöffnet werden.« Da näherte ich mich der Falltüre, rief den Namen Gottes an, und siehe da, die Türe öffnete

sich von selbst. Dann sagte Hakem: »Steige jetzt hinunter und hole heraus, was darin ist, denn dies kann nur durch dich geschehen; dieser Schatz ist für dich hier niedergelegt worden, ich habe es so in meinen Büchern geschrieben gefunden und den Augenblick erwartet, bis es eintraf.« Ich stieg hinunter und holte den Schatz herauf; Hakem ließ Lasttiere kommen, um ihn in sein Schloß zu bringen; mir aber ließ er den Korb mit allem, was darin war, und ich ging damit auf den Bazar, der später unter dem Namen Wardans-Bazar bekannt wurde. Das ist ein sonderbares und höchst merkwürdiges Ereignis.

Das Liebespaar in der Schule

Man erzählt auch: Ein Jüngling war mit einer jungen Sklavin in der Schule und liebte sie so leidenschaftlich, daß er sich alle Mühe gab, sich ihr zu nähern. Eines Tages, als der Lehrer kein Auge auf seine Schüler hatte, schrieb er auf die Tafel der Sklavin folgende Verse:

»Was sagst du dem, den die Liebe so ausgetrocknet, wie ein dünnes Rohr? Dessen Schmerz so heftig ist, daß er seine Liebe nicht länger mehr in seinem Herzen verbergen kann?«

Als die Sklavin ihre Tafel wieder nahm und des Jünglings Verse darauf fand, weinte sie vor Mitleid über ihn und schrieb folgende Antwort:

»Sehen wir einen Jüngling, in dem die Liebesflamme glüht, so sind wir ihm von Herzen gut und sagen ihm, daß seine Liebe erwidert wird und viele Freuden bringen kann.«

Als sie diese Verse geschrieben hatte, trat der Lehrer wieder ins Zimmer und nahm plötzlich ihre Tafel, und als er gelesen hatte, was darauf stand, bemitleidete er die Liebenden und schrieb noch folgende Verse hinzu:

»Erhöre deinen Geliebten, fürchte Niemanden, habe Mitleid mit dem von Liebesgram Gepeinigten.«

Nun trat zufällig der Eigentümer der Sklavin in die Schule, und nahm die Tafel seiner Sklavin und las, was darauf geschrieben stand von der Hand des Jünglings, der Sklavin und des Lehrers; da schrieb auch er folgende Verse hinzu:

»Möge Gott euch nie trennen und eure Verleumder stets beschämen, auch eueren Lehrer segne ich, weil er so nachsichtsvoll und teilnehmend war.«

Sodann ließ der Eigentümer der Sklavin den Kadhi und Zeugen rufen und den Ehekontrakt zwischen dem Jüngling und der Sklavin schreiben; er ließ auch eine große Mahlzeit bereiten und überhäufte sie mit Geschenken, und sie lebten miteinander in Glück und Wohlstand, bis der jeder Lust ein Ende machende Tod sie trennte.

Der Eseltreiber und der Dieb

Ein leichtsinniger Eseltreiber ging einst auf der Straße und hatte den Zaum seines Esels in der Hand, den er daran nachschleppte. Zwei Diebe bemerkten dies, und einer sagte zum anderen: »Ich will diesem Mann seinen Esel entwenden.« »Wie kannst du dies?« fragte der andere. »Folge mir nur«, erwiderte jener und ging auf den Esel zu, nahm ihm den Zaum ab, gab den Esel seinem Freund und legte den Zaum um seinen Kopf, und ging dem Eigentümer des Esels solange nach, bis sein Freund mit dem Esel fort war. Sobald er den Esel in

Sicherheit wußte, blieb er stehen; der Eseltreiber zog am Zaum, aber der Dieb ging nicht weiter. Da drehte sich der Eseltreiber um, und als er den Zaum um den Kopf eines Menschen sah, fragte er ihn: »Wer bist du?« Der Dieb antwortete: »Ich bin dein Esel und habe dir eine wunderbare Geschichte zu erzählen. Wisse, ich hatte eine sehr fromme, alte Mutter; einst kam ich betrunken nach Hause, da sagte sie: ›Mein Sohn, es ist bald Zeit, daß du dich zu Gott bekehrest‹; ich nahm meinen Stock und schlug sie damit; sie verfluchte mich, und Gott verwandelte mich in einen Esel, und als solcher diene ich dir die ganze Zeit her. Heute hat nun aber meine Mutter meiner gedacht und mich bemitleidet; darum hat mir Gott meinen Verstand wiedergegeben und mir wieder die Gestalt eines Menschen verliehen.« Da sagte der Eseltreiber: »Es gibt keinen Schutz und keine Macht, außer bei Gott, dem Erhabenen; ich beschwöre dich bei Gott, erlasse mir meine Schuld!« Der Dieb ließ den Eseltreiber stehen und ging seines Weges, und der Bestohlene ging tief betrübt nach Hause. Da fragte ihn seine Frau: »Was ist dir zugestoßen und wo ist dein Esel?« Er antwortete: »Weißt du es noch nicht?« und erzählte ihr die Geschichte. »Wehe uns vor Gott!« rief die Frau aus; »so haben wir die ganze Zeit einen Menschen für einen Esel arbeiten lassen.« Sie flehte dann Gott um Gnade an und teilte Almosen aus. Nachdem aber der Eseltreiber einige Zeit müßig zu Hause saß, sagte ihm seine Frau: »Wie lange willst du noch so zu Hause sitzen? Geh auf den Markt, kaufe einen anderen Esel, mit dem du etwas erwerben kannst.« Er ging auf den Markt und blieb bei einem Esel stehen, um ihn zu kaufen; auf einmal erkannte er ihn als seinen früheren Esel. Da sagte er ihm ins Ohr: »Wehe dir, du Verruchter! Warst du schon wieder betrunken und hast deine Mutter geschlagen? Bei Gott! Ich kaufe dich nicht mehr.« Er ließ den Esel dann stehen und ging fort.

Hakem und der reiche Kaufmann

Ferner wird erzählt: Der Kalif Hakem Biamr Illah ritt einst mit großem Gefolge aus und bat einen Mann, der, von vielen Dienern und Sklaven umgeben, vor seinem Garten saß, er möchte ihm doch zu trinken geben. Der Mann reichte ihm zu trinken und sagte. »O Fürst der Gläubigen, wollest du mir nicht die Ehre erweisen, ein wenig bei mir einzukehren?« Hakem stieg ab und ging mit seinem Gefolge in den Garten. Da ließ der Mann 100 Matten, 100 Teppiche, 100 Kissen, 100 Schüsseln mit Früchten, süßen Speisen mit Zuckerwerk herbeibringen. Als der Fürst der Gläubigen dies sah, sagte er: »Ich bin höchst erstaunt; wußtest du denn, daß ich kommen würde, daß du so viele Vorbereitungen veranstaltet?« Er antwortete: »Nein, bei Gott, Fürst der Gläubigen, ich bin ein Kaufmann von deinen Untertanen und habe 100 Sklavinnen; sobald der Fürst der Gläubigen mir die Ehre erwies, bei mir abzusteigen, ließ ich von jeder etwas von ihrem Divan und von ihren Speisen und Getränken holen.« Da verbeugte sich der Fürst der

Gläubigen dankend vor ihm und sagte: »Gepriesen sei Gott, der meinen Untertanen einen solchen Wohlstand schenkt!« Er schickte dann in seine Schatzkammer und ließ alle in diesem Jahr geschlagenen Münzen holen – es waren 3700000 Drachmen – und schenkte sie diesem Mann, indem er sagte: »Nimm dies Geld, damit deine Freigebigkeit nie beschränkt werde.« Dann ritt er wieder weiter.

Nuschirwan und das vorsichtige Mädchen

Es wird auch erzählt: Der gerechte König der Perser, Chosru Nuschirwan, ritt einst auf die Jagd und blieb allein hinter seinen Soldaten, die ihn begleiteten, zurück. Da er dürstete, ging er auf eine Hütte, die er in der Nähe vor sich sah, zu, hielt vor der Tür und forderte Wasser zum Trinken. Ein Mädchen, das an der Tür stand, ging schnell ins Haus, preßte ein Zuckerrohr aus, mischte dessen Saft mit Wasser und brachte es dem König in einem Becher. Der König bemerkte etwas Spreu im Wasser und trank sehr langsam. Als er getrunken hatte, sagte er zu dem Mädchen: »Dein Wasser ist sehr gut, wenn es nur etwas klarer gewesen wäre.« Da sagte das Mädchen: »Das habe ich absichtlich getan, denn ich bemerkte, daß du recht durstig bist, und fürchtete, du möchtest zu schnell trinken und dir schaden, darum warf ich etwas Spreu hinein.« Nuschirwan erstaunte über diese Antwort und erkannte daran ihren Verstand und ihre Klugheit.

Nuschirwan fragte dann: »Wie viele Zuckerrohre hast du ausgepreßt zu diesem Wasser?« »Ein einziges«, antwortete das Mädchen. Nuschirwan erstaunte darüber und ließ sich die Steuerregister dieses Dorfes bringen, und als er sah, daß es eine sehr geringe Steuer bezahlte, dachte er: »Das ist viel zu wenig für einen Ort, der einen so guten Boden hat, daß man aus einem Zuckerrohr einen Becher voll Zuckerwasser machen kann«, und beschloß, sobald er nach Hause kommen würde, seine Steuer erhöhen zu lassen. Einige Zeit nachher kam er wieder in dieses Dorf, und hielt wieder vor derselben Hütte und bat um Wasser. Das Mädchen erkannte ihn wieder und lief ins Haus, um ihm zu trinken zu holen, aber sie blieb lange weg. Da fragte sie Nuschirwan, warum sie so viele Zeit brauche, sie möchte doch ein wenig eilen. Das Mädchen antwortete: »Heute gibt ein Zuckerrohr nicht Saft genug, ich habe schon drei Zuckerrohre ausgepreßt, und noch genügt es nicht.« »Woher kommt dies?« fragte der König. »Daher«, antwortete das Mädchen, »weil uns der Sultan nicht mehr so gut ist; denn sobald des Sultans Wohlwollen sich von einem Orte abwendet, nimmt auch dessen Segen und Glück ab.« Nuschirwan lachte, ließ die Steuer dieses Orts wieder herabsetzen und war von dem Geist und der Beredsamkeit dieses Mädchens so hingerissen, daß er sie heiratete.

Die tugendhafte Frau

Man erzählte ferner: Unter den Söhnen Israels lebte eine tugendhafte Frau, die jeden Tag ins Gebethaus ging und zuvor in einem Garten neben dem Bethaus sich wusch. Eines Tages kamen zwei Männer, die Aufseher dieses Gartens, zu ihr und wollten sie zur Sünde verleiten. Als sie sie abwies, sagten sie ihr: »Wenn du uns widerstehst, so klagen wir dich als eine Buhlerin an.« Die Frau sagte: »Gott wird mich gegen eure Bosheit schützen.« Da öffneten die Männer die Gartentür und machten Lärm. Als Leute herbeiliefen und fragten, was es gäbe, sagten sie: »Wir haben diese Frau bei einem jungen Mann ertappt, der uns aber entlaufen ist.« Die Frau wurde nach dem damaligen Gesetz drei Tage lang eingesperrt, um dann gesteinigt zu werden, und die zwei Männer kamen jeden Tag zu ihr, legten ihre Hand auf der Frau Haupt und sagten: »Gelobt sei Gott, der an dir Rache nimmt!« Als man sie steinigen wollte, folgte ihr Daniel, der damals zwölf Jahre alt war und hier sein erstes Wunder ausübte. Er sagte: »Übereilt euch nicht, lasset mich die Wahrheit untersuchen.« Man errichtete ihm einen Thron; er setzte sich darauf, trennte die beiden Männer – er war der erste, der die Zeugen voneinander absonderte – und fragte jeden, was er gesehen. Nachdem beide dieselbe Tat bezeugten, fragte er, wo diese Tat begangen worden. Da antwortete der eine: »unter einem Quittenbaum im östlichen Teil des Gartens«, und der andere: »unter einem Apfelbaum im westlichen Teil des Gartens.« Die Frau stand indessen, Augen und Hände zum Himmel gehoben, ihn um Rettung anflehend da. Da ließ Gott einen Donnerschlag die beiden Männer treffen, und die Unschuld der Frau wurde klar. Das ist die erste öffentliche Handlung des Propheten Daniel.

Das wunderbare Augenheilmittel

Es wird erzählt: Der Fürst der Gläubigen, Harun Arraschid, ging einst mit seinem Gesellschafter Abu Jakub, mit dem Barmekiden Djafar und den Dichtern Abu Nuwas und Asmai aus; da begegneten sie einem alten Mann auf einem Esel reitend. Harun Arraschid sagte zu Djafar: »Frage diesen Mann, woher er ist.« Djafar fragte ihn, und der Alte antwortete: »Von Baßrah.« »Und wo willst du hin?« fragte ferner Djafar. »Nach Bagdad«, antwortete der Alte. »Und was willst du dort tun?« »Ich will mir dort ein Arzneimittel für meine Augenkrankheit holen.« Da sagte Harun Arraschid zu Djafar: »Treibe mit diesem Mann ein wenig Scherz.« Djafar erwiderte: »Ich werde, wenn ich mit ihm Scherz treibe, unangenehme Dinge hören müssen.« Aber Harun Arraschid beschwor ihn nochmals, er möge ihn doch zum Besten haben. Da sagte Djafar dem Alten: »Was gibst du mir, wenn ich dir ein Mittel sage, das dich gewiß heilt?« Der Alte antwortete: »Gott wird dir einen bessern Lohn geben, als ich es vermag.«

Djafar sagte dann zu dem Alten: »So höre denn mein geheimes Mittel, das ich vor dir noch niemandem anvertraut. Nimm drei Pfund Wind, drei Pfund Sonnenstrahlen, drei Pfund Mondschein und drei Pfund Flamme eines Öllichts, mische alles in einem bodenlosen Mörser, laß es drei Monate in der Luft stehen, dann stoße es drei Monate lang. Wenn du es gestoßen hast, leere es in eine durchlöcherte Schachtel und laß es wieder drei Monate in der Luft stehen. Du gebrauchst dann diese Arznei jeden Tag 300-mal, ehe du schlafen gehst, und wenn du sie drei Monate hintereinander gebraucht hast, wirst du mit Gottes Willen genesen.« Als der Alte diese Worte von Djafar hörte, sagte er: »Gott schenke dir für deinen Lohn eine Sklavin, durch die du zuletzt dein Gesicht verlierst, und wenn du stirbst und deine Seele in die Hölle fährt, so ziehe sie dich im Kot am Bart herum.« Harun Arraschid lachte so heftig, daß er umfiel, und als er wieder zu sich kam, ließ er dem Alten 3000 Drachmen geben.

Die Pyramiden

Man erzählt auch: Als Mamun, der Sohn Harun Arraschids, einst nach Kahirah kam, beschloß er, die Pyramiden zu besuchen, um die darin verborgenen Schätze zu nehmen. Als er dahin gelangte, wollte er sie umreißen lassen, konnte aber nicht. Nach vielen Anstrengungen und außerordentlichen Kosten gelang es ihm endlich, in einer derselben ein kleines Fensterchen ausgraben zu lassen, und man behauptet, er habe hinter diesem Fensterchen gerade so viel Geld gefunden, als er ausgegeben, nicht mehr und nicht weniger. Mamun war sehr erstaunt über diesen Fund, nahm das Geld fort und gab seinen Vorsatz auf. Diese drei Pyramiden gehören zu den Wundern der Welt; man findet ihresgleichen auf der ganzen Erde nicht, so fest und unerschütterlich sind sie gebaut und dabei so hoch. Sie sind aus großen Steinen zusammengesetzt, die an den beiden Enden durchlöchert sind. Durch diese Löcher wurden eiserne Stangen gezogen und durch heißes Blei befestigt, und so wurde das ganze Gebäude zusammengehalten, das 100 mekkanische oder 500 gewöhnliche Ellen hoch ist. Die Alten behaupten, in der westlichen Pyramide seien 30 Schatzkammern voll von den feinsten Edelsteinen, Geld, wunderbaren Statuen, allerlei Instrumenten und feinen Waffen, mit dem Wasser der Weisen bestrichen, das sie vor Rost bewahrt bis zum Tage der Auferstehung; auch findet sich darin allerlei Glaswerk, das man biegen kann, ohne daß es zerbricht und allerlei künstlich zusammengesetzte Arzneien. In der zweiten Pyramide finden sich die Sagen der Priester auf Tafeln gegraben; jeder Priester hat eine Tafel in der Hand, auf der seine Wunderwerke geschrieben sind. An den Wänden sind Statuen wie Götzen, die allerlei Handarbeit verrichten, und über jede Pyramide ist ein Schatzkämmerer und ein Wächter gesetzt, die sie bis auf ewige Zeiten bewachen. Sehr schön sind die folgenden Verse eines Dichters über die Pyramiden:

»Betrachte die Pyramiden und lasse dich von ihnen belehren über die Täuschung der Zeit. Könnten sie sprechen, sie würden dir sagen, wie die Zeit mit den Frühern und den Spätern verfahren.«

Ein anderer Dichter sagt sehr passend:

»Kein Gebäude unter dem Himmel gleicht an Festigkeit den Pyramiden Ägyptens, sie flößen der Zeit Ehrfurcht ein, während sonst alles auf der Welt sich vor der Zeit fürchtet.«

Ferner sagt ein Dichter:

»O ihr, die ihr das Vergängliche zur Stütze wählet, wo sind die Erbauer der Pyramiden? Noch lebt ihr Werk lebendig fort, während sie selbst schon längst zu Nichts geworden.«

Der kühne Diebstahl

Ein Dieb, der aufrichtig Buße getan und wieder als ehrlicher Kaufmann einen Laden geöffnet hatte, schloß eines Abends seinen Laden und ging in sein Haus; da kam ein Dieb in der Gestalt und dem Aufzug des Eigentümers des Ladens, zog Schlüssel aus seiner Tasche heraus und ging zum Wächter des Bazars, um sein Licht bei ihm anzuzünden; dann öffnete er den Laden und zündete noch ein anderes Licht an, das er bei sich hatte. Als der Wächter an dem Laden vorüberging, fand er den Dieb da sitzen, mit dem Rechnungsbuch in der Hand und an den Fingern zählend. Sobald der Morgenstern aufging, sagte der Dieb zum Wächter: »Hole mir ein Kamel.« Der Wächter holte ein Kamel, und der Dieb lud ihm vier Stück Waren auf, schloß den Laden wieder, schenkte dem Wächter, der ihn für den Eigentümer des Ladens hielt, zwei Drachmen und ging hinter dem Kamel her. Als des Morgens der Eigentümer des Ladens in seinen Laden kam, dankte ihm der Wächter noch einmal für die zwei Drachmen. Der Kaufmann wußte nicht, was er meinte, bis er in seinen Laden kam und die zwei Lichter brennend und das Buch noch daliegend fand; auch vermißte er sogleich die vier Stück Waren. Als er den Wächter fragte, was das bedeute, erzählte er ihm, was er in der Nacht gesehen. Da sagte der Kaufmann: »Hole mir den Kameltreiber, der diesen Morgen die Waren fortgebracht.« Als der Wächter ihn brachte, fragte der Kaufmann, wohin er die Waren gebracht. Der Kameltreiber nannte ihm den

Hafen und das Schiff. Der Kaufmann ließ sich von ihm dahin begleiten, ging zum Schiffer und sagte ihm: »Wo hast du diesen Morgen den Kaufmann mit vier Stück Waren hingebracht?« Der Hauptmann antwortete: »Da und da hin, von wo sie durch einen Lastträger weitergebracht wurden.« Der Kaufmann ließ den Träger kommen und fragte ihn, wohin er die Waren getragen. Als er den Ort nannte, der weit vom Ufer war, ließ sich der Kaufmann von ihm begleiten, öffnete das Magazin, das ihm der Träger bezeichnet hatte, und fand darin die vier Stück Waren, die er sogleich als die seinigen erkannte. Er nahm sie mit einer Decke, in welche sie eingewickelt waren, und gab sie dem Träger, schloß das Magazin wieder und ging mit dem Träger fort. Unterwegs begegnete ihm der Dieb und folgte ihm, bis er die Waren auf das Schiff gebracht. Dann sagte er zu ihm: »Mein Freund, du hast unrecht, mir meine Decke zu nehmen, da du doch alle deine Waren wiedergefunden.« Der Kaufmann lachte und gab ihm seine Decke wieder, und ging seines Weges, ohne ihn anzuklagen.

Ibn Alpharebi und Masrur

Man erzählt noch: Harun Arraschid war eines Nachts sehr mißmutig. Er ließ seinen Vezier Djafar, den Barmekiden, rufen, und sagte ihm: »Ich kann nicht einschlafen vor Beklemmung und weiß gar nicht, was ich anfangen soll.« Masrur, der dabeistand, als Harun Arraschid dies sagte, fing laut zu lachen an. Da fragte ihn der Kalif. »Warum lachst du? Spottest du meiner?« Masrur antwortete: »Nein, bei Gott und deiner Verwandtschaft mit dem höchsten Propheten! Ich lache nicht über dich, sondern mir fiel ein Mann ein, den ich gestern, als ich ausging, am Ufer des Tigris von vielen Menschen umgeben sah, die er durch seine spaßigen und witzigen Einfälle lachen machte; darum verzeihe, o Fürst der Gläubigen!« Harun Arraschid sagte: »Hole mir sogleich diesen Mann!« Masrur eilte zu ihm – er hieß Ibn Alpharebi – und sagte ihm: »Der Fürst der Gläubigen wünscht dich zu sprechen; ich will dich zu ihm führen, jedoch unter der Bedingung, daß, wenn er dir etwas schenkt, du nur ein Viertel davon behältst und das übrige mir gibst.« Ibn Alpharebi erwiderte: »Das nicht; aber ich will das Geschenk mit dir teilen.« Nach langem Streit kamen sie endlich dahin überein, daß Ibn Alpharebi ein Drittel behalten und Masrur zwei Drittel geben sollte. Als Ibn Alpharebi vor dem Fürsten der Gläubigen erschien, sagte ihm dieser: »Wenn du mich durch deine Späße lachen machst, so werde ich dich beschenken, wo nicht, so sollst du drei Schläge mit dieser ledernen Tasche erhalten.« Ibn Alpharebi, welcher glaubte, die Tasche sei leer, willigte ein, machte allerlei Späße und sagte Dinge, worüber der härteste Felsen hätte lachen müssen, aber alle seine Mühe war vergebens, Harun Arraschid war zu keinem Lächeln zu bringen, und er sagte zu Ibn Alpharebi: »Nun hast du deine Schläge verdient.« Man holte die lederne Tasche herbei, in welcher vier Steine waren, die zwei Pfund wogen, und als er den ersten Hieb auf seinem Rücken empfing, schrie er jämmerlich und erinnerte sich des Vertrages, den er mit Masrur geschlossen, und sagte: »Verzeihe, Fürst der Gläubigen! Erlaube mir zwei Worte zu sprechen.« Harun Arraschid fragte ihn, was er zu sagen habe. Er erwiderte: »Ich bin mit Masrur übereingekommen, daß ich ihm zwei Drittel der Gaben des Fürsten der Gläubigen überlassen und nur ein Drittel für mich behalten wollte, und zwar kostete es mich noch viele Mühe, bis er mir das Drittel zugestand; nun ist der eine Hieb genug für mich, die anderen beiden kommen ihm zu; hier steht er, laß ihn seinen Anteil nehmen!« Der Fürst der Gläubigen lachte und ließ Masrur prügeln. Als dieser einen Schlag empfing, sagte er: »Ich habe genug, ich überlasse Ibn Alpharebi zwei Drittel.« Der Kalif lachte wieder, ließ 1000 Dinare holen und schenkte jedem von ihnen 500. Beide gingen dann erfreut mit dem Geschenk des Kalifen fort.

Der fromme Sohn Harun Arraschids

Es wird auch erzählt: Harun Arraschid hatte einen Sohn, der, als er 16 Jahre alt war, immer mit frommen Einsiedlern und Heiligen lebte, stets auf den Gräbern umherwanderte und ausrief: »Ihr habt die Welt besessen, was habt ihr nun davon in euerem Grab; ich möchte wissen, was ihr alles in der Welt gesagt und was von euch gesagt worden.« Eines Tages, als er ein wollenes Oberkleid um den Leib und ein wollenes Tuch um sein Haupt hatte, begegnete ihm sein Vater mit den Vezieren und Großen des Reiches, und es sagte einer zum anderen: »Dieser Jüngling macht den Fürsten der Gläubigen vor allen Königen zuschanden; wenn er ihn doch nur zurechtwiese, vielleicht würde er seinen Lebenswandel ändern.« Harun Arraschid sagte ihm dann: »Mein Sohn, du machst mich zuschanden durch deine Eigenheiten.« Der Jüngling antwortete nicht, sondern rief einem Vogel, der auf dem Dach des Schlosses stand, zu: »O Vogel, bei dem, der dich geschaffen, lasse dich auf meine Hand nieder!« Sogleich flog der Vogel auf des Jünglings Hand. Dann sagte er ihm: »Kehre wieder auf das Dach zurück!« Da flog der Vogel wieder auf die Stelle, wo er hergekommen war. Dann rief er ihm zu: »Bei deinem Schöpfer, lasse dich auf die Hand des Fürsten der Gläubigen nieder!« Aber der Vogel weigerte sich. Da sagte der Jüngling zu seinem Vater: »Du machst mich zuschanden unter den Heiligen durch deine Liebe zur Welt, darum habe ich auch beschlossen, mich von dir zu trennen.« Hierauf ging der Jüngling fort und reiste nach Baßrah, wo er mit den Maurern arbeitete und eineinsechstel Drachmen Taglohn empfing, von welchem er lebte. Abu Amer aus Baßrah erzählt von ihm: Als in meinem Haus eine Mauer einstürzte, ging ich auf den Platz, wo die Maurer standen, um einen Arbeiter zu holen, der sie wieder aufbauen sollte. Da fiel mein Auge auf einen hübschen Jüngling mit einem feinen Gesicht; ich ging auf ihn zu, grüßte ihn und sagte ihm: »Mein Freund, willst du Arbeit, so komme mit mir!« »Recht gerne«, antwortete der Jüngling, »doch unter der Bedingung,

daß du mir nur eineinsechstel Drachmen Taglohn gibst, und sooft zum Gebet gerufen wird, mich mit der Gemeinde beten lässest.« Ich willigte ein, nahm ihn mit nach Hause und er arbeitete, wie ich noch nie arbeiten gesehen. Als ich ihn an das Mittagessen erinnerte, nahm er nichts an, und ich merkte, daß er fastete. Als dann das Gebet ausgerufen wurde, sagte er: »Erinnere dich unserer Übereinkunft!« Ich sagte: »Gut.« Da löste er seinen Gürtel, wusch sich auf die frommste Weise, ging in die Moschee und betete mit der Gemeinde. Dann kam er wieder und arbeitete mit dem größten Eifer, bis das Nachmittagsgebet ausgerufen wurde. Da erinnerte er mich wieder an die Bedingung, ging in die Moschee und betete mit der Gemeinde, dann kehrte er wieder zur Arbeit zurück. Ich sagte ihm: »Mein Freund, sonst arbeiten die Maurer nur bis zum Nachmittagsgebet.« Er sagte aber: »Gepriesen sei Gott, ich pflege immer bis nachts zu arbeiten.« Als es Nacht war, gab ich ihm zwei Drachmen. Da sagte er: »Was ist das?« Ich antwortete: »Nur ein geringer Lohn für deine große Arbeit.« Aber er warf mir sie zu und sagte: »Ich nehme nicht mehr, als ich mir vorbehalten«, und trotz aller Mühe konnte ich ihn nicht dahin bringen, mehr als eineinsechstel Drachmen zu nehmen.

Am folgenden Morgen ging ich wieder auf den Sammelplatz der Arbeiter; aber ich fand ihn nicht, und als ich nach ihm fragte, sagte man mir, er komme nur jeden Sonnabend. Ich ging sonnabends wieder, um ihn aufzusuchen, und fragte ihn, ob er in Gottes Namen wieder bei mir arbeiten wollte? Er sagte: »Recht gerne, nach den dir wohlbekannten Bedingungen.« Ich nahm ihn mit nach Hause und führte ihn an die Arbeit. Da bemerkte ich, ohne von ihm gesehen zu werden, wie er nur eine Handvoll Lehm auf die Mauer warf und plötzlich alle Steine fest aufeinander saßen, und ich dachte: »Solche Kraft haben nur die Heiligen.« Er arbeitete an diesem Tage noch viel mehr als früher, und des Abends gab ich ihm seinen Lohn, mit dem er fortging. Am dritten Sonnabend wollte ich ihn wieder holen, fand ihn aber nicht, und als ich nach ihm fragte, hörte ich, er sei krank und liege auf dem Begräbnisplatz in dem Zelt einer alten Frau, die durch ihre Frömmigkeit berühmt war. Ich ging nach dem Zelt und fand ihn darin auf dem Boden liegend, ohne etwas unter sich zu haben. Ich grüßte ihn und setzte mich ihm zu Häupten und weinte über seine Jugend, die er so in der Fremde zubringen mußte. Ich fragte ihn dann, ob ich ihm irgend einen Dienst erweisen könnte? Er sagte: »Jawohl; wenn du morgen mich wieder besuchst, so wirst du mich tot finden, wasche mich dann, hülle mich in den Oberrock, den ich anhabe, und beerdige mich, ohne jemand etwas von mir zu sagen. Doch ehe du mich beerdigst, nimm aus den Taschen meines Oberkleides, was darin ist. Wenn mich dann die Erde bedeckt und du für mich gebetet hast, so reise nach Baßrah und gib dem Kalifen Harun Arraschid, was du in meiner Tasche findest, und grüße ihn von mir; sage ihm auch, daß ich bis zur Todesstunde mich nach ihm gesehnt, daß weder Haß noch Überdruß mich von ihm getrennt, daß ich nur darum in die Fremde wanderte, weil meine Seele zu fern von seiner Welt stand.« Dann rezitierte er noch folgende Verse:

»O Freund, laß dich durch die Annehmlichkeiten des Lebens nicht verblenden: Das Leben ist nicht von Dauer und seine Freuden vergehen bald; hast du je das Schicksal eines Volks gekannt, so wisse, daß du einst danach gefragt wirst, und hast du je eine Leiche ins Grab geführt, so bedenke, daß man auch dich dahin tragen wird.«

Nachdem er durch diese Verse mich ermahnt hatte, verließ ich ihn, und als ich ihn am folgenden Morgen wieder besuchte, war er tot ,Gottes Erbarmen sei mit ihm; ich wusch ihn, öffnete seine Tasche und fand einen Rubin darin, der eine Million Dinare wert war, da dachte ich: »Bei Gott, der Jüngling hat der Welt vollkommen entsagt!« Ich reiste dann nach Baßrah, begab mich vor den Palast des Kalifen und wartete, bis Harun Arraschid herauskam; dann trat ich ihm in den Weg und gab ihm den Rubin. Sobald er ihn sah, fiel er in Ohnmacht. Die Diener hielten mich an; aber als er zu sich kam, sagte er ihnen, sie möchten mich nur loslassen, ließ mich ins Schloß führen, und als ich in seinem Zimmer war, fragte er mich: »Was hat Gott über den Eigentümer dieses Rubins verhängt?« »Er ist gestorben«, antwortete ich, und erzählte ihm, was ich von ihm wußte. Da schrie er schluchzend: »Der Sohn hat das Bessere gewählt und der Vater wird zuschanden!« Dann rief er einen Frauennamen; da trat eine Frau heraus, die, als sie mich sah, wieder zurücktreten wollte; aber der Kalif sagte ihr: »Bleibe nur, du brauchst vor diesem Mann dich nicht zu verbergen«, und warf ihr den Rubin zu. Sobald sie ihn sah, stieß sie einen Schrei aus und fiel in Ohnmacht. Als sie wieder zu sich kam, sagte sie: »O Fürst der Gläubigen! Was hat Gott über meinen Sohn verhängt?« Der Kalif bat mich, es ihr zu sagen, denn er konnte vor Tränen nicht sprechen. Als ich ihr seinen Tod erzählte, weinte sie und rief mit herzzerreißender Stimme:

»O wie sehne ich mich nach dir, Freude meines Auges, o könnte ich dir doch zu trinken geben, wenn niemand es tut! O könnte ich dich doch unterhalten, wenn es dir unheimlich wird!« Ich fragte dann: »O Fürst der Gläubigen, war denn dieser Jüngling dein Sohn?« »Jawohl«, antwortete Harun Arraschid, »er besuchte oft die Gelehrten und Frommen, ehe ich zum Kalifen erhoben worden, sobald ich aber die Regierung antrat, wollte er sich von mir entfernen; da sagte ich zu seiner Mutter: ›Dein Sohn will abgeschieden von uns nur Gott allein leben; er wird gewiß hart geprüft werden und in große Not kommen, gib ihm daher diesen Rubin, damit er in der Not etwas habe‹; ich gab ihr also diesen Rubin, und sie drang in ihn, bis er ihn annahm; so verließ er uns, und wir haben ihn nicht wiedergesehen, bis er aus unserer Welt geschieden, um mit reiner Seele vor seinen erhabenen Herrn zu treten.« Dann sagte der Kalif: »Komm mit mir, und zeige mir sein Grab!« Als wir dort anlangten, weinte und seufzte er lange, betete für seinen Sohn und rief: »Wir sind Gottes und zu ihm kehren wir zurück.« Dann bot mir der Kalif eine Stelle an; ich schlug sie aber ab und sagte: »Ich habe eine Lehre von deinem Sohn angenommen«, und rezitierte folgende Verse:

»Ich bin ein Fremdling, gehöre Niemandem an, wo ich auch weile; ich bin ein Fremdling, habe weder Frau noch Kind; meine Herberge sind die Moscheen, von denen nie mein Herz sich trennt, und dafür danke ich Gott, dem Herrn der Welten.«

Der trauernde Schullehrer

Man erzählt ferner von einem Mann aus Baßrah folgendes: Ich ging einst – so erzählt er selbst – vor einem Schullehrer vorbei, der so hübsch aussah und so zierlich gekleidet war, daß ich bei ihm stehen blieb. Er stand vor mir auf, hieß mich sitzen, und ich unterhielt mich mit ihm über den Koran, über die Sprache, Poesie und Grammatik; ich fand ihn in allem sehr bewandert, und er gefiel mir so gut, daß ich ihn sehr oft besuchte und mich zu ihm setzte. Eines Tages aber, als ich ihn wieder wie gewöhnlich besuchen wollte, fand ich seine Schule geschlossen; die Nachbarn, die ich nach ihm fragte, sagten mir, es sei ihm jemand gestorben. Da hielt ich es für meine Pflicht, ihm einen Trostbesuch zu machen. Ich ging also in sein Haus, klopfte an der Tür, eine Sklavin kam mir entgegen und fragte mich, was ich wollte? »Ich will deinen Herrn sprechen.« »Mein Herr ist in Trauer.« »Sage ihm: ›Dein Freund N. N. will dich trösten.‹« Sie ging und meldete mich, und er erlaubte mir, ihn zu besuchen.

Als ich in sein Zimmer kam, saß er da ganz allein mit verbundenem Haupt. Ich sagte: »Gott vergrößere deinen Lohn in jener Welt! Das ist ein Weg, den jeder betreten muß, du mußt dein Unglück standhaft tragen.« Dann fragte ich ihn: »Hast du einen Vater verloren?« »Nein.« »Ist deine Mutter gestorben?« »Nein.« »Dein Bruder?« »Nein.« »Sonst ein naher Anverwandter?« »Nein.« »Wer denn?« »Meine Geliebte.« »Du kannst schon wieder eine andere finden, schöner als sie war.« »Wisse, daß ich sie nie gesehen noch gehört habe.« »Das ist sonderbar; wie konntest du sie denn lieben?« »Ich saß am Fenster und hörte, wie ein Vorrübergehender folgenden Vers sang:

›O Mutter Amrus, Gott möge dich dafür belohnen! Gib mir doch mein Herz wieder, wie es war.«

Da dachte ich, wäre die Mutter Amrus nicht die ausgezeichnetste Frau in der Welt, so würde man keine solche Verse für sie dichten, darum liebte ich sie. Nach zwei Tagen sah ich wieder denselben Mann vorübergehen, und er sang folgenden Vers:

›Als der Esel die Mutter Amrus wegtrug, kehrte der Esel allein zurück, ohne sie.‹

Aus diesem Brief schloß ich, daß sie gestorben sein müsse, und darum traure ich schon drei Tage um sie.« Als ich dies hörte – fährt der Erzähler fort – ließ ich ihn sitzen und ging weg, erstaunt über seinen Blödsinn; denn nur ein Tor kann eine Frau lieben, die er nie gesehen.

Der bekehrte König

Man erzählt noch: Ein gewisser König reiste einst verkleidet in seinem Reich umher und kam durstig in einem großen Dorf an. Da blieb er vor der Tür eines Hauses stehen und forderte Wasser. Eine sehr schöne Frau kam aus dem Haus mit einem Becher voll Wasser und überreichte ihn ihm. Nachdem der König getrunken hatte, betrachtete er die Frau und fand sie so reizend, daß er ihr Liebeserklärungen machte. Die Frau, die ihn wohl kannte, nahm ihn mit ins Haus, hieß ihn sitzen, legte ihm ein Buch vor und sagte: »Unterhalte dich einstweilen damit, ich muß nur schnell etwas besorgen, dann komme ich wieder.« Der König setzte sich und fing an, in dem Buch zu lesen; es enthielt Warnungen gegen den Ehebruch und die Strafen, die Gott über den Ehebrecher verhängt. Da überfiel ihn ein Schaudern und er beschloß, sich zu bekehren. Er rief sogleich die Frau, gab ihr das Buch und ging fort. Als der Gatte dieser Frau nach Hause

kam, erzählte sie ihm das Vorgefallene. Er war sehr verlegen und fürchtete sich, der König möchte doch noch nach ihr gelüsten, und wagte es nicht mehr, von jenem Augenblick an, sie zu berühren. Nach einiger Zeit erzählte die Frau ihren Verwandten, daß ihr Gatte nicht mehr seine Pflichten gegen sie erfülle. Da führten sie ihn hin zum König und sagten: »Gott verherrliche unseren König! Hier ist ein Mann, der ein Stück Land von uns gepachtet hat, um es anzubauen und zu besäen, das hat er auch einige Zeit getan, nun aber läßt er es brach liegen; er besäet es nicht mehr, und doch gibt er es uns nicht zurück, daß wir es durch einen anderen besäen lassen, und so fürchten wir, das Land möchte, wenn es nicht bebaut wird, zugrunde gehen.«

Da sagte der König zu dem Manne: »Warum besäest du dein Feld nicht?« Der Mann antwortete: »Gott erhebe den König! Ich habe gehört, es sei ein Löwe auf das Feld gekommen, den ich so sehr fürchte, daß ich mich meinem Felde nicht mehr zu nähern wage, denn ich weiß wohl, daß ich zu schwach bin, um ihm zu widerstehen.« Der König merkte nun, worum es sich handelte, und sagte zu dem Manne: »Geh nur und besäe dein vortreffliches Feld wieder, der Löwe wird es nie mehr betreten und dir nie was zuleide tun; Gott segne dich!« Sodann ließ er noch für ihn und seine Gattin kostbare Geschenke herbeiholen und entließ sie damit.

Abu Bekr, der Sohn Muhameds, erzählt: Ich reiste einst von Anbar nach Amurijeh in Griechenland und stieg in der Nähe der Stadt vor einem Kloster, das am Wege lag, ab. Der Prior des Klosters, welcher Diener des Messias hieß, kam mir entgegen und führte mich ins Kloster, das 40 Klosterbrüder bewohnten, und ich wurde von ihnen sehr gastfreundlich bewirtet; auch sah ich bei ihnen eine Frömmigkeit, die ich noch nie gefunden. Nachdem ich meine Geschäfte in Amurijeh versehen hatte, kehrte ich wieder nach Anbar zurück. Ein Jahr darauf pilgerte ich nach Mekka, und als ich am Festtag den Kreis um den Tempel machte, sah ich den Prior, Diener des Messias, auch um den Tempel ziehen mit fünf seiner Klosterbrüder. Nachdem ich mich überzeugt hatte, daß er es war, ging ich auf ihn zu und fragte ihn: »Bist du nicht der Prior, Diener des Messias?« Er antwortete: »Nein, ich heiße jetzt Diener Gottes, der Einsiedler.« Dann küßte ich seinen Bart und weinte. Dann ergriff ich seine Hand und bat ihn, mir zu sagen, warum er Muselmann geworden. Er antwortete: »Die Ursache meiner Bekehrung ist wunderbar. Einst reisten nämlich einige fromme Muselmänner durch den Flecken, neben welchem unser Kloster liegt, und schickten einen Jüngling, der bei ihnen war, aus, um Speisen einzukaufen. Da sah der Jüngling eine junge Christin auf dem Markt, welche Brot verkaufte, und fand sie so schön, daß er sich in sie verliebte und vor heftiger Leidenschaft ohnmächtig dahinsank. Als er wieder zur Besinnung kam, ging er zu seinen Reisegefährten und erzählte ihnen, was ihm begegnet, und sagte: »Reiset ihr nur weiter, ich werde nicht mit euch gehen.« Sie wiesen ihn zurecht und predigten ihm, aber er hörte sie nicht an und ließ sie fortreisen. Er kehrte dann in den Flecken zurück, setzte sich vor die Tür des Ladens jener Christin, und als sie ihn fragte, was er wolle, gestand er ihr seine Liebe. Sie wendete sich von ihm weg, er aber blieb drei Tage vor der

Türe sitzen, ohne etwas zu essen, noch zu trinken, und sah immer der Christin ins Gesicht. Als sie sah, daß sie den Fremden nicht loswerden konnte, ging sie zu ihren Leuten und erzählte es ihnen. Diese hetzten die Jungen des Fleckens gegen ihn. Sie warfen mit Steinen nach ihm, die ihm fast die Rippen zerschlugen, aber dennoch wich der Fremde nicht von der Stelle. Schon hatten die Einwohner des Fleckens beschlossen, ihn zu töten, als mir Kunde davon wurde. Ich ging sogleich zu ihm und fand ihn auf der Erde hingestreckt; ich wischte das Blut von seinem Gesicht ab, trug ihn ins Kloster und pflegte seine Wunden 14 Tage lang. Sobald er dann wieder imstande war zu gehen, verließ er das Kloster und setzte sich wieder vor die Tür des Bäckerladens, um die schöne Christin anzusehen. Als sie ihn wieder bemerkte, ging sie zu ihm und sagte: »Bei Gott, du hast mich gerührt; willst du meinen Glauben annehmen, so heirate ich dich.« Der Jüngling antwortete: »Bewahre mich Gott, daß ich den Monotheismus mit dem Polytheismus vertausche!« Da sagte sie: »Komm mit mir in mein Haus, umarme mich und ziehe dann weiter mit deinem Glauben.« Aber der Jüngling antwortete: »Ich kann nicht zwölf Jahre der Tugend und Enthaltsamkeit für die Lust eines Augenblicks hingeben.« »So verlasse mich denn«, versetzte die Christin. »Das vermag mein Herz nicht.« Die Christin wendete sich wieder von ihm weg, und die Jungen des Fleckens kamen und warfen ihn mit Steinen, daß er auf sein Gesicht fiel und rief: »Gott, der den Koran vom Himmel gesandt, ist mein Herr, er läßt den Frommen nicht ohne Lohn.« Als ich den Lärm hörte, lief ich wieder aus dem Kloster zu dem Jüngling, jagte die Buben fort und hob ihn von der Erde auf. Da hörte ich, wie er sagte: »O Gott, vereinige mich mit ihr im Paradies!« Ich wollte ihn dann ins Kloster tragen, aber er starb, ehe er es erreichte. Da ließ ich vor dem Flecken ein Grab bauen und beerdigte ihn dort. Um Mitternacht hörte man auf einmal die Christin so laut schreien in ihrem Bett, daß alle Bewohner des Fleckens sich zu ihr drängten, um zu hören, was ihr zugekommen. Da erzählte sie: »Als ich schlief, kam der Muselmann zu mir, der heute gestorben ist, und faßte meine Hand und führte mich ins Paradies; als ich aber an die Pforte des Paradieses kam, ließ mich der Wächter nicht hinein, indem er sagte: ›Das Paradies bleibt den Abtrünnigen verschlossen.‹ Da bekehrte ich mich vor ihm zum Islamismus und ging mit ihm hinein, hier sah ich Paläste und Gärten, so schön, daß ich sie euch nicht beschreiben kann. Endlich führte er mich in einen großen Palast und sagte: ›Dieser Palast von Edelsteinen ist für uns bestimmt, ich werde nicht eher hineingehen, bis du bei mir bist, und so Gott will, wird dies in fünf Tagen geschehen.‹ Dann streckte er die Hand nach einem Baum aus, der vor der Tür des Palastes stand, pflückte zwei Äpfel von demselben und sagte: ›Iß den einen und bewahre den anderen für den Prior des Klosters auf.‹ Ich aß den einen und fand ihn so schmackhaft, wie ich noch keinen gegessen. Sodann ergriff er wieder meine Hand und führte mich in meine Wohnung.« Ich nahm dann – so fuhr der Diener Gottes fort – den einen Apfel aus ihrer Tasche, und er leuchtete in der dunklen Nacht wie ein Stern, es war eine Frucht, wie man keine ähnliche auf dieser Welt sieht. Ich nahm ein Messer und zerschnitt ihn in so viele Teile, daß jeder meiner Gefährten im Kloster ein Stück davon bekam, und wir

haben nie einen feineren Geschmack noch einen edleren Geruch gefunden, als dieser Apfel hatte; wir dachten: »Das ist gewiß Satans Werk, der sie von ihrem Glauben abtrünnig machen will.« Die Verwandten der Christin führten sie dann nach Hause, aber sie wollte weder Speise noch Trank zu sich nehmen, bis in der fünften Nacht, da stand sie auf, ging auf das Grab des Jünglings, warf sich dort hin und starb, ohne daß ihre Leute etwas davon wußten.

Am folgenden Morgen kamen zwei alte Muselmänner in den Flecken mit härenen Kleidern, auch zwei alte Frauen waren bei ihnen, ebenso gekleidet, und sagten: »O ihr Bewohner des Fleckens! Gott der Erhabene hat eine seiner Heiligen unter euch als Muselmännin sterben lassen, wir kommen, um sie als solche zu beerdigen.« Aber die Bewohner des Fleckens, welche nach langem Suchen endlich die Christin tot auf dem Grab des Muselmannes fanden, sagten: »Die gehört uns, sie ist in unserem Glauben gestorben und wir wollen sie beerdigen.« Die Alten behaupteten hingegen, sie sei als Muselmännin gestorben. Nach langem Streit sagte endlich einer der Alten: »Wollt ihr euch überzeugen, daß sie als Muselmännin gestorben, so lasset alle 40 Priester aus dem Kloster kommen, um sie vom Grab wegzubringen; vermögen sie es nun, so gebe ich zu, daß sie als Christin beerdigt werde. Bringen sie sie aber nicht von der Stelle, dann möge einer von uns es versuchen, sie wegzuziehen, und gelingt es ihm, so dient es als Beweis, daß sie als Muselmännin gestorben.« Die Bewohner des Fleckens waren mit dieser Probe zufrieden und ließen sogleich die 40 Klosterbrüder kommen, um sie wegzutragen, aber sie konnten es nicht. Zwar nahmen sie ein sehr starkes

Seil und banden es um ihren Körper und zogen mit aller Kraft daran, aber das Seil zerriß; zuletzt versuchten sogar noch alle Bewohner des Fleckens, sie wegzutragen, aber dennoch brachten sie sie nicht von der Stelle. Endlich sagten sie einem der Alten: »Nun versuche du es, sie wegzutragen.« Er näherte sich ihr, faßte ihren Oberrock und sagte: »Im Namen Gottes des Barmherzigen, des Allmilden!« nahm sie auf den Arm und trug sie in eine Höhle dort in der Nähe; die zwei alten Frauen wuschen sie und hüllten sie in ein Totengewand, und beerdigten sie neben dem Grab des Jünglings. Wir alle – fuhr der Diener Gottes fort – sahen dies mit unseren Augen. Als wir daher allein untereinander waren, sagte einer zum andern: »Es ist unsere Pflicht, die Wahrheit anzuerkennen, die sich uns so klar geoffenbart hat. Wie können wir einen sichereren Beweis für die Echtheit des islamitischen Glaubens fordern, als den, den wir mit eigenen Augen gesehen?« Ich bekehrte mich daher zum Islamismus mit allen Priestern des Klosters und allen Einwohnern des Fleckens. Wir schickten dann nach Djezіereh und ließen um einen frommen Lehrer bitten, der uns mit den Grundsätzen des Islams und der Art und Weise des Gottesdienstes bekannt machte, und so leben wir nun im schönsten Segen. Gott sei gelobt und gepriesen!

Der Todesengel vor zwei Königen und einem Frommen

Man erzählt ferner: Einer der älteren Könige wollte sich einst im höchsten Glanz, von allen Großen des Reiches umgeben, seinem Volke zeigen. Er befahl allen seinen Freunden und Emiren, sich zu einer Musterung vorzubereiten, ließ sich von seinem Kammerdiener die kostbarsten Kleider bringen und von seinem Stallmeister die schönsten Pferde vorführen, und nachdem er das schönste gewählt hatte, ritt er, ganz in Gold und Perlen und allerlei Edelsteine gehüllt, mit glänzendem Gefolge von seinem Schloß weg und begab sich mitten unter seine Truppen. Hier ließ er seinen Renner stolz umhertummeln, Satan blies Eitelkeit und Hochmut in seine Nase, so daß er voll Selbstgefallen zu sich selbst sagte: »Wer in der Welt kann sich mit mir vergleichen?«

Während der König so stolz umhersprengte und vor Hochmut niemanden ansah, kam auf einmal ein Mann in zerrissenen Kleidern auf ihn zu und grüßte ihn. Der König erwiderte seinen Gruß nicht. Da ergriff der Mann die Zügel seines Pferds. Als der König dies sah, sagte er ihm: »Ziehe deine Hand zurück, du weißt nicht, wessen Zügel du ergriffen.« »Ich habe ein Anliegen.« »Warte, bis ich absteige, dann magst du mir dein Anliegen vortragen.« »Ich kann nicht warten, bis du absteigst, mein Geschäft leidet keinen Aufschub.« »So sprich denn!« »Ich muß es dir geheim sagen.« Da neigte der König sein Ohr zu ihm hin und der Mann sagte ihm ins Ohr: »Ich bin der Todesengel und komme, um deine Seele zu holen.« »Warte doch, bis ich nach Hause gehe, und meiner Frau und meinen Kindern und meinen Nachbarn Lebewohl sage.« »Das kann nicht sein, die siehst du nie mehr wieder; deine Lebenszeit ist vorbei, ich muß sogleich deine Seele haben.« Sobald der Todesengel dies gesagt hatte, fiel der König von seinem Pferd tot zur Erde. Der Todesengel begab sich hierauf zu einem frommen, gottgefälligen Mann, grüßte ihn und sagte ihm: »Ich habe dir, o frommer Mann, ein Geheimnis anzuvertrauen.« »Sage mir es ins Ohr.« »Ich bin der Todesengel.« »Sei mir willkommen! Gelobt sei Gott, der dich zu mir gesandt; ich erwarte deine Ankunft schon seit langer Zeit mit vieler Sehnsucht.« »Wenn du vorher irgend ein Geschäft zu verrichten hast, so tue es.« »Ich kenne kein wichtigeres Geschäft, als meinem Herrn zu begegnen.« »Wie soll ich deine Seele holen? Denn Gott hat mir befohlen, ich möchte dir die Wahl lassen.« »So warte, bis ich mich wasche und bete, dann töte mich beim Niederfallen.« Der Mann wusch sich nun und betete, und als er betend niederfiel, nahm der Engel seine Seele und brachte sie an den Ort des Erbarmens, der Verzeihung und der Seligkeit.

Ebenso wird erzählt: Ein gewisser König sammelte einst unzählbare Schätze und schaffte sich alles in der Welt an, was zu seinem Vergnügen und zu seiner Bequemlichkeit dienen konnte; er ließ sich ein großes, hohes Schloß bauen, wie es die mächtigsten Sultane nur hatten, mit zwei festen Toren, die von vielen

Dienern und Soldaten und Pförtnern bewacht wurden. Eines Tages befahl er seinem Koch, eine Mahlzeit von den ausgesuchtesten Speisen zuzubereiten, und lud alle seine Freunde, seine ganze Familie und viele seiner Beamten dazu ein. Als er bei der Mahlzeit auf seinem königlichen Sofa an ein Kissen gelehnt ganz stolz da saß, sagte er zu sich selbst: »Du hast dir alle Annehmlichkeiten der Welt verschafft, jetzt genieße sie auch und freue dich des Lebens und des Glücks, um das du dich solange bemüht.« Kaum hatte er dieses Selbstgespräch geendet, als ein Mann in zerrissenen Kleidern, mit einem Bettelsack am Hals hängend, so stark an die Tür des Schlosses klopfte, daß das ganze Schloß zitterte und der Thron des Königs wankte. Die Diener liefen erschrocken zur Tür und riefen dem Klopfenden zu: »Wehe dir! Was ist das für eine Ungezogenheit und Frechheit? Warte, bis der König gespeist hat, dann wird man dir etwas geben von dem, was übrig bleibt.« Der Fremde sagte zu den Dienern: »Saget eurem Herrn, er soll zu mir herauskommen, ich habe ihm etwas sehr Wichtiges mitzuteilen.« Die Diener versetzten: »Wer bist du, Elender, daß du den König zu dir herausbitten läßt?« Er erwiderte: »Sagt ihm nur, was ich euch aufgetragen.« Sie gingen nun zu ihrem Herrn und meldeten es ihm. Da sagte der König: »Habt ihr ihn nicht angeschrien und fortgejagt?« Während aber der König dies sagte, klopfte es noch einmal an die Tür, heftiger als zum ersten Male. Die Diener sprangen auf die Türen zu mit Stöcken und Waffen, um den Klopfenden zu schlagen. Aber er schrie sie an: »Bleibt an eurer Stelle! Ich bin der Todesengel.« Da zitterte ihr Herz, ihr Verstand und ihr Mut verließ sie, und sie konnten vor Angst kein Glied mehr bewegen. Der König rief ihm zu: »Töte jetzt einen anderen statt meiner!« Aber der Todesengel erwiderte: »Ich bin nur deinetwillen gekommen und werde keines anderen Leben nehmen. Ich will dich von allen Schätzen, die du aufgehäuft, und von allen Annehmlichkeiten, die du dir verschafft, trennen.« Als der König dies hörte, seufzte und weinte er und schrie: »Gott verdamme das Geld, das mich verblendet und abgehalten hat, meinem Herrn, gepriesen sei sein Name, zu dienen. Ich glaubte, es würde mir nützen, aber es war zu meinem Verderben, denn nun soll ich mit leeren Händen abziehen und es meinen Feinden überlassen.«

Da verlieh aber der erhabene Gott dem Geld eine Sprache und es rief aus: »Warum fluchst du mir? Fluche dir lieber selbst! Denn Gott hat uns beide, dich und mich, aus Staub geschaffen; mich hat er aber in deine Hand gegeben, damit du dir durch mich Vorrat für jene Welt verschaffest, damit du den Armen und Schwachen Almosen gebest, und Moscheen und Brücken und andere Gebäude zum allgemeinen Wohl errichten lassest; statt dessen hast du mich aber eingespeichert und nur zu deinem Vergnügen verwendet; du hast meinen Wert nicht anerkannt, darum mußt du mich jetzt deinen Feinden überlassen, und dir bleibt nur Verderben und Reue; aber was kann ich dafür, daß du mich anklagest?« Sobald das Geld so gesprochen hatte, nahm der Todesengel des Königs Seele, während er noch auf seinem Thron saß. So spricht Gott der Erhabene im Koran: »Während sie sich freuen mit dem, was ihnen gegeben worden, nehmen wir sie plötzlich weg und geben sie der Verzweiflung preis.«

Alexander und ein gottesfürchtiger König

So erzählt man auch: Alexander der Zweihörnige sah auf seinen Zügen ein schwaches Volk, das gar nichts von den Annehmlichkeiten der Welt besaß. Sie begruben ihre Toten vor den Türen ihrer Häuser, besuchten beständig diese Gräber, und kehrten den Staub davon ab und beteten darauf zu Gott; ihre Nahrung bestand ganz allein aus Kräutern und Pflanzen der Erde. Da schickte Alexander jemanden zu ihrem König und ließ ihn zu sich bitten. Aber der König dieses Volkes sagte: »Ich habe nichts bei ihm zu schaffen.« Alexander ging zu ihm und fragte ihn, wie es ihm und seinem Volke gehe. Er sehe weder Gold noch Silber bei ihnen, auch gar nichts, was zu den Annehmlichkeiten des Lebens gehöre.

Der König erwiderte: »Was nützen die Annehmlichkeiten des Lebens? Es wird doch niemand mit dem, was er besitzt, zufrieden.« Alexander fragte ihn dann, warum sie ihre Toten vor ihren Häusern begraben. Der König antwortete: »Damit wir sie stets vor Augen haben, immer an den Tod denken und nie jenes Leben vergessen, damit die Liebe zur Welt aus unserem Herzen weiche und uns nicht von der Verehrung Gottes abziehe.« »Und warum«, fragte Alexander, »nährt ihr euch von Pflanzen?« »Weil wir nicht unseren Leib zum Grabe der Tiere machen wollen«, erwiderte der König; »denn schmackhafte Speisen machen nicht das Glück eines Menschen aus.« Dann zog er einen Menschenschädel heraus, legte ihn vor Alexander hin und fragte: »Weißt du, wer das war?« »Nein«, antwortete Alexander. »Es war«, versetzte der König, »ein sehr mächtiger Sultan, der seine Untertanen tyrannisierte, die Schwachen unterdrückte und seine ganze Zeit verwendete, weltliche Gegenstände zu sammeln. Gott hat nun seine Seele genommen und ihr die Hölle als Wohnort angewiesen, und hier ist sein Kopf.« Dann zog er einen anderen Schädel heraus und fragte: »Kennst du diesen?« »Nein«, antwortete Alexander. »Dieser war«, fuhr der König fort, »ein gerechter König der Erde, ein Wohltäter seiner Untertanen; Gott hat seiner Seele im Paradiese einen hohen Rang angewiesen.« Alexander mußte laut weinen; dann drückte er den König an sein Herz und sagte ihm: »Wenn du bei mir leben willst, so ernenne ich dich zu meinen Vezier und teile mein Königreich mit dir.« Der König antwortete: »Das sei fern von mir! Dazu habe ich keine Lust.« »Und warum?« fragte Alexander. »Darum«, erwiderte der König, »weil alle Leute wegen deiner Macht und deines Reichtums dich hassen, während sie mich in meiner Armut und Genügsamkeit aufrichtig lieben; darum gelüste ich weder nach Macht, noch nach anderen weltlichen Vorzügen.« Alexander drückte ihn noch einmal an sein Herz, küßte ihn und ging weiter.

Nuschirwan erforscht den Zustand seines Landes

Man erzählt auch: Der gerechte König Nuschirwan stellte sich einst krank und sagte seinen Freunden und Vertrauten, die Ärzte hätten ihm zu einer Arznei alte Ziegelsteine aus einem verwüsteten Dorf verordnet. Es wurden Boten nach allen Teilen des Königreiches geschickt, aber sie kamen zurück und sagten: »Wir haben nirgends ein verwüstetes Dorf gefunden.« Da freute sich Nuschirwan, dankte Gott und sagte: »Ich wollte nur sehen, ob es in meinen Ländern noch einen in Trümmern liegenden Ort gebe, damit ich ihn aufbauen lasse; da ich nun höre, daß es keinen solchen gibt, so bin ich überzeugt, daß der Wohlstand und die Kultur in meinem Lande den höchsten Grad der Vollkommenheit erreicht hat.« So, sagte Schehersad, waren die alten Könige stets bemüht um die Kultur ihres Landes; denn sie wußten, wie wahr die Weisen gesagt: »Der Glaube muß von der Regierung unterstützt werden, die Regierung durch Truppen, die Truppen durch Geld und das Geld durch die Kultur des Landes«, und diese wird durch die Gerechtigkeit gegen die Untertanen gefördert, denn durch Gewalttat und Tyrannei zwingt ein König seine Untertanen, auszuwandern; die Bevölkerung seines Landes nimmt ab, die Schatzkammern werden leer und die Zurückbleibenden verwünschen ihren Tyrannen so lange, bis sein Untergang sie befreit.

Die tugendhafte Frau eines israelitischen Richters

Man erzählt ferner: Unter den Söhnen Israels war ein Kadhi, der eine ausgezeichnet schöne Frau hatte, die auch sehr gottesfürchtig war und oft fastete. Als der Kadhi einst nach Jerusalem wallfahren wollte, übertrug er das Richteramt seinem Bruder und empfahl ihm auch seine Frau. Aber der Bruder des Kadhi hatte so oft ihre Schönheit rühmen hören, daß er sie besuchte und ihre Liebe zu gewinnen suchte. Die Frau stieß ihn von sich, aber er hörte nicht auf, sie zu verfolgen, bis sie sich gar nicht mehr vor ihm sehen ließ. Als er endlich alle Hoffnung verloren hatte, ihre Gunst zu erlangen, und fürchtete, sie möchte ihn bei seinem Bruder nach seiner Rückkehr anklagen, bestellte er falsche Zeugen, die sie als Ehebrecherin anklagten; sie wurde vor den damals regierenden König gebracht, und er verurteilte sie zum Tode. Man legte sie in eine Grube und warf so viele Steine auf sie, bis sie ganz damit bedeckt war. Dann sagte der König: »Diese Grube sei ihr Grab.« Als die Nacht heranbrach und die Frau noch schluchzte und stöhnte, kam ein Reisender vorüber, der sie hörte. Er ging auf sie zu, zog sie aus der Grube hervor, führte sie zu seiner Gattin und befahl ihr, ihre Wunden zu pflegen. Sobald sie wieder geheilt war, übergab ihr die Frau des Reisenden ihr Kind zur Pflege, behielt sie bei sich und wies ihr eine besondere Wohnung an. Eines Tages sah sie ein Gauner, dem sie so wohl gefiel, daß er zu ihr schickte und um ihre Liebe sich bewarb. Als sie ihm aber kein Gehör gab, beschloß er, sie zu töten, schlich des Nachts, als sie schlief, in ihr Haus und ging mit einem Messer auf sie zu, um sie zu töten; aber statt der Frau traf er den Jungen, der bei ihr war, und tötete ihn. Sobald er sein Versehen wahrnahm, überfiel ihn eine solche Furcht, daß er schnell davonlief und durch Gottes Gnade die Frau verschonte. Als sie des Morgens erwachte und das Kind getötet fand, ging sie damit zu seiner Mutter. Aber diese sagte: »Du hast mein Kind getötet«, und schlug sie sehr heftig und wollte ihr den Hals abschneiden. Glücklicherweise kam der Mann hinzu und befreite die Frau des Kadhi aus seiner Gattin Hand. Jene ging nun mit einigen Drachmen, die sie bei sich hatte, fort, ohne zu wissen, wohin. Da kam sie in ein Dorf und sah viele Leute zusammengerottet, und einen Mann noch lebendig an einem Baumzweige

hängend, Sie fragte: »Was hat dieser Mann begangen?« Man antwortete ihr: »Er hat ein Verbrechen begangen, das er nur durch den Tod büßen kann oder durch so und so viel Almosen.« Sie zog ihr Geld aus der Tasche und sagte: »Nehmet diese Drachmen als sein Lösegeld und lasset ihn los.« Die Leute nahmen ihr Geld und befreiten den Mann. Dieser tat sogleich Buße in Gegenwart seiner Retterin, und gelobte ihr, bis zu seinem Tode Gott treu zu dienen. Er baute ihr eine Hütte zu ihrer Wohnung und brachte ihr Holz und Lebensmittel. Die Frau lebte nun ganz der Gottesverehrung, und kein Kranker oder sonst Unglücklicher kam zu ihr, den sie nicht heilte oder tröstete, so daß alle Leute für sie beteten und den Segen des Himmels für sie erflehten. Nun bekam durch Gottes Richterspruch der Bruder des Kadhi, der sie hatte steinigen lassen, einen Krebs im Gesicht; die

Frau, welche sie wegen des getöteten Kindes geschlagen hatte, wurde aussätzig, und der Gauner, der sie hatte verführen wollen und statt ihrer das Kind getötet hatte, wurde lahm. Da die Frau durch ihre Frömmigkeit und die Wunder, die sie vollbrachte, weit und breit berühmt und von allen Teilen des Landes her besucht wurde, sagte der Kadhi, der inzwischen von seiner Wallfahrt zurückgekehrt war, und mit Bedauern von dem Verbrechen und der Strafe seiner Frau gehört hatte, zu seinem Bruder: »Warum gehst du nicht auch zur frommen Frau in die Hütte? Vielleicht wird dich Gott durch sie heilen.« Da bat er den Kadhi, ihn zu ihr zu bringen. Auch der Gatte der aussätzigen Frau hörte bald von der frommen Frau sprechen und führte seine Gattin zu ihr. Der Gauner endlich begab sich auch zur Hütte, um sich heilen zu lassen, und so trafen alle zusammen vor der Tür ihrer Hütte; sie konnte alle sehen, ohne von ihnen gesehen zu werden, und sobald sie an die Tür kam, erkannte sie ihren Gatten, dessen Bruder, den Gauner und die ungerechte Frau und sagte ihnen: »Hoffet nicht, geheilt zu werden von mir, wenn ihr nicht zuerst alle eure Sünden bekennet, denn Gott verzeiht nur dem, der seine Sünden nicht verhehlt, und gewährt nur einem solchen, was er begehrt.« Da sagte der Kadhi zu seinem Bruder: »Bekehre dich zu Gott und beharre nicht im Übel, nur so wirst du gerettet.« Der Kadhi ermahnte dann seinen Bruder noch durch folgende Verse:

»Ein Tag wird kommen, wo Unterdrückte und Unterdrücker einander gegenüberstehen, und wo Gott die verborgensten Geheimnisse offenbaren wird. An jenem Ort werden die Sünder gedemütigt werden, während Gott die erheben wird, die ihm gehorsam waren. Wehe denen, die den Herrn erzürnen, als wüßten sie von Gottes Strafe nichts. Da hört alle Täuschung auf und bleibt nichts, als Ergebung in Gottes Willen.«

Der Bruder des Khadi sagte: »Ich will mein Verbrechen bekennen«, und gestand sein Unrecht gegen seine Gattin. Dann sagte die Mutter des getöteten Kindes: »Auch ich will meine Sünde bekennen«, und erzählte, wie sie ungerechterweise eine Frau geschlagen und fortgejagt habe. »Und ich«, sagte endlich der Gauner, wollte einer Frau den Hals abschneiden, weil sie meiner Leidenschaft Widerstand leistete und tötete statt ihrer ein Kind, das bei ihr lag. Das ist mein Verbrechen.« Als die Frau des Khadi diese Geständnisse hörte, rief sie aus: »O Gott, wie du siehst, haben die Sünder sich gedemütigt, laß ihnen nun den Lohn des Gehorsams werden, du bist ja mächtig über alles.« Gott erhörte ihr Gebet und heilte sie alle. Sodann gab sie sich zu erkennen, und der Khadi dankte Gott, daß er ihn wieder mit ihr vereint. Sein Bruder aber, der Gauner und die Mutter des Kindes baten sie um Verzeihung; sie verzieh ihnen, und alle blieben nun beisammen und lebten der Gottesverehrung, bis der Tod sie trennte.

Die gerettete Frau in Mekka

Einer der Großen erzählt: Während ich einst in dunkler Nacht den Kreis um die Kaaba machte, hörte ich eine jammernde Stimme aus einem traurigen Herzen heraufsteigen, welche rief: »O Allgütiger, mein Herz bleibt seinem Gelübde treu!« Mich rührte diese Stimme so sehr, daß ich mich ihr näherte, und siehe da, es war die Stimme einer Frau. Ich sagte ihr: »Friede sei mit dir, Mutter Gottes!« Sie antwortete: »Mit dir sei Friede und Gottes Barmherzigkeit und Segen.« Ich beschwor sie dann bei Gott, mir zu sagen, was das für ein Gelübde wäre, dem ihr Herz treu bleiben wollte. Sie antwortete: »Hättest du mich nicht bei Gott beschworen, ich würde dir mein Geheimnis nicht anvertraut haben. Doch siehe, was ich bei mir habe!« Ich sah sie genau an und fand ein Kind schlafend in ihren Armen liegen, und sie erzählte dann: »Ich verließ, dieses Kind unter meinem Herzen tragend, meine Heimat, um hierher zu wallfahren. Ich hatte mich aber kaum eingeschifft, als uns der Wind ungünstig wurde; ein mächtiger Sturm erhob sich bald; die Meereswellen tobten mit solchem Ungestüm, daß sie das Schiff zerschlugen; ich aber rettete mich auf einem Brett, wurde entbunden und wurde so auf diesem Brett, mit meinem Kind im Schoß, von den Wellen hin und her getrieben. Auf einmal kam einer der Matrosen des Schiffes zu mir geschwommen und faßte mein Brett und sagte: ›Bei Gott! Ich habe dich schon geliebt, als ich dich auf dem Schiff sah; da ich dich nun erreicht habe, so erhöre

meine Liebe, oder ich werfe dich vom Brett herunter ins Meer.‹ Ich sagte: ›Wehe dir! Hat dir das eben erlebte Unglück nicht zur Belehrung und Ermahnung gedient?‹ Er antwortete: ›Dergleichen habe ich schon oft gesehen und bin immer glücklich davon gekommen; das macht keinen Eindruck auf mich.‹ Ich sagte: ›Wir sind doch in einer Lage, aus der wir nur durch Gottergebenheit gerettet werden können, nicht durch Sünde.‹ Aber alle meine Reden waren vergebens, der Matrose wurde so zudringlich, daß ich, in der Hoffnung, ihn täuschen zu können, ihm sagte: ›Warte nur, bis mein Kind schläft.‹ Aber er nahm mir mein Kind weg und warf es ins Meer. Als ich dieses sah, zerbrach mein Herz vor Gram, ich hob den Kopf gen Himmel und rief den Allmächtigen an, daß er mich aus der Hand dieses schwarzen Ungeheuers befreie. Kaum hatte ich mein Gebet vollendet, als ein großes Seetier aus dem Meer emporstieg und ihn vom Brett herunterwarf. Als ich nun allein auf dem Brett war, da erwachte mein Schmerz von Neuem über den Verlust meines Kindes, meiner Leibesfrucht, und ich betete zu Gott, daß er mich doch wieder mit ihm vereinige. Am folgenden Morgen sah ich auf einmal weiße Segel in der Ferne, auf die mich Wind und Wellen hinstießen. Die Schiffsleute nahmen mich gerne auf, und als ich in ihrer Mitte war, sah ich auf einmal mein Kind bei ihnen. Ich fiel darüber her und sagte den Leuten, daß es mein Kind wäre, und fragte sie, wie sie dazu gekommen. Sie antworteten: ›Unser Schiff hielt mitten in seinem Lauf auf einmal still, und als wir uns nach der Ursache umsahen, entdeckten wir ein Seeungeheuer, so groß wie eine Stadt, mit einem Kinde auf dem Rücken, das an seinen Fingern saugte.‹

Als ich dies hörte«, sprach die Frau weiter, »erzählte ich den Schiffsleuten, was mir begegnet, und dankte dem Herrn für seine Hilfe und gelobte, nie aufzuhören, ihm in seinem Tempel zu dienen; auch habe ich seither ihn nie um etwas angefleht, das er mir nicht gewährt hätte.« Ich wollte nun – fährt der vornehme Pilger fort – ihr einiges Geld schenken, aber sie sagte: »Laß mich! Ich erzähle dir von Gottes Huld und Gnade, wie kannst du glauben, daß ich von einer anderen Hand als der seinigen etwas annehme.« Da sie durchaus nichts von mir annehmen wollte, verließ ich sie und rezitierte folgende Verse:

»Wie oft ist Gottes Huld im Verborgenen tätig, ohne daß der schärfste Verstand es wahrnimmt, wie manche Armut verwandelt er in Wohlstand, wie manchem brennenden Herzen reicht er erfreuliche Labung; wie mancher ist des Morgens von Gram beladen, der des Abends nur Wonne empfindet. Geht es dir einmal schlecht einen Tag, so vertraue nur dem einzigen Allmächtigen und flehe die Fürbitte des Propheten an, dem alles gewährt wird, was er für die Seinigen fordert.«

Der von Gott geliebte Schwarze

Ferner wird erzählt im Namen Maleks, des Sohnes Dinars Gottes Barmherzigkeit sei mit ihm: Einst regnete es sehr lange in Baßrah nicht, wir beteten mehrmals um Regen, fanden aber keine Erhörung. Eines Abends begab ich mich wieder mit vielen meiner Freunde in die Moschee, wo die ganze Gemeinde mit allen Schulkindern das Gebet um Regen verrichtete, ohne daß jedoch sich ein Wölkchen am Himmel zeigte. Nach vollendetem Gebet, als die Gemeinde schon wieder die Moschee verlassen hatte, und nur ich und der Baumeister Thabet noch zurückblieben, trat ein Schwarzer in die Moschee; er hatte ein schönes Angesicht und eine hübsche Gestalt, und war in ein wollenes Tuch gehüllt, für das ich nicht zwei Drachmen gegeben hätte; er holte Wasser im Hof, wusch sich, betete das Abendgebet, hob dann sein Auge gen Himmel und sprach: »Mein Gott und Herr! Wie lange versagst du deinen Dienern noch, was in deiner Macht steht, ihnen zu gewähren? Sind denn die Schätze deines Reiches erschöpft? Bei deiner Liebe zu mir beschwöre ich dich, sende uns gleich einen labenden Regen!« Kaum hatte der Schwarze dieses Gebet vollendet, bildeten sich dunkle Wolken am Himmel und es regnete so stark, als fiele der Regen aus der Öffnung eines großen Wasserschlauches, so daß wir beim Heimgehen bis zu den Knieen im Wasser wateten. Voller Verwunderung über den Schwarzen und sein Gebet näherte ich mich ihm und sagte ihm: »Schämst du dich nicht dessen, was du eben gesagt?« »Wieso denn?« »Du sagtest, zu Gott dich wendend: Bei deiner Liebe zu mir; woher weißt du denn, daß Gott dich liebt?« »Laß mich! Wie kann ich an Gottes Liebe zweifeln? Wer war ich denn, daß er mich mit seiner Einheit bekannt machte, wenn es nicht aus Liebe geschah? Übrigens, wenn ich von Gottes Liebe spreche, so meine ich damit nur so viel, als mit den göttlichen Eigenschaften übereinstimmt, so wie ich mit meiner Liebe zu ihm auch wieder ganz andere Begriffe verbinde.« Ich bat ihn dann, ein wenig bei uns zu bleiben; aber er entgegnete, er sei ein Sklave und müsse seinem kleinen Herrn gehorchen. Als er aber wegging, folgte ich ihm mit Thabet in der Ferne, bis er in das Haus eines Sklavenhändlers ging. Es war Mitternacht, und die zweite Hälfte der Nacht wurde mir vor Ungeduld sehr lang. Sobald der Morgen anbrach, ging ich zum Sklavenhändler und fragte ihn, ob er einen Sklaven zu verkaufen habe? »Ich habe deren 100«, antwortete er, und stellte mir sie einen nach dem anderen vor, ohne daß ich den Schwarzen, welchen ich suchte, unter ihnen fand. Als er dann sagte, er habe keinen mehr, und wir weggehen wollten, sah ich in einem zerfallenen Zimmer hinter dem Haus den Schwarzen beten. Ich kehrte wieder zum Sklavenhändler zurück und bat ihn, mir ihn zu verkaufen. Der Sklavenhändler sagte: »Mein Freund, dieser Sklave taugt nichts, der weint die ganze Nacht durch und schläft den ganzen Tag.« »Eben darum«, versetzte ich, »will ich ihn kaufen.« Der Sklavenhändler ging und führte ihn halb schlafend herein und sagte: »Nimm ihn hin und gib mir dafür, was du willst, ich habe dir seine Fehler angezeigt.« Ich gab ihm 20 Dinare und fragte ihn nach

dem Namen des Sklaven. Der Sklavenhändler sagte mir: »Er heißt Meimun.« Als ich ihn hierauf an der Hand faßte, um ihn nach Hause zu führen, fragte er mich: »Mein kleiner Herr, warum hast du mich gekauft? Bei Gott! Ich tauge nicht zum Dienst der Geschaffenen.« Ich antwortete: »Ich habe dich gekauft, weil ich dich selbst bedienen will, bei meinem Haupte!« »Und warum dies?« »Warst du nicht gestern bei uns in der Moschee?« »Hast du mich gesehen?« »Jawohl, und sogar gesprochen.« Da ging er in eine Moschee und rief nach dem Morgengebet: »Mein Gott und mein Herr! Der geheime Bund zwischen uns ist nun den Menschen bekannt, wie kann ich länger leben? Ich beschwöre dich, nimm mir sogleich meine Seele!« Er verbeugte sich hierauf und fiel hin. Ich wartete eine Weile, als er aber den Kopf nicht mehr in die Höhe hob, schüttelte ich ihn, aber vergebens, er war tot. Gottes Erbarmen sei mit ihm! Da streckte ich seine Hände und seine Füße und sah ein lächelndes Gesicht, das ganz weiß und leuchtend wie der Mond geworden. Dann kam ein Jüngling zur Tür herein und sagte: »Friede sei mit euch! Gott erhöhe euren Lohn für das, was ihr unserem Freund Meimun erwiesen. Hier habt ihr ein Totengewand, zieht es ihm an.« Bei diesen Worten gab mir der Jüngling zwei Kleider, wie ich dergleichen nie auf Erden gesehen; wir zogen sie ihm an und beerdigten ihn an der Stelle, wo noch heute in trockenen Jahren sowohl als in anderen Notfällen gebetet wird.

Das tugendhafte israelitische Ehepaar

Man erzählt ferner: Einst lebte unter den Söhnen Israels ein sehr tugendhafter und gottesfürchtiger Mann, der sein Herz allen weltlichen Dingen verschlossen hatte, auch seine treue Gattin teilte seine Frömmigkeit und seine Duldung. Sie ernährten sich lange von ihrer Hände Arbeit, flochten den ganzen Tag Fächer, Mückenwehrer und dergleichen, damit ging der Mann abends auf die Straßen und Märkte, bis er sie verkaufte, und brachte für das Geld Lebensmittel nach Hause. Als der Mann eines Tages nach vollendeter Arbeit in einer Straße umherging, wo er Käufer suchte, sah ihn die Frau eines vornehmen Weltmannes und fand ihn so schön und ehrwürdig, daß sie sich leidenschaftlich zu ihm hingezogen fühlte. Da ihr Mann gerade abwesend war, sagte sie zu ihrer Dienerin: »Kannst du vielleicht ein Mittel erfinden, den Mann, der da vorübergeht, hereinzubringen und zu veranstalten, daß er unbemerkt die Nacht bei mir zubringe?« Die Dienerin ging zu ihm auf die Straße, rief ihm nach, sie wollte ihm etwas abkaufen, und lockte ihn so bis zur Haustür. Dann sagte sie ihm: »Komm herein, setze dich auf die Bank hier, daß ich deine Waren meiner Herrin zeige, damit sie aussuche, was sie zu kaufen wünscht.« Da der Mann kein Mißtrauen hegte, folgte er der Dienerin ins Haus, ohne irgend ein Übel zu befürchten. Aber kaum hatte er sich niedergesetzt, verschloß die Dienerin die Haustür und ihre Herrin kam aus ihrem Gemach, zog ihn zu sich hinein und sagte: »Wie lange wünsche ich schon mit dir allein zu sein! Mit welcher Ungeduld erwartete ich diesen Augenblick! Sieh, das Zimmer ist beräuchert, das Essen ist bereit, der Herr des Hauses kommt heute Nacht nicht nach Hause, und ich liebe dich von ganzem Herzen. Wie manche Könige und Große und Reiche haben schon um meine Liebe sich beworben; aber du bist der erste Mann, dem ich eine solche Gunst bezeige.« Die Frau sprach noch vieles in diesem Sinne, aber der Mann hob seinen Kopf nicht in die Höhe, weil er vor Gott sich scheute und seine schwere Strafe befürchtete. Als er aber kein Mittel sah, sie loszuwerden, sagte er: »Ich habe eine Bitte an dich.« »Worin besteht sie?« »Gib mir reines Wasser und laß mich auf der Terrasse deines Hauses waschen und etwas verrichten, was ich dir jetzt nicht sagen kann.« »Das Haus ist groß und hat der verborgenen Winkel gar viele, sowie auch ein Reinigungszimmer, du brauchst nicht auf die Terrasse zu gehen.« »Ich muß den höchsten Platz im Haus besteigen.« Da rief sie eine Dienerin und sagte zu ihr: »Geh' mit dem Mann auf die Terrasse des Hauses und nimm ein Waschbecken voll Wasser mit!« Als der Mann auf der Terrasse war, wusch er sich, betete, blickte

dann auf die Straße hinunter und merkte wohl, daß, wenn er hinunterspringen wollte, er zerstückelt auf den Boden kommen würde. Doch dachte er an die große Sünde, die er begehen wollte, und an deren harte Strafe, und entschlossen, sein Leben zu opfern, rief er aus: »Mein Gott und Herr! Du siehst meine Lage und weißt, daß ich gerne mein Leben hingebe, um dein Wohlgefallen zu erlangen, doch bist du ja allmächtig.« Als er diese Worte vollendet hatte, warf er sich von der Terrasse herunter; aber Gott schickte einen Engel, der ihn auf seine Flügel nahm und sanft auf die Erde niederließ, ohne daß er sich nur im mindesten beschädigte.

Als der fromme Mann den Boden erreichte, dankte er Gott, der ihn für sein Vertrauen so reichlich belohnt, und ging mit leerer Hand zu seiner Gattin. Sie fragte ihn, warum er so lange ausgeblieben und was er mit der mitgenommenen Arbeit angefangen? Er erzählte ihr, was ihm für eine Versuchung zugestoßen und wie ihn Gott auf eine wunderbare Weise gerettet. Die Frau sagte hierauf: »Da unsere Nachbarn wissen, daß wir jeden Tag fasten und abends Feuer machen, um unser Abendessen zu kochen, so wollen wir in Gottes Namen auch diesen Abend Feuer anzünden, um ihnen unsere Armut zu verbergen; wir aber wollen auch diese Nacht fortfasten.« Sie ging dann und machte ein großes Feuer, um die Nachbarn zu täuschen; dann wusch sie sich und betete mit ihrem Mann das Nachtgebet. Auf einmal kam eine ihrer Nachbarinnen, um Feuer bei ihr zu holen. Die Jüdin sagte ihr, sie möchte nur an den Ofen gehen. Als die Nachbarin aber an den Ofen trat, rief sie der Jüdin, sie möchte doch schnell ihr Brot aus dem Ofen nehmen, ehe es verbrenne. Die Jüdin sagte zu ihrem Manne: »Hast du gehört, was diese Frau sagte?« Er erwiderte: »Geh einmal und sieh nach!« Die Frau stand auf und ging an den Ofen, und siehe da, er war mit Brot gefüllt von dem allerfeinsten und weißesten Mehl. Sie brachte es, Gott dankend, ihrem Mann und sie aßen miteinander davon. Dann sagte sie: »Laß uns zu Gott beten, daß er uns etwas beschere, wodurch wir diesem armseligen Leben und dieser harten Arbeit enthoben werden, damit wir uns ganz seinem Dienst hingeben können.« Als sie miteinander gebetet hatten, spaltete sich auf einmal das Dach des Hauses, und es fiel ein Rubin herunter, der das ganze Haus beleuchtete. Sie freuten sich über alle Maßen mit dieser Gabe Gottes und dankten ihm immer mehr für seine Huld. Als sie aber spät in der Nacht einschliefen, träumte die Frau, sie befinde sich im Paradies, wo sie viele Kanzeln und unzählige Throne aufgestellt sah. Sie fragte, für wen dies wäre. Man sagte ihr: »Die Kanzeln sind für die Propheten, und die Thron für die Aufrichtigen und Frommen.« Sie fragte dann nach dem Throne ihres Gatten. Man zeigte ihn ihr, und sie bemerkte eine Spalte auf einer Seite. Sie fragte: »Was bedeutet diese Spalte?« Man antwortete ihr: »Sie bedeutet den Rubin, der euch vom Himmel gesandt worden.« Hierauf erwachte die Frau aus ihrem Traum und weinte und war sehr traurig wegen des mangelhaften Thrones ihres Gatten mitten unter makellosen der anderen Frommen, und sie sagte zu ihrem Manne: »Bete zu Gott, daß er diesen Rubin wieder zurücknehme; es ist besser, diese wenigen Tage noch Armut und Hunger zu ertragen, als unter den vortrefflichen Männern auf einem mangelhaften Thron sitzen.« Der Mann betete, der Rubin flog wieder durch das Dach fort, und das fromme Ehepaar lebte in Armut und Gottesverehrung, bis sie der Herr zu sich rief.

Der Schmied und das tugendhafte Mädchen

Es wird auch erzählt: Ein frommer Mann hörte einst, es lebe in einer gewissen Stadt ein Schmied, der die Hand ins Feuer strecken und ein glühendes Eisen herausholen könne, ohne sich im mindesten zu beschädigen. Da er diesen Schmied gern sehen wollte, reiste er nach jener Stadt, erkundigte sich nach der Wohnung des Schmieds, ging zu ihm und sah wirklich, daß man ihn nur Wahrheit von ihm erzählt hatte. Er wartete, bis der Schmied mit seiner Arbeit zu Ende war, ging dann auf ihn zu, grüßte ihn und sagte: »Ich wünsche diese Nacht dein Gast zu sein.« Der Schmied hieß ihn willkommen, nahm ihn mit in seine Wohnung, speiste mit ihm zur Nacht und ging dann mit ihm zu Bett. Als der Fremde bei dem Schmied keine Spur von Andacht und nächtlichen Gebeten fand, dachte er: »Vielleicht unterläßt er es in meiner Gegenwart.« Er blieb daher noch eine zweite Nacht und eine dritte, beobachtete den Schmied genau, fand aber, daß er nicht mehr als die vorgeschriebenen üblichen Gebete verrichtete und daß er in der Nacht nicht aufstand, um zu beten. Er sagte daher am folgenden Morgen dem Schmied: »Ich habe gehört, welche wunderbare Gabe dir Gott verliehen, und nun sehe ich gar nicht, daß du wie ein von dem Herrn besonders Begnadigter lebst; wie bist du denn zu dieser Auszeichnung gelangt?« »Das will ich dir erzählen«, erwiderte der Schmied. »Ich liebte einst sehr leidenschaftlich ein Mädchen, das aber so tugendhaft war, daß alle meine Bemühungen, sie zu besitzen, fruchtlos blieben. Während ich nun einmal in einem schrecklichen Hungerjahr zu Hause saß, klopfte es an meiner Tür; ich ging an die Tür, um nachzusehen, wer zu mir wollte, und siehe da, es war das Mädchen, das ich liebte, und es sagte: »Mein Freund, ich bin hungrig und erhebe mein Haupt zu dir, daß du für Gottes Sache mir etwas schenkest.« Ich erwiderte: »Weißt du nicht, was ich um deinetwillen leide und wie die Liebe zu dir mich schon so lange martert? Ich werde dir daher nichts schenken, bis du mich erhörst.« Das Mädchen antwortete: »Lieber vor Hunger sterben, als eine Sünde gegen Gott begehen«, und ging wieder fort. Nach zwei Tagen kam sie wieder und forderte wieder zu essen; ich gab ihr wieder dieselbe Antwort, nahm sie ins Zimmer und hieß sie sitzen,

denn sie war sehr schwach und elend. Als ich ihr dann Speisen vorlegte, flossen Tränen aus ihren Augen und sie sagte: »Speise mich zu Ehren Gottes«, aber ich erwiderte: »Bei Gott! Nicht eher, bis du mich umarmst.« Da stand sie auf, ließ die Speisen stehen und sagte: »Ich will lieber den Tod, als die Strafe Gottes.« Nach zwei Tagen klopfte es wieder an der Tür und als ich herausging, sah ich das Mädchen wieder, und es sagte mir, mit einer von Hunger geschwächten Stimme: »Meine Kraft ist dahin, und ich vermag es nicht, von einem andern, als von dir, etwas zu fordern; speise mich doch zu Ehren Gottes.« Ich erwiderte: »Nicht eher, bis du meinem Verlangen nachgibst.« Sie trat ins Zimmer und setzte sich; da ich keine Speisen hatte, zündete ich Feuer an, kochte etwas, stellte es ihr in einer Schüssel vor und dachte: »Dieses Mädchen muß doch wohl verrückt sein, da es so sehr von Hunger geplagt ist und dennoch meine Anträge verwirft«; aber es verweigerte mir standhaft meine Bitte, bis ich mir selbst Vorwürfe machte über mein sündhaftes Begehren und, mich reuevoll zu Gott bekehrend, endlich sagte: »Hier hast du zu essen, fürchte nichts, ich gebe es dir im Namen Gottes.«

Als das Mädchen dies hörte, sagte es: »Mein Gott, wenn dieser Mann aufrichtig ist, so bewahre ihn vor dem Feuer in dieser und in jener Welt, du kannst ja, was du willst.« Ich ließ sie nun essen und ging, das Feuer vom Herd zu nehmen; da fiel eine brennende Kohle auf meine Füße, und durch Gottes Allmacht empfand ich nicht den geringsten Schmerz, und es fiel mir ein, daß wahrscheinlich ihr Gebet erhört worden. Ich ergriff dann eine andere glühende Kohle mit der Hand und sie brannte mich auch nicht. Da ging ich wieder zu dem Mädchen ins Zimmer und sie sagte: »Mein Gott, so wie du eben meinen Wunsch erfüllt, so erhöre auch jetzt mein Gebet und nimm meinen Geist zu dir! Du bist ja allmächtig.« Gott erfüllte auch sogleich diese Bitte. Sein Erbarmen sei mit ihr!

Der Wolkenmann und der König

Man erzählt noch: Es lebte einst unter den Söhnen Israels ein durch seine Frömmigkeit berühmter Mann auf dem Gebirge als Einsiedler. Er betete ganze Nächte durch, und Gott gewährte ihm stets, was er von ihm begehrte. Gott stellte sogar eine Wolke zu seiner Verfügung, die ihm überall hin folgte und ihn mit Wasser versah, sowohl zum Waschen als zum Trinken. Eines Tages ließ er sich aber im Dienste des Herrn eine Nachlässigkeit zuschulden kommen; da entzog ihm Gott seine Wolke und erhörte sein Gebet nicht mehr. Der Einsiedler war sehr bestürzt, bereute sein Vergehen und entbrannte vor Sehnsucht nach der Stunde, wo ihm Gott seine Huld wieder schenken würde. Als er eines Nachts mit diesem Wunsch beschäftigt einschlief, wurde ihm im Traum gesagt: »Wünschest du, daß dir Gott deine Wolke wiedergebe, so gehe zu dem König N. N. und bitte ihn, daß er für dich bete, denn nur durch den Segen seines Gebetes wird sie dir Gott wieder gewähren.« Der Einsiedler machte sich am folgenden Morgen auf die Reise nach dem Land, das ihm im Traum angegeben worden, und erkundigte sich nach dem Palast des Königs. Als man ihn dahin führte, sah er einen Jüngling auf einem hohen Stuhl vor der Tür sitzen, der ihn fragte, was er wolle? Der Einsiedler antwortete: »Mir ist ein Unrecht geschehen, das ich dem König klagen will.« Da sagte der Pförtner: »Du kannst heute nicht zu ihm gelangen, der König hat einen besonderen Tag in der Woche dazu bestimmt, alle Bittenden anzuhören; warte also, bis dieser Tag kommt.« Als der Einsiedler hörte, wie der König so abgeschlossen von seinem Volk lebe, dachte er: »Wie kann dieser Mann

ein Heiliger sein?« Doch wartete er, bis der bestimmte Audienztag kam, den der Pförtner angezeigt hatte, dann ging er wieder vor das Schloß und fand an dem Tor viele Leute, welche warteten, bis sie vorgelassen wurden. Endlich kam ein Vezier mit einigen Dienern und Sklaven und ließ die Bittenden ins Schloß treten. Im Audienzsaal saß der König, von den Großen seines Reiches umgeben, und vor ihm stand der Vezier, der einen Bittenden nach dem anderen ihm vorstellte. Als endlich die Reihe an den Einsiedler kam, sah ihn der König eine Weile an und sagte dann: »Willkommen, Herr der Wolke! Setze dich, bis ich mit den übrigen zu Ende bin.«

Der Einsiedler war sehr erstaunt über diese Anrede sowohl als über das Talent, das der König in der Ausübung seines Amtes entwickelte. Nachdem er mit vieler Weisheit alle ihm vorgetragenen Streitsachen geschlichtet hatte, erhob er sich, faßte den Einsiedler bei der Hand und führte ihn ins Innere des Schlosses durch ein Tor, vor welchem ein schwarzer Sklave in kriegerischer Rüstung mit Bogen, Panzer und Schwert bewaffnet saß. Er stand auf, als er den König sah, hörte seine Befehle an und öffnete das Tor. Der König führte mich dann weiter – so erzählt der Einsiedler – bis wir an eine andere Tür kamen, die er selbst öffnete; wir befanden uns jetzt in einem alten, zerfallenen Gebäude und traten in ein Gemach, das nur einige Dattelbaumblätter, ein Waschbecken und einen Teppich enthielt. Sobald der König in diesem Zimmer war, warf er sein königliches Gewand von sich, zog ein grobes Oberkleid von weißer Wolle an und bedeckte seinen Kopf mit einer Filzmütze; dann setzte er sich, hieß mich auch sitzen und rief seine Gattin. Als diese erschien und fragte, was er befehle, sagte er: »Weißt du, wer heute unser Gast ist?« »Jawohl«, antwortete sie, »der Wolkenmann.« Er sagte dann: »Nun kannst du wieder gehen, du hast nichts bei ihm zu tun.« Die Frau war auch in ein grobes wollenes Oberkleid gehüllt; aber ihr Gesicht war schön und leuchtete wie der Mond. Als wir wieder allein waren, fragte mich der König, ob er gleich für mich beten solle, daß ich wieder fortkomme, oder ob er mir zuvor über sein Leben einige Auskunft geben sollte. Ich bat ihn, mir über seine Umstände einiges mitzuteilen, und er sprach: »Wisse, mein Vater und Großvater und alle meine Ahnen bis zur frühesten Zeit zurück waren Könige dieses Landes. Als nach dem Tode meines Vaters die Krone mir zufiel, hatte ich keine Freude daran, denn ich hätte vorgezogen, als Einsiedler zu leben. Da ich aber fürchtete, wenn ich mich ganz zurückziehe, möchten Empörungen und Zwist im Lande entstehen, und die heiligen Gesetze nicht mehr geachtet werden und der Glaube untergehen, ließ ich alles wie es war und stellte Sklaven vor die Tore des Palastes, um die Bösen zu schrecken und zu bestrafen, und zog, wie meine Vorgänger, ein königliches Gewand an. Sobald ich aber mit den Regierungsangelegenheiten zu Ende bin, begebe ich mich hierher und kleide mich, wie du mich jetzt siehst, und lebe hier allein dem Gottesdienste, von meiner frommen Base unterstützt, die du eben hier gesehen. Wir verfertigen des Tages allerlei Arbeit aus diesen Blättern, verkaufen sie und für das Geld essen wir zu Nacht, den ganzen Tag aber fasten wir; so leben wir schon 40 Jahre. Bleibe nun bei uns, bis wir unsere Arbeit verkauft haben, iß mit uns zu Nacht und übernachte bei uns.« Gegen Abend kam ein Diener und holte die Arbeit, verkaufte sie und kaufte Bohnen dafür, welche unser Nachtessen wurden. Gegen Mitternacht hörte ich dann, wie der König und die Königin aufstanden und beteten. Gegen Morgen sah endlich die Königin, wie sich eine Wolke am Himmel bildete, und sie sagte mir: »Freue dich, unser Gebet ist erhört worden.« Ich nahm Abschied von ihnen und ging,

von meiner Wolke begleitet, fort, und was ich nachher in ihrem Namen von Gott begehrte, wurde mir gewährt.

Die bekehrte Christin

Man erzählt: Der Fürst der Gläubigen, Omar, der Sohn, Chattabs, rüstete einst eine Armee aus und schickte sie nach Syrien, um eine der dortigen christlichen Festungen zu belagern. Unter der muselmännischen Armee waren zwei Brüder, so kühn und so tapfer, daß der Emir der Christen oft zu den Seinigen sagte: »Wenn wir einmal diese zwei Muselmänner getötet und aus dem Weg geschafft haben, so fürchte ich die übrigen nicht mehr.« Endlich gelang es den Christen nach vielen Anstrengungen und allerlei List und Hinterhalt, den einen der Brüder zu töten und den anderen gefangen zu nehmen. Als man ihn in Ketten vor den Befehlshaber der Festung brachte, sagte er, nachdem er ihn eine Weile betrachtet hatte: »Es wäre schade, einen solchen Mann zu töten, und doch wäre es schlimm für uns, wenn er wieder zu den Muselmännern zurückkehrte; das Erwünschteste wäre wohl, wenn er sich zum Christentum bekehrte, wir hätten dann eine starke Stütze an ihm.« Da sagte einer der Feldherren: »Wenn dieser Mann bekehrt werden soll, so kann es am besten durch ein Weib geschehen, denn die Muselmänner sind gar leidenschaftlich. Ich bin gewiß, daß, wenn er meine schöne Tochter sieht, er bald in sie verliebt sein wird.« Der Emir sagte: »So nimm ihn mit dir!« Der Feldherr nahm den Muselmann mit in sein Haus, bat seine Tochter, ihre schönsten Kleider anzuziehen, um ihre natürlichen Reize noch zu erhöhen, und als das Essen aufgetragen wurde, mußte sie wie eine Dienerin vor dem Muselmann stehen und auf seine Befehle warten. Als der Muselmann sich in einer solchen Versuchung sah, nahm er seine Zuflucht zu Gott, drückte seine Augen fest zu und betete und las den Koran mit einer sehr lieblichen Stimme, die bald einen sehr tiefen Eindruck auf die junge Christin machte. Nach sieben Tagen war ihre Liebe so groß, daß sie gerne Muselmännin geworden wäre, um dadurch seine Neigung zu gewinnen. Sie bat ihn, er möchte sie doch mit dem Islamismus bekannt machen, und als er sie die Grundpfeiler desselben gelehrt hatte, legte sie das Glaubensbekenntnis ab; dann lehrte er sie auch das Gebet und die demselben vorangehende Reinigung. Als dann die Christin ihm gestand, sie sei nur aus Liebe zu ihm zum Islam übergegangen, sagte er ihr: »Nach den Gesetzen des Islams können wir nicht heiraten, außer in Gegenwart zweier rechtgläubigen Zeugen, die hier nicht zu finden sind, und vermittelst einer Morgengabe, die ich auch hier nicht besitze. Wenn du nur ein Mittel findest, daß wir aus dieser Festung entkommen, dann verspreche ich dir, nie eine andere als dich zu heiraten.« »Ich will mir Mühe geben«, erwiderte das Mädchen.

Am folgenden Morgen ging das Mädchen zu seinen Eltern und sagte ihnen: »Schon habe ich das Herz dieses Muselmannes gewonnen und ihm vorgeschlagen, er möge sich zum Christentum bekehren, wenn er mich besitzen wolle. Hierauf sagte er mir aber: ›Das kann nicht sein an dem Ort, wo mein Bruder erschlagen worden‹; wenn ich nur an einem anderen Ort leben könnte, da würde ich mich zu zerstreuen suchen und dann alles tun, was von mir begehrt wird. Ich glaube also«, fuhr das Mädchen fort, »ihr tut nicht übel daran, wenn ihr ihn nach einem anderen Ort gehen lasset, ich verbürge mich für ihn bei dem König.« Der Vater des Mädchens ging zum Emir und hinterbrachte ihm die Worte des Mädchens. Der Emir freute sich sehr über diese Nachricht und erlaubte dem Muselmann, mit dem Mädchen in das Städtchen zu gehen, welches sie vorgeschlagen hatte. Hier verweilten sie aber nur einen Tag; sobald die Nacht heranbrach, machten sie sich auf den Weg und reisten die ganze Nacht durch. Der Muselmann hatte einen sehr schnellfüßigen Renner bei sich, und er nahm das Mädchen zu sich auf sein Pferd. Als der Morgen zu leuchten anfing und sie abgestiegen waren, um sich zu waschen und das Morgengebet zu verrichten, hörten sie auf einmal Waffengeklirr, Männerstimmen und Pferdtritte; da sagte der Muselmann zu dem Mädchen: »Das sind Christen, die uns verfolgen, wir entkommen ihnen nicht mehr, mein Pferd ist so müde, daß es kaum mehr den Fuß aufheben kann, was fangen wir nun an?« Das Mädchen schrie ihn an: »Wehe dir! Du zitterst und fürchtest dich, und hast mir doch so viel von Gottes Macht erzählt und von der Hilfe, die er denen reicht, die ihn anflehen? Komm laß uns

zu Gott beten, vielleicht beschützt er uns und steht uns mit seiner Huld bei.« »Du hast recht«, erwiderte der Jüngling, und sie beteten recht inbrünstig zu dem Herrn. Indessen kamen die Heranreitenden immer näher, und auf einmal hörte der Muselmann die Stimme seines als Märtyrer gestorbenen Bruders, welche ihm zurief: »Fürchte dich nicht, mein Bruder, die herannahenden Truppen sind Engel, die der Herr euch sendet, um Zeugen eures Ehebündnisses zu sein. Der Herr segnet euch und hat auch zum Lohn eurer Tugend und eures Vertrauens die Erde vor euch zusammengebogen, so daß ihr bei Sonnenaufgang auf dem Berg vor der Stadt Medina anlangen werdet.«

»Wenn du dann«, fuhr der Märtyrer fort, »zu Omar, dem Sohn Chattabs, kommst, so grüße ihn von mir und sage ihm: ›Gott wird dich wegen deines Eifers für den Islam belohnen.‹« Als der Märtyrer so gesprochen hatte, erhoben die Engel ihre Stimme und grüßten den Jüngling und seine Braut und sagten: »Gott hat euch im Himmel schon 2000 Jahre, ehe er Adam geschaffen, miteinander verbunden.« Das junge Ehepaar war außer sich vor Freude über diese Botschaft, und kaum leuchtete die Sonne, als sie vor den Mauern Medinas sich befanden, und Omar, der Sohn Chattabs, mit seinen Freunden ihnen entgegenkam. Dieser pflegte sonst sehr lange beim Morgengebet zu verweilen; er las oft mehrere Suren des Korans vor dem Gebet, so daß, ehe das eigentliche Gebet begann, die entlegensten Bewohner der Stadt Zeit hatten, aufzustehen, sich zu waschen und in die Moschee zu kommen. An diesem Tag aber betete Omar sehr schnell, und kaum hatte er vollendet, sagte er seinen Freunden: »Kommt mit mir, wir wollen den Verlobten entgegen gehen.« Seine Freunde staunten ihn an und wußten nicht, was er meinte; er ging aber vor ihnen her zum Tor hinaus und grüßte das junge Ehepaar, nahm sie mit in die Stadt und ließ ein großes Hochzeitsmahl bereiten, dem viele Muselmänner beiwohnten. Nachdem die Mahlzeit zu Ende war, begab sich der Jüngling zu seiner Braut, und Gott schenkte ihnen Söhne, die auf den Pfaden Gottes kämpfend ihrem Stamm Ehre machten.

Die himmlische Vergeltung

Man erzählt auch: Ein Prophet, der einen hohen Berg bewohnte, unter welchem eine Wasserquelle floß, und hier fern von den Menschen seine ganze Zeit der Andacht weihte, sah eines Tages einen Reiter auf die Quelle zukommen, der vom Pferd abstieg, einen Beutel, der ihm um den Hals hing, ablegte, sich ausruhte und Wasser trank. Der Reiter ging dann wieder und ließ den Beutel, in welchem Geld war, unter dem Baum liegen.

Bald nachher kam ein anderer Mann, um ebenfalls von dem Wasser zu trinken; er sah den Beutel mit Geld da liegen, nahm ihn und ging damit weg. Nach diesem kam ein Dritter, es war ein Holzhauer, der eine schwere Last Holz auf dem Rücken hatte; er legte seine Bürde neben der Quelle nieder und setzte sich, um Wasser zu trinken, als der erste Reiter wiederkehrte und ihn fragte: »Wo ist der Beutel hingekommen, der hier lag?« Der Holzhauer antwortete: »Ich weiß nichts davon.« Da zog der Reiter sein Schwert, tötete den Holzhauer, durchsuchte ihn vergebens und ging wieder seines Weges. Als der Prophet alles dies vom Berg aus sah, rief er: »O Herr, der eine hat das Geld genommen und ein anderer wird ungerechterweise erschlagen.« Da offenbarte ihm Gott folgende Worte: »Beharre du nur bei deiner Andacht und kümmere dich nicht um die Weltregierung; der Vater des Reiters hat einst dem Vater des Diebes 1000 Dinare geraubt, so habe ich dem Mann wieder das Geld seines Vaters verschafft; der Holzhauer aber hat den Vater des Reiters umgebracht, darum ließ ich diesen den Tod seines Vaters rächen.« Da rief der Prophet: »Es gibt keinen Gott außer dir, gepriesen sei dein Name, du allein kennst alles Verborgene!«

Lohn des auf Gott Vertrauenden

Ferner wird erzählt: Einst lebte unter den Söhnen Israels ein sehr frommer, reicher Mann, der auch einen sehr tugendhaften Sohn hatte. Als der Vater dem Tode nahe war, setzte sich sein Sohn ihm zu Häupten und bat ihn, ihm seinen letzten Willen kund zu tun. Der Vater sagte: »Schwöre nie bei Gott, weder einen wahren, noch einen falschen Eid.« Bald nach des Vaters Tod kam einer von den

Söhnen Israels zu dem Mann und sagte: »Dein Vater war mir soundsoviel Geld schuldig, und du weißt wohl davon, gib mir also das Geld oder schwöre, daß du nichts davon weißt.« Da der Mann sich des letzten Willens seines Vaters erinnerte, gab er ihm, was er begehrte, um nur keinen Eid zu schwören. Nach diesem kamen dann noch viele andere mit falschen Forderungen, bis der Mann endlich sein ganzes Vermögen hergegeben hatte. Als ihm nichts mehr übrig blieb, sagte er zu seiner gottesfürchtigen Frau, die ihm zwei Söhne geboren hatte: »Da ich nun alles weggegeben habe, was ich besaß, und wenn wieder jemand mich einer Schuld anklagt, ich gezwungen wäre, zu schwören, so laß uns unsere Heimat verlassen und in ein Land reisen, wo uns niemand kennt.« Er bestieg daher mit seiner Frau und seinen zwei Kindern das erste beste Schiff, ohne eigentlich zu wissen, wohin er wollte.

Aber bald wurde das Schiff zerschmettert, der Mann rettete sich auf einem Brett, die Frau auf einem anderen, und jeder der beiden Söhne wieder auf einem anderen. Die Wellen ließen sie nicht lange beisammen. Die Frau wurde ans Land gestoßen in ein kleines Dorf, einer ihrer Söhne in ein entlegenes Städtchen, der andere wurde von einem vorübersegelnden Schiff aufgenommen, den Vater aber stießen die Wellen auf eine entfernte Insel. Sobald er dort anlangte, wusch er sich im Meer und betete; da sah er verschiedenartige Gestalten aus dem Meer steigen, die mit ihm beteten. Nach vollendetem Gebet ging er auf einen Baum zu und sättigte sich an dessen Früchten. Dann fand er auch eine Wasserquelle, an welcher er seinen Durst löschen konnte, wofür er Gott dankte. So lebte er drei Tage lang, und sooft er betete, beteten die Gestalten, die dem Meer entstiegen, mit ihm. Am vierten Tage hörte er eine Stimme, die ihm zurief: »O frommer Mann, der seinen Herrn verehrt und den Willen seines Vaters achtet, betrübe dich nicht! Gott wird dir alles wieder ersetzen, was du verloren hast; auf dieser Insel sind unermeßliche Schätze verborgen, die dir der Herr schenken will, und durch dich soll diese Insel angebaut und bewohnt werden; ich werde viele Schiffe zu dir hierher senden, sei gütig gegen die Leute, die darauf sind, und lade sie ein, bei dir zu bleiben, Gott wird ihre Herzen dir zuneigen.« Der Mann fand bald die Schätze, die ihm Gott versprochen hatte, bald kamen auch mehrere Schiffe auf die Insel, und da er sehr wohltätig und zuvorkommend gegen die Leute war und sich sehr angelegentlich nach den Armen und Bedürftigen erkundigte und sie unterstützte, so kamen immer mehr Auswanderer herbei von allen Ländern her, und nach kaum zehn Jahren war die Insel angebaut und hatte eine sehr ansehnliche Bevölkerung, die den frommen Juden zum König erwählte. Der neue König wurde bald allenthalben wegen seiner außerordentlichen Wohltätigkeit berühmt, so daß sein ältester Sohn, den ein guter Mann aufgenommen hatte und sehr sorgfältig ausbilden und erziehen ließ, auch von ihm hörte und zu ihm reiste, ohne zu wissen, daß er sein Vater war. Der König nahm ihn sehr gut auf und machte ihn bald zu seinem Geheimsekretär. Bald darauf hörte auch der jüngere Sohn, der ebenfalls einen guten Erzieher gefunden hatte und ein tüchtiger Kaufmann wurde, von diesem frommen und gerechten König, und begab sich auch zu ihm und wurde bald zum Verwalter der königlichen Güter ernannt. Nicht lange nachher kam auch der Kaufmann auf die Insel, welcher des Königs Frau bei sich aufgenommen und ihr versprochen hatte, sie nie zu verlassen und ihr stets alles zu bieten, daß sie ungestört der Gottesverehrung leben könne.

Als der Kaufmann mit der Frau vor der Insel Anker geworfen hatte, nahm er allerlei kostbare Kleidungsstücke und andere edle Erzeugnisse des festen Landes zu sich und ging damit zum König, um sie ihm als Geschenk anzubieten. Der König freute sich sehr damit und machte ihm herrliche Gegengeschenke. Da unter den Geschenken des Kaufmanns einige Wurzeln und Medikamente waren, deren Namen und Gebrauch der König kennen wollte, bat er den Kaufmann, bei ihm zu übernachten und ihm alles zu erklären. Aber der Kaufmann erwiderte: »O König, ich habe auf dem Schiff eine fromme Frau, deren Gebet mir Segen bringt und der ich beständigen Schutz versprochen habe; ich kann sie nicht allein auf dem Schiff lassen. Der König sagte: »Ich will zuverlässige Männer zu ihr schicken, die sie und das Ihrige bewachen und beschützen werden.« Da der Kaufmann nichts hierauf zu entgegnen hatte, willigte er ein, bei dem König zu bleiben, und dieser schickte seinen Sekretär und seinen Verwalter auf das Schiff

und befahl ihnen, es die ganze Nacht zu bewachen. Sie gingen auf das Schiff, der eine setzte sich auf den Vorderteil und der andere auf den Hinterteil desselben. Nachdem sie einen Teil der Nacht mit Beten zugebracht hatten, sagte einer zum anderen: »Da uns der König befohlen hat, das Schiff zu bewachen, so wollen wir, um nicht einzuschlafen, uns miteinander von den Weltbegebenheiten oder von unseren eigenen Abenteuern und Erfahrungen unterhalten.« Da erwiderte der andere: »Ich habe schon viel erfahren, denn das Schicksal hat mich von meinem Vater und meiner Mutter getrennt; auch hatte ich einen Bruder, der so hieß wie du, wir waren auf einem Schiff beisammen, das der Sturm zerschmetterte, und so wurden wir voneinander getrennt.« Als der erste dies hörte, fragte er nach den Namen seiner Mutter und seines Vaters, und als jener sie nannte, warf er sich ihm in die Arme und sagte: »Bei Gott, du bist mein Bruder!« Sie erzählten dann einander noch vieles, was ihnen in der Jugend widerfahren, und ihre Mutter hörte allem zu, aber sie nahm sich zusammen und verriet sich nicht. Als der Morgen leuchtete, sagte ein Bruder zum andern: »Laß uns jetzt nach Hause gehen und zu Hause weiter plaudern.« Bald nachher kam der Kaufmann wieder und fand seine Frau sehr angegriffen. Er fragte sie, was ihr zugestoßen. Sie antwortete: »Du hast mir diese Nacht zwei Männer geschickt, die von mir etwas Schlechtes wollten, so daß ich sehr aufgebracht gegen sie bin.« Der Kaufmann ging ganz zornig zum König und erzählte ihm, wie sich seine Vertrauten gegen die Frau benommen. Der König, der sie wegen ihrer Ehrlichkeit und Zuverlässigkeit sehr liebte, ließ sie sogleich rufen; auch nach der Frau schickte er, damit sie erkläre, was die Männer verschuldet haben. Als die Frau erschien, sagte ihr der König: »Was hast du Schlechtes von meinen Vertrauten gesehen?« Die Frau sagte: »O König, ich beschwöre dich bei dem allmächtigen Gott, bei dem Herrn des Himmels! Befiehl ihnen, das Gespräch zu wiederholen, das sie diese Nacht miteinander geführt.« Auf den Befehl des Königs erzählten sie wieder einander die Geschichte ihrer Trennung. Da stand der König von dem Thron auf, fiel über sie her, umarmte sie und schrie: »Bei Gott, ihr seid meine Söhne!« Hierauf nahm die Frau ihren Schleier vom Gesicht und rief: »Und ich, bei Gott, bin ihre Mutter!« So blieben sie denn beisammen und lebten in Glück und Freude, bis sie der Tod erreichte. Gepriesen sei der, welcher den Diener rettet, der sich zu ihm wendet, und den nie beschämt, der auf ihn sein Vertrauen setzt.

Ikirma und Chuseima

Es wird noch erzählt: Zur Zeit des Kalifen Suleiman, des Sohnes Abd Almeliks, lebte ein Abkömmling von dem Stamm der Söhne Asad, der durch seine Biederkeit, seinen Edelmut und seine Freigebigkeit allenthalben berühmt war; sein Name war Chuseima, der Sohn Baschars. Nachdem er lange alle seine Freunde mit Wohltaten überhäuft hatte, verließ ihn das gute Glück, so daß er zuletzt derjenigen bedurfte, deren Wohltäter er bisher gewesen war. Aber diese Menschen waren seiner bald überdrüssig, und sobald er eine Veränderung in ihrem Benehmen gegen ihn wahrnahm, ging er zu seiner Frau, welche zugleich seine Base war, und sagte ihr: »Ich habe meine Freunde ganz verändert gegen mich gefunden und daher beschlossen, nicht mehr aus dem Hause zu gehen, bis ich sterbe.« Er schloß sogleich die Tür und lebte zu Hause von dem, was er noch hatte, bis endlich gar nichts übrig blieb und er gar nicht mehr wußte, was er tun sollte. Dies hörte zufällig Ikirma, der Statthalter von Mesopotamien, der wegen seiner Freigebigkeit berühmt war, und er sagte zu denjenigen, die ihm von Chuseimas Not erzählten: »Sind selbst diesem Mann keine Freunde und keine Bekannten zu Hilfe gekommen?« Er wartete dann, bis es dunkel war, nahm 400 Dinare und legte sie in einen Beutel, ließ sich sein Maultier satteln und nahm nur einen Diener mit, der das Geld trug, und ritt bis vor die Tür von Chuseimas Haus. Hier nahm er dem Diener den Beutel ab, schickte ihn weg und stieß die Tür auf. Als Chuseima herauskam, gab ihm Ikirma den Beutel und sagte: »Verbessere damit deine Lage!« Chuseima fand den Beutel so schwer, daß er ihn fallen ließ; er ergriff dann den Zaum von Ikirmas Maultier und sagte: »Wer bist du? Ich will es wissen, damit ich mein Leben für dich opfere!« Ikirma antwortete: »Ich werde es dir jetzt nicht sagen; wollte ich von dir gekannt sein, so wäre ich nicht zu dieser Stunde gekommen.« Aber Chuseima entgegnete: »Wenn du mir nicht sagst, wer du bist, so nehme ich dein Geld nicht an.« Da sagte Ikirma: »Ich bin ein Mann, der gern das Unglück der Elenden mildert, mehr sage ich dir nicht«, und lief schnell fort. Chuseima ging mit dem Beutel zu seiner Frau und sagte ihr: »Freue dich, Gott hat uns geholfen, wenn dieser Beutel voll Geld ist; zünde einmal Licht an!« Aber die Frau sagte: »Wir haben kein Licht im Hause.« Und so mußte er mit Ungeduld den Morgen erwarten. Ikirma aber, als er wieder nach Hause kam, hörte, daß seine Frau ihn vermißt und nach ihm gefragt habe, und als man ihr gesagt, er sei ausgeritten, ihr die Sache sehr verdächtig vorgekommen sei. Sie sagte ihm daher, als er zurückkam: »Wie? Der Statthalter von Mesopotamien reitet in der Nacht aus ohne Gefolge? Der kann nur irgend ein Mädchen oder eine Frau besuchen.« »Gott weiß es«, antwortete Ikirma, »daß ich weder bei einer Frau noch bei einem Mädchen war.« »So sage mir denn, wo du warst«, entgegnete die Frau. Er antwortete: »Ich bin ja nur darum zu dieser Stunde ausgeritten, weil niemand wissen soll, wohin.« Aber sie plagte ihn so lange, bis er ihr endlich die ganze Geschichte erzählte, und als er damit zu Ende war, fragte er sie, ob er auch noch schwören solle; aber sie erklärte, daß sie nun vollkommen beruhigt sei. Nachdem Chuseima am folgenden Morgen mit dem Geld seine Schulden bezahlt und sich neu ausgestattet hatte, ritt er zu dem Kalifen Suleiman, dem Sohn Abd Almeliks, der ihn wohl kannte und daher auch gleich sich kommen ließ. Sobald Chuseima den Kalifen gegrüßt hatte, fragte ihn dieser, warum er ihn so lange nicht gesehen. Chuseima antwortete: »Meine schlechten Umstände haben mich abgehalten, und erst vergangene Nacht wurde ich in den Stand gesetzt, vor dem Fürsten der Gläubigen zu erscheinen«, und erzählte ihm hierauf, wie ihm jemand einen Beutel mit Geld gebracht. Suleiman sagte. »Kennst du den Mann?« »Nein«, antwortete Chuseima; »er wollte sich nicht zu erkennen geben, und nannte sich nur den Mann, der das Unglück der Elenden mildert.« Suleiman wünschte sehr zu erfahren, wer er war, um ihn belohnen zu können. Bald nachher ließ Suleiman Chuseima eine Fahne überreichen und ernannte ihn zum Statthalter von Mesopotamien an Ikirmas Stelle. Chuseima machte sich auf den Weg nach Mesopotamien, und als er in die Nähe der Hauptstadt kam, ging ihm Ikirma mit den vornehmsten Bürgern der Stadt entgegen und begleitete ihn in den Regierungspalast. Chuseima fand bei der Übernahme der Kasse, daß viel Geld im Schatz fehlte, und forderte Ikirma auf, es herauszugeben. Ikirma bestand darauf, er habe kein Geld, man möge mit ihm verfahren, wie man wolle. Chuseima ließ ihn einsperren und schickte noch einmal zu ihm ins Gefängnis, um ihn aufzufordern, das, was er dem Schatz schuldig sei, zu bezahlen. Ikirma antwortete: »Ich gehöre nicht zu denen, die lieber ihre Ehre opfern, als ihr Geld; tue, was du willst!« Chuseima ließ ihn hierauf in Ketten legen und länger als einen Monat im Kerker schmachten. Als aber Ikirmas Gattin vernahm, was ihm zugestoßen, rief sie eine ihrer Sklavinnen, welche sehr viel Verstand hatte, und sagte ihr: »Gehe sogleich zu dem Statthalter Chuseima und sage du habest ihm einen wohlgemeinten Rat zu geben, und wenn er fragt: ›Was?‹ Sage ihm, sobald du allein mit ihm bist: ›Belohnst du so mit Kerker und Fesseln den, welcher die Leiden der Elenden mildert?‹« Die Sklavin tat, wie ihr befohlen worden, und sobald Chuseima ihre Worte hörte, rief er mit lauter Stimme: »Wehe mir! So kam jenes Geld von ihm?« »Allerdings«, erwiderte die Sklavin. Chuseima ließ sogleich die angesehensten Einwohner der Stadt zu sich rufen und ritt mit ihnen bis vor die Türe des Gefängnisses, trat dann mit seinem Gefolge hinein und fand Ikirma ganz entstellt von Schmerz und Gram, und beschämt den Kopf zur Erde beugend. Er fiel über ihn her, küßte sein Haupt und sagte: »Deine Handlungen waren edel, und ich habe dich schlecht dafür belohnt.« »Gott verzeihe dir und mir!« erwiderte Ikirma. Chuseima nahm ihm dann die Fesseln ab und wollte sie sich selbst anlegen lassen, damit er erdulde, was er seinem Wohltäter angetan.

Ikirma beschwor jedoch Chuseima bei Gott, dies zu unterlassen, und so gingen sie denn alle zusammen in des letzteren Wohnung; auch Ikirma, der sich entfernen wollte, wurde von Chuseima genötigt, mit ins Haus zu kommen. Als Ikirma ihn fragte, was er von ihm wolle, sagte er: »Ich will dich in einen besseren Stand setzen, denn ich schäme mich vor deiner Gattin noch mehr, als vor dir selbst.« Er führte ihn hierauf ins Bad, wo er ihn selbst bediente, schenkte ihm ein kostbares Kleid und viel Geld und begleitete ihn in sein Haus. Als Chuseima in Ikirmas Haus war, bat er ihn, ihm zu erlauben, sich bei seiner Frau zu entschuldigen, und als dieses geschehen war, bat er ihn, mit ihm zum Kalifen zu reisen, der damals in Syrien sich aufhielt. Als sie vor dem Palast des Kalifen anlangten und der Pförtner Chuseima meldete, sagte der Kalif: »Der Statthalter von Mesopotamien kommt ohne Befehl hierher, da muß wohl etwas Außerordentliches sich ereignet haben. Er ließ ihn daher schnell hereintreten und fragte ihn, noch ehe er grüßte: »Was bringst du?« Chuseima antwortete: »Nur Gutes, o Fürst der Gläubigen! Ich habe endlich den Heilenden des Unglücks der Edlen gefunden, und da ich wußte, wie sehr du wünschest, ihn kennen zu lernen, wollte ich dich mit dessen Anblick erfreuen.« »Und wer ist es?« fragte Suleiman. »Ikirma«, antwortete Chuseima. Der Kalif ließ ihn hereintreten, grüßte und bewillkommte ihn freundlich und sagte: »Deine Wohltaten haben dir nur Schmerzen gebracht; doch schreibe jetzt auf, was du brauchst!« Ikirma machte ein Verzeichnis von allem, was ihm Bedürfnis war, und Suleiman ließ ihm alles geben und schenkte ihm noch obendrein 10000 Dinare und zwei Stücke Tuch. Dann sagte er ihm: »Chuseimas Schicksal liegt in deiner Hand; wenn du willst, lasse ich ihm seine Statthalterschaft, wo nicht, so nehme ich sie ihm.« Ikirma bat den Kalifen, er möge Chuseima auf seinem Posten lassen; er selbst aber erhielt dann vom Kalifen die Statthalterschaft von Adserbeidjan und Armenien. Beide verließen hierauf den Kalifen Suleiman und blieben seine Statthalter während der ganzen Dauer seines Kalifats.

Es wird noch erzählt: Unter dem Kalifate Hischams, des Sohnes Abd Almeliks, lebte ein Mann, unter dem Namen Junus, der Schreiber, bekannt. Er reiste einst nach Damaskus mit einer Sklavin, die durch ihre Schönheit und Liebenswürdigkeit ausgezeichnet war, und die er auch in allem, was ein Mädchen wissen soll, hatte unterrichten lassen, so daß er sie auf 100000 Drachmen schätzte. In der Nähe von Damaskus ließ er sich mit seiner Karawane am Ufer eines kleinen Sees nieder und holte einige Speisen herbei, die er noch bei sich hatte, und einen Krug mit Wein. Auf einmal kam ein hübscher junger Mann mit zwei Dienern hergeritten, grüßte Junus und fragte ihn, ob er sein Gast sein dürfe. Junus lud ihn ein, hielt seine Steigbügel und ließ ihn absteigen, gab ihm zu trinken und hieß seine Sklavin etwas singen, so daß der Reiter ganz entzückt war. Nachdem sie so bis nach der Zeit des Nachtgebets miteinander gezecht hatten, fragte der Reiter den Schreiber Junus, was ihn nach Damaskus führe.

Junus antwortete dem jungen Mann: »Ich will diese Sklavin hier verkaufen!« »Und um welchen Preis?« fragte dieser. »Um die Summe, die ich brauche, um meine Schulden zu bezahlen und meine Lage zu verbessern.« »Ich gebe dir 30000 Drachmen.« »Das genügt nicht, biete mehr!« »Meinetwegen 40000 Drachmen!« »So viel brauche ich gerade, um meine Schulden zu bezahlen, ich bliebe dann mit leeren Händen.« »Nun, so nehme ich sie für 50000 Drachmen, schenke dir noch ein Kleid und gebe dir Teil an meinem Geschäfte, solange ich lebe.« »So sei sie dir verkauft!« Der Reiter fragte dann, ob er sie gleich mitnehmen dürfe und ihm erst morgen das Geld geben, oder ob er sie solange noch behalten wolle. Junus, vom Weine berauscht, schämte sich, gegen den Reiter Mißtrauen zu zeigen und sagte: »Ich traue dir, nimm sie nur gleich mit, Gott segne dich durch sie!« Der Reiter sagte einem seiner Diener: »Nimm sie vor dir auf dein Pferd!« Dann nahm er Abschied von Junus und ritt weg. Nach einigen Stunden sah erst Junus seinen Leichtsinn ein und er bereute es, die Sklavin einem Mann gegeben zu haben, den er gar nicht kannte und zu dem er gar nicht zu gelangen wußte. Am folgenden Morgen, als die Karawane nach dem Morgengebet in die Stadt zog, hatte er Lust, ihr zu folgen, denn die Sonne war sehr glühend an der Stelle, wo er sich befand; er fürchtete aber, es möchte ein Bote von dem Reiter

kommen und ihn nicht finden, und er so nach der ersten Torheit noch eine zweite, größere, begehen. Er setzte sich daher in den Schatten einer Mauer, die dort war, und bald kam zu seiner größten Freude einer der Diener, die den Reiter begleitet hatten und sagte: »Kennst du den Herrn, der dir die Sklavin abgekauft?« »Nein«, antwortete Junus. »So komme mit mir«, sagte der Diener, »es ist Walid, der Sohn Suheils*, der Statthalter von Indien.« Junus bestieg das Pferd, das der Diener für ihn mitgebracht, und als er in Walids Wohnung kam, trat ihm seine Sklavin entgegen und grüßte ihn. Junus fragte sie, wie es ihr gehe. Sie antwortete: »Ich bin in dieses Gemach gebracht und mit allem Nötigen versehen worden.« Bald kam ein Diener und führte ihn in einen Saal, wo der Käufer auf einem Throne saß und ihn bewillkommte und nach seinem Namen fragte. Dann sagte er: »Ich habe eine kummervolle Nacht zugebracht, weil ich die Sklavin nahm, ohne daß du mich kanntest; hast du es nicht bereut, sie einem Fremden ohne Geld gegeben zu haben?« Er ließ zuerst 50000 Drachmen bringen und legte sie Junus vor. Dann ließ er noch 1500 Dinare herbeiholen und sagte: »1000 Dinare gebe ich dir für die gute Meinung, die du von mir gehabt, und 500 für deine Reisekosten; ich nehme die Sklavin nur unter dieser Bedingung; bist du zufrieden?« »Vollkommen zufrieden«, antwortete Junus und küßte Walid die Hände. Er lobte dann die Sklavin sehr, ließ sie rufen und vor Junus einige Verse singen. Dann befahl er einem Diener, ein Pferd für Junus zu bringen und ein Maultier für seine Effekten, und sagte ihm: »Wenn du meiner wieder bedarfst, so komme

* Dies soll wohl »Jesids« heißen, denn der auf Hischam folgende Kalif war sein Sohn Jesids.

nur, du sollst keinen Mangel haben, solange ich lebe.« Hierauf ritt Junus fort mit seinem Geld. Als dann später Walid Kalif wurde, ging Junus zu ihm, und Walid hielt sein Versprechen, nahm ihn mit vieler Auszeichnung auf, schenkte ihm viel Geld und Güter und verschaffte ihm hohes Ansehen. Junus lebte in den glücklichsten Umständen in der Nähe des Kalifen bis zu seinem Tod. Gottes Erbarmen sei mit ihm!

Es lebte in grauer Vorzeit ein griechischer Weiser, dessen Namen Daniel war; seine Gelehrsamkeit war so groß, daß alle Gelehrten Griechenlands zu ihm wanderten, um seine Weisheit zu vernehmen, und daß sein Wort allenthalben als höchste Autorität galt. Dieser Mann hatte aber keinen Sohn und war sehr betrübt darüber. Eines Abends ging er traurig und krank nach Hause, nahm fünf Blätter, die ihm noch übrig geblieben von einem Buch, das er ins Meer hatte fallen lassen, verschloß sie in eine Kiste und sagte zu seiner Frau: »Wisse, daß meine Todesstunde nahe ist; ich werde diese vergängliche Welt verlassen und in eine ewigdauernde übergehen. Gott weiß, ob du nicht in gesegneten Umständen bist und nach meinem Tod einen Sohn gebärst; ist dies der Fall, so nenne ihn Haseb Kerim Eddin, den Edlen im Glauben, gib ihm eine gute Erziehung, und wenn er dich fragt, was ich ihm hinterlassen, so überreiche ihm diese fünf Blätter, und wenn er sie liest und versteht, so ist er der gelehrteste Mann seiner Zeit.« Er nahm nach diesen Worten Abschied von ihr, seufzte tief, schöpfte noch einmal Atem und schied aus der Welt. Der erhabene Gott erbarme sich seiner! Seine Familie und Stammgenossen beweinten, wuschen und beerdigten ihn. Seine Frau aber gebar nach einiger Zeit einen hübschen Knaben, den sie Haseb nannte, wie ihr Gatte es befohlen; als er zur Welt kam, ließ sie Sterndeuter kommen, um ihm seine Zukunft zu prophezeien, und sie sagten ihr: »Wisse, daß dein Sohn sehr lange leben wird, wenn er einige Gefahren übersteht, die ihm in seiner Jugend zustoßen werden; er wird dann auch der Weiseste seiner Zeit werden.« Die Astrologen gingen dann wieder nach Hause und die Mutter pflegte Haseb bei sich im Hause, bis er das Alter von fünf Jahren erreicht hatte; dann schickte sie ihn in eine Schule, und nach mehreren Jahren ließ sie ihn ein Handwerk lernen, aber er lernte gar nichts und wollte gar nicht arbeiten, so daß er seiner Mutter viel Kummer machte. Man riet ihr dann, ihn zu verheiraten, weil er durch die Ehe doch zur Arbeit gezwungen würde, und sie warb um eine Gattin für ihn. Nachdem er einige Zeit verheiratet war, sagten seine Nachbarn, welche Holzhauer waren, zu seiner Mutter: »Kaufe deinem Sohn einen Esel und Strick und ein Beil, wir wollen ihn dann mit uns in den Wald nehmen, und was wir für das Holz lösen, werden wir, wenn er mit uns arbeitet, untereinander teilen, so daß ihr davon leben könnt.« Hasebs Mutter freute sich sehr mit dem Anerbieten ihrer Nachbarn und kaufte ihrem Sohn einen Esel, ein Beil und einen Strick, und schickte ihn mit den Holzhauern ins Gebirge. Diese halfen ihm schneiden und aufladen; kehrten mit ihm zur Stadt zurück, verkauften das Holz und ernährten ihre Familien damit. Sie setzten diese Lebensweise lange fort, bis sie eines Tages, als sie im Gebirge waren, ein starker Regen überfiel, da flüchteten sie sich in eine Höhle, um sich vor dem Regen zu schützen. Haseb schlug in der

Höhle mit seinem Beil auf den Boden, da merkte er, daß der Boden hohl war; er grub eine Weile nach und fand eine runde Platte mit einem Ring. Bei dieser Entdeckung freute er sich sehr und rief seine Gefährten. Die Holzhauer eilten zu ihm und halfen ihm die Platte aufheben; als sie weg war und sie eine Grube ganz mit Honig gefüllt sahen, sagten sie zueinander: »Diese Grube ist von Honig

gefüllt; es bleibt uns nichts übrig, als in die Stadt zu gehen, um Gefäße zu holen, in welchen wir ihn in die Stadt tragen, um ihn dort zu verkaufen; das Geld teilen wir dann. Doch muß einer von uns hier bleiben, um die Grube zu bewachen.« Haseb sagte: »Ich will als Wache hier bleiben, geht ihr in die Stadt und kommt bald wieder mit Gefäßen.« Alle gingen fort bis auf Haseb und kehrten bald wieder mit großen Töpfen zurück; sie füllten sie mit Honig, führten sie in die Stadt, verkauften sie und kehrten wieder zur Grube mit leeren Gefäßen. So machten sie viele Reisen hin und her und verkauften immer den Honig in der Stadt, während Haseb immer in der Höhle blieb, um die Grube zu bewachen, bis eines Tages einer der Holzhauer zu den übrigen sagte: »Wisset, da Haseb die Grube entdeckt hat, so könnte er morgen, wenn er in die Stadt kommt, uns anklagen und alles Geld in Anspruch nehmen, das wir für den Honig gelöst; das Beste ist daher, wir lassen ihn nun noch einmal in die Grabe steigen, um den übrigen Honig herauszugeben, dann lassen wir ihn unten vor Hunger sterben; es wird nie ein Mensch etwas mehr von ihm erfahren.« Sämtliche Holzhauer stimmten mit diesem Vorschlag überein; sie gingen wieder zur Höhle und sagten zu Haseb:

»Steige in die Grube hinab, um uns den übrigen Honig zu holen.« Haseb stieg hinunter; als er aber die Gefäße gefüllt hatte und den Holzhauern sagte: »Zieht mich wieder hinauf, es ist kein Honig mehr da«, erhielt er keine Antwort, denn sie waren alle in die Stadt zurückgekehrt und hatten ihn in der Grube gelassen. Haseb rief vergebens nach Hilfe und sagte weinend: »Es gibt keinen Schutz und keine Macht, als bei Gott dem Erhabenen! Nun bin ich lebendig begraben.« Die Holzhauer verkauften wie immer ihren Honig in der Stadt; dann gingen sie zu Hasebs Mutter und sagten ihr: »Mögest du leben statt deines Sohnes Haseb!« Sie fragte: »Was ist denn diesem geschehen?« Da antworteten die Holzhauer: »Als wir im Gebirge waren, fing es an, stürmisch zu regnen, und wir flüchteten uns in eine Höhle; da entfloh die Eselin deines Sohnes ins Tal, und als dein Sohn ihr nachlief, um sie zurückzubringen, kam ein großer Wolf, tötete deinen Sohn und fraß den Esel.« Als Hasebs Mutter dies hörte, schlug sie sich ins Gesicht, streute Erde auf ihr Haupt und trauerte um ihren Sohn; die Holzhauer aber wurden angesehene Kaufleute, sie aßen und tranken, schickten auch Hasebs Mutter zu essen und führten das vergnügteste Leben. Haseb blieb lange in der Grube, bis endlich ein großer Skorpion auf ihn von oben herunterfiel; er brachte ihn um und dachte: »Die Grube war doch ganz mit Honig angefüllt, wo mag wohl dieser Skorpion hergekommen sein?« Er machte sich auf, um die Stelle zu untersuchen, wo der Skorpion hergekommen; da sah er eine Spalte, durch die Licht hereinfiel; er nahm sein Messer und erweiterte sie, bis er durchschlüpfen konnte; er kam dann an einen langen Gang und sah zuletzt eine große eiserne Tür mit einem silbernen Schloß, an dem ein goldener Schlüssel war. Er näherte sich der Tür und öffnete sie, und als er durchgegangen und eine Strecke vorwärts war, kam er vor einen großen See; daneben sah er einen Hügel aus grünem Smaragd, auf dem ein goldener Thron stand mit allerlei Edelsteinen besetzt.

Rings um diesen Thron standen Stühle, einige von Gold, andere von Silber, andere von Kupfer und einige von Eisen, von Sandelholz, von Elfenbein und von Ebenholz; es waren nicht weniger als 12000 Stühle. Haseb setzte sich auf den Thron, um welchen die Stühle standen, und vor großem Erstaunen und Wohlgefallen an diesem See und diesen Stühlen schlief er ein. Gepriesen sei der, welcher nie schläft! Als er wieder erwachte, hörte er ein Zischen und Wispern und Blasen; er öffnete seine Augen und richtete sich auf, da sah er auf den Stühlen große Schlangen sitzen; eine jede war 100 Ellen lang. Hasebs Mund trocknete aus vor Furcht; er verzweifelte schon am Leben, als er die Augen dieser Schlangen sah, welche wie blanke Schwerter funkelten. Als er dann seinen Blick auf den See warf, sah er darin viele kleine Schlangen, so viele, daß nur Gott ihre Zahl kennt. Nach einer Weile kam eine Schlange herbei, so dick wie ein Maultier und trug eine goldene Kufe auf dem Rücken, in welcher eine Schlange mit einem Menschengesicht wie Kristall leuchtete. Als sie in die Nähe Hasebs kam, grüßte sie ihn mit beredter Zunge, und er erwiderte ihren Gruß. Dann kam eine Schlange und setzte die Kufe auf einen der Stühle; die Schlange, die darin war, schrie dann die übrigen in ihrer Sprache an; sie erhoben sich alle von ihren Stühlen, fielen vor ihr nieder und grüßten sie. Erst auf einen Wink dieser Schlange setzten sie

ED. WATTIER
ANDREW. BEST. LELOIR

sich wieder. Sie sagte hierauf zu Haseb: »Fürchte dich nicht vor uns, ich bin die Königin der Schlangen und ihre Sultanin!« Diese Worte beruhigten Hasebs Herz um so eher, als sie einigen Schlangen befahl, etwas zu essen zu bringen, und sie sogleich mit Äpfeln, Trauben, Granatäpfeln, Pistazien, Haselnüssen, Mandeln, Nüssen und Bananen herbeikamen und sie Haseb vorstellten. Die Königin hieß ihn noch einmal willkommen, fragte ihn nach seinem Namen und bat ihn, von diesen Früchten ohne Furcht zu essen. »Gekochte Speisen«, sagte sie, »haben wir nicht.« Haseb aß von den Früchten, bis er satt war, und dankte dem erhabenen Gott dafür. Als er vollends gegessen hatte, wurden die Speisen weggetragen, und die Königin fragte ihn, woher er komme und wie er diesen Ort erreichen konnte. Haseb erzählte ihr, was seinem Vater mit dem Engel Gabriel begegnet, wie er erst nach seines Vaters Tod geboren worden und in der Schule nichts lernen wollte, wie er dann Holzhauer wurde und die Grube entdeckte, in der ihn seine Gefährten zurückgelassen, und wie er endlich durch einen Skorpion auf einen Ausgang aufmerksam gemacht worden. »Das ist«, schloß er, »alles, was ich über die Art und Weise, wie ich hierher gelangt, zu erzählen weiß.« Als Haseb seine Erzählung vollendet hatte, sagte ihm die Schlange: »Sei nur ruhig: Es wird dir nur Gutes begegnen; bleibe nur einige Zeit bei mir, Haseb, ich will dir auch meine Geschichte erzählen, du wirst darüber erstaunen.« Haseb sagte: »Ich gehorche recht gern deinem Befehl.« Darauf begann die Königin: Wisse, o Haseb, es war in Ägypten ein Mann von den Söhnen Israels, welcher einen Sohn hatte, der Bulukia hieß. Der Mann tat nichts anderes, als Gott anbeten und die heilige Schrift lesen; als er erkrankte und dem Tod nahe war, kamen die Vornehmsten des Landes zu ihm und grüßten ihn; er sagte ihnen: »Wisset, ihr Männer, meine Abschiedsstunde ist nahe; ich verlasse diese Welt, um in eine andere zu wandern; ich habe euch nichts zu empfehlen, als meinen Sohn Bulukia, dessen ihr euch annehmen möget.« Hierauf rief er: »Ich bekenne, daß es keinen Gott gibt außer dem einzigen Gott«, atmete zum letzten Mal und schied aus der Welt. Gott erbarme sich seiner! Man bereitete ihm sein Totengewand zu, wusch und beerdigte ihn und ernannte seinen Sohn Bulukia zum Sultan. Dieser war so gerecht gegen seine Untertanen, daß die höchste Ruhe und Zufriedenheit in seinem Land herrschte. Eines Tages aber öffnete er die Schatzkammern seines Vaters, um zu sehen, was sie enthalten; da fand er in einer der Kammern eine verborgene Tür; er öffnete sie und kam in ein kleines Kabinett, worin auf einer weißen marmornen Säule ein Kästchen von Ebenholz stand. Bulukia öffnete es und fand darin ein anderes, goldenes Kästchen; er öffnete auch dieses und sah ein Buch darin, auf dessen Außenseite geschrieben war: »Ein Prophet mit Namen Mohammed wird einst aufstehen Gott sei ihm gnädig und bewahre ihn, der ist der Herr aller ihm Vorangegangenen und ihm Nachfolgenden.« Als Bulukia diese Worte gelesen, wurde er ganz rasend vor Liebe zu Mohammed; er versammelte die Großen und die Priester seines Volkes, machte sie mit dem Buch bekannt und sagte ihnen: »Mein Vater verdient, daß ich ihn aus dem Grabe hervorziehe und verbrenne, weil er mir dieses Buch verborgen hat, das er gewiß aus der Tora oder aus den Büchern Ibrahims ausgezogen hat; wie mochte er ein solches Buch so sorgfältig verschließen und niemand damit bekanntmachen!« Aber die Vornehmen der Söhne Israels widersetzten sich einer solchen Handlung und sagten: »Laß ihn nun in der Erde ruhen, Gott hat ihn zu sich genommen!« Bulukia ging dann zu seiner Mutter und sagte ihr, was er in der Schatzkammer seines Vaters gefunden, und erklärte ihr, daß er nun Mohammed so leidenschaftlich liebe, daß er alle Länder durchziehen wolle, bis er mit ihm zusammenträfe, sonst müsse er sterben. Er zog sogleich ein Reisekleid an und bat seine Mutter, nicht zu unterlassen, für ihn zu beten. Die alte Königin weinte und sagte: »Was wird aus mir werden, wenn du fort bist?« Aber er erwiderte: »Ich kann unmöglich länger hier bleiben«, und reiste fort in der Richtung nach Syrien, ohne einen Menschen in diesem Land zu kennen. Als er ans Ufer des Meeres kam, fand er ein Schiff; er bestieg es und wurde auf eine Insel gebracht. Da stieg er ans Land und schlief ein. Gepriesen sei der, welcher nie schläft! Unterdessen segelte das Schiff weiter, und als er erwachte, war es schon fort und hat ihn allein auf der Insel gelassen. Als er weinend auf der Insel umherging, begegneten ihm Schlangen, so groß wie Kamele und so lang wie Dattelbäume, die Gottes Lob verkündigten und für Mohammed beteten, worüber er sehr erstaunte.

Eine dieser Schlangen fragte nun Bulukia: »Wer bist du, wo willst du hin und wo kommst du her?« Er antwortete: »Ich heiße Bulukia, gehöre zu den Söhnen Israels und reise aus Liebe zu Mohammed, Gott sei ihm hold, um ihn aufzusuchen; doch wer seid ihr, ihr edlen Geschöpfe?« Sie antworteten: »Wir sind Bewohner der Hölle, zur Pein der Ungläubigen geschaffen.« Bulukia fragte sie, wie sie denn hierher gekommen. Die Schlange antwortete: »Wisse, Bulukia, daß die Hölle, welche auch ein lebendiges Wesen ist, zweimal im Jahr Atem schöpft, einmal im Sommer und einmal im Winter, und daher entsteht auch die große Hitze im Sommer; so oft sie ausatmet, wirft sie uns aus, und wenn sie wieder einatmet, zieht sie uns wieder an.« Bulukia fragte dann, ob in der Hölle noch größere Schlangen umherkriechen, worauf die Schlange antwortete: »Wir sind die allerkleinsten; in der Hölle gibt es aber Schlangen, die es gar nicht empfinden, wenn die größte von uns in ihre Nase kriechen würde. Bulukia fragte ferner: »Woher kennt ihr Mohammed, für den ihr betet?« Sie antworteten: »O Bulukia, Mohammeds Name ist über die Tür des Paradieses geschrieben, und wäre er nicht, so hätte Gott gar nichts geschaffen, weder Paradies noch Hölle, weder Himmel noch Erde; Gott hat alles nur seinetwillen geschaffen und hat überall Mohammeds Namen mit dem seinigen verschlungen, darum beten wir für Mohammed, Gott sei ihm hold!« Als Bulukia diese Worte von der Schlange hörte, vermehrte sich seine Liebe und Sehnsucht zu Mohammed noch. Er nahm dann von den Schlangen Abschied, ging ans Ufer des Meeres, wo ein Schiff vor Anker lag, bestieg es und fuhr damit nach einer anderen Insel. Als er hier ans Land stieg und eine Weile umherging, sah er endlich viele große und kleine Schlangen. Unter anderen sah er auch eine, welche weißer und glänzender als Kristall war, sie saß in einer goldenen Kufe auf dem Rücken einer anderen Schlange, groß wie ein Elefant; die Schlange in der Kufe war die Königin der Schlangen, und die bin ich. Haseb sagte: »Nun erzähle mir, was zwischen dir und Bulukia vorgefallen!«

Die Königin fuhr fort: Als ich Bulukia sah, grüßte ich ihn und fragte ihn, wo er herkomme, wer er sei, was er suche und wie er heiße; er antwortete mir: »Ich heiße Bulukia, bin von den Söhnen Israels und ziehe umher, um Mohammed, den Propheten Gottes, aufzusuchen, den ich in der heiligen Schrift angekündigt fand.« Er fragte mich dann: »Und wer bist du?« Ich sagte ihm: »Ich bin die Schlangenkönigin und heiße Tamlicha; wenn du Mohammed, dem Gott gnädig sei, triffst, so grüße ihn von mir.« Bulukia nahm dann Abschied von mir, bestieg das Schiff wieder und reiste nach Jerusalem. Da lebte ein Mann, der in allen Wissenschaften bewandert war; er hatte Geometrie, Astronomie, Chemie und Metaphysik studiert, auch viel in der Tora, in den Evangelien und Psalmen und den Büchern Abrahams gelesen. Dieser Mann – er hieß Afan – hatte in einem seiner Bücher gefunden, daß, wer den Siegelring unseres Herrn Salomon anlegt, dem gehorchen alle Vögel, Tiere, Menschen und Genien, kurz alle Geschöpfe. Als unser Herr Salomon aber starb, wurde er in einen Sarg gelegt und in einem Berg begraben, der von sieben Meeren umgeben ist, wo kein Schiff hinkommen kann, damit weder ein Genius noch ein Mensch ihm den Siegelring nehme.

Nun hatte aber Afan in einem seiner Bücher gefunden, daß, wenn man sich mit dem ausgepreßten Saft eines gewissen Krautes die Füße salbt, man auf jedem Meer, das Gott geschaffen, gehen kann, ohne unterzusinken; niemand kann aber zu diesem Kraut gelangen, ohne die Hilfe der Schlangenkönigin. Als nun Bulukia nach Jerusalem kam und in einem Tempel Gott anbetete, ging Afan auf ihn zu und grüßte ihn; Bulukia erwiderte seinen Gruß und fuhr wieder fort die Tora zu lesen und andächtig zu beten. Da näherte sich ihm Afan und fragte ihn, wer er sei und wo er herkomme; Bulukia antwortete: »Ich bin aus Ägypten und reise umher, um Mohammed zu suchen.« Afan lud ihn ein, mit ihm nach Hause zu kommen und sein Gast zu sein. Bulukia ging mit Afan, der ihn sehr gut bewirtete und ihm eine bequeme Wohnung einräumte. Am folgenden Morgen fragte Afan seinen Gast, wieso er Mohammed liebe und woher er etwas von ihm wisse. Als Bulukia hierauf seine Geschichte von Anfang bis zu Ende erzählte, verlor Afan fast den Verstand vor Erstaunen, dann sagte er: »Führe du mich zur Schlangenkönigin, ich bringe dich hernach zu Mohammed, dem Gott gnädig sei, doch wird das noch lange dauern. Sperre aber nur einmal die Schlangenkönigin in einen Käfig, wir tragen sie zu den Pflanzen, die auf dem Berg wachsen; jede Pflanze, an der wir vorübergehen, wird ihr dann sagen, wozu sie zu gebrauchen ist durch die Allmacht des erhabenen Gottes. Ich weiß, daß es ein Kraut gibt, dessen Saft die Eigenschaft hat, dem, der sich die Füße damit salbt, die Kraft zu verleihen, auf allen Meeren, die Gott geschaffen, umherzugehen. Haben wir einmal durch die Schlangenkönigin dieses Kraut kennen gelernt, so lassen wir sie wieder ihres Weges gehen und salben uns mit dem Saft desselben, durchwandern die sieben Meere, bis wir zu Salomons Grab gelangen, da nehmen wir den Siegelring von seinem Finger und werden so mächtig wie Salomon, und erreichen alle unsere Wünsche; wir trinken hierauf von der Lebensquelle im Meer der Dunkelheit; unser Leben wird dann mit Gottes Willen so lange währen, bis wir in späterer Zeit mit Mohammed zusammenkommen.« Als Bulukia diese Worte hörte, sagte er: »Ich will dir zeigen, wo die Schlangenkönigin sich aufhält.« Afan ließ sich hierauf einen eisernen Käfig machen, nahm zwei Becher, füllte den einen mit Wein und den anderen mit Milch, und reiste mit Bulukia Tag und Nacht, bis sie auf die Insel kamen, wo er mich gesehen hatte. Sobald sie ans Land stiegen, machte Afan eine Falle an den Käfig, stellte die beiden Becher hinein und entfernte sich wieder. Nach kurzer Zeit kam ich herbei und staunte eine Weile den Käfig an, sobald ich aber die Milch und den Wein roch, stieg ich vom Rücken der Schlange herunter, die mich trug, und kroch in den Käfig hinein. Als ich aber von dem Wein getrunken hatte, schwindelte mir der Kopf; Afan, der nicht weit vom Käfig verborgen war, bemerkte dies, schloß die Türe des Käfigs und trug mich fort. Als ich wieder zu mir kam und mich eingesperrt auf dem Gipfel des Berges neben Bulukia fand, sagte ich: »So geht es denen, die Menschen schonen.« Bulukia erwiderte aber: »Fürchte nichts, o Königin der Schlangen, wir tun dir nichts zuleide, du sollst uns nur die Pflanze zeigen, deren Saft uns die Kraft gibt, auf allen Meeren zu gehen, die Gott geschaffen, ohne zu versinken; sobald wir sie gefunden, bringen wir dich wieder dahin zurück, wo wir dich gefangen.« So gingen sie nun mit dem Käfig, in welchem ich eingesperrt war, auf dem Gebirge umher unter allerlei Pflanzen, deren jede verkündete, wozu sie zu gebrauchen, bis sie endlich zu einem Kraut kamen, welches ausrief: »Wer mich pflückt und meinen Saft auspreßt und damit seine Füße salbt, der kann auf allen Meeren gehen, die Gott geschaffen, ohne daß

sein Fuß wanke.« Als Afan dies hörte, stellte er den Käfig auf den Boden, pflückte von diesem Kraut, so viel er brauchte, zerstieß es, drückte es aus, goß den Saft in zwei Fläschchen, die er aufbewahrte, und salbte seine Füße mit dem übrigen. Dann ging er mit Bulukia wieder auf die Insel, wo er mich gefunden; Afan öffnete die Tür des Käfigs und ließ mich heraus. Als ich wieder im Freien war, sagte ich: »Was wollt ihr mit diesem Saft tun?« Sie antworteten: »Wir wollen die sieben Meere durchschreiten, um zu dem Grab unseres Herrn Salomon zu gelangen und den Siegelring von seinem Finger zu nehmen.« Ich erwiderte aber: »Das könnt ihr nie erreichen, denn der erhabene Gott hat nur Salomon damit beschenkt, als er betete: ›O Gott, schenke mir ein Reich, das keiner nach mir haben wird, du bist ja der Gebende.‹ Was tut ihr also mit diesem Ring? Hättet ihr lieber das Kraut gepflückt, das dem, der es genießt, bis zum Auferstehungstag Gesundheit und Jugend verleiht, das hätte euch mehr genützt.« Als Afan dies hörte, bereute er, was er getan, und ging wieder mit Bulukia fort. Ich aber kehrte wieder zu meinem Heer zurück, wo durch meine Abwesenheit eine große Verwirrung entstanden war; ein Teil desselben war erkrankt, ein anderer gestorben. Als die Schlangen aber mich wieder sahen, versammelten sie sich vor Freude jubelnd um mich und fragten mich nach der Ursache meiner langen Abwesenheit. Ich erzählte ihnen, was mir mit Afan und Bulukia wiederfahren, und befahl ihnen, um keinen weiteren Verfolgungen der Menschen mehr ausgesetzt zu sein, mit mir auf den Berg Kaf zu ziehen, wo ich nun sonderbarerweise dich traf. Das ist's, schloß die Schlangenkönigin, was ich dir, o Haseb, erzählen wollte.

Haseb war sehr erstaunt über diese Erzählung und bat die Schlangenkönigin Tamlicha, ihm eine ihrer Schlangen mitzugeben, die ihn wieder auf die Erde zu seiner Familie zurückführe. Tamlicha sagte aber: »Du darfst uns nicht bis zum Winter verlassen; sieh dich indessen auf dem Berg Kaf ein wenig um, wie Berge und Täler, Bäume und Flüsse, Blumen und Vögel den einzigen allmächtigen Gott preisen.« Haseb fragte dann Tamlicha, ob Afan und Bulukia wirklich die sieben Meere überschreiten und Salomons Siegel aus seiner Grabstätte ihm vom Finger nehmen konnten. Tamlicha antwortete: »Sie haben wirklich die sieben Meere durchschritten und haben dessen Wunder gesehen, dann sind sie an einen hohen Berg von grünem Smaragd gekommen, an dessen Fuß eine Wasserquelle hervorsprudelt, welche wie der feinste Moschus duftet. Sie freuten sich sehr und glaubten schon am Ziel zu sein.«

Afan sah dann in der Ferne ein Minarett mit einer großen Kuppel; er ging mit Bulukia darauf zu, und als sie hineinkamen, fanden sie einen goldenen Thron mit allerlei Edelsteinen besetzt; um diesen Thron herum standen eine unzählbare Menge Stühle. Sie sahen dann unseren Herrn Salomon auf dem Thron; er hatte ein grünes seidenes Kleid an, mit Gold und Perlen und allerlei kostbaren Edelsteinen durchwirkt, seine rechte Hand lag auf seiner Brust und der Siegelring war an seinem Finger. Afan lehrte Bulukia allerlei Beschwörungen und Zauberformeln, die er immerfort hersagen sollte, dann näherte er sich dem Thron; aber auf einmal sprang eine große Schlange unter dem Thron hervor und zischte so laut, daß die ganze Gegend erbebte, und Feuerfunken flogen aus ihrem Mund. Mit grimmiger Miene sagte sie zu Afan: »Wenn du dich nicht schnell von hier entfernst, so gehst du zugrunde.« Aber Afan erschrak nicht vor dieser Schlange und rezitierte immer seine Beschwörungsformeln. Da blies ihn die Schlange so heftig an, daß fast das Minarett zusammenstürzte, und sagte: »Wehe dir! Wenn du nicht umkehrst, so wirst du verbrennen.« Als Bulukia dies hörte, entfloh er; aber Afan erschrak nicht, ging auf den Thron zu und streckte die Hand nach dem Ring aus; da fiel die Schlange über ihn mit einem Feuerregen her, bis er zu einem Haufen Asche wurde. Bulukia fiel in Ohnmacht, als er dies sah; während er aber in Ohnmacht lag, befahl Gott seinem Engel Gabriel, zur Erde zu steigen und ihn zu retten, ehe die Schlange auch ihn töte. Gabriel ließ sich herunter, weckte Bulukia, grüßte ihn und fragte ihn, wie er hierher gekommen. Bulukia erzählte Gabriel, was ihm mit Afan widerfahren, von Anfang bis zu Ende. Da sagte Gabriel: »Wisse, daß, wer Mohammed liebt, von keinem Feuer verbrannt wird.« Bulukia bat ihn dann, er möchte ihn doch mit Mohammed bekannt machen. Gabriel sagte aber: »Geh jetzt deines Weges, Bulukia, die Zeit Mohammeds ist noch fern«; dann stieg er wieder gen Himmel und Bulukia sah jetzt erst ein, daß ich mit Recht ihm vorausgesagt, der Ring würde ihnen nichts nützen, und bereute, was er getan. Er stieg dann vom Berg herunter und brachte die Nacht Afan beweinend und über die Wunder dieses Berges nachdenkend zu. Am folgenden Morgen salbte er seine Füße wieder und ging mehrere Tage und Nächte auf dem Meer umher, dessen wunderbare Geschöpfe anstaunend, bis er an eine Insel kam, die dem Paradies glich. Da stieg er ans Land und bewunderte deren

Schönheit. Der Boden war Safran, die Steine Rubin und andere edle Metalle, das Holz war lauter Jasmin und Aloe, und es wuchsen nichts als Rosen, Nelken, Lilien, Veilchen und andere wohlriechende Blumen auf der Erde. Schöne Vögel von allerlei Farben sangen fröhlich auf den Zweigen der Bäume, zwischen denen klare Bäche rieselten; allerlei niedliche Tiere weideten friedlich umher; der Taube Liebesgesang erfreute das Herz, und die Nachtigall antwortete ihr mit zärtlicher Stimme; die ganze Insel verkündete laut den Herrn des Ostens und Westens, den niemand erreicht und vor dessen Bestimmung niemand entfliehen kann. Gepriesen sei er, der erhabene Gott! Bulukia merkte bei diesem Anblick, daß er einen anderen Weg eingeschlagen, als den, welchen ihn Afan auf der Hinreise geführt.

Er wandelte auf der Insel umher bis abends, dann bestieg er einen hohen Baum. Auf einmal fing das Meer zu toben an und es kam ein großes Tier hervor, das so laut schrie, daß die ganze Insel wankte. Nach einer Weile kamen Löwen, Tiger, Wölfe, Panther und andere wilde Tiere herangesprungen, jedes mit einem Edelstein im Vorderfuß, der wie ein Licht glänzte; es waren ihrer so viele, daß nur Gott ihre Zahl kennt; die ganze Insel war davon angefüllt. Sie unterhielten sich miteinander, bis der Tag anbrach, dann verschwanden sie wieder. Bulukia, aus Furcht vor ihrer Wiederkehr, stieg nun ins zweite Meer und ging Tag und Nacht, bis er an einen hohen Berg kam, unter welchem ein tiefes Tal lag, dessen Boden von Magnetstein war; hier stieg er ans Land und trocknete einige Fische in der Sonne. Als er aber am Ufer des Meeres sie verzehren wollte, kam ein Tiger drohend auf ihn zu, als wollte er ihn verschlingen, da salbte er sich schnell die Füße und sprang ins dritte Meer. Die Nacht war sehr dunkel und stürmisch und er mußte lange umhertappen, bis er auf eine Insel kam, wo allerlei Obstbäume wuchsen. Er pflückte einige Früchte, aß sie, dankte Gott und ging dann auf der Insel spazieren, die ihm so gut gefiel, daß er zehn Tage darauf zubrachte; am elften salbte er seine Füße wieder und ging auf das vierte Meer. Nach mehreren durchwanderten Tagen und Nächten kam er auf eine Insel, deren Boden aus weißem Sand bestand, auf dem weder Bäume noch sonst etwas Grünes zu sehen war. Es war ein Sandmeer, in welchem Raubvögel ihre Nester hatten. Er hielt sich daher gar nicht auf, sondern ging gleich auf das fünfte Meer, das er in einigen Tagen überschritt, und gelangte an eine kleine Insel, deren Boden wie Kristall glänzte und von vielen Goldadern durchschnitten war. Bäume wuchsen auf dieser Insel, die wie die Sonne leuchteten, und Blumen, die wie Gold aussahen. Bulukia brachte den Tag auf der Insel zu, und des Nachts sah er die Blumen wie Sterne leuchten. Man behauptet, diese Insel heiße die Blumeninsel, und diese Blumen seien lauter Funken, die von der Sonne abfallen. Bulukia schlief eine Nacht auf dieser Insel; am folgenden Morgen salbte er seine Füße wieder und stieg ins sechste Meer; dieses führte ihn nach einigen Tagen auf eine Insel, wo zwei Berge sich erhoben, auf denen viele Bäume wuchsen, an deren Zweigen Menschenköpfe an den Haaren hingen; andere Bäume sah er, an denen grüne Vögel mit den Füßen hingen, wieder andere, die wie Feuer strahlten und Früchte trugen, von denen brennende Funken herabtropften, er sah auch lachende und weinende Früchte und noch viele andere wunderbare Dinge. Auch sah er, als er des Nachts unter einem Baum lag, die Nymphen aus dem Meer steigen, mit Edelsteinen in der Hand, die wie ein Licht glänzten; sie tanzten und spielten und hüpften und scherzten miteinander, bis der Morgen heranbrach, dann sprangen sie wieder ins Meer. Auch Bulukia salbte sich wieder und betrat das siebente Meer. Er mußte zwei Monate lang gehen, ehe er Land erblickte, und große Hungersnot leiden, da er nichts als Fische aus dem Meer nehmen konnte, die er roh verzehren mußte. Endlich kam er an einem Morgen auf eine Insel, welche reich an Bächen und Bäumen war; er ging gleich auf einen Baum zu und streckte die Hand aus, um Äpfel zu nehmen. Da schrie ihn ein Mensch aus diesem Baum an: »Wenn du etwas von diesem Baum nimmst, so teile ich dich in zwei Teile.« Bulukia hob die Augen auf und sah eine Gestalt vor sich, welche wohlgemessene 40 Ellen lang war, er fürchtete sich sehr und sagte: »Warum darf ich von diesen Früchten nichts essen?« Der Mann antwortete: »Weil du ein Erdensohn bist und dein Vater Adam Gottes Befehl übertrat und von dem verbotenen Baum aß.« »Wem gehören denn diese Bäume und wer bist du?« »Ich heiße Scherahia, und diese Insel mit ihren

Bäumen gehört dem König Sachr, dessen Untertan ich bin, beauftragt, diese Insel zu bewachen; doch wer bist du und wie kommst du hierher?« Bulukia erzählte ihm seine ganze Geschichte, worauf Scherahia ihm etwas zu essen brachte und Abschied von ihm nahm. Bulukia irrte nun wieder zehn Tage umher, zwischen Bergen und Tälern, bis er einen dichten Staub in der Ferne erblickte. Als er auf diese Staubwolken zuging, hörte er ein großes Geschrei und Kriegsgetümmel, und sah in einem Tal, durch welches man zwei Monate zu reisen hat, ganz eigene Gestalten, auf Pferden sitzend, gegeneinander so erbittert kämpfen, daß das Blut wie ein Strom unter ihnen floß; dabei schrien sie mit einer Stimme wie der Donner und waren mit langen Schwertern und Lanzen, und eisernen Stangen und Bogen und Pfeilen bewaffnet. Bulukia zitterte das Herz vor Angst, als er diesen mörderischen Krieg sah; sobald aber die Krieger ihn erblickten, traten sie auseinander und machten dem Kampf ein Ende. Eine Abteilung der Krieger, deren Aussehen Bulukias Erstaunen erregte, näherte sich ihm, und ein Reiter trat auf ihn zu und fragte ihn: »Wer bist du, woher kommst du, wo willst du hin und wer hat dir diesen Weg gezeigt?« Bulukia antwortete: »Ich bin ein Mensch, wandere umher aus Liebe zu Mohammed, dem Gott gnädig sei, und habe den rechten Weg verfehlt. Aber wer seid ihr denn?« »Wir sind Genien vom weißen Land, das hinter dem Berg Kaf liegt, in einer Entfernung von 75 Jahren.« »Was bedeutet denn der Krieg zwischen euch, und wie heißt dieses Land?« »Du befindest dich hier auf dem Land Schaddads, des Sohnes Aads, und Gott befiehlt uns, jedes Jahr gegen die ungläubigen Genien hier zu kämpfen; wir aber tun weiter nichts, als Gott preisen und seine Heiligkeit verkünden. Wir haben auch einen König, der Sachr heißt, du mußt mit uns zu ihm gehen, daß er dich sehe.« Sie führten dann Bulukia in ihr Lager, und er sah große seidene Zelte, so viel, daß nur Gott der Erhabene ihre Zahl kennt. Alle Zelte waren grün, nur ein sehr großes Zelt war rot, dieses hatte 1000 Ellen im Umfang, die Stricke waren von blaugrüner Seide, und die Pfähle von Silber und Gold; es war das Zelt des Königs Sachr, in welchem ihm Bulukia vorgestellt wurde. Sachr saß auf einem goldenen Thron, mit Perlen und Edelsteinen besetzt, zu seiner Rechten standen die Könige der Genien und zu seiner Linken die Befehlshaber der Truppen, die Gelehrten und die Vornehmen des Reiches. Als Bulukia vor den König trat, verbeugte er sich und grüßte ihn. Der König erwiderte seinen Gruß und bat ihn, näher zu treten und sich auf einen Stuhl neben ihn zu setzen. Der König fragte ihn dann: »Wer bist du?« Er antwortete: »Einer von den Söhnen Adams, ein Israelit.« Der König bat ihn dann, ihm zu erzählen, wie er hierher gekommen und was ihm auf der Reise widerfahren. Als der König Sachr Bulukias Abenteuer vernahm, befahl er den Kammerdienern, etwas zu essen zu bringen. Nach einer Weile brachten sie gedeckte Tische, worauf allerlei Schüsseln von Silber, Gold und Messing standen; in einigen Schüsseln waren 50 gekochte Kamele, in anderen 20, wieder in anderen 50 Hammel; es waren im ganzen 1050000 Schüsseln. Die Genien aßen dann miteinander, und Bulukia aß mit ihnen, bis er satt war, dann wurden die Fleischspeisen abgetragen und Früchte gebracht. Nachdem auch diese gegessen waren, priesen sie gemeinschaftlich Gott und beteten für seinen Propheten Mohammed. Als Bulukia den Namen Mohammed hörte, war er sehr erstaunt und bat den König Sachr um Erlaubnis, ihn etwas zu fragen. Auf einen bejahenden Wink des Königs sagte er: »O König, wer seid ihr, woher stammt ihr und wieso kennt ihr Mohammed, daß ihr ihn liebt und für ihn betet?« Der König antwortete: »O Bulukia, Gott der Erhabene hat sieben Höllen übereinander geschaffen und zwischen der einen und der anderen ist eine Strecke von 1000 Jahren. In die erste Hölle kommen die gläubigen Sünder, die ohne Buße sterben, in die zweite die Gottesleugner, in die dritte die Völker Jadjudsch und Madjudsch, in die vierte die Anhänger Satans, in die fünfte die, welche das Gebet vernachlässigen, in die sechste, wo man harte Pein aussteht, die Juden und Christen, und in die siebente die Heuchler. Die erste Hölle, welche die oberste ist, ist die minder peinliche von allen. Sie enthält 1000 Feuerberge und bei jedem Berg 70000 Täler, und in jedem Tal 70000 Feuerstädte, in jeder Stadt 70000 Quartiere, in jedem Quartier 70000 Häuser, in jedem Haus 70000 feurige Stühle und auf jedem Stuhl 70000 verschiedene Qualen, und doch, o Bulukia, ist diese Hölle die oberste und allerleidlichste von allen. Die Anzahl der Feuerstädte in den übrigen Höllen aber kennt nur Gott.« Bulukia weinte bei diesen Worten und fiel in Ohnmacht. Als er wieder zu sich kam, fragte er den König Sachr: »Wie wird es denn uns gehen?« Er antwortete: »Fürchte nichts, Bulukia, wisse, daß, wer Mohammed liebt, der bleibt von der Hölle befreit, und kein Feuer kann ihn verletzen, denn die Hölle flieht vor allen, die an ihn glauben. Was aber uns angeht, o Bulukia, uns hat Gott aus Feuer geschaffen. Zuerst schuf nämlich Gott in der Hölle zwei Könige, der eine hieß Chalit und der andere Malit. Chalit hatte die Gestalt eines Löwen und Malit die eines Wolfes. Chalit war männlichen Geschlechts und Malit war ein Weibchen. Gott befahl ihnen dann, sich zu begatten, und sie zeugten allerlei Skorpione und Schlangen, mit denen Gott zur Pein der Ungläubigen die Hölle bevölkerte, denn diese häßlichen Tiere vermehrten und verbreiteten sich bald ins Unendliche. Nachher befahl Gott den beiden Engeln, zum zweiten Mal sich zu begatten; Malit wurde schwanger und gebar sieben Männchen und sieben Weibchen, die, als sie groß wurden, nach dem Willen ihrer Eltern wieder einander heirateten; nur ein einziger widersetzte sich und

wurde in einen Wurm verwandelt, dieser Wurm war Iblis ,der Teufel, den Gott verdamme; später betete er doch den erhabenen Gott an, bis er in den Himmel erhoben und zu denen, die in der Nähe Gottes leben, gebracht wurde.

Iblis blieb unter den Gottesfürchtigen, bis Gott Adam erschuf; da befahl er Iblis, sich vor Adam zu beugen; der stolze Iblis wollte dies aber nicht tun, darum fluchte ihm Gott und verbannte ihn aus seiner Nähe. Von Iblis, der sich dann später vermehrte, kommen die Satane; von den sechs übrigen Paaren aber, die einander heirateten, stammen die gläubigen Genien her, zu denen wir gehören. Das ist alles, Bulukia, was ich dir über unsere Abkunft zu sagen weiß.« Bulukia war sehr erstaunt über diese Worte und bat den König Sachr, ihm einen seiner Genien mitzugeben, der ihn in seine Heimat zurückbringe. Der König sagte: »Wir dürfen nur tun, was uns Gott befiehlt; doch wenn du willst, so gebe ich dir eines meiner Pferde und befehle ihm, dich an die Grenze meines Reiches zu bringen; dort findest du einen König, welcher Barachja heißt, der mein Pferd wohl kennt; sobald er es sieht, wird er dich herunternehmen und das Pferd zurückschicken; das ist alles, was ich für dich tun kann, mehr nicht.« Bulukia weinte, als er dies hörte, und sagte zum König: »Tue, was du willst!« Der König ließ dann ein Pferd bringen, man setzte Bulukia darauf und sagte ihm: »Hüte dich wohl abzusteigen oder es zu schlagen oder zu schelten, sonst bist du verloren; laß es nur immer fortgehen, bis es von selbst mit dir stehen bleibt; dann steige ab und gehe deines Weges.« Als Bulukia am Zelt des Königs vorüberritt, da sah er in der Küche große Kessel, die 50 Kamele hielten, unter denen Feuer brannte; er erstaunte so sehr über die Größe dieser Küche und ihrer Gerätschaften, daß er ein wenig stille hielt. Der König, der ihn vor der Küche halten sah, glaubte, er sei hungrig; er ließ daher zwei gebratene Kamele bringen und hinter ihm auf den Rücken des Pferdes befestigen. Bulukia nahm dann Abschied von diesen Genien und reiste bis an die Grenze ihres Reiches, wo das Pferd stehen blieb. Hier stieg er ab und schüttelte den Staub von seinem Kopf; da kamen Männer herbei, die sogleich das Pferd erkannten und es am Zaum in den Stall führten, ihn aber brachten andere zum König Barachja. Der König saß in einem prächtigen Saal, von vielen Genienfürsten und Helden und Truppenanführern zur Rechten und zur Linken umgeben. Nach gegenseitigem Gruß befahlt der König Bulukia, näher zu treten und sich neben ihn zu setzen. Als er dies getan hatte, ließ der König die Tische bringen, und Bulukia sah, daß hier ebenso unmäßig wie bei dem König Sachr gelebt wurde. Nach der Mahlzeit, an welcher auch Bulukia teilzunehmen eingeladen wurde, fragte ihn der König, wann er den König Sachr verlassen. »Vor zwei Tagen.« »Weißt du, welche Strecke du in diesen zwei Tagen zurückgelegt?« »Nein, ich weiß es nicht.« »Du hast eine Reise von 70 Tagen gemacht; du hättest aber noch weniger Zeit gebraucht, wenn man dem Pferd seinen freien Lauf gelassen hätte; da es nämlich wußte, daß du ein Mensch bist, wollte es dich herunterwerfen, darum hat man ihm zwei Kamele aufgebunden.« Bulukia war sehr erstaunt über diese Worte und dankte Gott, glücklich angekommen zu sein. Barachja ließ sich dann von ihm seine ganze Reise und die Geschichte seiner

Wanderungen erzählen und fand so viel Wohlgefallen daran, daß er ihn zwei Monate bei sich behielt. Nachdem Haseb diese wunderbare Erzählung von der Schlangenkönigin Tamlicha gehört hatte, bat er sie, sie möchte doch nun ihm eine ihrer Gehilfinnen mitgeben, daß er in seine Heimat zurückkehre. Aber die Schlangenkönigin erwiderte: »Wisse, oh Haseb, wenn du auf die Oberfläche der Erde zurückkehrst, zu deinen Leuten gehst und dann ein Bad nimmst, so muß ich, sobald du dich wäschst, sterben.« Haseb sagte zur Schlangenkönigin: »Ich will dir schwören, daß ich in meinem Leben in kein Bad mehr gehen will, sondern, wenn ich eines Bades bedarf, mich zu Hause waschen lasse.« Aber die Schlangenkönigin erwiderte: »Und wenn du mir 100 Eide schwörst, so glaube ich dir nie und lasse dich nicht weg; du bist ja Adams Sohn und kennst so wenig Treue, als dein Stammvater, der Gottes Bündnis gebrochen, obschon der erhabene Gott 40 Jahre lang an der Materie, woraus er geschaffen worden, gearbeitet und allen Engeln befohlen hatte, vor ihm niederzufallen.« Als Haseb dies hörte, schwieg er; dann rief er weinend: »Es gibt keinen Schutz und keine Macht, außer bei Gott dem Erhabenen!« Nach zehn Tagen bat er die Schlangenkönigin, ihm zu erzählen, was denn aus Bulukia geworden, nachdem er zwei Monate bei Barachja zugebracht hatte. Da erzählte sie: Wisse, o Haseb, nachdem Bulukia den König Barachja verlassen hatte, irrte er Tag und Nacht in Wüsten und Einöden umher, bis er an einen hohen Berg kam, auf dem er einen erhabenen Engel sitzen sah, der Gott lobte und für Mohammed betete. Er hatte eine Tafel in der Hand, auf der etwas weiß und schwarz geschrieben war. Der Engel hatte zwei Flügel, einen nach Osten und einen nach Westen. Bulukia ging auf den Engel zu und grüßte ihn. Der Engel erwiderte seinen Gruß und fragte ihn, wer er sei und wo er herkomme. Bulukia erzählte ihm seine ganze Geschichte und bat ihn dann, ihm auch zu sagen, wie er heiße und was diese Tafel mit den Inschriften bedeute. Der Engel antwortete: »Mein Name ist Michael. Ich bin beauftragt, über den Wechsel des Tages und der Nacht zu wachen; bis zum Auferstehungstag ist dies mein Geschäft. Auf dieser Tafel sind die Stunden des Tages und der Nacht aufgezeichnet.« Nachdem Bulukia die ehrfurchtgebietende Gestalt des Engels bewundert und über seine geheimnisvollen Worte nachgedacht hatte, nahm er Abschied von ihm und reiste wieder einen Tag und eine Nacht, bis er in eine schöne, fruchtbare Wiese kam, welche von sieben Bächen durchschnitten war. Er erging sich eine Weile darin, bis er an einen hohen Baum kam, unter welchem vier Engel saßen; der eine hatte die Gestalt eines Menschen, der andere die eines wilden Tieres, der dritte die eines Stieres, und endlich der vierte die eines Vogels. Sie lobten Gott und beteten gemeinschaftlich: »O mein Herr und Schöpfer, ich beschwöre dich bei deiner Allmacht und bei der Würde des Propheten Mohammed, verzeihe die Sünden aller Geschöpfe, welche meine Gestalt haben, und sei ihnen gnädig, du bist ja der Nachsichtsvolle!« Bulukia verließ auch diese Engel mit großem Erstaunen und ging wieder weiter; da kam er an einen hohen Berg, auf dem ein Engel saß, der Gott lobte, für Mohammed betete und immer seine Hand zudrückte und wieder öffnete, sie ausstreckte und wieder zu sich zog.

Bulukia ging auf den Engel zu und grüßte ihn. Da fragte ihn derselbe: »Wo kommst du her, wo gehst du hin, wer bist du und wie ist dein Name?« Er antwortete: »Ich heiße Bulukia, bin von den Söhnen Adams und wandere umher in der Liebe zu Mohammed, dem Gott hold sei«, und erzählte ihm hierauf seine ganze Geschichte. Als er damit zu Ende war, fragte er den Engel: »Wer bist du, wie heißt du und was ist das für ein Berg?« Der Engel antwortete: »Wisse, Bulukia, dieser Berg ist der Berg Kaf, der die ganze Welt umgibt; ich halte in meiner Hand alle Länder, die der erhabene Gott geschaffen; ich vollziehe hier Gottes Willen, und ohne von hier zu weichen, bringe ich, wenn er es befiehlt, Erdbeben, Hungersnot oder Fruchtbarkeit auf der Erde hervor, denn in meiner Hand liegen die Adern der Erde.« Bulukia fragte dann: »Hat Gott hinter dem Berg Kaf auch noch ein Land geschaffen?« Der Engel antwortete: »Gott hat hinter dem Berg Kaf ein weißes Land geschaffen wie Silber; nur Gott weiß, wie groß dieses Land ist, er hat es mit Engeln bevölkert, die, statt zu essen, ihn preisen,

und statt zu trinken, seinen heiligen Namen verkünden, und die viel für Mohammed beten, dem Gott gnädig sei. Jeden Donnerstag Abend versammeln sie sich auf diesem Berg und preisen Gott und beten zu ihm für die Sünder unter den Muselmännern und für die, welche sich am Freitag baden; so leben sie fort bis zum Tag der Auferstehung.« Bulukia fragte ferner, ob es hinter dem Berg Kaf auch noch andere Berge gäbe. Und der Engel antwortete: »Hinter dem Berg Kaf ist noch ein Berg, der 500 Jahre hoch ist; er ist ganz aus Schnee und Eis gebildet und dient als Damm der Hölle, sonst würde die ganze Welt durch die Hitze der Hölle verbrennen. Dann, mein Freund, fuhr der Engel fort, sind hinter dem Berg Kaf noch 40 Länder, jedes 40-mal so groß, als die bekannte Welt; einige sind aus Gold, andere aus Silber, wieder andere aus Rubin, manche aus Smaragd und aus Safran, und jedes dieser Länder hat eine eigene Farbe; auch diese Länder hat Gott mit Engeln bevölkert, die sein Lob verkünden und seinen Namen heiligen und für die Anhänger Mohammeds beten, sonst aber gar nichts wissen, weder von Adam noch von Eva, weder von Tag noch von Nacht. Wisse ferner, o Bulukia, daß diese Länder in sieben Schichten übereinander liegen; um sie zu tragen, hat Gott einen Engel geschaffen, den nur er zu schildern vermag und dessen Kraft nur er kennt; unter diesen Engel hat Gott einen Felsen gelegt, unter den Felsen einen Stier, unter den Stier ein Seeungeheuer, und unter dieses Seeungeheuer ein unendliches Meer. Mit dem Seeungeheuer hat Gott einst Jesus bekannt gemacht, als er es zu sehen wünschte; Gott befahl nämlich einem Engel, Jesus an das Meer zu bringen, wo das Seeungeheuer ruht. Als er dort war, sagte ihm der Engel: ›Sieh nun, Jesus, hier ist das Seeungeheuer!‹ Jesus konnte aber nichts sehen, denn es fuhr an ihm vorüber wie ein Blitz, so daß er in Ohnmacht fiel. Als er wieder zu sich kam, fragte ihn Gott, ob er das Seeungeheuer gesehen und dessen Länge und Breite beobachtet habe. Er antwortete: ›Bei deiner Herrlichkeit und Erhabenheit, o Herr! Ich habe nichts gesehen, als ein Licht, das an mir vorüberzog, so lang, daß man drei Tage von einem Ende zum anderen zu reisen hätte; ich weiß aber nicht, was es war.‹ Da sagte Gott: ›Das, was du für ein Licht hieltst, war nichts anderes, als der Kopf des Seeungeheuers, und wisse, o Jesus, daß ich jeden Tag vierzig solche Seeungeheuer schaffe.‹«

Bulukia fragte dann, was Gott unter dem Meer geschaffen, in dem das Seeungeheuer lebt. Der Engel antwortete: »Einen großen Luftraum, unter diesem ein Feuer und unter dem Feuer eine braungefleckte Schlange, so groß, daß, fürchtete sie sich nicht vor Gott, sie den Engel verschlingen würde, der die sieben Länder trägt, samt dem Felsen und dem Stier und dem Seeungeheuer und dem Meer und dem Luftraum mit allem, was der Engel sonst trägt, ohne etwas davon im Leib zu spüren. Als Gott diese Schlange schuf, sagte er ihr: ›Ich will dir etwas anvertrauen, bewahre es aber wohl!‹ Die Schlange sagte: ›Tue, was du willst.‹ Da sagte Gott: ›Öffne deinen Mund!‹ Als sie ihren Mund öffnete, steckte ihr Gott die Hölle in den Leib und sagte ihr: ›Bewahre die Hölle auf bis zum Auferstehungstag; wenn dieser kommt, wird Gott seinen Engeln den Befehl erteilen, mit Ketten herbeizueilen und die Hölle auf den Versammlungsplatz zu schleppen, dann wird Gott den Toren der Hölle befehlen, sich zu öffnen, und es werden Funken herausspritzen, größer als der höchste Berg.‹« Als Bulukia diese Worte vernahm, weinte er heftig, nahm vom Engel Abschied und wendete sich nach Westen, bis er zwei Engel traf, die vor einer großen verschlossenen Tür saßen; der eine hatte die Gestalt eines Löwen und der andere die eines Stieres. Bulukia grüßte sie, und nachdem sie seinen Gruß erwidert hatten, fragten sie ihn, wer er sei und was er hier tue; er erzählte ihnen alle seine Reiseabenteuer von Anfang bis zu Ende, und fragte sie dann, wer sie seien und was sie hier für eine Tür bewachen. Die Engel antworteten: »Wir haben kein anderes Geschäft, als vor dieser Tür Wache zu halten, Gott zu preisen und für Mohammed zu beten; was aber hinter dieser Tür ist, wissen wir selbst nicht.« Bulukia beschwor sie bei dem erhabenen Schöpfer, ihm diese Tür zu öffnen, damit er sehe, was dahinter ist. Aber sie antworteten: »Weder wir, noch irgendein Geschöpf Gottes hat die Macht, diese Türe zu öffnen, das kann nur der wahrhaftige Engel Gabriel.« Als Bulukia diese Worte vernahm, betete er zu Gott: »O Herr, schicke mir den Engel Gabriel, daß er mir diese Tür öffne, damit ich sehe, was sie verschließt.« Gott erhörte sein Gebet und befahl dem Engel Gabriel, sich auf die Erde niederzulassen, um Bulukia die Tür zu öffnen. Gabriel grüßte Bulukia, öffnete die Tür und hieß ihn zur Tür hineingehen. Als Bulukia darin war, schloß Gabriel die Tür wieder und stieg gen Himmel. Bulukia sah ein ungeheures Meer, halb süß und halb gesalzen, das von zwei hohen Bergen aus Rubin umschlossen war. Auf diesen Bergen gingen Engel umher, die Gott lobten; Bulukia ging auf sie zu, grüßte sie und fragte sie, was das für ein Meer und für Berge wären. Sie erwiderten seinen Gruß und antworteten ihm: »Du befindest dich hier unter dem himmlischen Thron, und dieses Meer ist die

Quelle aller Gewässer von der Welt, wir schöpfen aus diesem Wasserbehälter und verteilen sowohl süßes, als gesalzenes Wasser unter alle Meere, Seen und Flüsse bis zum Auferstehungstag. Diese zwei Berge aber hat Gott geschaffen, um das Wasser zusammenzuhalten.« Bulukia fragte sie dann nach seinem Weg, und sie sagten ihm: »Es gibt keinen anderen, als längs dieses Meeres.« Bulukia zog sein Fläschchen heraus, salbte sich die Füße wieder und ging einen Tag und eine Nacht auf dem Meer. Da begegnete ihm ein schöner Jüngling, den er grüßte und fragte, wo er hingehe. Der Jüngling sagte: »Mein Freund, ich muß eilen, denn meine Gesellschaft, welche gleich folgen wird, darf mir nicht zuvorkommen.« Als der Jüngling weiterzog, sah Bulukia vier Engel, die wie ein Blitz über das Meer liefen; er stellte sich in den Weg und beschwor sie bei dem Herrn, sie möchten ihm doch sagen, wie sie heißen und wo sie hingehen. Da antwortete der eine: »Ich heiße Gabriel, ein anderer: Israfil, der dritte: Michael, und der vierte: Asrail. Gott hat uns befohlen, sagten sie einstimmig, einen Drachen in die Hölle zu werfen, der schon 1000 Städte verwüstet und alle ihre Bewohner aufgefressen hat.« Bulukia zog dann wieder weiter, bis er an eine Insel kam; hier sah er einen schönen Jüngling, dessen Angesicht wie ein Licht glänzte; er saß zwischen zwei Gräbern und weinte und seufzte. Bulukia näherte sich ihm und fragte ihn, wie er heiße, wer er sei, was diese Gräber hier bedeuten und warum er so weine. Der Jüngling wendete sich zu Bulukia, weinte so heftig, daß alle seine Kleider durchnäßt wurden, und sagte: »Meine Geschichte ist wunderbar und verdient wohl, daß du dich zu mir setzest, um sie anzuhören; doch zuerst sage mir, wer du bist und wie du hierhergekommen.« Bulukia erzählte ihm alles, vom Eröffnen der Kiste seines Vaters, in der das Buch lag, in welchem von Mohammed geschrieben war, bis zu seinem Eintritt in die verschlossene Pforte. Als er vollendet hatte, sagte der Jüngling: »Das ist alles sehr unbedeutend; du hast noch nichts in deinem Leben gesehen. Wisse, o Bulukia, ich habe unzählbare Wunder erlebt; ich habe den König Salomo zu seiner Zeit gesehen; setze dich nur zu mir, daß ich dir alles erzähle, was mir im Leben widerfahren; du wirst dann auch hören, warum ich hier bei diesen beiden Gräbern sitze.« Haseb war sehr erstaunt über diese wunderbare Erzählung der Schlangenkönigin Tamlicha; doch bat er sie, ihm seine Freiheit zu schenken und durch eine ihrer Schlangen ihn auf die Erde zurückbringen zu lassen, und schwor abermals, er wolle nie ins Bad gehen. Aber sie antwortete wieder: »Ich glaube dir nicht, wenn du 100 Eide schwörst; daraus kann nie etwas werden.« Haseb weinte bei dieser Antwort so heftig, daß alle Schlangen aus Mitleid mit ihm weinten und die Königin baten, ihn auf die Erde zurückzuschicken, wenn er schwöre, nie ins Bad zu gehen. Die Schlangenkönigin begab sich hierauf zu Haseb und ließ ihn beim erhabenen Gott schwören, daß er nie ins Bad gehen wolle, und befahl dann einer Schlange, ihn auf die Oberfläche der Erde zurückzubringen. Als aber diese Schlange zu ihm kam und ihn wegführen wollte, bat er die Schlangenkönigin, ihm zuerst die Geschichte des Jünglings zu erzählen, dem Bulukia auf der Insel begegnet war, worauf jene begann:

Wisse, o Haseb, nachdem Bulukia seine Geschichte vollendet hatte und sich neben den Jüngling setzte, begann dieser: Wisse, mein Freund, mein Vater war ein mächtiger König, der in Kabul residierte; sein Name war Tighanus. Unter ihm standen 10000 Statthalter, deren jeder über 100 Städte und 100 Schlösser gesetzt war; auch waren sieben Sultane meinem Vater Untertan, und von Osten bis Westen wurden ihm aus den entferntesten Ländern Huldigungen dargebracht, denn seine Regierung war sehr mild und gerecht. Der erhabene Gott segnete auch meinen Vater in allen seinen Unternehmungen; nur hatte er keine männlichen Nachkommen, weshalb er immer dachte: »Wer wird wohl nach meinem Tode mein Nachfolger sein?« Eines Tages ließ er die Weisen seines Landes und die Sterndeuter zu sich kommen und fragte sie, ob er wohl noch einen Sohn zeugen werde, dem er sein Reich hinterlassen könne. Die Sterndeuter öffneten ihre Bücher und beobachteten sein Gestirn, machten ihre Berechnungen und sagten: »Wisse, o mächtiger König und edler Herrscher, eine Prinzessin von Chorasan wird dir noch einen Sohn gebären.« Der König Tighanus freute sich sehr mit dieser Prophezeiung, schenkte den Sterndeutern unzählbare Schätze und entließ sie wieder. Er ließ sogleich seinen Großvezier Einsar kommen, der ein sehr tapferer Ritter war, teilte ihm der Sterndeuter Prophezeiung mit, und bat ihn, nach dem Lande Chorasan zu reisen und um eine dortige Prinzessin für ihn zu werben. Der Vezier verließ sogleich den König, um die Vorbereitungen zur Reise zu treffen und Ritter und Truppen zu seiner Begleitung zu versammeln. Der König aber ließ 1500 Kamele mit Gold, Silber, Perlen, Edelsteinen, Seidenstoffen und allerlei Ausstattungsgerätschaften beladen und gab sie dem Vezier mit; auch schrieb er einen Brief folgenden Inhalts:

»Nachdem wir Bahrawan, den König von Chorasan, freundlich grüßen, melden wir ihm, daß die Weisen und Sterndeuter uns prophezeiten, nur von deiner Tochter würde uns ein Sohn geboren werden; wir schicken dir daher den Vezier Einsar mit allerlei Geschenken zur Morgengabe als unseren Stellvertreter und Bevollmächtigten, und ersuchen dich, ihm ohne Säumen zu gewähren, was er von dir fordert; was du uns Gutes tust, wird reichlich belohnt werden; hüte dich aber, dich unsern Wünschen zu widersetzen, denn wisse, o König Bahrawan, daß uns Gott das mächtige Königreich Kabul geschenkt hat; wenn du uns deine Tochter gibst, so verbinden wir unsere Reiche und wir schicken dir jedes Jahr so viel Geld du brauchst. Das ist's, was wir dir mitzuteilen haben.«

Diesen Brief versiegelte der König, übergab ihm den Vezier und befahl ihm abzureisen. Der Vezier reiste, von vielen Offizieren begleitet, nach Chorasan. Sobald der König Bahrawan dessen Ankunft vernahm, schickte er ihm einige Adjutanten entgegen mit allerlei Speisen und Getränken, und mit Futter für die Pferd. Sie ließen ihren Proviant abladen, sobald sie dem Vezier begegneten, und bewillkommten ihn im Namen des Königs. Der Vezier brachte mit ihnen zehn Tage unter vielen Festlichkeiten in einer freundlichen Weise zu. Am ersten Tage, als er ausgeruht hatte, zog er in die Stadt; hier besuchte ihn der König sogleich und lud ihn ein, mit ihm ins Schloß zu kommen. Der Vezier überlieferte dann die Geschenke, die er mitgebracht hatte, und den Brief des Königs Tighanus.

Als Bahrawan den Brief gelesen hatte, freute er sich sehr und sagte zum Vezier: »Dein Begehren sei dir gewährt; dem König Tighanus gäbe ich auch mein Leben, wenn er es verlangte.« Er ging dann zu seiner Gattin und ihren Verwandten, um ihnen die Botschaft des Veziers mitzuteilen, und auch sie sahen mit Freude der Vermählung der Prinzessin von Chorasan mit dem König von Kabul entgegen.

Der Vezier verweilte, nachdem ihm die Gewährung seiner Bitte zugesagt wurde, noch zwei Monate bei dem König Bahrawan; dann bat er ihn, ihm die Prinzessin, um derentwillen er gekommen, mitzugeben, daß er sie dem König zuführe. Der König ließ alles, was zur Aussteuer seiner Tochter gehörte, auf Kamele laden, beauftragte die Priester seiner Hauptstadt, einen Ehekontrakt zwischen seiner Tochter und dem König Tighanus aufzusetzen, beschenkte den Vezier, als Stellvertreter des Königs, mit den kostbarsten Edelsteinen, ließ die Stadt mit Teppichen belegen und herrlich ausschmücken, und dann reiste der Vezier mit der Prinzessin ab. Der König Tighanus liebte die Prinzessin von Chorasan mehr als seine übrigen Frauen, und nach einem Jahr zeigte sich die Bestätigung dessen, was die Astrologen prophezeit hatten, denn sie gebar einen Sohn, so schön wie der Vollmond. Der König Tighanus freute sich außerordentlich über die Niederkunft seiner Gattin; er ließ die Weisen und Sterndeuter abermals rufen und sagte ihnen: »Ich wünsche von euch zu vernehmen, was diesem neugeborenen Kind in seinem Leben widerfahren wird.« Die Sterndeuter und Weisen beobachteten des Prinzen Gestirn und fanden es glückverkündend; nur sahen sie, daß ihm nach dem 15. Jahr manches Unangenehme zustoßen würde; wenn er das aber überstanden hat, sagten sie, so wird er viel Glück erleben, ein großer König werden, noch mächtiger und gesegneter als sein Vater; alle seine Feinde werden untergehen, und ungetrübte Freude werden ihn bis zu seinem Tode begleiten. Doch nur Gott ist allwissend! Als der König Tighanus diese Wahrsagung der Astrologen hörte, wurde er sehr vergnügt. Er ließ dann Ammen und Pflegefrauen kommen, um den Prinzen zu erziehen, den er Djanschah nannte. Als der Prinz ein Alter von fünf Jahren erreichte, ließ ihn Tighanus Lesen lehren, so daß er bald das Evangelium lesen konnte, und noch ehe weitere sieben Jahre vergingen, lernte er auch die Kriegskunst und übte sich in allen Ritterspielen; er war bald in allem sehr gewandt und hatte besonders viel Freude an der Jagd; auch im Krieg zeichnete er sich zur größten Freude seines Vaters als ein wackerer Held aus. Eines Tages zog der König Tighanus mit Djanschah und vielem Gefolge auf die Jagd und trieb sich drei läge lang vergebens in Wüsten und Einöden umher. Am dritten Nachmittag sprang an Djanschah eine Gazelle von wunderschöner Farbe vorüber und entfloh vor ihm. Djanschah verfolgte sie, aber sie sprang immer vor ihm her, ohne daß er sie erreichen konnte, obschon sieben Mamelucken sich bald zu ihm gesellten und sie mit ihm verfolgten. Endlich blieb aber doch der Gazelle, da sie den Prinzen und die sieben Mamelucken im Rücken und das Meer vor sich hatte, nichts anderes zu ihrer Rettung übrig, als sich ins Wasser zu stürzen.

Als die Gazelle im Meer war, sprang der Prinz mit sechs Mamelucken in einen Fischerkahn, der am Ufer lag, und ließ den siebten Mamelucken an Land, um die Pferde zu halten. Sie ruderten dann der Gazelle nach, bis sie sie eingeholt und aufgefangen hatten. Schon wollten sie wieder ans Land zurückkehren, da erblickte Djanschah eine Insel im Meer, und er sagte zu seinen Mamelucken: »Laßt uns, ehe wir heimkehren, diese Insel sehen.« Die Mamelucken erwiderten: »Wir gehorchen dir in allem, was du befiehlst, und ruderten nach der Insel zu, stiegen daselbst ans Land und gingen eine Weile darauf spazieren.« Dann bestiegen sie mit der Gazelle das Schiff wieder, um heimzukehren; aber die Nacht überfiel sie, sie irrten auf dem Meer umher und wurden vom Wind getrieben, ohne zu wissen wohin.

Der König Tighanus vermißte aber bald seinen Sohn und schickte Soldaten nach allen Wegen aus, um ihn aufzusuchen. Da kamen nun auch einige Offiziere an das Meer, wo der zurückgebliebene Mameluck bei den Pferden stand; sie gingen auf ihn zu und fragten ihn nach seinem Herrn und nach den anderen sechs Mamelucken, und der Mameluck erzählte ihnen, was er wußte. Sie kehrten dann mit dem Mamelucken und den Pferden zum König zurück, um ihm diese Auskunft über seinen Sohn zu bringen. Der König weinte heftig, als er diese Nachricht hörte, warf die Krone von seinem Haupt, schlug die Hände übereinander, ließ Briefe nach den verschiedenen Inseln ausfertigen, versammelte 100 Schiffe und befahl den Hauptleuten, überall auf dem Meer seinen Sohn Djanschah zu suchen. Nach diesen Anstalten kehrte er höchst bestürzt mit seinen Truppen in die Stadt zurück und trauerte mit seiner Gattin, die sich auch ins Gesicht schlug, sobald sie die Abwesenheit ihres Sohnes bemerkte; ihre Angst war aber noch größer, als nach zehn Tagen die 100 Schiffe zurückkehrten, ohne den Prinzen gefunden zu haben. Dieser irrte lange mit den Mamelucken auf dem Meer herum, bis ihn ein Sturmwind an eine Insel warf. Er stieg auf diese Insel mit seinen sechs Mamelucken, und nachdem sie eine Weile umhergegangen waren, kamen sie an eine Wasserquelle, neben der ein Mann saß. Djanschah ging auf ihn zu und grüßte ihn. Der Fremde erwiderte seinen Gruß mit einer Stimme, welche dem Gezwitscher der Vögel ähnlich war und den Prinzen in Erstaunen versetzte; dann sah er sich links und rechts um, teilte sich in zwei Teile, und jede Hälfte wendete sich nach einer anderen Seite. Kaum war dieser fort, kamen noch unzählbare Gattungen Menschen vom Gebirge her zur Quelle, teilten sich in zwei Hälften und gingen auf den Prinzen und die Mamelucken los, um sie zu fressen. Djanschah entfloh; aber sie verfolgten ihn und fraßen ihm drei seiner Mamelucken. Djanschah bestieg dann schnell mit den übrigen drei Mamelucken den Nachen und segelte wieder ins offene Meer, ohne zu wissen, nach welcher Richtung. Bald mußte er die Gazelle schlachten lassen, um nicht vor Hunger zu sterben. Nach einigen Tagen trieb ihn der Wind auf eine andere Insel, welche reich an Bäumen und Bächen wie das Paradies war. Diese Insel gefiel dem Prinzen so gut, daß er seine Mamelucken fragte, ob einer von ihnen ans Land steigen wolle, um sich auf dieser Insel umzusehen. Einer von ihnen erbot sich zum Aussteigen; doch der Prinz sagte: »Es ist besser, ihr geht alle drei zusammen, und ich warte hier, bis ihr wiederkehrt.«

Die Mamelucken stiegen ans Land und durchstreiften die Insel nach Osten und nach Westen, ohne einem Menschen zu begegnen. Als sie aber mitten auf die Insel kamen, sahen sie eine Zitadelle von weißem Marmor mit einem Palast aus dem reinsten Kristall. Mitten in der Zitadelle war ein Garten mit allerlei frischen und trockenen Früchten und allerlei wohlriechenden Pflanzen und vielen Vögeln, die auf den Baumzweigen zwitscherten. Am Ende des Gartens lag ein großer Teich, vor welchem ein herrliches Zelt aufgeschlagen war. In diesem Zelt standen viele Stühle ringsumher, und in ihrer Mitte erhob sich ein großer Thron mit allerlei Edelsteinen besetzt. Die Mamelucken bewunderten dieses schöne Schloß und den Garten und gingen überall herum, ohne jemand zu finden. Sie kehrten dann zu ihrem Herrn zurück und berichteten ihm, was sie gesehen. Als der Prinz ihren Bericht hörte, sagte er: »Ich muß auch dieses Schloß sehen!« Er verließ sogleich das Schiff und ging mit den Mamelucken nach der Zitadelle. Der Prinz war auch erstaunt über dieses schöne Schloß, und ging den ganzen Tag mit den Mamelucken im Garten spazieren und aß von dessen Früchten. Als der Abend herankam, begab er sich an die Stelle, wo die Stühle und der Thron standen, setzte sich auf den Thron und weinte heftig wegen der Trennung von seinem Vater und seiner Heimat, und die drei Mamelucken weinten mit ihm. Auf einmal hörten sie einen großen Lärm vom Meer her, und es kam eine Herde Affen, so zahlreich wie ein Heuschreckenschwarm, herbei, die sich nach allen Seiten hin verbreiteten, so daß Djanschah und die Mamelucken sich sehr fürchteten. Als die Affen – fuhr die Schlangenkönigin in ihrer Erzählung fort – den Prinzen Djanschah, welcher kein anderer als der Jüngling war, den Bulukia auf den Gräbern fand, auf dem Thron sahen, küßten sie die Erde vor ihm und verbeugten sich ehrerbietigst. Dann kamen mehrere Affen mit verschiedenen geschlachteten Tieren in die Zitadelle, zogen ihnen die Haut ab, zerschnitten und kochten sie und legten sie in goldene und silberne Gefäße. Bald wurde der Tisch gedeckt und die Affen gaben dem Prinzen und den Mamelucken durch Zeichen zu verstehen, sie möchten sich dem Tische nähern und mitessen. Djanschah stieg vom Thron herunter und aß mit den Mamelucken und den Affen, bis er satt war. Dann wurden die Speisen von einigen Affen weggetragen und Früchte herbeigebracht. Djanschah aß auch davon und dankte dem erhabenen Gott. Nach vollendeter Mahlzeit wendete sich der Prinz zu den Häuptern der Affen und fragte sie: »Wer seid ihr und wem gehört dieses Schloß?« Die Affen antworteten: »Wisse, dieser Ort gehört Salomon, dem Sohne Davids, Friede sei mit ihm! Er kam jedes Jahr einmal hierher spazieren und ordnete unsere Regierungsangelegenheiten. Wisse auch, o glücklicher König, daß wir dich jetzt zu unserem Sultan ernennen und dir treu dienen wollen. Du kannst essen und trinken und befehlen, was du willst,

es soll alles nach deinem Wunsche geschehen.« Sodann verbeugten sich die Affen und zogen sich einer nach dem anderen zurück. Djanschah bestieg den Thron wieder und schlief darauf ein, und die drei Mamelucken saßen um ihn herum. Am anderen Morgen kamen die vier Veziere der Affen mit ihren Truppen, welche die ganze Gegend ausfüllten, und ließen sie in geschlossenen Reihen an ihm vorüberziehen; dann baten sie ihn im Namen der Armee, er möchte doch ihr Sultan werden. Hierauf zerstreuten sich die Affen wieder mit furchtbarem Lärmen; nur einige blieben stehen, um den Prinzen zu bedienen.

Bald darauf kam wieder eine Herde Affen mit Hunden, so groß wie Pferde, deren jeder eine Kette um den Hals gebunden hatte. Die Anführer der Affen gaben dem Prinzen durch Zeichen zu verstehen, daß er auch einen solchen Hund besteige und mit ihnen reite; er tat nach ihrem Wunsch; die drei Mamelucken und viele Truppen auf Hunden und zu Fuß folgten ihm. Als sie am Ufer des Meeres vorüberkamen, sah Djanschah, daß das Schiff, mit welchem er gekommen, in den Grund gebohrt war; er wendete sich zu den Anführern der Affen und fragte sie, wo sein Schiff hingekommen. Sie antworteten ihm: »Wisse, o König, als du mit dem Schiff auf unsere Insel kamst, beschlossen wir gleich, dich zu unserem Sultan zu ernennen; da wir aber fürchteten, du möchtest, wenn wir uns dir nähern, vor uns entfliehen und wieder fortsegeln, haben wir das Schiff in den Grund gebohrt.« Als Djanschah dies hörte, sagte er zu seinen Mamelucken gewendet: »Nun hilft uns keine List mehr zum Entkommen, wir müssen nun bei diesen Affen bleiben; doch Geduld ist eine schöne Tugend, Gott kann immer helfen!« Er zog dann traurig mit den Affen weiter bis an das Ufer eines Flusses, hinter welchem ein hoher Berg lag. Auf diesem Berge sah er eine unzählbare Menge Werwölfe und fragte die Affen, was das für Tiere seien. Die Affen antworteten: »Das sind unsere Feinde, gegen die wir nun Krieg führen.« Djanschah war sehr erstaunt über die Gestalt dieser Werwölfe; sie waren so groß wie ein Pferd und hatten Stierköpfe; manche glichen sogar Kamelen. Sobald sie die Affen erblickten, stürzten sie vom Gebirge herunter an den Fluß und warfen die Affen mit Steinen, so groß wie Säulen, und töteten viele von ihnen.

Als Djanschah die Niederlage der Affen sah, rief er den Mamelucken zu: »Holt schnell die Bogen herbei und schießt Pfeile gegen die Werwölfe ab, um sie zurückzutreiben.« Die Mamelucken taten dies und töteten viele Werwölfe und trieben die übrigen in die Flucht. Nachdem alle verschwunden waren, bestieg Djanschah mit den Affen einen hohen Berg. Auf dem Gipfel des Berges erblickte er eine marmorne Tafel, auf der geschrieben war: »Wanderer, der du in dieses Land kommst, wisse, daß die Affen dich zu ihrem Sultan machen und dir nur zwei Wege zur Flucht übrig lassen. Der eine zieht sich östlich am Gebirge hin, ist drei Monate lang und führt dich an Werwölfen, allerlei reißenden Tieren, Gespenstern und abtrünnigen Geistern vorüber; dann gelangst du an das Meer, das die Welt umgibt. Auf dem andern, westlichen Weg hast du vier Monate durch das Ameisental zu reisen, wo du dich sehr vor den Ameisen in acht nehmen mußt. Dieses Tal endet an einem hohen Berg, über den man zehn Tage zu steigen hat und der wie Feuer brennt. Jenseits des Berges«, stand ferner auf der Tafel,

»fließt ein großer Strom mit so reißender Schnelligkeit, daß man ganz verblendet wird, wenn man hineinsieht; jeden Samstag trocknet aber dieser Strom aus. Am jenseitigen Ufer des Stromes liegt eine Stadt, die nur von Juden bewohnt ist; es befindet sich überhaupt kein einziger Muselmann im ganzen Land; auch ist weit umher die ganze Gegend öde und menschenleer. Solange du bei den Affen bleibst, werden sie stets gegen die Werwölfe siegreich kämpfen.« Unten stand: »Wisse, daß Salomo, der Sohn Davids, diese Inschrift auf die Tafel gegraben.«

Als Djanschah diese Inschrift gelesen hatte, weinte er heftig und erzählte den Mamelucken, was diese Tafel enthielt. Dann kehrte er mit den Affen, die über ihren erfochtenen Sieg sich gar zu sehr freuten, zur Zitadelle zurück und residierte darin als Sultan der Affen 18 Monate lang. Nach Verlauf dieser Zeit befahl er der Affenarmee, sich zu einer großen Jagdpartie auszurüsten, und zog mit ihr in Begleitung seiner Mamelucken mehrere Tage durch Wüsten und Einöden, bis er an das Ameisental kam, wo er das Merkmal fand, das auf obenerwähnter Inschrift angegeben war; da befahl er den Affen, ihre Zelte aufzuschlagen, um in diesem Tal zehn Tage lang zu lagern. Aber in der folgenden Nacht sagte er zu seinen Mamelucken: »Meine Absicht ist, jetzt zu entfliehen; wir wollen ins Ameisental geben, das uns in die Judenstadt führt; Gott wird uns beistehen, daß wir glücklich diesen Affen entkommen.« Die Mamelucken sagten: »Wir gehorchen in allem, was unser Herr uns befiehlt.« Als dann ein Teil der Nacht vorüber war und die Affen, welche seine Leibwache bildeten, schnarchend vor seinem Zelt lagen, machte er sich mit den Mamelucken auf, bewaffnete sich mit Schwert und Dolch und anderen Kriegsgerätschaften, und entfloh ins Ameisental. Als am Morgen aber die Affen vom Schlaf erwachten und Djanschah und die Mamelucken nicht mehr fanden, teilten sie sich in zwei Haufen; der eine ritt nach Osten gegen den Ozean und der andere nach Westen ins Ameisental, bis sie Djanschah und den Mamelucken auf die Spur kamen. Djanschah hörte bald die Affen hinter sich und floh immer vorwärts ins Tal; aber er wurde noch vor Mittag eingeholt, und schon wollten die Affen ihn und seine Mamelucken töten, als eine Herde Ameisen aus dem Tal hervorkamen, jede so groß wie ein Hund, sich über die Affen herstürzten und viele von ihnen fraßen; doch auch von den Ameisen wurde eine große Anzahl getötet. Der Kampf zwischen ihnen dauerte den ganzen Tag fort, und Djanschah benutzte diese Zeit, um vor beiden zu entfliehen und ins Innere des Tales zu dringen.

Aber noch am folgenden Morgen sah sich Djanschah von den Affen verfolgt; da rief er seinen Mamelucken zu: »Ziehet eure Schwerter und dringet auf sie ein!« Die Mamelucken zogen ihre Schwerter und hieben nach den Affen rechts und links, bis auf einmal ein großer Affe kam, mit Vorderzähnen wie ein Elefant; dieser sprang auf einen der Mamelucken los und teilte ihn entzwei; ihm folgten viele andere Affen, so daß Djanschah weiter ins Tal fliehen und zuletzt, um sein Leben zu retten, sich in den Strom stürzen mußte; die beiden übrigen Mamelucken taten dasselbe, aber sie ertranken, denn der Strom riß sie mit sich fort; und nur der Prinz schwamm hinüber, hielt sich an einem Baum fest und stieg ans jenseitige Ufer. Er lief den ganzen Tag umher und weinte über den

Verlust seiner Mamelucken. Abends ging er in eine Höhle und brachte die Nacht in großer Furcht darin zu.

Am folgenden Tage zog Djanschah wieder weiter und nährte sich von den Pflanzen der Erde, bis er an den Berg kam, der wie Feuer brannte. Er bestieg diesen Berg und entdeckte bald den Strom, der jeden Samstag austrocknet, und

jenseits des Stromes die große Stadt, welche nur von Juden bewohnt war. Er wartete bis Samstag, weil er wußte, daß an diesem Tag der Strom ausgetrocknet sein würde; dann ging er hinüber in die Judenstadt, fand aber keinen Menschen auf den Straßen. Da klopfte er an eine Tür und als man ihm öffnete, sah er die Bewohner des Hauses still dasitzen. Niemand sprach ein Wort. Djanschah sagte ihnen. »Ich bin fremd und hungrig.« Da stellten sie ihm zu essen vor und gaben ihm durch Zeichen zu verstehen, er möge essen und trinken, aber kein Wort sprechen. Djanschah aß und trank und schlief dann die ganze Nacht durch. Am folgenden Morgen kam der Hausherr zu ihm und bewillkommte ihn und fragte ihn, woher er komme und wohin er wolle. Djanschah erzählte ihm weinend seine Geschichte und sagte, er wolle in seine Heimat zurückkehren, und nannte seine Vaterstadt. Der Jude sagte mit Verwunderung: »Diese Stadt habe ich in meinem Leben nicht nennen hören; wir wissen nur durch Karawanen, welche zuweilen hierher kommen, daß es ein Land gibt, welches Jemen heißt.« Djanschah fragte: »Ist das Land, von dem die Karawanen sprechen, sehr weit von hier?« Der Jude antwortete: »Die Karawanenführer sagen, dieses Land sei zwei Jahre und drei Monate weit von hier entfernt.« Djanschah fragte dann: »Wann wird wohl wieder eine solche Karawane kommen?« Der Jude antwortete: »Das nächste Jahr.«

Djanschah weinte heftig bei diesen Worten über seine lange Trennung von seinen Eltern, über alles, was er auf der Reise leiden mußte, und über den Verlust seiner Mamelucken. Der Jude sagte ihm aber: »Weine nicht, Jüngling; bleibe bei uns, bis die Karawane kommt, dann schicken wir dich mit ihr in deine Heimat zurück.« Djanschah blieb nun zwei Monate lang bei dem Juden und ging jeden Tag aus, um die Stadt zu sehen. Als er eines Tages nach seiner Gewohnheit auf der Straße war und sich rechts und links umsah, hörte er, wie ein Mann ausrief: »Wer will 1000 Dinare nehmen und ein wunderschönes Mädchen, und von morgens bis mittags eine Arbeit verrichten?« Der Mann rief lange so und niemand antwortete. Djanschah dachte: »Das muß zwar keine leichte und gefahrlose Arbeit sein, die man mit 1000 Dinaren und einem schönen Mädchen bezahlen will; indessen will ich mich doch melden.« Er ging zum Ausrufer und sagte: »Ich will diese Arbeit verrichten.« Der Ausrufer nahm ihn bei der Hand und sagte: »Komm mit in die Wohnung dessen, bei dem die Arbeit geschehen soll.« Djanschah ließ sich von ihm in ein großes Haus führen, in dessen Hof ein Jude auf einem Stuhl von Ebenholz saß. Der Ausrufer sagte zu diesem: »Ich laufe nun schon drei Monate in der Stadt herum und rufe deine Arbeit aus, konnte aber niemanden finden, bis endlich dieser Jüngling sich hier meldete.« Der Jude bewillkommte Djanschah und hieß ihn sitzen; nachdem er eine Weile neben ihm saß, führte er ihn in das Wohnzimmer und gab einem Sklaven Befehl, zu essen zu bringen. Sie aßen miteinander, wuschen sich, dann tranken sie, und als sie getrunken hatten, holte der Jude einen Beutel mit 1000 Dinaren und führte ein wunderschönes Mädchen an der Hand und sagte zu Djanschah: »Hier ist der versprochene Lohn für die Arbeit, die du zu verrichten hast; morgen früh sollst du ans Werk gehen.« Hierauf verließ er ihn.

Djanschah legte das Geld beiseite und brachte die Nacht auf dem Divan neben dem Mädchen zu. Am folgenden Morgen kam der Jude zu ihm, führte ihn ins Bad und befahl den Sklaven, ihm ein seidenes Kleid nachzubringen. Als Djanschah aus dem Bad kam, überreichten ihm die Sklaven das seidene Kleid und führten ihn wieder nach Hause. Der Jude ließ dann allerlei Musiker und Getränke holen; man spielte und trank und scherzte, bis die halbe Nacht vorüber war; da zog sich der Jude in seinen Harem zurück, und Djanschah schlief wieder an der Seite seines Mädchens. Sobald aber der Morgenstern leuchtete, kam der Jude zu Djanschah und sagte ihm: »Ich wünsche nun, daß du mir meine Arbeit verrichtest.« Djanschah erwiderte: »Ich bin bereit zu allem, was du befiehlst.« Da ließ der Jude von seinen Sklaven zwei Maulesel bringen, hieß Djanschah den einen besteigen und ritt selbst auf dem zweiten. Nachdem sie von morgens bis Mittag auf dem Wege waren, kamen sie an einen unermeßlich hohen Berg. Der Jude stieg hier ab und befahl auch Djanschah abzusteigen. Er zog dann ein Messer und ein Seil aus der Tasche und sagte zu Djanschah: »Schlachte deinen Maulesel!« Djanschah schürzte sich auf, warf dem Maulesel den Strick um die Füße und stürzte ihn zu Boden. Dann sagte der Jude zu Djanschah: »Spalte dem Maulesel den Leib und schlüpfe hinein!« Als Djanschah hineinschlüpfte, nähte der Jude den Leib wieder zu, ging fort und verbarg sich im Gebirge.

Nach einer Weile kam ein großer Vogel herangeflogen, ergriff den Maulesel und trug ihn auf den Berg, um ihn zu essen. Sobald aber der Leib aufgepickt war, kroch Djanschah heraus und stellte sich aufrecht; da erschrak der Vogel vor ihm und flog davon. Djanschah sah sich rechts und links um, fand aber niemanden. Bald entdeckte er viele Totengebeine und Leichen in der Sonne verdorrt und schrie: »Es gibt keinen Schutz und keine Macht, außer bei Gott, dem Erhabenen!« Er blickte dann vom Berg herunter und sah den Juden unten stehen und hörte, wie er ihm zurief, er möchte ihm von den Steinen herunterwerfen, die auf dem Berg liegen, er wolle ihm dann den Weg angeben, auf welchem er wieder herunterkommen könne. Djanschah warf dem Juden etwa 200 Steine vom Berge herunter zu; es waren nichts als Rubine, Smaragde und andere kostbare Edelsteine. Als er aber dann dem Juden sagte: »Zeige mir nun den Weg, der mich herunterführen soll, ich werfe dir dann noch einmal so viele Steine zu!« gab ihm der Jude keine Antwort, sondern wickelte seine Edelsteine ein, lud sie auf den Maulesel, bestieg ihn selbst und ritt davon. Djanschah blieb nun allein auf dem Berg sitzen und weinte und schrie um Hilfe drei Tage lang. Am vierten Tag machte er sich auf und ging zwei Monate lang auf dem Berg umher, von rohen Pflanzen sich nährend. Endlich kam er an den Abhang des Berges; da sah er ein Tal vor sich mit vielen Bäumen und Bächen. Er kam bald an einen Pfad, neben welchem sich ein Bach ins Tal ergoß und stieg da hinunter. Nachdem er eine Weile im Tal umherging und nach allen Seiten sich umsah, erblickte er ein sehr hohes Schloß; er ging darauf zu und sah vor dem Tor einen alten Mann mit ehrwürdigem, strahlendem Gesicht, der in der rechten Hand ein Beil von Rubin hielt. Djanschah näherte sich ihm und grüßte ihn; der Alte erwiderte seinen Gruß, bewillkommte ihn und hieß ihn sitzen. Als Djanschah sich vor das Tor des Schlosses neben den Alten setzte, fragte ihn dieser: »Wie kommst du in dieses Land, das vor dir noch kein Sohn Adams betreten, und wo willst du hin?« Djanschah erinnerte sich an alle Mühseligkeiten und Leiden, die ihm auf der Reise widerfahren, und weinte so heftig, daß er nicht antworten konnte. Da sagte ihm der Alte: »Laß das Weinen, mein Sohn!« und holte ihm etwas zu essen. Djanschah aß, bis er satt war, und dankte Gott. Als er gegessen hatte, bat ihn der Alte wieder, ihm zu erzählen, wie er hierhergekommen, und Djanschah erzählte ihm alle Abenteuer seiner Reise bis zu seinem Zusammentreffen mit ihm; dann bat er den Alten, welcher ihm mit viel Aufmerksamkeit und Teilnahme zugehört hatte, ihm zu sagen, wem dieses Tal und dieses Schloß gehöre und wie er heiße. Der Alte antwortete: »Wisse, mein Sohn, dieses Tal mit allem, was du darin siehst, so wie auch dieses Schloß, gehört unserm Herrn Salomo, dem Sohne Davids ‚Friede sei mit ihm!'; mein Name aber ist Scheich Naßr und ich bin König der Vögel. Unser Herr Salomo hat mir dieses Schloß anvertraut und mich die Sprache der Vögel gelehrt und zum Herrscher über alle Vögel von der ganzen Welt ernannt; sie müssen sich jedes Jahr in diesem Schloß versammeln, und ich halte Musterung über sie.« Djanschah fragte weinend: »Was soll ich nun tun, um in meine Heimat zu kommen?« Der Alte antwortete: »Es bleibt dir nichts übrig, als hier zu warten, bis sich die Vögel versammeln; da gebe ich einem der Vögel den Auftrag, dich mitzunehmen; einstweilen kannst du hier im Schloß wohnen, essen und trinken und spazieren gehen.« Djanschah blieb bei Scheich Naßr und lebte mit ihm sehr angenehm, bis endlich die Vögel kamen, um Scheich Naßr zu besuchen. Bei der Ankunft der ersten Vögel übergab Scheich Naßr Djanschah die Schlüssel des Schlosses mit den Worten: »Bleibe du hier und ergehe dich im ganzen Schloß; nur die Tür eines Zimmers darfst du nicht öffnen, sonst geht es dir schlecht; nimm dich also wohl in acht!« Hierauf verließ Scheich Naßr das Schloß und ging den Vögeln entgegen. Sobald die Vögel Scheich Naßr erblickten, flogen sie zu ihm hin, und eine Gattung nach der anderen küßte ihm die Hand.

Djanschah ging indessen im Schloß umher und besuchte ein Gemach nach dem anderen, bis er endlich an die Tür kam, die ihm Scheich Naßr zu öffnen verboten hatte.

Die Türe war schöner als die aller übrigen Gemächer, und es hing ein goldenes Schloß davor. Da dachte Djanschah: »Gewiß ist dies das schönste Zimmer im Schloß; ich möchte doch wissen, was darin ist, daß Scheich Naßr mir den Eingang verboten.« Er blieb eine Weile nachdenkend stehen; dann sagte er: »Ich muß in dieses Zimmer und sehen, was darin ist; es kommt dem Menschen doch nur zu, was im Himmel über ihn bestimmt ist.« Er öffnete hierauf die Tür und sah einen großen Teich, neben welchem ein kleines Schloß gebaut war aus Gold, Silber und Kristall; die Fenster waren aus Rubin, und der Boden aus grünem Smaragd, Diamanten, Perlen und marmorfarbigen Edelsteinen. Mitten im Schloß war ein goldener Springbrunnen voll mit Wasser, und rund herum allerlei goldene und silberne wasserspeiende Tiere und Vögel, die, sooft der Wind ihnen in die Ohren wehte, jedes in seiner Sprache redete. Neben dem Springbrunnen war ein großer Saal mit einem Thron aus Rubin mit Perlen und Edelsteinen verziert, und über dem Thron war ein Zelt von grüner Seide aufgeschlagen mit allerlei Juwelen durchwirkt; das Zelt war 50 Ellen groß und dessen Boden mit einem Teppich bedeckt, der unserem Herrn Salomo gehörte. Hinter dem Schloß war ein Garten mit vielen Bächen und Fruchtbäumen, und ein Blumenbeet von Rosen, Jasminen, Nelken, Lilien, Narzissen, Veilchen, Anemonen und anderen wohlriechenden Blumen, die ein leiser Zephyr sanft umherschaukelte. Djanschah ging lange in diesem Garten umher, der unbeschreiblich viele Merkwürdigkeiten enthielt; dann bewunderte er wieder den schönen Teich, dessen Boden aus den kostbarsten Edelsteinen zusammengesetzt war.

Nachdem Djanschah alle Wunder des Gartens und Springbrunnens angestaunt hatte, ging er ins Zelt, das neben dem Springbrunnen aufgeschlagen war, bestieg den Thron, der darin stand, und schlief eine Weile. Als er erwachte, ging er wieder zum Zelt hinaus und setzte sich vor die Tür, um noch einmal dieses schöne Schloß zu bewundern*. Auf einmal kamen drei Vögel in der Gestalt von Tauben, aber so groß wie Adler, herbeigeflogen, ließen sich neben dem Teich nieder und spielten und scherzten eine Weile miteinander; dann zogen sie ihre Federn aus und sprangen in den Teich, und siehe da! Es waren drei Mädchen wie der Mond, dergleichen Djanschah in der Welt noch nie gesehen hatte. Er wußte nicht, was er am meisten bewundern sollte, ihr blühendes Gesicht mit seinen regelmäßigen Zügen oder das Ebenmaß und die Grazie ihres Wuchses. Nachdem sie eine Weile gebadet hatten, stiegen sie wieder ans Land und gingen im Garten spazieren. Djanschah verlor fast den Verstand, als er sie in der Nähe sah; er lief ihnen nach und grüßte sie. Als sie seinen Gruß erwiderten, fragte er sie: »Wer seid ihr, meine Damen, und wo kommt ihr her?« Da sagte die Jüngste unter ihnen: »Wir kommen aus dem Reiche Gottes, um in diesem Garten ein wenig spazieren zu gehen.« Djanschah blieb eine Weile betroffen; dann sagte er: »O habe doch Mitleid mit mir und mit meinem Zustand, es sind mir schon gar zu viele Leiden im Leben zugestoßen.« Das Mädchen antwortete: »Ich kann dir nicht helfen; geh deines Weges!«

---

* Einige der folgenden Nächte haben Ähnlichkeit mit denen aus der Geschichte Hasans aus Baßrah, konnten aber des Zusammenhangs willen nicht ausgelassen werden.

Djanschah weinte heftig über diese Antwort, denn er war schon in Liebe und Verlangen aufgelöst, und er sprach folgende Verse:

»Sie erschien mir im Garten im grünen Gewande mit aufgelöstem Gürtel und herunterhängenden Haaren; ich frage sie nach ihrem Namen, und sie antwortet: Ich bin die, welche das Herz der Liebenden wie mit heißen Kohlen entzündet. Da klage ich ihr die Qualen der Liebe und sie antwortet: Du klagst einem Felsen, weißt du das nicht? Ich erwidere: Wäre auch dein Herz ein Felsen, hat nicht Gott Wasser aus einem Felsen entspringen lassen?«

Die Mädchen machten sich über diese Verse lustig und fuhren fort, zu scherzen und zu spielen und zu singen. Djanschah brachte ihnen dann einige Früchte, die sie aßen; dann legten sie sich nieder und schliefen die ganze Nacht in der Nähe von Djanschah. Als der Morgen leuchtete, zogen sie ihre Kleider wieder an und flogen in der Gestalt von Tauben davon. Djanschah sah sie vor seinen Augen verschwinden und verlor fast seinen Verstand darüber; er schrie laut auf und fiel in eine Ohnmacht, die den ganzen Tag dauerte.

Scheich Naßr aber war inzwischen von seiner Zusammenkunft mit den Vögeln zurückgekehrt und hatte schon einige Vögel gebeten, Djanschah in seine Heimat zu bringen, was die Vögel auch gerne tun wollten; er suchte Djanschah überall im Schloß, konnte ihn aber nirgends finden. Endlich kam er an die Tür des verschlossenen Gemachs und fand sie offen; da dachte er: »Djanschah müsse trotz seines Verbotes hineingegangen sein«; und als er vor das Schloß kam, fand er ihn ohnmächtig auf dem Boden liegen.

Als Djanschah durch die Pflege des Scheichs Naßr aus seiner Ohnmacht erwachte, seufzte er vor Liebe und Sehnsucht und rezitierte folgende Verse:

»Sie erschien wie der Mond in der Nacht der Seligkeit, mit zarten Hüften und schlankem Wuchs und einem Auge, so reizend, daß es jedes Herz fesselt; die Röte ihrer Lippen glich Rubinen, und lange, schwarze Haare bedeckten ihren Rücken. Hüte dich wohl vor ihr, denn ihr Herz ist härter als ein Fels; aus den Bogen ihrer Augenbrauen sendet sie Pfeile ab, die auch aus der Ferne nie das Ziel verfehlen.«

Als Scheich Naßr diese Verse hörte, sagte er: »Mein Sohn, habe ich dich nicht vor der verschlossenen Tür gewarnt? Warum hast du mein Gebot nicht beobachtet?« Djanschah weinte so heftig, daß er lange nicht imstande war, Scheich Naßr zu erzählen, was ihm in seiner Abwesenheit widerfahren. Dann bat er ihn, ihm zu sagen, wer die drei Mädchen waren, die ihm als Tauben erschienen. Scheich Naßr antwortete: »Diese drei Tauben sind Genientöchter, die jedes Jahr einmal hierher kommen, um in diesem Garten auszuruhen, und dann wieder in ihre Heimat zurückkehren.« »Und wo ist denn ihre Heimat?« fragte Djanschah. Scheich Naßr antwortete: »Bei Gott! Mein Sohn, das weiß ich selbst nicht! Darum rate ich dir: Mache dich jetzt auf; ich will dich mit den Vögeln in deine Heimat schicken. Denke nicht mehr an diese Mädchen, die dir ewig unerreichbar bleiben!« Djanschah stieß ein furchtbares Geschrei aus, als er diese Worte hörte, und fiel wieder in Ohnmacht. Als er wieder zu sich kam, sagte er zu Scheich Naßr: »O mein Vater! Ich werde nicht in meine Heimat zurückkehren, bis ich diese Mädchen wieder gesehen, ich will lieber hier sterben; laß mich hier bleiben, ich bin zufrieden, wenn ich sie nur jedes Jahr einmal sehe.« Er warf sich dann Scheich Naßr zu Füßen und küßte sie, und fuhr heftig weinend fort: »Habe Mitleid mit mir, Gott wird sich auch deiner erbarmen; hilf mir in meiner Not, Gott wird auch dir helfen!« Da sagte ihm Scheich Naßr: »Bei Gott! Mein Sohn, ich weiß nicht, wer diese Mädchen sind; doch wenn deine Liebe so heftig ist, so bleibe noch ein Jahr bei mir; sie müssen gewiß das nächste Jahr um diese Zeit wiederkehren; da verbirgst du dich im Garten unter einem Baum, und wenn sie in den Teich steigen, um zu baden und zu scherzen, und recht weit von ihren Kleidern sind, da springst du hervor und nimmst das Kleid derjenigen von ihnen, die dir am besten gefällt. Wenn dann die Mädchen dich bemerken, werden sie ans Land steigen und die, deren Kleid du genommen, wird dich mit süßen Worten und rührender Stimme bitten, ihr das Federnkleid zurückzugeben. Gibst du ihr dann Gehör, so bleibt dir kein Mittel mehr übrig, sie an dich zu fesseln, denn sobald sie ihr Kleid wieder anzieht, fliegt sie in ihre Heimat, und du siehst sie nie mehr wieder. Nimm daher ihr Kleid unter den Arm und gib es ihr ja nicht zurück, bis ich von der Zusammenkunft mit den Vögeln zurückkehre, da will ich euch verbinden und zusammen in deine Heimat zurücksenden. Das ist alles, mein Sohn, was ich für dich tun kann, sonst nichts.«

Djanschah beruhigte sich bei diesen Worten und blieb noch ein ganzes Jahr bei Scheich Naßr, bis endlich die Zeit der Zusammenkunft mit den Vögeln wiederkehrte; da kam Scheich Naßr und sagte zu ihm: »Ich gehe jetzt wieder zur Versammlung der Vögel; beherzige wohl, was ich dir geraten in bezug auf die Kleider der Mädchen.« Djanschah versprach ihm, alles zu befolgen, und wünschte ihm Glück zur Reise. Sobald Scheich Naßr fort war, ging Djanschah in den Garten und verbarg sich unter einem stark belaubten Baum, und wartete darunter drei Tage lang; da aber niemand kam, war er sehr betrübt und niedergeschlagen und weinte, bis er in Ohnmacht fiel. Nach einer Weile, als er wieder zu sich kam, sah er bald nach dem Himmel, bald auf die Erde, bald in den Teich, und sein Herz zitterte vor Liebe und Verlangen. Auf einmal kamen drei Tauben aus der Luft und ließen sich neben dem Teich nieder. Sie drehten sich nach allen Seiten um, und als sie niemanden, weder einen Menschen noch einen Genius erblickten, entkleideten sie sich, stiegen in den Teich und spielten und scherzten miteinander. Als sie glänzend wie neugegossenes Silber im Wasser umherschwammen, sagte die Älteste zu den anderen: »Wie wäre es, wenn jemand in diesem Garten verborgen wäre?« Die Mittlere antwortete: »Wo denkst du hin? Seit der Zeit unseres Herrn Salomo ist weder ein Mensch noch ein Genius in dieses Schloß gekommen.« Hierauf sagte die Jüngste lachend: »O wenn jemand im Garten verborgen wäre, würde er gewiß mich rauben!« Dann scherzten sie wieder untereinander und schwammen im Teich umher. Djanschah, der unter dem Baum hervor sie ungesehen beobachten konnte, wartete mit zitterndem Herzen, bis sie mitten im Teich waren, recht weit von ihren Kleidern, dann sprang er hervor wie ein Blitz und nahm das Federnkleid der Jüngsten, welche Schemsiah hieß. Als die Mädchen sich umdrehten und Djanschah erblickten, tauchten sie vor Scham unter das Wasser; dann hoben sie nur den Kopf aus dem Wasser hervor, näherten sich dem Ufer und fragten ihn: »Wie kommst du hierher und wer bist du, daß du Schemsiahs Kleider nimmst?« Djanschah antwortete: »Kommt nur näher her zu mir, da will ich euch erzählen, wie es mir gegangen.«

Da sagte Schemsiah. »Wer bist du, daß du gerade meine Kleider gestohlen, und mich hier ohne Bedeckung gelassen?« Djanschah antwortete: »O Licht meines Auges, Innerstes meines Herzens, steige nur ans Land, da will ich dir alles sagen, wie ich dich kennen gelernt und warum ich hierher gekommen.« Schemsiah sagte: »O mein Herr, Freude meines Auges, Frucht meines Herzens, gib mir meine Kleider, daß ich meine Scham bedecke, dann will ich zu dir kommen.« »Ich will mich nicht selbst vor Liebesgram ins Grab stürzen; ich kann dir deine Kleider nicht zurückgeben, bis Scheich Naßr kommt.« »Wenn du mir meine Kleider nicht geben willst, so warte, bis meine Schwestern angezogen sind, daß sie mir etwas bringen, um mich zu bedecken.« »Das will ich recht gern«, sagte Djanschah und ging einstweilen voraus ins Schloß. Die Mädchen stiegen dann ans Land, und die Älteren gaben der Jüngsten einen Teil ihrer Kleider, mit denen sie aber nicht fliegen konnte, und sie gingen zusammen ins Schloß zu Djanschah, der auf dem Thron saß. Schemsiah, die wie der Mond oder wie eine weidende Gazelle aussah, setzte sich neben ihn und sagte: »O schöner Jüngling, der du dich und uns ins Verderben gestürzt, erzähle mir nun, was dir widerfahren.« Djanschah fing an zu weinen, bis alle seine Kleider von Tränen benetzt waren; aber Schemsiah trocknete ihn ab und war so liebevoll gegen ihn, daß er bald gefaßt genug war, seine ganze Geschichte zu erzählen.

Als Djanschah seine Erzählung vollendet hatte, stand Schemsiah auf und sagte: »Mein Herr, wenn du mich wirklich liebst, so gib mir meine Kleider, daß ich mit meinen Schwestern zu meinen Eltern zurückkehre und ihnen von deiner Liebe zu mir erzähle; dann komme ich wieder hierher zu dir und bringe dich in deine Heimat.« Djanschah sagte weinend: »Erlaubt dir dein Gott, daß du mich unschuldigerweise tötest?« »Wieso das?« fragte Schemsiah. »Ich weiß«, erwiderte Djanschah, »daß, wenn du deine Kleider anziehst, du mich verläßt, und ich muß sogleich sterben.« Schemsiah lachte über diese Worte und ihre Schwestern lachten mit ihr. Dann sagte sie: »Sei frohen Herzens, ich will dich heiraten.« Sie umarmte ihn hierauf, drückte ihn an ihre Brust und küßte ihn auf die Wangen und zwischen die Augen. Nachdem sie sich lange umarmt hatten, setzten sie sich

wieder auf den Thron, und Schemsiah sagte zu Djanschah: »O mein Geliebter, Freude meines Auges, bei Gott; ich liebe dich sehr und werde mich nie von dir trennen!« Diese Worte erleichterten Djanschahs Brust und erheiterten sein Gesicht. Sie aßen dann miteinander einige Früchte, welche die älteste Schwester aus dem Garten holte, und bald darauf kam Scheich Naßr zurück. Da standen alle vor ihm auf und grüßten ihn. Er erwiderte ihren Gruß, bewillkommte sie und hieß sie wieder sitzen. Als sie wieder Platz genommen hatten, sagte er zu Schemsiah: »Ich empfehle dir diesen Jüngling hier, der dich sehr leidenschaftlich liebt; er ist von edler Geburt, sein Vater ist Sultan im Lande Kabul.« Schemsiah sagte: »Ich gehorche dir in allem, was du mir befiehlst«, und küßte Scheich Naßr die Hand. Scheich Naßr versetzte hierauf: »Wenn du aufrichtig bist, so schwöre mir bei Gott, daß du ihm nie untreu werden willst, solange du lebst.«

Schemsiah schwor einen schweren Eid, daß sie Djanschah heiraten, ihm stets treu bleiben und sich nie von ihm trennen wolle, solange sie lebe. Als sie diesen Eid geschworen hatte, glaubte ihr Scheich Naßr und rief freudig aus: »Gelobt sei Gott, der euch beide vereinigt!« Djanschah war vor Freude außer sich und lebte noch drei Monate mit Schemsiah in Scheich Naßrs Schloß in den schönsten irdischen Genüssen. Nach drei Monaten sagte sie zu Djanschah: »Nun wünsche ich, daß du in deine Heimat zurückkehrst, damit wir uns dort verheiraten.« Djanschah ging zu Scheich Naßr und teilte ihm Schemsiahs Wunsch mit. Scheich Naßr sagte: »Kehre in deine Heimat mit ihr zurück und laß sie dir empfohlen sein; du kannst ihr ohne Furcht ihre Kleider zurückgeben, sie wird dich nie mehr verlassen.« Djanschah ging ins Schloß und holte Schemsiahs Kleider und gab sie ihr. Als sie sie angezogen hatte, sagte sie ihm: »Steige nun auf meinen Rücken, drücke deine Augen und deine Ohren zu, damit dich das Geräusch der Himmelssphäre nicht zerschmettere; halte dich mit der Hand recht fest an meinem Rücken und nimm dich wohl in acht, daß du nicht herunterfällst.« Djanschah bestieg ihren Rücken, und Scheich Naßr belehrte sie über die Lage des Landes Kabul, damit sie den Weg dahin finde. Dann empfahl er ihr noch einmal Djanschah und nahm von beiden Abschied. Schemsiah verabschiedete sich hierauf von ihren beiden Schwestern und sagte ihnen: »Geht nun in eure Heimat zurück und erzählt zu Hause, was mir mit Djanschah begegnet.« Dann flog sie in einem fort von morgens bis abends, und Djanschah hielt sich fest an ihrem Rücken. Gegen Abend erblickte sie in der Ferne ein Tal mit vielen Bäumen, Früchten und Bächen; da sagte sie zu Djanschah: »Wir wollen uns ein wenig in diesem Tal ergehen und diese Nacht darin ausruhen.« Djanschah erwiderte: »Tue, was dir gut dünkt.« Sie ließ sich hierauf aus der Luft auf die Erde herunter, Djanschah stieg von ihrem Rücken ab und küßte sie zwischen die Augen; sie setzten sich eine Weile an das Ufer eines Flusses, dann gingen sie spazieren und aßen von den Früchten des Tales, bis es Nacht wurde; da legten sie sich unter einen Baum und schliefen die ganze Nacht. Des anderen Morgens stand Schemsiah auf und hieß Djanschah wieder auf ihren Rücken steigen, und flog wieder in einem fort bis Mittag; da erkannte sie die Merkmale, die ihr Scheich Naßr vom Lande Kabul gegeben, und ließ sich in eine schöne, weite Wiese herab, wo viele Bäche flossen und viele Gazellen umherhüpften. Als sie auf den Boden kam, stieg Djanschah ab und küßte sie zwischen die Augen. Da sagte Schemsiah: »Weißt du, mein Geliebter, welche Reise wir in zwei Tagen zurückgelegt?« Djanschah antwortete: »Bei Gott, ich weiß es nicht!« »Wir haben«, fuhr sie fort, »eine Reise von 30 Monaten gemacht.« Djanschah dankte Gott und setzte sich neben Schemsiah. Auf einmal, als sie so beisammen saßen und aßen und tranken und scherzten, kamen zwei Mamelucken auf sie zu, von denen der eine zur Zeit, wo Djanschah mit seinem Vater auf die Jagd gegangen war, die Pferde gehalten hatte, während Djanschah den Nachen bestieg. Sie küßten Djanschah Hände und Füße, als sie ihn erkannten, und sagten: »Dein Vater jagt hier in der Nähe; wir wollen ihm schnell deine Ankunft melden.« Djanschah antwortete: »Tut dies; dann bringt Zelte herbei. Wir wollen hier eine Woche ausruhen, damit alle Fürsten und Heerführer mir hierher entgegenkommen, und ich dann mit Pomp und Glanz meinen Einzug halte.«

Die beiden Mamelucken bestiegen ihre Pferde und ritten zu Djanschahs Vater und sagten: »Gute Nachricht, o König der Zeit!« Als der König Tighanus dies hörte, sagte er: »Wehe euch, bringt ihr mit etwa Botschaft von meinem Sohne Djanschah?« Die Mamelucken antworteten: »Ja wohl, dein Sohn Djanschah ist von seiner Reise zurückgekehrt; er ist hier in der Nähe.« Der König verlor das Bewußtsein bei diesen Worten. Als er wieder zu sich kam, freute er sich sehr, befahl seinem Vezier, jedem der Mamelucken ein Ehrenkleid zu schenken für

1000 Dinare und noch einen Beutel voll Geld dazu. Der Vezier holte sogleich nach dem Befehl des Königs zwei Ehrenkleider und zwei Beutel voll Geld, gab sie den zwei Mamelucken und sagte ihnen: »Hier habt ihr den Lohn für die frohe Botschaft, die ihr überbracht, ihr möget wahr gesprochen oder gelogen haben.« Da versetzten die Mamelucken: »Wir lügen nicht, wir haben eben bei Djanschah gesessen, haben ihn gegrüßt und ihm die Hand geküßt; auch hat er uns befohlen, Zelte zu holen, weil er sieben Tage in der Wiese verweilen will, bis alle Emire, Fürsten und Prinzen ihm entgegenkommen.« Als der König Tighanus dies hörte, ließ er in die Trompeten stoßen und Botschafter umherreiten, um die Ankunft Djanschahs allenthalben zu verkünden; auch sandte er einen Eilboten an Djanschahs Mutter, um ihr die Rückkehr ihres Sohnes zu melden. Dann zog der König Tighanus mit vielen Truppen in die Wiese, wo Djanschah neben Schemsiah saß. Djanschah stand auf, als er die Truppen bemerkte und ging ihnen entgegen. Alle Reiter stiegen von ihren Pferden ab, als sie den Prinzen erblickten, grüßten ihn und küßten seine Hände. Djanschah ging immer vorwärts an den Truppen vorüber, bis er zu seinem Vater kam. Als dieser Djanschah erblickte, sprang er vom Pferd herunter, umarmte ihn und weinte heftig. Dann bestieg er sein Pferd wieder, Djanschah ritt ihm zur Rechten und die Truppen folgten. Hierauf wurden Zelte aufgeschlagen und Fahnen aufgesteckt, und die Trompeten erschallten von allen Seiten. Der König ließ für Schemsiah ein Zelt von roter Seide aufschlagen, und als sie eine Weile darin ausgeruht hatte, besuchte er sie mit dem Prinzen. Als Schemsiah den König Tighanus sah, stand sie auf und verbeugte sich vor ihm. Er setzte sich, ließ den Prinzen zu seiner Rechten und Schemsiah zu seiner Linken Platz nehmen, bewillkommte Letztere und fand viel Wohlgefallen an ihr.

Der König ließ sich dann von seinem Sohn alles erzählen, was ihm während seiner Abwesenheit widerfahren, und als er dessen Erzählung angehört hatte, wendete er sich zu Schemsiah und sagte: »Gelobt sei Gott, der dich mit meinem Sohn vereinigt! Wünsche dir nun etwas, ich werde es dir gewähren, was es auch sein mag!« Sie sagte: »Ich wünsche, daß du mir ein Schloß bauen lassest mitten in einem Garten, am Ufer eines Flusses.« Der König antwortete: »Dein Wille geschehe!« Während dieses Gesprächs kam Djanschahs Mutter mit den Frauen der Fürsten und Veziere und aller Vornehmen der Stadt. Als Djanschah sie kommen sah, ging er ihr entgegen zum Zelte hinaus. Bei dem Anblick ihres Sohnes verlor sie fast den Verstand vor Freude; sie fiel ganz außer sich über ihn her und hielt ihn lange umarmt. Dann sagte sie weinend folgenden Vers:

»Die Freude stürmt so gewaltig über mich her, daß ich vor allzu großem Entzücken weinen muß; mein Auge hat sich so sehr ans Weinen gewöhnt, daß nun die Freude ihm wie einst der Gram Tränen entlockt.«

Während sie so einander die Schmerzen der Trennung und Sehnsucht klagten, kamen auf einmal Boten, welche Schemsiahs Ankunft meldeten, die ihre Schwiegermutter zu begrüßen kam. Djanschahs Mutter ging ihr entgegen, grüßte und umarmte sie, und begleitete sie wieder mit allen Frauen der Fürsten und Staatsoberhäuptern in ihr Zelt zurück und brachte zehn Tage in allerlei Festlichkeiten bei ihr zu. Der König, der auch so lange in seinem Zelt geblieben war, befahl nun den

Truppen, in die Stadt zu ziehen, und er ritt selbst an der Spitze, von zahlreichem Gefolge umgeben. Die Stadt wurde mit Atlas und anderen Seidenstoffen, farbigem Tuch und sonstigem Zierat ausgeschmückt. Die Vornehmen des Reiches veranstalteten allerlei Feste, und die Armen und Bedürftigen wurden reichlich gespeist.

Nach zehn Tagen schickte der König Tighanus zu sachverständigen Baumeistern und Geometern und befahl ihnen, ein Schloß mitten in seinem Garten anzulegen. Die Baumeister entwarfen einen Plan zur Erbauung des Schlosses, und als der Grund gelegt wurde, ließ Djanschah eine weiße marmorne Säule herbeischaffen und befahl den Arbeitsleuten, sie wie ein Rohr auszuhöhlen. Als dies geschehen war, nahm er Schemsiahs Kleid und legte es in diese Säule, die er dann in den Grund versenken und mit einem Gewölbe überbauen ließ. Sobald das Schloß vollendet war, ließ es der König ausmöblieren, und bald darauf wurde Djanschahs Hochzeit in diesem Schloß gefeiert. Als aber Schemsiah das Schloß betrat, stieg ihr der Geruch ihres Kleides entgegen und leitete sie auf den Platz, wo es verborgen war. Nun ging sie mit dem Gedanken um, sich desselben wieder zu bemeistern. Aber sie mußte warten, bis die Hochzeitsgäste das Schloß verließen und Djanschah in ihren Armen eingeschlafen war.

Gegen Mitternacht, als er in tiefen Schlaf versunken war, stand sie leise auf, ging zur Säule hin, grub das Gewölbe auf, das darüber gebaut war, bis sie zur Säule gelangte, in welcher das Kleid war; dann zerschnitt sie das Blei, das darüber gegossen war, nahm das Kleid heraus, zog es an und flog auf die Terrasse des Schlosses; von hier aus rief sie ihren Leuten zu, sie möchten Djanschah wecken, damit sie von ihm Abschied nehme. Als Djanschah heraustrat und Schemsiah auf der Terrasse des Schlosses in ihrem Federnkleid sitzen sah, sagte er: »Was hast du getan?« Sie antwortete: »O mein Geliebter, Freude meines Auges! Bei Gott, ich liebe dich sehr und bin dir sehr gern hierher gefolgt; auch habe ich mich mit deinem Vater und deiner Mutter gefreut; aber länger will ich doch nicht hier bleiben. Wenn du mich nun auch liebst, so folge mir zur Zitadelle von Edelsteinen.« Sobald sie diese Worte gesagt hatte, flog sie davon und kehrte zu den Ihrigen zurück. Djanschah wurde fast wahnsinnig, als er sie verschwinden sah, und fiel ohnmächtig zu Boden.

Seine Leute benachrichtigten seinen Vater von dem, was vorgefallen; er eilte ins Schloß und fand seinen Sohn noch immer ohnmächtig über den plötzlichen Verlust seiner Geliebten; er bespritzte ihn mit Rosenwasser, bis er wieder zu sich kam; dann fragte er ihn: »Wie konnte deine Gattin von der Terrasse entfliehen?« Der Prinz antwortete: »Wisse, mein Vater, Schemsiah war eine Genientochter, aus Liebe zu ihr nahm ich ihr das Kleid weg, mit welchem sie fliegen konnte, und verbarg es in einer Säule, die ich in den Grund versenkte; sie aber grub die Grundlage des Hauses auf, nahm das Kleid, flog davon und lud mich ein, ihr in die Diamanten-Zitadelle zu folgen.« Da sagte der König: »Betrübe dich nicht, mein Sohn, ich will alle Reisenden und Kaufleute versammeln und mich erkundigen, wo diese Zitadelle liegt; dann ziehen wir hin, und mit Gottes Hilfe werden ihre Verwandten sie dir zurückgeben.« Der König ließ hierauf sogleich seine vier Veziere rufen und befahl ihnen, alle Kaufleute und Reisenden der Stadt zu versammeln und sie nach der Diamanten-Zitadelle zu fragen, und dem, der weiß, wo sie liegt, 1000 Dinare zu geben. Die Veziere taten, wie ihnen der König befohlen, aber niemand wußte etwas von dieser Zitadelle; sie kehrten daher bestürzt zum König zurück und berichteten es ihm. Dieser ließ nun, um seinen Sohn zu zerstreuen, die schönsten Sklavinnen, die besten Sänger und geschicktesten Musiker ins Schloß kommen. Auch schickte er Kundschafter nach allen Ländern aus, um die Zitadelle der Genien zu erfragen; aber alle kehrten ohne Nachricht zurück. Er ging dann weinend zu seinem Sohn, der mitten unter Sängern und Sklavinnen doch seine Geliebte nicht vergessen konnte, sagte ihm, daß alle seine Bemühungen, die Zitadelle zu erforschen, fruchtlos geblieben, und schlug ihm vor, eine andere Gattin zu nehmen, schöner und liebenswürdiger als Schemsiah. Aber Djanschah war untröstlich, und brachte alle Nächte weinend und seufzend zu; auch sein Vater lebte daher sehr mißvergnügt und unruhig.

Dies vernahm der König Kefid, der über Indien herrschte und ein alter Feind des Königs Tighanus war. Kefid gebot über 1000 Statthalter, deren jeder über 1000 Völkerschaften herrschte, von denen jede 1000 Reiter ins Feld stellte. Er versammelte daher seine Veziere und Staatsräte und Emire, und sagte ihnen: »Ich habe vernommen, daß der König Tighanus wegen der Trauer seines Sohnes Djanschah alle Staatsangelegenheiten vernachlässigt: nun wißt ihr wohl, daß er einen Teil meines Landes geraubt, meinen Vater und meine Brüder getötet und ihr Gut geplündert hat; wir wollen daher diesen günstigen Augenblick benutzen, um eine Armee auszurüsten, ihn zu überfallen, ihn und seinen Sohn zu töten und ihr Land uns zu unterwerfen.«

Die Veziere und Emire schenkten dem König Kefid ihren Beifall, und jeder von ihnen machte die nötigen Vorbereitungen zum Feldzug. Als nach sieben Tagen alle Anstalten zum Krieg getroffen waren und die Truppen sich versammelt hatten, erschallten die Trompeten und Zimbeln, die Fahnen wurden umhergetragen, und der König Kefid begab sich mit seinen Truppen bis an die Grenze des Landes Kabul, das dem König Tighanus gehörte. Sie fingen gleich an, die Ortschaften an der Grenze auszuplündern, den Bewohnern Gewalt anzutun, Große zu töten und Kinder gefangen zu nehmen, so daß bald die Nachricht davon zum König Tighanus gelangte. Dieser entbrannte vor Zorn, versammelte die Großen des Reiches, die Veziere und Emire und sagte ihnen: »Wisset, daß der König Kefid herangezogen ist, um uns zu bekriegen, er hat so viele Truppen bei sich, daß nur Gott ihre Zahl kennt; ratet nun, was zu tun ist.« Sie sagten: »O König der Zeit, wir müssen ihm entgegenziehen und unser Land verteidigen.« Da sagte der König Tighanus: »Nun bereitet euch vor zum Feldzug!« Er öffnete dann alle Waffenmagazine und verteilte Panzer, Schwerter, Schilde, Helme und anderes Kriegsmaterial, versammelte die Armee, ließ die Trompeten erschallen und die Fahnen aufpflanzen, und zog mit den Truppen dem König Kefid entgegen. Als sie an die Grenze des Landes Kabul in das Land Sahran kamen, stieg der König Tighanus ab, schrieb einen Brief und schickte ihn mit einem Boten an den König Kefid. Folgendes war der Inhalt des Briefes:

»Wir tun dir, o König Kefid, hiermit kund, daß du als ein Niederträchtiger gehandelt hast; wärest du von königlichem Geblüte, so hättest du nicht auf diese Weise unser Land überfallen, um darin zu plündern und Gewalt auszuüben. Hätte ich früher deine Absicht gewußt, so wäre ich dir längst schon entgegen gezogen, um dir den Eintritt in mein Land zu versperren; doch willst du nun zurückkehren, so lassen wir das Geschehene und hegen keine Feindschaft mehr; wenn nicht, so stelle dich zum Kampf.«

Der Bote, der sehr verständig und von Kundschaftern begleitet war, begab sich ins feindliche Lager; da sah er viele seidene Zelte, darunter ein sehr großes von rotem Atlas; es war das Zelt des Königs Kefid, in dessen Mitte er selbst auf einem Thron saß, von Emiren, Vezieren und Staatsräten umgeben. Der Bote zog vor dem Zelt den Brief hervor, es kamen Soldaten und nahmen ihn ihm ab und brachten ihn dem König. Als Kefid den Brief gelesen hatte, schrieb er folgende Antwort:

»Wir tun dem König Tighanus kund, daß wir entschlossen sind, uns zu rächen, sein Land zu verwüsten, und alle Großen zu töten; morgen werde ich mich auf dem Kampfplatz zeigen.«

Diesen Brief versiegelte er und gab ihn dem Boten. Der Bote kehrte zu dem König Tighanus zurück, verbeugte sich vor ihm, übergab ihm die Antwort des Königs Kefid und sagte ihm: »O König, ich habe eine unzählbare Menge Reiter und Fußvolk gesehen!« Tighanus wurde sowohl durch den Inhalt der Antwort als durch das, was der Bote ihm mündlich sagte, so aufgebracht, daß er sogleich seinem Vezier Einsar den Befehl erteilte, mit 1000 Reitern in der Nacht plötzlich den Feind zu überfallen und in Verwirrung zu bringen. Auf der anderen Seite hatte der König Kefid seinem Vezier Ghatarfan befohlen, mit 5000 der tapfersten Ritter um Mitternacht über die Truppen des Königs Tighanus herzufallen.

Beide Veziere rückten mit ihren Truppen aus, um die Befehle ihrer Herren zu vollziehen. Um Mitternacht stießen sie aufeinander, und es entstand ein mörderischer Kampf zwischen ihnen, der die ganze Nacht fortdauerte. Gegen Morgen wurden Kefids Truppen geschlagen, und nachdem sie etwa 2300 Mann, darunter auch den berühmten Helden Sarchin, verloren hatten, ergriffen die übrigen die Flucht. Als Kefid die flüchtigen Truppen zurückkehren sah, entbrannte er vor Zorn und sagte ihnen: »Wehe euch, was ist euch geschehen?« Sie antworteten: »Als wir um Mitternacht mit dem Vezier Ghatarfan auszogen, da begegnete uns Einsar, der Vezier des Königs Tighanus, und auf einmal fanden wir uns mitten unter seinen Truppen; wir kämpften bis morgens, und viele von uns wurden getötet, und wären wir nicht entflohen, wir hätten den letzten Mann verloren!« Der König Kefid rief ganz außer sich vor Zorn: »Die Sonne zürne euch und versage euch ihren Segen!« Der König Tighanus hingegen flog fast vor Freude, als der Vezier Einsar zurückkehrte und ihm zum Sieg seiner Truppen Glück wünschte. Er ließ dann seine Truppen zählen, und es fehlten nur 200. Am folgenden Tag musterte der König Kefid seine Armee und führte sie in geordneten Reihen auf das Schlachtfeld; es waren 15 vollständige Reihen, jede von 10000 Reitern; auch hatte er 200 Helden bei sich, die auf Elefanten ritten. Alles war zum Kampf gerüstet, die Fahnen waren aufgerollt, die Trompeten erschallten und die Helden sehnten sich nach Kämpfern. Auch der König Tighanus hatte seine Truppen in Schlachtordnung aufgestellt; es waren zehn Reihen, jede von 10000 wackeren Reitern, und 100 Helden ritten ihm zur Rechten und zur Linken.

Als die beiden Armeen einander angriffen, zitterte die Erde unter den Hufen der Rosse; das Lärmen der Zimbeln und Trompeten, vermengt mit dem Gewieher der Pferd und dem Kriegsgeschrei der Männer, war betäubend; der Staub umhüllte die Häupter der Kämpfenden, welche den ganzen Tag wie Löwen stritten. Erst die Dunkelheit der Nacht trennte die beiden Armeen und führte jede in ihr Lager zurück. Der König Kefid entbrannte vor Zorn, als er seine Truppen zählte und 5000 Mann vermißte; aber der König Tighanus war sehr aufgebracht, als er seine Truppen musterte und 3000 seiner ausgezeichnetsten Ritter fehlten. Am folgenden Tag zogen beide Armeen wieder auf das Schlachtfeld, und jede hoffte diesmal den Sieg davonzutragen. Aber der König

Kefid rief seinen Truppen zu: »Wer unter euch will hervortreten und durch einen Zweikampf den Krieg eröffnen?« Da trat ein Ritter, auf einem Elefanten reitend, aus den Reihen hervor – sein Name war Barkik, der Sohn Farsachs – stieg von seinem Elefanten ab, verbeugte sich vor dem König und bat um Erlaubnis, als Kämpfer in die Schranken zu treten; er bestieg dann seinen Elefanten wieder, spornte ihn in die Kampfbahn und schrie: »Wer will mit mir sich messen, wer will mit mir fechten, wer will mit mir eine Lanze brechen?« Als der König Tighanus dies hörte, wendete er sich zu seinen Truppen und rief: »Wer von euch will die Herausforderung dieses Ritters annehmen?« Da trat ein Ritter hervor, auf einem hübschgestalteten Roß reitend, verbeugte sich vor dem König Tighanus und bat um Erlaubnis, den Zweikampf anzunehmen; auf einen bejahenden Wink des Königs ritt er dann auf Barkik zu.

Dieser sagte ihm: »Wer bist du, daß du mich so geringschätzest und ganz allein mit mir kämpfen willst, und wie ist dein Name?« Er antwortete: »Mein Name ist Ghadhanfar, der Sohn Schamchils!« Da sagte Barkik: »Ich habe schon in meiner Heimat von dir gehört; doch diesmal laß ab vom Kampf, sonst ist all dein Ruhm dahin!« Ghadhanfar aber zog seine Lanze hervor und Barkik sein Schwert, und sie fochten lange miteinander, bis endlich Barkik seinem Gegner einen Hieb versetzte, der ihm aber nichts schadete; Ghadhanfar benutzte jedoch diesen Augenblick, um Barkik mit der Lanze so zu durchbohren, daß er ihn an seinem Elefanten festnagelte. Als dies geschehen war, kam ein Mann auf Ghadhanfar zu und sagte ihm: »Wer bist du, daß du meinen Bruder tötest?« Mit diesen Worten verwundete er ihn am Schenkel. Aber Ghadhanfar zog schnell sein Schwert und teilte ihn entzwei, so daß ganze Meere von Blut auf die Erde strömten, dann kehrte er um und eilte zum König Tighanus zurück.

Als der König Kefid dies sah, feuerte er seine Truppen zum Kampf an; der König Tighanus tat dasselbe; Pferde rannten auf Pferde, Männer stießen auf Männer, Schwerter klirrten, Trompeten erschallten, Krieger schrien jubelnd und jammernd, bis die Sonne unterging; da zog sich der König Tighanus zurück, zählte seine Soldaten und fand, daß er gegen 5000 Reiter verloren hatte und vier Fahnen. Auch der König Kefid zog sich in sein Zelt zurück und ließ seine Truppen zählen, und es fehlten ihm 600 der besten Ritter und sieben Fahnen waren zerbrochen. Hierauf wurde ein Waffenstillstand von drei Tagen geschlossen.

Während des Waffenstillstandes schrieb der König Kefid an seinen Freund, den König Kafun, mit dem er von mütterlicher Seite her verwandt zu sein vorgab, und bat ihn um Hilfstruppen. Kafun versammelte so viele Ritter, als er konnte und zog zu ihm. Aber der König Tighanus erhielt bald Nachricht davon durch einen seiner Kundschafter, welcher ihm sagte, er habe einen furchtbaren Staub in der Ferne gesehen, der bis zum Himmel steige. Tighanus befahl einer Abteilung Soldaten, zu sehen, was dieser Staub bedeute, und sie sahen, als ihn der Wind zerstreute, sieben Fahnen darunter hervorkommen, jede von 3000 Reitern umgeben, die zur Armee des Königs Kefid stießen, und diese Nachricht verbreitete großen Schrecken im Lager des Königs Tighanus.

Der König Kefid hingegen begrüßte freudig seinen Bundesgenossen Kafun und erzählte ihm, der König Tighanus habe seinen Vater und seine Brüder getötet, nun wolle er Rache an ihm nehmen. Der König Kafun sagte: »Die Sonne segne dich, mein Freund«, und begab sich mit dem König Kefid höchst zufrieden in sein Zelt.

Das ist's, was die beiden Könige angeht. Der Prinz Djanschah aber, höchst beunruhigt darüber, daß er zwei Monate lang weder seinen Vater, noch die Sklavinnen sah, mit denen er ihn zuweilen besuchte, erkundigte sich bei einem seiner Diener, der ihm besonders ergeben war, nach ihm, und als er von dem Krieg mit Kefid hörte, sagte er: »Bringt mir mein Pferd, ich will zu meinem Vater auf das Schlachtfeld.« Bei sich dachte er aber: »Bin ich einmal im Freien, so reise ich in die Judenstadt; dort wird mir Gott beistehen, daß ich wieder einen Kaufmann finde, der wie das erste Mal gegen mich verfährt; niemand weiß ja, woher sein Glück kommt.« Er bestieg sein Pferd und nahm 1000 Reiter mit sich, so daß alle Leute glaubten, er ziehe in den Krieg zu seinem Vater. Aber des Abends ließ er die Ritter in einer großen Ebene absteigen, um daselbst zu übernachten, und als sie schliefen, machte er sich allein auf, setzte sich wieder auf sein Pferd und schlug den Weg nach Bagdad ein, weil ihm der Jude gesagt hatte, daß von Bagdad alle zwei Jahre eine Karawane zu ihnen komme, in der Absicht, sich dieser Karawane anzuschließen. Als die Ritter, die Djanschah begleitet hatten, ihn bei ihrem Erwachen vergebens auf allen Seiten suchten, gingen sie zu seinem Vater und berichteten ihm des Prinzen Flucht. Tighanus war so aufgebracht, daß ihm Funken aus dem Gesicht sprühten, ganz außer sich warf er die Krone von seinem Haupt und sagte: »Nun habe ich meinen Sohn verloren und der Feind ist in meinem Angesicht. Es gibt keinen Schutz, außer bei Gott!« Seine Emire und Veziere suchten ihn zu trösten und zu ermutigen, aber er wollte den Krieg nicht fortsetzen, sondern zog sich mit seinen Truppen in die Hauptstadt zurück, ließ die Tore schließen und die Mauern befestigen. Kefid kam jeden Monat, um die Stadt zu erstürmen, wurde aber von den Belagerten zurückgeschlagen und so dauerte der Krieg zwischen den beiden Königen noch sieben Jahre lang.

Djanschah aber reiste, nachdem er seine Truppen verlassen hatte, Tag und Nacht durch Wüsten und Einöden, und überall, wo er hinkam, erkundigte er sich nach der Diamanten-Zitadelle; aber niemand hatte je davon gehört. Er erkundigte sich dann nach der Judenstadt, und ein Kaufmann sagte ihm, sie liege an der äußersten Spitze des Ostens, er solle in einem Monat mit ihm nach der indischen Stadt Marsakan gehen, von da nach Chorasan, von Chorasan nach der Stadt Schanum, von hier nach Chowaresm; dann bliebe nur noch eine Reise von 15 Monaten nach der Judenstadt*. Djanschah wartete, bis die Karawane nach Marsakan abreiste, und als er mit ihr diese Stadt erreichte, erkundigte er sich nach der Diamanten-Zitadelle, aber niemand konnte ihm Auskunft darüber geben. Er reiste daher unter vielen Leiden und Gefahren nach Chorasan; dort fragte er nach der Judenstadt, und man bezeichnete ihm den Weg, der dahin führt. Er reiste nun Tag und Nacht, bis er an die Stelle kam, wo er vor den Affen entflohen war. Dann hatte er wieder mehrere Tage zu reisen, bis er an den Strom kam, an dessen jenseitigem Ufer die Judenstadt lag. Er setzte sich ans Ufer des Stromes und wartete bis samstags, wo er durch die Allmacht Gottes austrocknete. Dann ging er in das Haus des Juden, der ihn auch zum ersten Mal aufgenommen hatte. Der Jude grüßte und bewillkommte ihn, brachte ihm zu essen und zu trinken, und fragte ihn, wo er so lange geblieben. Er antwortete: »Im Reiche Gottes.«

Am folgenden Tage ging er in die Stadt spazieren, da hörte er wieder ausrufen: »Ihr Leute, wer will ein schönes Mädchen und 1000 Dinare um einen halben Tag Arbeit?« Er ging zum Ausrufer und sagte: »Ich will diese Arbeit verrichten.« Der Ausrufer sagte ihm: »Folge mir«, führte ihn in ein großes Haus und sagte zum Hausherrn: »Dieser Jüngling will deine Arbeit übernehmen. Der Hausherr bewillkommte ihn, führte ihn in seine Wohnung und ließ ihm Speise und Getränke reichen. Nachdem er gegessen und getrunken hatte, brachte ihm der Hausherr 1000 Dinare und ein schönes Mädchen.

Am folgenden Morgen nahm Djanschah das Mädchen und die 1000 Dinare und schenkte sie dem Juden, der ihn samstags bewirtet hatte. Dann ging er wieder zum Kaufmann zurück und ritt mit ihm bis an den Fuß eines sehr hohen Berges. Der Kaufmann zog ein Messer und einen Strick heraus, warf letzteren dem Pferd um die Füße, stürzte es zu Boden und schlachtete es; dann zog er ihm die Haut ab, hieb ihm Kopf und Füße ab, spaltete den Leib

* Der Übersetzer hat hier wörtlich seinen Text wiedergegeben, so unsinnig er auch in geographischer Beziehung sein mag.

und sagte zu Djanschah: »Schlüpfe hinein, daß ich zunähe, und sage mir dann, was du siehst; das ist die Arbeit, die ich von dir verlange.« Djanschah schlüpfte hinein, und der Kaufmann nähte den Leib zu und verbarg sich. Nach einer Weile kam ein ungeheurer Vogel und trug das Pferd auf den Gipfel des Berges. Hier

wollte er das Pferd fressen, aber sobald Djanschah dies merkte, schnitt er den Leib auf, kroch hervor, und der Vogel entfloh vor Schrecken. Djanschah sah den Kaufmann am Fuß des Berges stehen und fragte ihn, was er wolle? Er bat ihn, ihm von den Steinen des Berges herunterzuwerfen, aber Djanschah erwiderte: »Hast du nicht vor fünf Jahren mich treulos verlassen und mir so viele Leiden und Gefahr verursacht? Bei Gott! Ich werfe dir nichts zu.« Mit diesen Worten ließ er den Juden stehen und nahm den Weg zum Schloß des Scheich Naßr, dem König der Vögel. Nach einer sehr mühevollen Reise von mehreren Tagen und Nächten gelangte er endlich vor das Schloß unseres Herrn Salomo, und Scheich

Naßr saß vor dem Tor. Als dieser Djanschah erblickte, stand er auf, grüßte und bewillkommte ihn und sagte ihm: »Wie kommst du wieder allein hierher? Du bist ja so vergnügt mit Schemsiah von hier abgereist?« Djanschah weinte und erzählte ihm, wie Schemsiah davongeflogen und ihm gesagt hatte: »Wenn du mich liebst, so folge mir auf die Diamanten-Zitadelle.« Scheich Naßr erstaunte und sagte: »Bei Gott! Ich weiß nichts von dieser Zitadelle, und bei unserm Herrn Salomo, dem Sohne Davids, Friede sei mit ihm! Ich habe nie etwas davon gehört.« Djanschah rief weinend: »Wie wird es mir nun gehen? Ich sterbe vor Liebe und Verlangen.« Scheich Naßr suchte ihn zu trösten und sagte ihm: »Warte, bis die Vögel wieder zu mir kommen, ich will sie nach der Diamanten-Zitadelle fragen, vielleicht kennt sie einer von ihnen.« Djanschah beruhigte sich bei diesen Worten und ging mit Scheich Naßr ins Schloß, und öffnete wieder das Gemach, das zum Teich führte, in welchem die drei Mädchen gebadet hatten, aber der Teich blieb leer. Nach Verlauf einiger Wochen kam Scheich Naßr zu ihm und sagte ihm: »Nun ist die Zeit der Ankunft der Vögel, hier hast du einige heilige Namen, lerne sie auswendig, dann kannst du mich zu den Vögeln begleiten.« Djanschah freute sich sehr und begleitete Scheich Naßr zu den Vögeln, welche diesen, eine Gattung nach der anderen, begrüßten.

Als aber Scheich Naßr die Vögel nach der Diamanten-Zitadelle fragte, antworteten alle: »Wir haben sie in unserem Leben nicht nennen hören.« Djanschah weinte heftig bei dieser Antwort und fiel in Ohnmacht. Scheich Naßr rief dann einen großen Vogel herbei und sagte ihm: »Bringe diesen Jüngling in das Land Kabul.« Der Vogel nahm Djanschah auf den Rücken und sagte ihm: »Nimm dich wohl in acht, daß dich die Luft nicht zerschneide, und stopfe deine Ohren zu wegen der Wind- und Seekrankheit und dem Getöse der Himmelssphären.« Djanschah tat, wie ihm gesagt wurde, und der Vogel erhob sich und flog mit ihm einen Tag und eine Nacht; dann ließ er sich herunter in der Nähe der Wohnung des Königs der Tiere und sagte ihm: »Ich habe den Weg verfehlt, den mir Scheich Naßr beschrieben, wir müssen wieder umkehren. «Aber Djanschah sagte: »Geh nur deines Weges, ich will hier sterben oder in meine Heimat zurückkehren.« Der Vogel flog hierauf seines Weges fort und Djanschah ging in das Schloß des Schah Bedr, des Königs der Tiere. Dieser fragte ihn, wer er sei und wo er mit diesem ungeheuren Vogel herkomme? Djanschah erzählte ihm seine ganze Geschichte vom Anfang bis zum Ende, und bat ihn um Auskunft über die Diamanten-Zitadelle. Schah Bedr erstaunte sehr über seine Erzählung und sagte: »Bei unserem Herrn Salomo, dem Sohne Davids, Friede sei mit ihm: Ich weiß nichts von dieser Zitadelle; sobald mir aber jemand darüber Auskunft gibt, will ich dich dahin senden.« Djanschah weinte heftig und blieb einige Zeit bei Schah Bedr. Eines Tages kam Schah Bedr zu ihm und sagte ihm: »Nimm diese Tafel und lerne auswendig, was darauf geschrieben, dann kannst du mich zu den Tieren begleiten und sie nach der Diamanten-Zitadelle fragen.« Nach einer kurzen Weile kamen alle möglichen Gattungen Tiere an und grüßten Schah Bedr. Er fragte sie nach der Diamanten-Zitadelle, aber niemand wußte etwas davon. Da weinte Djanschah und bedauerte es, nicht mit dem Vogel gereist zu sein, den ihm

Scheich Naßr mitgegeben. Der König der Tiere bemitleidete ihn und sagte ihm: »Mein Sohn, betrübe dich nicht, ich habe einen älteren Bruder, der dem König Salomo abtrünnig geworden und viel mehr vermag, als Scheich Naßr, denn er ist der Herrscher über alle Genien dieses Landes; ich will dich zu ihm schicken, viel-

leicht weiß er etwas von der Diamanten-Zitadelle.« Hierauf setzte er Djanschah auf den Rücken eines ungeheuren Tieres und gab ihm Empfehlungsschreiben mit an seinen Bruder, den König Schamach. Das Tier lief sogleich weg, und nach mehreren Tagen und Nächten blieb es in einiger Entfernung von der Wohnung des Königs Schamach stehen, denn aus Ehrfurcht vor ihm wagte es nicht, sich ihm ganz zu nähern. Djanschah stieg ab und ging zum König, küßte ihm die Hände und übergab ihm das Schreiben seines Bruders. Als der König Schamach es gelesen hatte, bewillkommte er Djanschah und sagte ihm: »Mein Sohn, ich habe in meinem Leben die Diamanten-Zitadelle nicht nennen hören.« Djanschah weinte und seufzte, und erzählte auf Verlangen des Königs Schamach seine ganze Geschichte. Als er zu Ende war, sagte Schamach: »Mein Sohn, ich glaube nicht, daß unser Herr Salomo je von dieser Zitadelle gehört, noch sie gesehen hat; aber ich kenne einen sehr alten Priester im Gebirge, dem alle Tiere und Vögel und Genien gehorchen, der selbst durch seine Beschwörungen die Könige der Genien sich zu unterwerfen versteht; auch war er es allein, der etwas gegen mich vermochte, als ich von unserm Herrn Salomo abtrünnig und gefangengenommen wurde, denn er ist ein gar zu listiger Zauberer und geschickter Beschwörer. Er hat auch, um in seiner Kunst sich auszubilden, alle Länder durchreist, und ich glaube nicht, daß es einen Ort gibt, der ihm verborgen ist. Ich will dich zu ihm schikken, vielleicht kann er dir den Weg angeben, der dich zur Diamanten-Zitadelle führt; weiß er ihn nicht, so weiß ihn auch niemand in der ganzen Welt, denn alle Geschöpfe Gottes sind seine Diener. Er ist ein so großer Zauberer, daß er eine Achse aus drei Stücken zusammengesetzt hat; wenn er sie in die Erde einschlägt und über das erste Stück einige Zauberformeln liest, so kommt Fleisch heraus, aus dem noch Blut fließt; macht er Beschwörungen über das zweite Stück, so fließt süße Milch hervor, und aus dem dritten Stück wächst auf sein Verlangen Gerste, Weizen und allerlei Obst. Wenn er dann die Achse wieder aus der Erde nimmt, so zieht er sich wieder in sein Kloster zurück, das man das Diamantenkloster nennt. Dieser verdammte Priester, dem ich dich nun empfehlen will, heißt Jaghmus.« Der König Schamach rief dann einen ungeheuren Vogel herbei, setzte Djanschah darauf und befahl jenem, diesen Menschen zum Priester Jaghmus zu bringen. Der Vogel hatte vier Flügel, deren jeder 30 Ellen lang war, und zwei Füße, wie die Füße eines Elefanten; er flog nur zweimal im Jahre aus, und ein Adjutant des Königs Schamach mußte ihm jeden Tag aus Irak seine Beute zur Fütterung holen. Auf den Befehl seines Herrn flog er mit Djanschah mehrere Tage und Nächte durch, bis er an das Gebirge kam, wo das Diamantenkloster stand. Djanschah stieg dann ab und ging ins Kloster, wo er den Priester in der Kirche betend fand. Als der Priester gebetet hatte und Djanschah sich vor ihm verbeugte, bewillkommte ihn jener und bat ihn, ihm die Ursache seines Besuchs mitzuteilen. Djanschah erzählte ihm seine ganze Lebensgeschichte von seiner Geburt an bis zu seiner Ankunft im Kloster. Der Priester erstaunte sehr über diese Erzählung und sagte: »Bei Gott, mein Sohn, ich habe in meinem Leben nichts von dieser Zitadelle gehört, und ich lebe doch schon seit den Zeiten Noahs, des Propheten Gottes, und herrschte über die ganze Erde bis zur Erscheinung unseres Herrn Salomo; ich glaube sogar, daß sie Salomo, dem Sohne Davids, Friede sei mit ihm, unbekannt war. Warte jedoch, mein Sohn, bis die Vögel, Tiere und Genienfürsten zusammenkommen, vielleicht kann uns einer von ihnen Auskunft darüber geben.« Djanschah blieb beim Priester, bis die Tiere, Vögel und Genien sich versammelten; da fragte sie der Priester nach der Diamanten-Zitadelle, aber jeder sagte: »Ich habe sie weder gesehen, noch etwas davon gehört.« Djanschah weinte und seufzte. und flehte Gottes Hilfe an.

Auf einmal erschien ein ungeheuer großer schwarzer Vogel, der eben erst aus der Luft herabstieg, und küßte dem Priester die Hand. Der Priester fragte auch ihn nach der Diamanten-Zitadelle, und der Vogel sprach: »O Priester, als wir hinter dem Berge Kaf wohnten auf dem Kristallberg, der neben einem großen Tal sich erhebt, und ich noch ganz jung war, da weidete ich viele Jahre lang mit meinen Schwestern auf dem Berg; unsere Eltern aber machten jeden Tag einen Ausflug, um uns mit noch besserer Nahrung zu versorgen. Einst flogen sie auch von uns weg und blieben sieben Tage aus, so daß wir fast vor Hunger starben. Am achten Tag kamen sie weinend zurück, und als wir sie nach der Ursache ihrer ungewöhnlich langen Abwesenheit fragten, sagten sie uns, ein widerspenstiger Geist habe sie ergriffen und auf die Diamanten-Zitadelle zum König Schahlan gebracht, und dieser habe sie erst dann wieder freigelassen, als sie ihm sagten, sie haben Junge zu Hause, die vor Hunger sterben müßten. Wenn nun, fuhr der Vogel fort, meine Eltern noch lebten, so könnten sie dir Auskunft geben über die Lage der Diamanten-Zitadelle, ich weiß aber nichts Näheres darüber.« Als Djanschah dies hörte, weinte er heftig und bat den Priester, diesem Vogel zu befehlen, daß er ihn auf den Kristallberg hinter dem Berg Kaf bringe, wo seine Eltern ihr Nest hatten. Der Priester ersuchte den Vogel, Djanschah in allem zu gehorchen, und der Vogel versprach, keine Mühe für ihn zu scheuen. Er ließ sogleich Djanschah auf seinen Rücken steigen und trug ihn nach dem Kristallberg, wo das Nest seiner Eltern war. Hier ließ er sich herunter und sagte zu Djanschah: »Hier ist das Nest meiner Eltern.« Djanschah stieg ab und sagte weinend: »Ich bitte dich, bringe mich in die Gegend, nach welcher deine Eltern auszufliegen

pflegten und von welcher sie zurückkehrten.« Der Vogel sagte: »Ich gehorche dir in allem, Djanschah; er flog nun noch sieben Tage und sieben Nächte mit ihm, dann setzte er ihn eines Abends auf einen Berg und sagte ihm: »Von hier an weiter weiß ich nichts mehr.« Djanschah stieg auf den Gipfel des Berges und schlief darauf ein. Als er wieder erwachte, wurde er ganz geblendet von dem Glanz des Schlosses, das in einer Entfernung von zwei Monaten ihm entgegenstrahlte; es war die Diamanten-Zitadelle, die aus den feinsten Edelsteinen und Kristall gebaut war. Diese Festung mit dem Schloß war so groß und so strahlend, daß sie die ganze Gegend, eine Strecke von zwei Monaten umher, beleuchtete, und dort thronte der König Schahlan, der Vater der drei fliegenden Mädchen. Dieser König hatte, sobald seine Tochter zu ihm zurückgekehrt war und ihm von ihrem Abenteuer mit Djanschah und von seiner Liebe zu ihr erzählt hatte, in der Hoffnung, Djanschah werde sie wieder aufsuchen, allen widerspenstigen Genien, seinen Adjutanten, den Befehl erteilt, sobald sie einen Menschen erblickten, ihn festzunehmen und vor ihn zu führen.

Als nun Djanschah auf das leuchtende Schloß zuging, das er vom Berg erblickt hatte, begegnete ihm einer der Adjutanten des Königs Schahlan, der gerade in jener Gegend ein Geschäft hatte, und fragte ihn, wie er heiße? Djanschah fürchtete sich vor diesem Adjutanten und antwortete zitternd: »Ich heiße Djanschah und hatte eine Geliebte unter den Genien, die Schemsiah hieß; es gelang mir, sie für mich zu gewinnen, aber sie entfloh mir wieder.« Er erzählte ihm dann seine ganze Geschichte und weinte so heftig, daß der Adjutant voller Rührung zu ihm sagte: »Weine nicht, denn du bist am Ziel; wisse auch, daß Schemsiah dich liebt und ihren Eltern ihre Liebe gestanden hat, auch sind alle Bewohner der Zitadelle dir zugetan! Sei nur frohen Mutes!« Der Adjutant nahm ihn dann auf die Schultern und trug ihn in die Nähe der Diamanten-Zitadelle und benachrichtigte sogleich den König Schahlan und seine Tochter Schemsiah von Djanschahs Ankunft. Der König kam ihm entgegen, umarmte, grüßte und bewillkommte ihn und ließ Schemsiah die Ankunft ihres Gatten melden, und auf des Königs Befehl erschienen alle seine Adjutanten und Truppen, um Djanschah zu begrüßen und zur Zitadelle zu begleiten. Der König schenkte Djanschah ein buntfarbiges seidenes Kleid mit Gold bestickt, desgleichen kein König auf Erden eines besitzt, auch ließ er ihm ein herrliches Pferd vorführen, und ritt mit ihm, von zahlreichen Truppen umgeben, bis ans Tor der Zitadelle; da stiegen sie ab und traten ins Schloß, dessen Edelsteine, Gold, Silber, Perlen und Kristall Djanschah nicht genug bewundern konnte; auch erstaunte er über die schönen Divane und Teppiche, die er hier sah, und weinte vor Freude. Der König und Schemsiahs Mutter trockneten ihm seine Tränen ab und sagten ihm: »Laß jetzt das Weinen und den Gram, du bist ja am Ziel.« Man führte ihn dann mitten ins Schloß, wo schöne Sklavinnen ihm entgegen kamen und ihm ihre Dienste anboten. Der König ließ den Tisch herrichten und setze sich neben ihn auf den Thron. Die Sklavinnen brachten Speisen und Getränke, und nach der Mahlzeit brachten sie Wasser zum Waschen. Bald nachher kam Schemsiahs Mutter wieder und bewillkommte Djanschah abermals und sagte ihm: »Du bist nun am Ende

deiner vielen Mühseligkeiten und kannst nach langem Wachen wieder ruhig schlafen; gelobt sei Gott, der dich erhalten!« Sie ging hierauf weg und holte ihre Tochter Schemsiah, welche ganz schamrot Djanschah grüßte; auch ihre Schwestern, welche mit ihr im Schloß waren, kamen, um Djanschah zu grüßen und seine Hände zu küssen. Die Königin sagte dann zu Djanschah: »Verzeihe meiner Tochter, was sie gegen deine Liebe verbrochen, denn sie hat es unseretwillen getan. Djanschah stieß einen lauten Schrei aus und fiel in Ohnmacht, und man mußte ihn lange mit Rosen- und Moschus-Wasser bespritzen, bis er wieder zu sich kam. Als er die Augen öffnete und Schemsiah erblickte, sagte er: »Gelobt sei Gott, der mich ans Ziel meiner Wünsche geführt und die Flammen meiner Sehnsucht gestillt hat!« Schemsiah sagte ihm hierauf: »Gott bewahre dich vor den Flammen! Doch erzähle mir, was dir seit meiner Abwesenheit widerfahren, und wie du diesen Ort entdeckt, den selbst die meisten Genien nicht kennen, denn wir haben uns gegen alle Könige der Genien aufgelehnt und leben hier verborgen.« Djanschah erzählte ihr alles, was ihm zugestoßen, vom Tag ihrer Flucht bis zu seiner Ankunft. Als er dabei auch den Krieg zwischen seinem Vater und dem König Kefid erwähnte, sagte ihm die Königin: »Nach einem Monat feiern wir Schemsiahs Hochzeit nochmals, dann kannst du mit ihr in deine Heimat ziehen, und wir geben dir 1000 unserer mächtigsten Genien mit, von denen der Geringste auf deinen Befehl den König Kefid und seine ganze Armee in einem Augenblick vernichten wird; wir schicken dir dann jedes Jahr eine Abteilung Genien, von denen ein einziger alle deine Feinde töten kann. Wir geben dir aber, fuhr die Königin fort, unsere Tochter Schemsiah nur unter der Bedingung mit in dein Land, daß du abwechselnd ein Jahr in deiner Heimat und ein Jahr bei uns zubringst.« Der König Schahlan setzte sich dann auf den Thron und befahl den Großen des Reichs, siebentägige Feste zu veranstalten und alles zur Hochzeitsfeierlichkeit vorzubereiten. Nach einem Monat, als alles zur Hochzeit bereit war, wurde Djanschah zu Schemsiah geführt, und er lebte einige Zeit mit ihr im schönsten Liebesrausch. Doch bald erinnerte er sich wieder seines Vaters und sagte zu Schemsiah: »Dein Vater hat mir versprochen, dich mit mir in meine Heimat zurückzuschicken, daß wir abwechselnd ein Jahr dort und ein Jahr hier zubringen, bitte ihn nun um die Erfüllung seines Versprechens.« Sobald der Abend hereinbrach, ging Schemsiah zu ihrem Vater und trug ihm Djanschahs Bitte vor. Der König sagte: »Ich füge mich gern in seinen Willen; wartet nur bis zu Anfang des Monats, daß ich die Genien zu eurer Begleitung ausrüste.« Als die bestimmte Zeit vorüber war, befahl Schahlan seinen Genien, sich in den Dienst Djanschahs und Schemsiahs zu begeben, und ließ für Djanschah und Schemsiah einen großen goldenen Thron verfertigen, mit Perlen und Edelsteinen beschlagen, und darüber ein rotes seidenes Zelt spannen, mit Gold durchwirkt und mit allerlei Farben bemalt. Djanschah und Schemsiah setzten sich darauf, und vier Genien faßten ihn an den vier Ecken. Schemsiah nahm Abschied von ihrer Mutter, ihren Schwestern und ihren übrigen Verwandten, ihr Vater aber stieg auf den Thron und begleitete sie bis mittags, dann stieg er ab und nahm Abschied, empfahl Djanschah seine Tochter, und sie beide den Genien, die sie tragen sollten; er schenkte dann Schemsiah noch 200 schöne Sklavinnen, und Djanschah 100 junge Mamelucken, und kehrte wieder in seine Zitadelle zurück. Djanschah mit den Seinigen reiste nun auf dem Thron, der zwischen Himmel und Erde von vier schwebenden Genien getragen wurde, zehn Tag nacheinander fort und legte jeden Tag eine Strecke von 30 Monaten zurück. Am elften Tag erblickte einer der Genien das Land Kabul, das ihm wohl bekannt war, und gab den Trägern Befehl, sich herabzulassen. Die Genien ließen sich gerade vor der Stadt des Königs Tighanus, Djanschahs Vater, auf die Erde herunter.

Der König Tighanus, welcher, wie wir schon erzählt haben, nach der Abreise seines Sohnes die Flucht ergriffen und sich in die Stadt zurückgezogen hatte, die dann der König Kefid eng belagerte, befand sich in so großer Not, daß er gern dem Feind die Stadt öffnen wollte, wenn er ihm nur Leben und Freiheit zusicherte. Da ihm aber Kefid auch diese Bitte nicht gewährte, beschloß er, um seinen Leiden ein Ende zu machen, sich selbst das Leben zu nehmen. Er hatte schon von seinen Vezieren und Staatsräten und von seinen Frauen Abschied genommen und saß eben in größter Verzweiflung da, als die Genien ins Schloß traten, welches innerhalb der Zitadelle lag, und auf Djanschahs Befehl den Thron mitten im Divan niedersetzten und ihn heraushoben. Als Djanschah seinen Vater in einem so betrübten Zustand fand, sagte er zu Schemsiah: »O Geliebte meines Herzens, sieh, in welcher Lage mein Vater sich befindet.« Schemsiah befahl sogleich den Genien, die Truppen des Königs Kefid zu schlagen, bis kein einziger von ihnen übrig bleibe. Djanschah befahl einem der Genien, der sehr stark war und Karatesch hieß, den König Kefid gefangen zu bringen. Die Genien gingen

mit dem Thron und dem darüber gespannten Zelt weg, und um Mitternacht ließen sie ihn im Lager des Königs Kefid nieder und fielen vernichtend über Kefids Truppen her; ein einziger faßte acht bis zehn Feinde samt den Elefanten, auf welchen sie ritten, hob sie in die Luft und ließ sie fallen, so daß sie in Stücken niederfielen, andere schlugen von oben herab mit eisernen Stangen, bis sie die ganze Armee aufgerieben hatten. Karatesch ging dann in das Zelt des Königs Kefid, der auf einem Divan saß, und ergriff ihn und flog mit ihm in die Luft, brachte ihn auf den Thron und befahl den vier Genien, ihn fortzutragen. Als Kefid erwachte, fürchtete er sich sehr vor den Genien und stieß einen lauten Schrei aus, als er sah, daß er zwischen Himmel und Erde schwebte, und schlug sich vor Verzweiflung ins Gesicht. Der König Tighanus, der bei dem Anblick seines Sohnes in Ohnmacht gefallen war, kam eben wieder zu sich und umarmte ihn heftig weinend, als Schemsiah hereintrat, ihm die Hände küßte und ihm sagte: »Mein Herr, komm auf die Terrasse des Schlosses, um zuzusehen, wie die Genien meines Vaters gegen die Truppen des Königs Kefid kämpfen.« Tighanus setzte sich auf die Terrasse und sah, wie die Genien mit der Armee des Königs Kefid umgingen. Die einen schlugen mit eisernen Stangen Elefanten samt ihren Reitern zu Boden, andere nahmen durch einen einzigen Schrei ins Gesicht einer ganzen Reihe Soldaten das Leben, wieder andere hoben auf einmal zehn Reiter in die Höhe und stürzten sie mit solcher Kraft auf die Erde, daß ihr Rücken zerschmettert wurde. Der König Tighanus saß noch auf der Terrasse des Schlosses und sah höchst vergnügt dem Kampf zu, als Djanschah den Genien befahl, den Thron auf dem der König Kefid, weinend und hilferufend saß, mitten in die Zitadelle des Königs Tighanus niederzulassen. Als die Genien Djanschahs Befehl vollzogen, bat Tighanus einen der Genien, den König Kefid zu fesseln und in den schwarzen Turm zu sperren. Sodann ließ er den errungenen Sieg mit Trompeten und Trommeln verkündigen und auch Djanschahs Mutter von allem, was geschehen war, in Kenntnis setzen. Diese kam zu ihrem Sohn und fiel vor Freude in Ohnmacht. Djanschah bespritzte sie mit Rosenwasser und drückte sie innig an seine Brust, bis sie wieder zu sich kam und seine Umarmung erwiderte. Sodann kam Schemsiah, von vielen Sklavinnen begleitet, zu ihr und begrüßte sie und hielt sie lange umarmt.

Der König ließ nun die Tore der Stadt wieder öffnen und sendete überall Boten umher. Alle Emire und Fürsten kamen aus den entlegensten Provinzen, um dem König zu seinem Sieg und zur glücklichen Rückkehr seines Sohnes Djanschah Glück zu wünschen und ihnen allerlei Geschenke darzubringen. Bald darauf ließ der König Schemsiahs Hochzeitsfeier noch einmal begehen, die Stadt wurde festlich geschmückt und Schemsiah im reichsten Putz und Schmuck ihrem Gatten zugeführt. Schemsiah bat dann den König Tighanus, er möchte dem König Kefid seine Freiheit schenken und ihn in sein Land zurückkehren lassen, denn sobald er wieder etwas Böses tun wollte, würde sie ihn durch einen ihrer Genien aufgreifen lassen. Der König sagte: »Dein Wille geschehe«, und befahl dem Genius Schamauel, der Kefid eingesperrt hatte, ihn aus dem Gefängnis zu holen und zu ihm zu führen. Schamauel brachte Kefid gefesselt vor den König Tighanus. Aber dieser ließ ihm die Fesseln abnehmen, setzte ihn auf ein hinkendes Pferd und sagte ihm: »Die Königin Schemsiah hat mich gebeten, dich zu begnadigen; du kannst in dein Land zurückkehren; unternimmst du aber wieder etwas Schlechtes, so sendet sie einen ihrer Genien, der dich wieder hierherbringt.« Der König Kefid reiste hierauf allein mit betrübtem Herzen im schlechtesten Zustand in seine Heimat zurück, und Djanschah lebte mit Schemsiah bei seinem Vater in den glücklichsten Verhältnissen.

Dies alles erzählte Djanschah Bulukia und sagte ihm zuletzt: »Ich bin Djanschah, der alles dies erlebt hat.« Bulukia, der aus Liebe zu Mohammed umherwanderte, bewunderte diese Geschichte und sagte zu Djanschah: »Nun, mein Freund, was bedeuten denn diese beiden Gräber, zwischen denen du weinend sitzest?« Djanschah antwortete: Wisse, o Bulukia, nachdem wir viele Jahre hindurch gegessen und getrunken und abwechselnd ein Jahr in Kabul und ein Jahr auf der Diamanten-Zitadelle angenehm zugebracht hatten, ließen wir einmal unsern Thron, auf welchem wir, von Genien getragen, die Reise zu machen pflegten, auf dieser Stelle nieder und schlugen unser Zelt neben diesem Fluß auf, aßen, tranken, spielten und belustigten uns. Auf einmal sagte Schemsiah: »Ich habe Lust, in diesem Fluß zu baden.« Sie entkleidete sich und auch ihre Sklavinnen entkleideten sich und schwammen im Fluß umher; ich blieb am Ufer sitzen und sah zu, wie sie miteinander scherzten. Auf einmal kam ein ungeheuer großer Fisch herbei und tötete Schemsiah; die Sklavinnen entflohen aus dem Fluß aus Furcht vor dem Seeungeheuer und kamen ins Zelt zurück; doch blieben einige und holten Schemsiah aus dem Fluß und brachten sie tot ins Zelt. Als ich sie tot vor mir sah, fiel ich in Ohnmacht. Die Sklavinnen bespritzten mich mit Wasser, und als ich wieder zu mir kam, weinte ich und befahl den Genien, Schemsiahs Verwandten Nachricht von ihrem Tod zu geben. Die Genien flogen davon und kehrten bald mit Schemsiahs Eltern zurück, die ihre Tochter wuschen, beerdigten und betrauerten. Sie wollten mich dann mit in ihre Zitadelle nehmen, aber ich sagte zum König: »Laß mir hier ein Grab bauen, damit, wenn ich sterbe, ich hier neben Schemsiah beerdigt werde.« Der König befahl einem der Genien, das zu tun, und so verließ er mich hier einsam trauernd um Schemsiah. Das ist meine Geschichte, schloß Djanschah, und die Ursache, warum ich hier zwischen den Gräbern sitze. Dann rezitierte er folgende Verse:

»Seitdem du nicht mehr bist, ist mein Haus kein Haus mehr und mein guter Nachbar kein Nachbar mehr. Der Freund, der mich darin besuchte, ist nicht mehr derselbe, auch die Blumen, die es umgaben, sind anders. Nicht mehr dieselbe Sonne, noch derselbe Mond beleuchten es mehr. Wohin bist du geflohen, Geliebte, die du mein Herz mit fortgetragen? Warum bist du fern und machst durch deine Abwesenheit mir die ganze Welt unheimlich und das ganze Leben trübe? Seit ich dich nicht mehr sehe, schmeckt mir das Leben nicht mehr süß, und ich kann deine Wohnung nicht mehr sehen, ohne vor Gram und Sehnsucht zu vergehen. Ich frage stets meine Heimat nach dir und es ist mir, als wäre sie meine Heimat nicht mehr; o möge sie, weil du sie nicht mehr bewohnst, nie mehr grünen, möge kein Regen des Himmels sie mehr tränken!«

Als Bulukia das alles von Djanschah gehört hatte, sagte er: »Bei Gott! Ich habe geglaubt, ich sei weit in der Welt umhergereist, nun habe ich aber durch deine Erzählung alles vergessen, was ich gesehen. Nun, mein Freund Djanschah, bitte ich dich, die Güte zu haben, mir den sicheren Weg zu zeigen.« Djanschah belehrte ihn über den Weg, den er einschlagen sollte, und nahm Abschied von ihm.

Als die Schlangenkönigin Tamlicha mit ihrer Erzählung zu Ende war, fragte sie Haseb, woher sie dies wisse; sie sagte: Wisse, o Haseb, ich habe vor

25 Jahren eine große Schlange nach Ägypten geschickt und ihr einen Brief mit Grüßen an Bulukia mitgegeben. Als er meinen Brief sah, bat er die Überbringerin, ihn mitzunehmen, und sagte ihr, er habe ein Geschäft mit mir abzumachen. Die Schlange führte ihn zu ihrer Tochter und diese sagte ihm: »Drücke deine Augen fest zu!« Er drückte sie zu, und als er sie wieder öffnete, fand er sich auf dem Gebirge, wo die Schlange wohnte, der ich den Brief gegeben hatte. Er fragte dann nach mir und die Schlange sagte ihm, ich sei mit meinen Truppen nach dem Berg Kaf gezogen und kehre erst im Sommer zurück; wenn er etwas von mir wolle, so sage er es nur ihr als meiner Stellvertreterin. Bulukia sagte: »Ich bitte dich, zeige mir die Pflanze, deren Saft vor Alter und Schwäche schützt.« Die Schlange erwiderte: »Ich werde dir sie nicht eher angeben, bis du mir erzählst, was dir mit Afan widerfahren, seitdem ihr euch von uns getrennt.« Bulukia erzählte ihr seine ganze Geschichte, und als er vollendet hatte, bat er sie, ihm nun sein Verlangen zu gewähren, daß er wieder heimkehre. Die Schlange schwor bei unserm Herrn Salomo, sie kenne keine solche Pflanze, und befahl einer ihrer Dienerinnen, ihn wieder in seine Heimat zu bringen. Diese sagte ihm: »Drücke deine Augen zu!« Er drückte sie zu und befand sich auf einmal auf dem Berg Mokattem in der Nähe der Stadt Kahirah, von wo er in seine Wohnung ging.«

Als ich nun, fuhr die Schlangenkönigin fort, vom Berg Kaf zurückkam, trat mir meine Stellvertreterin entgegen, bewillkommte mich, richtete mir Grüße von Bulukia aus und erzählte mir alles, was ihm auf seiner Wanderung widerfahren; so, o Haseb, ist mir die Geschichte von Bulukia bekannt geworden. Haseb bat nun die Schlangenkönigin, ihm noch zu erzählen, was Bulukia begegnet war von dem Augenblick, wo er Djanschah verlassen, bis er nach Ägypten kam. Da sagte die Schlangenkönigin: Nachdem Bulukia Djanschah verlassen hatte, reiste er Tag und Nacht, bis er an ein großes Meer kam, da salbte er seine Füße mit dem Saft, den er bei sich hatte, und ging auf dem Meer, bis er eine Insel erreichte, reich an Früchten, Bäumen und Flüssen, wie das Paradies. Er sah unter anderem einen großen Baum mit Blättern, wie Segel eines Schiffes, unter welchem ein Tisch, mit den verschiedenartigsten herrlichsten Speisen bedeckt, stand. Auf dem Baum sah er einen Vogel aus Perlen und grünem Smaragd, die Füße waren silbern, der Schnabel war aus rotem Rubin und die Federn aus allerlei Edelsteinen; da pries er Gott und betete für Mohammed, Friede sei mit ihm, und staunte eine Weile diesen wunderbaren Vogel an und dann sagte er: »O herrliches Geschöpf, wer bist du?« Der Vogel antwortete: »Ich bin einer der Vögel des Paradieses. Wisse, mein Freund, als Gott Adam aus dem Paradies verbannte, gab er ihm vier Blätter mit, um seine Scham zu bedecken. Da fiel eines davon auf den Boden, ein Wurm fraß es, und daher stammen die Seidenwürmer; ein anderes fiel auf den Boden, eine Biene aß davon, und daher kommt der Honig. Von dem dritten Blatt, das einer Gazelle in den Mund fiel, kommt der Moschus, und von dem vierten, das Adam in Indien fallen ließ, der feine Weihrauch. Auch ich verließ damals das Paradies und wanderte lange auf der Erde umher, bis mir Gott diesen Platz anwies, wo jeden Donnerstag Abend alle Heiligen sich versammeln, um von diesen Früchten zu genießen, mit denen sie Gott jeden Freitag bewirtet und die er die ganze

Woche im Paradies verschlossen hält.« Bulukia aß auch von diesen Früchten und dankte Gott. Als er gegessen hatte, erschien ihm der Prophet Alchidhr, Friede sei mit ihm. Bulukia grüßte ihn und wollte wieder weiter gehen, aber der Vogel erlaubte ihm, sich neben ihn zu setzen und Alchidhr bat ihn, ihm zu erzählen, wie er hierhergekommen. Nachdem Bulukia seine ganze Geschichte von Anfang bis zu Ende erzählt hatte, fragte er Alchidhr*, wie weit er nach Ägypten habe. Alchidhr antwortete: »Es ist ein Weg von 95 Jahren.« Bulukia weinte heftig, als er dies hörte, warf sich auf Alchidhrs Hand, küßte sie und sagte: »Rette mich aus diesem fremden Land, daß ich nicht darin untergehe. Gott wird dich dafür belohnen.« Alchidhr antwortete: »Bete zu Gott, und wenn er es mir befiehlt, so bringe ich dich nach Ägypten.« Bulukia weinte und flehte zu Gott mit demütigem Herzen. Gott erhörte sein Gebet, offenbarte sich in der Nacht Alchidhr und befahl ihm, Bulukia nach Ägypten zu bringen. Alchidhr sagte des Morgens zu Bulukia: »Er-

* Es ist Pinehas oder Eli der Bibel.

hebe dein Haupt, Gott hat dein Gebet erhört; umfasse meinen Leib recht fest und drücke deine Augen zu!« Sobald Bulukia Alchidhr umschlungen und seine Augen zugedrückt hatte, machte dieser nur einen einzigen Schritt und sagte zu Bulukia: »Du kannst deine Augen wieder öffnen.« Als er sie öffnete, befand er sich vor der Tür seines Hauses; er drehte sich um und suchte Alchidhr, um von ihm Abschied zu nehmen, aber er sah keine Spur mehr von ihm.

Als Bulukia in sein Haus trat und seine Mutter ihn erblickte, schrie sie laut und fiel in Ohnmacht; man bespritzte ihr Gesicht mit Wasser, bis sie wieder zu sich kam, dann umarmte sie ihren Sohn und weinte heftig, doch bald darauf lachte sie wieder. Bald nachher kamen Bulukias übrige Verwandte und Freunde mit vielen Geschenken, um ihm Glück zu wünschen; die Nachricht seiner Rückkehr verbreitete sich nach und nach im ganzen Land von Osten bis Westen; Zimbeln und Psalter ertönten auf allen Straßen, und die Freude und das Erstaunen über Bulukias wunderbare Rettung waren allgemein.

Als die Schlangenkönigin dem vor Verwunderung und Teilnahme heftig weinenden Haseb alles dies erzählt hatte, sagte sie ihm: »Nun kehre auch du in deine Heimat zurück, aber hüte dich wohl, den Eid zu brechen, den du mir geschworen und gehe niemals ins Bad!« Haseb wiederholte seinen Schwur, worauf Tamlicha einer Schlange befahl, ihn auf die Oberfläche der Erde zurückzubringen. Die Schlange kroch lange umher, bis sie endlich Haseb durch einen unterirdischen Gang auf die Oberfläche der Erde zurückbrachte. Haseb ging dann seines Weges fort, bis er in die Stadt kam, und die Sonne ging gerade unter, als er vor sein Haus trat. Er klopfte an der Tür, seine Mutter kam heraus und öffnete sie ihm, und als sie ihren Sohn erblickte, schrie sie laut und weinte und umarmte ihn. Hasebs Frau, welche dieses Geschrei hörte, kam auch herbei, bewillkommte ihren Mann, küßte seine Hände und freute sich sehr mit ihm. Sie führten ihn dann ins Innere des Hauses, und nachdem er eine Weile bei den Seinigen saß, fragte er nach den Holzhauern, die mit ihm Holz gehauen und ihn dann in der Grube gelassen hatten. Seine Mutter sagte ihm: »Die Holzhauer sind damals zu mir gekommen und haben mir gesagt, ein Löwe habe dich gefressen; sie aber wurden angesehene Kaufleute, und erwarben sich ein großes Vermögen; sie haben viele Magazine mit den schönsten Waren angefüllt, und besitzen viele Güter und Sklaven.« Haseb sagte zu seiner Mutter: »Gehe morgen früh zu ihnen und sage ihnen: ›Mein Sohn Haseb ist von seiner Reise zurückgekehrt, kommt ihn zu besuchen und zu begrüßen.‹« Als Gott den Morgen heranbrechen ließ, ging Hasebs Mutter in die Häuser der Holzhauer und sagte ihnen, was ihr ihr Sohn aufgetragen. Die Holzhauer nahmen jeder ein gesticktes seidenes Kleid und sagten ihr: »Bring dies deinem Sohn und sage ihm, morgen früh werden wir zu ihm kommen.« Die Alte ging wieder zu ihrem Sohn zurück, brachte ihm das Geschenk und sagte ihm, daß sie morgen ihn besuchen würden. Die Holzhauer berieten sich aber mit einigen Kaufleuten über das, was sie tun sollten, und entschlossen sich, Haseb die Hälfte ihres Geldes, ihrer Mamelucken und ihrer Sklavinnen zu geben. Sie besuchten Haseb am folgenden Tag und brachten die Hälfte ihres Vermögens mit, küßten ihm die Hände und sagten: »Unser Schicksal

liegt nun in deinen Händen.« Haseb erwiderte: »Was geschehen ist, ist geschehen. Gott hatte es so bestimmt, und da half keine menschliche Vorsicht.« Sie sagten ihm dann: »Komm mit in die Stadt spazieren, wir wollen dann zusammen ins Bad gehen«; Haseb versetzte aber: »Ich habe geschworen, nie in ein Bad zu gehen.« Da sagten sie: »So komm mit uns in unser Haus, daß wir dich bewirten!« Er ging mit ihnen und brachte bei jedem eine Nacht zu, sieben Nächte nacheinander, dann kaufte er einen Laden und lebte lange als reicher Kaufmann, bis er eines Tages, als er in die Stadt ging, einem alten Freunde begegnete, welcher Herr eines Badhauses war. Als dieser ihn sah und erkannte, umarmte er ihn und sagte: »Komm herein in mein Bad, daß ich dich nach dem Bad bewirte.« Haseb sagte: »Ich habe geschworen, nie mehr in ein Bad zu gehen.« Da schwor der Badherr, er würde von allen seinen Frauen sich dreimal scheiden lassen*, wenn er nicht

* Gewöhnlicher Eid der Muselmänner: Tust du dies nicht, so lasse ich mich dreimal von meiner Frau

mit ihm komme und ein Bad nehme. Haseb dachte eine Weile nach und sagte dann: »Du willst meine Kinder zu Waisen machen, mein Haus verwüsten und mir eine schwere Sünde aufladen.« Da küßte der Badherr Haseb die Füße und sagte: »Ich will die Sünde übernehmen, komm nur mit mir.« Die Badgesellen und alle Badgäste drangen dann in Haseb, schleppten ihn ins Haus, zogen ihm die Kleider aus und führten ihn in die Badstube. Er hatte sich aber kaum an die Wand gesetzt und sich Wasser über den Kopf gießen lassen, als 20 Mann zu ihm traten und ihm sagten: »Steh auf! Du bist des Sultans Gefangener.« Einer dieser Männer ging sogleich zum Vezier, um ihn davon in Kenntnis zu setzen, und bald darauf kam der Vezier zu Pferd mit 60 Mamelucken vor das Bad, grüßte und bewillkommte Haseb, schenkte dem Badherrn 100 Dinare, ließ Haseb ein Pferd besteigen und ritt mit ihm ins Schloß zum Sultan. Sie ließen sich in einem Saal des Schlosses nieder, und man brachte ihnen Speisen und Getränke und Wasser zum Waschen. Als sie gegessen und getrunken hatten, schenkte der Vezier dem erstaunten Haseb zwei Ehrenkleider, deren jedes 5000 Dinare wert war.

Haseb, dessen Befremden immer wuchs, bat den Vezier, ihm doch zu sagen, was dies alles bedeute? Der Vezier antwortete ihm: »Wisse, daß uns Gott durch deine Ankunft eine große Gnade erzeigt hat. Der Sultan ist so krank infolge eines Aussatzes, daß man jeden Augenblick seinen Tod befürchtet; und wir haben in Büchern gelesen, daß er durch dich wieder geheilt werden kann.« Haseb, den diese Worte in noch größeres Erstaunen versetzten, wurde dann, von vielen Soldaten begleitet, durch sieben Tore geführt, bis er endlich zum Sultan gelangte, welcher Kersedan hieß. Dieser Sultan herrschte über sieben Länder, und 100 Könige, die auf goldenen Thronen saßen, waren ihm Untertan; außerdem gebot er über 10000 Heerführer, deren jeder 100 Adjutanten hatte und von 100 Offizieren mit gezogenem Schwert umgeben war. Als Haseb in den Saal trat, schlief der Sultan und hatte das Gesicht mit einem Tuch bedeckt. Haseb, durch die furchtbare Umgebung des Sultans eingeschüchtert, verbeugte sich tief und betete für das Wohl des Sultans. Der Großvezier Schamhur bewillkommte ihn und ließ ihn zur Rechten des Sultans sitzen. Sobald Haseb sich niedergelassen hatte, brachte man ihm wieder einen Tisch mit Speisen und Getränken und Wasser zum Waschen. Dann stand der Vezier auf – und sogleich erhoben sich auch alle übrigen Anwesenden – ging auf Haseb zu und sagte ihm: »Wir alle hier wollen deine Diener werden, fordere von uns, was du willst, auch die Hälfte des Reiches soll dir nicht versagt werden, heile nur unseren Sultan!« Er nahm dann Haseb bei der Hand und führte ihn vor das Bett des Sultans. Haseb deckte sein Gesicht auf und erschrak vor dessen üblem Aussehen. Der Vezier küßte dann Haseb die Hand und sagte: »Wir wünschen, daß du den Sultan heilest; wir geben dir dann alles, was du verlangst; du allein, als Abkömmling Daniels, kannst ihn vom Tod retten.« »Es ist wohl wahr, daß ich ein Abkömmling Daniels, des Propheten Gottes, bin, aber ich bin nicht wissenschaftlich gebildet, ich habe nur 30 Tage eine medizinische Schule besucht, ohne etwas gelernt zu haben; jetzt bedaure ich sehr, nichts gelernt zu haben, um den Sultan heilen zu können.« »Mache keine

scheiden, weil nach der dritten Scheidung man seine Frau nicht wieder heiraten darf.

langen Reden; wenn wir alle Gelehrten des Ostens und Westens versammeln, so kann niemand als du den Sultan heilen.« »Wie soll ich ihn heilen, ich kenne ja weder seine Krankheit, noch ein Mittel dagegen?« »Mache es nur kurz, seine Genesung steht in deiner Hand.« »Wieso denn? Sagt mir, wie ich ihn heilen soll, und wenn ich es vermag, so will ich es gern tun.« »Die Genesung des Sultans hängt von der Schlangenkönigin ab; du kennst sie, hast sie gesehen und weißt, wo sie sich aufhält.« »Was wollt ihr von der Schlangenkönigin? Ich kenne sie nicht und habe in meinem Leben nichts von ihr gehört.« »Lüge nicht, ich habe Beweise, daß du sie kennst und zwei Jahre bei ihr zugebracht hast.« »Ich kenne sie nicht und war nicht bei ihr und höre jetzt zum ersten Mal von ihr sprechen.«

»Wir haben ein heiliges Buch, in welchem angedeutet ist, daß ein Mann zur Schlangenkönigin gelangen und zwei Jahre bei ihr zubringen würde, dessen Leib schwarz wird, sobald er ins Bad geht; zeige also deinen Leib!« Haseb entblößte seinen Leib, und da er in der Tat ganz schwarz war, sagte er: »Mein Leib ist schwarz von dem Tag her, wo mich meine Mutter geboren.« Der Vezier entgegnete: »Wir haben in jedes Bad drei Mamelucken geschickt und jeden beim Ein- und Ausgehen untersuchen lassen. Die haben gesehen, daß dein Leib beim Entkleiden noch weiß war, und dich darum hierher gebracht; sage uns also, wo du wieder auf die Oberfläche der Erde gekommen, wir werden uns dann schon der Schlangenkönigin bemächtigen.« Haseb bereute es jetzt, wo es zu spät war, ins Bad gegangen zu sein, doch fügte er sich in die göttliche Bestimmung und bestand hartnäckig darauf, die Schlangenkönigin nicht gesehen zu haben. Da gab der Vezier den Offizieren den Befehl, ihn zu entkleiden, auf den Boden hinzustrecken und zu prügeln. Haseb ließ sich schlagen, bis er vor Schmerzen dem Tod nahe war. Als der Vezier sah, daß er mit Gewalt nichts gegen Haseb vermochte, küßte er ihm den Kopf und sagte in einem sanften Ton: »Was leugnest du länger deine Bekanntschaft mit der Schlangenkönigin, da wir Beweise haben, daß du sie kennst und bei ihr warst? Zeige uns nur den Ort, wo du zur Erde heraufgekommen, wir haben schon jemanden, der sie ergreifen wird, du kannst dann deines Weges gehen.« Der Vezier ließ dann Haseb wieder aufrichten und ihm ein goldgesticktes Kleid mit Edelsteinen besetzt bringen, das er ihm selbst anzog. Der Vezier bestieg sein Pferd, von allen Emiren und vielen Truppen begleitet, und Haseb mußte an ihrer Spitze reiten, um ihnen die Stelle zu zeigen, wo er zur Oberfläche der Erde zurückgekehrt war. Als Haseb den Brunnen erreichte, aus dem er hervorgekommen, stieg er ab, und der Vezier nebst seinem Gefolge taten das gleiche. Der Vezier ließ dann Feuer anzünden, machte Räucherwerk, murmelte allerlei unverständliche Zaubersprüche, nahm ein Buch heraus und las darin; dann rief er mit lauter Stimme dreimal nacheinander: »Komm hervor, Schlangenkönigin!« Bis endlich das Wasser, das in dem Brunnen war, austrocknete, eine große Tür sich öffnete, aus der ein jämmerliches Geschrei hervorkam, wie der Donner, so daß man glaubte, die ganze Welt würde zusammenstürzen. Alle Anwesenden fielen ohnmächtig hin und einige starben sogar. Dann kam aus der Höhle eine Schlange hervor, größer als ein Elefant, die eine goldene Kufe auf dem Rücken hatte, in welcher eine andere Schlange lag mit einem strahlenden Menschengesicht. Letztere, welche die Schlangenkönigin war, wendete sich rechts und links um, bis sie Haseb erblickte und sagte ihm in deutlicher Menschenzunge: »Wo ist der Eid, den du mir geschworen? Warum bist du ins Bad gegangen? Doch was bestimmt ist, das muß geschehen; Gott hat nun das Ende meines Lebens beschlossen, ich soll sterben und der Sultan Kersedan soll von seiner Krankheit geheilt werden.« Bei diesen Worten weinte sie heftig, und Haseb weinte mit ihr. Der Vezier streckte dann die Hand nach ihr aus, um sie zu ergreifen, da sagte sie: »Wenn du deine Hand nicht zurückziehst, du Verruchter, so verwandle ich dich durch einen einzigen Hauch in einen Haufen Fleisch und schwarze Asche; komm du, Haseb, lege du mich auf die Platte, die ihr mitgebracht, und trage mich auf deinem Kopfe. Es ist von Ewigkeit her geschrieben, daß ich durch dich sterben soll.« Haseb nahm sie und legte sie auf die Platte. Sogleich nahm der Brunnen wieder seine frühere Gestalt an. Als Haseb mit der Schlange auf dem Kopf zur Stadt ging, sagte sie ihm: »Höre Haseb, was ich dir sagen will; ich muß dir einen guten Rat erteilen, obschon du deinen Eid gebrochen, denn so wollte es die Bestimmung von jeher. Wenn du in das Haus des Veziers kommst und er dir sagt: ›Schlachte die Schlangenkönigin und teile sie in drei Stücke‹, so tue es nicht, behaupte, du könntest nicht mit Schlachten umgehen, und laß ihn selbst mich schlachten. Sobald er mich geschlachtet und zerschnitten hat, wird ein Bote vom Sultan kommen und den Vezier zu ihm rufen. Er wird vorher mich in einen Topf legen und über das Feuer stellen und dir befehlen, mich am Feuer zu lassen, bis der Schaum aufkocht, diesen Schaum dann in ein Schüsselchen abzuheben, ihn kalt werden zu lassen und dann zu trinken; auf diese Weise, wird er sagen, vergehen deine Schmerzen am Leibe. Er wird dich ferner beauftragen, mich zum zweiten Mal ans Feuer zu stellen, bis wieder Schaum aufkocht, und diesen Schaum für ihn stehen zu lassen, damit er ihn von seinen Kreuzschmerzen heile. Tue dies aber nicht, sondern trinke du den zweiten Schaum und bewahre ihm den ersten auf, sonst geht es dir schlecht. Hast du«, fuhr die Schlangenkönigin fort, »den zweiten Schaum getrunken, so nimm mein Fleisch aus dem Topf, lege es auf eine kupferne Schüssel und gib dem König davon zu essen; sobald er es aber im Leib hat, so bedecke seinen Mund mit einem Tuch. Dann warte bis Mittag, da soll er etwas Wein trinken, und er wird so gesund werden, wie er war, durch den Beistand Gottes. Merke dir aber wohl, was ich dir hier anempfahl.« Haseb war unter diesem Gespräche mit der Schlange, die er auf dem Kopf trug, an das Haus des Veziers gekommen; da legte er die Platte ab, auf welcher die Schlangenkönigin lag.

Der Vezier entließ nun sein ganzes Gefolge und sagte zu Haseb: »Schlachte jetzt die Schlangenkönigin!« Haseb antwortete: »Ich kann nicht schlachten, ich habe in meinem Leben nicht geschlachtet; hast du Lust, so schlachte sie selbst!« Der Vezier nahm die Schlange aus Hasebs Hand und schlachtete sie. Als Haseb bei diesem Anblicke heftig weinte, sagte ihm der Vezier: »O Blödsinniger, wegen einer Schlange weinst du?« Nachdem der Vezier die Schlangenkönigin geschlachtet hatte, zerschnitt er sie in drei Teile und legte sie in einen kupfernen Topf, den er über das Feuer stellte. In diesem Augenblicke kam einer der Mamelucken des

Sultans und sagte zum Vezier: »Der Sultan verlangt sogleich nach dir.« Der Vezier holte zwei Schüsselchen, gab sie Haseb und sagte ihm: »Laß diesen Topf kochen, bis der Schaum aufsteigt, hebe ihn dann in eines dieser Schüsselchen ab, laß ihn kalt werden, dann trinke ihn, und es wird an deinem Körper kein Schmerz mehr zurückbleiben. Setze dann den Topf wieder ans Feuer, und wenn zum zweiten Mal Schaum aufsteigt, so hebe ihn in das zweite Schüsselchen ab und bewahre ihn auf, bis ich wiederkomme, daß ich es trinke, um meine Kreuzschmerzen zu vertreiben.« Der Vezier ging hierauf zum Sultan und Haseb wartete, bis der erste Schaum aufstieg; er nahm ihn herunter, goß es in eines der Schüsselchen und ließ es stehen. Als dann zum zweiten Mal Schaum aufkochte, nahm er ihn wieder herunter und bewahrte ihn für sich auf, und als das Fleisch weichgekocht war, nahm er es vom Feuer und ließ es stehen. Nach einer Stunde kam der Vezier herbeigesprungen und fragte Haseb, was er getan? Haseb antwortete: »Alles, wie du mich geheißen.« Er fragte dann wieder: »Was hast du mit dem ersten Schaum getan?« »Ich habe ihn getrunken.« »Was empfindest du?« »Ich fühle ein

Kochen und Brennen im ganzen Körper.« »So gib mir das zweite Schüsselchen, daß ich mich auch heile.« Haseb reichte ihm das erste Schüsselchen, das der Vezier für das zweite hielt und austrank. Kaum hatte er getrunken, fiel ihm das Schüsselchen aus der Hand, sein ganzer Körper wurde von Geschwüren bedeckt, sein Leib öffnete sich und er starb auf der Stelle, wie das Sprichwort sagt: »Wer einem anderen eine Grube gräbt, der fällt selbst hinein.« Als Haseb sah, wie es dem Vezier ging, fürchtete er sich, die zweite Schüssel zu trinken, doch dachte er, wäre diese auch schlecht, so würde sie der Vezier nicht für sich gewählt haben, übrigens vertraue ich auf Gott; und so trank er sie in Gottes Namen. Sobald er getrunken hatte, öffnete Gott in seinem Herzen die Quellen der Weisheit und Gelehrsamkeit, und versetzte ihn in die freudigste Stimmung. Der Vorschrift der Schlange eingedenk, nahm er dann das Fleisch, das im kupfernen Topf war, und verließ das Haus des Veziers. Auf der Straße blickte er gen Himmel und sah die sieben Himmel bis zum äußersten Lotusbaum des Paradieses; er sah, wie das ganze Firmament im Kreise herumging, auch die Bewegung der Fixsterne und Planeten zeigte ihm Gott, und die Beschaffenheit der Erde und der Meere und den Lauf der Flüsse. So wurde er auf einmal erfahren in Geometrie und Astronomie und anderen Wissenschaften, die mit der Uranologie in Verbindung stehen, als, die Kenntnis der Sonnen- und Mondfinsternisse und dergleichen. Er blickte dann zur Erde, und alles, was darauf war, redete ihn an, alle Pflanzen, Bäume und Metalle entdeckten ihm den Nutzen, den sie bringen, und so wurde er auf einmal in der Botanik, Arzneikunde, Chemie und Mineralogie äußerst bewandert. Als er endlich mit dem Fleisch zum König Kersedan kam, verbeugte er sich vor ihm und sagte ihm: »Dein Haupt lebe für das deines Veziers Schamhur.*« Der König erschrak sehr über den Tod seines Veziers und weinte so heftig, daß alle übrigen Veziere, Fürsten und Staatsräte mit ihm weinten. Dann fragte der König: »Der Vezier Schamhur war ja eben bei mir, er ist nur nach Hause gegangen, um zu sehen, ob das Fleisch gekocht ist, wie ist er auf einmal gestorben?« Haseb erzählte ihm, wie es dem Vezier gegangen, nachdem er die Schüssel ausgetrunken. Da sagte der König: »Wie wird es mir gehen, da Schamhur nicht mehr ist?« Haseb antwortete: »Betrübe dich nicht, o König der Zeit, ich will dich in drei Tagen so herstellen, daß keine Spur von deiner Krankheit übrigbleibt.« Haseb stellte dann den Fleischtopf vor den König, schnitt ein Stück von der Schlangenkönigin herunter und reichte es ihm. Sobald er es gegessen hatte, deckte ihm Haseb den Mund mit einem Tuch zu und ließ ihn von Mittag bis Abend schlafen, dann gab er ihm etwas Wein zu trinken und ließ ihn die Nacht durch wieder mit bedecktem Gesicht schlafen. An den zwei folgenden Tagen wiederholte Haseb dasselbe Verfahren; da schwitzte der König von Kopf bis Fuß, seine ganze Haut schälte sich und er wurde ganz gesund. Haseb führte ihn dann ins Bad, und als er herauskam, war er wie eine Silberstange. Er zog dann seine prachtvollsten Kleider an, setzte sich auf den Thron und ließ Haseb neben sich sitzen. Er befahl hierauf, den Tisch für beide zu decken, und nachdem sie gegessen, getrunken und sich

* Gewöhnliche Redensart für N. N. ist gestorben.

gewaschen hatten, kamen alle Emire und Veziere und Großen des Reiches, um dem König zu seiner Genesung Glück zu wünschen. Der König ernannte in ihrer Gegenwart Haseb zu seinem Großvezier an die Stelle Schamhurs. Dann sagte der König: »Wer Haseb liebt, der liebt auch mich; wer ihn verehrt, der verehrt auch mich, und wer ihm Gehorsam leistet, der beweist dadurch seinen Gehorsam gegen mich.« Alle Veziere, Emire und Großen des Reiches begrüßten nun Haseb und wünschten ihm Glück zum Vezierate; der König aber schenkte ihm ein Ehrenkleid mit Perlen und Edelsteinen besetzt, das 1000 Dinare wert war. Ferner schenkte er ihm 200 Mamelucken, 200 weiße Sklavinnen wie der Mond, 200 Abessinierinnen, 200 Paar Kleider, 500 Maulesel mit Waren beladen, 200 Kamele und ebenso viele Stiere, Büffel und Schafe.

Haseb wurde dann auf Befehl des Sultans von allen Vezieren, Emiren und Großen des Reiches und vielen Truppen in sein Haus begleitet. Seine Mutter freute sich außerordentlich und wünschte ihm Glück zum Vezierate. Dann kamen seine übrigen Verwandten und Freunde und auch die Holzhauer, um ihm zu gratulieren. Am folgenden Tag begab er sich in das Schloß des Veziers Schamhur, ließ alles versiegeln und in sein Haus bringen. Haseb war so auf einmal durch die Allmacht Gottes, nachdem er sehr arm war und keinen Buchstaben verstand, der reichste und gelehrteste Mann in der Welt. Eines Tages sagte er zu seiner Mutter: »Hat mein Vater Daniel kein Buch oder etwas Ähnliches hinterlassen?« Da brachte ihm seine Mutter eine Kiste, in welche Daniel die fünf Blätter gelegt hatte, die ihm vom Buch übriggeblieben waren, welches Gabriel in den Fluß Gichon geworfen hatte. Als Haseb nach dem Übrigen vom Buch fragte, sagte ihm seine Mutter: »Wisse, dein Vater wollte ein Arzneimittel gegen den Tod verfertigen, da befahl Gott dem Engel Gabriel, Friede sei mit ihm, das Buch deinem Vater zu entreißen und es in den Strom Gichon zu werfen. Als der Engel dies getan hatte und dein Vater das Buch im Wasser sah, sprang er ihm nach, rettete aber noch fünf Blätter davon, welche er, als seine Todesstunde herannahte, in diese Kiste legte; er sagte mir: ›Bewahre sie auf, und wenn du einen Sohn gebärst und er dich fragt, ob ich nichts hinterlassen, so gib sie ihm.‹« Haseb lernte noch vieles aus diesen Blättern, obgleich er schon der gelehrteste Mann seiner Zeit war, und lebte ganz den Wissenschaften, bis der Zerstörer aller Freuden und der Trenner aller Vereinigungen ihn heimsuchte. Das ist das Ende dessen, was uns zugekommen von der Geschichte Hasebs, des Sohnes Daniels; Gott erbarme sich ihrer insgesamt!

Geschichte Alis, des Ägypters

Man erzählt: Es lebte einst in Kahirah ein sehr reicher Kaufmann, der unzählbare Güter, Gold und Edelsteine besaß, auch hatte ihm Gott einen Sohn geschenkt, der ausgezeichnet war durch seine Schönheit, Liebenswürdigkeit und hübsche Gestalt, und den er im Koran und in allen möglichen Wissenschaften unterrichten ließ und zu seinem Geschäft verwendete. Als der Kaufmann einst sehr krank und dem Tod nahe war, ließ er seinen Sohn, welcher Ali hieß, rufen und sagte ihm: »Mein Sohn, diese Welt ist vergänglich, die zukünftige aber von ewiger Dauer, und kein Mensch entgeht dem Tod; da nun meine Todesstunde nahe ist, so höre, was ich dir anempfehle. Ich hinterlasse dir so viele Güter und Schätze, daß, wenn du auch jeden Tag 500 Dinare ausgibst, du doch dabei nicht arm wirst; bleibe nur gottesfürchtig, befolge die Gesetze Gottes und befolge die Worte des Propheten, dem Gott gnädig sei; sei nur immer wohltätig und wähle dir gute und fromme Leute zu Freunden; sei nicht geizig und gehe nicht mit schlechten Menschen um. Sei mild gegen deine Diener und deine Frau und üb-

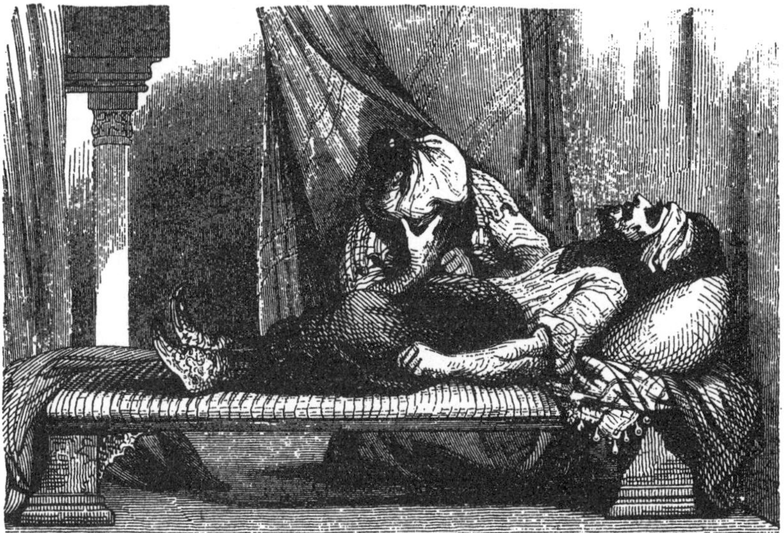

rigen Verwandten; deine Frau stammt von großer Familie und ist nun schwanger, vielleicht wird dir Gott fromme Nachkommen schenken.« Nachdem er ihm noch manches weinend anempfohlen hatte, rief er: »Ich bete zu Gott, dem Herrn des Himmels und der Erde, daß er dir in jeder Not und Bedrängnis beistehe.« Als er diese Worte vollendet hatte, schöpfte er noch einmal Atem und verschied.

Gott erbarme sich seiner! Ali war außerordentlich betrübt über den Tod seines Vaters. Er machte mit den Freunden seines Vaters, welche ihn zu trösten suchten, die Vorbereitungen zu dessen Beerdigung, ließ 40 Tage lang für ihn beten und den Koran lesen, blieb stets zu Hause, um ihn zu betrauern, nur jeden Freitag ging er aus, um seines Vaters Grab zu besuchen. Nach 40 Tagen kamen seine Bekannten, die jungen Kaufleute, zu ihm und sagten: »Was bedeutet diese lange Trauer? Warum vernachlässigst du so alle deine Geschäfte und deine Freunde? Das muß dich krank machen.« Sie redeten ihm dann so lange zu, bis er sich vom Teufel verführen ließ und einwilligte, mit ihnen auszugehen. Sie ließen ihn auf seinem Maultier reiten und begleiteten ihn in einen Garten, der einem von ihnen gehörte, und wohin der Eigentümer ein Frühstück bringen ließ. Sie brachten den ganzen Tag im Garten zu, aßen und tranken und belustigten sich, und jeder kehrte dann wieder in sein Haus zurück. Am folgenden Morgen kamen sie wieder und beredeten ihn, in einen anderen, noch schöneren Garten zu kommen. Er ritt mit ihnen, fand wieder ein Frühstück dort, und nachdem sie gegessen hatten, wurde berauschender Wein gebracht. Ali fragte: »Was ist das für ein Getränk?« Sie antworteten: »Es ist ein Getränk, das den Kummer verscheucht und das Herz erfreut.« Ali ließ sich überreden, den ganzen Tag mit ihnen zu trinken, und des Abends kehrte jeder wieder in seine Wohnung zurück. Als Ali nach Hause kam, überfiel ihn ein Schwindel. Seine Frau fragte ihn, was ihm fehle, und er sagte ihr: »Wir haben uns heute in einem Garten belustigt, wo ich mit meinen Freunden Wein trank; daher kommt mein Schwindel.« Seine Frau sagte ihm: »Mein Herr, hast du die Warnung deines Vaters vergessen? Hat er dir nicht verboten, mit leichtsinnigen Menschen umzugehen?« Er antwortete: »Diese jungen Kaufleute sind nicht leichtsinnig, es sind nur lustige junge Leute«, und fuhr fort, jeden Tag mit einem anderen zu gehen, bis sie ihm sagten: »Nun ist die Reihe an dir, uns zu bewirten.« Ali antwortete: »Ihr seid mir willkommen!« und ließ am folgenden Tag allerlei Speisen und Getränke herrichten, so wie es die übrigen getan, nahm Köche, Diener und Kaffeeschenker mit in einen Garten und brachte darin einen ganzen Monat mit seinen Freunden zu.

Als der Monat zu Ende war, bemerkte Ali, daß er all sein bares Geld ausgegeben hatte. Aber der verdammte Satan reizte ihn und stellte ihm vor, daß ihm noch viel anderes Vermögen übrig bleibe; er fuhr daher noch drei Jahr lang fort, so mit seinen Freunden zu leben, trotz der Warnungen seiner Frau und der Ermahnungen seines Vaters, und verkaufte nach und nach alle seine Juwelen, Häuser und Güter; zuletzt verkaufte er sogar das Haus, das er selbst bewohnte, und er mußte eine erbärmliche Wohnung in einem Hof mieten und da mit seiner Frau und seinem Sohn, den sie ihm inzwischen geboren, wohnen. Als ihm gar nichts mehr übrig blieb, sagte ihm seine Frau: »Ich habe dich immer gewarnt und an die Ermahnung deines Vaters erinnert, du hast mir aber kein Gehör geschenkt; wovon sollen wir nun leben? Geh einmal zu deinen Freunden und sieh, ob sie dir etwas schenken.« Ali machte sich auf, ging zu seinen Freunden, von einem zu dem anderen, aber alle kehrten ihm den Rücken und sagten ihm noch manches Unangenehme. Er kehrte bestürzt zu seiner Frau zurück und sagte ihr, es wolle ihm niemand etwas schenken. Die Frau ging hierauf zu einer ihrer Nachbarinnen, mit der sie befreundet war, und schilderte ihr weinend ihre Lage. Die Nachbarin nahm sie freundlich auf und schenkte ihr so viel, daß sie einen Monat davon leben konnte. Als sie damit zu Ali zurückkehrte, sagte er: »Da uns nun gar nichts mehr übrig bleibt, so will ich gehen, wohin mich Gott führt, vielleicht wird er uns helfen.« Er tröstete seine Frau und küßte sein Kind und verließ das Haus, ohne zu wissen, wohin er gehen wolle, und nahm den Weg nach Bulak. Hier fand er ein Schiff, das eben nach Damiet absegeln wollte, er bestieg es und fuhr nach Damiet. Als er ausstieg, begegnete er einem alten Freund seines Vaters, der ihn begrüßte und fragte, wo er hin wolle. Ali sagte: »Nach Bagdad.« Der Mann nahm ihn mit in sein Haus, bewirtete ihn, gab ihm Lebensmittel und einiges Geld, und brachte ihn auf ein Schiff, das nach Syrien fuhr.

Als er in Syrien anlangte und nicht wußte, wohin er sich wenden sollte, begegnete er einem Kaufmann, der ihn bemitleidete und ihn mit in sein Haus nahm. Ali blieb bei ihm, bis er eine Karawane fand, die nach Bagdad reiste; er schloß sich ihr an und Gott flößte einem der Kaufleute dieser Karawane Erbarmen für ihn ein, so daß er ihn während der Reise ernährte. Als die Karawane nur noch einen Tag von Bagdad entfernt war, wurde sie von Straßenräubern überfallen und ausgeplündert; nur wenige von der Karawane konnten durch die Flucht sich retten.

Ali setzte seine Reise nach Bagdad fort und kam bei Sonnenuntergang an, als gerade die Tore der Stadt geschlossen wurden. Er sagte zu den Torwächtern: »Laßt mich noch in die Stadt!« Sie ließen ihn hinein und fragten ihn, wer er sei, und wo er herkomme. Er antwortete: »Ich bin aus Kahirah und hatte viele Maulesel und Waren bei mir, die mir nachkommen sollten; ich bin vorausgereist, um einstweilen eine Wohnung zu mieten, wo ich mich mit meinen Waren niederlassen könnte; da kamen aber Straßenräuber und nahmen meine Maulesel mit den Waren, und ich konnte nur meine Person retten.«

Die Torwächter luden Ali ein, die Nacht bei ihnen zuzubringen, bis er am folgenden Morgen eine Wohnung mieten würde. Ali suchte in seiner Tasche und fand noch einen Dinar von dem Geld, das ihm der Kaufmann in Damiet geschenkt; er gab ihn einem der Torwächter und sagte ihm: »Nimm diesen Dinar und kauf dafür etwas zum Nachtessen.« Der Torwächter nahm das Geld, ging in die Stadt und kaufte Brot und gekochtes Fleisch, das sie miteinander verzehrten, dann legten sie sich schlafen. Am folgenden Morgen ging einer der Torwächter mit Ali zu einem Kaufmann und erzählte ihm, was Ali widerfahren. Der Kaufmann, der in seinem Laden war, ging mit Ali in sein Haus, gab ihm eines seiner Kleider, führte ihn ins Bad und ließ ihm in seiner Wohnung ein Frühstück reichen. Dann sagte er einem seiner Diener: »Gehe mit diesem Herrn und zeige ihm unsere Häuser und gib ihm die Schlüssel des Hauses, das ihm am besten gefällt.« Ali ging mit dem Diener und sah in einem Quartier drei neue verschlossene Häuser. Als er zwei derselben besehen hatte, fragte ihn der Diener, welches von beiden ihm am besten gefiele. Da sagte Ali: »Wem gehört denn dieses große dritte Haus?« »Es gehört auch uns.« »Warum öffnest du es nicht, daß ich es auch besehe?« »Du hast nichts darin zu schaffen, denn es hat noch niemals jemand darin übernachtet, den man nicht den anderen Morgen tot gefunden hätte; wir öffnen nicht einmal die Tür, sondern steigen nur auf die Terrasse der benachbarten Häuser, da sehen wir die Leiche liegen und schaffen sie fort; darum läßt nun mein Herr dieses Haus leer stehen.« »Öffne nur die Tür, daß ich es sehe; hier übernachte ich, und findet man mich tot, so habe ich Ruhe vor meinem Elend.« Der Diener öffnete das Haus, welches unvergleichlich schöner als die übrigen war, und Ali sagte ihm: »Ich will kein anderes als dieses.« Der Diener ging zu seinem Herrn und sagte ihm, der Fremde wolle kein anderes Haus als das große. Der Hausherr begab sich selbst zu Ali, um ihn von seinem Wunsch abzubringen. Als Ali aber darauf bestand und an alle Warnungen sich nicht kehrte, sagte der Hausherr: »Du mußt mir ein Zeugnis geben, daß, wenn dir ein Unglück im Haus begegnet, die Schuld nicht auf mich falle.« Ali willigte ein, und der Hausherr ließ einen Zeugen vom Gericht holen und ließ sich von Ali ein Zeugnis geben; dann überlieferte er ihm die Schlüssel des Hauses. Ali öffnete das Haus und der Hausherr schickte ihm ein Bett, das er auf eine Bank legte. Als er im Hof einen Brunnen mit einem Eimer sah, füllte er ihn, wusch sich und betete und setzte sich eine Weile. Da kam der Diener mit einer Lampe, einem Wachslicht und Waschbecken nebst einem Wasserkrug, und empfahl sich wieder. Ali zündete das Wachslicht an, aß zu Nacht und betete das Nachtgebet. Er dachte dann: »Ich will lieber das Bett hinaufnehmen, als hier im Hof schlafen.« Er ging eine Treppe hinauf und kam in einen großen Saal, dessen Decke vergoldet und dessen Boden und Wände von farbigem Marmor waren. Er legte hier sein Bett zurecht und las ein wenig im Koran. Auf einmal rief jemand: »Ali, Sohn Hasans, soll ich herunterkommen?« Er antwortete: »Wo ist das Gold?« In diesem Augenblicke strömte Gold von oben herunter, bis der ganze Saal voll war. Als der Goldregen aufhörte, sagte dieselbe Stimme: »Schenke mir nun meine Freiheit, daß ich weiterziehe, denn mein Dienst ist nun vollbracht.« Ali sagte: »Ich beschwöre dich bei dem erhabenen Gott, sage mir, was dies zu bedeuten hat?« Die Stimme antwortete: »Dieses Geld ist von frühester Zeit her dir bestimmt; so oft nun jemand dieses Haus betrat, sagten wir: ›Ali, sollen wir herunterkommen?‹ Der Fremde fürchtete sich aber und schrie, da kamen wir herab und brachen ihm das Genick! Da wir nun dich fragten und du uns nach dem Gold fragtest, wußten wir, daß du der rechte Ali bist, dem das Gold gehört! Auch ist noch ein anderer Schatz für dich in der Provinz Jemen aufbewahrt. Nun schenke mir aber meine Freiheit, daß ich meines Weges gehe.« Ali schwor, er werde ihn nicht frei lassen, bis er ihm auch den Schatz von Jemen bringe. Als der Geist gehen wollte, rief Ali ihm nach: »Noch etwas fordere ich von dir: Bringe mir meine Frau und meine Kinder auf eine bequeme Weise hierher, so daß ihnen die Reise gar nicht beschwerlich falle.« Der Geist versprach, sie in drei Tagen mit großem Gefolge und Dienern in einem Tragsessel zu bringen, und ging fort. Ali suchte im Saal einen Platz, um das Gold zu verbergen. Da bemerkte er in einer Ecke des Saales einen Marmorstein mit einer Drehscheibe, und als er daran drehte, schob sich die Platte zurück, und er sah eine Tür, die in eine große Schatzkammer führte,

welche mit neuen Säcken gefüllt war; er legte sein Gold in diese Säcke, schloß die Tür wieder, schob den Marmorstein wieder vor und setzte sich auf die Bank hinter der Tür.

Während er hier saß, kam der Diener des Kaufmanns und klopfte an die Tür des Hauses. Sobald Ali ihm öffnete, lief er nach Haus, um seinem Herrn zu sagen, daß der Fremde sich wohl befände. Sein Herr ging freudig in das Haus und nahm ein Frühstück mit, umarmte und küßte Ali und fragte: »Wie ist es dir gegangen?« »Recht gut; ich habe oben im marmornen Saal geschlafen?« »Hast du nichts gesehen und ist niemand zu dir gekommen?« »Nein, ich habe im Koran gelesen, bis ich eingeschlafen bin, und bin dann bis diesen Morgen nicht mehr erwacht.« Der Kaufmann dankte Gott, ging in sein Haus und schickte Ali Diener und Sklavinnen und Divane, und ließ das Haus reinigen. Ali behielt drei Mamelucken, drei schwarze Sklaven und vier Sklavinnen zu seiner Bedienung, und schickte die übrigen zurück. Auch die übrigen Kaufleute machten ihm allerlei Geschenke, sowohl an wertvollen Gegenständen als an Kleidungsstücken, Speisen und Getränken, nahmen ihn mit sich auf den Bazar und fragten ihn, wann seine Waren ankommen würden, worauf er antwortete, nach drei Tagen. Als die drei Tage vorüber waren, kehrte der Diener des Schatzes, der Ali in der Nacht erschienen war, zurück und sagte ihm: »Mache dich auf und gehe deiner Frau entgegen, die aus Ägypten angekommen und einen Teil des Schatzes aus Jemen mit sich führt, der deine Waren vorstellt.« Ali ging zu den Kaufleuten und sagte: »Kommt, wir wollen zur Stadt hinaus der Karawane entgegengehen; bringt auch eure Frauen mit, daß sie die meinige bewillkommen.«

Sie gingen zusammen in einen der Gärten vor der Stadt, und auf einmal sahen sie einen furchtbaren Staub; sie liefen, um zu sehen, wer komme, und entdeckten viele Maulesel mit Dienern, welche singend und tanzend herbeikamen. Der Führer der Karawane ging dann auf Ali zu und sagte: »Mein Herr, du bist lange vor uns angekommen, weil wir von Straßenräubern drei Tage aufgehalten wurden, vor denen wir uns verbergen mußten, bis sie Gott aus dem Weg schaffte.« Diese Männer und Maulesel und Pferde und Kamele der Karawane waren aber nichts als Genien in Menschen- und Tiergestalt. Die Kaufleute führten nun die Karawane in die Stadt, und die Frauen blieben zurück, um Alis Gattin zu begleiten. Die Männer bewunderten die vielen Waren, womit die Maulesel beladen waren, und die Frauen die prachtvolle Kleidung der Gattin Alis und ihrer Kinder und sagten: »So etwas besitzt der König von Bagdad nicht.« Sie zogen zusammen nach Alis Haus, wo alle Waren abgeladen wurden. Dann aßen und tranken sie miteinander bis nach Mittag, darauf zogen sie sich zurück und ein jeder beschenkte Ali nach seinem Rang und Vermögen, so daß sein ganzes Haus mit Sklaven und Sklavinnen, Zucker, allerlei Getreide und Schafen angefüllt wurde. Er entließ dann die Diener des Schatzes, für welche der Hauseigentümer ihm einen Platz einräumen wollte, sie gingen zur Stadt hinaus und flogen wieder nach ihrem Wohnort.

Des Abend, als der Hauseigentümer sich entfernte, ging Ali in sein Harem, begrüßte seine Frau und fragte sie, wie es ihr seit seiner Abwesenheit gegangen. Sie sagte, sie habe viel gelitten an Hunger und Mangel an Kleidung, er fragte sie dann, wie sie hierher gekommen. Sie antwortete: »Ich schlief gestern Nacht bei meinen Kindern; auf einmal wurde ich mit ihnen wie ein Vogel in die Höhe gehoben; dann wurden wir wieder in ein Lager, wie die Beduinen haben, herabgelassen, da sahen wir zwei große Maulesel mit Tragsesseln beladen und von Führern und Dienern umgeben. Ich fragte: ›Wo sind wir und was gibt es hier?‹ Die Führer antworteten: ›Wir sind die Diener Alis, Hasans Sohn, er schickt uns, um euch zu ihm nach Bagdad zu bringen.‹ Ich fragte, ob der Weg dahin lang oder kurz wäre. Sie antworteten: ›Er ist kurz, er braucht nur diese Nacht dazu!‹ Und, in der Tat! Bei Tagesanbruch waren wir hier.« Er fragte sie dann, wer ihr dies schöne Kleid gegeben. Sie antwortete: »Einer der Führer hat mir eine Kiste, die ein Maulesel trug, geöffnet und mir und den Kindern die Kleider daraus gegeben; er hat dann die Kiste wieder geschlossen und mir den Schlüssel überreicht.« Er fragte sie, ob sie die Kiste kenne, aus der er die Kleider genommen. Sie antwortete: »Recht gut«; und ging mit ihm in das Magazin, wo die Kisten waren, und zeigte sie ihm. Ali öffnete sie und fand darin viele Kleider nebst den Schlüsseln zu allen anderen

Kisten; er nahm sie und öffnete auch die übrigen Kisten und bewunderte die Schätze, die sie enthielten. Es waren Perlen und Edelsteine dabei, wie sie kein König besitzt. Er schloß dann die Kisten wieder und ging mit seiner Frau in den Saal und zeigte ihr auch das Gold, das unter der Marmorplatte war. Sie fragte ihn erstaunt, woher er dies alles habe. Er erzählte ihr seine Geschichte von dem Tag an, wo er Kahirah verlassen, bis zu ihrem Wiedersehen. Da sagte sie: »Das alles hast du deinem Vater zu verdanken, der vor seinem Tod zu Gott betete, er möge dir aus jeder Not helfen. Nun, gelobt sei Gott, der dir mehr wiedergegeben, als du verloren hast! Ich beschwöre dich aber, ja nicht mehr mit leichtsinnigen Menschen umzugehen.« Ali beherzigte die Ermahnung seiner Gattin und betete zu Gott, daß er ihm keine schlechten Genossen mehr zuschicke, die ihn vom Gehorsam gegen ihn abziehen. Er richtete sich dann einen Laden ein, den er mit allerlei Juwelen ausfüllte, und lebte mit seiner Familie in Bagdad äußerst angenehm. Bald hörte der König von ihm und ließ ihn zu sich rufen. Ali ging ins Schloß, nahm vier goldene Schüsseln voll mit allerlei Edelsteinen mit und bot sie dem König als Geschenk an. Als der König diese Juwelen von unschätzbarem Wert sah, nahm er sie an, zeigte sie den Großen des Reiches und sagte: »Wie manche Könige haben schon um die Hand meiner Tochter geworben: Hat je einer mich so beschenkt? Darum habe ich beschlossen, diesem Kaufmann meine Tochter zu geben; was sagt ihr dazu?« Die Ratsherren sagten: »Tue, was dir gut dünkt!« Der König gab die Schüsseln einem Verschnittenen und ging damit zu seiner Frau, erzählte ihr, was er von Ali wußte, und erklärte ihr, daß er wünsche, seine Tochter mit ihm zu vermählen.

Da die Königin sich gern in den Willen ihres Gatten fügte, ließ er am folgenden Morgen Ali und alle Kaufleute von Bagdad vor sich kommen; auch der Kadhi wurde gerufen und beauftragt, den Ehekontrakt zwischen der Prinzessin und Ali zu schreiben. Ali erhob sich aber und sagte: »Verzeihe, o König der Zeit, ich verdiene als Kaufmann nicht, des Königs Schwiegersohn zu werden.« Der König warf ihm aber das Ehrenkleid eines Veziers um, mit den Worten: »Ich ernenne dich zugleich zu meinem Vezier.« Da sagte Ali: »Höre nur ein Wort von mir; wenn du doch deine Tochter vermählen willst, so gib sie lieber meinem Sohn, der 14 Jahre alt ist.« Der König erwiderte: »Laß ihn sogleich holen!« Ali schickte jemanden nach seinem Sohn und als er erschien, verbeugte er sich vor dem König und blieb bescheiden stehen. Der König fand ihn noch schöner als seine Tochter, und fragte ihn nach seinem Namen. »Ich heiße Hasan«, antwortete der Jüngling. Der König befahl dem Kadhi, den Ehekontrakt zwischen seiner Tochter und Hasan zu schreiben. Man trennte sich dann wieder; Ali ritt mit dem Gefolge und den Insignien eines Veziers nach Hause, empfing die Glückwünsche aller Kaufleute und erzählte seiner Frau alles, was vorgefallen.

Am folgenden Tag ließ der König Festlichkeiten auf 30 Tage anordnen, und als diese vorüber waren, feierte Hasan seinen Hochzeitstag und war entzückt über die Schönheit und Anmut der Prinzessin. Der König ließ dann noch zwei Schlösser neben dem seinigen bauen, eines für Ali und das andere für Hasan, so daß sie einander zu jeder Zeit besuchen konnten.

Einige Zeit nachher wurde der König sehr krank, da ließ er die Großen des Reiches versammeln und sagte: »Ich bin dem Tod nahe und wünsche daher, daß ihr bei meinem Leben noch einen anderen König wählet, damit ich ruhig sterbe.« Sie sagten einstimmig: »Wir wählen Hasan, deinen Schwiegersohn!« »Wenn ihr das von Herzen und nicht bloß mir zu Gefallen sagt«, fuhr der König fort, »so erklärt es morgen im Beisein aller Emire, des Großkadhis und der Häupter der Truppen, und huldigt ihm in meiner Gegenwart.« Am folgenden Tage taten sie, was der König verlangte; dieser ließ Hasan rufen und eröffnete ihm, daß er zum Sultan gewählt worden. Hasan wollte, solange sein Vater lebte, nicht König werden; als aber Ali sich weigerte, die Regierung zu übernehmen, verbeugte er sich vor dem König, und dieser ließ ihm huldigen, trat ihm in einem Abdankungsschreiben die Regierung ab und ließ ihn auf den königlichen Thron sitzen. Drei Tage nach dieser Huldigungs-Zeremonie war der König dem Tod nahe; er ließ Hasan zu sich rufen, ermahnte ihn, nach dem Willen Gottes zu herrschen, empfahl ihm seine Tochter und starb. Ali zog ihm das Totengewand an, ließ ihn beerdigen und 40 Tage für ihn den Koran lesen. Nach dieser Trauerzeit lebte Hasan höchst glücklich als ein milder und einsichtsvoller Regent. Sein Vater Ali war der Vezier seiner Rechten und ein anderer tugendhafter Mann der Vezier seiner Linken. Seine Gattin gebar ihm drei Söhne, welche ihm auf den Thron folgten, und auch seine Nachkommen lebten in den gesegnetsten Umständen, bis der Zerstörer aller Freuden sie heimsuchte. Gepriesen sei der, dessen Herrlichkeit ewig dauert!

Abukir und Abusir

In Alexandrien wohnte einst ein Färber, Namens Abukir, neben einem Barbier, welcher Abusir hieß. Jener war ein großer Lügner und Müßiggänger; auch war ihm kein Diebstahl oder sonstiges Verbrechen zu schwer, als wäre sein Herz aus Pfeilern eines jüdischen Tempels gegossen gewesen; sooft ihm jemand etwas zu färben brachte, ließ er sich zuerst den Lohn geben unter dem Vorwand, er habe kein Geld, um Farbmaterialien zu kaufen; er verschwendete ihn aber sogleich für allerlei Leckerbissen; dann verkaufte er auch den Stoff, den er färben sollte, und wenn dessen Eigentümer ihn wieder verlangte, sagte er ihm: »Komme morgen, so früh du willst, findest du deinen Stoff gefärbt.« Kehrte aber der Eigentümer am folgenden Tag wieder, so sagte ihm Abukir: »Ich hatte gestern Abend Gäste, darum konnte ich nichts arbeiten; morgen, so Gott will, sollst du mit mir zufrieden sein.« Am dritten Tag hieß es: »Es tut mir leid, aber meine Frau ist gestern entbunden worden, da konnte ich sie keinen Augenblick verlassen.« So ging das fort mit Entschuldigungen, Versprechungen und Schwüren, bis endlich der Eigentümer ihm sagte: »Ich habe jetzt das viele Versprechen satt, gib mir meinen Stoff ungefärbt wieder.« Da erwiderte Abukir: »Bei Gott, mein Freund, ich schäme mich, die Wahrheit zu gestehen; aber Gott verdamme alle Diebe! Denke, ich hatte deinen Stoff noch an demselben Tag, wo du ihn mir brachtest, ausgezeichnet schön gefärbt und an ein Seil zum Trocknen aufgehängt; als ich aber danach sehen wollte, fand ich ihn nicht mehr.« War nun der Betrogene ein guter Mann, so sagte er: »Gott wird mir etwas anderes dafür schenken!« war er aber nicht so leichtgläubig, so stritt er eine Weile mit ihm, drohte ihn zu verklagen, konnte aber wenig dabei gewinnen. Bald wurde indessen Abukir in ganz Alexandrien so verschrien, daß niemand mehr in seine Werkstätte kam, und nur Fremde oder Leute vom Lande brachten ihm hier und da etwas zu färben. Er hielt sich daher gewöhnlich in der Barbierstube seines Nachbarn auf, zeigte sich nur, wenn jemand Arbeit brachte, verbarg sich aber, so oft man kam, um dieselbe wieder abzuholen.

Eines Tages, als er wie gewöhnlich bei Abusir saß, kam ein Bote vom Kadhi und versiegelte seine Werkstätte. Es hatte nämlich ein Mann, dessen Waren Abukir verkauft hatte, sich an den Kadhi gewendet und ihn gebeten, alles, was in der Werkstätte sich vorfände, verkaufen zu lassen; da sich aber nur ein paar alte Wasserkrüge darin fanden, so ließ er die Werkstätte verschließen. Als Abusir dies sah, sagte er zu Abukir: »Wie kommt's, daß du alles verlierst, was die Leute dir zu färben bringen? Ist etwa deine Werkstätte ein Sammelplatz von Dieben?« »Lieber Nachbar«, erwiderte Abukir, »ich will dir die Wahrheit sagen; mir ist niemals etwas gestohlen worden, sondern ich habe alles verkauft, was mir die Leute zum Färben brachten, weil mein Handwerk so schlecht geht, daß ich vom Färberlohn allein nicht leben kann.« Abusir fing hierauf auch an, über sein Geschäft zu klagen, und sagte: »Sieh, ich bin doch der beste Barbier in der

Stadt, und doch kommen wenig Leute zu mir, weil ich arm bin; darum ist mir auch mein Handwerk zuwider.« Abukir versetzte: »Sowohl dein Geschäft, als das meinige ist gut, nur ist uns der Aufenthalt in Alexandrien nicht günstig; laß uns zusammen in die Welt reisen, wir können uns überall besser als hier ernähren; gedenke der Worte des Dichters:

›Verlasse die Heimat, wenn du nach Ruhm dürstest. Auch gewährt dir das Reisen Zerstreuung, Reichtümer, Wissenschaft und Bildung; scheue nicht Mühe und Sorgen, Trennung und Gefahr: Der Edle stirbt lieber, als daß er in Verachtung lebe zwischen Neid und Bosheit.‹«

Abusir ließ sich von Abukir überreden und schiffte sich mit ihm fast ohne Vorrat nach einem entfernten, ihnen ganz unbekannten Land ein. Zu ihrem Glück war auf dem Schiff, welches 120 Kaufleute trug, kein einziger Barbier, so daß es Abusir nicht an Arbeit fehlte, wofür er von dem einen Geld, von dem anderen Lebensmittel und von dem dritten süßes Wasser erhielt. Ihrer Verabredung gemäß teilte er alles mit Abukir, der seine ganze Zeit auf dem Schiff schlafend oder essend zubrachte.

Der Hauptmann selbst bedurfte auch bald der Dienste des Barbiers und lud ihn samt seinem Freund Abukir zum Abendessen ein. Abukir stellte sich seekrank und bat Abusir, ihm zu gestatten, von dem zu essen, was er gebracht. Er schnitt sich hierauf Stücke herunter, als wären es Steine aus einer Steingrube, und verschlang sie, wie ein Elefant, der mehrere Tage Hunger gelitten; er verdrehte jetzt seine Augen wie ein Werwolf und blies aus der Nase wie ein Stier, der sich mit Stroh und Bohnen gefüllt. Als indessen der Hauptmann nach Tisch ihm eine Schüssel voll Speisen schickte, leerte er auch diese noch, als hätte er noch gar nichts gegessen, und so ging das fort bis zum 20. Tag, wo das Schiff vor einer großen Stadt Anker warf. Abusir mietete ein Zimmer und richtete es für sich und Abukir ein; dieser ließ sich aber sogleich auf den Teppich nieder und schlief wieder, bis ihn Abusir zum Abendessen weckte. Am folgenden Morgen ging Abusir mit seinem Barbierinstrument aus und arbeitete den ganzen Tag über in der Stadt; des Abends teilte er das Geld und die dafür eingekauften Lebensmittel mit Abukir. Am dritten Tag fragte er Abukir, ob er nicht auch ausgehen und sich nach Arbeit umsehen oder wenigstens in der Stadt spazieren gehen wolle; aber Abukir gab vor, er sei noch seekrank, und blieb wieder liegen, bis ihm Abusir den Tisch vorstellte.

So ließ sich Abukir 80 Tage lang von dem Barbier bewirten und dachte nicht daran, selbst etwas zu erwerben. Auch am 81. Tag, als der Barbier krank wurde, regte sich Abukir noch nicht, sondern ließ den Pförtner ihres Hauses alle Arbeit verrichten; erst nach einigen Tagen, als die Krankheit des Barbiers immer zunahm, gefiel es ihm nicht mehr auf seinem Teppich; er nahm daher, während der Barbier bewußtlos da lag, das Geld aus seiner Tasche, schloß die Tür von außen, ging auf den Bazar und kaufte hübsche Kleider, und wandelte wie ein vornehmer Herr gekleidet in der Stadt umher.

Da fiel ihm sehr bald auf, daß alle Bewohner der Stadt entweder weiß oder blau gekleidet waren; er ging daher zu einem Färber, zog sein Taschentuch heraus und sagte ihm: »Was kostet dieses Tuch zu färben?« »20 Drachmen.« »Bei uns färbt man ein solches Tuch für zwei Drachmen.« »So lasse es in deinem Land färben; ich nehme nicht weniger als 20 Drachmen.« »Und wie willst du es färben?« »Welche Frage? Ein Färber färbt das Weiße blau.« »Ich will es aber rot gefärbt haben.« »Das kann ich nicht.« »So färbe es grün.« »Das bin ich auch nicht imstande.« »Nun meinetwegen gelb.« »Ich kann nur blau färben, und kein einziger der 40 Färber, welche hier wohnen, ist geschickter als ich.« »So wisse denn, daß ich auch ein Färber bin, daß ich aber jedem Stoff alle möglichen Farben geben kann; wenn du willst, so arbeite ich bei dir und lehre dich alle Farben; du kannst dann alle übrigen Färbermeister zuschanden machen.« »Es ist uns verboten, einen Fremden aufzunehmen.« »Wenn ich mir aber selbst eine Färberei einrichte?« »Das wird dir auch nicht gestattet werden; es dürfen nur vierzig Färber hier wohnen, und wenn einer stirbt, so tritt immer ein Färbersohn oder ein anderer Verwandter des Verstorbenen an dessen Stelle.« Abukir verließ diesen Färber, begab sich zu einem anderen und erhielt dieselbe Antwort; ebenso zu einem dritten und vierten. Niemand wollte ihn als Gesellen annehmen, noch wollte der Oberste der Färber ihm die Erlaubnis erteilen, ein eigenes Geschäft zu errichten. Da wandte er sich verzweiflungsvoll zum König und sagte ihm: »O König der Zeit, ich bin hier fremd und wünsche mein Handwerk, das eines Färbers nämlich, als Gesell oder Meister hier zu treiben; aber kein hiesiger Meister will mich als Gesellen aufnehmen obschon ich nicht nur blau, sondern auch schwarz, gelb, grün und rot in allen ihren Nuancen zu färben verstehe, noch will man hier gestatten, mich hier als Meister niederzulassen.« Der König antwortete ihm: »Wenn du wahr sprichst, so lasse ich dir eine Färberei einrichten und gebe dir Geld, um die nötigen Materialien zu kaufen, und wagt es ein hiesiger Färber, dir im mindesten etwas in den Weg zu legen, so lasse ich ihn vor die Tür seiner Werkstätte hängen.« Der König schenkte ihm sogleich 1000 Dinare, ein schönes Pferd, ein kostbares Kleid und zwei Mamelucken, wies ihm eine bequeme, gut eingerichtete Wohnung an und befahl den Maurern und Zimmerleuten, eine Färberei nach Abukirs Willen an jedem ihm beliebigen Ort herzurichten. Als dieselbe vollendet war und Abukir die nötigen Farben eingekauft hatte, schickte ihm der König 500 Stücke Tuch; Abukir gab ihnen die verschiedenartigsten Farben und hing sie vor seine Werkstätte zum Trocknen auf; die ganze Stadt versammelte sich bald vor seiner Werkstätte, denn noch nie hatte man vorher einen rot-, grün-, gelb- oder schwarzgefärbten Stoff gesehen; jeder brachte ihm die feinsten Stoffe, um sie färben zu lassen, und belohnte ihn reichlich dafür. Der König war so erfreut über die gefärbten Tücher Abukirs, daß er ihm unermeßliche Geschenke machte und seine Färberei die Königliche Färberei nannte. Alle übrigen Färber kamen und entschuldigten sich bei ihm und wollten bei ihm als Gesellen arbeiten, aber er nahm keinen von ihnen an, sondern arbeitete mit Hilfe vieler Sklaven und Sklavinnen, und wurde bald einer der reichsten und angesehensten Männer der Stadt.

So viel von Abukir. Abusir, welchen er bewußtlos verlassen hatte, blieb drei Tage liegen, bis er wieder zu sich kam; dann seufzte und klagte er so laut,

daß der Pförtner, der ihn hörte, zu ihm ging und ihn nach seinem Freund fragte. Abusir antwortete ihm, er habe seit kurzer Zeit erst sein Bewußtsein wieder erlangt und wisse nichts von ihm. Er griff dann in den Beutel, um sich etwas zu essen kaufen zu lassen, fand ihn aber leer und schloß daraus, daß Abukir mit seinem Geld davongelaufen sei.

Der Pförtner, der Abusirs Verzweiflung sah, bemitleidete ihn, bereitete ihm eine gute Suppe zu und pflegte ihn zwei Monate lang, bis er wieder ganz hergestellt war. Als Abusir zum ersten Male wieder ausging und eine große Masse Menschen vor einer Färberei versammelt sah, fragte er, was hier zu sehen wäre. Man antwortete ihm: »Es ist ein fremder Färber, namens Abukir, hierher gekommen, der nicht nur blau, sondern auch rot, gelb, grün und schwarz färben kann. Jeder bringt ihm nun Arbeit und bewundert die hier aufgehängten Stoffe.« Abusir dachte bei sich selbst: »Gottlob, daß es ihm gut geht! Gewiß hat er mich wegen vieler Beschäftigung vergessen; aber wie wird er sich freuen, wenn er mich, seinen Wohltäter, jetzt wiedersieht.« Als er aber sich der Färberei näherte, sagte ihm Abukir, welcher wie ein Vezier, von vielen Sklaven umgeben, auf einer Bank mit hohen Polstern saß: »Taugenichts, wie oft habe ich dir schon verboten, hier zu stehen? Willst du durch einen Diebstahl mich zuschanden machen?« Dann rief er seinen Sklaven zu: »Ergreift ihn und werfet ihn nieder!« Er nahm dann einen Stock, prügelte Abusir und sagte ihm: »Jetzt geh; sehe ich dich aber noch einmal vor meiner Tür, so werde ich dich bei der Polizei anklagen und dich hängen lassen. Wie oft«, sagte ferner Abukir, zu den erstaunten Umstehenden sich wendend, »hat mich dieser Nichtswürdige schon bestohlen; ich habe den

Leuten ihre Waren ersetzt und dazu geschwiegen, weil ich dachte: ›Es ist ein armer Mann, ich will ihn nicht unglücklich machen‹; nun soll er aber keine Gnade mehr finden, wenn er wiederkehrt.« Abusir entfernte sich mit zerknirschtem Herzen unter den Verwünschungen einer großen Volksmenge nach Hause. Als seine Schmerzen nachgelassen hatten, wollte er ein Bad nehmen. Er fragte jemanden nach einem Badehaus, aber man antwortete ihm, man wisse nicht, was er meine. »Ich möchte«, sagte Abusir, »in ein Haus gehen, wo man sich wäscht und reinigt.« »So gehe in den Fluß.« »Ich will aber in ein Bad.« »Wir wissen nichts von einem Badehaus; wenn wir uns reinigen wollen, so gehen wir in den Fluß; selbst der König weiß von keiner anderen Waschanstalt.« Als Abusir hörte, daß man in dieser Stadt von der Annehmlichkeit eines Bades noch nichts wußte, begab er sich zum König, verbeugte sich vor ihm und sagte: »Ich bin ein fremder Badheizer und habe mit Erstaunen vernommen, daß deine Stadt kein einziges Badehaus besitzt; das befremdet mich sehr von einer sonst so angenehmen Stadt. Ich komme daher, um dir vorzuschlagen, hier ein Badehaus zu errichten.« »Und wie ist denn ein solches Badehaus?« fragte der König. Abusir beschrieb ihm ein Badehaus nach dem Muster der kahirahnischen Badehäuser, und der König wurde so sehr dafür eingenommen, daß er Abusir ein Ehrenkleid, Sklaven, Sklavinnen und Geld schenkte, dann den Baumeistern befahl, ein Badehaus nach dem Plan Abusirs zu bauen. Als das Badehaus vollendet war, sagte Abusir zum König: »Nun fehlen nur noch Divane und Teppiche.« Der König schenkte ihm 10000 Dinare zur Möblierung des Badehauses. Abusir kaufte die schönsten Teppiche, Bettdecken und Handtücher, heizte das Bad, lehrte zehn jungen Mamelucken, wie sie die Gäste waschen, einseifen, abtrocknen und kneipen sollten, ließ drei Tage Jedermann ohne Bezahlung baden und lud dann den König ein, bei ihm zu baden. Abusir bediente den König selbst und zeigte ihm den Schmutz, den er von seinem Körper abrieb und der wie Lampendocht aussah. Nachdem er ihn gewaschen hatte, ließ er ihn in das Bassin steigen, in das er Rosenwasser gegossen hatte; dann legte er ihn in den beräucherten Saal und ließ ihn von den Mamelucken abtrocknen. Der König befand sich in einem Zustand von Behaglichkeit, den er bisher noch nicht gekannt hatte, und sagte zu Abusir: »Wahrlich, meine Stadt wird eigentlich jetzt erst zu einer vollkommenen Stadt! Was wirst du wohl für ein Bad fordern?« »Was der König für angemessen findet.« »Ich glaube, 1000 Dinare für ein solches Bad wäre nicht zu viel.« »Der König verzeihe, mein Bad würde auf diese Weise nicht viel besucht werden, denn es sind nur wenige Leute reich genug, um für ein Bad 1000 Dinare zu geben.« »Nun, welchen Preis willst du denn festsetzen?« »Ich halte es für das Beste, es den Leuten zu überlassen, wie sie mich bezahlen wollen; die Armen werden mir wenig und die Reichen viel geben.« Die Großen des Reiches, welche mit dem König im Bad waren, gaben Abusir ihren Beifall, und der König selbst gestand, daß es so am besten sein würde. »Doch«, sagte er, »wünschte ich, daß der Mann, dem unsere Stadt eine solche Zierde verdankt, reichlich belohnt werde: Darum gebe ihm diesmal jeder von euch 100 Dinare, einen schwarzen und einen weißen Sklaven und eine Sklavin; in Zukunft aber bezahle jeder nach Belieben.« Da an diesem Tage 400 vornehme Leute badeten, erhielt Abusir 40000

Dinare, 800 Sklaven und 400 Sklavinnen; dazu schenkte ihm der König noch 10000 Dinare, zehn weiße und zehn schwarze Sklaven und zehn Sklavinnen. Als Abusir diese Menge Sklaven und Sklavinnen beisammen sah, sagte er zum König: »Eine so zahlreiche Dienerschaft kann wohl von einem mächtigen Regenten unterhalten werden, aber wo soll ich alle diese Leute unterbringen? Woher Speisen, Getränke und Kleider für sie nehmen?« Der König sagte lachend: »Du hast recht; willst du mir deine Sklaven, das Stück für 100 Dinare, verkaufen?« »Recht gern«, erwiderte Abusir. Darauf befahl der König seinem Schatzmeister, Abusir auszubezahlen, und schenkte dann die Sklaven wieder ihren früheren Eigentümern. Abusir dankte dem König, daß er ihn auf eine so edle Weise von den Werwölfen befreit, die nur Gott zu sättigen imstande wäre.

Am folgenden Tag ließ Abusir in der ganzen Stadt bekanntmachen, daß sein Bad Jedermann offen stehe und daß jeder nach Belieben bezahlen könne. Da strömte das Volk in Scharen herbei, das Badehaus war den ganzen Tag gedrängt voll, jeder bezahlte nach seinem Vermögen, und des Abends, als das Bad sich leerte, hatte Abusir eine ganze Kiste voll Geld beisammen. Am dritten Tag, als er hörte, die Königin wolle auch sein Bad besuchen, teilte er den Tag in zwei Teile, bestimmte die erste Hälfte für Männer und die andere für Frauenzimmer, und lehrte einige Sklavinnen, wie sie mit den Badenden umzugehen hätten.

Die Königin war sehr zufrieden mit dem Bad, sie schenkte Abusir 1000 Dinare und vermehrte durch ihre Lobsprüche noch den Zudrang zu Abusirs Badehaus. Eines Tages begab sich auch des Königs Schiffer ins Bad, diesen nahm Abusir mit besonderer Auszeichnung auf, bediente ihn selbst, reichte ihm nach dem Bad Sorbette und Kaffee und weigerte sich, von ihm auch das geringste anzunehmen. Als Abukir von einem neuen Badehaus allenthalben mit Entzücken sprechen hörte, wandelte auch ihn die Lust an, wieder einmal zu baden. Er zog eines seiner schönsten Kleider an, setzte sich auf einen Maulesel und ritt von acht Sklaven begleitet ins Bad. Als er Abusir sah und ihn als den Herrn des Badehauses erkannte, sagte er ihm: »Ist das recht, daß du mich nie aufgesucht, während doch die ganze Stadt meinen Namen und meine Färberei kennt und ich sogar bei dem König in großem Ansehen stehe? Ich meinerseits habe allenthalben nach dir gefragt und meine Sklaven nach dir ausgeschickt, konnte aber nirgends Nachricht von dir erhalten.« Abusir erwiderte: »War ich nicht bei dir? Da behandeltest du mich, als wäre ich ein Dieb.« Abukir stellte sich höchst betrübt und sagte: »So warst du es, den ich für den Spitzbuben hielt, der mir schon so viele Waren gestohlen? Er hat die vollkommenste Ähnlichkeit mit dir, aber warum gabst du dich mir nicht zu erkennen? Darum mußt du mir verzeihen, hättest du nur deinen Namen genannt, so wäre eine solche Verwechslung nicht möglich gewesen.« Abusir erwiderte: »Gräme dich nicht länger, es ist vorüber, es war so von Ewigkeit her über mich verhängt.« »Und wieso«, fragte Abukir, »bist du zu einer solchen Herrlichkeit gelangt?« Abusir erzählte ihm, wie er, nachdem er gesehen, daß man in der ganzen Stadt noch kein Badehaus besitze, dem König den Vorschlag gemacht, ein solches zu errichten, und wie er dadurch zu großem Ansehen und vielen Reichtümern gelangte. Als Abukir sein Bad genommen hatte, sagte er zu Abusir: »Dein Bad ist sehr schön und bequem eingerichtet, nur etwas fehlt noch!« »Und das wäre?« fragte Abusir. »Eine Salbe«, antwortete Abukir, »welche die Haare am Körper ausfallen macht; ich will dir sagen, wie diese Salbe zubereitet wird, du kannst sie dann, wenn der König wieder dein Bad besucht, ihm anbieten, er wird dir sehr dankbar dafür sein und dich noch mehr lieben und ehren.« »Du hast recht«, sagte Abusir, »die darf in einem Bad nicht fehlen; darum will ich sie heute noch zubereiten.«

Abukir verließ hierauf seinen Freund, bestieg sein Maultier, ritt in das königliche Schloß und sagte zum König: »Ich habe dir einen Rat zu erteilen, großer König; wisse, daß, wenn du wieder in das neue, hier errichtete Bad gehst, dein Leben gefährdet ist; der Fremde, dem du so viele Wohltaten erwiesen, ist dein Feind und hat dieses Bad aus keiner anderen Absicht errichtet, als um dich zu vergiften; seine Frau und seine Kinder sind als Gefangene bei dem Sultan der Christen, der ihnen ihre Freiheit versprochen, wenn du durch ihn umkommst.

Auch ich war bei diesem Sultan als Gefangener, er gewann mich aber wegen meiner Geschicklichkeit in der Färberei so lieb, daß er mich in meine Heimat zurückkehren ließ; Abusir aber wurde zurückgehalten, bis er versprach, dich zu vergiften. Darum hat er hier ein Badehaus errichtet und eine giftige Salbe zubereitet, die er dir gegen die Haare am Körper empfehlen wird; sobald du aber Gebrauch davon machst, wird er entfliehen, um mit seiner Gattin und seinen Kindern in seine Heimat zurückzukehren.«

Als der König dies hörte, entbrannte sein Zorn gegen Abusir, und um sich von der Wahrheit zu überzeugen, ritt er sogleich ins Bad. Abusir entkleidete sich, um den König wie gewöhnlich selbst zu bedienen, und als er ihn angeseift und abgewaschen hatte, sagte er: »O König, ich habe eine Salbe verfertigt, die alle häßlichen Haare ohne Schmerz ausrottet, darf ich dich damit einreiben?« Der König antwortete: »Bring sie her!« Als Abusir sie brachte und der König sie sehr übelriechend fand, zweifelte er nicht mehr daran, daß er vergiftet werden sollte; er rief daher seinen Mamelucken zu: »Ergreift diesen Mann und fesselt ihn.« Die Mamelucken vollzogen des Königs Befehl, und niemand wagte es, ihn nach der Ursache seines Zorns gegen Abusir zu fragen. Der König kleidete sich dann wieder an und ging ins Schloß, ließ Abusir vor sich kommen, übergab ihn seinem Schiffer und sagte diesem: »Nimm einen großen Sack, lege zwei Zentner ungelöschten Kalk hinein und stecke diesen Verbrecher dazu; erscheine dann in einem Nachen vor meinem Palast, und auf meinen Wink bindest du den Sack zu und wirfst ihn ins Wasser, damit dieser Übeltäter zugleich verbrenne und ertrinke.« Der Schiffer entfernte sich mit Abusir und fuhr nach seinem Häuschen, welches auf einer kleinen Insel gerade dem Schlosse gegenüber lag. Hier angelangt, sagte er zu Abusir: »Ich erinnere mich der Ehre, die du mir erwiesen, als ich vor einiger Zeit dein Bad besuchte und möchte mich jetzt gern erkenntlich zeigen. Aber sage mir zuerst, was du verbrochen hast, daß der König einen so abscheulichen Tod über dich verhängt?« »Bei Gott! Ich habe nichts verbrochen«, antwortete Abusir. »Nun«, sagte der Schiffer, »du warst reich und angesehen, gewiß hat dich jemand beneidet und beim König verleumdet; aber so Gott will, sollst du gerettet werden; ich habe die freundliche Aufnahme nicht vergessen, die ich bei dir gefunden, darum will ich dich hier verbergen, bis ein Schiff nach deiner Heimat segelt, statt deiner aber einen großen Stein zum Kalk in den Sack binden, um den König zu täuschen. Doch will ich dir hier ein Netz geben; du mußt während meiner Abwesenheit fischen, denn ich bin heute wegen dieses Vorfalls verhindert worden, und muß doch Fische für die königliche Küche liefern.« Der Fischer fuhr hierauf mit einem Sack voll Kalk und einem großen Stein vor das königliche Schloß und fragte den König, der am Fenster saß, ob er ihn ins Wasser werfen sollte; der König winkte ihm bejahend mit der Hand, ließ aber bei dieser Bewegung seinen Siegelring fallen, durch dessen Zauberkraft er mit einer einfachen Handbewegung jeden Feind töten konnte. Er schwieg aber, denn nur wegen dieses Ringes war er so gefürchtet, und hätte er gesagt, daß ihm sein Ring ins Wasser gefallen, so wäre im Augenblick ein Aufstand gegen ihn ausgebrochen.

Abusir fischte inzwischen mit vielem Glück; er hatte kaum sein Netz einige Male ausgeworfen, als er schon einen ganzen Haufen voll Fische vor sich liegen hatte. Da dachte er: »Ich will nun, da ich schon lange keine Fische gegessen habe, mir auch einen Fisch backen.« Er nahm daher einen großen, fetten Fisch und schnitt ihn mit einem Messer, das er bei sich hatte, auf; aber siehe da! Das Messer blieb im Schlund stecken, denn dieser Fisch hatte den Zauberring des Königs aufgefangen. Abusir nahm den Ring heraus und zog

ihn an, ohne dessen Tugenden zu kennen. Da kamen zwei Diener des Leibkochs, um die Fische zu holen, und fragten Abusir nach dem Schiffer; Abusir antwortete: »Ich weiß nicht«, und machte dabei eine kleine Bewegung mit der Hand. Dies genügte, um die beiden Diener leblos hinzustrecken. Abusir war sehr erstaunt, als er beide zugleich hinstürzen sah, und während er über die Ursache ihres plötzlichen Todes nachdachte, kam der Schiffer und sah die beiden Leichen und den Zauberring am Finger Abusirs. Da rief er ihm schnell zu: »Bewege deine Hand nicht, sonst bin ich des Todes, wie diese beiden Diener! Woher hast du den Ring an deinem Finger?« »Ich habe ihn in einem Fisch gefunden.« »Wisse, es ist des Königs Zauberring, ich habe gesehen, wie er ihn ins Wasser fallen ließ; jetzt kannst du ohne Furcht wieder mit mir in die Stadt kommen, denn mit einer einzigen Bewegung deines Fingers liegt der Kopf des Königs vor deinen Füßen.« Abusir freute sich sehr, als er dies hörte, stieg wieder in des Schiffers Nachen und ließ sich vor dem königlichen Schloß ausschiffen. Der König saß bestürzt wegen des Verlustes seines Ringes mitten unter seinen Vezieren und Heerführern, und fuhr zusammen, als er Abusir unangemeldet hereintreten sah. »Wie kommst du daher?« fragte der König; »bist du nicht ertrunken?«

Abusir antwortete dem König: »Dein Schiffer, dem ich einst einige Dienste im Bade geleistet, hat mich gerettet, weil er wohl einsah, daß ich ein Opfer des Neides werden sollte, und statt meiner einen Stein ins Wasser geworfen. Während dies aber geschah, fischte ich vor seiner Hütte, und als ich einen Fisch für mich backen wollte, fand ich deinen Zauberring darin. Ich komme daher, um dir ihn wiederzugeben, und glaubst du wirklich, daß ich den Tod verdiene, so sage mir nur, was ich verbrochen habe, ich will dann gern meine Strafe tragen.« Als hierauf Abusir den Ring vom Finger nahm und ihn dem König überreichte, umarmte ihn dieser und sagte: »Du bist wohl der beste und rechtschaffenste Mensch auf Erden, kein zweiter hätte mir nach dem, was zwischen uns vorgefallen, den Ring wiedergegeben; verzeihe mir nur das Übel, das ich über dich verhängen wollte.« »Wenn ich dir verzeihen soll«, sagte Abusir, »so erkläre mir die Ursache deines grausamen Befehls.« »Bei Gott!« sagte der König, »ich kann nicht mehr an deiner Unschuld zweifeln; ich hätte auch nie einen Verdacht gegen dich gehabt, aber der Färber Abukir hat mich gewarnt und mir gesagt, du wolltest mich vergiften, um die Deinigen aus den Händen des Sultans der Christen zu befreien.« »Großer König!« rief Abusir, »ich weiß nichts von einem Christenkönig, war nie im Land der Ungläubigen und habe weder Weib noch Kind.« Er erzählte ihm dann, wie der Färber Abukir so verräterisch seit ihrer Abreise von Alexandrien gegen ihn gehandelt hatte, bis er ihm zuletzt den treulosen Rat gab, eine Haarsalbe für den König zu verfertigen. »Aber wisse, o König!« setzte er hinzu, »diese Salbe ist durchaus nicht schädlich und wird bei uns in jedem Bad gebraucht; ich will vor deinen Augen an mir selbst die Beweise davon geben. Auch kannst du, um dich von allem zu überzeugen, den Pförtner des Chans, in welchem ich mit Abukir wohnte, und die Gesellen, von denen er mich schlagen ließ, verhören.« Der König ließ sogleich den Pförtner des Chans, die Gesellen und Abukir selbst, letzteren gefesselt, barfuß und mit entblößtem Haupt vor sich kommen, und da die Aussage Abusirs von dem Pförtner und den Gesellen bestätigt wurde, ließ er Abukir in einen Sack mit Kalk binden und ins Wasser werfen. Abusir aber, dem der König jeden Wunsch zu gewähren versprach, erbat sich ein Schiff, um in seine Heimat zurückzukehren. Der König schenkte ihm ein eigenes Schiff mit Matrosen, die seine Mamelucken wurden, und ließ es mit den kostbarsten Gegenständen anfüllen. Er steuerte nach Alexandrien und als er hier landete, sah einer seiner Mamelucken einen zugebundenen Sack am Ufer liegen und meldete es seinem Herrn, Abusir öffnete den Sack und fand darin den Leichnam Abukirs, welchen das Meer hier ausgeworfen hatte, er zog ihn heraus und ließ ihn beerdigen und ihm einen Grabstein setzen. Abusir überlebte seinen Genossen noch um einige Jahre und als er starb, wurde er neben ihm begraben, und ihre Grabstätte wurde früher »Abukir und Abusir« genannt, später wurde dieser Platz nur »Abukir« genannt.

Zeitmond und Morgenstern

Ein sehr reicher Kaufmann – sein Name war Abd Arrahman – hatte einen so schönen Sohn und eine so schöne Tochter, daß er ersteren Zeitmond und letztere Morgenstern nannte. Er fürchtete so sehr die List, den Neid und die Bosheit der Menschen, daß er seine Kinder bis zu ihrem 14. Jahre nicht ausgehen ließ; auch nahm er keinen fremden Lehrer ins Haus, sondern unterrichtete selbst mit seiner Frau seine Kinder im Schönschreiben, Koranlesen, Mathematik und anderen Wissenschaften. Als aber Zeitmond das 14. Jahr erreicht hatte, sagte seine Mutter zu Abd Arrahman: »Wie lange willst du deinen Sohn noch von der Welt trennen? Das geht wohl für ein Mädchen, aber ein Knabe muß unter Menschen leben; drum nimm ihn mit dir auf den Bazar, mache ihn mit deinen Freunden bekannt und lehre ihn den Handel. Wer weiß, ob dir nicht einmal etwas zustößt; läßt du ihn immer zu Hause eingesperrt, so wird ihn niemand als deinen Sohn anerkennen wollen, und nach deinem Tode wird sich die Regierung deine hinterlassenen Reichtümer zueignen; selbst meine Tochter möchte ich nicht länger so abgeschlossen lassen; man soll sie sehen und von ihr sprechen, vielleicht findet sich ein ebenbürtiger junger Mann, der um sie anhält.« Abd Arrahman erwiderte: »Nur meine allzu große Liebe zu meinen Kindern ist die Ursache ihrer Abgeschlossenheit; ich fürchte das böse Auge.« -»Vertraue auf Gott«, versetzte seine Gattin. »Wer unter seinem Schutze steht, hat kein Leid zu fürchten; nimm nur heute deinen Sohn mit!« Abd Arrahman ließ sich überreden und nahm seinen Sohn in einem höchst zierlichen Kleid mit auf den Bazar. Zeitmond war an diesem Tag so reizend, daß, wer ihn sah, bei ihm stehen blieb und ihn küßte. Zu Abd Arrahmans großem Ärger drängten sich immer mehr Leute zu ihm; der eine rief: »Heute ist eine neue Sonne auf dem Bazar aufgegangen«; der andere: »Heute hat sich neuer Mond gezeigt.« Abd Arrahman vermochte nichts gegen die Lobpreisungen des Volks und verwünschte nur immer seine Gattin, welche ihn beredet hatte, Zeitmond mitzunehmen.

Unter den vielen Leuten, welche Zeitmond bewunderten, war auch ein reisender Derwisch, welcher den Jüngling lange betrachtete und viele Verse rezitierte; dann näherte er sich Zeitmond und schenkte ihm einige Blumen. Abd Arrahman griff in die Tasche und gab ihm, in der Hoffnung, ihn dadurch zu entfernen, einige Drachmen; aber der Derwisch setzte sich auf den erhöhten Platz des Ladens vor Zeitmond hin, hörte nicht auf, ihn anzusehen und dabei zu seufzen und zu weinen. Alle Leute hefteten mit Erstaunen ihre Augen auf ihn; die einen riefen: »Kein Derwisch taugt etwas!« die andern: »Der Derwisch ist sterblich verliebt in den Knaben!« Abd Arrahman aber ärgerte sich so sehr darüber, daß er zu seinem Sohne sagte: »Komm, wir wollen den Laden schließen und nach Hause gehen, wir haben für heute genug gehandelt.« Dann hieß er den Derwisch aufstehen, schloß den Laden und ging nach Hause.

Aber der Derwisch folgte Abd Arrahman mit vielen Leuten bis vor seine Haustür. Da wendete er sich um und fragte ihn: »Was willst du, Derwisch, und warum weinst du so?« Er antwortete: »Ich möchte diese Nacht dein Gast sein; nimm mich auf, denn ich bin ein Gast Gottes!« »Du bist mir willkommen!« antwortete Abd Arrahman, dachte aber bei sich: »Ich werde aufpassen, und erlaubt er sich die geringste Unanständigkeit gegen meinen Sohn, so bringe ich ihn um.« Er führte ihn in ein Gemach, hieß Zeitmond ihm Gesellschaft leisten, sagte ihm aber vorher: »Setze dich neben den Derwisch und scherze mit ihm. Ich werde durch die Öffnung von oben herunter zusehen und ihn töten, wenn er dir zu nahe tritt.« Der Derwisch hörte nicht auf, zu weinen und Zeitmond anzusehen, ohne ihn jedoch zu berühren, bis das Nachtessen aufgetragen wurde. Einige Zeit nach dem Essen ging Abd Arrahman weg und sagte seinem Sohn: »Schlafe du beim Derwisch, vielleicht bedarf er deiner in der Nacht.« Als aber der Derwisch für dieses Anerbieten dankte und beteuerte, er schlafe immer ganz ruhig nach dem Gebet, war Abd Arrahman überzeugt, daß er ihm durch seinen Verdacht sehr Unrecht getan.

Am folgenden Morgen bat er den Derwisch, ihm doch zu sagen, warum er seinen Sohn stets mit Tränen in den Augen angesehen. Nach einigem Zögern begann der Derwisch: »Wisse, ich kam letzten Freitag des Morgens nach Baßrah, da fand ich alle Läden geöffnet, ohne daß sich ein Mensch sehen ließ; auch zeigte sich in keiner Straße weder eine Katze noch ein Hund; vor den Bäckerläden lag frisches Brot, in den Kaffeehäusern stand die Kaffeepfanne auf den Kohlen, und in den Trinkhäusern waren die Tische mit Sorbetten gefüllt, aber nirgends war eine lebende Seele anzutreffen. Ich aß und trank, soviel ich Lust hatte, und dachte: ›Sonderbar, wo sind wohl die Bewohner dieser Stadt mit ihren Hunden und ihren Katzen hingekommen? Es ist, als wäre auf einmal alles ausgestorben oder in der größten Angst entlaufen, ohne sich Zeit zu nehmen, die Läden zu schließen.‹ Während ich so über diese wunderbare Erscheinung nachdachte, hörte ich auf einmal eine Trommel schlagen; da fürchtete ich mich und verbarg mich schnell in einem Haus, wo ich durch eine Wandritze auf die Straße sehen konnte. Ich hatte mich kaum zurückgezogen, da sah ich 40 Paar Mädchen ganz unverschleiert vorüberziehen; dann folgte eine Dame zu Pferd, ebenfalls unverschleiert, welche so schön war, daß ich vor Liebe fast wahnsinnig wurde; das Pferd konnte kaum

die Füße bewegen, so schwer war es und die Dame, die es trug, mit Gold, Silber und Edelsteinen beladen; zu ihren beiden Seiten, vor und hinter ihr ritten Mädchen mit gezogenen Schwertern, deren Griff von Smaragd war. Als die Dame mir gegenüber war, hielt sie still und sagte zu den Mädchen: ›Ich höre hier im Laden ein Geräusch; seht einmal nach, ob sich nicht ein Mann darin verborgen hat, um uns unverschleiert zu sehen.‹ Die Mädchen gingen in den Laden, gerade dem Haus, in welchem ich verborgen war, gegenüber, und kamen eine Weile darauf mit einem Mann heraus, dem sie auf den Befehl der Dame den Kopf abschlugen, der auf der Straße liegen blieb. Ich fing an, für mein Leben zu zittern, doch konnte ich meinen Blick nicht von der Dame entfernen, die zu meinem Glück, ohne mich zu bemerken, vorüberzog. Als sie eine Weile vorüber war, kehrten alle Leute wieder zu ihren Geschäften zurück; ich erkundigte mich nach der schönen Dame, aber niemand konnte mir Auskunft über sie geben. So verließ ich Baßrah mit einer feurigen, hoffnungslosen Liebe im Herzen, welche durch die große Ähnlichkeit, die dein Sohn mit meiner Geliebten hat, wieder frische Tränen meinen Augen entlockte.«

Zeitmond, welcher diese Erzählung mit anhörte, beschäftigte sich so sehr mit der Dame, welche den Derwisch so entflammte, daß er die ganze Nacht nicht schlafen konnte und am folgenden Morgen seinen Vater bat, ihn gleich anderen Kaufmannssöhnen mit Waren auf Reisen zu schicken. Abd Arrahman sagte ihm: »Andere Kaufleute schicken ihre Söhne mit Waren von der Heimat weg, um mehr Geld zu gewinnen; ich bin aber so reich und genügsam, daß ich dessen nicht bedarf. Wie könnte ich übrigens die Trennung von dir ertragen, da ich keine Stunde ohne dich leben kann? Auch wäre ich wegen deiner ausgezeichneten Schönheit schon allzu sehr besorgt für dich.« Zeitmond erwiderte aber: »O Vater, ich muß einmal reisen, und wenn du mir keine Waren gibst, so entfliehe ich so.« Als Abd Arrahman dies hörte, sprach er mit seiner Gattin darüber, welche ihm sehr zuredete, Zeitmond wie andere Kaufmannssöhne reisen zu lassen. Er ließ ihm daher für 90000 Dinare Waren zusammenpacken, und seine Gattin gab ihm noch 40 Edelsteine, von denen der geringste 500 Dinare wert war, mit denen er sich bald auf den Weg nach Baßrah machte.

Die ganze Reise lief glücklich ab, bis er nur noch einige Meilen weit von Baßrah war, da wurde er von einem räuberischen Beduinenstamm überfallen, die ganze Karawane wurde ausgeplündert, seine Leute wurden getötet und er selbst wurde von den Räubern für tot gehalten. Als sie sich aber mit ihrem Raub entfernt hatten, machte er sich auf und ging, Gott für seine Rettung und die Erhaltung seiner Edelsteine, welche er in einem Gürtel auf dem Leib trug, dankend, in die Stadt. Es war auch an einem Freitag, und er fand die Stadt in demselben Zustand, wie der Derwisch sie ihm beschrieben hatte; bald kam auch der Mädchenzug, welchen er aus dem Winkel eines Ladens, in welchem er sich schnell verbarg, sehen konnte, und auch seiner bemächtigte sich eine glühende Liebe zur Dame, welche zu Pferd war.

Als der Zug vorüber war und die Leute wieder auf die Straße und in ihre Läden kamen, ging Zeitmond auf den Bazar der Juweliere und verkaufte einen der vierzig Edelsteine, welche ihm seine Mutter gegeben, kaufte sich schöne Kleider, 40 ins Bad und von da zu einem Barbier, um sich den Kopf rasieren zu lassen. Diesem erzählte er, wie er bei seiner Ankunft die ganze Stadt leer gefunden und bald darauf einen Zug Mädchen gesehen habe, von denen besonders eine zu Pferd wegen ihrer ausgezeichneten Schönheit einen tiefen Eindruck auf ihn gemacht. »Mein Sohn«, rief der Barbier erschrocken, »hüte dich, mit irgend jemandem darüber zu sprechen, denn nicht alle Leute sind so verschwiegen wie ich; wie leicht könnte zuletzt die Dame erfahren, daß du sie unverschleiert gesehen, und dich umbringen lassen. Denn wisse, daß du der erste bist, der diesen Zug gesehen hat; die Bewohner Baßrahs ziehen sich jeden Freitag zu dieser Stunde in ihre Moscheen zurück und schließen vorher ihre Hunde und Katzen ein, so daß die Straßen ganz leer sind. Warum aber all dies geschieht, weiß ich selbst nicht; ich will einmal diesen Abend es versuchen, etwas Näheres bei meiner Frau darüber zu hören, denn sie kommt in die vornehmsten Häuser und weiß alle Stadtneuigkeiten; morgen will ich dir dann alles wieder erzählen.«

Zeitmond nahm eine Handvoll Gold aus der Tasche und gab es dem Barbier für seine Frau, dann eine zweite für ihn selbst. Als der Barbier das viele Gold sah, sagte er zu Zeitmond: »Ich will sogleich nach Hause gehen und meine Frau um Auskunft über den sonderbaren Zug der Mädchen bitten; bleibe du einstweilen hier in meinem Laden, bis ich wiederkehre.« Nach einer Weile kam der Barbier wieder zu Zeitmond und sagte ihm: »Meine Frau läßt dich grüßen und bittet dich, selbst zu ihr zu kommen; sie wird alles aufbieten, um dir in deinem Anliegen behilflich zu sein.« Zeitmond ging mit dem Barbier und wurde von dessen Gattin sehr freundlich aufgenommen. Er schenkte ihr wieder 100 Dinare und bat sie, ihm zu sagen, wer die schöne Dame war, welche hinter den vielen Sklavinnen ritt, und was überhaupt dieser ganze Zug bedeute. Da sagte sie: »Wisse, mein Sohn, der König von Indien hat dem Sultan von Baßrah eine so außerordentlich schöne Perle geschenkt, daß dieser sogleich alle Juweliere aus der Stadt kommen ließ und sie fragte, wer diese Perle durchlöchern wollte, ohne sie im mindesten zu beschädigen. Wer dies vermag, sagte der Sultan, der darf wünschen, was er will, es soll ihm nichts versagt werden; wer aber etwas daran verletzt, soll getötet werden.

»Kein einziger Juwelier wagte es, diese Arbeit unter solchen Bedingungen zu übernehmen; sie sagten daher dem Sultan: ›So sicher ist niemand in seiner Arbeit, als unser Vorgesetzter Abid; der allein kann ohne Gefahr eine solche Perle durchlöchern.‹ Der Sultan ließ Abid rufen und übergab ihm die Perle, und als er sie unbeschädigt wiederbrachte, sagte ihm der Sultan: ›Nun, welchen Lohn erbittest du dir?‹ ›Ich werde es morgen dem Sultan sagen‹, antwortete Abid; ›ich will einmal zuerst mit meiner Gattin mich darüber beraten‹; denn er liebt sie so sehr, daß er nichts ohne sie tut; sie verdient auch wohl eine solche Liebe, denn sie ist die Dame zu Pferd, die dir so gut gefällt.

Als Abid seine Gattin fragte, was er vom Sultan fordern sollte, sagte sie ihm: ›Da uns gar nichts fehlt, so bitte den Sultan, er soll ausrufen lassen, daß jeden Freitag zwei Stunden vor dem Gebet sich alle Bewohner der Stadt in die

Moschee zurückziehen sollen, damit ich mit meinen Mädchen unverschleiert ausreiten könne; daß, wer sich aber an einem Fenster oder auf der Straße blikken lasse, meinem Schwert verfalle.‹ Abid begab sich am folgenden Tag wieder zum Sultan und trug ihm seinen Wunsch vor, den ihm auch der König, seinem Versprechen gemäß gewährte. Da aber die Leute fürchten, Hunde und Katzen möchten ihnen ihre Waren in den offenen Läden verderben, sperren sie auch diese Tiere ein, ehe sie in die Moschee gehen. Nun weißt du«, fuhr die Gattin des Barbiers fort, »wer diese Dame ist; willst du aber mit ihr bekannt werden, so sage mir, ob du nicht etwa einige Kostbarkeiten bei dir hast.« »O ja«, erwiderte Zeitmond, »ich habe allerlei Edelsteine bei mir, von 500 bis 1000 Dinaren das Stück.« »Gut«, versetzte die Frau des Barbiers, »wenn du einige derselben zu opfern bereit bist, so kannst du zu deinem Ziel gelangen. Geh einmal zuerst mit einem Stein, welcher 500 Dinare wert ist, zu Scheich Abid, dem Obersten der Juweliere, und sagte ihm, er soll dir einen Siegelring daraus machen; du gibst ihm sogleich 20 Dinare Arbeitslohn und jedem seiner Gesellen einen Dinar, bleibst eine Weile bei ihm sitzen und unterhältst dich mit ihm; kommt ein Bettler, so schenke ihm einen Dinar; zeige dich überhaupt recht freigebig, damit alle Leute im Hause dich lieb gewinnen. Dann komme morgen wieder mit 100 Dinaren zu mir, da wollen wir das Weitere beraten.«

Zeitmond befolgte genau den ihm erteilten Rat, und Abid war so für ihn eingenommen, daß er den Edelstein mit nach Hause nahm, um ihn selbst nach Zeitmonds Wunsch zu schleifen. Dies tat er nur bei Arbeiten, an denen ihm sehr viel gelegen war und die er allein verrichtete, damit keiner seiner Gesellen es absehe und anderen Meistern verrate. Als er an dem Siegelring arbeitete, kam seine Frau in die Werkstätte und fragte ihn, wem dieser Ring gehöre, der eines Königs würdig wäre. »Er gehört einem fremden Kaufmannssohn«, antwortete Abid, »der ebenso schön und wohlgebildet ist, als edel und freigebig; wenn ich nicht fürchtete, dich zu beleidigen, so würde ich sagen, er ist noch 1000-mal schöner als du.« Abid fuhr dann wie ein recht einfältiger Gatte, fort, Zeitmond solange zu loben, bis seine Gattin sich immer mehr zu ihm hingezogen fühlte. Als der Ring fertig war, ergriff sie ihn und legte ihn an, und da er ihr gerade paßte, sagte sie zu Abid: »Der Ring gefällt mir so gut, daß ich ihn für mich behalte, ich nehme ihn nicht mehr vom Finger.« »Habe Geduld«, erwiderte Abid, »der Jüngling ist sehr edel, vielleicht verkauft er mir ihn, oder vielleicht hat er noch einen ähnlichen Stein, den ich dann für dich herrichte.«

Am folgenden Morgen begab sich Zeitmond zum Barbier, schenkte ihm wieder 100 Dinare und bat seine Frau um weitere Verhaltungsmaßregeln. »Wenn dir heute Abid den Ring bringt«, sagte des Barbiers Frau, »so tue, als wenn du ihn anziehen wolltest, und sagte, er sei dir zu eng; wenn er ihn dir dann erweitern will, so sage: ›Lasse ihn, wie er ist, schenke ihn einer deiner Sklavinnen und mache mir einen anderen aus einem besseren Stein.‹ Du gibst ihm dann einen Edelstein, welcher 700 Dinare wert ist, bezahlst ihm 30 Dinare für den Siegelstecher voraus und schenkst jedem Arbeiter zwei Dinare. Morgen komme dann wieder mit 200 Dinaren zu mir, da will ich dir sagen, was du ferner zu tun hast.« Zeitmond begab sich hierauf in den Laden Abids und tat, wie ihm des Barbiers Frau geraten. Abid konnte eine solche Freigebigkeit gar nicht fassen; freudig ging er nach Hause, gab seiner Frau Zeitmonds Ring und erzählte ihr, wie edel sich Zeitmond gegen ihn benommen. »Dieser Jüngling«, fuhr er dann fort, »kann unmöglich ein Kaufmannssohn sein; er ist gewiß irgendein fremder Prinz.« Hierauf zog er dann den zweiten Stein aus der Tasche und arbeitete daran, bis der Ring fertig war. Seine Gattin zog ihn wieder an und wünschte auch diesen zu behalten; aber Abid sagte ihr: »Habe Geduld, vielleicht verkauft er mir ihn.« Am dritten Tag, als Zeitmond wieder zum Barbier mit 200 Dinaren kam, sagte ihm dessen Frau: »Wenn Abid dir heute den zweiten Ring bringt, so sage, er sei dir zu weit, er solle dir, um nicht wieder zu irren, das Maß nehmen; schenke ihm auch den zweiten Ring für eine seiner Sklavinnen und gib ihm einen Edelstein, welcher 1000 Dinare wert ist, 40 Dinare für den Siegelstecher und drei Dinare für jeden Arbeiter. Komme dann morgen wieder zu mir mit 300 Dinaren, ich werde dich bald ans Ziel führen.«, Zeitmond befolgte wieder pünktlich, was ihm des Barbiers Frau geraten. Als daher Abid wieder zu seiner Gattin kam, konnte er gar nicht aufhören, seine Freigebigkeit und sein edles Benehmen zu loben; auch von seinen äußeren Reizen sprach er wieder so viel, daß seine Gattin ihm sagte: »Wenn dieser Jüngling wirklich so ist, wie du ihn schilderst, warum hast du ihn nicht auf diesen Abend eingeladen? Eine solche Ehre verdient doch wohl ein Mann, der dir zwei so kostbare Ringe schenkt? Lade ihn nur morgen ein, und wenn er es nicht annehmen will, so schwöre bei deinem Haupt und bei deinen Augen, bis er dir zu kommen verspricht.«

Zeitmond kam diese Einladung nicht unerwartet, denn schon hatte die Frau des Barbiers gesagt, daß Abid ihn wahrscheinlich einladen werden und daß er natürlich seine Einladung nicht abschlagen dürfe. Abids Gattin stand hinter ihrem Gitter, als Zeitmond zum Abendessen kam, und der Blick, den sie auf ihn warf, überzeugte sie, daß ihr Gatte in seinem Lob noch sehr bescheiden war. Als daher die Mahlzeit vorüber war und eine Sklavin den beiden Männern Kaffee bringen sollte, mischte sie einen Schlaftrunk hinein, so daß sie gleich darauf in einen tiefen Schlaf versanken. Sie ging dann in das Gemach, in welchem die Männer waren, umarmte Zeitmond und küßte ihn so viel, daß er beim Erwachen des anderen Morgens im ganzen Gesicht rote und blaue Flecken hatte. Als er sich bei Abid darüber beklagte, sagte er ihm: »Das kommt von den Schnaken, die fallen stets die jungen, glattwangigen Gäste an, welche bei mir schlafen, bärtigen Männern wie ich aber tun sie nichts.«

Nachdem Zeitmond auch noch bei Abid gefrühstückt hatte, begab er sich zur Frau des Barbiers, welcher sogleich sein verküßtes Gesicht auffiel. Sie fragte ihn: »Nun, wie hast du die Nacht zugebracht? Bist du am Ziel deiner Wünsche? Erzähle mir doch, was du gesehen!« »Ich habe gar nichts gesehen«, antwortete Zeitmond; »ich habe mit Abid allein zu Nacht gegessen, dann schliefen wir bis diesen Morgen.« »Und was hast du denn an deinen Wangen und Lippen?« fragte lachend des Barbiers Frau. »Die Schnaken haben mich so gestochen diese Nacht.« »Und sonst ist dir gar nichts aufgefallen?« fragte sie ferner. »O ja«, antwortete

Zeitmond; »ich fand diesen Morgen einiges Spielzeug in meinen Taschen und weiß nicht, wo es herkommt.« »Nun«, fragte die Ratgeberin, »ich will dir sagen, was das bedeutet. Deine Geliebte hat dich diese Nacht im Schlaf besucht und dir damit angedeutet, daß du noch ein Kind bist und nicht viel von Liebe verstehst, sonst würdest du nicht schlafen; drum bleibe das nächste Mal wach, denn ich bin es überzeugt, sie wird ihren Gatten bewegen, dich noch einmal einzuladen; ist dies der Fall, so komme morgen wieder zu mir mit 500 Dinaren. Du bist nun deinem Ziel sehr nahe.« Die Frau des Barbiers hatte sich nicht getäuscht, denn kaum war Zeitmond aus Abids Hause weggegangen, als er zu seiner Gattin ging und ihr sagte, wie sein Gast so von Schnaken geplagt wurde, daß er sich schäme. »So geht es allen Gästen«, erwiderte sie, »welche in diesem Saal schlafen; darum lade ihn auf heute Abend wieder ein, vielleicht kann er in einem anderen Gemache besser schlafen.« Abid widersprach seiner Frau nicht, und auch diese Nacht verging wieder wie die vorige, nur daß Zeitmond diesmal beim Erwachen statt des Spielzeugs ein Messer in seiner Tasche fand. Er begab sich daher nach dem Frühstück wieder zu seiner Alten und erzählte ihr, wie die Nacht gelaufen, und wie er trotz aller seiner Anstrengung doch, sobald er den Kaffee getrunken hatte, sich nicht mehr wach halten konnte. »Gott stehe dir bei«, sagte die Alte, »wenn du diesen Abend wieder eingeladen wirst und einschläfst, denn durch das Messer bedroht dich deine Geliebte mit dem Tod. Wenn dir also dein Leben teuer ist, so trinke keinen Kaffee, denn dieser scheint mit einem einschläfernden Getränk vermischt zu sein.«

Auch diesmal sagte die Frau des Juweliers zu ihrem Mann, nachdem Zeitmond sich entfernt hatte: »Es ist Sitte, einen Gast drei Tage lang zu bewirten, darum lade auch heute noch den jungen Kaufmann ein.« Der Juwelier eilte in Zeitmonds Wohnung und beschwor ihn, auch diese Nacht noch sein Gast zu sein, was er auch nicht ablehnte. Es wurde wie in den beiden ersten Nächten gespeist und gebetet; als aber nach der Mahlzeit die Sklavin den Kaffee brachte, sagte ihr Zeitmond: »Gib mir ein wenig Wasser, ich habe Durst.« Während sie aber ging, um den Wasserkrug zu holen und der Juwelier seinen Kaffee schlürfte, goß Zeitmond den seinigen aus, stellte sich aber, um seine Geliebte zu täuschen, als schliefe er, bis sie mit einem Messer auf ihn zukam. Da sprang er lachend auf und umarmte sie. »Du hast gewiß eine schlaue Ratgeberin«, sagte die Frau des Juweliers, »denn so viel List ist nicht deinem jungen Gehirn entsprungen; weiter als bis zu einer so kurzen Vereinigung reicht aber gewiß auch ihr Verstand nicht. Mir genügt aber weder eine Nacht, noch ein Monat, noch ein Jahr deiner Nähe; ich muß dich für immer besitzen, ich muß von meinem Mann geschieden werden und dir noch sein ganzes Vermögen verschaffen, folge nur meinem Rat.«

Abids Gattin sagte weiter zu Zeitmond: »Wenn mein Gatte dich wieder einladet, so danke ihm und sage, du möchtest ihn nicht länger von seinem Harem trennen, du müßtest gewiß auf diese Weise ihm und seinem Harem zur Last werden; will er häufig in deiner Gesellschaft sein, so miete er dir eine Wohnung in seiner Nähe, damit du zu jeder Stunde in der Nacht noch in dein Haus geben könntest. Überbringt mir dann mein Gatte«, fuhr die Frau fort, »deine Antwort, so rate ich ihm, unserem Nachbarn aufzukündigen und seine Wohnung dir einzuräumen, und bist du einmal unser Nachbar, so wird mir Gott schon ferner beistehen.« Nach dieser Unterredung küßten und umarmten sie sich, bis der Tag heranbrach, dann entfernte sich die Frau, und die Sklavin weckte Abid, welcher sich freute, als Zeitmond ihm sagte, er sei diese Nacht nicht von Schnaken beunruhigt worden. Als des Abends Abid wieder zu Zeitmond kam, um ihn abzuholen, sagte dieser, was Abids Gattin ihm geraten, und Abid bat ihn, nur diese Nacht noch bei ihm zuzubringen, morgen wolle er ihm eine Wohnung in seiner Nähe mieten. Diese Nacht verging wieder, wie die vorige, Abid lag wie eine Leiche hingestreckt, während dessen Gattin mit Zeitmond sich aufs zärtlichste unterhielt. Am folgenden Morgen wurde dem Nachbar aufgekündet und Zeitmonds Effekten in dessen Haus gebracht. Abids Gattin ließ dann, während ihr Gatte ausgegangen war, einen geschickten Baumeister kommen und bot ihm so viel Geld, bis er sich dazu verstand, einen geheimen Gang in das nachbarliche Haus anzubringen. Sobald er vollendet war, begab sie sich zu Zeitmond, so oft ihr Gatte auf dem Bazar oder eingeschlafen war, und schleppte ihm auch nach und nach viel Geld und wertvolle Gegenstände zu. Nach einigen Tagen brachte sie ihm ein Messer, das ihr Gatte selbst verfertigt hatte und das über 500 Dinare wert war, und sagte ihm: »Geh damit auf den Bazar zu meinem Gatten, erzähle ihm, du habest dieses Messer für 300 Dinare gekauft und möchtest wissen, ob es nicht zu teuer ist. Fragt er dich, von wem du es gekauft hast, so sage, von einem jungen Mann, welcher dir erzählte, seine Geliebte habe es ihm geschenkt. Sobald du ihm aber das Messer gezeigt hast, gehst du damit wieder nach Hause und gibst mir es an der geheimen Tür, wo ich dich erwarten will.« Zeitmond tat, wie seine Geliebte wünschte; Abid, welcher sogleich sein Messer erkannte und es doch nicht zu sagen wagte, wurde so bestürzt, daß er Zeitmond kaum zu antworten imstande war, er hatte auch keine Ruhe mehr im Laden, sondern wollte, um jeden Zweifel zu tilgen, nach Hause gehen und sehen, ob sein Messer noch an seinem Platz sei. Aber schon war Zeitmond vor ihm zu Hause und gab seiner Gattin das Messer zurück. Als daher Abid es forderte, übergab sie es ihm und fragte ihn, was er damit wolle und warum er so angegriffen aussehe, er werde doch wohl niemanden umbringen wollen? »Zeige mir nur das Messer, ich schwöre dir, daß ich niemandem etwas damit zuleide tue.« Da holte sie das Messer aus der Kiste, er betrachtete es auf allen Seiten und rief. »Bei Gott, sonderbar«, und gab es ihr wieder zurück. Dann beschwor sie ihn, ihr zu sagen, was das bedeute; und als er ihr erzählte, was sie wohl wußte, stellte sie sich beleidigt und sagte: »Du konntest also meine Treue bezweifeln und dazu noch glauben, ich verschenke meinem Liebhaber, was dir gehört?« Abid entschuldigte sich auf alle mögliche Weise, bis sie sich wieder besänftigte. Am folgenden Tag, als er wieder auf dem Bazar war, brachte sie Zeitmond ihres Gatten Uhr, welche 700 Dinare wert war, denn er hatte sie selbst mit den feinsten Steinen verziert, und sagte ihm: »Geh zu Abid und erzähle ihm, du habest von demselben jungen Mann, der dir das Messer verkauft hat, auch diese Uhr gekauft und frage ihn, ob sie nicht für 580 Dinare zu teuer sei, dann bringe mir sie schnell wieder.« Zeitmond befolgte treulich den Befehl seiner Geliebten, und als Abid seine Uhr sah, dergleichen gar kein anderer Meister je verfertigt hatte, stiegen neue Zweifel gegen seine Gattin in ihm auf, er eilte schnell nach Hause und fragte ganz atemlos nach seiner Uhr. Seine Frau, welcher sie Zeitmond schon wieder zurückgebracht hatte, überreichte sie ihm und fragte, was er auf einmal damit wolle, und als er ihr gestand, daß er sie im Verdacht hatte, weil er sie bei Zeitmond gesehen, überschüttete sie ihn wieder mit Vorwürfen über sein Mißtrauen und sagte: »Wäre also die Uhr oder das Messer aus unserem Haus entwendet worden, so müßte ich sie meinem Geliebten geschenkt haben? Wenn du so fortfährst, werde ich weder deine Speise, noch dein Getränk mehr mit dir teilen und dich in der Tat hassen.« Abid tat, was er konnte, um seine Gattin wieder zufriedenzustellen, und ging wieder auf den Bazar. Des Abends, als er allein nach Hause kam, fragte ihn seine Gattin, ob die Freundschaft zwischen ihm und Zeitmond schon erkaltet sei, daß er ihn nicht mitgebracht? Er antwortete: »Ich hasse ihn, weil er die Veranlassung zu meinem ungerechten Verdacht gegen dich war.« »Hole ihn nur«, sagte seine Gattin, »du bist es meiner Ehre schuldig.« Abid ging zu Zeitmond und fiel fast in Ohnmacht, als er vieles, was ihm gehörte, in dessen Zimmer umherliegen sah; indessen wagte er es nicht, ein Wort zu sagen, und bat ihn, den Abend wieder bei ihm zuzubringen. Zeitmond mußte bei Tisch allein das Gespräch unterhalten, denn Abid war so tief ergriffen, daß er nicht viel Worte hatte. Nach dem Abendessen wurde wieder der Kaffee gebracht, worauf Abid in einen tiefen Schlaf versank, während Zeitmond die Nacht mit dessen Gattin durchwachte.

Nachdem Abids Gattin Zeitmond genug geküßt hatte, sagte sie ihm: »Morgen werde ich mich als Sklavin verkleiden, das kann ich sehr gut, denn ich war ja einst Sklavin, du führst mich dann zu Abid und sagst, du habest mich auf dem Sklavenmarkt für 1000 Dinare gekauft, er möchte sehen, ob du nicht zu viel für mich gegeben. Wenn er mich unverschleiert gesehen hat, so führst du mich wieder in dein Haus, aus welchem ich mich sogleich in meine Wohnung begebe; ich will einmal sehen, wie Abid sich dabei benehmen wird; diese List führt uns am schnellsten zu unserm Ziele.« Abid wurde fast wahnsinnig, als er die Sklavin betrachtete und sie als seine Frau erkannte, und den Schmuck an ihr sah, welchen er ihr selbst geschenkt hatte, sogar seine Ringe an den Fingern hatte, die er nicht mit anderen verwechseln konnte; noch größer war seine Verzweiflung, als er sie nach ihrem Namen fragte, und sie ihren wahren Namen, Halimah, nannte. In aller Eile schloß er den Laden und ging nach Hause, um zu sehen, ob seine Gattin zu Hause sei, aber als er in seine Wohnung trat, saß sie schon wieder ruhig da mit demselben Schmuck, den er bei ihr als Sklavin gesehen. Voller Verwunderung rief er: »Es gibt keinen Schutz und keine Macht, außer bei Gott, dem Erhabenen!« »Was ist dir wieder?« fragte ihn seine schlaue Gattin, »du siehst ja aus, als hättest du den Verstand verloren.« Abid erzählte ihr, wie er geglaubt habe, sie als Zeitmonds Sklavin auf dem Bazar zu sehen. »Und warst du es nicht«, setzte er hinzu, »so hat diese Sklavin die größte Ähnlichkeit mit dir, nicht nur ihr Wuchs und Gesicht sind ganz dem deinigen gleich, sondern sie trägt auch denselben Halsschmuck und dieselben Ringe wie du.« »Wenn du noch einigen Verdacht hast«, entgegnete Halimah, »und etwa glaubst, ich wolle dich zum besten haben, so will ich hier in meinem Zimmer bleiben, eile du zu Zeitmond. Findest du dieselbe Sklavin wieder bei ihm, so hat sie eben die auffallendste Ähnlichkeit mit mir, – gepriesen sei der, dem nichts zu vergleichen ist! – findest du sie aber nicht bei ihm, so will ich jene Sklavin gewesen sein, die du auf dem Bazar gesehen.« Abid beteuerte zwar, er habe nicht den mindesten Verdacht mehr, ließ sich aber von Halimah überreden, sich durch einen plötzlichen Besuch bei Zeitmond noch näher von seinem Irrtum zu überzeugen. Ehe er aber zu seiner Haustür hinaus war und an der Zeitmonds klopfte, war Halimah durch den geheimen Gang schon bei diesem und benachrichtigte ihn von allem, so daß Abid wirklich an eine vollkommene Ähnlichkeit zwischen seiner Gattin und Zeitmonds Sklavin glaubte und sich bei Halimah, welche wieder vor ihm in ihr Haus zurückgekehrt war, vielmals entschuldigte. Als er hierauf wieder in seinen Laden ging, begab sich Halimah zu Zeitmond mit vier Beuteln voll Gold und sagte ihm: »Jetzt bereite alles zur Reise vor, in einigen Tagen müssen wir diese Stadt verlassen und in deine Heimat reisen, denn ich sehe, daß trotz aller Eifersucht er mich doch immer mehr liebt und sich nicht scheiden läßt. Schaffe zuerst all dein Geld und deine anderen wertvollen Gegenstände fort, die ich dir gebracht; dann gehe zu meinem Gatten, melde ihm deine Abreise und frage ihn, was du für die Hausmiete schuldig bist, dann komme wieder zu mir.« Abid war sehr betrübt über Zeitmonds Abreise, und vom Augenblick an, wo er Nachricht davon erhielt, verließ er Zeitmond keinen Augenblick mehr, und stets fand er seine Gattin als Sklavin bei ihm, wenn er auch einen Augenblick vorher sie in seinem Haus gesehen hatte. Als Zeitmond alle Vorkehrungen zur Abreise getroffen hatte, sagte ihm Halimah: »Du hast nun alles, was meinem Mann gehört; es bleibt ihm nur noch eine Sklavin, die ich ihm aber auch nicht lassen will; ich werde mich daher unzufrieden mit ihr stellen und ihn nötigen, sie zu verkaufen; du kaufst sie ihm ab und wir nehmen sie auch mit, denn sie ist meine Vertraute und hat mir stets mit vieler Treue und Anhänglichkeit gedient.« Da auch diese List gelang, so wurde es der schlauen Frau möglich, mit ihrem Geliebten und ihrer Sklavin abzureisen, ohne daß ihr Gatte, der Zeitmond noch eine Strecke weit begleitete, auch nur eine Ahnung von ihrer Flucht hatte, denn als er sein Haus verließ, saß sie noch ruhig in ihrem Gemach, und schon saß sie in Zeitmonds Hof auf dem Dromedar, als Abid zu ihm kam. Erst als Abid von Zeitmond Abschied genommen hatte, um nach Hause zurückzukehren, fürchtete Halimah, er möchte, wenn er sie nicht zu Hause fände, ihr nachsetzen; darum schlug sie mit Zeitmond einen anderen Weg ein und blieb mit ihm auf unbefahrenen Straßen, bis sie die Grenzen Ägyptens erreichten. Hier schickte Zeitmond einen Boten voraus an seinen Vater, welchem er seit seiner Abreise keine Nachricht von sich gegeben hatte, und der daher ein höchst betrübtes Leben führte. Er war außer sich vor Freude, als er seines Sohnes Rückkehr vernahm, und ging ihm mit vielen Kaufleuten entgegen. Nachdem er seinen Sohn umarmt und geküßt hatte, fragte er ihn, woher er die schöne Sklavin habe, welche mit ihm gekommen. »Sie ist keine Sklavin«, antwortete Zeitmond, »sie ist meine Geliebte, die schöne Dame,

um derentwillen ich nach dem Bild, welches der Derwisch von ihr entwarf, meine Heimat verlassen.« Er erzählte ihm dann, als er allein mit ihm war, alle seine Abenteuer vom Tag seiner Abreise an und teilte ihm seinen Entschluß mit, Halimah für seine Gattin auszugeben. Da sagte Abd Arrahman: »Wenn du das tust, so werde ich dir nie mehr gut sein; bedenke, daß sie einst ebenso gegen dich verfahren kann, wie gegen ihren ersten Gatten. Sie ist eine Verräterin, und verdient daher kein Vertrauen. Gehorche mir, ich will dir eine tugendhafte Frau aus angesehener Familie verschaffen, die noch schöner sein wird, als Halimah, und mir und dir Ehre macht; es ist besser, als daß man sage: ›Zeitmond hat ein Mädchen aus niederer, unbekannter Familie geheiratet.‹«

So fuhr Abd Arrahman fort, seinen Sohn zu umarmen und ihm allerlei Verse und Anekdoten von lasterhaften Frauen zu erzählen, bis er in eine Trennung von Halimah willigte und seinem Vater erlaubte, eine andere Frau für ihn zu werben. Letzterer ließ sogleich Halimah und ihre Sklavin in ein abgelegenes Haus bringen und gestattete nur einem Schwarzen den Zugang zu ihnen, um sie mit den nötigen Lebensbedürfnissen zu versehen. Für seinen Sohn aber ließ er um die Tochter des Scheich El Islam werben, welches das schönste Mädchen ihrer Zeit war und welche ihm auch seines Ansehens und seiner Reichtümer willen nicht versagt wurde. Der Ehe-kontrakt wurde bald geschrieben und große Festlichkeiten wurden veranstaltet. Mehrere Tage nacheinander wurde eine große Mahlzeit zubereitet, zu der zuerst die Geistlichen, dann die übrigen Gelehrten und Staatsmänner, dann die Kaufleute und zuletzt die Armen geladen waren. Unter den letztern bemerkte Zeitmond plötzlich seinen Freund Abid in einem höchst ärmlichen Aufzug. Er hatte sich nämlich auf die Reise nach Ägypten gemacht, sobald er nach Hause kam, seine Haustüre offen und seinen Schatz geleert fand und seine Frau nirgends zu sehen war. Um indessen kein Aufsehen zu machen und seinen Feinden keine Schadenfreude zu verursachen, sagte er zu dem Obersten seiner Gesellen, er mache mit seiner Gattin in Gesellschaft Zeitmonds eine Vergnügungsreise, trug ihm aber, falls Fremde oder der König von Baßrah nach ihm fragen sollten, auf, ihnen zu sagen, er sei mit seiner Gattin nach Mekka gepilgert. Abid hatte aber auf der Reise dasselbe Schicksal, wie Zeitmond auf seiner Reise nach Baßrah; er wurde von Arabern angefallen und ausgeplündert. Er mußte ganz nackt bis in das nächste Dorf laufen, wo ihm einige gute Leute ein paar alte Kleider schenkten. Er reiste dann mit geschenktem Vorrat weiter von Ort zu Ort und kam so hungrig in Kahirah an, daß er auf den Straßen bettelte, bis ihn ein Kahirahner mit zur öffentlichen Tafel nahm. Sobald Zeitmond ihn bemerkte, machte er leise seinen Vater darauf aufmerksam. Dieser sagte ihm: »Der Mann ist sehr hungrig, lasse ihn vor allem sich sättigen, dann wollen wir ihn zu uns rufen lassen.« Sobald Abid gegessen und Kaffee und Sorbet getrunken und sich gewaschen hatte, ließ Zeitmond ihn zu sich kommen, umarmte ihn und weinte an seinem Hals. Aber Abd Arrahman sagte ihm: »So empfängt man keinen Freund; lasse ihn zuerst ins Bad gehen und andere Kleider anziehen, dann unterhalte dich mit ihm.« Er ließ hierauf Abid von einem seiner Diener wegführen, und nach einer Weile kehrte er wieder und sah aus wie der Oberste der Kaufleute. Zeitmond stellte ihn dann seinen Bekannten als einen alten Freund und Wohltäter vor und erzählte ihnen, daß er von Arabern ausgeplündert worden und es daher seine Pflicht sei, sich seiner anzunehmen. Als aber die Gäste sich zurückgezogen hatten und sie allein mit ihm waren, sagte ihm Abd Arrahman: »Du wirst wohl selbst einsehen, daß deine Frau viel schuldiger ist als mein Sohn, und ihm daher nicht grollen; bedenke aber auch, daß alle Männer mehr oder weniger von ihren Frauen sich gefallen lassen müssen. Ich rate dir daher, ihr zu verzeihen; schon bereut sie ihr Betragen gegen dich und wird gewiß in Zukunft dir treu sein. Was das verlorene Geld angeht, so gräme dich darüber nicht, ich will dir es gern ersetzen und auch für alles Nötige zur Reise sorgen, falls du mit ihr in deine Heimat zurückkehren willst; ziehst du es aber vor, hier bei uns zu bleiben, so wollen wir dir deinen Aufenthalt so angenehm als möglich machen. Hier hast du den Schlüssel des Hauses, in welches ich sie allein mit ihrer Sklavin eingeschlossen habe, weil ich wohl dachte, daß der Gatte einer so schönen Frau ihr bald nachfolgen würde. Gehe zu ihr, tue ihr aber nichts zuleid und versöhne dich mit ihr.« Abid nahm den Schlüssel und ging in das Haus, welches ihm Abd Arrahman bezeichnete. Dieser aber folgte ihm unbemerkt mit einem Schwert und beschloß bei sich selbst, ihn umzubringen, wenn er schwach und gemein genug sein würde, sich mit einer so schlechten Frau wieder zu versöhnen. Als Abid in das Haus seiner Gattin kam, hörte er im Vorzimmer, wie sie über Zeitmonds Verehelichung mit einer anderen laut weinte. Ihre Sklavin sagte ihr: »Warum hast du meiner Warnung kein Gehör geschenkt? Ich habe dir oft genug gesagt, dein Verhältnis mit dem fremden Jüngling wird ein schlechtes Ende nehmen.« Darauf versetzte Halimah: »Noch gebe ich nicht alle Hoffnung auf; Zeitmond kann sich nicht immer von mir trennen, er wird schon wieder zu seiner früheren Liebe zurückkehren, so wie ich ihn niemals aus meinem Herzen verbannen werde.«

Bei diesen Worten trat Abid in ihr Zimmer und erwürgte sie; dann wendete er sich zur Sklavin und sagte ihr: »Von dir kommt alles Übel, du warst ihre Vertraute, warum hast du mich nicht von ihrem schlechten Lebenswandel in Kenntnis gesetzt? Auch du sollst sterben!« Sobald indessen Abid diese doppelte Mordtat begangen hatte, fing er an zu fürchten, Abd Arrahman möchte ihn, weil es in seinem Haus geschah, darüber zur Rede stellen. Aber dieser kam ihm freundlich entgegen und sagte ihm: »Fürchte nichts, du hast als Mann gehandelt. Hättest du deiner Frau verziehen und fortgefahren, mit ihr als Gatte zu leben, ich hätte euch alle mit eigener Hand aus der Welt geschafft! Nun sollst du aber, wenn es dir angenehm ist, zum Lohn für dein männliches Betragen meine Tochter Morgenstern zur Gattin haben; sie ist 1000-mal schöner als Halimah und so tugendhaft und wohlerzogen, daß du nie etwas Schlimmes von ihr zu befürchten

hast.« Abid nahm dieses Anerbieten mit Dank an und fand in der Hochzeitnacht, daß Abd Arrahman nicht zu viel von der Schönheit seiner Tochter gesagt hatte. Den Leuten aber sagte man, Abid habe zwei Sklavinnen von Baßrah mitgebracht, die bald nach ihrer Ankunft gestorben.

Nach einiger Zeit sehnte sich Abid nach seiner Heimat, wo er noch sein Geschäft und viele Häuser und Güter zurückgelassen hatte, und bat daher seinen Schwiegervater, ihm zu erlauben, auf einige Zeit nach Baßrah zu reisen. Abd Arrahman sah mit Freude, daß Abid seine Heimat nicht vergessen hatte, und erbot sich sogar, ihm seine Tochter mitzugeben. »Wird aber«, sagte Abid, »deine Tochter gern ihre Heimat und ihre Familie verlassen?« »Bei uns«, antwortete Abd Arrahman, »haben die Frauen keinen anderen Willen, als den ihres Mannes; man weiß auch daher bei uns nichts von Ehescheidung, ja, es verheiratet sich sogar keine Frau zum zweiten Male, wenn ihr erster Gatte stirbt.« Abid reiste also mit seiner Gattin nach Baßrah, wo er, sobald man nicht mehr zu befürchten hatte, jeden Freitag eingesperrt zu werden, überall eine freundliche Aufnahme fand; auch der König verzieh ihm seine Abreise ohne Urlaub, sobald er die Ursache derselben erfuhr. Nach fünf glücklichen Jahren starb Abid. Da wollte der König seine Witwe heiraten. Sie weigerte sich aber, der Sitte ihres Landes gemäß, und bat den König um Erlaubnis, in ihre Heimat zurückzukehren. Der König ließ sie von seinem Vezier mit einem starken Geleit nach Ägypten bringen, wo sie bei ihrem Vater als Witwe ihr Leben beschloß.

So sind eben die Frauen verschieden: Die eine buhlt noch beim Leben ihres Mannes mit einem fremden Jüngling, und die andere weist nach dem Tod ihres Gatten noch die Hand eines Königs zurück. Wer glaubt, alle Frauen seien einander gleich, der ist im Gehirn nicht recht gesund!

Die Abenteuer Alis und Zahers aus Damaskus

Ali, der Sohn Zahers, erzählte einst dem Kalifen Abdul Malik, dem Sohne Merwans: Wisse, o Fürst der Gläubigen Gott erhalte dich in deiner Frömmigkeit, mein Vater Zaher aus Damaskus war ein sehr reicher Mann und stand in so großem Ansehen, daß die höchsten Staatsbeamten ihm häufig nachstehen mußten; er lebte lange kinderlos und hatte manche schlaflose Nacht, wenn er dachte, daß alle seine gesammelten Schätze nach seinem Tod an Fremde übergehen würden. Eines Nachts, so erzählte mir mein Vater selbst, sah ich im Traum eine weibliche Gestalt, schöner als der Mond, vor mir herwandeln, die mir mit einem Korallenmund freundlich zulächelte und dabei eine Perlenschnur enthüllte, deren Glanz sich bis zu den Wolken erhob; auch ihre Stirn leuchtete wie der Halbmond, aber ihre Haare hingen wie die schwarze Nacht über ihren Nacken herunter; ihre Wangen, welche Anemonen glichen, belebten ein Paar Gazellenaugen, welche von Augenbrauen wie von einem Bogen umwölbt waren. Ganz entzückt rief ich aus: »Gepriesen sei der edle Schöpfer! Bist du, meine Herrin, ein Mensch oder ein Genius? Denn ich habe in meinem Leben kein so schönes Weib gesehen.« Sie antwortete: »Wo denkst du hin! Seit wann sehen Genien mir gleich? Ich stamme von den besten Menschen her; mein Name ist Farha; ich bin die Tochter des Königs Mutaa, des Gebieters der Korallenstadt, welche auf einer Insel des schwarzen Meeres nahe am grünen Meer liegt. Meine Vaterstadt wird wegen ihrer vielen Perlen, Korallen, Saphire und anderer Edelsteine von vielen Kaufleuten besucht, die ihr allerlei Lebensmittel dagegen bringen. Da ich aber keinen von allen schön genug fand, um ihn zu meinem Gatten zu wählen, machte ich mit der Einwilligung meines Vaters eine Reise, um einen Mann zu suchen, der würdig ist, mein Gebieter zu werden. Du bist aber der einzige, dessen Frau ich sein möchte!«

Ich fragte sie hierauf: »Und wo kann ich dich finden, um dich zu heiraten?« Sie antwortete: »In der Residenz meines Vaters, des Königs Mutaa, auf der Koralleninsel.« Mit diesen Worten verschwand sie, und ich erwachte und konnte die ganze Nacht nicht mehr einschlafen. Sobald Gott den Morgen hereinbrechen ließ, befahl ich meinen Dienern, Geld und Waren zusammenzupacken und alles Nötige zu einer Reise nach Bagdad herbeizuschaffen. Mein Traum beschäftigte mich so sehr, daß alles in größter Eile geschehen mußte. Um nicht aufgehalten zu werden, ließ ich einen Teil meines Vermögens zurück und setzte einen Verwalter darüber. In Bagdad vertauschte ich meine Waren gegen andere, die in Indien am gangbarsten sind, und nach zehn Tagen bestieg ich ein Schiff, das nach Indien segelte. Der Wind war anfangs so günstig, daß, als es den Hafen verließ, es einem Pfeil glich, der aus dem Bogen fliegt. Drei Monate lang war unsere Fahrt glücklich; aber am ersten Tage des vierten Monats wurde auf einmal der ganze Himmel schwarz, die Wellen spielten hin und her, das Meer schäumte, der Wind blies bald von der einen, bald von der anderen Seite. Die Schiffsleute fingen an, laut zu weinen und den erhabenen Gott anzurufen; aber plötzlich kamen vier Wellen von vier verschiedenen Seiten her und zerschlugen das Schiff in 1000 Trümmer, so daß alle Schiffsleute in den Abgrund des Meers versanken. Mir gelang es indessen, mich an ein Brett festzuklammern, das die Wellen drei Tage lang umhertrieben; am vierten Tag aber legte sich der Wind und die See wurde ruhiger. Da flehte ich Gott um Rettung an, und siehe da! Ein schönes Schiff mit großen Segeln steuerte auf mich zu, und als es dicht vor mir war, rief ein Mann von sehr ehrwürdigem Aussehen den Schiffsleuten zu: »Nun haben wir unseren Zweck erreicht; werft diesem Unglücklichen eine Strickleiter zu!« Ich ergriff die Leiter, die mir die Matrosen zuwarfen, und bestieg das Schiff, fiel aber vor allzu großer Freude über meine unerwartete Rettung in Ohnmacht und blieb bewußtlos liegen bis nach Sonnenuntergang. Als ich die Augen wieder öffnete, sah ich vor mir einen goldenen Leuchter mit zwei Wachskerzen von Mannesgröße mit Ambra und Aloeholz besteckt, welche, so oft die Flamme sie berührte, die edelsten Wohlgerüche verbreiteten; daneben saß auf einem griechischen Teppich ein Jüngling in golddurchwirkte Seide gekleidet, von einem goldenen, mit vielen Edelsteinen besetzten Gürtel umwunden und mit einem grünen smaragdenen Szepter in der Hand. Geblendet von so vielem Glanz schlug ich verlegen wieder die Augen nieder; aber der Jüngling, der dies bemerkte, sagte mir: »O Zaher, was setzt dich so sehr in Verlegenheit? Wisse, daß wir dich schon zehn Tage auf allen Bergen und Meeren suchen; außer uns segeln noch neun Schiffe deinetwillen umher, alle abgesandt vom mächtigen König Mutaa, Beherrscher der Koralleninsel. Gottlob, daß wir dich gefunden haben, denn der König hat dem, der dich ihm bringt, 10000 Dinare versprochen.« Höchst erstaunt über diese Worte, sagte ich: »Ich beschwöre dich bei Gott, sage mir, woher wußtest du, daß ich hierherkommen würde und wie kennst du meinen Namen?« Er antwortet mir: »Wisse, ich bin ein Adjutant des Königs Mutaa und wurde von ihm nach Syrien gesandt, um dich zu holen. Da hörte ich, du seist nach Bagdad gereist; ich reiste dir nach, vernahm aber, daß du dich nach Indien eingeschifft; später hörte ich,

das Schiff, auf dem du dich befandest, sei verunglückt, da berichtete ich es dem König Mutaa, welcher sogleich zehn Schiffe auslaufen ließ, um dich aufzusuchen; auch befahl er den Offizieren, die er mit diesen Schiffen absandte, dich mit besonderer Auszeichnung zu behandeln.« Hier hielt er inne und überreichte mir den seidenen Überrock und den goldenen Gürtel, die er am Leib hatte, ließ mir ein Tischchen mit verschiedenem Braten, Backwerk und Süßigkeiten vorstellen und lud mich ein, nach Lust davon zu essen.

Als ich gegessen hatte, sah ich in der Ferne auf dem Meer ein großes Licht, und als ich den Adjutanten darauf aufmerksam machte, sagte er mir: »Es ist gewiß das Schiff des Königs Mutaa, der gemerkt hat, daß wir dich gefunden haben, und dir nun selbst entgegenzieht. Darum laß uns schnell auf ihn zusteuern, um ihn nicht länger in Zweifel zu lassen. In wenigen Augenblicken waren wir in der Nähe des großen, hell beleuchteten Schiffes, auf welchem in der Tat der König Mutaa saß, der uns freundlich zulächelte und zurief, wir möchten seinem Schiff ans Ufer folgen. Hier angelangt, verbeugte ich mich vor ihm und dankte ihm für meine Rettung. Er bewillkommte mich herzlich, ließ mir ein herrliches Pferd vorführen, und ich ritt an seiner Seite durch die Stadt, deren Bewohner uns freundlich zujubelten, nach dem königlichen Schloß. Am Vorhof des Schlosses, als die verschiedenen Adjutanten und das übrige Gefolge des Königs abstiegen, wollte auch ich desgleichen tun; aber Mutaa gab es nicht zu, sondern ließ mich bis in das Innere des Palastes reiten. Hier sah ich eine Pracht und Herrlichkeit, die in meiner Heimat nirgends zu sehen ist. Der König führte mich in einen großen Saal, wo eine Schar Diener seiner harrten, setzte sich auf einen Thron und hieß mich an seiner Seite Platz nehmen. Sogleich wurde ein Tisch mit allerlei Speisen beladen und vorgesetzt; der König sagte: »Im Namen Gottes!« Und reichte mir selbst die besten Bissen, wofür ich ihm jedesmal die Hand küßte.

Als wir gegessen hatten, wurden silberne und goldene Kannen und Waschbecken herumgereicht. Endlich sagte mir der König: »Weißt du wohl, Zaher, warum ich dich hierher gebracht und dich mit so vieler Liebe aufnehme? Ich habe eine Tochter, die Sonne ist noch bis heute über keiner Schöneren und Liebenswürdigeren aufgegangen; auch hat sie es durch den Unterricht, den ihr eine alte Amme erteilt, in der Zauberkunst so weit gebracht, daß, wenn sie es wollte, sie in einer Nacht die ganze Welt von Osten bis Westen durchfliegen könnte. Sehr oft kamen Gesandte aus fernen Ländern, welche im Namen von Königen und Prinzen um sie warben; da sagte sie mir immer: ›Ich will zuerst mit eigenen Augen meinen zukünftigen Gatten sehen.‹ Hierauf verließ sie mich und kehrte am folgenden Morgen wieder und sagte: ›Der gefällt mir nicht; du kannst den Gesandten mit irgend einer Entschuldigung entlassen.‹ Ich erwiderte ihr stets: ›Tue, was du willst, meine Tochter, ich werde dir keinen Zwang antun und dich mit keinem Mann verheiraten, der dir nicht gefällt.‹ Eines Tages, als sie auch in Damaskus war, um einen dortigen Prinzen zu sehen, der um sie werben ließ, und auch ihn nicht nach ihrem Geschmack fand, erging sie sich auf den Bazaren und in den Straßen der Stadt, und da sie nirgends einen Mann fand, der ihr gefiel, schlich sie sich durch Zauberkünste mitten in der Nacht von Haus zu Haus, bis sie endlich zu dir kam; du allein hast ihr Herz besiegt und ihr so gefallen, daß sie dich zu heiraten wünscht. Sie wußte auch bald die Stunde auszurechnen, in welcher du hier anlangen würdest. Gelobt sei Gott, der dich wohlerhalten und zur vorausgesagten Zeit hierher geführt!« Ich erwiderte: »O erhabener König, bin ich doch weniger als einer deiner Diener, wie sollte ich mich dem Wunsch deiner Tochter widersetzen, wenn dir dessen Erfüllung genehm ist!«

Der König begab sich hierauf in ein Kabinett, und nach einer Weile trat er wieder lächelnd heraus, ließ den Kadhi und Zeugen rufen, man schrieb den Ehekontrakt, streute Gold und Silber aus, beräucherte den Verlobungssaal und beschenkte die Dienerschaft. Als alles dies geschehen war, wurden auch der Kadhi und die Zeugen bezahlt. Dann sagte mir der König: »Stehe auf, Zaher, und folge mir!« Ich stand auf und alle anwesenden Veziere, Staatsräte und anderen hohen Beamten erhoben und entfernten sich. Der König führte mich dann durch sieben

Gänge und sieben Gemächer, in deren jedem etwa 1000 ganz junge, in Seide gekleidete Mamelucken standen; endlich kamen wir in den innersten Saal, in dessen Mitte ein Springbrunnen sprudelte und an dessen oberer Seite ein mit Perlen und Edelsteinen verzierter elfenbeinerner Thron stand, der mit von Gold durchwirktem Atlas bedeckt war. Als wir dem Thron nahe waren, öffneten sich zwei Türen, eine zur Rechten und eine zur Linken des Saales, und es traten aus beiden Türen Sklavinnen hervor, welche goldene, mit Juwelen besetzte Räucherpfannen trugen, die den Saal mit Moschus- und Ambraduft erfüllten, so daß ich glaubte, die Pforten des Paradieses seien geöffnet. Als ich eine Weile neben dem König saß, erschienen aus einem Seitenzimmer 100 Sklavinnen wie der Mond, mit einer Jungfrau in ihrer Mitte, welche wie die Sonne strahlte, so schön, daß weder die Zunge eines Menschen, noch die eines Genius sie zu beschreiben vermag, und so reich geschmückt als eine Sultanin. Sobald sie mir näher trat, erkannte ich sie als das Mädchen, das mir im Traum erschienen war; ich verlor fast den Verstand vor Freude, vergaß alle Gefahr, der ich mich um ihretwillen ausgesetzt hatte, und pries Gott, den Schöpfer eines so vollkommenen Wesens.

Als der König mein Entzücken bei dem Anblick sah, sagte er: »Hier ist meine Tochter, nimm sie hin, Gott segne euch!« Der König entfernte sich hierauf; auch die Sklavinnen zogen sich mit Farha zurück, erschienen aber bald wieder mit ihr in einem anderen, noch schöneren Aufzug und so gingen und kehrten sie 72-mal mit meiner jedesmal anders gekleideten Braut wieder, bis ihre Stirn mit Schweiß bedeckt war, ihre Wangen wie Feuer glühten und mein Verlangen den höchsten Grad erreichte; da zog ich sie zu mir her, führte sie in ein Seitenzimmer, küßte und umarmte sie und sagte ihr: »O Freude meines Auges, wie wenig bedaure ich es, um deinetwillen Familie und Vaterland verlassen und mich der Todesgefahr ausgesetzt zu haben.« Sie erwiderte: »Auch ich hatte manche schlaflose Nacht, manche Mühe und Sorge, bis ich zu deinem Besitz gelangte, ich mußte mir Menschen- und Genienkönige unterwerfen, um jede Stunde bis zu deiner Ankunft hierher Nachricht von dir zu erhalten. Nun, gelobt sei Gott, der mir in allem beigestanden! Laß uns jetzt alles Überstandene vergessen und uns ganz der Wonne und dem Genuß hingeben; doch da niemand gegen die Tücke des Schicksals gesichert ist, gib mir wenigstens als Erinnerung an diese Nacht den Ring, den du an deinem Finger hast.« Ich zog den Ring, den ich von meinem Vater geerbt, von meiner Hand und überreichte ihn ihr, und sie gab mir ein kostbares Armband dagegen. Ich schlief dann bald in ihren Armen ein, denn ich hatte schon lange nicht mehr geschlafen, und erwachte erst, als die Sonne schon längst brannte; aber wie groß war mein Schrecken, als ich die Augen öffnete und mich in einer öden Wüste befand, in der kein Mensch sich regte, kein Vogel einen Laut von sich gab, kein grünes Blättchen das Auge erfreute, wo sich nur das Geheul von Werwölfen und das dumpfe Murmeln von bösen Genien vernehmen ließ. Ich stand verzweifelt auf, sah mich nach allen Seiten um, entdeckte aber nichts als Himmel und Sand; da sagte ich den Spruch, dessen sich niemand zu schämen hat: »Es gibt keinen Schutz und keine Macht, außer bei Gott, dem Erhabenen!« Dann hob ich die Augen weinend gen Himmel und rief: »O Herr, der du das

Geheime wie das Offenbare kennst, erbarme dich meiner aus Liebe zu Mohammed, blicke auf mich herab mit deinem Auge, das nie schläft, ich weiß ja nicht, wohin ich mich wenden soll, um gegen die brennende Sonne mich zu schützen!« Kaum hatte ich diese Worte vollendet, als ich in Ohnmacht fiel, und ich blieb regungslos liegen, bis die Sonne sich von mir wandte und eine frische Luft mich anwehte. Da stand ich auf und tappte in der Dunkelheit umher, ohne zu wissen, nach welcher Seite hin; bald fiel ich aber, von Hunger, Durst, Müdigkeit und Schmerz erschöpft, zu Boden und schlief wieder ein. Da hörte ich im Traum eine Stimme, welche mir zurief: »Sei ohne Furcht, Zaher! Deine Hilfe ist nahe.« Ich erwachte gestärkt und durch meinen Traum neu ermutigt, und ging wieder bis vor Tagesanbruch aufs Geratewohl vorwärts; da erblickte ich in der Ferne etwas wie ein Feuer, und als ich mich demselben mehr näherte, sah ich, daß es eine Laterne war, welche auf dem Turm eines alten, festen, aber sehr hohen Klosters brannte. Das Kloster selbst war auch von 1000 Kerzen und Lampen beleuchtet und schien sehr stark bewohnt zu sein. Ich war nur noch ein paar Schritte davon entfernt, da öffnete ein steinalter, schwarz gekleideter Mönch ein Fenster, steckte den Kopf heraus und rief: »O Herr, Schöpfer der sieben Erden und der sieben Himmel, der gesalzenen Meere und der süßen Flüsse, der Dunkelheit und des Lichts, der du die Toten belebst und die Lebendigen tötest, Beherrscher dieser und jener Welt, o Gott dessen heilige Namen gepriesen seien. Dank sei dir für deine Huld und Erlösung bei deinen Versuchungen, es gibt keinen Gott, außer dir, du allein kennst das Verborgenste, bei dir allein, der du Jakob seinen Sohn Joseph zurückgegeben, ist ein sicherer Zufluchtsort zu finden, du allein bist der wahrhaft Vergebende, darum, o Herr, verzeihe allen denen, die dir ungehorsam waren, und sende allen Unglücklichen deine Hilfe!« Ich warf mich, von diesem Gebet ergriffen, vor die Tür des Klosters und schlief vor allzu großer Mattigkeit bald wieder ein. Als ich erwachte, schien mir die Sonne schon heiß ins Gesicht, und ich fand mich von einer Schar Mönche umgeben, die in ihren schwarzen Kutten wie Raben aussahen, sie sprachen unter sich eine mir fremde Sprache, und als ich aufstand und sie grüßte, verstanden sie mich nicht, denn niemand erwiderte meinen Gruß; nur ein alter Mönch, er am Fenster betete, drängte sich zu mir, grüßte mich in meiner Sprache und sagte: »Mein Freund, bei dem Messias! Wir leben nun in dieser Wüste seit unserem Alter von sieben Jahren und nun zählen wir alle 70 und 80 Jahre, und bis zu dieser Stunde haben wir weder einen Menschen noch einen Djinn erblickt, denn wir befinden uns hier auf einer viereckigen Insel, welche von allen Seiten vom Meer umgeben ist und die so hohe Ufer hat, daß kein Schiff hier landen kann; sie erscheint dem auf dem Meer Schiffenden wie eine weiße Wolke, und der Berg, der sie umgibt, wird der Diamantberg genannt, ist aber so steil und unzugänglich, wie eine umgestürzte Schüssel; sage mir daher, wie es dir möglich war, hierher zu gelangen?« Als ich diese Worte des Mönchs vernahm, sagte ich: »Bei deinem Glauben, bei dem verehrten Evangelium, bei der mächtigen, heiligen Maria! Sage mir, wie weit ist Damaskus von hier?« Der Mönch staunte mich eine Weile an, dann sagte er: »Was sprichst du von Damaskus? Du befindest dich auf einer Insel des schwarzen Meeres, das alle übrigen Meere samt dem Berg Kaf umgibt, darauf hat man, nach den Berichten der Reisenden, welche an die Ufer dieser Insel kommen, zehn Jahre zu segeln, bis man das blaue Meer erreicht, auch dieses durchschifft man nicht in weniger als zehn Jahren, es führt in das grüne Meer und letzteres nach einer abermaligen zehnjährigen Fahrt ins griechische Meer, welches nach bewohnten Ländern und Inseln sich erstreckt.«

Ich fragte den Mönch: »Und woher habt ihr denn in dieser unfruchtbaren, trockenen Wüste Nahrung und Trank?» Er antwortete: «Komm mit mir ins Kloster, da sollst du alles sehen.« Als ich in den Hof kam, sah ich eine Wasserquelle, süßer als Honig und frischer als Schnee; sie war von allerlei Obstbäumen umgeben, auf denen die schönsten Vögel umherhüpften. Da ich schon lange nicht gegessen und getrunken hatte, bat ich den Mönch, mir einiges Wasser und einige Früchte zu reichen. Er führte mich auf die Terrasse des Klosters und hieß mich einen Augenblick warten; ich sah mich um und war erstaunt, als ich beim hellen Tag in der Entfernung von ungefähr einer Tagereise in eine schwarze Nacht hineinblickte, und bat den Mönch, mir diese Erscheinung zu erklären. Er sagte mir: »Das, was du für die Nacht hältst, ist das schwarze Meer, das, wie ich dir schon gesagt habe, diese Insel umgibt, doch komme jetzt und stille deinen Durst und deinen Hunger.« Er führte mich hierauf in einen herrlichen Saal, wo ein goldener mit Perlen und Edelsteinen besetzter Tisch aufgetragen wurde, schöner als der des Herrn von Damaskus. Auf dem Tisch standen vier goldene Platten mit allerlei Fleischspeisen, frischen Fischen, Backwerk und ganz wohlschmeckendem Gerstenbrot. Alles war so vortrefflich und ich dabei so hungrig, daß ich in meinem Leben nicht so viel Lust am Essen hatte, wie damals. Als der Mönch bemerkte, daß ich satt war, brachte er mir allerlei Früchte, verschieden an Aussehen, Geschmack und Geruch von den unsrigen. Da sagte ich ihm: »Da doch der Zugang zu dieser Insel, nach deinen eigenen Worten so schwer ist, woher habt ihr denn so frische Fische, so vielerlei Früchte und Fleisch und Gerstenbrot?« Er antwortete: »Erzähle mir zuerst, wie du hierher gelangt, dann will ich deine Frage beantworten.« Ich erzählte ihm nun alles, was mir, von meinem Traum in der Heimat bis zum Augenblick, wo ich vor der Tür seines Klosters erwachte, widerfahren. Als ich vollendet hatte, stieß er ein lautes Gelächter aus und sagte: »Wisse, mein Freund, wärest du nicht zu etwas Großem bestimmt, so hättest du nie die Strecke von Damaskus hierher zurücklegen können, denn die Insel, auf welcher der König Mutaa herrscht, liegt zwischen dem grünen und dem griechischen Meer, also sehr weit von deiner Heimat und von hier; was aber deine Frage in bezug auf unsere Früchte und andere Speisen angeht, so sollst du alles erfahren, folge mir nur.« Er führte mich hierauf wieder in den Hof des Klosters und von hier in einen unterirdischen dunklen Gang, aber bald kamen wir wieder ins Freie und befanden uns auf einem Boden, der wie Silber glänzte, vor einem kleinen See, dessen Wasser süßer als Honig und kälter als Schnee war; um den See herum blühten die herrlichsten Blumen und die schönsten Fruchtbäume, auf denen die Vögel in den verschiedensten Sprachen Gottes Allmacht priesen; ich war wie berauscht vom süßen Duft dieser Blumen und vor Entzücken über all diese Herrlichkeit ganz außer mir.

Der Mönch fragte mich alsdann: »Habt ihr wohl in eurer Heimat auch solche Lustgärten?« Ich antwortete: »Nein, bei Gott! Eine so wundervolle Anlage gibt es in der ganzen Welt nicht mehr.« Er sagte mir dann: »Nun blicke auch einmal zurück.« Ich drehte mich um und sah etwas, das einer Wolke am Himmel glich, und fragte, was das wäre. »Das ist«, erwiderte der Mönch, »der Berg, auf welchem unser Kloster liegt, es liegt so fern, daß es von hier nur einer Wolke gleicht, in der Nacht hingegen hält man es für einen Stern, wegen der vielen Lampen, die darin brennen.« »Nun weiß ich, woher ihr Getreide und Früchte nehmet; doch wie kommt ihr zu Perlen und Edelsteinen und frischen Fischen?« »Wisse, mein Freund! Das hier angrenzende Meer steigt zuweilen bis hierher; wenn dann das Wasser sich zurückzieht, bleiben gewöhnlich Fische zurück und auch viele Perlen und Edelsteine, an denen dieses Meer sehr reich ist.« Wir blieben nun am Ufer des Reiches bis abends sitzen, da bemerkte ich die Lichter des Klosters wie kleine Sternchen über mir, und nach der Versicherung des Mönchs sieht man sie bis auf eine Strecke von zehn Tagreisen. Wir wollten eben wieder den Rückweg ins Kloster antreten, da hörte ich von jener Seite her ein so mächtiges Geschrei, daß die ganze Insel bebte; ich fuhr zusammen und fragte den Mönch, was dieser Lärm bedeute. »Bei dem Messias«, erwiderte der Mönch, »ich habe manche Nacht hier allein zugebracht und nie das mindeste Geräusch vernommen; ohne Zweifel sind fremde Seetiere auf die Insel gekommen, die nun aber mit den einheimischen Tieren im Kampf sind.« Wir stellten uns dann auf einen hohen Stein, der vor dem Teich lag, und sahen uns nach allen Seiten um, da entdeckten wir überall kleine fliegende Lichtchen, die sich gegenseitig verzehrten, auch sahen wir bewaffnete Männer in der Luft, gegen andere mit Schwert und Lanze kämpfend, dann stießen zwei Armeen zu Pferd aufeinander mit einem Kriegsgeschrei, daß die Erde wankte. Das blutigste Gefecht dauerte eine Weile fort, endlich gingen die zwei Heere auseinander und es stellte sich ein alter, ehrwürdiger Graubart, von schönem Aussehen, jedoch halbblind, zwischen sie und rief mit lauter Stimme: »Schonet doch euer Blut, ihr törichtes Volk, und reibt einander nicht gegenseitig auf wegen eines Fremdlings, der weder König noch Prinz, sondern nur ein unbedeutender Mensch von der gewöhnlichen Klasse ist.« Dann trat dem Alten ein Mann in Elefantengestalt entgegen, sein Name war Tud hoher Felsen, und sagte ihm: »O unser Vater, bei dem Siegel unseres Herrn Salomo, der Sohn Davids! Unser Herr, der König Mutaa, ist ganz unschuldig an diesem unheilbringenden Krieg; das ganze Übel kommt von diesem verruchten Teufel Schulahek her, der ist in unser Land gedrungen, hat unser Heiligtum entweiht, einen fremden Mann, Namens Zaher, entführt und ganz allein auf die Insel gesetzt; wir wollten weiter nichts, als diesen Fremdling nach dem Befehl der Prinzessin Farha zu uns nehmen, ihn beschützen und wieder in die Korallenstadt zum König Mutaa bringen, da widersetzte sich uns der Räuber Schulahek, und so entspann sich der mörderische Kampf, dessen du Augenzeuge warst.« Der alte Halbblinde, sein Name war Abu Tawaif, erwiderte hierauf: »Wisse, o König Tud, Schulahek ist nicht so sehr zu tadeln, wie du glaubst; die Prinzessin Farha, welche so viele Menschen und Genien durch ihre Schönheit bezaubert, hat unter anderen auch Schulahek und seinen Bruder Schalhuk in das Netz ihrer Liebe gezogen, sie bekriegten sich daher aus Eifersucht, und nach langem Kampf gelang es Schulahek, seinen Bruder zu töten. Als er aber nun um Farha anhielt, wurde er von ihr zurückgestoßen und sie zog ihm einen fremden Menschen aus Damaskus vor, darum gab er sich Mühe, ihr diesen zu entreißen, und darum flog er mit ihm auf diese entlegene Insel.« Darauf sagte Tud: »Und warum hat er ihn nicht umgebracht?« Der Alte antwortete: »Weil er doch die Rache Farhas und ihres Vaters fürchtete, darum zog er vor, ihn hierher zu setzen; aber verdient wohl ein Geschöpf wie Zaher, daß ihr um seinetwillen euch so bekriegt?« »Du hast recht«, antwortete Tud, »indessen gebührt dem Fremdling Schutz und Beistand; Zaher ist übrigens ganz unschuldig, dazu tu ich weiter nichts, als den Befehl meiner Herrin Farha vollziehen; mir ist indessen selbst lieb, wenn ihr den Frieden zwischen uns nach euerem Gutdünken herstellen wollt, aber ich frage euch alle, bei dem Siegel Salomos, der Sohn Davids, Friede sei mit ihm, ist einer unter euch, der seinen Gast dessen Feind ausliefern würde?« Sämtliche Genien antworteten: »Nein, das würden wir nicht tun; aber sollen wir wegen eines hergelaufenen Menschen uns noch länger bekriegen?« »Es ist wahr,« sagte Abu Tawaif, »der Mensch hat viel Unheil unter uns gestiftet, da aber sein bitterster Feind sein Leben nicht anzutasten wagte, so wäre es doppelt unrecht, wenn wir ihn töteten; bringt mir ihn einmal her!« Bei diesen Worten sprang ein Genius aus der Luft auf mich los und trug mich vor Abu Tawaif.

»Weißt du«, sagte er mir, »daß ein ganzes Heer Genien um deinetwillen aufgerieben worden ist? Sage mir einmal, wie du es wagen konntest, dir eine Gattin zu wählen, um die so viele Könige und Genien vergebens warben?« Als ich ihm hierauf meine ganze Geschichte von meinem Traum bis zu meinem Spaziergang mit dem Mönch erzählte, sagte er: »Ich beschwöre euch, Tud und Schulahek, macht euerem Kampf ein Ende und entlasset eure Scharen, ihr kennt ja die List und Macht der Königin Farha, dieser arme Mensch ist ganz unschuldig; ich will ihn durch einen meiner Diener in seine Heimat zurückbringen lassen.« »Das darf nicht sein«, sagte Schulahek; »wenn ihr ihn nicht töten wollt, so soll er doch auch nicht frei in seine Heimat ziehen, wo meine Geliebte sich bald wieder mit ihm vereinigen könnte; laßt uns ihn ins Meer werfen: Steht Gott ihm bei, so wird er sich retten, wo nicht, so mag er untergehen, und wir sagen der Königin Farha, wenn sie uns mit einem Krieg bedroht, bei dem Anblick des blutigen Kampfes zwischen uns hat er die Flucht ergriffen.«

Dieser Vorschlag fand allgemeinen Beifall, und schon wollten einige Genien mich wegschleppen, als auf einmal unzählbare Lichtchen und Flämmchen zum Vorschein kamen und furchtbare Stimmen hörbar wurden, welche riefen: »Tut es nicht, tut es nicht, wir sind Abgeordnete der Königin Farha, welcher euer Vorhaben bekannt wurde, und die uns mit dem König Seisam, der sogleich hier eintreffen wird, zur Rettung Zahers hierher gesandt.« Als Abu Tawaif den Namen Seisam, Gebieter des Götzentales, vernahm, wurde er ganz blaß, und sagte zitternd zu Schulahek: »Ich habe wohl gedacht, diese verruchte Königin Farha wird alles aufbieten, um ihren Geliebten nicht zu verlieren. Jetzt hat sie meinen teuren Sohn Seisam für sich gewonnen, der wird euch alle vernichten, wenn ihr dem fremden Menschen, dessen er sich annimmt, etwas zu Leid tut.« »Beschließe, was dir gut dünkt», rief Schulahek dem Alten zu, »nur lasse Zaher nicht mehr zu Farha zurückkehren, das könnte ich nicht ertragen.« Abu Tawaif gab dem Wunsch Schulaheks nach und beredete seinen Sohn Seisam, zu erlauben, daß Zaher wieder in seine Heimat gebracht werde. Als sie sich aber nach mir umsahen, war ich verschwunden und nirgends mehr zu finden. Da sagte Seisam zu Schulahek: »Gewiß hast du ihn von einem deiner untergeordneten Genien wegbringen lassen, um ihn im verborgenen aus der Welt zu schaffen.« Schulahek schwor aber bei dem Siegel Salomos, er wisse nicht, wo ich hingekommen, und glaubte, Seisam habe mich der Königin Farha geschickt. Bald hätte sich aus diesem Wortwechsel ein blutiger Kampf entsponnen, wenn nicht Abu Tawaif sie beschworen hätte, so lange zu warten, bis es sich herausstellen würde, was aus mir geworden; ich selbst, setzte er hinzu, übernehme es dann, den Schuldigen zu bestrafen, und wäre es mein eigener Sohn.

»Mein Vater Zaher«, fuhr Ali fort, »den nach der göttlichen Bestimmung ein widerspenstiger Geist, Dalhudsch genannt, im Augenblick, als die beiden Genienhäupter miteinander stritten, aus ihrer Mitte entführte, wurde auf dessen Schloß, das auf einer Insel mitten im Meer der Dunkelheit liegt, getragen, um dort, weil er Veranlassung zu einem so mörderischen Krieg zwischen den Genien war, gepeinigt zu werden. Dalhudsch ersann alle möglichen Qualen für ihn, ließ ihn sogleich in Ketten legen und in einen finsteren Kerker werfen. Des Abends, als er beim Wein saß, ließ er ihn holen und zur Belustigung seiner Trinkgenossen durchprügeln, dann ließ er ihn in einer Ecke stehen und schüttete ihm jedesmal, wenn er von neuem einschenkte, das Überbleibsel des Bechers ins Gesicht.«

Ali erzählte weiter: Mein Vater hatte mehrere Tage hindurch so viel zu dulden, daß sein Wächter, der Geist Mifradj, ihn bemitleidete und, statt ihn nach den Vorschriften Dalhudschs auf verschiedene Weise zu quälen, seine Leiden durch freundliche Worte zu mildem suchte. »Gerne«, sagte er ihm, »würde ich dich in ein von Menschen bewohntes Land zurückbringen, aber eine Strecke von zehn Jahren trennt uns von der Welt des Lichts, die wir nicht ohne die größte Gefahr zurücklegen können, und wo wären wir sicher vor dem gottlosen König Dalhudsch? Der würde uns bis ans Ende der Welt verfolgen.« Während aber Mifradj, auf diese Weise fortfahrend, meinem Vater versprach, so viel es von ihm abhinge, seine Lage erträglich zu machen, trat plötzlich Dalhudsch ins Gefängnis und schwor bei der Dunkelheit, nun müsse Mifradj für Zaher leiden, und ließ ihm sogleich 1000 Prügel geben. Mifradj stellte sich ohnmächtig, bis Dalhudsch wieder das Gefängnis verlassen hatte; dann machte er sich schnell auf, entfesselte meinen Vater, nahm ihn auf den Arm und flog mit ihm die ganze Nacht durch über die Wolken hinauf; dann sagte er ihm: »Weißt du, Zaher, daß wir schon eine Strecke von zehn Jahren zurückgelegt haben?« Voll Erstaunen rief mein Vater, nicht bedenkend, daß sein Genius bei dem Namen Gottes vernichtet würde: »Es gibt nur einen einzigen Gott, und Mohammed ist sein Abgesandter!« Kaum hatte er diesen Spruch vollendet, da fiel ein feuriger Pfeil vom Himmel

auf Mifradj und verbrannte ihn. Mein Vater aber fiel zur Erde herunter, ohne sich jedoch zu beschädigen.

Die ihm unbekannte Gegend, wo er wieder die Erde berührte, war sehr öde; erst als er einen halben Tag hindurch aufs Geratewohl umherirrte, kam er in ein wohlbebautes, frucht- und wasserreiches Land, und sah am Ufer eines Flusses einen Mann, der sich zum Beten wusch. Er wusch sich auch und betete mit ihm. Nach vollendetem Gebet sagte er ihm: »Ich beschwöre dich bei dem, den wir anbeten, sage mir doch, in welchem Land ich mich befinde und unter welchen Geschöpfen.« »Wisse«, antwortete er, »diese Insel ist von rechtgläubigen Genien bewohnt, die der Prophet Hidhr den Koran gelehrt hat; man nennt sie die Diamanteninsel; sie ist vom grünen Meer umgeben, das sich bis zum Berg Kaf erstreckt. Hier ist der Sammelplatz der Engel, welche täglich auf der Erde umherstreifen, um die Befehle Gottes zu vollziehen.« Er fragte ihn dann: »Wie sieht denn der Berg Kaf aus?« »Der Berg Kaf«, antwortete er, »besteht aus einer grünen Perle, ist von den edelsten Geschöpfen Gottes bewohnt und von den mächtigsten Engeln rings umher bewacht, niemand kann ihn betreten ohne besondere Erlaubnis Gottes. Doch komme mit mir zu unserem König, der kann dir besser als ich über alles Auskunft geben.«

Ali erzählte weiter: Der Genius führte meinen Vater hierauf in eine herrliche, sehr feste Stadt, deren Tore von Engeln bewacht waren, welche Geister unter sich hatten, die mit silbernen und goldenen Pfeilern in der Hand auf und ab gingen. Da mein Vater aber in der Stadt keine Minaretts sah, auf denen bei uns das Gebet ausgerufen wird, fragte er seinen Begleiter, wieso sie die Stunde des Gebetes wüßten. Er antwortete: »Wenn die Zeit kommt, wo uns von dem Propheten Hidhr das Gebet vorgeschrieben ist, steigt eine Lichtsäule aus dem Berg, der über der Stadt sich erhebt, und 1000 Engel rufen laut: ›Gott ist groß! O ihr Geschöpfe des Herrn verkündet, daß es nur einen Gott gibt und daß Mohammed sein Abgesandter!‹« Er erzählte ihm hierauf von vielen anderen wunderbaren Erscheinungen dieser Insel und versprach ihm, wenn der König es erlauben würde, ihn auf dieser ganzen Insel herum zu führen.

Unter solchen Gesprächen erreichten sie das Schloß des Königs Amrad, dem nichts von allem, was mein Vater bisher gesehen, zu vergleichen ist. Sein Begleiter trat in den Divan, wo Amrad von seinen Vezieren, Räten und Truppenanführern umgeben saß, und meldete ihn. Dann holte er ihn ab, stellte ihn dem König vor und sagte ihm: »Der König wünscht zu wissen, wieso du hierher gekommen, da doch vor dir kein Mensch noch dieses Land je betrat.«

Er erzählte dem König seine ganze Geschichte von seinem ersten Traum von Farha an, bis zu seiner Flucht mit Mifradj, den er ohne seinen Willen verbrannte. Er hatte aber seine Erzählung noch nicht ganz vollendet, als man einen furchtbaren Lärm vernahm und eine unzählbare Menge Lichtchen und Flämmchen in der Luft erblickte. Auch trat ein Adjutant des Königs in den Divan und sagte: »Erhabener Herrscher, vor unserer Stadt liegt eine Armee, deren Stärke nur Gott kennt; ich habe natürlich sogleich deine Truppen rings um die Stadt aufgestellt; doch wollte ich nichts weiteres unternehmen, ohne zuvor deine Befehle darüber einzuholen.« »Da wir noch nicht wissen«, sagte der König Amrad zu seinen Räten, »ob sie in feindseliger Absicht hierher kommen, so ist das Beste, wir schicken ihnen einen Gesandten und lassen sie fragen, was sie hierher geführt.« Er begab sich dann auf die Terrasse des Schlosses, und als er fand, daß sein Adjutant in seinem Bericht von der Anzahl der angerückten Heere nichts übertrieben hatte, rief er seinen Großvezier Dilhat zu sich und sagte ihm: »Gehe zur Stadt hinaus zu den Häuptern der fremden Truppen, frage sie, wer sie sind, welchen Glauben sie haben und in welcher Absicht sie gekommen.« Dilhat bestieg sein Pferd und ritt, von einigen Dienern begleitet, zur Stadt hinaus, und bat einen fremden Soldaten, ihn zu den Häuptern der Armee zu geleiten und ihm zu sagen, wer sie eigentlich sind. »Die Armee, die du hier vor dir siehst«, sagte der Soldat, »gehört vier Königen, die selbst hier an ihrer Spitze stehen. Der eine heißt Schulahek, der andere Tud, der dritte Seisam und der vierte Dalhudsch; auch Abu Tawaif, der schlaueste aller Genienhäupter, ist bei ihnen. Wenn du zu den Königen willst, so gehe nur in Abu Tawaifs Zelt, dort unten auf der grünen Wiese, da findest du sie alle beisammen.« Dilhat ging nach dem ihm bezeichneten Ort, wo ein äußerst geschmackvolles und reich verziertes Zelt aufgeschlagen war, in das er als Abgesandter des Königs Amrad eingelassen wurde.

Folgendes ist die Ursache, warum diese vier Könige nach der Diamanteninsel zum König Amrad gezogen. Als Dalhudsch an dem Tage nach meines Vaters Flucht in dessen Gefängnis kam, in der Absicht, ihn dem Gott der Finsternis zu opfern, und weder ihn noch seinen Wächter Mifradj fand, dachte er gleich, daß dieser, wegen seiner harten Strafe erbittert, es versucht haben werde, mit Zaher zu entkommen. Er machte sich daher gleich auf und flog nach allen Meeren und Inseln, um sie aufzusuchen, bis er auch auf die Diamanteninsel kam. Dort hörte er, wie ein Genius zum anderen sagte: »Heute habe ich ein großes Wunder gesehen, einen Menschen auf dem Rücken eines Genius; letzterer wurde dann plötzlich zu Asche, der Mensch aber hat unbeschädigt die Erde erreicht und befindet sich gegenwärtig bei unserem König.« Als Dalhudsch dies hörte, freute er sich über den Untergang Mifradjs, und da er wohl wußte, daß Zaher nunmehr in sichere Obhut gelangt, flog er wieder heimwärts. Da fand er aber vor seinem Schloß ein Heer, so zahlreich wie die Regentropfen der Sintflut, und dachte: »Bei der Nacht und der Dunkelheit! Hier muß sich etwas Außerordentliches ereignet haben, denn so viele Truppen habe ich noch nie beisammen gesehen; auch hat es bisher noch niemand gewagt, mein Schloß zu belagern.« Er wendete sich daher an einen der Belagerer und sagte ihm: »Ich bringe schon mein ganzes Leben auf dieser Insel zu, und noch nie sah ich einen Genius des Lichts darauf; was führt nun auf einmal ein so großes Heer zu uns, und unter welchen Befehlen steht

es?« »Dieses Heer«, antwortete der Soldat, besteht aus drei Abteilungen, deren eine dem König Schulahek, die andere dem König Tud und die dritte dem König Seisam gehorcht; letzterer ist der Sohn des Teufels Abu Tawaif, der sich auch hier befindet, um mit ihnen einen Menschen Namens Zaher aufzusuchen, den der König Dalhudsch geraubt haben soll.« »Und woher wissen sie denn«, fragte Dalhudsch, »daß Zaher hierher gebracht worden?« »Sie haben es«, antwortete der Soldat, »von Mifradjs Gattin gehört, welche, um ihren Gatten und Zaher zu befreien, die Hilfe des Königs Seisam anflehte.« Als Dalhudsch dies hörte, dachte er bei sich selbst: »Da doch Zaher noch lebt, so habe ich von diesen Königen nichts zu befürchten.« Er ging daher zu Abu Tawaif und sagte ihm: »Zaher aus Damaskus, um dessentwillen du mit den drei Königen hierhergezogen bist, befindet sich auf der Diamanteninsel bei dem König Amrad; ich hatte ihn geraubt, weil ich eurem Krieg ein Ende machen und den Menschen, der so viel Unheil unter Genien stiftet, züchtigen wollte; aber der Wächter, den ich über ihn setzte, hat mich verraten und ihn nach der Diamanteninsel getragen. Wenn euch daher so viel an diesem Menschen gelegen ist, so will ich euch mit meinen Truppen dahin begleiten.« Dieser Vorschlag wurde von Abu Tawaif angenommen, und so zog er denn mit den vier Königen weiter, um Zaher aufzusuchen.

Als der Abgesandte Dilhat diese Könige in Abu Tawaifs Zelt auf goldenen Stühlen sitzend fand, grüßte er mit Ehrerbietung und sagte zu Abu Tawaif: »Ich bin ein Abgesandter des Königs Amrad, welcher mit Erstaunen ein so zahlreiches fremdes Heer auf seinem Gebiet erblickt und gern wissen möchte, in welcher Absicht ihr hierher gekommen. Ich zweifle zwar nicht im mindesten an euren friedlichen Gesinnungen; ihr werdet wohl die Macht des Königs Amrad kennen und um keinen Preis euch in einen Krieg mit ihm einlassen wollen, der euch jedenfalls nur verderblich werden kann; denn solltet ihr auch einmal über seine Truppen siegen, so steht es ihm doch immer frei, euch zu verweigern, was ihr von ihm begehrt, und sich auf den Berg Kaf zurückzuziehen, wo ihn Engel beschützen, deren feurige Pfeile euch abhalten, ihn weiter zu verfolgen.« »Allerdings«, erwiderte Abu Tawaif, »wünschen wir sehnlich, mit deinem Herrn in gutem Einverständnis zu bleiben; jedoch können wir es nur unter der Bedingung, daß er uns den Menschen aus Damaskus ausliefere, der sich bei ihm aufhält und um dessentwillen, weil die Königin Farha ihn liebt, schon so viel Genienblut geflossen ist.« Dilhat kehrte darauf wieder zu Amrad zurück und machte ihn mit den Namen und der Forderung der vereinigten Könige bekannt.

Amrad versammelte sogleich seine Räte und trug ihnen die ganze Geschichte Zahers und das Verlangen der Genienhäupter Tud, Seisam, Dalhudsch und Schuhalek vor und sagte: »Bei den Lichtstrahlen des Propheten Mohammed! So ungern ich auch Krieg führe, werde ich doch niemals einen rechtgläubigen Muselmann, der meinen Schutz anfleht, gegen seinen Willen ungläubigen Genien ausliefern; ich will sogleich Zaher kommen lassen, und will er nicht gern mit den Genienkönigen von hier ziehen, so mögen sie sehen, ob sie stark genug sind, ihn mir mit Gewalt zu entreißen.« Als mein Vater erschien, sagte ihm der König: »Die Genienhäupter, von denen du mir schon erzählt hast, sind mit ihren Heeren hier angelangt, um dich abzuholen; willst du mit ihnen zu deiner Gattin ziehen, oder ziehst du es vor, hier zu bleiben?« Mein Vater neigte eine Weile den Kopf zur Erde und sagte: »Wenn ich die Wahrheit gestehen soll, erhabener König, so sehne ich mich am meisten nach meinen Verwandten und Freunden in Damaskus; doch auch hier verweile ich nicht ungern, da man hier den einzigen Gott anbetet, der auch mein Gott ist. Aber diese ungläubigen Genien verabscheue ich so sehr, daß ich, selbst wenn sie mir vorschlügen, mich wieder mit der Königin Farha zu vereinen, auch nicht mit ihnen ziehen möchte.« »Du hast die Antwort Zahers gehört«, sagte der König entschlossen zu Dilhat; »kehre zu den Genienhäuptern zurück und sage ihnen, ich sei zum Kampf bereit, wenn sie darauf bestehen, daß ich den Menschen, dem ich Schutz gewährt, ihnen herausgebe.« Als Dilhat diese Antwort den Königen hinterbrachte, entbrannte ihr Zorn und sie riefen voller Entrüstung aus: »Wie, wegen eines elenden Menschen, der uns schon so viele Not verursachte, fordert uns der König Amrad zum Kampf heraus? Das ist ein Verfahren, das wir nicht dulden dürfen! Laßt uns aufbrechen und seine Stadt verheeren und alle ihre Bewohner töten oder gefangen nehmen!«

Nachdem sich aber die erste Wut der Könige gelegt hatte, sagte ihnen Abu Tawaif: »Wisset, meine Kinder, der König Amrad ist nicht so leicht zu überwinden, wie ihr wohl glaubt, er ist selbst ein Held und seine Armee gleicht einem tobenden Meer. Das Beste ist, wir ziehen von hier ab und sagen dem König, wir seien nur auf das dringende Verlangen der Königin Farha gekommen, weil sie glaubte, ihr Gatte wäre neuen Mißhandlungen ausgesetzt; da wir aber sehen, daß ihn der König so sehr liebt, daß er seinetwillen uns den Krieg erklärt, so können wir ihn ohne Sorge hier lassen. Wir lassen aber«, fuhr Abu Tawaif fort, »einige unsichtbare Genien hier und beauftragen sie, Zaher zu rauben, sobald sie ihn einen Augenblick allein finden. So erreichen wir unseren Zweck, ohne unsere Truppen einem zweifelhaften Kampf auszusetzen.« Dieser Vorschlag wurde mit jubelndem Beifall angenommen, und es wurde sogleich ein Bote an den König Amrad gesandt, der ihm den Abzug der Genien aus den angeführten Gründen mitteilen sollte. Aber der König Amrad, den ein Engel von den treulosen Anschlägen Abu Tawaifs in Kenntnis gesetzt hatte, ließ sogleich meinen Vater rufen und sagte ihm: »Dein Leben ist hier in Gefahr; du bist von unsichtbaren Genien umgeben, die nur einen günstigen Augenblick abwarten, um dich zu entführen. Ich werde dich daher von einem meiner dienstbaren Geister entweder in deine Heimat oder zur Königin Farha zurücktragen lassen; welches von beiden ziehst du vor?« »Gnädiger König!« antwortete mein Vater, »so sehr ich auch meine Gattin, die vielleicht schon Mutter ist, liebe, so habe ich doch seit meinem ersten Traum von ihr so viel gelitten, daß ich nicht von Neuem ein so unruhiges, gefahrvolles Leben wieder beginnen möchte; am liebsten ist es mir daher, wieder in ein Land, das von Menschen meinesgleichen bewohnt ist, gebracht zu werden.« Der König ließ sogleich einen fliegenden Geist rufen und sagte ihm: »Bringe diesen Menschen in seine Heimat und gib ihm so viel, daß er sein ganzes Leben sorgenlos bei seiner Familie zubringen kann.« Der Geist nahm meinen Vater und einen Beutel voll mit Edelsteinen auf seinen Rücken und flog mit ihm die halbe Nacht durch;

dann setzte er ihn auf den Gipfel eines hohen Berges, gab ihm den Beutel und sagte ihm: »Ich muß jetzt zurückkehren, denn bei Tagesanbruch muß ich wieder zu Hause sein; bleibe du hier bis Tag, dann steige den Berg hinab, da findest du eine große Stadt, von der aus du leicht in deine Heimat gelangen kannst.« Aber mein Vater wollte nicht lange auf einer Stelle sitzen bleiben und ging, sobald der Geist sich entfernt hatte, auf dem Berg umher und kam immer mehr von dem einzigen Pfad ab, der zur bezeichneten Stadt führte. Als der Tag heranbrach, befand er sich mitten zwischen furchtbaren Klüften und Abgründen, aus denen er gar keinen Ausweg mehr sah. Da warf er sich nieder und betete: »O Gott, der du mich aus den Händen der ungläubigen Genien befreit, ist meine Lebenszeit abgelaufen, so beschleunige meinen Tod und lasse mich nicht länger auf diesem öden Berg umherirren; willst du aber durch deine Gnade mich noch länger beim Leben erhalten, so zeige mir einen Ausweg aus diesem wilden Gebirge, wo weder ein grünes Blättchen, noch ein Tropfen Wasser zu sehen ist!« Als er sich aber wieder erholte, sah er zwei Füchse vor sich, welche wohlgenährt aussahen; er dachte, hier muß ein fruchtbares Land in der Nähe sein, sonst hielten sich keine Tiere da auf. Er ging daher diesen Füchsen über Felsen und Klippen nach, bis sie in eine Höhle sich verloren. Er folgte ihnen und fand eine sehr künstlich ausgehauene Treppe, welche von der Öffnung, durch welche er hineingegangen, eine Weile beleuchtet war; aber das Licht verlor sich allmählich, je tiefer er hinunterstieg. Die Treppe war indessen so bequem, daß er auch in der Dunkelheit vorwärts schreiten konnte, und bald erblickte er zu seiner größten Freude von der entgegengesetzten Seite eine Öffnung, der ähnlich, welche ihm den Eingang in die Höhle gestattete. Er setzte daher rastlos seinen Weg fort, bis er wieder

auf die Oberfläche der Erde kam am Ufer des Meeres, in der fruchtbarsten und blühendsten Gegend, die er in seinem Leben gesehen.

Nachdem er sich an den süßen Früchten und dem frischen Wasser, das hier reichlich aus der Erde sprudelte, gelabt hatte, ging er auf eine kupferne Statue zu, welche er auf einer 20 Ellen hohen, marmornen Säule vor sich sah. Die Statue hatte die rechte Hand ausgestreckt und hielt eine goldene Tafel, welche folgende Inschrift hatte: »Im Namen Gottes des Barmherzigen! Wisse, o Wanderer, der du hierher gelangst, du stehst an der äußersten Grenze des von Menschen bewohnten Landes; hier beginnt das Reich der Genien. Diese Insel des Ozeans ist der Fuß eines der höchsten Berge nach dem Berg Kaf. Als Salomo, der Sohn Davids, Gottes Friede sei mit ihm, sich einst vom Wind durch die ganze Welt tragen ließ und, diesen Berg auf der oberen Seite so öde und steinig und auf der unteren so äußerst lieblich und fruchtbar fand, sagte er zu seinen Genien: ›O gäbe es doch einen Weg durch diesen Berg, damit, wenn jemals ein Mensch sich hierher verirrt, er nicht vor Durst und Hunger umkomme!‹ Da sagte ein Genius: ›O Prophet Gottes, alle Berge haben Zweige und Adern wie die Bäume; auch dieser Berg hat unter anderen eine große Ader, welche von dessen Gipfel bis zu dieser Insel sich erstreckt; wenn du es befiehlst, so erweitere ich sie, so daß man bequem von dem Berg zur Insel herabsteigen kann.‹ Auf Salomos Befehl machte er sich sogleich an die Arbeit, bis der Weg durchgebrochen war; dann baute er auch noch einen Hafen in der Nähe, welcher bei den heftigsten Stürmen den Schiffen ein sicheres Obdach gewährt.«

Als mein Vater diese Inschrift gelesen hatte, besuchte er den von Genien erbauten Hafen und dachte: »Kämen nicht zuweilen Schiffe hierher, so würden

die Genien hier keinen Hafen erbaut haben; ich will also hier warten, bis ich Gelegenheit zur Rückkehr in meine Heimat finde.« Es dauerte in der Tat nicht lange, da kam ein Schiff mit Segeln, die den Flügeln eines großen Vogels glichen, wie ein Pfeil daher geschossen und lief in den von Genien erbauten Hafen ein. Als aber die Kaufleute ans Land stiegen, erschraken sie vor meinem Vater, der mit seinem langen Bart, Schnurrbart und Nägeln eher einem wilden Tier, als einem Menschen gleich sah. Einer von ihnen sagte: »Das ist gewiß der Djinn dieser Insel!« ein anderer entgegnete aber: »Nein, er hat Menschenfüße, es ist vielleicht ein Verunglückter; ich will im Vertrauen auf Gott mich ihm einmal nähern.« Er nahm sein Schwert zur Hand, ging auf meinen Vater zu und sagte ihm: »Bist du ein Djinn, so ziehe dich zurück vor dem heiligen Namen Gottes, bist du aber ein Mensch, so sei mir gegrüßt!« Mein Vater erwiderte seinen Gruß und sagte. »Warum hältst du mich für einen Djinn? Ich bin ein Mensch aus Damaskus!« »So komme mit mir auf mein Schiff«, sagte der Kaufmann, »und erzähle mir, wie du hierher gekommen.« Nachdem mein Vater den Kaufleuten seine ganze Geschichte erzählt hatte, sagten sie ihm, er könne mit ihnen nach Syrien zurückkehren, denn auch sie seien von einem Sturm aus dem mittelländischen Meer in den Ozean getrieben worden, als sie aus dem Abendland nach Latakie segeln wollten. Mein Vater – fuhr Ali in seiner Erzählung vor dem Kalifen Abdul Malik fort – schenkte den Schiffsleuten einige von den Edelsteinen aus dem Beutel, den ihm der König Amrad geschenkt hatte, wogegen er reichlich mit Kleidern, Wasser und Nahrungsmitteln versorgt wurde. Er gelangte nach einigen kleinen Unglücksfällen nach Latakie, wo er nur kurze Zeit sich aufhielt, und kehrte dann zur größten Freude aller seiner Bekannten und Verwandten nach Damaskus zurück, wo er bald die höchsten Staatsämter bekleidete. Neun Monate nach meiner Mutter Hochzeit gebar sie mich und ließ mich auf das sorgfältigste erziehen. Mein Großvater, der mich wie seinen eigenen Sohn liebte, ließ die besten Lehrer kommen und mir im Lesen und Schreiben, dann in der Philosophie, Geschichte und Astronomie Unterricht erteilen. Ich hatte kaum das Jünglingsalter erreicht, als mir die Schwermut meiner Mutter auffiel; so oft sie mich sah, umarmte sie mich mit einer mehr als mütterlichen Heftigkeit. Sehr oft weinte sie, wenn sie mich küßte, und sagte: »Du siehst deinem Vater gar zu ähnlich.« So oft ich sie aber fragte, wer denn mein Vater war, nannte sie mir einen unbekannten König. Eines Tages schlug ich einen ihrer Sklaven, der mir von meiner Kindheit an verhaßt war, und sagte ihm: »Verruchter Schwarzer, wie oft habe ich dir schon gesagt, ich wollte dich nicht mehr vor meinen Augen haben, warum weichst du mir nicht aus, wenn du mich kommen siehst?« Da antwortete er mir: »Ich bin allerdings nur ein Sklave, doch jeder kennt meine Eltern und weiß, daß sie auch Sklaven waren, wie ich; aber du vaterloser Bub, weißt du, daß dein Vater ein unbekannter, auf dem Meer aufgefundener, hergelaufener Mensch war! Gott verdamme dich, weil du mich so mißhandelst, und lasse dich gleich mir unter fremden Leuten umherwandern, die kein Mitleid mit dir haben!« Der Sklave entfloh bei diesen Worten; ich verfolgte ihn mit entblößtem Schwert, konnte ihn aber nicht erreichen und wußte gar nicht, wo er hingekommen, ob er in die Erde versunken oder in den Himmel gestiegen. Ich blieb eine Weile über die Aussage des Sklaven nachdenkend sitzen; dann begab ich mich zu meiner Mutter. Sie küßte und umarmte mich wie gewöhnlich; ich blieb aber ernst und düster neben ihr sitzen, und als sie mich fragte, was mir denn Unangenehmes widerfahren sei, sagte ich ihr: »Bei dem erhabenen, barmherzigen Gott, ich muß wissen, wer mein Vater war, oder mein Schwert soll deinem lasterhaften Leben ein Ende machen!« Meine Mutter erwiderte weinend: »Mein Sohn, bei dem, der die Berge geschaffen und ihre Größe und Schwere kennt, dein Vater war einer der Besten und Edelsten seines Volkes!« »Nicht so viele Worte!« rief ich ganz außer mir: »Nenne mir meinen Vater, oder ich bringe dich und mich um, denn ich habe heute etwas gehört, das meine jugendlichen Locken grau färbt.« Als meine Mutter dies hörte, sagte sie mir: »Stecke dein Schwert ein und setze dich ruhig zu mir, ich will dir alles gestehen.« Sie erzählte mir dann, wie so viele Prinzen um ihre Hand anhielten, aber kein einziger ihr gefiel; wie sie dann in Damaskus

meinen Vater beim ersten Anblick liebte, ihm daher im Traum erschien und ihn aufforderte, zu ihr auf die Diamanteninsel zu kommen; wie er dann nach einem Schiffbruch auf dem Meer gefunden und mit ihr gesetzlich verheiratet wurde. »Aber«, schloß sie dann, »mein Glück war nur von kurzer Dauer. Als ich am Morgen nach der Hochzeitsnacht erwachte, fand ich ihn nicht mehr. Ich erfuhr zwar, daß ihn Schulahek, einer der Genienhäupter, die mich heiraten wollten, geraubt; aber all mein Bemühen, wieder mit ihm vereinigt zu werden, blieb ohne Erfolg, denn der König Amrad, bei dem sich dein Vater zuletzt aufhielt, ist mächtiger als ich, und läßt keinen Genius mehr in seine Nähe kommen. Ich habe nun nichts mehr von ihm, als einen Siegelring, den ich in der Brautnacht gegen ein Armband mit ihm vertauschte.« Als meine Mutter ihre Erzählung vollendet hatte, sagte ich ihr: »Wenn die Sache sich so verhält, so bleibt mir nichts übrig, als meinen Vater aufzusuchen; erlaube mir, alsbald nach Syrien zu reisen.« Sie erwiderte aber: »Mein Sohn, ich kann die Trennung von dir nicht ertragen; auch fürchte ich, es möchte dir auf einer so großen Reise ein Unglück begegnen.« Ich verließ sie zornig über ihre Weigerung, jedoch höchst glücklich über die Nachricht, die sie mir von meinem Vater gegeben. Ich hatte sie aber kaum eine Viertelstunde verlassen, da wurde ich zu meinem Großvater, dem König Mutaa, gerufen.

Ich freute mich schon, denn ich dachte: »Gewiß hat ihm meine Mutter gesagt, ich wollte nach Syrien reisen, und er hat sie bewogen, mir ihre Einwilligung zu erteilen.« Als ich aber zu meinem Großvater kam, sah er mich grimmig an und sagte: »Wenn du dich nicht der härtesten Züchtigung aussetzen willst, so schlage dir deinen Reiseplan aus dem Kopf und aus dem Herzen, und sprich nie mehr davon.« Ich dachte: »Gut, wenn ihr auf diese Weise mich behandelt, so will ich euch hintergehen.« Als ich darauf wieder zu meiner Mutter kam, sagte ich ihr: »Wie konntest du meinen Scherz so ernst nehmen? Kenne ich von der ganzen Welt doch nur dieses Schloß, wie wollte es mir einfallen, allein eine Reise nach Damaskus zu machen? Das einzige, was ich wünschte, das wäre, den Siegelring meines Vaters an meinen Fingern tragen zu dürfen, um doch etwas von ihm zu haben.« »Gebiete über alles, was ich besitze, und über mich selbst«, sagte meine Mutter, indem sie mir den Ring überreichte. Ich ging hierauf zu einem meiner Freunde, der auch Zaher hieß, wie mein Vater, und erzählte ihm alles, was zwischen mir und meiner Mutter und meinem Großvater vorgefallen, und sagte ihm, ich könnte keinen Augenblick mehr Ruhe finden, bis ich bei meinem Vater sein werde. Mein Freund Zaher stimmte mir bei und schwor, er wolle mich begleiten. Wir gingen sogleich an den Hafen und mieteten heimlich ein Schiff nach Syrien, auf das ich durch Zaher einige Kleidungsstücke und einen Beutel voll Gold und Edelsteine, die ich meiner Mutter entwendete, bringen ließ, und am folgenden Abend segelten wir ab. Der Wind war uns in den ersten zwei Tagen sehr günstig, am dritten Tage aber legte er sich nach und nach, die Segel wurden immer lockerer, das Schiff immer träger, bis zuletzt eine gänzliche Windstille eintrat, so daß das Schiff mitten auf dem Meer wie in dem verschlossensten Hafen unbeweglich dastand. Der Hauptmann erschrak sehr, als er dies sah, und sagte uns: »Seid auf eurer Hut vor den furchtbaren Seetieren, die auf diesem Meer hausen, und die zuweilen auf das Schiff steigen und die Mannschaft auffressen; setzet euch mit dem Schwert in der Hand auf den Rand des Schiffes, um sie zurückzustoßen.« In der folgenden Nacht, als ich mit der einen Hälfte der auf dem Schiff sich befindenden Kaufleute Wache hielt, während die andere Hälfte schlief, sah ich auf einmal etwas wie ein hoher Berg auf das Schiff zukommen; der Hauptmann, der es zu gleicher Zeit mit mir sah, schrie: »Wir sind verloren, hier naht sich uns ein Seetier, gegen das weder Schwert noch Lanze etwas vermögen, denn seine Haut ist so hart, daß man Schilder daraus macht, wenn man je ein solches Tier tot findet.« Indessen zog doch jeder sein Schwert und suchte das Tier, das immer näher kam, abzuschrecken; und als es nur noch ein paar Schritte von dem Schiff war und die große bewaffnete Menschenmasse darauf sah, zog es sich wirklich zurück. Aber bald darauf, als wir uns schon gerettet glaubten, kehrte es

mit mehr als 200 seiner Gattung wieder. Schon rief der Hauptmann: »Nehmet Abschied von euren Freunden und betet zu Gott um Verzeihung eurer Sünden, denn heute ist der letzte Tage auf dieser und unser erster auf jener Welt.« Die Tiere hatten das Schiff schon von allen Seiten umzingelt und waren schon im Begriff hinaufzuspringen, als auf einmal ein heftiger Wind sich erhob, der das Schiff wie einen fliegenden Stern über sie wegtrieb; da jubelte alles, was auf dem Schiff war, und der Hauptmann warf, vor Freude außer sich, seinen Turban in die Höhe. Wir setzten nun bei immer günstigem Wind, klarem Himmel und ruhiger See unsere Reise 30 Tag lang fort. Der eine sang, der andere rezitierte Gedichte, der dritte erzählte Märchen, so daß uns die Zeit recht angenehm verstrich. Am 31. Tag aber bemerkten wir am Himmel einen schwarzen Punkt, nicht größer als ein Drachmen, und bald darauf wehte eine schneekalte Luft, so daß wir alle unsere Winterkleider anzogen. Der schwarze Punkt dehnte sich indessen immer mehr aus, bis er zuletzt sich über den ganzen Himmel verbreitete und man den Auferstehungstag nahe glaubte. Bald blitzte und donnerte es von allen Seiten her, die Wolken vergossen Tränen wie aus Wasserschläuchen, die See kochte und schäumte und trieb das Schiff im Kreis umher. Wir waren alle beschäftigt, das

Wasser aus dem Schiff zu schöpfen, das der offene Himmel und das aufbrausende Meer zugleich füllten, aber bald fiel ein so zerschmetternder Hagel, daß wir nicht mehr auf dem Verdeck bleiben konnten, und kaum waren wir heruntergestiegen, als vier Wellen, wie die höchsten Berge von verschiedenen Seiten her gegen das Schiff schlugen und es so zerschmetterten, daß das größte Brett nur die Größe einer Schiefertafel behielt; alles, was auf dem Schiff war, sank in den Abgrund, nur ich hielt mich an einem Sack Mehl fest, das bekanntlich 40 Tag lang sich auf der Oberfläche des Wassers erhält, und schwamm darauf zwei Tage und zwei Nächte umher, von den Wellen manchmal bis zu den Sternen hinauf und wieder bis in den Abgrund hinuntergeschleudert. Aber am dritten Tage war ich so sehr von Hunger und Durst geschwächt und von der Nässe und Kälte erstarrt, daß ich nicht mehr Kraft genug hatte, mich an dem Mehl festzuhalten. Indessen hielt ich mich doch mit Hilfe der Wellen noch bis gegen Abend auf der Oberfläche des Wassers, da ich aber nicht mehr hoffen konnte, die Nacht zu überleben, hörte ich auf zu schwimmen und wollte durch einen schnellen Tod meinem Leiden ein Ende machen, als ich auf einmal etwas wie ein großes Feuer mitten auf dem Meer vor mir sah. Jetzt strengte ich von Neuem alle meine noch übrige Kraft an, um mich dem Feuer zu nähern. Bald bemerkte ich aber, daß ich ein großes goldenes Schloß, von vier riesenhaften Genien getragen, für ein Feuer gehalten, denn es war so hell beleuchtet und so reich mit funkelnden Edelsteinen verziert, daß es über das ganze Meer wie die reinste Mittagssonne ein blendendes Licht verbreitete. Als ich nur noch ein paar Schritte davon entfernt war, hörte ich, wie jemand rief: »Nehmet den Verunglückten auf!« und sogleich flog ein Genius aus dem Schloß zu mir und trug mich hinein.

Ali fuhr fort: Ich fiel in Ohnmacht, als der Genius mich aus dem Wasser hob, und kam erst am folgenden Morgen wieder zum Bewußtsein. Da befand ich mich auf einem Bett von rotem Atlas überzogen, vor mir lag ein grünes golddurchwirktes seidenes Kleid, und auf dem Marmorboden stand eine Kohlenpfanne, auf der Aloeholz brannte, daneben ein Tisch, mit den ausgesuchtesten Speisen der Luft, des Wassers und der Erde gefüllt. Sobald ich mich aus dem Bett erhob, kamen zwei Diener, welche an der Türe standen, auf mich zu, wuschen mich mit Rosenwasser und zogen mich an. Ich setzte mich ganz ausgehungert an den Tisch, bis ich satt war. Dann brachten die Diener allerlei Früchte und Süßigkeiten, und zuletzt wieder Wasser mit wohlriechender Seife. Hierauf verschwanden sie und es traten vier Mädchen wie der Mond zu mir herein und fragten mich, wer ich sei und wie ich auf dieses Meer gekommen? Als ich ihnen meine ganze Geschichte erzählt hatte, sagten sie: »Danke dem Schöpfer, daß dich die Wellen zu uns hergetrieben, denn hier harret deiner nur Glück und Freude.« Ich bat sie dann, mir zu sagen, wo ich mich eigentlich befinde? Was dieses Schloß mitten auf dem Meer bedeute, wer es gebaut und bewohne? Da sagte eine von ihnen: »Wisse, mein Freund, du befindest dich hier auf dem großen Ozean, der die ganze Welt umgibt, und aus dem alle übrigen Meere ausfließen. Dieses Meer ist aber auch bewohnt; so befindest du dich vor einer runden Insel, die zwischen zwei unermeßlich hohen Bergen liegt, an deren

Gipfeln sich ein Schloß mit goldenen Mauern erhebt, das im Sonnenschein wie ein Stern leuchtet. Auf dieser Insel wächst das beste Aloeholz, und entspringt eine Quelle von dunkelblauem, wohlriechendem Wasser, in der sich Fische von den verschiedensten Farben aufhalten, ohne Gräte, mit goldgelben Augen und spitzigen schneidenden Ohren, mit denen sie den härtesten Felsen zersplittern können. Auch sammelt sich zuweilen ein dichter Schaum auf dieser Quelle, den der Wind häufig, an den zwei Bergen vorüber, ins Meer treibt, wo ihn Kaufleute auffangen und unter dem Namen Ambra verkaufen. Die Stadt, welche auf dieser Insel liegt, übertrifft an Glanz und Reichtum alle Städte der Welt und heißt auch darum Asaf, weil ein jeder bei ihrem Anblick ausruft: Asaf (Wehe!) über die ganze übrige Welt! Sie ist von goldenen Mauern umgeben, mit Zinnen aus Rubinen, und von Reitern bewacht, welche große silberne Lanzen mit smaragdenen Spitzen in der Hand tragen. Mitten in der Stadt erhebt sich ein Schloß, dessen Inneres und Äußeres mit den kostbarsten Edelsteinen überschüttet ist, und dessen wundervolle Einrichtung ich gar nicht beschreiben kann; es enthält unter anderem einen viereckigen Saal, der auf vier goldenen Pfeilern ruht, in dessen Mitte ein Springbrunnen aus rotem Korall ein Meer von Wohlgerüchen verbreitet. Auch hängen in diesem Saal viele goldene Käfige mit silbernem Schloß und smaragdenem Schlüssel, aus denen die süßesten Töne das Ohr entzücken. An der Spitze dieses Saales sitzt auf einem Thron, von grüner Seide überzogen, das schönste Mädchen, das der Herr geschaffen, die mächtige Königin Turaja, Tochter des Königs Farkad, von vielen Menschen und Genien umgeben.

Nicht weit von der Insel, auf welcher die Königin Turaja regiert, liegt aber noch eine größere, sehr völkerreiche Insel, deren König Kanas heißt; er hat eine Tochter, weiche unter dem Namen ›die blaue Königin‹ bekannt ist und in der Zauberkunst den höchsten Grad erreicht hat. Sie liebt fremde Männer aufs leidenschaftlichste, und hat daher auf allen Seiten dieses Meeres ihre Spione, die, sobald sie einen schönen Mann sehen, ihr Nachricht davon geben; sie läßt ihn dann durch einen ihr ergebenen Geist zu sich bringen, unterhält sich mit ihm, solange es ihr Freude macht, dann bringt sie ihn um oder verzaubert ihn in irgendein vierfüßiges Tier, oder in einen Vogel. Die Königin Turaja hat daher, um zu verhüten, daß nicht jeder Verunglückte in die Gewalt der abscheulichen blauen Königin falle, dieses Schloß, mitten auf dem Meer, an der Grenze ihres Reichs bauen lassen, und Gott sei gedankt, daß du auf diese Weise gerettet worden.« Die Sklavinnen führten mich dann in einem zierlichen Nachen mit den feinsten Teppichen belegt nach der Stadt Asaf, und brachten mich in ein für Fremde bestimmtes Hotel, das der mächtigste Sultan bewohnen dürfte, so schön war dessen Bauart und innere Einrichtung, und so vortrefflich war es mit allen Annehmlichkeiten des Lebens versehen. Es war Nacht, als wir in das Hotel kamen, und ich wurde in ein Zimmer geführt, in welchem unzählbare Wachslichter mit Aloeholz besteckt in goldenen Leuchtern brannten; ein mit den schmackhaftesten Speisen und Getränken beladener Tisch stand vor einem höchst bequemen und reichgeschmückten Divan. Die Sklavinnen bedienten mich noch bei Tisch, dann zogen sie sich zurück, und ich legte mich auf den Divan und schlief die ganze Nacht. Als ich am folgenden Morgen erwachte, sah ich ein wunderschönes Mädchen in einem golddurchwirkten mit Perlen verziertem Kleid vor mir; ich sagte ihr: »Bist du, Teure, die Königin Turaja?« »Wo denkst du hin, blödsinniger Mensch?« sagte sie; »ich bin die geringste ihrer Sklavinnen, die Dienerin dieses Gemachs, und harre deiner Befehle.« »Wann wird denn die Königin Turaja hierherkommen?« »Ich glaube, du bist von Sinnen, wenn du dir einbildest, die Königin Turaja werde dich hier besuchen. Nach drei Tagen wird sie dich rufen lassen und dich fragen, wer du bist und wieso du hierher gekommen, und dich dann nach deinem Rang behandeln, hüte dich aber nur, ihr etwas von deinen Umständen zu verbergen, denn sie erfährt durch ihre Geister doch alles, und findet sie dich als einen Lügner, so bist du verloren.« Während mir nun die Sklavin noch manches von ihrer Königin erzählte, erschienen auf einmal 400 Mamelucken in Atlaskleidern, mit goldenem Gürtel um den Hüften und gezogenem Schwert in der Hand, und ihr Anführer sagte mir: »Mein Herr, die Königin Turaja schickt uns hierher, um dich abzuholen.« Die Sklavin sah ihn mit Erstaunen an und sagte mir: »Wisse, daß du der erste Fremde bist, den die Königin vor dem dritten Tag nach seiner Ankunft ins Schloß rufen läßt, das ist eine gute Vorbedeutung; sei nur recht ehrerbietig und gehorsam gegen sie, sprich nicht zu laut vor ihr, und sei recht bescheiden.« Ich verließ hierauf das Fremdenhotel, der Anführer der Mamelucken hieß mich ein Maultier besteigen, dessen Geschirr ein Königreich wert war, und ritt mit mir nach dem Schloß durch sieben Vorhöfe, welche von mehreren 1000 Genien bewacht waren. Als ich endlich in den Thronsaal gelangte, bewillkommte mich die Königin, und alle Veziere und Generäle welche bei ihr waren, erhoben sich vor mir. Nachdem ich ihren Gruß erwidert, und noch einen Wunsch für die lange Dauer ihres Reiches und ihres Lebens hinzugefügt hatte, sagte sie: »Ich weiß schon, wer du bist, und kenne deine Mutter recht gut, darum habe ich dich auch heute schon sprechen wollen; erzähle mir nur zuerst, wie es dir seit deiner Abreise von deiner Heimat gegangen?« Als ich ihr alles von meiner Einschiffung bis zu dieser Stunde mitgeteilt hatte, bewillkommte sie mich nochmals und sagte: »Betrachte mein Land als das deinige, und meine Diener als die deinigen!« Dann erhob sie sich, ergriff meine Hand und führte mich in das Schloß ihres Vaters. Dieser sagte ihr: »Warum besuchst du mich heute so spät, meine teure Tochter?« »Der Jüngling, den ich hier vorstelle«, antwortete sie, »ist die Ursache meines ungewöhnlich langen Ausbleibens.« Der König, welcher sogleich merkte, daß ich seiner Tochter nicht gleichgültig war, hieß mich näher treten und neben ihn sitzen, und lud mich ein, mit ihm das Frühstück zu nehmen. Die Königin Turaja legte mir die besten Bissen vor, und ich stülpte meine Ärmel zurück und aß mit den Spitzen meiner Finger, bis ich satt war. Nachdem wir gegessen, und unsere Hände aus goldenen Waschbecken mit Rosenwasser und parfümierter Seife gewaschen hatten, wurden die Trinkgefäße mit allerlei frischen und trokkenen Früchten nebst Zuckerwerk aufgetragen, und als wir den Wein im Kopf spürten, befahl der König einer seiner Sklavinnen, die Sängerinnen zu holen. Sie kehrte bald wieder mit 100 königlich geschmückten jungen Mädchen, deren jede einen golddurchwirkten Atlasbeutel mit grünen seidenen Schnüren und einem diamantenen Schloß in der Hand trug. Sie nahmen ihrem Rang nach rings um den Saal herum Platz, zogen ihre Instrumente aus den Beuteln und fingen an zu singen und zu spielen, daß ich glaubte, das ganze Schloß tanze mit mir herum. Sie wurden erst nach einigen Stunden wieder entlassen, und als wir allein waren, fragte mich die Königin, ob ich ihr Gatte werden wollte? Da ich vom ersten Augenblick an, wo ich sie sah, eine heftige Liebe für sie fühlte, antwortete ich ihr: »Es ist das höchste Glück, das mir in diesem Leben zuteil werden könnte.«

Turaja machte hierauf ihren Vater mit meiner Familie und meinen Abenteuern näher bekannt, gestand ihm ihre Liebe zu mir und bat ihn um seine Einwilligung in unsere Verbindung. Der König Farkad erteilte uns seinen Segen, worauf die Königin Turaja mich wieder bei der Hand nahm und in ihr Schloß zurückführte. Als wir allein waren, holte sie ein Schwert, ein Stückchen Brot und einen Koran und schwor, daß sie weder in meiner Anwesenheit noch in meiner Abwesenheit, weder bei meinem Leben noch nach meinem Tod einem anderen Mann gehören wolle als mir. Dann bat sie mich, denselben Eid zu schwören, und als ich geschworen hatte, küßte und umarmte sie mich als ihren Gatten. Am folgenden Morgen sagte sie mir: »Bleibe du hier im Schloß, ich muß wegen einer dringenden Angelegenheit meinen Vater besuchen.« Als sie mich verließ, ging ich im Schloß umher, von einem Gemach zum andern, bis ich zuletzt auf die Terrasse stieg, welche mir eine wundervolle Aussicht auf die ganze Stadt und das Meer gewährte. Schon wollte ich wieder herunter ins Schloß steigen, als ein Vogel auf mich zuflog, mich bis zu den Wolken hinaufhob und den ganzen Tag mit mir herumflog. Erst gegen Sonnenuntergang ließ er sich mit mir auf eine sehr blühende, stark bevölkerte Insel herunter und verwandelte sich plötzlich

in einen schönen, königlich gekleideten und geschmückten Jüngling. Höchst erstaunt über diese Verwandlung fragte ich ihn, zu welcher Gattung Geschöpfe er gehöre? Er antwortete mir: »Ich bin ein Mensch wie du, und heiße Tarad, Sohn Anans, König des rauchenden Berges; doch komme nur weiter mit mir, ich will dich mit meinem ganzen Leben bekannt machen.« Er führte mich dann in ein Schloß, vor dessen Toren viele Diener mit goldenen Stäben und Mamelucken mit indischen Schwertern standen, die sich alle vor ihm bis zur Erde verbeugten. In einem großen Saal des Schlosses setzte er sich auf einen Divan, hieß mich neben ihn sitzen und begann:

Wisse, mein Freund, mein Vater, der mächtige König Anan, hat außer mir noch zwölf Söhne, deren jeder ein großes Königreich besitzt. Er liebte mich aber von meiner Jugend an mehr als alle meine übrigen Brüder, daher beneideten mich diese, und bald verwandelte sich sogar ihr Neid in bitteren Haß. Mein Vater, welcher befürchtete, meine Brüder möchten mir einmal in seiner Abwesenheit etwas zuleide tun, rief eines Tages einen ihm ergebenen Genienfürsten mit Namen Dahisch, der über unzählbare mächtige Genien zu gebieten hat, zu sich und sagte ihm: »Von heute an sollst du nicht mehr mir, sondern meinem Sohn Tarad dienen, vollziehe alle seine Befehle, und hieße er dich auch Berge ausreißen oder Meere austrocknen, und schütze ihn besonders gegen die bösen Anschläge seiner Brüder.« Da mich dieser Genienfürst aller Mühe, Sorge und Arbeit enthob, gab ich mich ganz dem Studium der Zauber- und Beschwörungskunst hin, zu der ich von meiner Kindheit an schon viel Neigung hatte. Ich brachte es bald in dieser Kunst so weit, daß ich glaubte, mich mit den anerkanntesten Zauberern messen zu dürfen. Als ich das Mannesalter erreicht hatte und mich nach einer Gattin sehnte, rief ich Dahisch und sagte ihm: »Wisse, daß ich nicht mehr länger hier allein leben mag, ich will mich verheiraten, möchte aber keine andere Gattin als Turaja, die Königin der Moschusinsel, denn nach allem, was ich gehört und gelesen habe, übertrifft sie alle anderen Frauen an Schönheit, Macht, Weisheit und Gelehrsamkeit; darum geh zu ihr und sage ihr: ›Der König Tarad, der Sohn Anans, Herr des rauchenden Berges, will dich zur Gattin haben, gewährst du ihm sein Verlangen, so sollst du das glücklichste Weib auf Erden werden, wo nicht, so wird er mit Menschen- und Genienscharen zu dir ziehen, dein Land verwüsten und dich als Gefangene fortschleppen.‹« Dahisch entgegnete mir: »Weißt du nicht, erhabener König, daß Turaja so mächtig ist, daß sie den Berg Kaf umzustürzen vermag? Alle Könige dieser Meere sind ihre Verbündeten, selbst Abu Tawaif gehorcht ihr und fürchtet sie. Wie soll ich eine solche Sprache gegen sie führen?« »Tu was ich dir befehle«, versetzte ich zornig; »mich schrecken ihre Zauberkünste nicht ab; indessen nimm doch aus Vorsicht 1000 Riesengenien mit verbranntem Gesicht mit dir und bringe mir bald ihre Antwort.« Dahisch weigerte sich nicht länger und flog in sehr kurzer Zeit, von 1000 Genien begleitet, nach der Moschusinsel. Als die Königin Turaja die Ankunft eines Genienfürsten mit 1000 fliegenden Genien vernahm, schickte sie ihnen einen ergebenen Geist entgegen und ließ sie fragen, in welcher Absicht sie gekommen. Der Geist flog zu Dahisch und grüßte ihn, dieser erwiderte aber den Gruß nicht und der Geist schloß daraus, daß es widerspenstige Genien sein müßten. Einer derselben fragte dann in einem unsanften Ton: »Was verlangst du von uns?« »Ich bin«, antwortete der Geist, »von der erhabenen Königin Turaja zu euch gesandt, um euch zu fragen, wer ihr seid, wem ihr gehorchet und was ihr begehret?« Dahisch erwiderte hierauf: »Ich bin gekommen, um im Namen des Königs Tarad um die Königin Turaja zu werben.« Als der Geist mit dieser Antwort zu seiner Herrin zurückkehrte, sagte sie ihm: »Geh wieder zu Dahisch und sage ihm, er möge mich allein in meinem Schloß besuchen, und mir das Nähere über seine Botschaft mitteilen.

Als aber der Geist den Wunsch seiner Herrin dem Fürsten Dahisch vortrug, sagte dieser: »Du Hund, wie wagst du es, eine solche Botschaft an mich zu übernehmen? Wer ist deine Herrin, daß sie es wagt, mich allein zu sich zu rufen, statt zu mir herauszukommen?« Er zog hierauf sein Schwert, tötete den Geist, und drang mit seinen verbrannten Genien ins Schloß.

Schon hielt sich Dahisch seines Sieges gewiß, als die Königin Turaja ihm entgegentrat, durch das Ausrufen eines heiligen Namens ihn zu Boden stürzte und von ihren Geistern, welche jetzt 1000-weise herbeiströmten, in Ketten legen ließ; auch die Genien, die mit ihm gekommen waren, wurden teils verbrannt, teils gefangengenommen. Turaja setzte sich dann auf ihren Thron, ließ Dahisch, der sich so klein wie ein Hühnchen machte, gefesselt vor sich führen und sagte ihm: »Wehe dir! Warum hast du meinen Geist erschlagen? Gott verdamme dich! Doch laß mich einmal deine Botschaft vernehmen.« »Verzeihe, Königin!« rief Dahisch mit zitternder Stimme, »mich sendet Tarad, der Sohn Anans, König des rauchenden Berges, zu dir, um dich zu fragen, ob du ihm nicht mit deiner Hand beglücken wolltest.« »Und was hat er dir ferner aufgetragen?« fragte dann Turaja. Dahisch senkte den Kopf zur Erde und antwortete nicht. »Hat er dir weiter nichts gesagt?« fragte Turaja nochmals, und da Dahisch in seinem Schweigen beharrte, schlug sie ihm den Kopf ab und befahl ihren Geistern, alle seine Begleiter aus der Welt zu schaffen. Als dieser Befehl vollzogen war, rief sie Charub, einen ihrer Adjutanten, zu sich und sagte ihm: »Bringe mir Tarad, den Sohn Anans, hierher!« Charub nahm sogleich die Gestalt eines ungeheuren Vogels an und flog zu mir, hob mich von meinem Thron weg und trug mich zur Königin Turaja. »Willkommen, Herr Bräutigam«, rief sie mir höhnisch zu; »bei Gott! Du sollst allen Königen dieser Insel zur Warnung dienen, daß keiner so bald es wage, mich nur zu nennen.« Sie sagte dann einigen ihrer Genien: »Führet ihn ins Gefängnis und bewachet ihn wohl, bis ich von meinem Vater, dem König Farkad, zurückkehre, den ich fragen will, was ich mit diesem Hund anfangen soll.« Aber im Augenblick, als ein furchtbarer Genius mich ins Gefängnis führen und die Königin sich entfernen wollte, trat der König Farkad herein und fragte seine Tochter, warum sie ihn heute nicht zur gewöhnlichen Stunde besuchte, und was ihr denn widerfahren, daß sie so aufgeregt aussehe? Turaja erzählte ihm hierauf alles, was zwischen mir, Dahisch und ihr vorgefallen. »Gott lasse dich ferner über alle deine Feinde siegen«, sagte der König erfreut; »doch wo ist der König Tarad? Ich möchte ihn auch gern sehen.« Als die Königin auf mich hindeutete, sagte er: »Das ist ein König, der um meine Tochter wirbt? Der zittert ja wie ein altes Weib!« Er trat mich dann mit seinem Fuß aus dem Saal und befahl dem Scharfrichter, mich zu hängen. Ich hatte schon alle Hoffnung auf Gnade verloren, da traten die Adjutanten des Königs herein und sagten: »Der König Anan, Abu Tawaif und einige andere Genienkönige sind mit einer großen Anzahl Truppen im Anzug, um den König Tarad zu befreien; vor dem Schloß steht ihr Abgesandter, der vorgelassen zu werden wünscht.« »Führe ihn herein«, sagte Farkad einem seiner Adjutanten. Da erschien ein alter Mann, der so ehrwürdig aussah, daß Farkad ihn freundlich aufnahm, neben sich sitzen ließ und ihn in einem sanften Ton fragte, woher er komme, wer er sei und welche Botschaft er bringe? »Ich bin«, antwortete der Alte, »ein Gesandter des Königs Anan, der mit Abu Tawaif mir bald hierher folgen wird, um dich um Gnade für seinen leichtsinnigen, tollkühnen Sohn zu bitten, den er trotz aller seiner Fehler doch zärtlich liebt.« Farkad befahl einem seiner Diener, mich einstweilen in ein Gemach des Schlosses zu bringen, und auch den Gesandten meines Vaters ließ er in eines der schönsten Zimmer des Schlosses führen und ihm zwei Genien zur Bedienung geben. Als er dann allein mit Turaja war, sagte er ihr: »Teure Tochter, so sehr auch Tarad den Tod verdient, müssen wir doch bedenken, daß er ein König und Sohn eines mächtigen Königs ist, auch uns wird der Großmut nur noch mehr vor den Augen aller Könige erheben; übrigens wäre es auch unklug von uns, wenn wir, um an einem verwegenen Jüngling Rache zu nehmen, uns in einen Krieg mit Anan und Abu Tawaif einlassen wollten; was sagst du dazu?« »Ich habe keinen anderen Willen als den deinigen«, erwiderte Turaja; »ich denke, wir warten einmal die Ankunft Anans ab und sehen, wie er sich gegen uns benimmt; sieht er das Unrecht seines

Sohnes ein und bittet uns um Gnade für ihn, so werde sie ihm gewährt; droht er uns aber mit Gewalt, so üben wir Gerechtigkeit aus und lassen uns nicht von ihm einschüchtern.« Einige Tage nach diesem Vorfall trat ein Adjutant vor den König Farkad und meldete ihm die Ankunft des Königs Anan mit Abu Tawaif und einigen anderen Genienhäuptern. Farkad und Turaja bestiegen ihre Pferde und ritten ihm, in Begleitung einiger fliegender Genien, deren Flügel so bunt wie Pfauenfedern aussahen, entgegen. Als sie ihm vor dem Tor begegneten, stieg Anan vom Pferd und verbeugte sich vor Farkad; dieser wollte ebenfalls absteigen, aber Anan schwor, er gebe dies nicht zu. Da schwor Turaja auch, er dürfe nicht zu Fuß gehen und redete ihm solange zu, bis er wieder aufstieg und zwischen Farkad und Turaja in die Stadt ritt. Schon waren auf dem Schloß alle Vorkehrungen zum Empfang Anans und Abu Tawaifs getroffen, und es harrte ihrer ein Mittagsmahl, wie man es nur bei so mächtigen Genienkönigen findet, die sich das Beste, was da kriecht und läuft und schwimmt und fliegt, zu verschaffen wissen. Während der Mahlzeit wurde wenig und nur von unbedeutenden Dingen gesprochen; erst als der Nachtisch aufgetragen wurde, erhob sich Abu Tawaif und sagte: »Der glorreiche König Farkad weiß schon durch unseren Boten, was den König Anan bewogen hat, seine Insel zu verlassen und hierher zu kommen; darf ich wohl dem betrübten Vater die Versicherung geben, daß sein Sohn ihm zurückgegeben wird?« Da erhob sich Duha, der Vezier des Königs Farkad, der klügste Mann seines Jahrhunderts und bat ums Wort.

Als der König Farkad Duhas Bitte gewährte, sagte er: »Es ist Jedermann bekannt, daß der König Farkad der friedliebendste Regent dieser Inseln ist, daß aber

Tarad ohne allen Grund und gegen alles Recht die Ehre der Königin Turaja angegriffen hat; er ist nun selbst in die Grube gefallen, die er ihr zu graben glaubte; er ist jetzt ihr Gefangener, statt daß er sie mit Gewalt aus ihrer Heimat fortzuschleppen hoffte; gern wird sie ihm indessen, so groß auch sein Verbrechen war, um seines Vaters und des ehrwürdigen Abu Tawaif willen verzeihen; aber wer bürgt uns dafür, daß dieser tollkühne Jüngling, einmal wieder in Freiheit, seine verbrecherischen Absichten aufgeben und nicht neue Ränke gegen sie schmieden wird?«

Da erhob sich Abu Tawaif und sagte: »Sein Vater Anan und ich, wir verbürgen uns für ihn, wir selbst übernehmen es, ihn zu züchtigen, wenn er es je wieder wagen sollte, gegen die erhabene Königin Turaja etwas zu unternehmen; laßt ihn nur rufen, ich will es ihm selbst verkünden.« Ich wurde hierauf aus meinem Zimmer geholt und in den Saal geführt, wo mein Vater, Abu Tawaif, Farkad, Turaja, Duha und einige andere Veziere und Genienhäupter beisammen saßen. Ich senkte den Kopf zur Erde und befand mich in einem Zustand, der 1000-mal schlimmer als der Tod war, denn mein Herz war von Reue, Ärger, Scham und Liebe gedrückt. Auch sah ich so niedergeschlagen und zerknirscht aus, daß alle Anwesenden aus Mitleid weinten. Abu Tawaif redete mich dann folgenderweise an: »Weißt du nicht, verwegener Jüngling, daß Gutes mit Gutem vergolten wird, daß aber der Bessere den Anfang macht? Daß Böses mit Bösem bestraft wird, der Schlimmere aber es zuerst übt? Hast du eine so geringe Meinung von der allenthalben verehrten und gefürchteten Königin Turaja, daß du glaubtest, sie ungestraft beleidigen zu können? Doch du bist ein unüberlegter Jüngling, darum will sie dich auch begnadigen, schwöre aber in unserem Beisein, daß du sie fernerhin nie mehr beunruhigen, daß du nie mehr ihr Land betreten, noch ihren Namen aussprechen willst, schwöre dies, dann bürgen wir für dich; bedenke aber, daß der unsichtbare Gott deinen Eid hört und daß du in diesem und jenem Leben verloren bist, wenn du ihn brichst.« Ich schwor bei dem, der die Himmel wie ein Zelt ausgedehnt und die Erde wie eine Wiege geschaffen, der den Morgen in ein weißes und die Nacht in ein schwarzes Gewand hüllt, daß ich mich ihr nie mehr nähern, noch ihren Namen aussprechen wollte. Kaum hatte ich diesen furchtbaren Eid geschworen, als ich in Ohnmacht fiel; ich brachte die ganze Nacht halb bewußtlos zu, und am folgenden Morgen, als ich wieder zu mir kam, erschien mein Vater und forderte mich auf, ihm zu folgen. Ich mußte mit ihm hierher zurückkehren, ohne zuvor meine Geliebte wieder gesehen zu haben, und auf der ganzen Reise machte er mir Vorwürfe über meine Unbesonnenheit, die mir noch härter waren, als der Verlust meiner Geliebten. Ich mußte, ehe er von mir Abschied nahm, ihm noch einmal schwören, daß ich Turaja ganz vergessen wollte; aber kaum war ich allein, da dachte ich nur noch an Turajas Reize, die ich über alle Schilderung gefunden; ich nahm daher die Gestalt eines Vogels an, und seither flatterte ich jeden Tag um ihr Schloß herum in der Hoffnung, sie zu erblicken, bis ich heute dich auf der Terrasse fand, da wandelte mich die Lust an, dich mit mir zu nehmen, um etwas von meiner Geliebten zu hören; auch bin ich sehr begierig, zu vernehmen, wieso du auf die Insel der Königin Turaja gekommen, und in welcher Eigenschaft du dich in ihrem Schloß aufhältst.

Als Tarad diese wunderbare Geschichte – fuhr Ali dem Kalifen zu erzählen fort – vollendet hatte, dachte ich: »Hier muß ich behutsam zu Werke gehen; sage ich diesem rasenden Jüngling, daß ich Turajas Gatte bin, so wird er aus Eifersucht mich umbringen; ich sagte ihm daher bloß, ich sei der Sohn der Königin Farha, Freundin der Königin Turaja, und habe dieser auf meiner Mutter Befehl einen kleinen Besuch gemacht.« Als Tarad dies hörte, sagte er: »Wehe mir, wenn Turaja dich vermißt und erfährt, daß ich dich fortgeschleppt habe; da wird sie zu meinem Vater und Abu Tawaif schicken und mich als einen meineidigen König anklagen, da ist es um meine Ehre, vielleicht gar um mein Leben geschehen, das Beste ist daher, ich schicke dich ihr zurück, und bitte dich, sie um Gnade für mich anzuflehen.« Kaum hatte er aber diese Worte vollendet, da trat hastig sein Adjutant herein und sagte ihm: »Draußen steht ein Abgesandter der Königin Turaja mit mehr als 100 schwarzen Genien, welcher dich zu sprechen wünscht.« Bei dem Namen Turaja fing Tarad an zu zittern und zu beben, und mit Mühe stammelte er: »Führe ihn herein.« Als der Abgesandte erschien, stand Tarad vor ihm auf, grüßte ihn mit Ehrerbietung und fragte ihn, welche Botschaft er bringe? Der Bote überreichte ihm einen versiegelten Brief, den er hastig erbrach, und als er ihn gelesen hatte, brach er in Schmähungen gegen Turaja aus und sägte dem Gesandten: »So behandelt man keinen König, so sehr er auch gefehlt haben mag.« Da ich fürchtete, Tarad mochte mein Geheimnis erfahren, benutzte ich diesen Augenblick, um aus seinem Schloß zu fliehen und irrte auf seiner Insel umher, ohne zu wissen, wohin ich meinen Fuß setzte. Nach einigen Stunden, als ich ziemlich weit vom Schloß entfernt war, warf ich mich voller Verzweiflung auf die Erde, dachte an meinen Vater, an meine Mutter und an Turajas Angst um meinetwillen, und fing an laut zu weinen und Gottes Hilfe anzuflehen. Da rief mir eine Stimme aus der Höhe zu: »Beruhige dich, Ali, es naht dir Hilfe.« Als ich die Augen aufhob, erblickte ich über mir einen großen Genius in Vogelsgestalt; ich bat ihn, sich zu mir herabzulassen und mir zu sagen, zu welcher Gattung Genien er gehöre? Er stieg herunter und sagte mir: »Ich gehöre zu den Genien des Königs Tarad und entfliehe vor dem roten Tod, der sie durch das Schwert der Königin Turaja erreicht. Bald nach deiner Flucht aus dem Schloß des Königs Tarad erblickten wir nämlich eine Röte in der Atmosphäre, daß wir glaubten, der ganze Himmel stehe in Flammen; es waren die feuerspeienden Scharen der Königin Turaja, welche Tarads Schloß wie ein Schwarm Heuschrecken oder Ameisen umlagerten und alles, was darin war, töteten oder gefangen nahmen. Die Königin selbst, welche an ihrer Spitze stand, sprang auf Tarad mit gezogenem Schwerte zu und fragte ihn: ›Wo ist Ali, der Sohn der Königin Farha?‹ Tarad schwor bei Gott, er wisse nicht, wo er hingekommen, er habe sich bei Ankunft ihres Gesandten entfernt und sei wahrscheinlich irgendwo verborgen, oder habe aus Furcht vor den Genien die Flucht ergriffen. Aber Turaja nannte ihn einen Wortbrüchigen und Meineidigen, trat ihn mit Füßen und befahl einem ihrer Offiziere, ihn gefangenzunehmen. Nun, gottlob, daß ich dich hier finde, ich will dich sogleich zur Königin Turaja, die vor Liebe zu dir ganz rasend ist, bringen; du mußt ihr sagen, daß Tarad dir nichts zuleide getan, so wird sie ihm gewiß auch diesmal wieder verzeihen.« »Tu dies, mein Freund«, sagte ich, »du wirst dadurch Turaja, Tarad und mich verbinden.« Da nahm er mich auf seinen Rücken und flog mit mir so hoch hinauf, daß ich nur noch eine Hand breit vom Himmel entfernt war, dann ließ er sich auf einen hohen Berg herunter, schüttelte mich ab und stellte sich vor mich in der Gestalt eines Raben mit einem Löwengesicht und Adlerkrallen. Ganze Feuersäulen stiegen aus seinem Schlund hervor, und auch seine Augen, welche in die Länge gespalten waren, sprühten Funken, seine Worte glichen dem Donner, und sein Hauch verbreitete Leichengeruch um ihn. »Was bedeutet diese fürchterliche Gestalt?« fragte ich ihn erschrocken. Statt einer Antwort schlug er mich so heftig ins Gesicht, daß ich das Bewußtsein verlor, und als ich wieder zu mir kam, befand ich mich allein auf dem Gipfel eines hohen Berges, mit einem so schweren Stein auf der Brust, daß ich mich weder links noch rechts bewegen und kaum noch atmen konnte. Ich lag so den ganzen Tag unter diesem Felsen; die Sonne brannte mir so heiß ins Gesicht, daß ich es mit den Händen bedecken mußte. Als ich aber gegen Abend sie von meinen Augen weghob, sah ich vier

Jungfrauen vor mir, deren Aussehen, Kleidung und Schmuck mich nicht zweifeln ließ, daß es Prinzessinnen sein müßten. Ihr Anblick blendete mich noch mehr, als früher die Sonne; ich schloß daher meine Augen wieder und stellte mich, als schliefe ich. Da hörte ich, wie eine von ihnen sagte: »Wer mag wohl dieser schöne Jüngling sein? Wer hat ihn auf diesen steilen Berg gebracht und ihm einen so schweren Stein aufgebürdet?« Eine andere antwortete: »Dieser Jüngling ist Ali, der Sohn der Königin Farha, der Geliebte der Königin Turaja; der König Sarech, welcher die Königin Turaja leidenschaftlich liebt, hat ihn hierhergetragen, um ihn hier vor Hunger und Durst umkommen zu lassen; aber bei dem Siegel Salomos, wäre auch der König Sarech so mächtig wie Barachja, Salomos Vezier ‚Friede sei mit ihm‚ so muß doch dieser Jüngling gerettet werden.«

Bei diesen Worten ging die Jungfrau auf mich zu und hob den Stein von meiner Brust. Ich öffnete die Augen wieder, schöpfte Atem, stand auf und beschwor meine Retterin, mir doch zu sagen, wieso sie diesen unzugänglichen Berg besteigen konnte, was sie hierher führte und wer sie sei? Sie antwortete mir: »Ich heiße Djauharah und bin die Tochter der blauen Königin, Herrin der weißen Stadt; die drei Mädchen, die du hier bei mir siehst, sind meine Schwestern; die eine heißt Sumurda und ist meine rechte Schwester, die anderen beiden, Murdjana und Jakuta, sind meine Stiefschwestern. Uns ist kein Land zu fern, kein Berg zu hoch und kein Meer zu tief, denn wir fliegen wie Vögel in der Luft und tauchen wie Fische in den Abgrund des Meeres hinab; auf diesen Berg sind wir aber nur um deinetwillen gekommen, als wir auf einem Ausflug dich so hilflos daliegen sahen; komme jetzt mit uns, erhole dich von deinen schweren Qualen; dann steht es dir frei, wieder zu deiner Geliebten zurückzukehren.« Sie nahm mich hierauf in ihren Arm und flog mit mir so schnell wie ein Blitz nach einer herrlichen großen Stadt, welche in einem reizenden Tal lag, ließ sich mit mir auf die Terrasse eines Schlosses herab und führte mich eine marmorne Treppe hinunter in einen Saal, der an Größe und Glanz dem der Königin Turaja nicht nachstand. Es war schon Nacht, als wir ankamen, aber der Saal war heller beleuchtet, als wenn die Mittagssonne ihn beschienen hätte. Djauharah befahl sogleich den Sklavinnen, welche den Saal füllten, das Nachtessen aufzutragen, und kaum hatte sie es gefordert, als niedliche kleine Tischchen mit goldenen Schüsseln, kristallenen Tellern und silbernen Löffeln gebracht wurden, erstere mit Speisen gefüllt, deren Geschmack und Aussehen mir ganz fremd waren, aber ganz vorzüglich mundeten. Als wir satt waren, wurden die Weingefäße gebracht mit allerlei trockenen und frischen Früchten; eine alte Wirtschafterin, die wie eine scheckige Schlange aussah und Feirusadj hieß, schenkte ein und reichte die Becher im Kreis umher, dann holte sie auch Sängerinnen, welche ihren Gesang mit allerlei Instrumenten begleiteten. Gegen Mitternacht, als wir mehr oder weniger berauscht waren, sagte Djauharah zu ihren Schwestern: »Unser Gast bedarf jetzt der Ruhe, darum ziehet euch in eure Gemächer zurück.« »Glaubst du etwa«, erwiderte Sumurda, »ich werde vor dir diesen Saal verlassen? Wenn eine von uns den noch übrigen Teil der Nacht in Alis Nähe zubringen soll, so gebührt es mir, als der Ältesten, zuerst.« »Nein«, versetzte Djauharah, »ich habe den Stein von ihm hinweggewälzt, unter dem er gestorben wäre; ich habe ihn auf meinem Arm hierhergetragen, ich allein habe ein Recht auf seine Gesellschaft.« Sumurda zog aber ihr Schwert und drang auf Djauharah ein. Diese zog schnell das ihrige, und es entstand ein Kampf, als wenn zwei Meere einander entgegentobten. Während aber Djauharah und Sumurda um meinen Besitz miteinander fochten, näherten sich mir Murdjana und Jakuta und sagten: »Weißt du, daß dein Leben hier in Gefahr ist? Wie leicht könnte eines dieser Mädchen in seiner Wut dich ergreifen und der anderen zum Trotz umbringen! Wir raten dir daher, diesen Augenblick zu benutzen und mit uns zu kommen.« Ich ging mit ihnen zur Tür hinaus; eine von ihnen nahm mich auf ihre Schultern und die andere flog hinter uns her, um uns zu bewachen, bis wir glücklich in Murdjanas Schloß anlangten. Aber kaum hatten wir uns auf einem Divan niedergelassen, als schon die alte Feirusadj erschien und den Mädchen sagte: »Wisset, daß, nachdem Djauharah und Sumurda noch einige Zeit miteinander gefochten hatten, es mir gelang, mit Hilfe einiger Sklavinnen sie zu trennen und den Frieden wieder herzustellen. Als sie aber dann nach der getroffenen Übereinkunft sich die eine zur Rechten und die andere zur Linken Alis setzen wollten und ihn nicht mehr fanden, so dachten sie wohl, er sei von euch entführt worden, und wollten sogleich mit ihren Kriegerscharen euch hier überfallen. Mit vieler Mühe gelang es mir, sie zu bewegen, zuerst mich hierherzusenden, um Ali von euch zurückzufordern und erst, wenn ihr mir ihn verweigert, euch den Krieg zu erklären.« Als Feirusadj so gesprochen hatte, erhoben sich Murdjana und Jakuta und sagten wie mit einer Zunge: »Bei dem erhabenen Gott, lieber sterben wir, als daß wir diesen Jüngling unseren Schwestern ausliefern, und wärest du uns nicht von Jugend an so teuer, so würden wir dich als Überbringerin einer so kühnen Botschaft umbringen; doch kehre zurück und sage unseren Schwestern, das Schwert möge zwischen uns entscheiden.« Feirusadj entschuldigte sich und versprach, alles aufzubieten, um ihre Gebieterin von einem Krieg abzuhalten, hoffte aber in ihrem Inneren, durch List viel leichter ihr Ziel zu erreichen. Sobald sie nämlich Djauharah die Antwort ihrer Schwestern überbracht hatte, kochte sie eine ihr wohlbekannte schwarze Wurzel und wusch damit ihren ganzen Körper, so daß sie wie eine geborene Schwarze aussah; sie kleidete sich dann wie die Sklavinnen Murdjanas und flog nach ihrem Schloß, mischte sich unter ihre Sklavinnen und trat so in den Saal, wo ich zwischen Murdjana und Jakuta vor einem Weintischchen saß.

Gegen Morgen, als ich einen Augenblick den Saal verließ und in den Hof ging, folgte sie mir, murmelte ein paar unverständliche Worte her, und sogleich stieg ein abscheulicher Genius aus der Erde, dem sie befahl, mich in Djauharahs Schoß zu tragen. Als aber der Genius mit mir hoch in der Luft, ungefähr Mitte Wegs zwischen Djauharahs und Murdjanas Insel, war, rief ich: »Es gibt keinen Gott außer dem einzigen Gott, und Mohammed ist sein Abgesandter!« Sogleich traf ein feuriger Pfeil meinen Träger und verwandelte ihn in Asche, ich aber fiel herunter in den Abgrund des Meeres. Zu meinem Glück war die See so stürmisch, daß mich die Wellen bald wieder herauf warfen und ich ohne große Anstrengung den ganzen Tag fortschwimmen konnte. Aber gegen Abend nahmen

meine Kräfte ab, ich konnte keinen Arm mehr bewegen und dachte: »Jetzt wird die Tiefe des Meeres mich verschlingen und kein Mensch und kein Genius wird mein Grab kennen, als die Wellen mich auf einen großen toten Fisch trieben, der auf der Oberfläche des Wassers schwamm.« Ich klammerte mich daran fest und ließ mich so einen Teil der Nacht von den Wellen umherschaukeln. Nach Mitternacht tauchten aber Seetiere von jeder Größe und jeder Gestalt, manche waren größer als Elefanten, aus dem Meer, umgaben meinen Fisch von allen Seiten und fraßen so lange daran, bis nur noch das Stück, auf dem ich lag, übrig blieb. Da ich fürchtete, mitgefressen zu werden, sprang ich schnell herunter und schwamm wieder eine Weile umher, bis mein Fuß auf etwas Hartes stieß; da hielt ich an und blieb darauf stehen, bis der Tag heranbrach und mir zeigte, daß ich mich auf einem aus dem Meer hervorragenden kleinen Felsen befand, in der Nähe einer großen Stadt, mit einem schönen von Schiffen angefüllten Hafen. Ich dankte Gott für meine Rettung aus so großer Not, denn ich zweifelte nicht, daß mich bald jemand vom Land aus erblicken und abholen würde. Ich hatte mich nicht getäuscht, denn bald war ein Fischerkahn vom Hafen losgebunden, der auf mich zusegelte und mich aufnahm. Ich dankte dem Schiffer, der mich in seinen Kahn hob, und bat ihn, mir zu sagen, wo ich mich befände? »Du kommst sogleich«, antwortete er mir, »in die weiße Stadt, welche auch wegen der vielen Säulen, auf denen nicht nur das königliche Schloß, sondern auch viele Privathäuser ruhen, die Säulenreiche genannt wird; diese Stadt und Insel wird von einer Frau beherrscht, welche die blaue Königin heißt; sie ist eine der mächtigsten Königinnen der Erde und behandelt ihre Untertanen mit vieler Härte, um so gütiger ist sie aber gegen fremde Jünglinge deinesgleichen.« Der Schiffer gab mir dann ein Stück von seinem Brot und einen Trunk süßes Wasser, und ich fischte mit ihm den ganzen Tag, bis der Kahn mit den schönsten Fischen angefüllt war. Gegen Abend, als wir in den Hafen einliefen, sagte mir der Schiffer: »Morgen bringe ich die Fische der Königin, denn ich bin ihr Leibfischer, und sage ihr, daß ich sie einem fremden Jüngling verdanke, den ich auf einer Klippe gefunden, und bitte sie um die Erlaubnis, dich ihr vorzustellen.« Wir waren aber kaum gelandet, als die Diener der Königin kamen und dem Fischer sagten: »Gib schnell her, was du gefangen, denn wir brauchen diesen Abend Fische zu einem Festmahl.« Der Fischer gab die Fische her und begleitete die Diener bis zur Königin, um ihr zu sagen, daß er seinen reichen Fang nur mir verdanke, worauf sie ihm sogleich befahl, mich zu ihr zu führen. Als ich vor ihr erschien, verbeugte ich mich wie ihre Diener, aber sie bewillkommte mich sehr freundlich und hieß mich sitzen. Da setzte ich mich einen Augenblick, stand aber gleich wieder auf. »Warum bleibst du nicht sitzen?« fragte sie mich. Ich antwortete ihr: »Ich habe mich nur einen Augenblick niedergelassen, um den Befehl der erhabenen Königin zu vollziehen, ich erhob mich aber wieder aus Ehrfurcht vor ihr.« Sie hieß mich dann wieder sitzen, ließ sich bei ihren Gästen als unwohl melden und blieb allein bei mir. Ich mußte ihr alle meine Abenteuer erzählen, und als ich vollendet hatte, sagte sie: »Armer Mann, du hast viel gelitten, ein Säugekind könnte grau davon werden, doch sei frohen Mutes, du bist hier in einem Hause des Trostes und der Freude.« Sie ließ dann ein köstliches Abendessen auftragen und nach der Mahlzeit mich von einer Sklavin in ein Schlafgemach führen, wie ich noch keines in meinem Leben gesehen. Ich schlief bald auf einem seidenen Divan ein, und erwachte erst am folgenden Morgen, als die Sonne schon längst aufgegangen war. Als ich mich gewaschen und gebetet hatte, kamen vier Diener in mein Zimmer und sagten: »Ist es unserem Herrn gefällig, ins Bad zu kommen?« Ich machte mich auf und folgte ihnen in ein königlich eingerichtetes Badzimmer; die Diener wuschen mich, bis ich wie eine Silberstange aussah, dann zogen sie mir ein recht prachtvolles Kleid an, umgürteten mich mit einem juwelenbesetzten Gürtel und setzten mir eine goldene Krone auf, die mit allerhand Edelsteinen verziert war, und führten mich, so geschmückt, zur blauen Königin. Sie stand vor mir auf, zog mich zu sich auf den Divan und fragte mich, wie ich die Nacht zugebracht. Ich küßte ihr die Hand, grüßte sie und die Veziere, die um sie versammelt waren, und dankte für die ausgezeichnete Bewirtung. Wir unterhielten uns dann bis zur Mittagsstunde; die Königin wandte keinen Blick von mir, und ich hörte, wie sie zu einer Dame, die in ihrer Nähe saß, sagte. »Ich habe in meinem Leben keinen so schönen Jüngling gesehen.« Nach dem Mittagsgebet gingen wir zur Tafel, wo ich wieder neben der Königin Platz nehmen mußte. Aber nach Tisch, als sie vom Wein erhitzt war und die übrigen Gäste sich entfernt hatten, sah ich ein, daß ich meine gute Aufnahme nicht der Gastfreundschaft der Königin, sondern ihrer leidenschaftlichen Liebe zu mir verdankte, denn kaum waren wir allein, da fiel sie mir wie ein schamloses Weib um den Hals. Mir schwebte aber Turajas Bild vor Augen, ich dachte an den Eid der Treue, den ich ihr geschworen und wand

mich aus ihren Armen los. Da sagte sie voller Wut: »Wie, eine Königin, wie ich, läßt sich zu dir herab und du verschmähst sie?« Sie murmelte dann einige mir unverständliche Worte, stieß mich aus dem Zimmer und sagte: »Verlasse deine menschliche Gestalt und werde ein zahnloser Hund von ekelhaftem Aussehen.« Bei diesen Worten, die ich noch als Mensch vernahm, fing ich an zu zittern und zu beben, und in einem Augenblick war ich ein häßlicher Hund ohne Zähne und konnte kein Wort mehr sprechen. Ich lief nun, wie andere Hunde, in den Straßen umher; aber die Hunde spürten doch etwas Fremdartiges an mir, und verfolgten mich bellend und beißend von einer Straße zur anderen, bis ich zuletzt in eine kleine Sackgasse kam, wo ich keinen Ausweg mehr fand. Da versammelten sich mehr als 100 Hunde um mich, und zerbissen mich von Kopf bis Fuß. Ich bellte so jämmerlich, daß eine Frau, welche in dieser Gasse wohnte, mich bemitleidete und, mit einem Stock in der Hand, herauskam und die Hunde von mir vertrieb. Dann faßte sie mich ins Auge und sagte zu sich selbst: »Dies ist kein Hund, sondern ein verzauberter Mensch«; sie nahm mich daher am Ohr und führte mich in ihr Haus.

Diese Frau hieß Djarda und hatte es in der Zauberkunst noch weiter als die blaue Königin gebracht. Sobald ich in ihrem Haus war, zog sie sich einen Augenblick in ihr Kabinett zurück, dann kam sie wieder mit einer Kohlenpfanne und einem Schüsselchen Wasser, beräucherte und bespritzte mich, murmelte allerlei Beschwörungen und sagte zuletzt: »Bei den heiligen Namen, die ich soeben ausgesprochen, nimm wieder deine frühere Gestalt an!« Kaum hatte sie diese Worte gesprochen, als ich in meiner früheren Gestalt vor ihr stand. Sie führte mich dann zu ihren Töchtern, welche schnell mit ihren Ärmeln ihr Gesicht bedeckten und erstaunt fragten: »Woher kommt dieser Jüngling auf einmal, da doch die Haustüre geschlossen ist?« »Diesen Jüngling«, antwortete Djarda, »habe ich als Hund von der Straße hereingeführt, wir wollen ihn morgen der Königin bringen, die wird ihre Freude an ihm haben; doch holt ihm schnell etwas zu essen, denn er ist gewiß recht hungrig.« Die Mädchen brachten allerlei Speisen und aßen selbst mit mir; dann kam Djarda mit den Weingefäßen und schenkte so lange ein, bis sie und ihre Töchter berauscht waren. Da ich fürchtete, es möchte mir auch in diesem Haus nicht anders gehen, als bei der Königin, und ohnedies nicht wünschen konnte, am folgenden Morgen dieser zurückgebracht zu werden, verließ ich unter dem Vorwand, ein wenig frische Luft zu atmen, das Zimmer und schlich mich leise zum Haus hinaus. Ich lief lange in der Stadt umher, bis ich endlich vor einem schönen großen Haus eine bequeme steinerne Bank mit einer Matte bedeckt sah; ich legte mich darauf und schlief ein. Ich war aber kaum eingeschlafen, als mich jemand am Arm rüttelte; ich öffnete die Augen und sah einen schönen jungen Mann von sehr vornehmem Aussehen vor mir, der mir sagte: »Was schläfst du hier im Freien auf dieser harten Bank? Komm mit mir herein ins Haus!« Ich folgte ihm schüchtern in ein Haus, das ebenso kunstvoll gebaut und eingeteilt, als geschmackvoll verziert war. Nachdem er mich durch manche große Säle mit Springbrunnen geführt hatte, blieb er in einem kleinen niedlichen Zimmer, setzte sich auf einen seidenen Divan, hieß mich neben ihm Platz nehmen und fragte mich, wo ich herkomme und wer ich sei? Ich machte ihn mit meiner ganzen Lebensgeschichte bekannt, von meiner Geburt an bis zu meiner Flucht aus dem Haus der alten Zauberin. »Danke Gott«, rief er aus, »für deine Rettung aus der Gewalt der blauen Königin und der noch boshaftern und gefährlichern Djarda. Du mußt jetzt ein paar Tage bei mir verborgen bleiben, ich erwarte einen befreundeten Kaufmann aus der Gegend des rauchenden Berges, der bringt uns vielleicht Nachricht von dem König Anan und der Königin Turaja, dann beschließen wir das heilsamste für dich.«

Ich blieb nun drei Tage bei diesem Jüngling und wurde von ihm mit der größten Freundlichkeit und Aufmerksamkeit bewirtet. Am vierten Tag trat ein alter Mann von ehrwürdigem Aussehen zu uns herein; der Jüngling bewillkommte ihn herzlich und sagte zu ihm: »Ich habe dich schon lange erwartet, Maher, deine Waren liegen längst bereit, wo bleibst du denn so lange?« »Unser ganzes Land«, antwortete Maher, »ist sehr mit Kriegern angefüllt, daß man nicht ohne Gefahr und nur auf Umwegen durchkommen kann; der König Anan unternimmt nämlich einen Feldzug mit vielen Verbündeten gegen die Königin Turaja, welche seinen Sohn Tarad nicht eher ausliefern will, bis sie ihren Geliebten, einen gewissen Ali, Sohn Farhas, wiedergefunden.« »Wenn dem so ist«, sagte der Hausherr, »so reise schnell zur Königin Turaja mit diesem Jüngling, der kein anderer als Ali ist, vielleicht triffst du noch zeitig genug mit ihm ein, um den Krieg zu verhindern, der um seinetwillen auszubrechen droht.« »Morgen früh«, versetzte Maher, »will ich mich mit ihm auf den Weg machen.«

Am folgenden Tag schenkte mir mein Wirt einen Beutel, voll mit Gold und Edelsteinen, vier Sklaven, zwei Maultiere mit Lebensmitteln beladen, und ein Reitpferd, dessen Geschirr ein halbes Königreich wert war, und begleitete mich, noch ehe die Sonne mich verraten konnte, bis zur Stadt hinaus, wo Maher mit vielen berittenen Dienern mich erwartete. Er empfahl mich diesem noch einmal, nahm Abschied von mir und kehrte in die Stadt zurück. Ich reiste nun mit Maher drei Tage lang durch ein sehr wildes und unwirtbares Land, am vierten Tag aber gelangten wir in ein lachendes Tal mit wohlduftenden Blumen, murmelnden Bächen und zwitschernden Vögeln; ich bat Maher, hier ein Zelt für uns aufschlagen zu lassen, um einen Tag auszuruhen. Er stieg sogleich von seinem Maultier und ließ von seinen Dienern am Ufer eines Baches, dessen Wasser den Tränen eines Liebenden in der Trennungsnacht gleichen, ein großes seidenes Zelt aufschlagen und Teppiche darunter ausbreiten, mit Divanen von Straußfedern. Nachdem ich eine Weile ausgeruht hatte, erging ich mich im Tal und pries den Schöpfer der Welt, der die Zahl der Regentropfen sowohl als der Sandkörnchen kennt. Der

Gesang der Taube glich den Seufzern des Fremdlings, der sich nach seiner Heimat sehnt, die Baumzweige umschlangen sich, vom Winde gewiegt, wie Freunde, die sich wiedersehen, die ganze Natur schien mir belebt und entzückte mich so sehr, daß ich in Gedanken immer vorwärts ging, ohne zu wissen, wohin, bis endlich der Abend herannahte. Jetzt suchte ich vergebens Maher wieder auf, ich wußte aber den Weg nicht zurückzufinden. Da indessen die Nacht immer dunkler wurde, bestieg ich einen Baum, in der Absicht, darauf zu übernachten, um vor wilden Tieren geschützt zu sein; morgen, dachte ich, werden meine Leute mich aufsuchen und ich werde auch eher den Weg wieder zu ihnen finden. Als ich auf dem Baum war, sah ich zwei Männer kommen, von denen der eine auf einem Elefanten und der andere auf einem Löwen ritt, und viele Diener auf Pferden und Kamelen folgten. In der Nähe des Baumes, auf welchem ich saß, machten sie Halt und der eine sagte zum anderen: »Wollen wir nicht hier die Nacht zubringen, Madjad?« »Jawohl, Cheidar, hier sind wir sicher vor weiteren Verfolgungen.« »Was bedeutet wohl das königliche Zelt, an dem wir vorübergekommen?« »Auch mir ist es aufgefallen; wir wollen einen unserer Diener hinschicken und ausspähen lassen, wem es gehört, vielleicht gibt es etwas zu erbeuten für uns.« Bei diesen Worten zitterte ich wie die Blätter des Baumes, auf dem ich mich befand, und hielt meinen Atem zurück, um nicht entdeckt zu werden. Ich hörte dann, wie Cheidar einen seiner Diener nach dem Zelt schickte und ihn beauftragte, sich auf eine geschickte Weise Nachricht über den Besitzer desselben zu verschaffen. Der Diener kam bald wieder und sagte: »Das Zelt gehört einem Mann aus dem Land des rauchenden Berges, welcher Ali, den Sohn Farhas, zur Königin Turaja begleitet; Ali selbst wird aber schon den ganzen Abend vermißt und irrt vermutlich in diesem Tal umher.« Als Madjad dies hörte, rief er aus: »Welch ein sonderbares Zusammentreffen! O Gott, laß uns doch Ali finden!« Bei diesen Worten hob er die Augen gen Himmel und bemerkte mich auf dem Baum, den eben der Mond beleuchtete. Meine Angst war so groß, daß ich fast vom Baum fiel, aber Madjad rief mir zu: »Steige herunter, Ali, fürchte nichts! Gelobt sei Gott, der uns ohne weitere Mühe und Gefahr mit dir vereint.« Ich stieg herunter und fragte sie, was sie von mir wollten, und bat sie, mich zu den Meinigen zu führen. Sie riefen den Diener, der ihnen Nachricht von mir gegeben, und wir gingen zusammen in Mahers Zelt; hier angelangt, fragte ich nochmals: »Wer seid ihr und was wollt ihr von mir?« Da antwortete Madjad: »Wir sind die Söhne des Königs Anan, Brüder Tarads, der dich aus dem Schloß der Königin Turaja weggetragen. Diese machte sich, als sie dich vermißte, mit einem zahlreichen Heer gegen Tarad auf, und nahm ihn gefangen. Als mein Vater um seine Freiheit anhielt, sagte sie: ›Ich gebe ihn nicht eher heraus, bis ich Ali wieder habe.‹

Vergebens schworen mein Vater und Tarad, sie haben keine Kunde von dir; sie sagte immer: ›Ich fordere ihn von euch zurück, ihr müßt mir ihn verschaffen, und wär er unter der Erde.‹ Mein Vater und wir alle suchten dich dann überall und sandten Boten nach allen Provinzen unseres Reiches; als aber all unser Bemühen vergebens war, schrieb mein Vater der Königin Turaja, daß, wenn sie den unschuldigen Tarad nicht freilasse, er mit allen seinen Verbündeten gegen

sie ausrücken würde. Aber der fliegende Genius, der diesen Brief überbrachte, kehrte nicht wieder, und statt seiner erblickte mein Vater auf einmal nichts als Flügel am Himmel und Füße auf der Erde; es waren die fliegenden Genien und andere Truppen der Königin Turaja, welche sein Schloß von oben und von unten her zugleich angriffen, ihn gefangen nahmen und mit sich fortschleppten. Mein Bruder und ich, wir kamen gerade von einer Reise zurück, als dies geschah, und es blieb mir nichts als eine schnelle Flucht übrig. Nun sei Gott gelobt, der uns so unverhofft zu dir führte. Denn du ziehst jetzt mit uns zur Königin Turaja, sie wird sich dann von der Unschuld meines Vaters und meines Bruders überzeugen und ihnen wieder ihre Freiheit schenken.«

Am folgenden Morgen nahm ich von Maher Abschied, und setzte meine Reise mit Tarads Brüdern nach dem rauchenden Berg fort, wo Turaja noch immer Anans Schloß besetzt hielt. Wir hatten auf der Reise noch manchen harten Kampf mit Räubern und mit Genien, welche mir die blaue Königin und die Zauberin

Djarda nachgesandt, zu bestehen, und ohne den Beistand einiger der Königin Turaja ergebenen Geister, welche ebenfalls umherstreiften, um mich aufzusuchen, wäre ich wieder zu jenen zurückgebracht worden; aber durch die Gnade Gottes erreichten wir am achten Tag nach unserer Trennung von Maher die Residenz des Königs Anan. Turaja war außer sich vor Freude, als sie mich wiedersah, und auch ich vergaß in ihrer Nähe alle überstandene Gefahr und sank ohnmächtig in ihre Arme. Als ich wieder zu mir kam, sagte Madjad zu Turaja: »Du siehst nun, erhabene Königin, daß weder mein Bruder noch mein Vater deinem Geliebten etwas zuleide getan, lasse dir nun selbst von ihm erzählen, wie ihn Tarad behandelt und wie er dir auf so lange entrissen worden, sei dann gerecht gegen meinen Vater und gnädig gegen meinen Bruder!« Turaja begab sich mit mir allein in ein Gemach und bat mich nach nochmaliger Umarmung, ihr nichts zu verbergen von allem, was mir seit unserer Trennung widerfahren.

Nachdem ich mehrere Male alle meine Abenteuer mit Tarad, mit der blauen Königin und ihren Töchtern, mit Djarda und dem gastfreundlichen Jüngling wiederholt hatte, begab sie sich zu ihrem Vater, dem König Farkad, erzählte ihm alles wieder und fragte ihn, was er nun über Tarad und Anan verfüge. Farkad ließ sogleich Anan, Tarad und Abu Tawaif rufen und sagte zu ersterem: »Da du ganz unschuldig an den Leiden bist, die den armen Ali trafen, so können wir nur bedauern, daß der Leichtsinn deines Sohnes dich in einen für dich so unheilbringenden Krieg stürzte; wir können das Geschehene nicht ändern, aber alles, was wir dir genommen haben, soll dir wiedergegeben werden; dein Sohn Tarad hingegen, wenn er auch selbst Ali nichts zuleide getan hat, so ist er doch Veranlassung zu all dem Unglück gewesen, das seither diese Länder getroffen, auch hat er seinen, vor euch allen geschworenen Eid gebrochen, indem er auf die Terrasse des Schlosses meiner Tochter flog und einen darauf sich befindlichen Gast entführte; er kann daher nicht mehr begnadigt, auch deine und Abu Tawaifs Bürgschaft für ihn nicht mehr angenommen werden, er soll als Gefangener in meine Heimat geschickt werden, wo ich ihn übrigens als König behandeln will; ihm soll auch die blaue Königin mit ihren Töchtern folgen, welche Ali für sich haben wollten und noch in unserer Nähe ihn mit ihren Scharen überfielen.« Er suchte dann Turaja zu bewegen, mit ihm in ihre Heimat zu ziehen; aber sie konnte sich nicht entschließen, dieses schöne Land zu verlassen, denn die Insel des rauchenden Berges ist nach Übereinstimmung aller Reisenden die reizendste auf der ganzen Welt und ist zuerst von Salomo angebaut worden, dem es auf seiner Wanderung durch die Welt hier am besten gefiel, er nannte sie daher auch die Paradiesinsel. Sie ließ also ihren Vater mit den Gefangenen und dem größten Teil der Armee voranziehen und versprach ihm, bald mit mir zu folgen. Als sie aber nach einigen Tagen mit mir und Anan einen größern Spaziergang machte, sahen wir auf einmal etwas wie eine weiße Wolke vom Himmel herabsteigen und uns von allen Seiten umlagern, und siehe da, es waren mehr als 2000 Genien mit weißen Flügeln, angeführt von der blauen Königin, dem König Tarad, der alten Feirusadj und der Zauberin Djarda. Beide letzteren hatten nämlich, sobald sie ihre Königin als Gefangene abführen sahen, in aller Eile ein paar 1000 Genien

aus der weißen Stadt, der Residenz der blauen Königin, geholt, und in der Nacht, als Farkads Armee schon weit voraus war und nur noch einige hundert Soldaten die Gefangenen bewachten, fielen sie über die Wache her und töteten sie bis auf den letzten Mann, so daß Farkad gar keine Nachricht davon erhielt; dann kehrten sie zusammen auf die Insel des rauchenden Berges zurück und überfielen Turaja.

Turaja – fuhr Ali in seiner Erzählung vor dem Kalifen Abdul Malik fort – kämpfte zwar wie eine Löwin und tötete allein mehr als 100 ihrer Feinde, aber zuletzt war sie so von Genien umringt, wie der Finger von einem Siegelring; es blieb ihr nichts übrig, als sich zu ergeben, denn Anan, der ihr beistehen wollte, wurde von seinem Sohn Tarad als Gefangener vom Kampfplatz weggeführt, mich aber packte die alte Feirusadj, trug mich auf einen hohen Berg und sagte: »Damit es nicht zwischen der blauen Königin und ihren Töchtern um deinetwillen zu neuen Feindseligkeiten komme, sollst du, Verwüster der belebten Häuser, eine Gestalt annehmen, die niemanden verführt.« Sie nahm dann ein bißchen Erde, murmelte etwas, spie darauf, warf sie mir ins Gesicht und sagte: »Verlasse deine menschliche Gestalt und werde ein häßlicher Rabe, der auf den Gipfeln der Berge umherirrt und mit dem sich kein Mensch bis zum Auferstehungstag befreundet.« Sie hatte kaum diese Worte gesprochen, als ich auf einmal ein Rabe wurde, so schwarz wie die Nacht; ich breitete meine Flügel aus und flog davon.

Ehe ich aber, o Fürst der Gläubigen, fuhr Ali fort, dir meine weiteren Schicksale als Rabe vortrage, will ich dir erzählen, was sich noch ferner zwischen Turaja und der blauen Königin zugetragen. Sobald jene als Gefangene der blauen Königin gebracht wurde, sagte diese: »Wehe dir, du kühne Dirne, mit welchem Recht eignest du dir den schönsten Jüngling auf Erden zu, und verwüstest um seinetwillen ganze Königreiche! Bei Gott! Wenn ich dich nicht um seinetwillen schonte, du wärest schon unter den Toten, doch soll dir das Leben in meiner Hauptstadt nicht allzu süß werden.« Sie befahl dann einigen Genien, Turaja zu fesseln und in die weiße Stadt zu bringen, wohin sie auch gleich folgte. In ihrer Heimat angelangt, begab sich die blaue Königin sogleich ins Bad, dann setzte sie sich im höchsten Glanz, von ihren Töchtern und den Großen des Reiches umgeben, auf ihren goldenen Thron und ließ die Königin Turaja in Ketten vor sich führen. Turaja beugte einen Augenblick vor Scham den Kopf zur Erde, denn es war die erste Niederlage, die sie in ihrem Leben erlitten, dann hob sie ihn aber stolz zur blauen Königin empor und sagte: »Wahrhaft große Könige sind großmütig nach dem Krieg, übrigens kannst du dich nicht rühmen, mich besiegt zu haben, du hast mich plötzlich mit zahlreichen Scharen überfallen, verdankst also deinen Sieg weder deiner Kraft noch meiner Schwäche; indessen, Gott hatte es so über mich bestimmt und niemand kann seinen Verhängnissen ausweichen. Bedenke aber, daß, sobald mein Vater erfahren wird, daß ich hier gefangen bin, er mit einer Armee heranziehen wird, der du nicht zu widerstehen vermagst. Übrigens, wären nur meine Hände und Füße von ihren Ketten befreit, so würde ich allein es mit dir aufnehmen.« Als die blaue Königin dies hörte, sagte sie zu ihren Töchtern: »Ich glaube, Turaja hat den Verstand verloren, sonst würde sie in diesem Zustand es nicht wagen, so mit mir zu reden; aber nehmet ihr einmal ihre Fesseln ab, ich will doch sehen, was diese Verrückte im Sinn hat, und ihr zeigen, daß ich sie auch ungebunden nicht fürchte.« Djauharah hatte ihr kaum die Ketten abgenommen, als sie mit dem Fuß stampfte; sogleich bekam sie Flügel und flog zu einem oberen Fenster hinaus ihrer Heimat zu. Aber auch die blaue Königin nahm die Gestalt eines ungeheuren Vogels an und verfolgte sie, bis sie ihr nahe war, dann packte sie sie an einem Fuß und sagte ihr: »Wehe dir, du Dirne, glaubst du, es wäre so leicht, mir zu entkommen? Warte nur, ich will dich jetzt in einen Käfig sperren, aus dem zu entfliehen dir alle Lust vergehen soll.« Aber noch ehe die blaue Königin ausgeredet hatte, verwandelte sich Turaja in eine Ameise, ließ sich auf den Boden herunter und kroch in die Erde hinein. Die blaue Königin nahm darauf die Gestalt eines Hahnes mit einem großen Schnabel an und pickte die Erde auf, bis sie zur Ameise gelangte. Aber im Augenblicke, wo sie die Ameise mit ihrem Schnabel fassen wollte, verwandelte sie sich in ein Feuer, das wie der Blitz in sie hineinfuhr und ihre Flügel verbrannte, darauf stieg das Feuer in die Höhe und entfernte sich. Die blaue Königin sah sich dann nach ihren Töchtern und Freunden um, sammelte ihre Truppen abermals und verfolgte Turaja, bis sie sie wieder einholte. Turaja war eben im Kampf gegen Feirusadj und Djauharah, als sie sich plötzlich wieder von Feinden umgeben sah, an deren Spitze die blaue Königin mit roten vor Freude strahlenden Wangen stand und ihr zurief: »Wehe dir, Dirne, jetzt ist deine Todesstunde gekommen.« Turaja rief mit kräftiger Stimme: »Es gibt keinen Schutz und keine Macht, außer bei Gott, dem Erhabenen!« Und siehe da, ihr Vater Farkad kam mit einer zahlreichen Armee herangezogen, um sie aus der Hand ihrer Feindin zu befreien. Sobald er nämlich einige Tage vergebens die Ankunft der Gefangenen mit der Abteilung Truppen, die er bei ihnen zurückgelassen, erwartet hatte, machte er sich auf, um ihnen entgegenzuziehen; da fand er die Seinigen erschlagen, von den Gefangenen aber war keine Spur zu sehen; jetzt fing er auch an für seine Tochter zu zittern, und zog daher wieder nach dem rauchenden Berg hin, um sie zu beschützen. Sobald Turaja ihren Vater sah, fiel sie ihm um den Hals und sagte: »Gelobt sei Gott, der dich jetzt hierher gesandt. Denn wärest du nur ein wenig später gekommen, so hättest du mich nicht mehr unter den Lebenden gefunden.« Sie spornte dann seine Truppen zum Kampf an, welche bald die Genien der blauen Königin entweder töteten oder gefangen nahmen, die Königin selbst wurde von Turaja bis in ihre Hauptstadt verfolgt und erschlagen, ihr Reich aber dem König Anan geschenkt, »denn«, sagte Turaja, »ich bleibe nur noch so lange hier, bis meine ausgeschickten Boten Ali auffinden, dann kehre ich mit ihm in meine Heimat zurück.«

Während dies in der weißen Stadt sich zutrug, o Fürst der Gläubigen, flog ich als Rabe unstet umher, ohne zu wissen, in welcher Richtung. Drei Tage lang schwebte ich in der Luft, ohne Speise und ohne Trank, da wurde ich so matt, daß ich keinen Flügel mehr bewegen konnte; ich mußte mich daher herunterlassen, blieb aber bald an einem Baum hängen, bald stieß ich mich an einen Felsen, bis ich endlich ganz ohnmächtig den Boden erreichte. Es versammelten sich aber mehr als 1000 Raben um mich, der eine schlug mir seinen Flügel um den Kopf, der andere pickte mich mit dem Schnabel, der dritte riß mir die Federn aus und zerbiß meine Haut, kurz ich mußte alles dulden, wie ein Spatz, der in die Gewalt eines Adlers gefallen. Als sie mich genug geplagt hatten, warf mich ein Rabe, der mich für tot hielt, in das Netz eines Jägers und flog davon. Ich glaubte mich nun jetzt außer aller Not und wollte wieder weiter fliegen, verstrickte mich aber immer mehr, bis zuletzt der Jäger herbeieilte, mich durchprügelte, am Fuße packte und sagte: »Du scheußlicher Rabe, Freund der Verwüstung und Trennung, du sollst dafür büßen, daß du alle anderen Vögel aus meinem Netz verscheuchst.« Er zog dann eine Schere aus der Tasche, schnitt mir die Flügel ab, band mir einen Strick um den Fuß und zog mich daran fort. Er sah aber bald ein, daß er an mir doch einen guten Fang getan, denn ich lockte unterwegs viele Vögel herbei, welche in sein Netz fielen. Als wir des Abends in eine Herberge kamen, sagte er, mich sanft streichelnd: »Gelobt sei Gott, der dich mir sandte, durch dich ist mein Tag gesegnet worden, ich habe heute mehr Vögel gefangen, als sonst in einer ganzen Woche.« Am folgenden Tag, da er bemerkte, daß ich müde war, setzte er mich neben sich auf sein Kamel, und sooft dieses stehenblieb, pickte ich es mit meinem

Schnabel, bis es wieder weiter ging; darüber lachte der Jäger herzlich und sagte: »Du bist ein allzu gescheiter Vogel.« Des Abends erreichten wir endlich die Stadt Nischran, wo der Jäger wohnte. Es war eine große Stadt, mitten unter blühenden Gärten gebaut; der König dieser Stadt hieß Rihan und hatte drei Töchter, welche es in der Zauberkunst weiter als Harut und Marut gebracht hatten. Als der Jäger in seine Wohnung kam, wunderte sich seine Gattin darüber, daß er so schnell zurückgekehrt. Er sagte ihr: »Ich verdanke meine baldige Rückkehr mit reicher Beute diesem Raben; gib nur recht acht auf ihn, ich gehe jetzt zu einem Jagdhändler und verkaufe ihm, was ich gefangen.« Die Frau des Jägers führte mich in ein schönes Zimmer und stellte mir Speisen und Wasser vor; ich aß und trank und hüpfte in der Stube umher, spielte mit der Frau und ihren Töchtern, sprang bald dieser, bald jener auf den Schoß, bis der Jäger wieder zurückkam, da verbeugte ich mich und blieb ehrfurchtsvoll vor ihm stehen. Sowohl der Jäger als seine ganze Familie gewannen mich bald so lieb, daß sie nie mehr ohne mich ausgingen. Auf der Straße hatte ich meine große Freude daran, die Hunde zu plagen. Dem einen schlug ich die Flügel ins Gesicht, den anderen biß ich in den Rücken, und wenn sie sich umdrehten und bellten, flog ich davon; auch die Katzen neckte ich so lange, bis sich keine mehr vor mir sehen ließ. Bald sprach man in der ganzen Stadt von mir, viele Leute kamen zum Jäger, um mich zu sehen und mit mir zu spielen, und ein Jeder brachte mir etwas Gutes zum Essen mit. Nach einiger Zeit hörte auch der König so viel von meinem Verstand, daß er einen seiner Diener zum Jäger schickte und ihn bitten ließ, mich ins Schloß zu bringen. Der Jäger nahm mich unter den Arm und trug mich zum König. Ich verbeugte mich dreimal vor ihm, wie es seine Untertanen zu tun pflegten, so daß alle seine Veziere und Adjutanten ausriefen: »Bei Gott, das ist ein wunderbarer Vogel.« Als darauf der König seine Hand nach mir ausstreckte, küßte ich sie mit meinem Schnabel und setzte mich bescheiden zu seinen Füßen, aber er hob mich zu sich auf seinen Schoß, streichelte meinen Rücken, ließ einige süße Speisen bringen und sagte: »Komm, kluger Vogel, iß mit mir!« Ich schüttelte schüchtern meinen Kopf, um damit anzudeuten, ich verdiene eine solche Ehre nicht, aber der König sagte nochmals: »Iß nur, freundlicher Rabe!« Da griff ich nach den Süßigkeiten, bis ich satt war, dann putzte ich meinen Schnabel an meinen Federn ab. Dies ergötzte den König so sehr, daß er mich dem Jäger abkaufte und mich stets in seiner Nähe behielt. Eines Tages, als der König etwas später als gewöhnlich in sein Harem ging, fragte ihn seine Gattin, warum er sie so lange allein lasse? Er antwortete: »Ich habe einen Raben, der so klug ist, wie ich noch nie einen Vogel gefunden, er hat mir heute so viel Spaß gemacht, daß ich mich ganz vergaß.« Da sagte die Königin: »Und warum zeigst du mir nicht auch einmal diesen Vogel? Bei Gott, ich habe schon so viel von ihm gehört, daß ich längst wünschte, ihn auch einmal zu sehen; ich wagte es nur nicht, dich darum zu bitten, weil du seiner nie erwähntest.« Der König befahl einer Sklavin, mich zu holen, und als sie mich brachte, sagte er: »Herzenstrost«, denn diesen Namen hatte er mir schon längst gegeben, weil ich ihn in mancher trüben Stunde durch meine Scherze erheiterte, »unterhalte einmal diese Damen ein wenig.« Ich fing an, allerlei Späße

zu machen, der einen küßte ich die Wangen, der anderen zog ich das Tuch vom Hals, die dritte zupfte ich an den Locken, der vierten tanzte ich auf dem Schoß herum, bis sie alle vor Lachen sich kaum mehr aufrecht erhalten konnten. Die Königin hatte so viele Freude an mir, daß sie durch eine Sklavin ihren Töchtern sagen ließ, sie möchten doch auch kommen, um an ihrer Unterhaltung mit dem Raben teilzunehmen. Nach einer Weile erschienen drei Mädchen von bezaubernder Schönheit und stolzer Haltung, und kaum hatte die älteste von ihnen einen Blick auf mich geworfen, als sie zu den beiden anderen sagte: »Bei Gott, dieser Rabe ist ein verzauberter Mensch!«

Die Mädchen faßten mich scharf ins Auge und riefen: »Du hast recht, teure Schwester, das ist sonderbar.« Sie baten dann ihre Mutter, ihnen zu erlauben, mich mit sich auf ihr Zimmer zu nehmen, und als sie es erlaubte, sagte mir die älteste Prinzessin: »Folge mir, ich will dir etwas zeigen, das verdient, aufgezeichnet und bis zum Auferstehungstag nicht vergessen zu werden.« Sie führten mich dann in ihr Zimmer zu ihrer alten Erzieherin, welche noch von Amalekiten abstammte und ihre Lehrerin in der Zauberkunst war, und sagten ihr: »Verehrte Mutter, hier bringen wir dir einen Raben, den irgend ein böser Mensch verzaubert hat; willst du nicht einmal sehen, ob du ihm helfen kannst?« Die Alte, welche ein sehr schwaches Gesicht hatte, bat sie, da es schon anfing dunkel zu werden, einige Lichter anzuzünden, dann riß sie mir einige Federn aus, betrachtete meine Haut und rief: »Ich erkenne an diesem Raben die Zauberkraft der alten Feirusadj, Erzieherin der blauen Königin; gewiß liebte ihn diese und ließ ihn verzaubern, weil er ihre Liebe nicht erwiderte.« Sie ging dann mit mir in ein Nebenzimmer, wo ihr Zauberapparat aufbewahrt war, goß gelbes Wasser aus einer versiegelten Flasche in einen kupfernen Becher und murmelte einige mir unverständliche Worte darüber. Das Wasser fing an zu kochen und in die Höhe zu steigen. Da schrie sie: »Bleibe stehen«, und das Wasser, welches eben überlaufen wollte, senkte sich bis an den Rand des Bechers. Sie setzte dann den Becher auf den Boden und es sproßt ringsumher ein grünes Kraut mit einer gelben Blüte aus dem Boden, von diesen Blüten pflückte sie eine Handvoll und rieb meine Füße und meinen Schnabel damit, dann bespritzte sie meinen Kopf mit dem Wasser aus dem Becher und stieß einen furchtbaren Schrei aus, meine ganze Haut zog sich zusammen und ich fiel in Ohnmacht. Als ich wieder zu mir kam, war ich wieder ein Mensch wie zuvor; die Alte stand freundlich lächelnd vor mir und fragte mich, sobald ich die Augen öffnete, nach meinem Namen und ob ich nicht die blaue Königin kenne. Als ich ihr hierauf meine ganze Geschichte erzählte, sagte sie zu den

Prinzessinnen: »Ihr seht, daß ich mich nicht getäuscht habe, es war aber auch keine leichte Aufgabe, diesen Zauber zu lösen, wenig fehlte, und ich hätte mein Leben dabei eingebüßt; doch nun ist gottlob alle Gefahr überstanden; dieser schöne Jüngling, der, wie ich wohl merke, euch gar nicht gleichgültig ist, kann jetzt wieder als freier Mensch umherziehen, denn hierher reicht die Macht der blauen Königin nicht.« Ich beschwor sie dann bei Gott, mir zu sagen, ob ich weit von der Moschusinsel entfernt wäre? »Wo denkst du hin?« antwortete sie mir. »Du bist hier ganz in der Nähe des Reiches der Dunkelheit, nicht weit vom Meer Alexanders des Zweihörnigen und der Quelle des ewigen Lebens; ich rate dir, hier bei mir zu bleiben, ich nehme dich an Kindesstelle an und stelle dich dem König als meinen Neffen vor. Nach meinem Tode erbst du alle meine Schätze und ziehst damit hin, wo es dir am besten gefällt.« Ich hatte schon Erfahrung genug, um zu wissen, wie gefährlich es ist, einer Zauberin etwas abzuschlagen; so gern ich also, auch trotz aller Entfernung und Gefahr, sogleich in das Land meiner Geliebten zurückgekehrt wäre, so dankte ich doch für ihr Anerbieten und willigte ein, bei ihr zu bleiben, dachte aber bei mir selbst, Gott wird mir schon eine günstige Gelegenheit zum Entkommen verschaffen und mich wieder mit meiner Geliebten vereinigen. Ich hatte mich nicht geirrt, denn auf meine Einwilligung, bei ihr zu bleiben, sagte sie: »Gelobt sei Gott, der deine Zunge nach seinem Willen geleitet, denn hättest du mein Anerbieten nicht angenommen, so wärest du in diesem Augenblick schon wieder, was du warst.« Sie führte mich dann in ihr Zimmer, das eine freundliche Aussicht auf den Hafen und das Meer gewährte, ließ mir von ihren Dienerinnen die köstlichsten Speisen reichen, dann brachte sie mir selbst einen Kelch voll Wein, der mir meine frühere Kraft und Jugendfrische wieder gab. Als ich gegessen und getrunken hatte, schickte sie mich in ihr Bad, wo schon die schönsten Kleider für mich bereit lagen, und als ich wieder zu ihr kam, sah ich so verjüngt und verschönert aus, daß sie mich kaum wieder erkannte. Auch die Prinzessinnen, welche des Abends die Alte besuchten, um zu sehen, was aus mir geworden, erkannten mich in meinem wieder gewonnenen guten Aussehen und veränderten Aufzug nicht wieder. Es sagte eine zur anderen, als sie mich neben der Alten sahen: »Sitzt hier ein Genienkönig oder ein Engel vom Himmel? Gepriesen sei der Herr, der ihn so geschaffen! Wie schön ist sein Wuchs, wie angenehm seine Gesichtsbildung, Josef dürfte noch sein Diener sein.« Sie waren so bezaubert von meiner Schönheit, daß sie sich ganz vergaßen und stets von Neuem in Ausrufungen der Bewunderung ausbrachen. Ich wollte gleich bei ihrem Hereintreten aufstehen und ihnen entgegengehen, aber die Alte erlaubte es mir nicht, indem sie sagte: »Ein Prinz deinesgleichen darf vor niemandem aufstehen, und käme der König selbst hierher.« Sie bewillkommte dann die Prinzessinnen und sagte zu ihnen: »Euer Besuch ist mir sehr angenehm, denn ihr werdet euch gewiß mit Ali, dem Sohn meiner Freundin Farha, Tochter des Königs Mutaa, gut unterhalten.« Die Prinzessinnen dankten ihr, küßten ihr die Hand und blieben den ganzen Abend bei uns, bis endlich die Alte ihnen sagte: »Wenn der König, euer Vater, hört, daß ihr den ganzen Abend in Gesellschaft eines fremden jungen Mannes zugebracht, so wird er euch und mir zürnen, darum rate ich euch, uns jetzt zu verlassen.« Als aber die Prinzessinnen sich entfernt hatten, überhäufte mich die Alte so sehr mit Schmeicheln und Liebkosungen, daß mir ganz unheimlich bei ihr zumute wurde. Noch verdächtiger wurde sie mir, als ihre Sklavin Rihana ins Zimmer trat und sie ihr zurief: »Wer hat dich hierhergerufen, du Dirne? Was hast du in diesem Zimmer zu suchen? Entferne dich eiligst und lasse niemanden ungerufen hereintreten.«

Die Alte holte dann abermals Wein und andere berauschende Getränke herbei, und schenkte mir solange ein, bis ich einschlief. Da erschien mir Turaja im Traum, schlank wie der Zweig eines Ban, mit schmachtendem Blick wie eine nach ihren Jungen sich umsehende Gazelle; Tränen standen auf ihren Wangen wie Tautropfen auf Rosenblättern, sie hatte das Gesicht auf ihre Hand gestützt und sagte mit gebrochener Stimme: »Gleichst du auch gewöhnlichen Menschen, Ali? Konntest du mich so leicht vergessen und dich hier von einer alten Zauberin zurückhalten lassen, sollen meine Feinde an unserer Trennung schadenfroh sein? Du weißt, was ich um deinetwillen gelitten; sei nicht verzagt, zerbrich die Fesseln, die um dich geschmiedet worden, und suche unsere Vereinigung!« Bei diesen Worten öffnete ich meine Augen wieder, und die Alte, welche vor mir saß, kam mir wie eine giftige Schlange vor. Ich fing nun wieder an zu trinken, stellte mich ganz heiter und schenkte der Alten solange ein, bis sie ganz bewußtlos auf den Divan hinsank. Jetzt machte ich mich schnell auf, öffnete leise die Tür ihres Zimmers, dann das Haustor und entfloh zur Stadt hinaus. Ich lief die ganze Nacht fort, ohne zu wissen wohin, und als der Morgen heranbrach, befand ich mich in einer Wüste, wo weder ein grünes Blättchen noch ein Tropfen Wasser zu sehen war. Bald brannte die Sonne so heiß, daß der glühende Boden meine Fußsohlen entzündete und ich kaum mehr auftreten konnte; da warf ich mich verzweifelt auf den Boden und wälzte mich den ganzen Tag in einem Meer von Tränen und Schweißtropfen umher. Nach Sonnenuntergang, als ein kühler Wind sich erhob, stand ich wieder auf und lief die ganze Nacht in der Dunkelheit umher. Am folgenden Morgen, als die Welt wieder mit ihrem Lichtgewande sich schmückte, und die belebende Sonne das Totenreich der Dunkelheit verdrängte, befand ich mich an einem so hohen Berg, daß kein Vogel sich bis zu dessen Spitze hinaufschwingen kann; er war mit allerlei Fruchtbäumen bewachsen, auf deren Zweigen die schönsten Vögel ihr Morgenlied sangen, und von vielen Bächen bewässert, die wie ein Pfeil von unsichtbarer Höhe herab sich ergossen. Ich labte mich an dem Wasser eines dieser Bäche, denn es war weißer als Milch, frischer als Schnee und süßer als Honig, und setzte mich unter einen hohen Baum, dessen volle Zweige mit ihren großen Blättern kein Sonnenstreifchen zu mir dringen ließen. Ich war so müde und schläfrig, daß ich bald einschlief, aber die Alte erschien mir im Traum mit gezogenem Schwerte, noch häßlicher als sie in Wirklichkeit war, und hob ihr Schwert auf, um mich zu töten, worauf ich vor Schrecken wieder erwachte. Da ich nicht mehr einschlafen konnte, machte ich mich auf und ging den Berg hinauf. Auf einmal erblickte ich zwei riesenhafte Gestalten vor mir, von scheußlichem Aussehen; ihre Augen standen mitten im Gesicht und waren in die Länge gespalten, und sie hatten hervorstehende Zähne, so groß wie Elefantenzähne.

Ich hielt still und hörte, wie einer zum anderen sagte: »Hast du den Jüngling gesehen, Meischum, der dort unten schläft? Wie mag der wohl hierhergekommen sein? Ich bin in meinem Leben noch keinem menschlichen Wesen auf diesem Berg begegnet.« »Freilich habe ich ihn gesehen, Barari«, antwortete Meischum, »es ist ein Jüngling, so schön wie der Mond, wer ihn sieht, der liebt ihn.«

»Er heißt Ali, der Sohn Farhas.« »Wenn du wahr sprichst«, versetzte Meischum, »so bin ich am Ziel meiner Bemühungen; denn wisse, mein Freund, ich bin von der Königin Turaja ausgesandt, um Ali, ihren Geliebten, zu suchen, und habe ihr geschworen, nicht heimzukehren ohne Nachricht von ihm. Ich wandere schon so lange in allen bewohnten und wüsten Ländern, in Städten und Dörfern, auf Bergen und Tälern umher und frage Menschen und Genien nach ihm. Zuletzt hörte ich, es sei ein als Rabe verzauberter Mensch hierhergekommen, dem die Erzieherin der Prinzessinnen seine frühere Gestalt wieder gegeben. Ich erkundigte mich im Schlosse nach diesem Fremden, aber man sagte mir, er sei heimlich abgereist, niemand wisse, wohin. Doch komm, laß uns schnell zu ihm eilen, ehe ich wieder seine Spur verliere.« Da rief ich ihm zu: »Bleibe, wo du bist; ich bin Ali, der Sohn Farhas, den du suchst; willst du mich zu meiner Geliebten, der Königin Turaja, tragen?« »Das geht nicht«, antwortete Meischum, »das würde meinen Flug hemmen, und ich muß so bald als möglich der Königin Nachricht von dir geben, daß sie nicht vor Schmerz und Sorge um dich sterbe; bleibe indessen hier bei meinem Freund Barari, ich eile zu Turaja und komme bald hierher mit ihr.« Kaum hatte er diese Worte gesprochen, als er seine Flügel schwang, und in einem Augenblick war er meinem Auge entschwunden. Als Meischum fern war, sagte mir Barari: »Weiche nicht von dieser Stelle, bis ich wiederkehre.« Er flog dann auch weg und kam erst des Abends mit einigen Nahrungsmitteln wieder zu mir. Am folgenden Tag nahm er wieder Abschied von mir, und nicht lange nachher ließ sich ein fliegender Genius zu mir herunter, nahm mich auf den Rücken und schwang sich mit mir gen Himmel; ich fiel vor Angst und Schrecken in Ohnmacht, und als ich wieder zu mir kam, befand ich mich in einem königlichen Schloß, einer Dame gegenüber, welche auf einem goldenen, juwelenverzierten Thron saß, vor welchem viele Dienerinnen knieten. Als ich die Augen öffnete, sah mich die Dame starr an und sagte leise zu einer anderen Dame, die vor ihr stand: »Dieser Jüngling verdient wahrlich nicht, daß meine Schwester Turaja sich um seinetwillen so gräme und mit allen Genienkönigen Krieg führe; sieh, wie sein Auge so matt ist, wie farblos seine Wangen und wie unbedeutend sein ganzes Wesen; wahrlich, hätte ich gewußt, daß der vielgepriesene Ali so aussieht, ich hätte gewiß niemanden abgesandt, um ihn hierherzubringen, doch da er einmal in meiner Gewalt ist, so diene er mir zum Versöhnungsmittel mit meiner Schwester Turaja.« Sie sagte dann laut zu den sie umgebenden Dienern: »Wer von euch geht am schnellsten zu meiner Schwester Turaja, welche sich noch in der weißen Stadt bei den Töchtern der blauen Königin aufhält, und berichtet ihr, daß ihr Geliebter Ali, der Sohn Farhas, bei mir ist.« Da trat Humarich, ein Genius von riesenhafter Gestalt und schauderhaftem Aussehen, hervor und sagte: »Ich eile wie der Wind zu ihr, wenn du es befiehlst, erhabene Königin.« Sie ließ sich sogleich Tinte und Papier bringen und schrieb ihrer Schwester Turaja einen Brief, dessen Inhalt keiner Erwähnung bedarf, legte ihn zu und übergab ihn Humarich, welcher ihr die Hand küßte und sich auf den Weg machte. Als mich aber die Königin des Abends wieder sah, nachdem ich mich gebadet, umgekleidet, ausgeruht und an stärkendem Wein gelabt hatte, bereute sie es, ihrer Schwester Kunde von mir gegeben zu haben; denn sie fand mich so schön, daß sie in Anwesenheit aller Gäste mich mehrere Male küßte, und als sie sich zurückgezogen, mich bat, noch bei ihr zu bleiben. Aber ihr glühendes Auge ließ mich ihre Absicht erraten, ich entfernte mich daher, trotz ihrer wiederholten Bitte, noch einige Stunden bei ihr zuzubringen, und schloß mich in mein Zimmer ein. Am folgenden Morgen, nachdem ich mich gewaschen und gebetet hatte, trat ein Diener in mein Zimmer und sagte: »Die Königin will dich sprechen, sie erwartet dich vor der Stadt.« Ich verließ mit dem Diener das Schloß, vor welchem ein gesatteltes Maultier für mich bereit stand, und ritt zur Stadt hinaus, wo die Königin mit einer Alten auf einem griechischen Teppich unter einem schattigen Baum saß. Sie lud mich ein, Platz zu nehmen, und stellte mir die Speisen und Getränke vor, welche sie in einem Quersack mitgebracht hatte. Als ich gegessen und getrunken hatte, sagte sie: »Komm jetzt mit mir, die Alte wird hier bei unseren Effekten bleiben.«

Die Königin führte mich in ein grünes Tal, dessen Bäche sanft murmelten, dessen Vögel munter sangen und dessen Baumzweige sich liebend umarmten. »Welch ein herrliches Tal!« rief ich voll Entzücken aus; »laß uns doch ein wenig absteigen, verehrte Königin, und hier ausruhen.« »Wenn dir dieses Tal so gut gefällt, so steige nur ab, du sollst es nicht allzubald verlassen.« Als ich auf dem Boden war, ließ auch sie sich von ihrem Maultier herunter und sagte: »Schämst du dich nicht, Ali, meine Speisen zu essen und meinen Wein zu trinken, und doch meinen Wünschen dich zu widersetzen? Aber bei Gott! Wärest du ein süßes Meer, und ich müßte vor Durst sterben, ich möchte keinen Tropfen von dir trinken.« Bei diesen Worten schlug sie mich ins Gesicht, hauchte mich an und schrie: »Ali, Sohn Farhas, werde eine marmorne Statue, die weder spricht, noch sonst ein Lebenszeichen von sich gibt!« Und bei Gott, o Fürst der Gläubigen, kaum hatte sie diese Worte ausgestoßen, fiel ich als ein Stein auf die Erde und wußte nichts mehr von der Welt. Als ich wieder zu mir kam, stand die Alte vor mir und sagte zur Königin: »Es hängt nun ganz von deinem Willen ab, Ali hier als Statue bis zum Auferstehungstag liegen zu lassen; wenn aber deine Schwester, die Königin Turaja, kommt, und nach ihm fragt, was willst du ihr zur Antwort geben?« »Habe ich etwa die Königin Turaja zu fürchten?« erwiderte die Königin; »sind meine Truppen nicht zahlreich wie der Sand des Meeres und die Regentropfen des Himmels? Sind nicht die mächtigsten Genienhäupter dieser Insel meine Bundesgenossen?« Als die Alte merkte, daß die Königin so von Liebe und Ärger erfüllt war, daß ihre Worte keinen Eingang fanden, sagte sie: »Du hast mehr Einsicht, als ich, mächtige Königin, tu, was dir gut dünkt.« Die Königin befahl dann zweien ihrer Diener, mich, abgelegen vom Weg, an eine Stelle des Weges zu tragen, wo die Bäume so dicht ineinander verzweigt sind, daß kein Sonnenstreifchen durchdringen kann, und verbot ihnen bei Todesstrafe, mit jemand über diesen ganzen Vorfall zu sprechen. »Wenn Turaja nach ihm fragt«, sagte sie zur Alten, »so sagen wir, er sei gegen unseren Willen allein ausgegangen und nicht wiedergekehrt.« Die Diener trugen mich dann fort und die Königin kehrte vergnügt zur Stadt zurück. Die Königin Turaja wollte eben mit Meischum, der, wie ich schon erzählt habe, mich bei Barari auf dem waldigen Berg zurückgelassen hatte, abreisen, als Humarich mit dem Brief der Königin Schuhba eintraf. Sie erbrach hastig den Brief ihrer Schwester, und als sie darin die Nachricht von meiner Ankunft las, fragte sie den Boten, ob er mich mit eigenen Augen gesehen, und als er bei ihrem Leben schwor, er habe mich bei der Königin gesehen, nahm sie ihn freundlich auf und ließ sogleich ihren Truppen den Befehl erteilen, daß sie sich zum Aufbruch nach der Grenzeninsel, wo die Königin Schuhba residierte, rüsten. Jedermann erstaunte über diesen Befehl, denn zwischen Turaja

und Schuhba herrschte seit ihrer frühesten Jugend ein bitterer Haß. Sie waren nämlich die einzigen Töchter des Königs Farkad, und jede von ihnen wollte am meisten von ihrem Vater geliebt sein. Auch behauptete jede von ihnen, es in der Zauberkunst, die sie ihr Vater lernen ließ, am weitesten gebracht zu haben. Ihre gegenseitige Eifersucht war zuletzt so groß, daß sie einen Tag bestimmten, wo sie auf einem öffentlichen Platz im Angesicht der ganzen Stadt ihrer langen Fehde durch einen Zweikampf ein Ende setzen wollten. In diesem Kampf wurde Schuhba tödlich verwundet, ja man trug sie sogar ganz leblos vom Kampfplatz. Der König Farkad, in dessen Abwesenheit alles dies vorgefallen war, kehrte eben von einer Reise zurück, als man seine Tochter Schuhba in ihr Schloß brachte; er ließ sogleich die besten Ärzte rufen und war außer sich vor Freude, als sie die Wunde für nicht lebensgefährlich erklärten. Schuhba öffnete die Augen wieder, sobald die Ärzte ihre Wunde mit einem Pulver bestreuten und ihr etwas Wein eingossen, und nach einigen Wochen war sie wieder vollkommen geheilt. Aber der Gedanke, von ihrer verhaßten Schwester vor den Augen aller Großen des Reiches und aller Häupter der Armee besiegt worden zu sein, drückte sie so sehr, daß sie gar nicht mehr auszugehen Lust hatte, und der Aufenthalt in ihrer Heimat ihr unerträglich wurde. Sie bat daher ihren Lehrer, ihr eine entfernte Insel auszusuchen, wo sie mit ihren Getreuen ein neues Reich gründen könne. Ihr Lehrer sandte sogleich die ihm ergebenen Genienhäupter auf Kundschaft aus; sie durchstreiften alle Länder der Welt und fanden keinen angenehmeren, noch unbewohnten Aufenthaltsort, als die Insel, welcher sie wegen ihrer Fruchtbarkeit und reizenden Lage den Namen Vollkommenheitsinsel gaben. Als sie mit dieser Nachricht zu ihm zurückkehrten, befahl er ihnen, sich mit ihren Truppen zur Reise vorzubereiten, dann begab er sich zum König Farkad und sagte ihm: »Wenn dir das Leben deiner Tochter Schuhba teuer ist, so willige in ihre Entfernung von diesem Land; du siehst, wie sie täglich an Kraft und Gesundheit abnimmt, ihr Gemütszustand bedarf durchaus einer Luftveränderung, und schon habe ich einen Aufenthaltsort für sie gewählt, wo sie, so Gott will, bald wieder genesen kann.« Der König antwortete hierauf: »Du weißt, verehrter Meister, daß meine Tochter Schuhba mein Leben und meine Seele ist, und daß mir nichts schmerzlicher sein kann, als eine Trennung von ihr; jedoch, weil ich sie so von Herzen liebe, will ich sie lieber in der Ferne wohl wissen, als hier krank und leidend sehen, darum möchte ich auch ihrer Abreise kein Hindernis in den Weg legen.« Er ließ sogleich seinen Schatzmeister rufen und dem Lehrer so viel Geld, als er für nötig fand, auszahlen, dann befahl er dem Großadmiral, die besten Schiffe für seine Tochter auszurüsten.

Auf dem Schiff, das Schuhba besteigen sollte, ließ er ein Zelt aus Aloeholz errichten und dessen Boden mit den kostbarsten Teppichen belegen. Als alles zur Reise bereit war, ließ er den Hauptmann dieses Schiffes zu sich kommen und sagte ihm: »Ich beschwöre dich bei Gott, sorge dafür, daß meine Tochter eine angenehme Fahrt habe; lasse deine Matrosen nicht zu viel Lärm machen, daß sie in ihrer Ruhe nicht gestört werde, und sei in allem recht vorsichtig.« Dann nahm er von seiner Tochter und ihrem Lehrer Abschied. Der Hauptmann ließ nur die kleinen Segel spannen, solange die Schiffe im Angesicht des Hafens waren, wo der König ihnen nachsah; dann wurden aber die großen Segel gespannt, und der Wind war ihnen so günstig, daß sie in wenigen Tagen die Vollkommenheitsinsel erreichten. Schuhba war sehr zufrieden mit der Wahl ihres Meisters, denn diese Insel schien ihr ein wahres Paradies. Sie bestimmte dann den schönsten Punkt auf der ganzen Insel zu einem Schloß, dessen Plan ihr Meister entwarf; bald erhob sich aber eine Stadt in der Nähe dieses Schlosses, denn die Fruchtbarkeit dieser Insel und ihr Reichtum an Edelsteinen zog viele Auswanderer aus allen Gegenden der Welt herbei, und so wurde Schuhba eine immer mächtigere Königin, bis sie abermals sich mit Turaja messen zu können glaubte. Um nun aber, nach vielen Gebeten für unseren Herrn Mohammed, den Edelsten aller Sterblichen, zu unserer Erzählung zurückzukehren, verfolgen wir nicht weiter die Geschichte Schuhbas und lassen sogleich ihre Schwester Turaja bei ihr ankommen. Diese suchte ihren Geliebten im ganzen Saal, wo Schuhba von ihrem Hofstaat umgeben, sie empfing, und als sie ihn nirgends fand, wurde sie sehr unruhig, wagte es aber doch nicht, ihre Schwester nach ihm zu fragen. Sie brachte eine schlaflose Nacht zu, und am folgenden Morgen, als die Großen des Reiches und die Häupter der Armee kamen, um sie zu bewillkommnen, war sie so zerstreut und aufgeregt, daß sie ihnen kaum zu antworten vermochte. Als sie wieder allein bei Schuhba war, bat sie sie, mit ihr einen Spaziergang zu machen, und sagte ihr, sobald sie die Stadt im Rücken hatten: »Teure Schwester, so gut mir auch diese unvergleichlich schöne Insel gefällt und so gern ich auch längere Zeit bei dir verweilen möchte, so gestatten mir doch meine Regierungsangelegenheiten keinen langen Aufenthalt bei dir; auch darf ich unseren Vater nicht allzu lang allein lassen. Darum bitte ich dich, sage mir, wo ist Ali, der Geliebte meines Herzens, dessen Ankunft bei dir mir dein Bote gemeldet hat? Meine Sehnsucht nach ihm ist unermeßlich und ich möchte gern bald mit ihm nach meiner Heimat zurückkehren.« »Teure Schwester«, erwiderte Schuhba, »Ali ist wenige Tage nach der Abreise meines Boten ausgeritten und seither nicht wiedergekehrt; ich habe ihn schon auf der ganzen Insel aufsuchen lassen, niemand konnte aber eine Spur von ihm entdecken; da bereute ich es natürlich, dir einen Boten zugesendet zu haben, aber ich konnte es nicht mehr ändern.« »Betrübe dich nicht darüber, liebe Schwester«, versetzte Turaja; »Alis Leiden scheinen noch nicht das ihnen bestimmte Ende erreicht zu haben, sonst wäre er hier geblieben; indessen hat er sich doch vielleicht im Wald verirrt und kehrt bald wieder; darum werde ich noch einige Tage hier verweilen und ihn erwarten.« Am folgenden Tag stand Turaja früh auf und ging ins Gebirge, um selbst noch Ali aufzusuchen; sie ritt aber den ganzen Tag umher und rief 1000-mal seinen Namen. Niemand antwortete ihr. Gegen Abend warf sie sich ermattet auf die Erde und rief weinend: »O Gott, du hast diese unglückliche Liebe zu Ali über mich verhängt, mit allen Leiden, welche sie nach sich zog; nach deinem Beschluß habe ich von meiner Heimat und meinem Vater mich getrennt; jetzt ist alle meine Hoffnung dahin; nur bei dir suche ich Hilfe, dir ist ja nichts verborgen, weder im Himmel, noch auf der Erde. Ich bitte dich bei deinem auserkorenen Mohammed ‚Gottes Friede sei mit ihm,

offenbare mir den Ort, wo mein Geliebter sich aufhält, und vereine mich mit ihm!« Kaum hatte Turaja dieses Gebet vollendet, da hörte sie eine Stimme, welche ihr zurief: »Deine Erlösung ist nahe. Dein Gatte liegt in diesem Tal; die Königin Schuhba hat ihn in eine steinerne Statue verzaubert. Als sie ihn nämlich zuerst sah, war sein Aussehen so schlecht, – denn er hatte gar zu viel gelitten –, daß sie ihn häßlich fand und daher, um sich mit dir zu versöhnen, dir durch einen Boten seine Ankunft bei ihr melden ließ. Sobald er aber sich wieder erholt und seine frühere Schönheit wieder erlangt hatte, gefiel er ihr so gut, daß sie es bereute, dich von seiner Ankunft in Kenntnis gesetzt zu haben. Dies hielt sie indessen nicht ab, alles aufzubieten, um seine Liebe zu gewinnen. Da sie aber all ihr Bemühen fruchtlos fand, indem Ali sich stets als ein treuer Gatte bewährte, verwandelte sie ihn in eine steinerne Statue und ließ ihn in den Wald tragen an eine Stelle, wo die Bäume am engsten ineinander verzweigt sind.« Turaja vertiefte sich hierauf wieder in den Wald und hörte, wie zwei Genien um den Besitz ihres Geliebten stritten; es war Sader, den sie selbst noch vor ihrer Reise zu ihrer Schwester Schuhba auf Kundschaft ausgesandt hatte, und Duha, eine Freundin der Königin Farha. Nachdem nämlich Sader mehrere Wochen lang alle Täler und Berge von Osten bis Westen durchstreift hatte und endlich auf die Vollkommenheitsinsel kam, gab er alle Hoffnung, Ali zu finden, auf, und wollte eben wieder zu Turaja zurückreisen, als ihm eine weibliche Djinn begegnete, die sehr erschrocken und ängstlich aussah; sie wendete sich immer links und rechts, nach vorne und hinten um, und war so erhitzt, daß ihr das Feuer aus der Nase sprühte,

Sader schnitt der Djinn den Weg ab und fragte sie: »Wer bist du und wo willst du hin?« Sie antwortete: »Ich bin Duha, die Tochter eines angesehenen Fürsten in der Nähe der Diamanteninsel; ich verließ aber meinen Vater, als er gegen meinen Willen mich mit dem häßlichen Prinzen der Löweninsel verheiraten wollte, und flüchtete zur Königin Farha. Diese fand ich sehr niedergeschlagen, und als ich sie nach der Ursache ihrer Leiden fragte, sagte sie mir: ›Ich bin betrübt über den Verlust meines einzigen Sohnes, von dem ich nicht weiß, ob er noch lebt, und nach dem ich mich nicht einmal erkundigen darf, weil mein Vater nach seiner Flucht geschworen, daß, wenn je meine Zunge seinen Namen ausspreche, er aufhören würde, mich als seine Tochter anzusehen. So traure ich nun im Stillen schon ein ganzes Jahr und wage Niemandem meinen Kummer mitzuteilen noch mir Linderung zu verschaffen, weil hier Jedermann meinen Vater fürchtet und ich leicht verraten werden könnte. Nun sei der Herr gelobt, der dich hierher gesandt, denn ich zweifle nicht, daß du mich bemitleiden und mir Kunde von meinem Sohn bringen wirst.‹ Bei diesen Worten weinte sie heftig und fiel in Ohnmacht. Ihr Zustand rührte mich so sehr, daß ich, als sie wieder zu sich kam, ihr versprach, sogleich abzureisen und nicht eher zurückzukehren, bis ich ihr Nachricht von ihrem Sohn oder ihn selbst bringe. So flog ich nun von einer Insel zur andern, bis ich hierher kam und hörte, daß Ali von der Königin Schuhba in eine Statue verwandelt worden; ich durchsuchte nun den ganzen Wald in der Hoffnung, die Statue zu finden, und sie der Königin Farha bringen zu können, der es ein leichtes sein wird, ihrem Sohn seine frühere Gestalt wiederzugeben; aber zwei Genien, welche, wie ich aus einigen ihnen entschlüpften Worten entnehmen konnte, die Wächter der Statue zu sein schienen, flogen mit so drohender Miene auf mich zu, daß ich die Flucht ergreifen mußte, und noch fürchte ich immer, von ihnen eingeholt zu werden.« Als Duha vollendet hatte, sagte Sader: »Bei Gott! Unser Zusammentreffen ist wunderbar. Wir verfolgen dasselbe Ziel, denn so, wie die Königin Farha um ihren Sohn trauert, so ist die Königin Turaja wegen des Verlustes ihres Gatten in Verzweiflung; darum sandte sie mich aus, um Erkundigungen über ihn einzuziehen. Nun, da uns die Vorsehung zusammengeführt hat, laß uns beisammen bleiben und gemeinschaftliche Nachforschungen anstellen, vielleicht kann einer dem anderen nützlich werden, und haben wir einmal Ali gefunden, so können wir ja beide Königinnen zufriedenstellen.« »Wir können sogleich«, versetzte Duha, »durch ein freundschaftliches Zusammenwirken unser Ziel erreichen; binde mich mit einem Strick und führe mich mit Gewalt zu den beiden Genien, welche mich verfolgten, grüße sie freundlich und sage ihnen:

›Meine Brüder, hier ist die verfluchte Djinn, welche vor euch entflohen ist; sie scheint schlimme Absichten zu haben, denn auch mir wollte sie ausweichen und die Fragen, die ich an sie stellte, nicht beantworten; aber ich schlug ihr meine Flügel ins Gesicht, daß sie zu Boden sank, und nun bringe ich sie euch, daß ihr nach Gutachten mit ihr verfahrt.‹ Auf diese Weise«, fuhr Duha fort, »gewinnst du ihr Vertrauen, und es wird dir leicht sein, nötigenfalls mich vor einer allzu harten Strafe zu bewahren.«

Sader bewunderte ihren listigen Plan, warf Duha sogleich einen Strick um den Hals und näherte sich dem Berg, wo ihr die beiden Genien begegnet waren. Als er sie sah, rief er: »Herbei, teure Brüder, hier bringe ich euch die verdammte

Djinn, welche vor euch entfloh; auch mir wollte sie nicht sagen, wer sie sei und was sie hier suche, dann warf ich sie zu Boden und band sie fest.« »Wir kümmerten uns weiter nicht viel um diese Djinn«, sagte einer der Genien, »doch, da du sie uns gefangen zuführst, soll sie den Lohn für die Widerspenstigkeit empfangen; schleppe du sie uns nach in das Fremdenhotel.« Sader folgte den beiden Genien, Duha am Strick führend, nach einem sehr schönen Schloß mit unzählbaren Gemächern, das zwischen zwei hohen Bergen lag. Hier angelangt, ließen die Genien Speisen und Wein auftragen, setzten sich zu Sader und aßen und tranken mit ihm. Im Laufe des Gespräches hörte Sader, daß ihnen wirklich Schuhba den Auftrag gegeben, die Statue zu bewachen, damit sich niemand ihrer nähere; er bat sie daher um die Erlaubnis, sie am folgenden Tag begleiten zu dürfen. Duha, welche noch immer gebunden dastand, brach jetzt in Tränen aus und sagte, vor den beiden Genien niederkniend: »Wenn ihr es mit Schuhba gut meint, so dürft ihr auch mich nicht als einen Feind behandeln, denn ich bin eine ihr befreundete Djinn, von ihr beauftragt, ihren Vater herbeizurufen, damit er sie gegen Turaja schütze, wenn sie ihr Verfahren gegen All erfährt; doch will ich gern, wenn ihr einen anderen Boten abschicken wollt, bei euch bleiben und treu dienen.«

Die Genien, welche der Wein in gute Laune gebracht hatte, glaubten Duhas Worten, nahmen ihr sogleich den Strick vom Hals und ließen auch sie am folgenden Morgen mit in den Wald kommen. Als sie in der Nähe der Statue sich niederließen, sagte Sader: »Was mag wohl der arme Mensch begangen haben, daß ihn die Königin Schuhba in einen Stein verwandelt, der durch keine Bewegung sich weder vor Kälte noch vor Hitze schützen kann, und dazu noch wie ein Mensch fühlt und denkt und hungert und dürstet?«

»Ich kenne sein Verbrechen nicht«, antwortete der Wächter, »aber gewiß hat er sich schwer gegen die Königin verfehlt; vielleicht liebte er sie und erkühnte sich, ihr seine Gefühle zu erklären.« »Das glaube ich nimmermehr«, versetzte Duha, »denn Ali liebt die Königin Turaja und hat um ihretwillen sich schon der größten Lebensgefahr ausgesetzt; mir ist wahrscheinlicher, daß die Königin Schuhba ihm zugeneigt war, denn Ali ist der schönste Mann, den Gott geschaffen, und daß, weil er ihre Neigung nicht erwiderte, sie sich in Haß verwandelte; auch scheint sie noch immer zu hoffen, er werde ihren Wünschen nachgeben, sonst hätte sie ihn gleich getötet.« Als der Wächter, der selbst Schuhba leidenschaftlich liebte, dies hörte, sagte er: »Wenn dem so ist, so mag Schuhba ihn selbst bewachen«, und flog mit dem anderen Genius davon. Sader ging sogleich auf die Statue zu, nahm sie auf den Rücken und wollte sie zu Turaja tragen, damit sie den Zauber löse; aber Duha trat ihm in den Weg und sagte: »Das geht nicht, ich muß ihn seiner Mutter Farha bringen; bedenke, daß Ali nur durch meine List gerettet worden, und daß die Sehnsucht einer unglücklichen Mutter nach ihrem Sohn eher Mitleid verdient, als die einer Geliebten.« »Ich glaube, du hast den Verstand verloren«, erwiderte Sader; »meinst du, ich streife schon so lange in allen Ländern umher, um endlich, nachdem ich Ali gefunden, ihn dir zu überlassen? Komm mit mir zu Turaja, dann wollen wir alle zusammen seine Mutter Farha besuchen.«

Als Duha einsah, daß Sader nicht nachgeben würde, fiel sie so schnell wie der Blitz über ihn her, schlug ihm einen Flügel ins Auge, daß er umstürzte, und sagte: »Wehe dir, du Hundsgeist, ich will dir zeigen, wie unklug es ist, einer weiblichen Djinn zu widersprechen.« Sie riß ihm dann die Statue aus der Hand und wollte damit zu Farha fliegen, als Turaja erschien und ihr zurief: »Halte ein, oder du bist des Todes!« Duha drehte sich um, und als sie die Königin Turaja vor sich sah, rief sie: »Gnade, großmütige Königin! Bei dem Siegel Salomos! Ich wollte deinem Geliebten nichts zuleide tun, ich wollte ihn nur, meinem Eide gemäß, seiner Mutter Farha bringen; dann verzeihe mir und bedenke, daß ich als eine treue Dienerin und Freundin der Königin Farha nicht anders handeln konnte.« »Du hast deine Pflicht getan«, erwiderte Turaja; »doch gib jetzt Sader die Statue, daß er sie an einen Ort trage, wo uns niemand überrascht; und dir steht es frei, der Königin Farha sogleich Nachricht von ihrem Sohn zu geben und sie einzuladen, mich zu besuchen, oder mir zu folgen und bei mir zu bleiben, bis ich Ali seine frühere Gestalt wiedergegeben.« »Ich schicke sogleich meiner Gebieterin einen Boten; ich weiche aber nicht von hier, mächtige Königin«, erwiderte Duha, »bis ich den Sohn meiner Gebieterin wieder beim Leben sehe.« Sie ging dann mit Turaja in eine Höhle, wohin Sader schon mit der Statue vorangeeilt war. Turaja fuhr der Statue mit der Hand über das Gesicht und nahm ein wenig Erde herunter, die noch darauf klebte, beschwor heilige Namen darüber und streute die Erde auf den Boden. Sogleich sproßte ein grünes Kraut aus dem Boden mit roter Blüte. Turaja pflückte diese Blüte und preßte einen öligen Saft heraus, mit dem sie die Statue bestrich. Dann sagte sie: »Bei den heiligen Namen, durch deren Kraft dieses wunderbare Kraut hervorsproß, kehre wieder zu deiner früheren menschlichen Gestalt zurück!«

Kaum hatte Turaja diese Worte vollendet – so fuhr Ali in seiner Erzählung fort – als meine Zunge sich zu regen anfing und ich rief: »Es gibt keinen Gott, als einen einzigen, und Mohammed ist sein Gesandter; er ist allmächtig, und durch seinen Willen werden die Toten wieder belebt!« Als Turaja mich wieder sprechen hörte, und in meiner früheren Gestalt wieder sah, küßte und umarmte sie mich und befahl Sader, mich in ihre Wohnung zu tragen, wohin sie und Duha mir folgten. Wir brachten den Abend zusammen unter den traulichsten Gesprächen und gegenseitiger Mitteilung unserer Abenteuer zu; gegen Mitternacht zogen sich Sader und Duha zurück, und ich blieb allein bei Turaja, deren Küsse noch süßer waren, als die unserer Hochzeitsnacht. Nach den herzlichsten

Umarmungen schliefen wir ein, und siehe da! Als ich des Morgens erwachte und meine Augen öffnete, befand ich mich zwischen Himmel und Erde auf den Schultern einer fliegenden Djinn. Da sagte ich den Spruch, dessen sich niemand zu schämen braucht: »Es gibt keinen Schutz und keine Hilfe, außer bei Gott, dem Erhabenen!« Dann sagte ich zu der mich tragenden Djinn: »Wer bist du und wo willst du mich hinbringen?« Sie antwortete: »Fürchte dich nicht, ich bin Duha, die Freundin deiner Mutter Farha, zu der ich dich trage; ich bin der Königin Turaja nur aus List gefolgt, um dich im ersten günstigen Augenblick ihr wieder zu rauben, denn deine Mutter sehnt sich gar zu sehr nach dir; sobald wir bei ihr in Sicherheit sind, schicken wir Turaja einen Boten und lassen sie zu uns kommen.« Als ich Duha wieder erkannte, beruhigte ich mich und ließ mich ohne Widerstreben von ihr weitertragen. Schon freute ich mich, meine Mutter bald wiederzusehen, und hoffte, nun bald am Ziel meiner Leiden zu sein, als auf einmal in der Nähe der Löweninsel, an welcher wir vorüberfliegen mußten, eine unzählbare Schar fliegender Genien mit dem König Djahak an ihrer Spitze, sich um uns herlagerte und uns so eng umschloß, wie ein Siegelring den Finger. »Wir sind verloren!« rief Duha. »Hier ist der Mann, der um mich geworben hat und vor dem ich mich zu deiner Mutter flüchtete. Wir sind allein und hilflos und können ihm nicht mehr entfliehen. Gott erbarme sich unser und deiner Mutter!« Kaum hatte sie diese Worte gesprochen, als ein paar Genien, so groß wie der höchste Berg, sich auf sie stürzten und ihr mit schweren Ketten die Hände auf den Rücken banden. Dann faßten sie mich und fragten mich: »Wer bist du?« »Ich bin Ali, der Sohn Farhas«, antwortete ich. »Bist du es also«, versetzten sie, »um dessentwillen so viele Länder verwüstet, so viele Könige entthront und so viele Genien getötet wurden. Bei dem Siegel Salomos! Du sollst für das Unheil, das du gestiftet, schwer büßen!« Schon wollte ein Genius vom Berg Kaf, auf den Wink des Königs Djahak, Duhas und meinem Leben ein Ende machen, als sich auf einmal ein furchtbares Kriegsgetöse vernehmen ließ. Die zwei Adjutanten des Königs Djahak sprengten heran und riefen dem König zu. »Entfliehe, so schnell du kannst, sonst bist du verloren; schon sind deine besten Truppen teils getötet, teils gefangen worden, denn die Königin Farha überfiel sie unerwartet, wie ein Blitz vom Himmel, um ihren Sohn zu befreien.« Aber noch ehe Djahak einen Entschluß gefaßt hatte, stand schon meine Mutter mit einigen unüberwindlichen Genienhäuptern vor mir; Djahak wurde mit den Ketten, welche Duha abgenommen wurden, gefesselt und in seine Hauptstadt geführt, wohin meine Mutter auf ihren eigenen Armen auch mich trug.

Meine Rettung durch meine Mutter war wunderbar. Sie hatte nämlich, sobald der Bote, welchen Duha von der Vollkommenheitsinsel abgesandt hatte, ihr die Nachricht von meinem Aufenthalt bei Turaja brachte, aus Furcht, letztere möchte mich so streng bewachen, daß Duha kein Mittel, mich zu entführen, finden könnte, ohne ihren Vater davon zu benachrichtigen, sich mit einigen 1000 Genien auf den Weg nach der Vollkommenheitsinsel gemacht, und war gerade auch in der Nähe der Löweninsel, als Djahak mit den Seinigen Duha und mich angriff. In Djahaks Residenz angelangt, setzte sich meine Mutter auf dessen

Thron, hieß mich neben ihr Platz nehmen und bat mich, ihr zu erzählen, was mir seit meiner Flucht aus der Heimat widerfahren. Noch hatte ich meine Erzählung nicht vollendet, als Duha hereintrat und die Ankunft der Königin Turaja mit vielen Genien meldete. Turaja hatte nämlich, als sie des Morgens erwachte und mich nicht mehr fand, zuerst an eine List von ihrer Schwester Schuhba gedacht; als aber auch Duha nirgends zu finden war, zweifelte sie nicht, daß diese mich in der Nacht geraubt und zu meiner Mutter getragen. Da ihr ohnehin der Aufenthalt bei ihrer Schwester verhaßt war, versammelte sie daher ihre Getreuen, die sie zu ihrer Schwester begleitet hatten, und forderte sie auf, mit ihr nach der Diamanteninsel zu fliegen. Als sie aber an der Löweninsel vorüberkam, sah sie aus der Ferne dem Kampf zwischen den Truppen der Königin Farha und des Königs Djahak zu, hielt still, bis einer von des letzteren Genien auf seiner Flucht in ihre Nähe kam, und fragte ihn, was dieser Krieg bedeute. Als sie hörte, daß die Königin Farha mich und Duha aus den Händen Djahaks befreite, flog sie uns nach und ließ sich bei meiner Mutter in Djahaks Schloß melden. »Gehe du ihr entgegen«, sagte mir meine Mutter, »und heiße sie willkommen.« Ich stürzte zur Tür hinaus, umarmte sie und stellte sie meiner Mutter als meine Gattin vor. Unsere allseitige Freude war so groß, daß wir alle Gott für diese wunderbare Vereinigung dankten, und Duha für die uns geleisteten Dienste den Thron und das Reich Djahaks schenkten.

Wir blieben nun den ganzen Tag beisammen; gegen Abend aber sehnte ich mich danach, mit meiner Geliebten allein zu sein; ich forderte sie daher zu einem Spaziergang vor die Stadt auf und ließ meine Mutter bei Duha. Ich war so selig bei Turaja, daß ich mich mit ihr immer weiter in die Gärten vertiefte, welche die Stadt umgeben, und der Mond hatte schon längst die Stelle der Sonne am Himmel eingenommen, ehe wir an eine Rückkehr dachten. Erst als die finstere Nacht uns umhüllte, wollte ich wieder den Weg in die Stadt einschlagen, verirrte mich aber und entfernte mich immer weiter von derselben, bis ich an ein schönes, ganz menschenleeres Zelt kam. Da sagte ich zu Turaja: »Laß uns lieber in diesem Zelt übernachten, als die ganze Nacht im Freien zubringen, denn in dieser Dunkelheit finden wir doch den Weg zur Stadt nicht zurück.« Turaja stimmte mir bei, und wir traten in das Zelt, in welchem alle Bequemlichkeiten des Lebens aufgehäuft waren: Herrliche Divane und Teppiche, reicher Vorrat an Speisen und Getränken, wohlriechende Wachslichter und was sonst hohe Reisende mitzunehmen pflegen. Aber kaum hatten wir uns niedergelassen, als zwei Männer mit vier fliegenden Genien hereintraten; es waren Djahaks Brüder, welche bei dessen Niederlage die Stadt verlassen und ihr Zelt hier aufgeschlagen hatten, um am folgenden Tag weiterzufliehen. Sobald sie uns sahen und erkannten, fiel der eine über mich und der andere über Turaja her, und riefen: »Jetzt können wir unseren Bruder rächen!« Der eine übergab mich dann einem der vier Genien und sagte ihm: »Trage diesen verderbenbringenden Menschen hinter den Berg Kaf, daß ihn dort Gottes Fluch treffe!«

Der Genius nahm mich auf den Rücken und flog mit mir so hoch hinauf, daß ich den kleinsten Stern so groß wie den höchsten Berg sah, und ich hörte, wie die Engel Gott priesen. Da rief ich: »Es gibt nur einen einzigen Gott, und Mohammed ist sein Prophet!« Kaum hatte ich diese Worte vollendet, so traf ein feuriger Pfeil den Genius, der mich trug, und verwandelte ihn in Asche; ich aber schwebte lange in der Luft umher und wurde vom Wind hin und her getrieben, bis ich endlich auf eine Terrasse der Stadt Damaskus fiel. Mein Fall machte so viel Geräusch, daß der Hausherr erwachte, und da erst vor Kurzem bei ihm eingebrochen wurde, weckte er seine Diener und bestieg mit ihnen die Terrasse. Als sie mich sahen, hielten sie mich für einen Dieb und fielen, ohne mich anzuhören, mit ihren Stöcken über mich her; dann banden sie mich und ließen mich bis Tagesanbruch im Hof liegen. Kaum war die Sonne aufgegangen, führten sie mich zum Polizeiobersten und sagten ihm: »Hier ist ein Dieb, den wir heute Nacht auf unserer Terrasse gefunden.« »Gewiß war er es«, sagte der Hausbesitzer, »der schon vor einiger Zeit mich bestahl.« Der Polizeioberste fragte mich, wer ich sei, und als ich ihm sagte, ich sei Ali, der Sohn Farhas, Königin der Diamanteninsel, lachte er und befahl seinen Soldaten, mich auf den Boden zu strecken und zu prügeln, bis ich die Wahrheit gestehe und das Gestohlene wieder herausgebe. In diesem Augenblick aber trat mein Vater herein, und als er seinen meiner Mutter in der Hochzeitsnacht gegebenen Siegelring sah, fuhr er zusammen und fragte erstaunt den Polizeiobersten: »Wer ist dieser Jüngling?« »Es ist ein Dieb«, antwortete der Polizeioberste, »welcher heute Nacht bei diesem Mann einbrechen wollte.« »Aber dieser Jüngling«, versetzte mein Vater, »sieht keineswegs einem Dieb gleich; hast du ihn gefragt, wie er heißt und wo er her ist?« »Er nennt sich Ali, Sohn Farhas, aus der Diamanteninsel«, antwortete der Polizeioberste lachend. Bei diesen Worten fiel mein Vater mir um den Hals und sagte: »Er hat wahr gesprochen, er ist mein Sohn, ich erkenne ihn an seinem Siegelring!« Er forderte mich dann auf, ihm in Gegenwart des Polizeiobersten zu erzählen, wieso ich auf die Terrasse dieses Mannes gekommen. Ich erzählte hierauf meine ganze Lebensgeschichte von meiner Geburt an bis zu dem Augenblick, wo ein feuriger Pfeil den mich tragenden Genius traf und ich auf die Terrasse fiel. Mein Vater machte dem Polizeiobersten Vorwürfe über sein voreiliges Urteil und nahm mich mit in sein Haus, wo ich ihm nochmals alle meine Abenteuer erzählen mußte.

Am folgenden Tag stellte er mich dem König vor, und diesem gefiel ich so gut, daß ich einer seiner vertrautesten Gesellschafter wurde. Eines Tages, als ich mit ihm spazieren ritt und ihm manches von den Genien erzählte, sagte er: »Ich möchte doch auch einmal eine Djinn sehen, wie du; wie sehen sie denn aus?« Ich antwortete ihm: »Mein Herr, die Djinn sind von verschiedenartiger Gestalt: Sie sehen bald vierfüßigen Tieren, bald Vögeln, bald Menschen gleich.« Kaum hatte ich dies gesagt, rief der König: »Sieh einmal, Ali, wie dort in der Ferne eine düstere Wolke den Himmel überzieht; man sieht die Sonne gar nicht mehr!« Ich blickte nach der mir bezeichneten Seite hin und sagte: »Das ist keine Wolke, erhabener König; es ist eine Schar fliegender Djinn, die auf uns zukommt.« In der Tat zerteilte sich bald die schwarze Masse nach den verschiedenen Seiten von Damaskus, und eine Abteilung von ungefähr hundert Genien ließ sich in unserer Nähe herab und wollte in die Stadt gehen. Ich näherte mich dem Anführer dieser Abteilung und fragte ihn,

was er in Damaskus suchte. Er antwortete: »Ich soll dem König die Ankunft der Königin Turaja und der Königin Farha melden.« »Hier ist der König«, sagte ich ihm und bat ihn, mir zu erlauben, den beiden Königinnen, meiner Mutter und Gattin entgegenzugehen. Der König gewährte mir meine Bitte und kehrte allein zur Stadt zurück, während ich mich in das Genienlager zu den beiden Königinnen führen ließ. Beide fielen vor Freude, mich wiederzusehen, in Ohnmacht; ich bespritzte sie mit Rosenwasser, und als sie wieder zu sich kamen und mich mehrmals geküßt und umarmt hatten, fragte ich sie, wieso sie hierher gekommen. »Wisse«, sagte meine Mutter, »als du allein mit Turaja auf der Löweninsel des Nachts so lange ausbliebst, wurde ich so unruhig, daß ich Duha bat, mit einigen mächtigen Genien in der Richtung, nach welcher wir dich hinziehen sahen, dich zu suchen. Duha flog lange in den Gärten umher, bis endlich ein jämmerliches Wehgeschrei sie vor ein schönes Zelt lockte; es war Turajas, welche Djahaks Brüder mißhandelten, weil sie ihrem lüsternen Verlangen kein Gehör gab.

Duha stürzte sogleich über Djahaks Brüder her und fesselte sie mit Hilfe der Genien, die bei ihr waren, und führte sie zu mir. Ich fragte sie nach dir und hörte, sie haben dich hinter den Berg Kaf bringen lassen. Jetzt hatte ich wenig Hoffnung mehr, dich wiederzufinden, ich bat jedoch die treue Duha, abermals dir nachzueilen, vielleicht könnte sie dich doch noch einholen, ehe du den traurigen Ort deiner Bestimmung erreichtest. Duha gehorchte mir und flog, so schnell sie konnte, nach der Richtung des Berges Kaf. Als sie über Syrien schwebte, begegnete ihr eine alte Freundin und fragte sie, was sie so weit von ihrer Heimat suche. ›Ich verfolge einen Djinn, antwortete Duha, der Ali, den Sohn Farhas, hinter den Berg Kaf tragen will.‹ ›Wenn dies der Zweck deiner Reise ist, so darfst du sie nicht fortsetzen‹, versetzte Duhas Freundin, ›denn ein Djinn, der einen Menschen trug, ist von einem feurigen Pfeile verbrannt worden und der Mensch nach Damaskus gefallen, geh einmal dahin und erkundige dich nach diesem Menschen, vielleicht ist es Ali, den du suchst.‹ Duha ging hierauf in menschlicher Gestalt nach Damaskus, kam vor ein Kaffeehaus, wo viele Leute versammelt waren, die sich von der Ankunft eines Sohnes des Zaher aus der Diamanteninsel unterhielten. Sie zweifelte jetzt nicht mehr daran, daß du der vom Djinn getragene Mensch warst, und brachte uns eilig diese freudige Nachricht, worauf wir – so schloß meine Mutter – sogleich den Entschluß faßten, dir hierher zu folgen.« Nachdem ich dann meinerseits meiner Mutter und meiner Gattin erzählt hatte, auf welche wunderbare Weise ich durch meinen Vater von Stockschlägen, an

denen ich gewiß gestorben wäre, gerettet wurde, begaben wir uns zusammen zum König, welcher schon meinen Vater von der Ankunft seiner Gattin in Kenntnis gesetzt und zu sich geladen hatte. Mein Vater brach in Tränen aus, als er meine immer noch schöne Mutter wiedersah, und bedauerte die so lange Trennung von ihr; sie aber machte ihm Vorwürfe darüber, daß er es niemals wieder versuchte, zu ihr zu gelangen. Der König, welcher uns alle reichlich beschenkte und den innigsten Anteil an unserer Freude nahm, versöhnte sie aber miteinander, und meine Mutter ließ sich bewegen, noch drei Tage in Damaskus zu bleiben; länger aber wollte sie nicht ihren Vater in Verlegenheit lassen; Turaja hingegen wollte Damaskus nicht mehr verlassen, und begnügte sich damit, dem König Farkad durch einen Boten ihren Entschluß mitzuteilen; und so lebte ich mit ihr in den glücklichsten Umständen, bis der nichts schonende Tod sie mir entriß.

Als Ali diese Erzählung vollendet hatte, fragte ihn der Kalif Abdul Malik, der Sohn Merwans, ob ihm seine Gattin keine Kinder gezeugt, und als er diese Frage bejahte, ließ er sie sich vorstellen und schenkte jedem ein schönes Kleid, auch Ali schenkte er ein Ehrenkleid, bestimmte ihm ein ansehnliches Gehalt und ließ sich von ihm Märchen erzählen, sooft seine Brust beklommen war.

Das ist alles, was uns von den Abenteuern Alis und Zahers aus Damaskus zugekommen. Gepriesen sei der einzige Gott und gegrüßt sei unser Herr, sein Gesandter Mohammed, mit seinen Verwandten und Gefährten, bis zum Tage des Gerichts!

Die Abenteuer des Fischers Djaudar aus Kahirah und sein Zusammentreffen mit dem Abendländer Mahmud und dem Sultan Beibars*

Der Sultan Zaher Beibars, der wegen seiner Gerechtigkeitsliebe sowohl als wegen seiner anderen schönen Eigenschaften und besonders seiner Beredsamkeit in ganz Ägypten von Männern und Frauen, Vornehmen und Geringen geliebt und verehrt war, hatte einen Polizeipräfekten über Kahirah gesetzt, der alle seine Zeitgenossen an Klugheit und Schlauheit übertraf; er rastete weder bei Tag noch bei Nacht, sondern wachte unermüdlich über die Ruhe und Sicherheit Kahirahs. Keine Tugend blieb unbelohnt, kein Laster unbestraft.

Eines Tages, als er beim Sultan war, der von den höchsten Beamten des Reiches umgeben auf seinem Thron saß, traten fünf alte Männer mit langen

* Diese aus einem herzoglich-gothaischen Manuskript übersetzte Erzählung ist mit der unter gleichem Namen schon gegebenen, nur in Bezug auf das Zusammentreffen Djaudars mit den Abendländern übereinstimmend, sonst aber von derselben ganz verschieden.

Bärten, so weiß wie Baumwolle, in den Divan und baten um Gehör. »Wer hat euch Unrecht getan?« fragte der Polizeipräfekt. Da küßten sie die Erde vor ihm, und einer von ihnen sagte: Wisse, edler Herr, wir haben eine ganz sonderbare Klage vorzutragen, die uns nötigt, zum ersten Mal in unserem Leben vor Gericht zu stehen. Wir sind fünf Brüder und wohnen in einem Haus beisammen, in der Nähe des Elefantenteiches. Wir lebten früher in großem Wohlstand, aber nach und nach verließ uns das Glück, bis wir ganz arm waren. Eines Abends, als wir den letzten Bissen verzehrt hatten und den harten Entschluß fassen mußten, am folgenden Tag zu betteln, kam ein schöner Jüngling auf einem Maulesel vor unsere Tür geritten, übergab den Maulesel seinem Diener und stieg zu uns herauf. Er hatte einen grünen Kaftan an, rote seidene Beinkleider darunter, und einen Turban auf dem Haupt, wie ihn die Jemeniten zu umwinden pflegen. Nachdem wir ihn freundlich begrüßt und bewillkommt hatten, fragten wir ihn, womit wir ihm dienen könnten. Ich bin euer Nachbar, antwortete er, ich wohne jenseits des Elefantenteiches und möchte gern diesen Abend euer Gast sein. Wir

antworteten ihm, er sei uns stets willkommen; aber diesen Abend hätten wir ihm gar nichts anzubieten, darum möchte er doch lieber morgen unser Gast sein. Da sagte er lächelnd: »Nun, so seid ihr heute meine Gäste; bei Gott, ihr müßt mir nach Hause folgen!« Wir gingen im Vertrauen auf Gott mit ihm, ohne ihn zu kennen. Er blieb vor einem großen Hause stehen und klopfte leise an die Tür; sie wurde sogleich geöffnet, und er hieß uns im Namen Gottes eintreten. Er führte uns in einen Saal, der mit den schönsten Divanen und Teppichen ausgestattet war, und sagte: »Betrachtet dieses Haus als das eurige und mich als einen eurer Diener.« Wir küßten ihm Hände und Füße und sagten: »Wir sind bereit, alle deine Wünsche zu erfüllen; gebiete uns nur, wenn du unser bedarfst.« Er ging dann auf eine zur Rechten des Saales verschlossene Tür zu und rief: »Freudendauer!« Sogleich öffnete sich die Tür, und es trat eine indische Sklavin heraus mit schwarzen babylonischen Augen und schön gewölbten Augenbrauen, mit Wangen, auf deren jeder eine Rose blühte und sich darauf wie Korallen auf weißem Marmor ausnahmen; auf sie waren die Worte des Dichters anwendbar:

»Hätten Polytheisten sie gesehen, sie wäre vor allen anderen Götzen angebetet worden, und zeigte sie sich im Westen einem Mönch, er verließe sein Gebet im Osten und folgte ihr.«

Dieses wunderschöne Mädchen, deren Reize wir gar nicht zu schildern vermögen, sagte in einem süßen Ton zu dem Jüngling: »Was befiehlt mein Herr?« Der Jüngling antwortete: »Bringe diesen Männern, meinen Gästen, etwas zu essen.« Die Sklavin ging weg und kehrte bald wieder mit Hühnern, Reis, Backwerk und Braten, und lud uns zum Essen ein.

Als wir uns gesättigt und Gott gedankt hatten, – fuhr der eine der Brüder in seiner Erzählung vor dem Polizeipräfekten fort – brachte uns das Mädchen ein goldenes Waschbecken und eine silberne Kanne, welche mit Rosenwasser gefüllt war, und als wir uns gewaschen hatten, brachte sie einen Bündel, welcher fünf Kleider enthielt, die wir anziehen mußten. Der Jüngling hieß uns dann auf die Divane sitzen, die aber von so feinen Stoffen und so reich ausgeschmückt waren, daß wir sagten: »Diese Divane sind für Könige; es ziemt uns armen Leuten nicht, uns darauf niederzulassen.« Aber der Jüngling blickte uns freundlich an und sagte: »Nehmet nur Platz und verschwendet nicht so viele Worte.« Er wendete sich dann einer anderen Tär zu und rief: »Seelenlust!« Sogleich trat eine griechische Sklavin aus einem Gemach, so blendend weiß, als käme sie gerade aus dem Paradies; auch sie war in ihrer Art so vollkommen schön, daß wir unmöglich alle ihre Reize schildern können. Am bewundernswertesten war aber ihr schlanker Wuchs, ihr Ebenmaß, ihre würdige und doch zierliche Haltung. Als sie vor dem Jüngling stand, sagte sie: »Mein Herr, du hast uns heute lange das Vergnügen deiner Gesellschaft entzogen; wo bleibst du denn so lange?« »Ich habe mich bei meinen Gästen hier aufgehalten«, antwortete der Jüngling; »bringe uns doch etwas zu trinken.« Seelenlust entfernte sich einen Augenblick und kehrte dann mit zwei Sklavinnen wieder, welche goldene Kannen, silberne Becher, kristallene Gläser und chinesische Tassen brachten.

Seelenlust füllte den Becher mit Wein, die Gläser mit allerlei wohlriechenden Blumen und die Tassen mit den ausgesuchtesten trockenen Früchten. Wir waren über diesen Luxus so erstaunt, daß wir uns auf die Finger bissen und dachten: »Wachen oder träumen wir?« »Hierauf wandte sich der Jüngling nach einer anderen Tür und rief: »O Seligkeit!« Da erschien ein Mädchen wie der Mond, mit leuchtender Stirne, zartroten Wangen, einem Blick, schneidender als das schärfste Schwert, und einem Wuchs, wie die Zweige des Ban; sie war wie eine Braut geschmückt und hatte eine indische Laute in der Hand. »Was wünscht mein Herr?« fragte sie den Jüngling. »Setze dich« antwortete er, »und spiele meinen Gästen etwas vor!« Da fing sie so schön zu spielen und zu singen an, daß wir glaubten, das ganze Haus müsse mit uns umhertanzen. Nach dieser rief der Jüngling noch vier andere Mädchen, deren jede ein anderes Musikinstrument mitbrachte, und so verging uns ein Abend bei Wein, Gesang und Musik, wie wir noch keinen erlebt hatten. Das Wunderbarste aber war: Als wir uns entfernen wollten, überreichte uns der Jüngling eine goldene und eine silberne Schüssel, mit den besten gekochten Speisen und Früchten für unsere Familie gefüllt, und lud uns auf den folgenden Abend wieder ein. Wir küßten ihm Hände und Füße, dankten für seine Gastfreundschaft und versprachen wieder zu kommen. Am folgenden Abend nahmen wir die beiden Schüsseln unter das Oberkleid und begaben uns wieder in das Haus des reichen Jünglings. Er nahm uns so freundlich wie am vorigen Tage auf und bewirtete uns wieder auf dieselbe Weise und so folgten noch 58 Tage, die wir nie vergessen werden, immer feinere Speisen, bessere Weine und schönere Mädchen, deren Schmuck mehr wert war, als alle Einkünfte Ägyptens. Der junge Mann entfaltete vor uns einen solchen Reichtum, daß wir zuletzt mißtrauisch wurden und dachten, so viel kann nur ein Dieb oder Zauberer besitzen, darum, edler Emir, sind wir hierhergekommen, um dich auf diesen Jüngling aufmerksam zu machen.

Der Polizeipräfekt ließ sich des Jünglings Haus zeigen, und am folgenden Tag ließ er es von 100 Mamelucken umzingeln, trat mit einem Offizier hinein und forderte ihn auf, ihm zum Sultan, dem König Zaher Beibars, zu folgen. »Recht gern«, antwortete der Jüngling; er schloß seine Wohnung, steckte den Schlüssel ein und ging mit dem Polizeipräfekten hinaus. Unterwegs sagte ihm dieser: »Mache mich mit deinen Verhältnissen bekannt, und sage mir, wie du zu so unermeßlichen Reichtümern gelangt bist, ich werde dir dann vor dem Sultan beistehen.« »Ich bedarf nur Gottes Beistand«, erwiderte der Jüngling, »ich will meine ganze Lebensgeschichte dem Sultan selbst mitteilen.« Vor dem Sultan angelangt, begann er also:

Höre, o mächtiger Sultan, als mein Vater in einem Alter von 65 Jahren von einer gefährlichen Krankheit befallen wurde, sagte er zu meiner Mutter: »Mutter Djaudars! So nannte er nämlich meine Mutter, welche außer mir kein Kind gebar, wisse, daß ich dem Tod nahe bin ‚gepriesen sei der, welcher allein ewig lebt! und aus dieser vergänglichen Welt scheide, um in eine bessere und ewigdauernde hinüberzuwandern. Ich danke Gott dafür, daß er mich bis zu meinem Tod gesund und rüstig erhalten und mir stets die Mittel gegeben, dich und meinen Sohn Djaudar zu ernähren. Meine Ersparnisse sind leider nicht groß, ich hinterlasse nur 110 Dinare an Geld; gib 100 Dinare meinem Sohne und zehn Dinare verwende für mein Leichengewand, für Begräbniskosten, Koranlesen und dergleichen. Mein Sohn soll mit den 100 Dinaren irgend einen Handel treiben, um nicht arm zu werden, denn wer in Ägypten kein Geld hat, wird auch für gar nichts geachtet; sollte er aber je arm werden, so treibe er das Fischerhandwerk, es wird ihm Segen bringen, er wird ein Fischernetz in einer Schachtel in meinem Schrank finden.«

Drei Tage nachdem er so zu meiner Mutter gesprochen, – so erzählte der Jüngling – nahm der Herr seine Seele zu sich; wir trauerten um ihn, beerdigten ihn, und meine Mutter befolgte alles, was er ihr anbefohlen hatte. Sobald ich aber im Besitz der 100 Dinare war, brachte ich einen Tag in Bulak und den anderen auf der Insel Rhoda bei Matrosen zu, arbeitete aber nichts, sondern ließ mir trotz der Warnungen meiner Mutter Ruhe und gute Kost wohl schmecken, so daß nach drei Monaten mir gar nichts mehr übrig blieb. Ich ging zu meiner Mutter und klagte ihr meine Armut und Not. Da sagte sie: »Wie oft habe ich dich vor schlechter Gesellschaft gewarnt, du hast mir aber kein Gehör gegeben.« »Niemand entgeht eben seinem Verhängnis«, versetzte ich; »doch was geschehen ist, ist geschehen, gib mir jetzt Geld, daß ich mir etwas zu essen kaufe.« »Meine Armut ist nicht geringer als die deinige«, erwiderte meine Mutter; »ich habe nicht so viel, um ein Laibchen Brot, oder auch nur ein Senfkörnchen dafür zu kaufen, auch habe ich gar nichts in meinem Haus, darum befolge jetzt den Willen deines Vaters und werde Fischer.« Ich öffnete die Schachtel, welche mir mein Vater hinterlassen, nahm das Netz heraus, sagte: »Wir sind Gottes und kehren einst wieder zu ihm zurück«, nahm Abschied von meiner Mutter und ging nach Altkahirah; dort bestieg ich einen Kahn, schiffte im Vertrauen auf Gott mit ausgeworfenem Netz umher, aber so oft ich es heraufzog, war es leer, obschon ich es an verschiedenen Plätzen versuchte, die selten ohne Fische sind. Ich wurde besonders wegen meiner armen Mutter sehr betrübt darüber und weinte mir fast die Augen aus dem Gesicht. Ich legte dann mein Netz zusammen und wollte es den Fischern verkaufen oder verpfänden, aber kein einziger wollte mir etwas dafür geben. Da ich mich noch nicht zum Betteln entschließen konnte, ging ich mit meinem Netz nach einem kleinen See, Karunssee genannt, der manchmal ganz seicht ist. Diesmal fand ich ihn aber bis herauf angefüllt, und er kochte und schäumte wie Wasser in einem über Feuer stehenden Topf. Da dachte ich, vielleicht bin ich hier glücklicher, als am Nil und warf mein Netz aus. Als ich es aber wieder heraufzog, war es mit Steinen und allerlei Unrat gefüllt. Ich reinigte es mit vieler Mühe und warf es wieder aus, fand aber gar nichts darin. Da dachte ich, jetzt versuche ich mein Glück noch einmal, und bringt mir mein Netz auch diesmal keinen Fisch, so gebe ich das Fischerhandwerk auf. Als ich aber das Netz zum dritten Male heraufzog, sprang ein Fisch darin herum, der über drei Pfund schwer war; ich legte das Netz zusammen, brachte den Fisch meiner Mutter und erzählte ihr, wie es mir am Nil so schlecht gegangen, wie ich hingegen am Karunssee ganz unverhofftes Glück hatte. »So geht es, mein Sohn«, sagte meine Mutter, »der Lebensunterhalt wird den Menschen von Gott beschert; auch hat ein sehr weiser Mann gedichtet:

›O Mensch, der du deinen Lebensunterhalt in der Ferne suchst, laß ab von deinen Anstrengungen, denn du erhältst doch nur, was dir bestimmt ist. Die Glücksgüter wenden sich häufig dem zu, der sie gar nicht sucht, während sie den fliehen, der ihnen nachjagt.‹

Darum«, fuhr meine Mutter fort, »darf der Mensch nie den Mut verlieren; Gott vergißt Niemanden.« Meine Mutter nahm mir dann den Fisch ab, reinigte

ihn und ließ ihn braten, wir verzehrten ihn mit vielem Appetit und dankten Gott dafür. Am folgenden Morgen nahm ich wieder mein Netz auf die Schultern und wollte damit nach Bulak gehen, aber meine Mutter sagte mir: »Geh lieber wieder an den See Karun, und solltest du auch nur einen Fisch dort fangen, das genügt uns ja, bis uns Gott auf sonst eine Weise hilft, oder uns den Tod sendet.« Ich gehorchte meiner Mutter und ging nach dem See Karun und warf daselbst mein Netz aus. Als ich es heraufzog, war es wieder mit Steinen, Knochen und Scherben angefüllt; da dachte ich, welch ein schlimmes Geschick verfolgt mich, ich glaube, daß, wenn ich vom Wasser des Meeres trinken wollte, es sich in Feuer verwandeln, daß, wenn ich am Lauf der Sonne mich freute, sie auf einmal stille stehen, und daß, wenn ich stromabwärts segelte, das Wasser plötzlich seiner Quelle entgegenströmen würde. Ich saß nun eine Weile am Ufer des Sees, die Wange auf meine Hand gestützt, verzweiflungsvoll da, als auf einmal ein Abendländer auf einem Maultier zu mit geritten kam, das so leicht wie ein Spatz daherschoß; die Füße dieses Tieres waren zwar so stark wie die Pfeiler eines Tempels, aber dennoch schien es wie ein Vogel in der Luft zu schweben. Der Abendländer war sehr vornehm gekleidet und sah wie ein Emir aus. »Friede sei mit meinem Herrn, dem Pilger*!« rief er mit zu, als er abgestiegen war. Ich antwortete ihm: »Mit dir sei der Friede Gottes, sein Segen und seine Barmherzigkeit!« Er fragte mich dann: »Warum sitzest du so verzweifelt da? Ist dir jemand gestorben, oder ist eines deiner Schiffe untergegangen?« »Keines von beiden, mein Herr Pilger«, antwortet ich. Er fragte dann: »Bist du nicht Djaudar, der Sohn des Fischers Omar aus Kahirah?« Ich sah ihn erstaunt an und sagte: »Ja.« Er fragte mich dann nochmals, warum ich denn so niedergeschlagen aussehe? Ich klagte ihm meine und meiner Mutter Armut und die schlechte Aussicht, die mir die Fischerei gewährte. Als der Abendländer dies hörte, lachte er, nahm eine seidene Schnur, die, um recht stark zu werden, drei Tage in Kamelmilch eingeweicht war, aus dem Quersack, der auf seinem Maulesel lag, und sagte: »Höre mir zu, Djaudar, deine Armut soll bald verschwinden; binde mich mit dieser Schnur und wirf mich in den See, breite dann dein Netz über mich aus, und streue etwas Weißes, das die Fische herbeilockt, hinein, komme ich mit dem Kopf zuerst aus dem Wasser, so wisse, daß ich tot bin, du beerdigst mich dann am Ufer des Sees, und führst mein Maultier auf den Bazar, hüte dich aber, darauf zu reiten, sonst ist es um dich geschehen. Du wirst auf dem Bazar einen erhöhten Punkt zu deiner Linken bemerken, dort sitzt in einem Laden ein Jude, der den größten Schnurrbart auf dem ganzen Bazar hat, nähere dich ihm, und lege deine Hand auf seinen Kopf, er wird sogleich aufstehen, dir den Maulesel abnehmen und einen goldenen Dinar schenken, nimm ihn und geh deines Weges; komme ich aber lebend aus dem See, so sollst du reichlich beschenkt werden.« Als der Abendländer so gesprochen hatte, reichte er mir seine Schultern her, woraus ich sah, daß er nicht bloß scherzte, sondern wirklich gebunden sein wollte; ich tat seinen Willen und warf ihn an der Stelle, die er mir bezeichnete, in den See.

Es dauerte nicht lange, so kam des Abendländers Kopf in die Höhe, seine Zähne waren fest zusammengeschlossen und seine Augen erloschen. Ich zog ihn aus dem See und beerdigte ihn am Ufer desselben. Dann machte ich mich auf, nahm mein Netz auf den Rücken und den Zaum des Maulesels in die Hand und führte ihn zu dem Juden, den mir der Abendländer bezeichnet hatte, wofür ich einen Dinar erhielt. Ich ging vergnügt zu meiner Mutter, zeigte ihr meinen Dinar und erzählte ihr, auf welche Weise ich dieses Geld erworben hatte. Sie hörte mir mit Erstaunen zu, und bedauerte den Abendländer, der sich selbst in das Grab gestürzt. Am folgenden Morgen ging ich wieder mit meinem Netz an den See Karun und warf es zweimal aus, ohne etwas zu fangen. Eben wollte ich es zum dritten Mal auswerfen, da kam wieder ein Abendländer in einem ebenso reichen Aufzug, wie der erste; sein Maultier hatte eine Decke von grüner Seide über dem Sattel, einen goldenen Zaum im Mund und eine Kette am Hals, an welcher die kostbarsten Edelsteine funkelten. Ich erschrak, als ich ihn sah, und glaubte, er werde den Tod seines Bruders an mir rächen wollen; er grüßte mich

* Ein Beiname, der vielen Muselmännern gegeben wird, auch wenn sie nie in Mekka waren.

und fragte: »Bist du Djaudar, der Sohn des Fischers Omar?« »Bewahre Gott, mein Herr Pilger«, antwortete ich; »ich bin nicht Djaudar und weiß nichts von ihm.« Kaum hatte ich ihm diese Antwort gegeben, stieg er von seinem Maultier ab, packte mich am Hals, daß ich glaubte, er reiße mir ihn herunter, sein Gesicht war rot, seine Augen sprühten Feuer und seine Lippen waren kohlschwarz. »Sagst du mir nicht die Wahrheit«, schrie er mich an, »so bist du des Todes!« Da rief ich: »Gnade, mein Herr Pilger, ich bin Djaudar, der Sohn des Fischers Omar aus Kahirah.« »Und warum, elender Mensch, sagte er, verleugnest du deinen

Namen und deine Abkunft? Bei Gott! Hättest du noch einen Augenblick länger gezögert, mir die Wahrheit zu gestehen, du wärest schon bei den Toten. Doch sage mir jetzt, war nicht gestern ein Abendländer hier, der sich von dir binden und in den See werfen ließ?« »Allerdings, mein Herr Pilger«, antwortete ich, »aber ich bin nicht an seinem Tod schuld, denn er hätte mich getötet, wenn ich nicht seinen Willen getan hätte.« Als der Abendländer dies hörte, lächelte er, griff in den Quersack, der auf seinem Maultier lag, und holte eine Schnur hervor, gab sie mir und sagte: »Verfahre mit mir wie mit meinem Bruder: Sterbe ich, so bringe auch mein Maultier dem Juden und er wird dir wieder einen Dinar geben.« Ich dachte, diese Abendländer scheinen wahnsinnig zu sein, doch bleibt mir nichts übrig, als ihnen zu gehorchen; ich band daher auch diesem Hände und Füße und warf ihn in den See, aber auch er streckte bald einen toten Kopf aus dem Wasser, da warf ich mein Netz aus, zog ihn ans Ufer und beerdigte ihn, Dann brachte ich sein Maultier dem Juden, der mir wieder einen Dinar schenkte, worauf ich zu meiner Mutter zurückkehrte. Am dritten Tag; wollte ich an den Nil gehen, aber mein Füße trugen mich ganz unwillkürlich wieder an den See Karun. Ich warf mein Netz dreimal ins Wasser und zog es jedesmal leer herauf; da legte ich es zusammen und wollte weggehen, als wieder ein Abendländer auf einem Maulesel auf mich zuritt, mich freundlich grüßte und fragte, ob ich nicht der Fischer Djaudar wäre? Als ich seine Frage bejahte, fragte er mich, ob nicht seine beiden Brüder in diesem See ertrunken wären? Ich fing an zu zittern und blaß zu werden und wußte nicht, was ich antworten sollte. Als er meine Verlegenheit bemerkte, sagte er: »Verhehle mir nur die Wahrheit nicht, dann hast du nichts von mir zu befürchten.«

Als ich dem Abendländer hierauf alles, wie es sich zugetragen hatte, erzählte, sagte er lachend: »Bei dem, der Tag und Nacht, Luft und Wasser geschaffen, der die Toten belebt und Lebenden tötet! Hättest du einen meiner Brüder lebendig aus dem Wasser gezogen, so flöge jetzt dein Kopf von deinem Hals herunter.« Er griff dann auch nach dem Quersack, zog eine rote seidene Schnur heraus und fuhr fort: »Binde jetzt auch mir Hände und Füße und verfahre mit mir, wie mit meinen Brüdern, finde ich aber auch den Tod in diesem See, so hüte dich wohl, mein Maultier dem Juden zu bringen, sonst stirbst du, ohne daß irgend ein Mensch deinen Tod erfährt, sondern nimm es mit in dein Haus, es wird, sobald die Nacht heranbricht, jemand an die Tür klopfen und rufen: ›Djaudar, gib mir das Maultier des Abendländers Mahmud.‹ Diesem Mann gibst du mein Maultier, er wird dir einen Beutel mit 1000 Dinaren schenken. Lasse dir es dann wohl sein und gräme dich nicht über meinen und meiner Brüder Tod.« Ich dachte, dieser ist noch der beste der drei Brüder, aber nicht minder wahnsinnig als sie. Ich nahm dann die Schnur in die Hand, band ihn und warf ihn in den See, und siehe da, er streckte nicht wie seine beiden Brüder den Kopf, sondern die Hände aus dem Wasser, und hatte in der rechten Hand einen roten und in der linken Hand einen schwarzen Fisch, und rief: »Djaudar, deine Trommel hat geschlagen, dein Glücksstern ist aufgegangen, denn ich habe mein Ziel erreicht.« Ich zog ihn schnell mit dem Netz ans Land, und er lief nach dem Maultier, zog eine rote korallene Büchse aus dem Quersack und steckte den roten Fisch hinein, dann eine schwarze, in welche er den schwarzen Fisch sperrte; beide Fische aber waren kaum in den Büchsen, als der eine zu einer roten und der andere zu einer schwarzen Flüssigkeit wurde. Wir sind und bleiben nun Freunde, sagte er, nachdem er die Büchsen wieder in den Quersack gesteckt hatte, hier hast du 100 Dinare für deine Mutter, bringe sie ihr schnell und kehre wieder hierher zurück. Als ich nach einigen Stunden wieder an den See kam, stieg der Abendländer auf sein Maultier und hieß mich hinter ihn sitzen, ich stieg auf und das Maultier flog wie ein Vogel mit uns nach dem Berg Mukattam. Hier angelangt, sagte mir der Abendländer: »Wisse, Djaudar, daß ich nur durch dich zu meinem Ziel gelangen kann, darum darfst du mich nicht verlassen, du wirst gewiß Ansehen und Reichtümer erlangen.« Als ich ihm versprach, bei ihm zu bleiben, so lange er meiner bedürfe, band er den Maulesel an, breitete einen

Teppich auf die Erde und holte aus dem Quersack einige Speisen heraus. Nach der Mahlzeit bat ich ihn, mich doch über den Tod seiner beiden Brüder und über die zwei wunderbaren Fische, die er gefangen, ein wenig aufzuklären. Da hob er an: Wisse, Djaudar, mein Name ist Mahmud, ich bin aus der Stadt Tunis und hatte daselbst einen Lehrer, der mich in die geheimsten Künste der Zauberei einweihte. Als er ein Alter von 300 Jahren erreichte, schenkte er mir ein Buch, welchem 1000 Geister unterworfen sind, und sagte mir: »Bewahre dieses Buch wohl, denn es haben Könige, Priester und Zauberer mich darum beneidet, weil man durch es alle seine Wünsche befriedigen kann. Wenn du etwas brauchst, so rufe nur: ›Geflügelter Sandja!‹ Er wird dir ein Geist erscheinen, der dir bringt, was du begehrst, und läge es im siebenten Meer hinter dem Berg Kaf.« Ich freute mich sehr mit einem so wertvollen Geschenk, und zeigte in meiner Freude das Buch meinen Brüdern, den beiden Männern, die in dem See ertranken. Aber diese beneideten mich und trachteten danach, mich desselben zu berauben. Eines Tages, als ich das Buch in Anwesenheit meiner Brüder erproben wollte, rief ich: »Geflügelter Sandja!« Da stieg ein Rauch aus dem Buch gen Himmel, der sich nach und nach zusammenzog und eine ungeheure menschliche Gestalt bildete mit drei Flügeln, einen an jeder Seite und einen mitten auf dem Rücken. Dieses wunderbare Wesen sagte: »Hier bin ich, was befiehlt mein Herr?« »Ich möchte mit meinen Brüdern«, antwortete ich, »eine kleine Lustreise nach dem Korallenberg machen, bringe uns schnell dorthin!« »Sehr gern«, sagte er, breitete seine drei Flügel aus, nahm mich auf seinen Rückenflügel und meine beiden Brüder auf seine Seitenflügel, und setzte uns nach einem raschen Flug durch die Luft auf den Korallenberg. Hier angelangt, fragte ich Sandja, was wohl hinter diesem Berg läge? Er antwortete: »Mein Herr, hinter diesem Berg liegt das Gazellental und die Insel des Königs Numan, des Amalekiten, welche der Ozean mit seinen Wellen umspült.« »So führe uns in dieses Tal«, sagte ich, und stieg abermals auf seinen Rücken, während meine beiden Brüder sich auf seine beiden Seitenflügel setzten. Sandja schwang seine Flügel und brachte uns in ein Tal, dessen Boden wie die allerfeinste Baumwolle aussah und reinsten Moschusduft verbreitete. Mitten durch das Tal schlängelte sich ein Bach, dessen Wasser frischer als Schnee und süßer als Honig war. An den Ufern dieses Baches blühten Lilien, Kamillen, Narzissen und Jasmine. Wir gingen das Ufer dieses Baches entlang spazieren, bis wir an einen ungeheuer großen Nußbaum kamen, der so groß war, daß er recht gut 100 Reiter in seinem Schatten aufnehmen konnte. Da sagte Sandja: »Steiget auf diesen Baum, da könnt ihr auf die reizende Insel des Königs Numan herabsehen.« Wir freuten uns, einen Blick auf diese so berühmte Insel werfen zu können, und kletterten auf den Nußbaum, bis die Insel in ihrer ganzen Länge und Breite mit allen ihren Städten und Dörfern, Bergen und Tälern, Wäldern und Gärten vor uns ausgedehnt lag. Als wir uns nach allen Seiten umgesehen hatten und wieder herabsteigen wollten, sahen wir, wie ein roter Fisch, so groß wie ein Kamel, aus dem Meer, das die Insel umgibt, in den Bach schwamm, der nicht weit unter dem Nußbaum sich ins Meer ergießt, und in unserer Nähe in der Gestalt einer schönen Jungfrau ans Land stieg. Sie näherte sich immer mehr dem Nußbaum,

und mit jedem Schritt mußten wir ihre Reize mehr bewundern, Sie hatte babylonische Augen, über welche sich Augenbrauen wie ein Bogen wölbten. Ihre Stirne leuchtet wie der Mond, ihre Wangen schienen Rosen zu sein, ihre Lippen ein Labsal für jeden Kranken, ihre Haare, schwärzer als die Nacht und feiner als Seide, hingen bis auf die Erde herab. Ihr Anblick bezauberte uns so sehr, daß wir vor Entzücken beinahe vom Baum fielen.

Die Jungfrau hatte kaum das Land betreten, da rief sie mit einer tief ins Herz dringenden Stimme: »O Königssonne!« Da kam ein grüner Fisch den Bach heraufgeschwommen, stieg in ihrer Nähe ans Land, warf seine Fischhülle ab, und es zeigte sich uns eine Jungfrau mit so feinen Gesichtszügen, so schlankem Wuchs und so zarten Hüften, daß wir die erste ganz vergaßen und ihr allein unsere Bewunderung und Liebe schenkten. »Mein Herz ist mir heute so schwer, teure Königssonne«, sagte die erste Jungfrau zur zweiten, »daß ich mich in diesem lieblichen Tale ein wenig mit meinen Gespielinnen zerstreuen möchte.« Sie rief dann: »Augenperle!« Und siehe da! Es kam ein gelber Fisch herangeschwommen, der, sobald er ans Ufer sprang, sich auch wieder in eine Jungfrau verwandelte, welche die beiden ersten noch an Schönheit übertraf; neben ihr mußte der Mond erbleichen und die Sonne schien eine ihrer Dienerinnen zu sein. Wer sie sah, mußte ausrufen: »Hier ist die Schwester des frommen schönen Josef!« Und so rief sie eine Jungfrau nach der anderen herbei, bis ihrer 14 beisammen waren, von denen immer die letzte die ersteren verdunkelte. Vor Liebe und Entzücken ganz außer mir, rief ich Sandja, und als er erschien und mich fragte, was ich befehle, sagte ich ihm: »Da du doch über 1000 abtrünnige Geister gebietest, so bemächtige dich dieser schönen Jungfrauen und trage sie in mein Haus, daß ich an ihren Reizen mich ergötze.« »Ich gehorche deinem Befehl«, sagte Sandja und verschwand. Aber er kehrte bald, blaß und zitternd wie ein schwaches Rohr beim Sturmwind, wieder und sagte: »Wisse, mein Herr, ich wollte nach deinem Befehl mit meinen Geistern über die Mädchen herfallen, da schossen drei Lichtsäulen gegen mich heran, die mich zu verzehren drohten und denen ich nur mit der größten Mühe entkam.« Ich sandte dann einige andere Geister gegen sie; aber sie kehrten alle mit verstörtem Angesicht zurück und erklärten, daß sie gegen diese Mädchen nichts vermögen. Ich sah nun den Jungfrauen zu, wie sie miteinander spielten und dann wieder ihr Fischgewand anzogen und nach ihrer Insel zurückschwammen. Als sie meinen Augen entschwunden waren, rief ich Sandja und befahl ihm, mich nach Tunis zu tragen. Er war aber noch so erschöpft von seinem Kampf gegen die Genien, welche die Mädchen beschützten, daß er mich bat, ihm noch einige Augenblicke der Ruhe zu gönnen. Da sagten meine Brüder: »Nun, so laß auch uns indessen ein wenig unter diesem Baum schlafen, bis Sandja zur Reise gestärkt ist.« Sie legten sich dann unter den Baum und stellten sich bald, als schliefen sie ein. Als ich dies sah, dachte ich: »Nun kann auch ich ohne Furcht, daß mir mein Buch genommen werde, ein wenig schlafen.« Sobald ich aber einschlief, standen meine Brüder auf, beschworen zwei Geister herbei und befahlen ihnen, das Buch, das in einem roten seidenen Beutel, an einer goldenen Kette befestigt, um meinem Hals hing, zu nehmen und es ihnen zu bringen.

Die beiden Geister zogen mir die Kette vom Hals und trugen meine Brüder nach Tunis, aber verschwanden dann mit dem Buch, so daß meine Brüder ausriefen: »Wehe uns, nun haben wir gar nichts für unseren Verrat an unserem Bruder, und kein Geist wird ihn mehr in seine Heimat zurücktragen. Es gibt keinen Schutz und keine Macht, außer bei Gott, dem Erhabenen!«

Das ist' s, was meine Brüder angeht. Was aber mich betrifft, so schlief ich noch eine Weile fort, und als ich erwachte und nach meinem Buch griff, fand ich es nicht mehr. Ich rief dreimal Sandja; aber er erschien nicht. Da ich auch meine Brüder nicht mehr sah, so zweifelte ich nicht, daß sie mir das Buch gestohlen, und rief: »Wir sind Gottes und kehren einst zu ihm zurück. Was Gott will, das geschieht, und was unser Herr nicht will, das geschieht nicht!« Dann dachte ich: »Hätten sie mir nur das Buch in Tunis gestohlen, wäre ich doch wenigstens in meiner Heimat gewesen! Aber jetzt? Was fange ich in diesem fremden Land an?« Doch machte ich mich auf und ging im Vertrauen auf den einzigen Gott dem Bache nach, bis ich an einen sehr hohen, schwarzen Berg kam, aus welchem dieser Bach entsprang. Ich ging nun drei Tage am Fuße des Berges fort, der überall sich so steil erhob, daß ich ihn unmöglich besteigen konnte. Am vierten Tag erst entdeckte ich einen schmalen Pfad, der auf den Berg führte, und ich entschloß mich ihn zu betreten, denn ich dachte: »Wohnte nicht jemand auf diesem Berg, so würde kein Weg hinauf führen.« Ich hatte mich auch nicht getäuscht, denn als ich ein paar Stunden lang gestiegen war, kam ich vor ein Kloster, das eine eiserne Mauer mit einer messingenen Pforte umgab. Ich klopfte leise an, und sogleich rief mir jemand zu: »Willkommen! Sei ohne Furcht, du wirst dein Ziel erreichen und deine Feinde zuschanden machen.« Ein kohlschwarzer Sklave öffnete mir dann die Tür und hieß mich hereintreten. Dieser Sklave sah aber so schauerlich aus, daß ich mich fürchtete, ihm zu folgen. Da er merkte, daß ich ihm nicht traute, ging er ins Kloster zurück, kam aber bald wieder und sagte mir: »Mein Herr, der Besitzer des Klosters, sendet mich zu dir, um dir zu sagen, daß, wenn du der Abendländer Mahmud aus Tunis bist, du ihm höchst willkommen seist; bist du aber auch ein anderer und bedarfst seiner, dann kannst du auch auf seinen Beistand zählen.« Ich antwortete: »Ich bin der Abendländer Mahmud«, und folgte ihm ins Innere des Klosters in ein reich ausgestattetes Gemach, wo auf einem seidenen Divan ein alter Mann saß mit einem grauen Bart, der bis zu den Füßen herabhing; er sah aber trotz seines hohen Alters doch noch so rüstig wie ein reißender Löwe aus, und seine Stimme hatte noch die Kraft des Donners. Ich küßte ihm die Hand und grüßte ihn ehrfurchtsvoll; er erwiderte meinen Gruß und befahl dem Sklaven, mir einige Speisen zu bringen. Als der Sklave ein Tischchen mit den schmackhaftesten Speisen beladen vor mich stellte, sagte mir der Alte: »Ich weiß, daß du mehrere Tage nichts gegessen hast, darum labe dich an diesen Speisen.« Während des Essens fuhr er dann fort: Ich weiß deine ganze Geschichte, ehe du sie mir erzählst; deine Brüder haben dich um dein Buch gebracht; du aber denkst mehr an die schönen Mädchen, die du im Gazellental gesehen, als an den Verlust deines Buches. Wisse, Mahmud, diese Mädchen, welche ein Leckerbissen für Sultane und Kaiser wären, haben bisher alle Menschen und Genien, die bei ihrem Vater Numan, dem Herrn der Rabeninsel, um sie warben, abgewiesen, denn sie folgen in allem dem Rat des Priesters Ansarut, der bei ihrem Vater im höchsten Ansehen steht. Ansarut ist ein sehr berühmter Arzt und Zauberer, welcher drei Tage bei den Genien und drei Tage bei dem König Numan zuzubringen pflegt. Eines Tages, als er von den Genien zurückkehrte, trat ihm Numan bestürzt entgegen und sagte ihm, alle seine Töchter lägen krank darnieder, er möchte sie doch schnell besuchen. Ansarut besuchte mit mehreren Dienern eine nach der anderen, verordnete einiges und kam lächelnd wieder zu Numan und sagte ihm: »Deine Töchter werden wieder genesen, sobald sie ein wenig von dieser Insel, auf der eine fortwährende Seeluft weht, sich entfernen; ich werde dafür sorgen, daß sie auf angenehme Weise sich zuweilen auf das feste Land begeben können.« Er verließ dann den König und ließ einen Fischer rufen und befahl ihm, die Haut von 15 großen Fischen zu bringen. Sobald der Fischer die Häute brachte, schrieb er auf die innere Seite derselben allerlei heilige Namen, welche diesen Häuten die Tugend verliehen, wie lebendige Fische im Meer

nach jeder Richtung zu schwimmen, welche der von ihnen Umhüllte ihnen zu geben wünscht. Am folgenden Tag gab er jeder Prinzessin in Anwesenheit des Königs eine solche Haut; die 15 Haut aber gab er seinem Sohn Didakam und befahl ihm, die Mädchen nach dem Gazellental zu begleiten. Dem König sagte er dann: »Sei frohen Mutes und vertraue mir; was deinen Töchtern Schlimmes widerfährt, trifft auch meinen Sohn, der, wie du wohl weißt, mir ebenso teuer ist, wie dir deine Töchter sind.« »Tue, was du für heilsam hältst«, erwiderte der König. Darauf befahl Ansarut seinem Sohn, mit seinen Prinzessinnen ins Meer zu steigen und ins Gazellental zu schwimmen, dessen Luft sie bald wieder herstellen würde. »Denn dort«, sagte er, »sind sie sicher vor Menschen und vor Genien; auch schützen euch die heiligen Namen, die in die Haut geschrieben, gegen Menschen wie gegen Genien, die Wellen des Meers fliehen, die Berge ebnen sich und die Bäume verbeugen sich vor ihnen.« Didakam stieg hierauf mit den Prinzessinnen ins Meer, und sie schwammen wie natürliche Fische ins Gazellental bis an den großen Nußbaum hin. Dort stiegen sie ans Land und brachten den ganzen Tag im Tal zu, und schon am ersten Abend fand sie ihr Vater, als sie wieder heimkehrten, so gestärkt und wohl aussehend, daß er Ansarut und seinem Sohn ein Ehrenkleid schenkte.

Seither kommen die Prinzessinnen jeden Tag in das Gazellental und spielen miteinander in der Nähe des Baumes, auf dem du dich mit deinen Brüdern befandest. Doch schlage dir jetzt die Mädchen aus dem Kopf und denke zunächst daran, wieder in den Besitz deines Buches zu gelangen, und das kannst du nur mit Hilfe deines Lehrers in Tunis; darum werde ich dafür sorgen, daß du noch diese Nacht dahin gebracht werdest. Grüße nur deinen verehrten Lehrer vielmal von mir und sage ihm, der Priester Sanuda, Herr des eisernen Klosters mit der messingnen Pforte, sehne sich sehr nach ihm. Schon wartet hier, fuhr Sanuda fort, ein Geist, den mir dein Lehrer mit einem Brief gesandt, in welchem er mir anzeigte, was dir widerfahren, und der beauftragt ist, dich nach Tunis zu tragen. Sei aber nur auf deiner Hut: Dieser Geist ist ein wahrer Satan; er kann sich so klein wie ein gewöhnlicher Menschenarm, und so groß wie der höchste Dattelbaum machen; er fliegt wie ein Vogel, und sein Hauch verbrennt die Erde, an der er vorüberfliegt. Fällst du von seinem Rücken herunter, so zerfließest du wie heißes Blei; nimm dich also wohl in acht! Er rief dann diesen Geist und setzte mich auf seinen Rücken; ich nahm Abschied vom Priester, und der Geist flog mit mir einige Stunden lang zwischen Himmel und Erde und ließ sich mit mir vor der Tür meines Lehrers Abul Adjaib, der Wundervater, in Tunis herab. Als ich den Fuß auf die Erde setzte, hörte ich, wie mein Lehrer seinen Jungen sagte: »Geht hinaus und bewillkommt Mahmud in meinem Namen und führet ihn herein!«

Die schönen Töchter des Königs Numan hätten dir beinahe das Leben gekostet, sagte mir mein Lehrer lächelnd, als ich zu ihm ins Zimmer trat; aber auch deinen Brüdern ist diese Lustreise schlecht bekommen, denn die Geister haben sie überlistet, so wie sie dich überlisten wollten; sie haben das Buch in die Adlerschlucht gebracht, zu welcher niemand gelangt, der nicht durch die sieben Pforten hinter dem Berg Mukattam dringt; sie haben es in eine messingne Kiste neben das Zauberschwert gelegt, welches der Priester Sintbest mit Talismanen beschrieben. Dieser Priester hat die Zauberkunst von einer Tochter Satichs, des Meisters aller Zauberer, gelernt und es dahin gebracht, daß er mit seinem Schwert, vermöge der darauf geschriebenen Beschwörungsformeln, gegen die mächtigsten Könige und zahlreichsten Heere glücklich kämpfte; auch unterwarf er sich so viele Länder und Städte, daß nur Gott ihre Zahl kennt. Aber nicht nur Menschen, sondern auch Genien fürchteten dieses Schwert; denn wenn er gegen jemanden zürnte, so durfte er es nur gegen ihn erheben, da fuhr ein Lichtstrahl heraus, der ihn in zwei Teile teilte und sogleich in einen Haufen Asche verwandelte. Waren ihrer viele gegen ihn, so durfte er nur einen mit dem Schwert berühren, und alle stürzten leblos zur Erde. Eines Tages aber besuchte ihn seine Lehrerin, die Tochter Satichs, welche auch viel von der Macht dieses Zauberschwertes gehört hatte, und sagte ihm: »Verehrter König, zeige mir doch einmal das Schwert, das so viele Wunder übt, daß man es in der ganzen Welt fürchtet.« »Da ich dir alles verdanke«, erwiderte Sintbest, »kann ich dir nichts versagen«, und reichte ihr das Schwert hin. Die Tochter Satichs nahm es in die Hand und betrachtete es auf allen Seiten. Nach einigem Nachdenken sagte sie ihm: »Teurer König! Dieses Schwert, dessen Verfertigung dir so viel Mühe und schlaflose Nächte verursachte, wird einst in die Hände eines Menschen fallen, der dadurch die höchste Stufe von Macht und Ansehen erreichen wird. Die mächtigsten Genienhäupter werden von ihm getötet werden; auch wird er damit den uralten Baum des Magiers Bahram abhauen.« Als Sintbest dies hörte, legte er das Schwert in eine smaragdene Scheide und befahl einem Djinn, es nach der Adlerschlucht zu tragen. »Dort«, sagte er, »wird es kein Mensch holen.« »Sintbest irrte sich aber«, fuhr Abul Adjaib fort, »denn ich habe in meinem Weisheitsbuch gelesen, daß die Adlerschlucht sich einst vor dir mit Hilfe eines Fischers aus Ägypten, welcher Djaudar heißt, öffnen wird, und daß du Herr des Schwertes und des Buches wirst. Den Fischer Djaudar aber triffst du vor einem kleinen See bei Kahirah, welcher der See Karun heißt.« Mein Lehrer ging dann in sein Arbeitszimmer, holte eine schwarze und eine rote Büchse und eine seidene Schnur und sagte: »Geh nach Ägypten an den See Karun, lasse dich vom Fischer Djaudar binden und in den See werfen; du wirst im See einen Mann mit einem weißen Bart und einem hohen Turban auf dem Haupt sehen, der in der einen Hand einen roten und in der anderen einen schwarzen Fisch hält und sie dir hinreicht, sobald er dich erblickt; nimm sie ihm ab, steige ans Ufer und sperre den roten Fisch in die rote Büchse und den schwarzen in die schwarze. Laß dann Djaudar mit dir nach dem Berg Mukattam reiten, wende dich nach Osten bis zu einem roten Hügel, zünde dann Feuer an, nimm ungefähr die Schwere eines Drachmen aus der roten Büchse und gieße es ins Feuer, da wird ein Licht aufsteigen bis zum Himmel und dir eine Falltür mit zwei Ringen, die zu einem unterirdischen Gang führt, zeigen. Fasse die Ringe und hebe die Falltür auf, da wird eine steinerne Treppe zum Vorschein kommen; gehe mit Djaudar diese Treppe hinunter, auf der 31. Stufe werdet ihr einen Gang vor euch sehen, dessen Boden von Blei und dessen Wände von Kupfer sind. Geht durch diesen Gang, da kommt ihr an die Tür eines Saales, vor welcher eine Jungfrau sitzt, so schön, wie ihr noch keine in eurem Leben gesehen; sie wird in einem Buch lesen und bei eurer Ankunft aufstehen und das Buch in einen roten Beutel stecken; dann wird sie euch bei euren Namen rufen und euch bewillkommnend die Hand hinstrecken. Wenn ihr aber ihre Hand ergreifet, so wird der Boden unter euch zu kochen anfangen, und ihr befindet euch in glühend schmelzendem Blei, das euch das Fleisch von den Knochen abbrennen wird. Statt ihr die Hand zu reichen, nimm schnell ungefähr die Schwere eines Drachmen aus der roten Büchse und spritze es gegen die Mauer, da wird euch die Jungfrau durch den Saal lassen, den sie bewacht. Hierauf gelangt ihr in einen marmornen Gang, an dessen Ende wieder eine Jungfrau vor einer Tür sitzt, noch schöner als die erste. Sobald sie euch erblickt, wird sie aufstehen und euch zurufen: ›Mahmud aus Tunis und Fischer Djaudar aus Kahirah, seid mir willkommen!‹ Erwidert ihren Gruß und befreundet euch mit ihr, denn sie meint es gut mit euch und wird euch treu zur Seite stehen, bis ihr euch des Schwertes und des Buches bemeistert habt; ich gebe euch daher keine weiteren Verhaltungsbefehle, denn ihr könnt und müßt ohne Bedenken alles tun, was euch diese Jungfrau befiehlt. Wisse auch, Mahmud, fügte noch mein Lehrer hinzu, deine Brüder haben an der Tür alles gehört, was ich dir bisher gesagt, und lassen sich in diesem Augenblick von zwei Geistern nach Ägypten bringen, denn sie glauben, wenn sie das befolgen, was ich dir anempfohlen habe, statt deiner sich das Schwert und das Buch zueignen zu können; aber sowie sie in den See Karun steigen, werden sie von den Genien des Sees getötet, doch nur Gott ist allwissend!« Nach diesen Worten rief mein Lehrer den Geist,

der mich von dem Kloster nach Tunis gebracht hatte, und befahl ihm, mich nach Ägypten zu tragen. Der Geist breitete sogleich seine Flügel aus und trug mich bis in die Nähe des Sees Karun; dann verschwand er und brachte mir eine Djinn in der Gestalt eines Maultiers und setzte mich darauf. Dieses Maultier trug mich mit Blitzesschnelligkeit zu dir, teurer Djaudar. Das ist alles, was ich dir über mein Vorhaben zu erzählen weiß.

Als Mahmud seine wunderbare Geschichte vollendet hatte, faßte ich Mut und zweifelte nicht an einem glücklichen Ausgang für ihn und für mich. Nachdem er noch manches über Genien und Zauberer mitteilte, schliefen wir ein, und am folgenden Morgen wendeten wir uns nach Osten, bis wir an einen roten Hügel gelangten. Mahmud war außer sich vor Freude, als er ihn erblickte, und sagte mir: »Djaudar, jetzt sind wir an der von meinem Lehrer mir bezeichneten Stelle.« Er nahm dann ein Feuerzeug aus der Tasche, zündete Feuer an, goß einen Drachmen aus der roten Büchse darauf, und siehe da, es stieg eine große Lichtsäule gen Himmel auf, welche uns eine Falltür mit zwei Ringen zeigte. Sie öffnete sich, sobald Mahmud den Ring anfaßte, und wir gingen 30 Stufen hinunter, dann kamen wir in einen Gang und fanden eine Jungfrau, wie sie Abul Adjaib beschrieben; sie grüßte uns und streckte die Hand nach uns aus, aber Mahmud, statt ihr die Hand zu reichen, griff schnell nach der roten Büchse und spritzte etwas daraus gegen die Mauer, da stürzte die Jungfrau um, und wir gingen durch einen leeren Saal in einen marmornen Gang, an dessen Ende eine Jungfrau, wie der Mond in der 14. Nacht, auf einem goldenen Stuhl saß. Sobald sie uns erblickte, stand sie auf und sagte mit einer Zephyrstimme, welche jedem Kranken die Gesundheit wiedergeben müßte: »Willkommen, mein Herr Mahmud aus Tunis und mein Herr Djaudar aus Kahirah! Gelobt sei der Herr, der mich durch euch erlöst. Ich schmachte hier schon 20 Jahre, und sah euch schon mehrere Nächte im Traum so, wie ihr jetzt vor mir steht; auch ist mir eure Ankunft prophezeit worden. Doch werdet ihr wissen wollen, wer ich bin und wie ich hierhergekommen, darum höret mich an, ehe ich euch weiter führe. Ich bin die Tochter des Königs Sasan, Herr des Luftberges und des goldenen Schlosses, und heiße Heifa. Mein Vater war einer der tapfersten Könige seiner Zeit, er war immer der Erste im Krieg, obschon unzählbare Armeen für ihn fochten. Da er aber außer mir kein Kind hatte, wurde ich als Kriegerin erzogen und ich zeichnete mich bald durch so glänzende Waffentaten aus, daß unsere ganze Armee mich nicht weniger als meinen Vater verehrte. Bald wurde mein Name sowohl durch meine Tapferkeit als wegen meiner Schönheit so bekannt, daß die entferntesten Könige und Prinzen um mich warben, Da ich aber keine Lust zu heiraten hatte, mußte ich gegen manchen beleidigten Werber ins Feld ziehen. Eines Tages kam ein Bote mit einem Brief zu meinem Vater, welcher folgendermaßen lautete: ›Von dem König Sintbest, dem höchsten König seiner Zeit! Wisse, König Sasan, daß ich so viel von der Tapferkeit und Schönheit deiner Tochter gehört habe, daß ich sie liebe, ohne sie je gesehen zu haben, und sie daher von dir zur Gattin fordere. Ich hoffe, du wirst einen Schwiegersohn meinesgleichen nicht verschmähen, Fordere, welche Morgengabe du willst, antworte mir nur bald und sei von mir gegrüßt.‹«

Als mein Vater diesen Brief gelesen hatte, kam er mit dem Boten zu mir und las mir ihn vor. Da sagte ich: »Laß mich einmal den Brief sehen.« Als er mir aber den Brief gab, zerriß ich ihn und zog mein Schwert gegen den Boten, und wäre er nicht schnell geflohen, so hätte ich ihm den Kopf vom Hals gehauen. Der Bote kehrte zu Sintbest zurück und erzählte ihm, wie er von mir behandelt worden. Sintbest rief sogleich den Geist Dilhudj und befahl ihm, mich im Augenblick aus meinem väterlichen Haus zu ihm zu führen. Ich saß gerade allein in meinem Zimmer, als Dilhudj, der so groß war wie der höchste Dattelbaum, auf mich losstürzte, und ehe ich mich faßte hatte er mich schon auf dem Rücken und flog mit mir zum König Sintbest. Dieser schrie mich an: »Wie wagtest du es, elende Dirne, meinen Brief zu zerreißen und meinen Boten zu mißhandeln? Weißt du nicht, daß die mächtigsten Könige sich vor mir beugen, und daß selbst Genienhäupter mich fürchten?« Als ich mich aber entschleierte und er mein Gesicht sah, fuhr er in einem sanfteren Ton fort: »Doch ich verzeihe dir, wenn du meine Liebe erwidern und meine Gattin werden willst.« »Lieber lasse ich mich

in Stücke hauen«, versetzte ich, »als daß ich deine Umarmung dulde.« Als er dies hörte, schlug er die Zähne übereinander und befahl Dilhudj, der noch immer an der Tär stand, mich nach der Adlerschlucht zu tragen. Ich bin nun schon 20 Jahre hierher gebannt, und der Geist Dilhudj bringt mir jeden Tag meine Nahrung. Ich hatte schon alle Hoffnung verloren, je wieder meine Freiheit zu erlangen, als vor zehn Tagen mir im Traum ein alter Mann von sehr ehrwürdigem Aussehen erschien, der mir zurief: »Freue dich, Heifa, die Stunde der Erlösung ist nahe, der Tyrann Sintbest liegt in den letzten Zügen, du kannst bald in deine Heimat zurückkehren und den Thron deines Vaters, der schon längst tot ist, besteigen. Habe nur noch Geduld, bis zwei Männer hierherkommen; der eine heißt Mahmud aus Tunis und der andere Djaudar aus Kahirah, und stehe ihnen bei, daß sie in den Besitz des Zauberschwertes und des heiligen Buches gelangen, sie werden dann auch dich in deine Heimat zurückbringen.« Nun wißt ihr, wer ich bin, folget mir jetzt und tut, was ich euch rate. Bei diesen Worten zog sie einen goldenen Schlüssel aus einer Tasche und öffnete den Saal, vor welchem sie saß.

Er war ungeheuer groß und ringsum mit Divanen belegt, auf welchen Könige saßen mit Kronen von den kostbarsten Edelsteinen auf dem Haupt. Jeder hatte eine goldene Kette um den Hals, an welcher eine silberne beschriebene Tafel hing. »Wie kommen so viele Könige hierher?« fragte ich Heifa erstaunt, »leben sie oder sind sie tot?« »Du siehst hier nur Leichen«, antwortete Heifa. Gepriesen sei Gott, der allein Unsterbliche, »Es sind Könige, Söhne von Königen, denen sogar Könige als Sklaven dienten.« In der Mitte des Saales war ein Springbrunnen mit vier goldenen Löwen, über welche sich vier Pfauen aus Perlen und Edelsteinen erhoben, und den Löwen gegenüber standen vier messingene Statuen, deren jede eine Trompete an den Mund hielt. Neben diesen Statuen befanden sich vier griechische Sklavinnen mit Tamburinen aus Gazellenhaut und vier Fränkinnen mit Lauten. Die Mädchen sahen aber so frisch aus, daß man sie für lebendig hielt und glaubte, sie müßten sprechen. Um den Springbrunnen herum standen Stühle, auf denen Könige saßen, aber ein schönerer und höherer Stuhl stand leer da. »Dies ist der Stuhl des Königs Sintbest«, sagte Heifa und bat mich, darauf Platz zu nehmen. Sobald ich mich niederließ, drehten sich die Löwen dreimal im Ring herum, standen auf, wedelten, streichelten und leckten mich, die Pfauen sperrten den Schnabel auf und verbreiteten die feinsten Wohlgerüche aus ihrem Mund, die messingenen Statuen verbeugten sich und die Sklavinnen fingen an auf ihren Instrumenten zu spielen. Ich blieb sitzen und hörte ihnen zu, bis Heifa zu mir sagte: »Wenn du 1000 Jahre auf diesem Stuhl bleibst, werden die Mädchen nicht aufhören zu spielen; sie werden nicht müde, denn sie leben nicht und bewegen sich durch eine Zauberkraft, welche Sintbest, der sie hervorgerufen, überdauert.« Als ich dies hörte, stand ich wieder auf und näherte mich der Tafel, welche am Hals eines der Könige hing.

Auf der Tafel des Königs stand: »Wanderer, der du einst hierher gelangst, wisse, daß ich, der mächtige König Alexander, von dem Zauberer Sintbest besiegt worden bin. Nimm dir ein Beispiel an mir und an anderen Königen, die gleich mir vom Gipfel der Macht in die tiefste Erniedrigung gefallen sind. Wisse, ich habe 100 Jungfrauen geheiratet, die mir 200 Söhne gebaren. Ich war Herr über 20 Hauptstädte, für deren jede ich einen Vizekönig ernannte. Meine Armee war unzählbar, meine Schatzkammern waren mit Gold, Perlen und Edelsteinen und den feinsten Stoffen angefüllt; aber zuletzt kam derjenige, welcher jede Freude zernichtet, jede Vereinigung auflöst und so viele Söhne und Töchter zu Waisen macht, der Tod, und verwüstete unsere Paläste.« Darunter standen noch folgende Verse:

»O Erdensohn, laß dich nicht blenden vom trügerischen Glanz der Welt, wie manchen Hohen hat sie schon erniedrigt, wie manchen Starken geschwächt, wie manche Paläste verödet, und wie manches Grab ausgefüllt. Sie sendet dem Freudigen plötzliche Trauer, füllt auf einmal die Augen des Lachenden mit Tränen und trennt die Freunde, wenn ihre Vereinigung sie am glücklichsten macht.«

Diese Verse rührten uns zu Tränen und griffen mich so sehr an, daß ich die übrigen Tafeln nicht mehr lesen wollte, sondern Heifa bat, uns weiter zu führen. Sie öffnete eine Tür gegenüber derjenigen, zu welcher wir hereinkamen,

und nachdem wir wieder einen langen Gang durchschritten, gelangten wir in einen Saal, der 40 kleine Kabinette hatte, vor deren jedem ein seidener golddurchwirkter Vorhang hing. Mitten im Saal stand eine kupferne Statue mit einer Rauchpfanne in der Hand, aus der sich bald Ambra-, bald Moschus-, bald Weihrauchduft verbreitete. Als ich den Vorhang von einem der Kabinette weghob, sah ich ein Mädchen wie die leuchtende Sonne auf einem Bett liegen, und so lagen rund umher noch 39 Mädchen, welche alle in tiefem Schlaf versunken zu sein schienen, aber Heifa versicherte mich, sie seien alle tot. Heifa schob dann einen Thron weg, der mitten im Saal stand, und wir sahen einen goldenen Ring auf dem Boden, mit welchem Heifa eine Falltür öffnete, unter welcher eine große marmorne Treppe in einen dunklen Gang führte. Heifa nahm mich und Mahmud bei der Hand, und wir brauchten einen halben Tag, bis wir ans Ende dieses Ganges kamen. Jetzt befanden wir uns wieder im Freien, und zwar in einem sehr blühenden Garten, mit allerlei Obstbäumen geziert, deren Früchte wie die herrlichsten Edelsteine strahlten, und auf deren Zweigen die verschiedenartigsten Vögel ihren Schöpfer priesen. Als wir eine Weile in diesem Garten umhergingen,

sahen wir in der Ferne einen sonnenähnlichen Strahlenglanz. Wir näherten uns demselben, und siehe da, es war ein großes Schloß, mit den reinsten Diamanten verziert, wie sie kein König und kein Kaiser je besessen. Das Schloß hatte aber weder Tür noch Fenster. Vor demselben lag ein Stück Felsen, auf welchem ein langbärtiger Geist in einem weißen seidenen Kleid mit einem Buch in der Hand saß. Er drehte sich immer nach allen Seiten um, bis er uns erblickte; dann stand er auf, warf sich auf die Erde und rief: »Gepriesen sei der Herr der Welten, der die Stunden meiner Erlösung herbeigeführt!« Dann erhob er sich wieder, grüßte uns freundlich und sprach: »Ich erwarte euch hier schon 30 Jahre mit Ungeduld, denn ich habe viele Kinder, von denen ich nicht weiß, was aus ihnen geworden. Nun hat Gott doch mein Flehen erhört, denn ich durfte vor eurer Ankunft nicht von hier weichen, weil ihr meiner bedürfet, um eueren Zweck zu erreichen. Sehet ihr diese Katze da oben?« Da hoben wir unsere Augen auf und sahen auf einer weißen marmornen Säule, welche sich aus einem Teich erhob, eine schwarze Katze, welche eine goldene Kette an die Säule fesselte. »Was bedeutet diese Katze?« fragte ich erstaunt. »Die Katze«, erwiderte der alte Geist, »ist wegen euer schon zehn Jahre an diese Säule gebannt, sie kann nur durch zwei Worte aus eurem Munde erlöst werden, dann verschafft sie euch das Zauberschwert und das heilige Buch. Sie ist eine der berühmtesten und gefürchtetsten Zauberinnen unter den Genien und heißt Schah Bair. Mein Name aber ist Schwarzer Abd Allah, Kadhi der muselmännischen Genien. Um diese Katze zu befreien, rufet sie nur bei ihrem Namen und bespritzet den Teich mit der Flüssigkeit aus der schwarzen Büchse, sogleich wird die Katze ihre Pfote ausstrecken, die Kette von der Säule losbinden und davonfliegen.« Als der Kadhi der Djinn so gesprochen hatte, breitete er seine Flügel aus, und in einem Augenblick war er verschwunden. Wir gingen dann um den Teich herum, den wir mit der Flüssigkeit aus der schwarzen Büchse bespritzen sollten. Dann rief ich: »Schah Bair, besorge unser Anliegen!« Kaum hatte ich diese Worte ausgesprochen, stand die Katze auf und machte sich zweimal so groß als die Säule war, zerriß die Kette, die sie am Hals hatte, und flog auf das Dach des Schlosses. Bald kehrte sie aber wieder in Menschengestalt mit sechs Hörnern, eins auf jeder Seite, zwei zwischen den Augen und zwei auf dem Rücken, und hatte eine messingene Kiste mit einem Buch auf dem Kopf und ein Schwert unter dem Arm, legte beides vor uns nieder und verschwand. Mahmud war außer sich vor Freude, als er die Kiste, welche sein Buch enthielt, sah. Es hing aber ein goldenes Schloß davor, und als er es öffnen wollte, ließen sich viele furchtbare Stimmen vernehmen. Die eine rief: »Ergreifet ihn!« Die andere: »Haut ihn in Stücke!« Die dritte: »Schlagt ihn zu Boden!« Dabei waren wir von allen Seiten von kleinen Flämmchen umgeben, die uns zu verzehren drohten. Mahmud bemühte sich vergebens, die Kiste zu öffnen; ich aber zitterte an allen Gliedern, und all mein Blut stockte.

Heifa, welche über unsere Angst lachte, sagte zu Mahmud: »Gieße ein wenig Flüssigkeit aus der schwarzen Büchse auf das Feuer, du sollst dann Wunder sehen.« Als Mahmud dies tat, stieg ein schwarzer Rauch gen Himmel, wir sahen und hörten nichts mehr. Mahmud küßte dann Heifa den Kopf und die Hände, und diese sagte: »Jetzt öffne die Kiste und ziehe das Schwert aus der Scheide, du hast nichts mehr zu fürchten, denn alle Geister, welche Sintbest zu ihrer Bewachung aufgestellt, sind dahin.« Mahmud sagte: »Im Namen Gottes, des Allbarmherzigen«, und das Kästchen öffnete sich von selbst. Als er aber sein Buch wieder sah, fiel er vor Freude in Ohnmacht. Wir mußten ihn lange bespritzen bis er wieder zu sich kam, dann öffnete er das andere Kistchen von Smaragd, da lag ein grüner seidener Beutel darin, und neben demselben ein Siegelring, welcher strahlte wie ein Stern in einer dunklen Nacht. In dem Beutel lagen drei Stücke Stahl, welche Mahmud zusammensetzte und in ein blitzendes Schwert umgestaltete. Es hatte eine ganz feine Inschrift, wie Ameisenfüße; die letzten Worte lauteten: »Ich bin ein edles Schwert, nur zum Guten brauchbar; wer mich besitzt, den bewahre ich vor Unglück und bringe seinen Feinden Verderben.« Auf dem Siegelring, welcher daneben lag, stand: »Dieser Ring ist für Zaher Beibars, Sultan von Ägypten.« Als ich diese Inschrift gelesen hatte, bat ich Mahmud, mir diesen Ring zu geben, er antwortete mir aber: »Dieser Ring, der den Sultan Zaher zum mächtigsten Herrscher seiner Zeit erheben und ihm die glänzendsten Siege über die Ungläubigen verleihen wird, kann ihm nicht eher zukommen, bis du mich in den Besitz der Mädchen setzest, die ich im Gazellental gesehen. Mit Hilfe dieses Schwertes«, fuhr er dann fort, indem er mir das Zauberschwert überreichte, »können wir ans Ziel gelangen.« Er las dann ein wenig in seinem Buch und rief: »Sandja! Beflügelter Sandja!« Da stieg ein Rauch aus dem Buch gen Himmel, dann sammelte er sich und nahm die Gestalt eines Geistes an, so groß wie der höchste Dattelbaum; er hatte drei Flügel, einen auf jeder Seite und einen auf dem Rücken, welche, wenn er sie ausbreitete, wie Segel eines großen Schiffes aussahen. Er küßte Mahmud Hände und Füße und fragte ihn, was er befehle. Da trat Heifa hervor und sagte: »Ihr wisset, daß ich schon 20 Jahre euch hier erwarte, ihr bedürfet nun meiner nicht mehr, darum bitte ich euch, lasset mich in meine Heimat zu meiner Familie zurückbringen, der ich gewaltsam entrissen wurde.« »Sandja!« rief Mahmud dem Geiste zu, »nimm Heifa auf den Rücken und trage sie nach dem goldenen Schloß auf dem Luftberg.« Heifa nahm Abschied von uns, und Sandja flog mit ihr davon. Als wir sie aus dem Gesicht verloren hatten, kehrten wir auf demselben Weg, durch welchen wir in den Garten gekommen, zurück, bis wir wieder an den roten Hügel auf dem Berg Mukattam kamen. Mahmud rief dann sein Maultier und befahl ihm, seinem Lehrer Abul Adjaib Nachricht vom Gelingen seines Unternehmens zu geben, mir aber sagte er: »Laß uns vor allem jetzt zu deiner Mutter gehen, daß sie nicht länger dich als tot beweine, dann wird mein Buch mir angeben, was wir ferner zu tun haben.« »Weißt du, Mahmud«, sagte ich ihm auf dem Weg zu meiner Mutter, »daß es mich reut, Heifa in ihre Heimat zurückgesandt zu haben? Erst seitdem sie fern ist, fühle ich, wie sehr ich sie liebe.« »Verschaffe mir die Töchter des Königs Numan, versetzte Mahmud, so sollst du auch Heifa haben, und wenn du willst, noch 100 Abessinierinnen und ebenso viele Türkinnen und Inderinnen dazu.« Während wir uns nun über unsere gegenseitigen Geliebten unterhielten, gelangten wir vor das Haus meiner Mutter. Schon von außen hörte ich sie weinen und jammern, denn da ich ohne Abschied von ihr wegging, weil ich selbst nicht wußte, daß ich mehrere Tage abwesend sein würde, hielt sie mich für tot. Als sie mich daher wiedersah, fiel sie in Ohnmacht, und kam erst nach einigen Stunden wieder zum Bewußtsein, des Abends bereitete sie Mahmud auf eine noch längere Abwesenheit vor, schwor ihr aber bei Gott, daß er mit Bestimmtheit meine glückliche Wiederkehr voraussehe. Am folgenden Morgen, als wir allein waren und unser Gebet verrichtet hatten, sagte Mahmud, nachdem er eine Weile in seinem Buch gelesen: »Laß uns nicht länger auf glühenden Kohlen verweilen, wer weiß, ob wir es später nicht bereuen würden; jetzt aber verbürge ich einen leichten, glücklichen Erfolg, wenn du meine Vorschrift treu befolgest. Mache dich sogleich auf und gehe nach Bulak, dort findest du ein Schiff, das in vier Tagen nach Alexandrien hinabfährt, gehe sogleich auf den Bazar, der am Meer liegt, dort wirst du in einem Laden einen Perser sehen mit einem weißen wollenen Turban auf dem Haupt, vier weiße

Sklaven stehen zu seiner Rechten, vier schwarze zu seiner Linken, und zu seinem Haupte steht noch ein bartloser Jüngling mit einem grünen, seidenen Tuch in der Hand. Der Perser wird dich grüßen, wenn du vor seinem Laden stehen bleibst, und dich fragen, womit er dir dienen kann; antworte ihm, er solle dir nur seine Rechte hinstrecken. Tut er dies, so stelle dich, als wenn du ihm die Hand küssen wolltest, beiße ihn aber in den Daumen, da wird er ausrufen: ›Es gibt nur einen einzigen Gott, Mohammed ist Gottes Gesandter! Alles trifft zu seiner bestimmten Zeit ein.‹ Er wird dann seinen Laden schließen, und mit dir, den acht Sklaven und dem bartlosen Jüngling ans Ufer gehen und ein zierliches Schiffchen besteigen. Die acht Sklaven werden rudern, der Jüngling wird am Steuerruder, und du und der Perser, ihr werdet in der Mitte des Nachens sitzen und 20 Tage auf dem Meer bleiben, bis ihr an eine grüne Insel gelangt. Dort wird der Perser dich ans Land setzen und dir sagen, was du weiter zu tun hast, vertraue ihm nur und fürchte nichts! Wisse auch, Djaudar«, fuhr er fort, »daß, wenn einer meiner dienstbaren 1000 Geister mir statt deiner die Töchter Numans verschaffen könnte, ich dich nicht bemühen würde, aber wer außer dir das Zauberschwert berührt, wird sogleich zu einem Haufen Asche, nur du kannst mit diesem Schwert den Tyrannen Hindmar, den Herrn des Rabenteiches und des Pfeilerschlosses, töten und den eisernen Baum des Magiers Bahram abschneiden, welcher den Muselmännern so viel Unglück bringt. Erst nachdem alles dieses vollbracht ist, kannst du die Erfüllung meiner und deiner Wünsche herbeiführen.« Er rief dann Sandja, und als er erschien, fragte er ihn, ob er Heifa in ihre Heimat gebracht? »Jawohl, mein

Gebieter«, antwortete Sandja; s»ie ist jetzt Königin in ihrem Land, denn ihr Vater ist während ihrer Abwesenheit gestorben, und der verhaßte Vezier Dimdiman, welcher den Thron usurpiert hatte, wurde gleich in der Nacht ihrer Rückkehr genötigt, ihn Heifa wieder abzutreten. Sie beauftragte mich, euch dies mitzuteilen und vielmal von ihr zu grüßen. Auch soll ich euch versichern, daß sie euch nie vergessen und stets mit Liebe euer gedenken wird.«

Diese Worte des Geistes belebten meine Hoffnung, ich nahm Abschied von meiner Mutter und Mahmud, und ging nach Bulak, wo ein segelfertiges Schiff stand, das nach Alexandrien fuhr. Dort traf ich den Perser, den mir Mahmud beschrieben, ich biß ihn in den Finger, und er brachte mich in 20 Tagen auf einem Nachen nach einer grünen Insel. »Steige ans Land«, sagte er mir, sobald wir das Ufer erreichten, »und gehe in gerader Richtung über die Insel, da wirst du am jenseitigen Ufer ein noch niedlicheres Schiffchen als das meinige finden, in welchem ein Abendländer am Steuerruder sitzt. Er wird dich bei deinem und deines Vaters Namen rufen, dich in seinen Nachen nehmen, zehn Tage mit dir auf dem Meer bleiben, am elften dich auf eine schneeweiße Insel setzen, und dir sagen, was du ferner zu tun hast; befolge nur seinen Rat, denn er meint es gut mit dir.«

Hierauf verließ mich der Perser. Ich durchschritt die grüne Insel und kam gegen Mittag an das jenseitige Meeresufer, wo der verheißene Mann mich aufnahm und weiter schiffte. Am elften Tage nach unserer Abfahrt setzte er mich auf eine weiße Insel, wo kein grünes Blättchen wuchs, und sagte mir: »Ich habe nun vollbracht, was mir oblag; gehe in gerader Richtung durch sieben Täler, da gelangst du auf einen roten Berg, auf welchem ein Kloster liegt, geh auf das Kloster zu und klopfe an dessen Tür; wenn man fragt, wer klopft, so sage: ›Der Fischer Djaudar aus Kahirah.‹ Die Tür wird sich öffnen, und du trittst durch einen Hof in ein Gemach, wo ein noch unbärtiger Jüngling auf einem Thron von Elfenbein mit goldenen Füßen sitzt, es ist der Priester Schanuda, der dir angeben wird, was du ferner zu tun hast.« Er nahm dann Abschied von mir und kehrte wieder um, ich aber ging in das mir bezeichnete Kloster und fand einen Priester mit sieben Schleiern um sein Gesicht auf einem Thron sitzen. Als ich zu ihm hintrat, grüßte er mich nicht, sondern stand auf, drehte sich siebenmal im Kreis herum und hob dabei jedesmal einen Schleier weg, bis ich zuletzt ein sehr schönes, junges Gesicht sah; dann setzte er sich wieder, grüßte mich freundlich und sagte: »Wisse, Djaudar, ich sehnte mich sehr nach dir und erwarte dich schon lange. Gepriesen sei der Herr, der dich und Mahmud aus der Adlerschlucht errettet, in welcher schon so viele Menschen vor euch ihren Tod gefunden! Ihr verdanket aber eueren glücklichen Erfolg nur dem frommen Lehrer Abul Adjaib, der das Wohl der Muselmänner dabei im Auge hat, denn durch dich soll der Tyrann Hindmar getötet und der Baum des Magiers Bahram abgeschnitten werden. Wisse auch, Djaudar«, fuhr er fort, »daß, so wie Sandja über 1000 Geister gebietet, welche dem Besitzer des heiligen Buches untertan sind, so ist Misram der Anführer der 500 Geister, die demjenigen gehorchen, welcher das Zauberschwert an seiner Seite trägt. Als du eben zu mir hereintratst,

sah ich die 500 Geister hinter dir und sie grüßten mich, einer nach dem andern. Misram fehlte aber, und als ich nach ihm fragte, hörte ich, er sei auf dem Rauchschloß im Kamillental bei der Königin Daruma. Da du ohne Misram nicht zu deinem Ziel gelangen kannst, so geh zur Königin Daruma, grüße sie von mir, und bringe ihr eine kleine Tafel mit Inschriften, die ich dir morgen früh mitgeben will; sie wird dir dann weiter behilflich sein. Hüte dich aber vor den 300 Mädchen, welche sie bei sich im Schloß hat, sonst bist du verloren, denn sie sind sehr gewandt in der Zauberkunst und haben schon manchen König und Prinzen verführt.« Nachdem er so gesprochen hatte, ließ er das Nachtessen auftragen, an dem er und noch einige andere Priester teilnahmen, dann ging ich zu Bett, träumte von Heifa und rezitierte im Traum folgenden Vers:

»Ich bin noch nicht alt, aber meine vielen Tränen haben meine schwarzen Haare weiß gefärbt.«

Als ich des Morgens erwachte, fragte mich Schanuda, wieso ich im Traum darauf gekommen sei, diesen Vers zu rezitieren? Da senkte ich eine Weile beschämt das Haupt zur Erde nieder, und als er seine Frage wiederholte, sagte ich: »Ich befand mich diese Nacht im Traum bei Heifa, meiner Geliebten, da fragte sie mich, wieso ich denn auf einmal so grau geworden? Ich glaubte, sie scherze nur, denn ich hatte noch nie ein graues Haar an mir bemerkt, sie holte aber einen Spiegel und hielt mir ihn vor, und in der Tat sah ich darin alle meine Haare weiß, nur einige wenige am ganzen Bart waren noch schwarz. Ich erstaunte sehr über diese Verwandlung, und rezitierte den Vers, den du gehört zu haben scheinst.«

Schanuda holte ein Buch und las ein wenig darin, dann sagte er: »Sei frohen Sinnes, Djaudar, dein Traum bedeutet die sichere Erfüllung deiner Wünsche; hättest du alle deine Haare weiß gefunden, so wärest du jetzt schon am Ziel, die paar noch übrigen schwarzen Haare deuten auf einige dir noch bevorstehende Hindernisse und Mühseligkeiten, über die du aber mit Gottes Hilfe gewiß siegen wirst.« Er holte dann einige Lebensmittel herbei und sagte mir: »Geh nur weiter in diesem Tal, bis du an einen schwarzen Berg kommst, auf den ein bequemer Pfad führt, folge diesem Pfad über einen Berg, der führt dich zum Schloß der Königin Daruma.« Ich brauchte zehn Tage, bis ich den schwarzen Berg überstiegen hatte; am elften Tage gelangte ich wieder in ein blühendes Tal, in welchem sich ein großes Schloß bis zu den Wolken erhob. Auf diesem Schloß stand eine kupferne Statue, die, als ich mich demselben näherte, in eine Trompete stieß. Sogleich öffnete sich die Tür des Schlosses, es traten mehr als 100 Jungfrauen heraus, in die feinsten seidenen Stoffe gehüllt, mit goldenen Gürteln um den Leib und diamantenen Kronen auf dem Haupt, verbeugten sich vor mir, als wäre ich ein Vezier oder ein Sultan und führten mich ins Schloß zu Daruma, Tochter des Königs Kaschuch. Sie saß auf einem goldenen, mit vielen Edelsteinen verzierten Thron, dessen Füße von Elefantenzähnen waren, die Krone auf ihrem Haupt verbreitete einen Glanz, der meinen Augen nicht erlaubte, sich zu ihr zu erheben. Sie war schön wie der Mond, hatte aber doch ein würdiges, ehrfurchtgebietendes Aussehen. Zu ihrer Rechten saßen 150 Sklavinnen, zu ihrer Linken ebenso viele. Daruma erhob sich von ihrem Thron, als ich in den Saal trat, reichte mir die Hand, bewillkommte mich bei meinem Namen und zog mich zu sich auf ihren Thron. Ich grüßte sie vom Priester Schanuda, und überreichte ihr die Tafel, die er mir für sie mitgegeben. Sie freute sich sehr damit und verschloß sie in ein Kästchen.

Daruma ließ mir dann Speisen und Getränke geben, trank selbst mit mir, und befahl einigen ihrer Jungfrauen, zu singen und zu spielen; dann sagte sie: »Da du doch liebst, hast du gewiß auch schon gedichtet, ich möchte wohl einige Verse von dir hören.« Als ich ihr hierauf einige Verse rezitierte, in welchen ich meine Sehnsucht nach Heifa ausdrückte, sagte sie: Heifas Besitz ist dir sicher, doch vorher muß dem armen Mahmud, der vor Liebe zu den Töchtern des Königs Numan fast wahnsinnig wird, geholfen werden. Vor allem aber muß der Tyrann Hindmar durch dich sterben, denn auch mir würde Gefahr drohen, wenn er noch ein Jahr lebte. Wisse nämlich, Djaudar, mein Vater, welcher ein mächtiger Genienfürst war, hatte einen Weisen bei sich, welcher Kandarin hieß. Eines Tages, als dieser von einer Reise nach einem von Menschen bewohnten Land heimkehrte, fragte ihn mein Vater, was er Schönes auf seiner Reise gesehen? Er antwortete: »Als ich in die Stadt Dalaß kam, da fand ich alle Einwohner in Bewegung und die Stadt ganz festlich geschmückt, ich nahm die Gestalt eines Menschen an und fragte einen alten Mann, was denn für ein Fest gefeiert werde, das die ganze Stadt in Bewegung setze? Der Alte antwortete mir: ›Wisse, der König dieser Stadt, welcher Schamkur heißt, hat eine Tochter, so schön, daß noch kein Menschenauge ihresgleichen gesehen. Diese Prinzessin wurde vor einiger

Zeit plötzlich so krank, daß man sie schon als tot beweinte, nun ist sie aber genesen, und da sie heute zum ersten Mal wieder ausreitet, wird auf Befehl ihres Vaters ein öffentliches Fest gefeiert.‹ Als ich dies hörte, beschloß ich, Dalaß nicht zu verlassen, bevor ich die schöne Prinzessin gesehen. Es dauerte nicht lange, da kam der König Schamkur mit seiner Tochter geritten, von vielen Offizieren begleitet, mit Musikern und Fackelträgern vor ihnen her. Ich mischte mich unter das Gefolge, um die Prinzessin länger und näher zu sehen, und fand sie in der Tat so vollkommen schön, daß ich es gar nicht versuchen mag, sie zu schildern; das ist das Schönste, was ich im Land der Menschen gesehen.« Als mein Vater, welcher ohnedies Menschentöchter mehr liebte, als weibliche Djinn, den weisen Kandarin so sprechen hörte, sagte er: »Ich werde in der Gestalt eines menschlichen Königs nach Dalaß reisen und bei dem König Schamkur um seine Tochter werben; gibt er mir sie freiwillig, so soll es ihm gut gehen. Verweigert er mir sie aber, so nehme ich sie mit Gewalt.« Er rief dann sogleich eine Abteilung Djinn herbei und sagte ihnen: »Kommt morgen früh in Menschengestalt auf leichten Rennern in einem reichen Kriegeraufzug hierher.« Am folgenden Tag erschienen sie, wie ihnen mein Vater befohlen hatte, 20000 an der Zahl; mein Vater selbst bestieg dann ein Pferd, das etwas größer war, als das seiner Truppen, und leichter als ein Rabe flog, und ritt an ihrer Spitze, in Begleitung Kandarins, nach Dalaß. Der König Schamkur erschrak sehr, als er auf einmal eine so zahlreiche Armee vor den Toren der Stadt sah, und sandte seinen Vezier zu meinem Vater, um ihn zu fragen, in welcher Absicht er gekommen. Mein Vater bat den Vezier, seinem Herrn zu sagen, der König Kaschuch sei gekommen, um bei ihm um die Hand seiner Tochter anzuhalten; gewähre er sie ihm, so werde er ihm Freund sein und so viel Morgengabe versprechen, als von ihm gefordert wird. Als der Vezier dem König Schamkur diese Antwort brachte, ging dieser zu seiner Tochter und fragte sie, ob sie den mächtigen König Kaschuch heiraten wolle. Er soll auf die Rennbahn kommen, antwortete die Prinzessin, da kann ich ihn vom Schloß aus sehen; gefällt er mir dann, so heirate ich ihn, wo nicht, so lasse ich mich lieber von ihm in Stücke hauen, als daß ich seine Gattin werde. Der König Schamkur ritt selbst zu meinem Vater und brachte ihm die Antwort seiner Tochter. Mein Vater nahm ihre Bedingungen an, und begab sich am anderen Morgen an der Spitze seiner Djinn in menschlicher Kriegergestalt auf die Rennbahn und zeigte sich als einen so gewandten Ritter, daß die Prinzessin bald ihrem Vater erklärte, sie wolle gern seine Gattin werden. Schamkur ließ sogleich meinen Vater rufen und sagte ihm: »Nimm meine Tochter zur Gattin, denn du hast ihr Herz gewonnen.« Er ließ dann alsbald an der Ausstattung seiner Tochter arbeiten, und als sie vollendet war, reiste mein Vater mit ihr voraus zu Pferd, ihre Aussteuer aber folgte nach auf dreihundert Kamelen. Als mein Vater in seiner Heimat war und die Hochzeitsnacht feiern wollte, sagte ihm Kandarin: »Deine Gattin ist verloren, wenn du sie berührst, denn du bist aus Feuer geschaffen, sie aber aus Erde, welche das Feuer verzehrt. Du wirst dann ihren Tod beweinen, wenn es zu spät ist. Morgen«, fuhr er fort, »will ich dir eine Salbe bringen, mit der du dich und sie einreiben mußt: Dann könnt ihr lange miteinander glücklich leben.«

Am folgenden Tage brachte er eine weiße Salbe, mein Vater salbte sich und seine Gattin damit und feierte ohne Gefahr die Hochzeitsnacht. Nach neun Monaten wurde ich zur großen Freude meiner Eltern geboren und Daruma genannt. Schon als Kind war ich von auffallender Schönheit, denn das Sanfte und Liebliche des Menschen war mit der Kraft und Majestät des Djinn wunderbar gepaart; als ich aber mein 15. Jahr erreichte, wurde meine Schönheit so sehr gepriesen, daß auch der Tyrann Hindmar von mir hörte und bei meinem Vater um mich werben ließ. Mein Vater ließ sogleich Kandarin rufen und fragte ihn um Rat, wie er, ohne sein Verderben herbeizuziehen, dem bösen König Hindmar mich verweigern könne? Kandarin antwortete: »Laß ihm sagen, deine Tochter sei noch zu schwach und zu jung, um jetzt schon zu heiraten, er möchte doch noch zwei Jahre warten, dann solle sie seine Gattin werden. Ist er mit dieser Antwort zufrieden«, fuhr Kandarin fort, »so bist du aus aller Not, denn ich habe in einem Buch gelesen: Nach einem Jahr wird ein Fischer aus Kahirah, mit Namen Djaudar, Sohn Omars, hierher kommen und Hindmar mit einem Zauberschwert töten.«

Mein Vater befolgte Kandarins Rat, und als die Boten, welche er mit dieser ausweichenden Antwort zu Hindmar schickte, zurückkehrten und einen Brief von Hindmar brachten, in welchem er erklärte, daß er gern noch zwei Jahre warten wolle, sagte Kandarin zu meinem Vater: »Ich rate dir, damit deine Tochter jedenfalls sicher vor den möglichen Nachstellungen Hindmars sei, sie mit mir auf mein Schloß, das im Kamillental liegt, zu schicken; auch habe ich eine kupferne Statue, mit einer Trompete in der Hand, verfertigt, welche in die Trompete stoßen wird, sobald Djaudar den Berg übersteigt, der zu meinem Schloß führt. Djaudar wird nämlich in meinem Schloß den Geist Misram suchen, und um ihn herbei zu beschwören, muß er ein kleines Türchen öffnen, das am Leib der kupfernen Statue sich befindet; er findet in dessen Leib ein kleines Kästchen, in welchem viele zerstreute Blätter liegen, auf welchen ein Alef steht; die lasse er liegen, bis er ein Blatt findet, auf dem gar nichts geschrieben ist; dieses werfe er ins Feuer, und sogleich wird ihm Misram erscheinen und ihm helfen, den Tyrannen Hindmar umbringen.« Mein Vater übergab mich Kandarin mit 300 Jungfrauen, und ich lebe nun schon drei Monate hier und wartete immer, bis in die Trompete gestoßen werde, aber die Statue regte sich nicht bis zu deiner Ankunft. Darum, Djaudar, freute ich mich so sehr mit dir und sandte ich dir einen Teil meiner Jungfrauen entgegen. Das ists, was ich dir mitzuteilen hatte; nur Gott ist allwissend.

Als Daruma so gesprochen hatte, ergriff sie meine Hand und führte mich auf das Dach des Schlosses zur kupfernen Statue; ich nahm das Kästchen heraus und fand darin viele Blätter von Gazellenhaut, auf denen ein Alef stand, ein einziges war ganz weiß; ich warf es auf einige Kohlen, die mir Daruma reichte, da stieg ein Rauch gen Himmel aus dem Mund der Statue, der sich bald sammelte und die Gestalt eines furchtbaren Geistes annahm, mit einem Kopf wie eine Kiste, Augen in die Länge gespalten und Nasenlöcher, aus denen große Flammen hervorsprühten. Als er vor mir stand, rief er mit einer Stimme wie der Donner: »Hier bin ich, mein Herr, die Hilfe ist nahe, die bestimmte Zeit ist gekommen, ich gehorche dem Besitzer des Zauberschwertes, an das ich gebannt bin.«

»Sieh einmal«, sagte Daruma, »was dein Schwert vermag; dieser schreckliche Geist zittert vor dir, wie ein Rohr beim Sturmwind.« Misram wendete sich dann zu Daruma und fragte sie, ob ich wisse, was die übrigen Blätter in dem Kästchen bedeuten, und bat sie, mich davon in Kenntnis zu setzen. Da sagte sie: »Wisse, Djaudar, Misram hat zwei Söhne, der eine heißt Mahik und der andere Lahik, die er so zärtlich liebt, daß er nicht lange leben würde, wenn er sie nicht von Zeit zu Zeit wiedersähe. Als er daher von Sintbest an dieses Schwert gebannt wurde, erbat er sich als Gnade, jeden Monat drei Tage bei seinen Söhnen zubringen zu dürfen. Sintbest gewährte ihm seine Bitte, verfertigte diese Blätter aus Gazellenhaut und gab ihm jeden Monat ein solches als Schutzbrief für die Reise; da aber du jetzt Herr des Zauberschwerts bist, so ist es deine Sache, ihm jeden Monat Urlaub auf drei Tage und ein solches Sicherheitsblatt zu geben, ohne welches er keinen Augenblick von mir weichen kann.« Sie sagte dann zu Misram: »Ich zweifle nicht, daß Djaudar nicht härter gegen dich sein wird, als Sintbest; hingegen solltest du auch, da Djaudar ein gewöhnlicher Mensch ist, der bisher noch gar keinen Umgang mit Geistern hatte, ihm zu Gefallen ein freundlicheres Äußeres annehmen, damit er sich heimlicher bei dir fühle.« Misram verschwand einen Augenblick und kehrte wieder als ein schöner unbärtiger Jüngling mit freundlichen schwarzen Augen, rosigen Wangen, leuchtender Stirn, frischen Lippen wie Korallen und einem Hals so klar wie Kristall. »Nun aber, Djaudar«, sagte er, als ich ihn mit Staunen betrachtete, »müssen wir weiter ziehen, wenn wir zu bestimmten Zeit bei Hindmar eintreffen wollen.« Ich nahm Abschied von Daruma und folgte Misram zehn Tage lang, ohne die mindeste Müdigkeit zu empfinden, bis wir vor ein großes Zelt kamen, aus welchem wir eine klägliche Stimme hörten, welche rief: »O barmherziger Gott, der du Hiobs Leiden ein Ende gesetzt, erbarme dich auch meiner!« Ich öffnete schnell das Zelt und fand darin einen nackten Menschen auf den Boden gestreckt, seine ganze Haut war zerschlagen, so daß das Blut von allen Seiten herströmte, seine Hände und Füße waren mit starken eisernen Ketten zusammengebunden. Ich rief ihm zu: »Friede sei mit dir, mein Herr!« Er antwortete: »Mit dir sei Gottes Friede, Segen und Barmherzigkeit. Wer bist du?« »Ich bin ein Mensch.« »Wer hat dich hierher gebracht?« »Der Allmächtige, dem nichts zu schwer ist, und du, wer hat dich in diese peinliche Lage versetzt?« »Zwei große, schwarze Sklaven, die mich jetzt schon zehn Tage lang auf jede Weise mißhandeln.« »Und warum dies?« »Weil ich meinen Glauben mit dem ihrigen nicht vertauschen will.« »Zu welcher Zeit kommen sie gewöhnlich?« »Ich erwarte sie leider wieder in dieser Stunde, darum fliehe schnell von hier, daß du nicht mein Los teilest, denn die beiden Sklaven haben Stricke bei sich, mit denen sie einen Elefanten töten könnten.« »Fürchte nichts mehr; ich bin gewiß nur durch göttliche Fügung hierher gekommen, um dich zu befreien. Wie heißt du denn?« »Mein Name ist Hatem aus der Stadt Baser; ich reiste mit meiner Braut, die mir entrissen wurde und von der ich gar nichts mehr weiß.« »Beruhige dich nur, vertraue auf Gott und habe Geduld, denn Geduld ist der Schlüssel der Erlösung.« Ich verließ dann das Zelt und verbarg mich hinter einem Baum in der Nähe und wartete, bis die Sklaven kamen. Als sie im

Zelt waren, näherte ich mich der Tür des Zeltes, um Hatem in jedem Augenblick beistehen zu können, zog mein Schwert aus dein Beutel und setzte es zusammen.

Bald hörte ich, wie einer der Sklaven zu Hatem sagte: »Habe doch Mitleid mit dir selbst, gib deinen Glauben auf und nimm den unseres Königs an, und ermahne deine Braut zum Gehorsam gegen unseren König, so hast du nur Gutes von uns zu erwarten; tust du dies aber nicht, so wirst du und deine Braut gepeinigt bis zu unserem großen Fest, dann werdet ihr beide unserem kristallenen Götzen geopfert.« Hatem antwortete hierauf: »Es gibt keinen wahren Glauben als den Mohammeds, den Sohn Abd Allahs; euer König mag mit mir verfahren, wie er will, ich werde bis zum letzten Atemzug bekennen: Es gibt nur einen einzigen Gott und Mohammed ist sein Prophet!« Als die Sklaven dies hörten, stellten sie sich der eine zur Rechten und der andere zur Linken Hatems und hoben ihre Arme auf, bis man das Schwarze unter ihrer Achsel sah, aber im Augenblicke, wo sie Hatem schlagen wollten, stürzte ich in das Zelt und rief: »Ihr verruchten Götzendiener, wehe euch! Lasset diesen Mann in Ruhe oder ich räche ihn.« Die Sklaven drehten sich nach mir um, und als sie mich sahen, sagten sie lachend: »Wer bist du?« und hoben ihren Strick gegen mich auf, aber ich kam ihnen mit meinem Schwert zuvor, und kaum hatte ich sie mit demselben berührt, als ihre Köpfe vom Rumpf flogen. Ich entfesselte dann Hatem, der vor Freude und Erstaunen ganz außer sich war, und reichte ihm einige Speisen. Als er wieder gestärkt war, fragte ich ihn, wieso er hierher gekommen? Meine Geschichte ist wunderbar, antwortete er mir; wenn man sie mit einer Nadel in die Tiefe des Auges schriebe, so könnte sie jedem zur Warnung dienen. Wisse nämlich, in Baser, meiner Heimatstadt, regiert seit einem Jahr ein junger König, man nennt ihn den Perser Kink, der das ausschweifendste Leben auf der ganzen Welt führt. Die Weinkrüge weichen nicht von seinem Tisch, und weiß er ein schönes Mädchen oder sogar eine schöne Frau in der Stadt, so muß er sie haben, oder er läßt alle ihre Verwandten hängen. Die meisten Leute, welche schöne Töchter oder Frauen haben, verbergen sie daher, damit er nichts von ihnen höre. Da aber der König viele Spione unterhält, welche unter allerlei Vorwand ins Innere der Häuser dringen und auskundschaften, wo junge Frauen oder Mädchen sich aufhalten, so ist auch dieses Mittel nicht immer sicher. Eines Nachts, als ein Mädchen aus einem Nachbarhaus gewaltsam zum König geschleppt wurde, fing ich auch an, für meines Bruders Tochter, welche ich bei mir verborgen hatte, und mit der ich schon seit einigen Monaten verlobt war, zu fürchten und faßte daher den Entschluß, mit ihr zu entfliehen. Meine Braut, die mich leidenschaftlich liebt, war mit mir einverstanden, und gleich in der folgenden Nacht verließen wir die Stadt Baser, dachten weiter an nichts, als der Tyrannei unseres Königs zu entgehen, und wußten nicht, wohin wir uns wenden, noch welchen Weg wir einschlagen sollten.

Zehn Tage lang reisten ich und meine Braut aufs Geratewohl umher, da kamen wir in einer großen Wüste vor eine hohe marmorne Säule, an welcher eine stählerne Tafel hing mit der Inschrift: »Wanderer, der du hierher kommst, wende dich nicht rechts, sonst gehst du zugrunde, auch nicht links, sonst ist dir der Tod gewiß, sondern gehe gerade vor dich hin, mitten durch das Tal, so wirst

du gerettet.« Ich sagte zu meiner Braut: »Sieh einmal, was gute Leute für Reisende tun.« Wir schlugen dann das bezeichnete Tal ein und gelangten bald in eine Ebene, welche ein klarer Bach durchströmte und auf der die herrlichsten Obstbäume prangten, auf deren Zweigen muntere Vögel den Schöpfer priesen. »Jetzt sind wir aus aller Not«, sagte ich zu meiner Braut, laß uns hier ausruhen. Ich stieg von meinem Kamel herunter und hob auch meine Braut aus ihrer Sänfte; die Kamele weideten auf der grünen Wiese vor uns, während wir einiges Obst pflückten und Wasser aus dem Bach tranken. Wir befanden uns hier sehr behaglich, nachdem wir zehn Tage mit sehr spärlichen Lebensmitteln in unwirtbaren Gegenden umhergeirrt waren. Auch überfiel uns der Schlaf, sobald wir unseren Hunger und Durst gestillt und uns auf unseren Teppich gelegt hatten. Gepriesen sei der Herr, der nie schläft! Als wir aber erwachten, befanden wir uns vor einem König, der noch von den Amalekiten herzustammen schien, denn er war über 30 Schuh hoch. Neben ihm standen viele Offiziere, er selbst saß auf einem Throne, an welchem vier Löwen mit goldenen und silbernen Ketten angebunden waren. »Wisset ihr, wer ich bin?« fragte er uns, als wir die Augen öffneten. »Nein, mein Herr, wir kennen dich nicht«, antworteten wir. »So wisset«, versetzte er, »ich bin der König Mudsil und habe schon manchen König meinem kristallenen Götzen unterworfen; wer ihm huldigt, erhält von mir, was er wünscht, wer ihm aber seine Huldigung versagt, wird vernichtet. Darum befehle ich auch euch, jetzt meinen Götzen anzubeten; tut ihr es, so verleihe ich dir«, sagte er, zu mir gewendet, »ein ehrenvolles Amt und nehme das Mädchen, das bei dir ist, in mein Schloß, wo nicht, so werdet ihr eueren Ungehorsam schwer büßen.« »Ich werde mich nie deinem Willen fügen«, rief ich voller Entrüstung, »wie soll ich mich vor einem Götzen verbeugen, der weder nützen noch schaden kann? Ich werde nur den anbeten, der mich geschaffen, der mir Augen zum Sehen, Füße zum Gehen und Ohren zum Hören gegeben hat. Es gibt nur einen einzigen Gott, der den Tag und die Nacht geschaffen, die Sonne und den Mond, dem nichts auf Erden oder im Himmel verborgen ist; darum rate ich auch dir, den Götzendienst aufzugeben und den einzigen Gott anzubeten, dann wirst du von der Hölle befreit und kannst einst das Paradies, das mit Huri und schönen Knaben gefüllt ist, bewohnen.« Mudsil sprang zornig auf, als er dies hörte, und sagte: »Vor einem Mann, wie ich bin, wagst du es, so zu lästern.« Er rief dann einen seiner Diener und befahl ihm, einen der vier Löwen zu schlachten und ihn ihm zu bringen. Der Sklave schlachtete den Löwen und als er ihm die Haut abgezogen hatte, machte er einen Braten daraus und reichte ihn dem König, welcher ihn in einem Augenblick verschlang. Dann ließ er das Zelt aufschlagen, in welchem wir uns eben befinden, und befahl den beiden Sklaven, die du getötet, mich zu foltern, bis ich meinen Glauben abschwöre; was aber aus meiner Braut geworden, weiß ich nicht. Das ist alles, was ich zu erzählen weiß. - Verzage nicht«, rief ich ihm zu, »derjenige, der mich zu dir gesandt, ist auch mächtig genug, deine Braut zu befreien.« Ich rief dann Misram und befahl ihm, mich zu Mudsil zu führen und die Braut Hatems zu befreien. »Folge mir«, sagte Misram; »Mudsil hält sich jetzt im Leopardenschloß auf, das drei Tage weit von hier liegt.« Ich machte mich mit Hatem und Misram auf und lief wieder drei Tag lang über Berge und Täler, ohne müde zu werden. Am dritten Tage sagte uns Misram: »Bleibt hier sitzen, bis ich wiederkehre.« Ich unterhielt mich unter einem Baum mehrere Stunden lang mit Hatem; auf einmal sahen wir in der Ferne einen dicken Staub aufsteigen, dann kamen 500 Reiter auf arabischen Pferden zum Vorschein, mit indischen Lanzen in der Hand und davidischen Panzern auf der Brust. Als sie in unserer Nähe waren, trat ein Reiter von riesenhafter Gestalt aus ihrer Mitte, der ganz in Eisen gehüllt war. Hatem schrie: »Wehe uns, das ist gewiß Mudsil; wenn der mich sieht, so bringt er uns beide um.« Ich nahm schnell die Klinge aus dem Beutel und setzte sie zusammen; da rief mir aber der Reiter mit einer donnernden Stimme zu: »Stecke dein Schwert ein, mein Herr Djaudar, ich bin Misram und komme mit meiner Schar, um für Turaja, die Braut Hatems, gegen Mudsil zu kämpfen; wir sind hier ganz in der Nähe seines Schlosses, bleibe du nur noch hier, bis ich dich rufe.« Er kehrte dann zu seinen Kriegern zurück, ließ in die Trompete stoßen und die Fahnen entfalten und ritt gegen das Schloß. Als Mudsil Kriegslärmen vor seinem Schloß hörte, schickte er seinen Vezier heraus zu Misram, um ihn zu fragen, was er wolle und wer er sei? Misram sagte dem Vezier: »Geh zu deinem Herrn und sage ihm: ›Misram, der Sohn Akus, fordert Turaja von ihm, und wenn er sie nicht gleich herausgibt, so wird er seinen Kopf von ihm fordern und seinen kristallenen Götzen in 1000 Stücke zerschlagen.‹«

Als der Vezier mit dieser Antwort zu Mudsil zurückkehrte, schäumte dieser vor Wut und fluchte und lästerte; dann rief er alle seine Leute zusammen und teilte ihnen mit, was er vom Vezier gehört, und forderte sie auf, mit ihm gegen diesen kühnen Misram zu ziehen. Sobald aber Mudsil mit seinen Kriegern aus dem Schloß kam und zu einem allgemeinen Angriff sich vorbereitete, rief Misram: »Wer nimmt meine Herausforderung an? Wer hat Lust, sich mit mir zu messen? Wer mich kennt, dem brauche ich nichts zu sagen, wer mich aber nicht kennt, der wisse, ich bin Misram, der Sohn Akus, der weder vor Schwarzen noch vor Weißen, weder vor Menschen noch vor Genien sich fürchtet.« Auf diese Herausforderung trat ein Krieger aus Mudsils Reihen, der so groß war, wie der höchste Dattelbaum, und eine dicke eiserne Stange auf der Schulter trug, stellte sich Misram gegenüber und sagte ihm: »Wie wagst du es, einen König mit solcher Geringschätzung zu behandeln?« Er drang dann auf ihn ein und schlug ihn mit seiner Stange, sie fügte ihm aber nicht mehr Leid zu, als wenn ein Zephyr ihn anwehte. Indessen glaubten alle Zuschauer, Misram werde unterliegen, als ein einziger Feuerhauch aus seinem Mund seinen Gegner leblos zu Boden streckte. Als Mudsil dies sah, wendete er sich zu seinen Leuten und sagte ihnen: »Wer will den gefallenen Krieger rächen!« Sogleich trat ein zweiter Ritter aus ihrer Mitte und drang auf Misram ein. Aber kaum war er auf der Rennbahn, als Misram mit ihm wie mit seinem Vorgänger verfuhr. Diesem folgten noch 18 andere, welche ebenso von Misram in Asche verwandelt wurden. Mudsil schlug sich vor Ärger mit solcher Heftigkeit ins Gesicht, daß ihm fast die Augen heraussprangen, dann wendete er sich zu einem schwarzen Sklaven, der es schon oft mit 1000 Reitern aufgenommen hatte, und forderte ihn auf, gegen Misram zu kämpfen, die Schmach, welche seine Brüder erlitten, zu tilgen, und ihrem Götzen Genugtuung zu verschaffen. Djamus Büffel, so hieß nämlich dieser schwarze Sklave, sagte zu Mudsil: »Es ist wohl Zeit, daß ich aufhöre, als bloßer Zuschauer hier zu stehen – aber ich will deinen Rachedurst kühlen und dir Misram lebendig überliefern, daß du ihn deinem Gott zum Opfer bringen kannst.« Er drang hierauf auf Misram ein und hob eine Stange gegen ihn auf, die einen Elefanten zertrümmert hätte. Aber Misram wich nicht von der Stelle, sondern hauchte bloß Djamus' rechten Arm an und er fiel sogleich zu Boden. Djamus ergriff sein Schwert mit der linken Hand und stürzte abermals auf Misram los; aber dieser hauchte auch den linken Arm an, und auch er fiel zu Boden. Jetzt entfloh Djamus, und Mudsils Truppen, welche diesem Kampf zugesehen hatten, riefen insgesamt: »Gegen einen Helden wie Misram können wir nicht länger kämpfen.« Da sagte Mudsil: »Wenn es niemand mehr wagt, sich mit Misram zu messen, so will ich es versuchen, doch will ich zuvor meinen Götzen befragen.« Während er aber vor seinem Götzen auf den Knien lag und ihn um Hilfe anflehte, ließ ihn Misram von zwei Geistern ergreifen und unter den Baum bringen, wo ich mit Hatem saß. »Was hältst du von der Macht deines Götzen?« fragte ihn Misram lachend. »Ich glaube, er zürnt mir«, antwortete Mudsil. Misram sagte dann zu Hatem: »Hier ist dein Feind, verfahre mit ihm, wie es dir gut dünkt.« »Gestehest du mir die Wahrheit, redete ihn Hatem an, so soll dir alles verziehen werden; lügst du aber, so bist du des Todes, Was ist aus meiner Braut Turaja geworden?« »Sie ist geehrt und geliebt in meinem Schloß, aber sie seufzt fortwährend nach dir und weint unaufhörlich.« »So laß sie hierher kommen«, versetzte Hatem, »daß wir uns von der Wahrheit deiner Worte überzeugen.« Mudsil wollte aufstehen und in sein Schloß gehen, aber Misram sagte: »Du weichst nicht von hier, bis du bekennst, daß dein Götze ein lebloses Ding ist, das weder nützen noch schaden kann, und daß es nur einen einzigen Gott gibt.« Als Mudsil dies hörte, rief er: »O du mein kristallener Gott, jetzt ist es Zeit, deine Macht zu zeigen, bedenke, daß ich dich schon 50 Jahre anbete und dir jedes Jahr ein großes Fest feiere, an dem ich dir Fürsten und Könige opfere, errette mich nun in diesem Augenblick der Gefahr!« Aber schon hatte Misram einen Geist abgesandt, der, noch ehe Mudsil sein Gebet vollendet hatte, den Götzen herbeibrachte, den Kopf gegen die Erde und die Füße in die Höhe gestreckt. Misram schlug ihn zusammen und fragte nochmals Mudsil: »Was hältst du jetzt von deinem Götzen?« »Ich sehe ein«, antwortete Mudsil, »daß er weder mir noch sich selbst helfen kann, darum bitte ich euch, lehret mich einen besseren Glauben.« »So bekenne«, wiederholte Misram, »daß es nur einen Gott gibt und daß Mohammed sein Gesandter ist.« Nachdem Mudsil dieses Glaubensbekenntnis zu unserer großen Freude abgelegt hatte, gingen wir mit ihm ins Schloß. Er ließ alle seine Leute zusammenkommen und erzählte ihnen, was zwischen ihm und Misram vorgefallen, worauf sie alle Muselmänner wurden.

Er ließ dann Turaja rufen, und sie fiel vor Freude in Ohnmacht, als sie Hatem wieder sah. Wir blieben dann noch drei Tage bei Mudsil und lehrten ihn das Gebet, die Reinigung, das Fasten, und beschrieben ihm die Hölle, das Paradies und die übrigen Glaubensartikel des Islamismus.

Er ließ uns königlich bewirten und wollte uns sehr kostbare Geschenke machen, ich dankte ihm aber und sagte: »Tu für Hatem, was du im Sinne hattest, für mich zu tun.« Mudsil fragte dann Hatem, wohin er sich wenden wolle, und ob er nicht etwa wünsche, bei ihm zu bleiben? »Schenke mir das Zelt«, antwortete Hatem, »welches in dem freundlichen Tal aufgeschlagen worden ist, wo ich so viel gelitten habe, mit einigen dabei liegenden Gütern, ich werde darin glücklich sein mit Turaja.«

Mudsil sprach hierauf zu Hatem: »Das sollst du haben, und dazu ein jährliches Gehalt, das nicht nur für deine Bedürfnisse hinreicht, sondern dir auch gestattet, alle Reisenden, welche in diese Gegend kommen, zu bewirten; das bin ich dem einzigen Gott, zu dem ich mich bekehrt habe, schuldig für die vielen Mißhandlungen, welche die Reisenden, die sich durch die Tafel an der marmornen Säule dahin locken ließen, von mir zu dulden hatten.« Der König Mudsil begleitete hierauf selbst Hatem und Turaja bis an ihr Zelt und ließ eine Abteilung Truppen zu ihrer Sicherheit in der Nähe lagern. Misram und ich aber, wir nahmen Abschied von ihnen und reisten wieder zehn Tage durch Wüsten und Einöden, wo kein grünes Blättchen, noch ein lebendes Wesen zu sehen war. Am elften Tag, als wir in ein fruchtbares Tal kamen, bat mich Misram um einen dreitägigen Urlaub. Ich reichte ihm eines jener Pergamentblätter, und er flog davon. Als ich aber meinen Hunger an den Früchten dieses Tales stillen wollte, fand ich sie so bitter, daß ich sie nicht genießen konnte; ich mußte daher an meinem Vorrat zehren, der so klein war, daß mir schon am zweiten Tag nichts mehr übrig blieb. Am dritten Tag plagte mich der Hunger so sehr, daß ich mich aufmachte, um entweder Nahrungsmittel oder eine bewohnte Stelle zu finden. Da erblickte ich am Ausgang des Tales auf einem Hügel ein großes steinernes Kloster mit einem schönen nußbaumenen Tor. Ich ging darauf zu und fand am Tor folgende Inschrift: »Wanderer, den das Geschick hierher führt, bist du hungrig, so speisen wir dich, bist du nackt, so kleiden wir dich, bist du verirrt, so führen wir dich auf den rechten Weg, besuche uns nur, wir werden uns als Gäste und dich als den Hausherrn ansehen.« Als ich diese Verse gelesen hatte, dachte ich: »Was ist mir in diesem Augenblick wünschenswerter, als ein gastfreundliches Kloster, ich gehe hinein und stille meinen Hunger, inzwischen wird Misram wiederkehren.« Kaum hatte ich angeklopft, da rief eine Stimme von innen: »Wer ist da?« Ich antwortete: »Ein armer, hungriger Reisender.« »So sei uns willkommen!« versetzte die Stimme, und sogleich wurde das Tor geöffnet. Ein schwarzer Sklave trat mir entgegen, führte mich in einen freundlichen Saal und hieß mich auf einen schönen Divan sitzen. Er verließ mich dann einen Augenblick und kehrte wieder mit einer goldenen Schüssel, welche mit Fleisch und Gemüse gefüllt war, die im Fett schwammen, stellte sie mit zitternder Hand vor mir hin und entfernte sich wieder. Da ich fast vor Hunger starb, streckte ich meine Hand danach aus und sagte: »Im Namen Gottes, des Allbarmherzigen.« Als ich aber einen Bissen in den Mund stecken wollte, hörte ich eine Stimme mir zurufen: »Iß nicht!« Ich legte den Bissen nieder, drehte mich nach allen Seiten um, sah aber Niemanden. Da streckte ich wieder die Hand nach der Schüssel aus und griff nach einem Stückchen Fleisch, als ich es aber an den Lippen hatte, rief dieselbe Stimme wieder: »Iß nicht!« Ich sah mich wieder rechts und links um und erblickte wieder Niemanden. Als ich aber zum dritten Mal essen wollte und auch dieses Mal dieselbe Warnung vernahm, ohne jemanden zu sehen, sagte ich: »Wer du auch seist, der du mit mir sprichst ohne dich mir zu zeigen, sage mir, warum ich nicht essen soll, da mich doch der Hunger bald umbringt?«

Hierauf antwortete die Stimme: »Blicke einmal nach deiner Rechten!« Ich drehte mich um, und siehe da, Misram stand neben mir und sagte: »Mein Herr Djaudar, hättest du einen einzigen Bissen von diesem Fleisch gegessen, du würdest jetzt wie heißes Blei zusammenschmelzen, dein Schwert wäre dir entrissen worden, ich müßte mein ganzes Leben durch ruchlosen Leuten dienen und Mahmud müßte vor Verzweiflung sterben, Gelobt sei Gott, der mich noch zur rechten Stunde hierhergesandt hat. Wisse, Djaudar, dieses Kloster gehört einer Alten, welche das Feuer anbetet, die Inschrift auf dem Tor soll ihr Reisende herbeilocken, die sie alle ihrem Vetter Hindmar zuführt, der sie dann brät und wie gebackene Hühner frißt. Doch das Nähere will ich dir erzählen, wenn du den schwarzen Sklaven umgebracht hast, der jetzt auf der Terrasse des Schlosses sitzt. Geh nur hinauf, er wird einen lauten Schrei ausstoßen, wenn er dich hört, berühre ihn nur mit deinem Schwert, und er wird ein Haufen Asche werden; wenn dann morgen die Alte mit ihrem Vetter Hindmar zurückkommt, in der Hoffnung, neue Beute für ihn zu finden, so verfahre mit ihr ebenso, dann ziehen wir zusammen gegen Hindmar, das Verderben der Muselmänner.« Als ich nach Misrams Befehl den schwarzen Sklaven getötet hatte und wieder zu ihm herunter kam, sagte er mir: »Komm, wir wollen uns in einem Kabinett verbergen, damit die Alte nicht davonlaufe, sobald sie uns sieht, und noch ferner Unheil stiftet in der Welt.« Ich folgte Misram in ein Kabinett, das dicht an der Tür des Saales war, und wir blieben bis zum folgenden Tag darin. Da hörten wir auf einmal ein Getöse im Kloster, als wenn es donnerte, und siehe da, ein altes Weib trat in den Saal und setzte sich auf den im oberen Teil desselben angebrachten Divan. Sie hatte einen Kopf wie ein Büffel, dazu aber kleine Augen wie Oliven, einen Hals hatte sie, so gelb wie abgefallene Blätter, einen Mund wie eine Trompete, eine Brust wie eine Kiste, einen Leib wie ein Esel, Zähne hatte sie wie ein Elefant und eine Zunge, die bis über die Brust herabhing. »Das ist die alte Djachka«, sagte mir Misram, »Hindmars ruchlose Base«. Als ich dies hörte, zog ich mein Schwert, sprang aus dem Kabinett und teilte sie entzwei. Da stieg ein Rauch gen Himmel, der sich dann sammelte und zu einem Haufen Asche wurde. Misram jubelte vor Freude wie ein Frauenzimmer, als er die Alte in einen Haufen Asche verwandelt sah, und sagte: »Es wird alles gelingen, Djaudar, bald wird Hindmar das Los seiner Base teilen, und wir sind dann nicht mehr fern vom Ziel.« Misram sammelte dann alles Silber, Gold und alle Edelsteine, welche in großer Masse im Kloster aufgehäuft waren, belud damit zehn Geister und sagte ihnen: »Gehet nach Ägypten zur Adlersschlucht, dort findet ihr den Abendländer Mahmud, der euch erwartet, küsset ihm seine Hände und Füße, bringet ihm diese Kostbarkeiten und saget ihm, es gehe alles gut, wir hoffen bald wieder bei ihm zu sein.« Nach einigen Stunden waren die Geister schon wieder zurück und brachten uns Grüße von Mahmud und versicherten uns, er habe schon durch sein Buch den Tod der Alten gewußt, und nun bete er fortwährend, daß auch unser Unternehmen gegen Hindmar gelinge. »Daran zweifle ich jetzt noch weniger als früher«, sagte Misram, »denn auf meiner letzten Reise habe ich Schilschanum, den Sohn Djaldjamuks, vertrauten Priester Hindmars, für unsere Sache zu gewinnen gewußt. Djaldjamuk, von dem man eigentlich nicht recht weiß, ob er ein Jude, Christ oder Muselmann ist, wußte durch seine Geschicklichkeit in der Arzneikunst sich bei Hindmar sehr beliebt zu machen. Hindmar war nämlich einmal so krank, daß seine besten Ärzte ihn für unrettbar erklärten, und es nicht der Mühe wert hielten, ihm Arzneimittel zu geben. Als Djaldjamuk dies hörte, ließ er sich zum

König führen, und kaum hatte er den Puls gefühlt, so sagte er: ›Mein König, du hast eine innere Krankheit, für die es nur ein Heilmittel gibt, und zwar, Menschenfleisch essen und Menschenblut trinken.‹

Sobald Djaldjamuk dies gesagt hatte, rief Hindmar einen seiner ihm untergeordneten Geister und befahl ihm, einen Menschen herbeizuschaffen. Der Geist flog wie ein Blitz in ein von Menschen bewohntes Land, raubte einen fetten Mann und brachte ihn vor Hindmar. Djaldjamuk untersuchte ihn und sagte: ›Der ist recht, hänge ihn nun an den Füßen auf und lasse ihn drei Tage mit dem Kopf gegen die Erde gerichtet hängen, am vierten Tag schneide ihm den Kopf ab, fange das Blut in eine goldene Schüssel und trinke es ganz warm, du wirst bald darauf einschlafen; inzwischen kann man das Fleisch des Geschlachteten braten, das ißt du beim Erwachen, und du wirst wieder so gesund sein, wie früher.‹ Da Hindmar auf diese Weise sehr bald wieder seine frühere Gesundheit erlangt hatte, beschenkte er Djaldjamuk königlich und ließ in seinem ganzen Reich ausrufen: ›Wer Hindmar liebt und ehrt, der liebe und ehre auch seinen Retter

Djaldjamuk.‹ Da indessen Hindmar häufig von seinem Übel befallen wurde, so nährte er sich fortwährend von Menschenfleisch, und ließ sich von allen Seiten Menschen herbeischleppen; waren sie fett, so wurden sie sogleich geschlachtet, wenn nicht, so mästete man sie mit Hühner- und Gänsefleisch. Das ist die Ursache, warum seine alte Base, die ihn leidenschaftlich liebte, ein Kloster mit einer lockenden Inschrift an dem Tor bauen ließ; denn wer hineinkam, dem ließ sie einen Schlaftrunk im Essen reichen und schleppte ihn zu Hindmar. So lebt nun Hindmar schon viele Jahre von Raub und Mord, auch ist er schönen Mädchen ebenso gefährlich als fetten Männern, darum fürchtet man ihn allenthalben, und kein König wagt es, ihm den Krieg zu erklären, weil er ebenso tapfer als mächtig ist und über unzählbare Heere gebietet. Er fühlte sich aber vor einigen Monaten ohne alle äußere Veranlassung auf einmal so beklommen, daß er Djaldjamuk rufen ließ und ihn fragte, ob ihm nicht ein Unglück bevorstehe. Djaldjamuk las eine Weile in einem Buch, dann sagte er: ›Hüte dich vor einem Menschen der aus Ägypten kommt, er besitzt das Zauberschwert Sintbests, das Menschen und Genien besiegt. Darum will ich dir eine kupferne Statue gießen, mit einer Trompete in der Hand, in welche sie stoßen wird, sobald dieser Mensch gegen dein Schloß zieht. Vernimmst du den Trompetenschall, so lasse mich gleich rufen, daß ich gegen den Zauber des Schwertes Mittel ergreife, sonst bist du verloren und alle deine Feinde freuen sich an deinem Untergang.‹ Hindmar lebte nun ruhig fort, bis auf einmal – es war gerade an dem Tag, wo du in Alexandrien dich einschifftest – die Statue mit einer solchen Kraft in die Trompete stieß, daß sein ganzes Schloß zitterte. Da ließ er schnell Djaldjamuk rufen und sagte ihm: ›Der

Mann mit dem Zauberschwert muß nahe sein, denn die Trompete erschallte so laut, daß sie mich ganz betäubt.‹ ›Fürchte nichts‹, erwiderte Djaldjamuk, ›ich werde unserem Feind vier Schlingen legen, denen er, wenn ihn kein Verräter warnt, gewiß nicht lebendig entkommen soll.‹ Da er indessen nicht allein alles verrichten konnte, mußte er seinem Sohn Schilschanum sein Geheimnis mitteilen. Dieser ist aber in seinem Inneren ein Muselmann und sieht daher schon längst mit Abscheu das ruchlose Leben Hindmars, welcher das Feuer anbetet, auch ist er ein Jugendfreund meiner beiden Söhne; als ich ihn daher auf meiner letzten Reise bei ihnen traf, erzählte er mir alles dies und versprach mir, sich auf dem Vogelberg einzufinden, den wir, um zu Hindmar zu gelangen, übersteigen müssen, um dir dort die Mittel anzugeben, wie du der vierfachen Gefahr, die dir droht, ausweichen kannst. Nun komm, und laß uns nicht länger hier verweilen.«

Misram befahl dann, als wir aus dem Kloster traten, einigen Geistern, es zu zerstören und in einem Augenblick war es in einen Haufen Asche verwandelt. Dann reisten wir wieder 20 Tage lang, bis wir vor einen grasgrünen, sehr hohen Berg kamen. »Dies ist der Vogelberg«, sagte mir Misram; »hinter diesem Berg liegt das Feuertal, und hinter dem Feuertal das Schloß Hindmars.« Wir blieben zwei Tage am Fuß des Berges, weil er überall so steil war, daß wir ihn nicht erklimmen konnten. Erst am dritten Tag entdeckten wir einen treppenartigen Pfad, der uns auf den Berg führte. Auf dem Gipfel desselben stand ein Schloß, dessen Grund den Boden berührte, dessen Spitze aber bis zu den Wolken emporstieg, und auf der Terrasse des Schlosses stand ein kupferner Vogel von der Größe eines Adlers. Das Tor des Schlosses war offen und ein Mädchen stand davor, das Misram und mich freundlich bewillkommte und mich fragte, ob ich nicht Djaudar sei. Als ich ihre Frage bejahte, sagte sie: »Sei mir nochmals willkommen, du, dem der Islamismus so viel zu verdanken haben wird, folge mir mit deinem Freund Misram.« Sie führte uns dann auf die Terrasse neben den kupfernen Vogel zu einem steinalten blinden Mann. Sobald wir auf die Terrasse kamen, drehte sich der Vogel dreimal im Kreis herum und breitete seine Flügel aus. Da sprang der alte Mann vor Freude in die Höhe und das Mädchen jubelte laut auf. Ich bat sie, mir die Ursache ihrer Freude zu erklären, da hub sie an: Wisse, Djaudar, der Greis, den du hier vor dir siehst, ist mein Vater, meine Mutter ist längst tot, aber noch eine Schwester habe ich, sie heißt Badiah, welche schon in ihrem achten Jahr das schönste Mädchen auf Erden war. Wir lebten mehrere glückliche Jahre nach meiner Mutter Tod beisammen, als auf einmal ein Geist von der Größe eines Dattelbaumes zu uns hereintrat, Badiah auf den Arm nahm und mit ihr davonflog. Es sind jetzt zwölf Jahre schon, daß uns dieses Unglück getroffen, und schon hatten wir alle Hoffnung verloren, Badiah wiederzusehen, als mir gestern im Traum eine Stimme zurief: »›Sei frohen Herzens, Djirah‹, so heiße ich nämlich, du wirst bald deine Schwester wiedersehen; es werden morgen zwei Leute kommen, ein Mensch namens Djaudar und ein Geist mit Namen Misram, durch die deine Schwester befreit wird. Wenn du diese beiden siehst, so führe sie auf die Terrasse, und wenn der Vogel sich dreimal im Kreis herumdreht und seine Flügel ausbreitet, so diene

es dir als Zeichen der Wahrheit meiner Worte. Darum, mein Herr Djaudar«, so schloß Djirah, »freute ich mich so bei der Bewegung dieses Vogels.« Kaum hatte Djirah ihre Erzählung beendet, da flog ein weißer Vogel zu uns und schüttelte von seinen Flügeln einen Geist auf die Terrasse herab. »Das ist Schilschanum«, sagte Misram, »der Sohn des Priesters Djaldjamuk, der uns mit den Schlingen bekannt machen will, die uns sein Vater in Hindmars Schloß gelegt habe.« Er grüßte ihn dann freundlich und stellte mich ihm als den Besitzer des Zauberschwertes vor. »Weißt du, Misram«, sagte Schilschanum, »warum ich dich hierher bestellt habe? Weil ich gar oft diesen alten Mann um seine verlorene Tochter Badiah jammern hörte, welche kein anderer als Hindmar geraubt hat, und ich daher ihm die Rückkehr derselben verkündigen wollte, sobald Djaudar die Welt von diesem Ungeheuer befreit haben wird. Wollt ihr aber in euerem Unternehmen gegen Hindmar nicht den Tod finden, so höret mir aufmerksam zu und vernachlässigt nichts von dem, was ich euch sage.«

Schilschanum – so fuhr Djaudar in seiner Erzählung fort – sprach weiter zu uns: »Ihr müsset nun von hier aus drei Tage lang durch das Feuertal gehen; dann gelangt ihr an einen grünen Berg, der ebenso hoch ist, als dieser, und zu dessen Gipfel ein bequemer Fußpfad führt. Habt ihr die höchste Spitze dieses Berges erstiegen, so sehet ihr das Säulenschloß und den Rabensee vor euch liegen. Das Schloß ist ungeheuer groß und ruht auf 24 Säulen; es ist ganz glatt, hat weder Fenster noch Türen, so daß man es in der Ferne für einen Felsenblock hält. Dem Schloß gegenüber liegt ein kleiner See, vor welchem eine dünne, hohe Säule steht mit einem goldenen Raben, der den Schweif gegen den Himmel und den Schnabel zur Erde streckt. Du, Djaudar, mußt die Erde aufgraben an der Stelle, nach welcher der Schnabel des Raben gerichtet ist, bis du einen Beutel findest, welcher einen Bogen und drei Pfeile enthält. Spanne den Bogen und ziele nach dem Schnabel des Raben; triffst du ihn, so wird er sich dreimal im Kreise herumdrehen und drei goldene Schlüssel aus dem Mund fallen lassen; fehlst du zum ersten Male, so wird sich ein furchtbares Getöse um dich erheben, Geister von verschiedenartigster Gestalt werden dich angrinsen; der eine wird rufen: ›Ergreifet ihn!‹ der andere: ›Zerreißet ihn!‹ Laß dich aber nicht abschrecken, sondern schleudere auch den zweiten Pfeil nach dem Raben. Triffst du ihn wieder nicht, so wird der drohende Lärm um dich zunehmen; greife aber ohne Furcht nach dem dritten Pfeil, denn zum dritten Male triffst du gewiß den Schnabel des Raben. Nimm dann die Schlüssel, die aus seinem Schnabel fallen, gehe damit an den rechten Flügel des Schlosses und rufe: ›Abd Assurur, Bewohner dieses Schlosses!‹ Man wird antworten: ›Hier bin ich, mein Herr Djaudar; es ist alles geschehen.‹ Du wirst dann ein großes Geräusch aus dem Inneren des Schlosses vernehmen, als wenn viele Leute über einander stürzten; dann wird es nach und nach still werden und eine vorher unsichtbare Tür sich öffnen, an welcher ein schwarzer Sklave dich bewillkommnen und um eines der Blätter bitten wird, die Misram als Urlaub von dir erhielt. Gib ihm eines; er wird sogleich seine Flügel ausbreiten und davonfliegen. In der Halle des Schlosses siehst du eine Tür zu deiner Linken, welche einer der drei goldenen Schlüssel öffnet; du kommst durch ein großes Zimmer in einen Gang mit 40 marmornen Platten, 20 davon sind weiß und 20 schwarz; trittst du auf eine weiße Platte, so sinkst du unter und zerschmilzest wie heißes Blei, und hättest du auch 50 Zauberschwerter bei dir. Du mußt also, immer nur die schwarzen Platten berührend, durch diesen Gang gehen; da gelangst du vor eine Tür, welche du mit dem zweiten goldenen Schlüssel öffnen mußt; es werden aus einem großen Saal mehr als 70 Genien wie Elefanten auf dich losstürzen; ziehe aber nur dein Zauberschwert aus der Scheide, da sinken sie sogleich in den Boden. Gehe darauf durch diesen Saal in einen anderen, dessen Tür der dritte goldene Schlüssel öffnet; da wirst du zwei kupferne Statuen sehen mit einem fränkischen Bogen in der Hand, zu dem sie Pfeile haben, welche den härtesten Felsen wie Mehl zermalmen. Sobald sie aber auf dich zielen, berühre ihren Bogen mit deinem Schwert, so wird er ihnen aus der Hand fallen. Hierauf kommst du in einen Saal, wo dir eine brennende Luft entgegenweht, welche den Speichel im Mund dir austrocknet, du wirst Lust haben, an dem Springbrunnen

zu trinken, aus dem mitten in diesem Saal frisches Wasser hervorsprudelt; aber ein einziger Tropfen von diesem Wasser reicht hin, um dich zu töten. Darum bezähme deinen Durst und gehe weiter, bis du ins Freie kommst, da liegt ein kleiner See vor dir, aus dem sich ein Inselchen erhebt, wo ein goldenes Zelt mit roten seidenen Schnüren aufgeschlagen ist. Am Ufer des Sees steht eine Säule mit einer Statue, welche eine bleierne Kugel in der Hand hält; berühre diese Kugel mit deinem Schwert, so wird sogleich ein zierlicher Nachen, welcher an die Insel befestigt ist, sich losmachen und zu dir kommen. Steige hinein, er wird dich zur Insel bringen, wo Hindmar in seinem Zelt sitzt; er ist seit einigen Tagen schon vor Angst so niedergeschlagen, daß du ihn ohne Mühe mit deinem Schwert töten kannst. Wisse auch, lieber Djaudar«, fuhr Schilschanum fort, »fürchtete ich meinen Vater nicht, ich würde dich gern begleiten, bis du Heifa wiedergefunden und deinem Freund Mahmud die Töchter des Königs Numan verschafft hast; übrigens wird Misram dir beistehen, und auch Gottes Hilfe ist dir gewiß.«

Schilschanum nahm hierauf Abschied von uns, und Misram sagte mir: »Mein Herr Djaudar, es ist jetzt Zeit, daß wir mit Gottes Segen weiterreisen.« Wir verabschiedeten uns bei dem Alten und versprachen ihm, seine Tochter Badiah recht bald zurückzuschicken. Nach drei Tagen waren wir vor dem grünen Berg, den uns Schilschanum bezeichnet hatte, und auf dessen Gipfel angelangt, sahen wir das Säulenschloß und den Rabensee vor uns liegen. Hier wiederholte mir Misram, was Schilschanum mir zu tun befohlen, und da ich nichts vernachlässigte, traf auch alles so ein, wie Schilschanum uns vorhergesagt, bis ich in das Zelt auf der Insel kam; da saß Hindmar auf einem goldenen Thron, der mit den schönsten Hyazinth-, Saphir- und Smaragd-Steinen verziert war; vor ihm stand ein Tisch, mit Weinkrügen und kristallenen Gefäßen besetzt. Er war halb betrunken, hatte ein Gesicht wie ein Stier, und einen Kopf mit vier Hörnern; einen Hals hatte er wie ein Esel, sein Körper war haarig, wie der eines Affen, nur seine Hände und Füße glichen denen eines Menschen. Sobald er mich sah, starrte er mein Schwert an, schlug seine Zähne zusammen und stieß einen Schrei aus, daß das ganze Schloß bebte. Ich ging auf ihn zu und berührte kaum seinen Hals mit dem Schwert, da flog sein Kopf vom Rumpf, ein Rauch stieg in die Höhe und der so gefürchtete Hindmar war nur noch ein Häufchen Asche; sein Geist aber fuhr in die Hölle. Wehe einem solchen Aufenthaltsort! Als Misram dies sah, umarmte er mich, küßte mich zwischen die Augen und sagte: »Nun haben Menschen und Genien ihre Ruhe wieder. Geh du jetzt ins Schloß; du kannst trockenen Fußes dahin gelangen, denn der See, über den du hierher gefahren, ist ausgetrocknet; ich bleibe inzwischen hier im Zelt.« Das erste Zimmer, das ich öffnete, war ganz leer, nur eine kupferne versiegelte Flasche stand in einer Ecke auf dem Boden.

Sobald ich aber hineinkam, hörte ich eine Stimme, welche mir zurief: »O du, der du die Katze von ihren Fesseln befreit, sei mir willkommen!« »Wer bist du?« rief ich erstaunt, »der du so mit mir sprichst, ohne dich zu zeigen?« »Bist du nicht der Fischer Djaudar aus Kahirah?« versetzte jene Stimme, »und hast du die Katze vergessen, die dir in der Adlersschlucht das Zauberschwert und das heilige Buch gebracht? Nur um deinetwillen schmachte ich nun schon fünf Monate in dieser kupfernen Flasche; wenn du Hindmar getötet hast, so befreie mich schnell!« Ich riß das Siegel von der Flasche, da stieg ein dichter Rauch gen Himmel, der sich bald sammelte, und siehe da! Schah Bair stand vor mir, wie ich ihn in der Adlersschlucht gesehen, und dankte mir für seine Befreiung. Ich bat ihn dann, mir zu erzählen, wieso er in dieses Schloß gesperrt worden. Da hob er an: »Wisse, Djaudar, ich bin der Sohn Abu Tawaifs, welcher auch Iblis genannt wird, und habe einen Bruder, der Schamhurisch heißt und in der Nähe von Tunis sich aufhielt. Eines Tages, als letzterer allein in seiner Wohnung war, wurde er von zwei großen Genien ergriffen und gefesselt vor den alten Abul Adjaib geführt. Mein Bruder fragte ihn erstaunt, wodurch er eine so gewalttätige Behandlung verdient habe. Aber Abul Adjaib antwortete bloß, er wolle seinen Vater Iblis zu sich berufen, ihm wolle er sagen, was er mit dieser Entführung bezwecke. Schamhurisch sandte einen Boten an unseren Vater, und als er zu Abul Adjaib kam und ihn fragte, was er von ihm begehre, antwortete jener: ›Wisse, ich

habe seit vielen Jahren an einem heiligen Buch gearbeitet, bis es mir gelang, ihm 1000 Geister zu unterwerfen; dieses Buch schenkte ich meinem frommen Schüler Mahmud, aber er wurde von seinen Brüdern verraten, und das Buch liegt jetzt in der Adlerschlucht in dem Schloß Sintbests neben dessen Schwert, welchem fünfhundert Geister gehorchen. Beide sind der Obhut deines Sohnes Schah Bair anvertraut, welcher in der Gestalt einer schwarzen Katze auf einer Säule Wache hält. Liegt dir daher das Leben und die Freiheit deines Sohnes Schamhurisch am Herzen, so bewege deinen Sohn Schah Bair, meinem Schüler Mahmud, der mit Djaudar in die Adlerschlucht kommen wird, Schwert und Buch auszuliefern. ‹Mein Vater eilte zu mir, und sobald ich den Zweck seiner Reise erfuhr, faßte ich den Entschluß, um meinen Bruder zu befreien, dem Wunsch Abul Adjaibs zu willfahren. Als ich dir Schwert und Buch übergeben hatte, flog ich zu Abul Adjaib und benachrichtigte ihn davon. Darauf gab er meinen Bruder frei, und ich reiste mit ihm zu unserem Vater. Wenige Tage nach meiner Flucht verlangte aber

Sintbest nach Heifa, und als er hörte, sie sei von zwei Männern befreit worden, denen ich Schwert und Buch übergeben, fing er an zu toben und zu lärmen, zu schäumen und zu fluchen, und Sonne und Mond und alle seine Gatter zu lästern; dann versammelte er alle seine Scharen, Menschen und Genien, und zog mit ihnen gegen uns aus. Wir konnten ihm nicht lange widerstehen, denn unser Häuflein Truppen war bald aufgerieben; doch gelang es meinem Vater und meinem Bruder, durch die Flucht zu entkommen; ich aber wurde gefangen und mit Ketten beladen vor Sintbest geführt. Schon hatte er den Befehl zu meiner Hinrichtung erteilt, als meine Freunde, unter denen auch Hindmar war, ihn um Gnade für mich baten. Aber Sintbest wollte mich nicht begnadigen und befahl Hindmar, mich in eine kupferne Flasche zu sperren und ins Meer zu werfen. Hindmar beschwor aber Sintbest so lange, mich beim Leben zu lassen, daß er ihm endlich erlaubte, mich in der Flasche mit in sein Säulenschloß zu nehmen; er mußte jedoch vorher schwören, daß er mich nie befreien würde.

Fünf Monate bring ich nun schon in dieser Flasche zu, verzweifelte aber nicht, weil ich wohl wußte, daß du einst mit dem Zauberschwert Hindmar töten und mich befreien würdest. Nun weißt du alles, mein Herr Djaudar; jetzt bitte ich dich, mich zu entlassen, daß ich zu den Meinigen zurückkehre und ihnen von dem Gelingen des Unternehmens Nachricht bringe.« »Reise mit Gottes Segen!« rief ich ihm zu, und er breitete seine Flügel aus und flog davon. Als Schah Bair fort war, verließ ich dieses leere Zimmer und kam durch einen langen Gang in eine Küche, da standen vier Kessel über dem Feuer; in dem einen waren Granatäpfelbeeren, welche im Fett schwammen, im anderen Pilaw, im dritten Kulkas und im vierten Fleisch. Da ich sehr hungrig war, langte ich mit einem goldenen Löffel, der neben jedem Kessel lag, nach dem Fleisch; aber siehe da, es kam eine Menschenhand heraus. Ich warf sie mit Abscheu wieder in den Kessel und dankte Gott, daß ich auch von den übrigen Speisen nichts gegessen, weiche wahrscheinlich mit Menschenfett geschmälzt waren. Von der Küche aus kam ich wieder in einen Gang und hörte, wie jemand in einem Zimmer zu meiner Rechten rief: »O mein Gott, welch schwere Versuchung! Allein in einem fremden Land auf eine so schauerliche Weise zu sterben!« Ich rief nach der Richtung, wo die Stimme herkam: »Wer bist du, der du so klagst, und wie kann ich zu dir gelangen?« »Tritt nur auf den goldenen Skorpion«, antwortete die Stimme, »welcher zu deiner Rechten auf der Platte liegt!« Als ich dies tat, öffnete sich eine Tür, und ich sah einen schönen jungen Mann an den Füßen aufgehängt. »Wer hat dich so gehängt?« fragte ich, ihn schnell losbindend. »Hindmars Sklaven«, antwortete er. »Ich hänge schon acht Tage hier, und morgen Abend soll ich geschlachtet und von Hindmar verzehrt werden.« »Sei ohne Furcht, Hindmar ist tot«, sagte ich ihm; »erzähle mir nun, wie du hierhergekommen und wer du bist.« »Mein Name ist Tadj Almuluk, hob der Jüngling an, und seit drei Monaten bin ich König von Tauris. Ich war von meiner Jugend an ein großer Jagdliebhaber, und sehr schwer fiel es mir, nach meines Vaters Tod einige Zeit dem Vergnügen der Jagd entsagen müssen. Sobald daher die ersten Trauermonate vorüber waren, veranstaltete ich eine große Jagdpartie; wir trieben aber lange umher, ohne etwas jagen zu können.

Endlich zogen wir im Kreis in ein schönes grünes Tal, und als der Kreis enger wurde, befanden sich drei Gazellen darin, so lieblich, wie ich noch keine im Leben gesehen. Der Kreis zog sich immer näher zusammen, aber die Gazellen hüpften darüber weg, ehe jemand nach ihnen zielen konnte. Dies schmerzte mich so sehr, daß ich meinen Leuten befahl, zurückzubleiben, und ganz allein diese Gazellen verfolgte. Zwei derselben hatten aber schon einen zu großen Vorsprung, und ich verlor sie bald aus dem Auge. Die dritte hingegen hüpfte immer vor mir her, bis ich endlich kurz vor Sonnenuntergang ihr so nahe war, daß ich mit meinem Bogen nach ihr zielen konnte. Mein Pfeil traf ihr Herz und sie sank hin; aber wie groß war mein Erstaunen, als ich statt einer schönen Gazelle nichts als einen Haufen Asche fand. Nun bereute ich es, mich von meinen Leuten so weit entfernt zu haben, denn die Nacht brach heran und ich wußte nicht, wohin mich wenden. Ich irrte eine Weile umher, da stieß ich auf ein Beduinenlager von ungefähr 100 Zelten am Fuße eines Berges. Ich trat in das erste Zelt und sah darin einen

Jüngling wie der Mond in der vierzehnten Nacht; er hatte einen alten Kaftan an, den er eben ausbesserte, und rezitierte dabei folgende Verse:

»Wer wenig Güter hat, den verachtet die Zeit; nur wer viel Geld hat, wird geehrt. Hätte ein Hund viel Geld, so würde man aus Ehrfurcht ihn Hund des Glaubens nennen.«

Ich sah mich im Zelt um und fand nichts als einen weißen Hahn darin. Sobald der Jüngling mich erblickte, sagte er: »Friede sei mit dir!« »Mit dir sei Gottes Friede, Segen und Barmherzigkeit!« antwortete ich ihm. »Du scheinst verirrt zu sein«, sagte er; »ich freue mich, daß Gott deine Schritte hierher gelenkt; sei mir willkommen als mein Gast.« Er nahm mir dann mein Pferd ab und band es an einen Pfosten des Zeltes; dann trug er den Hahn in ein nachbarliches Zelt und nach einer Weile kehrte er wieder mit einem Weinkrug, einem Laib Brot, einer Schüssel voll Oliven, einigen syrischen Aprikosen und einem Säckchen voll Gerste. Letzteres legte er dem Pferd vor und das übrige stellte er neben mich und sagte: »Im Namen Gottes!« Wir aßen und tranken miteinander, bis wir satt waren. Als ihm aber der Wein in den Kopf stieg, rezitierte er folgenden Vers:

»Beruhige dich, du bleibst nicht lange in der Fremde, morgen löse ich dich mit meinem Leben aus. Nur um eine heilige Pflicht zu erfüllen, trennte ich mich von dir; Gott wird dich mir wieder schenken!«

Ich fragte ihn, was diese Verse bedeuten. Da sagte er: »Ich bin der tapferste und der ärmste Mann in der ganzen Wüste; doch lasse ich keinen Fremden an meinem Zelt vorübergehen, ohne ihn zu bitten, bei mir einzukehren. Heute, als du mich mit deinem Besuch beehrtest, hatte ich gar nichts mehr, als einen weißen Hahn, den ich in meinem Zelt erzogen; ich mußte ihn daher verpfänden, um dich zu bewirten. Nun hörte ich ihn aber fortwährend schreien, dann rezitierte ich diese Verse.« Ich bewunderte die Freigebigkeit dieses Mannes und nahm mir vor, ihn reichlich zu belohnen, verschwieg ihm aber doch den ganzen Abend meinen Stand und unterhielt mich mit ihm über Jagd und Beduinenleben, bis der Schlaf unsere Augen schloß. Am folgenden Morgen rückten die Truppen, welche mich auf die Jagd begleitet hatten, heran; mein Wirt wollte seine Leute zusammenziehen, um nicht von irgend einem Feind überfallen zu werden. Da sagte ich ihm: »Bleibe nur ruhig in deinem Zelt, diese Truppen gehorchen mir; ich bin der König von Tauris und freue mich, sogleich deinen Hahn auslösen und dich für die gute Aufnahme, die ich bei dir gefunden, belohnen zu können.« Ich sagte dann, auf die Beduinen hindeutend, meinen Leuten, welche sich inzwischen uns genähert hatten und vor Freude, mich wiedergefunden zu haben, ganz außer sich waren: »Diesem Manne habe ich es zu verdanken, daß mir in der Nacht nichts Unangenehmes zugestoßen ist; wer mich liebt, der gebe ihm einen Beweis seiner Erkenntlichkeit.« Kaum hatte ich dies gesagt, da warf ihm ein jeder, was er an Geld oder Kleidungsstücken entbehren konnte, zu; ich selbst aber befahl meinem Schatzmeister, ihm 10000 Dinare auszubezahlen und schenkte ihm dazu noch 20 vorzügliche Pferde und 100 Mamelucken. Dann ließ ich alle Beduinen, welche im Lager waren, zusammenkommen und sagte ihnen: »Wisset, ich bin der König von Tauris, und der Mann, bei dem ich die Nacht zugebracht, ist mir teurer als ein Bruder geworden; ich wollte ihn mit mir nehmen und ihm ein hohes Amt verleihen, aber er kann sich nicht entschließen euch zu verlassen. Darum ist es eure Schuldigkeit, ihn als eueren Oberen anzuerkennen; ich fordere es hiermit von euch, und solltet ihr je ihm ungehorsam werden, so lasse ich keine eurer Wohnungen unverwüstet, und niemand soll darin bleiben, der imstande wäre, ein Feuer anzublasen.« Alle Beduinen riefen einstimmig: »Wir gehorchen Gott und dir!« Ich sagte dann meinem Wirt noch besonders: »Bedarfst du je meiner, so sende mir nur einen Boten, der sich als Abgesandter des Herrn vom weißen Hahn bei mir melden lasse, und fordertest du die Hälfte meines Königreiches, so soll sie dir gewährt werden.« Ich nahm hierauf Abschied von den Beduinen und kehrte mit meinen Leuten in meine Hauptstadt zurück. Als wir aber das Tor erreichten, vernahmen wir ein so furchtbares Getöse, daß wir glaubten, die ganze Stadt müsse zusammenstürzen, und als ich fragte, was das bedeute, flog ein riesenhafter Geist auf mich zu und sagte: »Nun will ich den Tod meines teuren Sohnes rächen!« Er hob mich hierauf aus meinem Sattel und schwang sich mit mir in die Luft. Ich weiß nicht, wie lange er mit mir umherflog, denn ich verlor bald das Bewußtsein. Als ich wieder zu mir kam, befand ich mich auf einer Insel, welche von verschiedenartigen Genien bewohnt war. Die einen waren lang, die anderen kurz, bei den einen sah man vor vielen Haaren kein Gesicht, bei anderen nichts als Knochen ohne Fleisch; auch befanden sich Köpfe ohne Rumpf und Rümpfe ohne Kopf unter ihnen; sie schienen aber alle sehr niedergeschlagen, und viele weinten und jammerten ganz laut und schlugen sich dazu ins Gesicht. Nach langem Schweigen sagte der Genius, der mich auf diese Insel gebracht, mit einer Stimme, welche dem Donner glich: »Hier ist der Mörder meines Sohnes, was beginnen wir mit ihm?« Da riefen einige Genien in Elefantengestalt: »Gib ihn her, daß wir sein Fleisch essen und sein Blut trinken. Aber ein Genius, der mehr einem Menschen glich, sagte: »Es steht keinem von uns zu, diesen Mann zu richten; er muß vor unseren König geführt werden.« Ich brachte die Nacht, von zwei furchtbaren Genien bewacht, in einem Gefängnis zu und wurde am folgenden Tag in ein großes Zelt gebracht, in welchem der König, von seinen Vezieren umgeben, saß. Der König schien schon von allem unterrichtet, denn sobald er mich sah, sagte er: »Du Mensch, hast den Sohn dieses Genius umgebracht«, und deutete dabei auf den Geist, der mich auf die Insel getragen. »Verzeihe, mächtiger König!« rief ich; »ich habe den Sohn dieses Genius nie gesehen; ich weiß nicht, ob er groß oder klein, weiß oder schwarz ist.« »Erzähle mir«, sagte der König zu meinem Ankläger, »auf welche Weise dieser Mensch deinen Sohn getötet hat.« »Mein Sohn«, versetzte der Genius, »lief in Gazellengestalt umher; da verfolgte ihn dieser Mensch den ganzen Tag und tötete ihn mit einem Pfeil. Hier ist der Pfeil«, setzt er hinzu, indem er einen Pfeil dem König hinreichte, »den ich meinem armen Sohn aus dem Leib gezogen.« Der König betrachtete den Pfeil eine Weile; dann überreichte er ihn einem seiner Veziere. Dieser drehte ihn nach allen Seiten um und sagte: »Dieser Pfeil ist von einem Djinn vergiftet, sonst hätte er nicht die Kraft gehabt, einen Geist in Gazellengestalt in Asche zu verwandeln. Der Mensch ist daher unschuldig: Das Leben dieses Geistes war zu Ende; dieser Mensch war nur ein willenloses Werkzeug der Bestimmung.«

Als der König dies hörte, befahl er dem Vater des Getöteten, mich wieder in meine Heimat zurückzutragen. Aber statt nach Tauris trug er mich hierher zum König Hindmar und klagte mich nochmals bei ihm an. Hindmar freute sich mit ihm und sagte: »Der soll seine Schuld büßen! Ich habe noch acht Menschen, die ich zuerst verzehren will; bis zum neunten Tag soll er gemästet werden, dann kommt die Reihe an ihn.« Ich wurde hierauf an den Füßen gehängt, und in diesem Zustand befinde ich mich schon acht Tage. Morgen hätte ich das Los so vieler anderer Unglücklicher geteilt, wärest du nicht, mein Herr Djaudar, zu meiner Befreiung gekommen. Nun weißt du alles, was ich zu erzählen habe. Gelobt sei Gott, der dich noch zur rechten Stunde hierhergesandt. Als der Jüngling so gesprochen hatte, rief ich Misram und befahl ihm, ihn in seine Heimat zurückzutragen. Ich ging dann durch einige Zimmer in einen großen Saal, welcher rings umher von kleinen niedlichen Kabinetten umgeben war. Ich befand mich im Harem des Königs Hindmar. Mitten in diesem Saal stand ein goldener Thron, mit Perlen und Edelsteinen besetzt, und es saß eine Dame darauf, wie die aufgehende Sonne, so blendend schön; ich dachte, sie müsse aus dem Paradies entschlüpft sein in einem Augenblick, wo der es bewachende Engel Ridhwan nachlässig in seinem Amt war. Als diese Dame mich sah, bedeckte sie schnell ihr Gesicht und rief mir zu: »Wie wagst du es, in den Harem des mächtigen Königs Hindmar zu dringen? « »Hindmar ist tot«, antwortete ich ihr; »ich bin jetzt Herr dieses Schlosses mit allem, was darin ist.« »So bist du der Fischer Djaudar aus Kahirah!« versetzte sie und rief sogleich ihre Freundinnen aus ihren Kabinetten herbei. »Habe ich euch nicht oft vorausgesagt«, fuhr sie dann fort, »daß unsere Sklaverei nicht ewig dauert? Nun ist meine Prophezeiung in Erfüllung gegangen. Der Mann, den ihr hier vor euch sehet, hat unseren Räuber mit dem Zauberschwert getötet und wird uns alle unserer Familie und Heimat wieder schenken. Wisse nämlich, mein Herr Djaudar«, sagte sie dann, zu mir gewendet, »sowohl ich, als alle Mädchen, die du hier siehst, und noch viele andere, welche noch in ihren Zimmern sind, hat Hindmar mit Gewalt entführt. Meine Entführung wurde meinem Vater von einem sehr berühmten Wahrsager schon mehrere Jahre vorher prophezeit; aber auch meine Befreiung durch einen Fischer aus Kahirah, welcher Djaudar heißt und Sintbests Schwert besitzt, wurde vorausgesagt.« Ich betrachtete dann die Mädchen, welche alle sehr schön waren, und fragte, welche von ihnen Badiah heiße und vor zwölf Jahren ihrem Vater und ihrer Schwester entrissen wurde. Da trat eine unter ihnen hervor, mit einem Blick, der den einer Gazelle beschämte, und sagte: »Ich bin die, nach welcher du dich erkundigst.« Ich rief Misram und befahl ihm, sie in ihr väterliches Haus zurückzubringen. Als Misram mit ihr davonflog, bat ich die Dame, welche auf dem Thron saß und Sakirsad hieß, alle Mädchen, welche im Schloß sich befänden, zu versammeln. Da schickte sie einige Sklavinnen umher, welche die Mädchen zu ihr riefen; der Saal füllte sich immer mehr, und Sakirsad zählte immerfort, bis es ihrer 98 waren. Da sagte sie mir: »Jetzt fehlt nur noch eine, welche so hart gefesselt ist, daß wir sie erst befreien müssen; doch lasse zuerst diese 98 wieder in ihre Heimat bringen.« Ich rief Misram, welcher von seiner Reise mit Badiah schon wieder zurück war, und bestellte bei ihm 98 Geister. In einem Augenblick stiegen sie aus der Erde hervor, und jeder von ihnen nahm ein Mädchen auf die Schultern und schwang sich mit ihm in die Luft.

Sakirsad führte mich dann in das Gemach, wo das gefesselte Mädchen lag, und siehe da, es war Heifa, meine Geliebte, welche ich schon einmal aus der Adlerschlucht befreit hatte. Vor Freude über ein so unverhofftes Wiedersehen fiel ich in Ohnmacht. Als mir das Bewußtsein wiederkehrte, stand Heifa schon entfesselt vor mir, ich umarmte und küßte sie, und bat sie, mir zu erzählen, wieso sie in dieses Schloß gekommen. »Wisse, Djaudar«, erwiderte sie, »nicht lange nachdem Sandja mich nach Haus gebracht und ich an der Stelle meines Vaters den Thron bestiegen hatte, kam auf einmal eine Armee gegen meine Hauptstadt herangezogen, so zahlreich, daß meine Truppen ihr nicht zu widerstehen vermochten. Ich schickte ihnen meinen Vezier entgegen, um zu vernehmen, wer sie seien und in welcher Absicht sie gekommen. Da kehrte er bestürzt zurück und sagte: ›Es sind Truppen Sintbests, von ihm selbst angeführt.‹ Als ich dies

hörte, fing ich an zu zittern, wurde blaß und fiel in Ohnmacht. Da stürzte ein furchtbarer Geist herein, vor dem alle meine Wachen erbebten, und trug mich vor Sintbest, bei dem auch Hindmar zugegen war. Sintbest wollte mich ins Meer werfen lassen, aber Hindmar sagte ihm: ›Gib sie lieber mir, ich will sie in meinem Schloß so lange peinigen, bis sie vor Gram stirbt.‹ Sintbest willigte ein, und so schmachte ich seither in diesem Gemach in schweren Fesseln; aber nichts drückte mich so schwer, als die Trennung von dir, mein Geliebter, denn seitdem ich dich in der Adlerschlucht gesehen, ist mein Herz nur mit dir beschäftigt.« »Auch ich«, versetzte ich, »habe keinen anderen Zweck bei allen meinen Unternehmungen, als dich zu erlangen; nun hat uns Gott vereinigt, wir wären am Ziel unserer Wünsche, wenn ich nicht Mahmud geschworen hätte, nicht eher mich dem Genuß meines Glückes hinzugeben, bis ich ihm die Töchter des Königs Numan zugeführt, die er ebenso leidenschaftlich liebt, als ich dich.« Da sagte sie: »Laß uns wenigstens einige Tage hier beisammen bleiben, dann erfülle du deine Pflicht gegen Mahmud, und ich erwarte dich hier mit Sakirsad, bis du wiederkehrst.« Ich rief Misram und fragte ihn, was ich tun sollte? »Bleibe drei Tage hier in diesem Schloß, wo du Überfluß an allen Annehmlichkeiten des Lebens findest und Niemanden zu fürchten hast, und erlaube mir inzwischen, meine Söhne zu besuchen, die ich schon so lange nicht wiedergesehen.« Ich überreichte Misram ein Urlaubsblatt, und brachte drei Tage bei Heifa und Sakirsad so angenehm zu, daß mir dieses Mal Misrams Wiederkehr am vierten Morgen höchst unerwünscht war. Doch ich dachte an das, was ich Mahmud verdankte, und nahm Abschied von den beiden Mädchen. Misram führte mich zehn Tage lang durch ein wüstes Land, bis wir in eine Seestadt kamen. Hier schifften wir uns ein, und sobald wir uns eingeschifft hatten, erhob sich ein so günstiger Wind, daß der Hauptmann uns umarmte und sagte: »Wir warten schon zehn Tage hier im Hafen vergebens auf günstigen Wind, es scheint, daß ihr uns eine glückliche Reise bringt.« Er ließ schnell die Anker lichten und die Segel spannen, und das Schiff flog davon wie ein Pfeil oder Blitz; aber der Wind wurde bald so heftig, daß der Steuermann das Schiff nicht mehr zu lenken vermochte; und da er nicht immer von derselben Seite herwehte, wußte der Hauptmann nach einigen Tagen nicht mehr, wo er sich befand. Da hieß er einen Matrosen auf den Mastbaum klettern, um zu sehen, ob das Schiff sich nicht in der Nähe eines bekannten Landes befinde. Der Matrose stieg bis auf die höchste Spitze des großen Mastbaumes, und als er wieder auf das Verdeck kam, sagte er: »Ich habe einen roten und einen schwarzen Berg gesehen, die einander gegenüber liegen.«

Sobald der Hauptmann dies hörte, stieß er ein jämmerliches Geschrei aus, schlug sich ins Gesicht und rief: »Wehe uns, wir sind ohne Rettung verloren, wir können nichts mehr tun, als unser Sterbegebet hersagen.« Da liefen alle Kaufleute zum Hauptmann hin, auch ich und Misram traten immer näher und fragten ihn, warum er uns in solche Todesangst versetze? »Weil es für uns kein Rettungsmittel mehr gibt«, erwiderte der Hauptmann; »der rote Berg, den mein Matrose gesehen, ist der Affenberg, auf dem 200 verzauberte Affen seit langer Zeit hausen, die keinen Menschen verschonen, der in ihre Hände fällt; was aber mein Matrose für den schwarzen Berg hält, ist nichts anderes, als der eiserne Baum mit eisernen Blättern und Früchten, den der Magier Bahram zum Verderben der Reisenden durch allerlei Zauberkünste hierher gepflanzt hat. Einst war hier nämlich ein trockenes Land, in dessen Mitte ein sehr hoher Berg sich erhob, von dem die Geographen behaupten, er stehe in unterirdischer Verzweigung mit dem Berg Kaf. Dieses Land war von Feueranbetern bewohnt, welche in festen Burgen hausten, aus denen sie die Reisenden überfielen und mißhandelten. Auch Bahram wurde auf einer Reise durch dieses Land von den Bewohnern dieser

Burgen beschimpft; um sich zu rächen, bestieg er den hohen Berg, öffnete sein Zauberbuch und beschwor Geister herbei, welche von dem Fuß des Berges her bis ans Meer einen Kanal gruben, und so viel Wasser herbeileiteten, daß jene ganze Gegend überschwemmt wurde. Hierauf pflanzte er einen großen eisernen Baum mit magnetischer Kraft, der alle Schiffe in einer Entfernung von 24 Stunden an sich zieht. Es bleibt dann den Leuten, welche auf den Schiffen sich befinden, keine andere Wahl, als den Berg zu besteigen. Sobald dies aber die verzauberten Affen sehen, fallen sie über sie her und fressen sie.« Als die Kaufleute, welche auf dem Schiff waren, dies hörten, weinten sie und jammerten laut wie Frauen. Aber Misram, der mich stets in der Gestalt eines schönen Jünglings begleitete, fing an so laut zu lachen und zu jubeln, daß die Kaufleute ihn für verrückt hielten und ihm sagten: »Spottest du über unsere Not? Glaubst du etwa, du allein würdest dem Tod entgehen?« »Seid ohne Furcht!« sagte Misram; »was euch der Hauptmann hier erzählt hat, ist zwar ganz wahr, aber wir besitzen ein Schwert, das den eisernen Baum wie ein Blatt Papier zerschneidet, und niemand hindert uns dann, unserem Schiff jede beliebige Richtung zu geben.« Da die Leute sich des guten Windes erinnerten, der mit unserer Einschiffung zu wehen anfing, beruhigten sie sich ein wenig, wurden aber doch immer noch ängstlicher, je näher unser Schiff

dem eisernen Baum kam. Als es endlich ganz in der Nähe desselben auf den Berg stieß, rief Misram: »Wer das Schiff verläßt, wird von den Affen gefressen. Djaudar allein darf es wagen, ans Land zu steigen, denn sein Zauberschwert schützt ihn.«

Er sagte mir dann: »Geh nur ohne Furcht auf den Baum zu und rufe: ›O du, der du Moses das Meer gespalten, David das Eisen erweicht und unserem Herrn Mohammed den Koran geoffenbaret hast, steh mir bei und lasse mich diesen eisernen Baum umhauen, du bist ja allmächtig.‹« Ich befolgte, was mich Misram hieß, das Eisen gab meinem Schwert wie ein weiches Rohr nach und stürzte mit einem donnernden Getöse ins Meer. Hierauf lief ich wieder zum Schiff zurück, und kaum hatte ich es wieder bestiegen, da blies der Wind vom Berg her und stieß unser Schiff ins offene Meer.

Der Hauptmann tanzte vor Freude auf dem Verdeck umher und küßte mich einige Male, und wer auf dem Schiff war, dankte mir und entschuldigte die geringe Aufmerksamkeit, die er mir bisher geschenkt. Wir segelten nun drei Tage lang nach Osten, bis wir an eine grüne Insel kamen, welche Misram die Smaragdinsel nannte; hier stieg dieser mit mir aus und belehrte den Hauptmann über die Richtung, die er zu nehmen hatte, um an den Ort seiner Bestimmung zu gelangen. Mich führte dann Misram drei Tage lang durch ein grünes Tal, welches ein kleiner Fluß bewässert, dessen Wasser süßer als Honig und frischer als Schnee war; aus der Erde sproßen nichts als wohlriechende Kräuter und Blumen hervor, und die Bäume waren mit den schönsten und schmackhaftesten Früchten beladen. Endlich, als wir vor einen großen Nußbaum kamen, in dessen Nähe der Fluß sich ins Meer ergießt, sagte Misram: »Jetzt sind wir am rechten Platz; hier ist das Gazellental und hier der Baum, von welchem Mahmud auf die Töchter des Königs Numan herabsah. Besteige nun auch du diesen Baum, und warte, bis die Mädchen wiederkehren. Siehst du sie ans Land steigen, so verbirg dich sorgfältig hinter den Zweigen des Baumes, sobald sie aber ihre Fischhaut abgelegt haben, so springe schnell mit deinem Schwert darauf los, es ist ihnen dann unmöglich, wieder heimzukehren und du kannst sie deinem Freund Mahmud zuführen, um dessentwillen wir diese ganze Reise unternommen; das ist der letzte Rat, den ich dir zu erteilen habe.« Nur Gott ist allwissend! Ich hatte kaum nach Misrams Rat den Nußbaum bestiegen, als drei Fische, ein blauer, ein grüner und ein gelber, aus dem Meer den Fluß aufwärts bis in die Nähe des Nußbaums geschwommen kamen. Hier stiegen sie ans Ufer und warfen ihre Fischhaut ab, und es wandelten drei Mädchen vor mir umher, so schön und wohlgestaltet, wie ich noch keine im Leben gesehen. Ich versteckte mich sorgfältig, weil ich dachte, es würden ihnen noch andere nachfolgen, da hörte ich aber, wie eine derselben zur anderen sagte: »Heute wollen wir uns nicht lange hier aufhalten, weil unsere Schwestern zu Hause geblieben sind, nach denen ich mich sehr zurücksehne.« Ich wartete daher nur so lange, bis sie sich von ihren Fischgewändern entfernt hatten, dann sprang ich vom Baum und bemächtigte mich derselben. Misram freute sich sehr, als er dies sah, und befahl drei Geistern, die drei Mädchen in Hindmars Schloß zu Heifa und Sakirsad zu tragen und uns dort zu erwarten. Jetzt glaubte auch ich am Ziel meiner Bemühungen zu sein, denn ich dachte, mit drei solchen Mädchen kann Mahmud schon zufrieden sein; ich wusch mich daher im Fluß, dankte Gott für seinen Beistand und betete zu ihm, daß er mir nun auch meine Rückkehr nach Ägypten erleichtere. Als ich aber das Gebet vollendet hatte,

kamen zwei der Geister, welche Misram mit den Mädchen abgeschickt hatte, mit zerstörtem Gesicht zurück, und als Misram sie fragte, was ihnen zugestoßen sei, sagte einer von ihnen: »Wisse, mein Gebieter, als wir mit den Mädchen in die Nähe des schwarzen Berges kamen, an dem uns der Weg nach Hindmars Schloß vorüberführte, sprangen zehn Geister auf uns zu und hielten uns an. Als ich ihnen sagte, ich sei ein Abgesandter Misrams und Djaudars aus Ägypten, erwiderten sie: ›Die sind es eben, die wir suchen, einer von euch bleibe hier mit den Mädchen bei uns, und die übrigen beiden müssen zu Misram und Djaudar zurückkehren und sie hierher bringen.‹« Als Misram dies hörte, sagte er mir: »Mache dich auf, Djaudar, hier darf keine Zeit verloren werden, man will uns gewiß etwas Wichtiges mitteilen.«

Wir reisten nun zusammen nach dem schwarzen Berg, bis wir zu den Geistern kamen, welche die Mädchen gefangen hielten. Misram fragte sie: »Wer seid ihr und was wollt ihr von mir?« »Wir sind auf Befehl Schilschanums, des Sohnes

Djaldjamuks, hier«, antwortete einer von ihnen, »um euch zu sagen, daß ihr ihn hier erwarten sollt, und wir hielten einen eurer Geister mit den Mädchen zurück, um desto sicherer zu sein, daß ihr hierher kommt.« Kaum hatte der Geist ausgesprochen, da erschien Schilschanum selbst in der Gestalt eines weißen Vogels, und sagte uns: »Ich suche euch schon drei Tage überall, denn in meinem Herzen glüht eine glühende Kohle wegen dessen, was ich im Schloß Hindmars gesehen. Bald nachdem ihr nämlich dasselbe verlassen hattet, um den eisernen Baum des Magiers Bahram zu vernichten, rief mich mein Vater zu sich und befahl mir, ihn zu Hindmar zu begleiten. Sobald er aber den Vogel, welcher auf der Säule war, umgestürzt und das Tor des Schlosses geöffnet fand, rief er: ›Wehe mir! Es ist um meinen Ruf geschehen, mein Freund Hindmar ist tot, alle meine Zauberei vermochte nichts gegen das Zauberschwert Djaudars; aber ich will mich rächen.‹ Er ging hierauf ins Schloß und nahm alles, was an Silber, Gold, Edelsteinen und kostbaren Stoffen darin war, und befahl einigen Geistern, es ins Meer zu werfen. Als er dann in das Gemach kam, wo Heifa und Sakirsad mit ihren Sklavinnen saßen, stieß er einen Schrei aus, daß ich glaubte, das ganze Schloß stürze über uns zusammen; dann sagte er mir: ›Mein Sohn, Djaudar soll nun sehen, daß man gegen mich nicht ungestraft sich vergeht. Bringe mir eine goldene Tasse und etwas weißen Sand;‹ als ich ihm dies brachte, rührte er den Sand mit einer Flüssigkeit an, die er bei sich trug, murmelte einige unverständliche Worte darüber, dann sagte er mit lauter Stimme: ›Behaltet eure Menschengestalt nur an der obern Hälfte eures Körpers, eure untere Hälfte aber werde zu Stein;‹ er bespritzte sie hierauf mit der Flüssigkeit aus der Tasse, welche zu kochen anfing, als stünde sie über dem Feuer, und siehe da, Heifa, Sakirsad und die anderen acht Mädchen wurden zur Hälfte in Stein verwandelt, so daß sie sich nicht mehr von der Stelle bewegen konnten. Hierauf zog mein Vater ein Buch aus der Tasche und las ein wenig darin, wurde blaß, fing an zu zittern und zu beben. ›Was ist dir, mein Vater?‹ fragte ich ihn. ›Wehe mir‹, antwortete er, ›mich reut, was ich eben getan habe, denn Djaudar wird mich zuletzt doch noch überwinden und zwar mit Hilfe eines mir nahestehenden Wesens; doch will ich wenigstens dafür sorgen, daß seine Geliebte nicht ihre frühere Gestalt wieder erlange.‹ Er schrieb daher ihren und der übrigen Mädchen Namen auf eine Tafel, schloß sie in ein smaragdenes Kästchen und befahl dem Geist Schamhurisch, es in eine Statue zu legen, welche nicht weit von dem Schloß des Zauberers Munkich im Königstal steht. ›Auch ich‹, fuhr er dann fort, ›begebe mich jetzt zu Munkich, wo ich doch gewiß eine geraume Zeit von den Nachstellungen Djaudars sicher sein werde.‹ Hierauf zerstörte er das ganze Schloß Hindmars bis auf das Gemach, in welchem die verzauberten Mädchen waren, und nahm Abschied von mir. Sobald er aber fern war, ging ich zu den Mädchen, die ich von Herzen bedauerte, gab mich ihnen zu erkennen und tröstete sie, indem ich ihnen versprach, euch von allem in Kenntnis zu setzten, und sie versicherte, daß es euch nicht allzu schwer fallen werde, ihren Zauber zu lösen. Ich verließ dann die Mädchen und nahm zehn Geister mit mir, die ich beauftragte, alles anzuhalten, was vom Gazellental herkomme, weil ich wohl wußte, daß ihr der Töchter des Königs Numan willen dorthin ziehen würdet; ich selbst wanderte auch umher, um euch zu suchen, und danke nun Gott, euch gefunden zu haben, damit ihr mir folget, um die armen Mädchen zu befreien.«

Als Schilschanum seinen Bericht vollendet hatte, weinten wir heftig und waren, ohne Wein getrunken zu haben, in einem furchtbaren Taumel. Ganz bewußtlos folgten wir Schilschanum nach dem verwüsteten Schloß Hindmars, und als wir zu den halbversteinerten Mädchen kamen, verwünschten sie uns und sagten: »O lebte doch Hindmar noch! O hätten wir euch doch nie gesehen!« Aber Misram ermutigte sie, indem er ihnen schwor, nicht eher seine geliebten Söhne wiederzusehen, bis er ihnen wieder ihre frühere Gestalt mit Hilfe Gottes zurückgegeben. Er befahl dann drei Geistern, die drei Töchter des Königs Numan nach Ägypten zu tragen, sie Mahmud zu bringen und ihn dann im Schloß bei Heifa zu erwarten. Als dies geschehen war, nahm mich Schilschanum auf seine Schultern und flog mit mir von morgens bis mittags durch die Luft, dann setzte er mich auf eine Insel nieder und sagte mir: »Das ist die Insel der Tochter des Veziers Schems, den Gott mit einem roten Kamm wie einen Hahn geschaffen, mit Zähnen, wie die eines Elefanten und Flügel, wie die Segel eines großen Schiffes. Er hat diese Insel seiner Tochter überlassen und will seine Tage im Königstal bei seinem Freund Munkich beschließen. Von dieser Insel bis ins Königstal braucht ein leichtes Schiff bei immer günstigem Wind wenigstens 20 Jahre, Geister durchfliegen aber diesen Raum in zwei Tagen, und Besitzer der heiligen Namen in einer Stunde; auch gibt es eine eigene Gattung Vögel, welche den Weg von hier nach dem Königstal in einem Tag zurücklegen. Ich werde jetzt ein Kamel schlachten, ihm die Haut abziehen und dich in dieselbe einnähen, es wird gewiß bald einer dieser Vögel kommen und dich ins Königstal tragen, wohin auch ich dir folge. Gerne hätte ich dich auf meinen Schultern dahin getragen, aber wir kommen an vielen feindlichen Ländern vorüber, wo ich, um jeden Angriff abwehren zu können, frei sein muß. Ich werde aber stets hinter dir sein, und du hast ebensowenig zu fürchten, als wärest du auf meinen Schultern.« Er verließ mich dann eine Weile und kehrte mit einem großen Kamel wieder, schlachtete es, zog ihm die Haut ab, nähte sie um mich zu und entfernte sich ein wenig. Sogleich kam ein Vogel, so groß wie ein Elefant, nahm mich zwischen seine Krallen und flog mit mir von morgens bis abends. Dann setzte er mich nieder und wollte mich aufpicken, aber Schilschanum, der stets hinter mir geblieben war, verscheuchte ihn, riß die Haut auf und sagte: »Steh auf, Djaudar! Wir sind am Ziel; gelobt sei Gott, der uns auf keinen Feind stoßen ließ.« Ich stand auf und sah mich nach allen Seiten um, und befand mich in einem der reizendsten Täler in der Welt, bei jedem meiner Tritte duftete Moschus aus der Erde hervor. Bäche, Bäume und Vögel priesen vereint den allmächtigen Schöpfer. »Das ist das Königstal«, sagte mir Schilschanum, »und nicht weit von hier liegt das Schloß Munkichs mit seinen vier eisernen Toren. Vor einem dieser Tore steht eine Statue, neben welcher ein goldener Skorpion liegt; reibe diesen Skorpion an der rechten Seite, so wird sich am Leib der Statue ein Türchen öffnen, gerade so groß, daß du mit der Hand hineinlangen kannst; strecke sie hinauf bis an das Hirn der Statue, da

findest du einen kupfernen Käfig, mitten in diesem Käfig erhebt sich eine goldene Säule, auf der ein Spatz aus grünem Smaragd steht; greife nach diesem Spatz, er wird sich dreimal im Kreis herumdrehen, dann bindest du ihn an der Säule mit einer seidenen Schnur fest. Hüte dich aber wohl, daß der Vogel dich weder mit dem Schnabel noch mit den Krallen berühre, denn die kleinste Wunde die er dir beibringt, ist tödlich.«

Djaudar setzte seine Erzählung vor dem Sultan Zaher Beibars also fort: Als ich alles vollbracht hatte, was Schilschanum mich geheißen, trat Djaldjamuk aus dem Schloß zu mir heraus und sagte: »Alles hat seine bestimmte Zeit; ich bin jetzt dein Freund, geh und befreie den Spatzen wieder, dann will ich dir die Mittel angeben, wie du deiner Geliebten ihre frühere Gestalt wieder geben kannst. Eile aber, denn mein Leben geht bald zu Ende und ich darf nicht sprechen, so lange der Spatz angebunden ist. Sieh, ich werde jeden Augenblick schwächer, mein Auge wird trübe, meine Hand erstarrt, mein Fuß kann nicht vom Platz weichen, eile also, daß mir meine Lebenskraft wiederkehre, und ich dir zur Befreiung der Mädchen und zu deiner Rückkehr in die Heimat beistehe.« Diese in einem wehmütigen Ton gesprochenen Worte Djaldjamuks rührten mich so sehr, daß ich, alle früheren Feindseligkeiten vergessend, ihn verließ, in der Absicht, den Spatzen wieder loszubinden. Ich fand aber Schilschanum vor der Statue, der den Spatzen immer fester band, so daß er ihn fast erwürgte. Als er mich sah, stieß er einen Schrei aus, daß ich vor Angst zu Boden stürzte, und Feuer sprühte dabei aus seinen Nasenlöchern, das, wenn ich mich nicht schnell entfernt hätte, mich gewiß verzehrte. Dann sagte er: »Bestände nicht ein alter Bund zwischen uns, so wärest du jetzt nicht mehr; du ließest dich von meinem Vater erweichen und wolltest den Spatzen wieder befreien, hättest du dies aber getan, so wäre für dich, für mich und die Mädchen, welche in Hindmars Schloß schmachten, keine Rettung mehr möglich; mein Vater hätte dann die ausgedehnteste Gewalt über uns, und du dürftest nie mehr daran denken, deine Heimat wiederzusehen. Gehe nun als ein Mann zu meinem Vater zurück und kehre dich nicht an seine Klagen und Versprechungen, bis du zuerst die Befreiung der Mädchen von ihm erlangt hast.« Ich ging wieder zu Djaldjamuk und fand ihn in den letzten Zügen auf die Erde gestreckt. Als er mich erblickte, sagte er: »Du hast mir doch versprochen, meinen Zustand zu erleichtern, und nun geht es mir noch schlimmer als vorher.« »Ich durchschaue deine Treulosigkeit«, antwortete ich ihm, »zuerst befreie die Mädchen, dann soll auch dir Erleichterung werden.« Als er dies hörte, sagte er vor Zorn lachend: »Nun, mein Sohn, du bist unschuldig, ein anderer hat mich verraten, so höre mich denn an. Nimm den Siegelring, den ich an meinem Finger trage, und geh damit zu meinem Sohn Schilschanum, er wird dich zu Schamhurisch führen, welcher die heiligen Namen aufbewahrt, vermöge derer die Mädchen in Stein verwandelt wurden. Gib ihm den Ring als Zeichen, daß du von mir gesandt bist; er wird dir eine kleine, mit vielen Talismanen beschriebene, smaragdene Tafel verschaffen, mit dieser gehst du zu den Mädchen. Dort nimmst du weißen Sand aus einer Büchse, welche zu ihrer Rechten steht, streust ein wenig davon in eine goldene Tasse mit Wasser gefüllt. Mein Sohn Schilschanum lese dann siebenmal, was auf der Tafel geschrieben ist, dann bespritze er die Mädchen mit dem Wasser aus der Tasse und sage: ›Bei diesen heiligen Namen und dem Schöpfer des Himmels und der Erde, nehmet euere frühere Gestalt wieder an!‹ So wird der Zauber sich lösen und die Mädchen können frei mit menschlichen Füßen umherlaufen wie zuvor; ja sie werden noch schöner und wohlgestalteter sein, als je. Ist dies geschehen, dann verfahre mit mir, wie ich es verdiene.« Ich nahm den Ring von seinem Finger und ging damit zu Schilschanum; als dieser ihn sah, sagte er: »Jetzt sind wir unserem Ziel nahe, folge mir nur!« Ich ging mit ihm bis in die Nähe eines schönen Gartens, in welchem die herrlichsten Früchte prangten. »In diesem Garten«, sagte Schilschanum, »sitzt der Geist Schamhurisch mit einer Schlange in der Hand, deren Gift den härtesten Felsen zermalmen könnte, er hat diese Schlange nur um deinetwillen in der Hand, damit, wenn du dich ihm näherst, du von ihr getötet werdest. Du mußt daher auf den Geist von hinten her zugehen und ihm, ehe er dich bemerkt, den Ring meines Vaters zeigen, dann wird er nicht zulassen, daß die Schlange dich beschädige.« Ich ging nun in den Garten, der mit den schönsten Bächen, Blumen, Früchten und Vögeln angefüllt war, die je eine Zunge genannt oder ein Auge gesehen hat. Am Ufer eines Baches blieb ich stehen, wusch mich und betete. Nach vollendetem Gebet ging ich weiter, bis ich in die Mitte des Gartens kam, da sah ich einen furchtbar langen Geist mit einem dicken Kopf und einem Kamelhals vor einer Wasserleitung sitzen, wo ein goldener Ochs mit diamantenen Hörnern ein Rad aus Sandelholz mit einer smaragdenen Achse in Bewegung setzte. Ich schlich wie ein Dieb ganz leise heran, bis ich den Geist von hinten her umarmen konnte, dann hielt ich ihm den Ring vor die Augen und sagte: »Djaldjamuk sendet mich zu dir wegen der Befreiung der in Hindmars Schloß verzauberten Mädchen.« »Alles hat seine bestimmte Zeit«, sagte Schamhurisch, »ich glaubte schon, die Mädchen müßten bis zum Auferstehungstag so verzaubert bleiben; nun ist es anders. Gott erlöst, wen er will, auch mir wird es nun vergönnt werden, zu den Meinigen zurückzukehren, denen mich Djaldjamuk schon vor 24 Jahren durch allerlei Zauberkünste entrissen hat. Der ist ein wahrer Iblis ,Teufel, der sich den

Gläubigen zwischen Haut und Knochen setzt. Doch nun ist es bald aus mit ihm und seinen Ränken, denn wäre noch seine alte Kraft in ihm, so hätte er dir diesen Ring nicht gegeben. Höre mir nur aufmerksam zu und vergiß kein Wort von dem, was ich dir sage, sonst ist dein Untergang unvermeidlich. Geh nun aus dem Garten hinaus durch das Tor, welches dem, durch das du gekommen bist, gegenüber liegt; da wirst du in einer großen Wiese eine marmorne Säule sehen, auf deren Spitze ein weißer Vogel auf einem Bein steht, grüße ihn und sage ihm: ›Schamhurisch sendet mich zu dir und bittet dich, mir die Tafel zu geben, die er dir anvertraut hat‹; schlage dann mit deinem Schwert auf die Säule, antwortet dir der Vogel etwas, so wird dein Wunsch erfüllt, verstummt er aber, so schlage noch einmal auf die Säule, er wird dir dann gewiß die Tafel geben. Steht aber der Vogel auf zwei Beinen, von denen das eine rot und das andere schwarz ist, so rede ihn gar nicht an, sondern kehre schnell zu mir zurück, da werde ich dir das Weitere raten.« Ich nahm den Weg, den mir Schamhurisch anzeigte, bis ich an die Säule kam, auf welcher ein weißer Vogel stand, und da er auf einem Bein ruhte, redete ich ihn nach Schamhurischs Unterweisung an.

Der Vogel schwieg eine Weile, dann breitete er die Flügel aus, öffnete den Mund und sprach mit einer menschlichen, sehr wohlklingenden Stimme: »Es gibt keinen Gott außer dem einzigen Gott, der alles zu der von ihm bestimmten Zeit in Erfüllung bringt! Mir ist diese Nacht im Traum meine Rückkehr in meine Heimat durch die Ankunft eines Fischers aus Ägypten verkündet worden. Bist du dieser Fischer?« Als ich seine Frage bejahte, flog er fort und kehrte nach einer Weile wieder mit einer grünen Stange, und sagte: »Hier bringe ich vom Baumschloß, das dem Berg Kaf gegenüberliegt, den Schlüssel zu dieser Säule, welche die smaragdene Tafel enthält, die mir Schamhurisch aufzubewahren gegeben.« Er ließ sich dann in Menschengestalt zu mir herunter; aber sein Anblick machte mich schaudern. Er war nur zwei Ellen lang; seine Zunge war halb so lang, wie sein ganzer Körper, und hing weit über die Brust herunter; sein Bart aber reichte bis zu den Füßen herab; Augen hatte er wie feurige Kohlen und Nasenlöcher wie zwei Trompeten; er war viel dicker als lang, und am häßlichsten war noch an ihm ein langer Affenschwanz. Als er neben mir stand, überreichte er mir die schlüsselförmige Stange und sagte: »An der linken Seite der Säule ist ein marmorenes Schloß. Öffne es mit diesem Schlüssel, strecke die Hand hinein und hole eine grüne Tafel heraus.« Als ich ihm die Tafel brachte, sagte er: »Sieh einmal, was auf dieser Tafel geschrieben steht.« Da las ich den Namen Heifas, Sakirsads und der übrigen Mädchen, welche bei ihnen waren. Darunter stand aber noch der Name »Hinkender Schimhar«, der mir unbekannt war, und als ich ihn fragte, was dieser einzeln stehende Name bedeute, antwortete er: »Es ist mein Name, wodurch ich gleich den Mädchen von dem verruchten Djaldjamuk verzaubert wurde; ohne dich müßte ich eben so lange als Hüter der Tafel hier auf der Säule stehen, wie die Mädchen in Hindmars Schloß. Noch immer bin ich wie ein Gefangener, bis du meinen Namen von dieser Tafel auslöschest. Das kannst du aber ohne Gefahr tun, denn du bedarfst meiner nicht mehr. Schilschanum wird das Nötige für dich tun.« Ich wischte den Namen Schimhar weg, und siehe da! Der häßliche Mann, der neben mir stand, verwandelte sich wieder in einen weißen Vogel und flog, mir dankend und viel Glück wünschend, davon. Ich steckte dann die Tafel in die Tasche und ging damit zu Schilschanum, der mich vor dem Garten erwartete. Er war außer sich vor Freude, als ich ihm die Tafel zeigte, und rief: »Jetzt können wir getrost zu den Mädchen zurückkehren! Doch können wir nicht wissen, welche

neue Falle uns mein Vater legt; darum ist das sicherste, wir schaffen ihn aus der Welt.« Er trug mich hierauf wieder vor die Säule, wo der Spatz angebunden war, und erwürgte ihn. »Geh einmal jetzt ins Schloß, du wirst Wunder sehen«, sagte er mir, als der Vogel tot vor unseren Füßen lag. Ich ging ins Schloß, und, siehe da, Djaldjamuk war in eine schwarze Kohle verwandelt, welche sich nach und nach in einen Haufen Asche auflöste. Als ich wieder herauskam und Schilschanum erzählte, was ich gesehen, tanzte er vor Freude und küßte und umarmte mich. Er schlachtete dann wieder ein Kamel, zog ihm die Haut ab und nähte sie um mich. Ein Vogel trug mich über das Land, wo Schilschanum einen feindlichen Angriff befürchtete. Dann nahm er mich selbst auf die Schultern und flog mit mir bis in die Nähe von Hindmars Schloß. Als wir vor das Gemach kamen, wo die Mädchen waren, hörten wir ein lautes Schluchzen; dann erkannten wir Misrams Stimme, der sie tröstete und ihnen unsere Wiederkehr verkündete.

Ich hatte nicht mehr Geduld, länger zu lauschen, und stürzte freudetrunken ins Gemach, zog die smaragdene Tafel hervor und verfuhr damit nach Djaldjamuks Vorschrift, und siehe da! Die Mädchen wurden noch schöner gestaltet als zuvor, und fielen eine nach der anderen mir um den Hals. Ich mußte ihnen dann erzählen, auf welche Weise ich zu dem Besitz dieser Tafel gelangt, und nachdem ich sie mit allen meinen Abenteuern auf dieser weiten Reise bekannt gemacht hatte, küßten sie mich wieder und dankten Gott für das Gelingen einer so schwierigen Unternehmung. Ich näherte mich dann Heifa, welche zwar während meiner ganzen Erzählung ihren Blick nicht von mir wandte, aber noch immer mir kein liebendes Wort sagte, und fragte sie, ob denn ihre Liebe ihr kein Wort für mich auf die Zunge legte. »Mir geht es«, antwortete sie, »wie dem Dichter folgender Verse:

›Stets wünschte ich meinen Geliebten zu sehen und ihm Worte der Liebe zu sagen; als ich aber in seine Nähe kam, war meine Zunge gelähmt, mein Auge wagte es vor Ehrfurcht nicht, sich zu ihm zu erheben, und ich verbarg in mein Inneres, was unaufhaltsam hervorbrechen wollte. Ganze Bücher voll hatte ich ihm zu sagen, und nun fand ich keinen Buchstaben mehr.‹«

Wir brachten nun den Abend bei Wein, Gesang und Tanz zu, und am folgenden Morgen sagte Misram: »Nun haben wir nichts mehr in diesem Schloß zu tun; auch ist es nicht ratsam, an einem Ort zu bleiben, der zu jeder Zeit von bösen Geistern und Zauberern besucht wird; darum lasset uns jetzt nach Ägypten aufbrechen. Ich werde acht Geister für die acht Mädchen kommen lassen; ich trage Heifa und Sakirsad, und Schilschanum nimmt Djaudar auf die Schultern.« Ich freute mich, bald in meine Heimat zurückzukommen, um so mehr, da ich Mahmud geschworen hatte, mich erst dort mit Heifa zu vermählen; jedoch bat ich Misram, mir vorher zu erlauben, die Terrasse des Schlosses zu besteigen, um einen Überblick über diese wunderbare Gegend zu gewinnen. Misram begleitete mich selbst eine marmorne Treppe hinauf, welche 280 Stufen zählte. Als ich oben war, kam mir das Schloß wie der Berg Kaf vor, und die Erde unter mir schien mir so fern, wie der Himmel. Als ich mich eine Weile nach allen Seiten umsah, erblickte ich in der Ferne etwas, das wie die Sonne strahlte und mich ganz verblendete. Ich fragte Misram, was das bedeute. »Es ist ein goldenes Schloß«,antwortete

Misram, »mit den kostbarsten Diamanten verziert; die Fenster sind vom feinsten Kristall, die Tore von Sandelholz; es ist das größte und schönste Schloß auf Erden, das Schadad, der Sohn Ads, der Gründer der säulenreichen Irem, erbauen ließ. Schadad war nämlich Herr der ganzen Erde nach ihrer Länge und ihrer Breite, und hatte zwei Söhne: der eine hieß auch Schadad und der andere Schadid. Eines Tages ließ Schadad die Großen seines Reiches versammeln und sagte ihnen: ›Ich möchte eine Stadt gründen, deren Boden wie Moschus und Safran duftet, deren Steine wie die kostbarsten Edelsteine glänzen, von Bächlein durchkreuzt, so klar wie Silber. Darum gehet zu meinen Präfekten und lasset euch die Einkünfte der ihnen anvertrauten Länder an Gold, Silber und Juwelen auf drei Jahre voraus entrichten.‹ Schadads Befehl wurde vollzogen, und nach einigen Monaten kehrten die deshalb abgesandten Kommissare mit 4500 beladenen Kamelen zurück. Als das Nötige an Gold, Silber und Edelsteinen beisammen war, machte er sich mit seinen Truppen auf und reiste zehn Tage lang, bis er in ein sehr blühendes Tal kam. Hier stieg er ab und erteilte den Befehl, Zelte für ihn und seine Truppen aufzuschlagen, und in einer Stunde erhoben sich 150000 Zelte.«

Djaudar fuhr in seiner Erzählung vor dem Sultan mit Misrams Worten fort: Schadad ließ dann Baumeister, Zimmerleute, Goldarbeiter, Bildhauer, Maler und andere Handwerksleute und Künstler kommen, und trug ihnen auf, eine Stadt mit 4000 Säulen zu bauen. Mitten in der Stadt ließ er ein Schloß mit einem Garten anlegen, der den des Paradieses übertreffen sollte. Für das Schloß wurden nur das reinste Gold und die edelsten Perlen und Diamanten gebraucht, und der Garten wurde mit den seltensten Blumen und Früchten aus allen Weltteilen angefüllt. Die Obstbäume wurden aus Griechenland und Persien herbeigeholt, die Veilchen aus Baßrah, die Rosen aus Kufa, Basilienkraut aus Mekka, Lilien und Jasminen aus Ägypten, Safran aus Genua, Aloe und Sandel aus China; dabei war ein Park, in welchem die schönsten Gazellen umherhüpften und die buntfarbigsten Vögel ihre Liebeslieder sangen. Die Mauern dieses Gartens wurden mit den feinsten Stoffen bedeckt, auf denen allerlei Bäume und Vögel gemalt und gestickt waren. Als alles vollendet war, beschenkte Schadad die Arbeiter und Künstler königlich und bezog sein Schloß. Aber in der ersten Nacht, die er darin schlief, hatte er einen bösen Traum, aus dem er ganz erschrocken und niedergeschlagen erwachte; er wußte aber nicht mehr, was er eigentlich geträumt hatte. Des Morgens früh ließ er seinen Traumdeuter rufen, welcher Ifrach hieß und dem er ein unbedingtes Vertrauen schenkte, und sagte ihm: »Mein teurer Ifrach, ich habe diese Nacht einen schrecklichen Traum gehabt, dessen ich mich aber nicht mehr erinnere; nur so viel weiß ich noch, daß ich mit zitterndem Herzen darüber erwachte. Erkläre mir, was dieser Traum bedeutet.« Ifrach zog eine Tafel aus der Tasche, bestreute sie mit Sand und schrieb allerlei fremde Charaktere hinein; dann rechnete er eine Weile mit den Fingern und sagte: »Erhabener König, du befandest dich im Traum auf einem Schiff mitten auf dem tobenden Meer, da kam ein häßlicher Schwarzer mit einem Löwengesicht auf dich zu, faßte eine Kette, welche am Vorderteil des Schiffes herabhing, tauchte unter und zog das Schiff nach sich in den Abgrund. Du stürztest um und fielst in Ohnmacht. Als du wieder zu dir kamst, befandest du dich in einer großen Grube, von der du weder den Eingang noch den Ausgang sahest; nachdem du eine Weile darin umhergingst, fandest du ein großes Feuer, das hell aufflammte, ohne daß jedoch ein Rauch aufstieg; das Feuer kam dann auf dich zu und verzehrte dein linkes Bein wie ein Stück dürres Holz, und als es dann weiter herauf gegen das Herz stieg, erwachtest du.« »Du hast wahr gesprochen«, sagte Schadad, »das war mein Traum; nun sage mir aber auch, was er bedeutet.« Ifrach zog ein Buch aus der Tasche und las eine Weile darin; dann stieß er einen Schrei aus, daß das Schloß trotz der vielen Säulen, auf denen es ruhte, doch davon erbebte. »Was hast du gesehen«, fragte Schadad, vor Schrecken außer sich. »Sage mir deine Gnade zu«, versetzte Ifrach, »und ich verhehle dir nichts.« Als ihm Schadad hierauf das Gnadentuch überreichte, sagte er: »In zehn Tagen wird der Tod dich und dein ganzes Volk hinwegraffen.« Am zehnten Tag, als Schadad über seine Truppen Musterung hielt, erhob sich ein heftiger Sturm, die ganze Erde bebte und verschlang den König Schadad mit seinem ganzen Heer, und sie waren nicht mehr als der gestrige Tag, der nie wiederkehrt. Sein schönes Schloß aber bewohnte nach ihm Deidabudj, ein sehr mächtiger, aber lasterhafter Genienfürst, welcher seinen Vater Jadjudj, König der bleiernen Stadt, ermordete. Er blieb aber nicht lange im ruhigen Besitz desselben, denn der Zauberer Busirian, welcher ein vertrauter Freund Jadjudjs war und dessen Tochter Unka leidenschaftlich liebte, sperrte ihn in eine kupferne Flasche, die er fest versiegelte; er wollte ihn sogar ins Meer werfen, aber Unka bat um Gnade für ihn. Deidabudj blieb viele Jahre in dieser Flasche, bis eines Tages sein Vetter Iblis zum Priester Djindar ging, welcher ein festes Schloß auf einer kleinen Insel des Ozeans bewohnte, und ihn um Beistand gegen Busirian anflehte. Djindar las eine Weile in seinem Zauberbuch, dann sagte er zu Iblis: »Ich vermag nichts für deinen Vetter zu tun, so gern ich ihn auch befreien möchte; der einzige Mann auf der Welt, dessen Hilfe dir von Nutzen sein kann, ist Abul Adjaib, den ich in einigen Tagen hier erwarte, und mit deinem Anliegen bekannt machen will.« Am dritten Morgen traf wirklich Abul Adjaib bei Djindar ein. Er hatte ein doppeltes Gesicht, ein menschliches vorn und ein Elefantengesicht hinten; war er guter Laune, so verschleierte er letzteres, zürnte er aber Jemanden, so zeigte er nur sein Elefantengesicht, dessen Anblick Menschen und Genien mit Angst und Schrecken erfüllte. Sobald er hörte, was Deidabudj widerfahren, sagte er zu Iblis: »Sei frohen Herzens; Busirian soll für seine Grausamkeit gegen deinen Vetter büßen.« Er rief dann einen häßlichen geflügelten Geist herbei, und befahl ihm, Busirian gefangenzunehmen und die kupferne Flasche, welche in seinem Schloß stehe, zu öffnen. »Soll ich auch eingesperrt werden?« fragte der Geist mit zitternder Stimme; »habe ich das um dich verdient? War ich je treulos gegen dich? Wie kann ich dem mächtigen Busirian beikommen?« »Sei nur ohne Furcht«, erwiderte Abul Adjaib, »ich folge dir. Busirian hat seine geliebte Gattin verloren und trauert nun auf einem Berg, welcher Schadads Schloß gegenüber liegt; er ist so betrübt über den Tod Unkas, daß er nicht daran dachte, sein Zauberbuch mitzunehmen; auch seine schöne Tochter hat er im Schloß zurückgelassen, und diese Beute ist nicht minder wichtig, als die des Zauberbuches, ohne welches er nicht mehr als ein gewöhnlicher Mensch ist.« Abul Adjaib ließ sich hierauf von dem beflügelten Geist nach dem Berg tragen, wo Busirian seine Gattin betrauerte, und nahm ihn gefangen; dann befreite er Deidabudj aus der Flasche und schenkte ihm das Schloß Schadads samt den Töchtern Busirians, welche darin waren. »Dies geschah vor wenigen Monaten«, setzte Misram hinzu, »und was sich inzwischen zugetragen hat, ist mir unbekannt.« Kaum hatte Misram diese letzten Worte gesprochen, da kam ein Geist in der Gestalt des Vogels Rock und überreichte Schilschanum einen Brief von dem Abendländer Mahmud, welcher folgendermaßen lautete:

»Im Namen Gottes, des Allbarmherzigen! Ehre, Gruß und Segen dem Priester Schilschanum und seinen Freunden Djaudar und Misram, welche für die Ruhe der Guten und das Glück der Unschuldigen mit so rastlosem Eifer gearbeitet. Noch eine verdienstvolle Tat bleibt dir zu vollbringen, dann kannst du wieder in den Schoß der Deinigen zurückkehren. Du mußt meinen Freund Busirian und seine Töchter befreien, und Djaudar soll den ruchlosen Abul Adjaib, so wie den Vatermörder Deidabudj, welche Schadads Schloß bewohnen, mit dem Zauberschwert töten. Busirian gibst du dann sein heiliges Buch zurück, damit er nicht länger wie ein Vogel ohne Flügel umherflattere. Sobald dieser Brief zu dir gelangt, fliegst du mit Djaudar, Misram, Heifa und Sakirsad nach dem Schloß Schadads und wartest dort, bis dessen treulose Besitzer, welche jetzt auf Reisen sind, wieder dahin zurückkehren. Gott ist allmächtig!«

Als Schilschanum diesen Brief gelesen hatte, sagte er zu dem Boten: »Kehre zurück zum Abendländer Mahmud, grüße ihn, küsse ihm Hände und Füße für mich und sage ihm, sein Wille soll geschehen, und hernach werden wir alle zusammen ihm einen Besuch abstatten.« Dann wendete er sich zu uns und sagte: »Ihr sehet wohl, daß ich euch über das Schloß Schadads nur die Wahrheit berichtet habe; es scheint, daß ein Freund oder Verwandter Busirians Mahmuds Hilfe angefleht hat, oder daß er dessen Schicksal in seinem Zauberbuch lesen konnte.« Schilschanum nahm mich dann auf seine Schultern und Misram die beiden Mädchen, und in einem Augenblick waren wir auf der Terrasse des goldenen Schlosses Schadads. Wir stiegen dann herunter, und ich fand es noch viel schöner, als es Misram beschrieben hatte. In einem geräumigen Salon, welcher nach dem wundervollen Garten lag, fanden wir die fünf Töchter Busirians, welche höchst erstaunt waren, von fremden Männern besucht zu werden; während ich ihnen aber erzählte, wer uns zu ihnen gesandt und warum wir gekommen, ließ Schilschanum den armen Busirian, der in einem der unteren Schloßzimmer eingesperrt war, entfesseln; und die Mädchen fielen vor Freude in Ohnmacht, als sie ihren Vater wiedersahen. Wir brachten nun in Gesellschaft Busirians und seiner Töchter drei höchst vergnügte Tage zu. Am vierten Tag, als wir Abul Adjaib und Deidabudj wiederkommen sahen, verbargen wir uns in einem Nebenzimmer, und sobald sie sich auf den Divan neben den Mädchen niedergelassen hatten, sprang ich mit dem Zauberschwert auf sie zu, und mit einem Schlag flogen beide Köpfe vom Rumpf. Misram sammelte dann die Kostbarkeiten dieses Schlosses und beauftragte einige Geister, sie hierher zu bringen; er selbst nahm Heifa und

Sakirsad auf die Arme, Schilschanum bot mir seine Schultern an, wir nahmen von Busirian und seinen Töchtern Abschied, und in einem halben Tag waren wir hier. Ich entließ nun auf immer Misram und Schilschanum und feierte meine Hochzeit mit Heifa an demselben Tag, als Mahmud, der mich in meinem Haus erwartete, sich mit den Töchtern des Königs Numan vermählte. Die aus Schadads Schloß mitgenommenen Schätze setzten mich in den Stand, alle Armen Kahirahs königlich zu bewirten. Dies tat ich auch fortwährend, mächtiger Sultan, bis meine Nachbarn mich als einen verdächtigen Menschen anzeigten und der Polizeipräfekt mich hierher beschied. Nun, gelobt sei Gott, der mich in deine Nähe geführt, denn schon längst suchte ich eine Gelegenheit, dir das mächtige Zauberschwert zu schenken, das dir gewiß in allen deinen Kriegen gegen die Ungläubigen den Sieg verschaffen wird.

Der Sultan Zaher nahm Djaudars Geschenk mit Dank an und lebte fortan mit ihm in der vertrautesten Freundschaft.

»Ich selbst«, sagte der Dichter Hasan aus Andalusien, der Verfasser dieses Buches, »lernte Djaudar auf meiner Reise nach Kahirah kennen und erfuhr von ihm selbst alle Abenteuer seines Lebens; auch stellte er mich dem Sultan Zaher vor, bei dem er wie ein Bruder ein- und ausging. Ich schrieb aber alles nieder, was mir Djaudar erzählte, weil ich es würdig fand, der Nachwelt überliefert zu werden.«

Das ist alles, was uns von dem Leben Djaudars zugekommen. Gepriesen sei Gott und gegrüßt sein Prophet Mohammed und dessen Verwandte und Gefährten.

Die listige Dalilah

Zur Zeit des Kalifen Harun Arraschid lebten zwei schlaue und listige Männer, welche so außerordentliche Taten vollbrachten, daß der Kalif sie als Polizeipräfekten anstellte und jedem von ihnen eine Wache von 40 Mann zur Verfügung stellte. Jeder erhielt auch ein Ehrenkleid vom Kalifen und ein monatliches Gehalt von 1000 Dinaren nebst freier Tafel. Als dies Seinab, die Tochter des verstorbenen Polizeipräfekten, hörte, sagte sie zu ihrer Mutter Dalilah: »Sieh einmal, wie der Kalif zwei hergelaufene Männer begünstigt, während wir ohne Ansehen und ohne Gehalt ein ärmliches Leben führen müssen.« Dalilah, welche durch ihre List und Schlauheit eine Schlange aus ihrem Nest zu locken wußte, und bei der Iblis ‚der Teufel, selbst noch hätte Unterricht nehmen dürfen, antwortete ihrer Tochter: »Habe nur Geduld, ich werde Streiche ausführen, die meinen Ruf bald über den der beiden jüngst ernannten Polizeipräfekten Ahmed Denf und Hasan Schuman erheben werden, so daß der Kalif mir das Gehalt meines seligen Gatten wird fortbezahlen lassen.« Sie verschleierte sich hierauf, zog ein wollenes Kleid mit einem breiten Gürtel an, wie die sich Gott weihenden Frauen zu tragen pflegten, nahm eine Waschkanne und füllte sie mit Wasser, in das sie auch einige Goldmünzen legte, die sie mit Palmblättern bedeckte, dann in die andere Hand einen ungeheuer großen Rosenkranz und eine Fahne mit roten und gelben Lumpen behängt. So ging sie in den Straßen Bagdads umher und sagte die frommsten Sprüche her, während sie in ihrem Herzen auf Trug und Verrat sann. Endlich blieb sie vor dem Haus des Obersten der Leibwache des Kalifen stehen. Dieser Mann war unermeßlich reich, er bezog ein starkes Gehalt aus der Staatskasse und besaß nebenbei noch viele Häuser und Güter. Das Haus, welches er mit seinem Harem bewohnte, war eines der schönsten Bagdads. Er war aber in seiner Ehe nicht glücklich, denn seine Gattin, welche er sehr liebte, gebar ihm kein Kind, und er hatte ihr in der Hochzeitsnacht schwören müssen, daß er nie eine zweite heiraten wollte. Gerade an dem Tag, wo Dalilah vor seinem Haus stand, hatte er, als einige seiner Freunde mit ihren schönen Kindern den Divan besuchten, seiner Gattin über den Eid, den er ihr hatte schwören müssen, bittere Vorwürfe gemacht und sie in übler Laune verlassen. Seine Frau stand am Fenster, wie eine Braut geschmückt und mit den kostbarsten Edelsteinen an Hals, Ohren und Fingern beladen. Als Dalilah sie sah, sagte sie: »Diese Frau muß ich aus dem Haus ihres Gatten entführen und ihr ihren ganzen Schmuck ausziehen.« Sie fing dann an, Gott zu loben und zu preisen, bis die junge Frau aufmerksam auf sie wurde, und in der Hoffnung, vielleicht durch ihren Segen von Gott mit einem Kind beschenkt zu werden, ihrem Pförtner befahl, ihr die Tür zu öffnen.

Der Pförtner, ein armer Mann, der schon drei Monate keinen Lohn von seinem Herrn erhalten hatte, öffnete die Tür und bat Dalilah um einiges Wasser aus ihrer geweihten Kanne. Sie schüttelte sie so, daß die Palmblätter wegflogen und einige Goldmünzen herausfielen, und als sie der Pförtner ihr zurückgeben wollte, sagte sie: »Die hat dir Gott beschert, ich habe nichts mit irdischen Gütern zu tun.« Er führte hierauf Dalilah zu seiner Herrin, welche so vielen Schmuck an sich hatte, daß sie Dalilah wie ein Schatz erschien, dessen ihn verhüllende Talismane plötzlich ihre Kraft verloren. Die Hausherrin begrüßte Dalilah und bewillkommte sie freundlich und ließ ihr zu essen bringen. Dalilah sagte aber: »Ich faste das ganze Jahr hindurch bis auf fünf Tage, und auch des Abends esse ich nur von den Speisen des Paradieses, die mir einige Heilige meiner Bekanntschaft verschaffen. Aber du, edle Frau, siehst sehr betrübt aus; was fehlt dir denn, da du doch so von Glanz und Reichtum umgeben und noch so jung und schön bist?« »O Mutter«, antwortete die Hausherrin, »ich ließ in meiner Hochzeitsnacht meinen Gatten schwören, daß er nie eine andere Frau zu mir nehmen würde; nun möchte er aber Kinder haben, die nicht in meiner Macht liegen, ihm zu geben, und er drohte mir, bei seiner Rückkehr von einer Reise, die er eben unternommen, trotz seines Eides noch eine andere zu heiraten; tut er dies aber, und erhält er Kinder von einer anderen Frau, so werden sie alle seine Güter und seine Schätze einst erben, und ich werde arm und verlassen bleiben.« »Hast du denn noch nichts von dem heiligen Abu Hamlat gehört«, fragte Dalilah im Ton des Erstaunens, »den noch keine unfruchtbare Frau besucht hat, die nicht bald nachher Kinder geboren hätte?« »Ich bin seit meiner Vermählung weder zur Freude noch zur Trauer ausgegangen«, antwortete die Hausherrin, »und weiß nichts von Abu Hamlat.« »So folge mir sogleich«, versetzte Dalilah, »ich kenne ihn gut und werde ihn bitten, daß er für dich alle seine Frömmigkeit aufbiete, um von Gott die Erfüllung deines Wunsches zu erlangen. Du aber mußt mir versprechen, daß, wenn du einen Sohn oder eine Tochter gebärst, du sie ganz für Gott erziehest.« Die Frau ließ sich überreden, mit ihr zu gehen, und der Pförtner, den seine Goldmünzen nicht an der Frömmigkeit Dalilahs zweifeln ließen, bestärkte sie in ihrem Vertrauen auf dieselbe. Als Dalilah mit ihr auf der Straße war, dachte sie an nichts anderes, als ihr die kostbaren Kleider und den reichen Schmuck, mit dem sie ausging, auf eine geschickte Weise abzunehmen. Sie ging nun voran und hieß des Obersten Frau ihr in einiger Entfernung folgen, damit sie nicht gestört werde, wenn die Leute sich mit ihren Anliegen um sie drängen. Da kamen sie an dem Laden eines jungen Kaufmanns vorüber, welcher Hasan hieß und noch unverheiratet war, dieser sah ihr mit so verlangendem Blick nach, daß Dalilah es merkte. Sie hieß die Frau des Obersten auf eine Bank vor dem Laden Hasans sich niederlassen, so daß dieser sie gut sehen konnte. Dann begab sie sich zu ihm und fragte ihn: »Bist du der Kaufmann Hasan, der Sohn Muhsins?« »Der bin ich«, antwortet Hasan; »doch woher kennst du meinen Namen?« »Gute Leute«, versetzte Dalilah, »haben mich mit deinem Namen bekannt gemacht. Wisse, dieses Mädchen ist meine Tochter; ihr Vater ist vor Kurzem gestorben; er war ein reicher Kaufmann und hat ihr ein ansehnliches Vermögen hinterlassen. Da sie nun das Alter erreicht hat, wo Mädchen zu heiraten pflegen, sagte mir mein Herz, ich sollte dich zu meinem Schwiegersohn wählen; was sagst du dazu?« »Schon oft«, erwiderte Hasan, »schlug mir meine Mutter diese und jene als Braut vor,

aber ich konnte mich nie dazu entschließen, mich zu verloben, ohne meine Braut vorher zu sehen; ich werde daher auch deinen Antrag nur annehmen, wenn du mir gestattest, deine Tochter zu entschleiern.« »Das sollst du«, versetzte Dalilah; »folge mir nur in einiger Entfernung!« Hasan schloß seinen Laden und steckte für den Notfall einen Beutel mit 1000 Dinaren zu sich. Die Alte ging voran; eine Strecke hinter ihr folgte die Frau des Obersten und dann Hasan, bis sie vor den Laden eines Färbers kamen, von dem Dalilah wußte, daß er eine Wohnung zu vermieten habe. Hier blieb sie stehen, grüßte ihn und sagte ihm: »Da in meinem Haus einige Reparaturen vorgenommen werden müssen und ich vernommen habe, daß du ein Haus zu vermieten hast, so bin ich zu dir gekommen, um dich zu fragen, ob du mir es auf einige Zeit vermieten willst.« »Recht gern«, antwortete der Färber; »jedoch nur unter der Bedingung, daß ein Zimmer des Hauses für unsere gemeinschaftlichen Gäste bleibe.« »Schicke mir nur so viel Gäste du willst, sie sollen eine freundliche Bewirtung bei mir finden.« Der Färber übergab ihr dann die Schlüssel zu seinem Haus, das sehr weit von der Färberei lag. Dalilah führte nun zuerst die Frau des Obersten in das gemietete Haus, indem sie sagte: »Hier wohnt Scheich Abu Hamlat«, und schloß sie in ein Zimmer ein; dann holte sie Hasan, der vor der Tür wartete, führte ihn in ein anderes Gemach und sagte ihm: »Warte hier, ich werde dir bald meine Tochter bringen, dann kannst du sie entschleiert sehen.« Hierauf kehrte sie wieder zur Frau des Obersten zurück und sagte ihr: »Wisse, meine Tochter, du kannst so nicht den Scheich Abu Hamlat besuchen, denn mein Sohn, welcher sein Vikar ist, würde dir deinen Schmuck und deine schönen Kleider vom Leibe herabreißen, du kannst nur in einem einfachen Unterkleid vor ihm erscheinen, wenn du seinen Segen erlangen willst.« Die Frau des Obersten legte sogleich ihren Schmuck, ihren Gürtel und ihr Oberkleid ab; Dalilah nahm alles und verbarg es hinter die Treppe. Sie begab sich wieder zu Hasan, und als er sie fragte: »Wo ist denn meine Braut?« schlug sie sich ins Gesicht und schrie: »Gott verdamme alle bösen Nachbarn! Gäbe es doch keinen neidischen Menschen! Denke einmal: Als die Nachbarn mich mit dir in meine Wohnung kommen sahen und von meiner Tochter hörten, du solltest ihr Bräutigam werden, sagten sie ihr, du wärest aussätzig, so daß sie schwor, sie werde nicht eher einwilligen, bis sie deine Arme und deine Brust entblößt gesehen. Ich bitte dich daher, ziehe dein Oberkleid aus, damit sie sich von der Verleumdung dieser bösen Menschen überzeuge.«

Hasan tat, was Dalilah von ihm forderte, und diese verließ ihn mit dem Oberrock, in welchem der Beutel mit 1000 Dinaren war, nahm schnell Schmuck und Kleider der Frau, weiche sie hinter der Treppe verborgen hatte, band alles zusammen und ging damit zum Färber. »Nun, wie gefällt dir mein Haus?« frage sie dieser. »Recht gut«, antwortete Dalilah: »Ich werde sogleich meine Effekten dahin bringen lassen. Du würdest mir aber einen großen Gefallen tun, wenn du in meine Wohnung gehen wolltest, um zugegen zu sein, wenn die Träger meine Mobilien, Bett und Weißzeug bringen; hier hast du auch einen Dinar; kaufe einige Speisen dafür und verzehre sie mit den Trägern.« Der Färber beauftragte seinen Jungen, auf den Laden acht zu geben, und ging mit dem Dinar fort. Als er aber fern war, sagte Dalilah zu dem Jungen, den er zurückgelassen, er sollte zu seinem Herrn gehen, und erbot sich, so lange den Laden zu bewachen. Sobald sie aber allein in der Färberei war, packte sie alle Stoffe und Kleider, die in der Färberei waren, zusammen, rief einem Eseltreiber, der eben vorüber ging, und sagte ihm: »Warte hier in der Färberei, bis ich mit dem Esel zurückkehre: ich will nur diese Sachen nach Hause bringen, denn der arme Färber hier, mein Sohn, ist verschuldet, und der Kadhi wird heute noch daher schicken, um alles, was sich hier befindet, aufnehmen zu lassen; zerstöre nur Kessel und Öfen und alles, was zur Färberei dient, damit diese Leute nichts von Wert mehr darin finden.« Der Eseltreiber vertraute Dalilah seinen Esel an, und so machte sie sich auf, mit einem Esel, beladen mit dem Besten, was in der Färberei war, mit den 1000 Dinaren Hasans und seinen und der Frau des Obersten Kleidern und Schmuck, und erzählte ihrer Tochter Seinab, wie sie auf einmal vier glückliche Streiche ausgeführt.

So viel, was Dalilah angeht. Der Färber aber, der, ehe er in seine vermietete Wohnung ging, Fleisch und Brot einkaufte und damit wieder vor seiner Färberei

vorbeikam, war sehr betroffen, als er einen Eseltreiber fand, der alle Häfen zusammenschlug, und er die zum Trocknen und Färben umherhängenden Stoffe nicht mehr fand. »Wie kommst du daher und was tust du hier?« fragte ihn der Färber, vor Zorn außer sich. »Ich bin auf Befehl deiner Mutter hier«, antwortete der Eseltreiber, »die, um deine Waren vor dem Kadhi zu retten, sie auf meinem Esel in ihr Haus bringt; sie hat mir auch gesagt, ich möchte alles im Haus zerstören, damit nichts von Wert in die Hände des Gerichtes falle.« Als der Färber dies hörte, schlug er sich auf die Brust und schrie: »Gott beschäme alle Spitzbuben! Meine Mutter ist längst tot und ich bin Niemandem etwas schuldig; wehe mir, meine Stoffe!« Da fing der Eseltreiber auch zu weinen an und schrie: »Wehe mir, mein Esel! Von dir fordere ich ihn!« Der Färber hingegen forderte seine Ware von dem Eseltreiber, und so zankten sie miteinander herum, bis alle Nachbarn zusammenliefen und mit ihnen nach dem gemieteten Haus gingen, wo Hasan und die Frau des Obersten waren. Nachdem letztere Dalilah lange vergebens erwartet hatte, ging sie allein in das Zimmer Hasans, den sie für Abu Hamlats Vikar hielt.

Hasan freute sich, als er die Frau des Obersten endlich kommen sah, und fragte sie nach ihrer Mutter. »Meine Mutter«, antwortete sie, »ist längst tot, was willst du von der?« »Ist die Alte, welche mich hierher führte, um mich mit dir zu verloben, nicht deine Mutter?« fragte Hasan erstaunt. »Gewiß nicht«, erwiderte die Frau; »mir sagte sie, du seiest ihr Sohn und segnest unfruchtbare Frauen an Abu Hamlats Stelle.« »Ich sah sie heute zum ersten Male«, versetzte Hasan, »und gewiß ist sie eine Gaunerin, die nur meine Kleider und mein Geld haben wollte; aber von dir fordere ich alles zurück, denn hätte ich dich nicht bei ihr gesehen, ich wäre ihr nicht gefolgt.« Die Frau hingegen sagte: »Du mußt mir meine Kleider und meinen Schmuck ersetzen, du bist im Einverständnis mit deiner Mutter.«

So stritten sie miteinander, als der Färber und der Eseltreiber zu ihnen hereintraten und sie nach ihrer Mutter fragten. Als sie aber hörten, daß auch sie von der Alten betrogen worden, gingen sie zusammen zum Gouverneur und erzählten ihm, was ihnen widerfahren. »Was kann ich tun?« sagte der Gouverneur; »es gibt ja so viele alte Weiber in Bagdad; geht und sucht sie auf, wenn ihr mir sie herbringt, so will ich sie bestrafen und euch das Eurige zurückerstatten lassen.« Während diese nun in der ganzen Stadt umherliefen, um Dalilah aufzusuchen, saß sie ruhig bei ihrer Tochter Seinab und sagte ihr: »Mich gelüstet nach neuen Streichen.« »Wie«, sagte Seinab, »du wagst es, nach deinen letzten Streichen dich noch in Bagdad zu zeigen?« »Ich fürchte nichts«, antwortete Dalilah; »ich gleiche Bohnenabfall, dem weder Feuer noch Wasser schadet.« Sie kleidete sich hierauf als Dienerin eines vornehmen Hauses und lief in der Stadt umher, bis sie vor ein Haus kam, wo eine Amme mit einem Kind auf dem Arm stand, das ein golddurchwirktes Kleid trug, eine goldene Kette mit Edelsteinen am Hals und einen Tarbusch mit Perlen besetzt auf dem Haupt hatte. Es war der Sohn des Obersten der Kaufleute, in dessen Haus die Verlobung, seiner einzigen Tochter gefeiert wurde. »Ich höre Gesang und Musik oben«, sagte Dalilah zur Amme, »warum stehst du denn vor der Tür?« »Meine Herrin«, antwortete die Amme, »hat mich heruntergeschickt, weil viele Damen bei ihr sind, um ihr zur Verlobung ihrer Tochter Glück zu wünschen, und das Kind, sobald es seine Mutter sieht, nicht ihren Arm verlassen will.« »Also wohnt hier der Oberaufseher der Kaufleute?« versetzte Dalilah. »Geh zu deiner Herrin, grüße sie von meiner Gebieterin Um Alchair, Mutter des Guten, und sage ihr, sie lasse ihr Glück wünschen und sie werde am Hochzeitstag sie besuchen, und ihre Putzfrauen beschenken.« Auch gab sie ihr ein falsches Goldstück für die Sängerinnen. »So nimm du einstweilen das Kind«, sagte die einfältige Amme, »denn ich bringe es sonst nicht mehr von seiner Mutter weg.« Dies war alles, was Dalilah wünschte, denn sobald die Amme wegging, zog sie ihm seine Kette und sein golddurchwirktes Kleid aus und nahm ihm seinen Tarbusch ab. Dann dachte sie: »Das Kind kann mir noch wenigstens 1000 Dinare eintragen.« Sie nahm es daher auf den Arm und ging damit auf den Bazar der Goldarbeiter, trat in den Laden eines Juden und sagte ihm: »Die Schwester dieses Kindes, die Tochter des Obersten der Kaufleute, ist

heute verlobt worden und bedarf eines Schmuckes; gib mir Ohrringe, Fußringe, Gürtel, Armbänder, Ringe und eine Kette für sie, das zusammen ungefähr 1000 Dinare kostet; ich will es meiner Gebieterin zeigen, und wenn es ihr gefällt, dir das Geld bringen. Behalte du einstweilen das Kind.«

Da der Jude das Kind kannte, machte er keine Schwierigkeiten und gab Dalilah das Schönste und Wertvollste, das er im Laden hatte, sie aber lief zu ihrer Tochter und erzählte ihr, auf welche Weise sie zu so kostbarem Schmuck gelangt. Die Amme war inzwischen zu ihrer Herrin gegangen und hatte ihr Um Alchairs Glückwünsche überbracht und den Sängerinnen das falsche Gold übergeben. Als diese aber es für Messing erkannten, lief sie schnell wieder hinunter, um ihr Kind zu nehmen, aber Dalilah war längst mit ihm verschwunden. Nun fing die Amme an zu weinen und zu schreien, und erzählte ihrer Herrin, was ihr widerfahren, Das ganze Haus geriet in die größte Bestürzung und das Fest wurde in einen Trauertag verwandelt. Nachdem man vergebens das ganze Haus durchsucht hatte, machte sich der Oberste der Kaufleute selbst mit seinem ganzen Hausgesinde auf den Weg und durchstreifte alle Straßen Bagdads, bis er endlich sein Kind halbnackt in dem Laden des Juden sah. Da sagte er zum Juden: »Hier ist ja mein Sohn.« »Jawohl, mein Herr«, antwortete der Jude. Der Kaufmann, außer sich vor Freude, sein Kind wiedergefunden zu haben, nahm es auf den Arm, ohne zu bemerken, daß es halb nackt war, und wollte damit fortgehen. Da sagte der Jude: Mein Herr, eine alte Frau, die das Kind hier ließ, hat einen Schmuck für 1000 Dinare von mir für deine Tochter genommen und mir das Kind als Unterpfand gegeben; nimmst du das Kind weg, so verschaffe mir meinen Schmuck oder 1000 Dinare.« »Ich weiß nichts von einem Schmuck, noch von einer Alten, du bist betrogen worden.« Da schrie der Jude: »O Muselmänner, helfet mir, man tut mir Unrecht!« Der Kaufmann hingegen, der jetzt erst entdeckte, daß sein Sohn aller seiner Kostbarkeiten beraubt worden, forderte sie vom Juden zurück. Als sie so miteinander stritten, kamen der Färber, der Eseltreiber und Hasan vorüber, welche noch immer Dalilah suchten. Sobald sie die Ursache des Streites zwischen dem Juden und dem Kaufmann hörten, sagten sie: »Gewiß ist dies ein Streich von derselben Alten, die auch uns betrogen hat.« Der Kaufmann sagte hierauf: »Ich freue mich so sehr, mein Kind wieder zu haben, daß ich seine Kleider leicht verschmerze.« Der Jude aber schloß sich den anderen Betrogenen an, um Dalilah aufzusuchen; er riet ihnen aber, sich zu trennen, um sie desto eher zu finden. »Bei dem Barbier Mahmud«, sagte er, »wollen wir, jeder von einem anderen Weg her, wieder zusammenkommen.« Der Eseltreiber war kaum eine Straße weit allein gegangen, als er die Alte in einem anderen Aufzug sah. Er erkannte sie aber wieder, sprang auf sie zu und forderte seinen Esel von ihr. »Dein Esel«, antwortete sie ganz unbefangen, »steht bei dem Barbier Mahmud samt dem Mietlohn; folge mir nur, so will ich ihm sagen, daß er dir ihn gebe.« Sie ging aber eine Strecke weit voran, und ehe noch der Eseltreiber folgte, sagte sie dem Barbier: »Mein Freund, hier kommt mein Sohn, der unglücklich liebte und deshalb seinen Verstand verlor. Er rufet immer, wo er steht und sitzt und geht: ›Mein Esel! Mein Esel!‹ Nun haben einige Ärzte mir geraten, ihm zwei Backenzähne herausreißen zu lassen, vielleicht würde ihn diese Erschütterung heilen. Hier ist ein Dinar, ich bitte dich, wenn er seinen Esel fordert, ihm zwei Zähne herauszunehmen und ihn wieder fortzuschicken.« Dalilah blieb vor dem Laden des Barbiers stehen, bis der Eseltreiber darin war, dann ging sie fort, und sobald dieser vom Barbier seinen Esel forderte, führte er ihn in ein Nebenzimmer, rief seinen zwei Jungen und befahl ihnen, ihn zu binden; inzwischen holte er sein glühendes Instrument, riß ihm zwei Backenzähne aus und sagte zu ihm: »Hier hast du deinen Esel.«

Als der Eseltreiber den Barbier fragte, warum er ihm mit Gewalt Zähne herausgenommen, antwortete er: »Ich habe es auf Befehl deiner Mutter getan und hoffe, daß du dadurch von deiner Geisteskrankheit genesen wirst.« Der Eseltreiber schrie: »Ich habe keine Mutter, und du mußt für den Verlust meiner Zähne und meiner erlittenen Schmerzen mich entschädigen, komm nur mit mir zum Kadhi.« Der Barbier wollte ihm nicht folgen, sie zankten eine Weile auf der Straße miteinander herum; unterdessen schlich Dalilah wieder in den Laden, schleppte das Wertvollste daraus fort und ging zu ihrer Tochter Seinab, um ihr ihre weiteren Streiche zu erzählen. Als der Barbier wieder in seinen Laden kam und Vieles daraus vermißte, packte er seinerseits den Eseltreiber und forderte von ihm den Ersatz dessen, was ihm entwendet worden. Der Eseltreiber sah endlich ein, daß sie wieder beide hintergangen worden, und erzählte dem Barbier alle Streiche, welche die Alte schon ausgeführt hatte. In diesem Augenblick stellten sich auch der Jude, der Färber und Hasan ein, und da sie des Eseltreibers Aussage bestätigten, blieb dem Barbier nichts übrig, als seinen Laden zu schließen, und mit ihnen zu gehen, um die Alte aufzusuchen. Da sie aber dieses Mal mit mehr Vorsicht zu Werke gehen wollten, erbaten sie sich vom Gouverneur zehn Soldaten, um sie sogleich ergreifen zu lassen. Die Alte ließ sich von Seinab nicht abhalten, auf neue Beute auszugehen, und sie wandelte gerade um eine Ecke herum, als der Eseltreiber mit seinen zehn Soldaten vor ihr stand. »Dieses Mal«, sagte er, »sollst du mir nicht entkommen«, und befahl sogleich den Soldaten, sie in ihre Mitte zu nehmen und vor den Gouverneur zu führen. Es war schon Abend und der Gouverneur war ausgeritten, sie mußten daher im Hof warten, wohin auch bald der Jude, der Färber, Hasan und der Barbier folgten. Da aber der Gouverneur noch lange ausblieb, und die Soldaten die ganze vorhergehende Nacht durchwacht hatten, schliefen sie ein, die Ankläger aber saßen beisammen in der Nähe des Haustores. Als Dalilah dies sah, schlich sie leise dem Haremgebäude zu, welches im Hinterhof lag und eine kleine Tür nach einer anderen Straße hatte, und fragte nach der Herrin des Harems. Als diese erschien, sagte sie ihr: »Mein Gatte ist Sklavenhändler, und führte eben fünf Sklaven auf den Markt, als dein Gemahl, der Gouverneur, ihm begegnete, sie für 1000 Dinare kaufte und ihm befahl, sie hierher zu bringen; da aber mein Gatte abreisen mußte, beauftragte er mich, sie hierher zu führen.« Da der Gouverneur wirklich seiner Frau wenige Tage vorher 1000 Dinare für Sklaven gegeben hatte, so zweifelte sie nicht an Dalilahs Aussage, um so weniger, als auf ihre Frage, wo denn die Sklaven wären, Dalilah ihr vom Fenster den Eseltreiber, den Färber, den Barbier, den Juden und Hasan zeigte, welche alle recht stattlich aussahen und der Frau des Gouverneurs recht gut gefielen. Sie öffnete daher ihre Kiste und gab Dalilah 1000 Dinare als Kaufpreis und schenkte ihr noch 200 Dinare für sie. Dalilah bat sie, ihr die geheime Tür öffnen zu lassen, weil sie dann einen großen Umweg ersparte, und so entkam sie ungesehen wieder aus dem Haus, und eilte zu ihrer Tochter Seinab, welche mit Erstaunen hörte, auf welche listige Weise ihre Mutter nicht nur der Gefahr entronnen, sondern sogar mit neuer Beute heimgekehrt. Als der Gouverneur bald darauf nach Hause kam, sagte ihm seine Frau: »Ich freue mich sehr mit den Mamelucken, die du gekauft.« »Was für Mamelucken?« fragte der Gouverneur erstaunt, »ich habe bei dem Leben meines Hauptes keinen Mamelucken gekauft.« »Du scherzest«, versetzte die Frau, »die Alte war bei mir, und ich bezahlte ihr 1000 Dinare, und die Mamelucken sitzen da unten im Hof, ich habe den Pförtner beauftragt, sie zu bewachen.« Der Gouverneur ging in den Hof und sah niemanden als die fünf Ankläger Dalilahs, und als er den Pförtner nach den fünf Mamelucken fragte, sagte er, er wisse nichts von Sklaven, es sei nur eine Sklavin aus dem Harem gekommen, die ihm sagte, er möge auf die fünf Menschen acht geben, die mit der Alten gekommen, und das habe er auch getan. Als der Gouverneur dies hörte, sagte er zu den Anklägern: »Nun seid ihr meine Sklaven; denn ihr habt die Alte hergebracht, ohne euch hätte sie meiner Frau kein Geld entlocken können.« Diese schrien aber: »Von dir fordern wir, was die Alte uns entwendet hat, denn wir brachten sie gefangen her, deine Soldaten sind eingeschlafen und deine Gattin hat sie entschlüpfen lassen.« Auch der Oberst der Leibwache, der inzwischen von seiner Reise zurückgekehrt war und von seiner Frau hörte, wie sie ihren Schmuck und ihre Kleider verloren, eilte jetzt herbei und sagte zum Gouverneur: »Du mußt mir alles ersetzen, denn du solltest dafür sorgen, daß keine solche Spitzbübin sich in Bagdad aufhalte.« »So wartet nur einige Tage«, sagte der Gouverneur, »wir wollen sie schon wieder ertappen, dann lasse ich sie gleich hängen.« Am folgenden Morgen gab er dem Eseltreiber, der sie am besten kannte, wieder zehn Soldaten mit und befahl ihm, die Alte aufzusuchen. Gegen Mittag begegnete er ihr auf der Straße, ließ sie ergreifen und wieder zum Gouverneur führen. Da dieser gerade ausreiten wollte, befahl er dem Kerkermeister, sie einzusperren; dieser sagte aber: »Ich übernehme keine solche Verantwortlichkeit, dieses Weib ist ein wahrer Teufel, sie wird mir entkommen und dann muß ich für sie büßen.« Der Gouverneur ritt deshalb selbst mit der Alten und den Soldaten ans Ufer des Tigris, und befahl dem Scharfrichter, sie an den Haaren aufzuhängen. Der Scharfrichter tat, wie ihm befohlen wurde, und die zehn Soldaten blieben zu ihrer Bewachung zurück. Diese schliefen aber bald wieder ein, und glaubten es um so eher tun zu können, als Dalilah sich unmöglich allein losmachen konnte. Da kam ein Beduine vorübergeritten, welcher zu sich selbst sagte: »Wie freue ich mich, auch einmal nach Bagdad zu kommen, wie will ich mich an den Bagdader Honigkuchen laben!« Als Dalilah dies hörte, sagte sie: »Schütze mich, verehrter Scheich der Araber!« »Du stehst unter Gottes Schutz«, antwortete der Beduine, »doch hast du gewiß ein Verbrechen begangen, weil du so dahängst.« »Mein Vergehen ist sehr gering«, erwiderte Dalilah; »ich wollte bei einem Zuckerbäcker, der mein Feind ist, etwas kaufen, da spuckte ich aus und traf einen Honigkuchen, worauf er mich bei dem Richter verklagte. Der Richter sprach: ›Diese Frau muß hängend zehn Pfund Honigkuchen essen, und so lange hängen bleiben, bis sie sie verzehrt hat.‹ Da ich aber keinen Honigkuchen hinunterbringen kann, so muß ich hier sterben, wenn du mir nicht hilfst.«

Der Beduine sagte hierauf freudig zu Dalilah: »Gib mir den Kuchen her, ich will ihn gleich für dich essen.« »Ja, das hilft nur«, versetzte Dalilah, »wenn du ihn hängend ißt, sonst wird mir meine Strafe nicht erlassen.« Der Beduine entkleidete sich hierauf und zog das Gewand der Alten an, und ließ sich an den Haaren von ihr aufhängen. Sie aber nahm schnell seine Kleider und seine Kopfbinde, setzte sich auf sein Pferd und sprengte davon zu ihrer Tochter Seinab. Als der Beduine eine Weile dahing, und die Alte mit dem Kuchen nicht kommen sah, rief er: »Wo bleibt denn der Kuchen?« Die Soldaten aber die aus ihrem Schlaf erwachten und den Beduinen am Baume sahen, fragten ihn: »Was tust du hier und wo ist die Alte hingekommen?« »Ich habe die Alte losgebunden«, antwortete der Beduine, »weil ich statt ihrer den Honigkuchen essen will, den sie nicht ertragen kann.« Sie merkten aus dieser Antwort, daß die Alte sie abermals hintergangen. Nun waren sie unschlüssig darüber, ob sie den Beduinen länger hier bewachen oder die Flucht ergreifen sollten, als auf einmal der Gouverneur erschien und ihnen sagte: »Bindet Dalilah los und führet sie vor Gericht!« »Hast du den Honigkuchen?« fragte ihn der Beduine. Als der Gouverneur den ihn Fragenden ansah, und statt einer alten Frau ein junges Männergesicht sah, sagte er zu seinen Soldaten: »Was habt ihr getan?« Sie erzählten ihm hierauf, wie sie eingeschlafen und erst beim Erwachen den Beduinen an Dalilahs Stelle fanden, und baten ihn um Gnade. »Ihr habt nichts zu befürchten«, sagte ihnen der Gouverneur; »dieser Gaunerin ist niemand gewachsen, bindet nur den armen Beduinen los.« Sobald dieser frei war, fiel er dem Gouverneur zu Füßen und sagte: »Gott beschütze um deinetwillen den Kalifen! Verschaffe mir doch mein Pferd und meine Kleider wieder, ich wußte ja nicht, daß diese Frau eine Spitzbübin

war, sonst hätte ich sie nicht losgebunden.« Bald darauf kamen auch der Färber, der Jude, Hasan, der Barbier, der Eseltreiber und der Oberste der Leibwache herbei, um zu sehen, was nun mit Dalilah vorgehen werde, und als sie hörten, sie sei wieder entronnen, fielen sie über den Gouverneur her, forderten von ihm den Ersatz ihres Verlustes und verklagten ihn beim Kalifen. Sie gingen hierauf ins Schloß des Kalifen und ein jeder erzählte ihm, wie er von Dalilah bestohlen worden. Als sie vollendet hatten, sagte der Kalif zu dem Gouverneur: »Womit kannst du dich entschuldigen?« »Damit«, antwortete er, »daß sie mich selbst um 1200 Dinare gebracht hat, indem sie meiner Frau diese fünf freien Menschen als Sklaven verkaufte.« »Du mußt mir diese Alte herbringen«, sagte der Kalif, »ich fordere sie von dir als Gouverneur.« »Fordere lieber mein Leben«, versetzte der Gouverneur, »als diese Alte, die schon an einem Baum hing und sich wieder zu befreien wußte. Das ist ein Geschäft für Ahmed Denf oder Hasan Schuman, die ein Gehalt von 1200 Dinaren jährlich beziehen und 41 geheime Agenten zu ihrer Verfügung haben, deren jeder ein Monatsgehalt von 100 Dinaren bezieht.« »Du hast recht«, sagte der Kalif, »es ist die Sache meiner Polizeipräfekten, ihrer habhaft zu werden«, und ließ sogleich Ahmed Denf rufen, und befahl ihm, die Alte zu bringen, welche alle diese Männer bestohlen. Ahmed, der Dalilah nicht genau kannte, wollte seinen Kollegen Hasan Schuman zu Rate ziehen, aber einer seiner Leute hielt ihn davon ab und verbürgte ihm die Gefangennehmung Dalilahs.

Ahmed teilte nun seine Leute in vier Abteilungen, und sie zogen je zehn in der Stadt herum, um Dalilah aufzusuchen. Da man bald in der ganzen Stadt davon sprach, so erfuhr auch Dalilah, daß man ihr aufpasse; aber Seinab, weit entfernt, sich zu fürchten, sagte zu ihrer Mutter: »Dieses Mal will ich es mit der Polizei aufnehmen: Kleider und Waffen Ahmeds und seiner 41 sollen heute noch meine Beute werden.« Sie zog sich hierauf sorgfältig an, ging zu einem Drogisten, von dem sie wußte, daß er eine Wohnung mit doppeltem Eingang zu vermieten hatte, gab ihm einen Dinar und sagte ihm: »Vermiete mir für dieses Geld deine Wohnung nur bis auf heute Abend.« Als er ihr den Schlüssel gab, ließ sie einige Speisen und Getränke, einen Divan und Teppiche hineinbringen; dann stellte sie sich nur halb verschleiert vor die Tür, bis Ali, einer von Ahmeds Unteroffizieren, mit seinen zehn Polizeidienern vorüberkam; da ging sie auf ihn zu und küßte ihm die Hand. Ali sah ihr ins Gesicht, und da sie sehr hübsch war, fragte er sie in einem freundlichen Ton, was sie begehre. »Bist du Ahmed Denf?« fragte Seinab in schüchternem Ton. »Nein«, antwortete Ali, »aber er ist mein Vorgesetzter und wenn du irgend ein Anliegen hast, so kannst du es mir ebensogut vortragen. Wer bist du denn?« »Mein Vater war Wirt in Moßul«, antwortete Seinab, »und hinterließ bei seinem Tod ein so großes Vermögen, daß ich aus Furcht vor den Gerichten mit meinem Geld hierher floh, und hier möchte ich gern des Schutzes Ahmed Denfs mich versichern, weil ich hörte, daß er nach dem Kalifen die mächtigste Person in Bagdad wäre.« »Du kannst dich auf ihn verlassen«, sagte Ali. »Wenn du wahr sprichst«, versetzte Seinab, »so wirst du mit deinen Leuten mir wohl die Ehre erweisen, einen Bissen bei mir zu essen und einen Trunk Wein dazu zu nehmen.« Sie führte sie hierauf in ein Gemach und gab ihnen zu trinken,

bis sie halb berauscht waren; dann mischte sie einen Schlaftrunk in den Wein, und sie sanken einer nach dem anderen wie tot zu Boden. Hierauf stellte sie sich wieder vor die Tür, bis die anderen zehn vorüberkamen, lockte sie in ein anderes Zimmer und verfuhr mit ihnen, wie mit den ersten. Dasselbe tat sie auch mit der dritten und vierten Abteilung, an deren Spitze Ahmed Denf selbst stand. Sie zog dann einem nach dem anderen seine Kleider und Waffen aus, lud sie auf den Esel des Eseltreibers und ging damit zu ihrer Mutter. Als Ahmed erwachte und sich und seine Leute halb nackt sah, schrie er: »Wehe mir! Ich ging aus, um die listige Dalilah gefangenzunehmen: Nun hat sie mich und alle meine Leute zum besten gehabt. Mit welchem Gesicht werde ich vor dem Kalifen erscheinen?« Nun blieb ihm nichts mehr übrig, als sich an Hasan Schuman zu wenden und seinen Beistand anzuflehen. Hasan sagte ihm: »Sei ohne Sorge, vor Abend bringe ich die Alte vor den Kalifen; aber vorher muß er mir ihre Gnade versprechen, denn diese Frau ist keine Diebin, sie hat gewiß alle diese Streiche nur vollbracht, um Beweise von ihrer Gewandtheit und Schlauheit zu geben.« Sie begaben sich hierauf zusammen zum Kalifen und als er Ahmed fragte, wo die Alte sei, antwortete er: »Ich kann sie nicht finden; beauftrage Hasan, sie gefangen zu nehmen, der kennt sie besser als ich.« »Ich bürge für alles, was den Leuten von Dalilah entwendet worden«, hob Hasan an, »und bringe dir Dalilah her, wenn du sie begnadigen willst, denn sie ist keine gewöhnliche Diebin.« »Bei meinen Ahnen!« schwor der Kalif, »wenn sie den Leuten das Ihrige zurückgibt, so begnadige ich sie; hier hast du ein Gnadentuch für sie, bringe es ihr!« Hasan verließ den Kalifen, und in wenigen Stunden hatte er Dalilahs Wohnung ausgemittelt. Er begab sich mit einigen seiner Leute vor ihr Haus und klopfte an der Tür. Seinab fragte: »Wer da?« »Hasan Schuman!« antwortete er. »Im Namen des Kalifen, wo ist deine Mutter?«

Als Dalilah, welche oben war, dies hörte, sagte sie zu Seinab: »Jetzt sind wir gefangen; gegen Hasan Schuman vermag ich nichts mehr. Sage ihm nur die Wahrheit, da kommen wir noch am besten durch.« »Meine Mutter ist hier«, rief Seinab zum Fenster hinunter; »was willst du von ihr?« »Sie komme mit mir zum Kalifen und bringe alles mit, was sie den Leuten entwendet hat, dann wird der Kalif sie begnadigen; weigert sie sich aber, dies zu tun, so klage sie nur sich selbst an, wenn es ihr schlimm geht.« Dalilah kam herunter, knüpfte das Gnadentuch um den Hals und lud die entwendeten Kleider und Stoffe auf den Esel des Eseltreibers und das Pferd des Beduinen, nahm einen Beutel voll Gold in die Tasche und wollte Hasan folgen. Hasan untersuchte alles; da er aber noch die Kleider und Waffen Ahmeds und seiner 41 vermißte, fragte er sie, warum sie diese zurückgelassen. Sie antwortete: »Die hat meine Tochter ausgezogen, nicht ich.« Sie gingen nun miteinander zum Kalifen und legten alles vor ihn hin, was dem Juden, dem Obersten der Leibwache, dem Färber, dem Barbier, dem Beduinen, dem Eseltreiber und Hasan gehörte, und jeder nahm das Seinige zurück. Aber der Färber rief: »Wer ersetzt mir meine zugrunde gerichtete Färberei?« Auch der Eseltreiber schrie: »Wer bezahlt mir meine erlittenen Schmerzen und wer erstattet mir meine Zähne wieder?« Der Kalif lachte und ließ jedem 100 Dinare bezahlen. Dann fragte er Dalilah: »Warum hast du den Leuten so viel auf einmal entwendet?« »Nicht aus Begierde«, antwortete Dalilah, »nach dem, was anderen gehört, sondern weil ich so viel von der Gewandtheit Ahmeds und Hasans hörte, daß ich zeigen wollte, daß ich ihnen in nichts nachstehe.« »Und was wünschest du?« fragte der Kalif. »Mein Vater«, antwortete Dalilah, »war Richter in Bagdad; ich beschäftigte mich, Tauben zu Briefträgern zu erziehen, und mein Gatte war Polizeipräfekt. Ich möchte nun für mich den Gehalt meines Vaters und für meine Tochter den meines Gatten beziehen.« »Und was wollt ihr dafür leisten?« fragte der Kalif. »Ich will die Oberaufseherin deines großen Chans sein.« Der Kalif hatte nämlich einen Chan für Kaufleute errichten lassen, welcher 30 Wohnungen enthielt; 40 Sklaven waren zur Bewachung desselben und zur Bedienung der darin wohnenden Kaufleute angestellt, und 40 Hunde wurden unterhalten, um ihn vor jedem Einbruch bei Nacht zu schützen; auch war ein eigener Koch angestellt, um diese Sklaven und Hunde zu füttern. »Meiner Tochter aber, welche noch besser als ich die Leitung der Taubenpost versteht, räume das Schlößchen vor dem Chan ein, daß sie dort mit der Erziehung der Tauben sich beschäftige und die

Versendung deiner geheimen Briefe besorge.« Der Kalif ernannte sogleich Dalilah zur Oberaufseherin des Chans und vertraute Seinab die Leitung der Taubenpost an. Das ist's, was wir von den Streichen der listigen Dalilah wissen. Nicht minder merkwürdig sind aber die damit zusammenhängenden Streiche des Ägypters Ali.

Streiche des Ägypters Ali

Salih, der Polizeipräfekt von Kahirah, der 40 Agenten zu seiner Verfügung hatte, gab sich alle mögliche Mühe, um seiner habhaft zu werden, aber vergebens; er erhielt deshalb auch den Beinamen Quecksilber, weil er, sooft man ihn zu haschen glaubte, wieder entrann. Eines Tages, als er sehr verstimmt war, ging er, um sich zu erheitern, in ein Weinhaus, ließ sich ein besonderes Zimmer geben und trank so viel Wein, bis er ihm in den Kopf stieg. Dann ging er wieder auf die Straße, da kam ein Mann vorüber, welcher Zibebenwasser ausrief. »Komm her«, rief ihm Ali zu, »und gib mir zu trinken.« Der Wasserträger füllte einen Becher voll und reichte ihn Ali; aber er goß ihn auf die Erde und forderte einen anderen Becher voll. Der Wasserträger füllte ihn wieder; aber Ali goß ihn wieder aus, ließ sich einen dritten Becher von reichen und schüttete auch diesen auf die Erde. Da sagte der Wasserträger: »Wenn du nicht trinken willst, so gehe deines Weges.« Ali ließ sich noch einmal den Becher füllen, nippte ein wenig daran und gab ihn dem Wasserträger mit einem goldenen Dinar zurück. Der Wasserträger sah ihn spottend und mit unzufriedener Miene an. Da griff Ali nach seinem Dolch und sagte ihm: »Wehe dir, was spottest du meiner? Du hast mir drei Becher voll Wasser gereicht, die höchstens drei Drachmen wert sind, und ich habe dir dafür einen Dinar geschenkt; was willst du mehr? Ist dir je ein freigebigerer Mensch begegnet, als ich bin?« »Allerdings«, antwortete der Wasserträger; »ich kenne einen Mann, dessen Freigebigkeit nie übertroffen wird, solange Frauen Kinder gebären. Wisse nämlich, mein Vater war der Oberste der Wasserträger in Kahirah und hinterließ mir bei seinem Tod fünf Kamele, ein Maultier, einen Laden und ein Haus. Aber der Arme wird selten reich, und wenn er reich ist, so stirbt er. Bald nach seinem Tod entlehnte ich 500 Dinare; ich wollte nämlich nach Mekka pilgern und von dort einige in Ägypten gangbare Waren mitbringen. Ich verlor aber auf dem Weg mein Geld und wagte es wegen meiner Schulden nicht, nach Ägypten zurückzukehren. Ich schloß mich daher der syrischen Karawane an bis Haleb, Aleppo, und von hier ging ich nach Bagdad, fragte nach dem Obersten der Wasserträger und erzählte ihm, was mir widerfahren. Der Oberste gab mir einen Schlauch und die übrigen Gerätschaften zum Wassertragen; aber ich ging vom Morgen bis Mittag in der Stadt umher und konnte für keinen Drachmen Wasser verkaufen. Der eine sagte: ›Ich trinke nicht, bis ich gegessen habe;‹ der andere sagte: ›Gott helfe dir‹, und der dritte wieder etwas anderes. Gegen Mittag sah ich einen großen Zug von bewaffneten Leuten durch die Stadt reiten, dem

viele Leute nachliefen; ich war auch begierig, ihn zu sehen, und als ich fragte, was er bedeute, sagte man mir: ›Der neue Polizeipräfekt Ahmed Denf reitet heute zum ersten Mal mit seinen Leuten aus.‹ Als der Zug an mir vorüber kam, hielt Ahmed Denf sein Pferd an und rief mir zu: ›Komm her, Wasserträger, ich habe Durst, gib mir zu trinken!‹ Ich reichte ihm einen Becher voll Wasser hin; aber er goß ihn aus und forderte einen zweiten. Aber auch den zweiten stürzte er um auf den Boden, gerade wie du. Als ich ihm dann auf sein Begehren den dritten reichte, schlürfte er einige Tropfen hinunter und fragte mich, wo ich her sei. Ich antwortete: ›Aus Kahirah.‹ Da rief er: ›Gott segne die Bewohner Ägyptens! Wie kamst du aber hierher?‹ Da erzählte ich ihm die Ursache meiner Entfernung aus der Heimat und gab ihm zu verstehen, daß meine Lage nicht die allerbeste wäre. Er griff in seine Tasche, holte fünf Dinare heraus und schenkte sie mir. Dann sagte er zu seinen Leuten: ›Schenket zu Ehren Gottes diesem Mann etwas.‹

Da schenkte mir ein jeder einen Dinar. Beim Wegreiten sagte mir Ahmed noch: ›Gib mir nur zu trinken, sooft du mir begegnest; du sollst jedesmal so viel von mir erhalten.‹ In kurzer Zeit erhielt ich nun 1000 Dinare teils von ihm selbst, teils von seinen Leuten und anderen, die mich als seinen Günstling beschenkten. Als ich diese Summe beisammen hatte, ging ich zu ihm, küßte ihm die Hand und sagte ihm: ›Es reist in diesen Tagen eine Karawane nach Kahirah, erlaube mir, mich ihr anzuschließen, um meine Familie wiederzusehen.‹ Da schenkte er mir 100 Dinare und ein Maultier und sagte: ›Ich gebe dir auch einen Brief an Ali Quecksilber nach Kahirah mit und bitte dich, wenn du den Brief abgibst, ihn von seinem ehemaligen Meister zu grüßen.‹ Sobald er den Brief geschrieben hatte, nahm ich Abschied von ihm und reiste hierher, bezahlte meine Schulden und wurde wieder Wasserträger; den Brief an Ali trage ich aber noch immer bei mir, denn ich weiß nicht, wo er wohnt, und niemand kann mir es sagen.« »Freue dich, Wasserträger!« rief Ali; »ich bin Ali Quecksilber, gib mir den Brief!« Der Wasserträger zog den Brief aus seiner Tasche und überreichte ihn Ali. Als er ihn öffnete, fand er zuerst folgenden Vers darin:

»Ich schreibe dir, Zierde der Edlen, auf einem Blatt, das mit dem Wind zu dir gelangt; hätte ich Flügel, ich würde ihm selbst noch zuvorkommen, wie kann man aber mit abgestutzten Flügeln fliegen?«

Dann stand im Brief: »Den schönsten Gruß vom Polizeipräfekten Ahmed Denf an den Besten seiner Zöglinge, den Kahirahner Ali Quecksilber! Wisse, daß ich durch meine Gaunerstreiche in Kahirah sowohl als später hier so berühmt geworden bin, daß der Fürst der Gläubigen mich zum Polizeipräfekten von Bagdad ernannt hat. Ist die Freundschaft, welche uns verband, noch dieselbe in deinem Herzen, so komm hierher; es wird dir bald gelingen, dich hervorzutun und ein ansehnliches Amt an der Polizei zu erhalten. Das ist der Zweck dieses Schreibens. Friede sei mit dir!« Als Ali diesen Brief gelesen hatte, küßte er ihn, legte ihn unter seinen Turban und schenkte dem Wasserträger noch zehn Dinare. Dann ging er zu seinen Freunden, nahm Abschied von ihnen und versprach ihnen, daß er auch in der Ferne sich ihrer annehmen wollte; steckte eine kleine Büchse zu sich, welche ein sehr langes auseinandergelegtes Schwert enthielt, und suchte eine Karawane auf, welche nach Syrien reiste. Da hörte er, daß eine große Karawane, bei der sich auch der Oberste der Kaufleute Kahirahs befände, schon außerhalb der Stadt lagere und zum Aufbruch bereit sei. Er verließ schnell die Stadt und fand schon alles zum Abmarsch bereit, nur der Oberste der Kaufleute hatte seine Waren noch nicht aufgepackt, und vergebens bat er die Kameltreiber, ihm zu helfen. Als Ali dies sah, näherte er sich ihm, grüßte ihn und fragte ihn, wie es käme, daß er keinen Gehilfen und keinen Diener mitgenommen habe, zu so vielen Mauleseln mit Waren beladen. »Ich hatte zwei Jungen bei mir«, antwortete der Oberste, »die ich kleidete und denen ich noch Geld in die Tasche gab; aber sobald wir vor der Stadt waren, entflohen sie, und nun befinde ich mich allein.« Als Ali dies hörte, sagte er: »Ich will dein Gehilfe sein«, und fing sogleich an, die Maulesel mit den auf der Erde herumliegenden Waren zu beladen. Der Kaufmann gewann ihn deshalb sehr lieb und teilte mit ihm allen Mundvorrat, den er bei sich hatte. Die Karawane setzte glücklich ihren Weg fort, bis sie an den Löwenwald kam. Dort hauste ein Löwe, der jede Karawane anfiel und sehr oft einen Menschen fraß. Es wurde gewöhnlich unter den Kaufleuten gelost, wer vorangehen und sich dem Löwen hingeben müsse, um die übrigen zu retten.

Das Los fiel dieses Mal auf den Obersten der Kaufleute, der so ängstlich und bestürzt darüber war, daß er schon sein Testament machte. »Warum seid ihr so verzweifelt?« fragte Ali; und als man ihn von dem Vorfall unterrichtete, sagte er: »Flieht ihr vor einer Landkatze? Ich will den Löwen töten.« Als der Karawanenführer dies dem Kaufmann meldete, erbot er sich, Ali 1000 Dinare zu geben und auch die übrigen Kaufleute verhießen ihm Geschenke. Ali zog sein Oberkleid aus und stand in stählener Rüstung da, dann öffnete er seine Büchse, zog seine

Klinge heraus, setzte sie zusammen und versetzte dem Löwen, der bald darauf aus dem Wald gesprungen kam, einen Hieb zwischen die Augen, der ihm den ganzen Kopf entzwei spaltete. Als der Oberste der Kaufleute dies sah, umarmte und küßte er Ali und gab ihm die 1000 Dinare. Auch die übrigen Kaufleute schenkten ihm ein jeder 20 Dinare. Am folgenden Tag kamen sie ins Hundstal, wo ein Beduine mit seiner Räuberbande sich aufhielt, der schon manche Karawane ausgeplündert hatte. Auch dieses Mal zeigte er sich wieder, im Begriff, die Karawane zu überfallen; manche Kaufleute entflohen; der Oberste schrie: »Wehe mir, mein ganzes Vermögen ist dahin!« Da trat Ali hervor und forderte den Beduinen, welcher die Räuberbande anführte, zu einem Zweikampf heraus. Als der Beduine aber zu ihm heransprengte, zog er schnell einen Panzer an, daran viele Schellen hingen, so daß das Pferd des Beduinen scheu wurde und umkehrte. Diesen Augenblick benutzte Ali und stieß dem Beduinen eine Lanze in den Nacken, die ihn tödlich verwundete. Sobald der Anführer tot war, entflohen alle seine Leute. Ali steckte dann den Schädel des Beduinen auf seine Lanze und die Karawane setzte ungehindert ihren Weg bis Bagdad fort. Hier nahm Ali Abschied von dem Obersten der Kaufleute und bat ihn, das Geld, das ihm auf der Reise geschenkt worden, seinen Kameraden in Kahirah zu geben. Ali erkundigte sich jetzt nach der Wohnung Ahmed Denfs, aber niemand wollte ihn hinführen. Da sah er Kinder auf der Straße vor einem Zuckerbäckerladen spielen und dachte: »Eines von diesen wird mir wohl für ein Stück Kuchen Ahmeds Wohnung zeigen.« Er ging in den Laden und kaufte einige Süßigkeiten, zeigte sie den Kindern und fragte sie, wer ihm Ahmed Denfs Haus zeigen wolle. Einer der Knaben, welcher Ahmed Lakit hieß und Seinabs Neffe war, trieb seine Spielkameraden zurück und sagte zu Ali: »Folge mir nur, bis ich ein Steinchen an eine Tür werfe, da ist Ahmeds Haus.« Ali ging hinter ihm her und klopfte an die Tür, gegen welche der Knabe ein Steinchen warf. Sobald Ahmed Denf es hörte, rief er seinem Diener zu: »Öffne schnell! Ali Quecksilber steht vor der Tür, ich kenne sein Klopfen!« Ahmed nahm Ali sehr freundschaftlich auf, schenkte ihm ein Kleid, wie es seine 40 Agenten trugen und erbot sich, ihn dem Kalifen vorzustellen, damit er ihm ein Gehalt aussetze. »Damit hat es noch Zeit«, erwiderte Ali; »ich will einmal zuerst mich in Bagdad umsehen und auf irgend eine Weise hervortun.« »Sei aber nur behutsam«, versetzte Ahmed; »Bagdad ist kein Kahirah; Bagdad ist die Residenz des Kalifen, der Sammelplatz aller Gauner und Spione, die hier gleichsam wie Gras aus der Erde hervorwachsen; ich rate dir sogar, an den ersten Tagen gar nicht auszugehen.« Ali blieb nun drei Tage bei Ahmed, am vierten Tag hatte er Lust, auszugehen, denn er war nicht gewöhnt daran, so lange zu Hause zu bleiben, und fühlte sich daher sehr beklommen. Als er auf der Straße war, sah er 40 bewaffnete Sklaven vorübergehen, und hinter ihnen ritt die Gaunerin Dalilah auf einem Maulesel mit vergoldetem Helm und stählernem Panzer; sie kam eben vom Divan des Kalifen und begab sich in ihren Chan. Als sie Quecksilber sah, fiel er ihr auf, denn er hatte viel Ähnlichkeit mit Ahmed Denf, und die Gewandtheit und Tapferkeit leuchteten aus seinem Gesicht hervor.

Sobald Dalilah in den Chan kam, holte sie ihr Sandbrett hervor, schrieb allerlei Namen hinein, bis sie endlich durch verschiedene Zauberkünste den Namen Ali Quecksilber herausbrachte, der ihr aus Ahmeds Erzählungen schon bekannt war; zugleich sah sie aber auch im Sand, daß sein Glücksstern heller leuchtete, als der ihrige und der Seinabs. »Was hast du gesehen?« fragte Seinab ihre Mutter. »Ich habe heute einen jungen Mann auf der Straße gesehen«, antwortete Dalilah, »der mir wegen seiner Ähnlichkeit mit Ahmed Denf so sehr auffiel, daß ich begierig war, zu wissen, wer er ist. Nun habe ich herausgebracht, daß er Ali Quecksilber aus Kahirah ist, ein Zögling Ahmed Denfs, der gewiß seinen Meister rächen und uns einen schlimmen Streich spielen wird.« »Dem sind wir schon gewachsen«, sagte Seinab. Sie zog sogleich das schönste Kleid an, das sie hatte, ging aus und durchstreifte die Straßen Bagdads, bis sie Ali Quecksilber fand, den sie nach der Schilderung ihrer Mutter sogleich erkannte. Als sie neben ihm stand, stieß sie ihn ein wenig mit dem Arm und sagte: »Gott segne die gescheiten Leute!« »Gott erhalte deine schöne Gestalt!« sagte Ali; »wer bist du?« »Ich bin die Tochter eines Kaufmanns«, antwortete Seinab, »und auch mein Gatte ist Kaufmann. Als ich mich zu Tisch setzen wollte, war mir es unmöglich, einen Bissen zu essen. Ich ging daher aus, – es ist das erste Mal in meinem Leben, daß ich allein ausgehe; nun gefällst du mir so gut, daß ich gern dich bei Tisch an meiner Seite haben möchte; willst du mir folgen?«

Ali sagte: »Wer ruft, dem wird geantwortet«; und ging einige Straßen weit hinter ihr her. Dann dachte er doch an die Warnung Ahmeds und an die Gefahr, in einer fremden Stadt sich mit einer verheirateten Frau in ein Verhältnis einzulassen. Er griff daher in seine Tasche, holte einen Dinar heraus, reichte ihn Seinab hin und sagte: »Nimm dies; ich kann dir jetzt nicht weiter folgen.« Aber Seinab stieß seine Hand zurück und beschwor ihn, sie nach Hause zu begleiten und sich von ihr bewirten zu lassen. Ali konnte nicht widerstehen und blieb bei ihr, als sie vor einem großen Haus mit verschlossenem Tor stillhielt. »Da«, sagte Seinab; »öffne das Tor!« »Wo ist der Schlüssel?« fragte Ali. »Den habe ich verloren«, antwortete Seinab; »schlage nur die Tür ein!« Ali versetzte: »Das werde ich nimmermehr tun; ich will nicht für einen Dieb gehalten werden.« Er war im Begriff, sie zu verlassen, weil sie ihm verdächtig vorkam; aber sie hob ihren Schleier auf und zeigte ihm ein so schönes Gesicht, daß es ihm nicht mehr möglich war, sich von ihr zu trennen. Da er indessen die Tür nicht mit Gewalt erbrechen wollte, öffnete sie das Schloß ohne Schlüssel durch die Kraft einiger heiliger Namen von der Mutter Moses, und ging mit Ali in den Hof, in welchem viele Waffen umherlagen. Seinab nahm dann ihren Schleier ab und setzte sich neben Ali. Als er sie aber küssen wollte, bedeckte sie ihr Gesicht mit der Hand und bat ihn, sich bis zum Abend zu gedulden. Sie holte dann Speisen und Wein herbei, und als sie gegessen und getrunken hatten, füllte sie eine Kanne mit Wasser aus dem Brunnen, der im Hof war, und wusch ihre Hände; darauf schlug sie sich auf die Brust und schrie: »Wehe mir, ich bin verloren!« Ali sprang zu ihr hin und fragte sie, was ihr zugestoßen. »Ich habe einen Diamantenring in den Brunnen fallen lassen«, antwortete sie, »der bei meinem Gatten für 500 Dinare verpfändet ist und den ich angezogen habe. Nun wende dein Gesicht nach der Tür zu, daß ich mich entkleide und in den Brunnen hinabsteige, um ihn zu suchen.« »Das lasse ich nicht zu«, rief Ali, »bleibe da, ich steige hinunter!« Er warf sogleich seine Kleider von sich, band sich an den Eimer fest und Seinab ließ ihn langsam hinunter in den Brunnen, der sehr tief war. Als er drunten war, nahm sie seine Kleider, ging damit zu ihrer Mutter und erzählte ihr alles.

Ali mußte im Brunnen bleiben, bis der Emir Hasan, Eigentümer des Hauses, welcher den ganzen Vormittag im Divan des Kalifen zuzubringen pflegte, nach Hause kam. Er wollte vor dem Mittagsgebet sich waschen und befahl seinem Diener, die Waschkanne am Brunnen zu füllen. Dieser fand aber den Eimer so schwer, daß er ihn nicht heraufziehen konnte; er sah dann hinunter und erschrak so sehr, als er eine menschliche Gestalt darin erblickte, daß er Ali für einen Afrit, ein Gespenst, hielt, um so mehr, da er gewiß wußte, daß er beim Weggehen das Haustor geschlossen hatte und es nun offen stand, ohne daß etwas am Schloß verletzt war. Er lief daher erschrocken zu seinem Herrn und sagte ihm: »Mein Herr, ich habe einen Afrit im Brunnen gesehen!« »So rufe vier Geistliche«, sagte Hasan, »daß sie den Koran vor ihm lesen, bis er sich entfernt.« Die Geistlichen lasen lange aus dem Koran vor dem Brunnen, es wollte aber kein Afrit heraussteigen. Endlich rief Hasan seinen Stallknecht und mehrere andere Diener herbei, um den Eimer heraufzuziehen, und ihr Erstaunen war nicht gering, als Ali halb nackt aus dem Eimer heraussprang. Die Geistlichen riefen, Gott lobend: »Hier ist der Afrit!« Hasan, der aber hinzutrat, sagte: »Hier ist ein Mensch wie ich und kein Afrit. Wie kamst du in diesen Brunnen?« fragte er dann Ali. »Bist du ein Dieb?« »Nein«, antwortete Ali, »ich wollte im Tigris baden, da sank ich unter und die Strömung des Wassers trieb mich durch einen Kanal bis hierher.« »Das kann nicht sein«, sagte Hasan; »gestehe die Wahrheit.« Da erzählte ihm denn Ali, auf welche Weise er in den Brunnen gekommen, und bat ihn um einige Kleider, damit er nicht nackt nach Hause gehen müsse. Als er dann in alten Kleidern vor Ahmed Denf erschien, sagte ihm dieser: »Habe ich dich nicht vor den Streichen der hiesigen Gauner gewarnt? Hier gibt es Frauen, welche die klügsten Männer zum besten haben.« Als Ali dann erzählte, auf welche Weise er seine Kleider verloren, sagte Ahmed: »Diesen Streich hat dir keine andere, als Seinab, die Tochter der Gaunerin Dalilah, Oberaufseherin des großen Chans, gespielt; doch hast du dich nicht zu schämen, denn es ging deinem Meister mit seinen 41 auch schon einmal so mit ihr.« »Nun«, sagte Ali, »liebe ich sie noch mehr als zuvor, und werde nicht eher ruhen, bis sie meine Frau wird.« »Das wird nicht so leicht sein«, versetzte Ahmed; »reiße dich los von ihr, solange du es noch kannst.«

Da sagte Hasan Schuman zu Ali: »Willst du zum Ziel gelangen, so folge meinem Rat. Du hast bis auf die Farbe die auffallendste Ähnlichkeit mit dem Koch aus dem Chan, den Dalilah mit ihrer Tochter bewohnt; nimm daher eine pechartige, schwarze Farbe und färbe dich damit; dann gehe auf den Markt, wo gewöhnlich Dalilahs Koch sein Fleisch und sein Gemüse einkauft; grüße ihn als deinen Landsmann und lade ihn zu einem Frühstück ein. Wenn er dir entgegnet, er habe soviel zu tun für die 40 Sklaven und ebenso viele Hunde, für Dalilahs und

Seinabs Tisch, so beschwöre ihn, wenigstens ein Glas Buza, eine Art Bier, und ein Stück Braten anzunehmen, das kein Schwarzer verschmäht. Du führst ihn dann in ein dazu gemietetes Zimmer, und hat er einmal ein Glas Buza getrunken, so wird es dir leicht sein, ihn zu einem zweiten und dritten zu bereden. Inzwischen wird er immer offener und gesprächiger, und du mußt ihn über alles ausfragen, was er täglich zu besorgen hat, über die Anzahl Schüsseln, die er kochen muß, sowohl für Dalilah und Seinab, als für die Sklaven und Hunde, über den Platz, wo er den Küchen- und Speisenmagazinschlüssel hinzulegen pflegt, kurz über alles, was du wissen mußt, um seine Stelle versehen zu können, ohne daß man den Wechsel bemerke. Hat er alles ausgeplaudert, so schenke ihm noch einmal ein und gieße einen Schlaftrunk in das Buza; sobald es wirkt, entkleidest du ihn, ziehst seine Kleider an, steckst sein Küchenmesser in den Gürtel, nimmst den Korb mit Gemüse und Fleisch auf den Kopf, gehst damit in die Küche des Chans und kochst alles, wie es der eigentliche Koch zu tun pflegt, du legst aber ein einschläferndes Pulver in die Speisen, und wenn Seinab schläft, so nimmst du deine und Ahmeds und seiner Leute Kleider aus ihrem Schlafzimmer, wo sie sie aufbewahrt, und gehst damit fort; und willst du Seinab heiraten, so nimm auch ihre 40 Posttauben. Ali befolgte diesen Rat; der Koch machte nicht viele Schwierigkeiten, ein Glas Buza anzunehmen, und er wurde darauf so redselig, daß Ali ihm alles auslockte, was er wissen wollte; er hörte nicht nur, wie viele Gerichte er täglich zuzubereiten hatte, sondern auch noch, welche auf heute verlangt waren und welche am vorhergehenden Tag aufgetischt worden. Auch über den Platz, wo die verschiedenen Schlüssel lagen, erhielt er Auskunft, und nun zog er sein einschläferndes Pulver hervor und mischte es in das Buza, das er dem Koch vorstellte. Dieser stürzte um, sobald er davon trank; Ali zog dann dessen Kleider an und ging mit dem Marktkorb in den Chan. Aber Dalilah erkannte Ali sogleich und rief herunter: »Geh heim, Spitzbubenhäuptling, hast du im Sinn, in diesem Chan einen Spitzbubenstreich auszuführen?« »Was sagst du, Pförtnerin?« fragte Ali im Ton des Erstaunens. »Was hast du aus meinem Koch gemacht?« versetzte Dalilah; »hast du ihn getötet oder ihm einen Schlaftrunk beigebracht?« »Gibt es hier einen anderen Koch als mich?« entgegnete Ali. »Du lügst«, schrie ihn Dalilah an, »du bist Ali Quecksilber!« Da sagte er im Dialekt der Schwarzen: »O Pförtnerin, seit wann sind die Ägypter schwarz? Auf diese Weise kann ich nicht länger dienen.« »Gott erhalte unseren Koch!« riefen einige Sklaven Dalilah zu; »was willst du von ihm?« »Es ist nicht euer Koch«, sagte Dalilah, »wartet nur, ich komme gleich herunter, um einmal zu sehen, ob seine Schwärze natürlich ist.« Sie kam und wusch ihm den Arm, aber die Schwärze blieb, denn Hasan hatte ihm eine Salbe gegeben, welche das Wasser nicht zu vertreiben vermochte. Dem ungeachtet bestand Dalilah auf ihrer Behauptung, bis endlich die Sklaven ihr sagten: »Laß doch den Koch unser Mittagsessen zubereiten, ist er es nicht, so wird er weder die Küche noch das Speisezimmer finden, auch wird er nicht wissen, welche Gerichte er uns heute auftischen soll.« »Nun«, sagte Dalilah, »fragt ihn einmal, welche Speisen ihr gestern von ihm verlangt.«

Ali sagte eine Speise nach der anderen her, nahm dann den Küchenschlüssel von dem Platze, wo er gewöhnlich lag, und ebenso den zur Speisekammer; er erkannte ersteren, weil Federn daran klebten und letzteren an Spuren von Fett, den Weg nach beiden zeigte ihm überdies noch eine vor ihnen herspringende Katze. Obgleich aber Dalilah dies wohl merkte, widersprach sie doch ihren Dienern nicht länger. Ali bereitete nun zuerst das Essen für Seinab und Dalilah zu und mischte eine so starke Dosis einschläferndes Pulver hinein, daß sie beim ersten Bissen zusammensanken. Er reichte dann den Sklaven ebenfalls Speisen, in welche er einen Schlaftrunk mischte, in das Essen für die Hunde aber mischte er Gift, so daß er des Abends ungestört mit allen Kleidern, welche Seinab ihm und Ahmed geraubt, ja sogar mit ihren Tauben aus dem Chan gehen konnte. Als er zu Hasan kam, kochte ihm dieser ein Kräuterwasser, das ihm seine frühere Farbe wiedergab. Hierauf ging er in das Gemach, wo der Koch noch schlafend lag, hielt ihm ein Gegenmittel gegen den Schlaftrunk unter die Nase, gab ihm seine Kleider wieder und seinen Korb und verließ ihn. Als einer der Bewohner

des Chans bei Tagesanbruch aufstand, fand er alle Türen geöffnet, die Hunde tot, die Sklaven, sowie Seinab und Dalilah in tiefen Schlaf versunken. Er weckte letztere, und als sie wieder zu sich kam, fand sie ein Papierchen neben sich, auf dem geschrieben stand: »Kein anderer als der Ägypter Ali Quecksilber hat dir diesen Streich gespielt.« »Ich habe es wohl gewußt«, sagte sie zu Seinab, »daß Ali seinen Meister Ahmed rächen würde, indessen meint er es gewiß gut mit uns, sonst hätte er uns einen weit schlimmeren Streich spielen können.« Sie schalt dann die Sklaven wegen ihres Widerspruchs und befahl ihnen, den ganzen Vorfall zu verschweigen, kleidete sich in gewöhnliche Frauenkleider, warf ein kleines Tuch um den Hals und ging zu Ahmed Denf, bei dem auch Hasan Schuman und Ali Quecksilber waren. »Was willst du, verruchte Alte?« fragte sie Hasan; »du hast gewiß wieder mit deinem Bruder Sureik, dem Fischer, irgend einen schlimmen Streich vor.« »Das mag sein«, sagte Dalilah; »aber dieses Mal bin ich die Angeführte: Einer deiner Leute hat uns die Posttauben gestohlen, und ich komme, sie mir wieder von dir zu erbitten.« »Die Tauben sind schon geschlachtet«, sagte Ali,

»ich wußte nicht, daß es Posttauben waren.« Dalilah erschrak um so mehr, als sie dies hörte, da wirklich auf dem Tisch gebratene Tauben standen. Als sie aber daran roch, sagte sie sogleich: »Das sind nicht unsere Tauben, die müßten nach Moschus riechen, mit dessen Körnern ich sie gefüttert habe.« »Nun«, sagte Hasan, der wohl wußte, daß andere Tauben zum Essen gekauft wurden, »gewähre Alis Bitte, so sollst du deine Tauben wieder haben.« »Und was verlangt er von mir?« fragte Dalilah. »Deine Tochter Seinab zur Gattin«, antwortete Hasan. »Ich habe keine Gewalt über sie«, versetzte Dalilah; »wenn er aber wirklichen Gaunermut hat, so werbe er um sie bei ihrem Oheim, dem Fischer Sureik, welcher ihr Pfleger ist.« »Willst du unseren Freund verderben?« fragte Hasan; »Sureik ist der Meister aller Spitzbuben aus Irak, ihm ist es ein leichtes, den fernsten Stern zu erreichen und den Leuten den Kohel aus den Augen zu stehlen. Um den Käufer in seinen Fischerladen zu locken, hat er einen Beutel mit 2000 Dinaren hinter die Tür gehängt und er ruft immer: ›Ihr Spitzbuben Ägyptens, ihr Gauner aus Irak, ihr Beutelschneider aus Persien!‹ Der Fischer Sureik hat einen Beutel voll Gold in seinem offenen Laden hängen; versucht es einmal, ihn zu stehlen! Bisher haben aber die gewandtesten Spitzbuben sich vergebens bemüht, diese 2000 Dinare zu stehlen, denn Schellen, welche an einer seidenen Schnur befestigt sind, warnen ihn durch ihren Klang, sobald der Beutel, an den diese Schnur geknüpft ist, berührt wird, und er hat schon manchen, den er auf diese Weise ertappte, mit bleiernen Kugeln, die er vor sich liegen hat, getötet oder schwer verwundet.«

Dalilah erwiderte: »Wer meine Tochter Seinab heiraten will, darf keine Gefahr scheuen; übrigens wird ohne Sureiks Zustimmung meine Tochter nicht heiraten.« Ali nahm diese Bedingung an und gab ihr ihre Tauben zurück. Sobald sie fort war, baten ihn Hasan und Ahmed, sein Vorhaben aufzugeben und sich um eine andere Gattin zu bewerben; allein er gab ihnen kein Gehör, ließ sich Frauenkleider bringen, verkleidete sich als eine vornehme schwangere Frau und ging auf die Straße, nahm einen Esel, stellte sich dem Eseltreiber als die Gemahlin des Obersten Hasan vor und ritt mit ihm durch die Stadt, bis er an dem Laden Sureiks vorüberkam. Da sagte er zum Eseltreiber: »Ich rieche so gute gebackene Fische, daß es mich danach gelüstet; geh und laß dir einige von dem Fischhändler geben, damit es meiner Leibesfrucht nichts schade.« Während aber der Eselstreiber bei Sureik ein Stückchen Fisch bestellte, zerdrückte Ali eine Blase voll Hammelblut, die er zu sich unter den Rock genommen hatte, und schrie: »Wehe mir! Meine Leibesfrucht ist dahin!« Als Sureik das Blut zu den Füßen Alis sah, erschrak er so sehr, daß er aus dem Laden in sein Wohnzimmer floh; Ali benützte diesen Augenblick, um nach dem Beutel zu greifen, der im Laden hing, sobald aber Sureik den Klang der Schellen hörte, sprang er heraus und sagte: »Deine List ist dir nicht gelungen, hier hast du, was dir zukommt«, und warf ihm darauf solange bleierne Kugeln nach, bis er fern war.

Beschämt kam er wieder zu Hasan Schuman, warf seine Frauenkleider von sich und zog die eines Stallknechtes an. Er ging wieder zu Sureik und forderte heiße Fische von ihm, so daß er in die Küche gehen mußte, um frische zu backen; unterdessen suchte Ali den Beutel loszumachen, aber die seidene Schnur verriet ihn wieder, doch gelang es ihm, den bleiernen Kugeln auszuweichen. Eine der ihm nachgeworfenen Kugeln traf einen Kadhi, der eine Schüssel voll heißer Suppe über die Straße trug, die Schüssel zerbrach und die heiße Suppe lief ihm gerade den Ärmel hinunter. Alle Leute versammelten sich um Sureik und forderten ihn auf, um ähnliches Unglück zu verhüten, den Lockbeutel wegzunehmen; er versprach es auch zu tun, aber am folgenden Tag sah ihn Ali wieder an derselben Stelle hängen. Da rief er einen Schlangenbeschwörer, der mit zwei zahmen Schlangen vorüberging, zu sich und bat ihn, mit ihm nach Hause zu gehen, um seine zwei Kinder mit seinen Künsten zu unterhalten. Als er bei ihm war, stellte er ihm eine Speise vor, in welche er einen Schlaftrunk gemischt hatte, zog dessen Kleider an, nahm den Beutel mit den zwei Schlangen und den übrigen Gerätschaften des Schlangenbeschwörers, ging damit vor den Laden Sureiks, spielte auf der Flöte und forderte ein Almosen. »Gott helfe dir!« schrie ihn Sureik an. Da warf Ali die beiden Schlangen vor ihn, und er fürchtete sich so sehr, daß er in seine Wohnstube lief. Ali griff schnell nach dem Beutel, aber auch dieses Mal kam Sureik wieder herbei, ehe er sich dessen bemeistern konnte, und warf ihm einige Kugeln nach. Eine derselben traf den Stallknecht eines Offiziers, der gerade vorüberging; er nötigte Sureik, den Beutel wegzunehmen, aber am anderen Morgen hing er wieder im Laden.

Ali versuchte nun noch mehrere ähnliche Streiche, aber alle mißlangen ihm; da indessen die bleiernen Kugeln gar manchen Vorübergehenden unschuldigerweise verletzten, und Sureik übrigens doch fürchtete, ihn zuletzt noch zu verlieren, gab er den Bitten seiner Nachbarn nach und entschloß sich, nach Alis siebtem Versuch, ihn mit in sein Haus zu nehmen. Ali wartete, bis er des Abends nach Hause ging, und da es schon sehr dunkel war, schlich er sich unbemerkt in sein Haus.

Ali hörte, wie Sureik zu seiner Gattin, welche eine freigelassene Sklavin des Veziers Djafar war, sagte: »Hier bin ich endlich mit dem Beutel voll Gold, den ich dir für die einstige Beschneidungs- und Hochzeitsfestlichkeiten deines Sohnes Abd Allah versprochen. Bewahre ihn wohl auf, denn ich bin heute Nacht zu einem Fest bei einem meiner Nachbarn geladen.« Die Schwarze nahm ihm den Beutel ab und sagte. »Schlafe erst ein wenig.« Er legte sich auf den Divan und schlief bald ein. Da schlich Ali leise auf den Zehen aus dem Kabinett, in welchem er sich versteckt hatte, in das Zimmer, nahm den Beutel und ging damit zum Fest, zu dem auch Sureik eingeladen war. Diesem träumte, daß ein Vogel seinen Beutel mit Gold davontrage; er sprang erschrocken auf, rief seine Gattin und bat sie, einmal nach dem Beutel zu sehen. Als sie ihn vergebens suchte, sagte Sureik: »Wehe mir! Den hat niemand anderes als Ali gestohlen, doch ich will ihn schon wieder bekommen.« »Das rate ich dir«, sagte seine Gattin, »sonst, bei Gott! Öffne ich dir die Haustür heute Nacht nicht.« Sureik ging zum Fest, wo er wohl wußte, daß auch Ali erscheinen werde. Als er ihn sah, zog er sich zurück und dachte bei sich selbst: »Schon gut, der hat meinen Beutel noch in der Tasche, den will ich bald haben.« Er ging daher in die Straße, wo Ahmed Denf wohnte, und stieg von einem benachbarten Haus aus, das offen stand, auf die Terrasse von Ahmed Denfs

Haus und schlich dann leise bis zur Tür herunter. Niemand bemerkte ihn, denn alles schlief schon im Haus. Hier wartete er, bis Ali vom Fest kam und an die Tür klopfte. Da fragte er, Hasan Schumans Stimme nachahmend: »Wer ist da?« »Ali Quecksilber, der Ägypter.« »Hast du den Beutel Sureiks?« »Ich habe ihn, öffne nur!« »Ich darf nicht öffnen, bis du mir ihn gibst, ich habe mit Ahmed gewettet.« »So strecke die Hand unter dem Tor heraus!« Sureik tat dies, nahm den Beutel und entwich wieder durch die Terrasse auf dieselbe Weise, wie er gekommen war. Als Ali noch eine Weile vor der Tür stand, und immer noch nicht geöffnet wurde, klopfte er so stark, daß alle im Haus erwachten. Hasan Schuman, der ihn am Klopfen erkannte, trat zu ihm heraus und fragte ihn: »Hast du den Beutel?« »Du scherzest«, antwortete Ali, »ich habe dir ihn ja eben durch das Tor hineingereicht, weil du schworst, du öffnetest mir nicht eher, bis du den Beutel habest.« »Bei Gott!« schwor Hasan, »ich habe dir nichts abgenommen, gewiß hat ihn Sureik wieder.« »Nun«, sagte Ali, »ich will mir ihn schon wieder verschaffen.« Er kehrte hierauf wieder zu dem Fest zurück und sah sich nach Sureik um; sobald er ihn bemerkte, zog er sich zurück und stieg auf die Terrasse von Sureiks Haus und von da in das Zimmer der Schwarzen, welche schlief und ihr Kind neben sich liegen hatte. Er zog die Kleider der Schwarzen an, und goß ihr sowohl als dem Kind einige Tropfen Schlaftrank ein und wartete, bis Sureik nach Hause kam. Als er an die Tür klopfte, legte er sich ans Fenster und rief, eine Weiberstimme nachahmend. »Wer ist an der Tür?« »Der Vater Abd Allahs«, antwortete Sureik. »Ich habe geschworen, dir nicht zu öffnen, bis du deinen Beutel wiederbringst; hast du ihn?« »Jawohl, hier ist er.« »Gib ihn her.« Bei diesen Worten ließ Ali einen Korb mit Kuchen, welcher im Zimmer stand, an einem Strick zum Fenster hinunter, und als Sureik den Beutel hineinlegte, zog er ihn wieder herauf und ging mit dem Korb und dem Kind über die Terrasse wieder fort nach Hause.

Sureik wartete lange vergebens, bis seine Gattin die Tür öffnete, sie fragte sogleich: »Hast du den Beutel?« »Habe ich ihn nicht in den Korb gelegt, den du zum Fenster herabgelassen?« »Ich weiß nichts von einem Korb noch von einem Beutel.« »Bei Gott! So ist mir der Gauner Ali wieder zuvor gekommen.« Als seine Frau die Tür öffnete, suchte er den Korb, und da er ihn nicht mehr fand, zweifelte er nicht mehr daran, daß Ali sich bei ihm eingeschlichen. Jetzt vermißte aber auch die Schwarze ihr Kind, sie schlug sich auf die Brust und schrie: »Mein Kind, mein Kind!« Dann sagte sie zu Sureik: »Morgen verklage ich dich bei Djafar, du bist an dem Verlust meines Kindes schuld, denn du hast den Gauner durch deinen verdammten Beutel hierher gelockt.« »Ich bürge dafür, daß ich morgen das Kind wiederbringe«, versetzte Sureik, »beruhige dich nur!« Am folgenden Morgen ging Sureik zu Ahmed Denf und sagte ihm: »Bewege deinen Freund Ali, daß er mir mein Kind zurückgebe, dann schenke ich ihm den Beutel mit Gold.« Da sagte Hasan Schuman, der auch zugegen war, zu Ali: »Warum hast du mir nicht gesagt, daß das gestohlene Kind Sureik gehört?« »Ist ihm was zugestoßen?« fragte Sureik erschrocken. »Leider«, sagte Hasan, »haben wir ihm Zibeben zu essen gegeben, an denen es erstickte. Hier liegt es schon in sein Leichengewand gehüllt.« Ahmed, der wohl dachte, daß Sureik sein Kind bei ihm suchen würde, hatte wirklich, um ihn zu erschrecken, ein Lämmchen geschlachtet und in ein Leichengewand gehüllt. Als Sureik dies sah, schrie er: »Wehe mir, mein Sohn! Was werde ich seiner Mutter sagen?« Er ging dann auf das Kind zu und enthüllte es, da bemerkte er, daß es nur ein Lämmchen war und sagte zu Ali: »Gib mir das Kind und behalte mein Geld.« »Das gehört ihm von Rechts wegen«, sagte Hasan; »du hast oft genug alle Gauner herausgefordert, dir einen Beutel zu nehmen, indessen wird dir ihn Ali gern wieder zurückgeben, wenn du ihn mit deiner Nichte Seinab, der Tochter Dalilahs, verlobst.« »Willst du das Geld unter dieser Bedingung zurücknehmen?« fragte Ali. »Ich kann meiner Nichte nur raten, aber nicht befehlen«, antwortete Sureik; »ich meinerseits gebe meine Zustimmung, und nehme daher auch mein Geld wieder zurück, aber Seinab wird nur den Mann heiraten, der ihr als Hochzeitsgeschenk die Kleidung und den Schmuck Kamrs, der Tochter des Juden Usra bringt.« »Unsere Verlobung finde nicht statt«, sagte Ali, »wenn ich sie nicht herbeischaffe.« Sureik ging freudig nach Hause und brachte seiner Frau

ihr Kind und ihren Beutel. Ali aber fragte Hasen, wer denn eigentlich der Jude Usra wäre, dessen Tochter Schmuck er Seinab bringen sollte? »Usra«, antwortete Ahmed, »ist ein Zauberer, der dich ins Verderben stürzt, wenn du etwas gegen ihn zu unternehmen wagst, denn die boshaftesten Genien stehen unter seinem Befehl. Er bewohnt ein Schloß außerhalb der Stadt, dessen Wände halb von Gold und halb von Silber sind; dieses Schloß ist aber nur sichtbar, solange er darin ist; verläßt er es, so bemerkt man keine Spur mehr davon.

Usra bringt den Tag in der Stadt zu, wo er eine Niederlage von Goldwaren hat und reitet des Abends in sein Schloß zu seiner Tochter Kamr. Dann legt er seiner Tochter Kleider und Schmuck, die er ihr aus dem Schatz Feidas heraufbeschworen, in eine goldene Platte, hängt sie vor das Fenster und ruft: ›Kommt herbei, ihr Gauner Ägyptens, ihr Spitzbuben Iraks, ihr Beutelschneider Persiens: Wer diese Platte nimmt, darf sie behalten mit allem, was darin ist.‹ Aber die gewandtesten Gauner scheiterten in ihren Versuchen und wurden in

Affen oder Esel verwandelt.« »Ich scheue keine Gefahr«, sagte Ali; »ich muß mit Kamrs Schmuck Dalilahs Tochter Seinab zieren.« Er ließ sich hierauf den Laden des Juden Usra zeigen und wartete in der Nähe desselben, bis Usra den Laden schloß, einen Quersack mit Silber und Gold gefüllt, auf ein Maultier lud, sich dann selbst daraufsetzte und fortritt; dann folgte er ihm bis zur Stadt hinaus. Auf einmal hielt Usra still, zog ein Beutelchen mit Sand aus der Tasche, murmelte einige unverständliche Worte darüber und streute ihn in die Luft – und, siehe da, plötzlich sah Ali ein goldenes Schloß vor sich stehen; das Maultier, welches ein dienstbarer Geist war, stieg die Stufen hinauf und verschwand. Usra ging mit dem Quersack ins Schloß. Bald darauf erschien er am Fenster und befestigte die Platte mit Kamrs Schmuck an demselben und rief: »O Gauner Ägyptens, ihr Spitzbuben Iraks und ihr Beutelschneider Persiens: Wer gewandt genug ist, diese Platte zu nehmen, der darf sie behalten, mit allem, was darin ist.« Hierauf sagte er einige Beschwörungsformeln her, und es stieg ein Tisch, mit den kostbarsten Speisen beladen, aus dem Boden herauf. Als er sich gesättigt hatte, rief er wieder einige heilige Namen an; der Tisch verschwand und ein anderer stieg an dessen Stelle hervor, auf welchem die besten Weine in den zierlichsten Trinkgefäßen standen. Da dachte Ali, welcher sich unbemerkt eingeschlichen hatte und hinter einer Tür verborgen war: »Nun wird der Jude sich gewiß betrinken, dann kann ich um so leichter ihm beikommen.« In der Tat trank Usra so viel Wein, daß er sich kaum mehr aufrecht halten konnte; als aber Ali mit gezogenem Schwert hinter der Tür hervorsprang, schrie er seine Hand an: »Bleibe regungslos, Hand!« Und siehe! Alis Hand blieb ausgestreckt, und er war nicht mehr imstande sie zu bewegen. Dasselbe widerfuhr seiner linken Hand, als er mit dieser das Schwert aus seiner Rechten nehmen wollte, und als er auf den Juden zugehen wollte, wurde auch sein rechter Fuß lahm. Usra ließ ihn eine Weile so mit ausgestreckten Armen auf dem linken Fuße stehen; dann sagte, er ihm: »Wer bist du und warum kamst du hierher?« »Ich bin Ali Quecksilber aus Kahirah«, antwortete er, »einer der Jünger Ahmed Denfs; ich habe um Seinab, Tochter der Gaunerin Dalilah, geworben, und man hat von mir das Kleid und den Schmuck deiner Tochter Kamr als Hochzeitsgabe verlangt; willst du daher in Ruhe vor mir bleiben, so gib mir sie her.« -»Ich will dir dein Leben schenken«, sagte Usra; »geh damit weg und gib dein Vorhaben auf, sonst geht es dir nicht besser, als vielen anderen vor dir; du verdankst übrigens die Schonung, die ich gegen dich habe, nur dem großen Glücksstern, den ich über dir leuchten sehe.« »Ich werde mein Vorhaben nie aufgeben«, sagte Ali, durch diese Worte des Juden ermutigt; »verfahre mit mir, wie du willst.« Da füllte Usra eine Tasse mit Wasser, sagte einige heilige Namen darüber her, bespritzte Ali damit und schrie ihn an: »Verlasse deine Menschengestalt und werde ein Esel!« Kaum waren diese Worte aus Usras Mund, da stand Ali als ein Esel da, mit Hufen und langen Ohren, und brüllte wie ein wahrer Esel.

Zwar hörte und verstand Ali noch alles wie zuvor, aber sprechen konnte er nicht mehr. Usra zeichnete nun mit dem Fuß einen Kreis um ihn, und sogleich erhob sich eine Mauer um ihn herum, die ihm das Entweichen unmöglich machte. Dann setzte sich Usra wieder zu seinem Wein, trank noch einige Becher

voll und schlief ein. Am folgenden Morgen sagte er zu dem in einen Esel verwandelten Ali: »Ich will einmal heute mein Maultier schonen und dich satteln, um nach der Stadt zu reiten.« Er schloß dann Kamrs Kleid und Schmuck in ein Kabinett, holte den Quersack und legte ihn auf Ali; hierauf bestieg er ihn selbst, und sowie er aus dem Schloß war, verschwand auch das ganze Schloß. Vor seinem Laden stieg er ab, nahm den Quersack herunter und band Ali an. Da kam ein verunglückter Kaufmann und bot dem Juden die goldenen Armbänder seiner Frau zum Verkauf an. »Was willst du mit dem Geld anfangen?« fragte ihn der Jude. »Ich will einen Esel dafür kaufen«, antwortete der Kaufmann, »und mich fortan als Wasserträger zu ernähren suchen.« »Ich verkaufe dir meinen Esel«, versetzte der Jude. Der Kaufmann besah ihn, und da er ein gutes Aussehen hatte, begnügte er sich mit wenigem Geld, das ihm der Jude herausgab. Da dachte Ali: »Wenn der Wasserträger mit einem hölzernen Sattel und einem Wasserschlauch mich belädt und zehnmal durch die Stadt führt, so ist es um mich geschehen.« Als daher die Frau des Wasserträgers ihm Futter brachte, fiel er sie an und küßte und umarmte sie, so daß sie um Hilfe schreien mußte, und mit Mühe gelang es den herbeieilenden Nachbarn, ihn von ihr loszureißen. Sobald ihr Gatte nach Hause kam, erzählte sie ihm, was ihr mit dem Esel begegnet war, und sagte: »Entweder du verkaufst diesen Esel wieder, oder gibst mir einen Scheidebrief, denn das ist ein Teufel in Eselsgestalt; wer weiß, was geschehen wäre ohne das schnelle Herbeieilen unserer Nachbarn.« Der Wasserträger nahm den Esel, ging wieder zum Juden, sagte ihm, er könne den Esel nicht behalten, weil seine Frau

sich vor ihm fürchte, und ließ sich dessen Wert in Geld geben.

Als der Jude abends wieder in seinem Schloß war, löste er Alis Zauber und sagte ihm: »Es steht nun bei dir, deine Braut Seinab aufzugeben und keine weiteren Pläne mehr wegen des Schmuckes meiner Tochter zu schmieden, oder ich verwandle dich in einen Bären, daß du der ganzen Stadt zur Belustigung dienst.« »Solange ich lebe«, erwiderte Ali, »entsage ich Seinab nicht, und da ich sie ohne den Schmuck deiner Tochter nicht erlangen kann, so werde ich alles aufbieten, um mir denselben zu verschaffen; ist dir daher dein Leben teuer, so schenke mir ihn lieber.« Statt aller Antwort murmelte Usra einige unverständliche Worte her und Ali stand als ein Bär vor ihm.

Am folgenden Tag nahm der Jude Usra den in einen Bären verwandelten Ali mit sich in die Stadt und band ihn an eine Kette vor seinem Laden, nachdem er ihm einen Maulkorb angelegt hatte; da kam ein Kaufmann und bat ihn, er möchte ihm doch diesen Bären verkaufen, da die Ärzte seiner kranken Cousine Bärenfleisch verordnet hätten. Usra schenkte ihm den Bären, und jener sagte im Vorübergehen einem Metzger, er möchte ihm mit seinem Messer folgen, um den Bären zu schlachten. Ali war schon auf den Boden hingestreckt und der Metzger wetzte nur sein Messer noch, als auf einmal ein Geist den Bären aufhob und ihn in Usras Schloß trug. Diesen Geist hat Usra auf das Verlangen seiner Tochter abgesandt, welche sich beim ersten Anblick in Ali verliebt hatte, und daher ihren

Vater bat, ihm noch einmal zu verzeihen. Usra gab ihm seine frühere Gestalt wieder; da er aber hartnäckig auf dem Besitz des Schmuckes bestand, verwandelte er ihn in einen Hund und nötigte ihn, am folgenden Tag ihm in dieser Gestalt in die Stadt zu folgen, wo alle natürlichen Hunde ihn anbellten und bissen, bis er vor dem Laden eines Krämers vorüberkam; dieser bemitleidete ihn, trieb die anderen Hunde weg und nahm in mit nach Hause. Als aber des Krämers Tochter den Hund sah, verschleierte sie sich schnell und sagte: »Warum, o Vater, bringst du fremde Männer herein?« »Ich sehe nichts«, antwortete der Krämer, »als einen fremden Hund, den ich vor den Anfällen der hiesigen schützte.« »Das ist kein Hund«, versetzte das Mädchen; »es ist Ali Quecksilber aus Ägypten, den der Jude Usra verzaubert hat. Ist es nicht wahr?« sagte sie, zu dem Hund sich wendend. Der machte eine bejahende Bewegung mit dem Kopf. »Willst du mich heiraten?« fragte sie Ali, »dann gebe ich dir deine menschliche Gestalt wieder.« Der Hund schüttelte wieder bejahend den Kopf. Da nahm sie eine Tasse, worauf allerlei heilige Namen geschrieben waren, und sagte einige Beschwörungsformeln her; aber in diesem Augenblick vernahm sie einen so lauten Schrei, daß ihr die Tasse aus der Hand fiel, und die Sklavin ihres Vaters trat herein und sagte ihr: »Hältst du so dein Wort? Hast du mir nicht geschworen, keinen Mann zu heiraten, der nicht auch mich zugleich heiratet? Wisse nämlich«, sagte sie, zu ihrem erstaunten Herrn sich wendend: »Ich war ehemals die Lieblingssklavin des Juden Usra, und sooft er in die Stadt ging, setzte ich mich hinter seine Zauberbücher und las darin. Als er mich dir verkaufte, erbot ich mich deiner Tochter, sie alles zu lehren, was ich aus Usras Büchern gelernt hatte, unter der Bedingung, daß wenn sie einst heirate, sie ihren Gatten nötige, mich als zweite Gattin zu nehmen. Willst du also auch mich zur Frau haben?« fragte sie Ali. Als dieser durch eine Kopfbewegung

seine Einwilligung zu erkennen gab, hob die Sklavin die Tasse von der Erde auf und bespritzte Ali damit, und sogleich stand er wieder als schöner, junger Mann da und erzählte dem Krämer, warum ihn Usra verzaubert hatte. Nun fragte ihn der Krämer: »Genügen dir diese beiden Gattinnen jetzt?« »Nein, bei Gott!« antwortete Ali, »ich muß auch Seinab haben.« In diesem Augenblick trat Kamr zur Tür herein und sagte zu Ali: »Obschon gewöhnlich Männer den Frauen eine Hochzeitgabe bringen, will ich dieses Mal dich mit meinem Kleid und meinem Schmuck und dem Haupt meines Vaters, deines und Gottes Feindes, beschenken, wenn du mein Gatte werden willst. Wisse nämlich, daß ich heute Nacht im Traum eine Stimme vernahm, welche mit zurief: ›Werde Muselmännin!‹ Ich legte das moslemische Glaubensbekenntnis ab und forderte auch meinen Vater auf, Moslem zu werden, und als er sich weigerte, gab ich ihm einen Schlaftrunk und enthauptete ihn.« »Ich erwarte euch alle morgen im Divan des Kalifen«, sagte Ali zu den drei Mädchen, »da wollen wir in seiner Gegenwart den Ehe-kontrakt schreiben lassen.« Er nahm dann die goldene Platte mit Kamrs Schmuck und ihres Vaters Kopf, und verließ sie, in der Absicht nach Hause zu gehen. Als er auf der Straße war, kam ein herumziehender Zuckerbäcker zu ihm, bot ihm ein Stück Kuchen an und erbat sich ein Geschenk; Ali war so freudetrunken, daß er den Kuchen annahm und sogleich ein Stückchen davon aß. Aber er enthielt eine starke Dosis einschläferndes Pulver, daß er sogleich bewußtlos hinfiel, worauf der scheinbare Zuckerbäcker die Platte mit allem was darin war, nahm, und sie in die Kiste, welche die Kuchen enthielt, einschloß. Er war aber kaum ein paar Schritte weit damit fort, da kam ein Kadhi auf ihn zu, überreichte ihm ein Stückchen Kuchen und sagte ihm: »Koste einmal diesen Kuchen und backe mir einen ähnlichen.« Kaum hatte er ihn mit den Lippen berührt, fiel er um, denn auch dieser Kuchen enthielt einschläferndes Pulver. Der Kadhi nahm ihm dann die ganze Kiste weg und ging damit fort. Dieser als Kadhi verkleidete Mann war kein anderer, als Hasan Schuman, und der als Zuckerbäcker umhergehende Jüngling war Ahmed Lakit, der Neffe Seinabs; derselbe, der Ali bei seiner Ankunft in Bagdad des Polizeipräfekten Ahmeds Haus gezeigt hatte. Sureik war nämlich zu Dalilah gegangen und hatte ihr gesagt, sie möchte nur auf ihrer Hut sein, da Ali am Ende doch noch den versprochenen Schmuck dem Juden entlocken könnte. Dalilah rief hierauf ihren Enkel Ahmed Lakit und bat ihn, sich als Zuckerbäcker zu verkleiden, um Ali, wenn er mit des Juden Schätzen käme, derselben wieder zu berauben. Ahmed suchte ihn lange vergebens, begegnete ihm aber wie wir eben gesehen haben, im Augenblick, als er seine drei Bräute verließ. Hasan Schuman aber, der ebenfalls mit einigen seiner Leute, als Kadhi verkleidet, Ali aufsuchte, den er schon mehrere Tage vermißte, erkannte Ahmed Lakit sogleich und überlistete ihn auf die angeführte Weise, während seine Leute den schlafenden Ali von der Erde aufhoben und in seine Wohnung trugen. Als letzterer wieder zu sich kam, fragte ihn Hasan, der schon vor ihm mit den Schätzen und dem noch schlafenden Ahmed Lakit nach Hause kam: »Hast du das versprochene Hochzeitgeschenk?« »Ich hatte es«, antwortete Ali, »aber ein Zuckerbäcker hat es mir durch List wieder genommen.« »Kennst du ihn?« fragte Hasan. Er antwortete: »Jawohl, wenn ich ihn sehe, so kenne ich ihn.« Da führte ihn Hasan in ein Nebenzimmer, wo Ahmed Lakit lag. Ali weckte ihn auf und wollte ihn töten, aber Hasan hielt ihn zurück und sagte ihm: »Hüte dich, ihm etwas zuleide zu tun, denn er ist der Neffe deiner Braut Seinab, dem ich alles wieder entlockt habe.« »So gehe zu deiner Großmutter Dalilah«, sagte ihm Ali, »und zu dem Fischer Sureik, und sage ihnen, daß ich die versprochene Hochzeitsgabe besitze und dazu noch den Kopf des Zauberers Usra, und daß ich sie morgen im Divan des Kalifen erwarte.«

Am folgenden Tag ging Ahmed Denf mit Ali zum Kalifen und stellte ihn ihm als den wackersten seiner Zöglinge und Häuptling der Gauner Ägyptens vor; Ali machte einen sehr günstigen Eindruck auf den Kalifen, denn die Tapferkeit und Klugheit leuchteten aus seinen Augen hervor. Ahmed erzählte dem Kalifen manche Streiche, welche Ali mit bewunderungswürdiger Gewandtheit durchgeführt, und zuletzt den gegen den Juden Usra. Der Kalif äußerte einige Zweifel gegen den Tod dieses Zauberers, als Kamr in den Divan trat und alles bestätigte, was ihm Ahmed erzählt hatte. Zugleich erneuerte sie vor dem Kalifen ihr muselmännisches Glaubensbekenntnis und bat ihn, als ihr Bevollmächtigter, sie mit Ali zu vermählen. Der Kalif schenkte Ali das Schloß des Juden mit allem, was darin war, und fragte ihn, was er sonst noch wünsche. »Ich habe keinen anderen Wunsch, als stets deinen Teppich betreten und an deiner Tafel speisen zu dürfen.« »Das sei dir gewährt«, sagte der Kalif; »was wünschest du noch?« »Erlaube mir, meine 40 Jünger von Kahirah hierher zu berufen.« »Tu dies, und ich werde sogleich meinem Schatzmeister den Befehl erteilen, 10000 Dinare herzugeben, um dir mit deinen Jüngern ein schönes Haus zu bauen. Hast du sonst keinen Wunsch mehr?« »König der Zeit, suche Dalilah zu bereden, daß sie mir ihre Tochter Seinab zur Gattin gebe, und Kleider und Schmuck Kamrs als Morgengabe für sie annehme.« Dalilah, welche anwesend war, sagte sogleich: »Ich nehme es an und werde heute noch den Ehe-kontrakt schreiben lassen.« Ali ließ auch, seinem Versprechen und der Bitte des Kalifen für Kamr zufolge, einen Ehe-kontrakt zwischen ihm und Kamr, sowie auch zwischen ihm und der ehemaligen Sklavin des Juden und ihrer Gebieterin schreiben, und nach kurzer Zeit, als seine Jünger aus Kahirah ankamen, heiratete er diese vier Mädchen und fand sich höchst glücklich in ihrem Besitz. Der Kalif ließ dann eines Abends sich von Ali nochmals alle seine Abenteuer mit der Gaunerin Dalilah, mit ihrer Tochter Seinab, mit dem Fischer Sureik und dem Juden Usra erzählen und fand sie so merkwürdig, daß er seinem Sekretär befahl, sie niederzuschreiben und in seinem Archiv aufzubewahren. Aber nur der erhabene Gott ist allwissend!

Ein Bagdadenser und seine Sklavin

Einst lebte in Bagdad ein wohlhabender Mann, der von seinem Vater ein großes Vermögen geerbt hatte. Er liebte eine Sklavin, kaufte sie und wurde auch von ihr zärtlich geliebt. Für diese Sklavin machte er nach und nach so viele Ausgaben, daß endlich sein ganzer Besitz dahin war und ihm nichts mehr übrig blieb, wovon er leben konnte. Dieser Mann hatte in seinen besseren Tagen die Gesellschaften von Leuten gesucht, die Kenner der Gesangkunst waren, und selbst darin eine große Meisterschaft erlangt. Als er daher einen seiner Freunde um Rat fragte, sagte ihm dieser, er wisse keinen besseren Erwerb für ihn, als daß er mit seiner Sklavin singe, das werde ihm viel Geld einbringen, wovon er gut essen und trinken könne. Dieser Rat gefiel aber weder ihm noch der Sklavin. Diese sagte: »Ich halte es für das beste, du verkaufst mich, dann sind wir aus aller Not, denn mich kauft nur ein wohlhabender Mann und es findet sich schon wieder Gelegenheit zu unserer Vereinigung.« Da führte er sie auf den Sklavenmarkt und der erste, der sie sah, war ein edler gebildeter Haschimite aus Baßrah, aus dem Geschlecht der Propheten, und er kaufte sie für 1500 Dinare. Als ich das Geld in Empfang genommen, – so erzählt der Bagdadenser selbst – reute mich der Verkauf, ich weinte und die Sklavin weinte mit mir, und ich wollte den Handel wieder rückgängig machen, der Käufer ging aber nicht darauf ein. Ich legte nun das Geld in einen Beutel und wußte nicht, wohin mich wenden, denn mein Haus schien mir durch ihre Abwesenheit verödet. Ich seufzte, weinte und schlug mich selbst, wie nie zuvor. Endlich trat ich in eine Moschee, legte den Beutel als Kissen unter mein Haupt, fiel, vom vielen Weinen erschöpft, in einen Zustand der Betäubung und schlief ein. Da kam, ohne daß ich es bemerkte, ein Mann, zog mir den Beutel unter dem Kopf hervor und lief schnell davon. Hierauf erwachte ich in großem Schrecken und da ich den Beutel nicht mehr fand, wollte ich aufstehen, um dem Dieb nachzulaufen, aber meine Füße waren mit einem Strick zusammengebunden, so daß ich umstürzte. Da weinte ich wieder und schlug mich und sagte zu mir selbst: »Nun ist dein Leben fern von dir und dein Geld ist auch dahin.« Meine Verzweiflung war so groß, daß ich an den Tigris ging, mein Gesicht mit meinem Gewand bedeckte und in den Fluß sprang. Als aber umherstehende Leute dies bemerkten, sagten sie: »Gewiß hat ihn schweres Unglück dazu veranlaßt«, sie sprangen mir daher nach, brachten mich wieder ans Land und erkundigen sich nach meinen Umständen. Ich erzählte ihnen, was mir widerfahren und sie bedauerten mich sehr. Dann kam ein Greis auf mich zu und sagte: »Willst du, weil dein Besitz verloren ist, auch deine Seele zugrunde richten und dich in die Hölle stürzen? Komm und zeige mir deine Wohnung!« Ich führte ihn dahin und er setzte sich zu mir, bis ich ruhiger wurde und ich dankte ihm für seine Teilnahme. Als er sich wieder entfernt hatte, war ich nahe daran, meinem Leben ein Ende zu machen, aber ich dachte an das Jenseits und an die Hölle, darum verließ ich in Eile mein Haus und begab mich zu einem

Freund und erzählte ihm, was mir zugestoßen. Er weinte aus Mitleid mit mir und schenkte mir 50 Dinare und sagte: »Folge meinem Rat, verlasse Bagdad sogleich und lebe von diesem Geld, bis die Liebe aus deinem Herzen weicht, dann wende dich an irgend einen Statthalter, du kannst als gewandter Schönschreiber und gebildeter Mann leicht Mittel finden, mit Gottes Hilfe wieder zu deiner Sklavin zu gelangen.« Ich beherzigte diese Worte, die meinen Schmerz einigermaßen linderten und beschloß nach Wasit zu reisen, wo ich Verwandte hatte. Als ich an das Ufer kam, sah ich ein Schiff vor Anker liegen, nach welchem Matrosen kostbare Gerätschaften brachten. Ich bat sie, mich mitzunehmen, sie sagten aber: »Dieses Schiff gehört einem Haschimiten, wir können dich nicht so mitnehmen.« Da versprach ich ihnen einen großen Lohn, worauf sie sagten: »Wenn du es durchaus willst, so ziehe deine vornehme Kleidung aus, und kleide dich als Matrose und geselle dich zu uns, als wärest du auch ein Matrose.« Ich ging sogleich und kaufte mir Matrosenkleider, zog sie an und bestieg das Schiff, welches nach Baßrah fahren sollte. Kaum war ich eingestiegen, da erblickte ich meine Sklavin, welche zwei andere Sklavinnen bedienten, da war ich getröstet, denn ich dachte: »Nun kann ich sie ja sehen und singen hören, bis zu unserer Ankunft in Baßrah.« Bald darauf kam der Haschimite mit einer Anzahl Leute herangeritten und schiffte sich ein. Er setzte sich zur Sklavin und aß mit ihr, während die übrigen Leute in der Mitte des Schiffes ihre Mahlzeit hielten. Der Haschimite sagte dann zur Sklavin: »Wie lange soll noch diese Trauer währen? Wie lange wirst du dich noch weigern, vor mir zu singen? Du bist nicht die erste, die von ihrem Geliebten getrennt wird.« Daraus schloß ich, daß sie mich noch immer sehr heftig liebte. Er ließ dann an einer Seite des Schiffes, wo die Sklavin saß, einen Vorhang anbringen, setzte sich außerhalb des Vorhangs zu den Leuten, die sich mit ihr auf dem Schiff befanden und die, wie ich hörte, seine Brüder waren, ließ Wein und Früchte auftragen und hörte nicht auf, in die Sklavin zu dringen, daß sie doch etwas singe, bis sie sich endlich eine Laute bringen ließ, sie stimmte und folgende Verse sang:

»In finsterer Nacht ist die Karawane mit meinem Geliebten geschieden, sie zog ohne Schonung fort mit meiner Herzenslust, und seit ihre Kamele aufgebrochen sind, glühen feurige Kohlen im Herzen der Geliebten.«

Da überwältigten sie ihre Tränen, sie warf die Laute weg und hörte auf zu singen. Die ganze Gesellschaft wurde bestürzt und ich fiel in Ohnmacht, so daß man mich für einen Fallsüchtigen hielt und mir etwas ins Ohr las*. Man gab dann der Sklavin so viel süße Worte und bat sie so inständig, weiter zu singen, daß sie ihre Laute wieder stimmte und folgende Verse sang:

»Ich blieb stehen und weinte über die Dahinziehenden. Sie sind in meinem Herzen, wenn sie auch weit weg gezogen sind. Ich blieb bei den Trümmern stehen und fragte nach ihnen, und ihr Haus war verödet und ihre Wohnung stand leer.«

---

* Die Fallsüchtigen gelten bei den Arabern als Besessene und man liest ihnen Koranverse vor, um die bösen Geister zu verjagen.

Hierauf fiel sie wieder in Ohnmacht, es erhob sich ein Weheklagen aus der Mitte der Gesellschaft und auch ich stieß einen Schrei aus und fiel in Ohnmacht. Die Matrosen wurden besorgt um meinetwillen, und ein Diener des Haschimiten sagte ihnen: »Warum habt ihr diesen Besessenen mitgenommen?« Dann sagte einer zum anderen: »Wenn wir an ein Dorf kommen, schiffen wir ihn aus und schaffen uns Ruhe vor ihm.« Dies versetzte mich in große Angst, ich nahm mich daher zusammen, soviel ich konnte und dachte: »Es bleibt mir nichts übrig, um nicht ans Land gesetzt zu werden, als daß ich sie von meiner Anwesenheit in Kenntnis setze.« Wir fuhren dann weiter, bis wir gegen Abend in eine schöne angebaute Gegend kamen, da sagte der Herr des Schiffes: »Laßt uns hier ein wenig an das Land steigen!« Als alle Leute ausgestiegen waren, machte ich mich auf, ging hinter den Vorhang, stimmte die Laute um und spielte in einer Weise, die ich die Sklavin gelehrt hatte, und nahm dann wieder meinen früheren Platz auf dem Schiff ein. Bald nachher stieg auch die ganze Gesellschaft wieder ein, und der Mond beschien das Ufer und den Fluß. Da sagte der Haschimite zu seiner Sklavin: »Ich beschwöre dich bei Gott, trübe unser Leben nicht länger!« Sie nahm daher die Laute, betastete sie und schrie laut auf, so daß man glaubte, ihre Seele verlasse sie. Dann sagte sie: Bei Gott, mein Meister ist bei uns auf dem Schiff.« Der Haschimite erwiderte: »Bei Gott, wenn er bei uns wäre, so würde ich ihn nicht aus unserer Gesellschaft ausschließen, er könnte deinen Schmerz lindern und uns den Genuß an deinem Gesang verschaffen, doch ist es nicht wahrscheinlich, daß er sich auf diesem Schiff befinde.« Sie aber versetzte: »Ich kann nicht Laute spielen und mich zu verschiedenen Liedern begleiten, wenn mein Herr bei uns ist.« Da sagte der Haschimite: »Ich will einmal die Matrosen fragen.« Als er auf ihren Wunsch jene fragte, ob sie einen fremden Mann mitgenommen, sagten sie: »Nein.« Da ich nun fürchtete, er werde keine weitere Frage an sie richten, lachte ich und sagte: »Ich war ihr Lehrer und habe ihr Unterricht erteilt, als ich noch ihr Herr war«, und sie sagte: »Bei Gott, das ist die Stimme meines Herrn.« Da kamen die Diener und führten mich zum Haschimiten, der mich alsbald wieder erkannte und mir zurief: »Wehe dir! In welchem Zustand bist du? Was ist dir zugestoßen?« Ich erzählte ihm unter Tränen, was mir widerfahren, alsbald hörte man das Schluchzen der Sklavin hinter dem Vorhang her, und der Haschimite selbst und seine Brüder weinten mit uns aus Mitleid. Dann sagte er: »Bei Gott, ich bin dieser Sklavin nicht nahe gekommen und habe sie bis heute nicht einmal singen hören. Ich bin ein Mann, den Gott mit Reichtum gesegnet und bin nur nach Bagdad gereist, um meine Pension vom Fürsten der Gläubigen in Empfang zu nehmen und um schön singen zu hören; als ich daher beides erreicht hatte, dachte ich, nun will ich doch, ehe ich heimkehre,« noch einmal eine Bagdadenserin singen hören und kaufte daher deine Sklavin, ohne etwas von eurem Verhältnis zu ahnen, ich nehme aber Gott zum Zeugen, daß ich bei unserer Ankunft in Bagdad diesem Mädchen die Freiheit schenken und sie mit dir verheiraten und euch mehr als nötig zu leben geben will, jedoch unter der Bedingung, daß, sooft ich Lust habe, sie singen zu hören, mir dies hinter einem Vorhang gestattet werde, du sollst dann einer meiner Freunde und Gesellschafter werden.« Ich freute mich über diesem Vorschlag und der Haschimite steckte seinen Kopf zur Sklavin hinein und fragte sie: »Bist du damit einverstanden?« Sie dankte ihm und wünschte ihm alles Gute. Er rief dann einen Diener und befahl ihm, mich zu entkleiden und mir kostbare Kleider anzuziehen, mich zu beräuchern und ihm wieder vorzustellen. Als dies geschehen war, wurde mir wie den anderen Wein vorgestellt und die Sklavin sang dann in schönster Weise folgende Verse:

»Sie tadeln mich, weil ich beim Abschied vom Geliebten Tränen vergoß, sie haben den Trennungsschmerz nie gekostet und das Feuer nicht gefühlt, das mein Inneres verzehrt. Nur die Betrübte, deren Herz in diesem Lager verloren gegangen ist, kennt die Liebespein.«

Alle Zuhörer waren entzückt über diesen Gesang und ich selbst nahm im Übermaß des Glücks die Laute aus ihrer Hand und sang mit schönster Begleitung folgende Verse:

»Verlangst du eine Wohltat, so wende dich an einen Edlen, der nur Reichtümer und Wohlhabenheit kennt; eine Bitte an einen Edlen bringt Ehre, eine solche an einen Gemeinen bringt Schande. Bist du gezwungen, dich zu erniedrigen, so tu es nur vor einem Großen, du erniedrigst dich nicht, wenn du einen Edlen verehrst, wohl aber, wenn du vor einem Geringen dich beugst.«

Die Leute hatten ihre Freude an mir und wir fuhren nun so fort, die Sklavin und ich, abwechselnd zu singen, bis das Schiff an einem gewissen Ufer anlangte und alle Leute ausstiegen. Ich ging auch in trunkenem Zustand ans Land und wurde vom Schlaf überwältigt und schlief noch fort, als alle wieder ins Schiff stiegen und weiterfuhren. Sie hatten meine Abwesenheit nicht bemerkt, denn auch sie waren vom Weine erhitzt und langten ohne mich in Baßrah an; ich aber schlief, bis mich die Sonnenglut weckte, da fand ich mich ganz allein und ohne Geld, denn ich hatte es der Sklavin gegeben. Auch hatte ich vergessen, den Haschimiten nach seiner Wohnung und seinem Namen zu fragen, so daß ich in größter Verzweiflung war und das freudige Wiedersehen der Sklavin für einen Traum hielt. Ich blieb trostlos am Ufer sitzen, bis ein großes Schiff vorübersegelte, da bestieg ich es und gelangte nach Baßrah, ohne Jemanden in dieser Stadt zu kennen und ohne zu wissen, wo der Haschimite wohnte. Ich ging zu einem Gemüsehändler, forderte Tinte und Papier und schrieb etwas, und da er meine Schrift schön fand und mich in schmutzigem Kleid sah, erkundigte er sich nach meinem Zustand, und als ich mich für einen armen Fremden ausgab, schlug er mir vor, bei ihm zu bleiben, um sein Buch zu führen und bot mir für meine Dienste Kost und Wohnung und einen halben Drachmen Lohn für den Tag. Ich willigte ein und blieb einen Monat bei ihm, besorgte sein Geschäft und führte Buch über seine Ausgaben und Einnahmen. Nach einem Monat, als seine Einnahmen gestiegen waren und seine Ausgaben sich vermindert hatten, gab er mir einen Drachmen täglich, und als das Jahr zu Ende war, bot er mir seine Tochter als Frau an und gab mir Teil am Geschäft. Ich nahm das Anerbieten an, heiratete das Mädchen und besorgte den Laden, war jedoch nicht glücklich, denn mein Herz war zerknirscht, so daß ich auch, wenn mein Schwiegervater mich zum Trinken einlud, ihm nicht folgte. So vergingen zwei Jahre. Eines Tages sah ich viele Leute mit Speisen und Getränken vorübergehen und als ich fragte, was dies bedeute, sagte man mir: »Dies ist der Tag der Lebenslustigen, an dem die wohlhabenden und fröhlichen jungen Leute am Ufer des Obollakanals unter den Bäumen zechen.« Da überkam mich die Lust, dies auch zu sehen, denn ich dachte, vielleicht sehe ich unter den vielen Leuten auch meine Geliebte. Der Gemüsehändler, dem ich mein Verlangen danach äußerte, richtete mir Speisen und Getränke her und ich begab mich an das Ufer, um mit anderen den Kanal zu befahren. Da erblickte ich den Kapitän des Schiffes, auf welchem der Haschimite und die Sklavin sich befunden hatten. Ich rief ihm zu und er erkannte mich und fragte mich, ob ich noch am Leben? Dann umarmte er mich und ließ sich meine Abenteuer erzählen. Als ich damit zu Ende war, sagte er: »Da du sehr betrunken warst, glaubten wir, du seiest ins Wasser gestürzt und darin umgekommen.« Ich fragte dann nach meiner Sklavin und er sagte mir: »Als man dich vermißte, zerriß sie ihre Kleider, verbrannte ihre Laute und fing an zu weheklagen und sich zu schlagen. Als wir in Baßrah anlangten, sagten wir ihr: ›Lasse jetzt dein Weinen und dein Weheklagen!‹ Sie erwiderte: ›Ich werde mich jetzt schwarz kleiden und mir an der Seite dieses Hauses ein Grab graben lassen und in der Nähe desselben leben und nie mehr singen. ‹Wir widersetzten uns ihrem Vorsatz nicht und so lebt sie jetzt bis zu dieser Stunde.« Ich ließ mich dann zu ihr führen und fand sie in dem vom Hauptmann bezeichneten Zustand. Als sie mich sah, stieß sie einen furchtbaren Schrei aus, so daß ich glaubte, sie sei des Todes. Ich hielt sie lang in meinen Armen und der Haschimite sagte: »Nimm sie hin!« Ich erwiderte: »Schenke ihr die Freiheit, wie du mir versprochen hast und gib mir sie zur Ehefrau.« Er tat dies und schenkte uns kostbare Gerätschaften, viele Kleider und Divane und 500 Dinare, indem er hinzusetzte, so viel bestimmte er uns für jeden Monat, jedoch unter der Bedingung, daß wir in seiner Gesellschaft leben und er die ehemalige Sklavin singen höre. Er wies uns dann eine Wohnung an, in die er alles Nötige an Mobilien bringen ließ und in welche sich auch meine Gattin begab. Ich ging hierauf zum Gemüsehändler und erzählte ihm, was sich mit mir zugetragen und bat ihn, mir es nicht als Sünde anzurechnen, wenn ich seiner Tochter, ohne daß sie etwas verschuldet habe, nach Entrichtung ihrer Morgengabe, einen Scheidebrief gebe. Als dies geschehen war, kehrte ich zum Haschimiten zurück und lebte wie früher mit dem Mädchen in großem Wohlstand. Gott verscheuchte jeden Kummer von uns, überhäufte uns mit seiner Gnade und belohnte unsere Geduld, indem er uns an das Ziel unserer Wünsche gelangen ließ.

Das Märchen von Maruf

In Kahirah lebte einst ein Schuhflicker, mit dem Namen Maruf, der eine sehr böse und schlechte Frau hatte, die ihn auf alle mögliche Weise kränkte. Er ließ sich alles gefallen, um öffentliche Szenen zu vermeiden, wurde aber auch immer ärmer, weil er, um Frieden zu haben, alles, was er verdiente, für seine Frau ausgeben mußte. Eines Tages sagte ihm Fatma, so hieß diese böse Frau: »Heute muß ich einen Honigkuchen von Bienenhonig haben.« Er antwortete: »Gott gebe mir die Mittel dazu, so will ich dir ihn verschaffen; im Augenblick besitze ich aber keinen Drachmen. Doch Gott wird mir helfen.« »Ich lasse mich nicht auf solche Redensarten ein«, erwiderte Fatma; »bringst du mir diesen Abend keinen Honigkuchen, so erwartet dich eine bittere Nacht.« »Gott ist gnädig«, sagte Maruf tief seufzend; dann betete er das Morgengebet, ging in seine Butike und flehte Gott um Arbeit an, daß er in den Stand gesetzt werde, seiner Frau einen Honigkuchen zu kaufen. Aber sein Gebet blieb unerhört: Er saß bis mittags in seiner Butike, ohne daß ihm die geringste Arbeit gebracht wurde, so daß er nicht einmal Brot, viel weniger Kuchen kaufen konnte. Mit Tränen in den Augen schloß er seine Butike und machte sich auf den Weg nach Hause. Da winkte ihm ein Kuchenbäcker, den sein betrübtes Aussehen rührte, und fragte ihn, was ihm zugestoßen sei. »Ich fürchte mich vor meiner Frau«, antwortete Maruf, »denn ich soll ihr einen Honigkuchen bringen und habe nicht einmal Geld zu Brot.« »Beruhige dich«, sagte der Kuchenbäcker, »wieviel Pfund willst du?« »Fünf Pfund«, antwortete Maruf. »Schon gut«, sagte der Bäcker, »ich habe Butter und Honig, zwar nicht von Bienen, jedoch von Zuckerrohr, der besser als Bienenhonig ist, ich will dir einen Kuchen backen, der wert wäre, Königen vorgelegt zu werden. Willst du nicht auch etwas Brot und Käse? Nimm nur, was du bedarfst, ich borge dir einige Tage, bis Gott dir hilft. Hier hast du auch noch etwas Geld, gehe dafür ins Bad und bringe dann einen vergnügten Abend bei deiner Frau zu.« Maruf ging, dem Kuchenbäcker und Gott für diese Gnade dankend, mit Kuchen, Brot und Käse nach Hause und brachte alles seiner Frau. Als sie aber sah, daß der Kuchen nicht von Bienen-, sondern von Zuckerrohrhonig gemacht war, fragte sie ihn: »Warum handelst du gegen meinen Willen? Habe ich nicht einen Kuchen von Bienenhonig begehrt?« Maruf entschuldigte sich damit, daß er ihn nicht für bares Geld kaufen und daher auch nicht lange wählen konnte. Aber Fatma kehrte sich nicht an seine Worte, sondern geriet in heftigen Zorn, schmähte ihn und schlug ihm einige Zähne aus; als er hierauf seinen Zorn nicht länger bemeistern konnte und auch ihr eine Ohrfeige gab, faßte sie ihn am Bart und schrie so laut, daß alle Nachbarn herbeieilten, um den Frieden wieder herzustellen. Sobald sie wieder allein waren, schwor sie, sie werde nichts vom Kuchen essen; Maruf aber, den sehr hungerte, aß davon. Da sagte sie: »Möchte der Kuchen doch zu Gift in deinem Leib werden!« Er ließ sie aber fluchen und erwiderte lachend: »Da du geschworen hast, den Kuchen nicht zu berühren, so muß ich ihn wohl allein

essen; ein andermal bringe ich dir einen Kuchen von Bienenhonig, den magst du dann allein verzehren.«

Am folgenden Tag saß Maruf in seiner Butike, da kamen auf einmal zwei Gerichtsdiener auf ihn zu und luden ihn vor den Kadhi. Hier fand er seine Frau mit verbundenem Arm und blutigem Schleier, und die Augen mit Tränen gefüllt. Der Kadhi sagte ihm: »Fürchtest du Gott nicht, daß du deine Frau so mißhandelst?« Da erzählte ihm Maruf die Ursache ihres Streites und berief sich auf das Zeugnis seiner Nachbarn. Der Kadhi, welcher ein sehr guter Mann war, schenkte ihm einen Viertelsdinar und sagte ihm: »Kaufe dafür einen Kuchen von Bienenhonig und lebe in Frieden mit ihr.« Maruf bat den Kadhi, das Geld seiner Frau zu geben, und hoffte nun wieder einige Ruhe vor ihr zu haben. Aber kaum war er in seine Butike zurückgekehrt, da kamen die Gerichtsdiener und forderten ihren Lohn für die Vorladung. Maruf sagte ihnen: »Der Kadhi hat mir ja nicht einmal etwas abgenommen, ja, er hat meiner Frau sogar noch Geld geschenkt, wie soll ich euch etwas geben?« »Der Kadhi mag tun, was er will«, erwiderten die Gerichtsdiener, »wir müssen unseren Lohn haben, und wenn du ihn uns nicht gibst, so werden wir ihn schon nehmen.« Hierauf schleppten sie ihn auf die Straße und nötigten ihn, die Geräte seiner Butike zu verkaufen. Er saß jetzt trostlos in seiner Butike und dachte mit Schaudern daran, daß ihm nunmehr kein Mittel mehr bliebe, etwas zu verdienen. Da kamen wieder Gerichtsdiener und forderten ihn vor Gericht wegen Mißhandlungen, die er sich gegen seine Frau zuschulden hatte kommen lassen. »Aber der Kadhi hat ja den Frieden zwischen uns hergestellt und mich entlassen!« sagte Maruf. »Wir sind die Diener eines anderen Kadhi«, erwiderten sie, »bei dem dich deine Frau von Neuem angeklagt. Folge uns also.« Maruf ging mit ihnen und erzählte dem Kadhi den ganzen Vorfall im Hause und vor dem ersten Kadhi. Fatma behauptete aber, er habe sie nachher wieder geschlagen; indessen wurde Maruf doch wieder entlassen. Aber auch diese Diener mußte er bezahlen, so daß ihm von dem Geld, das er für seine Gerätschaften gelöst hatte, nur noch einige Pfennige übrigblieben. Er ging dann wieder in seine Butike und saß ganz von Sinnen wie ein Betrunkener da, als einer seiner Bekannten ihm zurief: »Flüchte dich, so schnell du kannst, denn deine Frau hat bei der hohen Pforte eine Klage gegen dich erhoben.« Maruf schloß schnell die Butike, kaufte für sein übriges Geld etwas Brot und Käse, lief vor das Siegestor und flüchtete sich in ein verfallenes Gebäude, das ihm auch gegen den wie aus Schläuchen herabstürzendem Regen einigen Schutz gewährte. Hier weinte er bitter und rief: »Wo finde ich Ruhe vor meiner verruchten Frau! O Gott, sende mir doch Jemanden, der mich in ein fernes Land bringt, wohin sie keinen Weg findet!« Bei diesen Worten spaltete sich die Mauer und ein sehr langer Genius trat heraus, von schauderhaftem Aussehen, und sagte ihm: »Was störst du mich in meiner Ruhe? Ich wohne nun schon 200 Jahre hier und bin von keinem Menschen beunruhigt worden; doch sage mir, was du begehrst, denn du flößest mir Mitleid ein.« Maruf erzählte ihm, wie er von seiner Frau stets gepeinigt werde und daß er nichts sehnlicher wünsche, als irgendwo hingebracht zu werden, wo sie ihn nicht verfolgen könne. Der Genius nahm ihn auf seinen Rücken und flog mit ihm die ganze Nacht durch. Beim Anbruch der Morgenröte setzte er ihn auf dem Gipfel eines Berges ab und sagte ihm: »Am Fuß dieses Berges findest du eine Stadt; gehe hinein, du bist darin sicher vor den Verfolgungen deiner Frau.« Maruf blieb, über seine Lage mit Erstaunen nachdenkend, auf dem Berg liegen, bis die Sonne aufging; dann stieg er den Berg hinab, um in die Stadt zu gehen. Er fand sie außerordentlich schön, von hohen Mauern umgeben und mit zahlreichen Palästen geschmückt, so daß ihr Anblick jedes Herz erfreuen mußte. Er erregte aber so großes Aufsehen in der Stadt, daß viele Leute sich um ihn versammelten, um seine Kleidung, welche von der ihrigen ganz verschieden war, zu bewundern. »Ihr seid hier fremd«, sagte ihm einer von den Bewohnern der Stadt; »woher seid ihr?« »Ich bin aus Kahirah.« »Und wann habt ihr eure Hauptstadt verlassen?« »Gestern Abend.« »Ich glaube, ihr seid verrückt: Wie, ihr wollt gestern Abend noch in Kahirah gewesen sein, während man von Kahirah hierher ein ganzes Jahr zu reisen hat?« »Ihr seid verrückt, nicht ich, ich sage die Wahrheit; hier könnt ihr

noch Brot sehen, das ich gestern in Kahirah gekauft.« Er zeigte ihnen hierauf das Brot, das er in der Tasche hatte; alle Leute drängten sich heran, um es zu sehen, denn es glich dem ihrigen gar nicht. Viele glaubten nun, was Maruf von seiner Reise erzählte; andere indessen hielten ihn für einen Lügner und verspotteten ihn. Während nun die Leute so miteinander über Maruf stritten, kam ein Kaufmann, von zwei Sklaven begleitet, auf einem Maulesel herbeigeritten, trieb die Leute auseinander und machte ihnen Vorwürfe, daß sie einen fremden Menschen so zum Gegenstand ihres Spottes machten. Er nahm dann Maruf mit nach Hause und ließ ihm sogleich schöne Kleider reichen, in denen er wie der Oberste der Kaufleute aussah; dann ließ er ihm die köstlichsten Speisen und Getränke vorstellen. Erst als sie gegessen und getrunken hatten, fragte der Kaufmann seinen Gast nach Namen, Stand und Heimat. Als Maruf über alles Auskunft gegeben hatte, fragte der Kaufmann: »Aus welchem Quartier Kahirahs seid ihr?« »Seid ihr denn in Kahirah bekannt?« »Ich bin daselbst geboren!« »Nun, ich bin aus dem roten

Quartier.« »Kennt ihr den Drogisten Ahmed?« »Allerdings, er ist mein Nachbar; sein Haus steht dicht neben dein meinigen.« »Befindet er sich wohl?« »O ja, es geht ihm recht gut.« »Wie viele Kinder hat er und was ist aus ihnen geworden?« »Er hat drei Söhne: Der eine heißt Mustafa, der andere Mohammed und der dritte Ali. Mustafa ist Professor geworden, Mohammed Drogist, und Ali, der als Knabe mit mir in den Kirchen herumlief, um die Bücher der Christen zu stehlen und zu verkaufen, ist vor 20 Jahren aus Kahirah entflohen, weil er einmal von den Christen ertappt wurde und sein Vater ihn deshalb gar zu arg prügelte. Seither hat kein Mensch mehr etwas von ihm gehört.«

Der Kaufmann erwiderte: »Nun, Maruf, ich bin dein Jugendfreund Ali, Sohn des Drogisten Ahmed: Sei mir willkommen und erzähle mir, wie du so hierhergekommen bist.« Maruf erzählte ihm hierauf die ganze Geschichte seiner Frau bis zu seiner Flucht vor das Siegestor; dann, wie ein Genius seinen Wunsch, an einen Ort gebracht zu werden, wo Fatma ihn nicht finden könne, erfüllte und ihn auf dem Gipfel des Berges vor der Stadt absetzte. Dann bat er Ali, ihm nun auch zu sagen, wie er hierhergekommen, wie diese Stadt heiße und wie er zu so großen Reichtümern gelangte. »Meine Reise hierher«, antwortete Ali, »ging nicht so schnell, ich trieb mich seit meinem siebten Jahr in der Welt umher, bis ich hierher kam. Hier beschloß ich, mich anzusiedeln, weil ich bald sah, daß die Bewohner dieser Stadt, welche Ichtian Alchuta heißt, sehr gute rechtschaffene und mildtätige Leute sind; auch bemerkte ich, daß man hier gar nichts von einer Lüge weiß. Ich gab mich daher für einen fremden Kaufmann aus und bat einen der hiesigen Kaufleute, mir 1000 Dinare zu leihen, bis meine Waren ankommen würde. Für dieses Geld kaufte ich Waren, mietete mir einen Laden und fing an zu handeln, bis ich reich wurde. Benutze auch du nun den Umstand, daß dich hier niemand kennt, und gib dich nicht für einen vor seiner Frau geflüchteten Schuhflicker aus; sage auch nicht, daß du in einer Nacht von einem Genius hierhergetragen wurdest, denn man würde dich nur verspotten, und Diejenigen, welche es glauben, würden sich vor dir als einem verhexten Menschen fürchten und deine Nähe scheuen. Morgen will ich dir 1000 Dinare geben und einen Maulesel mit einem meiner Diener leihen. Du reistest dann auf den Bazar, wo ich dich erwarten und mit vieler Auszeichnung aufnehmen will; ich werde dich nach allerlei Waren fragen, worauf du stets antwortest, du erwartest sie demnächst. Die Kaufleute werden mich dann fragen, wer du seist. Da will ich ihnen viel Gutes und Schönes von dir erzählen und dir ein geräumiges Magazin für deine Waren verschaffen; stelle dich nur recht reich. Wenn ein Bettler zu dir kommt, so gib ihm recht viel Almosen, damit man meinen Worten glaube. Ich werde dann dir zu Ehren eine große Mahlzeit geben, die angesehensten Kaufleute einladen und sie mit dir bekannt machen. Du kannst nach Belieben handeln, denn du findest überall Kredit und in kurzer Zeit kannst du ebenso reich sein, wie ich.« Am folgenden Morgen benahm sich Maruf so, wie Ali mit ihm verabredet hatte, und dieser nannte Maruf den ersten Kaufmann der Welt und sagte von ihm, er habe Handelshäuser in Ägypten, in Indien, in Arabien und China, und besitze so viele Waren, daß kein Feuer sie verzehren könne. »Neben ihm«, sagte Ali, »bin ich ein ganz untergeordneter Krämer!« Als die Kaufleute Ali so sprechen hörten, faßten sie eine hohe Meinung von Maruf und boten ihm alle ihre Waren an. Auch warteten sie ihm einer nach dem anderen mit allerlei Kuchen und Sorbetten auf.

Während Maruf sich mit dem Obersten der Kaufleute unterhielt, kam ein Bettler vor Alis Laden und bat um ein Almosen. Die Kaufleute gaben ihm einige Pfennige, Maruf aber griff in die Tasche und reichte ihm eine ganze Hand voll Dinare hin, was den Kaufleuten noch eine höhere Meinung von seinen Reichtümern beibrachte. Bald kamen aber so viel Bettler, daß Maruf, der einem jeden eine Handvoll Geld schenkte, nichts mehr von den 1000 Dinaren übrigblieb. Da schlug er die Hände zusammen und sagte: »Wie es scheint, gibt es hier viele Arme; hätte ich das gewußt, so hätte ich einen ganzen Sack voll Dinare mitgebracht; was soll ich nun tun, wenn ein Armer mich um etwas bittet, da ich kein Geld mehr bei mir habe?« »Sage ihm: ›Gott stehe dir bei!‹« antwortete der Vorsteher der Kaufleute. »Das kann ich nicht«, versetzte Maruf; »willst du mir nicht für die Armen 1000 Dinare leihen, bis meine Waren ankommen?« »Recht gern!« antwortete der Vorsteher und schickte sogleich einen seiner Diener nach Hause, um das Geld zu holen. Maruf verteilte auch dieses Geld wieder unter die Armen, welche vor der Moschee, wo er sein Mittagsgebet verrichtete, sich um ihn drängten. Er ließ sich dann von einem anderen Kaufmann wieder 1000 Dinare leihen, die er bei dem Nachmittagsgebet austeilte, dasselbe tat er beim Abend- und Nachtgebete, so daß er an diesem Tag 5000 Dinare verschenkte. Ali sah ihm mit Bewunderung zu, durfte aber, ohne sich selbst zum Lügner zu machen, nichts sagen. Des Nachts war eine große Mahlzeit bei Ali, während welcher Maruf nicht aufhörte, von seinen vielen Waren und Edelsteinen zu reden. Am folgenden Tag wendete er sich wieder an andere Kaufleute und fuhr so fort, bis er 60000 Dinare entlehnt hatte. Als aber noch immer keine Waren ankamen, verloren doch die Kaufleute ihr Vertrauen zu ihm und fragten Ali, warum denn Marufs Waren so lange ausblieben. Ali wußte ihnen nichts zu sagen als: »Habt Geduld, sie werden bald ankommen.« Als er aber allein mit Maruf war, machte er ihm Vorwürfe darüber, daß er so viele Schulden mache, die er nie zu zahlen imstande wäre, da er nichts besitze noch etwas durch Handel zu erwerben suche. »Was sind 60000 Dinare?« erwiderte Maruf; »wenn meine Waren kommen, so lasse ich meinen Gläubigern die Wahl, ob sie Geld oder Waren wollen.« Ali nannte ihn einen Lügner und drohte ihm, ihn vor allen Leuten zuschanden zu machen; indessen konnte er, ohne sich selbst zum Lügner zu stempeln, nichts gegen ihn sagen, denn das Sprichwort lautet: »Wer jemanden lobt, dann schmäht, der lügt zweimal.« Als daher die Kaufleute wieder zu ihm kamen, sagte er ihnen: »Ich wage es nicht, Maruf etwas zu sagen, weil er mir selbst auch 1000 Dinare schuldig ist, übrigens habe ich euch keineswegs geraten, ihm Geld zu leihen, wollt ihr also die Ankunft seiner Karawane nicht abwarten, so klagt ihn bei dem König an.« Die Kaufleute begaben sich hierauf in den Divan und trugen dem König ihre Klage vor. Als aber der König hörte, daß Maruf alles entlehnte Geld wieder an Arme verschenkt habe, dachte er: »Dieser Mann ist kein Gauner, er ist gewiß außerordentlich reich und erwartet die kostbarsten Waren, die es nur gibt, darum will ich mir ihn zum Freund machen, so daß seine Schätze mir und nicht diesen Kaufleuten, die schon reich genug sind, zufließen. Übrigens will ich einmal an einer Perle, die ich besitze, sehen, ob er dergleichen wertvolle Gegenstände zu schätzen weiß.« Der König ließ also Maruf zu sich rufen. Dieser bestätigte die Aussage der Kaufleute und erklärte, er würde bei Ankunft der Karawane einen Jeden nach Wunsch mit Geld oder Waren befriedigen. Der König zeigte ihm hierauf eine Perle, so groß wie eine Haselnuß, die er für 1000 Dinare gekauft hatte, und fragte ihn, wieviel sie wert sei. Maruf nahm sie zwischen seine Finger, zerdrückte sie und sagte lachend: »Das ist keine Perle: Was nicht so groß als eine Nuß ist, verdient den Namen Perle nicht, doch ihr seid arme Leute, darum schlagt ihr auch so eine Perle hoch an, bei uns aber gibt es Perlen, welche 70000 Dinare wert sind.« Des Königs Habsucht wurde dadurch noch mehr gereizt und er fragte Maruf, ob er solche Perlen erwarte und ob sie ihm feil sein werden?« »Ich erwarte deren eine große Anzahl«, erwiderte Maruf, »und werde dir mit Vergnügen einige davon zum Geschenk machen.« Der König entließ dann die Kaufleute mit dem Befehl, die Ankunft der Karawane abzuwarten, und beauftragte den Vezier, Maruf die Prinzessin anzutragen; denn auf diese Weise, dachte er, gelange ich am sichersten zum Besitz aller seiner Kostbarkeiten. Der Vezier versuchte vergebens Maruf als Gauner darzustellen. Der König hörte ihn nicht an, weil er glaubte, er möchte lieber die Prinzessin seinem eigenen Sohn zur Frau geben. So mußte denn der Vezier zu Maruf gehen und ihm die Tochter des Königs als Gattin antragen. Maruf nahm die Heiratsvorschläge an, sagte jedoch, er wolle mit der Hochzeit bis zur Ankunft der Karawane warten, denn er brauche 5000 Beutel zur Morgengabe, 1000 Beutel für die Armen in der Hochzeitnacht, ebensoviel für die Frauen der Prinzessin, auch müsse er 100 Perlen für die Königin haben und ebensoviel für die Sklavinnen der Prinzessin, auch wolle er wenigstens 1000 Arme kleiden, und das alles könne er erst nach Ankunft der Karawane. Als der Vezier mit dieser Antwort zum König zurückkehrte, bat er ihn nochmals, vorsichtig zu sein und dergleichen Windbeuteleien nicht zu glauben; der König wurde aber immer begieriger nach Marufs Reichtümern, drohte dem Vezier mit dem Tod, wenn er noch etwas gegen Maruf verlauten lasse, und befahl ihm, ihn zu holen. Der König sagte ihm dann: »Deine Gründe, die Hochzeit mit der Prinzessin zu verschieben, sind nicht triftig genug; hier hast du den Schlüssel zu meiner gefüllten Schatzkammer, nimm daraus so viel Geld, als du brauchst; wenn die Karawane anlangt, kannst du mir ja alles ersetzen.«

Der König ließ dann den Großmufti holen und den Ehekontrakt schreiben; die Festlichkeiten begannen, die Stadt war geschmückt, die öffentlichen Schauspiele, denen Maruf auf einem hohen Thron beiwohnte, belustigten die ganze Stadt. Maruf warf Hände voll Geld unter die Ringer, Taschenspieler und Musiker, und verschenkte so viel an Arme, daß der Schatzmeister zum großen Ärger des Veziers gar nicht Geld genug herbeischaffen konnte. Diese Festlichkeiten dauerten 40 Tage lang; am 41. Tag wurde erst die Hochzeit mit erstaunlicher Pracht gefeiert. Als Maruf des Nachts allein bei der Prinzessin war, schlug er die Hände übereinander und rief: »Es gibt keinen Schutz und keine Macht, außer bei Gott, dem Erhabenen!« »Was hast du?« rief die Prinzessin; »warum seufzest du so?« »Dein Vater«, antwortete Maruf, »hat unsere Hochzeit so übereilt: Ich wollte warten, bis die Karawane ankommt, da wäre ich auch imstande gewesen, dir deiner würdige Geschenke zu machen, aber so schäme ich mich vor dir und deinen Sklavinnen, denen ich auch, um dich dadurch zu ehren, von meinen Perlen schenken wollte.« »Gräme dich nicht darüber«, erwiderte die Prinzessin; »du bist niemandem etwas schuldig, und was du geben willst, wird später ebenso angenehm sein; laß uns deshalb die Freuden der Hochzeitsnacht nicht vergessen.«

Maruf setzte noch 20 Tage lang sein bisheriges Leben fort und verschenkte, was die Schatzkammer an Geld und Ehrenkleidern enthielt. Am 21. Tag, als der König allein mit seinem Vezier war, trat der Schatzmeister zu ihm herein und meldete ihm, daß die Schatzkammer bald erschöpft wäre. Der Vezier benutzte diese Veranlassung wieder, um Maruf als einen Abenteurer darzustellen, so daß der König, wegen des allzulangen Ausbleibens der Karawane selbst argwöhnisch, zum Vezier sagte: »Wie fangen wir es an, um endlich einmal Gewißheit über den wahren Zustand Marufs zu erhalten?« »Das Beste ist«, antwortete der Vezier, »du bittest deine Tochter, in Maruf zu dringen, daß er dir die Wahrheit über seinen früheren Stand gestehe, denn selten kann ein Mann lange seiner Frau ein Geheimnis vorenthalten.« »Das soll geschehen«, versetzte der König, »und ist er ein Lügner, so soll er den schlimmsten Tod sterben.« Er ließ sogleich seine Tochter rufen, und der Vezier, den nur ein Vorhang von ihr trennte, belehrte sie, wie sie es anzufangen habe, um hinter die Wahrheit zu kommen. Die Prinzessin, welche selbst der vielen Prahlereien und Versprechungen ihres Gatten müde war, erbot sich, alles aufzubieten, um ihm sein Geheimnis zu entreißen. Als er des Abends nach Hause kam, trat sie ihm mit vielen Liebkosungen entgegen und sagte ihm Worte, süßer als Honig. »Geliebter«, redete sie ihn an, »Freude meiner Augen, Frucht meines Herzens, möge das Schicksal uns nie trennen, denn mein Herz ist so voll von Liebe zu dir erfüllt, daß ich ohne dich nicht mehr leben könnte. Aber ich bitte dich, fahre nicht länger fort, meinen Vater in Bezug auf deine Reichtümer zu täuschen, er wird einmal die Wahrheit erfahren und dann im Zorn Maßregeln gegen dich ergreifen, die wir nicht mehr verhindern können; gestehe mir lieber alles, ich werde dann schon Mittel finden, dich außer aller Verlegenheit zu bringen.«

»Nun«, sagte Maruf zu seiner Gattin, »wenn du die Wahrheit hören willst, so wisse, daß ich kein reicher Kaufmann, sondern ein armer Schuhflicker aus Kahirah bin«, und hierauf erzählte er ihr seine ganze Geschichte. »Du bist ein gewandter Lügner«, sagte die Prinzessin, »und hast es ziemlich weit mit deinen Lügen gebracht; indessen hielt dich der Vezier immer für einen Abenteurer, und auf seinen Rat hat mein Vater mich ersucht, alles aufzubieten, um dir dein Geheimnis zu entlocken. Ich werde mich aber wohl hüten, es ihm mitzuteilen, er würde dich mit dem Tod bestrafen, ich gälte in der Welt als die Witwe eines Schuhflickers und würde gezwungen werden, ein zweites Mal zu heiraten. Darum folge meinem Rat; hier sind 50000 Dinare, kleide dich als Mameluck, nimm ein gutes Pferd aus dem königlichen Stall, reite in ein Land, das nicht mehr meinem

Vater Untertan ist, und lasse dich daselbst als Kaufmann nieder; gib mir dann Nachricht von dir, damit ich dir schicke, was ich für dich auftreiben kann. Dort bleibst du, bis mein Vater stirbt, dann lasse ich dich sogleich wieder hierher rufen; stirbt aber eines von uns zuerst, nun, so wird der Tag der Auferstehung uns vereinen.« Maruf nahm zärtlich Abschied von seiner Gattin und machte sich vor Tagesanbruch auf den Weg. Einige Stunden darauf ließ der König seine Tochter kommen, um zu hören, was sie von Maruf entlocken konnte. »Gott schwärze das Angesicht deines Veziers«, sagte die Prinzessin. »Als gestern Nacht mein Gatte bei mir war, trat mein Eunuche mit einem Brief herein und sagte: ›Zehn Mamelukken, welche vor dem Schlosse stehen, haben ihn gebracht.‹ Ich öffnete den Brief, und siehe da, er war von den 500 Mamelucken, welche meines Gatten Karawane begleiteten; sie meldeten ihm, daß sie von Arabern angegriffen worden und in einem langen Kampf 200 Lasttiere verloren haben, sie seien darum so lange ausgeblieben, weil sie, um ihre Ladungen wieder zu erlangen, mehrere Angriffe auf die Räuber gemacht hätten. Mein Gatte rief dann: ›Gott verdamme meine Mamelucken! War es wohl der Mühe wert, wegen 200 Ladungen mich so lange in Verlegenheit zu lassen? Das macht ja höchstens 7000 Dinare. Aber ich will mich schnell aufmachen und ihnen entgegengehen, damit sie sogleich kommen.‹ Hierauf verließ er mich, ohne im mindesten über den erlittenen Verlust betrübt zu sein, und ritt mit zehn Mamelucken davon, welche schöner waren als der

Mond, und deren jeder ein Kleid anhatte, das wenigstens 2000 Dinare wert war. Ich dankte Gott, ihm noch keinen Zweifel über seine Reichtümer gemacht zu haben, er würde sonst mich und dich verspotten.« So wurde der Vezier abermals zum Schweigen gebracht und vom König mit Vorwürfen überhäuft.

Maruf ritt indessen, von herbem Schmerz gefoltert, immer vorwärts, bis gegen Mittag. Da fand er in der Nähe eines kleinen Dorfes einen Bauern an seinem Pflug; er grüßte ihn und bat ihn, ihm etwas zu essen zu verschaffen. Der Bauer, welcher ihn für einen Mamelucken des Königs hielt, lud ihn ein, abzusteigen und sein Gast zu sein. »Du hast ja selbst nichts«, sagte Maruf. »Steige nur ab«, erwiderte der Bauer, »ich eile ins Dorf und hole dir zu essen.« »Aber ich kann ja selbst ins Dorf gehen«, versetzte Maruf, »und mir etwas zu essen auf dem Markt kaufen.« Darauf antwortete der Bauer: »Das Dorf ist so klein, daß es in demselben keinen Markt gibt, darum warte lieber hier, ich gehe schnell und hole dir etwas.« Während nun der Bauer ins Dorf lief, dachte Maruf: »Ich will einstweilen weiter pflügen, damit der arme Mann keine Zeit verliere.« Als er aber die Ochsen antrieb, stieß der Pflug auf etwas Hartes, und das Vieh konnte ihn nicht vom Platz bringen. Da er sehen wollte, was den Pflug aufhalte, fand er einen goldenen Ring an eine marmorne Tafel befestigt. Er räumte die Erde weg, hob die Platte auf und entdeckte eine Treppe, die in ein unterirdisches Gemach, so groß wie ein Badesalon, führte, welches ganz mit Gold, Smaragden, Perlen, Rubinen und anderen Edelsteinen gefüllt war. Er sah unter anderem auf einem kristallenen Koffer, welcher mit Perlen von der Größe einer Nuß gefüllt war, ein kleines goldenes Kästchen, dessen feine Arbeit seine Aufmerksamkeit ganz besonders auf sich zog; er öffnete es und fand einen goldenen Siegelring darin mit allerlei Talismanen beschrieben, so klein wie Ameisenfüße. Als er an dem Ring ein bißchen rieb, ließ sich eine Stimme hören: »Was beliebt, was beliebt? mein Herr! Fordere nur, es wird dir alles gewährt. Soll ich ein Land blühend machen? Soll ich eine Stadt verwüsten? Einen König töten, oder einen Sturm aus der Erde hervorrufen? Der Schöpfer des Tages und der Nacht erlaubt mir, alle eure Befehle zu vollziehen.« »Wer bist du denn?« fragte Maruf. »Ich bin der Diener dieses Ringes«, antwortete der Geist, »und gehorche dem, der ihn besitzt. Mir ist alles möglich, denn ich gebiete über alle Genienhäupter und meine Armee besteht aus unzählbaren Geistern jeder Gattung; reibe nur den Ring, sooft du mir etwas zu befehlen hast, und fordere von mir, was dir Freude macht. Reibe aber den Ring nie zweimal nacheinander, sonst bin ich des Todes.« »Wie heißt du denn?« fragte Maruf. »Ich heiße Abu Saadat, Glücksvater, war der dienstbare Geist des Königs Schadad, der Sohn Ads, und du befindest dich in seiner Schatzkammer, wo er mich aufbewahrte.« »Kannst du«, fragte Maruf, »diese Schätze auf die Oberfläche der Erde bringen?« »Nichts leichter als dies«, antwortete Abu Saadat. Auf seinen Wink spaltete sich die Erde, und nach einer kleinen Weile erschienen hübsche junge Burschen – es waren die Söhne Abu Saadats – mit goldenen Tragkörben, und trugen alles, was in der Schatzkammer war, auf die Oberfläche der Erde.

Nachdem die Söhne Abu Saadats diese Arbeit verrichtet hatten, fragte dieser seinen Herrn, was er nun weiter befehle. »Jetzt«, sagte Maruf, »bringe mir

Kisten und Maulesel, lege alle diese Schätze in Kisten und lade sie den Mauleseln auf.« Abu Saadat stieß einen Schrei aus und sogleich erschienen seine 800 Söhne, von denen die einen die Gestalt von Mauleseln und die anderen die von Treibern und Knechten annahmen. Letztere brachten dann Kisten herbei, und die Schätze waren so zahlreich, daß sie 300 Maulesel damit beluden. Maruf forderte dann noch 100 Ladungen von den feinsten Stoffen Ägyptens, Syriens, Griechenlands, Persiens und Indiens. Abu Saadat versprach bis zum folgenden Morgen alles zu liefern, und sandte sogleich Genien nach allen diesen Ländern aus, um die gewünschten Waren zu holen. Maruf erbat sich hierauf ein Zelt, um die Nacht darunter zuzubringen. Abu Saadats Söhne schlugen ein schönes Zelt auf und brachten ihm auch einen Tisch mit Speisen beladen. In diesem Augenblick kam der Bauer mit einer Schüssel voll Linsen aus dem Dorf zurück und wollte sie Maruf anbieten; als er ihn aber in einem königlichen Zelt von Mamelucken umgeben sah, hielt er ihn für den Sultan und dachte: »Hätte ich doch ein paar Hühner geschlachtet und gebacken«; er wollte schon wieder umkehren, um dies zu tun, da rief ihn Maruf zu sich und fragte ihn, was er in der Hand habe. »Ich habe nur Linsen«, antwortete der Bauer verlegen, »und ein bißchen Gerste für dein Pferd; ich glaubte nicht, daß der Sultan hierher kommen würde, sonst hätte ich Hühner geschlachtet.« »Gib sie her«, versetzte Maruf, »da du, ohne mich zu kennen, mich bewirten wolltest, so will ich auch dein Gericht nicht verschmähen. Indessen bin ich nicht der Sultan, sondern sein Schwiegersohn, ich habe ihn nach einem Wortwechsel plötzlich verlassen, nun schickte er mir aber seine Mamelucken nach, um sich wieder mit mir zu versöhnen, ich reise daher wieder zur Hauptstadt zurück.« Er aß dann die Linsen, füllte die Schüssel, in der sie waren, mit Gold und lud den Bauer ein, ihn in der Stadt zu besuchen.

Der Bauer kehrte glückselig mit seinem Gespann in sein Dorf zurück, und Maruf brachte die Nacht in fröhlicher Gesellschaft von Genientöchtern zu. Am folgenden Morgen rückten die Genien mit den fremden Stoffen heran, Abu Saadat ritt als Karawanenführer voraus und meldete Maruf, daß alles zum Aufbruch bereit sei. Maruf schrieb dem König einen Brief, in welchem er ihm seine Ankunft an der Spitze der Karawane meldete, und ihn bat, ihm mit einigen Truppen entgegenzukommen. Diesen Brief befahl er Abu Saadat durch einen Genius in Gestalt eines Boten voraus zum König der Stadt Ichtian zu schicken. Der König war eben im Gespräch mit dem Vezier, welcher behauptete, Maruf sei entflohen, um nicht zuschanden zu werden, als Marufs Brief anlangte.

Der König machte dem Vezier neue Vorwürfe, sobald er den Brief gelesen hatte, gab Befehle, die Stadt festlich zu schmücken, und ging zu seiner Tochter, um ihr die erhaltene Nachricht mitzuteilen. Die Prinzessin war außer sich vor Freude, und dachte bei sich selbst: »Gewiß hat Maruf mich nur prüfen wollen; gottlob, daß ich so gegen ihn verfuhr.« Nicht minder als die Prinzessin war Ali erstaunt, als er die Vorbereitungen zur Ausschmückung der Stadt sah, und hörte, sie gelte der Rückkehr Marufs mit einer großen Karawane. Dieser bestieg, sobald der Bote zurück war, eine Sänfte und ließ nicht anhalten, bis er dem König mit seinen Truppen begegnete, dann zogen sie zusammen mit großem Pomp in die Stadt, wo alle Kaufleute ihn zu begrüßen kamen. Auch Ali stellte sich ein, und da er glaubte, das Ganze sei nur eine List der Prinzessin, sagte er: »Willkommen, Abenteurer, du hast deine Sache gut gemacht.« Maruf lachte. Als er in den Palast kam, ließ er die Maultiere abladen, die Lasten Gold in die Schatzkammer seines Schwiegervaters tragen, die kostbarsten Stoffe, Perlen und Edelsteine aber vor sich bringen. Er ließ dann die Kisten öffnen und nahm die schönsten Stoffe und Edelsteine heraus für die Frauen und Diener des Königs, mit den übrigen bezahlte er die Kaufleute und beschenkte alle Armen der Stadt. Dann griff er zu den Smaragden, Rubinen und anderen Edelsteinen und verteilte sie unter die Truppen. Vergebens rief ihm der König zu: »Es ist genug, mein Sohn! Es bleiben ja nur wenige Lasten für dich übrig.« Er verschenkte aber immerfort und sagte: »Ich habe noch viel«, und in der Tat brachte ihm sein Diener soviel er wollte.

Niemand wagte es mehr, nach dem soeben Vorgefallenen an Marufs Worten zu zweifeln, um so weniger, als gerade der Schatzmeister hereintrat und dem König sagte, die Schatzkammer sei voll und noch bleibe viel Gold übrig, er möchte ihm doch einen anderen Platz dafür anweisen. Maruf begab sich dann zu seiner Frau, welche ihm lachend entgegenkam, und er erbat sich von Abu Saadat für sie ein prächtiges Kleid und eine Halskette von 40 Solitärperlen nebst äußerst wertvollen Armbändern, Ohrringen und Gürteln. Sie wurde fast närrisch vor Freude, als sie alles dies sah, und sagte zu Maruf: »Ich will dieses Kleid und diesen Schmuck für Festtage aufbewahren.« »Das ist nicht notwendig«, versetzte Maruf, »denn ich habe deren noch viele.« Als er wieder allein war, bestellte er bei Abu Saadat 100 Kleider mit Schmuck für die Sklavinnen seiner Gattin. Sie zogen sie an und leuchteten wie die Sterne um die Prinzessin, welche dem Mond glich. Der König wußte nicht mehr, was er von allen diesen Schätzen denken sollte; und als er den Vezier um seine Ansicht darüber fragte, sagte dieser: »König der Zeit, ein Kaufmann ist weder so freigebig, noch so reich, als dein Schwiegersohn, selbst Könige sind selten beides in einem so hohen Grad, hier liegt gewiß irgend ein Geheimnis verborgen; folge daher meinem Rat und lade Maruf mit mir zu einem Spaziergang in deine Gärten ein, dort stellst du uns Wein vor, und wir geben ihm so viel zu trinken, daß er die Besinnung verliert und sein Geheimnis offenbart; wir ergreifen dann die nötigen Maßregeln für deine Sicherheit, denn ein so reicher Mann könnte dir gefährlich werden.«

Der König fand diesen Rat gut und beschloß, ihn am folgenden Tag auszuführen; sein Entschluß war noch fester, als am folgenden Morgen seine Diener ihm das Verschwinden der Maulesel und der Mamelucken, die mit Maruf gekommen, meldeten und dieser dazu lachte, als wäre ein Verlust von 1000 Mauleseln und 500 Mamelucken gar nicht anzuschlagen. Maruf wurde daher zum verabredeten Spaziergang eingeladen, und im Pavillon des Gartens wurde er solange zum Trinken beredet, bis er nicht mehr wußte, was er sagte. Jetzt bat ihn der König, er möchte ihn doch mit den näheren Umständen seines Lebens bekanntmachen, denn weder seine Schätze noch seine Freigebigkeit seien die eines Kaufmanns. »Gewiß«, sagte der König, »bist du irgend ein Sultan oder ein Prinz.« »Ich bin keines von beiden«, erwiderte Maruf, und erzählte hierauf seine ganze Geschichte von Anfang bis zu Ende. Da sagte der Vezier: »Zeige mir doch einmal diesen Ring.« Maruf zog ihn aus und gab ihn dem Vezier. Dieser rieb sogleich daran, und als Abu Saadat erschien, sagte er ihm: »Trage diesen Mann in eine öde Wüste, wo er weder Trank, noch Nahrung findet, und keinem Menschen begegnet.« Abu Saadat nahm ihn auf den Rücken, erhob sich mit ihm, trug ihn in das unbewohnte Viertel der Welt und sagte zu ihm: »Du verdienst noch schlimmeres, weil du einen solchen Talisman so leichtsinnig hergabst.« »Siehst du«, sagte der Vezier zum König, »daß ich doch Recht hatte, als ich Maruf für einen Gauner hielt.« »Du hast recht Vezier«, antwortete der König, »Gott erhalte dich! Zeige mir auch einmal den Ring.« -»Blödsinniger Mensch«, versetzte der Vezier ganz zornig, »jetzt bin ich Herr, glaubst du wohl, ich werde dir den Ring geben, um wieder dein Diener zu werden?« Er rieb hierauf wieder an dem Ring und befahl dem Diener des Ringes, den König zu seinem Schwiegersohn zu tragen.

Der Vezier versammelte dann die Häupter seiner Truppen, erzählte ihnen alles, was zwischen ihm, dem König und Maruf vorgefallen, und sagte ihnen: »Wollt ihr mich nun als König anerkennen; gut, wo nicht, so befehle ich dem Diener des Ringes, euch alle in öde Wüste zu bringen, wo ihr vor Hunger und Durst sterben müßt.« »Tut uns nichts zuleide«, riefen alle; »wir wollen dir gerne huldigen und allen deinen Befehlen gehorchen.« Er schickte dann zur Prinzessin und ließ ihr sagen, sie möchte sich auf diesen Abend zu seinem Besuch vorbereiten. Sie ließ ihn bitten, doch wenigstens die gesetzlich bestimmte Frist für eine Frau, die ihren Mann verloren, ablaufen zu lassen. Er antwortete aber, er wisse nichts von gesetzlicher Frist, noch von Ehe-kontrakt, sie müsse ihn diesen Abend empfangen. Die listige Prinzessin zog des Abends ihre schönsten Kleider an, empfing den Vezier mit heiterem Gesicht und war so freundlich und zuvorkommend gegen ihn, daß er, vor Liebe und Leidenschaft ganz außer sich, sie umarmen wollte. Da sagte sie: »Siehst du nicht den Mann, der uns beobachtet? Ich beschwöre dich bei Gott, entferne ihn!« »Wo ist ein Mann, der uns zusieht?« fragte der Vezier erstaunt. »Er streckt seinen Kopf aus dem Stein des Siegelringes hervor«, antwortete die Prinzessin, »lege ihn doch ab, denn ich fürchte mich vor Genien.« Der Vezier, welcher glaubte, sie sehe wirklich den Diener des Ringes, legte ihn auf das Kissen und näherte sich ihr wieder. Sie stieß ihn aber zurück, daß er ohnmächtig hinfiel, rief ihre Diener herbei und ließ ihn festnehmen; unterdessen rieb sie an dem Ring und befahl Abu Saadat, den Vezier in das schwärzeste Gefängnis zu sperren und ihren Vater und Gatten zu ihr zu bringen. Sie setzte ersteren wieder zum König ein und ließ letzteren zum Großvezier ernennen, den

Ring gab sie aber nicht mehr aus der Hand. Am folgenden Tag war diese neue Wendung der Dinge den Häuptern der Truppen und Staatsräten mitgeteilt, die sich außerordentlich freuten, von einem gottlosen Mann, wie der Vezier war, befreit zu sein und ihn zum Tod verurteilt zu wissen.

Nach fünf Jahren starb der König, da folgte ihm Maruf auf dem Thron, den Ring aber gab ihm seine Gattin erst nach anderen fünf Jahren, als sie auf dem Sterbebett lag, und empfahl ihm denselben so angelegentlichst, wie ihren Sohn, der damals fünf Jahre alt war. Eines Nachts, als Maruf nach dem Tod seiner Gattin sich allein niederlegte, fühlte er schon halb schlafend, jemanden neben sich liegen; er schlug erschrocken die Augen auf und rief Gottes Schutz gegen die Teufel an, und siehe da, seine Frau Fatma lag neben ihm, noch viel häßlicher, als sie früher war. »Wie bist du hierhergekommen?« fragte Maruf erstaunt. »Wisse«, hob sie an, »daß ich bald nach deinem Verschwinden es sehr bereute, dir so viel Verdruß gemacht zu haben; auch sah ich ein, was ich an dir besessen hatte, denn seit deiner Abreise mußte ich um jedes Stückchen Brot betteln. Gestern ging ich auch lange auf den Straßen bettelnd umher und niemand gab mir etwas, manche beschimpften mich sogar, so daß ich hungrig nach Hause ging und weinte. Da erschien mir ein Geist und fragte mich: ›Warum weinst du so?‹ Ich antwortete: Weil ich nicht weiß, wo mein Gatte hingekommen ist, der, solange er bei mir war, mich mit allem nötigen versorgte.‹ ›Dein Gatte‹, sagte der Geist, ›ist jetzt Sultan der Stadt Ichtian; wenn du willst, so trage ich dich zu ihm.‹ Ich bat ihn, es zu tun, und er nahm mich auf seinen Rücken, flog mit mir eine Weile in der Luft zwischen Erde und Himmel, dann setzte er mich in diesem Schloß ab, bezeichnete mir dein Schlafzimmer und sagte: ›Hier liegt dein Gatte.‹ So ging ich denn herein, in der Hoffnung, du werdest mich nicht verstoßen.« Sie bat dann so lange um Erlaubnis, bei ihm zu bleiben, bis er ihren Wunsch erfüllte, jedoch drohte er ihr mit dem Tod, bei der ersten Bosheit, die sie wieder gegen ihn ausüben würde. »Hier«, sagte er, »fürchte ich deine Klagen nicht, denn ich besitze einen Ring, mittelst welchem ich nur Gott zu fürchten habe, sobald ich daran reibe, erscheint mir ein Geist, der alle meine Befehle vollzieht. Ich lasse dir die Wahl, ob du nach Hause zurückkehren willst, da sollst du so viel Geld haben, daß du bis zum Tod im Überfluß leben kannst, oder ob du bei mir zu bleiben wünschest, da räume ich dir eine herrlich möblierte Wohnung im Schloß ein, schenke dir 20 Sklavinnen zu deiner Bedienung und verschaffe dir die schönsten Kleider und die schmackhaftesten Speisen und Getränke.« Fatma wünschte bei ihm bleiben zu dürfen, und lebte einige Zeit wie eine Königin.

Bald hatte sie aber großes Mißfallen an Marufs Sohn und noch größeren Ärger über Maruf selbst, der bei aller Fürsorge jedoch nicht mehr als Gatte mit ihr lebte, denn sie war alt und hatte ihn zu tief gekränkt. Sie ließ sich daher vom Teufel die Idee eingeben, sich des Ringes zu bemächtigen, ihn zu töten und selbst den Thron zu besteigen. So schlich sie eines Nachts aus ihrem Gemach in das Marufs, im Augenblick, wo er herausging und sie wohl wußte, daß sein Ring auf dem Kissen lag. Aber Marufs Sohn hatte sie gesehen, und es war ihm aufgefallen, daß seine Stiefmutter zu einer ganz ungewöhnlichen Stunde in seines Vaters Schlafzimmer gehe; er folgte ihr daher leise mit einem Schwert umgürtet, das er schon als Kind trug, und als er sah, daß sie den Ring nahm, sich damit freute und schon daran reiben wolle, zog er sein Schwert und schlug ihr den Hals ab. Maruf umarmte seinen Sohn und verspottete ihn nicht mehr wegen seines

Schwertes. Am folgenden Tag ließ er Fatma beerdigen und bald darauf heiratete er die Tochter des Bauern, der ihn auf seiner Flucht bewirtet hatte, und ernannte seinen Schwiegervater zu seinem Großvezier. So lebte er nun viele glückliche Jahre, bis der allen Freuden ein Ende machende Tod ihn heimsuchte. Gepriesen sei der Ewigdauernde!

* * *

Als Schehersad, welche während der 1000 und einen Nächte dem König drei Söhne geboren, diese Erzählung vollendet hatte, warf sie sich vor dem Sultan nieder und sprach: »König der Zeit, Herr deines Jahrhunderts, darf ich nun als Lohn für meine Erzählung mir eine Gnade ausbitten?« »Wünsche, was du willst, Schehersad, es werde dir gewährt!« antwortete der Sultan. Da rief sie die Ammen und befahl ihnen, ihre Kinder herbeizubringen. Die Ammen brachten drei Knaben, von denen der eine schon laufen konnte, der andere kroch und der dritte noch am Busen seiner Amme lag. »König der Zeit«, sagte Schehersad, »hier sind deine Kinder; ich bitte dich, um ihretwillen mir das Leben zu schenken, damit die armen Kinder nicht mutterlos werden.« Der König, bis zu Tränen gerührt, umarmte seine Kinder und sagte: »Bei Gott! Schehersad, ich habe dir schon längst verziehen, denn du bist tugendhaft und rein; Gott segne dich und die Deinigen!« Schehersad küßte dem König die Hand und wünschte ihm noch ein langes, glorreiches Leben. Die Freude verbreitete sich sogleich im ganzen Palast und bald darauf in der ganzen Stadt. Es war eine äußerst freudige Nacht, lichter als der hellste Tag. Am folgenden Morgen schenkte der König in Anwesenheit aller Truppen seinem Schwiegervater, dem Vezier, ein prachtvolles Ehrenkleid und dankte ihm dafür, daß er ihm seine Tochter zur Frau gegeben, welche ihn von ferneren Mordtaten abhielt. Er beschenkte dann auch die übrigen Veziere, Emire und Großen des Reiches und ließ die Stadt auf seine Kosten beleuchten, allerlei öffentliche Spiele und Belustigungen veranstalten und den Armen viele Almosen aus seiner Schatzkammer austeilen. Er herrschte dann noch viele Jahre in Glück und Freude, bis ihn der Tod überraschte, mit dem alles irdische endet. Gepriesen sei der, an dem die Zeit nichts ändert, und Friede sei mit seinem Gesandten Mohammed, der Zierde aller Sterblichen!